昭明文选全本新绎

（一）

张葆全 主编 樊运宽 等 译注

文化发展出版社
Cultural Development Press

图书在版编目（CIP）数据

昭明文选全本新绎 ：全五册 / 张葆全主编 ；樊运宽等译注. -- 北京 ：文化发展出版社，2022.7
ISBN 978-7-5142-3055-0

Ⅰ. ①昭… Ⅱ. ①张… ②樊… Ⅲ. ①古典诗歌－诗集－中国②古典散文－散文集－中国 Ⅳ. ①I212.01

中国版本图书馆CIP数据核字（2020）第116517号

北京市版权局著作权合同登记号：图字01-2021-5556

昭明文选全本新绎（全五册）

张葆全 主编　樊运宽 等 译注

责任编辑：周　蕾　　责任校对：岳智勇
责任印制：邓辉明　　责任设计：郭　阳
出版发行：文化发展出版社（北京市翠微路2号 邮编：100036）
网　　址：www.wenhuafazhan.com
经　　销：各地新华书店
印　　刷：北京文昌阁彩色印刷有限责任公司

开　　本：710mm×1000mm　1/16
字　　数：2698千字
印　　张：182.5
版　　次：2022年7月第1版
印　　次：2022年7月第1次印刷
定　　价：398.00元（全五册）
ＩＳＢＮ：978-7-5142-3055-0

◆ 如发现任何质量问题请与发行部联系。发行部电话：010-83626929

编委会

主　编　张葆全

撰　稿　（以姓氏笔划为序）

韦向学　韦启良　王志瑛　毛毓松

伍纯道　汤炳能　张明非　张葆全

周作秋　周满江　胡大雷　党玉敏

黄立业　黄汉清　崖远培　樊运宽

再版前言

《新编今注今译昭明文选》于1995年由台湾黎明文化事业公司出版发行，至今已有27年。现在文化发展出版社、北京华景时代文化传媒有限公司重新编成简体横排新版本，并纳入《国学经典新绎丛书》，以《昭明文选全本新绎》之名在北京出版，然后发行到全国各地及海外，这是一个令人激动的喜讯。因为《昭明文选》是我们中华民族的文化瑰宝，而编纂《新编今注今译昭明文选》一书曾是连接海峡两岸进行文化教育交流的一条纽带，体现了两岸同胞血浓于水的民族情、同胞情。

《昭明文选》为梁代萧统所编，是我国现存最早的一部赋、诗、文选集，不仅保存了周秦至齐梁许多优秀作家的作品，具有极高的文学资料价值，而且反映了当时进步的文学观念与高尚的艺术趣味，具有极高的学术价值和审美价值。《昭明文选》所选的这些文学名篇，给后世提供了极为丰富的文学创作经验，供历代诗人、作家不断地借鉴取资，也让广大读者受众尽情领略辞藻之富、文章之美，从而提高写作水平，增进文化修养。《昭明文选》所选的赋与诗，向人们展示了无限广阔的天地（有繁华的城邑，也有巍峨的宫殿；有奔腾的江河，也有辽阔的海洋）、大自然的盎然生机（有珍禽怪兽，也有奇花异草）、人类社会林林总总的生活场景（郊祀、田猎、公宴、祖饯、游览、赠答、行旅、军戎、论文、赏乐……），以及人的情感的真实流露（或咏怀，或哀伤，或述德，或游仙……）。上述种种，是人类文明生活的缩影，即使写的是自然，也是“人化的自然”，饱含着人的情感体验。千载之下，我们仍能凭借文字的载体，认识那个时代人们社会生活的方方面面，感受到古人热血的奔涌与心脏的搏动。而诗赋之外的应用文，其社会生活认识价值更为明显，这也是不言而喻的。

后人研究《昭明文选》颇多，形成历久不衰的“文选学”。古代最著名的注本为唐代的李善注和五臣注，但直至20世纪80年代末都没有一部完整的白话注译评析本，《昭明文选》与大学生及社会大众产生了巨大的时代隔阂。

有鉴于此，1991年11月，台湾黎明文化事业公司总编辑邓海翔先生专程来桂，表示为向台湾各大学中文系提供教材，特聘我为主编，主持对《昭明文选》的今注今译及评析。为更好继承这份珍贵的遗产，弘扬中华优秀传统文化，我同广西师大中文系十余名教授承担了这个任务。《昭明文选》文字比较艰深，事典极多，但经过大家的努力，全书终于如期完成，并于1995年8月，以《新编今注今译昭明文选》为名，由台湾黎明文化事业公司出版。这是当代中国第一部将注释、语译、评析结合起来的完整注译本，全书164万字，不但使艰涩的文辞变得明畅易懂，而且在注译评析中融入了古今学者的研究成果，也融入了撰写者的研究心得，具有不容忽视的学术价值。故该书一出，即获专家好评。北京大学中文系教授、博士生导师葛晓音认为：“像这样将注释、译文和评析相结合的注本，在文选学史上还是第一次出现。其价值之高，在于它是唐代《文选注》之后，唯一的一部综合了历代和当代《文选》研究成果的注本，在今后相当长的时期内，它的使用价值和参考价值将是无可替代的。”首都师范大学中文系教授、古籍研究所所长张燕瑾认为：该书“是一部熔整理与研究于一炉的学术力作”。“体例严整统一，注译及篇旨、评析，准确，中肯，晓畅，简明扼要，既吸收了前人成果，又纠正了前人疏失，有自己的研究心得，不薄前人，超越前人，具有自己的特点。”“这套书的出版不仅对推广和普及文化瑰宝有重要作用，也会对深入研究《文选》起推进作用。”

本书1995年8月在台湾出版后，不仅面向全社会发行，而且被各高校中文系（所）选作教材或参考书。台湾黎明文化事业公司总编辑邓海翔先生和继任总编辑沈斌先生都说该书在台湾很受欢迎，不少大学中文系选作教材，接触过这部书的师生都给予好评。本书责任编辑陈敬介来信称：“对于《文选》全译本能以如此精审的面貌于台湾发行，系（所）许多教授皆感喜悦。”

该书获1993—1996年广西社会科学研究优秀成果二等奖。

原书主要撰稿者16人，当年他们辛勤劳作的成果理应得到尊重。16人中至今已有9人离世，正是“零落略尽，言之伤心”。但转念又想，如果得知此书已在大陆再版，他们九泉之下也会感到高兴的吧。

要出新版本，需将繁体字改成简体字，并严加校核，这殊非易事。文化发展出版社、北京华景时代文化传媒有限公司的编辑，为弘扬中华优秀传统文化，付出了巨大的劳动。在编校中他们还能发现原书中的问题，并一一予以改正。其敬业精神令人感佩，向他们表示敬意！

希望广大读者喜欢这部书，更期盼广大读者对书中尚存的问题不吝批评指正。

张葆全

2022年4月

初版前言

萧统的《昭明文选》(以下简称《文选》),是一部上自周秦下至齐梁的赋、诗、文的选集,编成于6世纪初我国南朝萧梁时代。它与同时代编撰而成的刘勰的《文心雕龙》、锺嵘的《诗品》,同为我国古代文学发展史及文学批评史上的重要收获,具有很高的学术价值,对后来的文学和文人学者产生了深远的影响。

萧统(501—531),字德施,是梁武帝萧衍的长子。他出生后的第二年就被立为太子,从小长在宫中。三岁开始学《孝经》《论语》,五岁读五经,悉能讽诵。成年之后,“引纳才学之士,赏爱无倦。恒自讨论篇籍,或与学士商榷古今;闲则继以文章著述,率以为常。于时东宫有书几三万卷,名才并集,文学之盛,晋、宋以来未之有也”①。《文选》一书,当是他在周围“才学之士”的协助下选编而成。惜三十岁时即以英年去世,谥曰昭明。

《文选》中有诗文入选的作家共一百三十人,另有古乐府三首和古诗十九首,编选者未标明作者。这一百三十人包括周秦五人,西汉十八人,东汉十二人,三国魏(汉末建安作者归入此类)二十一人,蜀汉一人,吴一人,西晋三十五人,东晋十人,宋十二人,齐六人,梁九人。除与经史子有关作家不选外,我们现在所熟知的历代著名作家,多已选入。

《文选》所收作品共五百三十五篇(有的一篇含数首),其中周秦二十篇,西汉四十篇,东汉五十一篇,三国魏(含汉末建安作家)八十四篇,蜀汉一篇,吴一篇,西晋一百二十六篇,东晋二十三篇,宋一百零三篇,齐三十一篇,梁五十五篇。如以首计,则共有七百五十五首。但《文选》分首,

① 《梁书》卷八。

有不合理之处，如《九辩》不宜作五首，《七发》《七启》《七命》也不宜各分作八首。

萧统选文，以什么为标准呢？或者说，有什么倾向呢？我以为从大的方面说，有两条标准，一是有文采，二是切实用。

萧统重视文学的特征，尤其重视作品的文采。在《文选》序中，他指出“踵其事而增华，变其本而加厉”是一切事物发展的规律，“物既有之，文亦宜然”，因此，文章也是逐渐由质朴走向华美的。他在解释《文选》不收经史子之论著而只收史书之赞序时说：“若其赞论之综缉辞采，序述之错比文华，事出于沉思，义归乎翰藻，故与夫篇什，杂而集之。”“事出于沉思，义归乎翰藻”只就史书之赞序而言，其实，它更是《文选》中“篇什”入选的标准。“沉思”即精思，谓结构与文辞都经过精心的结撰和锤炼。“翰藻”指美丽的文辞，包括用词、用典、比喻、排偶、声律等之华美有表现力。萧统所欣赏的正是这类华美的“篇什”。《文选》不收经史子之文，只收诗赋及单篇文章，其用意是为了使“文章”与“学术”分开，有更大的独立性。《文选》所反映出来的这种独立的文学意识和求美的文学观念，在文学发展史与古代文论方面，都具有重要意义。

魏晋南北朝时期，文坛弥漫骈俪之风，写诗作文，讲究裁对、隶事、敷藻、调声，妃白俪青，施朱傅粉，力求字句精工，反映出一时之审美风尚。《文选》既体现了这种风尚，又助长了这种风尚。中国汉语词汇之丰富，语言之富有表现力，我认为骈俪之风功不可没。

萧统一方面重视文章的“踵事增华”，另一方面也很重视“实用”。《文选序》虽未明言，但从编辑体例来看则十分清楚。

南朝初年，在各体文章大量出现并广泛应用于各个领域之时，产生了文笔之说。《文心雕龙·总术》称“今之常言，有文有笔，以为无韵者笔也，有韵者文也”。《文心雕龙》论文体之各篇，从《辨骚》至《谐谑》，论骚、诗、赋、颂、赞、祝、盟、铭、箴、诔、碑、哀、吊、对问、七、连珠、谐、谑等文体，属有韵之“文”，从《史传》至《书记》，论史传、诸子、论、说、诏、策、檄、移、封禅文、章、表、奏、启、议、对、书信等文体，属无韵之“笔”。这些都是自古以来，特别是当时在社会生活中广泛应用的“实用”的文体。

《文选》所选诸体，共三十七类，另有“移”体在“书”后，疑目录脱“移”字，因此，当为三十八类（赋类又有子目十五，诗类有子目二十三）。将《文选》与《文心》所列各体相对照，可见两者是很相近的。

萧统分体，后人颇有议论，认为过于琐屑。如苏轼认为他“编次无法”①，姚鼐也认为他“分体碎杂”②，章学诚在《文史通义·诗教》中指摘更详。这确是《文选》不足之处，我们不必为萧统讳。但分体繁杂，也是一时风尚。据说，任昉《文章缘起》分类达八十五种，说不定萧统在其基础上还作了归并呢。此外，我们深究萧统用心，大约着眼于读者应用之方便。分类立目具体，实便于仿效。如能熟读各体范文，仔细揣摩其特点与规律，不是易于模拟成文吗？罗根泽说：“站在探源的立场，则毋庸细分；站在穷流的立场，则不能混同。各有各的理由，各有各的利弊。”③《文选》的分体，自有它存在的价值，不宜轻易否定。

《文选》所选之文，总的来说，多属名篇佳作，确是该体之典范，代表着该体在历史发展中的最高成就。当然，无可讳言，囿于时代之审美风尚，选编者在注意区别文学与学术著作的同时，更多地注重作品的形式美，所选大多为华美典雅之作，对一些清新朴素的诗文有所轻忽而未能选入。前人曾指出《文选》选文有所不当，如收嵇康《养生论》、刘孝标《辩命论》而不收范缜《神灭论》，收王融《曲水诗序》而不收王羲之《兰亭集序》，诸子史传中不少好文章也未收录，均为憾事。此外，选文之时，也存在增删割裂不当、标题作者因失于考证而产生误植的疏漏，归类亦偶有可议之处。不过，与《文选》所取得的成就相比，这些不过是白璧微瑕而已。

总之，作为现存最早的一部赋、诗、文选集，《文选》遍及诸体，兼收

① 《东坡志林》。

② 《古文辞类纂序目》。

③ 参见罗根泽：《中国文学批评史》，上海人民出版社2015年版。

古今，不仅保留了周秦至齐梁许多作家的作品，具有极高的文学资料价值，而且反映了当时进步的文学观点与极高的艺术趣味，是我们的祖先留下的一笔巨大的珍贵文化遗产。我们不但可以从中获取许多有用的知识，更可以从中领略辞藻之富、文章之美。我们今天从事写作，也可以获得许多有益的启示和借鉴。对于炎黄子孙来说，从中受到传统文化的熏陶，拓展我们民族的智慧，承袭做人的美德，既是我们义不容辞的历史责任，也是我们所独有的审美享受。

历代关于《文选》的注本很多，最著名的当推唐代李善注，书成于唐高宗显庆年间。萧统原书三十卷，李善分为六十卷。李善注《文选》征引群书，据统计多达一千六百八十九种，取材繁富，援引赅博。唐玄宗开元年间，吕延祚集吕延济、刘良、张铣、吕向、李周翰五人之注为五臣注《文选》。至南宋，书坊取李善注与五臣注合刻，称《六臣注文选》。自《六臣注》流行后，世罕传善注单行之本，李善原注的面貌被淹没了。南宋淳熙年间，尤袤（延之）从《六臣注》中将李善注单独辑录出来加以刊刻。清代嘉庆年间，胡克家据南宋尤袤所刻《李善注文选》复刻，改正了尤刻本若干明显的错误，又据明吴郡袁氏翻雕之宋本《六臣注》及明茶陵陈氏刻增补六臣本以校尤本，撰《文选考异》。这次我们译注《文选》，原文即据胡刻《文选》，个别文字上的问题，参酌《文选考异》，在注中予以说明。其余体例方面的问题，另有《凡例》作介绍。

需要特别说明的是，为帮助读者更深入地了解其中的精义与堂奥，与一般整理古籍只限于圈点、注释、语译不同，本书还加以评析，以适应海峡两岸大专院校中（语）文系学生听课及社会大众深入解读之需。注译力求简明，译文既忠实原文又清楚畅达，评析恳切，时出新意，极便读者赏览。

参加本书注译者多为广西师范大学教授、副教授。初稿撰成，下列先生助我审稿：樊运宽先生审五至十卷，胡大雷先生审十一至十五卷，张明非先生审十九至二十五卷、二十七至三十一卷，毛毓松先生审三十二至三十七卷，周满江先生审四十一至四十六卷，黄立业先生审五十一至五十四卷，最后由我通读并审定全书。此外，崖远培先生作为主编助理帮助我做了许多事，黎明文化事业公司董事长张明弘先生，高瞻远瞩，全力支持，总编辑邓海翔先生筹谋擘画，稿成，复来桂主持编务，就近在桂林电脑排版。此书得以一年完成，为海峡两岸学术文化交流再创新页，实应感谢上述诸位先生的协助与鼓励，及所有撰稿者的辛勤努力与贡献。

我忝列主编，自应勉力从事，然学力有限，纰漏难免，敬祈海内外同人及广大读者不吝赐教。

张葆全

1993年春

桂林独秀峰下

凡　例

一、全书据胡（克家）刻《文选》注译，每篇分为原文、作者简介、篇旨、注释、语译、评析等部分。

二、全书分卷、分体、分类以及文章排列顺序均与胡刻《文选》同。

三、原文按文意分段抄录。原文文字方面的问题，酌采胡克家《文选考异》的校勘意见，在注释中加以说明。

四、作者简介出现于首见作者之篇，其余各篇均略去不再介绍。作者简介中列姓名、生卒年、字号、籍贯、仕履，并适当介绍作者文学成就或其著作、代表作。

五、篇旨为一篇内容之总概括，主要是交代全文叙何事、抒何情、表何意。

六、注释只注字音字义，不串讲句意。一个注号中或释一字，或释数字。难字先注音，再释义。解释字义只限于文中用法，一般不作考辨与探本溯源。成语典故一般均指明出处，但不作烦琐征引。

七、语译以今语翻译原文，韵文有的译成散文。译文尽量忠实于原文，逐句翻译，但为更好传达原意并遵循现代汉语之语言习惯规律，不一定字字对译。译文力求信、达、雅，力求简洁畅达，文辞优美。

八、评析是对原文的分析评论，包括对原文的内容与表达特色两个方面的评析，力求重点突出，而不面面俱到、泛泛而论。评析力求中肯，有新意，有见地，言简意赅。

目　录

卷第四

卷第五

赋丙

卷第六

卷第七

赋丁

卷第八

卷第九

赋戊

卷第十

卷第十一

赋己

卷第十二

卷第十三

赋庚

卷第十四

卷第十五

赋辛

卷第十六

卷第十七

赋王

序

〔梁〕昭明太子

式观元始，眇觌玄风。冬穴夏巢之时，茹毛饮血之世，世质民淳，斯文未作。逮乎伏羲氏之王天下也，始画八卦，造书契，以代结绳之政，由是文籍生焉。《易》曰：“观乎天文，以察时变；观乎人文，以化成天下。”文之时义远矣哉！若夫椎轮为大辂之始，大辂宁有椎轮之质；增冰为积水所成，积水曾微增冰之凛，何哉？盖踵其事而增华，变其本而加厉；物既有之，文亦宜然。随时变改，难可详悉。

尝试论之曰：《诗序》云：“诗有六义焉，一曰风，二曰赋，三曰比，四曰兴，五曰雅，六曰颂。”至于今之作者，异乎古昔，古诗之体，今则全取赋名。荀、宋表之于前，贾、马继之于末。自兹以降，源流寔繁。述邑居则有“凭虚”“亡是”之作，戒畋游则有《长杨》《羽猎》之制。若其纪一事，咏一物，风云草木之兴，鱼虫禽兽之流，推而广之，不可胜载矣！又楚人屈原，含忠履洁，君匪从流，臣进逆耳，深思远虑，遂放湘南。耿介之意既伤，壹郁之怀靡愬。临渊有怀沙之志，吟泽有憔悴之容。骚人之文，自兹而作。

诗者，盖志之所之也，情动于中而形于言。《关雎》《麟趾》，正始之道著；桑间濮上，亡国之音表。故《风》《雅》之道，粲然可观。自炎汉中叶，厥涂渐异。退傅有“在邹”之作，降将著“河梁”之篇；四言五言，区以别矣。又少则三字，多则九言，各体互兴，分镳并驱。颂者，所以游扬德业，褒赞成功。吉甫有“穆若”之谈，季子有“至矣”之叹。

舒布为诗，既言如彼；总成为颂，又亦若此。次则箴兴于补阙，戒出于弼匡。论则析理精微，铭则序事清润。美终则诔发，图像则赞兴。又诏诰教令之流，表奏笺记之列，书誓符檄之品，吊祭悲哀之作，答客指事之制，三言八字之文，篇辞引序，碑碣志状，众制锋起，源流间出，譬陶匏异器，并为入耳之娱；黼黻不同，俱为悦目之玩。作者之致，盖云备矣。

余监抚余闲，居多暇日，历观文囿，泛览辞林，未尝不心游目想，移晷忘倦。自姬汉以来，眇焉悠邈，时更七代，数逾千祀。词人才子，则名溢于缥囊；飞文染翰，则卷盈乎缃帙。自非略其芜秽，集其清英，盖欲兼功，太半难矣！若夫姬公之籍，孔父之书，与日月俱悬，鬼神争奥，孝敬之准式，人伦之师友，岂可重以芟夷，加之剪截？老庄之作，管孟之流，盖以立意为宗，不以能文为本，今之所撰，又以略诸。若贤人之美辞，忠臣之抗直，谋夫之话，辨士之端，冰释泉涌，金相玉振。所谓坐狙丘，议稷下，仲连之却秦军，食其之下齐国，留侯之发八难，曲逆之吐六奇，盖乃事美一时，语流千载。概见坟籍，旁出子史，若斯之流，又亦繁博，虽传之简牍，而事异篇章，今之所集，亦所不取。至于记事之史，系年之书，所以褒贬是非，纪别异同，方之篇翰，亦已不同。若其赞论之综缉辞采，序述之错比文华，事出于沉思，义归乎翰藻，故与夫篇什，杂而集之。远自周室，迄于圣代，都为三十卷，名曰《文选》云耳。

凡次文之体，各以汇聚。诗赋体既不一，又以类分；类分之中，各以时代相次。

卷第一

赋甲

京都上

两都赋二首　并序

两都赋序①

作者：班孟坚　　注译评析：樊运宽

或曰："赋者，古诗之流也②。"昔成康没而颂声寝③，王泽竭而诗不作。大汉初定，日不暇给④。至于武宣之世⑤，乃崇礼官，考文章⑥，内设金马石渠之署⑦，外兴乐府协律之事⑧，以兴废继绝⑨，润色鸿业⑩。是以众庶悦豫⑪，福应尤盛⑫。《白麟》《赤雁》《芝房》《宝鼎》之歌⑬，荐于郊庙⑭，神雀、五凤、甘露、黄龙之瑞⑮，以为年纪⑯。故言语侍从之臣⑰，若司马相如、虞丘寿王、东方朔、枚皋、王褒、刘向之属⑱，朝夕论思⑲，日月献纳。而公卿大臣御史大夫倪宽⑳、太常孔臧㉑、太中大夫董仲舒㉒、宗正刘德㉓、太子太傅萧望之等㉔，时时间作。或以抒下情而通讽谕，或以宣上德而尽忠孝，雍容揄扬㉕，著于后嗣，抑亦雅颂之亚也。故孝成之世㉖，论而录之，盖奏御者千有余篇，而后大汉之文章，炳焉与三代同风㉗。

且夫道有夷隆㉘，学有粗密，因时而建德者，不以远近易则㉙。故皋陶歌虞㉚，奚斯颂鲁㉛，同见采于孔氏㉜，列于《诗》《书》㉝，其义一也。稽之上古则如彼，考之汉室又如此。斯事虽细，然先臣之旧式㉞，国家之遗美，不可阙也。臣窃见海内清平，朝廷无事，京师修宫室，浚城隍㉟，起苑囿㊱，以备制度。西土耆老㊲，咸怀怨思，冀上之睠顾㊳，而盛称长安旧制㊴，有陋雒邑之议㊵。故臣作《两都赋》，以极众人之所眩曜㊶，折以今之法度㊷。其词曰：

【作者简介】

班固（32—92），字孟坚，东汉史学家和文学家。扶风安陵（今陕西咸阳东北）人，九岁即能做文章诵诗赋，长成后博览群书，在父亲班彪所作《史记后传》的基础上作《汉书》。后被人诬告，以私改国史罪下狱，妹班昭上书辩解获释，官兰台令史，迁为郎，奉诏修史，历二十余年写成《汉书》，计一百篇八十余万字。其中，《八表》和《天文志》为其妹班昭和同郡人马续补写。全书结构严密，文辞典雅。辞赋以《两都赋》为代表作。原有集十七卷，已散佚，今存明人辑本《班兰台集》，传附《后汉书·班彪传》。

【篇旨】

论述汉赋的产生、兴盛及其社会意义和美学价值，阐明写作《两都赋》的目的。

【注释】

① 两都：指西汉京都长安，东汉京都洛阳。

② 古诗：指《诗经》中的诗篇。

③ 成康：周成王和周康王。

④ 日不暇给：政务繁忙，无暇顾及提倡文化。

⑤ 武宣：汉武帝刘彻和汉宣帝刘询。

⑥ 考文章：考核古籍，论讲经典。

⑦ 金马：金马门，因门旁立铜马得名，为文人儒生校理经典处，后成官署名。石渠：石渠阁，为宫中藏书之处。

⑧ 乐府：汉代朝廷的音乐官署。协律：考核乐律。

⑨ 兴废继绝：振兴被秦朝废弃的典籍制度和文章，继承成康盛世的功业。

⑩ 润色：修饰。

⑪ 悦豫：快乐。

⑫ 福应：吉祥的预兆。

⑬《白麟》《赤雁》《芝房》《宝鼎》：均为根据汉武帝时出现的福祥征兆创作的歌曲。《汉书·武帝纪》载：武帝行幸各地，获白麟，作《白麟之歌》。获赤雁，作《朱雁之歌》。又说，甘泉宫内产芝，九茎连叶，作《芝房之歌》。得宝鼎后土祠旁，作《宝鼎之歌》。

⑭ 郊庙：祀天地与祭祖先之所。

⑮ 神雀、五凤、甘露、黄龙：传说汉宣帝时，因神雀集，五凤至，甘露降，黄龙现，以为福祥，故依次改元为神雀、五凤、甘露、黄龙。

⑯ 年纪：记年之号，即年号。

⑰ 言语侍从：精通文章经术的皇帝随从官。

⑱ 司马相如：字长卿，蜀郡成都人，西汉主要赋家之一。虞丘寿王：字子赣，吴郡人，西汉辞赋家。东方朔：字曼倩，平原人，西汉文学家，官至太中大夫。枚皋：字少孺，淮阴人，辞赋家，武帝时拜为郎。王褒：字子渊，蜀郡资中人，辞赋家，官至谏议大夫。刘向：字子政，西汉沛人，辞赋家，官至光禄大夫。

⑲ 论思：议论思索。

⑳ 公卿：三公九卿，指朝廷高级官员。倪宽：千乘人，官至御史大夫。

㉑ 太常：官名，掌宗庙礼仪。孔臧：据李善注引《孔臧集》："臧，仲尼之后。少以才博知名，稍迁御史大夫。"

㉒ 太中大夫：官名，掌议论。董仲舒：广川人，西汉哲学家，今文经学大师，以修《春秋》为博士，官至江都相。学术上主张罢黜百家，独尊儒术。

㉓ 宗正：官名，掌王室亲族事务。刘德：字路叔，少修黄老之学，官至太中大夫，封阳城侯。

㉔ 太子太傅：辅导太子之官。萧望之：字长倩，东海兰陵人，官至御史大夫。

㉕ 雍容：温和从容。揄扬：称誉。

㉖ 孝成：指汉成帝刘骜，字太孙。

㉗ 三代：指夏商周。

㉘ 夷隆：衰败与兴旺。

㉙ 远近：指古今。则：规律。

㉚ 皋陶（gāo yáo）：亦称皋繇，传说中舜帝掌刑狱之臣。歌虞：歌颂虞舜的功业德行。

㉛ 奚斯：春秋时代鲁国公子，名鱼，鲁国的大夫，旧说《鲁颂》是奚斯所作。

㉜ 见采：被采纳。

㉝ 列于《诗》《书》：指皋陶之歌被编入《尚书》，奚斯所作颂诗被编入《诗经》。

㉞ 先臣：指皋陶、奚斯、司马相如等人。旧式：老规矩。

㉟ 浚：深挖。城隍：城池。隍，城池无水叫隍。

㊱ 苑囿：帝王的花园。种植林木的叫苑，畜养禽兽的叫囿。

㊲ 西土：指西都长安。耆老：长老。

㊳ 睠顾：怀念故旧。

㊴ 旧制：往昔的体制，指西汉立国建都的原则规模及典章制度等。

㊵ 雒邑：《后汉书》作洛邑。

㊶ 极：尽。眩曜：迷惑。

㊷ 折：折中，判断。

【语译】

有人说："赋是古诗的支流。"从前成王康王一去世，颂扬之声便停止，先王的恩泽尽，颂诗也不再有人创作。大汉初定，高帝政务纷繁忙碌无暇顾及提倡文化。直到武帝宣帝时代，才崇尚礼乐制度，考核讲论古籍经典，内设金马和石渠官署，外立乐府考校乐律，以继承和振兴前代的礼乐文章，修饰大汉治国兴邦的伟业。因而庶民高兴，祥瑞盛多。《白麟》《赤雁》《芝房》《宝鼎》之歌，相继被敬献于郊庙祭祀。神雀、五凤、甘露、黄龙随之降临，皇上趁此瑞应改换年号。因此，言语侍从之臣，如司马相如、虞丘寿王、东方朔、枚皋、王褒、刘向等人，朝夕议论构思，不时向皇上进献辞赋。而公卿大臣，如御史大夫倪宽、太常孔臧、太中大夫董仲舒、宗正刘德、太子太傅萧望之等，也时而作赋。有的抒发臣民之情以表达讽谏之意，有的宣扬君主之德以尽忠孝之道。这些赋作都温和从容，颂扬称誉，昭示于后代，其价值仅次于《诗经》雅颂。所以在成帝时，经过整理登录，进献皇帝的大约有千余篇。从而使汉朝文章的光辉灿烂，与夏商周三代的文章相同。

王道的兴衰各个时代不同，学问的深浅精粗也各人有别，但适应时势建立功业的君主重视歌功颂德古今是一样的，决不因时代的远近而改变这个法则。所以皋陶歌颂虞舜的德政，奚斯赞扬鲁公重修祖庙之举，他们的作品都被孔子采录，编次于《诗》《书》，道理古今也是相同的。稽考上古则如皋陶奚斯那样，考察汉室又像司马相如等人这般。辞赋写作虽然是小事，但前代言语侍从之臣立下的规矩，国家世代相传的美政，是不可缺漏的。我亲眼看到天下清平，朝廷无事，京师修建宫室，疏浚城池，修筑苑囿，以完备制度。西京长老，心怀怨思，希望皇上留恋旧都。而且盛赞长安的旧体制规模，也就有了鄙薄洛阳的议论。因此，我作《两都赋》尽言众人的迷惑，并用今之法度加以折中、判断。

【评析】

《两都赋序》集中体现了作者对汉赋的见解，文章断言："赋者，古诗之流也"，明确指出汉赋源于古诗，并认为"崇礼官，考文章"和"润色鸿业"是汉赋产生的社会背景，也是历史对汉赋的要求，而司马相如、虞丘寿王、东方朔等人的"朝夕论思，日月献纳"和公卿大臣的"时时间作"，则直接推动和促进汉赋创作的繁荣和发展。接着，序文进一步指出，汉赋"或以抒下情而通讽谕，或以宣上德而尽忠孝"，概括了汉赋歌功颂德的特色，称赞汉赋这一汉代文学主体是“雅颂之亚”“炳焉与三代同风”，认为它保持和继承了夏商周文学的风格和优良传统，从而肯定了汉赋在文学史上的地位。最后指出，时下一些人是古非今，发思古之幽情，与孔子“不以远近易则”而把民歌采录编入《诗》《书》的做法背道而驰。因此他主张发扬西汉辞赋的传统，并针对盛称长安而陋洛阳的现象，表明自己写作《西都赋》的缘由和目的，是“极众人之所眩曜，折以今之法度”。

西都赋

有西都宾问于东都主人曰：“盖闻皇汉之初经营也[1]，尝有意乎都河洛矣[2]。辍而弗康[3]，寔用西迁，作我上都[4]。主人闻其故而睹其制乎[5]？”主人曰：“未也。愿宾摅怀旧之蓄念[6]，发思古之幽情。博我以皇道[7]，弘我以汉京[8]。”宾曰：“唯唯。

“汉之西都，在于雍州[9]，寔曰长安。左据函谷二崤之阻[10]，表以太华终南之山[11]。右界褒斜陇首之险[12]，带以洪河泾渭之川[13]。众流之隈[14]，汧涌其西[15]。华实之毛[16]，则九州之上腴焉[17]；防御之阻，则天地之隩区焉[18]。是故横被六合[19]，三成帝畿[20]。周以龙兴，秦以虎视。及至大汉受命而都之也，仰悟东井之精[21]，俯协河图之灵[22]。奉春建策[23]，留侯演成[24]。天人合应，以发皇明。乃眷西顾，寔惟作京[25]。

“于是睎秦岭[26]，睋北阜[27]。挟沣灞[28]，据龙首。图皇基于亿载，度宏规而大起。肇自高而终平[29]，世增饰以崇丽。历十二之延祚[30]，故穷泰而极侈[31]。建金城而万雉[32]，呀周池而成渊[33]。披三条之广路[34]，立十二之通门[35]。内则街衢洞达，闾阎且千[36]。九市开场[37]，货别隧分。人不得顾，车不得旋。阗城溢郭，旁流百廛[38]。红尘四合，烟云相连。于是既庶且富，娱乐无疆。都人士女，殊异乎五方。游士拟于公侯，列肆侈于姬姜[39]。乡曲豪举[40]，游侠之雄。节慕原尝[41]，名亚春陵[42]。

连交合众，骋骛乎其中。若乃观其四郊，浮游近县，则南望杜霸[43]，北眺五陵[44]。名都对郭，邑居相承。英俊之域，绂冕所兴[45]。冠盖如云[46]，七相五公[47]。与乎州郡之豪杰，五都之货殖[48]，三选七迁[49]，充奉陵邑[50]。盖以强干弱枝[51]，隆上都而观万国也[52]。

"封畿之内[53]，厥土千里。逴跞诸夏[54]，兼其所有。其阳则崇山隐天[55]，幽林穹谷[56]，陆海珍藏[57]，蓝田美玉[58]。商洛缘其隈[59]，鄠杜滨其足[60]，源泉灌注，陂池交属[61]。竹林果园，芳草甘木，郊野之富，号为近蜀。其阴则冠以九嵕[62]，陪以甘泉[63]，乃有灵宫起乎其中[64]。秦汉之所极观，渊云之所颂叹[65]，于是乎存焉。下有郑白之沃[66]，衣食之源，提封五万[67]，疆埸绮分[68]，沟塍刻镂[69]，原隰龙鳞[70]。决渠降雨，荷插成云[71]。五谷垂颖[72]，桑麻铺菜[73]。东郊则有通沟大漕[74]，溃渭洞河[75]。泛舟山东[76]，控引淮湖[77]，与海通波。西郊则有上囿禁苑[78]，林麓薮泽，陂池连乎蜀汉[79]。缭以周墙，四百余里。离宫别馆[80]，三十六所。神池灵沼，往往而在。其中乃有九真之麟[81]，大宛之马[82]，黄支之犀[83]，条支之鸟[84]。逾昆仑[85]，越巨海，殊方异类，至于三万里。

"其宫室也，体象乎天地[86]，经纬乎阴阳，据坤灵之正位[87]，仿太紫之圆方[88]。树中天之华阙[89]。丰冠山之朱堂[90]。因瑰材而究奇[91]，抗应龙之虹梁[92]。列棼橑以布翼[93]，荷栋桴而高骧[94]。雕玉瑱以居楹[95]，裁金璧以饰珰[96]。发五色之渥彩，光爓朗以景彰。于是左城右平[97]，重轩三阶，闺房周通，门闼洞开。列钟虡于中庭[98]，立金人于端闱[99]。仍增崖而衡阈[100]，临峻路而启扉。徇以离宫别寝[101]，承以崇台闲馆，焕若列宿，紫宫是环。清凉宣温，神仙长年，金华玉堂，白虎麒麟[102]，区宇若兹，不可殚论。增盘崔嵬，登降炤烂，殊形诡制，每各异观。乘茵步辇[103]，惟所息宴。

"后宫则有掖庭椒房[104]，后妃之室。合欢增城，安处常宁。茝若椒风，披香发越。兰林蕙草，鸳鸾飞翔之列[105]，昭阳特盛[106]，隆乎孝成[107]。屋不呈材，墙不露形。裛以藻绣[108]，络以纶连[109]。随侯明月[110]，错落其间。金釭衔璧[111]，是为列钱。翡翠火齐[112]，流耀含英。悬黎垂棘[113]，夜光在焉。于是玄墀釦砌[114]，玉阶彤庭，碝磩采致[115]，琳珉青荧[116]，珊瑚碧树，周阿而生[117]。红罗飒纚[118]，绮组缤纷，精曜华烛，俯仰如神。后宫之号，十有四位[119]。窈窕繁华，更盛迭贵。处乎斯列者，盖以百数。

“左右庭中，朝堂百寮之位[120]，萧曹魏邴[121]，谋谟乎其上[122]。佐命则垂统，辅翼则成化。流大汉之恺悌[123]，荡亡秦之毒螫[124]。故令斯人扬乐和之声[125]，作画一之歌[126]。功德著乎祖宗，膏泽洽乎黎庶[127]。又有天禄石渠，典籍之府。命夫惇诲故老，名儒师傅。讲论乎六艺[128]，稽合乎同异[129]。又有承明金马[130]，著作之庭。大雅宏达，于兹为群。元元本本，殚见洽闻[131]。启发篇章，校理秘文[132]。周以钩陈之位[133]，卫以严更之署[134]。总礼官之甲科[135]，群百郡之廉孝[136]。虎贲赘衣[137]，阉尹阍寺[138]。陛戟百重[139]，各有典司[140]。

“周庐千列[141]，徼道绮错[142]。辇路经营[143]，修除飞阁[144]。自未央而连桂宫[145]，北弥明光而亘长乐[146]。凌隥道而超西墉[147]，掍建章而连外属[148]。设璧门之凤阙[149]，上觚稜而栖金爵[150]。内则别风之嶕峣[151]，眇丽巧而耸擢[152]。张千门而立万户，顺阴阳以开阖[153]。尔乃正殿崔嵬，层构厥高[154]，临乎未央，经骀荡而出馺娑[155]，洞枍诣以与天梁[156]。上反宇以盖戴[157]，激日景而纳光。神明郁其特起[158]，遂偃蹇而上跻[159]。轶云雨于太半[160]，虹霓回带于棼楣[161]。虽轻迅与僄狡[162]，犹愕眙而不能阶[163]。攀井干而未半[164]，目眴转而意迷[165]。舍棂槛而却倚[166]，若颠坠而复稽[167]。魂怳怳以失度[168]，巡回涂而下低。既惩惧于登望，降周流以彷徨。步甬道以萦纡[169]，又杳窱而不见阳[170]。排飞闼而上出[171]，若游目于天表，似无依而洋洋[172]。

“前唐中而后太液[173]，览沧海之汤汤，扬波涛于碣石[174]，激神岳之嶈嶈[175]。滥瀛洲与方壶[176]，蓬莱起乎中央[177]。于是灵草冬荣，神木丛生。岩峻崷崒[178]，金石峥嵘[179]。抗仙掌以承露[180]，擢双立之金茎[181]。轶埃堨之混浊[182]，鲜颢气之清英[183]。骋文成之丕诞[184]，驰五利之所刑[185]。庶松乔之群类[186]，时游从乎斯庭。实列仙之攸馆，非吾人之所宁。

“尔乃盛娱游之壮观，奋泰武乎上囿[187]。因兹以威戎夸狄，耀威灵而讲武事。命荆州使起鸟[188]，诏梁野而驱兽[189]。毛群内阗[190]，飞羽上覆。接翼侧足，集禁林而屯聚[191]。水衡虞人[192]，修其营表[193]。种别群分[194]，部曲有署[195]。罘网连纮[196]，笼山络野。列卒周匝，星罗云布。于是乘銮舆[197]，备法驾[198]，帅群臣。披飞廉[199]，入苑门。遂绕酆鄗[200]，历上兰[201]。六师发逐[202]，百兽骇殚。震震爚爚[203]，雷奔电激。草木涂地，山渊反覆。蹂躏其十二三，乃拗怒而少息[204]。尔乃期门佽飞[205]，列刃鑚鍭[206]，要趹追踪[207]。鸟惊触丝[208]，兽骇值锋[209]。机不虚掎[210]，弦不再控[211]。矢不单杀，中必叠双。飑飑纷纷[212]，矰缴相缠[213]。风毛雨血，洒野蔽天。平原赤[214]，勇士厉。猿狖失木[215]，豺狼慑窜。尔乃移师趋险，并蹈潜秽。穷虎奔突，狂兕触蹶[216]。许少施巧[217]，秦成力折[218]。掎僄狡[219]，扼猛噬[220]。脱角挫脰[221]，徒搏独杀。挟师豹[222]，拖熊螭[223]。曳犀牦[224]，顿象罴[225]。超洞壑，越峻崖。蹶崭岩[226]，钜石隤[227]。松柏仆，丛林摧。草木无余，禽兽殄夷[228]。

“于是天子乃登属玉之馆[229]，历长杨之榭[230]。览山川之体势，观三军之杀获。原野萧条，目极四裔。禽相镇压[231]，兽相枕藉[232]。然后收禽会众，论功赐胙[233]。陈轻骑以行炰[234]，腾酒车以斟酌。割鲜野食[235]，举烽命釂[236]。飨赐毕[237]，劳逸齐[238]，大路鸣銮[239]，容与徘徊[240]。集乎豫章之宇[241]，临乎昆明之池[242]。左牵牛而右织女[243]，似云汉之无涯。茂树荫蔚，芳草被堤[244]，兰茝发色，晔晔猗猗[245]，若摛锦布绣[246]，烛耀乎其陂[247]。鸟则玄鹤白鹭，黄鹄䴔䴖[248]，鸧鸹鸨鶂[249]，凫鹥鸿雁[250]。朝发河海，夕宿江汉。沉浮往来，云集雾散。于是后宫乘輚辂[251]，登龙舟，张凤盖，建华旗。祛黼帷[252]，镜清流[253]。靡微风[254]，澹淡浮[255]。棹女讴[256]，鼓吹震。声激越，謍厉天[257]。鸟群翔，鱼窥渊。招白鹇[258]，下双鹄[259]。揄文竿[260]，出比目[261]。抚鸿罿[262]，御矰缴。方舟并鹜[263]，俯仰极乐。遂乃风举云摇，浮游溥览[264]。

“前乘秦岭[265]，后越九嵏。东薄河华[266]，西涉岐雍[267]。宫馆所历，百有余区。行所朝夕[268]，储不改供。礼上下而接山川[269]，究休祐之所用[270]。采游童之欢谣[271]，第从臣之嘉颂[272]。于斯之时，都都相望[273]，邑邑相属[274]。国藉十世之基[275]，家承百年之业[276]。士食旧德之名氏[277]，农服先畴之畎亩[278]。商循族世之所鬻[279]，工用高曾之规矩[280]。粲乎隐隐[281]，各得其所。

“若臣者[282]，徒观迹于旧墟[283]，闻之乎故老。十分而未得其一端，故不能遍举也。”

【篇旨】

渲染夸耀西都长安山川险固，宫室台榭雄伟豪华，帝王纵情田猎游乐的情景，讽谏统治者不要过于奢侈。

【注释】

① 经营：筑造营建。指汉初建都的事。

② 河洛：黄河与洛水，此指河洛之间的洛阳。

③ 康：安。

④ 上都：指京师长安。

⑤ 制：规模体制。

⑥ 摅（shū）：同“抒”，抒发。

⑦ 皇道：重大的道理。指高帝定都之大计。

⑧ 汉京：西都长安。

⑨ 雍州：古九州之一。《尚书·禹贡》：“黑水西河惟雍州。”其地包括今陕西、宁夏、甘肃、青海、内蒙古一带。

⑩ 函谷：关名。在今河南灵宝，东起崤山，西至潼津，形势险固。二崤：崤山分东崤、西崤，故称二崤。在今河南洛宁西北。

⑪ 太华：西岳华山，在陕西渭南。终南：山名，又称南山。秦岭主峰之一，在陕西西安南。

⑫ 褒斜：古道路名，即褒斜谷，又称褒斜道，为出入秦岭南北的要道。

陇首：陇山，在陕西陇县至甘肃平凉，为陕甘间要隘。

⑬ 泾渭：泾水和渭水，皆在陕西。

⑭ 隈（wēi）：江河弯曲处。

⑮ 汧（qiān）涌：江河之水积蓄聚集然后奔涌之处。

⑯ 华实：开花结果。毛：草木。

⑰ 九州：古代中国设置九个州。《尚书·禹贡》中九州为冀、兖、青、徐、扬、荆、豫、梁、雍。

⑱ 隩区：四方之土可居者。

⑲ 六合：东南西北上下。

⑳ 三成：指周秦汉三个朝代皆都于此。

㉑ 东井之精：五星聚于东井，传说高祖入秦时出现的瑞应。东井：星名，即井宿，为秦的分野。

㉒ 河图：即河出图。图即八卦。

㉓ 奉春：即娄敬，号奉春君。闻高祖欲都洛阳而求见，献策都长安，被采纳而受封号。

㉔ 留侯：张良。

㉕ 作京：指建都于长安。

㉖ 秦岭：即包括终南山、太一山等的南山。

㉗ 北阜：指长安之北的九嵏山、甘泉山等。

㉘ 沣灞：沣水和灞水，皆渭水的支流。

㉙ 肇：始。高：汉高祖刘邦。平：汉平帝刘衎。

㉚ 十二：自高祖经惠帝、高后、文、景、武、昭、宣、元、成、哀至平帝十二代。

㉛ 泰：骄奢淫逸。

㉜ 雉：城墙长三丈、高一丈为一雉。

㉝ 呀：宽大而空旷貌。

㉞ 三条：城旁有三门，每门一条大道，故曰三条。

㉟ 十二通门：长安城有十二门，表示通十二时辰，即日夜通达无阻

之意。

㊱ 闾：里门。阎：里中门。

㊲ 九市：长安城设九个市场，六市在道西，三市在道东。

㊳ 阗：通“填”，充满。郭：外城。古代三里为城，七里为郭。廛：商铺、作坊。

㊴ 列肆：市场中的店铺。这里借指店铺中众多的商妇。姬姜：姬，周姓；姜，传说中炎帝之后。姬姜二姓常通婚，故以指贵妇人。

㊵ 豪举：游侠自相夸矜的傲慢举动。

㊶ 原：平原君，战国时赵国贵族赵胜。曾三任赵相，礼贤下士，有门客三千多人。尝：孟尝君，战国时齐国贵族田文，曾任秦相，轻财好义，门下食客数千。

㊷ 春：春申君，战国时楚国贵族黄歇，相楚二十五年，门客三千。陵：信陵君，战国时魏国贵族无忌，好养士，门客三千。

㊸ 杜霸：杜陵与霸陵。杜陵，在陕西西安，原为杜县，因宣帝在此筑陵而改称杜陵。霸陵，在陕西西安，汉文帝陵墓所在地。

㊹ 五陵：指长陵、安陵、茂陵、阳陵、平陵。

㊺ 绂冕：古代礼服。

㊻ 冠盖：礼帽和车盖，此指官宦。

㊼ 七相：西汉时为抑制地方势力，加强中央权力和奉供，把一批官宦富贵大族相继迁徙到先帝陵墓所在地，其中有七人曾任丞相，即韦贤、车千秋、黄霸、平当、魏相、王商、王嘉。五公：指迁徙于先陵的五个公侯，即张汤、杜周、萧望之、冯奉世、史丹。

㊽ 五都：汉代以洛阳、邯郸、临淄、宛、成都为五都。货殖：经商聚财，此指商人。

㊾ 三选：选三等人，即七相五公、州郡豪杰和五都货殖。七迁：即迁徙三等人至七陵。

㊿ 充奉：担当祭祀供奉任务。

51 干：指中央和皇室。枝：指诸侯和豪强势力。

52 隆：崇尚。上都：指京师长安。观：示人。万国：整个天下。

53 封畿：京师地区。

54 逴跞：绝异。诸夏：指京畿以外的诸侯国。

55 阳：南面。

56 穹谷：深谷。

57 陆海：大高原。指关中一带，因物产富饶，故称陆海。

58 蓝田：山名，在陕西蓝田，因产美玉又称玉山。

59 商洛：商县和上洛县，今属陕西商洛市商州区。

60 鄠杜：鄠县和杜阳县，在今陕西麟游西北。

61 陂池：池塘。

62 阴：北面。九嵕：山名，在陕西礼泉东北。

63 甘泉：山名，在陕西淳化西北。

64 灵宫：甘泉山上的甘泉宫，天子常郊祭于此，故称灵宫。

65 渊：王褒，字子渊，作《甘泉颂》。云：扬雄，字子云，作《甘泉赋》。

66 郑白：郑渠和白渠。郑渠，郑国渠，战国韩之水工郑国为秦开凿，灌溉关中四万余顷土地。白渠，汉代在陕西三原修造的水利工程，长二百多里，灌溉四千多顷土地。

67 提封：总共。五万：五万井农田。

68 疆埸：田界。

69 沟塍：沟渠和田埂。

70 原：高平之地。隰：低湿之地。

71 插：通“锸”，掘土工具。

72 颖：禾穗。

73 铺菜：散发香气。

74 通沟：指古运河。

75 洞：通。

76 山东：即关东，崤山以东。

⑰ 淮：淮水。

⑱ 上囿禁苑：即上林苑。

⑲ 陂池：水池沼泽。蜀汉：二郡名。蜀郡，秦置，地属今成都及温江一带。汉中郡，秦置，地属今陕西汉中市南郑区。

⑳ 离宫别馆：帝王于京师正式宫殿之外，另筑的宫殿馆舍。

㉑ 九真：郡名，原属南越，汉武帝元鼎六年置九真郡。

㉒ 大宛：古西域国名，产名马。

㉓ 黄支：古西域国名。

㉔ 条支：古西域国名，即阿拉伯。

㉕ 昆仑：山名，在新疆与西藏之间。西接帕米尔高原，东入青海省境。

㉖ 体象：取法。

㉗ 坤：地。

㉘ 太紫：二星宿名，即太微和紫宫。太微，三垣之一，位于北斗之南，轸、翼之北。紫宫，亦三垣之一，古人以为天帝的居室。

㉙ 中天：高空。阙：门观。

㉚ 冠山：指未央宫建于龙首山上。朱堂：豪华的殿堂，指未央宫。

㉛ 瑰材：珍奇华美的梁材。

㉜ 抗：竖立。应龙：神话中有翅膀的龙。

㉝ 棼橑：指楼阁的梁椽。翼：向上翘的屋檐。

㉞ 栋桴：屋梁。骧：举。

㉟ 瑱（tiàn）：通“磌”，柱脚石。

㊱ 珰：椽头饰物。

㊲ 墄：通“礣”，石阶，为群臣登降之处。

㊳ 钟虡：悬挂编钟的木架。

㊴ 金人：铜人。《史记·秦始皇本纪》：“收天下兵，聚之咸阳，销以为钟鐻，金人十二，各重千石，置廷宫中。”端闱：宫殿的正门。

⑩⓪ 增：通“层”。衡阈：门限。

⑩① 徇：环绕。

⑩② 清凉、宣温、神仙、长年、金华、玉堂、白虎、麒麟：皆未央宫的殿名。

⑩③ 茵：辇轿上的坐垫，此引申为车轿。

⑩④ 掖（yè）庭：宫中旁舍，为宫女所居的宫殿。椒房：后妃所居殿名。

⑩⑤ 合欢、增成、安处、常宁、茝若、椒风 、披香、发越、兰林、蕙草、鸳鸾、飞翔：皆宫殿名。

⑩⑥ 昭阳：殿名，汉成帝后赵飞燕所居。

⑩⑦ 孝成：汉成帝。

⑩⑧ 裛（yì）：缠绕。

⑩⑨ 纶连：联结丝绶而成的网状彩饰。

⑪⓪ 随侯明月：宝珠名。

⑪① 金釭：宫室墙壁横木上的金属饰物。

⑪② 翡翠：鸟名，毛有蓝、绿、棕等色。此指以翡翠装饰的宫室。火齐：火齐珠，又名玫瑰珠石。

⑪③ 悬黎、垂棘：皆玉石名。

⑪④ 玄墀：以黑漆涂抹的宫殿地面。釦砌：以金涂饰的门限。

⑪⑤ 碝（ruǎn）碱（qì）：似玉之石。采致：纹理密致。

⑪⑥ 琳珉：似玉的美石。青荧：玉石、美石的光泽。

⑪⑦ 周阿：殿堂四周的角落。

⑪⑧ 飒纚：长袖飘动貌。

⑪⑨ 十有四位：十四等。汉代宫妃称号承秦制，分昭仪、婕妤、娙娥、傛华、美人、八子、充依、七子、良人、长使、少使、五官、顺常、无涓十四等次。

⑫⓪ 朝堂：汉代正朝左右百官治事之所，国家大事皆议于此。寮：通“僚”。

⑫① 萧曹魏邴：皆汉朝大臣。即萧何佐刘邦建汉，后为丞相；曹参佐刘邦灭项羽，后继萧何为相；魏相，官至河南太守，宣帝时为相；邴吉，曾为廷尉监，官至丞相。

⑫² 谋谟：计策。
⑫³ 恺悌：安乐友爱。此指汉初实行与民休息的宽和政策。
⑫⁴ 螫（shì）：毒虫刺人。
⑫⁵ 斯人：指萧曹魏邴等佐命之臣。
⑫⁶ 画一：整齐。
⑫⁷ 洽：沾溉。
⑫⁸ 六艺：《诗》《书》《礼》《乐》《易》《春秋》六经。
⑫⁹ 稽合：考校研究。
⑬⁰ 承明：承明庐。汉承明殿前的旁舍，待诏者及侍从之臣的居室。金门：金马门，官署名，因门前立铜马而得名。
⑬¹ 洽：遍。
⑬² 秘文：秘藏的典籍。
⑬³ 钩陈：星名，在紫微垣中，近北极。此象征后宫。
⑬⁴ 严更之署：警夜打更的岗位。
⑬⁵ 礼官：执掌礼仪宗庙之官。甲科：汉代考试科目名，此指入仕的人。
⑬⁶ 廉孝：汉代选拔官吏的两种科目。廉：廉洁之士。孝：孝子。
⑬⁷ 虎贲（bēn）：武士。赘衣：即缀衣，官名，掌宫中衣饰之官。
⑬⁸ 阉尹：宦官头领。阍寺：掌宫禁门户之官。
⑬⁹ 陛戟：执戟列于陛下。
⑭⁰ 典司：执掌的职责。
⑭¹ 周庐：环绕宫廷的宿卫房舍。
⑭² 徼（jiào）道：巡行警戒之路。
⑭³ 辇路：宫殿之间的大道。经营：环绕曲折。
⑭⁴ 除：楼陛。
⑭⁵ 桂宫：宫名，在未央宫北。
⑭⁶ 弥：终。明光：宫名，在长安北。亘：通“絙”，连贯。长乐：宫名，在长安北。
⑭⁷ 隥道：栈道。西墉：西城。

⑱ 掍：同“混”，通达。建章：宫名。

⑲ 璧门：建章宫正门，以璧玉饰之，故名。之：与。凤阙：在建章宫东，上有铜凤而名。

⑳ 觚稜：宫阙屋脊角隅上翘处。金爵：即金雀。立于宫阙屋脊高处的铜制凤凰。爵：通“雀”。

㉑ 别风：阙名，在建章宫正门内，高五十丈。嶕峣：高耸貌。一说阙名。

㉒ 眇：高远。耸擢：高耸矗立。

㉓ 阴阳：指朝夕。夕为阴，朝为阳。

㉔ 层构：重重构筑。

㉕ 骀（dài）荡、馺（sà）娑：皆宫殿名，在建章宫内。

㉖ 枍（yì）诣：宫殿名，在建章宫内。以：衍文。天梁：建章宫内殿名。

㉗ 反宇：殿堂檐脊凌空上翘。盖戴：笼罩。

㉘ 神明：台名，在建章宫内，高五十余丈。

㉙ 偃蹇：高耸貌。

⑯0 轶：超过。

⑯1 棼橑：殿堂的栋梁。

⑯2 僄狡：轻捷勇猛。

⑯3 愕眙：惊视。阶：登。

⑯4 井干：楼名。

⑯5 眴（xuàn）转：眼目昏花。

⑯6 棂槛：楼阁上的栏杆。

⑯7 稽：止。

⑯8 怳怳：心神不定。怳通“恍”。

⑯9 甬道：楼阁之间的通道。

⑰0 杳篠（tiǎo）：深邃。

⑰1 飞闼：楼阁的门。

⑰² 洋洋：无依无靠貌。
⑰³ 唐：庭。太液：池名，在建章宫北。
⑰⁴ 碣石：指太液池中仿碣石山造的假山。
⑰⁵ 神岳：指碣石。瓣瓣：水击山石声。
⑰⁶ 滥：激荡翻滚。瀛洲、方壶：传说中的东海神山。
⑰⁷ 蓬莱：传说中的东海神山。
⑰⁸ 峭崒：山势高峻。
⑰⁹ 峥嵘：山高峻貌。
⑱⁰ 抗：举起。仙掌承露：指神明台铜人以掌捧盘承接露水。
⑱¹ 擢双立：双双耸立。金茎：铜柱。
⑱² 埃壒（ài）：尘土。
⑱³ 鲜：洁净。颢气：洁净清新之气。
⑱⁴ 文成：指方士李少翁，武帝时施其方术，被封为文成将军，他说服武帝在甘泉宫为台，画天地太一诸神鬼，置祭具以降天神。
⑱⁵ 五利：指方士栾大，他向汉武帝献不死之药，被封为五利将军。
⑱⁶ 松乔：传说的两个仙人。松，赤松子，神农时雨师，服水玉以教神农，能自由出入水火。乔，王子乔，周灵王太子晋，被道人浮丘公接上嵩山。
⑱⁷ 泰武：大规模讲习武事。
⑱⁸ 荆州：古代九州之一。《尚书·禹贡》："荆及衡阳惟荆州。"周汉以后皆置荆州，疆域治所屡有变迁。刘表为荆州牧，治所在湖北襄阳。关羽督荆州，治江陵。汉代辖境相当于今湖南湖北。起鸟：捕捉禽兽。
⑱⁹ 梁：古九州之一。在雍州之南，东至华山，南至长江。《尚书·禹贡》："华阳黑水惟梁州。"
⑲⁰ 毛群：兽类。阗（tián）：充满。
⑲¹ 禁林：帝王的苑囿。
⑲² 水衡：官名，汉武帝置水衡都尉、水衡丞，管理上林苑。虞人：掌山

泽之官。

⑲③ 营表：立于田猎营地，以定士卒狩猎者行列的标志。

⑲④ 种别群分：师旅部别，次序分列。

⑲⑤ 部曲：古代军队编制单位，此指田猎队伍。

⑲⑥ 罘：捕兽网。纮：绳索。

⑲⑦ 乘銮舆：当作“乘舆”。銮：衍文。

⑲⑧ 法驾：天子的车驾。驾六马。

⑲⑨ 飞廉：飞廉馆。

⑳⓪ 酆：酆邑，周文王都邑，在今陕西西安市鄠邑区。鄗：亦作“镐”，周武王所都，在上林苑内。

⑳① 上兰：上林苑内观名。故址在今陕西西安市长安区。

⑳② 六师：六军。周制天子六军，诸侯大国三军。

⑳③ 震震：形容雷声。爚爚：形容闪电。

⑳④ 拗（yù）：抑制。

⑳⑤ 期门：官名。执掌兵器护卫。佽飞：官名，掌弋射。

⑳⑥ 鑚：同“攒”，聚集。鍭：箭头。

⑳⑦ 要趹：拦截奔逃的野兽。

⑳⑧ 触丝：落网。

⑳⑨ 值锋：撞到兵刃上。

㉑⓪ 机：弓上发射箭支的装置。掎：发射。

㉑① 控：拉弓发射。

㉑② 飑（pò）飑纷纷：众多貌。

㉑③ 矰（zēng）缴（zhuó）：系丝绳于末端射出后可拉回来的短箭。

㉑④ 赤：形容杀获禽兽很多，血染红了大地。

㉑⑤ 猿狖：猿猴。失木：惊惧而从树上跌落下来。

㉑⑥ 触蹶：自相撞击而倒地。蹶：仆，倒。

㉑⑦ 许少：古代勇士。

㉑⑧ 秦成：古代武士。

⑲ 掎：拖。僄狡：轻疾凶猛的野兽。

⑳ 猛噬：凶猛吃人的野兽。

㉑ 脱角：把兽角拔掉。脰：兽颈。

㉒ 抶：拖曳。师：通“狮”。

㉓ 螭：一种猛兽。

㉔ 曳：拖拉。犀牦：犀牛和长髦牛。

㉕ 顿：捉拿。

㉖ 蹶：倒塌。

㉗ 钜：通“巨”。隤：跌落。

㉘ 殄夷：尽灭。

㉙ 属玉之馆：即属玉观。属玉本水鸟名，因观上饰以属玉而得名。

㉚ 长杨：宫名。

㉛ 镇压：重叠相压。

㉜ 枕藉：纵横倒卧，相互积压。

㉝ 胙：祭肉。

㉞ 炰（páo）：烧肉。

㉟ 鲜：鸟兽新杀曰鲜。

㊱ 举烽：点燃烽火传发号令。釂：举杯饮尽。

㊲ 飨赐：犒劳。

㊳ 齐：相等，协调。

㊴ 路：通“辂”，天子的专车。銮：车衡上的铜铃。

㊵ 容与：悠闲貌。

㊶ 豫章：上林苑中的一座观名。

㊷ 昆明：仿昆明滇池开凿的池塘，在长安附近。

㊸ 牵牛、织女：指昆明池中所立的两尊石人。

㊹ 被堤：草木茂盛貌。

㊺ 晔晔猗猗：茂密美盛貌。

㊻ 摛：舒展。

㉔⑦ 陂：池塘。指昆明池。

㉔⑧ 鸡、鹳：皆水鸟名。

㉔⑨ 鸧鸹：似雁黑毛的一种鸟。鸨、鸮：皆水鸟名。

㉕⑩ 凫鹥：野鸭和鸥鸟。

㉕① 后宫：此指随从天子出游的姬妾嫔妃。輚辂：一种有帷帐的卧车。

㉕② 袪：举。黼帷：有黑白相间花纹的车帷。

㉕③ 镜：照。

㉕④ 靡：随。

㉕⑤ 澹淡：飘浮貌。

㉕⑥ 棹女：船家女。

㉕⑦ 謍：响。厉：至。

㉕⑧ 招：举。白鹇：弓弩名。一说鸟名。

㉕⑨ 下：落。

㉖⑩ 揄：引。

㉖① 比目：鱼名，即鲽。旧说此鱼一目，须两两相并始能游行。

㉖② 抚：持。鸿罿（chōng）：大网。

㉖③ 骛：奔驰。

㉖④ 溥：遍，广。

㉖⑤ 乘：登。

㉖⑥ 薄：至。河华：黄河、华山。

㉖⑦ 涉：游历。岐雍：岐山、雍水。岐山在陕西岐山县。雍水源出陕西凤翔，经岐山、扶风、武功入渭水。

㉖⑧ 行所：行在，指帝皇所到之处。

㉖⑨ 礼：祭祀。上下：指天地之神。山川：指山川之神。

㉗⑩ 休祐：美福。所用：指祭祀所需的牺牲玉帛之物。

㉗① 欢谣：童谣。

㉗② 第：等差。

㉗③ 都：大城市。

㉗④ 邑：小市镇。

㉗⑤ 国：指诸侯国。藉：依靠。

㉗⑥ 家：指大夫之家。

㉗⑦ 旧德：祖先的功德。名氏：名望姓氏。古代居官者常以官职、封地为姓氏，以示其地位。

㉗⑧ 服：从事。先畴：先祖。

㉗⑨ 族世：家族世代。鬻：卖。

㉘⓪ 高曾：高祖曾祖，泛指祖先。

㉘① 粲乎：光明美盛貌。隐隐：盛多。

㉘② 臣：西都宾自称。

㉘③ 旧墟：指旧城长安。

【语译】

有西都客向东都主人问道："我听说大汉之初营造都城时，曾想建都于洛阳，但又中止了，因为担心那里不安全，因而西迁，建设西都。主人听说过此事，并目睹过它的体制吗？"主人回答说："没有。希望客人抒怀旧的积念，发思古之幽情，用正大的道理增长我的见识，用西都的豪华扩大我的眼界。"西都客说："是，是。

"汉代的西都在雍州，名叫长安。左边依凭函谷关和崤山的险阻，以华山终南山为标志；右边接邻褒斜谷和陇山的险要，黄河、泾渭之水像带子般环绕。这些江河的弯曲之处，流水汇集积蓄，然后从西边奔涌而来。这里果木结实累累，是九州最富庶的地方；又有险要之地可防御敌人的进攻，是世间最好的可居之地。因此连通四面八方，周秦汉三代皆成帝京。周行仁义德政而兴旺，秦靠暴力统一天下。到了汉朝则受天命而建都于此。仰望天空，见五星聚于东井，那是感悟高祖入秦的祥瑞；俯察大地，有河图出现于河滨之灵验，那是协和帝王受命的福应。奉春君提议建都于长安，留侯引申论证促使其实现。天人感应，而启发皇上的神明。高祖眷念下民，西到长安而建都于此。

“于是远望秦岭，审视北面山峰。挟带沣水灞水，依凭龙首之山。图谋帝业根基永垂亿年，设计宏伟的规模而大兴土木。从高祖到平帝，世世代代增饰而日益华丽。经历了十二个帝皇的福禄相承，因而穷奢极侈。筑起万雉金城，疏浚如渊城池。开辟三条广阔的大路，高筑十二座通门。城门之内街衢四通八达，大小里门近千。九市开场，物品货行按街道清楚划分，街市上行人难以转身，车马更难回转。车水马龙，人如潮涌，挤满内城外郭。店铺作坊，遍布两旁。尘土弥漫，烟云缭绕。人们家家富庶，无比欢乐。都城男女，不同于外地。游人衣着华丽，可比贵族公侯，商女服饰珍贵，胜过宫中妃子。乡村才人，游侠之首，有气节而仰慕平原君、孟尝君，名望仅次于春申君、信陵君。他们广泛交游，聚会众徒，来往奔走于长安的上流社会。如果观览京师郊外，漫游附近州县，则南望杜陵，北眺五陵。京都城郭相对，宅第连接。那是才智聪明的人居住之域，达官显贵建造之区，因而高冠华盖如云。七相五公，州郡豪杰，五都富商，选此三等贵人，迁于汉家七陵，负责供奉先帝陵邑，借以加强皇室的统治，削弱诸侯豪强势力，并壮大京都，示威于万国。

“京师之内，沃野千里，土地超过各侯国，无所不有。京师之南，高山蔽天，林密谷深，陆海蕴藏珍宝，蓝田出产美玉。商洛二县有蜿蜒的流水环绕，鄠杜二县处南山脚下。泉水奔流，池塘湖泊交错连接。竹林果园遍布，芳草甘木茂盛，郊野之富，与蜀郡可比。京师之北，九嵕山高耸云端，旁有甘泉山相伴，于是就有灵宫矗立其中。秦汉两代最壮观的宫殿，王褒、扬雄作赋赞颂的甘泉，都在这中间。下有郑渠、白渠沿岸肥沃的农田，那是丰衣足食的源泉，共有五万余顷，田界纵横交错如罗绮纹理，沟塍南北贯通像雕刻的图案。平原洼地，鳞次栉比。开闸放水，如降大雨；荷臿耕作，人群如云。五谷垂穗，桑麻芳香。东郊则有运河水道，连接渭水直通黄河，行船直达华山之东。控引淮河、洪泽湖水，直与大海相通。西郊则有上林禁苑，水池沼泽直与蜀汉连接。宫苑围墙，长达四百余里。离宫别馆遍布，总计三十六座。神池灵沼，遍地都是。其中就有九真之麟、大宛之马、黄支之犀、条支之鸟，都是翻越昆仑，横渡大海运来，它们来自远方异域，经过三万里遥远路程才到达大汉。

“西都的宫室，其体制象征天地，纵横安排都与日月向背相应，它占据地灵的正位，又仿效太微、紫微二星宿之形体，前面竖起直入半天的华阙，后面筑起高过山巅的殿堂。用特别珍贵的栋材，又极尽技艺的工巧，使之更为神奇。高举如虹的殿梁，形似攀缘的应龙。楼阁栋椽布列，屋檐像飞翔的鸟翼。负重的梁栋，两端如同高昂的马头。精雕的玉石柱脚，楹柱安居其上，裁制金璧装饰的椽头，散发着浓重温润的色彩，光焰煌煌耀眼，屋宇的阴影鲜明。这里左边为台阶，右边为平阶。多重板槛陛阶，闺房四通，门闼洞开。安置钟架于庭院之中，竖立金人于宫门之内。就石崖而设门槛，临大路而开官扉。环绕离宫别寝，连接着高台闲馆。像闪耀的群星，环绕着紫宫星座。清凉宣温，神仙长年，金华玉堂，白虎麒麟，都是未央宫中的豪华宫殿，京畿之内像这样堂皇奇伟的宫殿楼阁说不完。只见其重叠高耸，高低参差，灿烂辉煌，造型奇特，体制怪异，各显奇观。皇后宫妃，坐轿乘车，随处皆可宴息。

“后宫则有掖庭椒房，后妃之室。合欢增成，安处常宁，茝若椒风，披香发越，兰林蕙草，鸳鸾飞翔，诸多殿阁，都是嫔妃女官住处。而昭阳殿最为奢华，汉成帝时又特加修饰，使之更为富丽辉煌，高大的屋宇全都镶着金玉，梁栋墙壁都不露形，而是锦绣缠绕，彩饰联结。随侯宝珠如明月错落其间。墙头门扉，金环玉饰，行行排列，像挂着成串的金钱。翡翠宝珠、火齐璧玉，光辉闪烁。悬黎垂棘、夜光宝石，在此炫耀。殿堂地面涂漆，门槛镀金。白玉砌台阶，朱漆涂庭院。碝碱纹理密致，琳珉青光焕发。珊瑚碧树，四处生辉。穿红着绿的宫娥嫔妃，衣裙飘逸，华丽的饰物色彩缤纷，光泽照人。俯仰举止，体态万千，如天上神仙。后宫爵号，十有四等。众多女官，妖冶艳丽，豪华高贵。享有这种爵号的贵妇人，大概数百。

“朝中左庭右庭，百官之位，则萧何、曹参、魏相、邴吉，计谋策划在上，辅佐皇帝使国统永传，协助皇帝施行德政完成教化。传播大汉的宽厚仁爱，扫除亡秦暴政的流毒。因此，皇帝使这些辅佐之臣传扬中和之声，百姓作‘画一之歌’。其功德显示于历代典籍之府。让那些殷勤教诲的旧臣元老、名儒师傅，在这里讲论六经，考核经传的异同。又有承明庐和金马门，构思写作之庭，让宏才博学的有识之士荟萃于此，溯源求本，尽览各家见闻，阐发篇章要义，校勘整理秘文。周围环绕着警护的岗位和守夜的官署。聚集着礼官考核的甲科士子，会合各州郡推选出的孝廉。武士赘衣、宦官门卫，手中持戟，遍布百重台阶，各守职责。

“值勤的庐舍数以千计，环绕四周；巡逻警戒的通道，纵横交错。宫中辇道，循环往复，漫长的楼陛和飞架的栈道，从未央宫连接到桂宫，北边终于明光宫，又通达长乐宫，飞越栈道，跨过西边城墙，再到建章宫，直接京畿之外。建章宫又设有璧门和凤阙，凌空的殿堂檐角上栖息着金凤。宫内则别风阙耸立，远远看去显得华美精巧，高高拔地而起。宫内设立千门万户，均依朝夕而按时开关。正殿高拔峻峭，层层往上矗立，高临于未央之上。经骀荡而出馺娑，穿枍诣而至天梁。屋宇边沿上翘的瓦片，晶莹闪烁，反射日光而交相辉映，使殿堂之内阳光灿烂。神明台巍峨崛起，向上直伸，一半超出云雨之上，虹霓缭绕于梁栋之间。即使轻巧劲捷和勇猛机灵的人，也胆战心惊，望而生畏，不敢攀缘。登井干未到一半，就眼花目眩而心神迷惘。离开栏杆退下而倚立，犹如从高险处跌落下来而悬挂在半空。神魂恐慌而失常，沿归途而走下低处。既害怕登高临远，只好在周围徘徊。而漫步在迂回曲折的甬道上，又深邃幽暗不见阳光。推开楼阁轩窗而举目瞭望，好像游目于天外，便觉得空虚而无所依托。

“只见前边是建章宫的中庭，它后边有太液池，看去池水似沧海翻腾，扬起波涛拍打碣石山，浪击神山嶵嶵鸣响。大水漫淹瀛洲和方壶，蓬莱就耸起于中央。这里仙草冬日开花，神木遍地丛生。三山高岩险峻，金石峭拔。神明台铜人的仙掌高举盘子承接甘露，柏梁台的铜柱双双耸立，超脱尘埃的混浊，领受清鲜之气化成的甘露。任文成将军的荒诞扩散，随五利将军的法术传播。但愿仙人赤松子、王子乔之辈，能时时相伴漫游于此庭。这里实为众多仙人之客所，并非我辈凡人安居的舍馆。

“于是极尽场面壮观的游乐，大规模地炫耀武力于上林苑。借以向戎狄夸耀威武，显示神威而讲习武事。命荆州逐起飞鸟，令梁州驱赶野兽。让禽兽跑来挤满苑囿，让众鸟云集覆盖着天空。翅膀相接，足趾交连，集于上苑而汇于林莽。掌管上林苑的水衡，看守山泽的虞人，事前修整营垒，树立标志。军种人群区别分开，部曲各有职责。罗网网绳相连，撒遍山野。士卒环绕四周，如星罗云布。于是皇帝登车，备好法驾，统帅群臣，从飞廉馆分别驰出，浩浩荡荡涌进苑门，便绕行于酆鄗一带山林原野，经过上兰观。六军奋发驱逐，百兽惊恐万状。战车奔腾如雷鸣，兵器明亮如电闪。千军万马，所向披靡，顿使草木涂地，山岳倾倒，深渊翻腾。射杀了禽兽十之二三，才抑制士卒盛气，稍事休息。于是期门佽飞，又摆开兵刃，集中箭镞，射击飞逃之禽，狙击奔跑隐匿之兽。鸟惊慌而自投罗网，兽恐惧而碰触利刃。弓不虚发，射必中的，矢不单杀，一箭双雕。飞禽中箭纷纷落下，困兽饮刃接连倒地。猎场上万箭齐发，纵横交错。禽兽毛血，如风似雨洒遍原野，铺天盖地。平原被血染红，勇士意气高昂。猿猴无树躲藏，豺狼四处逃窜。于是进军险境，横扫深山密林。虎豹无处逃，拼命狂奔乱闯，犀牛挣扎相撞而倒地。许少施展巧智，捕擒行动敏捷而又凶猛之禽，秦成使尽强力，捕捉凶猛食人之兽。扯脱兽角，拧断它们的脖子。徒手搏斗，一个个独自拼杀，挟持狮豹，拖垮熊螭，拽倒犀牦，擒拿象熊。跳过深壑，飞越峻崖。巉岩倒塌，巨石崩落，松柏倒伏，丛林摧毁。草木一棵不剩，禽兽全都灭绝。

“于是天子登临属玉观，经长杨榭，去观光游览山川形胜，视察三军所获猎物。原野萧条破败，纵目四方，遍地禽兽堆积。然后收集猎物，会合将士，论功行赏。排列轻骑以传送烤肉，驰骋酒车以斟杯杓。切割鲜肉，野外进餐。高举火把为号，命令将士举杯痛饮。犒劳完毕，劳逸调节。天子之车，鸾铃鸣响，从容慢步，优闲自得。众人集合于豫章观，来到昆明池旁。池中玉石雕像，左边是牵牛，右边是织女。池水浩瀚，像无边无际的银河。岸上林木荫浓，芳草繁茂。兰草白芷，光泽油亮，如舒展的锦绣，与清澈的池水交相辉映。飞鸟则有黑鹤白鹭，黄鹄鸡鹳，鸧鸹鸨鸮，凫鹥鸿雁。清早从河海出发，傍晚到江汉止宿。起飞降落，如云雾集散。于是后宫从猎的姬妾，乘卧车，登龙舟，张凤盖，竖彩旗，挂绣帷，映清流，随微风，在水上漂浮。船女歌唱，击鼓吹箫，歌声激越，鼓声震天。鸟儿群翔，鱼儿窥渊。拉开白鹇之弓，箭出双鹄落地，举文采之竿，钓起比目鱼。手持巨网，掌握丝箭。并舟齐发，一举一动都充满欢乐。船行水上如风云飘摇，浮游遍览各地。

“前登秦岭，后越九嵕；东至黄河华山，西到岐山雍水。经过的宫馆百余所。所到之地朝夕不同，要用的酒食都已备具。祭祀天地山川之神，竭尽牺牲玉帛以求福祐。采集纯朴儿歌童谣而知天下治乱，评定侍从之臣所献之辞而加以赏赐。在这时候，都城相望，封邑连接。诸侯之国凭借十代奠定的基础，卿大夫之家承接百年之业，士人则享有祖先功德留下的名位，农民耕耘先人开垦的田地，商人经营家族世代买卖的货物，工匠遵守祖先留传下来的规矩。繁荣昌盛，各得其所。

“至于我所见到的，只是西都的旧迹，所听到的，只是故老所说的盛事。我所了解的，不到十分之一，因而在本文中难以说完道尽。”

【评析】

本文首先写长安地理位置的重要，山川的险固，京都的宏伟，封畿的富庶；接着写宫殿台榭的高雄伟岸，豪华壮丽；进而写帝王和达官贵人田猎规模的盛大和纵情游览的欢乐。借西都宾之口，渲染和夸耀旧都的奢华逸乐，实则明褒暗贬，托以讽谏。作者紧紧把握历史和现实的真实内容进行叙写，力避“虚词滥说”之弊，因而作品内容丰富，并突破了西汉大赋反映生活的范围，从描写宫室林苑，声色犬马，拓展到以繁华帝都为主要描写对象，扩大了生活层面和审美空间，把赋的创作推向新的境界，提高了赋的功能，深化了赋的主题。多视角、多层次地写景状物，使文章更富文采，如写宫室楼台，或描绘其造型体制的奇特，或赞美其光色明暗的变化，或勾画其因山就谷的惊险，或慨叹其出云厉天的高峻；写人物则及后妃、百僚、名儒、阉竖、虎贲，形态神情，各有特点；写昆明水池，则龙舟淡浮，棹女讴歌，玉石明丽，鸟鱼飞跃。这些景物，静动相互流转，交相辉映，情趣盎然，富有节奏韵律。全篇结构严密，层次井然，前后呼应；描写具体，语言浑朴雅丽。

东都赋

东都主人喟然而叹曰："痛乎风俗之移人也[1]。子实秦人，矜夸馆室，保界河山[2]，信识昭襄，而知始皇矣[3]，乌睹大汉之云为乎[4]？夫大汉之开元也，奋布衣以登皇位，由数朞而创万代[5]，盖六籍所不能谈[6]，前圣靡得言焉。当此之时，功有横而当天[7]，讨有逆而顺民。故娄敬度势而献其说[8]，萧公权宜而拓其制[9]。时岂泰而安之哉[10]？计不得以已也。吾子曾不是睹，顾曜后嗣之末造[11]，不亦暗乎？今将语子以建武之治[12]，永平之事，监于太清，以变子之惑志[13]。

"往者王莽作逆[14]，汉祚中缺，天人致诛，六合相灭。于时之乱，生人几亡，鬼神泯绝。壑无完柩，郛罔遗室[15]。原野厌人之肉[16]，川谷流人之血。秦项之灾犹不克半，书契以来未之或纪。故下人号而上诉[17]，上帝怀而降监[18]，乃致命乎圣皇[19]。于是圣皇乃握乾符[20]，阐坤珍[21]，披皇图[22]，稽帝文[23]。赫然发愤，应若兴云。霆击昆阳[24]，凭怒雷震。遂超大河，跨北岳[25]，立号高邑[26]，建都河洛。绍百王之荒屯[27]，因造化之荡涤[28]。体元立制[29]，继天而作[30]。系唐统[31]，接汉绪[32]，茂育群生，恢复疆宇，勋兼乎在昔[33]，事勤乎三五[34]。岂特方轨并迹[35]，纷纶后辟[36]，治近古之所务，蹈一圣之险易云尔哉[37]？

"且夫建武之元，天地革命[38]，四海之内，更造夫妇[39]，肇有父子，君臣初建，人伦寔始，斯乃伏牺氏之所以基皇德也[40]。分州土，立市朝，作舟舆，造器械，斯乃轩辕氏之所以开帝功也[41]。龚行天罚[42]，应天顺人，斯乃汤武之所以昭王业也[43]。迁都改邑[44]，有殷宗中兴之则焉[45]。即土之中[46]，有周成隆平之制焉[47]。不阶尺土一人之柄[48]，同符乎高祖[49]。克己复礼[50]，以奉终始，允恭乎孝文[51]。宪章稽古[52]，封岱勒成[53]，仪炳乎世宗[54]。案六经而校德[55]，眇古昔而论功[56]。仁圣之事既该[57]，而帝王之道备矣。

“至乎永平之际，重熙而累洽[58]，盛三雍之上仪[59]，修衮龙之法服[60]。铺鸿藻[61]，信景铄[62]，扬世庙[63]，正雅乐[64]。人神之和允洽，群臣之序既肃[65]。乃动大辂[66]，遵皇衢[67]，省方巡狩[68]，躬览万国之有无[69]，考声教之所被[70]，散皇明以烛幽[71]。然后增周旧[72]，修洛邑，扇巍巍[73]，显翼翼[74]，光汉京于诸夏，总八方而为之极。于是皇城之内[75]，宫室光明，阙庭神丽，奢不可逾，俭不能侈。外则因原野以作苑[76]，填流泉而为沼[77]，发蘋藻以潜鱼[78]，丰圃草以毓兽[79]，制同乎梁邹[80]，谊合乎灵囿[81]。

“若乃顺时节而蒐狩[82]，简车徒以讲武[83]，则必临之以《王制》[84]，考之以风雅[85]。历《驺虞》[86]，览《驷铁》[87]，嘉《车攻》[88]，采《吉日》[89]。礼官整仪，乘舆乃出。于是发鲸鱼[90]，铿华钟[91]，登玉辂[92]，乘时龙[93]，凤盖棽丽[94]，和銮玲珑[95]，天官景从[96]，寝威盛容。山灵护野[97]，属御方神[98]，雨师泛洒[99]，风伯清尘[100]。千乘雷起，万骑纷纭，元戎竟野[101]，戈铤彗云[102]，羽旄扫霓[103]，旌旗拂天。焱焱炎炎[104]，扬光飞文，吐爓生风，欱野喷山[105]，日月为之夺明[106]，丘陵为之摇震。遂集乎中囿[107]，陈师按屯，骈部曲[108]，列校队[109]，勒三军[110]，誓将帅[111]。然后举烽伐鼓，申令三驱[112]，辎车霆激[113]，骁骑电骛，由基发射[114]，范氏施御[115]，弦不睼禽[116]，辔不诡遇[117]。飞者未及翔，走者未及去。指顾倏忽[118]，获车已实[119]，乐不极盘[120]，杀不尽物。马踠余足[121]，士怒未渫[122]，先驱复路[123]，属车案节[124]。于是荐三牺[125]，效五牲[126]，礼神祇[127]，怀百灵[128]。觐明堂[129]，临辟雍，扬缉熙，宣皇风[130]，登灵台，考休征[131]。俯仰乎乾坤[132]，参象乎圣躬[133]。目中夏而布德，瞰四裔而抗稜[134]。西荡河源，东澹海漘[135]，北动幽崖[136]，南耀朱垠[137]。殊方别区[138]，界绝而不邻，自孝武之所不征[139]，孝宣之所未臣[140]，莫不陆詟水慄[141]，奔走而来宾[142]。遂绥哀牢[143]，开永昌[144]。春王三朝[145]，会同汉京[146]。是日也，天子受四海之图籍[147]，膺万国之贡珍[148]，内抚诸夏，外绥百蛮[149]。尔乃盛礼兴乐，供帐置乎云龙之庭[150]，陈百寮而赞群后[151]，究皇仪而展帝容[152]。于是庭实千品[153]，旨酒万钟[154]，列金罍[155]，班玉觞，嘉珍御[156]，太牢飨[157]。尔乃食举《雍》彻[158]，太师奏乐[159]。陈金石[160]，布丝竹[161]，钟鼓铿锵[162]，管弦烨煜[163]。抗五声[164]，极六律[165]，歌九功[166]，舞八佾[167]，《韶》《武》备[168]，泰古毕[169]。四夷间奏[170]，德广所及，僸佅兜离[171]，罔不具集。万乐备，百礼暨，皇欢浃[172]，群臣醉，降烟煴[173]，调元气[174]，然后撞钟告罢，百寮遂退。

“于是圣上睹万方之欢娱，又沐浴于膏泽，惧其侈心之将萌[175]，而怠于东作也[176]。乃申旧章，下明诏[177]，命有司，班宪度[178]，昭节俭，示太素[179]。去后宫之丽饰，损乘舆之服御[180]，抑工商之淫业[181]，兴农桑之盛务[182]。遂令海内弃末而反本，背伪而归真。女修织纴，男务耕耘，器用陶匏，服尚素玄。耻纤靡而不服[183]，贱奇丽而弗珍，捐金于山，沉珠于渊。于是百姓涤瑕荡秽，而镜至清[184]，形神寂漠[185]，耳目弗营[186]。嗜欲之源灭，廉耻之心生，莫不优游而自得，玉润而金声[187]。是以四海之内，学校如林，庠序盈门[188]，献酬交错，俎豆莘莘[189]，下舞上歌[190]，蹈德咏仁。登降饫宴之礼既毕[191]，因相与嗟叹玄德[192]，谠言弘说[193]，咸含和而吐气[194]，颂曰：盛哉乎斯世。

“今论者但知诵虞夏之《书》[195]，咏殷周之《诗》[196]，讲羲文之《易》[197]，论孔氏之《春秋》[198]，罕能精古今之清浊[199]，究汉德之所由。唯子颇识旧典，又徒驰骋乎末流，温故知新已难，而知德者鲜矣。且夫僻界西戎[200]，险阻四塞，修其防御，孰与处乎土中[201]，平夷洞达，万方辐凑？秦岭九嵕[202]，泾渭之川[203]，曷若四渎五岳[204]，带河溯洛[205]，图书之渊[206]？建章甘泉[207]，馆御列仙[208]，孰与灵台明堂[209]，统和天人？太液昆明[210]，鸟兽之囿[211]，曷若辟雍海流[212]，道德之富？游侠逾侈，犯义侵礼，孰与同履法度，翼翼济济也[213]。子徒习秦阿房之造天[214]，而不知京洛之有制也；识函谷之可关[215]，而不知王者之无外也[216]。”

主人之辞未终，西都宾矍然失容[217]，逡巡降阶[218]，惵然意下[219]，捧手欲辞。主人曰：“复位[220]。今将授子以五篇之诗。”宾既卒业[221]，乃称曰：“美哉乎斯诗！义正乎扬雄[222]，事实乎相如[223]，匪唯主人之好学，盖乃遭遇乎斯时也。小子狂简[224]，不知所裁[225]，既闻正道[226]，请终身而诵之。”

其诗曰：

明堂诗

於昭明堂[227]！明堂孔阳[228]。圣皇宗祀[229]，穆穆煌煌[230]。上帝宴飨[231]，五位时序[232]。谁其配之，世祖光武[233]。普天率土，各以其职[234]。猗欤缉熙[235]，允怀多福[236]。

辟雍诗

乃流辟雍[237]，辟雍汤汤[238]。圣皇莅止，造舟为梁[239]。皤皤国老[240]，乃父乃兄[241]。抑抑威仪[242]，孝友光明[243]。於赫太上[244]，示我汉行[245]。洪化惟神[246]，永观厥成[247]。

灵台诗

乃经灵台[248]，灵台既崇。帝勤时登[249]，爰考休征[250]。三光宣精[251]，五行布序[252]。习习祥风，祁祁甘雨。百谷蓁蓁[253]，庶草蕃庑[254]。屡惟丰年，於皇乐胥[255]。

宝鼎诗

岳修贡兮山效珍[256]，吐金景兮歊浮云[257]。宝鼎见兮色纷缊[258]，焕其炳兮被龙文[259]。登祖庙兮享圣神[260]，昭灵德兮弥亿年[261]。

白雉诗

启灵篇兮披瑞图[262]，获白雉兮效素乌[263]。嘉祥阜兮集皇都[264]。发皓羽兮奋翘英[265]，容洁朗兮於纯精[266]。彰皇德兮侔周成[267]，永延长兮膺天庆[268]。

【篇旨】

颂扬东都洛阳礼义之行，德威之广，强调定都洛阳意义深远。

【注释】

① 痡：甚。

② 保界：依仗。

③ 昭襄：秦昭襄王，名嬴则，曾努力使秦国富强。始皇：秦始皇嬴政。

④ 云为：言行。

⑤ 朞：一周年。

⑥ 六籍：六经，即《诗》《书》《礼》《乐》《易》《春秋》。

⑦ 功：应作“攻”。当天：顺应天意。

⑧ 娄敬：号奉春君，献计高祖建都长安，拜为郎。

⑨ 萧公：萧何，佐高祖建汉朝。权宜：就时局而采取的切合实际措施。

⑩ 时：通“是”。

⑪ 顾：反。曜：炫耀。造：营建。

⑫ 建武：东汉光武帝刘秀的年号。

⑬ 永平：东汉孝明帝刘庄的年号。事：政绩。太清：天道自然。惑志：糊涂观念。

⑭ 王莽：字巨君，汉元城人。

⑮ 郛：外城。罔：无。

⑯ 厌：积满。

⑰ 上诉：向上天诉说。

⑱ 降监：下视。

⑲ 致命：传达上天的命令。圣皇：指光武帝刘秀。

⑳ 乾符：指河图。

㉑ 阐：开。坤珍：大地呈现的符瑞，即洛书。汉儒认为河图即八卦，洛书即《洪范》，是帝王圣者受天命之符瑞。

㉒ 皇图：封建帝王的版图。

㉓ 帝文：上天降下的图纬。

㉔ 昆阳：县名，汉时属颍川郡。

㉕ 北岳：恒山，主峰在河北曲阳。

㉖ 高邑：古地名，今属河北。

㉗ 绍：继。荒：开拓。屯：艰难。

㉘ 荡涤：指清除残暴政令。

㉙ 体元：领悟天地之德。

㉚ 继天：承受天命。

㉛ 系唐统：继承唐尧的传统。

㉜ 绪：基业。

㉝ 在昔：先人。

㉞ 勤：多。三五：三皇五帝。

㉟ 特：只。

㊱ 纷纶：多而杂糅。后辟：君主。

㊲ 险易：道路险阻与平坦，引申为理乱之法。

㊳ 天地革命：天地变革以应天命。

㊴ 夫妇：与下文“父子”“君臣”皆指双方的伦理关系。

㊵ 伏牺氏：传说中的人类始祖，始创八卦。

㊶ 轩辕氏：即黄帝，姓公孙，名轩辕。

㊷ 天罚：上天讨伐王莽。

㊸ 汤武：商汤和周武王。

㊹ 迁都改邑：指光武帝从长安东迁洛阳。

㊺ 殷宗：殷人的祖先盘庚。中兴：衰而复兴。则：范例。

㊻ 土之中：大地的中央，指洛阳。

㊼ 周成：周成王。幼年即君位，周公摄政，制礼作乐，国家一度兴旺发达。

㊽ 阶：凭借。

㊾ 符：符契，凭证信物。以金玉或竹木制作，中分为二，各持一半，以二者相合为信。

㊿ 克己复礼：克制自己的欲念和言行，以恢复周礼。此指光武帝俭朴，符合礼义。

51 孝文：汉文帝刘恒，高祖之子，封为代王，重视农耕，生活俭朴。

52 宪章：取法典章制度。

53 封岱：在泰山筑土为坛祭天的祭典。勒成：刻文记功于碑。勒，刻。

54 世宗：汉武帝庙号。

55 案：按。

56 眇：细察。

57 该：完备。

58 熙：光明。洽：融洽。

59 三雍：三雍宫，即辟雍、明堂、灵台，为帝王朝会、祭祀、庆赏、教学、选士等大典之所。

60 衮龙：祭祀大典帝王穿的饰龙礼服。法服：按礼法标准做的礼服。

61 藻：文章。

62 信：申明。景铄：大美。

63 世庙：汉明帝为光武帝建的世祖庙。

64 雅乐：郊庙朝会时奏的正乐。

65 序：等级。

66 大辂：天子的专车。

67 皇衢：天子车驾所行之道。

68 省方：考察四方。

69 有无：指风俗教化的情况。

⑩ 被：及。

⑪ 烛幽：照耀幽远之处。

⑫ 周旧：指周王京城洛邑的规模体制。

⑬ 扇：炽盛。

⑭ 翼翼：显赫貌。

⑮ 皇城：指京都洛邑。

⑯ 外：京郊。

⑰ 填：应为“慎”。慎，古通“顺”，疏通。

⑱ 发：发荣滋长。

⑲ 毓：育。

⑳ 梁邹：亦作“梁驺”，古代天子狩猎之地。

㉑ 谊：通“义”，意义。

㉒ 蒐狩：田猎名称。春猎为蒐，冬猎为狩。

㉓ 简：检阅。

㉔ 临：按照。《王制》：指《礼记·王制》。

㉕ 风雅：指《诗经》中的《国风》《小雅》。

㉖《驺虞》:《诗经·召南》中的篇名。

㉗《驷铁》:《诗经·秦风》中的篇名。

㉘《车攻》:《诗经·小雅》中的篇名。

㉙ 采：选择。《吉日》:《诗经·小雅》中的篇名。

⑨⓪ 鲸鱼：刻有鲸鱼图形的撞钟之杵。

⑨① 铿：撞击。华钟：刻有篆文的钟。钟：一种乐器。

⑨② 玉辂：玉饰的天子之车。

⑨③ 时龙：骏马。随四时变化选用不同毛色之马，故谓时龙。

⑨④ 棽（chēn）丽：覆盖。

⑨⑤ 和銮：玉辂上的金铃。玲珑：铃声。

⑨⑥ 天官：天神。一说指百官。

⑨⑦ 护野：护卫天子车驾于山野。

⑱ 方神：四方之神。

⑲ 雨师：雨神。

⑳ 风伯：风神。

(101) 元戎：大兵车。竟：遍。

(102) 铤：铁柄短矛。彗：扫拂。

(103) 羽旄：用雉羽和旄牛尾装饰的旗。

(104) 焱焱：火花。炎炎：火光。

(105) 欱（hē）野：吮吸山野之风。喷（pēn）山：喷吐山野之气。

(106) 夺明：失掉光辉。

(107) 中囿：囿中。

(108) 部曲：古代军队编制单位。

(109) 校队：军队五百人为校，一百人为队。

(110) 勒：统率。

(111) 誓：告诫。

(112) 三驱：田猎时，三面驱兽，让开一路，即网开三面，以示好生之德。一说古代田猎，一为祭祖，二为待宾客，三为充君之庖厨，故谓三驱。

(113) 輶车：轻车。

(114) 由基：即养由基，春秋时人，善射。

(115) 范氏：春秋时赵人，善御。

(116) 弦：控弦射箭。不睼（tiàn）禽：不迎面射杀飞禽。睼：正面仰视。

(117) 不诡遇：不在旁侧射杀禽兽。

(118) 指顾：弹指瞥目之间。

(119) 获车：装载猎物之车。

(120) 盘：安乐。

(121) 马踠余足：马的足力未使尽。

(122) 渫：宣泄。

(123) 复路：踏上归途。

(124) 案节：按辔徐行。

⑫⑤ 三牺：祭天、地、宗庙三者的牺牲。牺：纯毛的牲畜。

⑫⑥ 效：敬献。五牲：祭祀用的麋、鹿、麐、狼、兔。

⑫⑦ 神祇：天神地神。

⑫⑧ 怀：招来。

⑫⑨ 觐：诸侯秋季朝拜天子之礼。

⑬⓪ 皇风：天子的风范。

⑬① 休征：美善的征验。

⑬② 俯仰：指观察天地之象。

⑬③ 参：比。象：天地之象。

⑬④ 抗稜：高扬威望。

⑬⑤ 海澨：海边。

⑬⑥ 幽崖：即幽都。极北之地。

⑬⑦ 朱垠：南方极远之地。

⑬⑧ 殊方别区：异域他方，指边邑异族。

⑬⑨ 孝武：汉武帝。

⑭⓪ 孝宣：汉宣帝。

⑭① 陆詟水慄：形容四方异族畏惧。詟：失掉勇气。

⑭② 宾：宾服。

⑭③ 哀牢：古代西南边疆的一个少数民族名。永平十二年哀牢王柳貌臣服来朝。

⑭④ 永昌：汉代郡名，在今云南保山一带。

⑭⑤ 三朝：正月初一是岁、月、日之始，故称三朝。

⑭⑥ 会同：诸侯因事朝见帝王曰会。众诸侯共见帝王曰同。

⑭⑦ 图籍：地图和户籍。

⑭⑧ 膺：接受。

⑭⑨ 百蛮：泛指边疆各少数民族。

⑮⓪ 云龙：洛阳云龙门。

⑮① 赞：引导。群后：指众诸侯王。

⑫ 究：尽。

⑬ 庭实：陈列于宫室中的贡品和礼物。

⑭ 钟：酒器。

⑮ 金罍（léi）：酒器。

⑯ 御：进食。

⑰ 太牢：祭祀用的牛、羊、豕。亦专指牛。

⑱ 食举《雍》彻：进食时歌诗奏乐。《雍》：乐曲名。一说食举为帝王进食奏乐曲，《雍》为撤膳时奏的乐曲。

⑲ 太师：古代乐官。

⑳ 金石：钟磬一类乐器。

㉑ 丝竹：琴瑟等弦乐器和笛子等管乐器。

㉒ 铿鍧（hōng）：钟鼓声。

㉓ 烨煜：形容声音宏大。

㉔ 抗：举。五声：古乐的宫、商、角、徵、羽五个音阶。

㉕ 六律：六种乐律，即黄钟、太蔟、姑洗、蕤宾、夷则、无射。

㉖ 九功：即善政。古谓六府三事为九功。水、火、金、木、土、谷为六府。正德、利用、厚生为三事。

㉗ 八佾（yì）：天子的舞乐。佾：舞列。八人为一列，八列共六十四人。

㉘《韶》：相传为舜作的乐曲名。《武》：传说武王时乐曲名。

㉙ 泰古毕：上古乐尽奏。

⑰⓪ 德广：指明帝功德所及广远。

⑰① 僸佅兜离：泛指四夷之乐。

⑰② 皇：天子。浃：沾润。

⑰③ 烟熅（yūn）：天地间的蒸气。

⑰④ 元气：指人的精神。

⑰⑤ 心：欲望。

⑰⑥ 东作：耕耘。

⑰⑦ 诏：指劝农的诏令。

⑱ 班：颁布。
⑲ 太素：质朴。
⑳ 服御：服饰车马。
㉑ 淫业：末业。
㉒ 盛务：盛事，指农耕。
㉓ 纤靡：精细华丽的衣裳。
㉔ 镜：借鉴。至清：太清，指天道自然。
㉕ 寂漠：无外虑而进入虚静恬淡的自然境地。
㉖ 营：迷惑。
㉗ 玉润金声：形容品德有如金玉之温润。
㉘ 庠序：古代乡村的学校。
㉙ 俎豆：礼器。俎为置肉之几。豆为盛干肉类食物之器具。
㉚ 下：堂下。上：堂上。
㉛ 饫宴：饮酒宴飨。不脱鞋升堂谓之饫。脱鞋上座者谓之宴。
㉜ 玄德：指自然无为的素质。
㉝ 说言：善美之言。
㉞ 含和：心怀中和之美。吐气：吐纳天地之元气。
㉟ 虞夏之《书》:《尚书》。尚书中有《虞书》《夏书》。
㊱ 殷周之《诗》: 指《诗经》。其中有《周颂》《商颂》。
㊲ 羲文之《易》:《易经》。传说伏羲氏作八卦，周文王被纣王囚于羑里而演《易》。
㊳ 孔氏：孔丘，字仲尼，春秋鲁人。《春秋》: 孔子编撰的一部编年史。
㊴ 清浊：指礼乐教化的演变发展。
㊵ 西戎：古代西北各少数民族的总称。
㊶ 土中：大地中心。指洛阳。
㊷ 秦岭：即西安南面的终南山。九嵕（zōng）：山名，在陕西礼泉，山有九峰。
㊸ 泾渭：水名。泾水源出宁夏六盘山，经甘肃到陕西高陵入渭河。渭河

源出甘肃渭源鸟鼠山，经陕西渭河平原，至潼关入黄河。

㉔ 四渎：长江、黄河、淮河、济水。五岳：东岳泰山，西岳华山，南岳衡山，北岳恒山，中岳嵩山。

205 带：控引。溯：通连。

206 图书：河图与洛书。河图即八卦，传说出于黄河。洛书即《洪范》，传说为上天赐夏禹之书，出于洛水。

207 建章：宫名，汉武帝太初元年建，在未央宫西。甘泉：宫名，在甘泉山上，秦始皇二十七年建，汉武帝建元年间增建。故址在今陕西淳化。

208 馆御：侍奉。

209 灵台：台名，在长安西，为观测天象之所。明堂：帝王宣明政教之处。祭祀、朝会、选士等重大典礼在此举行。

210 太液：池名，故址在今陕西西安市长安区。昆明：汉代池名，在长安近郊。

211 鸟兽之囿：指上林苑。

212 辟雍：汉代天子宣明政教之所。

213 翼翼：恭敬貌。济济：威仪盛貌。

214 阿房：阿房宫，秦始皇造，故址在今西安、咸阳间的三桥镇。

215 函谷：函谷关，在今河南灵宝。战国秦设置。

216 无外：指影响深远无际。

217 矍然：惊惶貌。

218 逡巡：退却。

219 怅然：恐惧貌。意下：心情颓丧。

220 复位：回到原席位。

221 卒业：指诵诗完毕。

222 正：雅正。扬雄：指扬雄的赋。

223 实：真实。相如：指司马相如的赋。

224 狂简：狂妄无知。

225 裁：裁制。

㉖ 正道：指东都主人所授之诗反映光武帝、明帝时期的仁德礼仪。

227 於：於乎，赞美之词。昭：光明。

228 孔阳：形容光辉灿烂。

229 圣皇：指汉明帝。宗祀：祭祀祖先。

230 穆穆：庄重严肃。煌煌：光辉盛美貌。

231 上帝：天帝太一神。宴飨：神灵接受祭祀，享用祭品。

232 五位时序：五方之神各得其位。五位：五方辅佐天帝太一之神，即苍帝灵威仰，赤帝赤熛怒，黄帝含枢纽，白帝白招拒，黑帝汁光纪。时：通“是”。

233 世祖：汉光武帝的庙号。

234 各以其职：普天之下的诸侯各尽其职，助祭于此。

235 猗欤：赞叹词。缉熙：光明。

236 怀：来。

237 流：环绕辟雍的流水。

238 汤汤：水流荡貌。

239 造舟：编连船只。梁：浮桥。

240 皤皤：老人头发斑白貌。国老：告老退居的卿大夫。

241 乃：语助词。

242 抑抑：美盛貌。

243 孝：善事父母。友：善事兄弟。

244 於赫：叹美之词。太上：上天。

245 行：行事。

246 洪化：宏大的教化。

247 成：功绩。

248 经：营造。

249 帝：指汉明帝。

250 爰：语助词。休征：吉祥的征兆。

251 三光：日、月、星。宣精：散播光辉。

㉕② 五行：金、木、水、火、土，古代称构成万物的五种元素。

253 蓁蓁：繁盛貌。

254 庶草：百草。蕃庑：丰茂。

255 於：於乎，赞美词。皇：君主。胥：语助词。

256 修：治，生出。贡：贡物。效：献。

257 景：光辉。歊（xiāo）：气升腾貌。

258 见：同“现”。纷缊：繁盛貌。

259 炳：光辉。被龙文：宝鼎上遍刻着龙形的彩纹。

260 祖庙：指光武世祖之庙。圣神：天地之神。

261 昭：显示。灵德：神灵之德。弥：终。

262 灵篇：指洛书。瑞图：指河图。

263 白雉、素乌：皆古代以为吉祥之物。素乌：即白乌。

264 嘉祥：指白雉、素乌祥瑞之鸟。阜：盛多。皇都：京都洛阳。

265 皓：洁白。翘英：如玉洁白的尾巴长毛。

266 容：指鸟的姿容。纯精：毫无杂色的净美羽毛。

267 彰：明示。皇德：指汉皇的仁德。侔：相等。

268 膺：受。天庆：上天降下之福。

【语译】

东都主人叹息说：“可痛啊！社会风俗真能改变一个人。您确是秦地的人，只知夸耀那里宫室的华美，河山之险固。您的确了解昭襄王并知道秦始皇，可怎么就看不见我大汉的所作所为呢？大汉事业的创始，是高祖以布衣身份奋起，一跃而登上皇位，经多年的斗争才创立万代的帝业，这大概是六经没有记载过，圣贤也没有谈论过的事吧。在这个时候，高祖起义攻讨暴秦，上符合天意，下依顺民心。因而娄敬估计形势建议西都长安，萧何依据时局采取拓展西都体制的措施。当时是图奢侈和逸乐吗？不，那是策略上不得不这么做。先生您竟看不到这一点，而炫耀于后代，这不是糊涂了吗？现在我告诉您建武年间的治世之道和永平年间的礼乐之事，让您认识天道自然之理，以改变您的糊涂观念。

“从前，王莽叛乱篡权，大汉王朝帝位中断，天意人心共致诛讨，普天之下合力剿平。那时的祸乱，害得活人几乎死尽，鬼神都已灭绝。死者暴尸沟壑而无棺收敛，城池荒废屋宇焚毁。原野堆满人肉，川谷流遍人血。比较起来，秦王项籍之灾，死人不及这次一半，有史以来之书册，也许没有记载。因此，下民号哭而向上天诉说，上帝悲悯而下临监视，向圣皇光武传达天命。于是光武手持天降的符命，打开地理的珍祥，翻阅皇图，察核帝文，愤然发难，应者如云。昆阳之战，士卒奋勇杀敌，群情激怒如雷震电击。横渡大河，跨越北岳。立皇帝号于高邑，建都城于河洛。继承历代圣君所开创的艰难事业，顺应天地自然之理荡涤暴政恶法。体法天地之德以为法式而创立制度，承受天命而付诸行动。继唐尧的传统，接前汉之基业，滋养繁衍众生，把疆域重新统一。功勋盖过先人，业绩胜于三皇五帝。光武帝难道只是与历代众君主并驾齐驱浑然无别，仅仅治理近古所专注的事务，蹈袭个别圣君理乱之法吗？

“建武元年，天地变革。四海之内，夫妇、父子、君臣之义，人伦关系，重新建立，其伟大的功德，犹如伏牺氏始画八卦而定人道的根基一样。划分州土，创立市集，制作舟车，首造器械，这是轩辕氏开创伟业的功绩。奉行上天之命，惩罚叛逆，顺应天意人心行事，这是商汤周武发扬光大帝王大业的壮举。迁都改邑，中兴大汉，前有殷王盘庚作范例。建都中土，也有周成王再致隆盛的模式。光武不凭高贵出身和地位权力，而以布衣身份登皇帝位，则与高祖相同。克己复礼，躬自俭约，奉行始终，则与汉文帝相同。效法先人的典章制度，考察古代的礼仪，祭天地于泰山，刻石以报天功的祭典，则与汉武帝相辉映。遵六经而考较仁德，视往昔而与先贤论列事功，则光武远过古帝先王。仁政之德，帝王之道，光武帝一身兼备。

“至于永平之际，则明帝继承和发扬光武帝业，更加光明融洽。三雍之宫举行盛大的礼仪，穿戴的全都是古代标准的绣龙礼服。铺陈长篇大论的文章，申明善美的仁德，传扬光武神圣的庙号，整饬雅丽的正乐。生人与祖先和谐融洽，群臣有序而相敬慕。于是天子车驾出动，沿皇家大道而行，离开京都视察四方，巡视狩牧，亲自观览众诸侯国风尚礼俗的善恶情况，考察仁德教化普及程度，散播帝王的光辉，照耀于幽远的区域。然后拓展周成王京城的规模体制，修建洛阳的宫阙，使之高大雄伟，辉煌显赫。让京洛大放异彩于诸夏，而统领天下。于是皇城之内，宫室光明，城阙宫廷更为神奇壮丽。豪华而不超越法度，俭约而不失礼仪。京都郊外，则就原野而筑苑囿，疏引流泉以造池沼，让蘋藻滋长以藏游鱼，让圃草丰茂以育走兽。体制同于梁邹，其义合乎灵圃。

“如若按四时田猎，检阅车马士卒而讲习武事，则必须照《礼记》中的《王制》实施，依《诗》的风雅进行考核。观看《驺虞》，览阅《驷铁》，赞美《车攻》，选择《吉日》。礼官整饬威仪，天子车驾乃出。于是举起鲸鱼之杵，敲击华饰之钟，登上玉雕之车，驾驭狡壮之马。饰凤之伞覆盖，銮铃铿锵鸣响。百官影从，威容壮盛。山神护卫于野外，四方之神驾车跟随。雨师洒水前路，风伯扫除尘埃。千辆兵车起动如雷，万骑骏马纷纷驰逐。大车满山遍野，戈矛遮天蔽日。羽旄扫拂虹霓，旌旗飘拂苍天。武器挥动，光华炎炎，旗帜飘荡，文采飞扬；喷吐光焰，掀起长风；山岳平野，清气波动。日月为之暗淡，丘陵为之震撼。于是聚集苑囿之中，陈师屯驻。并合部曲，排列校队。统领三军，告诫将帅。然后高举烽火，擂响战鼓，发布田猎命令。轻车奔驰似迅雷激发，骁骑飞腾如电光闪烁。由基引弓射箭，范氏扬鞭驾车。控弦而不迎面射杀飞禽，揽辔不在旁侧射杀野兽。鸟儿未及飞翔而坠落，野兽未及逃走而仆倒。挥手顾盼之瞬间，装载猎物之车已满。欢快而不极乐，猎取而不杀尽禽兽。骏马尚有余力，士卒锐气未减。先驱已踏上归路，随从车辆按辔徐行。于是进呈三牺，献出五牲，祭祀天神地祇和祖先，招来百神。接见诸侯于明堂，宣明政教于辟雍，发扬光明的仁德，显示天子的风范。登上灵台，考察福祥征验。仰观俯视天地之象，思己之德，比法天地。向全国布施德泽，遥望四方而高扬神威。德威西荡黄河之源，东及大海之滨，北动幽暗之崖，南至朱红之疆。直到殊方异域，边界隔绝不相邻之地。自汉武未曾征讨，汉宣未曾臣服者，无不畏惧而水陆兼行，赶来称臣。于是哀牢归服来朝，开辟永昌一郡。春之正月元日，诸侯朝见天子，会同于京师洛阳。此日，天子接受四海的地图户籍，收纳万国进献的珍品。对内安抚诸侯之王，对外绥靖百蛮之长。继而大行盛礼，大兴正乐。供设帷帐于云龙庭，百官引导众诸侯王，充分显示天子的威仪和尊容。于是宫廷陈列千种贡品，设置美酒万钟。金罍成列，玉杯成行。摆好待进食的佳肴和将犒赏的太牢。进餐奏乐，以《雍》撤膳，太师指挥演奏。排列钟磬，布设琴瑟箫笙。钟鼓之声洪亮，管弦之音激越。高扬五声，尽奏六律，歌《九功》之德，跳《八佾》之舞。《韶》乐《武》乐奏遍，太古之乐演奏完毕，四夷之乐间隔演奏。汉德深广所及，僸佅兜离之乐，无不皆集于洛邑。万乐齐备，百礼周至。天子欢颜，群臣陶醉，上天降下烟煴，调和人的精神。然后撞钟罢宴，百官遂退。

“于是圣上目睹普天之下的欢娱，又享受上天赐给的恩泽，担忧人们萌生奢侈之心而懒于耕耘劳作，便重申以往的章法，下圣明的诏书，命令主管官吏，颁布法度，提倡节俭，表彰朴素。去掉后宫奢华的饰物，减少乘舆的车服器用。抑制工商末业，发展农桑耕种。使天下百姓放弃工商而致力于农耕，去奢侈诈伪而崇尚质朴。女子精于纺织，男子勤于耕耘。器具用的是陶瓷葫芦，衣服崇尚素色简朴。视精细靡丽的衣物为耻而不穿，鄙薄奇巧华丽的饰物而不稀罕。把金子丢到山野，把珍珠抛入深渊。于是百姓除去自身的污秽和过失，鉴戒于天道自然。形体精神虚静，耳目不为外物迷惑，奢侈欲念之源杜绝，廉洁知耻之心萌生。悠然自得，品格如玉润金声。四海学校林立，学子盈门。讲习进献酬答，往来交际，礼器排列之礼。在堂下者舞蹈，在堂上者歌唱。以舞蹈表现功德，以歌咏赞美仁义，揖让饮酒宴飨之礼完毕，又齐声赞叹明帝自然无为之道。宏论高见，都含有中和美德，吐纳天地元气，盛情地赞颂说：‘多么兴盛啊，这个时代！’

“当今的论者只知诵读虞夏之《书》，歌咏殷周之《诗》，讲习羲文之《易》，议论孔氏之《春秋》，却很少有人精通古今的变化发展，探究大汉的礼乐教化之渊源。只有您颇识前代的典章制度，却又只是迷恋往昔的奢侈逸乐。温故而知新尚已困难，认识理解当今的仁德就更少了。况且西都地处避远而邻接西戎，虽然四面有关山之固，以为防御，但又哪能比得上东都地处中央，平旷通达，能使万方归服如车辐之聚集于毂呢？西都依凭秦岭九嵕之山，夹带泾渭之川，哪能比得上东都四河贯通，五岳高耸，呈书出图的河洛呢？西都豪华淫奢的建章宫、甘泉宫，侍奉众神列仙，哪比得上东都灵台明堂传播教化之官统和天人之德呢？西都的太液池、昆明池，畜养鸟兽的苑囿，哪比得上东都辟雍环绕的水流如海，教化传布的道德之富呢？西都游侠奢侈无度，超越法规，犯义侵礼，哪比得上东都同履法度，臣民恭谨，礼仪昌盛呢？先生您只熟悉秦国之阿房宫的雄伟高峻，而不知大汉京洛的法度体制，只懂得函谷险要可以作为防卫的关卡，而不知以仁义德政治天下的君主，其威德的影响深远而无边际。”

主人的话还没说完，西都宾就已惊惶失色，连忙退步下阶，心怀恐惧，精神颓丧，拱手告辞。主人客气地说：“请回到座位上去，我现在教您五首颂诗。”西都宾诵诗完毕，连连称赞说：“这些诗篇多么美妙啊！其意义比扬雄的赋更雅正，其叙事比司马相如的赋更真实。不仅主人好学，文辞华美，而且生逢太平盛世。小子我狂妄不懂事理，不知天高地厚，既已领受仁义礼乐的正道，我愿终身诵读不忘。”

其诗曰：

明堂诗

光辉神圣的明堂，充满灿烂的阳光。圣皇隆重祭先祖，庄严肃穆情意长。天帝太一来宴享，五方诸神佐其旁。谁堪同太一媲美，世祖光武唯可当。天下诸侯来助祭，各尽其职在明堂。忠心耿耿溢盛德，神灵保佑祚福长。

辟雍诗

环绕辟雍长流水，奔泻激荡浪滔滔。圣皇御驾亲莅临，编结船只做浮桥。告老退居众国老，如父如兄德望高。谦护盛美多威仪，孝敬父母爱同胞。至高无上数神天，赞我汉家德行好。宏大教化显神明，永世成功行大道。

灵台诗

能工巧匠造灵台，巍峨耸立比天高。明帝殷勤时登临，考察祥瑞验征兆。三光高悬争光辉，五行次序顺天道。祥风习习任吹拂，甘雨纷纷自飘摇。农田庄稼苗壮长，山野百草尤繁茂。连年喜庆获丰收，圣皇欢欣乐陶陶。

宝鼎诗

高山产贡品啊，大川出珍宝。山放射光辉啊，川祥云笼罩。宝鼎骤然现啊，虹彩相照耀。焕发其光辉啊，龙文诚美妙。登世祖庙堂啊，圣神眼福饱。显祖先灵德啊，皇位永可保。

白雉诗

掀开洛书啊阅览河图，喜获白雉啊敬献素乌。祥瑞盛多啊云集京都。伸张皓羽啊摇奋翘英，仪容洁白啊一身晶莹。显皇之德啊齐同周成，永久延长啊上天福庆。

【评析】

《东都赋》极力推崇大汉的仁德礼仪和东汉定都洛阳的积极意义。篇首以批评西都宾盲目“矜夸馆室，保界河山”，褒扬高祖刘邦以布衣而登皇位，开创大汉帝国万代基业领起全文。然后用重笔浓墨，大书特书东汉兴废继绝的开国之君光武帝和守成之君孝明帝的胆识、作为及其功业德行。光武帝顺应天命人意，平息逆贼王莽，建立东汉，并迁都改邑，克己复礼，施仁爱，行仁政，修治人伦道德，因而“勋兼乎在昔，事勤乎三五”。孝明帝继承前代的优良传统，考察四方，巡视海内，了解诸侯之政和礼俗风尚的善恶，散播皇帝的光辉；拓展京都的规模体制，洛阳宫室楼台高大雄伟，大放异彩于诸侯。但“奢不可逾，俭不能侈”，皆合于礼法。营建苑囿，疏掘池沼，全依凭自然，因地制宜，不假人功；四时田猎，讲习武事，无不遵守《王制》，考究于风雅，绳之以典章制度；安抚诸侯王，绥靖百蛮长，盛礼兴乐，重视农耕，倡导文教；引导百姓弃末返本，背伪归真，一统天下。从而以洛邑的精神法度，折服了非议建都于洛阳的西都耆老和“据怀旧之蓄念，发思古之幽情”的西都宾之淫论。质朴庄重的艺术风格，严谨的篇章结构，遒劲的笔力，典雅绚丽的语言，充分地揭示了东都的礼乐仁德，弘扬了东都的制度美、精神美，表现了进步的思想潮流。

卷第二

西京赋一首

作者：张平子　　注译评析：樊运宽

有凭虚公子者[1]，心奓体忲[2]，雅好博古[3]，学乎旧史氏[4]，是以多识前代之载。言于安处先生[5]，曰："夫人在阳时则舒[6]，在阴时则惨[7]，此牵乎天者也[8]。处沃土则逸，处瘠土则劳，此击乎地者也。惨则鲜于欢[9]，劳则褊于惠[10]，能违之者寡矣[11]。小必有之[12]，大亦宜然[13]。故帝者因天地以致化，兆人承上教以成俗。化俗之本，有与推移。何以核诸[14]？秦据雍而强[15]，周即豫而弱[16]。高祖都西而泰[17]，光武处东而约[18]，政之兴衰，恒向此作。先生独不见西京之事欤？请为吾子陈之：

"汉氏初都，在渭之涘[19]。秦里其朔[20]，寔为咸阳[21]。左有崤函重险[22]，桃林之塞[23]，缀以二华[24]。巨灵赑屃[25]，高掌远蹠[26]，以流河曲，厥迹犹存。右有陇坻之隘[27]，隔阂华戎[28]。岐梁汧雍[29]，陈宝鸣鸡在焉[30]。于前则终南太一[31]，隆崛崔崒[32]，隐辚郁律[33]。连冈乎嶓冢[34]，抱杜含鄠[35]，欱沣吐镐[36]。爰有蓝田珍玉[37]，是之自出。于后则高陵平原，据渭踞泾[38]。澶漫靡迤[39]，作镇于近。其远则九嵕甘泉[40]，涸阴冱寒[41]。日北至而含冻[42]，此焉清暑。尔乃广衍沃野，厥田上上[43]，寔惟地之奥区神皋[44]，昔者大帝说秦缪公而觐之[45]，飨以钧天广乐[46]，帝有醉焉，乃为金策[47]，锡用此土[48]，而翦诸鹑首[49]。是时也，并为强国者有六[50]，然而四海同宅西秦，岂不诡哉！

"自我高祖之始入也，五纬相汁[51]，以旅于东井[52]，娄敬委辂[53]，干非其议[54]。天启其心[55]，人惎之谋[56]，及帝图时，意亦虑乎神祇，宜其可定以为天邑。岂伊不虔思于天衢[57]？岂伊不怀归于枌榆[58]？天命不滔[59]，畴敢以渝[60]，于是量径轮[61]，考广袤[62]。经城洫[63]，营郭郛[64]。取殊裁于八都[65]，岂启度于往旧？乃览秦制，跨周法。狭百堵之侧陋[66]，增九筵之迫胁[67]。正紫宫于未央[68]，表峣阙于阊阖[69]。疏龙首以抗殿[70]，状巍峨以岌嶪[71]。亘雄虹之长梁，结棼橑以相接[72]。蒂倒茄于藻井[73]，披红葩之狎猎[74]。饰华榱与璧珰[75]，流景曜之韡晔[76]。雕楹玉碣[77]，绣栭云楣[78]。三阶重轩[79]，镂槛文梍[80]。右平左墄[81]，青琐丹墀[82]。刊层平堂[83]，设切厓隒[84]。坻崿鳞眴[85]，栈齴巉崄[86]。襄岸夷涂[87]，修路峻险。重门袭固[88]，奸宄是防[89]。仰福帝居[90]，阳曜阴藏。洪钟万钧，猛虡趪趪[91]。负笋业而余怒[92]，乃奋翅而腾骧。朝堂承东[93]，温调延北[94]。西有玉台[95]，联以昆德[96]。嵯峨崨嶫[97]，罔识所则[98]。若夫长年神仙，宣室玉堂，麒麟朱鸟，龙兴含章[99]，譬众星之环极[100]，叛赫戏以辉煌[101]。正殿路寝[102]，用朝群辟[103]。大夏耽耽[104]，九户开辟[105]。嘉木树庭，芳草如积[106]。高门有闶[107]，列坐金狄[108]。内有常侍谒者[109]，奉命当御[110]，兰台金马[111]，递宿迭居[112]。次有天禄石渠[113]，校文之处[114]。重以虎威章沟[115]，严更之署[116]。徼道外周[117]，千庐内附[118]。卫尉八屯[119]，警夜巡昼。植铩悬猷[120]，用戒不虞[121]。

“后宫则昭阳飞翔，增成合欢，兰林披香，凤皇鸳鸾[122]。群窈窕之华丽[123]，嗟内顾之所观。故其馆室次舍[124]，采饰纤缛。裛以藻绣[125]。文以朱绿[126]。翡翠火齐[127]，络以美玉。流悬黎之夜光[128]，缀随珠以为烛[129]。金戺玉阶[130]，彤庭辉辉。珊瑚琳碧[131]，瓀珉璘彬[132]。珍物罗生，焕若昆仑[133]。虽厥裁之不广[134]，侈靡逾乎至尊[135]。于是钩陈之外[136]，阁道穹隆。属长乐与明光[137]，径北通乎桂宫[138]。命般尔之巧匠[139]，尽变态乎其中。后宫不移[140]，乐不徒悬，门卫供帐，官以物辨[141]。恣意所幸[142]，下辇成燕。穷年忘归，犹弗能遍。瑰异日新，殚所未见。

“惟帝王之神丽，惧尊卑之不殊[143]。虽斯宇之既坦，心犹凭而未摅[144]。思比象于紫微[145]，恨阿房之不可庐[146]。覛往昔之遗馆[147]，获林光于秦余[148]。处甘泉之爽垲[149]，乃隆崇而弘敷[150]。既新作于迎风[151]，增露寒与储胥[152]。托乔基于山冈[153]，直墆霓以高居[154]。通天訬以竦峙[155]，径百常而茎擢[156]。上辩华以交纷[157]，下刻陗其若削[158]，翔鹍仰而不逮[159]，况青鸟与黄雀。伏棂槛而俯听[160]，闻雷霆之相激。柏梁既灾[161]，越巫陈方[162]，建章是经[163]，用厌火祥[164]，营宇之制[165]，事兼未央[166]。圜阙竦以造天[167]，若双碣之相望[168]。凤骞翥于甍标[169]，咸溯风而欲翔[170]。阊阖之内[171]，别风嶕峣[172]。何工巧之瑰玮，交绮豁以疏寮[173]。干云雾而上达[174]，状亭亭以苕苕[175]。神明崛其特起[176]，井干叠而百增[177]。跱游极于浮柱[178]，结重栾以相承[179]。累层构而遂跻[180]，望北辰而高兴[181]。消雰埃于中宸[182]，集重阳之清澄[183]。瞰宛虹之长鬐，察云师之所凭。上飞闼而仰眺[184]，正睹瑶光与玉绳[185]。将乍往而未半，怵悼慄而怂兢[186]。非都卢之轻趫[187]，孰能超而究升[188]？駊娑骀荡[189]，焘奡桔桀[190]。枍诣承光[191]，睽罛庨豁[192]。橧桴重棼[193]，锷锷列列[194]，反宇业业[195]，飞檐钀钀[196]。流景内照，引曜日月。

“天梁之宫[197]，寔开高闱[198]。旗不脱扃[199]，结驷方蕲[200]。轹辐轻骛[201]，容于一扉。长廊广庑[202]，途阁云蔓。闬庭诡异[203]，门千户万。重闺幽闼[204]，转相逾延[205]。望窈窱以径廷[206]，眇不知其所返。既乃珍台蹇产以极壮[207]，墱道逦倚以正东[208]。似阆风之遐坂[209]，横西洫而绝金墉[210]。城尉不弛柝[211]，而内外潜通。前开唐中[212]。弥望广潒[213]，顾临太液[214]，沧池漭沆[215]。渐台立于中央[216]，赫昈昈以弘敞[217]。清渊洋洋[218]，神山峨峨[219]。列瀛洲与方丈，夹蓬莱而骈罗[220]。上林岑以垒㟥[221]，下崭岩以嵒齬[222]。长风激于别隯[223]，起洪涛而扬波。浸石菌于重涯[224]，濯灵芝以朱柯[225]。海若游于玄渚[226]，鲸鱼失流而蹉跎[227]，于是采少君之端信[228]，庶栾大之贞固[229]。立修茎之仙掌，承云表之清露，屑琼蕊以朝飧[230]，必性命之可度[231]。美往昔之松乔[232]，要羡门乎天路[233]。想升龙于鼎湖[234]，岂时俗之足慕？若历世而长存，何遽营乎陵墓？

“徒观其城郭之制，则旁开三门，参涂夷庭[235]。方轨十二。街衢相经[236]。廛里端直[237]，甍宇齐平。北阙甲第，当道直启[238]。程巧致功[239]。期不陁陊[240]。木衣绨锦[241]，土被朱紫。武库禁兵[242]，设在兰锜[243]，匪石匪董[244]，畴能宅此，尔乃廓开九市[245]，通阛带阓[246]。旗亭五重[247]，俯察百隧[248]。周制大胥[249]，今也惟尉[250]。瑰货方至[251]，鸟集鳞萃。鬻者兼赢[252]，求者不匮。尔乃商贾百族[253]，裨贩夫妇[254]。鬻良杂苦[255]，蚩眩边鄙[256]。何分昬于作劳[257]，邪赢优而足恃[258]。彼肆人之男女[259]，丽美奢乎许史[260]。

“若夫翁伯浊质[261]，张里之家[262]；击钟鼎食[263]，连骑相过。东京公侯，壮何能加？都邑游侠[264]，张赵之伦[265]；齐志无忌[266]，拟迹田文[267]。轻死重气，结党连群，寔蕃有徒[268]，其从如云。茂陵之原[269]，阳陵之朱[270]。趫悍虓豁[271]，如虎如貙[272]。睚眦虿芥[273]，尸僵路隅。丞相欲以赎子罪[274]，阳石污而公孙诛[275]，若其五县游丽[276]，辩论之士，街谈巷议，弹射臧否[277]；剖析毫厘，擘肌分理[278]。所好生毛羽[279]，所恶成创痏[280]。郊甸之内[281]，乡邑殷赈[282]。五都货殖[283]，既迁既引[284]。商旅联槅[285]，隐隐展展[286]。冠带交错，方辕接轸[287]。封畿千里[288]，统以京尹，郡国宫馆[289]，百四十五。右极盩厔[290]，并卷酆鄠[291]。左暨河华[292]，遂至虢土[293]。

“上林禁苑[294]，跨谷弥阜。东至鼎湖，邪界细柳[295]。掩长杨而联五柞[296]，绕黄山而款牛首[297]。缭垣绵联，四百余里。植物斯生，动物斯止。众鸟翩翻，群兽駓騃[298]。散似惊波，聚以京峙[299]。伯益不能名[300]，隶首不能纪[301]。林麓之饶，于何不有？木则枞栝棕楠[302]，梓棫楩枫[303]。嘉卉灌丛，蔚若邓林[304]。郁蓊薆薱[305]，橚爽櫹槮[306]。吐葩飏荣，布叶垂阴。草则葴莎菅蒯，薇蕨荔苀，王刍莔台，戎葵怀羊[307]。苯蓴蓬茸[308]，弥皋被冈。篠簜敷衍[309]，编町成篁[310]。山谷原隰，泱漭无疆[311]。

“乃有昆明灵沼[312]，黑水玄阯[313]。周以金堤[314]，树以柳杞，豫章珍馆[315]，揭焉中峙[316]。牵牛立其左，织女处其右[317]。日月于是乎出入，象扶桑与濛汜[318]。其中则有鼋鼍巨鳖[319]，鳣鲤鱮鲖；鲔鲵鲿鲨[320]，修额短项；大口折鼻，诡类殊种。鸟则鹔鷞鸹鸨，駕鹅鸿鶤[321]。上春候来[322]，季秋就温。南翔衡阳[323]，北栖雁门[324]，奋隼归凫[325]，沸卉軿訇[326]。众形殊声，不可胜论。

“于是孟冬作阴，寒风肃杀。雨雪飘飘，冰霜惨烈。百卉具零，刚虫搏挚[327]。尔乃振天维[328]，衍地络[329]；荡川渎，簸林薄[330]；鸟毕骇，兽咸作。草伏木栖，寓居穴托。起彼集此，霍绎纷泊[331]。在彼灵囿之中，前后无有垠锷[332]。虞人掌焉[333]，为之营域[334]。焚莱平场[335]，柞木翦棘[336]。结罝百里[337]，远杜蹊塞[338]。麀鹿麌麌[339]，骈田逼仄[340]。

“天子乃驾雕轸，六骏驳[341]。戴翠帽[342]，倚金较[343]。璿弁玉缨[344]，遗光儵爚[345]。建玄弋[346]，树招摇[347]。栖鸣鸢[348]，曳云梢[349]。弧旌枉矢[350]，虹旃蜺旄[351]。华盖承辰[352]，天毕前驱[353]。千乘雷动，万骑龙趋。属车之簉[354]，载猃猲獢[355]。匪唯玩好，乃有秘书[356]。小说九百[357]，本自虞初[358]。从容之求[359]，寔俟寔储[360]。

“于是蚩尤秉钺[361]，奋鬣被般[362]。禁御不若[363]，以知神奸[364]。螭魅魍魉[365]，莫能逢旃[366]。陈虎旅于飞廉[367]，正垒壁乎上兰[368]。结部曲[369]，整行伍。燎京薪，骇雷鼓[370]。纵猎徒，赴长莽。迾卒清候[371]，武士赫怒。缇衣韎韐[372]，睢盱拔扈[373]。光炎烛天庭，嚣声震海浦[374]。河渭为之波荡，吴岳为之阤堵[375]。百禽㥄遽[376]，騤瞿奔触[377]。丧精亡魂，失归忘趋。投轮关辐[378]，不邀自遇[379]。飞罕潚箾[380]，流镝擂擈[381]。矢不虚舍，鋋不苟跃[382]。当足见蹍[383]，值轮被轹[384]。僵禽毙兽，烂若碛砾[385]。但观罝罗之所羂结[386]，竿殳之所揘毕[387]。叉蔟之所搀捔[388]，徒搏之所撞挞[389]。白日未及移其晷[390]，已狝其什七八[391]。

“若夫游鷮高翚[392]，绝阬逾斥[393]。毚兔联猭[394]，陵峦超壑。比诸东郭[395]，莫之能获。乃有迅羽轻足[396]，寻景追括[397]。鸟不暇举，兽不得发，青骹挚于韝下[398]，韩卢噬于绁末[399]。及其猛毅髬髵[400]，隅目高匡[401]，威慑兕虎[402]，莫之敢伉[403]。乃使中黄之士[404]，育获之俦[405]，朱鬕䰄髽[406]，植发如竿[407]；袒裼戟手[408]，奎踽盘桓[409]。鼻赤象[410]，圈巨狿[411]；摣狒猬[412]，批窳狻[413]。揩枳落[414]，突棘藩。梗林为之靡拉[415]，朴丛为之摧残[416]。轻锐僄狡趫捷之徒[417]，赴洞穴，探封狐[418]；陵重巘[419]，猎昆駼[420]。杪木末，擭獑猢。超殊榛，摕飞鼯[421]。

“是时后宫嬖人，昭仪之伦[422]，常亚于乘舆。慕贾氏之如皋[423]，乐《北风》之同车[424]。盘于游畋，其乐只且[425]。于是鸟兽殚，目观穷。迁延邪睨[426]，集乎长杨之宫。息行夫[427]，展车马。收禽举胔[428]，数课众寡[429]。置互摆牲[430]，颁赐获卤[431]。割鲜野飨，犒勤赏功。五军六师，千列百重。酒车酌醴[432]，方驾授饔[433]，升觞举燧[434]，既釂鸣钟[435]。膳夫驰骑[436]，察贰廉空[437]。

炙炰夥[438]，清酤𬈭[439]。皇恩溥[440]，洪德施；徒御悦[441]，士忘罢。

“巾车命驾[442]，回旆右移[443]。相羊乎五柞之馆[444]，旋憩乎昆明之池。登豫章，简矰红[445]；蒲且发[446]，弋高鸿。挂白鹄[447]，联飞龙[448]。磻不特絓[449]，往必加双。于是命舟牧。为水嬉。浮鷁首[450]，翳云芝[451]；垂翟葆[452]，建羽旗；齐栧女[453]，纵棹歌；发引和，校鸣葭[454]；奏《淮南》[455]，度《阳阿》[456]，感河冯[457]，怀湘娥[458]；惊蝄蜽，惮蛟蛇[459]，然后钓魴鳢[460]，纚鰋鲉[461]；摭紫贝[462]，搏耆龟[463]；搤水豹[464]，馽潜牛[465]。泽虞是滥[466]，何有春秋？擿漻澥[467]，搜川渎；布九罭[468]，设罜麗[469]；摷昆鲕[470]，殄水族[471]；蘧藕拔[472]，蜃蛤剥。逞欲畋敓[473]，效获麑麌[474]。摎蓼浶浪[475]，干池涤薮。上无逸飞，下无遗走。擭胎拾卵[476]，蚳蝝尽取[477]。取乐今日，遑恤我后[478]？既定且宁，焉知倾陁[479]？

“大驾幸乎平乐[480]，张甲乙而袭翠被[481]。攒珍宝之玩好[482]，纷瑰丽以奓靡[483]。临迥望之广场[484]，程角觝之妙戏[485]。乌获扛鼎[486]，都卢寻橦[487]。冲狭燕濯[488]，胸突铦锋[489]。跳丸剑之挥霍[490]，走索上而相逢[491]。华岳峨峨[492]，冈峦参差。神木灵草[493]，朱实离离[494]。总会仙倡[495]，戏豹舞罴；白虎鼓瑟，苍龙吹篪[496]。女娥坐而长歌[497]，声清畅而蝼蛇[498]。洪涯立而指麾[499]，被毛羽之襳襹[500]。度曲未终，云起雪飞。初若飘飘，后遂霏霏。复陆重阁[501]，转石成雷[502]。礔砺激而增响[503]，磅礚象乎天威[504]。

“巨兽百寻，是为曼延[505]。神山崔巍，欻从背见[506]。熊虎升而拏攫[507]，猿狖超而高援[508]。怪兽陆梁[509]，大雀踆踆[510]。白象行孕[511]，垂鼻辚囷[512]。海鳞变而成龙[513]，状蜿蜿以蝹蝹[514]。含利颬颬[515]，化为仙车。骊驾四鹿[516]，芝盖九葩[517]。蟾蜍与龟[518]，水人弄蛇[519]。奇幻倏忽，易貌分形。吞刀吐火，云雾杳冥。画地成川，流渭通泾。东海黄公[520]，赤刀粤祝[521]。冀厌白虎[522]，卒不能救；挟邪作蛊[523]，于是不售[524]。尔乃建戏车，树修旃。侲僮程材[525]，上下翩翻。突倒投而跟絓[526]，譬陨绝而复联。百马同辔，骋足并驰；橦末之伎[527]，态不可弥[528]。弯弓射乎西羌[529]，又顾发乎鲜卑[530]。

“于是众变尽[531]，心酲醉[532]；盘乐极，怅怀萃[533]。阴戒期门[534]，微行要屈[535]。降尊就卑，怀玺藏绂[536]。便旋闾阎[537]，周观郊遂[538]。若神龙之变化，章后皇之为贵[539]。然后历掖庭[540]，适欢馆；捐衰色[541]，从嬿婉[542]。促中堂之狭坐，羽觞行而无筭[543]。秘舞更奏[544]，妙材骋伎[545]。妖蛊艳夫夏姬[546]，美声畅于虞氏[547]。始徐进而羸形[548]，似不任乎罗绮[549]。嚼清商而却转[550]，增婵娟以此豸[551]。纷纵体而迅赴[552]，若惊鹤之群罢[553]。振朱屣于盘樽[554]，奋长袖之飒纚[555]。要绍修态[556]，丽服飏菁[557]。眳藐流眄[558]，一顾倾城[559]。展季桑门[560]，谁能不营[561]？列爵十四[562]，竞媚取荣；盛衰无常，唯爱所丁[563]。卫后兴于鬒发[564]，飞燕宠于体轻[565]。尔乃逞志究欲，穷身极娱。鉴戒唐诗[566]，他人是媮。自君作故[567]，何礼之拘？增昭仪于婕妤[568]，贤既公而又侯[569]。许赵氏以无上[570]，思致董于有虞[571]。王闳争于坐侧[572]，汉载安而不渝[573]。

“高祖创业，继体承基[574]。暂劳永逸[575]，无为而治；耽乐是从，何虑何思？多历年所[576]，二百余期[577]。徒以地沃野丰，百物殷阜；岩险周固，衿带易守[578]。得之者强，据之者久。流长则难竭，柢深则难朽[579]。故奢泰肆情，馨烈弥茂[580]。

“鄙生生乎三百之外[581]，传闻于未闻之者。曾仿佛其若梦，未一隅之能睹。此何与于殷人屡迁[582]，前八而后五[583]？居相圮耿[584]，不常厥土。盘庚作诰[585]，帅人以苦。方今圣上[586]，同天号于帝皇[587]，掩四海而为家。富有之业，莫我大也。徒恨不能以靡丽为国华，独俭啬以龌龊[588]，忘《蟋蟀》之谓何[589]？岂欲之而不能，将能之而不欲欤？蒙窃惑焉[590]，愿闻所以辩之之说也。”

【作者简介】

张衡（78—139），字平子，东汉南阳西鄂（今河南南阳石桥镇）人，官至河间王相。杰出的科学家和著名的文学家。精通天文历算，任太史令掌天象观测，撰写了著名的天文著作《灵宪》，并创制了世界上第一台用水推动的浑天仪和测定地震的地动仪。文学创作主要是辞赋和诗，代表作《二京赋》形式上沿袭大赋的铺陈体制，但语言较清新。抒情小赋《归田》

等，文辞清丽，对后世颇多影响。《四愁诗》是最早的文人七言诗。著作多亡佚，有明人辑本《张河间集》。《后汉书》有传。

【篇旨】

写长安地理形势的险要、宫室建筑的宏大、都市的繁华、郊畿的殷富、林苑花木的繁茂、田猎的盛况，以及王侯幸臣宠姬的奢侈，讽谏统治者不要过度淫靡。

【注释】

① 凭虚公子：虚构人物。

② 心：欲望。奓：通“侈”。忲：通“泰”。

③ 雅：平素。

④ 旧史氏：即太史，职掌典籍、图谱等文献的官。

⑤ 安处先生：虚构人物。

⑥ 阳时：春夏。

⑦ 阴时：秋冬。

⑧ 牵：系。天：自然界的变化。

⑨ 鲜：少。

⑩ 褊：少。

⑪ 违：避开。

⑫ 小：小民百姓。

⑬ 大：天子王侯。

⑭ 核：验证。

⑮ 雍：九州之一。《尚书·禹贡》九州为冀、豫、雍、扬、兖、徐、梁、青、荆。雍州包括今陕西、山西、青海、宁夏大部分地区。

⑯ 豫：州名，《尚书·禹贡》九州之一，包括今河南及湖北北部。

⑰ 高祖：汉高祖刘邦。都西：以西京长安为都。

⑱ 光武：光武帝刘秀。处东：处于东都洛阳。

⑲ 渭：水名，黄河主要支流之一，源于甘肃渭源，东流至潼关入黄河。

⑳ 里：居。朔：北。

㉑ 寔：是。咸阳：古代都邑，在今陕西咸阳东北。秦孝公于公元前350年自栎阳迁都咸阳。

㉒ 崤：山名，在今河南洛宁西北。函：函谷，在今河南灵宝东北至陕西潼关。

㉓ 桃林：地名，又叫桃林塞。其地包括今河南灵宝以西，陕西潼关以东地区。

㉔ 二华：陕西东部的太华山和少华山。

㉕ 巨灵：河神。贔（bì）屃（xì）：猛壮有力。

㉖ 高掌远蹠：据神话传说，太华、少华本为一山，因其挡住河水，河神巨灵用手擘开其上，用脚踹开其下，中分为二，于是河水不再绕道。

㉗ 陇坻：陇山，又名陇坂。在今陕西陇县至甘肃平凉一带。

㉘ 华：华夏。戎：泛指我国西部少数民族。

㉙ 岐：山名。在陕西岐山东北。山状如柱，故又称天柱山。梁：山名。在今陕西乾城西北。汧：山名。在今陕西陇县西南。雍：山名。在今陕西凤翔西北。

㉚ 陈宝：神名。《史记·封禅书》："秦文公获若石云，于陈仓北阪城祠之。其神或岁不至，或岁数来，来也常以夜，光辉若流星，从东南来集于祠城，则若雄鸡，其声殷云，野鸡夜雊。以一牢祠，命曰陈宝。"

㉛ 终南：终南山，又称南山。属秦岭山脉，在今陕西西安南，绵亘八百多里。太一：终南山的主峰。在武功县境。

㉜ 隆崛：高拔突出貌。崔崒：山高峻险危貌。

㉝ 隐辚：突起貌。郁律：深峻貌。

㉞ 嶓冢：山名。在陕西强宁。

㉟ 杜：杜陵，在西安东南。鄠：县名，即今陕西西安市鄠邑区。

㊱ 欱：吸吮。沣：水名，源出秦岭山中，经西安西入渭水。镐：通"滈"，池名，在西安。

㊲ 蓝田：山名，在陕西蓝田东南，山产美玉，故称玉山。

㊳ 泾：水名，渭河支流。

㊴ 澶漫：平坦宽广。靡迤：绵延深远。

㊵ 九嵕：山名，在陕西礼泉东北。甘泉：山名。在陕西淳化西北。

㊶ 涸阴：凝聚寒气。冱寒：严寒封冻。

㊷ 北至：夏至。

㊸ 上上：土地上等肥沃。

㊹ 奥区：腹地。神皋：神灵之地。皋：泽畔高地。

㊺ 大帝：天帝。秦缪公：即秦穆公，公元前659年至前621年在位。缪：通“穆”。

㊻ 钧天广乐：指天上之音乐。

㊼ 策：古代诏命文书。

㊽ 锡：同“赐”。

㊾ 翦：尽。鹑首：星次名，指朱雀七宿中的井、鬼二宿。古代依天上星宿位置划分地面相应区域，称为分野。鹑首为秦的分野。

㊿ 六：指韩、赵、魏、齐、楚、燕。

51 五纬：指金、木、水、火、土五大行星。古代以二十八宿为经，五星左转为纬。汁：和协。汁为叶的异体字，叶为协的古字。

52 旅：排列。东井：星名，即二十八宿中的鹑首。

53 娄敬：齐人，戍陇西路经洛阳时，弃车进见高祖，劝定都长安，高祖接受，拜娄敬为郎中，号奉春君。

54 干：纠正。非：批驳。议：指主张建都洛阳的意见。

55 天启：上天启示，指五星聚于东井。

56 惎：教导。

57 伊：惟。虔：恭敬。天衢：天路。衢，四通八达的大路。比喻通显之地。此指洛阳。

58 枌榆：地名。属沛县丰邑。汉高祖起兵时，曾祈神灵于枌榆神社，后因以枌榆为故乡的代称。

⑲ 滔：通“谄”，怀疑。
⑳ 畴：谁。渝：违背。
㉑ 轮：圆周。
㉒ 广袤：宽广。东西为广，南北为袤。
㉓ 洫：护城河。
㉔ 郭：外城。郛：大郭。
㉕ 八都：八方都邑。
㉖ 堵：墙高一丈、长一丈为一堵。侧：偏僻。
㉗ 筵：垫底的竹席。迫胁：窄小。
㉘ 紫宫：帝王的宫殿。
㉙ 峣：高耸貌。阙：古代宫庙及墓门立双柱者谓之阙。阊阖：宫之正门。
㉚ 龙首：山名。在陕西西安市长安区北。抗：举。引申为建筑。
㉛ 岌嶪：高险貌。
㉜ 棼：屋梁。橑：屋椽。
㉝ 蒂：此作动词，安置的意思。茄：荷茎。藻井：绘有文采状如井干形的天花板，有荷菱等图案形。
㉞ 狎猎：重接层叠貌。
㉟ 华榱：彩椽。璧珰：椽头的璧玉装饰。
㊱ 景：日光。韡（wěi）晔：明盛貌。
㊲ 碣：垫柱石。
㊳ 绣栭：雕有华纹的斗拱。云楣：绘云朵图案的横梁。
㊴ 三阶：指殿前一阶，左右两侧各一阶。一说指多层台阶。
㊵ 镂槛：雕着花纹的栏杆。槐：屋檐前板。
㊶ 堿：台阶。
㊷ 青琐：宫门上连环形的青色图案。丹墀：漆红的殿前地面。墀，台阶。
㊸ 刊：削除。层：累叠。堂：高。

㉄ 设切：以石镶嵌。厓（yá）隒（yǎn）：山崖旁边。

㉅ 坻崿：宫殿的地基或台阶。鳞眴：高峻貌。

㉆ 栈齴巉崄：形容殿基高峭险峻。

㉇ 襄：高。岸：指殿阶。涂：通“途”。

㉈ 袭：重叠。

㉉ 奸宄（guǐ）：盗贼。

㉊ 福：通“副”，符合。

㉋ 猛虡（jù）：悬钟架底座上刻的猛兽图形。趪（huáng）趪：奋力貌。

㉌ 筍业：古代悬钟磬的器具。怒：气盛貌。

㉍ 朝堂：殿名。百官办事之处。

㉎ 温调：殿名，在未央宫北。

㉏ 玉台：台观名。

㉐ 昆德：殿名。

㉑ 嵯嵲：山势高峻貌。

㉒ 则：取法。

㉓ 长年、神仙、宣室、玉堂、麒麟、朱鸟、龙兴、含章：皆殿名。

⑩ 极：北极星。

⑩ 叛：焕发光辉。赫戏：光明貌。

⑩ 正殿路寝：宫室名。天子、诸侯理事处。汉称正殿，周曰路寝。

⑩ 朝：朝见。指皇帝接受朝见。群辟：王侯、卿士。

⑩ 大夏：殿名。耽耽：深邃貌。

⑩ 九户：九门。天子理政事的明堂有九室，每室一户，共九户。

⑩ 积：繁盛。

⑩ 高门：即皋门。王城的郭门。闶：门高大貌。

⑩ 金狄：即金人。《史记·秦始皇本纪》：始皇“收天下兵，聚之咸阳，销以为钟鐻，金人十二，各重千石，置廷宫中”。

⑩ 常侍：官名。掌文书、诏令，因亲近帝后，权力甚大。

⑩ 当御：听用。

⑪ 兰台：本为汉代宫廷藏书处，后置兰台令史，掌书奏。金马：金马门，宫门名。

⑫ 递：轮流。

⑬ 天禄石渠：阁名，宫中藏书处。

⑭ 校文：典校书籍。

⑮ 虎威、章沟：皆巡更的官署名。

⑯ 严更之署：警夜打更的岗位。

⑰ 徼道：巡行警戒的道路。

⑱ 庐：巡夜警卫人员的庐舍。附：设。

⑲ 卫尉：掌宫门警卫的官。屯：巡行部队的营地。

⑳ 鍒：长矛。䣋：盾。

㉑ 不虞：意外的事。

㉒ 昭阳、飞翔、增成、合欢、兰林、披香、凤皇、鸳鸾：皆宫殿名。

㉓ 群窈窕：指众多的嫔妃。

㉔ 次：停留。

㉕ 裛（yì）：缠绕。

㉖ 朱绿：红色、绿色颜料。

㉗ 翡翠、火齐：皆玉石名。

㉘ 悬黎：玉石名。

㉙ 随珠：随侯珠。《淮南子·说山训》高诱注：随侯见大蛇受伤，以药敷之，后蛇衔大珠报之，故名随珠。

㉚ 戺（shì）：堂前石阶的两端。

㉛ 琳碧：青绿色的玉石。

㉜ 瓀珉：似玉的美石。璘彬：光彩缤纷貌。

㉝ 昆仑：传说天神居住的仙山。

㉞ 裁：规模制度。

㉟ 至尊：皇帝。

㊱ 钩陈：星名，在紫微垣中，古人附会为天帝后宫正妃，因而常借以指

后宫。

⑬⑦ 长乐、明光：皆宫殿名。

⑬⑧ 桂宫：宫名。

⑬⑨ 般尔：传说中的工匠鲁班、王尔。

⑭⓪ 移：携带随行。

⑭① 辨：通“办”。

⑭② 幸：古代皇帝宠爱或亲临为幸。

⑭③ 殊：区别。

⑭④ 凭：充满。指愤懑积郁之气。摅：抒发。

⑭⑤ 比象：效法。

⑭⑥ 阿房：秦宫殿名，故址在西安西北。庐：居住。

⑭⑦ 覛：同“觅”。

⑭⑧ 林光：秦时离宫名。

⑭⑨ 甘泉：甘泉山，在陕西淳化。爽：明敞。垲：干燥。

⑮⓪ 弘敷：扩充拓展。

⑮① 迎风：宫殿名。

⑮② 露寒、储胥：宫殿名。

⑮③ 基：殿基。

⑮④ 㟪霓：高峻貌。

⑮⑤ 通天：台名。訬（miǎo）：高。

⑮⑥ 径：度。茎擢：拔地而起。

⑮⑦ 辩：斑斓驳杂。

⑮⑧ 刻陗：陡险貌。

⑮⑨ 鹍（kūn）：一种大鸟。

⑯⓪ 棂（líng）槛：指通天台上的栏杆。

⑯① 柏梁：台名。

⑯② 方：再建宫室的方案。

⑯③ 建章：宫名，在未央宫西。

⑯④ 厌：制服。火祥：火灾。

⑯⑤ 制：规模。

⑯⑥ 事：工程。

⑯⑦ 圜阙：宫宇前圆形大柱。

⑯⑧ 碣：碣石山。

⑯⑨ 凤：指安置于檐背上的铁凤凰。骞翥：展翅飞行貌。甍：屋脊。标：顶端。

⑰⓪ 溯：向。

⑰① 阊阖：宫的正门。

⑰② 别风：宫名，又叫折风，在建章宫东。

⑰③ 绮：指窗上雕镂如罗绮的花纹。疏寮：透明的窗户。

⑰④ 干：触。

⑰⑤ 亭亭：耸立貌。苕苕：高峻貌。

⑰⑥ 神明：台名。

⑰⑦ 井干：楼名。增：通“层”。

⑰⑧ 跱：安置。游极：游梁。即大梁上之小梁。

⑰⑨ 栾：柱头承梁的凹曲木。

⑱⓪ 构：屋宇。隮：上升。

⑱① 北辰：北极星。

⑱② 雰埃：尘雾。雰：同“氛”。中宸：太空。

⑱③ 重阳：天。天为阳，九重，故曰重阳。

⑱④ 飞闼：门楼上的小屋。

⑱⑤ 瑶光、玉绳：皆星名。

⑱⑥ 怵：恐惧。悼慄：恐惧战栗。怂兢：惊慌。

⑱⑦ 都卢：国名，其民善爬高。轻趫：轻捷矫健又善攀高的人。

⑱⑧ 究：尽。

⑱⑨ 馺娑、骀荡：宫殿名。

⑲⓪ 焘奡、桔桀：皆高峻深险貌。

⑲ 枍诣承光：皆殿台名。

⑲ 睽（kuí）罛（gū）、庨豁：皆形容高峻深邃貌。

⑲ 橧：借为“层”。桴：屋檐之栋。

⑲ 锷锷列列：形容重檐栋木高貌。

⑲ 反宇：上翘的檐宇。业业：高翘貌。

⑲ 巘（niè）巘：上翘高壮貌。

⑲ 天梁：宫名。

⑲ 闱：宫寝两侧的小门。

⑲ 扃（jiōng）：安在车上插旗以固定旗杆的环扣。

⑳ 方：并。蕲：马衔，借指马。

⑳ 轹（lì）：敲打。

⑳ 庑：正殿的厢房。

⑳ 闬（hàn）：墙垣。

⑳ 闺、閤：皆宫中小门。

⑳ 逾延：周通而不间断。

⑳ 窅寐：同“窈窕”，深邃幽远貌。径廷：穿行。

⑳ 蹇产：屈曲貌。

⑳ 墱：石阶。逦倚：高下曲直相间。

⑳ 阆风：山名，传说为仙人所居，在昆仑之巅。

⑳ 金：五行之一，方位在西。墉：城。

㉑ 柝：巡夜所敲的木梆。

㉑ 唐中：池名，在建章宫西。

㉑ 广潒：水宽阔荡漾貌。

㉑ 太液：池名。

㉑ 漭沆：水面浩渺貌。

㉑ 渐台：太液池中台名。

㉑ 昈（hù）昈：光彩鲜盛貌。

㉑ 清渊：池名。

㉑⑨ 神山：指立于太液池中，象征蓬莱、方丈、瀛洲的三座假山。
㉒⓪ 骈：并排。
㉒① 林岑、垒嶵：皆参差险峻貌。
㉒② 崭岩、嵒（yán）𡾊：皆高峻不齐貌。
㉒③ 陦：同“岛”，指清渊池中的假山。
㉒④ 石菌：仙草名。
㉒⑤ 朱柯：赤色灵芝。
㉒⑥ 海若：传说中的海神。玄渚：水池深处。
㉒⑦ 鲸鱼：指石刻大鱼。蹉跎：困顿。
㉒⑧ 少君：人名，方士。
㉒⑨ 栾大：人名，方士。
㉓⓪ 屑：碾成碎末。
㉓① 度：越世而不死。
㉓② 松乔：传说中的仙人赤松子、王子乔。
㉓③ 羡门：传说中的仙人。
㉓④ 升龙鼎湖：《史记·封禅书》记载，齐人公孙卿对汉武帝说：“黄帝采首山铜，铸鼎于荆山下，鼎既成，有龙垂胡髯下迎黄帝，黄帝骑龙乃上去。”后名其处曰鼎湖。
㉓⑤ 参涂：即三途。庭：挺直。
㉓⑥ 相经：纵横交会。
㉓⑦ 廛里：住宅、市肆区域的通称。
㉓⑧ 直启：门户正对着街衢开放。
㉓⑨ 程：显示。
㉔⓪ 阤（zhì）：崩塌。陊（duò）：坠落破败。
㉔① 衣：覆盖。绨锦：色彩鲜丽的丝织物。
㉔② 禁兵：天子武库中的兵器。
㉔③ 兰锜：陈兵器的架子。
㉔④ 石：西汉大臣石显。董：光禄大夫董贤。

㉔⑤ 九市：指货物交易场所。

㉔⑥ 阛：市垣。阓：市之外门。古代市道在垣与门之间。故称市肆为阛阓。

㉔⑦ 旗亭：用于管理集市的楼阁，上立旗为标志。

㉔⑧ 隧：集市中的街衢。

㉔⑨ 大胥：即师胥，周代掌管商贾货财的官吏。

㉕⓪ 尉：掌集市之官。

㉕① 瑰货：珍奇货物。方：四面八方。

㉕② 兼：加倍。

㉕③ 族：类。

㉕④ 裨贩：小商贩。

㉕⑤ 苦：通“盬”，劣货。

㉕⑥ 蚩眩：欺骗迷惑。

㉕⑦ 昏：通“晵”，勉力。

㉕⑧ 邪赢：以不正当手段赢利。

㉕⑨ 肆人：买卖者。

㉖⓪ 许：汉宣帝时的许皇后。史：汉宣帝祖母史良娣。许、史两家在汉时皆奢侈淫逸。

㉖① 翁伯：汉代富商。浊质：即浊氏质氏，皆汉富豪之家。

㉖② 张里：汉代豪富。

㉖③ 击钟鼎食：进餐时击鼓奏乐，列鼎而食，生活奢侈。

㉖④ 都邑：指长安。

㉖⑤ 张赵：指西汉豪侠张禁赵放。

㉖⑥ 无忌：战国魏公子无忌，号信陵君。

㉖⑦ 拟迹：仿效别人的行为。田文：战国时贵族，号孟尝君。

㉖⑧ 蕃：众多。

㉖⑨ 茂陵：古陵墓，汉武帝葬于此。故址在今陕西兴平。原：指汉代游侠原涉。

㉗⓪ 阳陵：西汉五陵之一，景帝葬于此。故址在陕西咸阳附近。朱：指长安大侠朱安世。

㉗① 趫悍：勇捷。虓豁：震怒貌。

㉗② 貙：又名貙虎，似狸而大。

㉗③ 睚（yá）眦（zì）：怒目而视。蠆（chài）芥：犹蔕芥。梗塞的东西。

㉗④ 丞相：指汉武帝时公孙贺。子：公孙贺的儿子公孙敬声。据《汉书·公孙贺传》，贺子敬声为大仆，擅用军钱千九百万，事发下狱。当时正诏捕阳陵大侠朱安世。公孙贺自请逐捕朱安世以赎子罪。朱安世从狱中上书，告公孙敬声与武帝女阳石公主私通，公孙贺父子皆下狱，俱死狱中。

㉗⑤ 污：耻辱。

㉗⑥ 五县：供奉陵园的长陵、安陵、阳陵、茂陵、平陵。游丽：游侠归附。丽，附着。

㉗⑦ 弹射：用言语指责。

㉗⑧ 擘肌分理：喻剖析精细。擘，分析。理，皮肤纹理。

㉗⑨ 生毛羽：喻对人的吹捧。

㉘⓪ 创痏（wěi）：瘢痕，喻对人贬抑中伤。

㉘① 郊甸：近郊远甸，古以距都城五十里内为郊，郊外二百里为甸。

㉘② 乡邑：京都以外的村镇。殷赈：繁盛富裕。

㉘③ 五都：汉代的洛阳、邯郸、临淄、宛城、成都。

㉘④ 迁：出。引：入。

㉘⑤ 槅（gé）：轭，车前横木。

㉘⑥ 隐隐展展：象声词，车轮滚动之声。

㉘⑦ 轸：车后横木。

㉘⑧ 封畿：京都管辖的地区。

㉘⑨ 郡国宫馆：皇帝建于诸侯国的离宫别馆。

㉙⓪ 盩厔：县名，在陕西中部。

㉙① 酆鄠：地名，在今陕西西安市鄠邑区。

㉜ 河华：黄河和华山。

293 虢：古国名，地属今河南荥阳。

294 上林：上林苑，本秦时旧苑，汉武帝增广扩大为帝皇射猎游乐场所。

295 邪：通“斜”。细柳：细柳原，在长安西南。

296 长杨：行宫名，故址在今陕西周至。五柞：离宫名，故址亦在周至。

297 黄山：宫名，故址在今陕西兴平。款：至。牛首：山名，在陕西西安市鄠邑区。

298 駓騃（pī sì）：野兽惊走貌。

299 京峙：高丘。

300 伯益：舜时掌山林之官，多知鸟名通鸟语。

301 隶首：传说中黄帝之臣，善计算。

302 枞、栝、棕、楠：皆树名。

303 梓、棫、楩、枫：皆树名。

304 邓林：传说神话人物夸父的手杖变成的桃林。

305 郁蓊、薆薱：皆草木茂盛貌。

306 橚爽、櫹槮：皆草木茂盛貌。

307 葴、莎、菅、蒯、薇蕨、荔芫、王刍、莔台、戎葵、怀羊：皆草名。

308 苯䔿、蓬茸：皆野草聚生繁茂貌。

309 篠：小竹。簜：大竹。

310 编：连。町：田地。

311 泱漭：宽广无涯貌。

312 昆明灵沼：昆明池，武帝时凿地营造，象征昆明滇池，故址在今西安西南。

313 玄阯：水中小洲。

314 金堤：如金铸般坚固之堤。

315 豫章：台观名。在昆明池中。

316 揭：高举。

317 牵牛、织女：昆明池中的石人。

⑱ 扶桑：神话中的树木，传说日出其下。濛汜：神说中的水池，传说日月出入其中。
⑲ 鼋、鼍、巨鳖：皆爬行动物。
⑳ 鳣、鲤、鱮、鲖、鲔、鲵、鲿、鲨：皆鱼名。
㉑ 鹔、鸨、鸹、鸨、鴐鹅、鸿、鹍：皆鸟名。
㉒ 上春：初春。
㉓ 衡阳：地名，今属湖南。旧城南有回雁峰，相传雁至此不再南飞。
㉔ 雁门：雁门山。在今山西境。
㉕ 隼：鹰。凫：野鸭。
㉖ 沸卉：鸟奋飞之声。軿（pēng）訇（hōng）：众鸟奋飞声。
㉗ 刚虫：凶猛的野兽。
㉘ 振：张设。维：网。
㉙ 衍：布放舒展。
㉚ 簸：搅动。林薄：草木丛杂的地方。
㉛ 霍绎纷泊：慌乱飞奔貌。
㉜ 垠锷：边际。
㉝ 虞人：古代掌山泽林苑之官。
㉞ 营域：猎区。
㉟ 莱：野草。
㊱ 柞：砍削树木。
㊲ 罝：网。
㊳ 迒：路。杜：堵塞。
㊴ 麀（yōu）：母鹿。麌（yǔ）：兽群聚集貌。
㊵ 骈田：罗列。逼仄：聚集。
㊶ 驳：黑白毛色混杂的马。
㊷ 翠帽：用翠羽装饰的车盖。
㊸ 较：车厢两旁横木，跨于輢上，与车厢等长。
㊹ 璿：同“璇”，美玉。弁：冠。此指马笼头。

㉟345 儵爚：光辉闪烁。

㊲372 缇（tí）衣：武士的服装。韎韐（mò gé）：以茜草染红的皮蔽膝。

373 睢盱：张目仰视貌。拔扈：同“跋扈”。

374 海浦：靠海的河口。

375 吴岳：吴山，在山西省境，属中条山支阜。陁堵：崩落。

376 悽遽：惊慌貌。

377 骙瞿：遑遽奔走貌。

378 投：触。关：通“贯”。

379 邀：阻截。

380 罕：捕飞鸟之网。潚箾：鸟着网冲撞欲逃貌。

381 镝：箭镞。擂摞：箭中物之声。

382 鋋：短把的矛。跃：投刺。

383 当：遇。

384 轹：车轮辗压。

385 烂：破碎。碛砾：河滩上的碎石。

386 罝（jū）罗：捕鸟兽的网。羂结：捆缚。

387 殳：古兵器名，用竹木为之，一端有稜。揘毕：撞击。

388 叉蔟：渔猎工具。蔟，通“簇”。搀捔（zhuó）：贯刺。

389 徒：空手。搣：击。

390 晷：日影。

391 狝：杀戮。

392 鷮：长尾雉。翚：飞。

393 阬：土冈。斥：沼泽。

394 毚（chán）兔：狡兔。联猭：野兽奔逃貌。

395 东郭：即东郭逡，传说善跑的兔。

396 迅羽：指鹰。轻足：指猎犬。

397 景：同“影”。括：箭的末端，此指箭。

398 青骹：青鹰。鞲（gōu）：皮革臂衣，披于肩以擎鹰。

399 韩卢：良犬。绁：牵犬的绳子。

㊵⓪ 髬（pī）髵（ér）：猛兽发怒毛竖起貌。

401 隅目：怒视貌。高匡：眼眶突出。

402 兕：古代野牛类猛兽。

403 伉：通“抗”，抵挡。

404 中黄：勇力之士。

405 育获：夏育、乌获，皆古代力士。俦：同辈。

406 朱鬕（mà）：以红带子束额。鬣（jì）髽（zhuā）：束发。

407 植发：束发使之直立。

408 袒裼：犹赤身裸体。

409 奎踽：一种步法，半步为跬，旁行为踽。奎，应作“跬”，即跬。盘桓：周旋。

410 鼻：牵其鼻。

411 狿：獌狿，一种大兽。

412 摣（zhā）：捕捉。

413 批（zǐ）：揪住。窫：即猰貐，一种猛兽。狻：狻猊，即狮子。

414 枳落：枳木编的篱笆。

415 梗：有刺的草木。靡拉：摧残。

416 朴：丛生的灌木。

417 僄狡：轻疾勇猛。

418 封狐：大狐。

419 巘：山峰，一说指小山。

420 昆駼：兽名，似马，善登高。

421 揥（dì）：掠取。飞鼯：即飞鼠。

422 嬖：皇帝宠幸的宫女。昭仪：后宫女官名，嫔妃各有爵位，昭仪为第一等。

423 贾氏：贾国大夫之妻。《左传·昭公二十八年》：“贾大夫恶，取妻三年，不言不笑，御以如皋射雉，获之。其妻始笑而言。”皋：湖沼。此指郊野。

㉔ 同车：语出《诗经·邶风·北风》："惠而好我，携手同车。"指与皇帝同车出猎取乐。

㉕ 只且：感叹语气词。

㉖ 迁延：退却。邪睨：斜视。邪，通"斜"。

㉗ 行夫：田猎士卒。

㉘ 举：取。胔：被打死的禽兽。

㉙ 数课：清点核对。

㊵ 互：挂肉的架子。

㊶ 颁赐：分别等次行赏。获卤：未死的猎物。卤，通"虏"，活捉。

㊷ 醴：甜酒。

㊸ 方：并。饔：熟肉。

㊹ 燧：火炬。

㊺ 釂：干杯。

㊻ 膳夫：掌皇帝嫔妃饮食之官。

㊼ 贰：重复。廉：视。空：缺。

㊽ 炙：烤肉。炰：煮熟的肉。夥：多。

㊾ 清酤：美酒。敥：多。

⑷⑽ 溥：遍及。

⑷⑾ 徒御：拉车驾车的人。

⑷⑿ 巾车：掌皇帝车驾的官。

⑷⒀ 回旆：转车。

⑷⒁ 相羊：犹"徜徉"，游荡貌。

⑷⒂ 简：检查。矰：系丝绳的短箭。

⑷⒃ 蒲且：楚人，善射。发：拉弓射箭。

⑷⒄ 挂：箭丝缠住鸟。即射中。

⑷⒅ 联：一箭射中两只鸟。飞龙：鸟名。

⑷⒆ 磻：系于箭上丝绳的石块。特：单一。絓：绊住。

⑷⒇ 鹢首：绘有鹢首鸟的船。

451 翳：遮住。云芝：云朵和灵芝草图案的装饰。

452 翟葆：仪仗名。以雉尾装饰的车盖。翟，雉尾。葆，车盖。

453 栧：船桨。

454 校：调音、吹奏。葭：通“笳”，一种管乐器。

455《淮南》：乐曲名。即《淮南王曲》。

456 度：依曲歌唱。《阳阿》：乐曲名。

457 河冯：河伯，传说中的水神冯夷。

458 湘娥：舜的妃子娥皇女英。

459 蛟蛇：传说中似龙的水神。

460 鲂、鳢：皆鱼名。

461 纚：网。鰋、鲉：皆鱼名。

462 摭：拾取。

463 耆龟：老龟。

464 搤：通“扼”，捉取。

465 馽（zhí）：绊缚。潜牛：水犀。

466 泽虞：主掌沼泽的官。

467 擿：探索。漻澥：小水沟。

468 九罭（yù）：有囊袋的渔网。

469 罣罹：小网。

470 摷（chāo）：抄取。昆：鱼子。鲕：小鱼。

471 殄：灭。

472 蘧藕：荷花的茎。

473 逞：极尽。敂：捕鱼。

474 麑（ní）麇（yǎo）：幼小的鹿麇。

475 摎蓼：搜索。浶浪：在水浪中捞取。浶，同“捞”。

476 擭胎：剖腹取胎。

477 蚳蝝：微小的生物。蚳，蚁卵。蝝，未长翅的蝗子。

478 遑：闲暇。恤：顾念。

㊿479 倾陁：倾倒崩落。

480 平乐：宫名。

481 甲乙：以甲乙分编次第的帐幕。袭：服。

482 攒：聚集。

483 纷：杂。奓：通“奢”。

484 迥望：远望。

485 角觝：古代相互角力的技艺，类今之摔跤。这里是百戏的总称。

486 乌获：战国时力士。

487 寻橦：爬竿。橦：木杆。

488 冲狭燕濯：跳跃穿越刀圈的杂技。

489 胸突铦锋：以胸撞触利刃而不入的一种惊险杂技。

490 跳丸剑：双手上下抛接弹丸或短剑的杂技。

491 走索：杂技名，犹今走钢丝。

492 华岳：华山。

493 神木：指四季常青的松柏。

494 离离：密密下垂貌。

495 仙倡：扮神仙的艺人。

496 篪（chí）：一种竹子做的管乐器。

497 女娥：女英、娥皇。

498 蝼蛇：同“委蛇”，形容歌声曲折委婉。

499 洪涯：传说中上古时代活了几千年的乐工。麾：同“挥”。

500 襳（shēn）襹（shī）：羽毛浓密轻飘貌。

501 复陆：复道、栈道。

502 转石成雷：在栈道重阁上滚转石头使响声如雷鸣。

503 礔砺：同“霹雳”。

504 磅礚：雷霆声。

505 曼延：又作“漫衍”，为古代杂技之一。

506 欻：忽然。见：同“现”。

⑤⓪⑦ 拏攫：相互搏持状。

⑤⓪⑧ 猿狖：猿猴。

⑤⓪⑨ 陆梁：跳跃貌。

⑤①⓪ 踆踆：跳跃貌。

⑤①① 行孕：哺乳。

⑤①② 辚囷：下垂屈曲貌。

⑤①③ 海鳞：指假扮的大鱼。

⑤①④ 蜿蜿、蝹蝹：皆龙蛇行动貌。引申为弯曲貌。

⑤①⑤ 含利：传说中的神兽。颬颬：吐气貌。

⑤①⑥ 骊：并列。

⑤①⑦ 九葩：形容彩饰繁盛。九，多。

⑤①⑧ 与：戏弄。

⑤①⑨ 水人：识水性的水乡人。

⑤②⓪ 东海黄公：百戏之一。即装扮东海艺人黄公，表演他的幻术。

⑤②① 赤刀：一种赤金宝刀。粤祝：粤地人驱除神怪的一种活动。祝，通“咒”。

⑤②② 厌：服。

⑤②③ 挟邪：持妖怪邪术。蛊：惑，指巫术。

⑤②④ 售：行。

⑤②⑤ 程材：显示技能。

⑤②⑥ 倒投：倒身下坠。跟絓：脚跟反挂。

⑤②⑦ 伎：同“技”。

⑤②⑧ 态：技艺姿态。弥：尽。

⑤②⑨ 西羌：我国西部边疆少数民族名。

⑤③⓪ 鲜卑：我国汉代东北少数民族名。

⑤③① 众变：百戏杂技。

⑤③② 酲醉：陶醉于技艺的欣赏。

⑤③③ 萃：丛生。

㉞534 期门：执掌兵器护卫皇帝出入的武官。

535 微行：尊者隐埋姓名身份，不备警戒，便装而行。

536 玺：皇帝的宝印。绂：穿挂御玺的绶带。

537 便：徘徊。

538 郊遂：郊区。城外为郊，郊外为遂。

539 章：显示。后皇：皇帝。

540 掖庭：宫中旁舍，妃嫔居住之所。

541 捐：抛弃。

542 嬿婉：美女。

543 羽觞：酒器。作雀鸟状，左右形如两翼。筭：数。

544 秘：稀奇。

545 妙材：技艺超群的艺人。

546 妖蛊：妖冶迷人。夏姬：春秋时代美人。

547 虞氏：汉代鲁人虞公，善歌唱，发音动梁上尘。

548 羸形：纤细柔弱的身材。

549 任：胜。

550 嚼：吐。清商：乐曲名。

551 婵娟：体态美好。此豸：姿容艳媚。

552 纵体：舞女屈伸的体态。

553 群罢：舞姿翩翩如惊鹤群归。罢，归。

554 盘樽：食盘酒杯。此指宴席之间。

555 飒纚：长袖舞动貌。

556 要绍：形容姿态美丽。

557 菁：花。此指光彩。

558 眳藐：眉睫之间。流眄：目光流转观看。

559 倾城：形容女子容貌美丽动人。《汉书·外戚传》："北方有佳人，绝世而独立；一顾倾人城，再顾倾人国。"

560 展季：春秋鲁国大夫展禽，字季。又称柳下惠。桑门：沙门，此指僧徒。

561 营：惑乱。

562 列爵：指嫔妃分列爵次。

563 丁：当。

564 卫后：字子夫，卫青的姊，初为平阳公主歌女，汉武帝见而悦之，入宫立为太后。鬒发：黑发。

565 飞燕：赵飞燕，原为宫女，善舞，体态轻盈，帝悦而立为后。

566 唐诗：指《诗经·唐风·山有枢》。此诗讽刺一个富有而不舍得享受的人。

567 故：成例。

568 昭仪：宫中女官名。汉元帝置，爵位高同丞相王侯。婕妤：宫中女官名，汉元帝置，位同上卿列侯。

569 贤：董贤，哀帝悦其男色，拜黄门郎，封高安侯。

570 赵氏：指赵飞燕姊妹。

571 致：给予。有虞：虞舜。

572 王闳：人名。争：同“诤”，规谏。据《汉书·董贤传》载，哀帝在酒宴上要把帝位禅让于董贤，王闳在旁规谏，哀帝才改变主张。

573 载安：喻汉天下安然若车载。

574 体：位。基：基业。

575 暂劳：指刘邦创业经历的艰辛劳苦。永逸：指刘邦的子孙继承其开创的帝业而世代享安逸。

576 年所：年世。

577 二百余期：从刘邦至王莽新朝，共二百多年。期：一周年。

578 衿带：如襟似带。喻地势回环险要。衿，同“襟”。

579 柢：树根。

580 馨烈：流芳的事业。

581 鄙生：凭虚公子自称的谦辞。

582 此：指定都洛阳事。

583 前八：殷商前期自契至汤八次迁都。后五：殷商后期自汤至盘庚五迁国都。

584 相：古邑名，故地在今河南内黄。商王亶甲建都于此。

585 诰：古代一种用于上对下进行训诫勉励的文告。此指《尚书·盘庚》三篇。

586 圣上：指东汉和帝刘肇。

587 同天号：汉天子号称皇帝，与天同名。

588 龌龊：局促，拘于小节。

589《蟋蟀》：《诗经·唐风·蟋蟀》，诗有“蟋蟀在堂，岁聿其莫。今我不乐，日月其除”。意思是说：蟋蟀从室外进入堂屋，天气渐冷，一年又快结束了，如不行乐，岁月将白白流逝。

590 蒙：凭虚公子自称的谦辞。

【语译】

世有凭虚公子，心志放纵，身体骄泰，平生喜欢博通古事，遍览史家著作，因而熟悉许多历史记载。他对安处先生说：“人在春夏心情舒畅，在秋冬则意烦忧伤，这与天时变化有关；处肥沃的土地就安逸，处贫瘠的土地则劳苦，这与地理环境相关。人一忧伤就少欢乐，劳苦就不轻易施舍，能避开这一情理的人是很少的。小民百姓这样，天子王侯也如此，所以帝王要顺应自然施行教化，百姓应接受教化以成好风俗。移风易俗的根本，在于与天时地利相推移。怎么验证它呢？秦占有雍州而强盛，周迁往豫州而衰弱；高祖建西都长安而豪奢，光武处东都洛阳而俭朴。国家的兴衰，始终由此而起。先生没见过西京繁华的盛况吧？让我为您具体陈说：

“汉朝当初建都于渭水之滨。而前秦都城则在它北面的咸阳。左有崤山函谷关重险和桃林要塞，连接着太华、少华二山。传说这是河神奋力掌擘其上，足蹈其下，把山中分为二，才使黄河水流通的，如今旧迹还在。右有陇山险隘，限阻华夏与西戎。岐梁汧雍等山，陈宝鸣鸡之处就在这里。前方有终南太一，高拔突出，绵延险危。山脊连接嶓冢，环抱着杜陵，包含着鄠县，吞吐着沣滈河水。又有蓝田美玉出产于这里。后边有高陵平原，凭依渭水泾川。平坦广阔，连绵辽远，可就近镇守京都。远处则有九嵏甘泉两山，凝聚阴气，冰封严寒。夏至时节仍含冰冻，适宜避暑。那广阔肥沃的原野，是上等的农田，实为神州奥区，神明之地。昔日天帝喜欢秦穆公而演奏起钧天广乐会见他。天帝酒酣，便下金书诏命，赏赐给他土地，让他据有与鹑首星座相对应的这块宝地。当时，与秦并列为强国的还有六个，可是天下最后却被秦统一了，岂不怪哉？

“高祖刚入关中时，五星和谐，排列于东井。娄敬曾弃车求见高祖，当面批驳众人建都洛阳的主张。上天启示高祖之心，人臣为之谋划。高祖决策时，也想到天地神灵，认为关中宜可定为帝都。何曾不想定都于四通八达的洛阳？不思归枌榆故乡？但天命不可疑，谁敢违背？于是测量四周长短，考察广狭方圆；挖凿护城河，筑造新城郭。吸取八方都邑的不同格局，何只遵循旧的规则？于是参照秦京的体制，超载周都的规模。比较起来，周宣王百堵之墙也显得偏狭简陋，周代九筵之堂犹觉窄小。仿效紫微天宫，以造未央宫殿，阊阖前面，竖立高高的双阙。平整龙首山，筑起高殿宇，更是巍峨雄壮。彩虹般的长梁横架，大小栋椽相互承接。殿内的天花板绘着各种图案，枝茎倒垂于藻井，红花绿叶纷繁。彩椽璧珰，流光闪闪，明丽辉煌。雕绘的楹柱，枕垫着璧玉般的基石，刻着花纹的斗拱，画着云气的屋梁。层层楼阁，重重平台，雕镂栏杆，彩饰檐板。堂前右边平坦，左设台阶。青色的窗户，红漆的阶梯。平整山坡，垒起高台，砌成参差的阶陛。高阶平路，更显得修长峻险。四周宫门重重坚固，以防盗贼侵扰。可比天上帝宫，晴日显象，阴天隐形。万钧洪钟高挂，支架上雕刻的猛兽，雄健有力，气概非凡，跃跃欲飞。朝堂面东，温调殿横陈于北。西有玉台，连接昆德。嵯峨峥嵘，不知仿照什么来建造。至于长年、神仙、宣室、玉堂、麒麟、朱鸟、龙兴、含章诸殿，犹如群星拱卫北斗，闪烁着绚丽灿烂的光辉。会见诸侯用的路寝正殿，在深深的大厦里，敞开着九门。庭院里嘉木峥嵘，芳草丛生。高门巍然挺立，门前排列着十二个金人。内有常侍谒者，传达天子诏令。外有兰台金马，官员轮流居此值宿。次有天禄石渠阁，为诸儒校勘讲论之地，又设虎威、章沟警夜巡更岗哨。宫外巡警之路环绕，宫内哨所遍布。卫尉掌管八营卫兵，日夜警戒巡行。立戈矛挂盾牌，以防意外之事。

“后宫有昭阳殿、飞翔殿、增成殿、合欢殿、兰林殿、披香殿、凤凰殿、鸳鸾殿。一群群嫔妃花容月貌，朝里一看无不令人感慨。供皇帝巡游止宿的馆室内舍，彩饰精丽。披挂着华美的锦绣，绘饰着朱红翠绿。装点着翡翠火齐，镶嵌着宝石美玉。悬黎珠流泻光辉，点缀着随侯珠如同夜间明烛。金梯玉阶，彤庭辉煌。珊瑚琳碧，瓀珉斑斓。奇珍玉宝罗列，光彩焕发，犹如昆仑仙山。规模虽然不大，奢华却超过天子正室。钩陈宫外，阁道修长曲折。它连接长乐和明光宫殿，往北通向桂宫。巧匠鲁班王尔精制细饰，使之形态奇特，变化无穷。嫔妃乐伎随处都有，后宫不移，乐器不携，自有门庭守卫供设帷帐，众多职官供应物品。皇帝游幸所至，停辇即可宴乐。即使终年忘归，也不能遍游，奇异之好，日日变易，全都新颖未见。

“天子至尊，虽然宫室如此神奇瑰丽，犹恐与人臣没有区别。殿宇尽管高大宽敞，君心却仍抑郁愤懑，未觉痛快，为没住过阿房宫而遗憾，急欲建造紫微天宫。寻觅秦时遗留宫馆，得林光离宫于甘泉山上。于是加高扩充，新筑迎风高馆，增建露寒储胥。高大的宫殿又托基于山岗上，更显得宏伟高峻。通天台耸立高达百常，上面花色驳杂，纷纭交错，下面陡峭险峻，犹如刀削。高翔的鹍鸡飞不过，休说青鸟黄雀。凭栏俯听，可闻雷声激荡。后来柏梁台遭了火灾，越地巫祝便献闭火神方，营造镇服火殃的建章宫殿，规模两倍于未央。宫前高耸入天的圆柱，犹如两座互相对望的碣石山。檐上安置的铁凤凰，翘首展翅，似迎风飞翔。阊阖门内，别风阙高耸，极其工巧奇丽。窗上雕镂着如绮罗的花纹。楼台直入云霄之上，更显得高远昂扬。神明台崛起而特立，井干楼重叠百层，置游梁于浮柱上，又用层层曲木托承。结构层层上升，朝着北极星高高耸起。楼阁屹立尘世之上，高插澄澈的太空。由台上俯视，彩虹云朵都在脚下。登楼门仰望，瑶光玉绳两宿如在目前。登高台刚到一半，就胆战心惊，像要坠落。除了都卢国轻捷矫健善于登高的人，谁能攀上极顶？駘娑与骀荡两殿，高峻深邃，枍诣与承光两殿，宏伟广阔。重梁叠栋，如崖高张。飞檐上翘，流动闪烁的光影照耀殿内，与日月的光辉交映。

“天梁宫殿敞开高闱，高插旗帜的四马之车可齐衔出入，疾驰的轻车只开一扇门便可通过。长廊连接广庑，阁道如云延伸。奇异的垣墙庭院，千门万户。宫中闺门重重，曲折周通。幽深的宫室绕转穿行，令人迷茫不知返路。珍台雄伟壮观，阁道曲直伸向正东。似昆仑阆风长长的斜坡，跨越西池而度金墉。城门校尉巡更击柝，城内城外暗道相通。宫前开凿唐中水池，纵目而望，广阔汪洋。回顾太液，池水苍茫。渐台屹立池中，丹彩辉煌，宏大宽敞。精渊之水洋洋，神山巍峨雄壮。瀛洲与方丈坐落两旁，蓬莱中间与之并列。上面高山多树，下面参差险峻。长风激荡岛屿，掀起汹涌浪涛。浸没岸边石菌，涤荡灵芝红茎。海神游于深水，鲸鱼失水陷于困顿。于是天子相信李少君的荒诞之言，把栾大的欺骗视为忠诚。竖起铜柱高高擎举仙盘，承接上天落下的露水，还说用来拌和玉屑朝食晚餐，定可超世不死。赞美昔日赤松子和王子乔，约羡门在云间天路相会。想起黄帝在鼎湖乘龙升天，这尘世还有什么可留恋？如果真的可以超世长生，何必还急忙营造陵墓？

“只见城郭格局，每面三门大开，三条大路平直。可以并行十二辆车。街道纵横，四通八达。住宅端整，屋宇齐平。城北甲第，门户面临大街。全是巧匠极尽功夫造成，精致坚固，永不倾颓损坏。画梁犹着锦绣，彩石如披朱衣紫服。武库中的兵器，竟插到王侯门前的兵架上。若不是石显董贤之辈，谁能居住这里？城中开设九天集市，墙门互通相连。市楼五层高耸，上插旗帜，以俯视各路集市。周代有胥师之官管理集市，如今称之为丞尉。珍奇货物四面而来，禽鸟鱼类八方汇集。卖主加倍取利，买主仍然不少。行商坐贾，夫妻小贩，常以伪劣物品冒充好货，欺骗乡村老实人。他们哪愿辛勤耕作，专靠作假牟利。那市井商贩，无不奢侈豪华，超过许史豪门。

“至于大商翁伯浊质各家，张里豪门，都鸣钟列鼎而食，车骑成队。洛阳王侯谁能比他们更富贵豪华！还有都邑中的游侠刺客，张禁赵放者流，志同魏国无忌，行仿齐国田文。轻死重义，结党联群，广有众徒，随从如云。茂陵的原涉，阳陵的朱安世，都矫狂悍勇，如虎似貙。稍不如意就怒目相忤，即使微小怨仇，也要被他杀死抛尸路旁。公孙丞相想追捕朱安世以赎子罪，结果反使阳石公主声名狼藉，公孙父子被诛。五陵游荡辩士，街谈巷议，批评褒贬。分辩事理细到毫厘，剖析问题精入肌理。他们称许的人就美化吹捧，他们厌恶的人就攻击中伤。京都郊野，乡镇富饶。五都财货繁殖，进出买卖。行商车辆相连接，一路车轮滚滚，声响沉沉。冠带交错，车马喧闹。京都之域千里，统由京兆尹掌理。郡国离宫别馆，百四十五。右至盩厔，包括鄠县鄠县，左到河华，延伸至东虢疆土。

“上林禁苑，跨越深谷，掩盖高阜。东到鼎湖，以细柳作为一条斜界。苑内掩藏长杨宫，连接五柞馆，环绕黄山至牛首。缭绕连绵，四百余里，这里滋生草木，栖息动物。鸟儿飞翔，兽类奔走。它们散开似大风扬波，聚集如高丘突耸。伯益也叫不出它们的名字，隶首也算不清它们的数目。丰饶的山林里，什么珍奇没有？树则有枞栝棕楠，梓棫楩枫，嘉木灌丛，茂如邓林。葱茏茂密，郁郁森森。开花飘香，布叶垂阴；草则有葴莎菅蒯，薇蕨荔芄，王刍莔台，戎葵怀羊。蓬茸丛生，遍布高丘，覆盖山冈。大竹小竹蔓延，满山遍野林篁，莽莽苍苍。

“又有昆明神灵池沼，黑水中隆起洲渚。周围筑起固如金铸的高堤，栽种一行行的杞柳。豫章珍台，高高峙立池中。石雕的牵牛站在左侧，织女立于右边。日月从这里出入，就像扶桑和蒙汜。池中有鼋鼍巨鳖，鳣鲤鱮鲖，鲔鲵鲿鲨，长额短颈的，大口曲鼻的，种类奇异，无所不有；鸟则有鹔鷞鸹鸨，駕鹅鸿鶤。初春时节北来，深秋就暖南归。南飞止于衡阳，北翔栖于雁门。疾飞的鹰隼，回归的野鸭。形体繁多，叫声各异的飞禽，难以说完道尽。

“这里初冬来临，阴气就生，寒风萧瑟冷酷。继而大雪飘落，冰霜严寒。草木凋零，正是鹰犬捕捉季节。于是张布天罗地网，搅动川渎林薄。一时飞鸟惊慌，野兽逃窜。纷纷在草丛中匿伏，到树林里隐蔽，进洞穴躲藏。那边惊起，这里群集，四处飞散奔走，惊恐万状。这美丽富饶的林苑，前顾后望，无边无际。由虞人掌管，专供皇帝游乐田猎。田猎一开始就纵火烧草，整治场地，砍伐树木，斩除荆棘。布网百里，堵塞路径。进而驱赶野鹿，迫使它们聚集。

“皇帝驾着华美的轻车，拉车的是六匹毛色青白相杂的骏马，头上撑立翠羽为饰的车盖，身倚黄金装点的车较。连缀着美玉的弁缨，光辉熠熠闪烁。车上立玄弋树招摇。旗上有画鸣鸢的，有画垂旒飘摇的；有画弧星枉矢的，有画雄虹雌霓的。华盖承托北斗，天毕载于前驱。千乘飞驰雷动，万马奔腾疾行。侍从副车运载长嘴短嘴猎犬，不只携带玩好之物，还有禁中珍藏的图书。小说九百篇，源于虞初，以备天子闲暇翻阅查询。

“武士像蚩尤，手执斧钺，须发怒张，身着斑斓虎纹之服，时刻御防抵挡坏人，辨识鬼祟奸邪。魑魅魍魉，不敢前来。威武的卫兵，排列于飞廉宫外，严阵以待于上兰宫前。集结部队，整顿行伍。燃烧高堆的柴草，敲响雷鸣般的猎鼓，纵卒奔赴草丛。警戒道路，守护车驾的武士，勇毅威严。身着丹黄戎装，围着赤黄蔽膝，张目昂首，骄横跋扈。猎火照亮天庭，喧声震撼海浦。河渭动摇，吴山崩落。鸟兽惊惶奔突，丧魂落魄，不知所措。慌乱中撞着车轮，不围截而自触。落网的飞鸟冲撞挣扎，中箭之兽噗噜作响。猎手们箭不虚发，矛不空投。到处脚踏车辗，僵禽死兽，如石块散乱堆积。猎场上，罗网绊缚，竿杖击扑，叉矛横刺，徒手拼搏。日影未移，就已杀捕禽兽十之七八。

“那飘游的山雉，奋翅高飞，越过高冈沼泽。狡猾的野兔撒腿奔逃，过山岭跨沟壑，有如善跑的东郭逡，没人能抓获。然而迅疾的飞鹰，轻快的猎犬，会觅影追逐，飞鸟未及举翼，走兽未及起足，就被疾鹰扑执，被良犬咬住。而那凶猛强悍、鬃毛竖立、怒目斜视、两眼高突、威慑兕虎的恶兽，自有中黄育获勇士之辈，红带束额，麻束发髻，脱衣露体，空手屈肘，移步盘旋，大胆擒拿。他们手执象鼻，把貜挺牵之入围。抓捕狒狒刺猬，活捉猰貐狻猊。撞乱丛生枳林，冲破荆棘篱墙，毁坏灌木杂草。轻捷勇健之士，进洞入穴，探捕大狐。攀登重峦，猎取昆駼，爬上树梢，捉拿獑猢，跃上大榛，扑擒飞鼠。

“这时，后宫嫔妃宠姬，乘坐华车前来，慨叹昔日贾氏观猎如皋，享受《北风》描写的‘同车’之乐。游观田猎，多么快乐。于是鸟兽猎尽，观赏完毕，一路撤退搜索，聚集长杨宫前。士卒休息，车马停列。集中活禽死兽，清点数目。立架挂起猎物，分别等差行赏。宰割野鲜餐宴，庆功慰劳。五军六师将士，千列百行排开。酒车并列往来送酒，分授熟肉。高举酒杯点燃烽火，众人对天齐饮，击鼓鸣钟同干杯。厨工骑马来回行走，巡视有无重菜缺肴。酒海肉林，餐宴丰盛，皇恩博施，洪德遍及。车夫尽欢悦，士卒忘疲劳。

“掌车职官命令御者驾车，转向右行，徜徉于五柞宫馆，回还休息于昆明池边。登临豫章高台，取红丝短箭，用蒲且箭术，仰射飞鹄。绳子挂着天鹅，勾住飞龙。磻石不单获，飞箭必双中。于是又命掌船之官，安排水上游戏。绘着鹢鸟的船高浮，绘着云气芝草的船划动。船上撑着插雉尾的伞盖，树起鸟羽装饰的旌旗。划船女子动作整齐，纵情举棹欢歌。一人领唱，众人应和。响亮的箛声，奏着《淮南》曲和《阳阿》歌。感动了河伯冯夷，触动了湘水女神的情怀。蝄蜽吃惊，蛇蛟恐惧。继而垂钓魴鳢，网捕鰋鲉；捡紫贝，捉甲龟；扼水豹，捆水牛。湖沼之官滥施潜网，哪分三夏九秋？探沟渠，搜川流。布密网，设筛罗。细鱼小虾不漏，水族灭绝。拔取荷花莲藕，剥开蚌壳取肉，尽情渔猎以满足己欲，幼麋小鹿全获。尽力搜扰池沼，涤荡薮泽。上无飞逃禽鸟，下无遗漏虫鱼。乃至剖腹取卵，乳幼全取。且图今日取乐，何虑日后长久，天下既定，哪知以后倾颓？

“大驾幸临平乐观，张设一个个帷帐，覆盖着翠羽被子。聚珍宝古玩，纷繁瑰丽，奢侈华靡。对着宽阔的广场，观看角力妙戏。乌获举鼎，都卢爬竿。跃钻刀圈，飞燕点水，胸触刀锋。还有抛接弹丸短剑，走绳索相遇等节目。人造巍峨华山，峰峦参差。山上长着松柏神木，灵芝仙草。朱红的果实，累累下垂。神仙纷聚，戏豹舞罴。白虎鼓瑟，青龙吹笛。女英娥皇坐而长歌，声音清畅婉转。洪涯站立指挥，他披着浓密的羽衣。歌曲未终，云聚雪飞。初时稀疏飘落，后而纷纷扬扬。复道重楼上，有人推转石块作声，巨响如雷。霹雳连响，雷霆轰鸣，象征神志天威。

“以演巨兽百寻蜿蜒，名之曼延之戏。巍巍神山，忽从巨背之后耸出。山上熊虎争斗，猿猴登攀；怪兽跳跃，大鸟徐行。白象哺乳，长鼻垂悬。海鱼变长龙，曲屈蜿蜒。含利张口吐气，化作仙车，并有四匹仙鹿驾着，车盖是华丽的芝灵。蟾蜍戏弄乌龟，水乡人耍玩长蛇。变幻神速，不断更换容貌，分化形体。还有吞刀吐火，云雾昏阴，划地成河，流渭通泾的。那东海黄公，手持赤金宝刀，口念咒语驱除神怪，企图镇服白虎，始终不能自救。仗邪法弄巫术，终归行不通。继而搭起戏车，树立大旗。让童子表演技艺，上跳下蹲，起落翩翩。突然倒头下垂，脚跟反挂，犹如从竿上坠落而复连。忽而作百马同辔，并力驰骋之状，技巧姿态，层出不穷，变幻莫测。忽然于竿头弯弓，以射西羌，又转身回射鲜卑。

“百戏表演完毕，天子心满意足。玩乐之极，惆怅骤然而来。于是，护卫暗里警戒，天子自屈微服出游，降尊贵以就卑贱，怀藏印玺。出入于闾巷，徘徊于民间，游遍京都境域。时尊时卑，如神龙变化，更显示天子的高贵。继而经后宫往欢馆作乐。遗弃老丑嫔妃，亲近年轻美女。众人聚于堂中，挤在一起，频频举杯，开怀畅饮。罕见的舞蹈，未听过的奇曲，不断更替。姿才高妙的舞女极尽技艺，美色胜过夏姬，歌声比虞氏更悠美感人。刚起舞时轻盈缓慢，仿佛难以支撑轻薄的罗衣。口吐清商妙曲，徐徐进退转身，更是体态万千，姿容妩媚。忽然，苗条的身段依歌曲节奏屈伸，舞姿宛如惊鹤群集。又移动红色丝鞋，在宴席间旋舞，挥动长袖上下翻飞。美态妖娆，丽服光彩，美目传情，令全城男女老少神魂颠倒。即使展禽、佛门僧人也为之迷惑动心。后宫嫔妃列爵十四等次，人人献媚，以求宠幸。盛衰荣辱本无永恒不变，只看谁合天子心意。卫皇后的兴隆，在于一头秀美的黑发，赵飞燕的得宠，靠的是轻盈的体态。她们尽情欢乐，满足个人私欲。正如《诗经》的《唐风》所说，有衣裳不穿，有车马不驾，一旦你死后，就被别人享用。君王行为就是制度，还有什么礼法可恪守？像汉成帝宠幸飞燕，便封其姊妹为婕妤。飞燕立为皇后，其妹即增爵为昭仪。成帝还许愿天下不得出赵氏之上。董贤仪容美丽，哀帝悦其男色，便给他封侯，并想把帝位给他。幸有王闳在旁进谏，哀帝才未禅让，汉之天下才没有易主。

“高祖创建帝业，儿孙们继位承基。他虽历经艰辛，却是一劳永逸。后世无所作为便可安坐天下。从此恣意玩乐，何所思虑？大汉经历许多年代，前后二百余载。就凭西都之土肥沃，物产丰富；山川险固，如襟似带。得到这个地方就强盛，占据这个地方就长久。犹如源远流长难枯竭，根深之树难枯朽。因此虽纵情享乐，事业却更加昌盛。

“鄙人出生于汉朝开国后三百年之际，传闻这些未曾听说过的盛事。仿佛如在梦中，没有亲眼见过一点实情。如今从长安迁都洛阳，这与当年殷人屡迁有何异同？殷人先有八迁，后又五徙。居于相耿，又都毁弃，未能常守一个地方。盘庚写作文诰，劝勉臣民迁都，率领他们历尽艰苦。当今天子号称皇帝，与上天同名。占有四海以为家邦，其富自三皇以来，有哪个朝代能比？只恨定都洛阳，狭窄简陋，吝啬小气，不像西京那样排场奢华。人们竟忘记了《蟋蟀》一诗说了什么。难道是想去西京而不能前往？抑或能去而不愿意？我不明白为什么要迁都洛阳，弃奢华而用俭吝，很想听听你的高论。”

【评析】

张衡早年游学三辅，有感于“天下承平日久，自王侯以下莫不逾侈”而作《二京赋》，又“精思傅会，十年乃成”，思想、艺术都有新的拓展，成为赋史上的名篇。《西京赋》篇首以“秦据雍而强，周即豫而弱，高祖都西而泰，光武处东而约”，强调地理环境决定政教的不同，赞高祖应顺天命人意定都长安。并由此生发，铺写西京形势的险固，宫殿宅第的豪华，城阙台观的伟岸，市场的繁荣，商贩的营利，辩士游侠的惊人言行，郊畿的殷富；接着描写上林禁苑奇花异木的繁茂，珍禽猛兽的众多，昆明池沼的秀丽，山光水色的交相辉映；继而写田猎的盛况，水上游戏的新奇，杂技百戏的精彩，以及皇帝微行淫乐，幸姬宠臣的奢侈等，广泛涉及社会生活，反映汉代现实。全篇旨在劝诫统治阶级不要过度淫靡，富有讽谏意义。生动贴切的比喻，细腻形象的描写，使作品更富艺术风采，如说明“政之兴衰”与地势有关，连用比喻，把抽象的道理具体化，并作精辟的议论，很有说服力。写楼台殿阁，或横空出世，或耸立云间，高峻险危，令人如临其境，惊心动魄，写百戏杂技的精湛神奇，驰骋田猎的热烈场面，具体逼真，令人为之振奋。

卷第三

赋乙

京都中

东京赋[①]一首

作者：张平子　　注译评析：樊运宽

安处先生于是似不能言，怃然有间[②]，乃莞尔而笑曰[③]：“若客所谓，末学肤受[④]，贵耳而贱目者也[⑤]！苟有胸而无心[⑥]，不能节之以礼，宜其陋今而荣古矣[⑦]。由余以西戎孤臣，而悝缪公于宫室[⑧]，如之何其以温故知新，研核是非，近于此惑?

“周姬之末[⑨]，不能厥政，政用多僻。始于宫邻[⑩]，卒于金虎[⑪]。嬴氏搏翼[⑫]，择肉西邑。是时也，七雄并争[⑬]，竞相高以奢丽。楚筑章华于前[⑭]，赵建丛台于后[⑮]。秦政利觜长距[⑯]，终得擅场[⑰]。思专其侈，以莫己若。乃构阿房[⑱]、起甘泉[⑲]，结云阁[⑳]、冠南山。征税尽，人力殚。然后收以太半之赋，威以参夷之刑[㉑]。其遇民也，若薙氏之芟草[㉒]，既蕴崇之[㉓]，又行火焉。喋喋黔首[㉔]，岂徒跼高天[㉕]，蹐厚地而已哉[㉖]？乃救死于其颈。驱以就役，唯力是视。百姓弗能忍，是用息肩于大汉而欣戴高祖。

“高祖膺箓受图[㉗]，顺天行诛，杖朱旗而建大号。所推必亡，所存必固。扫项军于垓下[㉘]，绁子婴于轵涂[㉙]。因秦宫室，据其府库。作洛之制[㉚]，我则未暇[㉛]。是以西匠营宫[㉜]，目玩阿房[㉝]，规摹逾溢，不度不臧。损之又损之，然尚过于周堂。观者狭而谓之陋，帝已讥其泰而弗康[34]。

“且高既受命建家，造我区夏矣[35]。文又躬自菲薄[36]，治致升平之德。武有大启土宇，纪禅肃然之功[37]。宣重威以抚和[38]，戎狄呼韩来享[39]。咸用纪宗存主[40]，飨祀不辍，铭勋彝器[41]，历世弥光。今舍纯懿，而论爽德[42]，以春秋所讳而为美谈，宜无嫌于往初[43]，故蔽善而扬恶，祇吾子之不知言也[44]。

“必以肆奢为贤，则是黄帝合宫[45]，有虞总期[46]，固不如夏癸之瑶台[47]，殷辛之琼室也[48]。汤武谁革而用师哉[49]？盍亦览东京之事以自寤乎？且天子有道，守在海外。守位以仁，不恃隘害。苟民志之不谅，何云岩险与襟带？秦负阻于二关[50]，卒开项而受沛。彼偏据而规小，岂如宅中而图大。

“昔先王之经邑也，掩观九隩[51]，靡地不营。土圭测景[52]，不缩不盈。总风雨之所交，然后以建王城。审曲面势，溯洛背河[53]，左伊右瀍[54]，西阻九阿[55]，东门于旋。盟津达其后[56]，太谷通其前[57]。回行道乎伊阙[58]，邪经捷乎轘辕[59]。

“大室作镇[60]，揭以熊耳[61]。底柱辍流[62]，镡以大岯[63]。温液汤泉[64]，黑丹石缁[65]。王鲔岫居[66]，能鳖三趾[67]。宓妃攸馆[68]，神用挺纪[69]。龙图授羲[70]，龟书畀姒[71]。召伯相宅，卜惟洛食。周公初基，其绳则直。苌弘魏舒[72]，是廓是极。经途九轨[73]，城隅九雉[74]。度堂以筵[75]，度室以几[76]。京邑翼翼[77]，四方所视。汉初弗之宅，故宗绪中圮。

“巨猾间衅[78]，窃弄神器[79]。历载三六[80]，偷安天位，于时蒸民，罔敢或贰，其取威也重矣！我世祖忿之[81]，乃龙飞白水[82]，凤翔参墟[83]。授钺四七[84]，共工是除[85]。欃枪旬始[86]，群凶靡余。区宇乂宁[87]，思和求中。睿哲玄览[88]，都兹洛宫。曰止曰时[89]，昭明有融[90]。既光厥武，仁洽道丰[91]。登岱勒封[92]，与黄比崇[93]。

“逮至显宗[94]，六合殷昌[95]。乃新崇德[96]，遂作德阳。启南端之特闱[97]，立应门之将将[98]。昭仁惠于崇贤[99]，抗义声于金商[100]。飞云龙于春路[101]，屯神虎于秋方[102]。建象魏之两观[103]，旌六典之旧章[104]。其内则含德章台，天禄宣明，温饬迎春，寿安永宁[105]，飞阁神行，莫我能形。濯龙芳林[106]，九谷八溪[107]。芙蓉覆水，秋兰被涯。渚戏跃鱼，渊游龟蠵[108]。永安离宫，修竹冬青。阴池幽流，玄泉洌清。鹎鶋秋栖[109]，鹘鸼春鸣[110]。雎鸠丽黄[111]，关关嘤嘤。

"于南则前殿灵台，和欢安福[112]。謻门曲榭[113]，邪阻城洫。奇树珍果，钩盾所职[114]。西登少华[115]，亭候修敕[116]。九龙之内[117]，寔曰嘉德[118]。西南其户，匪雕匪刻，我后好约，乃宴斯息。于东则洪池清蘌[119]，渌水澹澹。内阜川禽[120]，外丰葭菼[121]。献鳖蜃与龟鱼[122]，供蜗蠯与菱芡[123]。其西则有平乐都场[124]，示远之观，龙雀蟠蜿[125]，天马半汉[126]。瑰异谲诡[127]，灿烂炳焕[128]，奢未及侈，俭而不陋。规遵王度[129]，动中得趣[130]。于是观礼，礼举仪具。

"经始勿亟[131]，成之不日。犹谓为之者劳，居之者逸。慕唐虞之茅茨[132]，思夏后之卑室[133]。乃营三宫[134]，布教颁常。复庙重屋，八达九房[135]。规天矩地，授时顺乡[136]。造舟清池[137]，惟水泱泱。左制辟雍[138]，右立灵台[139]。因进距衰，表贤简能[140]。冯相观祲[141]，祈褫禳灾[142]。

"于是孟春元日，群后旁戾[143]，百僚师师，于斯胥洎[144]。藩国奉聘，要荒来质[145]，具惟帝臣，献琛执贽[146]。当觐乎殿下者[147]，盖数万以二[148]。尔乃九宾重[149]，胪人列[150]。崇牙张，镛鼓设[151]。郎将司阶[152]，虎戟交铩[153]。龙辂充庭，云旗拂霓。

"夏正三朝[154]，庭燎晢晢[155]。撞洪钟，伐灵鼓[156]，旁震八鄙，軯磕隐訇[157]，若疾霆转雷而激迅风也。是时称警跸已下雕辇于东厢[158]。冠通天[159]，佩玉玺，纡皇组[160]，要干将[161]，负斧扆[162]，次席纷纯[163]。左右玉几而南面以听矣。

"然后百辟乃入[164]，司仪辨等，尊卑以班[165]，璧羔皮帛之贽既奠[166]，天子乃以三揖之礼礼之。穆穆焉[167]，皇皇焉[168]，济济焉[169]，将将焉[170]，信天下之壮观也。乃羡公侯卿士[171]，登自东除[172]，访万机，询朝政，勤恤民隐而除其眚[173]。人或不得其所，若已纳之于隍[174]。荷天下之重任，匪怠皇以宁静[175]。发京仓，散禁财，赉皇寮[176]，逮舆台[177]。命膳夫以大飨[178]，餮饩浃乎家陪[179]。春醴惟醇，燔炙芬芬[180]。君臣欢康，具醉熏熏[181]。千品万官，已事而踆[182]。勤屡省，懋乾乾[183]。清风协于玄德[184]，淳化通于自然。宪先灵而齐轨[185]，必三思以顾愆。招有道于侧陋，开敢谏之直言。聘丘园之耿絜[186]，旅束帛之戋戋[187]。上下通情，式宴且盘[188]。

“及将祀天郊[189]，报地功，祈福乎上玄，思所以为虔。肃肃之仪尽，穆穆之礼殚，然后以献精诚，奉禋祀[190]，曰允矣天子者也！乃整法服[191]，正冕带[192]，珩紞纮綖[193]，玉笄綦会[194]。火龙黼黻[195]，藻繂鞶厉[196]。结飞云之袷辂[197]，树翠羽之高盖。建辰旒之太常[198]，纷焱悠以容裔[199]。六玄虬之弈奕[200]，齐腾骧而沛艾[201]。

“龙辀华轙[202]，金鋄镂钖[203]。方釳左纛[204]，钩膺玉瓖[205]。銮声哕哕[206]，和铃鉠鉠[207]。重轮贰辖[208]，疏毂飞軨[209]。羽盖威蕤[210]，葩瑵曲茎[211]。顺时服而设副，咸龙旂而繁缨[212]。立戈迤戛[213]，农舆辂木[214]。属车九九[215]，乘轩并毂。璀弩重旃[216]，朱旄青屋[217]。奉引既毕，先辂乃发。鸾旗皮轩[218]，通帛绪旆[219]，云罕九斿[220]，闟戟轇輵[221]。髶髦被绣[222]，虎夫戴鹖[223]。驸承华之蒲梢[224]，飞流苏之骚杀[225]。总轻武于后陈，奏严鼓之嘈囋[226]。戎士介而扬挥[227]，戴金钲而建黄钺[228]。清道案列[229]，天行星陈[230]。肃肃习习[231]，隐隐辚辚[232]。殿未出乎城阙[233]，旆已及乎郊畛[234]。盛夏后之致美，爰敬恭于明神。

“尔乃孤竹之管[235]，云和之瑟[236]，雷鼓鼘鼘[237]，六变既毕[238]。冠华秉翟[239]，列舞八佾[240]。元祀惟称[241]，群望咸秩[242]。飏槱燎之炎炀[243]，致高烟乎太一[244]。神歆馨而顾德[245]，祚灵主以元吉[246]。

“然后宗上帝于明堂[247]，推光武以作配[248]。辩方位而正则[249]，五精帅而来摧[250]。尊赤氏之朱光[251]，四灵懋而允怀[252]。于是春秋改节，四时迭代，蒸蒸之心[253]，感物曾思[254]。躬追养于庙祧[255]，奉蒸尝与禴祠[256]。物牲辩省[257]，设其楅衡[258]。毛炰豚胉[259]，亦有和羹。涤濯静嘉，礼仪孔明。万舞奕奕[260]，钟鼓喤喤[261]。灵祖皇考，来顾来飨。神具醉止，降福穰穰[262]。

“及至农祥晨正[263]，土膏脉起[264]。乘銮辂而驾苍龙，介驭间以剡耜[265]。躬三推于天田[266]，修帝籍之千亩。供禘郊之粢盛[267]，必致思乎勤己。兆民劝于疆埸[268]，感懋力以耘耔[269]。

“春日载阳[270]，合射辟雍[271]。设业设虡[272]，宫悬金镛[273]。鼖鼓路鼗[274]，树羽幢幢[275]。于是备物，物有其容。伯夷起而相仪[276]，后夔坐而为工[277]。张大侯[278]，制五正[279]，设三乏[280]，厞司旌[281]。并夹既设[282]，储乎广庭[283]。

“于是皇舆夙驾，鞶于东阶[284]，以须消启明[285]，扫朝霞，登天光于扶桑[286]。天子乃抚玉辂，时乘六龙。发鲸鱼[287]，铿华钟[288]，大丙弭节[289]，风后陪乘[290]。摄提运衡[291]，徐至于射宫。礼事展[292]，乐物具，《王夏》阕[293]，《驺虞》奏[294]。决拾既次[295]，雕弓斯彀[296]。达余萌于暮春[297]，昭诚心以远喻[298]。进明德而崇业[299]，涤饕餮之贪欲[300]。仁风衍而外流[301]，谊方激而遐骛[302]。日月会于龙狵[303]，恤民事之劳疚。因休力以息勤[304]，致欢忻于春酒。执銮刀以袒割[305]，奉觞豆于国叟[306]。降至尊以训恭，送迎拜乎三寿[307]。敬慎威仪，示民不偷[308]。我有嘉宾[309]，其乐愉愉。声教布濩[310]，盈溢天区。

文德既昭，武节是宣。三农之隙[311]，曜威中原。岁惟仲冬，大阅西园[312]。虞人掌焉，先期戒事[313]。悉率百禽，鸠诸灵囿[314]。兽之所同，是谓告备。

“乃御小戎[315]，抚轻轩[316]，中畋四牡[317]，既佶且闲[318]。戈矛若林，牙旗缤纷[319]。迄上林，结徒营，次和树表[320]，司铎授钲[321]。坐作进退[322]，节以军声[323]。三令五申，示戮斩牲[324]。陈师鞠旅[325]，教达禁成。火列具举[326]，武士星敷。鹅鹳鱼丽[327]，箕张翼舒[328]。轨尘掩远[329]，匪疾匪徐。驭不诡遇[330]，射不翦毛[331]。升献六禽[332]，时膳四膏[333]。马足未极，舆徒不劳。成礼三驱[334]，解罘放麟[335]。不穷乐以训俭，不殚物以昭仁[336]。慕天乙之弛罟[337]，因教祝以怀民[338]。仪姬伯之渭阳[339]，失熊罴而获人[340]。泽浸昆虫[341]，威振八宇[342]。好乐无荒[343]，允文允武。薄狩于敖[344]，既琐琐焉[345]。岐阳之蒐[346]，又何足数?

“尔乃卒岁大傩[347]，殴除群厉。方相秉钺[348]，巫觋操茢[349]。侲子万童[350]，丹首玄制[351]。桃弧棘矢，所发无臬[352]。飞砾雨散，刚瘅必毙[353]。煌火驰而星流，逐赤疫于四裔。然后凌天池[354]，绝飞梁[355]。捎魑魅[356]，斫獝狂[357]。斩蝼蛇[358]，脑方良[359]，囚耕父于清泠[360]，溺女魃于神潢[361]。残夔魖与罔像[362]，殪野仲而歼游光[363]。八灵为之震慑[364]，况魃蜮与毕方[365]。度朔作梗[366]，守以郁垒[367]，神荼副焉，对操索苇，目察区陬[368]，司执遗鬼。京室密清，罔有不韪[369]。

“于是阴阳交和，庶物时育。卜征考祥，终然允淑。乘舆巡乎岱岳[370]，劝稼穑于原陆[371]。同衡律而壹轨量[372]，齐急舒于寒燠[373]。省幽明以黜陟[374]，乃反旆而回复[375]。望先帝之旧墟[376]，慨长思而怀古。俟阊风而西遐[377]，致恭祀乎高祖。既春游以发生[378]，启诸蛰于潜户[379]。度秋豫以收成[380]，观丰年之多稌[381]。嘉田畯之匪懈[382]，行致赉于九扈[383]。

“左瞰旸谷[384]，右睨玄圃[385]。眇天末以远期，规万世而大摹[386]。且归来以释劳，膺多福以安悆[387]。总集瑞命[388]，备致嘉祥[389]。圉林氏之驺虞[390]，扰泽马与腾黄[391]。鸣女床之鸾鸟[392]，舞丹穴之凤皇[393]。植华平于春圃[394]，丰朱草于中唐[395]。惠风广被[396]，泽洎幽荒[397]。北燮丁令[398]，南谐越裳[399]。西包大秦[400]，东过乐浪[401]。重舌之人九译[402]，佥稽首而来王[403]。

“是以论其迁邑易京，则同规乎殷盘[404]。改奢即俭，则合美乎《斯干》[405]。登封降禅[406]，则齐德乎黄轩[407]。为无为，事无事，永有民以孔安。遵节俭，尚素朴，思仲尼之克己[408]，履老氏之常足[409]。将使心不乱其所在，目不见其可欲。贱犀象[410]，简珠玉[411]，藏金于山，抵璧于谷[412]。翡翠不裂[413]，玳瑁不蔟[414]。所贵惟贤，所宝惟谷。民去末而反本[415]，咸怀忠而抱悫[416]。于斯之时，海内同悦，曰：吁！汉帝之德，侯其祎而[417]。

“盖蓂荚为难莳也[418]，故旷世而不觌[419]，惟我后能殖之[420]，以至和平，方将数诸朝阶。然则道胡不怀[421]，化胡不柔[422]。声与风翔[423]，泽从云游。万物我赖，亦又何求。德宇天覆[424]，辉烈光烛。狭三王之趢起[425]，轶五帝之长驱[426]。踵二皇之遐武[427]，谁谓驾迟而不能属[428]。东京之懿未罄[429]，值余有犬马之疾[430]。不能究其精详，故粗为宾言其梗概如此。

“若乃流遁忘反[431]，放心不觉[432]，乐而无节，后离其戚[433]。一言几于丧国[434]，我未之学也。且夫挈瓶之智[435]，守不假器，况纂帝业[436]，而轻天位？瞻仰二祖[437]，厥庸孔肆[438]。常翘翘以危惧[439]，若乘奔而无辔[440]。白龙鱼服[441]，见困豫且[442]。虽万乘之无惧，犹怵惕于一夫[443]。终日不离其辎重[444]，独微行其焉如？夫君人者[445]，黈纩塞耳[446]，车中不内顾[447]。珮以制容[448]，銮以节涂[449]。行不变玉，驾不乱步。却走马以粪车[450]，何惜騕褭与飞兔[451]。方其用财取物，常畏生类之殄也[452]。赋政任役，常畏人力之尽也。取之以道，用之以时。山无槎枿[453]，畋不麑胎[454]。草木蕃庑[455]。鸟兽阜滋[456]。民忘其劳，乐输其财。百姓同于饶衍[457]，上下共其雍熙[458]。洪恩素蓄，民心固结。执谊顾主，夫怀贞节。

“忿奸慝之干命[459]，怨皇统之见替[460]。玄谋设而阴行[461]，合二九而成谲[462]。登圣皇于天阶[463]，章汉祚之有秩[464]。若此，故王业可乐焉。

“今公子苟好剿民以偷乐[465]，忘民怨之为仇也。好殚物以穷宠，忽下叛而生忧也。夫水所以载舟，亦所以覆舟。坚冰作于履霜，寻木起于蘖栽[466]。昧旦丕显[467]，后世犹怠。况初制于甚泰[468]，服者焉能改裁？故相如壮上林之观[469]，扬雄骋羽猎之辞，虽系以隤墙填堑[470]，乱以收罝解罘[471]，卒无补于风规[472]，只以昭其愆尤[473]。臣济奓以陵君[474]，忘经国之长基。故函谷击柝于东[475]，西朝颠覆而莫持[476]。凡人心是所学[477]，体安所习。鲍肆不知其臭[478]，玩其所以先入[479]。《咸池》不齐度于蛙咬[480]，而众听或疑。能不惑者，其唯子野乎[481]。”

客既醉于大道，饱于文义，劝德畏戒，喜惧交争。罔然若酲[482]，朝罢夕倦[483]，夺气褫魄之为者[484]，忘其所以为谈，失其所以为夸。良久乃言曰：“鄙哉予乎！习非而遂迷也，幸见指南于吾子。若仆所闻，华而不实。先生之言，信而有征。鄙夫寡识，而今而后，乃知大汉之德馨，咸在于此。昔常恨‘三坟’‘五典’既泯[485]，仰不睹炎帝帝魁之美[486]。得闻先生之余论[487]，则大庭氏何以尚兹[488]！走虽不敏[489]，庶斯达矣[490]。”

【篇旨】

写东京的俭约、礼仪的隆盛，与西京的奢侈无度作对比，寄托作者礼乐仁义的政治理想。

【注释】

① 东京：洛阳。

② 怃然：迷茫失意貌。

③ 莞尔：微笑貌。

④ 末学：无根底之学。肤受：肤浅的体会。

⑤ 耳：指听闻的西京之事物。目：指亲眼看见的东京之事物。

⑥ 胸：耳闻肤受的一般感受。心：深入思考的体验。

⑦ 今：时下东京。古：昔日西京。

⑧ 由余：春秋时晋人，事西戎而奉戎王命考察秦国，秦穆公夸示宫室，并引他登三休台，他不以为然，却赞西戎勤俭治国之道，秦穆公很敬佩。悝：通“诙”，嘲谑。缪：通“穆”。

⑨ 周姬：周朝。姬：周王的姓。末：指西周末年的幽王、厉王。

⑩ 宫邻：幽王沉溺于后宫为褒姒所惑。邻：近。

⑪ 金虎：秦国。金属西方。白虎为西方之神。秦在西，故以“金虎”喻之。

⑫ 嬴氏：秦国，秦王姓嬴。

⑬ 七雄：战国时韩、赵、魏、齐、楚、燕、秦七个强国。

⑭ 章华：台名。

⑮ 丛台：台名。

⑯ 觜：鸟嘴。距：鸡爪。

⑰ 擅场：斗鸡获胜而独据一场。喻无对手。

⑱ 阿房：宫名。

⑲ 甘泉：宫名。

⑳ 云阁：阁名。

㉑ 参夷之刑：灭三族的酷刑。

㉒ 薙氏：掌山泽除草的官。

㉓ 蕴崇：聚积。

㉔ 惵（dié）惵：恐惧貌。黔首：秦朝对百姓的称呼。

㉕ 跼：弯腰，形容行动小心戒惧。

㉖ 蹐：小步行路，形容谨慎小心。

㉗ 膺箓受图：接受“天命”。膺：当。箓、图：封建帝王自称天赐的符命之书。

㉘ 垓下：地名，刘邦曾围困项羽之地，在安徽灵璧。

㉙ 绁（xiè）：捆缚。子婴：秦始皇长子扶苏的儿子。轵涂：即轵道，亭名，在西安东北。

㉚ 作：营建。

㉛ 我：指汉高祖刘邦。

㉜ 西匠：秦地的工匠。

㉝ 目玩：看惯。

㉞ 泰：过分奢侈。

㉟ 区夏：诸夏之地，即中国。

㊱ 文：汉文帝刘恒。菲薄：俭约。

㊲ 纪禅：封禅。指汉武帝登泰山筑坛祭天。

㊳ 宣：汉宣帝刘询。

㊴ 呼韩：匈奴君长呼韩邪单于。

㊵ 纪宗存主：高祖、文帝、武帝、宣帝多有功德，崩而刻木为神主置于宗庙供祭祀，故称“存主”。

㊶ 彝器：古代青铜祭器的通称。

㊷ 爽德：差错。

㊸ 往初：指前汉西京的奢靡。

㊹ 祇：适。

㊺ 合宫：黄帝草盖的宫室。

㊻ 总期：舜的草盖宫室。

㊼ 夏癸：夏桀名癸。瑶台：夏桀辉煌豪华的宫室。

㊽ 殷辛：商纣王名受，号帝辛。琼室：商纣王豪华的宫室。

㊾ 汤武：商汤和周武王。

㊿ 二关：武关和函谷关。

51 九隩：九州以内。

52 土圭：古代测日影、正四时和量土地的器具。

53 溯：向也。洛：洛水，在河南境。

54 伊：伊水，出河南卢氏入洛河。瀍：水名，出洛阳西北谷城山入洛水。

55 九阿：山阪名，在洛阳西。

56 盟津：即孟津，旧地在洛阳北。

57 太谷：山谷名，旧称“通谷”，在洛阳南。

58 伊阙：山名，在洛阳南。

59 轘辕：山名，在河南偃师境。

60 大室：嵩山，在河南登封。

61 揭：表。熊耳：山名，在河南卢氏。

62 底柱：即砥柱，又名三门山，在三门峡的黄河中，今已淹没。

63 大岯：山名，在河南浚县境。

64 温液、汤泉：温泉。

65 黑丹：黑石，又名石涅。石缁：即缁石，一种黑石。

66 王鲔：大鲔鱼，亦名鲟。岫：山穴。

67 能鳖：传说中的三足鳖。

68 宓妃：传说洛水女神名。

69 挺：借为“筳”，筳篿，用以占筮。周成王定鼎洛邑，卜年七百，卜世三十。

70 龙图：即河图。羲：伏羲。

71 龟书：即洛书。畀：赐给。姒：夏禹，禹姓姒。

⑫ 苌弘：周朝大夫。魏舒：晋大夫。
⑬ 九轨：可并行九辆车的大路。
⑭ 雉：墙长三丈、高一丈为一雉。
⑮ 筵：铺地之席。
⑯ 几：古代设于座前以供凭倚的小桌子。
⑰ 京邑：洛阳。翼翼：庄严雄伟貌。
⑱ 巨：王莽，字巨君。间衅：伺机。
⑲ 神器：天子的玉玺，此指帝位。
⑳ 三六：十八年。
㉑ 世祖：指东汉光武帝刘秀。
㉒ 白水：地名。东汉光武帝刘秀生于南阳白水乡。
㉓ 参墟：指河北，刘秀讨王郎于此。参：星名，二十八星宿之一，河北为参星的分野，故曰参墟。
㉔ 钺：古代兵器，状如大斧。四七：指邓禹等二十八将。
㉕ 共工：古代神话人物，此喻王莽。
㉖ 欃枪：彗星名。即天欃，天枪。旬始：星名，出于北斗旁。亦作妖孽的象征。
㉗ 乂宁：安宁。
㉘ 睿哲：圣智，指光武帝。玄览：深察。
㉙ 曰止曰时：《诗经·大雅·绵》："曰止曰时，筑室于兹。"曰，语助词。时，是。
㉚ 融：长远。
㉛ 洽：沾润。
㉜ 登岱勒封：封禅泰山，勒功于石以记号。岱：泰山。
㉝ 黄：黄帝。崇：尊。
㉞ 显宗：汉明帝刘庄。
㉟ 六合：天地四方。
㊱ 崇德：洛阳宫中殿名。

⑰ 闱：古代宫室，前曰庙，后曰寝，寝侧两边的小门曰闱。

⑱ 应门：王宫正门。将将：严整貌。

⑲ 昭：彰明。崇贤：洛阳南宫的东门。

⑳ 金商：洛阳南宫的西门。

⑩ 云龙：德阳殿的东门。春路：东方的道路。

⑩ 神虎：德阳殿的西门。秋方：西方。

⑩ 象魏：亦称魏阙、两观，指宫门前的双阙。

⑩ 旌：表彰。六典：太宰掌建邦的《治典》《教典》《礼典》《政典》《刑典》《事典》。

⑩ 含德、章台、天禄、宣明、温饬、迎春、寿安、永宁：皆洛阳殿名。

⑩ 濯龙：池名。芳林：苑名。

⑩ 九谷八溪：皆养鱼池名。

⑩ 蠵：一种大龟。

⑩ 鹎鶋：鸟名，鸦属。

⑩ 鹘鸼：鸟名，似山鹊而小，多声。

⑪ 雎鸠：水鸟，俗名鱼鹰。丽黄：即黄鹂。

⑪ 灵台、和欢、安福：皆宫殿名。

⑪ 謻（yí）门：宣阳门内的冰室门。

⑪ 钩盾：汉少府属官，主掌苑囿游观。

⑪ 少华：山名，上林苑的一座假山。

⑪ 候：候楼，即瞭望楼。

⑪ 九龙：周朝宫殿名。

⑪ 嘉德：宫殿名。

⑪ 洪池：池名。蘌：筑于水上之室，以栖鸟而捕之。一说在池水中筑竹篱以养鱼。

⑫ 阜：多。

⑫ 葭菼：芦荻。

⑫ 蜃：蛤蜊。

㉓ 蠯（pí）：蚌的一种。芡：水生植物，又名鸡头。可食，亦可入药。

⑫④ 平乐：台观名。都场：众人聚会作乐场所。

⑫⑤ 龙雀：传说中的神鸟。蟠蜿：盘曲貌。

⑫⑥ 天马：神马。半汉：骏马雄劲奔腾的神态。

⑫⑦ 瑰异：奇特。谲诡：变幻莫测。

⑫⑧ 炳焕：光辉明亮。

⑫⑨ 王：先王。

⑬⓪ 中：符合。

⑬① 亟：急。

⑬② 唐虞：唐尧、虞舜。茅茨：茅屋。

⑬③ 夏后：夏禹。卑：狭小低矮。

⑬④ 三宫：明堂、辟雍、灵台。

⑬⑤ 八达九房：明堂有九室，每室四户八牖。

⑬⑥ 乡：通“向”，向也。

⑬⑦ 造舟：将木船并连成浮桥。

⑬⑧ 辟雍：周王朝为贵族子弟设的学校。

⑬⑨ 灵台：在长安西北，为观测天象的高台。

⑭⓪ 简：选择。

⑭① 冯相：周代官名，掌天文气象。祲：日旁云气，古人以为阴阳相浸，可从中观灾祥。

⑭② 褫：福。禳：驱除。

⑭③ 群后：诸侯公卿。旁戾：四方而至。

⑭④ 胥：相。洎（jì）：及。

⑭⑤ 要荒：古称离王城极远的地方。质：质人以示臣服。

⑭⑥ 琛：珍宝。贽：初见尊长时所送的礼物。

⑭⑦ 觐（jìn）：诸侯秋季朝见天子称觐。

⑭⑧ 二：指朝拜者在殿下列成两行。

⑭⑨ 九宾：九等宾客，即公、侯、伯、子、男、孤、卿、大夫、士。

⑮ 胪人：主宾客的大鸿胪及其属吏。

⑮ 崇牙：悬钟架的饰物。镛：大钟。

⑮ 郎将：即虎贲中郎将，宫廷禁卫官。

⑮ 戟：古代一种长杆兵器。鏦：长矛。

⑮ 夏正：夏历正月。三朝：正月一日是一年岁、月、日的开始，称三朝。

⑮ 晢晢：火光闪耀貌。

⑮ 灵鼓：古乐器，祭地祇用的六面鼓。

⑮ 轩磕、隐訇：皆钟鼓之声。

⑮ 警跸：古代帝王出入称警跸，左右侍卫为警，止人清道为跸，以戒止行人。

⑮ 通天：冠名。

⑯ 纡：盘绕。皇组：粗大的带子。

⑯ 要：通“腰”，佩带。干将：宝剑名。

⑯ 负：背向。斧扆（yǐ）：绣有斧纹的屏风。

⑯ 次席：竹席。纷纯：以黑白组带做的席边。

⑯ 百辟：诸侯。辟：君。

⑯ 班：次位。

⑯ 奠：放置。

⑯ 穆穆：威仪盛大貌。

⑯ 皇皇：庄重宏大貌。

⑯ 济济：徐行有节奏貌。

⑰ 将将：容貌舒扬的样子。

⑰ 羡：延引。

⑰ 除：殿阶。

⑰ 眚（shěng）：疾苦。

⑰ 隍：无水的城壕。

⑰ 怠皇：懈怠闲暇。

⑯ 赉（lài）：赐予。
⑰ 舆台：地位低贱的差役。
⑱ 膳夫：掌朝廷膳食的官。
⑲ 饔：熟肉。饩：生牲。浃：沾润。家陪：公卿大夫的家臣。
⑳ 燔炙：烤肉。
㉑ 具：通“俱”。
㉒ 踆：退。
㉓ 懋（mào）：勤勉。乾乾：自强不息貌。
㉔ 玄德：潜蓄不外露的品德。
㉕ 宪：效法。
㉖ 丘园：指山乡。耿絜：富有节操之士。
㉗ 旅：陈列。束帛：古代招纳贤士必用束帛加玉璧于其上作聘礼。戋戋：堆积貌。
㉘ 宴盘：安乐。
㉙ 祀天郊：即郊祀，祭天之名。
⑲⓪ 禋祀：对天神之祭。以祭神之牲和玉帛置柴上，烧之升烟，表示告天。
⑲① 法服：符合礼仪规定的衣服。
⑲② 冕带：衣冠。
⑲③ 珩、紞、纮、綖：皆为冠冕上的装饰。
⑲④ 笄：用以插定发髻或弁冕的簪。綦会：皮弁上的装饰。
⑲⑤ 火龙黼（fǔ）黻（fú）：衣上的装饰。火：画火也。龙：画龙也。白与黑谓之黼，黑与青谓之黻。
⑲⑥ 藻綷：木制的垫玉器之物。鞶（pán）厉：束腰革带及其下垂部分。
⑲⑦ 袷辂：天子的副车。
⑲⑧ 辰旒之太常：一种旗子。辰：画在旗上的日、月、星。
⑲⑨ 淼悠：随风飘荡貌。容裔：高低摇动貌。
⑳⓪ 玄虬：黑马。

㉑沛艾：马头摇摆貌。
⑳龙辀（zhōu）：刻有龙头的车辕。轙（yǐ）：车衡上穿过缰绳的铁环。
⑳金鋄（wàn）、镂钖：皆马额上的饰物。
⑳方釳、左纛（dào）：皆车上饰物。
⑳钩膺：马腹带的饰物。玉瓖：马带上的玉饰。
⑳哓哓：有节奏的铃声。
⑳和：车轼上的铃。铁铁：车铃声。
⑳轮：毂，车轮中心的圆木。辖：插入轴端孔穴以固定车轮与车轴的销钉。
⑳疏毂：刻花纹的车毂。飞軨：车轴端的红绸饰。
⑳威蕤（ruí）：羽毛下垂貌。
㉑葩瑵：金制的花形饰物。
㉑繁缨：亦作"樊英"，马颈上的饰物。
㉑戛：长矛。
㉑辂木：即木辂，天子亲耕时乘的车。
㉑九九：八十一辆车。
㉑珊（fú）：车上盛弓的器物。
㉑青屋：内饰青色的车盖。
㉑皮轩：以虎皮为饰的车。
㉑通帛、绩旆：皆旆名。
㉒云罕、九斿（liú）：皆旌旗的别名。
㉒闟戟：长戟。轇輵：纵横交错貌。
㉒髶髦：披发前驱的勇士。
㉒戴鹖：插鹖鸟尾的武士帽。
㉒驸：副马。承华：马厩名。蒲梢：良马名。
㉒流苏：以五彩羽毛或丝线制成的穗子，常用作车马饰物。骚杀：下垂貌。
㉒严鼓：急促的鼓声。嘈啾：杂乱的鼓声。

㉗ 介：甲。挥：通“徽”，士卒肩上作标志的织物。

㉘ 钲：古乐器名。钺：古兵器名。

㉙ 案列：依次列行。

㉚ 天行：喻天子出行队伍整齐有序，如天体运行。

㉛ 肃肃：敬重貌。习习：行进貌。

㉜ 隐隐：众多貌。辚辚：车马声。

㉝ 殿：后尾的队伍。

㉞ 旆：前驱的车马。

㉟ 孤竹：山名，一说国名，产竹。

㊱ 云和：山名，产制作琴瑟的美木。

㊲ 鼘（yuān）鼘：鼓声。

㊳ 六变：古代音乐六变为一成。传说每一变奏有不同的神出现。《周礼·春官·大司乐》：“一变而致羽物，及川泽之示；再变而致蠃物，及山林之示；三变而致鳞物，及丘陵之示；四变而致毛物，及坟衍之示；五变而致介物，及土示；六变而致象物，及天神。”变：更。

㊴ 华：冠名，上阔下窄。翟：雉尾。

㊵ 八佾：古代天子用的一种舞乐。舞者纵横八列，每列八人，共六十四人。佾：列。

㊶ 元祀：祭天地的大祭。称：行。

㊷ 群望：祭山川之神。望：古代祭山川的专称，山远，遥望而祭，故称。

㊸ 飏：即“扬”。槱（yǒu）燎：聚柴燃烧，置牲体于上，使火气上扬以祭天神。

㊹ 太一：亦作泰一。天神之最尊者。

㊺ 歆馨：接受祭祀，享其芬芳之气。

㊻ 祚：赐。灵主：天子。

㊼ 宗：尊崇。

㊽ 光武：指东汉光武帝的神灵。

㉔⑨ 则：法。

㉕⓪ 五精：五方之星的神灵。帅：聚。摧：至。

㉕① 赤氏：传说中五帝之一。

㉕② 四灵：传说中五帝之苍帝、黄帝、白帝、黑帝。懋：喜悦。

㉕③ 蒸蒸：孝顺。

㉕④ 曾：同“增”。

㉕⑤ 祧（tiāo）：远祖、始祖之庙。

㉕⑥ 蒸尝禴祠：皆祭名。春祭曰祠，秋祭曰尝，夏祭曰禴，冬祭曰蒸。

㉕⑦ 物牲：祭祀用的牺牲。辩：通“遍”。

㉕⑧ 福衡：缚在牛角上以防触人的横木。一说福设于牛角，衡设于牛鼻。

㉕⑨ 毛炰：整体烤炙的全牲。豚胉：猪的两肋肉。

㉖⓪ 万舞：用于宗庙祭祀之舞。奕奕：盛大貌。

㉖① 喤喤：象声词，和声响亮。

㉖② 穰穰：盛多貌。

㉖③ 农祥：星名，预告农时的房星。晨正：房星正月中晨现于正南方，指立春之日。

㉖④ 脉起：春天土脉起发，解冻。

㉖⑤ 剡（yǎn）：锐利。

㉖⑥ 三推：古代帝王为表示劝农，每年举行一次耕籍之礼，掌犁推行三周，称三推。天田：天子亲耕之田。

㉖⑦ 禘郊：祭天于国都之南郊。粢盛：祭品，指盛在祭器内的黍稷。

㉖⑧ 疆埸：农田。

㉖⑨ 懋（mào）：勉力。耘耔：为农作物除草和培土。

㉗⓪ 载：才，刚刚。阳：暖和。

㉗① 合：聚集。

㉗② 业：古代乐器架上装饰用的大版。刻如锯齿状，用以悬挂钟、磬。虡（jù）：悬挂编钟编磬的木架。

㉗③ 镛：大钟。

㉗④ 蕡（fén）鼓：大鼓。路鼗（táo）：祭祀用的四面鼓。

㉗⑤ 幢幢：形容羽饰的繁盛。

㉗⑥ 伯夷：人名，尧、舜时代的礼官。相仪：作礼官。

㉗⑦ 后夔：人名，尧、舜时代的乐官。工：乐工。

㉗⑧ 侯：箭靶。

㉗⑨ 五正：射仪用的五色箭靶，正中朱色，依次向外为白、苍、黄、玄诸色。

㉘⓪ 三乏：报靶人护身用的皮制器具。

㉘① 厞（fěi）：隐蔽之处。司旌：持旗报靶者。

㉘② 并夹：钳取靶上箭支的工具。

㉘③ 储：待。

㉘④ 羞（chái）：停留。

㉘⑤ 启明：启明星。

㉘⑥ 扶桑：神木名，传说日出其下。

㉘⑦ 鲸鱼：指形如鲸鱼的钟槌。

㉘⑧ 铿：指敲击以发声。华钟：刻有篆文的钟。

㉘⑨ 大丙：传说中仙人名，得道而能御阴阳。弭节：按辔徐行。

㉙⓪ 风后：传说为黄帝的相。

㉙① 摄提：星名。衡：玉衡星，北斗七星的第五星，为北斗之柄。

㉙② 礼：礼器。

㉙③《王夏》：乐章名，王出入初奏之乐。

㉙④《驺虞》：古乐曲名。《墨子·三辩》："周成王因先王之乐，又自作乐，命曰《驺虞》。"

㉙⑤ 决：钩弦，以象骨做成，着于大拇指，以钩弦，俗称攀指。拾：射鞲，皮制袖套，着于左臂以护肤。次：握弓搭箭，手指相次排列。

㉙⑥ 彀（gòu）：张。

㉙⑦ 达：生。余萌：暮春萌生的植物。

㉙⑧ 诚心：指黄帝之心。

㉙⑨ 明德：贤能仁德之士。业：指射业。

㉚⓪ 饕餮：恶兽名，借指贪婪残暴的人。

㉚① 衍：遍布。

㉚② 谊方：道义。

㉚③ 龙猇（zhuó）：星名。二十八宿的尾宿，又名龙尾。日月会于龙猇，指夏历十月。

㉚④ 息勤：农闲休息。

㉚⑤ 鸾刀：柄端悬铃的刀。袒割：天子袒衣宰牲，为古代敬老养老之礼。

㉚⑥ 豆：古代盛祭品器物。国叟：指三老五更。

㉚⑦ 三寿：高寿分上、中、下三等，即三老。

㉚⑧ 偷：怠惰。

㉚⑨ 嘉宾：指国叟、三老。

㉛⓪ 布濩：充满。

㉛① 三农：指春、夏、秋三个农事季节。

㉛② 西园：上林苑。

㉛③ 戒事：告诫百官做田猎的准备。戒：犹告。

㉛④ 鸠：聚集。

㉛⑤ 小戎：兵车。

㉛⑥ 抚：抚御，即驾驭。

㉛⑦ 中畋：正在狩猎之中。四牡：一说当作“两牡”。

㉛⑧ 佶：壮健貌。闲：熟练。

㉛⑨ 牙旗：以象牙饰竿的将军旌旗。

㉜⓪ 和：军营门。

㉜① 铎：古乐器名，形如大铃，宣教政令时摇动而发声，以警众者。钲：古乐器名，形似钟而狭长，用时以槌敲击。行军时用以节止步伐。

㉜② 作：起身。

㉜③ 军声：指钟鼓铎钲发布号令。

㉜④ 示戮斩牲：斩杀牲畜以告诫士兵，如不服从命令或不守纪律，将同牲

畜一样遭斩。

㉕鞠：告诫。“陈师”与“鞠旅”互文见义，即陈师旅、鞠师旅。

㉖火列具举：语出《诗经·郑风·大叔于田》：“叔在薮，火列具举。”列：应作“烈”。

㉗鹅鹳、鱼丽：古代两种军阵名。

㉘箕张、翼舒：状战阵的变化。箕：星名，箕宿共四星，形如张口簸箕。翼：星名。翼宿共二十二星，伸张延续如鸟舒展其翼。

㉙远：车迹。

㉚诡遇：指打猎时不守礼法规矩而横射禽兽。

㉛不翦毛：不滥杀。毛苌诗传：“面伤不献，剪毛不献。”

㉜六禽：雁、鹑、鹌、雉、鸠、鸽。

㉝时膳：春夏秋冬四季食用的牲肉。四膏：牛、犬、羊、鸡的脂膏。

㉞三殴：古代天子一年田猎三次。殴：同“驱”。一说指田猎时三面驱兽，一面让开，以示爱惜生物之德。

㉟罘（fú）：网。麟：兽。传说是一种仁兽。

㊱物：指禽兽。

㊲天乙：商汤。弛罟（gǔ）：商汤曾让猎者拆掉三面的网，只留一面，不要捕尽禽兽。弛：废。罟：捕鸟网。

㊳祝：指田猎者。

㊴姬伯：周文王姬昌，殷时为西伯侯，故称姬伯。

㊵获人：指得到贤臣姜太公。《史记·齐太公世家》载，文王姬伯田猎于渭水之阳，未得熊罴而遇姜太公，大悦，载而同归，立为师。

㊶昆虫：各种动物。昆：众多。虫：动物通名。

㊷八宇：八方区宇。

㊸荒：废乱。

㊹薄狩：通“搏兽”。敖：地名，在今河南荥阳。

㊺琐（suǒ）琐：微小之事。

㊻岐阳：即今陕西岐山。蒐：猎。

㉞347 大傩（nuó）：古人腊月驱除疫病之祭。

348 方相：职掌驱除疫鬼和山川精怪的官。

349 巫觋（xí）：古代以舞降神者，女称巫，男称觋。茢：笤帚。

350 侲子：幼童。万童：幼男幼女跳舞逐疫。万：古代一种执戈而跳的舞名。

351 丹首：戴赤色的头巾。玄制：披黑色的斗篷。

352 臬（niè）：射箭的靶子。

353 刚瘅（dǎn）：凶恶的疫鬼。

354 天池：大海。

355 飞梁：浮桥。

356 捎：击杀。

357 斫：斩。獝狂：恶鬼名。

358 蝼蛇：妖怪名。

359 脑：动词，破其大脑。方良：传说中的山精鬼怪名，食死人脑。

360 耕父：主干旱之神。清泠：水名。

361 女魃：神话中的旱神。神潢：水名。

362 夔（kuí）：妖怪名。魑：传说中使人耗财之鬼。罔像：木石之怪。

363 殪：射死。野仲：恶鬼名。游光：恶鬼名，一说火神名。

364 震慑：恐惧。

365 魃：小儿鬼。蜮：赤称“短狐”，传说能含沙射人，使人发病的动物。毕方：老鬼。

366 度朔：古代传说东海中的山名，山上有捉鬼之神立于桃树下。梗：桃梗，用桃木雕制的木偶，古人以之避鬼。

367 郁垒、神荼：传说捉鬼而食之的神。

368 区陬：偏僻的角落。

369 尟：善。

370 乘舆：天子。岱岳：东岳泰山。

371 原陆：田野。

㊲372 衡：测定物体重量的器具。律：定音调的仪器。

373 寒燠：冷暖。

374 黜陟：进退人才。降官曰黜，升官曰陟。

375 反旆：出师归来。

376 旧墟：指故都长安。

377 阊风：西风，秋风。西遐：指西风自远方长安而来。

378 春游：指天子仲春巡行泰山。

379 蛰：潜伏冬眠的昆虫。

380 秋豫：天子秋季巡行。

381 稌（tú）：稻。

382 田畯：周代主农事之官。此指农民。

383 赉（lài）：赐予。九扈：传说少皞时主管农事的官名。

384 旸谷：传说日出之处。

385 玄圃：传说中的昆仑山顶，有金台玉楼，为神仙所居。

386 大摹：规度万世的大法。

387 膺：当。悆（yù）：宁。

388 瑞命：天降的吉兆。

389 嘉祥：天应王者的美德而降的吉瑞征兆。

390 囿：圈养马牛。林氏：古代国名。驺虞：传说中的神兽。

391 扰：驯服。泽马：神马。腾黄：又名吉黄，神马。

392 女床：传说中的山名。

393 丹穴：《山海经·南山经》："又东五百里曰丹穴之山。"

394 华平：传说瑞草名。天下平则花平，有不平处，花则向其方倾斜。

395 丰：使之丰茂。中唐：唐中，即庭院之中。

396 惠风：仁爱之风。

397 洎（jì）：及。

398 燮（xiè）：和。丁令：古民族名，汉时为匈奴属国，游牧于我国西北地区。

㊾399 越裳：古南海国名。

400 大秦：我国古代称罗马帝国为大秦。

401 乐浪：汉代郡名，故地在今朝鲜境内。

402 重舌：指通晓外族语言能口译的人。

403 佥：皆。来王：前来朝见天子，表示臣服。

404 般盘：般王盘庚。

405《斯干》:《诗经·小雅》中的篇名，写周宣王俭宫室的美德。

406 登封：指汉武帝登泰山筑坛祭天。降禅：在泰山麓的梁父山祭地。

407 黄轩：黄帝轩辕氏。

408 仲尼：孔子的字。克己：按礼的要求约束自己。

409 老氏：老子，姓李名耳，字伯阳，谥聃。《老子》第四十六章“知足之足，常足。”

410 犀象：指犀角象牙珍贵之物。

411 简：淘汰。

412 抵：扔掉。

413 翡翠：鸟名，羽毛华美，有蓝、绿、赤各色，可作装饰品。裂：拔取羽毛。

414 玳（dài）瑁（mào）：海中形似龟的爬行动物，甲壳可作装饰品。蔟：同“簇”，聚集。

415 末：指工商业。本：指农业。

416 悫：朴实。

417 倏：语首助词，同“维”。祎：美。而：语助词。

418 蓂荚：传说瑞草名。又名历荚。王者贤圣，天下太平方生于阶下，月初一生一荚，至月半生十五荚，十六日起每日掉落一荚，月末落尽。莳：栽培。

419 觌（dí）：相见。

420 我后：指汉天子。

421 道：仁义之道。怀：来。

㊷422 柔：安。

423 声：仁义之声。

424 天覆：如天覆地。

425 狭：以为狭陋。三王：夏禹、商汤、周文王。趢趗：局小貌。

426 轶：超越。五帝：伏羲、神农、黄帝、尧、舜。

427 二皇：伏羲、神农。武：足迹。

428 属：及。

429 懿：美。

430 犬马之疾：贱疾。

431 流遁：放任随流。

432 放心：放纵心志。

433 离：同“罹”，遭受。戚：忧祸。

434 一言：指《西京赋》中凭虚公子及时行乐的话。

435 挈瓶之智：提瓶汲水的小智。《左传·昭公七年》：“虽有挈瓶之知，守不假器，礼也。”

436 纂：继承。

437 二祖：汉高祖刘邦、世祖刘秀。

438 庸：功业。肄：勤苦。

439 翘翘：高而危殆貌。

440 奔：马。

441 白龙鱼服：白龙化鱼，喻贵人微行之危。

442 豫且：神话中的渔者名。《庄子·外物》作“余且”。

443 怵惕：应作“惕戒”，惊恐戒备。

444 辎重：载行李重物之车。此喻帝王把握的权力。

445 君人者：天子。

446 黈（tǒu）纩（kuàng）：天子冠冕上的黄色棉球，垂两旁以示不听无益之言。

447 不内顾：不顾盼亲私之人，一心关注国事。

㊽448 容：仪容举止。

449 节涂：节制行车。

450 却：退。走马：指戎马。粪车：用戎马于农耕。

451 騕褭（niǎo）、飞兔：皆骏马名。

452 殄：灭绝。

453 槎枿：树木砍后残根新生的枝芽。

454 麑胎：幼小的野兽和怀孕的母兽。

455 蕃庑：滋长茂盛。

456 阜滋：蕃盛。

457 饶衍：富庶。

458 雍熙：和乐貌。

459 奸慝：奸诈邪恶。指王莽。干命：逆犯天命。

460 皇统：指汉王朝历代相传的世系。

461 玄谋：阴谋，指王莽暗中改号篡权。

462 二九：王莽篡位称帝十八年。谲：变化。

463 圣皇：指汉光武帝。天阶：帝位。

464 祚：皇位。

465 剿：劳累。偷乐：苟且淫乐。

466 蘖栽：幼苗。

467 丕显：大明之道。

468 制：裁衣。泰：宽大。

469 相如：司马相如。

470 隤：倒塌。

471 乱：古代乐歌之卒章，后称辞赋的结尾为“乱”。罝、罘：皆捕捉野兽的网。

472 风规：风教、成规。

473 愆尤：过失。

474 济：益。陵：超过。

⑮ 柝：巡夜者敲打的梆子。

⑯ 西朝：西汉。

⑰ 是：肯定。

⑱ 鲍肆：卖咸鱼的商店。

⑲ 玩：习惯。

⑳《咸池》：传说中黄帝时代的乐曲名。蛙咬：淫邪之声。

㉑ 子野：师旷，春秋时著名的乐师。

㉒ 酲：醉酒，病酒。

㉓ 罢：同“疲”。

㉔ 褫（chǐ）：夺。

㉕ 三坟、五典：相传为古书名，后人附会称三坟为伏羲、神农、黄帝之书，五典为少昊、颛顼、高辛、尧、舜之书。

㉖ 炎帝、帝魁：传说的上古帝名。

㉗ 余论：高见。

㉘ 大庭氏：传说的上古帝王名，即炎帝。一说是国名。

㉙ 走：犹仆，自谦之词。

㉚ 达：明白事理。

【语译】

听了凭虚公子这番陈述，安处先生此时似乎无话可说，迷惘惆怅一会儿后，他微笑着说：“你讲的是些没有根底学问的表面认识，只称赞耳闻的西京之事，而看不起眼见的东京之事。如果只凭耳闻肤受的一般感觉，而不深入思考体验，不能用礼义的标准来审度，就会鄙薄当今而过誉往昔。由余是西戎一个孤陋之臣，尚知嘲讽秦穆公大肆建造宫室，你博通古事，理应温故知新，明判是非，为何却这样糊涂呢？

“西周末年，幽王和厉王昏愦腐败，不能实行仁政，以致政事邪僻不正。先是被女色迷惑，继而宠信奸佞，终于被西秦灭亡。秦据西京城邑之险，如虎添翼，择诸侯各国攻之，吞灭了周围侯国郡邑。这时，七雄并峙，竞相建造豪华宫殿，攀比骄奢，不顾礼法。楚国营造章华高台于前，赵国建筑更加气派的丛台于后。秦王嬴政以天下为角斗场，像只利嘴长爪的雄鸡，终于独据场地。他想永享荣华富贵，不让天下任何国家超过自己。于是又建阿房宫，造甘泉殿，接连高耸的云阁，冠盖终南山，屹立于天地之间。他把天下的赋税取尽，把人力耗竭。他还超额收取过半赋税，并用灭族的酷刑加以威逼。他对待老百姓，好像薙氏之芟除野草，把它们堆积在一起，然后纵火烧掉。惊恐的老百姓，如刀加颈，尽管天地高阔，却不敢挺胸阔步，时刻提防被他杀头。他驱赶人们服兵役劳役，要他们充当马牛般的苦力。百姓已难以忍受。因此到了大汉才有息肩之快，真心实意拥戴汉高祖。

“高祖受上天之命而诛伐强暴。他高举赤色的旗帜，号称汉王，发号施令，进攻的必然消亡，保护的一定更加牢固。扫荡项羽残军于垓下，降服子婴于轵道亭旁。大汉初立，因秦都而建宫室，占其官仓府库。建东都洛阳之事，还无暇顾及。因而西秦工匠营造宫室，他们看惯阿房宫那样的豪华建筑，所以咸阳的宫阙都超过规模，不合法度礼仪。虽然高祖对旧宫室体制一再减削，还是超过周朝庙堂的规格。观者以为狭小简陋，高祖仍批评说过于奢华而心感不安。

“我高祖皇帝，接受上天之命缔造国家，统一了整个华夏。文帝俭约勤勉，天下呈现升平景象。武帝大力开拓疆域，封禅泰山，天下肃然而定。宣帝用威武招徕四夷，戎狄呼韩邪单于来朝进贡。高、文、武、宣四代皇帝，相继称宗，神主永置于庙中，功勋铭刻在彝器之上，世代久传，光辉弥增。如今公子不顾四代皇帝纯正的美德，非议他们的微小过失，把春秋所忌讳的事情作为美谈。你否定历史，因而蔽前人之善而扬其恶，这正说明你根本不懂立言。

“假如一定以豪奢为美，那么黄帝的合宫、虞舜的总期，根本就不如夏桀的瑶台、商纣的琼室。商汤、文武又为何革夏桀、商纣之命而动用武力呢？何不看看东京的俭约，悟西京的奢泰！天子实行仁政王道，则四海归附。守护帝业靠的是仁义，而不是凭险关要隘。如果民心不服，即使地势险峻，又有何用？秦国倚仗函谷武关的险固，还是抵挡不住刘邦项羽的进攻。当初秦国偏据西京，规模狭小，怎如东京居于中原，可以图谋整个天下。

“昔日周成王经营洛邑，巡视了九州，察看了每一个地方。他用土圭测定日影，认定这里是天下的正中，不缩不盈，风雨交会，才建造王城于此。他审察了地形的曲直高低，看到这里面向洛水，背靠黄河，左有伊水，右有瀍河，西有九阿坂，东有旋门坡。盟津处于后，太谷通达于前。迂曲的大道连到伊阙山，斜伸的小径通向轘辕坂。

“嵩山为重镇，熊耳山为其表。底柱山遏住黄河流水，大伾山如利剑横插其间。这里有温泉池水，黑丹缁石。穴居王鲔，三脚能鳖。神女宓妃居住在这里，周成王迁洛神告以七百年之纪。龙马负图授伏羲，神龟背书赐夏禹。召伯占视宅地，只有洛邑是吉祥之处。周公初来营建洛邑，绳量其地亦合礼制，苌弘、魏舒扩建王城，宽阔至极。城内通南北的大道可并行九辆大车，城上角楼长宽九雉。明堂用的竹席九尺，宫室用的几俎七尺。庄严雄伟，天下注目。汉初未都洛阳，宗庙法统几乎中断。

“奸诈狡猾的王莽伺机窃取了天子之位，前后历经十八春秋，苟安于帝位。百姓不敢反抗或有二心，因为他窃取的是最大的权柄。世祖光武帝满腔怒火，忿然而起，如神龙穿过白水，凤凰飞越参墟。他把斧钺授予二十八将，像共工那样凶恶的王莽才被除掉。群凶亦全被消灭，没有遗漏。天下太平，阴阳调和，天子宜居天地正中。光武总览全局，全面观察，决定建都于洛阳。认为止居于此吉祥之城，定有光明前途和长久之福。既光大武德，平息各地叛乱，又使仁义道德隆盛，普沾海内。登泰山而祭天，封禅勒功于碑石，可与黄帝同尊。

“到君位传至明帝，天下更加兴旺。在这鼎盛时期，翻新了崇德殿，建造了德阳宫。打开南端的正门，新立严整的中门。发扬天子的仁惠，立崇贤门于东，高标君王的德义，立金商门于西。飞架云龙门于通往东方的路上，陈设神虎门把守于西方。立双阙于宫门之前，挂六章法典于其上。宫内有含德、章台、天禄、宣明、温饬、迎春、寿安、永宁等诸殿林立。阁道架设在半空中，天子神行于飞阁，人们难见他的身影。濯龙、芳林禁苑、九谷、八溪美池，点缀园中美景。芙蓉覆盖碧水，秋兰遍布池边。浅水鱼儿跳跃，深渊龟鳖漫游。永安是一座秀美的离宫，周围的修竹冬天更加苍翠。浅泉倾泻，清幽静洁。这里秋天鹎鶋栖息，春季鹘鸼和鸣。雎鸠丽黄，关关嘤嘤地鸣叫。

“南面有前殿灵台、和欢宫、安福殿，宣阳门内设有冰室、曲折回环的水榭、环绕四周的城池。奇树珍果，有小苑职官钩盾专管。西登少华山，凉亭候楼修治整饬一新。庄严的九龙门内，迎面巍然耸立着嘉德殿。西南的门户，不加雕饰，显得古朴大方。明帝崇尚节俭，就在这里安居止息。城东洪池禁苑，渌水澹澹，清澈见底。园内水禽繁衍，外面芦苇茂密。可进献的是鱼虾龟鳖，可供奉的有蛤蚌和菱茨。西边则有宽阔的平乐台，展示着远方景物的奇观。龙雀举翼欲飞，铜马奋蹄奔驰。奇光异彩，变幻莫测，灿烂辉煌。显得豪华而不淫靡，俭约而不简陋。规矩遵循先王的法度，行动符合礼义的本意。在此观赏典礼，礼法仪理齐备周全。

“创建宫室的时候，不紧不急，不限日期。这样从容不迫，尚觉工匠很劳苦，居住者过于安逸。仰慕尧舜住的是茅棚草屋，思念夏禹安居于低矮的陋室。于是营建明堂、辟雍、灵台三宫，施教布礼。庙宇宫室，重檐叠梁，九室八窗，上圆似天，下方如地。随四时季节，发布各项政令。清水池上，船造浮梁，碧水缓流。左边有教授弟子的辟雍，右边有耸立着观测天象的灵台。举用上进的后生，拒退衰朽的老者，奖励贤德，选拔人才。冯相测出不祥的征兆及时预防，祈求福禄，消除祸灾。

“孟春元旦，公卿纷至，百官相互师法，齐向君主朝拜。四周藩国也遣使来朝，远方领主带来人质以示臣服，自称臣子，进献宝物。朝拜者数以万计，在殿下分成长长两列。九宾众多，主宾客的官吏成行。钟架上崇牙张设，殿堂上摆着大钟大鼓。侍卫将士夹阶而立，兵器交加，华车花轿满庭院，旌旗拂着云霓。

“正月初一之晨，在火炬光照的庭院里，撞击洪钟，擂响大鼓，轰轰之声，震动八方，仿佛滚滚的霹雳，似是呼啸的狂风。此时，侍卫已清理道路，禁止人们行走，天子便在东厢步下御辇。他头戴通天冠，腰间佩带玉玺，挂着干将宝剑。背靠屏风，坐着竹席。左右陈设玉几，天子面南听取大臣陈述政见。

“然后诸侯步入朝廷，司仪为他们分列等级，按照身份的尊卑，分开而立。璧玉、羔羊、皮帛早已摆好，天子上前施三揖之礼。威仪盛大，堂皇庄重，徐行有节，容貌舒张，真是天下之壮观。司仪引公侯卿士登东阶而进，天子向臣僚了解天下事，询问朝政得失，诚心关恤百姓，为他们排除疾苦。百姓如有得不到恩泽，皇上便觉得如同把他们推下沟壑。肩负着治理天下的重任，岂敢松懈怠惰，贪图安逸。在百姓饥饿的时候，打开粮仓府库，不分贵贱，恩赐百官，施及差役奴隶。命令膳夫大摆筵席，熟肉生牲，公卿大夫之家一一送到。春酒醇美，烤肉芳香。君臣欢乐，上下和悦。千品万官，公事完毕而退，各自省察其身，自强不息，勤勉奋进。天子倡导的清风同玄远的天德融合，淳厚的风化通于自然之道。效法古代圣王，步尧舜的轨迹。凡事三思而行，减少过失。选拔地位低微而有德才之士，树直言敢谏之风。聘请招揽隐居于丘园的贞洁之士，璧玉束帛等聘礼如山堆积。上下通情，君臣相安，融和安乐。

“在将要祭天德，报地功，向上天祈求赐福的时候，天子思念着如何烧柴升烟，以牲体玉帛祭供，尽其忠敬，考虑着恭敬的仪式要一一做完，庄重的礼节要切实行尽，然后满怀精诚之心，正式祭祀天神说：‘诚然，我是天帝的儿子。’于是整理祭服，端正冠冕，围系衣带。冠上饰物华丽，衣上花纹鲜艳，带子挂着玉佩。副车竖翠羽为盖，如同高飞的云朵。绘着日月星辰的太常旗树起，垂下的流苏随风飘摇如火花闪烁。六匹高大的黑马神采焕发，奔驰摇头作姿态。

“刻有龙头的车辕上安装着华美的穿缰绳环儿，马头车子饰物华贵，马腹带上铃銮叮当悦耳。雕镂着奇异花纹的车子，羽盖葳蕤，伞把曲折，饰以雕花之玉。随季节的变化更换车服，旌旗饰有龙纹，马具缀着饰缨。立戈斜矛，天子乘坐简朴的农舆到田里亲耕，随从车驾八十一辆，浩浩荡荡如军队出征。弓弩藏在车上的箱箧里，以朱色旄牛尾装饰的旃旗林立，以青色绢帛为衬里的车盖高高撑起。引道者排列完毕，先行车便启动出发。竖着鸾凤旗的虎皮车在前，曲柄的红旗飘荡，云罕、九斿旗高举，短剑长戟参差如林。披发勇士在前开路，头插鹖毛的卫兵守在两旁。取皇厩蒲梢作骖，它身上装饰的流苏左右摇摆。轻捷武车排列于后，急促的鼓声喧天。兵士穿甲戴徽，敲打金钲，举起斧钺，清途除道，安排行列。队伍庄严肃穆，车辆辚辚作响。后队未出城阙，先锋已辗转到达郊界。盛赞夏禹的美政，对神明毕恭毕敬。

“口吹孤竹山竹管做的箫，手弹云和山美木制的瑟，咚咚敲响八面鼓，乐奏六变群神全都呈现。头戴建华冠，手持雉鸡尾的舞者，表演天子八佾乐舞。天地祭毕，又依次祭祀群神。祭祀的烟云飘扬，升到九重天府。神灵接受祭祀，享用芬芳的气味，把最大的幸福赐给贤明的人主。

“尊祭天帝于明堂，把光武皇帝列入配祭。辨别四方正中之位以正法则，五方之精灵聚集明堂。尊奉赤帝的荣光，四灵感到愉悦欢快。天时有四季，春完夏至，秋去冬来。君子感此物新，则思祭其先祖。天子亲临宗庙，祭祀亲人亡灵，追念事养之恩，以尽孝道。祭品仔细辨查，又将福衡拴于牛角。烧烤全猪，加上调料，味道鲜美。祭器洗得洁净，礼仪明确完备。表演盛大的万舞何等雄壮，钟鼓的巨声动地震天。先帝之灵，都来受用祭祀。神灵满意沉醉，降下福禄更多。

“到了农祥出现于南方中天的时候，地气上升，土润如膏。天子便乘銮舆，驾着苍龙，带上锋利的农具，亲临天田行耕礼，并推耜三下，象征耕种了千亩农田。陈置丰盛的祭品，思念着自己要亲耕勤劳。田头万民受到鼓舞，都更勤勉地耕耘。

“早春天气刚刚暖和，便行大射之礼，天子与诸侯合射于学宫。树起钟架，四面悬挂钟磬。震响的钟鼓，插着羽毛。礼物齐备，全都加以容饰。伯夷起立作礼相，后夔端坐为乐工。在大庭院里，树起大靶，并用彩色将靶心画成五环。又树起皮革屏障，供报靶者掩体。钳拔箭矢的工具亦已准备，恭候天子驾临。

“皇舆清晨备驾，停于东阶之下。待到启明星落，朝霞消失，天子便登驾套好的六马玉辂。御者挥动鲸鱼槌，擂响大华钟，大丙驾车缓缓而行，风后紧紧跟在近旁。天子随摄提、玉衡转运所指的方向来到射礼学宫。礼仪开始，行礼乐器皆已布陈。《王夏》之声刚落，《驺虞》之歌又起。决拾戴在手上着于臂肩，拉满雕弓射靶。暮春时节萌生的草木，皆通达生长，这是天子的仁德感化了万物。振兴射礼，既可进用明德之士，又能涤除贪婪之徒。仁德广布到远方之国，道义传遍海内各地。当日月会合于苍龙座龙尾时，抚恤百姓的辛劳。农事结束休养生息，共饮春酒以助欢乐。天子操刀宰割，面向父老举杯。至尊的天子，屈身迎送三老。谦恭而庄重的威仪，在百姓面前一丝不苟。国叟三寿相聚，彼此亲切和乐，天子的教化遍布天下。

“文德昭彰，武功发扬。春夏三秋农事之余，习武扬威于中原。岁到仲冬，阅兵于西园。虞人主掌山泽，告诫百官，准备田猎。把禽兽驱赶到灵囿，让它们集中在一起，田猎用的器具齐备。

“于是就驾驭疾飞的兵车，抚御轻便的猎车，在猎场上纵横奔驰。两马驾一车，更显得健壮娴熟。戈矛如林，军旗蔽日。到上林苑内，集中士卒赶造临时宿营。虞人安排各营，门前立旌旗做标志，司铎授意弹奏乐器。止行进退，靠钟鼓铎钲发布号令。三令五申，如不执行命令，必斩之如杀牲。排列队伍，遍告官吏士卒，教令下达，军法成立。火把高举成列，武士星罗棋布。鹅鹳鱼丽阵势，如同簸箕张开大口，飞鸟舒展双翼。车轮滚动扬起的尘土，落下掩盖其辙。从容不迫，箭不横射，中不伤毛。驰射皆遵礼法，不为滥杀。进献宗庙六种飞禽，供四时所食之牲。马儿不困倦，士卒不疲劳。岁猎三次，撤网把祥瑞之兽放生。不穷奢极欲而尚节俭，不杀尽禽兽以示仁慈。敬仰商汤仁爱施及禽兽，让田猎者去三面之网；效法周文王猎于渭水，不在获取熊虎，而在得到贤臣。恩泽及于昆虫，威望振动八方。行乐而不荒淫，文事武功兼备。回忆当年周宣王狩礼敖地，周成王狩礼岐阳，都鄙陋狭小，较之汉天子如此规模的狩猎何足称道？

“岁末行大傩，驱除鬼疫。方相持斧钺，巫觋操笤帚。童男童女执戈而舞，头披赤巾，身着黑衣。桃弓棘箭，所发无不射中靶子，飞石散落如雨，击毙恶鬼瘟神。驱疫者高举火把如流星飞驰，四处驱除妖魔。然后越过天池，跨过天桥，追击魑魅，捕杀猸狂，斩断蝼蛇。砸烂方良的脑袋，囚禁耕父于清泠，沉溺女魃于神潢。杀死夔魖罔像，刀砍野仲，歼灭游光。八方之神怪恐惧，何况小鬼毕方。它们坐卧不安，心烦意乱。取度朔山上桃木，造避邪的木偶，让郁垒和神荼二神把守。手拿绳索，睁大眼睛，四处察看，把漏网的鬼怪一一捆缚。从此高屋巨厦宁静，再无害人的恶魔厉鬼。

“于是阴阳交和，万物依季节而生长发育。占卜问祥，终归吉利，天子便乘车出发，巡幸泰山，劝农于田野。统一度量衡器和车轨，让万民贫富苦乐均等。考察各地官吏，废免昏庸无能者，提升明智有功者。回环往复，奖罚分明。远望西都长安，怀念古人往事。待秋风从西方吹来，怀诚心奉祀高祖。仲春时节，万物萌生，蛰虫纷出。看见庄稼长势喜人，便想到秋天的收成，稻麦的丰登。嘉奖农民勤劳不懈，赏赐农官忠于职守。

“左望日出的旸谷，右看日落的玄圃。想着遥远的未来，规度万代的大法。天子回到宫廷，休息享福。天降黄龙鸾凤祥端吉兆，以应他的美德。养林氏山的仁兽驺虞，驾驭泽马腾黄。鸾鸟鸣叫于女床山，凤凰起舞在丹穴岭。在春圃栽植瑞木华平，让中庭的朱草更加茂盛。仁爱之风弥漫天下，恩德之泉流到边陲。与北方丁令人和睦，与南方越裳人友好。盛德远及西方大秦，东方乐浪。各方盟主，语言不通，也要让人辗转翻译，前来朝拜。

“谈到迁京之事，则与殷庚共同法度。克服奢靡，提倡俭约，合乎《斯干》之美。登泰山而祭天，至梁父而祭地，功德与黄帝一样。以无为为功，以无事为业，永远得民心而安宁。崇尚节俭，倡导素朴，牢记仲尼克己复礼的训诫，效法老子知足常乐之高行。要使自己不乱心志，不闻淫声，不看美色。贱视犀角象牙，不重珍珠宝玉。把黄金璧玉都丢到荒山峡谷。不取翡翠的羽毛作装饰，不猎取玳瑁以为玩物。看重的是教化贤德，视为宝物的是五谷。百姓去末返本，心怀忠信，实朴谨慎。当此之时，天下和乐，万众欢呼：‘啊！汉帝国多么仁德、完美！’

“瑞草蓂荚难栽，太平盛世方生，已经多年没有见到，唯我大汉皇帝能把它种植，让它长遍宫殿阶旁，用以辨别大月小月。王道为何不能使人臣服，教化为何不能使人和顺，仁义之声随风飞翔，恩泽从云施播。万物皆赖皇帝恩惠所得，无复他求。皇上恩德如天覆地，如烛光照射。三王的仁德影响比它小，五帝的声望远远赶不上。追忆二皇遥远的事迹，谁说今日圣驾比不上？东京之美的盛况难说尽，只因我有病不能详细描述，所以粗略地向宾客说其概况。

“要说沉溺于游乐，纵欢无度，心思散乱而不醒悟收敛，日后必遭灾祸。至于有人主张及时行乐，这话足以亡国，我决不苟同。人有提瓶打水的小本领，还保守而不轻易传给别人，何况继承帝王宏伟大业，而可轻忽天子的尊位？仰望高祖世祖二帝，功劳那样高大，却小心翼翼，总像骑马奔驰而无缰绳辔头可控制一样。传说白龙化鱼，游于清泠之渊，被豫且射中眼睛。万乘之君无畏，但要警惕一夫作难。整日不离重物，独自出游往何处去？人君垂黈纩于耳畔，不听谗言，在车上不顾盼亲私之人，不纠缠臣下私事。身带佩玉，以节制容仪举止，车上鸾铃，使车马跑得更有节奏。行走不改变佩玉的节拍，驾车不扰乱步伐。退戎马以驾粪车，即使騕褭飞兔良马也在所不惜。用财取物时，想到不让财缺物尽；征收赋税、调发民夫时，牢记不要滥用百姓的人力财力。要取之以道，用之以时。上山伐木，不能连老根小树砍掉，打猎也不要射死幼小或怀胎的禽兽。要让草木茂盛，鸟兽繁殖。百姓不以服役为苦，就会进献财物于官府。朝廷百姓都富裕，就会上下愉悦和乐。君主一贯施恩，民心就会始终如一，忠于汉室，感激明君，怀抱忠贞节义志向。他们恨奸佞逆犯天命，惜汉家皇统改变。

“王莽靠阴谋篡位夺权，统治天下达十八个年头。圣明的光武帝，登上皇帝宝座，使汉家君位得以继承，这样王朝帝业才前途远大。

“如今公子如果搜刮民财，供自己挥霍，就忘记了百姓会由怨气产生仇恨情绪。穷奢极欲，骄逸淫乐，忽视下民背叛，最后就会酿成变故。水可以载船，也可以翻船。坚冰是从脚下的薄霜积累而成的，大树是从幼苗长成的。祖先夙兴夜寐，行大明之道，后代子孙犹会懈怠不为，何况初时奢泰，后世怎不难以俭约？犹如起初把衣服裁得很宽大，做成以后改小就不容易了。所以司马相如述说上林苑的壮观，扬雄排比华丽的辞藻极写羽猎的闳丽。这两篇大赋的末尾虽然都有‘隤墙填堑’‘收罝解罘’等语，但终究无补于讽谏，反而为人怨恨。臣子如若奢靡过度，超越人君，就会忘记治国之本，因而王莽趁机篡逆。东边函谷关刚刚报警，西边朝廷已被颠覆。人们都认为自己所学是正确的，身体也安适于习俗。咸鱼铺里的人，久闻而不知咸鱼的腥臭，人总习惯于久居的环境。古时黄帝的乐曲《咸池》与民间俗乐音律不同，显得更美妙雅正，而一些人对此高雅之曲却持怀疑态度。不疑惑的，大概只有著名乐师师旷一类人吧。”

凭虚公子沉醉于这番大道理，饱尝了文教之义，闻东京之礼法受到勉励，闻西京之事而受到告诫，他既高兴而又畏惧。茫茫然如同醉酒，感到困顿疲倦，又似魂飞魄散，竟忘了还要说些什么，再也不敢吹嘘夸饰。过了很久他才说：“我多么浅薄啊，习惯于不合礼法的风俗，因而受此迷惑，今日才有幸得到您的指教。我过去听到的，全都是些华而不实的话，而先生说的却是真实有据。我孤陋寡闻，现在才知道大汉的神德尽在这里。以往人们都为‘三坟’‘五典’失传，无从得知炎帝和帝魁的仁德美政而深感遗憾，现在听了先生高论，大庭氏也就不这样高明了。我虽然不聪敏，但全都明白了。”

【评析】

《东京赋》与《西京赋》两篇，结构前后照应，内容相互承接，都是告诫统治者不要穷奢极欲，荒淫过度，深含讽谏之意，表现着同一主题。《东京赋》通过对洛阳的描写，反映东汉的社会现实。篇首针对凭虚公子“贵耳而贱目”“有胸而无心”，不明是非，不辨贤愚，不顾礼法谬称西京奢华一事，列举周姬之末“政用多僻”，西秦“思专其侈”而破灭，斥责秦朝统治的残暴，对人民“若薙氏之芟草”。严正批评凭虚公子不知立言，“蔽善而扬恶”，“以肆奢为贤”。继而历数刘邦建汉，文帝恭谨，武帝拓宇，宣帝抚和戎狄，热情歌颂他们的功业德行，认为“天子有道，守在海外；守位以仁，不恃隘害”，强调君主要“克己复礼”，尊先王之法度，行仁政之道。进而对周成王营建洛邑，王莽窃国篡位，光武建都洛阳，明帝筑造宫室，以及藩国朝见天子、祭祀、田猎、巡狩等，详加叙写。最后，以凭虚公子“醉于大道，饱于文义”“忘其所以为谈，失其所以为夸”结尾，完成礼义仁政主题的表现。全篇极尽铺张扬厉之能事，文笔、情调颇富于变化。叙写祭祀、田猎、驱鬼、巡狩等人事活动，文辞典雅古奥，甚至有些苦涩；而描写林苑池沼，溪谷花木，飞禽走兽，则笔调清新明快，轻松舒缓，使人感到真实亲切，增强了感染力。末尾几段，紧紧联系铺陈的景物，发表精辟的议论，既总结了二京赋的内容，又深化了全赋的思想意义。

卷第四

南都赋一首

作者：张平子　　注译评析：樊运宽

於显乐都[1]，既丽且康。陪京之南[2]，居汉之阳[3]。割周楚之丰壤[4]，跨荆豫而为疆[5]。体爽垲以闲敞[6]，纷郁郁其难详[7]。尔其地势，则武阙关其西[8]，桐柏揭其东[9]；流沧浪而为隍[10]，廓方城而为墉[11]。汤谷涌其后[12]，淯水荡其胸[13]；推淮引湍[14]，三方是通[15]。

其宝利珍怪，则金彩玉璞[16]，随珠夜光[17]。铜锡铅锴[18]，赭垩流黄[19]；绿碧紫英[20]，青雘丹粟[21]；太一余粮[22]，中黄珏玉[23]。松子神陂[24]，赤灵解角[25]。耕父扬光于清泠之渊[26]，游女弄珠于汉皋之曲[27]。

其山则崆峣嶱嵑[28]，嵣嵣嶚剌[29]；岝峉嵬嵬[30]，嵚巇屹嶱[31]。幽谷嶜岑[32]，夏含霜雪。或峮嶙而纚连[33]，或豁尔而中绝[34]。鞠巍巍其隐天[35]，俯而观乎云霓。若夫天封大狐[36]，列仙之陬[37]，上平衍而旷荡[38]，下蒙笼而崎岖[39]；坂坻巀嶭而成甗[40]，溪壑错缪而盘纡；芝房菌蠢生其隈[41]，玉膏滵溢流其隅[42]；昆仑无以奢[43]，阆风不能逾[44]。

其木则柽松楔樱[45]，槾柏杻橿[46]，枫柙栌枥[47]，帝女之桑，楈枒栟榈[48]，柍柘檍檀[49]。结根竦本，垂条婵媛[50]；布绿叶之萋萋，敷华蕊之蓑蓑[51]。玄云合而重阴，谷风起而增哀。攒立丛骈[52]，青冥肝瞑[53]。杳蔼蓊郁于谷底[54]，森蓴蓴而刺天[55]。虎豹黄熊游其下，縠玃猱狿戏其巅[56]；鸾鹫鹓雏翔其上[57]，腾猿飞蝙栖其间[58]。其竹则籦笼篁篾[59]，篠簳箛箠[60]。缘延坻坂[61]，澶漫陆离[62]；阿那蓊茸[63]，风靡云披。

尔其川渎，则滍澧藻[64]涊，发源岩穴。潜藘洞出[65]，没滑瀎潏[66]。布濩漫汗[67]，漭沆洋溢[68]。总括趋欱[69]，箭驰风疾。流湍投濈[70]，砏汃翃轧[71]。长输远逝，漻泪淢汩[72]。其水虫则有蠳龟鸣蛇[73]，潜龙伏螭[74]，鲟鳣鳎鳙[75]，鼋鼍鲛蠵[76]；巨蚌函珠，駮瑕委蛇[77]。

于其陂泽[78]，则有钳卢玉池[79]，赭阳东陂[80]。贮水渟洿[81]，亘望无涯[82]。其草则藨苎薠莞[83]，蒋蒲蒹葭[84]，藻茆菱芡[85]，芙蓉含华。从风发荣，斐披芬葩[86]。其鸟则有鸳鸯鹄鹥[87]，鸿鸨驾鹅[88]，鹈鹕鹔鹴[89]，鹔鹈鸥鸬[90]，嘤嘤和鸣，澹淡随波[91]。其水则开窦洒流[92]，浸彼稻田。沟浍脉连[93]，堤塍相輑[94]。朝云不兴，而潢潦独臻[95]，决渫则暵[96]，为溉为陆[97]。冬稌夏穱[98]，随时代熟[99]。

其原野则有桑漆麻苎，菽麦稷黍。百谷蕃庑[100]，翼翼与与[101]。若其园圃，则有蓼蕺蘘荷[102]，藷蔗姜䔿[103]，菥蓂芋瓜[104]；乃有樱梅山柿，侯桃梨栗[105]；梬枣若留[106]，穰橙邓橘[107]。其香草则有薜荔蕙若[108]，薇芜荪苌[109]。晻暧蓊蔚[110]，含芬吐芳。

若其厨膳，则有华芗重秬[111]，滍皋香粳[112]，归雁鸣鵽[113]，黄稻鲜鱼，以为芍药[114]。酸甜滋味，百种千名。春卵夏笋[115]，秋韭冬菁[116]。苏蔱紫姜[117]，拂彻膻腥。酒则九酝甘醴[118]，十旬兼清[119]。醪敷径寸[120]，浮蚁若萍[121]，其甘不爽，醉而不酲[122]。

及其纠宗绥族[123]，禴祠蒸尝[124]，以速远朋[125]，嘉宾是将。揖让而升[126]，宴于兰堂[127]。珍羞琅玕[128]，充溢圆方[129]。琢雕狎猎[130]，金银琳琅[131]。侍者蛊媚[132]，巾幘鲜明[133]，被服杂错，履蹑华英，儇才齐敏[134]，受爵传觞[135]。献酬既交，率礼无违[136]。弹琴擫籥[137]，流风徘徊[138]。清角发徵[139]，听者增哀。客赋醉言归[140]，主称露未晞[141]。接欢宴于日夜，终恺乐之令仪[142]。

于是暮春之禊[143]，元巳之辰，方轨齐轸[144]，祓于阳濒[145]。朱帷连网[146]，曜野映云。男女姣服，骆驿缤纷；致饰程蛊[147]，偠绍便娟[148]。微眺流睇[149]，蛾眉连卷[150]。于是齐僮唱兮列赵女[151]，坐南歌兮起郑舞[152]。白鹤飞兮茧曳绪[153]。修袖缭绕而满庭，罗袜蹑蹀而容与[154]。翩绵绵其若绝，眩将坠而复举。翘遥迁延，蹩躠蹁跹。结《九秋》之增伤[155]，怨《西荆》之折盘[156]。弹筝吹笙，更为新声。《寡妇》悲吟[157]，《鹍鸡》哀鸣[158]。坐者凄欷，荡魂伤精。

于是群士放逐，驰乎沙场。騄骥齐镳[159]，黄间机张[160]。足逸惊飙[161]，镞析毫芒[162]。俯贯鲂鱮[163]，仰落双鸧[164]。鱼不及窜，鸟不暇翔。尔乃抚轻舟兮浮清池，乱北渚兮揭南涯[165]。汰瀺灂兮船容裔[166]，阳侯浇兮掩凫鹥[167]。追水豹兮鞭蝄蜽[168]，惮夔龙兮怖蛟螭[169]。于是日将逮昏，乐者未荒。收欢命驾，分背回塘[170]。车雷震而风厉，马鹿超而龙骧[171]。夕暮言归[172]，其乐难忘。此乃游观之好，耳目之娱，未睹其美者，焉足称举。

夫南阳者，真所谓汉之旧都者也。远世则刘后甘厥龙醢[173]，视鲁县而来迁。奉先帝而追孝[174]，立唐祀乎尧山[175]。固灵根于夏叶[176]，终三代而始蕃[177]。非纯德之宏图，孰能揆而处旃[178]。

近则考侯思故[179]，匪居匪宁。秽长沙之无乐[180]，历江湘而北征。曜朱光于白水[181]，会九世而飞荣[182]。察兹邦之神伟[183]，启天心而寤灵[184]。

于其宫室，则有园庐旧宅，隆崇崔嵬。御房穆以华丽[185]，连阁焕其相徽。圣皇之所逍遥[186]，灵祇之所保绥[187]。章陵郁以青葱[188]，清庙肃以微微[189]。皇祖歆而降福[190]，弥万祀而无衰[191]。帝王臧其擅美[192]，咏南音以顾怀[193]。

且其君子，弘懿明睿[194]，允恭温良，容止可则[195]，出言有章[196]，进退屈伸，与时抑扬。方今天地之睢剌[197]，帝乱其政[198]，豺虎肆虐[199]，真人革命之秋也[200]。尔其则有谋臣武将，皆能攫戾执猛，破坚摧刚。排揵陷扃[201]。蹴蹈咸阳[202]。高祖阶其涂[203]，光武揽其英[204]。是以关门反距[205]，汉德久长。及其去危乘安，视人用迁。周召之俦[206]，据鼎足焉[207]，以庀王职[208]。缙绅之伦[209]，经纶训典[210]，赋纳以言。是以朝无阙政[211]，风烈昭宣也[212]。

于是乎鲵齿眉寿鲐背之叟[213]，皤皤然被黄发者[214]，喟然相与歌曰："望翠华兮葳蕤[215]，建太常兮裶裶[216]。驷飞龙兮騤騤[217]，振和鸾兮京师[218]。总万乘兮徘徊，按平路兮来归。"

岂不思天子南巡之辞者哉？遂作颂曰："皇祖止焉[219]，光武起焉。

据彼河洛，统四海焉。本枝百世，位天子焉。永世克孝[220]，怀桑梓焉[221]。真人南巡，睹旧里焉[222]。”

【篇旨】

描写南阳社会人文的繁荣，自然地理的险固，歌颂汉光武帝的丰功伟业。

【注释】

① 於（wū）：叹美之词。显：著名。乐都：指南都。

② 陪京：指东京洛阳。

③ 阳：山的南面或水的北面。

④ 割周楚：周朝时南阳郡北部属周地，包括今陕西一带，南部属楚地，包括今湖北一带。南阳郡治南阳居中，把周楚分开，故曰“割周楚”。

⑤ 跨荆豫：湖北古时为荆州，河南古时为豫州，南阳郡地处荆豫二州交界，北属豫州，南属荆州，故曰“跨荆豫”。

⑥ 体：地形。爽垲（kǎi）：高燥明亮。

⑦ 纷郁郁：众多盛美貌。

⑧ 武阙：山名，在陕西东部近河南交界处。

⑨ 桐柏：桐柏山。在河南桐柏。揭：表，引申为屏障。

⑩ 沧浪：即汉水。隍：护城壕。

⑪ 廓：扩张。方城：山名，在河南叶县。墉：城墙。

⑫ 汤谷：水名，源出河南南阳紫山。

⑬ 淯水：又名白河，源出河南嵩县攻离山。

⑭ 淮：水名，源出河南桐柏山。湍：水名，源出河南内乡西北山中。

⑮ 三方：南、西、北。

⑯ 璞：未琢磨的玉。

⑰ 随珠：即随侯之珠，亦称月明珠。《淮南子·说山训》高诱注，随侯见大蛇受伤，为它上药包扎。蛇愈，夜衔大珠来报答，因称此珠为随

侯珠。

⑱ 锴：精铁。

⑲ 赭：赤土。垩（è）：白土。

⑳ 绿碧、紫英：皆精美的玉石。

㉑ 青雘：一种可作颜料的矿物。丹粟：精细的朱砂。

㉒ 太一、余粮：两种可入药的石性矿物。

㉓ 中黄珏（jué）玉：指太一、余粮外如珏玉而中含黄粉。

㉔ 松子：亭名，在蔡阳县界。陂：水池。一说是堤岸。

㉕ 灵：龙。解角：脱角。

㉖ 耕父：神名。清泠之渊：在南阳西鄂山上。

㉗ 游女：汉水女神。皋：水旁高地。曲：河曲，曲折隐秘的地方。

㉘ 崆（kōng）峣（yáng）：山石险峻貌。嵑（kě）嵑（kě）：山高峻貌。

㉙ 嵣（dàng）嶙（mǎng）：山石广大貌。嶚剌（là）：山高而相戾。

㉚ 岞（zuò）崿（è）：山石不齐貌。嶵（zuì）嵬：山石高峻貌。

㉛ 嵚（qīn）巇（xī）：山峰对峙险峻貌。屹嶭（niè）：悬崖断绝貌。

㉜ 嶜（jīn）岑（yín）：高锐貌。

㉝ 峮（qūn）嶙：山相连接貌。纚连：连绵貌。

㉞ 豁尔：敞开貌。

㉟ 鞠：高貌。

㊱ 天封：山名。大狐：山名，一作大胡。

㊲ 陬：聚居。

㊳ 平衍：平而宽广。

㊴ 蒙笼：竹木枝叶茂密。

㊵ 坂（bǎn）坻（chí）：坡岸。巀（jié）嶭（niè）：高峻貌。甗（yǎn）：古代炊器，上大下小，比喻山形。

㊶ 芝房：灵芝，因形似小房而称。菌蠢：灵芝生长貌。

㊷ 玉膏：形容山泉洁净。

㊸ 昆仑：山名。奢：大。

㊹ 阆风：昆仑山上的一座高峰。

㊺ 柽（chēng）：木名，即河柳。又名春柳，枝叶可入药。楔（xiē）：樱桃。椶（jì）：木名，即水松。

㊻ 槾（wàn）：木名，即荆条树。杻（niǔ）：木名，似桑而细叶。橿（jiāng）：木名，即柞树。

㊼ 柙（jiǎ）：即香木。栌（lú）：一名黄栌，野生漆树。枥（lì）：同“栎”，即橡树。

㊽ 楈（xū）枒（yē）：即椰子树。栟（bīng）榈：即棕树。

㊾ 楧：梅树。柘：木名，桑属。檍：又名土橿，可作弓材。

㊿ 婵媛：树枝相互牵连。

51 蓑蓑：纷披下垂貌。

52 攒立、丛骈：皆状树木丛生貌。

53 阡（qiān）瞑（míng）：幽昧不明。

54 杳蔼：深远貌。蓊郁：茂密的样子。

55 蕁蕁：茂盛貌。

56 㲘（hù）：兽名，即白狐幼子。玃（jué）：大母猴。猱：猕猴。獑：猿类。

57 鸾鷟（yuè）：传说中的凤属。鹓雏：鸾凤之属。

58 飞蠝：即飞鼠。

59 篷笼：竹的一种，亦作“篷龙”。箽（jīn）：竹名，皮有如霜白粉。篾：竹名，即桃枝竹。

60 篠（xiǎo）、簳（gǎn）：皆小竹。箛箠：竹名。

61 缘延：布散貌。坻：半坡。坂：岸。

62 澶漫：布散貌。陆离：参差。

63 阿那：同“婀娜”。蓊茸：盛多貌。

64 溠：水名。古称泒水，今名沙河。源出河南桐柏山的胎簪山。瀙：源出河南泌阳的铜山。涢：水名。源出湖北随县石门洞，辗转入汉水。

65 潜虚（è）：水从山洞流出。虚：洞穴。

⑥⑥ 没滑、瀎潏（jué）：水疾流貌。
⑥⑦ 布濩（hù）：散布。漫汗：广阔。
⑥⑧ 漭沆洋溢：水大貌。
⑥⑨ 趋欲（hē）：河水向前奔流汇合他水。
⑦⓪ 溅：水往河床外流。
⑦① 砏汃輣轧：浪涛相激声。
⑦② 漻（liáo）泪淢（yù）汩（yù）：水流奔急貌。
⑦③ 蠳龟：龟名。鸣蛇：传说中的一种蛇。《山海经·中山经》："鲜水出焉，而北流注于伊水，其中多鸣蛇。"
⑦④ 螭：传说中无角的龙。
⑦⑤ 鲟：即鲟鱼。鳣：鲤鱼。鮷：鲶类，皮有纹。鳙：似鲢而黑，头大。即胖头鱼，亦叫大头鱼。
⑦⑥ 鼋：大鳖。鼍：鳄，即扬子鳄。鲛：鲨鱼。蠵（xī）：大龟。
⑦⑦ 駮：同"驳"，大。瑕：借为虾。委蛇（yí）：绵长。
⑦⑧ 陂（bēi）泽：池塘。
⑦⑨ 钳卢玉池：皆陂泽名。
⑧⓪ 赭阳东陂：皆陂泽名。
⑧① 渟涔：水停滞不流貌。
⑧② 亘望：极目远眺。
⑧③ 蘪：草名，又叫鹿藿，可编席。苎：麻属。薠：草名，即青薠。莞（guān）：蒲草。
⑧④ 蒋：菰属，即茭白。蒲：香蒲。可食用，叶可织扇子。蒹葭：荻芦。
⑧⑤ 藻：水草的总称。茆：莼菜。芡：俗名鸡头，子名芡实。
⑧⑥ 斐披：四方飘散状。
⑧⑦ 鹥：水鸥。
⑧⑧ 鸨（bǎo）：涉禽，似雁略大。駕鹅：野鹅。
⑧⑨ 鹅（jié）鶂（yì）：鹢，凫属，形似鸬鹚。鹂鹈：野凫。
⑨⓪ 鹔鹴：雁属水鸟。长胫绿毛。

㉑ 澹淡：浮动貌。

92 洒流：分流。

93 沟浍：田间小沟渠。

94 堤塍（chéng）：堤岸和田埂。辖（qūn）：连接貌。

95 潢：蓄水池。

96 决渫：放水。暵：干枯。

97 溉：水田。陆：旱田。

98 稌：稻。穱（zhuō）：麦。

99 时：季节。代：更替。

100 蕃庑：丰茂。

101 翼翼与与：繁盛茂密貌。

102 蓼：辛菜，叶味辛香，花淡红或白色。可作调味品，亦可入药。蕺：蕺菜，以叶有腥气，俗称鱼腥草。嫩叶可食，茎可入药。蘘（ráng）：草名，嫩叶可食，根可入药。

103 藷蔗：甘蔗。䪤（fán）：小蒜。

104 菥（xī）蓂（mì）：草名，一名大蕺，细叶，俗称老荠。

105 侯桃：猕猴桃。

106 梬（yǐng）枣：软枣，似柿而极小。若留：石榴。

107 穰、邓：皆县名，汉时属南阳郡。

108 薜荔：寄生于木的一种香草。蕙若：蕙草与杜若。

109 薇芜：蘼芜，一种可入药的香草。荪：一种香草，即荃。苌：羊桃，又名猕猴桃。

110 翁蔚：繁茂浓郁貌。

111 华芗：乡名。重秬：黑黍，一谷壳中有两粒米，故曰重秬。

112 滍：滍水，在河南境。

113 鷃（duò）：鷃鸠，即沙鸡，体大如鸽，肉味甜美。

114 芍药：调味之物，非芍药花。

115 卵：卵蒜，即不分瓣的蒜。

⑯ 菁：芜菁，蔬菜名。
⑰ 苏：草名，即紫苏。菜蔎：即朱萸。
⑱ 九酝：酒名，多次酿制而成的美酒。
⑲ 十旬兼清：酿百日而成的美酒。清，清酒。
⑳ 醪：带糟的酒，即浊酒。
㉑ 浮蚁：酒面上的浮沫。
㉒ 酲：醉酒后昏迷状。
㉓ 纠：集合。绥：安。
㉔ 禴（yuè）祠蒸尝：古代宗庙祭祀名。春季祭祀曰祠，夏季祭祀曰禴，秋季祭祀曰尝，冬季祭祀曰蒸。这里因谐韵而调换顺序。
㉕ 速：召，犹催请。
㉖ 揖让：古代宾主相见的礼仪。揖：拱手为礼。升：登堂。
㉗ 兰堂：堂的美称。
㉘ 珍羞：美味佳肴。琅玕（gān）：珠玉，此喻美食。
㉙ 圆方：指圆形、方形的食器。
㉚ 琢雕：雕镂。狎猎：饰物参差貌。
㉛ 琳琅：喻美好。
㉜ 蛊媚：妩媚。
㉝ 巾鞲：佩巾和上衣。
㉞ 儇（xuān）才：聪明能干。齐敏：疾速敏捷。齐：速。
㉟ 受：同“授”。爵：酒器。觞：爵中有酒曰觞。
㊱ 率：遵循。
㊲ 擫（yè）：以指头按捺。籥：竹制管乐器。似笛。
㊳ 流风：乐声随风流响。
㊴ 清角：古代乐曲名。徵（zhǐ）：古代五音之一。
㊵ 醉言归：《诗经·大雅·有駜》：“鼓咽咽，醉言归”。
㊶ 露未晞：《诗经·小雅·湛露》：“湛湛露斯，匪阳不晞”。晞，干。
㊷ 恺乐：康乐。令：美好。仪：仪表。

⑭③ 禊（xì）：禊祭。古人消凶除垢的祭祀。于三月上旬巳日在水滨洗濯，祓除不祥和宿垢。

⑭④ 方：并排。轨：指车。轸：车后横木，此作车的代称。

⑭⑤ 祓：驱除灾祸的祭名。阳濒：指湘水北岸。濒：滨。

⑭⑥ 连网：连帷的绳子。

⑭⑦ 程：现出。蛊：媚态。

⑭⑧ 偠（yǎo）绍：形容体态美丽。便娟：回旋飞舞貌。

⑭⑨ 流睇：转目斜视。

⑮⓪ 连卷：弯曲貌。

⑮① 齐僮、赵女：齐国赵国善歌善舞的少女。

⑮② 南歌：指楚地歌曲。

⑮③ 茧曳绪：形容歌声悠扬如茧抽丝缭绕。

⑮④ 蹑蹀：往来小步貌。

⑮⑤《九秋》：即《历九秋妾薄相行》，古乐府歌名。

⑮⑥《西荆》：指楚舞。折盘：舞蹈时转侧盘旋貌。

⑮⑦《寡妇》：古歌舞名。

⑮⑧《鹍鸡》：古歌舞名。

⑮⑨ 騄、骥：皆良马名。镳：马嚼子。此作动词，套上马衔。

⑯⓪ 黄间：弩名，亦作“黄肩”。

⑯① 逸：奔。

⑯② 镞：箭头。析：破。

⑯③ 鲂：鱼名，一名鳊鱼。鱮：鲢鱼。

⑯④ 鸧：鸟名，即鸧鹒，亦称黄莺。

⑯⑤ 乱：横渡江河流水。渚：水边。揭：指。

⑯⑥ 汰：滑行。瀺灂：水声。容裔：船起伏行进貌。

⑯⑦ 阳侯：波神。传说古代阳国侯有罪投江死后，其神能兴风作浪，遂以代称水神。

⑯⑧ 水豹：水兽名，体形似豹。蜩蛹：古代传说中的山精。

⑯⑨ 夔、龙、蛟、螭：皆水兽名。

⑰⓪ 分背：犹离别。塘：堤岸。

⑰① 超：跳跃。骧：昂首疾行。

⑰② 言：句中语助词。

⑰③ 刘后：指刘累，汉之远祖。醢（hǎi）：肉酱。《左传·昭公二十九年》载：刘累养龙以事夏之甲孔，夏后奖赏，赐他御龙氏。后死一雌龙，刘累剁成肉酱，夏后吃完称美，要刘累再做龙肉酱，他畏而迁鲁县。

⑰④ 先帝：指尧。

⑰⑤ 唐祀：即尧祀。尧山：尧祠所在的鲁西县西山。

⑰⑥ 灵根：本根。

⑰⑦ 三代：指夏、商、周三朝。

⑰⑧ 揆：量度。旃（zhān）：助词，之。

⑰⑨ 考侯：光武帝祖父春陵考侯刘仁。春陵地势低洼潮湿，刘仁以为不可久居，上书表示愿徙南阳守祖坟。

⑱⓪ 秽：恶。

⑱① 朱光：火德。古代阴阳家的“五德”说认为，汉帝受命于天正值五行的火运，故称汉为火德，尚赤。白水：白水乡，光武帝起兵之地。

⑱② 九世：光武帝刘秀为汉高祖第九代孙。荣：指刘秀中兴汉室。

⑱③ 邦：指南都。

⑱④ 天心：天命论者认为天有意志，故云天心。寤：通“悟”。

⑱⑤ 御房：指光武帝的旧房。穆：庄严。

⑱⑥ 圣皇：指光武帝刘秀。

⑱⑦ 灵祇：天地之神。

⑱⑧ 章陵：光武帝刘秀的坟陵。

⑱⑨ 微微：幽静貌。

⑲⓪ 歆：指皇祖之神闻到祭品的香气。

⑲① 弥：终。

⑲② 帝王：指光武帝刘秀。臧：善。

⑲③ 南音：南方音乐。

⑲④ 明睿：明智。

⑲⑤ 则：榜样。

⑲⑥ 章：法则。

⑲⑦ 睢（huī）剌（là）：乖离不正，喻祸乱。

⑲⑧ 帝：指高祖刘邦。乱：治理。

⑲⑨ 豺虎：喻赵高、王莽之徒。

⑳⓪ 真人：得天地之道者，此指高帝光武。革命：实行变革以顺应天命。古人认为帝王受命于天，故称改朝换代为革命。此指高帝光武推翻秦及王莽而革其命。

⑳① 揵：门内闭之关。扃（jiōng）：门外闭之关。

⑳② 蹴蹈：践踏。

⑳③ 阶：动词，设阶让人升登。

⑳④ 英：杰出的人才。

⑳⑤ 关门反距：西汉都长安，靠函谷关而拒东；东汉都洛阳，靠函谷关而拒西，故曰反拒。距：同“拒”，拒守。

⑳⑥ 周：指周公旦。召：指召公奭。俦：匹。

⑳⑦ 鼎足：喻周公、召公佐周成王，如鼎之有三足。

⑳⑧ 庀（pǐ）：治理。

⑳⑨ 缙绅：官宦。古代仕宦腰束大带，插笏于其间，因谓官宦为缙绅。

㉑⓪ 经纶：整理丝缕，理出丝绪叫经，编丝成绳叫纶。引申为规划治理国家大事。训典：先王之书。

㉑① 阙：同“缺”，失误。

㉑② 风烈：流风余韵，前辈留下的良好传统和风尚。

㉑③ 鲵齿：更生之齿。谓老寿之人。眉寿：长寿。鲐背：背生黑斑如鲐鱼，指老人。

㉑④ 皤皤：头发斑白貌。

㉑⑤ 葳蕤（ruí）：鲜丽貌。

㉑⑥ 太常：天子画有日月的旌旗。裶裶：旗子绵长貌。

㉑⑦ 骙骙：马强壮貌。

㉑⑧ 鸾：车上的响铃。

㉑⑨ 皇祖：汉高祖刘邦。

㉒⓪ 克：能。

㉒① 桑梓：故乡。古代住宅旁常栽桑树梓树，东汉以来遂用以喻故乡。

㉒② 旧里：指南阳。

【语译】

著名的南都，壮丽且安乐。它在洛阳之南，汉水之北。居中分开周楚之沃土，跨越荆州豫州两地间的疆界。它处于高亢明亮的地方，繁荣昌盛的情景，难以详细说完道尽。它的地理位势险要，西面有武阙山为关隘，东面有桐柏山作屏障。奔流的沧浪水是护城河，高大的方城山做围墙。汤谷奔涌经城后，淯水流泻过城前。淮水离城北去，湍水从远方流来。三水汇合，澎湃奔腾。

南都多珍奇稀罕之物。黄金玉石，随侯宝珠。铜锡铅铁，赭垩硫黄，绿碧紫英，青雘丹粟等，无所不有。名药太一余粮，外如珏玉而中含黄粉。蔡阳县界的松子亭，下有神池，赤龙在它岸边蜕角。神仙耕父出入有光，常游清泠之渊。汉水之神游女，弄珠于河边曲折隐秘之处。

南都的山，形势险峻，高耸相戾，险峰对峙，悬崖绝壁。深谷云崖陡峭，夏天还结霜落雪。山峦或相连接，或豁然敞开。高峰蔽日遮天，登峰鸟瞰，只见云雾缭绕。天封大狐是群仙聚居的名山，高处平坦而广阔，低处竹木繁茂而崎岖。山形如甑，下窄上宽，参差错落，溪壑纡曲盘旋。灵芝长在山崖畔，玉泉潺潺奔泻于山角。莽莽苍苍的昆仑无法与它比高大，巍巍峨峨的阆风不能与它比险峻。

树木有柽松楔㮼，槾柏杻橿，枫柙栌枥，帝女之桑，楈枒栟榈，柍柘檍檀等各种珍木，盘根错节，粗干指天，柔枝下垂，连接牵引。绿叶浓密，花蕊披垂。像乌云凝聚阴沉，谷风吹动，令人情哀。树木丛生，浓叶青暗，幽昧不明。茂盛的百树长遍涧底，挺拔直上刺青天。虎豹黄熊游树下，縠玃猱狿戏树梢。鸾鹫鹓雏翔其上，腾猿飞鼠栖其间。竹子则有籦笼箽篾，篠簳箛箠，长遍山坡，参差不齐。秀美茂密，随风摆动，如云纷披。

南都河流，则有滍澧藻涢数水，发源于岩穴，从山洞涌出，浩浩荡荡流淌。又逐渐漫延，汇纳众水，如疾风飞箭呼啸而去。奔腾澎湃，波涛相激震响，水流急湍生漩涡。一泻千里，势不可挡。水中动物则有蠳龟鸣蛇，潜龙伏螭，鲟鳣鰅鳙，鼋鼍鲛蠵。还有含珠的巨蚌，粗长的大虾。

南都名池则有钳卢玉池，赭阳东陂。水聚集而不流，极目远望，茫茫无际。池中花草极多，藨苎薠莞，蒋蒲蒹葭，藻茆菱芡，以及含苞芙蓉，等等。花儿迎风开放，浓香四溢。池中水鸟，有鸳鸯鹄鹭，鸿鸨駕鹅。鹚鶂鹔鷞，鹈鹕鶤鸬。众鸟嘤嘤和鸣，随波漂荡。池水可开沟分流，灌溉农田。田间沟渠相通，堤岸连接。不下雨池水尚满。排水沟干，水田旱田兼种，冬稻夏麦，按时交相成熟。

南都野外，有桑漆麻苎，菽麦稷黍。百谷丰茂，繁盛稠密。园圃瓜果，则有蓼蕺蘘荷，藷蔗姜蟠，菥蓂芋瓜。还有樱梅山柿，侯桃梨栗，梬枣石榴，穰县的甘橙，邓县的蜜橘。香草则薜荔蕙若，薇芜荪苌，长势茂盛，吐放芬芳。

南都膳食，则有华芗芬芳的黑黍，滍水柔软的粳米，肥美细嫩的大雁和鶵鸠等。香饭鲜鱼，美味佳肴。酸甜滋味，百种千名。春季的小蒜，夏季的竹笋，秋季的韭菜，冬季的芜菁。又有紫苏、茱萸和紫姜作调味，以除膻腥之气。美酒如九醖甘醴，百日纯清。带糟的米酒，浮沫如萍，甜不败口味，醉不伤人身。

宴请宗族，四季祭祖，邀请远方朋友，嘉宾光临。宾主拱手施礼，相引登上兰堂。美食如玉，盛满雕饰花纹的方圆金银食器。侍女妩媚，衣巾艳丽，脚着花鞋，机灵敏捷。主客递盏传觞，相互劝酒。彼此谦让，恪守礼节。弹琴吹篇，乐声回荡。清角发徵音凄切，听来令人增哀情。客人赋诗“醉言归”，主人和以“露未晞”。欢宴夜以继日，纵乐不失风度。

暮春三月上巳日祓祭，车马并行，为祈福消灾而祷告于水之北岸。嫣红车帷连成片，照亮原野映红蓝天。男女服饰华美，来往频繁，尽情打扮，媚态迷人。转目斜视，秀眉弯曲。齐地歌女纵情歌唱，赵地美女分列两旁，唱起楚地歌曲，跳起郑地之舞。歌声如丝缭绕，袅袅不绝，舞步似白鹤展翅，轻轻飞翔。长袖挥舞满庭院，舞姿闲舒左右转。轻盈飘忽，绵绵不断，眼花缭乱似坠落，忽又轻飘而起。不断进退回环，左右旋转。《九秋》之歌悲切使人哀伤，《西荆》之曲缠绵使人动情。继而弹筝吹笙，再唱新曲。《寡妇》使人闻而悲泣，《鹍鸡》使人听而哀伤。在座者无不凄怆，如丧魂落魄。

于是男子放马追逐，驰骋于猎场。良马齐驱，足下生风。骑手拉弓，箭不虚发，毫芒皆中。俯身而射水中，箭穿游鱼，仰头而射空中，鸧鸹一箭双雕。鱼儿来不及躲避，鸟儿来不及飞走。然后驾轻舟而泛清池，横渡北渚而向南岸驶进。水声潺潺，船儿起伏行进，忽而阳侯兴风作浪，狂涛顿起，淹没野鸭鸥鸟。船儿追逐水豹，鞭挞蝄蜽，夔龙恐惧，蛟螭惊慌。这时已近黄昏，尽情欢乐亦应适可而止，不能荒淫。于是结束游乐，命驾离开堤岸回城。车子如雷滚动，如风飞驰。骏马飞奔如鹿跳龙腾。夕暮归家，其乐难忘。游乐之美，耳目之娱，不亲临南都，何足称道？

南都确实堪称汉代的故都。汉的远祖刘累，因龙醢事件迁居南阳。他继承尧的美德而行孝道，在西山为尧立了祠堂。夏朝在此打下根基。历经夏商周更加繁荣。若无宏图大德，谁能量度到南阳地灵而创业于此！

近祖刘仁思念故乡，厌长沙地处低洼、荒远无乐，不是安康之居，于是沿江北上南阳。被元帝封在白水乡，又过高祖九世玄孙光武帝中兴汉室，他察知此地神奇，就顺应天意，领悟先灵意图据以为王。

南都宫室则有光武旧居，巍峨雄伟。御房庄严华美，台阁光彩，相互映照。光武曾在此逍遥，天灵地祇保佑他平安。章陵草木茂盛，清庙肃穆幽静。先祖享受祭祀而降福，汉室千秋昌盛而不衰。光武喜欢南阳独特之美，常咏南音眷顾怀恋。

他是位富有美德的君子，圣明通达，温良俭让，举止可法，出口成章。进退屈伸，应时而变。当年秦二世乖离不仁，天下大乱，高祖起兵，平定天下；继而王莽作乱，灾祸横生，光武中兴，奋起而革其命。高祖的文臣武将，皆能擒捉凶猛之敌，攻破任何坚固防御。于是夺关陷城，占据咸阳。高祖得南阳开创汉业，光武聚合南阳精英中兴汉室。于是东据洛阳，西控关中，使汉的事业长久。到削平了王莽，天下太平，就顺应民心，建都洛阳。又有周公召公那样的能臣辅佐朝政，协助治国。士大夫之辈，编纂典籍和先王之书，进献高见。因而政事没有失误，先祖遗风得以发扬光大。

于是头发斑白的老人相与歌颂说："光武仪仗队的车盖辉煌艳丽，画着日月的太常旗，高高举起更显修长，强壮的四马之车如龙疾驰，车上銮铃响震京都。天子率万乘缓缓驶出京师，沿着平坦的道路归故乡南阳。"

岂能不铭记天子南巡的颂辞呢！于是我由衷地颂扬说："高祖帝业终止于南阳，光武起兵中兴汉室于南阳，并定都东京，一统四海。子孙万代，永在天子之位。永世行孝思旧，心怀故乡。光武南巡，探望故里。"

【评析】

《南都赋》是一篇颂辞，又是一支赞歌。作者以饱含激情的笔触，颂扬南都的自然地理、社会文化，赞美光武帝的丰功伟业。作品内容充实，气势恢宏，文辞雅丽，色彩斑斓。其美学风貌的突出特点是铺陈详致，生意盎然。篇首如奇峰突起，惊叹南都处于东京之南，汉水之北。它"割周楚""跨荆豫"，西以武阙山为关隘，东有桐柏山作屏障；奔泻的沧浪水是它的护城河，巍峨的方城山是它的围墙。继而罗列黄金美玉，珍珠宝石，美木修竹，珍禽异兽，桑麻百谷，香草鲜果，美味佳肴等特产，从而把南都山川形势的险固，地理位置的重要，以及物产的富饶，表现得淋漓尽致。接着，又用优美动听的轻歌曼舞，热烈壮观的驰骋田猎加以点缀，用城内高大的宫室楼观，城外遍布的池沼作映衬，更显示了南都的兴盛繁荣，雄伟壮丽，令人神往。光武帝独具慧眼，聚集南阳精英，中兴汉室，东据洛阳，西控关中，巩固和发展汉室事业，后又凭南阳削平王莽，定都洛阳，因而功业永存。行文骈散交错，一气流走，节奏铿锵，富有韵味。

三都赋序一首

作者：左太冲　　注译评析：汤炳能

盖诗有六义焉[①]，其二曰赋[②]。扬雄曰："诗人之赋丽以则。"[③]班固曰："赋者，古诗之流也。"[④]先王采焉，以观土风。见"绿竹猗猗"[⑤]，则知卫地淇澳之产[⑥]；见"在其版屋"[⑦]，则知秦野西戎之宅。故能居然而辨八方。

然相如赋《上林》，而引"卢橘夏熟"[⑧]；扬雄赋《甘泉》，而陈"玉树青葱"；班固赋《西都》，而叹以出比目；张衡赋《西京》，而述以游海若。假称珍怪，以为润色。若斯之类，匪啻于兹[⑨]。考之果木，则生非其壤；校之神物，则出非其所。于辞则易为藻饰，于义则虚而无征。且夫玉卮无当[⑩]，虽宝非用；侈言无验[⑪]，虽丽非经。而论者莫不诋讦其研精[⑫]，作者大氐举为宪章。积习生常，有自来矣。

余既思摹《二京》而赋《三都》，其山川城邑，则稽之地图；其鸟兽草木，则验之方志；风谣歌舞，各附其俗；魁梧长者，莫非其旧。何则？发言为诗者，咏其所志也[⑬]；升高能赋者，颂其所见也[⑭]。美物者贵依其本，赞事者宜本其实。匪本匪实，览者奚信？且夫任土作贡，《虞书》所著[⑮]；辨物居方，《周易》所慎[⑯]。聊举其一隅，摄其体统，归诸诂训焉。

【作者简介】

左思（约250—约305），西晋文学家，字太冲，齐国临淄（今属山东淄博）人。官秘书郎。齐王冏命为记室督，辞疾不就。貌陋口讷，辞藻壮丽，不好交游。尝著《三都赋》，构思十年，门庭藩溷，皆著笔纸，遇得一句，即便书写。书成，皇甫谧为其赋序，张载注《魏都赋》，刘逵注《吴都赋》和《蜀都赋》。豪贵之家，竞相传写，洛阳为之纸贵。诗今存十四篇，以《咏史》八首最著名。原有集，已散佚，后人辑有《左太冲集》。《晋书》卷九十二有传。

【篇旨】

本文批评一些汉赋夸诞虚构的倾向，提出作赋应该遵循“美物者贵依其本，赞事者宜本其实”的原则。

【注释】

① 六义：《毛诗序》：“故诗有六义焉：一曰风，二曰赋，三曰比，四曰兴，五曰雅，六曰颂。”

② 赋：铺陈直书。

③ 扬雄的话见《法言·吾子》。

④ 班固的话见《两都赋序》。

⑤ 绿竹猗猗：《诗经·卫风·淇奥》中的句子。猗猗（yī）：茂盛葱绿。

⑥ 澳：河岸弯曲处。

⑦ 在其版屋：《诗经·秦风·小戎》中的句子。版屋：用夹版筑土墙建造的房屋。

⑧ 卢橘：枇杷。

⑨ 啻（chì）：只。

⑩ 卮（zhī）：古代一种盛酒器。当：底。

⑪ 侈言：夸大之辞。

⑫ 诋（dǐ）讦（jié）：指摘攻击。此句，高步瀛注：“疑本作‘莫敢诋其研精’，‘讦’字衍文。”

⑬ 发言为诗：《毛诗序》：“在心为志，发言为诗。”

⑭ 升高能赋：见《毛诗·鄘风·定之方中传》。

⑮《虞书》：《尚书》的一部分。“任土作贡”，是《尚书·禹贡》中的一

句话。

⑯《周易》所慎：《周易·未济·象传》："君子以慎辨物居方。"

【语译】

《诗经》有六义，第二是赋。扬雄说："诗人的赋美丽有法度。"班固说："赋是古诗的流变。"古代帝王采诗用来观察民风。看到《卫风》"绿竹一片葱翠"，就知道卫国淇水边产竹。看到《秦风》"他住在用夹版筑土墙的房屋中"，就知道秦国郊野西戎的住宅模样。因此能够坐在家里辨识各地情况。

然而，司马相如写《上林赋》，说"枇杷夏天成熟"；扬雄写《甘泉赋》，说"玉树青青葱葱"；班固写《西都赋》，感叹"钓出了比目鱼"；张衡写《西京赋》，述说"海神出游"。他们都是借述珍怪来为赋润色。类似情况，还不止上述这些。考察他们写的果树，却不是该地所产；核校他们写的神物，又不是那个地方所出。从文辞上看容易成为华丽的修饰，从道理上说却虚假而无所征验。况且，盛酒的玉杯没有底，虽然是宝物却毫无用处；夸大的言辞没有根据，虽然华丽却不能作为典范。评论的人对他的雕章凿句没有不加以指摘，而写作的人大都把他奉为楷模。积习惯以为常事，由来已久了。

我想模仿《二京赋》写《三都赋》。其中的山川城邑，都核对过地图；鸟兽草木，都验证过地方志。风谣歌舞，个个符合当地习俗；杰出人物，都是历史上的名人。何以如此？抒发言辞为诗，是吟咏心中的志向；登高作赋，是歌颂所见到的景物。美化景物贵在依照它的本来面目，赞颂事理应该本着它的真实情况。不依照本来面目和真实情况，读者谁肯相信？再说，"依据土质肥瘠不同来规定贡赋数量"，这是《尚书》上说的话；"根据地方的不同来辨别物类"，这是《周易》告诫人们要慎重考虑的事。我这样写只是举出一角，以见一斑，要求必须依照古人的教导作赋。

【评析】

全文分三段。第一段，引述扬雄和班固对赋的论述作为本文立论的根据。第二段，批评某些汉赋追求辞藻华丽，内容夸诞虚构，不符合古代诗人作赋的法则。第三段，叙述作者考核地图、地方志、民俗来写《三都赋》，正面提出“美物者贵依其本，赞事者宜本其实”的作赋主张。汉赋，尤其是大赋，结构宏大，文采华茂，富有气魄，反映了汉帝国文物之盛和国势的强大，但是，一些汉赋同时也存在着堆砌辞藻、侈言夸诞的缺点。左思对这一倾向提出批评，他的理论有着进步的意义。不过，左思提出要完全按照生活本来面貌写赋，这有一定的偏颇性。因为文学作品需要想象，容许作者虚构和夸张。就是左思的《三都赋》中，也难免有虚构夸张的描写。

蜀都赋一首

作者：左太冲　　注译评析：汤炳能

有西蜀公子者[①]，言于东吴王孙曰：“盖闻天以日月为纲，地以四海为纪。九土星分[②]，万国错跱[③]。崤函有帝皇之宅[④]，河洛为王者之里[⑤]。吾子岂亦曾闻蜀都之事欤[⑥]？请为左右扬榷而陈之[⑦]。

“夫蜀都者，盖兆基于上世[⑧]，开国于中古[⑨]。廓灵关以为门[⑩]，包玉垒而为宇[⑪]。带二江之双流[⑫]，抗峨眉之重阻[⑬]。水陆所凑，兼六合而交会焉[⑭]；丰蔚所盛，茂八区而菴蔼焉[⑮]。

“于前则跨躡犍牂[⑯]，枕輢交趾[⑰]。经途所亘，五千余里。山阜相属[⑱]，含溪怀谷，冈峦纠纷[⑲]，触石吐云。郁葐蒀以翠微[⑳]，崛巍巍以峨峨。干青霄而秀出，舒丹气而为霞。龙池㶁瀑渍其隈[㉑]，漏江伏流溃其阿[㉒]。汩若汤谷之扬涛[㉓]，沛若濛汜之涌波[㉔]。于是乎邛竹缘岭[㉕]，菌桂临崖[㉖]，旁挺龙目，侧生荔枝。布绿叶之萋萋[㉗]，结朱实之离离[㉘]。迎隆冬而不凋，常晔晔以猗猗[㉙]。孔翠群翔，犀象竞驰；白雉朝雊[㉚]，猩猩夜啼。金马骋光而绝景[㉛]，碧鸡倏忽而曜仪[㉜]。火井沉荧于幽泉[㉝]，高爓飞煽于天垂[㉞]。其间则有虎珀丹青[㉟]，江珠瑕英[㊱]，金沙银砾[㊲]，符采彪炳[38]，晖丽灼烁。

“于后则却背华容[39]，北指昆仑[40]，缘以剑阁[41]，阻以石门[42]。流汉汤汤[43]，惊浪雷奔，望之天回，即之云昏。水物殊品，鳞介异族。或藏蛟螭，或隐碧玉。嘉鱼出于丙穴[44]，良木攒于褒谷[45]。其树则有木兰梫桂[46]，杞櫹椅桐[47]，棕枒楔枞[48]。楩楠幽蔼于谷底[49]，松柏蓊郁于山峰。擢修干[50]，竦长条；扇飞云，拂轻霄。羲和假道于峻歧[51]，阳乌回翼乎高标[52]。巢居栖翔，聿兼邓林[53]。穴宅奇兽，窠宿异禽；熊罴咆其阳[54]，雕鹗鴥其阴[55]；猿狖腾希而竞捷[56]，虎豹长啸而永吟。

“于东则左绵巴中[57]，百濮所充[58]。外负铜梁于宕渠[59]，内函要害于膏腴[60]。其中则有巴菽巴戟[61]，灵寿桃枝[62]；樊以藸圃[63]，滨以盐池。蝴蛦山栖[64]，鼋龟水处[65]。潜龙蟠于沮泽[66]，应鸣鼓而兴雨。丹沙赩炽出其坂[67]，蜜房郁毓被其阜[68]。山图采而得道[69]，赤斧服而不朽。若乃刚悍生其方，风谣尚其武；奋之则賨旅[70]，玩之则渝舞[71]。锐气剽于中叶[72]，跷容世于乐府[73]。

“于西则右挟岷山[74]，涌渎发川[75]。陪以白狼[76]，夷歌成章。坰野草昧[77]，林麓黝倏[78]。交让所植[79]，蹲鸱所伏[80]；百药灌丛，寒卉冬馥[81]。异类众夥，于何不育？其中则有青珠黄环，碧砮芒消[82]。或丰绿荑[83]，或蕃丹椒[84]。麋芜布濩于中阿[85]，风连莚蔓于兰皋[86]。红葩紫饰[87]，柯叶渐苞[88]，敷蕊葳蕤[89]，落英飘飖[90]。神农是尝[91]，卢跗是料[92]；芳追气邪[93]，味蠲疠痟[94]。

“其封域之内[95]，则有原隰坟衍[96]，通望弥博[97]。演以潜沫[98]，浸以绵雒。沟洫脉散，疆里绮错[99]；黍稷油油[100]，粳稻莫莫。指渠口以为云门[101]，洒滮池而为陆泽[102]。虽星毕之滂沱[103]，尚未齐其膏液。

“尔乃邑居隐赈[104]，夹江傍山。栋宇相望，桑梓接连[105]。家有盐泉之井，户有橘柚之园。其园则有林檎枇杷[106]，橙柿梬楟[107]。榹桃函列[108]，梅李罗生。百果甲宅[109]，异色同荣。朱樱春熟，素柰夏成[110]。若乃大火流[111]，凉风厉，白露凝，微霜结。紫梨津润，榛栗罅发[112]，蒲陶乱溃[113]，若榴竞裂[114]。甘至自零[115]，芬芬酷烈。其园则有蒟蒻茱萸[116]，瓜畴芋区。甘蔗辛姜，阳蓝阴敷[117]；日往菲薇[118]，月来扶疏[119]。任土所丽[120]，众献而储。

“其沃瀛则有攒蒋丛蒲[121]，绿菱红莲，杂以蕴藻，糅以蘋蘩。总茎柅柅[122]，裛叶蓁蓁[123]。蕡实时味[124]，王公羞焉[125]。其中则有鸿俦鹄侣，鷩鹭䴔䴖[126]。晨凫旦至[127]，候雁衔芦[128]。木落南翔，冰泮北徂[129]；云飞水宿，哢吭清渠[130]。其深则有白鼋命鳖[131]，玄獭上祭[132]；鳣鲔鳟鲂[133]，鮷鳢鲨鲿，差鳞次色，锦质报章[134]，跃涛戏濑[135]，中流相忘[136]。

“于是乎金城石郭，兼匝中区[137]，既丽且崇，实号成都。辟二九之通门，画方轨之广涂[138]。营新宫于爽垲[139]，拟承明而起庐[140]。结阳城之延阁[141]。飞观榭乎云中[142]。开高轩以临山[143]，列绮窗而瞰江[144]。内则议殿爵堂[145]，武义虎威[146]，宣化之闼[147]，崇礼之闱[148]；华阙双邈[149]，重门洞开；金铺交映[150]，玉题相晖[151]。外则轨躅八达[152]，里闬对出[153]。比屋连甍[154]，千庑万室[155]。亦有甲第[156]，当衢向术[157]。坛宇显敞[158]，高门纳驷[159]。庭扣钟磬，堂抚琴瑟；匪葛匪姜[160]，畴能是恤[161]？

“亚以少城[162]，接乎其西。市廛所会[163]，万商之渊[164]。列隧百重[165]，罗肆巨千[166]。贿货山积[167]，纤丽星繁。都人士女，袨服靓妆[168]。贾贸墆鬻[169]，舛错纵横。异物崛诡，奇于八方。布有橦华[170]，面有桄榔[171]；邛杖传节于大夏之邑[172]，蒟酱流味于番禺之乡[173]。舆辇杂沓，冠带混并，累毂叠迹，叛衍相倾[174]。喧哗鼎沸，则哤聒宇宙[175]；嚣尘张天，则埃壒曜灵[176]。阛阓之里[177]，伎巧之家，百室离房，机杼相和。贝锦斐成[178]，濯色江波[179]。黄润比筒[180]，籯金所过[181]。

“侈侈隆富[182]，卓郑埒名[183]。公擅山川[184]，货殖私庭。藏镪巨万[185]，鈲摫兼呈[186]。亦以财雄，翕习边城[187]。三蜀之豪[188]，时来时往。养交都邑，结俦附党。剧谈戏论，扼腕抵掌。出则连骑，归从百两[189]。若其旧俗，终冬始春，吉日良辰，置酒高堂，以御嘉宾。金罍中坐[190]，肴槅四陈[191]。觞以清醥[192]，鲜以紫鳞[193]。羽爵执竞[194]，丝竹乃发[195]。巴姬弹弦，汉女击节。起《西音》于促柱[196]，歌《江上》之飉厉[197]。纡长袖而屡舞，翩跹跹以裔裔[198]。合樽促席，引满相罚。乐饮今夕，一醉累月。

“若夫王孙之属[199]，郤公之伦[200]，从禽于外[201]，巷无居人。并乘骥子[202]，俱服鱼文[203]；玄黄异校[204]，结驷缤纷。西逾金堤[205]，东越玉津[206]；朔别期晦[207]，匪日匪旬。蹴蹈蒙笼[208]，涉躐寥廓[209]，鹰犬倏眒[210]，罻罗络幕[211]。毛群陆离[212]，羽族纷泊[213]，翕响挥霍[214]，中网林薄[215]。屠麖麋[216]，翦旄麈[217]，带文蛇[218]，跨雕虎。志未骋，时欲晚；追轻翼，赴绝远。出彭门之阙[219]，驰九折之坂[220]；经三峡之峥嵘，蹑五屼之蹇浐[221]。戟食铁之兽[222]，射噬毒之鹿；皛貙氓于葽草[223]，弹言鸟于森木；拔象齿，戾犀角[224]；鸟铩翮[225]，兽废足。

“殆而朅来[226]相与，第如滇池[227]，集于江洲[228]。试水客，舣轻舟[229]，娉江婓[230]，与神游。罨翡翠[231]，钓鰋鲉[232]；下高鹄，出潜虬[233]。吹洞箫，发棹讴，感鲟鱼[234]，动阳侯[235]。腾波沸涌，珠贝汜浮，若云汉含星[236]，而光耀洪流。将飨獠者[237]，张帟幕[238]，会平原；酌清酤[239]，割芳鲜。饮御酣[240]，宾旅旋。车马雷骇，轰轰阗阗[241]，若风流雨散，漫乎数百里间。斯盖宅土之所安乐，观听之所踊跃也。焉独三川[242]，为世朝市[243]？

“若乃卓荦奇谲[244]，倜傥罔已[245]。一经神怪[246]，一纬人理。远则岷山之精，上为井络[247]。天帝运期而会昌[248]，景福肸飨而兴作[249]。碧出苌弘之血[250]，鸟生杜宇之魄[251]。妄变化而非常，羌见伟于畴昔[252]。近则江汉炳灵[253]，世载其英。蔚若相如[254]，皭若君平[255]。王褒韡晔而秀发[256]，扬雄含章而挺生[257]。幽思绚《道德》[258]，摛藻掞天庭[259]。考四海而为俊[260]，当中叶而擅名[261]。是故游谈者以为誉，造作者以为程也[262]。

“至乎临谷为塞，因山为障。峻岨塍埒长城[263]，豁险吞若巨防[264]。一人守隘，万夫莫向。公孙跃马而称帝[265]，刘宗下辇而自王[266]。由此言之，天下孰尚[267]？故虽兼诸夏之富有[268]，犹未若兹都之无量也。”

【篇旨】

借助西蜀公子的叙述，盛赞蜀都山川险峻、土地肥沃、物产丰富和都市繁荣。

【注释】

① 西蜀公子：与下句的东吴王孙都是假设的人物。

② 九土：九州。《尚书·禹贡》记载，古代中国分置冀、豫、雍、扬、兖、徐、梁、青、荆九个州。

③ 错踌（zhì）：错列。踌同“峙”。

④ 崤函：崤山和函谷，在今河南境内。秦都咸阳，汉都长安，均在函谷关以西，故说“有帝皇之宅”。

⑤ 河洛：黄河和洛水。跨洛水的洛阳曾经是东周和东汉的国都，故说“为王者之里”。

⑥ 吾子：您。对人的敬称。蜀都：成都。

⑦ 左右：对于对方的尊称。扬榷（què）：约略举其大概。

⑧ 兆基于上世：据扬雄《蜀王本纪》载，蜀王祖先为蚕丛、鱼凫、开明。从开明上到蚕丛，积三万四千岁，故说“兆基于上世”。

⑨ 开国于中古：中古指战国秦惠王时。秦惠王讨灭蜀王，封公子通为蜀侯。惠王二十七年，派张若与张仪筑成都城，其后置蜀郡。

⑩ 廓：开拓。灵关：山名，在成都西南。

⑪ 玉垒：山名，在成都西北。宇：屋边，指界限。

⑫ 二江：指岷江。岷江出岷山分为二江，经成都南面向东流。

⑬ 抗：捍卫。

⑭ 六合：天地四方。

⑮ 八区：四方四角。菴（yǎn）蔼：茂盛貌。

⑯ 蹑：紧随。犍（qián）：犍为，郡名。治所在今四川宜宾西南。牂（zāng）：牂牁，郡名。治所在今贵州凯里西北。

⑰ 犄（yǐ）：靠近。交趾：汉代郡名。辖境约在今广东、广西大部和越南的北部及中部。

⑱ 阜：土山。

⑲ 纠纷：错杂。

⑳ 蒶（fén）蒀（yūn）：烟气氤氲的样子。翠微：轻淡青翠的山气。

㉑ 龙池：池名。在今四川宜宾西南，宽数十里。潏（xuè）瀑：水沸腾貌。濆（pēn）：大浪涌起。隈：与下句“阿”，皆为山弯曲处。

㉒ 漏江：刘良注：“漏江在建宁（今云南曲靖南），有水道伏流，数里复出，故曰漏江。”溃：水破决而出。

㉓ 汩（hú）：水急流貌。汤谷：神话传说中日出之处。

㉔ 沛：水流盛大貌。濛汜（sì）：神话传说中日没之处。

㉕ 邛（qióng）竹：竹名，产于邛崃山。中实而高节，可以作杖。

㉖ 菌桂：一种药用植物，茎圆如竹。

㉗ 萋萋：树茂盛的样子。

㉘ 离离：果实纷披繁茂的样子。

㉙ 晔（yè）晔：光采明盛貌。猗（yī）猗：美盛貌。

㉚ 雊（gòu）：雉鸣。

㉛ 金马：传说中的神物。骋光：奔驰快如光速。绝景：不留下影子。

㉜ 碧鸡：传说中的神物。倏忽：迅疾貌。曜仪：露出容仪。

㉝ 火井：出产可燃烧的天然气之井。古人多用来煮盐，故又称盐井。荧：微弱的光。

㉞ 爓：同“焰”。煽：炽盛。天垂：天边。

㉟ 丹：朱砂。青：石青。都是颜料。

㊱ 江珠：一种用玉琢成的珠。瑕英：赤玉。

㊲ 金沙银砾：杂有金银的沙砾。

㊳ 符采：玉的纹理光彩。彪炳：文采焕发。

㊴ 华容：水名。在四川江油北面。

㊵ 昆仑：山名。

㊶ 剑阁：谷名，在今四川剑阁东北，中有栈道。

㊷ 石门：山名，在今陕西勉县东北，为入蜀之险隘。

㊸ 汉：汉水。

㊹ 嘉鱼：鱼名，蜀人称拙鱼，从石孔随泉水而出，大者五六斤。丙穴：水名，在陕西沔阳北。

㊺ 褒谷：川、陕交界的山谷，南口为褒谷，北口为斜谷。

㊻ 梫（qǐn）桂：木桂。

㊼ 杞：杞柳。橚（qiū）：一种落叶乔木。椅（yī）：又名山桐子，其材可作家具。桐：梧桐。

㊽ 棕：棕榈。枒（yē）：木名，也作“椰”。楔（xiē）：似松有刺。枞（cōng）：松类。

㊾ 楩（pián）楠：均木名。

㊿ 擢（zhuó）：耸出。修：长。

51 羲和：传说为太阳驾车的神。峻歧：高树的枝桠。

52 阳乌：传说住在日中的三足鸟。标：树梢。

53 兼：加倍的多。邓林：传说中夸父追日丢下的手杖化成的桃林。

54 阳：山南面。

55 雕、鹗：均鹰类。鴥（yù）：疾飞。

56 狖（yòu）：长尾猿。腾希：在空处跳跃。

57 左：东面。绵：绵连。

58 百濮：居住在巴中的众多少数民族。

59 铜梁：山名，在今重庆合川南。宕（dàng）渠：汉代郡名，今重庆合川、四川南充等地。

60 要害：险要地方。

61 巴菽、巴戟：均为药名，产于巴中。

62 灵寿：木名。桃枝：竹类。均可作手杖。

63 樊：同“藩”，藩篱。蒩（zū）：草名，根可食。

64 蝴（bì）蛦（yí）：山鸡。

65 鼋（yuán）：大龟。

66 沮（jù）泽：水草丛生的沼泽地。

67 赩（xì）炽：深红如火一样。坂：山坡。

68 郁毓（yù）：丰盛貌。阜：丘陵。

69 山图：与下句的赤斧同为传说中蜀地仙人。

⑦⓪ 賨（cóng）：巴地的一个少数民族。賨旅：賨人组成的军队。

⑦① 玩：娱乐。渝：川名，在賨人居地。

⑦② 剽（piào）：轻疾。中叶：指西汉极盛时代。

⑦③ 蹻（jiǎo）：壮武的样子，形容舞姿。

⑦④ 右：指西面。

⑦⑤ 渎（dú）：河流。

⑦⑥ 白狼：蜀西的一支少数民族，他们在汉明帝时，曾作诗三章，歌颂汉德。见《后汉书》卷八十六《南蛮西南夷列传》。

⑦⑦ 坰（jiōng）野：郊外。草昧：草木幽深。

⑦⑧ 麓：山脚。黝（yǒu）倏（shū）：幽深阴暗。

⑦⑨ 交让：生于岷山的一种树木。据刘良注，两树对生，一树枯，一树活，每年互换一次。既不同时枯，也不同时活。

⑧⓪ 蹲鸱（chī）：一种大芋，形状像蹲踞的鸱鹰。

⑧① 寒卉：冬天生长的草。馥：香气。

⑧② 青珠、黄环、碧砮（nǔ）、芒消：都为药用矿物名。

⑧③ 绿荑（tí）：辛夷。

⑧④ 丹椒：红色花椒。

⑧⑤ 蘪（mí）芜：即蘼芜，一种香草。中阿：山湾里。

⑧⑥ 风连：黄连。莚蔓：蔓延连续。皋：水旁地。

⑧⑦ 葩：花。

⑧⑧ 柯：草木的枝茎。渐苞：丛生。

⑧⑨ 蕊：花心。葳（wēi）蕤（ruí）：草木花下垂貌。

⑨⓪ 英：花。

⑨① 神农：传说中的古帝王，尝百草为医药以治疾病。

⑨② 卢：扁鹊。跗：俞跗。二人都是古代名医。料：制药。

⑨③ 追：祛除。气邪：使人致病的邪气。

⑨④ 蠲（juān）：免除。疠（lì）：疫病。痟（xiāo）：消渴病。

⑨⑤ 封域：境内。

⑯ 隰（xí）：低湿之地。坟：水边高地。衍：平坦肥沃之地。

⑰ 通望弥博：纵观无边无涯。

⑱ 演：水流经地下。潜、沫与下句的绵、雒都是水名。

⑲ 疆里：田界。

⑳ 油油：与下句的“莫莫”都是形容禾黍茂盛的样子。

(101) 渠口：指秦代李冰始修的都江堰。

(102) 洒：灌溉。滮（biāo）池：原为古代关中地区的蓄水池，这里喻蜀地的水利工程。陆泽：陆地上的水源。

(103) 星毕：毕星。古代传说月亮行近毕星，就会下大雨。

(104) 隐：盛。赈：富饶。

(105) 桑梓：桑与梓为古代住宅旁常栽的树木，此喻村落。

(106) 林檎：果名，即沙果。

(107) 梬（yǐng）：羊枣。楟（tíng）：山梨。

(108) 榹（sī）桃：山桃。

(109) 甲宅：同“甲坼”，指果实外壳裂开。

(110) 柰（nài）：果木名，林檎的一种，也叫花红、沙果。

(111) 大火：星宿名，即心星。秋天，心星西降。

(112) 榛：如栗而小。罅（xià）发：栗成熟外壳裂开。

(113) 蒲陶：即葡萄。溃：熟透。

(114) 若榴：即石榴。

(115) 甘至：甜到极点。零：掉落。

(116) 蒟（jǔ）蒻（ruò）：蜀中草名，可入药。茱萸：椒类植物名，可作香料。

(117) 蓲（xū）：和煦。阴敷：铺满浓阴。

(118) 菲薇：缓缓滋长。

(119) 扶疏：枝叶茂盛的样子。

(120) 任土：适宜本地土质。丽：附属，指生长。

(121) 瀛：沼泽。攒（cuán）：聚集。蒋、蒲：与下句的菱、莲、蕴、藻、蘋、蘩，都是水生植物。

⑫② 总：聚合。柅（nǐ）柅：草木茂盛貌。

⑫③ 裛（yì）：缠绕。蓁（zhēn）蓁：茂盛的样子。

⑫④ 蕡（fén）实：硕大的果实。时味：应时的美味。

⑫⑤ 羞：食物，此指进食。

⑫⑥ 鷛鹭䴔䴖：都是水鸟名。

⑫⑦ 晨凫：野鸭。

⑫⑧ 候雁：雁按季节南飞北翔，故名候雁。衔芦：传说雁飞时，为了防入罗网，口中衔一枝芦苇。

⑫⑨ 泮（pàn）：溶解。徂（cú）：往。

⑬⓪ 吭：咽喉。哢吭：引吭鸣叫。

⑬① 白鼋命鳖：传说鼋鸣叫，鳖则响应。鼋：大鳖。鳖：龟属，俗名甲鱼或团鱼。

⑬② 玄獭（tǎ）：水獭，一种居住在水中的食鱼兽。传说水獭吃鱼前先将鱼排列水边祭祀。玄：黑色。

⑬③ 鳣（zhān）、鲔（wěi）、鳟（zūn）、鲂（fáng）：与下句的鮷（tí）、鳢（lǐ）、鲨（shā）、鲿（cháng），都是鲜美的大鱼。

⑬④ 报章：原为织锦成章，此喻鱼的花纹美丽。

⑬⑤ 濑（lài）：湍急的流水。

⑬⑥ 相忘：指鱼在水中，各各自得其乐。《庄子·大宗师》说，泉水干涸，鱼互相用唾沫浸润，“不若相忘于江湖”。

⑬⑦ 匝：环绕，包括。

⑬⑧ 方轨：两车并行无阻。涂：通“途”。

⑬⑨ 爽垲（kǎi）：高爽干燥。

⑭⓪ 承明：西汉严助曾在长安宫内筑造承明庐。

⑭① 阳城：蜀都一城门名。延阁：接连不断的楼阁。

⑭② 观榭：在台上盖的高屋。

⑭③ 轩：台观前沿围以栏杆可以眺望的部分。

⑭4 瞰（kàn）：俯视。
⑭5 议殿：会议的殿。爵堂：封官拜爵的堂。
⑭6 武义、虎威：与下句的宣化、崇礼都是门名。
⑭7 闼：宫中小门。
⑭8 闱：宫中的两侧小门。
⑭9 阙：宫门前两边的楼。邈：高耸。
⑮0 金铺：门上兽面形铜制环钮。
⑮1 玉题：门楣上的玉饰。
⑮2 轨躅（zhú）：车行之迹，此指大道。
⑮3 闬（hàn）：里巷的门。
⑮4 甍（méng）：屋脊。
⑮5 庑（wǔ）：堂下周围的走廊、廊屋。
⑮6 甲第：豪门贵族的房屋。
⑮7 衢、术：均指大街。
⑮8 坛：庭院。宇：屋。
⑮9 驷：一车四马。
⑯0 葛：诸葛亮。姜：姜维。
⑯1 畴：谁。恤（xù）：安置，此指居住。
⑯2 亚：其次。少城：成都城内的小城。
⑯3 市廛（chán）：商店集中的处所。
⑯4 渊：人和物品聚集之处。
⑯5 隧：有店铺的街道。
⑯6 肆：市集贸易之处。
⑯7 贿货：商品。
⑯8 袨（xuàn）：盛服。靓（jìng）：妆饰艳丽。
⑯9 贯贸：买卖交易，以有易无。墆（zhì）鬻：囤积待价卖出。
⑰0 橦（tóng）：木棉。华：同“花”。
⑰1 桄（guāng）榔（láng）：一种常绿树，茎髓可制淀粉。

⑰ 大夏：古代西域国名。《汉书·张骞传》说：张骞在大夏见过蜀地所产的邛竹手杖。

⑰ 蒟（jǔ）：蜀地一种植物，果实可做酱。番禺：在今广东。

⑰ 叛衍：稠密。相倾：彼此拥挤不让。

⑰ 哤（máng）聒（guō）：声音杂乱。

⑰ 壒（ài）：灰尘，此指灰尘遮住。曜灵：白日。

⑰ 阛（huán）阓（huì）：市巷。

⑰ 贝锦：锦名，因花纹如贝，故名。斐（fěi）：五色相错的文采。

⑰ 濯色江波：谯周《益州志》说：成都江水濯洗锦，文采格外鲜明，胜于其他河水。

⑱ 黄润：筒中细布。

⑱ 籝：高步瀛说，《说文》无此字，当作“籯”。籯（yíng）：盛物的竹器。

⑱ 侈侈：盛多貌。

⑱ 卓郑：卓氏和程郑。据《史记·货殖传》说，他们都是冶铸大富，拥有铁山和奴隶上千人。埒（liè）：相等。

⑱ 擅：占有。

⑱ 镪（qiǎng）：钱。

⑱ 鈚（pī）：裁木为器。摫（guī）：裂帛为衣。兼呈：同时向农奴定量征收。

⑱ 翕（xī）习：盛貌。

⑱ 三蜀：蜀郡、广汉、犍为三郡。

⑱ 两：古“辆”字，车一乘称一辆。

⑲ 罍（léi）：古代盛酒器。

⑲ 肴：菜蔬。槅：通“核”，桃梅等有核的果子。

⑲ 觞（shāng）：敬酒。醥（piǎo）：清酒。

⑲ 鲜：尝新。紫鳞：指鱼。

⑲ 羽爵：酒器，左右形如两翼，作鸟雀状。

⑲5 丝：弦乐器。竹：竹管乐器。

⑲6《西音》：和下句的《江上》，均为乐曲名。促柱：弦音急促。

⑲7 飂（liáo）厉：形容歌声嘹亮。

⑲8 翩：轻捷貌。跹跹：旋舞的样子。裔裔：舞姿轻盈婉美貌。

⑲9 王孙：卓王孙，卓文君之父。

⑳0 郤公：蜀地一个富豪。

⑳1 从禽：追逐禽兽。

⑳2 骥子：骏马名。

⑳3 服：佩带。鱼文：用鱼兽皮制成的盛箭器。

⑳4 校：军队建制。

⑳5 金堤：在岷山都安西，位于成都西面。

⑳6 玉津：即壁玉津，在犍为东北，位于成都之东。

⑳7 朔：阴历每月初一。晦：阴历每月最后一天。

⑳8 蹴蹈：践踏。蒙笼：葱茏的草木。

⑳9 涉躐（liè）：经过。寥廓：蒿草之地。桓谭《新论》说：“道路皆蒿草，寥廓狼藉。”

210 倏胂（shēn）：奔逐急速。

211 罻（wèi）罗：捕鸟兽的网。络幕：分张覆盖的样子。

212 毛群：指野兽。陆离：分散。

213 羽族：禽鸟。纷泊：扑翅飞走。

214 翕响：一刹那。挥霍：迅疾。

215 薄：杂草丛生地。

216 麖（jīng）、麋：都是大鹿名。

217 翦：同“剪”。旄（máo）：旄牛。麈（zhǔ）：鹿类动物，俗称四不像。

218 文蛇：有花纹的蛇。

219 彭门：在岷山都安，有两山对峙如阙。

220 九折：九折坂，在邛崃山。

㉑ 五屼（wù）：山名，在四川犍为南面。蹇（jiǎn）浐（chǎn）：屈曲貌。

222 戟（jǐ）：古兵器，此指用戟刺。

223 皛（pāi）：击杀。貙（chū）氓：又叫貙人，传说中一种能化为虎的怪兽。葽（yāo）：草盛貌。

224 戾：拔截。

225 铩（shā）翮（hé）：羽毛摧落。铩：伤残。翮：羽茎。

226 殆而：相等于“乃至于”，殆，通“逮”，及。朅（qiè）来：去来，偏义使用，此偏在来义。

227 相与：好友。第：且。如：往。滇池：湖名，在今云南昆明。

228 江洲：今重庆。

229 舣（yǐ）：使船靠岸。

230 娉（pìn）：访问。江婓（fēi）：即江妃，神女名。

231 罨（yǎn）：掩捕。翡翠：一种水鸟。

232 鰋（yǎn）、鲉（yóu）：均为鱼名。

233 虬（qiú）：传说为有角的小龙。

234 鲟鱼：传说鲟鱼爱听音乐，伯牙鼓琴，鲟鱼出听。

235 阳侯：波神。

236 云汉：银河。

237 飨：赏赐。獠者：打猎的人。

238 帟（yì）：帐篷中座上承尘的平幕。

239 酤：酒。

240 御：进用。

241 轰轰阗（tián）阗：象声词，形容车马行进声。

242 三川：今河南洛阳一带，因黄河、洛水、伊水相交于此，故名。

243 朝市：争夺名利的地方。《史记·张仪传》：“臣闻争名者于朝，争利者于市。今三川、周室，天下之朝市也”。

244 卓荦（luò）：卓绝出众。

㉔⑤ 倜（tì）傥（tǎng）：不寻常。罔已：不尽。罔同“无”。

㉔⑥ 一：此作“有的”解。经：关联。

㉔⑦ 井络：井星。传说天上的井星是岷山精灵变的。

㉔⑧ 运期：定期。会昌：举行盛会。

㉔⑨ 景福：洪福。肸（xī）飨：声响的传播，此指神灵感应。

㉕⓪ 碧：玉。苌（cháng）弘：人名。王嘉《拾遗记》说。苌弘为周人所杀，死后，血化为碧玉。

㉕① 杜宇：据《蜀记》说，古代有个人姓杜名宇，在蜀称帝，号望帝。死后，魂魄化为子规鸟。

㉕② 羌：发语词。

㉕③ 炳：同“秉”。

㉕④ 蔚：有文采。相如：司马相如。

㉕⑤ 皭（jiào）：高洁。君平：严遵字君平，在成都市卖卜，著《老子指归》。

㉕⑥ 王褒：字子渊。韡（wěi）晔（yè）：光明貌，此指文采焕发。秀发：形容才能英秀出众。

㉕⑦ 含章：内含文采。挺生：奇拔超群。

㉕⑧《道德》：老子《道德经》。

㉕⑨ 掞（yàn）：感动。天庭：指皇帝。汉武帝读了司马相如的赋，很激赏，恨不能和他同时，后来知道他是同时代人，并在成都，立即召见。

㉖⓪ 考：比。俊：杰出。

㉖① 中叶：指汉代中叶。

㉖② 程：法式。

㉖③ 峻岨（zǔ）：峻险。塍（chéng）埒（liè）：等同。塍，界；埒，等。

㉖④ 吞：大。巨防：长城名。《韩非子·初见秦》说：“长城巨防，足以为塞。”

㉖⑤ 公孙：公孙述，王莽时在蜀称帝。

㉖⑥ 刘宗：指刘备，他是汉朝的宗室。

㉖⑦ 孰尚：何处能比得上。

㉖⑧ 诸夏：周代分封的诸侯国，此指中原各地。

【语译】

有一个西蜀公子，对东吴王孙说道：我听说，天以日月为纲，地以四海为纪。九州按星宿分野，万国错杂陈列。崤山、函谷之内有帝皇的宫殿，黄河、洛水一带是王者的故里，但您可曾听说过蜀都的情况吗？请让我为您粗略地说说吧！

“蜀都，在上古时代就创奠了基业。秦代筑城置郡，开拓灵关山为门，玉垒山包在蜀都后面，像是边墙。岷江像两条玉带流过城南，险阻的峨眉山捍卫着城池。它是水陆交通的枢纽，畅通四面八方；物产丰富、天下的物品都汇聚在这里。

“蜀都南面，可追踪到犍为、牂柯两郡，靠近交趾。绵延连接，五千余里。高山峻岭不断，怀藏溪水山谷。岗峦重叠交结，水气触石化成云彩。山气郁积，轻淡青翠；高山耸立，巍巍峨峨，直插云霄，秀丽峭拔；丹气蒸蔚，成为彩霞。在山的弯曲处，龙池沸涌，漏江伏流破决而出。水流湍急，如同汤谷扬起波涛，濛汜涌起大浪。岭上长满邛竹，山崖遍生菌桂。旁有龙眼、荔枝挺立。布满茂盛的绿叶，挂着累累的红色果实，迎着寒冬不凋败，常年美盛鲜艳。孔雀和翡翠鸟群起飞翔，犀牛和大象竞相奔驰。野鸡早晨叫，猩猩夜间啼。金马飞奔，快如光速看不到影子；碧鸡疾翔，留下光彩的形象。气井的深层有火在闪光，烈焰炽盛照耀天的四边。这里还出产琥珀、朱砂、石青、珍珠和美玉，沙砾中富藏金银，文采焕发，光辉耀丽。

“蜀都北面，背倚华容水，北望昆仑山，剑阁环绕，石门险阻。汉水浩浩汤汤，惊涛骇浪，奔腾如雷，远望仿佛天旋地转，走近只见云气沉沉。水族特产，鳞鱼甲鳖无不具备。潜藏蛟螭，隐埋碧玉。丙穴出产嘉鱼，褒谷盛产良材。树有木兰、木桂、杞柳、橉、椅、梧桐、棕榈、椰子、楔和枞。谷底楩楠幽深蔼蔼，峰顶松柏郁郁葱葱。密林耸起高高的树干，远伸长长的枝条，枝叶扇动飞云，拂扫轻霄。羲和驾日绕过高枝行驶，三足鸟遇到树梢回翅改道。在这里栖息和飞翔的群鸟，数目之多倍于邓林。山洞里住着奇兽，鸟巢里栖着异禽。熊罴在山南嗥叫，雕鹗在山北疾飞。猿猴在空处跳跃竞走，虎豹放声长啸。

“蜀都东面，与巴中地带绵连，那里居住着众多的少数民族。外靠宕渠郡的铜梁山，里面土地肥沃，地形险要。这儿盛产巴菽、巴戟、灵寿、桃枝，四周以葙圃为藩篱，水边遍布盐池。山鸡栖于山中，龟鼋住在水里。潜龙蟠伏于沼泽，听到鼓声便布云行雨。山坡上出产火红的丹砂，山地里挂满淌蜜的蜂房。山图采集它们而得道成仙，赤斧服食它们便长生不老。巴人都很勇敢刚强，他们的歌谣也表现尚武精神。激奋起来便组成军队，欢乐时候就跳起渝地舞蹈。猛勇之气在西汉中叶最盛，壮健舞姿世世代代保存在乐府之中。

“蜀都西面，岷山挟持，岷江发源于此。白狼族臣服汉朝，用自己的语言作颂诗献上。郊野草木茂密，长满树林的山脚阴森幽暗。林中种植交让，蹲鸱在土中生长，各种药材灌木丛生。冬天，耐寒的花卉散发芳香。异品繁多，有什么物产不能在这儿生育？还出产青珠、黄环、碧砮、芒硝。辛夷丰茂，花椒繁盛。蘼芜遍布山坳，黄连蔓延在长满兰草的水边。红色的花点缀着紫色的果实，枝叶丛生。花蕊纷披下垂，落花随风远飞。神农尝百草，扁鹊、俞跗配药料。药草的芳香驱除人身上的邪气，它的气味能免除人的疫疾。

“境内土地平坦肥沃，一望无际。潜水、沫水在地下潜流，绵水、雒水灌溉两岸。沟渠像血管分布，田畴如锦绣错列。黍稷茂盛，粳稻繁富。都江堰如同兴云布雨的天门，开放水池陆地上不愁水源。就是月亮走近毕星降下滂沱大雨，也不能和蜀都的水利相比。

“城镇住宅夹江傍山，繁荣富庶。屋宇相望，村落相连。家家有盐井，户户有果园。园中沙果、枇杷、橙子、柿子、羊枣和山梨满树。山桃成行，梅李罗列。百果开花，百花争艳。春天，红色的樱桃成熟；夏天，白色的沙果收摘。至于心星西降，凉风凛冽，白露凝结，寒霜满地，紫梨滋润，榛栗壳破，葡萄熟透，石榴竞裂。成熟的果实十分甘甜，它们纷纷落到地面，芳香浓烈。菜园里有蒟蒻、茱萸，瓜芋连畦成片。甘蔗宜温煦，辣姜喜阴凉。

它们每日缓缓滋长，一月后叶茂茎长。各种植物适宜本地土质繁殖，大家献出供储藏。

“肥沃的沼泽中，蒋蒲成片，绿菱红莲，蕴藻掺杂，蘋蘩混生。从从茎干聚合，片片绿叶交错。硕大的果实和时鲜的菜蔬，供王公贵族享用。鸿鹄成群结队，还有鸑鷟鹈鹕。野鸭早晨来到，候雁衔着芦苇飞翔。秋天叶落飞向南边，春天冰化飞往北方。它们穿过云层，露宿水旁，在清渠中引颈欢唱。沼泽深处，大鳖鸣叫，小鳖响应，黑色的水獭把鱼排列岸边像在献祭。鱣、鲔、鳟、鲂、鮷、鳢、鲨、鲿，鱼鳞色彩错杂排比，像锦上花纹般美丽，在湍流和浪涛中跳跃嬉戏，自得其乐。

“坚固的城郭围护市区，崇高壮丽，名叫成都。开辟十八座城门，铺修双车并行的广阔大道。在高爽干燥的地方，模仿承明庐营造新宫室。在阳城门上修建绵延不断的楼阁、台榭高入云中，开设高轩面对青山，一排绮窗俯瞰大江。宫内有议事之殿，授爵之堂，还有武义、虎威、宣化、崇礼四道宫门。华丽的宫阙高耸，重重宫门洞开。门上的金铺和玉题交相辉映。宫外大道四通八达，里巷的门对开。屋宇比比相连，廊屋住室成千上万。也有豪门贵族的住宅，面对大街，堂院宽敞，高门能容四马车子出进。庭内敲钟磬，堂下抚琴瑟。除非诸葛亮和姜维那样的权贵，谁能住在这样的屋内？

“其次，成都城内的小城，位在西区。是商店集中之所，万千商品汇集之处。街道上百条，贸易场所成千。商品堆积如山，纤巧华丽，品种繁多。都城里的男男女女，衣着妆饰艳丽。商人囤积居奇，买卖的人川流不息。珍奇的货物各地少见。有木棉花织的布，有桄榔粉制的面。以节为奇的邛竹手杖远传到大夏，以味流香的蒟酱遥运到番禺。车轿纷纷来往，显贵人物混杂其中，车子络绎不绝，你推我挤互不相让。人声鼎沸，震撼宇宙；尘埃漫天，日色无光。市巷里，处处有织锦作坊，各家工场虽不相连，机杼声彼此交响。锦上的花纹斐然成章，在蜀江濯锦，色彩格外明亮。筒中细布非常名贵，黄金装箱才能买上。

“众多巨富人家，与卓氏、程郑齐名。他们公然占有山川，为自己积聚财富。藏钱亿万，征收木材、布帛。以财富称雄，轰动边城。三蜀富豪，经常来往，在蜀都交游，成群结党。高谈阔论，激动时扼腕，兴奋时拍掌。外出时骑马相连，归来时车从百辆。至于他们平常的习俗，年终岁始，吉日良辰，高堂置宴，款待嘉宾。正中摆着盛满酒的金罍，四周陈列鲜果和菜蔬。高举满杯清酒，品尝鲜鱼美味。捧着酒杯竞相畅饮，奏起管弦乐器。女乐有的弹琴弦，有的打拍子。唱一曲激越的《西音》，歌一阕嘹亮的《江上》。舒动长袖翩翩起舞，舞姿轻盈回旋。主客紧紧坐拢不拘形迹，斟满杯互相罚酒。今晚痛饮一场，一醉几月不醒。

“至于像卓王孙、郤公一类人，出外打猎，倾城随同观看。猎人骑着骏马，佩带弓箭。黑马黄马分列队形，四马车子缭乱缤纷。西面过金堤，东头越玉津。月初辞家月终回，行猎不能按日论旬计。马蹄在葱茏的草木间践踏，经过蒿草之地。鹰疾逐，犬迅追，网罗施张覆盖。野兽惊惶四逃，禽鸟扑翅飞走，顷刻之间在林间草地中落网。杀麖麂，剪下旄麈尾，捉花蛇，缚斑虎。兴致未尽，天色将晚；追逐飞禽，奔赴遥远的地方。出了彭门阙，驰向九折坂，经过险峻的三峡，登上崎岖的五屼山。刺死食铁的兽，射杀吞毒草的鹿，在茂密的草丛中击毙能变虎的貙人，在森林里射死会作人言的怪鸟。拔掉大象牙，截断犀牛角，摧落鸟羽毛，砍去兽四脚。

“至于来了亲朋好友，且赴滇池，共会江州。试作水上游客，岸分停泊轻舟。访问江妃，与神女同游。捕翠鸟，钓鰋鲉；射下高空的天鹅，捉出深水中的小龙。吹洞箫，唱渔歌，感动鲟鱼出听，惊动波神阳侯。波涛汹涌沸腾，珠贝在水面漂浮，好像天河中的群星，闪烁的光照亮洪流。犒劳猎人，张起帐幕，在平原上聚会。饮清酒，切鲜肉。酒醉饭饱，客人回去。车马声如雷震耳，轰轰隆隆，像风流动，如雨飘散，远播数百里外。这里是定居者的乐园，外地慕名的人也向往这边。争名夺利的地方，何止是在三川？

“关于蜀都的神奇传说和不寻常的记载，更是数不胜数。有的叙说神怪，有的依据人理。远古的传说有岷山的精灵，升天变成井星。天帝定期在蜀都举行盛会，降下福祚神灵感应。苌弘的血化为碧玉，杜宇的魂魄变成了子规。虚幻变化虽然不合常理，但在过去却是广为流传。近代则由于江山禀赋，世世代代都有英杰之士史上留名。文采丰茂如司马相如，淡泊高洁有严君平。

王褒卓绝焕发，扬雄才思横溢。他们玄妙的思维与《道德经》媲美，华丽的辞藻感动天庭。和全国相比他们不愧为杰出人才，在汉代中叶也是大有声名。因此，谈论的人都引为荣耀，写作的人都奉为典型。

“蜀都以深谷为关塞，高山为屏障。峻固等同长城，险要好比巨防。一人守关，万夫莫当。公孙述凭此跃马称帝，刘皇叔据此下车为王。由此说来，天下何处能和它相比，即使拥有中原全部财富，也不如蜀都的无可限量。”

【评析】

本文盛赞蜀都，能紧紧把握蜀地的地方特色。如写山川险峻，则说“抗峨眉之重阻”“缘以剑阁，阻以石门”“流汉汤汤，惊浪雷奔，望之天回，即之云昏”。写物产丰富，则广列蜀地的特产，如巴菽、巴戟、丹沙、蜂蜜、邛竹、菌桂、龙眼、荔枝，以及气井等。写都市繁荣，则说：“布有橦华，面有桄榔。邛杖传节于大夏之邑，蒟酱流味于番禺之乡。”且形象地写出蜀都生产蜀锦的情景，作坊林立，“机杼相和”，工人在蜀江漂洗贝锦，“濯色江波”。写蜀地的少数民族也很有地方色彩：“若乃刚悍生其方，风谣尚其武；奋之则賨旅，玩之则渝舞。锐气剽于中叶，蹻容世于乐府。”正因为作者能牢牢把握住蜀地的地方特色，因而能在赋中多层次、多角度地展示出一幅绚丽多姿的古代蜀都的画卷。这与作者稽地图而写山川城邑、验方志而写鸟兽草木的创作主张分不开。

卷第五

赋丙

京都下

吴都赋一首

作者：左太冲　　注译评析：汤炳能

东吴王孙辴然而咍[1]，曰："夫上图景宿，辨于天文者也；下料物土，析于地理者也。古先帝代，曾览八纮之洪绪[2]，一六合而光宅[3]，翔集遐宇。鸟策篆素[4]，玉牒石记，乌闻梁岷有陟方之馆[5]，行宫之基欤？而吾子言蜀都之富[6]，禺同之有；玮其区域，美其林薮；矜巴汉之阻，则以为袭险之右；徇蹲鸱之沃[7]，则以为世济阳九[8]。龌龊而筭[9]，顾亦曲士之所叹也；旁魄而论都[10]，抑非大人之壮观也。何则？土壤不足以摄生，山川不足以周卫。公孙国之而破[11]，诸葛家之而灭[12]。兹乃丧乱之丘墟，颠覆之轨辙，安可以俪王公而著风烈也！玩其碛砾而不窥玉渊者[13]，未知骊龙之所蟠也；习其弊邑而不睹上邦者，未知英雄之所躔也[14]。

"子独未闻大吴之巨丽乎？且有吴之开国也，造自太伯[15]，宣于延陵[16]。盖端委之所彰[17]，高节之所兴。建至德以创洪业，世无得而显称。由克让以立风俗，轻脱躧于千乘[18]。若率土而论都，则非列国之所觖望也[19]。

"故其经略，上当星纪[20]，拓土画疆，卓荦兼并[21]。包括干越，跨蹑蛮荆。婺女寄其曜，翼轸寓其精[22]。指衡岳以镇野，目龙川而带垌[23]。

“尔其山泽，则嵬嶷峣屼[24]，罂冥郁岪[25]；溃渱泮汗[26]，滇㴐淼漫[27]。或涌川而开渎，或吞江而纳汉。磈磈磈磈[28]，滮滮泋泋[29]。嶔崟乎数州之间[30]，灌注乎天下之半。

“百川派别，归海而会。控清引浊，混涛并濑[31]。渍薄沸腾，寂寥长迈。濞焉汹汹[32]，隐焉礚礚[33]。出乎大荒之中，行乎东极之外，经扶桑之中林[34]，包汤谷之滂沛[35]。潮波汩起[36]，回复万里。歊雾漨浡[37]，云蒸昏昧。泓澄奫潫[38]，澒溶沆瀁[39]，莫测其深，莫究其广。澶湉漠而无涯[40]，总有流而为长[41]。瑰异之所丛育，鳞甲之所集往。

“于是乎长鲸吞航，修鲵吐浪[42]。跃龙腾蛇，鲛鲻琵琶[43]，王鲔鯸鲐[44]，鲫龟鳍鲭[45]，乌贼拥剑[46]，䲟鼍鲭鳄[47]，涵泳乎其中。葺鳞镂甲，诡类舛错，溯洄顺流[48]，喁喁沉浮[49]。

“鸟则鹍鸡鸀鳿[50]，鹴鹄鹭鸿[51]。鶢鶋避风[52]，候雁造江。㶉鶒鷫鸘[53]，鹔鹤鹙鸧[54]，鹳鸥鹢鸬[55]，氾滥乎其上。湛淡羽仪[56]，随波参差。理翮整翰，容与自玩。雕啄蔓藻，刷荡漪澜。

“鱼鸟聱耴[57]，万物蠢生。芒芒黖黖[58]，慌罔奄欻[59]，神化翕忽[60]，函幽育明，穷性极形，盈虚自然。蚌蛤珠胎，与月亏全[61]。巨鳌赑屃[62]，首冠灵山。大鹏缤翻[63]，翼若垂天。振荡汪流，雷抃重渊。殷动宇宙，胡可胜原？

“岛屿绵邈，洲渚冯隆[64]，旷瞻迢递，迥眺冥蒙。珍怪丽，奇隙充，径路绝，风云通。洪桃屈盘[65]，丹桂灌丛。琼枝抗茎而敷蕊，珊瑚幽茂而玲珑。增冈重阻，列真之宇[66]。玉堂对溜[67]，石室相距。蔼蔼翠幄，袅袅素女。江斐于是往来[68]，海童于是宴语。斯实神妙之响象[69]，嗟难得而觏缕[70]。

“尔乃地势坱圠[71]，卉木镺蔓[72]。遭薮为圃[73]，值林为苑。异荂蓲蘛[74]，夏晔冬蒨。方志所辨，中州所羡。草则藿、蒳、豆蔻[75]，姜汇非一。江篱之属，海苔之类，纶组紫绛[76]，食葛香茅[77]，石帆水松[78]，东风扶留[79]。布濩皋泽[80]，蝉联陵丘，夤缘山岳之岊[81]，幂历江海之流[82]。

扤白蒂[83]，衔朱蕤。郁兮苍茂[84]，晔兮菲菲。光色炫晃，芬馥肸蠁[85]。职贡纳其包匦[86]，《离骚》咏其宿莽[87]。

“木则枫柙櫲樟[88]，栟榈枸榔，绵杬杶栌，文欀桢橿，平仲桾櫏，松梓古度，楠榴之木，相思之树。宗生高冈，族茂幽阜，擢本千寻[89]，垂荫万亩。攒柯挐茎[90]，重葩殗叶[91]。轮囷虯蟠[92]，埴堁鳞接[93]。荣色杂糅，绸缪缛绣[94]。宵露霮䨴[95]，旭日晻时[96]。与风飖飏[97]，飂浏飕飗[98]。鸣条律畅，飞音响亮。盖象琴筑并奏[99]，笙竽俱唱。

“其上则猿父哀吟，犻子长啸[100]。狖鼯猓然[101]，腾趠飞超。争接县垂，竞游远枝，惊透沸乱[102]，牢落翚散[103]。其下则有枭羊麡狼[104]，猰貐䝙象[105]，乌菟之族[106]，犀兕之党。钩爪锯牙，自成锋颖，精若耀星[107]，声若震霆。名载于《山经》，形镂于夏鼎[108]。

“其竹则篔筜箖箊[109]，桂箭射筒[110]。柚梧有篁[111]，篻簩有丛[112]。苞笋抽节，往往萦结。绿叶翠茎，冒霜停雪。橚矗森萃[113]，蓊茸萧瑟[114]。檀栾蝉蜎[115]，玉润碧鲜。梢云无以逾[116]，嶰谷弗能连[117]，鸑鷟食其实[118]，鹓雏扰其间[119]。

“其果则丹橘余甘[120]，荔枝之林。槟榔无柯，椰叶无阴。龙眼橄榄，棎榴御霜[121]。结根比景之阴[122]，列挺衡山之阳。素华斐[123]，丹秀芳。临青壁，系紫房。鹧鸪南翥而中留[124]，孔雀綷羽以翱翔[125]。山鸡归飞而来栖，翡翠列巢以重行。

“其琛赂则琨瑶之阜[126]，铜锴之垠[127]，火齐之宝[128]，骇鸡之珍[129]。赪丹明玑[130]，金华银朴，紫贝流黄[131]，缥碧素玉，隐赈崴䃶[132]，杂插幽屏。精曜潜颖[133]，硩陊山谷[134]。碕岸为之不枯[135]，林木为之润黩，隋侯于是鄙其夜光[136]，宋王于是陋其结绿[137]。

“其荒陬谲诡[138]，则有龙穴内蒸[139]，云雨所储。陵鲤若兽[140]，浮石若桴[141]。双则比目，片则王余[142]。穷陆饮木，极沉水居。泉室潜织而卷绡[143]，渊客慷慨而泣珠[144]。开北户以向日，齐南冥于幽都[145]。

“其四野则畛畷无数[146]，膏腴兼倍，原隰殊品[147]，窊隆异等[148]。象耕鸟耘[149]，此之自与；穱秀菰穗[150]，于是乎在。煮海为盐，采山铸钱。国税再熟之稻，乡贡八蚕之绵[151]。

“徒观其郊隧之内奥[152]，都邑之纲纪，霸王之所根柢，开国之所基趾。郛郭周匝[153]，重城结隅[154]，通门二八[155]，水道陆衢。所以经始，用累千祀。宪紫宫以营室[156]，廓广庭之漫漫。寒暑隔阂于邃宇，虹蜺回带于云馆，所以跨跱，焕炳万里也。造姑苏之高台[157]，临四远而特建。带朝夕之浚池[158]，佩长洲之茂苑[159]。窥东山之府[160]，则瑰宝溢目。覵海陵之仓[161]，则红粟流衍[162]。起寝庙于武昌[163]，作离宫于建业[164]。阐阖闾之所营[165]，采夫差之遗法[166]。抗神龙之华殿[167]，施荣楯而捷猎[168]。崇临海之崔巍，饰赤乌之韡晔[169]。东西胶葛[170]，南北峥嵘[171]。房栊对櫎[172]，连阁相经。阍闼谲诡[173]，异出奇名，左称弯碕[174]，右号临硎[175]。雕栾镂楶[176]，青琐丹楹[177]。图以云气，画以仙灵。虽兹宅之夸丽，曾未足以少宁。思比屋于倾宫[178]，毕结瑶而构琼。高闱有闶[179]，洞门方轨。朱阙双立[180]，驰道如砥[181]。树以青槐，亘以绿水[182]；玄荫耽耽[183]，清流亹亹[184]。列寺七里[185]，侠栋阳路[186]。屯营栉比[187]，解署棋布。横塘查下[188]，邑屋隆夸。长干延属[189]，飞甍舛互[190]。

“其居则高门鼎贵[191]，魁岸豪杰，虞魏之昆[192]，顾陆之裔[193]。岐嶷继体[194]，老成弈世[195]。跃马叠迹，朱轮累辙[196]。陈兵而归[197]，兰锜内设[198]。冠盖云荫，闾阎阗噎[199]。其邻则有任侠之靡[200]，轻訬之客[201]。缔交翩翩[202]，傧从弈弈[203]。出蹑珠履，动以千百。里宴巷饮[204]，飞觞举白[205]。翘关扛鼎[206]，拚射壶博[207]。鄱阳暴谑，中酒而作[208]。于是乐只衎而欢饫无匮[209]，都辇殷而四奥来暨[210]。水浮陆行，方舟结驷[211]。唱棹转毂[212]，昧旦永日[213]。

“开市朝而并纳，横阛阓而流溢[214]。混品物而同廛[215]，并都鄙而为一。士女伫眙[216]，商贾骈坒[217]。纻衣絺服[218]，杂沓傱萃[219]。轻舆按辔以经隧[220]，楼船举帆而过肆[221]。果布辐凑而常然，致远流离与珂珹[222]。緤贿纷纭[223]，器用万端。金镒磊砢[224]，珠琲阑干[225]。桃笙象簟[226]，韬于筒中[227]。蕉葛升越[228]，弱于罗纨。儸譶磥㺜[229]，交贸相竞。喧哗喤呷[230]，芬葩荫映。挥袖风飘，而红尘昼昏；流汗霡霂[231]，而中逵泥泞[232]。富中之町[233]，货殖之选，乘时射利，财丰巨万。竞其区宇，则并疆兼巷；矜其宴居，则珠服玉馔。

“趫材悍壮[234]，此焉比庐[235]。捷若庆忌[236]，勇若专诸[237]。危冠而出，竦剑而趋[238]。扈带鲛函，扶揄属镂[239]。藏鍦于人[240]，去厳自闾[241]。家有鹤膝[242]，户有犀渠[243]。军容蓄用[244]，器械兼储。吴钩越棘，纯钧湛卢[245]。戎车盈于石城[246]，戈船掩乎江湖。

“露往霜来，日月其除[247]。草木节解[248]，鸟兽腯肤[249]。观鹰隼，诫征夫，坐组甲[250]，建祀姑[251]，命官帅而拥铎[252]，将校猎乎具区[253]。乌浒狼肮[254]，夫南西屠，儋耳黑齿之酋，金邻象郡之渠[255]，骉駥飍矞[256]，靸霅警捷[257]，先驱前涂。俞骑骋路[258]，指南司方。出车槛槛[259]，被练锵锵[260]。吴王乃巾玉辂[261]，轺骕骦[262]，旂鱼须[263]，常重光[264]。摄乌号[265]，佩干将[266]。羽旄扬蕤[267]，雄戟耀芒[268]。贝胄象弭[269]，织文鸟章[270]。六军袀服[271]，四骐龙骧[272]。峭格周施[273]，罿罻普张[274]；罼罕琐结[275]，罠蹄连纲[276]。陆以九疑[277]，御以沅湘[278]。輶轩蓼扰[279]，彀骑炜煌[280]。袒裼徒搏[281]，拔距投石之部[282]，猿臂骿胁[283]，狂趭犷猤[284]，鹰瞵鹗视[285]，趁趠翋䎘[286]，若离若合者，相与腾跃乎莽罠之野[287]。干卤殳鋋[288]，旸夷勃卢之旅[289]，长殺短兵[290]，直发驰骋，儇佻坌并[291]，衔枚无声[292]，悠悠旆旌者[293]，相与聊浪乎昧莫之垧[294]。钲鼓叠山[295]，火烈熛林[296]，飞焰浮烟[297]，载霞载阴。菈擸雷硠[298]，崩峦弛岑[299]。鸟不择木，兽不择音。虓甝䶂[300]，緽麋麖[301]，蓦六驳[302]，追飞生[303]。弹鸾鵔[304]，射猱挺[305]，白雉落[306]，黑鸩零[307]。陵绝嶛嶕[308]，聿越巉险[309]，跐逾竹柏[310]，獮猭杞楠[311]。封狶䝐[312]，神螭掩[313]。刚镞润[314]，霜刃染。

“于是弭节顿辔[315]，齐镳驻跸[316]，徘徊倘佯，寓目幽蔚，览将帅之拳勇，与士卒之抑扬。羽族以觜距为刀铍[317]，毛群以齿角为矛铗[318]，皆体著而应卒[319]，所以挂扢而为创痏[320]，冲踤而断筋骨[321]。莫不衄锐挫芒[322]，拉捭摧藏[323]。虽有石林之岞崿[324]，请攘臂而靡之[325]；虽有雄虺之九首[326]，将抗足而跐之[327]。颠覆巢居，剖破窟宅，仰攀鵕鸃[328]，俯蹴豺貘[329]，刦剞熊罴之室[330]，剽掠虎豹之落[331]。猩猩啼而就禽，萬萬笑而被格[332]。屠巴蛇[333]，出象骼，斩鹏翼，掩广泽。轻禽狡兽，周章夷犹[334]，狼踆乎纮中[335]，忘其所以睒睗[336]，失其所以去就。魂褫气慑而自踢跌者[337]，应弦饮羽，形偾景僵者[338]，累积而增益，杂袭错缪。倾薮薄[339]，倒岬岫[340]，岩穴无豜豵[341]，翳荟无麢鹨[342]。思假道于丰隆[343]，披重霄而高狩。笼乌兔于日月[344]，穷飞走之栖宿。

"嶰涧阒[345]，冈岵童[346]，罾罘满[347]，效获众。回靶乎行邪睨[348]，观鱼乎三江[349]。泛舟航于彭蠡[350]，浑万艘而既同。弘舸连舳[351]，巨槛接舻[352]。飞云盖海[353]，制非常模。叠华楼而岛跱，时仿佛于方壶[354]。比鹢首而有裕[355]，迈余皇于往初[356]。张组帏[357]，构流苏[358]，开轩幌[359]，镜水区。槁工楫师[360]，选自闽禺[361]，习御长风，狎玩灵胥[362]，责千里于寸阴，聊先期而须臾。棹讴唱[363]，箫籁鸣[364]。洪流响，渚禽惊[365]。弋磻放[366]，稽鷍明[367]。虞机发[368]，留鸡鹊[369]。钩铒纵横[370]，网罟接绪[371]。术兼詹公[372]，巧倾任父[373]。筌鲲鳝[374]，鲡鲿鲨[375]，罩两鲋[376]，罺鳊鰕[377]。乘鲎鼋鼍[378]，同眾共罗[379]。沉虎潜鹿[380]，罼罐窘束[381]。徽鲸辈中于群犗[382]，搀抢暴出而相属[383]。虽复临河而钓鲤，无异射鲋于井谷[384]。结轻舟而竞逐，迎潮水而振缗[385]。想萍实之复形[386]，访灵夔于鲛人[387]。精卫衔石而遇缴[388]，文鳐夜飞而触纶[389]。北山亡其翔翼[390]，西海失其游鳞[391]。雕题之士[392]，镂身之卒[393]，比饰虬龙[394]，蛟螭与对[395]。简其华质[396]，则亄费锦缋[397]；料其虓勇[398]，则雕悍狠戾[399]。相与昧潜险[400]，搜瑰奇，摸玳瑁[401]，扪觜蠵[402]，剖巨蚌于回渊[403]，濯明月于涟漪[404]。毕天下之至异，讫无索而不臻[405]。溪壑为之一罄[406]，川渎为之中贫[407]。哂澹台之见谋[408]，聊袭海而徇珍[409]。载汉女于后舟[410]，追晋贾而同尘[411]。汩乘流以砰宕[412]，翼飔风之浏浏[413]。直冲涛而上濑[414]，常沛沛以悠悠[415]。汔可休而凯归[416]，揖天吴与阳侯[417]。

"指包山而为期[418]，集洞庭而淹留[419]。数军实乎桂林之苑[420]，飨戎旅乎落星之楼[421]。置酒若淮泗[422]，积肴若山丘[423]。飞轻轩而酌绿酃[424]，方双辔而赋珍羞[425]。饮烽起[426]，釂鼓震[427]，士遗倦，众怀欣。幸乎馆娃之宫[428]，张女乐而娱群臣[429]，罗金石与丝竹[430]，若钧天之下陈[431]。登东歌[432]，操南音，胤《阳阿》[433]，咏《韎》《任》[434]，荆艳楚舞[435]，吴愉越吟[436]。翕习容裔[437]，靡靡愔愔[438]。若此者，与夫唱和之隆响[439]，动钟鼓之铿耾[440]。有殷坻颓于前[441]，曲度难胜[442]，皆与谣俗汁协[443]，律吕相应[444]。其奏乐也，则木石润色；其吐哀也，则凄风暴兴。或超《延露》而《驾辩》[445]，或逾《绿水》而《采菱》。军马弭髦而仰秣[446]，渊鱼竦鳞而上升[447]。酣湑半[448]，八音并[449]。欢情留，良辰征。鲁阳挥戈而高麾[450]，回曜灵于太清[451]。将转西日而再中[452]，齐既往之精诚。

"昔者夏后氏朝群臣于兹土[453]，而执玉帛者以万国。盖亦先王之所高会，而四方之所轨则。春秋之际，要盟之主[454]，阖闾信其威[455]，夫差穷其武。内果伍员之谋[456]，外骋孙子之奇[457]。胜强楚于柏举[458]，栖劲越于会稽[459]。阙沟乎商鲁[460]，争长于黄池[461]。徒以江湖崄陂[462]，物产殷充，绕溜未足言其固[463]，郑白未足语其丰[464]。士有陷坚之锐，俗有节概之风[465]。睚眦则挺剑[466]，喑呜则弯弓[467]。拥之者龙腾，据之者虎视。麾城若振槁[468]，搴旗若顾指[469]。虽带甲一朝，而元功远致[470]，虽累叶百叠，而富强相继。乐湑衍其方域[471]，列仙集其土地。桂父练形而易色[472]，赤须蝉蜕而附丽[473]。中夏比焉[474]，毕世而罕见，丹青图其珍玮[475]，贵其宝利也。舜、禹游焉，没齿而忘归[476]，精灵留其山阿[477]，玩其奇丽也。

"剖判庶土[478]，商榷万俗，国有郁鞅而显敞[479]，邦有湫阨而踡跼[480]。伊兹都之函弘[481]，倾神州而韫椟[482]。仰南斗以斟酌[483]，兼二仪之优渥[484]。繇此而揆之[485]，西蜀之于东吴，小大之相绝也，亦犹棘林萤耀[486]，而与夫梣木龙烛也[487]，否泰之相背也[488]，亦犹帝之悬解[489]，而与桎梏疏属也[490]。庸可共世而论巨细[491]，同年而议丰确乎[492]？暨其幽遐独邃[493]，寥廓闲奥[494]，耳目之所不该[495]，足趾之所不蹈，倜傥之极异[496]，謳诡之殊事[497]，藏理于终古[498]，而未寤于前觉也[499]。若吾子之所传[500]，孟浪之遗言[501]，略举其梗概，而未得其要妙也[502]！"

【篇旨】

借东吴王孙对西蜀公子的驳难，赞颂吴都物产富庶、宫廷华丽、人物倜傥以及历史上的文治武功。

【注释】

① 辴（chǎn）然：大笑貌。咍（hāi）：嗤笑。

② 八纮：八方极远之地。

③ 光宅：被覆，统治。

④ 鸟策：用鸟篆记载古代帝王事迹的竹简。

⑤ 陟方：帝王巡守。

⑥ 吾子：您。

⑦ 蹲鸱（chī）：大芋，其形如蹲在地上的鸱鹰。

⑧ 阳九：灾荒年景。

⑨ 龌龊：拘于小节。筭：同“算”。

⑩ 论都：孙志祖《文选考异》引潘綍道：“‘都’字似衍。”

⑪ 公孙国之而破：王莽末年，公孙述割据蜀中，后为东汉大司马吴汉所破。

⑫ 诸葛家之而灭：诸葛亮为丞相辅佐刘备建立蜀国，蜀国后为魏将邓艾所灭。

⑬ 碛（qì）砾：浅水见沙石之貌。玉渊：产玉石的深水。

⑭ 躔（chán）：义同“廛”，居处。

⑮ 太伯：周太王的长子，为让王位，出走到南方，创立吴国。

⑯ 延陵：吴国公子季札，封于延陵，号延陵公子。《史记·吴太伯世家》载：吴王寿梦欲立季札为太子，季札把王位让给诸樊。

⑰ 端委：端正而宽长的礼服。

⑱ 躧（xǐ）：鞋。

⑲ 觖（kuì）望：希冀。

⑳ 上当星纪：吴越的分野是斗宿、牛宿和女宿。斗、牛、女三宿为日月五星之所终始，称为星纪。故吴越分野为星纪。

㉑ 卓荦（luò）：超出一般。

㉒ 婺（wù）：女宿。翼轸（zhěn）：二十八宿中的两宿。婺女星为越之分野，翼、轸二星为楚之分野，三国时越、楚为吴所并，故说“婺女

寄其曜，翼軫寓其精”。

㉓ 龙川：地名，今属广东。垧（jiōng）：郊野。

㉔ 嵬（wéi）嶷（nì）：山高大雄伟貌。峣（yáo）屼（wù）：山高险貌。

㉕ 嘤（yǐng）冥：幽暗不明。郁茀（fú）：山势高险曲折。

㉖ 溃渱（hóng）：水势浩瀚无边貌。泮汗：水流广大貌。

㉗ 滇瀰（miàn）：水辽阔广大。淼（miǎo）漫：水广阔无边。

㉘ 磈（kuǐ）磈硊（lěi）硊：山石攒积貌。

㉙ 滮（biāo）滮：水流貌。澌（hàn）澌：水疾流声势。

㉚ 嶔（qīn）崟（yín）：山势深险连绵状。

㉛ 濑（lài）：石间急湍。

㉜ 濞（pì）：水暴发之声。

㉝ 礚（kē）礚：水流声。

㉞ 扶桑：神树名，传说日出其下。

㉟ 汤谷：传说中日出之处。

㊱ 汩（yù）：迅疾貌。

㊲ 歊（xiāo）雾：雾气上升。湰（péng）浡（bó）：升腾貌。

㊳ 泓澄：水深而清澈。奫（yūn）潫（wān）：水波回旋貌。

㊴ 澒（hòng）溶、沆（hàng）瀁（yàng）：皆水深广貌。

㊵ 澶（chán）湉（tián）：水静流貌。

㊶ 总：总汇。

㊷ 鲵：雌鲸。

㊸ 鲛：鲨鱼。鲻（zī）：鱼名。琵琶：琵琶鱼，无鳞，形似琵琶。

㊹ 王鲔（wěi）：大鲔鱼。鯸（hóu）鲐（yí）：河豚。

㊺ 鲫（yìn）、鳝（fān）、鳍（cuò）：均鱼名。

㊻ 拥剑：蟹的一种。

㊼ 鼅（gōu）鼊（bì）：龟的一种。鲭（qīng）：青鱼。

㊽ 溯（sù）洄：逆流而上。

㊾ 噞（yǎn）喁（yóng）：鱼浮出水面张口呼吸的样子。

㊿ 鹍（kūn）鸡、鸀（zhú）鳿（yù）：均鸟名。

51 鹴（shuāng）：水鸟名，雁的一种。

52 鶢（yuán）鶋（jū）：鸟名，即秃鹰。

53 鸂（xī）鶒（chì）、鷛（yóng）鸜（qú）：皆水鸟名。

54 鶄（qīng）鹤：一种水鸟，似鹤。鹙（qiū）鸧（cāng）：鸟名。

55 鹳（guàn）、鸥、鹢（yì）、鸬（lú）：皆为鸟名。

56 湛淡：随风飞翔貌。

57 犛（yóu）耴（yì）：屈曲欲出。

58 芒芒黖（xì）黖：暗昧不明。

59 慌罔：不明貌。奄欻（xū）：来去不定的样子。

60 翕（xī）忽：变化迅速。

61 与月亏全：《吕氏春秋》："月望则蚌蛤实，月晦则蚌蛤虚"。

62 赑（bì）屃（xì）：壮猛有力。

63 缤翻：飞翔貌。大鹏缤翻：《庄子·逍遥游》："北溟有鱼，其名为鲲。鲲之大，不知其几千里也。化而为鸟，其名为鹏。鹏之背，不知其几千里也。怒而飞，其翼若垂天之云。"

64 冯隆：高貌。

65 洪桃屈盘：《水经》："东海中有山焉，名曰度索。上有大桃，屈盘三千里。"

66 列真：诸位仙人。道家称得道的人为真人。

67 溜：屋檐滴水之处。

68 江斐：即江妃，传说中的仙女。

69 响象：想象。

70 覼（luó）缕：原委。

71 坱（yǎng）圠（yà）：高低不平貌。

72 昋（ǎo）蔓：草木茂盛蔓延的样子。

73 薮（sǒu）：水浅草茂的泽地。

74 荂（fū）：花。蓲（fū）蕍（yù）：花开繁盛貌。

⑦⑤ 藿：藿香。蒳（nà）：香草。

⑦⑥ 纶：青丝带。组：丝带。紫：紫菜。绛：绛草，可以染色。

⑦⑦ 食葛：一种蔓生植物，根似芋可食。香茅：一种茅草，古人用来缩酒。

⑦⑧ 石帆：一种海草，状如柏。水松：一种水草，叶如松。

⑦⑨ 东风：一种野菜。扶留：一种野藤。

⑧⓪ 布濩：遍满貌。

⑧① 夤缘：攀附。岊（jié）：山势曲折之处。

⑧② 幂（mì）历：分布覆盖的样子。

⑧③ 扤（wù）：摇动。

⑧④ 蔿（ruì）：草初生貌。

⑧⑤ 肸（xī）蠁（xiǎng）：弥漫。

⑧⑥ 包匦（guǐ）：包扎缠结，此指菁茅。菁茅有刺，古时用来给宗庙缩酒时，需包扎缠结。

⑧⑦ 宿莽：一种冬天不枯的草。屈原曾用来比喻自己志向的坚贞。《离骚》："夕揽洲之宿莽。"

⑧⑧ 柙（jiǎ）、橡、樟：和下文的枸（gōu）榔（láng）、杬（yuán）、杶（chūn）栌（lú）、文、欀（xiāng）、桢、橿（jiāng）、平仲、桾（jūn）櫏（qiān）、古度、楠榴皆树木名。

⑧⑨ 擢（zhuó）：抽拔，向上生长。

⑨⓪ 挐（rú）：纠缠。

⑨① 殗（yè）：叶重叠貌。

⑨② 轮囷（qūn）：屈曲貌。

⑨③ 墒（qì）墌（zhí）：枝柯重叠连接貌。

⑨④ 绸（chóu）缪（móu）繁密缠绕。

⑨⑤ 霮（dàn）霸（duì）：露重貌。

⑨⑥ 晻（àn）暧（bèi）：昏暗貌。

⑨⑦ 飖（yáo）飏（yáng）：风摇动枝叶的样子。

⑨⑧ 颵（yǒu）浏（liú），飕（sōu）飀（liú）：均为风声。

⑨⑨ 筑：古代一种弦乐器。

⑩⓪ 猈（huī）子：也叫山猈。《山海经·北山经》："（狱法之山）有兽焉，其状如犬而人面，善投，见人则笑。其名山猈。其行如风。"

⑩① 狖（yòu）：长尾猿。鼯（wú）：飞鼠，形似蝙蝠，能在树林中飞翔。猓（guǒ）然：兽名，属猿猴一类。

⑩② 透：惊慌。

⑩③ 牢落：稀疏星散。翚（huī）散：翚，同"挥"，亦散的意思。

⑩④ 枭（xiāo）羊：狒狒。麡（qí）狼：兽名，大如麋。

⑩⑤ 猰（yà）貐（yǔ）：传说中吃人的怪兽。貙（chū）：兽名。

⑩⑥ 乌菟（tú）：春秋时楚人称虎为乌菟。

⑩⑦ 精：明亮，指目光明亮。

⑩⑧ 据《左传·宣公三年》记载：夏代有九鼎，铸有百物图像。

⑩⑨ 筼（yún）筜（dāng）：竹名，节长而竿高。箖（lín）箊（yū）：竹名。

⑪⓪ 桂：桂竹。箭：箭竹，细小而劲实，可以作箭。射筒：竹名，细小中通，无节。

⑪① 柚梧：也作"由梧"，竹名，可作屋柱。有篁：竹林，"有"字无义。

⑪② 篻（piǎo）：竹名。劲利，可削为矛。簩（láo）：又名百叶竹，有毒。

⑪③ 橚（sù）矗（chù）：又长又直貌。森萃：竹林丛生的样子。

⑪④ 蓊（wěng）茸：茂密繁盛貌。

⑪⑤ 檀（tán）栾（luán）、蝉蜎：均为形容竹秀美的样子。蝉蜎同"婵娟"。

⑪⑥ 梢云：高云。一说山名，产竹。

⑪⑦ 嶰谷：谷名，传说在昆仑之北。

⑪⑧ 鷟（yuè）鷟（zhuó）：凤的一种。

⑪⑨ 鵷（yuān）雏（chú）：凤的一种。

⑫⓪ 丹橘、余甘：均为水果名。余甘初食味苦，后口中更甘甜。

⑫1 樼（chán）：果树名。果实经霜后冬天成熟，似梨，味酸。

⑫2 比景：地名。东汉时属交州日南郡，今越南洞海北面。

⑫3 斐（fěi）：美丽。

⑫4 翥（zhù）：高飞。

⑫5 綷（cuì）：错杂。綷羽：羽毛色彩斑斓。

⑫6 琛（chēn）赂：珍宝财货。琨、瑶：皆玉石名。

⑫7 锴（kǎi）：白铁，精铁。

⑫8 火齐：玫瑰珠石，色黄赤似金。

⑫9 骇鸡：犀牛角，又叫骇鸡犀。

⑬0 赪（chēng）：赤色。玑（jī）：不圆的珠或小珠。

⑬1 紫贝：也叫文贝，产海中，壳有紫点纹。

⑬2 隐赈：同“殷赈”，富裕。崴（wēi）瘣（huái）：不平貌。

⑬3 颖：五臣本作“颎”。颎（jiǒng）：光辉。

⑬4 硩（chè）陊（duò）：摘取。

⑬5 碕（qí）岸：曲岸。

⑬6 夜光：指隋侯的宝珠。传说隋侯用药救了一条断蛇，蛇从江中衔大珠报答他。见《淮南子·览冥训》注。

⑬7 结绿：美玉名。为宋王所有。见《战国策·秦策三》范雎献书。

⑬8 陬（zōu）：四隅边远之地。

⑬9 龙穴：传说湘东新宁县有龙穴，内有水汽蒸腾，天旱则降雨。见《水经·湘水注》。

⑭0 陵鲤：穿山甲。四足，有鳞。

⑭1 浮石：一名轻石，能浮在水面。桴（fú）：竹木编成的小舟。

⑭2 王余：传说吴王食鱼未尽，将残剩的一半丢弃江中，化为活鱼，名王余。见晋张华《博物志》。

⑭3 绡（xiāo）：生丝织成的薄绢。

⑭4 泣珠：传说居住在海底的鲛人，出水寄居人家卖绡，临行流泪成珠送给主人。见《博物志》。

⑮ 南冥：南海。幽都：指北方极远的地方。
⑯ 畛（zhěn）畷（zhuì）：田间的道路。
⑰ 原：平原。隰（xí）：低湿之地。
⑱ 窊（wā）：低陷地。
⑲ 象耕鸟耘：据《越绝书》记载，舜葬于苍梧，象为他耕地；禹葬于会稽，鸟为他耘田。
⑳ 穱（zhuō）：早收的麦类谷物。秀：谷物抽穗开花。菰（gū）：茭白，其实如米，可作饭。
㉑ 八蚕：蚕丝一年八熟。绵：蚕丝。
㉒ 隧：通“遂”。远郊。
㉓ 郛（fú）郭：外城。
㉔ 结隅：城角相对。
㉕ 通门二八：据《越绝书》记载，吴国都城有水门八座，陆门八座。
㉖ 紫宫：紫微星座。
㉗ 姑苏：山名，在江苏苏州西南，相传吴王阖闾在此建姑苏台。
㉘ 朝夕：池名。吴国以海水潮汐为池沼，名朝夕池。浚（jùn）：深。
㉙ 长洲：苑名，在江苏苏州太湖北面。
㉚ 东山之府：汉吴王刘濞收藏财物的库房。
㉛ 觑（lì）：探视。海陵之仓：汉代大粮仓。海陵：县名，今江苏泰州。
㉜ 红粟：因陈腐而变红的粮食。
㉝ 寝庙：古代帝王的宗庙。
㉞ 离宫：皇帝为外出游处而另建的宫室。建业：今南京。
㉟ 阐：显扬。孙权移都建业，参照阖闾和夫差的营造法式，加以扩大，建筑神龙、临海、赤乌等殿。
㊱ 夫差：阖闾之子，继阖闾为吴王。
㊲ 抗：高举。
㊳ 荣：屋檐两端上翘的部分，即飞檐。楯：栏杆。捷猎：高显貌。
㊴ 韡（wěi）晔：光辉灿烂。

⑰⓪ 胶葛：旷远貌。

⑰① 峥嵘：深邃貌。

⑰② 栊（lóng）：窗户。榥（huǎng）：帷幔。

⑰③ 阍（hūn）：门。闼（tà）：宫中小门。

⑰④ 弯碕（qí）：宫门名。

⑰⑤ 临硎（kēng）：宫门名。

⑰⑥ 栾：柱头上端承梁的曲木。楶（jié）：柱头斗拱。

⑰⑦ 青琐：宫门上刻镂的青色图纹，借指宫门。楹：厅堂的前柱。

⑰⑧ 倾宫：传说夏桀修筑的宫殿。

⑰⑨ 闱（wéi）：古代宫室两边的小门，泛指宫门。闶（kàng）：门高貌。

⑱⓪ 阙：古代宫门前或城门前两侧的望楼。

⑱① 驰道：天子车马所行的道路。砥（dǐ）：磨刀石。

⑱② 亘（gèn）：引。

⑱③ 眈眈：树荫浓密深邃貌。

⑱④ 亹（wěi）亹：水徐缓流动的样子。

⑱⑤ 寺：官署，官舍。

⑱⑥ 侠：通“夹”。栋：栋宇，指房屋。

⑱⑦ 栉（zhì）比：像梳齿般密密排列。

⑱⑧ 横塘、查下：建业的里巷名。

⑱⑨ 长干：地名，属建业。

⑲⓪ 甍（méng）：屋脊。舛（chuǎn）互：错杂交互。

⑲① 鼎贵：显贵。

⑲② 虞：虞文绣。魏：魏周荣。

⑲③ 顾：顾雍。陆：陆逊。虞、魏、顾、陆是东吴四大显贵家族。

⑲④ 岐嶷：幼年聪慧。

⑲⑤ 弈（yì）世：世代相袭。

⑲⑥ 朱轮：古代贵官所乘之车，用朱红漆轮，故名。

⑲⑦ 兵：兵器。

⑲⑧ 兰锜（yǐ）：兵器架。

⑲⑨ 闾阎（yán）：里巷之门。阗（tián）：充满。

⑳⓪ 靡（mǐ）：美好。

⑳① 轻訬（chāo）：轻薄狡狯。

⑳② 翩翩：往来貌。

⑳③ 傧从：侍从的人。

⑳④ 宴（yàn）：会饮。

⑳⑤ 觞（shāng）：盛有酒的杯。白：罚酒用的杯。

⑳⑥ 翘关：举起门闩。

⑳⑦ 拼：同“抃”，鼓掌。射：射覆，酒令的一种，用相连字句隐物为谜给人猜测。壶：投壶，古人饮酒时以矢投壶，投中少者罚酒，用以助兴。博：弈棋一类的游戏。

⑳⑧ 中酒：饮酒半醉。

⑳⑨ 衎（kàn）：快乐。饫（yù）：饱。

㉑⓪ 都辇：京师。殷：富裕。暨：到。

㉑① 驷：四马之车。

㉑② 棹（zhào）：划船拨水的工具。毂（gǔ）：车轮中间车轴插入处的圆木，借指车轮。

㉑③ 昧旦：天没全亮之时。

㉑④ 阛（huán）阓（huì）：市肆。

㉑⑤ 廛（chán）：公家建给商贩存放货物的房屋。

㉑⑥ 伫（zhù）眙（chì）：久立直视。

㉑⑦ 骈坒（bì）：并列。

㉑⑧ 纻（zhù）：苎麻。絺（chī）：细葛布。

㉑⑨ 傱（sǒng）萃：密集行走貌。

㉒⓪ 隧：道路。

㉒① 帆：船帆。市中有河，故可行船。

㉒② 流离：即“琉璃”，天然的有光宝石。珂（kē）珬（xù）：宝玉名。

㉓ 緤（jié）贿：财货。

㉔ 镒（yì）：古代重量单位，二十四两为一镒。磊砢（luǒ）：众多貌。

㉕ 琲（bèi）：十贯珠子为一琲。

㉖ 桃笙：桃枝竹编成的席子。象簟（diàn）：用象牙装饰的席子。

㉗ 韬（tāo）：掩藏。

㉘ 蕉葛：夏布的一种。升越：一种细布名。

㉙ 僁（sè）譶（tà）：人声嘈杂。槃（xiào）獿（nǎo）：交错貌。

㉚ 喤（huáng）呷（xiā）：众声。

㉛ 霡（mài）霂（mù）：小雨。

㉜ 逵：四通八达的大路。

㉝ 富中：肥沃的田地。甿（méng）：农民。

㉞ 趫（qiáo）材：轻捷勇健之士。

㉟ 比庐：家家户户。

㊱ 庆忌：春秋吴王僚之子，以敏捷勇武著称。

㊲ 专诸：春秋吴国勇士，将匕首藏在鱼腹中刺死吴王僚，使吴公子光得以自立。

㊳ 竦：执。

㊴ 扶揄：扬举。属镂：剑名。

㊵ 鍦（shī）：矛。

㊶ 去（jǔ）：通“弆”，收藏。瞂（fá）：犀皮做的盾。

㊷ 鹤膝：矛。

㊸ 犀渠：瞂。

㊹ 军容：指矛剑等军队的武器装备。

㊺ 纯钧、湛卢：均为剑名。

㊻ 石城：石头城。故址在今南京西石头山后。

㊼ 除：光阴过去。

㊽ 节解：草木凋零。

㊾ 腯（tú）肤：肥壮。

㉕⓪ 组甲：用丝带连结皮革或铁片制成的铠甲。

251 建：树立。祀姑：吴国军队中使用的一种旗帜。

252 铎（duó）：用来传达命令的金铃。

253 校猎：设立栅栏圈围野兽，然后猎捕。具区：今太湖。

254 乌浒：与下文狼巟（hāng）、夫南、西屠、儋（dān）耳、黑齿均为古代西南部族名。

255 金邻、象郡：均为地名。渠：渠魁，首领。

256 驫（biāo）駴（xù）飍（xiū）矞（yù）：众马驰走貌。

257 靸（sǎ）霅（sà）：快跑的样子。

258 俞：指俞儿，古代善于辨别味道的人。

259 槛（jiàn）槛：车行声。

260 练：用练丝连缀的铠甲。锵锵：借为“跄跄”，步行有节奏貌。

261 巾：车衣，此指用车衣遮盖车子。

262 轺（yáo）：驾着轻便马车。骕（sù）骦（shuāng）：骏马名。

263 旂（qí）：上画龙形、竿头系铃的旗，这里指举旂。鱼须：鲛鱼皮，用来装饰旂竿。

264 常：古代绘上日月的旗帜。

265 乌号：良弓。

266 干将：古剑名。

267 羽旄：羽旗。蕤（ruí）：下垂的装饰物。

268 雄戟：有斜刺之戟。

269 胄（zhòu）：头盔。弭（mǐ）：弓的两端。

270 织文鸟章：旗帜上织着鸟纹图饰。

271 六军：军队的统称。袀（jūn）服：上衣下裳同色的兵服。

272 骐：青黑色的马，马身上花纹如棋盘。龙骧（xiāng）：马昂首如龙举。

273 峭格：捕兽的木笼。

274 罿（chōng）：捕鸟的网。罻（wèi）：小网。

㉗⑤ 罼（bì）：捕兔或鸟的网。罕（hǎn）：捕鸟的长柄小网。

㉗⑥ 罠（mín）：捕鸟兽的网。蹄：捕兔网。

㉗⑦ 阹（qū）：围猎鸟兽的包围圈。九疑：山名，在今湖南境内。

㉗⑧ 沅、湘：沅水和湘江，均在今湖南。

㉗⑨ 輶（yóu）轩：轻车。蓼（liǎo）扰：纷乱错杂貌。

㉘⓪ 彀（gòu）骑：持弓弩的骑兵。

㉘① 袒（tǎn）裼（xī）：脱衣露出上体。徒搏：徒手搏斗。

㉘② 拔距：跳跃。部：军队。

㉘③ 猿臂：臂长如猿，比喻善射的人。骿（pián）胁：肋骨连接，形容肌肉发达。

㉘④ 趭（jiào）：奔走。犷猤（guì）：猛悍壮勇。

㉘⑤ 瞵（lín）：瞪目注视。

㉘⑥ 趻（cān）蹋（tán）：相随驱走。獵（lā）㵙（tà）：驰驱飞奔。

㉘⑦ 莽罠（làng）：草木丛生广大无边。

㉘⑧ 干：盾。卤：大盾。殳（shū）：古代兵器，用竹木制成，一端有棱。鋋（chán）：铁柄短矛。

㉘⑨ 旸（yáng）夷：铠甲。勃卢：矛。

㉙⓪ 殺（xù）：矛。

㉙① 儇（xuān）佻（tiào）：轻快疾行。坌（bèn）并：聚集。

㉙② 枚：形如筷子，古代行军时，士卒衔在口中，防止喧哗。

㉙③ 悠悠：旗帜安静飘扬的样子。旆（pèi）：旗帜的通称。

㉙④ 聊浪：放旷不拘。昧莫：广大无边。垌（jiōng）：郊野。

㉙⑤ 钲（zhēng）鼓：古代军中使用的两种乐器，击钲以为鼓的节奏。叠：震动。

㉙⑥ 熛（biāo）：火焰。

㉙⑦ 焰：火苗。

㉙⑧ 菈（lā）擸（liè）雷硠（láng）：崩裂之声。

㉙⑨ 峦：小而尖峭的山。岑（cén）：小而高的山。

㉚⓪ 虣（bào）：通“暴”，徒手搏击。虦（hán）：白虎。虪（shù）：黑虎。

301 犊（xū）：绊住兽的前两足。麋（mí）：麋鹿。麖（jīng）：大鹿。

302 蓦（mò）：骑上。六驳（bó）：传说一种形状像马，吃虎豹的野兽。

303 飞生：又名鼯鼠，形如小狐，有肉翅，能飞。

304 鸾：凤凰一类的神鸟。鶄（jīng）：产于南方的一种五色鸟。

305 猱（náo）、猱（tíng）：均为兽名，猿类。

306 白雉：白色野鸡。

307 鸩（zhèn）：鸟名，羽毛有剧毒。

308 陵绝：跨越。嶛（liáo）嶕（jiāo）：山势高耸。

309 聿越：度过，聿字语首助词，无义。巉（chán）险：高峭险峻的样子。

310 跇（yì）逾：穿越。

311 獑（lián）猭（chuán）：兽疾行貌。杞（qǐ）、楠：两种木名。

312 封豨（xī）：大野猪。䝞（hè）：猪叫声。

313 神螭（chī）：传说中一种神兽。

314 镞（zú）：箭头。

315 弭节：停车。顿辔：驻马。

316 镳（biāo）：马嚼子。驻跸（bì）：帝王出行，中途暂停。

317 觜（zuǐ）：鸟喙。距：鸟爪。铍（pī）：一种两边有刃的兵器。

318 毛群：指兽类。铗（jiá）：剑。

319 应卒（cù）：应付突然发生的紧急情况。

320 挂扢（gǔ）：钩挂摩刮。创痏（wěi）：创伤留下的瘢痕。

321 踤（zú）：踢。

322 衄（nǜ）：挫折。

323 拉捭（bǎi）：排击摧折。摧藏：挫伤。

324 石林：群山。岞（zuò）崿（è）：山高峻的样子。

325 攘（rǎng）臂：捋起衣袖，露出手臂。靡：推倒。

㉖ 虺（huǐ）：毒蛇。

㉗ 抗足：举足。跐（cǐ）：踏。

㉘ 鵕䴊（jùn yí）：有文采的赤雉。

㉙ 蹴：踏。貘（mò）：兽名，似熊而头锐。

㉚ 刦剞（jī）：捣毁，刦同“劫”。

㉛ 落：居住处。

㉜ 狒（fèi）狒：狒狒。格：击而杀死。

㉝ 巴蛇：巨蛇，传说能吞掉大象。

㉞ 周章夷犹：彷徨恐惧，不知所措。

㉟ 狼跋：进退两难。纮：网。

㊱ 睒（shǎn）睗（shì）：疾视。

㊲ 魂褫（chǐ）：被夺去魂魄。踢跋（bó）：屈足伏地。

㊳ 饮羽：中箭没羽。羽：箭尾上的羽毛。偾（fèn）：僵仆。

㊴ 薮（sǒu）：大泽。

㊵ 岬（jiǎ）：两山之间。岫（xiù）：山洞。

㊶ 豜（jiān）：三年的大猪。豵（zōng）：小猪。

㊷ 翳（yì）荟（huì）：草木茂盛貌。麛（rú）：幼鹿。鹠（liù）：鸟名。

㊸ 假道：借道。丰隆：传说中的雷神。

㊹ 乌兔：古代传说日中有乌，月中有兔。

㊺ 嶰（xiè）涧：山间沟壑，无水的叫嶰，有水的叫涧。阒：寂静。

㊻ 岵（hù）：有草木的山。童：山无草木。

㊼ 罾（zēng）、罘（fú）：两种捕兽的网具。

㊽ 靶：缰绳。邪睨（nì）：袁本、茶陵本无“邪”字，睨：斜视。

㊾ 三江：指吴江、钱塘江、浦阳江。

㊿ 航：两船相并。彭蠡：湖名，在江西。即今鄱阳湖。

351 弘：通“宏”，大。舸（gě）：船。舳（zhú）：船尾。

352 槛：同“舰”，战船。舻：船头。

353 飞云、盖海：吴国楼船名称。

354 方壶：传说中的海外仙山。

355 比：密密排列。鹢首：船头，也指船。古代在船头画上鹢首，故名。

356 迈：超过。余皇：大船名。

357 组帏：用丝带结成的帷帐。

358 流苏：用五彩羽毛或丝线制成的穗子，用作车马帷帐的垂饰。

359 轩：窗子。幌：帷幔。

360 槁：袁本、茶陵本作“篙”。篙：撑船的杆。楫：船桨。篙工、楫师：均指撑船熟手。

361 闽：闽中，在今福建境。禺（yú）：番禺，在今广东。

362 狎（xiá）玩：轻侮。灵胥：水神。相传吴王杀死伍子胥，将其尸首沉于江中，化为水神，江上行人都敬畏他。

363 棹（zhào）：划船的工具。棹讴：鼓棹而歌。

364 箫、籁：两种管乐器，此泛指各种乐器。

365 渚（zhǔ）：水中小洲。

366 弋（yì）：以绳系箭而射。磻（bō）：结在箭身丝绳上的石块。

367 稽：停留。鷦（jiāo）明（míng）：凤凰一类的神鸟。

368 虞：古代掌管山泽的官。机：弓上发箭的装置。

369 鵁（jiāo）鶄（jīng）：水鸟名。

370 铒：袁、茶二本及毛本作“饵”。

371 网罟（gǔ）：渔网。

372 詹公：即詹何。传说为古代的善钓者。

373 任父：即任公子。传说为古代善钓鱼的人。《庄子·外物》说他用五十头牛作钓饵，在东海钓鱼。

374 筌（quán）：竹制的捕鱼器具。鲠（gèng）鳝（mèng）：鱼名。

375 鲡：胡克家《考异》认为当作“䍦”。䍦（sǎ）：一种渔网，形如箕，前广后狭。鲿（cháng）、鲨（shā）：两种鱼名。

376 罩：竹制的捕鱼器。两鲛（jiè）：比目鱼。

377 罺（cháo）：捕鱼网。鰝（hào）：海中大虾。鰕：通“虾”。

㊽78 乘鲎（hòu）：一种介类，形似蟹。雌鲎常负雄鲎而行，渔人捕获，常得一对，故名乘鲎。鼋（yuán）：大鳖。鼍（tuó）：扬子鳄。

379 罛（gū）：大渔网。

380 沉虎：虎鱼，头身似虎。潜鹿：鹿头鱼，有角似鹿。

381 馽（zhí）櫳（lǒng）：被系入笼中。馽，绊住马足。櫳，笼络。窘（jiǒng）：困迫束缚。

382 徽：大而有力的鱼。犗（jiè）：阉割过的牛。

383 搀抢：彗星名。《春秋演孔图》说，鲸鱼死，彗星出。

384 鲋：小鱼。井谷：井的穴口。

385 缗（mín）：钓丝。

386 萍实：萍蓬草的果实。据刘向《说苑·辨物》载：楚昭王渡江得一物，大如斗。派人问孔子。孔子说："这是萍实，味道甜美。只有能够完成霸业的人才能得到它。"

387 夔（kuí）：传说中的怪兽。《庄子·秋水》篇《释文》记载：夔是一足兽，其状如牛，出入水时形成风雨。取其皮作鼓，鼓声可传五百里。鲛人：神话传说中住在海底的怪人。

388 精卫：传说炎帝的少女，游于东海被溺死，化为精卫鸟，常衔西山的木石，以填东海。缴（zhuó）：射鸟时系在箭上的丝绳。

389 文鳐（yáo）：海鱼名。据《山海经·西山经》记载：文鳐鱼形状如鲤鱼，有鸟样的翅膀，常行西海而游于东海，夜间飞行。纶（lún）：钓丝。

390 翔翼：飞鸟。

391 游鳞：游鱼。

392 雕题：用丹青在额上刻画花纹，古代南方少数民族的一种习俗。题：额。

393 镂身：在身体上刺画有色的花纹图案。

394 虬：传说中的无角龙。

395 蛟、螭（chī）：两种龙名。

396 简：检阅、考察。

397 髣（yì）髴：仿佛。锦缋（huì）：锦绣。

398 虓（xiāo）勇：猛勇。

399 戾：劲猛。

400 昧：冒险。

401 玳（dài）瑁（mào）：海中动物名，似龟，甲片可做装饰品，也可入药。

402 扪（mén）：握，持。觜（zī）蠵（xī）：大龟的一种。

403 回渊：水流回旋的深潭。

404 明月：明月珠，从巨蚌体内剖取的夜光珠。

405 讫：终竟。臻（zhēn）：达到。

406 罄：尽、完。

407 渎：沟渠。

408 哂（shěn）：讥笑。澹台之见谋：澹台的宝玉被河神谋夺。据《博物志》卷八记载：一个名叫澹台子羽的人带着白璧过河，白璧被河神兴波谋夺去。

409 袭：入。徇：求索。

410 汉女：神话传说中汉水的神女。据《汉书》卷八十七上《扬雄传·校猎赋》应劭注：一个名叫郑交甫的人遇到两个神女即汉女，拿着如鸡蛋样大的珍珠。

411 晋贾：贾大夫。《左传·昭公二十八年》记载：晋国有个大夫，容貌丑陋，娶个美妙妻子，三年不言不笑。后来贾大夫带妻子到皋泽地游猎，射下一只野鸡，妻子开始说笑。同尘：同乎流俗。

412 汩：迅疾。砰（pēng）宕（dàng）：行船击水声。

413 飔（sī）风：疾风。浏（liú）浏：风声。

414 濑（lài）：湍急的水流。

415 沛沛、悠悠：均为远行貌。

416 汔（qì）：庶几，差不多。

㊼417 天吴：水神。阳侯：波神。《淮南子·览冥训》注：陵阳国侯溺水而死，化为波神，常兴大波涛。

418 包山：山名，在太湖中。山中有石室，俗称洞庭。

419 洞庭：指太湖。

420 军实：指兵器及猎获等军中物资。桂林之苑：三国时吴国有桂林苑。

421 落星之楼：吴国有落星楼，在建邺东北十里。

422 淮：淮河。泗：泗水。

423 肴（yáo）：鱼肉一类的荤菜。

424 轩：诸侯大夫乘坐的车。绿酃（líng）：古代酒名，产于酃县，每年常用作贡品。

425 方双辔：两匹马车并排行进。

426 烽：举火。

427 釂（jiào）：将杯中的酒饮尽。

428 幸：帝王亲临。馆娃之宫：宫殿名。春秋时吴国有馆娃宫。

429 张：安排。女乐：歌舞女子。

430 金石：钟磬类乐器。丝竹：弦乐器和竹管乐器。

431 钧天：天上的音乐。

432 登：五臣本作“发”。

433 胤（yìn）：继后。《阳阿》：古代乐曲名。

434《韎（mèi）》：古代东方民族乐名。《任》：古代南方民族乐名。

435 荆：春秋楚国的古称。艳：楚歌。

436 愉：吴歌。

437 翕（xī）习：盛美。容裔：旋律起伏。

438 靡靡：乐声柔和。愔（yīn）愔：和悦安闲。

439 与夫：王念孙认为：“与夫”二字是一“举”字之误。隆响：歌声高亢。

440 铿（kēng）耾（hóng）：形容钟鼓声音洪亮。

441 有殷：盛大。坻（dǐ）：山坡。于前：王念孙说此二字为衍文。

㊹442 曲度：乐曲的节度。

443 谣俗：通俗歌谣。汁协：调协。

444 律吕：乐律。古代乐律分为六阳律，六阴律，合为十二律。阳六名律，阴六名吕，合称“律吕”。

445《延露》《驾辩》：与下句的《绿水》《采菱》，同为古代乐曲名。而：通“与”。

446 弭髦：鬃毛顺合。仰秣：形容马食草料时仰首而听之状。《荀子·劝学》：“伯牙鼓琴，六马仰秣。”秣（mò）：饲料。

447 竦：耸身踊出。

448 酣湑（xǔ）：畅饮欢乐。

449 八音：金、石、丝、竹、匏、土、革、木八类乐器。

450 鲁阳：春秋时楚国县公鲁阳公子。《淮南子·览冥训》说：鲁阳文子与韩人大战，黄昏时仍未分胜败，他挥戈阻止太阳西沉，太阳为之东返。高麾（huī）：向高空指挥（太阳）。

451 曜灵：太阳。太清：天空。

452 再中：两次到中天。

453 夏后氏：夏禹。《左传·哀公七年》记载，夏禹在涂山会诸侯。涂山位于吴地。

454 要盟：要挟以结盟。

455 信：通作“伸”，伸张。

456 果：实现。伍员：伍子胥，本为楚人，后投奔吴国，与孙武共同辅佐吴王阖闾伐楚。

457 骋：发挥。孙子：孙武，春秋齐国人，后入吴教阖闾兵法伐楚。

458 柏举：古地名。春秋时吴王阖闾之弟夫槩王大败楚军于柏举，见《左传·定公四年》。

459 会稽：古地名，在今浙江，《左传·哀公元年》记载：吴王夫差攻破越国，把越王勾践围困在会稽山上。

460 阙：挖掘。商：指宋国。吴王夫差在宋鲁两国之间挖掘水道，以便向北扩张势力。

461 争长：指吴国与晋国争盟主，吴国取胜。黄池：古地名，在今河南。

462 崄（xiǎn）：高险。陂（bēi）：阻塞。

463 绕溜：古地名，在今陕西，以险固著称。

464 郑白：郑渠与白渠，古代关中著名的水利工程，两岸物产丰富。

465 节概：气节操守。

466 睚（yá）眦（zì）：怒目而视。

467 喑（yīn）呜：心怀怒气。

468 槁：枯木。

469 搴（qiān）：拔取。

470 元：大。

471 乐湑：即乐胥。《诗经·小雅·桑扈》说："君子乐胥。"胥是语助词，意思是君子的快乐。本文中的乐湑借指君子。衎（kàn）：喜欢。

472 桂父：传说中的仙人。《列仙传》说他是象林人，常服食桂叶，颜色如童子。

473 赤须：传说中的仙人。秦穆公时主鱼吏，常食松实、石脂，齿落更生，发落重长，后游吴寄居，不知所终。

474 中夏：中原华夏。

475 丹青：绘画。珍玮：珍宝。

476 没齿：终身。传说虞舜葬于苍梧，夏禹葬在会稽。苍梧和会稽在三国时都属于吴国。

477 阿：丘陵。

478 剖判：分析。庶：平民。士：地位比庶高的民。庶士指各种人物。

479 郁鞅：茂盛。显敞：高显宽广。

480 湫（jiǎo）阨（ài）：低下狭小。踡（quán）跼（jú）：屈曲不能伸直。

481 函弘：广大。

482 神州：指中国。韫（yùn）椟（dú）：藏在柜子里。

483 南斗：星宿名，共六星，形如斗杓在南方天空，故名南斗。斟酌：

筛酒。

㊽④ 二仪：天地。优渥（wò）：丰厚优裕，雨水充足。

㊽⑤ 繇：通“由”。揆（kuí）：衡量。

㊽⑥ 棘林：有刺的灌木丛。

㊽⑦ 桪（xún）木：高大的树木，传说有千里之长。龙烛：烛龙神所衔的烛。传说烛龙神人面龙身，口衔巨烛以照幽暝。

㊽⑧ 否（pǐ）泰：本为《周易》的两卦名。否表示天地不相交，世道衰败，命运不好；泰表示天地相交，世道昌隆，命交好运。

㊽⑨ 悬解：指在困境中得救，无拘无束。

㊾⓪ 桎（zhì）梏（gù）：戴上脚镣手铐。疏属：山名。《山海经·海内西经》说：贰负杀窫窳，上帝梏上他的双手，桎上他的右足，将他关押在疏属之山。

㊾① 庸可：岂可。

㊾② 确：瘠薄。

㊾③ 暨：至于。幽遐独邃：幽远深邃。

㊾④ 寥廓：旷远。闲奥：幽深。

㊾⑤ 该：尽备，包括。

㊾⑥ 倜（tì）傥（tǎng）：卓越。

㊾⑦ 詘（qū）诡：诡异。

㊾⑧ 理：孙志祖校勘作“埋”。

㊾⑨ 寤：察觉。前觉：认识事物比一般人较早的人。

⑤⓪⓪ 子：据王念孙考证，“子”字是后人所增。

⑤⓪① 盂浪：疏略。

⑤⓪② 要妙：精要微妙。

【语译】

东吴王孙哈哈大笑，说道：“上观察星象，是为了辨识天文；下度料土地和物产，是为了分析地理。古代帝王，总览海内大业，统理天下为一家，巡行远方。翻遍古代记载帝王事迹的鸟文竹简、篆字帛书、玉器谍谱、石刻碑记，何曾听说过梁州、岷山有帝王巡狩的馆舍和行宫遗址？您说蜀都富庶，禺、同二山广有物产，夸赞这一地区，美化蜀地的森林和大泽。矜夸巴郡、汉中的险阻，以为是天下最险要之地；炫耀长满芋头的沃野，以为可以充饥度过荒年。计事拘于小节，是识见短浅之人的感叹；论理不着边际，这不是名人的远见。为什么呢？土地不够养生，山河不能护卫，公孙述以此立国而破灭，诸葛亮据此传家而败亡，这里是丧乱的废墟、亡国的遗址，怎么可以与我吴王的显赫功业相比。只知赏玩能见沙石的浅水地方，而看不到出产玉石的深水之处的人，不会知道黑龙盘踞之地；习惯于偏僻城邑而不见上国的人，不会知道英雄居处的地方。

“您难道没有听闻过吴国的壮丽吗？吴国始创于太伯，显达于季札。太伯把礼仪带来南方使它得到发扬，季札倡导高节谦让。建立最高尚的功德，开创宏伟的事业，世人无法颂扬。克己让人推广成为风俗，舍弃千乘之国的王位轻如脱掉鞋子。若论天下都城，没有哪一个国家可以和吴都相比。

“吴王筹划国家，上配星纪分野。开拓领土，划定疆界，兼并地域之广超过他国。包括越地，据有荆楚，女宿的光华寄寓吴地，翼、轸的精光照耀吴国。遥指南岳衡山镇守郊野，远望龙川如带围绕边境。

“至于吴国的山泽，山势高大雄伟，曲折险峻，泽水浩瀚广大，辽阔无边。川流汹涌，沟渠畅通，吞长江，纳汉水。山石峥嵘，水流奔腾。险山绵延数州之间，泽水灌注半个天下。

“百川众水，同归大海。清泉和浊水杂流，狂涛和急湍汇在一块。浪花冲激，水波沸腾，流入平川，静静向前。水暴发时汹涌澎湃，远逝后流声细微。发源于辽远的天边，流向东方的尽头，经过扶桑的林中，包纳汤谷的波澜。潮水迅速涌起，又退回万里。雾气升腾，云烟昏暗。清流回旋，深广无边，难以测量它的深邃，无法知道它的边沿。江河静静安流广阔无涯，包纳众水源远流长。这儿是珍异滋育之处，鱼鳖集中的地方。

“长鲸吞航船，巨鲵吐波浪。龙蛇腾跃，鲨鱼、鳐鱼和琵琶鱼，大鲔和河豚，鲫、龟和鳝、鲭，乌贼和螃蟹，䱇鼊、青鱼和鳄鱼，都在水中潜行。堆积鳞片，雕镂甲壳，怪异的水族杂居，逆流而上，顺水而下，张口呼吸，时浮时沉。

“说到鸟类，则有鹍鸡和鸀鳿，鸖、天鹅、白鹭和大雁。秃鹙来此避风，候雁按时飞来吴江。还有鸂鶒、鷛鷞、鹔鹴和鹙鸧，鹳、鸥、鹢、鸬，遨游在江上。羽毛仪容顺风飞翔，随波上下。整理羽翮，从容游嬉。啄食水草，在水面刷荡。

“鱼鸟屈曲欲出，万物蠢蠢初生。暗昧不明，来去不定，变化迅速，在幽暗中育出光明，极度发展性情和形体，听凭自然变化盈虚。蚌蛤中孕育珠胎，月晦则虚，月望则实。巨鳌头顶仙山，壮猛有力。大鹏展翅，两翼如同天边云朵，振荡洪流，雷击深渊。震撼宇宙，哪可探本溯源？

“岛屿遥远，洲渚高耸，远看漫漫迢迢，遥望迷迷濛濛。附着珍怪，充满神奇，道路断绝，只有风云相通。大桃屈盘，丹桂丛生。玉树枝干高举而花开，珊瑚幽隐繁茂而透明。山冈叠翠，险阻重重，众仙人的屋宇，玉堂相连，石室对峙。密密的绿色帐幕，窈窕修长的仙女。江妃在这里常来常往，海童在这里交谈宴饮。这些都是出自神妙的想象，唉，难得知道他们的原委。

“吴国地势起伏不平，草木郁郁葱葱。凡是草泽地都有园田，凡是森林地带都有林苑。奇花盛开，夏天明茂，冬天繁荣。方志详加辨析，中原人人羡慕。草类则有藿香、蒳和豆蔻，姜的品种繁多。香草江蓠，藻类海苔，紫菜和绛草像丝带，还有食葛和香茅，石帆和水松，东风和扶留。它们遍布沼泽，蔓延丘陵，攀附山岗，覆盖河流。白色的花蒂随风摇动，红色的花儿朵朵下垂，郁郁怒放，华丽秀美。光彩耀人，芳香弥漫。向朝廷进贡用的是此地出产的菁茅，屈原的《离骚》吟咏的是这里的宿莽。

“树木则有枫、柙、豫、樟，棕榈和枸榔，木棉、杬和杶栌，文、欀、桢和橿，平仲和桾櫏，松、梓和古度，还有楠榴木、相思树。它们同类聚生在高高的山冈，种族繁多共长在幽僻的丘陵上。树干高耸千寻，枝叶垂荫万亩。枝茎聚攒纠缠，花叶重重掩映。树干如龙蛇盘屈，枝柯像鱼鳞重叠。各种花的色彩杂糅，五色缤纷如同锦绣。深夜露珠重垂，黎明晨光难入。枝叶随风摇动，飒飒飕飕，风吹枝条的声音如律吕交响，飞扬嘹亮，像琴筑并奏，如笙竽合唱。

“树上则有老猿哀吟，狎子长啸。狖、鼯和猓然，腾跃如飞。争先攀缘悬接，竞向远处的树枝跳去，受惊时乱如水沸，稀疏星散。树下有狒狒、麢狼，猰貐、貙、象，老虎、犀牛等类。爪如钩，牙如锯，锋利尖锐，目光如星，吼声如雷霆。《山海经》内记载有它们的名称，夏鼎上铸镂着它们的图形。

“竹类则有筼筜和箖箊，桂竹、箭竹和射筒。柚梧成林，篻、簩成丛。冬笋拔节，处处随根盘结。叶绿茎青，顶霜冒雪。修长挺直，丛丛聚集，茂密繁盛，微风吹过，竹声萧瑟。竹林秀美多姿，像碧玉那样润鲜。高云难以飘过，嶰谷不能连接。鹙鹭啄食竹的果实，鹓雏飞翔在竹林之间。

“果类则有丹橘和余甘，荔枝成林。槟榔树干无枝条，椰树高耸不成阴。还有龙眼、橄榄和石榴，棎子冬熟不怕寒霜。它们在比景之北扎根，在衡山之南林立。白花美丽，红花芳香，紫色的果实高悬在青色的山壁上。鹧鸪南飞途中在这里逗留，孔雀张开色彩斑斓的翅膀在这里翱翔；山鸡飞回来栖息，翡翠鸟的巢儿一行行。

“珍宝则有丘陵内的琨、瑶，边境上的铜铁，宝石火齐，贵重的犀牛角，赤色的丹砂和透明的珠玑，黄金白银，紫贝和硫黄，青绿色的碧玉和雪白的玉石，地势不平蕴藏丰富，各色珍宝杂处在幽僻之处。有的精光闪耀，有的潜藏光辉，塌落坠入山谷。曲岸因此草木不枯，林木因此光泽滋润，隋侯因此轻视他的夜明珠，宋王因此瞧不起他的结绿玉。

“荒远地方多怪异，龙穴内水汽蒸腾，储云蓄雨。陵鲤似兽，浮石如木舟。双目同侧的是比目鱼，仅有半身的鱼叫王余。极远地方的人砍树饮汁，极深的水底有鲛人居住。鲛人潜居在水下泉室中织绡，出水卖绡慷慨献出流泪而成的珍珠。住在太阳南面的人家开北户以向日，他们把南海看成北极。

“四郊阡陌不可数，肥沃的土地比其他都城成倍增多。平原和湿地，高坡和洼地，产品各不相同。大象耕地，鸟儿耘田，从这里开始。旱麦和菰米在这里抽穗扬花。煮海水制盐，开采矿石铸钱。国家征收一年两熟的稻谷，乡官征收一年八熟的丝绵。

“只要看看城郊的情况和吴都的规模法度，就知道这里是称霸立王的根底，开创国家的基础。外城环绕，城墙重重，城角相对，城门十六座，水陆交通便利。这样开创经营的目的，是为了子孙千年安居。仿效紫微星座营造宫室，开拓宽大广阔的庭院。深邃的宫室中温暖如春不知寒暑，高耸入云的楼馆有虹霓环绕。巍然屹立，光耀万里。建造姑苏高台，居高崛起，远望四方。朝夕深池环绕如佩带，长洲茂苑装点像服饰。窥视东山府库，满目都是珍宝；观看海陵粮仓，腐烂变红的粮食往外流溢。在武昌建筑寝庙，在建业修造离宫。仿效阖闾和夫差遗留下来的营造法式，神龙殿高高耸起，飞檐上翘，栏杆华丽；临海殿高峻入云，赤乌殿光辉灿烂。东西旷远，南北深邃。门窗帷幔相对，楼阁回廊互通。宫中各门怪诞奇异，门的名称也很出奇，左叫穹碕，右名临硎。柱头上的曲木和斗拱都雕镂图案，红色的楹柱映衬着刻镂青色图纹的宫门。画上缥缈的云气，描绘超俗的仙灵。虽然这屋子如此华丽，还不能满足君王一毫一分。想参照倾宫修建宫室，完全用琼瑶建造楼宇。宫门高大宽阔，车马可以并排而行。红色的楼阙左右对峙，驰道平坦如砥，种上两排青槐，引来一溪绿水，树荫浓密深邃，清流潺潺不息。官舍排列七里长，房屋并列路南旁。兵营密密如梳齿，官署罗列如布棋。横塘查下，房屋盛多；长干绵延，屋脊交错。

“这里住的都是高门显贵和体貌雄伟的豪杰人家。他们都是虞魏家族的后代，顾陆名门的子孙。年幼聪慧继承祖业，老成干练世代相袭。策马驰跃蹄迹重叠，乘坐朱轮车辙交错。归途中陈列兵器，门庭内设立兵器架。道路上行人多如云集，里巷之门拥挤不堪。他们的邻居有任侠好义之客，轻薄狡狯之士。结交往来不绝，侍从的人神采焕发，出门脚穿饰珠鞋子，人数常常有成百上千。在里巷聚会宴饮，高举酒杯共行酒令。举起门闩和大鼎，鼓掌、射覆、投壶、博弈来助兴。鄱阳人性情急暴爱开玩笑，饮酒半醉借故发作。酒足饭饱其乐无穷，京都富庶四方来会。水陆共进，并船行驶，结驷而行。水路歌声杂桨声，陆路车轮滚滚，从早到晚一刻不停。

“开放集市容纳各地商贩，各色货物涌入市场如同洪水一般，各种商品混杂堆放在货仓里，都城和边邑的商人都汇集在一起。男男女女驻足观看，商贩挨肩并列。有的穿麻衣，有的穿葛裳，来来往往川流不息。轻车缓行穿过大街，楼船扬帆驶入闹市。水果和布料常常汇聚在一起，从远方运来琉璃和宝玉。财货纷繁，用品万千。黄金众多，贯珠纵横。桃笙和象簟，藏在竹筒中；蕉葛和升越，精细过罗纨。人声嘈杂，互为贸易，交相竞利。众口喧哗，香花掩映。挥袖成风，使尘土蔽日；汗流如雨，令道路泥泞。丰收的农民，选择贸易季节，利用时机，获取利益，财富万亿。竞争土地，兼并田亩和里巷；矜夸闲居，穿的是带珠宝的衣裳，吃的是海味山珍。

“轻捷勇壮的人，这里家家都有。敏捷似庆忌，勇敢如专诸。出门戴上高高的帽子，手执宝剑快步而行。披着鲛鱼皮制成的铠甲，扬起利剑属镂。人人备有形如鹤膝的矛，家家藏着犀皮制成的盾。各种军用物费储蓄备用，各种器械兼收并存。吴国的弯刀和越国的戟，还有利剑纯钧和湛卢。战车遍布石头城，战船遮蔽大江湖。

“秋去冬来，日月流逝。草木凋零，禽兽肥壮。观看鹰隼，教令士卒，披挂铠甲坐以待发，高树旗帜，命令军官手持传令的金铎，将要在具区立栅围猎。乌浒、狼䑛、夫南、西屠、儋耳和黑齿的酋长，金邻和象郡的首领，众马奔腾，飞速前进，共为前驱。俞儿骑马开路，指南车掌握方向。车声槛槛，身披练甲的士卒步伐锵锵。吴王于是乘玉饰的轻车，驾骏马，旂旗用鲛鱼皮装饰，常旗绘上日月形状，手执良弓，腰佩宝剑，羽旗红缨飘扬，雄戟闪闪发光，头盔镶贝壳，弓柄饰象牙，旗帜上绘着鸟纹图样。六军穿着上下一色的兵服，四骐如龙，头部高昂。四周设立捕兽笼，到处张罗捉鸟网，罼罕结成锁链，罠蹄连接成网。在九嶷山围成狩猎的包围圈，湘江和沅水把逃兽阻挡。轻车纷乱错杂，持弓弩的骑兵光辉雄壮。勇士们赤身露体徒手与猛兽搏斗，跳跃起来投掷石块，臂长如猿，肌肉发达，猛勇狂奔，目光闪闪，如鹰鹗注视。大家相随驰逐，忽而分散，忽而聚合，共同腾跃在广阔无边的莽原之上。拥有干、卤、殳、铤，身披铠甲，手提长矛的军队，长短兵器同时备用，奔驰如飞，头发直竖。聚集疾行，衔枚无声，旗帜静静飘扬，共同放旷游猎在这广阔的郊野。钲鼓声震撼山岳，放火围猎，烈焰席卷森林。火苗冲天，烟气腾腾，火光像彩霞明亮，浓烟如阴云密布，哗啦轰隆，山峦崩裂，鸟不择木乱飞，兽不择音狂叫。徒手搏彪䝙，绳索绊麞麖，骑上六驳，追捕鼯鼠，弹丸打鸾䴔，弓箭射猱㹶，白雉坠落，黑鸩跌下。跨过高山，飞度峻岭，穿越竹柏，奔出杞楠林。野猪狂叫，神螭藏隐。坚硬的箭头被禽兽的鲜血浸润，雪白的兵刃被猎物的鲜血染殷。

“于是驻马停车，勒马暂停，来回走动，放眼幽林，检阅将帅的勇猛，与士卒共同休整。禽鸟以喙爪为武器，野兽以齿角为矛枪，长在身上应付紧急，被它钩刮造成创伤，受它踢撞筋骨断折。勇士们莫不排击摧折，挫折禽兽锋芒。虽然群山高峻，让我们捋起衣袖，把它推倒；虽然毒蛇九首，也要把它踩在脚下。颠覆鸟巢，洗劫兽穴，仰首捕捉鵔鸃，俯身践踏豻獏，捣毁熊罴之室，夺取虎豹之窝，猩猩哀啼而被捕，狒狒憨笑而被杀。剖开巨蛇的大腹，取出大象的骨骼；斩下大鹏的翅膀，掩盖广阔的沼泽。轻捷的飞禽，狡诈的走兽，此刻也战栗恐惧，不知所措，进退两难，陷入罗网，忘掉以往的眼神，失去回巢的去向。失魂丧魄屈足伏地的，应弦中箭倒毙僵直的，重叠交错，堆积如山。将林泽倾尽，把山岩翻倒，洞穴内没有豣豵，林荫里没有鹰鹞。想借助于雷神之车，拨开云层上天狩猎，把日中之乌、月中之兔捕入笼中，搜尽天下飞禽走兽的巢穴。

“涧谷静寂，山冈光秃，网具满载，猎物丰富。回马边走边看两旁，为捕鱼儿游三江。在彭蠡湖内行船，万艘混杂同行湖上。大船巨舰首尾相接，飞云盖海规模非同一般。重重的华丽楼船像岛屿耸峙，时隐时现如海上仙山。船只密密排列多不胜数，馀皇的形制超过从前。张设华丽的帷帐，系上五彩的垂饰。打开窗上的帘子，面对如镜的水区。撑船的熟练水手，选自闽中和番禺，他们都惯于驾驭长风，敢于戏弄灵胥，务求顷刻之间飞渡千里，姑且霎时提前到达。渔歌对答，乐器齐鸣。流水鸣溅，洲上禽鸟飞惊。放射弋磻，击中鷫明；虞官发箭，射落鸡鹔。处处安放钓饵，重重网罟相接。捕鱼的本领胜过詹公，技巧压倒任父。用筌捕鮔鳍，用缅获鲑鲨，用罩捉两鲋，用罠网名鳊虾。乘鲎和鼋鼍，共同入罗网；沉虎和潜鹿，囚拘入笼中。徽鲸成群吞钓饵，彗星急疾横扫过。纵使再到河旁钓鲤鱼，也无异井口射小鲋。轻舟结队互相竞逐，迎着潮水扬出钓丝。盼望江中萍实再次出现，到海底向鲛人打听灵夔。精卫衔石被弋箭射中，文鳐夜飞触撞钓丝。北山从此再无鸟儿飞翔，西海也失去游鱼踪迹。勇士们雕额文身，他们身上的文采，可以与虬龙和蛟螭比美。观察他们华丽的身躯，仿佛锦绣一般；估量他们的勇猛精神，如同雕和狼一样劲烈剽悍。共同冒险潜入深水，搜索珍奇，摸取玳瑁，活捉蠵蠵，在水流回旋的深潭中剖开巨蚌，在微波荡漾的水面洗涤夜光珠。天底下所有的珍奇，终竟没有搜索不到。山溪壑谷洗劫殆尽，大江小渠扫荡一空。可笑澹台子羽被河伯谋夺白璧，聊且入海去寻求珍宝。将手玩巨珠的汉女带在后船，同乎流俗，步贾大夫带妻子游猎的后尘。船行如飞击水哗哗，以疾风为翼风声呼呼。冲波涛逆急流而上，悠悠地愈行愈远。渔猎结束得胜归来，拱手告别水神天吴和波神阳侯。

“指定包山为会合的地点，集中在太湖停留。在桂林苑清点军队的猎物，在落星楼设宴犒劳士卒。美酒多得像淮河泗水，鱼肉堆积如山丘。轻车飞速传送绿酃酒，双辔并进分列美味的食物。高举火把开怀畅饮，鼓声震天一饮而尽，士卒忘掉了疲倦，众人心情高兴。吴王亲临馆娃宫，安排歌舞娱乐群臣，罗列金石丝竹各种乐器，如同天上的音乐降临人间。高唱东方的歌曲，演奏南方的音乐，继之以《阳阿》，再唱《韎》乐和《任》乐。荆楚的舞蹈、吴越的歌咏，旋律盛美，乐声柔和。像这样美妙的音乐，彼唱此和声音高亢，钟鼓铿锵激越洪亮。盛大如同山坡崩颓，乐曲节度变化无穷，都和通俗歌谣调协，与乐律对应。演奏欢乐的歌曲，能使木石润色；倾吐哀伤的曲调，唤起凄风横扫。赛过《延露》和《驾辩》，超越《绿水》和《采菱》。军马口含饲料仰首倾听，深渊的鱼儿也耸身从水里踊出。开怀畅饮至半酣，各种乐器齐奏鸣，欢乐情意难忘却，良辰美景悄悄逝。鲁阳挥戈指高空，命令夕阳再返东。学习古人的诚意，让西沉的红日再次回正中。

“从前，夏禹在这块土地上大会诸侯，拿着玉帛来朝见的有上万个国家。这也是古先帝王的盛会，因而成为四方仿效的准则。春秋时候，吴国成为诸侯的盟主。阖闾伸张他的威力，夫差用尽他的武功。在国内实现伍员的策谋，对外发挥孙武的奇计。在柏举战胜强大的楚国，把劲敌越王围困在会稽山上。在宋鲁两国之间挖掘水道，在黄池击败对手晋国，成为诸侯盟长。仅从江湖险阻、物产丰富来说，绕溜比较吴国谈不上险固，郑渠白渠不能说是富庶。士气无坚不摧，习俗讲究气节操守。怒目而视则拔剑相刺，心怀怨气就张弓欲射。拥有吴地的君王龙腾虎视。攻夺城池如同摧枯拉朽，拔取敌旗轻易好比回视手指。即使是从军一天，也可以功垂久远；即使是百代相传，也能够富强相继。君子爱上这个地方，群仙集中在这里。桂父锻炼形体改变了肤色，赤须齿发再生寄居在吴地。中原诸夏和吴国相比，永世少有吴国的珍奇。绘图上画出吴国的珍宝，是为了看重他的利益。虞舜和夏禹南巡吴地，终身忘归，他们的灵魂留在山中和丘陵，玩赏这里的珍奇瑰丽。

“分析各种人物，讨论各地风俗，有的国家繁盛而高显宽广，有的国家局促而低湿狭小。吴国幅员广阔，可以囊括中国；仰取南斗筛酒，兼得天地的恩泽。由此衡量，西蜀和东吴相比，小大截然不同，好比有刺的灌木及流萤的微光，与千里的桪木及烛龙神口衔的巨烛。世道衰隆不同，好比上帝的自由放纵，与贰负戴上脚镣手铐被囚禁在疏属山上。至于吴国幽僻深邃的地方，旷远幽深的处所，耳闻目睹不能包括，足迹不能到达，极其奇异卓越的物品，万分特殊诡异的事情，埋藏在历史的长河里，先知先觉者也不能察觉。像我前面所讲的，只不过是粗疏的陈述，约略举出大概，还没有探索到吴国精要微妙的地方呢！”

【评析】

《吴都赋》是《三都赋》的第二篇。全文由远及近，娓娓述来，引人入胜。先写吴国疆土辽阔，山川河泽，珍禽异兽；继写城郊土地肥沃，“国税再熟之稻，乡贡八蚕之绵”；接着描述都城宫观华丽，市场繁荣；最后写吴王狩猎的盛大场面。全文句式骈偶对称，如：“轻舆按辔以经隧，楼船举帆而过肆”“戎车盈于石城，戈船掩乎江湖”。善于采用夸张的修辞手法，如写市场人多拥挤：“挥袖风飘，而红尘昼昏；流汗霡霂，而中逵泥泞。”写音乐迷人，连军马和河里的鱼也深受感动：“军马弭髦而仰秣，渊鱼竦鳞而上升。”作者还常常将对现实的描写和历史文献、神话传说结合起来，如：“职贡纳其包匦，《离骚》咏其宿莽”“名载于《山经》，形镂于夏鼎”“鲁阳挥戈而高麾，……将转西日而再中”，这就大大增加了文章的说服力和感染力。

卷第六

魏都赋一首

作者：左太冲　　注译评析：汤炳能

魏国先生有睟其容[①]，乃盱衡而诰曰[②]：“异乎交益之士[③]！盖音有楚夏者，土风之乖也；情有险易者，习俗之殊也。虽则生常，固非自得之谓也。昔市南宜僚弄丸[④]，而两家之难解。聊为吾子复玩德音，以释二客竞于辩囿者也。

“夫泰极剖判[⑤]，造化权舆。体兼昼夜，理包清浊[⑥]。流而为江海，结而为山岳。列宿分其野，荒裔带其隅[⑦]。岩冈潭渊，限蛮隔夷，峻危之窍也。蛮陬夷落[⑧]，译导而通，鸟兽之氓也。正位居体者，以中夏为喉，不以边垂为襟也。长世字甿者[⑨]，以道德为藩，不以袭险为屏也。而子大夫之贤者，尚弗曾庶翼等威[⑩]，附丽皇极，思禀正朔[⑪]，乐率贡职，而徒务于诡随匪人[⑫]，宴安于绝域，荣其文身，骄其险棘。缪默语之常伦，牵胶言而逾侈[⑬]。饰华离以矜然[⑭]，假倔强而攘臂。非醇粹之方壮[⑮]，谋踳驳于王义。孰愈寻靡蓱于中逵[⑯]，造沐猴于棘刺[⑰]。剑阁虽嵺，凭之者蹶，非所以深根固蒂也。洞庭虽浚，负之者北，非所以爱人治国也。彼桑榆之末光[⑱]，逾长庚之初辉[⑲]。况河冀之爽垲[⑳]，与江介之湫湄[㉑]。故将语子以神州之略，赤县之畿，魏都之卓荦，六合之枢机[㉒]。

“于时运距阳九[㉓]，汉网绝维。奸回内赑[㉔]，兵缠紫微[㉕]。翼翼京室，眈眈帝宇，巢焚原燎，变为煨烬，故荆棘旅庭也[㉖]。殷殷寰内[㉗]，绳绳八区[㉘]，锋镝纵横[㉙]，化为战场，故麋鹿寓城也。伊、洛榛旷[㉚]，崤、函荒芜[㉛]，临菑牢落[㉜]，鄢郢丘墟[㉝]。而是有魏开国之日，缔构之初。万邑譬焉，亦犹犨麋之与子都[34]，培塿之与方壶也[35]。且魏地者，毕昴之所应[36]，虞夏之余人[37]，先王之桑梓，列圣之遗尘。考之四隈，则八埏之中[38]。测之寒暑，则霜露所均。卜偃前识而赏其隆[39]，吴札听歌而美其风[40]。虽则衰世，而盛德形于管弦。虽逾千祀，而怀旧蕴于遐年。

"尔其疆域，则旁极齐秦，结凑冀道[41]，开胸殷卫[42]。跨蹑燕赵。山林幽峡[43]，川泽回缭。恒碣碪硌于青霄[44]。河汾浩涆而皓溔[45]。南瞻淇澳[46]，则绿竹纯茂；北临漳滏，则冬夏异沼[47]。神钲迢递于高峦[48]，灵响时惊于四表。温泉毖涌而自浪[49]，华清荡邪而难老[50]。墨井盐池，玄滋素液。厥田惟中[51]，厥壤惟白。原隰畇畇[52]，坟衍斥斥[53]。或嵬垒而复陆[54]，或黀朗而拓落[55]。乾坤交泰而絪缊[56]，嘉祥徽显而豫作[57]。是以兆朕振古，萌柢畴昔[58]，藏气谶纬，閟象竹帛[59]。迥时世而渊默，应期运而光赫。暨圣武之龙飞[60]，肇受命而光宅[61]。

"爰初自臻[62]，言占其良。谋龟谋筮，亦既允臧[63]。修其郛郭，缮其城隍[64]。经始之制，牢笼百王。画雍豫之居[65]，写八都之宇。鉴茅茨于陶唐[66]，察卑宫于夏禹。古公草创[67]，而高门有闶[68]。宣王中兴，而筑室百堵[69]。兼圣哲之轨，并文质之状。商丰约而折中，准当年而为量。思重爻[70]，摹大壮[71]。览荀卿[72]，采萧相[73]。傫拱木于林衡[74]，授全模于梓匠。遐迩悦豫而子来[75]，工徒拟议而骋巧。阐钩绳之筌绪，承二分之正要[76]。揆日晷[77]，考星耀。建社稷，作清庙。筑曾宫以回匝[78]，比冈隒而无陂[79]。造文昌之广殿，极栋宇之弘规。𡾟若崇山崛起以崔嵬[80]，髣若玄云舒蜺以高垂[81]。瑰材巨世，埔堨参差[82]。枌橑复结[83]，栾栌叠施[84]。丹梁虹申以并亘，朱桷森布而支离[85]。绮井列疏以悬蒂[86]，华莲重葩而倒披。齐龙首而涌溜[87]，时梗概于滮池[88]。旅楹闲列[89]，晖鉴柍振[90]。榱题黮䨴[91]，阶陏嶙峋[92]。长庭砥平[93]，钟虡夹陈[94]。风无纤埃，雨无微津。岩岩北阙，南端逌遵[95]。竦峭双碣[96]，方驾比轮。西辟延秋，东启长春。用觐群后[97]，观享颐宾[98]。

"左则中朝有赩[99]，听政作寝[100]。匪朴匪斫，去泰去甚。木无雕锼，土无绨锦[101]。玄化所甄[102]，国风所禀。于前则宣明显阳，顺德崇礼。重闱洞出[103]，锵锵济济[104]，珍树猗猗，奇卉萋萋。惠风如薰，甘露如醴。禁台省中[105]，连闼对廊[106]。直事所繇[107]，典刑所藏。蔼蔼列侍，金蜩齐光[108]。诘朝陪幄[109]，纳言有章[110]。亚以柱后[111]，执法内侍，符节谒者，典玺储吏[112]。膳夫有官，药剂有司。肴醳顺时[113]，腠理则治[114]。于后则椒鹤文石[115]，永巷壶术[116]。楸梓木兰，次舍甲乙。西南其户，成之匪日。丹青焕炳，特有温室。仪形宇宙，历像贤圣。图以百瑞，綷以藻咏[117]。芒芒终古，此焉则镜。有虞作绘[118]，兹亦等竞。

"右则疏圃曲池，下畹高堂[119]。兰渚莓莓[120]，石濑汤汤[121]。弱蔓系实[122]，轻叶振芳。奔龟跃鱼，有睽吕梁[123]。驰道周屈于果下[124]，延阁胤宇以经营[125]。飞陛方辇而径西[126]，三台列峙以峥嵘[127]。亢阳台于阴基，拟华山之削成。上累栋而重溜，下冰室而冱冥[128]。周轩中天[129]，丹墀临猋[130]。增构峨峨[131]，清尘彯彯[132]。云雀踶甍而矫首[133]，壮翼摛镂于青霄[134]。雷雨窈冥而未半，皦日笼光于绮寮[135]。习步顿以升降，御春服而逍遥。八极可围于寸眸，万物可齐于一朝。长涂牟首[136]，豪徼互经[137]。晷漏肃唱，明宵有程。附以兰锜[138]，宿以禁兵。司卫闲邪[139]，钩陈罔惊[140]。

"于是崇墉浚洫[141]，婴堞带涘[142]。四门輴輴[143]，隆厦重起，凭太清以混成，越埃壒而资始[144]，藐藐标危[145]，亭亭峻趾。临焦原而不怳[146]，谁劲捷而无猥[147]？与冈岑而永固，非有期乎世祀[148]。阳灵停曜于其表，阴祇濛雾于其里。菀以玄武[149]，陪以幽林。缭垣开囿，观宇相临[150]。硕果灌丛，围木竦寻[151]。篁篠怀风，蒲陶结阴[152]。回渊漼[153]，积水深，蒹葭贙[154]，雚蒻森[155]。丹藕凌波而的皪[156]，绿芰泛涛而浸潭[157]。羽翮颉颃[158]，鳞介浮沉。栖者择木，雊者择音[159]。若咆渤澥与姑余[160]，常鸣鹤而在阴。表清籞[161]，勒虞箴[162]。思国恤，忘从禽。樵苏往而无忌，即鹿纵而匪禁。

"腜腜坰野[163]，奕奕菑亩[164]。甘荼伊蠢[165]，芒种斯阜[166]。西门溉其前[167]，史起灌其后[168]。墱流十二[169]，同源异口。蓄为屯云，泄为行雨。水澍粳稌[170]，陆莳稷黍[171]。黝黝桑柘，油油麻纻。均田画畴[172]，蕃庐错列[173]。姜芋充茂，桃李荫翳。家安其所，而服美自悦。邑屋相望，而隔逾奕世。

“内则街冲辐辏[174]，朱阙结隅。石杠飞梁[175]，出控漳渠。疏通沟以滨路，罗青槐以荫涂。比沧浪而可濯[176]，方步櫚而有逾[177]。习习冠盖，莘莘蒸徒[178]。斑白不提，行旅让衢。设官分职，营处署居。夹之以府寺，班之以里闾[179]。其府寺则位副三事[180]，官逾六卿[181]。奉常之号[182]，大理之名[183]。厦屋一揆，华屏齐荣[184]。肃肃阶闢[185]，重门再扃。师尹爰止[186]，毗代作桢[187]。其闾阎则长寿吉阳，永平思忠。亦有戚里，寘宫之东。闬出长者[188]，巷苞诸公。都护之堂，殿居绮窗。舆骑朝猥[189]，蹀敓其中[190]。营客馆以周坊，饰宾侣之所集。玮丰楼之闬闢[191]，起建安而首立。葺墙幂室[192]，房庑杂袭。剞劂罔掇[193]，匠斫积习。广成之传无以畴[194]，槁街之邸不能及[195]。

“廓三市而开廛[196]，籍平逵而九达。班列肆以兼罗[197]，设阛阓以襟带[198]。济有无之常偏，距日中而毕会。抗旗亭之峣薛[199]，侈所頫之博大[200]。百隧毂击，连轸万贯[201]。凭轼捶马，袖幕纷半。壹八方而混同，极风采之异观。质剂平而交易[202]，刀布贸而无筭[203]。财以工化[204]，贿以商通。难得之货，此则弗容。器周用而长务，物背窳而就攻[205]。不鬻邪而豫贾[206]，著驯风之醇酞[207]。白藏之藏，富有无隄[208]。同赈大内[209]，控引世资。賨幏积墆[210]，琛币充牣[211]。关石之所和钧[212]，财赋之所底慎。燕弧盈库而委劲，冀马填厩而驵骏。

“至乎勍敌纠纷，庶土罔宁，圣武兴言，将曜威灵。介胄重袭，旌旗跃茎。弓珧解檠[213]，矛鋋飘英[214]。三属之甲，缦胡之缨[215]。控弦简发[216]，妙拟更嬴[217]。齐被练而铦戈[218]，袭偏裻以谠列[219]。毕出征而中律，执奇正以四伐[220]。硕画精通，目无匪制。推锋积纪[221]，铓气弥锐。三接三捷，既昼亦月。克翦方命，吞灭咆烋[222]。云撤叛换，席卷虔刘[223]。祲威八纮[224]，荒阻率由[225]。洗兵海岛，刷马江洲。振旅輷輷[226]，返旆悠悠。凯归同饮，疏爵普畴[227]。朝无刓印[228]，国无费留[229]。丧乱既弭而能宴，武人归兽而去战。萧斧戢柯以柙刃，虹旌摄麾以就卷[230]。斟《洪范》[231]，酌典宪。观所恒，通其变。上垂拱而司契，下缘督而自劝[232]。道来斯贵，利往则贱。囹圄寂寥，京庾流衍[233]。

“于时东鳀即序[234]，西倾顺轨[235]，荆南怀憓[236]，朔北思韪[237]。绵绵迥涂，骤山骤水[238]。襁负赆赍[239]，重译贡篚[240]。髽首之豪[241]，鐻耳之杰[242]，服其荒服，敛衽魏阙。置酒文昌，高张宿设。其夜未遽，庭燎晣晣。有客祁祁，载华载裔。岌岌冠縰[243]，累累辫发。清酤如济，浊醪如河。冻醴流澌，温酎跃波。丰肴衍衍[244]，行庖皤皤[245]。愔愔醧宴[246]，酣湑无哗[247]。延广乐，奏九成[248]。冠《韶》《夏》，冒《六》《茎》。僸响起[249]，疑震霆，天宇骇，地庐惊，亿若大帝之所兴作[250]，二嬴之所曾聆[251]。金石丝竹之恒韵，匏土革木之常调，干戚羽旄之饰好，清讴微吟之要妙，世业之所日用，耳目之所闻觉。杂糅纷错，兼该泛博。鞮鞻所掌之音[252]，《靺昧》《任》《禁》之曲[253]，以娱四夷之君，以睦八荒之俗。

“既苗既狩[254]，爰游爰豫。藉田以礼动[255]，大阅以义举。备法驾，理秋御[256]。显文武之壮观，迈梁驺之所著[257]。林不槎桥[258]，泽不伐夭。斧斯以时，罾罔以道。德连木理[259]，仁挺芝草[260]。皓兽为之育薮，丹鱼为之生沼。矞云翔龙，泽马亍阜[261]。山图其石，川形其宝。莫黑匪乌[262]，三趾而来仪[263]；莫赤匪狐[264]，九尾而自扰[265]。嘉颖离合以蕼蕼，醴泉涌流而浩浩。显祯祥以曲成[266]，固触物而兼造。盖亦明灵之所酬酢，休征之所伟兆[267]。旼旼率土[268]，迁善罔匮。沐浴福应，宅心醰粹。余粮栖亩而弗收，颂声载路而洋溢。河洛开奥。符命用出[269]。翩翩黄鸟，衔书来讯[270]。人谋所尊，鬼谋所秩。刘宗委驭，巽其神器[271]。窥玉策于金縢[272]，案图箓于石室[273]。考历数之所在[274]，察五德之所莅[275]。量寸旬，涓吉日[276]，陟中坛，即帝位。改正朔[277]，易服色，继绝世，修废职，徽帜以变，器械以革。显仁翌明，藏用玄默[278]。菲言厚行，陶化染学。雠校篆籀，篇章毕觌。优贤著于扬历[279]，匪孽形于亲戚[280]。

“本枝别干，蕃屏皇家。勇若任城，才若东阿。抗旌则威喭秋霜[281]，摛翰则华纵春葩。英喆雄豪[282]，佐命帝室。相兼二八[283]，将猛四七[284]。赫赫震震，开务有谧[285]。故令斯民睹泰阶之平[286]，可比屋而为一[287]。筭祀有纪[288]，天禄有终。传业禅祚，高谢万邦。皇恩绰矣，帝德冲矣[289]，让其天下，臣至公矣[290]。荣操行之独得，超百王之庸庸。追亘卷领与结绳[291]，睠留重华而比踪[292]。尊卢赫胥[293]，羲农有熊[294]，虽自以为道[295]，洪化以为隆，世笃玄同，奚遽不能与之踵武而齐其风？是故料其建国，析其法度，谘其考室[296]，议其举厝[297]。复之而无斁[298]，申之而有裕。非疏粝之士所能精，非鄙俚之言所能具。

"至于山川之倬诡，物产之魁殊，或名奇而见称，或实异而可书。生生之所常厚[299]，洵美之所不渝。其中则有鸳鸯交谷[300]，虎涧龙山[301]，掘鲤之淀[302]，盖节之渊[303]。狋狋精卫[304]，衔木偿怨。常山平干[305]，钜鹿河间[306]，列真非一，往往出焉。昌容练色[307]，犊配眉连[308]？玄俗无影[309]，木羽偶仙[310]。琴高沉水而不濡[311]，时乘赤鲤而周旋。师门使火以验术[312]，故将去而林燔。易阳状容，卫之稚质[313]，邯郸躧步，赵之鸣瑟。真定之梨[314]，故安之栗[315]。醇酎中山[316]，流湎千日[317]。淇洹之笋[318]，信都之枣[319]，雍丘之粱[320]，清流之稻[321]。锦绣襄邑[322]，罗绮朝歌[323]，绵纩房子[324]，缣总清河[325]。若此之属，繁富夥够，非可单究，是以抑而未罄也。盖比物以错辞，述清都之闲丽[326]，虽选言以简章，徒九复而遗旨。览大《易》与《春秋》，判隐显而一致[327]。末上林之隤墙[328]，本前修以作系[329]。

"其军容弗犯，信其果毅，纠华绥戎，以戴公室，元勋配管敬之绩[330]，歌钟析邦君之肆[331]，则魏绛之贤[332]，有令闻也。闲居隘巷，室迩心遐，富仁宠义，职竞弗罗，千乘为之轼庐[333]，诸侯为之止戈，则干木之德，自解纷也。贵非吾尊，重士逾山，亲御监门[334]，嗛嗛同轩[335]，搦秦起赵，威振八蕃，则信陵之名，若兰芬也。英辩荣枯[336]，能济其厄，位加将相，窒隙之策。四海齐锋，一口所敌，则张仪张禄，亦足云也[337]。

"搉惟庸蜀与鸲鹊同窠[338]，句吴与蛙黾同穴[339]。一自以为禽鸟，一自以为鱼鳖。山阜猥积而踦跂，泉流迸集而映咽。隰壤瀸漏而沮洳[340]，林薮石留而芜秽[341]。穷岫泄云，日月恒翳。宅土熇暑，封疆障疠。蔡莽螫刺[342]，昆虫毒噬。汉罪流御，秦余徒帑[343]，宵貌蕞陋[344]，禀质遳脆[345]。巷无杼首[346]，里罕耆耋。或魋髻而左言[347]，或镂肤而钻发[348]。或明发而嬥歌[349]，或浮泳而卒岁。风俗以韰果为婳[350]，人物以戕害为艺。威仪所不摄，宪章所不缀。由重山之束阨，因长川之裾势，距远关以窥阈，时高樔而陛制[351]。薄戍绵幂[352]，无异蛛蝥之网；弱卒琐甲，无异螳螂之卫。与先世而常然，虽信险而剿绝。揆既往之前迹，即将来之后辙。成都迄已倾覆，建邺则亦颠沛。顾非累卵于叠棋[353]，焉至观形而怀怛。权假日以余荣，比朝华而菴蔼[354]。览《麦秀》与《黍离》[355]，可作谣于吴会。"

先生之言未卒，吴、蜀二客矆焉相顾[356]，䁯焉失所[357]，有靦瞢容[358]，神惢形茹[359]，弛气离坐，惧墨而谢[360]。曰："仆党清狂[361]，怵迫闽濮[362]。习蓼虫之忘辛[363]，玩进退之惟谷。非常寐而无觉，不睹皇舆之轨躅。过以仳剽之单慧[364]，历执古之醇听。兼重性以贻缪[365]，偭辰光而罔定[366]。先生玄识，深颂靡测[367]，得闻上德之至盛，匪同忧于有圣。抑若春霆发响[368]，而惊蛰飞竞；潜龙浮景，而幽泉高镜。虽星有风雨之好[369]，人有异同之性，庶觌蔀家与剥庐[370]，非苏世而居正[371]。且夫寒谷丰黍[372]，吹律暖之也。昏情爽曙，箴规显之也。虽明珠兼寸[373]，尺璧有盈[374]，曜车二六，三倾五城，未若申锡典章之为远也。"

亮曰[375]："日不双丽，世不两帝。天经地纬，理有大归。安得齐给[376]，守其小辩也哉？"

【篇旨】

驳斥吴蜀二客对吴蜀自然条件的夸耀，盛赞魏都的典章礼制，指出政治措施是立国之本。

【注释】

① 睟（suì）：温和润泽。

② 盱（xū）衡：扬眉举目。

③ 交：交州，属吴。益：益州，属蜀。

④ 宜僚：姓熊，春秋楚国勇士，住在市南，善弄丸。白公胜欲夺政权，命他杀令尹子西。他不从。《庄子·杂篇·徐无鬼》："市南宜僚弄丸，而两家之难解。"

⑤ 泰极：同"太极"，指原始混沌之气。

⑥ 清：指天。浊：指地。

⑦ 荒裔：边远地区。

⑧ 陬（zōu）：村落。

⑨ 字：养。甿（méng）：农民。

⑩ 庶：百姓。翼：辅佐。等威：与不同等位相应的威仪。

⑪ 禀：受。正朔：指改朝换代时，帝王新颁的历法。

⑫ 匪人：不亲近的人。

⑬ 胶言：虚言。

⑭ 华离：国与国间疆界犬牙交错，喻地区狭小。

⑮ 方：正直。壮：大。

⑯ 靡：蔓衍。萍：浮萍。中逵：诸多道路交错之处。

⑰ 沐猴：猕猴。棘刺：小枣树之刺。《韩非子·外储说左上》记载说：战国时一宋人请求为燕王在棘刺尖上刻猕猴，燕王发觉此事虚妄，感到受骗，便杀掉宋人。

⑱ 桑榆：喻日暮。

⑲ 长庚：黄昏时出现在西方的金星。

⑳ 冀：古代九州之一，包括今山西、河北西北部、河南北部及辽宁西部。

㉑ 湫（jiǔ）湄：低下的水草相接处。

㉒ 六合：天地四方。

㉓ 阳九：厄运。

㉔ 奰（bì）：怒而作气之貌。内奰：指汉末宦官外戚在宫廷内部作乱。

㉕ 紫微：指宫廷。

㉖ 旅：陈列。

㉗ 般般：众多。

㉘ 绳绳：众多。

㉙ 锋：兵刃。镝（dí）：箭镞。

㉚ 伊洛：伊水和洛水，都在今河南。

㉛ 崤函：崤山和函谷关，在今陕西。

㉜ 临菑：战国齐国都，今属山东淄博。

㉝ 鄢：鄢陵，今山东莒县。郢：楚国都，故址在今湖北江陵西北。

㉞ 犨（chōu）麋：人名，貌极丑陋。子都：人名，美男子。

㉟ 方壶：传说中的仙山。

㊱ 毕昴（mǎo）：均为星名。

㊲ 虞夏之余人：虞都平阳，夏都安邑，均属冀州。

㊳ 八埏（yán）：八方的边际。

㊴ 卜偃：春秋晋国掌卜大夫。景献公将魏地封给毕万，卜偃说："魏，大名也，以是始赏，天启之矣。"

㊵ 吴札：春秋吴国公子季札，他到鲁国观乐，极口称赞魏风，事见《左传·襄公二十九年》。

㊶ 冀、道：二古国名。

㊷ 开胸：指前面。殷：殷旧都河内地区，周分为鄁、鄘、卫。

㊸ 坱（yǎng）：山脚。

㊹ 碣：碣石山，在今河北乐亭西南。碪（ǎn）碍（è）：高貌。

㊺ 浩汗（hàn）：广大辽阔。皓溔（yǎo）：水无边际。

㊻ 澳（yù）：水边。

㊼ 冬夏异沼：指滏（fǔ）水热，漳水凉，二水有如冬夏之不同。

㊽ 神钲：高山上流水击石，声如钲鸣，人以为神，呼为神钲。钲：古代军中所用乐器。

㊾ 毖（bì）：泉涌貌。

㊿ 华清：有华纹的清泉。

51 厥田惟中：指冀州田的肥瘠居九州的中等。

52 畇（yún）畇：平坦貌。

53 坟：土质肥沃。衍：低而平坦之地。斥（chì）斥：广大貌。

54 嵬（wéi）垒：不平貌。复陆：重叠。

55 爌（kuàng）朗：光明貌。拓落：地势宽广。

56 泰：通畅。絪（yīn）缊（yūn）：指天地间阴阳二气交互作用而化生万物。

57 嘉祥：据李周翰注：汉桓帝时，楚宋间黄龙星出现，人说五十年后有真人在梁沛兴起，至时，魏太祖果然应运而生。故说“嘉祥豫作”。徽：微。

58 柢（dǐ）：根，本。

59 閟（bì）：闭。象：兆见。

60 圣武：指魏武帝曹操。

61 光宅：充满，引申为占有。

62 臻（zhēn）：到。

63 允：诚信。臧：善，好。

64 城隍：无水的城壕。

65 雍：西京长安。豫：东京洛阳。

66 茅茨：茅草屋顶。《韩非子·五蠹》：“尧之王天下也，茅茨不剪。”

67 古公：周文王的祖父古公亶父。

68 闶（kàng）：门高貌。

69 堵：土墙长、高各一丈。

70 重爻：重叠卦爻。指《周易》。

71 大壮：壮观。《周易·系辞》下说：上古人穴居野外，后世圣人换住宫室，比穴居“大壮”。

72 荀卿：荀况。他在《荀子·富国》中说：先王建宫室台榭是为了避燥湿、养德行，不求其他目的。

73 萧相：萧何，汉高祖时为丞相，主持营造未央宫。

74 僝（zhuàn）：具备。林衡：掌巡守林木的官。

⑮ 子来：指百姓为建筑宫室，如同子女急于父母之事，不召自来。

⑯ 二分：春分、秋分。正要：端正南北的方位。

⑰ 日晷（guǐ）：日影。

⑱ 曾：高。

⑲ 隒（yǎn）：山岸。陂（bì）：倾斜。

⑳ 嶵（duì）：高峻貌。

㉑ 髧（dàn）：幼儿短发下垂貌。

㉒ 堷（qì）堨（zhí）：重叠连接貌。

㉓ 棼（fén）：复屋的梁。橑（lǎo）：屋椽。

㉔ 栾：房屋立柱和横梁间成弓形的承重结构。栌：梁上短柱。

㉕ 桷（jué）：方形的椽子。

㉖ 绮井：绘有图形如覆井的天花板。

㉗ 龙首：指在殿屋上的四角椽头刻成龙首形，龙口承雨水而下注。溜：屋檐水。

㉘ 滮池：水名，在今陕西西安西北。

㉙ 旅：众多。

㉚ 振：当作“桭”。柍（yāng）桭：屋檐。

㉛ 榱（cuī）题：屋檐的椽子头。黮（dǎn）䨴（duì）：深黑。

㉜ 楯（shǔn）：当作“楯”。栏杆。

㉝ 砥：细磨石。

㉞ 簴（jù）：支撑悬钟木架的两根立柱。

㉟ 端：南方正门。逌（yóu）：同“攸”，所。

㊱ 磍：耸峙貌。

㊲ 觐：古代诸侯秋季朝见天子。

㊳ 享：宴会。颐：养。

㊴ 中朝：内朝。赩（xì）：红色。

⑩⓪ 寝：正殿。

⑩① 绨：一种丝织品。绨锦：指纹饰。

⑫ 甄（zhēn）：推行教化。

⑬ 闱：宫中之门。

⑭ 锵锵：高貌。济济：众多貌。

⑮ 禁：帝王所居的宫殿。台：官署名。省中：官署名，设于宫内，诸公所居。

⑯ 闼（tà）：宫中小门。

⑰ 繇：通"由"。

⑱ 金蜩：金蝉，汉侍中、中常侍以金蝉饰冠。

⑲ 诘朝:清晨。

⑪⓪ 纳言：官名，掌出纳王命。

⑪① 柱后：御史官的帽子，代指御史官。

⑪② 典：掌管。储吏：佐贰之吏。

⑪③ 醳（yì）：酒。

⑪④ 腠（còu）理：肌脉。

⑪⑤ 椒：后宫。鹤：鸣鹤堂。

⑪⑥ 永巷：宫中长巷。壸：宫中巷。术：道路。

⑪⑦ 綷（cuì）：错杂。

⑪⑧ 有虞：即舜。传说舜在彝器上作画，用作鉴戒。

⑪⑨ 畹：指田园。堂：人工筑成的方形土台。

⑫⓪ 莓莓：草美盛貌。

⑫① 濑：水激石间。

⑫② 葼（zōng）：树木的细枝。

⑫③ 瞡（qì）：察，视。吕梁：水名，传说悬水三十仞，流沫四十里，鱼鳖不能游上。

⑫④ 驰道：供帝王行驶车马的道路。果下：矮小的马牛。

⑫⑤ 胤：通"引"，连引。

⑫⑥ 飞陛：高峻的台阶。

⑫⑦ 三台：魏武帝在邺城西北建的铜雀台、金兽台、冰井台。

⑫⑧ 冱（hù）：冻结。

⑫⑨ 轩：有窗的长廊。

⑬⑩ 猋（biāo）：旋风。

⑬① 增：通“层”，重累。

⑬② 彯（piāo）彯：轻扬。

⑬③ 云雀：指铜雀。踶（dì）：踢。甍（méng）：屋脊。

⑬④ 摛：舒展。镂：刻镂。此句写在屋顶置铜雀，展翅如飞。

⑬⑤ 寮：窗。

⑬⑥ 牟首：池名。

⑬⑦ 豪徼：巡逻的大道。

⑬⑧ 兰锜（yǐ）：兵器架。

⑬⑨ 闲：防御。

⑭⑩ 钩陈：星名，在紫宫中，此指后宫。

⑭① 墉：城墙。洫：城沟。

⑭② 嬰：环绕。堞：女墙。涘（sì）：水边。

⑭③ 巘（niè）巘：高壮貌。

⑭④ 埃壒（ài）：尘土。

⑭⑤ 标：末。

⑭⑥ 焦原：据《尸子》下记载：莒国有巨石名焦原，临万仞之溪。

⑭⑦ 狠（xǐ）：畏惧。

⑭⑧ 祀：岁。

⑭⑨ 菀：通“苑”。

⑮⑩ 观：台榭。

⑮① 寻：指树很高。

⑮② 蒲陶：即葡萄。

⑮③ 漼（cuǐ）：水深貌。

⑮④ 蒹：荻。葭：芦苇。贙（xuàn）：分别。

⑮⑤ 萑（huán）：芦类植物。蒻（ruò）：草名，嫩香蒲。

⑮⑥ 的皪（lì）：光亮。

⑮⑦ 浸潭：随波漂浮貌。

⑮⑧ 颉（xié）颃（háng）：鸟飞上下貌。

⑮⑨ 雊（gòu）：雉鸣。

⑯⓪ 渤澥：即渤海。姑余：海名。

⑯① 籞（yù）：禁苑。

⑯② 虞箴：《左传·襄公四年》说：周武王的太史辛甲命百官各作箴辞，虞人以戒田猎为箴。虞：掌山泽之官。

⑯③ 腜（méi）腜：肥美。

⑯④ 奕奕：盛美。

⑯⑤ 蠢：生长。

⑯⑥ 芒种：指稻麦等有芒的作物。阜：多。

⑯⑦ 西门：名豹，战国魏人，为邺令，引漳水灌邺。

⑯⑧ 史起：战国魏人，亦曾为邺令，引漳水灌邺。

⑯⑨ 墱（dèng）流：有台阶的排水沟渠。

⑰⓪ 澍（shù）：润。稌（tú）：稻。

⑰① 莳（shì）：栽种。

⑰② 均田：按等级赐田。畴：田界。

⑰③ 蕃：通“藩”。

⑰④ 冲：纵横相交的大道。

⑰⑤ 石杠：石桥。

⑰⑥ 沧浪：水青色。《孟子·离娄上》记述一个孩子唱道：“沧浪的水清呀，可以濯洗我的帽缨”。

⑰⑦ 步櫩（yán）：走廊。

⑰⑧ 莘莘：众多貌。蒸徒：百姓。

⑰⑨ 班：分布。

⑱⓪ 三事：正德、利用、厚生。

⑱① 六卿：周代的六官：冢宰、司徒、宗伯、司马、司寇、司空。

⑱² 奉常：掌宗庙礼仪的官。

⑱³ 大理：掌刑法的官。

⑱⁴ 屏：宫前当门的小墙。

⑱⁵ 䦧（xiàng）：两阶之间。

⑱⁶ 师尹：大夫官。

⑱⁷ 毗：辅佐。桢：支柱。

⑱⁸ 闬（hàn）：里门。

⑱⁹ 猥：众多。

⑲⁰ 蹀𨂘（guǐ）：聚集。

⑲¹ 玮：美化。丰：大。闳（hóng）：门。

⑲² 幂（mì）：涂抹。

⑲³ 剞（jī）劂（jué）：刻镂用的曲刀、曲凿。

⑲⁴ 传：驿舍。

⑲⁵ 槁街：汉时长安街名，当时属国使者邸第均在此街。

⑲⁶ 三市：指大市、朝市、夕市。据《周礼·地官·司市》说：大市，日仄而市，百族为主；朝市，朝时而市，商贾为主；夕市，夕时而市，贩夫贩妇为主。廛（chán）：公家所建供商人贮货之屋。

⑲⁷ 班：遍及。

⑲⁸ 阛（huán）：市的垣墙。阓（huì）：市外门。

⑲⁹ 旗亭：市楼，建于集市之中，上立旗以观察指挥集市。峣薛：高峻貌。

⑳⁰ 頫：同“眺”。

⑳¹ 轸：车箱底部后面的横木。

⑳² 质剂：贸易券契。

⑳³ 刀布：古钱币。筭：同“算”。

⑳⁴ 财：通“材”。

⑳⁵ 窳（yǔ）：质地粗劣。攻：坚。

⑳⁶ 豫贾：乱定高价。贾：古“价”字。

㉗ 驯：顺。醇酿：醇厚的美酒，喻风俗醇厚。

⑳ 隄：限。

⑳ 同：聚集。赈：丰富。大内：京都宝库。

⑳ 賨（cóng）：古代巴人的赋税。㡊（jià）：汉代西南少数民族所织的布。墆（zhì）：积。

⑪ 琛：珍宝。币：财物。牣（rèn）：盈满。

⑫ 关石：征赋所用的量器。和钧：均和。

⑬ 珧（yáo）：以蚌壳为饰的弓。檠（qíng）：正弓器。

⑭ 鋋（chán）：铁把短矛。

⑮ 缦胡：武士结冠的带子。

⑯ 简发：选择目标发射。

⑰ 更嬴：古善射者。

⑱ 铦（xiān）：锐利。

⑲ 偏裻（dú）：两色合成之衣，古代一种战服。谓（huì）列：或中止，或成列。

⑳ 奇正：兵法术语，对阵交锋为正，设伏掩袭为奇。

㉑ 推锋：作战。纪：十二年为一纪。魏武帝从初平元年至建安二十五年用兵约二十多年。

㉒ 咆烋（xiāo）：指咆哮的反叛者。

㉓ 虔刘：劫掠。

㉔ 祲（jìn）：盛。

㉕ 由：遵从。

㉖ 振旅：整顿部队班师。輷（tián）輷：众车声。

㉗ 疏：分。畴：同“酬”。

㉘ 刓（wán）印：摩挲侯印，喻吝于爵赏。

㉙ 费留：不及时赏功。

㉚ 虹旌：有彩色的旗帜。摄：收拢。

㉛《洪范》：《尚书》篇名，传为商末箕子向周武王陈述治理天下的言论。

㉜ 缘督：顺守中道。督：中。

㉝ 京：大。庾：露天的谷堆。流衍：充溢。

㉞ 东鳀（tí）：传说会稽海外有东鳀人，分为二十余国。即序：归服。

㉟ 西倾：山名，在今甘肃南部与青海东部。

㊱ 憓（huì）：顺从。

㊲ 韪（wěi）：善。

㊳ 骤：奔。

㊴ 襁负：用背带背负。赆（jìn）：纳贡的财礼。

㊵ 篚：竹制圆筐。

㊶ 髽（zhuā）首：以麻束发。

㊷ 鐻（qú）耳：以金银器穿耳为饰。

㊸ 縰（xǐ）：同"纚"，以帛束发。

㊹ 衎衎：丰盛貌。

㊺ 行庖：流动的烹饪设备。皤皤：丰富。

㊻ 愔（yīn）愔：和悦。醧（yù）：私宴。

㊼ 湑（xǔ）：欢乐。

㊽ 九成：多次演奏。

㊾ 僣：纷杂貌。

㊿ 亿：通"噫"。

251 二嬴：指秦穆公和赵简子，二人皆姓嬴，传说都曾梦游帝所，天帝为其奏钧天广乐。

252 鞮（dī）鞻（lóu）：周乐官名。

253《韎（mèi）昧》：与《任》《禁》同为边疆少数民族乐曲。

254 苗：夏猎。狩：冬猎。

255 籍田：古代帝王于春耕前亲耕农田，奉祀宗庙，并寓劝农之意。

256 秋御：驾车的技术。

257 梁驺：古代帝王田猎之处。

258 槎（zhà）：斜砍。枿（niè）：树木砍伐后新枝重生。

㉘⑨ 木理：指木连理，即树木异根，枝干连生。

㉖⓪ 芝草：与下句的皓兽、丹鱼同被认为祥瑞之物。

㉖① 亍（chù）：小步而行。

㉖② 乌：三足乌，传为太阳中的神鸟。

㉖③ 来仪：飞来并有容仪。

㉖④ 狐：九尾狐，传为瑞兽。

㉖⑤ 扰：驯服。

㉖⑥ 曲成：随机而应，委曲成就万物。

㉖⑦ 休征：吉利的征兆。

㉖⑧ 旼（mín）旼：和乐貌。率土：领域之内。

㉖⑨ 河洛开奥，符命用出：传说黄河出八卦，洛水出洪范九畴，古人以为帝王受天赐祥瑞的凭证。

㉗⓪ 翩翩黄鸟，衔书来讯：传说黄初元年，黄鸟衔丹书出现于尚书台。

㉗① 巽：通"逊"，让。神器：帝位。

㉗② 金縢（téng）：金匮，帝王藏书之匮。

㉗③ 石室：藏图书档案之室。

㉗④ 历数：指朝代更替的次序。

㉗⑤ 五德：秦汉方士用金、木、水、火、土五行相生相克之说来附会王朝更替的命运，称五德。

㉗⑥ 涓：择取。

㉗⑦ 正朔：一年的第一天，古代新王朝为表示应天承运，便重改正朔。

㉗⑧ 显仁翌明，藏用玄默：语出《周易·系辞》上："显诸仁，藏诸用，鼓万物而不与圣人同忧"。意思是，显明易见者表其生育万物之仁，隐藏难知者表其生育万物之作用。翌：显示。

㉗⑨ 扬历：表扬官吏的政绩。

㉘⓪ 孽：指私情。

㉘① 崄（yǎn）：猛烈。

㉘② 喆：同"哲"。

㉘③ 二八：八元、八恺。传说八元是高辛氏的八个才子，八恺是高阳氏的八个才子。

284 四七：指汉光武帝刘秀的二十八将。

285 开务：开通万物，成就天下之务。谧（mì）：安宁。

286 泰阶：星名，即三台。共六星，分上、中、下台。相传三台平则天下太平。

287 比屋：家家户户。《尚书大传》："周人可比屋而封。"

288 纪：极。

289 冲：深。

290 臣：指帝王让位为臣。

291 亘：接。卷领：领翻于外，原始人的服式。

292 重华：虞舜字。

293 尊庐、赫胥：传说中的古代帝王名。

294 有熊：黄帝号。

295 虽：推。

296 考室：宫室落成时所行的祭礼。

297 厝：同"措"。

298 斁（yì）：厌弃。

299 生生：孳息不绝，指大自然。

300 鸳鸯：水名，在今河北邢台市南和区。交谷：水名，在今河北临漳南。

301 虎涧：涧名，在今河南安阳北。龙山：山名，在今河北涉县。

302 掘鲤：水名，在今河北任丘北。

303 盖节：湖名，在今山东德州。

304 翍（chì）翍：飞貌。

305 常山：恒山。平干：汉武帝时以广平郡为平干国，在今河北邯郸一带。

306 钜鹿、河间：地名，今均属河北。

⑶⑺ 昌容：常山道人，食蓬累根，二百余岁而颜色如二十岁人。

⑶⑻ 犊：邺人犊子，时壮时老，时美时丑，与两眉相连的阳都女匹配。

⑶⑼ 玄俗：自称河间人，食巴豆、云英，立于日中无影。

⑶⑽ 木羽：钜鹿人，母贫贱，夜梦一仙人说：“你儿为司命君，当报你恩，与你都成仙。”儿十五岁，一夜，有车马来迎，木羽与母仙去。

⑶⑾ 琴高：战国赵人，学长生术，入涿水取龙子，与弟子约某日返，至期，果乘赤鲤出，留一月余，复入水去。

⑶⑿ 师门：在平干拜啸父为师，能使火，被孔甲所杀，埋于野外，周围山林皆被火烧。以上六名仙人记载均见《列仙传》。

⒀ 稚质：少女。

⒁ 真定：今河北正定。

⒂ 故安：今河北固安。

⒃ 中山：中山郡，在今河北望都、定州一带。

⒄ 流湎：大醉。相传有个名叫玄石的人，饮了中山酒，一醉千日。

⒅ 淇：淇园，在今河南淇县，以产竹著名。洹：洹水，今安阳河。

⒆ 信都：今河北冀州。

⒇ 雍丘：地名，在今河南杞县。

㉑ 清流：清漳水，在今河北涉县一带。

㉒ 襄邑：在今河南睢县西。

㉓ 朝歌：殷都城，故址在今河南淇县。

㉔ 绵纩：丝绵絮。房子：地名，在今河北高邑西。

㉕ 清河：郡国名，今属河北。

㉖ 清都：帝王所居都城，此指魏都。闲：大。

㉗ 判：分。隐：指《春秋》旨隐。显：指《易》意显。

㉘ 末：不足为法的末事。隤墙：司马相如《上林赋》中说：“隤墙填堑，使山泽之人得至焉。”后人认为，此赋前写天子行猎上林苑，铺张扬厉，结尾虽写到隤墙填堑，只不过是劝百而讽一。

㉙ 系：辞赋末总结全文之词。

㉚ 管敬：管仲，相齐桓公，九合诸侯，一统天下，使桓公成为春秋五霸之首。

㉛ 歌钟：即编钟，打击乐器。肆：钟磬悬列之数，一肆为十六枚。

㉜ 魏绛：春秋晋国人，助晋悼公七合诸侯，悼公将郑伯献来的十六名女乐、二肆歌钟分一半给他。事见《国语·晋语》七。

㉝ 千乘：指魏文侯。据《吕氏春秋·开春·期贤》记载：魏文侯乘车经过隐者段干木屋前，扶轼致敬。仆人不解，魏文侯说："段干木是个贤者，我虽有财有势，远不如他有德有义，我怎敢不尊敬他？"后来秦国国君想兴兵攻魏，听到魏侯对段干木扶轼敬贤的事，就停止攻打魏国。

㉞ 监门：守门人，指侯嬴。据《史记·魏公子列传》记载：战国魏公子无忌封信陵君，礼贤下士，亲自为大梁夷门看门人侯嬴驾车。后秦攻赵，赵求救于魏。信陵君用侯嬴之计，退了秦兵。

㉟ 嗛：通"谦"。

㊱ 荣：位高禄厚。枯：指家境贫贱，处境困难。

㊲ 张仪、张禄：战国魏人，出身贫贱，分别在楚、魏遭受笞击，后相秦。张仪游说诸侯，助秦连横成功。张禄原名范雎，入秦后说秦远交近攻，加强王权。

㊳ 鸮：猫头鹰。此句喻蜀国狭小多山。

㊴ 蛙黾（měng）：蛙。此句喻吴国低湿多水。

㊵ 瀸（jiān）：浸渍。沮（jù）洳（rù）：土地低湿。

㊶ 石留：土地贫瘠多石。

㊷ 蔡莽：野草。

㊸ 秎（lì）：剩余。

㊹ 宵：通"肖"，小。蕞（zuì）：小貌。

㊺ 遳（cuō）脆：软弱。

㊻ 杍首：长头，古人认为长寿之相。

㊼ 魋：通"椎"。左言：外邦语言。

348 钻：通“攒”，束。

349 嬥歌：古代巴蜀地区民歌，牵手边跳边唱。

350 絜（xiè）果：果敢。婳（huà）：美好。

351 樔：鸟窝。

352 绵幂：微貌。

353 累卵于叠棋：春秋晋灵公造九层之台，只用千金。荀息求见，说：“我能把九个鸡蛋累在叠起的十二个棋子之上。”于是把棋子叠在下面，再把九个鸡蛋累在上面。灵公说：“危险！危险！”荀息说：“还有比这个更危险的呢？九层之台三年不成，国库空虚，邻国入侵，国家灭亡。”事见《史记·范雎传》正义引《说苑》。今本《说苑》佚此文。

354 朝华：木槿，花朝开暮落。菴蔼：繁茂貌。

355《麦秀》：据《史记·宋微子世家》记载：箕子朝周，经过故都殷墟，看到宫室毁坏，长出禾黍，感伤而作《麦秀之歌》。《黍离》：《诗经·王风》中的篇名。《毛诗序》说：周大夫经过故宗庙，宫室尽为禾黍，徘徊不忍而作此诗。

356 矆（huò）：恐惧。

357 睇（tī）：失意而视。

358 覥（tiǎn）：惭愧。瞢（méng）：羞惭。

359 惢（suǒ）：心疑。茹：颜色憔悴。

360 怏（tiǎn）墨：羞愧色变。

361 清狂：白痴。

362 怵：被利诱。闽：指吴。濮：古代西南地方民族名，此指蜀。

363 蓼虫：寄生在蓼草中的昆虫，蓼草叶味辛香。

364 仉（fàn）剽：轻浮。

365 怶（pī）：错误。貤（yì）：重复。缪：通“谬”。

366 偭（miǎn）：面向。

367 颂：意同“容”，宽。

368 抑：同“噫”。

㊱ 星有风雨之好：《尚书·洪范》说：“庶民惟星，星有好风，星有好雨。”

370 觌：见。蔀（bù）家：大其屋而家设棚席，指房屋阴暗。剥庐：穷困的居所。

371 苏：寤。

372 寒谷丰黍：据刘向《别录》记载：燕地有谷地，因寒冷不生五谷。邹衍吹律，气候转暖，黍谷丰收。

373 明珠兼寸：径寸之珠。《史记·田敬仲完世家》记载：一次，魏王问齐威王有什么珠宝？威王说没有。魏王说：“我是一个小国的君主，尚且有能光照十二乘车的径寸之珠十枚，你是万乘的国君，怎么会没有珠宝呢？”下句“曜车二六”，即“光照十二乘车”。

374 璧：指和氏璧。《史记·廉颇蔺相如列传》记载：秦昭王听说赵惠文王得楚和氏璧，派人对赵王说，愿拿十五座城换璧。下句“三倾五城”为“倾城三五”的倒装，指“十五座城”。

375 亮：谅信。

376 齐给：辩说。

【语译】

魏国先生容貌温和润泽，扬眉举目告诫道：“你们吴蜀之人与人不同。楚地和华夏语音不一样，是由于地方风俗不同；性情分险邪与平易，是由于习俗相异。虽然人有一定的本性，但不能说是天生的。从前市南宜僚弄丸，解开了两家仇怨。我聊且让你们玩味善言，以解开两位先生喋喋不休的争辩。

“混沌之气化分，大自然的创造化育开始。本体兼有昼夜，文理包括天地。流动而成江海，凝结则为山岳。大地按星宿分野，边远地区像衣带联结四周。山冈河湖分隔南蛮东夷，高山遍布洞穴。蛮夷村落，靠向导翻译才能沟通，住着如同鸟兽的居民。居正统之位的帝王，以华夏为咽喉要地，不把边陲作为襟带。世代抚养人民者，以道德为藩篱，不以山川险峻为屏障。而你们两位贤者，尚未曾与百姓辅佐魏王，接受与不同身份相应的威仪，归附王朝，又未想到禀受大魏皇历，乐于带领平民恪守奉献的职责。只是曲随于蛮夷疏远的人，安于边远地方，把土人在身上刺上花纹视为光荣，把山河险要视为骄傲。违背何处该沉默，何处该诉说的常理，夸大地引述诡辩不实之词。文饰狭窄地区以此矜负，凭着执拗性格揎袖捋臂。不求精纯正直的大道理，筹谋杂乱而不合王道之义。这与在大道上寻找浮萍，在棘刺尖上雕猕猴有什么差异？剑阁虽高，依靠它的人已被挫败，不是使国基根深蒂固的办法。洞庭虽深，仗恃它的人终于败北，不能凭借它爱民治国。那落日余光，超过长庚星初现的光辉。何况大魏还有黄河、冀州的明亮干爽和长江沿岸低下的水草地。因此，我将要告诉你们关于中原的区界，天子管辖的中国，魏都的卓异，天下的关键。

“时逢厄运，汉朝纲纪断绝。奸邪的人从宫内兴起，乱兵包围宫廷。雄伟的京城，深邃的宫室，像鸟巢被焚和大火燎原，化为灰烬，从此荆棘布满宫廷。繁华的国内，富庶的八方，兵戈四起，成为战场，因而麋鹿寓居城内。伊水、洛水榛旷，崤山、函谷关荒废，临菑寥落，鄢郢变成废墟。有魏开国之日，缔建之初，千万侯国与它相比，也就如同丑陋的犨麋与美男儿子都，小土丘与仙山方壶。况且，魏国上应毕宿昴宿分野，下居虞夏后裔，是先王的故乡，有列圣的遗迹。考察他的四角，处在八方之中。测量他的寒暑，霜露分布均匀。卜偃有先见之明，赞赏魏地必将隆盛；季札到鲁国观乐，称赞魏风民情。当时虽然处在衰世，盛德从管弦上已经表现出来。现在虽然超过千年，旧日遗风依然蕴积在悠长的岁月里。

“魏都的疆域，两旁到达齐、秦尽头，内部聚结冀、道二国，前面包括殷、卫之地，后面据有燕、赵山河。山林幽深，川泽环绕。恒山、碣石山高耸入云，黄河、汾水浩瀚辽阔。南望淇水两岸，绿竹茂盛美好。北临漳河、滏水，温凉如同冬夏相隔。远处高山神钲长鸣，神灵的响声时时震惊四方。温泉迸涌自成波浪，泉水荡涤邪气令人长寿不老。煤井盛藏乌黑的煤油，盐池富产洁白的盐水。田土适中，土壤色白。平原和湿地平平整整，高丘和低地广大辽阔。有的高低重叠，有的光明宽广。天地阴阳之气交互作用化生万物，微小的吉祥瑞兆预示未来。自古就有能预见事机的迹象，魏都兆迹之本起于往昔。谶纬中预伏气运，书籍里密藏兆象。在遥远的年代里保持沉静，顺应时机赫赫光大。到魏武帝如神龙腾飞，开始接受天命占有天下。

“创国之初，占卜求祥。灼龟甲，占蓍草，信然美善。修筑外城，整治城壕。开始经营的制度，囊括历代帝王。仿造长安、洛阳宫室，规模八方都城模样。借鉴唐尧茅茨不剪，考察夏禹低下宫房。宫门高大，是古公亶父草创。宣王中兴，筑室仅有百堵土墙。并取古代圣哲法则，兼用文采和朴质风尚。计算丰繁简约而取折中，依据昔年建筑来衡量。考虑《周易》之言，宫殿比穴居壮观。阅读荀卿教导，酌取萧何营造未央。山林官备办两手围抱之木，全部模型授给木匠。远近百姓愉快来服役如同子女急于父母之事，工匠精心设计各展所长。阐扬古代用钩绳正曲直的遗法，继承前人要领在春分秋分以日光正定方向。测度日中之影，观察北极星光。右建社稷，左建宗庙。筑起高宫四周环绕，既不倾斜又大如山岗。建造文昌大殿，规模超过所有房屋。高耸如同峻岭突起，下垂的装饰像黑云中伸展的虹霓。世间闻名的优良材料错落连接。屋梁屋椽交错联结，曲木斗拱重重叠叠。红色大梁像长虹延伸并列横贯，红色方椽森罗棋布。天花板上的绮井如悬空花蒂排列疏朗，雕刻的莲花朵朵重叠倒挂。檐角椽头刻成龙首涌注屋檐水，水流急湍仿佛滮池一般。众多的厅堂前柱间隔排列，阳光照射屋檐。屋檐椽头颜色深黑，台阶和栏杆高耸层叠。长庭平坦如磨石，钟架陈列在两边。风吹无尘埃，雨打不湿润。北门城楼挺立，南面正门建造遵同北门一般。南北城门双对峙，两驾车子可以并驾齐驱。西辟延秋门，东开长春门。用来接受诸侯的朝见，举行宴会招待贵宾。

“左面内朝是红色的宫室，正殿是帝王听政的地方。既不太朴质，又不过分雕饰。木工无镂凿，泥工无纹饰。至德的教化由此推广，国家俭朴的风尚由此秉承。前面是宣明门、显阳门、顺德门和崇礼门。重重宫门洞开，高大又众多。珍贵树木枝叶茂盛，奇异花卉繁荣似锦。和风带来芳香，甘露美如甜酒。宫中官署，门连着门，廊对着廊。值班的人由此出进，这里是藏放典籍的地方。侍从官员济济一堂，帽上金蝉齐放光芒。早朝在帐幄内陪侍君主，纳言官说话出口成章。还有御史官和掌刑法的内侍。通接宾客的近侍手持作为凭证的符节，储吏捧着皇帝的印玺。有管理膳食的官，有管理医药的官。酒肉依时供应，肌脉常常调理。后面是后宫鸣鹤堂和文石室，妃嫔住所中有巷道。楸梓坊和木兰坊按甲乙次第排列。宫门有的向西有的向南，建成不花多少时日。温室殿的绘画大放光彩，有宇宙的图形，有历代圣贤的画像，有百种祥瑞的景物，错杂文藻颂咏。追溯到遥远的古代，这里都能鉴照察明。虞舜作画以为鉴戒，这儿可与虞舜相比。

“右边是疏朗的园圃和弯曲的池水，田园低下土台高平。水边兰草茂盛，石间水流湍急。柔弱的枝条挂满果实，轻细的叶儿散发芳香。奔驰的龟，跃起的鱼，看看吕梁不能游上。回环的驰道上跑着果下马，在连延的楼阁屋宇间往来周旋。双车并行的高峻台阶径直通向西方，铜雀、金兽、冰井三台高高并峙。高台屹立于台基之上，犹如刀削华山当空壁立。上面是累累栋梁重重溜檐，下面是储冰之室阴暗冻凝。周围有窗的长廊直上中天，红色的石阶上卷起旋风。屋宇重叠峨峨如山，清细尘埃轻轻扬起。铜雀脚踢屋脊矫首远望，在空中展开健壮的翅膀如在飞翔。雷雨幽暗遮不住半座宫殿，白日光辉笼罩花窗。一步一顿在台阶上登降，穿上春服安闲自得游逛。八方极远的景色奔来眼底，世间万物一齐呈现身旁。牟首池沿途延伸，巡逻的大道互相交叉。日晷漏壶严格报时，白天夜晚计时分明。设有兵器架，住着禁卫兵，负责警卫防御奸邪，后宫不再受惊。

“这里有高城深池，女墙环绕依傍水滨。四门高峙，大厦重叠，凭空独立，超越尘世，浑然天成。末端高高伸向远处，高峻的基址耸立。如临万仞焦原心神不恍，强劲敏捷的人谁不畏惧？城池与山冈永存，不能用岁月来限定日期。太阳之神把光辉洒遍它的外表，幽冥之神密布蒙雾在它的内面。玄武苑里，增植幽林。矮墙围绕开辟的园地，台榭屋宇互相比邻。灌木丛中结满硕果，合抱的大树高高挺立。清风扫过竹林，葡萄结成繁阴。回潭幽深，蓄满清水。蒹葭分明，萑蒻茂盛。莲花高出水面格外鲜明，菱角绿叶在波涛上漂浮。禽鸟在空中上下飞舞，鱼鳖在水中沉浮。鸟儿选择树木栖息，野鸡敞开动听歌喉。好像在大海上纵情鸣叫，又如仙鹤在树荫下常鸣。标志出禁苑的范围，刻写下虞人箴辞。时刻思念国家忧患，不要纵情于田猎。樵夫自由往来砍柴割草，猎人追捕麋鹿也不违禁。

“郊野肥沃，田原美盛。甘甜的苦菜生长，稻麦作物繁多。前有西门豹开渠灌溉，后有史起引漳修河。排水沟渠分十二级，出口不同水源同一。蓄水如云层屯聚，排水似及时行雨。水田润泽稻麦，旱地栽种稷黍。黑黝黝的是桑柘，绿油油的是麻纻。按等级赐田划好田界，篱笆和房屋错杂排列。姜芋充足茂盛，桃李浓荫遍遮。家家安居其地，人人温饱愉悦。出门村舍相望，世代不相往来。

“城内街道纵横如车辐聚辏，城角建造红色城楼。石桥飞渡，引来漳水。沿路开通沟渠，罗列青槐林荫夹道。漳渠如同沧浪之水可洗帽缨，林荫道比长廊更舒适。有冠盖高官，有众多百姓。头发斑白的老人手不提物，来往行人互相让路。设立官位分掌职责，经营官署居住之处。官舍夹杂其中，里巷各处分布。官署辅佐帝王正德、利用、厚生三事，官职多过周代六卿。有的号奉常，有的名大理。高屋都是同一规格，华丽的门墙齐现光荣。台阶幽静，重门关闭。大夫官在此行止，代帝王操劳做朝廷的支柱。里巷有长寿、吉阳、永平和思忠，也有外戚的里巷设在宫殿之东。里门有贵显者出入，巷内聚居着诸公。都护堂高屋花窗，众多朝见者的车马聚集其中。环绕里巷营建客馆，修整宾客集居的地方。美化大楼的门房，在建安年间首次修建。补治墙壁涂抹室窗，房舍廊屋错杂重叠。刻镂的工具一刻不停，工匠斫削重复不歇。秦代的广成传舍无法相比，汉代的槁街邸第也望尘莫及。

“开拓大市、朝市、夕市，建造供商人贮货的屋子，借平坦的大道使商品四通八达。遍布店铺罗列各色货物，设立垣墙如衣带围绕。互通有无，日中为市。市楼高高耸立，登楼眺望市场全景。各条大路车毂相撞，千万车辆前后相连。有的凭轼眺望，有的策马挥鞭。举袖成幕，纷纷然把天空遮住半边。八方之人混同归一，奇异风俗全能看到。贸易卷契在此公平交易，用钱币买卖多不胜计。材料靠人工化成，货物靠商业流通。难得的奢侈品，这里不能相容。器皿用途广泛经久耐用，物件不粗劣质地坚固。不出售恶滥物品不抬高物价，淳朴的风尚逐渐形成并得以光大。白藏仓库的宝藏不可计数，京都宝库聚集丰富，都是收引世上的物资。巴人贡赋的布帛堆积如山，珍宝财物充盈府库。征赋的量器均和，征收财赋谨慎。燕地的弓堆积仓库十分强劲，冀北的马充满马厩格外健壮。

“至于强敌蜂起，各地不得安宁。魏武帝发出号召，光耀威武圣灵。将士披挂重重甲盔，旌旗在高竿扬起。调整好以蚌壳为饰的强弓，长矛短鋋飘着羽饰。穿上三重铠甲，系上缦胡之缨。引弦有的发矢，射技精湛可比更嬴。同披白绢，手执锐利的长戈，穿着两色合成的战服，时而中止，时而成列行进。全军出征，步武严整合于音律，掌握奇正之法征讨四方。精通远大的计谋，心中无不合宜的战术。作战累计二十多年，士气更加旺盛。一日三接战，一月三获捷。剪除违抗王命的人，吞灭咆哮的反叛者。骄横跋扈者烟消云散，劫掠杀害者席卷一空。威震八极，荒远阻隔的人也全来归从。在海岛边清洗兵器，在江洲旁刷净马匹。整队班师车轮滚滚，出师归来大旗悠悠。凯旋回都同饮庆功酒，分赏爵位按勋量酬。朝廷不吝于爵赏，国家无过时不赏的功臣。战乱平息，天下安逸，战士放马南山不再征战。收藏利斧入刃于匣，彩旗卷起不再飘扬。继承《洪范》精华，斟酌典籍文献。观察常理，掌握通变。帝王垂拱而治掌握文契，百姓顺守中道人人自勉。以仁义道德为贵，以财利交往为贱。牢狱空荡荡，粮食积如山。

“这时东鳀归顺，西倾臣服，荆南一心归附，朔北思念朝廷善德。迢迢长途，跋山涉水。背负财礼，为纳贡靠翻译把语言沟通。以麻束发的首领，以金饰穿耳的豪雄，穿着荒远地区的服饰，提起衣襟，在魏都宫阙朝拜。朝廷在文昌殿置酒待客，高张乐曲，前一夜预先设宴。长夜未明，庭中火炬光亮。客人众多，有华有夷，有的高冠大髻，有的辫发累累。清酒如济水清澈，浊酒如黄河浑浊。冰冻的甜酒解冻流淌，温暖的醇酒泛起微波。菜肴丰富，烹具多样。宴会和悦安闲，尽情欢乐而不喧嚷。陈设天上的广乐曲，反复多次演奏。先奏舜的《韶》乐和禹的《大夏》，包括喾的《六英》和颛项的《六茎》。众响纷杂，疑为雷霆，天宇骇惧，大地震惊。啊！如同天帝奏的钧天广乐，秦穆公和赵简子都曾听过。有金、石、丝、竹的常韵，有匏、土、革、木的乐调。舞蹈者手执干、戚、羽、旄装饰美好，歌唱者清唱低吟歌喉美妙。皇家世业天天受用，经常耳闻目睹。各种歌舞杂糅纷错，全都具备广泛包括。鞮鞻乐官所掌之乐，东方的《韎昧》，南方的《任》，北方的《禁》，用来娱乐四夷之君，和睦八方习俗。

“夏猎冬狩，出行游乐。藉田仪式按礼法举办，检阅军队据礼仪进行。准备帝王的车驾，操习驭马的方法。显示文治武功的壮观，超过古代关于梁驺田猎的记载。不砍伐新生的树苗，不杀害沼泽中的小禽兽。遵照季节砍伐木材，细小鱼虾不去捕捞。德至草木，树木连理；仁及自然，芝草挺拔而生。大泽里养育出白兽，水池里生长出丹鱼。神龙在彩云中飞翔，大泽中的神马在丘陵上漫步。山献美石，河出珍宝。黑色的三足乌容仪光彩翩翩飞至，红色的九尾狐温顺驯服来到。嘉美的谷穗随风离合长得茂盛，甘甜的泉水奔涌滔滔。显示祥瑞曲成万物，触类而通共同创造。这也是神灵的报答，吉利迹象的伟大征兆。天下和乐，人们从善如流又不匮乏。沐浴着吉祥幸福，居心纯美。吃不完的粮食放在田里不用收回，处处颂声载道。黄河、洛水打开奥秘，天赐祥瑞与人君的凭证因此出现。黄鸟翩翩飞翔，口衔丹书送来喜讯。百姓预谋用歌谣称颂魏王，鬼神安排将要迭更朝代。刘汉放弃政权，让出帝位。从金匮中看到秘籍，从石室里查考图谶。考察历代帝王更替的次序，察看五行相生相克的命运。度量短暂的时间，择取吉日良辰，步上宫中祭坛，登立王位。重定正朔，更换服色，继承断绝的圣世，整治废止的职务，变更旗帜，改革兵器，生育万物之仁显明易见，抚育万物的作用隐藏难知。寡言语，厚德行，陶冶力学。雠校篆籀经史，尽观篇章古籍。表扬优者贤者的政绩，对亲戚不徇私情。

“帝王的本家，分封藩国以为皇室屏障。勇敢的如任城王曹彰，才华出众的如东阿王曹植。立旗则威武猛烈如秋霜，提笔则文采华美似春花。英哲豪杰，辅佐王室。文臣超过八元八恺那样的才子，武将勇猛胜过汉光武帝的二十八将。显赫威严，开通万物，成就天下之务，使天下安宁。因此，百姓看到太平景象，家家户户都受封赏。计算年岁有尽头，天赐皇禄有终极。魏帝传业禅让王位，辞谢万邦。皇恩浩大，帝德深厚。让出天下，皇帝为臣最是公正。独具美德，超过百代帝王的平庸。追接卷领与结绳的远古年代，回顾虞舜禅位的美德加以效法。尊卢氏和赫胥氏，伏羲、神农和黄帝，推己及人以为大道，洪大教化成为盛举，世风笃厚，天下大同，魏帝有何不能追踪他们与之同风？因此，度料他们建的国都，分析他们的法度。咨询宫室落成的祭典，评议他们的措施。重复而不厌弃，使用而有余裕。这不是低贱之人所能精通，也绝非鄙俚之言所能阐明。

“至于山川的卓绝奇异，物产的格外特殊，有的因名称奇怪而被称颂，有的因实物奇异而载入史书。自然界的厚赐，实在是美好不能变更。其中有鸳鸯、交谷、虎涧、龙山，掘鲤淀、盖节渊。精卫在空中飞翔，衔木石填东海报偿溺水之怨。常山和平干，钜鹿和河间，仙人不止一个，往往出在这里。昌容锻炼容色，犊子与连眉的阳都女结为夫妻，玄俗日中无影，木羽和他的母亲一齐仙去。琴高入水不沾湿，按约期乘赤鲤来往于水陆之际。师门使火验证法术，因此去世时火焚山林。易水北面老人保持壮年的容貌，卫地少女窈窕多姿，邯郸人步伐轻快，赵地人善于鼓瑟。真定的梨，故安的栗。中山醇酒，一醉千日。淇园和洹水的嫩笋，信都的枣，雍丘的粟，清流的稻，襄邑的锦绣，朝歌的罗绮，房子的丝棉絮，清河的双丝细绢。如此之类，繁富众多，不能一一穷究，因此只好抑制而不数尽。大抵排比事物错综辞藻，叙述魏都的伟大壮丽，虽然选择言辞，简约篇章，反复酙酌也难免漏万挂一。阅读《春秋》和大《易》，《易》意显《春秋》旨隐却都符合道德标准。《上林赋》末章写‘隤墙填堑’是劝百讽一不足为法，我要学习前代圣贤来作系词。

“他的军容整严不可侵犯，伸张果敢勇毅，团结华夏安抚四夷，以拥戴公室，功勋之大可和管仲的业绩相比，晋悼公把郑伯献来的编钟分一肆给他，这就是魏绛，他的贤能有好名声。他在狭巷闲居，室近闹市心远利欲，富于仁爱尊崇道义，不去争权夺利，魏文侯经过屋前为他扶轼致敬，秦国因此停止攻打魏国，这就是段干木，他的仁德使诸侯的纠纷自然排解。他不以位贵自尊，看重士民比山还高，亲自为守门人侯嬴驭马，谦逊地同乘一车，终于抑制强秦解救赵国的危难，威震八方，这就是信陵君，他的名字像兰花那么芳香。他们善于雄辩，出身贫贱，靠才能解脱困境，以万全之策使将相高位加于一身，靠一张善辩的嘴巴，敌住四海的锋刃，他们就是张仪、张禄，也值得大大一提。

“推敲后可见蜀国之人与鸲鹊同巢，吴国之人与蛙类同穴。一个把自己比为禽鸟，一个把自己当成鱼鳖。山丘曲叠而崎岖，泉水聚集而堵塞。土壤浸渍漏水而低湿，林区贫瘠多山石而荒秽。山谷涌云，遮蔽日月。住所土地酷热，边疆处处瘴疠。野草刺体，毒虫咬人。汉代流放罪犯在这里，这里有秦代流放者的后裔。相貌丑陋矮小，禀性软弱窝囊。巷内无人长寿，里中少见老人。有的发髻如椎，口操外邦语言，有的身刺花纹，头发束成一撮。有的天色黎明牵手边跳边唱，有的终生游泳在江河。风俗以果敢为美好，人们以残杀为技艺。礼仪威严不能统摄，宪章制度不能约制。借着崇山峻岭造就的要隘，凭着长川大河形成的险势，踞守遥远的关塞伺隙而动，居住鸟巢而设立帝制。戍守单薄微弱，无异于蜘蛛之网。士卒弱小盔甲破碎，无异于螳臂挡车。蜀吴历代先世都是如此，虽然地势险要终被剿灭。揆度过去的覆亡历史，便是未来的后车之辙。成都已经倾亡，建邺也已覆灭。岂不如同把鸡蛋累在叠棋之上，不待细观形势就已恐惧战栗。权且假借时日苟延残喘，如同木槿花朝开暮谢。看看《麦秀之歌》和《黍离》诗篇，可以在吴蜀都会作亡国谣谚。”

魏国先生话没说完，吴蜀二客惊惶失意，彼此相视，满面羞容，心神疑虑，容颜憔悴，精神弛散，离座而起，羞惭色变，道歉说：“我们都是白痴，在吴蜀被利诱驱迫，如同寄生在蓼草中的昆虫忘掉蓼草的辛辣，处于进退两难的境地。虽然不是长眠却没有觉醒，看不到皇车的轨迹。错在轻浮和玩弄小才，加上不断的错误和荒诞，现在倾听先生继承古训谆谆教导，面对时光我们心神不定。先生知识渊博，深广莫测，得听闻皇上的盛德，先生忧天下之心岂不是与圣人相同？噫！先生的话如春雷震响，蛰伏过冬的动物惊起竞飞，潜龙升天浮于日影之中，幽泉如同明镜。天上的星星，有的喜好风，有的喜好雨，人的个性也各有不同，我们近似在暗屋和穷困之所，不能寤解世情而居于正道。寒冷的谷地能够黍谷丰收，是由于邹衍吹律气候变暖；我们昏昧的情性能够明亮起来，是先生规谏的明显效果。即使拥有光照十二乘车的径寸之珠和价值十五座城池的和氏璧，也不如厚赐制度法令的意义深远！”

吴蜀二客诚信说道：“天上不会有两个明丽的太阳，世上不会有两个并立的皇帝。这是天经地义，道理终究有最后归宿。哪能一味辩说，坚持琐碎之辞呢？”

【评析】

全文从首至尾紧紧围绕文章篇旨进行阐述。首段开宗明义提出，魏王“以道德为藩，不以袭险为屏”。接着便从宫殿建制、人民风尚、商业道德、田猎、为政等方面，层层深入阐述。如魏都宫殿建制：“经始之制，牢笼百王”“兼圣哲之轨，并文质之状”。宫苑中刻写下虞人的箴辞，要求国君“思国恤，忘从禽”。写人民风尚：“斑白不提，行旅让衢。”写商业道德：商品经久耐用，不出售恶滥物品，不抬高物价，市场发扬淳朴的风尚。写帝王田猎也与吴蜀不同，吴蜀君王田猎是竭泽而渔，所经之处，“北山亡其翔翼，西海失其游鳞”；魏都则不然，“林不槎枿，泽不伐夭。斧斨以时，罾罔以道”。德至草木，仁及自然，保持生态平衡，也体现了一个文明国家的风貌。由于有了前面层层论述，所以最后吴蜀二客说：“虽明珠兼寸，尺璧有盈”“未若申锡典章之为远”。通过吴蜀二客重申这一主题，就更具有说服力。本文不足之处是，说理的地方较多，语言的形象性不够，因而文学价值不及《蜀都赋》和《吴都赋》。

卷第七

赋丁

郊祀

甘泉赋一首　并序

作者：扬子云　　注译评析：汤炳能

孝成帝时[1]，客有荐雄文似相如者[2]。上方郊祀甘泉泰畤[3]、汾阴后土[4]，以求继嗣[5]，召雄待诏承明之庭[6]。正月[7]，从上甘泉还，奏《甘泉赋》以风[8]。其辞曰：

惟汉十世[9]，将郊上玄[10]，定泰畤[11]，雍神休[12]，尊明号[13]。同符三皇[14]，录功五帝[15]。恤胤锡羡[16]，拓迹开统[17]。于是乃命群僚[18]，历吉日[19]，协灵辰[20]，星陈而天行。诏招摇与太阴兮[21]，伏钩陈使当兵[22]。属堪舆以壁垒兮[23]，捎夔魖而抶獝狂[24]。八神奔而警跸兮[25]，振殷辚而军装[26]。蚩尤之伦[27]，带干将而秉玉戚兮[28]，飞蒙茸而走陆梁[29]。齐总总以撙撙[30]，其相胶轕兮[31]，猋骇云迅[32]，奋以方攘[33]。骈罗列布[34]，鳞以杂沓兮[35]，柴虒参差[36]，鱼颉而鸟䀢[37]。翕赫曶霍[38]，雾集而蒙合兮[39]，半散昭烂[40]，粲以成章[41]。

于是乘舆乃登夫凤皇兮而翳华芝[42]，驷苍螭兮六素虬[43]，蠖略蕤绥[44]，漓虖襂纚[45]。帅尔阴闭[46]，霅然阳开[47]。腾清霄而轶浮景兮[48]，夫何旟旐郅偈之旖旎也[49]！流星旄以电烛兮[50]，咸翠盖而鸾旗[51]。敦万骑于中营兮[52]，方玉车之千乘[53]。声駍隐以陆离兮[54]，轻先疾雷而馺遗风[55]。凌高衍之嵱嵷兮[56]，超纡谲之清澄[57]。登椽栾而狃天门兮[58]，驰闾阖而入凌兢[59]。

是时未臻夫甘泉也[60]，乃望通天之绎绎[61]。下阴潜以惨廪兮[62]，上洪纷而相错[63]。直峣峣以造天兮[64]，厥高庆而不可乎弥度[65]。平原唐其坛曼兮[66]，列新雉于林薄[67]。攒并闾与茇葀兮[68]，纷被丽其亡鄂[69]。崇丘陵之駊騀兮[70]，深沟嵚岩而为谷[71]。遝遝离宫般以相烛兮[72]，封峦石关施靡乎延属[73]。

于是大厦云谲波诡[74]，摧嗺而成观[75]。仰挢首以高视兮[76]，目冥眴而亡见[77]。正浏滥以弘惝兮[78]，指东西之漫漫[79]。徒徊徊以徨徨兮[80]，魂眇眇而昏乱[81]。据軨轩而周流兮[82]，忽坱圠而亡垠[83]。翠玉树之青葱兮[84]，璧马犀之瞵瑞[85]。金人仡仡其承钟虡兮[86]，嵌岩岩其龙鳞[87]。扬光曜之燎烛兮[88]，垂景炎之炘炘[89]。配帝居之县圃兮[90]，象泰一之威神[91]。

洪台崛其独出兮[92]，樴北极之嶟嶟[93]。列宿乃施于上荣兮[94]，日月才经于柍桭[95]。雷郁律于岩窔兮[96]，电儵忽于墙藩[97]。鬼魅不能自逮兮[98]，半长途而下颠[99]。历倒景而绝飞梁兮[100]，浮蠛蠓而撇天[101]。左欃枪而右玄冥兮[102]，前熛阙而后应门[103]。荫西海与幽都兮[104]，涌醴汩以生川[105]。蛟龙连蜷于东崖兮[106]，白虎敦圉乎昆仑[107]。览樛流于高光兮[108]，溶方皇于西清[109]。前殿崔巍兮[110]，和氏玲珑[111]。炕浮柱之飞榱兮[112]，神莫莫而扶倾[113]。闶阆阆其寥廓兮[114]，似紫宫之峥嵘[115]。骈交错而曼衍兮[116]，峻嵲隗乎其相嬰[117]。乘云阁而上下兮[118]，纷蒙笼以棍成[119]。曳红采之流离兮[120]，飏翠气之宛延[121]。袭璇室与倾宫兮[122]，若登高眇远[123]，亡国肃乎临渊[124]。

回猋肆其砀骇兮[125]，披桂椒而郁移杨[126]。香芬茀以穹隆兮[127]，击薄栌而将荣[128]。芗呹肸以棍批兮[129]，声駍隐而历钟[130]。排玉户而飏金铺兮[131]，发兰蕙与芎䓖[132]。帷弸彋其拂汩兮[133]，稍暗暗而靓深[134]。阴阳清浊穆羽相和兮[135]，若夔、牙之调琴[136]。般倕弃其剞劂兮[137]，王尔投其钩绳[138]。虽方征侨与偓佺兮[139]，犹彷佛其若梦。

于是事变物化，目骇耳回[140]。盖天子穆然，珍台闲馆，璇题玉英[141]，蝴蜎蠖濩之中[142]。惟夫所以澄心清魂[143]，储精垂恩[144]，感动天地，逆釐三神者[145]。乃搜逑索偶[146]，皋伊之徒[147]，冠伦魁能，函甘棠之惠[148]，挟东征之意[149]，相与齐乎阳灵之宫[150]。靡薜荔而为席兮[151]，折琼技以为芳[152]。吸清云之流瑕兮[153]，饮若木之露英[154]。集乎礼神之囿[155]，登乎颂祇之堂[156]。建光耀之长旓兮[157]，昭华覆之威威[158]。攀璇玑而下视兮[159]，行游目乎三危[160]。陈众车于东阬兮[161]，肆玉轪而下驰[162]。漂龙渊而还九垠兮[163]，窥地底而上回。风漎漎而扶辖兮[164]，鸾凤纷其衔蕤[165]。梁弱水之濎濙兮[166]，蹑不周之逶蛇[167]。想西王母欣然而上寿兮[168]，屏玉女而却宓妃[169]。玉女亡所眺其清胪兮[170]，宓妃曾不得施其蛾眉。方揽道德之精刚兮[171]，侔神明与之为资[172]。

于是钦柴宗祈[173]，燎薰皇天[174]，皋摇泰壹[175]。举洪颐[176]，树灵旗[177]。樵蒸昆上[178]，配藜四施[179]。东烛沧海[180]，西耀流沙[181]，北熿幽都[182]，南炀丹厓[183]。玄瓒觩䚦[184]，秬鬯泔淡[185]。肸蠁丰融[186]，懿懿芬芬[187]。炎感黄龙兮，熛讹硕麟[188]。选巫咸兮叫帝阍[189]，开天庭兮延群神[190]。傧暗蔼兮降清坛[191]，瑞穰穰兮委如山[192]。于是事毕功弘[193]，回车而归。度三峦兮偈棠黎[194]，天阃决兮地垠开[195]，八荒协兮万国谐[196]。登长平兮雷鼓磕[197]，天声起兮勇士厉[198]。云飞扬兮雨滂沛[199]，于胥德兮丽万世[200]。

乱曰[201]：崇崇圜丘[202]，隆隐天兮[203]。登降峛崺[204]，单埢垣兮[205]。增宫嵾差[206]，骈嵯峨兮[207]。岭巆嶙峋[208]，洞无厓兮。上天之縡[209]，杳旭卉兮[210]。圣皇穆穆[211]，信厥对兮[212]。徕祇郊禋[213]，神所依兮。徘徊招摇[214]，灵迟迡兮[215]。光辉眩耀，降厥福兮。子子孙孙，长无极兮。

【作者简介】

扬雄（前53—18），字子云，西汉蜀郡成都（今属四川）人。少好学，常仿司马相如作辞赋。成帝时，献《甘泉》《河东》《羽猎》《长杨》四赋，拜为给事黄门郎。王莽时，校书天禄阁。因事被株连，投阁自杀，几死。后以病免，又召为大夫。扬雄博通群籍，仿《易经》作《太玄》，仿《论语》作《法言》，又编字书《方言》《训纂编》。是西汉著名的文学家、哲学家和语言学家。原有集，已散佚。明人张溥辑有《扬侍郎集》。

《汉书》卷八十七有传。

【篇旨】

以汉成帝甘泉宫郊祀为题材，讽喻汉家宫阙的淫靡奢丽，同时也反映了汉帝国的富庶繁荣。

【注释】

① 孝成帝：汉成帝刘骜。

② 雄文：指扬雄的《绵竹颂》。

③ 甘泉：宫名，在陕西淳化西北的甘泉山上。秦始皇时始建，汉武帝时加以扩大。泰畤：祠坛名，位于甘泉宫南。

④ 汾阴：地名，因位于汾水之南而得名。后土：指祭祀地神的后土祠，位于汾阴脽上。

⑤ 继嗣：指儿子。

⑥ 待诏：等候天子的诏命。承明：承明殿，在未央宫中。

⑦ 正月：指成帝元延二年（前11）一月。《汉书·成帝纪》："（元延）二年春正月行幸甘泉，郊泰畤。"

⑧ 风：同"讽"，讽喻。

⑨ 汉十世：指成帝，由高祖至成帝共历十世。

⑩ 郊：祭天。上玄：上天，古人认为天玄而地黄。

⑪ 定：止，指决定在泰畤祭天。

⑫ 雍：保佑。休：吉祥。

⑬ 尊明号：用皇帝的名义虔诚祈祷。

⑭ 同符：符契相同。三皇：伏羲、神农、黄帝。

⑮ 录：总括。五帝：黄帝、颛顼、帝喾、尧、舜。

⑯ 恤：忧念。胤：子孙相承。锡：通"赐"。羡：丰裕。

⑰ 开统：扩展皇统。

⑱ 僚：官吏。

⑲ 历：择取。

⑳ 协：合。灵：良。

㉑ 招摇：北斗第七星。太阴：太岁星。

㉒ 钩陈：星名，在紫微垣内。当兵：主持兵事。

㉓ 堪舆：天地之神。壁垒：军营的围墙，用作攻守的工事。

㉔ 捎：击毙。夔（kuí）：山林中的精怪。魖（xū）：传说使人耗财的鬼。抶（chì）：鞭打。獝（xù）狂：传说中的恶鬼名。

㉕ 八神：八方之神。警跸（bì）：戒备清道。

㉖ 殷辚：繁盛貌。

㉗ 蚩尤：炎帝之臣。

㉘ 干将：古代利剑名。玉戚：用玉装饰柄把的斧。

㉙ 蒙茸：乱貌。走：跑。陆梁：跳跃貌。

㉚ 总总：聚貌。撙撙：意同“总总”。

㉛ 胶轕（gé）：错杂纷乱貌。

㉜ 猋（biāo）：旋风。

㉝ 方攘：离散纷乱。

㉞ 骈罗：并列。

㉟ 杂沓：众多纷杂貌。

㊱ 柴（cī）虒（zhì）：意同“参差”。

㊲ 颉（xié）：上下不定貌。吭（háng）：鸟高低飞翔貌。

㊳ 翕（xī）赫：隆盛。曶（hū）霍：快捷。

㊴ 蒙：云气。

㊵ 半散：冰溶解貌，半同“泮”。

㊶ 粲：鲜明。章：文采。

㊷ 乘舆：皇帝坐的车子，代指皇帝。凤皇：指有凤凰图案的车。翳（yì）：覆蔽。华芝：车盖。

㊸ 驷：借为四。螭、虬：传说中无角的龙，这里均为马的美称。

㊹ 蠖略蕤（ruí）绥：行步进止如龙行之有节度。

㊺ 漓虖（hū）槮（sēn）纚（shī）：鬃毛下垂貌。

㊻ 帅尔：即率尔，迅疾貌。阴闭：阴云四合，喻队伍聚合。

㊼ 霅（shà）然：忽然散开貌。阳开：太阳冲破阴云，光辉四射，喻队伍散开。

㊽ 浮景：浮动的景物，指行云。

㊾ 旟（yú）：绘有鸟隼图案的旗。旐（zhào）：绘有龟蛇的旗。郅（zhì）偈（jié）：旗杆高耸貌。旖（yǐ）旎（nǐ）：旌旗随风飘扬貌。

㊿ 星旄：绘有星文并装饰有旄牛尾的旗。

51 翠盖：用翠羽装饰的华盖。

52 敦：屯聚。中营：天子驻跸之处。

53 方：并列。

54 駍（pēng）隐：形容声音盛大。陆离：前后参差不齐。

55 馺（sà）：马疾驰。遗风：疾风。

56 高衍：高而无崖岸。嵱（yǒng）嵷（sǒng）：高低众多貌。

57 纡谲：曲折。

58 椽栾：甘泉南山。䂵（gòng）：抵达。

59 阊阖：天门名。凌兢：形容寒凉。

60 輮：通"臻"，到达。

61 通天：甘泉宫中一座高台名。绎绎：光盛貌。

62 阴潜：阴暗。惨廪：寒冷。

63 洪纷：广大纷纭。

64 峣峣：高貌。

65 庆（qiāng）：语助词。

66 唐：通"宕"，广大。坛曼：平坦广博。

67 新雉：即辛夷，香草名。林薄：丛林和草杂生处。

68 并闾：棕榈。茇（bá）葀（kuò）：薄荷。

69 被丽：披离，分散貌。鄂：边际。

70 駊（pǒ）騀（ě）：高大貌。

㉛ 嵚岩：深险貌。

72 迋：古文“往”字，迋迋：处处。离宫：古代帝王于正式宫殿外另筑的宫室，以供外出或游乐时居住。

73 封峦、石关：宫观名，都在甘泉宫内。施（yì）靡：连延相及貌。

74 云谲波诡：像云层和波涛那样变化莫测，形容大厦构筑千姿百态。

75 摧嶉：即崔巍，高大雄伟貌。观：宫阙。

76 挢（jiǎo）：举起。

77 冥眴（xuàn）：目光昏乱。

78 浏滥：即浏览。弘惝：宽广。

79 漫漫：广阔无边。

80 徊徊、徨徨：均迷离不安貌。

81 眇眇：辽远。

82 軨（líng）轩：有窗格的长廊，此指长廊上的栏杆。周流：向四周眺望。

83 坱（yǎng）圠（yà）：广大而不平。亡垠：无边。

84 翠：翡翠。

85 璘（lín）瑞（bīn）：斑斓缤纷。

86 金人：铜人。霍去病征讨休屠王，得其祭天金人，武帝以为神，陈于甘泉宫。仡仡：勇壮貌。钟：编钟，古代宴享或祭祀用的一组乐器。虡（jù）：悬挂编钟的木架。

87 嵌：鳞甲张开貌。

88 燎：火光。

89 景：太阳。炎：通“焰”。炘（xīn）炘：火焰炽盛貌。

90 县圃：传说中的仙山，在昆仑山顶。

91 泰一：天皇大帝。

92 洪台：高台。

93 㮷（zhǐ）：到。嶟（zūn）嶟：高台耸立貌。

94 宿：星宿。施：延及。荣：屋檐两端上翘的部分。

㉕ 柍（yāng）桭（chén）：屋檐。

⑯ 郁律：雷声。岩窔（yào）：山之深处。

⑰ 倏忽：疾速。

⑱ 逮：到。

⑲ 颠：坠落。

⑩ 倒景：指楼台高出日月之上，日月从下向上照，故其影倒。绝：超越。飞梁：凌空架设的阁道。

⑩ 蠛（miè）蠓（měng）：尘气。撇：拂。

⑩ 欃枪：彗星。玄冥：雨师。

⑩ 熛（biāo）阙：红色的宫阙。应门：正门。

⑩ 幽都：北方极远之处，传说日没于此。

⑩ 醴：甘泉。汩（yù）：迅疾貌。

⑩ 连蜷：屈曲。

⑩ 敦圉（yǔ）：盛怒貌。

⑩ 樛（jiū）流：高曲缭绕。高光：宫名，在甘泉宫中。

⑩ 溶：安闲。方皇：同彷徨。西清：西厢中清净之处。

⑩ 崔巍：高峻貌。

⑪ 和氏：和氏璧，泛指璧玉。

⑫ 炕：同“抗”，高举。浮柱：梁上短柱。飞榱（cuī）：檐前凌空高翘的椽子。

⑬ 莫莫：暗暗。

⑭ 阆（làng）阆：高大貌。寥廓：虚静貌。

⑮ 紫宫：星名，天帝所居。

⑯ 曼衍：连绵不绝。

⑰ 崣（tuǒ）：山长貌。嶵（zuì）隗（wěi）：高峻貌。婴：环绕。

⑱ 乘：登上。

⑲ 棍成：自然天成。棍同“混”。

⑳ 红采：虹彩。流离：同“陆离”，光彩纷繁貌。

⑫1 飏：飞扬。

⑫2 璇室：美玉装饰的宫室，传为夏桀所造。倾宫：高巍的宫殿，传为商纣王所造。

⑫3 眇：仔细看。

⑫4 亡国：高步瀛说，“亡国”原为应劭注中之字，后人转抄误入正文，可备一说。

⑫5 肆：迅疾。砀（dàng）骇：突起。

⑫6 被：同“披”，枝叶分散。移（yí）：木名，唐棣。

⑫7 穹隆：高大，指香气四处弥漫。

⑫8 薄栌：柱上斗拱。

⑫9 芗：通“响”。呹（yì）肸（xī）：迅速散布。棍：通“混”。批：击。

⑬0 骈（pēng）隐：风送香气发出的声音。

⑬1 金铺：门上铜制的兽面形环钮。

⑬2 芎䓖：香草名。

⑬3 弸（péng）彋（hóng）：风吹帷帐声。拂汩：风吹动帷帐貌。

⑬4 暗暗：幽暗低微。靓：通“静”。

⑬5 阴阳清浊：古代乐声以声音的清浊高下分阴阳，阳即六律，阴即六吕。穆羽相和：正音与变音相应和。

⑬6 夔：舜的乐官，精通音乐。牙：伯牙，善鼓琴。

⑬7 般：公输般，春秋鲁国著名工匠。倕：尧时巧工。

⑬8 王尔：古巧匠。

⑬9 方：且。征侨、偓佺：传说中仙人。

⑭0 回：迷惑。

⑭1 璇题：用玉装饰的椽头。玉英：玉的光彩。

⑭2 蜎（yuān）蜎（yuān）、蠖（huò）濩（huò）：均指宫殿中装饰刻镂的屈曲回环之形。

⑭3 惟：思。

⑭4 垂恩：祈求神灵降福。

⑮ 逆：迎。釐：福。三神：天、地、人之神。

⑯ 搜逑索偶：喻选择贤臣。逑（qiú）：配偶。

⑰ 皋：皋陶，舜的臣。伊：伊尹，汤的臣。

⑱ 甘棠：《诗经·召南》中的一篇，古人认为是颂扬周成王的贤臣召公的诗篇。

⑲ 东征：指周公为助周成王完成统一大业，东征平定管叔、蔡叔的叛乱。

⑳ 齐：通“斋”。阳灵：祭天的地方。

151 靡：使倒下。

152 芳：芳香物，指配饰。

153 瑕：通“霞”。

154 若木：神木，生长在日没之处。

155 礼神：祭祀天神。

156 祇：地神。

157 旓（shāo）：旌旗上的垂旒。

158 威威：鲜丽貌。

159 璇（xuán）玑：北斗七星。

160 三危：神话中的仙山。

161 阬（gāng）：同“冈”，丘陵。

162 肆：放纵。轪：车辖，此指车。

163 龙渊：传说位于陇西神马山上的深潭。

164 涨（sǒng）涨：迅疾。扶辖：扶住车轮，推车前进。

165 蕤（ruí）：车上装饰的垂缨。

166 弱水：水名，传在西方绝远处，不能浮舟。濎（tìng）濙（yíng）：细水流动貌。

167 不周：神话中的山名。逶蛇：同“逶迤”，从容自得貌。

168 西王母：传说中的女神。

169 宓妃：传为伏羲氏之女，在洛水溺死，成为洛水女神。

⑰ 胪：瞳子。

⑰ 精刚：精微刚正的义理。

⑰ 侔：求得。资：通“咨”，咨询。

⑰ 宗：尊崇。

⑰ 燎：古祭名，焚柴祭天，柴上置玉与牲。

⑰ 皋：挈皋，悬空竖起以便焚柴的架子。摇：通“遥”。

⑰ 洪颐：旗名。

⑰ 灵旗：旗名。

⑰ 蒸：细柴。昆：同“焜”，火光明亮貌。

⑰ 配藜：即披离，散布。

⑱ 沧海：东海。

⑱ 流沙：沙漠。

⑱ 熿：照亮。

⑱ 炀（yàng）：烘烤。丹厓：丹水之边，厓通“涯”。

⑱ 玄瓒（zàn）：祭祀时盛灌鬯酒所用之勺，用黑色玉作柄。觩（qiú）觩（liú）：兽角弯曲貌。

⑱ 秬（jù）鬯（chàng）：用郁金香和黑黍酿造的香酒，用于祭祀。泔（hàn）淡：盛满。

⑱ 肸（xī）蠁（xiǎng）：散播。

⑱ 懿懿芬芬：芳香盛美。

⑱ 炎：火光。燝：火焰。讹：移动。

⑱ 选：令。巫咸：传为古代神巫。

⑲ 延：引导。

⑲ 傧：赞礼者。

⑲ 穰穰：繁盛。委：积。

⑲ 功弘：功德宏大。

⑲ 三峦：即封峦观，与棠黎均在甘泉宫内。

⑲ 阃（kǔn）：门槛。垠：边界。

⑯ 八荒：八方荒远之地。

⑰ 雷鼓：祀天神时所用之鼓，六面有革可击。磕（kē）：象声词、形容鼓声。

⑱ 天声：形容鼓声如雷震天。

⑲ 滂沛：雨水盛大，比喻天降恩泽隆厚。

⑳ 胥：互相。

㉑ 乱：辞赋篇末总结全篇要旨的话。

㉒ 圜：通“圆”。

㉓ 隆：高。

㉔ 峛（lǐ）崺（yǐ）：曲折绵延的路径。

㉕ 单（chán）：大。埢（quán）垣：弯曲的围墙。

㉖ 增：通“层”。

㉗ 骈：并列。

㉘ 岭巆（yíng）：深邃貌。嶙峋：峻峭貌。

㉙ 縡（zài）：事，通“载”。

㉚ 旭卉：幽暗。

㉛ 穆穆：端庄盛美。

㉜ 厥：代词，指上天。

㉝ 徕：古文“来”字。祇：恭敬。禋：烧柴升烟以祭天。

㉞ 招摇：彷徨。

㉟ 迟（qī）迡（chí）：同“栖迟”，游息。

【语译】

孝成帝时，有位宾客向朝廷推荐说我的文章和司马相如相似。正值皇上在甘泉宫泰畤坛和汾阴脽后土祠举行郊祀，以求生子继承皇位。征召我在承明殿等候皇上的诏命。元延二年正月，我跟随皇上从甘泉宫回来，呈上《甘泉赋》进行讽喻。辞赋说：

汉代第十世皇帝，决定要在泰畤祭祀上天。祈求神灵赐福，恭敬地祭祀泰一后土之神。天赐给皇帝的祥瑞和三皇相同，功勋与五帝并等。忧念无子，求上天赐予福祥，以有后人扩大基业，延续皇统。于是命令百官，选择吉日，合计良辰，随从出行的队伍如同群星之罗列和天体之运行。命令招摇星与太岁星，使钩陈星主持兵事。把壁垒嘱托给天地之神，让他们去击杀精怪夔魖，鞭打恶鬼獝狂。八方之神奔走侍卫清道，他们穿上军装，众神繁多，精神振奋。像蚩尤一样的武士们拿着宝剑和利斧，左右跳跃奔驰。他们众多聚集，错杂纷纭，如风起云涌，奋然奔驰，乍离乍合。队伍并列分布，鱼鳞纷杂，前后参差，鱼跃鸟飞。军容盛大，行动迅速，如云雾开合，如冻冰溶解，光辉灿烂，鲜明多彩。

于是，皇帝登上凤凰车，上覆华盖，驾上四匹青马六匹白马。十马鬃毛下垂，进止节度如龙行虎步。队伍聚集如阴云四合，忽然散开似阳光洒播。升上青天，越过浮云，绘着鸟隼龟蛇的旌旗，高高矗立，多么轻盈柔顺！绘着星文并装饰旄牛尾的旗帜随风飘扬，如同电光照耀，道路上全部是翠羽装饰的华盖和绘有鸾鸟的旗子。在天子营屯聚万名骑兵，并列玉饰的兵车千乘。车声辚辚不断，车骑奔驰，胜过迅雷，超过疾风。翻越高原和群山，穿过曲道和平坦的路程。登上椽栾山到达天门，驰入天门进到高寒之境。

这时，还没有到达甘泉宫，远望光盛的通天台。台下阴森寒冷，台上广大纷纭。直立高耸抵达云霄，高度无法测明。平原广阔平坦，森林中遍布香草辛夷。丛生着棕榈和薄荷，纷繁披离无边无际。丘陵高大，深沟幽险成为峡谷。处处遍布的离宫互相映照，封峦、石关等宫观绵延无穷。

大厦构集千姿百态，像云层和波涛那样变化莫测，高大雄伟筑成宫阙。仰首向上高望，目光昏乱不见顶端。向辽阔的远方浏览，从东到西无边无际。只觉得迷惑不安，神魂惊乱。凭依栏杆向四周眺望，突然出现无边山野。用翡翠造的玉树一片青葱，用璧玉刻成的犀马缤纷斑斓。高大威武的铜人承受着编钟的木架，他们身上闪闪的花纹好像龙鳞开张。布散光耀如火炬四照，和天上射下的阳光相辉映，炽盛夺目。甘泉宫和天神居住的仙山媲美，它的壮丽威严与泰一神的住处匹配。

高台巍然独立，高高耸起，直达北斗七星。群星和日月从屋檐旁穿行。

雷声从楼观深处震响，电光在墙藩骤然闪亮。鬼神不能到达顶端，爬到中途也要坠落下来。楼台高出日月之上，投下的倒影越过飞桥，高台浮在尘气上面，直拂蓝天。

左面是彗星，右面是雨师，前面是宫阙，里面是正门。宫观之荫遮蔽西海和幽都，甘美的泉水滚滚涌出汇成河流。蛟龙在东边蜷曲，白虎在西方怒啸。在高光宫中周游观望，在西厢中清净处安闲徘徊。正殿巍峨，装饰的璧玉光彩鲜明。梁上短柱高举，檐前椽子凌空翘出，神灵暗中扶持，使它不致倾倒。宫门高大而虚静，深邃如同天帝的居室。楼台并列交错连绵不断，逶迤高峻互相环绕。沿着阁道上下而登凌云高阁，楼阁建筑纷纭错杂自然天成。拖引虹彩缤纷，飞扬翠气曲折延伸。甘泉宫承袭夏桀的璇室和殷纣的倾宫，登高向远方凝神。想到亡国之戒，肃然如临深渊。

旋风迅猛扫荡，肉桂和椒树枝叶披散，唐棣和杨树郁郁葱葱。香气浓重四处弥漫，扑拂梁柱送向屋檐。风吹响树叶迅速散布，香气与风混合，吹动编钟，隐隐发响。打开玉饰的门摇动门上的环钮，兰蕙芎䓖散发芳香，帷帐被风吹响飘动，片刻后又低深沉静。阴阳清浊正变相和，如同夔和伯牙鸣琴演奏。甘泉宫建筑得这样华丽精巧，即使是能工般倕也要放下曲刀曲凿，巧匠王尔也要丢掉圆规墨线，自愧不能建造。虽然是仙人征侨和偓佺，对此华屋也要恍惚如入梦境。

宫观建筑千变万化，令人耳目迷眩。天子静穆处身在珍台闲馆，光彩玉柱，屈曲回环装饰刻镂的宫殿之中。他在默思祭祀之事，排除杂念，储蓄精神，祈神垂恩，感动天地，迎接天、地、人之神降福。然后冥求贤臣，皋陶、伊尹那样的人，才能居群臣之首，有召公辅佐成王之德，周公东征平叛之才，君臣共同在阳灵宫斋戒。倒伏薜荔为席，折下琼枝配在身上。呼吸清云与流霞，饮用神木上的花露。聚集在祭祀天神的园囿，登上歌颂地神的殿堂。高举的旌旗飘带闪耀，车上的华盖鲜丽光彩。攀登上北斗星俯视大地，目光移转看到三危仙山。在东方的丘陵陈列众车，放纵玉车往下奔驰。浮游龙渊，回旋于九重之下，窥视了地底再回到上面。风推动车轮飞速前进，鸾凤纷纷飞来衔住车上的垂缨。渡过不能浮舟的涓涓弱水，从容自得地登上不周山。

想到西王母便欣然前去祝寿，摒弃玉女和宓妃。玉女美目无法送秋波，宓妃蛾眉不能展舒。应当酌取道德精微刚正的义理，求得神明以为咨询。

于是，恭敬地烧柴祭天尊崇地祈祷，柴草上放璧玉和牲体焚烧，烟气升上皇天，悬柴的架子遥对泰一天神。举起洪颐旗，高树灵旗。柴薪火光明亮，照耀四方。东照沧海，西耀流沙，北照亮幽都，南烘烤丹厓。黑玉作柄的礼器如兽角弯曲，盛满秬鬯酒。美酒丰盛，芳香四溢。火焰感动黄龙和硕大的麒麟。命令巫咸叩叫天门，打开天门引出众神。众神纷纷降临清洁纯净的祭坛，祥瑞繁盛委积如山。于是祭祀结束功德宏大，掉转车头返回。经过封峦观在棠黎宫休息，天地之门一齐打开，八方万国同心和谐。登上长平坂雷鼓隆隆，鼓声震天士卒勇猛。浓云飞扬雨水盛大，君臣互相以德辅佑，光华照万代。

结语道：崇高的圆形祭天坛，高耸入天。沿着曲折的路径上下，弯弯曲曲的围墙多么广大。重叠的宫观高高低低，互相并列巍峨高峻，峭拔深邃无边。上天的事情，幽远深奥。皇帝端庄盛美，实在可与上天匹配。恭敬地烧柴祭天，众神降临。徘徊流连，神灵游息。光辉照耀，降福人间。子子孙孙，永无穷尽。

【评析】

汉成帝元延二年，扬雄随成帝赴甘泉宫祭天求子，看到宫观的华丽和郊祀的奢靡，归来后写成此赋，微言讽喻。扬雄采用了极力夸张的手法。如写祭祀扈从之盛，说随从如同群星之罗列和天体之运行，队伍聚集如阴云四合，忽然散开似阳光洒播。写宫观之高说高出日月之上，直达北极星，群星和日月从屋檐旁穿行，鬼神不能攀达顶端，爬到中途也要坠落下来。刘勰《文心雕龙》夸饰说扬雄《甘泉赋》“语瑰奇则假珍于玉树，言峻极则颠坠于鬼神”。扬雄极力夸饰宫观的奢华，目的是为本赋的主旨服务。说甘泉宫承袭夏桀的璇室和殷纣的倾宫，由此想到亡国之戒，懔然如临深渊。从而达到规劝君王不要过分奢靡的目的。但是，另一方面，本赋写祭典的盛大和甘泉宫建筑群的雄伟壮丽，客观上也反映了汉帝国经济的繁荣、物质的富庶和文化的发达，又起到对汉王朝歌功颂德的作用。

耕藉

藉田赋一首

作者：潘安仁　　注译评析：汤炳能

伊晋之四年，正月丁未[1]，皇帝亲率群后[2]，藉于千亩之甸[3]，礼也。于是乃使甸帅清畿[4]，野庐扫路[5]，封人壝宫[6]，掌舍设枑[7]。青坛蔚其岳立兮，翠幕黕以云布[8]。结崇基之灵趾兮[9]，启四涂之广阼[10]。沃野坟腴[11]，膏壤平砥[12]。清洛浊渠[13]，引流激水。遐阡绳直[14]，迩陌如矢[15]。緫犗服于缥轭兮[16]，绀辕缀于黛耜[17]。俨储驾于廛左兮[18]，俟万乘之躬履。百僚先置，位以职分。自上下下，具惟命臣[19]。袭春服之萋萋兮[20]，接游车之辚辚[21]。微风生于轻幰[22]，纤埃起于朱轮。森奉璋以阶列[23]，望皇轩而肃震，若湛露之晞朝阳[24]，似众星之拱北辰也。

于是前驱鱼丽[25]，属车鳞萃[26]。阊阖洞启[27]，参涂方驷[28]。常伯陪乘[29]，太仆秉辔[30]。后妃献穜稑之种[31]，司农撰播殖之器[32]。挈壶掌升降之节[33]，宫正设门闾之跸[34]。天子乃御玉辇，荫华盖，冲牙铮枪[35]，绡纨綷緌[36]。金根照耀以炯晃兮[37]，龙骥腾骧而沛艾[38]。表朱玄于离坎[39]，飞青缟于震兑[40]。中黄晔以发挥[41]，方彩纷其繁会。五辂鸣銮[42]，九旗扬旆[43]。琼鈒入蕊[44]，云罕晻蔼[45]。箫管嘲哳以啾嘈兮[46]，鼓鞞硡隐以砰磕[47]。笥簴嶷以轩翥兮[48]，洪钟越乎区外[49]。震震填填[50]，尘骛连天[51]，以幸乎藉田[52]。蝉冕颎以灼灼兮[53]，碧色肃其千千[54]。似夜光之剖荆璞兮[55]，若茂松之依山巅也。

于是我皇乃降灵坛[56]，抚御耦[57]。坻场染履[58]，洪縻在手[59]。三推而舍，庶人终亩。贵贱以班[60]，或五或九[61]。于斯时也，居靡都鄙[62]，民无华裔[63]，长幼杂遝以交集，士女颁斌而咸戾[64]。被褐振裾[65]，垂髫总发，蹑踵侧肩，掎裳连襼[66]。黄尘为之四合兮，阳光为之潜翳。动容发音而观者，莫不抃儛乎康衢[67]，讴吟乎圣世。情欣乐于昏作兮[68]，虑尽力乎树艺。靡谁督而常勤兮，莫之课而自厉[69]。躬先劳以说使兮[70]，岂严刑而猛制之哉！

有邑老田父，或进而称曰："盖损益随时，理有常然。高以下为基，民以食为天[71]。正其末者端其本[72]，善其后者慎其先[73]。夫九土之宜弗任[74]，四人之务不壹[75]。野有菜蔬之色[76]，朝靡代耕之秩[77]。无储稸以虞灾[78]，徒望岁以自必。三季之衰[79]，皆此物也。今圣上昧旦丕显[80]，夕惕若栗，图匮于丰[81]，防俭于逸[82]。钦哉钦哉[83]，惟谷之恤[84]。展三时之弘务[85]，致仓廪于盈溢，固尧汤之用心，而存救之要术也。"若乃庙祧有事[86]，祝宗诹日[87]，簠簋普淖[88]，则此之自实。缩鬯萧茅[89]，又于是乎出。黍稷馨香，旨酒嘉栗[90]。宜其民和年登，而神降之吉也。古人有言曰："圣人之德，无以加于孝乎！"[91]

夫孝，天地之性，人之所由灵也。昔者明王以孝治天下，其或继之者，鲜哉希矣！逮我皇晋，实光斯道。仪刑孚于万国[92]，爱敬尽于祖考。故躬稼以供粢盛[93]，所以致孝也。劝穑以足百姓，所以固本也。能本而孝，盛德大业至矣哉！此一役也，而二美具焉。不亦远乎！不亦重乎？敢作颂曰：

思乐甸畿[94]，薄采其茅。大君戾止[95]，言藉其农。其农三推，万方以祗[96]。耨我公田，实及我私。我簠斯盛，我簋斯齐。我仓如陵，我庾如坻[97]。念兹在兹[98]，永言孝思。人力普存，祝史正辞[99]。神祇攸歆[100]，逸豫无期[101]。一人有庆，兆民赖之。

【作者简介】

潘岳（247—300），字安仁，西晋荥阳中牟（今河南中牟）人。少年即有才名，被乡里誉为奇童。曾为河阳令，累官至给事黄门侍郎。长于诗赋，《悼亡诗》三首最有名。热心仕进，但不得意。惠帝时赵王司马伦专政，他被司马伦的亲信孙秀诬以谋反，族诛。明人辑有《潘黄门集》。《晋书》有传。

【篇旨】

写晋武帝的藉田活动，并劝诫晋王朝发展农业，以孝治国，使百姓丰衣足食，王业巩固。

【注释】

① 晋之四年：晋武帝泰始三年。按：李善注引《晋书》："丁亥藉田。"可见藉田当在泰始三年，即267年。丁未，当作"丁亥"。

② 后：诸侯。

③ 藉：藉田。古时帝王在春耕前亲耕农田，奉祀宗庙，并劝率天下务农。千亩：周制，天子藉田千亩，诸侯百亩。甸：京都郊野。

④ 甸帅：掌田之官。畿（jī）：古代天子都城所领辖的千里地面，后指京城管辖的地区。

⑤ 野庐：官名，掌通达道路。

⑥ 封人：掌守帝王社坛及京畿疆界之官。壝（wēi）宫：周制，天子外出，在平地休息或住宿时，设置的一种有土墙围绕的临时宫室。

⑦ 掌舍：官名，管理王室行道及馆舍之事。梐（hù）：古时官府门前所设阻挡通行的障碍物，用木交叉而成。

⑧ 黕（dǎn）：黑貌。

⑨ 趾：高坛之基。

⑩ 阼（zuò）：天子祭祀升降的台阶。

⑪ 坟腴：土质肥沃。

⑫ 砥：平坦。

⑬ 洛：洛水。浊渠：指浑浊的黄河。

⑭ 阡：南北向的田界。

⑮ 陌：东西向的田界。

⑯ 緫（cōng）犗（jiè）：帝耕之牛。缥：浅青色。轭：车的部件，驾在拉车的牲口颈上。

⑰ 绀（gàn）：深青色。黛：青黑色。

⑱ 俨：整整齐齐。储：等候。廛（chán）：指待耕的田。

⑲ 具：通“俱”，都。命臣：天子赐予爵禄之臣。

⑳ 袭：穿上。蒌蒌：盛貌。

㉑ 辚辚：车马行声。

㉒ 幰（xiǎn）：车帷。

㉓ 璋：玉器名，古代朝聘、祭祀时用来表示瑞信。

㉔ 湛露：浓重的露。晞（xī）：晒干。

㉕ 鱼丽：军阵名。

㉖ 鳞萃：同“鳞集”，群集。

㉗ 阊阖：宫之正门。

㉘ 参涂：三条大路并列。

㉙ 常伯：周代官名，从诸伯中选拔，侍从皇帝左右。陪乘：车上侍卫。

㉚ 太仆：掌车马及畜牧之官。秉：拿住。

㉛ 穜（tóng）、稑（lù）：两种谷物名，穜先种后熟，稑后种先熟。

㉜ 司农：汉代主管钱粮的官。撰：备办。

㉝ 挈（qiè）壶：官名，主提挈壶水滴漏以计时。升降之节：根据铜壶滴水多少升降以计时间的长短。

㉞ 宫正：负责维持王宫纪律的官。跸（bì）：古代帝王出行时清道，禁止行人通行。

㉟ 冲牙：古代佩玉中的一个部件，其形似牙。铮枪：佩玉冲撞之声。

㊱ 綷（cuì）縩（cài）：衣裳振动之声。

㊲ 金根：帝王的乘舆。炯晃：光明。

㊳ 沛艾：马疾行时昂头摇动的样子。

㊴ 表：标志。玄：黑色。古代用五色配五方，据《周礼》说：东方谓之

青，南方谓之赤，西方谓之白，北方谓之黑，地谓之黄。离：八卦中的离卦，为南方之卦。坎：坎卦，为北方之卦。

㊵ 缟：白色。震：震卦，为东方之卦。兑：兑卦，为西方之卦。

㊶ 晔（yè）：光明灿烂貌。

㊷ 五辂：古代天子所乘的玉、金、象牙、革、木五种车子。

㊸ 九旗：以不同徽号表示不同等级的常、旂、旜、物、旗、旟、旐、旞、旌九种旗帜。

㊹ 鈒（sà）：铁把短矛。入蕊（ruǐ）：聚集。

㊺ 罕：古代帝王的旗帜。

㊻ 嘲哳：繁细之声。啾嘈：琐碎之声。

㊼ 鼙（pí）：古代用于祀神的鼓。硡（hōng）隐、砰磕（kē）：均为宏大之声。

㊽ 筍簴（jù）：古代悬钟的木架，横木叫筍，直立的木叫簴。嶷：高峻貌。轩翥：高举。

㊾ 洪：大。

㊿ 震震：盛貌。填填：众多车马行进之声。

51 骜：形容尘土飞扬。

52 幸：帝王躬临。

53 蝉冕：同“蝉冠”，汉代侍从官员之冠饰以貂尾蝉文。颎（jiǒng）：明亮。

54 碧：指玉版。千千：青色貌。

55 荆璞：春秋楚人卞和于荆山得璞玉，剖琢而为宝玉。

56 灵坛：祭坛。

57 耦：二耜。

58 坻（chí）场：浮土。

59 縻：牛鼻绳。

60 班：等次。

61 或五或九：据《礼记·月令》说，天子藉田掌犁三周以后，公掌犁推行五周，卿和诸侯九周。

62 鄙：边邑。

㉝ 华：中原地区。裔：边远地区。

㊹ 颁斌：相杂貌。戾：到达。

㊺ 褐：穷人穿的粗麻短衣。裾：衣襟。

㊻ 掎（jǐ）：拖住。襼（yì）：衣袖。

㊼ 抃（biàn）：两手相拍表示欢欣。儛：同“舞”。

㊽ 昏（mǐn）：勉力。作：劳作。

㊾ 课：考核。

㊿ 说：通“悦”。

⑦1 天：仰赖以为生存者。

⑦2 末：指经商。本：指农业。古代重农轻商，故以商为末事。

⑦3 后：指商品。先：指食。

⑦4 九土：九州的土地。宜：土地之所宜，不同的土质适宜于不同生物的生长。弗任：不根据土地之所宜进行耕种。

⑦5 四人：四民，即士农工商。壹：专一。

⑦6 菜蔬之色：饥馑之色。

⑦7 代耕：古代官吏不耕而食，故称官吏食禄为代耕。

⑦8 穑：积蓄。虞：度越。

⑦9 三季：指夏、商、周三朝的末代帝王夏桀、商纣、周幽王。

⑧0 昧旦：天没全明之时。丕显：天大亮。

⑧1 匮：空乏。

⑧2 俭：岁歉。

⑧3 钦哉：诫告之辞。

⑧4 恤：忧患。

⑧5 三时：春、夏、秋。

⑧6 庙：供祀祖宗的屋舍。祧（tiāo）：供祀远祖、始祖的庙。

⑧7 祝：祠庙中司祭礼的人。宗：宗人，掌祭祀之礼，由王朝设置。诹（zōu）：选择。

⑧8 簠（fǔ）：祭祀时盛稻粱的长方形器皿。簋（guǐ）：祭祀时装黍稷的

圆形器皿。普淖（zhào）：黍稷。

⑧⑨ 缩鬯（chàng）：祭祀时，束茅立于祭前，浇鬯于茅上，鬯渗下，如神饮。鬯：祭祀用的以郁金香合黍酿的香酒。萧：香蒿。

⑨⓪ 嘉：美德。栗：矜庄谨敬。

⑨① 这句话是曾子说的，见《孝经·圣治章》。

⑨② 孚：信用。

⑨③ 粢：黍稷。粢盛：黍稷盛在器皿里，指祭品。

⑨④ 甸畿：即“甸服”，古代指离王城五百里的区域。

⑨⑤ 大君：皇帝。戾止：来到。

⑨⑥ 祇：恭敬。

⑨⑦ 庾：露天的谷仓。坻（chí）：水中小洲。

⑨⑧ 兹：指藉田。

⑨⑨ 史：史官。

⑩⓪ 神祇：天神与地神。攸：长久。歆：享用。

⑩① 逸豫：安乐。

【语译】

晋武帝泰始三年正月丁亥，皇帝亲率诸侯，到都城郊外千亩皇田藉田，这是按礼制行事。于是便命令掌田事职责之官清理京城管辖的地区，掌通达道路之官打扫道路，掌守护社坛的官绕坛筑墙为宫，掌王室行道之官设置路障阻挡来往行人。青色的祭坛色彩华美像高山耸立，翠色的帐幕像黑压压的云层密布。筑起高坛的根基，开辟四面广阔的台阶。原野肥美，沃土平坦。洛水清澈，黄河浑浊，引来河水灌溉。远近阡陌，笔直如箭。青色的耕牛套上青色的车轭，青色的车辕连着青色的耒耜。装备整齐的耕牛等候在耕地的左边，等待皇帝亲临。百官先列队到达，按职位高低排列位置。从上到下，都是受皇帝封赏的臣子。穿上青色的盛装的春服，随从的队伍车声辚辚。微风从车前的帷幔拂起，红色的车轮扬起埃尘。众多的臣子手执圭璋在台阶上列队迎接，望见皇帝的车子肃然惊震，像浓露在朝阳下变干，如同天上众星拱卫北辰。

于是让鱼丽军阵在前开路，随从车队集聚如鱼鳞。都城的正门大开，四马之车在三条大道上并列驰驱。常伯在车上侍卫，太仆手执马缰绳。后妃献上穜、稑的良种，司农备办播种的农具。挈壶掌握时间的长短，官正清道禁止人行。皇帝坐上玉车，上张华盖遮蔽，身上的佩玉叮当作响，穿着的纨绡衣裳窸窣有声。皇帝的乘舆金光闪耀，高头骏马昂首奔驰。红色的车马标志南方，黑色的车马表示北方，青色的车马飞驰在东面，白色的车马布陈在西方，正中是黄色车马光辉灿烂，五彩缤纷繁盛非常。皇帝所乘的五种车子銮铃鸣响，有不同图像的九种旗帜迎空飘扬。玉饰兵器聚集如林，入云旗帜多么繁盛。箫管之声繁细杂乱，鼓鞞之声宏大雷鸣。悬钟的木架高高举起，钟声洪亮越过区外。车马众多喧哗奔前，尘土漫天，皇帝亲临藉田。官员们戴上饰有金蝉的帽子闪闪发亮，手执绿色玉版肃穆庄严，像荆璞剖琢而为夜光珠，如同茂密的松林排列在山巅。

于是皇帝步下祭坛，扶着双耜，浮土沾染鞋子，手牵牛鼻绳索，掌耜推行三周而止，百姓犁完千亩皇田。百官们按等级高低，有的推行五周，有的推行九遍。这时，居地不分都城边邑，民族无论华夏边区，长幼众多纷杂聚集，男女相杂全都来到。穿着粗麻短衣，整理衣服前襟，有垂下头发的孩童，有结上头发的青年，脚挨着脚，肩摩着肩，拖住衣裳，牵连衣袖。黄尘迷漫，日色无光。欢欣鼓掌而观看的人莫不放声歌唱，在大道上跳起舞来，讴歌这升平的圣世。心情高兴地勉力劳作，想着尽力于种植。无须谁督促而常勤劳，没有人考核而勤奋自励。皇帝亲身率先劳作，百姓都乐于供役使，哪里还用得着严刑强制他们呢？

城乡父老中，有人上前称颂道：“按季节耕种就受益，错过农时则遭损，这是通常的道理。高台以下面为基础，民众仰赖食为生存条件。整饰商贾末事，端正农业根本，妥善处理商品，必须先慎重发展农田。不根据九土的地宜耕种，士农工商不专修自己的业务，山野居民就要脸带饥馑之色，朝廷也无法发给官吏俸禄。没有积蓄度越灾荒，势必徒劳盼望一年的收成。夏桀、商纣、周幽王三朝末代帝王衰灭，都是农业不振的缘故。当今皇上日日夜夜小心谨慎，丰收之年考虑空乏日子，安逸岁月预防岁歉，反复告诫自己，时刻忧虑粮食大事。努力发展春、夏、秋三个季节的农业大事，使粮食仓库充盈满溢。这与唐尧、商汤治世之心相同，是拯救国家的重要方法。”至于祭祀宗庙之事，祝巫、宗人选择吉日，簠簋中盛的黍稷，由此得到充实。祭神时缩酒用的鬯、香蒿和香茅，也由这里生产。馨香的黍稷，芬芳的美酒，君臣上下诚心诚意地献给先帝。应当使得百姓和顺、年岁丰收，神灵降给吉祥。古人有句话道：“圣人的德行，没有比孝道更高的吧？”

孝道，是天地的本性，人由此获得聪明才智。从前，贤明的帝王以孝道治理天下，能够继承这一美德的，已经很少了。直到我大晋皇帝，才把它发扬光大。作为模范取信于万国，对祖先尽了爱敬之心。因此，亲自耕作以供给祭祀的黍稷，是为了尽孝的缘故；劝农使百姓富足，是为了巩固国家的根本。能够固本而尽孝道，这是最盛的美德和最伟大的事业。完成藉田一件事，固本和致孝两美俱全，这意义不也很深远、不也很重大吗？冒昧献上颂辞：

京都郊野充满欢乐，采集香茅祭祀宗庙。皇帝到来，藉田劝农。扶耜推行三周，万方百姓衷心崇敬。公田除去荒草，私田也五谷丰收。簠簋盛满祭品。粮库高于山，谷仓大如坻。念念不忘藉田，诚心躬行藉田，永尽孝心。人力物力普遍保存，祝巫史官言辞公正。天神地神长久享用，太平安乐永无尽期。一人有善，万民托庇。

【评析】

这是一篇歌颂帝王藉田的小赋。前半部分描述晋武帝的藉田活动，写侍从清道，百官随行，皇帝躬耕，百姓欢欣，文笔都比较简洁朴质，不像汉大赋那样铺张排比，夸饰华丽。后半部分在此基础上生发议论，婉言劝告皇帝要尽孝和固本，吸取夏、商、周三朝末代皇帝因农业不振而使王朝衰亡的教训，要不违季节，发展农业，以巩固王室。因为有了前半部分叙事的铺垫，所以后半部分的议论也就顺理成章，十分自然，不会令人感到有说教的味道。本文反映了作者的儒家民本思想。

畋猎上

子虚赋一首

作者：司马长卿　　注译评析：崖远培

楚使子虚使于齐[①]，王悉发车骑，与使者出畋[②]。畋罢，子虚过奼乌有先生[③]，亡是公在焉。坐定，乌有先生问曰："今日畋乐乎？"子虚曰："乐。""获多乎？"曰："少。""然则何乐？"对曰："仆乐齐王之欲夸仆以车骑之众，而仆对以云梦之事也。"[④]曰："可得闻乎？"子虚曰："可。王车驾千乘，选徒万骑[⑤]，畋于海滨。列卒满泽，罘网弥山[⑥]。掩兔辚鹿，射麋脚麟。骛于盐浦[⑦]，割鲜染轮[⑧]。射中获多，矜而自功。顾谓仆曰：'楚亦有平原广泽游猎之地，饶乐若此者乎？楚王之猎，孰与寡人乎？'仆下车对曰：'臣，楚国之鄙人也，幸得宿卫[⑨]十有余年，时从出游，游于后园，览于有无[⑩]，然犹未能遍睹也，又焉足以言其外泽乎？'齐王曰：'虽然，略以子之所闻见而言之。'仆对曰：'唯唯。'"

"臣闻楚有七泽，尝见其一，未睹其余也。臣之所见，盖特其小小者耳，名曰云梦。云梦者，方九百里，其中有山焉。其山则盘纡岪郁[⑪]，隆崇嵂崒[⑫]。岑崟参差[⑬]，日月蔽亏[⑭]。交错纠纷，上干青云[⑮]。罢池陂陀[⑯]，下属江河[⑰]。其土则丹青赭垩[⑱]，雌黄白附[⑲]，锡碧金银[⑳]，众色炫耀，照烂龙鳞[㉑]。其石则赤玉玫瑰[㉒]，琳珉昆吾[㉓]，瑊玏玄厉[24]，碝石碔砆[25]。其东则有蕙圃[26]：衡兰芷若[27]，芎䓖菖蒲[28]，江蓠蘼芜[29]，诸柘巴苴[30]。其南则有平原广泽，登降陁靡[31]，案衍坛曼[32]。缘以大江，限以巫山[33]。其高燥则生葴菥苞荔[34]，薜莎青薠[35]。其埤湿则生藏莨蒹葭[36]，东蘠雕胡[37]，莲藕觚卢[38]，菴闾轩于[39]，众物居之[40]，不可胜图[41]。其西则有涌泉清池，激水推移。外发芙蓉菱华[42]，内隐巨石白沙[43]。其中则有神龟蛟鼍[44]，玳瑁鳖鼋[45]。其北则有阴林[46]，其树楩楠豫章[47]，桂椒木兰[48]，檗离朱杨[49]，楂梨梬栗[50]，橘柚芬芳。其上则有鹓雏孔鸾[51]，腾远射干[52]；其下则有白虎玄豹[53]，蟃蜒貙犴[54]。

"于是乎乃使刬诸之伦[55]，手格此兽。楚王乃驾驯駮之驷[56]，乘雕玉之舆，靡鱼须之桡旃[57]，曳明月之珠旗[58]；建干将之雄戟[59]，左乌号之雕弓[60]，右夏服之劲箭[61]，阳子骖乘[62]，孅阿为御[63]，案节未舒[64]，即陵狡兽[65]。蹴蛩蛩[66]，辚距虚[67]，轶野马[68]，轊陶骖[69]，乘遗风[70]，射游骐[71]。倏眒倩浰[72]，雷动猋至[73]，星流霆击。弓不虚发，中必决眦。洞胸达掖[74]，绝乎心系[75]。获若雨兽[76]，掩草蔽地[77]。于是楚王乃弭节徘徊[78]，翱翔容与[79]，览乎阴林。观壮士之暴怒，与猛兽之恐惧，徼谻受诎[80]。殚睹众物之变态[81]。

"于是郑女曼姬[82]，被阿緆[83]，揄纻缟[84]，杂纤罗[85]，垂雾縠[86]。襞积褰绉[87]，纡徐委曲[88]，郁桡溪谷[89]。衯衯裶裶[90]，扬袘戌削[91]，蜚襳垂髾[92]。扶舆猗靡[93]，翕呷萃蔡[94]；下靡兰蕙[95]，上拂羽盖[96]。错翡翠之威蕤[97]，缪绕玉绥[98]。眇眇忽忽，若神仙之仿佛。

"于是乃相与獠于蕙圃，媻姗教窣[99]，上乎金堤[100]。掩翡翠[101]，射鵕鸃；微矰出[102]，孅缴施[103]。弋白鹄[104]，连駕鹅[105]，双鸧下[106]，玄鹤加[107]。怠而后发，游于清池。浮文鹢[108]，扬旌栧，张翠帷，建羽盖。罔玳瑁，钩紫贝。摐金鼓[109]，吹鸣籁。榜人歌[110]，声流喝[111]；水虫骇[112]，波鸿沸，涌泉起，奔扬会[113]。礧石相击[114]，硠硠磕磕[115]，若雷霆之声，闻乎数百里之外。将息獠者[116]，击灵鼓，起烽燧。车按行[117]，骑就队，纚乎淫淫[118]，般乎裔裔[119]。

"于是楚王乃登云阳之台[120]，怕乎无为[121]，憺乎自持[122]，勺药之和具[123]，而后御之[124]。不若大王终日驰骋，曾不下舆，脟割轮焠[125]，自以为娱。臣窃观之，齐殆不如。于是齐王无以应仆也。”

乌有先生曰：“是何言之过也！足下不远千里，来贶齐国[126]。王悉发境内之士，备车骑之众，与使者出畋，乃欲戮力致获[127]，以娱左右，何名为夸哉？问楚地之有无者，愿闻大国之风烈[128]，先生之余论也。今足下不称楚王之德厚，而盛推云梦以为高，奢言淫乐而显侈靡，窃为足下不取也。必若所言，固非楚国之美也；无而言之，是害足下之信也。彰君恶，伤私义，二者无一可，而先生行之，必且轻于齐而累于楚矣。且齐东陼巨海[129]，南有琅邪[130]，观乎成山[131]，射乎之罘[132]；浮渤澥[133]，游孟诸[134]。邪与肃慎为邻[135]，右以汤谷为界[136]。秋田乎青丘[137]，彷徨乎海外。吞若云梦者八九于其胸中，曾不蒂芥！若乃俶傥瑰玮[138]，异方殊类，珍怪鸟兽，万端鳞崪[139]，充牣其中[140]，不可胜记，禹不能名，卨不能计[141]。然在诸侯之位，不敢言游戏之乐，苑圃之大。先生又见客，是以王辞不复，何为无以应哉？”

【作者简介】

司马相如（约前179—前118），字长卿，蜀郡成都（今四川成都）人，西汉辞赋代表作家。早年曾以武骑常侍之职事景帝。景帝不好辞赋，便以病辞官，客游于梁。所作《子虚赋》为武帝所赏识，因被召见，又作《上林赋》，武帝用为郎。曾奉使西南，拜中郎将，功成召回。后又为孝文园令。病卒于家。原有集二卷，已佚。明人辑有《司马文园集》。所著《子虚赋》《上林赋》奠定了汉代大赋的基础，成为后世赋家模仿的典范；骚体抒情小赋有《长门赋》《哀秦二世赋》开后世抒情小赋的先河。此外尚有散文《喻巴蜀檄》《难蜀父老》等。《史记》《汉书》均有传。

【篇旨】

写子虚出使于齐，齐王举行大规模的畋猎，示其强大，子虚则向齐王夸耀楚王在云梦游猎的盛况非齐王所及。乌有先生不服，加以诘难。

【注释】

① 子虚：与下文的乌有先生、亡是公都是假设人物。

② 畋（tián）：打猎。

③ 过：拜访。奼（chà）：夸耀。

④ 云梦：古泽薮名。传说在楚国境内（今湖北中部），跨长江，后淤塞。

⑤ 徒：士卒。

⑥ 罘（fú）网：捕兔的网。这里泛指捕兽网。

⑦ 骛：奔驰。盐浦：海滨的盐滩。

⑧ 割鲜染轮：形容宰杀鸟兽极多，鲜血染红了车轮。

⑨ 宿卫：在宫禁中担任值宿守卫工作。

⑩ 有无：指见识过和未见识过。

⑪ 盘纡：曲折回旋。茀郁：山势曲折重叠貌。

⑫ 隆崇：山势高耸貌。嵂崒：山高险要貌。

⑬ 岑（yín）崟（yín）：山势高峻奇异貌。

⑭ 蔽：全部被遮隐。亏：半缺。

⑮ 干：触到。

⑯ 罢（pí）池（tuó）：山势倾斜绵延貌。陂陀：又作“陂陁”。音义同“罢池”。

⑰ 属：连接。

⑱ 丹：朱砂。青：一种矿石，可制颜料。赭（zhě）：赤土。垩（è）：白土。

⑲ 雌黄：矿物名。又名“石黄”。白坿：石灰。

⑳ 碧：青色的玉石。

㉑ 照烂龙鳞：鲜明灿烂，有如龙鳞闪光。

㉒ 赤玉：赤色的玉石。玫瑰：一种紫色的宝石。

㉓ 琳：美玉。珉（mín）：一种次于玉之石。昆吾：本山名，出美石，用以代美石名。

㉔ 瑊（jiān）玏（lè）：次于玉的美石。玄厉：一种黑色石，可作磨

刀石。

㉕ 碝（ruǎn）石：次于玉的美石，白如冰，半有赤色。碱砆：次于玉的美石，赤地白文。

㉖ 蕙圃：种香草的园圃。

㉗ 衡兰芷若：即杜衡、兰草、白芷、杜若。

㉘ 芎（xiōng）䓖（qióng）：一种香草，根茎可入药。菖蒲：草名，生于水边，可入药。

㉙ 江蓠：香草。蘪（mí）：水草名。

㉚ 诸柘：甘蔗。巴苴（jū）：芭蕉。

㉛ 登降：指地势高低。陁（yǐ）靡：山势倾斜貌。

㉜ 案衍：地势低平貌。坛曼：平坦。

㉝ 巫山：在云梦泽中，一名阳台山。

㉞ 葴：马蓝。菥：麦的一种，似燕麦。苞：与茅相似，可织席子和草鞋。荔：一种似蒲而小的草。

㉟ 薛：草名，即蒿。莎：即莎草，蒿的一种。青薠：青翠的薠草。

㊱ 埤湿：低洼潮湿之处。藏莨（láng）：俗名狗尾草。蒹：荻。葭：芦苇。

㊲ 东蔷：似蓬草，实如葵子，可食。雕胡：菰米，俗称茭白，可食。

㊳ 觚（gū）卢：即葫芦。

㊴ 菴（ān）闾：青蒿，子可治病。轩于：莸草，茎似蕙而臭。

㊵ 居：生长。

㊶ 图：计。

㊷ 外发：外面开放。

㊸ 内隐：指池中隐藏着。

㊹ 鼍（tuó）：鼍龙，又名扬子鳄，皮可冒鼓。

㊺ 玳（dài）瑁（mào）：一种爬行动物，似龟，背有花纹，甲可用作装饰品。鳖：俗名甲鱼或脚鱼。黿（yuán）：大鳖。

㊻ 阴林：山北面的森林。

㊼ 楩（pián）：似楠木，别名赤楩。豫章：樟木。

㊽ 桂椒：树木名。木兰：树木名。

㊾ 檗：黄檗，皮可做染料，实可制药。离：樆之假借字，即山梨。朱杨：赤茎柳。

㊿ 楂：山楂。樗（yǐng）栗：黑枣，形似柿而小。

51 鹓（yuān）雏（chú）：古代传说中一种像凤凰的鸟。孔：孔雀。鸾：传说中凤凰类的神鸟。

52 腾远：即腾猿。"猿"与"远"音近而误。射（yè）干：兽名，似狐而小，能缘木。

53 玄豹：黑豹。

54 蟃蜒：应作"獌狿"，兽名，形似狸。貙犴：猛兽名，似狸而大。

55 专诸：春秋时吴国勇士，曾为吴公子光刺死吴王僚。

56 駮：一种猛兽。

57 靡：同"麾"，挥动。鱼须：做旌旗上旒穗的鱼须。桡旃（zhān）：曲柄的旗。

58 明月：珍珠名，用以装饰旌旗。

59 建：举起。干将：《吴越春秋·阖闾内传》："请干将铸作名剑二枚。干将者吴人也，与欧冶子同师，俱能为剑。"后因以干将代指利剑。雄戟：三刃戟。

60 乌号：古代良弓名。

61 夏服：盛箭器。夏后氏有良弓，名繁弱。夏服即盛繁弱之箭器。

62 阳子：即孙阳，字伯乐，秦穆公臣。善相马。骖乘：陪乘的人。古时乘车，尊者居左，驾车的人居中，右边一人，为骖参。

63 孅（xiān）阿：人名，善驾车。

64 案节：指车马行走缓慢而有节奏。未舒：没有尽力驰骋。

65 陵：践踏。狡：狡捷。

66 蹴：踩，踏。蛩（qióng）蛩：青色的兽。状如马，善奔走。

67 距虚：野兽名。似马而小，与"蛩蛩"相似，亦善奔走。

㊳ 轶：冲击。野马：似马而小的野兽。

⑲ 轊（wèi）：车轴头。这里作动词用，指以车轴头碰撞。陶駼（tú）：北方的野马。

⑳ 遗风：千里马名。

㉑ 游骐：游荡奔跑的骐马。骐：一种青黑色而有花纹的野兽，似马。

㉒ 倏眒（shēn）、倩浰：皆动作迅疾貌。

㉓ 猋：同“飙”，暴风。

㉔ 掖：同“腋”，腋下。

㉕ 心系：连着心脏的血脉经络。

㉖ 雨兽：形容猎获野兽极多，如雨洒落。

㉗ 掩：掩盖。

㉘ 弭节：按辔徐行。

㉙ 翱翔：悠闲自得貌。容与：与“翱翔”义同。

㊿ 徼（yāo）：拦截。受（jí）：非常疲倦。诎（qū）：同“屈”，力尽。

㉛ 变态：不断变化的姿态。

㉜ 郑女：郑国的女子。曼姬：美女。

㉝ 被：同“披”。阿：细缯。緆：细布。

㉞ 揄（yú）：牵引。纻（zhù）：麻布。缟（gǎo）：素绢。

㉟ 杂：饰。纤罗：细薄的丝织品。

㊱ 雾縠（hú）：轻薄如雾的细纱。

㊲ 襞（bì）积：形容裙幅的折叠很多。褰（qiān）绉：形容衣服的纹理很多。

㊳ 纡徐委曲：皆指衣裙的线条婉曲多姿。

㊴ 郁桡溪谷：女子衣裙褶皱深曲如溪谷。

㊵ 衯衯裶裶：衣修长貌。

㊶ 扬：揖起。袘（yì）：衣裙下端的边缘。戌削：形容走动时衣服边缘整齐貌。

㊷ 蜚襳：古时妇女上衣装饰的长带。

⑨③ 扶舆猗靡：形容衣服合身显出婀娜的体态。

⑨④ 翕呷萃蔡：行走时衣裙摩擦的响声。

⑨⑤ 靡：与“摩”同。

⑨⑥ 羽盖：以羽毛为装饰的车盖。

⑨⑦ 错：交错相杂。翡翠：羽毛红、绿的两种鸟名。威蕤（ruí）：形容装饰盛多华丽。

⑨⑧ 缪：同“缭”。玉绥：用玉装饰的帽带。绥：当作“緑”，冠缨之饰物。

⑨⑨ 媻姗、敦窣：皆行走缓慢貌。

⑩⓪ 金堤：形容堤坚如金铸。

⑩① 掩：覆盖。

⑩② 矰：系着丝绳的短箭。

⑩③ 缴：系在箭上的生丝绳。施：放射。

⑩④ 弋（yì）：用带丝绳的箭射鸟。白鹄（hú）：一种水鸟。

⑩⑤ 駕（gē）鹅：野鹅。

⑩⑥ 鸧：鸧鸹，鸟名，似雁而黑。

⑩⑦ 玄鹤：黑鹤。加：为箭射中。

⑩⑧ 文鷁（yì）：画有鷁首的船。

⑩⑨ 摐（chuāng）：敲打。

⑪⓪ 榜人：船夫。

⑪① 流喝：形容声音幽咽、嘶哑。

⑪② 水虫：水生动物。

⑪③ 奔扬：波涛。

⑪④ 礧：同“磊”。

⑪⑤ 硠（láng）硠礚（kē）礚：水撞石的声响。

⑪⑥ 息獠：停止宵猎。

⑪⑦ 按行：依次排成行列。

⑪⑧ 纚（xǐ）：连续貌。淫淫：队列缓行貌。

⑲ 般：按次序相连而行。裔裔：流动行进貌。

⑳ 云阳之台：台名，又名阳台，相传在云梦南部巫山之下。

㉑ 怕：同“泊”，静。无为：指心情平静无事。

㉒ 憺：同“澹”，安静貌。

㉓ 勺药：调味。或为芍药，药草名。

㉔ 御：进食。

㉕ 脟（luán）割：把肉切成小块。轮焠：在车轮上烤肉。

㉖ 贶（kuàng）：惠赐。

㉗ 戮力：同心协力。

㉘ 风烈：美好的习尚和光辉的业绩。

㉙ 陼：水边，这里是临近水边之意。

㉚ 琅邪（yá）：山名。在今山东诸城境内。

㉛ 成山：山名，在今山东荣成。

㉜ 之罘：芝罘，山名。在今山东烟台。

㉝ 渤澥（xiè）：即渤海。

㉞ 孟诸：古代泽名，在今河南商丘、虞城附近，已淤塞。

㉟ 邪：同“斜”。肃慎：古国名。在今辽宁、吉林、黑龙江一带。

㊱ 右：应为“左”。汤谷：即旸谷。传说日出之处。

㊲ 田：同“畋”。青丘：古代国名。李善注引服虔说：“青丘国，在海东三百里。”

㊳ 俶（tì）傥：同“倜傥”，不平凡。

㊴ 鳞崪（cuì）：如同鱼鳞之聚集，言其众多。崪同“萃”，聚集。

㊵ 牣（rèn）：满。

㊶ 卨（xiè）：古作“契”。传说为尧司徒。

【语译】

楚国派遣子虚出使齐国，齐王出动了全部兵车和骑手，同使者出去打猎。打猎结束后，子虚拜访乌有先生，当时亡是公在座。刚一坐定，乌有先生就问："今天打猎有乐趣吗？"子虚说："有乐趣。""猎获的禽兽多吗？"回答说："很少。""既然这样，还有什么乐趣？"回答说："我感到有乐趣的是，齐王想在我面前炫耀他的车骑之众多，而我却以楚王在云梦狩猎的盛况回答他。"乌有先生说："可以讲给我听听吗？"子虚说："可以。齐王出动兵车千辆，选拔万名骑手，到海滨打猎。排列士卒遍及大泽，罗网撒满山野。罗网捕捉野兔，车辆辗压大鹿，射中了小鹿，捆住大牝鹿的双腿。士卒骑手纵横驰骋海滨的盐滩，宰割禽兽的鲜血染红了车轮。射中猎获很多，齐王矜夸居功自傲。他回头对我说：'楚国也有平原广泽、游猎之地和这样富有乐趣的畋猎场面吗？楚王狩猎和我比较起来谁更壮观呢？'我立即下车回答说：'我不过是楚国一个见闻浅陋的人，有幸在王宫当了十几年的警卫，有时随从君王出游，仅游猎在王宫后园里，有些场面见过，有些未曾见过，所见不够全面，何足妄谈远离都城的大泽游猎场面呢？'齐王说：'尽管这样，也请你就自己的见闻谈谈吧。'我回答说：'好吧。'

"我听说楚国有七个大泽，我曾见过其中之一，其余未曾见过。我见的是最小的一个，名叫云梦。云梦方圆九百里，其中的山曲折回旋，高耸重叠，巍峨奇险，山势峭拔，参差奇异，日月经天，或蔽或亏。山峰重叠，交结错落，倾斜绵延，上入云天，下连江河。云梦的土，乃是朱砂石青、赤土白泥、雌黄石灰、锡土金银，五光十色，光辉映照，鲜明灿烂，如同龙鳞闪耀。云梦的石，有赤玉玫瑰，琳珉昆吾；似玉的瑊玏，可磨刀的黑石，以及半白半红的碝石和赤地白纹的碔砆。云梦东有蕙圃，生长着杜衡兰草、白芷杜若、芎䓖菖蒲、江蓠蘪芜、甘蔗芭蕉。云梦南有平原广泽，地势或高低倾斜，绵延平坦，沿着长江延伸，直到巫山之麓。那高原干燥的地方，则生长着马蓝燕麦、苞芳荔草，还有薛莎青薠；那低洼潮湿的地方，则生长着狼尾芦苇、东蔷菰米、莲藕菰芦、菴闾莸草。草木繁多，不可胜数。那西面，则有喷涌的流泉和清澈的池水，水波激荡，前后推移；池面开放着荷花，下面隐藏着大石白沙；水里有神龟蛟鼍、玳瑁鳖鼋。那北面，则有森林大树，树木有楩木楠木樟木、桂椒木兰、黄檗山梨茎柳，山楂黑枣、橘子柚子，芬芳扑鼻。树上则有凤凰孔雀鸾鸟，腾猿射干，树下则有白虎黑豹，蟃蜒貙犴。

“于是就派刬诸之辈，徒手格斗这里的野兽。楚王便驾驭着驯服了四只猛駮，乘坐美玉装饰之车，挥动着鱼须装饰的曲柄旗帜，摇曳着缀有明月珠的旗帜，高擎着锋利的剑戟，左边佩着乌号良弓，右边挎着夏服盛着的劲箭。伯乐为骖乘，孅阿作驭手；队伍缓行，马儿未奋力驰驱，就已践踏狡兽，脚踩蛩蛩，辗轧距虚，冲击野马，撞死陶駼；骑上千里马，射中奔跑之骐。楚王的车马勇猛，奔驰如迅雷疾风，流星闪电；弓不虚发，射中的必射裂眼眶，穿透胸部，直达腋下，断其连接心脏的血脉。猎取的禽兽如雨洒落，遮盖了草地原野。于是，楚王按辔徘徊，悠闲自得，在阴林中，观看壮士的奋勇气势和猛兽的恐惧，拦截挣扎欲逃的，收拾精疲力竭的，尽情观赏禽兽的千姿百态。

“这时美女艳姬，身着细缯之衣，麻布素绢之裳，杂以纤细的罗裙，佩戴着薄雾般的纱；衣裙褶皱重叠，纹理婉曲犹如溪谷，宽衣长袖，裙幅整齐，飘带轻柔。衣裙合身更显出美姬婀娜的体态。腰身一动，衣裙窸窣有声，下摩兰花香草，上拂羽饰华盖；颈上饰以红绿翡翠羽毛，缠结着美玉装饰的冠缨。缥缈恍惚，宛如神仙下凡。

“于是，楚王又与美女艳姬夜猎于蕙圃，从容缓步，登上金堤；网捕翡翠鸟，箭射五彩雉。短箭飞出，连着丝绳。射下白鹄，牵带野鹅；鸧鸹双双落地，黑鹤也被射中。射猎困倦之后又泛舟，畅游于清池。划着绘有鹢首的彩船，树旌旗于船舷；张挂翡翠帷幕，撑起羽饰的大伞。网捕玳瑁，钩取紫贝；敲打金鼓，吹奏排箫；船夫歌唱，声情悲凉；鱼龟惊骇，波涛沸腾；流泉涌起，波涛激荡。水石相撞，硠磕作响；如同雷霆之声，数百里以外也能听见。夜猎将要结束，敲起灵鼓，点燃烽火；兵车依次排行，骑手各就队列；队伍先后相属，徐徐缓行。

“于是楚王又登上云阳台，泰然无事，恬静自舒。芍药调配的佳肴，从容品尝。他不像大王终日奔驰，甚至不下车舆，连吃肉都在车轮间切片烤炙，自认为快乐。在我看来，齐王恐怕不如楚王那样富有乐趣。于是齐王无话回答我了。”

乌有先生说：“为何把话说得过分呢？足下不远千里，来赐教齐国，齐王出动了境内的全部士卒，准备了众多的车骑，陪同使者出猎，就是希望同心协力，多获取猎物，让左右娱乐开心，何以把这叫作夸耀呢？问到楚地有无游猎的平原大泽，那是希望听到贵国美好的习尚和光辉的业绩，听听您的高论。如今足下不称颂楚王的厚德，却极力推崇楚王畋猎于云梦的盛事，自以为高雅，夸大淫乐，炫耀侈靡，我以为您这种做法不可取。如果真像您所说那样，本来就不是楚国的好事。如果并无此事而您虚言，那是损害您信誉的啊！宣扬国君的过失，损伤自己的信义，两者无一可取。可是先生这样做了，就一定被齐人瞧不起，又影响到楚国的声誉啊！况且齐国东至大海，南有琅琊山，游观于成山，在芝罘山射猎，在渤海泛舟，在孟诸泽遨游，侧面与萧慎为邻，右以汤谷为界，秋天在青丘国狩猎，自由来往于海外，包含八九个像云梦那样的大泽在胸中，也不足为蒂芥。至于说到那些卓异珍奇的事物，异域殊类，珍怪鸟兽，林林总总像鱼鳞一样聚集，充满其中，不可胜记。就是博学的禹也说不出它们的名字，善算的契也统计不了它们的数目。但是，齐王身处诸侯之位，不敢谈游戏之乐，苑圃之大，先生又是被当作客人优礼接待，因此齐王未肯回答，怎么能说他无言以对呢？”

【评析】

《子虚赋》《上林赋》,《史记》《汉书》皆作一篇,《文选》始分为二,从内容和结构看，实是一篇。《子虚赋》通过作者拟想子虚、乌有先生相互对话，极写楚齐两诸侯的狩猎盛况，旨在讽谏统治者戒奢侈，倡节俭。应该指出，作者颂扬的君王畋猎之盛是不足取的，讽谏的分量也太轻，以致正不压邪，上层统治者所欣赏的正是作者企图否定的。此赋在艺术上采用铺陈夸张的手法，描述云梦泽的山川土石，珍禽异兽，场面宏大，气势雄伟，色彩浓烈，情调高昂，文辞绮丽，描写细致。其缺点是夸饰过甚，用词造句刻意堆砌；文字冷僻，词语艰深。

卷第八

畋猎中

上林赋一首

作者：司马长卿　　注译评析：崔远培

亡是公听然而笑，曰[①]："楚则失矣，而齐亦未为得也。夫使诸侯纳贡者，非为财币，所以述职也；封疆画界者，非为守御，所以禁淫也。今齐列为东藩[②]，而外私肃慎，捐国逾限，越海而田，其于义固未可也。且二君之论，不务明君臣之义，正诸侯之礼，徒事争于游戏之乐，苑圃之大，欲以奢侈相胜，荒淫相越，此不可以扬名发誉，而适足以贬君自损也[③]。

"且夫齐楚之事，又乌足道乎！君未睹夫巨丽也，独不闻天子之上林乎？左苍梧，右西极[④]，丹水更其南[⑤]，紫渊径其北[⑥]。终始灞浐[⑦]，出入泾渭[⑧]；酆镐潦潏[⑨]，纡余委蛇[⑩]，经营乎其内。荡荡乎八川分流[⑪]，相背而异态。东西南北，驰骛往来。出乎椒丘之阙[⑫]，行乎洲淤之浦[⑬]；经乎桂林之中，过乎泱漭之野[⑭]。汩乎混流[⑮]，顺阿而下[⑯]，赴隘狭之口。触穹石，激堆埼[⑰]，沸乎暴怒，汹涌彭湃。滭弗宓汩[⑱]，逼侧泌瀄[⑲]。横流逆折，转腾潎洌。滂濞沆溉，穹隆云桡，宛潬胶盭[⑳]。逾波趋浥，莅莅下濑，批岩冲拥，奔扬滞沛，临坻注壑，瀺灂陨坠。沉沉隐隐，砰磅訇礚。潏潏淈淈，湁潗鼎沸。驰波跳沫，汩急漂疾，悠远长怀。寂漻无声，肆乎永归。然后灏溔潢漾[21]，安翔徐回。翯乎滈滈[22]，东注太湖[23]，衍溢陂池。

“于是乎蛟龙赤螭[24]，䱉鳢渐离[25]。鰅鳙鰬魠[26]，禺禺魼鳎[27]。揵鳍掉尾[28]，振鳞奋翼，潜处乎深岩。鱼鳖欢声[29]，万物众夥。明月珠子，的皪江靡[30]。蜀石黄碝[31]，水玉磊砢[32]，磷磷烂烂，采色澔汗[33]，藂积乎其中。鸿鹔鹄鸨[34]，駕鹅属玉[35]，交精旋目[36]，烦鹜庸渠[37]，箴疵䴔卢[38]，群浮乎其上。泛淫泛滥，随风澹淡；与波摇荡，奄薄水渚，唼喋菁藻[39]，咀嚼菱藕。

“于是乎崇山矗矗，巃嵸崔巍。深林巨木，崭岩㠥嵳[40]。九嵕巀嶭[41]，南山峨峨[42]。岩陁甗锜[43]，摧崣崛崎。振溪通谷，蹇产沟渎[44]。谽呀豁閜[45]，阜陵别隝[46]。崴磈嵔廆[47]，丘虚堀礨。隐辚郁㠥，登降施靡。陂池貏豸[48]，沇溶淫鬻；散涣夷陆。亭皋千里[49]，靡不被筑。掩以绿蕙[50]，被以江蓠[51]。糅以蘼芜[52]，杂以留夷[53]。布结缕[54]，攒戾莎[55]，揭车衡兰，槁本射干[56]。茈姜蘘荷[57]，葴持若荪[58]。鲜支黄砾[59]，蒋苎青薠[60]，布濩闳泽[61]，延曼太原。离靡广衍，应风披靡，吐芳扬烈，郁郁菲菲。众香发越，肸蠁布写[62]，晻薆咇茀[63]。

“于是乎周览泛观，缜纷轧芴[64]，芒芒恍忽。视之无端，察之无涯。日出东沼，入乎西陂。其南则隆冬生长，涌水跃波。其兽则㺎旄貘犛[65]，沉牛麈麋[66]。赤首圜题[67]，穷奇象犀[68]。其北则盛夏含冻裂地，涉冰揭河[69]；其兽则麒麟角端[70]，騊駼橐驼[71]，蛩蛩驒騱[72]，駃騠驴骡[73]。

“于是乎离宫别馆[74]，弥山跨谷。高廊四注，重坐曲阁。华榱璧珰，辇道纚属[75]。步櫩周流[76]，长途中宿。夷嵕筑堂[77]，累台增成，岩突洞房[78]。俯杳眇而无见，仰攀橑而扪天[79]。奔星更于闺闼[80]，宛虹扡于楯轩[81]。青龙蚴蟉于东箱[82]，象舆婉僤于西清[83]。灵圄燕于闲馆[84]；偓佺之伦[85]，暴于南荣。醴泉涌于清室，通川过于中庭。盘石振崖，嵚岩倚倾，嵯峨嶕嶫，刻削峥嵘。玫瑰碧琳，珊瑚丛生。瑉玉旁唐[86]，玢豳文鳞。赤瑕驳荦，杂臿其间[87]，晁采琬琰[88]，和氏出焉[89]。

“于是乎卢橘夏熟，黄甘橙楱[90]，枇杷橪柿[91]，亭柰厚朴[92]，樗枣杨梅[93]，樱桃蒲陶，隐夫薁棣[94]，荅遝离支[95]，罗乎后宫，列乎北园。貤丘陵[96]，下平原。扬翠叶，扤紫茎[97]，发红华，垂朱荣，煌煌扈扈，照曜巨野。沙棠栎槠，华枫枰栌，留落胥邪[98]，仁频并闾，欃檀木兰，豫章女贞。长千仞，大连抱。夸条直畅，实叶葰茂[99]。攒立丛倚，连卷欐佹。崔错登骫[100]，坑衡閜砢[101]。垂条扶疏，落英幡纚。纷溶箾蔘，猗狔从风。莅莅卉歙[102]，盖象金石之声，管籥之音[103]。偨池茈虒[104]，旋还乎后宫。杂袭累辑[105]，被山缘谷，循阪下隰。视之无端，究之无穷。

“于是乎玄猿素雌[106]，蜼玃飞蠝[107]，蛭蜩蠼猱[108]，獑胡豰蛫[109]，栖息乎其间。长啸哀鸣，翩幡互经，夭蟜枝格，偃蹇杪颠。隃绝梁，腾殊榛，捷垂条，掉希间。牢落陆离，烂漫远迁。若此者数百千处，娱游往来，宫宿馆舍。庖厨不徙，后宫不移，百官备具。

“于是乎背秋涉冬，天子校猎。乘镂象[110]，六玉虬[111]；拖蜺旌[112]，靡云旗；前皮轩，后道游。孙叔奉辔[113]，卫公参乘[114]；扈从横行，出乎四校之中。鼓严簿，纵猎者。河江为阹，泰山为橹。车骑雷起，殷天动地。先后陆离，离散别追。淫淫裔裔，缘陵流泽，云布雨施。生貔豹，搏豺狼。手熊罴，足野羊。蒙鹖苏[115]，绔白虎。被班文，跨野马。凌三嵕之危，下碛历之坻。径峻赴险，越壑厉水。椎蜚廉，弄獬豸[116]。格虾蛤[117]，鋋猛氏[118]。羂騕褭[119]，射封豕。箭不苟害，解脰陷脑[120]；弓不虚发，应声而倒。

“于是乘舆弭节徘徊[121]，翱翔往来，睨部曲之进退，览将帅之变态。然后侵淫促节，倏夐远去[122]。流离轻禽，蹴履狡兽；轊白鹿[123]，捷狡兔[124]。轶赤电，遗光耀。追怪物[125]，出宇宙。弯蕃弱[126]，满白羽。射游枭[127]，栎蜚遽[128]。择肉而后发，先中而命处。弦矢分，艺殪仆[129]。然后扬节而上浮，凌惊风，历骇猋[130]，乘虚无[131]，与神俱。躏玄鹤[132]，乱昆鸡；遒孔鸾[133]，促鵕鸃[134]。拂翳鸟[135]，捎凤凰；捷鹓雏[136]，掩焦明[137]。道尽途殚[138]，回车而还。消摇乎襄羊[139]，降集乎北纮[140]。率乎直指，晻乎反乡[141]。蹷石阙[142]，历封峦，过鳷鹊，望露寒。下棠梨，息宜春，西驰宣曲，濯鹢牛首[143]。登龙台，掩细柳[144]。观士大夫之勤略，均猎者之所得获。徒车之所轥轹[145]，步骑之所蹂若，人臣之所蹈籍，与其穷极倦谻[146]，惊惮詟伏[147]，不被创刃而死者，他他籍籍。填坑满谷，掩平弥泽。

“于是乎游戏懈怠，置酒乎颢天之台，张乐及胶葛之宇。撞千石之钟，立万石之虡。建翠华之旗，树灵鼍之鼓[148]。奏陶唐氏之舞[149]，听葛天氏之歌[150]。千人唱，万人和。山陵为之震动，川谷为之荡波。巴渝宋蔡[151]，淮南《干遮》[152]，文成颠歌[153]。族居递奏，金鼓迭起。铿枪闛鞈，洞心骇耳。荆吴郑卫之声[154]，韶濩武象之乐[155]，阴淫案衍之音。鄢郢缤纷[156]，激楚结风。俳优侏儒，狄鞮之倡，所以娱耳目乐心意者，丽靡烂漫于前，靡曼美色。若夫青琴宓妃之徒[157]，绝殊离俗，妖冶娴都，靓妆刻饰[158]，便嬛绰约，柔桡嫚嫚，妩媚孅弱。曳独茧之褕绁，眇阎易以恤削[159]。便姗嫳屑，与俗殊服。芬芳沤郁[160]，酷烈淑郁。皓齿粲烂，宜笑的皪；长眉连娟，微睇绵藐。色授魂与，心愉于侧。

“于是酒中乐酣[161]，天子芒然而思，似若有亡，曰：‘嗟乎，此大奢侈！朕以览听余闲，无事弃日。顺天道以杀伐[162]，时休息于此。恐后叶靡丽[163]，遂往而不返，非所以为继嗣创业垂统也[164]。’于是乎乃解酒罢猎，而命有司，曰：‘地可垦辟，悉为农郊，以赡萌隶[165]，隤墙填堑[166]，使山泽之人得至焉。实陂池而勿禁，虚宫馆而勿仞。发仓廪以救贫穷[167]，补不足。恤鳏寡，存孤独。出德号[168]，省刑罚。改制度，易服色。革正朔[169]，与天下为更始。’

“于是历吉日以斋戒[170]，袭朝服，乘法驾，建华旗，鸣玉鸾，游于六艺之囿[171]，驰骛乎仁义之涂[172]。览观《春秋》之林[173]。射《狸首》，兼《驺虞》[174]。弋玄鹤，舞干戚[175]。载云罕[176]，掩群雅。悲《伐檀》，乐乐胥[177]。修容乎礼园，翱翔乎书圃。述《易》道，放怪兽。登明堂[178]，坐清庙[179]。次群臣，奏得失。四海之内，靡不受获。于斯之时，天下大说，乡风而听[180]，随流而化，芔然兴道而迁义[181]。刑错而不用[182]。德隆于三王，而功羡于五帝[183]。若此，故猎乃可喜也。若夫终日驰骋，劳神苦形。罢车马之用，抏士卒之精[184]，费府库之财，而无德厚之恩。

务在独乐，不顾众庶；忘国家之政，贪雉兔之获，则仁者不繇也[185]。从此观之，齐楚之事，岂不哀哉？地方不过千里，而囿居九百，是草木不得垦辟，而人无所食也。夫以诸侯之细，而乐万乘之侈，仆恐百姓被其尤也。”

于是二子愀然改容[186]，超若自失[187]。逡巡避席[188]，曰：“鄙人固陋，不知忌讳，乃今日见教，谨受命矣。”

【篇旨】

借亡是公详述上林苑的繁华、富庶、广大和天子畋猎的壮观，反映统治者奢侈荒淫。结尾写天子幡然自省，认识到“此太奢侈”，于是提倡节俭，实行王道仁政。

【注释】

① 听（yǐn）然：笑貌。

② 东藩：东面屏藩的诸侯国。

③ 适：恰好。

④ 左：指东方。右：指西方。

⑤ 丹水：水名。发源于陕西商洛市商州区，东南流入河南。

⑥ 紫渊：水名。在长安北。径：同“经”。

⑦ 灞、浐：皆水名。发源于陕西蓝田，向北流注入渭水。

⑧ 泾渭：即泾河、渭河。皆发源于甘肃。

⑨ 酆（fēng）：水名。源于陕西秦岭，北经长安流入渭水。镐（hào）：水名。源于陕西西安，向北流入渭水（后来其下流淤塞，不通渭水）。潦（láo）：一作“涝”。水名。源于陕西鄠州南。潏（jué）：水名。源出秦岭。

⑩ 纡余委蛇（yí）：水势曲折宛转貌。

⑪ 八川：指上述灞、浐、泾、渭、酆、镐、潦、潏。

⑫ 椒丘：峰顶尖突的山丘。阙：指椒丘两峰对峙，有如双阙。

⑬ 洲淤：水中泥沙冲积成的陆地。浦：水边。

⑭ 泱漭：广大无边。

⑮ 汩（yù）：水流急盛貌。混流：指众水合流。

⑯ 阿：大土山。

⑰ 堆埼：泥沙壅塞而成的曲岸。

⑱ 浡弗：水势盛大貌。宓（mì）汩：水流湍急貌。

⑲ 逼侧：相逼迫。泌㳚：水波相击貌。

⑳ 宛潬（shàn）胶盭（lì）：水流蜿蜒辗转貌。

㉑ 灏（hào）溔（yǎo）潢漾：水无边无际貌。

㉒ 翯（hè）：水光亮貌。滈（hào）滈：水白光貌。

㉓ 太湖：在今江苏南部。古称“震泽”“笠泽”。

㉔ 螭（chī）：传说中无角的龙。

㉕ 䱍（gèng）䲛（mèng）：鱼名。似鳝，长鼻软骨，口在颔下。渐离：鱼名。一说是蚌蟹类动物。

㉖ 鰅（yóng）：鱼名。皮有纹彩。鰫：形似鲢鱼而黑。鰬：鱼名。形似鳝鱼。魠（tuō）：鱼名。一名黄颊鱼，颊黄口大。

㉗ 禺禺：鱼名。皮有毛，黄地黑纹。鱋（qū）：即比目鱼。鳎：即鲵鱼，似鲇鱼，有四足。

㉘ 揵（qián）：举起。掉：动摇。

㉙ 欢：哗。又通“喧”，惊呼。

㉚ 的皪（lì）：光亮。此处引申为照耀的意思。江靡：江边。

㉛ 蜀石：次于玉之石。黄碝（ruǎn）：黄色次于玉之石。

㉜ 水玉：水晶石。磊砢（luǒ）：众多貌。

㉝ 澔（hào）汗：光彩交相辉映貌。

㉞ 鹔（sù）：水鸟名。即鹔鷞（shuāng）。形似雁，长颈、毛呈绿色。鹄：天鹅。鸨（bǎo）：似雁而无后趾。

㉟ 駕鹅：野鸭。属玉：水鸟名。似鸭而大，长颈赤目，紫青色。

㊱ 交精：鸟名。似凫而脚高，有毛冠。旋目：水鸟名。大于鹭而尾短，

其色红白。

㊲ 烦鹜：水鸟名。似鸭而小。庸渠：似凫，灰色而鸡脚。一名“章渠”。

㊳ 箴疵：水鸟名。似鱼虎而苍黑色。鵁：即鵁头鸟。卢，即鸬鹚。善捕鱼的鸟。

㊴ 唼（shà）喋（zhá）：水鸟衔食。一说鸟啄食物的声音。

㊵ 崭岩：险峻貌。

㊶ 九嵏（zōng）：山名。即九嵏山，在今陕西礼泉东北。巀嶭（niè）：高峻貌。

㊷ 南山：即终南山。在今陕西西安南。

㊸ 陁（yǐ）：倾斜。甗（yǎn）：古代炊器。分两层，上可蒸，下可煮，上大下小。锜：古之烹饪器。似釜而有足。甗锜：形容山石崖岸的形状。

㊹ 蹇（jiǎn）产：曲折貌。沟渎：沟渠。

㊺ 谽（hān）呀：大貌。豁閜（xiǎ）：空虚，广大。

㊻ 阜陵：丘陵。隝（dǎo）：即“岛”。

㊼ 崴磈（wěi）㟪（wěi）瘣（huì）：高而险貌。

㊽ 陂（pō）池貏（bǐ）豸（zhì）：山势高下起伏连延不绝貌。

㊾ 亭皋：水旁低湿的平地。亭：平。皋：水旁地。

㊿ 掩：覆盖。绿蕙：绿色的蕙草。

51 江蓠：生长在水边的一种草。江：又作“茳”。

52 蘼芜：草名。

53 留夷：香草名。一说，即“芍药”。

54 结缕：草名，蔓生。

55 攒：聚集。戾莎：即莎草。

56 槁本：香草名。射干：香草名。一名乌扇。

57 茈姜：子姜。即初生的嫩姜。蘘荷：草名。

58 葴（zhēn）：即寒浆。持：葴类草，即藏草。若：杜若。荪：香草名，即荃。

⑲ 鲜支：香草名。黄砾：香草名。

⑳ 蒋：菰蒲草。俗称茭白。芷：当作"芋"。即三菱草。

㉑ 布濩（hù）：遍布。闳泽：大泽。

㉒ 肸（xī）蠁：弥漫，散发。布写：流布，倾泻。

㉓ 晻薆咇茀（fú）：香气盛多浓重。

㉔ 缜纷：众多繁盛。轧芴（hū）：恍惚不清。

㉕ 獑：獑牛。是一种颈上有肉堆的野牛。旄：即牦牛。貘：一种似熊的兽。犛（máo）：牦牛，黑色。

㉖ 沉牛：水牛。因能沉没水中，故名。麈（zhǔ）：兽名。似鹿而尾大。麋：麋鹿。

㉗ 赤首：兽名。圜题：兽名。圜同"圆"。题：额。一说题为"蹄"之误。二兽均以其一部分特征而得名。

㉘ 穷奇：兽名。状如牛尾而猬毛，鸣声如嗥狗，食人。

㉙ 揭：搴衣渡水。

㊵ 角端：兽名。似猪，鼻上端生一角，角可作弓。

㊶ 驹駼（tú）：兽名。形似马。橐驼：即骆驼。

㊷ 蛩（qióng）蛩：野兽名。状如马而色青，长于奔走。驒（diān）騱（xí）：野兽名。

㊸ 駃騠：马骡。一说良马名。

㊹ 离宫别馆：古代帝王正宫以外的宫室。

㊺ 辇道：可以乘车往来的宫中道路。纚属：连续不断貌。

㊻ 步榈：同"步檐"，走廊。

㊼ 夷嵏（zōng）：平山。嵏：山。

㊽ 岩窔（yào）：山底。洞房：深邃的屋室。

㊾ 橑（lǎo）：屋椽。

㊿ 闺闼：宫中小门。

㊶ 扡：同"拖"。越过。楯（shǔn）轩：有栏杆的长廊。

㊷ 蚴（yǒu）蟉（liú）：屈曲而动貌。东箱：正堂东面的侧房。

㉝ 象舆：瑞应车。一说用象驾着的车舆。婉僤（shàn）：宛转徐行貌。

㉞ 灵圉：众仙人的一种称呼。燕：安息。闲馆：闲居之馆。

㉟ 偓佺：仙人名。

㊱ 旁唐：美玉名。即文石。一说旁唐犹言“磅礴”，广大貌。

㊲ 臿：同“插”。

㊳ 晁：古“朝”字。朝采：美玉名。相传此玉每天早晨有白虹之气，光彩上腾，故名。琬琰（yǎn）：美玉名。

㊴ 和氏：即和氏璧。相传春秋楚人卞和发现一块玉璞，曾献给楚武王，武王以为石而以欺骗罪砍其右足。楚文王即位，卞和抱玉璞哭于荆山，文王使人剖之果得宝玉，因称“和氏璧”。

㊵ 黄甘：即黄柑。生时发青，熟而变黄，故曰黄柑，榛（còu）：小橘。

㊶ 楙：酸小枣。

㊷ 亭：山梨。五臣注本作“楟”。柰（nài）：即海棠果。厚朴：落叶乔木，皮花皆可入药。一名厚皮。此树皮厚故以为名。

㊸ 梬（yǐng）枣：即黑枣。

㊹ 隐夫：李善注引张辑说：“隐夫，未详。”高步瀛《文选注义疏》认为隐夫为“夫移”，即棠棣。薁（yù）：即郁李。棣：果木名。果实称水樱桃。

㊺ 荅遝（tà）：果名。似李。离支：即荔枝。

㊻ 貤（yí）：通“迤”，延展。

㊼ 扤（wù）：动摇不定。

㊽ 留：通“刘”，即刘树。落，木名，即檴。胥邪：椰子树。

㊾ 茷：大。

⑩⓪ 发（bá）骫（wěi）：盘曲回旋。骫：古“委”字。

⑩① 閜（ě）砢（luǒ）：相互依赖扶持。

⑩② 莿（liú）莅（lì）芔（huì）歙（xī）：风吹草木之声。芔：古“卉”字。

⑩③ 籥（yuè）：古管乐器名。有吹籥、舞籥二种，吹籥似笛而短小，有

三孔。舞籥长而六孔。

⑩④ 偨（cī）池：参差不齐貌。茈（cǐ）虒（zhì）：义与“偨池”相近。

⑩⑤ 杂袭：众多杂乱貌。累辑：积累。辑：同“集”。

⑩⑥ 玄猿：黑色的雄猿。

⑩⑦ 蜼：长尾猴。玃：大母猴。飞蠝（lěi）：能飞的鼯鼠。

⑩⑧ 蛭：兽名。据说有四翼，能飞。蜩（tiáo）：兽名。形如猴，善爬树。蠼（jué）猱（náo）：猕猴。

⑩⑨ 獑（chán）胡：似猕猴而足短。豰（hù）：兽名。似鼬而大。一名黄腰。蛫（guǐ）：猿类。

⑪⓪ 镂象：以象牙为饰的车。镂：雕刻。

⑪① 六玉虬：这里指六匹玉饰的骏马。虬，传说中的无角龙。

⑪② 拖：曳。蜺旌：旌旗的一种。旗上缀以五彩毛羽，有似虹蜺气。

⑪③ 孙叔：古代善于驾车的人。

⑪④ 卫公：古代善于驾车的人。

⑪⑤ 鹖（hé）苏：鹖鸟的尾巴。此指用鹖尾为饰的帽子。

⑪⑥ 獬（xiè）豸（zhì）：传说中的兽名。似鹿而一角。

⑪⑦ 虾蛤：猛兽名。

⑪⑧ 鋋（chán）：短矛。此作刺杀解。猛氏：兽名。

⑪⑨ 羂（juàn）：用绳索系绊捉取野兽。騕褭（niǎo）：骏马名，相传能日行万里。

⑫⓪ 脰（dòu）：脖子，颈。

⑫① 弭：按。节：行军进退之符节。

⑫② 倏夐：同“倏忽”。

⑫③ 轊（wèi）：车轴头。这里用作动词，用车轮辗轧碰撞的意思。

⑫④ 捷：飞快猎取。

⑫⑤ 怪物：指下文游枭、蜚遽等稀奇的兽类。

⑫⑥ 弯：拉弓。蕃弱：夏代良弓名。

⑫⑦ 枭：枭羊。传说中的神兽。

⑫8 栎：搏击。蜚遽：神兽名。李善注引张辑说：“飞遽，天上神兽也，鹿头龙身。”

⑫9 艺：射靶子。此指被射的禽兽。殪（yì）：中矢而死。仆：倒毙。

⑬0 骇猋（biāo）：疾风。

⑬1 虚无：虚空之境地。

⑬2 玄鹤：即鹍鸡，凤凰之别名。

⑬3 遒（qiú）：迫近捕捉。孔鸾：孔雀和鸾鸟。

⑬4 促：与“遒”同义。鵔（jùn）鸃（yí）：羽毛鲜艳有文采的雉鸡。

⑬5 翳鸟：有彩色羽毛的鸟。

⑬6 鹓（yuān）雏（chú）：传说中的一种类似凤凰的鸟。

⑬7 焦明：鸟名。状如凤凰。

⑬8 殚：尽。

⑬9 消摇：同“逍遥”。安闲自得貌。襄羊：即“徜徉”，自由自在地往来行走。

⑭0 北纮（hóng）：传说中北方极远的地方。此指上林极北之地。

⑭1 晻：迅速。

⑭2 蹷：踏上。

⑭3 濯：与“棹”通。船桨。鹢：此指画有鹢鸟首的船。濯鹢：持桨行船。牛首：即牛首池，在上林苑西头。

⑭4 掩：息。细柳：观名。在昆明池南。

⑭5 蹸（lìn）：践踏。轹（lì）：车轮辗压。

⑭6 倦谻（jù）：疲惫不堪。

⑭7 惮：畏惧。詟：惊恐。

⑭8 鼍：动物名。即扬子鳄。皮可蒙鼓。

⑭9 陶唐氏：传说中的远古部落。尧初居于陶，后封于唐，故称陶唐。

⑮0 葛天氏：传说中的远古帝号。

⑮1 巴渝：舞名。宋蔡：皆古国名。此指该地的歌舞。

⑮2 淮南：地名。《干遮》：曲名。

⑮③ 文成：县名。其县人能作西南夷歌。颠即“滇”。

⑮④ 荆吴郑卫：皆古国名。此指演奏这些地方的音乐。

⑮⑤ 韶濩武象之乐：泛指古代的音乐。韶：舜乐。濩：汤乐。武：周武王乐。象：周公乐。

⑮⑥ 鄢郢：皆地名。鄢：春秋郑邑，故地在今河南鄢陵。郢：楚国都城。

⑮⑦ 青琴宓妃：均为古代女神名。

⑮⑧ 靓妆：指美女盛妆，脂粉涂饰。刻饰：发鬓熨帖整齐有如刻画一样。

⑮⑨ 阎易：衣长大貌。恤削：形容衣裳边缘整齐有如刻画一样。

⑯⓪ 沤郁：积聚。

⑯① 酒中乐酣：饮酒欢歌情意正浓之时。

⑯② 顺天道：顺应天时。

⑯③ 后叶：后世。

⑯④ 创业垂统：开创基业，以传后世。

⑯⑤ 萌隶：百姓。萌，通“氓”。

⑯⑥ 隤：同“颓”，推倒。

⑯⑦ 廪（lǐn）：米仓，亦指储藏的米。

⑯⑧ 德号：有德于百姓的号令。

⑯⑨ 革正朔：改变历法。正：指岁始。朔：指月初一。正朔，指一年的第一天。古时改朝换代，最高统治者总要改换年号，重定正朔。

⑰⓪ 历：选择。戒：古人祭祀前沐浴更衣，戒酒素食，以示诚敬。

⑰① 六艺：指《诗》《书》《礼》《易》《乐》《春秋》六部儒家经典。

⑰② 驰骛：奔走趋赴。涂：通“途”。

⑰③《春秋》之林：李善注引如淳说：《春秋》义理繁茂，故比之于林薮也。据《史记集解》引郭璞说：“《春秋》所以观成败，明善恶也。”此句意在以古为鉴。自“历吉日”句起至下文“四海之内，靡不受获”句，都是以射猎为喻，实则指修文教，兴礼乐之事，语意双关。

⑰④《狸首》：逸诗篇名。《驺虞》：《诗经·召南》末章。

⑰⑤ 玄鹤：舞具。干：盾牌。戚：斧，一种兵器，也用于舞乐。

⑰⑥ 云罕（hǎn）：捕鸟的大网。

⑰⑦ 乐胥：乐得有才智的人。《诗经·小雅·桑扈》："君子乐胥，万邦之屏。"

⑰⑧ 明堂：天子宣明政教，举行大典的地方。

⑰⑨ 清庙：明堂的正堂。

⑱⓪ 乡：通"向"。向往，归顺。风：风尚，风教。

⑱① 芔（huì）：勃。

⑱② 错：通"措"，废弃。

⑱③ 羡：超过。

⑱④ 抏（wán）：消耗，损挫。

⑱⑤ 繇（yóu）：从，用。

⑱⑥ 愀（qiǎo）然：惭愧变色貌。

⑱⑦ 超：惆怅。

⑱⑧ 逡巡：退却，迟疑徘徊。

【语译】

亡是公张口笑着说："楚国是错了，而齐国也未必对。天子之所以让诸侯交纳贡物，不是为了财币礼品，而是要他们来朝陈述履行职责的情况；所以封疆画界，不是为了防守边境，而是借以防止诸侯放肆非为罢了。如今齐国作为东藩，却私下外通肃慎，远离国土，超越边境，到海外青丘打猎，这在礼义上是不允许的。况且二位先生的议论，不努力阐明君臣之间正确的关系，端正诸侯的礼仪，只是争论于游猎快乐的高下和苑囿的大小，想在奢侈上比输赢，在荒淫上赛先后，这不可能使你们各自的国家扬美名显信誉，却足以贬低你们君王的声望和损害你们自己的名誉啊。

"况且齐国、楚国游猎之事又哪里值得一说呢？先生没有看见过那宏大壮丽的场面，难道没听说过天子的上林苑吗？上林东边到苍梧，西边到西极。丹水流经它的南面，紫渊直通它的北边。灞水、浐水始于苑中又终于其内，泾、渭流入苑中又从里面流出，酆、镐、潦、潏，曲曲弯弯，在苑中周旋。广大啊，八水分流，流向各异，变态不同。东西南北，奔腾往来。流出似双阙对峙的椒丘，经过淤积的水洲之旁；流经桂树林中，通过宽广无际的原野。众水并流，奔腾迅猛，顺着高耸的山丘流下，奔赴狭窄的山口。碰撞大石，腾涌沙堆，沸腾暴怒，汹涌澎湃。水盛流急，相迫激荡，泌沛有声。横流回旋，轻快地转腾相越。澎湃地滚滚流去，水势起伏，像云一样地弯曲，宛转盘旋。后浪推前浪趋向洼处，哗哗地直泻于沙滩石堆之上。拍打山崖，冲击曲岸，急驰高扬。临近小洲，流入坑谷，声响瀺灂，陨落深渊。水势深盛，流声砰磅。水波激荡，有如鼎水沸腾。波涛驰骋，白沫跳跃，水势急转，奔流迅疾，悠悠流于湖中。寂然无声，放纵长流，永归江海。然后水无边际，安然回旋，缓慢流去。白光闪闪，向东注入太湖，溢满江边大小池塘。

“于是，蛟龙赤螭，䱭鰽渐离，鰅鰫鳒魠，禺禺鱋鳎，争相扬鳍摆尾，抖鳞举翅，隐藏到岩壑深处。鱼鳖喧哗，万物众多，明月珠子，闪耀江边。蜀石、黄碝石、水晶石，多不胜数，色泽灿烂，交相辉映，聚集在水中。鸿鹔鹄鸨、駕鹅属玉、交精旋目、烦鹜庸渠、箴疵、䴔卢，一群群地漂浮在水面。任凭水漫横流而悠然畅游，或随风自在漂流，或停留在小洲的水草丛中，啄食菁藻，咀嚼菱角莲藕。

“这里崇山矗立，巍峨高耸。林深树大，参差险绝。九嵕高峻，南山巍峨。岩倾山斜，高低屈曲，有的像甑，上大下小，有的似锜，三脚而立，崎岖崔巍。溪谷开通，沟渠曲折。空旷广大，丘陵孤岛。山高岭峻，凹凸不平，山势起伏连绵。高处倾斜，往下逐渐平坦。水缓慢流进溪谷，涨溢广大平原。平皋千里，皆经修整。到处覆盖着绿色的蕙草，遍布着江蓠。混生着蘼芜，夹杂着留夷。结缕遍布，莎草聚集，揭车衡兰，槁本射干，茈姜蘘荷，葴持若荪，鲜支黄砾，蒋苎青薠，遍布在大泽中，蔓延于广大原野。连绵不绝，广为衍伸，随风倒伏，散发着浓烈的香气。芳香扩散，四处弥漫，酷烈醉人。

“于是，环顾四周，广泛观览，花草纷繁，难以辨认。眼花缭乱，模糊不清。看去没有尽头，察来不见边际。朝阳由东沼升起，夕阳从西陂下落。上林之南隆冬季节仍然生长草木，水波翻腾；兽类则有㺎旄貘犛、沉牛麈麋、赤首圜题、穷奇象犀。上林之北盛夏季节仍然天寒地冻，踏冰过河；兽类则有麒麟角端、騊駼橐驼、蛩蛩驒騱、駃騠驴骡。

“于是，离宫别馆，满山跨谷。游廊环绕四周，宫室重重叠叠，阁道委曲相连。雕绘着花纹的屋椽上装饰着璧玉，供乘辇车的阁道连绵。在走廊周游，路途长远，中间需要留宿。削平高山，构筑殿堂，楼阁台榭层层高起，山底深凿洞房。俯视则深远不见底，向上攀其屋椽可揽高天。流星经越它的门窗，曲虹与屋椽的长廊相连。青龙屈曲盘纡在东堂，象舆宛转徐行在西厢清静之处。众仙安寝于闲馆，偓佺之类晒太阳于南椽。甘甜的泉水从净室中涌出，通流为川从中庭流过。用巨石修整池涯，或修成参差不齐的小山，或整成高大险峻的山峰，似经雕刻般奇特巍峨。玫瑰碧琳、珊瑚丛生于庭。珉玉旁唐，纹理如鱼鳞般细致有序。赤玉纹彩间杂，夹杂在崖石中间闪烁；晁采琬琰，和氏之璧都出现于这里。

“于是，卢橘夏熟、黄柑橙楱、枇杷橪柿、亭柰厚朴、梬枣杨梅、樱桃蒲陶、隐夫薁棣、荅遝荔枝，分布在后宫，罗列于北园。果树繁盛，延展到丘陵和平原。扬起翠绿的叶子，摇动紫色的枝干。盛开红花，有的高擎，有的下垂，光彩艳丽，照耀广阔的原野。沙棠栎槠、桦枫枰栌、留落胥邪、仁频并闾、欃檀木兰、豫章女贞，高达千仞，大至数人合抱。上下枝条伸直舒展，硕果累累，叶子茂密；聚集相倚，屈曲支柱，交错纠结，枝条重叠倾斜，相互依赖扶持；向四方伸展，落花飞扬。草木繁盛，随风飘动，婀娜多姿。风吹林木，声音凄清，有似敲击钟磬，有如吹奏管籥。百草万木，参差不齐，环绕后宫。众多杂乱，重重聚集，满山遍野，沿着溪谷，顺着山坡，下至低湿之地，看去没有边际，探求没有尽头。

“于是，黑色的雄猿、白色的雌猿、长尾的猴、体大的猴、会飞的鼯鼠、四翼的蛭、善爬的蜩、粗壮的猕猴、腾跳的獑胡、似鼬的豰、像龟的蛫，都栖息在林中。或长声吼叫，或凄厉鸣啼，或像鸟儿疾飞，往来不止，矫捷灵巧，在枝条和树梢上跳跃自如，嬉戏作乐。猿猴时而越过无桥的水涧，时而越过再生出来的新枝，时而抓住悬垂的枝条，时而在林木稀疏无枝的地方腾跳。群兽奔走，聚散不常，散乱地往远处迁移。像这类游猎的场所，有近千处。娱游往来，在离宫别馆休息。庖厨不迁、妃嫔不移，众官一应齐备。

“于是，秋去冬来，天子亲自围猎。乘坐饰着象牙的车，驾着六匹用玉装饰的骏马，摇着虹霓旌旗，挥舞绘着云气的旗旒。前面是用虎皮为饰的车，跟随后面的是导游之车。孙叔驾车，卫公陪乘。百官侍从，纵横围截行进，出入于猎场四周。频频敲击战鼓，激发士卒冲杀。以江河作围阵，把泰山当望楼。车骑奔驰响声如雷，惊天动地。骑士争先恐后，各自追逐，分散流布，沿着山陵，顺着川泽，像云布天空，雨落大地。活捉貔豹，击倒豺狼。手杀熊罴，脚踏野羊。猎者头戴鹖尾冠，穿着饰有白虎图案的裤子。身披斑衣，骑着野马。登上高山的顶巅，驰下坎坷不平的山坡。径往高山，直奔险峰，跨越山谷，渡过河流。椎杀蜚廉，摆弄獬豸。格杀虾蛤，捅死猛氏。绊捉騕褭，射中封豕。箭不随便发射，射必中颈项脑袋。弓不虚发，禽兽应声而倒。

“于是天子按辔徐行，悠闲自得，往返遨游，观望士卒的进退举止和将领们的各种神态。然后车驾从缓行而疾驰，倏忽远去。网捕飞逃的禽鸟，脚踩狡黠的野兽。车轴碾轧白鹿，敏捷袭取狡兔；猎卒行动飞快超越赤电，把电光摔在后头。追逐奇禽怪兽，远出宇宙之外。拉开蕃弱之弓，张满白羽之箭。射中枭羊，搏击蜚遽。对准肉肥放箭，射中预先想射之处。箭刚离弦，猎物就倒毙在地。然后天子扬鞭腾游，驾驭疾风，驱遣狂飙，乘虚无之气腾空，与天神相处。践踏黑鹤，冲散昆鸡；捕获孔雀鸾鸟，捉住雉鸡，击惊鷖鸟，拂掠凤凰；猝取鹓雏，罩住焦明。及至道尽途穷，才掉转车头返回。逍遥自在地徜徉，降落聚集在上林的北方。率然直指，悠忽返回帝乡。登上石阙观，经过封峦观，绕道鳷鹊观，观望露寒观。下到棠梨宫，休息于宜春宫。继而向西驰至宣曲宫，持桨行船于牛首池。进而向北登上龙台观，在细柳观休息。观察军士的勇武智谋，估量猎者捕获猎物多少。卒徒车驾所辗压死的，步骑所践踏死的，随从人员所踩死的，以及那些走投无路，疲惫不堪，惊惧伏倒不敢动弹的，未被刀伤剑击害怕而死的禽兽，纵横交错，杂乱狼藉。填坑满谷，掩蔽原野，弥漫川泽，不计其数。

“于是游乐嬉戏倦息，在高矗云霄的高台摆设酒席，在寥廓的宁宇陈设乐器。撞击千石之重的洪钟，树立万石之重的钟架；标举翠羽饰的旌旗，安置鼍皮蒙制的大鼓；演奏陶唐氏的舞蹈，欣赏葛天氏的歌曲；千人唱，万人和；山陵为之震动，川谷为之荡波。巴渝之舞，宋音蔡歌，淮南《干遮》，以及文成滇歌，众多乐工更迭演奏。钟声鼓声，轮番迭起，铿锵闛鞈，动心震耳。荆、吴、郑、卫诸国的民间俗乐，韶、濩、武、象的庙堂雅乐，放纵淫靡之音，鄢郢飘然多姿之舞，激昂慷慨如旋风的楚声，俳优侏儒的演唱，狄鞮女乐的歌舞，赏心悦目的节目，美妙烂漫、淋漓尽致地在眼前。表演的女乐都是青春丽质的美人，就像青琴宓妃一类女神那样，不同凡响，超群脱俗，优雅艳丽，涂脂抹粉，鬓发熨帖，举止轻盈，体态柔美，妩媚娇弱。身着纯净丝织的上衣，下裙宽长而整齐。步履轻盈舒缓，衣裙婆娑飘舞，与众不同。身上芳香浓郁，清新酷烈。牙齿洁白透明，露出白牙微笑，光洁闪烁。眉毛弯曲细长，微微流盼，含情动人。美色诱人动心，使在身旁的国君内心欢悦。

"于是宴饮歌舞兴味正浓，天子心思茫然，若有所失。并说：'唉，这太奢侈！我于听政之余，闲暇无事，虚耗时日，顺应天道行猎，有时在这里休息。担心后代奢侈淫靡，追求享乐而不知回头，这就不是继承王业传之子孙的做法。'于是停止酒宴和打猎，并命令主管官吏说：'苑田土地凡可开垦，都做农田，以供养百姓和臣民，推倒围墙，填平壕沟，使普通百姓能进这里采薪。多养鱼鳖于池而不禁止百姓捕捞，废置离宫别馆，不要聚集车舆和奴婢。打开粮仓救济贫穷的人，补助不够吃的。周济鳏夫寡妇，抚养孤儿和孤独老人。发布施行仁政的命令，减轻刑罚。改革制度，变换车服颜色。更改正朔，重订历法，与天下一道除旧布新。'

"于是选择吉日，举行斋戒，穿上朝服，乘着天子的车驾，举起翠丽的旗帜，响起鸾铃出行，进览于六艺的苑圃，奔走于仁义之道，观览《春秋》之林。演奏《狸首》和《驺虞》之章，以行射礼。挥玄鹤，舞盾斧。张开云天般的大网，像捕鸟兽一样求访贤人雅士。悲叹《伐檀》所喻，未遇明主之士，乐见诗句'乐胥'所云得才智之人。以礼为休整仪表，翱翔于书的园圃。述说《易经》的哲理；放走上林苑的各种奇鸟怪兽。天子登上明堂，坐于正室，听取群臣依次陈奏政事的得失，普天之下无不受到恩惠。在这时候，天下之人大悦，顺应风教，随流归化，勃然提倡道义归向仁义。刑罚废置不用，恩德盛于三皇，功绩超过五帝。若是这样，打猎才是值得高兴的事。如果整天奔驰于苑圃，劳心费力，疲惫使用车马，损耗士卒精神，浪费国库的钱财，而对天下百姓没有德厚之恩，一意追求个人的快乐，不顾百姓疾苦，忘掉国家政事，沉溺于田猎，获得鸡兔之类的猎物，那是仁者不能采取的做法。由此看来，齐国与楚国以游猎相夸之事，岂不可悲么？土地方圆不过千里，而苑圃却占了九百里，这是荒草不得铲除，土地无法耕种，人民没有东西吃的原因。诸侯小国而要享受天子奢侈之事，我担心百姓遭受由此所带来的苦难。”

于是二位先生脸色都变了，惆怅若有所失，立刻离席退位，说：“我们固塞鄙陋，不知道顾忌，今日方得先生指教，谨领教了。”

【评析】

《上林赋》写天子游猎，声势浩大。赋的开端，亡是公首先以礼教信条指责齐、楚越界狩猎其义不可，训斥子虚、乌有先生言论贬君自损，然后以“且夫齐楚之事，又乌足道乎，君未睹夫巨丽也，独不闻天子之上林乎”为过渡句，进而详叙上林苑之广而富，天子游猎之威而乐，猎余醒悟，由猎禽兽转为以仁义猎民心，由游猎之乐升华为“四海受获”之圣德，最后以子虚、乌有先生二人表示谨遵教诲束住全篇，把颂圣之意写得面面俱到，步步威风。此赋在艺术上的特点是：富于雄辩，善于运用夸张手法，描写天地万物，渲染场面，在夸奇赞富，表现天子游猎之乐的同时，也暴露了统治者的奢侈，其要义在于“引之节俭”。其缺点是：作者虽然意在讽谏，但夸饰过甚，“劝百讽一”，且格式呆滞，堆砌辞藻，难于卒读。

羽猎赋一首

作者：扬子云　　注译评析：崖远培

孝成帝时羽猎[①]，雄从。以为昔在二帝三王[②]，宫馆台榭，沼池苑囿，林麓薮泽，财足以奉郊庙[3]，御宾客，充庖厨而已。不夺百姓膏腴谷土桑柘之地，女有余布，男有余粟，国家殷富，上下交足。故甘露零其庭，醴泉流其唐，凤凰巢其树，黄龙游其沼，麒麟臻其囿，神爵栖其林。昔者禹任益虞[4]，而上下和，草木茂。成汤好田[5]，而天下用足。文王囿百里，民以为尚小；齐宣王囿四十里，民以为大。裕民之与夺民也。武帝广开上林，东南至宜春、鼎湖、御宿、昆吾，旁南山，西至长杨、五柞[6]。北绕黄山[7]，滨渭而东，周袤数百里[8]。穿昆明池，象滇河。营建章、凤阙，神明馺娑。渐台泰液，象海水周流方丈、瀛洲、蓬莱。游观侈靡，穷妙极丽。虽颇割其三垂，以赡齐民，然至羽猎，甲车戎马，器械储偫，禁御所营[9]，尚泰奢丽夸诩，非尧舜成汤文王三驱之意也[10]。又恐后世复修前好，不折中以泉台。故聊因校猎，赋以风之。其辞曰：

或称羲农，岂或帝王之弥文哉？论者云：否。各以并时而得宜，奚必同条而共贯？则泰山之封[11]，焉得七十而有二仪[12]？是以创业垂统者，俱不见其爽，遐迩五三，孰知其是非？

遂作颂曰：丽哉神圣[13]，处于玄宫[14]。富既与地乎侔訾[15]，贵正与天乎比崇。齐桓曾不足使扶毂，楚严未足以为骖乘。狭三王之厄僻[16]，峤高举而大兴。历五帝之寥廓，涉三皇之登闳[17]。建道德以为师，友仁义与之为朋。

于是玄冬季月[18]，天地隆烈，万物权舆于内[19]，徂落于外，帝将惟田于灵之囿[20]，开北垠受不周之制[21]，以奉终始颛顼、玄冥之统[22]。乃诏虞人典泽，东延昆邻，西驰闾阖[23]。储积共偫[24]，戍卒夹道。斩丛棘，夷野草。御自汧渭[25]，经营酆镐[26]。章皇周流[27]，出入日月，天与地沓。尔乃虎路三嵏[28]，以为司马，围经百里，而为殿门。外则正南极海，邪界虞渊[29]。鸿濛沆茫，揭以崇山[30]。营合围会，然后先置乎白杨之南，昆明灵沼之东。贲育之伦[31]，蒙盾负羽[32]，杖镆邪而罗者以万计[33]。其余荷垂天之罼[34]，张竟野之罘[35]。靡日月之朱竿[36]，曳彗星之飞旗。青云为纷[37]，红蜺为缳[38]，属之乎昆仑之虚[39]。涣若天星之罗，浩如涛水之波。淫淫与与，前后要遮。欃枪为闉[40]，明月为候。荧惑司命[41]，天弧发射。鲜扁陆离[42]，骈衍佖路[43]。徽车轻武[44]，鸿絧緁猎[45]，殷殷轸轸，被陵缘岅。穷夐极远者[46]，相与列乎高原之上。羽骑营营[47]，昈分殊事[48]。缤纷往来，轠轳不绝[49]。若光若灭者，布乎青林之下。

于是天子乃以阳晁[50]，始出乎玄宫。撞鸿钟，建九旒。六白虎[51]，载灵舆[52]。蚩尤并毂[53]，蒙公先驱[54]。立历天之旂[55]，曳捎星之旃。霹雳烈缺，吐火施鞭。萃傱沇溶[56]，淋离廓落[57]，戏八镇而开关[58]。飞廉云师[59]，吸嗺潚率。鳞罗布烈，攒以龙翰[60]，啾啾跄跄，入西园，切神光[61]。望平乐[62]，径竹林。蹂蕙圃，践兰唐。举熢烈火，辔者施技。方驰千驷，狡骑万师。虓虎之陈[63]，从横胶輵[64]。猋拉雷厉[65]，驞駍駖磕[66]。汹汹旭旭[67]，天动地岋。羡漫半散，萧条数千里外。若夫壮士慷慨，殊乡别趣[68]。东西南北，骋耆奔欲。拕苍豨[69]，跋犀犛，蹶浮麋。斫巨狿[70]，搏玄猨。腾空虚，距连卷[71]。踔夭蟜，娭涧间[72]。莫莫纷纷，山谷为之风猋，林丛为之生尘。及至获夷之徒[73]，蹶松柏，掌蒺藜。猎蒙茏，辚轻飞。履般首，带修蛇，钩赤豹，摼象犀[74]。跇峦坑[75]，超唐陂[76]。车骑云会，登降暗蔼[77]。泰华为旒，熊耳为缀。木仆山还，漫若天外。储与乎大浦[78]，聊浪乎宇内[79]。

于是天清日晏，逢蒙列眦[80]，羿氏控弦[81]。皇车幽輵[82]，光纯天地。望舒弥辔[83]，翼乎徐至于上兰[84]。移围徙陈[85]，浸淫蹴部[86]。曲队坚重[87]，各按行伍[88]。壁垒天旋[89]，神抶电击[90]，逢之则碎，近之则破。鸟不及飞，兽不得过。军惊师骇[91]，刮野扫地。及至罕车飞扬[92]，武骑聿皇[93]。蹈飞豹，羂嘄阳[94]。追天宝[95]，出一方，应駍声，击流光。野尽山穷，囊括其雌雄。沇沇溶溶[96]，遥噱乎纮中[97]。三军芒然[98]，穷冘阏与[99]，亶观夫剽禽之绁隃[100]，犀兕之抵触。熊罴之挐攫[101]，虎豹之凌遽[102]。徒角枪题注[103]，蹶竦詟怖[104]。魂亡魄失，触辐关脰[105]。妄发期中，进退履获。创淫轮夷[106]，丘累陵聚。

于是禽殚中衰[107]，相与集于靖冥之馆，以临珍池。灌以岐梁[108]，溢以江河。东瞰目尽，西畅无崖。隋珠和氏，焯烁其陂。玉石嶜崟[109]，眩耀青荧。汉女水潜[110]，怪物暗冥，不可殚形。玄鸾孔雀，翡翠垂荣。王雎关关，鸿雁嘤嘤。群娭乎其中，噍噍昆鸣。凫鹥振鹭，上下砰磕，声若雷霆。乃使文身之技[111]，水格鳞虫。凌坚冰，犯岩渊。探岩排碕，薄索蛟螭。蹈猵獭，据鼋鼍，抾灵蠵[112]。入洞穴，出苍梧。乘巨鳞，骑京鱼。浮彭蠡[113]，目有虞。方椎夜光之流离，剖明月之珠胎。鞭洛水之宓妃[114]，饷屈原与彭胥[115]。

于兹乎鸿生巨儒[116]，俄轩冕，杂衣裳，修唐典[117]，匡雅颂。揖让于前[118]，昭光振跃，蠁曶如神[119]。仁声惠于北狄[120]，武谊动于南邻[121]。是以旃裘之王[122]，胡貉之长[123]，移珍来享，抗手称臣。前入围口，后陈卢山[124]。群公常伯[125]，阳朱墨翟之徒[126]，喟然并称曰："崇哉乎德，虽有唐虞大夏成周之隆[127]，何以侈兹？夫古之觐东岳，禅梁基[128]，舍此世也，其谁与哉？"上犹谦让而未俞也[129]，方将上猎三灵之流[130]。下决醴泉之滋[131]。发黄龙之穴，窥凤凰之巢。临麒麟之囿，幸神雀之林。奢云梦，侈孟诸[132]。非章华[133]，是灵台[134]。罕徂离宫而辍观游[135]，土事不饰，木功不雕。丞民乎农桑，劝之以弗怠。侪男女[136]，使莫违。恐贫穷者不遍被洋溢之饶，开禁苑，散公储，创道德之囿，弘仁惠之虞。驰弋乎神明之囿[137]，览观乎群臣之有亡。放雉兔[138]，收罝罘[139]，麋鹿刍荛与百姓共之[140]。盖所以臻兹也。

于是醇洪鬯之德，丰茂世之规。加劳三皇，勖勤五帝[141]，不亦至乎！乃祗庄雍穆之徒[142]，立君臣之节，崇贤圣之业，未遑苑囿之丽，游猎之靡也。因回轸还衡[143]，背阿房[144]，反未央[145]。

【篇旨】

叙述汉成帝田猎的情景，劝其抑止靡丽，师法唐尧虞舜，恢复朴素，发扬仁德，使国富民足。

【注释】

① 羽猎：帝王狩猎，士卒负羽箭随从，因名羽猎。

② 二帝：指古帝尧、舜。三王：指夏禹、商汤、周文王。

③ 财：通“才”，仅，只。

④ 益：伯益。舜时东夷部落首领。虞：掌管山泽之官。

⑤ 成汤：商代开国君主商汤王。

⑥ 长杨、五柞：皆宫名。

⑦ 黄山：宫名。

⑧ 袤：南北之长。

⑨ 禁御：宫禁，宫中。御：禁地，谓禁止往来。

⑩ 三驱：古代狩猎，三面驱禽，让开一面，以示仁德。一说三驱一为祭祀祖先，二为招待宾客，三为充实君庖。

⑪ 封：封禅。帝王在泰山筑坛祭天称封，在泰山下的梁父山辟基祭地叫禅。

⑫ 仪：仪式，法度。

⑬ 神圣：指成帝。

⑭ 玄宫：天子所居位于北面的宫殿。

⑮ 侔：相等。訾（zī）：通“资”，财物。

⑯ 三王：传说中的远古帝王，即伏羲、神农、黄帝。厄僻：鄙陋。

⑰ 登闳（hóng）：高大。

⑱ 玄冬：严冬。季月：四季的末月。此指冬季十二月。

⑲ 权舆：起始。

⑳ 灵之囿：天子的苑囿。

㉑ 受：应和。不周：风名。西北风。

㉒ 颛（zhuān）顼（xū）、玄冥：皆北方之神，主掌杀戮。

㉓ 阊阖：西方门名。

㉔ 偫（zhì）：储存。

㉕ 汧（qiān）：水名，渭河支流，源出甘肃六盘山，流经陕西入渭河。

渭：渭河。黄河主要支流之一，源于甘肃鸟鼠山，经陕西入黄河。

㉖ 经营：往来周旋。酆：酆水，关中八水之一。镐：古池名。已湮没，故址在今西安西。

㉗ 章皇：犹彷徨，徘徊。周流：环绕流行。

㉘ 虎路（luò）：用竹木连成的围猎野兽的篱笆。三嵏（zōng）：三重。

㉙ 邪：古通“左”。

㉚ 揭：标志。

㉛ 贲（bēn）育：指古代的勇士孟贲和夏育。

㉜ 蒙：覆盖。此为佩戴之意。

㉝ 镆（mò）邪：又作“莫耶”，古代宝剑名。

㉞ 罼（bì）：捕捉野兽的网。

㉟ 罘（fú）：捕兔的网具。

㊱ 朱竿：即朱旗。指绘有日月的天子太常旗。

㊲ 纷：旗上的装饰物。

㊳ 蜺：同“霓”，虹。缳（huán）：旗上的结带。

㊴ 属：连接。虚：也作“墟”，大土山。

㊵ 欃枪：星名。天欃和天枪的合称。闉（yīn）：城曲重门。此指狩猎的营门。

㊶ 荧惑：火星的别名。因隐现不定，令人迷惑，故名。司命：主管天子的号令。

㊷ 鲜扁（biān）：即“仙翩”，迅疾貌。陆离：参差错综貌。

㊸ 骈衍：壁垒连接不绝貌。佖（bì）：充满。依次排列。

㊹ 徽车：有徽帜之车。轻武：轻捷威武。

㊺ 鸿絧（dòng）：同“鸿洞”，连续貌。緁猎：前后依次行进貌。

㊻ 敻（xiòng）：远。

㊼ 羽骑：负着羽箭的骑卒。营营：周旋往来貌。

㊽ 昈（hù）分：明确分工。殊事：不同的任务。

㊾ 辐（léi）轳：连续不断。

㊿ 天子：指汉成帝。晁：同“朝”，早晨。

51 白虎：马名。

52 灵舆：天子的车驾。

53 蚩尤：黄帝之臣。

54 蒙公：秦始皇时的猛将蒙恬。

55 历天：触天，形容极高。

56 萃傱（sǒng）：聚集。沇（wěi）溶：盛多貌。

57 淋离：盛貌。廓落：松散。

58 戏（huī）：同“麾”，指挥。

59 飞廉：风神。云师：云神。

60 龙翰：龙的长毛。

61 切：贴近。神光：宫名。

62 平乐：宫名。

63 虓（xiāo）虎：怒吼之虎。陈：同“阵”。

64 胶轕（gé）：错杂貌。

65 猋（biāo）：狂风。厉：猛烈。

66 驞駍、軨磕：车骑奔驰之声。

67 汹汹旭旭：形容众声的喧闹。

68 乡：通“向”。趣：趋，方向。

69 拕：同“拖”。苍狶（xī）：兽名，狶猪。

70 斫（zhuó）：斩。猨：兽名。

71 连卷：树枝修长盘曲貌。

72 娭（xī）：嬉戏。

73 获夷之徒：指善于格杀擒拿禽兽者。

74 掔（qiān）：古“牵”字。

75 跇（yì）：越过。

76 唐陂（bēi）：有堤的池塘。

77 暗蔼：众多貌。

⑱ 储与：游荡不定貌。浦：水涯。

⑲ 聊浪：放荡。

⑳ 逢蒙：古代善射者。列眦（zì）：全神贯注，睁眼瞄准。列：通“裂”。眦：眼眶。

㉑ 羿氏：后羿，神话中善射者。

㉒ 皇车：天子之车。幽辐（yà）：象声词。车声也。

㉓ 望舒：神话中为月亮御者。弥：放松。

㉔ 上兰：观名。在上林苑中。

㉕ 移围徙陈：转换猎场。

㉖ 浸淫：渐次集合。蹴：通“促”，靠拢。部：部队。

㉗ 曲队：军队。坚重：坚密而有序。

㉘ 行伍：古代军队编制。五人为伍，二十五人为行。此指队列。

㉙ 壁垒：星宿名。此指营垒。天旋：如在天上回旋。

㉚ 抶（chì）：鞭打。

㉛ 惊：动。骇：起。

㉜ 罕车：运载猎网的车。罕：捕鸟网。

㉝ 聿皇：轻疾貌。

㉞ 羂（juàn）：用网捕捉。噍（jiāo）阳：即狒狒。

㉟ 天宝：陈宝，一种鸡头人身的怪兽。

㊱ 沇（yǎn）沇溶溶：禽兽奔走逃窜貌。

㊲ 噱（jué）：疲倦喘息貌。

㊳ 三军：指步、车、骑三军。芒然：众多势盛，芒：同“茫”。

㊴ 穷冘（yín）：穷追。冘：行走貌。阏（è）：止。与：通“豫”，犹豫。

⑩⓪ 亶：通“但”。剽禽：轻捷善飞的禽。绁（yì）隃：超越。

⑩① 挐（ná）玃：捕斗貌。玃：鸟兽以爪抓取。

⑩② 凌遽：战栗惶恐。

⑩③ 角枪：以角触地。枪：碰撞。题注：以额击地。题：额。注：击，投。

⑭ 蹴（cù）踧、詟怖：皆恐惧貌。

⑮ 触辐：自触车辐。关脰：关颈而死。关：通“贯”。

⑯ 创淫：野兽被创伤过大。

⑰ 殚：尽。衰：杀。

⑱ 岐：岐山，在陕西岐山东。梁：梁山，在陕西韩城。

⑲ 巹（jīn）崟（yín）：高锐貌。

⑳ 汉女：汉水之神。

⑪ 文身之技：指文身的越人潜水取物的技能。文身：古代民间风俗，在身上刺画有色的花纹或图案。

⑫ 抾（qū）：捉取。灵蠵（xī）：大龟。

⑬ 彭蠡：水名，即彭泽湖。在江西境。

⑭ 宓妃：传说中的洛水女神。

⑮ 彭：彭咸。传说为殷之贤臣，谏君不听，投水而死。胥：伍子胥。春秋楚人，亦溺水而死。

⑯ 生、儒：皆有德行的人。

⑰ 唐典：《尧典》。《尚书》的首篇，记载尧舜之事。

⑱ 揖让：古时宾主相见的礼仪。

⑲ 蠁（xiǎng）曶（hū）：疾速。蠁：同“响”。曶：同“忽”。

⑳ 仁声：仁德声誉。引申为仁政王道的声望。

㉑ 武谊：武事。

㉒ 旃（zhān）裘：毡制之衣，此借指游牧民族。旃：同“毡”。

㉓ 胡貉：古代北方少数民族的统称。

㉔ 卢山：山名。单于的南庭山。

㉕ 常伯：周代官名。秦汉称侍中，皇帝左右侍从。出入宫廷，应对顾问，位高权重。

㉖ 阳朱墨翟：喻贤德之士，并非实指杨朱墨翟二人。阳朱：战国魏人，主张利己，拔一毛利天下而不为。墨翟：春秋末年人，墨家学派的创始者。主张兼爱、非攻。

⑫⑦ 大夏：大禹。成周：周成王和周公。

⑫⑧ 禅：筑土为坛以祭山川。梁基：即梁父，泰山麓的一座小山。

⑫⑨ 上：君主，此指汉成帝。俞：然，表赞同。

⑬⓪ 上：指上天。三灵：日月星垂象之应。流：指天降福祥。

⑬① 醴泉：甘美的泉水。

⑬② 孟诸：古泽名。

⑬③ 章华：台名。在河南商丘。春秋楚灵王造。

⑬④ 灵台：西周台名。汉亦有灵台，在长安西，为观测气象之所。

⑬⑤ 徂：往。离宫：古代帝王于正式宫殿之外另筑供随时游处的宫室。

⑬⑥ 侪（chái）：相为配偶。

⑬⑦ 驰弋：游弋。弋：以绳系箭而射。

⑬⑧ 雉：鸟名。鹑鸡类，俗称野鸡。

⑬⑨ 罝（jū）罘（fú）：捕兽之网。

⑭⓪ 刍（chú）荛：柴草。

⑭① 勖（xù）：超过。

⑭② 祇（zhī）庄：恭敬。雍穆：温和。

⑭③ 轸：车箱底部后面的横木。衡：车前横木。轸、衡，此皆代车。

⑭④ 阿房：秦宫名。在今西安。

⑭⑤ 未央：汉宫名。在今西安。

【语译】

孝成帝在位时，进行大规模的狩猎，我曾跟随出猎。我以为从前在二帝三王时，营造宫馆台榭，沼池苑囿，山林水泽，猎取禽兽，只是为了祭祀天地祖先，招待宾客，补充厨房需要而已。从不侵夺百姓种谷植麻的肥沃田地，妇女织布穿不完，男人种粮吃有余。朝廷私家皆富裕，上下生活都富足。因此甘露洒落庭院，醴泉流入池塘，凤凰筑巢树上，黄龙漫游沼池，麒麟来到园囿，神雀栖息林中。昔日夏禹任伯益为山泽之官，山林水泽和谐，到处草林繁茂。商汤也好畋猎而不违农时，因而天下需用充足。周文王园囿方圆百里，百姓还认为尚小；齐宣王园囿，方圆四十里，百姓却认为太大。这是富民与夺民两种政策的不同后果。汉武帝广开上林，东南至宜春、鼎湖、御宿、昆吾，靠近终南山，西至长杨、五柞。北绕黄山，沿着渭水之涯东去，纵横数百里。开凿昆明池，象征滇河水。营造建章宫、凤阙、神明台、駁娑殿、渐台、太液池，太液池里有假山方丈、瀛洲、蓬莱，象征着周流的海水冲击着东海仙山。供游乐观赏的宫馆池台，豪华奢侈，美妙至极。虽然也割让上林苑三面边缘之地，以赡养百姓，然而到狩猎的时候，众多车马，器械储备，以及苑囿中所营造的一切，还是过分奢侈夸耀了，不是尧舜、商汤、文王的原意那样，只是为祭祀祖先，接待宾客，供应厨房的需要。我又担忧汉成帝承袭汉武帝之好，不能以鲁文公拆毁鲁庄公非礼所筑的泉台为鉴，取其中正态度，所以姑且就这次校猎之事作赋加以讽喻。其辞曰：

有人称颂伏羲、神农俭朴，难道是有感于后代帝王日益奢侈吗？我认为，不然。俭朴与奢侈是古今帝王各自与时势相适应的，何必固守同一的传统？如果这样，那么封禅泰山，怎会有七十二家不同的仪式呢？因此开创帝业继承传统的贤能君主，都适应时势行事，不见他们有差错。远则五帝，近则三王，或俭约质朴，或纹饰奢侈，怎知谁是谁非呢？

于是，作颂词曰：壮丽啊，神圣的君王，居住在北面的宫殿。富有既可与大地蕴藏的资财相比，尊贵亦能与苍天赛高低。天下盟主齐桓公不配给您扶轮推毂，五霸之一的楚庄王也不配为您陪乘保驾。您视三王为鄙陋，您崇高的威望使国家很快振兴。您的襟怀比五帝博大，您的志向比三皇高远。您建立道德准则作为人们的师长，您亲近仁义之政与之为朋友。

于是，深冬腊月，天寒地冻，万物萌生于地下，草木凋萎在地上。成帝想在灵园田猎，开拓苑囿的北边，应和北风肃杀草木的法则，接受颛顼玄冥的传统。就命令山泽之官掌理薮泽，向东延伸到昆明池畔，往西直驰阊阖门前。田猎所需物品备齐，待命出发的士卒夹道排列。斩掉丛棘，割平野草。自汧水渭水到酆水镐池，禁止行人来往，士卒周旋巡视，防备野兽窜逃。猎场广阔，日月升落于其中，无边无际远望天地连接。于是围起篱笆三重，外面设有司马门，猎场直径长百里，里面设有殿门。司马门外正南面直到海边，左面延绵到日落的虞渊。宽广浩瀚，以崇山为标志。狩猎队伍围场合拢，然后陈放酒食餐具于白杨观之南，昆明灵沼之东。像孟贲夏育之辈的勇士，佩戴盾牌，背负弓箭，手持剑戟，排列成队，数以万计。其余士卒则负荷着如天边云朵的捕兽大网，撒开覆盖山野的宽罘。挥动着画有日月的朱竿，摇曳着画有彗星的飞旗。以青云为旗旒，以霓虹为彩带，队伍连接到远处的昆仑山。旌旗盾剑如天上繁星布列，队伍浩浩荡荡如大海波涛。列队行进，前后奔驰追逐。以欃枪星宿为围营的曲城，以明月为瞭望哨所。让荧惑星操生杀号令，使天弧执掌弓矢发射。行动迅疾，队伍参错，壁垒连续不绝。车骑各有徽帜，轻捷威武，依次前进，布满山岗，沿着陡坡，奔向远处，一同陈列于高原之上。背负羽箭的骑手，往来驰驱，先后有序，各行其是。频繁往来，络绎不绝。像光影若明若暗，遍布在青林之下。

于是，汉成帝在晴朗的早晨，始出北宫。撞击洪钟，竖起龙旗，六匹白毛骏马驾着天子的舆车。像黄帝之臣蚩尤那样的勇士奋力推毂，像秦将蒙恬那样的猛将在前开路。高举卫天的旌旗，拂拭着天上的星宿。雷鸣电闪，喷吐火光如挥鞭。师旅聚集众盛，天子指挥四方八镇开关让路。风神云神奔走效力，累得张口喘气。士卒如鱼鳞罗列，似龙须众集。车骑步卒纷杂，喧嚷奔腾，拥进西园，靠近神光宫馆。远望平乐馆，穿越篁竹林。脚踏蕙草圃，涉足兰花塘。燃起冲天烽火，驾驭者尽情施展技艺。千驷奔驶，万骑驰骋。如虎猛士行阵，纵横交错，大显身手，其势如狂风怒号，如霹雳猛烈。车骑奔驰，喧闹之声彼此呼应，地动山摇。漫延散布，寂寥萧散于数千里之外。若说壮士的激昂慷慨，则各有所向。东西南北，任意奔驰，随其所欲。拖住豨猪，踩着犀牦，践死麋鹿。斩杀巨鋋，持击黑猿。腾空跳跃，越过连卷盘曲的树木，嬉戏于溪流山涧。搅得风尘飞扬，山谷因之卷起风暴，林丛因之烟尘翻腾。至于擅长格杀擒拿禽兽的武士，则脚踏松柏，掌击蒺藜。闯入草木蒙茏之中猎取野兽，驾起轻车辗死飞禽。脚踏猛虎，带缠长蛇。钩赤豹，牵象犀。跨过山岗，飞渡池塘。车骑云集交会，登山下坡，众盛纷繁。泰山华山做旗旒，熊耳大山做旗缀。树木倒伏，高山回旋，茫然如若天外。徜徉于漫长的水涯，放荡于辽阔的天宇。

于是，天清日朗，逢蒙睁眼瞄准，后羿使劲拉弓。天子之车辚辚震响，光照天地。望舒松辔徐行，悠然自得攀登上兰观。转移猎场，狩猎队伍渐次集中。部队紧密威严，各按行伍排列有序。营垒如在天上回旋，猎手追杀禽兽，如神击电劈，被击中的粉身碎骨，靠近的也皮开肉绽。鸟不及飞就落网，兽不及逃跑就被射倒。军旅奋力而起，山野禽兽一扫而尽。等到运载猎物的车飞驰而来，武骑轻疾而至，就踏死飞豹，网捆狒狒。追捕天宝怪兽，它出于一方，来时砰然有声，如雷击有光。穷尽山野，雌雄全都抓获。禽兽奔走疲倦至极，在网里张口喘息。三军人数盛多，穷追猛打逃跑的野兽。只见那轻捷善美之禽惊慌飞逃，犀牛用角顶撞。熊罴拼命搏斗，虎豹战栗挣扎。困兽额头触地，惊骇惶恐不安。魂丧魄落，自触车辐，贯颈而死。任意放箭亦必射中，双脚进退都踩着猎物，兵刃所伤的，车轮辗压的，到处堆积如山。

于是，禽兽全被猎尽，人们结伴会集于靖冥之馆，莅临珍奇之美池。岐梁流来之水灌注池中，池水涨满又流进江河。极目东望，不见尽头；放眼西眺，渺无边际。池上随侯宝珠和氏玉璧，光彩闪烁，照耀池畔。璧玉美石高峻，闪耀着青荧的光彩。汉水女神潜入水底，怪物隐藏，不尽露其形迹。玄鸾孔雀，翡翠之鸟，羽毛散发光彩。王雎关关，鸿雁嘤嘤。成群结伴，嬉游于池中，争相鸣叫。野鸭水鸥，振翼鹭鹚，上下飞翔，翅膀拍击作响，砰磕若雷如霹。于是壮士施展越人潜水取物之技，入水格杀鳞虫。凌越坚冰，闯入寒渊，探察岸边崎岖岩石，就近捉取蛟龙。脚踩水獭，手捉鼋鼍，擒拿灵蠵。从洞穴潜入水底，从苍梧浮出水面。乘巨鳞，骑鲸鱼，浮游彭蠡湖中，眼望九嶷山上虞舜陵墓。敲击摘取光彩陆离的夜明宝珠。解剖蚌腹胎取明月珠，鞭笞洛水神女宓妃，敬祭屈原和彭胥。

于是，德行高尚的儒生，乘轩车，戴高冠，穿着不同颜色的衣裳，整理唐典，校正雅颂，宣传仁义德政于前，发扬光大，继先贤美政于后，影响迅疾如神。仁德声誉感化北狄，正义之师震动南邻。因此，旃裘之王，胡貉之长，都奉献珍宝，前来朝拜，拱手称臣。朝拜进贡的人，前头已入围口，末尾还排列在庐山。文武百官，天子近臣，贤德之士，无一不感叹称颂说：“多么崇高啊，天子的仁义美德！即使唐尧、虞舜、大禹、成王、周公的隆盛时代，也难超过当今昌盛繁荣。自古以来登泰山筑坛祭天，到梁父辟场祭地，除了当今的皇帝，还有谁参与？”尽管如此，汉成帝还是谦让而不以为然。正要承受日月星降下的福祥，排除地下阻塞，让澧泉涌流。发掘黄龙之穴，窥视凤凰之巢。莅临麒麟之囿，亲幸神雀之林。继续推行仁德之政。视云梦狩猎，和孟诸游观为奢侈。指责楚王筑章华之台，赞扬西周筑灵台。少往离宫行乐，停止游观。各种建筑简朴，不加雕饰。鼓励百姓致力于农桑，鼓励他们不要怠惰。让男女按时成亲，不失婚期。唯恐贫穷者不能都享受到丰厚的恩惠，就开放禁苑，散发公仓储蓄，创造道德园地，扩大仁惠政教。驰射于神明之囿，观看群臣的有无而施予恩惠。放走雉兔，收起网罘。苑囿里的禽兽草木，与百姓共同享用，这大概都是施行仁政的措施吧。

于是，提高了宏达之仁德，扩充了盛世之法度。要勤劳超过三皇，德政胜于五帝，不也就实现了吗？那些恭敬温和之辈，树立君臣应恪守的法度，崇尚贤圣之功业，君臣就无暇顾及苑囿之奢丽和游猎之淫靡了。于是天子掉转车驾，离开阿房宫，返回未央宫。

【评析】

《羽猎赋》是作者接受王音举荐待诏时所奏的赋作，目的是劝说成帝舍弃奢侈淫靡的生活，实行王道仁政，使国富民足。这一主题不仅表现于开头结尾的议论说理、中间羽猎场面的宏伟、师旅的庞大，以及猎获的丰盛，更流露于作者对天子极度奢侈的不满和批评。写法上，本赋深受《上林赋》的影响，可视为《上林赋》的仿制。从修辞、结构到主旨，都可以看到《上林赋》的痕迹。先是颂扬二帝三王田猎不出“三驱之意”，次写天子田猎盛况，最后写天子醒悟自新，舍弃宫室田猎之侈靡。但在想象、构架、修辞方面并不蹈袭故旧。语言也清新刚健，较少使用奇字僻字，对具体事物描写逼真，令人如临真境，如闻其声，足见扬雄在模仿中善于创新。

卷第九

赋戊

畋猎下

长杨赋一首　并序

作者：扬子云　　注译评析：崖远培

明年[①]，上将大夸胡人以多禽兽。秋，命右扶风发民入南山[②]。西自褒斜[③]，东至弘农[④]，南驱汉中[⑤]，张罗罔罝罘[⑥]，捕熊罴豪猪，虎豹狖玃[⑦]，狐兔麋鹿，载以槛车[⑧]，输长杨射熊馆[⑨]。以网为周阹[⑩]，纵禽兽其中。令胡人手搏之，自取其获，上亲临观焉。是时，农民不得收敛。雄从至射熊馆，还，上《长杨赋》。聊因笔墨之成文章，故藉翰林以为主人[⑪]，子墨为客卿以风[⑫]。其辞曰：

子墨客卿问于翰林主人曰："盖闻圣主之养民也，仁沾而恩洽，动不为身[⑬]。今年猎长杨，先命右扶风，左太华而右褒斜[⑭]。椓嶻嶭而为弋[⑮]，纡南山以为罝[⑯]。罗千乘于林莽[⑰]，列万骑于山隅。帅军踤阹[⑱]，锡戎获胡[⑲]。扼熊罴[⑳]，拖豪猪。木拥枪累，以为储胥[㉑]。此天下之穷览极观也。虽然，亦颇扰于农人。三旬有余，其廑至矣[㉒]，而功不图。恐不识者，外之则以为娱乐之游，内之则不以为干豆之事[㉓]，岂为民乎哉？且人君以玄默为神，澹泊为德。今乐远出以露威灵，数摇动以罢车甲，本非人主之急务也。蒙窃惑焉。"

翰林主人曰："吁，客何谓之兹耶？若客所谓知其一未睹其二，见其外不识其内也。仆尝倦谈，不能一二其详，请略举其凡，而客自览其切焉。”客曰：“唯唯。”

主人曰：“昔有强秦，封豕其土[24]，窫窳其民[25]，凿齿之徒[26]，相与摩牙而争之。豪俊麋沸云扰，群黎为之不康。于是上帝眷顾高祖，高祖奉命，顺斗极，运天关，横巨海，漂昆仑，提剑而叱之。所过麾城搌邑[27]，下将降旗，一日之战，不可殚记。当此之勤，头蓬不暇梳，饥不及餐，鞮鍪生虮虱[28]，介胄被沾汗[29]，以为万姓请命乎皇天。乃展人之所诎[30]，振人之所乏。规亿载，恢帝业，七年之间，而天下密如也。

“逮至圣文[31]，随风乘流，方垂意于至宁。躬服节俭，绨衣不敝[32]，革鞜不穿。大厦不居，木器无文。于是后宫贱玳瑁而疏珠玑，却翡翠之饰，除雕琢之巧；恶丽靡而不近，斥芬芳而不御；抑止丝竹晏衍之乐，憎闻郑卫幼眇之声[33]。是以玉衡正而太阶平也[34]。

“其后熏鬻作虐[35]，东夷横畔[36]，羌戎睚眦[37]，闽越相乱[38]，遐氓为之不安，中国蒙被其难。于是圣武勃怒[39]，爰整其旅。乃命骠卫，汾沄沸渭，云合电发，猋腾波流，机骇蜂轶[40]。疾如奔星，击如震霆。碎轒辒[41]，破穹庐，脑沙幕，髓余吾。遂躐乎王庭，驱橐驼，烧熐蠡[42]，分剺单于[43]，磔裂属国[44]。夷坑谷，拔卤莽，刊山石。蹂尸舆厮，系累老弱。吮鋋瘢耆[45]，金镞淫夷者数十万人。皆稽颡树颔[46]，扶服蛾伏[47]。二十余年矣，尚不敢惕息[48]。夫天兵四临，幽都先加。回戈邪指，南越相夷[49]。靡节西征[50]，羌僰东驰[51]。是以遐方疏俗[52]，殊邻绝党之域，自上仁所不化，茂德所不绥，莫不跷足抗首，请献厥珍。使海内澹然，永亡边城之灾，金革之患。

“今朝廷纯仁，遵道显义，并包书林，圣风云靡。英华沉浮[53]，洋溢八区。普天所覆，莫不沾濡[54]。士有不谈王道者，则樵夫笑之。意者以为事罔隆而不杀，物靡盛而不亏。故平不肆险，安不忘危。乃时以有年出兵，整舆竦戎[55]。振师五柞[56]，习马长杨，简力狡兽，校武票禽。乃萃然登南山，瞰乌弋[57]，西厌月窟[58]，东震日域。又恐后代迷于一时之事，常以此为国家之大务，淫荒田猎，陵夷而不御也。是以车不安轫[59]，日未靡旃[60]。从者仿佛[61]，骩属而还[62]；亦所以奉太尊之烈[63]，遵文武之度。复三王之田[64]，反五帝之虞[65]。使农不辍耰，工不下机，婚姻以时，男女莫违。出凯弟[66]，行简易。矜劬劳，休力役，见百年，存孤弱。帅与之，同苦乐。然后陈钟鼓之乐，鸣鼗磬之和[67]，建碣磍之虡[68]。拮隔鸣球[69]，掉八列之舞[70]。酌允铄，肴乐胥[71]，听庙中之雍雍，受神人之福祜。歌投颂[72]，吹合雅[73]。其勤若此，故真神之所劳也。方将俟元符，以禅梁甫之基，增泰山之高，延光于将来，比荣乎往号。岂徒欲淫览浮观，驰骋粳稻之地[74]，周流梨栗之林，蹂践刍荛[75]，夸诩众庶，盛狖玃之收[76]，多麋鹿之获哉！且盲者不见咫尺，而离娄烛千里之隅。客徒爱胡人之获我禽兽，曾不知我亦已获其王侯。"

言未卒，墨客降席，再拜稽首曰："大哉体乎！允非小人之所能及也。乃今日发曚，廓然已昭矣。"

【篇旨】

略叙成帝长杨之猎，以高祖为民请命，文帝节俭守成，武帝解除边患，颂古鉴今，讽喻成帝荒淫奢侈，背离正道。

【注释】

① 明年：第二年。即作者写《羽猎赋》次年。据《汉书》，为汉成帝元延二年。

② 右扶风：汉代郡名，原属秦内史，汉属右内史，武帝太初元年分右内史地置右扶风，与京兆、左冯翊为三辅。其地在今陕西西安市长安区西。

③ 褒斜：谷名。因处于褒水、斜水两河谷而得名，在今陕西西南。

④ 弘农：郡名。汉置。辖境在今河南内乡、宜阳以西，黄河、华山以南、陕西柞水以东。

⑤ 驱：直达。汉中：郡名。故治在今陕西汉中市南郑区。

⑥ 罝（jū）罘（fú）：捕兽的网。

⑦ 狖（yòu）：黑色长尾猿。玃（jué）：大母猴。

⑧ 槛车：车厢四周设栏槛，以圈猛兽，或囚人的车。

⑨ 长杨：宫名。在今陕西西安东南。射熊馆：别馆名。

⑩ 周阹（qū）：遮拦禽兽围阵。

⑪ 翰林：文翰之林。翰：羽毛，毛笔。

⑫ 子墨：子，男子之通称；墨，原指写字的颜料。此拟人之称。客卿：秦请别国人在秦做官，其位为卿而礼遇之，故称客卿。

⑬ 身：己。

⑭ 太华：即华山。在今陕西渭南。

⑮ 椓（zhuó）：敲击。嶻嶭（niè）：山名。在今陕西泾阳、三原、淳化三县交界处。弋（yì）：小木桩。令作“杙”。

⑯ 纡：屈曲，围绕。

⑰ 林莽：草木深邃平远的境域。

⑱ 踤（cuì）：聚拢。

⑲ 锡：赐给。戎：即胡人。

⑳ 扼：捉取。

㉑ 储胥：栅栏之类。

㉒ 廑：古“勤”字。

㉓ 干豆：祭祀。《礼记·王制》：“天子诸侯，无事则岁三田，一为干豆，二为宾客，三为充君之庖。”为此三种目的而田猎是朴素，否则为奢侈。

㉔ 封豕：大猪。此喻贪暴的首恶分子。

㉕ 窫（yà）窳（yǔ）：兽名。喻秦的暴虐残忍。

㉖ 凿齿：古代神话中的兽名，极凶恶，喻暴秦之君臣。

㉗ 麾：同“挥”。搟（chàn）：扫荡。

㉘ 鞮（dī）鍪（móu）：头盔。

㉙ 介胄：甲盔。

㉚ 诎：同“屈”，冤屈。

㉛ 圣文：汉文帝刘恒。

㉜ 绨（tí）：质粗厚的衣服。

㉝ 郑卫幼眇之声：指乱世之音。《礼记·乐记》：“郑卫之音，乱世之音也。”后用作淫靡之乐的代称。

㉞ 玉衡：星名，北斗第五星。太阶：又作“泰阶”。星名，即三台。

㉟ 熏鬻（yù）：匈奴本名。

㊱ 东夷：指东方各少数民族。

㊲ 羌戎：我国古代西部民族。睚（yá）眦：怒目貌。

㊳ 闽越：皆为我国古代南方的民族。

㊴ 圣武：汉武帝，刘彻。

㊵ 机：弩机。弓上发箭的装置。

㊶ 轒（fén）辒：攻城车。

㊷ 煟（mì）蠡（lí）：指匈奴人聚居之地。

㊸ 分勢（lí）：分化。

㊹ 磔（zhé）裂：分裂。古时分裂祭牲以祭神叫磔。此指匈奴分裂出来归汉的部分。

㊺ 哓（xuàn）鋋（chán）瘢耆（qí）：为箭矢和矛所中，伤口结成如马鬃的疮疤。哓：箭的末端。鋋：铁柄短矛。耆：马鬃。

㊻ 稽颡树颌：叩头跪拜貌。稽颡：旧时行跪拜礼时，以额触地。颡：额。树：向上。颌：耳下骨。

㊼ 扶服：即“匍匐”，爬行。蛾伏：如蚁之伏行。蛾：古“蚁”字。

㊽ 愓息：不敢喘息。

㊾ 南越：古国名。今广东、广西一带。相夷：相互残杀夷灭。指南越王胡请汉兴师讨伐侵其土地的东越。东越王弟杀其兄降汉。

㊿ 靡节：按下符节。终止外交活动而动用武力。符节：使臣出使所带的信物。按节即不通使而以武力征讨。

51 羌：我国西部民族之一。僰（bó）：今云南、四川一带的古代民族名。东驰：西部各民族东来朝贡。

52 遐方：远方。

53 英华：草木之美，喻成帝之仁德。沉浮：多。

54 沾濡：滋润。

55 竦戎：劝勉士兵。竦：通“怂”，劝勉。

56 五柞：宫名。故址在今陕西周至东南，因宫中有五柞树，故名。

57 乌弋：西域国名。传说离长安一万二千二百里，其地暑热莽平，近日落处。

58 月窟（kū）：指极西之处。

59 安轫：停车。

60 靡：倒下，移动。旃，曲柄之旗。

61 仿佛：人多影杂貌。

62 骩：古“委”字。骩属而还：放弃其事连属而还。

63 太尊：至尊，指高祖。

64 三王：传说中的夏禹、商汤、周文王。田：三田，指为三种目的的田猎，即一为祭祀，二为宾客，三为庖厨。

65 五帝之虞：指舜命伯益作山泽之官。五帝：指伏羲、神农、黄帝、尧、舜。

66 凯弟：也作“恺悌”，和乐貌。

67 鼗（táo）磬（qìng）：两种古代乐器。鼗：如鼓而小，有柄。磬：用石或玉做成，悬在架上，形略如曲尺。

68 磆礚：猛兽发威貌。虡（jù）：悬钟的架子。

69 拮（jiá）隔：打击。

70 八列之舞：即八佾之舞，古代天子专用的舞乐。佾：舞列。

71 乐胥：为得贤人而治的欢乐。《诗经·小雅·桑扈》曰：“君子乐胥，受天之祜。”祜（hù）：福。

72 歌投颂：歌声与颂相投合。颂：指古代朝堂祭祀之乐。《诗序》：“颂者，美盛德之形容，以其成功，告于神明者也。”

⑬ 吹合雅：吹奏之声与雅相合。吹：指吹奏的乐器。雅：指古代宫廷之乐。

⑭ 粳：不黏的稻。

⑮ 刍：喂牲口的草。荛：柴草。

⑯ 狖玃：皆猿猴之类。

【语译】

第二年，汉成帝又向胡人大肆夸耀汉朝禽兽的繁多。秋天，他命令右扶风郡征调大批民众进入终南山。西从褒斜谷起，东到弘农郡，南达汉中郡，布下天罗地网，捕捉熊罴豪猪、虎豹猿猴、狐兔麋鹿。用槛车装载，把它们运到长杨宫射熊馆。用罗网围成栏圈把野兽放进去。叫胡人赤手空拳搏斗，获取这些猛兽，皇帝亲临现场观看。这时，农民不得去收割庄稼。我随从皇上到射熊馆，一回来就献上《长杨赋》。因为文章要用笔墨写成，所以就假托翰林为主人，子墨为宾客来讽喻。这篇赋说：

子墨宾客向翰林主人问道："我听说圣王养育百姓，是用仁德滋润他们，一举一动都不为自己。今年在长杨狩猎，就预先命令右扶风郡，自左边的太华山，到右边的褒斜谷，沿巀嶭山立小木桩作栅栏，于终南山周围布罗网，陈千车于林莽中，列万名骑士在山脚下。使军队在外层聚拢围阵，让胡人在围圈里狩猎各取所获。他们捕捉熊罴，拖住豪猪。打木桩，插竹篱，拦截野兽。这番情景，实为天下穷览极观。这种惊心动魄的场面虽然新奇，令人兴奋，但却严重干扰了农事生产。一次田猎前后历时三旬有余，付出了巨大的劳动，而好处不多。恐怕连见识少的人也认识到，这表面上是娱乐的游猎，实际上违背了《礼记》的'三田法'，这难道是为了百姓吗？况且人君应以清静无为为神明，以恬淡寡欲为德行。如今却以远出游猎、显耀声威为乐事，多次兴师动众，劳累车骑人马不堪，这本来就不是人主的急务啊！为何却如此热衷？我对此疑惑不解。"

翰林主人听了说："咳，您怎能这样说呢？像您这样说，就是知其一不见其二，见其外不识其内了。我已经谈得厌倦了，不能再一一详说，让我举其大概，而详情您自己观察吧。”宾客说：“好，好。”

主人说：“从前暴秦，贪婪疆土，残害百姓，勾结残虐的帮凶，张牙舞爪，争相作恶。天下豪杰奋起抗暴，风起云涌，百姓因此不得安宁。于是上帝顾念高祖，他奉承天命，顺应北斗，如天关星运行，浩荡之势可跨越大海，摇撼昆仑，手提三尺利剑，叱咤风云威震天下。所过之处，一挥手就能攻取城邑，敌人将降旗倒，一日战绩，不可胜记。如此劳苦，发乱顾不上梳理，肚饿无暇进食，头盔长虱子，甲衣被汗水湿透，以此为民请命于天。于是使百姓得以伸冤吐气，贫困的得救济而有衣食。规划万年，壮大帝业，七年之间，而天下安宁。

“到圣明文帝，继承和发扬高祖的传统遗风，致力于国家的长治久安。躬行节俭，布衣不烂不换，鞋子不破不脱，大厦自己不住，木器不加纹饰。于是嫔妃姬妾，贱视玳瑁，不稀罕珠玑，弃翡翠饰物，去精巧雕琢。厌恶奢侈而远之，抵制芬芳而不沾边。抑止管弦邪恶之乐，憎恨郑卫淫靡之音而不听。因而北斗星正位，三阶星并列，举国得太平。

“后来匈奴侵扰边疆，东越随之叛乱，羌戎彼此为敌，闽越互相攻伐。边疆不安，中原遭难。于是汉武帝勃然而怒，调整军队。命令骠骑将军霍去病和大将军卫青率军，浩浩荡荡，如云集电闪，似暴风骤起，波涛翻腾，箭若蜂飞，疾如奔星，攻击如霹雳震响。摧敌战车，毁敌旗帐，使其脑浆涂地，骨髓注入余吾河。继而踏破匈奴王庭，驱赶骆驼，烧毁聚落，分化他们的头目，使降者分离出来归属于汉。然后填坑谷，拔草木，平山石，开辟直达匈奴之路。践踏匈奴死者的尸体，车压被俘者，捆缚年老体弱者。被箭射矛击伤口溃烂的，中铜镞重伤的数十万众。他们叩头着地，如蚁爬行。二十多年过去了，还不敢喘息。我军如天兵天将，四面降临，先取了北方匈奴。然后回师横击，南越自相冲突，不攻自灭。继而中断外交，武力西征，羌僰东来降服。于是远方异俗，距离遥远，素无往来，从不接受仁爱教化，不受盛德之主安抚的国家，也无不跷足举首，前来归服称臣，请求献珍奇宝物。使天下太平，永无边城灾难、战争之祸患。

“如今朝廷纯朴仁爱，行王道而耀仁义，兼容包揽文人学者，圣明的风教如云，铺天盖地。仁德充满，流布八方。普天之下，莫不受到滋润。朝臣不谈王道，樵夫也要嘲笑。我想，皇帝一定以为，事无隆兴而不衰，物无盈满而不亏。因而太平不忘风险，安宁不忘危殆，便偶在丰年出兵，整治车舆，劝勉士兵，振军于五柞，习马于长杨。在搏斗猛兽中选拔勇士，以射猎飞禽考核武功。于是萃然攀越南山，遥望乌弋，西则压月出之地，东则震日出之处。又担心后代迷恋于一时游猎之乐事，常以此为国家之大务，纵情田猎，愈演愈烈而不可止。因此车轮未停，旗未移影，随从人众就罢猎而还。这也是奉行至尊高祖的传统，遵守文帝和武帝的法规，恢复先王'三田'之俗，回归五帝任贤掌管山泽的旧制。使农夫不辍耕耰，女工不停织机。让男女适时成婚，不因服役延误婚期。圣上态度和乐亲切，平易近人。同情百姓疾苦。停止征集劳役，亲自接见老人，慰问孤独体弱的人，率先和他们同甘共苦。然后陈列钟鼓之乐，奏簴磬之和，竖立雕着猛兽的钟架，敲击玉磬，跳八佾之舞。笃信善行美政，视之如饮美酒，得贤才共事，乐如享用佳肴。听庙中和谐虔诚之音，领受神人赐予的福祜。歌唱皆合颂诗，吹奏皆合雅乐。如此辛勤，因而得神灵的慰劳啊！且将等待天降元符，而祭祀地神于梁父山麓，筑坛祭天于泰山之巅。让光辉的业绩传到将来，把荣誉同往昔帝王的尊号相比。这难道只想纵情淫观浮览，驰骋粳稻之地，遍游梨栗之林，蹂践野外草木，夸耀于众人，大肆捕捉猿猴，获取盛多麋鹿吗？死且盲人不见近在咫尺之物，离娄却能洞察千里之外。你只吝惜胡人获取了我们的禽兽，竟不知我们也获取了他们的王侯来朝。"

翰林主人话未完，子墨宾客从席位退下，一再跪拜叩头并说："皇帝的胸怀多么宽大啊！确非我辈小人所能及。今日得你启发，眼界豁然开朗。"

【评析】

《长杨赋》与《羽猎赋》是姊妹篇，都是借天子射猎为题，从侧面讽喻汉成帝荒淫奢侈。但表达方法不同，《羽猎赋》序以议论，赋用叙事；《长杨赋》序用叙事，赋用议论。

本赋于序文中略叙长杨之猎，使"农民不得收敛"，表明了作赋的本意。接着借子墨客卿之口揭露了君王动用农民、军队，大肆围猎，影响生产的事实，并指出君王应以“养民”为准则，“动不为身”“玄默为神，澹泊为德”，这在当时来说是很尖锐的。后文借翰林主人之口，举高祖为民请命，文帝节俭守成，汉武帝解除边患，借以颂古非今，巧妙婉转地讽喻汉成帝倒行逆施，处处背离祖宗。文意曲折含蓄，耐人寻味。本赋叙事与议论融为一体，跌宕有致，逻辑缜密，无懈可击。本赋通篇仿效司马相如的《难蜀父老》，不仅在结构上，而且在遣词用句上，都趋其步，可谓神形俱是。但在命意、文章的气势、意境上也有独创之处。这种脱胎而出、自成新意的创作方法，正是扬雄创作的最大特色。

射雉赋一首

作者：潘安仁　　注译评析：崖远培

涉青林以游览兮，乐羽族之群飞[1]。聿采毛之英丽兮[2]，有五色之名翚[3]。厉耿介之专心兮[4]，奓雄艳之姱姿[5]。巡丘陵以经略兮[6]，画坟衍而分畿[7]。

于时青阳告谢[8]，朱明肇授[9]。靡木不滋，无草不茂。初茎蔚其曜新[10]，陈柯槭以改旧[11]。天泱泱以垂云，泉涓涓而吐溜。麦渐渐以擢芒[12]，雉鷕鷕而朝鸲[13]。眄箱笼以揭骄[14]，睨骁媒之变态[15]。奋劲骹以角槎[16]，瞵悍目以旁睐。鸢绮翼而䞓挝[17]，灼绣颈而衮背[18]。郁轩翥以余怒[19]，思长鸣以效能。

尔乃擎场拄翳[20]，停僮葱翠[21]。绿柏参差，文翮鳞次[22]。萧森繁茂，婉转轻利。衷料戾以彻鉴[23]，表厌躡以密致[24]。恐吾游之晏起，虑原禽之罕至。甘疲心于企想，分倦目以寓视[25]。

何调翰之乔桀[26]，邈畴类而殊才。候扇举而清叫，野闻声而应媒。褰微罟以长眺[27]，已踉蹡而徐来[28]。摛朱冠之赩赫[29]，敷藻翰之陪鳃[30]。首药绿素[31]，身拖黼绘[32]。青鞦莎靡[33]，丹臆兰绛。或蹶或啄，时行时止。班尾扬翘[34]，双角特起[35]。良游呃喔，引之规里，应叱愕立，擢身竦峙。捧黄间以密彀[36]，属刚罫以潜拟[37]。倒禽纷以迸落，机声振而未已。

山鹫悍害[38]，猋迅已甚。越壑凌岑，飞鸣薄廪。鲸牙低镞[39]，心平望审。毛体摧落，霍若碎锦[40]。逸群之俊，擅场狭两。栎雌妒异[41]，倏来忽往[42]。忌上风之餮切[43]，畏映日之傥朗[44]。屏发布而累息，徒心烦而技懩[45]。伊义鸟之应敌[46]，啾擭地以厉响。彼聆音而迳进，忽交距以接攘[47]。彤盈窗以美发，纷首颓而臆仰[48]。

或乃崇坟夷靡，农不易垅。稊菽藂糅，蘙荟菶茸[49]。鸣雄振羽，依于其冢。摍降丘以驰敌[50]，虽形隐而草动。瞻挺穟之倾掉，意淰跃以振踊[51]。暾出苗以入场[52]，愈情骇而神悚。望麃合而翳皛[53]。雉胅肩而旋踵[54]。倣余志之精锐[55]，拟青颅而点项[56]。

亦有目不步体，邪眺旁剔；靡闻而惊，无见自鷩[57]，周环回复，缭绕磐辟。戾翳旋把[58]，萦随所历。彳亍中辍[59]，馥焉中镝[60]。前剔重膺[61]，傍截叠翮。

若夫多疑少决，胆劣心狷[62]。内无固守，出不交战。来若处子，去如激电。窥闯藴叶[63]，幎历乍见[64]。于是筭分铢[65]，商远迩。揆悬刀[66]，骋绝技。如辗如轩[67]，不高不埤。当咮值胸，裂嗉破觜[68]。

夷险殊地，驯粗异变。昃不暇食[69]，夕不告倦。昔贾氏之如皋[70]，始解颜于一箭。丑夫为之改貌，憾妻为之释怨。彼游田之致获，咸乘危以驰骛，何斯艺之安逸？羌禽从其已豫[71]。清道而行，择地而住。尾饰镳而在服[72]，肉登俎而永御。岂唯皂隶，此焉君举。若乃耽槃流遁[73]，放心不移，忘其身恤，司其雄雌。乐而无节，端操或亏。此则老氏所诫[74]，君子不为。

【篇旨】

描写琅邪山区春末夏初时雉媒和野雉的习性情态，以及猎人高超的翳射技巧。

【注释】

① 羽族：鸟类。

② 聿（yù）：句首语助词。

③ 翚（huī）：五彩山雉。

④ 厉：严整。耿介：正直。

⑤ 奓（chǐ）：通“侈”。

⑥ 经略：筹划。这里指群雉选择栖息之处。

⑦ 坟衍：肥沃平旷的土地。分畿：划分地盘。畿：王城近郊地区。此指强翚称雄的地方。

⑧ 青阳：春天。

⑨ 朱明：夏季。肇授：开始。

⑩ 初茎：草木的嫩芽新枝。蔚：文采华美。

⑪ 槭：树枝光秃貌。

⑫ 擢：抽，拔。

⑬ 鷕（yǎo）鷕：雌雉鸣声。鸲（gòu）：同“雊”，雄雉鸣。

⑭ 揭骄：放肆自得。

⑮ 媒：雉媒，家养野雉，用以诱捕别的野雉。

⑯ 骹（qiāo）：亦作“跤”。胫骨近足处。角槎（chá）：斜斫，雉媒以利距使劲猛蹬。

⑰ 赪（chēng）挝（zhuā）：赤色的大腿。

⑱ 衮（gǔn）背：背如衮服。衮：古代帝王及上公祭宗庙所穿的礼服。

⑲ 郁轩翥：怒气迸发欲飞。

⑳ 擎（pó）场：开辟场地。拄翳（yì）：支撑隐蔽物。

㉑ 停僮：形容枝叶茂盛。

㉒ 文翮（hé）：形容翳上覆盖细致成纹理的枝叶，如同翼羽。翮：羽茎，也代指鸟翼。

㉓ 料戾（lì）：洞小而通明。

㉔ 厌蹑：重重密布。

㉕ 分：甘愿。

㉖ 调翰：指雉媒。乔桀：俊逸。

㉗ 褰（qiān）：撩起。

㉘ 踉蹡：行走迟滞或倚侧不正貌。

㉙ 摛（chī）：舒展。赩（xì）：赤色。

㉚ 藻翰：多彩的羽毛。陪鳃：羽毛奋张貌。

㉛ 葯：同“绕”，缠。

㉜ 拖：牵引。黼（fǔ）：古代礼服上绣的黑白相间如斧形的花纹，这里指羽毛上的花纹。

㉝ 鞦（qiū）：拴在牛马股后的革带。也作“鞧”。此指雉尾。

㉞ 班：同“斑”。

㉟ 双角：指野雉头上两撮竖起似角的毛。

㊱ 黄间：亦称“黄肩”，弩弓名。彀（gòu）：使劲张弓。

㊲ 刚罫（guǎi）。弩矢镞。潜拟：悄悄瞄准。

㊳ 山鷩（bì）：有文采的赤雉。

㊴ 鲸：当作“擎”，举起。牙：弩牙，扣弦机关。

㊵ 霍：迅疾。

㊶ 栎：搏击。

㊷ 倏：疾速。

㊸ 飻（tiè）切：微动声。

㊹ 傥（tǎng）朗：暗昧不明。

㊺ 技懩：有技艺急欲表现。

㊻ 伊：语气助词，同“维”。义鸟：即雉媒。因能助人捕捉野雉，故称。

㊼ 交距：爪距相交。

㊽ 臆仰：向后倒地。臆：当胸之处。

㊾ 蘙（yì）荟（huì）：草木茂盛貌。菶（běng）茸：茂密貌。

㊿ 㨹（shǎn）：疾动貌。

51 意淰（shěn）：思维活跃。淰：水动貌。

⑤② 暾（tūn）：渐出貌。

⑤③ 黶（yǎn）：黑暗。皛（xiǎo）：光明。

⑤④ 脥（xié）肩：敛身。脥同“胁”。

⑤⑤ 俽（xīn）：喜悦。

⑤⑥ 项：颈的后部。

⑤⑦ 鷩（mò）：鸟惊疑貌。

⑤⑧ 戾（liè）：通“捩”，拗折，扭转。

⑤⑨ 彳（chì）亍（chù）：小步走，欲行又止貌。

⑥⓪ 馥（bì）：象声词，此处指中镞的声音。

⑥① 剫（liè）：裂。

⑥② 狷（juàn）：急躁。

⑥③ 闯（chān）：缝隙。藟（juān）：麦茎。

⑥④ 幎（mì）：模糊，迷离。

⑥⑤ 分铢：弓上测定射程的标志。

⑥⑥ 揆：度量。悬刀：弩牙下部形状如刀，故称悬刀。

⑥⑦ 如轾（zhì）如轩：高低轻重适度。车舆前低后高称轾，前高后低称轩。轾：同“轾”。此指弩弓掌握适度。

⑥⑧ 嗉（sù）：禽类食囊。

⑥⑨ 昃：太阳偏西。

⑦⓪ 昔贾氏句：语出《左传·昭公二十八年》，容貌丑陋的贾大夫娶了个漂亮的妻子。妻不悦，三年不说笑。一次，贾大夫带她出猎，射中了野雉，她开心而笑。

⑦① 豫：先事为备。指射猎者安排的圈套。

⑦② 镳（biāo）：马嚼子。

⑦③ 耽槃：专心游乐。

⑦④ 老氏：《老子》。《老子》十二章：“驰骋畋猎，令人心发狂。”

【语译】

来到青翠的山林游览，观赏百鸟成群飞翔。羽毛特别美丽的飞禽，是那五彩的山雉。它有严正专一的品格，振奋雄健美丽的姿容。雉群飞巡丘陵，选择栖息之处。划肥沃平旷的土地为疆界，割据原野称雄一方。

时值春天刚过，夏季到来。树木无不茁壮成长，百草无不繁华茂盛。初生新芽光彩鲜嫩，光秃的旧枝披上新装。天上云朵飘浮，地上泉水潺湲。麦穗悄悄吐芒，野鸡晨飞雌雄放声鸣叫。笼中雉媒放肆得意，一改常态更显骁勇矫健。奋其坚胫利爪猛蹬，睁目环顾四周。翅膀彩羽如绮纹，小腿艳赤如火红，颈项如彩绣生辉，背脊如衮服闪烁。怒气迸发欲腾飞，引颈长鸣待拼搏。

于是开辟场地支撑翳物，青翠的枝叶密密遮蔽。绿柏参差成纹，细密如同鸟羽，重叠覆盖如鱼鳞。上疏下密，转动灵便。明亮的小孔可从里洞察外界，厚实的外表足以隐蔽身体。唯恐雉媒晏起，担心野雉少来。甘受疲劳费神想望，不顾目倦寻觅踪迹。

雉媒何其俊逸洒脱，它超群出众才能非凡。布中振动鸣声清脆，野雉闻而呼应。掀起细网远望，已见野雉缓缓而来。高擎红冠，奋张彩羽。头部羽毛绿白相间，躯体如披彩绘。长尾如倒伏的莎草，前胸如秋兰错杂。时而蹦跳或啄食，时而行走或止步。张扬斑斓尾羽，一双角毛上突起。雉媒呃喔鸣叫，诱引野雉进入射程。突然大喝一声，野雉应声惊立，惶恐失措呆木不动。悄悄拉开黄间弓弩，搭矢于弦瞄准猎物。野雉中箭跌落，弦声犹未消失。

锦雉强悍凶暴，其来疾如旋风，越过沟谷跨山岭，飞鸣迳至翳前。举起弩牙放低箭，心平气静审定目标。锦雉中箭而倒，毛羽披散，犹如锦碎飘落。高大超群的雄雉，挟持两雌霸场。嫉妒异雄搏击雌雉，它展翅高飞，迅速往来不止。避忌微细声响动静，害怕阳光暗昧不明。停止振巾屏住呼吸，急欲施展射箭技艺。义媒出战迎敌，两爪抓地厉声尖叫。野雉闻声径直来斗，爪距相交，奋力撕打。彩羽映窗正可发射，野雉中箭仰首倒地。

或有高堤崩塌，田塘荒废，稗菽丛生，杂草繁茂。雄雉振羽鸣啼，凭借高丘之巅。忽而俯冲袭击对手，不见其影而见草动。眼看草茎起伏晃动，思想活跃精神更加振奋。野雉走出草丛进入猎场，神情更为恐惧不安。张望四方一片昏暗，只有翳棚格外明亮。它见状生疑，抽身急欲回转。可喜我精明敏锐，瞄准青头欲射中它的后颈。

也有眼神不定脚步乱，斜视两旁而不安的野雉，未闻声响而惶恐，不见动静心生疑，来回往复周转不停。我转动翳身，旋移把柄，跟随雉踪选准目标。时行时止中途停步，镞声一响命中野雉。矢贯前胸，重叠羽毛截断。

至于多疑寡断的野雉，胆怯心急不知所措。心无坚守意志，不敢外出应战。来时胆怯如同处女，去时匆忙如同闪电。躲藏在麦苗中向外偷看，体形模糊时隐时现。于是计算刻度，测定远近，度量悬刀，施展绝技。弩弓举起，轻重高低把握适度。对正野雉嘴和胸而射，使之裂嗉破嘴。

地势有平险之别，雉鸟有驯野之异。白天无暇进食，夜晚不知疲倦。从前贾大夫到沼泽畋猎，一箭射中野雉，其妻始露笑颜。丑夫因而变俊美，满怀忧愁的妻子也怨恨消散。人们为畋猎获物，无不冒险走马飞车，唯独媒翳射雉这样安逸，野禽顺人意进入猎场。走清静的道路，择善地为猎场。雉尾装饰马衔成为玩物，雉肉进炊供人享用。如此乐事岂止差役所喜，国君亦乐意为之。至于沉溺游猎而忘返，恣意放纵不加节制。完全忘记自身忧患，只顾捕捉雌雄禽兽。游乐而无适度，品行将受腐蚀。这是老子的训诫，君子是不能做的。

【评析】

豢养雉媒、拄翳射雉是琅邪民间饶有趣味的习俗。潘岳曾移居琅邪，受当地习俗的影响，学习过翳射技能。本文就是叙述琅邪山区春末夏初一次射雉活动。第一段写野雉的姿容、品格、习性以及雉媒的雄健情态。第二段写拄翳情形，描绘猎人射猎时的心理活动和高超的技艺，以及雉媒和野雉在翳场内外的各种表现。第三段概说媒翳射雉是最安逸有趣的活动，最后以“乐而无节，端操或亏”收笔，告诫人们不要游乐无度。本赋突出的艺术特点是描写生动细致。例如，写作者张设隐蔽物，以及描写人心理活动和野雉情态都极传神，读来使人如临其境，如见其形。

纪行上

北征赋一首

作者：班叔皮　　注译评析：崖远培

余遭世之颠覆兮[1]，罹填塞之厄灾[2]。旧室灭以丘墟兮，曾不得乎少留[3]。遂奋袂以北征兮[4]，超绝迹而远游。

朝发轫于长都兮[5]，夕宿瓠谷之玄宫[6]。历云门而反顾[7]，望通天之崇崇[8]。乘陵冈以登降[9]，息郇邠之邑乡[10]。慕公刘之遗德[11]，及行苇之不伤[12]。彼何生之优渥[13]，我独罹此百殃？故时会之变化兮，非天命之靡常。

登赤须之长坂[14]，入义渠之旧城[15]。忿戎王之淫狡[16]，秽宣后之失贞。嘉秦昭之讨贼，赫斯怒以北征[17]。纷吾去此旧都兮，騑迟迟以历兹[18]。遂舒节以远逝兮[19]，指安定以为期[20]。涉长路之绵绵兮，远纡回以樛流[21]。过泥阳而太息兮[22]，悲祖庙之不修。释余马于彭阳兮[23]，且弭节而自思[24]。日晻晻其将暮兮，睹牛羊之下来[25]。寤旷怨之伤情兮[26]，哀诗人之叹时[27]。

越安定以容与兮，遵长城之漫漫。剧蒙公之疲民兮[28]，为强秦乎筑怨。舍高亥之切忧兮[29]，事蛮狄之辽患[30]。不耀德以绥远[31]，顾厚固而缮藩[32]。首身分而不寤兮，犹数功而辞愆[33]。何夫子之妄说兮[34]，孰云地脉而生残。

登鄣隧而遥望兮[35]，聊须臾以婆娑[36]。闵獯鬻之猾夏兮[37]，吊尉卬于朝那[38]。从圣文之克让兮[39]，不劳师而币加[40]。惠父兄于南越兮，黜帝号于尉他[41]。降几杖于藩国兮[42]，折吴濞之逆邪[43]。惟太宗之荡荡兮[44]，岂曩秦之所图[45]？

陟高平而周览[46]，望山谷之嵯峨。野萧条以莽荡，迥千里而无家[47]。风猋发以漂遥兮[48]，谷水灌以扬波。飞云雾之杳杳，涉积雪之皑皑。雁邕邕以群翔兮，鹍鸡鸣以哜哜[49]。游子悲其故乡，心怆恨以伤怀。抚长剑而慨息，泣涟落而沾衣。揽余涕以於邑兮[50]，哀生民之多故。夫何阴曀之不阳兮[51]，嗟久失其平度。谅时运之所为兮，永伊郁其谁诉?

乱曰：夫子固穷游艺文兮[52]，乐以忘忧惟圣贤兮。达人从事有仪则兮。行止屈申与时息兮。君子履信无不居兮，虽之蛮貊[53]何忧惧兮。

【作者简介】

班彪（3—54），字叔皮，东汉扶风安陵（今陕西咸阳东北）人。西汉末年更始间，天下大乱，班彪时年二十余，离长安往天水郡归隗嚣避难。他希望隗嚣兴复汉王朝，并作王命论讽劝，嚣不从。后知隗嚣必败，改投河西大将军窦融，劝融归汉光武帝（刘秀），并代融撰写归附奏章。光武帝重其才，举为茂才，授徐县令，望都长。班彪才高且好述作，曾博采前史遗事，旁贯弃闻，作《史记后传》数十篇，为其子班固撰《汉书》奠定基础。其著作有赋、论、书、记、奏等凡九篇。今存赋有《北征赋》《览海赋》《冀州赋》《悼骚赋》。后两篇为残文。原有集二卷，已佚。《后汉书》有传。其事《汉书叙传》亦有记载。

【篇旨】

记叙北行途中所见所感，怀古伤时，抒发了“哀生民之多故”和安贫乐道的思想感情。

【注释】

① 颠覆：倾倒，指王莽篡汉。

② 罹（lí）：遭。填塞：指王道不通，仁政不能实施。厄：困苦。

③ 曾：竟然。

④ 袂（mèi）：衣袖。奋袂：挥袖。

⑤ 轫（rèn）：刹车木。车子启动必先去掉刹制车轮滚动的木头。发轫：启程。长都：指西汉都城长安。

⑥ 瓠（hù）谷：地名，在长安西。玄宫：甘泉宫，故址在今陕西三原。

⑦ 云门：云阳县城门。

⑧ 通天：即通天台，在甘泉宫中。

⑨ 陵冈：山丘。登降：指翻山越岭，或上或下。

⑩ 郇（xún）邠（bīn）：古国名，旧址在今山西临猗西南。邑乡：城郊。

⑪ 公刘：古代周部族的祖先，相传为后稷的曾孙。遗德：留传后世的仁德。《诗经·大雅·公刘》赞美公刘美德。

⑫ 行苇：路边的芦苇。这里泛指草木。《诗经·大雅》中的《行苇》篇是赞美公刘的作品。

⑬ 优渥：优厚。

⑭ 赤须：地名，在北地郡。

⑮ 义渠：城名，在北地郡。

⑯ 戎王：匈奴族之首领，秦昭王时居于义渠。狡：同“姣”，淫乱。《汉书·匈奴传》云：昭襄王之母宣太后与义渠戎王私通，生二子，昭王起兵伐义渠，灭其国，收其地。

⑰ 赫斯怒：勃然大怒貌。

⑱ 騑：旁马。古代四马驾车，中间夹辕的两匹叫服马，在两旁者称騑，也称骖。

⑲ 舒节：舒展行节。

⑳ 安定：指安定郡，在泾渭之间。期，期程，指目的地。

㉑ 纡回：屈曲回旋。樛（jiū）流：曲折貌。

㉒ 泥阳：即泥阳县，汉置，属北地郡。班氏有祖庙在此。

㉓ 彭阳：地名，在安定郡。

㉔ 弭（mǐ）：按辔缓行。

㉕ 牛羊之下来：《诗经·王风·君子于役》有“日之夕矣，羊牛下来。君子于役，如之何勿思”句。这里借以哀叹王道衰败使己遭行役之苦。

㉖ 寤：通“悟”。旷怨：怨恨别离之长久。

㉗ 诗人：指《君子于役》的作者。

㉘ 剧：过分，甚。蒙公：蒙恬，秦将，督民筑长城。疲民：使民疲困。

㉙ 高：赵高原为秦国宦官，秦始皇死，他与丞相李斯假造圣旨，赐长子扶苏死，立胡亥为二世皇帝。后杀李斯，自立为相，独揽朝政。亥：秦二世胡亥。切忧：近忧。

㉚ 蛮狄：古代对北方少数民族称谓。

㉛ 不耀德：不实施仁德。绥：安抚。

㉜ 缮藩：指修筑长城。

㉝ 数功：计算功劳。辞愆（qiān）：推卸过失。

㉞ 夫子：这里指蒙恬。妄说：乱说。《史记·蒙恬列传》云：胡亥立为二世皇帝，赵高恐蒙恬得势专权，进谗言，以罪赐蒙恬死。蒙恬知其故，历叙其功绩，太息曰：“我何罪于天，无过而死乎？”良久，徐曰：“恬罪固当死矣，起临洮，属之辽东，城堑万余里，此其中不能毋绝地脉哉，此乃恬之罪也。”吞药自杀。

㉟ 郭：小城。隧：通“燧”，塞上烽火亭。

㊱ 婆娑：盘旋。

㊲ 闵：怜恤，哀伤。獯（xūn）鬻（yù）：即“玁狁”，北方少数民族。猾：侵扰。

㊳ 尉印：守边都尉孙卬。朝那：县名，古属安定郡。《汉书》：“安定郡，武帝元鼎三年置，在泾渭之间，去长安三百五十里。”

㊴ 圣文：指汉文帝。

㊵ 币：礼物。本为缯帛，古时束帛为祭祀或馈赠宾客的礼物，曰币。

㊶ 惠：仁爱，宽厚。南越，又作“南粤”，今广东广西一带。秦朝末年，赵佗自立为南越武王，赵佗本为南海尉，故又称尉佗。黜：废除。

㊷ 降：落。这里是赐给的意思。几：小桌子。古代于座旁置几，以便凭倚。藩国：诸侯国，这里指吴王刘濞。

㊸ 逆邪：悖逆礼法的行为。《史记·吴王濞列传》说，濞为高帝兄刘仲之子，后封为吴王，辖三郡五十三城。文帝时，因吴太子贤被杀，吴王称病不朝，失藩臣之礼当诛，文帝却以仁德厚待他，赐以几杖，表示敬老，使其改过自新。

㊹ 太宗：汉文帝庙号。

㊺ 曩（nǎng）：往昔。

㊻ 阶（jī）：升，登上。高平：高平县，属安定郡。其地今属宁夏固原。

㊼ 迥：远。

㊽ 猋（biāo）：旋风。漂遥：又作“飘飖”，飞扬。

㊾ 邕（yōng）邕：雁鸣声。鹍鸡：鸟名，又作“昆鸡”。哜哜：众鸟和鸣声。

㊿ 於邑：同“於悒”，心不平。

51 阴曀：喻天下昏乱。

52 夫子：指孔子。固穷：安于贫困，不失气节。游艺文：这里是说传览通晓古籍。

53 蛮貊：泛指少数民族。

【语译】

我生逢汉朝倾覆的时代，遭受王道不行之灾。宅院被毁变成废墟，不能让人逗留片刻。于是我挥袖北行，告别故宅远游。

早晨自长安出发，晚上歇宿于瓠谷的玄宫。经云阳县城门时回望，远见通天高台耸立。翻过一座座山丘，休息在郇邠的城郊。敬仰公刘的仁爱遗德，施及草木使之不受伤害。草木尚受如此优待，而我为何独遭百种灾难？这本是时势的变化啊，并非天命无常。

越过长长的赤须坂，进入义渠的旧城。憎恨戎王的淫乱，鄙视宣太后的淫荡。赞赏秦昭王讨伐戎王，勃然大怒而北征。我心绪烦乱而离开长安，过戎王邑连马儿也踯躅徘徊。于是我舒展志节远游，把安定郡作为目的地。长途跋涉路迢远，曲折回旋没尽头。过泥阳而长叹啊，我为祖庙无人修整而悲伤。卸马息鞍于彭阳啊，我徐徐慢步而思量。日色昏暗天渐晚啊，眼看羊牛下坡回栏。触景伤情怨恨长啊，诗人叹时令我哀。

过安定往前缓行啊，沿着漫长的长城前进。蒙恬督修长城劳民伤财太甚啊，为暴虐的秦皇结下无穷的怨恨。置赵高立胡亥篡权的近忧于不顾啊，却要提防蛮狄的远患。不发扬仁德安抚边邑远方人民，只顾筑造长城做篱笆。要掉脑袋了也不醒悟啊，还自我表功推卸罪过。你何必胡扯妄言，谁说修筑长城绝了地脉才招来杀身之祸？

登上城墙纵目远望，姑且在此片刻徘徊。痛恨匈奴侵扰华夏，悼念都尉孙卬被杀于朝那。敬佩文帝谦让施行教化，不兴师动武而馈赠礼物相交。厚待南越王兄弟，使他们怀德废帝号而甘为臣下。赐吴王几杖以示敬老，折服吴濞使之来朝。文帝恩德浩荡，怎像昔日暴秦那样图谋。

登高平而环顾，远望群山高峻巍峨。荒野浩瀚无际，迢迢千里没人烟。大风骤起四处飞扬，谷水灌注洪波激荡。飞越弥漫深暗的云雾，走过白茫茫的霜雪。群雁翱翔邕邕叫，鹍鸡齐鸣声喈喈。游子悲思故乡，心绪茫然多哀伤。手抚宝剑长叹息，泪水汪汪湿衣裳。我掩涕而忧伤，悲人生之多事。世道为何如此昏暗，长久失掉和平法度。这确实是时运造成，我的无限忧恨向谁倾诉？

总而言之，孔子困顿而博览经文，乐而忘忧只有圣人才能做到。通达知命的人遵循法则，顺应时势变化而屈伸。君子言行笃信无处不可安居，即使到了蛮貊之乡又何必忧虑？

【评析】

晋人挚虞在《文章流别论》中说：“更始时，班彪避难凉州，发长安，至安定，作《北征赋》也。”全赋以作者北征为线索展开铺陈。开头写世事颠覆，身罹灾难，旧室毁废，只好挥袖北征。既交代了北征的原因，又抒发了临行时的愤激之情，从而把全赋所写的内容置于特定的社会背景之下，深化了主题。接着，依历程叙事、抒情、议论，既叙其经历之地，又借与之有关的历史传闻、事件和人物，抒发对朝政腐败、社会动乱的不满，对王道仁德的向往，对人民苦难的同情和关切。把叙事与抒情，评论与讽喻，怀旧与伤时融为一体。语言清新朴质，笔调深沉婉转，抒情味浓重，形成典雅淡泊的风格特色。所以，它对后世产生过较大的影响，模仿之作甚多。

东征赋一首

作者：曹大家　　注译评析：崖远培

惟永初之有七兮[1]，余随子乎东征[2]。时孟春之吉日兮[3]，撰良辰而将行。乃举趾而升舆兮[4]，夕予宿乎偃师[5]。遂去故而就新兮，志怆恨而怀悲。明发曙而不寐兮，心迟迟而有违[6]。酌鐏酒以弛念兮[7]，喟抑情而自非。谅不登櫼而椓蠡兮[8]，得不陈力而相追[9]。且从众而就列兮[10]，听天命之所归。遵通衢之大道兮[11]，求捷径欲从谁[12]！

乃遂往而徂逝兮[13]，聊游目而遨魂[14]。历七邑而观览兮[15]，遭巩县之多艰。望河洛之交流兮[16]，看成皋之旋门。既免脱于峻崄兮，历荥阳而过卷。食原武之息足，宿阳武之桑间。涉封丘而践路兮，慕京师而窃叹。小人性之怀土兮[17]，自书传而有焉[18]。

遂进道而少前兮[19]，得平丘之北边[20]。入匡郭而追远兮[21]，念夫子之厄勤[22]。彼衰乱之无道兮，乃困畏乎圣人。怅容与而久驻兮[23]，忘日夕而将昏。

到长垣之境界[24]，察农野之居民。睹蒲城之丘墟兮[25]，生荆棘之榛榛[26]。惕觉寤而顾问兮[27]，想子路之威神[28]。卫人嘉其勇义兮，讫于今而称云。蘧氏在城之东南兮[29]，民亦尚其丘坟。唯令德为不朽兮[30]，身既没而名存。惟经典之所美兮，贵道德与仁贤[31]。吴札称多君子兮[32]，其言信而有征。后衰微而遭患兮，遂陵迟而不兴[33]。

知性命之在天，由力行而近仁。勉仰高而蹈景兮[34]，尽忠恕而与人。好正直而不回兮[35]，精诚通于明神[36]。庶灵祇之鉴照兮[37]，佑贞良而辅信[38]。

乱曰：君子之思必成文兮，盍各言志慕古人兮[39]。先君行止则有作兮[40]。虽其不敏敢不法兮[41]。贵贱贫富不可求兮，正身履道以俟时兮。修短之运愚智同兮。靖恭委命唯吉凶兮[42]。敬慎无怠思嗛约兮[43]，清静少欲师公绰兮[44]。

【作者简介】

曹大家（约49—约120），姓班，名昭，又名姬，字惠班，扶风安陵（今陕西咸阳东北）人。班彪之女，班固之妹，因嫁曹世叔而称“曹大家”。东汉文学家、史学家。班固著《汉书》未终而卒，昭奉和帝命续之。《汉书》多古字，难读费解，唯昭能通，曾教东汉学者马融等诵读。昭在汉和帝时常出入宫廷，当过皇后妃嫔的教师，每有贡献异物，便命她作赋颂。及邓太后临朝，她亦参与政事。《后汉书·列女传》有传。著有《曹大家集》三卷，已佚。今存《女诫》《东征赋》等。

【篇旨】

叙述作者跟随儿子出任陈留郡长垣县令途中所见所感，并表达自己的志向。

【注释】

① 永初：东汉安帝年号。有七：第七年，即113年。

② 子：儿子。一说是班昭对其丈夫的尊称，疑非。班昭早寡，按时间推

算不符。东征：从洛阳出发至陈留。

③ 吉日：指朔日，阴历月初一。

④ 升舆：登车。

⑤ 偃师：地名，在洛阳东三十里。

⑥ 有违：有违于心，指不愿意离开故居。

⑦ 弛念：抛弃思念。

⑧ 椓（zhuó）：敲击。蠡（luó）：通“蠃”，螺。

⑨ 陈力：施展能力。相追：追随皇帝而效力。

⑩ 列：官吏的行列。

⑪ 衢（qú）：大道。

⑫ 捷径：邪道。欲从谁：即“谁欲从”。

⑬ 徂（cú）：到。逝：前往。

⑭ 游目：随意观看瞻望。遨魂：心驰神往。

⑮ 七邑：七县。指巩县、成皋、荥阳、卷县、原武、阳武、封丘七县。

⑯ 河洛：黄河、洛水。

⑰ 怀土：怀念故乡。

⑱ 书传：指《论语》。《论语·里仁》：“君子怀德，小人怀土。”

⑲ 少前：稍微前进了一点。

⑳ 平丘：县名，属陈留郡，在今河南开封东南。

㉑ 匡：匡邑：地名。在今河南长垣，孔子曾游至此。追远：指追忆先师孔子。

㉒ 厄勤：困顿劳苦。指孔子到匡被围攻事。《史记·孔子世家》：“孔子将适陈，过匡……匡人闻之，以为鲁之阳虎，虎尝暴于匡人，匡人遂止孔子。”

㉓ 容与：迟疑不前貌。

㉔ 长垣：汉县名，属陈留郡。在今河南东北部。

㉕ 蒲城：地名，在长垣县内。春秋时子路曾治理过此邑。

㉖ 榛（zhēn）榛：草木丛生貌。

㉗ 惕：疾速。

㉘ 子路：姓仲名由，孔子的门徒。卫太子蒯聩作乱，子路攻之，不胜而死，卫人赞美他勇义。

㉙ 蘧（qú）氏：蘧瑗，卫国大夫。他的坟墓在长垣东南。

㉚ 令德：美德。

㉛ 贵：尊。

㉜ 吴札：吴国公子季札。《左传·襄公二十九年》载，吴季札有一次来到卫国，赞赏蘧瑗、史狗、史鳝、公子荆、公叔发、公子朝等人说："卫国多君，未有患也。"未，应为"末"。

㉝ 陵迟：衰落。

㉞ 仰高：仰慕高德。蹈景：遵行圣贤德行。语出《诗经·小雅·车辖》："高山仰止，景行行止。"高山：比喻道德崇高。景行：大道，比喻行为正大光明。止：语助。后以"高山景行"喻崇高的德行。

㉟ 回：邪。

㊱ 精诚：心地至诚。明神：神明。

㊲ 庶：希望。灵祇（qí）：泛指神明。鉴照：明察。

㊳ 信：诚实守义的人。

㊴ 盍：何不。

㊵ 先君：指班昭父班彪。作：指班彪的《北征赋》。

㊶ 不敏：不才，班昭自谦之词。法：指效法班彪而作《东征赋》。

㊷ 靖恭：谦恭。

㊸ 嗛：同"谦"。

㊹ 公绰：孟公绰，鲁国大夫。

【语译】

永初七年，我跟随儿子东行前往他的住所。时值初春，选择美好日子准备起程。清早从洛阳乘车出发，傍晚住宿在偃师。离别故居迁往新址，心情惆怅而满怀悲伤。一夜没有合眼，直到天亮还难入眠，心里犹豫而不愿离开故乡。酌酒自饮想断绝思乡之情，喟然长叹克制怀旧情绪，自觉不该如此眷恋。委实不能像上古的人那样登巢而居，敲螺而食，怎能不跟随儿子去为帝效力？而且同众人一道加入官宦行列，听从天命的安排而就臣民的归宿。要沿着正直的大道前进，歪门邪道谁愿行走？

于是继续前行，姑且随意瞻望，心往神游。历经七县举目观赏，抵达巩县一路诸多艰难。遥望黄河洛水汇合奔流，眼看成皋旋门坂形势险要。越过峻险的旋门坂，经荥阳而过卷县，到原武吃饭休息，在阳武桑林之间夜宿。经过封丘踏上陈留的道路，怀念京都暗自叹息。小人怀念故土，这话已见于经书《论语》。

顺着大路继续前进不多远，便到陈留郡平丘县的北边。进入匡邑城郭追忆往昔，想到孔子曾遭遇危难于此。在那衰乱无道的年代，圣人竟然也受围困威胁。惆怅迟疑车马久久停留，忘却日夕时已近黄昏。

到达长垣境界，察看乡间的农民。目睹蒲城废墟，荆棘遍地丛生。猛然醒悟而环顾讯问，想到子路治理蒲城的勇武威神。卫人嘉许他的义勇刚正，直到现在仍交口颂扬。蘧瑗葬在县城东南，人们敬慕而瞻仰他的丘坟。美德流芳百世，人虽逝世而英名永存。经典上所推崇的，也是道德和仁贤。吴国季札预言卫国多君子但终究要产生祸患，他的话实在而且有了验证。后来卫国衰弱而遭祸，日渐衰落再没兴旺。

我知道人的性命由天主宰，但尽力而行也能近仁。仰慕前贤高德而勉力实践，秉行忠恕，惠助他人。爱好正直不违背祖德，心地至诚就能感动神明。希望神灵明察，保佑忠诚贤良的人而帮助他们。

总而言之，君子一旦有了感想，必然形成文辞，何不各言其志效法古人？先父离京北行至长安作《北征赋》，我虽不才敢不效法？贵贱贫富不可强求，修身行道以待时运。生命长短对智者愚者都是一样，人们只能恭敬尽职，而吉凶祸福则由命运安排。恭敬谨慎不懈怠，谦虚俭约，清心寡欲，师法公绰的高尚品德。

【评析】

永初七年，班昭六十四岁，其子从京都洛阳往陈留郡任长垣县令，她随行至任所写下本赋。有人说，本赋实际上是班昭训子之辞，从赋的内容和写作背景，联系她的身份以及长居师位的经历，又写过《女诫》之类文章来看，此说可信。本赋第一部分叙述东征的原因以及沿途的见闻和感想。第二部分表达自己的志向，告诫即任吏职的儿子。本赋突出的艺术特点是“以叙行历而见志”。全文紧扣“征”字进行记叙、议论、抒情，语言朴素无华。例如首起六句，用精练的语言交代了东征的年月、原因和第一天的行程，接着抒发自己难舍故土的真实感情：“遂去故而就新兮，志怆悢而怀悲。明发曙而不寐兮，心迟迟而有违。”后面从途中的所见所闻，结合人世的沧桑，指出“唯令德为不朽兮，身既没而名存”，既表达了作者的情操志向，也是对儿子的期望，语言朴素简练。有人说，《东征赋》在“古淡中见丰腴”，是有道理的。

卷第十

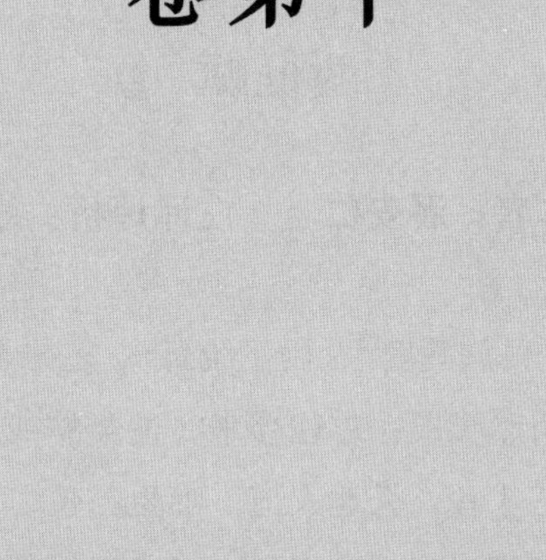

纪行下

西征赋一首

作者：潘安仁　　注译评析：崖远培

岁次玄枵[①]，月旅蕤宾[②]，丙丁统日[③]，乙未御辰。潘子凭轼西征，自京徂秦[④]。乃喟然叹曰：古往今来，邈矣悠哉！寥廓惚恍，化一气而甄三才[⑤]。此三才者，天地人道。唯生与位，谓之大宝。生有修短之命，位有通塞之遇。鬼神莫能要[⑥]，圣智弗能豫。

当休明之盛世[⑦]，托菲薄之陋质。纳旌弓于铉台[⑧]，赞庶绩于帝室[⑨]。嗟鄙夫之常累，固既得而患失。无柳季之直道[⑩]，佐士师而一黜。

武皇忽其升遐[⑪]，八音遏于四海[⑫]，天子寝于谅暗[⑬]，百官听于冢宰[⑭]。彼负荷之殊重，虽伊周其犹殆[⑮]。窥七贵于汉庭[⑯]，诪一姓之或在。无危明以安位，只居逼以示专。陷乱逆以受戮，匪祸降之自天。

孔随时以行藏[⑰]，蘧与国而舒卷[⑱]。苟蔽微以缪章，患过辟之未远。悟山潜之逸士，卓长往而不反；陋吾人之拘挛，飘萍浮而蓬转。寮位儡其隆替，名节漼以隳落[⑲]。危素卵之累壳，甚玄燕之巢幕。心战惧以兢悚，如临深而履薄。夕获归于都外，宵未中而难作。匪择木以栖集，鲜林焚而鸟存[⑳]。

遭千载之嘉会，皇合德于乾坤。弛秋霜之严威，流春泽之渥恩。

甄大义以明责，反初服于私门[21]。

皇鉴揆余之忠诚[22]，俄命余以末班。牧疲人于西夏，携老幼而入关。丘去鲁而顾叹，季过沛而涕零[23]。伊故乡之可怀，疚圣达之幽情。矧匹夫之安土，邈投身于镐京[24]。犹犬马之恋主，窃托慕于阙庭。眷巩洛而掩涕[25]，思缠绵于坟茔[26]。

尔乃越平乐[27]，过街邮[28]。秣马皋门[29]，税驾西周[30]。远矣姬德[31]，兴自高辛[32]。思文后稷[33]，厥初生民[34]。率西水浒[35]，化流岐豳[36]。祚隆昌发[37]，旧邦惟新。旋牧野而历兹，愈守柔以执竞。夜申旦而不寐，忧天保之未定。惟泰山其犹危，祀八百而余庆。鉴亡王之骄淫[38]，窜南巢以投命[39]。坐积薪以待然，方指日而比盛。人度量之乖舛[40]。何相越之辽迥！

考土中于斯邑，成建都而营筑。既定鼎于郏鄏[41]，遂钻龟而启繇[42]。平失道而来迁，繄二国而是祐。岂时王之无僻？赖先哲以长懋。望圉北之两门[43]，感虢郑之纳惠[44]。讨子颓之乐祸[45]，尤阙西之效戾。重戮带以定襄[46]，弘大顺以霸世。灵壅川以止斗[47]，晋演义以献说。咨景悼以迄丏，政凌迟而弥季[48]。俾庶朝之构逆，历两王而干位。逾十叶以逮赧，邦分崩而为二。竟横噬于虎口，输文武之神器。

澡孝水而濯缨[49]，嘉美名之在兹。夭赤子于新安[50]，坎路侧而瘗之[51]。亭有千秋之号，子无七旬之期。虽勉励于延吴[52]，实潜恸乎余慈。眄山川以怀古，怅揽辔于中涂。虐项氏之肆暴，坑降卒之无辜[53]。激秦人以归德，成刘后之来苏[54]。事回泬而好还[55]，卒宗灭而身屠。

经渑池而长想，停余车而不进。秦虎狼之强国，赵侵弱之余烬。超入险而高会[56]，杖命世之英蔺[57]。耻东瑟之偏鼓[58]，提西缶而接刃[59]。辱十城之虚寿[60]，奄咸阳以取俊[61]。出申威于河外[62]，何猛气之咆勃[63]，入屈节于廉公[64]，若四体之无骨。处智勇之渊伟，方鄙吝之忿悁。虽改日而易岁，无等级以寄言。

当光武之蒙尘[65]，致王诛于赤眉[66]。异奉辞以伐罪[67]，初垂翅于回溪。不尤眚以掩德[68]，终奋翼而高挥[69]。建佐命之元勋，振皇纲而更维。

登崤坂之威夷[70]，仰崇岭之嵯峨。皋记坟于南陵[71]，文违风于北阿[72]。蹇哭孟以审败[73]，襄墨縗以授戈[74]。曾只轮之不反，继三帅以济河[75]。值庸主之矜愎，殆肆叔于朝市[76]。任好绰其余裕[77]，独引过以归己。明三败而不黜，卒陵晋以雪耻。岂虚名之可立，良致霸其有以。

降曲崤而怜虢[78]，托与国于亡虞[79]。贪诱赂以卖邻，不及腊而就拘[80]。垂棘反于故府，屈产服于晋舆。德不建而民无援，仲雍之祀忽诸[81]。

我徂安阳，言涉陕郛[82]。行乎漫渎之口[83]，憩乎曹阳之墟。美哉邈乎！兹土之旧也，固乃周邵之所分[84]，二南之所交[85]。《麟趾》信于《关雎》[86]，《驺虞》应乎《鹊巢》[87]。愍汉氏之剥乱，朝流亡以离析。卓滔天以大涤[88]，劫宫庙而迁迹。俾万乘之盛尊[89]，降遥思于征役。顾请旋于傕汜[90]，既获许而中惕[91]。追皇驾而骤战[92]，望玉辂而纵镝。痛百寮之勤王，咸毕力以致死。分身首于锋刃，洞胸腋以流矢。有褰裳以投岸，或攘袂以赴水[93]。伤桴楫之褊小，撮舟中而掬指[94]。

升曲沃而惆怅[95]，惜兆乱而兄替[96]。枝末大而本披，都偶国而祸结。臧札飘其高厉[97]，委曹吴而成节。何庄武之无耻[98]，徒利开而义闭。蹑函谷之重阻，看天险之衿带[99]。迹诸侯之勇怯，筭嬴氏之利害[100]。或开关以延敌，竞遁逃以奔窜[101]。有噤门而莫启[102]，不窥兵于山外。连鸡互而不栖[103]，小国合而成大。岂地势之安危，信人事之否泰[104]。

汉六叶而拓畿[105]，县弘农而远关[106]。厌紫极之闲敞，甘微行以游盘。长傲宾于柏谷，妻睹貌而献餐。畴匹妇其已泰[107]，胡厥夫之缪官[108]！昔明王之巡幸，固清道而后往。惧衔橛之或变[109]，峻徒御以诛赏。彼白龙之鱼服，挂豫且之密网[110]。轻帝重于天下，奚斯渐之可长？

吊戾园于湖邑[111]，谅遭世之巫蛊[112]。探隐伏于难明，委谗贼之赵虏[113]。加显戮于储贰[114]，绝肌肤而不顾[115]。作归来之悲台[116]，徒望思其何补？

纷吾既迈此全节[117]，又继之以盘桓。问休牛之故林[118]，感征名于桃园[119]。发阌乡而警策[120]，愬黄巷以济潼[121]。眺华岳之阴崖，觌高掌之遗踪[122]。忆江使之反璧，告亡期于祖龙[123]。不语怪以征异，我闻之于孔公。

愠韩马之大憝[124]，阻关谷以称乱。魏武赫以霆震，奉义辞以伐叛。彼虽众其焉用？故制胜于庙筭[125]。砰扬桴以振尘[126]，繣瓦解而冰泮[127]。超遂遁而奔狄[128]，甲卒化为京观[129]。

倦狭路之迫隘，轨踦跂以低仰。蹈秦郊而始辟，豁爽垲以宏壮[130]。黄壤千里，沃野弥望。华实纷敷，桑麻条畅。邪界褒斜[131]，右滨汧陇[132]。宝鸡前鸣[133]，甘泉后涌[134]。面终南而背云阳[135]，跨平原而连嶓冢[136]。九嵕巀嶭[137]，太一巃嵸[138]。吐清风之飂戾[139]，纳归云之郁蓊[140]。南有玄灞素浐[141]，汤井温谷。北有清渭浊泾[142]，兰池周曲[143]。浸决郑白之渠[144]，漕引淮海之粟[145]。林茂有鄠之竹[146]，山挺蓝田之玉[147]。班述陆海珍藏，张叙神皋隩区[148]。此西宾所以言于东主[149]，安处所以听于凭虚也[150]。可不谓然乎？

劲松彰于岁寒，贞臣见于国危。入郑都而抵掌[151]，义桓友之忠规[152]。竭股肱于昏主[153]，赴涂炭而不移。世善职于司徒[154]，缁衣弊而改为[155]。

履犬戎之侵地[156]，疾幽后之诡惑[157]。举伪烽以沮众，淫嬖褒以纵慝[158]。军败戏水之上[159]，身死骊山之北。赫赫宗周，威为亡国[160]。

又有继于此者，异哉秦始皇之为君也！倾天下以厚葬，自开辟而未闻。匠人劳而弗图，俾生埋以报勤。外罹西楚之祸[161]，内受牧竖之焚[162]。语曰：“行无礼，必自及。”此非其效与[163]？

乾坤以有亲可久，君子以厚德载物[164]。观夫汉高之兴也，非徒聪明神武、豁达大度而已也。乃实慎终追旧[165]，笃诚款爱。泽靡不渐[166]，恩无不逮。率土且弗遗[167]，而况于邻里乎？况于卿士乎？

于斯时也，乃摹写旧丰，制造新邑[168]。故社易置，枌榆迁立[169]。街衢如一，庭宇相袭。浑鸡犬而乱放，各识家而竞入。

籍含怒于鸿门[170]，沛跼蹐而来王[171]。范谋害而弗许[172]，阴授剑以约庄[173]。搀白刃以万舞[174]，危冬叶之待霜。履虎尾而不噬，寔要伯于子房[175]。樊抗愤以卮酒[176]，咀彘肩以激扬[177]。忽蛇变而龙摅[178]，雄霸上而高骧[179]。曾迁怒而横撞[180]，碎玉斗其何伤[181]？

婴罥组于轵涂[182]，投素车而肉袒[183]。疏饮饯于东都[184]，畏极位之盛满。金墉郁其万雉[185]，峻嵃峭以绳直[186]。戾饮马之阳桥[187]，践宣平之清阈[188]。都中杂遝[189]，户千人亿。华夷士女，骈田逼侧[190]。展名京之初仪，即新馆而莅职。励疲钝以临朝。勖自强而不息[191]。

于是孟秋爰谢[192]，听览余日[193]，巡省农功，周行庐室。街里萧条，邑居散逸。营宇寺署[194]，肆廛管库[195]，蕞芮于城隅者[196]，百不处一。所谓尚冠修成，黄棘宣明，建阳昌阴，北焕南平[197]，皆夷漫涤荡[198]，亡其处而有其名。尔乃阶长乐[199]，登未央。泛太液[200]，凌建章[201]。萦駊娑而款骀荡[202]，轥枍诣而轹承光。徘徊桂宫[203]，惆怅柏梁。鷩雉雊于台陂[204]，狐兔窟于殿傍。何黍苗之离离，而余思之芒芒。洪钟顿于毁庙，乘风废而弗县[205]。禁省鞠为茂草[206]，金狄迁于灞川[207]。

怀乎萧曹魏邴之相[208]，辛李卫霍之将[209]。衔使则苏属国[210]，震远则张博望[211]。教敷而彝伦叙[212]，兵举而皇威畅。临危而智勇奋，投命而高节亮。暨乎秺侯之忠孝淳深[213]，陆贾之优游宴喜[214]。长卿渊云之文[215]，子长政骏之史[216]。赵张三王之尹京[217]，定国释之之听理[218]。汲长孺之正直[219]，郑当时之推士[220]。终童山东之英妙[221]，贾生洛阳之才子[222]。飞翠緌，拖鸣玉，以出入禁门者众矣。或被发左衽[223]，奋迅泥滓[224]；或从容傅会[225]，望表知里；或著显绩而婴时戮[226]，或有大才而无贵仕。皆扬清风于上列，垂令闻而不已[227]。想珮声之遗响，若铿锵之在耳。当音凤恭显之任势也[228]，乃熏灼四方，震耀都鄙。而死之日，曾不得与夫十余公之徒隶齿。才难，不其然乎？

望渐台而扼腕[229]，枭巨猾而余怒[230]。揖不疑于北阙[231]，轼樗里于武库[232]。酒池鉴于商辛[233]，追覆车而不寤。曲阳僭于白虎[234]，化奢淫而无度。命有始而必终，孰长生而久视？武雄略其焉在？近惑文成而溺五利[235]。侔造化以制作[236]，穷山海之奥秘。灵若翔于神岛[237]，奔鲸浪而失水。爆鳞骼于漫沙，陨明月以双坠。擢仙掌以承露，干云汉而上至。致邛蒟其奚难[238]，惟余欲而是恣。纵逸游于角觝，络甲乙以珠翠。忍生民之减半，勒东岳以虚美。超长怀以遐念，若循环之无赐。

较面期之焕炳，次后庭之猗靡。壮当熊之忠勇[239]，深辞辇之明智[240]。卫鬒发以光鉴[241]，赵轻体之纤丽[242]。咸善立而声流，亦宠极而祸侈。

津便门以右转[243]，究吾境之所暨。掩细柳而抚剑[244]，快孝文之命帅。周受命以忘身，明戎政之果毅。距华盖于垒和，案乘舆之尊辔。肃天威之临颜，率军礼以长揖[245]。轻棘霸之儿戏[246]，重条侯之倨贵[247]。

索杜邮其焉在？云孝里之前号[248]。悯轻驾而容与，哀武安以兴悼[249]。争伐赵以徇国，定庙筭之胜负。扞矢言而不纳，反推怨以归咎。未十里于迁路，寻赐剑以刎首。嗟主暗而臣嫉，祸于何而不有？

窥秦墟于渭城[250]，冀阙缅其堙尽[251]。觅陛殿之余基，裁岐屺以隐嶙。想赵使之抱璧，浏睨楹以抗愤。燕图穷而荆发，纷绝袖而自引。筑声厉而高奋[252]，狙潜铅以脱膑。据天位其若兹，亦狼狈而可愍。简良人以自辅，谓斯忠而鞅贤。寄苛制于捐灰，矫扶苏于朔边[253]。儒林填于坑阱，诗书炀而为烟。国灭亡以断后，身刑轘以启前。商法焉得以宿，黄犬何可复牵。野蒲变而成脯，苑鹿化以为马。假谗逆以天权，钳众口而寄坐。兵在颈而顾问[254]，何不早而告我？愿黔黎其谁听，惟请死而获可。健子婴之果决[255]，敢讨贼以纾祸。势土崩而莫振，作降王于路左。萧收图以相刘，料险易与众寡。羽天与而弗取，冠沐猴而纵火。贯三光而洞九泉，曾未足以喻其高下也。

感市闾之菆井[256]，叹尸韩之旧处[257]。丞属号而守阙，人百身以纳赎。岂生命之易投？诚惠爱之洽著。讦望之以求直[258]，亦余心之所恶。思夫人之政术[259]，实干时之良具。苟明法以释憾，不爱才以成务。弘大体以高贵，非所望于萧傅[260]。

造长山而慷慨[261]，伟龙颜之英主[262]。胸中豁其洞开，群善凑而必举。存威格乎天区，亡坟掘而莫御。临掩坎而累抃，步毁垣以延伫。

越安陵而无讥[263]，谅惠声之寂寞。吊爰丝之正义[264]，伏梁剑于东郭。讯景皇于阳丘[265]，奚信谮而矜谑[266]。陨吴嗣于局下[267]，盖发怒于一博。成七国之称乱[268]，翻助逆以诛错[269]。恨过听而无讨，兹沮善而劝恶。

呰孝元于渭茔[270]，执奄尹以明贬。褒夫君之善行[271]，废园邑以崇俭[272]。过延门而责成[273]，忠何辜而为戮？陷社稷之王章[274]，俾幽死而莫鞫。忲淫嬖之匈忍[275]，剿皇统之孕育。张舅氏之奸渐，贻汉宗以倾覆。

刺哀主于义域[276]，僭天爵于高安[277]。欲法尧而承羞，永终古而不刊。

瞰康园之孤坟[278]，悲平后之专絜[279]。殃厥父之篡逆，蒙汉耻而不雪。激义诚而引决，赴丹爓以明节。投宫火而焦糜，从灰熛而俱灭。

骛横桥而旋轸[280]，历敝邑之南垂。门礠石而梁木兰兮[281]，构阿房之屈奇。疏南山以表阙，倬樊川以激池[282]。役鬼佣其犹否，矧人力之所为。工徒斫而未息[283]，义兵纷以交驰。宗祧污而为沼，岂斯宇之独隳[284]？

由伪新之九庙[285]，夸宗虞而祖黄。驱吁嗟而妖临[286]，搜佞哀以拜郎[287]。诵六艺以饰奸，焚诗书而面墙。心不则于德义，虽异术而同亡。

宗孝宣于乐游[288]，绍衰绪以中兴。不获事于敬养，尽加隆于园陵[289]。兆惟奉明[290]，邑号千人[291]。讯诸故老，造自帝询。隐王母之非命，纵声乐以娱神。虽靡率于旧典，亦观过而知仁。

凭高望之阳隈[292]，体川陆之污隆。开襟乎清暑之馆，游目乎五柞之宫。交渠引漕，激湍生风，乃有昆明池乎其中。其池则汤汤汗汗，滉瀁弥漫，浩如河汉。日月丽天，出入乎东西，旦似汤谷[293]，夕类虞渊[294]。昔豫章之名宇，披玄流而特起。仪景星于天汉，列牛女以双峙。图万载而不倾，奄摧落于十纪[295]。擢百寻之层观[296]，今数仞之余趾。振鹭于飞[297]，凫跃鸿渐。乘云颉颃[298]，随波澹淡。瀺灂惊波，唼喋菱芡。华莲烂于渌沼，青蕃蔚乎翠潋。

伊兹池之肇穿，肄水战于荒服[299]，志勤远以极武，良无要于后福[300]。而菜蔬芼实，水物惟错。乃有赡乎原陆，在皇代而物土，故毁之而又复。凡厥寮司，既富而教。咸率贫惰，同整楫棹[301]。收罟课获[302]，引缴举效[303]。鳏夫有室，愁民以乐。徒观其鼓枻回轮[304]，洒钓投网，垂饵出入，挺叉来往。纤经连白，鸣桹厉响。贯鳃䲰尾[305]，掣三牵两。于是弛青鲲于网钜，解赪鲤于黏徽[306]。华鲂跃鳞，素鱮扬鬐。饔人缕切[307]，鸾刀若飞[308]，应刃落俎[309]，靃靃霏霏[310]。红鲜纷其初载[311]，宾旅竦而迟御[312]，既餍服以属厌[313]，泊恬静以无欲。回小人之腹[314]，为君子之虑。

尔乃端策拂茵，弹冠振衣。徘徊酆镐，如渴如饥。心翘勤以仰止，不加敬而自祗。岂三圣之敢梦[315]，窃十乱之或希[316]。经始灵台[317]，成之不日。惟酆及镐，仍京其室。庶人子来[318]，神降之吉。积德延祚，莫二其一。永惟此邦，云谁之识。越可略闻[319]，而难臻其极。子赢锄以借父[320]，训秦法而著色。耕让畔以闲田[321]，沾姬化而生棘。苏张喜而诈骋，虞芮愧而讼息。由此观之，土无常俗，而教有定式。上之迁下，均之埏埴[322]。五方杂会[323]，风流溷淆[324]，惰农好利，不昏作劳。密迩猃狁[325]，戎马生郊。而制者必割[326]，实存操刀。人之升降，与政隆替。杖信则莫不用情，无欲则赏之不窃[327]。虽智弗能理，明弗能察。信此心也，庶免夫戾。如其礼乐，以俟来哲[328]。”

【篇旨】

记叙作者奉命从京都赴长安作县令途中见闻，追怀所经地方的史迹，并发表自己对历史人物和事件的看法。

【注释】

① 岁：岁星，即木星。玄枵（xiāo）：本是星宿名，在星岁纪年法中用

作位次。

② 蕤（ruí）宾：古代十二乐律之一。蕤宾配五月，故又为农历五月的别称。

③ 丙丁统日：指夏季。

④ 徂（cú）：前往。京：指京城洛阳。秦：此指长安。

⑤ 一气：古人认为构成天地万物的基本素质。甄（zhēn）：制造陶器的转轮。引申为“造就”。

⑥ 要（yāo）：邀约。

⑦ 休明：美善清明。

⑧ 旌弓：征聘贤士的旌旗和弓矢。铉台：宰相之府。

⑨ 赞：协助。庶绩：各种事功。

⑩ 柳季：春秋鲁人柳下惠。原名展禽，字季，因食邑柳下，谥惠，故称柳下惠，曾三次作士师（法官），三次被黜。他说：“直道而事人，焉往而不三黜？”

⑪ 武皇：指晋武帝司马炎。升遐：古称皇帝死为“升遐”。

⑫ 八音：古代的八种乐器，即金（钟）、石（磬）、丝（琴、瑟）、竹（箫、笛）、匏（笙竽）、土（埙）、革（鼓）、木（柷敔）。此指各种音响。

⑬ 天子：指晋惠帝司马衷，武帝之子。

⑭ 冢宰：周代官名，相当于宰相，为六卿之一，又称太宰，后亦称吏部尚书为冢宰。此指太傅杨骏。晋惠帝即位初年，由他摄政。

⑮ 伊周：伊尹和周公。伊尹为商汤的宰相，商汤死后，太甲继位，与伊尹曾发生过冲突。周公：周文王之子，辅助武王灭纣，建周王朝，封于鲁。武王死后，受命辅佐成王，也曾遭到毁谤。当时杨骏的境遇正与伊尹和周公相似。

⑯ 七贵：指西汉七家外戚。即吕氏、霍氏、上官氏、丁氏、赵氏、傅氏、王氏。

⑰ 孔：孔丘。行藏：孔子对弟子颜渊说：“用之则行，舍之则藏。”（《论

语·述而》）

⑱ 蘧：春秋时卫国的贤人蘧伯玉。孔子称赞他："邦有道则仕，邦无道则可卷而怀之。"（《论语·卫灵公》）

⑲ 漼（cuī）：败坏。隳（huī）：倒塌。

⑳ 鲜：少有。

㉑ 初服：平民的衣服。做官退职下来，称为"反初服"。

㉒ 鉴揆：鉴察。揆：测度。

㉓ 季：刘邦，字季。他晚年回到故乡沛邑，伤怀哭泣，并说："游子悲故乡……"

㉔ 镐京：指长安。

㉕ 巩：河南郡巩县，在今河南巩义。洛：洛阳。

㉖ 茔：墓地。

㉗ 平乐：宫馆名。

㉘ 街邮：古地名。《水经注》曰："梓泽西有一原，古旧亭处，即街邮也。"

㉙ 皋门：古代王都的外城门。一说石桥名。

㉚ 西周：周末，周孝王以王城故地分封，其弟揭为桓公。王都在洛阳，王城在西，故称西周。

㉛ 姬：周王室的姓。

㉜ 高辛：上古五帝之一。黄帝的曾孙，尧之父。

㉝ 后稷：周朝的始祖。相传他的母亲曾欲弃之不养，故名弃。为舜农官，封于邰，号后稷。

㉞ 厥初生民：语出《诗经·大雅·生民》："厥初生民，时维姜嫄。"意思是说，当初生下后稷的是姜嫄。周民族是从后稷一代代传下来的，故称后稷为生民。

㉟ 率西水浒：语出《诗经·大雅·绵》："古公亶父，来朝走马，率西水浒，至于岐下。"古公亶父是周文王的祖父。诗意是：他迅速奔来，沿着西边河岸，到岐山之下。从此奠定周的基业。

㊱ 豳：同"邠"，古地名，在今陕西旬邑。

㊲ 祚（zuò）：福。昌：周文王名。发：周武王名。

㊳ 亡王：指夏桀。

㊴ 南巢：商汤放逐夏桀的地方。

㊵ 乖舛（chuǎn）：不齐。

㊶ 郏鄏：洛阳的王城。

㊷ 繇（zhòu）：占卜辞。

㊸ 圉（yǔ）：圉门。北：北门。圉门和北门皆指周王城的城门。

㊹ 纳惠：周惠王被逐，郑伯和虢叔拥戴惠王，分别从两城门攻进，杀子颓，复辟惠王，故称"纳惠"。

㊺ 子颓：周庄王的庶子，曾被立为王，纵情歌舞，郑伯以"乐祸"的罪名讨之。

㊻ 重（chóng）：晋文公重耳。带：太叔带。襄：周襄王。太叔以狄师伐襄王，迫使襄王退位出奔。晋文公援助襄王复辟，杀太叔带，平定了叛乱，襄王得以定位。

㊼ 灵：指周灵王。谷、洛两河改道合流，水势汹涌，如两相争斗。灵王准备筑堤壅塞水势，太子晋进言劝阻。

㊽ 凌迟：逐步而下，同"陵迟"。弥季：日益衰败。

㊾ 濯：洗。缨：冠带。

㊿ 新安：地名，今属河南。

51 坎：墓穴。此指挖掘墓地。瘗（yì）：埋葬。

52 延：延陵季子，即春秋吴国的季札。在从齐返吴路上他儿子死了，就浅埋在路边。吴：指魏人东门吴。他死儿子却不伤心。人问其故，他回答说，过去没有儿子我不发愁，现在儿子死了，和过去没有儿子一样，何必发愁呢？

53 坑：埋。项羽俘获秦军二十万，恐其谋叛，杀而埋之。

54 刘后：刘邦。古人称天子亦称后。来苏：出现好君主，民可苏息。

55 回泬（jué）：同"回遹"，邪僻。

56 超：不平常。高会：大宴会。

57 命世：著名于当世。蔺：蔺相如。

58 东：指赵。

59 西：指秦。

60 虚寿："为秦王寿"只是一句空话，故说"虚寿"。

61 奄：覆盖。这里是占有的意思。取俊：取得优势。

62 河外：指渑池。

63 咆勃：愤怒貌。

64 廉公：廉颇，他自恃有战功，不服位居蔺相如之下，扬言必辱之。蔺相如为顾全大局而忍让。后廉颇受感动而负荆请罪，二人结成生死之交。

65 光武：汉光武帝刘秀。

66 赤眉：西汉末年农民起义军。因在眉间涂赤而名。

67 异：冯异。汉光武派任为西征将军，战赤眉军。

68 尤：指责。眚（shěng）：过错。

69 挥：同"翚"，飞。

70 崤：崤山，在河南洛宁北。

71 皋：夏朝君主名。讬：当作"托"。

72 文：周文王。阿：山丘。

73 蹇：指秦国大夫蹇叔。孟：指秦将孟明。秦穆公派孟明等三个将领率兵远征郑国。蹇叔认为这次战争必然失败，反对劳师袭远，但劝阻无效。出兵时，蹇叔哭着送行，并预言中途必遭晋军伏击于殽山。果然不出所料。

74 襄：晋襄公。墨缞（cuī）：黑色丧服。

75 绁（xiè）：系，拴。

76 叔：指蹇叔。朝市：朝廷与市肆。古代杀人均在市肆。

77 任好：秦穆公名任好。

78 曲崤：春秋时虢国地名。虢：在今山西平陆一带。

79 托：寄身。指虢被晋灭，虢公丑奔虞。虞：国名，在今山西平陆北，与虢邻近。

⑧《左传·僖公五年》载，晋国用美玉和骏马贿赂虞公，请假道伐虢。虞公贪贿，便出卖盟国。晋军灭虢返回，又借口灭虞。晋国假道时，虞国大夫宫之奇曾以唇亡齿寒的道理极力劝谏虞公说："如果中了晋国奸计，等不到过腊月，就要亡国。"

⑧¹ 仲雍：虞国的祖先。祀：宗庙祭祀。此作封地的象征。忽诸：忽然断绝。

⑧² 陕：在今河南。郛（fú）：外城。

⑧³ 漫渎：皆水名。

⑧⁴ 周邵：周公和邵公。《公羊传》曰："自陕以东，周公主之；自陕以西，邵公主之。"

⑧⁵ 二南：指《诗经·国风》中的《周南》《召南》。

⑧⁶《麟趾》：《诗经·周南》的末篇。《关雎》：《诗经·周南》的首篇。

⑧⁷《驺虞》：《诗经·召南》的末篇。《鹊巢》：《诗经·召南》的首篇。

⑧⁸ 卓：董卓。

⑧⁹ 万乘：皇帝的代称。

⑨⁰ 傕汜：即李傕和郭汜，皆董卓部下将领。

⑨¹ 中惕：中途反悔。董卓被杀后，李傕和郭汜应允皇帝迁回洛阳，后又变卦，将皇帝百官拘押。

⑨² 骤战：指李傕等人追赶皇帝，与保皇军在曹阳一带激战。

⑨³ 攘袂：揎袖将臂，奋起之状。

⑨⁴ 掬：双手捧取。作量词用，犹一捧。

⑨⁵ 曲沃：地名，在山西闻喜。春秋时属晋国。

⑨⁶ 兄替：指晋太子仇被其弟成师废掉之事。当初成师分封在曲沃，后来日益强盛，而立为太子的长兄仇的一支倒被灭亡了。在兄弟命名时，已经有了祸事的预兆。

⑨⁷ 臧：春秋时曹国的公子臧。札：吴国的季札。两人都不肯与人争权位而远离外游。高厉：远走高飞。

⑱ 庄武：春秋晋国的庄伯和武公。皆成师的后代，由曲沃兴师，征服了仇的后代。

⑲ 衿：又作“襟”，古代衣服的交领。这里用衣服部位比喻函谷关地势的险要。

⑩ 筭：同“算”。

⑩ 遁：隐避。

⑩ 噤：关闭。

⑩ 连鸡：捆缚在一起的鸡。此喻小国的联合。

⑩ 否：闭塞。泰：通畅。否泰，引申为好坏的意思。

⑩ 六叶：六代。从汉初到武帝历六代皇帝。

⑩ 弘农：县名。在今河南灵宝。

⑩ 畴：与“酬”同义。

⑩ 缪官：不该封而封的官。汉武帝微服出访，柏谷亭长因不识武帝而慢待，旅店主妇却美餐招待，武帝酬以重金，并给她丈夫封官。

⑩ 衔：马嚼子。橛（jué）：车的钩心。

⑩ 豫且：传说中的力士。相传白龙变成鱼被豫且射中眼睛。比喻皇帝化装出游，有被人谋害的危险。

⑪ 戾园：武帝太子戾的墓地。湖邑：地名，在阌乡附近，在今河南灵宝。

⑪ 巫蛊：古人迷信，谓巫师使用邪术加祸于人为巫蛊。蛊，毒虫。武帝晚年多病，怀疑有人用巫蛊咒他，派江充密查。江充诬称在太子宫得木偶甚多。太子畏惧而自杀。此所谓“巫蛊之狱”。

⑪ 赵虏：江充。他原是赵王手下的人，因告密得到武帝的信任，太子戾因此骂他“赵虏”。

⑪ 显戮：处决示众。储贰：君位继承者。

⑪ 肌肤：骨肉之亲。

⑪ 悲台：武帝事后知太子冤死，在湖邑建造“归来望思之台”，以示悼念。

⑪ 全节：地名。太子戾死处。在阌乡东，在今河南灵宝。

⑱ 休牛：放牛。《尚书·武成》记载：周武王灭商后，放牛于桃林之野，表示不再用兵。

⑲ 桃园：地名，即桃林，在今河南灵宝。

⑳ 阌乡：汉属湖县，今并入河南灵宝。戾园就在此处。警策：扬鞭。

㉑ 愬（sù）：通“遡”，趋向。黄巷：潼水的渡口，在陕西华阴境。

㉒ 觌（dí）：见。高掌：指古传说华山山石上的仙人掌印。

㉓ 祖龙：指秦始皇。

㉔ 韩马：三国时西凉名将韩遂和马超。憝（duì）：恶，乱。

㉕ 庙算：在朝廷制定的策略。

㉖ 砰：鼓声。桴：鼓。

㉗ 繣（huà）：破裂声。泮：冰融化。

㉘ 狄：指西凉。

㉙ 京观：大土台。指敌兵尸体堆成大坟。

㉚ 垲（kǎi）：高而干爽的地方。

㉛ 邪：同“斜”。褒斜：褒谷和斜谷，都在长安东南。

㉜ 汧（qiān）：水名。陇：山名。汧陇都在长安之西。所以说“右滨”。

㉝ 宝鸡：即今陕西宝鸡。

㉞ 甘泉：在长安北，所以说“后”。

㉟ 终南：终南山。云阳：古县名，在长安北。

㊱ 嶓（bō）冢：山名。在陕西西部。

㊲ 九嵏（zōng）：山名，在陕西礼泉。巀嶭（niè）：山峰高峻貌。

㊳ 太一：终南山的别名。

㊴ 飂（liáo）戾：风声。

㊵ 郁蓊（wěng）：云气浓密结集貌。

㊶ 灞：灞水。浐：浐水。两水都在长安南，相传一黑一白。

㊷ 渭：渭水。泾：泾水。两水都在长安附近。相传两水一清一浊。

㊸ 兰池周曲：皆长安附近的池沼名。

㊹ 郑白：水名。即郑渠和白渠。

⑭⑤ 漕引：水上运输。

⑭⑥ 有鄠（hù）：在今陕西西安市鄠邑区。

⑭⑦ 蓝田：今陕西蓝田，古以产美玉著称。

⑭⑧ 神皋：神州。隩区：内地，腹地。

⑭⑨ 西宾、东主：皆《西都赋》中的设想人物。

⑮⓪ 安处、凭虚：皆《西京赋》中的设想人物。

⑮① 郑都：指春秋郑国原来的国境，即今陕西渭南市华州区附近。

⑮② 桓友：春秋时郑桓公，名友，作周幽王司徒，曾规劝过幽王。

⑮③ 股肱：大腿和臂膀。古时以臣子比作君主的股肱。

⑮④ 司徒：官名。主管教化，为六卿之一。

⑮⑤ 缁衣：黑布之衣。此指武公在官时的衣服。

⑮⑥ 犬戎：对周代西方少数民族的蔑称。

⑮⑦ 幽后：指周幽王。幽王宠爱褒姒，屡举烽火为戏，骗诸侯派兵赶来救援，博得她的一笑。后犬狄入侵，诸侯兵不来，幽王被杀死在骊山。

⑮⑧ 嬖褒：即褒姒。慝（tè）：邪恶。

⑮⑨ 戏水：在今陕西西安市临潼区附近。

⑯⓪ 威：同“灭”。

⑯① 西楚：西楚霸王项羽。他入关烧毁了秦的一切宫室。

⑯② 牧竖之焚：据说骊山陵墓有个洞穴，本无人知，一次，牧童点火进去寻羊，失火烧毁了坟墓。竖：小孩。

⑯③ 效：证明。

⑯④ 厚德载物：语出《周易·坤》，意思是说道德深厚，如土地能载万物。

⑯⑤ 慎终追旧：对父母丧事，得谨慎合理，以示不忘旧情。

⑯⑥ 渐：浸润。

⑯⑦ 率土：普天下。

⑯⑧ 新邑：指新丰。刘邦因其父亲想念家乡，便在长安附近仿照沛县丰邑造新丰城，把家乡的店铺都搬迁过来。

⑯⑨ 枌（fén）榆：故乡。汉高祖为丰邑枌榆乡人，初起兵时祷于枌榆社，

后因以“枌榆”为故乡的代称。

⑰ 籍：项羽名。鸿门：在新丰附近，今陕西西安市临潼区东。刘项鸿门宴即在此地。

⑰ 沛：沛公，刘邦。跼蹐：曲身弯腰小步行走。形容行动小心戒惧貌。来王：来朝。

⑰ 范：指范增。

⑰ 庄：指项庄。

⑰ 撛（lǐn）：挺。万舞：舞名。

⑰ 伯：指项伯。子房：张良的字。

⑰ 樊：樊哙。卮（zhī）：古代盛酒的器皿。

⑰ 咀：嚼。彘肩：猪腿。

⑰ 蛇变：指刘邦从鸿门宴逃脱后升腾得志，快要成为皇帝。摅（shū）：伸展。

⑰ 高骧：昂首。

⑱ 曾：同“增”，即范增。

⑱ 碎玉斗：项羽接受刘邦献的美玉，范增怒而击碎以泄愤。

⑱ 婴：秦朝最后一个皇帝子婴。罥：挂。轵涂：地名，在长安城外。

⑱ 素车：用于丧事的素车白马。肉袒：脱去半边衣服。素车白马和肉袒都表示投降。

⑱ 疏：指汉朝的疏广、疏受两叔侄。疏广，字仲翁，为太子太傅。疏受为太子少傅。他们都担心自己的官位太高会招致祸患，决意辞官回乡。临行时，满朝官员在东都门外把酒饯行。

⑱ 金墉：固如金铸的城墙。郁：积。雉：古代城高三丈，长一丈为一雉。

⑱ 嵃（yǎn）：险峻。

⑱ 戾：至。饮马：桥名，在长安东七里渠上。阳桥：即桥阳，桥的南面。

⑱ 宣平：长安城的东北门。清：清丽。阈（yù）：门槛。

⑱⑨ 杂遝（tà）：众多纷繁。

⑲⓪ 骈田逼侧：布集拥挤。

⑲① 勖（xù）：勉励。

⑲② 爰：语助词。谢：去，离开。

⑲③ 听览：听诉讼，看公文。这是古代县官的主要任务。

⑲④ 寺：汉朝人称官署为“寺”。

⑲⑤ 肆廛：店铺。管库：仓库。

⑲⑥ 蕞芮：陋小丛聚。

⑲⑦ 尚冠、修成、黄棘、宣明、建阳、昌阴、北焕、南平：皆长安城里名。

⑲⑧ 夷漫：削平。

⑲⑨ 长乐：宫名。

⑳⓪ 太液：池名。

⑳① 建章：宫名。

⑳② 馺（sà）娑（suǒ）、骀荡、枍（yì）诣、承光：皆宫殿名。

⑳③ 桂宫：与下文柏梁是汉朝两座宫殿。

⑳④ 鷩（bì）雉：锦鸡，似山鸡而小，冠羽尤美。雊（gòu）：野鸡叫声。

⑳⑤ 乘风：绘有乘风鸟形的悬钟架。

⑳⑥ 鞠：穷，此指长满。

⑳⑦ 金狄：秦始皇收天下兵器，铸金人十二个。灞川：灞水。

⑳⑧ 萧：萧何。汉初大臣，汉高祖时为宰相。曹：曹参，汉初大臣，后继萧何为汉惠帝宰相。魏：魏相，汉宣帝时曾代宰相。邴：邴吉，汉宣帝的宰相。

⑳⑨ 辛：辛庆忌。李：李广。卫：卫青。霍：霍去病。皆汉朝名将。

㉑⓪ 衔使：奉有使命。苏属国：苏武，奉命出使匈奴十九年，回汉朝后为主管属国事务的官。

㉑① 张博望：张骞。为汉朝打通西域的第一个人，封博望侯。

㉑② 彝伦：天地人之常道。此指封建社会中君臣、父子、兄弟、夫妇、朋

友之间的伦理关系。

⑬ 秺(dù)侯:金日磾(dī)的封爵。金日磾原是匈奴的贵族,后归顺汉朝。其母贤惠,武帝使人在甘泉宫绘她的画像。金日磾每过甘泉宫,必瞻仰而哭泣。后武帝遇刺,得金日磾掩护,故说他忠孝淳深。

⑭ 陆贾:楚人,高祖拜为太中大夫。他出使南越获千金,分给他的五个儿子,晚年由儿子供养,常乘车出游,日子过得很快活。

⑮ 长卿:司马相如的字。渊:即子渊,王褒的字。云:子云,扬雄的字。

⑯ 子长:司马迁的字。政:子政,刘向字。骏:子骏,刘歆的字。他们都是西汉著名的史学家。

⑰ 赵:赵广汉。张:张敞。三王:王遵、王章、王骏。三人都做过京兆尹,都有能名,故称三王。

⑱ 定国:于定国。释之:张释之。皆汉代有名的法官。

⑲ 汲长孺:汲黯的字。

⑳ 郑当时:武帝时的大司农,热心荐举人才。

㉑ 终童:即终军,字子云,十八岁选为博士,二十岁死,人称为"终童"。他是济南人,故称"山东之英妙"。

㉒ 贾生:贾谊,洛阳人,少年英才,人称"神童"。

㉓ 被发左衽:古代少数民族的装束。

㉔ 奋迅泥滓:从泥滓中奋起的凡人。此指金日磾。金日磾本是匈奴休屠王子,后沦为汉人奴仆,初为马监,汉武帝奇其相貌,拜为侍郎。

㉕ 从容傅会:《汉书·陆贾传》称赞陆贾善于词令的话。说他望表知里,通达人情。

㉖ 婴时戮:指赵广汉等人功劳显赫却受到残害。

㉗ 令闻:好名声。

㉘ 音:王音。凤:王凤。二人是堂兄弟,皆西汉末年专权的外戚。恭:弘恭。显:石显。两人皆东汉末年专权的宦官。

㉙ 渐台:太液池中的一座高台。扼腕:手握其腕,表示激怒。

㉚ 枭（xiāo）：悬挂首级示众。巨猾：指大奸臣王莽。

㉛ 不疑：隽不疑，汉昭帝时为京兆尹。当时有人冒充武帝已死的太子，满朝臣子不敢断定真假，隽不疑机智地判断，将冒充者逮捕。

㉜ 轼：站在车上扶轼注视，表示敬意。樗（chū）里：战国秦惠王的弟封于樗里，故称樗里子。他生前指定死后埋葬于汉朝皇宫武库之地。

㉝ 商辛：商纣。穷奢极欲，以酒为池，过着酒池肉林的生活。

㉞ 曲阳：指曲阳侯王根。汉朝的贵族，以奢侈出名，府第超过皇宫的白虎殿。

㉟ 文成：指文成将军李少翁。五利：五利将军栾大。

㊱ 侔：比较，衡量。

㊲ 灵若：神话中的海神。传说太液池中有神，海神飞翔其上，鲸鱼乘浪而来，潮退就死在沙滩上，故太液池中有其石像。

㊳ 邛（qióng）：邛竹杖。蒟（jǔ）：蒟酱。两者皆西南特产。

㊴ 当熊：元帝和冯婕妤妃嫔等游览到驯兽园时，一对熊跑了出来，妃嫔们都吓得逃命，唯冯婕妤挺身抵挡，直到左右近侍将熊打死。元帝问她为何敢于抵挡，她说为掩护君王，宁愿受伤害。因此，元帝更敬重她。

㊵ 辞辇：成帝游于后庭，要班婕妤同车共坐，她推辞说古代贤圣君主的身边都坐着名臣。

㊶ 卫：武帝皇后卫子夫。她以头发的丰美光泽著名。鬒（zhěn）：黑发。

㊷ 赵：成帝的皇后赵飞燕，以体轻善舞著名。

㊸ 便门：武帝后宫的一座桥。

㊹ 细柳：汉文帝时将军周亚夫的兵营。一次，文帝慰问军队，到细柳被守卫军士拦住。后派人持诏书联络才能进入营门。守卫军士又说，在营中军马只能缓行。事后文帝称赞周亚夫治军严明。

㊺ 揸：通“揖”。

㊻ 棘霸：指棘门守军将领徐厉，霸上守军将领刘礼。

㉔⑦ 条侯：周亚夫的封号。

㉔⑧ 杜邮、孝里：古地名，有杜邮亭、孝里亭，在今咸阳。战国时秦将白起引剑自杀于此。

㉔⑨ 武安：白起以其战功，被封为武安君。宰相范睢妒忌他的声望，两人有隙，后秦昭王命白起率兵伐赵，白起认为伐赵必败而不从。被勒命自杀。

㉕⓪ 渭城：咸阳。

㉕① 冀阙：古代宫廷外公布法令的门阙。

㉕② 筑：古代一种击弦乐器。高：高渐离，战国燕人，善击筑。荆轲往刺秦始皇，燕太子丹等送至易水，渐离击筑，轲和而歌，士皆垂泪。轲刺秦王未遂，身死。渐离更名换姓潜入秦国。秦始皇爱听他击筑，又怕他行刺，便命人熏瞎其两眼。渐离以铅块置筑内，乘隙击中始皇膝盖。

㉕③ 扶苏：秦始皇的太子。秦始皇死后，扶苏在北方边境。李斯听信赵高的话，假传始皇的命令，逼死扶苏。

㉕④ 兵在颈：指赵高与其女婿阎乐合谋杀掉二世，刀已经落在二世的头颈，他才回头问近侍为什么不早些报告。

㉕⑤ 子婴：继承二世为帝，上台不久就杀掉赵高。

㉕⑥ 菆（zōu）井：买卖麻秸的集市。

㉕⑦ 韩：韩延寿，字长公，燕人，西汉良吏，曾任东郡太守，被御史大夫萧望之谋害。斩首于菆市。

㉕⑧ 讦（jié）：揭发他人过错的直言。

㉕⑨ 夫人：那个人，指韩延寿。

㉖⓪ 萧傅：萧望之，曾任太子太傅，故称。

㉖① 长山：即长陵。高祖墓。

㉖② 龙颜：眉目圆起。《史记·高祖本纪》：“高祖为人，隆准而龙颜。”后因称皇帝容貌为龙颜。

㉖③ 安陵：汉惠帝陵墓。

㉖④ 爰：通“袁”。袁盎字丝，曾为楚相，病免家居。梁孝王欲为太子，盎劝阻，梁孝王怨恨，派人刺杀盎于安陵郭门外。

265 阳丘：阳陵，汉景帝墓地。

266 谮：诬陷。

267 吴嗣：吴国的继承人。局：棋局。景帝做太子时，与吴王的太子博弈时争吵，景帝用棋盘将吴太子打死。

268 七国之乱：汉景帝采纳晁错建议，削减诸侯的封地，吴楚等七国因而叛乱。

269 翻：同“反”。

270 呰（zǐ）：诋毁。孝元：汉元帝。渭茔：渭陵，汉元帝的墓地。

271 褒：赞美。

272 园邑：设置县邑专供守护陵墓。

273 延：延陵。汉武帝的陵墓。

274 王章：成帝谏议大夫。时帝舅王凤辅政，章曾谏成帝不要重用王凤，遂为王凤所陷害，死于狱中。

275 忲（tài）：奢侈。淫嬖：指赵飞燕，先是成帝妃，不久得宠，立为后。

276 哀主：汉哀帝。义域：哀帝的陵墓。

277 高安：指高安侯董贤。董贤貌美性柔，深得哀帝宠爱，无功封侯，故曰“僭天爵”。

278 康园：汉平帝的陵园。

279 平后：汉平帝的皇后，王莽的女儿。她反对父亲篡汉。父亲被汉军杀后，她自觉无面见汉室，投火自焚，死后不合葬，故曰“孤坟”。专絜：贞洁。

280 骛（wù）：趋向。横桥：长安北横跨渭水的桥。

281 门磁石：阿房宫殿门嵌以吸铁石，以防暗藏兵器的刺客。

282 倬：扩大。

283 斫（zhuó）：雕饰。

284 隳（huī）：毁坏。

㉘⑤ 新：王莽的国号。九庙：古代帝王立七庙以祀祖先，王莽增建黄帝太初祖庙和帝虞始祖昭庙，共九庙。

㉘⑥ 临：古迷信说，国家有大难，聚众而哭，可以消除灾难。

㉘⑦ 佞哀：假装哀痛。佞：奸巧谄谀。拜郎：王莽篡位不久，各地起兵讨伐，他便率众至南郊吊哭，一些特别悲恸的被拜为郎官。

㉘⑧ 宗：祭祀。乐游：汉宣帝的宗庙。

㉘⑨ 加隆：宣帝是戾太子之孙，戾太子遭祸，儿女遭株连斩杀，唯宣帝幸免。他未能敬养尽孝，欲加倍尊崇父母的陵墓。

㉙⓪ 兆：祭坛域界。奉明：园名，又称悼园。汉宫室花园。

㉙① 千人：乡村名。即奉明的旧址。汉宣帝曾聚倡优杂伎千人于此，后人称为千人乡。

㉙② 高望：土山名，在长安南郊。

㉙③ 汤谷：古代神话中的日出处。

㉙④ 虞渊：古代神话中日落处。

㉙⑤ 奄：突然。纪：十二年为一纪。昆明池开凿于汉武帝元狩三年，至王莽败，计一百一十三年，取其大数，故云十纪。

㉙⑥ 观：宫门前两边的望楼。

㉙⑦ 振鹭于飞：语出《诗·周颂·振鹭》。振：群飞貌。此指羽舞貌。诗原意是说，羽舞时手持鹭羽挥动，舞姿如飞。

㉙⑧ 颉（xié）颃（háng）：鸟飞上下貌。

㉙⑨ 肄：练习。荒服：古五服之一，古称离王畿二千五百里外最远的边疆。

㉚⓪ 要：希望得到。

㉚① 楫棹：船桨。

㉚② 罟（gǔ）：渔网。

㉚③ 缴（zhuó）：系在箭上的丝绳。

㉚④ 枻（yì）：楫。

㉚⑤ 罥（dì）尾：鱼被网住。

⑯ 赪（chēng）：红色。

⑰ 雍人：官名。掌宫室烹饪。

⑱ 鸾刀：把上有铃的刀。

⑲ 俎：砧板。

⑳ 霍（huò）霍霏霏：细弱散落貌。

㉑ 初载：刚刚端上。

㉒ 竦（sǒng）：恭敬。迟御：等待进用。

㉓ 属厌：恰好吃饱。

㉔ 回小人之腹：《左传·昭公二十八年》："愿以小人之腹，为君子之心，属厌而已。"意思是希望上层人士的心和穷人的肚子一样，刚刚满足就可以了。

㉕ 三圣：指周文王、周武王和周公。敢梦：孔子说曾梦见周公。潘岳说自己不敢比孔子。

㉖ 十乱：十个能臣。《尚书·泰誓》载周公云："予有乱臣十人。"乱臣：善于治理国家的臣子。

㉗ 经始：开始兴建。《诗经·大雅·灵台》："经始灵台……不日成之。"意思说，文王兴建灵台，百姓没多久就替他建成。

㉘ 庶人子来：众人自愿前来孝敬。《诗经·大雅·灵台》："经始勿亟，庶民子来。"意思说，百姓急于公事，如子女急于父母之事，不召自来。

㉙ 越：发语词。

㉚ 赢锄：贾谊反对法治，主张礼治。他说商鞅强调法治而忘记礼义教化，致使秦国的风气日益衰败，连儿子借父亲锄头使用，也要人情。

㉛ 让畔：农民互让田界。传说周朝君主仁德，教化所及，耕者让畔。虞人与芮人争田，向周文王请求公断。入周境，见耕者互让田界，感到惭愧而息讼，双方都不肯占所争之田，以致变闲田。

㉜ 埏（shān）埴（zhí）：和泥制作陶器。

㉝ 五方：东、南、西、北、中。

㉔ 风流：风俗教化。溷：通“混”。

㉕ 猃（xiǎn）狁（yǔn）：周朝西边国境一个游牧民族，又称狄、匈奴。

㉖ 割：判断。

㉗ 赏之不窃：语出《论语·颜渊》：“苟子之不欲，虽赏之不窃。”这是孔子对季康子说的话，意为如果你不贪欲，即使奖励偷盗，人民也不会去干。

㉘ 来哲：后来的贤达。

【语译】

岁星处于玄枵，月亮转到蕤宾。晋元康二年五月仲夏，乙未之时，我乘车去西方旅行，从京城洛阳前往长安。于是感慨叹息说：“古往今来相隔何其遥远悠久啊！本来迷迷茫茫的宇宙，由原始一气造就了三才，这三才就是天地人。世人总以为只有性命和名位利禄最为宝贵，可是寿命有长有短，禄位有升有降，鬼神不能预卜，圣贤也难预料。

当今正值太平盛世，而我却才学浅陋，禀赋薄弱。虽曾受宰相招聘，到朝里协助处理政事，可我有许多俗夫的毛病，唯恐一官半职得而复失。我没有柳下惠那样正直，因而佐助法官只被黜退过一次。

晋武帝忽然驾鹤西归，普天下停止娱乐而哀悼。继位天子寝息居丧，百官听从太傅杨骏驱使。他肩负的责任特别重大，即使伊尹、周公这样的贤能也会遇到危险。看看汉朝的七家贵戚，哪一家不遭殃祸？没有居安思危之明而处于高位，只能贴近君主借以显示自己权势威风。杨骏终于在叛乱中被杀戮，这是自食其果并非祸从天降。

从前孔子顺应时势或仕或隐，蘧伯玉根据君主有道无道决定是否做官。如果不能洞察隐微以明辨大事，罪过降临就不会太远。由此可知山林隐士，何以远离官场而不再回头。知道名利牵累就像浮萍草蓬一样随风东飘西荡。依附权势，一旦祸发丢官，名誉节操也就随之毁坏。如今局势严峻，处境危如累卵，比筑造于帷幕上的燕巢更危险。内心战栗恐惧，如临深渊，如履薄冰。傍晚我获准出城回家，未到半夜灾祸就发生了。不是鸟儿择树栖息，而是树林被焚毁鸟儿无处生存。

遇千载难逢的好时运，皇帝的恩德如天地宽大。一改秋霜般的威严，赐予春泽般的恩惠。为分清是非不能不判明责任，我因而削官为民返回老家。

皇帝明察我的忠诚，不久又给我一个小小的官职。被派往西部治理困顿的百姓，我扶老携幼步入函谷关。孔子离开鲁国时频频回头顾盼而哀叹，刘邦路过故乡沛邑而依恋哭泣。故乡总是令人怀念的，即使圣贤和达官贵人离开内心也会感伤。何况我是个普通的人，久已安居本土，现在却投身遥远的长安。就像犬马依恋主人一样，我的心寄托于朝廷。到巩洛我追念祖先而伤心落泪，在先人坟前徘徊留恋，不忍离去。

于是越过平乐，经过街邮。喂马于皋门，停车歇息于西周王城。周朝的恩德久远啊，从上古高辛氏兴起，到富有文德的后稷，代代相传。古公亶父沿着西边的河岸来到岐山下，从此奠定了周的基业。周朝的福运在文王武王时最兴隆，古老的诸侯国获得新的生命。追想武王伐纣得胜，从牧野经过此地，他恪守怀柔之道以保持强盛，彻夜不眠，时刻担心天赐的禄位不稳定。王权虽如泰山一样牢固，还认为会有危险，所以周朝能享有八百年的国运并留下余福。夏桀因骄奢淫逸而亡可引为鉴戒，他被流放到南巢。犹如坐在即将燃烧的柴薪上，还妄想与天日共长久。人们对事物的度量之不同，距离何其遥远。

周公考定天地四方的中心是洛阳，周成王定都洛阳而营造建筑。把传国宝鼎安置于郏鄏，于是占卜预言长治久安。周平王失道衰颓，从镐京迁移到这里，晋郑两国给予支持。难道当时的君主就没有邪僻吗？是赖先代贤王的余荫而得以隆盛。眺望圉门北门，感慨虢公郑伯护送惠王回国登基。郑伯以“乐祸”的罪名讨伐子颓，自己又效法子颓作乐。晋文公重耳杀戮太叔带，援助周襄王复辟，这是助顺返逆，因而成为霸主。周灵王准备筑堤壅塞谷、洛二水争流，太子晋论理劝阻制止拦河。周景王悼王直至敬王，政事日渐衰败。庶子王子朝制造叛乱，图谋杀害悼王敬王而篡位。又经过十代直到赧王，国家分裂成西周和东周。周朝终于被虎狼之秦吞灭，断送了文王武王传下的权力功业。

清洗尘土和冠带于孝水，赞颂这流水的美名。我的小儿途中夭折于新安，忍痛在路旁挖坑埋葬。亭子有千秋之名，孩子却活不到七十天。尽管用季札和东门吴自勉，但内心仍无比悲伤。望山河而怀古，中途勒马而心事茫然。残酷的项羽暴虐无道，坑杀无辜降卒二十万众。激使秦人归顺仁德之君，既成全了刘邦的帝业，又可以获得苏息。做尽坏事必定自食其果，项羽终于被灭族杀身。

经过渑池而漫想，停下我的车子不再前进。秦是虎狼般的强国，赵如烧残的灰烬。赵王临险竟能安然与会，全靠当世英才蔺相如。相如以赵王鼓瑟为耻，面对刀斧威逼秦王击缶。秦臣请赵献十五城为秦王祝寿，肆意侮辱赵国，相如却要秦国献都城咸阳因而占了优势。在渑池伸张威风，气概何等威严。回到朝廷却委曲于廉颇，像是没有骨气软弱无能。相如深沉而伟大，遇事机智勇敢。廉颇鄙浅浮躁，狭隘自私，两人的气量即使用短促的一天比漫长的一年，也不足以表示他们之间等级的差别。

当汉光武帝遭难时，以皇帝名义诛伐赤眉。冯异奉命讨伐罪人，初战失利于回溪阪。光武不以小过掩盖其大德，终于奋勇获胜。辅助刘秀创立功勋，汉室重新兴盛。

登上逶迤的崤山坡，仰望崇山峻岭。夏王皋之坟托于南陵，文王避风雨之处在北丘。蹇叔认定秦军伐郑必败而哭送孟明，晋襄公穿着黑色孝服发兵击秦。秦军大败，匹马双轮未返，三员大将被俘，押解渡河到晋国。若遇刚愎自用的昏庸君主，必定恼羞成怒，杀掉蹇叔，弃尸朝市。秦穆公度量宽宏，引咎自责。孟明屡败而不罢黜，终于打败晋国报仇雪耻。难道名声可以虚传？秦穆公成为霸主自有缘由。

到曲崤追念虢国，寄身于盟友虞国。虞公贪婪受贿出卖邻邦，不到腊月就被擒拿。垂棘美玉收回晋府，屈产骏马仍替晋国驾车。不树恩德，百姓就不支持，仲雍的后嗣很快断绝。

我前往安阳，经过陕县外城。行走在漫渎的渡口，小憩于曹阳的墟市。多么美妙悠久的历史啊！这片故土曾是周公邵公的分封，周南召南两地的交界。《麟趾》从《关雎》得到印证，《驺虞》与《鹊巢》遥相呼应。

可怜汉室遭到离乱，朝廷流亡分崩离析。董卓之乱如滔天洪水冲荡神州，劫掠朝廷逼迫汉帝西迁长安。使万乘之君失去尊严和平常人一样，在迢迢长路上行进哀叹。汉皇请求李傕郭汜迁回洛阳，已经得到应允又中途变卦。追赶皇帝与保皇官军激战，迅猛向皇帝的车驾射箭。痛惜群臣救驾，竭尽全力以致战死。刀锋下身首分离，流矢飞箭洞穿胸膛。有的提衣投奔河岸，有的揎袖捋臂跳进水中。痛心的是人多船小，攀船者被砍掉的手指可掬。

进入曲沃满怀惆怅，惋惜仇被兄弟成师所取代。枝条粗大树身就会倾倒，分封的城邑与国都同等大小便结下祸根。公子臧和季札不肯争位而远走高飞，委身于曹吴而成全名节。而庄伯和武公多么可耻，唯利是图而拒绝行义。

踏进函谷关的重重关碍，看着衿带般险要的地势。追忆往昔诸侯勇敢和怯懦的事迹，思量秦国方针策略的利弊。秦有时敞开大门引诱敌人，各国军队畏惧而纷纷逃窜。有时紧闭关门，不向崤山之外窥伺。把腿连捆的鸡群不能栖息，小国联合起来却形成巨大的力量。难道仅仅地势决定安危？归根到底还是取决于人事的好坏。

汉朝历经六代才开始拓展疆域，以旧关之地为弘农县而把关口迁移。武帝在宽敞的皇宫里住得厌倦，甘愿微服出访寻乐。柏谷亭长不识武帝尊容而傲视怠慢，客店主妇见他相貌不凡而送餐款待。皇上重金酬谢这个村妇已嫌过分，为何还随便给她丈夫封官？昔日圣明的君主出巡，总是先清道警戒然后前往。唯恐马惊遭到意外，因而对御夫和卫士有严格的赏罚。那白龙变成游鱼，便落豫且的密网。在世人面前不珍重皇帝的威严，这风气岂可助长？

湖邑凭吊戾园，想起武帝疑心遭受巫蛊的横祸。没有踪影之事，本来难以追究，武帝委派的是个专事告密进谗的坏人。把继承皇位的太子刑戮示众，断绝骨肉之亲也不顾惜。虽然后来造“归来”之悲台，空有“望思”何补于事？

我怀着纷乱的心情迈进全节，又在这个地方徘徊流连。访问周武王放牛的故林，有感于桃园之名古今相互印证。走出阌乡策马扬鞭，前往黄巷渡过潼水。瞭望险峭的华山，仙人的掌印清晰可见。回想秦国使者捧回祭江玉璧，告诉始皇死期将至。不谈论鬼怪奇异征兆，我听说孔子早讲过这话。

痛恨韩遂马超凶恶，据守潼关函谷险要叛乱。曹操勃然大怒，名正言顺讨伐叛逆。对方人多势众又有何用？克敌制胜在于计谋策略。擂鼓进军尘埃飞扬，对方土崩瓦解冰消云散。马超逃命奔回西凉，士卒尸体堆积如山。

关隘险阻令人疲倦，崎岖不平的山路行车艰难。踏入秦郊始觉开朗，气候干爽地势宏壮。黄色土壤广阔千里，肥沃良田一望无际。遍地果实累累，桑麻茂盛。褒谷斜谷从东北倾向西南，汧水陇山在长安之西。宝鸡横卧于前，甘泉奔涌在后。面向终南背靠云阳，越过平原连着嶓冢山。九嵏巍峨，太一高峻。吹吐凛冽之清风，收纳浓郁之云气。南面灞浐两水黑白分明，骊山脚下有汤水温泉。北有清澈的渭水和混浊的泾水，兰池周曲两个池沼在长安城郊。引水灌注郑白两渠，水道运输淮河沿海一带粮食。有鄠竹林茂密，蓝田盛产美玉。班固述说陆地产物似大海一样众多，张衡描叙神州处处美好。这是西都宾对东都主所说的话，安处先生听凭虚公子所讲的事情，怎能不以为然？

劲松于寒冬中更加葱茏，忠臣在国家危难时方显忠贞。进入郑国都城拍手称快，敬佩郑桓公对幽王的忠心规劝。即使对于昏君，也竭尽股肱之力，赴汤蹈火坚定不移。父子相继为司徒，世代善于职守，缁衣穿破百姓替其缝制。

经过当年犬戎侵犯之地，痛恨幽王戏弄诸侯。屡次假举烽火使人失望，过分宠爱褒姒而放纵邪恶。军队大败于戏水之上，葬身于骊山之北。声威显赫的周朝，竟崩析灭亡。

又有人沿袭这种荒淫，这就是秦始皇统治天下的荒诞，他倾注天下财力为自己建造堂皇坟墓，开天辟地闻所未闻。筑墓工匠劳苦不但不加体恤，反而把他们活埋在里面，说是给他们的报酬。坟墓外面遭西楚霸王捣毁，墓中受牧羊孩童火焚。古人说：“行无礼之事必自食其果。”这不就是证明吗？

天地间由于人们亲密团结才能维持长久，君子仁德待人如同大地负载万物。我看汉高祖之所以能够兴起，不只是聪明神武豁达大度。实在还由于关怀百姓生老病死，不忘旧情，一片真诚仁爱。恩泽无不浸润，德惠遍及普天下没有遗漏。何况是乡里近宅！何况是卿士大夫！

汉高祖进住长安时，就仿效故乡丰邑的模样，在京郊建造新丰城。家乡神社搬来设置，社树白榆迁来栽种。街道如一，庭院住宅因袭相仿。以至鸡犬混杂乱放，仍然认识各自家门纷纷归巢。

项羽舍怒设宴于鸿门，刘邦低头弯腰来朝见。范增谋害未被允许，暗地授剑指使项庄起舞行刺。手持白刃表演万舞，刘邦性命危如冬叶之待霜。踩到虎尾而未被吞噬，全靠项伯和张良的掩护。樊哙怒目而入却被赐以酒肉，他一边咀嚼猪腿，一边怒责项羽。刘邦逃脱如蛇变龙得以伸展，雄踞霸上昂首挺胸。范增恼怒碎玉斗泄愤，这对刘邦有何损害？

子婴用绳系颈投降于轵道旁，他走下素车袒露半身以示屈服。疏广疏受饮饯于东门外，唯恐位高如水溢出而告老还乡。坚如金铸的城墙高万雉，峻峭险要而笔直。到达饮马桥南，走进华丽清洁的宣平门。市内繁华兴旺，千户亿人。各地士人娇女，并肩拥挤。我初次看到这名城的仪容，便到新舍馆就职。虽然疲倦而困顿，还是竭力升堂视事，勉励自己自强不息。

时过孟秋，公事闲暇。我便巡视农事，遍访民舍。昔日街市已经冷落，居民疏散。营旁官署，店铺仓库，零星残破于城隅，百不存一。所谓尚冠、修成、黄棘、宣明、建阳、昌阴、北焕、南平等著名街衢，都已荡然无存，徒留空名。于是取道长乐宫，登上未央宫。泛舟太液池，登临建章楼，环绕駆娑宫，寻访骀荡殿，经过枍诣宫，走进承光殿。徘徊于桂宫，感慨柏梁殿。锦鸡叫于台陂，狐兔打洞在殿旁。黍苗多么茂盛，旧都一片荒芜，令我思绪烦乱。洪钟抛在破庙里，乘风钟架废弃未悬。宫内野草繁茂，铜人已迁往灞川。

怀念萧何、曾参、魏相、邴吉诸位宰相，思念辛庆忌、李广、卫青、霍去病诸位将领。奉命出使匈奴的则有苏武，使远方畏服的则有张骞。文官广施伦理教化，人间秩序安定，武将善于用兵，国威远扬。他们临危不惧机智勇敢，身陷险境显出高风亮节。至于金日磾的忠孝淳厚，陆贾的快活享福；司马相如、王褒、扬雄的文学才能，司马迁、刘向、刘歆的史学造诣；赵广汉、张敞、王遵、王章、王骏等京兆尹的才干，于定国、张释之的善于处理讼事；汲黯为人的刚直不阿，郑当时的热心推举人才；终军是山东的英才，贾谊是洛阳的才子。他们冠缨上的垂带轻轻飘动，腰间的玉饰唰嚓作响，身上挂有佩玉出入宫门的人众多。有的穿少数民族服装，从泥潭中奋起。有的善于辞令，通达人情。有的功绩显赫却受到残酷迫害，有的才华超群，却不被重用。他们弘扬正气，声望崇高，名垂不朽。他们身上玉佩相击的声音，至今犹在耳边。当年王音、王凤、弘恭、石显任职得势，如火焰一般炽热四方，声威震耀于都市乡村。然而当他们死去的时候，还不如上述几位贤人的仆奴。人才果然难得，事实不是这样吗？

仰望渐台而愤恨扼腕，虽然挂了大奸臣的首级示众，但余怒未息。来到隽不疑逮捕假太子的北关参拜，走进皇宫武库向先知樗里子敬礼。商纣以酒为池虽已为前鉴，今人仍有不悟而追随覆车。曲阳侯建造府第与皇宫白虎殿相似，穷奢极欲荒淫无度。人的生命有始必有终，谁能长生永远活着？武帝雄才大略到哪里去了，竟被李少翁、栾平所迷惑。建筑观台宫室欲与天公争巧，海中的珍奇异品都想搜罗到。太液池陈列着石雕海神和鲸鱼，海神飞翔遨游于神山，鲸鱼乘浪而来，潮退而死。鳞片和骨骼曝晒在平坦的沙滩上，双目坠下如明月珍珠。铜铸仙人手捧承露盘求天降甘露，盘高临云霄而触天河。运来邛蒟之类特产有何难，只要我恣意所求。纵情游乐百戏，观赏角力竞技，在珠玉串成的甲乙帷帐中享乐。忍心残害百姓户口减半，还要到泰山刻石封禅虚夸美德。深深地怀念往古而肆意遐想，世上的事物好像此起彼伏循环无穷。

观看了前殿的辉煌景象，又去看秀丽的后宫。称赞冯婕妤挡熊之勇，佩服班婕妤不与成帝同车的明智。卫子夫头发黑美光泽如镜，赵飞燕身体轻盈善舞著名。善良者流芳百世，恃宠而骄者得祸亦重。

过便门桥向右转，一直走到长安县的边界尽头。走到细柳抚摸身上的佩剑，想起文帝选择将帅而心中畅快。周亚夫接受命令而忘掉自身，依法治军威武果断；拒皇帝于军营大门，按住御车拉住马辔；在尊严的皇帝面前应当肃敬下拜，但他行的是军礼。驻在棘门、霸上的军队表现谦卑，被斥为儿戏，表现尊贵倨傲的周亚夫却受到敬重。

寻访杜邮在哪里？人说这是孝里的旧名称。满怀惆怅停车徘徊，哀思武安君白起兴起悼念之情。因争论伐赵而殉国，曾在朝廷上预言胜负。秦孝公终因拒绝直言而失败，反而归罪于白起。押解出城不到十里，即赐剑令其自杀。可叹啊！君主昏愚而臣子嫉贤，灾祸怎会不临头？

到咸阳窥探秦故址，远望冀阙宫门灭没无遗；寻找当年皇宫殿宇的余基，只剩一片高低不平的废墟。想象蔺相如在此抱璧而立，明亮的眼睛斜视楹柱以示强烈的愤怒。燕国地图展毕，荆轲操起匕首，秦王扯断衣袖惊逃。高渐离奋起奏出凄厉的筑声，举起灌铅的乐器猛然击中始皇的膝骨。高居皇位如此模样，也实在狼狈得可怜！选择良才辅佐自己，人们都说李斯忠诚商鞅贤能。商鞅法治太苛，连弃灰于路也要受罚，李斯伪造君命逼杀扶苏于北方。儒生被活埋于深坑，焚诗书火燎烟滚。国家灭亡断绝后代，身受酷刑方知先前做得太过分。商法规定不准随便留客，商鞅本人没有投宿之处。李斯想再次回家乡牵着黄犬打猎再也办不到。硬说野蒲是肉脯，苑鹿是骏马；赵高进谗言作乱以篡夺君权，二世竟然不给众人开口，自己只坐虚位。兵刀按到头颈才反问，为何不早禀告？请求作个平民百姓也不应允，只有求死才得到许可。勇敢啊！子婴处事果断，敢于讨伐逆贼斩除祸根。秦皇朝土崩瓦解，无法挽救，只得在轵道旁作个降王。萧何入关收集典籍以辅佐刘邦，查阅资料知晓全国地形和人口。项羽放弃时机而不取，是戴着人帽的猴子，只会烧杀劫掠。刘邦如日月星在天，项羽似在九泉之下，即使用这样的比喻，也不足以说明他们的高下之别。

有感于街中的蒿井，悲叹于韩延寿被杀害的旧处。临难前部下在官前号啕大哭，愿以百人之身赎其罪。难道把生命看得这么轻吗？实在是因为韩延寿平素留下深切的恩惠。他过分直言反击萧望之而为自己辩解，我心里也有反感。但想到他政绩卓著，在当时实在是一个优秀人才。萧望之假借法律替自己雪恨，却不为国家爱惜人才完成事业；想要有宽宏大量顾全大局的高贵品质，不料萧望之的所为实在使人失望。

到达高祖墓地心中慷慨，敬慕龙颜的英明君主。胸怀豁然大度，会策群力，有善必举。活着时威震天地之间，死后连坟墓都不能保全。临近重新修整的坟穴拍手感叹，走进毁坏的墙垣不觉怅望哀悼。

越过安陵而无可指责，感到惠帝名声已默默无闻。追悼袁盎的正义行为，被梁王刺死于郭门外。在阳丘追问景帝，为什么听信谗言纵情娱乐？打死吴王太子在棋局下，发怒于一盘棋上。造成七国之乱，反而帮助逆贼而冤杀晁错。可恨听信谗言而又不去追讨罪责，这是使好人灰心失望而鼓励了恶人。

在渭陵指摘汉元帝的缺失，宠信宦官就应当受到贬斥。对这位君主的善行也要赞美，他废止园邑制而崇尚节俭。过延陵墓门而责备成帝，忠臣为何无辜被杀戮？陷害社稷之臣王章，使他被囚含冤死去尚未审讯昭雪。纵容淫嬖赵飞燕的凶残，不让妃嫔孕育，断绝皇帝的后嗣。导致王氏一家阴谋篡权，埋下汉室之颠覆大祸。

在义陵讥议哀帝，赐给董贤非分高爵。要效法帝尧禅让把君位传给他，做蠢事不得美名，成为天下笑柄，世世代代难洗掉。

俯视平帝的孤坟，可怜平后的贞洁。恨其父王莽篡逆，给汉室蒙受耻辱无法洗雪。被正义和忠诚所激励而自决，身赴烈火以明贞节。投进宫火化成粉末，随着烟灰一起散灭。

赶到横桥而回车，经过我掌管的县界南端。磁石的殿门兰木的栋梁，建筑成曲折奇丽的阿房宫。修饰终南山成为皇宫的门阙。扩展樊川引水注池沼。如此艰巨工程，役使鬼神建造尚且不该，何况靠人力完成？工匠雕刻还未完工，义军就已纷涌前来。连宗庙都陷作池沼，岂止阿房宫被毁！

从僭伪新朝的宗庙经过，王莽吹嘘他以黄帝为始祖，以虞舜为远祖。众人驱赶到南郊哀哭永福免灾，寻找迎合他心意假装哭得最悲哀的封为郎官。佯诵六经以掩盖他的阴谋，烧毁诗书使人无知，如面对墙壁站立。不以道德仁义为准则，即使有奇妙法术也同归于灭亡。

敬祀宣帝于乐游，继承衰微的汉朝皇统而中兴。不能对父母尽孝敬养，只好极力尊崇他们的陵墓。称陵园为奉明，邑号为千人。询问诸位乡里老人，知道是汉宣帝所经营。宣帝悲痛母亲死得悲惨，祭祀时大奏音乐以慰藉亡灵。虽然没有遵行古礼，也算得上观过而知仁。

登临高望之南隅，察看河流陆地的高低。开襟游览于清暑之馆，游目观看于五柞之宫。水道纵横交错，波涛汹涌生风，昆明池就在其中。此池水域广阔无边，流水荡漾，浩瀚汪洋，茫茫如同天河。日月附着于高天，出入于它的东方和西方；早晨它像日出的汤谷，傍晚又像日入的虞渊。昔日名宇豫章馆，分开黑水而突起。模拟天汉光辉吉祥的星象，摆列牛郎织女石像成双对立于池的两旁。本来希图万年不倒，谁料才一百二十年就崩塌。当年巍然耸立的百丈宫观，如今只残留低矮的短垣。鹭鹚振翅飞翔，野鸭鸿雁沉入水中。乘云上下飞舞，水禽随波漂荡。浮沉戏水，泛起波纹，寻食菱芡。莲花盛开于渌沼，青蕃茂盛似翠波。

当初开凿昆明池，目的是操练水战，征服边疆；意在劳师袭远，穷兵黩武，实在不是希望得到以后的福利。这里蔬菜和野果，水产植物都很繁多，可以补足陆产的不足。在晋代这些植物适宜土性，所以本已毁坏的昆明湖又重新加以疏浚。我要同县里所有的属官一起先使百姓富足，然后施以教化。带领闲游懒惰的贫民，共同修整船只。撒网收获，射箭猎取。鳏夫皆有家室，困乏潦倒的人都享到快乐。且看有人划船起钓，有人投钩撒网垂饵水中，有人挺鱼叉来往。用白羽连着网，用根木敲击船帮。大网钩住鱼鳃，网住鱼尾，接二连三。于是从网上取下一条条青色大鱼，在网丝上解开一条条红鲤鱼，华鲂跃鳞，素鲢扬鳍。厨工细切，鸾刀如飞，鱼块应刃跌到菜板上，轻细散落。鲜美可口的鱼块刚刚端上，宾客恭敬地等待进食。饱食一餐之后，心中淡然无所贪恋。希望上层人士的心也和穷人的肚子一样刚好满足就可以了。

于是举起马鞭，拂拭车垫，弹冠振衣，徘徊于丰镐，如饥似渴等待。殷切盼望瞻仰，敬畏恐惧无以复加。岂敢像孔子梦见三圣，只想学习十位治国能臣。文王兴建灵台，百姓鼎力不日而成。又有丰邑和镐京，还要扩大宫室。众人自愿前来孝敬，这是天神降下的吉利。积德延福，众莫二心。我常想这样的国家，有谁能了解呢？或许可以知道大概，可是难于理解透彻。秦时父亲需向儿子借用锄头，这是染了秦法的缘故。种田人互让田界，是受周代仁德感化的结果。苏秦张仪之流得势，诈骗之术就流行。虞芮两国懂得羞愧，也就停息诉讼。由此观之，社会风俗不是一成不变，教化则有一定准则。上层带动下层，正如在造器的模型里和成的黏土一样。各地民众汇合杂居，不同的风俗混合，懒惰的农夫贪财好利，不愿务农只想经商。此地与匈奴接壤，战争常发生在郊外。治理民事一定要果断，必须靠执政者采取有效措施。人们品格的高下，与政治教化的兴衰密切相关。讲究信誉就老实，上面的人不贪财好利，即使悬赏鼓励，下面的人也不肯盗窃。虽然我的才智不足以治理此地，我的聪明不能洞察一切；但只要具备仁义思想，大概总可以避免罪过。至于兴礼制乐的事，就待后来的贤达了。

【评析】

潘岳是晋初著名作家，但仕途坎坷，很不得意。在晋初统治者内部激烈的权力之争中，他曾依附太傅杨骏，在杨骏府上做过主簿。元康元年，杨骏被贾后所杀，并株连其党徒数千人。潘岳当时“归于都外”，因而幸免，次年出任长安县令。本赋便是记叙他奔赴长安途中之见闻。潘岳具有渊博的历史地理知识，由于他饱受乱世的危害和痛苦，特别是这次旅行前几乎遭到杀身之祸，所以这篇旅行游记，主要用意不在于描绘沿途风物，而是抚今追昔，表达政见。作者按其行程，每到一处便追怀当地历史上发生过的重要史迹和出现过的重要人物，并予评说褒贬，颂扬圣君贤人，贬斥昏君小人。潘岳很有才气，诗、文、赋皆佳。他的赋感情浓重，语言则善于翻用成语，融合史事。例如本篇抒发自己赴长安任县令时那种依恋心情时写道：“牧疲人于西夏，携老幼而入关。丘去鲁而顾叹，季过沛而涕零，伊故乡之可怀，疚圣达之幽情。”写到自己小儿子在途中夭折说：“夭赤子于新安，坎路侧而瘗之，亭有千秋之号，子无七旬之期。虽勉励于延吴，实潜动乎余慈。”运用典故，深沉表达情感，真切动人。

卷第十一

赋己

游览

登楼赋一首

作者：王仲宣　　注译评析：张葆全

登兹楼以四望兮[①]，聊暇日以销忧[②]。览斯宇之所处兮，实显敞而寡仇[③]。挟清漳之通浦兮[④]，倚曲沮之长洲[⑤]；背坟衍之广陆兮[⑥]，临皋隰之沃流[⑦]。北弥陶牧[⑧]，西接昭丘[⑨]。华实蔽野[⑩]，黍稷盈畴[⑪]。虽信美而非吾土兮，曾何足以少留[⑫]！

遭纷浊而迁逝兮，漫逾纪以迄今[⑬]。情眷眷而怀归兮，孰忧思之可任！凭轩槛以遥望兮，向北风而开襟。平原远而极目兮，蔽荆山之高岑[⑭]。路逶迤而修迥兮，川既漾而济深[⑮]。悲旧乡之壅隔兮，涕横坠而弗禁。昔尼父之在陈兮，有归欤之叹音[⑯]。锺仪幽而楚奏兮[⑰]，庄舄显而越吟[⑱]。人情同于怀土兮，岂穷达而异心？

惟日月之逾迈兮，俟河清其未极[⑲]。冀王道之一平兮，假高衢而骋力。惧匏瓜之徒悬兮[⑳]，畏井渫之莫食[㉑]。步栖迟以徙倚兮[㉒]，白日忽其将匿。风萧瑟而并兴兮，天惨惨而无色。兽狂顾以求群兮，鸟相鸣而举翼。原野阒其无人兮[㉓]，征夫行而未息。心凄怆以感发兮，意忉怛而憯恻[㉔]。循阶除而下降兮[㉕]，气交愤于胸臆[㉖]。夜参半而不寐兮[㉗]，怅盘桓以反侧[㉘]。

【作者简介】

王粲（177—217），字仲宣，东汉末年山阳高平（今山东微山西北）人。少有异才，很受蔡邕赏识。年十七，因西京扰乱，南下荆州依刘表，但历十五年而不被重用。后归曹操，任丞相掾，转迁军谋祭酒。魏国建，为侍中。善诗赋，为“建安七子”之一，刘勰称之为“七子之冠冕”。其诗赋感时伤乱，情调苍凉，但悲而不壮，真挚有余而跌宕不足。原有集十一卷，已散佚，明人辑有《王侍中集》一卷，存诗二十余首。代表作为《登楼赋》《七哀诗》。《三国志·魏书》有传。

【篇旨】

写登上荆州当阳城楼之所见所感，抒发思乡怀土之情与抱负不能施展的苦闷。

【注释】

① 兹楼：李善引盛弘之《荆州记》，以为当阳城楼，在今湖北。郦道元《水经注》以为麦城城楼。古麦城位于漳水沮水交汇处，在当阳东南。

② 暇日：闲暇之日。

③ 仇：匹敌。

④ 挟：带。漳：水名，在当阳境内。通浦：通达的渡口。

⑤ 沮：水名，在当阳境内，与漳水汇合后向南流入长江。

⑥ 坟衍：地势高平。

⑦ 皋隰（xí）：水边低湿之地。沃流：肥美的河流。

⑧ 弥：终极。陶牧：陶朱公葬地的郊野。陶朱公即春秋时越国的范蠡，隐遁至陶（今山东曹县），后经商称陶朱公，死后葬地亦称陶。牧：郊野。

⑨ 昭丘：楚昭王葬地。

⑩ 华：花。

⑪ 畴：田地。

⑫ 曾：语助词，表舒缓语气。

⑬ 纪：十二年为一纪。

⑭ 岑：小而高的山。

⑮ 漾：水长。济：渡。

⑯ 尼父：指孔子。《论语·公冶长》说，孔子流落到陈，遭到困厄，对弟子说："归欤！归欤！"想回到鲁国去。

⑰ 锺仪：春秋时楚国人。《左传·成公九年》说，他作战被俘，囚在晋国，晋侯让人拿琴给他弹，他却弹出了楚国的乐调。

⑱ 庄舄（xì）：战国时越国人。《史记·张仪列传》说，他在楚国做了大官，病中仍思念乡国，吟着越国的腔调。

⑲ 河清：黄河水变清，喻政治清明，世道太平。

⑳ 匏（páo）瓜：葫芦，吊在藤上，不能吃。《论语·阳货》说，孔子曾表示："吾岂匏瓜也哉？焉能系而不食？"

㉑ 渫（xiè）：淘去泥污。《周易·井》说："井渫不食，为我心恻。"

㉒ 栖迟：游息。徙倚：徘徊。

㉓ 阒（qù）：寂静。

㉔ 忉（dāo）怛（dá）：哀伤。憯（cǎn）：惨痛。

㉕ 阶除：台阶，指楼梯。

㉖ 交：同绞，乖戾。

㉗ 参：及。

㉘ 盘桓：徘徊，这里指左思右想。

【语译】

登上这座城楼向四面眺望，暂且借这闲暇之日来消除心中的忧愁。看看这座楼宇所处的地势，实在显豁宽广而少有其匹。它挟带着清澈漳水沿岸通达的渡口，倚靠在曲折沮水岸边的长岛旁。背向高平广阔的陆地，面临低湿肥美的河流。北边远至陶朱公墓地所在的郊野，西边连接着楚昭王的墓丘。花果漫山遍野，黍稷长满田畴。虽然确实美好但却不是我的故土啊，怎值得我作哪怕是片刻的停留?

我遭逢乱世而迁徙流亡，悠悠忽忽至今已过去了十二年。心中总是眷念着故乡而一心想归去，谁能承受得住这深深的愁思?我倚靠着窗前的栏杆而远眺，迎着北风敞开自己的衣襟。平原辽远可以尽情纵目，但荆山的高岗遮住了我的视线。路途曲折漫长啊，水路和津渡也是既长且深。我为故乡阻隔而悲伤，眼泪不禁迸涌而下。从前孔子流落在陈，曾发出过“归欤”的叹息。锺仪囚禁在晋国依然弹奏着故乡楚地的歌曲，庄舄在楚国享受富贵但病中仍然吟着故乡越地的腔调。怀念故土是人们的共同感情啊，怎会由于穷困或通达而变心?

时光一天一天地逝去，我等待太平盛世但它始终没有到来。希望王道是那么宽阔平坦，我能在这大道上尽力驰骋。我真担心自己像葫芦瓜那样白白悬挂着不能让人食用，又害怕像淘净了的井水没有人来喝。我在楼上漫步徘徊，太阳忽然就要西沉。萧瑟的凉风一齐从四面刮起，天色变得惨淡而无光。走兽疯狂四顾急忙去寻找同类，飞鸟齐鸣而振起双翅。原野寂静无人，只有行人还在匆匆赶路。我深受感触而悲从中来，内心十分悲伤和痛楚。沿着阶梯走下楼，愤懑之气重压在胸中。到了半夜还不能入睡，左思右想辗转反侧惆怅不已。

【评析】

王粲遭逢乱世，避难荆州，怀抱异才却未能施展，登楼时思乡之情与失意之感不觉一齐涌上心头。但本文并非只是直抒胸臆，而是将浓情融入丽景铺叙之中。首段写登楼所见，展现出荆州的辽阔与富美，末句“虽信美而非吾土兮，曾何足以少留”，突作转折，从而衬跌出浓厚的思乡之情。如果说首段为由景入情，第二段便是由情入景。作者滞留异乡，“怀归”情深，此刻凭轩北望，迎风开襟，只见路途遥远，关山阻隔，不禁潸然泪下。末段直抒自己理想难期、壮志未伸的苦闷，而又以白日西沉、凉风萧瑟、天色惨淡、鸟兽惊惶的凄凉景象作衬托，更显出内心极度的愤懑和凄怆。全文情景相融无间，写景虽饱含凄凉但能“局面阔大”，抒情虽觉“悲而不壮”但却真挚动人。作品以登楼始，以下楼终，登楼时本拟观景消忧，下楼时却已是触景更增哀愁，全文首尾可谓一气贯通。

游天台山赋一首　并序

作者：孙兴公　　注译评析　张葆全

天台山者[①]，盖山岳之神秀者也。涉海则有方丈、蓬莱[②]，登陆则有四明、天台[③]。皆玄圣之所游化[④]，灵仙之所窟宅。夫其峻极之状，嘉祥之美，穷山海之瑰富[⑤]，尽人神之壮丽矣。所以不列于五岳[⑥]，阙载于常典者，岂不以所立冥奥，其路幽迥，或倒景于重溟[⑦]，或匿峰于千岭。始经魑魅之涂[⑧]，卒践无人之境。举世罕能登陟[⑨]，王者莫由禋祀[⑩]，故事绝于常篇，名标于奇纪[⑪]。然图像之兴[⑫]，岂虚也哉！非夫遗世玩道[⑬]，绝粒茹芝者[⑭]，乌能轻举而宅之[⑮]？非夫远寄冥搜[⑯]，笃信通神者，何肯遥想而存之[⑰]？余所以驰神运思，昼咏宵兴[⑱]，俯仰之间[⑲]，若已再升者也[⑳]。方解缨络[㉑]，永托兹岭。不任吟想之至[㉒]，聊奋藻以散怀[㉓]。

太虚辽廓而无阂[㉔]，运自然之妙有[㉕]。融而为川渎[㉖]，结而为山阜[㉗]。嗟台岳之所奇挺，寔神明之所扶持[㉘]。荫牛宿以曜峰[㉙]，托灵越以正基[㉚]。结根弥于华岱[㉛]，直指高于九疑[㉜]。应配天以唐典[㉝]，齐峻极于周诗[㉞]。

邈彼绝域，幽邃窈窕[㉟]。近智以守见而不之[㊱]，之者以路绝而莫晓。哂夏虫之疑冰[㊲]，整轻翮而思矫[㊳]。理无隐而不彰，启二奇以示兆[㊴]。赤城霞起而建标[㊵]，瀑布飞流以界道[㊶]。

睹灵验而遂徂[㊷]，忽乎吾之将行。仍羽人于丹丘[㊸]，寻不死之福庭[㊹]。苟台岭之可攀，亦何羡于层城[㊺]？释域中之常恋[㊻]，畅超然之高情。被毛褐之森森[㊼]，振金策之铃铃[㊽]。披荒榛之蒙茏[㊾]，陟峭崿之峥嵘[㊿]。济楢溪而直进[51]，落五界而迅征[52]。跨穹窿之悬磴[53]，临万丈之绝冥[54]。践莓苔之滑石[55]，搏壁立之翠屏[56]。揽樛木之长萝[57]，援葛藟之飞茎[58]。虽一冒于垂堂[59]，乃永存乎长生。必契诚于幽昧[60]，履重崄而逾平。

既克陊于九折[61]，路威夷而修通[62]。恣心目之寥朗[63]，任缓步之从容。藉萋萋之纤草[64]，荫落落之长松[65]。觌翔鸾之裔裔[66]，听鸣凤之嗈嗈[67]。过灵溪而一濯[68]，疏烦不想于心胸。荡遗尘于旋流[69]，发五盖之游蒙[70]，追羲农之绝轨[71]，蹑二老之玄踪[72]。

陟降信宿[73]，迄于仙都。双阙云竦以夹路[74]，琼台中天而悬居。朱阙玲珑于林间[75]，玉堂阴映于高隅。彤云斐亹以翼棂[76]，皦日炯晃于绮疏[77]。八桂森挺以凌霜[78]，五芝含秀而晨敷[79]。惠风伫芳于阳林[80]，醴泉涌溜于阴渠[81]。建木灭景于千寻[82]，琪树璀璨而垂珠[83]，王乔控鹤以冲天[84]，应真飞锡以蹑虚[85]。骋神变之挥霍[86]，忽出有而入无[87]。

于是游览既周，体静心闲[88]。害马已去[89]，世事都捐[90]。投刃皆虚，目牛无全[91]。凝思幽岩，朗咏长川[92]。尔乃羲和亭午[93]，游气高褰[94]。法鼓琅以振响[95]，众香馥以扬烟[96]。肆觐天宗[97]，爰集通仙[98]。挹以玄玉之膏[99]，嗽以华池之泉[100]。散以象外之说[101]，畅以无生之篇[102]。悟遣有之不尽[103]，觉涉无之有间[104]。泯色空以合迹[105]，忽即有而得玄[106]。释二名之同出[107]，消一无于三幡[108]。恣语乐以终日，等寂默于不言[109]。浑万象以冥观，兀同体于自然[110]。

【作者简介】

孙绰（314—371），东晋文学家。字兴公，太原中都（今山西平遥西南）人，家居会稽。曾任章安令、永嘉太守，稍迁散骑常侍，领著作郎。官至廷尉卿。好山水，有文才。作诗喜言玄理，为东晋玄言诗代表作家。亦能赋。《游天台山赋》写成，对范启说："卿试掷地，要作金石声。"（见《世说新语·文学》）又有《遂初赋》。原有集二十五卷，已散佚。明人辑有《孙廷尉集》。为孙楚孙，传附《晋书·孙楚传》。

【篇旨】

通过记游，描写天台山的高峻幽邃，抒发自己捐弃世事、同体自然的求仙情怀。

【注释】

① 天台山：在浙江东部。主峰华顶山，在天台东北。

② 方丈、蓬莱：古代传说中的海中神山。

③ 四明：山名，在宁波西、天台山北。

④ 玄圣：道家所谓的仙人。

⑤ 瑰：珍宝。

⑥ 五岳：东岳泰山、西岳华山、南岳衡山、北岳恒山、中岳嵩山。

⑦ 倒景：倒影。重溟：大海。

⑧ 魑（chī）魅（mèi）：古代传说中的山泽中的鬼怪。

⑨ 陟（zhì）：升，登。

⑩ 禋祀：祭天，也泛指祭祀。

⑪ 奇纪：罕见的著作。关于天台山的记载，最早见于《内经·山记》。

⑫ 图像：据李善注，当时有《天台山图》，描绘天台山景致。

⑬ 遗世：抛弃尘世事务。玩道：玩味研习道术。

⑭ 绝粒：不吃饭。茹芝：吃灵芝。

⑮ 轻举：指飞升成仙。

⑯ 远寄：心思寄托在远处。冥搜：苦苦追求。均指求仙寻道。

⑰ 存：想念。

⑱ 宵兴：指晚上兴奋起来而不眠。

⑲ 俯仰之间：一俯一仰之间，喻时间短暂。

⑳ 再升：指两次登山。

㉑ 缨络：缠缚，指世事纠缠。

㉒ 吟想：口吟心想。

㉓ 奋藻：努力铺陈辞藻，指写作。

㉔ 太虚：天，天空，宇宙。阂（hé）：阻碍。

㉕ 妙有：道家认为，万物均出于空虚，所谓“无”中生“有”，非常奇妙。

㉖ 渎（dú）：河川。

㉗ 阜：土山。

㉘ 寔：实在。

㉙ 牛宿（xiù）：牵牛星座。天台山地处古越国，是牵牛星座的分野。

㉚ 灵：神秀。

㉛ 弥：更加，超越。华：华山。岱：岱宗，即泰山。

㉜ 九疑：山名，在湖南宁远境南。

㉝ 配：匹配。《左传·庄公二十二年》：“姜，大岳之后也。山岳则配天。”杜预注：“姜姓之先，为尧四岳。”故曰“唐典”。

㉞ 齐：相等。《诗经·大雅·崧高》：“崧高维岳，骏极于天。”

㉟ 窈（yǎo）窕（tiǎo）：深远貌。

㊱ 近智：指智力短浅者。守见：固守成见。之：往。

㊲ 哂（shěn）：讥笑。夏虫：夏天生出的虫子，活不到冷天即死去。《庄子·秋水》：“夏虫不可以语于冰者，笃于时也。”

㊳ 翮（hé）：羽毛，翅膀。矫：飞。

㊴ 二奇：指下文的赤城和瀑布。兆：迹象。

㊵ 赤城：山名，在天台山的入口处，山色赤，如红霞。

㊶ 瀑布：天台山之西南峰有瀑布山，上有瀑布，飞流而下。界道：划分界限。

㊷ 徂：往。

㊸ 仍：因，就，“接近”的意思。羽人：飞仙。丹丘：传说中的仙境，昼夜常明。

㊹ 福庭：幸福的园地。

㊺ 层城：传说中昆仑山上神仙居住的地方。

㊻ 域中：指尘世间。

㊼ 毛褐（hè）：指用兽毛和粗麻制成的粗糙的衣服。森森：繁密貌。

㊽ 金策：以金属为饰的手杖。铃铃：手杖触地声。

㊾ 榛（zhēn）：树丛。蒙茏：草木茂密貌。

㊿ 峭崿：陡峭的山崖。

51 楢（yóu）溪：水名。

52 落：斜行。五界：地名，当五县交界之处。

53 穹隆：长而弯曲的样子。悬磴（dèng）：高悬的登山石级。

54 绝冥：指无底深渊。

55 莓苔：指青苔。

56 搏：用手抓。翠屏：指长满青苔的石壁。

57 揽：抓取。樛（jiū）木：弯曲的树木。萝：缠在树身上的藤。

58 葛藟（lěi）：落叶木质藤本植物。

59 垂堂：垂脚坐于堂外阶沿上，有下坠的危险，语出《汉书·爰盎传》："千金之子，坐不垂堂。"

60 契诚：投合，诚心。幽昧：指深邃之道。

61 跻（jì）：登。

62 威夷：险阻。

63 寥朗：心虚目明貌。

64 藉：以物衬垫，坐于其上。萋萋：茂盛貌。

65 落落：稀疏貌。

66 觌（dí）：见。裔裔：飞舞轻盈流丽貌。

67 喁（yōng）喁：和鸣声。

68 灵溪：河川名，在天台山中。

69 遗尘：尚未除尽的尘俗。

70 五盖：佛教语，指人之五惑：贪欲、瞋恚、睡眠、调戏、疑悔，认为五惑能盖覆心识，使不明正道。游蒙：浅陋昏蒙。

71 羲农：伏羲、神农，指上古时代。绝轨：中断了的道路。

72 二老：老子、老莱子。玄踪：求仙得道的玄妙足迹。

⑦③ 信宿：过一宿为舍，过两宿为信。

⑦④ 双阙：宫殿或城门前面两边的高楼。

⑦⑤ 朱阙：五臣本作“朱阁”。玲珑：空彻透明貌。

⑦⑥ 彤（tóng）：红色。斐（fěi）亹（wěi）：文采貌。棂：窗格子。

⑦⑦ 炯（jiǒng）晃：光辉灿烂。绮疏：花纹。指门窗上刻镂的花纹。

⑦⑧ 八桂：八株桂树，语出《山海经》“桂林八树”，说八树即可成林，以形容树的高大。

⑦⑨ 五芝：据《神农本草经》，指赤、黄、白、黑、紫五色灵芝。秀：草类植物的花实。敷：开放。

⑧⓪ 惠风：和风。伫：积聚。阳林：山南的树林。

⑧① 醴泉：甜美的泉水。涌溜：喷涌。阴渠：山北的水渠。

⑧② 建木：传说中的巨树，《山海经》《吕氏春秋》等书谓其“百仞无枝”“日中无影”。寻：古长度单位，八尺为寻。

⑧③ 琪树：玉树，谓树秀挺如玉。垂珠：指果实下垂。

⑧④ 王乔：又称王子乔，即周灵王太子晋，《列仙传》说，他往嵩山修炼，三十余年后，人见其乘鹤升天而去。控：驾驭。

⑧⑤ 应真：佛家语，即罗汉。飞锡：亦佛家语，指手执锡杖，行于虚空。

⑧⑥ 挥霍：变易貌。

⑧⑦ 出有而入无：语出《淮南子》“出于无有，人于无为”，谓自由地出入于人间真实之境与神仙虚幻之境。

⑧⑧ 闲：安宁。

⑧⑨ 害马：害群之马，语出《庄子·徐无鬼》，这里指尘世的欲念。

⑨⓪ 捐：抛弃。

⑨① 目牛无全：《庄子·养生主》说，庖丁解牛，技艺高超，能透过牛体，洞悉骨节空隙，故只在空虚处下刀，牛身迎刃而解。这里用以比喻洞察玄理，领会了微妙的道。

⑨② 朗咏：放声歌咏。

⑨③ 羲和：传说中驾驶日车的神，此指太阳。亭午：正午。

⑭ 褰（qiān）：开。

⑮ 法鼓：佛僧说法召集听众的鼓，置于法堂之上。琅：声音清朗响亮。

⑯ 馥：芳香。

⑰ 肆：遂。觐（jìn）：朝见。天宗：指道家尊神老君。

⑱ 爰（yuán）：于是。通仙：众仙。

⑲ 挹：舀取，汲取。

⑳ 华池：传说中昆仑山上的仙池。

⑩ 散：启发。象外：物象之外，指玄妙的道。

⑩ 畅：解释。无生：佛教认为，天下万物，本无生灭。无生之篇即指佛教典籍。

⑩ 有：佛道语，指万有，即尘世。

⑩ 无：佛道语，指虚无，即无为的神佛境界。

⑩ 泯：消灭差别使之同一。

⑩ 玄：指玄妙之道。

⑩ 二名：指“无”和“有”。《老子》说：“无名天地之始，有名万物之母”，“此两者，同出而异名”。

⑩ 三幡：道家语，指色、空、观，认为三者最易摇荡人心。

⑩ 恣语乐两句：语出《庄子》。《庄子·则阳》说：“言而足，则终日言而尽道也。”《庄子·寓言》说：“言无言，终身未尝言；终身不言，未尝不言。”

⑩ 兀：浑然无知貌。

【语译】

天台山，大约是山岳中最为神奇秀丽的。渡海有方丈、蓬莱等神山，登陆则有四明、天台等名山，都是神人云游化道之地，灵仙居住之所。至于那高峻至极之状，嘉善吉祥之美，可说是集中了山海中所有的名贵珍宝，完全显示了人间仙界的壮美富丽。它之所以不列在五岳之中，通常的典籍又失载，大约是由于它所处的位置幽深，道路僻远，有的山峰倒影入海，有的山峰被重山叠岭所遮蔽。开始入山就要经过鬼怪出没的路途，最后踏上绝无人迹的境地。世上很少有人能够攀登，帝王也无法举行祭祀。因此这山的情况不见于平常的篇籍，只是在特殊的记载中才标出了山的名字。然而此山图像的绘制，难道是虚构的吗？如果不是那抛开世事追求道术“绝粒茹芝”一心想成神仙的人，哪能飞升而居住在山里？如果不是那心托远方苦苦追求并以自己的虔诚感动神灵的人，哪肯将心思远远寄托于其上而不断思念？我也因此而神志远驰反复思虑，白天咏诵晚上仍兴奋不已，在一俯一仰的刹那之间，似乎已再次登上了天台山。我正打算摆脱世事的纠缠，永远托身在这座山上，不禁尽情地一面吟咏一面默想，借着辞藻的铺陈来散散我的心怀。

宇宙广阔无物而没有阻碍，大自然运转着“无”中生“有”生成万物的奇妙，融化开来就成为河川，凝结起来就成为山岭。啊！天台山这样的突出挺拔，实在是由于神灵的扶持。它的山峰在牵牛星座的照耀之下，根基依托于灵秀的越国。扎根比华山、泰山更深厚，山峰直插天空比九嶷山更高。它应具有唐尧时代以山岳配天那样的资格，它的高峻也与《诗经·大雅·崧高》所说“峻极于天”相当。

它处在极远极远的地方，是那样的深邃幽远。智力短浅者由于因守成见而不肯前往，愿意前往者又由于道路阻隔而不熟悉那里的情况。可笑的是似夏虫疑冰般的见识浅薄，我准备像飞鸟一般整整轻捷的羽翅而飞到山里去。没有什么隐蔽幽深的道理不能显露出来，天台山就显示了两种奇观以昭示世人：那赤城山如同红霞一般好像立起一座高耸的标柱，那白色的瀑布飞流而下在青山中划出了鲜明的界限。

看到了山的灵验于是决心前往，我将飘然而去。追随仙人而走向丹丘，去寻找长生不死的福地。如果天台山能够攀登，又何必羡慕那仙境层城？摆脱尘世上人们所常贪恋的事物，舒展超然物外的高远情怀。披上繁密的毛麻粗衣，拄着以金属为饰发出“铃铃”之声的手杖，从茂密的荒草树丛中分开路径，攀登陡峭险峻的山峰。渡过楢溪而直往前行，斜穿过五界又迅速前进。跨上弯弯曲曲高悬空中的石级，下临万丈的无底深渊。踏着铺满青苔的滑石，抓住直立的布满植物的石壁。把握弯曲树枝上的长藤，攀引葛藟上盘旋而上的藤茎。虽然执意冒一次坐于垂堂的危险，却希望永远地获得长生。只要诚心诚意地追求幽深之道，即使足践重重险地也会觉得更加平坦。

当登上曲折的险道后，山路的险阻反而变得舒缓通畅了。我尽情地放宽心胸舒展目光，任随步履从容不迫地缓行。坐在浓密柔嫩的草地上，上面荫盖着稀疏孤耸的高松。看飞鸾飞舞得那样轻盈流丽，听鸣凤发出“噰噰”的和鸣声。过灵溪时洗一洗身，疏解心胸上的烦恼。在旋流中涤荡尚未除尽的尘俗，开发那佛教所谓“五盖”之浅陋昏蒙。追随上古伏羲神农时代已中断的道路，跟着老子、老莱子的足迹去访道求仙。

上山下山经过了一两夜，终于到达了神仙的都城。双阙高耸入云夹在路的两旁，琼台高悬在半空中。林间的红楼空彻透明，高地上以玉为饰的殿堂闪着幽静的光。色彩斑斓的红云承接着窗户，红日在门窗上闪耀着光辉。八桂茂盛挺拔迎着霜雪，五芝含孕着英华在清晨开放。山南的树林中和风贮藏着芬芳，山北的水渠喷涌着甘甜的清泉。日中无影的建木高耸千丈，琪树光彩闪烁垂挂着珠玉般的果实。仙人王子乔骑着鹤直冲蓝天，罗汉手执锡杖步入云中。施展着神奇迅速的变化，在人间真实之地与神仙虚幻之境任意出入往来。

这时已游览了一遍，身心都觉宁静。嗜欲已如害马一般被除去，世事也抛到了脑后。如同庖丁解牛只在空虚处下刀，洞悉了道的玄妙。在幽静的山岩上凝神结思，在悠长的河水边放声高咏，此时太阳正当中午，天空中浮游的云气高高敞开。法鼓敲响声振四方，各种名贵的香升起了袅袅香烟。于是朝见天尊，会集众仙。舀取玄玉之膏，用华池的泉水洗漱。用道家超然物外的玄妙之道来启发，用佛教本无生灭的典籍来晓喻。领悟到排除世事还未尽，觉得对玄妙之道的追求还有距离。抹掉色空的界限将两者合而为一，也就可以从世事万有中获得玄妙的道；了解有和无二名虽异名而同出，让色空观三幡都消释在玄妙虚无之中。尽情地整天愉快地交谈，也与一言不发的寂默相同。将世间万物混同起来进行深深观察，自己也不知不觉地与自然并为一体。

【评析】

孙绰是描写天台山名胜的第一人，天台山也由于孙赋而名闻天下。

作者笔下的天台山，倒景重溟，匿峰千岭，赤城霞起，瀑布飞流。山中既有万丈之绝冥，壁立之翠屏，幽深险峻；又有萋萋纤草，落落长松，裔裔翔鸾，嗈嗈鸣凤，秀丽之风光美不胜收。作者描绘山水，并非绝对纪实，而是大胆地驰骋想象，写出了山中的奇妙仙境：林间朱阁透亮，玉堂掩映，桂树森森，灵芝含秀，惠风送来芬芳，醴泉叮咚作响，建木高耸千寻，琪树珠光闪烁……作者用浪漫笔法展现了仙界奇景，沁人心脾。作者在记游的同时，还融入了自己脱俗求仙的真切感受，开始是“释域中之常恋，畅超然之高情”，进而“悟遣有之不尽，觉涉无之有间”，经过不断追求，最后达到“浑万象以冥观，兀同体于自然”的境界，整个身心沉浸在天台山之美景中，情景融而为一，完成了对天台山的最高礼赞。作品中虽杂有仙佛思想，但与山水描绘浑然一体而不觉累赘，这诚如刘勰所说“无益经典而有助文章”，仙境的描写与夸饰使文章大为增色，有助于本文成为歌咏天台山之千古名篇。

芜城赋[①]一首

作者：鲍明远　　注译评析：张葆全

沵迆平原[②]，南驰苍梧、涨海[③]，北走紫塞、雁门[④]。柂以漕渠[⑤]，轴以昆岗[⑥]。重江复关之隩[⑦]，四会五达之庄[⑧]。当昔全盛之时，车挂轊[⑨]，人驾肩。廛闬扑地[⑩]，歌吹沸天。孳货盐田[⑪]，铲利铜山[⑫]；才力雄富[⑬]，士马精妍[⑭]。故能奓秦法[⑮]，佚周令[⑯]，划崇墉[⑰]，刳浚洫[⑱]，图修世以休命[⑲]。是以板筑雉堞之殷[⑳]，井干烽橹之勤[㉑]；格高五岳[㉒]，袤广三坟[㉓]；崪若断岸[㉔]，矗似长云[㉕]；制磁石以御冲[㉖]，糊赪壤以飞文[㉗]。观基扃之固护[㉘]，将万祀而一君[㉙]。出入三代，五百余载[㉚]，竟瓜剖而豆分。

泽葵依井[㉛]，荒葛罥涂[㉜]。坛罗虺蜮[㉝]，阶斗麏鼯[㉞]。木魅山鬼，野鼠城狐，风嗥雨啸，昏见晨趋。饥鹰厉吻[35]，寒鸱吓雏[36]。伏虣藏虎[37]，乳血飧肤。崩榛塞路[38]，峥嵘古馗[39]。白杨早落，塞草前衰。棱棱霜气[40]，蔌蔌风威[41]。孤蓬自振[42]，惊砂坐飞[43]。灌莽杳而无际[44]，丛薄纷其相依[45]。通池既已夷[46]，峻隅又已颓[47]。直视千里外，唯见起黄埃。凝思静听，心伤已摧[48]。

若夫藻扃黼帐[49]，歌堂舞阁之基；璇渊碧树[50]，弋林钓渚之馆；吴蔡齐秦之声，鱼龙爵马之玩[51]，皆薰歇烬灭[52]，光沉响绝。东都妙姬，南国丽人，蕙心纨质[53]，玉貌绛唇[54]，莫不埋魂幽石，委骨穷尘[55]。岂忆同舆之愉乐[56]，离宫之苦辛哉[57]！

天道如何？吞恨者多。抽琴命操[58]，为《芜城之歌》。歌曰："边风急兮城上寒，井径灭兮丘陇残[59]。千龄兮万代，共尽兮何言！"

【作者简介】

鲍照（约414—466），字明远，东海（今山东郯城一带）人，南朝宋文学家。出身寒微，文帝时任中书舍人。临海王刘子顼镇荆州，任为前军参军。子顼起兵谋反赐死，他为乱军所杀。诗擅乐府，尤工七言。今存诗二百余首，《拟行路难》等诗为其代表作。其诗多表现贫士之失意及对门阀统治的愤懑，风格清俊飘逸。亦工骈体文，《芜城赋》《登大雷岸与妹书》均为佳构。有《鲍参军集》。传附《宋书》《南史》之《临川王刘道规传》。

【篇旨】

描写广陵城昔日的繁荣和战乱后的荒芜，讽刺封建王侯发动叛乱所带来的灾祸。

【注释】

① 芜城：指广陵，故城在今江苏扬州市江都区东北，汉魏晋五百余年均为封建小王朝王都。汉代吴王刘濞及刘宋时代竟陵王刘诞都曾据此谋

反，兵败而死，广陵亦屡遭战火。鲍照登广陵城，有感于丧乱而作此赋。

② 沵（lì）迤（yǐ）：相连渐平之貌。迤：斜。

③ 苍梧：汉代郡名，在今广西梧州一带。涨海：南海。

④ 紫塞：即长城。秦长城土色皆紫，故名。雁门：汉代郡名，在今山西北部。

⑤ 柂：当作“拖”，引也。漕渠，即邗沟，运粮之运河。

⑥ 昆岗：一名阜岗，广陵城建于其上。

⑦ 隩（yù）：深隐之处。

⑧ 庄：六方通达之道。

⑨ 轊（wèi）：车轴顶端。

⑩ 廛（chán）：民居之区域。闬（hàn）：里门。扑：尽。

⑪ 孳：同滋，繁殖。

⑫ 铲：削平。

⑬ 才力：即材力。

⑭ 妍：美好。

⑮ 奓：同“侈”，过也。

⑯ 佚：同“轶”，过也。

⑰ 划：同“画”，界也，此谓筑高城以为界。崇墉：高城。

⑱ 刳（kū）：挖。浚洫（xù）：深池。

⑲ 休：美。

⑳ 板：筑墙用的夹板。筑：将夹板中之土充实的杵头。版筑指修建城墙。雉：城墙长三丈高一丈为一雉。堞：女墙。雉堞指城墙。殷：盛。

㉑ 井干：建筑所用之木架，如井上之栏杆，故名。烽：烽火台。橹：城上之望楼。勤：劳。

㉒ 格：量度，此指高度。

㉓ 袤：南北之长曰袤，此指广度。三坟：指汝、淮、河三水之涯。

㉔ 崒（zú）：高峻。

㉕ 矗：齐平。

㉖ 冲：突袭。

㉗ 赪（chēng）壤：赤色泥土。飞文：飞动文采。

㉘ 扃（jiōng）：外闭之关。基扃指城阙。

㉙ 祀：年。

㉚ 出入：往来，经过。三代：指汉、魏、晋。

㉛ 泽葵：莓苔。

㉜ 葛：蔓草。罥（juàn）：绾，缠绕。

㉝ 坛：堂。虺（huǐ）：蛇。蜮（yù）：短狐，传说能含沙射影害人。

㉞ 麏：似鹿而小。鼯（wú）：鼯鼠。

㉟ 厉：磨。

㊱ 鸱（chī）：鹞鹰。雏：幼鸟。

㊲ 虣：古文“暴”字。

㊳ 榛：丛生之树木。

㊴ 峥嵘：深冥貌。馗：同“逵”，大路。

㊵ 棱棱：严寒貌。

㊶ 蔌（sù）蔌：劲疾貌。

㊷ 振：扬起。

㊸ 坐飞：无故而飞。

㊹ 灌莽：丛生之草木。

㊺ 薄：草木交错。

㊻ 通池：城濠。夷：平。

㊼ 隅：城角。峻隅，指高城。

㊽ 摧：悲伤至极。

㊾ 藻扃：彩绘之门户。黼（fǔ）帐：绣帐。

㊿ 璇渊：玉池。碧树：玉树。

51 鱼龙：一种鱼变幻之戏术。爵马：供赏玩装饰之物。爵，同“雀”。

52 薰：香气。烬：火烧后之残余。

53 蕙：香草。纨：细绢，白绸。

54 绛：红。

55 委：积。

56 同舆：指后妃获恩宠与皇帝同车。

57 离宫：黄帝之行宫。古代后妃宫姬为皇帝所弃常独居离宫。

58 命：名。操：琴曲名。命操指谱曲。

59 井径：田间小路。丘陇：坟墓。

【语译】

广陵城下的平原斜平无际，南驰直达苍梧、南海，北走径通长城、雁门。城边斜拖着漕河，城中横亘着昆冈。广陵城深藏在重重复复的江河关口之中，处在四方会聚五方通达的交通要道上。当从前（汉代）非常繁盛的时候，城中车辆极多，车轴挂着车轴，行人拥挤，肩膀挨着肩膀。民房遍布，到处住满人家，歌唱吹奏之声，腾涌入云。这里有滋生财货的盐田，开采获利的铜山，物质力量雄厚，武装部队精强。因此吴王刘濞才能越过秦代的制度，超出周代的规模，建筑高城，开凿深沟，以图永世保有天命。于是夯土大筑城墙，搭架建起一座座楼台，城楼之高可与五岳相齐，城墙之广可与汝、淮、河三水相连。城墙高峻有若悬崖，又似长云般平整。城门安装磁石以防突然的袭击，城墙上糊着红土浆以显现出飞动的文采。看城阙这般的牢固，吴王满以为万年都将在一姓统治之下。谁知只经过汉、魏、晋三代五百多年，终于土崩瓦解残破毁坏。

如今莓苔爬满井边，蔓草缠绕在大道上。堂上布满了毒蛇、短狐，台阶上麇鹿、鼯鼠在争斗。林中的鬼魅，山中的精怪，野外的老鼠，城中的狐狸，在风雨中嗥叫，在晨昏之时出没。饥饿的老鹰在磨嘴寻食，寒冬的鹞鹰在追吓幼鸟。伏藏着的猛虎在伺机捕捉，饮血食肉。丛生的树木崩塌下来堵塞了路途，阴森森的气氛笼罩着荒芜的古道。白杨树过早地落了叶，城垣上的草也提前凋萎了。寒气凝成了白棱棱的严霜，红风在呼簌簌地猛刮。孤单的蓬草无因自起，惊乱的沙石无故而飞。灌木丛生，渺渺茫茫的一望无际，草木相杂，纷纷繁繁的连绵不绝。城壕已被填平，城楼也已崩毁。极目千里之外，只见黄土飞扬。凝神静听，心内悲伤如裂。

至于那些彩门绣帐，歌舞楼台，瑶池玉树，渔猎游场，以及吴、蔡、齐、秦的音乐，鱼龙雀马等玩意，都如香消烬灭光逝声绝般永远消失了。洛阳的妙龄美女，南方的红粉佳人，她们芳洁的心地，以及玉貌朱唇，也都随着消失。她们没有谁不把魂魄寄托在幽冷的石头中间，把尸骨累积在荒漠的尘土里面。她们哪里还能回忆起得宠时与王爷同车的欢乐和失宠后独居冷宫的悲哀呢？

天道怎么样呢？含冤抱恨真是太多。抽出琴来谱一曲，制成这首《芜城之歌》。歌道："边塞的风刮得猛啊城上天气寒，井边的道路湮没尽啊坟墓已凋残。千秋啊万代，同归于尽啊尚复何言！"

【评析】

本篇有两条线索，一是城，一是人（封建王侯）。描写的是城，讽刺的是人。明写城，字字紧扣题目；暗讽人，处处不离本意。开头写广陵城的形胜及昔日的繁荣，透露了封建王侯的野心。接着写广陵城今日的荒芜，暗示了封建王侯的悲惨下场。最后写城中玩乐场所与众多美女之烟消云散，既悲叹城的荒芜，也哀悼人的共尽。全篇在层次安排上先扬后抑，由远及近。文章开头不从荒芜写起，却从繁荣写起。先写城的地理形胜，人口众多，物产丰富，城池坚固，以及封建王侯"万祀一君"之勃勃野心，然后猛然一转，"出入三代，五百余载，竟瓜剖而豆分"，从而衬跌出古城今日之荒凉。如此写来，使人觉得触目惊心而又酣畅淋漓。在表现手法上本篇主要运用了对照和夸张。古城昔日的繁华与今日的荒芜是一组对比，封建王侯昔日的野心与今日的悲惨下场又是一组映衬。写昔日的繁荣是："车挂轊，人驾肩……"写今日的荒芜是："泽葵依井，荒葛罥涂……"华丽的辞藻，刻意的渲染，更增加了文章的艺术魅力。

宫殿

鲁灵光殿赋一首　并序

作者：王文考　　注译评析：张葆全

鲁灵光殿者[1]，盖景帝程姬之子，恭王馀之所立也。初，恭王始都下国[2]，好治宫室，遂因鲁僖基兆而营焉[3]。遭汉中微，盗贼奔突，自西京未央、建章之殿[4]，皆见隳坏[5]，而灵光岿然独存。意者岂非神明依凭支持[6]，以保汉室者也？然其规矩制度，上应星宿，亦所以永安也。

予客自南鄙[7]，观蓺于鲁[8]，睹斯而眙[9]，曰："嗟乎！"诗人之兴，感物而作。故奚斯颂僖[10]，歌其路寝[11]，而功绩存乎辞，德音昭乎声。物以赋显，事以颂宣，匪赋匪颂，将何述焉？遂作赋曰：

粤若稽古帝汉[12]，祖宗浚哲钦明[13]，殷五代之纯熙[14]，绍伊唐之炎精[15]。荷天衢以元亨[16]，廓宇宙而作京。敷皇极以创业，协神道而大宁。于是百姓昭明[17]，九族敦序[18]，乃命孝孙[19]，俾侯于鲁。锡介珪以作瑞[20]，宅附庸而开宇[21]。乃立灵光之秘殿，配紫微而为辅[22]。承明堂于少阳[23]，昭列显于奎之分野[24]。

瞻彼灵光之为状也，则嵯峨嶵嵬[25]，巍巍䍦嶵[26]。吁！可畏乎，其骇人也。迢峣倜傥[27]，丰丽博敞，洞轇轕乎其无垠也[28]。邈希世而特出，羌瑰谲而鸿纷[29]。屹山峙以纡郁[30]，隆崛岉乎青云[31]。郁坱圠以嶒竑[32]，崱缯绫而龙鳞[33]。汩硙硙以璀璨[34]，赫燡燡而烛坤[35]。状若积石之锵锵[36]，又似乎帝室之威神。崇墉冈连以岭属[37]，朱阙岩岩而双立[38]；高门拟于阊阖[39]，方二轨而并入[40]。

于是乎乃历夫太阶，以造其堂。俯仰顾眄，东西周章[41]。彤彩之饰，徒何为乎？澔澔涆涆[42]，流离烂漫[43]。皓壁皓曜以月照[44]，丹柱歙赩而电烻[45]。霞驳云蔚[46]，若阴若阳。瀖濩燐乱[47]，炜炜煌煌[48]。隐阴夏以中处[49]，霐寥窲以峥嵘[50]。鸿炌炾以爣阆[51]，飉萧条而清泠[52]。动滴沥以成响，殷雷应其若惊。耳嘈嘈以失听，目瞍瞍而丧精[53]。骈密石与琅玕[54]，齐玉珰与璧英。

遂排金扉而北入，霄霭霭而晻暖[55]，旋室㛹娟以窈窕[56]，洞房叫窱而幽邃[57]。西厢踟蹰以闲宴[58]，东序重深而奥秘[59]。屹铿瞑以勿罔[60]，屑黡翳以懿濞[61]。魂悚悚其惊斯，心憓憓而发悸[62]。

于是详察其栋宇，观其结构。规矩应天，上宪觜陬[63]。倔佹云起[64]，嵚崟离搂[65]；三间四表[66]，八维九隅[67]；万楹丛倚[68]，磊砢相扶[69]。浮柱岹嵽以星悬[70]。漂峣峴而枝拄[71]。飞梁偃蹇以虹指[72]，揭蘧蘧而腾凑[73]。层栌磥垝以岌峨[74]，曲枅要绍而环句[75]。芝栭欑罗以戢舂[76]，枝掌杈丫而斜据[77]。傍夭蟜以横出[78]，互黝纠而搏负[79]。下弟蔚以璀错[80]，上崎嶬而重注[81]。捷猎鳞集[82]，支离分赴[83]，纵横骆驿[84]，各有所趣[85]。

尔乃悬栋结阿[86]，天窗绮疏[87]。圆渊方井，反植荷蕖[88]，发秀吐荣，菡萏披敷[89]，绿房紫菂[90]，窋咤垂珠[91]。云楶藻棁[92]，龙桷雕镂[93]。飞禽走兽，因木生姿。奔虎攫挐以梁倚[94]，仡奋亹而轩鬐[95]。虬龙腾骧以蜿蟺[96]，颔若动而躨跜[97]。朱鸟舒翼以峙衡[98]，腾蛇蟉虬而绕榱[99]。白鹿孑蜺于欂栌[100]，蟠螭宛转而承楣[101]。狡兔跧伏于柎侧[102]，猿狖攀椽而相追。玄熊舑舕以断断[103]，却负载而蹲跠[104]。齐首目以瞪眄，徒脈脈而狋狋[105]。胡人遥集于上楹，俨雅跽而相对[106]。仡欺憓以雕眈[107]，鹹顤顟而睽睢[108]；状若悲愁于危处，憯嚬蹙而含悴[109]。神仙岳岳于栋间[110]，玉女窥窗而下视；忽瞟眇以响像[111]，若鬼神之仿佛。

图画天地，品类群生[112]。杂物奇怪，山神海灵。写载其状，托之丹青；千变万化，事各缪形[113]，随色象类，曲得其情。上纪开辟，遂古之初；五龙比翼[114]，人皇九头[115]；伏羲鳞身，女娲蛇躯。鸿荒朴略[116]，厥状睢盱[117]。焕炳可观，黄帝唐虞。轩冕以庸，衣裳有殊。下及三后[118]，淫妃乱主[119]；忠臣孝子，烈士贞女。贤愚成败，靡不载叙，恶以诫世，善以示后。

于是乎连阁承宫[120]，驰道周环[121]；阳榭外望[122]，高楼飞观。长途升降[123]，轩槛曼延[124]。渐台临池[125]。层曲九成；屹然特立，的尔殊形[126]；高径华盖[127]，仰看天庭；飞陛揭孽[128]，缘云上征；中坐垂景[129]，俯视流星。千门相似，万户如一。岩突洞出[130]，逶迤诘屈；周行数里，仰不见日。何宏丽之靡靡[131]？咨用力之妙勤。非夫通神之俊才，谁能克成乎此勋？

据坤灵之宝势[132]，承苍昊之纯殷[133]；包阴阳之变化，含元气之烟煴[134]。玄醴腾涌于阴沟[135]，甘露被宇而下臻。朱桂黝倏于南北[136]，兰芝阿那于东西[137]。祥风翕习以飒洒[138]，激芳香而常芬。神灵扶其栋宇，历千载而弥坚[139]。永安宁以祉福，长与大汉而久存[140]；实至尊之所御[141]，保延寿而宜子孙。苟可贵其若斯，孰亦有云而不珍[142]。

乱曰：彤彤灵宫，岿嶵穹崇[143]，纷厖鸿兮[144]。崱屴嵫釐，岑崟崰嶷[145]，骈茏苁兮[146]。连拳偃蹇，岭菌踡岼[147]，傍欹倾兮。歇欻幽蔼，云覆霮䨴[148]，洞杳冥兮。葱翠紫蔚[149]，礧碨瑰玮[150]，含光晷兮[151]。穷奇极妙，栋宇已来，未之有兮。神之营之，瑞我汉室，永不朽兮。

【作者简介】

王延寿，生卒年不详，东汉辞赋家，王逸之子，约与蔡邕同时。字文考，一字子山，南郡宜城（今属湖北）人。少时游山东曲阜，作《鲁灵光殿赋》，刻画生动入微，蔡邕初欲作此赋，及见王作，遂辍笔。又有

《梦赋》《王孙赋》，见《艺文类聚》。刘勰称其“善图物写貌”。后渡湘水溺死，时年二十余。原有集三卷，已散佚。传附《后汉书·王逸传》。

【篇旨】

描写鲁灵光殿的外部形状、内部结构与梁壁雕画，赞美其宏伟幽深，富丽堂皇。

【注释】

① 灵光殿：汉景帝之子恭王刘馀所建，在山东曲阜。

② 下国：指诸侯国。鲁恭王刘馀于景帝前二年立为淮阳王，次年徙王鲁。

③ 鲁僖：春秋时鲁僖公，公元前659年至前627年在位。基兆：基址。

④ 西京：指西汉首都长安。

⑤ 隳：毁。

⑥ 意：疑，表示推测。

⑦ 南鄙：南疆，指荆州。

⑧ 蓺：六艺，即六经。

⑨ 眙（chì）：惊视。

⑩ 奚斯：春秋时鲁国大夫公子鱼，曾作诗（即《诗经·鲁颂·閟宫》）歌颂鲁僖公能兴祖业，复疆土，建新庙。

⑪ 路寝：古代君主处理政事的宫室。

⑫ 粤若稽古：古代常用的发语词，用于称述前代圣君言行的开端。稽：考。

⑬ 浚（jùn）：深。哲：智。钦：恭谨。明：明察。

⑭ 殷：盛。五代：指唐、虞、夏、商、周。纯：大。熙：广。

⑮ 绍：继承。唐：唐尧。《汉书》说，尧为火德，汉代亦为火德。

⑯ 衢：道。元：大。亨：通。

⑰ 百姓：百官。

⑱ 九族：指本身以上的父、祖、曾祖、高祖和以下的子、孙、曾孙、玄孙。敦：亲厚。

⑲ 孝孙：祭祖时的主祭人。

⑳ 锡：赐。介：大。珪：即圭，玉制礼器。瑞：信。

㉑ 附庸：附属于诸侯的小国。

㉒ 紫微：星座名，天帝所居，此指天子所居之京城。

㉓ 明堂：王者布政之堂。少阳：东方。

㉔ 昭列：光明显盛。奎：星宿名，鲁国处于奎星之分野。

㉕ 嶵（zuì）嵬：高峻貌。

㉖ 巃嵸、礨（lěi）嵔（kuǐ）：皆高峻之貌。

㉗ 岧峣：高貌。倜傥：卓异，不同平常。

㉘ 轇轕：同胶葛，旷远深邈。

㉙ 瑰：异。谲：诡。鸿：大。纷：多。

㉚ 屹：高大貌。纡郁：曲深貌。

㉛ 隆：高。崛岉：高耸貌。

㉜ 坱（yǎng）圠（yà）：无涯际。嶒竑：深空貌。

㉝ 崱（zè）：参差不平。缯绫：不平貌。

㉞ 汩（yù）：净貌。硙硙：高貌。

㉟ 燡（yì）燡：光明貌。烛：照。

㊱ 积石：山名。

㊲ 墉：墙。

㊳ 岩岩：高貌。

㊴ 阊阖：天门。

㊵ 方：并。

㊶ 周章：指顾盼不定。

㊷ 澔澔涆涆：光辉映耀。

㊸ 流离：散开。烂漫：光色貌。

㊹ 皓曜：白光照耀。

㊺ 歙（xī）赩（xì）：赤色。燄（yàn）：光盛貌。

㊻ 驳：驳杂。

㊼ 濯濩：彩色眩耀不定。

㊽ 炜炜煌煌：光色乱动，眩耀不定。

㊾ 阴夏：向北之殿。

㊿ 雺：幽深貌。寥窲、峥嵘：亦幽深貌。

(51) 炉炾、爣阆：宽大明亮。

(52) 飉、萧条：清凉之貌。

(53) 矎（xuàn）矎：目光散乱貌。

(54) 骈：并。密石：砥石，石之致密者。琅玕：美石，似珠玉。

(55) 霄：同“宵”，夜。霭霭：云集貌。晻暧：昏暗。

(56) 旋室：曲屋。㛹（pián）娟：回曲貌。窈窕：深远貌。

(57) 叫窱：远。

(58) 踟蹰：相连貌。

(59) 东序：东厢。

(60) 铿瞑：寂寞之形。勿罔：不审貌。

(61) 屑：往来。黡（yǎn）翳：暗蔽貌。懿濞：深邃貌。

(62) 葸葸：惧貌。

(63) 宪：效法。觜陬：二星名，即营室、东壁，主营制宫室。

(64) 倔佹（guǐ）：谲诡。

(65) 嵚崟：即嵚岑，山势高险。离搂：即离娄，众木交加之貌。

(66) 四表：四方。

(67) 八维：四角四方。九隅：八维加中央为九隅。

(68) 楹：柱。

(69) 磊砢（luǒ）：壮大，参差。

(70) 岹嵽：同“迢递”，远也。

(71) 漂：轻飘。峣屼（niè）：不安之貌。枝拄：无根而倚立。

(72) 偃蹇：高貌。

⑬ 揭：高举。蘧（qú）蘧：高。凑：会聚。

⑭ 栌（lú）：斗拱，柱顶上承托栋梁的方木。磥垝：重危貌。岌峨：亦重危貌。

⑮ 枅（jī）：柱上横木。要绍：曲貌。环句：即环勾，曲而相连。

⑯ 芝：芝草。栭（ér）：即栌，斗拱。欑罗：聚集排列。戢孴（nì）：众多貌。

⑰ 牚（chèng）：梁上交木，斜柱。

⑱ 夭蟜：即夭矫，屈伸貌。

⑲ 黝纠：林木相缠绕貌。抟负：重叠交错。

⑳ 茀蔚：特起貌。璀错：盛多，富丽。

㉑ 崎嶬：高险貌。注：连属。

㉒ 捷猎：连接。

㉓ 支离：分散。

㉔ 纵横：四散。骆驿：不绝。

㉕ 趣：趋。

㉖ 结阿：架构屋柱。

㉗ 天窗：高窗，屋顶所开之窗。绮疏：指刻镂为绮文之窗。

㉘ 荷蕖：即芙蕖，又名莲花。由于绘于屋上绮井之上，故曰“反植”。

㉙ 菡萏：荷花未开称菡萏，已开称芙蓉。披敷：散布。

㉚ 绿房：莲房。紫菂（dì）：莲实。

㉛ 窋（zhú）咤：物在穴中貌。

㉜ 楶（jié）：梁上柱。棁（zhuō）：梁上楹。

㉝ 桷（jué）：椽。

㉞ 攫拏：相搏持。梁倚：如屋梁之相倚。

㉟ 仡（yì）：举头。奋亹：疾动。鬐：背上鬣。

㊱ 蜿蟺：屈曲盘旋。

㊲ 颔：摇头。躨跜：动貌。

㊳ 衡：楼殿边上的栏杆。

⑲ 腾蛇：传说中一种能飞行的蛇。蟉虬：盘曲貌。榱：椽。

⑩ 孑蜕：延首之貌。欂栌：梁上短木，即斗拱。

⑩ 蟠螭：盘曲之龙。楣：门户上横梁。

⑩ 跧伏：屈伏，匍匐。梀：斗上横木。

⑩ 䶪談：吐舌貌。龂（yín）龂：齿见貌。

⑩ 蹲跠：踞坐。

⑩ 脈（mò）脈：凝视貌。狋（yí）狋：犬怒貌。

⑩ 伒雅：恭敬庄重貌。跽：长跪。双膝着地，上身挺直。

⑩ 欺䫒：大首，欺同䫏。雕：猛禽。一说，借为“瞗”，深目貌。眈（xuè）：同“矞”，惊视。

⑩ 䫜頞顤（láo）：大首深目之貌。睽睢（suī）：张目貌。

⑩ 憯：惨痛。嚬蹙：攒眉皱额，忧貌。

⑩ 岳岳：立貌。

⑪ 瞟眇：视不明貌。响像：依稀。

⑫ 品类：众类。

⑬ 缪形：不同形。

⑭ 五龙：古代传说，皇伯、皇仲、皇叔、皇季、皇少兄弟五人，并乘龙上下。名曰五龙。

⑮ 人皇：三皇之一，《史记》说，人皇九头，乘云车，驾六羽，出谷口。

⑯ 朴略：质朴简略。

⑰ 睢盱（xū）：质朴之形。

⑱ 三后：夏、商、周。

⑲ 淫妃：指夏之妹嬉、商之妲己、周之褒姒。

⑳ 连阁：台阁相连。

㉑ 驰道：人君乘车马所行之道。

㉒ 榭：无内室之殿。

㉓ 长途：长道，指阁道。

㉔ 轩槛：栏板。

⑫5 渐台：台名，台在池中，为水所浸，故名。

⑫6 的尔：分明。

⑫7 华盖：星官名，属紫微垣，共十六星，在五帝座上，今属仙后座。

⑫8 揭孽：高貌。

⑫9 垂景：当作乘景，在日影之上。

⑬0 岩突：当作"岩宎"，在岩穴底为室，即石室。洞出：穿洞而出。

⑬1 靡靡：细好。

⑬2 坤灵：地神，此指地。

⑬3 苍昊：均指天。纯殷：大中，指鲁承天之大中。

⑬4 烟煴：天地之蒸气。

⑬5 玄醴：美泉。阴沟：殿北之沟渠。

⑬6 黝倏（shū）：茂盛貌。

⑬7 阿那：同"婀娜"，亦茂盛貌，或柔弱貌。

⑬8 翕（xī）习：风吹貌。飒洒：风吹草木声。

⑬9 弥：益。

⑭0 与：助。

⑭1 御：用。

⑭2 云：言。

⑭3 岿巋、穹崇：皆高耸之貌。

⑭4 厖鸿：高大。

⑭5 崱屴、嵫釐、岑崟、嵫嶷：皆高大险峻之貌。

⑭6 岩岌：亦险峻貌。

⑭7 连拳、偃蹇、岭菌、踡峗：皆屈曲高大、倾侧峻险貌。

⑭8 歇欻（xū）、幽蔼、云覆、霮（dàn）霸（duì）：皆幽邃之貌。

⑭9 葱翠：苍翠。紫蔚：蔚蓝及青赤间色。

⑮0 磊碨：大石。瑰玮：珍奇之物。

⑮1 光晷：日光。

【语译】

鲁灵光殿，是汉景帝程姬之子恭王刘馀所建。当初，恭王开始徙王鲁时，喜好建造宫室，便就着春秋时代鲁僖公故宫基址而营造灵光殿。后逢汉室中衰、盗贼猖狂四起，自长安未央、建章以下等宫殿，都被毁坏，只有灵光殿岿然独存。看来是由于有神灵依靠支持而使汉室得以保全。但宫殿的规模制度，上与星宿相应，也是它永保平安的原因。

我从南疆荆州来此作客，在鲁地观摩研习六艺，亲眼看到了宫殿而十分吃惊。啊！诗人之抒怀，均有感于物而作。从前奚斯作《阏宫》颂扬僖公，是歌咏其处理政事的宫室，但僖公的功绩保存在文辞中，政声靠歌曲传播开来。物靠赋显耀，事靠颂传扬，若非赋非颂，我将怎样称述呢？于是作赋道：

能顺天地考行古道的汉帝，祖宗大圣大智恭谨明察。盛于五代广大之元气，继承唐尧火德之神运。负荷博大亨通之天道，拓宽宇宙而建立帝都。推广大中至正之道创建帝业，协和神道天下安宁。百官政绩显著，九族亲厚有序，于是今其孝孙，使作鲁王。赐大珪以作符信，封土田附庸以开拓疆土。于是建立灵光之神殿，匹配京师而成为辅弼。承汉明堂之政事于东方，其光明显耀于奎星之分野。

看那灵光殿的外观，是那么高峻。啊！高得使人觉得惊骇。它险峻非凡，富丽宽敞，旷远幽深似没有边际。它举世罕有而特别秀出，并且奇异纷繁。像高山屹立一般高大曲深，高耸在青云之上。房舍连接不断十分深远，高低参差不平有如龙鳞。它高大明亮光辉灿烂，熠熠闪光照耀大地。外形像高高的积石神山，又像尊严的天帝之室。高大的宫墙如山岭般连属，朱阙巍然挺立在两边。高峻的宫门有如天门阊阖，可容两车并排进入。

于是就沿着正中的台阶，来到宫殿的正堂。上下顾盼，东西观光。赤色光彩之装饰，难道是徒然而为吗？它光辉映耀，光色四处流布。雪白的墙壁像有月光照耀，赤红的柱子似映着电光。霞飞云聚，若暗若明。光彩闪烁，眩耀不定。走进向北之殿而停驻，觉得十分幽深。四处开阔而宽敞，深感冷寂和清凉。檐前小雨滴沥才成小响，室内应之忽成惊雷。耳畔嘈嘈之声竟至失听，目光散乱竟至丧明。因为眼前并列着砥石与宝石，摆满了玉珰与玉璧。

于是推开金门向北行，夜幕降临一片昏暗。曲室回环悠远，洞房幽静深邃。西厢小室相连而安静，东厢层层深远而密藏。我孤寂而立昏昏沉沉，往来于幽暗隐秘之中。魂魄因之竦动而惊骇，内心恐惧而发颤。

这时我仔细考察宫殿的房舍，观看它的结构。其规矩制度上应昊天，效法觜陬二星。似云霞谲诡而起，高高耸立梁木交错。每室三间各有四面，分布于中央八方。万根楹柱丛聚依偎，参差相扶。浮柱如星一般高悬空中，轻飘险危似无根基。飞梁如虹一般高挂空中，高高地飞聚在一起。斗拱重叠险峻，横木弯曲回环。柱上方木绘着芝草会聚而繁多，梁上交木有如树枝交错而斜倚。有的屈伸横出，有的缠绕重叠。下面突起而盛多，上面高险而相连。连接如鱼鳞堆积，散开似分道奔走。纵横四散络绎不绝，各有其趋向。

至于高悬的栋梁架构着屋柱，高高的天窗刻镂着绮文。圆池方井，屋上绮井反种着莲花。莲花开放，菡萏散布。莲房中的莲实，犹如深藏之垂珠。楹柱绘着云气水草，椽上雕镂龙蛇。飞禽走兽，均就着梁木雕成各种姿态。飞奔的虎倚在屋梁上互相搏持，虎头上举背上鬣毛疾动。无角之虬龙盘旋腾跃，龙头像是在摇动。赤色的鸟张开翅膀站在栏杆上，腾跃的蛇蜿蜒盘曲绕着屋椽。白鹿在斗拱上伸出头来，蟠龙盘旋屈曲承受着门上的横梁。狡兔匍匐在斗拱横木上，猿猴攀着屋椽而互相追赶。黑熊吐舌而露齿，不再负载而踞坐于地。头与头并排着瞪眼相观视，徒然凝视而面露怒容。胡人远远地聚集在高高的楹柱上，恭敬庄重地长跪着面与面相向。他们抬着头瞪着像雕一般的双眼，竹大首深目向前张望。模样像是由于坐在高危之地而深感悲愁，内心惨痛因而攒眉皱额面容憔悴。神仙站立在栋梁间，玉女从天窗探头往下看。眼前所见忽然模糊起来，仿佛看见了鬼神出现。

天地各种图形，生物诸般种类，各种杂物奇怪，山神海灵，要描绘它们的形状，都可以从图画中表现出来。事物千变万化，各不同形。但按照对象施加色彩，委婉曲折都能画出逼真的形。壁画描绘了盘古开天辟地之时，远古之初。五帝驾龙比翼而飞，人皇九个头颅。伏羲遍体鱼鳞，女娲有蛇的身躯。鸿荒之世质朴简略，画其形亦质朴简略。至于文采可观，是到了黄帝唐虞时代。发明了车制作了冠冕以供使用，衣裳的穿着与赏赐也有了区别。往下到了夏商周三代，画着淫妃乱主招致国亡。还有忠臣孝子，烈士贞女。各种贤愚之人，成败之事，没有不在图画中表现出来，坏人坏事用以垂诫世人，好人好事用以昭示后代。

在这里一座座台阁连接着宫殿，大道在周围环绕。从敞阳的楼榭往外望，到处是高大的凌空架构的楼阁。阁道上下，有着漫长的栏板。渐台下临水池，台身高达九层。屹然挺立，独特的形态十分鲜明。向上直指华盖星座，抬头可以看见天庭。台阶高筑，可以沿着云霞一直往上行。坐于其中似凌驾日影之上，可以俯视天空的流星。千门万户，都是一样的美好。沿着石室穿洞而过，道路逶迤曲折。环行数里，抬头看不见太阳。多么宏伟壮丽和秀美，这都是用力的精妙和勤劳。如果不是技艺通神的才俊之士，谁能够完成这般功勋？

占据大地珍贵的地势，秉承上天纯粹中正之气。包藏着阴阳的变化，蕴含着天地蒸发的元气。美泉在殿北的沟渠中腾涌，甘露覆盖檐宇而降下。朱桂在南面北面长得多么茂盛，兰芝在东边西边长得婀娜多姿。和风习习吹动草木，激发草木长久放出芬芳。神灵扶持着宫殿栋宇，虽然历经千年却愈加坚固。永远带来安宁和福祥，与大汉天命长期共存。这实是天子至尊之所用，永保延年益寿而利其子孙。如其可贵确是如此，又有谁会说它不值得珍贵？

结语道：红彤彤的神宫，岿然高耸，多广大啊！挺拔壁立，陡峭峻峭，多险峻啊！蜷曲宛转，盘旋曲折，千姿百态啊！昏暗幽静，云遮雾障，多深邃啊！苍翠蔚蓝，宝石美玉，蕴含光泽啊！奇妙至极，自有宫殿楼宇以来，还未有过啊！神灵建造，赐福我汉室，永不衰朽啊！

【评析】

本文是汉赋中描写宫殿的代表作。其成功之处主要在于，作者怀着极其崇敬的心情，紧紧把握住灵光殿的特点，大胆驰骋想象，以浪漫的笔法，作尽情地夸张，形象地展现了灵光殿的宽广、高大、险峻、幽深，揭示出栋宇结构的丰丽多姿，描绘出壁梁雕画人物鸟兽的千姿百态。其中关于奔虎、虬龙、朱鸟、腾蛇、白鹿、蟠螭、狡兔、猿狖、玄熊的描写，无不动态毕现，惟妙惟肖。“胡人遥集于上楹”数句，十分精确地描绘出了“胡人”特有的形态与当时特有的表情，千载之下，读来仍觉栩栩如生。本文以记游的形式着笔，在记游中，也处处渗入作者的感受。作者谓灵光殿之构筑“规矩应天”“穷奇极妙”，自叙观览时竟至失听丧精，魂惊心悸，又自谓在神仙玉女的雕像下，仿佛看见了瞟眇的神灵。如此这般的陈述，更增添了灵光殿神秘的色彩与引人入胜之奇妙。总之，作者不但写出了灵光殿的外观，也写出了它的精神。从客观上来说，则是讴歌了我国古代建筑的高超，技艺的精湛。因而本文成为流传千古的名作，虽历时久远而始终未失其光辉。

景福殿赋[1]一首

作者：何平叔　　注译评析：张葆全

大哉惟魏，世有哲圣。武创元基[2]，文集大命[3]。皆体天作制，顺时立政。至于帝皇[4]，遂重熙而累盛。远则袭阴阳之自然，近则本人物之至情。上则崇稽古之弘道，下则阐长世之善经[5]。庶事既康，天秩孔明[6]。故载祀二三[7]，而国富刑清。岁三月，东巡狩，至于许昌。望祠山川[8]，考时度方。存问高年，率民耕桑。越六月既望[9]，林钟纪律[10]，大火昏正[11]。桑梓繁庑[12]，大雨时行。

三事九司[13]，宏儒硕生。感乎溽暑之伊郁[14]，而虑性命之所平。惟岷越之不静[15]，寤征行之未宁[16]。乃昌言曰[17]：昔在萧公[18]，暨于孙卿[19]，皆先识博览，明允笃诚。莫不以为不壮不丽，不足以一民而重威灵；不饬不美[20]，不足以训后而永厥成。故当时享其功利，后世赖其英声。且许昌者，乃大运之攸戾[21]，图谶之所旌[22]。苟德义其如斯，夫何宫室之勿营？帝曰：“俞哉[23]！”玄辂既驾[24]，轻裘斯御。乃命有司，礼仪是具。审量日力，详度费务。鸠经始之黎民[25]，辑农功之暇豫[26]。因东师之献捷[27]，就海孽之贿赂[28]。立景福之秘殿，备皇居之制度。

尔乃丰层覆之耽耽[29]，建高基之堂堂[30]。罗疏柱之汩越[31]，肃坻鄂之锵锵[32]。飞櫩翼以轩翥[33]，反宇巘以高骧[34]。流羽毛之威蕤[35]，垂环玭之琳琅[36]。参旗九旒，从风飘扬。皓皓旰旰[37]，丹彩煌煌[38]。故其华表[39]，则镐镐铄铄，赫弈章灼[40]，若日月之丽天也。其奥秘，则翳蔽暧昧，仿佛退概[41]，若幽星之纚连也[42]。既栉比而欑集[43]，又宏琏以丰敞[44]。兼苞博落[45]，不常一象。远而望之，若摛朱霞而耀天文[46]；迫而察之，若仰崇山而戴垂云。羌瑰玮以壮丽，纷彧彧其难分，此其大较也[47]。

若乃高甍崔嵬[48]，飞宇承霓。绵蛮黮霸[49]，随云融泄[50]，鸟企山峙，若翔若滞，峨峨嶫嶫[51]，罔识所届[52]。虽离朱之至精[53]，犹眩曜而不能昭晰也[54]。

尔乃开南端之豁达[55]，张筍虡之轮囷[56]。华钟杌其高悬[57]，悍兽仡以俪陈[58]。体洪刚之猛毅，声訇磤其若震[59]。爰有遐狄[60]，镣质轮菌[61]。坐高门之侧堂，彰圣主之威神。芸若充庭[62]，槐枫被宸[63]。缀以万年[64]，綷以紫榛[65]。或以嘉名取宠，或以美材见珍。结实商秋[66]，敷华青春[67]。蔼蔼萋萋，馥馥芬芬。

尔其结构，则修梁彩制，下褰上奇[68]。桁梧复叠[69]，势合形离。赩如宛虹[70]，赫如奔螭[71]。南距阳荣[72]，北极幽崖[73]。任重道远，厥庸孔多。于是列髹彤之绣桷[74]，垂琬琰之文珰[75]。蝹若神龙之登降[76]，灼若明月之流光。爰有禁楄[77]，勒分翼张[78]。承以阳马[79]，接以员方[80]。斑间赋白[81]，疏密有章。飞枊鸟踊[82]，双辕是荷[83]。赴险凌虚，猎捷相加[84]。皎皎白间[85]，离离列钱[86]。晨光内照，流景外烻[87]。烈若钩星在汉[88]，焕若云梁承天[89]。

螭徙增错[90]，转县成郛[91]。茄蔤倒植[92]，吐被芙蕖。缭以藻井[93]，编以綷疏[94]。红葩㶉㵎[95]，丹绮离娄[96]。菡萏赩翕[97]，纤缛纷敷[98]。繁饰累巧，不可胜书。于是兰栭积重[99]，窭数矩设[100]。欃栌各落以相承[101]，栾栱夭蟜而交结[102]。金楹齐列，玉舄承跋[103]。青琐银铺[104]，是为闺闼。双枚既修[105]，重桴乃饰[106]，槐梠缘边[107]，周流四极。侯卫之班，藩服之职。温房承其东序，凉室处其西偏。开建阳则朱炎艳；启金光则清风臻。故冬不凄寒，夏无炎燂[108]。钧调中适，可以永年。

墉垣砀基[109]，其光昭昭。周制白盛[110]，今也惟缥[111]。落带金釭[112]，此焉二等。明珠翠羽，往往而在。钦先王之允塞[113]，悦重华之无为[114]。命共工使作缋[115]，明五采之彰施。图象古昔，以当箴规。椒房之列[116]，是准是仪。观虞姬之容止[117]，知治国之佞臣。见姜后之解珮[118]，寤前世之所遵。贤钟离之谠言[119]，懿楚樊之退身[120]。嘉班妾之辞辇[121]，伟孟母之择邻[122]。故将广智，必先多闻。多闻多杂，多杂眩真[123]。不眩焉在，在乎择人。故将立德，必先近仁。欲此礼之不愆[124]，是以尽乎行道之先民。朝观夕览，何与书绅[125]。

若乃阶除连延，萧曼云征[126]。棂槛邳张[127]，钩错矩成[128]。楯类腾蛇[129]，槢似琼英[130]。如螭之蟠[131]，如虬之停[132]。玄轩交登[133]，光藻昭明。驺虞承献[134]，素质仁形。彰天瑞之休显，照远戎之来庭。阴堂承北，方轩九户[135]。右个清宴[136]，西东其宇。连以永宁，安昌临圃。遂及百子，后宫攸处。处之斯何？窈窕淑女。思齐徽音[137]，聿求多祜。其祜伊何？宜尔子孙。克明克哲，克聪克敏。永锡难老[138]，兆民赖止。

于南则有承光前殿，赋政之宫。纳贤用能，询道求中[139]。疆理宇宙[140]，甄陶国风[141]。云行雨施，品物咸融。其西则有左墄右平[142]，讲肄之场[143]。二六对陈[144]，殿翼相当。僻脱承便[145]，盖象戎兵。察解言归，譬诸政刑。将以行令，岂唯娱情。

镇以崇台，寔曰永始。复阁重闱，猖狂是俟[146]。京庾之储[147]，无物不有。不虞之戒，于是焉取。

尔乃建凌云之层盘[148]，浚虞渊之灵沼。清露瀼瀼[149]，渌水浩浩。树以嘉木，植以芳草。悠悠玄鱼，曜曜白鸟[150]，沉浮翱翔，乐我皇道。若乃虬龙灌注，沟洫交流。陆设殿馆，水方轻舟[151]。篁栖鹍鹭[152]，濑戏鰋鲉[153]。丰侔淮海[154]，富赈山丘[155]。丛集委积，焉可殚筹[156]？虽咸池之壮观[157]，夫何足以比仇[158]？

于是碣以高昌崇观[159]，表以建城峻庐。岧峣岑立[160]，崔嵬峦居[161]。飞阁干云，浮阶乘虚[162]。遥目九野[163]，远览长图[164]。俯眺三市[165]，孰有谁无。睹农人之耘耔，亮稼穑之艰难[166]。惟飨年之丰寡，思无逸之所叹[167]。感物众而思深，因居高而虑危。惟天德之不易，惧世俗之难知。观器械之良窳[168]，察俗化之诚伪。瞻贵贱之所在，悟政刑之夷陂[169]。亦所以省风助教，岂惟盘乐而崇侈靡[170]？

屯坊列署[171]，三十有二。星居宿陈，绮错鳞比。辛壬癸甲，为之名秩。房室齐均，堂庭如一。出此入彼，欲反忘术。惟工匠之多端，固万变之不穷。物无难而不知，乃与造化乎比隆。仇天地以开基，并列宿而作制。制无细而不协于规景[172]，作无微而不违于水臬[173]。故其增构如积，植木如林。区连域绝，叶比枝分。离背别趣，骈田胥附。纵横逾延，各有攸注。公输荒其规矩[174]，匠石不知其所斫，既穷巧于规摹，何彩章之未殚！尔乃文以朱绿，饰以碧丹。点以银黄[175]，烁以琅玕[176]。光明熠爚[177]，文彩璘班[178]。清风萃而成响[179]，朝日曜而增鲜。虽昆仑之灵宫，将何以乎侈旃[180]？

规矩既应乎天地，举措又顺乎四时。是以六合元亨[181]，九有雍熙[182]。家怀克让之风，人咏康哉之诗[183]。莫不优游以自得，故淡泊而无所思。历列辟而论功[184]，无今日之至治。彼吴蜀之湮灭，固可翘足而待之[185]。然而圣上犹孜孜靡忒[186]，求天下之所以自悟。招忠正之士，开公直之路。想周公之昔戒，慕咎繇之典谟。除无用之官，省生事之故。绝流遁之繁礼[187]，反民情于太素[188]。故能翔岐阳之鸣凤[189]，纳虞氏之白环[190]。苍龙觌于陂塘[191]，龟书出于河源[192]，醴泉涌于池圃[193]，灵芝生于丘园。总神灵之贶祐[194]，集华夏之至欢。方四三皇而六五帝[195]，曾何周、夏之足言。

【作者简介】

何晏（约190—249），三国时代魏玄学家、文学家。字平叔，南阳宛县（今河南南阳）人，东汉外戚大将军何进之孙，曹操之养子。魏正始初年，任散骑常侍，迁侍中尚书。后曹爽反，受牵连，为司马懿所杀。与夏侯玄、王弼等同倡玄学，开清谈之风。著《道德论》《无名论》《论语集解》等。原有集十一卷，已佚。传附《三国志·魏书·曹真传》。

【篇旨】

叙述景福殿建殿之缘起，描写景福殿建成后之宏伟壮丽，歌颂了帝王之统一大业。

【注释】

① 景福殿：魏之宫殿，在许昌（今属河南），建于魏明帝时。

② 武：魏武帝曹操。

③ 文：魏文帝曹丕。

④ 帝皇：指魏明帝曹叡。

⑤ 善经：佳妙之道。

⑥ 天秩：犹言天禄。

⑦ 载祀：皆年岁之意。二三：指二三之积，为六。魏明帝太和六年（133），明帝东巡，至许昌。

⑧ 望祠：即望祀，以牺牲粢盛祭山川地祇。

⑨ 越：于。既望：十六日。

⑩ 林钟：音律名，又指六月。《礼记·月令》说："季夏之月……其音徵，律中林钟。"

⑪ 大火：星名，即心宿。

⑫ 繁庑：茂盛。

⑬ 三事：三公。九司：九卿。

⑭ 溽暑：湿暑。伊郁：烦热貌。

⑮ 岷越：指今四川、浙江之地。

⑯ 寤：悟。

⑰ 昌言：善言，美言。

⑱ 萧公：萧何，汉初丞相。《汉书·高帝纪》说，萧何治未央宫，高祖刘邦见其壮丽，甚怒。萧何说："天子以四海为家，非令壮丽亡以重威，且亡令后世有以加也。"

⑲ 孙卿：荀况。《荀子·王霸》说，天子饮食甚厚，声乐甚大，台谢甚高，园囿甚广，如此方能臣使诸侯，一天下。

⑳ 饬：当作"饰"。

㉑ 戾：定。

㉒ 图谶：巫师或方士制作的一种隐语或预言，作为吉凶的符验或征兆。旌：表。

㉓ 俞：犹言"然"，表示应允。

㉔ 玄辂：黑色的车，天子所乘。

㉕ 鸠：聚。经始：谓土木方兴。

㉖ 辑：集。暇豫：闲逸。

㉗ 东师献捷：《魏志》说，明帝六年九月，修许昌宫。十月，田豫讨吴将周贺于成山，杀贺。献捷：献战胜所获之俘虏或战利品。

㉘ 贿赂：财物，财货。

㉙ 层覆：高屋。耽耽：深邃之貌。

㉚ 高基：谓基础高。堂堂：高显，高敞。

㉛ 罗：列。疏柱：画柱。汩（gǔ）越：罗列貌。

㉜ 肃：严整。坻鄂：殿基边缘。锵锵：高貌。

㉝ 櫚：同"檐"。轩翥：飞举貌。

㉞ 反宇：反向上仰之屋宇。巘（niè）：高貌。高骧：高举。

㉟ 威蕤：众多。

㊱ 玭（pín）：珠。琳琅：玉相击声。

㊲ 皓皓：洁白。旰旰：盛貌。

㊳ 煌煌：亦盛貌。

㊴ 华表：谓华饰屋外之表。

㊵ 镐镐、铄铄、赫弈、章灼：皆谓光显昭明。

㊶ 退概：幽深不明。

㊷ 纚（lǐ）连：相连属貌。

㊸ 栉比：如梳齿般密密排列。

㊹ 宏琏：即宏连，大连众木也。

㊺ 博落：谓所绕者广。落通“络”。

㊻ 摛：布。天文：天上之星象。

㊼ 大较：大略。

㊽ 甍（méng）：屋脊，屋栋。

㊾ 绵蛮：文貌。黮（dǎn）䨴（duì）：黑貌。

㊿ 融泄：动貌。

51 峨峨：高峻貌。嶫嶫：高大貌。

52 届：极，至。

53 离朱：即离娄，古之目明善视者。

54 眩曜：惑乱。昭晰：明也。

55 南端：向南的正门。

56 筍虡（jù）：悬钟磬之架。轮豳：多貌。

57 杌（wù）：突出貌。

58 仡（yì）：壮勇。俪：偶。

59 訇（hōng）磤（yǐn）：大声。

60 遐狄：即长狄，银铸之长人。

61 镣：白金（银）之美者。轮菌：高大。

62 芸：香草。若：杜若。

63 宸：屋宇。

64 万年：树名。

65 綷：杂。

66 商秋：秋天。商，五音之金音，其音凄厉，其时为秋，故云。

67 青春：春天。东方为春位，其色青，故云。

⑱ 褰：开。奇：异。

⑲ 桁：梁上之横木。梧：柱。

⑳ 赩（xì）：大赤。

㉑ 赫：怒。

㉒ 荣：屋南檐。

㉓ 幽崖：北边。

㉔ 髹（xiū）：赤黑色之漆。桷（jué）：方椽。

㉕ 琬琰：美玉。珰：椽头饰。

㉖ 蝹（yūn）：龙行貌。

㉗ 禁楄：短椽木。

㉘ 勒：通“肋”。

㉙ 阳马：四阿之长桁。

㉚ 员：通“圆”。

㉛ 斑：分。赋：布。

㉜ 枊（àng）：飞檐，斗拱。

㉝ 双辕：任承檐以荷众材者。

㉞ 猎捷：相接貌。

㉟ 白间：文窗，以白涂之，画为钱文。

㊱ 离离：分明貌。列钱：金釭衔壁，行列似钱。

㊲ 烻（shān）：光盛起。

㊳ 钩星：即辰星。

㊴ 云梁：以云为梁。

㊵ 騧徙增错：言合众板上为井栏。而形文错若蜗之徙。騧：同“蜗”。

㊶ 转县成郛：递转县之，各成郛郭。

㊷ 茄蔤：荷芙蕖，其茎为茄，其本为蔤。

㊸ 缭：缠绕。藻井：又称绮井，建于殿内照壁屏风之前，或殿身内前门之前平基之内，顶心之下施垂莲等饰。

㊹ 綷疏：疏窗。藻井交方木为之，刻镂五采如交窗，故名。

⑮ 魻（xiá）鰈（zhá）：花叶重多貌。

⑯ 离娄：刻镂交加貌。

⑰ 赩翕：芙蕖色。

⑱ 缛：采饰。

⑲ 栭：斗拱，柱顶上支撑屋梁的方木。

⑳ 窭（jù）数：器名，用茅草结成圆圈，置于头顶，上承器物。此喻兰栭重叠交互而相承。矩设：谓合乎规矩而安设。

⑩ 欂（jiān）：即枊，斗拱。栌：亦斗拱。各落：错落。一说险危之貌。

⑩ 栾：柱上曲木，两端以承斗拱。栱：柱上横木。

⑩ 舄（xì）：即磶，礩也，柱下石。跋：本也。

⑩ 青琐：古门窗之饰，刻为连环形花纹，而青涂之。银铺：着门上以衔环者，以银饰之。

⑩ 双枚：屋内重檐。

⑩ 重桴：重栋。

⑩ 棍（pí）梠：连檐承瓦之横木。

⑩ 焯：炎起貌。

⑩ 砀（dàng）基：以彩纹石为墙基。

⑩ 白盛：以蜃灰垩墙使白，盛犹成。

⑪ 缥（piǎo）：淡青色。

⑫ 落带：壁带。壁之横木，露出如带者。金釭：壁中以金为饰之横带。

⑬ 允塞：诚信笃实。

⑭ 重华：虞舜。

⑮ 共工：尧时冬官司空，共理百工之事也。缋：读曰绘。

⑯ 椒房：皇后所居之殿，亦指皇后。

⑰ 虞姬：名损之，齐威王之姬。《列女传》说，威王即位，诸侯并侵之。其佞臣周破胡专权擅势，嫉贤妒能。虞姬谏威王，烹周破胡，封贤臣，于是收故侵地，齐国大治。

⑱ 姜后：齐侯之女，周宣王之后。《列女传》说，威王尝夜卧而晏起，

耽误朝政。姜后乃脱簪珥待罪于永巷，自责并以谏宣王。

⑪⑨ 锺离：即锺离春，齐无盐邑之女，貌丑。《列女传》说，她自诣齐宣王，陈述齐国面临危殆之形势有四，宣王感动，封其为王后。谠言：善言。

⑫⓪ 楚樊：即樊姬，楚庄王之夫人，《列女传》说，她曾谏庄王，任用贤者，斥退身边不肖之人。

⑫① 班妾：即班婕妤。《汉书》说，成帝游于后庭，欲与班婕妤同辇，婕妤以“三代末主，乃有嬖女”为由而拒绝。

⑫② 孟母：即孟轲之母。《列女传》说孟母为教育孟子，其居舍从近墓之处迁至市傍，复迁至学宫之傍，凡三迁。

⑫③ 眩：惑。

⑫④ 愆：过也。

⑫⑤ 书绅：书写在大带上。《论语·卫灵公》载，对孔子之言，“子张书诸绅”。

⑫⑥ 萧曼：萧条曼延，言高远也。

⑫⑦ 棂槛：台上栏。丕：即丕，大。

⑫⑧ 错：犹治也。

⑫⑨ 楯（shǔn）：栏杆，纵曰槛，横曰楯。

⑬⓪ 榴：通“楔”，接合之木，此指槛楯相接合处之木楔。

⑬① 螭：无角龙。

⑬② 虬：有角之龙。

⑬③ 玄轩：涂有黑漆之楯下板。

⑬④ 驺虞：白虎黑文。《毛诗序》说：“仁如驺虞，则王道成矣。”献：犹轩，轩在物上之称。

⑬⑤ 方轩：并窗。

⑬⑥ 个：东西厢。

⑬⑦ 思齐：常思庄敬之德，语出《诗经·大雅·思齐》：“思齐大任，文王之母。”徽音：懿美之德音。语亦出《思齐》：“大姒嗣徽音，则百

斯男。”

⑬⑧ 难老：长保寿考。语出《诗经·鲁颂·泮水》：“既饮旨酒，永锡难老。”

⑬⑨ 询：亲戚之谋为询，此指访善咨亲。

⑭⓪ 疆理：谓立封疆而统理之。

⑭① 甄陶：本谓制作陶器（甄为陶人旋转之轮），此指化育。

⑭② 墄：阶级。《三辅黄图》说：“未央前殿，左墄右平。”

⑭③ 讲肄：谓习武。

⑭④ 二六对陈：指古代习武之戏蹴鞠，二六盖鞠室之数，而室有一人。

⑭⑤ 僻脱：便僻轻脱。

⑭⑥ 猖狂：妄行。此指动乱。

⑭⑦ 庾：仓无屋者。

⑭⑧ 层：盘名。层盘用以承甘露。

⑭⑨ 瀼瀼：露盛貌。

⑮⓪ 皠（hé）皠：同“翯翯”，鸟羽洁白而有光泽。

⑮① 方：并两船。

⑮② 篁：丛竹。

⑮③ 濑：从沙石上流过之急水。

⑮④ 侔：齐等。

⑮⑤ 赈：富也。

⑮⑥ 筹：筭。

⑮⑦ 咸池：星名。《淮南子·天文训》说：“咸池者，水鱼之囿也。”

⑮⑧ 仇：匹。

⑮⑨ 碣：同“揭”。

⑯⓪ 岧峣：山危高貌。岑：山小而高曰岑。

⑯① 峦：山形长狭者曰峦。

⑯② 浮阶：飞陛。

⑯③ 九野：九州之地。

⑯④ 长图：长策，长久之计。

⑯⑤ 三市：《周礼·地官·司市》说，大市，日昃而市；朝市，朝时为市；夕市，夕时为市。

⑯⑥ 亮：诚，信。

⑯⑦《无逸》：不要贪求安逸。《尚书·无逸》说："周公曰，呜呼，君子所其无逸，先知稼穑之艰难乃逸。"

⑯⑧ 窳（yǔ）：器物粗劣。

⑯⑨ 夷：平。陂（bì）：不正，不平。

⑰⓪ 盘乐：游乐。

⑰① 屯坊：即屯方，军营。

⑰② 规景：日规之影。"而"字衍。

⑰③ 水臬：水平。"不"字衍。

⑰④ 荒：废。

⑰⑤ 黄：黄金。

⑰⑥ 烁：发光，闪烁。琅玕：石之似玉者。

⑰⑦ 熠（yì）爚（yuè）：光明貌。

⑰⑧ 璘班：光明文采貌。

⑰⑨ 萃：聚集。

⑱⓪ 旃（zhān）：犹"之"。

⑱① 六合：四方上下。

⑱② 九有：九州。雍熙：和乐貌，喻天下太平。

⑱③ 康哉之诗：指咎繇之歌"元首明哉，股肱良哉，庶事康哉"，见《尚书·咎繇谟》。

⑱④ 列辟：历代天子。

⑱⑤ 翘足而待：举足而待，仅一足立，言不久也。

⑱⑥ 忒：变。

⑱⑦ 流遁：流荡逐物，逃遁不反，谓随俗逐流，耽乐放恣。

⑱⑧ 太素：质朴，朴素。

⑱⑨ 鸣凤：凤鸣，喻盛世，《国语·周语》说："周之兴也，鹫鹭鸣于岐

山。”鸑鷟，鸾凤之别名。

⑲⓪ 白环：白玉环。《竹书纪年》说，帝舜九年，西王母来朝，献白环玉玦。

⑲① 苍龙：青龙，古瑞兆之物。《三国志·魏书·明帝纪》：“青龙元年正月，青龙见郏之摩陂井中。”

⑲② 龟书：即河图洛书。相传夏禹治水，洛水中出现神龟，背有赤文，世称洛书。《周易·系辞上》：“河出图，洛出书，圣人则之。”

⑲③ 醴泉：地下涌出之甘泉，古为瑞应。《三国志·魏书》说：“延康元年，醴泉出，芝草生于乐平郡。”

⑲④ 总：合。贶（kuàng）祐：赐福。祐当作“祜”。

⑲⑤ 方：且，将。

【语译】

伟大啊魏王朝，世有哲王。武帝创下基业，文帝登基称帝。全都体察天象制订制度，顺应四时施行政事。传至当今帝皇，国家更为光明兴盛。为政远则顺随阴阳变化之自然法则，近则根据人物之本性至情。上则崇尚稽考古代的宏大之道，下则阐扬世代绵长的佳妙之经。诸事既已安宁，天禄大放光明。太和六年，国家富强刑政清明。三月，明帝东巡至许昌。以牺牲粢盛祭祀山川地祇，考定时日安抚四方。慰问老者，率领民众勤力耕织。到了六月十六，律合林钟，大火星黄昏按时出现。桑梓茂盛，大雨依时降下。

三公九卿，大儒硕士，均有感于湿暑之烦热，而忧虑性命之和平。此时吴、蜀二境尚不平静，觉悟到旅途之不安宁。于是进献美言道：“从前萧何和荀况，都聪慧博学，明智诚实。他们都以为宫室如不壮不丽，则不足以统一民众而加重神威，如不雕饰不美观，则不足以教训后世而永保其成。因而汉初宏伟的宫殿当时即已享受其功利，后世更依赖其显赫的名声。况且许昌这地方，是天命所注定的，是图谶所标志的。若德义已如此相配，为什么不营造宫室呢？”明帝说：“好吧！”于是天子玄辂已驾，轻裘加身，乃命令有司，准备礼仪。明确计量时日人力，详细计算费用开支。聚集兴建土木的民众，集中利用农事的间隙闲暇时间。凭借东方讨吴之师献上的俘虏和财货，建立景福神殿，完善皇宫的制度。

于是修筑高屋如此之深邃，建立高大殿基如此之显敞。罗列画柱如此之整齐，整饬殿基边缘如此之雄踞。飞檐向上飞举，反宇高举空中。四周分布着众多的羽毛，垂悬着琳琅的珠环。天子九旒之参旗，随风飘扬。白光闪亮，丹彩辉煌。其华饰屋外之表，光明昭显，如日月之附丽于天。其奥秘之处，隐蔽幽深，如幽星之相连属。既排列紧密，又宏大宽敞。它包容广大，并非只是常见的一种景象。远远望去，似散布着红色霞光而照亮了天上的月星，走近观察，又似仰望崇山而头顶垂云。真是瑰玮壮丽，纷繁郁盛，而难于分辨，这就是宫殿的大致情形。

至于屋脊屋栋是那么高峻崔嵬，飞宇上接云霓。文静幽深，似随云浮动。如鸟一般企立，如山一般竦峙，像在飞翔，又像在停伫。峻峭高大，真不了解它的极致。即使有离娄一般的明察，也还是眼花缭乱而不能看得分明。

然后就开启向南的通达的正门，门内陈列着众多的钟磬之架。华钟高悬其上，壮勇的悍兽驮负着钟架相对而陈。体态洪刚而猛毅，声音轰隆般震响。又有铸就之长人，白金为质又高又大。坐在高门侧堂之中，显示圣主之神威。香草杜若遍布庭中，槐树枫树覆盖屋宇。连缀着万年树，杂生着紫榛木。有的以美名获得宠爱，有的以美材被人视为珍宝。它们结实在秋季，开花在春天。繁盛苍翠，浓郁芬芳。

宫殿的结构，则是长梁横跨众彩殊制，下面开阔上面奇异。梁柱交错复叠，其势似合其形实离。大赤之色如天上之彩虹，赫怒之势如奔腾之螭龙。向南至屋南檐，向北直达最北边。任重道远，其功甚多。这里展现了以赤红漆加以纹饰之彩椽，上面垂挂着美玉装点的椽头饰物。蜿蜒如神龙之升降，明亮如明月之流光。又有短制椽木，如鸟张开翅膀。上面承受着四阿之长桁，众材相接或圆或方。红白分布相间，疏密有致。飞檐如鸟一般腾涌，又有双辕负荷着众材。有的凭空赴险，有的相接相加。皎洁雪白的文窗，离离分明的金釭。早晨阳光照于室中，流光反射于外。光焰似辰星之在河汉，焕发像是以云为梁上承蓝天。

天花板上雕塑成文如蜗之慢徙，辗转相连有如郛郭。荷花之茎根倒种，荷花正盛开吐艳。它们缠绕在绮井边，编织在疏窗上。红花花叶繁茂，丹绮五彩刻镂交加。荷花色泽艳丽，彩饰纷繁。众多的装饰十分精巧，不能够全都书写出来。这里木兰的斗拱重复交叠，如窭数，如方矩。斗拱之间错落相承，柱上曲木横木以矫健之姿而交结。金色的柱子整齐地排列着，白玉石承受着柱基。以青琐为饰的门窗上有银色的铺首，这就是闺闼之地。屋内重檐既长，达于屋外之重栋又加彩饰。连檐承瓦之横木缘屋边隅，周匝流移至于四极。如辅弼京师的侯卫之班次，藩服之职守。温房殿连接着它的东厢，凉室殿坐落在它的西侧，打开东边的建阳门则有红色的阳光多么艳丽，开启西边的金光门则有清风徐来。因此冬天不觉寒风刺骨，夏天没有炎热逼人。冷热寒暑调和适中，可以长生永年。

宫墙均以彩纹石为墙基，光辉明亮。按周制当以蜃灰垩墙而成白色，现今则涂成淡青色。壁上横木及以金为饰之横带，在这里构成了两个层次。明珠翠羽，到处都有。钦佩先王之诚信笃实，悦慕虞舜之无为而治。命共工在壁上绘制图像，鲜明地加上五彩。描绘古人古事，用作今人之箴诫和规范。后妃之流，以此为准绳和仪则。观看虞姬之容止，就会了解治国贤臣与奸佞之臣的区分。看见姜后之解佩自责，就会领悟前代遵循的道路。看重楚国锺离春所进之善言，赞美楚国樊姬能谏君斥退身边小人。褒扬汉代班婕妤之辞辇不与君同载，推崇孟母之三迁择邻。因此想要增益自己的智慧，一定要首先增广见闻。但增广见闻会增多错杂，增多错杂会惑乱真理。要想不惑乱关键何在，在于选择贤人。因此将要立德，一定要首先亲近仁人。想要在礼义上不出现过失，就必须仔细了解前人之行道。朝夕观览图画，这与子张书绅有何区别?

至于台阶连续，延伸向上高接云端。台上栏杆遍布，或曲或方。直槛似腾蛇，楔木似琼玉。像螭龙般盘曲，像虬龙般停驻。黑漆之栏板沿着台阶连续上升，光辉明亮。黑文之白虎蹲在栏板上，素朴的质地仁慈的形态。显示天运之善美，昭示远方戎人之归附。阴堂向北，并列之窗开了九扇。右厢为清宴，房屋东西向。连着永宁、安昌、临圃等殿，便是百子殿，这是后宫嫔妃居住的地方。居住着何人，都是窈窕淑女。常思庄敬之德以求懿美之音，来祈求多福。福是什么，福就是宜子宜孙儿孙绵延。既明哲，又聪敏。永赐长寿之福，民众有所依靠。

在南面则有承光前殿，这是布政之宫。接纳贤士任用能人，咨询善道求取中正。统理天下，化育民风。如云行雨施，万物均融化通达。殿西左侧为阶级右侧为平台，这是蹴鞠习武的场所。双方各有六室相对阵，殿室建筑也相当。蹴鞠时便僻轻脱以承敌人之便，原来是象征军队演习武艺。察之已解便各言归，譬之如政法，将军以此执行军令，难道只是为了取乐娱情？

又有高台镇守，实为永始仓廪。复阁重门，是为了防备动乱的发生。巨型仓廪的储蓄，没有什么东西不备有。预防不测所需之物，在这里都能取给。

这里又建有高耸云端承接甘露的层盘，疏通了虞渊的灵沼。层盘上的清露盛多，灵沼中的渌水浩大。四周种上嘉树，密植芳草。悠然之黑鱼，皓洁之白鸟，在水中沉浮，在空中翱翔，也都在皇道下自得其乐。又有水渠出口如虬龙之形吐水灌注，沟渠纵横交错。陆上设置殿馆，水中并靠着轻舟。丛竹中有鹍鹭栖息，水濑里有青鲇黑鲉嬉戏。丰盛等同淮海，富厚有如山丘。财货大量堆积，怎能尽数算出？即使是咸池那样的壮观，又何足以同它相比？

在殿外有高高的高昌观和建城观。它们像高山似的挺拔，像山峦似的险峻。飞阁直入云霄。阶级凌空而上。骋目遥看九州，远观长策，俯视大市、朝市和夕市，什么有什么无？看到农民耕耘，体会到稼穑的确艰难。衣食全赖年成之丰歉，想起了周公“君子所其无逸”的叹息。有感于万物而深思，君子居于高位而必须不忘危殆。只有天德是不会改变的，担心世俗之人对此难以了解。细观器械之优劣，明察风俗之真伪。目睹贵贱之所在，就可以领悟政事刑罚之平颇。这也就能以此观察民风助成教化，难道只是为了追求淫乐而崇尚奢侈？

又有军营及众官署，共有三十二座。排列成星宿一般，又似罗绮错杂鱼鳞比靠。又用辛壬癸甲，为坊署编了名号次第。房屋整齐均等，庭院结构如一。从此屋出又从彼屋入，走来走去想要返回原地竟然忘了归路。只因工匠之技巧变化多端，因而宫殿结构万变而层出不穷。事物没有什么难处是不能破解的，人巧就能与造化同功。仿照天地模式而奠定基础，按着众星宿的排列而策划制度。制度无细而不合于日规之影，施工无微而有违于水臬之平。

因而增其建构有如山积，树立木柱有如森林。区域之间或通或绝，均能枝叶分明。房舍之间或背离别趋，或并合归附。纵横逾越，各有所向。巧夺天工以致公输用不上他的规矩，匠石也不知从何处挥动斧斤。既已极规摹之工巧，又为何未尽彩章之美盛。于是又用朱绿和碧丹种种色彩加以纹饰，以白银和黄金加以点缀，用白玉石让其闪闪发光。于是光辉灿烂，文采焕发。清风拂来而发出悦耳的音响，朝日照射而更增其鲜艳。即使是昆仑仙山之神官，又将凭什么能超过它？

宫殿规矩既与天地相合，行政措施又顺应四时。因此天地四方无不通达，九州民众和乐。家家蕴含“允恭克让”的风俗，人人歌咏“庶事康哉”的诗篇。无人不优游而自得，生性淡泊而无所追求和忧虑。列举历代天子而论功，没有像今天这样达到了天下大治。那吴和蜀的湮灭，本来就可在极短的时间内到来。然而圣上仍勤政不变，物色天下能开导自己之人。招来忠诚中正之贤士，开辟正平正直之道路。怀想周公昔日的诫辞，仰慕咎繇的训诫。捐弃无用之官员，消灭产生事端之缘由。杜绝流荡放纵的繁文缛礼，使民众情实复归于朴素。这样就能重新飞起岐山之鸣凤，受纳虞舜时代西王母所献之白玉环。苍龙再现于陂塘，河图洛书又出现于河洛。甘泉从园池中涌出，灵芝在丘园中生长。汇合了神灵的祝福，集中了华夏的极欢。将要与三皇并列为四与五帝并列为六，周夏之治又何足道呢！

【评析】

本篇对景福殿作了酣畅的铺写。文章先写建殿之缘起，“莫不以为不壮不丽，不足以一民而重威灵。不饬不美，不足以训后而永厥成”，先声夺人，为全篇定了基调。接下来描绘景福殿之整体壮观：“远而望之，若摛朱霞而耀天文；迫而察之，若仰崇山而戴垂云”，然后进行局部而又有重点的描写。开头写南面的端门，前有华钟高悬，悍兽俪陈，庄重威严。接着依次写绣桷，文珰，殿中繁饰，斗拱楹柱，东西二殿，与拱梁上之图缋故事，还写到层盘，灵沼，崇观，峻庐，展现了景福殿之宏伟壮丽。铺陈之中作者也曾提出“无逸”与节俭，但作者所强调的却是比隆造化，提倡“仇天地以开基，并列宿而作制”，以应天地，顺四时，灭吴蜀，使魏帝之事业能“四三皇”而“六五帝”，从而表达了作者统一天下建立王业的理想。

卷第十二

江海

海赋一首

作者：木玄虚　　注译评析：张葆全

昔在帝妫巨唐之代[①]，天纲浡潏[②]，为凋为瘵[③]。洪涛澜汗[④]，万里无际。长波涾沲[⑤]，迆涎八裔[⑥]。于是乎禹也，乃铲临崖之阜陆[⑦]，决陂潢而相泼[⑧]。启龙门之岝峈[⑨]，垦陵峦而崭凿[⑩]。群山既略[⑪]，百川潜渫[⑫]。泱漭澹泞[⑬]，腾波赴势。江河既导，万穴俱流。掎拔五岳[⑭]，竭涸九州。沥滴渗淫[⑮]，荟蔚云雾[⑯]。涓流泱瀼[⑰]，莫不来注。於廓灵海[⑱]，长为委输。

其为广也，其为怪也，宜其为大也。尔其为状也，则乃浟湙潋滟[⑲]，浮天无岸。浺瀜沆瀁[⑳]，渺弥湠漫[㉑]。波如连山，乍合乍散。嘘噏百川[㉒]，洗涤淮汉。襄陵广舄[㉓]，浟潒浩汗[㉔]。

若乃大明摭辔于金枢之穴[㉕]，翔阳逸骇于扶桑之津[㉖]，影沙礐石[㉗]，荡飏岛滨[㉘]。于是鼓怒，溢浪扬浮，更相触搏，飞沫起涛。状如天轮，胶戾而激转[㉙]，又似地轴，挺拔而争回。岑岭飞腾而反覆，五岳鼓舞而相磓[㉚]。渭濆沦而滀漯[㉛]，郁沏迭而隆颓[㉜]。盘盓激而成窟[㉝]，滑沸溁而为魁[㉞]。泅泊栢而迆飏[㉟]，磊匒匌而相豗[㊱]。惊浪雷奔，骇水迸集[㊲]。开合解会，瀼瀼湿湿[㊳]。葩华踧沑[㊴]，澒泞潗潪[㊵]。

若乃霾曀潜销[㊶]，莫振莫竦[㊷]。轻尘不飞，纤萝不动。犹尚呀呷[43]。余波独涌。澎濞灪碨[44]，碨磊山垄[45]。尔其枝岐潭瀹[46]，渤荡成汜[47]。乖蛮隔夷，回互万里[48]。若乃偏荒速告，王命急宣。飞骏鼓楫[49]，泛海凌山[50]。于是候劲风，揭百尺[51]，维长绡[52]，挂帆席。望涛远决，冏然鸟逝[53]。鷸如惊凫之失侣[54]，倏如六龙之所掣[55]。一越三千，不终期而济所届[56]。

若其负秽临深[57]，虚誓愆祈[58]。则有海童邀路[59]，马衔当蹊。天吴乍见而仿佛[60]，蝄像暂晓而闪尸[61]。群妖遘迕[62]，眇䁥冶夷[63]。决帆摧橦[64]，戕风起恶[65]。廓如灵变[66]，惚恍幽暮[67]，气似天霄，叆䨴云布[68]。䨓昱绝电[69]，百色妖露。呵嗽掩郁[70]，矆睒无度[71]。飞涝相磢[72]，激势相沏[73]。崩云屑雨[74]，浤浤汩汩[75]。踧踔湛濼[76]，沸溃渝溢。瀖泋濩渭[77]，荡云沃日。

于是舟人渔子，徂南极东[78]。或屑没于鼋鼍之穴[79]，或挂罥于岑嶅之峰[80]。或掣掣泄泄于裸人之国[81]，或泛泛悠悠于黑齿之邦[82]。或乃萍流而浮转，或因归风以自反。徒识观怪之多骇，乃不悟所历之近远。

尔其为大量也，则南澰朱崖[83]，北洒天墟[84]，东演析木[85]，西薄青徐。经途瀴溟[86]，万万有余。吐云霓，含龙鱼。隐鲲鳞，潜灵居[87]。岂徒积太颠之宝贝[88]，与随侯之明珠[89]。将世之所收者常闻，所未名者若无。且希世之所闻，恶审其名？故可仿像其色，叆䨴其形[90]。

尔其水府之内，极深之庭，则有崇岛巨鳌，峌岘孤亭[91]。擘洪波[92]，指太清。竭磐石[93]，栖百灵。飏凯风而南逝[94]，广莫至而北征[95]。其垠则有天琛水怪[96]，鲛人之室[97]。瑕石诡晖[98]，鳞甲异质。

若乃云锦散文于沙汭之际[99]，绫罗被光于螺蚌之节。繁采扬华，万色隐鲜。阳冰不冶[100]，阴火潜然。熺炭重燔[101]，吹炯九泉[102]。朱燉绿烟[103]，腰眇蝉蜎[104]。鱼则横海之鲸，突扤孤遊[105]。戛岩嶅[106]，偃高涛[107]。茹鳞甲[108]，吞龙舟。噏波则洪涟踧蹜[109]，吹涝则百川倒流。或乃蹭蹬穷波[110]，陆死盐田[111]。巨鳞插云，鬐鬣刺天[112]。颅骨成岳，流膏为渊。若乃岩坻之隈[113]，沙石之嵚[114]，毛翼产鷇[115]，剖卵成禽。凫雏离褷[116]，鹤子淋渗[117]。群飞侣浴，戏广浮深。翔雾连轩[118]，泄泄淫淫[119]。翻动成雷，扤翰为林[120]。更相叫啸，诡色殊音。

若乃三光既清[121]，天地融朗[122]。不泛阳侯[123]，乘蹻绝往[124]，觌安期于蓬莱[125]，见乔山之帝像[126]。群仙缥眇，餐玉清涯。履阜乡之留舄[127]，被羽翮之襂纚[128]。翔天沼，戏穷溟[129]。甄有形于无欲[130]，永悠悠以长生。

且其为器也，包乾之奥[131]，括坤之区[132]，惟神是宅，亦祇是庐[133]。何奇不有，何怪不储[134]。芒芒积流[135]，含形内虚。旷哉坎德[136]，卑以自居。弘往纳来，以宗以都[137]。品物类生，何有何无？

【作者简介】

木华，生卒年不详，西晋文学家。字玄虚，广川（今河北景县西南）人，曾任太傅杨骏府主簿。工辞赋，作品多佚，今仅存《海赋》一篇。

【篇旨】

描绘大海的种种壮观以及海中的灵怪、宝物、鱼鸟、仙境，赞美大海容纳百川的磅礴气势与宽广胸怀。

【注释】

① 帝妫（guī）：即帝舜，舜曾居于妫水。巨唐：当作“臣唐”。舜曾为尧之臣。

② 天纲：指水。言水之广大，可为天下之纲纪。浡（bó）潏（jué）：洪水沸涌貌。

③ 凋：衰萎。瘵（zhài）：病。

④ 澜汗：水势浩大貌。

⑤ 涾（tà）沲（duò）：水波重叠貌。

⑥ 迆（yǐ）涎：逦迤相连。八裔：八方。

⑦ 铲：削平。

⑧ 陂潢：蓄水池。泼：当作“沃”，灌也。

⑨ 龙门：山名，又称禹门口，在山西河津西北和陕西韩城东北。黄河

至此，两岸峭壁对峙，形如阙门，相传为禹所开辟。岝（zuò）峉（è）：高貌。

⑩ 壆：即“垦”，治也。嶄凿：挖掘。

⑪ 略：治，用功少。

⑫ 潜渫：深澈，疏通。

⑬ 泱漭：广大。澹泞（zhù）：澄深。

⑭ 掎（jǐ）：引。拔：出。

⑮ 渗淫：小水津液。

⑯ 荟蔚：云雾沾润。

⑰ 涓流：小流。泱瀼：停淤。一说水流貌。

⑱ 於：叹辞。廓：大。

⑲ 淢淡：流行之貌。潋滟：相连之貌。

⑳ 浺瀜、沆瀁：皆深广之貌。

㉑ 渺弥、湠漫：皆旷远之貌。

㉒ 嘘噏（xī）：犹吐纳。

㉓ 襄：上。陵：越。广舄：同广斥，海畔。

㉔ 瀖濩：广深之貌。

㉕ 大明：月也。摭：犹揽。金枢之穴：指西方月没之处。

㉖ 翔阳：日也。逸骇：疾出。扶桑之津：指东方日出之处。

㉗ 彯：荡。礐（què）：石声。

㉘ 荡飐（duī）：风疾貌。

㉙ 胶戾：环旋貌。

㉚ 磓（duī）：犹激也。

㉛ 渭（wèi）：乱貌。渍沦：相纠貌。湁潔（tà）：攒聚貌。

㉜ 郁：盛貌。沕迭：疾貌。隆颓：不平貌。

㉝ 盘盓（wū）：旋绕。

㉞ 滱（qiào）湠（tān）：峻波。滐：同“杰”，特立。

㉟ 泂：疾貌。泊栢：小波。迆：邪起貌。

㊱ 磊：大貌。匒（dá）匌（kē）：重叠。相豗（huī）：相击。

㊲ 迸：涌。

㊳ 瀼（ráng）瀼湿湿：开合之貌。

㊴ 葩华：分散。踧沑（nǜ）：蹙聚。

㊵ 湏泞：沸貌。潗滑（nì）：沸声。

㊶ 霾：大风扬起尘土自上落下。曀：阴暗而有风。

㊷ 振：动。竦：亦动。

㊸ 呀呷：波相吞吐之貌。

㊹ 澎濞：大水飞腾且发出声响。灪𥗰（huái）：高峻貌。

㊺ 碨磊：不平貌。

㊻ 枝岐：支流。潭淪：水动摇貌。

㊼ 渤荡：波大动之貌。汜：由主流分出复又汇合之水。

㊽ 回互：回转。

㊾ 骏：速。楫：短桨。

㊿ 泛：浮。凌：历。

51 百尺：指帆樯。

52 绡：即“梢”，帆纲，用长木做成，用以挂帆。

53 冏（jiǒng）然：光耀貌，状疾速。

54 鹬（yù）：疾飞貌。

55 掣：指牵引而疾驰。

56 届：至。

57 负秽：犹负罪。

58 愆：失。

59 海童：与马衔并为海中神怪。邀：拦阻。

60 天吴：与蝄像并为海神。

61 暂晓：暂见即没。闪尸：疾见貌。

62 遘：遇。迕：犯。

63 眇睎：视貌。冶夷：妖媚之貌。

⑥④ 橦（chuáng）：桅樯。

⑥⑤ 戕风：暴风。

⑥⑥ 廓：开。

⑥⑦ 惚恍：幽深不明貌。

⑥⑧ 叆叇：云气昏暗貌。

⑥⑨ 儵（shū）昱：疾貌。

⑦⓪ 呵欻（xù）、掩郁：吞吐光色迅疾而不明。

⑦① 矆（huò）睒（shǎn）：光色变幻无定。

⑦② 涝：大波。磢（chuǎng）：同“漺”，错也。

⑦③ 沏：摩也。

⑦④ 屑雨：雨水飞洒。

⑦⑤ 浤浤、汩汩：皆波浪之声。

⑦⑥ 踸（chěn）踔（chuō）：波浪向前复又后退。湛（yǐn）灤（yào）：意同踸踔。

⑦⑦ 濩渀濩渭：众波之声。

⑦⑧ 极：至。

⑦⑨ 屑：碎。

⑧⓪ 罥（juàn）：系。岑嶅：多小石之山。

⑧① 掣掣泄泄：随风吹拂之貌。

⑧② 泛泛悠悠：随波逐流之貌。

⑧③ 溓（liàn）：渍也。朱崖：郡名，即珠崖，在今海南。

⑧④ 洒：汛也。

⑧⑤ 演：长流。析木：地名，在今辽宁。

⑧⑥ 瀴溟：绝远杳冥。

⑧⑦ 灵居：神灵之所居。

⑧⑧ 太颠：人名，周之贤臣，文王四友之一，佐武王伐纣。琴操说，当文王囚居羑里之时，太颠等人得水中大贝献纣，以救文王。

⑧⑨ 随侯：周时汉东之国姬姓诸侯。《淮南子·览冥训》注说，随侯治愈

大蛇，大蛇于江中衔大珠以报之。

⑳ 瑷靆：不明貌。

⑪ 峌（dié）峴（niè）：高貌。

⑫ 擘：剖，分。

⑬ 竭：负举。

⑭ 凯风：南风。

⑮ 广莫：北风。

⑯ 天琛：天然之宝。

⑰ 鲛人：居水中之怪人。《述异记》说，南海中有鲛人室，水居如鱼，不废机织，其眼能泣，泣则出珠。

⑱ 瑕石：有小赤色之玉石。

⑲ 沙汭（ruì）：沙崖。

⑩ 冶：销。

⑩ 熺：炽。

⑩ 吹：通“炊”，犹燃也。炯：火光。

⑩ 燉：同“焰”，火光。

⑩ 睽眇、蝉蜎：烟艳飞腾貌，一说远视貌。

⑩ 突扤（wù）：高貌。

⑩ 戛（jiá）：犹“概”，平也。

⑩ 偃：息，止。

⑩ 茹：食。

⑩ 噏：同“吸”。洪涟：犹洪澜，大波。踧（cù）蹜（sù）：水聚不流。

⑩ 蹭蹬：失势貌。穷波：浅波。

⑪ 盐田：海边。

⑫ 鬐（qí）鬣（liè）：脊鳍。

⑬ 坻（chí）：岸。隈：水曲。

⑭ 嶔（qīn）：山险貌。

⑮ 㲉（kòu）：初生小鸟待母哺而食者。

⑯ 离褷（shī）：同“离纚”，毛羽始生之貌。

⑰ 淋渗：意同离褷。

⑱ 翔雾：即翔骛，飞翔。连轩：飞貌。

⑲ 泄泄、淫淫：飞翔貌，一说沉浮貌。

⑳ 扰：乱。翰：鸟羽。

㉑ 三光：日、月、星。

㉒ 融朗：融通明朗。

㉓ 阳侯：波神。古阳陵国君溺死于水，其神能为大波。

㉔ 乘蹻：道家飞行之术。《抱朴子·杂应》说：“若能乘蹻者，可以周流天下，不拘山河。凡乘蹻道有三法，一曰龙蹻，二曰虎蹻，三曰鹿卢蹻。”

㉕ 安期：安期生，古仙人。《列仙传》说，安期先生谓始皇曰：后千岁求我蓬莱山下。

㉖ 乔山：即桥山，黄帝冢之所在。

㉗ 舄（xì）：履。《列仙传》说，安期先生，琅邪阜乡人，自言千岁。秦始皇与语，赐金数十万于阜乡亭，皆置去，留书以赤玉舄一量为报。言仙人以羽翮为衣。

㉘ 襂（sēn）纚（shī）：衣裳毛羽垂貌。

㉙ 穷溟：极远之溟海。《庄子·逍遥游》说：“穷发之北有冥海者，天池也。”

㉚ 甄：表也，明也。

㉛ 乾：天。《周易·说卦》说，“乾为天”“坤为地”。奥：深。

㉜ 区：域。

㉝ 祇：地之神。

㉞ 储：积。

㉟ 芒芒：同“茫茫”。

㊱ 坎：易八卦之一。《周易·说卦》说，“坎者，水也”。

㊲ 宗：尊。《尚书·禹贡》说：“江汉朝宗于海。”都：聚。

【语译】

从前正当舜为尧臣之时，洪水沸涌，万物凋敝。水势浩大，万里无际。洪波重积，绵延八方。于是大禹削平水边的高地，挖开蓄水池让水灌注。开通龙门之高崖，挖平耸立之山峦。群山既已治平，百川也已疏通。浩渺深澈之水，顺势腾涌。江河都已疏导，万穴也都流动。五岳更为挺拔，九州洪水都已干涸。沥滴小水，云雾求沾润，涓涓细流，无不注入大海。伟大之神海啊，长为众水之归宿。

大海是这样辽阔，是这样神奇，的确可称之为“大”。大海的形状，则是水波相连，浮载苍天无边无际。水深无极，烟波浩渺。洪峰如山相连，时合时散。潮水吐纳百川，冲刷淮汉。当它涨上海岸之时，真是一片汪洋。

到了月亮落到了西方，太阳从东方升起，海水激荡着沙石，海风刮向岛屿。这时大海震怒，波浪腾涌，互相搏击，浪涛飞起。波浪如天轮，盘旋而激转；又似地轴，拔出于地而争为回复。巨浪如山飞腾而上下翻腾，似五岳鼓舞而互相撞击。乱纷纷地纠结攒聚，又急促地消散退去。有时环绕而成旋涡，有时高耸而成浪峰。小波从旁斜出，大浪重叠相撞。惊涛如雷奔腾，骇浪腾涌聚集。时开时合，或散或会。开开合合，散而又聚，沸沸扬扬。

到了阴霾消散阴风平息之时，海面没有巨浪竦立。轻尘不再飞扬，纤萝也不再飘动。但海浪犹自吞吐，余波尚自腾涌。澎湃上腾，形成高低不平的浪峰。那些支流港湾，汹涌激荡复汇合而成汪洋，分隔着蛮夷，回转绵延达万里之遥。至于远方之国有急来告，或君命需迅速下达，则要飞快划动棹楫，渡海翻山。于是等待着刮起强劲的海风，张开百尺的帆樯，系好长长的帆杆，张挂起风帆。迎着波涛决然远去，如飞鸟般疾速远逝。快得像惊骇的野鸭失侣后相求逐，又像六龙在前牵引而急驰。一天可飞越三千里，不用一个早晨就驶抵所要到的地方。

如有负罪之人面临深海，伪为誓约虚言祷告，则有海童拦路，马衔挡道。天吴仿佛现身，蝄像一闪而过。群妖来犯，注视着各展妖媚之态。她们决开了风帆摧折了桅樯，暴风突然猛烈刮起。一时云开如神灵的变化，一时忽又阴暗幽深。海神吐气如云，浓云密布天空。迅疾的闪电，使海妖显露出百种妖色。电光迅速吞吐，光色变幻无定。大波互相挤压，激浪互相擦摩。似浓云崩塌雨水飞洒，争相发出浤浤汩汩之声。波浪向前复又后退，沸涌的乱流四溢。濯泋濩渭之声不绝，激荡着云层浇灌着太阳。

这时船家渔父，或往南或向东，有的碎身淹没于鼋鼍的洞穴，有的挂尸于多石的山峰。有的随风吹拂到裸人之国，有的随波逐流到黑齿之邦。有的似浮萍般四处漂浮流转，有的乘着顺风回到了家。他们只是看到许多怪异而受到许多惊骇，并未觉察所经历过的路程之远近。

大海所具有的水量，南浸渍于朱崖，北泛滥于天墟，东流至析木，西迫近青徐。经过绝远杳冥之地，路程万万有余。大海吞吐着云霓，蕴含着龙鱼，隐藏着鲲鳞，潜居着神灵。并不只是积聚着太颠的宝贝和随侯的明珠。世上所收藏的宝物常闻其名，所未闻其名的似没有一般。既是稀世之所闻，哪里能辨识其名呢？因此只能模糊地描述它的色彩和形状。

在大海水府之内，极深的地方，则有高山大鳌，高高耸立着。它们分开洪波，直指太空。负举磐石，栖息众仙。南风至便向南去，北风至便向北行。在水滨则有天然宝物和水怪，又有鲛人的居室。玉石都有奇异的光色，鳞甲都有奇怪的形状。

至于沙岸之上沙纹有如云锦，螺蚌之节闪光有如绫罗。众多文采扬着光华，万般色调含着鲜艳。阳处有不销之冰，阴处有潜然之火。燃炭重炽，光照九泉。红火绿烟，轻飘飘地向上飞腾。鱼则有横海之鲸，高出海面而孤游。其高可上平高山，止息高高的波涛。它食鳞甲，吞龙舟。吸波之时则大波不流，吐水之时则百川倒灌。有时失势于浅水，陆死于盐田。巨鳞上插云霄，脊鳍直刺蓝天。头骨成为山岳，流脂成为深渊。至于崖岸水曲之处，沙石险要地方，鸟类产子，卵破而生。雏鸭初生毛羽，鹤子刚长羽毛。成群而飞结伴而浴，在深广的海域中戏耍浮游。它们连片飞起来，成群在水上浮动。翻动而成阵阵雷声，振羽而成片片树林。更相叫唤，有不同的色诡异的音。

到了日月星清明之时，天地融通明朗。海波不兴，便以飞行之术横绝大海前往。在蓬莱山可见到仙人安期生，在桥山可见到黄帝的神像。远远望见众仙人，在清水之畔服食玉浆。穿着安期生留下的鞋，披着仙人所服的羽翮之衣。飞翔于天池之上，游戏于穷溟之中。众仙人确然有形体但无情欲，因而能久视长生。

说到大海之材器，包括天地的深广，是神祇所居住的地方。什么奇它没有？什么怪它不藏？沧海茫茫积贮水流，含养众形而内心空虚。伟大啊水之德，能自居卑下而容纳百川。潮水涌上陆地而又从陆地迎来江河，大海为众水所推尊所积聚。万物依赖大海以类相生，何所不有何者而无！

【评析】

浩渺无际之大海，多么令人神往。《庄子·秋水》说："天下之水，莫大于海：万川归之，不知何时止而不盈；尾闾泄之，不知何时已而不虚；春秋不变，水旱不知。此其过江河之流，不可为量数。"歌颂了大海的宏伟。木华《海赋》则进一步描绘了大海的形状、灵怪、宝物、鱼鸟、仙境，以及大海的品格，对大海作了更为热情的礼赞。作者以夸张的手法，写大海"浮天无岸""嘘噏百川""惊浪雷奔，骇水迸集"，写出了大海的雄伟气魄。赋中还写了大禹治水的故事与传说中海里的灵怪神祇，更增添了大海的神秘与瑰丽。赋末赋予大海"卑以自居"容纳百川的品格，这当然是人的品格和意志之折射。总之，这篇赋写出了大海的磅礴境界与真性格真精神，具有震撼人心的艺术力量。作品的语言清丽峻洁，故傅亮《文章志》谓其"文甚峻丽，足继前良"。

江赋一首

作者：郭景纯　　注译评析：张葆全

咨五才之并用[①]，寔水德之灵长[②]。惟岷山之导江，初发源乎滥觞[③]。聿经始于洛沫[④]，拢万川乎巴梁[⑤]。冲巫峡以迅激，跻江津而起涨[⑥]，极泓量而海运，状滔天以淼茫。总括汉泗[⑦]，兼包淮湘[⑧]。并吞沅澧[9]，汲引沮漳[10]。源二分于崌崃[11]，流九派乎浔阳[12]。鼓洪涛于赤岸[13]，沦余波乎柴桑[14]。纲络群流，商搉涓浍[15]。表神委于江都[16]，混流宗而东会。注五湖以漫漭[17]，灌三江而漰沛[18]。滈汗六州之域[19]，经营炎景之外[20]。所以作限于华裔，壮天地之崄介[21]。呼吸万里，吐纳灵潮。自然往复，或夕或朝。激逸势以前驱，乃鼓怒而作涛。

峨嵋为泉阳之揭[22]，玉垒作东别之标[23]。衡霍磊落以连镇[24]，巫庐嵬崛而比峤[25]。协灵通气，濆薄相陶[26]。流风蒸雷，腾虹扬霄。出信阳而长迈[27]，淙大壑与沃焦[28]。若乃巴东之峡，夏后疏凿[29]。绝岸万丈，壁立赮驳[30]。虎牙嵥竖以屹崒[31]，荆门阙竦而磐礴[32]。圆渊九回以悬腾，湓流雷呴而电激[33]。骇浪暴灑，惊波飞薄。迅澓增浇[34]，涌湍叠跃。砯岩鼓作[35]，漰湱泶㶁[36]。㶓濞潒淢，溃濩泧漷[37]。潏湟淴泱，澛润涧瀹[38]。漩澴荥潆，涠瀰渍瀑[39]，溭淢浕涢[40]，龙鳞结络。碧沙遗沲而往来[41]，巨石硉矹以前却[42]。潜演之所汩淈[43]，奔溜之所磢错[44]，厓隒为之泐嵃[45]，碕岭为之嵒崿[46]。幽涧积岨[47]，礐硞礐確[48]。

若乃曾潭之府[49]，灵湖之渊，澄澹汪洸，沆滉囦泫[50]。泓汯泂澋，涒邻圆潾[51]。混澣灦涣[52]，流映扬焆[53]。溟漭渺湎，汗汗沺沺[54]。察之无象，寻之无边。气滃渤以雾杳[55]，时郁律其如烟[56]。类胚浑之未凝[57]，象太极之构天[58]。长波浃渫[59]，峻湍崔嵬。盘涡谷转，凌涛山颓。阳侯砐硪以岸起[60]，洪澜涴演而云回[61]。泝沦溛瀤[62]，乍浥乍堆[63]。豃如地裂[64]，豁若天开。触曲厓以萦绕，骇崩浪而相礧[65]。鼓㕩窟以漰渤[66]，乃溢涌而驾隈[67]。

鱼则江豚海狶，叔鲔王鳣。䱐鰊鰶鲉，鲮鳐鲍鲢。或鹿觡象鼻[68]，或虎状龙颜。鳞甲镳错[69]，焕烂锦斑。扬鳍掉尾，喷浪飞唌[70]。排流呼哈[71]，随波游延[72]。或爆采以晃渊[73]，或吓鳃乎岩间[74]。介鲸乘涛以出入[75]，鲼鯊顺时而往还[76]。尔其水物怪错[77]，则有潜鹄鱼牛，虎蛟钩蛇。蛤蜅鲎蝞[78]，鲭鼋鼍鼊[79]。王珧海月[80]，土肉石华。三蝬虾江[81]，鹦螺蜁蜗[82]。璅蛣腹蟹[83]，水母目虾[84]。紫蚢如渠[85]，洪蚶专车[86]。琼蚌晞曜以莹珠[87]，石蜐应节而扬葩[88]。蜛蝫森衰以垂翘[89]，玄蛎魄碟而碨硊[90]。或泛潋于潮波[91]，或混沦乎泥沙[92]。若乃龙鲤一角[93]，奇鸧九头[94]。有鳖三足，有龟六眸。赪鳖胇跃而吐玑[95]，文魮磬鸣以孕璆[96]。倏蟰拂翼而掣耀[97]，神蜧蝹蛇以沉游[98]。䲹马腾波以嘘蹀[99]，水兕雷咆乎阳侯[100]。渊客筑室于岩底，鲛人构馆于悬流。雹布余粮[101]，星离沙镜[102]。青纶竞纠[103]，缛组争映[104]。紫菜荧晔以丛被[105]，绿苔鬖髿乎研上[106]。石帆蒙笼以盖屿[107]，萍实时出而漂泳[108]。其下则金矿丹砾[109]，云精烛银[110]。珕珋璿瑰[111]，水碧潜珉[112]。鸣石列于阳渚，浮磬肆乎阴滨[113]，或颎彩轻涟[114]。或焆曜崖邻[115]。林无不溽[116]，岸无不津[117]。

其羽族也，则有晨鹄天鸡，鵁鶄鸥鸱[118]。阳鸟爰翔，于以玄月[119]。千类万声，自相喧聒[120]，濯翮疏风[121]，鼓翅翻𦐇[122]。挥弄洒珠，拊拂瀑沫。集若霞布，散如云豁。产毻积羽[123]，往来勃碣[124]。橉杞稹薄于浔涘[125]，栛梿森岭而罗峰[126]。桃枝篔筜[127]，实繁有丛。葭蒲云蔓[128]，䙕以兰红[129]。扬皜毦[130]，擢紫茸[131]。荫潭隩，被长江。繁蔚芳蓠[132]，隐蔼水松[133]。涯灌芊萰[134]，潜荟葱茏[135]。鲮鯥跻跼于垠隒[136]，猵獭睒瞲乎厥空[137]。迅蜼临虚以骋巧[138]，孤玃登危而雍容[139]。夔𤜶翘踛于夕阳[140]，鸳雏弄翮乎山东[141]。因岐成渚[142]，触涧开渠。漱壑生浦[143]，区别作湖。磴之以瀿瀷[144]，渫之以尾闾[145]。标之以翠蘙[146]，泛之以游菰[147]。播匪艺之芒种[148]，挺自然之嘉蔬[149]。鳞被菱荷[150]，攒布水蔛[151]。翘茎瀵蕊[152]，濯颖散裹[153]。随风猗萎[154]，与波潭淹[155]。流光潜映，景炎霞火[156]。

其旁则有云梦雷池，彭蠡青草。具区洮滆，朱浐丹漅。极望数百，沆瀁皛溔[157]。爰有包山洞庭，巴陵地道。潜逵傍通[158]，幽岫窈窕[159]。金精玉英瑱其里[160]，瑶珠怪石琗其表[161]。骊虬摎其址[162]，梢云冠其嵘[163]。海童之所巡游[164]，琴高之所灵矫[165]。冰夷倚浪以傲睨[166]，江妃含嚬而矊眇[167]。抚凌波而凫跃[168]，吸翠霞而夭矫[169]。若乃宇宙澄寂，八风不翔[170]。舟子于是搦棹[171]，涉人于是檥榜[172]。漂飞云[173]，运艅艎[174]。舳舻相属[175]，万里连樯[176]。溯洄沿流[177]，或渔或商。赴交益[178]，投幽浪[179]。竭南极，穷东荒。尔乃䨴雰祲于清旭[180]，觇五两之动静[181]。长风飂以增扇[182]，广莫飐而气整[183]。徐而不㵱[184]，疾而不猛。鼓帆迅越，趠涨截泂[185]。凌波纵棆，电往杳溟[186]。霩如晨霞孤征[187]，眇若云翼绝岭。倏忽数百，千里俄顷[188]。飞廉无以睎其踪[189]，渠黄不能企其景[190]。于是芦人渔子，摈落江山[191]。衣则羽褐[192]，食惟蔬鲜[193]。栫淀为涔[194]，夹潨罗筌[195]。筒洒连锋[196]，罾罶比船[197]。或挥轮于悬碕[198]，或中濑而横旋。忽忘夕而宵归，咏采菱以叩舷。傲自足于一呕[199]，寻风波以穷年。

尔乃域之以盘岩[200]，豁之以洞壑。疏之以沲汜，鼓之以朝夕[201]。川流之所归凑，云雾之所蒸液。珍怪之所化产，傀奇之所窟穴。纳隐沦之列真[202]，挺异人乎精魄[203]。播灵润于千里，越岱宗之触石[204]。及其谲变倏怳[205]，符祥非一。动应无方[206]，感事而出。经纪天地[207]，错综人术[208]。妙不可尽之于言，事不可穷之于笔。若乃岷精垂曜于东井[209]，阳侯遁形乎大波[210]。奇相得道而宅神[211]，乃协灵爽于湘娥[212]。骇黄龙之负舟[213]，识伯禹之仰嗟。壮荆飞之擒蛟[214]，终成气乎太阿[215]。悍要离之图庆[216]，在中流而推戈。悲灵均之任石[217]，叹渔父之棹歌[218]。想周穆之济师[219]，驱八骏于鼋鼍。感交甫之丧珮[220]。愍神使之婴罗[221]。焕大块之流形[222]，混万尽于一科[223]。保不亏而永固，禀元气于灵和[224]。考川渎而妙观[225]，实莫著于江河。

【作者简介】

郭璞（276—324），晋代学者、文学家。字景纯，河东闻喜（在今山西）人。性放散，不修威仪。好经术，博学有高才。西晋亡，随晋室南渡。先后在殷祐、王导幕下任参军，元帝擢为著作佐郎，旋升尚书郎。后任王敦记室参军，因谏阻王敦谋反，被杀。王敦乱平，追赠弘农太守。擅长诗赋，《游仙诗》十四首为其代表作。《诗品》称其诗“始变永嘉平淡之体”。又著有《尔雅注》《方言注》《穆天子传注》《山海经注》。原有文集十七卷，已散佚。明人张溥辑有《郭弘农集》。存诗二十二首、赋十一篇。《晋书》有传。

【篇旨】

描写长江的发源、水势、物产、交通，叙述古来有关的史实和传说，赞美长江宏大的气魄与壮美的奇观。

【注释】

① 咨：叹美之辞。五才：即五材，指金、木、水、火、土。

② 水德：水之本性。《淮南子》说："夫水者，大不可极，深不可测，无公无私，水之德也。"

③ 滥觞：浮起酒杯，喻水之浅小。

④ 聿（yù）：语首助词。洛、沫：水名。

⑤ 巴：郡名。梁：州名。

⑥ 跻：登。江津：县名，在四川东南。

⑦ 汉、泗：水名。

⑧ 淮、湘：水名。

⑨ 沅、澧：水名。

⑩ 沮、漳：水名。沮水即雎水。

⑪ 峿、崃：山名。

⑫ 浔阳：县名，在今江西。应劭《汉书注》说："江自庐江浔阳，分为九也。"

⑬ 赤岸：山名，在今江苏。

⑭ 沦：没。柴桑：县名，以山得名，在今江西。

⑮ 商搉：犹扬搉，约略、都凡之意。商，度。搉，粗略。涓浍（kuài）：小水流。

⑯ 表：见。神委：积水深广处。江都：县名，在今江苏。

⑰ 五湖：太湖。湖有五道，故名。漫漭：宽貌。

⑱ 三江：指吴江、钱塘江、浦阳江。《尚书·禹贡》孔注："自彭蠡，江分为三，入云泽（太湖）。"湍沛：水流之声。

⑲ 滈（hào）汗：长流貌。六州：指益、梁、荆、江、扬、徐。

⑳ 经营：往来，周旋。炎景：指南方。

㉑ 崄介：险大。

㉒ 泉阳：即阳泉，在今四川。

㉓ 玉垒：山名。东别：指长江流至灌县，分出一支流向东与沱水相连接。《尚书·禹贡》说："岷山导江，东别为沱。"

㉔ 衡、霍：皆山名。磊落：山高大貌。连镇：谓连而作镇。

㉕ 巫、庐：皆山名。嵬崛（jué）：山高大貌。峤（qiáo）：山锐而高。

㉖ 渍薄：腾涌激荡。

㉗ 信阳：信陵之阳。

㉘ 淙：借为浞，渍也，灌也。大壑：大海。《列子·汤问》说："渤海之东，不知几亿万里，有大壑焉……其下无底，名曰归墟。"沃焦：山名。《玄中记》说："天下之大者，东海之沃焦焉，水灌之而不已。沃焦，山名也，在东海南方三万里。"

㉙ 夏后：夏禹。

㉚ 赮：古霞字。

㉛ 虎牙：山名。《荆州记》说："郡西溯江六十里，南岸有山，名曰荆门，北岸有山，名曰虎牙，二山相对，楚之西塞也。"嵘：特立貌。屹崒（zú）：山高峻貌。

㉜ 阙竦：如阙之竦。磐礴：广大貌。

㉝ 溢：水声。呴：吼。

㉞ 湲：水回流。浇：回波。

㉟ 砯（pīng）：水激山岩之声。

㊱ 澎（pēng）湱（huò）、濴（xíng）澩（zhuó）：皆大波相激之声。

㊲ 泋（píng）渄（bèi）、澋（hōng）瀤（huài）、溃濩、洫（xù）漷（huò）：皆水势相激汹涌之貌。

㊳ 潏湟、淴泱、潒潤、瀋（shěn）瀹（yuè）：皆水流漂疾之貌。

㊴ 漩澴（huán）、荥潆、渨（wēi）温（lěi）、渍瀑：皆波浪回旋渍涌而起之貌。

㊵ 瀷（zé）減（yù）、浕湏：皆水波参差相次之貌。

㊶ 潰（duì）溾（duò）：水泛沙动貌。

㊷ 硉（lù）矹（wù）：石随水转动貌。

㊸ 演：水潜行。汩（yù）淈（gǔ）：水流出貌。

㊹ 碤（chuǎng）错：磨错。

㊺ 隒（yǎn）：崖。泐（lè）嵃（yǎn）：山石解散分裂而变得险峻。

㊻ 碕（qí）：曲岸。嵒崿：断崖。

㊼ 㵎：同“涧”。

㊽ 碏（què）硞（kè）、礐（luò）確（què）：皆水激石之声。一说水激石险峻不平之貌。

㊾ 曾：重。

㊿ 澄瀹、汪洸、疒滉、囦泫：皆水深广之貌。囦，古文渊字。

51 泓汯、泂澋（hòng）、涒邻、圝（yuān）潾：皆水势回旋之貌。

52 混澣（hàn）、灦涣：水势清澈澄深。

53 流映扬焆：水势清深映照天光。

54 溟漭、渺湎、汗汗、沺沺：皆广大无际之貌。

55 滃渤：雾出貌。

56 郁律：熛上貌。

57 肧浑：如胚胎之浑然。

58 太极：指天地未分之前元气混而为一的状态。

59 泱漭：波流广大貌。

60 彶硪：动摇貌。

61 涴演：回曲貌。

62 沶（yín）沦：回旋之貌。瀤（wā）瀤（wāi）：不平之貌。

63 浥：陷。

64 𫗴（hǎn）：开貌。

65 礧（léi）：石相击。

66 硌（kè）：亦窟之类。湍渤：水声。

㉗ 溢涌：涌流。驾：凌。

㉘ 觡（gé）：有枝之麋鹿角。

㉙ 镟错：间杂之貌。

㉚ 唌：沫。

㉛ 呼哈：鱼动。

㉜ 游延：随长波游动貌。

㉝ 爆采：曝露文采。

㉞ 吓：犹开也。

㉟ 介：大。

㊱ 鯼（zōng）、鮆（jì）：皆鱼名。

㊲ 怪错：奇怪错杂。

㊳ 蛤、蟳（tuán）、鲎（hòu）、蝞：皆水中虫鱼。

㊴ 鲼（fèn）、鴦（yāng）、鼋（mí）、蟆（má）：亦水中虫鱼。

㊵ 王珧（yáo）：即玉珧，蚌属。

㊶ 三蝬（zōng）：似蛤。虾（fú）江：似蟹而小。

㊷ 蜁蜗：小螺。

㊸ 璅蛣：水虫，腹中有蟹子，合体共生。

㊹ 水母：水中动物，无耳目，常有虾随之，虾见人则惊，水母亦随之而没。自王珧至水母，皆水虫蚌蛤之类。

㊺ 蚢（háng）：大贝。渠：车辋。

㊻ 蚶：蚌属。专：满。

㊼ 晞曜：谓曝于日中。

㊽ 石蛣（jié）：贝属。得春雨则生花。葩：花。

㊾ 蜛蝫（zhū）：虫名。森衰：垂貌。翘：尾。

㊿ 玄蛎：即牡蛎，蚌属。磈（kuǐ）磥、碨硊：皆不平之貌。

⑨¹ 潋：泛也。水波上及。

⑨² 混沦：轮转之貌。

⑨³ 龙鲤：即穿山甲。

⑭ 鸧：鸧鸹，九头九尾之鸟。

⑮ 赪（chēng）：浅赤色。胏（zǐ）：干肉。

⑯ 文魮（pí）：鱼名。璆（qiú）：美玉。

⑰ 倏（tiáo）螐：动物名，状如黄蛇，鱼翼，出入有光。

⑱ 蜧（lì）：传说为神蛇，潜于重渊，能致云雨。蝹蜦：行貌。

⑲ 驳（bó）马：马名，牛尾，白身，一角，其音如虎。嘘蹀：喷水而行。

⑩ 水兕（sì）：水中兽，似牛。

⑪ 余粮：即禹余粮，药名，为石中黄粉，生于池泽，可用以止血。

⑫ 沙镜：似云母之美石。

⑬ 青纶：草名。纠：缭绕。

⑭ 缛组：草名。

⑮ 紫菜：藻类植物，生浅海岩石上。荧晔：光明貌。

⑯ 绿苔：绿色苔，生于石上。鬖（sān）髿（suō）：发乱貌。研：滑石。

⑰ 石帆：草类，生海屿石上。蒙笼：多密貌。

⑱ 萍实：萍蓬之实。萍为水草。漂泳：浮游。

⑲ 丹砾：丹砂。

⑩ 云精：云母。烛银：银有精光如烛。

⑪ 珕（lì）：贝名，蜃属。珋（liǔ）：有光之石。璿瑰：玉名。

⑫ 水碧、潜珉（mín）：皆水玉。

⑬ 浮磬：谓泗滨之石可作磬者。肆：陈。

⑭ 颎（jiǒng）：光辉。

⑮ 崖邻：当作"崖鄰"，谓水崖间鄰鄰然也。

⑯ 溽：湿。

⑰ 津：润。

⑱ 鷕（yǎo）：鸟名，即鱼鸡。鹙：鸟名，古代以为凶鸟。鷈（dì）：鸟名，其状如凫。

⑲ 玄月：指九月，因九月万物毕尽，阴气侵寒，其色皆黑。

⑳ 喧聒（guō）：喧哗。

㉑ 翮（hé）：羽茎。疏：理。

㉒ 翻（yù）翐（xù）：飞走貌。

㉓ 毤（tuò）：鸟兽脱解毛羽。积羽：古地名，据说方千里，海鸟产乳毤毛之处。

㉔ 勃碣：地名，即碣石。

㉕ 椿、杞：皆木名。稹：稠密。薄：草木丛生。

㉖ 楄、梿：皆木名。

㉗ 桃枝、篔（yún）筜：皆竹名。

㉘ 葭、蒲：皆草名。

㉙ 禨：彩色相映。兰：泽兰。红：笼舌。

㉚ 毦（èr）：香草名。

㉛ 茸：草花。

㉜ 繁蔚：多貌。蓠：江蓠，香草。

㉝ 隐蔼：多貌。水松：药草名。

㉞ 灌：水木杂生。芊蒨：青盛貌。

㉟ 潜荟：水中草茂盛貌。葱茏：青盛貌。

㊱ 鲮、鲑（lù）：皆鱼名。踦（kuí）：跳。踽：偏举一足。垠隒（yǎn）：岸。

㊲ 猨、獭：皆兽名。睒（shǎn）瞲（xuè）：惊视貌。厱（qiān）空：岸侧空处。

㊳ 蜼（wèi）：兽名，似狖。

㊴ 玃（jué）：大母猴。

㊵ 夔㸸（hǒu）：夔牛之子。翘踛：翘尾而跳。

㊶ 鸳雏：凤属。山东：谓朝阳。

㊷ 岐：山岸曲处。

㊸ 漱：荡。

⑭ 磴(tēng):溢。濼濯:暴溢满之水。

⑮ 渫(xiè):即泄。尾闾:大壑名,古人以为泄海水之所。

⑯ 标:表识。虉(yì):草木茂盛貌。

⑰ 菰:植物名。

⑱ 播:布。芒种:稻麦。

⑲ 嘉蔬:即稻。

⑳ 鳞被:如鳞之被,喻其多。

㉑ 攒:聚。蓏(luǒ):草本植物果实。

㉒ 瀵(fèn):水浸。蕊:花。

㉓ 颖:穗。裹:指草实。

㉔ 猗萎:随风之貌。

㉕ 潭沲(duò):随波之貌。

㉖ 炎:炽盛。霞火:霞光。

㉗ 沆瀁:广大之貌。皛(xiǎo)渺(yǎo):水色深白之貌。

㉘ 逵:水中之穴道交通者。

㉙ 岫(xiù):山穴。窈窕:深邃。

⑯0 金精:黄金之精。瑱(tiàn):文采相杂。

⑯1 琗(cuì):亦文采相杂。

⑯2 骊虬:骊龙。摎(jiū):绕。

⑯3 梢云:瑞云。嶕:山巅。

⑯4 海童:海中神怪。

⑯5 琴高:人名。《列仙传》说,琴高浮游翼州、涿郡间,入涿水取龙子,后乘赤鲤鱼出,留一月,复入水去。矫:飞。

⑯6 冰夷:即冯夷,河伯(河神)。傲睨:自宽纵不正之貌。

⑯7 江妃:又作江斐,扬子江神女。《列仙传》说,江妃二女游于江滨,逢郑交甫,遂解佩与之。交甫受佩而去,数十步,怀中无佩,女亦不见。嚬:嚬蹙,忧貌。睇眇:远视貌。

⑯8 凌:驰。

⑯ 翠霞：江上青气。夭矫：自得之貌。

⑰ 八风：《淮南子坠（地）形训》说，天有八风：条风、明庶风、清明风、景风、凉风、阊阖风、不周风、广莫风。

⑰ 搦：持。

⑰ 涉人：舟子。撬（yǐ）：当作“檥”，整舟向岸。榜：船。

⑰ 飞云：吴楼船之有名者。

⑰ 艅艎：舟名。

⑰ 舳舻：舳，舟尾；舻，船头。

⑰ 樯：帆柱。

⑰ 溯洄：逆流而上。

⑰ 交、益：二州名。

⑰ 幽、浪：幽州、乐浪郡。

⑱ 䀏（lì）：视。雰：气。祲（jìn）：阴阳气相浸渐以成灾祥。旭：日始出。

⑱ 觇（chān）：窥视。五两：楚人谓候风为五两。《兵书》说，凡候风法，以鸡羽重八两，建五丈旗，取羽系其巅，立军营中。

⑱ 颹（wěi）：大风貌。

⑱ 飃（lì）：急风貌。

⑱ 飋（ruí）：风迟缓。

⑱ 趙（pāi）：越，过。截：直渡。泂（jiǒng）：深广之貌。

⑱ 杳溟：绝远之处。

⑱ 雺（duì）：云急度貌。

⑱ 俄顷：须臾，瞬时。

⑱ 飞廉：古之善走者。睎：视。

⑲ 渠黄：骏马名，周穆王八骏之一。企：企望，企及。

⑲ 摈落：被摈弃而漂落。

⑲ 褐：粗毛布衣。

⑲ 鲜：鱼。

⑭ 栫（jiàn）：以柴木壅水。淀：如渊而浅。涔（qián）：借为槮，积柴取鱼。

⑮ 潨（cóng）：水会处。筌：捕鱼器，即鱼笱，以竹为之。

⑯ 筒、洒：皆钓名。

⑰ 罾、罶：皆网名。

⑱ 轮：指钓轮。碕：曲岸。

⑲ 呕：同“讴”。

⑳ 盘岩：大山。

㉑ 朝夕：谓潮水往来。

㉒ 隐沦：神名。桓谭《新论》说：“天下神人五：一曰神仙，二曰隐沦，三曰使鬼物，四曰先知，五曰铸凝。”列真：列仙，诸仙。

㉓ 挺：生。

㉔ 岱宗：泰山。《公羊传·僖公三十一年》说，泰山之云，触石而出，肤寸而合。

㉕ 倏恍：疾速。

㉖ 方：常。

㉗ 经纪：纲纪。

㉘ 错综：交错总聚。

㉙ 东井：星名，井宿也。《史记·天官书》说，南宫、朱鸟、权衡、东井为水事。

㉚ 遁（dùn）形：隐身。

㉛ 奇相：江神名。《史记·索隐》说，帝女也，卒为江神。宅神：居江为神。

㉜ 协：合。灵爽：犹精爽，指神灵之精气。湘娥：湘水之神。舜崩于苍梧，二妃娥皇、女英投湘水死而为湘水之神。

㉝ 黄龙负舟：夏禹故事。《吕氏春秋·知分》说，禹南巡，渡江，有黄龙负舟，舟中之人五色无主。禹仰天而叹，说：“吾受命于天，竭力以养人。生，性也。死，命也。余何忧于龙焉。”龙俯耳低尾而逝。

㉔ 荆飞擒蛟：次非故事。《吕氏春秋·知分》说，荆有次非者，持宝剑渡江，至江中有两蛟夹绕其船。次非拔剑赴江刺蛟，杀之而复上船。次非又作兹非、佽飞。

㉕ 太阿：宝剑名。

㉖ 悍：勇。要离：春秋吴人。《吕氏春秋·忠廉篇》说，要离为吴公子光行刺王子庆忌。当他与庆忌涉江时，拔剑刺之，反被庆忌持头发投于江，浮则又取而投之，如此者三，卒不死归吴。

㉗ 灵均：屈原。任石：指屈原作《怀沙赋》，怀石自投汨罗。

㉘ 渔父：《楚辞·渔父》载，渔夫鼓枻而歌："沧浪之水清兮，可以濯吾缨；沧浪之水浊兮，可以濯吾足。"棹：楫。

㉙ 周穆济师：周穆王故事。《纪年》说，周穆王三十七年征伐，大起九师，东至于九江，叱鼋鼍以为梁。

㉚ 感：伤。交甫丧珮：见前"江妃"注。

㉛ 愍：怜。神使：指神龟。《庄子·外物》说：宋元君夜半梦神龟求救，自谓为水神清江之使者到河伯处，途中为渔者余且所得。婴罗：被系于网罗。

㉜ 焕：美。大块：自然。流形：指万物受自然之化而流动变化成为万种形态。

㉝ 科：品类。

㉞ 灵和：和之气。

㉟ 妙观：精细观察。

【语译】

在人类并用的金、木、水、火、土"五材"中，神灵的水实居首位。当长江从岷山流出之时，它的源头只能浮起酒杯。江水流经洛沫水域，在巴梁之处汇集了万道河流。冲过巫峡而迅速激荡，登上江津而江水上涨。它以极宏大的水势奔向大海，波浪滔天江面渺茫。它总括了汉水泗水，兼容了淮河湘江，并吞了沅水澧水，引来了沮水漳河。在嶓峡水源一分为二，在浔阳又成九派分流。江涛鼓动直登赤岸，江涛余波到达柴桑。它率领着众川，统带着细流。在江都展现出江水之神运，混合着众流向东朝宗于大海。江水注入五湖一片苍茫，灌进三江其声渊沛轰响。它奔流于六州之地，往来于南国之外。凭着它区分着华夏与蛮夷，使天地更显得奇险壮观。长江万里呼吸，吞吐着海潮。自然往还，有时夕至有时朝来。潮水以迅猛之势往前涌，鼓动澎湃而成江涛。

峨眉山耸立在阳泉，玉垒山也是江水向东分流的标志。高大的衡山霍山相连而作镇，巍峨的巫山庐山互相比高。江水合神灵之变而通山川之气，腾涌激荡陶冶万物。江面飘动的风上蒸成雷，腾起虹蜺复飘为薄云。江水涌出信陵之南而直进，涌灌到海中之大壑与沃焦。至于巴东之山峡，为夏禹所疏凿。悬崖万丈，石壁如立而云霞斑驳。虎牙山与荆门山隔江竦立，高峻而又宽广。九旋之渊或悬浪而下或腾波而上，水声如雷又似电光激闪。骇浪汹涌飞洒，惊波飞腾荡薄。迅疾之回流增大了旋涡，奔涌之急流重叠跃起。水激山岩，发出大波相激之声。水势澎湃相激，水流漂疾而下。波浪回旋喷涌而起，水波参差相依，如龙之鳞，连结交络。碧沙随流水而往来，巨石随流水而进退。潜流所冲击的地方，奔浪所磨错的地方，山崖因之变得险峻，曲岸因之成了断崖。幽僻之涧巨石积阻成险，急浪叩石而发出大小不同之声。

至于重潭灵湖之渊府，水势平漫深广。缓缓而流，迂回曲折。清澈澄深，映照天光。苍茫浩渺，一望无际。考察它不见它的全貌，探测它不见它的边际。江上之气有如浓雾上蒸，有时黑盛如烟。像浑混之胚胎尚未成形，又似混沌之太极欲构天地。长波广大，激流险峻。盘旋作深涡如山谷之转动，奔腾的波涛凌空而下如山崖之崩塌。波神高大如岸立，巨浪回旋如云回。回旋不平，有时下陷有时升高。豁然现出深穴，有如地裂天开。江水触着曲岸而环旋萦绕，惊涛与骇浪互相撞击。波浪鼓进穴窟而发出渊渤之声，或分流而凌驾于山隈。

江中之鱼则有江豚、海狶、叔鲔、王鳣，还有䱜、鰊、鰫、鲉、鲮、鳐、鲵、鲢。有的生鹿角象鼻，有的似虎状龙颜。鳞甲错杂，光彩斑斓。扬着鳍摇着尾，口喷浪花涎沫。排开水流而上，追逐波浪长游。有的曝露文采而在深渊中晃动，有的开鳃于岩穴之间。大鲸乘着波涛而来去，鲮鱼、鮆鱼按时而往还。江中奇怪杂错之水物，则有潜鹄、鱼牛、虎蛟、钩蛇，还有蚌、蛣、鲎、蝞、鲼、鼋、鼍、鼊，又有玉珧、海月、土肉、石华、三蝬、虾江、鹦螺、蜁蜗、璅蛣、腹蟹、水母、目虾。紫贝大如车辋，洪蚶一个可装满一车。琼蚌向日珍珠闪着莹光，石蛙按着时节而开花。蜛蝫垂下尾，牡蛎形状不平整。有的在水波中泛游，有的在泥沙中轮转。至于龙鲤仅一角，奇异之鸧鸹有九个头。还有三足之鳖，六眼之龟。赪鳖似干肉一般跳动着而吐出珍珠，文魮发出磬声而孕育着美玉。鯈鳙拂动翅翼而闪光，神蜧在重渊之下潜行。騊马跃出水面喷水而进，水兕在水中雷鸣般地咆哮。渊客在岩底筑室，鲛人在激流中建馆。余粮像冰雹似的分布，沙镜如繁星般地散离。青纶尽力纠结，縟组争相映照。紫菜闪着光而丛集覆盖，绿苔散乱地铺在滑石上。石帆密密地遮盖着岛屿，萍实有时浮出水面而漂流。水下则有金矿、丹砂、云母、烛银，又有珕、珋、璿瑰、水碧、潜珉。鸣石铺陈于南面的水渚，浮磬陈列在北面的水滨。有的在微波中闪现文采，有的在水崖间闪耀光辉。林木无不沾湿，崖岸无不滋润。

江上的鸟类，则有晨鹄、天鸡、鹅、鹭、鸥、鴋。鸿雁等阳鸟自在飞翔，直至九月而南飞。千种鸟类万种声音，自相喧哗。在水中濯洗羽毛在风中梳理，然后鼓翅上飞。挥动双翅弄洒成珠，拊拂波瀑而水沫四溅。聚集时如彩霞密布，散飞时似白云飘开。在积羽产卵脱毛，在渤海碣石间往还。橉、杞稠密丛生于水涯，楬、樜连片成林布满江边的山峰。桃枝、篔筜，繁茂丛集。葭、蒲如云般蔓延，泽兰、龙舌彩色交相映照。白色的秏花开了，紫色的茸花也长出来了。遮掩着深水之曲，覆盖了长江两岸。繁密的江蓠，茂盛的水松。水边灌木丛聚青翠，水中一片青葱繁茂。鲮鱼鲑鱼在岸边跳行，獱、獭在坎穴中惊视。疾走之蜼临空奔驰而显示灵巧，狐单之玃登上危岸而雍容自得。夔牛之子在夕阳下翘尾而跳，鸳雏在朝阳中摆弄羽翮。江边就着曲岸而形成水渚，触着水涧而开通沟渠。荡激山壑而生成水浦，江水别出而构成湖泊。暴涨之水使它溢出，又有尾闾让它宣泄。以青翠茂盛作它的标志，让浮菰在水上泛游。散布着并非种植的稻麦，挺立着自然生长的稻谷。水中荷花如鳞披覆，水草之实丛聚密布。草茎上翘花蕊浸在水中，稻穗被水濯洗草实散开其包裹之子。水草随风飘荡，随波摆动。其流光潜映于水，水光盛于霞火之色。

长江之旁则有云梦、雷池、彭蠡、青草、具区、洮滆、朱浐、丹漅。极目远望有数百湖泊，皆广大无际水深色白。又有包山洞庭，巴陵地道，穴道潜行水底四通八达，幽深的山穴极为深邃。金精玉英相映于其中，瑶珠怪石争辉于其外。骊龙盘绕其穴址，瑞云高挂在山巅。海童在这里巡游，琴高在这里高飞。冰夷凭倚波浪而放纵斜视，江妃深含忧愁而远望。仙人们贴靠着激流似凫鸟般翔跃，吸食着江上之青气而悠然自得。到了宇宙澄静、八风不动之时，船夫于是拿起船桨，整理船只。让“飞云”漂流，让“艅艎”运输。船只首尾相接，帆樯万里相连。有的逆流而上有的沿江而下，有的捕鱼有的经商。远赴交州益州，投奔幽州乐浪。走到南方极远之地，走到东方的尽头。于是就要在清晨察看气之浸渐，窥视风之动静。长风吹起越刮越大，广莫风急起天气整肃。风徐徐而吹但不迟缓，急速而过但不猛烈。鼓起风帆迅速渡越，直穿暴涨深广的江面。在波上纵舵疾驶，如闪电般驶往绝远之地。迅疾如朝霞连片急度，眇远如大鹏垂云之翼飞越山岭。倏忽之间行驶数百里，千里之地须臾即到。善走之飞廉无法追视其踪迹，骏马渠黄也不能跟得上帆影。在江边有采芦捕鱼之人，被人世摈弃而漂落江山之间。他们穿的是鸟兽毛羽和粗毛布衣，吃的只有蔬菜和小鱼。以柴木壅水而取鱼，在水流聚处放置鱼笱。钓钩相连，渔网满船。有的在悬水曲岸挥动钓轮，有的在中流渔船横旋。忽忘了时光很晚才归来，歌《采菱》之曲而叩击船舷。在讴歌中啸傲自足，追寻江上风波以度百年。

这大江以大山为它的界限，有深海让它舒展。沲水使江水分流，潮水使江水上涨。百川归聚在其中，云雾蒸腾于其上。珍怪在其中生产化育，珠玉在其中建宅安居。容纳着隐沦诸仙，生长着异人之精灵。传播神润于千里之外，越过泰山触石而成云雨。至于它的变化疾速，祥瑞不只一端。动静影响无常，感于其事则致风云。为天地之纲纪，为人事之汇聚。神妙不能够说得尽，异事也不能写得完。再说岷山之精显示光辉于东井，阳侯隐身于大波。

奇相得道而居江为神，便结合了神灵之精气于湘娥。惊骇于黄龙之负舟，理解了夏禹的仰天而叹。赞美次非擒蛟之勇壮，终于凝神于太阿宝剑。赞叹要离图谋刺庆忌之勇悍，在江之中流三次推戈。悲感于屈原之负石投江，嗟叹渔父之鼓櫂而歌。回想周穆王率师渡江，驱赶八骏通过鼋鼍排成之桥梁。感伤于郑交甫丧失玉佩，怜悯神龟之被击于网罗。赞美大自然赋予万物以众形，又混万物尽归于一科。保道不亏而长坚固，禀受元气于水灵之和。考察川渎而观其神妙，实在没有什么比长江大河更为显著。

【评析】

长江——中国最长的大江，在文人笔下作全面的描写和赞颂，郭璞的《江赋》实属首篇。全赋最大的特色正如奔流腾涌一泻万里之长江一样，写得气魄宏大，气势磅礴。首段从岷山导江发源滥觞写起，直至注五湖，灌三江，对万里长江作了总览式的鸟瞰。接着写长江的水势、鱼类、水怪、宝物、羽族、植物、怪兽、湖泊，以及江上之交通，庐人渔子寄居江上之逍遥，长江兴云播雨之符祥，最后列举与长江有关的古人古事，慨叹江河实集川渎妙观之大成。全赋取材广泛，不仅是作者目击之记录，更是前代笔录有关长江故实之荟萃。作者还用如椽之大笔，极尽夸张渲染，加之对长江种种神异及历史传说的描写和记述，使全赋闪耀着圣灵的光彩，读来更觉气壮山河。作者不但写出了长江万里吞吐之外观，更写出了长江“焕大块之流形，混万尽于一科”的内在精神，对长江作了最高的礼赞。

卷第十三

赋庚

物色

风赋一首

作者：宋玉　　注译评析：张葆全

楚襄王游于兰台之宫[①]，宋玉、景差侍。

有风飒然而至[②]，王乃披襟而当之，曰："快哉此风！寡人所与庶人共者邪？"

宋玉对曰："此独大王之风耳，庶人安得而共之！"

王曰："夫风者，天地之气，溥畅而至，不择贵贱高下而加焉，今子独以为寡人之风，岂有说乎？"

宋玉对曰："臣闻于师，枳句来巢[③]，空穴来风，其所托者然，则风气殊焉。"

王曰："夫风始安生哉？"

宋玉对曰："夫风生于地，起于青蘋之末[④]，侵淫溪谷[⑤]，盛怒于土囊之口[⑥]，缘泰山之阿[⑦]，舞于松柏之下，飘忽淜滂[⑧]，激飏熛怒[⑨]，耾耾雷声[⑩]，迴穴错迕[⑪]，蹶石伐木[⑫]，梢杀林莽[⑬]。至其将衰也，被丽披离[⑭]，冲孔动楗[⑮]，眴焕粲烂[⑯]，离散转移。

"故其清凉雄风，则飘举升降，乘凌高城[⑰]，入于深宫，邸华叶而振气[⑱]。徘徊于桂椒之间，翱翔于激水之上，将击芙蓉之精[⑲]。猎蕙草[⑳]，离秦衡[㉑]。概新夷[㉒]，被荑杨[㉓]，回穴冲陵[㉔]，萧条众芳。然后倘佯中庭[25]，北上玉堂，跻于罗帷[26]，经于洞房[27]。乃得为大王之风也。

“故其风中人状，直憯凄惏栗[28]，清凉增欷[29]，清清泠泠[30]，愈病析酲[31]，发明耳目，宁体便人。此所谓大王之雄风也。”

王曰：“善哉论事！夫庶人之风，岂可闻乎？”

宋玉对曰：“夫庶人之风，塕然起于穷巷之间[32]，堀堁扬尘[33]，勃郁烦冤[34]，冲孔袭门，动沙堁，吹死灰，骇溷浊[35]，扬腐余。邪薄入瓮牖[36]，至于室庐。故其风中人状，直憞溷郁邑[37]，殴温致湿[38]。中心惨怛[39]，生病造热，中唇为胗[40]，得目为蔑[41]，啗齰嗽获[42]，死生不卒[43]。此所谓庶人之雌风也。”

【作者简介】

宋玉，战国时代楚国人，著名辞赋家，与唐勒、景差同时，王逸谓其为屈原弟子。顷襄王时为大夫，后被谗去官，一生郁郁不得志。《汉志》载宋玉赋十六篇，《隋志》著录《宋玉集》三卷，均已散佚。今传宋玉之作，除《九辩》为其代表作外，其余各篇学者多致疑。从今传宋玉作品来看，或文采绚烂，辞藻秀美，或描写细致，文气畅连，艺术上有独创性，风格近于屈原，故古来常“屈宋”并称。

【篇旨】

宋玉答楚襄王问，指出风有两种——“大王之雄风”与“庶人之雌风”，暗喻富贵人家与贫穷人家生活之悬殊。

【注释】

① 楚襄王：即楚顷襄王，名横，怀王之子。

② 飒（sà）：风声。

③ 枳（zhǐ）：木名。句（gōu）：同“勾”，曲也。一说，枳句，同“枳枸”，拳曲之状。

④ 蘋：水草。

⑤ 侵淫：渐进之貌。

⑥ 土囊：大穴。

⑦ 阿：山陂，山下。

⑧ 淜（píng）滂：风击物声。

⑨ 熛（biāo）：火飞，此喻风炽。

⑩ 聃（hōng）聃：风声。

⑪ 迴穴：回旋，风不定貌。错迕（wǔ）：交错混杂。

⑫ 蹶（guì）：动也。伐：击。

⑬ 梢：借为“箾”，击也。莽：丛木。

⑭ 被丽、披离：皆四散之貌。

⑮ 楗：门闩。

⑯ 眴焕、粲烂：皆鲜明貌。

⑰ 乘：升。凌：起。

⑱ 邸：同“抵”，触也。

⑲ 精：同“菁”，花也。

⑳ 猎：借为历，经历。蕙草：一种香草。

㉑ 离：历也。秦：香草。衡：杜衡，亦香草。一说秦衡为香木，产于秦地。

㉒ 概：平。新夷：即辛夷、留夷，香草。

㉓ 被：同“披”，分。荑：杨之秀。荑杨：初生之杨。

㉔ 陵：犯。

㉕ 倘佯（cháng yáng）：徘徊。

㉖ 跻：升。

㉗ 洞房：深邃之屋室。

㉘ 憯（cǎn）凄：悲痛。惏栗：寒貌。

㉙ 欷：歔欷，悲泣气咽而抽息。

㉚ 清清泠泠：清凉之貌。

㉛ 酲（chéng）：酒病。

㉜ 塕然：风忽起貌。

㉝ 堀堁（kū kè）：风吹尘起貌。

㉞ 勃郁、烦冤：皆风回旋之貌。

㉟ 骇：惊起。溷：同“混”。

㊱ 邪：斜。薄：迫近，至。瓮牖：谓牖窗圆如瓮口，或以败瓮之口为牖，喻简陋房舍，贫寒之家。

㊲ 憞（dùn）溷：怨烦，烦乱。郁邑：同“郁悒”，忧闷。

㊳ 敺：古“驱”字。。

㊴ 惨怛：悲惨伤痛。

㊵ 胗（zhěn）：唇疮。

㊶ 蔑：通“瞡”，目眦伤赤。

㊷ 啗（dàn）：吃。齰（zé）：嚼。嗽（shuò）：吮啜。获：通“嚄”，大声呼叫。按，啗齰嗽获，皆为中风者口动之貌。

㊸ 卒（cù）：同“猝”，仓促，急速而至。

【语译】

楚襄王在兰台宫游览，宋玉、景差随侍。

有风飒飒吹来，楚襄王敞开衣襟迎着风说：“畅快啊这样的好风！是我与老百姓共同享受的吗？”

宋玉回答说：“这只是大王的风，老百姓怎能与大王共享呢？”

楚襄王说：“那风，原是天地之气所形成，到处都可吹到，不分贵贱高低都可吹到他的身上，现在你独认为是我的风，难道有什么道理吗？”

宋玉回答说：“我从老师那里得知，枳树树枝弯曲的地方就会有鸟来筑巢，有空洞就会有风吹来。这是依托者不同所使然，那么风的气势自然也就不相同。”

楚襄王说：“那风初起时是怎样发生的呢？”

宋玉回答说：“风初生于大地，起于青青水草之末梢。慢慢地进入山谷，在大山洞之口便猛烈起来。沿着大山山边而进，舞动于松柏之下。冲击万物淜滂作响，似烈火般激怒冲撞。又发出耾耾之雷声，回旋不定交错混杂。吹动大石吹折树木，摧毁树林和灌木丛。到了风势将要衰减之时，渐渐向四方分散，就只能冲击小孔摇动门栓了。景色忽又变得光彩鲜明，风势也就四面离散转移。

“所以那清凉雄风，就忽而飘然升起忽而下降。超越高高的城墙，进入深宫之中。它触动花叶使花散发香气，又徘徊于桂树与椒树之间，翱翔于激流之上，将要吹向芙蓉之花。它吹过蕙草，经过秦衡，吹平新夷，吹开初生之杨树。它回旋冲撞，使芳香的草木萧条凋零。然后徘徊于庭院之中，向北进入金玉殿堂，升上罗制的帷帐，经过深邃的屋室。这才能够成为大王之风。

“所以这种风吹到人的身上，其情状直使人感到悲凄寒栗，清凉更增悲泣。但清冷之风，也能治病醒酒，使人耳聪目明，使身体安宁人觉无比舒适。这就是所说的大王之雄风啊。”

楚襄王说：“你分析事理真好啊！那老百姓之风，你能说说让我听一听吗？”

宋玉回答说：“那老百姓之风，忽然发生在僻陋小巷之间，卷起漫天尘土，在空中回旋不停，冲击洞孔袭击门户。刮起沙土，吹动死灰。惊起混浊之物，散发腐臭之气。从斜刺里吹进贫寒人家的简陋房舍，直吹到住室之中。所以这种风吹到人的身上，其情状直使人烦乱忧闷，驱来温湿之气使人遭致湿病。吹到心中使人悲惨伤痛，生病发热。吹到人的嘴唇就生唇疮，吹到眼睛上就生眼病。还会使人中风嘴角抖动，长时间地不死不活。这就是所说的老百姓之雌风啊。”

【评析】

本文最精彩的部分，无疑是对风的描述，至于把风分为“大王之雄风”与“庶人之雌风”，更是惊世骇俗。赋中描绘风的生成、兴起、渐盛、极盛、将衰直至消散的过程，写“倘佯中庭，北上玉堂，跻于罗帷，经于洞房”的雄风，以及“动沙堁，吹死灰，骇溷浊，扬腐余”的雌风，无不观察精细，刻画入微。宋玉写风，实为喻人。雄风入于深宫，所经历的自是富贵人家的景象，雌风起于穷巷之间，所看到的必为穷苦人家的境遇。所谓雄风雌风之不同，实是富贵人家与贫穷人家两种生活的天壤之别。宋玉与楚襄王的对话，在赋中虽然也属一般的“客主首引”的形式，但楚襄王同时也是被讽谏的对象。宋玉希望居上位者能了解民间疾苦，而不要穷奢极侈，体现了赋家“主文而谲谏”的深刻用心。

秋兴赋一首　并序

作者：潘安仁　　注译评析：张葆全

晋十有四年①，余春秋三十有二，始见二毛②。以太尉掾兼虎贲中郎将③，寓直于散骑之省④。高阁连云，阳景罕曜。珥蝉冕而袭纨绮之士⑤，此焉游处。仆野人也，偃息不过茅屋茂林之下，谈话不过农夫田父之客，摄官承乏⑥，猥厕朝列⑦，夙兴晏寝⑧，匪遑底宁⑨。譬犹池鱼笼鸟，有江湖山薮之思。于是染翰操纸⑩，慨然而赋。于时秋也，故以秋兴命篇。其辞曰：

四时忽其代序兮，万物纷以回薄⑪。览花莳之时育兮⑫，察盛衰之所托。感冬索而春敷兮⑬，嗟夏茂而秋落。虽末士之荣悴兮⑭，伊人情之美恶⑮。善乎宋玉之言曰⑯：“悲哉秋之为气也！萧瑟兮草木摇落而变衰。憀栗兮若在远行⑰，登山临水送将归。”夫送归怀慕徒之恋兮⑱，远行有羁旅之愤⑲。临川感流以叹逝兮⑳，登山怀远而悼近㉑。彼四戚之疚心兮㉒，遭一涂而难忍㉓。嗟秋日之可哀兮，谅无愁而不尽。野有归燕，隰有翔隼㉔。游氛朝兴㉕，槁叶夕殒。于是乃屏轻箑㉖，释纤絺㉗。藉莞蒻㉘，御袷衣㉙。庭树槭以洒落兮㉚，劲风戾而吹帷㉛。蝉嘒嘒而寒吟兮㉜，雁飘飘而南飞。天晃朗以弥高兮㉝，日悠阳而浸微㉞。何微阳之短晷㉟，觉凉夜之方永㊱。

月曈胧以含光兮㊲，露凄清以凝冷。熠耀粲于阶闼兮㊳，蟋蟀鸣乎轩屏[39]。听离鸿之晨吟兮[40]，望流火之余景[41]。宵耿介而不寐兮[42]，独展转于华省[43]。悟时岁之遒尽兮[44]，慨俯首而自省。斑鬓髟以承弁兮[45]，素发飒以垂领[46]。仰群俊之逸轨兮[47]，攀云汉以游骋。登春台之熙熙兮[48]，珥金貂之炯炯[49]。苟趣舍之殊涂兮，庸讵识其躁静[50]。闻至人之休风兮[51]，齐天地于一指[52]。彼知安而忘危兮[53]，故出生而入死[54]。行投趾于容迹兮[55]，殆不践而获底[56]。阙侧足以及泉兮[57]，虽猴猿而不履。龟祀骨于宗祧兮[58]，思反身于绿水。且敛衽以归来兮[59]，忽投绂以高厉[60]。耕东皋之沃壤兮[61]，输黍稷之余税。泉涌湍于石间兮，菊扬芳于崖澨。澡秋水之涓涓兮，玩游鯈之澈澈[62]。逍遥乎山川之阿[63]，放旷乎人间之世[64]。优哉游哉！聊以卒岁。

【篇旨】

秋日感怀，悲己如“池鱼笼鸟”，哀四时代序，万物回薄，思归隐江湖，逍遥于山川之间。

【注释】

① 晋十有四年：晋开国十四年，即晋武帝咸宁四年。

② 二毛：鬓发斑白，黑白相间。

③ 太尉：官名，专掌武事，位等丞相。掾（yuàn）：属官。虎贲中郎将：官名，主宿卫。

④ 寓直：值宿。散骑之省：官署名，散骑常侍之官署。

⑤ 珥（ěr）：插。蝉冕：蝉冠侍冕，侍中、中常侍所戴之冠冕，蝉以金为之而像蝉。袭：重衣，衣上加衣。

⑥ 摄官承乏：谓官员适缺乏，以己代摄而承继官职，此为任职为官之谦辞。

⑦ 猥：自谦之表敬副词。厕（cè）：次也，杂也。

⑧ 夙：早。晏：晚。

⑨ 匪遑：不遑，无暇。底：致。

⑩ 翰：笔毫。

⑪ 回：反。薄：逼，迫。

⑫ 花蒔：谓花之更种。时育：应时而成长。

⑬ 索：尽。敷：布，谓花木开放舒展。

⑭ 末士：当为末事，小事。荣悴：荣华与憔悴。《淮南子·说林训》说，“有荣华者必有憔悴。”

⑮ 伊：句首助词，惟也。

⑯ 宋玉之言：见于宋玉《九辩》。

⑰憀栗（liáo lì）：凄怆。

⑱ 徒：侣。

⑲ 羁（jī）旅：旅人在外作客。

⑳ 逝：往。《论语·子罕》载：“子在川上曰，逝者如斯夫，不舍昼夜。”

㉑ 登山怀远：齐景公游牛山而叹的故事。《晏子春秋·谏上》载，景公游于牛山，北临其国城而流涕曰：“若何滂滂去此而死乎？”

㉒ 四戚：指远行、登山、临水、送将归。戚：忧。疚：忧烦。

㉓ 一涂：指上述其中一种。

㉔ 隰（xí）：低湿之处。隼（sǔn）：猛禽之总称。

㉕ 氛：气。

㉖ 屏（bǐng）：除。箑（shà）：扇。

㉗ 絺（chī）：细葛。

㉘ 藉：铺。莞（guān）蒻：蒲席。

㉙ 御：服。袷衣：夹衣。

㉚ 槭（sè）：树枯枝空之貌。

㉛ 戾：劲疾之貌。

㉜ 嘒嘒：小声。

㉝ 晃朗：明貌。

㉞ 悠阳：日入貌。浸微：逐渐微弱。

㉟ 晷（guǐ）：日影。

㊱ 永：长。

㊲ 曈昽：月初出欲明之貌。

㊳ 熠（yì）耀：萤火。

㊴ 轩屏：轩栏及门屏。

㊵ 离鸿：离群之鸿。

㊶ 流：向下行。火：星名，亦称大火，即心宿二。

㊷ 耿介：执节守度，正直不阿。

㊸ 华省：官府。

㊹ 遒：终。

㊺ 彯（biāo）：白黑发相杂。弁（biàn）：冠。

㊻ 飒（sà）：发乱。

㊼ 群俊：指上文“珥蝉冕而袭纨绮之士”。俊：特异，才智过人。逸轨：高洁之行为风范。

㊽ 熙熙：纵情欢乐。《老子》二十章说：“众人熙熙，如享太牢，如春登台。”

㊾ 金貂：冠饰。《后汉书·舆服志》说，侍中、中常侍加黄金珰，附蝉为文，貂尾为饰。炯炯：光明貌。

㊿ 庸讵：皆反诘副词，岂也。躁静：急躁与宁静。《老子》二十六章说：“重为轻根，静为躁君。”“轻则失根，躁则失君。”

51 至人：至德之人。休风：美好风范。

52 齐：齐一，等同。指：手指。语出《庄子·齐物论》：“以指喻指之非指，不若以非指喻指之非指也。以马喻马之非马，不若以非马喻马之非马也。天地一指也，万物一马也。”庄子主张，齐万物，齐是非，以泯灭人间争斗。

53 知安忘危：语出《周易·系辞传下》：“君子安而不忘危，存而不忘亡，治而不忘乱。”此反用其意，指贪慕荣利之人知安忘危。

54 出生入死：老子语，见《老子》五十章。

55 容迹：容足之地。《庄子·外物》载庄子之言：“天地非不广且大也，人之所作容足耳。然则厕足而垫之致黄泉，人尚有用乎？”意谓将立足之地之周围挖探至黄泉，自己是站不稳的，以说明“无用之为用”。

56 底：安。

57 阙（jué）：同“掘”。侧足：立足之地周围的地方。

58 宗祧：宗庙。《庄子·秋水》说，庄子钓于濮水，楚王遣使聘其为相，庄子不顾，说：“吾闻楚有神龟，死已三千岁矣，王以巾笥而藏之庙堂之上。此龟者，宁其死为留骨而贵乎？宁其生而曳尾于涂中乎？”表示“吾将曳尾于涂中”。

59 敛衽：整饬衣襟。

60 绂（fú）：系印之绶。厉：起。

61 皋：水田。

62 儵（tiáo）：鱼名。《庄子·秋水》载，庄子与惠施游于濠梁之上。庄子说：“儵鱼出游从容，是鱼乐也。”惠施说：“子非鱼，安知鱼之乐？”庄子说：“子非我，安知我不知鱼之乐？”潎（pì）潎：鱼游水貌。

63 逍遥：优游自得貌。庄子有《逍遥游》篇。阿：山曲。

64 放旷：放达，无拘束。

【语译】

晋武帝咸宁四年，我三十二岁，鬓发开始斑白。以太尉之掾属兼虎贲中郎将，在散骑常侍之官署值宿。台阁高耸入云，室中少见阳光。那些头戴冠冕身穿绸缎之士人，常在此游处。我本是乡野之人，止息之处无非茅屋茂林之下，交谈之人不过农夫田父之客。自从担任官职，厕身朝士之列，早起晚睡，无暇获致安宁。好像池中之鱼笼中之鸟，经常思念江湖山泽。于是拿起纸笔，慨然而赋。这时正值秋天，因而以“秋兴”名篇。其辞道：

四季倏忽以次相代啊，万物纷纷递相迁迫。看看花木之更种和应时而长啊，觉察到盛与衰之所依托。有感于冬天的萧索与春天的舒放啊，嗟叹夏天的茂盛与秋天的零落。草木之荣悴虽为末事而犹有感触啊，何况人情之善恶。宋玉之言说得真好："悲哀啊秋天的景象！萧瑟啊草木摇落而变衰。凄怆啊好像离家而远行，又好像登山临水送人回故乡。"送人回乡对同伴怀思慕恋啊，离家远行有寄居外地之愤怨悼伤。走到水边会感叹往者如流水不舍昼夜啊，登上高山又会怀古而伤今。这四种忧戚如此烦心啊，只遭逢一种都难于忍受。嗟叹秋天之可哀啊，的确是无处没有哀愁。田野有归去之飞燕，隰原有飞翔之鹰隼。游气在早上蒸腾，枯叶在傍晚殒落。这时就放下了轻扇，不再穿纤细的葛布衣。铺上蒲席，穿起夹衣。庭院中的枯树枯叶飘落啊，强劲的风猛刮而吹动帷帐。蝉在寒风中轻声吟叫啊，雁飘飘而向南飞去。天空清朗更显得高远啊，太阳西沉天色逐渐暗淡。白昼为何这般短促，只觉得寒夜正长。

月初出月光朦胧啊，露凄清而凝结着寒气。萤火在阶上和门前闪烁啊，蟋蟀在轩栏和门屏下鸣叫。听离群之鸿雁清晨之寒吟啊，看下沉之火星将没时的余光。禀性耿直而宵夜不寐啊，独辗转反侧在官署之中。感悟于年岁之将尽啊，俯首慨叹而自省。斑白鬓发上戴着冠啊，白发蓬乱下垂至领。景仰群俊高洁之行为风范啊，追攀于云汉而遨游驰骋。众人登春台而纵情欢乐啊，戴金貂之冠是那样光耀。但如取舍之道是那样不同啊，岂能分清急躁与宁静。闻说至德之人美好的风范啊，齐同天地视其如一指。那些贪慕荣利之人只图安逸而忘却危殆啊，他们离开了生路而踏上了死途。人行走时投足于仅能容足之地啊，大约是靠了周围未投足之地而获得平安。如将周围之地深挖至黄泉啊，即使是猿猴也不去践履。神龟死后留骨于宗朝啊，也会渴望回到碧绿的流水中。打算整饬衣襟而归去啊，快抛掉印绶而远走高飞。去耕耘东边肥沃的田地啊，输租后以余下的黍稷而自养。泉水在山石间涌流啊，菊花在崖滋边播扬芳香。在涓涓之秋水中洗浴啊，观赏鲦鱼在水中自在遨游。在山川之曲阿优游自得啊，在人间之世纵情放达。优游自得啊，优游以终岁。

【评析】

潘岳虽居高位，但并不快活，深感"譬犹池鱼笼鸟"，常思"江湖山薮”，便于秋日“慨然而赋”，于是就有了这篇传诵千古的《秋兴》。赋中即景抒情，感人至深，而且依次写来，层次分明。开头写时序的变化，由万物之盛衰，花叶之朝开夕殒，联想到末士之荣悴，人情之美恶，引发了无尽的哀愁。接着写秋日树叶洒落，劲风吹帷，蝉吟雁飞，天高夜凉，月光朣胧，白露凄清，直感时光易逝，孤寂难耐。末段表示当敛衽归去，躬耕自食，“逍遥乎山川之阿，放旷乎人间之世”，优游自得，无拘无束。全文写景清丽，抒情真切，情景相生，意境动人，有极大的艺术感染力，因而在文学史上与宋玉《九辩》同被尊为悲秋之名作。

雪赋一首

作者：谢惠连　　注译评析：张葆全

岁将暮，时既昏。寒风积，愁云繁。梁王不悦[①]，游于兔园[②]。乃置旨酒，命宾友[③]，召邹生[④]，延枚叟[⑤]，相如末至[⑥]，居客之右[⑦]。

俄而微霰零[⑧]，密雪下。王乃歌《北风》于卫诗[⑨]，咏《南山》于周雅[⑩]。授简于司马大夫[⑪]，曰：“抽子秘思[⑫]，骋子妍辞，侔色揣称[⑬]，为寡人赋之。”

相如于是避席而起，逡巡而揖[⑭]，曰：“臣闻雪宫建于东国[⑮]，雪山峙于西域。岐昌发咏于来思[⑯]，姬满申歌于黄竹[⑰]。《曹风》以麻衣比色[⑱]，楚谣以《幽兰》俪曲[⑲]。盈尺则呈瑞于丰年，袤丈则表沴于阴德[⑳]。雪之时义远矣哉[㉑]！请言其始。

若乃玄律穷[㉒]，严气升[㉓]；焦溪涸[㉔]，汤谷凝[㉕]；火井灭，温泉冰；沸潭无涌，炎风不兴[㉖]；北户墐扉[㉗]，裸壤垂缯[㉘]。于是河海生云，朔漠飞沙[㉙]。连氛累霭，掩日韬霞[㉚]。霰淅沥而先集[㉛]，雪纷糅而遂多[㉜]。”

“其为状也，散漫交错，氛氲萧索[㉝]。蔼蔼浮浮，瀌瀌弈弈[㉞]。联翩飞洒，徘徊委积。始缘甍而冒栋[35]，终开帘而入隙[36]。初便娟于墀庑[37]，末萦盈于帷席[38]。既因方而为珪[39]，亦遇圆而成璧[40]。眄隰则万顷同缟[41]，瞻山则千岩俱白。于是台如重璧，逵似连璐[42]。庭列瑶阶，林挺琼树。皓鹤夺鲜，白鹇失素[43]。纨袖惭冶[44]，玉颜掩姱[45]。

"若乃积素未亏，白日朝鲜，烂兮若烛龙[46]，衔耀照昆山[47]；尔其流滴垂冰，缘溜承隅[48]，粲兮若冯夷剖蚌列明珠[49]。至夫缤纷繁骛之貌，皓旰皦絜之仪，回散萦积之势，飞聚凝曜之奇，固展转而无穷，嗟难得而备知。若乃申娱玩之无已[50]，夜幽静而多怀。风触楹而转响[51]，月承幌而通晖[52]。酌湘、吴之醇酎[53]，御狐貉之兼衣[54]。对庭鹍之双舞[55]，瞻云雁之孤飞。践霜雪之交积，怜枝叶之相违。驰遥思于千里，愿接手而同归[56]。"

邹阳闻之，懑然心服[57]。有怀妍唱[58]，敬接末曲。于是乃作而赋积雪之歌[59]。

"歌曰："携佳人兮披重幄[60]，援绮衾兮坐芳缛[61]。燎薰炉兮炳明烛[62]，酌桂酒兮扬清曲。"

又续而为白雪之歌。歌曰："曲既扬兮酒既陈，朱颜酡兮思自亲[63]。愿低帷以昵枕[64]，念解珮而褫绅[65]。怨年岁之易暮，伤后会之无因。君宁见阶上之白雪，岂鲜耀于阳春！"

歌卒。王乃寻绎吟玩[66]，抚览扼腕[67]。顾谓枚叔，起而为乱[68]。

乱曰："白羽虽白，质以轻兮；白玉虽白，空守贞兮；未若兹雪，因时兴灭。玄阴凝不昧其洁[69]，太阳曜不固其节。节岂我名？洁岂我贞？凭云升降，从风飘零；值物赋象，任地班形[70]。素因遇立，污随染成；纵心皓然，何虑何营！"

【作者简介】

谢惠连（397—433），南朝宋代文学家。陈郡阳夏（今河南太康）人。宋文帝元嘉年间任司徒彭城王刘义康法曹参军。幼聪敏，十岁能文。谢灵运族弟，世称"小谢"，谢灵运特称赏其才华。《诗品》引《谢氏家录》云:“康乐每对惠连,辄得佳语。后在永嘉西堂,思诗竟日不就,寤寐间,忽见惠连,即成‘池塘生春草’。故尝云:‘此语有神助,非我语也。’”工诗赋,文辞绮丽。原有集六卷,已散佚,明人辑有《谢法曹集》。传附《宋书·谢方明传》。

【篇旨】

描写雪的初起、雪的情状、雪的光彩以及月夜赏雪的情怀,赞美雪的美丽与皓洁。

【注释】

① 梁王:即梁孝王刘武,汉文帝第二子,先立为代王,后徙淮阳,又徙梁,作曜华宫及兔园,招延四方之士,司马相如、枚乘均曾延居园中。不过此赋所述,为虚拟主客以为辞,未必实有其事。

② 兔园:又称梁园,故址在今河南商丘东。

③ 命:召。

④ 邹生:邹阳。

⑤ 枚叟:枚乘。

⑥ 相如:司马相如。以上三人皆汉代著名辞赋家。

⑦ 右:上。

⑧ 俄:不久。霰(xiàn):稷雪,俗称雪珠、米雪,形圆,半透明。零:降,落。

⑨《北风》:《诗经·邶风·北风》有“北风其凉,雨雪其雱”句。邶为卫地。

⑩《南山》:《诗经·小雅·信南山》有“上天同云,雨雪雰雰”句。

⑪ 简:竹简,供书写用的竹片。

⑫ 秘:深。

⑬ 侔色揣称:意谓按照物色推敲选用文辞以求状物之工。侔:齐,等。揣:量。

⑭ 逡（qūn）巡：却退。

⑮ 雪宫：战国时齐国离宫名，《孟子·梁惠王》说：“齐宣王见孟子于雪宫。”

⑯ 岐昌：岐山周文王姬昌，此指周代。《诗经·小雅·采薇》有“昔我往矣，杨柳依依；今我来思，雨雪霏霏”之句。

⑰ 姬满：周穆王。申：重。《穆天子传》说：天子游黄台之丘，日中大寒，北风雨雪，有冻人。天子作诗三章以哀民，中有“我徂黄竹，员閟寒”之句。

⑱《曹风》：周代曹地民歌。《诗经·曹风·蜉蝣》有“蜉蝣掘阅，麻衣如雪”之句。

⑲《幽兰》：曲名。宋玉《讽赋》说，臣尝行至，主人独有一女，置臣兰房之中，臣援琴而鼓之，为《幽兰》《白雪》之曲。俪：偶。

⑳ 沴（lì）：不和而致害之气。

㉑ 时义：谓因时而生之作用与价值。

㉒ 玄律：玄冬，冬日。古以十二乐律对应十二月，又冬日岁次玄枵，故称玄律。

㉓ 严气：严寒之气。

㉔ 焦溪：溪名。涸：竭。

㉕ 汤谷：谷名，中有温泉。

㉖ 炎风：东北风。

㉗ 墐：涂。

㉘ 缯：帛之总名。

㉙ 朔漠：北方沙漠之地。

㉚ 韬：藏。

㉛ 淅沥：降雨雪细小之貌。

㉜ 纷糅：纷杂。

㉝ 氛氲（yūn）：盛貌。

㉞ 蔼蔼、浮浮、瀌（biāo）瀌、弈弈：皆盛貌，漂流往来繁密之貌。

㉟ 甍（méng）：屋栋。冒：覆。

㊱ 隙：指壁穴。

㊲ 便（pián）娟：雪回舞之貌，墀（chí）庑：房檐。

㊳ 萦盈：亦指雪回舞之貌。帷席：帷幔及座席。

㊴ 珪：方玉。

㊵ 璧：圆玉。

㊶ 隰（xí）：低湿之处。缟：白丝绸。

㊷ 逵：九达之路。璐：美玉。

㊸ 白鹇（xián）：鸟名，似雉。

㊹ 惭：羞愧。冶：妖冶，妆扮美丽。

㊺ 姱（kuā）：同“嫮”，美好貌。

㊻ 烂：光明貌。烛龙：又名烛阴。《山海经·海外北经》谓其为钟山之神，西北日照不足，则衔烛以照天间。

㊼ 昆山：即昆仑山，又称玉山。

㊽ 溜：屋宇。隅：角。

㊾ 冯夷：水神，即河伯（河神）。

㊿ 申：重，再。娱玩：玩乐。

51 楹：柱。

52 幌：帷幔，窗帘。

53 醇酎（zhòu）：酒名，上等酒。

54 狐貉（hé）：谓狐皮之裘。兼衣：重衣。

55 鹍：鹍鸡。

56 接手：携手。

57 懑然：烦闷貌。

58 妍唱：思其妍美以为唱和。

59 作：起。

60 披：开。幄：帐。

61 援：引，持取。绮衾：华丽之衾被。芳缛：美缛。

⑥² 燎：焚，燃。薰炉：熏香所用之炉。炳：通“秉”。

⑥³ 酡（tuó）：饮酒面红貌。

⑥⁴ 昵：近。

⑥⁵ 褫（chǐ）：解，脱。绅：大带。

⑥⁶ 寻绎：反覆玩索。

⑥⁷ 扼腕：握持手腕，此为振奋之貌。

⑥⁸ 乱：理，指一篇之总理。

⑥⁹ 玄阴：指冬气。

⑦⁰ 任：犹因。班：别。

【语译】

一年将尽，天色已昏。寒风厚积，阴云密布。梁孝王不悦，便到兔园游玩。于是摆设美酒，召集宾朋好友。召来了邹阳，请来了枚乘。司马相如最后来到，坐在客座之上位。

不久雪珠降落，密雪飘下。梁孝王就借卫诗来歌《北风》，借周雅来咏《南山》。并把简札交给司马相如大夫，说：“引发你深秘的思绪，驰骋你美丽的辞藻，按照物色推敲选用状物之文辞，替我写一篇咏雪的赋。”

司马相如于是离席而起，后退而揖。说：“我听说雪宫在东方修建，雪山在西域耸立。周文王时咏“今我来思，雨雪霏霏”，周穆王时又歌“我徂黄竹员閟寒”。《曹风·蜉蝣》以麻衣比雪色，《楚辞·讽赋》以《幽兰》配《白雪》之曲。下雪满一尺则为丰年之预兆，下雪广一丈则表示阴盛而有不和之气。雪的因时而至意义真远大啊！请让我说说它的源起。

“先说冬月岁末之时，严寒之气上升。焦溪枯竭，汤谷水凝。火井熄灭，温泉冰冻。沸潭不再腾涌，炎风不再吹起。向北的窗户用泥涂塞了窗扉，不穿衣的裸人国也垂下了缯帛。这时江河湖海兴起了浓云，北方的沙漠风沙飞滚。云霭层积连片，掩盖了太阳遮住了霞光。雪珠星星点点先撒下来，雪花纷纷扬扬越下越多。

“那下雪的景象，散漫交织，四面疏张。飘流上下，浓重繁密。联翩而至向下飞洒，徘徊回旋委积于地。开始时顺着屋栋落到了栋梁上，后来吹开了门帘乘虚而入。起初在房檐下回旋飞舞，终于萦绕着帷幔铺满了座席。有的就着方形而成为玉珪，有的碰上圆形而成为玉璧。看看那低湿之处万顷同披上了缟素，仰望高山千岩都变成一片白色。这时台如重叠的璧玉，路似连接的美玉。庭院中陈列着玉阶，树林里耸立着玉树。白鹤被夺去了鲜美，白鹇也失去了美素。白色丝绸之服饰有愧于刻意的装扮，花容玉貌之美女也被掩盖了她的美好。

“至于积雪未消之时，朝阳照耀下一片鲜明，似光明的烛龙，衔烛照亮了昆仑山。雪水流滴而成悬冰，顺着屋宇布满墙角，似鲜丽的冯夷，剖开蚌蛤陈列明珠。至于雪花缤纷厚降的形状，光明皎洁的容仪，回旋萦绕的态势，飞聚凝耀的奇观，本来就是变化而无穷，难以得知其全貌。至于一再玩乐而不止，幽静的夜晚触发更多的感怀。大风吹击楹柱不断传来声响，月光照着帷幔四处一片光辉。喝着湘吴的美酒，穿上狐裘的皮衣。面对着庭院中鹍鸡的双双起舞，仰望云中的鸿雁孤单飞翔。践踏着交积的霜雪，哀怜兄弟间似枝叶般分离。思念飞驰于千里之外，愿能携手而同归。”

邹阳听闻此赋，内心烦闷而折服。思其妍美而有心唱和，恭谨地接续于赋末。于是便起而赋积雪之歌。

歌道：“携同佳人啊分开重叠的帷帐，持取华丽之衾被啊坐在芳美之褥席上。焚起香炉啊燃起明亮的烛，斟满桂酒啊唱起清悠的歌曲。”

接着又作白雪之歌。歌道：“歌曲已飞扬啊酒宴已摆开，朱颜呈酒红啊思自相亲昵。愿放下帷帐而亲近于枕上，想要解下佩玉而脱下大带。怨恨年岁之易老，感伤无由再相会。您难道不见台阶上的白雪，怎能在阳春之时再鲜明耀眼。”

歌毕，梁孝王便反复玩索吟味，抚摩浏览持腕振奋不已。回头交代枚乘，起而为一篇之总结。

枚乘总结道：“白羽虽白，资质轻佻啊。白玉虽白，空守贞节啊。不如这雪，依时兴起和消失。寒气凝结不掩盖它的芳洁，阳光照耀不固守它的节操。节操岂是我的名，芳洁岂是我的贞。凭着云而升降，跟着风而飘零。遇着物体而成像，随着地势而有不同的形。素节是由所遭逢之物而产生，污秽是由环境习染而造成。放纵心意追求皓洁，又何须思虑何须营求？”

【评析】

赋的主体部分，先从“连氛累霭，掩日韬霞”的雪之初起写起，接着写“眄隰则万顷同缟，瞻山则千岩俱白”的雪之情状，“积素未亏，白日朝鲜”的雪之光彩，以及月夜赏雪千里思归之情怀，不仅写出了皓白鲜烂的雪景，同时也抒写了深挚贞洁之雪情。赋中写梁王置酒，司马相如作赋，邹阳作歌，枚乘写乱辞，显为虚构，属赋中设为客主问答之体，但结构自然，描写中夹以叙事，增加了文章的生动活泼。赋的句式基本为汉代大赋常用的四字六字句，但积雪、白雪之歌却用骚体句式，两者交错，显得摇曳多姿。文中无论何种句式，包括记叙文字，均用韵，读来琅琅上口，韵感极强。

月赋一首

作者：谢希逸　　注译评析：张葆全

陈王初丧应、刘[①]，端忧多暇[②]。绿苔生阁，芳尘凝榭。悄焉疚怀[③]，不怡中夜。乃清兰路，肃桂苑；腾吹寒山[④]，弭盖秋阪[⑤]。临浚壑而怨遥[⑥]，登崇岫而伤远[⑦]。于时斜汉左界[⑧]，北陆南躔[⑨]；白露暖空[⑩]，素月流天。沉吟齐章[⑪]，殷勤陈篇[⑫]。抽毫进牍，以命仲宣[⑬]。

仲宣跪而称曰：“臣东鄙幽介[⑭]，长自丘樊[⑮]，昧道懵学[⑯]，孤奉明恩[⑰]。臣闻沉潜既义[⑱]，高明既经[⑲]，日以阳德，月以阴灵。擅扶光于东沼[⑳]，嗣若英于西冥[㉑]。引玄兔于帝台[㉒]，集素娥于后庭[㉓]。朒朓警阙[㉔]，朏魄示冲[㉕]。顺辰通烛[㉖]，从星泽风[㉗]。增华台室[㉘]，扬采轩宫[㉙]。委照而吴业昌[㉚]，沦精而汉道融[㉛]。

“若夫气霁地表[32]，云敛天末。洞庭始波，木叶微脱。菊散芳于山椒[33]，雁流哀于江濑；升清质之悠悠，降澄辉之蔼蔼[34]。列宿掩缛[35]，长河韬映；柔祇雪凝[36]，圆灵水镜[37]；连观霜缟[38]，周除冰净[39]。君王乃厌晨欢[40]，乐宵宴；收妙舞，弛清县[41]；去烛房，即月殿；芳酒登，鸣琴荐[42]。

“若乃凉夜自凄，风篁成韵[43]。亲懿莫从[44]，羁孤递进[45]。聆皋禽之夕闻[46]，听朔管之秋引[47]。于是弦桐练响[48]，音容选和。徘徊《房露》[49]，惆怅《阳阿》[50]。声林虚籁[51]，沦池灭波。情纡轸其何托[52]？诉皓月而长歌[53]。”

歌曰：“美人迈兮音尘阙[54]，隔千里兮共明月。临风叹兮将焉歇？川路长兮不可越。”歌响未终，余景就毕[55]；满堂变容，回遑如失[56]。

又称歌曰：“月既没兮露欲晞[57]，岁方晏兮无与归，佳期可以还，微霜沾人衣！”陈王曰：“善。”乃命执事，献寿羞璧[58]。敬佩玉音[59]，复之无斁[60]。

【作者简介】

谢庄（421—466），南朝宋代文学家。字希逸，陈郡阳夏（今河南太康）人。历官太子中庶子、吏部尚书、金紫光禄大夫。幼聪慧，七岁能文，善诗赋，风格飘逸清丽。袁淑见其赋，叹道：“江东无我，卿当独秀；我若无卿，亦一时之杰。”原有集十九卷，诗文四百余篇，已散佚，明人辑有《谢光禄集》。《宋史》《南史》均有传。

【篇旨】

描写月夜美好的景色与风韵，抒发“美人迈兮音尘阙，隔千里兮共明月”的惆怅情思。

【注释】

① 陈王：曹植，曾封陈王。应、刘：应玚、刘桢，均属“建安七子”。

② 端：正，真。

③ 悄焉：忧愁貌。疚：病，忧烦。

④ 腾吹：管乐之声升起。

⑤ 弭：止。盖：车盖。阪：山坡。

⑥ 浚（jùn）壑：深谷。

⑦ 岫（xiù）：峰峦。

⑧ 汉：银河。左：指东方。

⑨ 陆：指黄道线。《左传·昭公四年》："古者，日在北陆而藏冰。"躔：处也，指日月所处之位。

⑩ 曖：朦胧不明。

⑪ 沉吟：低声吟诵。齐章：指《诗经·齐风》之《东方之日》篇。

⑫ 殷勤：指反复吟诵。陈篇：指《诗经·陈风》之《月出》篇。

⑬ 仲宣：王粲。

⑭ 幽介：幽贱孤介。

⑮ 樊：篱樊。

⑯ 懵（měng）：暗，不明。

⑰ 孤：辜负。

⑱ 沉潜：指地。

⑲ 高明：指天。

⑳ 扶光：扶桑之光。扶桑为传说中的日出之处。

㉑ 若英：若木之英。若木为传说中的日落之处。

㉒ 玄兔：黑兔。传说月中有兔，此代指月。

㉓ 素娥：即嫦娥，传说原为羿妻，后偷服不死之药而奔月，此亦代指月。

㉔ 朒（nǜ）：缩朒，指农历月初月出于东方，即上弦月。朓（tiǎo）：指农历月末月见于西方，即下弦月。

㉕ 朏（fěi）：初生而未盛之月。魄（pò）：月始生或将灭时之微光。冲：谦虚。

㉖ 辰：指十二时辰。

㉗ 泽：指雨水。

㉘ 台室：即三台，星名。

㉙ 轩宫：轩辕星座。

㉚ 委：交付。吴业：吴国基业。《吴录》说，东吴孙坚夫人吴氏梦月入怀而生策。

㉛ 沦：下沉。汉道：汉代政治。《汉书》说，汉元帝皇后之母李氏梦月入怀而生后。融：明。

㉜ 霁：雨止。

㉝ 山椒：山顶。

㉞ 蔼蔼：柔和貌。

㉟ 缛：采饰繁盛。

㊱ 柔祇：指地。

㊲ 圆灵：指天。

㊳ 观：宫观。

㊴ 除：阶陛。

㊵ 晨欢：白天欢宴。

㊶ 弛：废。清县：清妙的音乐。古时钟磬等乐器是悬挂在架上的。

㊷ 荐：奉献，指弹奏。

㊸ 篁：竹丛生。

㊹ 懿：美。亲懿即懿亲，至亲。

㊺ 羁孤：羁旅孤身。

㊻ 皋禽：指鹤。《诗经·小雅·鹤鸣》有“鹤鸣于九皋”句。

㊼ 朔管：北方少数民族之管乐器如羌笛之类。引：指乐声久长。

㊽ 弦桐：指琴，琴身多以桐木制成。练：通“拣”，择。练响指调音。

㊾《房露》：即《防露》，古曲名。

㊿《阳阿》：古曲名。

51 虚籁：声响停息。籁指万窍所发之声，即自然之声。

52 纡轸：郁结隐痛。

㊸ 诉：同“遡”，向也。

㊹ 迈：远。

㊺ 景：同“影”。

㊻ 回遑：徘徊彷徨。

㊼ 晞：干。

㊽ 寿：礼品。以金帛等礼品赠人曰寿。羞：进献。

㊾ 玉音：指上述褒美之词。

㊿ 斁（yì）：厌。

【语译】

陈王曹植初失应玚、刘桢，十分忧伤且多暇日。亭阁长满绿苔，台榭积满芳尘。忧愁伤心，半夜更是不悦。便清扫兰路，整肃桂苑。管乐之声升起于寒山，车盖停在秋日的山坡下。面临深谷而怨遥，登上高山而伤远。这时银河偏向东方，日月之位偏至南面。天空白露朦胧，天上皓月流动。低声吟诵齐国的乐章，反复吟诵陈国的诗篇。取出笔毫书版，交付王粲命其作赋。

王粲跪拜并且说：“我是东方幽贱孤介之人，在山野藩篱中长大，不明道理没有学问，辜负朝廷圣明之恩。我听说天地开辟之后沉潜者为地，高明者为天。日以阳为德，月以阴显灵。在东方之汤谷照亮了扶桑，又在西方之昧谷照亮了若英。月亮引着玄兔照耀帝王之台，又召来嫦娥照耀后妃之庭。上弦月和下弦月警告帝王之阙失，月初升和月将灭显示人君之谦冲。顺着时辰而普遍烛照，跟随星座而时雨时风。使三台星座增加华光，使轩辕星座更放异彩。月光下照而使吴业昌盛，月精下沉而使汉道融明。

“至于地面上雨止天晴，天边乌云收敛。洞庭湖上开始泛起微波，树叶稍稍脱落。菊花在山顶散发出芳香，鸿雁在江滩上传布着哀鸣。月亮以清丽之资质缓缓升起，让柔和澄清的光辉降临大地。众星被掩住了光彩，银河也藏起了光辉。大地像凝结了的冰雪，天空像水镜般清明。相连的宫观如霜一般皓白，四周的阶陛似冰一般洁净。君王于是厌倦了早晨的欢聚，喜欢晚间的酒宴。撤去了轻曼的歌舞，中止了清妙的音乐。离开了燃烛的居室，来到月光照耀下的大殿。摆上芳香的美酒，弹奏起明快的琴瑟。

“至于秋凉之夜心自凄伤，风吹丛竹自成音韵。至亲无人跟随在旁，更增添了羁旅之孤寂。静听白鹤晚上的鸣叫，耳闻北方管乐器秋天的长声。于是调好琴弦，选好和音。心在房露中徘徊，在阳阿中更增惆怅。这时风止林籁俱虚，池水不再出现波沦。内心郁结隐痛无所依托，只有向着皓月而放歌。”

歌道：“美人远去啊失掉了音讯，相隔千里啊共赏明月。临风叹息啊何时止歇，道路漫长啊不能越。”歌声尚未结束，明月余光就已消失。满堂宾客变容失色，彷徨徘徊如有所失。

又歌道：“月已西沉啊露将干，正当年末啊无伴可同归。与美人相约之佳期可以归去，但微霜却沾湿了人们的衣裳。”陈王曹植说：“好啊！”便命令主管官员，献上礼物玉璧。恭敬地记诵上述金玉之音，反复赏玩而无厌。

【评析】

谢庄赋月，却假托曹王，无非欲借建安故事，再制悲凉之音，以增文章慷慨之气。全文开篇写曹植初丧应、刘，孤凄无侣，当“白露暧空，素月流天”之时，命王粲赋月。然后记王粲所赋，先表月德，次描月景，再写月声，最后以月歌作结。赋中最精彩之处自然是清质澄辉、凉夜风韵之描写。在“洞庭始波，木叶微脱”之时，“升清质之悠悠，降澄辉之蔼蔼”，天空是“列宿掩缛，长河韬映”，大地是“连观霜缟，周除冰净”，一片通灵明净的世界。而“凉夜自凄，风篁成韵”，更增人之孤寂悲怆。最后之月歌无疑是全赋之警策，情景融成一片，读者读至此，亦当感物伤怀，怅然若失。

鸟兽上

鹏鸟赋一首　并序

作者：贾谊　　注译评析：张葆全

谊为长沙王傅，三年，有鹏鸟飞入谊舍[①]，止于坐隅。鹏似鸮[②]，不祥鸟也。谊既以谪居长沙[③]，长沙卑湿，谊自伤悼，以为寿不得长，乃为赋以自广[④]。其辞曰：

单阏之岁兮[⑤]，四月孟夏，庚子日斜兮，鹏集予舍。止于坐隅兮，貌甚闲暇。异物来萃兮[⑥]，私怪其故。发书占之兮，谶言其度[⑦]。曰："野鸟入室兮，主人将去。"请问于鹏兮："予去何之？吉乎告我，凶言其灾。淹速之度兮[⑧]，语予其期。"鹏乃叹息，举首奋翼；口不能言，请对以臆[⑨]：

"万物变化兮，固无休息。斡流而迁兮[⑩]，或推而还。形气转续兮，变化而蟺[⑪]。沕穆无穷兮[⑫]，胡可胜言！祸兮福所倚，福兮祸所伏[⑬]；忧喜聚门兮，吉凶同域。彼吴强大兮，夫差以败[⑭]；越栖会稽兮[⑮]，勾践霸世。斯游遂成兮[⑯]，卒被五刑[⑰]；傅说胥靡兮[⑱]，乃相武丁。夫祸之与福兮，何异纠缠[⑲]；命不可说兮，孰知其极[⑳]！水激则旱兮[㉑]，矢激则远；万物回薄兮[㉒]，振荡相转。云蒸雨降兮，纠错相纷；大钧播物兮[㉓]，坱圠无垠[㉔]。天不可预虑兮，道不可预谋；迟速有命兮，焉识其时！

"且夫天地为炉兮[25]，造化为工；阴阳为炭兮，万物为铜。合散消息兮[26]，安有常则？千变万化兮，未始有极。忽然为人兮[27]，何足控抟[28]；化为异物兮，又何足患！小智自私兮，贱彼贵我；达人大观兮，物无不可。贪夫殉财兮[29]，烈士殉名[30]。夸者死权兮[31]，品庶每生[32]。怵迫之徒兮[33]，或趋西东[34]；大人不曲兮[35]，意变齐同[36]。愚士系俗兮，窘若囚拘[37]；至人遗物兮[38]，独与道俱。众人惑惑兮，好恶积亿；真人恬漠兮[39]，独与道息[40]。释智遗形兮[41]，超然自丧[42]。寥廓忽荒兮[43]，与道翱翔。乘流则逝兮，得坻则止[44]；纵躯委命兮；不私与己。其生兮若浮，其死兮若休[45]；澹乎若深泉之静[46]，泛乎若不系之舟[47]。不以生故自宝兮[48]，养空而浮[49]；德人无累[50]，知命不忧[51]。细故蒂芥[52]，何足以疑。"

【作者简介】

贾谊（前200—前168），西汉政论家、辞赋家，洛阳（今河南洛阳）人，二十余岁被文帝召为博士，擢拔为太中大夫。主张改革政制，遭周勃、灌婴谗毁，被贬为长沙王太傅。后文帝召还，再拜梁怀王太傅。不久梁怀王坠马死，自伤为傅无状，郁郁而死。所著文章五十八篇，刘向编为《新书》，今仅存残本。文章以《过秦论》《陈政事疏》（又名《治安策》）、《论积贮疏》为最著名。有赋七篇，今存四篇，以《吊屈原赋》《鹏鸟赋》为代表作。其文铺张酣畅，其赋感情深沉，对后世均有很大影响。原有集四卷，已散佚，明人辑有《贾长沙集》。《史记》《汉书》均有传。

【篇旨】

假托与鹏鸟之问答，抒发怀才不遇的愤懑，并以老庄齐死生、等祸福的思想作自我排遣。

【注释】

① 鵩（fú）：鸟名，俗称猫头鹰。长沙古俗，认为鵩鸟入室，主人死。

② 鸮（xiāo）：鸱鸮。

③ 谪：贬谪。

④ 自广：自宽。

⑤ 单阏（chán yè）：太岁在卯曰单阏。此指丁卯年，即汉文帝六年（一说七年）。

⑥ 萃：止。

⑦ 谶（chèn）：预示吉凶以求应验之言。度：数，指吉凶之定数。

⑧ 淹：迟。

⑨ 臆：胸。

⑩ 斡（wò）：转。

⑪ 而：如。嬗（chán）：蜕化。一说相连。

⑫ 沕（wù）穆：精微深远貌。

⑬ 祸兮两句：出《老子》五十八章。

⑭ 夫差：春秋时吴王。《国语·越语》说，夫差父阖闾为越王勾践所败，伤而死。夫差立，破越，勾践降。后勾践栖会稽三年，兴兵灭吴，夫差自刭死。

⑮ 栖：山居曰栖。

⑯ 斯：李斯，战国末年楚人。《史记·李斯列传》说，李斯西入秦，游说秦王，助秦统一六国，为秦丞相。后始皇死，二世立，被赵高害死。

⑰ 五刑：五种肉刑。《汉书·刑法志》说："当三族者，皆先黥、劓（割鼻），斩左右趾，笞杀之，枭其首，菹（即菹醢）其骨肉于市。其诽谤詈诅者，又先断舌。故谓之具五刑。"此当为秦遗法。但李斯受刑，实为腰斩而非枭首。

⑱ 傅说（yuè）：殷高宗武丁贤相，初隐于傅岩，为胥靡版筑以供食。高宗梦见说，使人求得，遂用为相。胥靡：一种刑罚，将罪人相系而

服劳役。胥：相。靡：系。

⑲ 纠：两股绳。纆（mò）：三股绳。

⑳ 极：止，究竟。

㉑ 旱：同“悍”，暴疾。

㉒ 回薄：反复相迫激。

㉓ 大钧：指造化。钧为制陶器所用之转轮，借以为喻。

㉔ 坱圠（yǎng yà）：无涯际。

㉕ 炉：冶炼之炉。《庄子·大宗师》说：“今一以天地为大炉，以造化为大冶，恶乎往而不可哉？”

㉖ 息：生。

㉗ 忽然：犹偶然。

㉘ 控抟（tuán）：引持，据以自矜。《庄子·大宗师》说：“今之大冶铸金，金踊跃曰：‘我且必为镆铘！’大冶必以为不祥之金。今一犯人之形，而曰‘人耳人耳’，夫造化者必以为不祥之人。”

㉙ 殉：以身从物。

㉚ 烈士：重义轻生之士。

㉛ 夸者：贪求虚名之人。权：权势。

㉜ 品庶：众庶，众人。每：贪。

㉝ 怵（xù）：诱也，指为利所诱。迫：指为贫所迫。

㉞ 趋西东：为利禄虚名而东奔西走。

㉟ 大人：指与天地合其德之伟人。曲：屈，折，指为物欲所屈。

㊱ 意变：即亿变，千变万化。齐同：齐一。庄子《齐物论》说：“是亦彼也，彼亦是也。”“天地一指也，万物一马也。”主张齐同万物，即把万物看成没有区别。

㊲ 窘：囚拘之貌。

㊳ 至人：指有至德之人。《庄子·天下》说：“不离于真，谓之至人。”遗物：遗弃物累。

㊴ 真人：得天地正道的人。恬漠：恬淡寂漠。《庄子·天道》说：“夫虚

静恬淡寂漠无为者，天地之平而道德之至也。”

㊵ 息：止。

㊶ 释智遗形：放弃智虑，遗弃形体，亦即庄子所说的“离形去知”之“坐忘”。《庄子·大宗师》说：“堕肢体，黜聪明，离形去知，同于大通，此谓坐忘。”

㊷ 自丧：忘其自身。

㊸ 寥廓忽荒：元气未分之貌。寥：深。廓：空。忽荒：无形貌。

㊹ 坻（chí）：水中小洲。坻或作坎。

㊺ 浮：飘浮，虚浮。《庄子·刻意》说：“其生若浮，其死若休。”

㊻ 澹：恬静。

㊼ 泛：浮游。

㊽ 自宝：自贵。

㊾ 养空：涵养虚无恬淡之性。

㊿ 德人：得道之人。《庄子·天地》说：“德人者，居无思，行无虑，不藏是非美恶。”累：物累。

51 知命：知天命。《周易·系辞》说：“乐天知命，故不忧。”

52 蒂（dì）芥：又作芥蒂，刺鲠。通常指鲠碍之小事细物使人不快意。

【语译】

贾谊为长沙王太傅，三年，有鹏鸟飞进贾谊的居室，停在座位边，鹏鸟类似鸱鸮，是不吉祥的鸟。贾谊既已因遭贬谪而居住在长沙，长沙地势又低下潮湿，贾谊暗自伤痛，以为寿命不能长久，便作赋用以自作宽解。其辞道：

丁卯之年啊，四月初夏。庚子日太阳西斜之时啊，有鹏鸟止于我的居室。停在我的座位边啊，样子十分从容毫不惊慌。怪异之物来此止歇啊，我暗自疑怪它飞来必有什么缘故。打开占卜之书占一卦啊，占词预言那吉凶之定数。说：“野鸟进入室内啊，主人将要离去。”我请问于鹏鸟啊，我离开此地往哪里去？如果吉祥啊就明告我，如果有凶事啊也请说明那灾祸。那死生迟速的定数啊，请告诉我它的期限。鹏鸟于是叹息，举头展翅，口不能说话，便用胸中所想来作沟通交流：

“万物变化啊，本来就没有休止。运转与变迁啊，有时推移有时反复。形与气交互转化而相续啊，变化如动物之蟺蜕。精微深远而无止境啊，怎能尽言。灾祸啊这是幸福所倚靠着的，幸福啊这是灾祸所潜藏着的。忧和喜聚集在一门之内啊，吉和凶同时发生在一个地方。那吴国原很强大啊，夫差据之而失败。越王山居于会稽啊，勾践终于称霸于世。李斯游说于秦终于成功啊，但最后还是遭受了五刑。傅说相系而服劳役啊，后来就做了殷高宗武丁的相。那灾祸与幸福啊，何异于绳索的纠缠。天命是不可解说的啊，谁知道它的究竟。水受激则奔流迅猛啊，箭受激则远中标的。万物往返相激啊，因震荡而互相转化。水因热变成云气上升又因冷变成雨点下降啊，纠缠交织杂乱纷纷。造化运转造物啊，广阔无垠而没有边际。天不可预为思虑啊，道不可预为谋度。死生迟速有命主宰啊，哪里能预知它的期限！

“再说天地就是冶炼的熔炉啊，造化就是冶炼的工匠。阴阳就是炭火啊，万物就是那被冶炼的铜。聚合离散消亡生息啊，哪里有不变的法则？千变万化啊，未尝有终极。偶然变成了人啊，哪里值得引持以自矜？变化成为别的东西啊，又哪里值得担忧害怕？智慧浅小之人私爱自己啊，看轻别的东西而看重自己。通达之人有远大的目光啊，化成异物也没有什么不合适。贪婪之人殉于财富，刚烈之士殉于名声。贪求虚名之人死于权势啊，众庶只是贪求生存。为利所诱为贫所迫之人啊，有的西走有的东奔。伟人不为物欲所屈啊，对亿万变化的事物不加区别而视为同一。愚人牵累于世俗啊，窘困得好像被拘囚的犯人。至德之人遗弃物累啊，独和大道同行。众人惑乱非常啊，喜好和厌恶积累亿万。得天地正道之人安静淡漠啊，独和大道一同止息。放弃智虑遗弃形骸啊，超脱于万物之外而忘掉自身。空虚混沌忽荒无形啊，与道一同浮游。顺着流水而逝去啊，遇到水中小洲就停止。放纵自身而委托给命运啊，不私爱自身而把它归之于己。他的生啊就好像飘浮于天地，他的死啊就好像得到休息。恬淡呀就好像深渊那样平静，浮游呀就好像水上没有牵系的小舟。不因活着的缘故而自贵啊，涵养虚无恬淡之性而浮游天地。得道之人没有外物牵累，知道天命而不忧虑。细小的事故不快意的小事，哪里值得因之而疑虑呢？”

【评析】

本篇名为《鹏鸟赋》，但并非咏物之作。写鹏鸟只不过借作“客主首引”，以抒发作者怀才不遇的内心抑郁不平与愤懑，并用齐死生、等祸福的老庄哲学以自作宽解。因而，本篇不是一般的咏物赋，而是发议论、述哲理的说理赋。但作者又并非抽象枯燥地说教，而是巧妙地运用历史人物和历史故事（如夫差、勾践、李斯、傅说），以及自然现象（如云蒸、雨降）来说明祸福无常，又以“天地为炉，造化为工，阴阳为炭，万物为铜”的形象比喻，说明万物生生，纯为自然，因而文章显得活泼生动。文中又将小智与达人，贪夫、烈士、夸者、怵迫之徒与大人，愚士与至人，众人与真人之生活态度作对比，加上并列的意象，对称的句式，使文章富有整齐畅达之美。文中关于祸福倚伏，吉凶同域，其生若浮，其死若休的观点，以及其中所包含着的愤激之情，彻悟通达的人生态度（“细故蒂芥，何足以疑”），对后世有很大的影响。

鹦鹉赋一首　并序

作者：祢正平　　注译评析：张葆全

时黄祖太子射宾客大会[①]，有献鹦鹉者，举酒于衡前曰：“祢处士[②]，今日无用娱宾，窃以此鸟自远而至，明慧聪善，羽族之可贵，愿先生为之赋，使四坐咸共荣观[③]，不亦可乎？”衡因为赋，笔不停缀，文不加点[④]。其辞曰：

惟西域之灵鸟兮[⑤]，挺自然之奇姿[⑥]。体金精之妙质兮[⑦]，合火德之明辉[⑧]。性辩慧而能言兮[⑨]，才聪明以识机[⑩]。故其嬉游高峻，栖跱幽深[⑪]。飞不妄集，翔必择林。绀趾丹嘴[⑫]，绿衣翠衿[⑬]。采采丽容[⑭]，咬咬好音[⑮]。虽同族于羽毛，固殊智而异心。配鸾皇而等美，焉比德于众禽！

于是羡芳声之远畅，伟灵表之可嘉[16]。命虞人于陇坻[17]，诏伯益于流沙[18]；跨昆仑而播弋[19]，冠云霓而张罗；虽纲维之备设[20]，终一目之所加[21]。且其容止闲暇[22]，守植安停[23]。逼之不惧，抚之不惊。宁顺从以远害，不违迕以丧生。故献全者受赏，而伤肌者被刑。

尔乃归穷委命，离群丧侣。闭以雕笼，剪其翅羽。流飘万里，崎岖重阻；逾岷越障[24]，载罹寒暑[25]。女辞家而适人[26]，臣出身而事主。彼贤哲之逢患，犹栖迟以羁旅[27]；矧禽鸟之微物[28]，能驯扰以安处[29]！眷西路而长怀[30]，望故乡而延伫[31]。忖陋体之腥臊，亦何劳于鼎俎[32]。

嗟禄命之衰薄[33]，奚遭时之险巇[34]？岂言语以阶乱[35]，将不密以致危[36]？痛母子之永隔，哀伉俪之生离[37]。匪余年之足惜，慜众雏之无知[38]。背蛮夷之下国，侍君子之光仪[39]。惧名实之不副，耻才能之无奇。羡西都之沃壤[40]，识苦乐之异宜。怀代越之悠思[41]，故每言而称斯。

若乃少昊司辰，蓐收整辔[42]。严霜初降，凉风萧瑟。长吟远慕，哀鸣感类。音声凄以激扬，容貌惨以憔悴。闻之者悲伤，见之者陨泪[43]。放臣为之屡叹[44]，弃妻为之歔欷。

感平生之游处，若埙篪之相须[45]。何今日之两绝，若胡越之异区？顺笼槛以俯仰，窥户牖以踟蹰。想昆山之高岳[46]，思邓林之扶疏[47]。顾六翮之残毁[48]，虽奋迅其焉如？心怀归而弗果，徒怨毒于一隅[49]。苟竭心于所事，敢背惠而忘初？托轻鄙之微命，委陋贱之薄躯。期守死以报德，甘尽辞以效愚。恃隆恩于既往，庶弥久而不渝[50]。

【作者简介】

祢衡（173—198），汉末辞赋家。字正平，平原般（今山东乐陵西南）人。少有才辩而性刚直傲物，不容于权贵。初曹操召为鼓史，裸身击鼓辱操，操怒，遣送刘表。不合，转送江夏太守黄祖。衡与黄祖子射友善。后因冒犯黄祖，被杀，年仅二十六。原有集两卷，已佚。今存《鹦鹉赋》，为其代表作。传见《后汉书·文苑传》。

【篇旨】

托鹦鹉言志，以鹦鹉自喻，写有志之士遭逢患难的不幸与屈身事主的苦闷。

【注释】

① 射（yì）：黄祖子，时为章陵太守。

② 处士：未仕之士。

③ 荣观：谓观之以为荣。

④ 点：涂灭，指点窜涂改文字。

⑤ 西域：西部地区。此指产鹦鹉的陇山（陇坻），在今甘肃。

⑥ 挺：特出。

⑦ 金精：古代五行说将五行分属五方和五色，金属西方和白色，鹦鹉身上有白色羽毛，又产自西方，故谓金精。

⑧ 火德：鹦鹉嘴赤，五行中赤色属火，故谓火德。

⑨ 辩慧：谓才智明敏。

⑩ 机：机微奥妙。

⑪ 跱：立。

⑫ 绀（gàn）：深青带红之色。

⑬ 衿：即襟，衣之交领，鹦鹉胸前翠色，故云翠衿。

⑭ 采采：盛貌。

⑮ 咬（jiāo）咬：鸟鸣声。

⑯ 表：仪表。

⑰ 虞人：掌山泽苑囿之官。

⑱ 伯益：人名，尧时为掌山泽之官。流沙：地名。

⑲ 弋：鸟网。

⑳ 纲：网绳。

㉑ 一目：指罗网上的一个网孔。《文子》说："有鸟将来，张罗而待之。得鸟者罗之一目也，今为一目之罗，即无以得鸟也。"

㉒ 闲暇：不惊恐，从容不迫。

㉓ 植：借为“志”。安停：安定沉稳。

㉔ 岷：岷山，在今四川。障：山名，在今甘肃。

㉕ 载：发语词。罹：遭受。

㉖ 适人：嫁人。

㉗ 栖迟：停留。羁旅：旅人寄迹于外。

㉘ 矧（shěn）：何况。

㉙ 能：能不，反诘语。驯扰：顺柔。

㉚ 眷：依恋。

㉛ 延伫：久立以待。

㉜ 鼎俎：泛指烹饪之器。俎：载牲之器。

㉝ 禄命：禄食命运。

㉞ 巇（xī）：危险。

㉟ 阶：事所由来之道。《周易·系辞》说：“乱之所生也，则言语以为阶。”

㊱ 将：或。

㊲ 伉俪（kàng lì）：配偶，夫妇。

㊳ 愍（mǐn）：怜悯。

㊴ 光仪：光华之容仪。

㊵ 西都：指长安。

㊶ 代：代郡，今山西北部。越：南越，今广西、广东等地。李善注：“《古诗》曰，代马依北风，越鸟巢南枝。”

㊷ 少昊（hào）：古帝，以金德王。蓐（rù）收：古主金之官，又以为金神名。五行中，西方、秋天均属金。《礼记·月令》说：“孟秋之月，其帝少昊，其神蓐收。”

㊸ 陨：坠。

㊹ 放臣：遭放逐之臣。

㊺ 埙：土制乐器。篪（chí）：竹制乐器。须：待，依。《诗经·小雅·何

人斯》:“伯氏吹埙,仲氏吹篪。”意谓兄弟和睦,相互应和。

㊻ 昆山:昆仑山。

㊼ 邓林:《山海经·海外北经》说,夸父与日竞走,“道渴而死,弃其杖,化为邓林”。此泛指树林。扶疏:叶密四布貌。

㊽ 翮(hé):羽茎。六翮:指翅膀。据说,健飞之鸟均有六翮。

㊾ 怨毒:怨恨,悲痛。

㊿ 渝:变。

【语译】

当黄祖太子黄射大会宾客之时,有人献上一只鹦鹉,在祢衡面前举杯道:“祢处士,今天没有什么可用来娱乐宾客,我私下以为这只鸟从远方而来,聪明淑善,在鸟类中是很可贵的,希望先生为它作篇赋,使四座宾客共观此赋以为荣,这不是很好吗?”祢衡于是作赋,笔不停地写,文章也不加涂改。其辞道:

这是西方的神鸟啊,有特出的自然的神奇身姿。白色羽毛体现了金精之神妙本质啊,红色嘴吻符合火德之明亮光辉。生性明敏并能说话啊,才智聪明而了解机微奥妙。因而它游玩在高峻之处,栖立在幽深之所。飞不随便停下,翔必选择树林。青红色的嘴吻,翠绿色的衣襟。浓艳美丽的容貌,咬咬鸣叫的好音。虽然与其他鸟类同属羽族,但本来就有特殊的智慧和特异的心。与鸾鸟凤凰可匹配比美,哪能与众禽鸟相提并论?

于是帝王羡慕其芳声之远扬,赞美其灵质仪表之嘉善。命令虞人到陇坻,召来伯益到流沙。跨越昆仑而布下鸟网,高于云霓而张开罗网。虽然普遍布置了网罗,但最后捕捉到鸟只不过网之一目。再说鹦鹉容貌举止从容不迫,坚守志向安定沉稳。走近它它不害怕,抚摩它它不惊恐。它宁愿顺从而全身远害,而不违逆抗拒以致丧命。因而献上完好鹦鹉者受到赏赐,而损伤肌肤者受到刑罚。

鹦鹉于是走上穷途委命于人,离开同类丧失了伴侣。关在雕饰华美的笼子里,被剪去了翅膀上的羽毛。漂流万里之外,经过崎岖道路重重险阻。跨越岷山越过障山，遭逢了几度寒暑。有如少女告别家人而出嫁，又似臣仆卖身而侍奉主人。那圣贤之人遭逢患难，尚且滞留他乡寄迹于外，何况禽鸟这般微小之物，能不顺柔以求安处？但内心却依恋西方之路而长怀归心，远望故乡而久立以待。自思贱陋之躯如此之腥臊，又何必有劳鼎俎之烹煮？

嗟叹命运的衰败微薄，何以会遇上如此险峻的时势？难道是言语召来了祸乱，或者是为事不密而导致危难？痛心于母子的永远分离，哀悼夫妇活生生的离别。不是我的余年值得珍惜，只是怜悯众小鸟尚年幼无知。我离开了蛮夷下国，来侍奉上国君子的光华容仪。惧怕名和实的不能相符，又耻于没有突出的才能。羡慕长安肥沃的土壤，体会到苦与乐是那么的不同。常怀着代马越鸟那样的悠悠乡思，因此每逢开口都称道长安之乐。

到了少昊司辰蓐收驾车的秋天，严霜开始降临，凉风一片萧瑟。长吟引起了远方的思慕，哀鸣感发了同类的共鸣。声音凄怆而激扬，容貌惨戚而憔悴。听到的人内心悲伤，看到的人落下眼泪。遭放逐之孤臣因之而屡屡哀叹，被遗弃之女子因而哽咽抽泣。

有感于平生朋友之交游相处，好像兄弟般的亲密相依。何以今天竟两地隔绝，好像胡、越各在天的一边。如今只能在笼槛中活动，窥视门窗而徘徊。想念昆山之高峻，思念邓林枝叶之扶疏。回头看看翅膀已经残毁，即使想迅疾奋飞又能飞到哪里去？一心想归去但不能实现，只能在笼中一角徒然自悲自怨。愿竭尽心力侍奉君王，怎敢背弃恩德而忘掉当初？向君王托付轻贱的生命，委以鄙陋的身躯。希望至死不移来报答恩德，甘愿尽其言辞来贡献愚诚。以往已承受了大恩，愿今后感恩长久不变。

【评析】

鹦鹉学舌，向来名声不佳。然祢衡此赋，却用以自喻，托物寓意，将鹦鹉当作失意文人之典型形象来描写，寄意深刻，声情并茂，感人至深。开头写鹦鹉产于西域，既有“辩慧能言，聪明识机”之内才，又有“采采丽容，咬咬好音”之外美，不幸被捕捉，失去自由。接着写鹦鹉万里东来，屈身事主，遭逢患难，羁旅穷愁，因而“音声凄以激扬，容貌惨以憔悴”，虽想念故林，但六翮已残，纵然怀归，也是徒然。赋中着意渲染了鹦鹉的穷困处境与悲惨心情，其实，完全是失意文人身世与心境之写照，联系祢衡身世来看，也可以说是自伤自悼之作。赋的发端写黄射宴宾，弥衡作赋，似为一般汉赋之客主首引形式，但未必出于虚构，应是实事实录。赋末表示“恃隆恩于既往，庶弥久而不渝”，似与其传所谓“少有才辩而尚气傲”不牟，想是久遭压抑棱角磨尽后的无奈心态，饱含无数的辛酸与凄凉。李白《望鹦鹉洲悲祢衡》诗说：“吴江赋鹦鹉，落笔超群英。锵锵振金石，句句欲飞鸣。”

鷦鷯赋一首　并序

作者：张茂先　　注译评析：张葆全

鷦鷯[①]，小鸟也，生于蒿莱之间[②]，长于藩篱之下，翔集寻常之内[③]，而生生之理足矣[④]。色浅体陋，不为人用。形微处卑，物莫之害。繁滋族类，乘居匹游[⑤]，翩翩然有以自乐也[⑥]。彼鷲鹗鹍鸿[⑦]，孔雀翡翠[⑧]，或凌赤霄之际[⑨]，或托绝垠之外[⑩]，翰举足以冲天[⑪]，觜距足以自卫[⑫]，然皆负矰婴缴[⑬]，羽毛入贡。何者？有用于人也。夫言有浅而可以托深，类有微而可以喻大，故赋之云尔。

何造化之多端兮[⑭]，播群形于万类。惟鷦鷯之微禽兮，亦摄生而受气[⑮]。育翩翾之陋体[⑯]，无玄黄以自贵[⑰]。毛弗施于器用，肉弗登于俎味[⑱]。鹰鹯过犹俄翼[⑲]，尚何惧于罿罻[⑳]。翳荟蒙笼[㉑]，是焉游集。飞不飘飏，翔不翕习[㉒]。其居易容，其求易给。巢林不过一枝[㉓]，每食不过数粒。栖无所滞，游无所盘[㉔]。匪陋荆棘，匪荣茝兰[㉕]。动翼而逸，投足而安。委命顺理，与物无患。

伊兹禽之无知，何处身之似智？不怀宝以贾害[㉖]，不饰表以招累。静守约而不矜[㉗]，动因循以简易[㉘]。任自然以为资，无诱慕于世伪。

雕鹖介其觜距[29]，鹄鹭轶于云际[30]。鹍鸡窜于幽险，孔翠生乎遐裔[31]。彼晨凫与归雁[32]，又矫翼而增逝[33]。咸美羽而丰肌，故无罪而皆毙。徒衔芦以避缴[34]，终为戮于此世。苍鹰鸷而受绁[35]，鹦鹉惠而入笼[36]。屈猛志以服养[37]，块幽絷于九重[38]。变音声以顺旨，思摧翮而为庸。恋钟岱之林野[39]，慕陇坻之高松。虽蒙幸于今日，未若畴昔之从容[40]。海鸟鹓鶋[41]，避风而至。条枝巨雀[42]，逾岭自致。提挈万里[43]，飘飖逼畏[44]。夫唯体大妨物，而形瑰足玮也[45]。阴阳陶蒸[46]，万品一区。巨细舛错[47]，种繁类殊。鹪螟巢于蚊睫[48]，大鹏弥乎天隅[49]。将以上方不足[50]，而下比有余。普天壤以遐观[51]，吾又安知大小之所如[52]？

【作者简介】

张华（232—300），西晋文学家，字茂先，范阳方城（今河北固安西南）人。魏末任佐著作郎、中书郎。入晋为黄门侍郎、中书令。因平吴之功，封广武县侯。惠帝时历任太子少傅、右光禄大夫，进封壮武郡公，官至司空。后为赵王司马伦与孙秀所害。学识渊博，工于诗赋，《鹪鹩赋》《女史箴》为其代表作。《鹪鹩赋》作于成名之前，阮籍见后叹道："王佐之才也！"其诗文字华艳，但内容贫弱。锺嵘《诗品》说他"巧用文字，务为妍冶""儿女情多，风云气少"。今存诗三十多首。原有集十卷，已散佚，明人辑有《张司空集》。另著有《博物志》。《晋书》有传。

【篇旨】

描写鹪鹩以"无用"而"全身"，宣扬"不怀宝以贾害，不饰表以招累"的全身远害的处世态度与自足自得的人生哲学。

【注释】

① 鹪鹩：鸟名，形小，棕色，有黄色眉纹，常活动于低湿灌木丛中，筑巢精巧，故又名"巧妇鸟"，或名"工雀""女工""女匠"。

② 蒿莱：野草，杂草。

③ 寻常：八尺为寻，倍寻为常。

④ 生生：养生，营生。

⑤ 乘（shèng）：一车四马为乘，故物四曰乘。又《广雅·释诂》："乘，二也。"

⑥ 翩翩：欣喜自得貌。

⑦ 鹫鹗：均为猛禽，均属雕之一种。鹍鸿：鹍鸡与鸿鹤。

⑧ 翡翠：鸟名，鸣禽类，雄赤曰翡，雌青曰翠。

⑨ 赤霄：有赤色云之天空。

⑩ 绝垠：天边之地，极远之地。

⑪ 翰：高飞。

⑫ 觜距：即牙爪，鸟类摧敌之利器。

⑬ 矰缴（zhuó）：以丝系矢射鸟之具。矰为短箭，缴指系在箭上之丝绳。婴：缠绕。

⑭ 造化：指自然界创造和化育万物。

⑮ 摄：养。

⑯ 翩翾：小飞貌。

⑰ 玄黄：黑与黄，此指毛羽之美色。

⑱ 俎味：俎上所载之祭物。

⑲ 鹯（zhān）：鸷鸟，又名晨风。俄：倾侧。

⑳ 罿罻（chōng wèi）：皆为网。

㉑ 翳荟：草木繁密貌。蒙笼：茂密貌。

㉒ 翕（xī）习：急疾貌。

㉓ 巢林：依林为巢。《庄子·逍遥游》说："鹪鹩巢于深林，不过一枝；偃鼠饮河，不过满腹。"

㉔ 盘：乐。

㉕ 茝（chǎi）兰：香草。

㉖ 贾（gǔ）害：自取其祸害。

㉗ 守约：所守得其要。

㉘ 因循：因故循旧，无所作为。

㉙ 雕：猛禽，似鹰而大。鶡（hé）：鸟名，似雉而大，勇于争斗，斗死而止。介：坚利。

㉚ 鹄（hú）：游禽，一名天鹅。

㉛ 遐裔：边远之地。

㉜ 凫：野鸭。

㉝ 矫翼：振翼。增逝：高飞远逝。

㉞ 衔芦：口衔芦草，相传为鸟类避矰缴之法。

㉟ 鸷：猛。绁（xiè）：系。

㊱ 惠：通“慧”。

㊲ 服养：犹衣食，此指豢养。

㊳ 块：孤独貌。九重：指君门，九重喻其深。

㊴ 钟岱：二山名，指鹰之产地。

㊵ 畴昔：犹前日。

㊶ 鶢鶋：又作“爰居”，海鸟名。

㊷ 条枝：又作“条支”，古国名。

㊸ 提挈：指互相扶持。

㊹ 逼畏：犹畏惧。

㊺ 瑰（guī）：奇伟，珍贵。玮：宝爱，珍视。

㊻ 蒸：气出貌。

㊼ 舛（chuǎn）错：交错杂乱。

㊽ 鷦螟：小虫，体极细小。

㊾ 弥：遍，满。

㊿ 方：比拟。

51 普：遍。天壤：犹天地。

52 如：依，从。

【语译】

鷦鷯，是一种小鸟，生在杂草之间，长在藩篱之下，在数尺之内飞起停下，养生之道已是足够了。毛色浅恶形体丑陋，不被人所用，体形微小居处卑下，没有什么东西会伤害它。它的族类不断繁殖增多，常常群居而双游，翩翩游遨自得其乐。那些鹫、鹗、鹍鸡和鸿鹤，那些孔雀和翡翠，有的飞上赤色的云端，有的托身绝远的天边。飞举足以冲天，牙爪足以自卫。但都被矰缴射中，羽毛进贡朝廷。什么原因呢？因为羽毛有用于人。那言语有的浅显但可以寄托深意，品类有的微细但可以比喻大道理，所以为之作赋如下。

造化是这样的变化多端啊，分布众多的形体于千万的品类。如鷦鷯这样的小鸟啊，也同样养生和禀受元气。发育着只能低飞的贱陋躯体，没有黑与黄的羽毛可以自尊自贵。毛不能用在器物上，肉也不能做祭品。鹰鹯飞过尚且侧翼飞去而不屑一顾，对网罟还有什么畏惧？凡草木繁密的地方，就在此飞动栖息。飞不高举，翔不迅疾。它的栖身容易容纳，它的要求容易满足。筑巢于树林不过占有一枝，每次进食不过几粒米谷。栖身无所滞碍，游乐无所常乐。不以荆棘为陋，也不以香草为荣。举翅投足，都很安逸。依随命运顺应道理，与物相交没有祸患。

这禽鸟如此之无知，何以立身处世似有大智。不怀藏宝物以自取祸害，不修饰外表以招致忧患。静处则坚守其要而不矜持，行动则因故循旧而不繁乱。任随自然以作资质，对于世情并无诱惑钦羡。

雕鹗磨利它们的牙爪，鹄鹭飞上云端，鹍鸡窜到幽险的地方，孔雀翡翠生在边远之地。那晨凫与归雁，又振翼而高飞远逝。它们都有美丽的羽毛和丰满的肌肉，因而都无罪而遭杀害。徒然口衔芦草以避矰缴，终于在今生今世被杀戮。苍鹰猛鸷因而被囚系，鹦鹉聪慧因而被关进笼中。它们压抑着猛志而受豢养，孤独地幽系于深深的君门内。改变着声音以顺从主人的旨意，想摧折翅膀而为人所用。依恋钟山岱山的森林原野，思慕陇坻高耸的松林。虽然在今天蒙受恩泽，但总比不上从前生活的自在从容。海鸟鶢鶋，为避海风而飞来。条枝巨雀，越过山岭自飞而至。万里行程互相扶持，飘摇不定心存畏惧。只因为躯体巨大妨害了自身，而形状奇伟又足以使人珍爱。阴阳之气陶冶蒸腾，万种品类同出一区。大小错杂，种类繁多。鹪螟在蚊子的睫毛上筑巢，大鹏展翅遮满了天边。与上比正感不足，但与下比却觉有余。放眼天地而远观，我又怎能知道大小当怎样依从？

【评析】

本文与一般汉代大赋不同的是，开头并未采用客主首引的形式，而是直接交代作意。鹪鹩“色浅体陋，不为人用，形微处卑，物莫之害”，因而得以远害全身，自得其乐。有鉴于此，作者特作此赋加以铺陈。赋中刻意渲染鹪鹩之“微禽”“陋体”“其居易容，其求易给”，故平安无患。而与之成鲜明对照的是“鹏鹖”“鹄鹭”“鹍鸡”“孔翠”“苍鹰”“鹦鹉”，均以有用罹祸，或无罪而毙。因而作者以鸟为镜，从中提炼出了处世哲学与人生哲理：“不怀宝以贾害，不饰表以招累。静守约而不矜，动因循以简易。”在这里，作者所倾心的是老庄的自然无为哲学与以无用为大用、全身远害、自足自得的处世态度，但联系张华身世来看，也是他久处黑暗官场，处境十分险恶，时刻担心遭遇不测的心情流露。尽管他小心从事，如履薄冰，最后还是为赵王伦所害，鹪鹩式的自在逍遥，对他来说，只不过是一个美好的梦。

卷第十四

鸟兽下

赭白马赋一首[1]并序

作者：颜延年　　注译评析：张葆全

骥不称力[2]，马以龙名[3]。岂不以国尚威容，军驮趫迅而已[4]。实有腾光吐图[5]，畴德瑞圣之符焉[6]。是以语崇其灵，世荣其至。我高祖之造宋也[7]，五方率职[8]，四隩入贡[9]。秘宝盈于玉府[10]，文驷列乎华厩[11]。乃有乘舆赭白[12]，特禀逸异之姿，妙简帝心[13]，用锡圣皂[14]。服御顺志，驰骤合度，齿历虽衰[15]，而艺美不忒[16]。袭养兼年[17]，恩隐周渥[18]。岁老气殚[19]，毙于内栈[20]。少尽其力，有恻上仁。乃诏陪侍，奉述中旨。末臣庸蔽，敢同献赋。其辞曰：

惟宋二十有二载[21]，盛烈光乎重叶[22]。武义粤其肃陈[23]，文教迄已优洽[24]。泰阶之平可升[25]，兴王之轨可接。访国美于旧史[26]，考方载于往牒[27]。昔帝轩陟位[28]，飞黄服皂[29]。后唐膺箓[30]，赤文候日[31]。汉道亨而天骥呈才[32]，魏德楙而泽马效质[33]。伊逸伦之妙足[34]，自前代而间出；并荣光于瑞典[35]，登郊歌乎司律[36]。所以崇卫威神[37]，扶护警跸[38]。精曜协从[39]，灵物咸秩[40]。暨明命之初基[41]，罄九区而率顺[42]。有肆险以禀朔[43]，或逾远而纳赆[44]。闻王会之阜昌[45]，知函夏之充牣[46]。总六服以收贤[47]，掩七戎而得骏[48]。盖乘风之淑类[49]，实先景之洪胤[50]。故能代骖象舆[51]，历配钩陈[52]。齿筭延长[53]，声价隆振。信圣祖之蕃锡[54]，留皇情而骤进[55]。

徒观其附筋树骨[56]，垂梢植发[57]。双瞳夹镜，两权协月[58]。异体峰生[59]，殊相逸发。超摅绝夫尘辙[60]，驱骛迅于灭没[61]。简伟塞门[62]，献状绛阙[63]。旦刷幽燕，昼秣荆越。教敬不易之典[64]，训人必书之举[65]。惟帝惟祖，爰游爰豫[66]。飞輶轩以戒道[67]，环彀骑而清路[68]。勒五营使按部[69]，声八鸾以节步[70]。具服金组[71]，兼饰丹臒[72]。宝铰星缠[73]，镂章霞布[74]。进迫遮迾[75]，却属辇辂。欻耸擢以鸿惊[76]，时濩略而龙翥[77]。弭雄姿以奉引[78]，婉柔心而待御。

至于露滋月肃，霜戾秋登[79]。王于兴言，阐肄威棱[80]。临广望[81]，坐百层[82]，料武艺[83]，品骁腾[84]。流藻周施[85]，和铃重设。睨影高鸣[86]，将超中折[87]。分驰迴场，角壮永埒[88]。别辈越群[89]，绚练夐绝[90]。捷趫夫之敏手[91]，促华鼓之繁节。经玄蹄而雹散[92]，历素支而冰裂[93]。膺门沫赭[94]，汗沟走血[95]。踠迹回唐[96]，畜怒未泄[97]。乾心降而微怡[98]，都人仰而朋悦[99]。妍变之态既毕[100]，凌遽之气方属[101]。跼镳辔之牵制[102]，隘通都之圈束[103]。眷西极而骧首[104]，望朔云而蹀足[105]。将使紫燕骈衡[106]，绿蛇卫毂[107]，纤骊接趾，秀骐齐亍[108]。觐王母于昆墟[109]，要帝台于宣岳[110]。跨中州之辙迹，穷神行之轨躅[111]。

然而般于游畋[112]，作镜前王。肆于人上[113]，取悔义方。天子乃辍驾回虑，息徒解装。鉴武穆[114]，宪文光[115]。振民隐[116]，修国章。戒出豕之败御[117]，惕飞鸟之跱衡[118]。故祗慎乎所常忽[119]，敬备乎所未防。舆有重轮之安[120]，马无泛驾之佚[121]。处以濯龙之奥[122]，委以红粟之秩[123]。服养知仁[124]，从老得卒[125]。加弊帷[126]，收仆质[127]。天情周[128]，皇恩毕。

乱曰：惟德动天，神物仪兮[129]。于时驵骏[130]，充阶街兮[131]。禀灵月驷[132]，祖云螭兮[133]。雄志倜傥[134]，精权奇兮[135]。既刚且淑，服靰羁兮[136]。效足中黄[137]，殉驱驰兮[138]。愿终惠养，荫本枝兮[139]。竟先朝露，长委离兮[140]。

【作者简介】

颜延之（384—456），南朝宋代文学家。字延年，琅琊临沂（今属山东）人。少孤贫，好读书。少帝时出为始安太守。文帝时历官中书侍郎、永嘉太守、秘书监、光禄勋、太常。孝武帝时官至金紫光禄大夫。与陶渊明友善，曾作《陶征士诔》。诗与谢灵运齐名，世称“颜谢”。《五君咏》为其代表作。但诗好雕琢铺排，成就逊于谢。鲍照谓其诗“若铺锦列绣”“雕缋满眼”（见《南史》），汤惠休亦云：“谢诗如芙蓉出水，颜如错彩镂金”（见锺嵘《诗品》），皆能道出其诗之特色。原有集二十五卷，已散佚，明人辑有《颜光禄集》。《宋书》《南史》均有传。

【篇旨】

描写赭白马之“异体”“殊相”以及“分驰”“角壮”之英姿，赞扬其既刚且淑之德，并歌颂太平盛世与浩荡皇恩。

【注释】

① 赭（zhě）：赤色。赭白马：骏马名。

② 骥：千里马。《论语·宪问》说：“骥不称其力，称其德也。”

③ 龙：马八尺以上为龙。语见《周礼·夏官·廋人》。

④ 驮（fú）：马名。趫（qiáo）：壮，健。

⑤ 腾光吐图：纬书《尚书中候》说，帝尧修坛河洛致祭，“至于日稷，荣光出河，龙马衔甲，赤文绿色，临坛吐甲图”。

⑥ 畴德：报德。

⑦ 高祖：指南朝宋开国皇帝刘裕。

⑧ 五方：古指中国与四夷（蛮、夷、戎、狄）。率职：遵奉职责，指依时入贡。

⑨ 四隩（yù）：四方可居之地。

⑩ 玉府：官署名，掌王之金玉玩好。

⑪ 文驷：骏马四匹。华厩：马厩名。

⑫ 乘舆：天子所乘之车。

⑬ 简：存，合。

⑭ 锡：赐。皂（zào）：厩之别名。

⑮ 历：数。

⑯ 忒（tè）：变。

⑰ 袭：受。兼：累积。

⑱ 隐：怜悯。渥：厚。

⑲ 殚：尽。

⑳ 栈：马厩。

㉑ 载：年。此谓南朝宋开国至今已有二十二年，时当宋文帝十七年。

㉒ 烈：业。重叶：重世，指从武帝传至文帝。

㉓ 粤：于。肃陈：肃然陈列。

㉔ 讫：尽。优洽：优渥广被。

㉕ 泰阶：星名，即三台。古人认为，三台象征天之三阶，上阶为天子，中阶为诸侯公卿大夫，下阶为士庶人。三阶平，则阴阳调和，风调雨顺，天下太平。

㉖ 国美：指古帝王为国之美。

㉗ 方载：四方之事。牒：札，文书。

㉘ 帝轩：轩辕黄帝。陟：升，登。

㉙ 飞黄：又名乘黄，古之神马，状如狐，背上有角，寿千岁。

㉚ 后唐：指尧帝。膺：受。箓：图箓，符命。膺箓指受天命为天子。

㉛ 赤文：赤纹之马。候日：伺日之运行，而至于日稷。参见注⑤。

㉜ 亨：通。天骥：神马。《天马歌》说："天马来，从西极。"《汉书》中多有神马之记载。

㉝ 楙：盛。泽马：瑞马。《孝经·援神契》说："王者德至山陵，则泽出神马。"效质：致其诚实。

㉞ 伊：惟。逸伦：绝伦，超群。

㉟ 瑞典：祥瑞之事物。

㊱ 郊歌：郊祀之歌，如《天马歌》。司律：官名，掌乐之官。

㊲ 崇卫：尊崇护卫。威神：指天。

㊳ 扶护：扶助保护。警跸（bì）：天子出入时清道止行人，此指天子出入。

㊴ 精曜：指天驷星（即房宿）精美光辉。协：合。

㊵ 灵物：谓天马。秩：序。

㊶ 暨：及，至。明命：天命，指高祖受命登基。

㊷ 罄：尽。九区：九州。

㊸ 肆：弃。禀朔：禀正朔，指接受统一的历法以示归附。

㊹ 赆（jìn）：财货。

㊺ 王会：诸侯大会。阜：盛。

㊻ 函夏：华夏，指中国。牣（rèn）：满。

㊼ 六服：谓王畿以外之地，以远近区别为六，即侯服、甸服、男服、采服、卫服、蛮服。收贤：取贤善之马。

㊽ 七戎：指西方之民族。《尔雅·释地》说："九夷、八狄、七戎、六蛮，谓之四海。"注："七戎在西。"

㊾ 淑：善。

㊿ 先景：常在景前，言马行之速。洪胤：谓子孙盛大，种类繁衍。

51 象舆：象车。

52 钩陈：星名。钩陈六星，皆在紫微宫中，此指天子之宫。

53 筭（suàn）：数。

54 圣祖：指高祖。蕃锡：赐物众多。

55 皇：指文帝。

56 树：立。

57 梢：指下垂之马尾。发：指额上毛。

58 权：颊。

59 峰生：若山而生峰。

60 超摅：行走貌。绝夫尘辙：谓尘不及马，轮不蹑辙，言其速。

⑥① 灭没：谓马行灭尽而湛没。
⑥② 简：选。伟：伟岸，指良马。塞门：边塞，产马之地。
⑥③ 献状：献功。绛阙：天子宫阙。
⑥④ 典：法。
⑥⑤ 必书之举：谓君举必书。以上两句谓马之教习皆有常法，而君之游逸亦有法度。
⑥⑥ 游、豫：帝王之游幸。
⑥⑦ 輶（yóu）轩：轻车，天子使者所乘。
⑥⑧ 彀骑：持弓弩之骑兵。
⑥⑨ 勒：约束。五营：天子之卤簿，亦即天子出行时仪仗旌旗之次第。
⑦⓪ 鸾：铃。
⑦① 金组：金甲与组甲（以漆涂甲而成组文）。
⑦② 臒（wò）：丹青。
⑦③ 铰：以金饰器。
⑦④ 章：彩纹。
⑦⑤ 迫：速。遮迾：侍卫周列，遮止行人。迾，古“列”字。
⑦⑥ 欻：忽。耸擢：高耸而擢出。
⑦⑦ 濩（huò）略：同蠖略，龙行貌。翥（zhù）：飞举。
⑦⑧ 弭：抑止。奉引：引天子之乘舆而为前导。
⑦⑨ 戾：至。登：成。
⑧⓪ 阐肆：大纵。威稜：指天子之威仪。
⑧① 广望：台名。
⑧② 百层：台名。
⑧③ 料：量度，选拔。
⑧④ 品：品评。骁腾：谓良马之奔腾。
⑧⑤ 流藻：周流藻画。
⑧⑥ 睨：视。马视影高鸣，则为良马。
⑧⑦ 超：升腾。折：住。

⑱ 角：竞争，角力。埒（liè）：马射场四周之矮墙。

⑲ 别：特异。

⑳ 绚练：疾貌。敻（xiòng）绝：迥绝。

㉑ 趫夫：健壮之徒。

㉒ 玄蹄：射帖名，即矢的。

㉓ 素支：亦射帖名。雹散、冰裂皆中帖之声。

㉔ 膺门：马胸。沫赭：口流赤涎。

㉕ 汗沟：马之胸腹与腿部内面相连处，此为汗流经之地，故谓汗沟。《天马歌》说："沾赤汗，沫流赭。"据说大宛马汗血沾濡，流沫如赭。

㉖ 踠迹：马屈足刨地之迹。唐：道。

㉗ 泄（xiè）：歇。

㉘ 乾：天，此指文帝。

㉙ 朋悦：群喜。

⑩⓪ 妍变：变化之美。

⑩① 凌遽：勇貌。属：连。

⑩② 跼：跼蜷，行动受拘束。镳辔：控马之具。

⑩③ 通都：通邑大都。

⑩④ 眷：眷恋，思慕。骧：举。

⑩⑤ 蹀足：顿足履地。

⑩⑥ 紫燕：与下文"绿蛇""纤骊""秀骐"，皆骏马名。骈：并。衡：车辕前端之横木。

⑩⑦ 毂：车轮中心用以插轴之圆木，此指车。

⑩⑧ 亍（chù）：小步。

⑩⑨ 觐：见。昆：昆仑山。

⑪⓪ 帝台：神人名。宣：宣山。

⑪① 神行：神游。语见《列子·黄帝》所载黄帝梦游华胥氏之国。轨躅（zhú）：车辙迹，多喻古人陈迹。

⑪② 般：乐。畋（tián）：狩猎。

⑬ 肆：纵恣。

⑭ 武穆：汉武帝和周穆王。《汉书·张骞传》说，汉武帝“好宛马，使者相望于道”。《左传·昭公十二年》载右尹子革之言：“昔穆王欲肆其心，周行天下，将皆必有车辙马迹焉。”

⑮ 文光：汉文帝和汉光武帝。《汉书·贾捐之传》载，汉文帝时有献千里马者，文帝还马不受。《东观汉记·光武纪》说，是时名都王国，有献名马，驾鼓车。

⑯ 振：救。隐：痛。

⑰ 出豕败御：《韩非子·外储说右下》说，王子於期为赵简主驾车，行进之中，“彘突出于沟中，马惊驾败”。

⑱ 飞鸟之跱衡：《古文周书》说，“穆王田，有黑鸟若鸠，翩飞而跱于衡，御者毙之以策，马佚，不克止之，跱于乘，伤帝左股。”

⑲ 祇（zhī）：敬。

⑳ 重轮：双重车毂。

㉑ 泛（fěng）：覆。佚：失，过。

㉒ 濯龙：厩名。奥：内，深。

㉓ 委：付，与。红粟：储久而色赤之粟，古指太仓之粟。秩：禄禀。

㉔ 服养：衣服与食物。

㉕ 卒：终。

㉖ 弊帷：破损之帷帐。《礼记·檀弓》载，孔子说：“弊帷不弃，为埋马也。”

㉗ 仆质：死尸。

㉘ 天情：指天子之恩情。

㉙ 仪：容仪。

㉚ 驵（zǎng）：壮马。

㉛ 阶：道。

㉜ 月驷：灵马。《春秋考异记》说：“地生月精为马。”

㉝ 云螭：龙。

⑬④ 倜傥：卓异，超群。

⑬⑤ 权奇：马善行貌。

⑬⑥ 靰羁：缰控。缰在口为靰，络在头为羁。

⑬⑦ 中黄：汉代藏财物之府库，此指天子以府库之财从事征伐。

⑬⑧ 殉：以身从物。

⑬⑨ 荫本枝：喻福泽及于后世。

⑭⓪ 委离：委弃离异。一说，委，通“萎”。

【语译】

千里马不是称赞它的力而是称赞它的德，因此称马为龙，难道不是由于国家崇尚威仪容止，而军马则须健壮迅疾？帝尧之时实有荣光出河、龙马吐图、报德圣人的符瑞。所以人之所语崇美其圣灵，代代以其至德为荣耀。自我朝高祖刘裕建造宋王朝，中国和四夷都遵奉职守，四方依时入贡。珍宝充盈于官府，骏马并排在华厩中。其中有为天子驾车的赭白马，独具超逸神异的姿态，其妙甚合帝王之心，因而受赐进入皇家马厩。乘驾能顺人意，驱驰合乎节度。年龄虽已衰老，但技能美材并无变化。受养多年，恩宠周全丰厚。年老气尽，在皇厩中死去。年少时尽了力，如今死去，皇上动了仁慈恻隐之心。于是令陪侍之臣，领旨述皇上之意，微臣我平庸愚暗，大胆地一同献上此赋。其辞道：

宋开国二十二年，盛业光耀于武帝文帝两朝。武道肃然陈列，文教也已优渥广被。太平之阶可以登上，振兴王道之轨迹可与古相接。在旧史中了解为国之美，在古籍中考察四方之事。从前轩辕黄帝登位，有神马飞黄服御。唐尧受命为天子，有赤纹之马候日至于日边。汉道亨通而神马献其才干，魏德隆盛而瑞马致其诚实。这些超群绝伦之神骏，自前代以来便时时而间出。都在祥端中闪耀荣光，在乐府中写进郊祀之歌。并用以尊崇护卫天子的神威，扶助保护天子的出入。应和着天驷星之精美光耀，神马都井然有序。到了高祖受命登基，九州全都归顺。有的弃险而禀受正朔，有的逾远而贡献财货。闻知诸侯大会如此之昌盛，了解华夏大地这般的充实。在全部六服之地收取贤善之马，搜遍七戎之地而获得神骏。都是些乘风奔驰的良骥，实是疾驰常在景前的骏马后裔。因而能代代服驾天子的车舆，历来与紫微钩陈相配。年数长久，声价隆兴。高祖武帝赐物实多，赐给文帝以奔驰疾速之神骏。

但看它那附着的筋树立的骨，下垂的马尾直立的毛发。双目清明如镜，两颊盈满如月。特异的形体如山而生峰，特殊的相貌超脱凡庸。奔跑超越尘辙，驱驰快于常马之灭没。从边塞选来伟岸之良马，在天子宫阙前献功。早晨在北方幽、燕刷洗，日出后即可在南方荆、越喂饲。教以恭敬不移的法典，训以人所必书的举动。文帝武帝，都曾乘此马巡幸天下。轻车飞驰以警戒道路，骑兵环列以清除行人。约束仪仗旌旗使之按照部伍，振响八铃之声以调节行步。披上金甲和组甲，又用丹青作装饰。珍贵的金饰如星一般地缠绕，雕绘的彩纹似霞一般地分布。前行者迅速遮卫天子，却后者充当属徒之车骑。忽然高耸擢出如鸿雁惊起，有时瀀略而行似游龙飞举。抑止雄猛之姿而奉引天子乘舆，婉转柔顺之心而等待天子驾驭。

到了露繁月清之时，霜至秋成。君王发令，大纵威严，登临广望台，坐在百层台上。检阅武艺，品评骏马之奔腾。周流藻画遍布，和铃重又设置。马视影高鸣，将要升腾忽又中止。分别奔驰在广场上，相互角力在长墙内。超越同辈，迅疾绝远。壮士以敏捷之手，加速了华鼓繁密的节奏。经玄蹄如冰雹散开，历素支如冰块碎裂。马的胸前流着赤涎，马的汗沟流沫如血。屈足刨地在回归的道路上，奋怒犹未止歇。天子心宽而渐悦，都人仰望群聚而欢。变化之美态已毕，勇猛之气概正接踵而至。但受拘于镳辔的牵制，局促于通邑大都的圈养。思慕西极而扬起头，远望朔方云中二郡而顿足。天子将使紫燕并驾，绿蛇卫毂，纤骊接步，秀骐齐行。觐见西王母于昆仑山，邀约帝台于宣山。跨越中州车迹之所至，尽履神游之陈迹。

然而沉溺于畋猎之游乐，当以前王为借镜。岂能让一人纵恣于万人之上，应从道义上获取教训。天子于是停止车驾回转思虑，休息从众卸下装具。以汉武帝周穆王为鉴戒，以汉文帝汉光武帝为宪法。救助民众的痛苦，修治国家的礼仪。警戒豕之突出惊马败御，警惕飞鸟跱衡惊马马佚。因此在平常轻忽之处要谨慎从事，在未及防备之处要恭敬防备。车有双重车轮之安稳，马无颠覆车驾之过失。让马安居在濯龙之内，给以红粟之禄秩。衣服与食物都体现了天子的仁慈，至老得以善终。用帷帐包裹，收取尸骨埋葬。天子的情义周全，皇家的恩德完备。

结语道：天子圣德感动上天，神马呈现容仪啊。此时健壮之骏马，充塞街衢啊，禀受灵气的月驷，以云龙为祖啊。雄壮之志卓异超群，精于行走奔驰啊。既刚强又善良，驯服于缰控啊。奔走效劳于天子之征战，驱驰疆场作牺牲啊。但愿始终受到惠养，福泽及于后世啊。谁知竟然先于朝露，永远离弃啊。

【评析】

本篇颂扬赭白马“既刚且淑”之德。赋的开头，叙自古盛世皆有骏马出。接着描写赭白马之“异体”“殊相”，以及“弭雄姿以奉引，婉柔心而待御”的服御驰骤。然后进一步描写赭白马在秋日帝王“料武艺，品骁腾”时“分驰”“角壮”之英姿。最后归结为天子不敢“般于游畋”故“缀驾回虑”，赭白马亦“服养知仁，从老得卒”，从而歌颂了浩荡皇恩。文章赞颂马德，实为赞颂臣德；宣扬帝王养马之仁道，实为宣扬治民之仁道。但文中描写赭白马“旦刷幽、燕，昼秣荆、越”“膺门沫赭，汗沟走血”“踠迹回唐，畜怒未泄”，等等，写出了骏马之超逸的神态雄姿，仍不失为精彩之笔。文中写赭白马“眷西极而骧首，望朔云而蹀足”，实为作者心境之流露。古来臣下伴君，常存惕惧之心，常恐“先朝露”而“长委离”，故本篇亦为托物言志，读者不难透过此篇观其志而知其人。

舞鹤赋一首

作者：鲍明远　　注译评析：张葆全

散幽经以验物[①]，伟胎化之仙禽[②]。钟浮旷之藻质[③]，抱清迥之明心[④]。指蓬壶而翻翰[⑤]，望昆阆而扬音[⑥]；匝日域以回骛[⑦]，穷天步而高寻[⑧]；践神区其既远[⑨]，积灵祀而方多[⑩]。精含丹而星曜[⑪]，顶凝紫而烟华；引员吭之纤婉[12]，顿修趾之洪姱[13]；叠霜毛而弄影，振玉羽而临霞。朝戏于芝田[14]，夕饮乎瑶池[15]。厌江海而游泽，掩云罗而见羁[16]。去帝乡之岑寂[17]，归人寰之喧卑[18]。岁峥嵘而愁暮[19]，心惆怅而哀离。

于是穷阴杀节[20]，急景凋年[21]；凉沙振野，箕风动天[22]；严严苦雾[23]，皎皎悲泉；冰塞长河，雪满群山。既而氛昏夜歇[24]，景物澄廓[25]；星翻汉回[26]，晓月将落。感寒鸡之早晨[27]，怜霜雁之违漠[28]；临惊风之萧条[29]，对流光之照灼[30]。唳清响于丹墀[31]，舞飞容于金阁。始连轩以凤跄[32]，终宛转而龙跃。踯躅徘徊[33]，振迅腾摧[34]。惊身蓬集[35]，矫翅雪飞[36]；离纲别赴[37]，合绪相依；将兴中止，若往而归；飒沓矜顾[38]，迁延迟暮[39]；逸翮后尘[40]，翱翥先路[41]；指会规翔[42]，临岐矩步[43]；态有遗妍，貌无停趣。奔机逗节[44]，角睐分形[45]；长扬缓骛，并翼连声；轻迹凌乱，浮影交横；众变繁姿，参差洊密[46]；烟交雾凝，若无毛质；风去雨还，不可谈悉[47]。既散魂而荡目，迷不知其所之。忽星离而云罢[48]，整神容而自持。仰天居之崇绝[49]，更惆怅以惊思。

当是时也，燕姬色沮[50]，巴童心耻[51]；巾拂两停[52]，丸剑双止[53]。虽邯郸其敢伦[54]，岂阳阿之能拟[55]！入卫国而乘轩[56]，出吴都而倾市[57]。守驯养于千龄，结长悲于万里。

【篇旨】

描写舞鹤的形态、资质、行止、舞姿，赞美其志行的高洁，同情其流落见羁的遭遇。

【注释】

① 幽经：指《相鹤经》。李善注："《相鹤经》者，出自浮丘公。公以目授王子晋。崔文子者，学仙于子晋，得其文，藏于嵩高山石室。及淮南八公采药得之，遂传于世。"验：证，考视。

② 胎化：胎生。

③ 钟：当，聚。浮旷：轻浮放旷。藻质：文丽秀洁之质。

④ 清迥：清远。

⑤ 蓬壶：仙山名。翰：羽翅。

⑥ 昆阆：仙山名。

⑦ 匝（zā）：周遍。日域：日光所照射之域，意即天下。《相鹤经》说：“一举千里，不崇朝而遍四海者也。”

⑧ 天步：天空运行不息之星象，此指天空。

⑨ 神区：神明之区域。

⑩ 祀：年。方：术。《鹤经》说，鹤寿逾千岁。

⑪ 精：通“睛”，眼珠。

⑫ 引：长。员：通“圆”。吭（háng）：喉咙，颈项。

⑬ 顿：止，以足顿地。姱：美，好。

⑭ 芝田：传说仙家种芝草之地。

⑮ 瑶池：传说中之仙境，穆天子觞王母之处。

⑯ 掩：止。云罗：似云之罗网。

⑰ 帝乡：天帝之乡，仙都。岑寂：高静。

⑱ 人寰：人间。

⑲ 峥嵘：高貌，此指岁之将近，犹物之高。

⑳ 穷阴：秋冬为阴，穷阴指冬末岁尽之时。杀节：肃杀之时节。

㉑ 急景：指光阴短促。凋年：暮年。

㉒ 箕风：箕，星名，主风，故名箕风。

㉓ 严严：惨烈貌。

㉔ 氛昏：阴气，恶气。歇：止。

㉕ 廓：空。

㉖ 星翻：星沉。汉：天汉，银河。

㉗ 晨：鸡鸣报晓。

㉘ 漠：朔漠，北方沙漠。

㉙ 萧条：寂寥，草木凋零。

㉚ 流光：月光。

㉛ 唳：鹤声，鹤鸣。丹墀：丹漆所涂之庭阶。

㉜ 连轩：鹤舞之貌。跄（qiāng）：舞貌。

㉝ 踯躅：徘徊不进貌。

㉞ 振迅：迅速。腾摧：或飞腾，或摧折。

㉟ 蓬：如蓬之集。

㊱ 矫：举。雪飞：如雪之飞。

㊲ 纲：与下文“绪”皆指舞之行列。

㊳ 飒沓：群飞貌。矜顾：矜庄相顾。

㊴ 迁延：徐退。迟暮：徐缓。

㊵ 逸翮：疾飞。

㊶ 翱翥：飞貌。

㊷ 指会：飞向四会之道。

㊸ 临岐：面临傍岐之路。

㊹ 奔：奔赴。机：要。逗：止。此句谓舞之行止有节拍。

㊺ 角睐：斜视。分形：不同形态。

㊻ 洊（jiàn）：重。

㊼ 悉：尽。

㊽ 星离：分散。云罢：止息。

㊾ 崇绝：高而悬绝。

㊿ 燕姬：古之善舞者。沮：沮丧。

(51) 巴童：亦古之善舞者。

(52) 巾拂：巾舞和拂舞。

(53) 丸剑：弄铃和弄剑。

(54) 邯郸：指邯郸倡，善歌舞者。

(55) 阳阿：古之名倡，亦为乐曲名。

(56) 乘轩：乘车。《左传·闵公二年》载，卫懿公好鹤，鹤有乘轩者。

(57) 倾市：倾动街市。《吴越春秋》载，吴王阖闾葬女，“乃舞白鹤于吴市中，万人随观，遂使男女与鹤俱入墓门，塞之以送死”。

【语译】

翻开深奥的《相鹤经》以验证物类，觉此胎生之仙禽实在奇伟，汇聚着轻盈放旷之丽质，怀抱着清远之明心。向着蓬壶仙山而展翅，望着昆阆仙山而吐音。游遍天下而回飞，穷极天空而高举。经历神明之区域既远，积累延年益寿的方术日多。眼珠含丹如星光闪耀，头顶凝紫如紫烟光华。圆颈伸长如此纤婉，长足顿地多么妍美。交叠如霜之白羽自弄身影，振动如玉之羽翅于霞光之下。早上在芝田嬉戏，晚上在瑶池畅饮。厌倦了江海而游于小泽，止于似云之罗网而被捕捉。离开了仙都之高静，来到了人间喧闹卑下的地方。年岁将尽而愁日暮，内心惆怅而哀别离。

此时正当冬末岁尽的肃杀时节，光阴短促一年将尽。寒沙飞振于荒野，大风搅动天空。惨烈的苦雾，皓白的悲泉。寒冰封住了长河，大雪铺满了群山。不久阴气夜间止歇，景物澄明空阔。列星下沉银河回转，晓月将要落下。感触于寒鸡的早鸣，怜悯霜雁的远离朔漠。面临着惊风之寂寥，对视着月光之照射。在天子阶庭上发出清丽的鹤声，在金玉之阁飞展舞姿。开始连轩作凤舞，后来宛转作龙跃。有时徘徊不进，有时迅速腾跳转折。惊悚之身躯似蓬草丛集，矫举的翅膀如雪片飞舞。一会离队别走，一会回队相依。将起而又停止，似去而又归来。群飞时矜庄而相顾，却退时从容而缓行。疾飞时尘在其后，翱翔时先于高路。似飞向四会之道而飞舞遵规，又似面临傍歧之路而行步守矩。飞舞姿态有许多的美好，形貌移转有不停地趋向。行止皆有节拍，斜视分呈百态。颈项高扬缓缓而飞，并排着翼鹤鸣不断。轻轻地足迹交叠零乱，浮动的身影交错纵横。众鹤变化着繁多的舞姿，有的参差有的相重。交织凝止在白色的烟雾中，似失去了白色的毛质。在风中雨中来去，其美不能够说尽。观者魂散而目荡，入迷而不知其所从。众鹤忽分散而止息，严整神情容仪而自矜。仰望天上之旧居崇高而绝远，更增惆怅而惊其所思。

当鹤舞之时，燕姬颜色沮丧，巴童自觉惭愧。巾舞、拂舞都已停下，弄铃、弄剑双双中止。即使是邯郸倡怎敢同它并提，阳阿倡岂能同它相比拟？鹤入卫国乘轩为大夫，鹤出吴都倾动街市。受人驯养寿达千年，内心悲哀长怀万里之外的旧乡。

【评析】

鹤，历来是志趣高洁的象征。本篇对舞鹤的形态、资质、行止、舞姿作了全面的描绘，并倾注了浓烈的感情。开篇写作为“胎化之仙禽”之舞鹤，“钟浮旷之藻质，抱清迥之明心”，丹顶修趾，临霞弄影，在仙境中自由自在地游玩畅饮。接着写舞鹤游泽见羁，流落人间。严寒之时，顾影自怜。虽舞姿宛转，仪态万千，终是欲归不能，惆怅不已。最后以“守驯养于千龄，结长悲于万里”作结，使人味之不尽。本篇体制为咏物，但突出运用了拟人手法，且寄意深深。清人王士祯说：“咏物之作，须如禅家所谓不黏不脱，不即不离，乃为上乘”（《带经堂诗话》），林昌彝则主张“离貌取神”（《射鹰楼诗话》）。本篇的描写，紧扣鹤的特性，形象栩栩如生，但又处处托物寄意，写出了舞鹤（也是高人）内在的资质与精神。鹤与人浑然一体，构成了高洁净化的艺术境界。

志上

幽通赋一首

作者：班孟坚　　注译评析：张葆全

系高顼之玄胄兮[①]，氏中叶之炳灵[②]。飖凯风而蝉蜕兮[③]，雄朔野以飏声[④]。皇十纪而鸿渐兮[⑤]，有羽仪于上京[⑥]。巨滔天而泯夏兮[⑦]，考遘愍以行谣[⑧]。终保己而贻则兮[⑨]，里上仁之所庐[⑩]。懿前烈之纯淑兮[⑪]，穷与达其必济[⑫]。咨孤蒙之眇眇兮[⑬]，将圮绝而罔阶[⑭]。岂余身之足殉兮[⑮]，违世业之可怀[⑯]。靖潜处以永思兮[⑰]，经日月而弥远。匪党人之敢拾兮[⑱]，庶斯言之不玷[⑲]。

魂茕茕与神交兮[⑳]，精诚发于宵寐。梦登山而迥眺兮，觌幽人之仿佛[㉑]。揽葛藟而授余兮，眷峻谷曰勿坠[㉒]。昒昕寤而仰思兮[㉓]，心矇矇犹未察。黄神邈而靡质兮[㉔]，仪遗谶以臆对[㉕]。曰乘高而遌神兮[㉖]，道遐通而不迷。葛绵绵于樛木兮[㉗]，咏南风以为绥[㉘]。盖惴惴之临深兮[㉙]，乃二雅之所祗[㉚]。既讯尔以吉象兮[㉛]，又申之以炯戒[㉜]。盍孟晋以迨群兮[㉝]，辰倏忽其不再[㉞]。

承灵训其虚徐兮[㉟]，伫盘桓而且俟[㊱]。惟天地之无穷兮，鲜生民之晦在[㊲]。纷屯邅与蹇连兮[㊳]，何艰多而智寡。上圣迕而后拔兮[㊴]，虽群黎之所御[㊵]。昔卫叔之御昆兮[㊶]，昆为寇而丧予[㊷]。管弯弧欲毙仇兮[㊸]，仇作后而成己[㊹]。变化故而相诡兮[㊺]，孰云预其终始。雍造怨而先赏兮[46]，丁繇惠而被戮[47]。栗取吊于逌吉兮[48]，王膺庆于所戚[49]。叛回穴其若兹兮[50]，北叟颇识其倚伏[51]。单治里而外凋兮[52]，张修襮而内逼[53]。聿中和为庶几兮[54]，颜与冉又不得[55]。溺招路以从己兮[56]，谓孔氏犹未可。安慆慆而不萉兮[57]，卒陨身乎世祸。游圣门而靡救兮，虽覆醢其何补[58]？固行行其必凶兮[59]，免盗乱为赖道[60]。形气发于根柢兮[61]，柯叶汇而零茂[62]。恐魍魉之责景兮[63]，羌未得其云已。

黎淳耀于高辛兮[64]，芈强大于南汜[65]。嬴取威于伯仪兮[66]，姜本支乎三趾[67]。既仁得其信然兮[68]，仰天路而同轨[69]。东邻虐而歼仁兮[70]，王合位乎三五[71]。戎女烈而丧孝兮[72]，伯徂归于龙虎[73]。发还师以成命兮[74]，重醉行而自耦[75]。震鳞漦于夏庭兮[76]，匝三正而灭姬[77]。巽羽化于宣宫兮[78]，弥五辟而成灾[79]。道修长而世短兮[80]，敻冥默而不周[81]。胥仍物而鬼诹兮[82]，乃穷宙而达幽[83]。妫巢姜于孺筮兮[84]，旦筭祀于契龟[85]。宣曹兴败于下梦兮[86]，鲁卫名谥于铭谣[87]。妣聆呱而劾石兮[88]，许相理而鞫条[89]。道混成而自然兮，术同原而分流。神先心以定命兮，命随行以消息[90]。斡流迁其不济兮[91]，故遭罹而嬴缩[92]。三栾同于一体兮[93]，虽移易而不忒[94]。洞参差其纷错兮[95]，斯众兆之所惑[96]。周贾荡而贡愤兮[97]，齐死生与祸福。抗爽言以矫情兮[98]，信畏牺而忌鹏[99]。

所贵圣人至论兮[100]，顺天性而断谊[101]。物有欲而不居兮[102]，亦有恶而不避。守孔约而不贰兮[103]，乃辎德而无累[104]。三仁殊于一致兮[105]，夷惠舛而齐声[106]。木偃息以蕃魏兮[107]，申重茧以存荆[108]。纪焚躬以卫上兮[109]，皓颐志而弗倾[110]。侯草木之区别兮[111]，苟能实其必荣。要没世而不朽兮[112]，乃先民之所程[113]。观天网之纮覆兮[114]，实棐谌而相训[115]。谟先圣之大猷兮[116]，亦邻德而助信[117]。虞韶美而仪凤兮[118]，孔忘味于千载[119]。素文信而厎麟兮[120]，汉宾祚于异代[121]。精通灵而感物兮，神动气而入微。养流睇而猿号兮[122]，李虎发而石开[123]。非精诚其焉通兮，苟无实其孰信？操末技犹必然兮，矧耽躬于道真[124]。登孔昊而上下兮[125]，纬群龙之所经[126]。朝贞观而夕化兮[127]，犹諠己而遗形[128]。若胤彭而偕老兮[129]，诉来哲而通情[130]。

乱曰：天造草昧[131]，立性命兮。复心弘道，惟圣贤兮。浑元运物[132]，流不处兮。保身遗名，民之表兮[133]。舍生取谊[134]，以道用兮[135]。忧伤夭物，忝莫痛兮[136]。皓尔太素[137]，曷渝色兮[138]。尚越其几[139]，沦神域兮[140]。

【篇旨】

向神自剖心迹，认为人之命运虽由天定，但亦决定于人之行，人当修道以俟命。

【注释】

① 系：连。高顼：高阳、颛顼。帝颛顼有天下之后称号高阳，后来楚人尊为始祖。胄：后裔。在五行中，高阳配水，北方，色黑，故称玄。

② 中叶：中世。炳灵：昭明神灵。此指春秋时楚国令尹子文。《汉书·叙传》说，“班氏之先，与楚同姓，令尹子文之后也。子文初生，弃于瞢中，而虎乳之。”

③ 飖：飘飖。凯风：南风。蝉蜕：蝉脱壳去皮。班氏先祖自楚徙北，若蝉之蜕。

④ 朔：北方。飏声：扬声。

⑤ 皇：指汉皇。纪：世。鸿渐：水鸟渐进，自下而上，比喻仕进。语出《周易·渐》：“鸿渐于陆，其羽可用为仪。”

⑥ 羽仪：仪表，仪范。

⑦ 巨：王莽字巨君。滔天：漫天，指犯上篡位。泯：灭。夏：诸夏。

⑧ 考：父，此指班固之父班彪。遘愍：遭受祸害。行谣：唱歌谣，以表忧思。语出《诗经·魏风·园有桃》：“心之忧矣，我歌且谣。”

⑨ 贻：遗。则：法。

⑩ 里：指择里。《论语·里仁》载孔子之言：“里仁为美。”

⑪ 懿：美。前烈：指先祖。纯淑：美善。

⑫ 穷达：穷困与通达。《孟子·尽心上》说：“穷则独善其身，达则兼善

天下。”济：指救民济时。

⑬ 咨：嗟叹。孤蒙：孤陋不明。眇眇：微小。

⑭ 圮（pǐ）绝：毁绝，断绝。

⑮ 殉：营。

⑯ 违：恨。怀：思。

⑰ 靖：借为“静”。

⑱ 党人：乡人。拾（jié）：更迭，更进。

⑲ 斯言：指先人所教谦恭之道。

⑳ 茕茕：孤独貌。

㉑ 觌（dí）：见。幽人：神人。

㉒ 葛藟：蔓草。眷：视。

㉓ 昒昕（hū xīn）：日将出而天尚冥，即黎明。

㉔ 黄：黄帝，传说曾作占梦书。质：问。

㉕ 仪：法，则。遗谶：指占梦书。

㉖ 遌：同“迕”，遇也。

㉗ 葛：葛藟。樛（jiū）木：枝向下曲之树。

㉘ 南风：指《诗经·周南·樛木》，首章说：“南有樛木，葛藟累之。乐只君子，福履绥之。”绥。安。

㉙ 临深：临近深谷，意谓当知戒惧。

㉚ 二雅：指《诗经》之《大雅》《小雅》。《诗经·小雅·小旻》说：“战战兢兢，如临深渊，如履薄冰。”《诗经·大雅·桑柔》说：“人亦有言，进退维谷。”祇：敬。

㉛ 讯：告。

㉜ 炯：明。

㉝ 盍：何不。孟晋：勉进，努力进取。逌：及。

㉞ 辰：时。

㉟ 灵：神灵。虚徐：狐疑。

㊱ 伫：立。盘桓：徘徊不进。俟：待。

㊲ 鲜：少。晦在：谓所余无几。

㊳ 屯邅（zhān）：困厄，难行。蹇连：艰难。

㊴ 迕：触。拔：挺拔。

㊵ 虽：《汉书》作“岂”。群黎：百姓。御：止。

㊶ 卫叔：叔武。《公羊传》说，文公逐卫侯而立叔武，叔武立，迎卫侯归，卫侯杀叔武。御（yà）：通“迓”，迎接。昆：兄。

㊷ 寇：仇。丧：亡。

㊸ 管：管仲，春秋时齐人。《史纪·齐世家》说，齐国内乱，管仲助公子纠，欲射杀公子小白，射中带钩。后小白为君，即齐桓公，不计前仇，用管仲为相，称霸诸侯。

㊹ 后：君。

㊺ 诡：反。

㊻ 雍：雍齿，汉初所封功臣。《汉书·张良传》说，刘邦与雍齿有积怨，刘邦即位之初，用张良计，先封雍齿，以稳定人心。

㊼ 丁：丁公。《史记·季布传》说，丁公为项羽将，与刘邦战，受刘邦劝说引兵而去。项败亡，丁公谒见，刘邦以其不忠于项羽，杀之。繇（yóu）：由。

㊽ 栗：汉景帝栗姬。《汉书·外戚传》说，景帝初立栗姬子为太子，后废太子为临江王，栗姬忧死。逌（yóu）：攸，所。

㊾ 王：汉宣帝王皇后。《汉书·外戚传》说，王皇后初为婕妤，许后死，太子失母，宣帝立王婕妤为皇后，令抚养太子。王本无子，反被册封。

㊿ 叛：乱。回穴：邪僻。

(51) 北叟：指塞翁。《淮南子·人间训》说，塞翁失马，人皆吊；不久马引胡骏马归，人皆贺；不久其子骑胡马坠马伤髀，人皆吊；不久战事起，入伍者皆战死，其子以伤残免。此故事说明祸福无常。倚伏：《老子》五十八章说：“祸兮福之所倚，福兮祸之所伏。”

(52) 单：单豹。《庄子·达生》说，鲁人单豹善养生，行年七十而犹有婴儿之色，不幸遇饿虎，饿虎杀而食之。

㊸ 张：张毅。《庄子·达生》说，张毅常在富豪之家行走钻营，行年四十而有内热之病以死。襮（bó）：表。

㊹ 聿：惟。

㊺ 颜冉：颜渊、冉伯牛，皆孔子弟子，颜早夭，冉被疾，俱不得其死。

㊻ 溺：桀溺，春秋末年隐士。《论语·微子》说，孔子周游列国，使子路问津。桀溺劝子路与其跟随“辟人之士”（指孔子），不如跟随“辟世之士”（指长沮、桀溺）。

㊼ 慆慆：同“滔滔”，乱貌。葩（féi）：通“腓”，避也。

㊽ 醢（hǎi）：肉酱。《礼记·檀弓》说，子路在卫国内乱中被砍成肉酱，孔子得知，不忍食醢，覆弃之。

㊾ 行行：刚强貌。

㊿ 盗乱：《论语·阳货》载，孔子对子路说：“君子义以为上，君子有勇而无义为乱，小人有勇而无义为盗。”

61 柢：本。

62 汇（huì）：盛。零：《汉书·叙传》作“灵”。

63 魍魉：当作“罔两”，影外微阴。《庄子·齐物论》载：“罔两问景为何行止坐起，无独特操守，景答道：‘吾有待而然者邪？吾所待又有待而然者邪？’”景，同“影”。

64 黎：重黎，楚之先祖，为高辛氏（帝喾）火正。淳耀：醇美光耀。

65 芈（mǐ）：楚姓。汜：涯。

66 嬴：秦姓，伯益之后。伯仪：即伯益，舜臣，为舜调驯鸟兽。

67 姜：齐姓，伯夷之后。趾：礼。伯夷为舜典天地人鬼之礼。

68 仁得：即得仁。《论语·述而》载，孔子说：“求仁而得仁，又何怨。”

69 天路：天道。

70 东邻：指纣。仁：仁人，指殷末三忠臣微子、箕子和比干。

71 王：指武王。三五：指“三所”“五位”。“五位”指武王伐纣时岁、日、月、星、辰所在之位，“三所”指“五位”为逢公所冯，周分野所在，后稷所经纬者。

⑫ 戎女：指骊姬，春秋时晋献公夫人，生奚齐，用计害死太子申生。烈：酷。孝：指孝子申生。

⑬ 伯：指春秋时代晋公子重耳，在外流亡十九年，归国为君，即晋文公。岁在卯出，岁在酉入；卯为龙，酉为虎。徂：往。

⑭ 发：周武王姬发。武王初观兵于孟津，诸侯皆曰纣可伐，武王说，尔未知天命。还师二年，伐纣，以成天命。

⑮ 重：重耳。醉行：重耳流亡在外，至齐，桓公以女妻之，有马二十乘，重耳安之。齐姜与子犯谋，醉而遣之。后终于返国为君。耦：合，指与天时耦会。

⑯ 震：易震为龙。漦（chí）：龙之涎沫。《史记·周本纪》说，夏代，有二龙止于朝廷，遗其漦而去。宫中以椟盛之。至周代，发椟，漦流于庭，有宫女感而孕，生女即为褒姒。后幽王娶褒姒为后，终致西周灭亡。

⑰ 匝（zā）：周遍。三正：指夏、殷、周。

⑱ 巽：《周易》巽卦为鸡。宣：指汉宣帝。宣帝时宫中雌鸡化为雄，此时立王婕妤为后，令母养太子。

⑲ 五辟：五帝，指王后、元帝、成帝、哀帝、平帝。历此五帝而王莽篡位。

⑳ 道：指天道。世：指人世。

㉑ 敻：远邈。冥默：玄深不可通至。周：至。

㉒ 胥：须。仍：因。诹：谋。

㉓ 宙：古往今来曰宙。

㉔ 妫：陈姓。陈完奔齐，其后取代姜姓而为齐君。姜：齐姓。孺筮：指陈完少时，周史有为陈侯筮，预知陈氏代齐。

㉕ 旦：周公姬旦。筭：数。祀：年。周公卜居洛，得世三十，得年七百。

㉖ 宣：周宣王。宣王时，牧人梦鱼，后宣王中兴。曹：春秋时曹伯阳，

时国人梦众君子立于社宫，谋亡曹，后曹果亡。

⑰ 鲁：鲁文公、成公之时，有童谣“裯父丧劳，宋父以骄”。后昭公名裯，死于野井；定公名宋，即位而骄。卫：卫灵公掘地得石椁，其铭曰“灵公”，后遂以为谥。

⑱ 妣：母，此指叔向母。呱：婴儿啼声。石：伯石。《左传·昭公二十八年》说，叔向妻生伯石，叔向母听其声，谓为“豺狼之声”，必危害羊舌氏。

⑲ 许：许负。鞫：告。条：周亚夫，封条侯。《汉书》说，许负相周亚夫，谓其从理入口，当饿死。后果然。

⑳ 消息：消长，指荣枯盛衰。

㉑ 斡：转。迁：徙。

㉒ 罹：忧。羸：同“赢”，过，有余。缩：不及，不足。

㉓ 三栾：指晋大夫栾书、书子黡、黡子盈。书贤，使其子黡免于祸；黡恶，死后其子盈受其害，晋灭栾氏。参见《左传·襄公十四年》士鞅之言。

㉔ 忒：差，变。

㉕ 洞：幽，指天道幽微。

㉖ 众兆：庶人。

㉗ 周：庄周。贾：贾谊。荡：放荡，指庄周、贾谊齐死生、一祸福之放荡言辞。贡：惑。愦：乱。

㉘ 抗：举。爽：差失。矫：伪，诈。矫情：指违常情而放言高论。

㉙ 畏牺：畏为牺牛。《庄子·列御寇》说，庄子却聘，认为为官即成“牺牛”，不如身为平民，可以如同“孤犊”般逍遥自在。忌鹏：指贾谊见鹏鸟而生畏忌。参见贾谊《鹏鸟赋》。

⑩⓪ 至论：指儒家学说五经六艺之类。

⑩① 断谊：以义为断。

⑩② 居：处。《论语·里仁》载孔子之语：“富与贵，是人之所欲也，不以其道得之，不处也。贫与贱，是人之所恶也，不以其道得之，不

去也。”

⑩③ 孔约：甚简约。

⑩④ 辅德：简易自然之德。

⑩⑤ 三仁：三位仁人。《论语·微子》载：“微子去之，箕子为之奴，比干谏而死。孔子曰：‘殷有三仁焉。’”

⑩⑥ 夷：伯夷，以武王伐殷为不义，不食周粟而死。惠：柳下惠，三黜不去，恋父母之邦。舛（chuǎn）：相背。

⑩⑦ 木：段干木，客居魏，受魏文侯礼遇，秦欲伐魏，因段干木居魏而止兵。蕃：同“藩”。

⑩⑧ 申：申包胥，当吴侵楚之时，行七日七夜至秦乞师，败吴存楚。重茧：足胝，足久行而生之硬皮，如茧。荆：楚。

⑩⑨ 纪：纪信。项羽围荥阳，为救刘邦，纪信乘汉王车诈降，后被项羽烧死。

⑪⓪ 皓：四皓，即东园公、绮里季、夏黄公、角里先生。当秦之世，避而入商洛深山。颐志：颐养心志。

⑪① 侯：惟也，发语词。草木，喻君子之道。《论语·子张》载子夏之言：“君子之道……譬诸草木，区以别矣。”

⑪② 没世：终身。《论语·卫灵公》载孔子之言：“君子疾没世而名不称焉。”

⑪③ 程：法。

⑪④ 纮：大。

⑪⑤ 棐（fěi）：辅。谌：诚。相：助。训：教。

⑪⑥ 谟：谋。猷：道。

⑪⑦ 邻德：与德者为伴。孔子说：“德不孤，必有邻。”见《论语·里仁》。助信：以信相助。孔子说：“人之所助者信也。”见《周易·系辞上》。

⑪⑧ 虞韶：虞舜时之韶乐。《尚书·益稷》说：“箫韶九成，凤凰来仪。”

⑪⑨ 忘味：指不知肉味。《论语·述而》说：“子在齐闻韶，三月不知肉味。”

⑫⓪ 素文：素王之文。孔子作《春秋》，有素王之称。厎（zhǐ）：致。

⑫① 汉宾：汉代宾客，指孔子后代在汉享宾客之礼。祚：福。异代：指汉代。

⑫② 养：养由基，楚之善射者。据说他欲射之时目光转动猿猴即抱树啼号。

⑫③ 李：李广。汉代名将，曾出猎，见草中石以为虎而射之，中石没矢。他日射之，终不能入。

⑫④ 矧（shěn）：况。耽：乐。

⑫⑤ 孔：孔子。昊：太昊，即伏羲氏。

⑫⑥ 群龙：喻群圣。

⑫⑦ 贞：正。孔子说："朝闻道，夕死可矣。"见《论语·里仁》。

⑫⑧ 諠：忘。

⑫⑨ 胤：续。彭：彭祖。老：老子。皆古之长寿者。

⑬⓪ 诉：告。

⑬① 草昧：指万物草创于冥昧之中。

⑬② 浑元：大气。

⑬③ 表：表率，楷模。

⑬④ 谊：义。

⑬⑤ 以：《汉书》作"亦"。

⑬⑥ 忝：辱。

⑬⑦ 皓：白。太素：朴质，指质之始。

⑬⑧ 渝：变。

⑬⑨ 尚：庶几。越：于。几：几微。

⑭⓪ 沦：入。

【语译】

班氏是高阳颛顼之后裔啊，令尹子文之时神灵昭明。乘着南风北徙若蝉蜕啊，雄踞北方而扬声。汉皇十世方有人仕进啊，在京都才有了冠冕羽仪。

王莽犯上而篡汉啊，我父遭祸而作歌表忧思。竟能全身留下法则啊，择仁者之里为庐舍。赞美我先祖之美善啊，无论穷困与通达均怀救民济时之志。嗟我孤暗而渺小啊，将毁绝先祖之迹而无阶路以自成。我自身岂能经营啊，只抱憾世业之毁绝。安静潜藏而深思啊，日月流逝继承祖业更觉遥远。不敢同乡人更进啊，只求不玷辱先人谦道之教诲。

魂魄孤飞似与神灵交游啊，发我精诚于夜梦之中。梦中登山而远眺啊，见神人仿佛走来。取葛藟交给我啊，看着深谷戒我勿坠落。黎明醒来而仰思啊，心中矇矇尚未知其吉凶。黄神邈远而无法质问啊，依其占梦书以胸臆为对。说登高而遇神啊，道路遥远通畅而不迷途。葛藟缠在高树上啊，歌咏《樛木》而为安。临近深谷要小心谨慎啊，这是“二雅”敬慎之辞。既告你以吉祥兆象啊，又重申以明戒。何不努力进取以追及列祖啊，时光迅速逝去不再回来。

承神灵训诫而迟疑啊，伫立徘徊暂作等待。天地是无穷的啊，而人的一生时光却非常少。纷乱世事困厄而艰难啊，何以艰难多而识知者少。上圣之人遭逢苦难而后超拔啊，岂能如百姓遇难而止。从前卫叔迎立兄弟啊，兄弟返国成仇灭掉了自己。管仲弯弓欲射杀仇人啊，仇人为君后反用自己为相。变化如此相反啊，谁说能预知其始终。雍齿结怨高祖刘邦却先获赏啊，丁公施惠高祖刘邦反而被杀戮。栗姬忧死是由于先前有子为太子啊，王皇后受封则是由于先前无子的哀戚。邪僻混乱若此啊，塞翁十分了解祸福倚伏的道理。单豹重养生却被虎食啊，张毅重交结却因内热之病而死。惟中和庶几可寿终啊，但颜渊和冉伯牛却染疾而早夭。桀溺招子路跟从自己啊，竟说孔子不可跟从。为什么乱世而不避啊，终于丧生于世之祸。游于圣人之门但不能获救啊，孔子虽覆弃肉酱又有何补益？刚强必遭凶残啊，免于“盗”“乱”要靠“义”道。形体精神都产生于根本啊，根本粗壮枝叶就盛茂。问颜冉子路何以遭害逢灾恐似罔两责问影子啊，不可能有什么结果。

重黎在高辛氏时如此醇美光耀啊，楚国终于在南方江淮之涯强大起来。秦国从舜臣伯益处承取威严啊，齐国从舜臣伯夷处获得天地人三礼。求仁而得仁是真实的啊，仰望天道也与人道同轨。殷纣暴虐而歼灭三仁啊，武王合当伐纣即天子位。骊姬烈酷而杀害孝子申生啊，重耳龙年出虎年归流亡十九年而归国。武王观兵孟津而还以成天命啊，重耳醉后遭遣竟与天时耦合。龙之涎沫流于夏之宫廷啊，历经三代而使西周灭亡。雌鸡化雄于汉宣帝宫中啊，经过五帝而酿成王莽篡汉之灾。天道长远而人世短促啊，长远玄深人不能备知。须因物而使鬼神为谋啊，便可穷古今而通幽微。陈氏取代姜齐已预示于少年卜筮啊，周公卜居洛之年于契龟。宣王中兴曹国灭亡皆有梦兆啊，鲁昭公定公之名卫灵公之谥都事先见于铭与谣。叔向母听幼儿啼而举罪伯石啊，许负观从理入口而警告条侯。天道混成而自然啊，术学同一源而分成不同的流。神先于人心而预示命运啊，但命运也随人之行而消长。先祖善行流离转徙而不能传下啊，因而遭忧而有福祸相及。三栾一体相承啊，兴灭之道虽有变化却无差错。天道幽微参差又交错啊，这是众人迷惑的地方。庄周贾谊放荡言辞而惑乱啊，竟然齐一死生与祸福。放言高论而违背常情啊，竟然畏为牺牛和畏惮鹏鸟。

所看重的圣人五经六艺啊，既顺从人之天性又以义为断。外物有想得到的但却不去占有啊，也有内心憎恶的但却不避开。操守甚为简约而不改变啊，简易自然之德便无累害。微子、箕子、比干行事不同但均为仁人啊，伯夷、柳下惠出处各异但都有贤名。段干木居魏而保全了魏啊，申包胥足上生茧至秦乞师而保存了楚。纪信焚身而保卫了高祖刘邦啊，四皓隐入深山颐养心志而不改变。君子之道譬如草木区分为各种各类啊，但如能充实就一定会开花。总之终其身而不朽啊，这是先人所取法的。看天网大覆于人世啊，实为辅诚而助教。谋于先圣之大道啊，使人皆与德为邻以时相助。虞舜韶乐美好而使凤凰来仪啊，孔子闻韶乐忘肉味于千年。素王之文示礼度之信而致麟啊，孔子后人享宾客之礼于汉代。人能致精诚通神灵而感于物啊，精神运动志气而入于幽微。养由基转动目光而猿猴啼号啊，李广射虎而中石。非精诚所感哪能通达啊，如无实情谁肯信？持射箭末技尚且公然如此啊，何况亲身陶醉于道真。登上孔子太昊之道而上下求索啊，传习群圣留下之经书。早上认真地观看晚上化于道啊，尚且能忘己身而遗形骸。如能续彭祖之年具老聃之寿啊，当告来哲并与之通情。

结语道：天造万物草创于冥昧之时，皆立其性命啊。恢复善心弘扬天道，只有圣贤能为啊。元气运转万物，周行不已流转无常啊。能保其身留名后世，可为人之师表啊。舍生而取义，也是道的运用啊。心中忧伤身为物夭，辱莫痛于此啊。保持天性之纯洁质朴，何能变色啊。或许能进入神道之几微，而入于神明之领域啊。

【评析】

赋名“幽通”，“谓与神遇也”（《汉书》），指作者在神前的一番心迹表白。第一段述家世，表示要继承“世业”。第二段写与神相遇，受神训诫，要己“盍晋以迨群”。接下去便是自剖心迹。先是说明命运迍邅，人生多艰。接着提出“神先心以定命兮，命随行以消息”——人之命运虽是前定，但也决定于人之行止；甚至家族先人之行，也可延及后人。最后提出“顺天性而断谊”，守死善道，不染于流俗，以“复心弘道”“保身遗名”。可见，全文虽写“神遇”，但并非宣扬宿命观，而是强调人之诚心行道，舍生取义，修道以俟命，主要思想倾向是积极的。

卷第十五

赋辛

志中

思玄赋一首

作者：张平子　　注译评析：张葆全

仰先哲之玄训兮，虽弥高而弗违[1]。匪仁里其焉宅兮，匪义迹其焉追？潜服膺以永靓兮[2]，绵日月而不衰[3]。伊中情之信修兮[4]，慕古人之贞节。竦余身而顺止兮[5]，遵绳墨而不跌[6]。志抟抟以应悬兮[7]，诚心固其如结[8]。旌性行以制珮兮[9]，佩夜光与琼枝。纂幽兰之秋华兮[10]，又缀之以江离[11]。美襞积以酷烈兮[12]，允尘邈而难亏[13]。既姱丽而鲜双兮[14]，非是时之攸珍。奋余荣而莫见兮[15]，播余香而莫闻。幽独守此仄陋兮[16]，敢怠遑而舍勤[17]。幸二八之遌虞兮[18]，嘉傅说之生殷[19]。尚前良之遗风兮，恫后辰而无及[20]。何孤行之茕茕兮[21]，孑不群而介立[22]？感鸾鹥之特栖兮[23]，悲淑人之希合[24]。

彼无合而何伤兮，患众伪之冒真[25]。旦获讟于群弟兮[26]，启金縢而后信[27]。览蒸民之多僻兮[28]，畏立辟以危身[29]。增烦毒以迷惑兮[30]，羌孰可为言已？私湛忧而深怀兮[31]，思缤纷而不理[32]。愿竭力以守谊兮[33]，虽贫穷而不改。执雕虎而试象兮[34]，阽焦原而跟趾[35]。庶斯奉以周旋兮，恶既死而后已[36]。俗迁渝而事化兮[37]，泯规矩之员方[38]。宝萧艾于重笥兮[39]，谓蕙茝之不香[40]。斥西施而弗御兮[41]，絷騕褭以服箱[42]。行颇僻而获志兮，循法度而离殃[43]。惟天地之无穷兮[44]，何遭遇之无常。

不抑操而苟容兮[45]，譬临河而无航[46]。欲巧笑以干媚兮[47]，非余心之所尝[48]。袭温恭之黻衣兮[49]，被礼义之绣裳[50]。辫贞亮以为鞶兮[51]，杂伎艺以为珩[52]。昭彩藻与雕琭兮[53]，璜声远而弥长[54]。淹栖迟以恣欲兮[55]，耀灵忽其西藏[56]。恃己知而华予兮[57]，鶗鴂鸣而不芳[58]。冀一年之三秀兮[59]，遒白露之为霜[60]。时亹亹而代序兮[61]，畴可与乎比伉[62]？咨姤嫮之难并兮[63]，想依韩以流亡[64]。恐渐冉而无成兮[65]，留则蔽而不彰[66]。

心犹豫而狐疑兮，即岐阯而胪情[67]。文君为我端蓍兮[68]，利飞遁以保名[69]。历众山以周流兮[70]，翼迅风以扬声[71]。二女感于崇岳兮[72]，或冰折而不营[73]。天盖高而为泽兮[74]，谁云路之不平？勔自强而不息兮[75]，蹈玉阶之峣峥[76]。惧筮氏之长短兮[77]，钻东龟以观祯[78]。遇九皋之介鸟兮[79]，怨素意之不逞[80]。游尘外而瞥天兮[81]，据冥翳而哀鸣[82]。雕鹗竞于贪婪兮[83]，我修洁以益荣。子有故于玄鸟兮[84]，归母氏而后宁[85]。

占既吉而无悔兮，简元辰而俶装[86]。旦余沐于清源兮，晞余发于朝阳[87]。漱飞泉之沥液兮[88]，咀石菌之流英[89]。翾鸟举而鱼跃兮[90]，将往走乎八荒[91]。过少皞之穷野兮[92]，问三丘于句芒[93]。何道真之淳粹兮，去秽累而飘轻。登蓬莱而容与兮，鳌虽抃而不倾[94]。留瀛洲而采芝兮，聊且以乎长生。冯归云而遐逝兮[95]，夕余宿乎扶桑[96]。饮青岑之玉醴兮[97]，餐沆瀣以为粻[98]。发昔梦于木禾兮[99]，谷昆仑之高冈[100]。朝吾行于汤谷兮[101]，从伯禹乎稽山[102]。嘉群神之执玉兮[103]，疾防风之食言[104]。

指长沙之邪径兮，存重华乎南邻[105]。哀二妃之未从兮[106]，翩缤处彼湘滨[107]。流目眺夫衡阿兮[108]，睹有黎之圮坟[109]。痛火正之无怀兮[110]，托山阪以孤魂。愁郁郁以慕远兮，越印州而游遨[111]。跻日中于昆吾兮[112]，憩炎火之所陶[113]。扬芒熛而绛天兮[114]，水泫沄而涌涛[115]。温风翕其增热兮[116]，惄郁悒其难聊[117]。颤羁旅而无友兮[118]，余安能乎留兹。

顾金天而叹息兮[119]，吾欲往乎西嬉[120]。前祝融使举麾兮[121]，纚朱鸟以承旗[122]。躔建木于广都兮[123]，摭若华而踌躇[124]。超轩辕于西海兮[125]，跨汪氏之龙鱼[126]。闻此国之千岁兮，曾焉足以娱余。

思九土之殊风兮[127]，从蓐收而遂徂[128]。欻神化而蝉蜕兮[129]，朋精粹而为徒[130]。蹶白门而东驰兮[131]，云台行乎中野[132]。乱弱水之潺湲兮[133]，逗华阴之湍渚[134]。号冯夷俾清津兮[135]，棹龙舟以济予[136]。会帝轩之未归兮[137]，怅徜徉而延伫。恫河林之蓁蓁兮[138]，伟《关雎》之戒女[139]。

黄灵詹而访命兮[140]，樛天道其焉如[141]。曰近信而远疑兮，六籍阙而不书[142]。神逵昧其难覆兮[143]，畴克谋而从诸[144]？牛哀病而成虎兮[145]，虽逢昆其必噬[146]。鳖令殪而尸亡兮[147]，取蜀禅而引世[148]。死生错其不齐兮，虽司命其不晰[149]。窦号行于代路兮[150]，后膺祚而繁庑[151]。王肆侈于汉庭兮[152]，卒衔恤而绝绪[153]。尉龙眉而郎潜兮[154]，逮三叶而遘武[155]。董弱冠而司衮兮[156]，设王隧而弗处[157]。夫吉凶之相仍兮[158]，恒反仄而靡所[159]。

穆届天以悦牛兮[160]，竖乱叔而幽主[161]。文断袪而忌伯兮[162]，阉谒贼而宁后[163]。通人暗于好恶兮[164]，岂昏惑而能剖？嬴擿谶而戒胡兮[165]，备诸外而发内。或辇贿而违车兮[166]，孕行产而为对。慎灶显以言天兮[167]，占水火而妄讯[168]。梁叟患夫黎丘兮[169]，丁厥子而剚刃[170]。亲所睼而弗识兮[171]，矧幽冥之可信[172]。毋绵挛以涬己兮[173]，思百忧以自疹[174]。

彼天监之孔明兮[175]，用棐忱而佑仁[176]。汤蠲体以祷祈兮[177]，蒙厖褫以拯民[178]。景三虑以营国兮[179]，荧惑次于他辰[180]。魏颗亮以从治兮[181]，鬼亢回以毙秦[182]。咎繇迈而种德兮[183]，树德懋于英六[184]。桑末寄夫根生兮[185]，卉既凋而已育[186]。有无言而不酬兮[187]，又何往而不复[188]？盍远迹以飞声兮[189]，孰谓时之可蓄[190]？

仰矫首以遥望兮[191]，魂愊惘而无俦[192]。逼区中之隘陋兮[193]，将北度而宣游[194]。行积冰之硙硙兮[195]，清泉冱而不流[196]。寒风凄其永至兮，拂穹岫之骚骚[197]。玄武缩于壳中兮[198]，腾蛇蜿而自纠[199]。鱼矜鳞而并凌兮[200]，鸟登木而失条。坐太阴之屏室兮[201]，慨含唏而增愁[202]。怨高阳之相寓兮[203]，伷颛顼而宅幽[204]。庸织路于四裔兮[205]，斯与彼其何瘳[206]？望寒门之绝垠兮[207]，纵余绁乎不周[208]。迅猋潚其媵我兮[209]，鹜翩飘而不禁[210]。越谽㕇之洞穴兮[211]，漂通川之砯砯[212]。经重瘖乎寂漠兮[213]，愍坟羊之深潜[214]。

追荒忽于地底兮[215]，轶无形而上浮[216]。出石密之暗野兮[217]，不识蹊之所由[218]。速烛龙令执炬兮[219]，过钟山而中休。瞰瑶溪之赤岸兮[220]，吊祖江之见刘[221]。聘王母于银台兮[222]，羞玉芝以疗饥[223]。戴胜慭其既欢兮[224]，又诮余之行迟[225]。载太华之玉女兮[226]，召洛浦之宓妃[227]。咸姣丽以蛊媚兮[228]，增嫮眼而蛾眉[229]。舒訬婧之纤腰兮[230]，扬杂错之袿徽[231]。离朱唇而微笑兮[232]，颜的砾以遗光[233]。献环琨与琛缡兮[234]，申厥好以玄黄[235]。虽色艳而赂美兮，志皓荡而不嘉[236]。双材悲于不纳兮[237]，并咏诗而清歌。歌曰：天地烟煴[238]，百卉含葩[239]。鸣鹤交颈，雎鸠相和。处子怀春，精魂回移。如何淑明[240]，忘我实多。

将答赋而不暇兮，爰整驾而亟行[241]。瞻昆仑之巍巍兮，临萦河之洋洋[242]。伏灵龟以负坻兮[243]，亘螭龙之飞梁[244]。登阆风之层城兮[245]，构不死而为床[246]。屑瑶蕊以为糇兮[247]，斟白水以为浆[248]。抨巫咸作占梦兮[249]，乃贞吉之元符[250]。滋令德于正中兮[251]，含嘉秀以为敷[252]。既垂颖而顾本兮[253]，亦要思乎故居。安和静而随时兮，姑纯懿之所庐[254]。

戒庶僚以夙会兮[255]，佥供职而并讶[256]。丰隆軯其震霆兮[257]，列缺晔其照夜[258]。云师黮以交集兮[259]，涷雨沛其洒涂[260]。轙雕舆而树葩兮[261]，扰应龙以服路[262]。百神森其备从兮[263]，屯骑罗而星布[264]。

振余袂而就车兮，修剑揭以低昂[265]。冠岩岩其映盖兮[266]，佩綝缡以辉煌[267]。仆夫俨其正策兮[268]，八乘腾而超骧[269]。氛旄溶以天旋兮[270]，霓旌飘以飞飏[271]。抚軨轵而还睨兮[272]，心勺瀿其若汤[273]。羡上都之赫戏兮[274]，何迷故而不忘？左青雕之揵芝兮[275]，右素威以司钲[276]。前长离使拂羽兮[277]，后委衡乎玄冥[278]。属箕伯以函风兮[279]，惩溃淴而为清[280]。拽云旗之离离兮[281]，鸣玉鸾之嘤嘤[282]。涉清霄而升遐兮[283]，浮蠛蠓而上征[284]。纷翼翼以徐戾兮[285]，焱回回其扬灵[286]。叫帝阍使辟扉兮[287]，觌天皇于琼宫[288]。聆广乐之九奏兮[289]，展泄泄以彤彤[290]。考治乱于律均兮[291]，意建始而思终。惟般逸之无斁兮[292]，惧乐往而哀来。素女抚弦而余音兮[293]，太容吟曰念哉[294]。既防溢而靖志兮[295]，迨我暇以翱翔[296]。

出紫宫之肃肃兮[297]，集太微之阆阆[298]。命王良掌策驷兮[299]，逾高阁之将将[300]。建罔车之幕幕兮[301]，猎青林之芒芒[302]。弯威弧之拔剌兮[303]，射嶓冢之封狼[304]。观壁垒于北落兮[305]，伐河鼓之磅硠[306]。乘天潢之泛泛兮[307]，浮云汉之汤汤[308]。倚招摇摄提以低徊剹流兮[309]，察二纪五纬之绸缪遹皇[310]。偃蹇夭矫娩以连卷兮[311]，杂沓丛悴飒以方骧[312]。僪汩飂淚沛以罔象兮[313]，烂漫丽靡藐以迭逿[314]。凌惊雷之砊礚兮[315]，弄狂电之淫裔[316]。逾痝鸿于宕冥兮[317]，贯倒景而高厉[318]。廓荡荡其无涯兮，乃今窥乎天外。

据开阳而俯眡兮[319]，临旧乡之暗蔼[320]。悲离居之劳心兮[321]，情悁悁而思归[322]。魂眷眷而屡顾兮[323]，马倚辀而徘徊[324]。虽游娱以媮乐兮[325]，岂愁慕之可怀[326]。出阊阖兮降天途[327]，乘猋忽兮驰虚无[328]。云菲菲兮绕余轮[329]，风眇眇兮震余旟[330]。缤连翩兮纷暗暧[331]，倏眩眃兮反常闾[332]。

收畴昔之逸豫兮[333]，卷淫放之遐心[334]。修初服之娑娑兮[335]，长余佩之参参[336]。文章奂以粲烂兮[337]，美纷纭以从风。御六艺之珍驾兮[338]，游道德之平林。结典籍而为罟兮[339]，驱儒墨以为禽。玩阴阳之变化兮，咏雅颂之徽音[340]。嘉曾氏之《归耕》兮[341]，慕历阪之嵚崟[342]。恭夙夜而不贰兮[343]，固终始之所服[344]。夕惕若厉以省諐兮[345]，惧余身之未敕[346]。苟中情之端直兮，莫吾知而不恧[347]。默无为以凝志兮，与仁义乎逍遥。不出户而知天下兮[348]，何必历远以劬劳[349]？

系曰[350]：天长地久岁不留，俟河之清秖怀忧[351]。愿得远渡以自娱，上下无常穷六区[352]。超逾腾跃绝世俗，飘遥神举逞所欲[353]。天不可阶仙夫稀[354]，柏舟悄悄吝不飞[355]。松、乔高跱孰能离[356]，结精远游使心携[357]。回志朅来从玄谋[358]，获我所求夫何思？

【篇旨】

抒发怀才不遇的苦闷与吉凶无常的恐惧，叙述远游四方上下求索的情景，最后表示当以道家无为儒家仁义之道为依归。

【注释】

① 弥：更，愈。颜渊赞美孔子之道“仰之弥高，钻之弥坚”，见《论语·子罕》。

② 服膺：谨记于心，衷心信服。靓：通“靖”，思也。

③ 绵：连。

④ 伊：惟。信修：诚于修治。

⑤ 竦：立。止：行止，礼节。

⑥ 绳墨：法度。跌：差。

⑦ 抟抟：垂貌，指悬心担忧。

⑧ 结：结缚，指心志之坚固。

⑨ 旌：明。珮：玉佩，古人系佩以表心志操守。

⑩ 纂（zuī）：系。

⑪ 江离：香草名。

⑫ 襞（bì）积：重叠。

⑬ 允：诚。尘邈：久远。亏：歇。

⑭ 姱：大。鲜：寡少。

⑮ 奋：动。

⑯ 仄陋：微贱。

⑰ 怠遑：迨惰而求暇闲。

⑱ 幸：庆幸。二八：八元、八恺。高辛氏有才子八人，称八元；高阳氏有才子八人，称八恺。遻（è）：遇。

⑲ 傅说：殷高宗梦得说，使人求之，得之于傅岩，使之为相。

⑳ 恫：痛。

㉑ 茕茕：独也。

㉒ 孑：特出之貌。介立：独立。

㉓ 鸾鹥：皆鸟名。

㉔ 合：遇合。

㉕ 冒：蒙覆。

㉖ 旦：姬旦，即周公。讟（dú）：怨。

㉗ 金縢：指以金封缄之匣。《尚书·金縢》说，周武王病重，周公祈求上天愿代武王死。后武王死，成王疑周公欲夺位，时“天大雷电以风”以示警，成王启金縢之匣见到周公之祝词，才了解周公之忠诚。

㉘ 蒸：众。僻：邪僻。

㉙ 立辟：制定法律。

㉚ 毒：忧。

㉛ 湛：深。怀：思。

㉜ 缤纷：乱貌。

㉝ 竭：尽。谊：义。

㉞ 雕虎：虎名，指虎纹如雕画，此喻贫穷。语出《尸子》。试象：喻竭力，语见《尸子》“有力者则又愿为牛，欲与象斗以自试”。

㉟ 阽（diàn）：临。焦原：山名，在山东莒县。《尸子》说，焦原“临百仞之溪”“有以勇见莒子者，独却行齐踵焉，所以称于世”。李善释此两句说：“雕虎以喻贫，试象以喻竭力，焦原以喻义。言己以执雕虎之贫穷，愿竭试象之力，而守焦原之义。”

㊱ 恶：一本作“要”。

㊲ 迁：移。渝：变。

㊳ 泯：灭。

㊴ 萧艾：臭草。笥：方形之器，用竹或苇编造，用以盛衣物或饭食。

㊵ 蕙茝：香草。

㊶ 斥：却。西施：春秋时越国之美女。御：幸。

㊷ 絷：羁。騕褭（yǎo niǎo）：古之骏马，日行五千里。服箱：驾车。

㊸ 离：遭。

㊹ 惟：思。

㊺ 抑操：贬损操守。苟容：苟且附和以取容于世。

㊻ 航：舟。

㊼ 干媚：求媚于时。

⑱ 尝：行。

⑲ 袭：穿衣。黻（fú）衣：古代之礼服，半青半黑。

⑳ 绣裳：古代之礼服，五色皆备之裳。

51 辫：交织。贞亮：忠正诚信。鞶（pán）：巾囊，用以带佩。

52 伎艺：伎巧才能。手伎曰伎，体才曰艺。珩（héng）：佩上玉，所以节行止。

53 彩藻：文采华藻。雕琭：五本作"雕琢"，指雕画为文。

54 璜：佩玉。半璧曰璜。

55 栖迟：游息。

56 耀灵：日也。

57 华予：光宠自己。语出《山鬼》"岁既晏兮孰华予"。

58 鶗鴂：鸟名，即子规，又名杜鹃，暮春即鸣，正是落花时节。《离骚》："恐鶗鴂之先鸣兮，使夫百草为之不芳"。

59 三秀：芝草，一年中开花三次，结穗三次。

60 遒：迫。

61 亹（wěi）亹：进貌。

62 畴：谁。比伉：匹偶。

63 咨：嗟叹。姤（gòu）：恶也。一说当作"妬"。嫮（hù）：美也。并：并也，匹也。

64 韩：韩众，又作韩终，战国齐人，服药成仙，见《列仙传》。

65 渐冉：逐渐，渐进。

66 留：淹留。

67 岐：岐山。胪：陈也。

68 文君：文王。蓍：筮也。

69 飞遁：远走高飞，退隐山林。《周易·遁》："上九：肥遁无不利。"

70 众山：遁卦卦体下体从初至三为艮，艮为山，故曰众山。

71 迅风：遁卦从二至四为巽，巽为风，故曰迅风。

72 二女：遁上九变为兑，巽为长女，兑为少女，故曰二女。

⑬ 冰折：遁卦上体为乾，乾为冰，上九变而为兑，故曰冰折。

⑭ 天：乾为天。泽：兑为泽。

⑮ 劢：勉。

⑯ 玉阶：天子阶。乾为玉，故曰蹈玉阶。峣峥：高貌。

⑰ 长短：谓筮短龟长。语出《左传·僖公四年》。

⑱ 东龟：青色之龟。祯：祥。

⑲ 皋：沼泽。介鸟：大鸟，即鹤。《诗经·小雅·鹤鸣》："鹤鸣于九皋。"

⑳ 逞：快，尽。

㉑ 尘外：尘垢之外。

㉒ 冥翳：高远。

㉓ 雕鹗：恶鸟，喻小人。

㉔ 玄鸟：指鹤。

㉕ 母氏：喻道。

㉖ 简：通"柬"，选也。元辰：吉辰。俶装：整理行装。

㉗ 晞：干。

㉘ 沥液：流汁，指少量之流水。

㉙ 咀：嚼。石菌：石芝。流英：飞花。

㉚ 翾（xuān）：飞。

㉛ 八荒：犹八方。荒指荒远之地。

㉜ 少皞：即少昊，古帝名，黄帝子，又名金天氏，邑于穷桑。

㉝ 三丘：指蓬莱、方丈、瀛洲，传说中之海中神山。句芒：少皞之子，为木正，即东方之神。

㉞ 抃（biàn）：手搏。《列仙传》说："巨鳌负蓬莱山而抃于沧海之中。"

㉟ 冯：依。遐：远。

㊱ 扶桑：传说中之东海神树，日居其上，亦为日出之所。

㊲ 青岑：山名。

㊳ 沆瀣（hàng xiè）：夕露，北方夜半之气。粻（zhāng）：粮。

㊴ 木禾：粟类谷物。《山海经·海内西经》说："帝之下都昆仑之虚，方

八百里，高万仞，上有木禾，长五寻，大五围。”

⑩⓪ 谷：生。

⑩① 汤谷：日出之所。《淮南子·天文训》说：“日出汤谷，浴乎咸池，拂乎扶桑。”

⑩② 伯禹：夏禹。稽山：会稽山。

⑩③ 群神：指诸侯。

⑩④ 防风：汪芒氏君之名。《国语·鲁语下》说：“昔禹致群神于会稽之山，防风后至，禹杀而戮之。”食言：伪言，言不守信。

⑩⑤ 存：恤问。重华：舜。舜南巡，死，葬苍梧之野。南邻：南方。

⑩⑥ 二妃：尧之二女娥皇、女英，为舜妻。舜南巡，二妃留江湘之间。舜死，二妃亦死于江湘，为湘水之神。

⑩⑦ 翩缤：美貌。

⑩⑧ 衡阿：衡山之下。

⑩⑨ 黎：高辛氏之火正，即祝融。楚灵王之世，衡山崩，祝融之墓坏。圮（pǐ）：毁。

⑪⓪ 怀：归。

⑪① 印州：州名。

⑪② 跻：度。昆吾：南方。

⑪③ 憩：息。

⑪④ 芒熛：光芒火熛。绛：大赤，深红。

⑪⑤ 泫沄（yún）：水涌流如沸貌。

⑪⑥ 翕（xī）：炽，盛。

⑪⑦ 惄（nì）：思。聊：赖。

⑪⑧ 颛（kū）：独。

⑪⑨ 金天：西方少昊之位。

⑫⓪ 嬉：乐。

⑫① 麾：旌旗，用以指挥。

⑫② 纚（lí）：系。朱鸟：指凤。

⑫ 躔（chán）：息。建木：巨木名。《吕氏春秋·有始览》说："建木之下，日中无影，呼而无响，盖天地之中也。"广都：地名。

⑫ 摭：拾。若华：若木之花。

⑫ 轩辕：国名。

⑫ 汪氏：国名。

⑫ 九土：九州。

⑫ 蓐收：古主金之官，名该，又以为金神名。徂：往。

⑫ 欻：轻举貌。

⒀ 朋：友。徒：侣。

⒀ 蹶：履。白门：西方之门。

⒀ 台（yí）：我。

⒀ 乱：绝流，横渡。弱水：水名，据说其水不胜鸿毛。

⒀ 逗：止。华阴：地名。

⒀ 号：呼。冯夷：即河伯。俾：使。

⒀ 棹：长楫，此用作动词。

⒀ 帝轩：黄帝。葬于西海桥山，神未东归。

⒀ 呬（xì）：息。蓁（zhēn）蓁：茂盛貌。

⒀ 伟：美。《关雎》：《诗经》首篇。《毛传》说此篇写"后妃之德""乐得淑女以配君子""忧在进贤"。

⒁ 黄灵：黄帝。詹：至。访：谋。

⒁ 樛（jiū）：求。

⒁ 六籍：六经。

⒁ 逵：道。覆：审。

⒁ 畴：谁。克：能。谋：察。诸：之。

⒁ 牛哀：鲁人。《淮南子·俶真训》说，牛哀病七日，化为虎，其兄启户入视，虎搏而杀之。

⒁ 昆：兄。

⒁ 鳖令：即鳖灵。《蜀王本纪》《蜀志》诸书说，古荆州人鳖令，死后其

尸溯江而上，至汶山复生，蜀王望帝以之为相，数年后更禅让王位，委国授之。殪：死。

⑱ 引：长。

⑲ 司命：掌人生命之神。晰（zhì）：同“哲”，昭哲，明也。

⑳ 窦：窦姬，亦即汉孝文窦皇后，景帝之母。《汉书·外戚传》说，吕太后出宫人赐诸王，窦姬因家在清河愿至赵，然误遣代。行前泣不欲往。至代后获代王宠幸，生景帝，后立为皇后。

㉑ 膺：受。祚：福禄。繁庑：茂盛。

㉒ 王：孝平王皇后，王莽之女。《汉书·外戚传》说，平帝死，孝平王皇后尊为皇太后。王莽篡汉，“常称疾不朝会”。及汉兵诛莽，“自投火中而死”。肆侈：任意而行。

㉓ 衔恤：含忧。绝绪：绝嗣，无后。

㉔ 尉：指都尉颜驷。《汉武故事》说，武帝过郎署，见驷“龙眉皓发”，问其何时为郎。驷答道：“臣文帝时为郎。文帝好文而臣好武，至景帝好美而臣貌丑，陛下即位好少而臣已老，是以三世不遇，故老于郎署。”武帝感其言，擢拜会稽都尉。龙（máng）眉：眉杂黑白。

㉕ 三叶：三世。遘：遇。

㉖ 董：董贤。《汉书·佞幸传》说，董贤以貌美受哀帝宠爱，年二十二为大司马。哀帝死，贤自杀，家人夜葬之。王莽疑其诈死，有司亦奏贤造冢墓不异王制，于是发棺至狱，羸诊其尸，因埋狱中。弱冠：年二十。衮：三公。

㉗ 隧：墓道。掘地通路曰隧，王之葬礼。

㉘ 仍：因。

㉙ 反仄：反覆。

㉚ 穆：叔孙穆子，鲁大夫。《左传·昭公四年》说，穆子奔齐，途中与妇人通。在齐，梦天压己，有人助己胜天。后穆子归鲁，妇人送子来，即梦中所见之人。名之为牛，使为竖。后牛竖作乱，穆子遭幽闭而饿死。届：至。

⑯¹ 竖：小臣，小使。

⑯² 文：晋文公重耳。《国语·晋语》说，晋献公使寺人勃鞮至蒲城杀重耳。重耳逾垣，勃鞮斩其袪。后重耳归国为君，勃鞮求见，揭发吕甥、冀芮谋作乱，使晋文公转危为安。袪：衣袖。伯：勃鞮字伯楚。

⑯³ 阉：寺人。谒：告。

⑯⁴ 通人：指上文穆子、文公。

⑯⁵ 嬴：秦始皇嬴政。《史记·秦始皇本纪》说，卢生奏录图书，谓“亡秦者胡也”，始皇乃使蒙恬领兵北击胡。后始皇出游，死于道中。赵高与李斯谋，改诏书，赐长子扶苏死，立少子胡亥为太子。后胡亥继位，是为二世。擿（tī）：指明，揭发。谶：谶书，谶语。

⑯⁶ 贿：财。违：避。车：车子。《搜神记》说，周犨贫，天帝命司命将张车子之财借周，并谓车子生即还。及期，周犨“辇其贿以逃”，途中遇一夫妻寄车下宿，其妻生子，取名车子。从此周转贫困。

⑯⁷ 慎：梓慎，鲁大夫。日食之时，预言将有水灾，但其言不验。事见《左传·昭公二十四年》。灶：裨灶，郑大夫。大风之时，预言将有火灾，子产不予理会，后其言亦不验。事见《左传·昭公十八年》。

⑯⁸ 讯：告。

⑯⁹ 梁叟：梁国丈人。《吕氏春秋·疑似》说，梁叟夜过黎丘，有鬼效其子之状苦之，归，责其子，其子辩其非。次日复过黎丘，其子往迎，梁叟以为鬼，拔剑刺之，杀其真子。

⑰⁰ 丁：当。剚（zì）刃：以刀插入。

⑰¹ 睼（tiàn）：视。

⑰² 矧：况。

⑰³ 绵挛：系着，牵制。倖：《后汉书》作“溡”，引也。

⑰⁴ 疹：病。

⑰⁵ 监：视。孔：甚。

⑰⁶ 棐（fěi）：辅。忱：诚。佑：助。

⑰⁷ 汤：商汤。《吕氏春秋·顺民》说，汤克夏，天大旱，汤祷于桑林，

以身为牺牲，民悦，雨大至。蠲（juān）：洁。

⑱ 厖（máng）：大。褫（sī）：福。

⑲ 景：宋景公。《吕氏春秋·制乐》说，宋景公之时，荧惑守心，子韦以为景公当受其祸。景公表示不能将祸移于宰相，移于民，移于岁，而甘受天罚。天感其言，荧惑徙三舍，景公亦延寿二十一年。

⑳ 荧惑：火星。次：舍。

(181) 魏颗：晋人，魏武子之子。《左传·宣公十五年》说，武子病，命颗在其死后嫁其妾，病危，复命颗杀其妾以殉。武子死，颗嫁其妾。后颗与秦将杜回战，“颗见老人结草以亢杜回”。夜梦老人自称“所嫁妇人之父”，结草以报。亮：信。治：指神志清醒。

(182) 亢：遮拦。

(183) 咎繇（gāo yáo）：舜臣。迈：勉力。种：建树。

(184) 英六：国名。《史记·夏本纪》说，帝禹“封皋陶（即咎繇）之后于英六。”

(185) 桑末：桑枝末梢。根生：寄生。

(186) 卉：草木之总名，此指桑。凋：落。育：生。

(187) 酬：答。《诗经·大雅·抑》：“无言不酬，无德不报。”

(188) 复：返。

(189) 盍：何不。

(190) 蓄：积，止。

(191) 矫：举。

(192) 惝惘：惆怅失望。俦：匹，伴侣。

(193) 逼：迫。

(194) 宣：遍。

(195) 硙硙：冰厚貌。

(196) 冱：冻结。

(197) 穹岫：大山，山峰。骚骚：风劲吹之声。

(198) 玄武：龟蛇合体。壳：甲。

⑲⑨ 腾蛇：龙类，能兴云雾游于空中。蜿：曲。纠：绕。

⑳⓪ 矜：竦。并：犹聚也。凌：冰。

⑳① 太阴：指北方。屏：同“屏”，蔽也。

⑳② 慨：叹。唏：哀痛不泣。

⑳③ 高阳：即帝颛顼。相：察视，选择。寓：同“宇”，居也。

⑳④ 佃（qiòng）：小貌。一说怨也。

⑳⑤ 庸：劳。织路：指穿梭于路。四裔：四方边远之地。

⑳⑥ 瘳（chōu）：愈。

⑳⑦ 寒门：北极之门。绝垠：极远之地。

⑳⑧ 绁（xiè）：马缰。不周：山名，在昆仑西北。

⑳⑨ 迅猋：急速。潚：疾貌。媵（yìng）：送。

㉑⓪ 骛：奔驰。翩飘：轻貌。

㉑① 谽谺（hān xiā）：谷深貌。

㉑② 漂：浮。沝沝：深广貌。

㉑③ 瘖：古阴字。重阴，谓地中。

㉑④ 憗：聪。坟羊：土之精怪。《国语·鲁语下》说，季桓子穿井获羊，问于孔子，孔子谓此为土之怪曰坟羊。

㉑⑤ 荒忽：幽昧貌。

㉑⑥ 轶：超逸。无形：指混沌元气。

㉑⑦ 石密：即密山。

㉑⑧ 蹊：路。

㉑⑨ 速：征，召。烛龙：钟山之神，人面蛇身而赤身。

㉒⓪ 瞰：瞻。瑶溪之赤岸：指钟山东瑶岸。

㉒① 祖江：传说上古之人，为钟山之神所杀。刘：杀。

㉒② 聘：访。王母：西王母，传说中之仙人。银台：王母所居。

㉒③ 羞：进。疗：愈。

㉒④ 胜：玉胜，妇人首饰。戴胜：指西王母。《山海经·西山经》说，西王母“其状如人”“蓬发戴胜”。憖（xìn）：笑貌。

㉒⑤ 诮（qiào）：责让。

㉒⑥ 玉女：太华山神女。

㉒⑦ 宓妃：洛水之神。

㉒⑧ 姣丽：美丽。蛊媚：仪态妖艳妩媚。

㉒⑨ 嫮（hù）眼：美目。

㉓⓪ 眇婧（miǎo jìng）：细腰貌。

㉓① 袿（guī）：妇人上服。徽：通“袆”，又谓之缡，香缨也。

㉓② 离：开。

㉓③ 的砾：明貌。

㉓④ 环：珠。琨：璧。琛：宝。

㉓⑤ 玄黄：玉石之色。

㉓⑥ 皓荡：即浩荡，广大也。

㉓⑦ 双材：指玉女、宓妃。

㉓⑧ 烟煴：即絪缊，氤氲，指天地阴阳之和气。

㉓⑨ 卉（huì）：草之总名。葩：华。

㉔⓪ 淑：善。淑明：指张衡。

㉔① 爰：于是。亟：疾。

㉔② 萦：纡曲。洋洋：河水盛大貌。

㉔③ 坻（chí）：水中小洲，可用以止船。

㉔④ 亘：横。飞梁：浮桥。

㉔⑤ 阆风：昆仑三山之一。层城：昆仑山之最高处，即天庭。

㉔⑥ 不死：指常生不死之树。

㉔⑦ 屑：碎。糇：干食粮。

㉔⑧ 斞（jū）：挹，酌。

㉔⑨ 抨：使。巫咸：古神巫。作：《后汉书》作“以”。占梦：指占昔“木禾”之梦。

㉕⓪ 元符：大瑞。

㉕① 滋：繁。

㉜252 嘉：善。秀：美。敷：布。

253 颖：穗。

254 懿：美。庐：居。

255 僚：官。庶僚指下文丰隆、列缺等。夙：早。

256 佥：皆。讶：通“迓”，迎也。

257 丰隆：雷公。軯（pēng）：雷声。震霆：霹雳。

258 列缺：闪电。晔：闪光。

259 云师：云神。黮（dàn）：云多貌。

260 涑雨：暴雨。沛：雨多貌。涂：路。

261 軑：车辖上环，用以载辔。此作动词用，谓载辔待发。雕（diāo）舆：玉饰之车舆。葩：车盖之金华。

262 扰：驯。应龙：有翼之龙。路：车。

263 森：聚貌。

264 屯：聚。

265 揭：剑动貌。

266 岩（yán）：高貌。

267 绯缅：盛饰貌。辉煌：佩光貌。

268 俨：敬。

269 八乘：以八马驾车。骧：举，腾跃。

270 氛旌：以氛气为旌。溶：宛转貌。

271 霓旌：以云霓为旌。

272 軨轵：车墙间横木。

273 勺藻：热貌。

274 羡：慕。上都：指天帝所居。赫戏：光盛貌。

275 青雕：指青纹龙。揵：竖。芝：小盖。

276 素威：指白虎。钲：铙。

277 长离：南方朱鸟，即凤。

278 衡：当作“水衡”，掌山泽之官。玄冥：北方之神。

279 箕伯：风伯。《风俗通》："风师者，箕星也，主簸扬，能致风气也。"函：含。

280 恁：腾也。一说当作"澄"。澳淴：混浊。

281 拽：当作"曳"，引也。离离：飘扬貌。

282 鸾：车衡上之铃。嘤嘤：声也。

283 清霄：天边微云。遐：远。

284 蠛蠓：游气。征：行。

285 纷：盛貌。翼翼：行列整治之状。戾：至。

286 焱（yàn）：火焰。回回：光明貌。扬灵：扬其光灵。

287 帝阍：天帝之守门人。

288 觌（dí）：见。天皇：天帝。

289 广乐：乐名，其乐九成，故九奏。

290 泄泄：和乐貌。肜肜：即融融，和乐貌。

291 律：十二律。均：五均，施弦以调六律五声。

292 惟：思。般逸：乐逸。斁（yì）：厌。

293 素女：古神女名。《史记·孝武本纪》说："泰帝使素女鼓五十弦瑟，悲，帝禁不止，故破其瑟为二十五弦。"

294 太容：黄帝乐师。吟：叹。念：思，指思戒慎逸乐。

295 靖：静。

296 迨：及。翱翔：浮游。

297 紫宫：星名，又名紫微宫、紫微垣，古以为天帝所居。肃肃：清静貌。

298 太微：星名。古以为天子之宫庭，五帝之座，十二诸侯之府，以象外藩、九卿。阆（làng）阆：高貌。

299 王良：古善御者，又为星名，主天马。

300 逾：越。高阁：星名。将将：高貌。

301 罔车：毕星。幕幕：盛。

302 青林：天苑。芒芒：广大。

303 威弧：星名。拔刺：弯弓貌。

304 嶓冢：山名。封狼：星名。封，大。

305 壁：星名，即东壁。垒：星名，即中垒。北落：星名。

306 伐：击。河鼓：星名。磅硠：象声词。

307 天潢：天津。泛泛：浮貌。

308 云汉：天河。汤（shāng）汤：水疾流貌。

309 招摇、摄提：皆为星名。剡流：缭绕，回转。

310 二纪：指日月。五纬：指五星。绸缪：连续。遹（yù）皇：往来貌。

311 偃蹇：骄傲之貌。夭矫：自纵恣貌。娩：跳。连卷：长曲貌。

312 杂沓、丛悴（cuì）：皆众多之貌。飒：群飞貌。骧：驰。

313 魆汩（yù yù）、飂（liáo）泪：皆疾貌。沛：流貌。罔象：即仿像，虚无。

314 烂漫、丽靡：皆光彩分布貌。藐：远貌。迭（dié）：借为泆，过也。逿（dàng）：突也。

315 凌：乘。硠磕（kāng kē）：雷声。

316 淫裔：电闪貌。

317 瀧（máng）鸿：即蒙鸿，天之高气，天地未分时之元气。宕（dàng）冥：犹窈冥。

318 贯：度。倒景：日在下其光上照。高厉：高举。

319 开阳：北斗七星第六名开阳。俯眂：同“俯视”。

320 暗蔼：远貌。

321 离居：离群索居。劳：忧。

322 悁悁：愤恨忧心。

323 眷眷：悲恋回顾貌。

324 辀：车辕。

325 媮：同“愉”。

326 愁慕：忧思。

327 阊阖：天门。

㉘ 猋忽：《后汉书》作“飙忽”，疾风也。

㉙ 菲菲：云盛貌。

㉚ 眇眇：风远貌。旟（yú）：旗名，上画鸟隼。

㉛ 暗暧：犹恍惚间。

㉜ 倏：倏忽，疾也。眩眃（yún）：疾貌，一说视不明貌。常闾：旧居。

㉝ 逸豫：安乐。

㉞ 淫放：游乐放荡。遐心：疏远之心。

㉟ 初服：初衣，未仕时之服。娑娑：盛貌。

㊱ 佩：系于带之玉佩。参参：盛貌。

㊲ 奂：文采光明灿烂。

㊳ 六艺：指礼、乐、射、御、书、数。

㊴ 罟：网。

㊵ 徽音：懿美之德音。

㊶《归耕》：琴曲名，曾子作。《琴操》说，曾子事孔子十余年，一日晨，怀念双亲，鼓琴曰：“往而不及者年也，不可得而再事者亲也。歔欷归耕来兮，安所耕历山盘兮。”

㊷ 嵚崟（qīn yín）：山高险貌。

㊸ 不贰：无二心。

㊹ 服：行。

㊺ 惕：惊惧，警惕。厉：危。《周易·乾》九三说：“君子终日乾乾，夕惕若厉，无咎。”愆（qiān）：《后汉书》作“諐”（qiān），过也。

㊻ 敕（chì）：整，正。

㊼ 恧（nǜ）：愧。

㊽ 不出户：《老子》四十七章说：“不出户，知天下；不窥牖，见天道。”

㊾ 劬（qú）劳：劳苦。

㊿ 系：系一赋之意。

(351) 河：黄河。《左传·襄公八年》载逸诗“俟河之清，人寿几何”。河清，喻明时。秖（zhī）：同“祇”，适也。

㉜ 六区：犹六合，指上下四方。

353 逞：极。

354 阶：升。

355 柏舟：柏树制之船。《诗经·邶风·柏舟》说：“忧心悄悄，愠于群小”“静言思之，不能奋飞”。悄悄：忧愁貌。吝：恨惜。

356 松：赤松子。乔：王乔。皆仙人。跱（zhì）：踞。离：通“丽”，附也。

357 结精：结束精神。携：离。

358 朅（qiè）：去。

【语译】

景仰前代圣哲的高深教训啊，即使“仰之弥高，钻之弥坚”而无所违。不居住仁者之里又居住在何处啊，不追求道义之迹又追求什么？默然谨记于心而永思啊，历经绵绵岁月而不衰歇。唯内心的诚于修治啊，追慕古人的坚贞节操。我立身而顺礼义啊，遵法度而无差失。心志垂悬而忧劳啊，诚实之心坚固有如结缚。为表明性行而制作玉佩啊，佩带夜光珠与琼玉。系上秋天幽香的兰花啊，又系上香草江离。其美重积而芳香浓烈啊，诚为久远而不易亏歇。既是十分美好而又少有其匹啊，但并非当今世道所珍重。摇动我的光彩却无人看见啊，散布我的芳香却无人闻知。独守正道而居微贱之处啊，岂敢怠惰求暇而不努力。庆幸八元、八恺遭遇虞舜啊，嘉美傅说生于殷高宗之时。崇尚前贤之遗风啊，痛惜后世的不能追及。为何单行而孤独啊，孑然不群而独立。有感于凤凰之独栖啊，悲叹淑善之人少与人合。

他们不能与人遇合又有什么妨害啊，只怕诸多虚伪蒙覆了真。周公遭到群弟的怨恨啊，后来开启金封之匣大家才了解他的忠诚。看看众人诸多邪僻啊，畏惧制定法律而危及自身。日增烦忧而深感迷惑啊，谁可与我共同交谈倾诉？内心深深的忧思啊，思绪繁乱而未能理顺。愿竭力而执守道义啊，即使贫穷也不改变。守贫而竭力啊，面临道义而紧紧追随。且奉此道义而周旋于世啊，直至死去而后已。世俗迁移变化而改变常道啊，泯灭了规矩的圆和方。珍视臭草萧艾而置于竹筐之中啊，竟说香草蕙茝为不香。斥退美女西施而不进御啊，拘羁骏马用来驾车。行为邪僻竟能如愿进用啊，遵循法度反而遭受祸殃。思天地是永恒无穷的啊，为什么我竟碰上这无常的世道！

不贬损操守苟且取容啊，就好像面临江河而无舟。想巧笑以求媚于时啊，并非我内心所愿行。穿上“温恭”的黻衣啊，身披“礼义”的绣裳。交织“贞亮”而为巾囊啊，杂以“伎艺”而成玉珩。彩藻雕画十分鲜明啊，佩玉之声既远且长。服此美服长久游息而自恣啊，太阳忽然西沉。欲靠知我者光宠自己啊，鶗鴂又已先鸣致使百草凋伤。希望一年如芝草三次开花结穗啊，但迫于白露结成严霜。时光流逝四时代序啊，谁能与我结伴同行？嗟叹美恶难以并立啊，想依从韩众去求仙远逝。但恐求仙延缓而不成啊，留下又怕为谗邪所蔽而不能彰明。

内心犹豫而狐疑啊，走到岐山之下去陈情。文王为我首先以蓍而筮啊，说“利在远走高飞退隐山林而保其名。历经众山而周流啊，双翼在疾风中振动发声。二女感应于高山啊，有时寒冰折物而不可经营。天本高而变为泽啊，谁说道路不平！”努力自强不息啊，但犹恋天子之阶的高峻。我担心筮占有长短啊，又去钻灼青色之龟而观吉兆。“遇九泽之大鸟啊，忽恨平素之意不能尽申。游于尘垢之外而瞥见天空啊，身凌高远而哀鸣。”雕鹗以贪婪而竞进啊，我却因修治洁行而愈加荣幸。“你有事于玄鸟啊，如能回归道母然后才安宁。”

占卜既获吉兆而无祸悔啊，便选择吉日并整理行装。早上我沐发于清流之源啊，在朝阳之下晒干我的头发。含漱飞泉的流汁啊，咀嚼石芝的飞花。飞鸟高举而游鱼腾跃啊，我将奔向四面八方。经过少皞的穷桑之野啊，向句芒询问海中三座仙山之所在。三山上仙者何以如此纯粹啊，抛弃了污秽的物累而一身轻飘。登上蓬莱而自在徘徊啊，负山之鳌虽在以手相搏但并不倾倒。留在瀛洲而采撷芝草啊，且借此求得长生。我依凭着归去的云而远去啊，晚上我歇宿于扶桑。饮青岑山之玉泉啊，以夕露作为食粮。发现了昔日梦中所见的木禾啊，生长在昆仑山的高岗上。早上我走过汤谷啊，追随夏禹于会稽山。赞美诸侯执玉帛为礼啊，痛恨防风氏言不守信。

走上通往长沙的道路啊、到南方去恤问虞舜。哀怜二妃未能从舜而去啊，美丽的二妃死在湘水之滨。放眼眺望衡山之下啊，看见了毁坏了的祝融之墓。痛心于火正祝融之无处可归啊，托身山坡寄孤魂。忧愁郁闷而思远啊，越过印州而游遨。在南方度过了正午啊，在炎火所陶之地休息。火光四射映红了天啊，水波沸腾波涛汹涌。温热之风炽盛更增其热度啊，心情郁悒难有寄托。独羁旅他乡而与友啊，我怎能在此滞留？

望西方而叹息啊，我打算西行去游乐。祝融在前让他举起旌麾啊，牵系着凤凰让他承奉着旗。在广都建木之下休息啊，拾取若木之花而踟蹰不进。越过了西海的轩辕国啊，又跨过龙鱼陵居的汪氏国。听闻此国人寿千年啊，但何足以使我高兴？

想到九州的不同风俗啊，跟随蓐收便往九州去。轻举神化有如蝉蜕啊，与精粹结友而为伴侣。行经白门而向东驰去啊，我在荒野之中行走。横渡过潺湲的弱水啊，在华阴急流中的小洲上止息。叫冯夷去清理渡口啊，用龙舟把我渡过去。此时黄帝之神位尚未东归啊，内心惆怅而徘徊不前。在河林茂盛的草木中休息，赞美《关雎》对后妃“忧在进贤”的告诫。

黄帝的神灵来到为我访谋吉凶之命啊，探求天道通向何方。黄帝说天道近而信之与远而疑之啊，两者在六经中都空缺未写出来。神道昧暗而难审啊，谁能察明而跟从他。牛哀病而化为虎啊，即使遇到兄弟也要咬。鳖令死其尸亡于江上啊，但竟复生受蜀王禅让而永世为王。死生如此乖错而不齐啊，即使是司命之神也弄不清。窦姬遣代时号泣于道路啊，后来生了景帝享受福禄子孙繁衍。王莽女得意于汉之宫廷啊，最终却含忧自尽而无后。都尉颜驷眉杂黑白伏于郎署啊，历经三朝才遇到了汉武帝。董贤年二十便居三公之位啊，他建了王者的墓道但死后却不能安处。那吉凶是互相承续啊，常常反覆而没有固定的处所。

叔孙穆子梦天压己而喜悦牛竖啊，牛竖却背叛他使他幽闭而饿死。晋文公被斩断衣袖而憎恶伯楚啊，但阉人伯楚却告发贼人使文公获得平安。这两位通达之人尚且被喜好和憎恶所蒙蔽啊，昏乱之人岂能分辨得清？嬴政分析谶语而防备胡人啊，防备外患但祸乱却发生于内。周犨用车装载钱财出走以逃避车子啊，途中孕妇产于车下婴儿即取名车子。梓慎、裨灶公然谈论天意啊，预言水火之灾却没有应验。梁国丈人被黎丘之鬼所危害啊，向自己的儿子捅刀子。亲眼所见尚且分不清啊，何况幽冥之事怎可相信？不要牵制于世事而羁绊自己啊，以致诸多忧思而成病。

那上天之视听十分清楚啊，用以辅佐诚而扶助仁。商汤洁净身体而祈祷雨啊，终于获得大福并拯救了民众。宋景公三次考虑甘受天罚以救国啊，天感其言荧惑徙三舍次于别的星宿。魏颗守信依从其父神志清醒时之言啊，有鬼结草遮拦杜回而打败了秦。咎繇勉力建树德啊，他所建树之德在其后英国六国中繁荣茂盛。桑树末梢寄生之植物啊，桑树已凋谢而寄生植物却已生育。有无言而不酬答的啊，又哪里有往而不返？何不远游以扬声啊，谁说时光可以停下和贮藏起来？

抬起头来远望啊，神魂惆怅失望而无伴侣。感到国中促迫狭隘啊，将往北去遍游域中。途中积满厚厚的坚冰啊，清泉冰冻而不流。寒风凄凄而长驱直入啊，吹拂着大山风声骚骚。龟蛇合体之玄武缩在甲壳之中啊，腾蛇蜿曲而自绕。鱼竖着鳞聚于冰上啊，鸟登上树而失其枝条。坐在北方荫蔽之室啊，令我感慨歔欷而增忧。埋怨高阳选择了这样的居所啊，怨恨颛顼住在这北方陋小幽暗之处。穿梭于路劳碌奔波在四方边远之地啊，南来与北往于事有何补益？望着北极之寒门那极远之地啊，纵马奔驰在不周山下。狂风呼啸为我送行啊，飘然远去而不能止。越过深深的空穴啊，漂过深广的大川。经过寂寞的地府啊，聪敏的土怪坟羊在此深潜。

追寻幽昧于地下啊，又超逸混沌元气而向上浮。走出密山幽暗之荒野啊，竟不认识路通向何方。召来烛龙令其执火炬啊，行经钟山而休息。观看瑶溪之赤岸啊，吊念祖江之被杀。访西王母于银台啊，进献玉芝以充饥。戴着玉胜的西王母欢笑不止啊，又责让我来得迟。用车载来太华山之神女啊，又召来洛水之宓妃。都容貌美丽而仪态妖艳妩媚啊，加之有美目和蛾眉。舒展纤细的腰肢啊，飘动香色杂错的衣裙。张开朱唇而微笑啊，容颜明艳而长留辉光。献上珠璧与宝带啊，又以玄黄之玉石申明其好。虽然容貌美艳财货珍贵啊，但我心志广大并不看重。玉女、宓妃悲于不被接纳啊，一同咏唱起清丽的诗歌。歌道:“天地和气，百草含华。鸣鹤交颈，雎鸠相和。处女怀春，精魂荡漾。为何明君，把我忘弃？”

将要赋诗酬答而无闲暇啊，于是整理车驾而疾行。望着巍巍昆仑山啊，来到流水滔滔的纡曲的大河。神龟伏地背负着水中小洲啊，螭龙横亘架起了飞桥。登上阆风上的层城啊，架构不死之树来做床。捣碎瑶玉之花蕊用作干粮啊，酌取白水用来作浆。让巫咸来占昔日“木禾”之梦啊，竟是贞吉的大端。繁滋美德于中正之道啊，含蕴善美而施布于人。禾穗已垂而思本根啊，其要亦在于思念故乡。和静自安而随时顺俗啊，这本是纯美所居留的地方。

告众官夙早而会啊，皆供其职迎我而归。丰隆响起霹雳之声啊，电光照亮了黑夜。云神积聚着浓云啊，暴雨倾泻在道路上。整车待发树起车盖上的金花啊，驯服应龙让他来驾车。众神全都聚集跟随着啊，车骑聚集起来有如星罗棋布。

拍拍我的衣袖而登车啊，长剑上举又低昂。高高的帽子映着车盖啊，佩玉琳琅而闪光。御车的仆夫恭敬地执掌着马鞭啊，八匹驾车的马飞起而腾跃。以氛气为旄宛转盘旋在天空中啊，旌旗在空中飘动飞扬。抚摩车上横木而回顾啊，心中灼热有如沸水。既羡慕天帝上都的光盛啊，为何迷念故乡而不忘？左使青龙竖起车盖啊，右使白虎主管钲鼓。让南方朱鸟在前拂羽毛啊，后面跟着北方的水衡。告风伯函怀其风啊，澄清混浊之气使大地清泠。引着飘扬的云旗啊，响着嘤嘤的鸾铃之声。踏着天边微云而升至远方啊，浮泛在游气之上而上行。行列整齐雄壮徐徐而至啊，火焰光明而扬其光灵。叫天帝之守门人开门啊，在玉宫谒见了天帝。聆听了广乐的九成啊，的确是其乐融融。考察治乱于律吕啊，当自始至终思其意。思乐逸之无厌啊，担心乐刚去哀即来。素女弹五十弦瑟而有余音啊，太容吟叹而思戒慎逸乐。既防溢满又安静其心志啊，待我闲暇再去翱翔云游。

走出清静的紫微宫啊，来到高高的太微星。命令王良驾驭天驷星啊，又越过高高的高阁星。驾起众盛的罔车啊，在广大的青林中畋猎。弯开威弧之弓啊，射嶓冢山的封狼。观东壁中垒星于北落星啊，敲击河鼓砰砰地响。浮泛在汹涌的天津上啊，在急流的天河中浮游。倚靠着招摇、摄提星徘徊回旋啊，察看日月和五星的相连和往来。其运行似骄傲自纵曲折急跃啊，众多的星正群飞而急驰。疾速地流向虚无的太空啊，光彩四射一闪而过奔向远方。

我又登上砊磕的惊雷啊，玩弄狂闪的电光。跨越窈冥的高气啊，测度日之倒景而高举。空廓浩渺而无边际啊，到今天才看到了天外的景象。

据开阳星而俯视啊，看到了依稀朦胧的遥远的故乡。因离群索居而悲愁啊，情思忧愦而思归。神魂眷念而时常回顾故乡啊，马也倚着车辕而徘徊。虽然游乐带来了愉悦啊，但忧思之人怎能安于此乐？出了天门啊往下行，乘着疾风啊驰向虚无。团团白云啊绕着我的车轮，缥缈的风啊吹动我的旗。联翩而至啊在恍惚之中，转眼之间啊回到了旧居。

收敛从前的安乐啊，卷起放荡的散心。修复盛丽的初衣啊，使我的玉佩又长又有光彩。初衣文采焕发光辉灿烂啊，美丽多彩而跟随着风。驾驭着六艺的宝车啊，在道德的树林中游息。把典籍结成网罟啊，驱儒墨之道入网而当作禽。体味阴阳的变化啊，歌咏雅颂懿美之德音。赞美曾子的《归耕》曲啊，思慕历山的高峻。谨于从事而无二心啊，这本是我终始之所行。整日警惕似有危险以减少过失啊，担心我自身未能修治。只要我内心是正直的啊，没有人了解我我也不感羞愧。默然无为以坚定自己的志向啊，与仁义为伍共逍遥。不出户就能了解天下啊，何必劳苦而远游？

结语道：天长地久岁月不停留，等待河清只徒然怀忧。希望能够远游而自娱，游遍上下和四面八方。超越腾跃而与世俗相隔绝，飘然如神仙轻举以逞我之所欲。但天不可升仙人也稀少，忧心悄悄愠于群小恨不能奋飞。赤松子、王乔高踞物外谁能依附他们，打起精神去远游徒然使我心离携。回转心志而谋求玄圣之道，也可获得我之所求我还思虑什么呢！

【评析】

张衡生当乱世，道不能行，于是“思其玄远之道而赋之，以申其志耳”。开头抒发“淑人希合”的苦闷与“遭遇无常”的恐惧，但又不愿“巧笑干媚”，于是决心远游六合之外。接着叙述远游前文王之占卜，以及远游中之种种经历。其中交织着对“死生不齐”“吉凶相仍”的困惑。远游并未能摆脱困境与苦恼。最后表示“回志朅来从玄谋，获我所求夫何思”。作者所求之玄道，即“默无为以凝志兮，与仁义乎逍遥”，表示当以道家无为儒家仁义之道为依归。全文构思略同于《楚辞·远游》。但赋中所写或游于昆吾，憩于炎火，或北望寒门，行于积冰，忽而“追荒忽于地底”，忽而“轶无形而上浮”，均能驰骋想象，大胆挥毫，且能在记游中融入自己的彷徨苦闷，意境深邃感人。

归田赋一首

作者：张平子　　注译评析：张葆全

游都邑以永久[①]，无明略以佐时[②]。徒临川以羡鱼[③]，俟河清乎未期[④]。感蔡子之慷慨[⑤]，从唐生以决疑[⑥]。谅天道之微昧[⑦]，追渔父以同嬉[⑧]。超埃尘以遐逝[⑨]，与世事乎长辞[⑩]。

于是仲春令月[⑪]，时和气清。原隰郁茂[⑫]，百草滋荣。王雎鼓翼[⑬]，鸧鹒哀鸣[⑭]。交颈颉颃[⑮]，关关嘤嘤[⑯]。于焉逍遥，聊以娱情。

尔乃龙吟方泽[⑰]，虎啸山丘。仰飞纤缴[⑱]，俯钓长流。触矢而毙，贪饵吞钩。落云间之逸禽，悬渊沉之鲨鰡[⑲]。

于时曜灵俄景[⑳]，系以望舒[㉑]。极般游之至乐[㉒]，虽日夕而忘劬[㉓]。感老氏之遗诫[㉔]，将回驾乎蓬庐[㉕]。弹五弦之妙指[㉖]，咏周孔之图书[㉗]。挥翰墨以奋藻[㉘]，陈三皇之轨模[㉙]。苟纵心于物外[㉚]，安知荣辱之所如[㉛]！

【篇旨】

写春日田园丽景与游钓、弹琴、读书、著文的自由自在的生活，抒发了归隐田园的无穷乐趣。

【注释】

① 都邑：此指东汉京都洛阳。永：长。久：滞。

② 略：智略，谋略。

③ 羡：愿，贪欲。《淮南子·说林训》说："临河而羡鱼，不如归家织网。"《汉书·董仲舒传》说："临川羡鱼，不如退而结网。"喻徒羡功名，不如退修其德。

④ 河：黄河。河水常混浊，古以河清为太平盛世之祥瑞。《左传·襄公八年》载逸诗说："俟河之清，人寿几何。"《周易乾凿度》说："天降嘉应，河水先清三日。"

⑤ 蔡子：蔡泽，战国燕人，秦昭王用为相。《史记·范雎蔡泽列传》载其发迹之前，曾请唐举看相。慷慨：悲叹，失志貌。

⑥ 唐生：唐举，战国梁人，善为人看相。

⑦ 谅：信，诚。微昧：幽隐。

⑧ 渔父：《楚辞》有《渔父》篇，王逸《楚辞·渔父章句序》说："渔父避世隐身，钓渔江滨，欣然自乐。"在江湘之间与屈原相应答。嬉：乐。

⑨ 埃尘：喻浊世。遐：远。

⑩ 长辞：永别。

⑪ 令月：吉日。令：善。

⑫ 原隰（xí）：原野，高平曰原，下湿曰隰。

⑬ 王雎：鸟名，即雎鸠。

⑭ 鸧鹒：鸟名，即黄莺。

⑮ 颉颃（xié háng）：鸟上下飞，飞而上曰颉，飞而下曰颃。

⑯ 关关、嘤嘤：皆鸟和鸣之声。

⑰ 尔乃：于是。方泽：大泽。

⑱ 纤缴（zhuó）：纤细之生丝，此指弋射之箭（箭尾系丝）。

⑲ 悬：钓起。渊沉：深渊。鲨鰡（shā liú）：皆鱼名。

⑳ 曜灵：指日。俄：斜。景：日影，日光。

㉑ 望舒：本为月御，此代指月。

㉒ 般（pán）游：游乐。

㉓ 劬（qú）：劳。

㉔ 遗诫：指《老子》十二章“驰骋畋猎，令人心发狂”。

㉕ 蓬庐：茅屋。

㉖ 五弦：五弦之琴。《礼记·乐记》说：“舜作五弦之琴，以歌南风。”指：旨趣。

㉗ 周孔：周公、孔子。

㉘ 翰：笔。奋藻：发舒文辞，指著文。

㉙ 三皇：上古圣皇。《史记·秦始皇本纪》说：“古有天皇，有地皇，有人皇”。他书说法不一。轨模：法则。

㉚ 苟：且。

㉛ 如：往，归。

【语译】

游于京都而长期滞留，并无高明的谋略以辅佐当今皇上。如临川羡鱼一般徒然羡慕荣禄，想等待河水清澈政治清明却不可预期。有感于蔡泽失意之悲叹，他曾请唐举相面以决心中之疑。天道确是幽晦难明，只好追随渔父一同嬉游江滨。我要超越尘世而远去，与世事俗务永远告别。

在仲春二月美好的一天，时节和暖天气清新。原野树木葱郁茂密，百草滋生繁荣。雎鸠振翅而飞，黄莺哀婉鸣叫。有的成双成对上下飞翔，有的关关嘤嘤地叫唤。在这里多么自在逍遥，且借此来娱悦自己的心情。

于是便如龙一般高吟于大泽，如虎一般长啸于山丘。仰头弋射飞鸟，俯身钓鱼游长流。鸟因中箭而毙命，鱼因贪食钓饵而上钩。射落高飞云间的鸟，钓起潜于深渊的鱼。

这时夕阳下沉，接着皓月东升。极尽游乐之乐趣，虽然时光已晚但却忘了疲劳。有感于老子“驰骋畋猎，令人心发狂”之遗训，才使车驾返回自己的茅屋。于是弹起五弦琴抒发微妙的旨趣，诵读周公孔子的图籍文书。挥动笔墨而著文，陈述三皇之法则。且放纵心神于尘世之外，何用考虑荣辱得失之结局归向何处！

【评析】

本篇写归隐田园的无穷乐趣，无论写景与抒情，均简洁清新，畅快明丽。首段交代归田缘由。“无明略以佐时”“俟河清乎未期”，措辞委婉，实则表示生当浊世，壮志难申，不如辞世而归。接着描写春日丽景与归田之乐。写春景只写“原隰”“百草”“王雎”“鸧鹒”，写游乐只提弋射与俯钓，取材简洁，形象清新。最后写日暮回驾，弹琴读书，纵心物外，荣辱俱忘，充分表达了归隐后高雅闲逸的生活情趣。本篇语言多用骈俪，对偶工稳，形式整齐畅达，读来琅琅上口。

卷第十六

志下

闲居赋一首　并序

作者：潘安仁　　注译评析：胡大雷

岳尝读《汲黯传》[1]，至司马安四至九卿[2]，而良史书之，题以巧宦之目[3]，未尝不慨然废书而叹。曰：嗟乎！巧诚有之，拙亦宜然[4]。顾常以为士之生也[5]，非至圣无轨，微妙玄通者[6]，则必立功立事[7]，效当年之用[8]。是以资忠履信以进德，修辞立诚以居业。

仆少窃乡曲之誉，忝司空太尉之命[9]，所奉之主，即太宰鲁武公其人也，举秀才为郎。逮事世祖武皇帝[10]，为河阳怀令、尚书郎、廷尉平[11]。今天子谅暗之际[12]，领太傅主簿[13]。府主诛[14]，除名为民。俄而复官，除长安令[15]。迁博士[16]，未召拜，亲疾，辄去官[17]免。自弱冠涉乎知命之年[18]，八徙官而一进阶，再免，一除名，一不拜职，迁者三而已矣。虽通塞有遇[19]，抑亦拙者之效也[20]。昔通人和长舆之论余也[21]，固谓拙于用多。称多则吾岂敢，言拙信而有征。方今俊乂在官[22]，百工惟时[23]，拙者可以绝意乎宠荣之事矣。太夫人在堂[24]，有羸老之疾，尚何能违膝下色养[25]，而屑屑从斗筲之役乎[26]？

于是览止足之分[27]，庶浮云之志[28]。筑室种树，逍遥自得。池沼足以渔钓，舂税足以代耕。灌园粥蔬[29]，以供朝夕之膳；牧羊酤酪，以俟伏腊之费[30]。孝乎惟孝，友于兄弟[31]，此亦拙者之为政也[32]。乃作

《闲居赋》，以歌事遂情焉[33]。其辞曰：

傲坟素之场圃[34]，步先哲之高衢。虽吾颜之云厚，犹内愧于甯蘧[35]。有道吾不仕，无道吾不愚。何巧智之不足，而拙艰之有余也。

于是退而闲居于洛之涘[36]。身齐逸民[37]，名缀下士。陪京溯伊[38]，面郊后市。浮梁黝以径度[39]，灵台杰其高峙[40]。窥天文之秘奥，究人事之终始。其西则有元戎禁营[41]，玄幕绿徽[42]。溪子巨黍[43]，异絭同机[44]。炮石雷骇，激矢虻飞[45]。以先启行，耀我皇威。其东则有明堂辟雍[46]，清穆敞闲[47]。环林萦映，圆海回渊。聿追孝以严父[48]，宗文考以配天[49]。祗圣敬以明顺[50]，养更老以崇年[51]。若乃背冬涉春，阴谢阳施。天子有事于柴燎[52]，以郊祖而展义。张钧天之广乐[53]，备千乘之万骑。服振振以齐玄[54]，管啾啾而并吹。煌煌乎！隐隐乎[55]！兹礼容之壮观，而王制之巨丽也。两学齐列[56]，双宇如一。右延国胄[57]，左纳良逸。祁祁生徒[58]，济济儒术。或升之堂，或入之室[59]。教无常师，道在则是。故髦士投绂[60]，名王怀玺。训若风行[61]，应如草靡[62]。此里仁所以为美[63]，孟母所以三徙也[64]。

爰定我居，筑室穿池。长杨映沼，芳枳树篱。游鳞瀺灂[65]，菡萏敷披[66]。竹木蓊蔼[67]，灵果参差。张公大谷之梨[68]，梁侯乌椑之柿[69]，周文弱枝之枣[70]，房陵朱仲之李[71]，靡不毕殖。三桃表樱胡之别[72]，二柰曜丹白之色[73]。石榴蒲陶之珍，磊落蔓衍乎其侧。梅杏郁棣之属[74]，繁荣丽藻之饰。华实照烂，言所不能极也。菜则葱韭蒜芋，青笋紫姜。堇荠甘旨[75]，蓼荾芬芳[76]。蘘荷依阴[77]，时藿向阳[78]。绿葵含露[79]，白薤负霜[80]。

于是凛秋暑退，熙春寒往。微雨新晴，六合清朗[81]。太夫人乃御版舆[82]，升轻轩[83]，远览王畿[84]，近周家园。体以行和，药以劳宣[85]。常膳载加，旧痾有痊。席长筵，列孙子。柳垂阴，车结轨[86]。陆擿紫房[87]，水挂赪鲤[88]。或宴于林，或禊于汜[89]。昆弟班白，儿童稚齿。称万寿以献觞[90]，咸一惧而一喜[91]。寿觞举，慈颜和。浮杯乐饮[92]，丝竹骈罗[93]。顿足起舞，抗音高歌。人生安乐，孰知其佗。

退求己而自省，信用薄而才劣[94]。奉周任之格言[95]，敢陈力而就列。几陋身之不保，尚奚拟于明哲[96]。仰众妙而绝思[97]，终优游以养拙[98]。

【篇旨】

作者描摹田庄家园景物的宜人与闲居生活的欢乐，并表现了拙于为宦的自足。

【注释】

① 汲黯：西汉濮阳（今河南濮阳西南）人，字长孺，曾任淮阳太守，《史记》有传。

② 司马安：汲黯外甥，《史记·汲黯传》载："安文深巧善宦，官四至九卿，以河南太守卒。"九卿：古时中央政府的九个高级官职。

③ 巧宦：长于钻营的官员。

④ 拙：此处与"巧宦"之"巧"对举，意为不善为宦，仕途不顺。

⑤ 顾：念，想到。

⑥ 至圣：道德最高尚的人。轨：法度、准则。玄：天。

⑦ 立功立事：《左传·襄公二十四年》："大上有立德，其次有立功，其次有立言，虽久不废，此之谓不朽。"

⑧ 效：致，献出。

⑨ 忝（tiǎn）：辱。此三句官名均指贾充，他封鲁公，为司空，转太尉，薨，赠太宰，谥武公。

⑩ 世祖武皇帝：晋武帝司马炎。

⑪ 河阳：今河南孟州西。怀：今河南武陟西南。

⑫ 天子：晋惠帝司马衷。谅暗：一说为天子、诸侯居丧之称；一说为居丧之所，即凶庐。

⑬ 太傅：指杨骏。

⑭ 府主：指杨骏。

⑮ 除：授职，任命。

⑯ 迁：调动官职，一般是升官。

⑰ 辄：立即。

⑱ 弱冠：古时二十曰弱冠。知命之年：五十岁；《论语·为政》："五十而知天命。"

⑲ 通塞：境遇的顺利与滞涩。

⑳ 效：效验，证明。

㉑ 通人：学识渊博的人。和长舆：和峤，字长舆，潘安仁的同时代人。

㉒ 俊乂（yì）：德高望重的老人。

㉓ 百工：众官。

㉔ 太夫人：汉制，列侯之母方称太夫人。后来凡官僚豪绅的母亲，不论存亡，均称太夫人。

㉕ 膝下：对父母的尊称。色养：承顺父母脸色，孝顺侍奉父母。

㉖ 斗筲：都是容量很小的量器，此喻职位低微。

㉗ 止足：知止知足，不求名利。《老子》："知足不辱，知止不殆。"

㉘ 浮云：比喻不值得关心和重视的事情。《论语·述而》："不义而富且贵，于我如浮云。"

㉙ 粥：鬻，卖。

㉚ 伏腊：伏日腊日。

㉛ 友于兄弟：对兄弟友爱。《论语·为政》有这样的话："孝乎惟孝，友于兄弟，施于有政，是亦为政。"

㉜ 为政：参与政事。

㉝ 遂情：此处是抒发感情。

㉞ 坟：三坟，三皇之书。素：旧称孔子为素王。

㉟ 甯：甯武子，战国时卫国人，姓甯，名俞，"武"是其谥号；《论语·公冶长》载孔子语："甯武子，邦有道则知，邦无道则愚。其知可及也，其愚不可及也。"蘧：蘧伯玉，卫国大夫；《论语·卫灵公》载孔子之语："君子哉蘧伯玉！邦有道则仕，邦无道则可卷而怀之。"

㊱ 洛：洛水。涘（sì）：水边。

㊲ 逸民：避世隐居之人。

㊳ 溯：向。伊：伊水。

㊴ 浮梁：浮桥。黝：《尔雅》曰："地谓之黝。"

㊵ 灵台：观测天象之台，在洛阳南，去城十里。杰：高大。

㊶ 元戎：战车。

㊷ 玄幕：营房。徽：标记。

㊸ 溪子：强弓名。巨黍：强弓名。

㊹ 絭（quān）：弓弦。

㊺ 矢：箭。蚖飞：三镰箭。

㊻ 明堂：古代帝王宣明政教的地方，凡朝会、祭祀、庆赏、选士、养老、教学等大典，均在此举行。辟雍同。

㊼ 清穆：清和静穆。

㊽ 聿：述。

㊾ 宗：尊奉。考：死去的父亲。

㊿ 祇（zhī）：敬。

51 更老：三老五更，相传古代设三老五更之位以养老人。

52 柴燎：烧柴祭天。

53 钧天广乐：天上的音乐名。

54 玄：黑色。

55 隐隐：兴盛。

56 两学：国学与太学。

57 胄：后代。

58 祁祁：众盛貌。

59 升堂入室：《论语·先进》载"由也升堂矣，未入于室也"。是说子路（由）学孔子虽有成就，但还需更进一步；后因称人学问造诣精深为升堂入室。

60 髦士：英俊之士。绂（fú）：系印章的丝带；投绂，喻弃官来学。下"怀玺"同。

㉑ 训：教诲。

62 靡：倒下。

63 里仁为美：《论语·里仁》语，意为与有仁德的人住在一起，才是好的。

64 孟母三徙：相传孟子少时废学，孟母三迁居处，改变环境，使他卒业。

65 瀺灂（chán zhuó）：出没貌。

66 菡萏（dàn）：荷花的别名。敷披：开花。

67 蓊蔼：茂密多阴。

68 张公梨：据传洛阳北芒山有张公夏梨，甚甘。海内唯有一树。

69 椑：柿的一种，果实小，色青黑；相传梁国侯家有乌椑，甚美，世罕得之。

70 周文弱枝之枣：相传周文王时有弱枝之枣，味甚美。

71 房陵朱仲之李：相传房陵县有好李，仙人朱仲来窃。

72 三桃：三种桃，即樱桃（含桃、荆桃）、褫桃（山桃）与由西域传入的胡桃。

73 二柰：张掖的白柰与酒泉的赤柰。柰，亦称花红、沙果。

74 郁：通“薁”，山李。棣：唐棣。

75 堇（jǐn）：亦名旱芹。

76 蓼：味辛香。荽（suī）：香菜。

77 蘘（ráng）荷：菜似姜，依阴而生。

78 藿：豆叶，嫩时可食。

79 葵：菜名。

80 韰（xiè）：也作“薤”，藠头。

81 六合：天地四方。

82 版舆：车名。

83 轩：楼。

84 王畿：王城附近周围千里的地域。

㉝ 宣：通，遍。

㊱ 结轨：停车不行。

㊲ 擿：通“摘”。紫房：紫色的果实。

㊳ 赪（chēng）：红色。

㊴ 禊：古时在水边举行祭祀以消除妖邪的活动。汜：水边。

㊵ 献觞：敬酒祝贺。觞，酒具。

㊶ 一惧一喜：《论语·里仁》载孔子说：“父母之年，不可不知也。一则以喜，一则以惧。”即见其寿而喜，见其衰老而惧。

㊷ 浮杯：罚酒，罚满饮一杯酒。

㊸ 丝竹：弦乐管乐。骈罗：罗列。

㊹ 信：确实。

㊺ 周任：古代史官，《论语·季氏》载：“周任有言：‘陈力就列，不能者止。’”陈力就列，意即施展才能就担任职位。

㊻ 明哲：明智。

㊼ 众妙：万物的玄理。

㊽ 优游：悠闲自得。

【语译】

潘岳我曾经读《汲黯传》，读到汲黯的姐姐的儿子司马安四次登上九卿的高位，优秀的史学家记载这件事，以长于钻营巧于取官来品题他，每当我读到这里便无不感慨地放下书卷而叹息。还说：啊呀！长于钻营确有其收益，但表现笨拙不善为官也有其合宜之处。我想到作为读书人一生行为的法度，除非具有最高道德而可以随心所欲，除非节志精微与天相通，一般都必定要建立功劳与事业，贡献出正当盛年的才用，因此要依靠忠心推广信义来增进道德，修饰词句树立真诚来忠于职守。

我年轻时获得家乡人们的称誉，承蒙司空太尉贾充大人的提携，所尊奉的主人，也还是太宰鲁武公贾充大人，荐举我为秀才与郎官。到侍奉晋武帝，我先后任河阳令、怀令、尚书郎、廷尉平。在武帝去世今天子晋惠帝守丧之际，我任太傅主簿。杨骏太傅被诛杀，我也被除去名籍而成了平民百姓。不久恢复官职，任长安令，迁升为博士，未去上任，逢亲人病重，立即离任免职。我自二十岁成人至如今五十岁知天命之年，八次调动官职中，一次晋升官阶，两次免官，一次除去名籍，一次未上任，升官只有三次而已。虽然说顺利与滞涩是命运所致，但也是我笨拙而不善为宦的结果啊！以前学识渊博的和长舆先生评价我，本来就说我不善于施展多才多艺的本领。称多才多艺我岂敢领受，说我笨拙不善为宦倒是确确实实并有验证的。如今德高望重的人主持政事，众官各得其所，像我这样笨拙的人可以断绝在仕途上努力以获取恩宠荣耀的念头了。我的母亲在家中，但年老体弱有病，我怎么能不孝顺侍奉而劳劳碌碌地去从事职位低微的官役呢？

于是我明白了知止知足精神境界，一心想树立视名利为浮云的志向，建造房屋植种树木，逍遥自得内心悠闲。自家的池塘水泊足以打鱼垂钓，舂谷收租足以代替耕种；灌溉菜园出售蔬菜，可供给早晚的饮食，放牧牛羊卖出奶乳以支付伏日腊日祭祀的费用。孝敬父母，友爱兄弟，这也就是笨拙者的参与政事了。于是作《闲居赋》，来歌咏此事、抒发情感。赋的语辞说：

遨游在前代典籍的苑圃中，迈步在往古圣贤的大路上。虽然我算是颜面很厚，但还是内心有愧于甯武子、蘧伯玉，社会清明我不能做官，天下无道我又装不了糊涂。灵巧机智是多么缺少，笨拙而屡遭艰困却多而有余。

于是退居还乡闲住在洛水之滨，身与避世隐居之人相等，名也编籍在下等人士之列。我的庄园依傍京城面向伊水，前对郊野背朝市场。浮桥飞跨截流度越，灵台巍峨高大竦峙，窥索天文星相的运转奥秘，探究社会人事的变化始终。园西是战车环绕的禁军军营，黑色的营房帐幕上有绿色的标识。营中配备有自古以来的良弓溪子、巨黍，弓弦虽不一样却是同一机械原理。抛石车传出雷鸣般的吼声，激箭发射如虻虫奋飞。劲旅禁军先行开路，威武雄壮炫耀皇威。园东是举行盛典的明堂辟雍，高大宽敞显得清和静穆，竹木与水流环绕相互辉映。追求孝道尊奉父亲，赞美祖德与天相配；推行圣敬便光明顺利，敬养老人使健康长寿。到那冬尽春来，阴气衰退而阳气盛升，天子亲临焚柴祭天，郊祀祖宗展示大义。演奏上天音乐，齐备千乘万骑，服饰庄重一律黑色、管弦齐奏声鸣啾啾。多么辉煌，多么兴盛，礼仪场面如此壮观，朝廷制度巨大宏丽。国学太学分立并列，屋宇教室如同一体；右边的国学培养贵族后代，左边的太学招纳贤良人才。众多弟子济济一堂，学习儒术精辟深奥，有的学业优异可谓升堂，有的学问精深更属入室。没有固定那先生教师，“道”之所在即遵奉从学，所以英俊之士弃官从学，著名之王置印读书。教诲如风抚草，接受如草应风。这就是孔子所说的选择住处要近仁德的人为好，孟子母亲三迁居处以保证孟子的学习！

于是确定下我的居所，建房屋挖池塘，高大的白杨掩映水沼，芳香的枳树竖立成篱；游鱼出没沉浮，芰荷盛开艳丽，竹木茂盛多阴，鲜果枝头繁硕。洛阳北芒山的张公夏梨，梁国侯家乌椑之柿，周文王时的弱枝之枣，房陵仙人朱仲所植之李，全都种植无所遗漏。三种桃可区分樱桃、胡桃，两种柰闪耀着红白之色。石榴葡萄种种珍奇，累累成串蔓生四傍。梅杏郁棣名贵果木，花朵艳开绚烂围饰，花儿与果儿交相映现，此景此象是言语述说不尽。所种蔬菜则有葱韭蒜芋，青笋紫姜，旱芹荠菜滋味甘美，蓼菜蒌菜气味辛香。蘘荷依阴而生，豆藿向阳而长，绿色葵菜露水晶莹，白色蒿头粉霜满布。

于是秋来暑退天凉，春至寒去天暖，微雨过后天气放晴，天地四方清爽明朗。我的老母亲走下代步小车，登上飞昂小楼，远望王城四郊，近游家园周遭。身体内外因运动而和顺，药物因劳作而流通有效，日常饭量有所增加，旧年陈疾已见好转。摆开长长筵席，满座孙子儿子，柳树垂阴，远车不行。摘取田里紫色的果实，钓起水中红尾的鲤鱼。有时在林中宴会，有时在水边禊饮。兄弟已头发斑白，孩童尚稚气天真，向老人敬酒祝寿，为衰老而悲哀，为长命而高兴。祝寿酒杯高举，慈母容颜和蔼，行令罚酒为人助兴，乐器排列欢快鸣奏；顿足跳起舞来，引吭高歌一曲，人生的安逸快乐尽在此中，谁还知道有其他可言?

退隐后反求于己自省内心，我确是技用微薄才能低劣，尊奉古代史官周任的格言，我有能力才敢担任职位。卑贱之人自身不保，哪里敢自视为明智！仰慕万物的玄理而断绝其他念头，终生悠闲自养拙性。

【评析】

西晋时候，社会表面安定，但实际上酝酿着极大的危机，社会上一部分人对此有所感受，便有退隐、闲居的想法；但由于动乱还未出现，他们仍热衷于功名仕宦，潘岳其人其文都表现了这样的矛盾。除了抒情说理外，全赋的描摹可分为两大部分。一方面潇洒洋溢地写出了安享闲居生活的乐趣，那里环境优美，鲜果菜蔬既是生活必需而又赏心悦目。家人团聚，饮宴祝寿，欢歌起舞，人生之乐尽在于此，令人不胜神往。另一方面，赋中又以浓墨重彩描摹出京都的“壮观”与“巨丽”，煌煌王朝，盛盛大业，文治武功，靡不毕建；而且，这些绝不是作为庄院闲居的对比出现的，字里行间有着种种企羡。所以，赋中表面上是以拙于为宦而自足，实则抒发“有道吾不仕，无道吾不愚，何巧智之不足，而拙艰之有余”的牢骚，这是与陶渊明的隐居截然不同的冷外热中式的闲居。《晋书·潘岳传》称此赋是“仕宦不达”而作，又载潘母诮潘岳说“尔当知足，而乾没不已乎”，都可证此。从艺术上讲，作者继承汉代大赋写京都的风气，而把它融括在不长的篇幅中，这又是创新。另外，本赋又是承张衡《归田赋》而来，不过张赋偏重于描摹山野水泽，而此赋则偏重于刻画田庄家园风光。

哀伤

长门赋一首　并序

作者：司马长卿　　注译评析：胡大雷

孝武皇帝陈皇后[①]，时得幸[②]。颇妒，别在长门宫[③]，愁闷悲思。闻蜀郡成都司马相如天下工为文[④]，奉黄金百斤为相如、文君取酒[⑤]，因于解悲愁之辞[⑥]。而相如为文以悟主上，陈皇后复得亲幸[⑦]。其辞曰：

夫何一佳人兮，步逍遥以自虞[⑧]。魂逾佚而不反兮[⑨]，形枯槁而独居。言我朝往而暮来兮[⑩]，饮食乐而忘人。心慊移而不省故兮[⑪]，交得意而相亲[⑫]。

伊予志之慢愚兮[⑬]，怀贞悫之欢心[⑭]。愿赐问而自进兮，得尚君之玉音[⑮]。奉虚言而望诚兮，期城南之离宫[⑯]。修薄具而自设兮[⑰]，君曾不肯乎幸临。廓独潜而专精兮[⑱]，天漂漂而疾风。登兰台而遥望兮[⑲]，神怳怳而外淫[⑳]。浮云郁而四塞兮，天窈窈而昼阴。雷殷殷而响起兮，声象君之车音。飘风回而起闺兮[㉑]，举帷幄之襜襜[㉒]。桂树交而相纷兮，芳酷烈之訚訚[㉓]。孔雀集而相存兮，玄猿啸而长吟。翡翠胁翼而来萃兮[㉔]，鸾凤翔而北南[㉕]。

心凭噫而不舒兮[㉖]，邪气壮而攻中。下兰台而周览兮，步从容于深宫。正殿块以造天兮[㉗]，郁并起而穹崇[㉘]。间徙倚于东厢兮[㉙]，观夫靡靡而无穷[㉚]。挤玉户以撼金铺兮[㉛]，声噌吰而似钟音[㉜]。

刻木兰以为榱兮[33]，饰文杏以为梁。罗丰茸之游树兮[34]，离楼梧而相撑[35]。施瑰木之欂栌兮[36]，委参差以槺梁[37]。时仿佛以物类兮，象积石之将将[38]。五色炫以相曜兮，烂耀耀而成光。致错石之瓴甓兮[39]，象玳瑁之文章[40]。张罗绮之幔帷兮，垂楚组之连纲[41]。

抚柱楣以从容兮[42]，览曲台之央央[43]。白鹤噭以哀号兮[44]，孤雌跱于枯杨[45]。日黄昏而望绝兮，怅独托于空堂。悬明月以自照兮，徂清夜于洞房[46]。援雅琴以变调兮，奏愁思之不可长。案流徵以却转兮[47]，声幼妙而复扬[48]。贯历览其中操兮，意慷慨而自卬[49]。左右悲而垂泪兮，涕流离而从横。舒息悒而增欷兮[50]，蹝履起而彷徨[51]。揄长袂以自翳兮[52]，数昔日之諐殃[53]。无面目之可显兮，遂颓思而就床。抟芬若以为枕兮[54]，席荃兰而茝香[55]。

忽寝寐而梦想兮，魄若君之在旁。惕寤觉而无见兮，魂迋迋若有亡[56]。众鸡鸣而愁予兮，起视月之精光。观众星之行列兮，毕昴出于东方[57]。望中庭之蔼蔼兮[58]，若季秋之降霜。夜曼曼其若岁兮，怀郁郁其不可再更[59]。澹偃蹇而待曙兮[60]，荒亭亭而复明[61]。妾人窃自悲兮，究年岁而不敢忘。

【篇旨】

全赋拟托陈皇后的口吻，表达了她被遗弃幽居冷宫的愁怨及对君王的盼望。

【注释】

① 陈皇后：武帝姑母之女，姓陈，名阿娇。武帝得姑母之力而为太子，因娶阿娇为妃，及即位，立为皇后。

② 幸：宠幸。

③ 长门宫：汉代长安的别宫。

④ 工：善于，擅长。

⑤ 奉：奉送，进献。

⑥ 于：在此作“为”解。

⑦ 复得亲幸：重新得到宠爱。但此事史无明载。

⑧ 虞：测度，意料。

⑨ 逾佚：失散，散乱。

⑩ 我：指武帝。

⑪ 慊：绝。

⑫ 得意：称心如意之人。

⑬ 予：我。从此句起全文转为陈皇后语气。慢愚：疏慢不机灵。

⑭ 悫（què）：诚实、谨慎。

⑮ 尚：奉。

⑯ 期：期待。

⑰ 具：酒饭。

⑱ 廓：忧郁悲惨貌。专精：独处深思。

⑲ 兰台：华美的台榭。

⑳ 淫：游。

㉑ 闺：中门。

㉒ 襜（chān）襜：摇摇。

㉓ 訚（yín）訚：香浓。

㉔ 翡翠：鸟名。胁翼：敛翅。萃：集。

㉕ 鸾：青色凤鸟。

㉖ 凭噫：气满。

㉗ 块：独立貌。造：至。

㉘ 郁：壮大。穹崇：高大貌。

㉙ 间：少顷。徙倚：徘徊。

㉚ 靡靡：琐细而美好。

㉛ 挤：推。铺：铺首，即门环。

㉜ 噌（chēng）吰：声音。

㉝ 榱（cuī）：屋椽。

㉞ 丰茸：繁富众多。游树：浮柱。
㉟ 离楼：玲珑露空。梧：斜的支柱。
㊱ 欂栌：柱上木。
㊲ 委：积。槺梁：空洞貌。
㊳ 积石：积石山，古时所认为的黄河的发源地。将（qiāng）将：高峻。
㊴ 致：细密。错石：交错拼成花纹的石块。瓴甓（líng pì）：铺地的砖。
㊵ 玳瑁：爬行动物，状如龟。
㊶ 楚组：楚地出产的组绶。连纲：总的绶带。
㊷ 楣：门上横梁。
㊸ 央央：广阔貌。
㊹ 噭（jiào）：哀鸣。
㊺ 跱（zhì）：独立。
㊻ 徂：消逝。
㊼ 徵（zhǐ）：五音（宫、商、角、徵、羽）中的第四音，音高，多表达哀伤之情。
㊽ 幼妙：要妙。
㊾ 卬（áng）：高，激动。
㊿ 息悒：叹息忧郁。欷：哽咽。
51 蹝（xǐ）：趿着鞋。
52 揄：扬起。翳：遮蔽。
53 愆（qiān）：过失。
54 抟（tuán）：揉。
55 茝（chǎi）：香草。
56 迋（guàng）迋：恐惧貌。
57 毕昴（mǎo）：二星名，出于东方时为五六月。
58 蔼蔼：月光微暗貌。
59 更：经历。
60 澹：动摇。偃蹇：伫立貌。

㉛ 荒：欲明貌。亭亭：远貌。

【语译】

汉武帝的皇后陈阿娇，曾深得宠幸，颇有妒忌之性。后来她被废幽禁于长门宫，悲愁苦闷哀思。听说蜀郡成都人司马相如是天下最善于做文章的，便奉上黄金百斤给相如文君作酒钱，请相如写一篇能解愁去悲的文章。相如就写了此文使武帝感悟，陈皇后又重新得到宠幸。赋的语辞说：

啊呀呀那是一个多么美丽的女子，逍遥徘徊而忧思忡忡。失魂落魄去而不返，形容枯槁寂寞独居。君王曾许诺朝往暮来，却沉溺于饮食之乐便忘记了她。断情绝意不再顾恋旧人，结交可意新人而相亲相爱。

啊，我阿娇脑筋疏慢而又愚笨，内心却总怀着忠贞诚信的欢爱之意。希望荣幸地得到召唤问讯而进见，能与君王谈心聆听玉音。得到一句空话而当真地盼望着，痴心期待在城南的长门离宫。亲自置办菲薄肴馔，君王竟始终不肯幸临。寂寞孤独地幽居啊专心专意地等待，天上呼呼地风势迅急。登上华美的台榭遥遥相望，神情恍惚精不守舍。浮云郁集遮蔽了四方，天空深远而白昼阴霾。雷声隆隆响声四起，像是那君王车驾之声。风飘回旋起自中门，吹动帷幕摇摇晃晃。桂树枝条交错纠结，芬芳浓郁十里飘溢。孔雀栖止亲切相唤，黑猿吟啸叫声悠远。翡翠水鸟敛翅相集，鸾鸟凤鸟却南北分翔。

心胸塞闷而浑身不舒坦，邪气强盛便侵袭心中。走下华美台榭周游观览，从容舒缓漫步深宫。正殿独峙直达天际，巍峨的群殿并起而高峻。徘徊少顷走到东边厢房，观看到的美景无穷无尽。谁开玉门而金环摇动，声音宏大如同钟儿敲响。

雕刻木兰作为屋椽，装饰文杏作为屋梁。排列着众多的浮柱，攒集着斜柱以相撑。用瑰奇的木料做成斗拱，短木堆积参差成为空中拱梁。时而想象用物品来比拟，那就像高峻的积石山。五色光炫相互辉耀，鲜亮灿烂闪烁光芒。细密彩纹的石块来铺地面，就像玳瑁般的花纹图案。张布罗绮制作的帷幔帐幕，垂落下楚地组绶制作的系带。

抚览门梁四下漫步，观看曲台的深远宽广。白鹤号叫阵阵哀鸣，失偶雌鸟独立枯杨，日已黄昏心情绝望，惆怅孤独托身空堂。明月高悬照我孤身，深邃内房消磨清夜。拉过琴来不断变调，弹曲排解愁思但未能久长。弹按流利的徵音低回反复，声音轻细要妙忽沉忽扬，纵观琴曲而领会其中的情操，旨意慷慨而高昂激动。左右之人都悲痛流泪，泪水淋漓纵横四溢。长吐叹息而更增哽咽，趿着鞋子起身彷徨。扬起长袖遮蔽脸面，历历反省昔日过失。没脸面去显扬什么美德，只有抛弃心事而上床。揉碎芳若香草作为枕头，荃、兰、茝诸香草编成之席发出幽香。

躺在床上而梦想，魂魄好像犹在君王身旁。突然惊醒却什么也没看见，心魄恐惧若有所失。晨鸡齐鸣使我悲愁满怀，起身观看皎洁的月光。看到群星璀璨行列有序，毕、昴二宿升起在东方。中庭望去还是黯淡一片，仿佛是深秋季节霜降时的凄凉。夜色漫漫如比一年还长，怀抱悒郁不能再忍受下去。独自伫立心神动摇而等待天明，远方天色欲曙而渐渐明亮。妾人我内心暗自悲叹，但穷年累月仍不敢忘记君王。

【评析】

据序言所说，此赋是司马相如为陈皇后阿娇向武帝陈情而作。在第一段，作者先以第三者的口吻写出陈皇后被谪幽居长门宫的“枯槁”“独居”的情形，并谴责了武帝自食其言、喜新忘旧的行为。以下五段，行文上用陈皇后自述的口吻，表现了她独居孤处的忧愁与盼望君王的一片深情，及自己愿望未能实现的悲苦。武帝年少时就爱上了阿娇，曾说，将来要造一所金屋让阿娇住，不想十余年后阿娇竟是如此下场，不禁令人寒心。从全赋的内容来看，写女主人公如何受到冷落、如何孤寂、如何始终盼望君王到来，这与其说她在爱情上的专一，还不如说女主人公的遭遇实则表现了封建社会里妇女地位的卑微，即使是皇后，也不能控制自己的命运而免受屈辱。其实写姬妾也就是写臣仆，封建社会中臣仆的地位也正是如此朝不保夕，如此的寓意也是此赋历来传诵的原因之一。此篇仍是典型的汉赋作法，铺张扬厉并富于想象。如写夏日浮云四起而雷声隆隆，以联想君王的车驾来临；写积石山的高峻，以象征殿宇内的高寒；写长门宫的华丽，以映衬心情的悲苦，等等。此赋文情优美款恻，其立意与用词诸方面都对后世宫怨、闺情之作有所影响。

思旧赋一首　并序

作者：向子期　　注译评析：胡大雷

余与嵇康、吕安居止接近[①]，其人并有不羁之才[②]。然嵇志远而疏[③]，吕心旷而放[④]，其后各以事见法[⑤]。嵇博综技艺[⑥]，于丝竹特妙[⑦]。临当就命[⑧]，顾视日影，索琴而弹之。余逝将西迈[⑨]，经其旧庐[⑩]。于时日薄虞渊[⑪]，寒冰凄然。邻人有吹笛者，发声寥亮。追思曩昔游宴之好[⑫]，感音而叹，故作赋云：

将命适于远京兮[⑬]，遂旋反而北徂[⑭]。济黄河以泛舟兮，经山阳之旧居[⑮]。瞻旷野之萧条兮，息余驾乎城隅。践二子之遗迹兮，历穷巷之空庐。叹《黍离》之愍周兮[⑯]，悲《麦秀》于殷墟[⑰]。惟古昔以怀今兮，心徘徊以踌躇。栋宇存而弗毁兮，形神逝其焉如？昔李斯之受罪兮[⑱]，叹黄犬而长吟[⑲]。悼嵇生之永辞兮，顾日影而弹琴。托运遇于领会兮[⑳]，寄余命于寸阴。听鸣笛之慷慨兮，妙声绝而复寻[㉑]。停驾言其将迈兮，遂援翰而写心。

【作者简介】

向秀，生卒年不详，字子期，晋河内怀（今河南武陟西南）人。清悟有远识，与嵇康、吕安等友善，为“竹林七贤”之一。嵇康被杀后，应征入洛，官至黄门侍郎、散骑常侍。好老庄之学，曾注《庄子》，“为之隐解，发明奇趣，振起玄风”，唯《秋水》《至乐》二篇未完而卒。后郭象“述而广之”，别为一书。向注早佚，现存《庄子注》可视为向、郭二人的共同著作。主张“名教”与“自然”的统一，合儒道为一。擅诗赋，但作品多佚。《晋书》有传。

【篇旨】

本赋为悼念亡友嵇康、吕安而作，并从侧面表现了对当时政治现实的不满。

【注释】

① 嵇康：字叔夜，晋谯国铚县嵇山（今安徽涡阳）人，“竹林七贤”之一。吕安：字仲悌，晋东平（今山东东平）人。嵇、吕二人与向秀友善。居止：住处。

② 不羁：不受约束。

③ 疏：疏略。

④ 放：疏放。

⑤ 见法：被法律制裁。

⑥ 综：总聚。

⑦ 丝竹：弦乐管乐。

⑧ 就命：终命。

⑨ 逝：往。西迈：向西远行；向秀住山阳，洛阳在山阳西南面，故赴洛阳为“西迈”。

⑩ 旧庐：旧日的屋舍。嵇康的故居在今河南辉县和获嘉县之间的天门山。

⑪ 虞渊：古代传说中太阳落山的地方。

⑫ 曩（nǎng）昔：以往。

⑬ 将命：奉命。

⑭ 徂：往。

⑮ 山阳：今河南修武西北。

⑯《黍离》：《诗经·王风》篇名。《毛诗序》曰：“《黍离》，闵宗周也。周大夫行役至于宗周，过故宗庙宗室，尽为禾黍。闵周室之颠覆，彷

徨不忍去而作是诗也。”

⑰《麦秀》：《尚书大传》载殷商王室微子去朝见周天子，过殷墟，见那里已经沦为田亩，于是唱两句歌“麦秀蕲蕲兮，禾黍油油。彼狡童兮，不我好仇。”殷墟：殷商故都的废墟。以上两句都是表示过故居而思旧友。

⑱ 李斯：秦丞相，二世二年被腰斩于咸阳。

⑲ 黄犬：李斯与其子被腰斩时，李斯对其子说，我想与你再牵着黄犬去打猎，还能吗？

⑳ 运遇：命运遭遇。

㉑ 寻：继续。

【语译】

我与嵇康、吕安的住处接近，他两人都有不可羁束的才能。但那嵇康志向高远而疏放人事，吕安则心性旷达而脱略世情，以后他两人都因事而被杀。嵇康身上总聚着多方面的技艺，对弦乐管乐尤其精通。他临终之时，仰头看到日影尚高还不到行刑时候，就索琴高奏一曲。我曾西行赴京，归来时经过他的故居。当时太阳已快落山，天冷冰寒令人凄然。他邻居有个吹笛的，吹出清越响亮的声音。于是我想起以往与他俩交游宴饮的欢乐，不禁对此笛声万分感叹，因此写下此赋说：

奉命赶赴远方的京都，回归时又转路而北行。泛舟渡过滔滔的黄河，经过山阳嵇、吕的故居。眺望旷野的萧条景象，把我的车驾停在城边。脚踏嵇、吕二人在生前的遗迹，走进隐僻里巷空空的故居。感叹《黍离》之诗对宗周故庙的哀悯，悲伤《麦秀》之歌对殷都废墟的感慨。想起古人的怀旧之情而更加感慨如今的思恋，心情犹豫不定而徘徊踌躇。屋栋依然矗立而没有毁坏，但是他们的形体与神情俱逝不知何方。以往李斯被处斩时，为不能再牵黄犬出东门去打猎而感叹长吟。如今我悲悼嵇康走上刑场，观日影尚高而弹奏心爱的乐曲。临刑前领会了这世道命运遭遇，把片刻的余生寄托在寸阴间的弹琴之中。此时听到邻人鸣笛之声慷慨悲凉，奇妙的乐曲断而复续。停着的车驾即将出发，于是就提笔写下自己怀旧的心曲。

【评析】

向秀曾与嵇康一起锻铁，与吕安一起灌园，关系很好。嵇康与司马氏集团不合作，引起权贵忌恨，后吕安被诬为不孝，嵇康为吕安辩诬，锺会便劝司马昭趁机除掉嵇康，于是嵇、吕二人被害。对嵇、吕二人的死，向秀十分痛惜哀伤并心怀怨恨，但向秀又慑于司马氏的威势，被迫应征入洛，这篇赋便是在如此的心情与处境下写成的。赋中着重显示嵇康的人品，序与正文都提及他面临死亡时“顾日影而弹琴”的风度，而对嵇、吕二人的死因却无一点评价，只是用了《黍离》《麦秀》两个典故来强调过故居思旧人的情感，这都是由于当时魏晋易代之际政治的黑暗与恐怖所致。难怪此赋只寥寥数语，使人觉得这篇赋刚刚开头就结束了。另外，赋中以屋存人去为对比，以邻人现时的笛声与嵇康当日弹琴相照应，这些都增添了赋的感伤意味与作者对友人的一片深情。

叹逝赋一首　并序

作者：陆士衡　　注译评析：胡大雷

昔每闻长老追计平生同时亲故，或凋落已尽[①]，或仅有存者。余年方四十，而懿亲戚属[②]，亡多存寡。昵交密友[③]，亦不半在。或所曾共游一涂，同宴一室，十年之外，索然已尽[④]。以是思哀，哀可知矣。乃作赋曰：

伊天地之运流[⑤]，纷升降而相袭[⑥]。日望空以骏驱[⑦]，节循虚而警立[⑧]。嗟人生之短期，孰长年之能执？时飘忽其不再，老晼晚其将及[⑨]。怼琼蕊之无征[⑩]，恨朝霞之难挹[⑪]。望汤谷以企予[⑫]，惜此景之屡戢[⑬]。

悲夫！川阅水以成川[⑭]，水滔滔而日度。世阅人而为世，人冉冉而行暮[15]。人何世而弗新，世何人之能故？野每春其必华，草无朝而遗露[16]。经终古而常然，率品物其如素[17]。譬日及之在条[18]，恒虽尽而弗寤。虽不寤其可悲，心惆焉而自伤。亮造化之若兹[19]，吾安取夫久长。痛灵根之夙陨[20]，怨具尔之多丧[21]。悼堂构之隤瘁[22]，愍城阙之丘荒[23]。亲弥懿其已逝，交何戚而不忘。咨余今之方殆[24]，何视天之芒芒。

伤怀凄其多念，戚貌瘁而鲜欢[25]。幽情发而成绪，滞思叩而兴端。惨此世之无乐，咏在昔而为言。居充堂而衍宇[26]，行连驾而比轩[27]。弥年时其讵几[28]，夫何往而不残。或冥邈而既尽，或寥廓而仅半。信松茂而柏悦，嗟芝焚而蕙叹。苟性命之弗殊[29]，岂同波而异澜。瞻前轨之既覆，知此路之良难。启四体而深悼[30]，惧兹形之将然。毒娱情而寡方[31]，怨感目之多颜[32]。

谅多颜之感目，神何适而获怡？寻平生于响像[33]，览前物而怀之。步寒林以凄恻，玩春翘而有思[34]。触万类以生悲，叹同节而异时。年弥往而念广，涂薄暮而意迮[35]。亲落落而日稀，友靡靡而愈索。顾旧要于遗存[36]，得十一于千百。乐隤心其如忘[37]，哀缘情而来宅[38]。托末契于后生[39]，余将老而为客。

然后弭节安怀[40]，妙思天造[41]。精浮神沦[42]，忽在世表[43]。寤大暮之同寐[44]，何矜晚以怨早。指彼日之方除[45]，岂兹情之足搅？感秋华于衰木，瘁零露于丰草[46]。在殷忧而弗违[47]，夫何云乎识道？将颐天地之大德[48]，遗圣人之洪宝[49]。解心累于末迹[50]，聊优游以娱老。

【作者简介】

陆机（261—303），字士衡，晋吴郡华亭（今上海市松江区）人。祖逊、父抗皆三国吴名将，机少时任吴牙门将，吴亡，家居闭门读书，太康末，与弟云同至洛阳，文才轰动一时，时称“二陆”。曾任平原内史，世称陆平原。成都王司马颖讨长沙王司马乂，任机为后将军、河北大都督，战败受谮，被颖所杀。机诗重藻绘排偶，多拟古之作，开六朝风气之先。

所作《文赋》为古代重要文学论文，其《辨亡论》《吊魏武帝文》等较有名。有明人所辑《陆士衡集》，《晋书》有传。

【篇旨】

叙写亲人好友不幸逝世，抒发自己的悲悼之情，并点出人生道路的艰难，表达退隐思归的情怀。

【注释】

① 凋落：指死亡。

② 懿亲：至亲。

③ 昵交：亲密的朋友。

④ 索然：离散貌、尽貌。

⑤ 运流：运行流转。

⑥ 袭：因循。

⑦ 骏驱：如骏马奔驰。

⑧ 节：四时节气。虚：指时空。

⑨ 畹晚：迟暮。及：至。

⑩ 怼（duì）：怨恨。琼蕊：美玉与花蕊，都是神仙所食之物。征：验证。

⑪ 挹：捧舀。

⑫ 汤谷：古代传说的日出之处，即旸谷。企：企立。

⑬ 戢：藏。

⑭ 阅：总聚、汇集。

⑮ 冉冉：渐进。

⑯ 露：露水。

⑰ 率：沿续。品：众。素：向来。

⑱ 日及：朝菌，又称木槿，朝花暮落。

⑲ 亮：诚，确实。

⑳ 灵根：灵木之根，喻祖父、父亲。夙：早。陨：落，谓逝世。

㉑ 具尔：兄弟。《诗经·大雅·行苇》："戚戚兄弟，莫远具尔。"具，同"俱"。尔，通"迩"，是亲近的意思。因上句有"兄弟"二字，后来就用"具尔"作为兄弟的代称。

㉒ 堂构：祖父、父亲所构之堂。隤（tuí）：倒塌。瘁（cuì）：此处为毁坏。

㉓ 慭：同"憖"，哀悯。

㉔ 咨：嗟叹。殆：困。

㉕ 鲜（xiǎn）：少。

㉖ 充堂：满堂。衍：盛多。

㉗ 比：并列。

㉘ 讵几：无多。

㉙ 殊：不同。

㉚ 启四体：《论语·泰伯》："曾子有疾，召门弟子曰：启予足，启予手。"儒家宣扬孝道，临终以得保全名誉身体为幸。后来以启手足作为善终的代称。启：视。

㉛ 毒：痛心。方：方法。

㉜ 多颜：所感多表现在颜面。

㉝ 响像：声音形象。

㉞ 翘：茂盛。

㉟ 迮：同"乍"，仓促。

㊱ 旧要：旧日好友。

㊲ 隤：此处作"遗"解。

㊳ 宅：居。

㊴ 末契：对人谦称自己的情谊。

㊵ 弭节：抑压志节。

㊶ 天造：上天的造物。

㊷ 精浮神沦：精神不定。

㊸ 世表：人世之外。

㊹ 寤：觉，醒悟。大暮：死亡。

㊺ 除：去。

㊻ 瘁：忧伤。零露：露水陨落。

㊼ 殷：深。

㊽ 颐：养。

㊾ 洪宝：大宝，指名位。

㊿ 末迹：人的老年。

【语译】

以前常常听到老年人追忆其一生中同时代的亲朋故友，有的早已死尽，有的仅有少数在世。我的年纪刚刚四十，而我的家族亲属，去世的多，在世的少；好朋密友，只小半健在。有的曾经共同游玩旅行，有的曾经同室宴饮，仅仅十年多的时间，他们全都辞世离去。因此而情思悲哀，这悲哀可想而知是多么浓烈。于是写下此赋说：

那天地之气运行流转，交替升降而相因相循。日月向着天空骏马般奔驰而去，四时节气依循时空规律相继到来。感叹人生期限多么短暂，谁能够抓执时光而永远长生？时光飘忽飞逝不再返回，衰老将至如日色已晚。怨恨玉蕊可致长生却无可验证，遗憾朝霞可以延年却难捧挹。企足而立遥望日出之处汤谷，可惜这日光总屡屡隐没蔽藏。

悲哀啊！河川汇集水流才成为河川，但水流滔滔日日奔淌。人世总聚众人才成为人世，但众人逐渐迟暮衰老。人在哪一时代而不被更新交替？哪一时代的人能永远不老？田野上逢春必有鲜花盛开，绿草没有一个早晨能留住露滴。自古以来规律就是如此，众物沿续如同以往。譬如枝干上的木槿花朝开暮落，花瓣落尽也不自知生命短暂。虽然它不知自己是如何可悲，但我的心仍是惆怅而自我哀伤。天地造化确实如此，我个人怎能生命久长？痛心祖先父辈早逝，哀怨兄弟大多丧亡。为祖先父辈建筑的房屋倒塌而悲伤，为城阙门楼成荒芜丘墟而哀悯。至亲挚友已离世而去，相互间多么悲凄而永志不忘。嗟叹我如今正病困多危，怎么看天也茫茫不明。

悲伤的情怀凄凄惨惨而思绪万千，悲凄的面容憔悴苦困而缺少欢乐。要抒发幽深的情感必须先把它整理得有头有绪，这样才能叩动沉滞的情思而引发吟咏。为此世的无欢无乐深感悲惨，歌咏以往的岁月就是要加以叙说。当日满屋满宇聚于一堂，驾连车并浩荡行进。说到底一年中有多少这样的好时光，到如今满目看去尽是残破凋零。有的年代久远早已过世，有的在世也年岁已大时日不多。确信松树茂盛而柏树喜悦，感叹灵芝被焚而蕙草悲哀。如果各人的性命并无什么不同，怎么离世先后竟会有如此大的差异！看到前车颠覆的轨迹，知道走在人生这条路上非常艰难。想起曾子临终时视四肢而深深地哀悼，恐惧自己形体也将如此。痛惜娱情的方法是如此缺少，哀怨触目的是死者的各种惨状。

确实死者的各种惨状令人感伤痛心，神情处于何种境地才能欣怡自得？寻思平生故友亲属的音容笑貌，观览到昔时器物便无限怀念他们。漫步秋日的寒林而凄惨悱恻，把玩春日的鲜花有不尽的思念。接触到万事万物都令人生悲生愁，慨叹节序虽然相同而时人各异。年华消逝引起万种思虑，如赶远路恰逢日晚心急意迫。亲戚一天天稀少，朋友越来越接近亡尽。回顾旧日好友仍然在世的，在千百人中不过十分之一而已。欢乐早已从心田遗落似乎忘记了它是什么，哀伤的情感却长居心头。如今只可与后生小辈相托为友，而我已将暮年被视为匆匆过客。

既是如此便抑压志节安定怀抱，深深思索上天造物的玄妙道理。神情恍惚飞驰浮沉，忽然已在人世之外。觉悟到死亡就如同睡眠，何必夸耀晚死而怨恨早亡。指看时日正飞速离去，这何足搅乱我的心情？面对秋花盛开而感慨林木叶落，看到百草丰茂而忧伤露水陨落；总是这样深深地忧愁而不知解脱，怎么称得上是认识天地之道？将努力培养天地间最伟大的生命之性，而遗弃官位仕禄的追求。在将走完人生旅途之时解除一切烦心之想，优闲自得来欢娱我的老年时光。

【评析】

陆机三十岁入洛，不久晋武帝死，惠帝即位，晋朝进入了多事之秋。先是陆机的上司太傅杨骏被杀，后汝南王亮、大臣卫瓘、楚王玮等被杀，株连而死者多人。这也就是赋的序言中所说的亲友“十年之外，索然已尽”，正因为有这样的社会环境，陆机才有感而发写下这篇赋。赋先叙述天地运流、人世常新，这是全文的理之所在。赋中反复抒发对亲人故友逝世的哀悼，把以往同亲人故友游宴共处与他们逝世后自己的伤心寂寞对照来写，更令人悲痛难忍。赋的“叹逝”强调的是“瞻前轨之既覆，知此路之良难”，这是陆机在现实生活中更深层的感受。最后赋写到对死生的看法与对“叹逝”的排遣，表示将“解心累于末迹，聊优游以娱老”，就是要讲求老庄思想而退隐归田。但陆机终于在心与迹两方面都做不到，据《晋书·陆机传》载：“时中国多难，顾荣、戴若思等咸劝机还吴。机负其才望，而志匡世难，故不从。”于是终遭杀身之祸。当然，从另一方面讲，陆机的行为也是中国知识分子积极入世态度的体现。这样我们就看到，在古代知识分子身上，儒道、仕隐、知行既奇妙地对立着，又是互补的。全赋直抒情怀，笔调沉痛又甚有情致，实是一篇抒情佳作。

怀旧赋一首　并序

作者：潘安仁　　注译评析：胡大雷

余十二而获见于父友东武戴侯杨君[①]。始见知名[②]，遂申之以婚姻[③]。而道元、公嗣[④]，亦隆世亲之爱[⑤]。不幸短命，父子凋殒[⑥]。余既有私艰[⑦]，且寻役于外[⑧]，不历嵩丘之山者[⑨]，九年于兹矣。今而经焉，慨然怀旧而赋之曰：

启开阳而朝迈[⑩]，济清洛以径渡[⑪]。晨风凄以激冷，夕雪暠以掩路[⑫]。辙含冰以灭轨，水渐轫以凝沍[⑬]。涂艰屯其难进，日晼晚而将暮[14]。仰睎归云[15]，俯镜泉流；前瞻太室[16]，傍眺嵩丘。东武托焉[17]，建茔启畴[18]。岩岩双表[19]，列列行楸[20]。望彼楸矣，感于予思。既兴慕于戴侯，亦悼元而哀嗣。坟垒垒而接垄[21]，柏森森以攒植[22]。何逝没之相寻[23]，曾旧草之未异[24]。

余总角而获见[25]，承戴侯之清尘[26]。名余以国士，眷余以嘉姻[27]。自祖考而隆好[28]，逮二子而世亲。欢携手以偕老，庶报德之有邻[29]。今九载而一来，空馆阒其无人[30]。陈荄被于堂除[31]，旧圃化而为薪。步庭庑以徘徊[32]，涕泫流而沾巾[33]。宵展转而不寐，骤长叹以达晨[34]。独郁结其谁语[35]？聊缀思于斯文[36]！

【篇旨】

写作者赴嵩山祭悼岳父杨公及其二子的过程，抒发了对亲友的怀念之情。

【注释】

① 获见：被接见。父：潘岳之父潘芘，曾任琅琊内史。杨君：杨肇，字秀初，封东武伯，谥曰戴。

② 见：被。

③ 申：重。婚姻：亲家。《尔雅·释亲》：“婿之父为姻，妇之父为婚……妇之父母，婿之父母，相谓为婚姻。”潘芘与杨肇本为好友，此又结为亲家，即潘岳娶杨肇之女，故此处曰“申”。

④ 道元：杨潭，字道元，杨肇长子。公嗣：杨韶，字公嗣，杨肇次子。

⑤ 隆：隆盛。世亲：世代亲好。此指潘家父子与杨氏父子两代相亲好。

⑥ 凋殒：死亡。

⑦ 私艰：父母丧。此指潘岳之父丧。

⑧ 寻役：上任。

⑨ 嵩丘：嵩山，洛阳东南五十里，杨肇坟茔在此。

⑩ 启：开。开阳：洛阳城门名。

⑪ 洛：洛水。

⑫ 翯：洁白。

⑬ 轫（rèn）：阻碍车轮不让转动的木头。凝沍：结冰。

⑭ 晼晚：日将暮。

⑮ 睎（xī）：望。

⑯ 太室：即嵩山。

⑰ 托：托身，指埋葬。

⑱ 茔：坟茔，墓地。畴：田地。

⑲ 岩岩：高貌。表：华表，陵墓前的石柱。

⑳ 楸：树名。

㉑ 垒垒：堆砌连缀不绝。

㉒ 攒（cuán）：聚集。

㉓ 相寻：相继。

㉔ 曾：连……都……

㉕ 总角：古代男女成年前束发为两结，形状如角，故称总角。后借以指童时。

㉖ 承：奉，敬辞。清尘：对人的敬称。

㉗ 眷：宠爱。姻：婚姻，嫁娶。

㉘ 祖考：祖父、父亲。

㉙ 报德：报答别人的恩惠。有邻：《论语·里仁》：“德不孤，必有邻。”此指杨氏二子。

㉚ 阒（qù）：寂静。

㉛ 荄（gāi）：草根。除：台阶。

㉜ 庭庑：堂前的空地与周围的走廊、廊屋。

㉝ 涕：眼泪。

㉞ 骤：数次。

㉟ 郁结：烦闷积心。

㊱ 聊：姑且。缀思：整理、连缀思绪。

【语译】

我在十二岁的时候被父亲的朋友东武伯戴侯杨肇大人接见，我的诸方面始被他知晓，于是他又与父亲结成儿女亲家。他的儿子道元、公嗣与我友好，两家两世的相亲相爱更加隆盛。可是杨家父子不幸运薄命短，过早地相继逝世。我既遇父丧之哀，而且又在外地为官，许久没有来过嵩山，于今已经九年了。今天经过此地，感慨思念亲旧并作赋说：

开启洛阳开阳门清晨出发，渡过清清的洛水一直往前行进。早晨的清风凄凉而猛烈，傍晚的白雪遮掩了征途。车辙里层冰掩盖了车轮轨迹，道路上的积水浸淹到车轫凝固。路途艰难行进困顿，天色昏暗已近日暮。仰望天空浮云仿佛也要归家，低看地面泉流好像银镜相照。向前瞻望巍峨的嵩山主峰，向旁眺望连绵的嵩山群岭。东武伯就托身此地，开启畤陇建筑坟茔。前有两根石柱高峻矗立，侧有整齐楸树排列成行，无限崇仰想念戴侯，也不尽哀悼道元、公嗣。坟茔堆砌远接田垄，柏树森森密集矗立。为何他们父子辞世离去得如此相近，连坟茔上的宿年陈草都未及更生。

我总角童年时被戴侯接见，亲近戴侯并追随其后。称我为才能出众的国士，让女儿与我结成美好的婚姻。两家自祖先时就友好相亲，到杨氏二子时更联世亲。原想携手相欢白头偕老，希望报答恩惠永相为邻。如今九载了我才来到这里，屋舍空空杳无一人。陈年草根布满堂上台阶，旧日圃园遍生薪木刍荛。漫步堂前廊屋徘徊彷徨，眼泪横流沾湿衣衫佩巾。整夜辗转反侧不能入眠，数次起坐长叹直到天明。独自一人烦闷积心可向谁诉，暂且整理连缀情思写下此文。

【评析】

史称潘岳“辞藻绝丽，尤善为哀诔之文”。本文就显示了这个特点。杨肇是作者父亲的朋友，作者自小受到他的赏识与提拔，并娶他的女儿为妻。杨肇的两个儿子，也是作者的要好朋友，这多种关系自然使作者与杨家情深谊长。但杨氏父子不幸早逝，而作者在外地为官，九年来未至其坟茔家庙凭吊哀悼。上述内外两方面的原因，成为全赋悲痛情感抒发的基础。正文中，作者先叙述赴嵩山途中所见，那含冰车辙、渐水车轫、凄凉晨风、洁白夕雪、归云、泉流，一切都给人一种凄清悲冷的感觉。然后作者叙写巍峨的嵩山，高大的华表，行楸列列，柏树森森，这些景物的描绘中自然而然透露出对杨公的崇敬之情，也给人一种肃穆之感，渲染了文章的悲伤气氛。然后作者转入对自己悲痛之怀、思念之情的叙写，先以杨氏家庙的荒芜衰败提起凄冷之情，再直写自己的涕泪泫流与辗转不寐，全赋进入高潮而作结。全赋写得沉痛真挚，尤其是景物中恰如其分地融入了作者个人的情怀，二者相得益彰。但要是把此文与向子期《思旧赋》与陆士衡《叹逝赋》相比，总觉得此赋少一点寄托的深沉，亦少一点理性的气魄。

寡妇赋一首　并序

作者：潘安仁　　注译评析：胡大雷

乐安任子咸①，有韬世之量②，与余少而欢焉，虽兄弟之爱无以加也，不幸弱冠而终③。良友既没，何痛如之？其妻又吾姨也④。少丧父母，适人而所天又殒⑤。孤女藐焉始孩⑥。斯亦生民之至艰，而荼毒之极哀也⑦。昔阮瑀既殁⑧，魏文悼之⑨，并命知旧作寡妇之赋⑩。余遂拟之，以叙其孤寡之心焉。其辞曰：

嗟予生之不造兮⑪，哀天难之匪忱⑫。少伶俜而偏孤兮⑬，痛忉怛以摧心⑭。览寒泉之遗叹兮⑮，咏《蓼莪》之余音⑯。情长戚以永慕兮⑰，思弥远而逾深。

伊女子之有行兮⑱，爰奉嫔于高族⑲。承庆云之光覆兮⑳，荷君子之惠渥㉑。顾葛藟之蔓延兮㉒，讬微茎于樛木㉓。惧身轻而施重兮㉔，若履冰而临谷。遵义方之明训兮㉕，宪女史之典戒㉖。奉蒸尝以效顺兮㉗，供洒扫以弥载。

彼诗人之攸叹兮，徒愿言而心痗[28]。何遭命之奇薄兮[29]，遘天祸之未悔[30]。荣华晔其始茂兮，良人忽以捐背[31]。静阖门以穷居兮，块茕独而靡依[32]。易锦茵以苫席兮[33]，代罗帱以素帷[34]。命阿保而就列兮[35]，览巾箑以舒悲[36]。口呜咽以失声兮，泪横迸而沾衣。愁烦冤其谁告兮，提孤孩于坐侧[37]。

时暧暧而向昏兮[38]，日杳杳而西匿。雀群飞而赴楹兮[39]，鸡登栖而敛翼[40]。归空馆而自怜兮，抚衾裯以叹息。思缠绵以瞀乱兮[41]，心摧伤以怆恻。曜灵晔而遄迈兮[42]，四节运而推移[43]。天凝露以降霜兮，木落叶而陨枝。仰神宇之寥寥兮[44]，瞻灵衣之披披[45]。退幽悲于堂隅兮，进独拜于床垂[46]。耳倾想于畴昔兮，目仿佛乎平素[47]。虽冥冥而罔觌兮[48]，犹依依以凭附。痛存亡之殊制兮，将迁神而安厝[49]。龙辅俨其星驾兮[50]，飞旐翩以启路[51]。轮按轨以徐进兮，马悲鸣而踽顾[52]。潜灵邈其不反兮[53]，殷忧结而靡诉。晞形影于几筵兮[54]，驰精爽于丘墓[55]。

自仲秋而在疚兮[56]，逾履霜以践冰。雪霏霏而骤落兮[57]，风浏浏而夙兴[58]。溜泠泠以夜下兮[59]，水溓溓以微凝[60]。意忽恍以迁越兮[61]，神一夕而九升。庶浸远而哀降兮[62]，情恻恻而弥甚。愿假梦以通灵兮，目炯炯而不寝。夜漫漫以悠悠兮，寒凄凄以凛凛[63]。气愤薄而乘胸兮[64]，涕交横而流枕。亡魂逝而永远兮，时岁忽其遒尽[65]。容貌儡以顿悴兮[66]，左右凄其相慜[67]。感三良之殉秦兮[68]，甘捐生而自引[69]。鞠稚子于怀抱兮[70]，羌低徊而不忍[71]。独指景而心誓兮[72]，虽形存而志陨。

重曰：仰皇穹兮叹息[73]，私自怜兮何极。省微身兮孤弱，顾稚子兮未识[74]。如涉川兮无梁[75]，若陵虚兮失翼[76]。上瞻兮遗象，下临兮泉壤。窈冥兮潜翳[77]，心存兮目想。奉虚坐兮肃清[78]，愬空宇兮旷朗[79]。廓孤立兮顾影[80]，块独言兮听响。顾影兮伤摧，听响兮增哀。遥逝兮逾远，缅邈兮长乖[81]。四节流兮忽代序，岁云暮兮日西颓。霜被庭兮风入室，夜既分兮星汉回[82]。梦良人兮来游，若阊阖兮洞开[83]。怛惊悟兮无闻，超惝怳兮恸怀[84]。恸怀兮奈何，言陟兮山阿[85]。墓门兮肃肃，修垄兮峨峨。孤鸟嘤兮悲鸣，长松萋兮振柯。哀郁结兮交集，泪横流兮滂沱[86]。蹈恭姜兮明誓[87]，咏《柏舟》兮清歌。终归骨兮山足，存凭托兮余华[88]。要吾君兮同穴[89]，之死矢兮靡佗[90]！

【篇旨】

以寡妇自述的口吻，叙写了她自出嫁到丈夫逝世、送葬、独居守丧的全过程，突出其悲苦哀痛。

【注释】

① 乐安：故地在今山东博兴。任子咸：任护，字子咸，晋人，曾任奉车都尉。

② 韬世：容纳世界。

③ 弱冠：古代男子二十岁行冠礼，因此以“弱冠”泛指男子二十岁左右的年龄。终：死。

④ 姨：妻子的姊妹。

⑤ 适：出嫁。所天：指丈夫。

⑥ 藐：小，细稚。孩：小儿笑。

⑦ 荼毒：艰辛苦痛。

⑧ 阮瑀：魏时人，字元瑜，建安七子之一。

⑨ 魏文：魏文帝曹丕，字子桓，曹操次子，220年代汉即位，国号魏。

⑩ 知旧：朋友，相识的旧友。

⑪ 予：任子咸妻自称。不造：处身失所。

⑫ 天难：天行祸难。匪忱：不由忱信。忱，诚。

⑬ 伶俜：孤单。

⑭ 忉怛（dāo dá）：悲痛。

⑮ 寒泉：《诗经·邶风·凯风》：“爰有寒泉，在浚之下。有子七人，母氏劳苦。”后以“寒泉”作子女孝顺母亲来解。

⑯《蓼莪（lù é）》：《诗经·小雅》篇名。《毛诗序》谓此诗是孝子追念父母而作，后便以“蓼莪”指对亡亲的悼念。

⑰ 慕：思念。

⑱ 女子：任子咸妻自称。有行：自修德行。

⑲ 奉嫔：奉行妇道。嫔：妇。高族：高门望族，指任家。

⑳ 庆云：喻父母。

㉑ 君子：指丈夫。惠渥：恩惠深厚。

㉒ 葛藟：二草名，附着缠绕樛木而生。

㉓ 樛（jiū）：向下弯曲的树木。

㉔ 施：恩施。

㉕ 义方：做人的正道。训：教诲。

㉖ 宪：效法。女史：女官名。典戒：准则警戒。

㉗ 蒸尝：秋冬二祭，也泛指祭祀。效顺：效法柔顺之道。

㉘ 愿言而心痗（mèi）：《诗经·卫风·伯兮》："愿言思伯，使我心痗。"愿，思念；痗，病，忧伤。

㉙ 奇（jī）：命运不好。

㉚ 遘：遇。

㉛ 良人：丈夫。捐背：抛弃背离。

㉜ 块：孤独貌。茕（qióng）：孤独貌。

㉝ 易：改换。茵：席垫。苫（shān）：草垫。

㉞ 帱：帷帐。

㉟ 阿保：傅母、保母。就列：就哭位之行列。

㊱ 箑（shà）：扇。舒：抒泄。

㊲ 提：携带。

㊳ 暧暧：昏昧貌。

㊴ 楹：柱。

㊵ 栖：指鸡栖，鸡栖的木桩。

㊶ 瞀（mào）：错乱。

㊷ 曜灵：太阳。晔：光亮。遄（chuán）：疾速。

㊸ 四节：四时。

㊹ 寥寥：空虚、寂静。

㊺ 灵衣：丈夫生前之衣。

㊻ 床垂：灵床边。

㊼ 平素：指平生的形仪。

㊽ 罔：无。觌（dí）：相见。

㊾ 迁神安厝（cuò）：指迁灵柩安葬。

㊿ 輀（ér）：载柩车。星驾：早早起驾。

51 旐：魂幡。

52 跼：弯曲。

53 潜灵：尸体安葬后灵魂亦在地下。

54 睎：视、望。

55 精爽：魂魄。

56 在疚：居丧时悲痛。疚，悲痛。

57 骤：猛烈。

58 浏浏：风紧貌。夙：早晨。

59 溜：屋上滴下的水。

60 溓（liǎn）溓：薄冰貌。

61 忽恍：恍惚。迁越：游忽不定。

62 庶：表示可能或期望。浸远：渐远，此指时光。

63 凛凛：寒冷貌。

64 愤薄：郁结、充溢。乘胸：上胸。

65 遒：终、尽。

66 偪：丧败。顿悴：困厄憔悴。

67 慜：悯。

68 三良殉秦：据《左传·文公六年》载：秦穆公卒，以子车氏之三子奄息、仲行、鍼虎殉葬，此三人皆秦之优秀人才。

69 自引：自裁、自杀。

70 鞠：养育。

⑪ 羌：句首语气词。

⑫ 指景：指日。

⑬ 皇穹：天。皇：大。

⑭ 未识：指孩儿尚小不识己父。

⑮ 梁：桥梁。

⑯ 陵虚：凌虚，升上天空。

⑰ 翳：遮蔽。

⑱ 虚坐：灵座。

⑲ 愬：向。

⑳ 廓：空廓。

㉑ 缅邈：遥远。乖：离。

㉒ 夜分：夜半。

㉓ 阊阖：天门名。

㉔ 超：怅然。惝恍：迷惘、恍惚。

㉕ 陟：登。

㉖ 滂沱：形容泪流之多。

㉗ 恭姜明誓：《诗经·鄘风·柏舟》即恭姜的誓词，《毛诗序》曰："《柏舟》，恭姜自誓也。卫世子蚤死，其妻守义，父母欲夺而嫁之，誓而弗许，故作是诗以绝之。"

㉘ 余华：指丈夫遗留下来光辉。

㉙ 要：约定。

㉚ 之死矢兮靡佗：《诗经·墉风·柏舟》成句，意即至死不改变忠守丈夫之心。矢：誓；佗：他。

【语译】

乐安人任子咸，有包容全世界的气度雅量。他与我从小相识并相欢相乐，即使是兄弟情谊也不见得就能超逾。不幸他二十岁时就辞世亡去。好友逝世，我无比悲痛。他的夫人又是我的妻妹，小时就父母双亡，出嫁后所视为天的丈夫又过早离世，孩子又小，才刚刚会笑。这情况真是做人最艰难的，也是不幸遭遇带来的悲哀极点。往时阮瑀逝世，魏文帝曹丕悼念他，就让他的旧识好友都作《寡妇赋》。于是我就模拟他们的做法，作赋来叙述任子咸妻子孤独寡居的心情。赋的语词说：

怨嗟我的一生处身失所，悲哀上天行祸不以诚信相待。幼时慈父逝亡已孤苦伶仃，满腔悲痛摧伤心灵。读到“寒泉”之诗慨叹母亲哺食的辛劳，吟咏《蓼莪》之章哭诉母亲逝世的哀痛。心情悲伤啊永远思慕，想得愈远啊思念愈深。

我这女子自修高尚德行，有幸到高门望族奉行妇道。既蒙受父母养育的三春阳光，又承荷丈夫的深厚恩惠。看到那葛藟柔顺而生长蔓延，全凭把微茎托寄茁壮的樛木；身轻人微怕辜负丈夫的恩施深重，常如身履薄冰面临深谷般小心谨慎。遵照做人正道的父母教诲，效法宫中女官的准则警戒。供奉秋冬二祭以克尽柔顺之道，一年到头谨力洒扫从不懈怠。

那古代诗人长长叹息，一个劲地吟咏夫君使人心伤。为何遭受的命运如此凶险刻薄，天让我遭遇祸难并不有悔。我正当青春风华正茂，亲爱的丈夫忽然离去。门户紧闔寂寞穷居，孤孤单单地无所依靠。锦绣席垫改换成草铺竹编，罗帱绣帷替代为素色帐帘。命保姆仆妇侍奉进入痛哭哀悼行列，看见丈夫平素所用的佩巾羽扇忽然悲伤迸发。口里呜咽语不成声，眼泪横流沾湿衣襟。内心的哀烦愁怨可向谁来诉说啊，我只是携抱孤儿坐在一旁。

时光昏昧到了傍晚，太阳远远落到西边。燕雀群飞赶赴楹间窝窠，鸡儿敛翅跳上榤架栖息。走回空空的家啊独自哀怜，抚摸着衾被而不尽地叹息。情思郁结不解以至错乱啊，心中摧伤碎裂而凄怆悲恻。明亮的太阳飞快奔驰，运转的四季交替循环。露水凝结成寒霜而降，树木落叶后枝条断折。仰望灵堂竟是如此空虚寂寥，回看灵衣被风吹得摇摇晃晃。忧郁悲伤退在堂屋一隅，忽而又上前独拜灵床。侧耳倾心遥想往昔的岁月，眼前仿佛出现熟悉的身影。虽昏昏冥冥并没有看见什么，仍依依恋恋似有所凭托依靠。痛心妻存夫亡而生死异路啊，还将送行神灵去安放归葬。龙饰柩车庄重肃穆星夜出发，缤纷魂幡高高飘扬引导开路。车轮依辙徐徐前进，马儿悲鸣曲颈反顾。黄泉下灵柩深埋永不返归，内心里痛苦郁结无法诉说。自视形影虽然尚在几筵之间，可是魂魄早已驰向丘墓之中。

自从盛秋居丧痛苦，至今严冬踩霜踏冰，雪片霏霏漫天猛烈卷落，狂风呼呼早晚刮个不停。檐间雨水深夜滴落，水珠落下凝结成冰。神魂恍惚飘游不定，一夜里数次惊觉飞升。料想时光流逝而悲哀渐减，可是心情凄恻却日甚一日。愿假梦境与丈夫魂灵相通，然而目光炯炯怎么也睡不着。长夜漫漫悠长无尽，寒冷凄凄凛冽逼人。心气郁结充溢上胸，眼泪纵横流湿素枕。丈夫亡魂逝去永不再归，时光超忽已是一年将尽。容貌衰败困顿憔悴，左右亲人也悲凄相怜。有感于子车氏三子殉葬君王，我也甘愿献出生命随夫而去；只因为要养育怀抱中幼小儿女，低头徘徊不忍心丢下她撒手而去。唯有上指日光心中发誓，今后形体虽存而心实已死。

重复抒发情感说：仰望高高的上天长长叹息，自怜己身悲苦啊何处是极点，省察自己轻微之躯啊孤独弱小，观顾怀中小女啊未识其父。如同要跨越河流啊但没有桥梁，又似欲凌空飞翔啊却失去翅膀。向上瞻望啊是丈夫的遗像，向下面临啊是地下的坟墓。遥远渺悠啊被重重幽隔遮蔽，夫君活在心里啊想象在我眼前。供奉灵座啊恭敬清静，哭诉灵堂啊虚旷寂朗。空廓孤立啊眼视踪影，块然独言啊耳听回声。视无踪影啊内心摧伤，听无回声啊愈增悲哀。远远逝去了啊越来越远，思绪缅邈啊丈夫永远离去。四季驰过啊飞快地顺次更替，一年已是尽头啊又值一天中的红日西坠。严霜盖庭啊寒风入室，夜半时分啊星汉回旋。梦见丈夫啊来此一游，好像阊阖天门啊一下打开。猛地惊醒啊什么也未见，怅然迷惘啊情怀悲痛。情怀悲痛啊无可奈何，只说要登上啊高高山冈。望到墓门啊萧萧肃肃，丘陇长长啊峨峨高耸。孤鸟嘤嘤啊悲哀鸣叫，长松萋萋啊振动枝柯。悲哀郁结啊百感交集，眼泪横流啊如雨滂沱。遵循恭姜啊至死不变的誓言，歌吟《柏舟》啊悠清绵扬的诗歌。我的尸骨啊最终也要归向大山脚下，把自己托付于丈夫的遗辉。与我的夫君约定啊在墓穴同住，至死也不改变啊那忠贞之心。

【评析】

本文代寡妇立言，叙写层次极为清晰。序言先交代自己与逝者及逝者之妻的关系，交代写本文的缘起。以下赋的正文便以寡妇第一人称出之。第一部分，先叙自己早年父母双亡的不幸，此为铺垫。第二部分，写嫁到任家后的心情与行为，写自己诸方面都尽心尽礼以作下文映衬：为何老天爷却给予她那么大的灾祸。第三部分，写丈夫逝世后自己的心情，此时正式切合悲苦孤独的情感主题。第四部分，写守灵、送葬的悲伤、哀苦。第五部分，写居丧期间的凄惨。第六部分"重曰"，作为全文的总结而着重于全力抒情，反复叙说自己的孤独、悲伤与哀怨，还突出了"之死矢兮靡佗"的誓言。虽然这六大部分的叙写都各有侧重点，但情感之悲苦则是贯穿全文的。想与丈夫梦中相会而夜不寐，想一死随丈夫而去却又不忍心抛下稚子，则是这一切悲苦的凝聚。与潘岳的其他哀诔文字相同，这篇《寡妇赋》情深意挚，但在表现方法上却是以浅语写深情，毫不矫饰夸张。丈夫逝世，写她以苫席、素帷代锦茵、罗帱；送葬时写她"目仿佛乎平素"；居丧时写她稚子在怀、左右悲泣；"重曰"中也只是写她恍惚中与丈夫相见而被惊觉；这一切都仿佛淡淡叙来，但极令人感受到哀情的深广，于是为结尾"要吾君兮同穴，之死矢兮靡佗"这样情感高潮的到来打下基础。另外，作者还极善于以景抒情，如以"时暧暧""日杳杳""天凝露""木落叶"等写女主人公"归空馆"的心情，是突出的例子。

恨赋一首

作者：江文通　　注译评析：胡大雷

试望平原，蔓草萦骨，拱木敛魂[①]。人生到此，天道宁论！于是仆本恨人[②]，心惊不已。直念古者，伏恨而死。

至如秦帝按剑[③]，诸侯西驰。削平天下，同文共规[④]。华山为城[⑤]，紫渊为池[⑥]。雄图既溢[⑦]，武力未毕。方架鼋鼍以为梁[⑧]，巡海右以送日[9]。一旦魂断，宫车晚出[10]。若乃赵王既虏[11]，迁于房陵[12]。薄暮心动，昧旦神兴[13]。别艳姬与美女，丧金舆及玉乘。置酒欲饮，悲来填膺[14]。千秋万岁，为怨难胜。

至如李君降北[15]，名辱身冤[16]，拔剑击柱，吊影惭魂。情往上郡[17]，心留雁门[18]。裂帛系书，誓还汉恩。朝露溘至[19]，握手何言。若夫明妃去时[20]，仰天太息。紫台稍远[21]，关山无极。摇风忽起，白日西匿。陇雁少飞[22]，代云寡色[23]。望君王兮何期，终芜绝兮异域[24]。

至乃敬通见抵[25]，罢归田里。闭关却扫[26]，塞门不仕。左对孺人[27]，顾弄稚子[28]。脱略公卿[29]，跌宕文史[30]。赍志没地[31]，长怀无已。及夫中散下狱[32]，神气激扬。浊醪夕引[33]，素琴晨张[34]。秋日萧索，浮云无光。郁青霞之奇意[35]，入修夜之不旸[36]。

或有孤臣危涕[37]，孽子坠心[38]。迁客海上[39]，流戍陇阴。此人但闻悲风汩起[40]，血下沾衿[41]。亦复含酸茹叹[42]，销落湮沉[43]。若乃骑叠迹[44]，车屯轨，黄尘匝地[45]，歌吹四起。无不烟断火绝[46]，闭骨泉里[47]。

已矣哉！春草暮兮秋风惊，秋风罢兮春草生。绮罗毕兮池馆尽，琴瑟灭兮丘垄平[48]。自古皆有死，莫不饮恨而吞声。

【作者简介】

江淹（444—505），字文通，南朝济阳考城（今河南民权东北）人，历仕宋、齐、梁三代，梁时官至金紫光禄大夫，卒赠醴陵侯，谥宪。少孤贫好学，早年即以文章著名。晚年所作诗文不如前期。尝梦郭璞谓之曰：君借我五色笔，今可还。即探怀以笔付璞，自此以后，才思稍减，人谓“江郎才尽”。诗歌多拟古之作，有《杂体诗三十首》，模拟三十位作家的风格，颇为神似。赋以《恨赋》《别赋》最有名。原有集，后散佚，后人辑有《江文通集》。《梁书》《南史》均有传。

【篇旨】

描绘了古代社会各种各样人物的怨恨与遗憾，贯穿了当时知识分子的失意情绪。

【注释】

① 拱木：《左传·僖公三十二年》："尔何知！中寿，尔墓之木拱矣。"后即称墓旁的树木为拱木。

② 仆：江淹自称。恨人：抱恨之人。

③ 秦帝：秦始皇嬴政。

④ 同文共规：统一文字与法规。

⑤ 华山：五岳之一，世称西岳，在陕西华阴南。

⑥ 紫渊：水名，出根耆之山，西流注河。

⑦ 溢：满。

⑧ 鼋鼍（yuán tuó）：鳖与鳄鱼。梁：桥梁。

⑨ 海右：西海。

⑩ 宫车晚出：即晏驾，指帝王死亡。

⑪ 赵王：即战国时赵王迁，公元前228年，赵灭。《淮南子·泰族训》载："赵王迁流于房陵，思故乡，作山水之讴，闻者莫不殒涕。"

⑫ 迁：流放。房陵：今湖北房县。

⑬ 昧旦：天未全明之时。

⑭ 膺：胸。

⑮ 李君：李陵，字少卿，西汉将军，善骑射，武帝时，为骑都尉，率兵出击匈奴，战败投降。

⑯ 冤：怨恨。

⑰ 上郡：汉郡名，辖境今陕西北部及内蒙古乌审旗一带。

⑱ 雁门：汉郡名，治所在善无（今山西右玉南）。

⑲ 溘（kè）：忽然。

⑳ 明妃：即王嫱，字昭君，晋避司马昭讳，改称为明君或明妃。西汉南郡秭归（今属湖北）人。元帝时被选入宫。竟宁元年，匈奴呼韩邪单于入朝求和亲，她自请嫁匈奴。

㉑ 紫台：犹紫宫，帝王所居。

㉒ 陇：今陇山一带。

㉓ 代：今山西代县一带。

㉔ 芜：废。

㉕ 敬通：冯衍，字敬通，汉明帝认为他才过其实，故抑而不用。抵：拒。

㉖ 却扫：不再扫路迎客；另说作退而洒扫，都是闭门谢客之意。

㉗ 孺人：妻子。

㉘ 弄：戏耍，游戏。

㉙ 脱略：轻慢不拘。

㉚ 跌宕：放逸。

㉛ 赍志：怀着壮志。没地：指死亡。

㉜ 中散：嵇康，官中散大夫，世称嵇中散。为魏时“竹林七贤”之一，因不满司马氏集团而被杀。

㉝ 醪（láo）：汁滓混合的酒。引：取过来。

㉞ 素琴晨张：嵇康就刑前，因时光尚早，便索琴弹奏《广陵散》。

㉟ 郁：浓盛。青霞奇意：指志趣高尚。

㊱ 旸：日出。

㊲ 孤臣：失势无援之臣。

㊳ 孽子：失宠的庶子。

㊴ 迁客：贬谪远方之人。海上：中国四外的边鄙之地。

㊵ 汩（yù）：迅疾，快。

㊶ 血下：泣血而下。

㊷ 茹：含。

㊸ 销落：衰落。湮沉：埋没。

㊹ 骑叠迹：马蹄印重复叠压。

㊺ 匝：周，遍。

㊻ 烟断火绝：喻人之死亡。

㊼ 闭骨：葬骨。

㊽ 丘垄：坟墓。

【语译】

遥望平原之上，蔓草萦绕着白白骸骨，拱木聚敛着茫茫魂灵。人生走到了这一地步，谁还去议论天道如何！我本是失意抱恨之人，内心惊骇不已，只因为想到了古时候有多少人抱恨失意而殁。

至于像秦始皇手按佩剑，诸侯则西驰朝秦臣服，平定天下，统一文字法规，华山作为高城墙，紫渊作为护城河。雄图大略已经实现，武力运用尚未停止，正要以鼋鼍作为桥梁渡海寻仙，又出巡西方漠海要亲送红日入山。一旦逝世而身离魂断，万事皆休，只是宫车晚出而已。如说到赵王迁成为俘虏，被流放到房陵一带。黄昏薄暮时分心惊肉跳，黎明未明时候神情动摇。告别美艳的姬妾宫女，丢弃王者的金玉车乘。摆下酒宴想喝一杯，悲伤袭来充满胸臆，历千年越万代，此中的哀怨难有比之更甚的。

至于像李陵北降匈奴，名被羞辱身遭怨恨，含恨拔剑击砍柱子，孤影游魂自伤自惭。情寄汉朝上郡，心留汉朝雁门。要学苏武撕帛作书鸿雁捎还，立下誓愿报答故朝一片旧恩。人生尽头如朝露干晞忽然已至，苏李握手话别还能再说什么。如说到王昭君出塞离开故国，仰天叹息悲伤不已。身后皇宫紫台渐渐遥远，前程关山重重毫无止境，狂风扶摇忽然平地而起，白日急不可待西边藏匿。陇地边陲大雁很少飞翔，代地山口云彩黯然无色，瞻望君王啊何时再能相会，这一辈子啊老死异域他乡。

至于冯敬通被抑而不用，罢官回归田园乡里。退而洒扫谢客，杜门不再出仕。左右陪伴妻子，低头抚玩稚子。轻慢傲视公卿，放逸文史古籍。怀着壮志却如此走完人生，黄泉之下恨情更永无休止。至于说到嵇康被冤下狱，神态轩昂气度激扬，夕晚取饮浊酒一杯，清晨索琴弹歌一曲。秋日萧瑟冷落，浮云淡然无光，高尚志趣如奇想直上青云，悲惨身世如长夜难遇日出。

或者有失势无援的臣下哀伤涕泣，遗爱失宠的庶子担忧恐惧，贬谪远方之人身居穷海边鄙，流放戍边之人形在陇山哨亭。这些人只要听到悲风迅起，便流泪泣血沾满衣襟；也有饱含酸楚长衔叹息，直到衰落埋没而亡。如果是达官贵人，前后人马叠迹，左右车骑聚轨，黄尘飞扬遮天蔽地，歌声鼓乐吹奏四起。但也无不如烟断如火绝而死亡，一个个葬骨黄泉。

就这样算了吧，啊呀呀！春草日暮衰败啊秋风惊起，秋风吹罢啊春草又滋生。绮罗富贵已尽啊池苑楼馆倾塌，琴瑟歌舞消逝啊丘陇坟墓削平。自古人生皆有死，莫不抱恨离世而忍气吞声。

【评析】

江淹的《恨赋》《别赋》把诗歌中的咏史与代言传统引入辞赋之中。本赋写历史上著名人物的“饮恨吞声”，一开始就把他们的“恨”放在“含恨而死”这一极点来描摹，使本赋处处充溢激荡人心的力量。赋中依次写帝王之恨，有得天下的秦始皇与亡国的赵王迁；写去国之恨，有被虏的李陵与主动请嫁匈奴的王昭君；写士子之恨，有罢归田里的冯敬通与慷慨赴死的嵇中散；最后总括一笔，有孤臣孽子的危涕坠心与锦绣富贵的车骑歌吹，但都是“烟断火绝，闭骨泉里”。这样，作者把泛写与特写融合在一起，表现出全赋欲概括人世之“恨”的意图，这就是人生都有“恨”，都有不能完全实现的遗憾与怨恨。读着这篇赋，令人感到最为出色的是道出了各色的人物的一些不同心理状态，每一类人物都有显著的特征。同时，在这些人物身上又贯穿着失意知识分子的情绪，如李陵、冯敬通、王昭君的不遇知音与有志难伸的怨恨与遗憾，在历史上有较大的影响。全赋结构严密，描写细腻，甚至有点儿雕琢，但由于作者把丰富的情感贯注进去，读起来让人感到风姿摇曳、气骨骏发、荡人心魄。

别赋一首

作者：江文通　　注译评析：胡大雷

黯然销魂者[①]，唯别而已矣！况秦吴兮绝国[②]，复燕宋兮千里[③]。或春苔兮始生，乍秋风兮暂起[④]。是以行子肠断，百感凄恻。风萧萧而异响，云漫漫而奇色。舟凝滞于水滨[⑤]，车逶迟于山侧[⑥]。棹容与而讵前[⑦]，马寒鸣而不息。掩金觞而谁御[⑧]，横玉柱而沾轼[⑨]。居人愁卧，怳若有亡[⑩]。日下壁而沉彩[⑪]，月上轩而飞光。见红兰之受露，望青楸之离霜[⑫]。巡曾楹而空掩[⑬]，抚锦幕而虚凉。知离梦之踯躅[⑭]，意别魂之飞扬[⑮]。

故别虽一绪[⑯]，事乃万族[⑰]。至若龙马银鞍[⑱]，朱轩绣轴。帐饮东都[⑲]，送客金谷[⑳]。琴羽张兮箫鼓陈[㉑]，燕赵歌兮伤美人[㉒]。珠与玉兮艳暮秋，罗与绮兮娇上春[㉓]。惊驷马之仰秣[㉔]，耸渊鱼之赤鳞[㉕]。造分手而衔涕[㉖]，感寂漠而伤神。

乃有剑客惭恩[㉗]，少年报士[㉘]，韩国赵厕[㉙]，吴宫燕市[㉚]，割慈忍爱，离邦去里，沥泣共诀[㉛]，抆血相视[㉜]。驱征马而不顾，见行尘之时起。方衔感于一剑[㉝]，非买价于泉里[㉞]。金石震而色变[㉟]，骨肉悲而心死[㊱]。

或乃边郡未和，负羽从军[㊲]。辽水无极[㊳]，雁山参云[㊴]。闺中风暖，陌上草薰[㊵]。日出天而耀景，露下地而腾文。镜朱尘之照烂[㊶]，袭青气之烟煴[㊷]。攀桃李兮不忍别，送爱子兮沾罗裙。

至如一赴绝国，讵相见期。视乔木兮故里，决北梁兮永辞。左右兮魂动，亲宾兮泪滋。可班荆兮赠恨[㊸]，唯罇酒兮叙悲。值秋雁兮飞日，当白露兮下时。怨复怨兮远山曲，去复去兮长河湄[㊹]。

又若君居淄右[45]，妾家河阳[46]。同琼珮之晨照[47]，共金炉之夕香。君结绶兮千里[48]，惜瑶草之徒芳[49]。惭幽闺之琴瑟，晦高台之流黄[50]。春宫閟此青苔色[51]，秋帐含兹明月光。夏簟清兮昼不暮[52]，冬釭凝兮夜何长[53]。织锦曲兮泣已尽[54]，回文诗兮影独伤[55]。

傥有华阴上士[56]，服食还山[57]。术既妙而犹学，道已寂而未传[58]。守丹灶而不顾[59]，炼金鼎而方坚[60]。驾鹤上汉[61]，骖鸾腾天[62]。暂游万里，少别千年。惟世间兮重别，谢主人兮依然。

下有芍药之诗[63]，佳人之歌[64]。桑中卫女[65]，上宫陈娥[66]。春草碧色，春水渌波。送君南浦，伤如之何！至乃秋露如珠，秋月如珪[67]。明月白露，光阴往来，与子之别，思心徘徊。

是以别方不定，别理千名。有别必怨，有怨必盈。使人意夺神骇，心折骨惊[68]。虽渊、云之墨妙[69]，严、乐之笔精[70]。金闺之诸彦[71]，兰台之群英[72]。赋有凌云之称[73]，辩有雕龙之声[74]。谁能摹暂离之状，写永诀之情者乎？

【篇旨】

描绘了各种各样人物的离别，说明人们离别之情虽有不同，但“黯然销魂”则是相同的。

【注释】

① 黯然：心神沮丧脸色凄惨的样子。销魂：丧魂落魄。

② 秦：今陕西一带。吴：今江苏、浙江一带。绝国：隔离绝远之国。

③ 燕：今河北一带。宋：今河南东部。

④ 乍：忽然。

⑤ 凝滞：停滞不前。

⑥ 逶迟：迂回曲折。

⑦ 棹（zhào）：船桨，此处指船。容与：起伏不进的样子。讵：岂。

⑧ 掩：盖。觞：酒杯。御：进用。

⑨ 玉柱：用玉做的琴瑟一类的弦柱。轼：车前横木。

⑩ 亡：失。

⑪ 沉彩：光辉消失。

⑫ 离：通“罹”，遭受。

⑬ 曾：通“层”，重叠。楹：屋一列为一楹。掩：关闭。

⑭ 踯躅：住足踏步不前。

⑮ 意：料想。

⑯ 绪：情绪。

⑰ 族：类。

⑱ 龙马：马八尺以上古代称为龙马。

⑲ 帐饮东都：西汉疏广、疏受告老还乡，公卿大夫与故旧朋友数百人在长安东都门外为其饯行。事见《汉书·疏广传》。

⑳ 送客金谷：晋石崇有金谷园在洛阳西北，石崇《金谷诗序》载，征西将军祭酒王诩当还长安，石崇与众宾客相送金谷园中。

㉑ 琴羽：琴中发出的羽声；羽，古代五声之一，声音慷慨。张：开，即弹奏。

㉒ 赵：今山西中部、陕西东北、河北西南一带。

㉓ 上春：初春。

㉔ 秣：喂养马匹。仰秣，正在吃食的马仰起头。

㉕ 耸：惊动。以上二句本自《韩诗外传》：“昔伯牙鼓琴而渊鱼出听，瓠巴鼓瑟而六马仰秣。”

㉖ 造：至。

㉗ 惭恩：因受到别人恩德而感到惭愧，即感恩。

㉘ 报士：报恩之士。

㉙ 韩国：指聂政刺死侠累事。韩严仲子与韩相侠累有仇，遂结交聂政，聂感其意，为之刺杀侠累。赵厕：指豫让谋刺赵襄子事。智伯尊宠豫让，后智伯被赵襄子所灭，豫让遂变换姓名为刑人，入赵襄子宫中涂厕，欲伺机谋刺。

㉚ 吴宫：指专诸刺杀吴王僚事。吴公子光谋夺王位，使专诸藏匕首于鱼腹中，在宴席上刺杀吴王僚，专诸亦被吴王手下所杀。燕市：指荆轲为燕太子丹刺杀秦王事。以上聂政、豫让、专诸、荆轲四人事均见《史记·刺客列传》。

㉛ 沥：滴。泣：泪。诀：诀别。

㉜ 抆（wěn）：擦。

㉝ 衔：心怀。

㉞ 买价：追求声名。泉里：黄泉之下。

㉟ 金石震而色变：荆轲与秦舞阳去刺杀秦王，秦庭卫士持戟而立，既而钟鼓大作，舞阳大恐，面如死灰。金石，指钟、磬一类乐器。

㊱ 骨肉悲而心死：聂政刺杀侠累，自破颜面抉眼剖腹出肠而死。韩暴聂尸于市，下令能识其人者给千金。久之，莫能识。其姊悲弟身死而名不扬，即于尸旁宣布聂政姓名后自杀。骨肉，指聂政姊。

㊲ 羽：箭。

㊳ 辽水：在今辽宁西部。极：尽头。

㊴ 雁山：雁门山，在今山西原平西北。参云：入云。

㊵ 薰：香。

㊶ 镜：照。

㊷ 袭：侵袭。烟煴（yīn yūn）：同“氤氲”，云气笼罩。

㊸ 班荆：铺荆于地而坐。《左传·襄公二十六年》：“伍举奔郑，将遂奔晋；声子将如晋，遇之于郑郊，班荆相与食，而言复故。”

㊹ 湄：水边。

㊺ 淄：淄水，在今山东境内。

㊻ 河阳：黄河北边。水北山南曰阳。

㊼ 琼珮：玉佩。

㊽ 结绶：指做官。绶，系印章的带子。

㊾ 瑶草：香草，美人自喻。

㊿ 晦：昏暗不明。

㊿51 春宫：妇女居处。閟（bì）：关闭。

52 簟（diàn）：竹席。

53 釭（gāng）：灯。

54 织锦曲：《晋书·列女传》载，苻秦时秦州刺史窦韬被徙沙漠，其妻苏蕙思之，织锦为回文诗寄赠；织锦曲即回文诗。

55 回文诗：古代一种文体，其诗从正反两方面读之意义皆通。苏氏的回文诗则正反、横直、旁斜皆可诵读。

56 傥（tǎng）：或。华阴：华阴山，即华山，在今陕西渭南。上士：求仙之士。

57 服食：即服食丹药。还山：即还仙。

58 寂：静。道已寂，指仙道已达高妙境界。

59 丹灶：炼丹的灶。

60 金鼎：炼丹的鼎。

61 汉：云汉。

62 骖：乘。

63 芍药之诗：即《诗经·郑风·溱洧》，诗云："维士与女，伊其相谑，赠之以芍药。"

64 佳人之歌：即汉李延年所歌"北方有佳人，绝世而独立"云云。

65 桑中卫女：《诗经·鄘风·桑中》："期我乎桑中，要我乎上宫，送我乎淇之上矣。"墉为卫地，故称诗中女子为卫女。

66 上宫：卫地名。陈娥：实际也指卫女，取其不与上面的重复。

67 珪：上圆下方的玉。

68 心折骨惊：实际应是"骨折心惊"，作者以显用词之奇。

69 渊、云：王褒与扬雄，褒字子渊，雄字子云，都是西汉辞赋家。

70 严、乐：严安与徐乐，两人曾上书言时务，得汉武帝赏识。

71 金闺：指汉代金马门，汉武帝使学士待诏金马门以备顾问。彦：有才能之士。

72 兰台：东汉中央藏书之处，中央设兰台令史，掌典校图籍治理文书。

⑬ 凌云之称：司马相如奏《大人赋》，武帝览之大悦，飘飘有凌云之志。事见《史记·司马相如列传》。

⑭ 雕龙之声：《史记·孟子荀卿列传》载：战国齐人驺奭“采驺衍之术以纪文”。裴骃《集解》引刘向《别录》：“驺奭修衍之文，饰若雕镂龙文，故曰雕龙。”

【语译】

人世间最使人神色凄惨、伤心丧魂的事，只有离别之苦啊！何况秦、吴这样绝远之国的相离，又是燕、宋间千里之地的分别；或者在春天苔藓萌生之日，或者在秋日凉风突起之时。因此离家远行的人愁肠寸断，种种心事交集而凄恻悲伤。听着阵风萧萧也发出异于往日的声响，望着长云漫漫觉得它显露出异于平常的光色。乘船，那船在水边停止不前，坐车，那车在山旁徘徊不进，桨也迟疑不定哪能行进，马又鸣声凄寒嘶叫不息。盖上金杯吧谁还有心思饮酒，放下琴瑟吧眼泪沾湿了车轼。在家的闺妇更哀愁地躺卧，恍恍惚惚若有所失。太阳落下墙头沉没了光彩，月亮升上栏杆散发出清光。看到红色的兰花承受着滴滴冷露，望见绿色的楸树蒙受到片片寒霜。绕行在重重屋宇空自掩泣拭泪，抚摸着锦缎帷帐枉自心中悲凉。推知那远行之人在梦中也徘徊驻足，猜想离别后他的神魂也飞动不安。

所以说离别虽然是相同的，但离别之事之情却有种种不同：至于说到骏马配上银鞍，红车绣雕车轴，或在长安东都门外搭起帐篷宴饮，或在金谷园里设置酒宴送客。琴声高亢弹响而箫鼓排列齐鸣，燕赵佳人轻歌曼舞使人无限伤心。她们的珠玉妆饰比暮秋景色还华艳，她们的罗绮服饰比初春风情更娇丽。悲伤的音乐使驾车的马匹停食而仰头倾听，深情的歌声让深渊中的赤鳍鱼儿感奋而耸跳出水。到了分手时刻而满含一眶眼泪，顿感静谧寂寞而开始伤神悲痛。

又有未报知遇而惭愧的剑侠，欲报恩典而奋力的少年，谋刺在韩国的都城与赵府的厕所，行侠在吴王宫中与悲歌在燕国街市。狠心离开慈爱亲人，痛苦告别家乡故居。泪水滴滴一再相互诀别，揩拭血泪却又相互凝视。上马驰驱再不回顾，只见烟尘时时扬起。正是因衔恩感德以一剑相拼回报，并非以牺牲生命来买取高尚名声。他们有时如秦舞阳一般在秦庭的金石乐器震响下改变了脸色，有的又如聂政一般让骨肉之亲伏在自己尸体上痛哭而令人心碎。

有时是边塞的郡县战火纷起，人们身负羽箭从军出征。辽水一望无际，雁山高耸入云。别时家园里温暖的和风轻吹，野外道路上芳草喷香。太阳升上中天闪耀光辉，露水落地腾起华艳色彩。阳光照射下红色的尘土辉耀灿烂，郊野上笼罩着春日烟云。攀着桃李啊不忍心离别，远送爱子啊泪水沾湿罗裙。

若谈到离别到绝远的地方去，哪还有再见面的日子呢？看一眼家乡故里的高大树木，在北边的桥梁上诀别告辞。左右的人心魂震动，亲戚朋友泪水盈盈。可以铺排荆条席地而坐彼此诉说恨别之情，只有凭借一杯薄酒来叙叙心中的悲痛。正当秋日里大雁迎日南飞，莹白的露水凄凄下满大地。令人怨而又怨啊那遥远的曲折山坳遮住了行人的身影，他一去不返地走啊走沿着长河之边。

又说到夫君居住在淄水西边，妻家身处于黄河北岸。曾早晨佩琼戴玉同来照镜，又晚上同坐一室共薰金炉飘起的香烟。夫君佩带印绶出仕千里之外，可惜为妻如同仙草空自芳香。辜负了深闺中的琴瑟而无心弹奏，高台上的黄绸失去光彩。春日里闺门内关闭着青苔的颜色，秋日里帷帐中笼罩着明月的光辉，夏日里竹席清凉昼长夜短，冬日里灯火冷凝寒夜漫长。在锦上织着回文诗啊眼泪流干，回文诗虽好啊对影独伤。

倘或有华山道士，服食丹药进山成仙。道术尽管精妙还正在钻研，道行虽然已深但未得真传。守着炼丹的灶炉不顾念人世，在金鼎中炼药意志正十分坚决。乘驾仙鹤飞上云汉，骑着凤鸾腾跃天空。转瞬间可作万里之游，小小一别也有千年。但想到人世间啊看重离别，升天时告辞主人啊也依依不舍。

人世有歌咏男女相爱赠送芍药的诗，也有吟唱佳丽美女的歌，歌唱约会在桑中的卫女，在上宫的陈女。当春草一片青碧，春水泛起清波，送君南面水边话别，该是多么令人悲伤。至于秋日露水如珠般晶莹，秋天月亮如玉般洁白，光映着白露，时光不断流逝。与亲爱者离别，愁情愁绪总在心中徘徊排遣不掉。

所以离别的情况没有一定，离别的原因也有千般种类，但有离别就必定有哀怨，有哀怨就必定充满胸中，使人意丧神骇，心惊骨折。即使有王褒、扬雄笔墨的巧妙，有严安、徐乐作文的精到，又如同金马门的诸位名士，兰台的众多英才，作赋有“凌云”的称誉，辩论有“雕龙”的名声，但有谁能够描摹出暂时相离的状态，抒写出永远诀别的情感呢！

【评析】

离别是中国古代文学传统的题材，江淹把各式各样的离别集中起来抒写，这在选材上已显得气势宏大。全赋以“黯然销魂者，唯别而已矣”领起全篇，先泛写离别的情景，以下顺次写富贵之别、任侠之别、从军之别、绝国之别、伉俪之别、方外之别、情人之别，最后作概括的总结。这样把泛写与特写融为一体，涵括面既广，又有典型事例与人物。全赋把刻画人物离别心理置于第一位，如任侠之别的慷慨悲壮、从军之别的惨淡忧伤、方外之别的依恋人间等。作者十分注意以环境描摹来刻画人物心理，如写行子出游，“风萧萧而异响，云漫漫而奇色，舟凝滞于水滨，车逶迟于山侧”；写从军之别，以“辽水无极，雁山参云”“闺中风暖，陌上草薰，日出天而耀景，露下地而腾文，镜朱尘之照烂，袭青气之烟煴”相互作对比，从而突出了负羽从军的离别给予人们的心理创伤；又如写四季相思，直接把景物与相思连接起来。全赋情感跌宕起伏，或慷慨悲歌，或缠绵往复，于是显得参差错落，丰富多彩。全赋多用历史事例来凸现篇旨，但也时用富有诗意的白描，其精彩片段如“春草碧色，春水渌波，送君南浦，伤如之何”云云，脍炙人口。全赋语言富丽高华，且熔铸《诗经》《楚辞》、乐府、古诗的词语句法，均浑成无迹，言约意丰，铿锵优美，珠圆玉润。

卷第十七

赋壬

论文

文赋一首　并序

作者：陆士衡　　注译评析：胡大雷

余每观才士之所作，窃有以得其用心①。夫放言遣辞，良多变矣，妍蚩好恶，可得而言。每自属文②，尤见其情。恒患意不称物③，文不逮意，盖非知之难，能之难也。故作《文赋》以述先士之盛藻，因论作文之利害所由，佗日殆可谓曲尽其妙。至于操斧伐柯④，虽取则不远，若夫随手之变，良难以辞逮，盖所能言者，具于此云。

伫中区以玄览⑤，颐情志于典坟⑥。遵四时以叹逝，瞻万物而思纷。悲落叶于劲秋，喜柔条于芳春。心懔懔以怀霜，志眇眇而临云。咏世德之骏烈⑦，诵先人之清芬⑧。游文章之林府⑨，嘉丽藻之彬彬⑩。慨投篇而援笔，聊宣之乎斯文。

其始也，皆收视反听，耽思傍讯⑪，精骛八极⑫，心游万仞。其致也，情曈昽而弥鲜⑬，物昭晣而互进⑭，倾群言之沥液⑮，漱六艺之芳润⑯，浮天渊以安流，濯下泉而潜浸。于是沉辞怫悦⑰，若游鱼衔钩，而出重渊之深；浮藻联翩，若翰鸟缨缴，而坠曾云之峻⑱。收百世之阙文，采千载之遗韵，谢朝华于已披⑲，启夕秀于未振⑳。观古今于须臾，抚四海于一瞬。

然后选义按部㉑，考辞就班㉒。抱暑者咸叩㉓，怀响者毕弹。或因枝以振叶㉔，或沿波而讨源。或本隐以之显，或求易而得难。或虎变而兽扰[25]，或龙见而鸟澜[26]。或妥帖而易施，或岨峿而不安[27]。罄澄心以凝思[28]，眇众虑而为言[29]。笼天地于形内，挫万物于笔端[30]。始踯躅于燥吻，终流离于濡翰[31]。理扶质以立干，文垂条而结繁。信情貌之不差，故每变而在颜。思涉乐其必笑，方言哀而已叹。或操觚以率尔[32]，或含毫而邈然。

伊兹事之可乐，固圣贤之所钦。课虚无以责有[33]，叩寂寞而求音。函绵邈于尺素[34]，吐滂沛乎寸心[35]。言恢之而弥广[36]，思按之而逾深[37]。播芳蕤之馥馥[38]，发青条之森森。粲风飞而猋竖[39]，郁云起乎翰林[40]。

体有万殊，物无一量。纷纭挥霍[41]，形难为状。辞程才以效伎[42]，意司契而为匠[43]。在有无而僶俛[44]，当浅深而不让。虽离方而遁员[45]，期穷形而尽相。故夫夸目者尚奢[46]，惬心者贵当[47]。言穷者无隘[48]，论达者唯旷。诗缘情而绮靡[49]，赋体物而浏亮[50]，碑披文以相质[51]，诔缠绵而凄怆[52]。铭博约而温润[53]，箴顿挫而清壮[54]。颂优游以彬蔚[55]，论精微而朗畅[56]，奏平彻以闲雅[57]，说炜晔而谲诳[58]。虽区分之在兹，亦禁邪而制放[59]。要辞达而理举，故无取乎冗长。

其为物也多姿，其为体也屡迁。其会意也尚巧，其遣言也贵妍。暨音声之迭代，若五色之相宣[60]。虽逝止之无常，固崎锜而难便[61]。苟达变而识次[62]，犹开流以纳泉；如失机而后会[63]，恒操末以续颠。谬玄黄之袟叙[64]，故淟涊而不鲜[65]。

或仰逼于先条[66]，或俯侵于后章[67]。或辞害而理比[68]，或言顺而义妨。离之则双美，合之则两伤。考殿最于锱铢[69]，定去留于毫芒。苟铨衡之所裁[70]，固应绳其必当[71]。

或文繁理富，而意不指適[72]。极无两致[73]，尽不可益。立片言而居要，乃一篇之警策。虽众辞之有条，必待兹而效绩[74]。亮功多而累寡[75]，故取足而不易。

或藻思绮合[76]，清丽千眠[77]。炳若缛绣[78]，凄若繁弦[79]。必所拟之不殊，乃暗合乎曩篇[80]。虽杼轴于予怀[81]，怵佗人之我先[82]。苟伤廉而愆义[83]，亦虽爱而必捐。

或苕发颖竖[84]，离众绝致。形不可逐，响难为系。块孤立而特峙[85]，非常音之所纬[86]。心牢落而无偶[87]，意徘徊而不能揥[88]。石韫玉而山辉[89]，水怀珠而川媚。彼榛楛之勿翦[90]，亦蒙荣于集翠。缀《下里》于《白雪》[91]，吾亦济夫所伟[92]。

或托言于短韵[93]，对穷迹而孤兴[94]。俯寂寞而无友，仰寥廓而莫承。譬偏弦之独张[95]，含清唱而靡应。或寄辞于瘁音[96]，徒靡言而弗华。混妍蚩而成体，累良质而为瑕[97]。象下管之偏疾[98]，故虽应而不和。或遗理以存异[99]，徒寻虚以逐微。言寡情而鲜爱，辞浮漂而不归。犹弦么而徽急[100]，故虽和而不悲。或奔放以谐合[101]，务嘈囋而妖冶[102]。徒悦目而偶俗，固高声而曲下[103]。寤《防露》与《桑间》[104]，又虽悲而不雅。或清虚以婉约[105]，每除烦而去滥。阙大羹之遗味[106]，同朱弦之清氾[107]。虽一唱而三叹，固既雅而不艳。

若夫丰约之裁[108]，俯仰之形[109]，因宜适变，曲有微情。或言拙而喻巧，或理朴而辞轻[110]。或袭故而弥新，或沿浊而更清。或览之而必察，或研之而后精。譬犹舞者赴节以投袂[111]，歌者应弦而遣声。是盖轮扁所不得言[112]，故亦非华说之所能精[113]。

普辞条与文律[114]，良余膺之所服[115]。练世情之常尤[116]，识前修之所淑[117]。虽浚发于巧心[118]，或受欰于拙目[119]。彼琼敷与玉藻[120]，若中原之有菽。同橐籥之罔穷[121]，与天地乎并育。虽纷蔼于此世[122]，嗟不盈于予掬[123]。患挈瓶之屡空[124]，病昌言之难属[125]。故踸踔于短垣[126]，放庸音以足曲。恒遗恨以终篇，岂怀盈而自足？惧蒙尘于叩缶[127]，顾取笑乎鸣玉[128]。

若夫应感之会[129]，通塞之纪[130]。来不可遏，去不可止。藏若景灭[131]，行犹响起。方天机之骏利[132]，夫何纷而不理？思风发于胸臆，言泉流于唇齿。纷威蕤以馺遝[133]，唯毫素之所拟[134]。文徽徽以溢目[135]，音泠泠而盈耳。及其六情底滞[136]，志往神留。兀若枯木[137]，豁若涸流[138]。揽营魂以探赜[139]，顿精爽于自求。理翳翳而愈伏[140]，思乙乙其若抽[141]。是以或竭情而多悔，或率意而寡尤。虽兹物之在我，非余力之所勠[142]。故时抚空怀而自惋，吾未识夫开塞之所由。

伊兹文之为用，固众理之所因。恢万里而无阂[143]，通亿载而为津[144]。俯贻则于来叶[145]，仰观象乎古人[146]。济文武于将坠[147]，宣风声于不泯[148]。涂无远而不弥[149]，理无微而弗纶[150]。配沾润于云雨[151]，象变化乎鬼神[152]。被金石而德广，流管弦而日新。

【篇旨】

全赋详尽细致地论述了创作活动的整个过程，尤其注重以想象为中心的艺术构思。

【注释】

① 窃：私下，自以为。

② 属文：作文。

③ 称：合适，相配。

④ 操斧伐柯：《诗经·豳风·伐柯》："伐柯伐柯，其则不远。"传："柯，斧柄也。"正义："执柯以伐柯，比而视之，旧柯短则如其短，旧柯长则如其长，其法不在远也。"

⑤ 伫：久立。中区：区中，宇宙之中。玄览：深刻地观察。

⑥ 颐：养。典坟：相传三皇之书称三坟，五帝之书称五典。

⑦ 世德：世代留传的功德。陆机作有《祖德赋》《述先赋》。骏：大。烈：功业。

⑧ 清芬：指德行。

⑨ 林府：多如林木，富如府库。

⑩ 彬彬：文质相当。

⑪ 耽思：深思。傍讯：傍求博采。

⑫ 骛：驰。八极：《淮南子·地形训》："九州之外有八寅，八寅之外有八纮，八纮之外有八极。"

⑬ 曈昽：暗而渐明的样子。

⑭ 昭晳：光显明白。

⑮ 沥液：点滴，指精华。

⑯ 漱：含咀。六艺：《诗》《书》《礼》《易》《乐》《春秋》六经。

⑰ 沉辞：深藏难述的言辞。怫悦：艰涩不顺。

⑱ 缨：缠绕。缴（zhuó）：系在箭上的绳。

⑲ 披：开。

⑳ 夕秀：晚上开的花。

㉑ 选义：选择适当的事义。

㉒ 考辞：考究辞语。

㉓ 暑：据其他诸本，“暑”应为“景”。叩：求。

㉔ 因：依据。

㉕ 扰：驯服。

㉖ 澜：涣散。

㉗ 岨峿（jǔ yǔ）：不相协调，不安。

㉘ 罄：尽。

㉙ 眇：通“妙”。

㉚ 挫：收拾役使。

㉛ 流离：淋漓。濡：沾湿。

㉜ 觚：方木，古人用来书写的木简。率尔：轻易疾速。

㉝ 课：试。责：求。

㉞ 函：含。尺素：古人写文章所用长一尺左右的绢素。素，生绢。

㉟ 滂沛：广大。

㊱ 恢：恢宏广大。

㊲ 按：抑。

㊳ 蕤（ruí）：草木的花下垂的样子。

㊴ 粲：鲜明、明丽。猋：同“飙”疾风。

㊵ 郁：美盛。翰林：文翰多如树林。翰，笔。

㊶ 挥霍：疾迅的样子。

㊷ 程：量。伎：技巧。

㊸ 司：管理。契：契要，犹言图样。

㊹ 僶俛：即黾勉，努力、勉强之意。

㊺ 遁：离。员：通“圆”。

㊻ 夸：夸耀。奢：浮华。

㊼ 惬心：快心。

㊽ 无：无非。

㊾ 绮靡：词采艳丽。

㊿ 体物：状物。浏亮：清楚明白。

51 相质：有助事实。

52 诔：一种哀祭文体，叙死者生前事迹，表示哀悼。

53 铭：刻在器物上记述生平、事业或警戒自己的文字。

54 箴：规诫文字。清壮：辞清理壮。

55 颂：歌颂文字。优游：从容不迫。彬蔚：华盛。

56 朗畅：明白通畅。

57 奏：向君王陈述事情的文字。

58 说：辩说文。炜晔：光彩照耀。谲诳：夸张虚构。

59 放：放荡。

60 宣：明。

61 崎锜（qí）：不安的样子。

62 识次：认识理解次序的安排。

63 机：要点。

64 玄黄：黑色与黄色。袟叙：秩序。

65 淟涊（tiǎn niǎn）：污浊。

66 仰逼：同前面矛盾。条：科条。

67 侵：侵害。

68 理比：理顺。

69 殿最：下功曰殿，上功曰最；极下为殿，极上为最。锱铢：古代重量单位，六铢为一锱，四铢为一两。

⑺ 铨衡：衡量。

⑴ 绳：纠正、量度。

⑵ 適：读为“的”，当从之意。

⑶ 极：尽。致：目标。

⑷ 效绩：发挥功效。

⑸ 亮：通“谅”，确实。累：拖累。

⑹ 藻思：辞藻与文义。

⑺ 千眠：芊眠，光色盛明。

⑻ 炳：光耀。

⑼ 凄：动人。

⑽ 曩篇：前人的篇章。

⑾ 杼轴：织机的主要部件，喻创造、构思。

⑿ 怵：怕。

⒀ 伤廉：伤害廉义。愆（qiān）：违背。

⒁ 苕：芦苇的花。颖：禾穗。

⒂ 块：独立的样子。

⒃ 纬：经纬，治理。

⒄ 牢落：辽落空旷。

⒅ 揥（dì）：摘取。

⒆ 韫：藏。

⒇ 榛楛（hù）：荆棘丛林。

(91)《下里》：即《下里》《巴人》，民间俗曲。《白雪》：即《阳春》《白雪》，高雅的歌曲。宋玉《对楚王问》：“客有歌于郢中者，其始曰《下里》《巴人》，国中属而和者数千人；其为《阳阿》《薤露》，国中属而和者数百人；其为《阳春》《白雪》，国中属而和者不过数十人……是以其曲弥高、其和弥寡。”

(92) 济：助。

⑬ 短韵：小文。

⑭ 穷迹：寡少的事情。孤兴：单调的情致。

⑮ 偏弦：一半琴弦。

⑯ 瘁音：憔悴之音。

⑰ 瑕：玉的斑点。

⑱ 下管：堂下吹管。

⑲ 遗：丢弃。异：新奇诡巧。

⑩⓪ 么：小。徽：琴节，调子。

⑩① 奔放：奔驰放纵情思。

⑩② 嘈囋：浮艳声。

⑩③ 高声：指调。曲下：指品。

⑩④《防露》：古曲名，多悲。《桑间》：古曲名，《礼记·乐记》：“《桑间》《濮上》之音，亡国之音也。”

⑩⑤ 清虚：清素淡泊。婉约：委婉简约。

⑩⑥ 大羹：不调五味的肉汁。遗味：余味。

⑩⑦ 清氾：清散。

⑩⑧ 丰约：繁简。

⑩⑨ 形：文章的布局。

⑪⓪ 轻：轻丽、清新。

⑪① 赴节：随着节拍。投袂（mèi）：挥起袖子。

⑪② 轮扁：轮匠人名。《庄子·天道》载轮扁说，吾之“斫轮得之于手而应于心，口不能言，有数存焉于其间”。

⑪③ 华说：美言。

⑪④ 辞条：修辞规则。

⑪⑤ 膺：胸。

⑪⑥ 练：熟悉。尤：过失。

⑪⑦ 前修：前贤。淑：善。

⑪⑧ 浚：深。

⑲ 吙：同“蚩”，笑。

⑳ 琼敷：琼花。玉藻：古代王冠垂挂的玉饰；藻，杂彩丝绳。

㉑ 槖籥（tuó yuè）：风箱。

㉒ 纷蔼：繁多。

㉓ 掬：捧。《诗经·小雅·采绿》：“终朝采绿，不及一掬。”

㉔ 挈瓶：容量不大的汲水之瓶。

㉕ 昌：美。属：续。

㉖ 踸踔（chěn chuō）：一足行路之状。垣：墙。

㉗ 缶：大肚小口的瓦器，秦人用作敲击乐器。

㉘ 鸣玉：鸣球，先王之雅奏；球，玉磬。

㉙ 应感：应物生感。

㉚ 纪：会。

㉛ 景：影。

㉜ 天机：天生的悟性。

㉝ 威蕤：即葳蕤，盛貌。馺遝（sà tà）：多貌。

㉞ 毫素：笔与纸。

㉟ 徽徽：美盛。

㊱ 六情：喜、怒、哀、乐、好、恶。底滞：涩。

㊲ 兀：茫然无知的样子。

㊳ 豁：缺。

㊴ 营：魂。赜（zé）：深奥玄妙。

㊵ 翳翳：昏暗、掩蔽。

㊶ 乙乙：难以出现。

㊷ 勠：并力。

㊸ 阂：阻碍。

㊹ 津：津梁、桥梁。

㊺ 贻则：留下法则。

㊻ 观象：取法。

⑭7 文武：文武之道，周文王周武王治理国家之道。

⑭8 风声：风化。

⑭9 弥：掩覆，包笼。

⑮0 纶：缠裹。

⑮1 配：比配。

⑮2 象：比拟。

【语译】

我常常观看才华之士所写的作品，暗自以为领会了他们创作时的用心。他们运用语言辞藻，确实有很多的变化，美丑好坏，是有很多奥妙可说的。我每当自己写文章时，最能体会创作的甘苦之情。经常担忧构思与所表现的事物不相符合，写出之文不能准确表达构思时的立意，那并不是懂得它难，而是做到它难啊。所以我写作文赋来讲述前辈作家华美丰富的文藻，从而论说写作文章的利害得失的原因，以后或许可以说详尽地把握了其中的奥妙。至于说拿起斧头去砍取一根斧柄，虽然所取的模式就在眼前，而那随心应手的变化，实在很难用语言表达。不过所能讲述的，都写在这里了。

伫立宇宙间深深地观察，陶冶性情志意在古代典籍之中，依循四季的变化而感叹时光流逝，瞻望万物而思绪纷纭。悲叹严劲的秋日里树木落叶，喜爱芬芳的春日里枝条柔嫩，心地严正好似胸怀寒霜，志向远大有如直上青云。歌咏世代留传的功业辉煌伟大，吟诵先人高尚的品德清香芬馥。漫步在多如林木、丰如府库的篇章之中，欣赏那内容形式俱美的文质彬彬的文章。感慨地放下篇章而提笔，要在诗文中表述自己的感受。

构思开始时，视觉与听觉停止向外界活动，深深思索并傍求博采，心神奔驰在极远八方，思绪遨游在万仞高空。构思形成了，情思朦朦胧胧而渐趋鲜明，形象清晰明白而纷纷涌来。倾注诸子百家群言的精华，含咀六经芬芳美丽的思想与文采。思想有时漂浮在天池中安稳流动，有时浸泡在地泉里洗濯潜游。于是当言辞深藏难述而艰涩不顺时，就像吞钩的游鱼，被拖出重重深渊；当脑中浮想的辞藻联翩涌来，就像飞鸟被拴着丝绳的箭儿射中，从高高的层云中掉下来。收揽百代阙疑未解的文字，采用千年无人使用的韵体。抛弃古人已用过的意与辞而如辞别已开的朝花，创造前代未发的辞与意而像启开未曾绽放的晚蕾。观察古今在须臾之间，俯视四海在短暂一瞬。

然后选择事义布置章节，考究词句安排位置。景物之像要叩求它的形色，声响之物要弹听它的音声。有时先立主干而依枝布叶，有时沿波讨源而后明主旨，有时是义本隐晦而逐步阐明，有时是步步推进先易后难。有时如虎起而百兽驯伏，得文思大者而小者毕举；有时若龙现而游鸟惊飞，文思之本具而枝叶纷披。有时安排妥帖似十分容易，有时不相协调而难以安定。竭尽心思深深思索，妙思多虑然后成篇。概括天地在形象之中，役使万物在小小笔端。开始时唇干舌燥话语难吐，到后来笔蘸浓墨淋漓写出。构思之意确立则如树木立下主干，文中之辞运用就像繁叶布满枝条。情感与容貌相符确实一点不差，而情感每有变动也自然在外表上显现出来。如有快乐的事就一定发笑，感到悲哀就已在长叹。有时拿起木简轻易疾速写来，有时嘴含笔头而思绪茫然。

文章创作的乐趣，本来就被圣贤所钦慕向往。探求虚无而创造出形象，叩求寂寞便形成文辞而声音琅琅。尺素之中容涵深远意境，方寸之心倾吐博大内容。语言推敲，其表现力会愈加广阔，思想锤炼会使内容愈加深刻。广布花草浓郁的芬芳，抽发林木茂盛的绿枝。明丽似春风和煦忽成狂飙突起，浓郁如彩云飞翔在文翰之林。

文体有千种万类，物象也无一定的尺度；如此纷纭复杂又千变万化，描摹事物情状就比较困难。运用文辞靠才力来施展技巧，组合文意凭取舍权衡要匠心独运。辞之取舍要斟酌勉求，意之深浅须当即确定。虽然不妨轶出规矩方圆，但是总须力求穷形尽相。所以夸耀文采者崇尚浮华，切理厌心者以得当为贵，局促简约者无非狭隘之辞，言语畅达者则多意境旷远。诗抒情而艳丽，赋状物而清楚明白。碑文落笔而文实相符，诔文缠绵而悲伤凄惨。铭文意思深广而用词简约温润，箴文抑扬顿挫文清理壮。颂文从容不迫而文华辞盛，论文精深入微而明朗通畅。奏文平实透彻而从容文雅，辩说文光彩耀人而虚构夸张。虽然在此区分了各种文体，还务须禁止邪说与放荡。关键在辞可达意理能确立，所以冗长是绝不可取的。

以文写物而多姿多态，为文之体也屡屡变化。立意崇尚奇巧，用词注重美妍。至于音韵声调的变换，好似五色相互搭配而映耀；虽然取舍去留没有常规，但本来就难以妥帖安稳。如果掌握变化规律认识先后次序，就好比开通河流容纳众泉诸水。如果不懂次序而乱加组配，就总是会首尾颠倒；把各种颜色乱涂胡抹，所以就污浊不堪而不鲜明。

有时候后段抵触前段，有时候前章妨碍后章，有时候语辞拙劣而文中之理合宜，有时候文字通顺但文中之理不通；它们分离则文辞与文理都好，凑合则两相妨碍。考选标准必须严格精细，决定取舍一定细察分毫。若铨衡所剪裁的东西，本来就应当依据法度使其允当。

有时候篇幅繁长道理也说了很多，而主旨仍没有明显表达出来。一篇文章不要有两个主题，话说清了就不必再说。在文章关键之处突出只言片语，作为整篇表达中心的警句。虽然众多辞句都有条不紊，但必须等待警句才发挥其功效。这样便确实功效大而弊累少，所以真正完全做到并不那么容易。

有时候辞藻与文义结合如同彩绮织成，图案清丽色泽鲜艳，光彩耀眼如同美丽的锦绣，情感动人如同急音繁弦。若所拟写的文字没有特色，便会与前人的篇章暗合。虽然是出于自身的构思创造，却恐怕他人先已说过。如果有损于廉耻和道义，即使心爱也一定抛弃。

有时候秀句如同苇花开放、禾穗挺立，高妙超众又风神绝群。它的形状难以再次捕捉，它的声响不会停滞拴系。它孤立突出而高高耸峙，并不是平庸的词句所能相配；找不到它的佳偶而心中辽落空荡，有意摘去它又徘徊难以舍弃。如同石中藏玉而满山生辉，水中有珠而河流生媚，那些繁辞芜句就如同未经修剪的丛林荆棘，也会因翠鸟的停落而发出光彩。俚俗的《下里》《巴人》与高雅的《阳春》《白雪》相缀并存，我也可以成全增加其奇伟。

有时候要说的话写在一篇短文中，面对寡少的事迹而情致单调。俯而求之则寂寞没有什么相配，仰而应之则寥廓没有什么相承。仿佛是琴瑟之弦只弹半边，虽含清唱而前后无所照应。有时候文章的语言憔悴无力，言辞浮靡而没有华彩。靡词和瘁音相混而成一体，连累好的内容也瑕疵斑斑。好似堂下管吹节拍大急，所以与堂上歌声相配得总不和谐。有时候不顾内容而去尚奇好诡，白白地追求虚浮与细枝末节。语言缺乏感情与爱憎，辞藻空洞浮漂而无所归宿。好比弦细而调急，所以虽然和谐但不悲切感人。有时候放纵情思去迎合时好，追求声韵繁杂而奢华妖冶。只想去娱悦耳目投合时俗的爱好，所以声调虽高而曲品卑下。于是知道《防露》与《桑间》一类艳曲，虽然悲切感人却不合雅正。有时候文章清素淡泊，委婉简约，每每除掉繁辞，弃去浮滥。好似祭祀的白肉汁那样缺少余味，又如同太庙的朱弦之声清淡散漫。虽然是一人唱而三人赞叹应和，本就是雅正有余而美艳不足。

至于说到文章繁简的剪裁，文辞上下位置的安排，需因其所宜而适当变化，其中有各种微妙曲折的情况。有的言语似拙而喻义巧妙，有的道理质朴而文辞清新，有的袭用典故而自唱新意，有的出于混浊而自变清澄。有的一览而知其曲变微情，有的钻研之后方知精髓；好比跳舞的人按照节拍挥动袖子，唱歌的人和应弦音唱出声调。这就是轮扁斫轮得心应手而口不言传，也不是华美的言辞所能阐说精确的。

所有修辞规则与文章法则，确实是我心中所佩服遵从的。熟悉当代作者的通病，认识前辈作品的优美之处。文章虽然出自作者的巧心，有时也会受到眼光短劣者的讥诮嗤笑。那些琼花玉藻一样优美的词语，如同豆菽般遍布原野；又如同风箱般无穷尽地鼓风，和天地日月长久并存。虽然世上优美的辞藻繁多纷纭，可叹我掌握的不满一捧。担心才识像汲水之瓶经常空乏，难于接续古代的佳文美言。所以好比单足行走于矮墙之上，只好用平庸的语调来拼凑成篇。常常在成篇之后而心不满意，哪里会感到自满自足？怕叩击我这蒙有灰尘的瓦缶，只因会被玉磬般的前贤雅作所取笑。

至于说到灵感的交会，那是通畅阻塞的关键。来的时候不可阻遏，消逝之时难以止留；藏匿时好似影子消逝，涌来时犹如声音响起。正当天然机敏迅捷之时，任何纷乱的思绪都能理清。文气如风一般发自胸中，言语如泉一般涌出唇齿。丰富多彩的文采駸遝而来，只要你用笔把它写下来。文采焕烂夺目，音韵清脆动听。至于说喜怒哀乐好恶六情阻滞，心志欲驰而神情欲留，昏昏然如一段枯木，空空然如一条干河。竭尽心神想探索奥秘，提起精神去自我追寻。文理愈加遮蔽隐晦，思路很难抽出头绪。所以有时候费尽心机而结果令人多有懊悔，有时候则随手写来而缺憾很少。虽说文章完全是由自己来写，却不是努力了就能写好的。所以我时常抚拍空怀而自我惋叹，我还不曾认识文思所以开塞的方法。

文章的作用，固然在于许多道理凭它宣扬。广传万里而无所阻碍，沟通万年而成为桥梁。往下可以垂范于后世，往上可以取法于古人。拯救那即将中断坠落的文、武之道，宣传教化使之永不泯灭。无论距离多么遥远它都能加以描述涵盖，不管道理多么微小它都能论述包举，它能与布施润泽给万物的云雨相配，它又像出幽入微而变化无穷的鬼神。它刻在金石之上使美德广为流传，它播于管弦之中而万古常新。

【评析】

陆机的《文赋》是中国文学批评史上第一篇完整而成系统的文学理论作品，它比较细致地分析了文学创作的过程，提出了很多重要的文学理论问题。赋的序言阐明其写作宗旨是“述先士之盛藻，因论作文之利害所由”。正文的第一段讲作文之由或感于物、或本于学。第二段专论构思。第三段论谋篇。第四段讲行文的乐趣。第五段论文辞体式。此以前重在“述先士之盛藻”，此以后重在“论作文之利害所由”。第六段讲意巧辞妍及声气。第七段讲剪裁及其标准。第八段讲警句。第九段讲创作的独创性；第十段讲佳句奇句。第十一段论文病，论篇幅太小不足成文，论文不调谐，论重词轻情，论格调不高，论清淡寡味。第十二段讲创作中的种种曲折微妙的变化。第十三段感慨写作之不易。第十四段论灵感的作用。第十五段论文章的功用。综观陆机的论述，其理论贡献很大。第一，铸成了“诗缘情”这个新语，它无疑比出现于先秦的“诗言志”更符合诗歌的特点。第二，形象地阐述了艺术构思的全过程，其中包括意物相称的艺术形象、想象的作用及用恰当的结构和文辞来表现文思等，无疑，这是以想象为中心的艺术构思论。陆机在《文赋》序里既说“每自属文，尤见其情”，又说“述先士之盛藻”，可见《文赋》所说是作者的切身体会，又是吸收了前人的创作经验才写成的。以赋的形式来论文，本身不易，但全赋说理清楚明白，井井有条，且体大思精，尤多警策之语，是继曹丕《典论·论文》之后的重要文学理论文章，对后世影响很大。

音乐上

洞箫赋一首

作者：王子渊　　注译评析：胡大雷

原夫箫干之所生兮，于江南之丘墟[①]。洞条畅而罕节兮[②]，标敷纷以扶疏[③]。徒观其旁山侧兮[④]，则岖嵚岿崎[⑤]，倚巇迤㠧[⑥]，诚可悲乎，其不安也。弥望傥莽[⑦]，联延旷荡[⑧]，又足乐乎，其敞闲也。托身躯于后土兮[⑨]，经万载而不迁。吸至精之滋熙兮[⑩]，禀苍色之润坚[⑪]。感阴阳之变化兮[⑫]，附性命乎皇天。翔风萧萧而径其末兮[⑬]，回江流川而溉其山。扬素波而挥连珠兮，声礚礚而澍渊[⑭]。朝露清冷而陨其侧兮，玉液浸润而承其根[⑮]。孤雌寡鹤，娱优乎其下兮，春禽群嬉，翱翔乎其颠。秋蜩不食[⑯]，抱朴而长吟兮[⑰]，玄猿悲啸，搜索乎其间。处幽隐而奥庰兮[⑱]，密漠泊以獭猭[⑲]。惟详察其素体兮，宜清静而弗喧。幸得谥为洞箫兮[⑳]，蒙圣主之渥恩[㉑]。可谓惠而不费兮[㉒]，因天性之自然。

于是般匠施巧[㉓]，夔妃准法[㉔]。带以象牙[㉕]，掍其会合[㉖]。锼镂离洒[㉗]，绛唇错杂[㉘]。邻菌缭纠[㉙]，罗鳞捷猎[㉚]。胶致理比[㉛]，挹抐㩴擶[㉜]。于是乃使夫性昧之宕冥[㉝]，生不睹天地之体势，暗于白黑之貌形。愤伊郁而酷䣽[㉞]，愍眸子之丧精。寡所舒其思虑兮，专发愤乎音声。故吻吮值夫宫商兮[㉟]，和纷离其匹溢[㊱]。形旖旎以顺吹兮[㊲]，瞋啯哦以纡郁[㊳]。气旁迕以飞射兮[㊴]，驰散涣以逫律[㊵]。趣从容其勿述兮[㊶]，骛合遝以诡谲[42]。或浑沌而潺湲兮。猎若枚折[43]。或漫衍而骆驿兮[44]，沛焉竞溢[45]；惏慄密率[46]，掩以绝灭。嗜嚱晔踕[47]，跳然复出。

若乃徐听其曲度兮，廉察其赋歌[48]。啾咇嘞而将吟兮[49]，行鍖銋以和啰[50]。风鸿洞而不绝兮[51]，优娆娆以婆娑[52]。翩绵连以牢落兮[53]，漂乍弃而为他[54]。要复遮其蹊径兮[55]，与讴谣乎相和。故听其巨音，则周流泛滥，并包吐含，若慈父之畜子也。其妙声，则清静厌瘱[56]，顺叙卑迖[57]，若孝子之事父也。科条譬类[58]，诚应义理，澎濞慷慨[59]，一何壮士。优柔温润，又似君子。故其武声，则若雷霆輘輷[60]，佚豫以沸愲[61]。其仁声，则若飘风纷披[62]，容与而施惠。或杂遝以聚敛兮[63]，或拔摋以奋弃[64]。悲怆怳以恻惐兮[65]，时恬淡以绥肆[66]。被淋洒其靡靡兮[67]，时横溃以阳遂[68]。哀悁悁之可怀兮[69]，良醰醰而有味[70]。

故贪饕者听之而廉隅兮[71]，狼戾者闻之而不怼[72]。刚毅强虣反仁恩兮[73]，啴唌逸豫戒其失[74]。锺期牙旷怅然而愕兮[75]，杞梁之妻不能为其气[76]。师襄严春[77]不敢窜其巧兮[78]，浸淫叔子远其类[79]。嚚顽朱均惕复惠兮[80]，桀跖鬻博儡以顿悴[81]。吹参差而入道德兮，故永御而可贵[82]。

时奏狡弄[83]，则彷徨翱翔，或留而不行，或行而不留。憛怅澜漫[84]，亡耦失畴[85]。薄索合沓[86]，罔象相求[87]。故知音者乐，而悲之；不知音者，怪而伟之。故闻其悲声，则莫不怆然累欷，擎涕抆泪[88]。其奏欢娱，则莫不惮漫衍凯[89]，阿那腲腇者已[90]。是以蟋蟀蚸蠖[91]，蚑行喘息[92]，蝼蚁蝘蜓[93]，蝇蝇翊翊[94]。迁延徙迤[95]，鱼瞰鸡睨。垂喙蜿转[96]，瞪瞢忘食[97]。况感阴阳之和，而化风俗之伦哉？

乱曰[98]：状若捷武[99]，超腾逾曳，迅漂巧兮[100]。又似流波，泡溲泛捷[101]，趋巇道兮。哮呷呟唤[102]，跻踬连绝[103]，淈殄沌兮[104]。搅搜㶇捎[105]，逍遥踊跃，若坏颓兮。优游流离，踌躇稽诣[106]，亦足耽兮[107]。颓唐遂往[108]，长辞远逝，漂不还兮。赖蒙圣化，从容中道，乐不淫兮[109]。条畅洞达，中节操兮。终诗卒曲，尚余音兮。吟气遗响，联绵漂撇，生微风兮。连延骆驿，变无穷兮。

【作者简介】

王褒，字子渊，西汉宣帝时在世，蜀资中（今属四川）人。宣帝时征入都，作《圣主得贤臣颂》，与张子侨等并待诏，数从游猎，所幸宫馆，辄为歌颂，擢为谏大夫。后太子体不安，忽忽善忘，诏使褒等入宫娱侍，朝夕诵读奇文及所自造作。后奉命往益州祀金马碧鸡之宝，卒于道。《汉书》有传。明人辑有《王谏议集》。

【篇旨】

叙述了洞箫的产地、制作与吹奏者，突出箫声的美妙与感化力量。

【注释】

① 江南丘墟：《丹阳记》说："江宁县慈母山，临江，生箫管竹，王褒赋云：'于江南之丘墟'即此处也。其竹圆，异众处，自伶伦采竹嶰谷后，见此奇，故历代常给乐府，而呼鼓吹山。"

② 洞：通。条畅：条长畅达。罕：少。

③ 标：立。敷纷：茎枝茂盛。扶疏：四布。

④ 旁：傍，靠近。

⑤ 岖嵚岿（kuī）崎：都是山险峻的样子。

⑥ 巇（xī）：险峻。迤靡：邪平之貌。

⑦ 弥：遍、满。傥莽：宽广之貌。

⑧ 旷荡：宽广之貌。

⑨ 后土：对大地的尊称。

⑩ 滋熙：润泽有光。

⑪ 禀：承受。苍色：竹的青色。润坚：鲜润贞坚。

⑫ 阴阳：古以阴阳解释万物化生。

⑬ 末：竹梢。

⑭ 磕（kē）磕：象声词。澍：同"注"。

⑮ 玉液：清泉之水。

⑯ 秋蜩：蝉。

⑰ 朴（pò）：木皮。

⑱ 奥：深。庰：同“屏”，遮蔽。

⑲ 漠泊：密而相连貌。獭猭（chēn chuán）：相连延貌。

⑳ 谥：古代给有地位的人死后加以有褒贬意义的称号。

㉑ 渥：优厚。

㉒ 惠而不费：施利于人而无所耗费。语出《论语·尧曰》。

㉓ 般：公输般，春秋时鲁国人，又称鲁班，是著名的工匠。

㉔ 夔（kuí）：舜时乐官。

㉕ 带：饰。

㉖ 掍（hùn）：混合。

㉗ 锼（sōu）镂：雕刻。离洒：花纹之貌。

㉘ 绛唇：指以朱饰之的箫孔。

㉙ 邻菌：竹纹缭绕貌。

㉚ 罗鳞：洞箫由诸竹管相并而成，像鱼鳞罗列。捷猎：参差高低貌。

㉛ 胶致：细密貌。理比：相次貌。

㉜ 挹抐擪擶（yì nì yè niè）：手执洞箫及压按箫孔的动作。

㉝ 宕冥：大暗，指盲人。

㉞ 伊郁：愤懑，忧烦。酷䛘（nú）：特别的忧戚。

㉟ 吻吮：指嘴的吹吸。宫商：曲调声韵。

㊱ 和：相和。匹溢：声四散。

㊲ 旖旎：指吹洞箫时屈曲身体的样子。

㊳ 嗢呦：鼓腮突颊之貌。

㊴ 迕：触。

㊵ 遻（zhú）律：缓缓出气。

㊶ 述：逆。

㊷ 合遝：盛多貌。

㊸ 猎：象声词。枚：树干。

㊹ 骆驿：络绎不绝。

㊺ 沛：多貌。

㊻ 惏慄：形容声音凄清。密率：安静。

㊼ 嚁霵（xī jí）：众声急速貌。晔踕（jié）：声音复起貌。

㊽ 廉：谨。

㊾ 啾咇嗞：象声词，形容众声之出。

㊿ 行：将。鍖銋（chěn rěn）：舒缓。和啰：声音相杂。

51 鸿洞：相连不绝。

52 优：优游。娆娆：柔雅貌。

53 牢落：稀疏。

54 他：他声，异声。

55 要复：伺候。

56 厌：安和。瘱（yì）：深邃。

57 迖（tì）：滑。

58 科条：名目。

59 澎濞：波浪相激之声。

60 輘輷（léng hōng）：声音巨大。

61 佚豫：声音疾迅。沸愲（wèi）：不安貌。

62 颽：同“凯”。凯风，南风。

63 杂遝：众多貌。

64 拔摋（sà）：分散。

65 恻惐（yù）：感伤痛苦。

66 绥肆：安静纵心。

67 淋洒：不绝。靡靡：细好之声。

68 阳遂：清畅通达。

69 悁悁：烦悒。

70 醰（tán）醰：韵味淳厚。

71 饕（tāo）：贪财。廉隅：比喻人的品性、行为端方不苟。

㉒ 狼戾：贪暴凶残。怼（duì）：怨恨。

㉓ 虣：古“暴”字。反：返。

㉔ 啴（chǎn）唌：舒缓放纵的样子。

㉕ 锺期：锺子期，古代音乐欣赏家，他死后，伯牙因失去知音而不再弹琴。牙旷：伯牙与师旷，春秋时善鼓琴者。

㉖ 杞梁之妻：《杞梁妻》，乐曲名，杞梁之妻悲其夫之死而作。事见《琴操》。

㉗ 师襄：古代音乐家，《孔子家语》说，孔子曾向他学习鼓琴。严春：古代音乐家。

㉘ 甯：指，施行。

㉙ 浸淫：渐相亲附，渐相接近。叔子：颜叔子。《毛传》载，叔子尝独处一室，夜大雨，邻舍屋崩，有女子趋投之。叔子使执烛于手，烛尽，焚燎以继至明，不二其志。

㉚ 嚚（yín）、顽：《左传·僖公二十四年》：“心不则德义之经为顽，口不道忠信之言为嚚。”朱：尧子丹朱，不肖。均：舜子商均，不肖。惕：惊。

㉛ 桀：夏朝末代君王，暴君。跖：盗跖，春秋时有名的大盗。鬻：鬻拳，楚之强勇之人。博：朱博，汉代的侠士。偏：丧败。顿悴：困厄憔悴。

㉜ 御：用。

㉝ 狡弄：急勇之曲。

㉞ 懆慺（cǎo lǎo）：寂静。澜漫：分散。

㉟ 耦：双。畴：同类。

㊱ 薄：迫。

㊲ 罔象：虚无惘然。

㊳ 擎：同“撇”，拭。拉：拭。

㊴ 惮漫衍凯：欢乐和笑貌。

㊵ 阿那腲腇（wěi něi）：迂缓舒迟。

㊶ 蚸蠖：虫名。

㊷ 蚑（qí）行：虫徐徐行进貌。

⑨³ 蝼蚁：虫名，蝼蛄与蚁。蝘蜓：蜥蜴的一种。

⑨⁴ 蝇蝇：往来不定之貌。翊（yì）翊：蠕行貌。

⑨⁵ 迁延徙迤：进而复退貌。

⑨⁶ 喙：嘴。蜿转：动貌。

⑨⁷ 瞢（méng）：直视不审。

⑨⁸ 乱：总括全文。

⑨⁹ 捷武：矫捷有武之人。

⑩⁰ 漂：疾。

⑩¹ 泡溲泛捷：波涛汹涌急猛之声。

⑩² 哮呷呟唤：大声。

⑩³ 跻（jī）：登，升。踬（zhì）：倒，下。

⑩⁴ 淈（gǔ）：扰乱。殄：混杂不分。

⑩⁵ 搅搜潲（xiào）捎：象声词，皆水声。

⑩⁶ 稽诣：稽留不散如有所至。

⑩⁷ 耽：玩。

⑩⁸ 颓唐：声音微小。

⑩⁹ 淫：过分。

【语译】

考源洞箫管干生长的地方，在江南的慈母山之上。那直通的竹子条长畅达且很少段节，挺立着茂盛枝干而枝叶四布。单是看竹子依傍的山侧，则是形势险峻山貌陡峭，四周山势嶙峋重叠不平；确是很可悲啊，那竹子无平坦的安身处所。可满眼望去，大山连绵广阔；这又十分可喜啊，那竹子生长在这高敞闲静之地。寄托躯体在大地之上，历经千年万载无所迁徙。汲取天地的精气而润泽有光，禀受苍青的色彩而鲜润贞坚。感应于阴阳造化的变化，让性命依附给高高的上天。劲风萧萧吹过竹梢之上，激荡江水回流灌溉此山。江水扬起白色的波浪而溅出如珠般的水花，哗啦哗啦冲下深渊大潭。清凉朝露滴落在竹旁，玉液般的泉水滋润着根须。孤独的雌鸟单个的白鹤，也高兴地优游娱乐在竹下；春天飞禽成群嬉戏，展翅翱翔在竹上。秋天蝉儿不饮不食，抱着竹皮长久地吟唱；黑色的猿猴悲哀地鸣啸，在竹林里奔跑搜寻。身处在幽僻隐蔽的奥秘之地，枝连枝根连根紧相连延。只要仔细观察那素洁的体性，才知它本适宜清静而从不喧哗。有幸被赐予“洞箫”的嘉号，正是承蒙英明圣上的恩惠，可说是有利于人而又无所耗费，全凭这自然生成的天性。

于是公输般那样的工匠施展巧技，夔那样的乐官定音定律。用象牙来装饰，会合之处精巧细密混成一体。雕刻诸种花纹，箫孔又用朱饰之物装点错杂文采。竹纹缭绕缠围，高低参差的诸根竹管像鱼鳞般罗列组合，细密相次，供拍执压按。于是让天生的盲人来使用，他们生来不知天地万物的形状式样，连黑白也分辨不出。心中的忧烦沉郁深广，眼眸无光丧失精气，真令人哀悯，他的思虑无处可舒展，便专在这音声之中宣泄。所以唇吻的吹吸都合乎宫商曲调，音调和谐四下飘散。他身体屈曲以便吹奏顺当，鼓腮突颊如同发怒以使声音沉郁回曲。气竞旁出而迅疾飞射，四散飞驰而又阵阵发声。吹来从容不迫一点不差，奏得声韵繁杂奇诡时起。有时声音浑沌不分如潺湲流水，忽地猎然清脆如树干折断；有时声音漫延络绎不绝，猛地沛然声曲相竞迸出。凄清安谧，似乎被掩盖而近乎绝灭？急速迅猛，声音一下子又腾跃着再次鸣响。

如果静静聆听箫曲的节度，谨慎观察演奏的歌曲；众声繁多相继吟出，诸声舒缓相和相协。犹如和风吹拂相连而不绝，有如妙女起舞优游而盘旋。声曲翩翩连绵而又时显稀疏，乐歌漂飞旧调又换新声。遮盖大路小径而伺候等待，要与各种讴谣歌曲相和相应。所以听到它声音洪亮，就周流般地四下传播开来，容涵包纳了一切，仿佛慈爱的父母育养儿女般宽厚。当它声音绝妙，则是清静安和深邃，声音依次顺达流滑，仿佛孝子侍候父母般地顺从。把箫曲分类分目评析，确实都与义理相应。慷慨澎湃激昂，多么像壮士；优柔温和娴雅，又多么像君子。所以当它奏出武声，就像雷霆万钧轰鸣，迅急而震荡不安。当奏出仁声，就像南风和煦吹过，从容而普施恩惠。有时声音众多如凝聚一起，有时声音分散如有所遗弃。时而曲调悲怆恍惚感伤，时而曲调安恬舒缓纵恣。时而声音靡靡细好不绝，时而声音纵横清畅通达。抒发哀痛烦悒让人满怀辛酸，音调甜美淳厚令人滋滋回味。

所以贪财好钱者听了会变得廉洁而不苟，残暴凶狠者听了会不再闹事而无怨。刚愎强暴者返回仁义恩德之路，放纵逸荡者戒除狂傲疏慢之失。锺子期、伯牙、师旷听了，惊愕怅然而立；哭倒长城的杞梁之妻听了，屏息不再抽泣；师襄、严春难以施展其巧；颜叔子远离陌生女子；丹朱、商均惊警恢复惠爱本性，夏桀、盗跖、斶拳、朱博抛弃恶性不再施暴。箫声参差而尽符道德，永久进用而实属可贵。

有时奏起急勇之曲，曲声彷徨徘徊而又翱翔飞扬，时或停留不行，时或行而不留。有时曲声似是寂静而分散，失去匹配又无相和，急迫地追寻众声，却又惘然无处可求。所以知音者听到这样的曲声，忽而惬心快乐忽而悲伤流泪；而不知音者听到如此的曲声，虽感惊奇怪异但仍赞其伟美。因此听到它发出悲哀之声，无不怆然而涕下累累，拭泪擦眼。听到它奏出欢娱之声，无不满足而快乐欢笑，愉悦舒谧。所以蟋蟀蚸蠖，张嘴喘气，徐徐而前；蝼蚁蝘蜓，往来不定，蠕动爬行。这些虫类进而复退、退而复进，如鱼目不瞑、鸡眼斜视，垂口张嘴转旋，瞪眼无视无见，忘记吃食。虫类听了乐曲尚如此感动，何况是感阴阳之气而生、又受伦理教化的人类啊！

总括说：箫曲之声如同孔武矫捷之士，跳越翻腾，迅急灵巧争赴战阵。又如同波涛翻滚之水，汹涌澎湃，奔驰怒吼急趋险道。它的声音巨大，或上或下，或断或连，浑然一体。有时候如水声哗哗，逍遥自在地跳踉奔腾，如若物体崩坏颓坠。有时候又优游不迫娴雅流利，流转徘徊如有所稽留归往，这也值得玩赏。有时候声音微小渐渐远去，仿佛一别永辞，不再回来。蒙受依赖君王圣化，从容和乐尽合礼义大道，虽然欢乐但不过分。乐声条贯通畅，洞达符合节操。曲终歌罢，尚有余音袅袅。剩余气息还在箫管中撞击，连绵不绝，伴随微风相吹有声。连延伸展络绎不绝，变化不穷又给人无穷想象。

【评析】

今称单管直吹、正面五孔、背面一孔者为洞箫，古代的洞箫则不同。古代的箫以竹管编排而成，称为排箫，排箫以蜡蜜封底，无蜡蜜封底的称洞箫。本赋为了突出洞箫的声音清远，感人至深，作者先从制箫之竹写起，写它生长在崇隆宽阔的山峰而禀性高洁。然后写能工巧匠的制作与乐官校定洞箫，这是一笔带过；作者的笔墨集中叙写吹箫的盲人，写他专精于吹箫，把眼盲于世的愤懑全灌注在箫声之中。然后作者全力摹写箫曲，它无所不备，其巨音、妙声、武声、仁声，等等，各具其妙。然后作者写箫声的感人之深，从反面讲，箫声使人改邪归正，这是汉代人讲音乐时注重其教化作用的表现；从正面讲，它使历代音乐家叹为观止，这些都是衬托。然后作者又概述知音与不知音者均被箫声感动，并写了诸种虫类听了箫声时的姿态神情，以此表示人类怎么可能不感动呢？最后作者总括全文，赞赏箫声的无比美妙与富于变化。读了此赋，我们深深赞叹作者镂物刻形的本领，那高山、青竹如在目前，那箫声如在耳旁，又如诸虫听箫声时的如痴如醉，栩栩如生。作者还赋以箫声丰富的感情，这固然是为了突出箫声的感染力量，但也可看出汉代辞赋渐向抒情化进化的轨迹。

舞赋一首　并序

作者：傅武仲　　注译评析：胡大雷

楚襄王既游云梦[1]，使宋玉赋高唐之事[2]，将置酒宴饮。谓宋玉曰：“寡人欲觞群臣[3]，何以娱之？”玉曰：“臣闻歌以咏言[4]，舞以尽意[5]。是以论其诗不如听其声。听其声不如察其形。《激楚》《结风》[6]，《阳阿》之舞[7]，材人之穷观[8]，天下之至妙。噫，可以进乎？”王曰：“如其郑何[9]？”玉曰：“小大殊用，郑雅异宜[10]，弛张之度[11]，圣哲所施。是以《乐》记干戚之容[12]，《雅》美蹲蹲之舞[13]。《礼》设三爵之制[14]，《颂》有醉归之歌[15]。夫《咸池》《六英》[16]，所以陈清庙[17]、协神人也；郑卫之乐，所以娱密坐[18]、接欢欣也。余日怡荡，非以风民也[19]，其何害哉？”王曰：“试为寡人赋之。”玉曰：“唯唯[20]。”

夫何皎皎之闲夜兮，明月烂以施光。朱火晔其延起兮[21]，耀华屋而熹洞房[22]。黼帐袪而结组兮[23]，铺首炳以焜煌[24]。陈茵席而设坐兮，溢金罍而列玉觞。腾觚爵之斟酌兮，漫既醉其乐康。严颜和而怡怿兮，幽情形而外扬。文人不能怀其藻兮，武毅不能隐其刚。简惰跳踃[25]，般纷挐兮[26]。渊塞沉荡[27]，改恒常兮。

于是郑女出进，二八徐侍[28]。姣服极丽，姁媮致态[29]。貌嬚妙以妖蛊兮，红颜晔其扬华。眉连娟以增绕兮[30]，目流睇而横波[31]。珠翠的皪而照耀兮[32]，华袿飞髾而杂纤罗[33]。顾形影，自整装；顺微风，挥若芳[34]。动朱唇，纡清阳[35]；亢音高歌为乐方[36]。歌曰："摅予意以弘观兮[37]，绎精灵之所束[38]。弛紧急之弦张兮，慢末事之骫曲[39]。舒恢炱之广度兮[40]，阔细体之苛缛[41]。嘉《关雎》之不淫兮[42]，哀《蟋蟀》之局促[43]。启泰真之否隔兮[44]，超遗物而度俗。"扬《激徵》，骋《清角》。赞《舞操》，奏《均曲》。形态和，神意协，从容得，志不劫[45]。

于是蹑节鼓陈[46]，舒意自广。游心无垠，远思长想。其始兴也，若俯若仰，若来若往，雍容惆怅，不可为象。其少进也，若翱若行[47]，若竦若倾。兀动赴度[48]，指顾应声[49]。罗衣从风，长袖交横。骆驿飞散[50]，飒擖合并[51]。鶣鷅燕居[52]，拉揩鹄惊[53]。绰约闲靡[54]，机迅体轻。姿绝伦之妙态，怀悫素之洁清[55]。修仪操以显志兮，独驰思乎杳冥。在山峨峨[56]，在水汤汤，与志迁化，容不虚生。明诗表指，喟息激昂[57]。气若浮云，志若秋霜，观者增叹，诸工莫当。

于是合场递进[58]，按次而俟[59]。埒材角妙[60]，夸容乃理[61]。轶态横出[62]，瑰姿谲起[63]。眄般鼓则腾清眸[64]，吐哇咬则发皓齿[65]。摘齐行列，经营切儗[66]。彷佛神动，回翔竦峙。击不致策[67]，蹈不顿趾。翼尔悠往，暗复辍已[68]。及至回身还入，迫于急节。浮腾累跪[69]，跗蹋摩跌[70]。纡形赴远[71]，漼似摧折[72]。纤縠蛾飞[73]，纷飙若绝[74]。超逾鸟集，纵弛殟殁[75]。蜲蛇姌袅[76]，云转飘曶[77]。体如游龙，袖如素蜺[78]。黎收而拜[79]，曲度究毕。迁延微笑，退复次列。观者称丽，莫不怡悦。

于是欢洽宴夜，命遣诸客。扰躟就驾[80]，仆夫正策。车骑并狎，巃嵸逼迫[81]。良骏逸足，跄捍凌越[82]。龙骧横举[83]，扬镳飞沫。马材不同，各相倾夺。或有逾埃赴辙，霆骇电灭。蹠地远群[84]，暗跳独绝[85]。或有宛足郁怒[86]，般桓不发；后往先至，遂为逐末。或有矜容爱仪，洋洋习习[87]；迟速承意，控御缓急。车音若雷，骛骤相及。骆漠而归，云散城邑。天王燕胥[88]，乐而不泆[89]。娱神遗老，永年之术[90]。优哉游哉，聊以永日。

【作者简介】

傅毅（？—约90），字武仲，东汉扶风茂陵（今陕西兴平东北）人。少博学，章帝博召文学之士，以毅为兰台令史，与班固等同校内府藏书。大将军窦宪出击匈奴，以毅为记室，迁司马。早卒。原有集，已失传。《后汉书》有传。

【篇旨】

描摹舞前的演唱与独舞、队舞的姿态，赞美舞者的优美舞姿与精湛伎艺。

【注释】

① 楚襄王：战国末期楚国的国君。云梦：泽名，大致包括今湖南益阳、湘阴以北，湖北江陵、安陆以南，武汉以西地区。

② 宋玉：战国末期楚国文学家，在楚怀王、楚襄王时做过文学侍从，相传是屈原的学生。高唐：观名。宋玉曾作《高唐赋》。

③ 寡人：寡德之人，古代王侯或士大夫自谦之词，唐以后唯皇帝得称寡人。觞：酒具，引申为进酒。

④ 歌以咏言：《尚书·尧典》："歌永言。"

⑤ 舞以尽意：《毛诗序》："言之不足，故嗟叹之；嗟叹之不足，故咏歌之；咏歌之不足，不知手之舞之、足之蹈之也。"

⑥《激楚》《结风》：两种楚曲。

⑦《阳阿》：楚曲。

⑧ 穷：极。

⑨ 郑：春秋国名，在今河南。此指郑舞，古认为郑音是亡国之音。

⑩ 雅：雅正之音。

⑪ 度：法。

⑫《乐》：六经之一。干戚：干戚舞，乐舞的一种，古时舞乐有文武之分，文舞执羽旄，武舞执干戚；干戚，盾与斧，皆古兵器。容：《礼记·乐记》："执其干戚，习其俯仰诎伸，容貌得庄焉。"

⑬《雅》：《诗经》的大小雅。蹲蹲：舞貌。《诗经·小雅·伐木》："坎坎鼓我，蹲蹲舞我。"是宴朋友故旧之诗。

⑭《礼》：《礼记》，六经之一。三爵之制：《礼记》载："君子饮酒也，礼三爵而油油以退。"爵，酒杯。

⑮《颂》：《诗经》的一部分。醉归之歌。《诗经·鲁颂·有駜》："鼓咽咽，醉言舞。""鼓咽咽，醉言归。"

⑯《咸池》：古乐名，相传为黄帝之乐。《六英》：帝喾之乐。

⑰ 清庙：宗庙。

⑱ 密坐：靠近而坐。

⑲ 风：风化。

⑳ 唯唯：应答声。

㉑ 朱火：蜡烛。

㉒ 熹：明。

㉓ 黼（fǔ）：绣有斧形的花纹。袪（qū）：举起，撩起。

㉔ 铺首：门环。焜煌：光辉闪耀。

㉕ 简惰：疏简怠惰。

㉖ 般：乐。纷挐（rú）：手足相加。

㉗ 渊塞：深满。沉荡：沉醉放荡。

㉘ 二八：十六人。徐：缓步。侍：侍奉。

㉙ 姁（xū）媮：娇媚的神态。

㉚ 连娟：曲细。绕：曲。

㉛ 流睇：转目斜视。

㉜ 的皪：照耀珠翠而发出光色。

㉝ 袿：上衣。髾（shāo）：燕尾之属，古代妇女的衣饰。

㉞ 若：杜若，香草。

㉟ 清阳：清越高扬。

㊱ 方：常道。

㊲ 摅（shū）：舒发。

㊳ 绎：通“移”。

㊴ 骫（wěi）曲：委曲，曲意求全。

㊵ 恢炱（tái）：同“恢台”，广大之貌。

㊶ 苛缛：烦杂繁密。

㊷《关雎》：《诗经·周南》篇名，《论语·八佾》载孔子说：“《关雎》，乐而不淫，哀而不伤”。

㊸《蟋蟀》：《诗经·唐风》篇名，刺俭不中礼。

㊹ 泰真：太极之气。否隔：不通。

㊺ 劫：迫。

㊻ 蹑节：踩着节拍。

㊼ 翱：通“翔”。

㊽ 兀：不安貌。

㊾ 指：手指。

㊿ 骆驿：络绎。

51 飒擖（sà yè）：屈折貌。

52 翩鹮：轻盈貌。

53 拉揩：上举飞升貌。

54 绰约：柔美貌。

55 悫（què）：朴实、贞洁。

56 峨峨：高貌。《列子·汤问》说：“伯牙鼓琴，志在登高山，锺子期曰：‘善哉，峨峨兮若泰山。’志在流水，锺子期曰：‘善哉，汤汤然若江河。'"

⑰ 喟：同"喟"。

⑱ 合场：全场。

⑲ 俟：待。

⑳ 埒（liè）：等同。

㉑ 夸：美。

㉒ 轶：超众的。

㉓ 谲：异。

㉔ 般鼓：调节舞曲的鼓。

㉕ 哇咬：民歌民乐。

㉖ 经营：往来之貌。切：相摩。儗：比拟。

㉗ 策：驱策。

㉘ 暗：遽然。

㉙ 跪：以膝至地。

㉚ 蹴蹋：足蹋地。摩跌：并足向后举。

㉛ 纡：曲。

㉜ 漼（cuī）：折身貌。

㉝ 縠：有绉纹的纱。

㉞ 纷飙：飞扬貌。

㉟ 殟（wēn）殁：舒缓貌。

㊱ 蟡（wēi）蛇：回旋曲折貌。妠袅：细长柔弱貌。

㊲ 曶：同"忽"。

㊳ 蜺：虹。

㊴ 黎收：敛容。

㊵ 躟：疾行貌。

㊶ 巃嵸：聚集貌。

㊷ 跄（qiàng）捍：疾走貌。

㊸ 骧：腾跃。举：马首上举。

㉔ 蹠（zhí）：踏。

㉕ 暗跳：疾行貌。

㉖ 宛足：缓步盘桓貌。

㉗ 洋洋：庄敬貌。习习：和调貌。

㉘ 胥：乐。

㉙ 泆（yì）：放荡、放纵。

㉚ 永年之术：长生不老之术。

【语译】

楚襄王游玩了云梦泽后，让宋玉作《高唐赋》来记载此事。将置办酒宴来饮酒欢乐，楚襄王对宋玉说："我想宴请诸位臣下，有什么可娱乐的吗？"宋玉说："臣听说歌是延长诗的语言以徐徐吟唱，舞是当嗟叹咏歌仍不足表达时来尽意的。所以论诗不如听声论歌，听声论歌不如观舞察形以尽意。依《激楚》《结风》《阳阿》诸曲而跳的舞，是有才艺之士认为最好看的，是天下最奇妙的。啊，可以呈献上来吗？"楚襄王说："那如果像郑声怎么办？"宋玉说："世上小大之物有不同的用处，郑声与雅乐有不同的适宜场合，况一弛一张的文武之道，本是圣哲之人所施用的。所以《乐记》里记载手执干戚的武舞的容状，《小雅》中有赞美蹲蹲舞姿而呼唤故友的诗句，《礼记》中有君子饮酒三爵而退之制，《鲁颂》中则载有一醉方归的歌句。那《咸池》《六英》诸先王雅乐，是在宗庙之中演奏以协和神人关系的。而郑卫俗乐，是用以欢娱相排而坐以相互交流感情增进欢乐的；这本是闲暇之日悦目荡心，并非用来感化教育人民的，那又有什么害处呢？"楚襄王说："那就试着为我作一篇赋讲讲吧！"宋玉说："好，好！"

在那皎洁安谧的闲暇之夜，月光灿烂发出光辉。蜡烛红光照亮四周，映彻华丽的房屋与深邃的内室。撩起绣有斧纹帷帐而垂下结锦帐带，门环闪亮金光辉煌。铺开褥垫安设座位，斟满金杯排列玉壶。高举酒壶满斟满酌，满杯满饮醉个康乐。庄重面颜涌起笑容，内心情感表露在外。文人尽兴逞展辞采，武将勇露刚毅威猛。不拘礼节脚欢跳，相牵相拉足挥舞；尽情欢乐放荡，一变往常矜持。

这时郑国女子缓缓出场，十六个人侍奉君旁，姣美艳服极其华丽，和柔神态特别娇媚。容貌艳冶美妙迷人，红光满面闪耀光彩。眉毛细长如月弯曲，眼光斜瞥如波横流，头上珠翠宝石闪烁光辉，衣上缀绣燕尾纤纤华美。顾盼形影，轻理艳装，顺着微风，挥袖飘香，张开朱唇，轻扬眉宇，引吭高歌而抑扬顿挫。歌道："舒张情怀放眼远望，舒绎精神无窘无拘；散弛神经如松开绷紧的琴弦，疏了末事不沉溺于轻歌曼舞。舒张恢宏广大的气度，摆脱甩开细体的繁杂。赞颂《关雎》所咏的不淫美色，哀吟《蟋蟀》所刺的狭小局促。启通太极天地真气，遗物脱世超擢时俗。"高扬《激徵》之曲，飞骋《清角》之曲，赞美《舞操》之曲，弹奏《均曲》之曲。形态和畅，神情相协，从容自得，情志不迫。

于是踩着节拍鼓声阵响，神意舒放轻松起舞，心游无垠无际，想象遥远广阔。起始的时候，似俯似仰，似来似往，雍容之间又有些惆怅，姿态真是难以描摹。舞蹈继续进行，好似飞翔又好似行走，一会耸立又一会斜倾，一举一动合乎法度，手指眼望应于节拍。罗衣随风飘起，长袖纵横飞舞，络绎不绝四下分散，屈折环绕相聚相并。轻轻盈盈像燕子停落，上举飘升如鸿鹄惊飞，柔美而又安闲轻靡，轻巧有如机械迅捷。姿容体态精妙绝伦，胸怀素淡冰清玉洁；精拟舞姿表达心志，跳跃飞旋奔向杳冥。志在高山则舞姿峨峨，志在流水则舞姿洋洋，舞姿随心志变化，舞态不凭空出现。舞蹈动作表现诗的意旨，喟然而叹令人情绪激昂；精气如同浮云既高且洁，情志好似秋霜凛不可犯。观众再三赞叹，乐师无可相比。

于是全体舞人依次进场，列队等待起舞献艺，比赛伎艺角斗巧妙，整理仪貌竞夸容饰。超绝的舞姿似层出不穷，美丽的姿态如异军突起；眼视般鼓转动清眸，口唱小曲露出皓齿。行列整齐，步伐一致，往来相摩都有比拟。仿佛神惊魂动，回翔独立竦峙。击板响个不停，踏地轻巧迅疾，鼓翅悠然而往，忽地静止不动。待到回身旋入舞场，紧随急促曲声舞步加快，翻腾跳跃双膝着地，两足相并向后踢越。纡曲身体奔赴远方，柔身回舞猛折腰肢。纤罗舞衣如飞蛾展翅，飘飘扬扬似升空而去。腾越飞翔如众鸟相集，猛地上纵又舒缓下落;回旋曲折苗条柔弱,云转飞旋风飘迅疾。舞动身体像游龙,挥动长袖如蝉翼,敛容相拜观众,响曲已经终了。面带微笑却步,个个退还行次;观众欢声雷动,莫不欣喜万分。

于是夜宴欢乐已至极点,君王下令相送宾客。纷乱抢先驾马套车,马夫仆人挥动马鞭,车辆乘骑相并,聚集相互拥挤;良马扬蹄奔驰,疾跑凌越众车。如龙腾跃马首高举,马勒一拉满口飞沫;马材脚力自相不同,相互超越争先竞驰。有的超绝尘埃奔赴大路,雷霆轰响电光闪过,足不沾地奔腾驰骋,疾行领先其快无比。有的强压怒气按步不前,盘桓不停缓缓前进,一旦驱驰后发先至,于是滞留行列末尾。有的矜持注意风度,庄重和顺洋洋散散,不争迟速任意驱进,缓急随便不加控制。车轮隆隆如雷滚动,相续相连奔驰而去;归去之后寂寞安静,如云四散入城回邑。君王宴饮欢乐,而不放纵越礼;神情欢娱忘记老至,长生之术就在于此。优游从容尽情游玩,消磨时日日又一日。

【评析】

舞蹈与诗歌、音乐融合在一起是远古人们艺术活动的一般形式,古称“舞者,音声之容也”。本赋描摹舞蹈,自然也离不开对诗歌、音乐的描写。首段是序文,先假托楚襄王与宋玉的对话来引起下文。西周时,人们的一般观念认为舞蹈的作用是教化,作者先论证舞蹈有娱悦功能,是以供“余日怡荡”的,以此展开对舞蹈的描摹。第二段写酒宴的豪华,舞蹈是在此环境与气氛中才能开场。第三段写演唱,为舞蹈开场作一铺垫。第四段写舞蹈开始,先是独舞,不仅写舞者优美舞姿,还强调舞者高尚情操,这当然也起净化观众与读者心灵的作用。第五段写队舞,突出的是舞姿的动态与队形的变化。第六段极写散场后观众争路驱驰的情况,掩卷一想,这似乎也是一场舞蹈,只是没有秩序罢了,令人觉得作者好像描摹舞蹈意犹未尽,又来刻画诸种骑者之态,这当然也是世态,使全赋文尽而意不尽。全赋笔力宏肆,尤其是写舞姿的两段,舞者的一动一静、一耸一倾、一俯一仰、一回一旋、一跳一跪,等等,细腻生动,无不毕肖,在人目前。此二段均以观众的反应作结,从另一侧面表现舞蹈的精湛绝伦。

昭明文选全本新绎

（二）

张葆全 主编 樊运宽 等 译注

文化发展出版社
Cultural Development Press

目　录

卷第十八

卷第十九

赋癸

诗甲

卷第二十

卷第二十一

诗乙

卷第二十二

卷第二十三

诗丙

卷第二十四

卷第二十五

诗丁

卷第十八

音乐下

长笛赋一首　并序

作者：马季长　　注译评析：胡大雷

融既博览典雅，精核数术[①]，又性好音，能鼓琴吹笛。而为督邮[②]，无留事[③]，独卧郿平阳邬中[④]。有雒客舍逆旅[⑤]，吹笛，为《气出》《精列》相和[⑥]。融去京师逾年，暂闻，甚悲而乐之。追慕王子渊、枚乘、刘伯康、傅武仲等箫、琴、笙颂[⑦]，唯笛独无，故聊复备数，作《长笛赋》。其辞曰：

惟籦笼之奇生兮[⑧]，于终南之阴崖[⑨]。托九成之孤岑兮[⑩]，临万仞之石磎。特箭槁而茎立兮[⑪]，独聆风于极危。秋潦漱其下趾兮，冬雪揣封乎其枝[⑫]。巅根跱之槷刖兮[⑬]，感回飙而将颓。夫其面旁则重巘增石，简积颒砙[⑭]。兀嵝狋觺[⑮]，倾昃倚伏[⑯]。庨窌巧老[⑰]，港洞坑谷。嶰壑浍峣[⑱]，峆窞岩篴[⑲]。运裛穿洝[⑳]，冈连岭属。林箫蔓荆[㉑]，森槮柞朴[㉒]。于是山水猥至[㉓]，渟涔障溃[㉔]。颐淡滂流[㉕]，碓投瀺穴[㉖]。争湍苹萦，汩活澎濞[㉗]。波澜鳞沦，窊隆诡戾[㉘]。濡瀑喷沫[㉙]，奔遁砀突[㉚]。摇演其山，动机其根者[㉛]，岁五六而至焉。

是以间介无蹊，人迹罕到。猿蜼昼吟[㉜]，鼯鼠夜叫[㉝]。寒熊振颔[㉞]，特麚昏髟[㉟]。山鸡晨群，野雉晁雊[㊱]。求偶鸣子，悲号长啸。由衍识道[㊲]，噍噍讙噪[㊳]。经涉其左右，哤聒其前后者[㊴]。无昼夜而息焉。

夫固危殆险巇之所迫也，众哀集悲之所积也。故其应清风也，纤末奋䅳[40]，铮鐄营嗃[41]。若絙瑟促柱[42]，号钟高调[43]。于是放臣、逐子、弃妻、离友、彭胥、伯奇[44]、哀姜、孝己[45]，攒乎下风[46]，收精注耳[47]。雷叹颓息[48]，掐膺擗摽[49]。泣血泫流，交横而下。通旦忘寐，不能自御。于是乃使鲁般、宋翟[50]，构云梯，抗浮柱、蹉纤根[51]，跋篾缕[52]、膺峭阤[53]，腹陉阻。逮乎其上，匍匐伐取。挑截本末，规摹彟矩[54]，夔、襄比律[55]，子野协吕[56]。十二毕具，黄钟为主[57]。挢揉斤械[58]，剸掞度拟[59]。鏓硐隤坠[60]，程表朱里。定名曰笛，以观贤士。

陈于东阶，八音俱起[61]。《食举》《雍》彻[62]，劝侑君子[63]。然后退理乎黄门之高廊[64]，重丘宋、灌[65]，名师郭、张。工人巧士，肄业修声[66]。于是游闲公子，暇豫王孙，心乐五声之和，耳比八音之调，乃相与集乎其庭。详观夫曲胤之繁会丛杂[67]，何其富也！纷葩烂漫，诚可喜也！波散广衍，实可异也！掌距劫遌[68]，又足怪也！啾咋嘈啐[69]，似华羽兮，绞灼激以转切[70]。震郁怫以凭怒兮[71]，耾砀骇以奋肆[72]。气喷勃以布覆兮，乍跱蹠以狼戾[73]。雷叩锻之岌峇兮[74]，正浏溧以风冽[75]。薄凑会而凌节兮，驰趣期而赴踬[76]。尔乃听声类形，状似流水，又象飞鸿。泛滥溥漠[77]，浩浩洋洋。长䜌远引[78]，旋复回皇[79]。充屈郁律[80]，瞋菌碨抰[81]。酆琅磊落[82]，骈田磅唐[83]。取予时适，去就有方。洪杀衰序，希数必当[84]。微风纤妙，若存若亡。荩滞抗绝[85]，中息更装。奄忽灭没，晔然复扬。

或乃聊虑固护[86]，专美擅工。漂凌丝簧[87]，覆冒鼓钟。或乃植持䌳纆[88]，佁儗宽容[89]。箫管备举，金石并隆。无相夺伦[90]，以宣八风[91]。律吕既和，哀声五降。曲终阕尽，余弦更兴。繁手累发，密栉叠重。踾踧攒仄[92]，蜂聚蚁同。众音猥积，以送厥终。然后少息暂怠，杂弄间奏。易听骇耳，有所摇演。安翔骀荡[93]，从容阐缓。惆怅怨怼，窳圔窴赦[94]。聿皇求索[95]，乍近乍远。临危自放，若颓复反。蚡缊蟠纡[96]，緸冤蜿蟺[97]。笢笏抑隐[98]，行入诸变。绞概汩湟[99]，五音代转。挼拏捘臧[100]，递相乘邅[101]。反商下徵[102]，每各异善。

故聆曲引者，观法于节奏，察变于句投[103]，以知礼制之不可逾越焉。听箎弄者[104]，遥思于古昔，虞志于怛惕[105]，以知长戚之不能闲居焉。

故论记其义，协比其象。徬徨纵肆，旷瀁敞罔[106]，老庄之概也[107]。温直扰毅[108]，孔、孟之方也[109]。激朗清厉，随、光之介也[110]。牢刺拂戾[111]，诸、贲之气也[112]。节解句断[113]，管、商之制也[114]。条决缤纷，申、韩之察也[115]。繁缛骆驿[116]，范、蔡之说也[117]。剺栎铫𢡚[118]，皙、龙之惠也[119]。上拟法于《韶箾》《南籥》[120]，中取度于《白雪》《渌水》[121]，下采制于《延露》《巴人》[122]。

是以尊卑都鄙[123]，贤愚勇惧。鱼鳖禽兽，闻之者莫不张耳鹿骇。熊经鸟申，鸱眎狼顾[124]。拊噪踊跃[125]，各得其齐，人盈所欲，皆反中和，以美风俗。屈平适乐国[126]，介推还受禄[127]，澹台载尸归[128]，皋鱼节其哭[129]，长万辍逆谋[130]，渠弥不复恶[131]，蒯聩能退敌[132]，不占成节鄂[133]，王公保其位，隐处安林薄，宦夫乐其业，士子世其宅[134]。鱏鱼喁于水裔，仰驷马而舞玄鹤。

于时也，绵驹吞声[135]，伯牙毁弦[136]。瓠巴惵柱[137]，磬襄弛悬[138]。留视瞠眙[139]，累称屡赞。失容坠席，搏拊雷抃[140]。僬眇睢维[141]，涕洟流漫。是故可以通灵感物，写神喻意，致诚效志，率作兴事，溉盥污涉，澡雪垢滓矣。

昔庖羲作琴[142]，神农造瑟[143]，女娲制簧[144]，暴辛为埙[145]，倕之和钟[146]，叔之离磬[147]。或铄金砻石[148]，华睆切错[149]，丸挻雕琢[150]，刻镂钻笮[151]。穷妙极巧，旷以日月，然后成器，其音如彼。唯笛因其天姿，不变其材。伐而吹之，其声如此。盖亦简易之义，贤人之业也。若然，六器者[152]，犹以二皇圣哲黈益[153]。况笛生乎大汉，而学者不识其可以裨助盛美，忽而不赞，悲夫！有庶士丘仲[154]，言其所由出，而不知其弘妙。其辞曰：近世双笛从羌起[155]，羌人伐竹未及已。龙鸣水中不见己，截竹吹之声相似。剡其上孔通洞之，裁以当簻便易持[156]。易京君明识音律[157]，故本四孔加以一。君明所加孔后出，是谓商声五音毕。

【作者简介】

马融（79—166），字季长，东汉扶风茂陵（今陕西兴平东北）人，经学家、文学家。安帝时为校书郎中，于东观典校秘书，后为南郡太守。貌美才高博洽，当世通儒，学生常以千数。常坐高堂，施绛帐，前授生徒，后列女乐，弟子以次相传，鲜有入其室者。卢植、郑玄皆出其门。著《春秋三传异同说》，注《孝经》《论语》《诗》《易》《三礼》《尚书》《列女传》《老子》《淮南子》《离骚》等书。《后汉书》有传。

【篇旨】

叙述长笛的产地、制作、吹奏，极力描摹笛声的悠扬美妙、变化无穷及深切的感染力。

【注释】

① 核：考证。数术：术数，用阴阳五行来推断人事吉凶，如占卜等。

② 督邮：汉代各郡的重要属吏，代表太守督察县乡。

③ 留事：留滞之事。

④ 郿：县名，在今陕西眉县。邬：里。

⑤ 雒：洛阳。

⑥《气出》《精列》：古代相互应和的乐曲名。

⑦ 王子渊：王褒，西汉文学家，作有《洞箫赋》。枚乘：西汉文学家。刘伯康：刘玄，西汉人，作有《簧赋》。傅武仲：傅毅，东汉人，作有《琴赋》。

⑧ 簻笼：竹的一种。

⑨ 终南：秦岭山峰之一，在今西安南。

⑩ 九成：九重，极高。

⑪ 箭槁：两种竹名。

⑫ 揣（tuán）：同“抟”，积聚。

⑬ 嵲（niè）：危险貌。

⑭ 简：大。磑砡（yūn yù）：石头齐列貌。

⑮ 兀嵝：险峻之貌。狋鬌（chí yí）：险峻貌。

⑯ 倾昃倚伏：倾侧倚伏。

⑰ 庨窌（xiāo liáo）巧老：深空貌。

⑱ 嶰（xiè）壑：山涧。浍峗（kuài duì）：深平之貌。

⑲ 埳：同“坎”。窞（dàn）：坎中小穴。寝：深穴。

⑳ 运裛（yì）：回旋相缠。窊窔（wū è）：低曲不平。

㉑ 箫：通“筱”，小竹。蔓荆：木名。

㉒ 森槮柞朴：皆木名。

㉓ 猥：众。

㉔ 渟：水积聚不流。涔：池。

㉕ 颔（hàn）淡：水摇荡貌。

㉖ 瀺：注。

㉗ 汩活：水疾貌。

㉘ 窊（wā）隆：高下起伏。

㉙ 潏（xuè）瀑：水沸涌。

㉚ 砀（dàng）突：冲撞，抵触。

㉛ 杌（wù）：摇。

㉜ 蜼（wèi）：长尾猴。

㉝ 鼯鼠：俗称飞鼠。

㉞ 颔（hàn）：下巴。

㉟ 麚（jiā）：牡鹿。昏：视。彯（piào）：动物颈上的长毛，鬣。

㊱ 晁：同“朝”。雊（gòu）：雉鸣。

㊲ 由衍：行貌。

㊳ 噍噍讙噪：行走于竹旁的声音。

㊴ 哤（máng）：声音杂乱。

㊵ 蕱：同“捎”，动。

㊶ 铮镄（huáng）：大声。謍（yíng）：小声。嗃（xiào）：同“哮”，

大呼。

㊷ 緪（gēng）：急。促柱：急弦。

㊸ 号钟：琴名。

㊹ 彭：彭咸，殷商贤臣，谏纣王，纣王不从，于是出奔。胥：伍子胥，春秋时吴贤臣，数谏吴王，后被赐死。伯奇：周人，被后母所谮而出走。

㊺ 哀姜：春秋时鲁哀公夫人，曾哭诉仲为杀嫡立庶之事，鲁人称之“哀姜”。孝己：殷高宗之贤子，被后母所诽而被流放。

㊻ 攒：聚。

㊼ 收精：聚精会神。

㊽ 雷叹：叹声如雷。

㊾ 擗摽（pǐ biào）：拊心而悲。

㊿ 鲁般：又称公输班，古时鲁之巧匠，曾以木为鸢，飞三日不下。宋翟：指宋人墨子，名翟，墨家学派创始人，也是能工巧匠。

51 蹉：蹋。

52 跋：通“拔”。篾：小。

53 峭阤（qiào zhì）：山势陡峻、山石崩落处。

54 矱（yuē）：法度。

55 夔：舜时乐官。襄：师襄，音乐家，相传孔子曾学琴于师襄。比：考校。律：用律管定出来的音，有十二律。

56 子野：师旷，字子野，春秋时晋国大音乐家。吕：十二律中，阳六为律，阴六为吕。

57 黄钟：十二律中排在第一位的，为宫律之本。

58 挢：矫正。揉：以火烤来矫正竹木。斤：砍斫。械：治。

59 剸（tuán）：割、截。掞（yǎn）：锐利。

60 鏓（cōng）：打孔、挖眼。硐（tóng）：磨。隤坠：竹屑坠落。

61 八音：古代称金、石、丝、竹、匏、土、革、木为八音，泛指各种乐器。

⑥2《雍》：乐名，古时撤膳时所奏。

⑥3 侑（yòu）：助。

⑥4 黄门：乐署所在之地。

⑥5 重丘：地名，在今山东。宋、灌：善乐人之姓。下句郭、张同。

⑥6 肄：练习、学习。

⑥7 曲胤：乐曲。

⑥8 牚（chēng）距：声音激荡。劫遌：声相撞击。

⑥9 啾咋：声大。嘈啐：嘈杂。

⑦0 绞灼：相缠绕。切：急。

⑦1 凭怒：大怒。

⑦2 耾（hōng）：大声。砀（dàng）骇：震荡。

⑦3 跱蹠：停步踏足。狼戾：交横。

⑦4 岌峇：锻铁之声。

⑦5 浏凓：清寒。

⑦6 蹶：颠仆、下。

⑦7 泛滥：任波摇荡。溥漠：水波之声。

⑦8 矕（mǎn）：视。

⑦9 回皇：高下不定。

⑧0 充屈郁律：众声相积貌。

⑧1 瞋菌碨抰：众声汹汹竞出貌。

⑧2 酆琅磊落：众声宏大。

⑧3 骈田：连属，布集。磅唐：广阔磅礴。

⑧4 数：密。

⑧5 荩：同“烬”，残余。

⑧6 聊虑固护：专心致志。

⑧7 漂凌：漂荡凌驾。丝：指琴瑟。簧：指笙一类。

⑧8 縼緤：绳。

⑧9 佁（chì）儗：舒缓貌。

⑨⓪ 伦：条理，秩序。

⑨① 八风：八方的教化。

⑨② 踾踧（fú cù）：迫蹙貌。攒仄：攒聚。

⑨③ 骀（dài）荡：舒缓荡漾。

⑨④ 寙圔（yǔ yà）：声音低回。寁掓（chǎn niǎn）：声音悠缓。

⑨⑤ 聿皇：疾貌。

⑨⑥ 蚡缊：纷繁纠结。

⑨⑦ 缠冤：动摇貌。蜿蟺：曲屈盘旋貌。

⑨⑧ 笢笏：吹笛时手循笛孔貌。

⑨⑨ 绞概：声相切相摩。汩湟：水流貌。

⑩⓪ 挼拏捘臧：吹笛时手按笛孔的各种动作。

⑩① 乘邅：相连相合。

⑩② 商：五音之一。徵：五音之一。

⑩③ 句投：句读。

⑩④ 簉（zào）弄：小曲、杂曲。

⑩⑤ 怛（dá）惕：惊惧悲伤。

⑩⑥ 旷瀁（yǎng）：宽大貌。瀁，同“漾”。敞罔：大貌。

⑩⑦ 老：老子，老聃，春秋时楚国人，著《老子》（又名《道德经》）五千言。庄：庄子，庄周，战国时宋国人，著有《庄子》。老庄为道家思想开创者，主张清静无为。概：节操。

⑩⑧ 扰：柔。

⑩⑨ 孔：孔子，孔丘，字仲尼，春秋时鲁国人，儒家学派开创人，《论语》记载其言行。孟：孟子，孟轲，战国时邹国人，其学说述仲尼之意，有《孟子》一书。方：比，相并。

⑪⓪ 随、光：卞随与务光，均商汤时人，以不问世事为节操。

⑪① 牢刺：忧愤不平。

⑪② 诸：专诸，春秋时为吴公子光刺杀吴王。贲：孟贲，先秦时的勇士，水行不避蛟龙，陆行不避虎狼。

⑬ 节解句断：曲声节奏、断续分明。

⑭ 管：管仲，字夷吾，春秋时齐颍上人，任政齐国，使桓公成为春秋五霸之首。商：商鞅，战国时卫人，姓公孙名鞅，相秦十九年，辅助秦孝公变法。以封于商，故称商鞅或商君。

⑮ 申：申不害，战国时郑国京邑人，主刑名之学。韩：韩非，战国时韩国之公子，法家，主刑名法术之学。

⑯ 骆驿：络绎不绝。

⑰ 范：范雎，战国时魏国人，字叔，曾说秦昭王以远交近攻，加强王权。蔡：蔡泽，战国时燕国人，曾游说列国，后拜秦相。

⑱ 劙栎铫𢤱（lí lì tiáo huà）：皆分别节制之貌。

⑲ 皙：邓皙，春秋时郑国大夫，曾立刑法。龙：公孙龙，战国时赵国人，为坚白同异之辩，名家。

⑳《韶箾（xiāo）》：舜时乐曲。《南籥》：周文王时乐曲。

㉑《白雪》：古曲，相传为师旷所作。《渌水》：古曲。

㉒《延露》：古代民间乐曲名。《巴人》：古代民间乐曲名。

㉓ 都鄙：都城与边塞。

㉔ 眎：同“视”。

㉕ 拊噪：拍手欢呼。

㉖ 屈平：屈原，战国时楚国人，因政治理想不能实现，忧国忧民而自沉汨罗江而死。

㉗ 介推：介之推，辅佐晋文公的有功之臣，不受禄而隐深山。

㉘ 澹台：澹台灭明，春秋时武城人，其子溺死江中，不许弟子收葬。

㉙ 皋鱼：春秋时人，因不得养亲而哭以致死。

㉚ 长万：南宫万，春秋时人，杀宋闵公于蒙泽。

㉛ 渠弥：高渠弥，春秋时郑人，曾杀郑昭公而立公子亹。

㉜ 蒯聩：春秋时卫国太子，被逐，后蒯聩之子被立为卫侯，父子相争王位。

㉝ 不占：陈不占，春秋时齐国人，崔杼弑齐庄公，不占闻而兴兵讨之，

闻鼓战之声而骇死。鄂：直言。

⑬④ 世：安。

⑬⑤ 绵驹：善歌者。

⑬⑥ 伯牙：春秋时人，善鼓琴。

⑬⑦ 瓠巴：春秋时齐国人，善鼓瑟者。怗（tiē）：安定、平静。

⑬⑧ 磬襄：春秋时乐师。

⑬⑨ 眙（chì）：直视。

⑭⓪ 雷抃：掌声如雷；抃，鼓掌。

⑭① 僬（jiāo）眇睢维：目开合之貌。

⑭② 庖羲：伏羲，三皇之一。《琴操》说：伏羲氏作琴。

⑭③ 神农：三皇之一。《淮南子》说：神农初作瑟。

⑭④ 女娲：神话人物，曾炼五色石补天。

⑭⑤ 暴辛：周平王时诸侯。埙（xūn）：古乐器，以陶土烧制的吹奏乐器。

⑭⑥ 倕：尧时人，工官。

⑭⑦ 叔：古理磬者。离：理。

⑭⑧ 砻（lóng）：磨。

⑭⑨ 华睆切错：皆校制理治乐器之意。

⑮⓪ 丸挺雕琢：皆雕琢刻治乐器之意。

⑮① 笮（záo）：通“凿”。

⑮② 六器：上述琴、瑟、簧、埙、钟、磬。

⑮③ 二皇：指上述伏羲、神农。圣哲：指上述诸人。黈（tǒu）益：增益。

⑮④ 丘仲：汉武帝时吹笛者，《风俗通》说笛是他所作。

⑮⑤ 双笛：指古笛与羌笛。羌：我国西部的少数民族。

⑮⑥ 簻（zhuā）：鞭、杖。

⑮⑦ 易京：京房，字君明，汉武帝时人，修《易》，尤好钟律、知五声。因他修《易》，故曰易京。笛本四孔，京房加一孔于下，为商声。

【语译】

我既博览典籍，又精通术数；天性还喜好音乐，能弹琴吹笛。我任官督邮，闲暇无事，独卧郿县平阳邬中。有一位洛阳客人住在旅店里，吹起笛子，吹奏《气出》《精列》这些相互应和的乐曲。我离开京城已过一年，突然听到这乐声，十分伤感但又非常喜欢。羡慕过去王子渊、枚乘、刘伯康、傅武仲等人作有箫、琴、笙诸赋，独有笛无人给它作过赋，所以聊作充数，写下《长笛赋》。赋的语辞说：

簻笼美竹具有天生奇质，长在终南山的背阳面的阴山崖。托身于九重孤峰之上，下临万仞深谷。竹干笔直地挺立，在极高之处独自聆听风声。秋日雨水冲刷其根须，冬天雪花封盖其枝叶。竹子根扎山巅高峙在险峻之地，疾风吹来似将颓坠而下。面对山岭峰峦层层累累，怪石大量堆积，重重叠叠险峻嶙峋，倾侧倚伏。峡谷深空，坑谷相通。山涧沟壑深平，坎穴深浅相连。回旋相缠低曲不平，低冈连绵高岭峻峰。小竹与蔓荆杂生，竹丛与柞朴齐长。于是山水哗哗涌来，积聚不流而后冲溃堤障。洪峰摇摇荡荡四下奔流，形成水柱注向深穴。湍急争流回旋，奔腾汹涌澎湃。波澜起伏浪涛翻滚，高高下下诡戾万变；沸涌翻滚水沫相喷，奔腾冲撞直泻而下。大水摇撼山峰，冲击竹根，一年之内有五六次。

所以此处简直毫无路径，人迹罕至。猿猴白昼哀鸣，飞鼠夜晚呼叫，寒熊扬起下巴大吼，牡鹿回视耸动鬣毛，清晨山雉成群结队，早晨野雉鸣叫不已，或求偶或唤子，又悲哀又绵长。它们识得山道到处行走，发出一片喳喳欢噪。出没经过竹子左右，在竹子前后杂乱鸣叫，没日没夜不停片刻。

竹子身不由己处于危殆高峻之所，诸种悲哀之声在此聚集。所以回应清风，竹梢奋然颤动，发声铮铮作响，如琴瑟鸣奏急弦，号钟弹响高调。于是被放之臣、被逐之子、被弃之妻、被斥之友，彭咸、子胥、伯奇、哀姜、孝己，都聚集风下，聚精会神倾耳凝听。叹声如雷魂魄颓息，掐胸拊心悲伤欲绝。眼睛出血流淌满脸，纵横交错四溢而下。通夜忘眠，不能自已。于是鲁班、墨翟，架设登云长梯，支撑浮空柱子，脚踏纤弱竹根，手攀细细竹茎。胸贴陡峻乱石，腹挨险阻山岩，爬越峰顶，匍匐伐取。砍去根须枝梢，依照规模法度。夔与师襄校定音律，师旷协和律吕，十二音律具备，以黄钟律为主调。火烤斧斫矫正成型，刀割锯截长短合度，钻孔打眼竹屑纷纷坠落，外不加饰而以朱漆涂孔。为它取名叫“笛”，以其清雅之声来观贤人之志。

长笛列陈东边台阶，笛子一吹八音合奏，上食撤膳都有乐曲演奏，劝助君子进食。然后退往乐署厅廊习演，请来重丘地方善乐者宋氏、灌氏，还有名师郭氏、张氏，诸等能人巧士，都在练习吹奏乐声。于是游乐悠闲的公子、闲暇好音的王孙，心中喜好和谐的五声，耳朵娱悦协调的八音，相互招呼集聚庭院，细细品赏缤纷乐曲，多么丰富啊！曲声如花灿烂艳丽，多么可喜啊！曲声四下荡漾广播，又确实新颖！曲声激扬撞击相凌，又非常奇异！曲声大小相配相激，似南方万物华羽相振，相缠相绕越发急切。怫郁沉闷雷震而怒，大声振荡奋然四扬。鼓气喷薄广布四方，突然停顿纵横交错。如叩锻铁椎雷声鸣，如清寒之晨冷风凛冽。诸声纷沓凌越节奏，奔来相会颠仆低下。听着笛声可用形象比拟，状似流水，又像飞鸿。大水任波摇摇荡荡，浩浩洋洋无边无际；飞鸿伸颈远眺展翅，高下不定徘徊回旋。众声郁积，汹汹竞出。宏大而错落分明，连属又广阔磅礴。音调取舍按时适中，一来一往甚有节度。一增一减合乎次序，一疏一密必定恰当。微风之下更显轻妙，刹那间若存若亡。余声沉滞几乎断绝，中道息曲重新调气；乐曲忽然中止，猛地而起重又昂扬。

专心致志精心吹奏，展示巧艺尽善尽美。笛声飘荡凌驾琴瑟笙簧，超越覆盖钟鼓之乐。有时曲声相持相引像绳结不散，飘摇闲缓宽容厚实。箫管诸器齐鸣，金石诸乐并奏，声音和谐，次序不乱，笛声宣通八方教化。律吕款款和谐，哀声止于五降，一阕乐曲终止，余弦重新兴起。手指频繁按动，密如梳齿重重。迫蹙攒聚，如同蜂合蚁集，众声繁积，这才结束乐曲。然后稍稍歇止休息，杂曲小曲相间奏起，曲声改换，耳为之震，令人心灵为之摇曳。乐声舒缓荡漾，从容不迫徐徐而发。惆怅怨愤，低回悠悠。节拍迅疾，乐声却是忽近忽远。临到高处自会放松，若是低沉又会返回；纷繁纠结，曲屈盘旋。手按笛孔一压一放，乐声变化百般千种。相切相摩汩汩如流，五音替代相循运转。手指上下按压开合，动作连续相合变化，商声返成徵声，各具动听美妙之处。

所以听乐的人，于节奏中观法度，在章句上察变化，始知礼仪法制不可逾越。听小曲杂曲，思遥远古，心情沉浸在惊惧悲伤中，始知经常悲戚则不能闲居独处。

所以论记笛声的义理，对比曲声的意象。幽闲纵恣、宽广宏大，是老聃、庄周的气概。温柔正直、优游弘毅，是孔丘、孟轲的准则。激切明朗、清而能厉，如卞随、务光的节操。忧愤不平、愤荡好斗，如专诸、孟贲的勇气。曲声节奏分明，如管仲、商鞅的决断。有条不紊，如申不害、韩非的明察。声音细碎、络绎不绝，如范雎、蔡泽的游说。分别节制区划段落，是邓哲、公孙龙的明辨。上曲效法于《韶箾》《南籥》，中曲取度于《白雪》《渌水》，下曲采制于《延露》《巴人》。

所以尊贵与卑贱、都市与边塞，贤明与愚蠢、勇敢与胆怯，鱼鳖禽兽，听到笛曲，无不像麋鹿般竖耳惊恐；像熊凭木而立，像鸟伸颈而听，像鸱举首而视，像狼回头而顾，欢鸣跳跃。走兽飞禽各安其分，人的欲望得以满足，一起回到中和之道，天下风俗敦厚美好。屈原会不沉汨罗江而赴欢乐之地，介子推则不隐深山而回国接受赏禄，澹台灭明会允许车载其子尸体而归，皋鱼会抚养其亲而不再哭泣，南宫万会停止谋杀宋闵公的犯上行动，高渠弥不会做出杀郑昭公的恶事，蒯聩不会去抢夺王位而能谦让，陈不占临场不会惊怖而会勇气十倍。听了笛曲，王公大人安其职位，隐士高人安心山林，官宦仆夫满意职务，读书人安居自乐。游鱼从深渊浮露鱼口，马儿仰头停食，玄鹤翩翩起舞。

此时此刻，善歌者绵驹紧咽歌喉，善琴者伯牙毁坏琴弦，善瑟者瓠巴拔掉瑟柱，善磬者磬襄放置悬磬。个个瞠目直视，屡屡赞不绝口；脸色大变坠下座席，欢踊鼓掌如雷轰鸣，眼睛一开一合，泪水涟涟如雨。所以这笛声可以上通神灵、下感万物，抒发情感、表达意旨，致达诚信、检验心志，鼓舞人心、恭敬职事，洗涤污秽、拭除尘埃，高尚精神、净化心灵。

昔日伏羲作琴，神农造瑟，女娲制簧，暴辛烧埙，倕调和钟，叔校理磬。熔金磨石，校定理治，雕琢刻磨，钻镂凿锯。尽献奇工妙技，耗费时日岁月，然后制成乐器，乐声才能各尽其妙。只有笛子依其天姿，不变其材。即伐即吹，声音如此奇绝。这也是圣书所说能简则简、能易则易的意思，是可成就贤人大业的。像那琴、瑟、簧、埙、钟、磬六种乐器，还有二皇与圣哲为之创制增益，而笛子在皇皇汉朝诞生，可学者却不识其裨助教化、颂扬盛德的作用，忽视而不赞美，太可悲了！有个无位之士丘仲，能讲出笛子的来由出处，但不知道笛子宏大的妙处。他的言辞说："近代双笛起自羌族，羌人伐竹叮叮咚咚。有龙相鸣不见其形，伐截竹管其声似龙。砍削钻洞打通竹节，截成鞭杖易于持握。京房君明识得音律，原本四孔再加其一，君明加孔排列在后，有了商声五音俱备。"

【评析】

马融自说此赋是追慕前人咏乐器诸篇而作，确实，此《长笛赋》与王褒《洞箫赋》在结构上大体相同，但更肆笔扬力，繁缛富丽。前两段的文字极尽形容夸张之能事，写竹子所生之地的山水与竹子的天生姿质，以此烘托出一种气氛，读到后来，我们才知完全是为长笛之德作铺垫。第三段简练叙述能工巧匠的制笛与乐师练习吹笛。第四段和第五段正面描摹笛曲的美妙，以自然界的流水与飞鸿反复比拟摹写。第七段写笛曲的深切内涵，以先秦诸子的深刻思想来"论记其义，协比其象"，以笛曲的变化来显示其不平凡。第八段和第九段虚拟笛声对历史上著名人物的感染，写这些人物都改变了自己的行为，以宣扬笛声的教化功用。至此，赋可说达到高潮，从中体现了中国古代重视乐教的传统。第十段，将笛与琴等六种乐器作一比较，突出笛的简易与质朴的天生姿质，并以韵语写长笛的由来。全赋把汉赋铺采摛文的手法用于咏物，略嫌繁复。但赋中交替使用骚体句、四言句和散句，还有整段的五言句与整段的七言诗句，如此交错相配，增加了文章的音乐美。另外，尤以用先秦诸子比拟笛曲情感的变化时叠用"也"字的排比句最显得抑扬顿挫而出色，突出了文章的气势。宋代欧阳修写《醉翁亭记》连用二十一个"也"字以造成一唱三叹的效果，即是学习此赋而来。

琴赋一首　并序

作者：嵇叔夜　　注译评析：胡大雷

余少好音声，长而玩之。以为物有盛衰，而此无变；滋味有厌[1]，而此不倦[2]。可以导养神气，宣和情志。处穷独而不闷者[3]，莫近于音声也。是故复之而不足，则吟咏以肆志；吟咏之不足，则寄言以广意。

然八音之器，歌舞之象，历世才士，并为之赋颂。其体制风流，莫不相袭。称其材干，则以危苦为上；赋其声音，则以悲哀为主；美其感化，则以垂涕为贵。丽则丽矣，然未尽其理也。推其所由，似元不解音声；览其旨趣，亦未达礼乐之情也。众器之中，琴德最优，故缀叙所怀，以为之赋。其辞曰：

惟椅梧之所生兮，托峻岳之崇冈。披重壤以诞载兮[4]，参辰极而高骧[5]。含天地之醇和兮，吸日月之休光[6]。郁纷纭以独茂兮，飞英蕤于昊苍[7]。夕纳景于虞渊兮[8]，旦晞干于九阳[9]。经千载以待价兮，寂神跱而永康。

且其山川形势：则盘纡隐深，磪嵬岑岩[10]。互岭巉岩，岞崿岖崟。丹崖险巇，青壁万寻。若乃重巘增起[11]，偃蹇云覆[12]。邈隆崇以极壮，崛巍巍而特秀。蒸灵液以播云[13]，据神渊而吐溜[14]。

尔乃颠波奔突，狂赴争流。触岩抵隈[15]，郁怒彪休[16]。汹涌腾薄，奋沫扬涛。瀄汩澎湃[17]，蜿蟺相纠[18]。放肆大川，济乎中州。安回徐迈，寂尔长浮。澹乎洋洋，萦抱山丘。详观其区土之所产毓[19]，奥宇之所宝殖[20]。珍怪琅玕[21]，瑶瑾翕赩[22]。丛集累积，奂衍于其侧[23]。若乃春兰被其东，沙棠殖其西。涓子宅其阳[24]，玉醴涌其前。玄云荫其上，翔鸾集其巅。清露润其肤，惠风流其间。竦肃肃以静谧，密微微其清闲。夫所以经营其左右者[25]，固以自然神丽，而足思愿爱乐矣！

于是遁世之士，荣期、绮季之畴[26]，乃相与登飞梁，越幽壑，援琼枝，陟峻崿，以游乎其下。周旋永望，邈若凌飞。邪睨昆仑，俯阚海湄[27]。指苍梧之迢递[28]，临回江之威夷[29]。悟时俗之多累，仰箕山之余辉[30]。羡斯岳之弘敞，心慷慨以忘归。情舒放而远览，接轩辕之遗音[31]。慕老童于骢隅[32]，钦泰容之高吟[33]。顾兹梧而兴虑，思假物以托心。乃斫孙枝[34]，准量所任。至人摅思，制为雅琴。

乃使离子督墨[35]，匠石奋斤。夔、襄荐法[36]，般、倕骋神[37]。锼会裛厕[38]，朗密调均。华绘雕琢，布藻垂文。错以犀象，籍以翠绿。弦以园客之丝[39]，徽以钟山之玉[40]。爰有龙凤之象、古人之形。伯牙挥手[41]，锺期听声[42]。华容灼爚，发采扬明。何其丽也！伶伦比律[43]，田连操张[44]。进御君子，新声憀亮。何其伟也！

及其初调，则角羽俱起，宫徵相证。参发并趣，上下累应。踸踔磥硌[45]，美声将兴。固以和昶而足耽矣[46]！尔乃理正声，奏妙曲。扬《白雪》[47]，发《清角》[48]。纷淋浪以流离[49]，奂淫衍而优渥[50]。粲奕奕而高逝[51]，驰岌岌以相属[52]。沛腾遌而竞趣，翕韡晔而繁缛[53]。状若崇山，又象流波，浩兮汤汤，郁兮峨峨。怫愲烦冤[54]，纡余婆娑，陵纵播逸，霍濩纷葩[55]。检容授节，应变合度。兢名擅业，安轨徐步。洋洋习习，声烈遐布。含显媚以送终，飘余响乎泰素。

若乃高轩飞观，广夏闲房[56]。冬夜肃清，朗月垂光，新衣翠粲，缨徽流芳。于是器冷弦调，心闲手敏。触揔如志[57]，唯意所拟。初涉《渌水》[58]，中奏清徵。雅昶唐尧，终咏《微子》[59]。宽明弘润，优游躇跱。拊弦安歌，新声代起。歌曰：凌扶摇兮憩瀛洲[60]，要列子兮为好仇[61]。餐沆瀣兮带朝霞[62]，眇翩翩兮薄天游。齐万物兮超自得，委性命兮任去留。激清响以赴会，何弦歌之绸缪！

于是曲引向阑[63]，众音将歇。改韵易调，奇弄乃发。扬和颜，攘皓腕，飞纤指以驰骛，纷儮譶以流漫[64]。或徘徊顾慕，拥郁抑按，盘桓毓养，从容秘玩。闼尔奋逸[65]，风骇云乱，牢落凌厉，布濩半散[66]。丰融披离，斐韡奂烂[67]。英声发越，采采粲粲。

或间声错糅，状若诡赴[68]。双美并进，骈驰翼驱。初若将乖，后卒同趣。或曲而不屈，直而不倨[69]。或相凌而不乱，或相离而不殊。时劫掎以慷慨[70]，或怨𡠄而踌躇[71]。忽飘飖以轻迈，乍留联而扶疏。或参谭繁促[72]，复叠攒仄[73]。从横骆驿，奔遁相逼[74]。拊嗟累赞，间不容息。瑰艳奇伟，殚不可识。

若乃闲舒都雅，洪纤有宜。清和条昶，案衍陆离[75]。穆温柔以怡怿，婉顺叙而委蛇。或乘险投会[76]，邀隙趋危。嘤若离鹍鸣清池[77]，翼若游鸿翔曾崖。纷文斐尾[78]，慊缘离纚[79]，微风余音，靡靡猗猗[80]。或搂𢷬栎捋[81]，缥缭潎冽[82]。轻行浮弹，明婳暩慧[83]。疾而不速，留而不滞。翩绵飘邈。微音迅逝。远而听之，若鸾凤和鸣戏云中；迫而察之，若众葩敷荣曜春风。既丰赡以多姿，又善始而令终。嗟姣妙以弘丽，何变态之无穷！

若夫三春之初，丽服以时。乃携友生，以遨以嬉。涉兰圃，登重基。背长林，翳华芝[84]。临清流，赋新诗。嘉鱼龙之逸豫，乐百卉之荣滋。理重华之遗操[85]，慨远慕而长思。若乃华堂曲宴，密友近宾。兰肴兼御，旨酒清醇。进《南荆》，发《西秦》。绍《陵阳》[86]，度《巴人》[87]。变用杂而并起，竦众听而骇神。料殊功而比操，岂笙、籥之能伦！

若次其曲引所宜，则《广陵》《止息》[88]，《东武》《太山》[89]，《飞龙》《鹿鸣》[90]，《鹍鸡》《游弦》[91]。更唱迭奏，声若自然。流楚窈窕，惩躁雪烦[92]。下逮谣俗[93]，蔡氏五曲[94]。《王昭》《楚妃》[95]，《千里》《别鹤》[96]。犹有一切[97]，承间簉乏[98]。亦有可观者焉。

然非夫旷远者，不能与之嬉游；非夫渊静者，不能与之闲止；非夫放达者，不能与之无吝[99]；非夫至精者，不能与之析理也。

若论其体势，详其风声[100]：器和故响逸，张急故声清[101]，间辽故音庳[102]，弦长故徽鸣。性洁静以端理，含至德之和平。诚可以感荡心志，而发泄幽情矣！

是故怀戚者闻之，莫不憯懔惨凄，愀怆伤心，含哀懊咿，不能自禁。其康乐者闻之，则欨愉欢释[103]，抃舞踊溢[104]，留连澜漫，嗢噱终日[105]。若和平者听之，则怡养悦悆[106]，淑穆玄真[107]，恬虚乐古，弃事遗身。是以伯夷以之廉[108]，颜回以之仁[109]，比干以之忠[110]，尾生以之信[111]，惠施以之辩给[112]，万石以之讷慎[113]。其余触类而长，所致非一，同归殊途，或文或质。总中和以统物，咸日用而不失[114]。其感人动物，盖亦弘矣！

于时也，金石寝声，匏竹屏气。王豹辍讴[115]，狄牙丧味[116]。天吴踊跃于重渊[117]，王乔披云而下坠[118]。舞鸑鷟于庭阶[119]，游女飘焉而来萃[120]。感天地以致和，况蚑行之众类[121]？嘉斯器之懿茂[122]，咏兹文以自慰。永服御而不厌，信古今之所贵。

乱曰：愔愔琴德[123]，不可测兮。体清心远，邈难极兮。良质美手，遇今世兮。纷纶翕响，冠众艺兮。识音者希，孰能珍兮？能尽雅琴，唯至人兮！

【作者简介】

嵇康（224—263），字叔夜，谯郡铚县嵇山（今安徽涡阳）人，三国时期魏国思想家、音乐家、文学家，官中散大夫，世称嵇中散，“竹林七贤”之一，与阮籍齐名。因声言“非汤武而薄周孔”，且不满当时掌权的司马氏集团，遭钟会构陷，被司马昭所杀。他在哲学上提出“越名教而任自然”。其诗长于四言，风格清峻，幽愤诗较有名。善鼓琴，以弹《广陵散》著名。有《嵇中散集》。

【篇旨】

叙说琴的制作，描摹琴的演奏与琴声的丰富及人们对琴声多样化的感受。

【注释】

① 厌：满足。

② 倦：厌倦。

③ 穷独：指逆境。

④ 诞：大。载：生。

⑤ 参：近。辰极：北极星。骧：上。

⑥ 休：美善。

⑦ 蕤：草木花下垂貌。昊苍：春为苍天，夏为昊天。

⑧ 虞渊：神话所说的日落之处。

⑨ 晞：晒。九阳：天地的边沿。

⑩ 岑岩：危险之形。

⑪ 增：重。

⑫ 偃蹇：高耸。

⑬ 蒸：上升。

⑭ 溜：水流。

⑮ 隈：山之曲。

⑯ 彪休：怒貌。

⑰ 澥汩：急流激荡。

⑱ 蜿蟺：辗转。

⑲ 毓：同“育”。

⑳ 奥宇：内地、腹地。

㉑ 琅玕：美玉名。

㉒ 瑶瑾：美玉名。翕赩（xì）：隆盛。

㉓ 奂衍：散溢。

㉔ 涓子：古时仙人，能致风雨，隐于宕山，据说曾著《天地人经》三十八篇、《琴心》三篇。

㉕ 经营：优游。

㉖ 荣期：荣启期，春秋时期的隐者，以己身为人、为男、为年九十而乐。绮季：汉初隐者，商山四皓之一。

㉗ 阚：通“瞰”。

㉘ 苍梧：郡名，在今广西。

㉙ 威夷：逶迤。

㉚ 箕山：尧时的隐士许由隐于此，葬于此。

㉛ 轩辕：黄帝。黄帝令人定乐律。

㉜ 老童：颛顼之子。隗：隗山，老童的居所。

㉝ 泰容：黄帝乐师。

㉞ 孙枝：枝根之末生者。

㉟ 离子：离朱，黄帝时期人，能于百里之外见秋毫之末。

㊱ 夔：舜时乐官。襄：师襄，孔子曾学琴于师襄。

㊲ 般：鲁班，公输班，古之巧匠。倕：黄帝时期的巧匠。

㊳ 会：合缝。厕：排比密致。

㊴ 园客：仙人，曾种五色香树，养五色神蛾而生桑蚕。

㊵ 钟山：与昆仑相连，产美玉。

㊶ 伯牙：古之善弹琴者。

㊷ 锺期：锺子期，古之善听琴者。《列子·汤问》载："伯牙鼓琴，志在登高山，锺子期曰：'善哉，峨峨兮若泰山。'志在流水，锺子期曰：'善哉，洋洋兮若江河。'"

㊸ 伶伦：黄帝时人，曾奉黄帝之命定乐律。

㊹ 田连：古之善鼓琴者，伯牙曾从他学琴。

㊺ 踸（chěn）踔：散布。磥硌：宏大。

㊻ 鬯：通"畅"。躭：同"耽"。

㊼《白雪》：古乐曲名。

㊽《清角》：古乐曲名。

㊾ 淋浪：放旷。

㊿ 奂：众多。淫衍：丰富。

51 奕奕：盛貌。

52 岌岌：高貌。

53 韡（wěi）晔：明盛。

54 怫愲烦冤：声多不散。

㊺ 霍濩：波浪声。纷葩：繁乱声。

㊻ 夏：通“厦”。

㊼ 摦：批，反手击。

㊽《渌水》：舞曲名。

㊾《微子》：《微子操》，殷臣微子所作，伤殷将亡而弹琴抒怀。

⑥⓪ 扶摇：盘旋而上的暴风。瀛洲：海上仙山。

⑥① 要：通“邀”。列子：古仙人，能御风而行。

⑥② 沆瀣（xiè）：北方夜半之气。

⑥③ 阑：将尽。

⑥④ 傱䜚（sè tà）：声音纷繁。

⑥⑤ 闼：疾貌。

⑥⑥ 布濩：分散貌。

⑥⑦ 斐铧：声音繁盛。

⑥⑧ 诡：异。

⑥⑨ 倨：倨傲。

⑦⓪ 劫掎：志气高昂之声。

⑦① 爐：通“沮”。

⑦② 参谭：相随貌。

⑦③ 攒仄：相聚。

⑦④ 奔遁：奔逃。相逼：相随。

⑦⑤ 案衍：不平。陆离：参差。

⑦⑥ 会：节会。

⑦⑦ 罂（yīng）：象声词。

⑦⑧ 纷文斐尾：喻文采。

⑦⑨ 慊缘离纚：喻下垂而连属。

⑧⓪ 猗猗：众盛貌。

⑧① 搂：牵。栎（lì）：击。捋：抹。

⑧② 缥缭潎洌：状声之词。

⑧③ 婳：娴静美好。睩：察。

⑧④ 华芝：华盖如芝形。

⑧⑤ 重华：虞舜名。

⑧⑥《陵阳》：古楚曲。

⑧⑦《巴人》：古楚曲。

⑧⑧《广陵》：曲名，据说只嵇康能弹。《止息》：曲名。

⑧⑨《东武》《太山》：二曲名，皆产生于齐地。

⑨⓪《飞龙》：汉房中祠乐有《飞龙》章。《鹿鸣》：《诗经·小雅》中的一篇。

⑨①《鹍鸡》：古相和歌有《鹍鸡曲》。《游弦》：曲名。

⑨② 惩：制止。

⑨③ 谣俗：歌风俗之曲。

⑨④ 蔡氏五曲：指东汉末蔡邕所作的五曲，即《游春》《渌水》《坐愁》《秋思》《幽居》。

⑨⑤《王昭》：王昭君，名嫱，汉元帝时被选入宫，后自请嫁匈奴，此为歌咏昭君出塞之曲。《楚妃》：楚有贤妃，传世有歌咏她的《楚妃叹》。

⑨⑥《千里》《别鹤》：《琴操》曰："商陵牧子，娶妻五年，无子，父兄欲为改娶。牧子援琴鼓之，叹别鹤以舒其愤懑，故曰《别鹤操》。鹤一举千里，故名千里别鹤也。"

⑨⑦ 一切：权宜。

⑨⑧ 簉（zào）：副。

⑨⑨ 吝：贪惜。

⑩⓪ 风声：好的风气，犹风教。

⑩① 张急：琴弦紧。

⑩② 间辽：弦间辽远。庳：短。

⑩③ 欨（xū）：笑貌。

⑩④ 抃（biàn）：鼓掌。踊：跳。

⑩⑤ 嗢（wà）噱：大笑。

⑩⑥ 悆：同"愉"。

⑩⑦ 玄真：淳朴。

⑩⑧ 伯夷：商末人，不食周粟而饿死首阳山下。

⑩⑨ 颜回：孔子学生，曾向孔子问仁。

⑪⓪ 比干：商末纣王叔伯父，因犯颜强谏而被杀。

⑪① 尾生：春秋时人，与女子相约在桥下会面，至期女子未来，水至不去，抱柱溺死。信，守信用。

⑪② 惠施：战国时宋人，仕魏，为惠王相，名家代表人物之一，主张“合同异”说，善辩。

⑪③ 万石：汉时石奋恭敬谨慎，与其四子均官至二千石，于是时称石奋为万石君。

⑪④ 咸：都。

⑪⑤ 王豹：古之善歌之人。

⑪⑥ 狄牙：易牙，古之善尝味之人。

⑪⑦ 天吴：神名，水伯。

⑪⑧ 王乔：仙人，又称王子乔。

⑪⑨ 鸑鷟：神鸟，凤凰一类。

⑫⓪ 游女：指汉水之神。

⑫① 蚑行：《说文》曰，“跂，行也。凡生之类，行皆曰跂。”

⑫② 懿：美。

⑫③ 愔（yīn）愔：安和深静。

【语译】

我小时候就喜好音乐，长大后又经常从事音乐活动。我认为物都会由盛而衰，而音乐却没有此种变化；各种滋味都有满足之时，而欣赏音乐却永不厌倦。音乐可以导气养神，宣畅感情、和谐意志。使人处于孤独困窘而不烦闷的，莫过于听赏音乐。因此，反复奏曲犹觉不够，就吟咏歌唱来抒发情志；吟咏歌唱还觉得不够，就寄托言辞来表达自己的思想。

金、石、丝、竹、匏、土、革、木八种乐器，歌舞的形象，历代的有才之士，都为它们作过赋或颂，但这些赋颂的体裁风格，莫不相因相袭。提到它们的材料，则以生于高峻艰苦为尚；描摹它们的声音，则以发出悲怨哀声为主；赞美它们的感化力量，则以令人哭泣流泪为贵。如此这般，文采足够华丽，但是未把道理述说清楚。推究原因，大概是不懂音乐所致；看来他们作文的旨趣，也没有表达礼乐所含的情理。诸多乐器之中，琴的德行最优，所以我把自己的体会叙写出来，作成了这篇赋，赋的言辞说：

想到椅桐生长的地方啊，托身高大险峻的山冈。冲开重重土壤而诞生啊，要与北斗争高而挺拔。它饱含天地醇和之气，汲取日月辉煌之光。郁郁青青独立纷茂，春夏两季花朵怒放。傍晚收取虞渊发出的最后光芒，清晨向着天地边沿沐浴阳光。历经千载等待赏识之人，独立幽寂之地永远安康。

况且它所处山川的形势，盘曲回折隐蔽，幽深崔嵬高峻，岩石险峻陡峭嶙峋，赤色的悬崖直立千丈，青色的绝壁高达万寻。至于说到重峦叠巘高耸，浮罩白云缭绕，远远隆起而极为壮观，巍巍耸立而特别突出，兴吐水汽而蒸腾云雨，凭据深渊而喷泄瀑流。

再就是瀑流颠波奔腾，怒涛狂涌竞流触岩撞山，咆哮愤怒，汹涌澎湃奔腾，白沫奋飞高扬，湍流激荡冲击，相纠辗转而下。在大川中浩浩荡荡，至平原后成为大河，缓缓远去，静静长流，洋洋盛大，环山抱丘。详细观察这块土地的物产，这深奥区域的宝藏，各种珍怪奇物，极多美玉宝石，成堆相积，散溢椅桐侧旁。至于春兰盛开在东，沙棠繁殖在西，仙人涓子在它向阳之处安居，醴泉玉液在它前面涌出。黑云荫蔽在它上面，鸾鸟相集在它巅顶，清清的露水滋润树皮，和惠的微风吹拂树间。树干耸立肃然静谧，枝叶繁密精妙清闲。出没游玩在椅桐左右，就是因为此处具有自然之神、天生之丽，能够满足幽远之思与爱乐之意。

于是那些遁世隐士，如荣启期、绮里季之辈，结伴相携来登高峰，越过深壑，手拉玉枝，攀上峻岭，在椅桐树下游玩。四下环望、举目高瞻，高远仿佛凌空而飞，斜视昆仑，俯瞰海滨，手指苍梧郡迢迢遥远，下临远江逶迤曲折。深悟世俗生活本是人生拖累，仰慕许由隐于箕山留下光辉，企羡此山宏大高敞，心绪慷慨忘记归去。情感舒畅放眼远望，远继黄帝琴音遗调，羡慕老童隐于骢山之隅，钦佩泰容抒发高吟之志。看见椅桐生发思虑，想借它来寄托心怀。于是砍斫小枝，估量规划树材，君子抒发情志，用它来作雅琴。

于是使离朱督画墨线，匠石挥动斧斤，夔、襄提供音律法则，鲁班与倕专心制作。锼镂合缝排比密致，疏朗细密调拨均匀。进行彩绘雕琢，施加藻饰文采。衬以犀角象牙，布以翠绿之色，琴弦用园客之丝制成，琴徽用钟山之玉造就。绘有龙凤形象，画上古人容貌，有伯牙挥手弹琴之状，锺子期侧耳听琴之态。华光闪烁，光彩飞扬，是多么美丽啊！伶伦定乐律，田连调琴弦。进献给君子，新声亮又清，是多么美妙啊！

调徽理弦初次弹响，角声羽声一同奏出，官声徵声相互配合，各种乐声相参同进，上弦下弦相互应和，乐声散布而又宏大，美妙之声即将兴起，本就和畅值得耽乐！继而演奏正声，弹响妙曲，飞起《白雪》曲调，引发《清角》之声。乐声纷然四布，声情丰富优渥，鲜明繁盛高扬而逝，高高急驰而又相连属，众声飞腾相竞而出，明盛交织五彩缤纷。时像高山，又似流水，浩浩荡荡，巍巍峨峨。琴声聚集不散，纡徐回旋，纵上高处，四下流布。似水霍霍，似花纷披。端敛面容手指按节，应合变化合乎法度。有获美名专擅此业，按部就班缓缓弹来。繁盛清雅洋洋洒洒，美妙动听传至远方。琴声明丽弹至曲终，余声袅袅归于自然。

如果在那高楼飞观、广厦宽房中弹琴，冬日夜晚肃静冷清，明朗月光直泻下来，妇人身着翠粲艳衣，领带缨绥发出芳香。于是设琴泠泠调弦，心习乐曲手指敏捷，正弹反击如其志意，一切按照心中所想。开始弹奏《渌水》之曲，中间弹奏清徵之声。歌咏唐尧无不通畅，最后弹奏《微子》之操。宽和明畅宏大，优游温润闲缓。抚弦高歌一曲，新声随弦而起。歌辞说："乘暴风盘旋而上，憩息在海上瀛洲，邀请列子同游做个伙伴。食夜半之气披带朝霞，遥望远方翩翩升空遨游。身同万物超然自得，放任性命随它去留。"清声激响相互合节，弦声歌声混合缠绵！

此时乐曲将尽，诸音微微将要止歇。改换歌韵更易曲调，奇巧乐声重新弹奏。乐者和颜悦色，露出皓白玉腕，纤指飞动急掠，众音纷繁流散。时而乐声旋绕，声驻不下，手指在琴上来回转动，举止从容闲缓品玩。乐声豁然腾起，如同风惊云乱，辽落逐渐稀疏，慢慢四下散布。声音通畅清厉，繁盛优美明烂。妙声播散，光彩鲜丽。

时而众声错杂，其状诡诈相赴。雅俗双美并进，二者同驰并奏。起初好似背道而驰，最后趋向和谐。乐声时而虽曲而志不低屈，昂然亢直却不倨傲。有时相互凌驾却不混乱，有时相互分离却无不同。时而高亢而慷慨，或者怨沮而踌躇。忽然飘然而轻行，转相流连而四散。时而音节相随紧密繁促，往复重叠相聚一块。纵横相连络绎不绝，奔腾而来互相追赶。拊胸嗟叹赞不绝口，乐曲令人喘不过气。谲诡艳美奇妙伟丽，怎么能够尽识尽听。

至于舒放闲缓皆归雅正，洪大纤细各有适宜。或清和通畅，或不平参差。和穆温柔令人怡悦，美婉顺行委曲自得。有时驾乘险韵而投合节会，巧趁空隙而趋向急迫。声如鹍鸡离别清池鸣叫，又似飞鸿展翼翱翔悬崖。艳彩华美，连属不绝，微风吹拂余音，袅袅和畅繁盛。牵、抚、击、抹指法众多，相纠相激琴声激荡，信手轻弹浮弦抹过，美音娴静，明察聪慧。琴音迅疾而不快速，停留而不涩滞，连绵缥缈，微音速逝。远远听来，好似凤凰在云间和鸣游戏；凑近来听，好像百花在风里盛开荣曜。既丰富而多姿，又善始而善终，嗟叹其姣好美妙宏大盛丽，盛赞其富于变化无穷无尽！

若在阳春三月，穿上春时丽服，二三好友携手而行，郊外远足遨游嬉戏。走过兰圃花园，登上重重高台。背对长长森林，芝形华盖遮阴。面临清清流水，吟咏首首新诗。赞美鱼龙水中逸豫自在，喜欢百花林中滋荣盛开。弹起虞舜留下的琴曲，慨然远慕深长思念。华丽堂厅摆下欢宴，盛情邀请亲密朋友嘉宾。兰花佳肴兼具，品味清醇美酒。跳起《南荆》，唱起《西秦》民歌，弹奏《陵阳》之曲，鸣响《巴人》之声。琴曲百变诸声并起，众人竦听精移神骇，衡量声调比较节操，笙篇一类怎可比拟！

如果列举适宜弹奏的曲引，就是《广陵》《止息》《东武》《太山》《飞龙》《鹿鸣》《鹍鸡》《游弦》诸曲。交相弹奏演唱，声音自然流畅。清楚窈窕美妙，雪荡躁竞烦漶。接着演唱民谣民歌，弹奏蔡邕所作五曲，还有《王昭》《楚妃》《千里》《别鹤》。权宜变通诸曲，雅俗相承相间，也有可以观赏之处。

然而若非心旷志远之人，难能与琴嬉戏游乐；若非深沉静谧之人，难能与琴相处闲游；若非旷放达观之人，难能与琴共贪惜之情；若非明理通情之人，难能与琴一道剖析事理。

如果评论琴的体势，详观琴的风教功能：诸部和谐所以声响飘扬，琴弦绷紧所以声音清晰，弦间辽阔所以音响短促，琴弦绵长所以具有泛声。琴的性情洁静正直，蕴含德行声柔调平。确可感荡人心，抒发内心幽情！

所以胸怀悲戚之人听到琴声，莫不悲惧凄惨，感怆伤心，含哀苦泣，不能自禁。健康愉快之人听了琴声，个个喜笑颜开，鼓掌跳跃，尽情享乐，终日大笑。如果是心平气和之人听了琴声，乐得怡养喜悦，肃穆淳朴，恬淡玄虚乐思往古，摆脱世俗超然物外。所以伯夷因为琴声而廉，颜回因为琴声而仁，比干因为琴声而忠，尾生因为琴声而信，惠施因为琴声而善辩，万石君石奋因为琴声而讷慎。其余触类而推，所弹曲调虽然不同，殊途同归效果一样，琴声或婉转艳媚，或淡薄疏散。中和天地之气统一万物，日日可用而毫无所失。感荡人心打动万物，琴的功用可谓宏大广阔！

琴声奏响之时，金石匏竹不再发声。善歌者王豹停止歌唱，善尝者狄牙丧失味觉。水伯天吴跳出重重深渊，仙人王子乔走下五彩祥云。神鸟翩翩在庭阶起舞，汉水女神飘然赶来相会。琴声感动天地以致中和，何况那些爬行虫类呢？赞美琴的美妙无比，歌咏此赋自欣自慰。美妙琴声永弹不厌，实在是从古至今最可贵的。

尾声说：琴德安和深静，真是不可窥测。身心清静旷远，高高难以企及。美妙材质巧手弹奏，二者相遇今世双美。浩博之声相合，冠于诸种技艺。世上知音恨少，有谁珍视琴呢？若能尽善尽美理解琴啊，只有贤达明智的君子！

【评析】

嵇康在本赋的序言里说，《琴赋》与其他音乐赋颂不同，它不“以危苦为上”，也不“以悲哀为主”，不“以垂涕为贵”，那么，他是怎样写的呢？赋的前三段写制作琴的椅桐的生长之地，突出此地的出产。第四段写名士来此地游玩，“思假物以托心”，而萌生以椅桐为琴之心。第五段写制琴。第六至十段写琴的演奏。第十一段写人们对琴声的欣赏。第十二至十六段写琴的曲目和感染力。第十八段尾声写知音难得，即写认识琴德者少，语含双关。全赋的中心在于说明鼓琴是“触攙如志，唯意所拟”，是“器冷弦调，心闲手敏”，是鼓琴者的思想感情决定了琴声的不同，显然，这比单单描摹琴声的丰富要深入一层。嵇康在其《声无哀乐论》里论述了音乐表现的不确定性，在本赋的第十五段中，嵇康也生动地描绘了琴声的内容的多面性与欣赏者的感受的多样性，这样，增加了全赋的情韵。全赋对琴的奏法也有细腻的描摹，给我们留下古人如何鼓琴的资料，也表明作者本是善鼓琴者。赋中还往往把琴声的美妙与鼓琴者所处的环境结合起来写，如“三春之初”与“华堂曲宴”的两次鼓琴，这使全赋的描写更加生动。

笙赋一首

作者：潘安仁　　注译评析：胡大雷

河、汾之宝[①]，有曲沃之悬匏焉[②]。邹鲁之珍[③]，有汶阳之孤篠焉[④]。若乃绵蔓纷敷之丽，浸润灵液之滋，隅隈夷险之势，禽鸟翔集之嬉，固众作者之所详，余可得而略之也。

徒观其制器也，则审洪纤，面短长。剫生簳[⑤]，裁熟簧[⑥]。设宫分羽，经徵列商。泄之反谧[⑦]，厌焉乃扬。管攒罗而表列，音要妙而含清。各守一以司应，统大魁以为笙[⑧]。基黄钟以举韵[⑨]，望凤仪以擢形。写皇翼以插羽，摹鸾音以厉声[⑩]。如鸟斯企，翾翾歧歧[⑪]；明珠在味[⑫]，若衔若垂。修樞内辟[⑬]，余箫外逶[⑭]。骈田獦攦[⑮]，鉀鲽参差[⑯]。

于是乃有始泰终约[⑰]，前荣后悴，激愤于今贱，永怀乎故贵。众满堂而饮酒，独向隅以掩泪。援鸣笙而将吹，先嗢哕以理气[⑱]。初雍容以安暇，中佛郁以怫惯[⑲]，终嵬峨以蹇愕[⑳]，又飒遝而繁沸[㉑]。罔浪孟以惆怅[㉒]，若欲绝而复肆。怭檄籴以奔邀[㉓]，似将放而中匮。

愀怆恻减[24]，ꮀ韡煜熠[25]，泛滛汜艳，霅晔岌岌[26]。或桉衍夷靡，或竦踊剽急；或既往不反，或已出复入。徘徊布濩，涣衍葺袭[27]。舞既蹈而中辍，节将抚而弗及。乐声发而尽室欢，悲音奏而列坐泣。撇纤翮以震幽簧[28]，越上筩而通下管[29]。应吹噏以往来，随抑扬以虚满。勃慷慨以憀亮，顾踌躇以舒缓。辍《张女》之哀弹[30]，流《广陵》之名散[31]。咏《园桃》之夭夭[32]，歌《枣下》之纂纂[33]。歌曰："枣下纂纂，朱实离离，宛其落矣[34]，化为枯枝。人生不能行乐，死何以虚谥为？"

尔乃引《飞龙》[35]，鸣《鹍鸡》[36]，《双鸿》翔[37]，《白鹤》飞[38]。子乔轻举，明君怀归，荆王喟其长吟[39]，楚妃叹而增悲。夫其凄戾辛酸，嘤嘤关关[40]，若离鸿之鸣子也；含啁啴谐[41]，雍雍喈喈，若群雏之从母也。郁捊劫悟[42]，泓宏融裔，哇咬嘲喆，一何察惠！诀厉悄切[43]，又何磬折[44]！

若夫时阳初暖，临川送离，酒酣徒扰[45]，乐阕日移[46]。疏客始阑，主人微疲。弛弦韬籥[47]，彻埙屏篪[48]。尔乃促中筵，携友生，解严颜，擢幽情。披黄包以授甘，倾缥瓷以酌酃[49]。光歧俨其偕列[50]，双凤嘈以和鸣。晋野悚而投琴[51]，况齐瑟与秦筝。

新声变曲，奇韵横逸。萦缠歌鼓[52]，网罗钟律。烂熠爚以放艳，郁蓬勃以气出。秋风咏于燕路，《天光》重乎《朝日》[53]。大不逾宫，细不过羽。唱发《章》《夏》[54]，导扬《韶》《武》[55]。协和陈宋，混一齐楚。迩不逼而远无携，声成文而节有叙。

彼政有失得，而化以醇薄。乐所以移风于善，亦所以易俗于恶。故丝竹之器未改，而桑、濮之流已作[56]。惟簧也，能研群声之清；惟笙也，能总众清之林，卫无所措其邪，郑无所容其淫。非天下之和乐，不易之德音，其孰能与于此乎？

【篇旨】

叙述笙材的产地、形状及盛大宴会与亲友小饮间笙声的变化、所表达的情感，叙述了笙的教化作用。

【注释】

① 河：黄河。汾：汾水，在今山西。

② 曲沃：在今山西闻喜县东北。悬匏：有柄的瓠瓜。可作笙底。

③ 邹：今山东一带。鲁：今山东一带。

④ 汶阳：在今山东泰安。篠（xiǎo）：小竹。可作笙管。

⑤ 㓠（liè）：割裂。簳（gǎn）：小竹。

⑥ 簧：乐器中有弹性的薄片，用以振动发声。

⑦ 泄：举指。

⑧ 大魁：笙、竽等管乐的主管。

⑨ 黄钟：古乐十二律之一。

⑩ 厉：激。

⑪ 翾（xuān）翾：小飞貌。歧歧：飞行貌。

⑫ 咮（zhòu）：喙，即笙口。

⑬ 修檛（zhuā）：笙两侧长管。辟：开。

⑭ 余箫：众管。逶：逶迤渐斜。

⑮ 骈田：布集连属。獦攦：不齐貌。

⑯ 鲄鲽（xiā zhá）：众多重叠。

⑰ 约：穷困。

⑱ 嗢哕（wà yuě）：调理嗓子。

⑲ 佛郁：怫郁，愤懑不平貌。怫㥜（fú wèi）：郁积不畅貌。

⑳ 嵬峨、蹇愕：均声高直貌。愕，当作“谔”。

㉑ 飒遝：声涌起貌。

㉒ 浪孟：放纵。

㉓ 愵：停留。檄籴：疾速貌。

㉔ 减：同“憾”，悲伤貌。

㉕ 虺（huǐ）：繁盛貌。

㉖ 霅（shà）晔：迅疾貌。

㉗ 葺袭：重叠。

㉘ 擿：捻。翮：指笙管。

㉙ 筩：竹筒。

㉚《张女》:《张女弹》，曲名。

㉛《广陵》:《广陵散》，曲名。

㉜《园桃》：古曲名。

㉝《枣下》：古曲名。纂纂：集聚貌。

㉞ 宛：通“菀”，繁盛。

㉟《飞龙》：汉房中乐有《飞龙》章。

㊱《鹍鸡》：古相和歌有《鹍鸡曲》。

㊲《双鸿》：曲名。

㊳《白鹤》：曲名。

㊴ 喟：叹息。

㊵ 嘤嘤关关：鸟鸣叫声。

㊶ 含䃔：嗝啮，鼓腮作气的含怒貌。啴（chǎn）谐：和缓。

㊷ 郁捋：口循孔貌。劫悟：声分明貌。

㊸ 诀厉悄切：声高貌。

㊹ 磬折：乐声悠扬婉转。

㊺ 徒：徒侣。

㊻ 阕：终。

㊼ 籥：管乐器。

㊽ 埙（xūn）：乐器。篪（chí）：乐器。

㊾ 醽（líng）：醽地所产之酒，一种美酒。

㊿ 光歧：艳丽的舞伎。

51 晋野：晋人师旷，字子野，善鼓琴者。

52 萦缠：包含。

53《天光》：曲名。《朝日》：曲名。

54《章》《夏》：尧乐与禹乐。

55《韶》《武》：舜乐与周武王乐。

㊻ 桑、濮：桑间、濮上，均古卫地，指男女聚会之地，古称其歌为靡靡之音。桑间、濮上之音亦称郑卫之音。

【语译】

河汾间的宝物，有曲沃出产的有柄瓠瓜。邹鲁的珍品，有汶阳生长的细密小竹。如果说到它们蔓延纷繁的绮丽、汲浸雨露的滋润，长势随着角隅山隈的平坦与险峻，禽鸟翱翔聚集在此嬉游欢乐，这本来就是文人墨客已详细描绘的，我就可略而不述了。

只观看笙的制作吧，就要审看瓠瓜的粗细，面测竹管的长短。砍截新竹枝干，裁装熟铜簧片。设置宫、羽诸调，排列徵、商诸声，举指松孔声音反而静谧，按指压孔声音才能高扬。竹管密密排列，声音美妙清脆。诸管各有相应，相合主管插入瓠座就成为笙。以黄钟为基准组成声曲，仿凤凰的仪态构成形状。竹管相列如凤凰羽翼参差，声音激越摹鸾鸟声声鸣叫。像鸟亭亭企立，展翅缓缓而飞；笙口明珠在喙，如衔似将垂落。两侧长管内里分开，众管逶迤渐趋倾斜。连属不齐，重叠参差。

于是有人早先奢侈以后穷俭，早先荣耀以后困悴，面对今日贫贱深感激愤，怀念以往富贵长久沉吟。满堂众人欢饮美酒，唯他独自面墙而泣。拿过笙来将要吹奏，先调嗓子理顺呼吸。起初笙声雍容不迫平稳暇豫，中间笙声愤懑不平郁积停滞，最终笙声变得奔放又高又直，众声涌起狂涛咆哮飞腾。但不放纵只有惆怅，声音欲断复又响起。暂停后忽又节奏加快，像要尽情演奏中又收场。

节奏加快繁生闪耀，泛滥纵恣，疾速高危。时或渐趋平缓，时或竦立剽猛；时或声音一去不返，时或声音远出复返。徘徊四散，蔓延重叠。舞者足蹈而中止，歌者抚节已不及。乐声初发满室尽欢，悲音一出满座皆哭。手捻细管簧片振动，冲越上筒畅通下管。吹吸相应强弱一往一来，手指抑扬声气时虚时满。勃发慷慨而清亮，回顾踌躇而舒缓。不再吹弹《张女》之类的哀曲，改奏《广陵散》一类的名曲。咏唱《园桃》曲那夭夭桃花，歌吟《枣下》曲那纂纂枣花。歌声说：“枣花朵朵聚集，红果离离繁生，繁盛都要衰落，枣树化为枯技。人生在世若不及时行乐，死后获个虚名又有何用？”

继而鸣奏《飞龙》，演奏《鹍鸡》，《双鸿》曲如双鸿飞行，《白鹤》曲若白鹤翱翔。王子乔轻举升天，王昭君远行怀归，荆王喟叹而长吟，楚妃叹息而愈悲。凄惨哀戾辛酸，关关嘤嘤，好像离鸿鸣呼其子；或含怒或平和，雍雍喈喈，如似群雏随从其母。以口就笙嘴，乐声泓宏又绵长，繁盛又细腻，多么明朗惠美！决断清冽高亢，又多么悠扬婉转！

如果阳春初暖季节，临水携手送别，酒酣耳热徒侣喧嚷，乐曲将尽日已西移。客人渐渐稀疏，主人微觉疲倦。松弛琴弦藏起管籥，撤下埙乐搁置篪器。于是促膝围坐筵席之间，好友亲朋携手相握，去掉严肃的神色，畅述内心秘密。剥去黄皮进献柑橘，倾倒绿瓶斟上美酒。艳丽舞伎成行排列，如似双凤嘈嘈和鸣。晋人师旷惊恐置琴不弹，何况齐瑟与秦筝。

新声变曲响起，奇巧韵调横逸。包容歌鼓，含括钟律。笙器光色灿烂美艳，笙声郁积蓬勃而出。吟唱燕地秋风之辞，《天光》《朝日》同时吹奏。乐曲声大不逾宫声，志小不过羽声。吟唱尧乐《大章》、禹乐《大夏》，演奏舜乐《箫韶》、武王《大武》。协和陈乐宋乐，混一齐乐楚乐。相近不逼相远不离，美妙动听节度有序。

那政治有得有失，而教化有淳有薄，音乐用以教化导向善良，也用以移风易俗改变恶习。所以丝竹乐器本身并没有什么改变，而桑间濮上之音已在流行。只有簧片，能压倒各种乐器之音；只有笙声，能总合众多的清畅之声。于是卫声无处施展其邪，郑风无处容纳其淫。若非天下最和美的乐器，若非永不改变的德馨之声，还有什么东西能与笙同样做到这些呢？

【评析】

全赋一首一尾十分简略，先介绍笙材的产地与笙的形状，后阐述笙德与政治教化作用，如此概括，显示出此赋未落俗套。全赋重点写了两种不同环境中的笙的演奏。一是盛大宴会上，一位“始泰终约”者吹笙，而他的身世就为下文笙曲的情感与声调变化做了铺垫。另一次吹笙是在“时阳初暖”的亲朋小饮宴集上的演奏，笙曲鸣奏而他乐停辍，足显出笙声的美妙动听。全赋选取不同的场合与环境来描摹笙声的情感与声调变化，各有侧重，亦不嫌重复繁碎，这是此赋另一突出特点。赋中摹写了不少名曲，更为巧妙的是，还以名曲中所表现的著名人物的情感来显示笙曲挚深的感人魅力，既充分有力，又丰富多彩，这是此赋的第三个特点。全赋情韵跌宕，清畅疏落，在魏晋咏物赋中亦别树一帜。

啸赋一首

作者：成公子安　　注译评析：胡大雷

逸群公子，体奇好异①，傲世忘荣，绝弃人事。睎高慕古②，长想远思。将登箕山以抗节，浮沧海以游志③。于是延友生，集同好。精性命之至机④，研道德之玄奥。愍流俗之未悟，独超然而先觉。狭世路之厄僻，仰天衢而高蹈。邈姱俗而遗身⑤，乃慷慨而长啸。

于时曜灵俄景⑥，流光濛汜⑦。逍遥携手，踟跦步趾。发妙声于丹唇，激哀音于皓齿。响抑扬而潜转，气冲郁而熛起⑧。协黄宫于清角，杂商羽于流徵。飘游云于泰清，集长风乎万里。曲既终而响绝，遗余玩而未已。良自然之至音，非丝竹之所拟。是故声不假器，用不借物。近取诸身，役心御气。动唇有曲，发口成音。触类感物，因歌随吟。大而不夸⑨，细而不沉。清激切于竽笙⑩，优润和于瑟琴。玄妙足以通神悟灵，精微足以穷幽测深。收《激楚》之哀荒，节《北里》之奢淫⑪。济洪灾于炎旱，反亢阳于重阴。

唱引万变，曲用无方。和乐怡怿，悲伤摧藏。时幽散而将绝，中矫厉而慨慷⑫。徐婉约而优游，纷繁骛而激扬。情既思而能反，心虽哀而不伤。总八音之至和⑬，固极乐而无荒。

若乃登高台以临远，披文轩而骋望。喟仰抃而抗首⑭，嘈长引而憀亮。或舒肆而自反，或徘徊而复放。或冉弱而柔挠，或澎濞而奔壮[15]。横郁鸣而滔涸[16]，洌飘眇而清昶。逸气奋涌，缤纷交错，列列飙扬，啾啾响作。奏胡马之长思，向寒风乎北朔；又似鸿雁之将雏[17]，群鸣号乎沙漠。故能因形创声，随事造曲。应物无穷，机发响速[18]。怫郁冲流[19]，参谭云属[20]。若离若合，将绝复续。飞廉鼓于幽隧[21]，猛虎应于中谷。南箕动于穹苍[22]，清飙振乎乔木。散滞积而播扬，荡埃蔼之溷浊[23]。变阴阳之至和，移淫风之秽俗。

若乃游崇岗，陵景山[24]，临岩侧，望流川，坐盘石，漱清泉。藉皋兰之猗靡[25]，荫修竹之蝉蜎[26]。乃吟咏而发散，声骆驿而响连。舒蓄思之悱愤[27]，奋久结之缠绵。心涤荡而无累，志离俗而飘然。

若夫假象金、革[28]，拟则陶、匏[29]，众声繁奏，若笳若箫，磞硠震隐，訇磕唧嘈。发徵则隆冬熙蒸[30]，骋羽则严霜夏凋。动商则秋霖春降，奏角则谷风鸣条。音均不恒，曲无定制。行而不流，止而不滞。随口吻而发扬，假芳气而远逝。音要妙而流响，声激曜而清厉[31]。信自然之极丽，羌殊尤而绝世。越《韶》《夏》与《咸池》[32]，何徒取异乎郑、卫[33]。于时绵驹结舌而丧精[34]，王豹杜口而失色[35]。虞公辍声而止歌[36]，甯子检手而叹息[37]。锺期弃琴而改听，孔父忘味而不食[38]。百兽率舞而抃足，凤皇来仪而拊翼[39]。乃知长啸之奇妙，盖亦音声之至极。

【作者简介】

成公绥（231—273），字子安，西晋东郡白马（今河南滑县东）人。少有俊才，博涉经传，召为博士，后官至中书郎。口吃而好音律，辞赋颇为当时所重，《天地赋》《啸赋》为其代表作，原有集，已散佚，明人辑有《成公子安集》。《晋书》有传。

【篇旨】

写啸是“逸群公子”的抒情方式，是与离群高蹈的情怀、环境联系在一起的，是纯自然、毫不假物的乐声。

【注释】

① 体奇：追求奇异。体，领悟，体察。

② 睎：仰慕。

③ 浮沧海：孔子曾说，“道不行，乘桴浮于海。”见《论语·公冶长》。

④ 精：精审。

⑤ 姱：美好。

⑥ 曜灵：太阳。俄景：影斜。

⑦ 濛汜：古称太阳没入之处。

⑧ 熛：疾。

⑨ 洿（wū）：声音散漫。

⑩ 切：切合。

⑪《北里》：纣王时的舞曲名，为淫声。

⑫ 矫厉：高亢。

⑬ 总：总持。

⑭ 喟：叹。抃（biàn）：两手相抚。

⑮ 澎濞：汹涌壮丽。

⑯ 滔涸：滔滔与干涸。

⑰ 将：带领。

⑱ 机：机敏，敏捷。

⑲ 怫郁：郁积貌。

⑳ 参谭：连续不断。

㉑ 飞廉：风伯。隧：道。

㉒ 箕：星名，主风。

㉓ 埃蔼：灰尘多貌。溷：混浊。

㉔ 景：大。

㉕ 藉：坐卧。猗靡：随风之貌。

㉖ 蝉蜎：竹美貌。

㉗ 悱愤：忧思郁结。

㉘ 金、革：以金属和皮革制成的乐器。

㉙ 陶、匏：以陶土和葫芦制成的乐器。

㉚ 隆冬熙蒸：隆冬时热气蒸腾。古时以春、夏、秋、冬配音律的角、徵、商、羽，所以说发出徵（夏）声则“隆冬熙蒸”。以下数句皆是此理。

㉛ 激嚁（dí）：声疾貌。

㉜《韶》：舜乐。《夏》：禹乐。《咸池》：尧乐。

㉝ 郑、卫：郑、卫之音，古时称之为亡国之音。

㉞ 绵驹：古善歌者。

㉟ 王豹：古善歌者。

㊱ 虞公：汉善歌者，发声唱歌则梁上之尘动。

㊲ 甯子：甯戚，春秋时卫人，曾至齐，喂牛于车下，扣牛角而歌。桓公以为非一般人，拜为上卿。

㊳ 孔父：孔丘，孔丘在齐闻《韶》乐，三月不知肉味。

㊴ 来仪：出现。

【语译】

有位超群公子，身体奇伟爱好神异，傲视世人忘弃荣耀，离绝遗弃人间俗事。仰望高尚倾慕远古，思虑久长想望高远。将登箕山来坚守节操，将浮沧海来纵心物外。于是延请朋友同学，聚集志同道合之人。精审性命的深微隐秘，钻研道德的玄妙深奥。哀悯世俗人们尚不觉悟，独自超然自觉最先醒悟。深感世路狭僻险厄，仰慕天路高飞履蹈。远离时俗遗忘自身，于是慷慨激昂仰天长啸。

此时太阳偏斜，阳光驰向濛汜。公子与朋友逍遥自在相互携手，徘徊踟蹰缓步行走。红唇中发出美妙的声音，皓齿激荡传出长啸的哀音。啸声抑扬高低潜转，气息冲口迅速飞响。协合宫角清越，相配商羽流徵。高飘入云回荡天宇，相集长风驰向万里。啸曲终了音声停绝，遗味仍值玩味不已。实在是自然界至上声音，不是丝竹乐器所能比拟。所以这声音不凭借器物，运用也不依靠器物，向内近取之于自身，心灵役使驾驭气息。动唇即有曲调，张口便成声音。随目所见有感则啸，借歌吟事随物而吟。声大而不散漫，声小而不淹沉。清澈激楚比笙竽更真切，优游温润比瑟琴更和谐。玄妙足以通畅神气觉悟心灵，精微足以充分表达深奥隐秘的思想感情。消没《激楚》之声的哀怨荒顿，节制《北里》之曲的奢侈淫靡。可用炎热干旱抗击洪水之灾，可使亢阳旱情返于重阴云雨。

引声长啸千变万化，曲调运用没有定则。有时令人欢乐悦怿，有时令人悲伤摧折。有时幽远散漫而将停绝，中道却又矫厉高昂慷慨。徐缓婉约优游不迫，纷繁急骛激荡高扬。令人生思但又能平静下来，令心哀痛但又不伤害身心。总持诸乐器的至和之音，本来就达到极乐而无所荒唐。

于是登上高台面临远方，打开雕窗骋目眺望。仰天长叹拊掌昂首，啸声长引清脆嘹亮。有时舒畅肆逸又慢慢止息，有时徘徊不散又再次放纵。有时冉冉袅袅而柔软相绕，有时汹涌澎湃而奔放壮丽。纵横沉郁相鸣如洪水滔滔又如细水涓涓，清冽飘摇涉远既清爽又快畅。气息急速奋发涌起，缤纷灿烂相互交错。猎猎狂飚扬起，啾啾声音大作。啸声如胡马长嘶思乡，向着北方吹来的寒风；又似鸿雁带领雏雁，在沙漠成群鸣叫。所以啸声能依形创造声音，能随事物创造曲调。回应万物无穷无尽，机敏发声迅速灵便。内心郁积如流冲出，连属不断如云绵绵。似相离又似合并，将断绝又复连续。如风伯飞廉鼓动风道，如猛虎长啸威起中谷。南方箕星在天宇中闪动，呼呼清风在高树间振响。啸声能散发滞积使之四播，能涤荡灰尘使之清爽。能变化出天地阴阳至上和谐，能改变掉淫荡风气转化习俗。

如果在高岗游玩，登上大山，面临悬崖绝壁，俯望河水奔流，坐上巨大磐石，洗漱清清泉水。坐卧在芬芳美丽的兰草上，荫蔽在修长挺拔的青竹下。于是就吟咏发出啸声，络绎不绝声声相连。舒散蓄积的忧思悱愤，抒发久远的缠绵郁忧。心灵得到涤荡而无牵无累，情志远离时俗而飘飘欲仙。

如果是模拟金、革一类乐器的发音方式，依照陶、匏一类乐器的鸣奏法则，那么长啸诸音都能纷繁奏响，若笳似箫，宏大震发，轰鸣啾嘈。长啸发出徵声，则隆冬里感到蒸腾暖气，长啸驰骋羽声，则夏日里感到霜凋万物。

长啸振动商声则感到秋雨中春阳照射，长啸奏出角声则感到春风中树枝拂响。旋律没有恒常，曲声无所定制，行进但不浮流，止息而不涩滞。随变动的口唇发声扬音，借芳香的呼吸远播四方。声音美妙而婉转响亮，激荡迅疾而清澈高亢。确实是纯粹自然之声中最为宏丽的，特别奇异美好举世无双。超越《韶》《夏》《咸池》诸乐，哪里是仅仅不同于郑、卫之音。啸声响起，绵驹张口结舌如有所丧，王豹闭紧嘴巴面容改色，虞公默不作声不再唱歌，甯戚敛手叹息不再击歌，锺期弃置琴瑟改听啸声，孔子如闻韶乐不知肉味。百兽起舞而顿足，凤凰显现而弄翼。于是知道长啸的奇妙，真正是声音中最为至高无上的。

【评析】

啸是魏晋名士的特殊癖好，是魏晋风度之一，当年阮籍即善啸，传诵孙登的"苏门之啸"最为有名："声若鸾凤之音，响乎岩石"（见《晋书·阮籍传》）。成公绥本人也善啸，"尝当暑承风而啸，泠然成曲"。据此可知，啸大致是一种发声高低抑扬的长吟。本赋写啸，先写啸是"逸群公子"抒发感情的一种方式，是他们表达的对时俗的厌弃与对理想的向往。全赋的主旨也于此点出：啸所抒发的是离群高蹈的情趣。以下赋便围绕着它来叙写具体环境中的啸。一是登台临远、披轩骋望的啸，此处的啸声涤荡世界，感染万物。二是游崇岗、陵大山的啸，啸声使心灵净化。尽管这两种环境中的啸声的作用有对外对内之分，但都是离群高蹈者才能发出的。最后写啸是纯粹自然、毫不假物的乐声，诸乐声与啸声相比都黯然失色，以衬比啸声的"要妙"。全赋笼罩在离群高蹈的气氛之中，啸声增加了这种生活的清灵美妙，这种生活则是啸声之所以能发出的基础。此二者相互配合、相互映衬、相得益彰，从而表明啸这纯自然的声音与归向自然的人生追求是一致的，也表明了魏晋风度所特有的情怀。

卷第十九

赋癸

情

高唐赋一首　并序

作者：宋玉　　注译评析：胡大雷

昔者楚襄王与宋玉游于云梦之台[①]，望高唐之观。其上独有云气，崒兮直上[②]，忽兮改容，须臾之间，变化无穷。王问玉曰："此何气也？"玉对曰："所谓朝云者也。"王曰："何谓朝云？"玉曰："昔者先王尝游高唐[③]，怠而昼寝，梦见一妇人曰：'妾巫山之女也[④]，为高唐之客。闻君游高唐，愿荐枕席[⑤]。'王因幸之。去而辞曰：'妾在巫山之阳，高丘之阻，旦为朝云，暮为行雨，朝朝暮暮，阳台之下。'旦朝视之[⑥]，如言。故为立庙，号曰'朝云'。"王曰："朝云始出，状若何也？"玉对曰："其始出也，𣊬兮若松榯[⑦]。其少进也，晢兮若姣姬[⑧]。扬袂鄣日，而望所思。忽兮改容，偈兮若驾驷马[⑨]，建羽旗。湫兮如风[⑩]，凄兮如雨，风止雨霁，云无处所。"王曰："寡人方今可以游乎？"玉曰："可。"王曰："其何如矣？"玉曰："高矣显矣，临望远矣；广矣普矣，万物祖矣。上属于天，下见于渊，珍怪奇伟，不可称论。"王曰："试为寡人赋之。"玉曰："唯唯。"

惟高唐之大体兮，殊无物类之可仪比。巫山赫其无畴兮，道互折而曾累。登巉岩而下望兮，临大阺之稸水[⑪]。遇天雨之新霁兮，观百谷之俱集。濞汹汹其无声兮[⑫]，溃淡淡而并入[⑬]。滂洋洋而四施兮，蓊湛湛而弗止[⑭]。长风至而波起兮，若丽山之孤亩[⑮]。势薄岸而相击兮，隘交引而却会。崒中怒而特高兮[16]，若浮海而望碣石[17]。砾磥磥而相摩兮[18]，巆震天之礚礚[19]。巨石溺溺之瀺灂兮[20]，沫潼潼而高厉[21]。水澹澹而盘纡兮[22]，洪波淫淫之溶滴[23]。奔扬踊而相击兮，云兴声之霈霈。猛兽惊而跳骇兮，妄奔走而驰迈。虎豹豺兕，失气恐喙[24]。雕鹗鹰鹞，飞扬伏窜，股战胁息，安敢妄挚[25]？

于是水虫尽暴，乘渚之阳[26]。鼋鼍鳣鲔，交积纵横。振鳞奋翼，蜲蜲蜿蜿。中阪遥望，玄木冬荣。煌煌荧荧，夺人目精。烂兮若列星，曾不可殚形。榛林郁盛，葩华覆盖，双椅垂房[27]，纠枝还会。徙靡澹淡，随波闇蔼[28]。东西施翼，猗狔丰沛。绿叶紫裹，丹茎白蒂[29]，纤条悲鸣，声似竽籁。清浊相和，五变四会[30]。感心动耳，回肠伤气。孤子寡妇，寒心酸鼻。长吏隳官[31]，贤士失志，愁思无已，叹息垂泪。

登高远望，使人心瘁[32]。盘岸巑岏[33]，裖陈硙硙[34]。磐石险峻，倾崎崖隤[35]。岩岖参差，从横相追。陬互横牾[36]，背穴偃蹠[37]。交加累积，重叠增益，状若砥柱[38]，在巫山下。仰视山颠，肃何千千[39]，炫耀虹蜺，俯视崝嵘[40]。窐寥窈冥[41]，不见其底，虚闻松声。倾岸洋洋，立而熊经[42]。久而不去，足尽汗出，悠悠忽忽，怊怅自失，使人心动，无故自恐。贲育之断[43]，不能为勇。卒愕异物，不知所出。纚纚莘莘[44]，若生于鬼，若出于神。状似走兽，或象飞禽，谲诡奇伟，不可究陈。上至观侧，地盖底平，箕踵漫衍[45]，芳草罗生。秋兰茝蕙，江离载菁，青荃射干，揭车苞并。薄草靡靡，联延夭夭。越香掩掩[46]，众雀嗷嗷，雌雄相失，哀鸣相号。王鴡鹂黄，正冥楚鸠，姊归思妇，垂鸡高巢，其鸣喈喈。当年遨游，更唱迭和，赴曲随流。

有方之士[47]，羡门高谿。上成郁林，公乐聚谷。进纯牺[48]，祷璇室[49]，醮诸神[50]，礼太一[51]。传祝已具[52]，言辞已毕，王乃乘玉舆，驷仓螭，垂旒旌，旆合谐。紬大弦而雅声流[53]，冽风过而增悲哀。于是调讴，令人惏悷憯凄，胁息增欷。于是乃纵猎者，基趾如星。传言羽猎，衔枚无声，弓弩不发，罘罕不倾[54]。涉漭漭，驰苹苹[55]。飞鸟未及起，走兽未及发，何节奄忽，蹄足洒血，举功先得，获车已实。

王将欲往见，必先斋戒，差时择日。简舆玄服，建云旆，蜺为旌，翠为盖，风起雨止，千里而逝，盖发蒙[56]，往自会。思万方，忧国害，开贤圣，辅不逮。九窍通郁，精神察滞[57]，延年益寿千万岁。

【篇旨】

述楚王与神女相恋的故事及神女之美，铺叙高唐形胜与物产及楚王游高唐并射猎的情况。

【注释】

① 云梦：古时薮名，在南郡华容县（今湖北潜江西南）。

② 崒（zú）：高峻。

③ 先王：指楚先世君王。

④ 巫山：在今重庆巫山东。

⑤ 荐枕席：侍寝。

⑥ 旦朝：第二天早上。

⑦ 晻：茂盛貌。榯：树木直立貌。

⑧ 皙：白，光彩照人。

⑨ 偈：挺举。

⑩ 湫：凉貌。

⑪ 阺（dǐ）：山坡。稸：同“蓄”，积蓄。

⑫ 濞：水暴至的声音。

⑬ 溃：水交错流过。

⑭ 葐：聚集貌。湛：深貌。

⑮ 丽：附着。

⑯ 崒：同“萃”，聚集。

⑰ 碣石：古山名，在海畔，因远望其山，穹窿似冢，山顶有巨石特出，其形如柱，故名。

⑱ 砾：小石。磥磥：众石。

⑲ 嵤：石相摩之声。

⑳ 瀺灂：石在水中出没貌。

㉑ 潼潼：高貌。厉：扬起。

㉒ 澹澹：摇荡貌。

㉓ 溶滫：动荡。

㉔ 喙（huì）：嘴。

㉕ 挚：抓执。

㉖ 乘：登。

㉗ 椅：椅桐。

㉘ 闇蔼：不分明貌。

㉙ 蒂：花与枝茎相连部分，花根。

㉚ 五变：五音之变。

㉛ 隳：废。

㉜ 瘁：悲伤。

㉝ 巑岏：高峻貌。

㉞ 裖：整。硙（ái）硙：高貌。

㉟ 隤：塌倒。

㊱ 陬：山角。

㊲ 偃蹇：阻绝人径。

㊳ 砥柱：山名，在黄河中，如柱挺立。

㊴ 千千：芊芊，浓绿色。

㊵ 峭嵘：深直貌。

㊶ 窐寥：空深貌。

㊷ 熊经：熊攀树而立，其身偻佝。

㊸ 贲育：孟贲与夏育，秦二勇士。

㊹ 縰（xǐ）縰：众多貌。莘（shēn）莘：众多貌。

㊺ 箕踵：簸箕之踵。

㊻ 掩掩：同时散发。

㊼ 有方之士：方士，方术之士，指求仙、炼丹、自言长生不死的人。

㊽ 牺：牺牲，供祭祀用的纯色整个牲畜。

㊾ 璇（xuán）室：以玉修饰的房间。

㊿ 醮（jiào）：祭祀、祈祷神灵。

51 太一：天帝。

52 传祝：巫祝所传神灵之语。

53 䌷（chōu）：抽引。

54 罘罕（fú hǎn）：捕鸟兽的网。

55 芊芊：草聚生貌。

56 发蒙：心中萌发念头。

57 察：昭著，明显。

【语译】

昔时楚襄王与宋玉在云梦泽楼台游玩，远眺高唐观。高唐观上独有云气缭绕，忽而耸天直上，忽然散开变形，须臾之间，形状变化无穷。襄王问宋玉说："这是什么气啊？"宋玉回答说："这就是人们所说的朝云。"襄王又问："什么叫朝云？"宋玉回答说："以前先王曾经游高唐观，疲倦了就白天睡觉休息，睡梦中见到一位妇人，自称：'我是巫山之女，暂到高唐作客。听说君王来游高唐，愿为君王侍寝。'于是先王与她同床共寝。她临走时告辞说：'我住在巫山南面，就在那高丘险要之处。清晨我是浮翔的云气，傍晚我是飘行的飞雨，朝朝暮暮，都在那阳台下面。'第二天清晨先王去察视，果然如她所说。所以就为她立庙，称为'朝云'。"襄王又问："朝云一开始出现的时候是什么样子的呢？"宋玉回答说："刚开始出现的时候，云气茂盛如同松树直立。过了一会儿，白皙光艳如同美丽女子。她扬起衣袖遮蔽日光，好似远眺思念的人儿。忽然之间改变形状，向上挺举如驾起驷马大车，高树羽饰旌旗。清凉有如微风吹拂，凄冷有如冷雨飘零，待风止雨停，云气也就消失了。"襄王说："我如今可以去一游吗？"宋玉说："可以。"襄王说："那是怎么样的地方呢？"宋玉说："那里高峻突出，且能眺望远方；那里广阔宽敞，且是万物始生之处。上连青天，下临深渊，诸种奇珍异宝，说也说不完。”襄王说：“试着为我作赋铺叙出来。”宋玉说：“好，好。”

高唐洋洋大观，根本没有哪种物类可与它相比。巫山赫盛世无畴匹，道路交互曲折重重。登上高峻石岩下望，面临巨池蓄积大水。遇着久雨初晴时候，可见百川汇集于此。洪水汹涌压盖一切声音，交相腾涌磅礴浩荡四下纵横，水势深湛暴涨。长风吹来波浪涌起，如同田陇依附山脊。惊涛拍岸相冲相击，浪花交引翻卷相会。波浪聚合高高腾起，仿佛浮海相望碣石。乱石众多相击相摩，声音震天隆隆。巨石出没浪涛之中，水沫高耸飞扬。水势摇荡迂回，洪波涌向远方。奔腾踊跃相撞相击，状若霈然云兴霞飞。猛兽闻声惊骇跳踉，胡乱狂奔疾驰逃命。虎豹豺兕，吓得闭嘴不敢出气。雕鹗鹰鹞，四下飞起奔窜趴伏。个个股战屏息，哪敢抓执攫扑?

于是诸多水族出水曝晒，爬上洲渚向阳之处。鼋鼍鳣鲔，纵横交积。张开解甲腮鬣，盘身旋体屈折。登上山腰遥望，冬日幽木茂盛。煌煌荧荧灿烂，使人眼花缭乱。树木花草美如星光，艳丽形状述说不尽。榛树密林郁郁盛盛，花苞花朵层层覆盖。椅桐相倚果实下垂，枝条纠结紧紧相交。树枝往来拱曳不定，随风晃动如波荡漾。东摇西摆羽翼伸张，柔弱繁茂婀娜多姿。绿色树叶紫色果实，红色茎干白色花蒂，风吹纤细枝条发出悲鸣，声像竽籁乐器所发。清声浊声相应相和，五音变化四下相会。感发心灵振动耳朵，回肠荡气感伤不已。孤儿寡妇听了不免心寒鼻酸。罢免之官，失志贤士，愁思不止，哀叹垂泪。

登高望远，胆战心惊。水边巨石盘岸陈列，高大峻峭耸立。块块磐石险峻，悬崖倾侧崩溃。怪石堆积高低参差，纵横相列势如相追。山角交互横石逆牾，背靠怪穴阻绝人径。巨石相加层层累积，重重叠叠越发高耸。形状就像中流砥柱，巫山之下横空出世。举头仰望山巅，一片肃爽浓绿，可与虹霓相互炫耀。低头俯视深直渊薮，空空深深窈冥一片，不见深底，只听松啸。高岸倾斜急流，水流洋洋迅疾，站立其旁恐惧，如同狗熊攀树，久久不敢挪步，脚底战栗流汗。不知所措悠悠忽忽，惆怅茫然若有所失，不禁令人心动神摇，无缘无故自我恐惧。孟贲、夏育的决断，在此显不出勇敢。猝然之间异物出现，惊愕不知从何而出。众多异物来往杂沓，似生于鬼如生于神。既像走兽，又像飞禽，诡谲怪叠奇伟，无法一一陈说。向上来到高唐观侧旁，地势平坦开阔，状如簸箕前阔后狭，鲜美的芳草罗列而生。秋兰茝蕙，江离载菁，青荃射干，揭车苞并。从草密密相依，连绵美盛，香气迁越散发。鸟雀嗷嗷鸣叫，雌雄失散，彼此哀号相呼。王鴡鹂黄，正冥楚鸠，姊归思妇，垂鸡高巢，鸣声喈喈。四处遨游，彼此唱和相应，声与流水合度。

那些方术之士，羡门、高谿，上成、郁林，公乐、聚谷，进献纯色整个牲畜，在璇宫之中祈祷，祭祀诸神诸仙，礼敬天帝太一。祝词已经具备，祷语已经诵毕，君王乘上玉制车舆，驾驰龙螭，旌旐相垂，诸旗合谐。抽引大弦弹奏雅声，寒风吹过更增悲哀。于是调和吟讴，令人栗悷凄切，屏息悲伤唏嘘。此时命令猎者出发，他们如星排列台阶之下，传下命令羽猎开始，个个衔枚毫无声响。弓弩未发，捕网未倾，涉过漭漭河流，驰过密密草丛，飞鸟未及展翼飞起，走兽未及扬足奔跑，多么短促的时间，鸟足兽蹄已皆滴血。稍稍拾取，猎物满车。

君王您若想去，必先斋戒，选择时日。轻车简从，穿上黑色法服，竖起云彩般大旗，飘扬虹蜺似旐旌，翠羽作为车盖，如清风吹拂，飘雨歇止，千里之遥瞬间到达，心中念头一发，前往自能与神女相会。思万方之事，忧国家利害，开贤圣之路，弥补思虑不周。于是九窍通畅，精神聪慧，延年益寿，千秋万岁。

【评析】

此篇与下篇《神女赋》是相互衔接的姊妹篇，写的是楚王与巫山神女恋爱的故事。本篇的序言，写楚王与神女相恋，略述了神女的美貌。文章以一问一答步步展开，纯粹是散文体。赋的正文写楚王游高唐及射猎的情况，笔墨重在铺陈高唐的形胜。先述高唐之水与水族动物，惊心动魄的水势，给人留下深刻印象。次述高唐之山与山间万物，苍茫险峻的山势，令人怅惘若有所失。最后，叙写祭祀与射猎，以如此游高唐有益于国事、有益于君王延年益寿而结束全篇。这种突出了篇末之讽的写法，对汉大赋的格式与内容都有相当的影响。全赋夸张神奇，刻画细致，显示出作者深厚的笔力。把赋中对水与山的描摹与后世音乐赋对乐器之材所生长的地方的描摹相比较，显而易见可以看到此赋对后世的影响。全赋的语言运用处处表现出声调美，数句之中显示着整齐，全篇则四言、三言杂用，显示出变化。

神女赋一首　并序

作者：宋玉　　注译评析：胡大雷

楚襄王与宋玉游于云梦之浦，使玉赋高唐之事。其夜王寝，果梦与神女遇，其状甚丽。王异之，明日，以白玉。玉曰："其梦若何？"王曰："晡夕之后[①]，精神怳忽，若有所喜，纷纷扰扰，未知何意。目色仿佛，乍若有记。见一妇人，状甚奇异。寐而梦之，寤不自识，罔兮不乐，怅然失志。于是抚心定气，复见所梦。"玉曰："状何如也？"王曰："茂矣美矣，诸好备矣；盛矣丽矣，难测究矣。上古既无，世所未见。瑰姿玮态，不可胜赞。其始来也，耀乎若白日初出照屋梁。其少进也，皎若明月舒其光。须臾之间，美貌横生，晔兮如华，温乎如莹。五色并驰，不可殚形，详而视之，夺人目精。其盛饰也，则罗纨绮缋盛文章[②]。极服妙采照万方。振绣衣，被袿裳[③]，襛不短[④]，纤不长，步裔裔兮曜殿堂。忽兮改容，婉若游龙乘云翔。嫷被服[⑤]，侻薄装[⑥]，沐兰泽，含若芳[⑦]，性和适，宜侍旁，顺序卑，调心肠。"王曰："若此盛矣，试为寡人赋之。"玉曰："唯唯。"

夫何神女之姣丽兮，含阴阳之渥饰。被华藻之可好兮，若翡翠之奋翼[⑧]。其象无双，其美无极。毛嫱鄣袂[⑨]，不足程式[⑩]；西施掩面[⑪]，比之无色。近之既妖，远之有望[⑫]。骨法多奇，应君之相。视之盈目，孰者克尚？私心独悦，乐之无量。交希恩疏，不可尽畅。他人莫睹，王览其状。其状峨峨，何可极言？貌丰盈以庄姝兮[13]，苞温润之玉颜[14]。眸子炯其精朗兮，瞭多美而可观[15]。眉联娟以蛾扬兮，朱唇的其若丹[16]。素质干之醲实兮，志解泰而体闲。既姽婳于幽静兮[17]，又婆娑乎人间。宜高殿以广意兮，翼放纵而绰宽。动雾縠以徐步兮[18]，拂墀声之珊珊[19]。望余帷而延视兮，若流波之将澜。奋长袖以正衽兮，立踯躅而不安。澹清静其愔嫕兮[20]，性沉详而不烦。时容与以微动兮[21]，志未可乎得原。意似近而既远兮，若将来而复旋。褰余帱而请御兮[22]，愿尽心之惓惓[23]。怀贞亮之絜清兮，卒与我兮相难。陈嘉辞而云对兮，吐芬芳其若兰。精交接以来往兮，心凯康以乐欢。神独亨而未结兮，魂茕茕以无端。含然诺其不分兮，喟扬音而哀叹。頩薄怒以自持兮[24]，曾不可乎犯干。

于是摇珮饰，鸣玉鸾。整衣服，敛容颜，顾女师[25]，命太傅[26]。欢情未接，将辞而去。迁延引身，不可亲附。似逝未行，中若相首[27]，目略微眄，精彩相授，志态横出，不可胜记。意离未绝，神心怖覆[28]。礼不遑讫，辞不及究，愿假须臾，神女称遽[29]。徊肠伤气，颠倒失据。闇然而暝，忽不知处。情独私怀，谁者可语？惆怅垂涕，求之至曙。

【篇旨】

写楚王梦见神女的情况，极写神女的美丽华艳，最后写彼此相恋而神女以礼自防，使相恋不曾实现。

【注释】

① 晡夕：傍晚。

② 绮缋（huì）：绮绘，指罗绣。

③ 袿（guī）：妇女上衣。

④ 襛：丰腴。

⑤ 婧（tuǒ）：美好。

⑥ 侻（tuì）：合适。

⑦ 若：杜若，一种香草。

⑧ 翡翠：鸟名，也叫翠雀。羽有蓝、绿、赤、棕等色，可为饰品，雄赤曰翡，雌青曰翠。

⑨ 毛嫱：古美女名。

⑩ 程式：规程、法式。

⑪ 西施：古美女名。

⑫ 望：风仪容态。

⑬ 庄姝：端庄美丽。

⑭ 苞：包裹。

⑮ 瞭：眼珠明亮。

⑯ 的：鲜明。

⑰ 婉婳：安静美好貌。

⑱ 雾縠：薄似雾的轻纱。

⑲ 墀（chí）：殿堂的空地或台阶。珊珊：玉声。

⑳ 愔嫕（yīn yì）：安静和顺。

㉑ 容与：犹豫。

㉒ 褰：提拉。帱：帷帐。御：侍奉。

㉓ 惓惓：尽心貌。

㉔ 頩（pǐng）：敛容貌。

㉕ 女师：教人以妇德者。

㉖ 太傅：此处指神女的教师，古时妇人年五十无子者为傅。

㉗ 首：向。

㉘ 覆：反复。

㉙ 遽：仓促。

【语译】

楚襄王与宋玉在云梦泽水边游玩，让宋玉讲述了高唐的景象事物。这天夜里，襄王睡下，梦中果然与神女相遇，她的容貌特别艳丽。襄王对此十分惊异，第二天就把这件事告诉了宋玉。宋玉问：“梦中情形怎么样呢？”襄王回答说："傍晚以后，我的精神恍惚，好像有什么喜事要发生。整个脑子纷纷扰扰，不知是什么意思。这时我的目光似乎看不真切了，突然之间又好像看得清楚了。见到一位妇人，容貌十分奇美异丽。睡着了就梦见了她，醒来了又记不得了。于是心中迷惘而不快乐，惆怅之间失意彷徨。因此安抚心思平定气息，想再一次见到梦中的景象。"宋玉又问："她的容状会是如何呢？"襄王回答说："又丰满啊又美丽，诸种美妙都齐备了；又是盛装又极华丽，难以窥测她的究竟。上古时代既无如此美人，当今世上也未见过。瑰丽的姿容，美好的神态，实在是称赞不尽。当她刚出现的时候，光耀四射如同旭日东升映照屋梁。当她稍稍靠近前来，洁白明亮如同皎月舒展光辉。片刻之间，诸种美貌显现在人们面前。光盛如鲜花灿烂，温润如玉石晶莹，五色光彩闪耀，简直说不尽她的形貌，仔细地观看她，令人目眩眼花。当她盛装打扮，则穿戴着丝罗绸缎其上布满花纹，极漂亮的衣服色彩光照万方。振动绣衣，披着袿服，丰腴而不显个矮，纤细而不觉体高。步履轻袅光照殿堂，忽然之间改变姿态，轻如游龙乘云飞翔。她穿着美艳的服装，合适的薄衣，涂沐着兰花的光泽，满含着杜若的芬芳，性情和顺，适宜侍奉君王，懂得顺序的卑弱，能够调顺心肠。"襄王说："如此光盛艳丽的女子，试着为我作赋铺叙一番。"宋玉说："好，好。"

那神女是多么姣好艳丽啊，含有天地阴阳丰渥美饰。身披华文藻彩美好的衣服，好似翡翠张开彩翼。相貌无双，美妙无比。毛嫱以袖遮目，与神女相较也不足以效法了；西施遮掩脸面，相比之下就无光无彩。近看觉得妖娆，远看愈感漂亮。骨法殊异非凡，应合侍奉君王。看她一眼满目生辉，谁还能超过她呢？内心独自喜悦，快乐无边无量。但我与她相交甚浅恩义疏远，不能尽情畅叙思慕。别人都没有见过她，只有君王观览到她的容貌。她的容貌端庄特立，怎么能叙述得尽？面容丰腴端庄美丽，肌肤温润玉石般莹润。眼睛炯炯有神水汪汪，明亮美丽让人看不够。眉毛曲长如卧蚕，朱唇鲜明如丹砂。四肢身干苗条丰满，神志安详怡然自得。既幽静而美好，又盘桓于人间。应该让她在高殿上自行其意，如鸟儿张开双翼而使之自宽。舞动雾一般的轻纱徐徐缓步，拂着台阶发出玉般的声响。望见我的帷帐便止步凝视，眼光如水波将扬起波澜。挥动长袖并整理服装，踯躅而立似有不安。澹淡清静而又安谧和顺，性情沉稳而不烦乱。时或犹豫而微动身躯，无法猜透她的心思。似乎想近前来却又远去，好像就要走来可又转身。掀开我的帷帐请求要来侍奉，表示愿尽心竭力惓惓恳切。胸怀洁清贞白无瑕，终于未能与我相聚。陈说美辞相互交谈，口吐芬芳如兰馨香。精神相互交接来往，心中喜悦欢乐不尽。精神相通却身未相接，魂魄孤独而无端无涯。虽然答应了却不知如何才能恰如其分，喟然长叹，哀声高扬，她敛容微怒，矜持庄重，令人不敢冒犯。

于是神女身摇玉佩，鸾饰发出声响。整理服装，收敛容颜，回头顾视女师，传命太傅动身。欢情未曾交接，即将告辞而去。她起身缓步而行，谢却往随相送。她似乎离去但未走远，中途回首遥遥相望，眼波略略斜眄，传出种种风情。情志一一流出，真难记叙得尽。情意虽未断绝，心却担心反复。礼节未及讲求，语词未及全述，真想再假片刻时光，神女摇手连称仓促。离别气氛回肠荡气，神情颠倒失去依凭。忽然眼前一片昏暗，不知自己身处何地。只有情怀独自知晓，又可以去告诉谁呢？不觉惆怅眼泪滴垂，上下求索直到天明。

【评析】

此篇是《高唐赋》的续篇。序言写楚王梦见神女并概括讲述神女的美貌。赋的正文全力铺陈神女的美丽。作者由外入内，先写神女外貌的端庄、姣丽、丰盈、温润，再写神女的神态是那么清静、沉详不烦，然后又写神女对恋爱是以礼自防，突出了神女的精神境界。如此步步深入，一方面既完成了对神女立体的刻画描摹，另一方面又以其爱情的不成功给全赋造成一种神秘的气氛，令人迷惘，令人感慨，令人激动。全赋这种若真若幻的刻画形容给人印象极深，曹植的《洛神赋》就是受此启发写成的。此赋的语言，整齐中富有变化，变化中又显示整齐，作者间用散文句、楚歌体韵语、四言三言韵语；尤其是对神女形象的描绘，其语言变化尤多，这样便使神女的美貌与描写文字的优美相辅相成，相得益彰。后人对神女究竟为何人多有探讨，或认为神女是赤帝之女姚姬，或追溯起源认为神女该是楚的始祖，但从赋的本身情况来看，宋玉是把她当作楚人崇拜的一位女神来对待的。

登徒子好色赋一首　并序

作者：宋玉　　注译评析：胡大雷

大夫登徒子侍于楚王[①]，短宋玉曰："玉为人体貌闲丽[②]，口多微辞[③]，又性好色。愿王勿与出入后宫。"王以登徒子之言问宋玉，玉曰："体貌闲丽，所受于天也；口多微辞，所学于师也；至于好色，臣无有也。"王曰："子不好色，亦有说乎[④]？有说则止，无说则退。"玉曰："天下之佳人莫若楚国，楚国之丽者莫若臣里，臣里之美者，莫若臣东家之子。东家之子，增之一分则太长，减之一分则太短；著粉则太白，施朱则太赤。眉如翠羽[⑤]，肌如白雪，腰如束素，齿如含贝。嫣然一笑，惑阳城[⑥]，迷下蔡。然此女登墙窥臣三年[⑦]，至今未许也。登徒子则不然。其妻蓬头挛耳[⑧]，齞唇历齿[⑨]。旁行踽偻[⑩]，又疥且痔。登徒子悦之，使有五子。王孰察之，谁为好色者矣。"

是时，秦章华大夫在侧[⑪]，因进而称曰："今夫宋玉盛称邻之女，以为美色，愚乱之邪。臣自以为守德，谓不如彼矣。且夫南楚穷巷之妾，焉足为大王言乎？若臣之陋目所曾睹者，未敢云也。"王曰："试为寡人说之。"大夫曰："唯唯。"

"臣少曾远游，周览九土[⑫]，足历五都[⑬]。出咸阳[⑭]，熙邯郸[⑮]，从容郑、卫、溱、洧之间[⑯]。是时向春之末，迎夏之阳。鸧鹒喈喈[⑰]，群女出桑[⑱]。此郊之姝[⑲]，华色含光，体美容冶，不待饰装。臣观其丽者，因称诗曰：'遵大路兮揽子祛[⑳]。'赠以芳华辞甚妙，于是处子恍若有望而不来[㉑]，忽若有来而不见。意密体疏，俯仰异观，含喜微笑，窃视流眄。复称诗曰：'寤春风兮发鲜荣，絜斋俟兮惠音声[㉒]，赠我如此兮不如无生[㉓]。'因迁延而辞避。盖徒以微辞相感动，精神相依凭。目欲其颜，心顾其义，扬诗守礼，终不过差，故足称也。"

于是楚王称善，宋玉遂不退。

【篇旨】

由宋玉在楚王面前的辩护，写出了三种对待男女关系的态度。

【注释】

① 大夫：官名。登徒：姓。楚王：楚襄王。

② 闲丽：文雅俊美。

③ 微辞：巧妙隐晦而含讽刺的语言。

④ 说：解说。

⑤ 翠羽：翡翠鸟的青黑的羽毛。

⑥ 阳城：楚贵族封邑名，中多美人。下蔡同。

⑦ 窥：暗中偷看。

⑧ 挛（luán）：蜷屈。

⑨ 齞（yǎn）：露齿貌。历齿：牙齿稀稀疏疏。

⑩ 旁行：走路歪歪斜斜。踽偻（jǔ lóu）：驼背。

⑪ 秦章华大夫：此是楚章华地方的人在秦做官，此时正出使楚。

⑫ 九土：相传我国古代分为九州。

⑬ 五都：泛指繁华的城市。

⑭ 咸阳：战国时秦的国都，在今陕西。

⑮ 邯郸：战国时赵的国都，在今河北。

⑯ 郑、卫：春秋时的两个国家。溱、洧：郑国境内的两条河。

⑰ 鸧鹒：黄莺。

⑱ 出桑：出来采桑。

⑲ 姝：美女。

⑳ 遵大路：《诗经·郑风》有《遵大路》篇。袪：衣袖。

㉑ 处子：未出嫁的女子。

㉒ 斋：庄重。

㉓ 无生：不降生。意为早知相爱之苦，不如不降生。语出《诗经·小雅·苕之华》。

【语译】

大夫登徒子侍奉在楚王左右，说宋玉的坏话道："宋玉身材容貌文雅俊美，口吐巧妙含蓄的话语，又本性好色。希望大王不要带他出入后宫。"楚王用登徒子的话去问宋玉，宋玉说："身材容貌文雅俊美，是老天爷赋予的；口吐巧妙含蓄的话语，是从老师那儿学来的；至于说好色，我没有这种脾性。"楚王说："你不好色，可有解说的理由？有解说的理由就留下来，没有就走开吧。"宋玉说："天下的美女没有比得上楚国的，楚国的美女没有比得上我家乡的，我家乡的美女没有比得上东邻的女子。东邻的女子，增加一分就太高了，减去一分就太矮了。搽铅粉就显得太白，抹胭脂就显得太红。眉毛如翡翠鸟的羽毛，肌肤如白雪，腰像一束绢那样柔细，牙齿像含着白色海贝。姣美地一笑，便诱惑阳城的公子，迷住下蔡的哥儿。然而这位女子攀上墙头张望了我三年，我至今还没有接受她的追求。登徒子则不同了，他的妻子头发蓬乱、耳朵蜷曲，嘴唇豁开、牙齿稀疏，走路歪斜、弯腰驼背，既有疥疮又有痔疮。登徒子喜欢她，跟她生了五个孩子。请大王细细考虑一下，谁是好色的人。"

这时候秦国的章华大夫在旁边，就插嘴说："如今宋玉极口夸赞邻家的女子，认为是天下之美色，然而美色能使人乱性，产生邪念。虽然我自以为是执守道德的，但远未像宋玉那样。况且楚国南部偏僻小巷的女子，怎么配向大王来称道呢？像我这样见识短浅的人，我眼睛所看见过的，还不敢向您来讲呢。"楚王说："试着给我讲讲吧。"大夫说："好，好。"

"我年轻时曾去远方游历，游遍了九州，足迹到过各大都市。经过咸阳，游玩邯郸，从容逗留于郑、卫、溱、洧之间。那时是春日已尽，迎来夏日的阳光。黄莺喈喈鸣叫，姑娘们成群出来采桑。这地方的美女，美色含光耀眼，体态健美容貌艳冶，不用装饰打扮就显得美丽动人。我看到其中最艳丽的，便对她朗诵诗句说：'沿着大路行走啊，我牵动你的衣袖。'并赠给她芬芳的鲜花与美妙动听的话语。此时女子恍恍惚惚望着我却不过来，忽然像要过来又不见她的身影。情意密切但形迹疏远，低头仰颈间神态不同，心中欢喜脸带微笑，偷瞧一眼目光流动。也向我朗诵诗句说：‘春风吹拂万物苏醒啊，开出繁盛鲜花，整洁庄重地等待啊，惠赐美妙的声音。赠给我这样的诗句啊，我远不如不降生。’边吟诵边慢慢离去，语声也越来越远。因为只是用含蓄的语言互相打动心怀倾诉情愫，精神上相互爱恋而依凭。我很爱看她那美丽的容颜，而心里总记着道德礼义的观念，吟诵诗句而严守礼义道德，始终没有越轨行为，所以值得称说。”

因此楚王也十分称赞，宋玉于是就未被斥退。

【评析】

本篇内容写宋玉在楚王面前为自己辩护，由于攻击宋玉好色的登徒子没有在场，再加上章华大夫的赞同，楚王也同意了他俩的看法，因而宋玉取得了胜利。赋中写了三种对待男女关系的态度：一是登徒子的，宋玉称他只要是女人就爱，而不论其丑陋、肮脏到什么程度；二是宋玉自称的，说自己连最美的女子也不爱；三是章华大夫的，虽然好色但终以礼义、守德来约束自己。这是一篇对后世文学影响颇深的作品，一是因为其辩论方法具有战国时期纵横家的雄辩之风，攻其一点，不及其余，纵横驰骋，正反对比，显得十分有气势。二是因为其中对美女描写形容，或如“增之一分则太长，减之一分则太短”之类的刻意形容，或如“眉如翠羽，肌如白雪，腰如束素，齿如含贝”之类的比喻描摹，使全赋显得格外生动。三是给后世留下一个好色者的通称——登徒子，虽然这是由于宋玉的攻击所致。

洛神赋一首　并序

作者：曹子建　　注译评析：胡大雷

黄初三年①，余朝京师②，还济洛川③。古人有言，斯水之神，名曰宓妃[4]。感宋玉对楚王神女之事[5]，遂作斯赋。其辞曰：

余从京域，言归东藩[6]。背伊阙[7]，越轘辕[8]，经通谷[9]，陵景山[10]。日既西倾，车殆马烦。尔乃税驾乎蘅皋[11]，秣驷乎芝田[12]。容与乎阳林[13]，流眄乎洛川。于是精移神骇，忽焉思散。俯则未察，仰以殊观。睹一丽人，于岩之畔。乃援御者而告之曰："尔有觌于彼者乎[14]？彼何人斯？若此之艳也！"御者对曰："臣闻河洛之神，名曰宓妃。然则君王所见，无乃是乎？其状若何？臣愿闻之。"

余告之曰：其形也，翩若惊鸿，婉若游龙。荣曜秋菊，华茂春松。仿佛兮若轻云之蔽月，飘飖兮若流风之回雪。远而望之，皎若太阳升朝霞；迫而察之，灼若芙蕖出渌波[15]。秾纤得衷，修短合度。肩若削成，腰如约素。延颈秀项，皓质呈露。芳泽无加，铅华弗御[16]。云髻峨峨，修眉联娟[17]。丹唇外朗，皓齿内鲜，明眸善睐，靥辅承权[18]。瑰姿艳逸，仪静体闲。柔情绰态，媚于语言。奇服旷世，骨像应图[19]。披罗衣之璀粲兮，珥瑶碧之华琚[20]。戴金翠之首饰，缀明珠以耀躯。践远游之文履[21]，曳雾绡之轻裾。微幽兰之芳蔼兮，步踟蹰于山隅。

于是忽焉纵体[22]，以遨以嬉。左倚采旄[23]，右荫桂旗。攘皓腕于神浒兮[24]，采湍濑之玄芝。余情悦其淑美兮，心振荡而不怡。无良媒以接欢兮，托微波而通辞。愿诚素之先达兮，解玉佩以要之。嗟佳人之信修，羌习礼而明诗。抗琼珶以和予兮，指潜渊而为期。执眷眷之款实兮[25]，惧斯灵之我欺。感交甫之弃言兮[26]，怅犹豫而狐疑[27]。收和颜而静志兮，申礼防以自持。

于是洛灵感焉，徙倚彷徨，神光离合，乍阴乍阳。竦轻躯以鹤立，若将飞而未翔。践椒涂之郁烈，步蘅薄而流芳。超长吟以永慕兮，声哀厉而弥长。尔乃众灵杂遝[28]，命俦啸侣。或戏清流，或翔神渚，或采明珠，或拾翠羽。从南湘之二妃[29]，携汉滨之游女[30]。叹匏瓜之无匹兮[31]，咏牵牛之独处[32]。扬轻袿之猗靡兮[33]，翳修袖以延伫[34]。体迅飞凫，飘忽若神。陵波微步，罗袜生尘。动无常则，若危若安。进止难期，若往若还。转眄流精，光润玉颜。含辞未吐，气若幽兰。华容婀娜，令我忘餐。

于是屏翳收风[35]，川后静波[36]。冯夷鸣鼓[37]，女娲清歌[38]。腾文鱼以警乘[39]，鸣玉鸾以偕逝。六龙俨其齐首，载云车之容裔[40]；鲸鲵踊而夹毂[41]，水禽翔而为卫。于是越北沚[42]，过南冈，纡素领[43]，回清阳[44]，动朱唇以徐言，陈交接之大纲："恨人神之道殊兮，怨盛年之莫当。抗罗袂以掩涕兮，泪流襟之浪浪。悼良会之永绝兮，哀一逝而异乡。无微情以效爱兮，献江南之明珰。虽潜处于太阴[45]，长寄心于君王。"忽不悟其所舍，怅神宵而蔽光[46]。

于是背下陵高，足往神留。遗情想像，顾望怀愁。冀灵体之复形，御轻舟而上溯。浮长川而忘反，思绵绵而增慕。夜耿耿而不寐，沾繁霜而至曙。命仆夫而就驾，吾将归乎东路。揽骓辔以抗策[47]，怅盘桓而不能去。

【作者简介】

曹植（192—232），沛国谯（今安徽亳州）人，字子建，著名文学家。封陈王，谥思，世称陈思王。早年曾以才学颇受曹操宠爱，一度欲立为太子，及曹丕、曹叡相继为帝，备受猜忌迫害，抑郁而死。前期作品多为描写安逸生活与建功立业的抱负，后期作品充满愤激，抒写内心不平与渴求自由解脱的情绪。诗歌学习乐府而有发展，词采华茂，对五言诗发展起到很大推动作用。也擅辞赋。原有集，已散佚，宋人辑《曹子建集》，《三国志》有传。

【篇旨】

写人神恋爱的故事，表现了对理想的憧憬和追求。

【注释】

① 黄初：魏文帝曹丕年号，220年至226年。

② 京师：指洛阳。

③ 洛川：洛水，源出陕西，流经河南。

④ 宓妃：伏羲之女。

⑤ 宋玉：战国时楚人，曾作《高唐赋》《神女赋》，均记载楚襄王梦遇巫山神女之事。

⑥ 东藩：东方藩国。这年曹植被立为鄄城王，鄄城（今属山东）在洛阳东北，故称东藩。

⑦ 伊阙：又名阙塞山、龙门山，在洛阳南。

⑧ 轘辕：山名，山路险阻，在今河南偃师东南。

⑨ 通谷：山谷名，在洛阳南。

⑩ 景山：在今偃师。

⑪ 税：舍。

⑫ 秣：饲。

⑬ 容与：从容优游。阳：一作“杨”。

⑭ 觌（dí）：看见。

⑮ 芙蕖：荷花。

⑯ 铅华：粉。古代烧铅成粉，故称粉为铅华。

⑰ 联娟：细长而弯曲。

⑱ 靥（yè）：酒窝。辅：颊。权：同“颧”。

⑲ 骨像：人的形象。

⑳ 琚：美玉名。

㉑ 远游：履名。

㉒ 纵体：舒展轻举身体。

㉓ 旄：旗杆上用旄牛尾做的装饰品。这里指旗。

㉔ 攘：挽起。

㉕ 款实：真诚。

㉖ 交甫：郑交甫，《韩诗外传》载。郑交甫在汉水边遇二女子，赠交甫玉佩，走了十步，发现玉佩没有了，回头看，二女子也不见了。

㉗ 狐疑：疑虑不决。

㉘ 杂遝：众多貌。

㉙ 南湘之二妃：据刘向《列女传》载，舜南巡而死于苍梧，他的二妃娥皇、女英自投湘水，遂为湘水之神。

㉚ 汉滨之游女：即郑交甫所遇的汉水神女。

㉛ 匏瓜：星名，不与别的星相接，故喻没有配偶。

㉜ 牵牛：星名，与织女星各处天河两旁，古代神话以二星为夫妇，每年七月七日乃得一会。

㉝ 袿：妇女上衣。

㉞ 翳：遮蔽。

㉟ 屏翳：风神名。

㊱ 川后：水神名。

㊲ 冯夷：水神名。

㊳ 女娲：造笙簧之神，传说中的女皇。

㊴ 警乘：警卫车乘。

㊵ 容裔：行走貌。

㊶ 毂：车轮中心用以贯轴的圆木。

㊷ 沚：小渚。

㊸ 纡：回。素领：洁白的脖颈。

㊹ 清阳：眉目之间。

㊺ 太阴：指鬼神所居住的异境。

㊻ 宵：消。

㊼ 騑：车辕旁边的马。抗策：举鞭。

【语译】

魏文帝黄初三年，我到京城去朝见皇帝，归途中渡过洛水。古人说，这洛水之神，叫作宓妃。有感于宋玉回答楚王关于巫山神女的事情，于是就作了这篇赋。赋的词语说：

我从京城地区回归东边藩国，背离伊阙山，越过轘辕山，经过通谷，登临景山。太阳已经西下，车慢马儿疲累。于是就在遍生杜衡的坡地解马卸车，在长满灵芝的田地放喂马匹，在阳林一带舒闲游息，纵目眺望于洛水河面。此时精神恍惚，心神散乱，低头没有发现什么，抬头却见奇观妙景。只见一个佳丽美人，婀娜立在山崖旁边。于是我手拉赶车人问他说："你看见那人吗？那人是谁？是那样美丽！"赶车人回答说："我听说洛水之神，名叫宓妃。那么，君王您看到的，莫非就是她了？她的模样如何？我愿意听听。"

我告诉他说：她的形象啊，体态轻盈像惊飞的鸿雁，轻柔婉曲像水中的游龙，鲜丽光耀胜过秋日的菊花，华美艳彩超过春天的茂松。忽隐忽现像轻云遮盖明月，飘摇往来如微风吹旋雪花。远远地眺望，洁净明亮如太阳升起在朝霞之中；靠近点细看，鲜艳娇美像荷花挺立在清波之中。胖瘦恰到好处，高矮最合标准。肩膀像有意刻削而成，腰部似圆细绢绸卷束。脖颈秀长伸展，雪白肌肤微露，没搽一点膏油，未搽一点铅粉。高高如云的发髻，微微弯曲的长眉，鲜明的红唇，白亮的牙齿。明亮的眼睛顾盼生姿，漂亮的酒窝生在颊边。姿态瑰丽艳而超俗，举止娴静风度高雅。情态温柔和婉，谈吐妩媚动人。奇异的服饰举世无双，骨像与容貌如画一般。身披罗绮明灿发光，耳戴美玉雕有花纹。头上插着簪钗金黄翠绿，缀上明珠浑身闪闪光耀。脚下穿着叫作"远游"的绣花鞋，身上拖着轻细如雾的丝裙裾。微微透露出兰花般的香气啊，脚步轻缓在山角边徘徊漫游。

这时她忽然舒展身体，遨游嬉戏。左边倚靠着垂挂旄牛尾的彩色仪仗，右边有桂枝为竿的飘拂旗帜遮阴。在水边捋袖露出皓腕，在急流之中采集黑色的灵芝。我十分喜欢她的美好姿仪，心中激动振荡而不安宁。没有好媒人接通欢好之情啊，只好凭托微波来传达言辞。愿真诚的情意早点表达，解下佩玉以作定情信物。感叹佳丽美人的确美好啊，又熟习礼仪并明晓诗文。她举起琼珶美玉来酬答我啊，指着深渊发誓约期相会。我抱着眷眷真诚的心意啊，担忧洛神会欺骗我。感慨郑交甫在汉水之滨被仙女遗弃啊，我怅然犹豫而疑虑不安。收敛笑容再让情志冷静下来啊，申明礼义的标准而来约束自己。

于是洛神受到感动，徘徊彷徨。身上光彩离合不定，若隐若现忽明忽暗。耸起轻躯像仙鹤独立，如同要飞而未展双翅。踩着长满香椒散发郁烈浓香的小路，迈步在流散芬芳的杜衡草丛之中。超然长啸抒发深长的思慕，那声音悲哀激越而悠长。于是众神纷至沓来，相互呼唤招引。有的在清流碧波嬉戏，有的飞翔到水中沙洲，有的采集闪光的明珠，有的拾取翠鸟的羽毛。身旁跟从着娥皇、女英，与汉水女神携手而游。她感叹匏瓜星没有匹偶，又吟咏牵牛星孤独自居。衣服轻扬随风飘拂，长袖遮身久久伫望。身体轻捷宛如水凫，飘忽而去如同神仙。踏在水波之上举步轻盈，罗袜过处似有尘土扬起。行动身姿没有定则，时而惊怕时而从容。进退难以预料，像要离去似要回来。目光转动露出炯炯妍光，容貌光泽发出玉般温润，口含清辞还未出口，幽兰清香已经散发。体态举止婀娜华美，令人看了忘记进餐。

这时风神屏翳收回微风，水神川后平息波浪，冯夷击起神鼓，女娲唱起清歌。满布花纹的鱼飞出水面来警卫车乘，玉制铃铛鸣响众神一起离去。六龙庄严齐头并进，云车启动从容缓进。鲸鲵跳跃夹行车的两旁，各种水禽在上空飞翔护卫。于是越过北边的沙渚，走上南边的山冈，扭转白皙的脖颈，转回清秀的眉目，启动红唇轻声慢语，像是陈述互相交往的礼法规矩：“痛惜人与神之间有着隔阂啊，哀怨青春年华却不能如愿以偿。举起罗袖揩擦眼泪啊，泪水流襟滚滚不断。哀伤欢乐的聚会永不再有啊，悲叹此一去就天各一方。没有什么来表示情意以尽爱恋之心啊，奉献上江南明珠制成的耳环。虽身处在幽远迷冥的居地，这片心却永远寄托在君王您身上。”忽然看不见她在什么地方，神消光隐而令人惆怅。

于是我背离低地登上高冈，形迹虽去但心神弥留。情思留恋回想起洛神的神情容貌，回头顾望之际而愁绪盈怀。多么希望洛神的仙体再次显现，就驾驭轻舟溯流追寻。浮舟在漫长的河川忘记归返，思慕之情绵绵愈加深长。夜色已深啊，难以入睡，披满繁霜而直至天明。命令赶车人去准备车驾，我将走上返回东边藩国的道路。手执缰绳而高举马鞭，又惆怅徘徊真不忍心就这样离去。

【评析】

作者说，此赋是“感宋玉对楚王神女之事”而作，但曹植究竟是何感，也就是《洛神赋》的主题是什么，历史上是有争议的。一是“感甄说”，《文选》李善注说，曹植曾求甄逸女不遂，而为曹丕所得，后甄后被谗死，此赋即有感于甄氏而作，故初名《感甄赋》。但曹丕在位之时，曹植已备受猜忌迫害，他哪里敢公开“感甄”？二是“寄心君王说”，明清人何焯、朱乾、丁晏等，认为本篇系假托洛神寄寓对君王（曹丕）的思慕，反映了衷情不能相通的苦闷。其实，篇中是洛神称曹植为君王，扯不到曹丕头上。从曹植的身世与经历看，这篇赋当是通过对美人与爱情的追求，表达了对理想的憧憬与追求。所以，爱情一开始设置在虚幻的背景之下，作者也明言“人神之道殊”，但作者又偏偏要以华艳的笔墨极力描摹洛神之美与人神相恋的美好，而不把笔墨过多地描摹人神相离的痛苦。全赋描写细腻，洛神缠绵的情致、轻盈的风度、婀娜的神态，无不惟妙惟肖、尽善尽美。其相恋之情由浅入深、由淡及浓，人神之道相殊的悲伤与相离后的惆怅失意，既写得淋漓尽致，又余韵袅袅，含蓄悠长，感人至深。

诗甲

补亡

补亡诗六首

作者：束广微　　注译评析：周作秋

《南陔》[1]，孝子相戒以养也。

循彼南陔，言采其兰[2]。眷恋庭闱[3]，心不遑安[4]。彼居之子[5]，罔或游盘[6]。馨尔夕膳，洁尔晨餐[7]。循彼南陔，厥草油油[8]。彼居之子，色思其柔[9]。眷恋庭闱，心不遑留。馨尔夕膳，絜尔晨羞[10]。有獭有獭[11]，在河之涘[12]。凌波赴汩[13]，噬鲂捕鲤[14]。嗷嗷林乌，受哺于子。养隆敬薄[15]，惟禽之似。勖增尔虔[16]，以介丕祉[17]。

《白华》[18]，孝子之絜白也。

白华朱萼[19]，被于幽薄[20]。粲粲门子[21]，如磨如错[22]。终晨三省[23]，匪惰其恪[24]。白华绛趺[25]，在陵之陬[26]。蒨蒨士子[27]，涅而不渝[28]。竭诚尽敬，亹亹忘劬[29]。白华玄足[30]，在丘之曲[31]。堂堂处子[32]，无营无欲。鲜侔晨葩[33]，莫之点辱[34]。

《华黍》[35]，时和岁丰，宜黍稷也[36]。

黮黮重云[37]，辑辑和风[38]。黍华陵巅[39]，麦秀丘中。靡田不播[40]，九谷斯丰[41]。奕奕玄霄[42]，蒙蒙甘霤[43]。黍发稠华，亦挺其秀[44]。靡田不殖[45]，九谷斯茂。无高不播，无下不殖。芒芒其稼[46]，参参其穑[47]。稸我王委[48]，充我民食。玉烛阳明[49]，显猷翼翼[50]。

《由庚》[51]，万物得由其道也。

荡荡夷庚[52]，物则由之[53]。蠢蠢庶类[54]，王亦柔之[55]。道之既由，化之既柔。木以秋零[56]，草以春抽[57]。兽在于草，鱼跃顺流。四时递谢[58]，八风代扇[59]。纤阿案晷[60]，星变其躔[61]。五是不逆[62]，六气无易[63]。愔愔我王[64]，绍文之迹[65]。

《崇丘》[66]，万物得极其高大也[67]。

瞻彼崇丘，其林蔼蔼[68]。植物斯高，动类斯大[69]。周风既洽[70]，王猷允泰[71]。漫漫方舆[72]，回回洪覆[73]，何类不繁？何生不茂？物极其性，人永其寿。恢恢大圆[74]，芒芒九壤[75]。资生仰化[76]，于何不养？人无道夭[77]，物极则长[78]。

《由仪》[79]，万物之生，各得其仪也。

肃肃君子[80]，由仪率性[81]。明明后辟[82]，仁以为政。鱼游清沼，鸟萃平林[83]。濯鳞鼓翼[84]，振振其音。宾写尔诚[85]，主竭其心。时之和矣，何思何修[86]？文化内辑[87]，武功外悠[88]。

【作者简介】

束皙（约264—约303），字广微，西晋阳平元城（今河北大名东）人。学识渊博，不慕荣利，张华召为掾，后转佐著作郎，又迁博士。太康年间，官至尚书郎。赵王伦为相国，请为记室，托病归，年四十卒。原有集七卷，已散佚。《晋书》卷五十一有传。

【篇旨】

这六首诗是为《诗经·小雅》中之六篇笙诗补著文辞，表达诗人的孝义之心。

【注释】

①《南陔》：笙诗篇名，后引用为人子侍养父母之意。下文“孝子相戒以养也”为《毛传》之文，下同。陔，陇。

② 兰：香草。

③ 庭闱（wéi）：亲之所居。指父母。

④ 不遑（huáng）：没有闲暇。

⑤ 居：谓未仕而在家。

⑥ 罔：无有。游盘：盘游，纵乐。

⑦ 洁：鲜净。

⑧ 厥草：菜名。嫩叶可食，茎多淀粉。油油：光润貌。

⑨ 色：神态，颜色。柔：柔顺。

⑩ 羞：美味的食物。

⑪ 獭（tǎ）：獭祭鱼。《礼记·月令》孟春之月："鱼上冰，獭祭鱼，鸿雁来。"又《王制》："獭祭鱼，然后虞人入泽梁。"此喻孝子循陔，如求珍异，归养其亲。

⑫ 涘（sì）：水边。

⑬ 泧（yù）：深水。

⑭ 噬（shì）：咬。鲂：鳊鱼。

⑮ 隆：丰盛。薄：淡薄。

⑯ 勖（xù）：勉励。虔：虔诚。

⑰ 介：助。丕：大。祉：福。

⑱《白华》：笙诗篇名。

⑲ 白华：草名，即野菅。朱萼：红花。

⑳ 幽薄：草木丛生处。

㉑ 粲粲：鲜明貌。门子：嫡子，将代父当门者。"门子"与下文的"士子""处子"，皆未仕者之称。

㉒ 错：磨刀石，用以治玉石。

㉓ 三省（xǐng）：《论语·学而》："曾子曰：吾日三省吾身：为人谋而不忠乎？与朋友交而不信乎？传不习乎？"

㉔ 匪：不。恪（kè）：恭谨。

㉕ 绛（jiàng）：深红色。趺（fū）：同"跗"，花萼。

㉖ 陬（zōu）：山脚。

㉗ 蒨（qiàn）蒨：鲜明貌。士子：青壮年男子。

㉘ 涅（niè）：以墨涂物。渝：变。

㉙ 亹（wěi）亹：勤勉不倦。劬（qú）：劳苦。

㉚ 玄：黑色。

㉛ 曲：弯曲处。

㉜ 处子：处士。

㉝ 侔（móu）：相等。葩（pā）：花。

㉞ 点：污，通“玷”。

㉟《华黍》：笙诗篇名。

㊱ 黍稷（jì）：黍和稷，均是谷物名。

㊲ 黮（dǎn）黮：昏暗不明貌。

㊳ 辑辑：同“习习”，和舒貌。

㊴ 黍华：黍稷方华。

㊵ 靡：无。

㊶ 九谷：指黍、稷、秫、稻、麻、大小豆、大小麦九种谷物。

㊷ 弈（yì）弈：光亮，这里指电闪。玄霄：黑云。

㊸ 霤（liù）：通“溜”，水往下流。

㊹ 亦：六臣注本作“禾”。据上文“黍华陵巅，麦秀丘中”，此作“麦”较妥。

㊺ 殖：通“植”，种植。

㊻ 芒芒：多貌。稼：种植谷物。

㊼ 参（shēn）参：长貌。穑（sè）：收获谷物。

㊽ 稸（xù）：积蓄。王委：《公羊传》有“君子之为国也，必有三年之委。”委，累积，储备。

㊾ 玉烛：四季气候调和。言人君德美如玉，可致四时和气之祥。阳明：光明。

㊿ 猷：道。翼翼：明貌。

51《由庚》：笙诗篇名。言物得由其道而生。由，从。庚，道。

52 荡荡：广远貌。夷：常。

53 物则由之：言万物由之以生，喻王者之德，群生仰之以安。

54 蠢蠢：蠕动貌。庶类：众多的物类。

55 柔：安抚。

56 零：凋零。

57 抽：萌生。

58 四时：指春夏秋冬。

59 八风：八方之风。八方指东、南、西、北、东北、东南、西北、西南。

60 纤阿：古神话中御月运行的女神。晷（guǐ）：景。

61 躔（chán）：行经的轨迹。

62 五是：《尚书》云，曰雨、曰旸、曰燠、曰风、曰时。五是来备，各以其序，庶草蕃庑。

63 六气：指天有六气，阴、阳、风、雨、晦、明。无易：谓不改其常行。

64 愔（yīn）愔：和悦貌。我王：指成王。

65 绍：承继。文：指周文王。迹：基业。

66《崇丘》：笙诗篇名。

67“万物”句：李善注，“言万物生长于高丘，皆遂其性，得极其高大也。”

68 蔼蔼：茂盛貌。

69 动类：动物。

70 周：周室。洽：协调。

71 猷：道。允：诚信。泰：安稳。

72 漫漫：无际貌。方舆：指地。古谓天圆地方。

73 回回：一次又一次。洪覆：大水泛滥。

74 恢恢：广阔貌。大圆：天。

75 九壤：九州，大地。

⑯ 资：取。仰化：仰德而化。

⑰ 人无道夭：言终天年而不中道夭折。

⑱ 物极则长：《易》说，“小人道消，君子道长。”言物极则归长也。

⑲《由仪》：笙诗篇名。言万物之生，各由其道，得其所仪。仪，宜。

⑳ 肃肃：恭敬。

㉑ 率性：依本性而行。

㉒ 明明：明察貌。后辟：君王。

㉓ 萃：聚集。平林：平原上的树林。

㉔ 濯（zhuó）：洗去污垢。

㉕ 宾：谓群臣。尔：尤其。

㉖ 思：思虑。修：修治。

㉗ 文化：文治与教化。辑：和。

㉘ 悠：远。

【语译】

《南陔》，孝子相告诫以供养父母。

沿着南山陇，来采摘兰草。思念父母亲，心里不暇安。那位家居子，没有去游逛。晚饭做得香，又备好早餐。沿着南山陇，蕨草嫩油油。那位家居子，承望多柔顺。思念父母亲，心里不暇留。晚餐煮得香，早餐多可口。一双双水獭，正守在河边。踏波潜深水，咬鲂又捕鲤。嗷嗷林中鸦，反被其子哺。供养而不敬，无异于禽兽。勉励增虔诚，以此助大福。

《白华》，孝子洁白无瑕的象征。

白华连着红花，长在幽谷草丛中。光明正大的嫡子，如琢如磨严于律己。一日三次省己身，恭谨谨慎无惰情。白华连着深红色花萼，开在大山脚下。英俊漂亮的士子，用墨来涂也不变色。诚心诚意来尽孝，勤勉不倦忘辛劳。白华连着黑萼，长在山丘弯曲处。堂堂正正的处士，既不钻营又无私欲。鲜如清晨的花朵，没有沾上半点尘污。

《华黍》，时和而岁丰，宜于种收黍稷。

浓浓的乌云，习习的和风。黍华播在坡上，麦苗长在山中。无田不栽播，九谷才丰登。电光在黑云里闪，雨水向着低处流。黍生发穗花，麦也挺其秀。无田不种植，九谷才茂盛。无高地不播，无低田不植。庄稼种得多，谷物收不完。我王多储蓄，充我民之食。四时调和阳光照，显我王道永光明。

《由庚》，万物得循其道而生。

广远的常道，万物所遵循。活动的物类，王都给安抚。万物既由道，群黎又安于化。树木便在秋天凋零，百草又在春天抽芽。野兽奔逐于草野，鱼儿活跃在水中。四时更迭有次序，八面依次吹来风。御月女神布好景，星辰变化有行迹。“五是”来备不倒逆，“六气”不改其常行。我王安详又和顺，继承了文王的业绩。

《崇丘》，万物遂其性得极其高大。

望着那高丘，林木多繁茂。植物如此之高，动物如此之大。周室之风既融洽，王道诚信又安泰。辽阔四方大地，回回洪水泛滥。有何物类不繁？有何生灵不茂？物能极尽其天性，人当能尽其年寿。苍天辽阔无际，大地广袤无边。取生者仰德而化，还会有什么不生长？人无夭折之道，物极其性则长。

《由仪》，万物之生各得其宜。

受人尊敬的君子，都是循道依本性而行。圣贤明察的君王，无不以仁德为政。鱼儿翔游于清沼，鸟儿聚集在平林。洗去污垢鼓动双翼，振振发出其音。群臣书写其忠诚，君王竭尽其圣心。天下既已和平，还有何虑与何为？以文化辑和于内，用武德加之于外。

【评析】

《诗经》中《南陔》《白华》《华黍》《由庚》《崇丘》《由仪》六篇笙诗，文辞亡佚，束皙补著其文，因名为补亡诗。这六首补亡诗，是诗人为肄修乡饮之礼所作。它们原来都有各自不同的节调，所补著的文辞，具体内容也不尽相同。第一首《南陔》，写孝子对父母的孝敬，只有孝且敬，才不同于禽兽。第二首《白华》，写孝子的为人如同白华的洁白，没有污点。第三首《华黍》，写要抓住季节广种粮食，只有广种才能多收，以“穑我王委，充我民食”。第四首《由庚》，写万物得循其道方可生存与发展；群生唯有仰仗王者之德才能安居乐业。第五首《崇丘》，写万物生长于高丘，皆遂其性而得极其高大；人类也将因此而无疾不夭，享受其天年。第六首《由仪》，写万物之生各由其道，得其所宜；作为君主，当“仁以为政”，天下则将太平。这些诗多用比兴和复沓的表现手法，通过具体可感的形象，来阐明诗人对事物规律的认识，寄寓着深刻的哲理。在诗的形式方面，有的还明显地模仿了《诗经》和其他古诗，但亦有自己的创造和特点。

述德

述祖德诗二首

作者：谢灵运　　注译评析：周作秋

达人贵自我[1]，高情属天云[2]。
兼抱济物性[3]，而不缨垢氛[4]。
段生蕃魏国[5]，展季救鲁人[6]。
弦高犒晋师[7]，仲连却秦军[8]。
临组乍不绁[9]，对珪宁肯分[10]？
惠物辞所赏[11]，励志故绝人[12]。
苕苕历千载[13]，遥遥播清尘[14]。
清尘竟谁嗣？明哲时经纶[15]。
委讲缀道论[16]，改服康世屯[17]。
屯难既云康，尊主隆斯民[18]！

中原昔丧乱[19]，丧乱岂解已[20]！
崩腾永嘉末[21]，逼迫太元始[22]。
河外无反正[23]，江介有蹙圮[24]。
万邦咸震慑，横流赖君子[25]。
拯溺由道情[26]，龛暴资神理[27]。
秦赵欣来苏[28]，燕魏迟文轨[29]。

贤相谢世运[30]，远图因事止[31]。
高揖七州外[32]，拂衣五湖里[33]。
随山疏濬潭[34]，傍岩蓺枌梓[35]。
遗情舍尘物，贞观丘壑美[36]。

【作者简介】

谢灵运（385—433），南朝宋会稽（今浙江绍兴）人，祖籍陈郡阳夏（今河南太康）。小名客儿，故称阿客、谢客。东晋名将谢玄之孙，袭封康乐公，世称谢康乐。自幼好学，博览群书，工诗善文，与颜延之齐名。入宋，被降爵为侯，任散骑常侍。少帝时出任永嘉太守，后称疾去职，隐居会稽。文帝即位，征为秘书监。元嘉五年免官。后为临川内史，因“谋反”流放广州，被杀。文学上颇有成就，主要是扭转玄言诗风，开创山水诗派，对后世的诗歌发展产生较大影响。现存诗七十多首，乐府十八首，其中以五言诗居多。文赋亦不少。《隋书·经籍志》著录有集二十卷，已散佚，明人辑有《谢康乐集》。《宋书》卷六十七、《南史》卷十九有传。

【篇旨】

诗人陈述其祖父谢玄功德，抒发自己的抱负和理想。

【注释】

① 达人：贤达之士。贵自我：轻天下而重己之意。

② 高情：清高的情致。属：接连。

③ 济物：犹言济世助人。

④ 缨：缠绕。

⑤ 段生：段干木，战国时晋人，曾求学于子夏，很有学问，流寓魏国，魏文侯很敬重他，以礼事之，过其门，必伏轼致敬。蕃魏国：《吕氏春秋·察贤》说，秦欲攻魏，司马唐谏秦君道：“段干木者也，而魏礼之，天下莫不闻，无乃不可加兵乎？”秦君以为然。魏国因此免遭

兵祸。蕃，同“藩”，保卫。

⑥ 展季：展禽，字季，亦即柳下惠。春秋时鲁国大夫。公元前634年，齐攻鲁，他派人到齐劝说退兵，避免了一场流血战争。

⑦ 弦高：春秋时郑国商人。《左传·僖公三十三年》：秦穆公派兵偷袭郑，中途为弦高所见，弦高假托郑君之命，以十二头牛犒劳驻扎在晋地的秦师，并使人告急于郑，秦将以为郑已有准备，遂即退兵。

⑧ 仲连：鲁仲连，战国时齐国高士。《史记 · 鲁仲连传》：赵孝成王时，秦围赵急，魏王派人说赵，使尊秦昭王为帝，以求罢兵。时仲连正游于赵，力言不可，并会信陵君率魏兵至，秦军乃退。

⑨ 组：丝织的绶带。古时为官者用以系印玺结在腰间。乍：犹“时”，与“时”互文。绁（xiè）：系。

⑩ 珪（guī）：上圆下方的玉，执之以为瑞信。古代封爵，不同爵位授予不同的珪。宁肯：岂肯。

⑪ 惠物：有恩惠于人。

⑫ 励志：勉志。绝人：不同于一般流俗的人。

⑬ 苕（tiáo）苕：同“迢迢”，远貌。

⑭ 清尘：清高的遗风。

⑮ 明哲：明察事理。喻指谢玄。经纶：整理丝缕。引申为治理国家大事。

⑯ 委：放弃。缀（chuò）：通“辍”，停止。

⑰ 改服：更衣。屯：难。

⑱ 尊主：尊重王室，指匡辅司马氏。

⑲ 中原：这里指洛阳一带地区。丧乱：沦丧、祸乱。晋末宋初，史称“五胡”的北方少数民族的上层统治集团之间混战不已，造成中国北方的长期动乱。后为前秦氐族苻坚所暂时统一。

⑳ 解已：完结，止息。

㉑ 崩腾：山岳崩裂倒塌，喻指国土沦丧。永嘉：晋怀帝年号。永嘉末年，刘聪、石勒作乱。

㉒ 逼迫：指苻坚南侵。

㉓ 河外：指西晋。东晋在江南，把淮河以北地区称为河外，主要是洛阳、长安等地。反正：归正。

㉔ 江介：江间。指江南国土，即东晋。蹙圮（cù pǐ）：收缩。

㉕ 横流：喻社会混乱，国家危难。君子：指谢玄。

㉖ 拯溺：拯救人民于水火。道情：天理人情。

㉗ 龛（kān）暴：平定暴乱。龛，通“戡”。神理：指卓绝才能。

㉘ 秦赵：指北方氐族苻坚所统治的今属陕西、河南一带地方。来：指晋军前来抵御入侵者。苏：息。

㉙ 燕魏：指鲜卑族慕容氏所统治的今属河北、山东一带的地方。迟：等待，盼望。文轨：统一之意。《中庸》：“书同文，车同轨。”

㉚ 贤相：指谢安。

㉛ 远图：远大计划。指收复失地，统一祖国。

㉜ 高揖：拱手让位。七州：指徐州、兖州、青州、司州、冀州、幽州、并州。谢玄曾任七州都督。

㉝ 五湖：太湖之别名。这里泛指江湖。

㉞ 疏：疏导。濬（jùn）：深。

㉟ 艺：栽种。枌（fén）：白榆。梓：落叶乔木。

㊱ 贞观：纵情观赏。贞，正。

【语译】

贤达之人珍重自己，清高的情致远逸上接云天。

虽有拯世济物之功，也从不沾染世俗尘秽。

段干木凭名声保护了魏国，柳下惠挺身拯救鲁国百姓。

弦高犒劳晋师使郑国得救，鲁仲连力劝抵抗退秦军。

送来的绶带拒不收系，封爵的珪玉岂肯来分？

恩赏之物婉言辞谢，勉励自己不同于流俗之人。

历时悠悠千万载，后人发扬清高的遗风。

高风亮节有谁来承继？明哲之士满腹经纶。
放弃清谈停止论道，改服更衣平定世乱。
时运艰难既已平定，忠君报国天下太平！

昔日中原遭受战乱，丧乱连年哪得平息！
永嘉末年国势崩危，苻坚南侵始于太元。
淮河以外无人拨乱归正，江间的土地又日渐缩小。
海内万邦无不震惊惧怕，沧海横流有赖君子收拾。
拯救人民于水深火热，凭借卓绝的才识平定战祸。
晋军到来秦赵人得以苏息，燕魏之地尚待收复和统一。
贤相谢安不幸谢世离去，良图大计因此而废止。
拱手让位辞别七州，振衣隐居泛舟五湖。
随山就岭开渠疏潭，依岩傍水栽种枌梓。
但留遗情摆脱俗务，认真观赏山水之美。

【评析】

这是谢灵运陈述其祖父谢玄功德的诗。诗的第一首先写贤达者的高尚情操，重自我而轻天下，虽有济世之功，不受爵赏，与众不同。接着，诗人举出四位古贤以证之，同时暗示谢玄也是这样的贤达者：当国家和人民需要他出来拯世救危之时，他毅然委缀讲论之务，投笔从戎，以匡世难；尊主而隆民，为能继嗣前人之清尘。诗的第二首是在前一首的基础上，转入实叙谢玄的功德。他临危受命，效命沙场，“拯溺”“龛暴”，大长了民族正气，大灭了强敌威风。更难能可贵的是，他功成身退，拱手让位，遗弃世荣，具体体现了贤达者的“兼抱济物性，而不缨垢氛”的精神品格。这两首诗，同是“述祖德”，前者是概括的，为后者作了重要的铺垫；而后者是具体的，反过来又给前者以有力的诠释。尤其是最后八句，更与前一诗开头“达人”“高情”遥相呼应，以结述德之旨。全诗经营布局，妥帖周密，可谓极工。

劝励

讽谏一首　并序

作者：韦孟　　注译评析：周瑞宣

孟为元王傅，傅子夷王及孙王戊。戊荒淫不遵道，作诗讽谏曰：

肃肃我祖[1]，国自豕韦[2]。黼衣朱黻[3]，四牡龙旂[4]。
彤弓斯征[5]，抚宁遐荒。总齐群邦[6]，以翼大商[7]。
迭彼大彭[8]，勋绩惟光。至于有周[9]，历世会同[10]。
王赧听谮[11]，寔绝我邦[12]。我邦既绝，厥政斯逸[13]。
赏罚之行，非繇王室[14]。庶尹群后[15]，靡扶靡卫[16]。
五服崩离[17]，宗周以坠[18]。我祖斯微[19]，迁于彭城[20]。
在予小子[21]，勤唉厥生[22]。厄此嫚秦[23]，耒耜斯耕[24]。
悠悠嫚秦，上天不宁[25]。乃眷南顾[26]，授汉于京[27]。
於赫有汉[28]，四方是征。靡适不怀[29]，万国攸平[30]。
乃命厥弟[31]，建侯于楚。俾我小臣[32]，惟傅是辅[33]。
矜矜元王[34]，恭俭静一[35]。惠此黎民，纳彼辅弼[36]。
享国渐世[37]，垂烈于后。乃及夷王[38]，克奉厥绪[39]。
咨命不永[40]，惟王统祀[41]。左右陪臣，斯惟皇士[42]。
如何我王[43]？不思守保[44]，不惟履冰[45]，以继祖考[46]。
邦事是废[47]，逸游是娱。犬马悠悠，是放是驱[48]。
务此鸟兽[49]，忽此稼苗[50]。蒸民以匮[51]，我王以媮[52]。

所弘匪德[53]，所亲匪俊。唯囿是恢[54]，唯谀是信。
睮睮谄夫[55]，谔谔黄发[56]。如何我王？曾不是察[57]。
既藐下臣[58]，追欲纵逸。嫚彼显祖，轻此削黜。
嗟嗟我王[59]，汉之睦亲。曾不夙夜[60]，以休令闻[61]。
穆穆天子，照临下土。明明群司，执宪靡顾[62]。
正遐由近[63]，殆其兹怙[64]！嗟嗟我王，曷不斯思[65]。
匪思匪监[66]，嗣其罔则[67]。弥弥其逸[68]，岌岌其国[69]！
致冰匪霜，致坠匪嫚。瞻惟我王，时靡不练[70]。
兴国救颠，孰违悔过。追思黄发，秦缪以霸[71]。
岁月其徂[72]，年其逮耇[73]。於赫君子，庶显于后[74]。
我王如何？曾不斯览[75]！黄发不近，胡不时鉴[76]。

【作者简介】

韦孟，生卒年不详，西汉彭城（今江苏徐州）人。初为楚元王刘交的老师，交死后，又为交之子夷王及孙戊的老师。戊荒淫无道，孟竭力规谏。不听，遂离去，徙家于邹（今山东邹城）。其诗皆四言体，以《讽谏》诗较有影响。《汉书》有传。

【篇旨】

以诸多正反方面的历史教训，垂教于荒淫无道的刘戊，望其悔悟自新，重振邦国。

【注释】

① 肃肃：恭敬。我祖：韦孟之祖先。

② 国自豕韦：韦孟之祖先于殷时封东郡之韦城。国，城池，即韦城。《左传》杜预注：东郡白马县南，有韦城。豕韦，韦孟之先祖在商时为豕韦氏。

③ 黼（fǔ）：古代礼服上绣的黑白相间的花纹。朱黻（fú）：上宽一尺，

下宽二尺，长三尺，以皮制成，上有黑青相间的花纹，是诸侯穿的礼服。或说黼衣是画有斧形、白黑为彩的礼服，朱黻是朱裳上画弗字花纹的礼服。见《汉书·韦贤传》注。

④ 牡：雄性的鸟兽。旂：同“旗”。

⑤ 彤弓：红色的弓。古时诸侯受天子所赐之彤弓后，即专有征伐之大权。

⑥ 总齐：统一，协同。

⑦ 翼：辅佐。大商：殷商。

⑧ 迭彼大彭：豕韦与大彭互为殷商之伯爵。迭，互。

⑨ 有周：周朝。

⑩ 历世会同：相继为诸侯，参与会盟之事。

⑪ 王赧：即周赧王。谮（zèn）：进谗言。

⑫ 寔绝我邦：指受谮润绝韦氏。寔，同“实”。

⑬ 厥政斯逸：王政放逸，以至衰弱。厥，尤其。逸，政令不行。

⑭ 繇（yóu）：通“由”。

⑮ 庶尹：众官之长。群后：诸侯。

⑯ 靡：不。

⑰ 五服：古代王畿外围的地方，以五百里为率，视距离之远近分为五等，分别叫甸服、侯服、绥服、要服、荒服，合为“五服”。

⑱ 宗周以坠：周朝衰微。宗周，西周国都，即镐京。故址在今陕西西安西。此以宗周代西周和东周。周朝至赧王而绝。

⑲ 微：衰微。

⑳ 彭城：故址在今江苏徐州市铜山区。

㉑ 小子：韦孟自称。

㉒ 勤唉厥生：叹其生之寒微。勤，愁苦。

㉓ 厄：通“隘”，狭隘、险要，此处为受制之意。嫚秦：暴嫚的秦朝。嫚，轻侮。

㉔ 耒耜（lěi sì）：古代的翻土工具。

㉕ 不宁：不佑。

㉖ 眷：关注。南顾：刘邦于丰沛起义，在秦为南，故称“南顾”。

㉗ 京：指秦都咸阳。

㉘ 於（wū）：叹词。赫：光明、盛大。

㉙ 靡适：无往。怀：归服。

㉚ 攸：作语助，无义。

㉛ 厥弟：指元王刘交。刘交字游，汉高祖刘邦同父少弟。厥，其。

㉜ 俾（bǐ）：使。小臣：韦孟自称。

㉝ 傅：师。

㉞ 矜（jīn）矜：谨慎小心。

㉟ 恭俭：恭敬卑谦。静一：守一。

㊱ 辅弼：辅佐。

㊲ 渐世：没世。《六臣注文选》应劭注，谓楚元王刘交享国三十年而薨。《文选》李善注谓元王享国二十七年。《汉书·楚元王传》谓元王享国二十三年。

㊳ 夷王：名郢客，元王之子。

㊴ 绪：元王之余业。

㊵ 咨命：此命。不永：夷王享国四年而薨，故曰“不永”。

㊶ 王：夷王之子戊。统祀：继承夷王之宗祀。

㊷ 皇士：正大光明、博学多才之人。

㊸ 如何：犹为何。

㊹ 守保：守其富贵、保其社稷。

㊺ 惟：思。履冰：敬慎如履薄冰之意。

㊻ 祖考：祖先，指元王、夷王。

㊼ 是：作语助，指行为对象。下数“是”字用同。

㊽ 放：放犬。驱：驱马。

㊾ 务：勉力从事，此指醉心于田猎。

㊿ 忽：轻视。

㊿ 蒸民：众人。匮（kuì）：缺乏。

52 婾：同“愉”。

53 所弘：所发扬的事物。匪：同“非”。

54 囿：短浅之见。恢：扩大。

55 睮（yú）睮：面目谄媚。

56 谔（è）谔：正直貌。黄发：指老人。老人发落更生黄发。此韦孟自称。

57 察：考察。

58 藐：疏远。

59 我王：指夷王之子戊。

60 夙（sù）夜：早晚。

61 休令：美善。

62 靡顾：无所顾望。

63 遐：远。

64 怙：凭持。

65 曷：何。

66 监：同“鉴”。

67 嗣：后嗣。罔：无，没有。

68 弥弥：犹稍稍。

69 岌（jí）岌：危险。

70 时：是。练：熟悉。

71 秦缪：秦缪公。相传其伐郑，为晋所败，归而作《秦誓》，又说，听取老臣之言，凡事皆无过错。秦缪，又作秦穆。霸：称霸。

72 徂：流逝。

73 耇（gǒu）：老人背伛偻，代指老。

74 庶：希冀之词。

75 览：视。

76 胡：何。

【语译】

韦孟做楚元王刘交的老师，后又为元王之子夷王刘郢客和元王之孙刘戊的老师。刘戊荒淫无道，韦孟就作了下面这首诗劝谏他：

可尊可敬我祖先，殷时始封在韦城。身上礼服绣文采，四马驾车竖龙旗。

手持彤弓战四方，征抚远方天下安。总领天下各诸侯，共同辅佐殷商朝。

互与大彭同为伯，功勋卓著显辉光。至于武王立周朝，继为诸侯预会盟。

叹惜郝王信谗言，豕韦官禄因断绝。豕韦罢官诚可哀，赧王之政亦荒废。

赏罚之权归诸侯，不任天子自专由。百官之长各诸侯，不卫周室互战争，

四境崩离纷纷乱，周室灭绝无奈何。我祖因此亦衰落，只得迁居于彭城。

值我韦孟初生日，家世寒微愁苦时。又遇秦之暴虐政，被迫农耕谋生计。

暴秦自谓传万世，上天不佑民起义。遥看丰沛出天子，暴秦江山归汉室。

汉室兴隆日月光，高祖宏才征四方。无往不平咸归顺，天下统一乐安康。

于是命其同父弟，立为侯伯于楚地。使我韦孟出头试，愧为王师作辅弼。

元王执政唯谨慎，恭敬卑谦守一性。恩惠下及众黎民，听取大臣进忠言。

享封三十年命尽，功烈昭昭遗后嗣。乃至夷王承封祚，夷王能继元王功。

执政四年天命终，幸有我王继夷王。左右辅臣同侍奉，辅臣都是忠良臣。

我王为何不认真？不思保爵守社稷，不思持政如踏冰，不思继业要辛勤。

邦国政事已荒废，我王游乐仍不止。车马悠悠整日狂，放犬驱马大弓张。

鸟兽呜呼尽遭殃，农桑大事王不管。百姓困苦日缺粮，我王愉乐不思量。

我王发扬非为德，我王亲近非贤良。我王宣扬是浅见，我王听信是谀言。

阿谀之人会讨好，忠正老臣进良言。我王为何不思量？我王为何不详察。

忠臣既已被疏远，追求享乐无止境。我王侮辱祖先名，我王轻视贬斥事。

论高贵啊数我王，汉室宗亲位堂皇。何不早起复夜卧，更将美名天下播。

汉家天子皆肃穆，一统全国法不疏。朝中大臣纪律明，持掌王法无反顾。

治国先治皇家亲，我王犯法赖何人！论高贵啊数我王，何不思想此情形。

我王如不思鉴戒，后嗣也无原则遵。荒淫日益无止境，邦国日益趋危亡！

微霜能致坚冰寒，骄慢实招亡国患。今观我王尚有为，并非轻忽前事鉴。

振兴邦国救危亡，人皆有过改则昌。追念老臣忠良言，秦缪才得称霸强。

岁月悠悠长流逝，年将至老令人悲。正人君子皆有为，各希不朽美名垂。

我王如何度时光？见贤思齐美名扬！如若不听老臣言，何不引以为借鉴。

【评析】

刘戊荒淫误国，韦孟心急如焚，遂以三代师傅的身份作诗训诫。韦孟先自述家世，幸汉朝之兴，方得为元王傅。受皇家之隆恩，负“托孤”之重任，为三代之师傅，老臣身份，正正堂堂，以此垂教，才有分量。然后追思元王美德，痛惜夷王短命，而叹刘戊难继祖考功业。再进一步痛责刘戊醉心田猎、忠佞不分、自恃宗亲、荒淫败国的错误，并以王法森严，“正遐由近”之理来晓喻他，又以秦缪悔过，终成霸业之事来鼓励他，还以岁月流逝、改过宜速之紧迫感来督促他，真可谓语重心长。但刘戊并不听这位黄发老臣的劝谏，终至与七国同反，兵败自杀，死无封谥。全诗理至词切，庄重严峻，条分缕析，反复劝谏，黄发老臣殷切之心跃然纸上，荒淫之子顽冥之性亦昭然若揭。对韦孟的讽谏诗，刘勰曾给予高度评价：“汉初四言，韦孟首唱，匡谏之义，继轨周人。”（《文心雕龙·明诗》）

励志一首

作者：张茂先　　注译评析：周瑞宣

大仪斡运[①]，天回地游[②]。四气鳞次[③]，寒暑环周[④]。
星火既夕[⑤]，忽焉素秋[⑥]。凉风振落[⑦]，熠耀宵流[⑧]。
吉士思秋[⑨]，寔感物化[⑩]。日与月与[⑪]，荏苒代谢[⑫]。
逝者如斯，曾无日夜。嗟尔庶士[⑬]，胡宁自舍[⑭]。
仁道不遐，德輶如羽[⑮]。求焉斯至，众鲜克举[⑯]。
大猷玄漠[⑰]，将抽厥绪[⑱]。先民有作[⑲]，贻我高矩[⑳]。
虽有淑姿[㉑]，放心纵逸。田般于游[㉒]，居多暇日。

如彼梓材[23]，弗勤丹漆[24]。虽劳朴斫[25]，终负素质[26]。
养由矫矢[27]，兽号于林[28]。蒱卢萦缴[29]，神感飞禽[30]。
末伎之妙[31]，动物应心。研精耽道[32]，安有幽深。
安心恬荡[33]，栖志浮云。体之以质，彪之以文[34]。
如彼南亩，力耒既勤。藨蓘至功[35]，必有丰殷。
水积成渊，载澜载清。土积成山，歊蒸郁冥[36]。
山不让尘[37]，川不辞盈[38]。勉尔含弘[39]，以隆德声[40]。
高以下基，洪由纤起。川广自源，成人在始。
累微以著，乃物之理。纆牵之长[41]，实累千里[42]。
复礼终朝[43]，天下归仁。若金受砺[44]，若泥在钧[45]。
进德修业，晖光日新。隰朋仰慕[46]，予亦何人。

【篇旨】

作者自勉勤学的诗。

【注释】

① 大仪：宇宙。斡（wò）运：运转。

② 回：旋。游：转。

③ 四气：四季。鳞次：如鱼鳞般相接更替。

④ 环周：循环往来，无始无终。

⑤ 星火：火星。古又称大火，星，是恒星，与行星中的火星不同。夕：斜。

⑥ 素秋：秋天。古时五行相配，秋在西，属白，故谓素秋。

⑦ 落：落叶。

⑧ 熠（yì）耀：萤火。宵流：夜飞。

⑨ 吉士：古代贵族男子之美称。

⑩ 物化：万物运化。

⑪ 与：一作“欤”，叹词。

⑫ 代谢：生死、消长之更替。

⑬ 庶士：众人。

⑭ 宁：晏安。自舍：自弃。

⑮ 輶（yóu）：古时一种轻便的车，此处特指轻。

⑯ 鲜：少。克：能。举：得到。

⑰ 大猷：大道。玄漠：幽远无为。

⑱ 厥绪：厥，其；绪，丝头。此指欲求大道，当从细微之事做起。

⑲ 先民：先人，此指前代圣贤。

⑳ 贻：遗留。矩：法则。

㉑ 淑姿：美姿，此指良好的天性。

㉒ 般：同“盘”，游乐。

㉓ 梓材：木工制作器具。梓，木工，古称梓人。材，理材。

㉔ 丹漆：（饰）丹漆，此比喻人之学习。

㉕ 朴斫（zhuó）：砍削木料。朴，未经制作的木料。斫，砍削。

㉖ 负：败。素质：良材，此喻人良好的本质。

㉗ 养由：养由基，古神箭手。矫矢：校正箭，瞄准所射的目标。《淮南子·说山训》载：楚王有白猿，王自射之，则搏矢而顾熙。使养由其射之，始调弓，矫矢未发，而猿拥柱号矣。

㉘ 兽：指白猿。号（háo）：叫。

㉙ 蒱卢：蒲且。《列子·汤问》：“蒲且子之弋也，弱弓纤缴，乘风振之，连双鸧于青云之际。”萦缴（zhuó）：绕着系在箭上的生丝绳。

㉚ 神感：《汲冢书》云：“蒲且子见双凫过之，其不被弋者亦下。”

㉛ 末伎：指养由之射、蒲且之弋。

㉜ 耽道：专心于道。

㉝ 恬荡：恬淡通达。

㉞ 彪：文饰。

㉟ 穮蓘（biāo gǔn）：耕耘壅苗。

㊱ 歊（xiāo）：气上出之状。郁冥：充盛高远。

㊲ 让：辞。

㊳ 盈：满。

㊴ 含弘：发扬光大。

㊵ 隆：传播。

㊶ 缧（mò）牵：驾驭马的缰绳。

㊷ 实累千里：《战国策》：“千里之马，系以长索，则为累矣。”谓千里马系长索，反受拖累。此喻人虽伟俊，如不修德行，即似千里马系长索。

㊸ 终朝：终日，即整天。《论语·颜渊》：“子曰：克己复礼为仁。一日克己复礼，天下归仁焉。”

㊹ 受砺：（金属）在磨刀石上磨。

㊺ 钧：制作陶器所用的转轮。

㊻ 隰（xí）朋仰慕：隰朋仰慕管仲之德。管仲病重，齐桓公问管仲谁可继其任，管仲推荐隰朋，说：“隰朋可。其为人也，上忘而下畔，愧不若黄帝，而哀不己若者。”事见《庄子·徐无鬼》。

【语译】

宇宙无穷恒运动，天地旋转无始终。四季相接年复年，寒暑循环冷热天。

火星熠熠又西斜，光阴忽至清秋节。寒风萧萧摧落叶，萤火夜飞霜晨月。

壮士思秋难夜寐，万物运化感五内。日月如梭永不停，新陈代谢往来频。

光阴如水去无回，昼夜奔流孔子悲。叹你众多读书人，何能自弃图安宁。

仁道何曾离我远，大成之德如羽轻。求道德时道德至，能成道德有几人。

大道幽远更无为，求道当从细微始。先圣先贤树榜样，遗我规矩当自强。

虽有天资如美玉，放纵心猿难制驭。更加盘游不知足，岁月飘忽等闲度。

则如梓匠削良材，不饰丹漆成器具。徒劳连日斫削功，终废良材复何语。

养由正箭弓始张，白猿号哭震林岗。蒲且扬弋射双鸧，神感孤凫恐而坠。

养由蒲且技艺高，动物应心逞英豪。潜心求道勤学习，何愁幽深不可到。

安心恬淡自通达，寄志浮云风格高。加强修养纯品质，努力学习有文采。

正如农夫耕南亩，力尽辛勤不辞苦。耕耘壅苗致功多，必得丰收充囤库。
水积细流成深渊，澄清涵澹涌波澜。土积尘埃成大山，云兴霞蔚壮峰峦。
高山不拒尘埃小，流水不拒满河川。茂先你当自发扬，还将美名传四方。
高楼以下为基础，壮大之成由细微。川流浩瀚始于源，成功立业始于初。
积少成多方显著，事物运动循规律。缰绳何必拖太长，太长反累千里马。
克己复礼守终生，天下归仁皆王化。如金受磨则锋利，如泥附钧则成器。
进德修业永无停，大道辉光日日新。隰朋犹慕管仲德，我是何人安不慕。

【评析】

这是张茂先自勉勤学的诗。首先叙说天地万物都在不停地运转，岁月流逝，光阴宝贵。再进一步指出众人大多不能勤学，贪图安逸，即使有良好的天资也不能充分发挥，故成就事业者甚少。接着写学习的方法：首先是要勤奋；其次是要循序渐进；再次是要善于学习。如此坚持不懈，必能“晖光日新”。全诗所写虽然都是“大道理”，但正气恢宏，充盈澎湃，层层递进，入情入理，故感人至深。读此诗，懈惰者或可振作上进，勤奋者必当精益求精。而此诗措辞典雅，又甚得四言诗之旨趣，故颇耐寻味。

卷第二十

献诗

上责躬诗一首[①] 并表

作者：曹子建　　注译评析：周作秋

臣植言：臣自抱衅归藩[②]，刻肌刻骨，追思罪戾[③]，昼分而食[④]，夜分而寝。诚以天网不可重罹[⑤]，圣恩难可再恃[⑥]。窃感《相鼠》之篇[⑦]，无礼遄死之义[⑧]，形影相吊，五情愧赧[⑨]。以罪弃生，则违古贤夕改之劝[⑩]；忍垢苟全[⑪]，则犯诗人胡颜之讥[⑫]。伏惟陛下[⑬]，德象天地，恩隆父母[⑭]。施畅春风，泽如时雨。是以不别荆棘者[⑮]，庆云之惠也[⑯]；七子均养者，鸤鸠之仁也[⑰]；舍罪责功者[⑱]，明君之举也；矜愚爱能者，慈父之恩也[⑲]。是以愚臣徘徊于恩泽，而不敢自弃者也。前奉诏书[⑳]，臣等绝朝[㉑]，心离志绝[㉒]，自分黄耇永无执珪之望[㉓]。不图圣诏[㉔]，猥垂齿召[㉕]。至止之日，驰心辇毂[㉖]。僻处西馆[㉗]，未奉阙庭[㉘]，踊跃之怀，瞻望反侧[㉙]，不胜犬马恋主之情。谨拜表并献诗二篇，词旨浅末，不足采览，贵露下情，冒颜以闻。臣植诚惶诚恐，顿首顿首，死罪死罪[㉚]。

责躬诗

於穆显考[㉛]，时惟武皇[㉜]。受命于天，宁济四方[㉝]。
朱旗所拂[㉞]，九土披攘[㉟]。玄化滂流[㊱]，荒服来王[㊲]。

超商越周，与唐比踪[38]。笃生我皇[39]，奕世载聪[40]。
武则肃烈[41]，文则时雍[42]。受禅于汉[43]，君临万邦[44]。
万邦既化，率由旧则[45]。广命懿亲[46]，以藩王国[47]。
帝曰尔侯[48]，君兹青土[49]。奄有海滨[50]，方周于鲁[51]。
车服有辉[52]，旗章有叙。济济俊乂[53]，我弼我辅[54]。
伊余小子[55]，恃宠骄盈[56]。举挂时网[57]，动乱国经。
作藩作屏[58]，先轨是隳[59]。傲我皇使，犯我朝仪[60]。
国有典刑[61]，我削我黜[62]。将寘于理[63]，元凶是率[64]。
明明天子[65]，时惟笃类[66]。不忍我刑，暴之朝肆[67]。
违彼执宪[68]，哀予小臣。改封兖邑[69]，于河之滨。
股肱弗置[70]，有君无臣。荒淫之阙[71]，谁弼予身！
茕茕仆夫[72]，于彼冀方[73]。嗟余小子，乃罹斯殃[74]。
赫赫天子，恩不遗物[75]。冠我玄冕[76]，要我朱绂[77]。
光光大使[78]，我荣我华。剖符授土[79]，王爵是加。
仰齿金玺[80]，俯执圣策[81]。皇恩过隆[82]，祗承怵惕[83]。
咨我小子[84]，顽凶是婴[85]。逝惭陵墓[86]，存愧阙庭[87]。
匪敢傲德[88]，寔恩是恃[89]。威灵改加[90]，足以没齿[91]。
昊天罔极[92]，生命不图[93]。尝惧颠沛，抱罪黄垆[94]。
愿蒙矢石[95]，建旗东岳[96]。庶立毫氂[97]，微功自赎。
危躯授命，知足免戾[98]。甘赴江湘[99]，奋戈吴越。
天启其衷[100]，得会京畿[101]。迟奉圣颜[102]，如渴如饥。
心之云慕，怆矣其悲[103]！天高听卑[104]，皇肯照微[105]！

【篇旨】

通过作者的自陈己过，表达了他悔不当初和决意将功补过的心情。

【注释】

① 责躬：自陈己过。责，责备。

② 衅（xìn）：同“衅”，指罪。藩：藩国，指鄄城，在今河南范县。

③ 戾：罪过。

④ 昼分：日至午时，即中午。分，犹“半”。

⑤ 天网：喻国家法制。

⑥ 恃：依赖，凭借。

⑦《相鼠》：《诗经·鄘风》篇名，其中有“人而无礼，胡不遄死”句。

⑧ 遄（chuán）：速。

⑨ 五情：喜、怒、哀、乐、怨。愧赧：羞愧。赧，因惭愧而面赤。

⑩ 夕改：改过迅速之意。曾子曰：“君子朝有过，夕改，则与之。”

⑪ 垢（gòu）：通“诟”，耻辱。

⑫ 胡颜：犹言“有何面目”。

⑬ 伏惟：俯伏思惟，下对上的敬辞。

⑭ 隆：盛。

⑮ 不别：犹“不分别”。荆棘：喻无用而有害之物。

⑯ 庆云：一种彩云，古人以为瑞祥之气。《汉书·天文志》：“若烟非烟，若云非云，郁郁纷纷，萧索轮囷，是谓庆云。”

⑰ 鸤鸠（shī jiū）：布谷鸟。《毛诗》：“鸤鸠在桑，其子七兮。”《毛传》：“鸤鸠之养其子，旦从上下，暮从下上，其均平如一。”

⑱ 舍罪责功：《史记·秦本纪》：“三将至（孟明视、西乞术、白乙丙为晋所虏，晋释之归），缪公素服郊迎，向三人哭曰：‘孤以不用百里傒、蹇叔言以辱三子，三子何罪乎？子其悉心雪耻，毋怠。’遂复三人官秩如故，愈益厚之。”

⑲ 矜：怜。慈父之恩：《论衡》：“父母于子，恩德一也，岂为贵贤加意，贱愚不察乎？”

⑳ 诏书：此指《三国志·魏书·明帝纪》所载“不欲使诸王在京都者……”的诏令。

㉑ 臣等：指任城王彰、吴王彪。

㉒ 心离志绝：谓信念、意图俱已破灭。

㉓ 自分（fèn）：犹言自己考虑。分，甘愿。黄耇（gǒu）：指老年。黄，黄发。耇，老人背伛偻。执珪：春秋时诸侯朝见天子，必执珪以为贽，故用以称朝见。

㉔ 不图：想不到。

㉕ 猥：曲，苟且之意。垂：下达，下对上的敬辞。齿：录用。

㉖ 辇毂（niǎn gǔ）：天子的车舆，用以代指天子。

㉗ 僻：幽。

㉘ 阙庭：喻天子所居。

㉙ 反侧：不安的样子。

㉚ 死罪：冒犯死罪之意。奏章中的套语。

㉛ 於（wū）：感叹词。穆：美。显考：对亡父之称。

㉜ 武皇：曹操。

㉝ 宁济：安定之意。

㉞ 朱旗：李善注："汉火德，操为汉臣，故建朱旗也，时献帝在故。"

㉟ 九土：九州之土，指各地势力。披攘：屈服。

㊱ 玄化：谓道德之化。玄，道。滂流：广布之意。

㊲ 荒服：古五服之一，距王畿二千五百里的地区，为五服中最远之地。

㊳ 比踪：并驾。

㊴ 笃生：谓生而不平凡。我皇：指曹丕。

㊵ 奕世：累世。

㊶ 肃烈：威严。

㊷ 时雍：调和，指文治有方。

㊸ 禅：帝王把帝位让给别人。

㊹ 君临：君权所及。

㊺ 率：循。则：章。

㊻ 懿亲：至亲，也指皇室宗亲。

㊼ 藩：保卫之意。

㊽ 帝：指曹操。侯：指曹植。

㊾ 青土：建安十九年，植封临淄侯，临淄属齐郡，旧青州之境。

㊿ 奄：覆盖。

51 方：比方。

52 车服：车和章服。赐之用以表彰功德，区分贵贱。

53 济济：众多貌。俊乂（jùn yì）：指德才兼备者。

54 弼（bì）：辅正。

55 伊：发语词。小子：作者自称。

56 恃宠：谓恃曹操之宠爱。

57 时网：与下句中“国经”，皆谓法令制度。《三国志·魏书》：“植尝乘车行驰道中，开司马门出。太祖大怒，公车令坐死。由是重诸侯科禁，而植宠日衰。”

58 藩屏：藩篱屏蔽，用以指藩国。

59 先轨：先帝的法则。隳（huī）：废。

60 朝仪：朝廷中的礼仪。《三国志·魏书》：“黄初二年，监国谒者灌均希指，奏‘植醉酒悖慢，劫胁使者’。”

61 典刑：常刑。

62 削：指削减食邑户数。曹植建安二十二年食邑万户，黄初三年立为鄄城王，食邑二千五百户。黜（chù）：废免或降贬。谓曹植由县侯降为乡侯。

63 将：欲。寘：同“置”。理：治狱之官。

64 率：类。

65 明明：明察貌。

66 笃类：谓厚于兄弟。曹植与曹丕为同母兄弟。

67 朝肆：指杀人陈尸于市朝。肆，市。

68 执宪：执法官。

69 兖（yǎn）邑：《魏书》：帝以太后故，贬爵安乡侯。又曰：其年（黄初二年）改封鄄城侯。

70 股肱（gōng）：大腿和胳膊，喻臣。

⑺1 荒：废乱。淫：放滥。阙（quē）：过失。

⑺2 茕（qióng）茕：孤独貌。仆夫：御夫。

⑺3 于：往。冀方：曹植《求出猎表》云："臣自招罪衅，徙居京师，待罪南宫。"是植虽封安乡侯，犹住冀州。时魏都邺，邺乃冀州之境。一说：时魏以洛为京师，比尧之冀方也。

⑺4 罹（lí）：遭逢。

⑺5 恩不遗物：谓至京师，蒙恩得还。植《求习业表》曰："虽免大诛，得归本国。"

⑺6 玄冕：原为祭祀的冕服，此处指封授。

⑺7 要：系。朱绂（fú）：系官印的绶带。

⑺8 光光：光明显耀。大使：疑当作"大魏"。《太平御览·桓阶别传》："岂况光光大魏。"此盖当时熟语。

⑺9 剖符：古时帝王授予诸侯和功臣的凭证。竹制，剖分为二，帝王与诸侯各执其一，故称剖符。授土：疑当作"授玉"。《文选·喻巴蜀檄》有"剖符之封，析珪而爵"之句。玉，谓珪。

⑻0 齿：承受之意。金玺（xǐ）：诸侯王之印。

⑻1 策：封授之策。

⑻2 隆：厚重。

⑻3 祇承：敬奉。怵（chù）惕：惊惧。

⑻4 咨：发语词。

⑻5 婴：环绕，羁绊。

⑻6 逝：死亡。陵墓：喻已故的曹操。

⑻7 阙庭：皇帝所居，喻曹丕。

⑻8 傲：傲慢。《贾子》："弟敬爱兄谓之悌，反悌为傲。"

⑻9 寔（shí）：通"实"，是。

⑼0 威灵：犹威神，尊严之意。

⑼1 没齿：指尽其天年。齿，年。

⑼2 昊天：苍天。罔极：无穷尽。

⑨③ 不图：不可预谋。

⑨④ 黄垆：犹言黄泉。

⑨⑤ 矢石：箭和石，古时作战所用。

⑨⑥ 东岳：泰山。

⑨⑦ 庶：表示希望。毫氂：喻微小。

⑨⑧ 免戾：免罪。

⑨⑨ 江湘：长江和湘江，指代南方。

⑩⓪ 启：开。衷：心。

⑩① 京畿（jī）：京师。

⑩② 迟（zhì）：等待。

⑩③ 怆：悲伤貌。

⑩④ 天高听卑：古人认为上天神明能洞察下界最卑微之处，后用以歌颂君王圣明。

⑩⑤ 肯：可。照：明。微：贱。

【语译】

臣植禀告：我自抱罪回到藩地，日夜苦苦思索自己的罪过，食不进，卧不安。我深感国法不可再遭受践踏，皇恩难以再成为自己的凭靠。当我体会到《相鼠》说“人而无礼，何不速死”含义之后，就觉得孤独难耐，愧悔莫及。想要悔罪而死，却又违背了古代圣贤“朝过夕改”的规劝；想要厚颜偷生，却又受不住《诗经》所说“无礼速死”的嘲骂。而今圣上德如天高地宽，恩似父母情深，处处是春风化雨。不分良莠而普降甘霖，这是庆云的恩惠；哺养七子不厚此薄彼，这是布谷鸟的仁慈；不咎既往，教人悔过图新，这是明君的所为；对子女既喜欢能者也怜爱愚者，这是父母的感情。由此可知愚臣徘徊于恩泽而不敢自暴自弃了。前次拜接诏书，我等不得朝见，信念意图俱灭，自忖从此永无朝见的希望，更不能奢望下诏录用。得不到皇上下诏，也望能受到录用。直至今日，驰心于京城之中，幽处在西馆里面，一直未能侍奉阙庭，但因思绪万千，辗转不安，不禁怀着犬马恋主之情，谨呈此表，并献诗二首，词意浅陋，不值一看，好在是表露下情，掩面自惭以达上听。我诚惶诚恐，顿首顿首，死罪死罪。

责躬诗

我已故的父亲，是昔日的武皇。他受命于天，来安定四方。

朱旗飘扬，九州震荡。道德之化如洪流滚滚，荒服之地万民来归向。

超过商与周，与唐虞比肩。我皇得天独厚，实为祖德扬。

武则威严无比，文则调和有方。承继汉室皇位，治理九州万邦。

万邦即已归服玄化，治理便可遵循旧章。广泛任用至亲，设藩护卫王朝。

父皇封我为侯，驻守青州之地。那里有绵长的海滨，好比周时的齐鲁之邦。

车服光辉夺目，旗章井然有序。各种人才济济，为我谋划辅正。

但我这无知的小子，倚仗父宠骄傲自满。无视法规制度，违反治国之道。

作为藩屏的王侯，我竟废弃先帝的法则，傲视我皇派来的使者，冒犯朝廷纪纲。

国有典章刑法，我被削爵贬斥。交付治狱之官，推罪为元凶之类。

明察秋毫的天子，因是我至亲兄弟，不忍对我用刑，陈尸于市朝。

有违于执法之官，可怜我这小臣。改贬到兖州之地，守在济河之滨。

不设文武左右，有君却无臣。废乱放滥之过，谁能为我辅弼！

茕茕一仆夫，独居于冀方。可叹我这小子，竟遭此祸殃。

威名显赫的天子，我蒙恩得还京师。让我穿戴冕服，让我系上绶带。

光明显耀的大魏，使我既荣且华。剖符授圭，加封晋爵。

仰承授予的金印，俯接递来的圣策。真是皇恩浩荡，使我心中惊惧。

可叹我这小子，愚妄又刁顽，有辱在天的先父，愧对当朝的皇兄。

不是对皇兄不敬，实为恃宠胡为。若得宽恕改封，将无怨以尽天年。

苍天没有穷尽，生命难以预料。常恐有所不测，抱罪归于黄泉。

愿亲受矢石，镇吴建功业。庶能尽微力，将功以赎罪。
危躯来授命，深知为免罪。甘愿赴江湘，挥戈战吴越。
天若知我心，定能班师会京城。渴望得奉圣颜，如饥似渴。
心中所思，甚是悲怆！上天洞察卑微，君王可明我微诚！

【评析】

曹植所奏“责躬”诗表，是他于黄初四年（223）朝京时所作。作者用极其沉重的笔调，概括地写出了自己痛不欲生的悔罪心情，同时也说明了进表献诗的原因。在诗中，作者首先颂扬其先王曹操的文治武功，从他所创下的伟业写到自己受封以后，由于“恃宠骄盈”，而犯下了“举挂时网，动乱国经”“傲我皇使，犯我朝仪”等不可饶恕的罪过。作者还着重追述了文帝曹丕因念及兄弟之情，宽大为怀，对自己免以死罪，从轻发落，几经改封，直至后来“剖符授土，王爵是加”的情况，从而深感“皇恩过隆，祗承怵惕”。最后，作者表示感恩知罪，希望能给他一个立功自赎的机会，“甘赴江湘，奋戈吴越”。由于作者的地位所致和当时处境所迫，诗中多是自谴之词，情意凄婉悲怆，自艾自悔充溢其间。正如明朝娄东张溥在题词中说的“黄初二令，省愆悔过，诗文怫郁，音成于心”，令人读之“泫然悲之”。

应诏诗一首[①]

作者：曹子建　　注译评析：周作秋

肃承明诏[②]，应会皇都[③]。星陈夙驾[④]，秣马脂车[⑤]。
命彼掌徒[⑥]，肃我征旅[⑦]。朝发鸾台[⑧]，夕宿兰渚[⑨]。
芒芒原隰[⑩]，祁祁士女[⑪]。经彼公田[⑫]，乐我稷黍。
爰有樛木[⑬]，重阴匪息[⑭]。虽有糇粮[⑮]，饥不遑食[⑯]。

望城不过，面邑不游[17]。仆夫警策，平路是由[18]。
玄驷蔼蔼[19]，扬镳漂沫[20]。流风翼衡[21]，轻云承盖[22]。
涉涧之滨，缘山之隈[23]。遵彼河浒[24]，黄坂是阶[25]。
西济关谷[26]，或降或升。骓骖倦路[27]，再寝再兴[28]。
将朝圣皇，匪敢晏宁[29]。弭节长骛[30]，指日遄征[31]。
前驱举燧[32]，后乘抗旌[33]。轮不辍运[34]，銮无废声[35]。
爰暨帝室[36]，税此西墉[37]。嘉诏未赐，朝觐莫从。
仰瞻城阈[38]，俯惟阙庭[39]。长怀永慕，忧心如酲[40]。

【篇旨】

写诗人奉诏赴京途中的情景，他对朝见的欣喜与渴望，以及到京后的遭遇和所产生的忧惧心情。

【注释】

① 应诏：此指应帝王之命而作的诗文，亦称应制。

② 肃：恭敬。诏：帝王的文书命令。

③ 会：指朝会。皇都：京都，在洛阳。

④ 星陈：众星陈列，犹言天色很早。夙（sù）驾：早起驾车出行。

⑤ 秣马：饲马。脂车：给车轴涂上油脂。

⑥ 掌徒：掌管徒役的人。

⑦ 肃：戒，整肃。征旅：指随从队伍。

⑧ 鸾台：对台的美称。

⑨ 兰渚（zhǔ）：生有兰草的小洲。

⑩ 芒芒：广阔貌。原隰（xí）：广平低湿之地。

⑪ 祁祁：众多貌。士女：成年男女。

⑫ 公田：指当时的屯田。

⑬ 爰（yuán）：发语词。樛（jiū）木：向下弯曲的树木。

⑭ 重阴：犹浓荫。匪息：不歇息。时值炎热天气，但因急于朝见，须

赶路。

⑮ 糇（hóu）粮：干食。

⑯ 遑：闲暇。

⑰ 面：犹向。

⑱ 由：行。

⑲ 玄驷：诸侯驾四马。玄，黑色。蔼蔼：整齐貌。

⑳ 镳（biāo）：马嚼子。漂沫：指奔马吐白沫。

㉑ 翼：扶。衡：车辕前端的横木。

㉒ 承：举。盖：车盖。

㉓ 隈（wēi）：山水弯曲处。

㉔ 遵：沿着。浒：水涯。

㉕ 黄坂（bǎn）：长坂。阶：因。

㉖ 济：渡。关谷：通往洛阳有西关、南伊阙、太谷等。

㉗ 骓骖（fēi cān）：四马驾车，辕外两旁之马，左为骖，右为骓。

㉘ 兴：起。

㉙ 晏宁：安宁。

㉚ 弭节：原指行车进退有节，这里引申为安志。骛：奔驰。

㉛ 遄（chuán）征：疾速地远行。

㉜ 燧：疑为“旞”字的形误。《周礼·春官司常》：“道车载旞，斿车载旌。”旞是导车所载用五彩鸟羽作装饰的旗。

㉝ 抗：高竖。

㉞ 辍运：停止运转。

㉟ 銮：装在车衡上的饰物，上部为扁圆形的铃，下部为座，铃内有弹丸，车行则摇动作响。废：罢止的意思。

㊱ 暨：至。

㊲ 税：犹舍居。西墉（yōng）：疑指金墉城，在洛阳城西北角。魏晋时被废的帝、后都安置于此。

㊳ 城阈：城门上的横枋。

㊴ 惟：思。阙庭：帝王府第。

㊵ 酲（chéng）：喝醉了神志不清。

【语译】

敬奉传来圣上诏，召赴京都去朝会。星月未落赶早行，喂料上油备车马。
命令随行掌徒官，进见队伍要整肃。早晨起程自鸾台，夜晚宿在江水边。
平原洼地多辽阔，男女臣民何其多。走过宽阔屯田地，高粱黄米真可喜。
沿途有树大如盖，虽遇浓荫不歇息。身边准备有干粮，腹饥却无闲暇吃。
望见城镇不经过，近前邑也不游。驾车仆夫急策马，沿着平路疾速行。
四马驾车排成队，昂首奋蹄吐飞沫。流风扶着辕横木，轻云举起车篷盖。
涉涧绕过水之滨，沿山走过山之曲。顺着河边向前行，途中又经长坂路。
向西渡过关和谷，时而登高时而降。车马困乏难行走，只得歇息再登程。
想到就要见圣皇，心情激动难安宁。专心致志驾长车，按期完成此远行。
前车旟旗迎风舞，后车旌旗高飘扬。车轿转动不曾停，车铃不断响连声。
待得来到帝王室，一直闲住在西墉。不见嘉诏来赐予，想要朝觐不允从。
仰望高高城门楣，俯思圣上官阙庭。永远怀着敬慕情，此心忧愁如醉酒。

【评析】

曾植的这首《应诏诗》和前述及的《责躬诗》同是他的入京之作，并一起作为献诗上疏。诗中首先写奉诏后做起程赴京的准备工作；接着写出发后在途中所见的农村兴旺景象；然后写车马的赶路和跋涉的艰苦；再后写渴求朝见的急切心情；最后写到京后的遭遇以及由此而产生的焦灼忧惧的心理状态。全诗围绕着“应诏”这一中心，贯穿着由欣喜到情迫到惶惑的感情线索。而这些思想感情及其发展变化，几乎都是通过具体的行动和生动的形象描述，充分而深刻地表现了出来，因而富有感染力。

关中诗一首[1]

作者：潘安仁　　注译评析：周作秋

於皇时晋[2]，受命既固。三祖在天[3]，圣皇绍祚[4]。
德博化光[5]，刑简枉错[6]。微火不戒[7]，延我宝库[8]。
蠢尔戎狄[9]，狡焉思肆[10]。虞我国眚[11]，窥我利器。
岳牧虑殊[12]，威怀理二[13]。将无专策，兵不素肄[14]。
翘翘赵王[15]，请徒三万。朝议惟疑，未逞斯愿[16]。
桓桓梁征[17]，高牙乃建[18]。旗盖相望，偏师作援[19]。
虎视眈眈[20]，威彼好畤[21]。素甲日曜[22]，玄幕云起[23]。
谁其继之？夏侯卿士[24]。惟系惟处[25]，列营綦跱[26]。
夫岂无谋？戎士承平[27]。守有完郛[28]，战无全兵。
锋交卒奔[29]，孰免孟明[30]？飞檄秦郊[31]，告败上京。
周殉师令[32]，身膏氏斧[33]。人之云亡，贞节克举[34]。
卢播违命[35]，投畀朔土[36]。为法受恶[37]，谁谓荼苦[38]？
哀此黎元[39]，无罪无辜。肝脑涂地，白骨交衢[40]。
夫行妻寡[41]，父出子孤[42]。俾我晋民[43]，化为狄俘[44]。
乱离斯瘼[45]，日月其稔[46]。天子是矜[47]，旰食晏寝[48]。
主忧臣劳，孰不祗懔[49]？愧无献纳[50]，尸素以甚[51]。
皇赫斯怒[52]，爰整精锐[53]。命彼上谷[54]，指日遄逝[55]。
亲奉成规[56]，棱威遐厉[57]。首陷中亭[58]，扬声万计[59]。
兵固诡道[60]，先声后实[61]。闻之有司[62]，以万为一。
纣之不善[63]，我未之必[64]。虚皛湳德[65]，谬彰甲吉[66]。
雍门不启[67]，陈汧危逼[68]。观遂虎奋[69]，感恩输力[70]。
重围克解[71]，危城载色[72]。岂曰无过[73]？功亦不测[74]。

情固万端[75]，于何不有？纷纭齐万[76]，亦孔之丑[77]。
曰纳其降，曰枭其首[78]。畴真可掩[79]？孰伪可久[80]？
既征尔辞[81]，既蔽尔讼[82]。当乃明实[83]，否则证空[84]。
好爵既靡[85]，显戮亦从[86]。不见窦林[87]，伏尸汉邦[88]。
周人之诗[89]，寔曰《采薇》[90]。北难猃狁[91]，西患昆夷[92]。
以古况今[93]，何足曜威？徒悯斯民[94]，我心伤悲。
斯民如何？荼毒于秦[95]。师旅既加[96]，饥馑是因[97]。
疫疠淫行[98]，荆棘成榛[99]。绛阳之粟[100]，浮于渭滨[101]。
明明天子[102]，视民如伤。申命群司[103]，保尔封疆[104]。
靡暴于众[105]，无陵于强[106]。惴惴寡弱[107]，如熙春阳[108]。

【篇旨】

叙写元康六年关中战乱的始末，在歌颂平乱中晋王朝战将忠勇的同时，揭露无耻武将虚冒功绩的丑行。

【注释】

① 关中：地名。东自函关，西至陇关，二关之门谓之关中。地域相当于今陕西。

② 於（wū）：赞叹词。

③ 三祖：臧荣绪《晋书》：“宣帝追号曰高祖，文帝号曰太祖，武帝号曰世祖。”在天：谓列宗庙。

④ 圣皇：指惠帝。绍：承继。祚：福。

⑤ 化光：光大教化。

⑥ 刑简：刑法简要。枉：不正直，指行为邪恶的人。错：通“措”，安置。

⑦ 戒：慎。

⑧ 宝库：指武库。王隐《晋书》：“惠帝元康五年十月，武库灾，焚累代之宝。”

⑨ 蠢：蠢动。戎狄：指我国北方的羌、氐等少数民族。

⑩ 狡：狡猾凶逆。肆：放纵。傅畅《晋诸公赞》："北地卢水胡、马兰羌因此为乱，推齐万年为主。"

⑪ 虞：度。眚（shěng）：灾异。

⑫ 岳牧：传说尧舜时代有四岳、十二牧，省称岳牧。后泛指地区长官，如州牧等。

⑬ 威怀理二：谓梁王欲战以威服，解系欲守以怀抚。

⑭ 肄：学习，训练。

⑮ 翘翘：出群貌。赵王：司马伦。傅畅《晋诸公赞》："司马伦，字子彝，咸熙中封赵王，进征西，假节，都督雍、梁、晋诸军事。伦诛羌大酋数十人，胡遂反，朝议召伦还。"

⑯ 未逞斯愿：赵王伦请兵三万往平氐羌，朝仪疑而不遣，故此愿不逞。

⑰ 桓（huán）桓：威武貌。梁征：干宝《晋纪》："梁王肜为征西大将军，西讨氐。"

⑱ 牙：牙旗，将军之旗。

⑲ 偏师：指全军的一部分，以别于主力。

⑳ 眈眈：深视貌。

㉑ 好畤（zhì）：地名，梁王出兵、屯兵之地。

㉒ 素甲：明光的铠甲。

㉓ 玄幕：军幕。云：谓多貌。

㉔ 夏侯：夏侯骏。王隐《晋书》："齐万年帅羌胡围泾阳。遣安西将军夏侯骏，西讨氐羌。"

㉕ 系：解系，字少连，济南人，为雍州刺史。处：周处，字子隐，吴兴人，朝廷以处忠烈，欲遣讨氐，乃拜建威将军。

㉖ 跱（zhì）：立。

㉗ 承平：太平治平相承。

㉘ 郛（fú）：外城。

㉙ 锋：锋刃，刀枪。奔：奔逃。

㉚ 孟明：名视，春秋时秦将，尝为晋所败。这里用以为喻。

㉛ 飞檄（xí）：军书插羽于上以征兵取其像鸟飞之疾。

㉜ 周：周处。师令：军令。

㉝ 膏：润。氐：西戎别名。

㉞ 克：能。举：扬举。

㉟ 卢播：王隐《晋书》："卢播诈论功，免为庶人，徙北平。"

㊱ 畀（bì）：与。朔：北方。

㊲ 为法：指卢播为矫诈之法。恶：罪过。

㊳ 荼（tú）：苦叶。其味苦，引申为苦。

㊴ 黎元：黎民百姓。黎，众。

㊵ 衢（qú）：道路。

㊶ 行：离开。

㊷ 出：脱离。

㊸ 俾（bǐ）：使。

㊹ 狄俘：戎狄的俘虏。

㊺ 瘼（mò）：病，引申为疾苦。

㊻ 稔（rěn）：成熟。

㊼ 矜（jīn）：怜悯。

㊽ 旰（gàn）：晚，迟。

㊾ 祗（zhī）：恭敬。懔（lǐn）：危惧。

㊿ 献纳：指建言以供采纳。

51 尸素：尸位素餐，即居位食禄而不理事。

52 赫：怒。

53 爰（yuán）：于是。精锐：谓精锐之卒。

54 上谷：指孟观。王隐《晋书》："孟观，字叔时，稍迁至积弩将军，封上谷郡公。及关中氐反，诸将败退，乃遣观也。"

55 指日：指定日期。遄（chuán）：疾速。

56 成规：既定的计划。

㊼ 稜：威势。遐：远。厉：烈。

㊽ 陷：犹败。中亭：地名。孙盛《晋阳秋》："孟观为建威将军，击氐羌于中亭，大破之。"

㊾ 扬声：声称。万计：谓斩获之数以万计。

㊿ 诡道：诡诈之道。

(61) 声：宣称。实：实际。

(62) 司：通"伺"，侦察。

(63) 纣：商纣王，这里以纣喻孟观。不善：恶劣。

(64) 未之必：谓未必信之。

(65) 虚皛（xiǎo）：虚明。虚，虚假。皛，光明，显明。湳（nǎn）德：羌帅名。湳为其姓，德为其名。《说文》："湳水出西河美稷县，故羌人因水为姓。"

(66) 谬彰：与"虚皛"同义。谬，诈伪。彰，明。甲吉：羌帅名。甲为其姓，吉为其名。

(67) 雍：雍县，古县名，治所在今陕西凤翔南。

(68) 陈：陈仓县，古县名，治所在今陕西宝鸡东。汧（qiān）：汧县，古县名，治所在今陕西陇县南。逼：侵迫。

(69) 观：孟观。虎奋：如虎之奋。

(70) 输力：用力。

(71) 解：解围。《晋中兴书》："观从中亭北出，何恽领二万人以继之，雍围解。"

(72) 危城：指被敌人围困之城池。色：温润。一作"邑"，安。

(73) 过：过失，指孟观虚称之过。

(74) 功：功劳，指孟观解围之功。不测：不可测度。

(75) 情：人情。

(76) 纷纭：杂乱、喧腾貌。齐万：齐万年。王隐《晋书》："初，夏侯骏上言：斩氐帅齐万年。及孟观至，大战数十，生送万年。"

(77) 孔：大。丑：丑恶，指齐万年之行为。

⑺ 枭：杀头悬于木上。

⑻ 畴：谁。掩：遮蔽。

⑼ 伪：虚伪。

⑽ 征：验证。

⑾ 蔽：判断。讼：争辩是非。

⑿ 当：指言当者。实：事实。

⒀ 证：告。

⒁ 靡：假借为糜，散也。

⒂ 显戮：明戮。从：跟着，接着。

⒃ 窦林：人名，汉时校尉。《东观汉记》："护羌窦林奉使，羌颠岸降，诣林，林欲以为功，劾奏言大豪。后颠岸兄颠吾复诣林，林言其第一豪。问事状，林对前后两屈。林以诬罔诣狱。上不忍诛，免官，后凉州刺史奏林赃罪，复收系羽林监，遂死狱中。"

⒄ 伏尸：倒地的尸体。汉邦：汉代之邦国。

⒅ 周：周代。

⒆《采薇》：《诗经 · 小雅 · 采薇》。写遣戍役。

⒇ 北难（nàn）：北面之难。猃狁（xiǎn yǔn）：我国北方的少数民族，即匈奴。也作"玁狁"。

㉑ 西患：西面之患。昆夷：我国西北的少数民族，即西戎。

㉒ 况：譬。

㉓ 悯：哀怜。

㉔ 荼毒：残害。秦：秦地，即今陕西一带。

㉕ 师旅：军队。

㉖ 饥馑：荒年。

㉗ 疠（lì）：疫病。淫：长久。元康七年正月，周处死，七月，雍州疫，大旱，关中饥，米斛万钱，诏骨肉相赎者不禁。

㉘ 榛：丛木。

㉙ 绛阳：绛县，在绛浍之阳。今属山西。

⑩ 渭：渭河。黄河主要支流之一，横贯渭河平原，东流至潼关，入黄河。为关中漕运要道。

⑩ 明明：明察貌。

⑩ 申命：再次命令。群司：百官。

⑩ 封疆：疆界。

⑩ 靡：无。暴：凶恶。

⑩ 陵：欺侮。

⑩ 惴惴：恐惧貌。寡弱：弱小之人，这里喻关中之民。

⑩ 煕：犹“煦”。春阳：春天的阳光。喻天子之恩。

【语译】

嗟我晋代之皇，受天命皇位已坚固。三祖已列入宗庙，惠帝承继其国福。

德化既发扬光大，刑法也简明无枉。唯因微火管不慎，烧去我累代宝库。

戎狄伺机欲蠢动，心怀叵测无忌惮。忖度我武库之灾，窥测我兵甲之变。

州官思虑有分歧，威服怀抚皆有理。军将失措无对策，兵卒素来无训练。

出众超群赵王伦，请兵三万平氐羌。朝议有疑不派遣，此愿终未能实现。

英武雄威梁王肜，竖起将军的牙旗。旍旗相遮又相望，充当偏师来支援。

虎视眈眈多神武，威风凛凛在好畤。铠甲锃光亮闪闪，军幕座座多如云。

有谁继之来相助？远有卿士夏侯骏。解系周处两路兵，营盘分列如棋立。

说来岂因无计策？士卒太平无训练。防守尚自有城郭，战来被打无全兵。

刀锋始交兵卒就逃散，军将谁能免孟明之败？插羽军书自秦郊，告急上京求兵援。

周处勇于殉军令，血肉之躯润敌斧。人虽被杀殒身亡，贞节却能扬于世。

卢播违命诈论功，终被免职徙朔方。行为矫诈负罪名，谁敢为此而叫苦？

哀怜此地众百姓，他们无罪又无辜。却被杀得肝脑涂地，尸骨堆满在路上。

丈夫离去妻守寡，父亲出走子成孤。致使我晋众百姓，成为夷狄的俘虏。

乱离害人苦已久，日月已经有一年。天子怜民遭祸殃，晚食晏睡不安宁。

天子有忧臣操劳，谁不为此而敬惧？愧我无策来献纳，尸位素餐日日甚。

天子赫然怒气发，调遣精兵往征讨。命令上谷公孟观，限日出兵速击敌。

孟观亲奉天子策，对敌发兵攻势猛。首次败敌于中亭，声称歼敌以万计。

用兵固有诡诈道，先虚张来复称实。闻观诛万经调查，实际是以万为一。

人称纣王多不善，我却未必信不疑。孟观虚言征滷德，又妄称彰敌帅甲吉。

雍县大门仍紧闭，陈县汧城危在旦夕。孟观遂如虎奋起，感天子恩奋力击。

重围终于被解除，受困之城转为安。孟观岂无虚称之过？但解陈汧之功不可测。

人情本有千万种，哪一种情况不会有？纷纭喧闹齐万年，也是一件大丑闻。

孟观主张纳其降，夏侯主张枭其首。谁的功真能掩盖？谁的功伪可长久？

只消验证其言辞，足以判断其争讼。言当者明示以事实，理否者显告之状空。

有功者分以好爵禄，有过者必施以刑戮。君不见昔日的窦林，倒地的尸体陈汉邦。

周代人有一首诗，题目就叫作《采薇》。北有猃狁之难，西有昆夷之患。

用古时的小患比况今天，何足以耀我国家之声威？只是想到此地黎民，我心里深感悲伤。

这里的人民境况如何？遭苦受难于秦地。又因军队带来之苦，加重了他们的饥馑。

疫病久行人丧亡，荆棘荒秽而成榛。从绛阳运来的救济粟，船装水载驶于渭河之滨。

明察秋毫的天子，视民之苦如伤己。他再次命令百官，要切实保守封疆。

不可以众而暴寡，不可以强而凌弱。惴惴不安寡弱者，如同草木浴春光。

【评析】

作者潘岳上诗表说："诏臣作《关中诗》，辄奉诏竭愚，作诗一篇。"这首应诏之作，概括地叙写了晋惠帝元康六年（296）时发生的关中战乱的始末，歌颂了晋王朝战将的忠勇，同时也揭露了无耻武将虚冒功绩的丑恶行径。尤其可贵的是，诗中如实地反映了战祸给关中人民带来了严重的死亡和饥疫之灾，并寄予深切同情。但由于作者是奉诏而写，对祸乱的起因有所掩饰。据傅畅《晋诸公赞》："（司马）伦诛羌大酋数十人，胡遂反"，诗中对此却避而不谈，而说什么因武库之灾"蠢尔戎狄，狡焉思肆"云云，这显然是对史实的歪曲。

公宴

公宴诗一首

作者：曹子建　　注译评析：周作秋

公子敬爱客①，终宴不知疲②。
清夜游西园③，飞盖相追随④。
明月澄清景⑤，列宿正参差⑥。
秋兰被长坂⑦，朱华冒绿池⑧。
潜鱼跃清波⑨，好鸟鸣高枝。
神飙接丹毂⑩，轻辇随风移⑪。
飘飖放志意⑫，千秋长若斯。

【篇旨】

描写在铜雀园宴游的热闹情景，表达诗人内心的欢愉和对无拘无束生活的向往。

【注释】

① 公子：指曹丕，时任五官中郎将。

② 终宴：指自始至终参加宴游。

③ 西园：指铜雀园。

④ 飞盖：飞驰的马车。盖，车篷。

⑤ 景：同“影”，指月光。

⑥ 列宿（xiù）：众星辰。

⑦ 秋兰：秋天的兰草。被：覆盖。

⑧ 朱华：红色的花，指芙蓉。冒：覆盖。

⑨ 潜鱼：潜游水中的鱼。

⑩ 神飙：指疾速的风。丹毂（gǔ）：朱红色的车轮。毂，车轮上车轴贯入处的圆木。

⑪ 辇：指人推挽的车。自汉以来专为帝王之乘。

⑫ 飘飖：随风飘摇。此为逍遥自在之意。

【语译】

公子十分热情好客，终席宴饮不知疲倦。
西园清夜恣情畅游，车水马龙盛况空前。
明月当头洒下清辉，繁星点点缀满高天。
遍地秋兰花草繁茂，绿池满眼芙蓉正鲜。
鱼儿欢跳跃出水面，鸟儿枝头鸣声婉转。
马车奔驰快如疾风，前后相接随风紧赶。
逍遥畅饮抒发情怀，但愿千载常得此宴。

【评析】

这是曹植的早期诗作，描写曹丕在铜雀园所设的一次盛宴。由于主人热情好客，宾客纷至，热闹非凡。宾主月下开怀畅饮，纵情游赏，沉浸在欢乐之中。然而，诗人并未正面作具体描写，而是在前四句对游宴略作交代之后，便纵笔描绘明月列宿、秋兰朱华、潜鱼好鸟、神飙轻辇等，极力渲染这些景物如何令人心旷神怡，从侧面有力地烘托出游宴之盛和宾主之乐。末了写诗人此次游宴的感受：但愿“千秋长若斯”。这首诗反映封建贵族及上层文人的宴游生活，在思想内容上似无可取，但在艺术表现方面注重声色的描绘和技巧的琢磨，对偶工整，选词精当，很值得借鉴。

公宴诗一首

作者：王仲宣　　注译评析：周作秋

昊天降丰泽①，百卉挺葳蕤②。凉风撤蒸暑③，清云却炎晖④。
高会君子堂⑤，并坐荫华榱⑥。嘉肴充圆方⑦，旨酒盈金罍⑧。
管弦发徽音⑨，曲度清且悲⑩。合坐同所乐⑪，但诉杯行迟。
常闻诗人语⑫，不醉且无归⑬。今日不极欢，含情欲待谁？
见眷良不翅⑭，守分岂能违？古人有遗言，君子福所绥⑮。
愿我贤主人⑯，与天享巍巍⑰。克符周公业⑱，奕世不可追⑲。

【篇旨】

描写侍曹操宴会的情景，表达了诗人对曹操的尊崇和感激之情。

【注释】

① 昊天：夏天。泽：雨露。

② 百卉：百草。葳蕤（wēi ruí）：草木繁茂的样子。

③ 撤：消除。

④ 却：退。炎晖：夏日。

⑤ 高会：盛会。君子堂：指曹操的府第。

⑥ 华榱（cuī）：刻镂着花纹的椽。榱，椽子的总称。

⑦ 圆方：指各种形状的盛食器皿。

⑧ 旨酒：美酒。金罍（léi）：古代大夫盛酒器。天子以玉，诸侯大夫皆以金，士以梓。

⑨ 徽音：美妙的乐音。

⑩ 曲度：乐曲的节度。悲：委婉动听。

⑪ 合坐：满座。

⑫ 常：通“尝”，曾经。

⑬ 不醉且无归：《诗经·小雅·湛露》：“厌厌夜饮，不醉无归。”

⑭ 见眷：被眷爱器重。良：确实。不翅：犹言过多。翅，通“啻”，仅，止。

⑮ 绥：安。《诗经·周南·樛木》：“乐只君子，福履绥之。”

⑯ 贤主人：指曹操。

⑰ 巍巍：高耸的样子，喻福禄异常丰厚。

⑱ 克：能。符：等同。周公：名姬旦，武王弟，曾助武王灭殷，后又代成王摄政，为建立西周王朝，功业卓著。

⑲ 奕世：累世。追：及。

【语译】

夏日上天普降雨露，花草树木繁盛挺秀。凉风驱散如蒸酷暑，秋云赶走炎炎日晖。

有幸赴会君子堂上，同受恩惠华檐之下。盘盏盛满美味佳肴，金杯斟满佳酿清酒。

管弦奏成美妙乐音，曲调优雅委婉动人。满座宾主尽皆欢悦，相互劝酒觥筹交错。

曾经听说诗人言道，饮酒不醉绝不回归。今日盛宴若不尽欢，心中美意更待何时？

深受器重亦已过多，安分守职怎能违背？古人留下警世之语，君子自有福禄保佑。

但愿我贤明的主人，与天同享丰厚福禄。建立周公般的伟业，后世之人永不可追。

【评析】

这首诗开头四句写宴会的时间和环境气氛，其中不无隐含对主人的颂扬之意。“高会”八句写宴会的情景，突出酒肴丰盛，场面热烈。“常闻”八句写对主人的感恩戴德，表示要在行动上“极欢”与“安分”。“愿我”四句写对主人的祝愿与恭维，把他比成周公，使后人难及。全诗洋溢着热烈的气氛，格调欢快。虽袭用古人某些成句，但比较自然得体。唯内容上赞宴会之盛，颂主人之德，都有言过其实之处，给人以阿谀奉承之感。如方东树《昭昧詹言》所评：“仲宣工于干谄，凡媚操无不极口颂扬，犯义而不顾。”这是一般公宴诗的俗套与缺陷，也是这类作品内容多不可取的原因。

公宴诗一首

作者：刘公幹　　注译评析：周作秋

永日行游戏①，欢乐犹未央②。
遗思在玄夜③，相与复翱翔④。
辇车飞素盖⑤，从者盈路傍⑥。
月出照园中，珍木郁苍苍⑦。
清川过石渠，流波为鱼防⑧。
芙蓉散其华，菡萏溢金塘⑨。
灵鸟宿水裔⑩，仁兽游飞梁⑪。
华馆寄流波⑫，豁达来风凉⑬。
生平未始闻，歌之安能详。
投翰长叹息⑭，绮丽不可忘⑮。

【作者简介】

刘桢（？—217），字公幹，东汉末年东平宁阳（今山东宁阳北）人。自小孤贫，为人正直。曾被曹操辟为司空军谋祭酒、丞相掾属等职。建安十六年以后，任曹丕五官中郎将文学，后出任曹植平原侯庶子。善诗赋，亦长于奏书，为“建安七子”之一。今存诗十五首，多为赠答之作。明人辑有《刘公幹集》。传附《三国志·魏书·王粲传》。

【篇旨】

写从游西园之所见所感，表达诗人对豪华场面和美妙景致的无限感叹。

【注释】

① 永日：长日，尽日。

② 未央：指未尽。

③ 遗思：犹余思。玄夜：黑夜，指夜间。李周翰注：“元尽日欢乐未央，余思在夜，复与夜游戏也。”

④ 翱翔：喻悠闲游乐。

⑤ 辇车：人推挽的车。汉以后专为帝王之乘。素盖：白色的车盖。

⑥ 傍：通“旁”。

⑦ 珍木：珍异的树木。

⑧ 鱼防：拦鱼堤埂。

⑨ 菡萏：荷花的别称。

⑩ 灵鸟：传说中的凤凰，这里泛指各种丽鸟。水裔：水边。

⑪ 仁兽：传说中的麒麟，这里泛指各种珍兽。古人以凤凰、麒麟的出现为吉祥之兆。飞梁：凌空架设的桥。

⑫ 华馆：华丽的馆舍。

⑬ 豁达：通敞。

⑭ 投翰：搁笔。

⑮ 绮丽：华美富丽。

【语译】

白日纵情游乐，尚觉未能尽欢。

夜晚余兴盎然，结伴再来游玩。
辇车素盖飞动，侍者聚在路旁。
园中月光如水，奇树郁郁苍苍。
清流沿着石渠，碧波环绕鱼防。
芙蓉散发光彩，菡萏芬芳满塘。
凤凰栖息水边，麒麟游过飞梁。
亭馆依傍流波，宽敞通达风凉。
平生未闻此景，赋诗作歌难详。
搁笔长久叹息，丽景永不可忘。

【评析】

此诗作于建安二十一年（216）夏五月曹操晋爵魏王之后不久。曹丕《与朝歌令吴质书》中说：“白日既匿，继以朗月，同乘并载，以游后园。”诗人是就此次夜里游宴写的。诗里通篇只写游从之盛，景物之美，而没有任何歌功颂德和阿谀奉承之词，这在历代公宴诗中极为罕见。因为是写夜游，而这夜游是继当天日里之游而来的，故用首句“永日”来截住。对园中景物的描写，先用“月出”句点醒，然后选取典型，分别勾画了珍木异树、小河流水、金塘芙蓉、灵鸟仁兽、亭榭楼台等。这些景物，形象鲜活，栩栩如生，动感和立体感都很强，组成了一幅清新淡雅、动人情思的月下胜景图。作者最后表示的“长叹息”和“不可忘”，既是对美景歌之不尽的叹息，也是对曹氏主人追求富丽豪华、日夜游宴贪享的感慨。

侍五官中郎将建章台集诗一首[①]

作者：应德琏　　注译评析：周作秋

朝雁鸣云中[②]，音响一何哀。问子游何乡[③]，戢翼正徘徊[④]。
言我寒门来[⑤]，将就衡阳栖[⑥]。往春翔北土[⑦]，今冬客南淮[⑧]。
远行蒙霜雪，毛羽日摧颓[⑨]。常恐伤肌骨，身陨沉黄泥[⑩]。
简珠堕沙石[⑪]，何能中自谐[⑫]？欲因云雨会[⑬]，濯翼陵高梯[⑭]。
良遇不可值[⑮]，伸眉路何阶[⑯]？公子敬爱客[⑰]，乐饮不知疲。
和颜既以畅[⑱]，乃肯顾细微[⑲]。赠诗见存慰[⑳]，小子非所宜[㉑]。
为且极欢情[㉒]，不醉其无归[㉓]。凡百敬尔位[㉔]，以副饥渴怀[㉕]。

【作者简介】

应玚（？—217），字德琏，东汉末年汝南南顿（今河南项城西）人。应劭之侄。建安中，为曹操召为丞相掾属，后任曹植平原侯庶子，再转为曹丕五官中郎将文学。善诗赋，为“建安七子”之一。明人辑有《应德琏集》一卷。今存诗七首，多为宴侍奉和之作。存赋十多篇。传附《三国志·魏书·王粲传》。

【篇旨】

作者以雁自喻，诉说自己昔日失意漂泊的境遇，并表达对曹丕的感恩之情。

【注释】

① 五官中郎将：汉官名，主五官郎，统领皇帝的侍卫。东汉以后，统兵将领亦多用此名。《三国志·魏书》：“十六年春正月，天子命公世子

丕为五官中郎将。”建章台：汉建章宫内一高台名。

② 朝雁：作者用以自喻。

③ 子：指朝雁。

④ 戢（jí）翼：收敛翅膀，谓停止飞翔。

⑤ 寒门：传说中北方极冷之地。《淮南子·地形训》：“北极之山曰寒门。”此处泛指北方。

⑥ 就：趋。衡阳：衡山南麓，在今湖南境内。衡山有回雁峰，相传雁飞至此不再南进。此处泛指南方。

⑦ 北土：指北方寒冷之地。据曹植《送应氏》诗“我友之朔方”之句，应曾客游北方。

⑧ 南淮：淮河以南，指南方温暖之地。

⑨ 摧颓：摧伤颓败。

⑩ 陨：坠落。

⑪ 简珠：大玉珠，喻君子。简，通“僩”，大。堕：坠落。沙石：喻小人。

⑫ 中自谐：处于其中而相和谐。自，犹“相”，古通用。

⑬ 云雨会：指好的际遇。云雨，喻恩泽。

⑭ 濯：洗涤。陵：登升。高梯：喻尊位。

⑮ 值：遭逢。

⑯ 伸眉：扬眉吐气。以上两句，言若不值此会，无伸眉之地。

⑰ 公子：指曹丕。

⑱ 和颜：和蔼可亲。

⑲ 细微：微贱，此指作者自己。

⑳ 存慰：关怀，抚慰。

㉑ 小子：作者自我谦称。

㉒ 为且：且为，且暂。

㉓ 不醉其无归：《诗经·小雅·湛露》：“厌厌夜饮，不醉无归。”其，将。

㉔ 凡百：概括之词，此处指所有赴会的宾客。敬：恭敬，端肃。位：职

位，职守。《诗经·小雅·雨无正》：“凡百君子，各敬尔身。”

㉕ 副：符合。

【语译】

朝雁飞鸣在云中，声音凄厉多悲哀。问你朝雁欲何往，收敛双翼独徘徊。

我从北方寒门来，要到衡阳去栖息。去春高飞赴北土，今冬客游往南淮。

远飞遭受霜雪打，羽毛天天受摧颓。时常害怕伤肌骨，坠落黄泥土中埋。

大珠落入沙石里，哪能做到相和谐？但愿借此好际遇，洗翅梳毛登高梯。

美好机遇实难逢，否则哪有扬眉日？公子敬贤爱宾客，同欢共饮不知疲。

和颜悦色已舒畅，还肯顾念众卑微。亲赠诗文实可慰，唯我受之不相宜。

聊且畅饮尽欢情，酣饮不醉不回归。谨请诸位尽职分，以报公子关切怀。

【评析】

这首诗作于建安十六年（211）曹丕为五官中郎将之后。全诗包含两个部分：前半部分以雁自喻，倾诉南北迁徙的悲苦和伸眉无路的愁闷，鉴于作者在入魏事曹之前，曾因乱离而长期漂泊异地，这部分内容可谓他自己过去经历的写照；后半部分写侍曹丕宴的宴饮情景，并对曹氏表示要敬位尽职以相报。这两部分由于其内容悬殊，格调也各异，即前者用比兴手法，后者为直抒胸臆，似不相类，故向来有人疑合二首为一，如梁章钜《文选旁证》中说：“梅氏鼎祚云：此下（指‘公子’句以下）疑别作一首。”此疑不无道理。不过，历来各种版本均作一篇，且从其实际内容看，两部分并非风马牛不相及，而是有一定的内在联系。过去客游他乡，伸眉无路；如今已逢良遇，且受曹氏如此厚待，因而自然深有感触，不由作前后对比而诉之入诗。至于诗的前后格调不统一的问题，这固然因其差别过于明显而给作品造成某些不协调，但作为不同的表现方法，在一个作品中是可以兼而用之的。这首诗尤其是前半部分，代雁为词，感情悲切，清绮流美，颇具特色。清人张至毅在《论古诗四十八首》中曾赞道：“公宴诗篇开应酬，收罗何事广萧楼。德琏别有超群笔，一雁云中独唳秋。”

皇太子宴玄圃宣猷堂有令赋诗一首[1]

作者：陆士衡　　注译评析：周作秋

三正迭绍[2]，洪圣启运[3]。自昔哲王[4]，先天而顺[5]。
群辟崇替[6]，降及近古。黄晖既渝[7]，素灵承祜[8]。
乃眷斯顾[9]，祚之宅土[10]。三后始基[11]，世武丕承[12]。
协风傍骇[13]，天晷仰澄[14]。淳曜六合[15]，皇庆攸兴[16]。
自彼河汾[17]，奄齐七政[18]。时文惟晋[19]，世笃其圣。
钦翼昊天[20]，对扬成命[21]。九区克咸[22]，宴歌以咏。
皇上纂隆[23]，经教弘道[24]。于化既丰，在工载考[25]。
俯厘庶绩[26]，仰荒大造[27]。仪刑祖宗[28]，妥绥天保[29]。
笃生我后[30]，克明克秀[31]。体辉重光[32]，承规景数[33]。
茂德渊冲[34]，天姿玉裕[35]。蕞尔小臣[36]，邈彼荒遐[37]。
弛厥负檐[38]，振缨承华[39]。匪愿伊始[40]，惟命之嘉[41]。

【篇旨】

极力为当朝的晋惠帝歌功颂德，赞美皇太子，表达作者对晋的忠心和感激之情。

【注释】

① 皇太子：王隐《晋书》：“愍怀太子遹，字熙祖……惠帝即位，立为皇太子。”玄圃：园名，在东宫之北。宣猷堂：在玄圃园中。

② 三正：指夏、殷、周。周建子为正月，殷建丑为正月，夏建寅为正月。迭绍：更替，承继。

③ 洪圣：大圣，即天。

④ 哲王：指尧禹等递相禅代的帝王。

⑤ 先天：谓先于天时而行事。《周易·文言》：大人者“先天而天弗违”。

⑥ 辟（bì）：天子、诸侯君主的通称。崇：终。替：废。

⑦ 黄晖：魏为土德，故曰黄晖。渝：变。

⑧ 素灵：晋为金行，金于西方为白，故曰素灵。祜：福。

⑨ 眷：眷念。顾：思顾。

⑩ 祚（zuò）：赐福。宅土：居住。《诗经·大雅·皇矣》：“乃眷西顾，此维与宅。”

⑪ 三后：指汉之宣、景、文三帝。

⑫ 世武：指世祖武皇帝（司马炎）。丕承：大承其业。

⑬ 协风：和风。骇：播散。

⑭ 晷（guǐ）：日景。仰澄：谓无日月相掩食。

⑮ 淳曜（yào）：指淳美光耀之德。六合：天地四方。

⑯ 攸（yōu）兴：久盛不衰。攸，长远。

⑰ 河汾：指黄河和汾水，晋所封之境。

⑱ 奄：包括。七政：指日、月和金、木、水、火、土五星各异政。《尚书·舜典》：“在璇玑玉衡，以齐七政。”

⑲ 文：文化，文德。

⑳ 钦：古时对皇帝所行事的敬称。翼：敬。

㉑ 对扬：对答称扬，多对王命而言。成命：犹言定命，即既定的天命。

㉒ 九区：汉遵周，化治九区，这里泛指九州。克：能。咸：和。

㉓ 皇上：指惠帝。纂：继。

㉔ 经：犹理。弘：大。

㉕ 工：官。载：则。考：成。

㉖ 厘：治理。庶绩：各种事功。《尚书·尧典》：“允厘百工，庶绩咸熙。”

㉗ 荒：法。造：成。

㉘ 仪刑：犹言法式，作为楷范。

㉙ 绥：安。保：位。

㉚ 笃：厚。我后：谓太子。因作者为太子洗马，故称我后。

㉛ 克：能。明、秀：指明秀之德。

㉜ 重光：谓日光重明，喻后王继前王之功德。

㉝ 规：规法。景：大。数：历数。

㉞ 茂德：茂盛之德。冲：虚，深。

㉟ 裕：容。

㊱ 蕞（zuì）尔：小貌。

㊲ 邈：久远。荒遐：也作“遐荒”，边远广阔之地。这里指吴国。

㊳ 弛：放松。厥：其。

㊴ 振：整。缨：冠带。承华：太子门。《洛阳记》：“太子宫在大宫东，中有承华门。”

㊵ 匪愿伊始：始愿不及此，指今日之受荣宠。

㊶ 命：君命。嘉：善。

【语译】

上古三王相更迭，大圣受天之运录。古来诸多贤哲王，先天行事天不违。

众君终替与废下，及至近古亦如是。土德黄晖既改变，金德素灵来承继。

天顾我晋降以福，赐予宅土使安居。汉代三后创基业，世祖武帝相承袭。

和风习习遍播散，日景光耀得澄明。光耀之德布四方，皇庆帝业永不衰。

自河汾封境以内，皆王天下以齐七政。盛其文化唯晋时，世世代代厚其圣。

帝王行事辅上天，对扬既定的天命。九州和谐得安宁，讴歌以咏王恩德。

皇上继祖之兴盛，理教皇天之大道。德化既已丰，在官则必成。

俯理众多之事功，仰望法天之大成。法式准则效祖宗，便可安康享太平。

笃厚我后皇太子，让其能明又能秀。发扬前代光耀德，秉承明圣的规章历数。

茂盛之德如渊深，天然之姿容如玉。我乃卑微一小臣，来自边远荒僻地。

废弛身上负担役，整理衣冠于承华。荣宠非始所敢愿，唯君命之善乃得此。

【评析】

陆机的这首诗，主旨便是为晋惠帝歌功颂德。作品先从夏、殷、周三朝更替开始，并以之作比，写由汉及魏，由魏及晋如何一脉相承，顺乎天意。继而着重写到当朝的晋惠帝，歌颂其如何厚重文德，对扬天命，光宗耀祖，使天下安康太平。还特别提及皇太子，从外表到内心，把他美化得无以复加，以说明晋王朝后继有人。最后作者写自己的受宠若惊，为自己从东吴投靠过来不仅被收留而且受重用而感激涕零。全诗尽是奉承之辞，文过其质，内容似无可取之处；在写作上刻意求深奥，文辞繁缛而又艰涩。刘勰在《文心雕龙·才略》中曾批评道："陆机才欲窥深，辞务索广，故思能入巧，而不制繁。"从陆机的这首诗亦可见一斑。

大将军宴会被命作诗一首[1]

作者：陆士龙　　注译评析：周作秋

皇皇帝祜[2]，诞隆骏命[3]。四祖正家[4]，天禄保定[5]。
睿哲惟晋[6]，世有明圣。如彼日月，万景攸正[7]。
巍巍明圣[8]，道隆自天[9]。则明分爽[10]，观象洞玄[11]。
陵风协纪[12]，绝辉照渊[13]。肃雍往播[14]，福禄来臻[15]。
在昔奸臣[16]，称乱紫微[17]。神风潜骇[18]，有赫兹威[19]。
灵旗树旆[20]，如电斯挥[21]。致天之届[22]，于河之沂[23]。
有命再集[24]，皇舆凯归[25]。颓纲既振[26]，品物咸秩[27]。
神道见素[28]，遗华反质[29]。辰晷重光[30]，协风应律[31]。
函夏无尘[32]，海外有谧[33]。芒芒宇宙，天地交泰[34]。
王在华堂[35]，式宴嘉会[36]。玄晖峻朗[37]，翠云崇靄[38]。
冕弁振缨[39]，服藻垂带[40]。祁祁臣僚[41]，有来雍雍[42]。
薄言载考[43]。承颜下风[44]。俯觌嘉客[45]，仰瞻玉容[46]。

施己唯约[47]，于礼斯丰。天锡难老[48]，如岳之崇。

【作者简介】

陆云（262—303），字士龙，西晋吴郡吴县华亭（今上海松江区）人。少有文才，与兄机齐名，世称“二陆”。十六岁举贤良，曾任吴王郎中令。吴亡，与兄机同入晋至洛阳，任浚仪令、尚书郎、中书侍郎等职。成都王荐为河内史，世称陆清河。太安元年升迁大将军右司马。后因兄机被杀而累及受害。有集十二卷，均已散佚。其诗辞华意浅，内容较为贫弱。宋人辑有《陆士龙集》。《晋书》有传。

【篇旨】

颂扬成都王司马颖平赵王伦乱，迎惠帝反正的功绩。表达了作者对晋的忠诚和对王颖的崇敬。

【注释】

① 大将军：指成都王司马颖，字章度。赵王伦篡位，颖与齐王冏诛之，进位大将军。

② 皇皇：美盛貌。祜：福。

③ 诞：大。骏命：大命，天命。

④ 四祖：指汉之宣、景、文、武四帝。正：端正。

⑤ 天禄：天之福禄。

⑥ 睿哲：圣明。

⑦ 万景攸正：谓在日月照临之下，万影皆端正。景，影。攸，作助词。

⑧ 巍巍：高大貌。

⑨ 自天：天然之意。

⑩ 则明：法天之明。则，法。爽：明。

⑪ 象：玄象。日月星辰，在天成象，故称玄象。洞玄：洞悉其奥秘。

⑫ 陵风：风教上升。陵，一作“凌”，乘而上升。协纪：和于辰极。纪，

一作“极”，北辰。

⑬ 绝辉：光耀绝远。

⑭ 肃雍：庄重和顺。肃，敬。雍，和。

⑮ 臻：至。

⑯ 奸臣：指赵王伦。

⑰ 紫微：喻帝位。

⑱ 神风：喻神兵。潜骇：言突击使惊骇。

⑲ 有赫兹威：谓齐国河间王颙举兵十万四面攻伦，迎惠帝反正，赫然生威。兹，此。

⑳ 旆（pèi）：旗帜。

㉑ 挥：散。

㉒ 致：给予。届：极。极同“殛”，诛。

㉓ 沂（yín）：岸。

㉔ 命：天子之命。再集：赵王伦废帝于金镛城，既败伦于温，帝复还，故谓之再集。

㉕ 舆：车驾。

㉖ 颓纲：颓落纲纪。振：整，举。

㉗ 咸秩：皆有次序。

㉘ 神道：神明之道。《周易·观卦·象辞》：圣人以神道设教。素：朴素。

㉙ 遗：弃。华：浮华。质：淳朴。

㉚ 辰晷：日月星辰，喻天子。重光：谓日月重放光明。

㉛ 协：和。律：乐律。

㉜ 函夏：华夏。

㉝ 谧：宁静。

㉞ 交泰：指天地之气融合贯通，生养万物，物得大通。

㉟ 王：指成都王司马颖。

㊱ 式：用。

㊲ 玄晖：指月亮。玄，天色。峻朗：高且明。

㊳ 霭：云气。

㊴ 冕弁（biàn）：皆指卿大夫的礼帽。弁，冠名。振缨：犹弹冠，谓出仕。缨，冠带。

㊵ 服藻：一作“藻服”，古时大夫以水藻之形为饰之服装。垂带：恭敬肃立貌。

㊶ 祁祁：众多貌。

㊷ 雍雍：和悦貌。

㊸ 薄言：谦辞，薄德为言之意。载：则。考：成，指成此诗。

㊹ 颜：容颜，颜色。下风：风向之下方，喻下位。

㊺ 觌（dí）：相见。

㊻ 玉容：谓容如玉。

㊼ 施己：施用于自己。约：薄。

㊽ 天锡：天赐。锡，赐予。

【语译】

美盛的帝赐之福，光大的皇天之命。因有四祖正其家，福禄永终天保定。

至圣至明唯晋朝，世世代代有圣主。如同日月来照临，日中万影皆端正。

伟大崇高的明圣啊，圣明之道自天成。法天之明以分别，观象之玄以通之。

风散上升和于宸极，光耀绝远照深渊。和睦之道播于人，天地福禄纷来至。

晋有奸臣赵王伦，敢行不义乱紫微。神兵突袭使惊骇，声势赫赫显神威。

看那灵旗纷纷立，犹如电光在挥散。给逆臣以天诛伐，在那大河的岸边。

天子之命获再集，皇之车驾得凯旋。颓落纲纪既已整，品物皆有其次序。

神明之道见朴素，弃其浮华体质朴。日月重新放光明，和风应着其乐律。

华夏清净无尘埃，海外宁静无骚扰。在这茫茫宇宙间，天地之气融合贯通。

王于华美大堂上，用崇宴礼会嘉宾。明月高照清晖远，翠云缭绕有如盖。

戴着冕弁整好缨，穿着藻服垂绅带。众多下官与臣僚，来者个个都和悦。

薄德为言成此诗，承王之颜色于下位。俯瞰如云之宾客，仰瞻似玉的面容。

我之才力甚为薄，遇礼却讲究丰厚。上天赐予以难老，惠如山岳极崇高。

【评析】

这首诗是陆士龙在司马颖因平赵王伦乱有功而进位大将军以后应命而作，是一首为晋为颖歌功颂德的公宴诗。其开头，写帝佑天命，四祖正家，为晋的帝业奠下了稳固的根基；同时大加颂扬晋的世代明圣。接着，写奸臣赵王伦的称乱，以及成都王颖等兴兵对他的诛伐，使惠帝得以反正。再次，写平乱以后颓纲既振，日月重光。这些胜利，作者归功于天，也归功于大将军颖。因此，在下面写颖大宴嘉宾时，突出地描写了众多的臣僚们如何冠冕垂带，有来雍雍，为颖庆功助兴。最后作者表达自己作为臣僚对王颖的无限崇敬。全诗四言句，以简约的文字，高度地概括了赵王伦称乱前后的历史内容，层次清楚，重点突出，虽多是恭维之语，却不使人感到虚伪矫情。

晋武帝华林园集诗一首[①]

作者：应吉甫　　注译评析：周作秋

悠悠太上[②]，民之厥初[③]。皇极肇建[④]，彝伦攸敷[⑤]。
五德更运[⑥]，膺箓受符[⑦]。陶唐既谢[⑧]，天历在虞[⑨]。
于时上帝[⑩]，乃顾惟眷[⑪]。光我晋祚[⑫]，应期纳禅[⑬]。
位以龙飞[⑭]，文以虎变[⑮]。玄泽滂流[⑯]，仁风潜扇[⑰]。
区内宅心[⑱]，方隅回面[⑲]。天垂其象[⑳]，地曜其文[㉑]。
凤鸣朝阳[㉒]，龙翔景云[㉓]。嘉禾重颖[㉔]，蓂荚载芬[㉕]。
率土咸序[㉖]，人胥悦欣[㉗]。恢恢皇度[㉘]，穆穆圣容[㉙]。
言思其顺，貌思其恭。在视斯明，在听斯聪[㉚]。

登庸以德[31]，明试以功。其恭惟何？昧旦丕显[32]。
无理不经[33]，无义不践[34]。行舍其华，言去其辩[35]。
游心至虚[36]，同规易简[37]。六府孔修[38]，九有斯靖[39]。
泽靡不被[40]，化罔不加[41]。声教南暨[42]，西渐流沙[43]。
幽人肆险[44]，远国忘遐[45]。越裳重译[46]，充我皇家[47]。
峨峨列辟[48]，赫赫虎臣[49]。内和五品[50]，外威四宾[51]。
修时贡职[52]，入觐天人[53]。备言锡命[54]，羽盖朱轮[55]。
贻宴好会[56]，不常厥数[57]。神心所受[58]，不言而喻。
于时肄射[59]，弓矢斯御[60]。发彼五的[61]，有酒斯饫[62]。
文武之道[63]，厥猷未坠[64]。在昔先王，射御兹器[65]。
示武惧荒[66]，过亦为失[67]。凡厥群后，无懈于位[68]。

【作者简介】

应贞（？—269），字吉甫，西晋汝南南顿（今河南项城西）人。应璩之子。晋武帝为抚军大将军时，任为参军。入晋，升任给事中。后任太子中庶子，官至散骑常侍。有集五卷，已佚。《晋书》有传。

【篇旨】

写对晋纳魏禅的态度和看法，表达作者对晋武帝的拥戴与忠诚。

【注释】

① 华林园：在洛阳，魏明帝起名芳林园。齐王芳改为华林。干宝《晋纪》：泰始四年二月，上幸芳林园，与群臣宴，赋诗观志。吕延济注：当晋武帝与群臣射于此园赋诗观志。

② 悠悠：远貌。太上：上古，即远古时代。《释文》：“太上，三皇五帝之世。”

③ 民之厥初：生人之始。民，一作“人”。

④ 皇极：尊大而居中，指帝王统治的准则。皇，大。极，中。肇：

开始。

⑤ 彝伦：天地人之常道。彝，常。伦，理。攸：作助词。敷：播布，实施。

⑥ 五德：秦汉方士以金、木、水、火、土五行相生相克的道理来附会王朝的命运，称五德。

⑦ 膺（yīng）：受。箓：帝王自称其所谓天赐的符命之书。

⑧ 陶唐：指尧帝。《夏书》："东至陶丘，陶丘有尧城，尧尝居之，故号陶唐氏。"谢：去。

⑨ 天历：天之历数。虞：指舜帝。

⑩ 时：一作"是"。

⑪ 眷：眷念。

⑫ 祚（zuò）：福。

⑬ 禅（shàn）：以帝王之位传人，这里指魏禅让于晋。

⑭ 龙飞：喻天子即位。

⑮ 文：文章。虎变：如虎豹之变。

⑯ 玄泽：圣恩。玄，天。

⑰ 仁风：仁惠之风。潜扇：潜动。

⑱ 宅心：居心，存心。

⑲ 方隅：边境四隘，指东夷狄之国。回面：向风，即闻风仰慕。

⑳ 象：日月星辰。

㉑ 地曜其文：指地面山岳、河海、丘陵、平原的形状。曜：通"耀"。

㉒ 朝阳：山的东面。

㉓ 景云：瑞云。

㉔ 嘉禾：生长得特别茁壮的禾稻，古时认为是吉瑞的象征。《孝经·援神契》："王者德至地，则嘉禾生。"《东观汉记》。"济阳县嘉禾生，一茎九穗。"重颖：一茎多穗。颖，禾穗。

㉕ 蓂（míng）荚：古代传说瑞草名，一名历荚。载：则。芬：盛。

㉖ 率土：谓境域以内。

㉗ 胥（xū）：互相。

㉘ 恢恢：宽阔广大貌。皇度：谓天子度量。

㉙ 穆穆：端庄盛美貌。

㉚ 聪：听觉灵敏。

㉛ 庸：用。

㉜ 昧旦：天未全明之时。丕显：大明。

㉝ 理：谓言行。

㉞ 义：合乎正义或公益之事称义。陆贾《新语》："义者德之经，履之者圣也。"

㉟ 辩：指巧言，诡辩。《老子》："善者不辩，辩者不善。"

㊱ 游心：注意，留心。至虚：虚极之意。《管子》：虚无形谓之道。

㊲ 规：法则。易简：简易。《周易·系辞》："《乾》以易知，《坤》以简能，易则易知，简则易从……易简而天下之理得矣。"

㊳ 六府：水、火、金、木、土、谷是货财所聚，故称六府。府，藏财之处。孔：甚。修：装饰，整治。

㊴ 九有：九州。靖：安定。

㊵ 泽：恩泽。

㊶ 化：指惠化，德化。罔：无。

㊷ 声教：声威和教化。暨：至。

㊸ 渐（jiān）：浸入。流沙：古代称今新疆境内白龙堆沙漠一带为流沙，其为当时中西交通主要路线所经。

㊹ 幽人：远人。肆（yì）：通"肄"，弃。

㊺ 遐：远。

㊻ 越裳：古南海国名。重译：辗转翻译。《尚书大传》："成王之时，越裳重译而来朝，曰：道路悠远，山川阻深，恐使之不通，故重三译而朝也。"

㊼ 充：满。

㊽ 峨峨：众盛貌，亦含仪容端庄盛美之意。列辟（bì）：诸侯。

㊾ 赫赫：显赫盛大貌。虎臣：勇猛之臣。

㊿ 五品：指功分五等。

51 四宾：指四夷之宾，即华夏以外的各少数民族。

52 修：因。

53 觐（jìn）：古代诸侯秋朝天子称觐。天人：有道之人，这里指天子。

54 备言：周备与言。锡命：赐命。《尚书大传》：古诸侯之于天子有功者，天子赐其车服，号曰命诸侯。

55 羽盖朱轮：皆为诸侯之车饰。羽盖，以翠羽为饰的车盖。

56 贻：遗留。好：喜爱。

57 数：礼。

58 神心：谓圣心。受：一作“授”。

59 肆：放。

60 御：犹执。

61 发：发矢。五的：古代举行射礼的五种射法。

62 饫（yù）：饱宴。

63 文武：文德与武功。

64 猷：法则。

65 射：一作“躬”。兹器：射礼。《周易》：“弓矢者，器也。”

66 荒：废。

67 过：指对弓矢用之过。

68 懈：懈怠。

【语译】

遥远的太古之时，人类产生之初。大中之道始立，常理随之广布。

五德之君相更递，受天赐符命之书。唐尧既已去位，历数该归虞舜。

于是皇天上帝，出自眷念和照顾，给我晋庇荫赐福，能应期运纳于魏禅。

天子既已即位如龙飞，文章便蔚然似虎变。天泽滂沛而横流，仁惠之风漫拂潜动。

区宇之内皆同心归化，边境四隘也闻风仰慕。天上日月星辰放光辉，地上山川平原在显耀。

凤鸟在梧桐上鸣唱，金龙在祥云里翱翔。禾稻茁壮多发穗，瑞草于庭也繁盛。

境内万物皆有序，臣民人人尽欢欣。天子有宽广的胸怀，天子有端庄的容貌。

考虑其说话温和，考虑其态度恭顺。眼视既能明察，耳听也很聪敏。

以德登天子之位，以功受先帝明试。其恭勤如何？夙夜未明就思政。

合理之事无不办，正义之举无不行。行为舍其浮华，言语去其虚夸。

游心至虚之道，法于简易之理。六府大修建，九州皆安宁。

恩泽无处不被及，惠化无处不加到。声威教化达南疆，西部浸入流沙地。

夷人不辞艰险，外邦忘却遥远。越裳重译而来朝，纷至挤满我皇家。

大大小小众官员，显赫的勇武之将。境内和睦功分五品，境外威震四夷之宾。

各自因时前来贡职，入朝觐见天子。周备与言赐其命，羽盖朱轮满官门。

天子赐其与宴者，虽然不常其礼。但圣心所授予的，却是不言而自明。

于是讲武习射，弓箭执于手中。发矢有五种射法，有酒为之畅饮。

文德与武功，其道未坠地。以往我先王，躬执此射礼。

示武怕荒废，用过亦为失。唯愿众臣百官，皆尽职尽责。

【评析】

这首诗是作者和群臣一道随晋武帝射于华林园时作的，表达了作者对从魏到晋改朝换代的看法和态度，以及他对晋武帝的拥戴与忠诚。开头写自太古以来，五德之君皆递相膺运以受符箓，因而晋纳于魏禅乃是秉承上天之旨意。接着写武帝即位后，天地光明，龙凤呈祥，万物有序，臣民欢欣。再次写当朝天子既有非凡的度量和容颜，又有恭顺聪明之德，而且严于律己，皇泽被九州，声威与教化布达夷狄之国，五品四宾纷纷来朝，入觐贡职。最后联系此次射猎活动，写文武之道既不可废，用武过之亦为失。这隐含着作者对晋武帝的一种期望。全诗文字凝练，诗句多对偶，并富有文采。孙盛《晋阳秋》认为，在当年的同题集诗中，“散骑常侍应贞（祯）诗最美”。这个评价是有根据的。

九日从宋公戏马台集送孔令诗一首[①]

作者：谢宣远　　注译评析：周作秋

风至授寒服[②]，霜降休百工[③]。
繁林收阳彩，密苑解华丛[④]。
巢幕无留燕[⑤]，遵渚有来鸿[⑥]。
轻霞冠秋日[⑦]，迅商薄清穹[⑧]。
圣心眷嘉节[⑨]，扬銮戾行宫[⑩]。
四筵沾芳醴[⑪]，中堂起丝桐[⑫]。
扶光迫西汜[⑬]，欢余宴有穷。
逝矣将归客，养素克有终[⑭]。
临流怨莫从，欢心叹飞蓬[⑮]。

【作者简介】

谢瞻（约383—421），字宣远，南朝宋陈郡阳夏（今河南太康）人。谢晦兄，与灵运过从甚密，赋诗赠答。东晋末，始任桓伟安西参军，后为刘柳建威长史，不久，改任刘裕镇军参军。后任宋中书黄门侍郎、相国从事中郎。曾自请降黜，出任豫章太守。有集三卷，已佚。《宋书》有传。

【篇旨】

写集送孔令辞归，表达诗人当时的心情。

【注释】

① 戏马台：在江苏徐州市铜山区，即项羽掠马台。宋公：刘裕。孔令：孔靖，字季恭，刘裕的老友。义熙十四年（418）六月，刘裕受九锡以季恭为守国尚书令，让不受，辞事东归，刘裕饯之戏马台，参与这一盛会的百官咸赋诗，赞美其事。

② 风：指秋风。授：发给。《诗经·豳风·七月》："七月流火，九月授衣。"

③ 休：停止。《礼记》："季秋之月，霜始降，则百工休。"

④ 苑：花园。华丛：犹花簇。

⑤ 巢幕：筑于帷幕上的巢。

⑥ 遵渚：沿着渚边。渚，水中的小洲。

⑦ 冠：霞在日上故曰冠。即遮掩之意。

⑧ 迅商：商风迅疾。商风即西风。薄：附。清穹：苍穹，苍天。

⑨ 圣心：这里指宋公的德心。嘉节：这里指重阳节。

⑩ 扬銮：摇响銮铃。天子之车有銮铃，车行铃响。戾：至。行宫：此谓戏马台。

⑪ 沾：沾濡。醴（lǐ）：甜酒。

⑫ 丝桐：指琴。古多用桐木制琴，练丝为弦，故称。

⑬ 扶光：日光。《淮南子》："日出阳谷，拂于扶桑。"西汜（sì）：太阳西沉之处。

⑭ 养素：涵养与素性。克：能。终：指终极。

⑮ 飞蓬：飘荡无定的蓬草。以上两句，李善注曰："言己牵于时役，未果言归，临流念乡，已结莫从之怨。而以侍宴暂欢之志，重叹飞蓬之远也。"

【语译】

西风起啊授寒衣，霜降到来百工停。
茂林阳气被收尽，密园花草尽凋零。
幕上巢中无留燕，水中沙洲有来鸿。
云霞轻浮蔽秋日，西风劲吹迫苍穹。
圣心眷顾重阳节，驱车扬铃到行宫。
四周筵席泛酒香，堂中响起琴弦声。
夕阳快要没西山，欢虽未尽宴有终。
别过即将归去客，涵养素性得久长。
临流心生莫从怨，且以欢心叹飞蓬。

【评析】

这首诗是作者从宋公送孔令而作。诗的前八句，从季节的到来、花木的凋零、燕鸿的去来、西风的劲吹等来铺写秋景，表明集送的特定时间和环境。接着四句描写宋公饯宴的欢乐情景。再下四句写到孔令的辞归，希望他能养素有终。末两句表示自己此刻的心愿，要以侍宴的暂欢感叹飞蓬之远。对于这首诗，李善有注说："高祖游戏马台，命僚佐赋诗。瞻之所作，冠于时。"实际上它存在着明显的缺陷，前半部分叙九日过多，后半部分叙本事词意未满，比起灵运的同题作大为逊色。

乐游应诏诗[①]一首

作者：范蔚宗　　注译评析：周作秋

崇盛归朝阙[②]，虚寂在川岑[③]。
山梁协孔性[④]，黄屋非尧心[⑤]。
轩驾时未肃[⑥]，文囿降照临[⑦]。

流云起行盖[8]，晨风引銮音[9]。
原薄信平蔚[10]，台涧备曾深[11]。
兰池清夏气，修帐含秋阴[12]。
遵渚攀蒙密[13]，随山上岖嵚[14]。
睇目有极览[15]，游情无近寻[16]。
闻道虽已积[17]，年力互颓侵[18]。
探己谢丹黻[19]，感事怀长林。

【作者简介】

范晔（398—446），字蔚宗，小字塼，南朝宋顺阳（今河南淅川南）人。范泰之子，出继从伯范弘之。袭封武兴县五等侯。曾任秘书丞新蔡太守尚书吏部郎。因事被贬为宣城太守。后累迁左卫将军、太子詹事。因参与孔熙先等谋杀文帝，立彭城王刘义康，事泄被杀。他少时好学，博通经史，善为文章，晓音律。著有《后汉书》(十志因遇害未成)，存诗多篇。《隋书·经籍志》著录有集十五卷，已佚。《宋书》《南史》有传。

【篇旨】

写游乐游苑的情景和情趣，感叹人生好景不长。

【注释】

① 乐游：指游乐游苑。《丹阳郡图经》："乐游苑，宫城北三里，晋时药园也。"

② 崇盛：谓崇业之人。朝阙：朝廷。

③ 虚寂：谓空静之人，即高人隐士。川岑：山泽。

④ 山梁：此用以指代雉。《论语·乡党》："山梁雌雉，时哉时哉！"故以山梁为雉的代称。协孔性：谓山梁雌雉饮啄自得合乎孔子之性。

⑤ 黄屋：天子车。其车以黄缯为里，故名。

⑥ 轩驾：帝王车驾。肃：戒。

⑦ 文囿（yòu）：指文学之士。照，一作“昭”。

⑧ 盖：车盖，即车子。

⑨ 銮：帝王车驾上的车铃。

⑩ 薄：草木丛生处。蔚：繁茂。

⑪ 台涧：亭台和溪涧。备：尽。曾：高。

⑫ 帐：帷帐。

⑬ 遵：依。蒙密：草丛。蒙，草名。

⑭ 岖嵚（qīn）：险峻貌。也作“嵚岖”。

⑮ 睇（dì）：视。一作“瞻”。极览：极目尽览。

⑯ 游情无近寻：游情自远的意思。

⑰ 闻道：闻人之道。《庄子·太宗师》载：“南伯子葵问乎女偊曰：‘子之年长矣，而色若孺子，何也？’曰：‘吾闻道矣。’”积：久。

⑱ 年力互颓侵：谓年老力衰。

⑲ 丹黻（fú）：赤芾，古代官服外的蔽膝。用以喻荣禄。黻，通“芾”。

【语译】

崇业的人归于朝廷，空静之士志在山林。

雎雉自合孔子之性，乘坐黄屋非帝尧之心。

未戒轩驾亲自访道，且降文囿明德照临。

流云飘飞引导车马，晨风送来阵阵銮铃。

地上草木纷错繁茂，亭台溪涧又高又深。

兰池冒起清夏凉气，帷帐遮日犹如秋荫。

沿着水边手攀草木，顺着山势登上险峰。

极目眺望一览无余，游情自远无法近寻。

闻人之道虽说已久，年老力衰已不能行。

自顾年老惭受荣禄，感此常思归于山林。

【评析】

此诗由于是应诏，自然要对君王有所恭维和赞誉。诗的前八句就是叙写君王驾临乐游苑，而极力颂扬他的美德。作为一国之君，虽然是乘坐黄屋，却非他的尧心所悦；虽然是轩驾未戒，却能亲临文囿，以就清肃之人。这些表现和颂扬写得很巧妙很自然，不露刀斧。接着八句写游园，其中不但描绘自己之所见，而且记下了自己之所游，突出了人的活动，以及在活动中的情趣，从而体现出题旨的“乐游”。最后的四句是在前述的基础上，写作者的感怀，叹息自己年华之易逝，深感在朝受禄之有愧，因而产生告老归田的念头。全诗的感情自然流露，结构绵密，文辞比较浅近而不乏韵味。

九日从宋公戏马台集送孔令诗一首①

作者：谢灵运　　注译评析：周作秋

季秋边朔苦②，旅雁违霜雪③。凄凄阳卉腓④，皎皎寒潭絜⑤。
良辰感圣心⑥，云旗兴暮节⑦。鸣葭戾朱宫⑧，兰卮献时哲⑨。
饯宴光有孚⑩，和乐隆所缺⑪。在宥天下理⑫，吹万群方悦⑬。
归客遂海嵎⑭，脱冠谢朝列⑮。弭棹薄枉渚⑯，指景待乐阕⑰。
河流有急澜，浮骖无缓辙⑱。岂伊川途念⑲？宿心愧将别⑳。
彼美丘园道㉑，喟焉伤薄劣㉒。

【篇旨】

写对孔令的集送，赞孔令的辞归，表达诗人自愧弗如之情。

【注释】

① 见前谢宣远同题诗注。

② 季秋：犹深秋，即农历九月。季，一季中的末一个月。边朔：北方边远之地。

③ 违：避。《列子·黄帝》：“禽兽之智……违寒就温。”

④ 凄凄：衰颓貌。腓（féi）：病，枯萎。

⑤ 皎皎：明净貌。絜，同“洁”。

⑥ 圣心：圣人之心，此指刘裕的心意。

⑦ 云旗：言旗旒如云。暮节：农历九月九日重阳节。

⑧ 葭：乐器名。同“笳”。戾：至。

⑨ 兰卮（zhī）：盛满酒杯的芳香如兰的美酒。卮，古代酒器。献：主人盛酒敬客。时哲：当代贤达之士，指孔靖。

⑩ 有孚：语本《易·未济》：“有孚于饮酒，无咎。”意谓逸乐而不废政事。孚，信用，诚实。

⑪ 和乐：和谐的音乐。

⑫ 在宥（yòu）：指任物自在，宽仁处事。语见《庄子·在宥》：“闻在宥天下，不闻治天下也。”意思是治天下应依照自然和社会规律。

⑬ 吹万：风吹所至，及于万物。群方：指万国。此句用《庄子·齐物》南郭子綦所说“夫吹万不同，而使其自己也”。意思是只有使人任性自在，才能使人欣悦。

⑭ 遂：往。海嵎（yú）：海角山曲。此指会稽山阴，因孔靖是那里的人。

⑮ 脱冠：辞官谢职。

⑯ 弭（mǐ）：停息。棹（zhào）：船。枉渚：弯曲的小洲。

⑰ 指景：指日。阕：终止。

⑱ 浮：行。骖：驾车的马。

⑲ 伊：通“维”。

⑳ 宿心：向来的心愿。愧：孔靖以养素为荣，而己以恋位为辱，故云愧。

㉑ 丘园：本谓只生草木的丘墟和园圃，后指隐居的地方。

㉒ 薄劣：信用薄而才劣。此为诗人自谦之辞。

【语译】

深秋时节边地苦寒，大雁南飞躲避霜雪。百草萋萋尽枯黄，寒潭明净水清澈。

良辰感动圣上心，云旗逶迤重阳节。鸣笳开道来至朱宫，美酒芳香大宴贤哲。

饯宴唯有发扬诚信，君臣陶醉和乐之中。任物自在处事宽仁，万国自得皆欣悦。

归客此去海角山曲，脱冠解绶别朝列。停车驻马小洲边，只待送别曲终歇。

江里行船有急浪，归路驾车无缓辙。哪里只是水陆有别？我违夙愿亦有愧。

你在美好丘园修道，我只叹息自己才质低劣。

【评析】

这首诗是诗人从宋公刘裕饯送孔令而作的。起四句是写景状物，点出时间季节的特点，并隐含孔令辞官归隐的意味。“良辰”四句写宋公集送的情景。“饯宴”四句把宋公之饯的深层意思说清。其中“在宥”二句沉炼精深，义理周严。既是对宋公应允孔令辞归的称颂，也是诗人对政治表达的一种见解和希冀。“归客”六句写孔令的辞归。末四句写进自己送别的感受，将自己对比于孔令而深感有愧，以此突现了孔令的辞归在人们心中所激起的波澜。这首诗写得力厚气足，层次井然，不枝不蔓。当年在集送孔令诗中首推谢宣远之作，其实是不及灵运的。

应诏宴曲水作诗一首[1]

作者：颜延年　　注译评析：周作秋

道隐未形[2]，治彰既乱[3]。帝迹悬衡[4]，皇流共贯[5]。
惟王创物[6]，永锡洪筭[7]。仁固开周，义高登汉。
祚融世哲[8]，业光列圣[9]。太上正位[10]，天临海镜[11]。
制以化裁[12]，树之形性[13]。惠浸萌生[14]，信及翔泳[15]。
崇虚非征[16]，积实莫尚[17]。岂伊人和[18]，寔灵所贶[19]。
日完其朔[20]，月不掩望[21]。航琛越水[22]，辇赆逾障[23]。
帝体丽明[24]，仪辰作贰[25]。君彼东朝[26]，金昭玉粹[27]。
德有润身[28]，礼不愆器[29]。柔中渊映[30]，芳猷兰秘[31]。
昔在文昭[32]，今惟武穆[33]。於赫王宰[34]，方旦居叔[35]。
有睟睿蕃[36]，爰履奠牧[37]。宁极和钧[38]，屏京维服[39]。
朏魄双交[40]，月气参变[41]。开荣洒泽[42]，舒虹烁电。
化际无间[43]，皇情爰眷[44]。伊思镐饮[45]，每惟洛宴[46]。
郊饯有坛[47]，君举有礼[48]。幕帷兰甸[49]，画流高陛[50]。
分庭荐乐[51]，析波浮醴[52]。豫同夏谚[53]，事兼出济[54]。
仰阅丰施[55]，降惟微物[56]。三妨储隶[57]，五尘朝黻[58]。
途泰命屯[59]，恩充报屈[60]。有悔可悛[61]，滞瑕难拂[62]。

【篇旨】

歌颂宋文帝施行的仁义之道，表达诗人对当时社会由乱到治的欣慰之情。

【注释】

① 曲水：古代风俗于农历三月上旬巳日，在水滨宴乐，以祓除不祥，称

为曲水。《水经注》："旧乐游苑，宋元嘉十一年，以其地为曲水。武帝引流转酌赋诗。"此处亦谓引水行酒杯。

② 道隐未形：言大道隐而未见。谓宋公未为天子时。

③ 彰：明。既：终。此句谓延晋之乱以明宋之理。

④ 帝：古代传说中的五帝。迹：行迹，谓功绩。悬衡：悬秤，即天平。《申子》："君必有明法正义，若悬权衡，以称轻重。"

⑤ 皇流：三皇之政治。皇，古代传说中的三皇。

⑥ 王：指宋文帝。创物：创造万物。

⑦ 锡：赐。筭（suàn）：数，谓年数。

⑧ 祚：福。世哲：往昔各代之圣哲。

⑨ 业：德业。列圣：指以往之圣主。

⑩ 太上：谓宋文帝。

⑪ 天临海镜：天镜照海。

⑫ 制：法制。化：风化。

⑬ 形性：犹形神。《庄子·天地》："留动而生物，物成生理，谓之形；形体保神，各有仪则，谓之性。"

⑭ 萌生：谓万物。

⑮ 翔泳：谓鸟和鱼。

⑯ 崇虚：崇尚虚假。

⑰ 积实：积累成实。尚：上。

⑱ 人和：人民欢心。

⑲ 灵：神灵。贶（kuàng）：赐予。

⑳ 朔：农历初一，月亮运行到地球与太阳之间，地面上看不见月光，这种现象谓之朔。

㉑ 望：月圆。

㉒ 航：舟。琛（chēn）：珠宝。

㉓ 辇：车。赆（jìn）：纳贡的财礼。

㉔ 帝体：谓太子。丽明：谓附丽于帝而有明德。

㉕ 仪：匹配。辰：辰极，北极星，即帝王。贰：副贰，即太子。

㉖ 东朝：东宫，为太子所居。

㉗ 昭：明。粹：美。

㉘ 德：文德。润身：使身体沾益而有光荣。《礼记·大学》："富润屋，德润身。"

㉙ 愆（qiān）：丧失。器：指有才能的人。此句谓礼使人成器。

㉚ 柔：和。

㉛ 猷：道。秘：积存。

㉜ 文昭：谓文王之昭。昭穆为古代用以分别宗族内部的长幼、亲疏和远近的称号。宗庙或墓地的辈次排列，以始祖居中。二世、四世、六世位于左方，称昭；三世、五世、七世位于右方，称穆。《汉书》韦玄成议曰："昭穆，父子之迭号，千祀而一也。"

㉝ 武穆：谓武王之穆。

㉞ 於赫：赞叹词。王宰：谓王为宰辅，指宋彭城王义。沈约《宋书》："彭城王义康为司徒。"

㉟ 方：比拟。旦：周公旦。居叔：居于叔位。

㊱ 睟（suì）：润泽温和。睿：明智。蕃：诸王。

㊲ 爰：于。履：所践履之界。奠牧：诸侯得祀名山大川，即牧守之意。

㊳ 宁：安。极：理。和钧：谓斤两斛斗。

㊴ 屏京：谓蕃封。维服：维持五服。

㊵ 朏（fěi）魄：新月的光亮。常指农历每月初三晚上的月光。朏，新月初见貌。魄，月初出之微光。双交：日月交会。

㊶ 月气：二十四节气。

㊷ 开荣：开发万物之荣。

㊸ 化：风化。际：至。

㊹ 爰眷：谓眷下人。

㊺ 镐（hào）：镐京。在今陕西西安西南。周武王灭商后徙都于此。

㊻ 洛：洛阳。

㊼ 郊饯：祭祖。

㊽ 举：举措。

㊾ 幕：帐。兰甸：生有兰草的野田。喻德馨。

㊿ 画流：分流，即画地通水。陛：阶。

51 分庭：谓东西两厢。荐：进。

52 析波：分水以流杯。浮醴：罚酒。

53 豫：欢乐。夏谚：夏朝的谚语。《孟子·梁惠王下》："夏谚曰：'吾王不游，吾何以休？吾王不豫，吾何以助？'"

54 出济：逸诗篇名，中有"出宿于济"句，此言欢豫之事兼同于古。

55 丰施：丰厚之惠施。

56 惟：思。微物：自谓。

57 三妨储隶：谓三任东宫官。妨，阻贤人之路。储，储君，被确认为君位的继承者，住东宫。隶，供役使的人。

58 五尘朝黻：谓五任朝官。尘，沾污。沈约《宋书》："高祖受命，延年补太子舍人，徙尚书仪曹郎太子中舍人，转正员外郎，徙员外常侍，出为始安太守，征中书侍郎，转太子中庶子。"

59 泰：通。屯：艰难。

60 充：充满。屈：短小。

61 悛（quān）：悔改。

62 滞：积留。瑕：瑕疵。喻缺点或过失。拂：抹掉。

【语译】

大道潜隐而尚未显现，乱至终极而加以治理。与五帝的功绩相平衡，与三皇的政治相连贯。

唯有君王创万物，天赐年数使久长。仁比周朝施得广，义比汉代举得高。

福禄集自众世先哲，德业光于以往之圣。天子在上高居正位，临人犹如天镜照海。

法制以风化裁度，形性以宽和树起。恩惠浸养着万物，信义遍及鸟和鱼。

崇尚虚假谅非有征验，积累成实则莫能超越。难道只是人和而已？实为神灵所赐其福。

太阳完全不蚀朔，月亮亦不掩其望。舟载珠宝浮水至，车装贡品越岭来。

太子附帝有明德，追随帝王作副贰。他住在那东宫里，如同金玉之明美。

富德业以润其身，靠礼乐而成其才。心中和明如渊之映，道如兰香积于其身。

昔高祖之子为王同于文王之昭，今帝之子为王同于武王之穆。美啊今王为宰辅，正如周公旦居叔位。

温润明德以感诸王，履于藩服以定牧守。安理其斤两斛斗，为屏京而维持五服。

日月交会始有新光，月气因日月相参而有变。催发物荣靠化雨春风，万物之美如虹电舒光。

风化之微入于无间，天子之情眷恋黎民。思昔日镐京的畅饮，想周公卜洛邑时的欢宴。

在郊祭祖设坛以祭，君之举措必依于礼。张帷幕于兰甸之中，画地通水于高阶之侧。

东西两厢俱作乐，分水流杯来罚酒。欢娱如夏谚所云，此事兼同于古时。

仰视天子丰厚之施，下思于己诚为微物。三任东宫里之小官，五次系上朝官的绶带。

王道通达而己命艰难，王恩充溢而己报犹小。有过悔之事可自改，积滞之瑕却难除。

【评析】

裴子野《宋略》载：“文帝元嘉十一年三月丙申，禊饮于乐游苑。”颜延年的这首诗就是在此次禊饮中应诏而作。诗人首先对文帝的仁义之道作总的概括和描述，说他承继五帝三皇，而又高于周汉；他集世哲之智德，扬先列圣之业光，以至“惠浸萌生，信及翔泳”，并指出这是天意，是神灵所赐的结果。由此自然引出对太子的身世、经历和功绩的赞美歌颂。然后才转入描写此次禊饮的引水行杯，扣上题意。最后是写诗人备受皇恩而无所报的个人感受。全诗对宋文帝的歌功颂德和对时政的粉饰，固然大有言过其实，但是多少反映了当时由乱到治的某些社会现实，表达了诗人的由衷欣慰。此诗写得严谨、华丽，唯雕辞琢句，多用古事，因而略显艰深隐晦。

皇太子释奠会作诗一首[1]

作者：颜延年　　注译评析：周作秋

国尚师位[2]，家崇儒门[3]。禀道毓德[4]，讲艺立言[5]。
浚明爽曙[6]，达义兹昏[7]。永瞻先觉[8]，顾惟后昆[9]。
大人长物[10]，继天接圣[11]。时屯必亨[12]，运蒙则正[13]。
偃闭武术[14]，阐扬文令[15]。庶士倾风[16]，万流仰镜[17]。
虞庠饰馆[18]，睿图炳睟[19]。怀仁憬集[20]，抱智麇至[21]。
踵门陈书[22]，蹑蹻献器[23]。澡身玄渊[24]，宅心道秘[25]。
伊昔周储[26]，聿光往记[27]。思皇世哲[28]，体元作嗣[29]。
资此夙知[30]，降从经志[31]。逖彼前文[32]，规周矩值[33]。
正殿虚筵[34]，司分简日[35]。尚席函杖[36]，丞疑奉帙[37]。
侍言称辞[38]，惇史秉笔[39]。妙识几音[40]，王载有述[41]。
肆议芳讯[42]，大教克明[43]。敬躬祀典[44]，告奠圣灵[45]。
礼属观盥[46]，乐荐歌笙[47]。昭事是肃[48]，俎实非馨[49]。
献终袭吉[50]，即宫广宴[51]。堂设象筵[52]，庭宿金悬[53]。
台保兼徽[54]，皇戚比彦[55]。肴干酒澄[56]，端服整弁[57]。
六官视命[58]，九宾相仪[59]。缨笏匝序[60]，巾卷充街[61]。

都庄云动[62]，野馗风驰[63]。伦周伍汉[64]，超哉邈猗[65]。
清晖在天[66]，容光必照。物性其情[67]，理宣其奥[68]。
安先国胄[69]，侧闻邦教[70]。徒愧微冥[71]，终谢智效[72]。

【篇旨】

通过对皇太子劭释奠于国学及其前后盛况的描述，反映了当时社会儒教的兴盛。

【注释】

① 皇太子：指皇太子劭。释奠：置爵于神前而祭。

② 尚：崇尚。师位：谓老师。

③ 儒门：谓儒学。

④ 禀：说。毓：养。

⑤ 艺：指六艺。

⑥ 浚（jùn）：大。爽：差失。

⑦ 兹：通“滋”，更加。

⑧ 永：长。先觉：认识事物比一般人较早的人。

⑨ 顾：顾思。后昆：后生。

⑩ 大人：指太子。长物：长育万物。

⑪ 继天：谓受命于天。

⑫ 屯：艰难。亨：通。

⑬ 蒙：蒙昧，晦暗。正：纠正，扶正。

⑭ 偃：息。术：道。

⑮ 文令：文学之政令。

⑯ 庶士：众士。风：风范。

⑰ 万流：万人。言人数之众多。镜：鉴镜。

⑱ 虞庠（xiáng）：周学校名，小学。

⑲ 睿图：指孔子的像。炳：显著。睟：温润貌。

⑳ 仁：仁义。憬：远行貌。

㉑ 智：礼智。麇（qún）：成群。

㉒ 踵：至。陈书：陈列其书。

㉓ 蹑（niè）：踩。蹻（jué）：草鞋。器：礼乐之器。

㉔ 澡身：沐浴。玄渊：指道德深远之处。

㉕ 宅心：居心。道秘：与“玄渊”同义。

㉖ 伊：助词。周储：谓周文王为太子时。

㉗ 聿（yù）：言述。往记：前史。《礼记·文王世子》：“文王之为世子，朝于王季，日三。鸡初鸣而衣服，至寝门外，问内竖之御者，曰：‘今日安否何如？’内竖曰：‘安。’文王乃喜。及日中，又至，亦如之。及暮，又至，亦如之。其有不安，则内竖以告文王。文王色忧，行不正履。王季复膳，然后亦复初。”

㉘ 皇：美。世哲：谓太子。

㉙ 元：大。嗣：嗣继。这里指继承王位。

㉚ 资：藉。夙（sù）：早。

㉛ 降：下。经：经典。

㉜ 逖（tì）：远。前文：古文。

㉝ 规周矩值：规矩相当。《尚书大传》：“圣与圣也，犹规子相周，矩之相袭。”值，当。

㉞ 正殿：前殿。虚筵：设筵以待贤。

㉟ 司分：主历之官。简日：择吉日。

㊱ 尚席：尊称学者的座席，即儒席。席容三尺三寸三分地使得指划。指老师。函杖：亦作“函丈”。

㊲ 丞疑：疑丞。古官名。传说供天子咨询的官。帙（zhì）：书函。

㊳ 侍言：侍候别人说话。这里指太子的言语之官。称：称举，荐举。

㊴ 惇（dūn）史：有德行之人的言行记录。这里指直辞之官。秉：执。

㊵ 几音：隐微之音。

㊶ 载：则。

㊷ 肄：一作“肄”，学习。讯：言，问。

㊸ 大教：大道。克：能。

㊹ 躬：躬行。

㊺ 圣灵：先圣的神灵。

㊻ 盥（guàn）：祭名。进爵灌地以降神。

㊼ 荐：进。歌笙：雅乐。

㊽ 昭事：彰示神祇之事。肃：敬肃。

㊾ 俎（zǔ）：祭祀时陈置牲口的礼器。实：这里指祭物。馨：香气远闻。

㊿ 献终：祭毕。袭：因。

51 即宫：就于宫。

52 象筵：铺象牙为席，以示隆重。

53 庭宿：夜列于庭。金悬：谓金鼓之乐。

54 台：谓三公位。东汉以太尉、司徒、司空为三公。保：太保。晋以后，太子官属有太子太保，辅导太子。徽：美。

55 比彦：比肩尽美士。彦，才德杰出的人。

56 肴干酒澄：谓祭毕。《礼记·聘义》：“酒清人渴，而不敢饮也，肉干人饥，而不敢食也。”

57 端服整弁（biàn）：谓去祭服就常服。弁，古时穿礼服所戴的冠。

58 六官：六卿。即冢宰、司徒、宗伯、司马、司寇、司空。

59 九宾：古代朝会大典设九宾。指九个接待宾客的人。相仪：共同助行礼仪。

60 缨笏（hù）：垂缨秉笏，皆朝臣之服。笏，古朝会时所执的手板，有事则书其上，以备遗忘。匝：绕一周为一匝。序：指庠序。古代地方所设的学校。

61 巾卷：盛书的箱箧。

62 都庄：城内的街道。庄，大道。云动：喻观礼的人众多而踊跃。

63 野馗（kuí）：城外的大道。馗同“庄”义。风驰：与“云动”义同。

64 伦：相比。伍：相参。

⑥5 邈：远。猗（yī）：长。

⑥6 清晖：喻日喻帝。

⑥7 性：本性，天性。一作“任”。

⑥8 奥：指深藏之义。

⑥9 忝先国胄：国学以教长子，延年时为国子博士，故谦云之。胄，长。

⑦0 邦教：国之教义。

⑦1 微冥：微贱而愚笨。

⑦2 效：效应。

【语译】

国家尊重老师之位，家家崇尚儒家学说。传道授业以养德，讲论六艺以立言。

治理清明不差于曙，通达道义由昏而明。回想以往先觉之人，莫不注意教育后生。

太子关怀万物生长，继受天命承接圣绪。时逢艰难必能亨通，运遭蒙昧终将扶正。

偃息武术之门道，开举文学的政令。众士倾慕其风气，万人钦仰以为鉴镜。

教馆饰有孔子的圣像，书像炳然温润可亲。怀仁义者远道而来，守礼智者云集而至。

一到门口就陈列其书，草鞋未脱就进献礼器。沐浴在礼义的渊潭，用心在道德的深处。

文王昔为太子时，言恭事孝光前史。思其太子德盛美，身居长位为嗣继。

借此儒学早有知，从学经典为之志。古文经典相去虽远，其中规矩亦与之相当。

天子正殿设下虚筵，主历之官卜择吉日。儒席上面老师端坐，疑丞在侧捧书函。

言官随时来举辞，直辞之官执笔记录。侍从们皆妙识隐微之音，帝王法则有所述作。

习议者以芳美之道相问，大道则能越论越明。恭敬举行祭祀大典，奠酌先圣的神灵。

躬行大礼以盥净手，奏乐进献美妙的歌笙。昭事神祇崇肃敬之德，祭器祭物不足以称馨。

祭礼完毕因得吉祥，遂于宫中广宴以乐。堂上摆设象牙之席，金鼓之乐夜列于庭。

三公太保堪称美，皇亲国戚相比肩。祭毕肴干酒已空，整衣戴冠着常服。

六官唯王命是听，九宾来助行礼仪。垂缨秉笏绕庠序，巾箱书卷满街衢。

城内如同云飞动，城外好比风疾驰。比起周朝与汉代，超然远长而美甚。

日月清晖在天上，明容之光必普照。万物各任其性情，明理宣其深奥之义。

我妄居国胄之先，能侧闻国之教义。自愧微贱且暗昧，无智进献终谢辞。

【评析】

宋文帝元嘉二十年三月，皇太子劭释奠于国学。这首诗是作者为此次释奠会而作的。但诗中不囿于对释奠活动盛况的描述，而是把它置于当时整个社会盛行儒教、提倡国学的背景之下来进行讴歌赞颂，从而深刻地反映了汉代以后儒家思想的统治地位，表达了作者作为国子博士的政治态度和思想倾向。全诗分九段：第一段写禀受道艺以养德立言，培养后生的重要和必要；第二段赞当时开举文学之政令深得人心；第三段描写四方人士踊跃前来投师求学；第四段赞昔日周文王为太子时的勤学苦读；第五段述皇太子平时的重儒待贤；第六段写皇太子释奠仪式的隆重；第七段写祭毕后设宴祝贺的盛况；第八段写释奠活动所产生的深刻影响；第九段写作者个人在这个活动中的感受。这九段的内容，由全局到局部，由一般到具体，层层深入，环环相扣；既有道理的阐明，又有事例的叙述，还有具体场景的描绘，具有一定的说服力和感染力。

侍宴乐游苑送张徐州应诏诗一首①

作者：丘希范　　注译评析：周作秋

诘旦阊阖开②，驰道闻凤吹③。
轻荑承玉辇④，细草藉龙骑⑤。
风迟山尚响，雨息云犹积。
巢空初鸟飞，荇乱新鱼戏⑥。
寔惟北门重⑦，匪亲孰为寄⑧？
参差别念举⑨，肃穆恩波被。
小臣信多幸⑩，投生岂酬义⑪！

【作者简介】

丘迟（464—508），字希范，南朝梁吴兴乌程（今浙江湖州）人。八岁能文。初仕齐为本州从事，官至殿中郎。后仕梁，始中书侍郎，后出任永嘉太守，官至司空从事中郎（一作司徒从事中郎）。他擅长骈文，以《与陈伯之书》最著名。存诗十一首，善于摹写山水，辞采丽逸，对仗工整。有《丘司空集》（一作《丘中郎集》）。《梁书》《南史》均有传。

【篇旨】

写侍宴乐游苑情景及送张徐州，表达了诗人对君王的感恩戴德。

【注释】

① 张徐州：张谡，字公乔，齐明帝时为北徐州刺史。

② 诘（jié）旦：明旦，明朝。阊阖（chāng hé）：宫门。

③ 驰道：天子驰走车马之道。凤吹（chuì）：笙、箫等细乐为凤吹。

④ 荑：茅始生。玉辇：大辇。古代帝王的乘舆。

⑤ 藉：犹铺。龙：马八尺以上为龙。

⑥ 荇（xìng）：水草名。又名接余。嫩时可食，多长在湖塘中。

⑦ 北门：《史记·田敬仲完世家》载，齐威王曰："吾吏有黔夫者，使守徐州，则燕人祭北门。"裴骃曰："齐之北门也。"

⑧ 匪亲孰为寄：《史记·高祖本纪》载，田肯谓上曰："非亲子弟，莫可使王齐矣。"匪，不。寄，委托。

⑨ 参差：纷乱不齐貌。

⑩ 多幸：侥幸。

⑪ 酬义：以义相酬。

【语译】

清晨宫门即敞开，驰道传来笙箫声。
玉辇轻从柔荑过，龙骑翩然细草来。
风过山间犹回响，雨歇仍有云聚集。
倾巢而出鸟翻飞，荇菜繁茂新鱼戏。
唯有北门守任重，非亲非故谁敢托？
别念纷乱心头涌，皇恩浩荡来护庇。
小臣诚为有侥幸，舍命岂能酬其义！

【评析】

这首诗是写侍宴乐游苑送张徐州的。诗人在诗的头四句先写帝王游乐队伍的到来，场面壮观，有声有色，气派非凡。接着四句描绘畅游中所见之胜景：山风回响，雨歇云涌，天空中鸟儿振翅奋飞，水藻间鱼儿追逐嬉戏。形象鲜活，生气勃勃。在如此令人振奋的胜景描写的基础上，诗转入写对张徐州的送别，赞扬他镇守徐州，任重道远，深得皇上的器重与厚待。诗末两句直接写诗人在此次宴游中的感怀，他深感皇恩浩荡，三生有幸。这首诗虽然也写送别，却无一般别离诗的感伤，诗中充满着欢快的情调。

应诏乐游苑饯吕僧珍诗一首[1]

作者：沈休文　　注译评析：周作秋

丹浦非乐战[2]，负重切君临[3]。
我皇秉至德[4]，忘己用尧心[5]。
悯兹区宇内[6]，鱼鸟失飞沉[7]。
推毂二崤岨[8]，扬旆九河阴[9]。
超乘尽三属[10]，选士皆百金[11]。
戎车出细柳[12]，饯席樽上林[13]。
命师诛后服[14]，授律缓前禽[15]。
函轘方解带[16]，峣武稍披襟[17]。
伐罪芒山曲[18]，吊民伊水浔[19]。
将陪告成礼[20]，待此未抽簪[21]。

【作者简介】

沈约（441—513），字休文，南朝梁吴兴武康（今浙江德清）人。历仕宋、齐、梁三代。与范云等助梁武帝成帝业，以功封建昌县侯，官至尚书令兼太子少傅，加特进。卒谥隐。他博通群书，是齐梁文坛领袖。其著作甚丰，原有集一百卷，已散佚。今主要存《宋书》及诗一百七十多首。明人辑有《沈隐侯集》。他提倡“四声八病”之说，与谢朓等共创“永明体”，促进了诗歌由古体向近体发展。其诗注重声律对偶，铿锵和谐，辞藻绮丽，但形式上要求苛细，轻忽思想内容。《梁书》《南史》《宋书》均有传。

【篇旨】

写吕僧珍率兵伐魏的正义和声威。

【注释】

① 吕僧珍：字元瑜，为左卫将军。天监四年（505）冬，大举北伐。

② 丹浦：丹水之滨。在今河南南阳。乐战：乐于战争。《庄子·徐无鬼》曰："兵革之士乐战。"

③ 负重：身负重任。君临：谓统治。以上两句是说，尧时丹水国不服，尧征而克之，此非乐战，但切君临之重，惧百姓不安。

④ 我皇：指梁武帝。至德：至圣之德。

⑤ 用尧心：用帝尧之心以安人。

⑥ 悯：怜。兹：此。

⑦ 鱼鸟失飞沉：鱼鸟失常。喻万物失所。言苦魏侵掠。

⑧ 推毂（gǔ）：古之遣将皇帝推车毂送之。《史记·张释之冯唐列传》载，冯唐曰："臣闻上古王者之遣将也，跪而推毂曰：阃以内，寡人制之；阃以外，将军制之。"二崤（xiáo）：崤山。亦作殽山，又叫嵚崟山。在今河南洛宁西北。山分东崤西崤，故称二崤。岨（zǔ）：险要。

⑨ 旆（pèi）：旗。九河：古代黄河自孟津而北，分为九道，故名。然九河古道，湮废已久，当在今山东德州北，天津南一带地方。阴：水南曰阴。

⑩ 超乘：跳跃上车。喻勇武。三属：古代战士的铠甲。指上身、髀裈、胫缴。属，犹接也。

⑪ 百金：言立百金以招士。《史记·廉颇蔺相如列传》曰：李牧，赵之北边良将也。匈奴入，牧选"百金之士五万人"击之。

⑫ 细柳：古地名。在今陕西咸阳西南。昔汉将周亚夫屯营处。

⑬ 上林：苑名，秦置，汉武帝扩建。在今陕西西安长安区，周至县，鄠邑区界。

⑭ 后服：指后降者。

⑮ 授律：授以律令。缓：舍。前禽：指前降者。禽，同“擒”。

⑯ 函：函谷关，在今河南灵宝南。轘（huán）：轘辕，山名和关口名。在今河南洛阳市偃师区。解带：指披解而出。言将降附。

⑰ 崤（yáo）：崤关。在今陕西商南县西北。披襟：犹披心，谓推诚相与。这里指降附。

⑱ 伐罪：征讨有罪者。芒山：一作邙山，也叫北邙、北芒、北山、郏山，在今河南洛阳东北。汉魏以来，王侯公卿贵族多葬于此。

⑲ 吊：慰问。伊水：伊河。在今河南伊川。浔：涯。

⑳ 告成：事竣。指此次大举北伐之事成功。

㉑ 抽簪：谓弃官引退。簪，冠笄，连冠于发者，仕宦所用。

【语译】

丹浦之战非乐意，君临重任得思虑。

我皇秉承至圣德，以尧之心安黎民。

可怜万物失其所，鸟儿不飞鱼不游。

派兵遣将赴二崤，举旗出征九河阴。

兵卒尽披三属甲，招士个个以百金。

兵车出营于细柳，樽酒设饯在上林。

命师诛杀后服者，授律宽待先降人。

函轘两关方降附，崤武守将又投诚。

伐罪奏响芒山曲，慰民设在伊水滨。

因将陪侍告成礼，故而暂时未抽簪。

【评析】

这是沈约在吕僧珍为左卫将军北伐魏时受命而作的诗，诗作歌颂了此次大举北伐的正义性，以及僧珍受命的荣光。开头六句先写此次兴师伐魏，正如古时帝尧征有苗，是迫不得已的，为的是哀怜和拯救被魏侵掠的人民。接着用八句详叙军队的勇武和声威，描写出兵时的庄严情景。精兵强将，征旗飘扬，天子推毂以送；行饯樽酒，发布条律军令，显示出了征讨之师的力量。再用四句展望征讨过关斩将，势如破竹，最后伐罪安民。诗末两句借武王诛纣燔柴以告武成的典故，说将陪侍此礼故未解簪缨而归，这不但真诚地表达了诗人对此次征战的拥护，而且也是对僧珍寄予深切的期望。全诗写得内容集中，层次分明，感情激越，富有气势。

祖饯

送应氏诗二首[1]

作者：曹子建　　注译评析：周作秋

步登北邙坂[2]，遥望洛阳山。
洛阳何寂寞，宫室尽烧焚[3]。
垣墙皆顿擗[4]，荆棘上参天。
不见旧耆老[5]，但睹新少年。
侧足无行径[6]，荒畴不复田[7]。
游子久不归，不识陌与阡[8]。
中野何萧条[9]，千里无人烟。
念我平常居[10]，气结不能言[11]！

清时难屡得[12]，嘉会不可常[13]。
天地无终极[14]，人命若朝霜[15]。
愿得展嬿婉[16]，我友之朔方[17]。
亲昵并集送[18]，置酒此河阳[19]。
中馈岂独薄[20]？宾饮不尽觞[21]。
爱至望苦深[22]，岂不愧中肠[23]。
山川阻且远，别促会日长[24]。
愿为比翼鸟[25]，施翮起高翔[26]。

【篇旨】

第一首描写洛阳残破荒凉的景象，反映了军阀混战给社会造成的惨重破坏和给人民带来的深重灾难。第二首描写送别应氏的情景，表达了诗人对挚友依恋的感情。

【注释】

① 应氏：指汝南应玚、应璩兄弟，均为诗人。应玚是“建安七子”之一。建安十六年（211）七月，曹植随曹操西征马超，途经洛阳，适值应氏行将北上，遂设宴送别。

② 北邙（máng）：山名，在洛阳城东北，为汉代王公贵族陵墓群集之地，亦是汉代以后历代文人常对之感慨兴衰的地方。

③ 宫室尽烧焚：指初平元年（190），董卓挟汉献帝都长安，把洛阳的宫室宗庙焚毁无遗。

④ 顿擗（pǐ）：倒塌断裂。顿，塌坏。擗，分裂。

⑤ 耆（qí）：年老。

⑥ 侧足：侧着身体走路。

⑦ 畴：田地。

⑧ 陌与阡：田间小路。东西为陌，南北为阡。

⑨ 中野：旷野，原野。

⑩ 我：代应氏设词，并非作者自称。平常居：平日所居的住宅。

⑪ 气结：指胸中郁塞。

⑫ 清时：指政治清明的时候。

⑬ 嘉会：美好的聚会。

⑭ 终极：尽头，终了。

⑮ 人命：人的寿命。

⑯ 嬿（yàn）婉：安详和顺，这里是“友好”之意。

⑰ 朔方：北方。

⑱ 亲昵：亲近的人。

⑲ 河阳：指洛河北岸。阳，水之北。

⑳ 中馈：古时指妇女在家主持饮食之事。这里借指饯行的酒食。

㉑ 觞（shāng）：酒杯。

㉒ 爱至：爱得很深。

㉓ 中肠：内心。

㉔ 长：久。

㉕ 比翼鸟：鸟名，即"鹣鹣"。传说此鸟一目一翼，不比不飞。这里喻亲密的朋友。

㉖ 施翮（hé）：展翅。翮，翎管，翅膀。

【语译】

徒步登上这北邙山，远望洛阳四周的峰峦。

洛阳是多么荒凉冷落，宫殿宗庙全被烧完。

旧时的墙垣断裂倒塌，丛生的荆棘高达云天。

往日的老人都已不见了，看到的尽是后生少年。

侧身行走都摸不着路，土地荒芜再无人耕田。

广阔的原野何等萧条，千里的土地上杳无人烟。

想到故乡竟变成这般模样，我不禁胸中郁塞悲苦难言！

清平盛世不可多得，美好的聚会难以经常。

天地永远不会终结，人生短暂如同晨霜。

愿有机会畅叙友情，我的好友将赴北方。

亲朋好友聚集相送，备酒设宴在洛河北岸。

难道是因为酒肴淡薄？宾客未能畅饮尽欢。

相爱极深期望也深，使我心中深感羞惭。

山川阻隔路途迢远，别时容易会见时难。

但愿化作比翼之鸟，凌空展翅一齐飞翔！

【评析】

这两首诗均为送别应氏而作。前一首先借送别描写社会现实。诗的头两句总领全篇，以下从城内到城外、从物到人，极写洛阳触目惊心的破败荒凉的景象。结末抒写亲临目睹这一切惨象之后发出的无限感慨，诗作虽是代友人设言，但流露了诗人沉痛悲愤的心情。全诗如同一幅色彩凝重的历史画卷，反映了董卓之乱以后二十多年来由于军阀混战所造成的社会动乱、民生凋敝的惨痛现实，表现了诗人对社会的关切和对人民的同情。后一首转入写送别。诗人一开始就把社会现实和送别联系起来，且表示要特别珍惜这次在动乱中难得的聚会。然而，由于离愁难遣，更由于诗人深感力不从心，有负于友人对自己的深情与期望，因而始终未能畅饮尽欢，诗中含藏着某种难言之隐和苦痛，语调亦显得异常深沉。最后诗人摆脱离愁的羁绊，对友人也对自己表示勉励和安慰，表现出对未来仍怀有美好的希望。这两首诗把送别友人与特定的历史背景结合起来，并综合运用叙事、描写、抒情、议论等多种表现方法，使离情别绪和忧国忧民的思想感情得到了和谐而又充分的表现，具有强烈的时代精神和苍凉悲壮的风格，体现出为人们所称道的“建安风骨”。

征西官属送于陟阳候作诗一首①

作者：孙子荆　　注译评析：周作秋

晨风飘歧路②，零雨被秋草③。
倾城远追送，饯我千里道。
三命皆有极④，咄嗟安可保⑤。
莫大于殇子⑥，彭聃犹为夭⑦。
吉凶如纠纆⑧，忧喜相纷绕⑨。
天地为我炉⑩，万物一何小？

达人垂大观[11]，诫此苦不早。
乖离即长衢[12]，惆怅盈怀抱。
孰能察其心[13]，鉴之以苍昊[14]。
齐契在今朝[15]，守之与偕老[16]。

【作者简介】

孙楚（约218—293），字子荆，西晋太原中都（今山西平遥西南）人。少负才气，盛气凌傲。年四十余始参镇东军事，后任佐著作郎，转骠骑将军石苞参军。因傲侮石苞，被免官。征西将军扶风王召为参军，迁梁县令，又升任卫将军司马。惠帝初，为冯翊太守。工于诗及辞赋，书表亦有佳篇。有集十二卷，已散佚。明人辑有《孙冯翊集》。《晋书》有传。

【篇旨】

写诗人在送官属中对人生和当时处境的深切感怀。

【注释】

① 官属：属吏。陟（zhì）阳：亭名。候：亭。

② 歧路：岔道。

③ 零雨：徐雨，断续不止之雨。

④ 三命：指人的寿命长短之三等。《养生经》黄帝曰："上寿百二十，中寿百年，下寿八十。"极：终极，极限。

⑤ 咄嗟：犹呼吸之间。保：指生命的长保。

⑥ 殇：未成年而死。《仪礼·丧服》："年十九至十六为长殇，十五至十二为中殇，十一至八岁为下殇；不满八岁以下，皆无服之殇。"

⑦ 彭聃：彭祖和老子。《列仙传》："彭祖，殷贤大夫，历夏至商末，号年七百。"李耳生于殷时，为周守藏吏，积八十余年，后之流沙，莫之所终。盖百六十余岁，或二百余岁。夭：少壮而死。《庄子·齐物论》："天下莫大于秋豪之末，而太山为小；莫寿乎殇子，而彭祖为

天。”意谓世间万物都是相对的。若达自然之分者，殇者亦足为寿；违理而求者，彭聃犹以为夭。

⑧ 纠缪：交相缪绕。《鹖冠子·世兵》：“祸乎福之所倚，福乎祸之所伏，祸与福如纠缪。”

⑨ 纷绕：犹互起。“绕”一作“扰”。

⑩ 炉：《庄子·大宗师》：“今一以天地为大炉，以造化为大冶，恶乎往而不可哉。”

⑪ 达人：通达知命的人。大观：洞达透彻的观察。

⑫ 乖离：抵触。衢（qú）：四通八达的大道。

⑬ 心：指别离之心。

⑭ 鉴：鉴别。苍昊：苍天。

⑮ 齐：指同心默契。

⑯ 偕：俱。

【语译】

晨风吹拂在岔道，零雨朦胧盖秋草。
倾城而出远追送，为我送行千里道。
长寿也曾有终极，人生须臾岂长保。
殇子可以算长寿，彭聃也可称为夭。
吉凶祸福相纠缠，忧喜悲欢相纷扰。
天地是座大冶炉，陶铸其间何其小?
贤达之士通大观，诚此爱生苦不早。
就此别离即长途，惆怅之情满怀抱。
谁能察我惜别心，唯有取鉴于苍昊。
同心默契在今朝，守此与之共偕老。

【评析】

作者任冯翊太守时，司马骏为征西将军，骏下官属住者送至陟阳候。

这首诗作于此时。诗一开始描写了在一个秋雨蒙蒙的早晨，送队伍出发，人们倾城而出远追送，离情依依，如同生死别。接着，诗人就这一具体事件，抒发了自己对人生的感怀。他认为，人的生命是有极限的，无论是短命或是长寿，都不过是相对而言；世间的事物都是有联系的，就是吉与凶、忧与喜这些矛盾对立的东西，在一定的条件下也是共存的，甚至是互为表里的。以天地为炉，万物居于其间，便宜齐同死生，而不分大小。这也是自古以来达人之大观。诗人最后表示了愿同心默契的惜别之情。该诗题写送别，但并不拘泥于其事件本身，而是把笔宕开，借题发挥，所抒发的感慨，充满着人生的哲理，给人以启迪。在内容结构上，撒开又收拢，首尾呼应，结成一体。

金谷集作诗一首[①]

作者：潘安仁　　注译评析：周作秋

王生和鼎实[②]，石子镇海沂[③]。亲友各言迈[④]，中心怅有违[⑤]。
何以叙离思？携手游郊畿[⑥]。朝发晋京阳[⑦]，夕次金谷湄[⑧]。
回溪萦曲阻[⑨]，峻阪路威夷[⑩]。绿池泛淡淡[⑪]，青柳何依依[⑫]。
滥泉龙鳞澜[⑬]，激波连珠挥[⑭]。前庭树沙棠[⑮]，后园植乌椑[⑯]。
灵囿繁若榴[⑰]，茂林列芳梨。饮至临华沼，迁坐登隆坻[⑱]。
玄醴染朱颜[⑲]，但诉杯行迟[⑳]。扬桴抚灵鼓[㉑]，箫管清且悲。
春荣谁不慕[㉒]？岁寒良独希[㉓]。投分寄石友[㉔]，白首同所归[㉕]。

【篇旨】

写送友至金谷园之所见以及饯饮之情景，感叹人生易逝。

【注释】

① 金谷：水名。郦元《水经注》："金谷水，出河南太白原，东南流，历金谷，谓之金谷水。"东南流，经石崇故居。

② 王生：指王诩，西晋时任征西大将军祭酒。和鼎：和味助鼎。古代以和羹比喻执政，以鼎鼐比喻丞相之位。因而把大臣辅助君王，和心合力治理国政喻为和羹或和鼎。

③ 石子：指石崇。西晋大富豪，历任散骑常侍、荆州刺史等，与潘岳、陆机、陆云等文人均有交。镇海沂（yín）：石崇出守城阳。城阳在今山东鄄城，位于海滨，故云。沂，岸，涯。

④ 迈：行走。

⑤ 中心：心中。违：违愿。

⑥ 畿（jī）：京郊。

⑦ 京阳：指京都洛阳。

⑧ 湄（méi）：岸边。

⑨ 萦：绕。阻：山。

⑩ 阪：山坡。威夷：长貌。

⑪ 淡淡：同"澹澹"，水波动貌。

⑫ 依依：盛貌。

⑬ 滥泉：涌出的泉水。

⑭ 挥：挥散。

⑮ 沙棠：木名。干与叶类棠梨，果红如李。

⑯ 乌椑（bēi）：果木名。

⑰ 囿（yòu）：园。

⑱ 坻（chí）：水中之高地。

⑲ 玄醴：黑黍酒。

⑳ 诉：告诉。

㉑ 桴（fú）：鼓槌。

㉒ 春荣：喻年少。

㉓ 岁寒：喻年老。《论语·子罕》："岁寒然后知松柏之后凋也。"良：确实。希：通"稀"。此二句之义，吕延济另有别解："春草俱耀，岁寒不凋落者亦少也。喻平常之时谁不相亲，至于急难而在者良亦希止。"这亦不失为一家之言。

㉔ 分（fèn）：犹"志"，素质。石友：犹"石交"，指感情深厚牢固之友人。《史记·苏秦列传》载，苏秦谓齐王："此所谓弃仇雠而得石交者也。"

㉕ 归：归宿，结局。

【语译】

王诩和味助鼎，石崇出守海滨。亲友都来相送，心中惆怅难舍。

用什么表达离思？携手同游城郊。早晨从京城出发，晚上抵达金谷岸。

溪谷回绕山转，峰峦高耸路遥。绿池水波荡漾，青柳婀娜婆娑。

涌泉有如龙鳞，激波似撒珍珠。前庭植有沙棠，后园栽有乌椑。

灵囿石榴繁茂，茂林长满芳梨。先在池边饯饮，后移水中高地。

美酒染红面庞，还嫌杯举得迟。扬槌敲击灵鼓，箫管之音清且悲。

青春年华谁不慕？年老力衰实孤寒。投志托意寄诤友，白头与你同所归。

【评析】

这是一首送友饯别诗。石崇《金谷诗序》中说："余以元康六年，从太仆卿出为使持节监青、徐诸军事，征虏将军，有别庐在河南县界金谷涧中……时征西大将军祭酒王诩当还长安，余与众贤共送往涧中……遂各赋诗，以叙中怀。"潘安仁（岳）的这首诗当是在此送别活动中所作。诗的前八句就涉及这一背景。接着，诗人着重描绘了金谷涧和石崇的金谷园的特有景物，赞赏了环境的僻静和幽雅。随后转入写饯饮。最后，抒发自己的感伤之情。其中特别有意味的是末一句"白首同所归"。据《世说新语》载："孙秀既恨石崇不与绿珠，又憾潘岳昔遇之不以礼。后秀为中书令，岳省内见之，因唤曰：'孙令，忆畴昔周旋不？'秀曰：'中心藏之，何日忘之！’岳于是始知不免。后收石崇、欧阳坚石，同日收岳。石先送市，亦不相知。潘后至，石谓潘曰：‘安仁，卿亦复尔耶？’潘曰：‘可谓白首同所归！’”这一诗句竟然在此得到应验。

王抚军庾西阳集别时为豫章太守庾被征还东一首

作者：谢宣远　　注译评析：周作秋

祗召旋北京①，守官反南服②。
方舟新旧知③，对筵旷明牧④。
举觞矜饮饯⑤，指途念出宿⑥。
来晨无定端⑦，别晷有成速⑧。
颓阳照通津⑨，夕阴暧平陆⑩。
榜人理行舻⑪，輶轩命归仆⑫。
分手东城闉⑬，发櫂西江隩⑭。
离会虽相亲⑮，逝川岂往复？
谁谓情可书，尽言非尺牍⑯。

【篇旨】

表现诗人对朋友的依依惜别之情。

【注释】

① 祗：敬。旋：回，归。北京：京都在北，故云。

② 南服：周制，以土地距国都远近分为五服，南方叫南服。反：通“返”。

③ 方舟：两船相并。新：疑作“析”，折散。旧知：指庾西阳。

④ 旷：疏。明牧：王抚军。

⑤ 觞：酒杯。矜（jīn）：苦痛。

⑥ 出宿：指路途上的起居。

⑦ 晨：时。无定端：意思是没有想到离别。

⑧ 晷（guǐ）：日影，此指时间。

⑨ 颓阳：夕阳。通津：渡口。

⑩ 暧（ài）：昏暗。平陆：平坦的陆地。

⑪ 榜人：船工。舻（lú）：船。

⑫ 輶（yóu）轩：轻车。

⑬ 闉（yīn）：城曲重门。

⑭ 櫂（zhào）：划船的长桨，也作“棹”。此借指船。隩（yù）：水岸内曲处，即河湾。

⑮ 离会：指庾与王离，宣远与王会。

⑯ 尺牍：书信的通称。牍，书版。以尺一牍，故称尺牍。

【语译】

你敬奉诏命还京都，我奉职守官返南服。

并船共叙别旧友，筵席对饮远明牧。

举杯痛感此饯别，来日登途将出宿。

来时难料须别离，别去但觉光阴促。

日暮残阳照渡口，黄昏暮霭罩平陆。

船工正在理行舟，归仆即驾回轻车。

分手在此东城门，发船始于西江湾。

别而复会虽相亲，流水哪可再回头？

谁说情可诉于书，书信有尽难尽情。

【评析】

关于这首诗的写作背景，沈约《宋书》记载，当时王弘为豫州之西阳新蔡诸军事抚军将军、江州刺史。庾登之为西阳太守，入为太子庶子。谢宣远时为豫章太守。谢还豫章，庾被征还都，王抚军送至湓口南楼。作者在诗中抒发了对新知旧友的依依惜别之情。前面四句写集别的缘由；“举觞”四句写别离的思虑；“颓阳”四句写即将分离的情景；“分手”六句感叹年命如流水，别后难相见，相隔甚遥远，书信难尽意。诗里所描写的情景如实而又逼真，感情真挚而又深沉。尤其是最后四句，既道出了人之常情，又有诗人此时此刻的独特的深切感受。

邻里相送方山诗一首①

作者：谢灵运　　注译评析：周作秋

祇役出皇邑②，相期憩瓯越③。
解缆及流潮④，怀旧不能发。
析析就衰林⑤，皎皎明秋月。
含情易为盈，遇物难可歇⑥。
积疴谢生虑⑦，寡欲罕所阙⑧。
资此永幽栖⑨，岂伊年岁别？
各勉日新志⑩，音尘慰寂蔑⑪。

【篇旨】

这首诗写与邻里亲友的离情，并流露出诗人对当时现实政治的不满。

【注释】

① 方山：因其山形如方印而得名，又名天印山，在江苏省南京市江宁区东五十里，是晋宋时南京一带重要津渡之一。

② 祇：与“是”通假。役：此指所莅之职，即出守永嘉。

③ 憩：歇息。瓯越：永嘉地处瓯越之地。汉初时，永嘉一带为东瓯王国，东海王摇都东瓯（今浙江温州），俗号东瓯王。

④ 解缆：意谓开船。

⑤ 析析：风吹林木声。

⑥ 物：指衰林秋月。以上两句本于《老子》："神无以灵将恐歇，谷无以盈将恐竭。"

⑦ 疴：病。谢生虑：摒绝为生之谋虑。

⑧ 阙：过失。

⑨ 资此：指藉出守永嘉郡。

⑩ 日新：日日更新。

⑪ 音尘：本谓声音与尘埃，后借指信息。寂蔑：寂寞。

【语译】

此次奉命出京城，相期歇息在瓯越。
解开船缆将远行，怀旧情深不忍发。
风吹枯林析析响，当空秋月多皎洁。
离情早已满心胸，遇物睹景更难歇。
多病摆脱世俗累，清心寡欲少过失。
就此永嘉长幽栖，哪里只是暂别离？
但愿各怀日新志，常通音信慰寂孤。

【评析】

永初三年（422），谢灵运遭贬出任永嘉郡守。这首诗写他离京赴永嘉就任，与邻里亲友握别时难舍难分的情景。开头四句先叙其要奉职远行，已登船解缆，因怀旧而不忍发。接着四句写景抒情。衰林析析，秋月皎皎，给诗人平添了离愁，令其感念流连而不能自已。再四句是诗人自述意志，写自己本来早已为多病而谢去生虑，由寡欲而少所阙失，如今更以此去当作幽栖之计，自然不是与亲朋年岁相别而已。其字里行间，隐含着对自己遭贬远守以及当时现实政治的不满与无奈，话语委婉而凄切。末两句以叮嘱勉励作结。全诗感情无比真挚，结构十分严谨。

新亭渚别范零陵诗一首[①]

作者：谢玄晖　　注译评析：周作秋

洞庭张乐地[②]，潇湘帝子游[③]。
云去苍梧野[④]，水还江汉流。
停骖我怅望[⑤]，辍棹子夷犹[⑥]。
广平听方籍[⑦]，茂陵将见求[⑧]。
心事俱已矣[⑨]，江上徒离忧[⑩]。

【作者简介】

谢朓（464—499），字玄晖，南朝齐陈郡阳夏（今河南太康）人，曾在随王萧子隆幕下任功曹、文学。明帝时任中书郎，出为宣城太守，官至尚书吏部郎。始安王遥光欲废东昏侯自立，朓不从，被害，年仅三十六。少有美名，文章清丽，为“竟陵八友”之一。与谢灵运同族，世称“小谢”，又称“谢宣城”。其诗工于发端，对仗工整，山水诗尤为清俊秀丽。沈德潜在《古诗源》中说：“玄晖灵心秀口。每诵名句，渊然泠然，觉笔墨之中，笔墨之外，别有一段深情妙理。”原有集十二卷，已散佚，明人辑有《谢宣城集》。《南齐书》《南史》均有传。

【篇旨】

描写诗人送别友人，表现双方临别之际无限惆怅的心情。

【注释】

① 新亭：在今南京南。渚：河边。零陵：其郡治在今湖南永州。

② 洞庭张乐：传说黄帝在洞庭奏《咸池》之乐。张，演奏之意。

③ 潇湘帝子：相传帝尧之二女娥皇女英随舜南巡，死于湘水。潇湘，水名。湘水至零陵西与潇水合流，称潇湘。洞庭、潇湘都是范赴零陵经过的地方。

④ 苍梧：山名，即九嶷山。相传舜葬于苍梧之野。

⑤ 骖（cān）：古时驾车位于两旁的马。这里用以代车。

⑥ 棹（zhào）：船。夷犹：犹豫不前。

⑦ 广平：指广平太守郑袤，晋朝人，曾任广平太守，有政绩，为百姓所欢迎。听方籍：声望将高起来。籍，甚，盛。

⑧ 茂陵：指司马相如。相传他作的《子虚赋》得到汉武帝赞赏，经人推荐，遂被召见。

⑨ 心事：指前两句所写的两人的愿望。

⑩ 离：遭逢。

【语译】

黄帝曾在洞庭演奏乐曲，潇湘也曾有帝尧二女来游。

一个像云朵飘向苍梧之野，一个像江汉之水流归建业。

我停车江畔久久怅望，你泊舟江上犹豫不前。

你本想如广平太守卓有声望，我无法像司马相如受人赏识。

一生的宏愿都已付之东流，只有在江上空怀忧愁。

【评析】

这是一首送别诗，它写出作者与友人临别之际的无限惆怅。当时范云赴任零陵郡内史，将路过洞庭、潇湘。作者提及“张乐地”“帝子游”，意在给友人遭贬江南以某些精神上的慰藉。然而，两人一去零陵，一在建业，从此天各一方，这一客观现实所引起的离情，却是难以抚慰平息的。

特别是他们原来志趣相投，胸有抱负，一个希望能施展自己的才能，一个希望能被赏识重用；而今一个遭贬而远去，一个抱病在家中，理想和愿望俱灭。如此遭际使他们更感难舍难分。“停骖我怅望，辍棹子夷犹”这一惜别依依的场面令人为之垂泪。

别范安成诗一首①

作者：沈休文　　注译评析：周作秋

生平少年日，分手易前期②。
及尔同衰暮③，非复别离时。
勿言一樽酒，明日难重持。
梦中不识路④，何以慰相思？

【篇旨】

写与友人别离时的深情厚谊。

【注释】

① 范安成：范岫，字懋宾。南齐时曾为安成内史，故称。

② 易：看得容易。前期：未来再会之期。

③ 衰暮：年老力衰。

④ 梦中不识路：战国时张敏与高惠为友，思念愈甚，便于梦中往寻，但都中途迷路而返。

【语译】

从前年轻的时候，分别再会并不难。

如今彼此都已年老，才觉得不宜再行别离。

不要说这杯酒太微薄，只怕今后难再共饮。

梦中不识道路，那么何以慰藉相思之情？

【评析】

在这首诗里，诗人以一颗诚挚的心，道出了暮年送别友人的真实感受。诗的前半部分概括了人年轻和年老时别离所怀的两种不同的心态，其离情别意更为伤感和沉重。诗的后半部分写以酒送别的感慨。在诗人看来，这杯酒不仅载负着他们挚友之间的深情厚谊，而且此时此刻也许将意味着是最后一次的共饮，它寄托着彼此间永久的思念。诗虽短，但内容集中，感情真挚，语言朴实，声韵和谐，体现了为诗人等所开创的“永明体”的特点。

卷第二十一

诗乙

咏史

咏史诗一首

作者：王仲宣　　注译评析：周作秋

自古无殉死[①]，达人共所知[②]。
秦穆杀三良[③]，惜哉空尔为[④]。
结发事明君[⑤]，受恩良不訾[⑥]。
临殁要之死[⑦]，焉得不相随？
妻子当门泣[⑧]，兄弟哭路垂[⑨]。
临穴呼苍天[⑩]，涕下如绠縻[⑪]。
人生各有志，终不为此移。
同知埋身剧[⑫]，心亦有所施。
生为百夫雄，死为壮士规。
《黄鸟》作悲诗[⑬]，至今声不亏[⑭]。

【篇旨】

慨叹古代三良受恩图报、以死相殉的贵信壮举，流露了作者报效曹氏的忠心。

【注释】

① 殉：以活人陪葬。殷商时多以活人殉葬，周代此风渐衰，但亦未能

绝。说“自古无殉死”，似根据《礼记·檀弓》“以殉葬非礼也”之意。

② 达人：贤达的人。

③ 秦穆：秦穆公，名任好，春秋五霸之一。三良：指子车氏之三子奄息、仲行、鍼虎。秦穆公死，用他们殉葬，时人称此三人为良人。

④ 空尔为：这样做是没有用处的。

⑤ 结发：指年轻时。古代男子二十岁始束发戴冠，以示成年。明君：指秦穆公。

⑥ 不訾（zī）：无数，极言其多。訾，通“赀”，计量。

⑦ 要（yāo）：相约，约定。死：这里指殉葬。《史记·秦本纪》：“秦穆公与群臣饮酒酣，公曰：‘生共此乐，死共此哀。’于是奄息、仲行、鍼虎许诺。及公薨，皆从死。”

⑧ 妻子：妻和子。当：拦阻。

⑨ 垂：同“陲”，旁边。

⑩ 穴：指墓穴。

⑪ 绠縻（gěng mí）：汲水绳及牛鼻绳。

⑫ 剧：甚。

⑬《黄鸟》：《诗经·秦风》篇名，序云：“《黄鸟》，哀三良也。国人刺穆公以人从死，而作是诗也。”

⑭ 亏：停歇。

【语译】

自古没有殉葬之说，通达之士人所共知。

为穆公殉葬杀害三良，毫无宜处令人痛惜。

结发时起便事君王，受君恩宠无法算计。

君王临死相约同死，三良哪能违约不从？

妻儿当门哀伤哭号，兄弟路旁悲痛涕泣。

临视墓穴呼天号地，泪如雨下如绠似縻。

人生在世各有其志，终不为众人之悲而移易。

皆知葬身甚为惨苦，心中却有舍身之意。
生为百夫豪杰之雄，死作壮士忠义的楷模。
《黄鸟》啼作悲愤诗篇，至今鸣声尚未停歇。

【评析】

建安十六年（211）十二月，王粲随曹操西征马超至长安，曾路过三良冢，这首诗当作于其时。作者借咏史以述志，对以活人陪葬的做法，虽深表痛惜，但主要还是赞叹和颂扬了三良受恩图报、以死相殉的贵信壮举。作者之所以如此，我们联系王粲入魏以后深受赏识、急于建功的实际，就不难看出其中带有效忠曹氏的意味。此诗采用欲扬先抑的写法，对三良始怨后誉，为誉而怨；诗的感情先悲后壮，悲壮结合，造成一种矛盾统一的艺术氛围和效果。这在历代众多的咏三良诗中是独具特色的。

三良诗一首

作者：曹子建　　注译评析：周作秋

功名不可为①，忠义我所安②。
秦穆先下世③，三臣皆自残④。
生时等荣乐，既没同忧患。
谁言捐躯易？杀身诚独难。
揽涕登君墓⑤，临穴仰天叹。
长夜何冥冥⑥，一往不复还。
《黄鸟》为悲鸣，哀哉伤肺肝⑦。

【篇旨】

感叹三良杀身殉葬，表达诗人的遗憾之情。

【注释】

① 功名不可为：言功名不由于己，故不可为。《吕氏春秋·慎人》："功名大立，天也。"谓立功垂名，受天之支配，而非人所能为。

② 我：指三良。安：乐。

③ 下世：去世。

④ 自残：自杀。

⑤ 揽涕：犹言拭泪。君：指秦穆公。

⑥ 长夜：喻坟墓。冥冥：言墓中暗黑。

⑦ 伤肺肝：形容极度伤心。

【语译】

功名不可强求，忠义是我所愿。

秦穆公去世时，三臣皆为他殉葬。

生时同享荣乐，死时共担忧患。

谁说捐躯容易？自杀实在是最难。

拭泪登上君墓，墓旁仰天长叹。

墓穴多么黑暗，一去不再复返。

《黄鸟》为之悲鸣，令人摧伤肺肝。

【评析】

这首诗与王仲宣《咏史》同时而作。诗的头两句以三良的口吻，表明三良自己的思想观念。这思想观念是造成他们从殉悲剧的原因。接着写三良从殉的史事。诗人认为，捐躯不易，杀身独难，因而肯定了三良不畏死的精神。然而，三良的死，名为"忠义"实与"忠义"无关。因而诗人写其前往谒墓时，满怀悲哀，仰天长叹。最后引述《黄鸟》诗，寄托了对三良之死的无限痛惜和深刻同情。这首诗运笔非常洗练，从对史事的叙述到感情的抒发，都做到"精"字；语言浅近而富于表现力，韵律和谐。

咏史八首

作者：左太冲　　注译评析：周作秋

弱冠弄柔翰[1]，卓荦观群书[2]。
著论准《过秦》[3]，作赋拟《子虚》[4]。
边城苦鸣镝[5]，羽檄飞京都[6]。
虽非甲胄士，畴昔览穰苴[7]。
长啸激清风，志若无东吴[8]。
铅刀贵一割[9]，梦想骋良图。
左眄澄江湘[10]，右盼定羌胡[11]。
功成不受爵，长揖归田庐[12]。

郁郁涧底松[13]，离离山上苗[14]。
以彼径寸茎[15]，荫此百尺条[16]。
世胄蹑高位[17]，英俊沉下僚[18]。
地势使之然，由来非一朝。
金张籍旧业[19]，七叶珥汉貂[20]。
冯公岂不伟[21]？白首不见招[22]。

吾希段干木[23]，偃息藩魏君[24]。
吾慕鲁仲连，谈笑却秦军[25]。
当世贵不羁[26]，遭难能解纷。
功成不受赏[27]，高节卓不群。
临组不肯绁[28]，对珪不肯分[29]。
连玺耀前庭[30]，比之犹浮云[31]。

济济京城内[32]，赫赫王侯居[33]。
冠盖荫四术[34]，朱轮竟长衢[35]。
朝集金张馆，暮宿许史庐[36]。
南邻击钟磬[37]，北里吹笙竽。
寂寂扬子宅[38]，门无卿相舆[39]。
寥寥空宇中[40]，所讲在玄虚[41]。
言论准宣尼[42]，辞赋拟相如[43]。
悠悠百世后，英名擅八区[44]。

皓天舒白日[45]，灵景耀神州[46]。
列宅紫宫里[47]，飞宇若云浮[48]。
峨峨高门内[49]，蔼蔼皆王侯[50]。
自非攀龙客[51]，何为欻来游[52]？
被褐出阊阖[53]，高步追许由[54]。
振衣千仞岗[55]，濯足万里流[56]。

荆轲饮燕市，酒酣气益振。
哀歌和渐离，谓若傍无人[57]。
虽无壮士节[58]，与世亦殊伦[59]。
高眄邈四海[60]，豪右何足陈[61]？
贵者虽自贵，视之若埃尘。
贱者虽自贱，重之若千钧[62]。

主父宦不达，骨肉还相薄[63]。
买臣困采樵，伉俪不安宅[64]。
陈平无产业，归来翳负郭[65]。
长卿还成都，壁立何寥廓[66]。

四贤岂不伟？遗烈光篇籍[67]。
当其未遇时，忧在填沟壑[68]。
英雄有屯邅[69]，由来自古昔。
何世无奇才？遗之在草泽。

习习笼中鸟[70]，举翮触四隅。
落落穷巷士[71]，抱影守空庐。
出门无通路，枳棘塞中涂[72]。
计策弃不收[73]，块若枯池鱼[74]。
外望无寸禄，内顾无斗储。
亲戚还相蔑，朋友日夜疏。
苏秦北游说[75]，李斯西上书[76]。
俯仰生荣华[77]，咄嗟复凋枯[78]。
饮河期满腹[79]，贵足不愿余。
巢林栖一枝[80]，可为达士模[81]。

【篇旨】

这八首诗大都是借咏古人古事来抒发诗人自己的胸怀和抱负。

【注释】

① 弱冠：古代男子二十岁行冠礼，以示成人，其时身体尚弱未壮，故称“弱冠”。柔翰：毛笔。这里代文章。

② 卓荦（luò）：卓绝出众。荦，超绝，特出。

③《过秦》：《过秦论》，汉贾谊作。

④《子虚》：《子虚赋》，汉司马相如作。拟：与上句“准”同义，以为准则。

⑤ 鸣镝：响箭。古时发射以作战斗信号。

⑥ 檄（xí）：檄文。古时征召文书，上插羽毛以示紧急，谓之“羽檄”。

⑦ 畴昔：往时。穰苴（ráng jū）：春秋时齐景公之将田穰苴，官至大司马，善治军。其后齐威王使大夫整理古司马兵法，附穰苴于其中，号为《司马穰苴兵法》。这里泛指一般兵书。

⑧ 东吴：孙吴。

⑨ 铅刀一割：汉班超上疏中的成语。曰："昔魏绛列国大夫，尚能和辑诸戎，况臣奉大汉之威，而无铅刀一割之用乎？"（见《后汉书·班超传》）铅质的刀很钝，难割东西，一割后难以再用。这里用来比喻自己才钝，只有一割之用。

⑩ 眄（miǎn）：斜视。澄江湘：指平定东吴。当时长江下游及湘水流域大部分属吴国。

⑪ 羌胡：泛指当时西北方的少数民族。

⑫ 田庐：家园。

⑬ 郁郁：茂盛貌。

⑭ 离离：下垂貌。苗：初生的草木。

⑮ 径寸茎：直径仅一寸的茎干。指山上苗。

⑯ 荫：遮盖。百尺条：指涧底松。条，树枝。

⑰ 世胄：世家子弟。胄，后裔。蹑（niè）：登。

⑱ 下僚：小官。

⑲ 金张：指金日磾（mì dī）和张汤两家世族。金、张两人是西汉宣帝时的权贵。《汉书·张汤传》赞："功臣之世，唯有金氏、张氏亲近贵宠，比于外戚。"籍：同"藉"，依靠。旧业：先人的遗业。

⑳ 七叶：七世。珥（ěr）：插。汉貂：汉代侍中官冠旁插貂鼠尾为饰。

㉑ 冯公：指汉冯唐。文帝时为中郎署长，敢直谏，曾指责汉法赏轻罚重之失。至武帝时仍居郎官小职。伟：奇异。

㉒ 招：指进用。

㉓ 希：仰慕。段干木：战国时魏国的贤士，隐居穷巷，不受官禄。《史记·魏世家》说，魏文侯很敬重他，以礼事之，过其门，必伏轼致敬。

㉔ 偃息：退隐高卧。藩魏君：《吕氏春秋·察贤》说，秦欲攻魏，司马

唐谏秦君道："段干木贤者也，而魏礼之，天下莫不闻，无乃不可加兵乎？"秦君以为然。魏国因此免于兵祸。藩，保卫。

㉕ 鲁仲连：战国时齐国的高士。史载秦围赵急，赵准备尊秦为帝，以求罢兵。时鲁仲连正游赵，力言不可，并会信陵君率魏兵至。秦于是退兵。（见《史记·鲁仲连传》）这主要是鲁仲连舌辩的结果，故这里谓之"谈笑"。

㉖ 不羁：不受笼络。

㉗ 功成不受赏：《史记·鲁仲连邹阳列传》曰："于是平原君欲封鲁连，鲁连辞让使者三，终不肯受。平原君乃置酒，酒酣起前，以千金为鲁连寿。鲁连笑曰：'所贵于天下之士者，为人排患释难解纷乱而无取也。即有取者，是商贾之事也，而连不忍为也。'遂辞平原君而去，终身不复见。"

㉘ 组：丝织的绶带。古时为官者用以系印玺结在腰间。绁（xiè）：系。

㉙ 珪（guī）：上圆下方的玉，执之以为瑞信。古代封爵不同爵位给予不同的珪。

㉚ 连玺：成串的印。

㉛ 浮云：语本《论语·述而》："不义而富且贵，于我如浮云。"

㉜ 济济：美盛貌。京城：长安。

㉝ 赫赫：显赫之状。

㉞ 冠盖：冠冕和车盖。指显贵者的穿戴和车乘。术：道路。

㉟ 朱轮：车轮涂着红色的车子。汉代列侯和二千石以上的官可乘朱轮。竟：偏。衢（qú）：大道。

㊱ 许史：指许广汉和史高，汉宣帝时的外戚。据《汉书·外戚传》，许皇后父许广汉被封为平恩侯，广汉两弟也皆封侯。宣帝祖母史良娣侄史高等三人均被宣帝封为侯。这里以"许史"借指当时贵戚。

㊲ 南邻：与下句"北里"均指金张许史之家。磬（qìng）：乐器名，石制。

㊳ 扬子：指扬雄。西汉成都人，博通群书，善于辞赋。其宅在成都少城西南角，一名草玄堂。《汉书·扬雄传》："（扬雄）家素贫，嗜酒，

人希至其门。”

㊴ 舆：车。

㊵ 寥寥：空虚貌。

㊶ 玄虚：扬雄著有《太玄经》十卷，因玄理虚而无形，故谓之。

㊷ 宣尼：孔子。汉平帝时追谥孔子为“褒城宣尼公”。扬雄曾仿《论语》作《法言》十三卷。

㊸ 相如：司马相如，汉代著名辞赋家。扬雄仿相如《子虚》《上林》赋作《甘泉》《长扬》等赋。

㊹ 擅八区：犹言著称于八方。擅，专，据有。八区，八方之城。

㊺ 皓天：明亮的天空。舒：舒缓。这里指缓行。

㊻ 灵景：日光。神州：“赤县神州”的简称，古代对中国地区的一种称谓。

㊼ 紫宫：本星座名，即紫微宫。汉未央宫中有紫宫，此泛指帝王宫禁。

㊽ 飞宇：古代宫殿的屋檐像飞翔之鸟翼，故叫飞宇或飞檐。

㊾ 峨峨：高貌。

㊿ 蔼蔼：众多貌。

51 攀龙客：追随帝王将相以求官禄的人。

52 欻（xū）：忽然。

53 被褐：穿着布衣。

54 高步：“高蹈”之意，指远避，隐居。许由：上古高士。传说尧要让以天下，他不肯受，便遁耕于箕山下。

55 振衣：指抖去衣上灰尘。仞：八尺为一仞。

56 濯足：洗脚。指洗去尘俗之垢。

57 荆轲：《史记·刺客列传》：“荆轲既至燕，爱燕之狗屠及善击筑者高渐离。荆轲嗜酒，日与狗屠及高渐离饮于燕市。酒酣以往，高渐离击筑，荆轲和而歌于市中，相乐也。已而相泣，旁若无人者。”荆轲是战国时卫人，为燕太子丹客，受命刺秦王，失败被杀。

58 无壮士节：指刺秦王未能成功。

⑲ 世：世俗。殊伦：不类。伦，类。

⑳ 邈：同“藐”，小看。

㉑ 豪右：豪门大族。古时以右为上，称世家大族为豪右。陈：说。

㉒ 钧：三十斤为一钧。

㉓ 主父：指主父偃。汉武帝时人。西汉的纵横家。《史记·主父偃传》说他曾游学四十余年，困于燕赵。自言当时“亲不以为子，昆弟不收”。

㉔ 买臣：朱买臣，汉武帝时人，官至丞相长史。《汉书·朱买臣传》说，其初家贫，打柴为生，但好读书，挑柴时行且诵书，其妻以为耻，遂离异而去。

㉕ 陈平：汉初功臣，官至丞相。《史记·陈丞相世家》说，其少时家贫，好读书，居于背着城郭的穷巷，以弊席为门。

㉖ 长卿：司马相如，字长卿，成都人。《史记·司马相如传》说，他游临邛，以琴挑卓王孙之女文君，与之同还成都，家中空无所有，徒四壁立。

㉗ 四贤：指上述四人。遗烈：遗业。篇籍：犹言史册。

㉘ 填沟壑：穷困而死，弃尸于山野沟壑。

㉙ 屯邅（zhūn zhān）：艰难的处境。

㉚ 习习：频飞貌。

㉛ 落落：与人疏远难合。

㉜ 枳（zhǐ）棘：两种有刺的植物。用以比喻仕途上的障碍。

㉝ 不收：不采纳。

㉞ 块：独处貌。枯池鱼：喻处境困危。

㉟ 苏秦：战国时洛阳人。《史记·苏秦列传》说，他先游说秦王吞并天下未被采纳，后游说燕、赵等六国合纵抗秦，佩六国相印。合纵遭破后，自燕逃至齐，为齐客卿，被仇人刺死。

㊱ 李斯：战国时楚上蔡人。《史记·李斯列传》说，他西入秦，得为客卿。时议逐诸侯客，他上书申辩，秦王遂罢逐客令，即所谓“西上

书”。秦统一后，拜为丞相。二世时为赵高所谗死，诛三族。

⑰ 俯仰：俯仰之间，形容时间短促。

⑱ 咄嗟：犹言呼吸之间。凋枯：喻苏秦、李斯的结局。

⑲ 饮河：《庄子·逍遥游》：“偃鼠饮河，不过满腹。”

⑳ 巢林：《庄子·逍遥游》：“鹪鹩巢于深林，不过一枝。”

㉑ 达士：旷达之士。

【语译】

二十岁就擅长写文章，博览群书才华出众。
著文以《过秦论》为准则，作赋以《子虚赋》为典范。
边境苦于敌人的侵扰，告急的文书直向京都飞传。
我虽不是披甲戴盔的战士，穰苴兵法也曾经攻读钻研。
放声长啸激扬着清风，胸怀壮志不把东吴放在眼里。
铅刀虽钝仍有一割之用，我梦中也想施展自己的宏愿。
左边看到江湘的澄清，右边盼着羌胡的平定。
功成身退决不收受官禄，谢绝封赏归隐自家田园。

山谷里的青松郁郁苍苍，山顶上的树苗柔弱细小。
树苗以其细小的茎干，遮盖着青松的百尺之条。
世家子弟登上高座显位，贤能英才只能沉居下僚。
这是地势的高低所致，而且由来已久非止一朝。
金张世家全凭其先人旧业，一连七代插戴汉貂。
冯唐难道算不得奇异？直到白头也不被进用。

我钦羡段干木的声名，在高卧中卫护了魏国之君。
我仰慕鲁仲连的才智，在谈笑间退却了来犯的秦军。
当今世上贵在不受笼络，遭难时能为别人排难解纷。
功成不受任何奖赏，高风亮节卓然超群。

送来的绶带不肯接受，分封的玉珪不愿来分。
哪怕成串的大印光耀前庭，我也把它视若青烟浮云。

京城里的屋舍堂皇富丽，那是王侯贵族之所居。
贵人们冠盖如云遮蔽了道路，王侯的朱轮车驾塞满了长街。
早上聚集在金张的府邸，夜里住宿在许史的庐舍。
南邻敲击钟磬乐声不断，北里吹奏笙竽欢娱不停。
唯有扬子宅寂寥无声，从不与卿相往来相识。
在幽深空廓的屋子里，潜心研读玄远虚空的道理。
扬雄写《法言》慕仲尼，作赋以相如为典范。
岁月悠悠百代之后，英名传扬四面八方。

明亮的天空白日运行，日光照耀着神州大地。
皇都里第宅有如林立，飞檐翩翩好似浮云。
巍峨耸立的高门之内，宫室深宅皆为王侯。
自己并非攀龙附凤之人，为何忽然到此来游？
穿着布衣走出宫门，高蹈远去追寻许由。
上山抖去衣上的尘埃，下河洗掉脚上的污垢。

荆轲在燕市酗酒豪饮，酒意酣畅气势益振。
哀歌和着高渐离击筑，仿佛四周空无一人。
豪壮之举虽未实现，已与世人迥然不同。
高视不凡藐视四海，豪门世家何足挂齿？
豪贵者虽然自以为贵，在我看来如同埃尘。
卑贱者虽然自以为贱，但我看来重若千钧。

主父未能当官时，骨肉至亲也嫌弃。
买臣卖柴度日时，妻子也离他而去。

陈平家贫无产业，背墙搭棚避风雨。
长卿当年还成都，家里空空徒四壁。
四贤难道不奇伟？遗业辉耀垂青史。
当其未能仕进时，担忧弃尸山沟里。
英雄也会历困境，自古以来便如此。
哪个时代不出奇才？只是被埋没在草野里。

笼中之鸟频频欲飞，举翼就碰到笼子四角。
孤身居住穷巷的贫士，形影相吊独守空屋。
出门遭阻不见坦途，荆棘满地堵塞道路。
出谋划策不被采纳，孑然一身有如枯池鱼。
在外没有半点俸金，家中亦无一斗存粟。
亲戚蔑视白眼相加，朋友躲避日益疏远。
苏秦北赴六国游说，李斯西入秦国上书。
俯仰之间得到荣华，转眼之间又变凋枯。
偃鼠饮河只求果腹，贵在不贪安分知足。
鹪鹩筑巢只占一枝，可以成为达士的楷模。

【评析】

左思的这八首咏史诗，从第一首诗中的“左眄澄江湘”来看，大约是作于晋武帝咸宁六年（280）平定东吴以前。它不是一般的咏史，而是借咏古人古事，或甚而只取古人古事的某一点情况来借题发挥，表明自己对各种世事的看法和态度，抒发自己的情怀。第一首可谓是诗人咏史的“总序”，心怀坦诚，直抒胸臆，写自己文才卓异并深通兵略，愿为国立功，功成身退不受爵的抱负。第二首通过比拟，借古喻今，揭露当时颁行九品中正制以后所形成的“上品无寒门，下品无世族”的不平等现象，表现自己的愤慨与不平。第三首歌颂段干木和鲁仲连有功于国而不受爵禄的高尚节操，从中寄托着自己的理想和追求。第四首通过对比描写，以王侯贵族的荒淫奢侈生活作反衬，赞扬扬雄穷居著书而流芳百世。诗人以扬雄自况，也以扬雄自慰。第五首写自己鄙视尘俗，不愿攀龙附凤，希望隐居高蹈以自洁的思想。第六首写主父偃等四贤早年的困境，感叹历来对人才的埋没，表达自己不得志的愤懑心情。第七首讴歌荆轲睥睨四海、蔑视权贵的精神，表示诗人自己对豪门贵族的蔑视。第八首叙写贫士的仕途失意与穷困潦倒，并寄予深切同情；但鉴于苏秦、李斯为追求荣华而丧生的境遇，主张人生应该安贫乐道，做旷达之士。这八首诗以富于变化的各种不同表现手法，抒发了诗人自己的胸怀和抱负，也体现了对西晋社会现实的强烈批判精神。加上语言遒劲，风格雄健峻拔，故胡应麟誉为“古今绝唱”（《诗薮》）。

咏史一首

作者：张景阳　　注译评析：周作秋

昔在西京时[①]，朝野多欢娱[②]。
蔼蔼东都门[③]，群公祖二疏[④]。
朱轩曜金城[⑤]，供帐临长衢[⑥]。
达人知止足[⑦]。遗荣忽如无[⑧]。
抽簪解朝衣[⑨]，散发归海隅[⑩]。
行人为陨涕[⑪]，贤哉此丈夫！
挥金乐当年，岁暮不留储[⑫]。
顾谓四坐宾，多财为累愚[⑬]。
清风激万代，名与天壤俱。
咄此蝉冕客[⑭]，君绅宜见书[⑮]。

【作者简介】

张协（？—307），字景阳，西晋安平（今河北安平）人，张载弟。曾任秘书郎、中书侍郎、河间内史等职。后见天下纷乱，遂屏居乡野。永嘉初，召为黄门侍郎，不就，卒于家。今存诗十三首，以杂诗十首为代表作。其文以《七命》较著名。有集四卷，已散佚，明人辑有《张景阳集》。传附《晋书·张载传》。

【篇旨】

这首诗抒发诗人对西汉时疏广辞官引退和“岁暮不留储”的感慨。

【注释】

① 西京：指西汉都城长安。

② 朝野：朝廷和民间。

③ 蔼蔼：盛多貌。

④ 祖：祭道神，即送行饯别。二疏：指汉时太傅疏广及其侄少傅疏受。他俩因年老同时辞官，公卿大夫在东都门外盛会欢送。

⑤ 朱轩：古代王侯或朝廷使者所乘的红漆车。曜：映耀。

⑥ 供帐：供设帷帐。衢：大道。

⑦ 达人：通达知命的人。

⑧ 遗荣：遗弃荣贵。

⑨ 抽簪：指弃官引退。簪，冠笄，连冠于发，仕宦所用。

⑩ 散发：发不束整。指解冠归隐。

⑪ 陨涕：落泪。

⑫ 岁暮：喻年老。储：积蓄。

⑬ 多财为累愚：《汉书》本传：疏广既归乡里，日与族人故旧宾客娱乐，设宴请食，而不为子孙置田产。他说：“吾岂老悖，不念子孙哉？贤而多财，则损其志，愚而多财，则益其过。”累，犹“负”。累愚，为愚者之累。

⑭ 咄：表示指责，呵叱。蝉冕：犹蝉冠。引申指侍从近贵之官。蝉：貂蝉，古代王公显官冠上的貂尾与蝉羽的饰物。

⑮ 绅：大带。书绅：语出《论语·卫灵公》："子张书诸绅。"

【语译】

昔在西汉长安时，朝内朝外多欢愉。
东都门外人济济，群臣诸公送二疏。
大红轩车耀都城，供设帷帐临大道。
通达之士知止足，遗弃荣贵忽如无。
抽簪弃冠脱朝衣，散发归隐到海隅。
行人感动涕泪落，真是贤哉一丈夫！
散金不惜乐当年，年老不肯留积蓄。
环顾四座众宾友，多财反成愚者累。
清风激励千万代，名声永与天地存。
以此相告贵盛者，二疏之事应见书。

【评析】

这首诗是诗人借咏史来抒发自己在人生历程上的深切感受，表达自己对现实和对人生的观点和态度。诗中先以热情的笔调，描写西汉时公卿大夫们欢送二疏辞官归里的盛况；接着边叙边议二疏这一壮举的难能可贵，以及深受人们钦佩；然后高度概括地叙述了疏广归里后，囊中尽解不留储的事迹，并突出了他的"多财为累愚"的深刻见解；最后对这一史事给予高度的评价，告诫仕者该从中受到启示。全诗由于所咏的史事典型生动，诗人体会深刻，感情流入笔端，描写、叙述、抒情和议论能有机结合，因而具有一定的说服力。

览古一首

作者：卢子谅　　注译评析：周作秋

赵氏有和璧[1]，天下无不传。
秦人来求市，厥价徒空言[2]。
与之将见卖[3]，不与恐致患。
简才备行李[4]，图令国命全[5]。
蔺生在下位[6]，缪子称其贤。
奉辞驰出境，伏轼径入关。
秦王御殿坐[7]，赵使拥节前[8]。
挥袂睨金柱[9]，身玉要俱捐。
连城既伪往[10]，荆玉亦真还[11]。
爰在渑池会[12]，二主克交欢[13]。
昭襄欲负力[14]，相如折其端[15]。
眦血下沾衿[16]，怒发上冲冠。
西缶终双击[17]，东瑟不只弹[18]。
舍生岂不易，处死诚独难。
稜威章台颠[19]，强御亦不干[20]。
屈节邯郸中[21]，俯首忍回轩[22]。
廉公何为者？负荆谢厥諐[23]。
智勇盖当代[24]，弛张使我叹[25]。

【作者简介】

卢谌（285—351），字子谅，东晋范阳涿（今河北涿州）人。敏于才思，好老庄之学，善诗文。始任太尉掾。洛阳沦陷，北依刘琨，为刘粲所虏。粲败，复归刘琨，任司空主簿，转从事中郎。建兴末，随刘琨投段匹磾，任幽州别驾。刘琨被段杀害后，流寓于辽西近二十年。辽西破，归石季龙，任国子祭酒、侍中、中书监。后为冉闵所杀。原有集十卷，已散佚。今存诗八首，诗中多慷慨凄怆之辞。还有散文多篇。传附《晋书·卢钦传》。

【篇旨】

写蔺相如完璧归赵的故事，表达诗人对其智勇双全的崇敬。

【注释】

① 和璧：亦名和氏璧。春秋时楚人卞和在山中得一璞玉，曾先后献给赵厉王与武王，均被说是石头而遭断足。后来又献给文王，文王使人剖璞，果得宝玉，为无价之宝。《史记·廉颇蔺相如列传》："和氏璧，天下所共传宝也。"

② 厥价：其价，指用十五城易璧。空言：空话，大话。

③ 见卖：谓卖己。

④ 简：择。行李：使者。

⑤ 国命：国家的命脉。

⑥ 蔺生：蔺相如。时为缪贤舍人。

⑦ 御殿：宫殿，即章台。

⑧ 节：符节，古时使臣执以示信之物。

⑨ 袂（mèi）：衣袖。睨（nì）：斜视。

⑩ 连城：指易璧的十五城。伪：诈伪。

⑪ 荆玉：指和璧。荆，荆山。

⑫ 爰（yuán）：语首助词。渑（miǎn）池：古城名。因南有渑池而得名。在今河南渑池西。

⑬ 二主：指秦昭王和赵惠文王。《史记·廉颇蔺相如列传》："秦王使使者告赵王，欲与王为好，会于西河外渑池。"

⑭ 负：恃。

⑮ 端：绪。

⑯ 眦（zì）血：眼眶裂开滴血。形容盛怒。

⑰ 西缶（fǒu）：缶，古乐器。因秦在西，故曰西缶。

⑱ 东瑟：瑟，古乐器。因赵在东，故曰东瑟。

⑲ 棱威：威严。

⑳ 干：犯。

㉑ 屈节：忍受羞辱之意。此指蔺相如对廉颇的忍让。节，操。邯郸：赵的国都。

㉒ 俯：低头。轩：车子。

㉓ 諐（qiān）：同"愆"，罪过。

㉔ 智勇：《史记·廉颇蔺相如列传》太史公曰："（相如）其处智勇，可谓兼之矣。"

㉕ 弛张：《礼记》孔子曰："一张一弛，文武之道也。"此指忍让廉颇与折秦王。弛，放松弓弦。

【语译】

赵国有宝和氏璧，天下无不竞相传。
秦王差人来求买，其价可全是空言。
若给就会上大当，不给又怕遭祸患。
选才准备派使者，令把国命来保全。
相如地位虽卑下，缪子称赞有贤才。
相如奉命奔出境，乘车伏轼直入关。
秦王上朝章台坐，赵使拥节立殿前。
挥袖斜视身边柱，连身带玉俱弃捐。
连城既然是伪诈，璧玉完好得归还。
秦赵两国渑池会，二国君主相交欢。
昭襄恃强用武力，相如先挫其威风。

目眦尽裂血沾襟，毛发尽竖上冲冠。
秦王被迫击西缶，赵王东瑟倒免弹。
舍生并非不容易，处死立事诚独难。
凛凛章台威风倒，暴秦对他不敢犯。
邯郸城中受羞辱，低头忍让车绕弯。
廉公得知又何为？负荆登门来谢罪。
有智有勇盖当世，一张一弛使我叹。

【评析】

诗人把历史上有名的廉颇和蔺相如的故事，通过自己的感受，用诗的形式描述出来，从而热情地歌颂了蔺相如的智勇双全，以及以国家利益为重而不惜牺牲自己的高尚情操。全诗只有三十六句，却能将完璧归赵、渑池会、将相和故事的始末和来龙去脉写得清清楚楚，而且形象生动，这是极不容易的。在写法上，首先是抓住主要情节，突出重点，如对蔺相如两次与秦王交锋的场面，都做出具体描写和渲染。其他的枝节则从略。其次是对蔺相如在矛盾斗争中的形象和表现，能饱含激情地进行绘声绘色的描写，使读者如见其人，如闻其声。

张子房诗一首[①]

作者：谢宣远　　注译评析：周作秋

王风哀以思[②]，周道荡无章[③]。
卜洛易隆替[④]，兴乱罔不亡[⑤]。
力政吞九鼎[⑥]，苛慝暴三殇[⑦]。
息肩缠民思[⑧]，灵鉴集朱光[⑨]。
伊人感代工[⑩]，聿来扶兴王[⑪]。

婉婉幕中画[12]，辉辉天业昌[13]。
鸿门消薄蚀[14]，垓下殒搀抢[15]。
爵仇建萧宰[16]，定都护储皇[17]。
肇允契幽叟[18]，翻飞指帝乡[19]。
惠心奋千祀[20]，清埃播无疆。
神武睦三正[21]，裁成被八荒[22]。
明两烛河阴[23]，庆霄薄汾阳[24]。
銮旍历颓寝[25]，饰像荐嘉尝[26]。
圣心岂徒甄[27]？惟德在无忘[28]。
逝者如可作，揆子慕周行[29]。
济济属车士[30]，粲粲翰墨场[31]。
瞽夫违盛观[32]，竦踊企一方[33]。
四达虽平直[34]，蹇步愧无良[35]。
飡和忘微远[36]，延首咏太康[37]。

【篇旨】

颂扬张良佐汉之功绩，并借此为宋高祖歌功颂德。

【注释】

① 张子房：张良。战国末年韩国人，字子房，秦末刘邦起兵时，为刘邦谋士，佐汉灭秦楚，因功封留侯。

② 王风：王者的教化。

③ 周道：周王朝的治国之道。章：纲纪法规。

④ 卜洛：《尚书·洛诰》，相传为周公追述卜洛阳吉而建为东都的事。后来因称经营京都为卜洛。替：废。

⑤ 罔：副词，毋，不。

⑥ 力政：以力为政。此处谓秦。九鼎：古代象征国家政权的传国之宝。此处指周之九鼎。

⑦ 苛慝暴三殇：《礼记·檀弓》曰："孔子过泰山侧，有妇人哭于墓者而哀。夫子式而听之，使子贡问之，曰：'子之哭也，一似重有忧者。'而曰：'然，昔日吾舅死于虎，吾夫又死焉，今吾子又死焉。'夫子曰：'何为不去也？'曰：'无苛政。'夫子曰：'小子识之，苛政猛于虎也。'"苛，犹"虐"。慝（tè），同"忒"，恶。暴，糟蹋。殇，死。

⑧ 息肩：卸去负担。

⑨ 灵鉴：天鉴，明察。朱光：火德。古代方士有"五德"之说，以帝王受命正值五行的火运，称为火德。

⑩ 伊人：这个人，指张良。感：尤应。代工：人代天工。

⑪ 聿（yù）：遂。

⑫ 婉婉：和顺貌，此处为从容之意。幕中画：犹言运筹帷幄之中。幕，幔。画，筹划。

⑬ 辉辉：光辉貌。

⑭ 鸿门消薄蚀：谓《史记·项羽本纪》中鸿门宴的故事。故事说，范增劝项羽急击沛公。沛公从百余骑到鸿门来见项羽，项羽留沛公饮。席间，范增数目项羽击沛公，项羽默然不应。后项庄拔剑起舞，意在沛公，但终不得逞。最后沛公得以溜走。从此项羽失去了称霸的可能。鸿门，在今陕西西安市临潼区。薄蚀，指日月相掩蚀。这里喻项刘的争霸。

⑮ 垓下殒搀抢：《史记·项羽本纪》：汉五年，汉王乃追项王，至阳夏南，用张良的计策，会各地诸侯，并力击楚，围项王于垓下。垓下，在今安徽灵壁东南。殒，坠落。搀抢，彗星，喻项羽。

⑯ 爵仇：谓封雍齿。雍齿与刘邦有故怨，后从刘邦起兵，叛而复归。虽有战功，终为刘邦所不快。刘邦称帝，大封功臣。诸将日夜争功不决，人怀怨望。刘邦乃从张良之言，先封雍齿为侯，以表明不计宿怨。于是群臣皆喜："雍齿且侯，吾属无患矣！"事见《史记·留侯世家》。萧宰：指萧何。

⑰ 定都：刘邦击败项羽后，娄敬说上曰："陛下都洛阳不入关。"上问良，良劝上入长安，是日车驾西都长安。护储皇：上欲废太子，立戚夫人赵王如意。吕后恐，以问良。良为划计，得不易太子。储皇，太子。以上二事《史记》《汉书》均有记载。

⑱ 肇允契幽叟：秦末，张良尝从容步游下邳圯上，有一老父，衣褐，至良所曰："孺子可教矣。后五日平明，与我期此。"良夜半往。有顷，父亦来，喜，出一编书曰："读是则为王者师。"旦日视其书，乃《太公兵法》。肇，始。允，信。幽叟，老仙人。事见《史记·留侯世家》，《汉书》亦载。

⑲ 翻：飞貌。帝乡：神话中天帝居住的地方。此句谓张良愿弃人间事，欲从赤松子游，于是学道欲轻举。

⑳ 惠心：善良的心地。千祀：千年。

㉑ 神武：谓宋高祖（刘裕）。三正：指天、地、人的三道。《汉书》："其于三正也，黄钟子为天正，林钟未之冲丑为地正，太族寅为人正。"

㉒ 八荒：八方荒远之地。

㉓ 明两：本谓离卦中说的两明前后相续之象，后用以指帝王，颂扬其明照四方，比喻宋高祖。河阴：舜之所居。

㉔ 庆霄：庆云，比喻宋高祖。汾阳：尧之所居。

㉕ 旍（jīng）：同"旌"，旗。颓寝：坠倒。

㉖ 饰像：《周礼·地官·封人》曰："凡祭祀，饰其牛牲。"饰，整治。尝：秋祭。

㉗ 圣心：皇帝圣明之心。甄：表。

㉘ 惟：思。

㉙ 揆（kuí）：揣度。子：谓张良。周行：周之列位，喻宋。以上两句是说：死者如可起之而令仕，揣度张良之意亦慕我宋朝。

㉚ 济济：众多貌。属车：皇帝侍从车子。

㉛ 粲粲：鲜明貌。翰墨场：指文坛。

㉜ 瞽（gǔ）夫：盲人。作者自谓。违：离。

㉝ 竦：引领举足。企：踮起脚跟。

㉞ 四达：指道路四通八达。

㉟ 蹇（jiǎn）：跛脚。

㊱ 飡和：犹饮和。本谓使人自得其和，后用作施恩泽之意。飡同“餐”“飧”。微远：微贱，作者自称。

㊲ 延首：伸头远望，多形容殷切想望。太康：年号，280年至289年。因司马炎统一全国，结束了汉末以来的动荡局面。

【语译】

王者教化令人哀伤，周朝治国之道已杂乱无章。

卜洛可知盛变废，兴乱没有国不亡。

秦王武力吞九鼎，苛政猛于虎三殇。

百姓盼望卸重担，天鉴明察集朱光。

张良应时代天工，遂来辅佐刘汉王。

幕中从容来谋划，天业光辉日日昌。

鸿门解救刘邦难，垓下之役彗星落。

封爵雍齿立萧相，定都长安护太子。

初即取信黄石公，晚乃游心于帝乡。

善良心地传千年，清尘功绩播无疆。

神武高祖和三正，裁制成理德八方。

高祖比舜还光明，高祖比尧尧亦轻。

亲见寝庙既颓毁，更饰其像来秋祭。

圣心怎会空来表？思德贵在不遗忘。

死者若还能复生，谅他亦慕宋周行。

皇帝侍从多如云，翰墨场上多灿烂。

我这盲夫离得远，举足观望在一方。

路虽通达又平直，自愧蹇跛无良才。

恩泽广被忘卑贱，引颈遥望咏太康。

【评析】

谢宣远的这首诗，主要是写张良佐汉的功绩，歌颂他人代天工、功成身退的精神。诗的前八句，从周末的无道写到秦王的暴政，人民陷入水火，渴望息肩。“伊人”八句，写张良就在这种天怒人怨的时代背景下，人代天工，辅佐汉王，出谋划策，消灭项楚，为建立和巩固汉王朝政权，创下了一系列功绩。“肇允”四句，写张良初受天意而奋拼，晚乃心游于帝乡，功成身退，千古流芳。“神武”十句，歌颂宋高祖的德政与圣明。最后八句，诗人写自己的感受：在这昌明的时代里，自己是盲夫，是跛者，毫无本事，无所作为，深感惭愧。这首诗，据李善所注“王俭七志曰：高祖游张良庙，并命僚佐赋诗，瞻之所造，冠于一时”。其实之所以被认为“冠于一时”，当与它对当朝者歌功颂德有关。而这种歌功颂德未免言过其实，故不足取。

秋胡诗一首①

作者：颜延年　　注译评析：周作秋

椅梧倾高凤②，寒谷待鸣律③。
影响岂不怀④，自远每相匹⑤。
婉彼幽闲女⑥，作嫔君子室⑦。
峻节贯秋霜⑧，明艳侔朝日⑨。
嘉运既我从，欣愿自此毕。
燕居未及好⑩，良人顾有违⑪。
脱巾千里外⑫，结绶登王畿⑬。
戒徒在昧旦⑭，左右来相依。
驱车出郊郭，行路正威迟⑮。
存为久离别，没为长不归。

嗟余怨行役[16]，三陟穷晨暮[17]。
严驾越风寒，解鞍犯霜露。
原隰多悲凉[18]，回飙卷高树。
离兽起荒蹊，惊鸟纵横去。
悲哉游宦子，劳此山川路。
超遥行人远，宛转年运徂[19]。
良时为此别，日月方向除[20]。
孰知寒暑积，僶俛见荣枯[21]。
岁暮临空房，凉风起座隅。
寝兴日已寒，白露生庭芜[22]。
勤役从归愿，反路遵山河。
昔辞秋未素[23]，今也岁载华[24]。
蚕月观时暇，桑野多经过。
佳人从此务[25]，窈窕援高柯[26]。
倾城谁不顾[27]，弭节停中阿[28]。
年往诚思劳[29]，事远阔音形[30]。
虽为五载别，相与昧平生[31]。
舍车遵往路[32]，凫藻驰目成[33]。
南金岂不重[34]，聊自意所轻。
义心多苦调[35]，密比金玉声[36]。
高节难久淹[37]，朅来空复辞[38]。
迟迟前涂尽[39]，依依造门基[40]。
上堂拜嘉庆，入室问何之。
日暮行采归，物色桑榆时[41]。
美人望昏至，惭叹前相持[42]。
有怀谁能已，聊用申苦难。
离居殊年载，一别阻河关[43]。
春来无时豫[44]，秋至恒早寒。

明发动愁心[45]，闺中起长叹。
惨凄岁方晏[46]，日落游子颜。
高张生绝弦[47]，声急由调起。
自昔枉光尘[48]，结言固终始[49]。
如何久为别，百行諐诸己[50]。
君子失明义，谁与偕没齿[51]。
愧彼《行露》诗[52]，甘之长川汜[53]。

【篇旨】

根据秋胡戏妻的故事写作。歌颂了秋胡妻的坚贞节操。

【注释】

① 秋胡：《列女传》曰："鲁秋胡洁妇者，鲁秋胡子之妻。"其故事说，秋胡子娶亲才几天即外出做官，五年乃归。在归家路上，见到一美妇人在采桑，便起邪念，加以调戏，回到家后才知道她正是自己的妻子。秋胡妻见自己日夜思念和盼归的丈夫竟是这样一个无耻之徒，深感羞愧和愤恨，遂自投而死。

② 椅梧：桐树的一种，可作琴瑟。

③ 寒谷待鸣律：刘向《别录》曰："邹衍在燕，有谷，寒不生五谷，邹子吹律而温至，生黍也。"律，定音器。

④ 影响：指前面两句所说的情况。怀：思，顾。

⑤ 自：作"虽"义用。相匹：指男女相匹配。

⑥ 婉：美好。幽闲：沉静、安闲。

⑦ 嫔：妇。室：男以女为室。

⑧ 峻节：高尚的节操。

⑨ 侔（móu）：等。

⑩ 燕居：安居。

⑪ 良人：古时妇女称丈夫。顾：反。

⑫ 巾：处士所服。

⑬ 绶：印带。仕者所佩。王畿（jī）：王城附近的地域。此处指陈，在今河南淮阳及安徽亳州一带。

⑭ 戒徒：谓嘱徒打点出发。昧旦：天未大亮之时。

⑮ 威迟：同“威夷”，遥远而曲折。

⑯ 余：秋胡自谓。行役：因服役而跋涉在外。

⑰ 三陟（zhì）：旅途辛劳。语本《诗经·周南·卷耳》：“陟彼崔嵬，我马虺隤”“陟彼高岗，我马玄黄”“陟彼砠矣，我马瘏矣”。

⑱ 隰（xí）：低湿之地。

⑲ 徂（cú）：往。

⑳ 除：四月为除。亦含除陈生新之意。

㉑ 僶俛（mǐn fǔ）：犹须臾。荣枯：春荣冬枯。

㉒ 芜：草。

㉓ 未素：指树叶未凋零。

㉔ 载华：谓草已荣。

㉕ 佳人：美女。此：所。务：事。

㉖ 窈窕：美好貌。援：引。柯：草木枝茎。

㉗ 倾城：指美貌女子。

㉘ 弭（mǐ）节：驻车。弭，止。节，行车进退之节。中阿：阿中。阿，山坡。

㉙ 思劳：思之劳。

㉚ 阔：疏远。

㉛ 昧平生：不识少时。

㉜ 往路：所来从之路。

㉝ 凫（fú）藻：凫之戏于水藻，喻欢悦。凫，野鸭。目成：男女钟情，以目通意。成，亲。

㉞ 南金：南方出产的铜。古时所谓金多指铜。《诗经·鲁颂·泮水》：“大赂南金。”

㉟ 义心：坚守节义之心。

㊱ 密：亲切。金玉：喻贵重之意。

㊲ 高节：高尚节操。

㊳ 朅（qiè）：去。

㊴ 迟迟：徐行貌。

㊵ 依依：恋恋不舍。

㊶ 物色：景色，天色。桑榆：言日落影在树端，喻日暮。

㊷ 前相持：指前面发生的双方对立的情况。

㊸ 河关：河流和关隘。

㊹ 豫：欢乐。

㊺ 明发：黎明。

㊻ 岁方晏：指一年将尽。

㊼ 高张：高亢而急促的音调。绝弦：断绝琴弦。

㊽ 光尘："和光同尘"之省。意谓含敛光耀，混同尘世。《老子》五十六章："和其光，同其尘。"

㊾ 结言：口头结盟或订约。《楚辞·离骚》："解佩纕以结言兮，吾令蹇修以为理。"终始：指人生之终始。

㊿ 百行：多方面的品行。諐（qiān）：过失。

(51) 没齿：犹言终身。

(52)《行露》诗：指《诗经·召南·行露》。为一女子拒绝与一已有家室的男子重婚而写，写强暴之男不能侵凌贞女。

(53) 汜（sì）：水决复入河为汜。

【语译】

椅桐盼望凤鸟来栖，寒谷等待鸣律送温。

如影随形响应声，不辞远路来相匹。

那位美貌窈窕女，好作嫔妇为人室。

节操高尚如秋霜，容貌明艳像朝日。

幸得好运伴己身，美好心愿成现实。
新婚燕居未及欢，丈夫甚而远别离。
脱巾去到千里外，系上官印赴王畿。
天未大亮就登程，左右随行来相依。
驱车驾马出城廓，行路遥远又弯曲。
活着乃是久别离，死了永远无归期。
嗟叹自己怨行役，日夜兼程多苦辛。
整治车驾顶风寒，解鞍歇息冒霜露。
平原洼地多荒凉，疾风四旋卷高树。
野兽离散逃荒原，鸟儿受惊翻飞去。
可叹可悲游宦子，辛劳跋涉山川路。
路途遥遥人行远，时光流逝又一年。
良辰之时为此别，日月辗转又四月。
谁知寒去暑又来，俯仰之间见荣枯。
一年将尽守空房，座席四周生凉风。
晨昏起卧日已寒，庭院草叶挂白露。
勤奋入仕好复还，返归来路沿山河。
当年别时叶未落，如今已见草木荣。
三月观时有闲暇，来到郊野采桑处。
女子忙于养蚕事，中有美妇援高枝。
倾城美人谁不羡？把车停在山丘旁。
分别多年诚思念，无奈日久忘音容。
虽然别离五年整，重逢竟然不相识。
停车在那来路上，如凫戏水目传情。
南金哪有不贵重？我自心中看得轻。
坚守节义多苦辞，句句胜似金玉声。
节操坚贞难打动，花言巧语尽落空。
挪步走完归家路，恋恋不舍到家门。

上堂先拜父母亲，入室问及妻何往。
日暮方才采桑归，已是太阳落山时。
美人黄昏入家来，愧叹交加上前迎。
相思之情谁能止？聊且用来诉苦衷。
外出离居断年月，一别隔水又隔山。
春来无时得欢愉，初秋方至早感寒。
天未亮时心发愁，夜半闺中长悲叹。
岁暮情凄意又惨，日落黄昏思君颜。
音高来自琴弦紧，声急乃由韵造成。
昔日不辨光与尘，如今定然了此约。
不论如何久别离，品行终归有过失。
君子一旦失明义，有谁愿与共终身？
愧对那首《行露》诗，甘愿赴水保忠贞。

【评析】

这首诗是根据《列女传》中的秋胡故事写成，赞扬了秋胡妻坚贞的节操，鞭笞了秋胡子卑污的灵魂。按情节内容，全诗可分成九段，每十句为一段：第一段写秋胡妻美艳、节操高尚与出嫁成家；第二段写新婚未及欢，秋胡子奉召外出宦仕；第三段写秋胡子在赴任途中的艰辛；第四段写秋胡妻因丈夫长年不归而为之焦虑，日夜思念；第五段写秋胡子离任归来，见路旁有美妇人采桑，便起邪念；第六段写秋胡子对美妇人花言巧语，并以金钱引诱，但美妇人坚决不从；第七段写秋胡子悻然回到家，见妻子竟是那位采桑者，因而深感羞愧；第八段写秋胡妻心中有恨，想到自己日夜盼归的是这样一位不义不孝的无耻丈夫，觉得无脸见人，毅然决然以死了结一生；第九段写诗人的感慨，诫诫君子不可失明义。全诗写得跌宕多姿，形象鲜明，人物性格突出；表现手法多用比兴，语言朴实，自然清新，是一首抒情意味很浓的叙事诗。

五君咏五首

作者：颜延年　　注译评析：周作秋

阮步兵

阮公虽沦迹[1]，识密鉴亦洞[2]。
沉醉似埋照[3]，寓辞类托讽[4]。
长啸若怀人[5]，越礼自惊众[6]。
物故不可论[7]，途穷能无恸[8]？

嵇中散

中散不偶世[9]，本自餐霞人[10]。
形解验默仙[11]，吐论知凝神[12]。
立俗迕流议[13]，寻山洽隐沦[14]。
鸾翮有时铩[15]，龙性谁能驯[16]？

刘参军

刘灵善闭关[17]，怀情灭闻见[18]。
鼓钟不足欢，荣色岂能眩[19]？
韬精日沉饮[20]，谁知非荒宴[21]？
颂酒虽短章[22]，深衷自此见。

阮始平

仲容青云器[23]，实禀生民秀[24]。
达音何用深[25]，识微在金奏[26]。
郭弈已心醉[27]，山公非虚觏[28]。
屡荐不入官[29]，一麾乃出守[30]。

向常侍

向秀甘淡薄[31]，深心托豪素[32]。
探道好渊玄[33]，观书鄙章句[34]。
交吕既鸿轩[35]，攀嵇亦凤举[36]。
流连河里游[37]，恻怆山阳赋[38]。

【篇旨】

这五首诗通过分咏阮籍、嵇康、刘伶、阮咸、向秀五人，寄托作者愤懑不平的情怀。

【注释】

① 阮公：阮籍，曾仕齐为步兵校尉。沦迹：隐没足迹，指隐居不仕。

② 识密：识鉴精密。鉴：照，指观察识别。洞：深邃。

③ 埋照：把光芒隐藏起来。指才高识广而不外露。

④ 寓辞：指阮籍的《咏怀诗》。

⑤ 长啸：蹙口作声。《世说新语·栖逸》载阮籍善啸，“啸闻数百步”。

⑥ 越礼：超出礼法所限。

⑦ 物故：世故，世事。

⑧ 途穷能无恸：《魏氏春秋》说，阮籍“时率意独驾，不由径路，车迹所穷，辄恸哭而返”。恸，极其悲痛。

⑨ 中散：嵇康，曾仕魏为中散大夫。不偶世：与世俗不合拍。偶，合。

⑩ 餐霞人：指仙人。相传古代神仙有餐霞之法。

⑪ 形解：犹“尸解”。传说求仙者修炼成功时可遗弃形体化仙而去。验：证实。默仙：默然成仙。

⑫ 吐论：发表议论。指嵇康作《养生论》。凝神：指修养心性能达到凝静专一的境界。

⑬ 立俗：处身于世俗之中。迕（wǔ）流议：违背流俗的议论。

⑭ 洽隐沦：与隐逸之士和谐相处。

⑮ 铩（shā）：羽毛伤残，喻人不得志。

⑯ 龙性：指嵇康不受世俗束缚的反抗性格。诗中的鸾、龙均借指嵇康。

⑰ 刘灵：刘伶（原作“灵”），曾仕晋为建威参军。闭关：指控制感情。

⑱ 怀：藏。灭闻见：消除所闻所见等外界的影响。

⑲ 荣：茂盛。眩：惑。

⑳ 韬精：敛藏光彩。沉饮：沉湎于酒。《晋书·刘伶传》说：伶常乘鹿车，携一壶酒，使人荷锸相随，说“死便埋我”。

㉑ 荒宴：指宴游过度，荒废事务。

㉒ 颂酒：指刘伶所作的《酒德颂》。

㉓ 仲容：阮咸，字仲容，阮籍之侄，官至始平太守。青云器：才识高远之材。

㉔ 禀：受。秀：美。

㉕ 达音：通晓音律。

㉖ 识微：深知其中奥秘。金奏：指奏乐所用的的金属乐器。

㉗ 郭弈：太原人，有识量，为当时名士。

㉘ 山公：山涛，“竹林七贤”之一。觏（gòu）：见。

㉙ 屡荐不入官：山涛典选职，荐咸为吏部郎，章三上，武帝不能用。

㉚ 一麾乃出守：荀勖每与咸论音律，自以为远不及，心怀妒忌，因事出咸为始平太守。麾，同“挥”。

㉛ 向秀：字子期，官至散骑常侍。淡薄：同“淡泊”，恬淡。

㉜ 豪素：笔和纸。豪同“毫”，素即“帛”。

㉝ 渊玄：深奥的玄理。向秀好老庄之学，曾为《庄子》作注，注重对其中玄理的阐发。

㉞ 观书鄙章句：鄙薄看书只停留在章句的解说。鄙，耻。

㉟ 吕：指吕安。向秀曾与之灌园于山阳。鸿轩：大雁飞翔，喻情意高旷。轩，高飞貌。

㊱ 嵇：指嵇康。向秀曾与之锻铁于洛邑。凤举：凤首昂举，喻超群拔俗。

㊲ 河里：河内。吕安和嵇康都曾寓居河内的山阳，与向秀交游。

㊳ 恻怆：悲伤。山阳赋：指《思旧赋》。吕安和嵇康被杀后，向秀经其山阳旧居时，闻邻人笛声，有感而作《思旧赋》。

【语译】

阮步兵

阮籍虽隐居不仕，体察人心分别是非却洞深入微。
他迷酒贪醉像要把光彩敛藏，写诗寄情却颇含讥讽之意。
高声长啸像在怀恋旧友，越礼超俗使人深感惊异。
人间世事已败坏得不可言谈，他处于穷途怎能不悲恸饮泣？

嵇中散

嵇康与世俗之人不合拍，他本是修炼得道的仙人。
他遗弃形骸默然成仙，作《养生论》修养心性达到凝神。
置身世俗却能违背流俗，隐居山林与隐者融洽相处。
鸾羽虽有时受到伤残，龙的本性有谁能够驯服？

刘参军

刘伶最善于控制感情，对所见所闻讳莫如深。
动听的音乐唤不起他的兴趣，悦目的色彩哪能让他眩惑不醒？
他敛藏才识沉湎于酒杯，可谁能知道这并非贪游滥饮？
《酒德颂》虽是短文一篇，内心真情却表露得异常充分。

阮始平

阮咸是位才识高远的人才，秉承了人民的灵秀。
通晓音律何须深研，精通乐器演奏的奥秘。
郭奕一见为之心醉，山涛的赏识也绝非偶然。
屡次推荐却不被信用，为荀勖一挥出为太守。

向常侍

向秀甘愿过着淡泊的生活，却潜心读书舞弄笔墨。
研究道学阐发其深奥的玄理，鄙薄看书只停留在章句的解说。
结识吕安如鸿雁高飞，交往嵇康也似凤鸟起舞。
留恋当年在河内的交游，心中不禁涌出《思旧赋》的悲歌。

【评析】

作者颜延年（延之），好学又好酒，行为放达，初为中书侍郎，后为永嘉太守，因不得志而内心怨愤，故作此诗。诗中分咏“竹林七贤”中的阮籍、嵇康、刘伶、阮咸、向秀五人。对阮籍，写他的隐居、沉醉、作诗、长啸和越礼等行为，无不包含着对当时政治现实的清醒认识和不满，感叹他的“物故不可论，途穷能无恸”的思想态度。对嵇康，写他至死也不与世俗同流合污，赞扬他那“鸾翮有时铩，龙性谁能驯”的倔强性格和反抗精神。对刘伶，写他的寄情于酒有其不得已的苦衷，即“韬精日沉饮，谁知非荒宴”，他的《酒德颂》里就深藏着难言的隐情。对阮咸，写他有高材美质而不被信用，叹他“屡荐不入官，一麾乃出守”的遭际。对向秀，写他专心文辞、甘于淡泊的性格，以及思念友人的真挚感情。每一首都针对他们各自不同的遭际、性格和精神品质，并抓住其要点来写，或叙或议，或赞或叹，三言两语，画龙点睛，把他们的可贵之处展示在人们的面前，并借此寄托和抒发自己的情怀。

咏史一首

作者：鲍明远　　注译评析：周作秋

五都矜财雄①，三川养声利②。
百金不市死③，明经有高位④。
京城十二衢，飞甍各鳞次⑤。
仕子彯华缨⑥，游客竦轻辔⑦。
明星晨未稀，轩盖已云至⑧。
宾御纷飒沓⑨，鞍马光照地。
寒暑在一时⑩，繁华及春媚。
君平独寂漠⑪，身世两相弃⑫。

【篇旨】

主要描写和讽刺都市中豪族仕子的浮华奢靡，以及表达对寒士安贫乐道的赞颂。

【注释】

① 五都：西汉时以洛阳、邯郸、临淄、宛、成都为五都。矜：自夸。

② 三川：秦郡名，郡治荥阳（今河南荥阳西南），其地有河、洛、伊三水，故名。养声利：追求名利。

③ 不市死：不死于市中，即免死之意。古时判处斩刑要在市中行刑，叫市死。《史记·越王勾践世家》说："千金之子，不死于市。"

④ 明经：通经学。

⑤ 飞甍（méng）：高耸的屋脊。

⑥ 仕子：做官的人。彯（piāo）：通"飘"。华缨：华美的帽带。

⑦ 竦（sǒng）：执。轻辔（pèi）：指善跑的马。辔，马缰。

⑧ 轩盖：有篷盖的车，达官贵人所乘。

⑨ 宾御：宾客与侍者。飒沓：众盛貌。

⑩ 一时：刹时。

⑪ 君平：严君平。汉蜀人，名遵，以卜筮为生，闭门读《老子》，一生不为官。

⑫ 身世：指君平与世道。

【语译】

五都人自夸财大气粗，三川人热衷追名逐利。
有钱人死罪可不伏法，通经书得享高官厚禄。
京城大道四通八达，高屋大楼栉比鳞次。
仕子华美的冠带随风飘舞，游客轻骑快马蜂拥而来。
清晨星星尚未散去，官宦车马已纷纷而至。
宾客侍者众多如云，鞍马闪亮映照天地。
可惜寒暑变化急遽，繁华春媚只是暂时。
唯有君平自甘寂寞，身与世道两相绝弃。

【评析】

这首诗名为"咏史"，实为反映现实。作者一开始就先把都市里豪门贵族的本性和特权加以揭露，然后以京城的一天为典型实例，具体描写那些靠明经出仕、怀巨金来游的仕子游客和其他权贵者们，在晨星未稀之时，就乘车骑马，纷至沓来，聚满了大街小巷。"宾御纷飒沓，鞍马光照地”，可见他们矜财逐利、豪华奢靡到了何种程度。在极力铺叙渲染这些豪侈生活之后，以远弃荣华的严君平自况，这就使前后两种情况形成了鲜明对比，既有力地揭露和批判了封建门阀制度，又表现了诗人对豪门贵族的蔑视、对寒士高尚情操的褒扬，其中也寓有自己怀才不遇的感慨。这首诗从内容到表现手法均受到左思《咏史》的影响，同时又有自己的特色，语言华美，构思精巧，详略有致，产生了强烈的艺术效果。

咏霍将军北伐一首

作者：虞子阳　　注译评析：周作秋

拥旄为汉将[①]，汗马出长城[②]。
长城地势险，万里与云平。
凉秋八九月，虏骑入幽并[③]。
飞狐白日晚[④]，瀚海愁阴生[⑤]。
羽书时断绝，刁斗昼夜惊[⑥]。
乘墉挥宝剑[⑦]，蔽日引高旍[⑧]。
云屯七萃士[⑨]，鱼丽六郡兵[⑩]。
胡笳关下思[⑪]，羌笛陇头鸣[⑫]。
骨都先自詟[⑬]，日逐次亡精[⑭]。
玉门罢斥候[⑮]，甲第始修营[⑯]。
位登万庾积[⑰]，功立百行成[⑱]。
天长地自久，人道有亏盈[⑲]。
未穷激楚乐[⑳]，已见高台倾[㉑]。
当令麟阁上[㉒]，千载有雄名[㉓]。

【作者简介】

虞羲，生卒年不详，字子阳，南朝梁会稽余姚（今浙江余姚）人。自幼聪颖，七岁能文。齐时为始安王侍郎，后兼建安征虏府主簿功曹及记室参军事。入梁，任晋安王侍郎。天监中（502—519）卒。工于诗。原有集十一卷，已佚。今存诗十多首。《诗品》称："子阳诗奇句清拔，谢朓常嗟颂之。"事迹略见《南史·王僧孺传》。

【篇旨】

抒写霍去病出征抗击匈奴的战斗历程、歌颂他不居功的精神品质。

【注释】

① 拥旄（máo）：持着征旗，指率师之权。

② 汗马：喻征战劳苦。

③ 虏骑：指匈奴的骑兵。幽并：幽州和并州，在今河北、山西一带。

④ 飞狐：古代要塞名，在今河北涞源北。

⑤ 瀚海：指北海，在蒙古高原东北。一说即今内蒙古的呼伦湖和贝尔湖。

⑥ 刁斗：古代军队用具，以铜制成，白天用来烧饭，夜里用来敲击巡更。

⑦ 乘墉（yōng）：登上城墙。

⑧ 旍（jīng）：同"旌"。用旄牛尾和彩色鸟羽作竿饰的旗。

⑨ 云屯：云集。七萃：犹言七队。萃，聚。

⑩ 鱼丽：古代车战的一种阵法。《左传》杜预注引《司马法》："车战二十五乘为偏，以车居前，以伍次之，承偏之隙，而弥缝缺漏也，五人为伍。此盖鱼丽阵法。"六郡：指北方边境的陇西、天水、安定、北地、上郡、西河六郡。

⑪ 胡笳：古代北方民族的管乐器。其音悲凉。

⑫ 羌笛：古代乐器，原出古羌族。陇头：山名。

⑬ 骨都：汉时匈奴官名。设左右骨都侯，为异姓大臣。詟（zhé）：

恐惧。

⑭ 日逐：匈奴王号，亦为官名。次：随着。亡精：丧魂失魄。

⑮ 玉门：玉门关，在今甘肃河西走廊西部，汉时通西域的要隘。斥候：放哨。这里指驻军防守。斥，远。候，侦察。

⑯ 甲第：旧时豪门贵族的住宅。此句化用霍去病答汉武帝语。《汉书·卫青霍去病传》："上为治第，令视之，对曰：'匈奴不灭，无以家为也。'"

⑰ 位：指列侯之位。万庾积：指高官厚禄。庾，泛指谷仓。据《汉书》本传：霍去病始封冠军侯，食邑二千五百户，后四次益封，累计食邑一万七千六百户，故云。

⑱ 百行：多方面品行。蔡邕《陈寔碑》："兼资九德，总修百行。"

⑲ 人道：指人事。亏盈：缺陷与完满。

⑳ 激楚乐：音调高亢激越的音乐。

㉑ 高台倾：喻人死。

㉒ 麟阁：麒麟阁。在汉未央宫中。汉宣帝时为图绘功臣之所。

㉓ 雄名：英雄的美名。

【语译】

汉将举旗来远征，率领兵马出长城。

长城地势峻而险，绵延万里高入云。

却说凉秋八九月，胡骑侵扰幽和并。

边关飞狐白日暗，瀚海上空战云生。

紧急军书时断绝，敲击刁斗日夜惊。

登上城墙挥宝剑，高竖蔽日旌与旍。

云集七队精兵马，大摆战阵六郡兵。

胡笳关下寄情思，羌笛声声陇头鸣。

骨都闻风先丧胆，日逐跟着魂魄惊。

边关若能罢戍守，家室始可来修营。

爵位登上万户侯，百战功成积百行。
虽说天长地自久，人道却是有亏盈。
激越乐曲犹未尽，岂料已见高台倾。
当今绘像麒麟阁，千秋万代留英名。

【评析】

这首咏史诗，主要是赞扬汉代名将霍去病抗击匈奴保边境的历史功勋。作品大部分篇幅用以描述霍去病率兵出征的战斗历程。诗一开头先写他的举旗出征，率兵出长城，并以长城的峻险和宏伟与之相映衬，给人以凛然生威之感。接着回叙胡骑的侵扰，边境战云密布，气氛异常紧张，情势十分危急。然后写霍军的到来及战斗的场面，这里既有"蔽日高旍"的强大兵力，又有"胡笳"与"羌笛"的政治攻势，使得敌人闻风丧胆，显示出霍将军的胆识与谋略。诗的后半部分是赞颂霍去病不居功和"匈奴不灭，无以家为"的精神品质，叹息他英年早逝，表彰他名垂青史。全诗层次井然，凝练生动，有较大的容量且富新鲜感，引人思索和品味。锺嵘在《诗品》中曾称赞虞子阳的诗"奇句清拔"，这一特点在本诗中亦有鲜明的体现。

百一

百一诗一首[1]

作者：应璩　　注译评析：周作秋

下流不可处[2]，君子慎厥初[3]。
名高不宿著[4]，易用受侵诬[5]。
前者隳官去[6]，有人适我闾[7]。
田家无所有，酌醴焚枯鱼[8]。
问我何功德，三入承明庐[9]。
所占于此土[10]，是谓仁智居[11]。
文章不经国[12]，筐箧无尺书[13]。
用等称才学[14]，往往见叹誉[15]。
避席跪自陈[16]，贱子实空虚[17]。
宋人遇周客[18]，惭愧靡所如[19]。

【作者简介】

应璩（190—252），字休琏，三国魏汝南南顿（今河南项城西）人。应玚弟。博学多才，工诗能文。历仕魏文帝、明帝，为散骑常侍。齐王时升迁侍中、大将军曹爽长史。后复为侍中，掌著作。据李充《翰林论》，璩曾作五言诗百数十篇，后多亡佚。亦擅长书牍，今存多篇。明人辑有《应休琏集》。传附《三国志·魏书·王粲传》。

【篇旨】

讽刺和鞭挞不学无术、徒具虚名之人及其浑浑噩噩、贪图享受的思想行为。

【注释】

① 百一诗：曾有三种解释：一是张方贤《楚国先贤传》："汝南应休琏作百一篇诗，讥切时事，遍以示在事者……以有百一篇，故曰百一。"二是《今书七志》："应璩集谓之新诗，以百言为一篇，或谓之百一诗。"三是据《百一诗序》云："时谓曹爽曰：'公今闻周公巍巍之称，安知百虑有一失乎？'百一之名，盖兴于此也。"我们以为第三种解释较妥。

② 下流：谓地位低下。作者自诲之言。《论语·子张》："君子恶居下流，天下之恶皆归焉。"

③ 厥：其。初：始。

④ 名高：名望高。宿：久。著：同"贮"，居积。

⑤ 诬：欺。

⑥ 前者：指前些时候。隳（huī）官：堕官，即罢官。隳，一作"堕"。

⑦ 适：至。闾：里门。

⑧ 酌醴（lǐ）：斟酒。醴，甜酒。焚枯鱼：煮干鱼。

⑨ 承明庐：魏文帝以建始殿朝会群臣，门曰承明，朝臣止息之所，亦称承明庐。

⑩ 占（zhān）：占卜之意。此土：指前面说的"我闾"。

⑪ 仁智：谓有山水。《论语·雍也》："知者乐水，仁者乐山。"

⑫ 文章：指礼乐法度等。经国：治理国家。《典论·论文》："盖文章，经国之大业，不朽之盛事。"

⑬ 箧箧（qiè）：藏物之竹箱。《新序》："府库之藏金玉，箧箧之橐简书。"尺书：简册，书籍。

⑭ 用等：用何等，即用什么之意。

⑮ 叹誉：赞叹和称誉。

⑯ 避席：古时席地而坐，避席即离开座位。陈：上言，述说。

⑰ 贱子：诗中的“我”的谦称。

⑱ 宋人遇周客：《阚子》：“宋之愚人，得燕石于梧台之侧，藏之以为大宝。周客闻而观焉，主人斋七日，端冕玄服以发宝，革匮十重，巾十袭。客见，俯而掩口，卢胡而笑曰：‘此特燕石也，其与瓦甓不殊。’主人大怒曰：‘商贾之言，医匠之心！’藏之愈固，守之弥谨。”

⑲ 靡：无。如：从，一作“知”。

【语译】

下流的地位不可处，君子重视其始初。

名望保持不长久，易被侵害又受欺。

前些时候罢官归隐去，有人去到我闾里。

田家贫苦无所有，唯有斟杯煮干鱼。

若问我有何功德，三次进入承明庐。

今所占卜择此地，它有山有水好安居。

文章不用来治国，箧笥没有一本书。

凭什么称为有才学，博得人们的赞誉？

只好离席来自陈，贱子实在腹空虚。

如同宋人遇周客，深感惭愧无所从。

【评析】

这是一首绝妙的讽刺诗。它通过诗中“我”的独白，讥切时事，暴露和鞭挞那些不学无术、徒具虚名之人及其浑浑噩噩、贪图享受的思想行为。语言浅近通俗，却异常尖刻犀利，颇具讽刺力量。刘勰在《文心雕龙》中曾予以称道：“独立不惧，辞谲义贞，亦魏之遗直也。”据载，应璩在任大将军曹爽长史时，曾作诗讽谏曹爽。然而这首诗的讽刺锋芒，并不局限于对具体的某个人，因为它所抨击的那些思想行为是普遍存在着的。

游仙

游仙诗一首

作者：何敬祖　　注译评析：周作秋

青青陵上松，亭亭高山柏[①]。
光色冬夏茂，根柢无凋落[②]。
吉士怀贞心[③]，悟物思远托[④]。
扬志玄云际，流目瞩岩石[⑤]。
羡昔王子乔[⑥]，友道发伊洛[⑦]。
迢递陵峻岳[⑧]，连翩御飞鹤[⑨]。
抗迹遗万里[⑩]，岂恋生民乐[⑪]？
长怀慕仙类，眩然心绵邈[⑫]。

【作者简介】

何劭（236—301），字敬祖，西晋陈国阳夏（今河南太康）人。何曾之子，袭封朗陵郡公。魏末任太子中庶子。晋武帝时任散骑常侍，升迁侍中尚书。惠帝即位，为太子太师，累官至司徒。赵王伦篡位，为太宰。博学工诗。陈子昂在《修竹篇序》中将他与张华并列予以肯定。《诗品》将其诗列为中品。原有集二卷，已佚。传附《晋书·何曾传》。

【篇旨】

写诗人对神仙的仰慕、对成仙的向往。

【注释】

① 亭亭：高耸挺拔貌。

② 根柢：树木的根。

③ 吉士：古时对男子的美称。此为作者自喻。吉，善。贞心：指言行一致，守志不移。

④ 物：谓松柏。思远托：托思高远。

⑤ 流目：犹流览。瞩：望。

⑥ 王子乔：传说中古仙人。《列仙传》云："王子乔者，周灵王太子晋也。好吹笙作凤凰鸣。游伊、洛之间，道士浮邱公接以上嵩高山。三十余年后，求之于山上，见桓良，曰：'告我家，七月七日待我于缑山巅。'至时，果乘白鹤驻山头。望之不得到，举手谢时人，数日而去。亦立祠于缑氏山下，及嵩山首焉。"

⑦ 友道：以道为友。

⑧ 迢递：远貌。

⑨ 御：驾驭。

⑩ 抗迹：特立独行。遗：遗留。

⑪ 生民：尘世间的人。

⑫ 眩然：幽悠貌。或谓"眩"当作"眇"。绵邈：细微之思悠远。

【语译】

山上青松郁郁苍苍，岭上翠柏高耸挺拔。

光彩色泽冬夏常青，树根坚实繁茂不凋。

吉士怀抱坚贞不二，参悟物性托思高远。

心志高扬上薄云霄，放眼观览瞩目山石。

羡慕昔日的王子乔，以道为友发自伊洛。

路途迢远登上高山，振翼翩翩驾着白鹤。
特立独行千万里，哪还留恋尘世快乐？
我心长慕仙人类，思结悠远心儿飘忽。

【评析】

像何劭这样的王侯贵族写这样的游仙诗，以表达他们不仅要为人之上，而且要做长生不死的神仙，是不足怪的。何劭在诗中先用常青的松柏比兴，写吉士的身怀贞心，思远志玄，超脱尘俗，并以此自况。继而直接对传说中古仙人王子乔的得道成仙，倾注了钦羡之情。诗的最后两句，明白表达了自己的心迹：想要成仙。这首诗在今天读来，除了文字表达有所借鉴而外，内容自然无多可取。

游仙诗七首

作者：郭景纯　　注译评析：周作秋

京华游侠窟[①]，山林隐遁栖[②]。
朱门何足荣？未若托蓬莱[③]。
临源挹清波[④]，陵岗掇丹荑[⑤]。
灵谿可潜盘[⑥]，安事登云梯[⑦]？
漆园有傲吏[⑧]，莱氏有逸妻[⑨]。
进则保龙见[⑩]，退为触藩羝[⑪]。
高蹈风尘外[⑫]，长揖谢夷齐[⑬]。

青谿千余仞[⑭]，中有一道士。
云生梁栋间，风出窗户里。
借问此何谁，云是鬼谷子[⑮]。

翘迹企颍阳[16]，临河思洗耳[17]。
阊阖西南来[18]，潜波涣鳞起。
灵妃顾我笑[19]，粲然启玉齿。
蹇修时不存[20]，要之将谁使？

翡翠戏兰苕，容色更相鲜。
绿萝结高林，蒙笼盖一山。
中有冥寂士，静啸抚清弦。
放情陵霄外，嚼蕊挹飞泉[21]。
赤松临上游[22]，驾鸿乘紫烟。
左挹浮丘袖[23]，右拍洪崖肩[24]。
借问蜉蝣辈[25]，宁知龟鹤年？

六龙安可顿[26]，运流有代谢[27]。
时变感人思，已秋复愿夏。
淮海变微禽[28]，吾生独不化。
虽欲腾丹谿[29]，云螭非我驾[30]。
愧无鲁阳德[31]，回日向三舍。
临川哀年迈，抚心独悲吒[32]。

逸翮思拂霄[33]，迅足羡远游[34]。
清源无增澜[35]，安得运吞舟[36]？
珪璋虽特达[37]，明月难暗投[38]。
潜颖怨青阳[39]，陵苕哀素秋[40]。
悲来恻丹心，零泪缘缨流。

杂县寓鲁门[41]，风暖将为灾。
吞舟涌海底，高浪驾蓬莱[42]。

神仙排云出，但见金银台。
陵阳挹丹溜[43]，容成挥玉杯[44]。
姮娥扬妙音[45]，洪崖颔其颐[46]。
升降随长烟[47]，飘飖戏九垓[48]。
奇龄迈五龙[49]，千岁方婴孩。
燕昭无灵气[50]，汉武非仙才[51]。

晦朔如循环[52]，月盈已见魄[53]。
蓐收清西陆[54]，朱羲将由白[55]。
寒露拂陵苕，女萝辞松柏。
蕣荣不终朝[56]，蜉蝣岂见夕。
圆丘有奇草[57]，钟山出灵液[58]。
王孙列八珍[59]，安期炼五石[60]。
长揖当涂人[61]，去来山林客。

【篇旨】

作者借歌咏神仙，表示对世俗生活的鄙视和对隐逸生活的赞叹。

【注释】

① 京华：京都。游侠：指对事业有志之士。窟：聚居之处。

② 隐遁：隐居避世的人。

③ 蓬莱：一说当作“蓬藜”（藜字与栖、荑等字古音同属脂部，莱字不协韵），托蓬藜，就是栖身于草野。此说比较符合诗中内容。

④ 挹（yì）：舀。

⑤ 掇（duó）：拾取。丹荑：又名赤芝、丹芝等，古人以为食之可以延年。

⑥ 灵谿（xī）：水名。庾仲雍《荆州记》：“大城西九里有灵谿水。”潜盘：潜隐盘游。

⑦ 安事：何须从事。登云梯：指登仙。仙人升天因云而上。

⑧ 漆园：战国时庄周为吏之地。傲吏：指庄周。《史记·老子韩非列传》载：庄子尝为漆园吏，楚威王闻庄周贤，使使厚币迎，许以为相。庄周笑谓楚使者曰："子亟去，无污我！"

⑨ 莱氏：指老莱子。逸妻：隐逸之妻。《列女传》说，莱子逃世，耕于蒙山之阳。或言之楚王曰："老莱，贤士也。"楚王遂驾至老莱之门，曰："守国之孤，愿变先生之志。"老莱曰："诺。"其妻曰："今先生食人酒肉，受人官禄，为人所制也，能免于患乎？妾不能为人所制。"投其畚而去。老莱乃随而隐。

⑩ 进：指进向隐逸。龙见：《周易·乾》："见龙在田。"《周易·乾》："子曰：龙德而正中者也。"此句意谓进一步高蹈便能如龙之见，保中正的美德。

⑪ 退：指退处世俗。触藩羝（dī）：《周易·大壮》："羝羊触藩，羸其角。"《象》曰："不能退，不能遂。"藩，篱笆。羝，公羊。此句表示处于窘困之境。

⑫ 高蹈：犹远行。

⑬ 谢：辞别。夷齐：伯夷和叔齐，为周初隐士。周武王灭商后，他俩拒食周粟，逃至首阳山，采薇而食，后饿死在山里。

⑭ 青谿：庾仲雍《荆州记》："临沮县（今湖北当阳西北）有青谿山，山东有泉，泉侧有道士精舍。"仞，古代以八尺为一仞。

⑮ 鬼谷子：王诩，战国时人，为苏秦之师，隐居于鬼谷，因自号鬼谷子。

⑯ 翘迹：踮着脚。颍（yǐng）阳：颍川之阳，相传上古高士许由曾隐居于此。

⑰ 洗耳：相传尧让帝位给许由，许由不受，遁耕于箕山之下。尧又召他为九州长，他不欲闻，并以为玷污了他的耳朵，便洗耳于颍水之滨。

⑱ 阊阖（chāng hé）：指阊阖风，即西风。

⑲ 灵妃：指宓妃，传说中的洛水女神。

⑳ 蹇（jiǎn）修：古贤人名，伏羲之臣。屈原《离骚》说，他求宓妃，

请蹇修理其事。后人便把蹇修作为媒人的代称。

㉑ 蕊：花蕊。

㉒ 赤松：赤松子。传说中的仙人。《列仙传》：“赤松子者，神农时雨师也。服水玉，以教神农，能入火自烧。至昆仑山上，常止西王母石室中，随风雨上下。”

㉓ 浮丘：浮丘公，传说中黄帝时的仙人。

㉔ 洪崖：传说中的仙人，帝尧时已三千岁。

㉕ 蜉蝣：虫名。其生命极其短暂，朝生夕死。

㉖ 六龙：指太阳。传说日神乘车，驾以六龙。

㉗ 运流：指阴阳四时运行。

㉘ 变微禽：谓鸟类能随环境变化形体。《国语》：“雀入于海为蛤，雉入于淮为蜃。鼋鼍鱼鳖，莫不能化。”

㉙ 丹谿：传说中的不死之国。

㉚ 螭（chī）：传说中无角的龙。

㉛ 鲁阳：战国时楚之县令。传说他曾挥戈使太阳返回。《淮南子·览冥训》：“鲁阳公与韩构难，战酣日暮，援戈而㧑之，日为之反三舍。”

㉜ 吒（zhà）：叹声。

㉝ 逸翮：善飞的鸟。

㉞ 迅足：善跑的兽。

㉟ 增澜：大浪。增，层。

㊱ 吞舟：指大鱼。《韩诗外传》：“吞舟之鱼，不居潜泽。”

㊲ 珪璋：玉器名。古代诸侯朝聘时用为礼品。特达：《礼记·聘义》：“珪璋特达，德也。”意即以珪璋作礼品可单独送达，无须通过其他媒介。比喻有才德的人无须凭借外助。

㊳ 明月：宝珠名。《汉书·邹阳传》：“明月之珠，夜光之璧，以暗投人于道，众莫不按剑相眄者。”这句喻才德若不被认识也会被人所拒绝。

㊴ 潜颖：指生长在隐蔽之处的植物。喻失意者。颖，禾穗。青阳：

春日。

㊵ 陵苕（tiáo）：指生长在高处的植物，喻显达者。苕，草名，又名陵苕等。

㊶ 杂县（xiàn）：海鸟名，即爰居。《国语·鲁语》："海鸟曰'爰居'，止于鲁东门外三日……展禽曰：'……今兹海其有灾乎？夫广川之鸟兽，恒知避其灾也。'是岁也，海多大风，冬暖。"

㊷ 蓬莱：海上仙山名。

㊸ 陵阳：陵阳子明。古代传说中的仙人。相传其好钓鱼，于白鱼肠中得书，因知服食之法，遂上黄山探玉石脂，服食三年后，龙来迎去（见《列仙传》）。丹溜：或称流丹，即石脂。

㊹ 容成：古代传说中的仙人。相传他是黄帝、老子之师（见《列仙传》）。

㊺ 姮（héng）娥：嫦娥。传说为后羿之妻，羿请不死之药于西王母，嫦娥偷吃后奔月（见《淮南子》）。

㊻ 頷：动。颐：下颏。頷颐犹如点头表示赞许。

㊼ 升降随长烟：《列仙传》："宁封子者，黄帝时人也……封子积火自烧，而随烟气上下。"

㊽ 九垓（gāi）：九天。中央及东、南、西、北四方，加之东南、西南、东北、西北四隅之天为九天。

㊾ 五龙：传说中五个人面龙身的仙人。（见《遁甲开山图》）

㊿ 燕昭无灵气：《拾遗记》：燕昭王曾问甘需学仙之道，甘需答曰："（上仙之人）盖能去滞欲而离嗜爱，洗神灭念，常游于太极之门。今大王以妖容惑目，美味爽口，列女成群，迷心动虑。所爱之容，恐不及玉，纤腰皓齿，患不如神，而欲却老云游，何异操圭爵以量沧海，执毫厘而回日月，其可得乎？"

51 汉武非仙才：《汉武内传》："西王母曰：'刘彻好道，然形慢神秽，虽当语之以至道，殆恐非仙才也。'"

52 晦朔：指农历月的末一日和初一日。

㉝ 魄：指月魄，月亮始缺不明亮的部分。农历每月十六开始月缺。《尚书》孔安国说："月十六日，明消而魄生。"

㉞ 蓐（rù）收：西方神名，司秋。西陆：指秋天。司马彪《续后汉书》："日行北陆谓之冬，西陆谓之秋。"

㉟ 朱羲：指日，朱明为日别称，羲和为古代神话中驾日车之神，合称朱羲。白：指白道，即月球所行的轨道。日经白道约在秋分之时。

㊱ 蕣（shùn）荣：木槿花。

㊲ 奇草：指圆丘草。传说服之可延年益寿，返老还童。

㊳ 钟山：东方朔《十洲记》："北海外有钟山，自生千岁芝及神草。"

㊴ 八珍：指各种珍奇食物。

㊵ 安期：安期生，先秦时方士，后传为道家仙人。《列仙传》："安期生自言千岁。"五石：《抱朴子·金丹》："五石者，丹砂、雄黄、白矾、曾青、慈石也。"古代道家炼五石服食，谓可延寿。

㊶ 当涂：当仕路。指执掌大权。

【语译】

京城是游侠出没之地，山林为隐逸之士所居。
富贵人家有何值得荣耀？不如置身草野好栖息。
去泉边舀取清凉的泉水，到山上采撷仙草丹芝。
灵谿之地足可隐居盘桓，何须从事修炼羽化登仙？
漆园有傲吏名叫庄周，老莱子有贤妻隐逸。
进向隐逸能保持正中之道，退处世俗将成触藩之羝。
远离尘世超然物外，隐逸志坚胜过夷齐。

青谿山高千余仞，山中住着有道之人。
白云绕在梁栋间，山风吹进门窗里。
借问道士是何人，都说他是鬼谷子。
踮脚企慕许颍阳，临河想起"洗耳"事。

西风从西南吹来，波光闪闪如鳞起。
宓妃嫣然对我笑，笑里含情启玉齿。
为媒蹇修今不在，欲求女神将谁使？

翠雀嬉戏兰苕间，两相辉映容色艳。
藤萝攀结高树林，绿荫笼罩整座山。
山中有位冥寂士，缄默无语奏琴弦。
独自放情云天外，饥食琼蕊渴饮泉。
赤松仙人来巡游，驾着白鸿上紫烟。
左手牵着浮丘袖，右手搭着洪崖肩。
试问蜉蝣小虫辈，可知龟鹤长寿年？

太阳怎可停下歇息，四时运行自有规律。
时节变化引人感怀，入得秋来又念夏日。
鸟类能够变化形体，唯独人类冥顽不化。
虽想腾升去往丹谿，螭龙并非我所能驾。
自愧没有鲁阳的本领，喝令太阳回转三舍。
临江视水哀叹年老，抚心独处空自悲切。

善飞的鸟想穿霄入云，善奔的兽爱长跑远游。
清泉里没有大波大浪，怎能浮游吞舟的大鱼？
朝聘的珪璋能单独送达，明月之珠却难以暗投。
低阴处的禾穗恨春日来迟，高坡上的苕草却怨秋早到。
悲哀袭来丹心凄恻，泪水沿着缨带下流。

海鸟避在鲁门外，风暖预示将有灾。
吞舟大浪涌海底，驾波踏浪赴蓬莱。
诸仙排云来相聚，但见云中金银台。

陵阳子明舀丹溜，容成仙翁挥玉杯。
嫦娥奏起美妙的仙乐，洪崖频频点头赞赏。
宁封子升降随长烟，高高飘荡在九天之上。
诸仙高龄赛五龙，千岁以上却如同婴孩。
燕昭学仙惜无灵气，汉武好道也无仙才。

晦朔循环无休止，月圆又复月缺时。
司秋之神经西陆，日神将从白道行。
寒露拂走陵苕草，女萝告别松与柏。
木槿花开不满日，蜉蝣朝生不过夕。
圆丘奇草可延年，钟山灵液能益寿。
王孙列八珍以伤生，安期炼五石以延寿。
拱手奉劝当权者，去来做那山林客。

【评析】

郭璞的进仙诗，名为“游仙”，实为“咏怀”，是借歌咏神仙来抒发“忧生之嗟”，表达自己对人生、对生活的态度和想望。正如锺嵘在《诗品》中说的，它“乃是坎壈咏怀，非列仙之趣也”。这里共有七首，第一首就直接提出“朱门何足荣？未若托蓬莱”，表示对仕宦求荣的鄙视和对隐逸生活的赞美。第二首通过对鬼谷子之所居和许由洗耳之事的赞誉，以及对神女的企慕和追求，表现了作者高蹈隐遁的怀抱。第三首写一冥寂士在“绿萝结高林”的山林里抚弦放情，自得其乐，并引来寿仙们的游赏。第四首写人既不同于大自然又并非神仙，不免要衰老，因而深感人生短促，可悲可叹。第五首慨叹有才德的人若不被人赏识，抱负无从施展；隐微的人恨不能显达，显达的人怕遭风险荣华难保，从而反映世俗带来的矛盾和烦恼。第六首写仙乐之美妙和神仙的长生不老，感叹学仙者的不得要领。第七首写自然界的变化和尘世间荣华富贵的弊端，公开呼唤：“长揖当涂人，去来山林客。”全诗在艺术上，能把思想和哲理寓于生动的形象之中，善于抒情，文采华茂，读来有余味。这比之当时“平淡寡味”的玄言诗要好得多了。

卷第二十二

招隐

招隐诗二首

作者：左太冲　　注译评析：周作秋

杖策招隐士[1]，荒涂横古今[2]。
岩穴无结构[3]，丘中有鸣琴。
白雪停阴冈[4]，丹葩曜阳林[5]。
石泉漱琼瑶[6]，纤鳞亦浮沉[7]。
非必丝与竹[8]，山水有清音。
何事待啸歌[9]？灌木自悲吟。
秋菊兼糇粮[10]，幽兰间重襟[11]。
踌躇足力烦[12]，聊欲投吾簪[13]。

经始东山庐[14]，果下自成榛[15]。
前有寒泉井，聊可莹心神[16]。
峭蒨青葱间[17]，竹柏得其真[18]。
弱叶栖霜雪，飞荣流余津[19]。
爵服无常玩[20]，好恶有屈伸[21]。
结绶生缠牵[22]，弹冠去埃尘[23]。
惠连非吾屈[24]，首阳非吾仁[25]。
相与观所尚[26]，逍遥撰良辰[27]。

【篇旨】

第一首写寻访隐士以及对隐士生活的企慕。第二首表示要与隐士同隐，表达了作者超尘脱俗的清高态度。

【注释】

① 杖策：扶杖。招：寻。

② 荒涂：荒僻的路。横古今：从古至今横在那里。

③ 结构：指房屋建筑。

④ 阴：山北为阴。

⑤ 丹葩：红花。曜：映耀。阳：山南为阳。

⑥ 漱：激荡。琼瑶：美玉。指山石。

⑦ 纤鳞：小鱼。

⑧ 丝：弦乐器。竹：管乐器。

⑨ 啸歌：歌唱。

⑩ 兼：兼作。糇（hóu）粮：食粮。糇，干粮。以菊花兼作食粮，古人以为食菊花可延年益寿。

⑪ 间重襟：杂佩在衣襟上。间，杂置。

⑫ 烦：疲劳。

⑬ 投吾簪：犹弃冠，指弃官。簪，古人用以联结冠与发。

⑭ 经始：开始营建。东山庐：王隐《晋书》："左思徙居洛城东，著'经始东山庐'诗。"

⑮ 榛：丛木。

⑯ 莹：磨。

⑰ 峭蒨：鲜明貌。

⑱ 得其真：《孙卿子》："至于松柏，经隆冬而不凋，蒙霜雪而不变，可谓得其真矣。"

⑲ 飞荣：极茂盛之意。余津：指过多津润。

⑳ 爵服：爵位和服饰。指做官。

㉑ 屈伸：屈曲和伸展。此指隐居和做官。

㉒ 结绶：系结印带。谓出仕做官。

㉓ 弹冠去埃尘：用指弹去冠上灰尘，比喻隐居。

㉔ 惠连：指柳下惠和少连。《论语·微子》："柳下惠、少连，降志辱身矣。"

㉕ 首阳：指伯夷和叔齐。他们隐于首阳山。《论语·述而》：（子贡）入，曰："伯夷、叔齐何人也？"曰："古之贤人也。"曰："怨乎？"曰："求仁而得仁，又何怨？"出，曰："夫子不为也。"

㉖ 尚：心中之所高尚。

㉗ 撰：选择。

【语译】

手扶拐杖访隐士，道路荒僻无人行。
但见岩洞无房舍，山中却闻鸣琴声。
白雪未消在山北，红花映耀山南林。
泉水激荡山石间，小鱼浮游溪流里。
无须吹奏管弦乐，山水自有清妙音。
何必等待作啸歌？风吹灌木自悲吟。
菊花兼作好食粮，幽兰间杂佩衣襟。
世途徘徊使人疲，不如弃官且归隐。

开始营建东山庐，树木成荫果成林。
庐前有口寒泉井，聊可使人清心神。
一派青葱色犹鲜，竹柏不凋得其真。
细叶之上积霜雪，落花之下流润泽。
爵位服饰不可常，随君好恶有屈伸。
结绶做官生烦忧，弹冠弃职去尘埃。
惠连并非我所屈，夷齐亦非我所仁。

相与隐居观时向，置身逍遥择良辰。

【评析】

这两首诗，虽以“招隐”为题，却与一般招隐诗的命意不同，它不是对山中隐士招之来归，而是以招寻为义，通过对山中隐士的寻访，和对自己处所的体验，表达了诗人欲弃官归隐、与世俗决绝的念头。前一首写他杖策入山寻该隐士，发现山中竟有如此幽静美妙的境界：积雪未融，林壑幽深，野花遍地，泉水叮咚，鱼翔浅底，水声风声交织成一部优美动听的大自然的交响乐。这引起他无限向往，深感在世途上奔波的困乏，而意欲“投吾簪”，来此度春秋。后一首写他始建的东山庐宁静幽雅的环境：青山绿水，果树成荫，竹柏成林，苍翠欲滴，宛如世外桃源，令人感到无比舒适惬意。由此联想到官场上的纷扰和世俗间的污浊，决意要尽力地加以摆脱，逍遥物外。诗人的这种隐逸思想的产生，是与他仕进失意，对当时的士族门阀制度不满分不开的。

招隐诗一首

作者：陆士衡　　注译评析：周作秋

明发心不夷[①]，振衣聊踯躅[②]。
踯躅欲安之，幽人在浚谷[③]。
朝采南涧藻[④]，夕息西山足。
轻条象云构[⑤]，密叶成翠幄[⑥]。
激楚伫兰林[⑦]，回芳薄秀木[⑧]。
山溜何泠泠[⑨]，飞泉漱鸣玉[⑩]。
哀音附灵波[⑪]，颓响赴曾曲[⑫]。

至乐非有假[13]，安事浇醇朴[14]？
富贵苟难图[15]，税驾从所欲[16]。

【篇旨】

赞美隐士所居之地，反映诗人意欲归隐的思想。

【注释】

①明发：黎明。夷：悦。

②振：整。踯躅：徘徊。

③幽人：隐士。浚：深。

④藻：水草。

⑤云构：大厦。

⑥幄：帐。

⑦激楚：古曲名。伫（zhù）：伫留。兰林：兰草蕙林。

⑧回芳：指兰气回转。薄：附。秀木：秀茂之树。

⑨山溜：山泉。泠（líng）泠：清凉貌。

⑩ 漱：荡。玉：指岩石。

⑪ 附（fǔ）：通“抚”。灵波：指泉水。灵，美。

⑫ 颓响：崩颓之响。曾曲：幽深之曲。曾，通“层”，犹深也。

⑬ 非有假：谓皆自然而成。

⑭ 浇醇朴：浇醇散朴。指使社会风气浮薄。《淮南子·齐俗训》：“衰世之俗……浇天下之淳，析天下之朴。”浇，薄。淳，同“醇”。

⑮ 苟：如果。

⑯ 税驾：脱驾，喻辞荣。“税”与“脱”古字通。从所欲：谓隐居。

【语译】

清晨起来心不悦，整衣束带独徘徊。

徘徊欲往何处去，隐逸之士在深山。

朝起采集南涧藻，夜晚宿在西山下。
藤蔓攀延像大厦，密叶遮盖成翠帐。
激楚回荡在兰林，香气氛氲附秀木。
山泉泠泠何清凉，飞瀑激荡岩石间。
哀音如同抚灵波，崩颓之响赴深曲。
赏此自然实可乐，何使世风变浮薄?
繁华富贵若难图，只有脱驾来归隐。

【评析】

这首诗开头先写诗人对山中隐士的担忧，继而写隐士的生活及其所居之地：朝作夕息，轻条密叶，兰芳扑鼻，山泉飞泻，音响如奏曲，一切皆是自然天成。观赏这些胜景，诗人才感到至乐非假，并想到尘世间为荣利而薄醇朴之风。最后表示富贵难图，唯有解驾归隐。全诗表现了诗人从担心隐士，到赞美隐士生活，到自己意欲归隐的心理活动过程。作品的构思新颖，景物描写有声有色，诗句的造境很能引人遐思。

反招隐

反招隐诗一首

作者：王康琚　　注译评析：周作秋

小隐隐陵薮[①]，大隐隐朝市。
伯夷窜首阳，老聃伏柱史[②]。
昔在太平时，亦有巢居子[③]。
今虽盛明世，能无中林士[④]？
放神青云外，绝迹穷山里。
鹍鸡先晨鸣[⑤]，哀风迎夜起。
凝霜凋朱颜，寒泉伤玉趾。
周才信众人[⑥]，偏智任诸己[⑦]。
推分得天和[⑧]，矫性失至理[⑨]。
归来安所期？与物齐终始[⑩]。

【作者简介】

王康琚，生卒年不详，东晋人。其生平事迹无可考。曾作《反招隐诗》。另有残篇《招隐诗》，载《艺文类聚》。

【篇旨】

嘲讽隐士生活，反对隐居思想和行为。

【注释】

①薮（sǒu）：大泽。

②老聃（dān）：老子，姓李名耳，字伯阳，春秋时期思想家，道家创始人。做过周朝柱下史，孔子曾向他问礼。后退隐。柱史：柱下史，周、秦官名，相当于汉以后的御史。以其所掌和侍立常在殿柱之下得名。

③巢居子：指巢父。皇甫谧《逸士传》曰："巢父，尧时隐人，常山居，不营世利。"年老，以树为巢，而寝其上，故时人号曰巢父。

④中林：林中。

⑤鹍（kūn）鸡：鸟名。似鹤，黄白色。《楚辞·九辩》："鹍鸡啁哳而悲鸣。"

⑥周才：指出仕。

⑦偏智：指隐居。

⑧推分：犹言随时而行，守分自安。天和：自然的祥和之气。

⑨矫性：掩饰或强扭天性，去人自苦。至理：最根本的道理。

⑩与物齐终始：庄子有《齐物论》，主张齐万物，齐是非，齐生死。《荀子·礼论》曰："生，人之始也；死，人之终也。"

【语译】

小隐隐在山泽，大隐隐于朝市。
伯夷藏在首阳山，老聃隐伏当柱史。
从前处在太平时，亦有隐人巢居子。
当今虽为盛明世，哪能没有林中士？
心神旷放青云外，足迹穷于深山里。
早晨鹍鸡闻悲鸣，晚间哀风中夜起。
凛凛严霜损朱颜，泠泠寒泉伤玉趾。
出仕取信于众人，隐居乃放纵自己。
守分自安得天和，强扭天性无道理。
归来哪里能期待？一生与物齐终始。

【评析】

这是一首反招隐的诗。隐逸在古代是颇为流行的，虽出于各种各样的原因，但究其实质都是一种消极避世的思想。因此，也必然有反招隐的存在。诗人在这首诗中，就以嘲讽的语调，大谈隐居山林的不是，是这些隐士自讨苦吃。同时也赞扬了那些隐于朝市的“大隐”者，他们不同于“隐陵薮”的“小隐”，他们不消极遁世，但也不去为个人名利而争斗，而只是默默地在为人类社会尽职尽责。诗的前六句指出自古以来大小隐士不绝于世以后，集中地对“小隐”者们的生活进行了带批判性的描述。其中的“放神”两句，概括了小隐者的整个思想行动是与世隔绝，寻求自我解脱和安慰；“鹍鸡”两句，指出这些隐士的日日夜夜都是孤独寂寞的，充满着悲哀；“凝霜”两句，指出这种隐居是自我作践，结果只有自己受罪。诗的后六句是诗人发议论，并期待隐者弃隐归来。全诗所写的内容，不无根据，也不无道理，加上描述的形象化、说理的深刻性和语言的讽刺犀利，因而具有相当的说服力和感染力。

游览

芙蓉池作一首

作者：魏文帝　　注译评析：周作秋

乘辇夜行游[①]，逍遥步西园[②]。
双渠相溉灌，嘉木绕通川[③]。
卑枝拂羽盖[④]，修条摩苍天。
惊风扶轮毂[⑤]，飞鸟翔我前。
丹霞夹明月，华星出云间[⑥]。
上天垂光采，五色一何鲜[⑦]。
寿命非松乔[⑧]，谁能得神仙？
遨游快心意，保己终百年。

【作者简介】

曹丕（187—226），字子桓，沛国谯（今安徽亳州）人。曹操次子。早年为五官中郎将，又被立为魏太子。操死，嗣位为丞相魏王。建安二十五年（220）代汉自立，国号魏，史称魏文帝。喜好文学，常同文士宴余唱和，为当时文坛领袖。善以乐府写男女恋情，现存诗歌约四十首。著有《典论》五卷、《列异传》三卷、文集三卷，均已散佚。明人辑有《魏文帝集》。其本纪载《三国志·魏书》。

【篇旨】

写夜游西园所见所感，表现了作者及时行乐的思想。

【注释】

①辇（niǎn）：古代帝王乘坐的车子，以人步輓，取其轻安。

②西园：指铜雀园。

③通川：此处指流过中庭之水。

④卑枝：低矮的树枝。羽盖：以翠羽饰的车盖。

⑤毂（gǔ）：车轮中间车轴贯入处的圆木。

⑥华星：明星。

⑦五色：指青、黄、赤、白、黑五种颜色。

⑧松乔：指赤松子和王子乔，传说中的仙人。

【语译】

乘坐辇车夜里出游，逍遥自在漫步西园。
两条渠水互相贯通，流水环绕美丽的绿树。
低垂的树枝拂着车盖，长长的树干直指云天。
疾风随着车轮飞转，飞鸟翱翔在我的面前。
红色的云霞伴着明月，明亮的星星闪耀在云间。
天空布满奇光异彩，五色斑斓多么鲜艳。
寿命如果不像松、乔，有谁能够做得神仙？
尽情游乐保持愉快，保养自己长命百年。

【评析】

这是一首描写夜游西园的游乐诗，主要是描写园中景物，而这些描写都比较一般，缺乏深切或独特的感受。最后作者指出人非神仙，要尽情游乐以快心意，求得“终百年”。这首诗无论从思想内容还是艺术表现上来看，都不是上乘之作。

南州桓公九井作一首[1]

作者：殷仲文　　　注译评析：周作秋

四运虽鳞次[2]，理化各有准[3]。
独有清秋日，能使高兴尽[4]。
景气多明远，风物自凄紧[5]。
爽籁警幽律[6]，哀壑叩虚牝[7]。
岁寒无早秀[8]，浮荣甘夙殒[9]。
何以标贞脆[10]？薄言寄松菌[11]。
哲匠感萧晨[12]，肃此尘外轸[13]。
广筵散泛爱[14]，逸爵纡胜引[15]。
伊余乐好仁[16]，惑祛吝亦泯[17]。
猥首阿衡朝，将贻匈奴哂[18]。

【作者简介】

殷仲文（？—407），东晋陈郡长平（今河南西华东北）人。少有才藻。始任骠骑参军，后为征虏长史，贬新安太守。元兴元年，桓玄率兵入京，专擅朝政，殷弃郡投奔。玄篡位，殷任侍中。玄败，投刘裕，历任镇军长史、尚书、东阳太守。后以谋反罪为刘裕所杀。其诗开始改变东晋玄言诗的风尚。原有集七卷，已佚。《晋书》有传。

【篇旨】

写秋游触景生情，抒发诗人进退危惧之情。

【注释】

①南州：即姑孰。古城名。在今安徽当涂。桓公：桓玄。出镇姑孰，大筑府第。九井：庾仲雍《江图》曰："姑孰至直渎十里，东通丹阳湖，南有铜山，一名九井山，山有九井，井与江通。"

②四运：阴阳四时的运行。鳞次：指依序排列有如鱼鳞。

③理化：指四时运行的物理变化。准：言均平若一。

④高兴：高雅的兴致。

⑤凄：寒。紧：急。

⑥爽：清快。籁：风激物之声。警：起。

⑦哀壑：言风入壑中成哀响。牝（pìn）：豁谷。

⑧秀：指草类结实。

⑨浮：轻。夙：早。殒：凋零。

⑩ 贞脆：贞正而危脆。

⑪ 薄：辞。松菌：松贞菌脆，性质殊异。《论语·子罕》：子曰："岁寒然后知松柏之后凋也。"《庄子·逍遥游》："朝菌不知晦朔。"这两句是说自己节操贞正犹如松柏，而性危脆同于朝菌，意谓被桓玄所制忧惧至斯。

⑫ 哲匠：明智而富有才艺之人。指桓玄。感：伤。萧晨（亦作辰）：秋晨，即秋风萧瑟之晨。

⑬ 肃：戒。尘外轸（zhěn）：《庄子·大宗师》："彷徨乎尘垢之外，逍遥乎无为之业。"诗中言玄感萧晨进驾于高山，出于尘外。轸，舆后横木，指车。

⑭ 广筵：大设宴席。泛爱：博爱。

⑮ 逸爵：犹飞杯。纡胜引：邀屈胜友相引而饮。纡，屈。胜引，犹言胜友，即有名望的友人。

⑯ 伊：惟。余：作者自称。乐好仁：言乐桓玄好仁之怀。

⑰ 惑：疑惑。祛：去除。吝：鄙吝。泯：尽绝。

⑱ 猥：凡。阿衡：原为商代官名，后引申为辅导帝王，主持国政。此处

处喻桓玄。《汉书》载："（车千秋）以一言寤意，旬月取宰相封侯，世未尝有也。后汉使者至匈奴，单于问曰：'闻汉新拜丞相，何用得之？'使者曰：'以上书言事故。'单于曰：'苟如是，汉置丞相，非用贤也，妄一男子上书即得之矣。'"贻：遗。哂：笑。

【语译】

四时运行如鱼鳞有序，物理变化亦均平若一。
独有天高气爽的秋日，最能令人纵情而尽兴。
景色明亮又高远，风物萧瑟又凄清。
风激幽谷起音律，风入林壑奏哀音。
岁寒草木无结实，自甘弃荣早凋零。
贞坚危脆何以知？唯有寄辞于松菌。
贤匠感伤秋晨寒，进驾高山出尘外。
大设筵席施博爱，邀请胜友相引饮。
我乐桓公好仁怀，疑惑鄙吝尽除泯。
不才冠首阿衡朝，恐教匈奴闻而哂。

【评析】

这首诗是作者在桓玄僭位之前、出镇姑孰之后从玄游九井时所作，抒发了他当时的进退危惧之情。诗的前八句主要描绘秋日明远的景象、凄紧的风物、劲吹的疾风，粗线条地勾勒出一幅天高气爽而又萧瑟凄清的秋意图，为下面的叙述和抒情做了铺垫和衬托。接着四句通过隐喻，写作者自己如同岁寒中的草木，浮荣而无实，当自甘早陨坠；并表明自己贞正犹松柏而性危脆同于朝菌，暗示被桓玄所制而深感忧惧。"哲匠"四句写桓玄的感伤萧瑟秋晨、暂抛世务驾车去登山、泛博爱士、胸有抱负，对桓玄歌功颂德。最末四句写作者自己诚愿追随桓玄，以不才之身冠首于阿衡之朝，只是唯恐匈奴闻之而哂笑而已。这既是作者的自谦，又赞美了桓玄。作品虽属游览诗，却与一般游览诗有所不同，它主要不在景物观赏，而是触景生情，抒发感慨。

游西池一首[1]

作者：谢叔源　　注译评析：周作秋

悟彼蟋蟀唱[2]，信此劳者歌[3]。
有来岂不疾[4]？良游常蹉跎[5]。
逍遥越城肆[6]，愿言屡经过。
回阡被陵阙[7]，高台眺飞霞。
惠风荡繁囿[8]，白云屯曾阿[9]。
景昃鸣禽集[10]，水木湛清华[11]。
褰裳顺兰沚[12]，徙倚引芳柯[13]。
美人愆岁月[14]，迟暮独如何[15]？
无为牵所思，南荣诫其多[16]。

【作者简介】

谢混（？—412），字叔源，小字益寿，东晋陈郡阳夏（今河南太康）人。谢安孙，孝武帝女婿。早负盛誉，不好交游，唯与侄谢灵运、谢瞻、谢晦等常以文义赏会，因居乌衣巷，世称“乌衣之游”。历任中书令、中领军，官至尚书左仆射。因党附刘毅，为刘裕所杀。其诗工于写景，风格清新，开始改变东晋玄言诗风。今存诗中以《游西池》为最佳。原有集五卷，已佚。传附《晋书·谢安传》。

【篇旨】

写作者游西池所见所感，抒发了从自然景物中体悟的玄理。

【注释】

①西池：丹阳（今江苏南京市江宁区）的西池。

②蟋蟀唱：语本《诗经·唐风·蟋蟀》："蟋蟀在堂，岁聿其莫。今我不乐，日月其除。"

③劳者歌：劳者之歌。朱熹《诗集传》："唐俗勤俭，故其民间终岁劳苦，不敢少休。及其岁晚务闲之时，乃敢相与燕饮为乐。"以上两句，意谓时当岁暮，蟋蟀之鸣乃为劳者之歌。

④有来：年有来。岂不疾：谓岁月如驰。

⑤蹉跎：失时，虚度光阴。

⑥越：度。肆：集市。

⑦回阡：弯曲小路。陵阙：陵，帝王的陵墓。阙，陵墓前的牌楼。

⑧惠风：犹和风。繁囿（yòu）：谓园圃繁茂。囿，有围墙的园地。

⑨屯：聚。曾：通"层"，重。阿：大山。

⑩ 景昃（zè）：日斜。

⑪ 湛：水不流。华：丽。

⑫ 褰（qiān）裳：揭衣。兰沚（zhǐ）：长满兰草的小洲。

⑬ 徙倚：流连徘徊。柯：树枝。

⑭ 美人：指所怀念之友人。愆：过期。

⑮ 迟暮：暮年。

⑯ 南荣：古人名。即南荣趎，庚桑楚弟子。《庄子·庚桑楚》载，庚桑楚谓南荣趎曰："全汝形，抱汝生，无使汝思虑营营。"意谓不为荣利所牵。

【语译】

岁暮忽闻蟋蟀鸣，乃悟此为劳者歌。

岁月易逝岂不快？美好郊游常错过。

独身逍遥越集市，心中思念常经过。

山路曲折陵墓丛，高台之上望霞飞。

和风骀荡园圃茂，白云屯聚在山阿。
日斜禽鸟纷来归，绿树碧水显清华。
揭衣漫步沿兰洲，流连芳树攀枝条。
美人失期岁月逝，老之将至如之何？
不需思虑劳牵挂，应如南荣受诫多。

【评析】

这首《游西池》，开始写游览前之思，点明此游的时序及缘由；继而展开对游览的描绘。诗人穿过城肆，沿着田间小路，登上城阙，居高远眺：飞霞、和风、繁圃、白云、远山、斜日、鸣禽、云水、林木……这些美丽的自然景物，尽收眼底。在观自然景物的过程中，诗人产生了时不我兴、美人迟暮的感叹；但紧接着又以庄子的无思无虑，排遣心中悲凉之情。该诗题为游览，却旨在表达一种达生的体悟；诗中写景抒情，以情驭景，感情线索明晰突出，首尾相呼应，语言浅近，笔调清新，是古代早期山水诗的代表作。

泛湖归出楼中玩月一首[①]

作者：谢惠连　　注译评析：周作秋

日落泛澄瀛[②]，星罗游轻桡[③]。
憩榭面曲汜[④]，临流对回潮[⑤]。
辍策共骈筵[⑥]，并坐相招要[⑦]。
哀鸿鸣沙渚，悲猿响山椒[⑧]。
亭亭映江月[⑨]，浏浏出谷飙[⑩]。
斐斐气幕岫[⑪]，泫泫露盈条[⑫]。
近瞩袪幽蕴[⑬]，远视荡喧嚣[⑭]。

悟言不知罢[15]，从夕至清朝。

【篇旨】

描写泛舟湖中及登楼所见的夜景，表现了诗人在优美月夜中的感受与陶醉。

【注释】

①湖：谢灵运《山居赋》注：大小巫湖。楼：所居之楼。玩：一作望。

②瀛：池泽。指巫湖。

③轻桡（ráo）：轻桨。

④榭：台上之屋。曲汜（sì）：指曲曲弯弯的流水。

⑤回潮：潮落。

⑥策：杖。骈：并。

⑦招要：亦作“招邀”。

⑧山椒：山顶。

⑨亭亭：高远貌。

⑩ 浏浏：风疾貌。飙：大风。

⑪ 斐斐：轻淡貌。岫（xiù）：山峰。

⑫ 泫泫：下垂貌。条：细枝。

⑬ 祛：除，开散。幽：静。蕴：积。

⑭ 荡：洗涤。喧嚣：声大而显赫。

⑮ 悟：通“晤”，对。《诗经·陈风·东门之池》：“彼美淑姬，可与晤言。”

【语译】

黄昏时分澄湖泛舟，星光之下船桨轻摇。

舍舟登岸歇于亭榭，高台临水观览回潮。

放下拐杖一起用餐，促膝并坐举觞相邀。

沙渚传来鸿雁哀鸣，山顶响起猿猴啼叫。

月色如水映入江中，长风呼啸吹出溪谷。
轻柔暮霭笼罩山峰，垂露欲滴缀满枝条。
近看不觉月夜幽静，远望更感热闹非凡。
与友相对实难尽兴，倾心攀谈直到天明。

【评析】

这首诗景美情浓，独臻妙境。诗一开头就入题“泛湖”。繁星满天，月光如水，诗人在明净的湖面上轻舟荡桨。而后息榭临流，共筵并坐，尽情观赏。接着，绘声绘色地勾画了一幅美丽而又略带苍凉的月夜图：鸿鸣猿啼，江水月映，山风出谷，暮霭轻笼，露垂枝条。观赏这月夜美景，不禁心旷神怡，既“祛幽蕴”，又“荡喧嚣”。就在这美妙的月夜里，诗人与友人倾心攀谈，彻夜不倦。全诗由于造境和遣词的讲究，充满着诗情画意，韵律和谐铿锵。尤其精彩的是，最后的感情投入，不仅有力地表现了景致的引人入胜，而且给读者留下了广阔的想象余地。

从游京口北固应诏一首[①]

作者：谢灵运　　注译评析：周作秋

玉玺戒诚信[②]，黄屋示崇高[③]。
事为名教用[④]，道以神理超[⑤]。
昔闻汾水游[⑥]，今见尘外镳[⑦]。
鸣笳发春渚，税銮登山椒[⑧]。
张组眺倒景[⑨]，列筵瞩归潮[⑩]。
远岩映兰薄[⑪]，白日丽江皋[⑫]。
原隰荑绿柳[⑬]，墟囿散红桃[⑭]。
皇心美阳泽[⑮]，万象咸光昭[⑯]。

顾己枉维絷[17]，抚志惭场苗[18]。
工拙各所宜[19]，终以反林巢[20]。
曾是萦旧想[21]，览物奏长谣[22]。

【篇旨】

写从游之所见，并聊述归隐之志。

【注释】

①京口：地名，今江苏镇江。北固：山名，在镇江北，因其地突入长江，三面临水，高数十丈，故称北固。

②玉玺：皇帝的玉印。戒：儆戒。

③黄屋：古代帝王所乘车上以黄缯为里的车盖。

④事：指前两句说的内容。名教：以正名定分为中心的封建礼教。

⑤道以神理超：意思是，与名教不同，道是超乎神理，超乎事象之外的。

⑥汾水游：事见《庄子·逍遥游》：尧“往见四子藐姑射之山、汾水之阳”。

⑦尘外：世外。镳（biāo）：马嚼子。指马。

⑧税銮：犹脱驾，解驾，即停车。

⑨组：系印用的丝带。倒景：倒影。

⑩ 列筵：摆下酒席。

⑪ 兰薄：兰林。

⑫ 江皋（gāo）：江岸。

⑬ 原隰（xí）：广平低湿之地。

⑭ 墟囿（yòu）：村落有围墙的园地。

⑮ 皇心：指宋文帝刘义隆的心意。

⑯ 万象：宇宙间的万事万物。

⑰ 顾：回看。己：作者自指。维絷：见系，有挽留之意。

⑱ 抚志：持志。以上两句化用《诗经·小雅·白驹》："皎皎白驹，食我场苗。絷之维之，以永今朝。"

⑲ 工拙：指善于仕进和不会做官两种情形。

⑳ 反林巢：喻归隐山林。反，同"返"。

㉑ 旧想：指隐居之志。

㉒ 览物：指览前述之物。长谣：长调歌曲。

【语译】

玉印儆戒诚信，黄屋显示崇高。

事为名教所用，道则超乎神理。

昔闻汾水之游，今有世外之马。

鸣笳发自春渚，停车同登山陵。

百官眺望倒影，设宴观赏江潮。

远处岩石映着兰林，白日照耀着江岸。

原野长满荑草绿柳，园圃里开满艳红的桃花。

皇心胜过春阳的恩泽，大地万物皆得以普照。

顾念自己徒被挽留，扪心抚志愧对场苗。

或工或拙各得其宜，自己终归要返回故居。

隐居之志萦绕不去，观览前物奏起长谣。

【评析】

元嘉四年（427）二月，宋文帝驾临北固。诗人此次从游于宋文帝，正是他在朝廷反复催促下再度出山之时，故这异乎寻常的游览，使他深有感慨。诗的开头，从皇帝的身份地位及出游的场面，想到教、道、神的关系及其作用。接着写登北固之所见，把长江一带的山水景物描写得异常鲜明艳丽，充满生机。而这些景物的选取和渲染，都是为了衬托突出"皇心美阳泽，万象咸光昭"。然而，尽管皇泽浩瀚，也难以改变诗人的隐逸之心。于是诗的最后婉言提出：因个人天性愚拙，理宜归隐山林，但为皇上所挽留，徒惭尸位素餐，萦绕于怀，谨此应诏之机，聊述去志。全诗情景结合，以情驭景，首尾呼应，体现理与情与景的统一。

晚出西射堂[①]一首

作者：谢灵运　　　注译评析：周作秋

步出西城门，遥望城西岑[②]。
连障叠巘崿[③]，青翠杳深沉[④]。
晓霜枫叶丹，夕曛岚气阴[⑤]。
节往戚不浅[⑥]，感来念已深。
羁雌恋旧侣[⑦]，迷鸟怀故林。
含情尚劳爱[⑧]，如何离赏心[⑨]？
抚镜华缁鬓[⑩]，揽带缓促衿[⑪]。
安排徒空言[⑫]，幽独赖鸣琴。

【篇旨】

描写夕照晚景，抒发诗人失意孤独之情。

【注释】

① 西射堂：据《太平寰宇记》：“在温州（永嘉）西南二里，基址犹存，今西山寺是。”

② 岑：小而高的山。

③ 障：屏障。巘（yǎn）：山峰。崿（è）：山崖。

④ 杳：深冥之意。

⑤ 曛：日落的余光。岚：山风。

⑥ 节往：节候变化，此处指夏去秋来。戚：忧伤。

⑦ 羁：失群无伴的雌鸟或兽。

⑧ 劳爱：劳与爱。劳，慰劳。

⑨ 赏心：心情畅快。此指知心之友。

⑩ 华缁：谓鬓发斑白。缁，黑色。

⑪ 揽带：含收拢之意。促：缩减。衿：同“襟”，衣服胸前的部分。

⑫ 安排：语出《庄子·大宗师》：“安排而去化，乃入于寥天一。”意谓安于自然的安排而随行变化，便可达到与寥廓无涯的天道合而为一的境界。

【语译】

漫步走出城西门，遥望城西高山巅。

连峰叠崖似屏障，山色苍翠如黛深。

晨霜浸染枫叶红，残照空山岚气阴。

节候变更悲不浅，羁旅忧思与日增。

失伴雌禽恋旧侣，迷途鸟儿思故林。

鸦雀有情知劳爱，为人哪能离故人？

抚镜只见鬓花白，揽衣但觉衣带宽。

安排去化是空话，幽居独处靠鸣琴。

【评析】

这首诗一开始点题后，就涂抹了一幅夕照晚景的水彩画：远处是暮色苍茫中连绵起伏的重峦叠嶂，近处是夕阳残照下色彩绚丽的霜枫红叶。画面鲜明而高远，壮阔而深沉。面对黄昏的到来，眼看这青山红叶即将隐去，诗人感到“节往戚不浅”，再联想自身的困窘，伤怀之情便油然而生。“羁雌”以下四句就隐含着深意，既是写晚来鸟禽归巢的情景，又是诗人对官场失意、深感孤独寂寞的寄怀。最后，诗人意识到人终将要衰老，这是不可抗拒的，因此他批评了《庄子》关于“安排”之说，认为是不可能实现的空话，表示要退隐山林，以鸣琴慰幽独。这首诗寓情于景，情景结合，颇耐咀嚼。

登池上楼一首[1]

作者：谢灵运　　注译评析：周作秋

潜虬媚幽姿[2]，飞鸿响远音[3]。
薄霄愧云浮[4]，栖川怍渊沉[5]。
进德智所拙[6]，退耕力不任[7]。
徇禄反穷海[8]，卧疴对空林[9]。
倾耳聆波澜[10]，举目眺岖嵚[11]。
初景革绪风[12]，新阳改故阴[13]。
池塘生春草，园柳变鸣禽[14]。
祁祁伤豳歌[15]，萋萋感楚吟[16]。
索居易永久[17]，离群难处心[18]。
持操岂独古[19]，无闷征在今[20]。

【篇旨】

写诗人久病初愈登楼临眺时所见所感，抒发了仕途失意的愤懑和决意辞官归隐的心情。

【注释】

①池：谢灵运任永嘉太守所居的园池，后人称为“谢公池”，在今浙江温州永嘉西北积谷山东。

②潜虬：潜隐于水中的龙。虬，传说中一种有角的小龙。媚：姣美可爱，此处含自我怜惜之意。幽姿：潜隐的姿态。

③飞鸿：高飞的大雁。响远音：发出嘹亮悠远的鸣叫声。

④ 薄霄：靠近云霄。薄，通“泊”，止，靠近。云浮：飘游在云间。喻指飞鸿。

⑤ 栖川：栖息水中。渊沉：潜沉深渊。喻指潜虬。

⑥ 进德：增进德业。指仕途上的进取。《周易·文言》：“子曰：君子进德修业。忠信，所以进德也；修辞立其诚，所以居业也。”

⑦ 退耕：退隐耕作。不任：不能胜任。

⑧ 徇禄：追求官禄。徇，求。穷海：边远荒僻的海滨之地，指永嘉郡。

⑨ 疴：疾病。空林：叶落光秃的树林。

⑩ 波澜：指水声。

⑪ 岖嵚（qū qīn）：山石险峻的样子。

⑫ 初景：初春的日光。景，同“影”。绪风：指寒风。绪，残余。

⑬ 新阳：春天。故阴：冬天。

⑭ 变鸣禽：“时鸟变声”之意。

⑮ 祁祁：众多貌。豳（bīn）歌：指《诗经·豳风·七月》，其中有“春日迟迟，采蘩祁祁。女心伤悲，殆及公子同归”的诗句。豳，古国名，在今陕西旬邑西。

⑯ 萋萋：草繁茂貌。楚吟：指《楚辞·招隐士》，其中有“王孙游兮不归，春草生兮萋萋”的诗句。

⑰ 索居：独居。索，离散，孤独。

⑱ 难处心：难以安心。

⑲ 持操：保持高尚的节操。

⑳ 无闷：没有烦闷。《周易·文言》：“龙德而隐者也，不易乎世，不成乎名，遁世无闷，不见是而无闷。”征：验证，证明。

【语译】

潜游水中的虬龙在摆弄婀娜矫健的身姿，高飞云天的鸿雁留下嘹亮悠远的鸣音。

我自愧不能像鸿雁那样飞上云霄，也不能像虬龙那样沉渊潜隐。

想要进德修业又因才疏智浅而无所作为，想要退隐耕作又觉体力不能胜任。

没想到追求官禄竟来到这边远荒僻的海滨，卧病在床只能面对那萧索枯秃的树林。

而今登楼临眺倾听河水潺潺，远望那山峦巍峨险峻。

初春的阳光驱走了寒风的余威，冬去春来大地上万象更新。

池边长满茂盛的春草，柳树上已变换了新的鸣禽。

我想起“采蘩祁祁”这首豳歌不禁伤怀，又想起“春草生兮萋萋”这首楚吟而独发归心。

向来都说独居的日子难熬，离群独处不易安心。

难道坚持操守的唯有古贤？“遁世无闷”在我这里也已得到验证。

【评析】

谢灵运在刘宋代晋时被降为侯，永初三年（422）夏遭贬远守永嘉郡，因而忧伤满怀。这首诗是他到任的第二年初春所作。诗一开头便以丰富的联想和想象，展现了虬潜深渊、鸿飞长天的壮阔景象，并用以反衬出诗人的境遇：虬能潜隐以保真，鸿可高飞以远害，自己虽进有“薄霄”之志、退有“栖川”之想，却都因羁于世俗尘网而难以实现，不禁深感愧怍。诗人追叙初来“穷海”的境况，并着重写此时登楼之所见，将耳目所及由远及近次第写来。对水声山色、池边春草、园柳鸣禽等加以描绘，勾画出一幅生机盎然的春意图。睹景伤情，诗人不禁联想起古人咏春言归的诗句，从中生发出感伤和归思。最后诗人直抒胸臆，表明意欲辞官归隐以保持节操的心愿。全诗托物喻志，绘景抒情，情景交融，以情入理，将情、景、理熔于一炉，且写来层次井然，结构缜密，音律和谐。虽思想情调有些低沉，但艺术表现却相当出色，多有佳句，堪称谢诗的代表作。

游南亭一首①

作者：谢灵运　　注译评析：周作秋

时竟夕澄霁②，云归日西驰③。
密林含余清，远峰隐半规④。
久痗昏垫苦⑤，旅馆眺郊歧⑥。
泽兰渐被径，芙蓉始发池。
未厌青春好，已睹朱明移⑦。
慼慼感物叹⑧，星星白发垂⑨。
药饵情所止⑩，衰疾忽在斯。
逝将候秋水⑪，息景偃旧崖⑫。
我志谁与亮⑬，赏心惟良知⑭。

【篇旨】

写久病初愈出游之所见，感叹岁月易逝，人生短促。

【注释】

① 南亭：地名。在永嘉郡。

② 霁：雨止。

③ 云归：谓雨后天晴。雨则云出，晴则云归。

④ 半规：半圆形。此处指日落峰外，隐去一半。

⑤ 痗（mèi）：病。昏垫：陷溺，迷惘。

⑥ 歧：岔道。

⑦ 朱明：此指夏季。

⑧ 慼（qī）慼：忧虑貌。

⑨ 星星：鬓发花白貌。

⑩ 药饵：药食。李善注："饵药既止，故有衰病。"一说作"乐饵"，指甘食美音。

⑪ 秋水：语本《庄子·秋水》："秋水时至，百川灌河。泾流之大，两涘渚崖之间，不辨牛马。"

⑫ 息景：息影。偃：高卧。

⑬ 亮：信。

⑭ 良知：犹言良朋。

【语译】

春末傍晚雨住天晴，云开雾散白日西驰。
密林空气清新凉爽，远峰隐没半个夕阳。
久病不愈令人厌烦，登临客舍眺望郊原。
兰草渐茂覆盖道路，荷花含苞伫立池中。
春光尚未尽情领略，不觉已是夏日来临。
节物变迁令人伤叹，星星白发垂在鬓边。
甘食美音使人陶醉，转眼之间衰病忽至。
逝将等待秋日到来，回归庄园息影旧崖。
隐逸之志谁能了解，唯有知友使我心悦。

【评析】

这首诗首先描写作者病愈出游所见的初夏胜景。傍晚时雨过天晴，夕阳西下，林峰隐约，空气清新，兰草被径，荷花满池。寥寥数句，就勾绘了春竟夏临的极富有特征的自然景象。然后诗人感时伤怀，以"未厌""已睹"二句作过渡，转入对岁月易逝、人生易老的感叹。转眼间，鬓发斑白，年老多病，甚至将不久于人世。诗末的两句"我志谁与亮，赏心惟良知"，这是诗人在人生旅途中的遗憾和企盼，是他对自己的坎坷经历的深切感受。对这首诗，《文选·颜鲍谢诗评》中评道："乃夏雨喜霁之作，思欲见秋而归也。”其言甚是。

游赤石进帆海一首①

作者：谢灵运　　注译评析：周作秋

首夏犹清和②，芳草亦未歇③。
水宿淹晨暮④，阴霞屡兴没⑤。
周览倦瀛壖⑥，况乃陵穷发⑦。
川后时安流⑧，天吴静不发⑨。
扬帆采石华⑩，挂席拾海月⑪。
溟涨无端倪⑫，虚舟有超越⑬。
仲连轻齐组⑭，子牟眷魏阙⑮。
矜名道不足⑯，适己物可忽⑰。
请附任公言⑱，终然谢夭伐⑲。

【篇旨】

写初夏游海所见之胜景，以及诗人任真自得的思想感受。

【注释】

①赤石：地名。谢灵运《游名山志》：“永宁、安固二县中，路东南便是赤石，又枕海。”永宁是今浙江永嘉，安固是今浙江瑞安。帆海：南朝宋郑辑之《永嘉郡记》：“帆游山，地昔为海，多过舟，故山以帆名。”帆游山在今瑞安北四十五里，灵运在世时该地为沧海。

②清和：时和气清。

③歇：尽。

④淹晨暮：犹言整天整夜。淹，沉浸。

⑤阴霞：阴沉的云雾。

⑥瀛壖（ruán）：海滨。瀛，大海。壖，缘水边地。

⑦陵：踏。穷发：谓极荒远之地。

⑧川后：水神名。

⑨天吴：水神名。

⑩ 石华：介类，肉可食，附生于海中石上。

⑪ 挂席：行舟扬帆。海月：海中动物，一名窗贝，肉可食，贝壳可嵌门窗。

⑫ 溟涨：大海。端倪：边际。

⑬ 虚舟：轻舟。

⑭ 仲连：鲁仲连。《史记·鲁仲连邹阳列传》说，燕攻齐，据聊城，后齐攻之不下，仲连遗书与守城燕将，燕将自杀，城乃下。齐王欲爵之，仲连不受，逃隐于海上。组：绶带。

⑮ 子牟：《吕氏春秋·审为》曰："中山公子牟谓詹子曰：'身在江海之上，心居乎魏阙之下，奈何？'"魏阙：古代宫门外的阙门，后来也作为朝廷的代称。

⑯ 矜名：崇尚虚名。

⑰ 适己：指适合自己的本性。忽：忽略，不经意。

⑱ 任公言：指任太公对孔子说的一番话。大意是，"直木先伐，甘井先竭"，一个人应"削迹捐势，不为功名"，才能无累（见《庄子·山木》）。

⑲ 谢：去。夭伐：指事物受外力侵害而毁损。

【语译】

初夏仍是时和气清，芳草还未枯萎消尽。

日日夜夜住在船上，观赏云霞时消时与。

周游遍览了海边胜景，又来到那遥远的海滨。

川后让海水安流，天吴使风平浪静。

扬起风帆去采石华，扬帆踏浪去捞海月。

浩瀚的大海无边无际，轻捷的小舟超然远去。

仲连不受齐国的绶带，子牟却念念不忘官阙。

崇尚功名道行不足，适合本性可以弃物。

请附和任公的至理名言，终究可以避免无妄之灾。

【评析】

诗人在诗里首先点明这次出游的时间，是在时和气清、芳草未尽的初夏，因昼夜生活在船上，对海边的云霞变幻和陆上风光均能饱览无余。接着铺写扬帆海上的情景，用川后和天吴两位水神的不受惊扰，来表现大海的波平浪静；以能扬帆行舟去捕捞，说明品尝了海上生活的乐趣；在浩渺无涯的海面上，不时看到虚舟超越，可见海居的自由。最后诗人自然地从海景联想到曾隐居于海上的古人鲁仲连与中山子牟，而由于他们两人在对待功名利禄上态度殊异，因而又从中引出了“矜名道不足，适己物可忽”的感慨，而且要用任公的话来证明自己思想的正确。全诗写得波澜顿挫，层次分明，环环相扣，引人入胜。

石壁精舍还湖中作一首[1]

作者：谢灵运　　注译评析：周作秋

昏旦变气候，山水含清晖[2]。
清晖能娱人，游子憺忘归[3]。
出谷日尚早，入舟阳已微[4]。
林壑敛暝色[5]，云霞收夕霏[6]。
芰荷迭映蔚[7]，蒲稗相因依[8]。
披拂趋南径，愉悦偃东扉[9]。

虑澹物自轻[10]，意惬理无违[11]。

寄言摄生客[12]，试用此道推[13]。

【篇旨】

写诗人自石壁精舍返经巫湖游观的乐趣，以及从中体会到的养生的道理。

【注释】

① 石壁精舍：在今浙江上虞东南。精舍，读书斋。湖：巫湖。谢灵运《游名山志》："湖三面悉高山，枕水渚山。溪涧凡有五处。南第一谷，今在所谓石壁精舍。"

② 清晖：指山光水色。

③ 憺（dàn）：安闲舒适。《楚辞·九歌·东君》："羌声色兮娱人，观者憺兮忘归。"

④ 微：不明。

⑤ 敛：聚集。暝色：暮色。

⑥ 夕霏：傍晚时云霞之余氛。

⑦ 芰（jì）：四只角的菱。

⑧ 蒲：菖蒲。稗（bài）：此指一种水草。

⑨ 偃（yǎn）：仰卧。这里指歇息。扉：门扇。

⑩ 虑：这里指为得失思虑。澹（dàn）：同"淡"，淡薄。物：泛指一切身外之物。

⑪ 意惬（qiè）：满足，快心。这里是知足之意。理：自然万物之理。

⑫ 摄生客：探求养生之道的人。摄，保养。

⑬ 此道：指上面"虑澹""意惬"二句所说的道理。推：推求。

【语译】

晨昏气候多变化，山水含有情和美。

山光水色能娱人，游客流连乐不归。
出谷之时天尚早，登舟已是夜幕垂。
暮色渐渐聚林壑，晚霞凝聚在天边。
菱荷繁盛相映照，蒲稗杂生紧相偎。
拨开草木往南行，心情舒畅歇东扉。
思虑清淡轻外物，心满意足事理遂。
寄言探求养生者，不妨试用此道推。

【评析】

谢灵运于景平元年（423）辞去永嘉郡太守职，回归故乡始宁县，在其始宁墅过着隐居的生活。他居住在南山，石壁精舍在北山，中间隔着巫湖，往返必经。这首诗就是写其从石壁精舍返回住所至巫湖这一天的途中所见所感。开头说山水的景色，因受早晚时间和气象变化的影响，而呈现各种不同的美妙情态，引人入胜。诗人清早“出谷”，沿途观赏，心旷神怡，流连忘返，故迟至傍晚才抵达巫湖“入舟”。接着对暮色苍茫中的湖光山影进行铺写。最后写既归感受，对此次竟日之游，觉得心满意足，并从中领悟到“虑澹物自轻，意惬理无违”的人生哲理。诗人能把写景、抒情和议论自然地结合起来，尤其是诗末的议论，虽属老庄玄理，颇为玄秘，但由于是诗人亲身经历后的感悟，并从写景中引发出来，因而并无游离之感，且耐人寻味。

登石门最高顶一首①

作者：谢灵运　　　注译评析：周作秋

晨策寻绝壁②，夕息在山栖。
疏峰抗高馆③，对岭临回溪④。

长林罗户穴[5]，积石拥基阶[6]。
连岩觉路塞，密竹使径迷。
来人忘新术[7]，去子惑故蹊[8]。
活活夕流驶[9]，噭噭夜猿啼[10]。
沉冥岂别理[11]？守道自不携[12]。
心契九秋干[13]，目玩三春荑[14]。
居常以待终[15]，处顺故安排[16]。
惜无同怀客，共登青云梯[17]！

【篇旨】

写诗人登临之所见所感，表达其坚守隐逸之道的心愿。

【注释】

① 石门：在浙江嵊州境内。谢灵运《游名山志》："石门涧六处，石门溯水上，入两山口，两边石壁，右边石岩，下临涧水。"

② 策：执杖。

③ 蹖峰：远峰。蹖，同"疏"。

④ 回溪：弯曲的溪流。

⑤ 户穴：屋舍。

⑥ 基阶：从词义及用韵上看，疑作"阶基"，即路基。

⑦ 新术：新路。

⑧ 故蹊：旧路。

⑨ 活活：流水声。

⑩ 噭噭：猿叫声。

⑪ 沉冥：晦迹不仕。

⑫ 不携：不二。

⑬ 契：投合。九秋干：指苍松翠柏。九秋，秋季九十天。

⑭ 玩：观赏。三春荑：指春天的花卉。

⑮ 居常以待终：《新序》："荣启期曰：贫者，士之常；死者，人之终。居常待终，何忧哉？"居常，守常不变。

⑯ 处顺：《庄子·养生主》：老聃死，秦失吊之曰："……适来，夫子时也；适去，夫子顺也。安时而处顺，哀乐不能入也。"

⑰ 青云梯：云梯，传说中为登仙所用，此喻隐逸之路。

【语译】

早晨拄杖攀登绝壁，傍晚到远山顶歇息。
远峰高馆遥相呼应，对山下临弯曲小溪。
长林排列在庭前，积石铺垫成路基。
山岩连绵阻塞着道路，山深竹密使径迷。
来者摸不着新路来，归者找不到原路归。
日夜响着流水声，夜夜传来猿猴啼。
隐逸哪想别样理？唯有守道自不离。
心愿投合松与柏，眼里赏玩花与荑。
守常不变以待终，顺时变化有安排。
但惜没有同怀客，一同登上青云梯！

【评析】

据载，诗人为了观赏山水风光，曾在石门建有新居一所，其高踞山巅。这首诗就是写诗人登临新居。诗中先点出此次登临的时间是从早到晚。然后对高馆周围的自然环境展开具体的描写，有声有色，突出了石门的高峻、幽深，使其大有与世隔绝、高邈如仙界之境况。在这令人心旷神怡、飘然若仙的环境和氛围里，诗人感悟并表示了要绝对超尘脱俗，坚守隐逸之道不变，甘与松柏花卉为邻，顺时变化，以此终年。最后他还大呼惋惜没有同怀客，来与他共享这登陟之乐。这首诗虽然在内容上流露了较为浓重的消极避世的思想，但写得情真意切，构思奇妙，意境清新峻峭，语言上几乎全是对偶句，富有节奏美。

于南山往北山经湖中瞻眺一首①

作者：谢灵运　　　注译评析：周作秋

朝旦发阳崖②，景落憩阴峰③。
舍舟眺迥渚④，停策倚茂松⑤。
侧迳既窈窕⑥，环洲亦玲珑⑦。
俯视乔木杪⑧，仰聆大壑灇⑨。
石横水分流，林密蹊绝踪⑩。
解作竟何感⑪？升长皆丰容⑫。
初篁苞绿箨⑬，新蒲含紫茸⑭。
海鸥戏春岸，天鸡弄和风⑮。
抚化心无厌⑯，览物眷弥重⑰。
不惜去人远⑱，但恨莫与同。
孤游非情叹，赏废理谁通。

【篇旨】

描写大自然的美景，反映诗人对大自然的热爱和向往。

【注释】

① 南山：或今浙江嵊州嶀山。北山：也叫院山，即东山。湖：指巫湖。

② 阳崖：南山。山以南为阳，以北为阴。

③ 景落：日落。阴峰：指北山。

④ 渚：水中小洲。

⑤ 策：拐杖。

⑥ 迳：同“径”，道路。窈窕：深远貌。

⑦ 玲珑：空明貌。

⑧ 俯：低头。杪（miǎo）：树梢。

⑨ 潨（cóng）：同“淙”，水声。

⑩ 蹊：小路。

⑪ 解作：语本《周易·解》彖辞：“天地解而雷雨作，雷雨作而百果草木皆甲坼。”意谓春雷一声响，草木因阳春雨露的滋润而得到复苏。

⑫ 升长：植物长势。丰容：茂盛貌。

⑬ 篁：丛竹。箨（tuò）：竹皮，笋壳。

⑭ 茸：草初生貌。

⑮ 天鸡：鸟名。

⑯ 抚化：如郭象《庄子》注所说：“夫圣人游于变化之途，放于日新之流。万物万化，亦与之万化。”意思是当自己的意识渗透到自然中循着自然变化时，便可以得到一种万物的流行与自己的意识活动相一致的感受。无厌：不弃之意。

⑰ 弥：更加。

⑱ 去人：谓古人。

【语译】

早晨我从南山出发，日落抵达北山歇息。

舍船登岸遥望沙洲，停杖倚松远眺胜景。

弯弯的山路伸向远处，圆形的沙洲玲珑剔透。

俯瞰乔木树摇曳，仰听深谷水声潺湲。

岩石横阻溪水分流，山深林密道路断绝。

雨过天晴景象如何？万物生长竟显丰容。

新竹的笋壳包着绿竿，初生的蒲草含着紫花。

海鸥在春岸上空翻飞欢叫，天鸡在和风中追逐嬉戏。

与万物冥合为情所愿，游赏览物此心愈坚。

不惜古人相隔邈远，但恨今人无与同游。

孤身出游感叹无侣，若废赏心又于理难通。

【评析】

此诗里写一次竟日之游，但不是罗列从早到晚沿途所见，而是选取从南山往北山途经湖中之时作为观景点，从容地从四面八方眺望眼前的大自然胜景。诗人写到山径、沙洲、林木、岩石、流水，还有雨后放晴、万物竞长、初篁新蒲、海鸥天鸡，等等，以其如椽大笔和各种色彩，把这些景色描绘得形象鲜明，栩栩如生，而且深含理趣，为读者展示了一个充满无限生机的美妙世界。正因为置身在这令人销魂的大自然怀抱里，诗人深感“抚化心无厌，览物眷弥重”，恨不得与万物俱化。这虽然也是由于他的隐逸思想所驱使，但对大自然的热爱和向往竟至如此程度，就不能不令人叹服。这首诗内容丰厚，造境很深，层次井然。方东树评道：“此诗精魄之厚，脉络之密，精深华妙，元气充溢，如精金美玉，光气烂然。”（《昭昧詹言》）

从斤竹涧越岭溪行①一首

作者：谢灵运　　　注译评析：周作秋

猿鸣诚知曙②，谷幽光未显③。
岩下云方合，花上露犹泫④。
逶迤傍隈隩⑤，苕递陟陉岘⑥。
过涧既厉急⑦，登栈亦陵缅⑧。
川渚屡迳复⑨，乘流玩回转⑩。
蘋萍泛沉深⑪，菰蒲冒清浅⑫。
企石挹飞泉⑬，攀林擿叶卷⑭。
想见山阿人⑮，薜萝若在眼⑯。

握兰勤徒结⑰，折麻心莫展⑱。
情用赏为美⑲，事昧竟谁辨⑳？
观此遗物虑㉑，一悟得所遣。

【篇旨】

描写从斤竹涧越岭沿溪步行沿途所见的景物，抒发由此而产生的怀人之情。

【注释】

① 斤竹涧：涧名，在今浙江乐清东。

② 曙：天亮。

③ 谷幽：山谷幽深。

④ 泫：水珠流转欲滴的样子。

⑤ 逶迤：弯曲而延续不断的样子。隈隩（wēi yù）：山边转角或水涯弯曲处。

⑥ 苕（tiáo）递：绵邈高远的样子。苕，通“迢”。陟（zhì）：登高。陉岘（xíng xiàn）：山脉中断处叫陉，小而高的山岭叫岘。

⑦ 厉急：蹚过急流。厉，撩起衣裳涉水。

⑧ 栈：栈道，傍山架木而成的道路。陵：往上登。缅：远。

⑨ 川渚：此处指溪涧。迳：同“径”，直。复：回曲。

⑩ 玩：含观赏之意。

⑪ 蘋：大萍，又名田字草。萍：浮萍。沉深：水深沉沉。

⑫ 菰（gū）：同“苽”，俗称茭白。冒：覆盖。

⑬ 企石：踮起脚站在石头上。企，同“跂”，举踵。挹：酌。

⑭ 擿：同“摘”。叶卷：卷叶，初生未展的嫩叶。

⑮ 山阿：山陵。

⑯ 薜萝：植物名，薜荔和女萝。借指作者所怀之人。《楚辞·九歌·山鬼》：“若有人兮山之阿，被薜荔兮带女萝。”

⑰ 握兰：采摘盈把的香兰。

⑱ 折麻：采取疏麻的花。握兰、折麻皆谓以相赠问。《楚辞·九歌·大司命》："折疏麻兮瑶华，将以遗兮离居。"

⑲ 赏：赏玩适意。

⑳ 事昧：事属幽昧说不清。事，指上句"情用赏为美"的道理。亦有疑指庐陵王为徐羡之等谮废，寻复见杀，及至作者自己亦因此而出之事。

㉑ 物虑：指一般的世俗之思虑。

【语译】

听到猿鸣始知天晓，山深谷幽天色未明。
山岩底下云雾缭绕，野花瓣上露水盈盈。
山路崎岖转弯抹角，攀山越岭翻过断崖。
揭起衣裳蹚渡急流，踏着栈道步步上升。
溪流洲渚弯弯曲曲，顺着溪流绕过山曲。
蘋萍漂浮在深水潭，菰蒲覆盖着浅水湾。
踮起脚跟手舀飞泉，攀枝采摘未展的嫩叶。
仿佛看到山里的高士，身穿薜荔腰系女萝。
手执香兰徒添忧愁，折麻满把欲赠无由。
莫如且观眼前美景，事属幽昧谁能辨清？
观此胜景排除俗虑，了然一悟全无烦忧。

【评析】

这首诗记叙了清晨出游时越岭、过涧、溪行的历程，描绘了沿途所见的山中景致：山谷幽深，晓景清丽，云烟缭绕，野花带露，山峦起伏，栈道悠长，溪流回转，蘋萍漂浮，菰蒲覆盖，山泉飞泻……这些景色，在作者的笔下，形象鲜明，如诗如画。触景伤情，作者心中勾起了对前代高人隐士的深沉仰慕，和对故旧友人的无尽怀念，以至产生幻觉，如见其人于眼前。然而心情是矛盾的，欲“握兰”“折麻”赠予，又怕殷勤徒然而反郁结在心。于是作者陡然转笔，提出“情用赏为美”的观点，并表示要排除“物虑”，尽情地去独赏这些美丽景色，认为这样可以使身心得到陶冶，从而获得排遣一切忧烦之道。作品能把叙事、写景、抒情三者很好地结合起来，写得灵活飞动，精深华妙，令人深受感染和启迪。

应诏观北湖田收一首

作者：颜延年　　注译评析：黄汉清

周御穷辙迹[①]，夏载历山川[②]。
蓄轸岂明懋[③]？善游皆圣仙。
帝晖膺顺动[④]，清跸巡广廛[⑤]。
楼观眺丰颖[⑥]，金驾映松山[⑦]。
飞奔互流缀[⑧]，缇彀代回环[⑨]。
神行埒浮景[⑩]，争光溢中天[⑪]。
开冬眷徂物[⑫]，残悴盈化先[⑬]。
阳陆团精气[⑭]，阴谷曳寒烟[⑮]。
攒素既森蔼[⑯]，积翠亦葱仟[⑰]。
息飨报嘉岁[⑱]，通急戒无年。
温渥浃舆隶[⑲]，和惠属后筵[⑳]。
观风久有作，陈诗愧未妍。
疲弱谢凌遽[㉑]，取累非缨牵[㉒]。

【篇旨】

写北湖田收景象，颂扬文帝的德政。

【注释】

① 周：指周穆王。穷辙迹：指周穆王欲肆其心，周行天下。

② 夏：指夏禹。载：《尚书·益稷》："予乘四载。"即四种交通工具。

③ 蓄轸：停车。明懋：光明盛大。

④ 晖：光。膺：当。顺动：顺时而动。

⑤ 清跸（bì）：旧时天子出行，清道戒严。跸，阻止行人。广廛（chán）：广大的田亩。古一百亩为一廛。

⑥ 丰颖：稻谷丰收。颖，穗。

⑦ 金驾：金辂。天子乘的金色车驾。

⑧ 互流缀：或流散或连缀。

⑨ 缇觳（tí gòu）：赤色的马队。

⑩ 神行：指天子出行。埒（liè）：等同。浮景：流景，指日光。

⑪ 中天：天之中央。泛指高空。

⑫ 开冬：初冬。徂（cú）物：衰败之物。

⑬ 残悴：枯衰。化：造化。

⑭ 团：积聚。精气：天地万物之元气。

⑮ 曳：拖。

⑯ 攒素、森蔼：皆霜盛貌。

⑰ 葱仟：苍翠茂盛貌。

⑱ 息飨：岁终休息宴饮以报丰岁，以备饥年。

⑲ 温渥：仁厚。浃（jiā）：浃洽，遍及。舆隶：泛指地位低下的人。舆，即舆人，古代人分十等，舆为第六等。隶，指奴隶。

⑳ 和惠：温和仁惠。属：逮，及。后筵：宴饮时后座的人。作者自谓。

㉑ 凌遽：惶恐。

㉒ 缧（mò）牵：马缰绳。

【语译】

周穆王的车辙遍布天下，夏禹乘载走遍了山川。

停车不行哪里是圣明？善游天下才是神明之君。
帝王之光应顺时而动，清道戒严巡视田野。
登楼观看丰收的景象，金色的车队辉映着松山。
飞车奔驰时断时续，赤色的马队在他周围环行。
天子巡行就像流动的云光，与日月争光布满中天。
看那初冬衰败的景象，虽然残悴却比春天初生之时丰盈。
向阳的山坡聚积着阳光，背阴的山谷飘浮着寒烟。
虽然寒霜越积越多，松柏仍是郁郁苍苍。
岁末休息宴饮以报丰年，通百姓之急以备饥年。
天子仁德遍施贫贱者，温和仁惠布及位低之人。
我随帝观察民风早就有感而作，作罢又自愧诗句不够妍美。
我才情疲弱且诚惶诚恐，并非如千里马受缰绳之长所累。

【评析】

此诗是颜延之随宋文帝刘义隆游曲阿（今江苏丹阳）观北湖田收应诏而作。诗的开头以周穆、夏禹出巡作比，诗中写观田收，补出楼观，以下据此发意，引出所观之景象。此诗不脱应制诗的窠臼，颇多歌功颂德之词，写景亦需写一段阳和布泽、万象昭融的气象。诗人用词颇费雕琢，显得生造，缺乏意趣。

车驾幸京口侍游蒜山作[①]一首

作者：颜延年　　注译评析：黄汉清

元天高北列[②]，日观临东溟[③]。
入河起阳峡[④]，践华因削成[⑤]。
岩险去汉宇[⑥]，衿卫徙吴京[⑦]。

流池自化造[8]，山关固神营[9]。
园县极方望[10]，邑社总地灵[11]。
宅道炳星纬[12]，诞曜应神明[13]。
睿思缠故里[14]，巡驾匝旧垧[15]。
陟峰腾辇路[16]，寻云抗瑶甍[17]。
春江壮风涛，兰野茂稊英[18]。
宣游弘下济[19]，穷远凝圣情[20]。
岳滨有和会[21]，祥习在卜征[22]。
周南悲昔老[23]，留滞感遗氓[24]。
空食疲廊肆[25]，反税事岩耕[26]。

【篇旨】

记叙文帝游蒜山的情景，感叹自己不得从游。

【注释】

① 京口：地名。在今江苏镇江。蒜山：山名。在镇江西。

② 元天：山名。北列：北方。

③ 日观：峰名。泰山东南山顶叫日观峰。因观日出之处得名。东溟：指东海。

④ 河：指黄河。阳峡：阳山之侧。

⑤ 践华：脚跨华山。

⑥ 汉宇：指汉室。

⑦ 衿卫：喻山川险要之地。吴京：指京口。三国时孙权把首府从吴（苏州）迁到这里。南朝宋武帝刘裕也在这里建立政权。

⑧ 流池：因流为池。池，护城河。化造：指自然界的创造化育。

⑨ 神营：神所营造。即非人力所致之意。

⑩ 园县：帝王陵侧所建的寝庙。方望：帝王郊祀四方群神之礼。

⑪ 邑社：陵邑中之社。社，指祭土神的场所。地灵：土地之神灵。

⑫ 宅道：帝王所居之路界。这里泛指领土。炳：光。星纬：星次之名。

即星纪。《尔雅·释天》："星纪，斗牵牛也。"

⑬ 诞曜：大放光明。神明：六臣注作"辰明"，水星之别称。李周翰注："宋以水德，故云'诞曜应辰明'。"

⑭ 睿：圣。谓文帝。缠：怀念。故里：指京口。

⑮ 匝（zā）：周，遍。环绕一周叫一匝。旧坰（jiōng）：旧时游览过的郊野。

⑯ 陟：登。腾：乘。辇路：天子御车所经的道路。

⑰ 抗：极高。瑶甍（méng）：玉饰的屋脊。

⑱ 稊（tí）荑：初生的草。

⑲ 宣游：遍游。下济：济益下民。

⑳ 穷远：极远。

㉑ 岳滨：山岳和海滨。泛指各地。和会：协和会同。

㉒ 祥习在卜征：《左传·襄公十三年》："先王卜征五年，而岁习其祥，祥习则行。不习，则增修德而改卜。"

㉓ 周南：指成周以南，即今河南洛阳以南。昔老：指司马迁之父司马谈。他于元封间为太史令，后武帝封泰山，谈留滞周南不得从。

㉔ 遗氓：延年自谓。

㉕ 空食：空食俸禄。廊肆：廊，即岩廊，殿下小屋。肆，列肆。廊肆通指朝廷。

㉖ 反税：纳税。意即反输国税。事岩耕：在山岩下耕种。

【语译】

元天山高耸在北方，日观峰东临大海。

渡河据阳山之侧，登华山山峻如斧削而成。

离开高峻险要的汉室，衿带之徒卫此吴京。

因流为池本是自然赐予，据山为城非人力所致。

王陵之侧可祭祀四方群神，城邑之社汇集了土地神灵。

王土之上斗牛星光闪闪，水星也为之大放光明。

天子之心怀念故里，驾车重游旧时郊野。

飞车登上高高的山路，高耸的屋宇上接云天。

春日江上风急浪激，美丽的郊野新草绿遍。

天子周游大德可下济于百姓，到处都可领略这圣人之情。

天下四方都来归顺，天子卜问吉祥才能出巡。

从前太史公叹惜滞留周南，如今我也不能从游蒜山。

我已倦于空食朝廷俸禄，欲反输国税耕于山中。

【评析】

前人观其诗中意，认为延年不得从游蒜山，恐其诗题有误，可备一说。这首诗分为三层。第一层起语奇壮，描写山河关塞险固，气势宏伟。“睿思”句起，正面写文帝出巡。记叙其驾车登山，观赏春江、郊野的景色，并歌颂文帝之圣德下济于民。这是应制诗习惯之言，与作者前一首“观北湖田收”有共同之处。最后四句，从司马谈不得从游周南引出自己不能从游蒜山的心情。全诗层次分明，词句凝练，可见作者锤炼之功。

车驾幸京口三月三日侍游曲阿后湖作一首

作者：颜延年　　　注译评析：黄汉清

虞风载帝狩[①]，夏谚颂王游[②]。
春方动辰驾[③]，望幸倾五州[④]。
山祇跸峤路[⑤]，水若警沧流[⑥]。
神御出瑶轸[⑦]，天仪降藻舟[⑧]。
万轴胤行卫[⑨]，千翼泛飞浮[⑩]。
雕云丽璇盖[⑪]，祥飙被彩斿[⑫]。
江南进荆艳[⑬]，河激献赵讴[⑭]。

金练照海浦⑮，笳鼓震溟洲⑯。
藐盼覩青崖⑰，衍漾观绿畴⑱。
人灵骞都野⑲，鳞翰耸渊丘⑳。
德礼既普洽㉑，川岳遍怀柔㉒。

【篇旨】

描绘随帝巡游的盛况，歌颂宋文帝的仁德。

【注释】

① 虞风:《虞书》。即《尚书》中纪虞代之书。凡五篇。载：记载。帝狩：《尚书·虞书》:“岁二月，东巡狩。”狩，巡狩。即天子巡行诸国。

② 夏谚：夏代民间的俗语。王游:《孟子·梁惠王下》:“夏谚曰：‘吾王不游，吾何以休；吾王不豫，吾何以助；一游一豫，为诸侯度。’”

③ 春方：东方。辰驾：天下的车驾。

④ 望幸：臣民待望居王临幸。倾：倾心。五州：指宋之境。

⑤ 山祇：山神。跸（bì）：跸路。指古代天子出行时，为之禁行人，清道路。峤：山高而尖。

⑥ 水若：水神。警：令戒肃。

⑦ 神御：古称天子行幸为神御。瑶轸：玉辂。指天子所乘饰珠玉之车。

⑧ 天仪：天子之容仪。藻舟：画船。

⑨ 万轴：万乘之车。胤（yìn）：相继，相连。行卫：行列警卫。

⑩ 千翼：千艘之船。

⑪ 雕云：红云。雕，当作“彤”。丽：附着。璇盖：玉饰之车盖。

⑫ 祥飙：瑞风。彩斿（liú）：彩旗。斿，旌旗的下垂饰物，这里指代旗。

⑬ 荆艳：楚地的舞。一说楚歌。

⑭ 河激：古歌辞名，即河激之歌。相传春秋时赵简子攻楚，津吏女娟操揖渡简子过河，渡至中流唱河激之歌，简子大悦，以为夫人。讴：歌曲。

⑮ 金练：金甲，士兵的铠甲。海浦：河流入江海的地方。

⑯ 溟洲：大海中之洲。溟，海。

⑰ 藐盼：回顾貌。觏（gòu）：遇见。

⑱ 衍漾：随水荡漾。畴：田。

⑲ 人灵：指人。《尚书·泰誓》："惟人万物之灵。"骞：恐惧。

⑳ 鳞翰：鱼与鸟。竦：悚，恐惧。本句与上句"骞"为互文。

㉑ 德礼：道德礼仪。普洽：普遍周洽。

㉒ 川岳：山川。引申为各地。怀柔：招来安抚。

【语译】

《虞书》把帝王巡狩载入史册，夏谚颂扬天子的出巡。

天子从东方出驾巡行，臣民渴望他能遍临五州。

山神为之戒严清道，水神也警戒江河的水流。

天子乘坐玉饰的车驾，再从车马进入画船。

上万辆车相继护卫，千艘船只在江中泛流。

红云笼罩华丽的车盖，和风吹拂着五彩的旌旗。

江南为天子进献楚地舞，赵人为之演唱河激之歌。

金甲照亮了海浦，笳鼓声震荡着海岛。

四顾眺望青翠的山崖，随水漂流欣赏田野的绿洲。

天子出行震动了朝野，连鱼鸟也潜入深潭藏于山丘。

天子仁德普施天下，招致各方都来归顺。

【评析】

诗题中提到的曲阿，在今江苏丹阳。曲阿有湖，湖水周四十里，号曰曲阿后湖。这首诗用铺叙的手法，极写作者随文帝游湖的盛况。车马的豪华、歌舞的欢乐，描绘出一幅升平景象。诗写于元嘉二十六年，是年文帝王元谟北伐，所谓"望幸倾五州"即指此。此诗用词华丽，多用对仗，音韵铿锵，读之朗朗上口。

行药至城东桥一首

作者：鲍明远　　　注译评析：黄汉清

鸡鸣关吏起①，伐鼓早通晨。
严车临迥陌②，延瞰历城闉③。
蔓草缘高隅，修杨夹广津④。
迅风首旦发⑤，平路塞飞尘⑥。
扰扰游宦子⑦，营营市井人⑧。
怀金近从利⑨，抚剑远辞亲。
争先万里涂，各事百年身⑩。
开芳及稚节⑪，含采吝惊春⑫。
尊贤永昭灼⑬，孤贱长隐沦⑭。
容华坐消歇⑮，端为谁苦辛⑯！

【篇旨】

慨叹世人为追逐名利而奔忙。

【注释】

① 关吏：掌管城门货物出入和征税的官吏。

② 严：整顿。

③ 延瞰：远视。城闉（yīn）：城曲重门。

④ 津：渡口。

⑤ 首旦：早晨。

⑥ 塞：充蔽。

⑦ 扰扰：纷乱貌。游宦子：异乡为官，迁移不定的人。

⑧ 营营：往来盘旋貌。市井人：商贾。

⑨ 从利：逐利。

⑩ 百年身：指人的一生。

⑪ 稚节：指春天。

⑫ 吝：惜。以上两句以草喻人。意谓人的开布芳德宜在年轻之时，时过境迁，应予珍惜。

⑬ 尊贤：被尊敬的贤人。昭灼：照耀。

⑭ 孤贱：孤单卑贱的意思。自谦之词。隐沦：幽隐沉沦。

⑮ 容华：容颜。坐：徒，空。

⑯ 端：究竟。

【语译】

鸡鸣唤起关吏，击鼓通报天明。

驾车来到远道，远望城曲重门。

丛生的蔓草爬满城角，广阔的渡口杨柳夹岸。

从早晨便刮起疾风，道路被飞尘遮暗。

熙熙攘攘的游宦子，来来往往的生意人。

怀揣金玉追逐近利，身携宝剑辞亲远行。

争先奔赴万里长途，各自去营求自己的事情。

草木开花宜及早节，含光溢彩应惜芳春。

尊贵的贤人永放光彩，孤单卑贱则长久沉沦。

美好的容颜白白消失，可叹究竟为谁苦辛！

【评析】

鲍照因疾服药，为宜宣导药性而郊行，至城东桥边，见游宦子有感而作此诗。诗作开头点明郊游的时间及描写清晨的景色，继而描述桥旁人们奔忙于各自营生的景象，最后抒发作者对人生的感慨。“尊贤永昭灼，孤贱长隐沦”二句是本篇点睛之笔，是旧时代不得志文人有感于时而吐出的心声，自然流露出作者蔑视追求名利的品性，亦显示了鲍诗气骨劲健的风格。本诗写景虽不算工，但中间状情处却是语言精练，词彩华丽，对仗尤为工整，对后代律诗的发展有一定影响。

游东田一首

作者：谢玄晖　　注译评析：黄汉清

戚戚苦无悰①，携手共行乐。
寻云陟累榭②，随山望菌阁③。
远树暧仟仟④，生烟纷漠漠⑤。
鱼戏新荷动，鸟散余花落。
不对芳春酒，还望青山郭。

【篇旨】

描写游览东田时所见的初夏景色。

【注释】

① 悰（cóng）：欢乐。

② 陟：登高。累：重叠。

③ 菌阁：如香草般华美的楼阁。

④ 暧：昏暗。仟（qiān）仟：同“芊”，茂盛貌。

⑤ 漠漠：弥漫的样子。

【语译】

忧虑愁苦没有欢乐，与朋友一同携手出游。

追寻云气登上层层台榭，顺着山势远望华美的楼阁。

远树郁郁葱葱，四周烟雾弥漫缭绕。

鱼戏水中触动新荷，鸟飞四散撞落余花。

不去饮那芳春的美酒，却来举目远望青山边的城郭。

【评析】

谢朓描写山水以清新秀丽、逼真如画见长。从这一首诗可以看出他对自然景物细致的观察和敏锐的感觉。东田是齐武帝时文惠太子筑在钟山下的楼馆，作者以清新的笔墨，层次井然地再现了东田夏日优美的景致，从中流露出作者游赏的佳兴。“鱼戏”二句细致地刻画了近处景物的动态，与远处田野的安详疏淡相映成趣，是为人称道的写景佳句，充分显示出作者对景物细致观察、准确把握和出色刻画。

从冠军建平王登庐山香炉峰一首

作者：江文通　　注译评析：黄汉清

广成爱神鼎[①]，淮南好丹经[②]。
此山具鸾鹤[③]，往来尽仙灵。
瑶草正翕赩[④]，玉树信葱青。
绛气下萦薄[⑤]，白云上杳冥[⑥]。
中坐瞰蜿虹，俯伏视流星[⑦]。
不寻遐怪极[⑧]，则知耳目惊。
日落长沙渚，曾阴万里生[⑨]。
藉兰素多意[⑩]，临风默含情。
方学松柏隐，羞逐市井名。
幸承光诵末[⑪]，伏思托后旍[⑫]。

【篇旨】

描写庐山香炉峰的美丽景致，表达自己归隐的愿望。

【注释】

① 广成：广成子，传说中的仙人。神鼎：炼丹用的仙鼎。

② 淮南：西汉淮南王刘安。喜好道术。

③ 鸾：凤。鸾、鹤都是传说中的仙鸟。

④ 翕赩（xī xì）：茂盛而泛红光。

⑤ 萦薄：环绕笼罩。

⑥ 杳冥：高远不能见到的地方。

⑦ 俯：低头。

⑧ 怪极：指新奇怪异之物。

⑨ 曾：通“层”。重重。

⑩ 藉：凭借。

⑪ 光诵：犹华章。

⑫ 后旍：后车。

【语译】

广成子喜欢炼丹的神鼎，淮南王刘安爱好丹经书。

庐山中有凤凰和白鹤，来来往往的都是仙怪神灵。

仙草茂盛泛着异彩，玉树都是郁郁葱葱。

紫红的云气环绕笼罩，白云悠悠直上远空。

坐在山腰观看彩虹，低下头来俯视流星。

不必远寻珍奇灵异，眼前景色已足令人惊奇。

可以看见日落长沙洲渚，阴云浓重笼罩万里。

在兰草地上感慨不已，临风而坐默默含情。

我将像松柏那样隐居山中，羞于在世俗中追名逐利。

承蒙您在大作中提到我，我将恭敬地跟随于您。

【评析】

这首诗是作者跟从南朝宋建平王刘景素游庐山香炉峰时所作。虽然是应酬之作，但也体现了作者描写自然景物的独到之处。诗的大部分都是在描写庐山秀美神奇的景致，引用大量的典故，使用比喻和夸张的手法，极力描写庐山香炉峰云雾缭绕、令人惊叹的美丽壮观的景象，表现出诗人对大自然造化之工的赞叹。最后作者表达了自己由衷地向往山林生活，厌倦争名夺利的愿望。

钟山诗应西阳王教一首

作者：沈休文　　注译评析：黄汉清

灵山纪地德①，地险资岳灵②。终南表秦观③，少室迩王城④。
翠凤翔淮海⑤，衿带绕神垧⑥。北阜何其峻⑦，林薄杳葱青⑧。
发地多奇岭，干云非一状⑨。合沓共隐天⑩，参差互相望。
郁律构丹巘⑪，崚嶒起青嶂⑫。势随九疑高⑬，气与三山壮⑭。
即事既多美，临眺殊复奇。南瞻储胥观⑮，西望昆明池⑯。
山中咸可悦⑰，赏逐四时移。春光发垄首⑱，秋风生桂枝。
多值息心侣⑲，结架山之足⑳。八解鸣涧流㉑，四禅隐岩曲㉒。
窈冥终不见㉓，萧条无可欲。所愿从之游，寸心于此足。
君王挺逸趣㉔，羽旆临崇基㉕。白云随玉趾㉖，青霞杂桂旗㉗。
淹留访五药㉘，顾步伫三芝㉙。于焉仰镳驾㉚，岁暮以为期㉛。

【篇旨】

描绘钟山的形胜和景物，抒发游赏的愉悦之情。

【注释】

① 灵山：此泛指仙山。地德：古时认为土地生产万物，人赖以生存，有德于人，故称地德。

② 地险：险阻之地。岳灵：高山之神灵。

③ 终南：山名。又称南山。秦观：秦代之宫阙。

④ 少室：山名，即嵩山之西峰。迩（ěr）：近。

⑤ 翠凤翔淮海：喻宋兴于淮海之地。

⑥ 神坰：对郊野的美称。

⑦ 北阜：北边大山。这里指钟山。

⑧ 林薄：草木丛杂之处。

⑨ 干云：高及云际。

⑩ 合沓：聚集而高大貌。

⑪ 郁律：直上貌。丹巘（yǎn）：望之呈赤色之山峰。

⑫ 崚嶒（céng）：高峻重叠貌。嶂：形如屏障的山峰。

⑬ 九疑：山名。在今湖南宁远。

⑭ 三山：山名，在今南京西南，长江东岸，又名护国山，为江防要地。一说指神话传说的方丈、蓬莱、瀛洲三神山。

⑮ 储胥观：宫观名，在西京。

⑯ 昆明池：池名，亦在西京。储胥观、昆明池均为借指。

⑰ 咸：皆。

⑱ 巠首：山头。

⑲ 多值：多遇。引申为广纳。息心：止心，排除杂念。

⑳ 结架：指构筑房屋。

㉑ 八解：佛家语。八解说之简称。八种禅定。《维摩经·佛道品》："八解之浴池，定水湛然满。"

㉒ 四禅：佛家语，四禅定之简称。指人于欲界中修习禅定的四种境界。

㉓ 窈冥：深远貌。

㉔ 君王：指西阳王。挺：生出。逸趣：超越恒常的兴趣。

㉕ 崇基：此指钟山。

㉖ 玉趾：王足的美称。

㉗ 桂旗：结桂枝为旗。

㉘ 五药：指草、木、虫、石、谷。

㉙ 三芝：灵草，仙草。即石芝、灵芝、肉芝。

㉚ 鑣驾：王者之车。

㉛ 岁暮：喻年岁已晚。

【语译】

仙山表明它有德于人，地势险固凭借高山之神灵。终南山是秦宫观的仪表，少室山靠近周的王城。

翠凤飞翔于淮海之上，襟带之固环绕建业的外城。北边的山何其高峻，林木幽深郁郁青青。

拔地而起多为奇特的山峰，直刺云天形状各异。群山高耸遮蔽云天，参差分布相望而立。

有的矗立直上有如红甑，有的连绵起伏又似青色的屏障。山势同九嶷山一样高，气魄与三山一般豪壮。

山中的景色美不胜收，登临远眺更觉奇丽。南边可看到储胥观，西面可眺望昆明池。

山中的一切都令人感到愉悦，可随季节的推移变化欣赏不同的景致。初春生机萌发于山头，秋风传来桂枝飘香。

多么愿意遇到不求名利的知友，共同结庐在山脚之下。听八解之池与涧水同鸣，静心幽隐于山岩深处。

居于山中深不可见，心境萧条无所追求。我愿随您一道闲游，心中由此而得到满足。

君王心中颇多逸趣，仪仗旌旗在钟山飘扬。白云在您脚下浮游，彩霞与桂旗相间。

您放慢脚步寻找仙药，驻足伫立采摘仙草。我于此仰奉您的车驾，但愿到老也隐居于此。

【评析】

西阳王乃宋孝武皇子子尚的封号，这首诗是作者陪侍游钟山应令而作。全诗分为五章，每八句为一章。第一章写钟山的形胜；第二章写钟山的景致；第三章写登山远眺，尽收眼底的奇景；第四章是诗人触景而生归隐之愿；第五章写西阳王游钟山之情状。五章连成一气，写景抒情结合自然。这类诗，很容易只铺叙对方。但作者却不然，他先以较多篇幅描述钟山，使景物形象突出，末章才带出西阳王游山，技巧不同一般。

宿东园一首①

作者：沈休文　　　注译评析：黄汉清

陈王斗鸡道②，安仁采樵路③。
东郊岂异昔，聊可闲余步④。
野径既盘纡⑤，荒阡亦交互⑥。
槿篱疏复密⑦，荆扉新且故⑧。
树顶鸣风飙，草根积霜露。
惊麏去不息⑨，征鸟时相顾⑩。
茅栋啸愁鸱⑪，平岗走寒兔。
夕阴带曾阜⑫，长烟引轻素⑬。
飞光忽我遒⑭，宁止岁云暮⑮。
若蒙西山药，颓龄倘能度⑯。

【篇旨】

描绘东园冬天的景色，抒发作者的迟暮之感。

【注释】

① 东园：沈约的家园。

② 陈王：指陈思王曹植。斗鸡道：曹植《名都篇》有“斗鸡东郊道，走马长楸间”之句。

③ 安仁：潘岳字安仁。潘岳诗云：“出自东郊，忧心摇摇。遵彼莱田，言采其樵。”

④ 闲：缓慢。

⑤ 盘纡：回旋曲折。

⑥ 荒阡：荒芜的田间小路。

⑦ 槿篱：植木槿以为篱。

⑧ 荆扉：荆条做的门。

⑨ 麏（jūn）：兽名，同“麇”，即獐。

⑩ 征：飞。

⑪ 茅栋：茅庐，茅舍。鸱（chī）：鸱鹰。

⑫ 夕阴：晚阴。带：笼覆。曾阜：高的山岭。曾同“层”。

⑬ 长烟：升空甚高而不绝之烟。引：连接不断。轻素：薄的白纱。

⑭ 飞光：指月光。遒（qiú）：迫及，尽。

⑮ 岁云暮：一年终结。喻年老。

⑯ 颓龄：衰年。傥：倘若，或者。

【语译】

陈思王有诗说斗鸡东郊道，潘安仁亦说往东是采樵路。

东郊和从前没有什么不同，我姑且在此悠闲散步。

郊野的小路回旋曲折，荒芜的田间小道亦屈曲交错。

槿围的篱笆已向疏而密，荆编的门扉亦已由新变旧。

树梢上狂风呼呼鸣叫，草根上积聚了霜露。

受惊的獐子逃跑不止，远飞之鸟时时回首。

茅庐旁鸱鹰哀鸣，山岗上寒兔疾走。

晚阴笼罩着高山，烟雾如拉开的白纱。

日月飞驰忽已煎迫，又哪里只是到了岁暮。

如果有幸得到西山之药，衰年或许能够延长。

【评析】

此为沈约晚年游东园有感而作。开头两句以魏晋诗人曹植、潘岳吟咏东郊的诗句入题，说明东园所处的东郊曾是著名的游览之地。第三、四句写作者信步游览东郊。五、六句简略描写东郊田野道路纡回交错的景色。第七至第十六句详写东园冬天的景致。末四句抒发感慨暮年之情。描绘东园的景物阴晦萧条衬托其对颓龄的哀叹。诗人面对家园，悲来日之短，恐其不得再游此地，而又不能违背生命的规律，只好假想寻求西山之仙药。这真是对命运作无可奈何的哀叹。此诗写景动静结合，讲求声韵格律，对律诗的形成有一定影响。

游沈道士馆一首

作者：沈休文　　注译评析：黄汉清

秦皇御宇宙[①]，汉帝恢武功[②]。
欢娱人事尽[③]，情性犹未充[④]。
锐意三山上[⑤]，托慕九霄中。
既表祈年观[⑥]，复立望仙宫[⑦]。
宁为心好道？直由意无穷。
曰余知止足[⑧]，是愿不须丰。
遇可淹留处，便欲息微躬[⑨]。
山嶂远重叠，竹树近蒙笼。
开衿濯寒水，解带临清风。

所累非外物，为念在玄空⑩。
朋来握石髓⑪，宾至驾轻鸿。
都令人迳绝，唯使云路通。
一举陵倒景⑫，无事适华嵩⑬。
寄言赏心客⑭，岁暮尔来同⑮。

【篇旨】

游道士馆有感而作，表达了追求悠闲隐逸生活的愿望。

【注释】

①秦皇：秦始皇。

②汉帝：汉武帝。

③人事：人世间的事。

④情性：本性。

⑤三山：指神话传说中的海上三仙山——蓬莱、方丈、瀛洲。

⑥祈年观：秦穆公所建观舍。旧址在陕西咸阳城外。

⑦ 望仙宫：汉武帝所建观台。旧址在陕西华阴。

⑧ 知止足：谓适可而止。《老子》四十四章：“知足不辱，知止不殆，可以长久。”

⑨ 微躬：微躯。

⑩ 玄空：指道。

⑪ 石髓：石钟乳之别名。此处指可长生的仙药。

⑫ 陵：通“凌”，指升空。倒景：指仙人服食不死之药，轻然高举于日月之上，日月反从下照，故称“倒景”。

⑬ 无事：无由。华嵩：华阴山与嵩山。《列仙传》载：“夜有仙人，持二竹竿来至，呼子先，子骑之，乃龙也，上华阴山。”又曰：“王子乔好哭，浮丘公接以上嵩山。”

⑭ 赏心：心意欢乐。

⑮ 岁暮：喻年老。

【语译】

秦始皇统一了天下，汉武帝弘扬了他的武功。

人世间欢乐总有穷尽，人们对事物感受忧患之情无尽无休。

一心一意上仙山去，把心意寄托九霄云雾之中。

秦穆公曾建立祈年观，汉武帝也修筑了望仙宫。

哪里是诚心修道？直是想要长生不老。

我是知道适可而止的，此生心愿不须多。

只要有个栖身之所，便想休养自己的身体。

远处山峦重岩叠嶂，近处竹树茂盛蒙笼。

脱下衣裳在秋水中洗涤，解开衣带在清风中沐浴。

心不被世事所牵累，意念全在涵养修道。

朋友送来仙药石髓，宾客驾临乘坐仙鸟。

人行的小路全部断绝，只有云路可以交通。

一举升腾日月之上，何必非往华阴山、嵩山不可。

转告与我同心的朋友，到老了可与我一起同游。

【评析】

沈约在本诗中流露出来的是一种遁世的愿望。诗中描写理想中的山村景色颇为别致。此诗是沈约五言佳作之一，尤其讲究声律，大量使用排偶句式，且一韵到底。诗中采用反衬法，以秦汉修馆宇反衬自己只求“淹留处”。“无事适华嵩”与前“锐意三山上”相对，“岁暮尔来同”与“曰余知止足”句中“尔”与“余”相应，显示出作者构思的严谨。

古意酬到长史溉登琅邪城诗一首[1]

作者：徐敬业　　　注译评析：黄汉清

甘泉警烽候[2]，上谷拒楼兰[3]。
此江称豁险[4]，兹山复郁盘[5]。
表里穷形胜[6]，衿带尽岩峦[7]。
修　篁壮下属[8]，危楼峻上干。
登陴起遐望[9]，回首见长安。
金沟朝灞浐[10]，甬道入鸳鸾[11]。
鲜车骛华毂[12]，汗马跃银鞍[13]。
少年负壮气[14]，耿介立冲冠。
怀纪燕山石[15]，思开函谷丸[16]。
岂如霸上戏[17]，羞取路傍观。
寄言封侯者，数奇良可叹[18]。

【作者简介】

徐悱（？—524），字敬业，南朝梁东海郯（今山东郯城）人。吏部尚书徐勉子。少有才华，善于诗文。曾为太子中舍人，掌书记，出入宫中历年。后因足疾，出为晋安内史。早卒。父勉悲甚，为作《答客喻》。其妻刘令娴作《祭夫文》，辞甚凄怆。《玉台新咏》有他与令娴互答诗数首。

【篇旨】

写登琅邪城所见，于怀古中暗寓无功可封的慨叹。

【注释】

① 到长史：到溉。溉字茂灌，为司徒长史，故称。琅邪：地名。此指南琅邪，在江苏南京。

② 甘泉：地名。在今陕西淳化西。烽候：设烽墩以窥伺敌人。

③ 上谷：古郡名。南朝时郡治在沮阳（今河北易县）。楼兰：汉代之鄯善国，此泛指入侵之少数民族。

④ 谽：深貌。

⑤ 兹山：指钟山。郁盘：滞塞屈曲貌。

⑥ 表里：内外。

⑦ 衿带：形势环绕的险要之地。

⑧ 修篁：长竹。

⑨ 陴（pí）：城上短墙。

⑩ 金沟：宫苑内的溪流。朝：注入。灞浐（bà chǎn）：灞水与浐水。灞水源出陕西蓝田东，浐水源出蓝田西南之谷中，二水流经长安后汇合，北流入渭水。

⑪ 甬道：楼阁之间架设的通道。鸳鸾：汉楼殿名，在未央殿之东。

⑫ 骛：奔驰。华毂：华美的车子。

⑬ 汗马：战马疾驰而出汗。这里指战马，喻战功。

⑭ 负：恃。

⑮ 燕山石：后汉窦宪大破北单于于稽落山，出塞三千余里，遂登燕然山，刻石记汉威德而还。

⑯ 函谷丸：以一丸之泥，轻易地东封闭函谷关的意思。《后汉书·隗嚣传》："（王）元请以一丸泥，为大王东封函谷关，此万世一时也。"

⑰ 霸上戏：汉文帝时匈奴入边，遣宗正刘礼军霸上，帝劳军，直驰入，帝曰："霸上军如儿戏。"霸上，即白鹿原，在今陕西西安东，接蓝田界，地居霸水之上，故称。

⑱ 数奇：命运乖舛，指遭遇不顺当。

【语译】

从前匈奴犯塞的烽火传到甘泉，上谷的军队奋勇抵抗楼兰。

这条大江可以称得上深险，这座钟山也是高峻又盘旋。

内外风光十分优美，四周山峦萦绕回环。

修竹茂盛长垂下地，高楼耸立直刺云天。

登上城墙凭高远眺，回首遥望见长安。

御沟汇入了灞水浐水，甬道连接着鸳鸯楼。

华美的车在城中疾驰，战马的银鞍在闪烁。

少年自恃气盛身壮，志节刚直怒发冲冠。

不由怀念燕然山的记功石，想起封住函谷关的泥丸。

不能把治军当作儿戏，使路旁人观之而取笑。

转告那些官高封侯的人，命运乖舛实在可悲叹。

【评析】

这是一首酬答诗，借眼前景象，发思古之幽情，同时寄寓自己的感慨。前半首写江山形胜，后半首写城中景色。“遐望”二字开启下半首，注入了抒情，自成一格，此二字又与篇首二句相关，构思极妙。末二句，作者以己之心事酬答到溉，点明篇旨。

卷第二十三

诗丙

咏怀

咏怀诗十七首

作者：阮嗣宗　　注译评析：黄汉清

夜中不能寐，起坐弹鸣琴。
薄帷鉴明月[①]，清风吹我衿[②]。
孤鸿号外野[③]，朔鸟鸣北林。
徘徊将何见？忧思独伤心。

二妃游江滨[④]，逍遥顺风翔[⑤]。
交甫怀环佩[⑥]，婉娈有芬芳[⑦]。
猗靡情欢爱[⑧]，千载不相忘。
倾城迷下蔡[⑨]，容好结中肠。
感激生忧思[⑩]，谖草树兰房[⑪]。
膏沐为谁施[⑫]，其雨怨朝阳[⑬]。
如何金石交[⑭]，一旦更离伤！

嘉树下成蹊[⑮]，东园桃与李。
秋风吹飞藿[⑯]，零落从此始。
繁华有憔悴，堂上生荆杞[⑰]。
驱马舍之去，去上西山趾[⑱]。

一身不自保，何况恋妻子？
凝霜被野草，岁暮亦云已。

昔日繁华子[19]，安陵与龙阳[20]。
夭夭桃李花，灼灼有辉光。[21]
悦怿若九春[22]，磬折似秋霜[23]。
流盼发姿媚[24]，言笑吐芬芳。
携手等欢爱[25]，宿昔同衣裳。
愿为双飞鸟，比翼共翱翔。
丹青著明誓[26]，永世不相忘。

天马出西北，由来从东道。
春秋非有托[27]，富贵焉常保？
清露被皋兰，凝霜沾野草。
朝为媚少年，夕暮成丑老。
自非王子晋[28]，谁能常美好？

登高临四野，北望青山阿[29]。
松柏翳冈岑[30]，飞鸟鸣相过。
感慨怀辛酸，怨毒常苦多。
李公悲东门[31]，苏子狭三河[32]。
求仁自得仁[33]，岂复叹咨嗟？

开秋兆凉气，蟋蟀鸣床帷。
感物怀殷忧[34]，悄悄令心悲[35]。
多言焉所告？繁辞将诉谁[36]？
微风吹罗袂[37]，明月耀清晖。
晨鸡鸣高树，命驾起旋归[38]。

平生少年时，轻薄好弦歌。
西游咸阳中，赵李相经过[39]。
娱乐未终极，白日忽蹉跎[40]。
驱马复来归，反顾望三河。
黄金百溢尽[41]，资用常苦多。
北临太行道，失路将如何[42]？

昔闻东陵瓜[43]，近在青门外[44]。
连轸距阡陌[45]，子母相拘带[46]。
五色曜朝日，嘉宾四面会。
膏火自煎熬[47]，多财为患害。
布衣可终身，宠禄岂足赖？

步出上东门[48]，北望首阳岑[49]。
下有采薇士[50]，上有嘉树林。
良辰在何许？凝霜沾衣襟。
寒风振山冈，玄云起重阴[51]。
鸣雁飞南征，鶗鴂发哀音[52]。
素质游商声[53]，凄怆伤我心。

昔年十四五，志尚好书诗[54]。
被褐怀珠玉[55]，颜闵相与期[56]。
开轩临四野，登高望所思[57]。
丘墓蔽山冈，万代同一时。
千秋万岁后，荣名安所之？
乃误羡门子[58]，噭噭今自蚩[59]。

徘徊蓬池上[60]，还顾望大梁[61]。

绿水扬洪波，旷野莽茫茫。
走兽交横驰，飞鸟相随翔。
是时鹑火中[62]，日月正相望[63]。
朔风厉严寒，阴气下微霜。
羁旅无畴匹，俯仰怀哀伤[64]。
小人计其功[65]，君子道其常[66]
岂惜终憔悴？咏言著斯章。

炎暑惟兹夏，三旬将欲移[67]。
芳树垂绿叶，清云自逶迤[68]。
四时更代谢，日月递差驰[69]。
徘徊空堂上，忉怛莫我知[70]。
愿睹卒欢好，不见悲别离。

灼灼西隤日[71]，余光照我衣。
回风吹四壁，寒鸟相因依。
周周尚衔羽[72]，蛩蛩亦念饥[73]。
如何当路子[74]，磬折忘所归？
岂为夸誉名[75]，憔悴使心悲。
宁与燕雀翔，不随黄鹄飞[76]。
黄鹄游四海，中路将安归？

独坐空堂上，谁可与欢者？
出门临永路[77]，不见行车马。
登高望九州，悠悠分旷野。
孤鸟西北飞，离兽东南下[78]。
日暮思亲友，晤言用自写[79]。

北里多奇舞[80]，濮上有微音[81]。
轻薄闲游子，俯仰乍浮沉。
捷径从狭路，僶俛趣荒淫[82]。
焉见王子乔[83]，乘云翔邓林[84]。
独有延年术，可以慰我心。

湛湛长江水[85]，上有枫树林。
皋兰被径路[86]，青骊逝骎骎[87]。
远望令人悲，春气感我心。
三楚多秀士[88]，朝云进荒淫[89]。
朱华振芬芳[90]，高蔡相追寻[91]。
一为黄雀哀，涕下谁能禁！

【作者简介】

阮籍（210—263），字嗣宗，三国魏陈留尉氏（今属河南）人，阮瑀之子。曾为尚书郎，高贵乡公时封关内侯，徙散骑常侍。后又求为步兵校尉。为"竹林七贤"之一，与嵇康齐名。本有济世志，时遇司马氏当权，残害异己，于是纵酒佯狂，寄情老庄，言谈玄远，口不臧否人物。但蔑视礼法之士，对人能为青白眼以表示好恶。外出不由径路，车迹所穷，辄恸哭而反。代表作为五言《咏怀诗》八十二首及《大人先生传》。原有集十卷，已佚。明人辑有《阮步兵集》。《晋书》有传。

【篇旨】

写作者生活中的各种感慨，暴露统治阶级内部的黑暗和罪恶，抨击了礼教的虚伪，表达了正直之士在恐怖政治局面下的苦闷。

【注释】

① 鉴：照。

② 衿：同“襟”。

③ 孤鸿：失群孤飞的大雁。

④ 二妃：指江妃二女。江妃是传说中的仙女。

⑤ 逍遥：自得而悠闲。

⑥ 交甫：人名，即郑交甫。据刘向《列仙传》载：郑交甫遇见二妃，产生爱慕之情，仙女解下环佩相赠。行数十步，发现环佩与二妃皆不知去向。

⑦ 婉娈（luán）：美好可爱。

⑧ 猗（yī）靡：情意缠绵。

⑨ 迷下蔡：言其貌极美。宋玉《登徒子好色赋》：“嫣然一笑，惑阳城，迷下蔡。”

⑩ 感激：感情激荡。

⑪ 谖草：萱草，又名忘忧草。相传可使人忘记忧愁。

⑫ 膏：油脂。沐：洗发。膏沐，即洗发抹油，梳妆打扮。

⑬ 其雨怨朝阳：语本《诗经·卫风·伯兮》：“其雨其雨，杲杲出日。”盼雨却出太阳。表示事与愿违。

⑭ 金石交：如同金石般牢固的交情。

⑮ 嘉树：好树，指桃李。蹊：小路。《汉书·李广传》赞：“桃李不言，下自成蹊。”

⑯ 藿：豆叶。喻卑贱物类。

⑰ 荆杞：丛生多刺的灌木。

⑱ 西山：这里指首阳山。趾：山脚。

⑲ 繁华子：春花般的美人。

⑳ 安陵：楚恭王宠臣，名缠，封安陵君。龙阳：战国时魏王宠臣，封龙阳君。

㉑ 夭夭：美丽的意思。灼灼：花红如火。两句语出《诗经·周南·桃夭》：“桃之夭夭，灼灼其华。”

㉒ 悦怿（yì）：指受君王的喜爱。九春：春季九十日，故云。

㉓ 磬折：磬，古代一种石制打击乐器，外形像人弯腰鞠躬，故用以形容身偻折如磬之背，以示恭敬。

㉔ 流盼（pàn）：目光流转顾盼。

㉕ 等：同。

㉖ 明誓：清白的誓言。

㉗ 托：止。一说“托”当作“讫”。

㉘ 王子晋：传说是周灵王太子，好吹笙，作凤凰鸣，后骑白鹤升天成仙。

㉙ 阿：山冈。

㉚ 岑：山小而高。

㉛ 李公：指秦始皇时宰相李斯。始皇死后，赵高擅权，将他处死，临刑时对儿子说：我不能和你一起牵着黄狗上东门去了。

㉜ 苏子：人名，指战国时纵横家苏秦。三河：指河东、河南、河北。三河曾为唐尧、夏、周的都城地区。战国末，两周徒有天子之名，领地狭小。苏秦轻蔑周，觉得三河狭小之地不足以实现其志气抱负，乃游说六国，充当六国联盟的宰相，后争宠于齐，为刺客所杀。

㉝ 求仁自得仁：《论语·述而》载，孔子答子贡问，孔子认为伯夷、叔齐都是古代的贤人，他们绝食而死是求仁得仁，因而死而无怨。

㉞ 殷忧：深切的忧愁。

㉟ 悄悄：心怀忧愁貌。

㊱ 繁辞：许多话语。

㊲ 罗袂：绸制的衣袖。

㊳ 命驾：命令驾车。

㊴ 赵李：汉成帝皇后赵飞燕、汉武帝宠姬李夫人。赵、李都以善歌妙舞为皇帝宠幸。这里泛指当时著名的歌舞伎。相经过：相互结交来往。

㊵ 白日：喻时光。蹉跎：虚掷时光。跎，同“跎”。

㊶ 溢：通“镒”，古代重量单位。一镒二十四两，一说二十两。

㊷ 失路：走错道路。以上两句见于《战国策·魏策》。季良对魏王说，

我见到有人在太行山的驿道上，他要到南方的楚国去，但他的马却朝北走。我问他为什么要这样走。他说：我的马是良马，我钱财又多，我的车夫又善于驾驶。我说：这几样越好，反而会使您离楚国越远。

㊸ 东陵瓜：秦末东陵侯邵平，秦灭后沦为平民，在长安城东门外种瓜，其瓜味美，人称东陵瓜。

㊹ 青门：长安城东南边的霸城门。门色青，故当时俗称青门。

㊺ 连畛：田地相连接，这里指瓜田的范围。

㊻ 子母：小瓜与大瓜。拘：一作“钩”。

㊼ 膏火：点燃油脂。

㊽ 上东门：城门名，即洛阳东北边的城门。

㊾ 首阳：洛阳的北邙山。岑：山头。

㊿ 采薇士：指伯夷、叔齐。他们隐居首阳山下采薇而食。

51 玄云：乌云。重阴：云雾浓重。

52 鶗鴂（tí jué）：杜鹃鸟。

53 素质：草木凋落而变得质朴。商声：秋之声。

54 书诗：泛指书籍诗文。

55 被褐：身披布衣。

56 颜闵：颜回、闵子骞。两人都是孔子的得意门生，安贫乐道的典范人物。

57 所思：思念的人，指颜闵。

58 误：一作“悟”。羡门子：传说中的仙人。

59 噭（jiào）噭：大喊大叫。蚩：同“嗤”，嘲笑。

60 蓬池：古沼泽名，战国时在魏都城大梁的东北。

61 大梁：今河南开封。

62 鹑火：星座名。古天文学中柳宿、星宿、张宿合称鹑火。中：天正中。鹑火运行于天正中时，南方是农历九、十月之际。

63 日月正相望：每月日月相望之时，正是农历十五日。

64 俯仰：犹言时刻。

⑥⑤ 计：算计。

⑥⑥ 道：遵循。以上两句语出《荀子·天论》："君子道其常，小人计其功。"

⑥⑦ 三旬：这里指农历六月的三个十天。将欲移：意即六月即将过去很快便进入了秋天。

⑥⑧ 逶迤：连绵貌。

⑥⑨ 递：交替。差驰：相次奔驰。

⑦⓪ 忉怛（dāo dá）：忧伤悲苦。

⑦① 西隤（tuí）日：日落西边。隤，颓，降下。

⑦② 周周：又作"翢翢"，传说中的一种鸟，头重尾短，饮水易掉进河里，因而要互相衔住尾部羽毛才能饮水。

⑦③ 蛩（qióng）蛩：古代传说的一种野兽名，又名"邛邛"或"岠虚"。据传西方有一种比肩兽名叫蟨（jué），常与邛邛、岠虚比肩而行，为邛邛、岠虚觅食甘草。如有难，邛邛、岠虚便背着蟨逃跑。

⑦④ 当路子：当权者。

⑦⑤ 夸：虚名。

⑦⑥ 黄鹄：天鹅。

⑦⑦ 永路：长路。

⑦⑧ 东南下："东南下"与上句"西北飞"，都是说寻找栖身之所。

⑦⑨ 晤言：两人对坐谈话。用：以此。写：排除，发泄。

⑧⓪ 北里：古舞曲名。

⑧① 濮上：谓濮水之滨。春秋时濮上以侈靡之乐闻名于世。故后世以濮上作为淫靡风俗流行之地的代称。以上北里舞、濮上音皆代指亡国之音。

⑧② 僶俛（mǐn miǎn）：努力，奋勉。

⑧③ 王子乔：王子晋，传说中之仙人。

⑧④ 邓林：《山海经》谓：夸父与日竞逐而渴死，其杖化为邓林。

⑧⑤ 湛湛：水清澈貌。

⑧⑥ 皋兰：水边的兰草。

⑧⑦ 青骊：黑马。骎（qīn）骎：马疾驰貌。

⑧⑧ 三楚：称古楚国的地方。古称江陵（今湖北江陵一带）为南楚；吴（今江苏苏州一带）为东楚；彭城（今江苏徐州一带）为西楚，合称三楚。秀士：有文才的人，如宋玉之类。

⑧⑨ 朝云：这里指《神女赋》中之巫山神女。进：劝。这句指宋玉写《高唐赋》《神女赋》鼓励楚王荒淫作乐。

⑨⓪ 朱华：红花。振：散发。

⑨① 高蔡：地名，今河南的上蔡。《战国策·楚策》载：庄辛谏楚襄王警惕亡国之危时，比喻说，楚灵王荒淫作乐，田猎高蔡，遭遇袭击，做了亡国之囚，就像黄雀在树上跳玩，不知王孙公子弹射它。这里影射魏主荒淫。

【语译】

深夜还不能入睡，只得坐起弹奏鸣琴。
月光照在薄帷上，清风吹动我的衣襟。
孤雁在野外哀号，飞鸟在北林悲鸣。
中夜徘徊会看到什么呢？不过是独自忧愁暗自伤心罢了。

两位神女在江边游玩，逍遥自在随风飘荡。
交甫把所赠的玉佩藏在怀中，是那样美好芳香又情深意长。
情意缠绵地表示衷心相爱，情真意切千载难忘。
神女美貌绝伦简直可以迷惑下蔡，交甫的爱慕确是出自衷肠。
神女感动于交甫而产生了思念的忧伤，为此把忘忧草种在闺房。
梳妆打扮究竟是为了谁？想要下雨却偏偏出了太阳。
为何像金石一般坚固的情谊，一下子变成了断绝的悲伤！

嘉树下踩出了一条条小路，那是因为东园种植了桃李。

秋风吹落豆叶的时节，桃李的凋零也就从此开始。
一切繁华都会有衰落的一天，高大的殿堂也会长出荆杞。
赶快驱马离开这是非之地，追随夷齐到山脚下隐居。
连自身性命都不能保全，何必还要眷恋妻子儿女？
严霜已经覆盖了荒原野草，一年的时光也很快就要过去。

从前有两位美貌如花之人，便是安陵与龙阳两位宠臣。
容颜娇艳有如桃李，容光焕发神采奕奕。
君王的宠爱使他们如春花怒放，曲意逢迎又像万物遇到秋霜。
美目流盼姿态妩媚，一言一笑口吐芬芳。
白日与君王携手同欢爱，夜里侍寝同被共裳。
愿与君王化作双飞鸟，并肩展翅共翱翔。
用丹青写下心中的誓言，相亲相爱永世不忘。

名贵的天马来自西北，沿着从西到东的大道。
春秋的更替不会终止，人间富贵又怎能永葆？
露珠覆盖水边的春兰，凝霜打湿秋日的野草。
早上还是美好的少年，晚上便变得丑陋衰老。
如果不是像仙人王子晋，谁又能永葆青春美好？

我登高下临四周荒野，向北眺望苍翠的山冈。
郁郁松柏遮蔽了冈峦，飞鸟鸣叫着时来时往。
我感慨万端满怀辛酸，世间怨恨不满实在太多。
李斯临刑悲叹不能再游东门，苏秦得志便觉三河不够开阔。
只有伯夷、叔齐求仁得仁死而无憾，哪里还会去嗟叹许许多多！

初秋时节天气开始变凉，床帷旁边蟋蟀在鸣唱。
物候的变化使我满怀忧虑，心怀着忧愁真令我悲伤。

许多话儿往哪里倾诉？千言万语又能向谁讲？
微风吹拂着我的罗袖，明月放射出皎洁的清光。
高树之上晨鸡喔喔啼叫，赶快命令驾车返回家乡。

回想以往年轻的时候，轻浮浅薄喜欢弹琴唱歌。
西行冶游于咸阳，常与歌妓舞女厮混。
谁料欢乐尚未到极点，时光竟已匆匆流逝。
驱马走上回家的路途，回过头来看看故乡所在的三河。
千两黄金都已挥霍尽，常常苦于花费太多。
就像太行道上“南辕北辙”的人，迷失了道路结果将会如何？

听说从前有一种东陵瓜，瓜田就近在长安的青门外。
从田埂到纵横交错的道路，大大小小的瓜互相钩连。
五色斑斓在朝阳下闪耀，买瓜的人们从四面八方赶来。
有如油脂点燃是自煎自熬，钱财太多容易招来祸害。
平民生活可以终老此身，恩宠爵禄怎么值得依赖？

我漫步走出上东门，向北眺望首阳山顶。
山下葬着采薇饿死的隐士，山上是郁郁苍苍的茂林。
美好的日子竟在何时？严霜沾湿了我的衣襟。
寒风呼啸震撼座座山冈，乌云卷起重重阴霾。
鸣叫的大雁向南飞去，杜鹃啼泣声声悲切。
满目凋零肃杀因秋而起，这凄怆的情景真令我伤心。

当年十四五岁的时候，我的志向是爱好诗书。
仿佛身穿麻衣怀抱珠玉，以贤哲颜回闵子骞相期许。
打开窗户面临宽广的原野，登高眺望所思念的古人。
坟墓累累遮蔽了山冈，是古是今人终归土壤。

经过千秋万代之后，哪还有生前的荣名？
这才明白羡门子追求长生的缘故，不禁大喊大叫嘲弄自己的不智。

我独自徘徊在蓬池上，回头远望魏都大梁。
绿水掀起汹涌的波涛，空旷的原野上荒草茫茫。
野兽奔跑横冲直撞，鸟儿成群在空中飞翔。
鹑火星正当南天正中央，这一天太阳和月亮正好相望。
北风凛冽天气严寒，地面上已开始结上薄霜。
旅途上没有一个人做伴，动辄引起心中的悲伤。
小人计较得失利害，君子行其正道以为常。
哪里会惋惜自己落魄失志？有感于此写下了这一诗章。

酷热如火唯有这夏日，六月即将过去很快就要进入秋季。
树木繁茂绿叶低垂，天际白云悠游飘逸。
春夏秋冬更替轮转，日出月没相次奔驰。
我徘徊在空阔的大堂上，心中忧愁没有人知。
唯愿看见始终都欢好，不愿看见悲伤地别离。

火红的太阳已向西移，落日余晖照我身上衣。
旋风吹进家中四壁，日暮天寒鸟儿相亲相倚。
周周尚且知道衔羽饮水，蛩蛩也会与蟨觅食充饥。
为什么那些当朝权贵，一味卑躬求进而不知返归？
我难道是为了那虚假的美名，便唯恐一旦憔悴徒然生悲。
我宁愿随着燕雀低翔，也不想同黄鹄一道高飞。
黄鹄固然可以翱翔四海，可中途乏力怎么回归？

我独自坐在空寂的厅堂上，有谁可以与我相亲？
出门面对悠长的大道，看不见车马出行。

登高瞭望中原大地，远远只见旷野茫茫。

孤单的飞鸟向西北飞去，离群的野兽奔向东南。

黄昏的时候我思念亲友，多想与他们见面谈心以排遣忧愁。

北里多荒诞之舞，濮上有靡靡之音。

轻浮浅薄的浪荡子，随着世俗变化而浮沉。

他们尽走狭邪的小道，竞相追求放荡荒淫。

哪里看得见仙人王子晋，乘着青云飞翔在邓林。

只有那延年益寿的养生之术，才能安慰我这颗伤透了的心。

清澈幽深的长江水，两岸是郁郁葱葱的枫树林。

江边兰草遮盖着小路，黑马驾着车飞速奔驰。

放眼远望令人悲伤，春天的气息触动我的心。

三楚有许多才华横溢的文士，却作赋劝君王享乐荒淫。

红花散发出阵阵芳香，寻欢作乐就像高蔡田猎的昏君。

逍遥自在的黄雀不知弹弓的弹射，这样的事情怎不令人流泪伤心？

【评析】

“咏怀”是阮籍诗歌创作的总题，共八十二首，这里选了其中的十七首。咏怀即遇事有所感触，吟诵自己的情怀，因此具有很强的现实性，大多针对魏、晋时代的政治生活和斗争，抒发自己的感受、体会、认识和爱憎。除第一首（《夜中不能寐》）具有序引和总括作用外，其余的大致可以分为如下几种主题：一是表达儒家理想的破灭而宣扬老庄哲学、探讨人生哲理的，如《昔年十四五》。总的来说，阮籍的思想是比较矛盾的，他始终未放弃对儒家理想的追求，但黑暗现实却使这种理想无法实现。因此他转而接受老庄学说，并与礼法之士针锋相对，揭露其虚伪，而骨子里可能比礼法之士更信奉礼法，这种内儒外玄的态度在许多篇章里都有所表露。二是揭露政治现实的丑恶，抨击司马氏集团篡魏以及当朝权贵钩心斗角，互相倾轧的卑劣行径，如《二妃游江滨》《昔日繁华子》等篇章都表达了这一主题。三是写对仙隐生活的羡慕，抒发时光易逝，万物无常的感慨，宣扬逃遁隐逸的生活态度。如《嘉树下成蹊》《天马出西北》等都寄托了对仙人的向往。阮籍的咏怀诗，在艺术上有鲜明的特点，诗人采用比兴和象征的手法，其语言明白如话，形象鲜明生动，让人感到每首诗都有所指向，但又无法弄清具体所指的对象，给人以一种明朗与晦涩矛盾地统一的奇特印象。这其实是在司马集团高压统治下处于压抑和逃避中的苦闷心情在诗歌中的反映。因此这种矛盾更是令人感觉到诗人心中的愤懑和坚毅的自我控制力量，从而更令人产生强烈的共鸣和深切的同情。阮籍的《咏怀诗》体现了他艺术上的主要成就，遇事而发，言近旨远，被誉为“正始之音”，并对后世产生了极大影响，北朝庾信的《拟咏怀诗》，唐陈子昂、张九龄的《感遇》，李白的《古风》都是“咏怀”艺术风格和体制的继承和发展。

秋怀一首

作者：谢惠连　　注译评析：黄汉清

平生无志意[①]，少小婴忧患[②]。
如何乘苦心[③]？矧复值秋晏[④]。
皎皎天月明，弈弈河宿烂[⑤]。
萧瑟含风蝉[⑥]，寥唳度云雁[⑦]。
寒商动清闺[⑧]，孤灯暖幽幔[⑨]。
耿介繁虑积[⑩]，展转长宵半。
夷险难豫谋[⑪]，倚伏昧前算[⑫]。
虽好相如达[⑬]，不同长卿慢[⑭]。
颇悦郑生偃[⑮]，无取白衣宦。

未知古人心，且从性所玩。
宾至可命觞，朋来当染翰[16]。
高台骤登践[17]，清浅时陵乱[18]。
颓魄不再圆[19]，倾羲无两旦[20]。
金石终消毁[21]，丹青暂雕焕[22]。
各勉玄发欢[23]，无贻白首叹[24]。
因歌遂成赋，聊用布亲串[25]。

【篇旨】

描写清秋萧瑟肃杀的景象，抒发作者落寞失意的情怀。

【注释】

① 平生：一生，此生。志意：志向。

② 婴：遭遇。

③ 乘：用。

④ 矧（shěn）：况且。晏：晚。

⑤ 弈弈：盛美貌。河宿：指银河。烂：光明。

⑥ 萧瑟：秋风声。风蝉：蝉声借秋风而送远，故称。

⑦ 寥唳：象声词，指雁鸣声。

⑧ 寒商：寒秋的冷风。清闺：清静之居室。

⑨ 暧（ài）：昏暗。幔：帷帐。

⑩ 耿介：正直守志不趋时。繁虑：许多忧虑。

⑪ 夷险：平安及险阻。

⑫ 倚伏：《老子》五十八章："祸兮福之所倚，福兮祸之所伏。"祸福相因的意思。昧：昏昧。筭（suàn）：计谋。

⑬ 相如：司马相如。

⑭ 长卿：指司马相如，相如字长卿。慢：傲视于世。

⑮ 郑生：人名，即郑均，字仲虞，后汉东平任城人，好义笃实，不应州

郡征召，建初中再迁尚书，后以病辞官归家。汉章帝东巡时幸均舍，敕赐尚书禄终其身。时号“白衣尚书”。偃：倒伏。这里指退居不仕。

⑯ 染翰：以笔染墨书写诗文。

⑰ 骤：数，屡次。

⑱ 陵乱：同“凌乱”。

⑲ 颓魄：缺月。

⑳ 羲：太阳。

㉑ 金石：金指钟鼎之属，石指碑碣之属，古人常于上面铭刻文字颂功纪事。

㉒ 丹青：用颜料画的图形，这里指功臣之像。焕：光彩。

㉓ 玄发：黑发，喻年轻。

㉔ 白首：喻年老。嵇康曾作《白首赋》。

㉕ 亲串（guàn）：亲狎之人。

【语译】

我这一生并无志向，少小就经历许多忧患。

为什么还要费苦心？况且时光已到了晚秋。

天上明月皎洁明亮，银河繁星闪烁灿烂。

秋风萧瑟秋蝉悲鸣，云间传来阵阵雁声。

秋风轻拂清幽的屋舍，孤灯照着幽暗的帏帐。

正直守志则多忧多虑，辗转难眠已过夜半。

是吉是凶难以预测，祸福相依谁能算计。

我虽喜欢司马相如的通达，却比不上他的傲世超然。

欣赏郑均息官少欲气节，却没有他白衣尚书的荣耀。

还是别去揣测古人之心，暂且任随自己的性情。

宾客聚会便举杯畅饮，朋友光临则提笔作文。

高台已经数次登临，清水时常自驰急迅。

一月之内月缺不能再圆，一日之中日落难再晨。

金石纪功也不免销铄，图像丹青日久也会失去光彩。

还是互相劝勉及时行乐，不要到白头之时再来叹息。

我因歌咏遂赋成此诗，聊以遍赠亲近的友人。

【评析】

此诗采用先抑后扬的手法，开头四句从“怀”入“秋”，接着写秋天的景物，继而又从“秋”入“怀”，抒发情感。夷险难谋，祸福难算，这是诗人对仕途的看法，同时也是诗人不拘同古人，取其所同，弃其所异，“从性所玩”的思想基础。宾至命觞，朋来染翰，这是“遣此愁怀”的具体做法。诗人认为追求金石纪功、丹青绘像皆只能荣耀于一时，不能长久，不如取眼前的适性。如何适性？诗人认为要“各勉玄发欢”。末句“聊用布亲串”，正是诗人欲以自己的感怀，思之成熟之言赠给亲厚之人。此含意极为深婉，虽宣扬及时行乐，却不难体味其中的凄凉失意的苦味。这首诗用词清新绮丽，运用铺叙手法，从中可见辞赋的影响。

临终诗一首

作者：欧阳坚石　　注译评析：黄汉清

伯阳适西戎①，子欲居九蛮②。
苟怀四方志，所在可游盘③。
况乃遭屯蹇④，颠沛遇灾患⑤。
古人达机兆⑥，策马游近关⑦。
咨余冲且暗⑧，抱责守微官。
潜图密已构，成此祸福端⑨。
恢恢六合间⑩，四海一何宽。
天网布纮纲⑪，投足不获安⑫。

松柏隆冬悴⑬，然后知岁寒。
不涉太行险，谁知斯路难？
真伪因事显，人情难豫观。
穷达有定分⑭，慷慨复何叹？
上负慈母恩，痛酷摧心肝！
下顾所怜女，恻恻心中酸⑮！
二子弃若遗，念皆遘凶残⑯。
不惜一身死，惟此如循环⑰。
执纸五情塞⑱，挥笔涕汍澜⑲。

【作者简介】

欧阳建（269—300），字坚石，西晋渤海南皮（今属河北）人，石崇之外甥。才藻美赡，擅名北州。时有谚赞云："渤海赫赫，欧阳坚石。"历官山阳令，尚书郎，冯翊太守。其时赵王伦专权，建与潘岳暗中劝淮南王允诛伦，事被泄露，建全家被斩。临刑时作诗文甚哀楚。原有集二卷，已佚。传附《晋书·石苞传》。

【篇旨】

表达对赵王伦捕杀忠良的愤激，以及临终的悲苦之情。

【注释】

① 伯阳：老子的字。老子姓李，名耳，字伯阳，一字聃。周平王时为太史。西戎：古时我国西北部少数民族的总称。

② 子：指孔子。九蛮：即九夷。对我国古代东方少数民族的总称。《论语·子罕》："子欲居九夷。"

③ 游盘：游玩盘桓。意即游乐。

④ 屯蹇：为《易》二卦名。屯、蹇都是艰难困苦之意。后因称挫折、不顺利为屯蹇。

⑤ 颠沛：指人事困顿，社会动乱。

⑥ 机兆：事机的先兆。

⑦ 游近关：比喻识机变。以上两句说春秋时卫大夫蘧伯玉闻孙林父将作乱，遂行，从近关而出。

⑧ 冲：幼小。

⑨ 祸福：指诛赵王伦之事败则为祸，成则为福。端：头绪。

⑩ 恢恢：宽阔广大貌。《老子》七十三章："天网恢恢，疏而不失。"六合：天地上下和四方为六合。

⑪ 纮（hóng）纲：网索。

⑫ 投足：举脚。泛指人的活动。此言赵王伦网捕忠良，使之投足无处。

⑬ 悴：衰萎。

⑭ 定分（fèn）：固定的名分。

⑮ 恻恻：伤痛。

⑯ 遘（gòu）：遭遇。凶残：指残贼。

⑰ 惟：思。循环：往复相承。

⑱ 五情：喜、怒、哀、乐、怨五种情感。亦泛指人的感情。塞（sè）：充塞。

⑲ 汍（wán）澜：泪流貌。

【语译】

老子见周无道遂往西戎，孔子亦欲居九蛮之地。

如若怀藏四方之志，所在皆可以游乐盘桓。

何况遭逢动乱的世道，倾覆流离遇到灾难。

古人通晓事机的先兆，策马从近关出行逃避。

可叹我幼稚而且糊涂，尽心尽责守住这微官。

自暗中谋图诛伦开始，就已构成了祸福的端绪。

天地六合如此辽阔，四海又是如此宽广。

他们已布下天罗地网，你稍有举动都不会平安。

松柏在严冬中凋零，才知道岁月已进入冬寒。
不涉足太行山的险路，哪知这世道的艰难？
真伪因事情而显露，人心却难于事先看清。
穷困显贵都有定分，连生命都不顾惜又有何叹？
对上有负慈母之恩，痛苦之极摧裂心肝！
下念怜爱的小女，心中哀痛无限酸楚！
两个儿子也如同被抛弃，这都是由于遇上了凶贼。
我自己已是不惜一死，人生就是这样往复相承。
拿起纸来各种情感涌上心头，挥笔赋诗涕泪纵横。

【评析】

这是欧阳建临刑时写的一首绝命诗。诗中先是追述不能见机远引并为此而自咎；接着写自己为国与谋而被捕；后写因己株连全家，故悲不自禁。诗中对赵王伦滥捕忠良、杀害无辜的专横残暴行径表示极度的愤激。“天网布纮纲，投足不获安”，是对赵王伦等乱臣的指控。“松柏隆冬悴，然后知岁寒”，是对当时奸臣专权、忠良被害的残酷现实的真实写照。“真伪因事显，人情难豫观”，是写谋非其人，以致机事泄露、造成大祸的教训。作者写思念亲人的诗句，感情真挚而怆苦，读之令人凄然泪下。全诗感情悲切，但亦表现出作者慷慨赴难的气节。

哀伤

幽愤诗一首

作者：嵇叔夜　　注译评析：黄汉清

嗟余薄祜[①]，少遭不造[②]。哀茕靡识[③]，越在襁褓[④]。
母兄鞠育[⑤]，有慈无威。恃爱肆姐[⑥]，不训不师[⑦]。
爰及冠带[⑧]，冯宠自放。抗心希古[⑨]，任其所尚。
托好老庄[⑩]，贱物贵身。志在守朴，养素全真。
曰余不敏，好善暗人[⑪]。子玉之败[⑫]，屡增惟尘[⑬]。
大人含弘[⑭]，藏垢怀耻。民之多僻[⑮]，政不由己。
惟此褊心[⑯]，显明臧否[⑰]。感悟思愆[⑱]，怛若创痏[⑲]。
欲寡其过，谤议沸腾[⑳]。性不伤物，频致怨憎。
昔惭柳惠[㉑]，今愧孙登[㉒]。内负宿心[㉓]，外恧良朋[㉔]。
仰慕严郑[㉕]，乐道闲居。与世无营[㉖]，神气晏如[㉗]。
咨予不淑[㉘]，婴累多虞[㉙]。匪降自天，寔由顽疏[㉚]。
理弊患结，卒致囹圄[㉛]。对答鄙讯[㉜]，絷此幽阻[㉝]。
实耻讼免，时不我与。虽曰义直[㉞]，神辱志沮[㉟]。
澡身沧浪，岂云能补？嗈嗈鸣雁，奋翼北游。
顺时而动，得意忘忧。嗟我愤叹，曾莫能俦[㊱]！
事与愿违，遘兹淹留[㊲]。穷达有命，亦又何求？
古人有言，善莫近名[㊳]。奉时恭默[㊴]，咎悔不生[㊵]。

万石周慎[41]，安亲保荣[42]。世务纷纭[43]，祇搅予情[44]。
安乐必诫，乃终利贞[45]。煌煌灵芝，一年三秀[46]。
予独何为，有志不就。惩难思复[47]，心焉内疚。
庶勖将来[48]，无馨无臭[49]。采薇山阿[50]，散发岩岫[51]。
永啸长吟，颐性养寿[52]。

【篇旨】

作者无辜收系，作诗自明清白，发泄心中之不平。

【注释】

① 薄祜：薄福。此指幼年丧父。

② 不造：不幸。

③ 茕（qióng）：独。

④ 襁褓：背负婴儿的布带或布兜，引申为婴儿时期。

⑤ 兄：嵇康兄名喜，字公穆，曾任扬州刺史、太仆宗正卿。鞠育：养育。

⑥ 肆：纵：姐（jù）：娇。

⑦ 训：教训。师：师傅。

⑧ 冠带：古时男子二十而冠。冠带即冠。此指成人。

⑨ 抗：举。希：慕。

⑩ 托：寄其心意。

⑪ 暗：昏昧。

⑫ 子玉之败：子玉，楚国大夫。令尹子文举荐子玉接替自己的职务。后子玉与晋军交战，大败（事见《左传·僖公二十七年》《左传·僖公二十八年》）。嵇康此言是愤激于司马昭用有秽行的吕巽为大将军长史有如子文举荐子玉不当。

⑬ 屡增：积累增多。惟尘：比喻小人。此句意在影射锺会。其时吕巽诬陷吕安，锺会亦向司马昭诬陷嵇康，致使吕、康系狱。

⑭ 大人：指天子。含弘：包含万物。意谓广大之德。

⑮ 僻：邪僻。

⑯ 褊（biǎn）心：心地狭窄。此是嵇康自谦之辞。

⑰ 臧否：善恶。

⑱ 思愆：思过。

⑲ 怛（dá）：悲伤，惨痛。创：伤。痏（wěi）：本指针刺刀伤的创痕。这里作动词，刺或割的意思。

⑳ 谤议：这里指锺会的谗言。

㉑ 柳惠：柳下惠，名展禽，因食邑柳下，谥惠。春秋时鲁国大夫。任士师时，三次被黜也不离开鲁国。

㉒ 孙登：晋时人，字公和。隐于苏门山，嵇康上山北采药见孙登，康想同他对话，他不答。过了三年，康又上山遇登，临别时登才说：你才多识寡，难免于今世之祸。（事见《魏氏春秋》）

㉓ 宿心：往日的本心。

㉔ 恧（nǜ）：惭愧。

㉕ 严：指严君平。汉蜀郡人。卜筮于成都市，日得百钱，足以自养，即闭肆下帘读《老子》。郑：指郑子真。汉人，隐居于云阳谷口。成帝时大将军王凤礼聘之，不听。

㉖ 无营：不求世俗之名利。

㉗ 神气：神态。晏如：安然无事。

㉘ 淑：善。

㉙ 婴：遭遇。累：忧患。虞：亦忧患。

㉚ 寔（shí）：通“实”。顽疏：愚钝粗疏。

㉛ 囹圄（líng yǔ）：监狱。

㉜ 鄙：鄙俗。

㉝ 絷（zhí）：拘系。幽阻：指在幽暗的监狱不能与亲友相通。

㉞ 义：义理。

㉟ 汩：乱。

㊱ 俦：比。

㊲ 遘（gòu）：遭遇。

㊳ 善莫近名：出自《庄子》。《庄子·养生主》曰：“为善无近名，为恶无近刑。”

㊴ 奉时：随时。恭默：恭敬而沉静不言。《尚书·说命》：“恭默思道。”

㊵ 咎：凶险，灾祸。

㊶ 万石：西汉石奋及其四子皆官至二千石，汉景帝号奋为万石君。奋长子建为郎中令，建老白首，奋尚无恙。建每五日沐浴归谒亲。奋四子皆驯行孝谨著称。周：至，周到。

㊷ 安亲：对长辈敬养，使其安乐。

㊸ 世务：时务。

㊹ 祇：语助词。

㊺ 利贞：万物成遂的意思。

㊻ 秀：开花。

㊼ 惩难：以过去的祸难为鉴戒。

㊽ 勖（xù）：勉。

㊾ 无馨无臭：无香无臭。引申为指名誉无声无息。

㊿ 采薇：周武王灭殷，伯夷、叔齐耻之，不食周粟，隐于首阳山，采薇而食，终于饿死。（见史记《伯夷传》）后因以喻隐居生活。

51 散发：不为冠冕所约束的意思。岩岫：山侧的岩洞。泛指隐居之地。

52 颐：保养、休养。

【语译】

可叹我是个福薄的人，自幼就遭受丧父的不幸。可怜孤苦无知的我，那时还在襁褓之中。

母亲及兄长养育我，多的是慈爱却少有威严。我依恃宠爱放任娇纵，不受教训无所师受。

及至成年的时候，恃宠性格更加放浪。心中敬仰古人之道，追慕其高尚的志向。

我倾心于老庄的学说，轻视一切身外之物而爱重自身。立志保守人的素质，涵养精诚的本性。

说来我够不上聪明，心地善良无知人之明。有如子文错荐子玉，自己尘土蔽身日积渐多。

当权者本应胸怀大度容纳众才，现在却藏污纳垢任用无耻之徒。致使左右多邪僻之臣，天子掌政便大权旁落。

不要以为我只是心地褊狭，可我毕竟还能分别善恶。事后思考感有过错，不禁心中犹如刀割。

我一向不想牵涉世事，不料谗言却纷纷针对我。我本不愿意伤害同类，可招致的怨憎却越来越多。

以前自惭不如三黜不怨的柳下惠，如今愧对告诫过我的孙登。违背企慕养生之道的本意，又对不起诚挚劝勉的朋友。

一心仰慕严君平与郑子真，他们安贫乐道闲居养生。超然物外与世无争，安然处世神情泰然。

可叹我不是善人君子，身陷世俗纷争之中。罪累并非从天而降，实是由于自己愚劣粗疏。

事理障蔽结怨遗患，终使无辜身陷囹圄。对答狱吏的刑讯责问，身被幽禁不能与亲友相通。

这蒙冤被讼实在令人羞耻，悲叹自己生不逢时。虽说自己无辜理直，受此屈辱不免神衰气丧。

即使沐浴于沧浪之水，于我又有何补益？嗈嗈鸣叫的鸿雁，展翅往北方遨游。

它们随着季节行动，志得意满忘掉忧愁。我却只能怨愤叹息，无法与它们相比。

事情往往与心愿违背，我落得幽禁在此久留。穷困或显贵都是命中注定，那又何必去强求？

古人曾经说过，做好事不要追求名利。时时恭谨沉默不语，凶险灾祸就不会发生。

万石君父子可谓周到谨慎，以孝保持了一家的荣誉。如今时世动荡不安，搅乱了我的心情。

安乐的时候必须警惕危亡，才能最终得到幸福平安。光灿灿的灵芝草，一年三次花开。

为何唯独是我，虽欲养生却志向无成。反复以过去的祸患为鉴戒，内心感到无限的悔恨。

但愿将来无祸无患，名誉也无声无息。采薇而食居于山曲，散发悠游于高山洞穴。

唯愿从此长啸歌吟，颐养天性益寿延年。

【评析】

嵇康是魏晋时期重要的思想家、诗人。司马氏篡位之后，他在政治上是反对当时权臣的，受到了锺会等人的忌恨。康与吕安友善，安被诬入狱，康亦由此连罪，身陷囹圄，终致被杀害。此诗是其被囚禁时所作。诗中直抒胸臆，把矛头直指司马氏集团，痛斥其忠良不分，善恶不明，抒发了愤怨不平之情。开篇历叙夙昔之事，表明自己一向崇尚老庄，志在守朴养真。次写致乱之由，气愤而词激。以自己的为人，衬托出当权者的昏庸。从“与世无营”句起，写自己无辜而获“罪”。“絷此幽阻”点明诗题之“幽”，“嗟我愤叹”点明其“愤”，幽愤之情全出。作者悔于不听古人“善莫近名”之言，罪降于身，全在自己的“顽疏”，包含着多么深沉的怨！最后仍以养素全真作结，亦是申明上意。诗中自警之语，不过是强作排遣幽愤之情罢了，叛逆之性又怎能“安乐必诫”？此诗代表了嵇康四言诗的最高成就。辞句质朴，不为风雅所羁，笔气洞达，说意深透，堪为讽诵之佳作。

七哀诗一首

作者：曹子建　　注译评析：黄汉清

明月照高楼，流光正徘徊[①]。
上有愁思妇，悲叹有余哀。
借问叹者谁？言是客子妻[②]。
君行逾十年，孤妾常独栖。
君若清路尘[③]，妾若浊水泥[④]。
浮沉各异势，会合何时谐？
愿为西南风，长逝入君怀。
君怀良不开，贱妾当何依？

【篇旨】

写思妇因丈夫久别不归的寂寞和期盼，暗喻作者政治上的失意。

【注释】

①徘徊：形容月影移动。

②客子：远行不归的人。

③清路尘：路上飞扬的尘土。

④浊水泥：水中沉淀的泥土。

【语译】

明月照耀着高高的阁楼，流转的月光正徘徊不去。

楼上有忧愁苦思的女子，满腹辛酸发出阵阵叹息。

借问这叹息的女子是何人？原来是远行不归者的妻子。

丈夫离家已有十年，女子只好孤凄地独自安寝。
丈夫像是路上扬起的飞尘，妻子如同水中沉积的浊泥。
浮沉起落各有其势，夫妻何时能够重新会合？
但愿化作吹向西南的长风，远远地投入你的怀中。
你的怀抱总是不能向我敞开啊，我还有什么可依靠的呢？

【评析】

这是一首闺怨诗，也是中国古典文学史上较早出现的以闺怨为题材的诗作之一。诗作描写一位丈夫久别不归，独守空房，凄楚幽怨的女子。诗中显然寄托着作者自身的情怀。曹植少有文才，志向远大，深得其父器重，但由于曹丕、曹叡父子的政治迫害，始终无法实现自己的抱负，心情郁闷，只能含蓄地用诗作发泄自己的不满，此诗即是其中之一。作者借怨妇之口表达自己长期得不到重用的幽怨心情。在艺术上，诗中描写细致，感情含蓄，形象生动，语言明白如话。“明月照高楼”两句，物外传心，空中造色，更是千古传诵的佳句，体现了作者对自然景观的细致观察和善于融情于景的出色本领。

七哀诗二首

作者：王仲宣　　注译评析：黄汉清

西京乱无象[①]，豺虎方遘患[②]。
复弃中国去[③]，远身适荆蛮[④]。
亲戚对我悲，朋友相追攀[⑤]。
出门无所见，白骨蔽平原。
路有饥妇人，抱子弃草间。
顾闻号泣声，挥涕独不还。

"未知身死处，何能两相完[6]？"
驱马弃之去，不忍听此言。
南登霸陵岸[7]，回首望长安。
悟彼《下泉》人[8]，喟然伤心肝[9]。

荆蛮非我乡，何为久滞淫[10]？
方舟溯大江[11]，日暮愁我心。
山岗有余暎[12]，岩阿增重阴[13]。
狐狸驰赴穴，飞鸟翔故林[14]。
流波激清响，猴猿临岸吟。
迅风拂裳袂，白露沾衣衿。
独夜不能寐，摄衣起抚琴[15]。
丝桐感人情[16]，为我发悲音。
羁旅无终极[17]，忧思壮难任[18]。

【篇旨】

反映汉末军阀混战民不聊生的惨痛现实，抒发作者向往明君贤臣治世的愿望和独在异乡的羁旅之愁。

【注释】

① 西京：指长安。无象：混乱而无秩序。

② 遘：同"构"，制造。患：祸乱。这里指董卓部将李傕、郭汜于汉献帝初平三年制造的长安之乱。

③ 中国：指中原。

④ 荆蛮：指荆州。荆州是古楚国地。周人称南方民族为蛮，楚在南方，故称。

⑤ 追攀：手攀车辕追送。表示依恋之意。

⑥ 完：保全。

⑦ 霸陵：地名，在长安东。汉文帝葬处。岸：高地。

⑧《下泉》：《诗经·曹风》中篇名。旧说是曹人盼望贤君而作。人：借指作者。

⑨ 喟然：叹息貌。

⑩ 滞淫：淹留。

⑪ 方舟：两船相并。溯：逆流而上。

⑫ 山岗：指山脊。余暎：夕阳的余光。

⑬ 阿：曲隅。增重阴：更加阴暗。

⑭ 故林：旧林。以上二句取意于《楚辞·九章·哀郢》："鸟飞反故乡兮，狐死必首丘。"由即目之景狐驰鸟翔而生思乡之情。

⑮ 摄：整顿。

⑯ 丝桐：指琴。桓谭《新论》："削桐为琴，丝绳为弦。"

⑰ 羁旅：寄居在外。

⑱ 壮难任：刺痛难当。扬雄《方言》："凡草木刺人，北燕朝鲜之间或谓之壮。"

【语译】

长安一片混乱景象，豺虎相争造成祸患。

我又一次离开中原远去，避祸托身前往荆蛮。

亲戚对着我不住悲泣，朋友竞相攀辕惜别。

出得门来别无所见，累累白骨遮蔽了平原。

路上有个饥饿的妇人，把怀中的孩子丢在草丛间。

她回头听孩子的哭号，便挥泪而去不复回还。

"我自己都不知身死何处，哪里还能两保全？"

我赶紧驱马离之而去，不忍再听这辛酸之言。

向南登上高高的霸陵岸，回头眺望西京长安。

深深懂得了《下泉》作者的心境情怀，喟然叹息痛彻心肝。

荆州并不是我的故乡，为何要在此久久停留？

行船沿江逆流而上，傍晚心中越添忧愁。

山岗映着夕阳余晖，山曲变得更加幽深。

狐狸奔回它的洞穴，鸟儿也飞回它的旧林。

江流发出清越的声音，两岸传来猿猴的哀啼。

疾风拂起我的衣袖，夜露沾湿了我的衣襟。

独自一人深夜不能入睡，披衣而起弹奏鸣琴。

鸣琴能够感知人的情意，为我发出阵阵悲音。

寄居作客没有尽头，忧思刺心令我难忍。

【评析】

王粲《七哀诗》二首，是王粲对避难南行途中所见到的凄惨景象的描绘。第一首前四句写离别时的社会状况及自己的去向。然后写与亲朋分别时伤感的情景。中间部分写途中所见，白骨蔽野的战乱惨象使作者触目惊心，饥妇弃子之事作者目不忍睹，饥妇无可奈何的怨诉以及弃儿的啼哭令作者耳不忍听。最后作者南下登上汉文帝的陵墓，不由得想起了这位先朝的明君，不免要像《诗经·曹风·下泉》的作者一样当乱世而思贤君了。遥望“豺虎”纷纷的长安，作者不由悲从中来，喟然长叹。作者描写战乱，所选题材典型，表达的情感甚为哀切。憎恨军阀混战，怀念盛世，思念贤君的思想在诗句中得到自然的表露。第二首写避难荆州时的心情。作者到荆州后依附刘表，刘表见他貌丑体弱，不予重视。作者不免有寄人篱下之感，便发出了不能久留的感慨。作者忧思深重，日暮远眺，一切景物令人生愁；独夜不寐，起坐弹琴，琴声又为己抒悲。全诗以思归的思想贯穿始终，前后照应。诗中以景衬托感情特点鲜明，以狐狸赴穴、飞鸟归林比喻作者思乡的情怀也很贴切。

七哀诗二首

作者：张孟阳　　注译评析：黄汉清

北芒何垒垒[①]，高陵有四五。
借问谁家坟？皆云汉世主[②]。
恭文遥相望[③]，原陵郁膴膴[④]。
季世丧乱起[⑤]，贼盗如豺虎。
毁壤过一抔[⑥]，便房启幽户[⑦]。
珠柙离玉体[⑧]，珍宝见剽虏[⑨]。
园寝化为墟[⑩]，周墉无遗堵[⑪]。
蒙笼荆棘生[⑫]，蹊迳登童竖[⑬]。
狐兔窟其中，芜秽不复扫[⑭]。
颓陇并垦发[⑮]，萌隶营农圃[⑯]。
昔为万乘君，今为丘山土。
感彼雍门言[⑰]，凄怆哀往古。

秋风吐商气[⑱]，萧瑟扫前林。
阳鸟收和响[⑲]，寒蝉无余音[⑳]。
白露中夜结，木落柯条森。
朱光驰北陆[㉑]，浮景忽西沉[㉒]。
顾望无所见，惟睹松柏阴。
肃肃高桐枝，翩翩栖孤禽。
仰听离鸿鸣[㉓]，俯闻蜻蛚吟[㉔]。
哀人易感伤，触物增悲心。
丘陇日已远[㉕]，缠绵弥思深[㉖]。

忧来令发白，谁云愁可任。

徘徊向长风[27]，泪下沾衣衿。

【作者简介】

张载，生卒年不详，字孟阳，晋武帝时安平（今河北安平）人。与弟协、亢齐名，世称“三张”。性情娴雅，博学有文章，所作《蒙汜赋》，傅玄甚为赏识，为之延誉。曾道经剑阁，作《剑阁铭》，晋武帝遣使刻于剑阁山。起家佐著作郎，累官太子中舍人，乐安相，弘农太守，官至中书侍郎。后见世乱方亟，无复进仕意，称疾告归。著有文集七卷，《晋书》有传。

【篇旨】

诗人通过对所见古代帝王坟墓遭到毁坏景象的描述，抒发了人事兴亡的感慨及对现实的忧虑。

【注释】

① 北芒：山名。在今洛阳东。垒垒：坟冢重叠相次貌。

② 汉世主：汉代的君主。

③ 恭文：陵名。即恭陵（后汉孝安帝之陵）与文陵（后汉灵帝之陵），两陵均在河南洛阳东北。

④ 原陵：后汉光武帝的陵墓。在河南孟津西。膴（wǔ）膴：土地肥沃。

⑤ 季世：末世，指汉末。

⑥ 毁壤：破坏坟土。一抔（póu）：一掬、一捂，喻少。

⑦ 便房：这里指冢圹中室。幽户：幽深之门户。

⑧ 珠柙（xiá）：用珠玉作的柙。柙，通“匣”。玉体：这里指帝王尸体。

⑨ 剽（piào）虏：劫掠。

⑩ 园寝：建在帝王墓地的庙。

⑪ 周墉：围墙。

⑫ 蒙笼：草木茂密。

⑬ 蹊径：小路，山路。童竖：童子。

⑭ 芜秽：这里指坟地不治而杂草丛生。

⑮ 颓陇：崩毁的坟墓。陇，同“垄”。垦发：开发为耕种的土地。

⑯ 萌隶：百姓。

⑰ 雍门言：雍门周的话。雍门周，战国齐人，居雍门，故称。曾以琴见孟尝君。孟尝君曰：“先生鼓琴，亦能令文悲乎？”雍门周曰：“臣何独令足下悲哉！臣之所能令悲者：有先贵而后贱，有先富而后贫者也……”周引琴而鼓，于是孟尝君涕泫增哀，下而就之曰：“先生之鼓琴，令文立若破国亡邑之人也。”（见汉刘向《说苑·善说》）

⑱ 秋风：西风。商气：秋气。

⑲ 阳鸟：春鸟。和响：和谐的声音。

⑳ 寒蝉：蝉应阴而鸣，鸣则天凉，故称。

㉑ 朱光：日光。北陆：星名，二十八宿之一，即虚宿，位在北方。日行北陆为冬天。

㉒ 浮景：指日光。

㉓ 离鸿：失群之雁。

㉔ 蜻蛚（jīng liè）：蟋蟀。

㉕ 丘陇：坟冢。这里指先人。

㉖ 缠绵：固结不解。

㉗ 长风：远处吹来的风。

【语译】

北芒山上坟冢相接，高陵就有四五座。

借问这里是谁家的坟墓，都说是汉朝帝王的坟陵。

恭陵与文陵遥遥相望，原陵地肥草木多。

汉末丧乱军阀混战，乱臣贼子如豺狼虎豹。

坟地全都被摧毁，幽暗的墓穴也被打开。

朱匣已搬离帝王的玉体，珍宝全被掠劫一空。

陵园宗庙化为废墟，四周围墙也摧毁无遗。

遍地荒草荆棘丛生，牧童践踏走出了小路。

狐兔掘洞穴于其中，败草枯叶无人扫除。

崩塌的坟垅被开垦为耕地，百姓在那儿种上庄稼。

从前是尊贵的万乘之君，如今变成山中的泥土。

想起雍门周的话不禁感慨，真为古往今来的变迁而叹息悲伤。

西风送来秋天的气息，凄清萧瑟扫荡前林。

春鸟停止了和谐的鸣叫，寒蝉已寂寞无声。

半夜里白露凝结为霜，树叶飘落草木萧条。

太阳运行驰向北陆，日光很快就要西沉。

回头望去一无所见，只见松柏一片萧森。

风吹梧桐肃肃作响，孤鸟翩翩来栖息。

仰头只听到孤雁悲鸣，低头又听到蟋蟀低吟。

伤心的人容易被触动，睹此景物更加伤情。

先人离去已经很久，可是忧思缠绵日渐深重。

忧伤袭来会使人早生白发，谁说忧愁可承担得住。

漫步沉思迎着长风，不禁泪落沾湿了衣襟。

【评析】

张载这两首诗处处围绕一个“哀”字着笔。第一首因见前代帝王的坟冢被毁而哀人事的变迁；第二首因感秋景而哀帝室的渐衰。在写法上，第一首重在铺叙，第二首重在描写。其中不论是环境的刻画还是景物的勾勒，都有力地衬托出作者的悲哀之情。此外，此诗造语精当，寓意深刻，不仅有强烈的感染力，而且余味深长。

悼亡诗三首

作者：潘安仁　　注译评析：黄汉清

荏苒冬春谢[1]，寒暑忽流易[2]。
之子归穷泉[3]，重壤永幽隔[4]。
私怀谁克从[5]，淹留亦何益？
僶俛恭朝命[6]，回心反初役[7]。
望庐思其人[8]，入室想所历[9]。
帏屏无仿佛，翰墨有余迹[10]。
流芳未及歇[11]，遗挂犹在壁[12]。
怅怳如或存[13]，周遑忡惊惕[14]。
如彼翰林鸟[15]，双栖一朝只。
如彼游川鱼，比目中路析[16]。
春风缘隟来，晨霤承檐滴[17]。
寝息何时忘，沉忧日盈积[18]。
庶几有时衰[19]，庄缶犹可击[20]。

皎皎窗中月，照我室南端。
清商应秋至[21]，溽暑随节阑[22]。
凛凛凉风升[23]，始觉夏衾单[24]。
岂曰无重纩[25]，谁与同岁寒？
岁寒无与同，朗月何胧胧[26]。
展转眄枕席[27]，长簟竟床空。
床空委清尘[28]，室虚来悲风。
独无李氏灵[29]，仿佛睹尔容。

抚衿长叹息，不觉涕沾胸。
沾胸安能已？悲怀从中起。
寝兴目存形[30]，遗音犹在耳。
上惭东门吴[31]，下愧蒙庄子[32]。
赋诗欲言志，此志难具纪[33]。
命也可奈何，长戚自令鄙[34]。

曜灵运天机[35]，四节代迁逝[36]。
凄凄朝露凝[37]，烈烈夕风厉[38]。
奈何悼淑俪[39]，仪容永潜翳[40]。
念此如昨日，谁知已卒岁。
改服从朝政[41]，哀心寄私制[42]。
茵帱张故房[43]，朔望临尔祭[44]。
尔祭讵几时[45]？朔望忽复尽！
衾裳一毁撤[46]，千载不复引[47]。
亹亹期月周[48]，戚戚弥相愍[49]。
悲怀感物来[50]，泣涕应情陨[51]。
驾言陟东阜[52]，望坟思纡轸[53]。
徘徊墟墓间，欲去复不忍。
徘徊不忍去！徙倚步踟蹰[54]。
落叶委埏侧[55]，枯荄带坟隅[56]。
孤魂独茕茕[57]，安知灵与无。
投心遵朝命[58]，挥涕强就车。
谁谓帝宫远？路极悲有余。

【篇旨】

这三首诗都为悼念亡妻而作，抒发了作者缠绵不绝的哀思。

【注释】

① 荏苒：时光渐渐流逝。谢：去。

② 流易：变换。

③ 之子：那个人。这里指亡妻。穷泉：深深的地下。

④ 重壤：层层的土壤。幽隔：幽闭隔绝。

⑤ 私怀：这里指心中怀念亡妻之情。克：能够。从：随，顺。引申为同情。

⑥ 僶俛（mǐn miǎn）：勉力。

⑦ 回心：转念。初役：原任官职。指在亡妻返家时所任的官职。

⑧ 庐：住宅。其人：指亡妻。

⑨ 室：内屋。历：指亡妻过去的生活。

⑩ 翰墨：笔墨。这里指亡妻生前书写的文字。

⑪ 流芳：承“翰墨”而言，指亡妻生前书写的文字犹有余芳。

⑫“遗挂”句：指亡妻书写的文字尚悬挂在墙壁上。

⑬ 怅恍：神情恍惚。

⑭ 周遑：惶恐不安。忡：心神不宁。惕：惊惧。

⑮ 翰林鸟：振翅飞于林中之鸟。

⑯ 比目：鱼名。传说比目鱼雌雄各只有一侧有眼，需并排才能前游。常喻夫妻和好。析：分开。

⑰ 霤（liù）：屋檐流下的水，也指檐下盛雨水之器具。

⑱ 沉忧：深沉的忧愁。盈积：积了很多。

⑲ 庶几：但愿。

⑳ 庄：指庄子。缶：瓦盆。《庄子·至乐》称庄子妻子死了，他不但不哭，反而击盆而歌，表现超常的达观态度。

㉑ 清商：秋风。

㉒ 溽（rù）暑：盛夏湿热的气候。阑：尽。

㉓ 凛凛：寒冷貌。

㉔ 衾：被。

㉕重纩：厚被。

㉖胧胧：月明貌。

㉗展转：反侧不安，不能入睡。枕席：枕与席，指卧具。

㉘委：积。

㉙李氏灵：《桓子新论》谓：汉武帝所幸李夫人死。方士李少君，言能致其神，乃夜设烛张幄，令帝居他帐，遥见好女似夫人之状，还帐而坐。此借指亡妻之神灵。

㉚寝兴：卧起。

㉛东门吴：人名。春秋时魏人。其子死而不悲。

㉜蒙庄子：指庄子。庄子蒙人，故称。

㉝纪：录。

㉞长戚：多忧惧。

㉟曜灵：指太阳。运：指天体之运转。天机：天体运行之机关。

㊱四节：指春、夏、秋、冬四季。代：次第更易。

㊲凄凄：寒凉貌。

㊳烈烈：象声词。这里指风声。厉：猛烈。

㊴淑俪：佳偶。

㊵潜翳：潜隐，不见。

㊶改服：脱下丧服。

㊷私制：私人之礼法。

㊸茵：褥。帱：床帐。

㊹朔望：农历每月的初一和十五为朔望。这里指朔望之祭。

㊺讵：曾。

㊻毁撤：弃除。

㊼引：陈。

㊽亹（wěi）亹：进貌。期月周：周年之十二个月。意即整年。

㊾戚戚：忧惧。愍（mǐn）：哀痛。

㊿感物：因物而感伤。

㊿1 陨：落。

52 驾言：驾，乘车的意思。言，语助词，无义。陟：登。阜：土山。

53 纡（yū）轸：愁思郁结。

54 徙倚：低回，徘徊。与上句徘徊互文同义。

55 埏（yán）侧：墓道的旁边。

56 荄（gāi）：草根。

57 孤魂：孤独的鬼魂。这里指亡妻的灵魂。茕（qióng）茕：孤寒貌。

58 投心：尽其衷诚。

【语译】

时光荏苒冬春逝，寒暑变易已一年。

妻子亡归黄泉下，层层土壤永隔绝。

怀念之情与谁诉，滞留家中又何益？

只得勉力奉朝命，转变心情回原地赴任。

望着旧居就想起妻子，走进内室便忆起她的行迹。

帷帐中再也看不到她的身影，房中只留下她的文字墨迹。

生前笔墨还发着余香，遗留的墨迹仍挂在墙壁上。

恍恍惚惚地仿佛她还活着，不禁心中惶恐惊惧悲伤。

就好像栖息林中的飞鸟，如今却变得不再成双。

又像是水中的比目鱼，游到中途便被分离。

春风顺着那门缝吹进来，屋檐上的水从早晨开始往下滴。

无论睡觉醒来都不能把她忘怀，心中的忧伤越积越多。

但愿我的哀伤有所衰减，像庄周妻亡击缶却毫不悲伤。

皎洁的月光透过窗户，一直照到居室的南端。

凉风顺应秋节而至，湿热的暑气已随节气退减。

寒凉的秋风渐渐袭来，这才觉得夏衣太单。

哪里是没有厚被取暖，只是谁能同我一起度过冬寒？

冬寒没有人与我一起，明月也变得黯淡朦胧。
反侧不安顾盼枕席，不见昔人唯见长席与空床。
床席空空满灰尘，空房又吹进阵阵寒风。
独不见像李夫人那样显灵，多么盼望能再睹你的芳容。
手抚衣襟长叹息，不觉涕泪落满襟。
泪落满襟哪能自已？极度悲伤从内心起。
睡眠起床都看见你的身影，你往日的话语仍然响在耳边。
上惭子死不忧的东门吴，下愧妻亡不悲的蒙人庄子。
赋诗想要表达我的心意，这心意却又难以一一记叙。
命运真是使人无可奈何，只能庸碌卑微地苦熬日月。

太阳运行总是循着天机，一年四季此来彼逝。
气候寒凉晨露凝结成霜，秋节肃杀晚风何等凄厉。
不知怎样悼念爱妻才好，她的仪态容貌已永不可见。
回想永别就像是在昨天，谁知已过了一整年。
换下丧服再从朝政，哀心不变寄托于遵制守丧。
被褥床帐在房里，初一十五都在灵前祭奠。
祭奠你哪有几多时月，一月月又周而复始地过去。
用过的衾被将从此撤除毁弃，千载万年不会重设。
光阴飞逝又过了整一年，我的悲痛却有增无减。
悲伤的情怀因睹物而生，伤心的泪水随哀情而落下。
乘车登上东边的山冈，望见坟墓便忧心结肠。
独自徘徊在累累荒冢，想驾车归去又不忍离开。
流连徘徊不忍归去，走走停停步履迟缓。
枯黄的树叶落墓旁，墓道周围荒草堆积。
你长眠在此孤苦伶仃，不知人死还有无魂灵。
我诚心遵从朝廷之命，含悲挥泪勉强登车。
谁说此去帝宫路途遥远？走完此路悲痛仍在心间。

【评析】

这三首诗是潘岳为悼念亡妻而作。第一首叙爱妻丧后自己准备赴任的哀伤；第二首写月夜思念亡妻的悲痛；第三首写服丧一年后对亡妻的怀念，睹物思人，临墓感叹。一、三两首以岁月流逝发端，二首借明月发端。三首诗以“朝命”联结，首尾呼应。潘岳以写哀伤诗文著称，《悼亡诗》是他的代表作，写得情辞恳切，感人肺腑，表现哀情曲折而深入。诗人虽愿如庄子、东门吴那样达观，但夫妻昔日之情使他辗转反侧、寝息难安，因而痛惜重壤永隔，哀叹形单影只。第一首写“望庐”思人，将行未行，徘徊空房；第二首写“眄枕席”而觉床空，不禁涕泪沾胸；第三首写“望坟”，徘徊墟墓，欲去不忍。真是句句生情，令人读来真不知是情生于文还是文生于情。潘岳的《悼亡诗》可谓文情凝铸的佳作。

庐陵王墓下作一首

作者：谢灵运　　注译评析：黄汉清

晓月发云阳①，落日次朱方②。
含凄泛广川，洒泪眺连岗③。
眷言怀君子④，沉痛结中肠。
道消结愤懑⑤，运开申悲凉⑥。
神期恒若在⑦，德音初不忘⑧。
徂谢易永久⑨，松柏森已行。
延州协心许⑩，楚老惜兰芳⑪。
解剑竟何及，抚坟徒自伤。
平生疑若人⑫，通蔽互相妨⑬。
理感深情恸，定非识所将。
脆促良可哀⑭，夭枉特兼常⑮。

一随往化灭，安用空名扬！

举声泣已洒⑯，长叹不成章。

【篇旨】

写作者对故友刘义真的沉痛哀悼，及对宋王朝内部相互倾轧深恶痛绝的心情。

【注释】

① 云阳：地名，即曲阿，今江苏丹阳。

② 次：止宿。朱方：地名。指丹徒，今江苏镇江。

③ 连岗：连绵起伏的小山丘。

④ 君子：指庐陵王刘义真。

⑤ 道消：语出《周易·否卦》彖辞："内小人而外君子，小人道长，君子道消也。"意思是说小人得势君子吃不开。喻庐陵王被奸臣杀害。

⑥ 运开：指元嘉三年宋文帝诛谋害刘义真的徐羡之等，为刘义真昭雪之事。申：抒发。

⑦ 神期：神之居所。

⑧ 德音：指死者生平事迹和生前的音容笑貌。

⑨ 徂（cú）谢：死亡。

⑩ 延州：春秋吴王寿梦少子季札封于延陵。此處以其封地指代其名。协心许：内心默许。此指季札出使晋国路过徐国时，徐君见季札的宝剑，想要，又不好意思说出口，季札领会，心中默许，打算完成使命后再将剑送给徐君。可他回来时，徐君已死，他便在徐君墓旁树上挂剑而去。（事见《史记·吴太伯世家》及《新序》）

⑪ 楚老：汉代彭城一隐士。惜兰芳：喻哀悼有美德的人。汉人龚胜，不愿做王莽的官，绝食而死。有一同乡（即楚老）来灵前吊丧，边哭边叹息道："嗟呼！薰以香自烧，膏以明自销，龚生竟夭天年，非吾徒也。"（事见《汉书·龚胜传》）

⑫ 若：如此。

⑬ 通：这里指季札、楚老识见的通达。蔽：指他们对事情本质未识破，有所蒙蔽，如解剑、抚坟等。互相妨：相矛盾。

⑭ 脆促：脆弱的短促。

⑮ 夭枉：亦短命之意。特兼常：特别不同于一般。

⑯ 举声：放声。

【语译】

清晨从云阳出发，傍晚到达朱方。

含悲泛舟在大江之上，洒泪眺望友人长眠的山冈。

怀念你这品行端方的君子，沉痛郁结绞我心肠。

好人遭罪令人怨愤满腔，太平运开方可倾吐悲凉。

您的灵魂将在天国永存，音容笑貌我永远难忘。

你的消逝是永久的事情，墓旁松柏已森然成行。

季札与徐君心有灵犀相通，楚老对龚胜之死哭悼痛惜。

一个空自墓前解剑，一个徒劳抚坟哀伤。

平生怀疑像他们这样的人，通达与迷惑亦时相抵触。

使我懂得情深则哀恸过甚，行动也非理智所能控制。

夭折实在令人悲伤，冤死更不比寻常。

任他随自然而化灭，要那追赠的虚名有何用场！

放声哭泣泪水飞洒，长声哀叹连写诗也不成篇章。

【评析】

谢灵运与庐陵王刘义真是过从甚密的好友。刘义真是宋武帝刘裕的次子，被封为庐陵王，因与兄弟争夺王位继承权而被杀害。谢灵运也因此受猜忌打击。元嘉三年庐陵王得以昭雪，追赠为侍中、大将军，谢灵运被召回京都，途经京口庐陵王墓时有感而作此诗。诗的开头四句点题，次写到墓下的感触，作者从愤激转向深沉的回忆与思考，从中领悟到古人延陵季子于徐君墓旁挂剑、楚老痛哭龚胜灵前是怎么一回事了。在叙事抒情中突然插入议论，使作品含蕴的思想更为深婉。“脆促”二句指出庐陵王的冤屈，较之一般死于夭折，更有过之而无不及。“一随”二句，揭露了当时最高统治者给死者追赠封爵的虚伪性，使诗的主题得到了升华。全诗绵邈哀切，感人至深。

拜陵庙作一首

作者：颜延年　　注译评析：黄汉清

周德恭明祀[①]，汉道尊光灵[②]。
哀敬隆祖庙[③]，崇树加园茔[④]。
逮事休命始[⑤]，投迹阶王庭。
陪厕回天顾[⑥]，朝宴流圣情[⑦]。
早服身义重[⑧]，晚达生戒轻[⑨]。
否来王泽竭[⑩]，泰往人悔形[⑪]。
敕躬惭积素[⑫]，复与昌运并[⑬]。
恩合非渐渍[⑭]，荣会在逢迎。
夙御严清制[⑮]，朝驾守禁城[⑯]。
束绅入西寝[⑰]，伏轸出东垧[⑱]。
衣冠终冥漠[⑲]，陵邑转葱青。
松风遵路急[⑳]，山烟冒垅生[㉑]。
皇心凭容物[㉒]，民思被歌声。
万纪载弦吹，千载托旒旌。
未殊帝世远，已同沦化萌[㉓]。
幼壮困孤介[㉔]，末暮谢幽贞[㉕]。
发轫丧夷易[㉖]，归轸慎崎倾[㉗]。

【篇旨】

颂扬高祖的功德，并抒发作者仕途的感慨。

【注释】

① 周德：周室之德。明祀：祭祀神明。

② 汉道：汉之道统。光灵：祖宗之灵光。

③ 哀敬：忧伤敬畏。

④ 树：立。园茔：墓地。一说谓墓间小道。

⑤ 逮：及。休命：美善的命令。

⑥ 陪厕：陪于天子之侧。

⑦ 朝宴：朝廷举行的酒宴。

⑧ 早服：早得服事。

⑨ 晚达：晚年始入仕途。生戒：养生之戒。

⑩ 否来：恶运到来的时候。王泽：王之德泽。竭：尽。指少帝失德的时候。

⑪ 泰往：泰极。吉祥的气数已尽的时候。否泰，本为《周易》二卦名。旧时于命运的好坏、事情的逆顺，皆曰否泰。悔：小的不幸。形：见，出现。

⑫ 敕（chì）：诫。躬：身。积素：积故。

⑬ 昌运：隆世。

⑭ 恩合：恩遇。渐渍：浸润。引申为沾染感化。

⑮ 清制：清道之制。

⑯ 朝驾：群臣朝见天子谓朝驾。禁城：宫城。

⑰ 束绅：束好腰带。寝：寝殿。

⑱ 轸：轼，车前的横木。东坰（jiōng）：东边的寝庙。

⑲ 冥漠：虚无不见。

⑳ 遵路：顺路而前。

㉑ 垅：墓冢。

㉒ 皇心：天子之仁心。此指文帝之心。容物：指丧礼的容仪衣物。

㉓ 沦化：大化。

㉔ 幼牡：指少年时。牡，当作“壮”。孤介：耿介正直，不随流俗。

㉕ 末暮：衰老。谢：辞谢。幽贞：幽静吉祥。《周易·履》：“幽人贞吉”，意谓幽静安恬的人守持正固可获吉祥。

㉖ 发轫：弱冠，成年之时。夷易：“夷”与“易”皆“平”的意思。

㉗ 归轸：归车，喻老将退。崎倾：倾侧易倒。

【语译】

周室之德恭敬祭祀神明，汉之道统尊崇祖宗的灵光。

怀着忧伤敬畏的心情建立祖庙，以崇仰之情开辟墓田。

从高祖任命之时开始，我便投身仕于朝廷。

陪侍天子受到器重，朝宴也流露出优厚之情。

早得事君便知君恩深重，晚年显达方晓养生之戒为轻。

灾祸降临王泽竭尽，气数已尽艰难不幸顿生。

我戒慎自己受高祖厚恩不可易节，现在又与文帝昌运相合为君臣。

恩遇并非沾染感化，荣华知遇在于君王以礼相逢迎。

由于清早有清道戒严的礼制，群臣上朝皆入宫城以待天明。

整束腰带进入西边的寝殿，伏轼帝车之上出东郊谒陵。

先帝的衣冠已化为乌有，陵邑野草却郁郁青青。

松林的疾风卷扫陵中的道路，山间烟岚笼罩着坟冢。

天子的仁心凭借丧礼的容仪衣物体现，下民思慕发出歌颂之声。

高祖德音万载行于弦管之上，千年也还铭记于帝王心中。

威灵与远古之帝没有什么不同，其神已谢同于大化流行之萌。

少年时耿介正直不随俗从流，年老时又不能保持恬静守持坚贞。

入仕不久天下便失去了高祖时的宁静，如今老了将归又须防倾覆的危险。

【评析】

此诗是作者从文帝拜高祖陵所作。诗中先述于陵置庙之事，次叙自己的仕途，发出暮年仕途将尽的感慨。诗中不乏颂扬之辞，处处不忘与文帝亲密的关系。“陪厕”“朝宴”等句表明文帝对作者的器重与厚遇。全诗的前后多为陪衬，只有“衣冠”数句才正面写谒陵。“末暮”句收转“晚达”，可见章法严谨。作者注意词句的锤炼，多用对仗，语言准确，显示出颜诗讲究辞藻的特点。

同谢谘议铜雀台诗一首①

作者：谢玄晖　　注译评析：黄汉清

繐帏飘井干②，罇酒若平生。
郁郁西陵树③，讵闻歌吹声④？
芳襟染泪迹⑤，婵媛空复情⑥。
玉座犹寂漠⑦，况乃妾身轻⑧。

【篇旨】

讽刺魏武的虚妄愚昧，同情歌伎们的不幸。

【注释】

① 谢谘议：谢璟，谢朓的侄儿。谘议，官名，即谘议参军。铜雀台：台名。建安十五年曹操所建，于楼顶置大铜雀，舒翼若飞，故名。故址在今河北临漳西南。曹操曾遗命诸子，死后葬于邺之西岗，诸妾与伎人皆著铜雀台，台上置床帐，每月十五日向帐前作伎。

② 繐（suì）帏：灵帐。井干（hán）：铜雀台的别名。取构筑之木转相交加，如井干之意。

③ 西陵树：指曹操陵墓旁的树，指代死去的曹操。

④ 讵：岂。歌吹：歌唱、吹奏。

⑤ 芳襟：香襟。对女子衣襟的美称。

⑥ 婵媛：牵引不舍貌。

⑦ 玉座：玉床。指在台上空为曹操安置的床。寂漠：虚无。

⑧ 妾：铜雀台上歌伎们的自称。这是作者为其代言。

【语译】

灵帐飘动于铜雀台上，致酒于帐前宛若他生前。

郁郁苍苍的西陵树，哪还能听到台上的歌吹?

衣襟上沾染着泪痕，依恋不舍空有哀情。

玉床尚且如此空虚寂寞，更何况微贱的妾身。

【评析】

魏武帝曹操生前就为死后做了安排，建铜雀台，要群臣及歌伎们像他生前一样供奉他，这成为后人讽刺的史料。谢朓的这首诗前四句就讽刺充奉园陵的愚昧。作者不敢直斥，而以“西陵树”指代，使之既形象生动又含蓄。“讵闻”句的反诘增加了讽刺的力量。后四句为歌伎们的命运而叹息，对这些空有哀情，为死者而虚度年华的女子流露出深深的同情。全诗意味深长，唱叹有情。

出郡传舍哭范仆射一首[1]

作者：任彦昇　　注译评析：黄汉清

平生礼数绝[2]，式瞻在国桢[3]。

一朝万化尽，犹我故人情。

待时属兴运[4]，王佐俟民英[5]。
结欢三十载，生死一交情。
携手遁衰孽[6]，接景事休明[7]。
运阻衡言革[8]，时泰玉阶平[9]。
濬冲得茂彦[10]，夫子值狂生[11]。
伊人有泾渭[12]，非余扬浊清。
将乖不忍别[13]，欲以遣离情。
不忍一辰意[14]，千龄万恨生。
已矣平生事，咏歌盈篋笥[15]。
兼复相嘲谑[16]，常与虚舟值[17]。
何时见范侯，还叙平生意？
与子别几辰，经涂不盈旬。
弗睹朱颜改，徒想平生人。
宁知安歌日，非君撤瑟晨[18]？
已矣余何叹，辍舂哀国均[19]！

【作者简介】

任昉（460—508），字彦昇，南朝梁乐安博昌（今山东寿光北）人。幼时好学，十六岁就任丹阳主簿，后为竟陵王子良记室。梁武帝萧衍即位后任昉为记室，拜为黄门侍郎、吏部郎中。萧衍受禅文诰，多出于昉之手，时有“沈（约）诗任笔”之誉。507年出为义兴太守，还为御史中丞、秘书监。所著诗文集四百余卷，均已散佚。明人辑有《任彦昇集》。《梁书》《南史》均有传。

【篇旨】

痛悼范云去世，回忆他生平事迹，抒发作者与其深厚的友情。

【注释】

① 郡：指义兴郡。传舍：客舍。古时供来往行人休止住宿的处所。范仆射：范云，南朝著名文人。萧衍即位后，拜为吏部尚书，后为尚书右仆射。比任早逝五年。

② 平生：平时，平素。礼数：礼仪的等级。

③ 式：榜样。国桢：国之支柱。桢，支柱，干。

④ 待时：等待机会。属：归属，托附。兴运：国运兴隆。此指梁。

⑤ 俟：等待。引申为渴求。

⑥ 遁：避。衰孽：指齐东昏侯。

⑦ 接景：接影。共同的意思。休明：美善旺盛。这里指梁武帝。

⑧ 运阻：运气受阻。这里指天下甚乱。衡言：平常之言。革：改变。

⑨ 时泰：天下太平。玉阶：宫中台阶。这里指代朝廷。

⑩ 濬冲：王戎。戎为吏部尚书，得李茂彦为尚书郎，戎以礼待之。这里以濬冲比范云，以茂彦自比。

⑪ 夫子：尊称范云。狂生：任昉自谓。

⑫ 伊人：指范云。

⑬ 乖：离。

⑭ 辰：时。

⑮ 咏歌：指范云平生所写文章。箧笥：竹箱。这里指书箱。

⑯ 嘲谑：戏谑。

⑰ 虚舟：空船。《淮南子·诠言》：“方船济乎江，有虚舟从一方来，触而覆之，虽有忮心，必无怨色。”后以比喻胸怀坦荡。值：相遇，相触。

⑱ 撤瑟：表示有疾病。古时父母有病，撤琴瑟，以示孝意。

⑲ 辍舂：停止舂米。舂，用杵在臼中撞打，使谷物类脱粒或粉碎。旧时服丧期间，停止用舂。国均：喻国家的重臣。

【语译】

平生不被礼仪所束缚，道德风范为国人的楷模。
一朝死去万物化尽，唯故友之情依旧长存。
他等待国运复兴的时机，王也渴求人中精英辅佐。
相交结好已经三十年，建立起生死不变的友情。
一道逃避齐朝的灾孽，同去奉侍梁武帝这样的明君。
天下大乱平常之言常改变，世道太平朝廷得以安宁。
王戎得到俊才李茂彦，范夫子遇上我这个狂生。
你综观人事泾渭分明，扬清激浊的事非我所能。
往日分手尚且不忍速去，总想稍留片刻以遣离情。
过去是不忍一时之别，如今却永隔千年万恨俱生。
平生之事已成过往，写的诗文已积满书箱。
我们常相戏谑从不生气，相互顶撞也不发怒。
何时还可见到你范侯，还有机会相叙平生之志?
与你分别没有多久时间，经行的路途还不满一旬。
不能看到你病后面容的改变，只能追想你平时的模样。
哪里知道安歌快乐之日，不是你生病的时候?
我还有什么可叹息，全国都为你举哀伤悼。

【评析】

范云卒于梁天监二年，时任昉刚任义兴太守。任昉惊悉范云去世，作诗哀悼。他们之间结交已三十载，别后不及一旬，则生死异路，令任昉为之痛哭。在悲痛之中，任昉不禁回忆过去的交往。全诗句句是情至之语，昔时“不忍一辰”之别，如今却成千年永隔，真是悲思淋漓！“宁知安歌日，非君撤瑟晨”，恐其对亡友不敬，感情何等真挚！往日互为嘲谑，甚至顶撞也不怨怒，相互间又是如此真诚理解。末句“哀国均”与“国桢”照应，举国都为失去这位贤才而痛惜，任昉之哀也就不仅是私情了。

赠答一

赠蔡子笃诗一首

作者：王仲宣　　注译评析：黄汉清

翼翼飞鸾①，载飞载东。我友云徂②，言戾旧邦③。
舫舟翩翩，以泝大江④。蔚矣荒涂⑤，时行靡通。
慨我怀慕⑥，君子所同。悠悠世路，乱离多阻⑦。
济岱江行⑧，邈焉异处⑨。风流云散，一别如雨。
人生实难，愿其弗与⑩。瞻望遐路⑪，允企伊伫⑫。
烈烈冬日⑬，肃肃凄风。潜鳞在渊⑭，归雁载轩⑮。
苟非鸿雕⑯，孰能飞翻？虽则追慕，予思罔宣⑰。
瞻望东路⑱，惨怆增叹⑲。率彼江流⑳，爰逝靡期㉑。
君子信誓，不迁于时。及子同寮㉒，生死固之㉓。
何以赠行？言授斯诗。中心孔悼㉔，涕泪涟洏㉕。
嗟尔君子，如何勿思！

【篇旨】

表达作者与友人分别时的依恋伤感之情，以及身处乱世的人生感慨。

【注释】

① 翼翼：鸟展翅飞貌。

② 徂：往。

③ 戾：至，到。旧邦：故乡。

④ 泝：逆流而上，在此应作溯流解，即顺流而下。大江：这里泛指长江的支流汉水。

⑤ 蔚：草木茂密的样子。

⑥ 怀慕：怀念，依恋。

⑦ 乱离：指社会动乱亲人离散。

⑧ 济岱：济水和泰山。借指子笃所往之地。江行：近荆州，作者居处。

⑨ 邈：远。

⑩ 弗与：不能实现。

⑪ 遐：远。

⑫ 允：诚信。企：踮起脚跟。伊：语助词。伫：久立。

⑬ 烈烈：严寒貌。

⑭ 潜鳞：潜入深水的鱼。

⑮ 轩：高飞。

⑯ 鸿：大雁。雕：猛禽。

⑰ 罔宣：不能表达。

⑱ 东路：指蔡子笃东去归乡之路。

⑲ 惨怆：悲惨凄怆。

⑳ 率：遵循。

㉑ 爰：语助词。逝：往。靡期：没有限期。

㉒ 同寮：同事，一起做官。寮，通“僚”。

㉓ 固：不变。

㉔ 中心：内心。孔：甚。悼：悲伤。

㉕ 涟洏（ér）：流涕貌。

【语译】

鸾鸟振翼高飞，飞啊飞往东方。我的朋友将要起程，要回到他的故乡。

行船疾驶如飞，沿江顺流而下。荒草掩盖了路途，如今道路已不通。

感慨万端怀念故乡，想你我的感情相同。悠悠人世经历，纷乱多有险阻。

济水泰山与江行，远远分隔两处。别如风飘云散，又如雨落不还。

人生实在艰难，愿望难于实现。望着你踏上远路，踮脚遥望久立。

凛冽的寒冬天，萧瑟的凄苦风。鱼儿潜游于深渊，归鸟飞翔在高空。

假若不是鸿与雕，谁能如此高飞？虽然敬慕你的德才，心情却无法表达。

望着你踏上东路，更加悲楚凄凉。顺着那江水看去，东流没有停止。

君子忠诚的誓言，不因时间流逝而变移。我与你同为僚友，友谊生死不变。

以何临别相赠？只有写下这首诗。心中极度悲伤，涕泪涟涟不止。

可叹你这位君子，叫我怎不相思！

【评析】

蔡子笃，济阳人，魏尚书，王粲挚友，二人同时避难荆州，其时子笃将还故里，王粲作此诗赠别。首二句，以鸾鸟东飞起兴，联想子笃东归。“我友”下八句，写深情叙别。“悠悠”下十句，叙写战乱之际，路途险阻，为友人此行担忧，故为之瞻望延伫。“烈烈”下十句写时值寒冬，恐友人路途艰辛，故瞻望而凄怆。“率彼”下六句，申明别后之盟，表现对友人的信任和期望。末六句，写别时心意。全诗情感浓烈，凄楚动人。其中亦流露作者归乡无路效力无门的伤感情绪。通篇文辞古雅，其中“风流云散，一别如雨”之句，锻炼精纯。

赠士孙文始一首

作者：王仲宣　　注译评析：黄汉清

天降丧乱①，靡国不夷②。我暨我友③，自彼京师。

宗守荡失④，越用遁违⑤。迁于荆楚⑥，在漳之湄⑦。

在漳之湄，亦克宴处[8]。和通篪埙[9]，比德车辅[10]。
既度礼义[11]，卒获笑语[12]。庶兹永日[13]，无謇厥绪[14]。
虽曰无謇，时不我已[15]。同心离事[16]，乃有逝止。
横此大江，淹彼南汜[17]。我思弗及，载坐载起。
惟彼南汜[18]，君子居之[19]。悠悠我心[20]，薄言慕之[21]。
人亦有言，靡日不思。矧伊嬿婉[22]，胡不凄而[23]。
晨风夕逝[24]，托与之期。瞻仰王室[25]，慨其永叹。
良人在外[26]，谁佐天官[27]？四国方阻[28]，俾尔归蕃[29]。
尔之归蕃，作式下国[30]。无曰蛮裔[31]，不虔汝德。
慎尔所主，率由嘉则[32]。龙虽勿用，志亦靡忒[33]。
悠悠澹澧[34]，郁彼唐林[35]。虽则同域，邈其迴深[36]。
白驹远志[37]，古人所箴[38]。允矣君子[39]，不遐厥心。
既往既来，无密尔音。

【篇旨】

抒发对友人的真挚情谊，勉励友人在任上成就一番事业。

【注释】

① 丧乱：指董卓之乱。

② 国：指各割据势力的领地。夷：通“痍”，创伤的意思。

③ 暨：与。我友：指士孙文始。

④ 宗守：国家宗庙守护的宝器，多用以指政权。

⑤ 循违：逃避。

⑥ 荆楚：古代楚国的别称。这里指荆州。

⑦ 漳：漳水，在今湖北境内。湄：水边。

⑧ 克：能。宴处：安然处之。

⑨ 和通：和谐融洽。篪（chí）：古代一种竹制的管乐器。埙（xūn）：古代陶制的一种吹奏乐器。此句语出《诗经·小雅·何人斯》：“伯氏吹

埙，仲氏吹篪。”

⑩ 比德：比拟善德。车辅：犹辅车。指牙床与颊骨。

⑪ 度：法度。

⑫ 卒：尽。

⑬ 庶：庶几。

⑭ 諐（qiān）：愆的古字，过失的意思。

⑮ 已：通“与”。

⑯ 离事：遭受变故。“离”，通“罹”。

⑰ 淹：停留。南汜：水名兼地名，在今河南襄城南。士孙文始所居之地。

⑱ 惟：句首助词。

⑲ 君子：指士孙文始。

⑳ 悠悠：忧思深远貌。

㉑ 薄言：发语辞。慕：思念。

㉒ 矧（shěn）：况且。孅婉：欢好貌。

㉓ 凄而：感伤，悲凉。

㉔ 晨风：鸟名，即鹯，飞行迅速。

㉕ 王室：指东汉王朝。

㉖ 良人：贤能之士。这里指士孙文始。

㉗ 天官：官名。乃百官之长。

㉘ 四国：四方。

㉙ 俾：使。蕃：藩国。这里指士孙文始的封地澹津。

㉚ 式：制度，法则。下国：蕃国。

㉛ 蛮裔：指四方少数民族。

㉜ 率由：遵循。嘉则：好的法度。

㉝ 忒（tè）：差错。

㉞ 澹澧：澹水与澧水，皆流经今湖南常德。

㉟ 唐：指唐县，故城在今湖南安乡北。

⑯ 迥：远。

㊲ 白驹：喻志向远大的贤士。

㊳ 箴：劝告。

㊴ 允：真。君子：指士孙文始。

【语译】

上天降下祸乱，到处满目疮痍。我与至亲好友，避难离开京师。

国家政权丧失，只好远走逃避。流徙荆州一带，来到漳水之滨。

在这漳水之滨，还可以求得安宁。篪与埙和谐协调，牙床与颊骨相依。

礼仪既合乎法度，整日欢歌笑语。得以日日长乐，全无过失的苗头。

虽说是没有过失，时间却不会等待我们。一起遭遇变故，才有今天的别离。

横渡这条大江，隐居在那南汜。我思念你却不见，整日坐立不安。

只因在那南汜，有您住在那里。忧心悠悠不断，无时不在思念您。

古人曾经说过，无日不在相思。何况您我情深，怎不叫人悲戚。

愿托晚归的晨风，带去我的期待。仰望汉家王室，为其衰微而叹息。

贤士安排在朝外，谁来辅佐天官？四方正动荡受阻隔，派您去治理藩国。

您这次远去藩国，应该做出榜样。莫怨那是蛮夷之地，不敬重您的美德。

谨慎履行职守，遵循完美的法则。潜龙虽不得大用，志向也不会偏斜。

悠长的澮水澧水，郁郁葱葱的唐林。虽然同在一个地域，面貌却相差甚远。

骏马不忘其远志，这是古人的箴言。有才能的人，不要远离其心。

有来而且有往，经常通通音信。

【评析】

士孙文始名萌，其父士孙瑞曾为尚书仆射，帮助王允诛董卓，后在护汉献帝返洛阳途中被李傕所杀。汉献帝追论诛董卓之功，封士孙文始为澹津亭侯，在其赴任就职之时，王粲作诗以赠，抒发其惜别之情。首句至“乃有逝止”，写与士孙文始交往的经过。“横此大江”至“俾尔归藩”，写对士孙文始的思慕之情，并为朝廷不用贤士而惋惜。“尔之归藩”至篇末，表达对友人的勉励与期望。诗中既有对昔日情谊的回忆，又有今时分别的感伤，同时反映了作者在避乱初期对汉王朝复兴的希望。诗中勉慰之语诚挚恳切，婉转入情。

赠文叔良一首

作者：王仲宣　　注译评析：黄汉清

翩翩者鸿，率彼江滨①。君子于征②，爰聘西邻③。
临此洪渚④，伊思梁岷⑤。尔往孔邈⑥，如何勿勤⑦。
君子敬始⑧，慎尔所主。谋言必贤⑨，错说申辅⑩。
延陵有作⑪，侨肸是与⑫。先民遗迹，来世之矩⑬。
既慎尔主，亦迪知几⑭。探情以华⑮，睹著知微⑯。
视明听聪，靡事不惟⑰。董褐荷名⑱，胡宁不师⑲。
众不可盖⑳，无尚我言㉑。梧宫致辩㉒，齐楚构患㉓。
成功有要，在众思欢。人之多忌㉔，掩之实难。
瞻彼黑水㉕，滔滔其流。江汉有卷㉖，允来厥休㉗。
二邦若否㉘，职汝之由。缅彼行人㉙，鲜克弗留㉚。
尚哉君子，于异他仇㉛。人谁不勤？无厚我忧㉜。
惟诗作赠，敢咏在舟。

【篇旨】

劝诫文叔良出使益州要谨慎从事，勉励他要很好地完成使命。

【注释】

① 率：顺着，沿着。

② 君子：指文叔良。于：往。征：远行。

③ 聘：古代诸侯国之间遣使访问。西邻：指蜀。因蜀在荆州之西故称。

④ 渚：水洲。

⑤ 梁岷：梁山与岷山，二山均在四川境内。这里泛指蜀地。

⑥ 尔：你。指文叔良。孔邈：甚远。

⑦ 勤：担忧，惦念。

⑧ 敬：谨慎。

⑨ 谋言：考虑言辞。

⑩ 错说：措辞。错，通“措”。申辅：申述相辅相依之意。

⑪ 延陵：古地名，在今江苏常州市武进区。这里指代曾受封于此的季札。

⑫ 侨：公孙侨，即郑国大夫子产。肸（xī）：羊舌肸，即晋国大夫叔向。与：相交。

⑬ 矩：原则，法度。

⑭ 迪：由。几：事物变化的细微迹象、征兆。

⑮ 华：彩色。这里引申为事物的外表。

⑯ 著：显明。

⑰ 惟：思考。

⑱ 董褐：春秋时晋国人。荷名：负有盛名。吴国与晋争长，董褐出使吴察言观色，见机行事，终于说服吴王，化干戈为玉帛。

⑲ 胡宁：为何。师：效法。

⑳ 盖：意谓超越。

㉑ 尚：高。我：指文叔良。

㉒ 梧宫：齐国宫殿名。致辩：招致一场争辩。事见《说苑》：春秋时楚遣使者至齐，使者在谈话中说起燕攻齐，齐遭惨败之事。齐王听了大怒，命令下属亦反讥楚国，提起吴攻楚，楚大败，吴国子胥鞭楚平王

尸的事。由于双方争辩，由结怨而导致激发了一场战争。

㉓ 构患：造成祸患。

㉔ 忌：忌讳。

㉕ 黑水：指岷江支流，在今四川黑水、松潘东北。这里指文叔良所往之地。

㉖ 江汉：指荆、蜀二地。卷（quán）：通“婘”，美好。这里是通好的意思。

㉗ 允：诚，确实。来：语助词。休：美，善。

㉘ 若：善。否（pǐ）：坏，恶。

㉙ 缅：怀思。行人：这里指文叔良。

㉚ 鲜：少。克：能。

㉛ 他仇：指同僚中的其他人。

㉜ 厚：深。

【语译】

鸿雁展翅翩翩翻飞，沿着那长江之滨。君子出使要远行，去往蜀国这一西邻。

临别送行在河水之滨，此行是到蜀地的梁岷。所去的地方是那么遥远，怎不叫我为您担心。

您一向以敬修为重，此行须慎重对待使命。言谈议论要贤良公正，千方百计讲明结好相依。

延陵季札所以成功，还在于子产叔向的配合。前人获得成功的事例，成为后人行事的准绳。

既要慎重对待您的使命，又要预知事物变化的兆征。探究内情必先观其外表，透过现象明察其中的细情。

观事要眼明，听话要耳灵，凡事无不经过周密的思维。有董褐这样享有盛名的人出使，怎么可能不马到功成。

一般的人与文叔良相比，委实很难超越。当年梧宫发生的争辩，导致齐楚结怨交兵。

万事成功总有个关键，就是使众人心绪高兴。人的忌讳实在太多，把话说圆满的确困难。

瞻望远方的黑水，滚滚滔滔奔流向前。荆汉二地如果合作同心，确是天下称心如意的美事。

益州、荆州二邦友善与否，要看您完成职守的情形。远使于蜀的人，很少不被滞留的。

这位高尚的君子啊，谁又比得上您？众人哪个不惦念您？没有谁比我的忧思更深。

就将此诗作为馈赠吧，我将与您风雨同舟。

【评析】

王粲曾与文叔良在荆州刘表手下共事，刘表欲结好拥据益州的刘璋，文叔良被遣使蜀，王粲作此诗赠别。诗的开头以鸿雁沿江飞翔起兴，喻叔良即将远行。接着反复申述多思、谨慎的重要，说古道今，谆谆劝诫，语重心长，可见作者处处为友人的出使谋划良策，用心良苦。作者对友人真挚而深沉的情感在申述中得以自然表露。全诗说理与言情相映衬，说理透彻，言情深厚，可见作者深悉人情，阅历丰富，以及文笔的成熟与思虑的深邃。

赠五官中郎将四首

作者：刘公幹　　注译评析：黄汉清

昔我从元后①，整驾至南乡②。
过彼丰沛都③，与君共翱翔。
四节相推斥④，季冬风且凉。

众宾会广坐，明镫熺炎光[5]。
清歌制妙声，万舞在中堂[6]。
金罍含甘醴[7]，羽觞行无方[8]。
长夜忘归来，聊且为大康[9]。
四牡向路驰[10]，欢悦诚未央。

余婴沉痼疾[11]，窜身清漳滨[12]。
自夏涉玄冬[13]，弥旷十余旬[14]。
常恐游岱宗[15]，不复见故人。
所亲一何笃，步趾慰我身[16]。
清谈同日夕，情盻叙忧勤[17]。
便复为别辞，游车归西邻[18]。
素叶随风起[19]，广路扬埃尘。
逝者如流水[20]，哀此遂离分。
追问何时会，要我以阳春。
望慕结不解，贻尔新诗文。
勉哉修令德[21]，北面自宠珍[22]。

秋日多悲怀，感慨以长叹。
终夜不遑寐[23]，叙意于濡翰[24]。
明镫曜闺中[25]，清风凄已寒。
白露涂前庭，应门重其关[26]。
四节相推斥，岁月忽欲殚[27]。
壮士远出征[28]，戎事将独难[29]。
涕泣洒衣裳，能不怀所欢[30]？

凉风吹沙砾，霜气何皑皑。
明月照缇幕[31]，华灯散炎辉。

赋诗连篇章，极夜不知归。
君侯多壮思[32]，文雅纵横飞。
小臣信顽卤[33]，僶俛安能追[34]？

【篇旨】

抒发对曹丕的思念和感激之情。

【注释】

① 元后：君主。这里指曹操。

② 整驾：整顿车驾。意即驾车出行。南乡：南方。建安十三年曹操南征刘表。

③ 丰沛：故乡的代称。汉高祖刘邦定天下后，还故乡沛县之丰邑，置酒沛宫。这里指曹操的故乡谯县（今安徽亳州）。

④ 四节：四季。推斥：推移。

⑤ 熺：光明貌。

⑥ 万舞：泛指歌舞之盛。

⑦ 金罍（léi）：古代盛酒的器皿。甘醴：美酒。

⑧ 羽觞：一种雀形的酒杯。无方：无数。

⑨ 大康：大乐。

⑩ 四牡：四匹公马拉的车。

⑪ 婴：缠绕。痼疾：积久难治的病。

⑫ 清漳：水名。漳河上游的一大支流，在山西。

⑬ 玄冬：冬季。古人认为北方色黑，故曰玄。

⑭ 旷：耗费时日。

⑮ 岱宗：泰山的别称。旧时迷信，谓人死后魂魄归泰岱。故死亡称游岱宗。

⑯ 步趾：迈步。指曹丕亲自探问作者的病。

⑰ 忧勤：忧恤勤劳。

⑱ 西邻：指邺都。

⑲ 素叶：秋天的树叶。

⑳ 逝者：指时光。

㉑ 令德：美德。

㉒ 北面：指臣事君。古时君见臣面南而坐，臣见君北面而拜。故北面称臣位。

㉓ 不遑：不暇。

㉔ 濡翰：指写作。

㉕ 镫：同“灯”。

㉖ 应门：王宫的正门。关：门栓。

㉗ 殚：尽。

㉘ 壮士：这里指曹丕。

㉙ 戎事：战事。

㉚ 所欢：心爱的人。这里指曹丕。

㉛ 缇（tí）幕：橘红色的帐幕。

㉜ 君侯：列侯，这里指曹丕。壮思：豪壮的文思。

㉝ 小臣：作者的谦称。顽卤：固执愚钝。

㉞ 僶（mǐn）俛：努力。

【语译】

当年我曾随君王出征，整顿车驾到达南方。

就像当年汉高祖过故乡丰沛，与你一道驰骋遨游。

春夏秋冬依次推移，寒冬风急而且寒凉。

众多宾客聚集一堂，堂上灯火明亮辉煌。

清歌传出美妙的声音，各种舞蹈表演在中堂。

金杯盛满甘醇的美酒，频频举杯酣饮无量。

长夜欢娱忘却了归来，姑且尽情欢乐一场。

四马之车驰向归路，惋惜欢娱尚未尽兴。

我长久地被顽症缠身，滞留于清漳水滨。
从夏一直到冬天，耗费时日已十余旬。
常常耽忧魂魄归泰山，不能够再见到故人。
你厚爱我是那么真诚，亲自探问我的病情。
清谈一直到黄昏，真情眷顾表示挂心慰问。
临别反复嘱咐安慰，然后乘车回归邺都。
秋天落叶随风飘起，宽阔的路上扬起灰尘。
光阴过去如流水，哀伤此刻即将分离。
上前追问何时再相聚，邀我相会在阳春时节。
依恋相思愁结难解，赠你这篇新作的诗文。
努力修养你的美德，北面事君保持宠贵。

秋天情怀易感伤，感慨人世长叹息。
整夜不暇入梦寐，表达心意作诗文。
明灯闪亮照房中，秋风凄厉已寒凉。
白露覆盖前庭院，宫殿大门紧闭关。
四时节气相推移，岁月匆匆将过完。
壮士慷慨远出征，戎马之事诚独难。
泪如雨下湿衣裳，能不怀念往日欢?

北风吹卷细沙砾，霜雪一片白皑皑。
皎皎明月照帷帐，华灯明亮发辉光。
吟诗作赋缀篇章，直至深夜不知还。
你满怀豪兴多壮志，文才横溢气纵横。
我自愚昧又鲁钝，即便努力也难追。

【评析】

这是刘桢赠曹丕的四首诗。曹丕于建安十六年立为五官中郎将，刘桢曾任五官中郎将文学，与曹丕关系甚密。第一、二首追忆两人一同听乐观舞，饮酒行乐，乐而忘归的情景，抒发对曹丕前来探病的感激、依恋、思念之情，同时表达了对曹丕殷切的劝勉，对自己疾病缠身而无所作为的感伤。第三首以秋夜景色衬托思念的情怀，风格沉郁。第四首遥望曹丕秋夜军中赋诗，并赞颂其文学才华。全诗感情真挚而浓烈，既忆昔欢，更写今感，婉转动人。

赠徐幹一首

作者：刘公幹　　注译评析：黄汉清

谁谓相去远①？隔此西掖垣②。
拘限清切禁③，中情无由宣④。
思子沉心曲⑤，长叹不能言。
起坐失次第，一日三四迁。
步出北寺门⑥，遥望西苑园。
细柳夹道生，方塘含清源⑦。
轻叶随风转，飞鸟何翻翻。
乖人易感动⑧，涕下与衿连。
仰视白日光，皦皦高且悬⑨。
兼烛八纮内⑩，物类无颇偏⑪。
我独抱深感⑫，不得与比焉！

【篇旨】

向友人徐幹诉说被罚苦役的苦闷、压抑和不平。

【注释】

① 去：距离。

② 西掖：中书省的别称。

③ 清切：指靠近帝居，森严有阻限。

④ 中情：内心的感情。

⑤ 沉心曲：埋藏于心灵深处。

⑥ 北寺：此指禁中官署。

⑦ 塘：池。源：流。

⑧ 乖人：离人。作者自谓。

⑨ 皦（jiǎo）皦：明亮貌。

⑩ 烛：照。八纮（hóng）：犹言八极。

⑪ 物类：指天下万物。

⑫ 感：通“憾”。

【语译】

谁说与你相距遥远？其实只隔西掖的围墙。

受到森严门禁的限阻，心中的感情无法宣泄。

相思之情深藏在心间，不能倾诉只有声声长叹。

我的生活失去了正常次序，一天里面常常坐立不安。

走出宫禁官署的大门，遥望远处西苑的园林。

细柳夹道生意盎然，池清水碧波涟涟。

枝头绿叶随风飘转，天空鸟儿翩跹自由。

离人见此容易感伤，泪珠串串洒落衣襟。

抬头仰望火红的太阳，光辉灿烂悬挂高天。

光芒四射普照天地，沐浴万物不倚不偏。

独我怀抱深深的遗憾，因为不能与众物相比。

【评析】

建安十六年（211）以后，刘桢任曹丕的五官中郎将文学，因平视曹丕妻甄夫人，被曹操罚以苦役。复官后转为曹植的平原侯庶子，一直居于邺城。其时刘桢的好友徐幹为临淄文学，也在邺城。这首诗大约于作者被解除刑罚复官之后。作者在诗中向徐幹倾吐了自己忧伤、哀怨和不平的情绪。前八句写思友无由宣泄而坐立不安。中间八句写为排遣郁闷的心情而漫步北门，遥望西园，见春意盎然而触景生情，以此联想自己受压抑的处境，加重其哀伤。最后六句，由白日普照万物，又联想自己受到不公正的待遇，以怨恨之情作结。全诗结构谨严，情感步步推进。抒情、写景、叙事自如，表达感情诚挚动人。

赠从弟三首

作者：刘公幹　　注译评析：黄汉清

泛泛东流水[①]，磷磷水中石[②]。
蘋藻生其涯[③]，华纷何扰弱[④]！
采之荐宗庙[⑤]，可以羞嘉客[⑥]。
岂无园中葵[⑦]？懿此出深泽[⑧]。

亭亭山上松[⑨]，瑟瑟谷中风[⑩]。
风声一何盛[⑪]！松枝一何劲！
冰霜正惨怆[⑫]，终岁常端正。
岂不罹凝寒[⑬]，松柏有本性。

凤凰集南岳[⑭]，徘徊孤竹根[⑮]。
于心有不厌[⑯]，奋翅凌紫氛[⑰]。
岂不常勤苦？羞与黄雀群[⑱]。
何时当来仪[⑲]？将须圣明君[⑳]。

【篇旨】

以蘋藻、松、凤凰比喻从弟的品格，勉励他坚持理想，不同流合污。

【注释】

① 泛泛：水流动的样子。

② 磷磷：水石明净的样子。

③ 蘋藻：蘋与藻皆水草，古人取以供祭祀或宴会嘉客用。

④ 扰弱：形容蘋藻在水流中摆动的样子。

⑤ 荐：进献祭品。

⑥ 羞：进献美味的食物。

⑦ 葵：菜名，可供食用。

⑧ 懿：美。

⑨ 亭亭：端正耸立的样子。

⑩ 瑟瑟：风声。

⑪ 一何：何其，多么。

⑫ 惨怆：凛冽酷寒。

⑬ 罹：遭到困难或不幸。凝寒：严寒。

⑭ 南岳：指丹穴山。《山海经·南山经》："丹穴之山有鸟焉，其状如鹤，五彩而文，名曰凰。"

⑮ 竹根：通言竹之根茎。《诗经·大雅·卷阿》郑玄笺："凰凰之性，非梧桐不栖，非竹实不食。"

⑯ 厌：同"餍"，满足。

⑰ 紫氛：天空。云霞映日，天空呈紫色，故称。

⑱ 黄雀：喻俗士。

⑲ 来仪：古代传说圣明君主出世，凰凰就会飞来。仪：来归。

⑳ 须：等待。

【语译】

潺潺向东流动的河水，水中有磷石清晰可见。

蘋藻就生长在这清澄的水边，繁花漂荡是那样美。

可以作为供品祭祀祖先，还可用来招待贵客嘉宾。

难道没有珍美的园中葵菜？只因美好的蘋菜深藏于水泽。

亭亭耸立的山上青松，顶着瑟瑟作响的谷中疾风。

风声呼啸何其猛烈！松枝挺拔多么劲健！

冰霜虽然凛冽寒冷，青松却能常年端正。

难道不曾遭遇严寒？只因松柏有坚贞本性。

凤凰栖集于丹穴，徘徊在孤竹根边。

心志高远仍感不满足，奋翅凌空直上九天。

振翅高飞岂不辛苦？只是羞与黄雀为伍。

何时凤凰才能来归？须待圣明君主的到来。

【评析】

这三首诗是作者借物抒情的佳作，风格遒劲，气势庄重，语言质朴。三首均运用比兴手法。第一首以蘋藻为喻，赞美从弟高洁的品格，勉励他保持节操；第二首，以松柏喻从弟本性坚贞，勉励他不因外力而改变本性；第三首，以凤凰喻从弟志向远大，勉励他不与世俗小人同流合污。三首诗在结构安排上也很有特色，每首都是从所咏对象的生长环境写起，然后略写其形，赞美其本质。再用“岂不”设问句，把所咏叹之物与其他事物进行对比，这就更加鲜明地突出了所咏之物的品格。全诗既是对从弟的赞美与期望，也是作者的自况，寓意深刻，耐人寻味。如写蘋藻长于洁净之处，暗含刘氏清白传家之渊源；石在水中磷磷可见，喻人之修藏于世，不容自隐。蘋藻可荐宗庙、羞宾客，流露出作者内心的期望，即人虽困厄于时，但终可荐诸朝廷，匡辅明君。

卷第二十四

赠答二

赠徐幹一首

作者：曹子建　　注译评析：黄汉清

惊风飘白日[①]，忽然归西山。
圆景光未满[②]，众星粲以繁。
志士营世业，小人亦不闲。
聊且夜行游，游彼双阙间[③]。
文昌郁云兴[④]，迎风高中天[⑤]。
春鸠鸣飞栋[⑥]，流猋激棂轩[⑦]。
顾念蓬室士[⑧]，贫贱诚足怜。
薇藿弗充虚[⑨]，皮褐犹不全[⑩]。
忼慨有悲心，兴文自成篇。
宝弃怨何人？和氏有其愆[⑪]。
弹冠俟知己[⑫]，知己谁不然？
良田无晚岁，膏泽多丰年。
亮怀玙璠美[⑬]，积久德逾宣[⑭]。
亲交义在敦[⑮]，申章复何言[⑯]。

【篇旨】

称赞徐幹贫穷却有才德，表示愿为他举荐并劝他出仕。

【注释】

① 飘：形容夕阳急遽下落的样子。

② 圆景：指月。光未满：弦月。

③ 双阙：魏都文昌殿外端门左右。

④ 文昌：魏都邺宫正殿名。郁：突兀。

⑤ 迎风：邺城的迎风观。

⑥ 栋：屋梁。

⑦ 猋：同“飙”，暴风。棂（líng）：窗上构成窗格的木条。轩：有窗的长廊。

⑧ 蓬室士：贫士，指徐幹。

⑨ 薇藿：两种植物名。都是豆叶状的野菜。

⑩ 皮褐：指粗糙破烂的衣服。

⑪ 愆：错。此句用和氏献璧的典故。

⑫ 弹冠：比喻扬眉吐气，将要做官。俟：等待。

⑬ 亮：信，确实。玙璠：美玉，此喻品德高尚。

⑭ 宣：显露。

⑮ 敦：敦厚。

⑯ 申章：指赠予此诗。申，陈。

【语译】

大风呼啸吹着太阳，太阳转眼间便坠入西山。

月亮初上圆光未满，繁星满天光辉灿烂。

有志之士从事经国大业，平庸的人也为衣食奔走不闲。

姑且及时行乐来秉烛夜游，在那高高的双阙之间。

文昌殿高大雄伟云蒸霞蔚，迎风观巍峨壮丽高入云天。

春日的斑鸠在高楼上飞鸣，狂风吹打着门窗长廊。

想到那身居陋室的贫士，贫穷卑微实在令人可怜。

野菜豆叶不能果腹，破衣烂衫难以周全。

郁郁不得志心中悲愤，写进诗文自然成篇。

宝物被弃应该怨谁？美玉得不到赏识和氏也有过失。

弹冠出仕等待知己援引，知己谁能不愿意举荐？

肥沃的土地从来不怕错过时节，膏腴的田地总能得丰收。

胸怀美好的品德和节操，时间愈久愈加彰明显著。

亲近之交的责任在于真诚勉励，除赠此诗之外其他又何必多谈。

【评析】

徐幹是“建安七子”之一，曹植的好友，他的地位较卑微，生活也比较困苦。虽然他“少无宦情”，甘居淡泊，但作为朋友，曹植不忍见其困于清贫，也不忍让他的才华被埋没，因此写了这首诗劝他出仕，并表示愿为引荐，表现了作者对友人深切的同情和深厚的友情。诗前半部写景，烘托气氛，后半部盛赞徐幹的品德和才能，并自责没有起到举荐的作用，含蓄地表示愿为举荐。诗中景物描写气象宏伟，辞采华茂，首句“惊风飘白日”奇突不凡，出人意表。后半部分情辞恳切，真挚感人，自然流畅。全诗熔写景、议论、抒情于一炉，是汉、魏赠答诗中的佳作。

赠丁仪一首

作者：曹子建　　注译评析：黄汉清

初秋凉气发，庭树微销落[①]。
凝霜依玉除[②]，清风飘飞阁[③]。
朝云不归山[④]，霖雨成川泽[⑤]。
黍稷委畴陇[⑥]，农夫安所获？
在贵多忘贱，为恩谁能博[⑦]？
狐白足御冬[⑧]，焉念无衣客？

思慕延陵子⑨，宝剑非所惜。

子其宁尔心，亲交义不薄！

【篇旨】

表达作者对丁仪的友情，安慰丁仪不必因自己得不到封赏而不安。

【注释】

① 销落：飘落。

② 玉除：玉石的殿阶。

③ 飞阁：凌空耸立的高阁。

④ 朝云不归山：指早上云雾凝聚天空不回到山里去，即阴天。

⑤ 霖雨：久雨。

⑥ 黍稷：泛指庄稼。委：同“萎”，这里指被淹死。畴陇：田间。

⑦ 博：遍及。

⑧ 狐白：白色狐皮。此句用晏子春秋中齐景公披着白狐皮却说天气不冷的典故。

⑨ 延陵子：指春秋吴公子季札。札封于延陵，故称延陵季子。《新序·节士》载，延陵子信然诺，重友情，把宝剑挂在喜爱它的朋友的坟墓旁。

【语译】

初秋时节天气渐凉，庭院里树叶轻轻飘落。

玉石的殿阶上寒霜凝结，清风吹进凌空耸立的高阁。

从早晨起阴云便聚集不散，连日来大雨已水潦成灾。

片片庄稼淹死在田里，农夫哪里还有什么收获？

富贵了常常忘记贫贱之交，谁又能广博地施人恩惠呢？

白色狐皮大衣足以御寒，又怎会想到无衣受冻的人？

想到延陵季子珍惜友谊，不惜把宝剑挂在朋友墓旁。

还是请你把心放宽，要知道你我的交情并不浅。

【评析】

丁仪与曹植交情甚笃，曾力劝曹操立曹植为太子，引起曹丕的忌恨和不满。曹丕即位后，丁仪的处境自然十分险恶，这首诗即作于此时。诗分为两部分，前半部分描写了初秋后阴沉多雨的天气，以恶劣的自然气候渲染浓郁的悲剧氛围，暗喻政治环境的险恶。后半部分抒情，引用延陵季子的典故，一方面谴责了曹丕的心胸狭隘和不讲情义，同时表白了自己对友人的诚挚友谊和共患难的决心。诗中象征、隐喻、使典用事交替使用，有力传达了作者复杂难言的内心情感。

赠王粲一首

作者：曹子建　　注译评析：黄汉清

端坐苦愁思，揽衣起西游[①]。
树木发春华，清池激长流。
中有孤鸳鸯，哀鸣求匹俦[②]。
我愿执此鸟[③]，惜哉无轻舟。
欲归忘故道，顾望但怀愁。
悲风鸣我侧，羲和逝不留[④]。
重阴润万物[⑤]，何惧泽不周[⑥]？
谁令君多念，自使怀百忧？

【篇旨】

安慰王粲有才能定会得到重用，表达作者对友人的关心及为实现政治理想爱惜贤才的精神。

【注释】

① 揽：持。西：西园，在邺都，曹操所建。

② 匹俦：配偶。

③ 执：接近。

④ 羲和：神话中太阳的御者，这里指时光。

⑤ 重阴：密云，喻曹操。

⑥ 泽：恩泽。

【语译】

我端坐房中忧愁苦闷，披衣起身到西园游玩。

树木枝头春花绽放，玄武池中清波长流。

池中有只孤独的鸳鸯，悲哀地鸣叫着寻找配偶。

我想要接近它啊，可惜没有一叶轻舟。

想要返回却已忘记归路，回头远望更添忧愁。

风儿凄厉地在身旁呼啸，时光易逝不肯停留。

君王像雨露滋润着万物，又何必担心恩泽不周？

谁让你这样忧虑愁苦，自寻烦恼心怀百忧？

【评析】

王粲是“建安七子”之一，也是曹植的朋友，他“强识博闻”，但为人“躁竞”，恃才傲物。这首诗写在王粲归顺曹操后不久，是对王粲杂诗的酬答。原诗流露出急于求进而未获重视的焦虑，想见曹植又没有机会的忧愁。因此曹植写这首诗表明自己对王粲的态度，同时劝慰他不要过于急躁，以“重阴润万物，何惧泽不周”对他进行抚慰。采用比兴手法，以鸳鸯喻王粲，以重阴喻曹操，写得委婉含蓄，饶有韵味，同时也隐约透露了自己爱才而无力援才的深沉叹惋。

又赠丁仪王粲一首

作者：曹子建　　注译评析：黄汉清

从军度函谷①，驱马过西京②。
山岑高无极③，泾渭扬浊清④。
壮哉帝王居⑤，佳丽殊百城⑥。
员阙出浮云⑦，承露概泰清⑧。
皇佐扬天惠⑨，四海无交兵。
权家虽爱胜⑩，全国为令名⑪。
君子在末位⑫，不能歌德声⑬。
丁生怨在朝⑭，王子欢自营⑮。
欢怨非贞则⑯，中和诚可经⑰。

【篇旨】

描述随曹操西征行军途中所见所感，规劝友人要持中和之道。

【注释】

① 函谷：关名，在今河南灵宝西南。

② 西京：指西汉都城长安。

③ 山岑：陡峭险拔的山峰。这里指华山。

④ 泾渭：泾水、渭水。泾水出安定泾阳的开头山，东南入渭水。渭水出自陇西首阳山。古人言泾水浊渭水清。扬：分明。

⑤ 帝王居：指长安。

⑥ 佳丽：宏大华美。

⑦ 员阙：圆阙。《三辅黄图》："建章宫周围三十里，又于宫门北造圆阙，

高二十五丈，上有铜凤凰。”

⑧ 承露：建章宫的承露盘。《三辅故事》：“建安宫承露盘，高二十丈，大十围，以铜为之，上有仙人掌承露盘。”概：同“扢”，摩的意思。泰清：天的别称。

⑨ 皇佐：指曹操。扬：高举。天惠：君恩。

⑩ 权家：兵家，战略家。

⑪ 全国：保全国家，指接受杨秋投降。令名：美名。

⑫ 君子：指丁仪、王粲。

⑬ 德声：仁德之声誉。

⑭ 丁生怨：指丁仪抱怨朝廷。丁仪当时为太祖掾，常怨职卑。

⑮“王子”句：王子，指王粲。王粲与丁仪等力主立曹植为太子。后植不得立，粲亦免官在家，故说欢自营。营：营生。

⑯ 贞则：正则，忠贞之则。

⑰ 中和：不偏不倚。达到和谐的境界。经：常规，法则。

【语译】

随军穿过函谷关，骑马经过长安城。

山峰陡峭望不到顶，泾水渭水清浊分明。

壮观啊帝王所居的京城，宏伟壮丽无与伦比。

圆阙高耸穿过了层云，承露玉盘上摩着青天。

丞相广布天恩施行仁政，四海休战天下一片太平。

兵家虽喜战争获胜，但保全国家更可获得美名。

你们官职低微身处下位，不能歌颂丞相的功德。

丁仪身在朝廷有所抱怨，王粲自得其乐生计自营。

是欢是怨都够平正忠贞，中和之道才是立身处世的标准。

【评析】

建安二十年（215）三月，曹植随父西征张鲁，他将途中所见所感咏而成诗，寄赠好友丁仪、王粲。全诗分为四层。首二句简述从军及旅途。第三句至第八句，写途中所见，略写山川，详写长安古都。作者以其富有文采的词句，描绘了这座壮丽的古城，对西汉王朝的遗迹写得气势磅礴，宏伟非凡。这与作者当时（年仅二十四岁）踌躇满志的心境是一致的。第九句至十二句，歌颂魏王朝的仁德。这一层与篇首自然照应，因从军而言及全国。最后六句，针对丁、王当时消沉的情绪进行规劝。这首诗表现曹植早期作品开朗明快的基调以及亢奋进取的精神。全诗采用叙事、描写、议论相结合的手法。篇末二句以精辟的议论总收，点明题旨。“欢怨非贞则，中和诚可经”，既是对友人的企望，又是作者当时立身处世态度的表露，可谓警语。

赠白马王彪一首

作者：曹子建　　注译评析：黄汉清

谒帝承明庐[①]，逝将归旧疆。
清晨发皇邑[②]，日夕过首阳[③]。
伊洛广且深[④]，欲济川无梁。
泛舟越洪涛，怨彼东路长。
顾瞻恋城阙，引领情内伤。
太谷何寥廓[⑤]，山树郁苍苍。
霖雨泥我涂[⑥]，流潦浩纵横[⑦]。
中逵绝无轨[⑧]，改辙登高岗。
修坂造云日[⑨]，我马玄以黄[⑩]。
玄黄犹能进，我思郁以纡[⑪]。

郁纡将难进，亲爱在离居。
本图相与偕，中更不克俱。
鸱枭鸣衡扼[12]，豺狼当路衢[13]，
苍蝇间白黑[14]，谗巧令亲疏。
欲还绝无蹊，揽辔止踟蹰。
踟蹰亦何留？相思无终极。
秋风发微凉，寒蝉鸣我侧。
原野何萧条，白日忽西匿。
归鸟赴乔林[15]，翩翩厉羽翼[16]。
孤兽走索群，衔草不遑食[17]。
感物伤我怀，抚心长太息。
太息将何为？天命与我违。
奈何念同生，一往形不归。
孤魂翔故域，灵柩寄京师。
存者忽复过，亡没身自衰[18]。
人生处一世，去若朝露晞[19]。
年在桑榆间[20]，影响不能追[21]。
自顾非金石，咄唶令心悲[22]。
心悲动我神，弃置莫复陈。
丈夫志四海，万里犹比邻。
恩爱苟不亏，在远分日亲。
何必同衾帱[23]，然后展殷勤。
忧思成疾疹[24]，无乃儿女仁。
仓卒骨肉情，能不怀苦辛！
苦辛何虑思？天命信可疑。
虚无求列仙，松子久吾欺[25]。
变故在斯须，百年谁能持？
离别永无会，执手将何时？

王其爱玉体，俱享黄发期[26]。
收泪即长路，援笔从此辞[27]。

【篇旨】

表达作者对无端遭受监视和迫害、兄弟之间被迫生离死别的满腔怨愤之情。

【注释】

① 谒：朝见。承明庐：长安汉宫有承明庐。这里借指皇帝接见的宫室。

② 皇邑：皇都，指洛阳。

③ 首阳：山名，在洛阳东北。

④ 伊洛：伊水，洛水。

⑤ 太谷：太谷关，在洛阳东南。一说为山谷名。

⑥ 霖雨：久雨，大雨。

⑦ 潦：积水。

⑧ 中逵：道路交错处。

⑨ 坂：斜坡。

⑩ 玄以黄：马病变色。

⑪ 纡：心情郁结。

⑫ 鸱枭：鸱鸮，似猫头鹰，喻小人。衡：车辕前的横木。扼：扼住马头颈的曲木。

⑬ 衢：路。

⑭ 苍蝇：喻小人。

⑮ 乔林：高林。

⑯ 厉：振。

⑰ 不遑：不及。

⑱ 亡没身自衰："身自衰而亡没"。

⑲ 晞：晒干。

⑳ 桑榆：日暮时太阳运行在桑榆之间，故用以比喻人接近暮年。

㉑ 影：日光。响：声音。

㉒ 咄喈（duō jiè）：惊叹声。

㉓ 衾：被子。帱：帐子。

㉔ 疾疹：疾病。

㉕ 松子：赤松子，传说中的仙人。

㉖ 黄发：人老发黄，比喻长寿。

㉗ 援笔：提笔。

【语译】

刚在皇宫朝见了天子，又要返归自己的封邑。

清晨从皇都洛阳启程，日落之时经过首阳。

伊水、洛水深且宽广，想要渡过又找不到桥梁。

乘上小舟越过惊涛骇浪，抱怨这东归的道路是那么漫长。

回望洛阳城我恋恋不舍，伸颈远望心中感叹忧伤。

太谷关是多么空旷寥廓，山上的树木郁郁苍苍。

连日的大雨使道路泥泞，水流四野纵横浩荡。

道路交错阻断不见车迹，我改变方向登上高岗。

山坡漫长直通云天，我的马儿也累得连病带伤。

马儿伤病尚能前进，我心中却是郁结忧伤。

忧愁苦闷想些什么？亲爱的兄弟眼看就要别离。

本希望能与他结伴同行，半途竟被拆散分离。

猫头鹰在车旁发出不祥的鸣叫，豺狼当路阻断了路径。

小人在天子面前搬弄是非，谗言巧语使骨肉疏远分离。

想回到京城又断绝了道路，我勒住缰绳徘徊不进。

徘徊不进但又怎能停留？对你的思念没有止境。

秋风吹动微觉凉爽，寒蝉凄切不住哀鸣。

旷野多么萧瑟冷落，太阳不觉就要西沉。

返巢的鸟儿飞向高高的树林，翩翩起舞展开它的羽翼。

离群的孤兽奔跑着找寻同伴，衔着草食也顾不得下咽。

这些景象使我触目伤怀，手抚胸口不住地叹息。

唉声叹气又有什么用？命运总是把我背弃。

无奈同根生的亲兄弟，死去再也不见形迹。

魂魄独自飞回了封邑任城，灵柩却依然寄放在京城里。

活着的人日子很快也会过去，随着身体自然衰朽而死去。

想想人的一生多么短暂，如同朝露马上会被晒干。

等到迟暮衰老的时候，时光更如声似影难以追寻。

想到人生并非金石那么长久，惊叹一声心中酸楚不已。

心中悲痛搅乱我的神思，还是把悲痛抛开莫要再提。

男儿应当志在四方，相隔万里也如同近邻。

兄弟之间的友爱没有减弱，相隔再远情分也会与日俱增。

不一定非要同衾共帐，才能表达彼此的深情。

过度的忧愁思念会引来疾病，不要像小儿女那样脆弱多情。

匆忙间骨肉分离毕竟使人伤心，哪能不心中怀着愁苦悲痛！

在痛苦之中想到了什么？命运不公确实使我怀疑。

传说中寻访仙人的事纯属虚无，赤松子的神话到现在才觉得可疑。

人生的变故常会突然降临，长命百岁谁能有把握？

离别了再也没有重逢的日子，什么时候才能再次执手相见？

你一定要爱惜自己宝贵的身体，与我共享百年之寿。

止住泪水踏上漫长的归程，提笔作成此诗与你就此分离。

【评析】

这首诗作于魏文帝黄初四年，是作者写给即将别离的兄弟曹彪的。魏文帝曹丕即位后，为防止同姓诸王的势力扩张，对曹植、曹彰、曹彪等诸侯王采取高压迫害的政策，诸王动辄得咎，如履薄冰。在黄初四年的节气之会上，任城王曹彰被害死，曹植想与兄弟曹彪亲近也遭监视和阻拦。曹植自知将会遭受更严重的迫害，与兄弟再也无缘相见，忧愤交织，于临歧握别之际，写下这首赠别诗，表达自己的满腔怨愤。全诗共分七节，每节以顶针的形式相承接，开始写离别时对京城的眷念，接着写旅途的艰苦疲劳，然后表达自己遭受的政治迫害的愤懑和对死去兄弟的哀悼，最后强作欢颜安慰曹彪，但在对天命的怀疑中也表现出对政治迫害的抗争。此诗章法别致，采用辘轳体形式，各章蝉联相因，层层递进又纡徐曲折地表达了作者强烈沉痛的感情。出色的景物描写渲染出浓厚的悲剧气氛，同时与记叙、议论等多种手法相结合，淋漓尽致地抒发了作者丰富复杂的内心情感，产生了动人肺腑的艺术效果，既是曹植具有代表性的诗作，同时标志着建安诗坛抒情诗的最高成就。

赠丁翼一首

作者：曹子建　　注译评析：黄汉清

嘉宾填城阙[①]，丰膳出中厨[②]。
吾与二三子[③]，曲宴此城隅[④]。
秦筝发西气[⑤]，齐瑟扬东讴[⑥]。
肴来不虚归[⑦]，觞至反无余。
我岂狎异人[⑧]？朋友与我俱。
大国多良材，譬海出明珠。
君子义休偫[⑨]，小人德无储[⑩]。
积善有余庆[⑪]，荣枯立可须[⑫]。
滔荡固大节[⑬]，世俗多所拘[⑭]。
君子通大道[⑮]，无愿为世儒[⑯]。

【篇旨】

勉励友人要胸怀大度，储节积义，不做俗儒。

【注释】

① 填：满。

② 中厨：内厨。

③ 二三子：指朋辈。

④ 曲宴：私宴。有别于正式宴会。城隅：这里指城上的角楼。

⑤ 秦筝：秦地之筝。相传为蒙恬所造。多用于筝的泛称。发西气：奏起了西音。西气，指陕西高亢酸楚的曲调。秦地在西，故称。

⑥ 齐瑟：齐地之瑟，多用作瑟的泛称。东讴：齐地的歌曲。齐地在东，故称。

⑦ 不虚归：吃尽才撤走。

⑧ 狎：亲昵。异人：他人。

⑨ 休偫（zhì）：完美而具备。说文曰：“偫，待也。”储物待用的意思。

⑩ 储：蓄积。

⑪ 余庆：余福。其福可泽及后人的意思。

⑫ 荣枯：草木茂盛谓荣，衰败谓枯。这里喻人地位的兴衰。立可须：可立而待。意即很快可见。

⑬ 滔荡：广大貌。大节：要务，大事。

⑭ 世俗：时俗。拘：限制。

⑮ 通：通达。大道：天地之理法。

⑯ 世儒：指只会口说经书之儒。

【语译】

嘉宾贵客挤满了城门，丰美的膳食从内厨送来。

我与几位相好的朋友，在城上的角楼饮宴。

秦筝奏起西秦的曲调，齐瑟伴奏着东齐的乐歌。

盘盘佳肴都吃尽，壶壶美酒也都一饮而空。

难道我随意结交朋友？朋友们都与我志同道合。

大国多出贤良之材，犹如海中盛产明珠。

君子德义美好有待时用，小人却没有多少优良品德。

多积善行福分可泽荫后代，兴盛衰落很快可见。

心胸宽广固守大节，庸俗的小人才为时俗所拘束。

君子应通达天地理法，不要做那拘俗束教的腐儒。

【评析】

丁翼少有文才，博学洽闻，曹植对他很看重，称为良材，喻为明珠。并在宴会上作诗以赠。此诗既是对丁翼的激励，又是作者热望在政治上有所作为的反映。他蔑视腐儒，这与他在《与杨祖德书》中“庶几戮力上国，流惠下民”，建立永世之业的生活理想是一致的。诗中的前半描述宴会情景，后半发表议论，抒情、议论密切结合，结构缜密。全诗格调开朗豪迈，充满乐观的精神。

赠秀才入军五首

作者：嵇叔夜　　注译评析：黄汉清

良马既闲[1]，丽服有晖[2]。左揽繁弱[3]，右接忘归[4]。
风驰电逝，蹑景追飞[5]。凌厉中原[6]，顾盼生姿。
携我好仇[7]，载我轻车。南凌长阜[8]，北厉清渠[9]。
仰落惊鸿，俯引渊鱼[10]。盘于游田[11]，其乐只且[12]！

轻车迅迈，息彼长林[13]。春木载荣[14]，布叶垂阴。
习习谷风[15]，吹我素琴[16]。咬咬黄鸟[17]，顾畴弄音[18]。
感悟驰情[19]，思我所钦。心之忧矣，永啸长吟[20]。

浩浩洪流，带我邦畿[21]。萋萋绿林，奋荣扬晖。

鱼龙瀺灂㉒，山鸟群飞。驾言出道㉓，日夕忘归。
思我良朋，如渴如饥。愿言不获㉔，怆矣其悲㉕。

息徒兰圃㉖，秣马华山㉗。流磻平皋㉘，垂纶长川。
目送归鸿，手挥五弦㉙。俯仰自得㉚，游心泰玄㉛。
嘉彼钓叟㉜，得鱼忘筌㉝。郢人逝矣㉞，谁与尽言？

闲夜肃清㉟，朗月照轩㊱。微风动袿㊲，组帐高褰㊳。
旨酒盈樽，莫与交欢。鸣琴在御㊴，谁与鼓弹㊵？
仰慕同趣，其馨若兰。㊶佳人不在㊷，能不永叹！

【篇旨】

想象嵇喜从军后军旅生活的乐趣，抒发自己对嵇喜的思念。

【注释】

① 闲：通“娴”，熟习。

② 丽服：指光彩、漂亮的军装。

③ 繁弱：古良弓名。

④ 忘归：箭矢名。

⑤ 蹑：追。景：“影”。

⑥ 凌厉：奋行直前貌。

⑦ 好仇：好助手，好伴侣。

⑧ 凌：越。长阜：长长的土山。

⑨ 厉：指涉水。

⑩ 引：指拉钓丝。

⑪ 盘：游乐。田：同“畋”，打猎。

⑫ 只且：语助词。

⑬ 长林：茂林。

⑭ 载：开始。

⑮ 习习：犹飒飒，风声。谷风：东风。

⑯ 素琴：无饰的琴。

⑰ 咬（jiāo）咬：鸟鸣声。

⑱ 畴：通“俦”，匹侣。弄音：卖弄声音。

⑲ 感悟：感动而觉悟。驰情：奔放其感情。

⑳ 永啸：长啸。

㉑ 带：围绕。邦畿：此指洛阳。

㉒ 瀺灂（chán zhuó）：出没貌。

㉓ 驾言：乘车。

㉔ 愿言：思念，想念。不获：不得时宜。

㉕ 怆：悲伤。

㉖ 徒：步卒，军队。

㉗ 秣马：养马。华山：有花草的山。

㉘ 磻（bō）：用生丝绳系在箭头射鸟叫弋，箭绳一端再加系石块叫磻。皋：草泽地。

㉙ 五弦：琴名，似琵琶而略小。

㉚ 俯仰：一举一动。引申为随时随地的意思。

㉛ 泰玄：虚无淡泊之道。泰，与“太”同。

㉜ 嘉：赞美。钓叟：钓翁。喻嵇喜。

㉝ 筌：捕鱼的竹笼。得鱼忘筌：喻得意忘言，语出《庄子·外物》。

㉞ 郢人：《庄子·徐无鬼》说，曾有郢人将白土涂于鼻上，薄如蝇翅，叫匠石用斧削去。匠石挥斧成风，白土削净，郢人的鼻子毫无损伤。宋元君听说也请其为自己一试，匠石说：我固然可以做到，无奈郢人已经死了，我再也找不到这样的对手了。这两句意思是嵇喜如有所领悟，也没有可以交谈的人了。

㉟ 肃清：冷清。

㊱ 轩：有窗的长廊。

㊲ 袿（guī）：衣的大衿。

㊳ 组帐：华美的帷帐。组，系帐子的丝带。褰：揭起。

㊴ 御：陈列在前。

㊵ 谁与：“与谁”。

㊶ 同趣：同心。这两句用《周易·系辞》“二人同心，其利断金；同心之言，其臭如兰”的语意。

㊷ 佳人：指嵇喜。

【语译】

骑上训练有素的好马，穿着光彩漂亮的军装。左手挽着繁弱这样的强弓，右手搭上忘归这样的利箭。

如风似电般飞逝向前，可以追上日影赶过飞鸟。纵马驰骋在中原大地，左顾右盼英姿飒爽。

带上自己的好伙伴，驾着轻便的马车。向南越过连绵的山冈，往北涉过清澈的河流。

仰头射落惊飞的大雁，俯身垂钓深潭的大鱼。军中游逸打猎的生活，可真是十分快乐啊！

轻车飞快地向前急驶，歇息在茂密的森林。春天来了树木繁荣，密叶低垂树下成荫。

和煦的东风习习吹来，和着铮铮弹奏的琴音。咬咬啼鸣的黄鸟，招呼同伴唱出动听的歌声。

触景生情心驰神往，不由联想到自己的亲人。心绪不平忧愁难禁，只得长啸永叹聊以排遣。

浩浩荡荡的黄河，萦绕着洛阳城郭。绿树成林枝繁叶茂，欣欣向荣映日生辉。

俯瞰鱼龙水中出没，仰视山鸟空中群飞。遥想当年驾车同游，到了黄昏还悠然忘归。

深深思念我的好友，就像饥渴需要饮食。相思深重却不能相见，怆然流涕无限伤悲。

军队在兰草丛生的田野休息，把马放在繁花盛开的山间。在旷野平原上打猎，到大河边垂下钓竿。

目送南归的大雁，挥手拨弄着五弦琴。随时随地都有感悟，游心于虚无淡泊之间。

赞美那位垂钓的渔翁，捕到鱼便丢弃了鱼筌。郢人已经逝去了，还有谁能倾心交谈？

夜晚是那样寂静冷清，明亮的月光照映着长廊。轻风抚弄着我的衣襟，吹拂着屋内悬挂的帷帐。

芳香的美酒已经斟满，却没有人与我一同欢饮。鸣琴仍然摆在案头，可又为谁鼓弹？

衷心思慕同心的人，如同向往兰花的馨香。如今佳人不在身边，怎能不令我深深长叹！

【评析】

嵇康的《赠秀才入军》诗共十九首，这里选的第一首是将原诗的九、十两首合在一起。十九首诗是寄赠给其兄嵇喜的。嵇喜，字公穆，曾举秀才。嵇康长于四言诗，《赠秀才入军》是其四言体的代表作。第一首想象嵇喜在军中戎装驰射的生活；第二首想象嵇喜从军后，休息长林时赏春的乐趣，及自己离别的忧思；第三首写自己别后的深切思念；第四首写嵇喜军中生活的种种乐趣，抒发自己的人生追求。第五首写嵇喜从军以后，自己孤独无欢的情景。这几首诗各自独立成篇而又相互钩连，将眼前景象和别后相思穿插交织，反复抒写兄弟离别的愁怀。诗中大量运用双音词的对偶句式，语言精练清新，生动灵活，是对以《诗经》为代表的四言体的继承和发展。

赠山涛一首

作者：司马绍统　　注译评析：黄汉清

苕苕椅桐树[1]，寄生于南岳[2]。
上凌青云霓[3]，下临千仞谷。
处身孤且危，于何托余足？
昔也植朝阳，倾枝俟鸾鹭[4]。
今者绝世用，倥偬见迫束[5]。
班匠不我顾[6]，牙旷不我录[7]。
焉得成琴瑟？何由扬妙曲？
冉冉三光驰[8]，逝者一何速。
中夜不能寐，抚剑起踯躅[9]。
感彼孔圣叹[10]，哀此年命促。
卞和潜幽冥，谁能证奇璞？
冀愿神龙来[11]，扬光以见烛[12]。

【作者简介】

司马彪（？—约306），字绍统，西晋河内温县（今河南温县西南）人。少年好学不倦，但好色薄行，故其父高阳王睦不以为嗣。由是不交人事，而博览群书，晚年被拜为秘书丞，后拜散骑侍郎。原有集四卷，已佚。《晋书》有传。

【篇旨】

以梧桐自喻，求山涛荐引入仕。

【注释】

① 苕（tiáo）苕：高貌。椅：木名，又名水冬瓜、山桐子。桐：木名，又名泡桐，白花桐。椅、桐均可作乐器良材。

② 南岳：古时对安徽的霍山（即天柱山）和湖南的衡山都称南岳。这里作者是泛指大山，以自喻生长于士族之家。

③ 凌：侵，入。

④ 俟（sì）：等待。鸾鷟（zhuó）：指凤凰一类之神鸟。

⑤ 倥偬（kǒng zǒng）：困苦。迫束：困苦不安貌。

⑥ 班匠：公输班与匠石。都是古代巧匠。

⑦ 牙旷：伯牙与师旷。伯牙，春秋时人，传说精于琴艺。师旷，春秋时乐师，字子野，生而目盲，善辨琴音。

⑧ 冉冉：渐进貌。三光：日、月、星谓三光。

⑨ 踯躅：徘徊。

⑩ 孔圣叹：指孔子叹息时光的流逝。《论语·子罕》："子在川上曰：'逝者如斯夫！不舍昼夜。'"

⑪ 神龙：古以龙为神物，故称龙为神龙。这里喻山涛。

⑫ 烛：烛光。据神话传说，有神名烛龙，睁眼看东西明亮如烛，见《山海经·大荒北经》。

【语译】

高高的椅桐树，托身在南岳。

向上直刺青云，下临千丈深谷。

处境孤单又危险，如何寄身立足？

从前也曾沐浴朝阳，斜枝等待凤凰来栖。

如今不被世人所用，困苦迫束常常不安。

鲁班匠石不肯惠顾，伯牙师旷也不收录。

怎么能够成为琴瑟？又如何奏出清音妙曲？

日月星辰不断驰走，时光消逝如此迅速。

到了半夜还不能入眠，只好起来抚剑徘徊。

感慨孔子对时光流逝的叹息，悲哀自己人生的短促。

卞和已经长眠地下，谁能证明这是美玉？

但愿神龙能到来，扬其光辉明亮如烛。

【评析】

作者此时未仕，而山涛已为吏部侍郎，故求知于涛为之荐引。此诗用比兴手法，前十四句代椅桐为词，以喻自己，后十句才是以自我的口气抒情，婉转地表达求荐的心意。全诗多采用比喻、拟人的手法，形象生动，如“昔也植朝阳”“寄生于南岳”极形象地表明他的身份，今昔的处境。“苕苕”“凌青云”等词语的运用，暗含着自己的才气。“班匠”“牙旷”暗指执政者，“不我顾”“不我录”，说明自己不被所用，“焉得成琴瑟”“何由扬妙曲”，表明自己求仕心切。此诗立言也很得体。结尾二句，冀神龙扬光，非山涛莫能当，求荐之心全然而出，仅此二语便收住，极有身份。

答何劭二首

作者：张茂先　　注译评析：黄汉清

吏道何其迫[1]，窘然坐自拘[2]。
缨緌为徽纆[3]，文宪焉可逾[4]？
恬旷苦不足[5]，烦促每有余[6]。
良朋贻新诗，示我以游娱。
穆如洒清风[7]，奂若春华敷。
自昔同寮寀[8]，于今比园庐[9]。
衰夕近辱殆[10]，庶几并悬舆[11]。

散发重阴下[12]，抱杖临清渠[13]。
属耳听莺鸣[14]，流目玩儵鱼[15]。
从容养余日，取乐于桑榆[16]。

洪钧陶万类[17]，大块禀群生[18]。
明暗信异姿[19]，静躁亦殊形[20]。
自予及有识[21]，志不在功名。
虚恬窃所好[22]，文学少所经[23]。
忝荷既过任[24]，白日已西倾[25]。
道长苦智短，责重困才轻。
周任有遗规[26]，其言明且清。
负乘为我戒[27]，夕惕坐自惊[28]。
是用感嘉贶[29]，写心出中诚[30]。
发篇虽温丽[31]，无乃违其情[32]。

【篇旨】

表达与友人相同的志趣，愿去官归田安度晚年。

【注释】

① 吏道：官吏处理政务之道。迫：催促。

② 窘然：困窘貌。拘：束缚。

③ 缨緌（ruí）：冠带。徽纆（mò）：绳索。引申为捆绑，囚禁。

④ 宪：指法令。逾：越。

⑤ 恬旷：闲暇。

⑥ 烦促：急迫。

⑦ 穆：温和。

⑧ 同寮寀（cǎi）：同官。臧荣绪《晋书》载：惠帝即位，劭为太子太师。武帝崩，华为太子少傅，事正相接，故曰同寮。寀，官、官地。

⑨ 比：并。

⑩ 衰夕：年老体弱多病。辱殆：耻辱危险。《老子》四十四章：“知足不辱，知止不殆。”

⑪ 悬舆：挂车。指辞官家居。

⑫ 散发：言不为冠所束，意即不为官。

⑬ 清渠：清澈的溪流。

⑭ 属耳：倾耳。

⑮ 流目：目光移视。儵（shū）：迅疾。一说，当作“倏”。

⑯ 桑榆：喻日晚。又喻晚年。

⑰ 洪钧：大钧，指天。这里引申为造化。

⑱ 大块：大地。这里引申为自然。禀：受。

⑲ 明暗：聪慧或愚昧。

⑳ 静躁：静，安。躁，动。

㉑ 有识：指成年。吕延济注：“有识，自三十成立之后，本谓志不在驰逐功名也。”

㉒ 虚恬：虚静恬淡。

㉓ 文学：指文献经典。经：经营。

㉔ 忝：谦辞，有愧于。过任：指才轻位重。

㉕ 白日：太阳。这句喻年已衰暮。

㉖ 周任：古之贤人。遗规：遗训。《论语·季氏》：“孔子曰：求！周任言曰：‘陈力就列，不能者止。’”周任的意思是说：能够尽为臣的力量，这才担任为臣的职务，如果不能尽力，就应该辞职。

㉗ 负乘：喻小人居于君子之位。《周易·系辞》：“易曰，负且乘，致寇至。负也者，小人之事也；乘也者，君子之器也。”负，负担。乘，乘车。

㉘ 惕：惧。

㉙ 嘉贶（kuàng）：厚赐。

㉚ 写：倾泻。诚：心志。

㉛ 发篇：指何劭的赠诗。温丽：温婉绮丽。

㉜ 违其情：指尚在官位而未能隐遁。

【语译】

为官理政何其促迫，我困于职守没有闲暇。

官位好像绳索缚人，法令条文岂可逾越?

清静安闲苦于不足，繁忙劳碌倒是有余。

好友你赠我以新诗，告诉我游乐的情景。

有如和暖的春风吹来，又如灿烂春花齐放。

我们从前就是同僚，如今又比邻而居。

我年老多病已近辱殆之日，庶几可以辞去官职。

自由自在休憩于树荫之下，拄着手杖漫步清流之旁。

侧耳细听鸟儿的鸣叫，观看鱼儿在水中嬉戏。

从容度过余下的日子，快乐地安度自己的晚年。

天地万物都是造化所创，一切生命秉承自然而生。

明白还是糊涂确因人而异，安静还是急躁也有所不同。

自从我到成年的时候，志向就不在求取功名。

安适恬静是我个性所好，从小就埋头于学问之中。

有愧于担负如此重任，生命已如白日西倾。

路远苦于智慧浅，任重无奈才能低。

古人周任曾有言劝诫，道理说得清楚分明。

小人居重位本来我应引以为戒，因而内心常常不能安宁。

感谢你惠赐以佳作，使我也倾吐心中的真情。

你的诗句虽然温婉绮丽，岂不是违背尚在官位的实情。

【评析】

这两首诗是张华对何劭赠诗的酬答，表达了企望摆脱繁忙政务，隐遁于山水之间，以安度晚年的想法。诗的感情质朴，表现出古代正直文人“志不在功名”的品性和才轻不愿身居重位的自谦精神。诗意明白自然，宛如良朋谈心，句句出自内心，发于真情，毫无做作之态。虽讲究对仗、音律，但并无刻意雕琢的痕迹，较为平易通俗。这在魏晋诗中是不可多得的。

赠张华一首

作者：何敬祖　　注译评析：黄汉清

四时更代谢，悬象迭卷舒①。
暮春忽复来，和风与节俱。
俯临清泉涌，仰观嘉木敷②。
周旋我陋圃，西瞻广武庐③。
既贵不忘俭，处有能存无。
镇俗在简约④，树塞焉足摹⑤？
在昔同班司⑥，今者并园墟⑦。
私愿偕黄发⑧，逍遥综琴书⑨。
举爵茂阴下⑩，携手共踌躇。
奚用遗形骸⑪？忘筌在得鱼⑫。

【篇旨】

抒发希望与友人共同遁隐过闲适自在生活的愿望，以及对友人深厚的情意。

【注释】

① 悬象：天象。《周易·系辞》：“悬象著明，莫大乎日月。”这里悬象指日月。迭：相递。卷舒：往来。

② 嘉木：好树。敷：遍布。

③ 广武庐：指张华的住宅。张华封广武侯。故其宅称广武庐。

④ 镇俗：理俗。

⑤ 树塞："树塞门"的简称。意谓不顾条件，一味摹仿富人。即在门前设屏障，间隔内外视线，同今天的影壁相似。此句本于《论语·八佾》："或曰：'……然则管仲知理乎？'（孔子）曰：'邦君树塞门，管氏亦树塞门。……管氏而知礼，孰不知礼？'"

⑥ 同班司：同寮家。即一起做官。

⑦ 墟：庭院。

⑧ 偕：俱。黄发：指老年人。

⑨ 综：理。

⑩ 爵：酒杯。

⑪ 奚：何必。遗形骸：遗忘形体。《庄子·德充符》："今子与我游于形骸之内，而子索我于形骸之外，不亦过乎？"

⑫ 忘筌在得鱼：忘记了鱼笼是因为捕得了鱼。比喻已遂心意后就忘记了原来的凭借。筌，捕鱼器。语出《庄子·外物》。

【语译】

一年四季依序相更替，天空的日月交替出没。

晚春不觉已经来到，凉风也随节气同吹来。

俯瞰清泉奔涌流淌，仰观树木生意葱茏。

盘桓在自家的小园圃，西望可以看见你的广武庐。

富贵了不要忘记节俭，富有之时也要储备以防无。

理俗崇尚勤俭节约，自树塞门岂足仿效？

以前与你同为官，现在和你是近邻。

但愿一道度过晚年，悠闲地弹琴与读书。

举酒休憩树荫之下，两人一道携手漫步。

何必一定要遗忘形骸？只要能得鱼便可忘筌。

【评析】

何劭与张华既是同僚又是邻居，既职位相当，又志趣相投，诗中表现了他们渴望避开政事烦扰、悠闲自在地安度晚年的心情。诗中还反映出作者可贵的思想，即不忘简约。“既贵不忘俭，处有能存无”几可作为警句。晋初的诗逐渐趋于雕刻追求华丽，这首诗却独具浑朴的风格。

赠冯文罴迁斥丘令一首

作者：陆士衡　　注译评析：黄汉清

於皇圣世[①]，时文惟晋[②]。受命自天，奄有黎献[③]。
阊阖既辟[④]，承华再建[⑤]。明明在上[⑥]，有集惟彦[⑦]。
弈弈冯生[⑧]，哲问允迪[⑨]。天保定子[⑩]，靡德不铄[⑪]。
迈心玄旷[⑫]，矫志崇邈[⑬]。遵彼承华，其容灼灼[⑭]。
嗟我人斯[⑮]，戢翼江潭[⑯]。有命集止，翻飞自南。
出自幽谷，及尔同林[⑰]。双情交映，遗物识心[⑱]。
人亦有言，交道实难。有頍者弁[⑲]，千载一弹[⑳]。
今我与子，旷世齐欢[㉑]。利断金石，气惠秋兰[㉒]。
群黎未绥[㉓]，帝用勤止[㉔]。我求明德[㉕]，肆于百里[㉖]。
佥曰尔谐[㉗]，俾民是纪[㉘]。乃眷北徂[㉙]，对扬帝祉[㉚]。
畴昔之游[㉛]，好合缠绵[㉜]。借曰未洽[㉝]，亦既三年。
居陪华幄[㉞]，出从朱轮[㉟]。方骥齐镳[㊱]，比迹同尘[㊲]。
之子既命，四牡项领[㊳]。遵涂远蹈，腾轨高骋[㊴]。
庆云扶质[㊵]，清风承景[㊶]。嗟我怀人，其迈惟永[㊷]。
否泰苟殊[㊸]，穷达有违[㊹]。及子春华[㊺]，后尔秋晖[㊻]。
逝将去我，陟彼朔陲[㊼]。非子之念，心孰为悲？

【篇旨】

回忆与冯文罴昔日的交往和情谊，表达了作者真挚的感情和深切的怀念。

【注释】

① 於：赞叹辞。

② 文：文治之德。指以礼乐教化。

③ 奄有：尽有。黎献：众多贤能的人。献，贤。

④ 阊阖（chāng hé）：晋时洛阳城西门名。辟：开。

⑤ 承华：洛阳太子宫门名。再建：太子经废复立，故说再建。

⑥ 明明：明察貌。多用于歌颂帝王。

⑦ 彦：俊彦。指才智杰出的人才。

⑧ 弈弈：姿态悠闲，神采焕发。冯生：冯文罴。

⑨ 哲问：明智之问。允迪：诚然履行。

⑩ 天保：天子保安。保，安。子：指冯文罴。

⑪ 铄：盛美。

⑫ 迈：行。玄：美。旷：大。

⑬ 矫：举。崇：高。邈：远。

⑭ 灼灼：形容容貌光彩照人。

⑮ 斯：代词，指冯生。

⑯ 戢翼：敛翼。

⑰ 同林：陆机亦为太子洗马，故曰同林。

⑱ 遗物识心：谓得意忘言。

⑲ 頍（kuǐ）：古代发饰，用以固冠。弁（biàn）：冠名。古代男子穿礼服时所戴的冠称弁。

⑳ 弹：弹冠的简称。弹冠，整洁其冠，喻将出来做官。《汉书·王吉传》：“吉与贡禹为友，世称‘王阳（吉字子阳）在位，贡公弹冠’，言其取舍同也。”

㉑ 旷世：旷绝一世。犹言举世无双。

㉒ 利断金石：形容交情之坚利可以割断金石。以下两句本于《周易·系辞》："二人同心，其利断金；同心之言，其臭如兰。"

㉓ 群黎：百姓。绥：安。

㉔ 勤：勤劳。止：之，助词。

㉕ 我：指帝。明德：指完美德行的人。

㉖ 肆百里：置于百里之职。《汉书》："县大率百里。"故"百里"指县令之职。

㉗ 佥（qiān）：皆。

㉘ 俾：使。纪：纪纲，法度。

㉙ 眷：关怀。徂：往。

㉚ 祉：福。引申为美。

㉛ 畴昔：往日。

㉜ 缠绵：情意深厚。

㉝ 借：假。洽：洽足。和乐而满足的意思。

㉞ 华幄：华帐。这里借指宫殿。

㉟ 朱轮：漆红色的车轮。这里指贵人所乘华丽的车子。

㊱ 方：并。骥：马。镳（biāo）：马辔。

㊲ 比：同。迹：踪迹。同尘：尘土同时飞扬。两车靠近，有表示亲密的意思。

㊳ 四牡：驷马。四马驾的车。项领：大颈。"项"为"难"之假借，故训为"大"。领，颈。

㊴ 腾：疾行。轨：道路。

㊵ 庆云：瑞云、祥云。质：身躯。

㊶ 景：影。

㊷ 迈：行。永：长久。

㊸ 否泰：本为《周易》两卦名。旧时指命运的好坏、事情的顺逆。

㊹ 穷达：困厄与显达。有违：有异。时陆机免官居家，故说殊、违。

㊺ 春华：春花。喻少壮。

㊻ 秋晖：秋天太阳的光辉。喻老成。

㊼ 陟：登，升。朔陲：北方边陲之地。这里指斥丘县（今河北成安），位于洛阳之北，故认为朔陲。

【语译】

伟大啊当今的圣朝，晋代以文德治理天下。武帝受命于天，拥有众多贤臣。

宫门已经敞开，太子亦已再立。善于明察的天子，集合了众多的俊才。

赫赫威仪的冯君，履行古人智信之道。上天保佑于你，你的德行无所不盛。

你的胸怀是那样宽广，志向又非常高远。你侍奉于太子之门，容貌光彩照人。

可怜我这个人啊，敛翼游于江潭。奉命集止于帝京，从南方翻飞而来。

出自于深谷之中，现在与你栖息同林。两情交相而映，可谓得意忘言。

古人曾经说过，以道交友实难。戴的虽是高冠，千载才有一弹。

如今我与你相处，欢好是举世无双。坚利可断金石，同气其香如兰。

百姓尚未得安定，君王为之勤苦劳心。君王寻求德行完美之士，置于管辖百里之职。

群臣都说你善于理政，使百姓遵守纲纪。你北往就任于斥丘，对答阐扬天子之美。

从前我们常常同游，情投意合亲密无间。假如说交游未为足，时亦已有三年。

在朝陪太子坐于华帐，出则跟从太子乘华车。相与并驾齐驱，同奔一条道路。

你奉命出任斥丘，以高大的四马驾车。沿着道路远行，一路飞速驰骋。

祥云扶着你的身躯，清风伴在你的旁边。可叹我思念的人啊，要走的道路如此漫长。

人生道路顺逆有悬殊，贫穷显贵亦有所不同。现在你是如春花之美，往后将像秋晖之盛。

你就要离我而去，登程前往北方边陲。若不是思念着你啊，我心中还为谁而悲？

【评析】

陆机与冯文罴同为太子洗马，罴奉命为斥丘令，机作此诗赠别。全诗可分为八章，每章八句。第一章颂扬晋朝；第二章赞誉文罴；第三章追述昔交；第四章写交谊深厚；第五章写文罴出宰斥丘；第六章写相互款情亲密；第七章写送行；第八章写别怀。全诗章法严谨，以交情贯通。陆机是吴亡后入晋，在第三章中自叙四句，以鸟“出自幽谷，迁于乔木”为喻，形象生动。第七章描写送别行色，灵动活泼。

答贾长渊一首　并序

作者：陆士衡　　注译评析：黄汉清

余昔为太子洗马[1]。贾长渊以散骑常侍东宫积年[2]。余出补吴王郎中令[3]，元康六年，入为尚书郎。鲁公赠诗一篇[4]，作此诗答之云尔。

伊昔有皇[5]，肇济黎蒸[6]。先天创物[7]，景命是膺[8]。
降及群后，迭毁迭兴[9]。邈矣终古[10]，崇替有征[11]。
在汉之季，皇纲幅裂[12]。大辰匿耀[13]，金虎习质[14]。
雄臣驰骛，义夫赴节。释位挥戈，言谋王室。
王室之乱，靡邦不泯[15]。如彼坠景，曾不可振[16]。
乃眷三哲[17]，俾乂斯民[18]。启土虽难[19]，改物承天。
爰兹有魏[20]，即宫天邑[21]。吴实龙飞，刘亦岳立。
干戈载扬[22]，俎豆载戢[23]。民劳师兴，国玩凯入[24]。
天厌霸德，黄祚告亹[25]。狱讼违魏[26]，讴歌适晋[27]。
陈留归蕃[28]，我皇登禅[29]。庸岷稽颡[30]，三江改献[31]。

赫矣隆晋，奄宅率土[32]。对扬天人[33]，有秩斯祜[34]。
惟公太宰[35]，光翼二祖[36]。诞育洪胄[37]，纂戎于鲁[38]。
东朝既建[39]，淑问峨峨[40]。我求明德[41]，济同以和。
鲁公戾止[42]，衮服委蛇[43]。思媚皇储[44]，高步承华。
昔我逮兹[45]，时惟下僚[46]。及子栖迟[47]，同林异条[48]。
年殊志比[49]，服舛义稠[50]。游跨三春，情固二秋。
祗承皇命[51]，出纳无违[52]。往践蕃朝[53]，来步紫微[54]。
升降秘阁[55]，我服载晖[56]。孰云匪惧？仰肃明威[57]。
分索则易[58]，携手实难。念昔良游，兹焉永叹。
公之云感[59]，贻此音翰[60]。蔚彼高藻[61]，如玉之阑[62]。
惟汉有木[63]，曾不逾境。惟南有金，万邦作咏[64]。
民之胥好[65]，狂狷厉圣[66]。仪形在昔[67]，予闻子命。

【篇旨】

作者感谢贾谧赠诗相勉，回忆同僚之情，并表明自己事晋后的心迹。

【注释】

① 洗马：官名，太子出行时为前导。

② 贾长渊：晋人，名谧。历任散骑常侍。后与贾后谋陷太子，被赵王伦斩于殿前。散骑常侍：官名，侍从皇帝左右，掌规谏。晋时亦掌表诏。

③ 吴王：西晋武帝司马炎的第二十三子，名晏，字平度，封为吴王。郎中令：官名。吴王出镇淮南时陆机为郎中令。

④ 鲁公：指贾谧。

⑤ 伊：发语词，无义。

⑥ 肇：始。黎蒸：黎民，众民。

⑦ 创：始。

⑧ 景：大。膺：当。

⑨ 迭：更替。

⑩ 邈：远。终古：久远。

⑪ 崇替：兴废。有征：有证验。

⑫ 皇纲：皇家纲纪。

⑬ 大辰：星宿名。《尔雅·释天》："大辰，房心尾也。"传说大辰明则天下和平，大辰暗则天下丧乱。匿：藏。

⑭ 金虎：指参、昴诸星。《石氏星经》曰："昴者，西方白虎之宿也。太白者，金之精。太白入昴，金虎相薄，主有兵乱。"

⑮ 泯：灭。

⑯ 曾：则。

⑰ 三哲：指刘备、曹操、孙权。

⑱ 俾：使。乂（yì）：治理。

⑲ 启土：开拓疆域。

⑳ 爰：于是。兹：于，与"爰"叠用同义。

㉑ 宫：居。

㉒ 载：则。《经传释词》："载，犹则也。"扬：举。

㉓ 俎（zǔ）豆：俎，置肉的几；豆，盛干肉一类食物的器皿。都是古代的礼器。戢：藏。

㉔ 凯入：胜利归来。

㉕ 黄祚：本指黄帝的后裔。黄帝以土德王天下，土黄色，故称黄帝。三国魏亦为土德，故以黄祚称魏之皇位。衅（xìn）：迹象。衅为"舋"的异体字。

㉖ 狱讼：打官司。违：背。

㉗ 讴歌：歌颂。适：往。《孟子·万章上》："尧崩，三年之丧毕，舜避尧之子于南河之南，天下诸侯朝觐者，不之尧之子而之舜；讼狱者，不之尧之子而之舜；讴歌者，不讴歌尧之子而讴歌舜，故曰天也。"

㉘ 陈留：陈留王曹奂，魏武帝孙。高贵乡公曹髦被司马昭所杀，公卿迎立奂为帝。在位六年，奉皇帝玺、绶、策，禅位于晋嗣王。司马炎封他为陈留王。

㉙ 我皇：指晋武帝司马炎。

㉚ 庸岷：指蜀境。庸，国名。岷，山名。此以地名指代西蜀。稽颡（qǐ sǎng）：旧丧礼居父母之丧时跪拜宾客之礼，以额触地，表示极度悲痛。稽，叩头之地。颡，额。

㉛ 三江：吴江、钱塘江、浦阳江。这里用以指代东吴。献：奉献。

㉜ 奄：大。宅：居。作动词。率土：指境域内之土地。

㉝ 对扬：对答称扬。旧时多对王命而言。天人：出类拔萃的人。犹言天上人。

㉞ 有秩：有次序。这里指官吏的职位。祜：福。

㉟ 太宰：指贾充，贾谧的外祖父。据《晋书》谓：晋太祖为大将军，以贾充为司马右长史，及武帝即位，充转为太宰。

㊱ 二祖：指晋太祖及晋武帝。

㊲ 诞育：养育。洪胄：贵族的后裔。

㊳ 纂：通“缵”，继承的意思。戎：汝。于鲁：封为鲁公。据《晋书》谓：贾谧之父韩寿，母为贾充之女。贾充无嗣，后妻郭槐上表请以外甥韩谧袭封，武帝准许，封为鲁公，亦改姓贾。

㊴ 东朝：指愍怀太子。太子居东宫，故称东朝。

㊵ 淑问：美好的声誉。“问”为“闻”之假借。峨峨：高貌。

㊶ 我：指太子。明德：指具有美德之人。

㊷ 戾止：到来。

㊸ 衮服：古代天子及诸侯的礼服。委蛇：雍容自得貌。

㊹ 媚：爱。皇储：太子。

㊺ 逮：及。

㊻ 下僚：下属。陆机为太子洗马，故说下僚。

㊼ 栖迟：游息。

㊽ 同林异条：喻同事太子而贵贱不同。

㊾ 年殊：谧少机老，年龄悬殊。志比：相与为友，故云。比，相近，亲近。

㊿ 服：章服。旧时君臣法定之服，用不同的图纹、颜色标志不同的级别。舛：背。引申为异或殊。义稠：友好亲密。

51 祇：敬。

52 无违：不违背。

53 蕃朝：诸侯理政之廷。这里指吴。

54 紫微：王宫。这两句是陆机说自己出为吴王郎中令，入为尚书郎。

55 秘阁：这里指尚书省。

56 载：则。晖：光。

57 明威：恩赏刑罚的威仪。

58 索：散。

59 公：鲁公，贾谧。云：有。

60 音翰：这里指赠诗。翰，笔。

61 蔚：文采盛谓蔚。藻：美辞。

62 阑：当作“烂”。

63 木：指柑。贾谧赠诗有句“在南称甘，度北则橙”，言木度北而变质，喻人之有变节。“甘”通“柑”。

64 万邦：万国。又统指全国各地。作咏：作诗文歌咏赞美。这两句是陆机以金经百炼而不变答谧之戒。

65 胥好：相好。

66 狂狷：激进与拘谨保守。《论语·子路》：“子曰：……狂者进取，狷者有所不为也。”厉：“砺”的本字。这里是磨砺的意思。

67 仪形：效法的榜样。昔：前。

【语译】

我以前任太子洗马的时候，鲁公贾长渊以散骑常侍之职侍东宫多年。我后来出补吴王郎中令，元康六年又入为尚书郎。鲁公赠诗一首给我，我作此诗回答他。

从前自有三皇出现，就开始普济百姓。尊奉天意始化万物，上天授与王位之命。

下及诸多君主，相继或亡或兴。过去的历史虽然久远，时代的兴衰总有征兆。

到了汉朝的末年，皇家纲纪如帛幅分裂。大辰星隐去了光辉，金虎星却熠熠发亮。

英雄之臣驰骋天下，义勇之夫赴其忠节。他们离开官位挥戈上阵，为的是谋求匡救王室。

王室既已大乱，邦国没有不被毁灭的。衰微如落日景象，汉室终不复振起。

上天眷顾曹、刘、吴三位贤哲，让他们来治理天下之人。开拓疆土虽然是件难事，还要承奉天命改变汉朝制度。

于是有了曹魏，建立政权于中原。孙吴俨然奋飞之龙，刘蜀亦争雄鼎立。

从此天下则干戈四起，无暇顾及古代的礼制。劳民伤财兴师动众，穷兵黩武凯歌入朝。

上天厌恶魏之霸道无德，于是告其将衰的凶兆。决狱定讼皆违背于魏，讴歌道德都适之于晋。

魏之陈留王被迫归藩，晋武帝受禅登上王位。西蜀向晋顿首朝拜，东吴也改向晋朝奉献。

显赫强大的晋王朝，便统治了天下的疆土。答谢称扬王命的贤臣，便可获得官位享受此福。

你的先辈被转任太宰，是辅弼晋朝两代的功臣。养育你这贵族的后裔，又被袭封为鲁公。

愍怀太子已立东宫，他的声望美好崇高。太子寻求有美德之士，以同心和穆勤劳王事。

鲁公你到了东宫，穿起礼服雍容自得。所思虑的是如何爱护太子，昂首阔步出入于承华门。

当初我到此之时，是作为你的下属。同你一起游玩休息，虽处同林你却栖于高枝。

我们年纪悬殊可志向相近，官阶不同但友情甚密。同游经历了三春，情之坚固亦有二秋。

敬奉皇上之命，出朝入朝无违朝廷。我继往辅佐藩朝吴王，之后回朝步入紫微宫。

出入于秘书阁，穿的朝服是那样光耀。谁说我心里没有惊惧？是仰敬天子的显赫威仪。

分离是那么容易，相聚却是很难。想起从前我们一起游乐，更加为之长叹。

鲁公你亦有此同感，赠给我美好的诗篇。辞藻是那样华丽，如玉一样光彩闪曜。

南方有柑木，不曾移越北境。南方有坚固的金刚，万国都为之颂扬。

你我相好赠言相戒，使我磨掉狂狷之心而取作圣之道。你勉励我以古之道为榜样，我将听从你的命令。

【评析】

潘岳曾为贾谧作了一首诗赠给陆机，陆机为此作答。全诗分为十一章，每章八句。第一至第四章述古，从三皇开始述至汉魏。其中写汉末的分裂，魏晋革运之事，灵动有态，切合时势。第五章贬魏颂晋。从“天厌霸德”“狱讼违魏”等述评来看，作者把矛盾转向魏晋，而非吴晋，且写魏亡于前，吴亡于后，正暗答赠诗的嗤吴之语。第六章美言贾谧。第七章写共同侍储于东宫。据考贾谧多无礼于太子，同和、思媚等语颇有带刺之言。第八章写同僚之谊。第九章，作者自叙出入朝廷，升尚书郎。第十章写离合及赠诗。第十一章是作者自勉。谧的赠诗曾有“在南称甘，度北则橙”之语，戒机勿为变志。陆机在这里答得干脆：“曾不逾境。”意思是说，度北则变，故不可以逾境！作者并以金刚之坚自勉。可见其答诗措辞甚为得体。全诗据赠诗章章作答，章法有序。

于承明作与士龙一首

作者：陆士衡　　注译评析：黄汉清

牵世婴时网①，驾言远徂征。
饮饯岂异族？亲戚弟与兄。
婉娈居人思②，纡郁游子情③。
明发遗安寐④，寤言涕交缨。
分涂长林侧⑤，挥袂万始亭⑥。
伫眄要遐景⑦，倾耳玩余声。
南归憩永安⑧，北迈顿承明⑨。
永安有昨轨，承明子弃予。
俯仰悲林薄⑩。慷慨含辛楚⑪。
怀往欢绝端⑫，悼来忧成绪⑬。
感别惨舒翮⑭，思归乐遵渚⑮。

【篇旨】

写作者离家赴洛与弟士龙的依依惜别之情。

【注释】

① 牵：挂。婴：缠绕。时网：法令制度。

② 婉娈：深思貌。居人：留下的人。这里指士龙。

③ 纡郁：愁思貌。

④ 明发：黎明，平明。

⑤ 长林：茂林。

⑥ 挥袂：挥袖。告别的意思。

⑦ 伫眄：伫立踮脚远望。眄，当作“眄”。景：影。

⑧ 永安：地名。旧居之处。

⑨ 顿：止宿。承明：即承明庐。朝臣止息之所。

⑩ 林薄：草木丛生处。一说“林”当作“外”。

⑪ 慷慨：悲泣貌。

⑫ 怀往：回想以往。

⑬ 悼：哀，伤心。

⑭ 舒翮（hé）：展翅。

⑮ 遵渚：沿着洲渚。

【语译】

被时网的拘束缠绕，我将驾车远行。

饯别的哪有别人？只有亲戚弟与兄。

留下的人忧思缠绵，远行的我心绪繁乱。

黎明时不敢再安睡，醒来泪水沾湿衣襟。

分道就在长林边，挥手告别于万始亭。

伫立遥望你去的身影，倾耳细听你的余声。

你南归休息在永安，我北行暂宿于承明。

永安有我们昨天的足迹，到了承明你我已经分离。

走进林间心怀悲凄，慷慨流涕辛酸悲楚。

回想往日欢乐已尽，感伤离别心乱如麻。

如鸿鹄分飞我惨然不能行进，你将循着那洲渚归去。

【评析】

这首离别诗是按别前、别时、别后的过程来叙事抒情的。第一、二句写远别的缘由。晋武帝灭吴之后陆机在家闭门读书十年，此时才被荐进京，正是摆脱困扰的时候，所以要驾车远行了。第三、四句写别前的宴饮。第五至八句写别前的忧思。第九至十六句写别程、抒发兄弟间难舍难分的感情。第十七句至最后，写与士龙分手后自己在途中的情怀。全诗着重从正面抒写离情，既写自己的伤感，又体现出对士龙的体贴关怀，既抒离情别绪又发人生之感慨。感情真切，富有感染力。“伫盼要遐景，倾耳玩余声”，刻画出流连难舍的神情。间用排偶，词句工丽，语意流畅。

赠尚书郎顾彦先二首[1]

作者：陆士衡　　注译评析：黄汉清

大火贞朱光[2]，积阳熙自南[3]。
望舒离金虎[4]，屏翳吐重阴[5]。
凄风迕时序[6]，苦雨遂成霖[7]。
朝游忘轻羽[8]，夕息忆重衾。
感物百忧生，缠绵自相寻[9]。
与子隔萧墙[10]，萧墙隔且深。
形影旷不接[11]，所托声与音。
音声日夜阔[12]，何用慰吾心！

朝游游层城[13]，夕息旋直庐[14]。
迅雷中宵激[15]，惊电光夜舒。
玄云拖朱阁[16]，振风薄绮疏[17]。
丰注溢修霤[18]，黄潦浸阶除[19]。
停阴结不解[20]，通衢化为渠[21]。
沉稼湮梁颍[22]，流民泝荆徐[23]。

眷言怀桑梓[24]，无乃将为鱼[25]？

【篇旨】

作者与友人遇雨而不得相见，以此表达思念友人、怀念故乡之情。

【注释】

① 顾彦先：王隐《晋书》曰：顾荣，字彦先，吴人，为尚书郎。

② 大火：星名。心宿中的红色大星，即荧惑星。贞：正。朱光：犹朱明。指夏季。

③ 积阳：阳气积聚。亦即酷热之气。熙：曝晒。

④ 望舒：神话传说中为月亮驾车的人。后用为月亮的代称。离：相并。金虎：指参、昴诸星。星位在西方。

⑤ 屏翳（yì）：神名。这里指雨师。重阴：密云。

⑥ 迕（wǔ）：逆，违背。

⑦ 苦雨：造成灾害，为人所患苦的雨。霖：连下三日之雨。

⑧ 轻羽：指羽毛扇子。

⑨ 缠绵：思乱貌。

⑩ 萧墙：门屏。古代宫室用以分隔内外的小墙。又泛指庭院之墙。

⑪ 旷：间隔。

⑫ 阔：稀少。

⑬ 层城：指京师。

⑭ 直庐：值宿处。值宿，指在宫中值夜。

⑮ 中宵：半夜。激：震动。

⑯ 玄云：墨云。拖：曳引。朱阁：红漆之楼阁。

⑰ 薄：迫。绮疏：雕饰花纹的窗户。

⑱ 注：雨水。修：高。霤（liù）：屋檐滴水处。

⑲ 黄潦：积水深多。阶除：阶沿。

⑳ 结不解：云集结不散。

㉑ 衢：道。

㉒ 梁颍：两州名。梁州与颍州。

㉓ 泝：向。荆徐：两州名。荆州与徐州。

㉔ 桑梓：桑与梓都是古代住宅旁常栽的树。后以喻故乡。

㉕ 无乃：莫非。表示婉转推测的语气。犹今之“会不会”。

【语译】

大火星出现表明时已仲夏，炽热的暑气自南而来。
月亮靠近了金虎星座，雨神便倾下滂沱大雨。
凄风打破了正常的次序，连日以来暴雨成灾。
早晨出游还懊悔忘带羽扇，晚上歇息却想厚被入眠。
感此风雨遂生百忧，思绪纷乱自寻烦恼。
我与你隔了一道萧墙，况且萧墙又是又深又高。
我们形影既不能相遇，只好寄托于书信的来往。
书信的来往也渐渐稀少，用什么来慰藉我的愁心！

早晨出游在京城，晚上回到值宿的处所。
半夜里忽然疾雷震撼轰鸣，惊电在黑夜中闪闪发光。
黑云笼罩着朱楼，狂风不停地摇动门窗。
倾盆大雨从屋檐直泻而下，漫过了殿前高高的台阶。
乌云聚集久久不散，京城的街道成了水渠。
梁颍二州庄稼被淹没，百姓流散到荆徐二州。
由此想到我江南的故乡，乡人会不会变成水中之鱼？

【评析】

第一首着重写念友，第二首着重写怀乡。前首先叙气象的变化，次写暴雨的来临，末写受阻而生思念之情。后首承上“感物百忧生”，畅发其意，用灵动的笔调描绘出一幅夜雨图，继写雨患。末联想到故乡的人，担忧他们受水患之苦。此诗写景抒情结合得紧密自然，对雨景的描写文笔清丽，虽讲究对仗排偶，但用辞不同于他的其他诗篇，本诗不假雕琢，显浅易诵。

赠顾交阯公真一首①

作者：陆士衡　　注译评析：黄汉清

顾侯体明德②，清风肃已迈③。
发迹翼藩后④，改授抚南裔⑤。
伐鼓五岭表⑥，扬旌万里外，
远绩不辞小，立德不在大。
高山安足凌⑦，巨海犹萦带。
惆怅瞻飞驾⑧，引领望归旆⑨。

【篇旨】

赞颂友人的功绩，并抒发盼归之情。

【注释】

① 顾交阯：顾秘，字公真，为交州刺史。交阯，本指五岭以南一带的地方。汉武帝元鼎六年设交趾郡。元封五年设置十三州部，交州是其一。三国时其首府迁至交趾，晋时迁至龙编。阯通“趾”。

② 顾侯：指顾秘。体：生。明德：完美的德行。

③ 清风：清正之风。肃：严。迈：远。

④ 发迹：显达，起家。翼：辅佐。藩后：诸侯。此指吴王。秘曾为吴王郎中令。

⑤ 抚：治理。南裔：这里指交趾。

⑥ 五岭：指交趾。

⑦ 凌：逾越。

⑧ 飞驾：指秘的车驾。

⑨ 引领：伸颈远望。喻盼望殷切。旆（pèi）：旗帜。

【语译】

顾侯你有完美的德行，清正之风已远为传播。

从辅助吴王开始显达，后来又受命去安抚南夷。

击鼓远征威震五岭，军旗飘扬于万里外。

你功绩卓著却不辞小位，立德也不计国之大小。

山岳虽高不难逾越，大海如带也容易渡过。

惆怅地瞻望你的车驾，引颈远望你旌旗凯旋。

【评析】

顾秘受命为交州刺史后，陆机留在京都，与顾远隔异地，思之心切，作此诗以赠。诗的开篇气魄雄浑，热烈赞美顾秘的为人。继而颂扬其军功、政绩。最后表达盼望其归来的殷切之情。顺手写来，井然有序，抒情亦真挚自然。“远绩不辞小，立德不在大”一联，因“改授”之故，前后照应，颂而有因，结构亦显得严谨。诗的最后四句，语浅思深，戛然而止，望而不见，惆怅之情依然，很有余味。

赠从兄车骑一首

作者：陆士衡　　注译评析：黄汉清

孤兽思故薮[①]，离鸟悲旧林。

翩翩游宦子[②]，辛苦谁为心？

仿佛谷水阳[3]，婉娈昆山阴[4]。
营魄怀兹土[5]，精爽若飞沉[6]。
寤寐靡安豫[7]，愿言思所钦[8]。
感彼归涂艰[9]，使我怨慕深[10]。
安得忘归草[11]，言树背与衿[12]。
斯言岂虚作？思鸟有悲音！

【篇旨】

表达作者怀念故乡、思念亲人之情。

【注释】

① 薮（sǒu）：水少草木茂盛而为鸟兽栖居之地。

② 翩翩：来往。引申为奔波。

③ 谷水：水名。阳：水之北。

④ 婉娈（luán）：美好貌。昆山：山名。在今上海西。《吴地记》曰："海盐县东北二百里有长谷，昔陆逊、陆凯居此。谷东二十里有昆山，父、祖葬焉。"

⑤ 营魄：指魂魄精神。

⑥ 精爽：犹精神。

⑦ 寤寐：醒时睡时。犹言日夜。安豫：安乐。

⑧ 愿言：思念。所钦：所敬佩的。指其兄陆士光。

⑨ 归涂：归路。艰：喻人事艰难，不遂其心。

⑩ 怨慕：怨恨。

⑪ 忘归草：忘忧草。

⑫ 衿：衿在衣之前面，故表示"前"的意思。

【语译】

失群的野兽思念旧居，离群的鸟悲恋故林。

在外做官劳碌奔波，辛辛苦苦是为了谁？

遥望好像看到了谷水之阳，心中思念着美好的昆山。

梦牵魂绕怀念这片故土，精神若飞若沉不安宁。

整天没有一丝欢娱，常常思念我所敬佩的人。

一想到归途艰难险阻，心中的怨情不由更深。

怎么能够得到忘忧草，把它栽种在身前身后。

说的这些哪里是空话？思侣的鸟儿尚有悲声！

【评析】

这是作者赠给从兄士光的一首诗。诗人全从自己着墨，以凝重的笔调抒发了因“怀兹土”“思所钦”而“寤寐靡安豫”的沉重心情。怀土思亲是此诗的感情线索，贯串始终。“感彼归涂艰”一句，寓意丰富，既表现了作者对故土的怀恋之情，又暗含世事险阻、仕途艰辛之意。本诗采用比兴手法，开篇以“孤兽思故薮，离鸟悲旧林”起兴，比拟作者的处境与心情，既含蓄又形象。以兽、鸟双起，篇末仅以单鸟作结，首尾照应，别具一格。

答张士然一首[1]

作者：陆士衡　　注译评析：黄汉清

絜身跻秘阁[2]，秘阁峻且玄[3]。
终朝理文案，薄暮不遑瞑[4]。
驾言巡明祀[5]，致敬在祈年。
逍遥春王圃[6]，踯躅千亩田[7]。
回渠绕曲陌，通波扶直阡[8]。
嘉谷垂重颖，芳树发华颠[9]。

余固水乡士，总辔临清渊[10]。
戚戚多远念[11]，行行遂成篇。

【篇旨】

描写自己从驾出巡所见自然景象，抒发了思念友人的情怀。

【注释】

① 张士然：张悛，字士然。
② 絜（jié）身：洁身。跻：升。秘阁：此指尚书省。
③ 峻：高。玄：幽深。
④ 遑：暇。瞑：眠。
⑤ 驾言：乘车。言，助词。明祀：祭祀神明。
⑥ 春王圃：晋时天子游乐的场所。
⑦ 踯躅（zhí zhú）：徘徊不进貌。千亩田：古时帝王于春耕前亲耕农田，以奉祀宗庙，称籍田。
⑧ 扶：扶持而上的意思。阡：阡陌之简称，田界的意思，这里指田。
⑨ 颠：顶。
⑩ 总辔：握持马绳。
⑪ 戚戚：忧愁貌。

【语译】

洁身升于秘阁，秘阁高峻而清幽。
终日处理公文案卷，到夜晚也不得安眠。
随帝出巡祭祀神明，致敬鬼神祈求丰年。
逍遥闲游于春王圃，信步走过千亩田。
弯曲的水渠环绕田陇，水流灌溉着农田。
沉甸甸的禾穗往下垂，树木梢头已绿遍。
我本来就是水乡之人，欣然策马下临清泉。

不禁思念起远方的亲人，走着走着遂作成此篇。

【评析】

张悛与陆机相友善，陆机从驾出巡，悛有赠诗，故陆机作诗以答。陆机在他的《吊魏武帝文》序中说："元康八年，机始以台郎出补著作，游乎秘阁……"这正是他在朝中被器重的时期。从晋惠帝出巡，自然流露出喜悦的心情，这种情怀在这首诗中有一定程度的反映。作者不仅"絜身跻秘阁"，而且从驾祭祀、游园，漫步观赏惠帝的籍田，因此按捺不住描写起籍田的美好景色，歌颂惠帝的仁惠，带来欣欣向荣的景象。"逍遥""踯躅"等词的运用，亦都反映出作者的悠闲自得。此诗讲究排偶，词句华美，但内容比较贫乏，缺乏新意。

为顾彦先赠妇二首

作者：陆士衡　　注译评析：黄汉清

辞家远行游，悠悠三千里。
京洛多风尘，素衣化为缁①。
修身悼忧苦②，感念同怀子③。
隆思辞心曲④，沉欢滞不起⑤。
欢沉难克兴⑥，心乱谁为理？
愿假归鸿翼⑦，翻飞浙江汜⑧。

东南有思妇，长叹充幽闼⑨。
借问叹何为，佳人眇天末⑩。
游宦久不归⑪，山川修且阔。
形影参商乖⑫，音息旷不达⑬。

离合非有常，譬彼弦与括⑭。

愿保金石躯，慰妾长饥渴。

【篇旨】

从夫妇双方着笔，表达久别的思念之情。

【注释】

① 缁：黑色。

② 修身：自我修养。

③ 感念：伤念。同怀：同样怀抱。

④ 隆：繁。辞：当作“乱”。

⑤ 沉欢：坠欢。犹言欢乐消失。

⑥ 克：可，必。

⑦ 假：借。

⑧ 汜（sì）：水边。

⑨ 幽闼（tà）：深闺。

⑩ 眇：远。

⑪ 游宦：在外做官。

⑫ 参商：二星名。参、商二星不能同时出现。乖：背离，不一致。

⑬ 旷：久。

⑭ 括：箭的末端。

【语译】

辞别家人到远方行游，距离家乡遥遥三千里。

京都洛阳多风尘，白衣也会被染黑。

失意修身心中悲苦，时时感念同样怀抱的人。

心中被纷繁的思绪搅乱，欢乐之情沉滞不起。

欢情沉滞难以兴起，心乱如麻有谁帮我理？

但愿能借归雁的双翼，共同飞翔于浙江边。

东南有位思妇，长叹之声满深闺。

若问为何而叹息，所思之人远在天边。

他乡为宦久不归，山川阻隔长又阔。

形影如参商不相见，彼此音讯久不通。

人生离合不可常，好比弦与箭接触短暂。

但愿你保重健康的身体，抚慰我如饥似渴的相思。

【评析】

关于此诗的诗题，历来注家有疑，今引李善注："《集》云为'全彦先'作，今云'顾彦先'，误也，且此上篇赠妇，下篇答，而俱云'赠妇'，又误也。"可以参读。这是陆机入洛后诗作中富有新意的两首。第一首是夫赠妇，第二首是妇答夫。第一首的开头先说明之所以有赠，是因"远行游"。中间是夫介绍京洛情况及自己的思念。最后归结出"愿归"之意。第二首先介绍身份——思妇。由思而叹，所以紧接着写明长叹的缘由是"佳人眇天末""游宦久不归"。最后表示祝愿。赠诗与答诗都分别写"愿"字，构思颇为别致。两首都是代人作的赠答诗，但作者能设身处地体察人物的思想感情，把离愁别绪写得曲折细腻，具有较强的艺术感染力。

赠冯文罴一首

作者：陆士衡　　注译评析：黄汉清

昔与二三子，游息承华南[①]。

拊翼同枝条[②]，翻飞各异寻。

苟无凌风翮[③]，徘徊守故林。

慷慨谁为感④？愿言怀所钦⑤。
发轸清洛汭⑥，驱马大河阴⑦。
伫立望朔涂⑧，悠悠迥且深⑨。
分索古所悲⑩，志士多苦心。
悲情临川结，苦言随风吟。
愧无杂珮赠⑪，良讯代兼金⑫。
夫子茂远猷⑬，款诚寄惠音⑭。

【篇旨】

抒发对友人敬佩和怀念的感情。

【注释】

① 承华：殿名。太子居处。士衡与文罴同为太子洗马。

② 拊翼：拍击翅膀。

③ 翮：翅膀。

④ 慷慨：悲叹，失意貌。

⑤ 愿言：思念。言，语助词。钦：敬。

⑥ 轸：车轼。这里指代车。洛汭（ruì）：洛水之北。汭，水北曰汭。

⑦ 大河：指黄河。阴：南。斥丘在黄河之南，是文罴去处。

⑧ 朔：北。

⑨ 悠悠：遥远貌。迥：远。

⑩ 分索：分离。

⑪ 杂珮：用各种饰玉构成的玉佩。

⑫ 良讯：善美之辞。兼金：价倍于寻常的精金。

⑬ 夫子：对文罴的尊称。茂：丰。远猷（yóu）：远大的谋略。

⑭ 款诚：忠诚，恳挚。惠音：敬称友人的来信。

【语译】

往日与二三好友，游玩休息于承华殿南。

好像鸟儿同栖于一枝，如今却各自分飞。

如果没有乘风的翅膀，只得徘徊守着故林。

悲叹感伤是为谁？是因为思念所敬佩的人。

从洛水之北出发，驱马往黄河之南。

伫立凝望北去的路，是那样的漫长深远。

自古以来都为离别生悲，志向远大的人多怀勤苦之心。

悲伤之情在水边郁结，勤苦之言伴着风低吟。

愧无珍贵的礼物相赠，只好以美好的赠言代替真金。

你有远大美好的谋略，诚恳地盼望你寄来佳音。

【评析】

这是文罴做斥丘令后，作者的赠诗。前六句是追昔，中间是感今，最后四句是期日后。全诗层次清晰，文气畅通，自始至终洋溢着真挚深厚的感情。“拊翼同枝条”，形象地说明了过去的亲密关系；“慷慨谁为感？愿言怀所钦”，则直接表明今天对友人的思念与敬意。由于有了以上的感情基础，才引出伫立怅望的举动与心境。接下来作者将自己的遐思与古人因离别而生悲的情怀连在一起，不禁发出了议论：“分索古所悲，志士多苦心。”这就自然地把叙事、抒情与议论有机地结合起来。

赠弟士龙一首

作者：陆士衡　　注译评析：黄汉清

行矣怨路长，惄焉伤别促[①]。

指途悲有余，临觞欢不足。

我若西流水，子为东跱岳[②]。
慷慨逝言感[③]，徘徊居情育[④]。
安得携手俱，契阔成骈服[⑤]。

【篇旨】

抒发因远别而悲伤的感情，表达了作者盼望兄弟常相随的愿望。

【注释】

① 惄（nì）：忧思。

② 跱（zhì）：耸立。同“峙”。

③ 逝：逝者，离去的人，作者自谓。

④ 居：居人，留下来的人，指士龙。

⑤ 契阔：勤苦。骈（fēi）服：四马驾车时，中间两马驾辕者名服马，两旁的名骈马，亦称骖马。

【语译】

将要远行不禁怨路长，忧思是由于分别得太仓促。
瞻念前途悲不自禁，举起杯来少有欢趣。
我好似朝西流淌的河水，你好比东方耸立的高山。
我有感于别心绪不宁，你滞留家中怀念情生。
怎么能两人同在一道，如骈马服马时常相随。

【评析】

这是陆机赴任太子洗马前写给其弟陆云的一首赠别诗。诗中抒发了作者离别时的伤感情绪。首句先指出是远行，第二句即点明伤别促，以下则围绕“伤别促”展开叙事与抒情。第三、四句以“悲”“欢”相比照，为的是突出其悲伤。以上四句是合写。中间四句则采用分写的手法，“我”

与“子”，“逝”者与“居”者，二者之情，互为映照，更突出了“伤别促”。末二句是合写。“安得”是愿望之辞，饱含着深厚的感情。诗是以写远行、别离为发端，而以愿“携手”常相随作结，情感的发展脉络清晰，结构照应也颇自然。

为贾谧作赠陆机一首

作者：潘安仁　　注译评析：黄汉清

肇自初创[1]，二仪烟煴[2]。粤有生民[3]，伏羲始君[4]。
结绳阐化[5]，八象成文[6]。芒芒九有[7]，区域以分[8]。
神农更王[9]，轩辕承纪[10]。画野离壃[11]，爰封众子[12]。
夏殷既袭[13]，宗周继祀[14]。绵绵瓜瓞[15]，六国互峙[16]。
强秦兼并，吞灭四隅[17]。子婴面榇[18]，汉祖膺图[19]。
灵献微弱[20]，在涅则渝[21]。三雄鼎足，孙启南吴。
南吴伊何，僭号称王。大晋统天，仁风遐扬。
伪孙衔璧[22]，奉土归壃。婉婉长离[23]，凌江而翔。
长离云谁？咨尔陆生[24]。鹤鸣九皋，犹载厥声[25]。
况乃海隅，播名上京。爰应旌招[26]，抚翼宰庭[27]。
储皇之选[28]，实简惟良[29]。英英朱鸾[30]，来自南冈。
曜藻崇正[31]，玄冕丹裳[32]。如彼兰蕙，载采其芳[33]。
藩岳作镇[34]，辅我京室。旋返桑梓[35]，帝弟作弼[36]。
或云国宦[37]，清涂攸失。吾子洗然[38]，恬淡自逸[39]。
廊庙惟清[40]，俊乂是延[41]。擢应嘉举[42]，自国而迁[43]。
齐辔群龙[44]，光赞纳言[45]。优游省闼[46]，珥笔华轩[47]。
昔余与子，缱绻东朝[48]。虽礼以宾，情同友僚。
嬉娱丝竹，抚鞞舞韶[49]。修日朗月[50]，携手逍遥。

自我离群，二周于今[51]。虽简其面，分著情深。
子其超矣[52]，实慰我心。发言为诗，俟望好音[53]。
欲崇其高，必重其层。立德之柄，莫匪安恒[54]。
在南称甘[55]，度北则橙。崇子锋颖[56]，不颓不崩。

【篇旨】

赞美陆机的才德，表现了贾、陆深厚的情谊。

【注释】

① 肇：始。初创：太古之时，犹草创。

② 二仪：天地。烟煴：天地未分时混沌之气，即元气。

③ 粤：语助词。生民：谓诞生或教养人民。

④ 伏羲：我国古代传说中的人物。相传他始画八卦，教民捕鱼畜牧，以充庖厨。

⑤ 结绳：文字产生以前的一种记事方法。以绳子结成不同的数量或形状，标记不同的事件。阐化：开创教化。

⑥ 八象：八卦。

⑦ 芒芒：宽广貌。九有：九州。

⑧ 区域：都邑。

⑨ 神农：我国古代传说中的人物。传说神农始教民从事农业，尝百草为医药以治疾病。

⑩ 轩辕：黄帝。

⑪ 壃：疆界。壃，同“疆”。

⑫ 爰：于是，乃。众子：《史记·五帝本纪》曰：“黄帝二十五子，其得姓者十四人。”

⑬ 夏：朝代名。相传为禹所建立。殷：指商朝。成汤灭夏，建号为商，建都于亳。中经几次迁都，盘庚时迁殷（今河南安阳）。因而也称为殷。

⑭ 宗周：周王朝为诸侯所宗仰，故称。继祀：继嗣。

⑮ 绵绵：连续不断貌。瓜瓞（dié）：如瓜一代接一代生长。

⑯ 六国：指韩、赵、魏、燕、齐、楚。

⑰ 四隅：四方。

⑱ 子婴：秦始皇长子扶苏之子。赵高杀二世，立子婴。在位四十六日。刘邦军于霸上，子婴投降，后被项羽所杀。面榇（chèn）：面缚于榇之省文。缚手于背而面向前，以车载棺随行。表示投降，以明必死。榇，空棺。

⑲ 膺图：谓当受瑞应之图。

⑳ 灵献：汉灵帝、汉献帝。

㉑ 涅：染黑。渝：变。

㉒ 孙：指孙皓。孙权之孙。投降晋后，封为归命侯。衔璧：以嘴衔璧玉投降。因面缚其手，故以口衔。

㉓ 婉婉：美貌。长离：灵鸟名，或谓凤，此喻陆机。

㉔ 咨：叹词。

㉕ 载：记。

㉖ 旌招：以旌征召大夫。《孟子·万章》："庶人以旃，士以旂，大夫以旌。"

㉗ 抚：奋。宰庭：天子之庭。即朝廷。

㉘ 储皇：君位继承者。意思是君主之副，多指太子。

㉙ 简：择。惟良：贤良之人。惟，发语词。

㉚ 英英：俊美貌。朱鸾：瑞鸟。喻君子。

㉛ 曜藻：文采。崇正：殿名。太子讲艺之所。

㉜ 玄冕丹裳：均为大夫之仪服。

㉝ 载：取。

㉞ 藩岳：诸侯。谓惠帝之弟吴王晏出为大将军，陆机为郎中令。

㉟ 桑梓：故乡。陆机为吴人，故言返桑梓。

㊱ 弼：辅佐。

㊲ 国官：天子之臣而仕诸侯者谓国官。时陆机自太子洗马出为吴王晏之郎中令。

㊳ 吾子：指陆机。洗然：心情安详。

㊴ 恬淡：安闲貌。

㊵ 廊庙：指朝廷。清：纯净，不杂。

㊶ 俊乂（yì）：指才德出众的人。延：引进。

㊷ 擢：拔。应：受。嘉举：嘉善之荐举。

㊸ 国：指吴国。迁：徙官。

㊹ 齐辔：喻才能相等。群龙：喻群贤。

㊺ 光赞：大助。光，大。赞，辅佐。纳言：官名。掌出纳王命。即喉舌之官。听下言纳于上，受上言宣于下。

㊻ 优游：悠闲。省闼（tà）：禁中，宫中。

㊼ 珥（ěr）笔：谓侍从之臣插笔于冠侧以备记事。华轩：殿上华丽的曲栏。

㊽ 缱绻：不离散貌。东朝：东宫。贾谧曾为散骑常侍，陆机为太子洗马，同侍于东宫。

㊾ 抚：敲。鞞（pí）：小鼓。韶：传说是舜作的乐曲。

㊿ 修：长。

51 二周：两年。

52 子：指陆机。超：升。谓陆机升为尚书郎。

53 俟：等待。好音：佳音。这里是指陆机答诗。

54 柄：根本。恒：常。

55 甘：同“柑”。以下两句以柑移江北化为橙戒人之迁移而易节。

56 崇：尊。锋颖：锋芒。

【语译】

最初在太古的时候，天地之气一片混沌。于是有人类诞生，伏羲氏主宰天下。结绳记事开创教化，画成八卦以成文字。把宽广的九州，划分为许多都邑。

神农氏更替为帝，黄帝又继承其纲纪。划分州土疆界，分封给几个儿子。

夏殷前后相承，周又继之于商。如绵绵不绝的大瓜小瓜，最后形成了六国相互对峙。

强秦大肆兼并，吞灭了六国四方。子婴面缚于棺投降，汉高祖接受了应瑞之图。

灵帝献帝衰弱，犹如白沙入泥不染自黑。三雄鼎足而立，孙权据有东南国号为吴。

东吴又算得了什么，不过是非法僭号称王。大晋统一了天下，仁惠之风远扬。

伪帝孙皓衔璧而降，奉上国土归我晋之封疆。美丽的凤凰，在江上凌空飞翔。

这吉祥的凤凰是谁？就是你这个陆君。白鹤飞鸣九曲河边，我还记得它的叫声。

况且你从海角而来，声名传到了上京。应天子的征召，得以展翅于朝廷。

储皇辅佐的人选，必要选择贤良之臣。漂亮的凤凰，来自南方。

文采焕发光耀崇正殿，身着黑帽红衣的大夫仪服。好比兰花与蕙草，太子从中采择芳香。

诸侯镇守封疆，你辅佐我京室。今返回乡里镇吴，为吴王的辅弼。

也许有人说朝官仕诸侯，是失其清官之途。可你处之泰然，闲适淡泊自安。

朝廷之官唯择清俊，才智出众者才能进用。你受到特别的举荐，从吴国迁为此官。

得与群臣并驾齐驱，辅佐天子出纳之言。闲适悠然处于禁中，独倚栏杆执笔以侍天子。

从前我与你两人，同侍东宫不离。虽以礼相敬如宾，但情深不异于同僚。

弹奏丝竹相嬉娱，击鼓跳舞寻欢乐。常在长日朗月之下，携手悠闲地游玩。

自从离群索居，至今已有二载。人虽分隔两地，情谊更加深厚。

你今得以升迁，实令我快慰于心。发言抒写而为诗，盼望得到你的佳音。

要想树立高大之德，必须重其增益之事。树立大德的根本，莫不要具有恒心。

种在南方时称为柑，移植到北方便成了橙。我敬仰你的道德锋芒，千万不要让其崩颓。

【评析】

晋平吴后，陆机入京，与贾谧同僚。此诗是潘岳代贾谧而作赠予陆机的。诗中以贾谧的口吻赞扬陆机，兼言离别劝勉之事。全诗以叙事为主，共十一章，每章八句。第一、二、三章述古；第四章美晋嗤吴；第五章美陆；第六章忆侍储；第七章叙佐藩；第八章写还朝事君；第九章追述昔欢；第十章抒中离、今合之情；第十一章规勉。此诗重于用典，凝练庄重。对陆机的赞誉，多用象征、比喻，虽不明言，但意在其中，显得典雅含蓄，意味无穷。

赠陆机出为吴王郎中令一首①

作者：潘正叔　　注译评析：黄汉清

东南之美，曩惟延州②。显允陆生③，于今鲥俦④。
振鳞南海⑤，濯翼清流⑥。婆娑翰林⑦，容与坟丘⑧。
玉以瑜润⑨，随以光融⑩。乃渐上京⑪，乃仪储宫⑫。
玩尔清藻⑬，味尔芳风⑭。泳之弥广，挹之弥冲⑮。
昆山何有⑯？有瑶有珉⑰。及尔同僚，具惟近臣。
予涉素秋⑱，子登青春。愧无老成，厕彼日新⑲。
祁祁大邦⑳，惟桑惟梓㉑。穆穆伊人㉒，南国之纪㉓。
帝曰尔谐，惟王卿士㉔。俯偻从命，爰恤奚喜㉕。
我车既巾㉖，我马既秣㉗。星陈夙驾㉘，载脂载辖㉙。
婉娈二宫㉚，徘徊殿闼㉛。醪澄莫飨，孰慰饥渴。
昔子忝私㉜，贻我蕙兰㉝。今子徂东㉞，何以赠旃㉟？
寸晷惟宝㊱，岂无玙璠㊲。彼美陆生，可与晤言㊳。

【作者简介】

潘尼（约250—约311），字正叔，西晋荥阳中牟（今属河南）人，潘岳从子。少有清才，勤于著述。太康中举秀才，为太常博士，元康初拜为太子舍人，入补尚书郎，转著作郎。永兴末年为中书令，永嘉中迁为太常卿，汉兵攻洛时携家眷至城皋，欲还乡里，病卒于途中。著有文集十卷，已散佚，明人辑有《潘太常集》。《晋书》有传。

【篇旨】

送陆机赴吴就任郎中令，赞美陆机的才华，表达同僚间深厚的情谊。

【注释】

① 郎中令：官名。吴王晏出镇淮南时，以陆机为郎中令。

② 曩（nǎng）：昔，从前。延州：春秋时季札的封地。在今江苏常州市武进区。

③ 显允：明信。陆生：指陆机。

④ 尠（xiǎn）：少，同“鲜”。俦：匹。

⑤ 南海：谓吴。吴在南方。

⑥ 清流：暗指晋。

⑦ 婆娑：盘旋，停留。翰林：儒林。

⑧ 容与：安逸自得貌。坟丘：传说的古书三坟九丘的略称。

⑨ 瑜：美玉。

⑩ 随：随侯珠的简称，传说中的宝珠。“随”又作“隋”。

⑪ 渐：进。

⑫ 仪：羽仪。储宫：太子之位。此句谓陆机为东宫洗马，为太子羽仪，可贵可法。

⑬ 清藻：指文章清丽华美。

⑭ 芳风：喻陆机文章。

⑮ 挹（yì）：酌。冲：深。

⑯ 昆山：昆仑山，以盛产美玉著称。此处喻省阁。

⑰ 瑶：美玉。珉：美石。此处瑶、珉皆喻君子。

⑱ 素秋：喻年老。

⑲ 厕：列。

⑳ 祁祁：众多貌。

㉑ 桑梓：桑树、梓树。桑梓皆是旧时屋宅旁常种之树，故以指代故乡。

㉒ 穆穆：端庄盛美。

㉓ 南国：这里指吴，因吴在南方。纪：纲纪。此处引申为标准或楷模。

㉔ 王：指吴王宴。卿士：指陆机。

㉕ 爰、奚：均是“何”或“哪里”的意思。恤：忧。

㉖ 巾：衣。

㉗ 秣：饲马。

㉘ 星陈：指星星布天。言甚早。

㉙ 脂：膏。以润车轮。辖：车轴两端的键，即销钉。

㉚ 婉娈：爱慕难舍。二宫：指天子及太子宫。

㉛ 殿闼：王宫中的小门。

㉜ 忝：辱。谦辞。

㉝ 蕙兰：香草。常喻文章之美。这里是对陆机赠诗的美称。

㉞ 徂（cú）：往。

㉟ 旃（zhān）：之。

㊱ 寸晷（guǐ）：一寸光阴。

㊲ 玙璠（yú fán）：美玉石。

㊳ 晤言：见面谈话。

【语译】

东南最美的地方，从前就只有延州。有信美之德的陆生，如今已少有能与之相比的。

如蛟龙振鳞于南海，如凤凰奋翼于清流。悠游于儒林之间，潜心于古书之中。

美玉温润，隋珠以光色而明朗。终是你仕京都，成为太子的羽仪。

玩赏你清丽的文采，品味你华美的言辞。吟诵更觉其深广，斟酌愈味其深厚。

昆仑山上有什么？那里有美玉与美石。我与你是同僚，都是朝中的近臣。

我已经进入暮年，你还正值青春。我愧于老而无成，却忝列于日新之德。

人才济济大邦，那是你的家乡。端庄盛美的才子，你是吴人的楷模。

天子说你能和谐协力，做了吴王的卿士。你今屈身从于王命，没有个人的忧与喜。

既已披挂好车衣，也已喂饱了马匹。天不亮就驾车出发，润好了车轮备好了车辖。

你恋恋不舍二宫，徘徊于殿门之前。可叹官内醇酒无人飨宴，无人慰藉我的饥渴之情。

往日对我如此厚爱，赠给我如蕙似兰的诗文。现在你将东去，我用什么相赠？

最可宝贵的是光阴，哪里是没有宝玉。才德俱美的陆君，是可与之倾吐衷肠的人。

【评析】

这是一首感情真挚的赠别诗。全诗分为六章，每八句一章。第一章热情赞扬陆机言行之美，学识富有；第二章写陆机进京，赞美其诗文华丽；第三章写与之同僚的友谊；第四章写陆机从命离京赴吴；第五章写依依惜别之情；第六章追忆往日情谊。这首诗开篇即入题，避免了繁琐的典实堆砌。作者对陆机的德才推崇备至，并做了生动的描述。他认为陆机这次出为吴王郎中令是国宝下迁，带有一种惋惜之情，故言“俯偻从命，爰恤奚喜”。整首诗感情真挚坦诚，对陆机赞而有实，读来感之凝重、朴实。

赠河阳一首①

作者：潘正叔　　注译评析：黄汉清

密生化单父②，子奇莅东阿③。
桐乡建遗烈④，武城播弦歌⑤。
逸骥腾夷路⑥，潜龙跃洪波⑦。
弱冠步鼎铉⑧，既立宰三河⑨。
流声馥秋兰⑩，摛藻艳春华⑪。
徒美天姿茂⑫，岂谓人爵多⑬。

【篇旨】

热烈赞颂从叔潘岳的才华。

【注释】

① 河阳：指作者从叔潘岳，潘岳时为河阳令。

② 密生：人名，即宓子贱，又作“宓子贱”。春秋鲁人，孔子弟子。为单父宰，弹鸣琴不下堂，而单父治。巫马期以戴星出入日夜不居，以身亲之，而单父亦治。巫马期问于宓子，宓子曰：“我之偶任人，子之偶任力，任力者固劳，任人者固逸。”（事见《吕氏春秋·察贤》）单（shàn）父：治所故址在今山东单县南。

③ 子奇：人名。相传为春秋齐人，十八岁时齐君派他去治理东阿，子奇以库藏兵器铸为农具，开仓廪赈济贫民，使东阿大治。（见《说苑》）莅：到。

④“桐乡”句：《汉书·朱邑传》说，朱邑，字仲卿，庐江人，少时为舒

桐乡啬夫，廉平不苛。后为大司农，“病且死，属其子曰：‘故为桐乡吏，其民爱我，必葬我桐乡。后世子孙奉尝我，不如桐乡民。’及死，其子葬之桐乡西郭外，民果共为邑，起冢立祠，岁时祠祭，至今不绝。”桐乡，在今安徽舒城。

⑤ 武城：邑名。故址在今山东费县西南。子游曾为武城宰，以仁爱治理武城，使武城一片弦歌声。《论语·阳货》：“子之武城，闻弦歌之声。”

⑥ 逸：放纵。骥：良马。

⑦ 龙：喻潘岳。

⑧ 弱冠：谓成年为弱冠。《礼记·内则》曰：“二十而冠。”鼎铉：《周易·鼎》：“鼎环耳金铉。”铉为贯鼎之具，用以提举。以喻辅宰之职。

⑨ 三河：河内、河南、河东三郡。即今洛阳黄河南北一带。

⑩ 流：散布，传播。声：名声。

⑪ 摛（chī）藻：铺张辞藻。

⑫ 天姿：天赋的才能，天然的品质。茂：优秀。

⑬ 人爵：爵位。

【语译】

密子贱善于任人治理好单父，少年子奇以农为本振兴了东阿。

桐乡人起冢立祠纪念朱邑的业绩，子游以礼乐教化武城的百姓。

你如良马在平路上奔腾，像潜龙于洪波中跳跃。

二十就擢升河阳令，三十便管辖三河。

声名传播香过秋兰，为文辞藻美艳胜过春花。

所美者是你的天姿聪睿，哪里是说你的官职。

【评析】

这首诗是作者赠给长辈从叔潘岳的，故诗题不用其名。诗十二句分为三段。第一段连用四典，以古时四位贤才作映衬。第二段为中间四句，简洁地写出了潘岳的仕途。末四句为第三段，赞颂潘岳的才气与名声。潘岳确是晋代才名冠世的文人，他不仅姿容俊美，而且诗文辞藻绝伦，作者认为“流声馥秋兰，摛藻艳春华”并不为过。全诗用典有余，跌宕不足。

赠侍御史王元贶一首[①]

作者：潘正叔　　注译评析：黄汉清

昆山积琼玉[②]，广厦构众材[③]。
游鳞萃灵沼[④]，抚翼希天阶[⑤]。
膏兰孰为销[⑥]？济治由贤能[⑦]。
王侯厌崇礼[⑧]，回迹清宪台[⑨]。
蠖屈固小往[⑩]，龙翔乃大来[⑪]。
协心毗圣世[⑫]，毕力赞康哉[⑬]。

【篇旨】

说明贤才辅国的重要性，勉励友人同心协力侍于当朝。

【注释】

① 侍御史：官名。在御史大夫下，行监察等职，或奉使出外执行指定任务。

② 昆山：昆仑山的简称，多产玉。

③ 广厦：大厦。喻国家。

④ 鳞：谓龙。喻君子。萃：聚。灵沼：周文王在其离宫所造之池沼，谓若神灵所造。后多作池沼之美称。

⑤ 翼：谓凤，亦喻君子。希：望。天阶：宫殿台阶。这里喻宫廷左右省阁。

⑥ 膏：用以照明的灯油。兰：用以熏香之物。

⑦ 济：理。

⑧ 王侯：这里指王元贶。崇礼：殿门名。晋时德政殿之左门。

⑨ 回迹：返回来。宪台：御史府。

⑩ 蠖（huò）屈：喻圣人潜隐。蠖，昆虫名，前行先屈后伸，如人布手知尺状，故又名尺蠖。小往：往外。

⑪ 龙翔：喻圣人即位。大来：来内。喻君子入用。《周易·泰》："泰，小往大来，吉，亨。"彖曰："则是天地交而万物通也，上下交而其志同也。"

⑫ 毗（pí）：辅佐。圣世：圣代。对当代的美称。

⑬ 毕力：竭力，尽力。赞：佐，助。康哉：《尚书·益稷》载君臣作歌，有"元首明哉，股肱良哉，庶事康哉"之语，称颂君明臣良，诸事安宁。后因以"康哉"为赞颂时世安宁之词。

【语译】

昆仑山蕴藏很多美玉，大厦靠众材建构合成。

游龙聚集在灵池，凤凰展翅企望升上天阶。

膏兰为谁不惜自燃自销？贤士理政亦不辞辛劳。

你今既厌倦进入崇礼门，乃任职仕于御史署。

圣人隐潜故君子在外，圣人在位君子才入用。

愿合力同心辅于圣代，尽力以佐"康哉"之风。

【评析】

此诗可分为两层，前六句以比喻说理，后六句正面议论。诗人认为国家的稳固靠"众材"辅佐，表达了作者重贤才的思想。"蠖屈""龙翔"二句，形象地说明在位君主昏庸则产生离心力，圣明则产生向心力的道理。贤能之才对朝廷是"离心"还是"协心"，历来是国运昌盛抑或衰弱的重要标志。此诗采用比喻较多，说理形象鲜明。

卷第二十五

诗丁

赠答三

赠何劭[①]王济一首　并序

作者：傅长虞　　注译评析：黄汉清

朗陵公何敬祖，咸之从内兄。国子祭酒王武子[②]，咸从姑之外孙也。并以明德见重于世[③]，咸亲之重之，情犹同生，义则师友。何公既登侍中，武子俄而亦作，二贤相得甚欢，咸亦庆之。然自恨暗劣[④]，虽愿其缱绻[⑤]，而从之末由[⑥]，历试无效，且有家艰，赋诗申怀，以贻之云尔。

日月光太清[⑦]，列宿曜紫微[⑧]。赫赫大晋期，明明辟皇闱[⑨]。
吾兄既凤翔，王子亦龙飞[⑩]。双鸾游兰渚[⑪]，二离扬清晖[⑫]。
携手升玉阶[⑬]，并坐侍丹帷[⑭]。金珰缀惠文[⑮]，煌煌发令姿。
斯荣非攸庶[⑯]，缱绻情所希。岂不企高踪[⑰]？麟趾邈难追[⑱]。
临川靡芳饵，何为空守坻[⑲]？槁叶待风飘[⑳]，逝将与君违[㉑]。
违君能无恋？尸素当言归[㉒]。归身蓬荜庐[㉓]，乐道以忘饥。
进则无云补[㉔]，退则恤其私[㉕]。但愿隆弘美[㉖]，王度日清夷[㉗]。

【作者简介】

傅咸（239—294），字长虞，西晋北地泥阳（今陕西铜川市耀州区）人，傅玄之子。咸宁四年（278）袭父爵，为尚书丞，惠帝时官至御史中丞。服母丧去官，后起为议郎，兼司隶校尉。傅咸为人刚劲有大节，京都人士为之肃敬，贵戚也为之慑服。好为文，原有集三十卷，已散佚，明人辑有《傅中丞集》。《晋书》有传。

【篇旨】

抒写自己企望追攀何邵王济二贤，却又自愧不如故而隐退的心志。

【注释】

① 何劭：即何敬祖。袭封郎陵郡公。

② 国子祭酒：学官。掌领太学、国子学或国子监所属各学。王武子：王济，字子武。王浑之子。济少有逸才，初为中书郎，后为骁骑将军。累迁侍中。

③ 明德：完美的德行。

④ 暗劣：昏暗愚劣。

⑤ 缱绻：缠绵。引申为亲密或亲近。

⑥ 末由：无由。

⑦ 太清：天空。

⑧ 列宿：众星宿。紫微：宫名。神话传说中天帝之宫。

⑨ 辟：开。闱：指宫门。

⑩ 龙飞：喻君子得用。与上句中“凤翔”义同。

⑪ 兰渚：长着兰草的洲渚。喻中书省。渚，小洲。

⑫ 二离：比喻两个有才华的人。离，长离，传说中的凤鸟。与上句中的“鸾”均喻何、王。

⑬ 玉阶：宫殿的台阶。

⑭ 丹帷：赤色之帷。“丹帷”与上句“玉阶”均指代殿庭。

⑮ 金珰（dāng）：古代近臣的帽饰。董巴《舆服志》曰：“侍中冠弁大冠，加金珰，附蝉为文。”惠文：冠名。

⑯ 庶：庶几。表示希望。

⑰ 高踪：高卓之行踪。

⑱ 麟趾：《诗经·周南》有《麟之趾》篇，言文王之子皆化于善，无犯无礼。后因以麟趾为颂宗族子弟之词。

⑲ 坻：河岸。

⑳ 槁叶：作者自喻。

㉑ 违：离。

㉒ 尸素：尸位素餐的简称。即居高位食禄而不理事。

㉓ 蓬荜庐：蓬草盖的小屋。

㉔ 云补：以言补阙的意思。

㉕ 恤：忧。

㉖ 隆弘：弘扬光大。

㉗ 王度：王者的政教。引申为社会风气。清夷：清平，太平。

【语译】

朗陵公何敬祖，是我的从内兄。国子祭酒王武子，是我从姑的外孙。他们都以道德高尚被世人所尊重，我既亲近又敬重他们，情深有如同生，恩义如同师友。何公已经荣升侍中，武子不久亦迁侍中，二位贤人互相投合非常高兴，我亦为之庆贺。然而自恨糊涂愚笨，虽愿与他们亲近，想追从他们，但由于官爵悬殊而无机会，历次任职又无功，况且家中又有难，只好赋诗抒怀将以赠二君。

日月普照天空，众星光照紫微宫。强盛的大晋王朝，敞开它的宫门。

我兄已像凤凰飞翔，武子也似蛟龙飞腾。双鸾游息于兰渚，二凤显扬光辉。

携手一同登上殿阶，并坐侍于殿庭。金珠缀在惠文冠上，姿容更加光彩照人。

对此荣耀我不敢希求，但亲密之情却是我所希望。难道我就不追慕你们的高迹？只是你们踪迹邈远难以追寻。

下临河水没有香饵，又何必空手守在岸边？我犹如枯槁之叶等待风吹，很快就要离开你们。

离开你们怎能不眷恋？只是尸位素餐理当归去。归去隐居于茅草小屋，安贫乐道可以忘饥。

仕进无法以言补阙，退还可以顾惜家私。但愿你们弘扬盛美之道，使天下能够日益清平。

【评析】

这既是一首赠诗，也是一首咏怀诗，委婉曲折地抒发了自己仕途困顿的感慨。正如作者在诗序中所说，是“赋诗申怀”。开头四句，歌颂晋朝升平景象。从“吾兄既凤翔”至“煌煌发令姿”句，赞美二贤。从“斯荣非攸庶”至最后，是作者的自叙与抒怀。此诗写得含蓄委婉。作者并非没有求援何、王之意，却说得毫无痕迹，此比直言更妙。诗中各层过渡自然，承转紧密。第一层末句“明明辟皇闱”，说晋的宫门大开以纳众贤。接着导出二贤“凤翔”“龙飞”，第二层末句“煌煌发令姿”，描写二贤得宠荣耀。第三层首句即指明“斯荣”，笔锋陡转写作者自己。诗中多用比喻，寓意较为深隐，如“日月”喻晋君、“列宿”喻众臣、“芳饵”喻令德等。诗中还偶用“顶针”格，如“君违”“违君”“言归”“归身”，同声承接，读来朗朗上口。

答傅咸一首

作者：郭泰机　　注译评析：黄汉清

皦皦白素丝[①]，织为寒女衣[②]。
寒女虽妙巧[③]，不得秉杼机[④]。
天寒知运速[⑤]，况复雁南飞。
衣工秉刀尺[⑥]，弃我忽若遗。
人不取诸身，世士焉所希[⑦]？

况复已朝餐，曷由知我饥[8]。

【作者简介】

郭泰机（约239—294），西晋河南（今河南洛阳东北）人，家境贫寒。生卒年及生平事迹均无可考。曾与傅咸以诗赠答。现仅存诗一首。

【篇旨】

抒发有才之士不被举荐的怨愤。

【注释】

① 皦（jiǎo）皦：洁白。

② 寒女：贫穷人家的女子。

③ 妙巧：手工灵巧。

④ 秉：拿。杼：织布梭。

⑤ 运速：日月运行得快。指时光流逝迅速。

⑥ 衣工：制衣的工匠。

⑦ 世士：世间之士。希：冀。

⑧ 曷：何。

【语译】

何等洁白的素丝，织作寒女的衣衫。

寒女纵然心灵手巧，无奈却不得秉持机杼。

天寒方觉时光迅速，况且北雁已经南飞。

裁衣的工匠手持刀尺，置我于寒冷而不顾。

人不能恕己及物取之于身，世间之士哪里还有望相荐？

你们这些吃饱早餐的人，哪里想得到我正饥肠辘辘。

【评析】

郭泰机家境贫寒，有才而不被荐用，因而致诗傅咸，抒发满腹怨气与苦衷。关于这一首的诗题，历代选家都认为有误。傅咸《赠郭泰机并序》云："河南郭泰机，寒素后门之士，不知余无能为益，以诗见激切可施用之才，而况沉沦不能自拔于世。余虽心知之，而末如之何。此屈非复文辞所了，故直戏以答其诗云。"可见傅诗为答诗，郭诗则为赠诗。此诗虽为干谒，但感情激切，发语咄咄逼人，通体用喻，语浅意深，颇有乐府风味。"素丝"喻才德，"寒女"喻寒士，"寒女虽妙巧，不得秉杼机"，说明有才而不被见用。"天寒"二句是作者叹息年之将老。"衣工"喻傅咸。以上各句皆为怨其不理解、不举荐自己。最后两句用词极为窘迫，指出厚禄者不知寒士之饥饿，发出千古落魄才人的哀叹。锺嵘《诗品》称："泰机寒女之制，孤怨宜恨。"可谓精当之论。

为顾彦先赠妇二首

作者：陆士龙　　注译评析：黄汉清

悠悠君行迈[①]，茕茕妾独止[②]。
山河安可逾？永路隔万里[③]。
京室多妖冶[④]，粲粲都人子[⑤]。
雅步擢纤腰[⑥]，巧笑发皓齿[⑦]。
佳丽良可美[⑧]，衰贱焉足纪[⑨]！
远蒙眷顾言[⑩]，衔恩非望始[⑪]。

浮海难为水，游林难为观[⑫]。
容色贵及时[⑬]，朝华忌日晏[⑭]。
皎皎彼姝子[⑮]，灼灼怀春粲[⑯]。

西城善雅儛[17]，总章饶清弹[18]。
鸣簧发丹唇[19]，朱弦绕素腕[20]。
轻裾犹电挥[21]，双袂如雾散[22]。
华容溢藻幄[23]，哀响入云汉。
知音世所希[24]，非君谁能赞。
弃置北辰星[25]，问此玄龙焕[26]。
时暮复何言？华落理必贱！

【篇旨】

为怨妇代言，抒发怨妇被弃置的悲伤心情。

【注释】

① 行迈：行，走路。

② 茕茕：孤零貌。

③ 永路：长路。

④ 京室：王室。这里指代京城。妖冶：艳丽，不端庄。

⑤ 粲粲：鲜明貌。都人子：美貌的女子。

⑥ 雅步：行步娴雅。擢：引。

⑦ 巧笑：美好的笑貌。

⑧ 佳丽：美女。

⑨ 衰贱：衰弱卑贱的人。这里是妇人自谓。

⑩ 眷顾言：关怀照顾之言。这里指赠诗。

⑪ 衔恩：受此恩德。

⑫ 海：喻京都。下句中的“林”同此。两句意谓在京所见既广，难为容态。

⑬ 容色：容貌颜色。

⑭ 忌：畏，怕。晏：晚。

⑮ 皎皎：洁白貌。姝子：漂亮的女子。

⑯ 灼灼：鲜明、光盛貌。春粲：春花一样灿烂。粲，同“灿”。

⑰ 西城：金墉城。陆机《洛阳记》载：“金墉城在宫之西北角，魏故宫人皆在中。”雅儛：古用于郊庙朝飨所奏之文武二舞。这里泛称高雅之舞。儛，同“舞”。

⑱ 总章：宫观名。三国魏明帝于洛阳筑总章观，高十余丈。西城、总章皆出伎乐。清弹：不伴歌唱的弹奏乐器。这里指乐伎。

⑲ 簧：指笙类吹奏乐器。

⑳ 朱弦：乐器上的红色丝弦。这里泛指琴、筝等类弦乐器。绕：弯曲。弹奏时左手腕弯曲于弦之上，故曰绕。

㉑ 裾：衣服的大襟。

㉒ 袂：衣袖。

㉓ 华容：美丽的容貌。藻幄：饰有文采的帷幄。

㉔ 希：同“稀”。

㉕ 北辰星：北极星。此星不移动，用以喻己。

㉖ 玄龙：喻美色。焕：鲜艳。

【语译】

夫君悠悠远去，留下我孤零零。

山河重重怎能穿越？路途迢迢万里远隔。

京城多妖艳的人，有服饰鲜艳的漂亮女子。

步态娴雅拉动着细腰，巧笑妩媚露出雪白的牙齿。

京城的佳丽实在够美，色衰卑贱的我哪里值得你牵挂！

这次你远道寄回了赠诗，受此恩德并非我开始所奢望。

浮游过大海的人对小水不感兴趣，漫游过森林的人看不上小树。

容颜可贵在于及时，清晨开的花最怕日落。

姣好白嫩的姑娘，青青焕发有如春花灿烂。

西城有善跳的舞女，总章有会弹的乐伎。

红唇吹奏着笙管，雪白的手腕挽着琴弦。
裙裾轻舞如闪电，双袖飘拂如散云雾。
美人充满华丽的帷幄，笙管之声响彻云霄。
世上知音本来就少，不是你还有谁来把我称赞。
你抛弃情爱不移的我，却去寻访美艳之色。
我已年老还有什么可说？花落理应被人轻贱！

【评析】

诗题谓赠妇，但这两首均是妇言，题目显系有误。这两首诗通过一位女子的口吻记叙了一个弃妇的悲惨命运。诗中极意形容京都美女的艳丽，与己形成了鲜明对照。“衰贱”“忌日晏”“时暮”等语无不表明这位怨妇为自己容华衰减而哀伤。“弃置北辰星，问此玄龙焕”等句抒发了心中的怨恨。“浮海难为水，游林难为观”二句寓意深刻，富于哲理，具有高度的概括性。本篇前写“粲粲”的京都女子，篇末推出自己“被弃置”，并以“必贱”作结，笔力劲健。作者刻画心理细腻，言辞凄婉，反复低回，哀伤动人。本诗继承了《古诗十九首》的情韵，对后世的宫怨、闺怨诗产生过一定的影响。

答兄机一首

作者：陆士龙　　注译评析：黄汉清

悠远涂可极[①]，别促怨会长[②]。
衔恩恋行迈[③]，兴言在临觞。
南津有绝济[④]，北渚无河梁。
神往同逝感[⑤]，形留悲参商[⑥]。
衡轨若殊迹[⑦]，牵牛非服箱[⑧]。

【篇旨】

抒发兄弟离别的感伤之情。

【注释】

① 极：尽。

② 会：相会。

③ 衔恩：受恩。指陆机受命为太子洗马。恋：相念不忘。行迈：行。

④ 绝济：谓无法渡河。

⑤ 神：魂魄。

⑥ 参商：二星名。此出彼没不相见。

⑦ 衡轨：车轭。一说北斗星的轨迹。衡星为北斗七星之五。

⑧ 服箱：驾车。此句本于《诗经·小雅·大东》："睆彼牵牛，不以服箱"。

【语译】

路途再远也有尽头，别离这样容易等候相会却那样漫长。

身受皇恩而有这次远行的思恋，兴此思恋之情全在于举杯之际。

南边渡口无法渡过，北边洲渚也没有桥梁。

我的魂随你一道而去，形体留下如同参商。

兄弟若像衡星改变轨迹，牵牛也就不能驾车。

【评析】

陆机前为太子洗马时曾有诗赠别。陆云故作此答诗。全诗句句都据原诗之意而作，抒发了兄弟离别的伤感。描写虽不如原诗细腻，但从句式的整齐、音韵的铿锵，亦可见出作者的功力。篇末用典，笔意含蓄，暗示虽有兄弟之名，而不得同聚，流露出黯然伤别的情调。

答张士然一首

作者：陆士龙　　注译评析：黄汉清

行迈越长川，飘飖冒风尘。
通波激枉渚①，悲风薄丘榛②。
修路无穷迹③，井邑自相循④。
百城各异俗⑤，千室非良邻⑥。
欢旧难假合⑦，风土岂虚亲⑧。
感念桑梓城，仿佛眼中人⑨。
靡靡日夜远⑩，眷眷怀苦辛⑪。

【篇旨】

抒发作者怀念故乡亲人的感情。

【注释】

① 通波：直波。指流动之水。枉渚：此指弯曲的河岸。

② 悲风：凄厉的寒风。丘：此指坟墓。榛：荆棘。

③ 修：长。穷：极。

④ 井邑：《周礼·地官·小司徒》："九夫为井，四井为邑。"这里井邑泛指乡村。循：依，顺。

⑤ 百城：谓多城。

⑥ 良邻：亲善之邻。

⑦ 假合：牵强，非真正之聚合。

⑧ 风土：风俗习惯和地理环境。

⑨ 眼中人：指亲友熟识者。

⑩ 靡靡：行貌。

⑪ 眷眷：依恋向往貌。

【语译】

远行渡过了大河，一路上冒着风尘。

急流拍击着曲折的河岸，寒风摇撼着墓丘荆棘。

长路望不到尽头，村邑依次相连。

百城各有不同的风俗，千家没有亲善之邻。

欢旧既殊难于假合，风土之异岂能虚亲。

感此不禁思念故乡，眼前仿佛出现亲识。

昼夜兼行愈走愈远，满怀眷恋心中悲伤。

【评析】

这首诗是对张士然平吴后入洛所赠诗的答诗。开头四句写旅途所见的悲凉景象，中间六句写由风土人情殊异触发的感慨，末四句抒发怀念故乡之情。陆云与张士然同是吴地之人，此次离吴，不免怀念故旧，故于此诗中流露出一种哀愁的情绪。

答卢谌诗一首　并书

作者：刘越石　　注译评析：农作丰

琨顿首[①]：损书及诗[②]，备辛酸之苦言[③]，畅经通之远旨[④]。执玩反覆，不能释手[⑤]。慨然以悲，欢然以喜。昔在少壮，未尝检括[⑥]。远慕老庄之齐物[⑦]，近嘉阮生之放旷[⑧]，怪厚薄何从而生？哀乐何由而至？自顷辀张[⑨]，困于逆乱，国破家亡，亲友凋残。负杖行吟[⑩]，则百忧俱至，块然独坐[⑪]，则哀愤两集。时复相与举觞对膝[⑫]，破涕为笑。排终身之积惨[⑬]，求数刻之暂欢。譬由疾疢弥年[⑭]，而欲一丸销之[⑮]，其可得乎？夫才生于世，世实须才。和氏之璧[16]，焉得独曜于郢握[17]？夜光之珠，何得专玩于随掌[18]？天下之宝，当与天下共之。但分析之日[19]，不能不怅恨耳。然后知聃、周之为虚诞[20]，嗣宗之为妄作也。昔騄骥倚辀终吴坂[21]，长鸣于良乐[22]，知与不知也。百里奚愚于虞而智于秦[23]，遇与不遇也。今君遇之矣[24]，勖之而已[25]。不复属意于文二十余年矣[26]。久废则无次[27]，想必欲其一反[28]，故称指送一篇[29]，适足以彰来诗之益美耳[30]。琨顿首顿首。

厄运初遘[31]，阳爻在六[32]。乾象栋倾[33]，坤仪舟覆[34]。
横厉纠纷[35]，群妖竞逐[36]。火燎神州[37]，洪流华域[38]。
彼黍离离[39]，彼稷育育[40]。哀我皇晋[41]，痛心在目。
天地无心[42]，万物同涂。祸淫莫验，福善则虚。
逆有全邑[43]，义无完都[44]。英蕊夏落[45]，毒卉冬敷[46]。
如彼龟玉[47]，韫椟毁诸[48]。刍狗之谈[49]，其最得乎？
咨余软弱[50]，弗克负荷[51]。愆衅仍彰[52]，荣宠屡加[53]。
威之不建[54]，祸延凶播。忠陨于国[55]，孝愆于家[56]。
斯罪之积[57]，如彼山河。斯衅之深，终莫能磨。
郁穆旧姻[58]，嬿婉新婚[59]。
裹粮携弱[60]，匍匐星奔[61]。未辍尔驾[62]，已隳我门[63]。
二族偕覆[64]，三孽并根[65]。长惭旧孤[66]，永负冤魂[67]。
亭亭孤干[68]，独生无伴。绿叶繁缛[69]，柔条修罕。
朝采尔实，夕捋尔竿[70]。竿翠丰寻[71]，逸珠盈椀[72]。
寔消我忧[73]，忧急用缓。逝将去乎[74]？庭虚情满。
虚满伊何[75]，兰桂移植。茂彼春林[76]，瘁此秋棘[77]。
有鸟翻飞[78]，不遑休息[79]。匪桐不栖[80]，匪竹不食[81]。
永戢东羽[82]，翰抚西翼[83]。我之敬之，废欢辍职。
音以赏奏[84]，味以殊珍。文以明言，言以畅神。
之子之往[85]，四美不臻[86]。澄醪覆觞[87]，丝竹生尘[88]。
素卷莫启[89]，幄无谈宾[90]。既孤我德，又阙我邻[91]。

光光段生[92]，出幽迁乔[93]。资忠履信，武烈文昭[94]。
旍弓骍骍[95]，舆马翘翘[96]。乃奋长縻[97]，是辔是镳[98]。
何以赠子？竭心公朝[99]。何以叙怀？引领长谣[100]。

【作者简介】

刘琨（271—318），字越石，西晋中山魏昌（今河北定州东南）人。少即以雄豪著名，好老庄之学。晋怀帝永嘉元年出任并州刺史，愍帝建兴二年拜大将军，都督并、冀、幽三州诸军事。晋室南渡后转任侍中太尉。他忠于晋王朝，长期坚守并州，与刘聪、石勒对抗，后因孤军无援，为石勒所败，投奔幽州鲜卑部落首领段匹碑，不久被段所杀。现存诗三首，抒写壮志未酬的悲愤感情。原有集十卷，已佚。明人辑有《刘越石集》。《晋书》有传。

【篇旨】

激励卢谌树立起匡扶晋室的远大志向，抒发自己壮志未酬的悲愤之情。

【注释】

① 顿首：头叩地而拜，后常用于书文的开头和结尾。

② 损书：对别人来信的敬辞，谓其不惜贬抑身份写信给自己。

③ 苦言：逆耳的忠言。

④ 畅：通达。经通：经古今之通义。

⑤ 释手：放手。

⑥ 检括：遵守法度。

⑦ 齐物：等齐万物。庄子有《齐物论》，内容以齐是非，齐彼此，齐物我，齐夭寿为主。

⑧ 阮生：阮嗣宗。放旷：旷达不拘礼俗。

⑨ 辀（zhōu）张：惊惧的样子。

⑩ 行吟：漫步歌吟。

⑪ 块然：孤独的样子。

⑫ 觞：盛有酒的杯。

⑬ 惨：忧。

⑭ 疾疢（chèn）：病害。弥年：经年。

⑮ 销：通“消”。

⑯ 和氏之璧：春秋时楚人和氏所得的宝玉。

⑰ 郢：楚国都城。

⑱ 随：周代诸侯国名，姬姓。春秋后期为楚国的附庸。地在今湖北随县。

⑲ 分析：指离别。

⑳ 聃、周：老、庄。虚诞：虚幻荒唐。

㉑ 騄（lù）骥：良马名。辀：车辕。吴坂：古地名，在吴城（今江苏苏州）之北。

㉒ 良：王良，春秋时晋国善御马的人。乐：伯乐，古代善相马的人。

㉓ 百里奚：春秋时秦穆公的贤相。原为虞大夫，晋献公灭虞，他作为秦穆公夫人陪嫁之臣，途中逃到宛，被楚人抓住。穆公闻其贤，用五张羊皮赎他至秦，后委之以国政。

㉔ 遇之：指卢谌被段匹磾所用一事。

㉕ 勖（xù）：勉励。

㉖ 属意：注意。

㉗ 次：顺序。

㉘ 一反：指卢谌寄诗予刘琨，也望刘琨回寄一诗。

㉙ 称：符合。

㉚ 彰：显明。

㉛ 遘（gòu）：遭遇。

㉜ 阳爻在六：指《周易》中的乾卦第六。《周易·乾》说，上九，亢龙有悔。喻天子运极而有穷厄之灾。

㉝ 乾象：乾卦象天，故称天象为乾象。栋倾：指房屋倒塌。

㉞ 坤仪：指大地。

㉟ 横厉：纵横凌厉，形容气盛。纠纷：杂乱，纷扰。

㊱ 群妖：指刘聪等作乱之徒。

㊲ 神州：指中国大地。

㊳ 华域：指晋国大地。

㊴ 离离：分披繁茂的样子。《诗经·王风·黍离》："彼黍离离，彼稷之苗。"

㊵ 育育：生长繁茂的样子。

㊶ 皇晋：大晋国。

㊷ 无心：指无心爱育万物。

㊸ 逆：指刘聪等逆乱之徒。

㊹ 义：指晋室。

㊺ 英蕊：花蕊，喻贤良。

㊻ 毒卉：毒草，喻乱贼。敷：繁盛。

㊼ 龟玉：宝龟和宝玉，代指国家之重器。

㊽ 韫（yùn）椟：藏在柜子里。《论语·季氏》："虎兕出于柙，龟玉毁于椟中，是谁之过与？"

㊾ 刍（chú）狗：古代结草为狗，供祭祀之用，祭后则弃之。《老子》五章："天地不仁，以万物为刍狗；圣人不仁，以百姓为刍狗。"后用以比喻轻贱无用之物或言论。

㊿ 咨：嗟，叹息。

51 克：能。负荷：背负肩担，引申为继承，担任。

52 愆（qiān）：过失。衅（xìn）：瑕隙。仍：繁多。

53 荣宠：官位和恩宠。

54 威之不建：威势不能建立。指为刘聪所败，父母遇害一事。

55 陨：毁坏。

56 愆：丧失。

57 斯罪：指丧国亡家之罪。

㊿⑧ 郁穆：和美的样子。旧姻：指琨妻是谌之从母。

⑤⑨ 嬿婉：安顺美好的样子。

⑥⓪ 裹粮：携带粮食，备出战或远行。此句之上，当有“不虑其败，唯义是敦”二句。

⑥① 匍匐：尽力。星奔：如流星飞奔，形容迅速。

⑥② 辍：停止。

⑥③ 隳（huī）：毁坏。

⑥④ 二族：指刘琨和卢谌两家。偕覆：指二人父母皆被刘聪和刘粲所杀。

⑥⑤ 三孽：三个幼儿，这里指刘琨的兄子。

⑥⑥ 旧孤：指三孽。

⑥⑦ 冤魂：指二族死去的亲人。

⑥⑧ 亭亭：挺立无依的样子。孤干：独生之竹，喻卢谌。

⑥⑨ 繁缛：繁密而华茂。

⑦⓪ 捋（luō）：以手握物，顺移脱取。

⑦① 丰寻：盈寻，满寻。古代以八尺为一寻。

⑦② 逸珠：特异珍珠，喻人的品德。椀：盛食物的器皿，同“碗”。

⑦③ 寔（shí）：通“实”。

⑦④ 逝：语首助词，无义。将去：指卢谌将离开刘琨为段匹磾别驾。

⑦⑤ 伊：助词，无义。

⑦⑥ 春林：喻段匹磾。

⑦⑦ 瘁：困病。秋棘：刘琨自喻。

⑦⑧ 鸟：此指凤凰，喻卢谌。

⑦⑨ 不遑：来不及。

⑧⓪ 桐：梧桐。

⑧① 竹：此指竹实。郑玄《毛诗笺》曰：“凤皇之性，非梧桐不栖，非竹实不食。”此以桐竹喻贤君。

⑧② 戢（jí）：收敛。

⑧③ 翰：高飞。

⑧④ 赏：指知音者。《吕氏春秋·本味》载，锺期死，伯牙乃破琴绝弦，以为世无复有赏识者。

⑧⑤ 之子：这个人，指卢谌。

⑧⑥ 四美：指音、味、文、言。臻：至。

⑧⑦ 澄醪（láo）：清酒。

⑧⑧ 丝竹：弦乐器和竹管乐器。

⑧⑨ 卷：古书多用卷子，故称书为卷。

⑨⓪ 幄：帷帐。

⑨① 阙：同“缺”。

⑨② 光光：光明显耀。段生：段匹磾。

⑨③ 出幽迁乔：从低处转到高处。《诗经·小雅·伐木》曰：“出自幽谷，迁于乔木。”

⑨④ 武烈：勇武威猛。昭：明。

⑨⑤ 旍（jīng）：旌旗。骍（xīng）骍：弓弯曲的样子。

⑨⑥ 翘（qiáo）翘：出群的样子。

⑨⑦ 縻（mí）：绳索。

⑨⑧ 辔：马缰。镳（biāo）：马嚼子，马口中所衔铁具露出在外的两部分。

⑨⑨ 公朝：公事。

⑩⓪ 引领：伸颈远望。长谣：长歌。

【语译】

刘琨顿首：您不惜降低身份写信和诗给我，详细阐明辛酸的逆耳忠言，尽情表达经古今通义的高远思想。我拿着再三玩味，爱不释手。既感慨而悲伤，又欢乐而喜悦。年轻的时候，我不曾遵守法度。远则仰慕老子和庄子的等齐万物，近则赞许阮嗣宗的放诞旷达，因而奇怪厚薄之念从哪里生出？哀乐的情感又从何而来？自从倾身于惊惧之中，被困于叛乱之内，国破家亡，亲友都凋丧零落。拄着拐杖漫步歌吟，则百种忧愁一齐到来，孤身一人独坐，则悲哀愤怨互相交集。时而又互相举起酒杯对膝并坐，破涕而笑，借此排遣一生的积忧，求得几刻的短暂欢乐。这好像是疾病已经多年，却想用一粒药丸来除掉，这能够达到吗？才智产生在世间，世间也实在必须有才智。和氏璧玉，怎能单独闪耀在楚人的手中？夜光明珠，怎能独玩赏在随人的掌上？天下的宝物，应当与天下人共同拥有。只是在离别的时候，不能不感到惆怅恼恨。这才知道老聃和庄周说法的虚幻荒唐，阮嗣宗是虚妄而作啊。从前良马騄骥在吴坂拉着车辕，对着王良和伯乐却长声嘶鸣，这就是知和不知的区别。百里奚在虞国愚笨而在秦国却多智，这就是遇和不遇的不同。现在您遇到知己之人，就勉力而为吧。我不再留意文辞已经有二十多年了，久经荒废写起来就没有顺序。但想必您是希望我回赠一诗，所以我尽量符合您的旨意奉上一篇，让它恰好使您的来诗衬托得更美罢了。刘琨顿首顿首。

厄运开始降临晋国，乾卦阳爻处在上九的阴位上。天象如房屋倒塌，大地如舟船倾覆。

纵横凌厉混乱纷扰，作乱的群妖竞相追逐。战火燃烧着中华大地，乱贼如洪水泛滥全国。

晋室宗庙皆生黍稷，纷披茂盛繁育生长。哀叹我的大晋宗室，眼前景象使人痛心。

天地无心爱育万物，万物同归一道。盗贼作恶多端不受惩罚，晋室为福施善却遭殃祸。

逆乱者保全其城邑，仁义者没有完好的都城。花蕊在夏天过早凋落，毒草在冬天仍然繁茂。

如同那些宝龟宝玉，藏在柜里而被毁坏。古人关于刍狗的言论，难道是最得其理？

可叹我软弱无能，不能担负起救国重任。过失缺陷多而明显，官位恩宠多次增加。

威势不能建立起来，祸害蔓延凶残传播。人们失去了对国家的忠心，丧失了对家庭的仁孝。

这亡国丧家之罪堆积起来，犹如山河一样高深。这一人生的瑕隙，始终不可以磨灭。

和睦美好的旧姻，安顺美好的新婚。

您携带粮食和幼童投奔我，一路上尽力如流星飞奔。从没有停止您的车驾，乱贼却已经毁坏我的家门。

我们两个家族都被覆灭，三个孺子并根生长。我长久愧对兄长的孤儿，永远对不起死去的冤魂。

挺拔无依的孤生竹，孤独生长没有同伴。绿叶繁密华茂，柔嫩的枝条枝长节少。

早上摘取你的果实，傍晚捋取你的直竿。竹竿翠绿长八尺，竹实丰硕大过碗。

实是消除了我的忧愁，忧心急切见用缓慢。您即将离开我而去？庭院空虚情意溢满。

空虚溢满又将如何，兰草桂树迁移种植。使那边的春林更繁茂，使这里的秋棘更困苦。

您如凤凰上下翻飞，来不及停下休息。不是梧桐不栖止，不是竹实不食用。

永远收敛东边的翅膀，高飞奋举西边的羽翼。我对它的敬重如此之深，以至于停止欢乐和职守。

音乐为知音而弹奏，滋味因殊异而珍重。文章用以表达人的言语，言语用以畅达神明旨意。

卢谌您到那边去了，这四大美也就不能齐具。盖上酒杯不饮清酒，弦管乐器蒙上灰尘。

白绢书卷不再打开，帷帐中没有畅谈的嘉宾。既使我的性情孤独，又使我缺少友邻。

光明显耀的段生，从幽谷迁往高处。凭借忠诚履行信义，勇武威猛文德光明。

旌旗角弓弯曲调利，战车战马强大超群。于是猛挥长长的绳索，又用马缰又用马嚼子。

用什么来赠送您呢？望您竭心尽力于公事。用什么来抒发我的情怀？伸颈遥望您而长歌。

【评析】

卢谌早年和刘琨志趣相投，后来一起投身扶晋卫国的战争。卢谌失败后投奔刘琨，任主簿，转从事中郎，既是刘琨的僚属，又是诗友，还有亲戚关系。刘琨追击石勒失败，穷蹇不能复守并州，被迫投奔幽州段匹磾，想联合段共同讨伐石勒。不料刘琨之子得罪段匹磾，琨被段所囚禁。段匹磾求卢谌为别驾，谌虽觉于气节有亏，终无可奈何，于是给刘琨写了《赠刘琨诗并书》，本篇是刘琨的回复。刘琨在书中以和氏之璧和夜光之珠为喻，认为"天下之宝，当与天下共之"，表明自己对卢谌为段别驾的看法。诗中首先叙述了晋国频繁的战乱，以及作者匡扶晋室遭受的挫折，再写到作者与卢谌的深厚情谊，表达对卢谌离开自己而去的惋惜与无奈之情。最后勉励卢谌"竭心公朝"，树立起匡扶国难的远大志向，同时抒发自己抗敌报国的理想抱负和功业未就的悲愤之情。因为身受囚禁的特殊境遇，诗中运用了不少典故和比喻，委婉曲折地表达自己深沉而复杂的感情，含蓄地说明了自己对各种情势的看法。四言诗体和连珠格的使用，使诗歌获得了既深沉古朴又回环曲折的表达效果。

重赠卢谌一首

作者：刘越石　　注译评析：黄汉清

握中有悬璧[①]，本自荆山璆[②]，惟彼太公望[③]，昔在渭滨叟。
邓生何感激[④]，千里来相求。白登幸曲逆[⑤]，鸿门赖留侯[⑥]。
重耳任五贤[⑦]，小白相射钩[⑧]。苟能隆二伯[⑨]，安问党与雠[⑩]？
中夜抚枕叹，想与数子游[⑪]。吾衰久矣夫，何其不梦周[⑫]？
谁云圣达节[⑬]？知命故不忧。宣尼悲获麟[⑭]，西狩涕孔丘。

功业未及建，夕阳忽西流。时哉不我与，去乎若云浮。
朱实陨劲风[15]，繁英落素秋。狭路倾华盖[16]，骇驷摧双辀[17]。
何意百炼刚，化为绕指柔！

【篇旨】

自抒发怀抱及功业无成的幽愤，激励卢谌完成救国使命。

【注释】

① 悬璧：悬黎，美玉名。这里喻卢谌。

② 荆山：山名，在今湖北，以盛产美玉著称。璆（qiú）：美玉。

③ 太公望：指姜尚。

④ 邓生：东汉邓禹，他曾从南阳北渡黄河到邺城投奔汉光武刘秀。

⑤ 白登：山名，在山西大同东。曲逆：汉陈平，封曲逆侯，故称。

⑥ 鸿门：地名，在今陕西西安市临潼区东。留侯：汉张良，封留侯。

⑦ 重耳：春秋晋文公名。

⑧ 小白：春秋齐桓公名。相射钩：以射钩的仇人为相，这里指管仲。

⑨ 隆：兴盛。二伯（bà）：二霸，指晋文公和齐桓公。

⑩ 党：党羽。指晋文公的五位贤臣。雠：同“仇”。

⑪ 数子：指上文中的姜尚、管仲等历史人物。

⑫“吾衰”二句：语出《论语·述而》：“子曰：甚矣吾衰也，久矣吾不复梦见周公。”

⑬ 圣达节：指圣人能通达不拘泥。

⑭ 宣尼：孔子。悲获麟：孔子闻西狩获麟叹道穷。

⑮ 朱实：红色的果实。陨：落。

⑯ 倾：翻。华盖：华丽的车盖，这里指代车子。

⑰ 骇驷：惊马。辀（zhōu）：车辕。

【语译】

手中握有珍奇的美玉，那是荆山出产的有名的玉石。遥想当年称为太公望的姜尚，曾经在渭水之滨隐居。

邓禹何等奋发，不远千里去投奔汉光武帝。刘邦被困白登山幸赖陈平脱险，鸿门之宴全仗张良解围。

重耳任用五位贤臣大兴霸业，小白以射钩的仇人管仲为相。只要能使两位霸主兴盛，何必计较是同党还是仇敌？

夜半手抚枕头长长叹息，神思飞驰与这些古人交游。可叹我已年老力衰，为何不再梦见周公？

谁说圣人通达安守本分？识分知命还是不免忧愁。孔子听说西狩抓获麒麟，悲哀泣下感叹道穷。

功名事业不及建立，眼看夕阳已经西沉。光阴飞逝时不待人，迅疾得如同白云飘忽。

红色的果实在强风中陨落，繁花在凛冽的秋气中凋零。道路狭窄轩车倾覆，马儿受惊折断了双辕。

谁能料到千锤百炼的坚硬之物，如今柔软得可以缠绕指头！

【评析】

这首诗是刘琨被段匹磾囚禁时所作。卢谌，字子谅，曾为刘琨的主簿，与刘琨屡有诗作赠答。作者引用姜尚辅佐文王，五贤辅佐晋文，管仲兴隆齐国，陈平、张良帮助汉高祖等典故，一方面哀痛自己事业无成，胸怀大志而沦落狱中；一方面寄希望于卢谌，望他继承自己未竟的事业，担负起救国使命。诗的后半部分引用孔子闻西狩获麟而叹道穷的典故，哀叹自己本想完成救国大业，不料中途遭到变故而被囚，同时也抒发时不我予，光阴易逝，命运难测的感慨，痛惜自己原来英雄奋激，如今却孤弱无助。全诗写得悲愤慷慨，一气呵成，作者忠愤激荡，感慨万端的激烈感情见于言辞之间，其中“何意百炼刚，化为绕指柔”两句以其寓意深刻，语言警策，感情苍凉沉郁而成为千古流传之绝唱。

赠刘琨一首 并书

作者：卢子谅　　注译评析：胡兆阳

故吏从事中郎卢谌[1]，死罪死罪！谌禀性短弱[2]，当世罕任[3]。因其自然，用安静退[4]。在木阙不材之资[5]，处雁乏善鸣之分[6]。卷异蘧子[7]，愚殊甯生[8]。匠者时眄[9]，不免朡宾[10]。尝自思惟[11]，因缘运会[12]，得蒙接事，自奉清尘[13]，于今五稔[14]。谟明之效不著[15]，候人之讥以彰[16]。大雅含弘[17]，量苞山薮[18]，加以待接弥优[19]，款眷逾昵[20]。与运筹之谋[21]，厕宴私之欢[22]，绸缪之旨[23]，有同骨肉，其为知己，古人罔喻[24]。昔聂政殉严遂之顾[25]，荆轲慕燕丹之义[26]。意气之间，靡躯不悔[27]。虽微达节[28]，谓之可庶[29]，然苟曰有情，孰能不怀[30]？故委身之日[31]，夷险已之[32]。事与愿违，当忝外役[33]，遂去左右，收迹府朝[34]。盖本同末异，杨朱兴哀[35]；始素终玄，墨翟垂涕[36]。分乖之际[37]，咸可叹慨，致感之途，或迫乎兹。亦奚必临路而后长号[38]，睹丝而后歔欷哉[39]？是以仰惟先情[40]，俯览今遇[41]，感存念亡，触物眷恋。《易》曰：书不尽言，言不尽意。然则书非尽言之器，言非尽意之具矣。况言有不得至于尽意，书有不得至于尽言邪？不胜猥懑[42]，谨贡诗一篇[43]，抑不足以揄扬弘美[44]，亦以摅其所抱而已。若公肆大惠[45]，遂其厚恩，锡以咳唾之音[46]，慰其违离之意，则所谓《咸池》酬于《北里》[47]，夜光报于鱼目[48]。谌之愿也，非所敢望也。谌死罪死罪。

浚哲惟皇[49]，绍熙有晋[50]。振厥弛维[51]，光阐远韵[52]。
有来斯雍，至止伊顺[53]。三台摛朗[54]，四岳增峻[55]。
伊陟佐商[56]，山甫翼周[57]。弘济艰难，对扬王休[58]。
苟非异德，旷世同流[59]。加其忠贞，宣其徽猷[60]。
伊谌陋宗[61]，昔遘嘉惠[62]。申以婚姻[63]，著以累世[64]。

义等休戚[65]，好同兴废。孰云匪谐[66]？如乐之契[67]。

王室丧师[68]，私门播迁[69]。望公归之，视险忽艰[70]。

兹愿不遂[71]，中路阻颠[72]。仰悲先意，俯思身愆[73]。

大钧载运[74]，良辰遂往。瞻彼日月，迅过俯仰[75]。

感今惟昔[76]，口存心想，借曰如昨，忽为畴曩[77]。

畴曩伊何[78]，逝者弥疏。温温恭人[79]，慎终如初。

览彼遗音[80]，恤此穷孤[81]。譬彼樛木[82]，蔓葛以敷[83]。

妙哉蔓葛，得托樛木。叶不云布[84]，华不星烛[85]。

承侔卞和[86]，质非荆璞。眷同尤良[87]，用乏骥騄[88]。

承亦既笃，眷亦既亲。饰奖驽猥[89]，方驾骏珍[90]。

弼谐靡成[91]，良谋莫陈。无觊狐赵[92]，有与五臣[93]。

五臣奚与，契阔百罹[94]。身经险阻，足蹈幽遐。

义由恩深，分随昵加。绸缪委心，自同匪他[95]。

昔在暇日，妙寻通理[96]。尤彼意气[97]，使是节士。

情以体生，感以情起。趣舍罔要[98]，穷达斯已[99]。

由余片言，秦人是惮[100]。日磾效忠[101]，飞声有汉。

桓桓抚军[102]，古贤作冠[103]。来牧幽都，济厥涂炭[104]。

涂炭既济，寇挫民阜[105]。谬其疲隶[106]，授之朝右[107]。

上惧任大，下欣施厚。实祗高明[108]，敢忘所守。

相彼反哺[109]，尚在翔禽。孰是人斯，而忍斯心？

每凭山海[110]，庶觌高深[111]。遐眺存亡，缅成飞沉[112]。

长徽已缨[113]，逝将徙举。收迹西践，衔哀东顾。

曷云涂辽[114]，曾不咫步。岂不夙夜，谓行多露。

绵绵女萝[115]，施于松标[116]。禀泽洪干[117]，晞阳丰条[118]。

根浅难固，茎弱易凋。操彼纤质，承此冲飙[119]。

纤质寔微[120]，冲飙斯值。谁谓言精，致在赏意。

不见得鱼，亦忘厥饵。遗其形骸，寄之深识。

先民颐意[121]，潜山隐机[122]。仰熙丹崖[123]，俯澡绿水。

无求于和，自附众美。慷慨遐踪，有愧高旨。
爰造异论，肝胆楚越[124]。惟同大观，万殊一辙。
死生既齐，荣辱奚别？处其玄根[125]，廓焉靡结[126]。
福为祸始，祸作福阶。天地盈虚，寒暑周回。
夫差不祀，衅在胜齐[127]。勾践作伯[128]，祚自会稽[129]。
邈矣达度[130]，唯道是杖[131]。形有未泰，神无不畅[132]。
如川之流，如渊之量。上弘栋隆[133]，下塞民望[134]。

【篇旨】

写对刘琨往昔恩遇的感激和眼下处境的安慰。表白自己身为“长徽已缨”，不能始终跟从刘琨的苦衷。

【注释】

① 故吏：刘琨曾辟卢谌，故此卢谌对琨自称故吏。从事中郎：卢谌曾在刘琨属下任从事中郎之职。

② 禀性：旧称天所赋予人的品性资质。短弱：不足，欠缺。

③ 罕：稀，少。任：用。

④ 用安静退：《礼记·大学》：“知止而后有定，定而后能静，静而后能安，安而后能虑，虑而后能得。”用，因此。

⑤ 不材：不成材，无用。《庄子·山木》载庄子之言：“此木不材，得终其天年。”

⑥ 善鸣：指善鸣之雁，语出《庄子·山木》，谓雁以善鸣而得全身。

⑦ 卷：收藏，含藏身退隐意。蘧（qú）子：蘧瑗，春秋卫人，字伯玉。《论语·卫灵公》载孔子赞蘧伯玉“邦有道则仕，邦无道则可卷而怀之”。

⑧ 甯生：甯武子。《论语·公冶长》载孔子赞曰：甯武子“邦有道则知，邦无道则愚”。

⑨ 眄（miǎn）：斜视。

⑩ 膳：同“馔”，进食。

⑪ 思惟：思想，思量。惟，思。

⑫ 运会：时势。

⑬ 清尘：车后扬起的尘埃，用为对人的敬称。

⑭ 稔（rěn）：本指谷物成熟。古代谷物一年一熟，因称年为稔。五稔，即五年。

⑮ 谟：同“谋”，指治国方略。明：英明。《尚书·皋陶谟》曰：“谟明弼谐。”著：昭著。

⑯ 候人：道路上迎送宾客的官吏。《诗经·曹风·候人》毛诗序曰：“刺近小人也。”彰：彰露。

⑰ 大雅：对才德高尚者的赞词，此谓刘琨。含弘：含容极大。

⑱ 苞：包裹。

⑲ 优：厚。

⑳ 款：真诚，恳挚。昵：亲近。同“暱”。

㉑ 与：参与。

㉒ 厕：参加。

㉓ 绸缪：情意殷勤。

㉔ 罔喻：无比。

㉕“聂政”句：《史记·刺客列传》载，聂政跑到齐国避仇，以屠为业。受严遂之请，刺杀韩相侠累。顾：问，拜访。

㉖“荆轲”句：《史记·刺客列传》载，荆轲受燕太子丹之托，入秦刺杀秦王。

㉗ 靡躯：献出生命。靡，烂。

㉘ 达节：通达事理，不拘常格，而自然合节。

㉙ 庶：将近，差不多。

㉚ 怀：思。

㉛ 委身：托身，以身事人。委身之日，指事刘琨之时。

㉜ 夷险：治与乱。已：犹决竟也。

㉝ 忝：羞辱，有愧于。外役：指离开刘琨去事段匹碑。

㉞ 府朝：六朝以前侯国郡守得征聘僚属，同于公府；其治所也称朝，因称府朝。刘琨为司空，三公有府朝。

㉟ 杨朱：战国时魏人，又称杨子、阳子或阳生。《淮南子·说林训》曰：杨子见逵路而哭之，为其可以南，可以北。

㊱ 墨翟垂涕：《淮南子·说林训》曰：墨子见练丝而泣之，为其可以黄，可以黑。

㊲ 分乖：分离。

㊳ 奚：何。

㊴ 歔欷：啼泣貌。

㊵ 先：指卢谌之父。

㊶ 今：谓刘琨。

㊷ 猥懑：烦怨。

㊸ 贡：献。

㊹ 揄扬：宣扬。弘：大。

㊺ 肆：扩张，延伸。

㊻ 锡：赐。

㊼《咸池》：古乐名，相传为尧乐。《北里》：古乐名，殷纣之乐。

㊽ 夜光：宝珠。

㊾ 濬（jùn）哲：深邃的智慧。皇：指晋怀帝。

㊿ 绍：承继。熙：兴盛。

51 振：举。弛：解。

52 阐：开。

53 伊：是。顺：从。

54 三台：星名，谓上台、中台、下台共六星，两两相比，起文昌，列抵太微，也作三阶，又称泰阶。古人以星象征人事，称三公为三台。摛（chī）：传布，舒展。

55 四岳：指东岳泰山、西岳华山、南岳衡山、北岳恒山。

⑯ 伊陟：殷贤臣。

⑰ 山甫：仲山甫，周贤臣。翼：辅弼。

⑱ 对扬：对答称扬。休：美。

⑲ 旷世：时间长久。

⑳ 徽：美。猷（yóu）：道，法则。

㉑ 陋宗：卑陋之姓。

㉒ 遘：遇。嘉惠：对他人所给予恩惠的敬称。嘉，美，善。

㉓ 申：重复，一再。婚姻：指卢谌妹嫁刘琨弟事。

㉔ 著：明。累世：几代。

㉕ 休戚：喜乐与忧虑。

㉖ 谐：和。

㉗ 契：契合。

㉘ 王室：指晋室。丧师：指刘聪破洛阳事。

㉙ 播迁：流离迁徙。

㉚ 视险忽艰：忽视艰险。

㉛ 遂：顺，如意。

㉜ 中路阻颠：指卢谌父母为刘粲所害事。

㉝ 愆（qiān）：罪过，过失。

㉞ 大钧：造化。运：移。

㉟ 迅：疾。

㊱ 惟：思。

㊲ 畴曩：往日，同“畴昔”。

㊳ 伊：是。

㊴ 温温：宽柔貌。恭人：谦恭之人，谓刘琨。

㊵ 遗音：指卢谌父亲之言。

㊶ 穷孤：卢谌自谓。

㊷ 樛木：喻刘琨。

㊸ 蔓葛：卢谌自喻。敷：布。《诗经·周南·樛木》：“南有樛木，葛藟

累之。"《毛诗序》："言能逮下而无嫉妬之心焉。"

㊹ 不云布：疏薄。

㊺ 不星烛：不光明。

㊻ 承：受。侔：齐，等。卞和：《韩非子》曰：楚子和氏得璞玉于楚山之中，奉而献之武王。卞和本献玉之人，在此指玉。

㊼ 眷：眷顾。尤良：王良，又名邮无恤。尤，同"邮"，春秋时晋之善御者。

㊽ 用：才用。骥騄：良马。

㊾ 驽猥：劣马，卢谌自喻。

⑩ 骏珍：骏马，喻贤臣。

⑪ 弼：辅弼。谐：和谐。

⑫ 觊：望。

⑬ 五臣：《左传·僖公二十三年》曰：晋国公子重耳在外逃难，奔狄，从者有狐偃、赵衰、颠颉、魏武子、司空季子，这五人即五臣。上文中狐、赵即狐偃、赵衰。

⑭ 契阔：离散。罹：忧。

⑮ 匪他：语本《诗经·小雅·頍弁》："岂伊异人，兄弟匪他。"

⑯ 通理：通达的道理。

⑰ 尤：非。

⑱ 趣舍：趋向或舍弃。

⑲ 穷达：困厄与显达。

⑩⓪ 由余：其先晋人，亡入戎，能晋言。奉使入秦见秦穆公，穆公以女乐赠戎王，戎王受而悦之，由余数谏不听，遂奔秦。秦用由余谋伐戎，益国十二，辟地千里，遂霸西戎。惮：畏惧。

⑩① 日磾：金日磾，本匈奴休屠王太子，后投汉，武帝拜为侍中，驸马都尉，莽何罗发动兵变，日磾冒死救武帝。

⑩② 桓桓：威武貌。抚军：指段匹磾，时任抚军幽州牧。

⑩③ 冠：谓在众贤之上。

⑩④ 涂：泥。炭：火，谓百姓遭乱如陷于泥火之中。

⑩⑤ 挫：摧折。阜：盛。

⑩⑥ 谬：误。疲隶：恶贱，卢谌自比。

⑩⑦ 朝右：州郡的辅佐官吏，即别驾。

⑩⑧ 祇（zhī）：恭敬。

⑩⑨ 相：视。

⑪⓪ 凭：依。山海：喻刘琨。

⑪① 觌（dí）：相见。

⑪② 缅：邈远。飞沉：飞鸟沉鱼。

⑪③ 徽：绳索。缨：缠绕。

⑪④ 曷：何。

⑪⑤ 绵绵：连续不断貌。女萝：卢谌自喻。

⑪⑥ 施（yì）：蔓延，延续。松标：喻刘琨。标，树梢。

⑪⑦ 禀：受。

⑪⑧ 丰：茂。

⑪⑨ 冲飙：猛烈的暴风。

⑫⓪ 寔（shí）：通“实”。

⑫① 先民：古人。颐：养。

⑫② 隐机：倚着几案。

⑫③ 熙：曝晒。

⑫④ 肝胆：喻关系密切。楚越：喻远。

⑫⑤ 玄根：道家指道之本。

⑫⑥ 廓：空。

⑫⑦ 衅：朕兆。

⑫⑧ 勾践作伯：《史记·越王勾践世家》曰：勾践已平吴，“周元王使人赐勾践胙，命为伯”。

⑫⑨ 祚：福。

⑬⓪ 邈：远。

⑬ 杖：据。

⑬ 畅：通。

⑬ 栋隆：本指屋梁高大厚实，比喻能担负重任。

⑬ 塞：满。

【语译】

您的旧吏从事中郎卢谌，死罪死罪！我禀性弱劣，当代少有。因此任其自然，安心退居静处。山木以不材而得以长寿，大雁以善鸣而得全身。比之于木，我缺乏不材的资质；比之于雁，又缺乏善鸣的天分。在此乱世，既不能如蘧伯玉藏身退隐，亦不能像甯武子由智而愚。因此不免以“有材”而为匠人瞥见，又以“不能鸣”而进食于宾。曾经自我思量，因了时势，得以在您手下效力，自从侍奉您以来，到今天已有五年。没有什么良谋可以进献，而亲近小人的讥谤早已彰露。您雅量宏大，足以包容山谷渊薮，待我更加优厚，爱眷愈加亲近。让我参与帷幄之谋，参加家庭宴会，情意殷勤，如同兄弟，诚为知己，古人无可比拟。往昔聂政以身殉严遂之请，荆轲景慕燕太子丹的义气。他们皆以意气相感，献出生命亦无所悔。我们虽然不如圣人那样通达事理、不拘常格，但已与之相近，再说有情之人，谁能不思恩呢？故此在托身于您时，就决心安危与共。但事与愿违，不得不忝受外任，离开您的左右，不再任职于您的府邸。大概因本同末异，所以杨子见歧路而啼泣，墨子见素丝色变而流泪。当分离之际，任何事物都值得感叹，而尤使人感慨的没有比现在这种情形更急切。相形之下，又何必临歧路而悲号，见素丝而啼泣呢？因此，回思往昔先父与您的交情，感念如今您对我的恩遇，感存念亡触物生情，不禁更增眷恋。《周易·系辞》说：书册不能写尽要说的话，言语不能说尽心中之意。如此说来，书册就不是能说尽言语的器具，言语也不是尽致意旨的工具。何况言语还有不能尽意之处，书册也有不能尽言之地呢！故此，我不胜烦怨，谨献诗作一篇，或许不足以宣扬您的大美，只不过抒写自己的怀抱而已。如果您能施舍恩惠，行以厚恩，赐几句诗，慰此离别之意，那就如同以《咸池》之乐酬答《北里》，以夜光宝珠回报鱼目，这是我的心愿而实不敢想望的。卢谌死罪死罪。

皇上有圣智之德，承继先辈复兴晋朝。统举已解之纲，发扬先帝遗风。

有来归附者，都和顺而从。三台星舒展其明朗之光，四岳更增其高峻之势。

伊陟辅佐殷商，仲山甫辅弼周朝。能大济艰难之事，对答称扬王之美命。

您的大德不异昔贤，相隔虽远亦可同流。加上您的忠正，宣扬帝王之美道。

我卢谌宗姓卑陋，往昔尝遇嘉惠。与您家攀结婚姻，使我几代得以显世。

我与您休戚与共、兴衰同好。谁说我们不和谐？实如乐声般契合。

王室丧师失地，我家流离迁徙。望您而来归附，不顾一切艰险。

这个愿望未能实现，中途遇到阻隔。仰悲父母被害之事，俯思自身的罪过。

时光造化推移，良辰渐渐逝去。日月迅速飞驰，有如俯仰之间。

感今思忆往事，口存心想，仿佛就是昨日，却已忽成久远。

往昔究竟如何，所存已渐稀少。您温柔宽厚，始终如一。

遵从我先父遗言，抚恤穷贱孤独。犹如高高的樛木，使蔓葛得以攀附。

多妙啊蔓葛，能托身于樛木。自身枝叶疏薄，花儿也不鲜明。

被视为和氏之璧，质地却并非荆璞。身受深厚眷顾被视如王良，才用缺乏却并非骥騄良马。

所受既深厚，眷顾亦亲切。驽马被褒奖，与骏马并驾。

辅和之道不成，良谋无可陈述。岂敢比之狐赵，羞入五臣之列。

五臣又岂敢比附，实如五臣之与文公，我们皆遭罹危难。亲身经历过险阻，足蹈幽远之地。

主从之义因恩遇加深，情分随亲近加厚。互相委付深心，情意殷勤如同兄弟。

往昔闲暇之时，寻找通达之理。菲薄以意气而忘宗，使自己成为有礼有节之士。

情因亲生，感因情起。趣舍无所要求，穷达任其所止。

由余片言只语，使秦国人惧怕。金日磾效忠，声名著称于汉。

威武的抚军，在古代众贤之上。来主掌幽州，救人民于涂炭。

人民得到拯救，敌寇遭受挫折，民众兴旺昌盛。承其谬赏，授我别驾之职。

对上担心责任重大，私下为被施厚恩而欣喜。实在崇敬高明之主，岂敢忘掉自身职守。

看看飞禽，尚能反哺。作为人类，谁能忍父母之仇不报？

每每凭依高山大海，方能睹其高大深广。视此存亡之理，邈然成为飞鸟沉鱼。

身已为长绳所系，我将徙举而去。收敛那西践之迹，向东悲哀而顾。

说什么路途遥远，我心只在咫尺寸步之间。难道不能早夜而行，唯恐重露沾湿衣裳。

长长的女萝，附于那高高的松树。仰其粗干享受雨露，倚其丰条沐浴阳光。

根底浅豁难以牢固，茎枝纤弱容易凋零。凭着弱柔之质，顶受狂暴之风。

纤柔之质实在微弱，狂猛暴风肆意冲击。谁说言语能将一切说清，重要在于由言得意。

没能钓得鱼儿，亦可忘记鱼饵。忘掉外在形骸，寄达于远识者。

古人颐养自己，潜居山林与隐伏几案皆可。仰靠丹崖曝晒阳光，俯于绿水沐浴其身。

不求谐和于众，而众美自附。感叹远踪不能追从，有愧于高人意旨。

于是谗言方兴，肝胆之交顿成楚越之隔。只有心存高远之达观者，方能视万途同为一辙。

生与死既无差异，荣与辱又有何别？心中空廓，芥蒂无存。

福为祸之始，祸乃福之阶梯。天地万物盈虚交替，寒来暑往周而复始。

夫差亡国兆，始于胜齐。勾践作伯，源自会稽之败。

邈远博大的胸怀，只依道而行。身体虽为人所屈，神智依然畅通。

如川流之水，如深渊之量。在朝廷内为国之栋梁，在百姓心中乃众望所归。

【评析】

卢谌与刘琨关系密切。卢刘是世交，卢谌之父与刘琨是好友。两家又有亲戚关系。文章先写自己因不能“用安静退”而为“匠人”所眄，继言自己往昔从事刘琨所受恩遇，在此分离之时，不能尽言于书，只好托深心于诗中。诗从时势写起，将刘琨与伊陟、仲山甫相比，称赞刘琨品德高尚，与昔贤可“旷世同流”。接着言及自己世代与刘氏的交情，以及自身所受刘琨的恩遇，感激之情溢于言表。然后笔锋一转，写自己因环境所迫，不能从一而终。希望刘琨能理解自己的苦衷。最后，对刘琨加以劝慰，以“惟同大观，万殊一辙”相勉，以“福为祸始，祸作福阶”相慰，只要依道而行，虽身为人所屈，而神自畅通。全诗层次清楚，感情真挚动人。另外，运用大量典故和比喻，以申述难以表达之意，是本诗一大特色。如以五臣与晋文公的关系比拟自己与刘琨的关系，以樛木喻刘琨，以蔓葛自喻，均极精切生动。

赠崔温一首①

作者：卢子谅　　注译评析：黄汉清

逍遥步城隅，暇日聊游豫②。北眺沙漠垂③，南望旧京路④。
平陆引长流，岗峦挺茂树。中原厉迅飙⑤，山阿起云雾⑥。
游子恒悲怀⑦，举目增永慕⑧。良俦不获偕⑨，舒情将焉诉？
远念贤士风⑩，遂存往古务⑪。朔鄙多侠气⑫，岂惟地所固。
李牧镇边城⑬，荒夷怀南惧⑭。赵奢正疆埸⑮，秦人折北虑。
羁旅及宽政⑯，委质与时遇⑰。恨以驽蹇姿⑱，徒烦飞子御⑲。
亦既弛负檐⑳，忝位宰黔庶㉑。苟云免罪戾㉒，何暇收民誉㉓？
倪宽以殿黜㉔，终乃最众赋。何武不赫赫㉕，遗爱常在去。
古人非所希，短弱自有素㉖。何以敷斯辞㉗？惟以二子故㉘。

【篇旨】

向友人崔悦、温峤表白自己投段匹磾后复杂的心情。

【注释】

① 崔：崔悦，字道儒，以才学著称。善书，与谌齐名。温：温峤，字太

真。曾与傅咸在刘琨军中共事。

② 游豫：游乐。

③ 垂：边。

④ 旧京：指洛阳。

⑤ 中原：平原，原野。厉：扬起。飙：风。

⑥ 山阿：山曲。

⑦ 恒：经常。

⑧ 永慕：终生不忘其亲的意思。

⑨ 良俦：好伴，好友。偕：俱。

⑩ 贤士风：这里指古代良将之风。

⑪ 务：事。

⑫ 朔鄙：北方边地。

⑬ 李牧：战国时赵之良将，守赵北边领土，曾大破匈奴，其后十余年匈奴不敢近赵边境。

⑭ 荒夷：荒凉的草原。此为匈奴人居住之地，故指代匈奴。

⑮ 赵奢：战国时赵人。秦国攻打韩国，求救于赵，赵以奢为将，大破秦军。

⑯ 羁旅：寄居作客。这里指投靠别人幕下做官。卢谌始往并州投刘琨，为司空从事中郎。琨败，谌往投段匹磾。宽政：宽容之政。

⑰ 委质：委身相从的意思。

⑱ 驽蹇：行走迟缓的马。即指劣马。

⑲ 飞子：周时人，善御马。亦作“非子”。御：御者，喻段匹磾。

⑳ 负檐：责任。檐，一作“担”。

㉑ 忝（tiǎn）位：愧居官位。宰：古代对官吏的通称。这里引申为治理的意思。黔庶：庶民，平民。

㉒ 罪戾：罪过。以上本于《左传·庄公二十二年》：“羁旅之臣，幸若获宥，及于宽政，赦其不闲于教训，而免于罪戾，弛于负担，君之惠也。”

㉓ 誉：美声。赞美。

㉔ 倪宽：西汉人。倪又作“兒（ní）”。《汉书·倪宽传》谓：倪宽迁左内史，“时裁阔狭，与民相假贷，以故租多不入。后有军发，左内史以负租课殿，当免。民闻当免。皆恐失之，大家牛车，小家担负，输租襁属不绝，课更以最”。殿：先。黜：减免。

㉕ 何武：汉时人，字君公。为扬州刺史。居官好奖士类，所居无赫赫名。赫赫：盛貌。

㉖ 短弱：劣而弱。谌自谓。有素：有故。

㉗ 敷：陈述。斯辞：这些言辞。这里指这首赠诗。

㉘ 二子：指崔、温二人。

【语译】

安闲自得漫步于城角，休息的日子姑且出来游玩。远眺北方沙漠边陲，南望古都京洛的道路。

只见平原上长河流过，山峦上树木茂盛挺拔。原野上刮起了疾风，山间涌起了云雾。

离家远行的人常伤悲，举目眺望更想念亲人。好朋友都不能同游，舒展情怀又向谁倾诉？

追慕贤士美好的遗风，于是想起古昔的情事。北方边地有游侠之气，岂止因为地形的险固。

良将李牧镇守边疆，使匈奴想到南方便畏惧。赵奢率军防守边界，秦军北逃无入侵之虑。

羁旅之臣赶上宽容的政治，委身事之是得与时遇。我恨自己如驽马资质愚钝，徒劳善驭的飞子来驾驭。

想减轻沉重的劳役，忝居官位治理百姓。不过是为了避免获罪，哪有容暇听取民众的赞誉？

倪宽实行减租宽贷的措施，结果促使更多的人缴纳赋税。何武所居并无赫赫之名，去后遗爱常为人所思念。

古人并非我所能企及，我虽云劣弱但还有仁厚的本性。为何要陈述这一番话？只因为让二位了解我的真情。

【评析】

此诗是卢谌投段匹磾后所作。因两位友人不能同游，便赋诗表明自己的心迹，抒发自己于丧乱之后委身事段的感情。卢谌虽然离琨事段，但他对刘琨还是念念不忘的。诗中写其思念古之贤士，列举古之良将李牧、赵奢，实是暗喻刘琨镇守并、冀、幽三州助元帝称制江左的功绩。卢谌在诗中对段匹磾也甚为尊重，他自言寄客于段匹磾，蒙宽容之政，得委身事之。他把段匹磾比为飞子，把自己比作行动迟缓的驽马，烦劳段匹磾驾驭，可见其钦佩之情。卢谌自谓短弱，不敢希冀如倪宽、何武，但自认还有素志，希望于丧乱之后，愿当政者宽其赋敛。这亦反映出他在政治上的进步主张。此诗多用典故，语言简练，结构严谨。

答魏子悌一首①

作者：卢子谅　　注译评析：黄汉清

崇台非一干②，珍裘非一腋③。多士成大业④，群贤济弘绩⑤。
遇蒙时来会⑥，聊齐朝彦迹⑦。顾此腹背羽⑧，愧彼排虚翮⑨。
寄身荫四岳⑩，托好凭三益⑪。倾盖虽终朝⑫，大分迈畴昔⑬。
在危每同险，处安不异易。俱涉晋昌艰⑭，共更飞狐厄⑮。
恩由契阔生⑯，义随周旋积⑰。岂谓乡曲誉⑱，谬充本州役⑲。
乖离令我感⑳，悲欣使情惕㉑。理以精神通，匪曰形骸隔㉒。
妙诗申笃好㉓，清义贯幽赜㉔。恨无随侯珠㉕，以酬荆文璧㉖。

【篇旨】

追叙了与友人相交共事的经过，抒发了彼此在共患难中建立的友情。

【注释】

① 魏子悌：亦为刘琨从事，与卢谌同官。

② 崇台：高台。一干：一木之枝。

③ 珍裘：珍贵的皮衣。腋：禽兽肢腿与腹部交接处。这里指狐腋处的皮。狐腋皮白细而长，宜作皮衣。

④ 多士：众多士子。

⑤ 群贤：贤人众多。济：成功，成就。弘绩：大功。

⑥ 蒙：遭。时：时机，机会。

⑦ 朝：拜见，这里指拜谒刘琨。彦：德才杰出的人。指魏子悌。

⑧ 腹背羽：鸟的腹部和背部的羽毛，对鸟的飞行不起作用，故以喻无能。

⑨ 排虚翮：可以凌空的翅膀。喻有突出才能。此谓子悌。虚，天空。翮，翅。《抱朴子·君道》："剔腹背无益之毛，揽六翮凌虚之用。"

⑩ 四岳：古时分掌四时、方岳的官。这里指刘琨、段匹磾等。

⑪ 三益：三种益友之道。这里是好友的意思。即指子悌。《论语·季氏》："益者三友……友直、友谅、友多闻，益矣。"

⑫ 倾盖：谓途中相遇，停车而语，车盖接近，因称初交相得，一见如故为倾盖。终朝：整个早上。

⑬ 大分：交情，友情。迈：超过。

⑭ 晋昌：郡名，为石勒所攻。

⑮ 飞狐：塞名，尝为贼所得。刘琨与谌、悌往伐之，为贼所败，奔安次，故言同险易厄难也。厄：危难。

⑯ 契阔：离合，聚散。偏指离散。

⑰ 周旋：追逐、交战。

⑱ 乡曲：乡里。

⑲ 本州役：指匹磾任卢谌为幽州别驾。谌为涿郡人，涿属幽州，故云本州役。

⑳ 乖离：分离。

㉑ 悲欣：悲喜。这里有悲今日离别，喜昔日同聚之意。惕：警惧。

㉒ 形骸：人的形体、躯壳。

㉓ 申：表明。笃好：纯厚善美。

㉔ 清义：显明的道理。幽赜（zé）：深远之理。

㉕ 随侯珠：传说中的宝珠。“随”亦作“隋”。

㉖ 荆文璧：和氏璧。比喻魏子悌的赠诗。

【语译】

高台非一木之枝所造就，珍贵的皮衣也非一块腋皮可制成。众多的贤士方可成大业，聚集群贤才能建立大功。

幸遇良机再来相会，与你一起同事于琨。自视如腹背羽毛了无用处，愧对你那奋翅凌空的本领。

我得以寄身于刘琨麾下，结交的又是三益之友。虽是初交却一见如故，友情深厚超过古人。

危难之时每每一同历险，居安之时情谊也不改变。一同经历过晋昌的困境，又一起度过飞狐的厄难。

恩义因离别而产生，随与敌交战而更加深厚。我并非因为乡里对我的美誉，谬然地做了本州岛的别驾。

分离令我感伤，悲今欢昔令我惊惧。恩义由心志而相通，并不因形远而阻隔。

你的佳篇表达了深厚的情意，深刻的道理贯串其中。恨自己没有隋珠的美才，用来酬答你美如荆玉的赠诗。

【评析】

魏子悌与卢谌曾在刘琨幕下共事，两人同官，悌有诗赠谌，谌作此诗回答。此诗下笔不凡，起首两句用比喻，三四句直言，道出了具有普遍意义的道理，气势宏大，说明晋王朝的建立是由于有众贤才的辅佐。作者自然把自己与魏子悌视为为晋王朝建功立业的一员。接着记述了他们从相会初交至共同经历厄难中建立起来的深厚友谊。围绕这一中心，作者依次写了他们的幸会、共事、历险、离别、赠答，显得一气运转，脉络贯通。全诗记事言情紧密结合，多用对仗，饶有韵味。

答灵运一首

作者：谢宣远　　注译评析：黄汉清

夕霁风气凉①，闲房有余清②。
开轩灭华烛③，月露皓已盈④。
独夜无物役⑤，寝者亦云宁。
忽获《愁霖》唱⑥，怀劳奏所成⑦。
叹彼行旅艰，深兹眷言情⑧。
伊余虽寡慰⑨，殷忧暂为轻⑩。
牵率酬嘉藻⑪，长揖愧吾生⑫。

【篇旨】

答谢从弟谢灵运对自己的宽慰与关怀。

【注释】

① 夕霁：傍晚天晴。

② 闲房：空旷的房屋。

③ 轩：泛指门窗。华烛：华美的烛火。

④ 盈：满。

⑤ 无物役：不为事物所役。

⑥《愁霖》唱：指谢灵运寄来的《愁霖》诗。

⑦ 怀劳：忧思劬劳。奏：作，为。引申为书写。

⑧ 眷言：回顾貌。

⑨ 伊余：我。伊，语助词。寡：少。慰：安。

⑩ 殷忧：深切的忧虑。

⑪ 牵率：引导。嘉藻：嘉美之文辞。

⑫ 长揖：相见时，拱手自上而至极下以为礼。

【语译】

傍晚天晴风气凉，空旷的房里有余清。

打开门窗熄灭烛火，月露之色盈满内外。

独自过夜不受干扰，睡眠倒也很安宁。

忽然得到你的《愁霖》诗，那是你怀着诚心所写成。

诗中叹息旅途的艰险，还表达了深切怀念之情。

我的心虽然很少获得安慰，但拜读诗后忧虑暂且减轻。

触发了感情便想酬答你的来信，拜揖你的同时又深感自愧。

【评析】

谢灵运是谢宣远的族弟，有《愁霖》诗寄宣远，故宣远有此答诗。开篇就以清新的笔调描写秋夜的景色。天气微凉，房有余清，溶溶月色，衬托着作者宁静的心情。笔锋突然一转，写灵运的赠诗激起了作者感情的波澜，从诗句中领略到从弟对己眷念之情，精神也为之振奋，往日的忧愁也为之减轻，便情不自禁地要酬其所赠。“忽获”一语用得极妙，使诗情起伏跌宕。

于安城答灵运一首

作者：谢宣远　　注译评析：黄汉清

条繁林弥蔚①，波清源愈濬②。华宗诞吾秀③，之子绍前胤④。
绸缪结风徽⑤，烟煴吐芳讯⑥。鸿渐随事变⑦，云台与年峻⑧。
华萼相光饰⑨，嘤嘤悦同响。亲亲子敦予⑩，贤贤吾尔赏⑪。
比景后鲜辉⑫，方年一日长。萎叶爱荣条⑬，涸流好河广⑭。
殉业谢成操⑮，复礼愧贫乐⑯。幸会果代耕⑰，符守江南曲⑱。
履运伤荏苒⑲，遵涂叹缅邈⑳。布怀存所钦㉑，我劳一何笃㉒！
肇允虽同规㉓，翻飞各异概㉔。迢递封畿外㉕，窈窕承明内㉖。
寻涂涂既睽㉗，即理理已对。丝路有恒悲㉘，矧乃在吾爱㉙！
跬行安步武㉚，铩翮周数仞㉛。岂不识高远？违方往有吝㉜。
岁寒霜雪严㉝，过半路愈峻㉞。量己畏友朋，勇退不敢进。
行矣励令猷㉟，写诚来訓讯㊱。

【篇旨】

赞美从弟谢灵运的美德，抒发自己深厚的兄弟之情。

【注释】

① 蔚：盛。

② 濬（jùn）：深。

③ 华宗：显贵的宗族。诞：生。

④ 之子：谓谢灵运。绍：继承。胤（yìn）：嗣，后代。

⑤ 绸缪：紧缠密绕。此处是亲密的意思。风徽：风范，美德。

⑥ 烟煴（yūn）：阴阳二气和合貌。芳讯：芳言。指赠诗。

⑦ 鸿渐：飞鸿渐进于高位，喻官阶晋升。

⑧ 云台：高耸入云的台阁，喻爵位。

⑨ 华萼：花与萼。花萼相承，比喻兄弟之爱。

⑩ 亲亲：亲其所当亲。敦：厚爱。

⑪ 贤贤：贤其所当贤。赏：识。

⑫ 景：光景，景况。鲜：少。

⑬ 萎叶：衰叶，作者自喻。荣条：茂盛的树枝，喻灵运。

⑭ 涸流：水干竭的小河，作者自喻。河广：宽阔的河流，喻灵运。

⑮ 殉业：经营事业。谢：不如。成操：所执持的志行。

⑯ 复礼：合乎礼。《论语·颜渊》："子曰：'克己复礼为仁，一日克己复礼，天下归仁焉。'"贫乐：安贫乐道。《论语·学而》："子曰'未若贫而乐，富而好礼者也。'"

⑰ 幸会：幸而会遇。代耕：指官吏的俸禄。

⑱ 符守：指郡守。符，符节。汉郡守受竹使符，后来因以符竹为郡守的典故。江南曲：安城临江，故云。

⑲ 履运：所履之运。

⑳ 遵涂：遵循的常道。缅邈：遥远。

㉑ 布怀：满怀。所钦：所敬佩的人，指灵运。

㉒ 笃：真诚，纯一。

㉓ 肇：始。允：信。

㉔ 概：风度，节操。

㉕ 迢递：远貌。封畿：京都一带地域。帝王所领之地为畿。这里指京城洛阳。

㉖ 窈窕：深邃貌。承明：殿名。汉时所建，在未央宫中。时灵运为秘书监，故说他在承明内。

㉗ 睽：违背，不同。

㉘ 丝路：墨子见素丝而泣，杨子见歧路而哭。《淮南子·说林训》："墨子见练丝而泣之，为其可以黄，可以黑。"又"杨子见逵路而哭之，

为其可以南可以北”。

㉙ 矧（shěn）乃：况且。乃，语助词。

㉚ 跬（kuǐ）行：行半步。相当今之一步。步武：古以六尺为步，半步为武。指相距甚近。

㉛ 铩翮（shā hé）：羽毛摧落。仞：古长度单位，相当于今之七尺或八尺。

㉜ 方：常道。吝：悔吝，悔恨。

㉝ 岁寒：喻年老。

㉞ 过半：年过五十。

㉟ 励：勉。令猷：善道。

㊱ 詶：答。“詶”通“酬”。讯：信，指谢灵运的赠诗。

【语译】

枝条繁密树林更加茂盛，水流清澈说明源头愈加深远。显贵的宗族诞育了美才，你继承了祖先的遗绪。

亲密友好风雅相善，兄弟和美吐出芳言。你的禄位随事变而渐进，美德随年长日益崇高。

我们如花与萼互相映衬，又如鸟之嘤鸣悦其同响。你亲其所亲厚爱于我，我贤其所贤欣赏你的才华。

按光景你生于我后而鲜明于我，论年纪我则一日长于你。枯叶爱恋繁茂的枝条，干涸的小河喜欢宽广的河水。

我对于事业可惜没有成就，愧于未能克己复礼安贫乐道。幸好终于获得一份俸禄，受命做了安城的郡守。

所履之运悲光阴荏苒，遵循常道又叹路途长远。我心中怀念所钦敬的人，我的相思是何等诚挚。

虽然初始我与你信念同出一辙，但腾举之后志节便不同。我任职在京畿千里之外，你身处深邃的承明殿内。

贤愚的仕途不相同，居内居外亦是理所当然。杨子墨翟感于素丝歧路尚且悲泣，何况我与亲爱的人离别！

我举足而行安于一步之内，伤翅的大鹏即使腾飞也不过数尺。难道我不知志向应当高远吗？只不过远背常道而往恐有悔恨。

年纪老了前途更艰险，年过半百路途更严峻。自己材薄质劣畏惧友朋，故勇于后退而不敢前进。

在此勉励你行善道，写下我的诚心以酬答你的问讯。

【评析】

谢瞻做安城守，谢灵运有赠诗，故作此诗酬答。诗中表达了兄弟间笃厚的情谊。全诗分为五章，前四章每章约为八句，最后一章为十句。第一章赞美灵运位高德重。第二章叙兄弟情好。第三章抒发别后之情。第四章表示惜分离。第五章诉说怀抱，并点明是答诗。全篇未着一个“情”字，但笃厚之情贯串其中。作者通过叙述比较双方的仕途，自然流露了对对方的钦佩、思念之情。可谓寓深情于字里，见风韵于行间。诗中一扬一抑、一褒一贬的手法，更突出了他心存“所钦”这一主旨。此外象征性的语言，使表达的感情容量增大，如以“萎叶”“涸流”喻己，以“荣条”“河广”喻灵运。以“跬行安步武，铩翮周数仞”句说明自己志短，都形象而含蓄。诗中用典也甚为精巧，以杨子墨翟悲素丝歧路比己惜别之情，恰如其分。

西陵遇风献康乐一首[①]

作者：谢惠连　　注译评析：黄汉清

我行指孟春[②]，春仲尚未发[③]。趣途远有期[④]，念离情无歇。
成装候良辰[⑤]，漾舟陶嘉月[⑥]。瞻涂意少悰[⑦]，还顾情多阙[⑧]。
哲兄感仳别[⑨]，相送越坰林[⑩]。饮饯野亭馆，分袂澄湖阴[⑪]。

凄凄留子言[12]，眷眷浮客心[13]。回塘隐舻栧[14]，远望绝形音。
靡靡即长路[15]，戚戚抱遥悲[16]。悲遥但自弭[17]，路长当语谁？
行行道转远，去去情弥迟。昨发浦阳汭[18]，今宿浙江湄[19]。
屯云蔽曾岭[20]，惊风涌飞流[21]。零雨润坟泽[22]，落雪洒林丘。
浮氛晦崖巘[23]，积素惑原畴[24]。曲汜薄停旅[25]，通川绝行舟[26]。
临津不得济，伫楫阻风波。萧条洲渚际[27]，气色少谐和[28]。
西瞻兴游叹，东睇起凄歌[29]。积愤成疢痗[30]，无萱将如何[31]！

【篇旨】

作者途经西陵遇风受阻，写诗表达思兄之情。

【注释】

① 西陵：渡口名。《会稽志》："西陵城在萧山县西二十里。吴越改曰西兴。"康乐：指谢灵运。谢灵运袭封康乐侯，故称。

② 孟春：春季的第一个月，即正月。

③ 春仲：指二月。

④ 趣：向。

⑤ 成装：装束完毕。

⑥ 陶：喜乐。嘉月：美好的月色。

⑦ 悰：欢乐。

⑧ 阙：同"缺"，这里指心情空虚。

⑨ 哲兄：贤兄。指谢灵运。仳（pǐ）：分离。

⑩ 越：度。坰（jiōng）林：郊野。

⑪ 分袂：分手，分离。袂，袖。阴：水之南边。

⑫ 留子：留后之人。这里指谢灵运。

⑬ 浮客：行客谢惠连自谓。

⑭ 回塘：曲折的塘岸。舻：船。栧：船桨。

⑮ 靡靡：迟迟。形容行得慢。

⑯ 戚戚：忧伤貌。

⑰ 弭（mǐ）：停止。

⑱ 浦阳：水名。钱塘江支流。汭（ruì）：指河流弯曲处。

⑲ 浙江：水名。晋灼《汉书注》曰："江水至会稽山阴为浙江。"郭璞《山海经》注曰"今钱塘有浙江"。湄：水岸。

⑳ 屯：聚集。曾岭：高山。曾，同"层"。

㉑ 惊风：疾风。飞流：指浪起。

㉒ 零雨：微雨。坟泽：山陵与沼泽。

㉓ 浮氛：浮游的云气。晦：昏暗。崖巘（yǎn）：峻险的崖壁。

㉔ 积素：指积雪。惑：乱。原畴：原野。

㉕ 汜（sì）：水边。薄：通"泊"。

㉖ 通川：河流。

㉗ 洲渚：江中的小沙洲。

㉘ 气色：景象。这里指风云逆错的景象。

㉙ 凄歌：凄惨之歌。即指此诗。

㉚ 疢痗（chèn mèi）：皆指疾病。

㉛ 萱：萱草，俗称忘忧草。

【语译】

此行原打算在正月间，但到了二月仍未能出发。路途再遥远也有尽头，离别之情却不可止歇。

整束行装等候出行的好时辰，再一次泛舟江上欣赏春月。瞻望前途心中缺少欢趣，回首往事心情无比空虚。

贤兄亦伤感此次的离别，殷勤送我穿林越野。我们在郊外的亭馆饮酒，在澄湖的北岸挥手而别。

你的临别赠言是那样感伤，我这行客的心又是这样悲凉。船行渐远慢慢没在曲岸，再也见不到你的音容笑貌。

我沉重地踏上漫漫长路，心中满怀着无尽的悲愁。悲愁虽说可以自止，一路的思念之情又向谁诉？

船儿走呀愈行愈远，眷恋之情迟迟不能忘怀。昨日从浦阳河湾动身，今晚歇宿在浙江之滨。

乌云积聚障蔽层层高山，狂风大作掀起了阵阵波澜。绵绵细雨打湿了山陵沼泽，落雪纷纷洒落在树林丘壑。

浮游的云气遮暗了险峻的山崖，皑皑积雪覆盖了大地原野。行船被迫搁浅在曲折的河岸，原本畅通的河流已断绝行舟。

到了渡口也不能通过，停船罢桨是因为风波所阻。洲渚之间万物萧条冷落，景色气氛是那样不和谐。

想起与兄同游不觉长叹，东望前路不禁发为凄怆之歌。忧心忡忡终至积怨成疾，不见萱草叫我怎能忘忧！

【评析】

这首诗是元嘉六年（429）春作者向始宁赴金陵途中滞留钱塘江时所作。基本上采用历时性结构。共五章，每章八句。第一章为始行；第二章写惜别；第三章写历途；第四、五章写遇风波受阻。全诗发语叙事收结浑然一体，实成一首。诗起于思兄，意在抒发伤离惜别之情。写遇风较详，描写高山上之屯云、江河上之惊风、坟泽上之零雨、林壑上之落雪、崖巘上之浮氛、原畴上之积雪，描画出一幅灰蒙、阴晦、散乱的图景，以眼前之景衬托内心之情，情与景汇，自然浑成。可见作者观察事物之细微、描绘事物技巧之高超。诗中表现思兄之情是步步递升的，旅途愈远思之愈深，最后以“积”字尽收其情，一字千钧。

还旧园作见颜范二中书一首

作者：谢灵运　　注译评析：张明非

辞满岂多秩[1]，谢病不待年。偶与张邴合[2]，久欲还东山[3]。
圣灵昔回眷[4]，微尚不及宣[5]。何意冲飙激[6]，烈火纵炎烟。
焚玉发昆峰[7]，余燎遂见迁[8]。投沙理既迫[9]，如邛愿亦愆[10]。
长与欢爱别，永绝平生缘。浮舟千仞壑，总辔万寻巅[11]。
流沫不足险[12]，石林岂为艰[13]。闽中安可处[14]，日夜念归旋。
事踬两如直[15]，心惬三避贤[16]。托身青云上，栖岩挹飞泉[17]。
盛明荡氛昏[18]。贞休康屯邅[19]。殊方咸成贷[20]，微物豫采甄[21]。
感深操不固[22]，质弱易版缠[23]。曾是反昔园[24]，语往实款然。
曩基即先筑[25]，故池不更穿。果木有旧行，壤石无远延[26]。
虽非休憩地，聊取永日闲。卫生自有经[27]，息阴谢所牵。
夫子照情素[28]，探怀授往篇。

【篇旨】

写作者辞官归隐及准备再度出山的经过，反映了他思想上仕与隐的矛盾，以及当时政治斗争的尖锐复杂。

【注释】

① 辞：谓去除。满：指骄盈自足。秩：俸禄。

② 张：谓张良。他助汉定天下，功封留侯之后，曾说："愿弃人间事，欲从赤松子游耳。"（见《汉书·张良传》）邴：谓邴曼容。汉哀帝时人，养志自修，为官不肯过六百石，辄自免去，时有名望。

③ 东山：在始宁（今浙江上虞），是谢安的故居。

④ 圣灵：指宋武帝刘裕。古代尊皇帝为圣人，因此时刘裕已过世，故称圣灵。回眷：照顾。指刘裕受晋禅，起谢灵运为散骑常侍。

⑤ 微尚：微小的趣尚，指归隐山林。

⑥ 冲飙：猛烈的风暴。

⑦ 昆峰：昆冈。以上两句用玉石俱焚的典故。《尚书·夏书·胤征》曰："火炎昆冈，玉石俱焚；天吏逸德，烈于猛火。"此指刘裕次子庐陵王刘义真被徐羡之、傅亮等杀害一事。

⑧ 余燎：余火。迁：贬谪。此谓谢灵运被株连迁谪到永嘉外郡。

⑨ 投沙：投奔长沙。指汉代贾谊出为长沙王太傅。

⑩ 邛：临邛，在今四川邛崃。此谓司马相如与卓文君到临邛当垆卖酒之事，借指隐居。

⑪ 总辔：拉住马缰，控制马的行动。

⑫ 流沫：语本《列子·黄帝》："孔子观于吕梁，悬水三十仞，流沫三十里，鼋鼍鱼鳖之所不能游也。"此句借以说明江流险恶。

⑬ 石林：山名，大石山，一名万安山，在今河南洛阳东南。

⑭ 闽中：郡名。秦时永嘉属闽中郡。

⑮ 踬：困顿，挫折。两如直：意谓无论世之治乱，都能直道而行。事见《论语·卫灵公》曰："子曰：'直哉史鱼，邦有道如矢，邦无道如矢。'"

⑯ 三避贤：《史记·循吏传》载，楚国宰相孙叔敖曾三次被罢职，却并无悔恨的表示。这里借指宋文帝刘义隆三征谢灵运事。

⑰ 挹（yì）：舀。

⑱ 盛明：昌盛而修明。荡氛昏：扫清了昏黑的气氛。指宋文帝诛除了徐、傅等。

⑲ 贞休：政治清明。屯邅：艰难不安的局面。

⑳ 殊方：异域，指中原以外的少数民族地区。贷：借出，引申为帮助。

㉑ 微物：作者自指。采：指做官。甄：鉴别，选拔。

㉒ 操：操守。

㉓ 版缠：犹牵缠，羁留，拖累。版，当作"扳"。

㉔ 昔园：旧园，指始宁墅。

㉕ 曩（nǎng）：从前。

㉖ 无远延：谓不劳远引，可就地取材。

㉗ 卫生：犹养生。卫生经，指《庄子》书中所讲的怎样护生全命的道理。

㉘ 夫子：尊称，指颜延之和范泰二人。照：察看。情素：衷诚，本心。

【语译】

戒除骄盈哪里是看重禄位，因病辞官固不必等到年老。恰与张、邴二公志趣相合，早就想返回到东山旧居。

只是当初承蒙皇上眷顾，归隐的心意来不及表露。没有料到狂飙骤然大作，烈火卷起滚滚浓烟。

昆山玉石俱被焚毁，自己也受株连遭到谪贬。既为执法者所逼迫迁徙，隐居山林的时机也已错过。

就此离别京城亲友，平素的缘分永远断绝。驾舟驶过深幽的山谷，骑马攀上高峻的山峰。

江流险恶连吕梁也不在话下，峻削的石林又哪里算得上艰难？永嘉岂是我的安身之地，日思夜想盼望还归。

身处逆境同样要保持正直，三次去位仍然感到快意。托身在那青天白云之上，靠着山岩手舀飞溅的流泉。

阳光普照荡涤了昏暗的气氛，政治清明安定了动荡艰危的局面。四面八方都得到恩惠有所成就，卑微如我也受到提拔和表彰。

深感恩遇故未能坚持操守，个性软弱易为外物牵缠羁束。曾经回到旧日的庄园，回忆起往事兴致盎然。

原有的屋基即可着手修筑，旧时的池塘不必重新穿凿。果树林木早已排列成行，土石就地可取不须舍近求远。

虽然说不上是休养胜地，聊可获得整日的闲静。深入体悟《庄子》养生的道理，退职隐居摆脱所有的牵累。

二位先生洞晓我内心的衷情，从怀中取出旧作以此相赠。

【评析】

景平元年（423）秋，由于同刘宋统治集团难以调和的矛盾，谢灵运离开永嘉太守任，挂冠回到始宁墅。第二年六月宋文帝即位，政局发生变化。为了取得谢灵运的支持，多次征召他出山，并亲笔写信遣颜延之、范泰到会稽敦请。诗即作于此时。诗中回顾了自己归隐的经过：开头说自己早有栖遁之志因受皇恩而未能实现，继写为统治集团内部矛盾牵连被贬永嘉，接着描写赴永嘉途中的羁愁旅思和任上对故居的怀念，感念文帝政治修明的措施及知遇之恩，结末铺叙了悠然怡养的园居生活。诗人将自己的经历和感情变化娓娓道来，措语得体，委婉含蓄，俨然是一篇诗体自传。

登临海峤初发彊中作与从弟惠连见羊何共和之一首

作者：谢灵运　　注译评析：张明非

杪秋寻远山[①]，山远行不近。与子别山阿[②]，含酸赴修轸[③]。
中流袂就判[④]，欲去情不忍。顾望脰未悁[⑤]，汀曲舟已隐[⑥]。
隐汀绝望舟，骛棹逐惊流[⑦]。欲抑一生欢，并奔千里游。
日落当栖薄[⑧]，系缆临江楼[⑨]。岂惟夕情敛，忆尔共淹留。
淹留昔时欢，复增今日叹。兹情已分虑，况乃协悲端[⑩]。
秋泉鸣北涧，哀猿响南峦。戚戚新别心[⑪]，凄凄久念攒[⑫]。
攒念攻别心，旦发清溪阴。暝投剡中宿[⑬]，明登天姥岑[⑭]。
高高入云霓，还期那可寻？傥遇浮丘公[⑮]，长绝子徽音[⑯]。

【篇旨】

写与从弟惠连分别后的深长思念，幻想以游山登仙摆脱离愁别绪。

【注释】

① 杪（miǎo）秋：暮秋，农历九月。

② 子：指惠连等。

③ 轸：通“畛”，陌路。

④ 袂：衣袖。判：分开。

⑤ 脰（dòu）：头颈。悁（yuān）：疲乏。说文：“痟，疲也。痟与悁通。”

⑥ 汀：水边平地。

⑦ 惊：急，速。

⑧ 栖薄：停泊。

⑨ 临江楼：楼名。谢灵运《游名山志》说：“从临江楼步路南上二里余，左望湖中，右傍长江也。”

⑩ 悲端：指秋。因为秋是肃杀的季节，极易触发古人的悲秋情绪，故称。

⑪ 戚戚：忧愁，悲哀。

⑫ 攒：积聚。

⑬ 剡（shàn）中：指剡县，在今浙江嵊州。

⑭ 天姥：山名，在浙江嵊州、新昌之间。

⑮ 浮丘公：传说是黄帝时仙人，接王子乔登嵩山仙去。

⑯ 徽音：德音。在此比喻音信。

【语译】

暮秋时节去寻访远山，山路迢迢行程漫漫。与你在山脚水边分手，满含悲酸踏上蜿蜒的山路。

在渡程中间分别，要离别却又难分难舍。延颈远望只片刻时间，船已在溪流曲岸隐没。

洲渚遮挡了眺望的视线，飞动的船桨仿佛追赶着急流。愿意付出一生的欢乐，与你一同奔上千里之游。

太阳落山应当靠岸停泊，将缆绳系在临江楼头。离情哪里与夕阳一同止息，怀念之思长久萦绕不去。

回忆往昔朋友聚会的欢乐，更增加了今日离别的伤感。此情已使人忧愁幽思，何况又值这肃杀的秋天。

北涧里泉水潺潺流响，南山中猿猴阵阵哀鸣。新别之人闻此格外悲伤，忧伤思念久久攒聚心头。

积念激起别离的伤情，明天一早即从清溪南岸启程。当晚便可在剡中投宿，第二天就去攀登天姥山峰。

天姥山高峻插入云天，此一去哪里能够回还？如果有幸遇上浮丘公，从此再也听不到你的德音。

【评析】

临海，在今浙江天台。《宋书·谢灵运传》载：元嘉五年（428）谢灵运以疾东归，“与族弟惠连、东海何长瑜、颍川荀雍、太山羊璿之以文章赏会，共为山泽之游，时人谓之‘四友’。”“尝自始宁南山，伐木开径，直至临海。”诗或作于此时，投赠惠连兼及羊璿之、何长瑜。分为四章，“一章叙始别。二章至临海。三章正写思忆，兼及时物。四章发彊中后情事”（方东树《昭昧詹言》）。此诗章法别致，采用辘轳体，每章末句与下章首句互相钩连，承转紧密，势如转圜，层层递进而又纡徐曲折地表达了作者强烈深挚的惜别之情。结末入名山遇仙人的想象，所要摆脱的除了深重的离情别绪，未始没有政治上的抑郁失意之感。

酬从弟惠连一首

作者：谢灵运　　注译评析：张明非

寝瘵谢人徒①，灭迹入云峰②。岩壑寓耳目，欢爱隔音容。
永绝赏心望③，长怀莫与同。末路值令弟④，开颜披心胸。
心胸既云彼，意得咸在斯。凌涧寻我室，散帙问所知。
夕虑晓月流，朝忌曛日驰⑤。悟对无厌歇⑥，聚散成分离。
分离别西川⑦，回景归东山⑧。别时悲已甚，别后情更延。
倾想迟嘉音⑨，果枉济江篇⑩。辛勤风波事⑪，款曲洲渚言⑫。
洲渚既淹时⑬，风波子行迟。务协华京想⑭，讵存空谷期。
犹复惠来章⑮，祇足搅余思。傥若果归言，共陶暮春时⑯。
暮春虽未交，仲春善游遨。山桃发红萼⑰，野蕨渐紫苞⑱。
鸣嘤已悦豫⑲，幽居犹郁陶⑳。梦寐伫归舟，释我吝与劳㉑。

【篇旨】

写与惠连异地相逢的喜悦及别后深长的思念，表达了作者山居的落寞和对族弟的深厚情谊。

【注释】

① 瘵：疾病。

② 灭迹：消灭痕迹，此谓完全离开世俗。

③ 赏心：心意欢乐。

④ 令弟：指谢惠连。

⑤ 曛日：落日。

⑥ 悟对：聚会。悟，通“晤”。

⑦ 西川：与谢惠连作别处。一说，指浦阳江，引惠连《西陵遇风献康乐》诗“昨发浦阳汭”为证。

⑧ 东山：谢灵运居处。一说指始宁（今浙江上虞），谢安的故居。

⑨ 迟（zhì）：等待。

⑩ 济江篇：指惠连《西陵遇风献康乐》诗。

⑪ 风波事：指谢惠连渡钱塘江时为风波所阻滞留江畔之事。

⑫ 洲渚言：叙说逗留江边的始末。

⑬ 淹时：滞留时日。

⑭ 华京：京华，指刘宋都城建康（今南京）。

⑮ 来章：亦指《西陵遇风献康乐》诗。

⑯ 陶：乐。

⑰ 萼：环列花朵外部的叶状薄片。

⑱ 蕨：菜名，嫩叶可食。初生时形状像小儿拳，其茎紫色。

⑲ 鸣嘤：鸟鸣声。常用来比喻朋友间同气相求。悦豫：喜乐。

⑳ 郁陶：忧思聚集貌。

㉑ 吝：顾惜。劳：思念。

【语译】

卧病告别人众喧杂的城市，遁形隐居高入云间的山峰。山崖沟壑虽然尽现于眼底，却远远隔开了所爱之人的音容。

从此失去了快乐的企求和希望，心中充满无人与己同怀的寂寞。极端落寞幸而遇到贤弟，才得以满心欢喜披露胸襟。

愁云消散心胸为之开朗，心意自得莫过于此时。过涧寻访我的住室，翻阅书卷互相切磋。

在夕照中便唯恐晓月出现，清晨又担心落日来临。心灵契合聚会永无厌倦，然而聚后必散有合就有分。

在西川挥手送别贤弟，又返回东山我的住所。分手的时候已经悲不自禁，别后的思念更加牵延绵长。

一心一意翘盼您的佳音，果然承您赐寄渡江写就的诗篇。其中说到旅途辛劳为风波所阻，情深意重地叙说了滞留的苦闷。

在洲渚逗留了一些时日，风恶浪险耽误了行期。既然务求实现赴京的想望，哪里还有空谷慰寂寥的期待？

多承惠寄了您的诗作，搅动我的情思难以平静。如果真能实践归来的宿诺，将一起在暮春时节陶然共乐。

眼下虽尚未到暮春时节，仲春同样是游览的良机。山桃已经绽开红色的花萼，蕨菜也渐渐舒展紫色的嫩叶。

百鸟和鸣欣喜而安逸，幽居的生活却使人忧闷。梦寐以求盼望你的归舟，使我免受牵挂思念的痛苦。

【评析】

谢惠连是谢灵运的族弟，幼有才悟，深得灵运赏识，二人有很深的交谊。元嘉六年（429）春，惠连由始宁赴京，途中为风波所阻滞留钱塘江畔时，曾寄《西陵遇风献康乐》诗给他的族兄，这首诗便是谢灵运的酬作。惠连诗分为六章，采用了章章蝉联的辘轳体，每章一转韵。此诗也仿照原作这一体裁，分为五章，既各自独立又互相钩连，造成回环往复又浑然一体的抒情效果。首章以山居的寂寞衬托得遇惠连的欣喜，次章进一步写二人游赏晤对的欢乐，三章写别后的伤感和思念，四章酬来诗中语意并写得诗的心情，末章描绘仲春景物抒发盼归的心情。此诗情真境真，感人肺腑，方东树《昭昧詹言》在称赞原作“亦古今绝境”之后，说“细校之，毕竟胜惠连，以魄力厚密也”，可见对此诗评价之高。

卷第二十七

诗戊

行旅下

北使洛[1]一首

作者：颜延年　　注译评析：韦向学

改服饬徒旅[2]，首路跼险难[3]。
振楫发吴州[4]，秣马陵楚山[5]。
涂出梁宋郊[6]，道由周郑间[7]。
前登阳城路[8]，日夕望三川[9]。
在昔辍期运[10]，经始阔圣贤[11]。
伊穀绝津济[12]，台馆无尺椽[13]。
宫陛多巢穴，城阙生云烟。
王猷升八表[14]，嗟行方暮年。
阴风振凉野，飞雪瞀穷天[15]。
临涂未及引[16]，置酒惨无言。
隐悯徒御悲[17]，威迟良马烦[18]。
游役去芳时[19]，归来屡徂愆[20]。
蓬心既已矣[21]，飞薄殊亦然[22]！

【篇旨】

写作者北使洛阳途中所见景物和自己哀伤的心情。

【注释】

① 使洛：颜延之为豫章世子中军行军参军，义熙十二年（412）高祖北伐，有宋公之授，府遣一使庆殊命，参起居，延之与王参军俱奉使，北至洛阳，道中作此诗。

② 改服：谓换上行装。饬：整。徒旅：徒众，指随行人员。

③ 踽（jú）：戒慎恐惧貌。

④ 振楫：挥棹，指行舟。

⑤ 秣马：饲马。

⑥ 涂：同“途”。

⑦ 周郑：周、郑和上文所提到的梁、宋，皆古国名。

⑧ 阳城：古县名，在今河南境内。

⑨ 三川：古郡名，治所在今河南洛阳东北，因其境内有黄河和洛、伊两水而得名。

⑩ 在昔：从前，往昔。辍：辍息。期运：犹言机运。

⑪ 阔：犹疏阔，疏隔。

⑫ 伊穀：伊水和穀水。穀水今作“谷水”。济：渡河。

⑬ 椽：安在梁上支架屋面和瓦片的木条。

⑭ 王猷：王者之治道。

⑮ 瞀（mào）：昏冥。穷天：谓季冬之日穷月尽。

⑯ 引：进发。

⑰ 隐悯：忧叹貌。徒：谓从者。

⑱ 威迟：历远之貌。

⑲ 芳时：指春天。

⑳ 徂愆（qiān）：失期。

㉑ 蓬心：指飘荡无依之心。

㉒ 飞薄：飞腾荡薄。

【语译】

换上行装，整顿队伍，踏上艰难险阻局促不安的旅途。

挥棹从吴州出发，把马喂饱翻登楚山。

走过梁宋的郊野，道经周郑的疆域。

前面是进入阳城的路途，黄昏之前三川之地已经在望。

从前晋乱，机运辍息，没有圣贤之人经略此地。

伊、谷两水舟桥断绝，楼台馆阁荡然无存。

宫阶成为蚁巢虫穴之所，城阙笼罩着苍茫的云烟。

高祖的王德曾被于八荒，只是我此行冒冷冲寒感到分外苦辛。

北风摇撼着凄凉的田野，大雪纷飞，天地一片昏暗晦暝。

临途未发，置酒会饮大家却忧伤无言。

车夫随从心怀忧伤，良马历远途也似心烦。

这次行役，去时正是花开时节，回来却为冰雪所阻而多次失期。

心如飘蓬久已如此，身遭飘荡，竟亦与心同悲。

【评析】

这首诗是颜延之写他北使洛阳途中所见景物和自己的感触。首两句写整装待发和对首途履险的忧惧。“振楫”十二句写途中所目击到的由于连年战乱给中原造成的种种破败和荒芜。“王猷”十二句写途中人马俱劳，忧伤满怀，临酒无欢的惨伤情景。兼之这次行役经年，想到自己功名之心已经淡泊，但却还如此被牵制于时势，以至疲于王事，劳于行役，当此穷岁年暮，还冲风冒雪奔波于漫漫长途，身同飞蓬，心力交瘁，所以悲从中来，“隐悯”不已。沈约称这首诗“文辞藻丽”，曾“为谢晦、傅亮所赏”。但过于讲究对偶，又好雕字琢句，加上意思前后重沓，颇嫌累赘，所以给人以偏重于形式的印象。

还至梁城作一首

作者：颜延年　　注译评析：韦向学

眇默轨路长[1]，憔悴征戍勤[2]。
昔迈先徂师[3]，今来后归军。
振策眷东路[4]，倾侧不及群[5]。
息徒顾将夕[6]，极望梁陈分[7]。
故国多乔木[8]，空城凝寒云。
丘垄填郛郭[9]，铭志灭无文[10]。
木石扃幽闼[11]，黍苗延高坟。
惟彼雍门子[12]，吁嗟孟尝君。
愚贱同堙灭[13]，尊贵谁独闻？
曷为久游客？忧念坐自殷[14]！

【篇旨】

写作者自洛南归途中经梁城所见的景物和他的感触。

【注释】

① 眇（miǎo）默：远貌。轨：车迹。

② 憔悴：困苦貌。征戍：谓从军守边。

③ 昔迈：指前北使洛时。

④ 振策：扬鞭。

⑤ 倾侧：同“倾仄”，指道路险阻。

⑥ 息：停止。徒：谓从者。

⑦ 梁陈：梁国与陈国。分：谓各领疆界。

⑧ 故国：指梁城。

⑨ 丘垄：坟冢。郛（fú）郭：城外之郭，外城。

⑩ 铭志：刻于墓石之文辞。

⑪ 扃（jiōng）：关。幽闼（tà）：深幽之房门。

⑫ 雍门子：指雍门周，齐人。桓谭《新论》："雍门周见孟尝君曰：'臣窃悲千秋万岁后，坟墓生荆棘，行人见之曰：孟尝君尊贵乃如是乎？'"

⑬ 堙灭：犹言湮没无闻。

⑭ 殷：深。

【语译】

印满车辙的道路如此漫长，勤于戍守的人困苦不堪。

前次北使时身处前师，今天回来却落在队伍的最后。

虽然扬鞭视归路而欲速行，然而道路险阻无法赶上队伍。

眼看天快黑了命令从者休息，极目远望那儿正是梁陈分界处。

旧都多是高大的树木，寒云凝集在这空寂的古城上空。

坟冢填满了内城外城，墓石上的文字涣漫泯灭。

杂木乱石交横塞满宅门，黍苗蔓延长满高坟。

古时那雍门周呀，他曾对着孟尝君发过嗟叹。

贤愚尊贱都将同归湮灭，谁听说过高贵的人能独独例外？

久游的客子啊，你的忧思因此而殷殷滋生。

【评析】

这是一首途中感物兴怀的短诗，是作者自洛阳东还经梁而作。首两句写在印满了车辙的古道上，挤满了远戍东归、困顿不堪的士卒。起笔突兀奇警，给人以世乱纷纷的感觉。诗人正是在这一时代背景下使洛而今东归的。"昔迈"六句写其先于"师"去而后于"军"归，这其中有着难以言尽的行役之苦。现在眼望归路虽欲急行，但道途险阻不能"及群"，这更使他感伤。眼看夜幕即将降临，于是只好命令随从休息。"故国"六句，写梁城因遭晋乱，丘垄填郛，木石扃闼，黍苗满坟，一片荒芜。目睹此景，不由得兴起昔人无论贵贱贤愚皆同归堙灭的嗟叹。事实上这是借古人之叹，抒一己之怀。感慨人生，寄意颇深。“曷为”两句，以设问作结，引人深思，耐人寻味。

始安郡还都与张湘州登巴陵城楼作①一首

作者：颜延年　　注译评析：韦向学

江汉分楚望②，衡巫奠南服③。
三湘沦洞庭④，七泽蔼荆牧⑤。
经涂延旧轨⑥，登闉访川陆⑦。
水国周地崄，河山信重复。
却倚云梦林，前瞻京台囿⑧。
清氛霁岳阳⑨，曾晖薄澜澳⑩。
凄矣自远风⑪，伤哉千里目。
万古陈往还，百代劳起伏。
存没竟何人？炯介在明淑⑫。
请从上世人，归来艺桑竹。

【篇旨】

写作者登巴陵城楼所看到的景物和他的感触。

【注释】

① 始安郡：郡治在今广西桂林。还都：谓还建康（今江苏南京）。作者为员外常侍，出为始安太守，征为中书侍郎。张湘州：谓湘州刺史张劭。巴陵：谓巴陵郡，郡治在今湖南岳阳。

② 江汉：长江、汉水。楚：楚地，今湖北湖南一带。望：指古代诸侯受王命祀其国中山川。《左传》引楚昭王曰："江汉雎漳，楚之望也。"

③ 衡巫：二山名。衡山为著名五岳中之南岳。巫山在湖北与重庆交界一带，长江穿流其中，成为三峡。又，湖南西南部城步东亦有巫山，为巫水之源。南服：古代王畿外围之五等地带，谓之五服。服者，言服侍于天子。上古五服为侯、甸、绥、要、荒。

④ 三湘：谓漓湘、潇湘、蒸湘。一说潇湘、蒸湘、沅湘。沦：犹会，汇。洞庭：湖名，在湖北、湖南边界。

⑤ 七泽：《子虚赋》曰："臣闻楚有七泽，尝睹其一，未见其余。"其一，即云梦。蔼：草树茂盛貌。牧：郊外。

⑥ 轨：车辙。

⑦ 闉（yīn）：城曲重门。

⑧ 京：或作"荆"，因《说苑》有"楚昭王游于荆台"之说。囿：囿园。楚人游观之地。

⑨ 氛：气。岳阳：即巴陵。

⑩ 曾晖：日光。曾，同"层"。薄：迫。澜：水波。澳：水曲。

⑪ 远风：张铣注谓古迹。

⑫ 炯（jiǒng）：耿介。

【语译】

江汉二水为楚所祭祀之大川，衡巫二山奠定南方的国土。

潇湘、蒸湘、沅湘汇于洞庭，七泽草树葱茏遮蔽了荆楚的郊野。

宽广的道路留下你旧日的车辙，而今我们一道登城览观四周的江流和原野。

水乡泽国四周地势险要，表里河山或伸延或折叠。

倚云梦泽的林木，瞻望荆台的园囿。

雨止后的岳阳城空气清新，日光照映着水波和江滨。

远风吹拂，传送一片凄凉，极目千里使人感到哀伤。

万古千秋，序岁往还迁续，百代兴替，存亡互相倚伏。

或存或没岂可数计，留下耿介名声的唯有明淑之士而已。

上古之人质朴，请让我追随他们，归来种桑理竹！

【评析】

这是一首登楼感怀之作。起四句从湘州写起，“经涂”二句写登城，“水国”六句写登城后望中所见，“凄矣”而下，写登眺之情。“万古陈往还，百代劳起伏”，诗人看到眼底的古迹一片荒凉，风景殊异，甚为感伤，于是对人生发出了这一富于哲理意味的感慨。接着以自问自答的语式，说自古以来存者没者不计其数，然只有光明守正的明淑之士才能长保耿介的名声。以格韵而论，清人方东树认为颜延之此诗，可谓“奄有前则，然真味过少；虽典远谐则，不能引人入胜”，这批评是有见地的。这也正是颜诗劣于谢灵运诗之所在。

还都道中作[①]一首

作者：鲍明远　　注译评析：韦向学

昨夜宿南陵[②]，今旦入芦洲[③]。
客行惜日月，崩波不可留[④]。
侵星赴早路[⑤]，毕景逐前俦[⑥]。
鳞鳞夕云起[⑦]，猎猎晓风遒[⑧]。
腾沙郁黄雾，翻浪扬白鸥。
登舻眺淮甸[⑨]，掩泣望荆流。
绝目尽平原。时见远烟浮。
倏悲坐还合[⑩]，俄思甚兼秋。
未尝违户庭，安能千里游！
谁令乏古节[⑪]？贻此越乡忧。

【篇旨】

写诗人途中星夜兼程的苦辛和去家离乡的愁怀。

【注释】

① 此诗李善注说上浔阳（今江西九江）还都道中作。

② 南陵：县名，故城在今安徽芜湖。

③ 芦洲：芦荻之洲。

④ 崩波：同“奔波”。

⑤ 侵星：犹披星。

⑥ 景：谓夕阳。前俦：先行者。

⑦ 鳞鳞：云片状。

⑧ 猎猎：风声。遒：劲。

⑨ 甸：水傍之地。

⑩ 倏（shū）：倏忽。

⑪ 古节：谓古人不越乡之贞节。《左传·襄公十五年》：“怀璧不可以越乡。”

【语译】

昨晚投宿于南陵，今天清早入芦洲。

客行于外需特别珍惜时间，何况冲波冒浪更不可以稍作停留。

披星戴月一早登上旅途，日落了还要追赶一程先行之人。

暮云鳞鳞地升起，晚风猎猎地劲吹。

飞沙郁积成黄雾，白浪翻滚像是鸥鸟在腾飞。

登上船头眺望淮水两旁的田野，望着荆水我掩面涕泣。

极目远望，平原无际，时而只见轻烟在天际飘浮。

刹那间的悲思不止一次地袭来，俄顷的感伤长过了三秋。

一个人不肯离开家门一步，又怎能谈得上作千里的远游。

谁叫你缺少古人那种不越乡的节操，所以居然招致这背井离乡的忧愁。

【评析】

临川王刘义庆镇江州（治在浔阳），引鲍照为佐吏，这首诗写他随义庆上浔阳还建康途中的感受。起六句主要写“侵星赴早路，毕景逐前俦”的奔波劳碌艰辛。“鳞鳞”四句写景。夕云鳞鳞，晚风猎猎，兼之江岸腾沙，江中翻浪。这里虽不言愁，但离乡背井的客子之愁自见。“登舻”二句顿然收束，清人方东树说，这里的“荆流”“淮甸”，泛指浔阳地势，“所以云掩泣，即下思乡耳”。“绝目”四句，承“登舻”眺望而来，平原苍莽千里，天际云烟飘浮，兼之时序又当秋节，客行之人不思乡则罢，一思乡则悲愁难禁，不可收拾。末四句为自责之辞，说自己若守古人之节，不轻出仕，则哪还有今天的越乡之愁。全诗二十句，一气贯下，文字凝练，体物写貌，形似神肖。

之宣城出新林浦向版桥①一首

作者：谢玄晖　　注译评析：韦向学

江路西南永，归流东北骛②。
天际识归舟，云中辨江树。
旅思倦摇摇③，孤游昔已屡。
既欢怀禄情④，复协沧州趣⑤。
嚣尘自兹隔⑥，赏心于此遇。
虽无玄豹姿⑦，终隐南山雾。

【篇旨】

写诗人赴宣城太守任途中的感受。

【注释】

① 之：往。宣城，郡名，在今安徽宣城。新林浦：川名，在今江苏境

内。郦道元《水经注》曰："江水经三山，又幽浦出焉。水上南北结浮桥渡水，故曰版桥。浦江又北经新林浦。"

② 骛：奔驰。

③ 摇摇：谓心神不定。

④ 怀禄情：指为官的愿望。

⑤ 协：迎合，融洽。沧州趣：谓隐居。

⑥ 嚣尘：谓喧嚣、污浊之人世。

⑦ 玄豹：黑豹。此用《列女传·贤明传》故事：陶答子治陶三年，名誉不兴，家富三倍，其妻哭而引南山玄豹隐雾不食加以规劝。

【语译】

向西南逆行的水路十分漫长，归海的江水流向东北奔腾浩荡。

遥望远处归来的船只似曾相识，但江边的林木却渺茫难辨。

独身旅行已经多次，倦意盈怀，心神难安。

此行既可为获得禄位而欢欣，又投合了在沧州隐居的乐趣。

既可以远隔纷乱扰攘的尘世，也可以称心地过着逍遥自在的生活。

自己虽无玄豹那样的姿质，但毕竟可以隐身在南山的深雾之中。

【评析】

这是一首行旅之作，但诗人并未对沿途风光作琐细的描摹，而只是摄取江路中带有特征性的景物略作点逗，抒发了他对逝去的京邑生活的依恋，和对得官外郡，能够远隔京城的尘嚣，从而全身远害的喜悦。首两句写起程，一个"永"字和一个"骛"字，道出了倦于行旅的心曲，发出了"江犹归海，人却离乡"的慨叹。"天际"两句，写诗人对离去的家乡的依依不舍之情。"旅思"而下，写诗人离开京城是非之地，可以全身远祸的喜悦，当中也微微流露出有志未遂的苦闷和对官场世俗的不满。此诗风格清新。诗中"天际识归舟，云中辨江树"两句，对水路风光的描绘尤为难得，词语清丽，气象开阔，艺术地再现了大自然的美景。故王夫之说"从

此写景，乃为活景”。(《古诗评选》卷三)

敬亭山诗[1]一首

作者：谢玄晖　　注译评析：韦向学

兹山亘百里，合沓与云齐[2]。
隐沦既已托[3]，灵异俱然栖[4]。
上干蔽白日，下属带回溪。
交藤荒且蔓[5]，樛枝耸复低[6]。
独鹤方朝唳，饥鼯此夜啼[7]。
渫云已漫漫[8]，多雨亦凄凄[9]。
我行虽纡组，兼得寻幽蹊。
缘源殊未极[10]，归径窅如迷[11]。
要欲追奇趣[12]，即此陵丹梯[13]。
皇恩竟已矣，兹理庶无睽。

【篇旨】

写诗人登敬亭山探隐访幽的情趣。

【注释】

① 敬亭山：山名，在今安徽宣城附近。

② 合沓（tà）：山高貌。

③ 隐沦：隐逸。亦指仙人。桓子《新论》：“天下神人五，二曰隐沦。”托：寄意。

④ 灵异：即灵仙。栖：泛指居住或停留。

⑤ 荒：指交藤蔽地。

⑥ 樛：木曲。

⑦ 鼯（wú）：即鼯鼠，俗呼五技鼠。

⑧ 渫（xiè）云：扩散之云。漫漫：云四布貌。

⑨ 凄凄：下雨貌。

⑩ 缘：犹“沿”。

⑪ 窅（yǎo）：幽深。

⑫ 奇趣：谓山野之趣。

⑬ 丹梯：指山。谓可缘此而登天。

【语译】

此山绵亘百里，高耸与云平齐。

神仙托身寄意于此，仙灵们也全在这里栖身隐迹。

此山高兀遮蔽白日，下面的山谷萦回着清溪。

蔓生的青藤交错掩地，长曲的树枝高高低低。

早上孤鹤声声地悲鸣，夜间饥鼠吱吱地叫啼。

云烟四布渐渐扩散，山雨凄凄连连绵绵。

我此行虽佩带郡守之组绶，却兼有寻访幽隐的目的。

沿着清溪而行，远没有达到尽头，然归路曲深，简直令人入迷。

若想追随昔人寻求仙趣，不如就此攀上那耸入云霞的高处。

皇恩于我似已终止，但愿自己对此登山之理不会乖违。

【评析】

这首诗是齐明帝建武二年（495），谢朓出任宣城太守时写的。前半首写敬亭山的形势和风景，后半首写登临的情趣。无非仍是隐逸之趣和求仙之志，不脱六朝窠臼。但其中许多笔墨倾洒在状绘敬亭山景致之上，笔致工细，刻画入神，开齐梁山水诗的先河，直接影响于唐人，仍有其不可替代的艺术价值。

休沐重还道中一首

作者：谢玄晖　　注译评析：韦向学

薄游第从告[①]，思闲愿罢归。
还邛歌赋似[②]，休汝车骑非[③]。
霸池不可别[④]，伊川难重违[⑤]。
汀葭稍靡靡，江菼复依依。
田鹤远相叫，沙鸨忽争飞[⑥]。
云端楚山见，林表吴岫微[⑦]。
试与征徒望，乡泪尽沾衣。
赖此盈樽酌，含景望芳菲。
问我劳何事？沾沐仰清徽[⑧]。
志狭轻轩冕[⑨]，恩甚恋重闱[⑩]。
岁华春有酒[⑪]，初服偃郊扉[⑫]。

【篇旨】

写诗人休假重还宣城道中对丹阳的依恋和思乡怀归的心情。

【注释】

① 薄游：犹薄宦，谓因微官而作客他乡。第：且，又。从告：即休谒，赐予休假。

② 邛：谓四川邛崃，汉卓文君夜奔司马相如之地。

③ 汝：谓汝南郡。《后汉书·许劭传》：汝南许劭“初为郡功曹……同郡袁绍，公族豪侠，去濮阳令归，车徒甚盛，将入郡界，乃谢遣宾客，曰：‘吾舆服岂可使许子将见？’遂以单车归家”。

④ 霸池：汉文帝霸陵上有池，曰霸池。

⑤ 伊川：即洛阳之伊水。

⑥ 鸨（bǎo）：似雁而大之鸟。《诗经 · 唐风 · 鸨羽》："肃肃鸨羽，集于苞栩。王事靡监盬，不能艺稷黍，父母何怙？"此用其意。

⑦ 岫：峰峦。

⑧ 沾沐：沾蒙恩泽。清徽：清高之气节。

⑨ 轩冕：古时大夫以上官员的车服，因以指官位爵禄。

⑩ 重闱：指天子重门。

⑪ 岁华：春日之景色。

⑫ 初服：当初的衣服。引申为未仕时之服。

【语译】

宦游的微官蒙赐休假，心里原就向慕闲适而愿去职归家。

辞赋有似当年返邛的司马相如，可却没有袁绍那样盛大的车驾。

丹阳我舍不得离开，宣城也无时不在眷恋。

水汀江边的蒹葭芦荻随风俯仰，对人摇摆。

田间白鹤远远就鸣叫呼唤，沙际的鸨鸟忽而争相高飞。

远望云外林表，吴楚的山峦隐约可见。

试着与同行之侣一起遥望，思乡的泪水不禁沾湿了衣裳。

幸而有这满杯的酒浆，欣赏芳菲之景得以稍解乡思。

问我何以碌碌劳身，沾蒙天子恩泽又加之以企慕清高的美名。

我虽心志狭隘，看轻官位爵禄，但深受皇恩，所以依恋宫墙不忍遽去。

不过此心总愿在满眼春光的芳菲之节，穿上当初未仕时的衣服，饮着美酒，偃息于郊野之故居。

【评析】

这首诗写于休假告满重还宣城道中，抒发了诗人思乡怀归，但却又舍不得去官弃职的矛盾复杂心情。这是当时知识分子十分典型的心理。诗写得舒缓平徐，从容不迫，却又能深入内心，略尽委曲。尤其是中间写景的部分，刻画汀葭、江葵、田鹤、沙鸨的有心无意的情态，尤觉能与心理表述相契相应，十分动人。

晚登三山还望京邑[①]一首

作者：谢玄晖　　注译评析：韦向学

灞涘望长安[②]，河阳视京县[③]。
白日丽飞甍[④]，参差皆可见。
余霞散成绮[⑤]，澄江静如练[⑥]。
喧鸟覆春洲，杂英满芳甸[⑦]。
去矣方滞淫[⑧]，怀哉罢欢宴。
佳期怅何许[⑨]，泪下如流霰[⑩]。
有情知望乡，谁能缜不变[⑪]？

【篇旨】

写诗人春天傍晚登山眺望所触发的思乡之情。

【注释】

① 三山：山名，俗称三山矶，在今江苏南京板桥附近。京邑：指当时都城建康（今江苏南京）。

② 灞涘（sì）：灞指流经长安都城的灞水。涘，水边。王粲《七哀诗》："南登霸陵岸，回首望长安。"

③ 河阳：县名，故城在今河南孟州西。京县：指洛阳。潘岳《河阳县》诗："引领望京室，南路在伐柯。"上句和这句是化用王粲、潘岳诗来写自己望京邑的心情。

④ 飞甍（méng）：指高耸的屋脊。

⑤ 绮：锦缎。

⑥ 练：白丝绢。

⑦ 甸：郊野。

⑧ 滞淫：久停。

⑨ 佳期：指还乡的时候。

⑩ 流霰：犹言下雨。霰，雪糁。

⑪ 缜：通“鬒”（zhěn），黑发。

【语译】

傍晚我登上三山，像当年王粲从灞涘望长安、潘岳从河阳望京县那样地回望京邑。

夕阳映照下殿宇那耸起的屋脊，高低起伏，历历在目，显得特别壮丽。

天空那美丽的晚霞铺展开去，宛如色彩斑斓的锦缎。俯视大江，江水是那样地澄澈明静，像是一条银光闪闪的白练。

大洲小洲上栖满了各类的小鸟，杂花开遍了郊外的原野。

我就要离开这儿到别处去作长久的停留。多么令人怀念啊，家乡那早已散席了的往日欢宴。

想到返乡的时日是多么渺茫难期，我的眼泪便像雨水那样地往下流淌。

人对故乡总有怀恋之情，长久在外的人，谁能不因怀乡而白了头发？

【评析】

这首诗是作者于建武二年（495）出任宣城太守时写的。写他晚登三山还望京邑所看到宫殿楼宇和山川的壮丽景色，从而触发去国怀乡和归期渺茫的惆怅之情。诗一开始，联系王粲、潘岳强烈的思乡之情而化用他们的诗句发端。以古譬今，将人拟己，所以既是叙事，又是抒情。“白日”六句写景：夕阳璀璨，楼宇高耸；晚霞似锦，澄江如练；喧鸟满洲，杂花遍野。满腹去国怀乡愁思的作者，看到山河是如此明丽多姿，于是更增添其归期渺茫的惆怅。“去矣”六句抒情，当中每两句又形成一层感情的波澜，并且层层递进地与前面的写景结合交融，互为补充，情景相生，汩汩涌出。全诗音调抑扬顿挫，诗句俊美流畅。“余霞散成绮，澄江静如练”，情味隽永，意境新鲜，千百年来甚得人们的喜爱。李白就曾赞赏：“解道澄江静如练，令人长忆谢玄晖。”

京路夜发①一首

作者：谢玄晖　　注译评析：韦向学

扰扰整夜装②，肃肃戒徂两③。
晓星正寥落④，晨光复泱漭⑤。
犹沾余露团⑥，稍见朝霞上。
故乡邈已敻⑦，山川修且广。
文奏方盈前⑧，怀人去心赏⑨。
敕躬每局蹐⑩，瞻恩唯震荡⑪。
行矣倦路长，无由税归鞅⑫。

【篇旨】

写夜赴丹阳途中对故乡的留恋和思归无由的苦闷。

【注释】

① 此篇为作者由京城至丹阳作。

② 扰扰：卒迫，忙乱。

③ 肃肃：疾貌。戒：备。徂：往。两：同“辆”，车辆。

④ 寥落：星稀貌。

⑤ 泱漭（mǎng）：不明貌。

⑥ 露团：垂露。

⑦ 敻（xiòng）：远。

⑧ 文奏：官簿书。

⑨ 心赏：谓心所爱乐。

⑩ 敕（chì）躬：敕诫躬身，亦即自我整饬。局蹐：恐惧貌。

⑪ 震荡：谓不安。

⑫ 税：休止憩息。归鞅：回归的车骑。鞅，古代用马拉车时套在马脖上的皮带，指代车骑。

【语译】

夜间仓促地准备行装，急速地套车备马。

晓星稀稀落落，晨光朦朦胧胧。

草叶上宿露未干，东方几缕朝霞刚刚升起。

回望故乡是那样邈远，隔山阻河辽阔修长。

官书簿籍堆满眼前，怀念远人，心里已排除了一切兴趣爱好。

自我整饬而常常感到忧惧惶悚，想到君恩又觉得心神动荡不安。

走呀走呀，我对这漫漫的长途实在厌倦，然而又有什么办法能息车归驾。

【评析】

这是一首行旅之作，写作者夜赴丹阳道中留恋故乡的情怀，以及去官无由、归期渺茫的苦闷。全诗分四层：首两句叙事点题，“扰扰”“肃肃”，既说明这次“夜发”的仓促急迫，也透露出事非由我的无奈。“晓星”四句承上，写途中晓景。晓星寥落，晨光泱漭，白露沾草，朝霞初上，写景中融进作者倦行的心绪。“故乡”六句，写途中留恋故乡，又不得不赴丹阳的无可奈何的情怀。“行矣”两句，以慨叹途长人倦，归驾无由，返乡渺茫作结。本篇语多清俊，韵亦悠扬，这正是谢朓诗歌的动人之处。

望荆山[1]一首

作者：江文通　　注译评析：韦向学

奉义至江汉[2]，始知楚塞长[3]。
南关绕桐柏[4]，西岳出鲁阳[5]。
寒郊无留影，秋日悬清光。
悲风桡重林，云霞肃川涨。
岁晏君如何[6]，零泪沾衣裳。
玉柱空掩露[7]，金樽坐含霜。
一闻《苦寒》奏[8]，更使《艳歌》伤。

【篇旨】

写作者赴荆州投奔宋建平王刘景素途中的所见和感受。

【注释】

① 荆山：山名，在今湖北南漳西。

② 奉义：犹言奉职。江汉：长江和汉水。

③ 楚塞：谓荆山。楚，江汉流域一带，春秋时为楚国的境域，故称。

④ 桐柏：山名，在今湖北、河南间。

⑤ 鲁阳：关名，地处今河南鲁山。

⑥ 君：指建平王刘景素。时景素在荆州任右将军、荆州刺史，正处于政治上的危险犹疑的境地，江淹曾举多种历史教训苦言谏诫过。

⑦ 玉柱：指瑟。

⑧《苦寒》：即《苦寒行》，与下文所提到《艳歌》，均为古乐府的曲辞。《苦寒行》，魏武帝辞；《艳歌》，即《罗敷艳歌行》。

【语译】

我这次奉职来到了江汉，不来不知，来了才知道荆山的广袤绵长。

它南端的关隘为桐柏山所环绕，它西端的峰岭延伸到了鲁阳。

寒气肃杀的郊野，树叶落尽，显得空旷，清秋的天空悬着太阳。

秋风使深林的树木摇摆弯曲，云霞也显得萧瑟，河水在上涨。

在这岁暮气寒的季节，你究竟打算怎样啊，（想到你的处境）我流下的眼泪沾湿了衣裳。

琴瑟无心演奏，金樽弃置令它凝霜。

一听到《苦寒行》，又加上《艳歌行》，奏起来是那样地使人感到悲伤。

【评析】

此诗题作《望荆山》，但并非是一般的游眺山水、流连光景的诗作，而是忧生念乱的政治抒情篇什。诗的前半“奉义”八句，写眺望中的荆山和途中秋景。写荆楚地域之广大，以见镇守者责任之重大；借写时节风物之萧瑟，微微透露出江淹对荆地政治前途的寒凛之感。后半“岁晏”六句，主要是宣泄诗人的悲伤。《梁书》本传说江淹在荆州谏刘景素曰：“殿下不求宗庙之安，而信左右之计，则复见麋鹿霜露栖于姑苏之台矣。”这便是本诗后半作意之所在，以及作为一个藩王臣僚的诗人感伤的因由。江淹此诗是危惧的悲吟，政治抒情味浓烈。“玉柱空掩露，金樽坐含霜”，意境清丽幽深，艺术形象感人，读之虽有“风骨未高”之嫌，但仍觉得它乃梁诗中的不可多得者。

旦发鱼浦潭[1]一首

作者：丘希范　　注译评析：韦向学

渔潭雾未开，赤亭风已飚[2]。

棹歌发中流[3]，鸣鞞响沓障[4]。

村童忽相聚，野老时一望。
诡怪石异像[5]，崭绝峰殊状[6]。
森森荒树齐[7]，析析寒沙涨[8]。
藤垂岛易陟，崖倾屿难傍。
信是永幽栖[9]，岂徒暂清旷。
坐啸昔有委[10]，卧治今可尚[11]。

【篇旨】

写作者出为新安（一说永嘉）郡太守途中之所见，以及这次出任只想无为而治的情怀。

【注释】

① 渔浦潭：在今浙江杭州富阳。

② 赤亭：钱塘西南五十里有定山，赤亭在定山东十里。飏：风起。

③ 棹歌：舟人所唱之歌。

④ 鞞（pí）：小鼓。沓（tà）障：犹言重山。

⑤ 诡怪：诡谲怪诞。

⑥ 崭绝：山峰险峻貌。

⑦ 森森：树木茂密并立。

⑧ 析析：分明貌。

⑨ 信：诚。幽栖：地处幽僻，可以长久栖止。指隐逸或求仙。

⑩ 坐啸：闲坐啸咏，无所事事。张璠《汉记》："南阳太守弘农成瑨但坐啸。"昔有委：犹言昔有人。

⑪ 卧治：卧而治之。《史记·汲黯传》："召拜为淮阳太守，黯伏谢不受印，上曰：'君薄淮阳耶？我今召君矣，顾淮阳吏民不相得，吾徒得君之重，卧而治之。'"尚：谓心所希望。

【语译】

从渔浦潭出发时，潭上的雾气还没有消散，可是将船开到赤亭附近，江面就起风了。

舟人在江中唱着歌儿，阵阵鼓声响彻重山。

附近的村童野老，看到有船经过都聚望过来。

江岸的山石奇形怪状，那险峻的山峰也形态各异。

茂密的野树整齐并立，冲积的河沙分明，势将成屿。

小岛四周长藤高垂，攀登极易；而那小洲上的崖势倾仄，无法使船抵崖依傍。

这里实在是永远幽栖的好地方，岂止是谋求一时的清旷。

闲坐啸咏昔曾有人，我这次赴任，无为而治正是我心里的希望。

【评析】

这是一首行旅之作。作者借江路的幽奇，抒发了自己在政治上不期有所作为的情怀。“渔潭”两句，扣紧诗题发端。“棹歌”四句，写舟子歌声和船上鼓声引来江岸那些纯朴村童、野老的聚望。“诡怪”八句，写江岸山景幽奇和诗人幽栖的情趣。“坐啸”两句，以直抒胸臆，希望无为而治作结。丘迟的诗以“辞采丽逸”见称。他这诗的对偶句多出自然，甚至有人认为，这比唐诗中那些专以研练为工的篇什，“究胜一筹”。

早发定山[①]一首

作者：沈休文　　注译评析：韦向学

夙龄爱远壑[②]，晚莅见奇山[③]。
标峰彩虹外[④]，置岭白云间。
倾壁忽斜竖，绝顶复孤员[⑤]。
归海流漫漫[⑥]，出浦水浅浅[⑦]。

野棠开未落[8]，山樱发欲然[9]。
忘归属兰杜，怀禄寄芳荃[10]。
眷言采三秀[11]，徘徊望九仙[12]。

【篇旨】

写诗人早发定山途中所见景物和他眷恋山水、寄情芳草，并最终想离开官场的心怀。

【注释】

① 定山：在今杭州附近，突出江干，沈约出为东阳太守经此。
② 夙龄：早岁，少年时。
③ 莅：到任。
④ 标：高标，指高峰。
⑤ 孤员：谓山顶呈现独起的圆状。
⑥ 漫漫：平流貌。
⑦ 浅浅：疾流貌。
⑧ 野棠：即杜梨，花有白、红两种。
⑨ 山樱：亦称野樱，花作红色。然：通“燃”。
⑩ 兰、杜、芳荃：皆香草名。
⑪ 眷：回视。《诗经·小雅·大东》：“眷言顾之，潸焉出涕。”言：语助词，无义。三秀：谓芝草。
⑫ 九仙：即道教的上仙、高仙、大仙、元仙、天仙、真仙、神仙、灵仙、至仙。九仙人居太清境。

【语译】

少年时喜涉深远的山壑，暮年到任，居然有机会看到幽奇的定山。
它峰岭孤标高出彩虹之外，山岭置于白云缭绕之间。
倾仄的峭壁突兀地斜斜竖立，最高处又是圆石独起。

江水入海时浩漫流淌，才出江浦水势却浅浅疾行。

野棠花烂漫开放，山樱花似火欲燃。

我观景忘归寄意于兰花杜若，虽仍难忘爵禄，但却早已属意于香草芳荃。

我终当眷顾采此灵芝，望九仙之境而徘徊。

【评析】

这是一首行旅之作，写诗人赴任东阳太守途中经定山所看到的景物，以及眷恋山水、寄情山花芳草的情趣，诗中微微透露了他厌倦爵禄，意欲退隐林泉求仙访道的心绪。沈约诗十分讲求声韵对仗，此诗亦然，通体对偶，极其工整，自成一格。

新安江水至清浅深见底贻京邑游好①一首

作者：沈休文　　注译评析：韦向学

眷言访舟客②，兹川信可珍③。
洞澈随深浅，皎镜无冬春④。
千仞写乔树，百丈见游鳞。
沧浪有时浊⑤，清济涸无津⑥。
岂若乘斯去⑦，俯映石磷磷？
纷吾隔嚣滓⑧，宁假濯衣巾⑨？
愿以潺湲水⑩，沾君缨上尘⑪。

【篇旨】

写新安江的清明澄澈，兼讽告京邑游好，勿恋尘嚣，勿贪爵禄，以保持身心的洁净。

【注释】

① 新安江：在今浙江桐庐境。

② 眷言：反顾貌。言，语助词，无义。

③ 信：诚。

④ 皎镜：喻清澄的新安江。

⑤ 沧浪：水名。《楚辞·渔父》：“沧浪之水清兮，可以濯吾缨。沧浪之水浊兮，可以濯吾足。”

⑥ 济：济水，一名沇水，源出河南王屋山，古时其下东北流与黄河并行入海。

⑦ 斯：此，指清澄的新安江水。

⑧ 纷：喜。嚣滓：犹言嚣尘。喻尘世污浊。

⑨ 假：借。濯：洗。

⑩ 潺湲：水流貌。

⑪ 君：谓京师友好。

【语译】

我回头请问驾船的人，大家都说新安江实在可贵难得。

不论是浅处深处，同样地透明澄澈；也不论是冬天春天，江水总是那样清明如镜。

它能反映千丈峰岭上乔木的影子于水面，深到百丈水底，透视游鱼亦无妨碍。

沧浪之水可以说是清了，但也有泛浊的时候；济水可以说是源远流长了，但也有枯竭的时候，而新安江不曾浊也不曾涸。

在沧浪和济水上泛舟，哪里能够比得了在此江遨游？俯视江水，那磷磷的白石直映入眼帘。

可喜啊我至此已隔绝尘嚣浊秽，无须假此浣濯衣巾。

但愿以此潺潺的流水，洗去京师诸君冠缨上的埃尘。

【评析】

这首诗系沈约离开京师赴东阳道中作，写新安江清明如镜，浅深见底，乔木倒映水中，游鱼翔集浅底，细石磷磷，直视无碍，以及自己至此已远隔尘嚣浊秽，无须“假濯衣巾”的喜悦。末两句讽告京邑游好，勿恋尘嚣，勿贪爵禄。全诗自始至终扣紧诗题运笔，然讽意含蓄不露，较之沈约其他诗，别有一种神远的韵味。

军戎

从军诗五首[1]

作者：王仲宣　　注译评析：韦向学

从军有苦乐，但闻所从谁。
所从神且武，焉得久劳师？
相公征关右[2]，赫怒震天威。
一举灭獯虏[3]，再举服羌夷[4]。
西收边地贼[5]，忽若俯拾遗。
陈赏越丘山，酒肉逾川坻[6]。
军人多饫饶[7]，人马皆溢肥[8]。
徒行兼乘还[9]，空出有余资。
拓地三千里，往返速若飞。
歌舞入邺城[10]，所愿获无违[11]。
尽日处大朝[12]，日暮薄言归[13]。
外参时明政[14]，内不废家私。
禽兽惮为牺[15]，良苗实已挥[16]。
窃慕负鼎翁[17]，愿厉朽钝姿[18]。
不能效沮溺[19]，相随把锄犁。
孰览夫子诗[20]，信知所言非。

凉风厉秋节，司典告详刑[21]。

我君顺时发，桓桓东南征[22]。
泛舟盖长川，陈卒被隰坰[23]。
征夫怀亲戚，谁能无恋情？
拊襟倚舟樯[24]，眷眷思邺城。
哀彼东山人[25]，喟然感鹳鸣[26]。
日月不安处，人谁获常宁？
昔人从公旦[27]，一徂辄三龄。
今我神武师[28]，暂往必速平。
弃余亲睦恩，输力竭忠贞。
惧无一夫用[29]，报我素餐诚[30]。
夙夜自恲性[31]，思逝若抽萦[32]。
将秉先登羽[33]，岂敢听金声[34]！

从军征遐路，讨彼东南夷[35]。
方舟顺广川[36]，薄暮未安坻[37]。
白日半西山，桑梓有余晖[38]。
蟋蟀夹岸鸣，孤鸟翩翩飞。
征夫心多怀，恻怆令吾悲[39]。
下船登高防[40]，草露沾我衣。
回身赴床寝，此愁当告谁？
身服干戈事，岂得念所私。
即戎有授命[41]，兹理不可违。

朝发邺都桥，暮济白马津[42]。
逍遥河堤上，左右望我军。
连舫逾万艘，带甲千万人。
率彼东南路[43]，将定一举勋。
筹策运帷幄，一由我圣君。

恨我无时谋，譬诸具官臣。
鞠躬中坚内[44]，微画无所陈。
许历为完士[45]，一言独败秦。
我有素餐责[46]，诚愧伐檀人[47]。
虽无铅刀用[48]，庶几奋薄身[49]。

悠悠涉荒路，靡靡我心愁[50]。
四望无烟火，但见林与丘。
城郭生榛棘，蹊径无所由。
雚蒲竟广泽，葭苇夹长流[51]。
日夕凉风发，翩翩漂吾舟[52]。
寒蝉在树鸣，鹳鹄摩天游。
客子多悲伤，泪下不可收。
朝入谯郡界[53]，旷然消人忧。
鸡鸣达四境，黍稷盈原畴。
馆宅充廛里[54]，女士满庄馗[55]。
自非圣贤国，谁能享斯休[56]？
诗人美乐土，虽客犹愿留。

【篇旨】

赞美曹操出师征张鲁和孙权，抒写诗人行役途中的感伤和报国捐躯的决心。

【注释】

①《从军诗》：一作《从军行》，乐府曲调名，属《相和歌辞》之《平调曲》。《乐府解题》："《从军行》皆军旅苦辛之辞。"

② 相公：曹操为汉丞相，故称。关右：亦称关西。关谓函谷关。

③ 獯（xūn）虏：即獯鬻（yù），谓匈奴。

④ 羌夷：即西夷。

⑤ 边地贼：谓张鲁。鲁字公祺，沛人，东汉末继其父以鬼神之道设教聚民，自称“天君师”，据汉中，后败，降曹操，封阆中侯。

⑥ 坻（chí）：水中高地。

⑦ 饫饶：餍饱。

⑧ 溢：盈。

⑨ 兼乘：谓不止一乘。

⑩ 邺城：故城在今河北临漳境内。

⑪ 获：尽。

⑫ 大朝：即朝廷。

⑬ 薄言：均语助词，无义。

⑭ 参：干预，谋划。

⑮ 惮为牺：惧怕成为宗庙之牺牲。《左传》：“宾孟适郊，见雄鸡自断其尾。问之侍者，曰：‘自惮其为牺也。’”

⑯ 挥：振动。

⑰ 负鼎翁：谓商之贤相伊尹。伊尹背负鼎俎以干汤，致于王道，事见《史记·殷本纪》。

⑱ 厉：磨炼。朽钝：谓年衰，王粲自谦。

⑲ 沮溺：长沮和桀溺，春秋末期楚国的两位隐者。

⑳ 夫子诗：指夫子应赵简子聘，途中闻鸣犊、窦犨之见杀而回舆，为操曰：“翱翔于卫，复我旧居。从吾所好，其乐只且。”见《孔丛子》。

㉑ 司典：司法之役吏。

㉒ 桓桓：武貌。东南征：谓征讨割据东南方的孙吴。

㉓ 隰坰（jiōng）：低湿的原野。林外曰坰。

㉔ 拊襟：犹言“抚膺”。

㉕ 东山人：此指出征的士卒。《诗经·豳风·东山》：“我徂东山，滔滔不归。我来自东，零雨其蒙。”

㉖ 鹳（guàn）：形似鹤亦似鹭之大型涉禽。

㉗ 公旦：即周武王之弟，周公姬旦，曾佐辅武王伐纣。武王死后，成王年幼，由他摄政，曾发兵平定东方的叛乱。

㉘ 神武师：赞美曹操的军队。

㉙ 一夫用：谦辞，喻无兼人之能。

㉚ 素餐：不做事而白吃饭。谓无能而食禄。

㉛ 夙夜：朝夕。恲：流露。

㉜ 抽萦：萦回缠绕。

㉝ 先登羽：先登敌城之旗帜。

㉞ 金声：即钲声。古时以钲鼓为进退士众之节。《孙子兵法》云："闻鼓声而进，闻金声而退。"

㉟ 东南夷：谓孙权集团。

㊱ 方舟：双体船。这里指齐头并进的两队战船。

㊲ 安坻：谓系舟于岸。

㊳ 桑梓：桑树和梓树。后也用来代指家乡。

㊴ 恻怆：悲伤。

㊵ 高防：高堤。

㊶ 即戎：临战。

㊷ 白马津：河津名。

㊸ 率：循。

㊹ 鞠躬：敬慎貌。中坚：谓卒伍。

㊺ 许历：战国赵人，为赵奢军士。赵奢救阏与，途中令军中"以军事谏者死"。许历数冒犯，以军事谏，而赵奢亦皆受纳，结果大败秦军。归赵后，惠文王以历为国尉。完士：其备众长之士。

㊻ 素餐责：指为官的责任。

㊼ 伐檀人：《诗经·魏风·伐檀》中之伐木者。《伐檀》诗中无情讥讽无功受禄之在位者。

㊽ 铅刀：钝刀，喻无用。

㊾ 庶几：希冀之辞。

㊿ 靡靡：犹言“迟迟”，形容步履迟缓。

51 蓷蒲、葭苇：皆芦苇、蒲草一类的水草。

52 翩翩：动摇不止貌。

53 谯郡：在今安徽亳州，曹操的故乡。

54 廛（chán）里：民居里坊。

55 庄馗（kuí）：六达九交之道，即康庄大道。

56 休：福乐。

【语译】

从军有苦有乐，两者的区别，只看所跟随的主将如何罢了。

所跟随的主将神明而且勇武，则立功迅速，又何至劳师于外。

丞相征讨关西的敌人，声威显赫如同上帝震怒。

首次举兵消灭了匈奴，再次举兵征服了西夷。

西收边地之寇张鲁，如同俯身捡物般地迅疾。

功成归来，赏赐之物堆积如山，犒师之酒肉如同大河和小山丘。

将士们吃得饱饱的，人肥马壮，人马欢腾。

出征时徒步而行，而今尽是兼乘归来；出征时囊无余资的，归来时钱装满袋。

虽然扩地三千里远，却能飞速往返。

载歌载舞进入邺城，一切都如愿以偿。

每天上朝议政，直到黄昏才得意归来。

在外可以干预清明的政治，对内也不荒废家政的安排。

我从前不愿出仕，如同那些鸡牛之惧怕当作宗庙的供品；今日身受栽培，如同良苗之实受雨露而振作。

我暗暗地羡慕伊尹之背负鼎俎以干谒商汤，愿意磨炼衰朽愚钝的身躯。

不想学长沮、桀溺之隐居避世，相跟着把握犁锄。

熟读孔子诗，知道长沮、桀溺欲从所好而隐居，只是我要厉节而求仕，所以并不以其所言为是。

值此凉风猛烈的秋日，主司告以应当适时地执行刑罚征讨。
曹公顺时发兵，将士用命威武地南征。
战船盖满长长的江面，士卒布满低湿的原野。
征人想念着自己的亲人，有谁不能因此而依依？
倚着舟檣我抚膺叹息，思念邺城我频频回顾。
那些随周公远征东山的士卒呵，听到鹳鸟哀鸣便喟然兴悲。
日月在不停地运转，人世间谁又能久安常宁？
从前人们跟随周公出征，一去就是长长的三年。
今天曹公神武之师出征，短时间必定迅速平定。
丢弃依恋亲人的情怀，为国效力竭尽自己的忠贞。
我所担心的是自己的无能，因而无法报答给我的恩情。
早晚间我思绪不宁，想起往事，心绪如丝抽萦。
我将发誓手持军旗先登敌城，决不听鸣钲而退步抽身。

从军踏上漫漫的征途，去讨伐那割据东南的孙吴。
船队浩荡顺着广阔的江水前进，时已日暮却还不肯靠岸休整。
白日半衔西山，桑梓上映残阳。
两岸蟋蟀哀鸣，失群的鸟儿上下飞行。
征人心中多所怀思，那凄凉的情景令我悲怆难禁。
下船登上高高的江堤，草露沾湿了我的衣襟。
转身上床就寝，忧思翻覆，又向谁倾诉？
置身军伍，亲临战阵，岂敢去依恋私情？
临战见危而授命，这是理之必然，自己岂能不加实行。

早上从邺都桥畔出发，黄昏过了白马渡口。
在河堤上我任情逍遥，左顾右盼望着我们的军队。
方舟超过万艘，披甲的将士成千上万。

循着那往东南的大道走去，终将一举奠定卓著的功勋。

运筹决策在帷幄之中，全凭神机妙算的圣明曹公。

只可惜我缺乏适时的谋略，就如同只具官位的碌碌庸臣。

鞠躬如仪地在军中重要部门的行列，连最浅薄的建议也无由陈说。

许历是为完士，独陈一策就能大败秦军。

既然我食俸受禄便承担了相应的责任，想起《伐檀》诗内心就觉得羞愧。

因此我虽像铅刀钝于一割，仍希望竭尽绵薄为国立功。

慢悠悠地行走在荒凉的大道上，我心中充满了忧伤。

放眼四望看不到一缕炊烟，只见寒林与荒丘苍苍茫茫。

城郭长满杂草和灌木，道路荒废，临歧彷徨。

水泽中布满了藿蒲，江两岸长满了芦苇。

日暮掠起阵阵的凉风，将我小船刮得左右飘荡。

秋蝉在树上哀鸣，鹳鹄摩天飞翔。

客子心中多悲伤，泪水流淌不断。

一天早上，当大军进入谯郡境界，辽阔宽广和繁盛富庶的景象，立刻涤荡了笼罩在我心中的愁云。

鸡鸣声远传四面边境，原野田畴长满高粱谷子。

馆宅齐整，布满城厢；士女如云，熙熙攘攘。

若不是圣贤治国，谁能够享受到如此的平安幸福？

这便是《诗经》所赞美的乐土，自己尽管异乡作客，却愿长此居住。

【评析】

从军诗是王粲诗作中十分重要的一组，为王粲随曹操西征张鲁和东讨孙吴时途中有感而作。诗中赞美了曹操统一天下的勃勃雄心和百折不挠的进取精神。与此同时，诗人也被曹操“神且武”的政治、军事才能所折服，所以在行役中虽然饱尝了这样那样的苦辛，但他始终以苦为乐，志气昂扬。诗一反“归欤”的哀叹，触处生发的都是“窃慕负鼎翁，愿厉朽钝姿。不能效沮溺，相随把锄犁”“将秉先登羽，岂敢听金声”，以及“虽无铅刀用，庶几奋薄身”等慷慨悲凉、亢奋激厉之情。组诗显示了热情洋溢的积极用世思想，为历代从征诗奠定了昂扬奋发、捐躯报国的基调。全诗场面宏大，含意深广，风格乐观进取，积极向上。兼之诗语质朴，通俗，有明显的乐府民歌化倾向。在表现手法上，睹物生情，连类不尽，多方取譬，意绪纵横，感染力极强。所以近人王文濡曰：“浩气横溢，音节入古。”

郊庙

宋郊祀歌二首[1]

作者：颜延年　　注译评析：韦向学

夤威宝命[2]，严恭帝祖[3]。炳海表岱[4]，系唐胄楚[5]。
灵监叡文[6]，民属叡武[7]。奄受敷锡[8]，宅中拓宇[9]。
亘地称皇[10]，罄天作主[11]。月窟来宾[12]，日际奉土。
开元首正[13]，礼交乐举[14]。六典联事[15]，九官列序[16]。
有牷在涤[17]，有絜在俎[18]。荐飨王衷[19]，以答神祜[20]。

维圣飨帝[21]，维孝飨亲[22]。皇乎备矣[23]，有事上春[24]。
礼行宗祀[25]，敬达郊禋[26]。金枝中树[27]，广乐四陈[28]。
陟配在京[29]，降德在民[30]。奔精昭夜[31]，高燎炀晨[32]。
阴明浮烁[33]，沉禜深沦[34]。告成大报[35]，受釐元神[36]。
月御案节[37]，星驱扶轮[38]。遥兴远驾[39]，曜曜振振[40]。

【篇旨】

写宋文帝时郊祀天地的盛况。

【注释】

① 郊祀：祭名，谓天子于郊外祭祀天地。冬至祭天于南郊，夏至祭地于北郊。

② 夤（yín）威：敬畏。宝命：天命。

③ 严恭：尊敬。

④ 炳：明。海：谓东海。岱：谓泰山。

⑤ 系：承。唐：谓唐尧。《左传》谓刘姓出自唐尧。胄楚：谓刘宋系楚元王刘交之后裔。《宋书》：“高祖，彭城人，楚元王之后也。”彭城，今江苏徐州。

⑥ 灵监：神灵鉴察。叡文：天子之文德。

⑦ 属：识。叡武：天子之武德。

⑧ 奄受敷锡：大受天子之赐。敷：普。锡，通“赐”。

⑨ 宅中：安定国内。拓宇：开拓疆宇。

⑩ 亘地：遍地。

⑪ 罄（qìng）天：犹言承天命。

⑫ 月窟（cuì）：兔窟，月之所生。此喻远国。来宾：谓来宾王庭。即臣服王庭。

⑬ 开元：建立王朝的年号。首正：谓王朝择定岁首之月。

⑭ 礼交乐举：谓以礼相交，以乐相待，和之至也。

⑮ 六典：即治典、礼典、教典、政典、刑典、事典。

⑯ 九官：古执国政之九官为司空、后稷、司徒、士师、共工、朕虞、秩宗、典乐、纳言。

⑰ 牷：用于祭祀的完体之牲。在涤：谓在牢中对用作牺牲的牛羊加以搜除洗涤。

⑱ 絜：经过洗剥的清洁的牛羊。俎：祭器。

⑲ 荐：进，献。衷：衷心。

⑳ 祜：福。

㉑ 飨帝：祭祀帝王。

㉒ 飨亲：祭祀先祖。

㉓ 备：此谓备圣孝之道。

㉔ 上春：初春，孟春。

㉕ 宗祀：祭祀先王。

㉖ 郊禋：谓祭祀于郊，祭天之礼。

㉗ 金枝：据《汉书》，郊祀时竖铜灯百二十枝。

㉘ 广乐：天帝之乐，即钧天广乐。见《史记·赵世家》。

㉙ 陟配：谓天子升祖考以辅佐上帝。

㉚ 民：众庶，黎民。

㉛ 奔精：谓流星。昭：照。

㉜ 燎：焚柴，火炬。炀：烟。

㉝ 阴明：北方星名，辰星。浮烁：光影上浮。

㉞ 沉禜（yǒng）：祭水。禜，祭祀名。沦：深水。

㉟ 告成：告以诸侯之成功。

㊱ 受釐：受福。釐，幸福，吉祥。元神：天神。

㊲ 月御：即望舒，御月之神。

㊳ 星驱：驰星之神。

㊴ 遥兴远驾：言天神起驾于天，下至于地。

㊵ 曜曜振振：光明威盛貌。

【语译】

天子敬畏天命，尊敬先祖。光辉彪炳于海岱之间，宋高祖承唐尧之统绪，为楚元王之后裔。

神灵鉴察天子之文德，庶民体认天子之武功。高祖受天命之大赐，安定国内，开拓疆宇。

遍地称皇，承天作主。远国来宾于王庭，四方奉献疆土。

建国立号，择定岁首。朝廷礼乐，井井有序；百官正位，有职有权。

祭祀时奉献涤净的牺牲，祭器里装有清洁的牛羊。天子衷心荐献于上帝，以报答神灵之赐福。

唯圣人能祭祀上帝，唯孝子能祭祀祖宗。天子备圣孝之道，初春有祭祀之事。

先祭于祖，后行祭天之礼于郊。祭坛中竖铜灯百二,四周陈设钧天广乐。

天子升祖考以配享天帝，天帝以恩德降福于兆民。流星丽天，照耀夜空，焚起炬燎，烟达于晨。

阴明星之光影闪烁，祭江河以致诚信。祭祀告成，精诚上达于天。天神降福，下民受惠。

天神由月御为之案节徐行，又向星驱为之扶轮疾奔。起始于天而下临于地，其行遥遥，光明威盛。

【评析】

这二首郊祀歌是宋文帝时郊祀天地，使颜延年作。写这次郊祀的盛况：“六典联事，九官列序”“金枝中树，广乐四陈”“奔精昭夜，高燎炀晨。阴明浮烁，沉禜深沦”。由于郊祀本身是以“荐飨王衷”“以答神祐”，“告成大报，受釐元神”为目的，所以场面宏大庄严，设“牷”讲究，陈礼隆盛，气氛肃穆而热烈，令人敬畏。歌的结尾，“月御案节，星驱扶轮。遥兴远驾，曜曜振振”，设想天神下降景况，想象丰富，情调浪漫，音节和谐而悠扬，使人读后对宋郊祀文化留下深刻的印象。

乐府上

乐府三首

古辞　　注译评析：韦向学

饮马长城窟行[①]

青青河边草，绵绵思远道。
远道不可思，夙昔梦见之[②]。
梦见在我傍，忽觉在他乡。
他乡各异县，辗转不可见。
枯桑知天风，海水知天寒。
入门各自媚[③]，谁肯相为言？
客从远方来，遗我双鲤鱼[④]。
呼儿烹鲤鱼，中有尺素书[⑤]。
长跪读素书，书中竟何如？
上有加餐食，下有长相忆。

伤歌行[⑥]

昭昭素月明，晖光烛我床。
忧人不能寐，耿耿夜何长[⑦]！
微风吹闺闼[⑧]，罗帷自飘飏。

揽衣曳长带，屣履下高堂[9]。
东西安所之？徘徊以彷徨。
春鸟翻南飞，翩翩独翱翔。
悲声命俦匹[10]，哀鸣伤我肠。
感物怀所思，泣涕忽沾裳。
伫立吐高吟，舒愤诉穹苍。

长歌行[11]

青青园中葵，朝露行日晞。
阳春布德泽[12]，万物生光辉。
常恐秋节至，焜黄华蕊衰[13]。
百川东到海，何时复西归？
少壮不努力，老大乃伤悲。

【作者简介】

《文选》与《乐府诗集》均题名“古辞”，未载作者。唯徐陵《玉台新咏》将《饮马长城窟行》题名蔡邕，《伤歌行》题名魏明帝。

【篇旨】

前两首写居人怀远的愁思；后一首写韶光易逝，华年不待，人们当早自建树事业，无贻后时之悔。

【注释】

①《饮马长城窟行》：属乐府《相和歌 · 瑟调曲》。

② 夙昔：同“宿夕”，犹言昨晚。

③ 媚：爱。

④ 双鲤鱼：刻以鱼形，用来夹信的两块木板。

⑤ 尺素：谓书简。古人在生绢上写字，故称。

⑥《伤歌行》：属乐府《杂曲歌辞》。

⑦ 耿耿：不安。

⑧ 闺闼：谓妇女之卧室。

⑨ 屣履：曳鞋即行，言其匆遽。

⑩ 命俦匹：呼唤伴侣。

⑪《长歌行》：属乐府《相和歌·平调曲》。

⑫ 德泽：恩泽，此指阳光雨露。

⑬ 焜黄：犹言枯黄。华：同“花”。

【语译】

饮马长城窟行

青青的河边草，我意绪绵绵地思念着远道。

远道上的亲人无从思念，昨夜在梦中我与他相见。

梦里他在我身旁，倏忽醒来他却身处异乡。

同在异乡且又各在异县，思念极深却不能相见。

桑树落叶感知天风，海水广阔亦能感知天寒。

人们进门各寻自己所爱，有谁肯向你嘘寒问暖？

有客从远方来，送给我一双鲤鱼。

我让孩子们去把鲤鱼烹煮，鱼腹中竟有一封书简。

伸长了腰跪着读信，你猜信中究竟说些什么？

前面说希望我努力加餐，后边说他对我怀有永远的思念。

伤歌行

明净洁白的月亮，它的光辉照着卧床。

我这个愁人无法入睡，深感夜是多么长！

轻风吹着我的居室，门上的罗帷随风飘扬。

披着衣服拖着长带，曳鞋而行走出高堂。

此刻我不知道自己要往东行还是往西走，踌躇不前徘徊又彷徨。

有一只南飞的春鸟，翩翩振翅独自翱翔。

它用悲凉的声音呼唤着伴侣，那哀鸣简直痛断了我的心肠。

因物生感使我怀念远人，流下眼泪俄而湿透了衣裳。

我久久地站着放声高诵，对着苍穹舒泻着我的忧伤。

长歌行

园中青青的葵叶上的晨露，太阳一出就被晒干。

靠着春天阳光雨露的滋润，自然界的万物生辉斗艳。

只是唯恐秋天来临，草木枯黄，花儿衰谢。

百水千河流入东海，它们到什么时候才回头？

人们在少壮的时候若不奋发努力，那么待到老大必定喟然兴叹而悲伤。

【评析】

《青青河边草》是乐府民歌中怀远诗的名篇。诗的上半以传统的比兴手法开端，以青青的春草绵延不断的景象，引出思妇对远行亲人的不尽思念，其基调是单相思的忧苦。“枯桑”两句，既是比喻，又是拟人。后半首以“双鲤鱼”比喻家书，风趣、热烈而活泼。思妇的失望在这里虽然没有直书，但尽可从言外得之。诗写得委婉有致，凄楚动人。《昭昭素月明》一首，“昭昭”六句与《古诗十九首》“明月何皎皎，照我罗床帏。忧愁不能寐，揽衣起徘徊”异曲同工。“耿耿”两字，写出忧者心潮之翻腾不能安宁。出门不知所往，徘徊彷徨，见其忧愁、苦闷之深，无所排遣。诗的最后以春鸟鸣侣为媒介，以“吐”、以“诉”的方式倾泻其心头的忧愤，情调亦是凄楚动人。《青青园中葵》一首，通过自然现象中万物盛衰有时的描写，独示出人要奋发有为必须及早努力的道理。这一首开端也是以物起兴，含意深长。“阳春”两句，由园葵而及万物，这里的奇妙联想扩大、拓深了诗意。承接之工，了无痕迹。“常恐”四句写时光易逝，青春难再。

“百川东到海，何时复西归”，说的是人所共知，习而不察的现象，一经提破，便觉惊心。最后两句，以至理名言点出诗的主旨。作者非但自勉，亦以勉人，语重心长，启人猛醒。所以千百年来人们奉为生活之座右铭。

怨歌行[①]一首

作者：班婕妤　　注译评析：韦向学

新裂齐纨素[②]，鲜洁如霜雪。
裁为合欢扇[③]，团团似明月。
出入君怀袖，动摇微风发。
常恐秋节至，凉风夺炎热。
弃捐箧笥中[④]，恩情中道绝。

【作者简介】

班婕妤（约前48—前6），汉班况女，班固祖姑，楼烦（今山西宁武附近）人，贤才通辩，雅善诗歌。幸成帝，为婕妤。后为赵飞燕所谮，退侍太后于长信宫，作赋自伤，辞极哀婉。原有集一卷，已佚。《汉书·外戚传》有传。

【篇旨】

此篇以秋扇见弃作喻，咏弃妇命运的悲哀。

【注释】

① 此篇亦作无名氏作。

② 新裂：新从织机上截断下来。齐纨素：齐地所产的细绢。

③ 合欢扇：上面有合欢纹的扇子。

④ 箧笥：盛衣物的竹箱。

【语译】

刚从织机上截断下来的素绢，新鲜洁白如同霜雪。

把它裁成合欢扇，圆圆的似是皎洁的明月。

因为有“动摇微风生”的用处，所以得到出入扇者怀袖的恩宠。

常常担心秋日的到来，凉风代替了炎热。

合欢扇被抛进了竹箱中，受宠的恩情因此半途断绝。

【评析】

此篇以扇托喻处在被玩弄地位的女子。在古代，许多女子的命运就像扇子的命运一样，当男子需要的时候，就受到“出入君怀袖”的恩宠，然而不为男子需要的时候，就“弃捐箧笥中”。连类取譬，比喻贴切。因此，秋扇在古代文学中，一直用为妇人色衰见弃之喻。

乐府二首

作者：魏武帝　　注译评析：韦向学

短歌行①

对酒当歌，人生几何？譬如朝露，去日苦多②。
慨当以慷③，忧思难忘。何以解忧？唯有杜康④。
青青子衿⑤，悠悠我心。但为君故，沉吟至今⑥。
呦呦鹿鸣⑦，食野之苹⑧。我有嘉宾，鼓瑟吹笙。
明明如月，何时可掇⑨？忧从中来，不可断绝。
越陌度阡⑩，枉用相存⑪。契阔谈宴⑫，心念旧恩。

月明星稀，乌鹊南飞。绕树三匝，何枝可依？
山不厌高，海不厌深。周公吐哺[13]，天下归心。

苦寒行[14]

北上太行山[15]，艰哉何巍巍！
羊肠坂诘屈[16]，车轮为之摧。
树木何萧瑟？北风声正悲。
熊罴对我蹲，虎豹夹路啼。
溪谷少人民，雪落何霏霏！
延颈长叹息，远行多所怀。
我心何怫郁[17]，思欲一东归。
水深桥梁绝，中路正徘徊。
迷惑失故路，薄暮无宿栖。
行行日已远，人马同时饥。
檐囊行取薪[18]，斧冰持作糜[19]。
悲彼《东山》诗[20]，悠悠使我哀。

【作者简介】

魏武帝曹操（155—220），字孟德，沛国谯县（今安徽亳州）人。汉灵帝时被任为议郎。汉献帝初参加讨董卓。建安元年（196）受封大将军。建安十三年（208）进位为丞相。从此摄政而号令诸侯。建安二十一年（216）封魏王。其子曹丕代汉自立，国号魏，因追赠武帝。曹操雅爱诗章，好作乐府歌辞。其诗慷慨悲凉。有乐府歌辞二十余首，散文四十余篇。原有集三十卷，已散佚。《三国志》有本纪。

【篇旨】

《短歌行》似是用于宴会的歌辞，为诗人抒写自己叹息时光易逝和渴望贤才帮助建立功业的情怀。而《苦寒行》则写作者向北越过太行山进击高幹途中行军的苦况，以及对这次战争的感慨。

【注释】

①《短歌行》：属《相和歌·平调曲》。

② 苦：患。

③ 慨当以慷：犹言“当慨而慷”。

④ 杜康：传说是造酒的人。代指酒。

⑤ 子衿：《诗经·郑风·子衿》：“青青子衿，悠悠我心。纵我不往，子宁不嗣音？”此处表示思慕贤才。

⑥ 沉吟：沉思。

⑦ 呦呦：鹿鸣声。

⑧ 苹：艾蒿。这四句是《诗经·小雅·鹿鸣》篇成句。鹿鸣原是宴客飨宾之诗，此借以表示延揽贤才的热情。

⑨ 掇：掇取。

⑩ 越陌度阡：穿过田间小道。意谓远道相访。阡陌，田间小道。

⑪ 枉：劳驾。存：省视，探望。

⑫ 契阔：偏义复词。此处偏用“契”字的意义，谓两情投合。

⑬ 周公吐哺：谓周公“一沐三握发，一饭三吐哺，起以待士，犹恐失天下之贤”。

⑭《苦寒行》：属乐府《相和歌·清调曲》。

⑮ 太行山：山名。起自河南济源县，北入山西。这里指从河南沁阳北至山西晋城一段。

⑯ 羊肠坂：指从沁阳经天井关到山西晋城的山道。其山盘行如羊肠，故名。

⑰ 怫郁：心有不安。

⑱ 檐：当作“担”。

⑲ 糜（mí）：稀粥。

⑳《东山》诗：即《诗经·豳风·东山》，写远征军人还乡途中的思想感情。

【语译】

短歌行

举起酒杯作痛饮，唱着歌儿来行乐。人生在世时日短促，就像早晨的露水，太阳一出就消失。

岁月消逝，老是苦于流去的时日太多。应当慷慨地高歌，然而心中的忧思却难以忘却。

用什么来消除我心中的忧愁？唯有饮酒作乐。我长久地怀念离去的朋友，为着你呀，所以沉吟思索至今。

野鹿一边呦呦地鸣叫，一边吃着艾蒿。我有良朋，鼓瑟吹笙来接待他。

天上的明月，我什么时候才能掇取它？我内心的忧愁，永远难以解开。

你来自远方，翻越万水千山。承你屈驾前来对我表示慰问，我十分感激。我们聚在一起，谈心宴饮，我永记念着这份旧情。

月明星稀的夜晚，乌鹊向南飞行，环绕老树三圈，哪一枝可以止息？

山不嫌高，水不嫌深，贤士多多益善。周公旦辅佐成王，礼贤下士，所以天下之士就心向着他。

苦寒行

军队往北翻越太行山，山峰高耸，行军多么艰难！

羊肠坂的山路迂回曲折，车轮因此而折断。

树木萧萧，北风阵阵，使人感到悲凉。

熊罴蹲踞作势，虎豹夹路啸啼。

山间人烟稀少，雪花纷纷扬扬。

引颈远望长长地叹息，远行在外，心中多所怀念。

我的心多么抑郁不安，老想等到打了胜仗，早日东归。

河水很深，桥梁已断，队伍在途中徘徊不前。

去路茫然，原路也难以寻觅，入暮无处投宿。

走啊走啊，越走越远。人困马乏都已饥饿不堪。

担着行囊去采薪，举斧劈冰用来煮粥。

联想起那悲凉的《东山》诗，推古及今，使我不禁久久地伤感。

【评析】

曹操《短歌行》是一首“叹流光易逝，欲得贤才以早建王业”（清张玉穀《古诗赏析》卷八）的抒情诗，“忧世不治”，慷慨悲歌，“热肠余情”，“含吐纸上”。全诗由哀怨到欢乐，作者思力深沉、胸怀博大、气势雄浑的个性特色，在诗中得到了淋漓尽致的表现，读后令人思接千载，回肠荡气，受到强烈的感染。诗中或化用成语典故，或熔《诗经》成句入诗，鬼斧神工，了无堆砌、琢削的痕迹。《苦寒行》写征高幹途中向北越过太行山所经历的种种艰难险阻。“北上”两句，以慨叹语气总揽全篇，给读者以惊心动魄之感。“羊肠”两句，具体写翻越羊肠坂的艰难途程。“树木”六句，极写征途的严寒。“延颈”四句，写苦寒行军中的复杂心情。“水深”八句，则从抒情转向写景，水深桥断，日暮途迷，人马皆饥，斧冰作粥，苦况连连。最后两句，由写景转入抒情。行役未还，故感《东山》诗而“悠悠”使我哀也。在诗人悲凉的情怀中蕴含着削平战乱、实现统一的宏图大志。此诗是体现“建安风骨”的杰作之一。

乐府二首

作者：魏文帝　　注译评析：韦向学

燕歌行[①]

秋风萧瑟天气凉[②]，草木摇落露为霜[③]。
群燕辞归雁南翔，念君客游思断肠。
慊慊思归恋故乡[④]，何为淹留寄他方[⑤]？

贱妾茕茕守空房[6]，忧来思君不敢忘。
不觉泪下沾衣裳。
援琴鸣弦发清商[7]，短歌微吟不能长。
明月皎皎照我床，星汉西流夜未央[8]。
牵牛织女遥相望，尔独何辜限河梁[9]？

善哉行[10]

上山采薇[11]，薄暮苦饥。溪谷多风，霜露沾衣。
野雉群雊[12]，猴猿相追。还望故乡，郁何垒垒[13]！
高山有崖，林木有枝。忧来无方，人莫之知。
人生如寄[14]，多忧何为？今我不乐，日月如驰[15]。
汤汤川流[16]，中有行舟。随波回转，有似客游。
策我良马[17]，被我轻裘。载驰载驱[18]，聊以忘忧。

【篇旨】

前一首写一个女子深秋月夜怀念在远方作客的丈夫，内心充满忧伤。后一首写旅客怀乡不归的情怀。

【注释】

①《燕歌行》：属《相和歌·平调曲》，多写离别。

② 萧瑟：状风声。

③ 摇落：凋残。

④ 慊慊：不足貌，感到空虚。

⑤ 淹留：久留。

⑥ 茕（qióng）茕：孤独，无所依靠。

⑦ 援：引。清商：曲调名，其音短促。

⑧ 夜未央：言夜已深而未尽。

⑨ 何辜：犹言何故。河梁：谓桥。

⑩《善哉行》：属乐府《相和歌 · 瑟调曲》。

⑪ 薇：豆科食物，一种可食的野菜。《诗经 · 小雅 · 采薇》写戍边士兵生活之苦，此诗袭用其意，写作客苦辛，思乡怀归之情。

⑫ 雊（gòu）：雄雉鸣声。

⑬ 郁：即郁郁，林木茂密。垒垒：谓山岭重叠。

⑭ 寄：谓短暂的寄寓。

⑮“今我不乐”二句：《诗经 · 唐风 · 蟋蟀》：“今我不乐，日月其除。”此用其意。

⑯ 汤汤：洪水急流貌。

⑰ 策：谓以鞭鞭马。

⑱ 载：语助词，犹“乃”。

【语译】

燕歌行

秋风萧萧天气凉爽，草木凋残白露变为寒霜。

群燕辞别，大雁也向南方飞翔。想起你客游在外，常常思念寸寸断肠。

人归思难酬眷恋故乡，你为什么久居他乡？

我形单影只独守空房，忧思满怀思君不忘。

不知不觉泪水沾湿了衣裳。

引琴拨弦独奏清商。短歌相和，废然神丧。

皎洁的月光照在我的床上，河汉西流夜已深沉还未天亮。

牵牛织女遥遥相望，你们何故受到折磨，无桥可渡，隔水相望。

善哉行

白天上山去采薇菜，傍晚我饥肠辘辘。山谷中刮着阵阵秋风，那晶莹的露水沾湿了我的衣裳。

山鸡求偶鸣个不停，猿猴相互追逐玩乐。回首远望故乡，看到的只是茂密的林木和重叠的山峦。

高山有崖，林木有枝，忧愁无端袭来，谁也说不清楚。

人生在世如同寄寓，成天忧愁又有何益处？若不及时行乐，时光就会飞远逝去。

滔滔江水，上有行舟，它随水漂流，就像羁旅之人的萍踪无定。

骑上我的良马，穿上我的轻裘，扬鞭飞跑呀，借以忘却心中的忧愁。

【评析】

《燕歌行》以委婉深沉的情调写思妇缠绵悱恻的离别之情，它是我们所看到的最早和最完整的七言诗。首两句点明时令，渲染深秋凄凉的景象，为下面写思妇的孤寂索寞作好铺垫；“群燕”九句，写思妇盛年独居，月夜思夫的幽怨情怀，婉转自现。在这里以禽鸟知返对游子不归作了反衬，使诗意显得特别深沉。“明月”四句，以“星汉西流”写思妇的彻夜不眠和幽思遐想，以“牵牛织女”隔河相望比喻思妇自身无法解脱的凄楚境地，把思妇离愁别恨刻画得淋漓尽致。全诗写景、叙事、抒情有机融合，兼之诗句流转自如，音节美妙，风调悠扬，因此非常深切感人。《善哉行》写客子怀乡的愁情，它是四言诗中的名篇。开篇四句起兴，写“上山采薇”的凄苦景况。“野雉”六句写景，从景语中揭示出客子思乡的感情。在这里，“林木有枝”的“枝”，与“人莫之知”的“知”谐音双关，由古《越人歌》“山有崖兮木有枝，心悦君兮君不知”点化而来，赋予了新意，表达了客子思乡的忧伤。“忧来”十句抒情，是全诗的中心。在这里，诗人以“人生如寄，多忧何为？今我不乐，岁月如驰”慨叹人生无常，岁月短暂；以“汤汤川流，中有行舟。随波回转，有似客游”，将人生比喻作逐流行船，反复慨叹漂泊不定的人生。让喻体去抒情，语言富于形象而更加感人。“策我”四句，是诗人表明自己对人生听之任之，随其自然的态度，以策“良马”、衣“轻裘”的优游生活来聊慰愁肠，于无可奈何之中显示放纵与洒脱。

乐府四首

作者：曹子建　　注译评析：韦向学

箜篌引[①]

置酒高殿上，亲友从我游。
中厨办丰膳，烹羊宰肥牛。
秦筝何慷慨[②]，齐瑟和且柔[③]。
阳阿奏奇舞[④]，京洛出名讴[⑤]。
乐饮过三爵[⑥]，缓带倾庶羞[⑦]。
主称千金寿[⑧]，宾奉万年酬[⑨]。
久要不可忘[⑩]，薄终义所尤[⑪]。
谦谦君子德[⑫]，磬折欲何求[⑬]。
惊风飘白日[⑭]，光景驰西流[⑮]。
盛时不可再，百年忽我遒[⑯]。
生在华屋处，零落归山丘[⑰]。
先民谁不死，知命亦何忧[⑱]！

美女篇[⑲]

美女妖且闲[⑳]，采桑歧路间。
柔条纷冉冉[㉑]，叶落何翩翩[㉒]。
攘袖见素手[㉓]，皓腕约金环[㉔]。
头上金爵钗[㉕]，腰佩翠琅玕[㉖]。
明珠交玉体[㉗]，珊瑚间木难[㉘]。

罗衣何飘飘，轻裾随风还。
顾盼遗光彩[29]，长啸气若兰[30]。
行徒用息驾[31]，休者以忘餐。
借问女安居？乃在城南端。
青楼临大路[32]，高门结重关[33]。
容华耀朝日[34]，谁不希令颜[35]。
媒氏何所营？玉帛不时安[36]。
佳人慕高义，求贤良独难。
众人何嗷嗷，安知彼所观。
盛年处房室[37]，中夜起长叹。

白马篇[38]

白马饰金羁[39]，连翩西北驰。
借问谁家子？幽并游侠儿[40]。
少小去乡邑，扬声沙漠垂[41]。
宿昔秉良弓[42]，楛矢何参差[43]。
控弦破左的，右发摧月支[44]。
仰手接飞猱[45]，俯身散马蹄[46]。
狡捷过猴猿，勇剽若豹螭[47]。
边城多警急，胡虏数迁移。
羽檄从北来[48]，厉马登高堤[49]。
长驱蹈匈奴，左顾凌鲜卑[50]。
弃身锋刃端，性命安可怀[51]。
父母且不顾[52]，何言子与妻？
名编壮士籍[53]，不得中顾私。
捐躯赴国难，视死忽如归。

名都篇[54]

名都多妖女[55]，京洛出少年[56]。
宝剑直千金，被服光且鲜。
斗鸡东郊道，走马长楸间。
驰驰未能半，双兔过我前。
揽弓捷鸣镝，长驱上南山。
左挽因右发[57]，一纵两禽连[58]。
余巧未及展[59]，仰手接飞鸢[60]。
观者咸称善，众工归我妍[61]。
我归宴平乐[62]，美酒斗十千[63]。
脍鲤臇胎虾[64]，寒鳖炙熊蹯[65]。
鸣俦啸匹旅，列坐竟长筵。
连翩击鞠壤[66]，巧捷惟万端[67]。
白日西南驰，光景不可攀。
云散还城邑，清晨复来还。

【篇旨】

这几篇乐府诗，或慨叹人生的短暂和凡事的盛满不常，指出人生谁而无死，知命便能不忧（《箜篌引》）；或借写美女盛年不嫁，表露一己在政治上被弃置的悲哀之情（《美女篇》）；或写边塞游侠之忠勇以自况（《白马篇》）；或讽刺都市里一般富贵荡游子弟常年耽于饮宴，虽有娴熟的射骑技艺，却于国无益（《名都篇》）。

【注释】

①《箜篌引》：属乐府《相和歌·瑟调曲》。箜篌，一种体曲而长、二十三弦的乐器。引，一种乐曲。《集韵》："引，一曰曲引。"古琴曲有五曲九引，《箜篌引》即其中之一。

② 秦筝：筝是古代的五弦乐器，后秦人蒙恬改为十二弦，故称秦筝。

③ 齐瑟：因齐都临淄之民多能鼓瑟，故称。

④ 阳阿：地名，在今山西晋城。

⑤ 京洛：京都洛阳。

⑥ 爵：酒杯。

⑦ 庶羞：众多的美味。羞，同“馐”。

⑧ 千金寿：战国时鲁仲连为赵国解除秦兵之围，平原君以千金为鲁仲连祝寿。此谓以金帛赠人。

⑨ 万年酬：祝人长寿之谓。

⑩ 久要：旧约。

⑪ 薄终：即“终薄”。终，终究，引申为“后来”。薄，淡薄。义：道义。尤：非，非难，不许可。

⑫ 谦谦：谦卑恭逊。

⑬ 磬折：谓弯腰鞠躬，其形如磬。

⑭ 惊风：疾风。

⑮ 光景：此指时光。

⑯ 百年：百岁，死的讳称。遒：迫近。

⑰ 零落：喻人生的终结。

⑱ 知命：懂得生死的道理。

⑲《美女篇》：属乐府《杂曲歌·齐瑟行》歌辞。

⑳ 妖：谓容貌冶丽。闲：娴雅。

㉑ 冉冉：动貌。

㉒ 翩翩：飞舞貌。

㉓ 攘袖：捋起袖子。

㉔ 约：缠束。

㉕ 爵：同“雀”。

㉖ 琅玕：一种似玉的美石。

㉗ 交：犹言点缀。

㉘ 珊瑚：由海中一种腔肠动物的骸骨变成，色泽红润美丽。木难：相传为金翅鸟沫变成的碧色宝珠。

㉙ 顾眄：转头看。

㉚ 长啸：此指深深呼气发声。

㉛ 行徒：过路者。用：因而。

㉜ 青楼：显贵人家所居，因涂饰着青漆，故称。此与后世以青楼指妓院有别。

㉝ 重关：两道门闩。

㉞ 容华：面容光彩。

㉟ 希：慕。

㊱ 玉帛：圭璋和束帛，古时订婚礼物。安：安置，谓下聘礼。

㊲ 盛年：正当青春年华。

㊳《白马篇》：属乐府《杂曲歌·齐瑟行》歌辞。

㊴ 金羁：华贵的马笼头。

㊵ 幽并：幽州和并州，今河北、山西和陕西一部分地方。

㊶ 垂：边陲。

㊷ 宿昔：从前。

㊸ 楛（hù）矢：楛木作杆之箭。

㊹ 月支：箭靶名。

㊺ 接：迎面而射。

㊻ 散：摧毁。散马蹄：箭靶名。

㊼ 螭（chī）：古代传说中的一种黄龙。

㊽ 羽檄：古代用于征召或声讨的文书，用于急事者上插羽毛，故称。

㊾ 厉：奋。

㊿ 匈奴、鲜卑：均为我国古代北方的少数民族。

51 怀：犹“惜”。

52 顾：眷念。

53 籍：名册。

54《名都篇》：属乐府《杂曲歌·齐瑟行》歌辞，以首句名篇。名都，指当时的邯郸、临淄等名城。

55 妖女：艳丽的女子，指乐伎。

56 京洛：京都洛阳。

57 挽：拉弓。

58 纵：指放箭。

59 巧：指射箭技艺。

60 接：迎面而射。鸢（yuān）：鹰的一种。

61 众工：指众多的射手。

62 平乐：洛阳西门外的一座宫观，汉明帝造。

63 斗十千：谓每斗酒价十千钱。言其昂贵。

64 脍（kuài）鲤：细切的鱼肉。臇（juǎn）：少汁之羹。胎虾：虾仁，或有子的鲂鱼。

65 炙（zhì）：烤。

66 连翩：连续不停地奔驰。击鞠壤：蹴鞠和击壤。蹴鞠，古代的马球运动。击壤，亦古代的一种投掷游戏。

67 巧捷：灵巧敏捷。万端：此谓变化多端。

【语译】

箜篌引

酒席设在高殿上，亲戚友人随我宴游。

厨房里办起丰盛的佳肴，烹煮羊肉还宰杀肥牛。

秦筝奏得多么激昂，齐瑟的音调和谐温柔。

跳着阳阿的妙舞，唱出京洛的名歌。

乐声中酒过三巡，放松衣带尽情地享受各种美味。

主人用厚礼赠送宾客，客人祝主人万年长寿。

久交的朋友不可忘怀，厚始薄终道义上不加许可。

谦逊是君子的德行，对人恭敬并非有所祈求。

疾风把太阳吹向西行，岁月飞快流逝不稍逗留。

美好的年华不会再来，死亡很快地向我迫近。

活着的时候住在华美的屋宇，生命结束时回到荒凉的山丘。

先前的人有谁不死，懂得生死之道，便不会有什么忧愁。

美女篇

美丽的少女容貌艳丽，举止娴雅，她采桑在岔路边。

柔嫩的枝条纷纷摇动，采下的桑叶翩翩飞旋。

挽起衣袖露出白嫩的手臂，洁白的手腕上戴着金镯。

头上插着雀形的金钗，腰间佩带碧绿的琅玕。

明珠点缀着如玉的身体，碧色珍珠同珊瑚间杂。

丝绸上衣轻轻飘动，轻盈的衣裾随风飘转。

顾盼之间放射迷人的光彩，呼吸之际吐气若兰。

行人看到她因而停车，休息者见了她忘记进餐。

请问这位美女住在什么地方？她住在城南门的旁边。

家有青楼临近大路，高高的大门横着两道门闩。

她那美丽的姿容像朝阳耀人，有谁不羡慕她漂亮的容颜？

媒人到底在干些什么，何不及早把聘礼送来？

美女希慕品德高尚的男子，寻找贤德的夫婿实在太难。

人们只是在旁边瞎说乱嚷，哪知道她有自己的盘算。

青春的年华却在闺房独处，深夜起来不觉一声长叹。

白马篇

白马套上金质的马笼头，并骑联翩奔向西北。

请问那是谁家的子弟，原来是幽州、并州的游侠少年。

从小就离开了家乡，扬名在边塞的沙漠地区。

一向力挽强弓，箭袋里装满了参差不齐的楛矢。

张弓拉弦射中左边的目标，又向右边发射摧毁了箭靶。

举手间迎面射中敏捷的飞猿，俯下身又射碎了低低的马蹄靶。
灵巧敏捷胜过猿猴，勇猛剽悍如同豹螭。
边城多有警急的军情，胡人的骑兵已经多次迁移入侵。
羽檄从北方急急传来，策马出发登上了高堤。
长驱蹈击匈奴的兵营，回头又在东方平服了鲜卑。
让自己置身在枪锋刀刃之下，哪还想到什么性命的安危？
连父母都谈不上关照，哪里还顾得到妻子儿女？
列名于从军壮士的名册，就不能念及私人的事情。
献身奔赴国家的危难，把死亡看得如同暂时的归回！

名都篇

名都多美女，京都洛阳出英俊的少年。
佩带的宝剑价值千金，所穿的衣服华丽而且鲜艳。
他们在城东郊的道上斗鸡，在栽满楸树的长道间跑马。
马还未跑到一半路程，一双野兔经过我的前面。
端起弓搭上响箭，驱马直追上了南山。
左手持弓右手发箭，一发穿透两只兔子。
别的技艺还没有来得及施展，一扬手又把迎面而来的飞鹰射中。
观看的人都称赞不绝，众射手算我的射艺高超。
回来设宴于平乐观，好酒每斗价十千。
细切的鲤肉虾仁做成浓汤，油炸甲鱼火烤熊掌。
呼朋引伴，依次地坐满了长长的筵席。
联翩入场，踢球击壤，奇巧敏捷变化无方。
太阳向西南疾驰，时光终究挽留不住。
宴会后大家像烟消云散，各还城邑，待到明天清早又到原处聚集。

【评析】

曹植这四首乐府诗，前人都做过极为中的之评析。依其内容而论，

《箜篌引》“始言乐饮，盛宾主之献酬；中言欢极而悲，嗟盛时之不再；终言归于知命而无忧也”（黄节《曹子建诗注》）。《美女篇》是作者怀才不展，“故托处女以寓怨慕之情”（刘履《诗选补注》）。《白马篇》是“寓意于幽、并游侠，实自况也”的“词采华茂”之作（朱乾《乐府正义》）。《名都篇》是“刺时人骑射之妙，游骋之乐”（郭茂倩《乐府诗集》），诗中隐约地透露出诗人渴望建立功业的思想。从其艺术表现形式而论，《箜篌引》在描叙饮宴盛况的基础上，通过议论的方式抒情，前后相因，贯通一气。《美女篇》中“柔条纷冉冉，落叶何翩翩”刻画美女情态的方法，与《诗经·卫风·硕人》、乐府《陌上桑》有异曲同工之妙。《白马篇》“白马饰金羁，连翩西北驰”，起笔突兀，奇警夺人，而“捐躯赴国难，视死忽如归”，则慷慨悲歌之气浃骨沦肌。《名都篇》即事抒怀地抓住骑射、饮宴等富有特性的场面和细节的刻画表现主题，语言清丽流转，“怊怅切情”。

王明君词[1]一首 并序

作者：石季伦　　注译评析：韦向学

王明君者，本是王昭君，以触文帝讳改焉[2]。匈奴盛[3]，请婚于汉，元帝以后宫良家子昭君配焉[4]。昔公主嫁乌孙[5]，令琵琶马上作乐，以慰其道路之思。其送明君，亦必尔也。其造新曲，多哀怨之声，故叙之于纸云尔。

我本汉家子，将适单于庭[6]。
辞诀未及终，前驱已抗旌[7]。
仆御涕流离，辕马悲且鸣。
哀郁伤五内[8]，泣泪湿朱缨[9]。
行行日已远，遂造匈奴城。
延我于穹庐[10]，加我阏氏名[11]。

殊类非所安[12]，虽贵非所荣。
父子见陵辱，对之惭且惊。
杀身良不易，默默以苟生。
苟生亦何聊？积思常愤盈。
愿假飞鸿翼，乘之以遐征。
飞鸿不我顾，伫立以屏营[13]。
昔为匣中玉，今为粪上英。
朝华不足欢，甘与秋草并。
传语后世人，远嫁难为情。

【作者简介】

石崇（约249—300），字季伦，西晋渤海南皮（今河北南皮东北）人，曾官散骑常侍，荆州刺史，官至卫尉卿，因贾谧事免官。石崇有美妓名绿珠，为孙秀所求，石崇不与，孙秀于是劝赵王伦矫诏杀石崇，全家也因此被害。原有集六卷，已佚。传附《晋书·石苞传》。

【篇旨】

叙写汉元帝宫人王明君远嫁匈奴的故事，感慨其红颜薄命，表达浓厚的民族感情和思乡之情。

【注释】

①《王明君词》：属乐府《相和歌辞·吟叹曲》。

② 文帝：晋文帝司马昭。

③ 匈奴：中国北方的少数民族。秦汉之际崛起，与汉朝时战时和。元帝时，呼韩邪单于请和亲，以宫女王昭君等五人赐之。王昭君，字嫱，南郡秭归（今属湖北）人，“入宫，数岁不得见御，积悲怨，乃请掖庭令求行。呼韩邪临辞大会，帝召五女以示之。昭君丰容靓饰，光明汉宫，顾景裴回，竦动左右。帝见大惊，意欲留之而难于失信，遂

与匈奴，生二子，及呼韩邪死，其前阏氏子代立，欲妻之。昭君上书求归。成帝敕劝令从胡俗，遂复为单于阏氏焉”（《后汉书·南匈奴传》）。

④ 良家子：汉时指非工商杂类或非“七科谪”（七种犯罪谪戍）者清白家庭的子弟。

⑤ 公主嫁乌孙：汉武帝以江都王刘建女细君为公主，遣嫁乌孙。乌孙，西域国名。

⑥ 单（chán）于：匈奴称其君主。

⑦ 抗旌：举旗。

⑧ 五内：五脏。

⑨ 朱缨：红色的冠系。

⑩ 穹庐：匈奴人居住的帐篷。

⑪ 阏氏（yān zhī）：匈奴称其王后。

⑫ 殊类：指不同的民族。

⑬ 屏营：犹彷徨。

【语译】

王明君原名王昭君，后世因避晋文帝司马昭讳而改称王明君。匈奴兴盛时，请求与汉王朝通婚，汉元帝便以后宫良家女子昭君相配。从前汉武帝将细君公主嫁乌孙王，令制作琵琶曲于马上演奏，以安慰公主旅途中的乡思。汉元帝送王明君远嫁，也必定如此。当时所制作的新曲，颇多哀怨之声，因而依声述词于纸如下。

我原来是汉家的女子，将远嫁到匈奴王庭。

辞行之礼还未完，前驱已经举旗启行。

仆夫车御涕泪纵横，驾车之马悲哀长鸣。

我哀伤忧郁已是五内俱裂，哀哀哭泣泪水沾湿了红色的冠缨。

走呀走呀，离别汉家一天比一天遥远，于是来到了匈奴的都城。

匈奴人延请我住进了他们的穹庐，封给我王后阏氏的名称。

处身异族殊类我心难安，虽然尊贵我并不感到光荣。

受单于父子两代的凌辱，对此我深感惭愧而又心惊。

想自杀但觉得事非容易，只好默默地苟且偷生。

偷生也感到百无聊赖，饱受了这种折磨因而常常气愤盈怀。

我多么希望借飞雁的双翼，乘着它飞回遥远的汉地。

遗憾的是飞雁并没有理睬我啊，我久久地伫立彷徨不安。

我从前身居汉宫就像匣中珍贵的美玉，而今身陷匈奴就像美丽的鲜花插在粪土上。

我现在观赏春花引不起一丝欢乐，与其如此倒不如与秋草一同凋零。

寄语后世之人请你们记住，远嫁殊方异类实在难为情。

【评析】

历代歌咏王昭君故事的诗篇汗牛充栋，石崇的《王明君词》以其叙事的宛曲，揣摩王昭君心理细腻以及节奏的明快流畅而优于后世大量的同题之作。作者同情王昭君远嫁匈奴的红颜薄命，也表达了浓厚的民族感情及乡愁，十分感人。

卷第二十八

乐府下

乐府十七首

作者：陆士衡　　注译评析：韦向学

猛虎行

渴不饮盗泉水[1]，热不息恶木阴[2]。
恶木岂无枝？志士多苦心。
整驾肃时命[3]，杖策将远寻[4]。
饥食猛虎窟，寒栖野雀林。
日归功未建，时往岁载阴[5]。
崇云临岸骇，鸣条随风吟。
静言幽谷底，长啸高山岑[6]。
急弦无懦响，亮节难为音[7]。
人生诚未易，曷云开此衿[8]？
眷我耿介怀，俯仰愧古今。

君子行

天道夷且简，人道崄而难[9]。
休咎相乘躡[10]，翻覆若波澜。

去疾苦不远，疑似实生患。
近火固宜热，履冰岂恶寒。
掇蜂灭天道[11]，拾尘惑孔颜[12]。
逐臣尚何有[13]，弃友焉足叹。
福钟恒有兆[14]，祸集非无端。
天损未易辞，人益犹可欢。
朗鉴岂远假[15]，取之在倾冠[16]。
近情苦自信，君子防未然。

从军行

苦哉远征人，飘飘穷四遐[17]。
南陟五岭巅[18]，北戍长城阿[19]。
深谷邈无底[20]。崇山郁嵯峨[21]。
奋臂攀乔木，振迹涉流沙[22]。
隆暑固已惨，凉风严且苛。
夏条集鲜藻，寒冰结冲波[23]。
胡马如云屯[24]，越旗亦星罗。
飞锋无绝影[25]，鸣镝自相和[26]。
朝食不免胄[27]，夕息常负戈。
苦哉远征人，拊心悲如何[28]！

豫章行

泛舟清川渚，遥望高山阴。
川陆殊途轨[29]，懿亲将远寻[30]。
三荆欢同株[31]，四鸟悲异林。
乐会良自古，悼别岂独今？

寄世将几何[32]，日昃无停阴[33]。
前路既已多，后涂随年侵[34]。
促促薄暮景[35]，亹亹鲜克禁[36]。
曷为复以兹？曾是怀苦心。
远节婴物浅[37]，近情能不深？
行矣保嘉福，景绝继以音。

苦寒行

北游幽朔城[38]，凉野多崄难。
俯入穹谷底[39]，仰陟高山盘[40]。
凝冰结重涧，积雪被长峦。
阴云兴岩侧，悲风鸣树端。
不睹白日景，但闻寒鸟喧。
猛虎凭林啸，玄猿临岸叹。
夕宿乔木下，惨怆恒鲜欢。
渴饮坚冰浆，饥待零露餐。
离思固已久，寤寐莫与言[41]。
剧哉行役人，慊慊恒苦寒[42]。

饮马长城窟行

驱马陟阴山[43]，山高马不前。
往问阴山候[44]，劲虏在燕然[45]。
戎车无停轨[46]，旌旆屡徂迁[47]。
仰凭积雪岩[48]，俯涉坚冰川。
冬来秋未反[49]，去家邈以绵[50]。
猃狁亮未夷[51]，征人岂徒旋？

末德争先鸣[52]，凶器无两全[53]。
师克薄赏行，军没微躯捐。
将遵甘陈迹[54]，收功单于旃[55]。
振旅劳归士[56]，受爵藁街传[57]。

门有车马客行

门有车马客，驾言发故乡[58]。
念君久不归，濡迹涉江湘[59]。
投袂赴门涂[60]，揽衣不及裳[61]。
拊膺携客泣，掩泪叙温凉。
借问邦族间[62]，恻怆论存亡。
亲友多零落[63]，旧齿皆凋丧[64]。
市朝互迁易[65]，城阙或丘荒[66]。
坟垄日月多，松柏郁芒芒[67]。
天道信崇替[68]，人生安得长。
慷慨惟平生[69]，俯仰独悲伤[70]。

君子有所思行

命驾登北山，延伫望城郭[71]。
廛里一何盛[72]，街巷纷漠漠[73]。
甲第崇高闼[74]，洞房结阿阁[75]。
曲池何湛湛[76]，清川带华薄[77]。
邃宇列绮窗[78]，兰室接罗幕[79]。
淑貌色斯升[80]，哀音承颜作[81]。
人生诚行迈[82]，容华随年落[83]。
善哉膏粱士[84]，营生奥且博[85]。

宴安消灵根[86]，鸩毒不可恪[87]。
无以肉食资[88]，取笑葵与藿[89]。

齐讴行

营丘负海曲[90]，沃野爽且平[91]。
洪川控河济[92]，崇山入高冥[93]。
东被姑尤侧[94]，南界聊摄城[95]。
海物错万类[96]，陆产尚千名。
孟诸吞楚梦[97]，百二侔秦京[98]。
惟师恢东表[99]，桓后定周倾[100]。
天道有迭代[101]，人道无久盈[102]。
鄙哉牛山叹[103]，未及至人情。
爽鸠苟已徂[104]，吾子安得停[105]？
行行将复去[106]，长存非所营。

长安有狭邪行

伊洛有歧路[107]，歧路交朱轮[108]。
轻盖承华景[109]，腾步蹑飞尘。
鸣玉岂朴儒[110]，凭轼皆俊民[111]。
烈心厉劲秋[112]，丽服鲜芳春。
余本倦游客，豪彦多旧亲[113]。
倾盖承芳讯[114]，欲鸣当及晨[115]。
守一不足矜[116]，歧路良可遵。
规行无旷迹，矩步岂逮人[117]。
投足绪已尔[118]，四时不必循。

将遂殊涂轨，要予同归津[119]。

长歌行

逝矣经天日[120]。悲哉带地川[121]。
寸阴无停晷[122]，尺波岂徒旋？
年往迅劲矢，时来亮急弦[123]。
远期鲜克及[124]，盈数固希全[125]。
容华夙夜零[126]，体泽坐自捐[127]。
兹物苟难停[128]，吾寿安得延？
俯仰逝将过，倏忽几何间[129]。
慷慨亦焉诉，天道良自然[130]。
但恨功名薄[131]，竹帛无所宣[132]。
迨及岁未暮[133]，长歌承我闲。

悲哉行

游客芳春林，春芳伤客心。
和风飞清响，鲜云垂薄阴[134]。
蕙草饶淑气[135]，时鸟多好音[136]。
翩翩鸣鸠羽[137]，喈喈仓庚吟[138]。
幽兰盈通谷[139]，长秀被高岑[140]。
女萝亦有托[141]，蔓葛亦有寻[142]。
伤哉游客士，忧思一何深！
目感随气草[143]，耳悲咏时禽[144]。
寤寐多远念，缅然若飞沉[145]。
愿托归风响，寄言遗所钦[146]。

吴趋行

楚妃且勿叹[147]，齐娥且莫讴[148]。四坐并清听，听我歌《吴趋》[149]。
《吴趋》自有始，请从昌门起[150]。昌门何峨峨[151]，飞阁跨通波[152]。
重栾承游极[153]，回轩启曲阿[154]。蔼蔼庆云被[155]，泠泠祥风过[156]。
山泽多藏育[157]，土风清且嘉[158]。泰伯导仁风，仲雍扬其波[159]。
穆穆延陵子[160]，灼灼光诸华[161]。王迹隤阳九[162]，帝功兴四遐[163]。
大皇自富春[164]，矫手顿世罗[165]。邦彦应运兴[166]，粲若春林葩[167]。
属城咸有士[168]，吴邑最为多。八族未足侈[169]，四姓实名家[170]。
文德熙淳懿[171]，武功侔山河。礼让何济济[172]，流化自滂沱[173]。
淑美难穷纪[174]，商搉为此歌[175]。

短歌行

置酒高堂，悲歌临觞[176]。人寿几何？逝如朝霜。
时无重至，华不再阳[177]。蘋以春晖[178]，兰以秋芳。
来日苦短，去日苦长。今我不乐，蟋蟀在房[179]。
乐以会兴，悲以别章[180]。岂曰无感？忧为子忘。
我酒既旨[181]，我肴既臧[182]。短歌有咏，长夜无荒[183]。

日出东南隅行　（或曰《罗敷艳歌》）

扶桑升朝晖[184]，照此高台端。高台多妖丽[185]，浚房出清颜[186]。
淑貌耀皎日，惠心清且闲[187]。美目扬玉泽，蛾眉象翠翰[188]。
鲜肤一何润，秀色若可餐[189]。窈窕多容仪，婉媚巧笑言。
暮春春服成，粲粲绮与纨。金雀垂藻翘[190]，琼珮结瑶璠[191]。
方驾扬清尘[192]，濯足洛水澜。蔼蔼风云会，佳人一何繁！
南崖充罗幕，北渚盈軿轩[193]。清川含藻景[194]，高崖被华丹。

馥馥芳袖挥，泠泠纤指弹。悲歌吐清响[195]，雅舞播《幽兰》[196]。
丹唇含《九秋》[197]，妍迹陵《七盘》[198]。赴曲迅惊鸿，蹈节如集鸾。
绮态随颜变[199]，沉姿无乏源[200]。俯仰纷阿那[201]，顾步咸可欢[202]。
遗芳结飞飙，浮景映清湍[203]。冶容不足咏[204]，春游良可叹。

前缓声歌

游仙聚灵族[205]，高会曾城阿[206]。
长风万里举，庆云郁嵯峨[207]。
宓妃兴洛浦[208]，王韩起太华[209]。
北征瑶台女[210]，南要湘川娥[211]。
肃肃霄驾动[212]，翩翩翠盖罗[213]。
羽旗栖琼鸾[214]，玉衡吐鸣和[215]。
太容挥高弦[216]，洪崖发清歌[217]。
献酬既已周[218]，轻举乘紫霞。
总辔扶桑枝[219]，濯足汤谷波[220]。
清辉溢天门[221]，垂庆惠皇家[222]。

塘上行

江蓠生幽渚[223]，微芳不足宣。
被蒙风云会，移居华池边[224]。
发藻玉台下[225]，垂影沧浪泉[226]。
沾润既已渥[227]，结根奥且坚[228]。
四节逝不处[229]，华繁难久鲜[230]。
淑气与时殒[231]，余芳随风捐。
天道有迁易[232]，人理无常全[233]。
男欢智倾愚[234]，女爱衰避妍。

不惜微躯退，但惧苍蝇前[235]。
愿君广末光[236]，照妾薄暮年[237]。

【篇旨】

组诗以乐府旧题写时事，明征戍之苦，言世事艰难，人生处境进退维谷，感叹时光易逝，生命难久。

【注释】

① 盗泉：古泉名，在山东泗水。《尸子》："（孔子）过于盗泉，渴矣而不饮，恶其名也。"

② 恶木：江邃《文释》曰，管子曰："夫士怀耿介之心，不荫恶木之枝；恶木尚能耻之，况与恶人同处。"今本《管子》无此数句，当为亡篇之内容。

③ 肃：恭敬。时命：朝廷的命令。

④ 杖：指扶杖步行。策：执鞭，指驱马而行。

⑤ 阴：《神农本草》曰：秋冬为阴。

⑥ 岑（cén）：小而高的山。

⑦ 亮节：高亢的节奏，喻高尚的节操。

⑧ 衿（jīn）：此指胸怀。

⑨ 崄（xiǎn）：高险。

⑩ 休：善，吉。咎：恶，凶。乘：登。蹑（niè）：踩。

⑪ 掇（duō）蜂：《太平御览》载周尹吉甫后妻为诬前妻之子伯奇，取毒蜂在自己衣领上，令伯奇掇之。吉甫遥见，误以为伯奇对后母有欲心，怒而放逐伯奇。后因以"掇蜂"为离间骨肉的典故。

⑫ 拾尘：《吕氏春秋·君守》载：孔子及其弟子穷于陈蔡之间，颜渊烧饭，炊灰落甑中，恐饭食不净，用手抓食之，孔子见而误以为颜渊窃食。后遂以"拾尘"喻误会而致疑。

⑬ 逐臣：被朝廷贬谪放逐之臣。

⑭ 钟：聚集。

⑮ 朗鉴：明亮的镜子。

⑯ 倾冠：倾斜的帽子。《抱朴子》曰："明镜举，则倾冠见矣。"

⑰ 遐：远。指边远四境。

⑱ 陟（zhì）：登。

⑲ 阿（ē）：大的丘陵。

⑳ 邈（miǎo）：久远，渺茫。

㉑ 嵯（cuó）峨：山高峻貌。

㉒ 振迹：举腿。

㉓ 冲波：迅猛的流水。

㉔ 屯：聚集。

㉕ 飞锋：犹"飞刀"，刀影如飞。

㉖ 鸣镝（dí）：响箭。

㉗ 胄（zhòu）：头盔。

㉘ 拊（fǔ）心：抚胸，拍胸。

㉙ 殊：不同。轨：指路。

㉚ 懿（yì）亲：至亲。

㉛ 三荆：一株三枝的荆树。常喻同胞兄弟。

㉜ 寄世：生于世。《尸子》载，老莱子曰："人生于天地之间，寄也。"

㉝ 昃（zè）：太阳偏西。

㉞ 侵（qīn）：渐进。

㉟ 促（cù）促：短促，匆匆。景（yǐng）：通"影"。

㊱ 亹（wěi）亹：行进的状态。鲜（xiǎn）：少。克：能。

㊲ 婴物：为物所役。婴，环绕，羁绊。

㊳ 幽朔：幽州和朔州，指古代北方边郡。

㊴ 穹谷：深谷。

㊵ 盘：高山盘曲之道。

㊶ 寤寐：醒时与睡时，指日夜。

㊷ 慊（qiǎn）慊：心不满足貌。

㊸ 阴山：山名，今河套以北、大漠以南诸山的统称。

㊹ 候：伺望、观察。

㊺ 虏：对敌方的蔑称，指匈奴。燕然：山名，今蒙古国境内的杭爱山。

㊻ 戎车：兵车。轨：指车辙迹。

㊼ 旌（jīng）：用牦牛尾和彩色鸟羽作竿饰的旗。旆（pèi）：旗帜的通称。徂（cú）迁：迁移。

㊽ 凭：登。

㊾ 反：通“返”。

㊿ 绵：长，连续。

51 猃狁（xiǎn yǔn）：我国古代北方少数民族名。亮：诚信。夷：平。

52 末德：指战争。

53 凶器：古称兵器为凶器。无两全：谓动用兵器无两全其美之事。

54 甘：即甘延寿，汉北地人，字君况，元帝时出任西域都护骑都尉，与副校尉陈汤共斩郅支单于，封义成侯。陈：即陈汤，汉山阳人，字子公，斩郅支单于后封关内侯。

55 单于：匈奴君主。旃（zhān）：赤色曲柄的旗。

56 振旅：整顿部队。劳：慰劳。

57 藁街：汉时长安街名，当时属国邸第皆在此街。

58 驾言：乘车。言，语助词。

59 濡迹：滞留。江湘：即长江与湘水。

60 投袂：挥袖，表示立即行动。

61 衣：衣服。古时称上为衣，下为裳。

62 邦族：乡亲。

63 零落：丧败，衰亡。

64 旧齿：有德望的年老的旧好。

65 市朝：市，交易买卖的场所；朝，官府治事的处所。因以市朝指争名争利的场所。

⑥⑥ 城阙：城市。

⑥⑦ 芒芒：茂盛的样子。

⑥⑧ 崇替：即隆替，盛衰，兴亡。

⑥⑨ 慷慨：意气风发，情绪激昂。

⑦⓪ 俯：低头。俯仰：比喻时间短暂。

⑦① 延伫：久立等待。城郭：内城与外城，泛指城邑。

⑦② 廛（chán）里：住宅、市肆区域的通称。

⑦③ 漠漠：密布。

⑦④ 甲第：旧时豪门贵族的宅第。甲，谓头等。崇：重。闼（tà）：门。

⑦⑤ 洞房：谓深曲之房室。阿：大。

⑦⑥ 湛湛：清澈。

⑦⑦ 华：花。薄：草木丛生。

⑦⑧ 邃：幽深。绮窗：雕画美观的窗户。

⑦⑨ 兰室：芳香高雅的居室。

⑧⓪ 淑：美好。色斯升：《论语 · 乡党》："色斯举矣，翔而后集。"谓孔子脸色一动，鸟忽然惊飞。此处则谓因美色而受宠幸。

⑧① 哀音：亡国之音。

⑧② 行迈：走路。

⑧③ 容华：容颜。

⑧④ 膏粱：精美的食物，比喻富贵人家。

⑧⑤ 营生：保养身体。

⑧⑥ 灵根：本根，指身。

⑧⑦ 鸩（zhèn）毒：鸩羽有毒，入酒饮之，能杀人，言宴安之为害，犹如鸩之有毒。恪（kè）：敬。

⑧⑧ 资：凭借。

⑧⑨ 葵、藿：野菜名，这里指食葵藿的贫贱之士。

⑨⓪ 营丘：周姜太公所封之地。海曲：海隅，指沿海偏僻的地区。

⑨① 爽：明亮。

⑨2 控：引。河：黄河。济：济水，源出于河南济源王屋山。

⑨3 高冥：高空、天空。

⑨4 姑尤：水名。姑即大沽河，尤即小沽河，是沽河上流的二支，春秋齐国的东界，在今山东东部。

⑨5 聊摄：春秋时齐之西界。古聊城在今山东聊城西北，古摄城也在今山东聊城。

⑨6 错：相互交错。

⑨7 孟诸：古泽名，故地在今河南商丘东北。楚梦：楚国云梦泽的省语。

⑨8 百二：百分之二。侔：相等。

⑨9 惟：语首助词。恢：扩大。

⑩0 桓后：即春秋时齐桓公，春秋五霸之一，曾九合诸侯，一匡天下。

⑩1 迭：更替，轮流。

⑩2 盈：圆满。

⑩3 牛山：山名，在今山东淄博东。《晏子春秋·谏上》言齐景公游于牛山，北临其国城而流涕曰："若何滂滂去此而死乎？"

⑩4 爽鸠：即爽鸠氏，为齐地始居之氏族。《左传·昭公二十年》：齐侯饮酒乐，公曰，古而无死，其乐若何？晏子对曰："古而无死，则古之乐也，君何得焉？昔爽鸠氏始居此地，季萴因之，有逢伯陵因之，蒲姑氏因之，而后大公因之。古若无死，爽鸠氏之乐，非君所愿也。"徂：往，逝。

⑩5 吾子：指齐侯。停：指居留齐地。

⑩6 行行：走着不停。

⑩7 伊洛：伊水和洛水。伊水源出河南卢氏东南，洛水源出陕西蓝田，至河南偃师与伊河汇合后，称伊洛河。歧路：岔路。

⑩8 朱轮：古代高官所乘之车，用朱红漆轮，故名。

⑩9 华景：日光。

⑪0 鸣玉：古人佩带在腰间的玉饰，行走时相击发声。《国语·楚语下》说，"赵简子鸣玉以相"。

⑪ 凭轼：意谓乘车。《左传·僖公二十八年》记楚子玉曰："请与君之士戏，君凭轼而观之。"轼，车前横木。

⑫ 烈：猛。

⑬ 豪彦：豪杰俊彦之士。

⑭ 倾盖：车盖相倾而谈话，指初交相得，一见如故。芳讯：美言。

⑮ 欲鸣：鸡及晨而鸣，比喻人及时而仕。

⑯ 矜：骄傲。

⑰ 规行、矩步：指行步端正，含有谨守礼法之意。

⑱ 绪：事业。已：止。

⑲ 要：邀请。予：当作"子"。

⑳ 经天日：行经于天之日。

㉑ 带地川：流带于地之川。

㉒ 寸阴：短暂的光阴。晷（guǐ）：日影，指时间。

㉓ 亮：快。

㉔ 远期：谓上寿百二十岁。鲜：少。

㉕ 盈数：指年寿百岁。希全：希少。

㉖ 夙夜：朝夕。

㉗ 体泽：身体之光润。坐：自然而然，无故。捐：捐弃。

㉘ 兹物：指容华和体泽。

㉙ 倏忽：迅速。

㉚ 良：的确。

㉛ 薄：轻微，微少。

㉜ 竹帛：竹简和白绢。古代用以书写文字，后用以指书册、史乘。

㉝ 迨（dài）：及到。

㉞ 鲜云：轻云。

㉟ 蕙草：香草名。饶：多。

㊱ 时鸟：春鸣之鸟。

㊲ 翩翩：鸟飞的样子。

⑬⑧ 喈喈：鸟鸣声。仓庚：黄莺的别名。

⑬⑨ 通谷：深谷。

⑭⓪ 长秀：长茂的草木。

⑭① 女萝：地衣类植物，即松萝。

⑭② 蔓葛：蔓草。女萝托松树而长，葛蔓寻山岭而生，言万物皆有依附而客游独无。

⑭③ 随气草：随节序而生之草。

⑭④ 咏时禽：应时而鸣之禽。

⑭⑤ 缅然：遥远。飞沉：飞鸟与沉鱼，喻殊隔。

⑭⑥ 遗（wèi）：赠与。所钦：所钦佩的知友。

⑭⑦ 楚妃：指楚庄王妃樊姬。有贤德。

⑭⑧ 齐娥：齐后，善歌，后以齐娥为歌女的通称。讴：齐地之歌。

⑭⑨《吴趋》：吴地歌曲名，吴人以歌其地。

⑮⓪ 昌门：即阊门，春秋吴国都城西郭门。在今苏州。

⑮① 峨峨：高峻。

⑮② 飞阁：凌空耸立的高阁。跨通波：连江海。

⑮③ 栾（luán）：柱首承梁的曲木。极：房脊。

⑮④ 轩：窗户。曲阿：屋的曲角。

⑮⑤ 蔼蔼：繁多。庆云：瑞云。

⑮⑥ 泠（líng）泠：清凉的样子。

⑮⑦ 藏育：包容生长。

⑮⑧ 嘉：善。

⑮⑨ 泰伯仲雍：周太王的长子和次子。相传太王欲立少子季历，以便再传给历子昌（文王）。泰伯和仲雍一同避往楚越间，泰伯自号句吴，为春秋时吴国的始祖。泰伯死，由仲雍继位。

⑯⓪ 穆穆：端庄盛美。延陵子：指吴公子季札。

⑯① 灼灼：鲜明光盛的样子。诸华：指中原地区。

⑯② 王迹：帝王的事业。隤：同“颓”，衰败。阳九：此指东汉末年的灾

荒年景和厄运。

⑯③ 四遐：四方。

⑯④ 大皇：三国吴主孙权谥号大皇帝，省称大皇。富春：地名，今浙江富阳。

⑯⑤ 矫手：举手。顿：整顿。世罗：皇纲。

⑯⑥ 邦彦：国中英俊之士。

⑯⑦ 粲：美丽。葩：草木之花。

⑯⑧ 属城：所管辖的城邑。咸：皆。

⑯⑨ 八族：指陈、桓、吕、窦、公孙、司马、徐、傅、八大族。

⑰⓪ 四姓：指朱、张、顾、陆四姓。

⑰① 熙：兴盛。淳：纯正。懿：美好。

⑰② 济济：盛仪的样子。

⑰③ 流化：广布教化。滂沱：充溢。

⑰④ 纪：记录。

⑰⑤ 商搉：言斟酌其详略。搉同“榷”。

⑰⑥ 觞：酒器。

⑰⑦ 阳：此指开放。

⑰⑧ 蘋：浮萍大者为蘋。

⑰⑨ 蟋蟀：又名促织。《诗经·唐风·蟋蟀》：“蟋蟀在堂，岁聿其暮。今我不乐，日月其除。”

⑱⓪ 章：通“彰”，明显之意。

⑱① 旨：美好。

⑱② 肴：鱼肉之类的荤菜等。臧：美好。

⑱③ 荒：过度。

⑱④ 扶桑：神木名，传说日出其下。《淮南子·天文训》：“日出旸谷，浴于咸池，拂于扶桑，是谓晨明。”

⑱⑤ 妖丽：美丽，这里代称美女。曹植《美女篇》：“美女妖且闲，采桑歧路间。”

⑱⑥ 濬房：邃房。清颜：代称美女。清，指目；颜，容颜。《诗经·郑风·野有蔓草》："有美一人，清扬婉兮。"

⑱⑦ 惠心：善良的心。《周易》："有孚惠心，勿问元吉。"闲：正。

⑱⑧ 翠翰：翠羽，喻美人眉。晋傅玄《艳歌行》："蛾眉分翠羽，明目发清扬。"

⑱⑨ 秀色：美色。可餐：形容女子容色之美。

⑲⓪ 藻翘：藻翰，多彩的羽毛。

⑲① 瑶：美玉。

⑲② 方驾：两车并行。

⑲③ 渚（zhǔ）：水中的小块陆地。軿（píng）：古代妇女乘坐的有帷幕的车。

⑲④ 藻景：华景。

⑲⑤ 清响：清亢的声音。

⑲⑥ 播：扬。《幽兰》：古琴曲名，这里比喻舞乐之高雅。宋玉《讽赋》："臣援琴而鼓之，为幽兰白雪之曲。"

⑲⑦《九秋》：古琴曲名，这里指秋季的九十天。

⑲⑧ 妍：美丽。陵《七盘》：形容舞姿的婀娜曲折。《七盘》，古琴曲名，指山道曲折。

⑲⑨ 绮（qǐ）：美丽。

⑳⓪ 沉：潜伏，深。

⑳① 阿那：同"婀娜"。柔美的样子。

⑳② 顾：回头看。步：徐步而行。

⑳③ 湍：水流疾。

⑳④ 冶容：妖艳的打扮。《周易·系辞上》："慢藏诲盗，冶容诲淫。"

⑳⑤ 灵族：神灵。

⑳⑥ 曾城：传说中的地名。《淮南子·地形训》："昆仑山有曾城九重，高万一千里，上有不死树在其西。"

⑳⑦ 庆云：五色云，亦作"景云""卿云"。古以为祥瑞之气。

⑳⑧ 宓（fú）妃：传说中为伏羲女，溺死洛水，遂为洛水之神。

⑳⑨ 王韩：指王子晋和韩众。据《神仙传》说，二人皆在太华山修道成仙。

⑳⑩ 征：征召。瑶台：传说为神仙所居之地。晋王嘉《拾遗记》说，昆仑山出于碧海之中，上有九层，第九层下有芝田蕙圃，傍有瑶台十二，各广千步，皆以五色玉为台基。

211 要：同“邀”。湘川娥：指尧的两个女儿娥皇与女英。王逸《楚辞注》，尧有二女，娥皇女英，堕湘水之中，为湘夫人。

212 肃肃：速疾。

213 罗：稀疏而轻软的丝织品。

214 栖：栖息。

215 衡：车前横木。和：车铃。

216 太容：黄帝时乐师。

217 洪崖：传说为黄帝时伎人，帝尧时已三千岁，仙号洪崖。

218 献酬：饮酒相酬劝。

219 总：系结。

220 汤谷：传说中日出之处，亦作“旸谷”。

221 天门：上帝所居紫宫门。

222 垂庆：赐福。

223 江蓠：一种状如水荠的香草。

224 华池：传说在昆仑的仙池，这里指华美的水池。

225 发藻：此指开花。玉台：传说中天帝所居之所，这里指富丽的台观。

226 沧浪：这里指水色青。《沧浪歌》：“沧浪之水清兮，可以濯我缨。”

227 渥：浓厚。

228 奥：深。

229 四节：指春夏秋冬四时的节候。处：停留。

230 繁：茂盛。

231 殒：消逝。

232 天道：天理，即自然法则。《庄子·天运》：“夫至乐者，先应之以人事，顺之以天理。”

㉝ 人理：人道，即社会法则。

㉞ 男欢：指男人之间的关系。倾：倾覆，压倒。

㉟ 苍蝇：《诗经·小雅·青蝇》诗曰："营营青蝇，止于樊。"郑玄注："蝇之为虫，污白使黑，污黑使白，喻佞人变乱善恶也。"

㊱ 末光：指日月的余晖。

㊲ 暮年：晚年，老年。

【语译】

猛虎行

渴了不喝盗泉中的清水，热了不在恶树的阴影下歇凉。

难道恶木没有供人遮阴的茂叶浓枝？而是有道之士别有良苦用心。

整好车驾恭敬地执行命令，扬鞭策马将奔向远方。

饿了就在猛虎居住的洞穴进食，冷了就在野雀栖宿的林中藏身。

时日逝去功业还未建立，光阴流逝又到了一年的尽头。

高空云团滚涌到悬崖峭壁又随即飘升，风撼树枝发出低吟。

深涧幽谷就在脚下静静躺着，站在高峻的山巅我放声长啸。

急促的弦音里容不下一丝低弱的音响，老是高亢的音节这乐曲也难以成音。

人生坎坷曲折岂能一帆风顺，又怎么使愁郁之心开朗畅快？

请垂察我光明磊落的胸襟，左右周旋愧对古今之人。

君子行

自然规律平易简略，人际关系凶险复杂。

吉祥凶险更替追逐，翻翻覆覆如同掀起波澜。

离弃丑恶唯恐不远，处于疑似之间最易留下祸患。

接近火源本来就感觉炎热，踩在冰上哪能不感到寒冷？

因为误会杀蜂之举而使父子之情断绝，清除饭中烟灰而使孔子猜疑颜回。

臣子被放逐又有什么抱恨，对背恩弃义的行为哪屑于挂齿？

幸福频频到来常有预兆，灾祸联袂而至并非全无端倪。

天意的惩罚躲避不了，人为嘉惠不妨乐而受之。

心中有了区别是非善恶的明镜，不必远求它物就可调节自己的言行。

谄媚小人目光短浅自以为是往往得祸，品德高尚的人思虑再三防患于未然而获福。

从军行

悲苦啊远征士卒，漂泊转徙在四方边陲。

向南登上五岭的山顶，往北戍守长城的崇山。

幽幽的山涧俯视深不见底，高高的群峰仰望巍峨耸立。

伸展猿臂攀上高高乔木，高抬双脚渡过流沙河。

三伏天暑热难当，寒冬腊月冷风刺骨。

夏日里垂枝上爬满了鲜活的水藻，冬天时奔腾的波涛冻成坚硬的冰块。

北方胡人的战马云团般密集，东南越族的旗帜繁星样排列。

刀光剑影连绵不断，响箭连发互相应和。

早上进食也不脱下铠甲，晚间睡眠常常枕戈待旦。

苦命远征的士卒，捶打胸口有诉不尽的悲哀。

豫章行

在清川河里荡舟，远远欣赏山峦北边的景致。

河流与大路分途向前，我将启程到远方去寻找亲人。

手足情深似三枝同株的荆树，兄弟离分如四只鸟儿各投别林。

自古以来就有欢乐的聚会，痛悼别离岂是今日才有？

寄身于尘世间问人生几何？时光迅逝日落西山。

往昔岁月如烟飘过，所剩时日随着年龄增大愈来愈少。

匆匆间薄暮降临，时光无情人力难留。

为什么又面对这飘零的暮色？凄怆感伤心怀悲苦。

心志高远不被外物牵累羁束，仅看眼前感情就难以深沉。

前行啊愿好运永随你，远隔不见亦总盼传来好消息。

苦寒行

行役到北方的幽朔城，荒凉原野路途上多有险难。

俯行涉过深谷涧水，向上攀爬盘旋曲折的高山。

深深的涧水表面结满了冰凌，连绵的山峦披上厚厚的积雪。

乌云从悬崖边缘滚涌上天，山风撼动枯枝发出呜呜之声。

荫蔽的森林即使白天也看不清景致，只是听得寒风中冻鸟颤鸣。

凶猛的老虎凭依森林发出猛吼，黑猿在绝壁旁哀哀啼鸣。

夜里歇宿在乔木之下，惨怆悲凄痛苦不安。

渴了捧起冰块当水喝，饿了和着霜露咽下食物。

离思已是太过长久，睡里梦里只有梦呓自语。

辛苦啊远行服役的人，情忧心愁总是饥寒交迫。

饮马长城窟行

驱赶战马登临阴山，山势高峻马不能行。

前去探问阴山候望的戍卒，强大的敌人在燕然山下。

军车不停地转动，旌旗屡次转换迁移。

仰首登上积雪的山岩，低头渡过结冰的河川。

冬天将至秋未离去，离家遥远天长日久。

猃狁尚未被平定，远征之人岂能空还。

不义的战争总是首先挑起，用兵杀人自古不能两全。

作战胜利得到微薄的奖赏，军队覆没则小命抛却。

将遵循甘延寿与陈汤的足迹，收取单于的旗帜建功立业。

整顿军队慰劳军士，得到封爵流传美名于藁街。

门有车马客行

门前有位坐车马的客人，乘着马车来自故乡。
想想您长期不归还，滞留在外泛游长江湘水。
一挥衣袖奔向门前，揽着上衣忘了下裳。
拊胸拉着客人的手哭泣，掩着泪珠嘘寒问暖。
问一问乡亲们的情况，凄恻悲怆谈论存亡。
亲友多数已经衰亡，有德望的耆老都凋残身丧。
集市与官衙互相迁易，城墙已经变成荒丘。
坟垄日日月月地增多，松柏一片郁郁苍苍。
天之道在于盛衰兴亡的变迁更替，人的一生岂能久长？
平生都是情绪激昂，转眼之间只落得独自悲伤。

君子有所思行

下令驾车登上北面高山，久久伫立遥望城郭。
市肆区域如此繁华，大街小巷密密麻麻。
豪华的府第高门重重，房室深曲联结着高大的楼阁。
弯曲的池水如此清盈，清澈的河水映着丛生的花草。
深幽的屋宇罗列绮窗，芳雅的居室罗幕相连。
美好的容貌得到宠幸，哀怨之音亦随衰颜而作。
人生如同走路一般，容颜随年华飞逝而衰落。
多好啊那食膏粱的贵人，他们养生之道深奥广博。
耽于宴安会消磨自身的灵根，如饮下毒酒不可尊崇。
不要凭着富贵肉食，取笑那些食葵藿的贫贱之士。

齐讴行

营丘背靠着海曲，肥沃的田野爽朗而平坦。
浩浩水流引出黄河济水，高山挺拔耸入天空。

东面疆域在姑尤二水旁侧，南面以聊摄二城为界。
海中的物产错杂万类，陆上的物产也不下千种。
孟诸泽浩大压倒云梦泽，百分之二就能与秦京相等。
姜太公扩大了东面的版图，齐桓公平定了周朝的危难。
天之道尚且有更替，人之道绝没有长久的圆满。
齐景公的牛山之叹多鄙陋啊，它没能符合圣人之感情。
爽鸠氏如果至今不死，您怎能在此地安然居留？
走着走着又将逝去，长生之道不必经营。

长安有狭邪行

伊水、洛水边有岔路，岔路上朱轮交错。
轻盖之车承托着太阳，奔腾的车马踩踏着轻尘。
佩带鸣玉的岂是朴质的儒生，凭轼而观的都是杰出的人才。
刚烈之心在秋风中磨砺，华丽的服饰比春花更鲜艳。
我本是一个倦于客游的人，豪杰俊彦中多有旧友亲戚。
倾盖如故奉送我美言，想要一鸣惊人应当抓紧。
固守法式不值得骄傲，岔路虽多也未必不可以遵循。
循规蹈矩不可能放达得志，谨守礼法岂能赶上别人。
投足于旧日的事业或应止步，四时的更替亦不必要遵循。
将沿着不同的道路途径，邀请你踏上同归的路口。

长歌行

飞逝啊行经中天的太阳，悲伤啊流经大地的江河。
一寸光阴不会有停驻之时，一尺水波岂会徒自流旋。
年岁的逝去比飞箭还迅速，时间的到来比急弦还飞快。
百岁之寿极少有人能够达到，盈满之数本来难以周全。
青春的容颜朝夕间衰老，丰润的躯体也会不知不觉地捐弃。
容华与体泽如果难以停驻，我的寿命怎会得到延长？

俯仰之间光阴即将逝去，人生倏忽没有多少时间。
感慨叹息无所申诉，天行之道的确自然而然。
只恨人生的功名薄，书册史乘无所宣传。
趁着人生没到暮年，长歌一曲消磨闲暇时间。

悲哉行

游客在芳香的春林中，春花的芳香触伤游客之心。
和风吹过激起清柔的回响，轻云垂挂遮住太阳。
蕙草发出浓郁的芳香，春鸟唱出优美的歌声。
鸣鸠翩翩拍舞着翅膀，仓庚喈喈欢声鸣叫。
幽深的兰草布满了深谷，茂盛的草木长满了高山。
女萝有松树作为依托，葛蔓有山岭依附而生。
伤心啊漫游客居之士，忧伤的心思多么深沉。
看看随节序而生的草色生感慨，耳听时禽的鸣声而悲伤。
睡醒睡着多怀远思，相隔遥远宛若高飞的鸟与水底的鱼。
愿托归心于风之清响，寄言于所钦佩的知友。

吴趋行

楚妃暂且不要叹息，齐娥暂且不要唱歌。四座之人请一起静听，听我吟唱《吴趋》之歌。

《吴趋》之歌自有它的开始，请允许我从昌门唱起。昌门是如此高峻，凌空耸立的高阁连着江海。

重叠的乐曲承接着屋脊，回环的窗户开向房屋的曲角。繁盛的瑞云布满天空，清凉的祥风习习吹过。

山岭水泽包蕴着丰富的物产，当地的风俗清纯而善良。泰伯开导了仁爱之风，仲雍继位扬起他的余波。

端庄盛美的吴公子季札，光明灿烂照亮华夏诸国。创业的功绩败坏于灾荒厄运，三国鼎立的功业兴盛于四方。

大皇孙权来自富春，举手整顿皇权的纲纪。国中英杰之士应运而生，美丽如春天林木的花朵。

所辖的城邑都有名士，而吴邑的俊杰为数最多。八大家族还不足以夸耀，四大姓氏确实是吴地的名家。

文德兴盛纯正美好，武功杰出与山河并存。礼乐揖让是何等的盛大，流传教化遍布四方。

美好事物难于详尽记录，斟酌其详略写下这首诗。

短歌行

斟满酒杯放高堂，悲歌一曲临酒觞。人生在世能几何？岁月飞逝如晨霜。

时光逝去不再来，花期已过难再放。浮萍春日显光辉，兰草秋天才芬芳。

来日倏忽太短暂，去日悠悠多漫长。今天我若不行乐，蟋蟀鸣房岁将暮。

快乐因为相会生，悲伤因为分别显。哪能说我没感触？担忧你会把我忘。

我的宴酒味道美，我的饭菜也丰盛。短歌促促又吟咏，长夜宴饮无怠荒。

日出东南隅行

扶桑之下朝阳升，照此高台楼室顶。高台之上多美女，广厦邃房走出来。

美貌晶晶耀皎日，纯洁善良又娴雅。美目光华泽如玉，蛾眉弯弯像翠羽。

皮肤鲜洁多娇润，其色美艳若可餐。仪态端庄多窈窕，明眸巧笑语声婉。

暮春三月春服成，绢绸衣料光灿灿。绣有金雀色绚烂，还有美玉上下连。

两车并行清尘扬，洗足洛水波澜间。风卷云拥来聚会，倾城美女数不完。

南岸排列锦罗幕，北面沙洲尽轩车。清清河中有美景，高高河岸红花满。

玉袖挥动香气芳，细指轻弹暗香寒。悲歌倾吐声清亢，舞姿翩翩传高雅。

启齿红唇唱《九秋》，舞姿翩翩登《七盘》。身追曲调如惊鸿，足踏节奏如鸾集。

美姿随着容颜变，变化无端神莫测。俯仰姿态都柔美，顾盼徐疾皆可爱。

遗下芳姿随风去，清水激流映浮影。美容如是不足咏，春游实可为叹观。

前缓声歌

仙灵纷纷来聚合，相会在高高的曾城山。
远风万里相吹送，祥云簇簇会山巅。
宓妃兴起在洛水，子晋韩众起太华。
北面征召瑶台仙女，南方邀请娥皇女英。
夜晚驾车速速行，翠色罗盖轻轻舞。
羽旗之上琼鸾楼，玉质横木车铃响。
太容挥弦调高雅，洪崖放歌声清旷。
劝酒已经轮全席，飞升登天乘紫霞。
系马缰于扶桑枝，洗足去到汤谷里。
清辉洋溢在天门，赐福恩顾皇帝家。

塘上行

江蓠生长在水中小块陆地上，幽微的芳香不足以遍及所有地方。
有朝一日幸遇风云际会，被移居到华贵的池塘边。
它在玉台下开花吐香，对着清苍的湖面顾影自怜。
沾溉润泽已够丰厚，扎下的根也深而且坚。
时节逝去永不停留，华美茂盛之后难以持久鲜艳。
美好的气质随时而消逝，余留的芬芳随风捐弃。
自然法则有迁徙变易，社会法则也没有恒常不变的万全之理。
男子相处智者欺负愚者，女子情爱衰老只能避开鲜妍。
我不吝惜自己微薄之躯的用舍进退，只担忧苍蝇玷污白璧、小人爱进谗言。
希望拓展你的余晖，照耀着我直到晚年。

【评析】

陆机这组乐府诗共十七首，写于他289年入洛之后。读此组诗有三个方面值得注意：一是对汉魏风骨的发扬；二是对《古诗十九首》生命意识的承继；三是诗体意识的觉醒。组诗以篇旨可分为三类：一类是写士卒征戍之苦和战争离乱的，共四首，有《从军行》《苦寒行》《饮马长城窟行》《门有车马客行》，皆直接采时事托之旧题，表达了诗人对士卒的同情，对战乱的不满和对统治者的控诉，如“苦哉远征人，拊心悲如何”“离思固已久，寤寐莫与言”“拊膺携客泣，掩泪叙温凉”“亲友多零落，旧齿皆凋丧”“师克薄赏行，军没微躯捐”。另一类是写人生处境悲窘的，共四首，有《猛虎行》《君子行》《长安有狭邪行》《悲哉行》，或直抒自己功名无成进退维谷之苦闷，有时亦托之于“客”，“客”或为自况，或叹世事多变翻云覆雨，如：“静言幽谷底，长啸高山岑。急弦无懦响，亮节难为音。人生诚未易，曷云开此衿？”“休咎相乘蹑，翻覆若波澜。”“余本倦游客，豪彦多旧亲。”“游客芳春林，春芳伤客心。”“伤哉游客士，忧思一何深！”第三类是写时光易逝、人生难久以及追求寄托的，共九首。其中，《前缓声歌》为游仙诗，有慕仙灵求长生之意。《塘上行》既观照了现实世风又描绘了人生困境，从心理上对生命本能进行昭示，同时又对生存现实寄托希望，似为组诗之总结。这类主题是对《古诗十九首》和曹魏诗题的继承，也是战乱时代对生命价值的复苏，如“寄世将几何，日昃无停阴”“人生诚行迈，容华随年落”“天道有迭代，人道无久盈”“俯仰逝将过，倏忽几何间”。陆机自言：“诗缘情而绮靡。”《诗镜》云：“陆机诗，可喜处，在清俊之气。可憎处，在缛绣之辞。”观此组诗，知陆机写作实践诚如其言，既重缘情，又重文采。情贯于诗，见其清俊之气。陆机之情非为无病呻吟，乃为时代悲歌。反射了世人普遍心理。陆机于诗歌艺术上亦努力体现为情张辞、铺陈辞采，反复吟咏，如《长歌行》，愈见情之切，辞之美。因此在文学审美上，陆诗之功亦不可泯。组诗首首注意练达，词句华美，讲究排偶，工稳精到。前人谓陆诗文“若排沙简金，往往见宝”，这还是说需于陆诗中披沙拣金。以其乐府组诗十七首而言，虽不能说字字珠玑，但泥沙也并不多见。其诗情诗意俱有足观。论陆机的文学业绩，只录其《文赋》之功，而贬抑其诗，显然是不公正的。

乐府一首

作者：谢灵运　　注译评析：胡兆阳

会吟行

六引缓清唱[①]，三调伫繁音[②]。列筵皆静寂[③]，咸共聆《会吟》。
《会吟》自有初，请从文命敷[④]。敷绩壶冀始，刊木至江汜[⑤]。
列宿炳天文[⑥]，负海横地理。连峰竞千仞，背流各百里。
滮池溉粳稻[⑦]，轻云暧松杞。两京愧佳丽[⑧]，三都岂能似[⑨]？
层台指中天，高墉积崇雉[⑩]。飞燕跃广途[⑪]，鹢首戏清沚[⑫]。
肆呈窈窕容，路曜便娟子[⑬]。自来弥年代，贤达不可纪[⑭]。
句践善废兴[⑮]，越叟识行止[⑯]。范蠡出江湖[⑰]，梅福入城市[⑱]。
东方就旅逸[⑲]，梁鸿去桑梓[⑳]。牵缀书土风[㉑]，辞殚意未已。

【篇旨】

吟咏会稽风土人情，表现了退避远祸的思想。

【注释】

① 六引：古歌曲名。

② 三调：指清调、平调、侧调。

③ 列筵：四座。

④ 文命：指夏禹。《史记·夏本纪》说：“夏禹，名曰文命。”

⑤ 敷绩：《尚书·禹贡》曰：“禹敷土，随山刊木。”敷：布。刊：砍斫，削除。《尚书·禹贡》又曰：“冀州既载壶口，治梁及岐。”“岷山导江。”

⑥ 列宿：此指斗宿。《汉书 · 地理志》曰：吴地斗分野。炳：明亮，显著。

⑦ 滮（biāo）：水流貌。

⑧ 两京：汉代长安和洛阳。

⑨ 三都：三国时成都、邺、建业。

⑩ 墉（yōng）：城墙。雉：城墙长一丈高一丈曰堵，三堵为雉。

⑪ 飞燕：《西京杂记》曰：文帝自代还，有良马九匹，一名飞燕骝。

⑫ 鹢（yì）首：指船。鹢为水鸟，常刻其形于船首。沚：水中的小洲。

⑬ 便娟：轻盈美丽貌。

⑭ 纪：记。

⑮ 句践：春秋时越国国君。《史记 · 越王句践世家》曰："吴伐楚，越王栖于会稽。后句践平吴，周元王赐句践胙，九命为伯。"

⑯ 越叟：越公。《越绝书》曰："子胥战于檇李，阖闾伤焉，军败而还。欲复其仇，师事越公，录其术。"行止：动静，进退。

⑰ 范蠡：春秋时越国大夫。《史记 · 货殖列传》曰："范蠡既雪会稽之耻……乃乘扁舟，浮江湖。"

⑱ 梅福：汉朝人。《汉书 · 杨胡朱梅云传》曰："梅福，字子真，九江人也。元始中，王莽专政，福一朝弃妻子，去九江，至今传为仙。其后人见福于会稽者，变姓名为吴市门卒。"

⑲ 东方：即东方朔，汉武帝时人。《列仙传》曰："东方朔，楚人也……武帝时上书拜为郎。至宣帝初弃郎去，以避乱政……后见会稽卖药。"

⑳ 梁鸿：汉朝末年隐士。范晔《后汉书·逸民列传》曰："梁鸿，字伯鸾，扶风人也。东出关，遂至吴，依大家皋伯通，居庑下，为人赁舂。伯通异之，乃舍之家。"

㉑ 土风：乡土的歌谣乐曲。

【语译】

六引古歌在缓缓清唱，急管繁弦奏出了三调乐曲。四座里一片静悄悄，都在聆听《会吟》。

会稽的历史源远流长，请听我从夏禹说起。大禹开疆拓土从冀州壶口开始，伐木取道直到会稽江边。

天空中斗宿明亮闪烁，背负海水横镇此地。群峰相连竞为千仞之高，江水背向而流各至百里之外。

池水畅流灌溉着水稻，轻云暧暧将松杞笼罩。佳美的两京难与之媲美，瑰丽的三都又岂能相提并论。

高台巍峨直指云天，城墙矗立高达数雉。宽广的路途奔驰着骏马，清清的江上泛着轻舟。

市集里簇拥着俊秀的人物，路上行着美丽的少女。从古至今历经许多世代，贤达众多难以胜数。

越王句践从亡国中奋起，越叟睿智谙熟如何进退行止。范蠡功成泛舟湖海，梅福避世遁隐闹市。

东方朔放逸会稽卖药，梁鸿离家到东海之汜。拉拉杂杂吟咏着会稽土风，言辞已尽而意犹未足。

【评析】

此诗乃仿效陆机《吴趋行》而作。会：会稽，秦始皇于原吴越地置会稽郡，治所在今江苏苏州，其后辖地逐渐缩小，只及于今浙江绍兴一带。《会吟行》，即吟咏会稽之作。它主要歌咏会稽的历史沿革，风土人情。诗从大禹治水写起，显示其历史悠久。继言其地理概况及佳美的自然风景，再言及其城池之雄伟、人文之繁盛。至此又历数会稽历史上的杰出人物。末尾以“辞殚意未已”照应篇首。全诗包容宏富，结构井然有序。从诗的后半篇称引的范蠡、梅福、东方朔、梁鸿等人来看，此诗盖作于作者称病退居会稽时期。诗人试图从会稽的土风中寻得仕途失意后的心理平衡。另外，诗中还流露出全身远祸之意。

乐府八首

作者：鲍明远　　注译评析：王德明

东武吟[①]

主人且勿喧，贱子歌一言。仆本寒乡士，出身蒙汉恩。
始随张校尉[②]，占募到河源[③]。后逐李轻车[④]，追虏穷塞垣[⑤]。
密涂亘万里[⑥]，宁岁犹七奔[⑦]。肌力尽鞍甲，心思历凉温[⑧]。
将军既下世[⑨]，部曲亦罕存[⑩]。时事一朝异，孤绩谁复论[⑪]？
少壮辞家去，穷老还入门。腰镰刈葵藿，倚杖牧鸡豚[⑫]。
昔如韝上鹰[⑬]，今似槛中猿。徒结千载恨，空负百年怨。
弃席思君幄[⑭]，疲马恋君轩[⑮]。愿垂晋主惠[⑯]，不愧田子魂[⑰]。

出自蓟北门行[⑱]

羽檄起边亭[⑲]，烽火入咸阳。
征骑屯广武[⑳]，分兵救朔方[㉑]。
严秋筋竿劲[㉒]，虏阵精且强。
天子按剑怒，使者遥相望[㉓]。
雁行缘石径，鱼贯度飞梁[㉔]。
箫鼓流汉思[㉕]，旌甲被胡霜。
疾风冲塞起，沙砾自飘扬。
马毛缩如猬，角弓不可张[㉖]。
时危见臣节，世乱识忠良。

投躯报明主，身死为国殇[27]。

结客少年场行

骢马金络头[28]，锦带佩吴钩[29]。
失意杯酒间[30]，白刃起相仇。
追兵一旦至，负剑远行游。
去乡三十载，复得还旧丘。
升高临四关[31]，表里望皇州[32]。
九涂平若水[33]，双阙似云浮。
扶宫罗将相[34]，夹道列王侯。
日中市朝满，车马若川流。
击钟陈鼎食[35]，方驾自相求[36]。
今我独何为？坎壈怀百忧[37]。

东门行[38]

伤禽恶弦惊[39]，倦客恶离声[40]。
离声断客情，宾御皆涕零[41]。
涕零心断绝，将去复还诀[42]。
一息不相知[43]，何况异乡别。
遥遥征驾远，杳杳落日晚。
居人掩闺卧，行子夜中饭。
野风吹秋木，行子心肠断。
食梅常苦酸，衣葛常苦寒。
丝竹徒满坐[44]，忧人不解颜。
长歌欲自慰，弥起长恨端。

苦热行

赤阪横西阻[45]，火山赫南威[46]。
身热头且痛，鸟堕魂来归。
汤泉发云潭[47]，焦烟起石圻[48]。
日月有恒昏[49]，雨露未尝晞[50]。
丹蛇逾百尺，玄蜂盈十围[51]。
含沙射流影[52]，吹蛊痛行晖[53]。
鄣气昼熏体，菵露夜沾衣[54]。
饥猿莫下食，晨禽不敢飞。
毒泾尚多死[55]，渡泸宁具腓[56]。
生躯蹈死地，昌志登祸机[57]。
戈船荣既薄[58]，伏波赏亦微[59]。
财轻君尚惜，士重安可希[60]？

白头吟

直如朱丝绳[61]，清如玉壶冰[62]。
何惭宿昔意[63]，猜恨坐相仍[64]。
人情贱恩旧，世议逐衰兴[65]。
毫发一为瑕[66]，丘山不可胜。
食苗实硕鼠[67]，玷白信苍蝇。
凫鹄远成美[68]，薪刍前见陵[69]。
申黜褒女进[70]，班去赵姬升[71]。
周王日沦惑[72]，汉帝益嗟称[73]。
心赏犹难恃，貌恭岂易凭？
古来共如此，非君独抚膺[74]。

放歌行

蓼虫避葵堇[75]，习苦不言非。
小人自龌龊[76]，安知旷士怀。
鸡鸣洛城里，禁门平旦开[77]。
冠盖纵横至[78]，车骑四方来。
素带曳长飙[79]，华缨结远埃[80]。
日中安能止，钟鸣犹未归[81]。
夷世不可逢[82]，贤君信爱才[83]。
明虑自天断[84]，不受外嫌猜。
一言分珪爵[85]，片善辞草莱[86]。
岂伊白璧赐[87]，将起黄金台[88]。
今君有何疾，临路独迟回[89]？

升天行

家世宅关辅[90]，胜带宦王城[91]。
备闻十帝事[92]，委曲两都情[93]。
倦见物兴衰，骤睹俗屯平[94]。
翩翻类回掌[95]，恍惚似朝荣[96]。
穷涂悔短计，晚志重长生。
从师入远岳，结友事仙灵。
五图发金记[97]，九籥隐丹经[98]。
风餐委松宿[99]，云卧恣天行。
冠霞登彩阁[100]，解玉饮椒庭[101]。
暂游越万里，近别数千龄。
凤台无还驾，箫管有遗声[102]。
何时与尔曹[103]，啄腐共吞腥[104]？

【篇旨】

组诗借他人之口对现实社会各种现象做出批评，表现了作者的愤激之情。

【注释】

① 东武：泰山下小山名。《东武吟》原是齐地的民歌。

② 张校尉：指张骞。张骞曾经以校尉的身份随大将军卫青击匈奴。

③ 占募：自动登记应募。河源：黄河的源头。

④ 李轻车：指李蔡。李蔡曾在汉武帝元朔年间为轻车将军，击匈奴有功。

⑤ 穷：尽。塞垣：边境地区。

⑥ 密：近。亘：绵延。

⑦ 七奔：语见《左传 · 成公七年》："子重子反，于是乎一岁七奔命。"谓一岁中七次奔走应命。

⑧ 凉温：春秋。

⑨ 下世：死亡。

⑩ 部曲：指将军统率的兵士。汉朝军队的编制是营有部，部有曲。

⑪ 孤绩：独有的功绩。

⑫ 豚：猪。

⑬ 鞲（gōu）：皮制臂衣，打猎时用以停立猎鹰。

⑭ "弃席"句：用晋文公故事。《韩非子 · 外储说左上》记载晋公子重耳在多年流浪后回到晋国为君，走到黄河边时，重耳就下令"笾豆捐之，席蓐捐之，手足胼胝面目黧黑者后之"。咎犯哭着劝说道：这些东西过去都是有功于君的，怎么可以境遇改善了就抛弃它们呢？于是重耳便收回了成命。

⑮ "疲马"句：用战国魏人田子方故事。《韩诗外传》卷八记载田子方外出见到一匹被宫中放出的老马，他就说："少尽其力，而老弃其身，仁者不为也。"于是便"束帛而赎之"。

⑯ 晋主：指晋文公重耳。

⑰ 田子：指田子方。魂：神。

⑱《出自蓟北门行》：亦乐府旧题。

⑲ 羽檄：即羽书。边亭：边境上的亭堠，驻兵临敌之处。

⑳ 广武：县名，在今山西代县西。

㉑ 朔方：郡名，在今鄂尔多斯右翼后旗套外黄河西岸。

㉒ 筋竿：即弓箭。

㉓ 遥相望：言数量很多，不绝于路。

㉔ 飞梁：高架的桥像凌空飞起。

㉕“箫鼓”句：言军乐传达出汉兵的情思。

㉖ 角弓：用角装饰的弓。

㉗ 国殇：为国战死的人。

㉘ 骢马：青白色的马。

㉙ 吴钩：一种弯形的刀，产自吴国。

㉚ 失意：意见不合。

㉛ 四关：洛阳有四关：东城皋，南伊阙，北孟津，西函谷。

㉜ 表里：即内外。皇州：指帝都。

㉝ 九涂：指都城中的通衢大道。

㉞ 扶宫：夹在皇宫的两边。扶：夹也。罗：列也。

㉟ 击钟陈鼎食：言其饮食排场奢华讲究。

㊱ 方驾：并驾。相求：声气相求。

㊲ 坎壈（kǎn lǎn）：不平，穷困。比喻遭遇不顺利，不得志。

㊳ 东门行：此亦乐府旧题，亦作《日出东门行》。

㊴“伤禽”句：更嬴用无箭的空弓射下一只悲叫而徐飞的雁。他解释空弓为什么能射下这只雁的原因时说：这雁本已受伤，所以飞得慢，又因久已失群，所以悲叫。旧创还在，惊心未忘，所以一听见弓弦声就竭力高飞，这样它的创伤骤然加剧，所以立刻掉了下来了。见《战国策·楚策》。

㊵ 离声：离歌之声。

㊶ 宾：谓送别之人。御：御车者。

㊷ 诀：告别。

㊸ 一息：片刻。

㊹ 丝竹：指音乐。

㊺ 阪：山坡，斜坡。

㊻ 赫：炎热。

㊼ 汤泉：滚热的泉水。云潭：云气蒸腾的深潭。

㊽ 焦烟：热气。圻（qí）：通“碕”，曲折的河岸。

㊾ 恒：经常。

㊿ 晞：干。

51 玄：黑色。围：古代计度圆周的单位。

52 含沙射流影：据干宝《搜神记》说：“有物处于江水，其名曰蜮，一曰短狐，能含沙射人。所中者头痛发热，剧者至死。”短狐，又名射影。

53 吹蛊（gǔ）：即飞蛊。相传为一种人工培养的毒虫，“主人行之以杀人。行食饮中，人不觉也。其家绝灭者，则飞游妄走，中之则毙”。见顾野王《舆地志》。行晖：行旅之光辉。这里借指行人。

54 菌：草名，有毒，其上露，触之，肉即溃烂。

55 “毒泾”句：据《左传·襄公十四年》记载，晋悼公带着诸侯的部队去攻打秦国，在泾河边安营扎寨。秦国人就在泾河的上流放毒，晋悼公的士兵喝了泾河水后，很多人被毒死了。

56 “渡泸”句：用诸葛亮渡过泸水去征服西南少数民族的故事。腓（féi）：病。

57 昌志：壮志。祸机：指祸患潜伏，一触即发，有如机栝。

58 “戈船”句：汉归义侯严曾为戈船将军，两次带兵出征，均无功而返，后封赏不及，故云“荣既薄”。事见《汉书·武帝纪》及《史记·东越传》。

59 伏波：指汉伏波将军路博德，他曾开辟了七个郡的领地，但仅封数百户。事见《后汉书·马援传》。

⑥⓪“财轻”二句：用宋燕故事。《韩诗外传》载：宋燕罢相回家，想带几个人去游说诸侯，但没有一个人愿去。宋燕感叹道：“何士易得而难用也？”田饶回答道：“君纨素锦绣，从风而弊，士曾不得缘衣。夫财者君所轻，死者士所重。君不能用所轻，欲使士致重乎？”

㉑ 朱丝：朱弦。

㉒ 玉壶冰：喻品德的洁白无瑕。

㉓ 惭：羞愧。宿昔：从前。

㉔ 猜：疑。仍：因，相跟随。

㉕ 逐：跟随。

㉖ 瑕：本指玉上的斑点，这里指缺点、错误。

㉗ 硕鼠：大老鼠。

㉘ 凫鹄：疑为黄鹄。田饶曾批评鲁哀公不看重鸡，其原因是，虽然鸡有五种美德，但“其所来近也”，而鲁哀公看重黄鹄的原因是黄鹄“其所从来远也”。事见《韩诗外传》。

㉙ 陵：侵侮。

㉚“申黜”句：《毛诗序》载：“（周）幽王取申女以为后，又得褒姒而黜申后”。

㉛“班去”句：汉成帝初即位，班婕妤被选入后宫，不久即受宠幸。后来赵飞燕得宠，班婕妤就失宠了。

㉜“周王”句：《史记·周纪》载：“褒姒不好笑，幽王欲其笑万方，故不笑。幽王为烽燧大鼓，有寇至则举烽火。诸侯悉至，至而无寇，褒姒乃大笑。”沦：沉溺。

㉝ 汉帝：指汉成帝。汉成帝对赵飞燕宠幸无比。

㉞ 抚膺：叹息貌。

㉟ 蓼虫：生存在蓼叶上的虫。这种虫只习惯吃有辛辣味的蓼叶。堇：甜菜，一名堇葵。

㊱ 龌龊：指心胸狭隘，拘牵于琐碎之事。

⑰ 禁门：天子所住的地方为禁中，门有禁卫，称禁门。平旦：天刚亮的时候。

⑱ 冠盖：冠冕和车盖。这里借指达官贵人。

⑲ 素带：古代大夫所用的带，即“绅”。曳：拖。飙（biāo）：暴风。

⑳ 华缨：用彩色丝做成的冠缨。

㉑ 钟鸣：这里是钟鸣漏尽的意思，指深夜。

㉒ 夷世：太平之世。

㉓ 信：确实。

㉔ 天：指君主。

㉕ 珪：上圆下方的玉。古时封功臣要赐给珪。

㉖ 草莱：指山野。

㉗ 伊：犹“惟”，仅仅。

㉘ 黄金台：台名。燕昭王曾起黄金台以延聘天下英才。

㉙ 迟回：徘徊。

㉚ 关：指关中。辅：汉代以右扶风、左冯翊、京兆尹为三辅。

㉛ 胜带：指儿童稍长，体力足以承受得起成人束衣的带子。

㉜ 备：完全。十帝：西汉、东汉各有十余位皇帝，这里实指汉代所有的皇帝。

㉝ 委曲：指对事情的原委、底细了解得清清楚楚。两都：指汉代的西京长安，东京洛阳。

㉞ 骤：屡次。屯：难。

㉟ 翩翻：瞬息之间。回掌：早晨开论。

㊱ 恍惚：瞬间。朝荣：早晨开花。

㊲ 五图：道家的五种采芝方法。发：开。金记：即道士炼丹的经典。

㊳ 九籥：道士藏书之处。籥，即锁匙。隐：藏。丹经：炼金丹的经典。

㊴ 委：弯曲。

⑩⓪ 霞：此指道士戴的云冠。彩阁：施绘文采的楼阁。

⑩① 解玉：解下玉佩。椒庭：以椒泥涂壁，取其芳香。

⑩“箫管”句：用萧史故事。萧史和秦穆公女弄玉这对夫妇极善吹箫，箫声似凤鸣，招来满屋的凤凰，于是他们就建了一座凤台，居住在上面，几年以后，他们都随凤升仙。事见《列仙传》。

⑩尔曹：犹言尔辈，即你们。指“啄腐吞腥”的恶鸟鸱鸮之类。

⑩腥：臭。

【语译】

东武吟

主人您暂且不要喧哗，请听我说几句心里话：我本是贫寒的乡下人，得以出仕承蒙了大汉的恩典。

开始我跟随张校尉，主动从军去黄河源头。后来又跟着李轻车，追击敌人走遍了边境。

最近的道路也连绵万里，太平的年份也要七次奔命。体力全耗费在鞍甲上，精神饱受了季节变化的考验。

将军逝去之后，他的部下也很少活着的了。形势一旦发生了变化，我们独有的功绩又有谁提起?

年轻的时候我离家而去，到老的时候又回到家中。腰上挂着镰刀去收割庄稼，拄着拐杖去放牧牲畜。

过去我像鞲上的雄鹰，今天却像栅栏里的猿猴。心中白白郁积着千载遗恨，身上白白背负着百年幽怨。

被扔掉的席子还思念着国君的帷幕，疲惫的老马也想着为国君拉车。我多么希望有人降下晋文公那样的恩惠，不要愧对田子方怜惜老马的精神。

出自蓟北门行

羽书从亭堠发出，烽火已传入咸阳。

征集的部队驻扎在广武，迅速分兵去救援朔方。

深秋的弓箭强劲有力，敌人的阵容也雄壮精强。

天子按着宝剑龙颜大怒，于是来往传命的使者不绝于路。
部队像成排的大雁一样沿着石头小路行军，鱼贯跨越高山桥梁。
军乐声中传达出汉人的情思，旌旗铠甲上覆盖着一层胡地的白霜。
疾风从边境上冲天而起，吹得到处沙石飘扬。
战马冷得如同缩成一团的刺猬，用角装饰的弓拉起来十分困难。
形势危急最能表现臣子的气节，天下大乱最能识别忠良。
舍身报答贤明的君主，虽然战死也是为国牺牲。

结客少年场行

坐骑戴着黄金马笼头，身上扎着锦带，佩着吴钩。
宴会上与人一言不合，白刃相见就是面对仇敌。
追兵一旦来捕捉，背起宝剑便远游他乡。
离家三十年，竟又回到了可爱的故乡。
登上高高的四座雄关，里里外外观察着这座皇城。
城中的通衢大道一平如水，两座巨大的宫阙宛如浮在云端。
夹在皇宫两边的房子里住着将相，大道的两边是王侯的第宅。
中午名利场上挤满了人，车马往来仿佛就像流水。
达官贵人鸣钟列鼎而食，并驾齐驱的人自然同气相求。
如今唯独我不知什么缘故，遭遇如此不顺，心中忧愁万端。

东门行

受伤的飞禽厌恶弓弦的声响，疲倦的行客厌恶离歌之声。
离歌之声使人肝肠寸断，送别的朋友和车夫都泪流满面。
流泪使人肝胆俱裂，将要离去又再回头道别。
离开片刻人就不能互相了解，何况是远去他乡的分别。
乘坐的马车越走越远，天色也越来越昏暗。
在家的妻子已关门而卧，远行的游子却在夜半用餐。
野地上的风吹拂着草木，游子的心仿佛已经破碎。

吃过梅子的人自然知道梅子的酸味，在冬天里穿着葛衣的人自然知道寒冷的可怕。

虽然满座都奏音乐，但忧愁的人却永远无法高兴起来。

长歌一曲想自己安慰自己，反而更引起无边的愁绪。

苦热行

红色的山坡横亘在西面，炎热的火山在南面大显神威。

经过的人发烧头痛，飞过的鸟从天上掉下，只有它的灵魂返回故乡。

滚热的泉水从云气蒸腾的深潭中流出，热气从曲折的河岸上腾起。

太阳和月亮经常昏暗无光，雨点和露水从未曾干过。

红色的大蛇长度超过百尺，黑色的毒峰足有十围之大。

短狐时刻都在含沙射人，吹蛊不停地威胁着行人。

瘴气白天熏着人的身体，茵草上的露水在黑夜里沾上人的衣裳。

饥饿的猿猴不敢下来觅食，早上的飞禽不敢贸然飞越。

当年秦人在泾水下毒毒死了许多晋国人，但诸葛亮渡过泸水时难道人人都病倒不成？

活生生的躯体踏上死亡的地方，壮志满怀地走向了危机四伏的境地。

戈船将军没有得到多少封赏，伏波将军的封赏也是那么微薄。

并不重要的爵位君主还吝惜封赏，怎么能奢望臣下献出宝贵的生命？

白头吟

像朱弦一样正直，像玉壶中的冰一样纯洁。

我有哪点对不起从前的情意？但猜疑无缘无故地跟随而来。

人们总是轻视旧日的感情，世俗的评价总是依据人的兴衰而变化。

稍微犯了点错误，就认为我的错误比山还大。

偷吃幼苗的其实是大老鼠，玷污白壁的实际是苍蝇。

鲁哀公因为黄鹄是远来的就认为贵重，堆积柴草时先放下的总会被欺压。

申后失宠后褒姒得到了宠幸，班婕妤被抛弃后赵飞燕地位上升。

周幽王一天比一天更沉溺受迷惑，汉成帝越来越赞美他的皇后赵飞燕。

心中的赏识尚且难以作为根据，恭敬的外貌就那么容易靠得住？

自古以来情况都是这样，不仅仅是您一个人抚膺长叹。

放歌行

蓼叶上的虫不吃葵菫，是因为它习惯苦味而不知道自己的错误。

小人心胸狭隘，哪能了解旷达之士的胸怀？

洛阳城里的公鸡刚刚报晓，皇宫的大门清早就打开了。

达官贵人纷纷涌至，千车万马从四面八方赶来。

他们的素带在风中摇曳，他们的彩色冠缨在远途中沾上了尘埃。

中午哪能就停止了活动？钟鸣漏尽的深夜还是没有回家。

太平之世是难得碰上的，如今贤明的君主确实爱惜人才。

英明的判断由君主自己做出，不受外人的怀疑猜忌。

有一句话可取，就可以得赏封爵。有一点行为可取，就可以封官不做平民。

岂止是得到白璧的赏赐，还将筑起高大的招贤黄金台。

现在您在担心什么，快要上路了还在迟疑徘徊？

升天行

我家祖祖辈辈都住在关中三辅，刚一成年就已在王城里做官。

对汉朝的大小事情我了解得清清楚楚，对长安洛阳的风土人情我了如指掌。

见到的事物兴衰太多已使我厌倦，但屡次看到风气如此又心情难以平静。

事物的变化如同反掌一样迅速，又好像早上开的鲜花，晚上就又凋谢了。

路走到尽头时才后悔自己眼光短浅，到了晚年的时候才重视长生之道。

于是就跟着师傅走进了远方的深山，结交朋友来从事神仙之术。

打开经典去尝试五种采灵芝的方法，藏经室里收藏着炼丹的经典。

以风为粮食，在松树下弯着身子过夜，躺在白云里，好像在天上任意飞行。

戴着道士的云冠登上彩阁，解下玉佩在芳香馥郁的椒庭饮酒。

片刻之间我可以远游万里，最近的分别也要几千年以后才能相见。

当年凤台上的萧史弄玉一去不回，他们美妙的箫声似乎隐约还可以听见。

我永远不可能像你们一样，以食腐吞腥为最大的满足。

【评析】

鲍照“家世贫贱”“才秀人微”，这就使他在对诗歌内容和形式的追求上具有较浓厚的平民色彩。这里的八首诗看起来都是乐府旧题，似乎写的是别人的事，特别是好几首是用古人的口吻写的，而实际上作者是借古讽今，每一首诗都具有一定的针对性，甚至可以说，有些诗与作者的经历有一定的联系。八首诗的内容很广，但有两个方面最引人注目，一是对热衷功名利禄的龌龊小人的讽刺批评，一是抒发寒士所受到的不公正的待遇。前者可以《放歌行》为代表，后者可以《东武吟》《苦热行》《白头吟》为代表。前者是平民寒士正直高洁品格的反映，后者则可以说是平民寒士的牢骚。这八首诗不像当时贵族们所写的玄言诗和山水诗，不仅充满真情实感，而且艺术上不事雕琢，“汰去浮靡，返于浑朴”，与贵族们玩弄华辞，堆砌故实的艺术追求大异其趣。总的来说，作者感情抒发十分委婉，这种效果主要由两个因素决定：一是作者用的是借古讽今、指桑骂槐的手法，二是作者用了大量的比兴手法，如《白头吟》通篇都是比兴，是典型的借男女之情写君臣离合的作品。上述种种，都是汉乐府“感于哀乐，缘事而发”的精神的继承和发扬。

鼓吹曲一首

作者：谢玄晖　　注译评析：胡兆阳

江南佳丽地[①]，金陵帝王州[②]。

透迤带渌水[3]，迢递起朱楼[4]。
飞甍夹驰道[5]，垂杨荫御沟[6]。
凝笳翼高盖[7]，叠鼓送华辀[8]。
献纳云台表[9]，功名良可收。

【篇旨】

写金陵帝都的繁华景象及藩王入朝时的华贵气象。

【注释】

① 江南：指长江以南地区。

② 金陵：古地名，战国楚威王置金陵邑。秦始皇时望气者云金陵有王者气，故断连岗改名为秣陵。三国时吴自京口徙都于此，曰建业。晋建兴初改为建康。南朝宋、齐、梁、陈皆都于此。故地在今江苏南京。

③ 逶迤：弯曲貌。

④ 迢递（tiáo dì）：高貌。

⑤ 飞甍（méng）：飞耸的屋脊。驰道：御道，古代为帝王行驶车马而修的道路。

⑥ 御沟：流入宫内的河道。

⑦ 凝：声调徐缓。笳：古管乐器名。翼：此处为送行之意。高盖：盖高可立乘之车。

⑧ 叠鼓：轻轻击鼓。华辀：雕饰华美的车。

⑨ 献纳：指建言以供采纳。云台：汉宫中高台名，汉明帝曾于云台图画中兴功臣三十二人画像。

【语译】

江南一带乃风景佳丽之地，金陵自古就是帝王建都之所。
弯弯曲曲的绿水像带子将其缠绕，高高的朱楼绣户遍地矗立。
飞耸的屋脊夹着宽阔的御道，青青的垂杨荫蔽着御沟流水。

笳鼓竞奏相送华美高车，轻轻击鼓声中富丽的坐车启行。

入朝献纳安邦定国的良言，功名显赫实在可以绘图于云台。

【评析】

此诗作于诗人在随王幕下任职时，奉随王之命作的古入朝曲。虽然是奉敕所作，但显示出作者的才华。像这种题材的诗，一般作者大抵写得典雅、庄重，不免流于板滞。而谢朓以山水风景诗的笔法，不用典故而以平易的词句，刻画出金陵帝都的繁华景象，从而显示了藩王入朝的气势不同凡响，既得体又自然。而最后两句提示随王入朝应当对国事有所献替，不唯摆摆排场阔气而已，这就使诗具有了一定的实质内容。锺惺说："玄晖以山水作都邑诗，非唯不堕清寒，愈见旷远。"（《古诗归》卷十三）显示了诗人娴熟的技巧。

挽歌

挽歌诗一首

作者：缪熙伯　　注译评析：胡兆阳

生时游国都，死没弃中野①。
朝发高堂上，暮宿黄泉下②。
白日入虞渊③，悬车息驷马④。
造化虽神明，安能复存我？
形容稍歇灭⑤，齿发行当堕⑥。
自古皆有然，谁能离此者？

【作者简介】

缪袭（186—245），字熙伯，东海兰陵（今山东兰陵）人，三国魏人，有才学，多所撰述，官至尚书光禄勋。文集五卷，已佚。传附《三国志·魏书·刘劭传》。

【篇旨】

此诗表现了诗人对生死问题的思索：生与死符合生命规律，任何人都不能违背这条规律。

【注释】

① 中野：野中，野外。

② 黄泉：地下深处，此指葬身之地。

③ 虞渊：古代神话传说的日入之处。

④ 悬车：停息车马。古代神话传说，羲和每天驾着车子，早上从旸谷出发，傍晚到达悲泉，就停息车马。

⑤ 形容：容貌。稍：逐渐。歇灭：尽、竭。引申为枯萎、衰败。

⑥ 堕（duò）：坠落。

【语译】

在世时遨游国都，死后被掩埋抛弃于荒野。

早晨从家里走出，夜晚已躺在黄泉之下。

太阳落入虞渊，羲和停歇了车马。

日落还可复出，神明无边的造化也不能使其复生。

容貌在渐渐衰老，牙齿和头发行将脱落。

自古以来有生就有死，谁又能超脱而长生不老？

【评析】

从东汉末年到隋的统一，这一时期社会动荡不安，王朝更替频繁，这一切对人们生活冲击很大，人们无法把握自己的命运。而这个时代，又是个体生命自觉的时代。士人对人生的许多问题都做了认真的探索，生死问题也就成了这个时代诗歌的永恒主题。生时无论多么荣耀，死后都同是冷落荒凉。朝生暮死就如太阳出山落山，然而太阳落山后明天还会再度升起，人死却不能复生。容貌的衰老、齿发的脱落以及人的必死，这些都是符合生命规律的，任何人都不能违背这条规律。缪诗正代表着那个时代人们对生死问题的认识水平。挽歌而曰不必哀，正是那个时代挽歌的基调。

挽歌诗三首

作者：陆士衡　　注译评析：李朝晖

卜择考休贞[1]，嘉命咸在兹[2]。夙驾惊徒御[3]，结辔顿重基[4]。
龙荒被广柳[5]，前驱矫轻旗[6]。殡宫何嘈嘈[7]，哀响沸中闱[8]。
中闱且勿讙[9]，听我《薤露》诗[10]。死生各异伦[11]，祖载当有时[12]。
舍爵两楹位[13]，启殡进灵辆[14]。饮饯觞莫举[15]，出宿归无期。
帷衽旷遗影[16]，栋宇与子辞。周亲咸奔凑[17]，友朋自远来。
翼翼飞轻轩[18]，骎骎策素骐[19]。按辔遵长薄[20]，送子长夜台[21]。
呼子子不闻，泣子子不知。叹息重榇侧[22]，念我畴昔时[23]。
三秋犹足收[24]，万世安可思。殉没身易亡[25]，救子非所能。
含言言哽咽，挥涕涕流离[26]。

重阜何崔嵬[27]，玄庐窜其间[28]。旁薄立四极[29]，穹隆放苍天[30]。
侧听阴沟涌[31]，卧观天井悬[32]。广霄何寥廓[33]，大暮安可晨！
人往有反岁，我行无归年。昔居四民宅[34]，今托万鬼邻。
昔为七尺躯，今成灰与尘。金玉素所佩，鸿毛今不振。
丰肌飨蝼蚁，妍姿永夷泯。寿堂延螭魅[35]，虚无自相宾。
蝼蚁尔何怨？螭魅我何亲？拊心痛荼毒[36]，永叹莫为陈。

流离亲友思，惆怅神不泰[37]。素骖伫辆轩[38]，玄驷骛飞盖[39]。
哀鸣兴殡宫，回迟悲野外。魂舆寂无响[40]，但见冠与带。
备物象平生，长旐谁为旆[41]？悲风徽行轨[42]，倾云结流蔼[43]。
振策指灵丘，驾言从此逝[44]。

【篇旨】

作挽歌以悼人，同时，通过对死亡的想象和思考，流露出阴间可怖难以久留，因此而依恋人世却又无可奈何的心情。

【注释】

① 卜择：此指通过占卜等方式选择墓地。考：稽考。休：美好。贞：占卜。《周易》：“元亨利贞。”

② 嘉命：犹后世所谓的“好风水”。咸：都。

③ 夙驾：早起驾车出行。

④ 重基：犹言重山。

⑤ 龙荒：灵柩上的饰物。《礼记·丧大记》注：“荒，蒙也。在旁曰帷，在上曰荒。”广柳：即丧车。柳，柩车的车盖。刘熙《释名》曰：“舆棺之车，其盖曰柳。”语出《史记·季布传》：“置广柳车中。”

⑥ 矫：通“挢”，高举。

⑦ 殡宫：古代临时停柩之所。嘈（cáo）嘈：喧闹声。

⑧ 中闱（wéi）：设祖位的地方。

⑨ 讙（huān）：喧哗。

⑩《薤（xiè）露》：古挽歌名。晋崔豹《古今注》中《音乐》：“《薤露》《蒿里》，并丧歌也。出田横门人。横自杀，门人伤之悲歌……故有二章。”

⑪ 异伦：不同类。

⑫ 祖载：将葬之际，举柩升车上，行祖祭礼，谓之祖载。

⑬ 舍爵：奠酒完毕而释杯。两楹位：此指祖庙两楹之间的地方。

⑭ 灵輀（ér）：丧车。

⑮ 饯（jiàn）：以酒食送行。

⑯ 帷衽（rèn）：帐幕。连衽成帷。

⑰ 周亲：至亲。奔凑：聚集，趋附，也作“奔辏”。

⑱ 翼翼：飞貌。

⑲ 骎骎：马疾行貌。骐：青黑色的马。

⑳ 遵：沿着。薄：草木丛生处。

㉑ 长夜台：坟墓。

㉒ 重（chóng）榇：棺材。古人棺材有内外多重，故称重榇。

㉓ 畴（chóu）昔：往日。

㉔ 收：止息，控制。

㉕ 殉没：犹言死亡。

㉖ 流离：犹言淋漓。

㉗ 重（chóng）阜（fù）：犹言重山。阜，土山、丘陵。崔嵬（wéi）：高耸貌。

㉘ 玄庐：墓舍。窜（cuàn）：隐藏。

㉙ 旁薄：也作“磅礴”，盛大，宏伟。四极：四方极远之地。

㉚ 穹隆：物状中高而周下垂。放：仿效。

㉛ 阴沟：地下水道。与下文“天井”，皆为坟墓内的建筑。

㉜ 天井：承尘、天花板。屋顶梁栋间架木为方形如井者。

㉝ 广霄：指圹室天井所仿效的天象。寥廓：旷远，广阔。

㉞ 四民：指士、农、工、商。

㉟ 寿堂：祭祀的地方。延：引进，接待。螭魅：即魑魅，传说中山林里能害人的妖怪。

㊱ 荼毒：残害。《诗经·大雅·桑柔》：“民之贪乱，宁为荼毒。”疏：“荼，苦叶。毒者，螫虫。荼、毒，皆恶物。”

㊲ 泰：安详闲适貌。

㊳ 素：白色。骖：同驾一车的三匹马。

㊴ 玄：黑色。驷：同驾一车的四匹马。

㊵ 魂舆：即魂车，柩车。

㊶ 旌、旆：都是旗帜的通称。

㊷ 徽：止。行轨：犹言车轮。

㊸ 流蔼：流动的云气。蔼，同“霭”。

㊹ 驾言：乘车。言，语助词。

【语译】

选择墓地时要稽考吉祥的占卜，好风水都集中在这里。清晨驾车出行惊动了随从，一直走到深山才收缰驻马。

载柩的灵车被龙荒披挂，开道的前驱把轻飘的灵旗高举。殡宫前人声鼎沸，祖庙里充满了恸哭和喧哗。

你们在中闱先不要嘈杂，听一曲我的挽歌将悲哀表达。死与生本来就大相径庭，早晚要命归黄泉却人人相同。

在宗庙两楹间奠酒才毕，又装上灵柩把丧车启动。丧宴上莫要把酒杯高举，死者一去将永不再苏醒。

昔日的帷帐再不见你的身影，高屋大院中找不到你的行踪，至亲们纷纷跑来为你奔丧，远道而来的还有你往昔的朋友。

灵车奔驰像生了翅膀一样轻盈，甩开鞭子把飞快地雪青马策动。手持马缰沿着芜杂的树林草丛，送你一直到长夜难明的冥宫。

呼喊你的名字却无法听到，为你哭泣你也不知我的哀痛。扶着你的棺椁长叹不已，想起昔日的你心情更加沉重。

三秋不见思念犹可止息，万世永绝的哀思又怎堪寄托。一朝归西是那么容易，可要再唤醒你却非我所能。

心中有话无处诉说只能在一旁抽泣，一时间泪如泉涌无法自抑。

举目四望是高耸连绵的大山，幽深的坟墓就隐藏在重山之间。

墓室四周有宏伟的四极支撑，穹隆仿效象征着苍天。

侧耳可听到阴沟的水流动，躺着也有高悬的天井可观。

天井所象征的天宇是那样辽阔旷远，重重暗夜到何时才算有个完?

亲朋们出行总要如期而返，我这一去却永远无法归还。

昔日就住在士、农、工、商之宅，现在所居却与鬼魂毗连。

过去身躯七尺堂堂男儿，如今却化成了尘沙与灰土。

过去为宦做官总会摇响身上的金饰玉环，而今却无法使一根鸿毛有丝毫振颤。

丰满的肌肉将成为蝼蚁的美餐，美好的身躯将在地下腐烂。

祭堂里将被魑魅鬼怪充满，在看不见的地方自相宾宴。

吃我肉的蝼蚁与我有何仇怨，与我为邻的魑魅又跟我有何亲缘？

为被咬噬折磨的痛苦而抚心哀痛，欲语还休只留下声声长叹。

亲友们缅怀你个个痛哭流涕，心神不宁惆怅无语。

白马拉着灵车在一旁默默伫立，风吹车盖令黑马惊异。

悲哀的恸哭在殡宫里响起，又回荡在野外久久不息。

丧车里寂无声响，只见陪葬的衣冠被风吹起。

事死如生样样都为你备好，谁还为你制作了一面面灵旗？

悲旋的风令返回的车轮行进艰难，一团团低垂的流云阴沉若铅。

回头用马鞭再指示一下灵丘所在，送葬的人们乘车消失在天边。

【评析】

陆士衡《挽歌诗三首》，首写晨起驾车于祖庙行祭奠之礼，次以生者的感觉去设想死者入葬后所遇到的寂寞可怖之景，最后以送葬返回归结。在再现整个丧葬的过程中，表达了对亡灵的痛悼之情。第一首着重一个“泣”字。“呼子子不闻，泣子子不知”，似哭灵时的感情实录，而对偶自然工巧，几使读者有身临其境之感。第二首着重一个“痛”字，是前一节“泣”的情感进一步理性化的表现。诗人发挥想象，将死后的墓中世界与生前的现实世界作生动形象的对比，突出了死亡的阴森可怖。这是“痛”之所由。诗人连用排比和对比，极力铺陈，措辞繁缛，状物亦颇精细。最后一首写大悲极痛之余诗人内心郁结的忧伤。诗人已从“哀鸣兴殡宫”的恸哭中超脱出来而陷入惆怅。仿佛在场的马以及天上的风云都一同与诗人陷入哀思，达到了“以我观物，物皆着我之色彩”的境界。

挽歌诗一首

作者：陶渊明　　注译评析：李朝晖

荒草何茫茫[①]，白杨亦萧萧[②]。
严霜九月中，送我出远郊。
四面无人居，高坟正嶕峣[③]。
马为仰天鸣，风为自萧条。
幽室一已闭[④]，千年不复朝。
千年不复朝，贤达无奈何。
向来相送人[⑤]，各已归其家。
亲戚或余悲，他人亦已歌。
死去何所道，托体同山阿[⑥]。

【篇旨】

这是陶渊明为自己作的挽歌三首之一，表达了一种对自然死亡的安详心态。

【注释】

① 茫茫：广大的样子。

② 萧萧：风声。

③ 嶕峣（jiāo yáo）：很高的样子。

④ 幽室：指圹穴。

⑤ 向来：刚才。

⑥ 山阿（ē）：山陵。

【语译】

一望无际的是茫茫荒草，飒飒秋风将白杨树吹摇。

在这霜风凄紧的暮秋九月，你们将我的棺柩抬到旷远的荒郊。

那里四野无人一片衰败，埋葬我的大坟修得正高。

马也驻足为我仰天悲鸣，流宕回旋一阵阵悲风呼啸。

墓穴的墓门一旦被封闭，里面将是长夜漫漫不见晨光丝毫。

长夜漫漫不见晨光丝毫，贤人达士对死亡也无可奈何。

方才人们纷纷来为送丧，埋葬我后又各自回家奔忙。

亲戚中有人为我仍含悲伤，他人却早已在一旁快乐地歌唱。

面对死亡又有什么可说，只不过是在山陵里将身体寄托。

【评析】

魏晋人活着时便嘱人为自己作挽歌是一种风气，这篇是陶渊明自挽之辞。开篇二句写一组荒凉的景象。“荒草何茫茫”是视觉意象，“白杨亦萧萧”是听觉意象，两者皆悲凉有余。面对此情此景，马和风亦似领悟人情，或悲鸣，或萧条，以物之悲写人之悲，仿佛空中设色，不即不离，避免了直接写人悲的质实感。“幽室一已闭”四句写入葬时的痛切感受，诗人咏之不足，故反复咏之。而“贤达无奈何”则道出了在死亡面前人人都不能例外的深刻认识。接着以“亲戚或余悲”和“他人亦已歌”概括生者对死者的两种典型态度，“余悲”亦罢，“已歌”也罢，其实对于死者已毫无意义。所以诗人最后归结他对死亡的本质认识，那就是“托体同山阿”，如此而已。本诗的特点是抒情与议论相结合，抒情在恬淡中见沉挚，议论在豁达中见深刻。二者交相发明，充分表达了诗人对自然死亡的洒脱安详的心态，在思想和艺术上都是陶诗的独到境界。

杂歌

歌一首 并序

作者：荆轲　　注译评析：李晓丹

燕太子丹使荆轲刺秦王[①]，丹祖送于易水上[②]。高渐离击筑[③]，荆轲歌，宋如意和之曰[④]：

风萧萧兮易水寒[⑤]，壮士一去兮不复还！

【作者简介】

荆轲（？—前227）：战国卫人，卫人称他为庆卿，后至燕，称荆卿，为燕太子丹门客，受命至秦国刺秦王，事败被杀。其事载《史记·刺客列传》。

【篇旨】

抒发壮士舍生取义的慷慨悲凉之情。

【注释】

① 燕太子丹：又称燕丹，战国时燕王喜太子。曾为质于秦，后逃归，时秦益强大，兵且及燕，于是太子丹使荆轲刺秦王。

② 祖：祖道，古人于出行前祭祀路神称祖道。易水：水名，发源于河北易县。

③ 高渐离：燕人，荆轲友，善击筑。筑（zhú）：古弦乐器名。

④ 宋如意：荆轲友人。

⑤ 萧萧：风声。

【语译】

燕太子丹派遣荆轲刺杀秦王，临行前，在易水上举行祭祀路神的仪式为荆轲送行。荆轲的友人高渐离击筑，荆轲放声高歌，宋如意为他伴唱。歌唱道：

大风呼啸啊易水生寒，壮士此去啊无论成败都不回还！

【评析】

前一句写景阔大悲凉，后一句抒情意气悲壮，一悲一壮，短短两句已觉余音绕梁。"壮士一去兮不复还"，既饱含着对生命的珍惜和生命将逝的悲凉，又充满舍生取义、义无反顾的决心，许多委曲浓缩在一句话中，言简意深，只有胸怀博大的壮士才能唱出这样雄浑的悲歌。

歌一首 并序

作者：汉高祖　　注译评析：李晓丹

高祖还[①]，过沛[②]，留。置酒沛宫，悉召故人父老子弟佐酒[③]，发沛中儿得百二十人，教之歌。酒酣[④]，上击筑自歌曰[⑤]：

大风起兮云飞扬，威加海内兮归故乡[⑥]，安得猛士兮守四方[⑦]！

【作者简介】

刘邦（前256—前195），字季，沛（今江苏沛县）人。秦末为亭长，斩蛇起义，参加反秦义军。公元前206年率军入咸阳，项羽封之为汉王。公元前202年在楚汉相争中击败项羽，统一全国，建立汉王朝。死后上尊号为高皇帝，史称汉高祖。其事载《史记·高祖本纪》。

【篇旨】

抒发统一天下的壮志和希望获得猛士相助的愿望。

【注释】

① 高祖还：指公元前195年，汉高祖刘邦东讨淮南王英布得胜西还。

② 沛：今江苏沛县，刘邦故乡。

③ 故人：老朋友。子弟：泛称年轻的后辈。佐酒：陪伴吃酒。

④ 酣：畅快尽情。

⑤ 上：指汉高祖。筑：见前荆轲《易水歌》注。

⑥ 加：凌驾。海内：四海之内，天下。

⑦ 安得：怎得。

【语译】

汉高祖刘邦讨平淮南王英布西归，路过家乡沛县，停留下来，置酒沛宫，请来所有昔日的朋友和家乡的父老后辈陪伴饮酒，又选发一百二十名沛中少年，教他们歌唱助兴。饮至酣畅处，高祖击筑唱道：

大风卷起啊云彩飞扬，声威震天下啊归来探望故乡。

怎样才能得到猛士啊巍巍安守四方！

【评析】

这首歌诗作于刘邦局面粗定之时，但当时整个国家尚未巩固，尤其是外族威胁严重存在，因而诗中既抒发了威震天下的壮怀，又满含对未竟事业的忧虑。第一句起兴、设喻，第二句写眼下荣归故乡之事，第三句抒发未来的愿望和忧虑。思绪由远及近，又由近及远，具有层次感和空间美（心灵的空间），显示出诗人博大的胸怀。风格雄豪质朴，震烁古今。

扶风歌一首

作者：刘越石　　注译评析：韦向学

朝发广莫门[①]，莫宿丹水山[②]。左手弯繁弱[③]，右手挥龙渊[④]。
顾瞻望宫阙，俯仰御飞轩[⑤]。据鞍长叹息[⑥]，泪下如流泉。
系马长松下，发鞍高岳头[⑦]。烈烈悲风起[⑧]，泠泠涧水流[⑨]。
挥手长相谢，哽咽不能言。浮云为我结，归鸟为我旋。
去家日已远，安知存与亡。慷慨穷林中[⑩]，抱膝独摧藏[⑪]。
麋鹿游我前，猿猴戏我侧。资粮既乏尽，薇蕨安可食！
揽辔命徒侣[⑫]，吟啸绝岩中[⑬]。君子道微矣[⑭]，夫子故有穷[⑮]。
惟昔李骞期[⑯]，寄在匈奴庭。忠信反获罪[⑰]，汉武不见明。
我欲竞此曲[⑱]，此曲悲且长。弃置勿重陈，重陈令心伤。

【篇旨】

写作者从洛阳出发赴任并州刺史途中的经历和感触，抒发了自己伤时感乱的爱国情思，表达了他对朝政腐败的忧虑。

【注释】

① 广莫门：汉洛阳城东门曰谷门，魏晋以后改称广莫门。

② 莫：同“暮”。丹水山：即丹朱岭，丹水发源处。

③ 繁弱：夏后氏所用大弓名。见《左传·定公四年》。

④ 龙渊：楚宝剑名。欧冶子与干将共作三剑之一。

⑤ 飞轩：奔驰如飞的车子。轩为车子，因奔驰如飞，故称。

⑥ 据鞍：跨鞍。

⑦ 发鞍：言卸鞍息马。

⑧ 烈烈：谓凄厉的风声。

⑨ 泠泠：山间泉声。

⑩ 慷慨：悲叹，失志貌。

⑪ 摧藏：忧伤。

⑫ 揽辔（pèi）：执辔，挽辔。辔为马缰。徒侣：从者。

⑬ 吟啸：谓高声长吟。绝岩：谓高山。

⑭ 道微：圣人之道衰微。

⑮ 夫子：谓孔子。故有穷：《论语·卫灵公》说：孔子在陈绝粮。说："君子固穷，小人穷斯滥矣。"

⑯ 李：指李陵。骞（qiān）期：指行军错过约期。天汉二年（前99），李陵率领步卒五千人远征匈奴，战败而降，武帝诛其家。骞，同"愆"。

⑰ 忠信：忠诚信实，即所谓内尽于心，外不欺物。

⑱ 竞：当作"竟"。

【语译】

早上从洛阳的广莫门出发，晚上宿营于丹水山。一路上我左手拉着繁弱大弓，右手挥舞着龙渊宝剑。

回望越离越远的宫门，或俯或仰驾驭着飞车。跨在马鞍上长长叹息，眼泪下落如同流泻的山泉。

把马系在高大的松树下面，卸鞍息马在高山之巅。凄厉的秋风猛烈地刮起，涧中的流水泠泠作响。

久久地挥手和亲友告别，声气哽咽有话难说。浮云由于我的忧伤而聚集，归鸟因我的愁苦而盘旋。

离开家园一天比一天遥远，此去或存或亡实在难卜。对着深林荒野我唏嘘悲叹，双手抱膝独自悲伤。

麋鹿在我的前面游荡，猿猴在我的身旁嬉戏。途中资用食粮都已殆尽，薇叶蕨苗怎能充饱饥肠？

挽着马缰命从者继续登程，我高声长吟在高山之中。由于圣人之道已经衰微，连孔夫子也有穷厄的时候。

从前李陵远征匈奴逾期未至，故此寄身在匈奴那里。他忠诚信实倒反蒙受罪名，可见汉武帝不察真伪。

我想唱完这一曲慷慨的悲歌，可是它太悲哀而且深沉！把它放下不再去唱，因为一听到它就令人心伤。

【评析】

这是一首慷慨激昂的悲歌。它真实、生动地记叙了作者为保卫晋室而转战并州的苦难经历。全诗“气猛神王，意概不凡”，既悲且壮，清刚感人。首八句，写作者离开洛阳时依依难舍、忧心如焚的心情，是总写。“系马”八句，承“莫宿”句叙写丹水山露宿的情状。悲风烈烈，涧水泠泠，映衬出环境的荒凉凄苦。“去家”八句，写“穷林”夜宿。从“揽辔”句到诗末，为诗的最后一层，写报国决心和忧危忠愤的心情。诗末言辞旷达，但更觉深沉动人。从全诗来看，叙事同抒情相结合，豪迈的情怀同英雄失路的悲哀相统一。诗语掷地有声，风格清拔悲壮，艺术感染力极强，所以锺嵘《诗品》说：“刘越石仗清刚之气，赞成厥美。”

中山王孺子妾歌一首

作者：陆韩卿　　注译评析：李晓丹

如姬寝卧内①，班婕坐同车②。
洪波陪饮帐③，林光宴秦余④。
岁暮寒飙及⑤，秋水落芙蕖⑥。
子瑕矫后驾⑦，安陵泣前鱼⑧。
贱妾终已矣，君子定焉如⑨？

【篇旨】

表现封建君主的宠妾和幸臣们宠辱难测的命运及其对命运的忧虑。

【注释】

① 如姬：战国魏安釐王的侍妾，《史记·魏公子列传》载信陵君谋士侯嬴说："嬴闻晋鄙之兵符常在魏王卧内，而如姬出入王卧内，力能窃之。"

② 班婕：汉成帝的妃子班婕妤。昔成帝游于后庭，常与班婕妤同辇载，后班婕妤为赵飞燕所谮，退处东宫。见《汉书·外戚传》。

③ 洪波：《韩诗外传》载：赵简子与诸大夫饮于洪波之台。

④ 林光：秦、汉离宫名。秦余：秦之遗馆。

⑤ 飙：暴风。

⑥ 芙蕖：荷花的别名。

⑦ 子瑕：弥子瑕，春秋卫灵公的幸臣。曾因母病伪托君命驾卫君车，当时得卫君称赞，后又因此事得罪。见《左传·定公六年》。

⑧ 安陵：安陵君，战国楚共王宠臣。"泣前鱼"之事应属龙阳君，疑作者误用。《战国策·魏策》载：魏王与龙阳君共船而钓，龙阳钓得十余鱼而弃之，泣下，说道："四海之内，其美人甚多矣，闻臣之得幸于王，毕褰裳而趋王。臣亦同曩者所得鱼也，亦将弃矣，得无涕出乎？"

⑨ 焉如：如何。

【语译】

如姬受宠时常居魏王卧室，汉成帝喜欢与班婕妤同车共游。

洪波台上近臣们陪赵简子畅饮，汉帝欢宴于秦朝遗馆林光宫中。

转眼间寒风带来岁暮的消息，秋水生凉使莲花纷纷飘落。

弥子瑕伪托君命动用君车怎知祸福，安陵君为那被遗弃的鱼儿伤心哭泣。

我也终有年老色衰之时，君主的心意又将如何？

【评析】

孺子是古代太子妾的名号，汉太子妻妾分三等：妃、良娣和孺子。这首诗列举前代帝王的宠妾和幸臣事迹，使人们联想起他们宠辱难测的命运。它虽然只是代一位孺子妾抒情，但却通过同类典故的列举揭示了历代宠妾和幸臣的普遍命运，客观上揭露了古代帝王喜新厌旧、自私冷酷的本性。“岁暮”二句以节序景物的变化喻人事的变化，穿插在典故中间，增强了诗意和抒情性。不过宠妾与幸臣的命运拿来类比有一定的缺陷。如本诗所举如姬和班婕妤历来受人同情，而弥子瑕与龙阳君则被人唾弃。前者与君主的关系属于男女情爱；后者与君主的关系则污秽不堪。本诗相提并论，并不妥当，但读诗亦只能取其一点而已。

卷第二十九

诗己

杂诗上

古诗十九首[1]

作者：佚名　　注译评析：韦向学

行行重行行[2]，与君生别离[3]。
相去万余里，各在天一涯[4]。
道路阻且长[5]，会面安可知？
胡马依北风[6]，越鸟巢南枝[7]。
相去日已远，衣带日已缓[8]。
浮云蔽白日[9]，游子不顾反[10]。
思君令人老，岁月忽已晚。
弃捐勿复道[11]，努力加餐饭。

青青河畔草，郁郁园中柳[12]。
盈盈楼上女[13]，皎皎当窗牖[14]。
娥娥红粉妆[15]，纤纤出素手[16]。
昔为倡家女[17]，今为荡子妇[18]。
荡子行不归，空床难独守。

青青陵上柏[19]，磊磊涧中石[20]。
人生天地间，忽如远行客[21]。

斗酒相娱乐[22]，聊厚不为薄[23]。
驱车策驽马[24]，游戏宛与洛[25]。
洛中何郁郁[26]，冠带自相索[27]。
长衢罗夹巷[28]，王侯多第宅[29]。
两宫遥相望[30]，双阙百余尺[31]。
极宴娱心意[32]，戚戚何所迫[33]？

今日良宴会[34]，欢乐难具陈[35]。
弹筝奋逸响[36]，新声妙入神[37]。
令德唱高言[38]，识曲听其真[39]。
齐心同所愿[40]，含意俱未申[41]。
人生寄一世[42]，奄忽如飙尘[43]。
何不策高足[44]，先据要路津[45]？
无为守穷贱[46]，轗轲长苦辛[47]。

西北有高楼，上与浮云齐。
交疏结绮窗[48]，阿阁三重阶[49]。
上有弦歌声[50]，音响一何悲[51]！
谁能为此曲？无乃杞梁妻[52]？
清商随风发[53]，中曲正徘徊[54]。
一弹再三叹，慷慨有余哀[55]。
不惜歌者苦[56]，但伤知音稀[57]。
愿为双鸣鹤，奋翅起高飞[58]。

涉江采芙蓉，兰泽多芳草[59]。
采之欲遗谁？所思在远道[60]。
还顾望旧乡，长路漫浩浩。
同心而离居[61]，忧伤以终老。

明月皎夜光，促织鸣东壁。
玉衡指孟冬[62]，众星何历历！
白露沾野草，时节忽复易[63]。
秋蝉鸣树间，玄鸟逝安适[64]？
昔我同门友[65]，高举振六翮[66]。
不念携手好，弃我如遗迹[67]。
南箕北有斗[68]，牵牛不负轭[69]。
良无盘石固[70]，虚名复何益？

冉冉孤生竹[71]，结根泰山阿[72]。
与君为新婚[73]，兔丝附女萝[74]。
兔丝生有时，夫妇会有宜[75]。
千里远结婚，悠悠隔山陂[76]。
思君令人老，轩车来何迟[77]！
伤彼蕙兰花[78]，含英扬光辉[79]。
过时而不采，将随秋草萎。
君亮执高节[80]。贱妾亦何为？

庭中有奇树[81]，绿叶发华滋[82]。
攀条折其荣[83]，将以遗所思[84]。
馨香盈怀袖[85]，路远莫致之[86]。
此物何足贡[87]，但感别经时[88]。

迢迢牵牛星，皎皎河汉女[89]。
纤纤擢素手[90]，札札弄机杼[91]。
终日不成章[92]，泣涕零如雨。
河汉清且浅，相去复几许。
盈盈一水间[93]，脉脉不得语[94]。

回车驾言迈[95]，悠悠涉长道[96]。
四顾何茫茫[97]，东风摇百草。
所遇无故物[98]，焉得不速老？
盛衰各有时，立身苦不早。
人生非金石，岂能长寿考[99]？
奄忽随物化[100]，荣名以为宝[101]。

东城高且长[102]，逶迤自相属[103]。
回风动地起[104]，秋草萋已绿[105]。
四时更变化，岁暮一何速！
《晨风》怀苦心[106]，《蟋蟀》伤局促[107]。
荡涤放情志[108]，何为自结束[109]。
燕赵多佳人[110]，美者颜如玉。
被服罗裳衣[111]，当户理清曲[112]。
音响一何悲，弦急知柱促[113]。
驰情整中带[114]，沉吟聊踯躅[115]。
思为双飞燕，衔泥巢君屋。

驱车上东门[116]，遥望郭北墓[117]。
白杨何萧萧[118]，松柏夹广路[119]。
下有陈死人[120]，杳杳即长暮[121]。
潜寐黄泉下[122]，千载永不寤[123]。
浩浩阴阳移[124]，年命如朝露[125]。
人生忽如寄[126]，寿无金石固[127]。
万岁更相送[128]，圣贤莫能度[129]。
服食求神仙[130]，多为药所误[131]。
不如饮美酒，被服纨与素[132]。

去者日以疏[133]，生者日以亲[134]。
出郭门直视[135]，但见丘与坟。
古墓犁为田[136]，松柏摧为薪[137]。
白杨多悲风[138]，萧萧愁杀人。
思还故里闾[139]，欲归道无因[140]。

生年不满百，常怀千岁忧。
昼短苦夜长，何不秉烛游[141]？
为乐当及时，何能待来兹[142]？
愚者爱惜费[143]，但为后世嗤[144]。
仙人王子乔[145]，难可与等期。

凛凛岁云暮[146]，蝼蛄夕鸣悲[147]。
凉风率已厉[148]，游子寒无衣[149]。
锦衾遗洛浦[150]，同袍与我违[151]。
独宿累长夜[152]。梦想见容辉[153]。
良人惟古欢[154]，枉驾惠前绥[155]。
愿得常巧笑[156]，携手同车归。
既来不须臾，又不处重闱[157]。
亮无晨风翼[158]，焉能凌风飞？
眄睐以适意[159]，引领遥相睎[160]。
徙倚怀感伤[161]，垂涕沾双扉。

孟冬寒气至，北风何惨栗[162]。
愁多知夜长，仰观众星列。
三五明月满[163]，四五詹兔缺[164]。
客从远方来，遗我一书札。
上言长相思，下言久离别。

置书怀袖中，三岁字不灭。
一心抱区区[165]，惧君不识察[166]。

客从远方来，遗我一端绮[167]。
相去万余里，故人心尚尔。
文采双鸳鸯[168]，裁为合欢被[169]。
著以长相思[170]，缘以结不解[171]。
以胶投漆中[172]，谁能别离此？

明月何皎皎，照我罗床帏[173]。
忧愁不能寐，揽衣起徘徊。
客行虽云乐，不如早旋归。
出户独彷徨[174]，愁思当告谁？
引领还入房[175]，泪下沾裳衣。

【篇旨】

写东汉末年桓、灵之际，处于动乱时代失意向隅之士的羁旅愁思和种种苦闷忧愤的情怀。

【注释】

① 古诗：指流传久远，难以确定其绝对年代的无主名的诗篇。

② 行行：首言行行，是指途程之远，再言行行，是说时间之久。重：读平声，有“更”意。

③ 生：犹永。

④ 涯：方。

⑤ 阻：险。

⑥ 胡马：北地所产的马。

⑦ 越鸟：南方所产的鸟。“胡马依北风，越鸟巢南枝”是说胡马越鸟皆

不忘故土。

⑧ 缓：绰，有余。此谓别久思深，腰肢瘦削。

⑨“浮云”句：喻男女间的爱情因久别而发生了障碍。

⑩ 顾：念。

⑪ 弃捐：犹言弃去。

⑫ 郁郁：茂盛貌。

⑬ 盈盈：仪态美好。

⑭ 皎皎：本指月光洁白，此指当牖思妇的仪态姣美。

⑮ 娥娥：美貌。

⑯ 纤纤：状女子之手柔细。素：白。

⑰ 倡家：犹言乐籍。倡指以歌唱为谋生手段的艺人。

⑱ 荡子：指离乡背井、远游四方不归者。

⑲ 陵：土山之大者。

⑳ 磊（lěi）磊：石众多貌。

㉑ 忽：急速貌。

㉒ 斗酒：少量的酒。

㉓ 聊：粗略之辞，犹言姑且。

㉔ 策：马鞭。此处以名词作动词用，意为以鞭鞭马，令其前进。驽马：迟钝之马。

㉕ 宛：指宛县（今河南南阳），东汉南阳郡治。洛：指东汉的东都洛阳。

㉖ 郁郁：盛貌。洛中景象繁华，故云。

㉗ 冠带：指那些权势富贵的人物。相索：相求。此指同气而彼此互相往来。

㉘ 长衢（qú）：四通的大街。罗：列。

㉙ 第宅：第指甲乙次第，宅指住宅。皇帝赐予臣子的住宅有等级之别，故称。

㉚ 两宫：指当时洛阳城中的南宫与北宫。两宫相距七里。据《舆地志》称：秦时已有南北宫，光武即位，幸南宫，遂定都焉。

㉛ 双阙：宫门前面两边的望楼。阙，古时亦称“观”，因为以壮观瞻之故。

㉜ 极宴：至为豪华的宴会。

㉝ 戚戚：内心极度悲伤的样子。

㉞ 良：善，美好。

㉟ 陈：述说。

㊱ 筝：瑟一类的乐器。本十二弦，唐以后为十三弦。

㊲ 新声：指当时新作并且流行的歌曲。入神：入于神妙之境，此指音乐意旨表达的高妙臻于极致。

㊳ 令：善，美好。令德：即令德之人，此指知音者。唱高言：犹言发表高见。

㊴ 真：真意。

㊵ 齐心：谓齐心者。所愿：谓下文所提到的富贵。

㊶ 申：申述，说出来。

㊷ 寄：指寄附于世。

㊸ 奄忽：急遽。飙（biāo）尘：暴风中所卷起的尘埃，即飞尘。

㊹ 策高足：以马鞭鞭马，使其速行。高足，良马的代称。

㊺ 据：占据。要路津：指重要的路口和渡口，喻政治上的重要位置。

㊻ 无为：犹言不要。无，通“毋”。

㊼ 轗轲：同“坎坷”，指人之失意不得志。

㊽ 交疏：指窗户。因为其窗格是一横一直，故称。绮：细绫。

㊾ 阿阁：四面有曲檐的楼阁。三重阶：指多层之台，阁建在台上。

㊿ 弦歌：以弦乐器（琴、瑟、琵琶之类）伴奏之乐曲。

51 一何：犹言为何，表感叹之辞。

52 无乃：犹言“大概”“莫非”，语带揣测。杞梁妻：《琴操》曰：“《杞梁妻叹》者，齐邑杞梁殖之妻所作也。殖死，妻叹曰：‘上则无父，中则无夫，下则无子，将何以立吾节，亦死而已！’援琴而鼓之，曲终，遂自投淄水而死。”

⑬ 清商：古乐调名，其音清婉悠扬，适用于表现忧愁幽思的哀怨情调。

⑭ 中曲：曲中的颠倒其辞。徘徊：踌躇不前貌。此处形容曲调的往复萦回。

⑮ 慷慨：情绪激昂。

⑯ 惜：痛惜。苦：指忧思哀怨。

⑰ 知音稀：识曲知心的人稀少。此处用伯牙和锺子期的故事。

⑱ 奋翅：犹言展翅。

⑲ 兰泽：生有兰草的沼泽。

⑳ 远道：犹言远方。

㉑ 同心：古时常用成语，一般习用于男女间的爱情或夫妇间的感情关系。

㉒ 玉衡：北斗七星的第五星。

㉓ 易：变换。

㉔ 玄鸟：指燕子。安适：谓往何方。

㉕ 同门友：犹言同学，同窗。

㉖ 六翮（hé）：六根羽茎，据说健飞的大鸟翅上有之。

㉗ 遗迹：走路时留下的足迹。

㉘ 箕、斗：均星宿名，秋夏之间均见于南方，前者在南，后者居北，故称“南箕”“北斗”。

㉙ 轭（è）：牛车前的横木，其作用是扼制牛使之拉车前进。

㉚ 良：诚，的确。盘石：质地坚牢的大石。盘，同“磐”。

㉛ 冉冉：柔弱貌。

㉜ 泰山阿：犹言大山中，“泰”，同“太”，与“大”义同。

㉝ 新婚：初婚，一说订婚。

㉞ 兔丝：茎细长的蔓生植物，属旋花科，此处为女子自比。女萝：即松萝，蔓松而生的地衣类植物，状如线，长数尺，此以比丈夫。

㉟ 会：指同居。宜：指适宜的时候。

㊱ 陂：坂，坡。

⑦ 轩车：有篷屏蔽的车。

⑧ 蕙兰：蕙是兰的一种。兰是一干一花而香有余，蕙则一干数花而香不足。此处女子以蕙兰自比。

⑨ 含英：含苞待放之花。

⑩ 亮：信。高节：指守志不渝。

⑪ 奇树：嘉木，美树。

⑫ 华滋：华，同“花”；滋，同“盛”。

⑬ 荣：华，花。

⑭ 遗（wèi）：赠送。所思：即所思之人，指丈夫。

⑮ 馨（xīn）香：芳香。

⑯ 致：送达。

⑰ 贡：献。

⑱ 别经时：谓别离时间长久。

⑲ 河汉：即天河，银河。女：谓织女星。

⑳ 纤纤：柔细貌。擢：举，摆动。

㉑ 机杼：机和杼均是古时织机上的主要部件，故以总称织机。

㉒ 章：指织物上的经纬纹理。

㉓ 盈盈：即上文所言“清且浅”。

㉔ 脉脉：含情相视貌。

㉕ 回车：转车。驾：言出游。言：语助词。迈：远行。

㉖ 悠悠：远貌。

㉗ 茫茫：王逸《楚辞注》曰：“草木弥远，容貌盛也。”

㉘ 故物：指去年已枯萎的旧草。

㉙ 寿考：犹言老寿。考，老也。

⑩⓪ 奄忽：急遽。物化：指死亡。

⑩① 荣名：令誉，好名声。《说苑 · 建本》：“死有遗业，生有荣名。”

⑩② 东城：指洛阳的东城。

⑩③ 逶迤：长貌。属：连接。

⑩④ 回风：旋风。

⑩⑤ 萋：与“凄”通。已，一作“以”。

⑩⑥ 晨风：一种别称作鹯的鸷鸟。《诗经·秦风·晨风》：“鴥彼晨风，郁彼北林。未见君子，忧心钦钦。”苦心：即忧心。

⑩⑦ 局促：受羁束。

⑩⑧ 荡涤：犹言洗涤，指除去种种忧思。

⑩⑨ 自结束：自我拘束。

⑪⓪ 燕赵：周代的燕国和赵国，地在今河北、山西一带。

⑪① 被服：犹言披服。裳衣：即“衣裳”的颠倒其辞。

⑪② 理：习，练习。清曲：即《清商曲》，当时民间流行的乐调。

⑪③ 弦急柱促：指伴奏乐器发出的乐声急促不平，弹者的情感激越跳动。弦指乐器上的弦线。柱指安弦线的地方。

⑪④ 驰情：驰骋思想。中带：内衣之带。

⑪⑤ 沉吟：沉思。聊：略，姑且。踯躅：即“踟蹰”，驻足。

⑪⑥ 上东门：洛阳东城三门之一。

⑪⑦ 郭北墓：指洛阳城北北邙山上东汉王侯卿相的墓葬处。

⑪⑧ 白杨：《白虎通》曰：“庶人无坟，树以杨柳。”仲长统《昌言》：“古之葬者，松柏，梧桐，以识其坟也。”萧萧：风中树叶颤动的声音。

⑪⑨ 广路：指广阔的墓道。

⑫⓪ 陈：久。

⑫① 杳杳：冥暗，幽黑。即：就。长暮：长夜。

⑫② 潜寐：深卧。黄泉：人死葬于地下，因以黄泉为地下之代词。

⑫③ 寤：醒。

⑫④ 浩浩：广大貌。阴阳移：谓四时运行。

⑫⑤ 年命：寿命。朝露：早上的露水，太阳一出就被晒干。

⑫⑥ 忽：急遽。寄：寓居。谓人生在世，如同寄居，不久即归。

⑫⑦ 寿：即上文所说“年命”。固：坚牢。

⑫⑧ 万岁：犹言自古至今。更相送：生者送死，更递为之。

⑫⑨ 圣贤：指圣贤之人。度：通“渡”，过。

⑬⓪ 服食：食。

⑬① 药：指方术士所谓的仙药，不死之药。误：犹言害。

⑬② 被服：义同“披服”。纨与素：绢之精白者称素。纨，是素之轻者。

⑬③ 去者：指死者。疏：远。

⑬④“生者”句：指相亲近。朱筠说：“茫茫宇宙，‘去’‘来’二字括之；攘攘人群，‘亲’‘疏’二字括之。去者自去，来者自来；今之来者，得与未去者相亲；后之来者，又与今之来者相亲；昔之去者，已与未去者相疏；今之去者，又与将去者相疏；日复一日，真如逝波！”（《古诗十九首说》）

⑬⑤ 郭：外城。

⑬⑥ 犁：耕。

⑬⑦ 摧：折。

⑬⑧ 悲风：凄厉的风。

⑬⑨ 还：通“环”。里闾：即里门。古制，聚族列里以居，比户相连，于里有门，曰里门。

⑭⓪ 因：由。

⑭① 秉烛游：执烛夜游。

⑭② 来兹：来年。

⑭③ 费：指钱财。

⑭④ 嗤：笑，此指嘲笑。

⑭⑤ 王子乔：《列仙传》：“王子乔，周灵王太子晋也。好吹笙，作凤鸣，浮丘公接上嵩山，三十余年，仙去。”

⑭⑥ 凛凛：谓严寒。云：语助词。

⑭⑦ 蝼蛄：一种夜间喜就灯光飞鸣的褐色昆虫。

⑭⑧ 率：大概，揣测之辞。厉：猛烈。

⑭⑨ 游子：出门远游者。

⑮⓪ 锦衾：锦制的大被。洛浦：洛水之滨，借以暗指洛水之女神宓妃，进而借以暗指设想中游子的新欢。

⑮① 同袍：喻艰困相共的朋友，此处借指夫妻间的深情。

⑮② 累：增积。

⑮③ 容辉：犹言容颜，容貌。

⑮④ 良人：妻子对丈夫的尊称。惟：思念。古欢：即故欢，旧情。

⑮⑤ 枉驾：犹言枉顾，谓屈尊以候人。惠：赐给。绥：引人登车之绳索。

⑮⑥ 巧笑：一种能显出美姿的倩笑。

⑮⑦ 重闱：指深闺。

⑮⑧ 亮：信，诚然。

⑮⑨ 眄睐：斜视。适意：犹说遣怀。

⑯⓪ 睎：望。

⑯① 徙倚：犹言低回。

⑯② 惨栗：谓寒风刺骨。

⑯③ 三五：每个月的十五日。

⑯④ 四五：每个月的二十日。詹兔：月的代称。詹，通“蟾”，指蟾蜍。兔，指玉兔。

⑯⑤ 区区：爱也，见《广雅·释训》。

⑯⑥ 识察：认识明察。

⑯⑦ 一端绮：即半匹绮。“绮”是绫一类的丝织品。

⑯⑧ 文采：指绮上的花纹。

⑯⑨ 合欢被：指夫妻共寝之被。

⑰⓪ 著：谓被中充之以绵。绵有绵长之意，故云长相思。

⑰① 缘：指被的四边缀以丝缕，结而不解。

⑰② 以胶投漆：喻难解难分。胶与漆均属黏性很强的物质。《韩诗外传》：“实之与实，如胶投漆。”

⑰③ 罗床帏：罗制的帐子。

⑰④ 彷徨：犹徘徊。

⑰⑤ 引领：犹言引颈远望。

【语译】

走呀走呀，同他作永远的别离。

彼此相距迢迢万里余，各在天一方。

山高水长路漫漫，会面知何时？

北方的马依恋北风，南方的鸟巢宿南枝，它们犹自思念故土。

相离一天比一天遥远，衣带一天比一天松弛。

浮云遮蔽了白日，游子顾不上归回。

想念他使我形貌衰老，光阴流逝岁月已晚。

丢下这一切不必再说，唯独希望他留心饮食，珍重平安。

河边的草青又青，园中绿柳已成荫。

楼上女子容颜美呀，她仪态皎洁，对着窗棂。

妆饰明艳，双手洁白又细嫩。

从前凭着歌唱来谋生，而今嫁为离家不归的荡子妇。

荡子悠悠远行不回来，室空床冷难独处。

陵上柏树常青青，涧中众石长攒聚。

人生在天地中，来去匆匆像远行客。

斗酒虽薄，权充美酒，就可相娱乐。

赶着车儿鞭着迟钝的马，去游玩宛和洛。

洛阳气象繁华热闹，贵人同气相求不理他人。

大街两旁列小巷，众多的王侯第宅在巷中。

南北两宫遥遥相对，双阙高耸壮观雄伟。

达官贵人设盛宴尽情娱乐，但却也难免忧思戚戚相逼迫！

今日如此美好的宴会，心中的欢乐难以一一述说。

弹筝发出别于凡俗的音响，新曲意境入神妙不可言。
识曲知音的人听后能了解其中的真意，发表自己的高见。
人生都想谋求富贵，只是深藏于心不便明言。
人生在世如同寄寓，急速逝去像暴风中的飞尘。
为什么不捷足先登，占据重要的官位？
不要守着贫贱，使自己一生坎坷辛辛苦苦。

城西北有座高高的楼阁，其顶与浮云平齐。
它的窗口挂着细绢制的窗帘，高阁三重，华美无比。
楼中传出弹奏歌唱之声，曲调何其幽怨而凄凉。
什么人能作出这样的曲调？莫非是杞梁殖的妻室？
清婉悠扬的曲调随风飘扬，曲中旋律往复回荡。
弹完一曲只听到再三叹息，虽然情绪激昂却留下悲凉。
不必顾惜歌者的声声哀苦，只恨世上知音之人是那样稀少！
多么希望化作一双善飞的鹄鸟，展起翅膀高高地飞翔。

涉水过江采摘莲花，又到兰泽里采了很多的兰草。
采这么多莲花、兰草赠送给谁？赠送给我所思念在远道的亲人。
回首望向别离已久的家乡，水远山长道路漫漫。
情爱深厚却不能不离别，只能令人忧愁悲伤一辈子。

明月流出皎洁的光辉，东壁下蟋蟀不断鸣叫。
北斗的玉衡星标示时已孟冬（秋夜已深），繁星闪烁历历在目！
寒露沾湿了野草，节令急速地变换。
秋蝉在树上鸣叫，而燕子又将飞往何方？
我以前的那些同窗，都已奋翅高飞。
他们忘记了往日共患难的友谊，抛开我像是走路留下的足迹。
南箕星不能用来扬米去糠，北斗星也不能用来舀那酒浆，牵牛星更不能牵牛负轭。

人世间交情不比磐石般的牢固，虚有其名又有什么好处？

柔弱独生的竹子，长在大山边。

与你初结婚，如同兔丝附女萝。

兔丝生机旺盛，夫妻同居肯定适宜。

远嫁多不容易，婚后却悠悠隔着山坡。

思念你使我变得衰老，你志得意满归来又何其迟迟。

我感伤那蕙和兰，即将盛开显光彩。

逾期而不采，便随着秋草一起枯萎。

我相信你于爱情会坚贞不渝，我多说又何必呢？

庭院中有株美树，青枝绿叶间开放着艳丽的花朵。

攀着枝条折花朵，要把它送给我所思念的人儿。

花香远闻，满怀盈袖，可惜路远难以送达。

花这样的东西有什么值得奉献，只是感怀离别已经有很长的时间。

夜空中那遥远的牵牛星，银河里那明晃晃的织女星。

织女举起洁白细柔的双手，理着织机发出札札的声音。

一天到晚织不出一章成品，涕泪纵横如雨下倾。

银河河水浅且清，她同牵牛相距没多远。

清浅一水把他们隔开，脉脉含情却无言相对。

远途回车，历途漫长。

环顾四方意绪苍茫，春风摇动新生的百草。

眼前所见无一是旧的景物，人生哪能不很快变老？

世间万物盛衰各有一定的时候，人悲就悲在立身立业不趁早。

人生毕竟不是硬铁坚石，哪里能够长寿不老？

生命随着自然的变化而变化，光荣的声名当为人生的至珍至宝。

洛阳东城既高又长，曲折回环自相连接。

地上卷起强劲的旋风，百草的绿意在秋风中已凄然消尽。

春夏秋冬四时变化，岁尾年终来得多么急速！

《晨风》鸟鸣叫声怀悲苦，《蟋蟀》秋寒入室而感伤局促。

扫尽种种顾虑开阔胸襟，为什么自己要拘束自己？

燕赵两国多出美人，美人的容颜如同白玉。

穿着用绫罗做的衣服，对着窗户练唱歌曲。

曲调是那样地忧怨和悲凉，伴奏的弦乐器发出的声音如此急促。

漫想遐思整理衣带，凝神沉思姑且驻足。

愿与唱歌的人成为双宿双飞的燕子，我甘心衔泥为你做巢筑屋。

驾着车儿来到上东门，遥望城北那累累的荒坟。

风中白杨声萧萧，松树柏树夹着墓道。

那里地下埋着久死的人们，幽幽暗暗如同沦入长夜。

睡在人所看不见的黄泉下面，千百年永不醒觉。

无穷的岁月在不停地运行，人生寿命却像早晨的露珠那样很快消失。

人生急速就如同暂时的寄寓，寿命不可能像金石坚牢永固。

千万年生死相递，活者送死者，一代接一代，即使是圣人贤者也不能例外。

不少人想长生不老而求神仙，服食灵丹妙药而自误。

倒不如多饮美酒，穿上各色各样的衣服。

死去的人一天比一天疏远，活着的人一天比一天亲近。

走出城门来远望，眼前尽是土丘坟墓。

古人的坟墓被耕为田地，墓旁的老柏古松被砍作柴薪。

生长白杨之处多刮凉风，其声萧萧愁死了人。

身在异乡而想望故里，意欲归去却没有归去的方法。

生命不足百岁，可是常抱千年的忧愁。
苦于白昼短而黑夜长，怎么不执烛作长夜之游？
尽情享乐应当及时，怎么能等待来年？
愚蠢的人爱惜钱财，只给后代当作笑柄。
与仙人王子乔相约共游，你能等得到那个时候？

岁末寒凛凛，蝼蛄夜悲鸣。
寒风渐渐吹得猛烈，游子缺少衣服怎能禁受？
锦被大概已送给新欢，所以忘了旧情将我抛弃。
漫漫长夜总是独宿独眠，就在梦中也想见到他的容颜。
但愿良人想着故欢旧情，所以他屈尊候我且赐给挽车的绳索。
我多么希望能因此开颜，露出俏丽的巧笑，与他手拉着手同车返回。
良人入梦是那样的短暂，而且又不肯在深闺稍待。
我诚无晨风鸟那样的翅膀，如何能驾着长风飞到他的身旁？
眷顾四周以排遣心中的愁思，引领遥望寄托相思。
低头徘徊内心充满着感伤，倚门而立涕泪洒上了门框。

初冬寒气来临，北风呼啸冷得令人战栗。
心中愁多只觉夜长难度，抬头仰望天空众星罗列。
三五之夜明月圆，二十日夜月儿缺。
客从远方来，带来一封信。
信的开头说“长相思”，结尾述“久离别”。
我把书信置放在怀袖之中，时历三载字迹尚未泯灭。
我这颗心情思缠绕固结，唯恐他不肯体认明察。

客从远方来，带给我一匹罗绮。

谁料到相隔远在万里，故人之心尚且如此依依。

罗绮上绣着一对鲜艳的鸳鸯，我将它裁缝成了合欢被。

内中充实“长相思”的丝絮，四周缝以固结不解的丝线。

我与他的感情如胶似漆，双方都难以忍受哪怕短暂的别离。

月光是那样皎洁，照耀着我的罗帏锦榻。

忧思袭来无法入睡，我披衣起床徘徊。

客游虽然说是人生的一种快乐，但总不如早日返回。

出门独个儿彷徨，一腔幽思可以告谁？

无奈无奈再回卧房，泪下沾湿了我的衣裳。

【评析】

《古诗十九首》是东汉末叶下层知识分子模拟民歌所写的一组五言抒情短诗，它所反映的是处于动乱时代失意沉沦之士的羁旅愁怀。而表现这种羁旅愁怀的不是游子的歌声，便是思妇的篇什，所以游子的思归和居人的念远便构成《古诗十九首》的基本内容。“婉转附物，怊怅切情”，不尚雕琢，随语成韵，回环复沓，反复咏叹，富于民歌韵味，抒情性是它总的艺术特色。但《古诗十九首》毕竟不是一人一时所作，所以在具体思想内容和艺术表现上，各篇也有相殊相异的地方。同是室思之作，《行行重行行》一篇措辞明白浅显而内涵丰富深厚，笔势多变，波澜迭起，语言极其优美。比如，在“与君生别离”“衣带日已缓”的后面，有着一个隐隐约约时代动乱的背影。而《青青河畔草》一篇则因物起兴，连用“青青”“郁郁”等六个叠字取胜，笔触精细，诗的形象丰富、生动而鲜明，凭窗远眺思妇的神情和用以映衬此种神情的周围事物的意态，都刻绘得淋漓尽致，反映了处于同一时代里同样性质的悲哀。又如，同样是听曲感心之作，《今日良宴会》中“轗轲长苦辛”的沉沦之士一字一泪地诉说他内心深处的痛苦和愤慨。在这里奏曲有固定的场合，听音有特定的人群，诗人平叙倒装交替运笔，章法深曲不测，情感激昂慷慨，格调沉郁苍凉。而《西北有高楼》一篇，则是“空中送情”，避实就虚，通过创造一种缥缈空灵的艺术境界来写出动荡时代所带给被压抑者的愁苦和悲哀。更值得注意的是，“愿为双鸣鹤，奋翅起高飞”这一结束语所表现的积极的追求意识，因而《西北有高楼》一篇所反映的社会精神面貌，较之于《今日良宴会》显得更为深广和突出。从诗歌的基本功能抒情的角度来看，《古诗十九首》是典型的作品，它的每一篇中的每一个部分，前人评道：“惊心动魄，可谓几乎一字千金”（锺嵘《诗品》），“情真，景真，事真，意真”（陈绎曾《诗谱》），“深衷浅貌，短语长情”（陆时雍《古诗镜总论》），均为确论。

此篇题为古诗，未署作者。刘勰《文心雕龙》说：“古诗佳丽，或称枚叔。其《孤竹》一篇，则傅毅之词。”锺嵘《诗品》说：“古诗眇邈，人世难详。”都未能明确肯定每一首之作者。徐陵《玉台新咏》将《古诗十九首》之《西北有高楼》《东城高且长》《行行重行行》《涉江采芙蓉》《青青河畔草》《庭中有奇树》《迢迢牵牛星》《明月何皎皎》题为“枚乘杂诗”，但后人多致疑。李善《文选注》说：“并云古诗，盖不知作者，或云枚乘，疑不能明也。诗云‘驱马（应作“车”，原注有误。）上东门’，又云‘游戏宛与洛’，此则辞兼东都，非尽是乘明矣。”当代学者多以为《古诗十九首》为东汉末期下层失意知识分子所作。

与苏武三首[①]

作者：李少卿　　注译评析：韦向学

良时不再至[②]，离别在须臾。
屏营衢路侧[③]，执手野踟蹰[④]。
仰视浮云驰[⑤]，奄忽互相逾[⑥]。

风波一失所⑦，各在天一隅。
长当从此别，且复立斯须⑧。
欲因晨风发，送子以贱躯。

嘉会难再遇⑨，三载为千秋。
临河濯长缨⑩，念子怅悠悠。
远望悲风至⑪，对酒不能酬⑫。
行人怀往路⑬，何以慰我愁？
独有盈觞酒⑭，与子结绸缪⑮。

携手上河梁⑯，游子暮何之？
徘徊蹊路侧，悢悢不得辞⑰。
行人难久留，各言长相思。
安知非日月，弦望自有时⑱。
努力崇明德⑲，皓首以为期⑳。

【作者简介】

李陵（？—前74），字少卿，陇西成纪（今甘肃静宁西南）人，名将李广孙。汉武帝时拜骑都尉，天汉二年（前99），率步卒五千出塞攻击匈奴，与敌军主力相遇，战败降敌，在匈奴二十余年死。《汉书》有传。

【篇旨】

写与苏武离别时的怅惘之情。

【注释】

① 苏武，字子卿，京兆（今陕西西安）人。天汉元年以中郎将使匈奴，被羁留，徙居北海上，凡十九年，昭帝时得归，宣帝时赐爵关内侯。

② 良时：良辰。

③ 屏营：彷徨。衢路：四通八达之道。

④ 执手：握手。野：指送行之地。踟蹰：行不进貌。

⑤ 驰：奔驰，速行。

⑥ 奄忽：犹言倏忽。逾：超越。

⑦ 风波：喻世事无常。

⑧ 斯须：犹言须臾。

⑨ 嘉会：美好的聚会。

⑩ 濯：洗涤，此处有自洁之意。缨：系冠之索。

⑪ 悲风：凄厉之风声。

⑫ 酬：劝酒。

⑬ 行人：指苏武。

⑭ 觞：酒器。

⑮ 绸缪：缠绵，亲密。

⑯ 梁：桥也。

⑰ 悢（liàng）悢：惆怅貌。

⑱ 弦：月半圆之名。望：满月之名，月大十六日，月小十五日。

⑲ 崇明德：谓发扬光大盛德。

⑳ 皓首：白首，犹言终老。

【语译】

美好的时光不能复返，彼此离别就在眼前。

站在这通向四方的路旁我深感苦闷彷徨，握手道别想举步但却踟蹰不前。

仰望天空，那奔驰的浮云像是在你追我赶。

世事无常彼此失所，弄得你我各在天的一方。

此次分手自是长别，而且马上就会变成现实。

我多么愿晨风早发，自己乘风亲自为你送行。

美好的相聚机会再也难逢，三年不见就如同隔了千秋。
借着清澈的河水洗净我的冠索，想到你我相交心情久久地惆怅。
望着远方，迎面吹来的是凄厉的秋风，对着美酒已经不能互相酬饮。
此刻行人思着他返去的途程，不知道能否想及我的处境对我有所慰藉？
自斟自酌眼前的盈觞之酒，与你遥结亲密的友情。

二人携手走上桥梁，暮色苍茫，我们想往何方？
踌躇逡巡在路旁啊，此刻心情若有所失，实在难以言表。
你毕竟难以久停长留，彼此都说往后永远思念。
怎知我们不能像太阳和月亮，日出日落月半月满自有它准确的期限。
尽心竭力光大盛德，友谊长存相期于白首。

【评析】

李陵和苏武在汉时就已交厚，而“风波失所”，长年共同身陷匈奴（尽管致因不同），使得他们在思想感情上变得更加亲密。苏武还汉，离别在即，李陵家国身世之感俱生，怅望不已。李陵的《与苏武三首》所写就是这方面的情况。由于李陵叛降匈奴，汉已族灭其家，陵与汉恩断义绝，还乡无望，送别苏武，心情自然特别复杂。“良时不再至”和“携手上河梁”两首写将别，“嘉会难再遇”写已别。将别时有不尽的挽留之意，已别时有无限的怅望之情倾泻而出。“屏营路侧”“执手踟蹰”，形象地绘出故人将别时彼此诸多感受和恋恋难舍的心情，这里没有提到哭泣和流泪，但给人的印象是“别有幽愁暗恨生，此时无声胜有声”。“仰视”四句，境界一变，茫茫天际，浮云奔驰，奄忽相逾，飘摇不定。李善注说：“逮乎因风波荡，各在天之一隅，以喻人之客游，飞薄亦尔。”所以，这里的诗语既是景语，也是情语。后人认为本诗系伪托，就算如此，其揣摩苏李相别时之心态，也是非常准确，毕肖其声口。呜咽吞吐，欲说还休，死生契阔，相期白首，具有较高的文艺心理审美价值。

诗四首

作者：苏子卿　　注译评析：张明非

骨肉缘枝叶[①]，结交亦相因[②]。
四海皆兄弟[③]，谁为行路人？
况我连枝树[④]，与子同一身。
昔为鸳与鸯，今为参与辰[⑤]。
昔者常相近，邈若胡与秦[⑥]。
惟念当离别，恩情日以新。
鹿鸣思野草[⑦]，可以喻嘉宾。
我有一樽酒，欲以赠远人。
愿子留斟酌[⑧]，叙此平生亲。

黄鹄一远别，千里顾徘徊。
胡马失其群，思心常依依。
何况双飞龙[⑨]，羽翼临当乖[⑩]。
幸有弦歌曲，可以喻中怀[⑪]。
请为《游子吟》[⑫]，泠泠一何悲[⑬]！
丝竹厉清声[⑭]，慷慨有余哀。
长歌正激烈[⑮]，中心怆以摧[⑯]。
欲展清商曲[⑰]，念子不能归。
俯仰内伤心，泪下不可挥[⑱]。
愿为双黄鹄，送子俱远飞。

结发为夫妻[⑲]，恩爱两不疑。

欢娱在今夕，嬿婉及良时[20]。
征夫怀往路，起视夜何其[21]？
参辰皆已没[22]，去去从此辞。
行役在战场[23]，相见未有期。
握手一长叹，泪为生别滋[24]。
努力爱春华[25]，莫忘欢乐时。
生当复来归，死当长相思。

烛烛晨明月[26]，馥馥我兰芳[27]。
芬馨良夜发，随风闻我堂。
征夫怀远路，游子恋故乡。
寒冬十二月，晨起践严霜。
俯观江汉流[28]，仰视浮云翔。
良友远离别，各在天一方。
山海隔中州[29]，相去悠且长。
嘉会难两遇，欢乐殊未央[30]。
愿君崇令德[31]，随时爱景光[32]。

【作者简介】

苏武（？—前60），西汉杜陵（今陕西西安东南）人。武帝天汉元年（前100），以中郎将出使匈奴，被羁留，十九年不屈节。昭帝时与匈奴和亲，得归，拜为典属国。宣帝时赐爵关内侯，图形于麒麟阁。《汉书》有传。

【篇旨】

这四首诗抒写了不同情境中的离愁别绪，表现了深挚的亲情与友情。

【注释】

① 骨肉：谓兄弟。

② 因：亲。

③ 四海皆兄弟：本《论语·颜渊》子夏语："四海之内，皆兄弟也。"

④ 连枝树：即连理树，两树不同根而枝干相连。这里用来比喻兄弟。

⑤ 参（shēn）与辰：即参星与商星，前者居西方，后者居东方，出没互不相见。

⑥ 胡与秦：胡，北方少数民族居住地。秦，当时西域人对中国之称。此喻相隔遥远。

⑦ 鹿鸣：《诗经·小雅·鹿鸣》："呦呦鹿鸣，食野之苹。"

⑧ 斟酌：用勺舀酒。

⑨ 双飞龙：比喻送别者自己和将行的朋友。飞龙，龙为传说中的神物，会飞行。一为鸟名。

⑩ 乖：离别。

⑪ 喻中怀：表白内心的情感。

⑫《游子吟》：曲名。《琴操》："楚引者，楚游子龙丘高出游三年，思归故乡，望楚而长叹，故曰楚引。"《游子吟》或指此。

⑬ 泠（líng）泠：声音清越。

⑭ 丝竹：指弦乐器和管乐器。厉：振发。

⑮ 长歌：指声调长的歌曲。乐府有《长歌行》《短歌行》，其分别在歌声的长短。

⑯ 怆：悲。摧：折。

⑰ 清商曲：声调清越的乐曲，乃短歌。

⑱ 挥：擦，拭。

⑲ 结发：指男女初成年时。古时男子年二十束发加冠，女子年十五束发加笄，表示成年，谓之结发。

⑳ 嬿婉：欢好貌。

㉑ 夜何其：夜晚何时。《诗经·庭燎》："夜如何其？"其，语尾助词，

无义。

㉒ 参辰皆已没：谓天将明。

㉓ 行役：奉命远行。

㉔ 生别：即生离。

㉕ 春华：喻少壮时期。

㉖ 烛烛：明貌。

㉗ 馥馥：芳香。

㉘ 江汉：长江和汉水。均为行人所经之地。

㉙ 山海：泛指山川。一说指五岭和南海。中州：中国。一说指古豫州（今河南地），因其居九州之中。

㉚ 未央：未尽。

㉛ 令德：美德。

㉜ 景光：光阴。

【语译】

兄弟犹如同生一树的枝叶，结识的朋友也一样相近相亲。
普天下的人都应成为兄弟，谁也不是不相干的陌路之人。
何况我们仿佛是连理树，枝干相交就如同一身。
昔日如鸳鸯鸟形影相随，今后像参与商难以相亲。
从前近在咫尺日日相聚，别后天各一方宛若胡秦。
尤其想到彼此即将离别，兄弟情谊更觉与日俱增。
野草丰美麋鹿呼唤同伴，可以用来比喻宴乐嘉宾。
我有一樽情深意浓的酒，想要赠给离别远行的人。
愿你留着它慢慢斟饮，好再叙平日深挚的亲情。

黄鹄远去一举高飞，千里犹自顾念徘徊。
胡马远行失去旧群，依依眷恋伙伴的形影。
何况你我如同一双飞龙，面临分离怎不伤情？

幸有弦歌可以弹唱，借以抒发内心的感情。
请君奏起一曲《游子吟》，曲调凄清足令人悲。
丝竹齐奏发声清越，激昂慷慨犹有余哀。
急管繁弦长歌激烈，闻之心中悲痛凄怆。
想要弹奏清商乐曲，又想到友人不能回归。
一俯一仰内心伤痛，泪如雨下挥之不及。
多愿化作一双黄鹄，同你一道远走高飞。

自从结发成为夫妻，两相恩爱从无猜疑。
欢娱之期只有今夜，尽情欢爱趁着良时。
征夫惦念出发远行，起床探视夜色如何。
参星、辰星都已陨落，踏上征途从此远别。
行役之地就在战场，何时相见没有定期。
夫妻只能执手长叹，活活分离泪满衣襟。
千万珍惜青春年华，切莫忘记平日的欢娱。
活着定然回来相聚，战死则永远怀着相思。

黎明之前月色仍然明亮，秋兰发出浓郁的芬芳。
香气在美好的月夜中飘散，随着清风传到我的堂上。
远行的人一心想着行程，漂泊的游子却深深眷恋故乡。
在这寒冬腊月的日子里，清早起来便踏着冰霜。
此去将会俯观江汉的流水，抬头还可仰视飞翔的浮云。
好友离别越走越远，亲密的友人天各一方。
一在中州一在海南，彼此相距漫长悠远。
美好的聚会很难再有，眼前的欢乐尚未尽兴。
愿君崇尚美好的品德，时刻珍惜宝贵的光阴。

【评析】

这四首古诗相传为苏武所作，但据近人研究，乃是后人拟托，大约产生于东汉末年，作者已不可考。四首诗同写送别，内容与情境各不相同。第一首写送别兄弟；第二首写旅客送人回归故乡；第三首写丈夫应征入伍与妻分别；第四首写身在中州者送人去南方。思乡和伤别是现存东汉文人诗，尤其是《古诗十九首》中反复多次抒写的主题。这四首诗分别表现了兄弟离别难舍之情，客中送客的悲哀，夫妇的生离死别，挚友的惜别之意，在内容上与之有密切联系。表现手法与艺术风格也颇多相似，如抒写人物内心感受，借助于起兴、比喻等多种修辞手段，以及环境气氛渲染、首尾照应等方法，产生了强烈的感染力量。前人在比较托名苏武、李陵的诗时，指出："苏淡以悲，而李警以悲。苏在格韵妙，而李情景妙。"（谭元春《古诗归》）"苏、李诗为五古之祖，皆足典型。然论其艺体，苏较敷腴，李较清折。"（张玉穀《古诗赏析》）从中可见这几首诗的艺术特色。

四愁诗四首[①] 并序

作者：张平子　　注译评析：韦向学

张衡不乐久处机密[②]，阳嘉中[③]，出为河间相[④]。时国王骄奢，不遵法度，又多豪右并兼之家。衡下车[⑤]，治威严[⑥]，能内察属县，奸滑行巧劫，皆密知名，下吏收捕，尽服擒。诸豪侠游客，悉惶惧逃出境。郡中大治[⑦]，争讼息，狱无系囚[⑧]。时天下渐弊[⑨]，郁郁不得志，为《四愁诗》。屈原以美人为君子，以珍宝为仁义，以水深雪雰为小人。思以道术相报[⑩]，贻于时君，而惧谗邪不得以通。其辞曰：

一思曰：

我所思兮在太山[⑪]，欲往从之梁父艰[⑫]。

侧身东望涕沾翰[⑬]。美人赠我金错刀[⑭]，

何以报之英琼瑶[15]。路远莫致倚逍遥[16]，
何为怀忧心烦劳？
二思曰：
我所思兮在桂林[17]，欲往从之湘水深[18]。
侧身南望涕沾襟。美人赠我金琅玕[19]，
何以报之双玉盘[20]。路远莫致倚惆怅，
何为怀忧心烦伤？
三思曰：
我所思兮在汉阳[21]，欲往从之陇阪长[22]。
侧身西望涕沾裳。美人赠我貂襜褕[23]，
何以报之明月珠[24]。路远莫致倚踟蹰[25]，
何为怀忧心烦纡[26]？
四思曰：
我所思兮在雁门[27]，欲往从之雪纷纷。
侧身北望涕沾巾。美人赠我锦绣段，
何以报之青玉案[28]。路远莫致倚增叹，
何为怀忧心烦惋[29]？

【篇旨】

写怀人愁思，借以表达作者的伤时忧世之情。

【注释】

① 四愁诗：此诗为作者任河间王相时作。诗前的短序为后世编集其诗文者增损史辞写成，于理解诗意有参考价值。

② 机密：谓中枢之贵近职位，此当指张衡于顺帝（刘保）朝所官侍中之职。

③ 阳嘉：顺帝年号（132—135）。

④ 河间：汉河间国，在今河北河间西南。

⑤ 下车：谓官吏初到任。

⑥ 治：布政统民。

⑦ 治：太平。

⑧ 系囚：谓关押犯。

⑨ 弊：凋敝，衰败。

⑩ 道术：道德与学术。

⑪ 所思：谓所思之人，下同。太山：山名，与“泰山”同，山在山东泰安。

⑫ 梁父：泰山下之小山名。

⑬ 翰：笔。

⑭ 美人：谓贤人君子，下同。金错刀：佩刀之刀柄镀金者。

⑮ 英、琼、瑶：皆美玉名。英，瑛的借字。

⑯ 致：送。倚：与“猗”同，语助词，无义。逍遥：此处犹摇摇，谓内心不安。

⑰ 桂林：秦郡名，汉改称郁林郡，郡治在今广西境内。

⑱ 湘水：即湘江，源出广西，东北流经湖南境，至湘阴注入洞庭湖。

⑲ 金琅玕：美玉之饰金者。

⑳ 玉盘：美盘。

㉑ 汉阳：郡名，治冀县，即今甘肃天水甘谷县南。

㉒ 陇阪：即陇山，在今陕西陇县境。

㉓ 貂襜褕（chān yú）：用貂皮制成的直襟衣服。

㉔ 明月珠：即夜光之珠，产于大秦国（罗马帝国）。

㉕ 踟蹰：徘徊不前貌。

㉖ 烦纡：烦闷。

㉗ 雁门：古郡名，在今山西西北部。

㉘ 青玉案：小几之饰有青玉者。案为古代放食器的小几。

㉙ 惋：怨。

【语译】

张衡不乐于长久处在中枢贵近的职位上，顺帝阳嘉年间，出为河间郡国的宰相。那个时候，国王骄横奢侈，不遵守国家的法度，除此而外，豪右并兼之家又多。张衡初到任，布政统民以威严，于内做到明察所管之县，对那些奸滑行巧和抢家劫舍之人，统统秘密去了解他们的姓名，派遣官吏下去把他们拘捕，（他们自知难逃）统统束手就擒。不少豪侠游客，都惶恐不安而逃出国境，于是郡中出现太平的局面，争讼平息，狱中没有关押的囚犯。当时天下渐渐凋敝，衡忧郁不得志，便作《四愁诗》以抒怀。屈原用美人来比作君子，用珍宝来比作仁义，用水深雪雰来比作小人。想以道术来报答，赠给当时的君主，然而又惧怕谗邪而不能通达。《四愁诗》辞云：

一思说：

我所思念的人在泰山，想去追随他要先登梁甫便觉艰难。

侧着身子东望涕泪沾湿书翰。他曾经送给我金饰的佩刀，

我想回赠以美玉瑛、琼、瑶。路途遥远无法送达我内心摇摇，

我怎能不深感忧伤？

二思说：

我所思念的人在桂林，想去追随他却由于湘江水深。

侧着身子南望泪湿衣襟。他曾经送给金饰的琅玕，

我想回赠以一双玉盘。路途遥远无法送达我深感烦恼，

我内心怎能不忧伤？

三思说：

我所思念的人在汉阳，想去追随他却因为陇阪路长。

侧着身子西望泪湿衣裳。他曾经送给我貂皮制作的襜褕，

我想回赠以明月珠。路途遥远难以送达而使我徘徊，

我怎么不深感忧愁？

四思说：

我所思念的人在雁门，想去追随他却大雪纷飞。

侧着身子北望泪湿手巾。他曾经送给我锦绣缎，

我想回赠以青玉案。路途遥远难以送达我增添叹息，
我怎么不忧心烦惋？

【评析】

张衡此诗借写怀念远方美人欲往求之而不可得的忧思愁绪，抒发了伤时忧世的情怀。体现了对某种理想目标的求索精神。诗共四段，各段句数相等，结构相同而屡屡换韵，这种仿照民歌重章叠韵的艺术手法，回环重叠，反复咏叹，内容突出。全诗“理在文外”，抒情气氛浓烈，意境高远，文辞婉丽有味，读之既感“雄健稳惬”（宋范温《潜溪诗眼》），又觉低回缠绵。

杂诗[1]一首

作者：王仲宣　　注译评析：韦向学

日暮游西园[2]，冀写忧思情[3]。
曲池扬素波[4]，列树敷丹荣[5]。
上有特栖鸟[6]，怀春向我鸣[7]。
褰衽欲从之[8]，路崄不得征[9]。
徘徊不能去，伫立望尔形[10]。
风飙扬尘起[11]，白日忽已冥。
回身入空房，托梦通精诚[12]。
人欲天不违[13]，何惧不合并。

【篇旨】

写对爱情的执着追求。

【注释】

① 杂诗：不拘常例、遇物即兴的诗。

② 西园：园名，曹操所建，在邺县旧治（今河北临漳），古今题咏甚多。

③ 冀：希望。写：泄，排除。

④ 素波：白色的水花。

⑤ 列：谓罗列成行。丹荣：红花。

⑥ 特栖：独栖。

⑦ 怀春：感春而有所思，含有求偶之意。

⑧ 褰（qiān）衽：揭起衣襟。

⑨ 征：行，此指前往。

⑩ 伫立：久立。尔：你。

⑪ 飙（biāo）：暴风。

⑫ 通：传达。精诚：真挚的心意。

⑬ 违：背。

【语译】

黄昏时候去游西园，希望排遣心中的忧思愁情。

池水扬着白色的浪花，成行的树木开着红艳艳的花朵。

树上感春求偶的小鸟，对着我声声叫啼。

我揭起衣襟想跟它走，可惜路途艰险去不成。

我踌躇徘徊，久久地站在树旁望着它的身影。

暴风扬起满天的尘埃，夜幕忽然降临。

我只好转身走进空房，借托美梦来传达我真诚的感情。

苍天不会违背人们的愿望，我们何必担忧日后不能相聚一堂！

【评析】

王粲这首即兴无题的短诗，以其悲凉的情调，细腻地叙写了他对爱情的执着追求。开篇两句，点出诗人为愁思所苦，欲借游赏以排遣，三、四两句，境界一转，绘出曲池扬波、列树敷荣这样一派色彩明媚、生机盎然的春日景象。其中，那只“特栖鸟”“怀春向我鸣”，深深触动了他心中的忧思。所以，他揭起衣襟（当作翅膀），决心要跟着这只小鸟飞去。字里行间流露出悲怆的气氛，尤其是“日暮”“特栖”“路崄”“风飙”“已冥”“空房”这一类“愀怆之词”的运用所构成的诸多画面，染上了诗人忧思愁苦的感情色彩，收到了借景抒情，情景交融的艺术效果。

杂诗一首

作者：刘公幹　　注译评析：韦向学

职事相填委①，文墨纷消散②。
驰翰未暇食③，日昃不知晏④。
沉迷簿领书⑤，回回自昏乱⑥。
释此出西城，登高且游观。
方塘含白水，中有凫与雁。
安得肃肃羽⑦，从尔浮波澜。

【篇旨】

写刘桢苦于官府簿领之事的繁忙和期望从中解脱的心情。

【注释】

① 职事：指任官职理事。填委：谓诸事纷至填积。

② 文墨：泛指文辞。此指起草文书。

③ 驰翰：驱笔，落笔如飞。

④ 昃：谓日影倾斜。

⑤ 簿领：李善注：“谓文簿而记录之。”领，录也。

⑥ 回回：心乱貌。

⑦ 肃肃：指羽声。《诗经·小雅·鸿雁》："鸿雁于飞，肃肃其羽。"

【语译】

官事纷至沓来堆满眼前，随着我起草公牍那么多的公事又都归于消失。

落笔如飞忙得连饭也顾不得吃，日影早已倾斜却不知道为时已晚。

沉溺于簿领文书的记录和抄写，纷纷回回心里弄得昏乱。

搁下这些走出西城消遣，登上高处游观以释胸怀。

眼底那方池塘蓄满清水，水面上野鸭鸿雁自由自在地游行。

我最好能够得到一副肃肃作声的翅膀，跟随它们浮游在微波荡漾的水上。

【评析】

全诗十二句，前六句叙写官事烦冗，弄得终日心烦意乱。"释此出西城"六句，叙写诗人触景生情，期望摆脱这种为人驱使和忙忙碌碌的处境，多少显示了自己的性格。全诗章法浑成而格局整肃，承转有力而自然流畅。曹丕说刘公幹的诗"壮而不密"，锺嵘说他"气过其文，雕润恨少"，在此也可窥见一斑。

杂诗二首

作者：魏文帝　　注译评析：韦向学

漫漫秋夜长，烈烈北风凉。
展转不能寐①，披衣起彷徨。
彷徨忽已久，白露沾我裳。
俯视清水波，仰看明月光。

天汉回西流[2]，三五正纵横[3]。
草虫鸣何悲，孤雁独南翔。
郁郁多悲思[4]，绵绵思故乡[5]。
愿飞安得翼，欲济河无梁。
向风长叹息，断绝我中肠。

西北有浮云，亭亭如车盖[6]。
惜哉时不遇，适与飘风会[7]。
吹我东南行，南行至吴会[8]。
吴会非我乡，安能久留滞？
弃置勿复陈，客子常畏人。

【篇旨】

写“客子”眷恋故乡忧思郁结的心情以及彷徨不安的生活境遇。

【注释】

① 展转：即“辗转”，反复翻身。

② 天汉：银河。

③ 三五：三谓参星，五谓昴星。《诗经·召南·小星》：“嘒彼小星，三五在东。”

④ 郁郁：忧伤、沉闷貌。

⑤ 绵绵：长而不断。

⑥ 亭亭：耸立貌。

⑦ 飘风：即旋风。《尔雅·释天》：“回风为飘。”

⑧ 吴会：谓吴郡与会稽郡（今江苏、浙江一带）。

【语译】

深秋的夜晚多么漫长，猛烈的北风阵阵生凉。

翻来覆去难以入睡，披衣起来到外面徘徊思量。

不知不觉间徘徊良久，夜露已经沾湿了我的衣裳。

俯视荡漾的清波，仰望皎洁的明月。

银河已经转向西方，众星错落在天体的四方。

荒草丛中虫儿叫得多么悲凉，失群的秋雁只身向南飞翔。

忧伤引我不断沉思，使我连绵地想念故乡。

我想飞哪里能得到翅膀？愿渡河也无处找到桥梁。

对着寒风长长地叹息，忧伤得几乎要断去我的愁肠。

西北方有一片浮云，亭亭地耸立像一副车盖。

可惜它没有遇上好的时机，恰巧碰上旋风袭来。

旋风把它吹向东南行，南行走到吴郡会稽。

吴会都不是它的故乡，怎能在那里长住久留？

所有这些放到一边不再叙说，因为游子常常是害怕见人。

【评析】

曹丕这两首拟古乐府的诗作，写的是游子思念故乡的羁旅愁怀，从侧面反映了当时社会动荡以致民不聊生的现实。这是一个时代性的主题，但两首诗表现手法却有差别。“漫漫秋夜长”是一首抒情诗，先写深秋月夜萧瑟、幽谧、冷落的景色，以“秋夜长”“北风凉”“露沾裳”“视清波”“看月光”“星满天”“草虫鸣”“雁南翔”作为铺垫，然后在浓郁的深秋寂寥的气氛中转入抒情。而“西北有浮云”一篇则是巧妙地以浮云拟人，把游子深沉的乡思写得回环婉曲，通篇比兴，言已终而情未竟，令人读后会不期然而然地感到“美赡可玩”。

朔风诗[1]一首

作者：曹子建　　注译评析：韦向学

仰彼朔风，用怀魏都[2]。愿骋代马[3]，倏忽北徂[4]。
凯风永至[5]，思彼蛮方[6]。愿随越鸟[7]，翻飞南翔。
四气代谢[8]，悬景运周[9]。别如俯仰[10]，脱若三秋[11]。
昔我初迁[12]，朱华未希[13]。今我旋止[14]，素雪云飞[15]。
俯降千仞[16]，仰登天阻[17]。风飘蓬飞，载离寒暑[18]。
千仞易陟，天阻可越。昔我同袍[19]，今永乖别[20]。
子好芳草[21]，岂忘尔贻？繁华将茂，秋霜悴之[22]。
君不垂眷，岂云其诚？秋兰可喻[23]，桂树冬荣。
弦歌荡思[24]，谁与消忧？临川暮思[25]，何为泛舟[26]？
岂无和乐？游非我邻[27]。谁忘泛舟[28]？愧无榜人[29]。

【篇旨】

写曹植感叹自己屡迁的遭遇和闲居坐废、无法施展抱负的情怀。

【注释】

① 曹植此诗《诗纪》分为五章。

② 魏都：谓魏的都城邺城（今河北临漳）。

③ 代马：古代郡（今山西东北）所产之良马。古诗：“代马依北风。”

④ 倏忽：迅快貌。徂：往。

⑤ 凯风：南风。《毛传》：“南风谓之凯风。”永：远。

⑥ 蛮方：即南方。

⑦ 越鸟：越国（今江浙一带）所产的鸟。《古诗十九首》：“越鸟巢

南枝。”

⑧ 四气：犹言四时。

⑨ 悬景：谓白日。景，同“影”。

⑩ 俯仰：谓俯仰之间，形容时间的短暂。

⑪ 脱：离。三秋：犹言秋季三月。

⑫ 迁：本传：太和元年（227）徙封浚仪，二年复还雍丘。此谓自浚仪徙至雍丘。

⑬ 希：同“稀”。

⑭ 止：语气词，无义。

⑮ 云：亦语气词，无义。

⑯ 仞：古时以七尺或八尺为一仞。

⑰ 天阻：谓山。《后汉书》：郭林宗论苏不韦曰：“城阙天阻，宫府幽绝。”

⑱ 载：语气助词，无义。离：历也。寒暑：指代一年。

⑲ 同袍：谓朋友或最亲近者，此疑指其长兄曹彰。

⑳ 乖：离也，此疑指死亡。

㉑ 子：与下文的“尔”“君”，同指明帝。

㉒ 悴：伤。

㉓ 兰：兰秋馥，桂冬荣，《楚辞·九歌》中用以象征高尚、美好的品德，这里用以比喻忠诚的操守。

㉔ 弦歌：指以琴瑟一类的弦乐器伴奏而歌。

㉕ 暮思：宋刊本《曹子建文集》作“慕思”，为复义词。

㉖ 何为：犹言“何如”。

㉗ 邻：疑为“怜”，爱也。

㉘ 谁忘：犹言岂忘。

㉙ 榜人：操楫驾船者。

【语译】

抬头迎着那烈烈的北风，就想念起魏国的都城。我多么希望骑上代郡产的良马，迅疾地奔向北方。

南风从远方吹来，我自然地思念起在南方的至亲。我愿跟着越地的鸟儿，一道向南飞翔。

四时次第相为更迭，太阳月亮运行周而复始。光阴转瞬逝去，时间一下子便过了三秋。

以前我初迁雍州，红花满树，春意尚浓；而今回来，已是大雪纷飞的严冬时节。

时而俯身走下深深的沟谷，时而昂首攀登险峻的高山。我像蓬草随着飘风飞荡，转眼又经历了一个冬春。

千仞的高山容易攀登，天然的险阻也可以逾越。我以前的至亲呀，而今却天涯永别！

你喜欢芳香的野草，我怎么会忘记赠送给你？只是正当繁花开满枝头，秋霜就要将它摧残。

你对我虽然不予顾念，我难道会改变自己忠诚的志节？秋天的兰花和冬荣的桂树，都可以为我作证。

奏乐唱歌可以荡涤我心中的悲思，谁与我共奏以消除心中的忧愁？对着黄昏的河水兴起愁思，为何要在河上泛舟？

并非没有安和之乐可以荡涤我的烦忧，只是同游者不是我的知心亲友。我岂能忘记泛舟以相追逐，只是惭愧没有驾舟的人可以助我紧紧相随。

【评析】

曹植自其兄曹丕称帝后，“十一年而三徙都”，多次的迁徙使他“汲汲无欢”和产生许多感慨。《朔风》这首成于雍丘的诗作，除长吁短叹流离坎坷的生活遭遇外，还伤悼逝者，怀念远人，抱怨自己忠心耿耿而不为明帝谅解，因而闲居坐废，无法施展他那“拯世济物”的抱负。全诗四十句每八句为一层。“仰彼朔风”，诗以警句起笔，高屋建瓴，振起全篇。

“朔风”两字，既点题又为全诗定下了悲凉的基调。“代马”“越鸟”，用以写出眷恋故居和骨肉的情怀。“四气”八句通过节序的更迭，自然景观的变化，感叹迁移不定生活之漫长。“昔我”四句，脱胎于《诗经》中的《国风》，清新流利，质朴自然，韵味深长。“俯降”八句写旅途跋涉的艰辛和对逝者（疑是对死别的曹彰）的伤悼，感情极其哀婉而深沉。“子好”八句，写诗人对明帝的忠诚志节始终不变。“弦歌”八句写自己不能同兄弟交往的郁郁寡欢。曹植最善于运用比喻来抒写复杂的感情和增强诗歌的艺术魅力。全诗思深意远，情调隐曲深沉，“文彩缤纷而不离闾里歌谣之质”，显示出作者很高的文学修养。

杂诗六首

作者：曹子建　　注译评析：韦向学

高台多悲风①，朝日照北林②。
之子在万里③，江湖迥且深④。
方舟安可极⑤？离思故难任⑥。
孤雁飞南游，过庭长哀吟。
翘思慕远人⑦，愿欲托遗音⑧。
形影忽不见，翩翩伤我心⑨。

转蓬离本根，飘飖随长风⑩。
何意回飙举⑪，吹我入云中。
高高上无极⑫，天路安可穷？
类此游客子，捐躯远从戎。
毛褐不掩形，薇藿常不充⑬。
去去莫复道，沉忧令人老。

西北有织妇，绮缟何缤纷[14]！
明晨秉机杼[15]，日昃不成文[16]。
太息终长夜，悲啸入青云。
妾身守空闺，良人行从军。
自期三年归，今已历九春[17]。
飞鸟绕树翔，噭噭鸣索群[18]。
愿为南流景[19]，驰光见我君。

南国有佳人，容华若桃李[20]。
期游江北岸，日夕宿湘沚[21]。
时俗薄朱颜[22]，谁为发皓齿[23]？
俯仰岁将暮[24]，荣耀难久恃[25]。

仆夫早严驾[26]，吾将远行游。
远游欲何之？吴国为我仇[27]。
将骋万里涂，东路安足由[28]？
江介多悲风[29]，淮泗驰急流[30]。
愿欲一轻济，惜哉无方舟。
闲居非吾志，甘心赴国忧。

飞观百余尺[31]，临牖御棂轩[32]。
远望周千里，朝夕见平原。
烈士多悲心[33]，小人媮自闲[34]。
国仇亮不塞[35]，甘心思丧元[36]。
拊剑西南望[37]，思欲赴太山[38]。
弦急悲声发，聆我慷慨言[39]。

【篇旨】

“高台多悲风”，写怀念远人的情思；“转蓬离本根”，倾诉自己迁徙不定、生活困乏的苦怀；“西北有织妇”，写独守空闺的妇女思念久戍不归的丈夫；“南国有佳人”，抒发怀才不遇的悲哀；“仆夫早严驾”，叙述勇赴国难，要求建立功业的志向；“飞观百余尺”写登楼临窗远眺之所见所感，抒发“甘心赴国忧”的壮怀。

【注释】

① 悲风：凄厉之风。

② 北林：地名，但非实指。《诗经·秦风·晨风》：“鴥彼晨风，郁彼北林。未见君子，忧心钦钦。”

③ 之子：犹言那个人，指所怀念者。

④ 迥（jiǒng）：远。

⑤ 方舟：谓两船相并。极：到达。

⑥ 任：承当，忍受。

⑦ 翘（qiáo）：举首而望。

⑧ 遗：离也。

⑨ 翩翩：疾飞貌。

⑩ 飘飖：同“飘摇”，风驰貌。

⑪ 何意：没料到。飙：暴风。

⑫ 上：谓天空。

⑬ 薇藿：薇为野生羊齿类植物，藿为豆叶。

⑭ 绮缟：绢之有花纹者。缤纷：谓杂乱无章。

⑮ 机杼：织布机上持纬线的梭子。

⑯ 昃（zè）：日过午。文：指绢上花纹。

⑰ 九春：一岁三春，谓三年。

⑱ 嗷（jiào）嗷：鸟悲鸣声。

⑲ 景：日光。

⑳ 容华：华美的容貌。

㉑ 湘沚：湘水中的小洲。

㉒ 薄：谓薄待，不重视。朱颜：红颜，谓美色。

㉓ 谁为：即为谁。发皓齿：指启齿歌唱。

㉔ 俯仰：喻时间短暂。

㉕ 荣耀：花开光艳貌。比喻女子的青春容颜。恃：凭依，依赖。

㉖ 严驾：备好车马，整装待发。

㉗ 吴国：指江南的孙吴。孙吴当时"不臣"，深为曹魏所忧。

㉘ 东路：指由东回鄄城（时曹植封鄄城王）之路。

㉙ 江介：谓江畔。

㉚ 淮泗：淮河与泗水，两水均为讨伐东吴所经之路。

㉛ 飞观：宫门两边高耸的望楼。观亦称"阙"。

㉜ 牖（yǒu）：窗户。御：凭倚。棂（líng）轩：有窗格栏杆的小室或长廊。

㉝ 烈士：犹言壮士。悲心：谓忧国忧民的悲壮心志。

㉞ 媮自闲：谓贪图安闲。媮，同"偷"，苟且。

㉟ 亮：信也。塞：杜绝。

㊱ 甘心：犹言痛心。《诗经·卫风·伯兮》："甘心首疾。"元：首，脑袋。

㊲ 拊剑：抚剑。西南：因西有违命之蜀，东有不臣之吴，故云。

㊳ 赴太山：犹言赴死。因汉代纬书《援神契》有"太山，天帝孙也，主召人魂"之说，故云。

㊴ 慷慨言：充满正气、情绪激昂的言论。

【语译】

高台常刮凄厉的寒风，早晨的太阳照着北林。

所怀念的那个人远在万里，江湖阻隔路远水又深。

纵使两舟相并亦难到达，离别的愁情因此更觉难忍。

孤独的雁儿向南飞去，飞过庭院发出声声的哀吟。

举首望雁思念远人，很想托它带去相思的音信。
可它呀早已飞得无影无踪，这使我不由得感到更加伤心。

蓬草离开了本根，飘飘荡荡随着远风。
旋风把我举起来，并且吹到了云中。
高高的天空没有终极，漫漫的云路没有尽头。
如同转蓬飘荡的客子，献身王业到边境去从军。
粗布短衣不能遮体，野菜豆叶不能果腹。
抛开这些不再说了，因为深忧多愁催人衰老。

西北方有位织女，绢上花纹怎样织得那样零乱？
清早就操着织布机织绢，可到日影西斜还未成纹。
长夜里不住地长声叹息，悲叹的声音直上云端。
我独身守着空寂的闺房，丈夫从军一去不返。
他原定三年就应回来，可如今已逾期不归。
失群的鸟儿绕树飞翔，鸣声凄厉地呼着伴侣。
我多么想化为流泻的日光，追随他向南驰驶照到他身上。

江南有个美丽的姑娘，容颜宛若桃李般灿烂。
她早上还在江北岸赏游，晚上便投宿在湘水中的小洲。
时俗分不清真正的美丑，她为什么要媚俗启动歌喉？
转眼岁暮就要来临，春花般的容颜你还能保持多久？

备好车马，整装待发，我立刻就要启程远游。
远游想去什么地方？吴国是我的仇敌。
我将驰骋万里的征途，东返鄄城之路我不愿再走。
江边常常刮起凄厉的大风，淮泗二水滚滚急流。
我恨不得一下子就渡过江去，可惜没有大船等候。

闲居不是我的志向，我情愿奔赴疆场为国分忧。

在凌空而起的望楼上，我对着窗户倚着栏杆。

远望四周极目千里，早晚所见都是宽广的平原。

壮士常常忧国忧民，庸人多是苟且偷安。

国仇若是真不消灭，我痛心疾首宁愿为国抛弃头颅。

我抚剑望着西方和南方，多么盼望献身疆场平蜀灭吴。

琴声急促像是凄厉的风声，请聆听我激昂慷慨的歌辞。

【评析】

曹植杂诗六首，其一“高台多悲风”写怀念远人，它是以“工为起调，善为警句”取胜，诗中以孤雁南游来触发思慕的情怀，缠绵悱恻，哀惋动人。“转蓬离本根”一首，以“转蓬”为喻，慨叹游子浪迹天涯、贫困流离的境遇。上半刻画喻体的形象和它渺茫的归宿，诗笔细腻而气氛萧瑟；下半转写作为本体的游子。着墨虽然不多，但读者尽可从喻体的遭遇中体味之。“西北有织妇”一首，写思妇怀念征夫，情调缠绵婉转，哀怨动人，表现出建安时代成熟的五言诗形式和技巧。“愿为南流景，驰光见我君”，显然是从古诗“愿为双鸿鹄，奋翅起高飞”变化而来，但它的浪漫色彩显得更为浓烈，表达内容更为传神。“南国有佳人”，是一首充满感伤情调的抒情诗。诗人以“佳人”为喻，抒发了怀才不遇的悲哀。“俯仰”两句，前人说“不惟为时俗所薄，在己亦难久恃，怨极而哀”。从全诗来看，运用比喻、借代作形象化的描述，感情凄清幽怨，给人以强烈的感染。“仆夫早严驾”一首，写作者“甘心赴国忧”的志愿。在慷慨激昂的情调中，夹杂着壮志难酬的苦闷。末一首和第五首的意旨相近，也是作者抒发“甘心赴国忧”的壮怀。所不同的是前者系“行将远游”时心志的披露，而后者是登临宫门望楼远眺之所感。全诗句句掷地皆着金石声，“骨气奇高”，是一代诗歌的强音。

情诗一首

作者：曹子建　　注译评析：韦向学

微阴翳阳景①，清风飘我衣。
游鱼潜渌水，翔鸟薄天飞②。
眇眇客行士③，遥役不得归④。
始出严霜结，今来白露晞。
游子叹《黍离》⑤，处者歌《式微》⑥。
慷慨对嘉宾⑦，凄怆内伤悲。

【篇旨】

写徭役思归的愁苦之情。

【注释】

① 翳（yì）：遮蔽。阳景：谓阳光。

② 薄：傍，迫近。

③ 眇眇：远貌。

④ 遥役：一作“徭役”。

⑤《黍离》：《诗经·王风》篇名。为漂泊流离者叙述他的哀思。

⑥ 处者：指在家的人。《式微》：《诗经·邶风》篇名，为贫困者诉怨之诗。由于诗中有“式微，式微，胡不归”之语，因而这里只取其中的劝归之意。

⑦ 慷慨：此指感慨。

【语译】

薄云遮住了阳光，清凉的秋风吹着我的衣裳。

游鱼自在地潜入深水，飞鸟随意傍着高空翱翔。

颠沛流离背井离乡的人，为徭役所累却不能返归故乡。

离家的时候正当初冬霜冻的季节，而现在又是快过了秋天。

我这个游子借讽诵《黍离》来抒发自己的哀思，家里的人或许歌唱《式微》盼望我早些归来。

对着良朋嘉宾我感慨唏嘘，内心凄苦呀说不尽的伤怀。

【评析】

曹植此诗也是一首抒情诗。和前几首所不同的是主人公的身份是一个由于沉重的徭役的驱使而远离了家乡的客子。“游鱼”两句描述鱼鸟的自由之乐和客子受徭役羁束不得归家之痛苦作鲜明之对比，览物兴怀，抒发人不如物的悲哀，其对比手法有一定特色。情调凄怆悲苦，哀怨动人。

杂诗一首

作者：嵇叔夜　　注译评析：韦向学

微风清扇①，云气四除②。皎皎亮月③，丽于高隅④。
兴命公子⑤，携手同车⑥。龙骥翼翼⑦，扬镳踟蹰⑧。
肃肃宵征⑨，造我友庐⑩。光灯吐辉，华幔长舒⑪。
鸾觞酌醴⑫，神鼎烹鱼⑬。弦超子野⑭，叹过绵驹⑮。
流咏太素⑯，俯赞玄虚⑰。孰克英贤，与尔剖符⑱？

【篇旨】

写月夜过访道友和深蒙盛情款待的经过。

【注释】

① 清扇：清新雅丽之扇，此指道者用物。

② 除：消散。

③ 皎皎：形容朗月洁白明净。

④ 丽：附着。高隅：谓山之一隅。

⑤ 兴命：发命，下令。

⑥ 携手：《诗经·邶风·北风》：“惠而好我，携手同车。”

⑦ 龙骥：良马。翼翼：飞貌。

⑧ 扬镳（biāo）：犹言扬辔。踟蹰：缓行貌。

⑨ 肃肃：独行肃静貌。宵征：夜行。

⑩ 造：至，抵达。庐：宅。

⑪ 华幔：华美的帐幔。

⑫ 鸾觞：刻绘有鸾鸟花纹的酒器。酌醴：斟酌美酒。醴，甜酒。

⑬ 神鼎：古时三足两耳、置于宗庙之宝器，亦用来煮食物，和五味。吕延济曰：“不汲自满，不饮自沸，故曰神鼎。”

⑭ 子野：师旷，字子野，古时著名乐师。

⑮ 绵驹：古时善于歌唱之人。

⑯ 太素：道家谓质之始，而太初为形之始。见《列子·天瑞》。

⑰ 赞：与上文“咏”字意同。玄虚：虚无而无为的老子之道，道家所宗。

⑱ 剖符：古时对功臣分剖符节以为凭信，即所谓合契。这里指对半中分，平分秋色。

【语译】

摇起清扇微微生风，那山间的云气纷纷消散。皎洁的明月，挂在山之一隅。

公子发令，与我同驾一车启行。马儿时而飞快地前进，时而昂首扬辔缓缓地慢行。

我们趁着月色快速前进，不知不觉便到了道友的家中。明亮的灯光放射异彩，华美的帏幔长长地舒展。

主人拿出鸾觞为我们斟着美酒，用神鼎烹煮鱼鲜。席间他频频鼓琴唱歌，他的技艺远远超出师旷、绵驹一类古人。

他所称颂的都是太素、玄虚一类的道家之说，哪位英贤能与他平分秋色，相提并论！

【评析】

这是一首叙事诗，写诗人月夜过访道友并蒙对方盛情款待的喜悦，反映了生活于魏晋易代之际的诗人以执着的精神追求一种恬静寡欲适应自然的人生境界。这首诗层次井然，颇有章法。

杂诗一首

作者：傅休奕　　注译评析：韦向学

志士惜日短，愁人知夜长。
摄衣步前庭[①]，仰观南雁翔。
玄景随形运[②]，流响归空房[③]。
清风何飘飖[④]，微月出西方。
繁星依青天，列宿自成行。
蝉鸣高树间，野鸟号东箱[⑤]。
纤云时仿佛[⑥]，渥露沾我裳。
良时无停景[⑦]，北斗忽低昂[⑧]。
常恐寒节至，凝气结为霜。
落叶随风摧，一绝如流光。

【作者简介】

傅玄（217—278），字休奕，西晋北地泥阳（今陕西铜川东南）人。魏末官散骑常侍，封鹑觚男。入晋官至司隶校尉。学问渊博，精通音律，于诗擅长乐府。原有集十五卷，已散佚。明人辑有《傅鹑觚集》。《晋书》有传。

【篇旨】

写志士夜不成寐，独步前庭仰观北雁南翔所触发的愁怀。

【注释】

① 摄衣：提着衣服。

② 玄景：谓雁之黑影。

③ 流响：即流声。

④ 飘飖：风疾貌。

⑤ 号（háo）：悲鸣。东箱：正寝东边的厢房。

⑥ 仿佛：似见不见貌。

⑦ 停景：时光停止。

⑧ 北斗：即北斗七星。古人利用它来辨别方向，定季节。即所谓斗柄指东，天下皆春；斗柄指南，天下皆夏；斗柄指西，天下皆秋；斗柄指北，天下皆冬。

【语译】

志士惋惜时光的短促，愁人倍觉黑夜的漫长。

提着衣裾走到前庭，举首仰望鸿雁南翔。

雁影早已随其形体消失，只留下鸣声飘入空房。

凄厉的寒风飘飘摇摇，新月早已挂在西方。

众星依附着苍茫的天空，群宿排列成行。

蝉儿在高树上声声哀鸣，野鸟在东厢房上悲啼声声。

那纤细的浮云时隐时现，渥渥重露沾湿了我的衣裳。

良辰美景从来不肯驻足，北斗的斗柄高高地指着西方（言秋夜已深）。

我常常担心冬天来临，水汽凝结成了寒霜。

片片秋叶一经寒风吹落，就像流光般倏忽消失。

【评析】

这首诗写一位失意之士独步前庭所感触到的秋夜景色，抒发了时光易逝、良辰不待的忧思。全诗绘景设色惨淡，烘托出“志士”夜不成寐，“愁人”彷徨空庭的悲凉情怀。

杂诗一首

作者：张茂先　　注译评析：韦向学

晷度随天运①，四时互相承。
东壁正昏中②，固阴寒节升③。
繁霜降当夕，悲风中夜兴。
朱火青无光④，兰膏坐自凝⑤。
重衾无暖气⑥，挟纩如怀冰⑦。
伏枕终遥昔⑧，寤言莫予应。
永思虑崇替⑨，慨然独抚膺。

【篇旨】

写诗人于严冬寒夜对人生的思考和感慨。

【注释】

① 晷（guǐ）度：日晷之刻度。日晷为古代以日影测时之计时器。

② 东壁：星宿名，二十八宿之一。传说它主文章，因转指天子图书之秘府。

③ 固阴：阴气固结，指严冬。

④ 朱火：指灯。

⑤ 兰膏：芳香的油膏。膏，油脂，此指灯油。坐：因。

⑥ 重衾：厚被。

⑦ 挟纩（kuàng）：穿上绵袍。纩，丝绵。

⑧ 遥昔：犹言长夜。

⑨ 崇替：兴废。

【语译】

太阳顺着天时运行，春夏秋冬互相更迭。

现在正是日昏东壁的冬天，固结的阴气随着寒节上升。

当晚降下浓霜，半夜刮起寒风。

青灯昏暗无光，灯油几乎凝结。

厚被没有一丝暖气，穿着绵袍如同抱着寒冰。

伏枕不眠度过漫漫的长夜，独卧自语无人答应。

深深思索人事兴废隆替的道理，抚胸叹息，感慨不已。

【评析】

张华是晋武帝时一名重臣，他对西晋种种灭亡的征兆都曾给予相当的关注。这首诗写寒夜欲寐不成，深思人事兴衰、朝代隆替之理，似是豁然有所会心而感慨万千。这道理不曾明白说出，诗便戛然而止。但前部分对严寒穷阴的入木三分的描写刻画，似乎仍在宣告当时王朝和社会的病入膏肓和不可救药。这使诗人因其寒彻骨而战栗。诗无达诂，这只是我们读此诗的一种直觉而已。

情诗二首[1]

作者：张茂先　　注译评析：韦向学

清风动帷帘，晨月照幽房。
佳人处遐远[2]，兰室无容光[3]。
襟怀拥灵景[4]，轻衾覆空床[5]。
居欢惕夜促[6]，在戚怨宵长[7]。
拊枕独啸叹[8]，感慨心内伤。

游目四野外[9]，逍遥独延伫[10]。
兰蕙缘清渠[11]，繁华荫绿渚[12]。
佳人不在兹[13]，取此欲谁与？
巢居知风寒[14]，穴处识阴雨[15]，
不曾远别离，安知慕俦侣[16]？

【篇旨】

此二诗分别写妻子独守闺房思念远方的丈夫和在外男子对闺中妻子的思念。

【注释】

① 张华情诗共五首，《文选》所录为第三、第五首。

② 佳人：指丈夫。

③ 兰室：芬芳的闺房。

④ 拥：抱。景：同“影”。

⑤ 衾：被盖。

⑥ 愒（kài）：贪。五臣本作“惜”。

⑦ 戚：悲。

⑧ 啸叹：悲啸叹息。

⑨ 游目：随意观览。

⑩ 逍遥：自由自在。延伫：久立。

⑪ 兰蕙：兰草和蕙草。蕙花之颜色、香味均比兰花稍淡。

⑫ 绿渚：绿洲。

⑬ 佳人：此指妻子。

⑭ 巢居：指鸟。

⑮ 穴处：谓蝼蚁。传说它穴处预知风雨。

⑯ 俦侣：伴侣，指妻子。

【语译】

凉风轻轻地掀动着帐帘，晓月映照着幽寂的闺房。

丈夫身处遥远的他乡，闺房显得落寞失去声光。

胸怀间抱着一个虚影，那轻柔的被褥盖着空床。

人们欢乐的时候嫌夜短促，然而忧伤的时候却恨宵长。

轻拍枕头独自悲吟叹息，心中感慨充满怨伤。

对着四野我随意观览，自由自在我久久地站立。

兰蕙沿着清澈的渠水生长，繁花盖满了碧绿的小洲。

妻子不在这里呀，摘取这美丽的花朵送给谁？

鸟儿巢居知道风寒，蝼蚁穴处预知阴雨。

未曾经历过远别离的人呀，他怎能理解思慕伴侣的滋味？

【评析】

张华这两首情诗分别抒写了少妇思夫和旷夫恋妇的情怀。感情真挚强烈，怨艾深沉动人。诗写“居欢夜促”“在怨宵长”，这是人们的普遍心理。思妇在经历了那种感情上的震荡和在痴情的幻想中清醒之后，最后便以“拊枕”两句直抒胸臆作结，这样，闺中少妇对丈夫的思念之情既缠绵娈婉，又忠诚热烈。“游目四野外”一首，是主人公的感物兴怀，抒发了他对闺中妻子的思念之情。文辞清畅华丽，自然圆转。但托兴并不奇警，这正是张华诗歌的弱点。

园葵诗一首

作者：陆士衡　　注译评析：韦向学

种葵北园中，葵生郁萋萋。
朝荣东北倾①，夕颖西南晞②。
零露垂鲜泽③，朗月耀其辉。
时逝柔风戢④，岁暮商猋飞⑤。
曾云无温液⑥，严霜有凝威。
幸蒙高墉德，玄景荫素蕤⑦。
丰条并春盛，落叶后秋衰。
庆彼晚凋福，忘此孤生悲。

【篇旨】

《晋书》谓赵王司马伦篡位受到诸王共诛。齐王冏谮陆机曾为伦作禅文，成都王颖救之以免。这首诗以葵为喻，寄托了陆机对成都王颖的感恩戴德之情。

【注释】

① 荣：花。

② 颖：即垂颖。言其穗重而颖垂。晞：日晒。

③ 零：落。鲜泽：鲜丽而有光泽。

④ 戢（jí）：藏。

⑤ 商猋（biāo）：秋风。

⑥ 曾：同“层”。

⑦ 蕤（ruí）：草木华盛貌。

【语译】

种葵在北园中，葵长得十分茂盛。

早上花儿仰对东方的旭日，傍晚花穗低垂随着夕阳西倾。

露瀼瀼使葵花色泽显得鲜丽，明月给它照耀洁白的清辉。

春天过后和风收藏了起来，岁末寒风凄厉向葵猛吹。

天边拥着重云不必担心下雨，可怕的是那凛冽寒霜的余威。

幸喜高墙垂恩德呀，它用自己的黑影庇护着这洁白的花蕤。

丰满的枝条与春并盛，秋末落叶才走向枯萎。

庆幸它有晚凋的福气，因此忘却了独生的悲哀。

【评析】

本篇首两句写园中葵生长茂盛。“朝荣”两句，写葵之为物倾心向阳，暗示自己于颖有知恩图报之情。“零露”两句写颖之深恩及己。“时逝”四句，是说葵花曾经面临“商猋”“严霜”的威胁。结尾六句写出“高墉”给予葵花以庇荫，使之免受风霜的摧残，因而有幸乐享天年。作为咏物诗，它并不专门刻模葵的形态，诗人在构思和运笔时，尽可能地做到不即不离，不泛不滞，所以能调动读者的联想。然而由于诗人“意欲逞博，而胸少慧珠”，所以诗写得比较平板，缺乏悠远的韵致。

思友人诗一首

作者：曹颜远　　注译评析：韦向学

密云翳阳景①，霖潦淹庭除②。
严霜凋翠草，寒风振纤枯③。
凛凛天气清④，落落卉木疏⑤。
感时歌《蟋蟀》⑥，思贤咏《白驹》⑦。
情随玄阴滞⑧，心与回飙俱⑨。
思心何所怀？怀我欧阳子⑩。
精义测神奥⑪，清机发妙理⑫。
自我别旬朔，微言绝于耳⑬。
褰裳不足难⑭，清阳未可俟⑮。
延首出阶檐⑯，伫立增想似⑰。

【作者简介】

曹摅（？—308），字颜远，西晋谯国（今安徽亳州）人。初为临淄令，及齐王冏辅政，曹摅为其记室。惠帝末为襄城太守，永嘉二年为征南司马，与流民战，兵败被杀。原有集三卷，已佚。《晋书》有传。

【篇旨】

写欧阳建其人妙悟清机，深测神奥，以及与之相别而感到不胜惋惜。

【注释】

① 翳：掩蔽，遮住。阳景：日光。

② 霖潦：犹言淫潦，过多成灾的雨水。庭除：堂前的台阶。

③ 纤枯：细小的槁木。

④ 凛凛：寒气之甚。

⑤ 落落：稀貌。

⑥《蟋蟀》：《诗经·唐风》篇名。

⑦《白驹》：《诗经·小雅》篇名。该诗云："皎皎白驹，食我场苗。絷之维之，以永今朝。所谓伊人，于焉逍遥。"《诗集传》："伊人，指贤者也。"

⑧ 玄阴：严寒之气。滞：闭塞不通。

⑨ 回飙：旋风。俱：谓俱飞。

⑩ 欧阳子：指欧阳建，其字坚石，石崇甥，冀州人，雅有理思，才藻美赡。历官冯翊太守，甚得时誉。因与赵王伦有隙，被诛杀。

⑪ 精义：犹言至理。

⑫ 清机：清高的玄理。

⑬ 微言：微妙深刻之言。

⑭ 褰（qiān）裳：揭衣。《诗经·郑风·褰裳》："子惠思我，褰裳涉溱。"

⑮ 清阳：谓眉目之间。《诗经·郑风·野有蔓草》："有美一人，清扬婉兮。邂逅相遇，适我愿兮。"

⑯ 延首：引领而望。

⑰ 伫立：久立。想似：犹想象。

【语译】

浓云遮住了阳光，滂沱的雨水淹没了堂前的台阶。

寒霜使碧草受到摧残，冷风振动着枯槁的细枝。

天气凛凛多寒冷，草木落落甚稀疏。

感慨时光的流逝而歌唱《蟋蟀》，思念贤人而吟咏《白驹》。

情随冬气闭塞不通，心跟旋风一起飞向远方。

我的心所怀念的是谁？怀念我的良友欧阳子。

他呀精义入神像能窥测鬼神的深奥，他精通玄理谈吐微妙而深刻。

同他相别才几天，他的微言妙语我就听不到了。

揭衣涉水去寻他并不困难，与他当面晤对的目的却不是马上可以达到。我站在屋檐下台阶上引领远望，啊！久久伫立，只是增添了我对他的想望。

【评析】

这首诗为思念友人欧阳建而作。它主要是从称颂对方的学识修养着笔显示了特色。最后四句表示即使“褰裳”涉水也要登门请教，视对方为益友良师，颇有“程门立雪”的意味。收结以“延首出阶檐，伫立增想似”，欲见而不得，只能想望其风采，临风而倍感惆怅，饶有趣味。

感旧诗一首

作者：曹颜远　　注译评析：韦向学

富贵他人合①，贫贱亲戚离。
廉蔺门易轨②，田窦相夺移③。
晨风集茂林④，栖鸟去枯枝。
今我唯困蒙⑤，郡士所背驰。
乡人敦懿义⑥，济济荫光仪⑦。
对宾颂《有客》⑧，举觞咏“露斯”⑨。
临乐何所叹⑩？素丝与路歧⑪。

【篇旨】

这首诗感慨故旧相轻，世态炎凉。

【注释】

① 他人：指互不相关的人。合：和合。

② 廉蔺：谓赵人廉颇和蔺相如。张铣曰：“廉颇失权，而门下宾客皆望

于蔺相如门，后复位，门客复来。”易轨：更改车道。

③ 田窦：田指汉太尉田蚡，窦指汉窦太后兄丞相窦婴。田窦相交恶，互相侵夺攻击，门下宾客因婴失势，尝去婴而归蚡。故云。见《史记·魏其武安侯列传》。

④ 晨风：鸟名。《诗经·秦风·晨风》：“鴥彼晨风，郁彼北林。”

⑤ 困蒙：犹言困顿。

⑥ 敦：厚。懿义：善美之谊。

⑦ 济济：盛多貌。荫：庇荫。光仪：光华之容仪。

⑧《有客》：《诗经·周颂·有客》。

⑨ 露斯：露也。斯为助词。《诗经·小雅·湛露》：“湛湛露斯，匪阳不晞。”

⑩ 临乐：听乐。《礼记》：“临乐不叹。”

⑪ 素丝、路歧：《淮南子·说林训》说：“扬子见逵路而哭之，为其可以南可以北；墨子见素丝而泣之，为其可以黄可以黑。”

【语译】

你富贵了别人便来和你交好，你贫困了连亲戚都远远离开。

廉颇和蔺相如门客车驾改道，田蚡、窦婴权势移夺，门客亦各自趋避。

晨风鸟集于茂林，宿鸟飞离了枯枝。

如今我贫穷困顿，郡中之士都背我而去。

乡人敦厚于善美的情谊，困难中给我庇荫赐予我光彩的礼仪。

对着嘉宾他们咏颂《有客》，举着酒杯歌唱“湛湛露斯”。

听着音乐还有什么可以感叹？啊！担忧的是世道人心黑白混淆，人生道路可东可西。

【评析】

这首诗虽然以抨击世态炎凉为主旨，但也写出了并不炎凉的另一面。“乡人”以下四句，使人倍感困顿失意时难得的温暖与抚慰。诗语浅而情至，极具温馨感。同样是对比运用，其收功在彼而不在此，它反而突出并深化了主旨。这比一味批评来得更为婉曲深沉。

杂诗一首

作者：何敬祖　　注译评析：韦向学

秋风乘夕起，明月照高树。
闲房来清气，广庭发晖素[①]。
静寂怆然叹[②]，惆怅出游顾[③]。
仰视垣上草，俯察阶下露。
心虚体自轻，飘飖若仙步。
瞻彼陵上柏，想与神人遇。
道深难可期[④]，精微非所慕[⑤]。
勤思终遥夕[⑥]，永言写情虑[⑦]。

【篇旨】

写作者秋夜感物兴怀以及仙事难期、长生难遂的慨叹。

【注释】

① 晖素：月光。

② 怆然：愁凄貌。

③ 游顾：四望。

④ 期：等待。

⑤ 精微：精妙入微。

⑥ 遥夕：长夜。

⑦ 永言：长言。《尚书·舜典》：“诗言志，歌永言。”

【语译】

阵阵秋风乘夜刮起，皎洁的明月照着高树。

空房吹来了寒气，宽广的庭院映照着洁白的月光。

夜深寂寂使我怆然悲叹，出门游观聊以排遣。

抬头仰望墙上易凋的秋草，低头看着阶前易干的露珠。

心虚体轻，便能像仙人般飘飘欲举。

望着陵墓上的柏树，我很想同仙人相遇。

可是仙道却是那样深奥难悟，它精细微妙使我不敢企慕。

劳思费神想着度过长夜，我要用诗歌表达自己感物兴怀的思虑。

【评析】

这首借月夜对垣草易凋、阶露易干的观感抒发了年华易逝、好景不长，欲求长生、神仙难期的感慨。全诗并无新意，手法也通常习见。在《文选》中并非上乘之作。

杂诗一首

作者：王正长　　注译评析：韦向学

朔风动秋草，边马有归心。
胡宁久分析[①]，靡靡忽至今[②]？
王事离我志[③]，殊隔过商参[④]。
昔往鸧鹒鸣[⑤]，今来蟋蟀吟。
人情怀旧乡，客鸟思故林[⑥]。
师涓久不奏[⑦]，谁能宣我心？

【作者简介】

王瓒，字正长，西晋义阳（今河南新野县南）人，博学有俊才，官至散骑侍郎。原有集五卷，已佚。今存诗四首。

【篇旨】

写一个久戍北方边塞的士兵，渴望返乡的情怀。

【注释】

① 胡宁：何以。分析：分离。

② 靡靡：指时光的渐进。

③ 王事：国家之事，指当兵戍守边地。

④ 殊隔：殊方隔绝。商参：即商参二星，其出没不共时，故用以比喻睽违不相见。

⑤ 鸧鹒：春鸟名，即黄莺。

⑥ 客鸟：离巢飞游于他处之鸟。

⑦ 师涓：古时善鼓琴的乐师。

【语译】

北风吹动着秋草，边马嘶鸣像是萌动归心。

何以能够忍受长久的分离，时光慢慢地消逝一下子就到了今天。

戍守边境使我不能实现与家人团聚的愿望，殊方隔绝互不相见甚过商参二星。

我离家正当黄莺鸣声喈喈的春日，而今到了蟋蟀苦吟的秋天。

天下人情多怀故乡，去巢远游的鸟儿常思旧林。

师涓久已不奏他谱下的新曲，有谁能代我宣泄思念故乡的心情？

【评析】

王瓒是以“朔风动秋草，边马有归心”两句诗出名的。他这首诗写久戍北方的士兵渴望返乡的心情，含蓄婉转，韵味深长，却又明白如话，流利畅达，深得乐府遗意。

杂诗一首

作者：枣道彦　　注译评析：韦向学

吴寇未殄灭[①]，乱象侵边疆[②]。
天子命上宰[③]，作蕃于汉阳[④]。
开国建元士[⑤]，玉帛聘贤良。
予非荆山璞，谬登和氏场[⑥]。
羊质复虎文[⑦]，燕翼假凤翔。
既惧非所任，怨彼南路长。
千里既悠邈，路次限关梁[⑧]。
仆夫罢远涉，车马困山冈。
深谷下无底，高岩暨穹苍[⑨]。
丰草停滋润，雾露沾衣裳。
玄林结阴气，不风自寒凉。
顾瞻情感切，恻怆心哀伤。
士生则悬弧[⑩]，有事在四方。
安得恒逍遥，端坐守闺房。
引义割外情，内感实难忘。

【作者简介】

枣据，字道彦，西晋颍川（今河南许昌一带）人，曾任尚书郎，伐吴都督请为从事中郎，军还迁中庶子。卒于太康年间。有集二卷，已散佚。《晋书》有传。

【篇旨】

写自己勇赴国难的雄心壮志。

【注释】

① 吴寇：指东吴孙氏政权。殄：绝。

② 乱象：指作乱，入侵。

③ 上宰：宰相，此指贾充。

④ 蕃：同“藩”，屏障。汉阳：汉水之北。

⑤ 元士：善士。《礼记 · 王制》：天子八十一元士。

⑥ 和氏：《韩非子》说，楚人和氏，得璞玉于楚（荆）山之中。后成珍宝，即著名的和氏璧。

⑦“羊质”句：谓徒其外表而无内实。

⑧ 限：隔。关梁：关塞桥梁。

⑨ 高岩：高山。暨：至。穹苍：谓天。

⑩ 悬弧：弧，弓也。人生男子，则悬弓于门左，示有志于四方。

【语译】

吴寇还未绝灭，边境上乱象纷纷。

皇上给宰相发布命令，在汉水北边建起屏障。

立国需要贤能之士，用重礼厚仪招聘贤良。

我并非是那楚山的璞玉，而今误登了和氏的制玉工场。

我就像羊身披着虎皮，燕鸟充着凤凰飞翔。

我担心不能担当重任，只恨责任重大道路漫长。

路遥遥呀道悠悠，途中有关塞阻挡桥梁相隔。

车夫疲乏停车休息，车辆马匹困在山冈。

深谷深到难以见底，高山高耸入云天。

丰草受到雾露的滋润，征人被它沾湿了衣裳。

幽暗的深林阴气郁结，即使没有刮风也自寒凉。

环视四周我的情绪愈形凄切，内心有说不完的愁苦悲伤。

士人生来就悬弓于门，国家有事，志在四方。

怎能自在逍遥，更不能无事端坐在闺房。

道义相引割情忍爱从军远征，内心深处实在割舍不下，永志难忘。

【评析】

贾充为伐吴都督，请枣据为从事中郎，这首勇赴国难的抒志短诗，便是据此次从军所作。激昂慷慨和悲壮的情调在诗中交相融汇，摇曳生姿，既竭力抒发奋不顾身，为国御敌的壮志豪情，又担心自己才具平庸，不堪重任；既表示不畏艰难，将一往无前，又刻画行军辛苦，士卒疲饥；既发誓男儿立功，志在四方，又难于割舍家庭亲爱。总之在一篇之中，呈现作者种种的矛盾交织和感情心理的跌宕变幻。此诗真实地再现了那个时代军人的典型心理状态，并且通过这感情变幻的落差和反差，给读者以强烈的影响。

杂诗[①]一首

作者：左太冲　　注译评析：韦向学

秋风何洌洌[②]，白露为朝霜。
柔条旦夕劲[③]，绿叶日夜黄。
明月出云崖[④]，皦皦流素光[⑤]。
披轩临前庭，嗷嗷晨雁翔。
高志局四海[⑥]，块然守空堂[⑦]。
壮齿不恒居[⑧]，岁暮常慨慷[⑨]。

【篇旨】

感慨自己年事已老。

【注释】

① 宰相贾充为伐吴都督，征左思为记室不就，故作此诗。

② 冽冽：寒貌。

③ 劲：坚强。

④ 云崖：犹言云层。

⑤ 皦（jiǎo）皦：明貌。

⑥ 局：局促窄小。

⑦ 块然：形容独处。

⑧ 壮齿：谓少年。

⑨ 岁暮：谓衰老之年。

【语译】

秋风凛冽，白露为霜。

柔枝早夜间长成坚木，绿叶很快地变作枯黄。

明月从云层露出，流泻素净的光芒。

打开轩窗，步至前庭，晨雁飞过嗷嗷长鸣。

理想远大四海尚不能容，不意现在只能独守空房。

少壮的年华不会停留，年齿老去，慨当以慷。

【评析】

这是一首嗟衰叹老、感慨壮志不遂的述怀诗。全诗语言简洁，绝少雕琢，风格质朴，感情自然流出，给人以纯净之感。

杂诗一首

作者：张季鹰　　注译评析：韦向学

暮春和气应①，白日照园林。
青条若总翠②，黄华如散金。
嘉卉亮有观③，顾此难久耽④。
延颈无良涂⑤，顿足托幽深⑥。
荣与壮俱去⑦，贱与老相寻。
欢乐不照颜，惨怆发讴吟。
讴吟何嗟及，古人可慰心。

【作者简介】

张翰，字季鹰，西晋吴郡（今江苏一带）人。齐王冏辟为大司马东曹掾，因秋风起，思家乡菰菜、莼羹、鲈鱼脍而辞官归家。原有集二卷，已佚。《晋书》有传。

【篇旨】

写作者嗟老叹贫的情怀。

【注释】

① 和气：阴阳之气相和合。谓天时顺正。应：和。

② 总：集。

③ 亮：信，诚然。

④ 耽：久玩，沉溺。

⑤ 延颈：引领远望。涂：同“途”。

⑥ 顿：犹止。

⑦ 荣：荣达。

【语译】

晚春阴阳之气互相应和，太阳照着园林。
青枝繁密像是攒集翡翠，黄花灿烂如同散金。
美丽的花卉诚然可观，却也不可能长久赏玩。
引领远望找不到一条进身之途，只能止足于幽僻的山谷。
富贵显达与少壮年华一同离去，贫贱与衰老却交替而至。
欢乐的颜色已经难在脸上出现，内心悲伤只好发为歌吟。
歌吟嗟叹又能达到什么目的，想想古时贤者的命运聊以慰藉。

【评析】

此诗是暮春感物嗟老叹贫之作。前六句感物，后八句兴怀。感物之辞清丽，兴怀则深沉婉曲。尤其是"荣与壮俱去，贱与老相寻"二句，把握人事关系中最习见的现象，给以准确的提炼概括，一经道出，便觉警策醒目，引人共鸣，为本篇生色不少。

杂诗十首

作者：张景阳　　注译评析：韦向学

秋夜凉风起，清气荡暄浊①。
蜻蛚吟阶下②，飞蛾拂明烛。
君子从远役，佳人守茕独③。
离居几何时？钻燧忽改木④。
房栊无行迹⑤，庭草萋以绿。

青苔依空墙，蜘蛛网四屋。
感物多所怀，沉忧结心曲。

大火流坤维[6]，白日驰西陆[7]。
浮阳映翠林[8]，回飙扇绿竹[9]。
飞雨洒朝兰，轻露栖丛菊。
龙蛰暄气凝[10]，天高万物肃[11]。
弱条不重结[12]，芳蕤岂再馥[13]。
人生瀛海内[14]，忽如鸟过目。
川上之叹逝[15]，前修以自勖[16]。

金风扇素节[17]，丹霞启阴期[18]。
腾云似涌烟，密雨如散丝。
寒花发黄采[19]，秋草含绿滋[20]。
闲居玩万物，离群恋所思。
案无萧氏牍[21]，庭无贡公綦[22]。
高尚遗王侯[23]，道积自成基。
至人不婴物[24]，余风足染时。

朝霞迎白日，丹气临汤谷[25]。
翳翳结繁云[26]，森森散雨足[27]。
轻风摧劲草，凝霜竦高木[28]。
密叶日夜疏，丛林森如束。
畴昔叹时迟，晚节悲年促。
岁暮怀百忧，将从季主卜[29]。

昔我资章甫[30]，聊以适诸越。
行行入幽荒，瓯骆从祝发[31]。

穷年非所用，此货将安设？
瓴甋夸玙璠[32]，鱼目笑明月。
不见郢中歌[33]，能否居然别。
《阳春》无和者[34]，《巴人》皆下节。
流俗多昏迷，此理谁能察？

朝登鲁阳关[35]，狭路峭且深。
流涧万余丈，围木数千寻[36]。
咆虎响穷山，鸣鹤聒空林[37]。
凄风为我啸，百籁坐自吟[38]。
感物多思情，在险易常心。
朅来戒不虞[39]，挺辔越飞岑[40]。
王阳驱九折[41]，周文走岑崟[42]。
经阻贵勿迟，此理著来今[43]。

此乡非吾地，此郭非吾城。
羁旅无定心[44]，翩翩如悬旌。
出睹军马阵，入闻鞞鼓声[45]。
常惧羽檄飞[46]，神武一朝征[47]。
长铗鸣鞘中[48]，烽火列边亭[49]。
舍我衡门衣[50]，更被缦胡缨[51]。
畴昔怀微志[52]，帷幕窃所经[53]。
何必操干戈，堂上有奇兵。
折冲樽俎间[54]，制胜在两楹[55]。
巧迟不足称[56]，拙速乃垂名[57]。

述职投边城[58]，羁束戎旅间[59]。
下车如昨日[60]，望舒四五圆[61]。

借问此何时？胡蝶飞南园。
流波恋旧浦[62]，行云思故山。
闽越衣文蛇[63]，胡马愿度燕[64]。
土风安所习，由来有固然。

结宇穷冈曲[65]，耦耕幽薮阴[66]。
荒庭寂以闲[67]，幽岫峭且深。
凄风起东谷，有渰兴南岑[68]。
虽无箕毕期[69]，肤寸自成霖[70]。
泽雉登垄雊[71]，寒猿拥条吟[72]。
溪壑无人迹，荒楚郁萧森[73]。
投耒循岸垂[74]，时闻樵采音。
重基可拟志[75]，回渊可比心。
养真尚无为[76]，道胜贵陆沉[77]。
游思竹素园[78]，寄辞翰墨林[79]。

黑蜧跃重渊[80]，商羊舞野庭[81]。
飞廉应南箕[82]，丰隆迎号屏[83]。
云根临八极[84]，雨足洒四溟[85]。
霖沥过二旬[86]，散漫亚九龄[87]。
阶下伏泉涌，堂上水衣生[88]。
洪潦浩方割[89]，人怀昏垫情[90]。
沉液漱陈根[91]，绿叶腐秋茎。
里无曲突烟[92]，路无行轮声。
环堵自颓毁[93]，垣间不隐形。
尺烬重寻桂[94]，红粒贵瑶琼[95]。
君子守固穷[96]，在约不爽贞[97]。
虽荣田方赠[98]，惭为沟壑名。

取志於陵子[99]，比足黔娄生[100]。

【篇旨】

写太康之际乱离的社会现实给人生带来的种种苦闷和哀愁。

【注释】

① 暄：暖。

② 蜻蛚（liè）：蟋蟀。

③ 茕独：孤单。

④ 钻燧：钻木取火。改木：古时钻燧所需木材因季节不同而有异，《邹子》上称："春取榆柳之火，夏取枣杏之火，季夏取桑柘之火，秋取柞楢之火，冬取槐檀之火。"

⑤ 房栊：房室。

⑥ 大火：东方心星。坤维：《淮南子》称"坤维在西南""斗指西南维为立秋"。

⑦ 西陆：指秋天。《续汉书》曰："日行西陆谓之秋。"

⑧ 浮阳：阳光。

⑨ 飙：暴风。

⑩ 龙蛰：龙蛇潜伏。

⑪ 肃：指肃杀之气。

⑫ 结：指开花结果。

⑬ 蕤：草木茂盛。

⑭ 瀛（yíng）海：古人认为九州有瀛海环之。

⑮ 叹逝：《论语·子罕》："子在川上曰：逝者如斯夫，不舍昼夜。"

⑯ 前修：犹言前贤。勖：勉励。

⑰ 素节：指秋天。

⑱ 丹霞：《河图》曰："昆仑山有五色水，赤水之气，上蒸为霞，阴而赫然。"

⑲ 寒花：谓菊。

⑳ 秋草：指兰。

㉑ 萧氏：指萧育，他与朱博为友，著闻当世，时人赞曰："萧朱结绶，王贡弹冠。"牍：书版。

㉒ 贡公：指西汉贡禹，他与王吉（字子阳）为友，世称王阳在位，贡公弹冠。綦（qí）：履迹。

㉓ 遗：遗弃。

㉔ 至人：道家认为不离于真的至道之人，亦即神仙。婴物：附着于物，被外物所累。

㉕ 汤谷：传说中日出之处。见《淮南子》。

㉖ 翳翳：云初出貌。

㉗ 森森：雨散貌。

㉘ 竦（sǒng）：犹惊。

㉙ 季主：即司马季主，汉楚地人，卖卜于长安东市。

㉚ 资：资取。章甫：殷代一种玄冠。《庄子·逍遥游》："宋人资章甫而适诸越，越人断发文身，无所用之。"

㉛ 瓯骆：瓯，指东海王摇（越王勾践之后）所辖之东瓯之地。骆，一作"驺"，东海王摇之姓。祝：断。

㉜ 瓴甋（líng dì）：砖瓦。玙璠：鲁地所产的良玉。

㉝ 郢中歌：楚都郢中流行之歌。

㉞《阳春》：曲名。宋玉《对楚王问》："客有歌于郢中者，其始曰《下里》《巴人》，国中属而和者数千人……其为《阳春》《白雪》，国中属而和者不过数十人……是其曲弥高，其和弥寡。"

㉟ 鲁阳关：在今河南南召东北、鲁山西南。

㊱ 寻：古时八尺为一寻。

㊲ 聒（guō）：喧噪。

㊳ 百籁：众窍，指各种自然音响。

㊴ 朅（qiè）来：来去。不虞：不测。

㊵ 辔（pèi）：控马之勒口。岑：高山。

㊶ 王阳：汉琅邪人，为益州刺史，行部至邛僰九折坂，叹其险阻驱马而离去，所谓九折坂乃王阳畏途是也。

㊷ 岑崟（yín）：险阻貌。指崤山，是当年周文王避风雨处。

㊸ 著来今：谓以戒之于今日。

㊹ 羁（jī）旅：寄迹于外。

㊺ 鞞（pí）：小鼓。

㊻ 羽檄：即羽书，征兵之书，以鸟羽插之，以示急行如飞。

㊼ 神武：此指天子。

㊽ 长铗：剑名。

㊾ 烽火：边有警则举之火。

㊿ 衡门衣：谓贫贱之服。衡门：简陋的房屋。

51 缦胡缨：指军服。

52 微志：此为谦辞。

53 帷幕：指军中帐幕。

54 折冲：谓御敌。冲：兵车。樽俎：指宴会。樽，酒器；俎，肉盘。

55 两楹：指主宾相接处。

56 巧迟：指虽奇巧但却是迟缓的用兵之法。

57 拙速：谓技虽不工，却能速效。

58 述职：述其所职。官吏向上级报告工作。

59 羁束：犹言拘束。

60 下车：谓初到任。

61 望舒：本指月御，此指月亮。四五圆：谓经四五个月。

62 浦：水滨。

63 衣文蛇：谓闽越之人皆刻镂其身为蛇纹，如人穿衣。

64 胡马：北方之马。《古诗十九首》：“胡马依北风，越鸟巢南枝。”

65 结宇：构屋。冈曲：山阿。

66 耦耕：两人并耕。幽薮：大泽。

67 闲：谓闲静。

⑱ 渰（yǎn）：云起貌。岑：高山。

⑲ 箕毕：箕星和毕星。古人认为月经于箕则多风，离于毕则多雨。期：会。

⑳ 肤寸：有限之长度，此指小片之云。霖：久雨。

㉑ 泽雉：薮泽中的野鸡。垄：高处之田。雊（gòu）：雉鸣声。

㉒ 猿：猿猴。拥：抱。

㉓ 楚：一种灌木，即牡荆。郁：盛多。萧森：条长貌。

㉔ 耒（lěi）：农具。

㉕ 重基：谓山。

㉖ 养真：犹言养性。无为：纯任自然。

㉗ 道胜：李周翰曰："谓之胜者，所贵隐身也。"陆沉：谓无水而沉沦。比喻隐居于山林。

㉘ 竹素：竹简和绢帛，古人书写所用。此引申指典籍。

㉙ 翰：笔。

㉚ 黑蜧（lì）：黑色之神蛇。

㉛ 商羊：鸟名。谣曰："天将雨而商羊鼓舞。"见《孔子家语》。

㉜ 飞廉：风伯。南箕：即箕星，南方七宿之一。

㉝ 丰隆：云神。号：呼。屏：屏翳，雨师。

㉞ 八极：八方之极。

㉟ 四溟：四海。

㊱ 霖：久雨不止，即淫雨。沥：水下滴。

㊲ 九龄：指尧时九年的洪水为患。

㊳ 水衣：谓苍苔。

㊴ 割：害。

㊵ 昏垫：即昏瞀垫弱，谓困于水灾。

㊶ 沉潦：雨水。潡：激荡。陈根：枯萎之树根。

㊷ 里：里闾。曲突：谓烟囱。

㊸ 环堵：围墙。

⑭ 尺烬：一尺之薪。寻桂：一寻（古以八尺为寻）之桂。红粒：霉朽的粮食。

⑮ 瑶琼：宝玉。

⑯ 固穷：谓于穷困中尚能保持其操守。《论语·卫灵公》："子曰，君子固穷，小人穷斯滥矣。"

⑰ 在约：指经济拮据。爽：错失。贞：贞节。

⑱ 田方：即田子方，战国魏人。《说苑》曰："子思居卫，缊袍无里，二旬九食。田子方使人遗狐白之裘，恐其不受，因谓之曰：'吾假人遂忘之；吾与人如弃之。'子思辞曰：'伋闻忘与不如遗弃物于沟壑。伋虽贫，不忍身为沟壑，故不敢当。'卒不肯受。"

⑲ 於陵子：谓陈仲子，其贫居於陵，自织履妻纺纑以易食，而节操不易。见《孟子》。

⑳ 黔娄生：黔娄先生，战国齐人，修清节不求进。见《列女传》。

【语译】

秋夜吹起阵阵的凉风，清风涤荡了闷热和烦浊。

蟋蟀鸣叫于阶下，飞蛾扑打着灯光。

丈夫远役在外边，妻子孤独地守着空房。

与夫离别多少时光？钻火改木几度冬春。

家中他的足迹早已泯灭，庭草萋萋空自碧绿。

青苔倚附空墙，蜘蛛到处结网。

感此多所怀思，深深的忧郁盘旋心曲。

心星流向西南，太阳向西沉。

阳光照映着翠绿的树林，远风摇动着苍翠的修竹。

清早飘落的雨点洒在兰叶上，薄露滴滴沾湿丛菊。

龙蛇伏蛰，大气寒凝，天高气爽，万物肃穆。

柔枝幼条不再开花结果，茂盛的香草不再重放芬馥。

人生在天地间，短暂得就如同飞鸟过目。
孔子叹逝川，前贤以此自勉自勖。

秋天吹着金风，丹霞开启了秋阴之季。
升腾的云团像是翻滚着的炊烟，雨如同撒下来的银丝。
菊花放射金黄色的光彩，绿草长得滋润鲜艳。
闲居无聊赏玩万物，离群索居怀念所思。
书案上没有萧育的书牍，庭院中并无贡公的足迹。
高尚其事不事王侯，修身养性积道成基。
至德之人可以不被外物所诱惑，他们的流风余韵足以感染时俗。

朝霞映着太阳，红光照临汤谷。
浓云翳翳结集，大雨滂沱山谷。
轻风摧折挺立的野草，繁霜凝结于耸立的树木。
密叶日夜在疏落，丛林森森如受约束。
少小时嫌时间过得太慢，而今老了就觉得岁月流逝得过于急速。
岁暮百忧交集，世道纷乱，我只好向司马去问卜。

从前我贩取章甫，想运到越地去姑且试试。
不知不觉间进入幽荒，瓯骆之人断发不戴帽子。
经年帽子无用，这批货物将置于何处?
流俗视砖瓦重于美玉，鱼目混珠还要嘲笑宝珠。
郢中流传着许多歌曲，你能分清它们的高下美恶?
《阳春》《白雪》无人相和，《下里》《巴人》和者虽众，却是下等的流行歌曲。
流俗之人多昏庸无知，此中的道理有谁能加以明察?

早上登鲁阳关，关道狭窄又陡峭。

路旁的涧谷水万丈，合抱的大树高千寻。

猛虎咆哮响彻深山，鸣叫的野鹤喧噪空林。

寒风对着我呼啸，天籁自然而成吟。

感此景物我思绪纷纷，处此险境也不免胆战心惊。

来往山道应戒备遇到不测，只希望紧控缰绳飞速翻山越岭。

昔时王阳驱马九折坂毅然折返，周文王途经险峻的崤山急速前行。

历经险阻贵在不要迟慢，这道理一直垂诫到如今。

此地不是我的故乡，此城也不是我故乡的城。

羁旅漂泊心神不安，它飘飘摇摇，如同悬挂的旗旌。

出门看到的皆是军马列阵，入门听到的也是鞞鼓之声。

常担心紧急军书突然飞传，天子又要开战征兵。

长剑脱出剑鞘鸣响，报警的烽火燃遍了边塞的堠亭。

脱掉我贫居粗陋的布衣，换穿上军服缦胡缨。

从前我亦曾怀抱小小的志向，希望能运筹帷幄亲历战阵。

庙堂之上出谋划策也能出奇制胜，何以操刀动枪才算用兵？

最高的制胜之道在于折冲樽俎，最妙的取胜之地在于彬彬有礼主宾酬对的两楹。

虽巧不速无足称道，虽拙能速便可建功留名。

为了述职我到边城，便拘束于军旅生活之间。

回想我下车如在昨日，而今月亮已四五次团圆。

借问现在是什么时令啊？正当蝴蝶春来飞舞于我家的南园。

流水留恋曾经流过的江浦，行云怀念曾经飘过的故山。

闽越之人愿意身刺蛇纹，胡马愿意回到它的故地燕山。

异地的风土人情自己怎能习惯，看来这是事有固然。

筑室在深山的山曲，耦耕在大泽之阴。

荒芜的庭院空寂闲静，偏僻的山谷陡峭幽深。

寒风阵阵起于东谷，浓云团团生于南岭。

虽然箕毕两星未曾相会，肤寸之云却也带来大雨淋淋。

泽中雄雉登上高垄，野鸡鸣叫，猴猿受冻抱着枝条凄厉哀鸣。

溪壑人迹罕至啊，荒林阴郁萧森。

放下农具沿着山崖走去，不时听到樵者伐木的声音。

高山可以比拟我的志向，深渊可以比拟深沉的内心。

修身养性崇尚自然无为，胜人之道贵在隐居陆沉。

我愿游思于古人之典籍，寄托文辞于翰墨之广林。

黑蛇从深渊涌出，商羊鸟飞舞于野庭。

风伯迎合南箕，云师迎着雨神。

云脚垂于天之八方，雨足洒于地之四溟。

淫雨淋漓超过了二旬，大水漫漫仅次于尧时九年洪水。

阶下暗泉涌出，堂中苍苔丛生。

洪水浩荡造成祸患，人们蒙头转向昏昏沉沉。

雨水漱荡着枯萎的树根，水浸绿叶腐烂了秋茎。

里间烟囱不再冒烟，路上车辆绝迹，不闻辚辚。

围墙渐渐倒塌，民宅暴露无以隐形。

一尺之薪价格贵于一寻之桂，霉腐的粮食贵于美玉良琼。

君子贫穷不改操守，自处困窘仍然保持坚贞。

有田子方的馈赠足以引为光荣，但子思仍拒不接受，他惭愧于从沟壑拾取弃物的恶名。

我要学於陵的陈仲子和黔娄先生的为人，尚志修节，不求进用。

【评析】

张协这十首杂诗的内容确实比较复杂。大致说来，“秋夜凉风起”刻画思妇对行役丈夫的怀念。“大火流坤维”抒发人生年命短暂的感慨。“金风扇素节”表白不贪恋功名爵禄的操守，追求不为外物所累的“至人”境界。“朝霞迎白日”流露“晚节悲年促”的人生悲哀。“昔我资章甫”认为凡事要行得通均需合于时俗习尚，但又对此意表示不满。“朝登鲁阳关”与“此乡非吾地”却是两首说理的诗。前者阐述“经阻贵勿迟”的道理，后者则申说临敌制胜之道。“述职投边城”叙写从军边塞时对故乡家山的思恋。“结宇穷冈曲”则称颂隐居不仕，提倡自然无为。最后一首“黑蜧跃重渊”描绘洪水所造成的灾害和惨状，却又加上“君子固穷”自我标榜的尾巴。如上所述，这十首诗并无统一的中心和系统的构思，不能算作组诗。各首诗的艺术质量亦不尽平衡。其中，“朝登鲁阳关”“此乡非吾地”两首，诗意新鲜，饶有余味，说理从形象的描绘中自然引出，具有较强的可读性。抒情诗则以“述职投边城”一首比较出色，其抒发对家山的思念，不假雕饰，汩汩流出，融情于景，自然浑成，有较强的感染力。

卷第三十

杂诗下

时兴一首

作者：卢子谅　　注译评析：韩晖

亹亹圆象运①，悠悠方仪廓②。
忽忽岁云暮③，游原采萧藿④。
北逾芒与河⑤，南临伊与洛⑥。
凝霜沾蔓草，悲风振林薄⑦。
摵摵芳叶零⑧，蕊蕊芬华落⑨。
下泉激洌清⑩，旷野增辽索⑪。
登高眺遐荒⑫，极望无崖崿⑬。
形变随时化，神感因物作。
澹乎至人心，恬然存玄漠⑭。

【篇旨】

写秋去冬来的时令变化及感触，表达了诗人崇玄尚道的主旨。

【注释】

① 亹（wěi）亹：勤勉不倦的样子。圆象：天象。《文选》注引《曾子》说："天道曰圆，地道曰方，在天成象，故曰圆象。"

② 方仪：天地。《曾子》说："天地曰两仪，故曰方仪也。"廓：寥廓。

③ 忽忽：这里形容时间快。

④ 萧：艾，一种含有香味的草本植物。藿（huò）：菽：豆。《诗经·小雅·小明》："岁聿云莫，采萧获菽。"

⑤ 逾：越过。芒：芒山，今河南洛阳北北邙山。河：黄河。

⑥ 伊：伊水。洛：洛水。

⑦ 悲风：大风。薄：草木丛生的地方。

⑧ 摵（shè）：陨落。

⑨ 蕤蕤：下垂的样子。

⑩ 激：流急的样子。冽清：犹"清冽"，指泉水清冷。

⑪ 辽索：辽阔的索漠。

⑫ 遐荒：远方。

⑬ 崿（è）：山崖。

⑭ 玄漠：道所在的地方。《老子》第二十一章说："道之为物，唯恍唯惚。"《庄子·逍遥游》："何不树之于无何有之乡，广莫之野。"

【语译】

天象运行无止息，天地寥廓无边际。

岁月如流水忽忽已年暮，郊游原上去采萧和藿。

向北越过芒山与黄河，向南到达伊水和洛水。

寒霜沾结在蔓草上，大风吹着丛生的草木。

芳叶摵摵飘零去，芬华纷纷落下地。

清冽的泉水流得急，空旷的原野增加了无限的孤独。

登上高处眺望远方，极目茫茫无涯际。

万物随着时间变化而变化，神契之感触物而产生。

至人之心安淡如镜，心神闲适才能进入玄漠之境。

【评析】

题为时兴者，感于时而兴也。卢子谅生逢东晋之末，平生屡为人挟制，多有感愤而不便言。因此诗运玄辞，亦可理解。前两句先由大时空落笔，接下四句从小时空着墨。这种时空角度之变换，衔接比较自然。“凝霜”以下八句，融个人观照于宇宙观照之中，寓情于景，使人既感到自然环境的萧索，亦领会到诗人内心的凄凉。后四句为玄言诗尾巴，以理为主，透露了诗人自我安慰的路径是学习至人，恬然存心玄漠。整首诗写得自然多变，格调凄怆，当为玄言诗佳作。刘勰称卢谌诗“情发而理昭”，观此诗方觉不诬。诗抒情明理，托物寄情，自成一格。

杂诗二首

作者：陶渊明　　注译评析：韩晖

结庐在人境[①]，而无车马喧。
问君何能尔[②]？心远地自偏。
采菊东篱下，悠然见南山。
山气日夕佳[③]，飞鸟相与还。
此还有真意[④]，欲辨已忘言[⑤]。

秋菊有佳色，裛露掇其英[⑥]。
泛此忘忧物[⑦]，远我达世情[⑧]。
一觞虽独进[⑨]，杯尽壶自倾。
日入群动息，归鸟趋林鸣。
啸傲东轩下[⑩]，聊复得此生[⑪]。

【篇旨】

写归隐生活，表达了诗人淡然的情趣和归隐的心志。

【注释】

① 结：建造。庐：茅屋。人境：人聚居的地方。

② 君：诗人自指。尔：如此。

③ 山气：指山中的云霭。

④ 此还：今通行作“此中”，指上面说到的自然景物之中。真意：人生的真谛。

⑤ 辩：述说。忘言：《庄子·外物》有“得鱼而忘筌”“得意而忘言”语，意思是说，既已意会，言辞就是多余的了。

⑥ 裛（yì）：沾湿。掇（duó）：采摘。英：花。

⑦ 泛：酒斟满。忘忧物：指菊花酒。

⑧ 达：今通行作“遗”，忘却。世情：世俗的事情。

⑨ 觞（shāng）：酒器。

⑩ 轩：窗。

⑪ 复：此处有失而复得意，诗人自觉出仕为失，辞归为得。

【语译】

在人多的地方建房居住，却感觉不到车水马龙的喧闹。

试问我怎么能做到这样？心远离尘俗住地自然僻静。

到东边的篱下采摘菊花，望见南山莽苍苍一片。

山间的雾霭傍晚更好看，飞翔的鸟儿双双结伴回还。

美丽的大自然中蕴藏人生的真谛，想要述说却又觉得语言多余。

秋菊生来姿色美，我采菊花带露水。

斟满这杯菊花酒，世俗事情远我走。

一杯美酒虽然只独饮，一杯一杯喝个壶干酒尽。

日落西山动物都歇息，归鸟纷纷鸣叫飞回树林。

在东窗下我临景啸傲，此生失而复得怎能苟且成蹉跎。

【评析】

陶靖节生逢浊世，而又不为五斗米折腰，遂弃官归农，结庐人境，笃志做一真隐士。诗如其人，皎洁若皓月，清醇若美酒。杂诗其一，前四句为个人观照，直陈其事，一波一折，有疑有解，颇具真性。接下来四句写景，以我观物，物皆着我自然适性之色彩。“采菊”两句超然独绝，可以入画，可以入神，可以使趋利若鹜者汗颜。末两句点明主旨，诗人但愿体会自然的“真意”，不愿与世人作落入言筌的解释，以防破坏了美妙的心境。杂诗其二，清吴淇评道：“上章（指杂诗一）写自得中带不得有为之意，此章写不得有为带自得之意。‘秋菊’即承上章‘采菊东篱’，取其芳洁，与己行相比。”果然，诗一开始“秋菊有佳色”便“洗尽古今尘俗气”，接着采菊为酒，酌酒遗世，壶空酒尽时，已是日入而息光景，群动寻栖，归鸟鸣林，浏览此景，诗人心灵飞动，不禁啸傲尘俗，愈觉今是昨非。只是平平道来，却自然清醇，妙不可言，盖因其人气骨独绝，故其诗格韵俱佳耳。

咏贫士诗一首

作者：陶渊明　　注译评析：韩晖

万族各有托[①]，孤云独无依[②]。
暧暧虚中灭[③]，何时见余辉[④]？
朝霞开宿雾[⑤]，众鸟相与飞。
迟迟出林翮[⑥]，未夕复来归。
量力守故辙[⑦]，岂不寒与饥？
知音苟不存，已矣何所悲。

【篇旨】

诗以孤云、独鸟为喻，游述了贫士与众不同的处境心境，抒发了诗人不慕名利、安贫守节的情怀。

【注释】

① 万族：万类。

② 孤云：喻贫士。

③ 暧（ài）暧：昏暗的样子。

④ 辉：光辉，这里指光影。

⑤ 开：驱散。宿雾：夜雾。

⑥ 翮：羽翮，此处代鸟。

⑦ 故辙：故迹，指安贫守节之道。

【语译】

世界上万物都各有依托，贫士却像孤云一片无依无靠。

孤云在昏暗中渐渐消散，什么时候能再见到你残留的光影。

朝霞满天驱散了夜间的雾霭，鸟儿喧噪着结伴飞出巢。

有一只迟迟才飞出林的小鸟，天色未晚便又回到了巢边。

度德量力守我安贫旧节，怎能会不饥饿孤寒？

如果世上不存在知音，那还有什么值得悲伤！

【评析】

古人云“诗言志”，观陶氏咏贫士印象殊深。诗共七首，为陶氏年近花甲时作，寓志甚明。此诗为第一首，明不与世俗同流合污之志。前八句，诗人以孤云无依无靠为喻，昭示贫士的孤高淡远、不慕荣利，以林鸟迟出早归比喻贫士所求无多，审慎其出处，与众异趣。后四句“量力守故辙，岂不寒与饥”，一个诘问道出了贫士所以贫困的原因。接着“知音苟不存，已矣何所悲”，指明这正是贫士高出众人而值得骄傲的地方。上述的曲折抑扬显得沉郁深厚，贫士的形象与诗人的高洁之志愈加彰明。

读《山海经》诗一首

作者：陶渊明　　注译评析：韩晖

孟夏草木长①，绕屋树扶疏②。
众鸟欣有托，吾亦爱吾庐。
既耕亦已种，且还读我书。
穷巷隔深辙③，颇回故人车④。
欢言酌春酒⑤，擿我园中蔬⑥。
微雨从东来，好风与之俱⑦。
泛览周王传⑧，流观山海图⑨。
俯仰终宇宙⑩，不乐复何如！

【篇旨】

写亲耕之后，微雨好风之暇泛览《穆天子传》和《山海经》的乐趣，同时抒发了诗人内心深处无可奈何的人生感慨。

【注释】

① 孟夏：初夏，夏历四月。

② 扶疏：树木枝叶茂盛四布的样子。

③ 深辙：指显贵所乘大车碾过的车辙。《韩诗外传》说，楚王派使者用车载很多金子到接舆家去劝他出仕，而接舆没有接受，等使者走后，他的妻子说：门外车辙是多么深啊！

④ 回：回转。

⑤ 春酒：指冬酿而春成的酒。

⑥ 擿：同“摘”。

⑦ 俱：同来。

⑧ 周王传：即《穆天子传》。

⑨ 山海图：即《山海经》。

⑩ 俯仰：这里指时间很短。俯，由上向下看；仰，由下向上看。宇宙：指时间和空间上的无限延伸。《淮南子·原道训》高诱注说："上下四方曰宇，古往今来曰宙，以喻天地。"

【语译】

夏历四月草木生长很旺盛，环绕着我房屋的树也枝繁叶茂。

成群结队的鸟儿欣欣然盼来了自由天地，我也和它们一样喜欢自己的茅草房。

耕地播种结束后，我暂且还家把书读。

穷僻的小巷隔绝了显贵的车辙，就连昔日的朋友也得调车回转。

高高兴兴地斟满春酒，又到园子里摘取蔬菜。

细雨蒙蒙从东方飘来，好风轻轻随雨吹送。

我泛览《穆天子传》，我流观《山海经》。

顷刻之间把整个宇宙翻看一遍，这不足以快乐还有什么更值得？

【评析】

一组读《山海经》诗，传神地反映了陶潜式的耕读生活，在精神生活领域里影响后人十分深远。由欢然酌酒、园中摘蔬、微雨东来和好风轻飘到观《穆天子传》、览《山海经》，再到俯仰宇宙深致喟叹。从实处写起到虚处止笔，由物及我，观我于物，到物与我同构。其情于景处见，于我处见，于处处见。陶潜读书如他自己所说："好读书，不求甚解，每有会意，便欣然忘食。"联系本篇，但见他心游八极，抚宇宙于一瞬，或能真正得读书之趣。观其"微雨""好风"句，乃神来之笔，非杜甫"夜雨剪春韭，新炊间黄粱"（《赠卫八处士》）难臻此境。

七月七日夜咏牛女一首

作者：谢惠连　　注译评析：韩晖

落日隐檐楹[1]，升月照帘栊[2]。
团团满叶露[3]，析析振条风。
蹀足循广除[4]，瞬目曬曾穹[5]。
云汉有灵匹[6]，弥年阙相从[7]。
遐川阻昵爱[8]，修渚旷清容。
弄杼不成藻[9]，耸辔骛前踪[10]。
昔离秋已两，今聚夕无双。
倾河易回斡[11]，款颜难久悰[12]。
沃若灵驾旋[13]，寂寥云幄空。
留情顾华寝，遥心逐奔龙。
沉吟为尔感，情深意弥重[14]。

【篇旨】

诗通过对牛女聚难离久的吟咏，表露了诗人对人生及身世的感慨。

【注释】

① 檐（yán）楹：屋檐和柱子。

② 窗栊：帘子，窗户。

③ 团团：露多的样子。

④ 蹀（dié）：蹑足行走。循：沿着。除：台阶。

⑤ 瞬目：眨眼。曬（xǐ）：搜寻而视的样子。曾：通“层”，重叠。

⑥ 云汉：银河。匹：匹配，一对。

⑦ 弥年：终年。

⑧ 遐川：这里指银河。

⑨ 杼（zhù）：织布机的梭子。藻：章藻，花纹。

⑩ 骛（wù）：通“务”，追求。

⑪ 倾河：天汉。回斡（wò）：回转。

⑫ 款：诚恳。悰（cóng）：欢乐。

⑬ 沃若：光彩闪烁。旋：回，归。

⑭ 弥：益，更加。

【语译】

夕阳隐约于屋檐楹柱之间，刚升的月亮照射着门帘窗户。

晶莹的露珠滚满了叶片，风吹枝条析析响个不停。

轻步沿着广阔的台阶走，眨巴眼睛望向苍穹。

银河里面有牛郎织女，终年难得有相见的机会。

银河阻隔着他们亲近相爱，长洲疏旷了他们清瘦的面容。

穿梭不停却织不成布，纵马去追求前方的踪影。

去年离别到如今已两个秋天，如今相聚也只一个晚上。

银河迢迢顿时斗转星移，真情相依欢乐却不能久长。

光灿灿的灵驾急于回旋，只留下寂寞的云幕空空荡荡。

深情地顾盼华美的居室，心情疾飞向着遥远的龙车。

沉吟良久为你们伤感，伤感于你们竟是如此地情深义重。

【评析】

张溥言惠连“才悟无双，而荣华路绝，同时憔悴，亦物各以类乎”。于此诗，可见谢惠连托牛郎织女写情思之一斑。中间十二句写诗人对天上牛女悲欢离合的遐思，极驰骋其想象，以心理推测和心理的行为外化表现其内心活动。后四句诗人由想象回归现实，表现出对天上人间双重世界（现实世界和超现实世界）里美好事物均不能长久的深沉感叹。全诗意境开阔，感触细腻，首尾关合，章法井然。

捣衣一首

作者：谢惠连　　注译评析：韩晖

衡纪无淹度①，晷运倏如催②。
白露滋园菊，秋风落庭槐。
肃肃莎鸡羽③，烈烈寒螿啼④。
夕阴结空幕⑤，霄月皓中闺。
美人戒裳服⑥，端饰相招携⑦。
簪玉出北房，鸣金步南阶。
榈高砧响发⑧，楹长杵声哀⑨。
微芳起两袖，轻汗染双题⑩。
纨素既已成⑪，君子行未归。
裁用笥中刀⑫，缝为万里衣。
盈箧自余手，幽缄候君开⑬。
腰带准畴昔⑭，不知今是非。

【篇旨】

写捣衣的环境气氛和思妇裁制寒衣的心理，表现了诗人对思妇的同情，抒发了对世乱的感伤情怀。

【注释】

① 衡纪：代指星纪。衡：玉衡，斗星的中央。《汉书音义》上说：“二十八舍，列在四方，日月行焉，起于星纪也。”淹：停留。

② 晷：日影，这里指日。倏：快，速。

③ 莎鸡：蟋蟀。

④ 螿（jiāng）：蝉的一种。

⑤ 幕：帘幕。

⑥ 戒：备。

⑦ 携：提。

⑧ 砧（zhēn）：捣衣用的木板。

⑨ 杵（chǔ）：捣衣用的棒槌。

⑩ 题：指额。

⑪ 纨：细绢。素：没有染色的绢绸。

⑫ 笥：盛衣物的竹器。

⑬ 幽缄（jiān）：封闭。

⑭ 准：依据，按照。畴昔：过去。

【语译】

星斗转动不会在同一天区淹留，太阳运行快得如催促一般。

白露滋润着园里的菊花，秋风吹落庭院中的槐叶。

蟋蟀振动翅膀肃肃作响，寒蝉亦在凄厉地哀鸣。

傍晚的阴冷凝结于空寂的帘幕之间，明亮的夜月照进秀雅的闺房。

美人们置备好自己的服装，端整首饰互相邀约。

戴着玉簪走出北房，金饰轻响步下南阶。

高高的栏台上发出砧的清响，长长的楹柱间传来棒槌的声响。

两袖间发散出幽微的芳香，轻微的汗渍浸染了前额。

素绢已经织成，征人远行仍不见归来。

操起那竹篓里的剪刀为你裁剪，裁好后为万里之外的你缝制寒衣。

满箱子的衣服都出自我的手，紧紧地封藏着等你来打开。

腰带仍按你以前的尺寸，不知现在是否合体。

【评析】

捣衣，是古代诗歌常咏题材，庾信有“秋夜捣衣声，飞度长门外”，李白有“长安一片月，万户捣衣声”，等等，内容多写思妇怀念征人。惠连此诗，乃咏捣衣较早诗章，锺嵘《诗品》誉之为“五言之警策”。诗写一群女子在清秋月夜为久别远行的丈夫赶制寒衣的情景。前八句写捣衣的环境气氛，先由时序变换起笔。中间八句写捣衣场景，描绘了一幅月下捣衣风俗图。着重通过衣饰描写，烘托其青春焕发，内心美好，又在劳作情景中，寄寓相思。由衣饰到声响到动作表情的层层铺写，生动亲切。后八句写制衣及内心活动，朴素深情的内心表白，饱含着对征人的良好祝愿和深深担忧。整首诗形象鲜明，情感委婉真挚，笔法摇曳多姿，颇饶情致。

南楼中望所迟客一首

作者：谢灵运　　注译评析：韩晖

杳杳日西颓[①]，漫漫长路迫[②]。
登楼为谁思？临江迟来客[③]。
与我别所期[④]，期在三五夕[⑤]。
圆景早已满[⑥]，佳人犹未适[⑦]。
即事怨睽携[⑧]，感物方凄戚[⑨]。
孟夏非长夜，晦明如岁隔[⑩]。
瑶华未堪折[⑪]，兰苕已屡摘[⑫]。
路阻莫赠问[⑬]，云何慰离析[⑭]？
搔首访行人，引领冀良觌[⑮]。

【篇旨】

写南楼迟客期而不至，因而焦虑不安，并抒离别相思之情。

【注释】

① 杳（yǎo）杳：形容遥远。颓（tuí）：坠落。

② 迫：忧心窘迫。

③ 迟（zhì）：等待。

④ 所期：相约会面的时间。

⑤ 三五夕：阴历十五日晚上。

⑥ 圆景：指月亮。

⑦ 适：来。

⑧ 睽（kuí）：乖违。携（xié）：分离。

⑨ 方：常。凄戚：忧愁，悲伤。

⑩ 晦明：指昼夜。

⑪ 瑶华：此指芳香洁白的花朵。

⑫ 苕（tiáo）：草名，也叫凌霄。

⑬ 问：慰问。

⑭ 离析：分离。

⑮ 觌（dí）：相见。

【语译】

遥远的天边太阳落下了西山，漫漫长路使我忧心窘迫。

登上南楼为的是思念何人？来到江边等候我的嘉宾。

和我分别时约好相会的日期，会期就在这十五的晚上。

现在月亮又已满圆，嘉宾仍迟迟不见光临。

面对此景我抱怨分离，触物生情不禁心中忧伤。

初夏的夜晚并不算长，可一昼夜竟如隔年。

瑶花经受不起乱折，兰苕却已屡屡被摘。

路途受阻无法投赠，用什么来安慰我离别的心灵。

我搔首访问过路行人，踮起脚跟观望期待着美好的会见。

【评析】

鲍照评谢灵运五言诗“如初发芙蓉，自然可爱”，沈德潜谓：“谢诗追琢而返于自然，不可及处，在新在俊。”这首伤离别、诉友情之作正体现了谢诗新俊的风格。起句从时空角度切入，突出候客的焦灼之情，下面反复申诉因嘉宾失期而彷徨不安的心情。“孟夏非长夜，晦明如岁隔”两句语颇清俊，亦有新意。最后四句将候客不至冀客再来的心理绘写得颇为生动挚切。但本篇也有不足，如“瑶华未堪折，兰苕已屡摘”，诗意犯重，略嫌复沓，高手本该避免此类失误。

田南树园激流植援一首

作者：谢灵运　　注译评析：韩晖

樵隐俱在山[1]，由来事不同[2]。
不同非一事，养痾亦园中[3]，
中园屏氛杂[4]，清旷招远风[5]。
卜室倚北阜[6]，启扉面南江[7]。
激涧代汲井[8]，插槿当列墉[9]。
群木既罗户[10]，众山亦对窗。
靡迤趋下田[11]，迢递瞰高峰[12]。
寡欲不期劳，即事罕人功[13]。
唯开蒋生径[14]，永怀求羊踪[15]。
赏心不可忘，妙善冀能同[16]。

【篇旨】

写诗人的田园之美，抒渴求知音之情，张“尚赏心妙善同”之意。

【注释】

① 樵：樵夫。隐：隐士。

② 事不同：指樵夫与隐士在山上居住的缘由不同。

③ 痾（ē）：病。

④ 中园：即园中。屏：同“摒”，摒绝。氛杂：纷杂，繁杂。

⑤ 清旷：清朗阔大。

⑥ 卜室：筑室，择室。阜：土山。

⑦ 启：开。

⑧ 激：水受阻后腾涌或飞溅。

⑨ 槿（jǐn）：木槿，一种落叶灌木。墉（yōng）：此处指墙。

⑩ 罗：分布，罗列。

⑪ 靡迤：曲折连绵。

⑫ 迢递（tiáo dì）：形容遥远。瞰：远望。

⑬ 即事：指营室之事。

⑭ 蒋生：蒋子诩。《三辅决录》说，他隐居杜陵，舍中三径，只有羊仲、求仲从他游。径：小路。

⑮ 求羊：求仲、羊仲，蒋子诩的两个友人。

⑯ 妙善同：意为将大妙的自然与美好的人伦结合起来，即所谓“天人合一”。《庄子寓言》载颜成子游对东郭子綦说：“自吾闻子之言……八年而不知死，不知生，九年而大妙。”郭象说：“妙善同，故无往而不冥也。”

【语译】

樵夫和隐士同样都是住在山上，但他们住在山上的缘由并不相同。

这种不同并非只在一个方面，我避世养病也一样住在这园中。

住在园中可以摒绝纷繁的尘俗，清朗宽旷吸引远来的凉风。

筑室斜靠着北面的山冈，打开房门正对着南面的清江。
激引涧水代替到井里汲水，插起木槿当作垒筑高墙。
众多的树木分布在门前，群山重叠正对着窗口。
沿着曲折绵延的小路下去是田地，远望高耸的山峰挺立在天际。
清心寡欲不要太辛苦，营造居室也不费太多人功。
开通几条像蒋子诩家那样的小路，长久地思念求仲羊仲这样知音的踪迹。
赏心之事千万不可忘记，希望妙善同一天人合一。

【评析】

谢灵运一生写了大量山水田园诗，内泄郁结的情志，外呈山水田园之美。此诗为田园诗，中间十句从不同方位和角度具体描绘田园之美，以视觉为主，间写触觉感受。后六句诗人寓情于理，表达寡欲赏心，以冀天人合一的理念，自然不免枯燥。但整首诗写景生动，记叙家园胜景，娓娓道来，清旷绝俗，韵长味醇。既显出了一种幽远的诗格，也体现了诗人清朗坦荡的胸襟。对后世田园诗产生了一定的影响。

斋中读书一首

作者：谢灵运　　注译评析：韦向学

昔余游京华，未尝废丘壑[①]。
矧乃归山川[②]，心迹双寂漠[③]。
虚馆绝诤讼，空庭来鸟雀。
卧疾丰暇豫[④]，翰墨时间作[⑤]。
怀抱观古今，寝食展戏谑[⑥]。
既笑沮溺苦[⑦]，又哂子云阁[⑧]。
执戟亦以疲[⑨]，耕稼岂云乐。

万事难并欢，达生幸可托[10]。

【篇旨】

写诗人遭贬永嘉后展卷虚馆读书得闲的心理感受和笑沮溺哂子云的达生态度。

【注释】

① 废丘壑：放弃游赏山水归隐丘壑的念头。

② 矧（shěn）：且。

③ 迹：脚印，指行踪。

④ 丰：丰富，充足。暇：闲暇。豫：快乐。

⑤ 时间作：时时间作，不时而作。

⑥ 展：开，展开。

⑦ 沮（jù）溺：指长沮、桀溺两位古隐士。《论语 · 微子》说："长沮、桀溺耦而耕。"

⑧ 哂（shěn）：讥笑。子云阁：子云，是扬雄的字，《汉书》上说，王莽即位后，欲绝符命之源，先杀了甄丰父子及刘歆子棻，当时扬雄正在天禄阁奉命校书，莽派理狱使者收雄，雄担心步甄刘后尘，就从阁上自投，差点摔死。

⑨ 执戟：原指宫廷卫士，此指扬雄，因扬曾侍从汉帝。

⑩ 达生：即对人生持达观态度。《庄子 · 达生》说："达生之情者，不务生之所无以为。"

【语译】

从前我虽游仕京师，却未曾放弃赏玩山水归隐丘壑的念头。

现在既已回归到山川的怀抱，身心反而变得空虚寂寞。

虚静的书房听不到争论诉讼之声，空旷的庭院里飞集了许多鸟雀。

卧病增添了空余闲暇，可以不时写写诗文翰墨。

敞开胸襟观览古今之事，寝食之余不妨嘲笑戏谑。
既嘲笑长沮、桀溺做隐士的劳作之苦，又嘲笑扬雄为主效忠反遭投阁。
执戟侍从不免心疲力竭，从事稼穑的难道能舒适快乐？
世间万事难以尽如人意，但愿以庄子的达生之道作为寄托。

【评析】

此诗乃诗人遭贬后在永嘉郡斋所作。虽说是为了宣扬庄子达生之旨，但就其坦露遭贬卧疾，无聊读书，读书得闲，别有会心种种情事来看，本篇倒是别饶佳趣。头四句就表现了出人意料的心理曲折：仕宦京华时常怀丘壑之思，如今归回山川，却是心迹双寂，反而空空荡荡地无所着落。其中道理不言自明。于是，接下去的“观古今”“展戏谑”，以及嘲笑长沮、桀溺耦耕辛苦，讥讽扬雄执戟投阁，便都带上了既嘲人又自嘲的色彩。这里的深层意思是：沮、溺、扬雄尽管可怜，而自己失意京洛卧疾郡斋又何尝不可笑可怜？或许连五十步与百步之差都没有。诗贵真诚，诗亦贵深曲，本篇二者兼具，有较强的可读性。

石门新营所住四面高山回溪石濑修竹茂林诗一首

作者：谢灵运　　注译评析：韩晖

跻险筑幽居[①]，披云卧石门。
苔滑谁能步，葛弱岂可扪[②]。
袅袅秋风过[③]，萋萋春草繁[④]。
美人游不还，佳期何由敦[⑤]？
芳尘凝瑶席[⑥]，清醑满金樽[⑦]。

洞庭空波澜，桂枝徒攀翻。
结念属霄汉，孤景莫与谖[8]。
俯濯石下潭，仰看条上猿。
早闻夕飙急[9]，晚见朝日暾[10]。
崖倾光难留，林深响易奔。
感往虑有复，理来情无存[11]。
庶持乘日车[12]，得以慰营魂[13]。
匪为众人说，冀与智者论。

【篇旨】

写诗人登临新营幽居后所见所感，抒发了他虽寄情山水却难以对现实人生的矛盾释然去怀之情。

【注释】

① 跻（jī）：登上。

② 葛：多年草本植物，花紫红色。扪（mén）：持。

③ 袅袅：细长柔软的样子。

④ 萋萋：茂盛。

⑤ 敦：诚信。

⑥ 瑶席：席之美者。瑶，美玉。

⑦ 醑（xǔ）：美酒。

⑧ 景：通“影”。谖（xuān）：忘记。

⑨ 飙：暴风。

⑩ 暾（tūn）：刚出来的太阳。

⑪ 理：理念，指存道之理念。

⑫ 乘日车：太阳所乘之车。《庄子 · 徐无鬼》里牧马童子对黄帝说，有个长者教我：“若乘日之车，而游于襄城之野。”郭象注曰：“日出而游，日入而息。”

⑬ 营魂：迷魂。营，通“荧”，惑乱。

【语译】

登上险要处筑造幽静的居室，揭开白云静卧在石门间。

绿苔滑溜谁能轻松攀登？即使抓住葛藤亦不能仗恃。

秋风袅袅秋天过去，春天到来春草繁茂。

美人出游仍然没有归来，幽期密约怎样实现？

为她准备的瑶床玉席凝聚着芳尘，为她斟满的美酒仍清醇宜人。

洞庭湖水空起波澜，桂树琼枝徒然攀附翻动。

郁结的思念飞向云霄星汉，形只影单千万莫相忘怀。

俯下身子在石下潭水里洗濯，仰起头来看那树条上攀缘的猿猴。

清晨听说晚上暴风行将袭来，傍晚观察出明朝会有太阳升起。

山崖倾斜光影难久留，林木深深声音易传播。

感触奔涌思虑多有往复，理念到来情感荡然无存。

真希望持有一辆羲和驾驭的日车，能够来安慰我惑乱的心灵。

不是想说与众人听从，但愿和智者有共同的语言。

【评析】

这首诗乃吟咏石门新建住所之作。开首四句对石门的独特环境作真切描述，紧扣“险”字展开。“袅袅”以下十句写诗人在幽居中的心理活动。他期待着美人来临而终不见踪影，因而倍感心绪空茫，寂寞。将洞庭波与桂枝人格化，一“空”一“徒”，移情于景，这是诗人心境的外射和对象化，使人觉得其情意摇荡不尽。“俯濯”以下六句写感到美人不会再来时的心境。诗人只有寄情山水，俯仰山容水色之间以作排遣。这里美人已超越其表层意义，成为诗人理想之象征，理想的幻灭乃是其寄情山水的决定因素。最后六句乃抽象的理性直白，缺乏诗意，与全诗整体形象不和谐，可谓赘笔。

杂诗一首

作者：王景玄　　注译评析：韩晖

思妇临高台，长想凭华轩①。
弄弦不成曲，哀歌送苦言。
箕帚留江介②，良人处雁门③。
讵忆无衣苦④，但知狐白温⑤。
日暗牛羊下，野雀满空园。
孟冬寒风起⑥，东壁正中昏⑦。
朱火独照人，抱景自愁怨⑧。
谁知心曲乱，所思不可论⑨！

【作者简介】

王微（415—453），字景玄，刘宋时琅邪临沂（今山东临沂）人。少好学，无不通览。年十六，举秀才。初与始兴王友善，后除南平王铄右军咨议，微素无宦情，并陈疾不就。江湛举之以为吏部郎中。元嘉二十年卒。有集十卷。存诗四首，见逯钦立《先秦汉魏晋南北朝诗》。《宋书》有传。

【篇旨】

刻画思妇对征人的绵绵相思。

【注释】

① 轩：栏杆。

② 箕（jī）帚：代指思妇，因古代妇女主内执役奉箕帚，故用以指代。

江介：江边。

③ 良人：古代妇女称其丈夫。雁门：指雁门关，在今山西北部。

④ 讵（jù）：哪里，难道。

⑤ 狐白：用狐腋下毛皮制成的裘服。曹植《赠丁仪》诗有“狐白足御冬”。

⑥ 孟冬：初冬，夏历十月。

⑦ 东壁：即壁，二十八宿之一。室、壁两宿同属北玄武宫，因壁宿在东，故称东壁。

⑧ 景：通“影”。

⑨ 论：通“伦”，条理，顺序。

【语译】

思妇登临高台，凭依华美的栏杆苦思长想。

手拨琴弦始终难成曲调，只有哀歌一首表述悲苦的话语。

侬家独守长江边，丈夫您孤身在雁门关。

我哪里了解您无衣的寒苦，只知道自己穿着白狐裘身上温暖。

太阳落山牛羊都把家还，野雀归巢聚满了空旷的家园。

初冬的寒风正刮起，东壁星已经昏昏沉沉。

红色的火焰照着我一个人，我只有抱孤影独自诉愁情。

谁知道我心里有多混乱，我的思绪纷杂理不清。

【评析】

这首诗前八句写了一连串动作和意态，刻画了思妇真实复杂的内心活动。她临高台，凭华轩，长相思，意绵绵，一个多愁善感的思妇形象兀立目前。后八句着重写景，渲染一个孤独悲愁的氛围。借牛羊入圈鸟雀归巢引起思妇联想，比衬她的茕茕孑立，形影相吊。最后一反问，一自答，诗情跌宕，发人深思。整首诗抒情写景纯用白描，绝去雕饰，情真意挚，浑然天成，是历代同类诗作之上品。

数诗一首

作者：鲍明远　　注译评析：胡兆阳

一身仕关西[①]，家族满山东[②]。
二年从车驾，斋祭甘泉宫[③]。
三朝国庆毕[④]，休沐还旧邦[⑤]。
四牡曜长路[⑥]，轻盖若飞鸿[⑦]。
五侯相饯送[⑧]，高会集新丰[⑨]。
六乐陈广坐[⑩]，组帐扬春风[⑪]。
七盘起长袖[⑫]，庭下列歌钟[⑬]。
八珍盈雕俎[⑭]，绮肴纷错重。
九族共瞻迟[⑮]，宾友仰徽容[⑯]。
十载学无就，善宦一朝通[⑰]。

【篇旨】

写寒士苦学一无所成，巧宦者则一朝显通，抒发实行门阀制度下寒士受压抑的愤懑情绪。

【注释】

① 关西：指函谷关以西。关，指函谷关，汉时在今河南灵宝，汉武帝元鼎三年移置，去秦函关三百里。

② 山东：指崤山以东。崤山，在今陕西潼关附近。

③ 甘泉宫：汉代皇帝祭杞天神之所，旧址在今陕西淳化西北甘泉山。

④ 三朝（zhāo）：正月初一是一年、月、日之始，称三朝。国庆：国家吉庆之事。《周礼》曰：国有福事则庆贺之。

⑤ 休沐：休息、洗沐，古代官吏定期休假日。

⑥ 牡：驾车的雄马。曜（yào）：照耀。

⑦ 盖：车盖。

⑧ 五侯：汉成帝悉封其舅王谭、王商、王立、王根、王逢五人为侯，因同日封侯，故称五侯。

⑨ 新丰：县名，故城在今陕西临潼东北。汉高祖七年，因太上皇思乡，遂按丰县街里格式改筑骊邑，并迁来丰民，故称新丰。

⑩ 六乐：指周代所存六代之乐。广坐：众人聚会的场所。

⑪ 组帐：华美的帷帐。组，系帐的丝带。

⑫ 七盘：楚舞。张衡《舞赋》："历七盘而屣蹑。"

⑬ 歌钟：古代打击乐器名。即编钟，铜制，用来配合歌曲，故名。

⑭ 八珍：古代八种烹饪法。《周礼·天官·膳夫》："珍用八物。"注：珍谓淳熬、淳母、炮豚、炮牂、捣珍、渍、熬、肝膋也。后泛指珍贵的食品。

⑮ 九族：同姓亲族，从自己算起，上至高祖，下至玄孙为九族。迟：等待。

⑯ 徽：美。

⑰ 宦：做官，动词。善宦，巧于做官。通：畅通，没有阻碍。此指地位显达。

【语译】

独自一身仕于关西，亲戚族人遍布山东。

元延二年跟从銮驾，去那甘泉宫祭祀天神。

正月初一大礼完毕，衣锦还乡休息洗沐。

四马驾车光耀道路，轻车飞驰快若飞鸿。

五侯贵戚齐来饯送，大摆宴会云集新丰。

上古圣乐宴中演奏，华美丝帐风中飘扬。

长袖飞舞七盘飘起，庭前敲响前代歌钟。

酒席宴上八珍罗列，佳肴美味绮错纷陈。

故乡亲族等候瞻拜，宾朋友人欲仰尊容。

苦读十载一无所就，巧于仕宦一朝显通。

【评析】

这是一首数字游戏诗，依次嵌入从“一”到“十”十位数字。但这不是一首普通的游戏诗，它有深刻的思想。诗中运用赋的表现手法，极力渲染，大肆铺陈，叙写一个善宦者一朝交泰、仕途通达的历史。从家族的发达、皇上的恩宠、贵戚的巴结、亲友的仰待等不同角度，将那个善宦者的通显夸张到无以复加的地步，然后笔锋陡转，使“十载学无就”与“善宦一朝通”构成强烈对比，突出全诗主旨，表达了实行门阀制度下寒士受压抑无出路的抑郁难平之情绪。

玩月城西门解中一首

作者：鲍明远　　注译评析：胡兆阳

始见西南楼，纤纤如玉钩①。

末映东北墀②，娟娟似蛾眉③。

蛾眉蔽珠栊④，玉钩隔琐窗⑤。

三五二八时⑥，千里与君同。

夜移衡汉落⑦，徘徊帷户中。

归华先委露⑧，别叶早辞风⑨。

客游厌苦辛，士子倦飘尘。

休浣自公日⑩，宴慰及私辰⑪。

蜀琴抽《白雪》⑫，郢曲发《阳春》⑬。

肴干酒未缺⑭，金壶启夕沦⑮。

回轩驻轻盖⑯，留酌待情人。

【篇旨】

写秋夜饮酒赏月，表达了对仕宦生活的厌倦。

【注释】

① 纤纤：细小貌。

② 墀（chí）：台阶。

③ 娟娟：美好貌。

④ 珠栊：用珍珠装饰的窗户。

⑤ 琐窗：带有连琐花纹的窗户。

⑥ 三五：旧历十五。二八：旧历十六。

⑦ 衡：玉衡，北斗的中星，此指北斗星。汉：天汉，即银河。

⑧ 归华：落花，花生于土中，又落入土里，故曰“归”。委露：被露打坏，委弃。

⑨ 别叶：离枝的树叶。

⑩ 休浣（huàn）：休息洗沐，亦称休沐，指官吏定期休假日。浣，洗濯。自公：从公务中退出。

⑪ 宴慰：安居。私辰：个人的休假日。

⑫ 蜀琴：蜀地的琴，因汉代蜀人司马相如善弹琴，故称。

⑬ 郢曲：楚地的歌曲。郢，春秋时楚都。《白雪》《阳春》：古曲名，指比较高妙难和的乐曲。

⑭ 缺：停止。

⑮ 金壶：即铜壶，又称漏，古时一种计时器具。夕沦：指铜漏夜滴，泛起小波。

⑯ 回轩：回车。驻：停留。轻盖：一种有篷的轻车。

【语译】

月儿弯弯攀上西南楼头，纤细恰如玉钩。

渐渐照临东北阶砌，娟美姣好状似蛾眉。

如蛾眉的月亮被窗户遮蔽，月光澹澹难透进绮窗。

十五、十六日月圆时候，与千里之外的友人同赏。

夜渐深沉北斗银河相继隐没，月光悠悠徘徊门户帷帐之上。

夜露将花儿打落于地，夜风使树叶过早离枝。

宦游在外尝够了辛苦，如灰尘飘摇早已厌倦。

好不容易从公务中退出，且安居享受这难得的休假。

摆起酒宴奏起蜀琴郢曲，再唱起那清雅的《白雪》《阳春》。

肴馔既尽酒兴正酣，那漏壶已尽夜已深沉。

驾起车马准备归去，又停下来等待远方友人。

【评析】

这首诗是鲍照在秣陵县令任上所作。城西门，即秣陵县城的西门。解（xiè），即“廨”，官署。写诗人在摆脱公务繁忙之余的秋夜，在城西门官署中饮酒赏月之事。开头六句写初生之月，月初生时亮度很弱，连珠栊、琐窗都难以穿透。这里用蛾眉、玉钩状月貌，非常形象贴切。然后写既望之满月。继言夜深月光入户。最后通过描写残花败叶，蜀琴郢曲，表达了对仕宦生活的厌倦情绪。“归华先委露，别叶早辞风”二句是鲍诗雕琢字句的典型，非常精丽。另外，此诗描写月色比较细腻。

始出尚书省一首

作者：谢玄晖　　注译评析：胡兆阳

惟昔逢休明[①]，十载朝云陛[②]，
既通金闺籍[③]，复酌琼筵醴[④]。
宸景厌照临[⑤]，昏风沦继体[⑥]。
纷虹乱朝日[⑦]，浊河秽清济[⑧]。

防口犹宽政[9]，餐荼更如荠[10]。
英衮畅人谋[11]，文明固天启。
青精翼紫軑[12]，黄旗映朱邸[13]。
还睹司隶章，复见东都礼[14]。
中区咸已泰[15]，轻生谅昭洒[16]。
趋事辞宫阙，载笔陪旌棨[17]。
邑里向疏芜，寒流自清泚。
衰柳尚沉沉[18]，凝露方泥泥[19]。
零落悲友朋，欢虞宴兄弟[20]。
既秉丹石心[21]，宁流素丝涕[22]。
乘此终萧散[23]，垂竿深涧底。

【篇旨】

写朝廷政治风云的变化给自己造成的影响，表达了自己仕途失意后的绝望情绪和隐遁之志。

【注释】

① 惟：思。休明：政治清明，谓齐武帝时。

② 云陛：宫殿的台阶。

③ 金闺：金马门之别名，亦称金门。句谓悬名于宫门乃通出入，亦即入仕之意。

④ 琼筵：指天子宴群臣之筵席。琼：珍美。醴：酒。

⑤ 宸（chén）：北极星所在为宸，后用为帝王所居，又引申为王位、帝王的代称。此喻帝位。景：亮光，日光。厌：谓武帝崩。

⑥ 昏：乱。沦：没。继体：继位。

⑦ 纷：纷乱。虹：太阳光线与水气相映，出现在天空的彩晕。古人认为虹霓是阴邪之气。

⑧ 河：黄河，济：济水。孔安国《尚书》注疏曰：“济水入河，并流十数里，清浊异色，混为一流。”

⑨ 防口：堵塞言路。《国语》曰："厉王暴虐，杀国人以止谤者。召公谏曰：'防民之口，甚于防川。'王不听之，国莫敢言，道路以目。"

⑩ 荼：苦菜。荠：甘草。

⑪ 英衮：指明帝，明帝初为尚书令，故称。衮，古代帝王及三公服衮，后世因称三公为衮。畅：通。

⑫ 青精：星名。《春秋元命苞》曰："殷纣之时五星聚房，房著苍神之精，周据而兴。"苍，青色。齐木德，故云苍精翼之。翼：辅佐。紫轪（dài）：轪，车轮。天子之车以紫为盖，故曰紫轪。

⑬ 黄旗：瑞云。司马德操《与刘恭嗣书》曰："黄旗紫盖，恒见东南，终成天下者，扬州之君子。"朱邸（dǐ）：汉朝时诸侯里第宅，以朱红漆门，故称。后泛指贵官府第，这里指明帝所居。邸，古时侯高级官员的住所。

⑭ 司隶章、东都礼：章，仪。东都，洛阳。《东观汉记》载："更始将军以光武为司隶校尉，三辅府吏皆迎光武于洛阳。"

⑮ 中区：中国。

⑯ 轻生：轻贱的生命，指明帝下属。谅：诚信。昭：明。洒：洗涤。

⑰ 棨：宫门前之列戟。

⑱ 沉沉：茂盛貌。

⑲ 泥泥：沾濡貌。

⑳ 虞：通"娱"。

㉑ 秉：持。丹石：言其坚不可改变。李善注引《吕氏春秋》曰："石可破而不可夺其坚，丹可磨而不可夺其赤。"

㉒ 素丝涕：《淮南子·说林训》："墨子见练丝而泣之，为其可以黄可以黑。"

㉓ 乘：因。萧散：闲散。

【语译】

回想往昔我逢上圣明的时代，在五云殿中为官十载。

自由出入金马门，经常领受天子赐宴。

武帝驾崩郁林王即位，昏暗沦溺难继帝业。
朝廷内阴邪之气遮蔽了日光，忠正遭黜政治苛暴。
防民之口犹算宽政，吃苦菜亦如甜荠。
英明的主上通于谋划，文明之德实由天启。
青精星辅翼着他的车盖，祥端的云霞映照其官邸。
当年东都迎接光武即位的盛典，今天又可看到。
全国上下政通人和，臣子诚信秽浊清除。
为趋奉王事辞别尚书殿，去那中书省载笔陪侍。
故里荒芜人物稀疏，深秋寒流清澈如故。
凋零的柳树沉沉低垂，凝结的露珠沾濡不干。
旧日友朋已零落殆尽，回到家中只能与兄弟欢聚。
既然心似丹石坚贞不变，何必去为素丝色变流泪?
乘此机会且逍遥闲散，每日垂钓于深涧。

【评析】

谢朓曾为尚书殿中郎，明帝辅政后，任命他为咨议领记室。诗大概作于此后。谢朓诗结构层次非常清晰，本篇亦如此。诗的前二十句述说朝政的变化及其给自己带来的影响。后十句转向“邑里”，抒情言志。而前半部分又可分为两个层次，前四句写武帝时自己所受的恩遇，以下写郁林王继位后政治黑暗的局面，继言明帝辅政后的改弦易辙。诗的前半部分可以说是一幅时代政治的形象画图。纷繁复杂的政治风云变幻使他一方面对自身安危产生忧惧心理，同时对仕宦前途流露出绝望情绪。他决心归隐林泉，不同流合污。对仕途艰险的忧惧、仕途失意的哀怨，以及对仕宦生活的厌倦，往往构成谢朓诗歌的常见主题。另外，用典隶事，是此诗的一大特色。不仅运用妥帖，且言简意丰，体现了作者驾驭语言的深厚功力。

直中书省一首

作者：谢玄晖　　注译评析：胡兆阳

紫殿肃阴阴①，彤庭赫弘敞②。
风动万年枝③，日华承露掌④。
玲珑结绮钱⑤，深沉映朱网⑥。
红药当阶翻，苍苔依砌上。
兹言翔凤池⑦，鸣珮多清响⑧。
信美非吾室，中园思偃仰⑨。
朋情以郁陶，春物方骀荡⑩。
安得凌风翰⑪，聊恣山泉赏。

【篇旨】

写在中书省当值时的心情感受，企望能寄情山水，过自由自在的生活。

【注释】

① 肃阴阴：肃静深沉貌。

② 赫：明朗。

③ 万年枝：汉代上林苑中有“万年长生树”。

④ 承露掌：即承露盘。汉武帝曾建柏梁台铜柱承露盘，以承接甘露。

⑤ 结绮钱：即结绮窗，用绫绮结成连钱的窗。

⑥ 朱网：亦作珠网，用绮制的网状帘幕。

⑦ 凤池：即凤凰池，代指中书省。

⑧ 珮：指官员身上的玉佩。

⑨ 中园：园中。偃仰：休息。

⑩ 骀荡：形容春天景物使人舒畅。

⑪ 翰：鸟的羽毛。

【语译】

中书省紫色宫殿肃静深沉，红色的殿堂宽敞明亮。

万年长生树当风摇曳，仙人承露盘沐浴着灿烂阳光。

殿堂门窗玲珑剔透，华美的装饰互相辉映。

红红的芍药当阶怒放，青青的苔藓依附阶上。

这里说的就是凤凰池，华服鸣佩的官员来来往往。

此地诚美非我所居之地，我想去那园林静养。

思念朋友我心初悦，春风骀荡景物正美。

怎能生得那凌风而飞的鸟羽，去那山林泉壑恣意游赏。

【评析】

此诗写作者于中书省中值班时的心情感受。诗的前十句紧扣中书省，细写省中景致，极言其美轮美奂。然后笔锋陡转曰：美则美矣，而非吾室。这一急转显示了笔底波澜。与写企望能够寄情山水，使自己郁陶之情得以舒畅的诗意对比，前后反差鲜明，力度颇强，且过渡自然，景与情融合得比较完美。

观朝雨一首

作者：谢玄晖　　注译评析：胡兆阳

朔风吹飞雨，萧条江上来。
既洒百常观[①]，复集九成台[②]，
空蒙如薄雾[③]，散漫似轻埃。

平明振衣坐④，重门犹未开。
耳目暂无扰，怀古信悠哉。
戢翼希骧首⑤，乘流畏曝鳃⑥。
动息无兼遂⑦，歧路多徘徊。
方同战胜者⑧，去翦北山莱。

【篇旨】

此诗借观雨而抒写怀抱，出仕与归隐两种思想交战于胸，归隐思想最终战胜出仕念头。

【注释】

① 百常观：汉代台观名。此处代称眼前台观。

② 九成台：原名闻韶台。相传舜南巡奏乐于此。此指一般的台。

③ 空蒙：雾气迷漫貌。

④ 振衣：抖衣，穿衣时抖掉灰尘。

⑤ 戢翼：敛翼不飞，喻隐居。骧首：马首上举，喻出仕。

⑥ 曝鳃：传说黄河里的大鱼游到龙门，如能溯流上去，便化为龙，如不能上去，便曝鳃而止。喻仕途艰难。

⑦ 动息：指出处进退。

⑧ 战胜：指隐居思想战胜出仕念头。

【语译】

北风挟带急雨，萧萧从江上吹来。
飘洒在百常观上，倾集于九成台中。
烟雨蒙蒙如同薄雾，飘散漫布似那纤尘。
天明起来振衣独坐，九重宫门犹未打开。
耳目暂时没有烦扰，怀念往古悠哉悠哉。
隐居之时常想出仕，出仕又忧惧那宦海风波。

出仕与归隐不能兼行，如临歧路徘徊不定。

归隐思想最终战胜出仕念头，还是回到北山去剪蒿莱。

【评析】

此诗借观雨而写襟抱，诗的前六句写景，“平明”句以下转入抒写怀抱。“朔风吹飞雨，萧条江上来”二句颇有气势，精警工丽。篇尾归结到“方同战胜者”“去翦北山莱”，不免显得气力顿衰。锺嵘说他往往“善自发端，而末篇多踬”（《诗品》）即指此类作品而言。

郡内登望一首

作者：谢玄晖　　注译评析：胡兆阳

借问下车日①，匪直望舒圆②。
寒城一以眺，平楚正苍然③。
山积陵阳阻④，溪流春谷泉。
威纡距遥甸⑤，巉岩带远天⑥。
切切阴风暮，桑柘起寒烟。
怅望心已极，惝恍魂屡迁⑦。
结发倦为旅⑧，平生早事边。
谁规鼎食盛⑨，宁要狐白鲜⑩。
方弃汝南诺⑪，言税辽东田⑫。

【篇旨】

写登楼所见秋景，抒发自己厌倦宦游生活和欲效管宁以正世风的心愿。

【注释】

① 下车：指初到任。

② 望舒：神话传说中为月驾车之神。借指月亮。

③ 平楚：平原上的树林。

④ 陵阳：山名，在今安徽石台北，相传为陵阳子明得仙之地。一说陵阳山在宣城内。

⑤ 威纡：迂回曲折。距：至。

⑥ 巉（chán）岩：高峻险要貌。

⑦ 惝恍：魂神不安貌。迁：迁移，变易。

⑧ 结发：古代男子自成童开始束发，因谓童年或年轻时为结发。

⑨ 规：谋求。鼎食：列鼎而食，指贵族的豪奢生活。

⑩ 宁：岂。狐白：狐腋下的白毛，代指精美的狐裘。鲜：丽。

⑪ 汝南诺：《续汉书》：汝南太守南阳宗资任用范滂，时人谣曰："汝南太守范孟博，南阳宗资主画诺。"

⑫ 辽东田：皇甫谧《高士传》："人或牛暴管宁田，宁为牵牛着凉处自饮食之，其人大惭。"

【语译】

下车到任之日，未逢月儿圆。

登上城楼眺望秋景，平原上的林木依然苍翠。

高高的陵阳山横亘远方，春谷溪水在潺潺流淌。

迂回曲折流向远郊，高峻的群峰映带着远处天空。

傍晚阴风切切吹响，桑柘林中升起寒烟。

望着这些心情惆怅已极，心神恍惚无所归依。

年轻时就厌倦漂泊，此生很早就从事于边关。

既不谋取钟鸣鼎食之盛，也不要鲜丽珍贵的狐裘。

不愿效仿汝南太守无为而治，愿从管宁辽东耕田。

【评析】

从首二句看，此诗当作于谢朓在宣城太守任上不久。诗中描绘登楼所眺秋景，由近及远：从平原上树林到远处的陵阳山，山下的春谷溪、远郊、险峰。位置经营富有层次感。青色的树木，白色的溪水，颜色对比鲜明，富有画意。“怅望”二句转入抒情，表达自己对宦游生活的厌倦情绪及归隐之意。此诗写景不纯然为景，于深秋苍茫的暮色中融入诗人悲凉凄冷的意绪。末尾情由景发，情与景融为一体。“寒城一以眺”以下四句，乃谢诗写景名句，对仗工整，形象鲜明，音节流畅，已有唐诗气象。

和伏武昌登孙权故城[1]一首

作者：谢玄晖　　注译评析：胡兆阳

炎灵遗剑玺[2]，当涂骇龙战[3]。
圣期缺中壤[4]，霸功兴宇县[5]。
鹊起登吴山，凤翔陵楚甸[6]。
衿带穷岩险[7]，帷帟尽谋选[8]。
北拒溺骖镳[9]，西龛收组练[10]。
江海既无波，俯仰流英盼。
衮冕类禋郊[11]，卜揆崇离殿[12]。
钓台临讲阅[13]，樊山开广宴[14]。
文物共葳蕤[15]，声明且葱蒨[16]。
三光厌分景[17]，书轨欲同荐[18]。
参差世祀忽[19]，寂漠市朝变[20]。
舞馆识余基，歌梁想遗转。
故林衰木平，荒池秋草遍。
雄图怅若兹，茂宰深遐眷[21]。

幽客滞江皋[22]，从赏乖缨弁[23]。
清卮阻献酬，良书限闻见。
幸籍芳音多，承风采余绚。
于役倘有期[24]，鄂渚同游衍[25]。

【篇旨】

通过对武昌城昔盛今衰的历史事实的描述，缅怀孙权的英雄业绩，其中寓有深沉的历史感叹。

【注释】

① 伏武昌：伏曼容，齐人，为大司马咨议参军，出为武昌太守。孙权故城：指三国吴孙氏故都武昌。

② 炎灵：指汉。遗剑玺：谓丧失天下。相传汉高祖剑斩白蛇起事，故而剑成了汉政权的象征。玺，玉玺。张让等乱时董卓率兵入京，玉玺遗失。

③ 当涂：当道，当权者。旧注指魏。龙战：《周易·坤》："龙战于野，其血玄黄。"此处比喻汉末各派政治、军事力量为争夺天下进行了殊死战斗。

④ 圣期：出王者的时代。王充《论衡》：孟子云：五百年必有王者兴。五百年者，以为天出圣期也。缺：指无王者兴，则群雄并起，干戈扰攘。中壤：中原，中国。

⑤ 宇县：犹言天下。

⑥ 凤翔：喻吴国不断昌盛。吴山、楚甸：孙氏初建都武昌，后都建业，故云吴山、楚甸。

⑦ 衿带：指地处险要的咽喉之地。

⑧ 帷帟（yì）：即帷幄，军中的帐幕。选：即一时之选，于伦等之中最上。

⑨ 北拒：指抗御曹魏。溺骖镳：谓血溺战马。形容战况惨烈。

⑩ 西龛（kān）：指战败刘蜀。龛：通"戡"，平定。组练："组甲被练"

的简称。指精锐的战士。

⑪ 衮冕：古代帝王祭祀天地或祭祀祖先时的穿戴。类：通“禷”，祭祀。禋（yīn）郊：在郊外祭天地。禋,《国语·周语上》:“精意以享日禋。”

⑫ 卜揆：占卜推测。崇：立。离殿：犹离宫。古代帝王在都城之外的行宫。

⑬ 钓台：在今湖北武汉，孙权曾驻兵于此。讲：讲武，操练士卒。阅：检查车马。

⑭ 樊山：在湖北鄂州西北。

⑮ 文物：旧指礼乐典章制度。葳蕤（wēi ruí）：纷披貌。

⑯ 葱蒨（qiàn）：茂盛貌。

⑰ 三光：日、月、星，喻魏、蜀、吴三国。分景：分光。《三国名臣颂》曰：“三光参分，宇宙暂隔。”

⑱ 书轨欲同：指希望天下统一，书同文字，车同轨辙。荐：进、献。

⑲ 参差：时间不停貌。忽：疾。

⑳ 市朝变：谓繁盛的市朝变而为荒凉的丘墟。《古出夏北门行》：“市朝易人，千载墓平。”

㉑ 茂宰：对伏曼容的尊称。深遐：深远。眷：眷念。

㉒ 幽客：谢朓自谓。江皋：江畔。

㉓ 乖：分离。缨弁：冠戴，指伏武昌。

㉔ 于役：出外服役。《诗经·王风·君子于役》:“君子于役，不知其期。”

㉕ 鄂渚：地名，在今湖北武汉境。

【语译】

炎汉衰落丧失天下，为争天下军阀混战。

英雄辈出中原分裂，边远之地霸业兴起。

乘势奋起占据吴山，祥凤高翔建都武昌。

江为衿带山为险阻，帷幄之中贤才济济。

北拒曹魏血溺战马，西抗刘蜀收其精锐。

江海无波天下承平，文物礼制百废俱兴。
衮服冠冕郊外祭天，卜测地形建立宫殿。
登临钓台讲武检阅，樊山之上广开盛宴。
文物典章盛极一时，礼制音乐璀璨纷呈。
三分天下已为民厌，书轨相同希望统一。
时间飞逝世事变迁，寂寞之中市朝骤变。
昔日舞殿唯存残基，歌梁已毁遗音宛在。
林木衰败夷为平地，池苑荒芜长满秋草。
孙氏雄图怅然如此，贤明太守深思顾念。
旅宦他乡滞留江畔，欲从赏乐乖违冠冕。
欲敬清酒为路阻隔，先王典籍闻见有限。
侥幸凭借您的芳音，承续风雅采撷余美。
君子于役傥有后期，自当前往同游鄂渚。

【评析】

这是一首应和之作。诗题为“和伏武昌登孙权故城”，却不从登临写起，以描述汉末社会动乱、群雄纷争的天下大势发端，既避免了一般应酬之作常见俗套，又增加了全诗的气势。以下十六句追怀孙氏的英雄业绩。四句一层，分述孙权的发迹、建国和武功、文治，把孙权当年雄踞一方的声势和武昌城的鼎盛渲染得淋漓尽致。接着笔锋陡转，以“三光厌分景，书轨欲同荐”二句指出天下统一已成必然趋势，实际上也就道出了武昌城自盛趋衰的历史原因。以下急转直下，极写武昌城的剧衰，昔盛今衰构成强烈的对比。下面很自然地回归到诗题上来。昔盛今衰自然会引发诗人的怅惘与感叹，这就有了伏曼容对孙权故城的吟咏。接着由伏曼容言及自己，对未能从赏共饮深表遗憾，表示一有佳期即拟同游。应酬得体自然，不落俗套。谢朓诗多平易和缓，而此长篇很有气势。融登临怀古和应酬赠答为一体，毫无生涩板滞之感，读起来情韵悠长。另外，全诗自始至终，大量使用对句，属对精工，声韵和谐，已近似唐人排律。

和王著作八公山一首

作者：谢玄晖　　注译评析：胡兆阳

二别阻汉坻[①]，双崤望河澳[②]。
兹岭复巑岏[③]，分区奠淮服[④]。
东限琅邪台[⑤]，西距孟诸陆[⑥]。
仟眠起杂树[⑦]，檀栾荫修竹[⑧]。
日隐涧凝空，云聚岫如复。
出没眺楼雉[⑨]，远近送春目。
戎州昔乱华[⑩]，素景沦伊榖[⑪]。
阽危赖宗衮[⑫]，微管寄明牧[⑬]。
长蛇固能翦[⑭]，奔鲸自此曝[⑮]。
道峻芳尘流，业遥年运倏[⑯]。
平生仰令图，吁嗟命不淑。
浩荡别亲知[⑰]，连翩戒征轴[⑱]。
再远馆娃宫[⑲]，两去河阳谷。
风烟四时犯，霜雨朝夜沐。
春秀良已凋，秋场庶能筑[⑳]。

【篇旨】

此诗借登临写自己怀抱，追缅先祖光辉业绩，嗟叹盛时不再，表达归隐之意。

【注释】

① 二别：指大别山、小别山。

② 双崤（xiáo）：山名，在河南洛宁县北。河：黄河。澳：曲。

③ 兹岭：指八公山。巑岏（cuán wán）：峻峭的山峰。

④ 奠：定。淮服：淮河流域。

⑤ 琅邪台：在山东青岛。

⑥ 孟诸：古泽名，故地在今河南商丘东北。陆：泽中高地。

⑦ 仟眠：茂密貌。

⑧ 檀栾：秀美貌。

⑨ 雉：本是计算城墙面积的单位，此指城墙。

⑩ 戎州：戎人聚居地。春秋时部分戎人与华夏杂居。此指苻坚伐晋。

⑪ 素景：指晋。沦：没。伊穀：伊水、穀水，在今河南境内。

⑫ 阽危：临危。宗衮：宗族中曾任高官的先辈，指谢安。衮，三公服。谢朓与谢安同宗，故称"宗衮"。

⑬ 微管：《论语·宪问》曰："微管仲，吾其被发左衽矣。"明牧：善于带兵打仗的人，指谢玄。淝水之战时，谢玄为建武将军兖州刺史、领广陵相监江北诸军事，取得淝水之战的胜利。

⑭ 长蛇：喻苻融。

⑮ 奔鲸：喻苻坚。

⑯ 倏：快。

⑰ 浩荡：无思虑貌。

⑱ 连翩：鸟飞貌。戒：备。征轴：行车。

⑲ 馆娃宫：春秋时吴宫名，旧址在今江苏苏州西南灵岩山。

⑳ 秋场：《诗经·豳风·七月》："九月筑场圃。"

【语译】

大别、小别二山阻着汉水之坻，远望双崤镇于黄河弯处。

这座山岭同样险峻，它划分区域奠定淮河流域。

向东直到琅邪台下，向西直抵孟诸之陆。

山上生着茂密的杂树，到处可见秀美的修竹。

山林幽邃隐天蔽日，云气积聚山岫深曲。
登上城楼纵目远眺，不由自主想起往昔。
苻坚南侵乱我华夏，晋室南迁中原沦丧。
危难之际仰赖宗族中官居高位的先辈，
没有管仲人们还在穿胡服，
只有依靠能带兵打仗的人。
剪除长蛇，曝晒奔鲸。
先祖功业流芳后世，功勋隔世其人已没。
平生仰慕美好谋略，如今嗟叹运命不佳。
告别亲知郁郁而去，驾起征车前去赴职。
两次离开姑苏又两次告别中原河阳。
朝沐风烟，晚犯霜露。
归去春花想已凋谢，却还赶得上筑场秋收。

【评析】

王主簿，即王融。他曾登八公山，有诗述及淝水战事。本诗乃为和此诗而作。诗一开始从大处着墨，从远处的二别、双崤写起，黄河、汉水、琅琊台、孟诸这些大的地理环境不仅作为坐标规划出八公山的地理位置，而且衬托出八公山的雄伟气势。继而描绘八公山的秀丽风光。“出没眺楼雉”二句一转，由眼前景自然而然地追忆起往事。诗人追缅先祖辈辉煌业绩，仰慕之情溢于言表。然后述及自身，嗟叹时不我予，功业无成，并由眼前的失意而兴起归隐之意。如此长篇从其叙述情事来说，饶有兴味；从其结构章法来说，却又是纵横开阖，跌宕生姿。全诗无枝蔓，不板滞。诗的前半部分写景咏物，极有气势，这在谢诗中是很少见的。全诗除少数几联外，几乎全用对仗，体现了永明体诗的特色。

和徐都曹一首

作者：谢玄晖　　注译评析：胡兆阳

宛雒佳遨游[①]，春色满皇州[②]。
结轸青郊路[③]，迴瞰苍江流。
日华川上动[④]，风光草际浮[⑤]。
桃李成蹊径，桑榆阴道周[⑥]。
东都已俶载[⑦]，言归望绿畴。

【篇旨】

写京都游春所见，篇末流露出归田之意。

【注释】

① 宛：南阳。雒：洛阳。

② 皇州：帝都。南朝帝都皆在江东，此举名都以代称。

③ 结轸：车马首尾相联结。轸：车。

④ 日华：日光衍射在太阳周围形成的彩色光环。这里指阳光。

⑤ 风光：风本无光，因草上有光色，风吹动之，如风之有光。这里指春风。

⑥ 周：弯曲处。

⑦ 东都：汉长安城门名。俶载：开始耕种。

【语译】

宛洛一带游览最佳，皇都内外春意盎然。

东郊大道上人群熙熙攘攘，游春的车马络绎不绝。远远望去，清清的江水在欢快流淌。

阳光映射河水熠熠放光，春风拂过川原草色浮动。

桃李树下踏出了蹊径，桑榆树叶接曳荫满道周。

东都门外已开始耕种，还是归去观赏那绿色田畴。

【评析】

这是应和都曹郎徐勉之作。诗的开头点出皇都风景历来优美，而现在又值春天，春色更加迷人。继言都外游春之热闹景象。以下写景，由远及近：远处的江水，近处的川原、眼前的桃李、桑榆之繁茂及东都门外的风光。写景极有层次感，形象鲜明生动。篇末由眼前景而触发归卧田园之愿，抒情极其自然。“日华川上动，风光草际浮”一联精丽工整，生动鲜明。一“动”一“浮”将皇都春光表现得生气勃勃，盎然春意溢于纸上。此诗音韵和谐，有节奏感，除了多了一联外，已极具唐律气象。

和王主簿怨情一首

作者：谢玄晖　　注译评析：胡兆阳

掖庭聘绝国[①]，长门失欢宴[②]。
相逢咏蘼芜[③]，辞宠悲班扇[④]。
花丛乱数蝶，风帘入双燕。
徒使春带赊，坐惜红妆变。
生平一顾重，宿昔千金贱[⑤]。
故人心尚尔，故心人不见。

【篇旨】

抒写旧时色衰爱弛的失宠妇人的哀怨，其中寄托诗人仕途失意的怨恨。

【注释】

① 掖庭：宫中旁舍，宫女居住的地方。此指昭君所居。绝国：极远的邦国。本句谓王昭君远嫁匈奴。

②“长门”句：指汉武帝之陈皇后失宠被废置长门宫。

③“相逢”句：用汉乐府《上山采蘼芜》咏弃妇事。

④ 班扇：汉乐府古辞《怨歌行》以秋扇见捐咏弃妇怨叹，相传为班婕妤所作，故称班扇。

⑤ 千金贱：曹植诗：“一顾千金重，何必珠玉钱。”

【语译】

昭君离开掖庭远嫁绝国，陈皇后废置长门宫中，往日欢宴一去不返。

重逢故夫哀吟“蘼芜”，失宠的班婕妤悲叹秋扇见弃。

春日花丛中蝴蝶成对，风动帘儿飞入燕子双双。

思念往昔徒使腰带松缓，独身离居空惜红妆色变。

青春年少因貌美而被看重，年暮色衰千金之躯亦被轻贱。

故人之心依然如此，只是这不变之心又有谁见。

【评析】

王主簿，字季哲。此诗是应和他咏怨情的诗。诗的开头四句用“赋”的手法，铺陈四件哀怨之事：昭君天姿国色而不被汉元帝宠幸，以致远嫁绝国；陈皇后原被金屋藏娇，终被废置冷宫；为丈夫所出咏“蘼芜”的弃妇；失宠的班婕妤。她们或无由见宠，或曾受宠终因年长色衰而见弃。下段继写弃妇因景生情而引起无穷的怨恨。燕成双、蝶成对，而人被摒独处，不着一“怨”字而哀怨婉转自见，凄恻动人。《文选》六臣注云：“此诗言妇怨旷以自托也。”此言得之。

和谢宣城一首

作者：沈休文　　注译评析：胡兆阳

王乔飞凫舄[①]，东方金马门[②]。
从宦非宦侣，避世不避喧。
揆余发皇鉴[③]，短翮屡飞翻[④]。
晨趋朝建礼[⑤]，晚沐卧郊园[⑥]。
宾至下尘榻[⑦]，忧来命绿樽。
昔贤侔时雨[⑧]，今守馥兰荪[⑨]。
神交疲梦寐[⑩]，路远隔思存[⑪]。
牵拙谬东汜[⑫]，浮惰及西昆[⑬]。
顾循良菲薄，何以俪玙璠[⑭]。
将随渤澥去，刷羽泛清源。

【篇旨】

写对故人的思念，表明自己对故人处境的理解，并对他加以劝慰。

【注释】

① 王乔：河东人，显宗时为叶令。有神术，每朔望乘舄化双凫自县诣朝。事见《后汉书》。舄（xì）：履。

② 东方：东方朔，汉武帝时人。《史记·滑稽列传》说，他酒酣据地歌曰："陆沉于俗避世金马门。"

③ 揆（kuí）：测度。皇鉴：天子之鉴。

④ 翮：鸟翼。翻：飞。

⑤ 建礼：宫门名。

⑥ 沐：休沐。官员休假。

⑦ 下尘榻：东汉陈蕃为豫章太守，为郡中名士徐稚特设一榻，稚一去即将榻挂起。后因称接待宾客为“下榻”。榻上有尘，谓“尘榻”。

⑧ 侔：相等。时雨：应时之雨。

⑨ 今守：指谢朓。兰荪：香草。常以喻贤俊或美德。

⑩ 神交：此指魂梦中相交游。

⑪ 思存：存想。

⑫ 东汜：东海之滨，指日出之处。古代传说日从海出。

⑬ 西昆：日落之处。

⑭ 俪：偶、相并。玙璠：美玉，喻美好人物。

【语译】

王乔乘舄化飞凫去朝见天子，东方朔游戏于金马门内。

他们做官并非与官为伍，只是在喧闹中寻求避世。

皇上测度我的才器而发明鉴，我这只短翅鸟才得以翻飞。

每日清晨在建礼门内小步快走，傍晚休沐才能归卧郊园。

友朋罕至坐榻蒙尘，忧闷时即命酒独酌。

昔贤治郡犹若时雨，如今太守如兰荪芬芳。

神魂交游疲于梦寐，路途阻隔难以时时存问。

年少之时牵率庸拙，暮年之际有浮名却依然怠惰。

顾念自己并非良材美质，怎能和您这块美玉相提并论？

将随鸟儿去浮游渤海，刷洗羽毛泛弄清波。

【评析】

谢朓任宣城太守时曾作《在郡卧病呈沈尚书诗》，此篇即为应和谢诗而作。诗开始以仙人王乔和东方朔自比，表白自己做官并非与官为伍，只是在喧闹中避世而已。继言自己因皇上谬赏，得以在朝为官，友朋疏隔、忧来只能借酒浇愁。下面笔锋一转，由自己言及谢朓，对他大加赞誉。与他相比，自己不过空有浮惰之名而已，早已准备像那鸟儿一样弃官而去，追求自由自在的生活。此诗言辞非常委婉，感情真挚动人。既表达了自己对故人的殷切思念之情，又从自身处境出发，对故人加以劝慰。作为一首酬答应和诗，本篇写得非常得体。自谦之辞隐存身份，誉人之辞亦恰到好处。

应王中丞思远咏月一首

作者：沈休文　　注译评析：胡兆阳

月华临静夜，夜静灭氛埃。
方晖竟户入，圆影隙中来①。
高楼切思妇②，西园游上才③。
网轩映珠缀④，应门照绿苔⑤。
洞房殊未晓，清光信悠哉。

【篇旨】

从思妇角度咏月，抒写明月之夜她的愁思。

【注释】

① 方晖、圆影：月光从门户入故曰方晖，自圆孔入故称圆影。

② 高楼：曹植《七哀诗》：“明月照高楼，流光正徘徊。上有愁思妇，悲叹有余哀。”

③ 西园：指曹魏邺都之西园。魏文帝每于月夜集文人才子共游于此。

④ 网轩：网饰之窗。

⑤ 应门：王宫的正门。汉书载班婕妤《自伤赋》曰：“潜玄宫兮幽以清，应门闭兮禁闼扃。华殿尘兮玉阶苔，中庭萋兮绿草生。”

【语译】

寂静的夜空中明月高悬，夜空寂静尘埃尽绝。

明月入户留下方形光辉，壁穴又透进圆圆月影。

明月照高楼，那楼头思妇思念更加深切，西园里才子们又在吟咏明月思妇。

照亮了网饰之窗上的珠缀，也照亮了应门前的绿苔。

那幽深的内室天犹未晓，却已盈满清悠的月光。

【评析】

王中丞思远，即御史中丞王思远，此诗是应和他的咏月诗。诗中咏月，笔触先及于辽阔的夜空，以阔大的背景衬托那一轮明月，突出“静”“尽”二字，渲染出月光照耀下静谧、凄清的氛围，为下文写明月思妇张本。接着又涉笔于内室，以“方晖”“圆影”来状月，将天上那一轮明月描绘得更加丰满。明月入户，很自然地带出楼中孤居思妇。西园的喧闹与楼中的孤凄构成强烈对比。月圆而人不团圆，这明月使思妇的愁思更加凄切。最后笔锋回到月光自身，首尾呼应。此诗咏月，将明月、思妇结合在一起，构思精巧，堪称佳作。

冬节后至丞相第诣世子车中[1]一首

作者：沈休文　　注译评析：冯蔚宁

廉公失权势[2]，门馆有虚盈。

贵贱犹如此[3]，况乃曲池平[4]。

高车尘未灭，珠履故余声[5]。

宾阶绿钱满[6]，客位紫苔生。

谁当九原上[7]，郁郁望佳城[8]。

【篇旨】

对当时贵族世家的转瞬败亡发出沉重的感喟。

【注释】

① 冬节：冬至。丞相：豫章王嶷，齐太祖第三子，薨，赠丞相扬州牧，长子廉，字景蔼，为世子。诣：谒见。世子：诸侯嫡子。

② 廉公：廉颇，赵将，后赵以赵括代廉颇。

③“贵贱”句：《汉书》说，翟公为廷尉，贬时人尽去，复时人欲来，于是翟公大署其门：“一贵一贱，交情乃见。”

④ 曲池平：指贵族之家的败亡。

⑤ 珠履：《史记》载，春申君上客，皆蹑珠履。

⑥ 宾阶：西阶。古时宾主相见，宾自西阶上，故称。绿钱：苔藓。

⑦ 九原：晋卿大夫之墓地在九原，后世因称墓地为九原。

⑧ 佳城：墓地。汉夏侯婴死后求葬得地下石铭曰：“佳城郁郁，三千年，见白日，吁嗟滕公居此室。”

【语译】

当年廉将军失去权势之际，门庭若市变成了门可罗雀。

对暂时的贵贱变化尚且如此势利，更何况贵族之家的彻底败亡。

高车大马扬起的尘土还未落定，缀珠之鞋踏出的步声犹在耳畔。

迎宾的台阶铺满绿钱，客座长遍了苔藓。

有谁会在九原上久久伫立，独自凭吊松柏郁郁葱葱的坟场？

【评析】

本篇大约是豫章王萧嶷死后沈约赴丞相府晋谒其世子萧廉时车中所作。诗的确显示了沈约“胸有骨鲠”的刚直品性。他对丞相府因主人死去而顿形萧条冷落感慨良深。他毫不容情地指出世态炎凉是当时上层社会无可避免的残酷现实。尤其是当时丞相世子还在其位，而沈约却设想此类世家可能遭到的“曲池平”的彻底败亡的命运，更显得思虑的深远和深刻。全篇用典精当，辞浅旨深。尤其“高车尘未灭，珠履故余声”一联，含蓄蕴藉，颇具神韵。最后以感慨九原无人望作结，亦有深长的余味。

学省愁卧[1]一首

作者：沈休文　　注译评析：冯蔚宁

秋风吹广陌，萧瑟入南闱[2]。
愁人掩轩卧[3]，高窗时动扉。
虚馆清阴满，神宇暧微微[4]。
网虫垂户织，夕鸟傍椭飞。
缨珮空为忝[5]，江海事多违[6]。
山中有桂树，岁暮可言归。

【篇旨】

诗人面对昏乱的时政，忧虑日深，触秋景而倍添愁情，遂生归隐之念。

【注释】

① 学省：国学。《梁书》载，沈约在齐明帝时为国子祭酒。

② 闱（wéi）：内室。

③ 轩：窗户。

④ 神宇：心灵，心神。暧（ài）：昏暗。

⑤ 缨珮（yīng pèi）：当官的服饰。缨，冠系。珮，玉佩。忝（tiǎn）：忝窃，指羞愧于无才德而受官禄。

⑥ 违：违背，乖违。

【语译】

秋风刮过广阔的原野，风声萧瑟直入南边的寝室。

愁人关上轩窗睡卧，窗扉不时被风撼动。

空寂馆室里清寒阴冷，半睡半醒我心神恍惚。

蜘蛛吊在门户上编织蛛网，宿鸟在暮色里贴着栏杆飞翔。

身着缨佩只觉羞惭，想身归江湖常事与愿违。

山中有芳香贞坚的桂树，时已岁暮自然兴起思归的念头。

【评析】

诗作于沈约任国子祭酒时，抒发一种难以排遣的愁闷之情。一二句状秋风声劲，三四句写人“闭轩”“愁卧”和“风撼扉”的传神细节，中间四句分摹室内室外景象，最后四句感怀，一切都围绕着“愁”字来布局。情景和谐，情随景现。没有什么艰深的字眼，晓畅明白。“闱”“扉”“微”“飞”“违”“归”押韵，充分显现了永明体诗歌声律和谐的特长。

咏湖中雁一首

作者：沈休文　　注译评析：冯蔚宁

白水满春塘，旅雁每回翔[①]。

唼流牵弱藻[②]，敛翮带余霜[③]。

群浮动轻浪，单泛逐孤光[④]。

悬飞竟不下，乱起未成行。

刷羽同摇漾[⑤]，一举还故乡。

【篇旨】

借写春天塘中觅食戏水之雁高飞还乡，寄托深沉的故乡之思。

【注释】

① 旅雁：指秋日南来的大雁。

② 唼（shà）：水鸟吃食声。弱藻：柔嫩的水草。

③ 翮（hé）：羽中硬管，泛指鸟翼。

④ 泛：浮。

⑤ 刷：梳理。摇漾：飞翔貌。

【语译】

白水蓄满春意盈盈的池塘，寄旅的群雁每每回旋飞翔。

唼喋水流啄牵嫩藻，合翅浮水羽毛犹沾隔夜霜露。

群雁戏水激起轻轻浪花，孤光远影中独雁浮翔。

受惊扰悬空不下，慌乱中飞起一时还未成行。

梳理好羽毛一同高飞翱翔，回到生于斯长于斯的家乡。

【评析】

沈约一系列写景物的小诗，清新可喜。其诗有谢灵运幽深鲜丽的一面而乏其精警，却能扬弃大谢诗中生涩的缺点而趋圆熟。本篇刻画大雁的种种情态，连雁啄水草的声态、雁翅上沾的霜露都如工笔画般绘出，惟妙惟肖，不能不让人叹佩诗人观察的细致真切。中间六句犹如赋的六段排比。“唼流”句写旅雁动态，“敛翮”句绘其静态；“群浮”句状其群嬉，“单泛”句写其落单；“悬飞”句刻画其翔空不下，寓动于静；“乱起”句状绘其受惊乱飞，动静相生。这里可以看到咏物诗比较固定的思维模式和比较成熟的技巧。

三月三日率尔成篇一首

作者：沈休文　　注译评析：冯蔚宁

丽日属元巳[①]，年芳具在斯。
开花已匝树，流嘤复满枝。
洛阳繁华子，长安轻薄儿。
东出千金堰[②]，西临雁鹜陂[③]。
游丝映空转，高杨拂地垂。
绿帻文照耀[④]，紫燕光陆离[⑤]。
清晨戏伊水，薄暮宿兰池。
象筵鸣宝瑟[⑥]，金瓶泛羽卮[⑦]。
宁忆春蚕起，日暮桑欲萎。
长袂屡以拂，雕胡方自炊[⑧]。
爱而不可见[⑨]，宿昔减容仪[⑩]。
且当忘情去[⑪]，叹息独何为?

【篇旨】

该诗生动地描绘了上巳节水滨饮宴的民俗以及青年男女相爱相思的情景。

【注释】

① 元巳：亦谓“上巳”，三月初三。

② 千金堰：洛阳挡水的低坝。

③ 雁鹜陂（bēi）：长安西的遏水土堰。

④ 帻（zé）：头巾。

⑤ 紫燕：骏马。陆离：参差错综。

⑥ 象筵：豪华的筵席。

⑦ 金瓶：此指酒器。泛：泛酒。民俗，每逢三月三，人们于环曲的水渠旁宴集，水上置酒杯，杯流行停某人前，该人当即取饮。亦称“曲水流觞”。羽卮：羽觞，鸟形酒器。

⑧ 雕胡：菰米，长安人称为“茭白饭”。

⑨ 爱：通“薆”，隐藏。《诗经 · 邶风 · 静女》：“爱而不见，搔首踟蹰。”

⑩ 宿昔：早晚间，一下子。

⑪ 忘情：对喜怒哀乐之事，不动感情，淡然若忘。

【语译】

三月三上巳节阳光明媚，一年的芳华尽萃于此。

路边树上早已缀满花朵，枝头鸟儿婉转鸣啼。

洛阳的纨绔子弟为寻欢作乐，长安的浪荡少年想逢场作戏。

东边游赏到千金堰的坝上，西边逛荡至雁鹜陂的长堤。

闪烁光芒的长丝游动摇曳，高高杨柳的枝条拂垂摆荡。

绿色头巾的纹饰光亮闪耀，名叫“紫燕”的骏马色彩斑斓。

一大清早就在伊水里戏乐，直到断黑才去兰池住宿。

豪奢的宴会上弹着琴瑟，争抢水面漂来的金杯羽觞。

少女陶醉得竟忘了去喂蚕，日暮时分只见桑叶枯落蔫萎。

殷勤伺候而时时拂动长袖，美人儿为来客煮着茭白饭。

心上人躲藏不见让我心焦，早夜间我的身心就变得憔悴不堪。

应当不动真情漠然离去，叹息思恋又有什么好处？

【评析】

《诗经 · 郑风 · 溱洧》写了上巳节青年男女相邀踏青郊游的盛况，本诗祖袭其意。由于引进了风俗，描绘了背景，因此本篇更为多姿多彩。恰如诗题，诗写得“率尔”洒脱，甚至对服饰以及马匹的毛色特征也作了特写，并择取女子忘了喂蚕和为心上人煮菰米饭的细节，寓心理描写于叙事之中，揭示了女子感情世界的隐秘一角。另外，注重光（“陆离”）、色（“绿”）的艺术处理。从视觉（“开花已匝树”）、听觉（“流嘤复满枝”）写春景，亦颇可喜。

诗庚

杂拟上

拟古诗十二首

作者：陆士衡　　注译评析：李朝晖

拟行行重行行

悠悠行迈远[1]，戚戚忧思深[2]。
此思亦何思？思君徽与音[3]。
音徽日夜离，缅邈若飞沉[4]。
王鲔怀河岫[5]，晨风思北林[6]。
游子眇天末[7]，还期不可寻。
惊飙褰反信[8]，归云难寄音。
伫立想万里[9]，沉忧萃我心[10]。
揽衣有余带，循形不盈衿[11]。
去去遗情累[12]，安处抚清琴。

拟今日良宴会

闲夜命欢友[13]，置酒迎风馆[14]。
齐僮《梁甫吟》[15]，秦娥《张女弹》[16]。
哀音绕栋宇，遗响入云汉。

四座咸同志，羽觞不可筭[17]。
高谈一何绮[18]，蔚若朝霞烂[19]。
人生无几何，为乐常苦晏[20]。
譬彼伺晨鸟[21]，扬声当及旦。
曷为恒忧苦，守此贫与贱。

拟迢迢牵牛星

昭昭清汉晖[22]，粲粲光天步[23]。
牵牛西北回，织女东南顾。
华容一何冶[24]，挥手如振素[25]。
怨彼河无梁，悲此年岁暮。
跂彼无良缘[26]，睆焉不得度[27]。
引领望大川[28]，双涕如沾露。

拟涉江采芙蓉

上山采琼蕊[29]，穹谷饶芳兰[30]。
采采不盈掬[31]，悠悠怀所欢。
故乡一何旷[32]，山川阻且难。
沉思钟万里[33]，踯躅独吟叹[34]。

拟青青河畔草

靡靡江离草[35]，熠燿生河侧。
皎皎彼姝女[36]，阿那当轩织[37]。
粲粲妖容姿，灼灼美颜色[38]。
良人游不归[39]，偏栖独只翼[40]。

空房来悲风，中夜起叹息。

拟明月何皎皎

安寝北堂上[41]，明月入我牖[42]。
照之有余晖[43]，揽之不盈手[44]。
凉风绕曲房[45]，寒蝉鸣高柳。
踟蹰感节物[46]，我行永已久。
游宦会无成[47]，离思难常守。

拟兰若生朝阳

嘉树生朝阳[48]，凝霜封其条。
执心守时信[49]，岁寒终不凋。
美人何其旷，灼灼在云霄。
隆想弥年月[50]，长啸入飞飙[51]。
引领望天末，譬彼向阳翘。

拟青青陵上柏

冉冉高陵蘋[52]，习习随风翰[53]。
人生当几何，譬彼浊水澜。
戚戚多滞念，置酒宴所欢。
方驾振飞辔，远游入长安。
名都一何绮，城阙郁盘桓[54]。
飞阁缨虹带，曾台冒云冠。
高门罗北阙，甲第椒与兰。
侠客控绝景[55]，都人骖玉轩[56]。
遨游放情愿[57]，慷慨为谁叹！

拟东城一何高

西山何其峻，曾曲郁崔嵬[58]。
零露弥天坠[59]，蕙叶凭林衰[60]。
寒暑相因袭，时逝忽如颓[61]。
三闾结飞辔[62]，大耋嗟落晖[63]。
曷为牵世务，中心若有违[64]。
京洛多妖丽[65]，玉颜侔琼蕤[66]。
闲夜抚鸣琴，惠音清且悲[67]。
长歌赴促节，哀响逐高徽[68]。
一唱万夫叹，再唱梁尘飞。
思为河曲鸟[69]，双游丰水湄[70]。

拟西北有高楼

高楼一何峻，苕苕峻而安[71]。
绮窗出尘冥[72]，飞陛蹑云端[73]。
佳人抚琴瑟，纤手清且闲[74]。
芳气随风结，哀响馥若兰。
玉容谁得顾？倾城在一弹。
伫立望日昃[75]，踯躅再三叹。
不怨伫立久，但愿歌者欢。
思驾归鸿羽，比翼双飞翰[76]。

拟庭中有奇树

欢友兰时往[77]，苕苕匿音徽。
虞渊引绝景[78]，四节逝若飞。

芳草久已茂，佳人竟不归。
踯躅遵林渚[79]，惠风入我怀[80]。
感物恋所欢，采此欲贻谁[81]？

拟明月皎夜光

岁暮凉风发，昊天肃明明[82]。
招摇西北指[83]，天汉东南倾。
朗月照闲房，蟋蟀吟户庭。
翻翻归雁集[84]，嘒嘒寒蝉鸣[85]。
畴昔同宴友[86]，翰飞戾高冥[87]。
服美改声听[88]，居愉遗旧情[89]。
织女无机杼，大梁不架楹[90]。

【篇旨】

叙游子思乡，思妇惆怅；抒人生离合之情，发好景不长欢娱恨少之慨。

【注释】

① 悠悠：远行貌。

② 戚戚：心动貌。

③ 徽与音：犹徽音，德音，常用于女子。

④ 缅邈（miǎo）：遥远。飞沉：指飞于空中之鸟与沉于水中之鱼。

⑤ 王鲔（wěi）：鱼名，传说此鱼怕见光，故常躲在水下石缝中。河岫（xiù）：水中石穴。

⑥ 晨风：鸟名。似鹞。语本《诗经·秦风·晨风》：“鴥彼晨风，郁彼北林。”

⑦ 眇：眯起眼远视。

⑧ 惊飙：骤起之风。褰（qiān）：撩起、揭起。反信：犹言风将织物吹

皱又伸平。信，伸。

⑨ 伫（zhù）立：久立。

⑩ 沉忧：深深的忧思。萃：会聚，集结。

⑪ 衿（jīn）：系衣裳的带子。

⑫ 情累：感情上的牵累。

⑬ 命欢友：命酒娱友。

⑭ 迎风馆：宫名，相传为汉武帝时所建。

⑮《梁甫吟》：乐府楚调曲，也作《梁父吟》。梁甫，山名，即梁父，在泰山下。《梁甫吟》盖言人死葬此山，为挽歌，歌词悲凉慷慨。

⑯《张女弹》：古曲调名。唐张铣注：“《张女弹》，曲名也，其声哀。”

⑰ 羽觞：饮酒器名，即爵。爵，古“雀”字。爵像雀的形状，有头尾羽翼，故名羽觞。

⑱ 绮：绮靡精妙之言。

⑲ 蔚：有文采。

⑳ 晏：迟，晚。

㉑ 伺晨鸟：即鸡。《尸子》：“使鸡伺晨。”

㉒ 昭昭：明亮貌。

㉓ 粲粲：鲜明貌。

㉔ 华容：美丽的容貌。冶：形容艳丽。

㉕ 素：白色的丝绸。

㉖ 跂（qǐ）：抬起脚跟而望。

㉗ 睆（huǎn）：看。

㉘ 领：颈，脖子。

㉙ 琼蕊：喻珍美之花。

㉚ 穹谷：深谷。

㉛ 采采：犹言采了又采。

㉜ 旷：远。

㉝ 钟：聚集，此处指钟情。

㉞ 踯躅：驻足，徘徊不前。

㉟ 靡靡：草伏相依貌。江离：香草名，又名蘼芜。

㊱ 姝（shū）：美女。

㊲ 阿那：同“婀娜”，柔美貌。

㊳ 灼灼：鲜明光盛貌。《诗经·周南·桃夭》：“桃之夭夭，灼灼其华。”

㊴ 良人：此指所爱者。

㊵ 偏栖：独居。

㊶ 寝：卧。北堂：向北的正室。

㊷ 牖（yǒu）：窗户。

㊸ 之：指窗户。

㊹ 之：指照进窗户的月光。

㊺ 曲房：有曲廊的屋子。

㊻ 节物：应时节的景物。

㊼ 游宦：因仕宦而远游。会：正当碰上。

㊽“嘉树”句：此句语本《诗经·大雅·卷阿》：“梧桐生矣，于彼朝阳。”

㊾ 信：忠诚。

㊿ 隆：盛多。

51 飙：暴风。

52 冉冉：柔弱下垂的样子。蘋：草名，也称“田字草”，夏秋开小白花。

53 习习：频飞貌。

54 盘桓：广大貌。

55 控：驭驾。绝景：一种快马的名字。景，同“影”。

56 骖：本指同驾一车的三匹马，此处用如动词。玉轩：装饰华丽的车子。车前高后低叫轩。

57 情愿：志愿，意趣。

58 崔嵬（wéi）：高耸貌。

59 零露：此处谓细雨。

60 蕙叶：芳美的叶子。

㉛ 颓：崩塌，坠落。此处喻时光飞逝之快。

㉜ 三闾：《史记·集解》引《王逸·离骚序》“三闾之职掌王族三姓，曰昭屈景”。这里泛指门阀贵族。

㉝ 大耋（dié）：指老人。

㉞ 中心：内心深处。

㉟ 妖丽：妩媚艳丽的女子。

㊱ 侔（móu）：相齐。

㊲ 惠音：和谐之音。

㊳ 高徽：高声弹奏。

㊴ 河曲：河道曲折之处。

㊵ 丰水：水名。源于陕西秦岭，为关中八水之一。湄：水草相交之地。

㊶ 苕苕：同“迢迢”，高貌。

㊷ 绮窗：雕饰考究之窗。

㊸ 飞陛：高峻的台阶。

㊹ 闲：雍容貌。

㊺ 日昃（zè）：太阳偏西。

㊻ 飞翰：指高飞之鸟。

㊼ 兰时：良时，指春日。

㊽ 虞渊：相传为太阳下沉之地。《淮南子·天文训》：“日出旸谷，至于虞渊，是谓黄昏。”景：同“影”。

㊾ 遵：沿着。渚：水边。

㊿ 惠风：和风。

81 贻：赠送。

82 昊（hào）：元气博大貌。

83 招摇：星名，在北斗杓端，即北斗第七星。

84 翩翩：犹翩翩。

85 嘒（huì）嘒：虫鸟鸣声。

86 畴（chóu）昔：往日。

⑧⑦ 翰：鸟羽，此指鸟。戾（lì）：到达。

⑧⑧ 服美：品服华美，意谓达于仕宦。

⑧⑨ 居愉：谓处境优裕，生活愉快。

⑨⓪ 楹：堂屋前部的柱子。

【语译】

拟行行重行行

远远离开你我踽踽独行，莫名的忧虑逐日加深。

自问因何那般伤情？原来是思念你美好的声音。

一朝远离就彼此音讯隔绝，就像云中鸟水底鱼形迹难寻。

王鲔总是想回到水下自己的石穴，晨风鸟更难忘它曾栖息的旧林。

漂泊他乡的游子眯起眼遥望天边，何时能回到故乡归期难定。

骤起的风吹来吹去掀动衣襟，天上的归云又怎堪寄托音讯。

独立良久遥思万里以外的亲人，深深的忧思蓄积我心。

穿衣时方觉得衣带渐长，轻抚自己消瘦的身躯又怎能套上宽大的衣襟。

走啊走想抛弃那份感情的牵累，只好找一个安静的处所抚响清雅的琴音。

拟今日良宴会

如此娴雅的夜晚，朋友们喝酒寻欢，酒宴就设在豪华的迎风馆。

齐地的歌僮奏响的《梁甫吟》多么伤情，秦地的女伶弹出的《张女弹》又那么哀婉。

忧郁的丝竹之声久久回荡，余音绕梁直冲霄汉。

高朋满座彼此志同道合，觥筹交错一时无法计算。

乘着酒兴纷纷吐珠玉之言，措辞绝妙如朝霞一般灿烂。

人生本来就恍惚若寄，寻欢作乐又常苦于太晚。

应该像雄鸡报晓一样鸣叫，让快乐的声音通宵达旦。

何必自寻烦恼自讨苦吃，远离快乐死守着愁苦贫贱。

拟迢迢牵牛星

遥远的夜空里星光闪烁，满天的星斗在天河里悠悠漫步。
牵牛星回头朝西北眺望，织女星向情郎所在的东南方盼顾。
织女的容颜是那么姣好，挥一挥玉手如同白练轻舞。
深怨那天河没有架起彩桥，只能苦苦等待让韶华虚度。
踮起脚跟也无法与情郎的目光相遇，久久凝望却与君相隔漫漫长路。
当织女伸长颈项深深遥望茫茫天河，看到她的脸颊上挂着露水般的泪珠。

拟涉江采芙蓉

春天里采花我走进深山，深邃的山谷里芳兰四处开遍。
采呀采一把兰花还没有采满，想起故乡的恋人心中怅然。
回望归途是那样漫长遥远，总也望不尽那重重的万水千山。
分别后为她寄托了所有的思念，无奈此刻只好独自驻足长叹。

拟青青河畔草

芬芳的江离草一棵紧依着一棵，油油的光泽闪动在小河一侧。
那个白皙美丽的女子啊，当窗织布的倩影多么婀娜。
她的容貌和姿态妩媚艳丽，浑身上下光彩四处流溢。
无奈夫君宦游久久未归，茕茕独居像鸟儿失去了一只翅翼。
空荡荡的闺房凉风乍起，深更半夜只听得声声叹息。

拟明月何皎皎

独自静躺在北堂，透过窗棂照进冷清的月光。
皎洁的月光如水四处流泻，想掬一捧在手心却是个天真的痴想。
回廊里绕来绕去的秋风正凉，庭院中暮秋的蝉儿叫得正响。

独自徘徊渐渐感到时节的变迁，原来离家已有不短的时间。

正是宦游却无所成就的时候，这份孤独的思念怎堪常来折磨。

拟兰若生朝阳

多么俊美的一棵常青树被初升的太阳照耀，寒冬的霜雪封冻了它的枝条。

而它却诚守着春天的葱郁，尽管天气寒冷却枝叶未凋。

美人离我路途遥遥，她光彩照人却仿佛远在云霄。

整年累月我都在殷切地想念，一声声长叹随风远飘。

我伸长脖子眺望天边，就像那棵常青树的枝条向阳而翘。

拟青青陵上柏

高陵上的蘋草长得多么繁茂，风儿吹过身姿轻轻摆摇。

人生苦短拿什么譬喻才好？就像那污水坑混浊而容易干掉。

念此而情伤心中总感到不欢，索性与朋友们聚会大排宴筵。

然后并驾高头大马振动马缰，远远地游荡径直进入长安。

名都长安果然景象繁华非凡，城阙绵绵宫观相连。

衔接高阁的回廊如天上的彩虹一般，楼台高高耸立直入云端。

富豪贵族的大门罗布在城的北边，高级的第宅椒树和兰花点缀着庭院。

游侠儿骑着“绝影”快马，三马并驾的华车载着豪门达官。

敞开怀尽情地遨游吧，整天慷慨悲歌又为谁而叹？

拟东城一何高

西山是多么峻秀挺拔，蜿蜒连绵而又高耸。

秋雨漫天飘洒，芳美的树叶依林落下。

一年四季寒来暑往，时光飞逝快得就像土崩瓦解一样。

豪门子弟手持快马的缰辔，白发老人坐在一旁嗟叹夕阳落晖。

为什么人要为过多的世务牵累，总觉得老是与自己的本心相违。

京城里美女如云，姣好的姿容花枝招展。

娴雅的夜晚是谁抚弄琴弦，袅袅的琴音凄清含悲。

长歌一曲伴着急促的弦音，哀婉的歌声悠扬而高亢。

一曲歌罢许多人都受了感染，再唱一曲连梁上的灰尘都飞动起来。

那歌词是说两个恋人想变成一对河曲的鸳鸯，无忧无虑双双嬉游在水草丰美的地方。

拟西北有高楼

好一座楼阁拔地而起，它毫不动摇高高地耸立。

精雕细刻的窗户开向青冥，陡峻的台阶也爬上了云端。

楼上有一位佳人正抚弄琴瑟，纤纤素手清雅而雍容。

她吐气若兰仿佛可以随风凝聚，哀婉的琴音像兰花的芳香袅袅。

美丽的容貌谁能见上一面，只弹一曲就令全城人倾慕向往。

他们驻足流盼直到太阳偏西，徘徊久立再三叹息。

不顾自己久站腿已发困，只愿因此而取得歌女的欢心。

想与她一起像鸿雁长出两只翅膀，比翼双双在高天上快乐地翱翔。

拟庭中有奇树

美妙的春光里佳人却离我而去，彼此音讯渺茫相隔千里。

虞渊中消失了最后一线太阳的光影，光阴荏苒四季如飞一般更替。

芳草久已繁茂充满勃勃生机，远方却没有佳人归来的消息。

独自徘徊沿着林边的洼地，投进我襟怀的只有和风习习。

感于景物的变化总想起远方的佳人，采摘芳草又能给谁投寄？

拟明月皎夜光

正当秋天的傍晚起了凉风，浩荡的夜空清澈而明净。

北斗七星的勺柄指向西北，灿烂的天河却倾向东南。

明朗的月光撒进我的空房，冷清得只听见蟋蟀在门外独鸣。

翩翩归雁纷纷集于沙洲，时而传来几阵寒蝉的鸣声。

昔日曾同坐宴席的朋友啊，如今都仕宦通达像鸟儿飞向高空。

他们身穿美服改变了对音乐的习惯爱好，处境优裕却轻易地遗忘了昔日贫贱时的交情。

没人举荐就像没有机杼怎么把布匹织成，而要架大梁没有竖楹柱又怎么可行？

【评析】

西晋惠帝时，天下良多变故。动荡不安的时局使得士人产生人生飘忽悲苦、行乐苦晚的感伤情怀，这也是陆士衡《拟古诗十二首》的基调。与东汉的《古诗十九首》相比，陆士衡的拟诗在题材上没有多大拓展，然而在文辞华美、对偶工巧以及物境描述更为精细等方面却下了功夫。诗人笔下的美人思妇不但有动人的外在美，而且往往品貌兼具，令人思慕。诗中所写景物与人物思想活动情景交融，妙合无垠，实践了作者自己提出的“意能称物”的文学主张。诗人善于抓取典型细节，如写月光“照之有余晖，揽之不盈手”，通过以手揽月而空无所得表现出一种痴情和人生的空梦感；写美人的手“佳人抚琴瑟，纤手清且闲”，既有动态刻画，亦具静态描摹，甚至将感觉联通“芳气随风结，哀响馥若兰”，以固态凝聚的感觉写流动的芳香之浓郁，又以兰香之清芬通感于音乐之妙雅，沟通了嗅觉与听觉。拟诗中亦有几首清新淡远的小诗，如《拟涉江采芙蓉》画面简洁明了，布局错落有致，以主人公的情感变化为线索，时而将读者带入深谷芳甸，时而又使读者追随主人公将目光投向远在天边的故乡……恬淡自然，情致深远。《拟庭中有奇树》亦设境淡雅，意趣悠然。

拟四愁诗一首

作者：张孟阳　　注译评析：李朝晖

我所思兮在营州[①]，欲往从之路阻修[②]。
登崖远望涕泗流，我之怀矣心伤忧。
佳人遗我绿绮琴[③]，何以赠之双南金[④]。
愿因流波超重深[⑤]，终然莫致增永吟。

【篇旨】

表面抒发思慕佳人而不可得的痛苦心情，实则表述对某种人生理想的追求之意。

【注释】

① 营州：古代中国有九州，营州是其中之一。《尔雅·释地》："齐曰营州。"齐指齐国，在今山东。

② 修：长。

③ 遗（wèi）：赠予。绿绮：古代名琴。相传司马相如曾持此琴。

④ 南金：南方出产的铜，是一种贡品。

⑤ 重深：犹言深水。

【语译】

我所思慕的佳人在遥远的营州，想要追随她道路却阻隔又漫长。
独自登上高崖眺望涕泪直流，想她想得心中烦乱忧愁。
她曾送我一张名贵的绿绮琴，我回赠她两块坚实的南金。

愿乘碧波越过那深深的江心，无奈只能平添几声哀婉的啸吟。

【评析】

这一类诗都未必实怀佳人，亦非“思君之念，托之夫妇”，而可看作是借思慕佳人表述对某种人生理想境界之追求。理想之美好，故以“佳人”喻之；理想之难求，故与“我”相隔远道；我思之迫切，故为之悲伤流涕。比起张衡的《四愁诗》，孟阳于细微处亦有所创意：“我”回赠“佳人”之物往往比“佳人”遗我之物厚重，可见“我”思慕“佳人”之精诚。双方互赠之物又常带象征含意，如绿绮琴取两人琴瑟和鸣之意，双南金取其固若金石的忠贞之意。张孟阳《拟四愁诗》共四章，每章八句，每四句一换韵，一唱三叹，回荡往复。这是其最后一章，亦是全篇情感发展的高峰。

拟古诗一首

作者：陶渊明　　注译评析：李朝晖

日暮天无云，春风扇微和①。
佳人美清夜②，达曙酣且歌③。
歌竟长叹息④，持此感人多⑤。
明明云间月，灼灼叶中花⑥。
岂无一时好⑦，不久当如何。

【篇旨】

写清夜美人酣歌，叹一时之好未必能保持长久。

【注释】

① 扇微和：犹言春风轻拂，天气微暖。扇，吹动。

② 美：此为喜爱赞美之意。

③ 达曙：到天明。

④ 竟：完毕。

⑤ 持此：凭着这支歌曲。此，指其下四句歌辞。

⑥ 灼灼：花盛的样子。

⑦ 一时好：一时之美好，指云间月圆而又缺和叶中花开而复凋。

【语译】

夜幕降临天空明净，和煦的晚风微微吹动。

美人喜爱如此清丽的月夜，红颜微醉歌咏直到天明。

一曲歌罢不禁长长叹息，美人的歌声确实感人至深。

歌中唱道云中的月儿多么皎洁，绿叶相衬的花朵光彩流溢。

它们岂没有短暂的美好，可良辰一过又将会如何。

【评析】

靖节先生的这首拟古，于乐天安命的情怀里流露淡淡的忧思，含蓄自然，耐人寻味。作者用设问去激发读者的思考，引起丰富的联想，由“明明云间月”和“灼灼叶中花”不能长久而想及人生，由自然界而及于社会，含蓄而有余味。从开头美好景物的描写引出“佳人美清夜”，十分自然，气氛和谐，但一变为“歌竟长叹息”却使人出于意外，而最后并不直接说出作者的观点而以设问收结，一篇短诗作了数次曲折，可谓摇曳生姿。陶诗素以恬淡自然而意境深远见称，这首诗虽蕴含人生感慨，却能不落言筌，意在言外。

拟魏太子邺中集诗八首 并序

作者：谢灵运　　注译评析：冯蔚宁

建安末，余时在邺宫，朝游夕宴，究欢愉之极。天下良辰、美景、赏心、乐事，四者难并；今昆弟友朋，二三诸彦[①]，共尽之矣。古来此娱，书籍未见。何者？楚襄王时有宋玉、唐、景；梁孝王时有邹、枚、严、马。游者美矣，而其主不文[②]。汉武帝徐乐诸才，备应对之能，而雄猜多忌[③]，岂获晤言之适！不诬方将，庶必贤于今日尔。岁月如流，零落将尽[④]。撰文怀人，感往增怆！其辞曰：

魏太子

百川赴巨海，众星环北辰[⑤]。
照灼烂霄汉，遥裔起长津[⑥]。
天地中横溃[⑦]，家王拯生民。
区宇既涤荡，群英必来臻。
忝此钦贤性，由来常怀仁。
况值众君子，倾心隆日新。
论物靡浮说，析理实敷陈。
罗缕岂阙辞，窈窕究天人[⑧]。
澄觞满金罍，连榻设华茵[⑨]。
急弦动飞听，清歌拂梁尘[⑩]。
何言相遇易，此欢信可珍。

王粲

家本秦川[11]，贵公子孙。遭乱流寓，自伤情多。

幽厉昔崩乱，桓灵今板荡[12]。
伊洛既燎烟，函崤没无像[13]。
整装辞秦川，秣马赴楚壤。
沮漳自可美，客心非外奖[14]。
常叹诗人言，《式微》何由往。
上宰奉皇灵[15]，侯伯咸宗长。
云骑乱汉南，纪郢皆扫荡。
排雾属盛明，披云对清朗。
庆泰欲重叠[16]，公子特先赏。
不谓息肩愿[17]，一旦值明两。
并载游邺京，方舟泛河广。
绸缪清宴娱，寂寥梁栋响。
既作长夜饮，岂顾乘日养。

陈琳

袁本初书记之士，故述丧乱事多。

皇汉逢屯邅[18]，天下遭氛慝[19]。
董氏沦关西，袁家拥河北。
单民易周章[20]，窘身就羁勒。
岂意事乖己，永怀恋故国。
相公实勤王，信能定鳌贼[21]。
复睹东都辉，重见汉朝则。
余生幸已多，矧乃值明德[22]。
爱客不告疲，饮宴遗景刻[23]。

夜听极星阑，朝游穷曛黑[24]。
哀哇动梁埃[25]，急觞动幽默。
且尽一日娱，莫知古来惑。

徐幹

少无宦情，有箕颍之心事[26]，故仕世多素辞。

伊昔家临淄，提携弄齐瑟。
置酒饮胶东，淹留憩高密。
此欢谓可终，外物始难毕[27]。
摇荡箕濮情[28]，穷年迫忧栗。
末涂幸休明[29]，栖集建薄质。
已免负薪苦，仍游椒兰室[30]。
清论事究万，美话信非一。
行觞奏悲歌，永夜系白日。
华屋非蓬居，时髦岂余匹。
中饮顾昔心，怅焉若有失。

刘桢

卓荦偏人[31]，而文最有气，所得颇经奇。

贫居晏里闬[32]，少小长东平。
河兖当冲要，沦飘薄许京。
广川无逆流，招纳厕群英。
北渡黎阳津，南登纪郢城。
既览古今事，颇识治乱情。
欢友相解达，敷奏究平生。
矧荷明哲顾，知深觉命轻。

朝游牛羊下，暮坐括揭鸣[33]。
终岁非一日，传卮弄新声。
辰事既难谐，欢愿如今并。
唯羡肃肃翰，缤纷戾高冥。

应玚

汝颍之士，流离世故，颇有飘薄之叹。

嗷嗷云中雁，举翮自委羽。
求凉弱水湄[34]，违寒长沙渚[35]。
顾我梁川时，缓步集颍许。
一旦逢世难，沦薄恒羁旅。
天下昔未定，托身早得所。
官度厕一卒，乌林预艰阻。
晚节值众贤，会同庇天宇。
列坐荫华榱[36]，金樽盈清醑[37]。
始奏《延露》曲，继以阑夕语。
调笑辄酬答，嘲谑无惭沮。
倾躯无遗虑，在心良已叙。

阮瑀

管书记之任，有优渥之言[38]。

河洲多沙尘，风悲黄云起。
金羁相驰逐，联翩何穷已。
庆云惠优渥[39]，微薄攀多士。
念昔渤海时，南皮戏清沚[40]。
今复河曲游，鸣葭泛兰汜[41]。

躧步陵丹梯[42]，并坐侍君子。
妍谈既愉心，哀弄信睦耳。
倾酤系芳醑，酌言岂终始。
自从食萍来[43]，唯见今日美。

平原侯植

公子不及世事，但美遨游，然颇有忧生之嗟。

朝游登凤阁[44]，日暮集华沼。
倾柯引弱枝[45]，攀条摘蕙草。
徙倚穷骋望，目极尽所讨。
西顾太行山，北眺邯郸道。
平衢修且直，白杨信袅袅[46]。
副君命饮宴[47]，欢娱写怀抱。
良游匪昼夜，岂云晚与早。
众宾悉精妙，清辞洒兰藻[48]。
哀音下回鹄，余哇彻清昊[49]。
中山不知醉[50]，饮德方觉饱。
愿以黄发期，养生念将老。

【篇旨】

以咏史为名，倾吐对现实政治的强烈不满，向往君臣间的开诚布公、同心同德。

【注释】

① 彦（yàn）：美士，才德杰出的人。

② 主：此指梁孝王、楚襄王。

③ 雄猜：雄才大略而多猜忌。

④ 零落：衰亡，此指死亡。

⑤ 北辰：北极星。

⑥ 裔：远。

⑦ 横溃：水溃决泛滥，喻动荡的局势。

⑧ 窈窕：此指深邃。天人：指自然和社会。

⑨ 茵：坐褥。

⑩ 梁尘：鲁人虞公擅于歌唱，发声即震动梁上尘。

⑪ 秦川：约包括今陕、甘两省之地。

⑫ 板荡：《诗经·大雅》有《板》《荡》二篇，讥刺周厉王无道，败坏国家。后因以“板荡”指政局变乱或社会动荡不安。

⑬ 像：模样。

⑭ 奖：劝勉。

⑮ 上宰：宰相。此指曹操。皇灵：指汉献帝。

⑯ 重叠：指曹操和曹丕。

⑰ 息肩：卸去负担。

⑱ 屯邅（zhūn zhān）：难行不进貌。喻处境不利，进退两难。

⑲ 氛慝：凶恶不祥。喻乱世。

⑳ 周章：惶惧。

㉑ 蝥（máo）贼：食禾稼之虫。喻危害人民或国家的人。

㉒ 矧（shěn）：况且。

㉓ 景（yǐng）：日晷上的刻度，指时间。

㉔ 曛（xūn）黑：黄昏时。

㉕ 哇（wā）：淫邪之音。此指声音。

㉖ 箕：指许由。相传其不受尧位，作《箕山之歌》明志。颍：颍水。巢父隐于此。

㉗ 外物：世事。

㉘ 濮：濮水。庄周垂钓处。

㉙ 休明：指政治清明。

㉚ 椒兰：比喻贵戚。

㉛ 卓荦（luò）：卓绝出众。偏人：才行特出，与众不同的人。

㉜ 里闬（hàn）：闾里的门，巷门。

㉝ 括：通“佸”（huó），相会。揭：通“榤”，给鸡栖宿的竹木圈。《诗经·王风·君子于役》：“曷其有佸？鸡栖于桀，日之夕矣，牛羊下括。”

㉞ 湄（méi）：岸边，水草相接的地方。

㉟ 渚（zhǔ）：水中的小块陆地。

㊱ 榱（cuī）：椽子。

㊲ 醑（xǔ）：美酒。

㊳ 优渥：雨水充足。后泛称丰厚优裕。

㊴ 庆云：五色云。古人以为喜庆、吉祥之气。喻曹操。

㊵ 沚（zhǐ）：水中的小洲。

㊶ 汜（sì）：分岔流出后又回到主流的水。

㊷ 躧（xǐ）步：轻快的步伐。躧，同“屣”。

㊸ 苹：通“苹”，草名，白蒿之属。《诗经·小雅·鹿鸣》：“呦呦鹿鸣，食野之苹。”

㊹ 凤阁：宫内楼阁。

㊺ 柯：草木的枝茎。

㊻ 袅（niǎo）袅：飘荡不定貌。

㊼ 副君：太子。此指曹丕。

㊽ 兰藻：喻文辞如兰之芳，如藻之美。

㊾ 清昊（hào）：昊天。昊，元气博大貌。

㊿ 中山：国名。春秋战国时有中山国，辖今河北中部一带，出醇酒之地。《魏都赋》：“醇酎（zhòu）中山。”

【语译】

建安末年，当时我在邺宫，从早到晚游玩宴乐，极尽欢快娱悦。这世上良辰、美景、赏心、乐事，四者难以同时兼得。现在我们兄弟朋友，一群才思俊逸之士，相处融洽并一同尽享了这四种快乐。自古以来这种欢娱都未见载于书籍。为何如此？楚襄王时有宋玉、唐勒、景差等辞赋家，梁孝王时有邹阳、枚乘、严忌、司马相如等文人，这些客人文则美矣，而楚襄王与梁孝王却不通文学。汉武帝时徐乐等才士，应对的才能应有尽有，但汉武帝虽雄才大略却猜忌多疑，他们在侍从应对之际不可能愉悦舒适。若不以我的话为诬妄，那么当时赏心乐事的盛况必定超过今日。岁月如同流水，好友应玚、刘桢等多已谢世。我撰述文辞，睹文思人，眷顾往昔，更添悲怆之情。我的诗写道：

魏太子

千条大河滔滔奔赴大海，点点繁星环拱着北极星。
闪烁的众星照亮了灿烂的银河，从遥远的地方发起大水洪流。
天地因而被冲荡溃决，父王救民于水深火热之中。
宇内经过一番清理洗涤，成群的杰出人才必定前来归附。
能保持敬贤的本性我感到心安，从来常常想见到仁德的人。
何况正遇到道德高尚的贤才，倾心辅佐国运日渐昌隆。
著述一点也没有浮夸之说，分析事理完全如实铺陈。
罗列文辞没有阙遗，观察深邃以推究天人关系。
香醇美酒斟满酒樽欢喜畅饮，陈设连榻上面铺着华美的裀褥。
繁急的琴声引来飞鸟谛听，清亮的歌声震落了梁上的灰尘。
谁说知己相会欢聚容易？这难得之乐实在值得珍惜。

王粲

家本住在秦川，是贵族子弟，遭战乱寄居他乡，诗文多自我感伤之情。

幽王厉王国政崩溃败坏，桓帝灵帝无道引起局势动荡不安。
东都洛阳城尽被董卓烧毁，崤山函谷崩塌不成模样。
整理好行装辞别长安，喂饱马匹远远投奔到荆州。

沮河漳水风光自然十分秀美，客子思乡之心油然而生不必外加。
经常感吟《诗经·邶风》的诗句，身世式微更叹有家难归。
曹公借重汉献帝威令诸侯，诸侯们都尊他为领袖。
如云骑兵在汉水以南作乱，还有纪南郢城的反叛都被平定。
仿佛排除黑雾看见太阳，好似拨开乌云重睹青天。
庆贺康泰又欣遇二主，公子慧眼独先对我赏识。
不忍提出卸掉负担的请求，幸获太子与公子深厚的爱遇。
陪太子同车并驱赏览邺京，并船同舟在黄河泛游。
在亲切欢聚的宴会上，歌声响彻幽深华丽的屋宇。
既然拥有通宵达旦的欢饮，也无憾于不得乘日神驾车的快乐。

陈琳

曾做过袁绍的书记官，所以多有叙述丧乱的诗文。
大汉朝遭逢艰难时势，普天下遇上妖氛恶人。
董卓攻陷了长安城，袁绍割据了河北地。
我孤身一人深深惶惧，于是屈身受袁绍羁勒。
哪里只是违背自身意愿，更其怀恋故乡永志难忘。
曹公确实能勤于王事，定能扫荡荼毒生民的害虫。
终又见到东都洛阳重放光彩，重睹汉官威仪再次确立。
九死一生已极感幸运，更何况蒙受深仁厚泽。
太子敬爱宾客忘了疲倦，殷勤劝饮不辞昼夜。
赏妙曲直至夜阑星稀，游山玩水从黎明直到黄昏。
哀伤的歌声婉转绕梁，频举酒杯浇除心中愁闷。
暂且极尽一日的欢乐，哪管古来有人说酒是一种可怕的诱惑。

徐幹

年轻时没有做官的愿望，却有隐居避世的念头，所以处世入仕多有朴实的言辞。

从前家住在临淄，与友携手共弹瑟。
在胶东设宴饮酒，于高密休息逗留。
此乐可谓有终结，世事却无穷尽时。
隐逸的想法始终萦绕心头，迫于世乱亦生忧惧。
穷途遇上英明的君主，收容我培植我浅陋的资质。
已免除负薪之苦，游于如椒似兰之室。
清雅论议穷究万事的原委，谈论美善亦不偏执于一理。
酒酣奏起哀伤的乐曲，长夜继日悲欢交集。
身住华屋心念茅庐，时髦的风俗难道适合于我？
半酣回忆往昔的日子，怅怅然若有所失。

刘桢

才华卓绝出众，而文章最有气势，达到纯正奇绝的境界。
住在贫穷的小巷，从小在东平长大。
从冲要的黄河之滨的兖州，沦落到了许都城。
浩荡的大河中没有逆流，招纳贤才我得以跻身其中。
向北渡过黎阳河，向南登上纪郢城。
通览古今兴亡事，精通治国平乱术。
好友切磋更明达，竭尽才智陈奏疏。
蒙曹公深恩眷顾，更感身微命轻贱。
早游至牛羊暮归，晚坐达雄鸡唱晓。
连年累月地欢饮，酒杯频传奏新曲。
政通人和实难得，欣喜而今全遇到。
只羡慕肃肃振羽的飞鸟，光彩缤纷地直飞蓝天。

应玚

汝颍的才士，生逢乱世颠沛流离，很有漂泊沦落的慨叹。
嗷嗷哀鸣的云中大雁，自北方的委羽山飞出。

寻求凉爽的环境徙到弱水之滨，避开严寒气候迁至长沙之渚。

回顾我在大梁颍川的时节，从容漫步在颍许之地。

不幸忽然遭遇大变乱，沦落漂泊客寄他乡。

天下丧乱还没有平定，我已托身到曹公麾下。

官渡之战我侧身士卒，赤壁之役也在乌林历险。

晚年幸遇众多的贤才，一同辅助曹公施泽天下。

依序坐在华丽的邺宫，痛饮盛满金樽的美酒。

傍晚奏起美妙的《延露》曲，夜深人静还朗朗高谈。

诙谐打趣又互相调侃，自嘲嘲人没半点惭愧。

投入全部身心没有疑虑，所思所想倾诉不留。

阮瑀

掌管书记的官职，所以有丰赡优裕的语言。

河边扬起阵阵沙尘，风声悲吼黄沙满天。

骑着骏马驰骋奔逐，前引后续哪见尽头?

我承曹公厚恩深泽，区区贱躯得攀众贤。

想往昔在渤海之时，戏游于南皮的河洲上。

今日又在曲曲弯弯的支流，弹笳泛舟尽赏两岸芳树林。

轻快地踏上朱色台阶，并排列坐侍候太子。

高谈阔论畅快我心，哀凄琴声亦能顺耳。

醇酒斟完又斟陈酿，酒逢知己无所终始。

自从幸成曹公嘉宾，今番须美美醉它一回。

平原侯植

公子不谙于世事，但爱好游观，常有深沉的忧生之叹。

清早登上凤阁凭高赏景，晚间集在华池偕友欢宴。

压低树枝采折柔弱的柳枝条，攀下枝条采撷芳香的蕙花。

徘徊流连又纵目四望，目极千里青青江山漫漫古道。

向西回顾那太行山巍巍耸立，向北眺望那邯郸道修远蜿蜒。
平坦的通衢大道又长又直，袅娜的白杨在风中摇曳多姿。
太子吩咐我们举行盛大宴会，极尽欢乐愉快地宣泄胸臆。
随意地游玩不分白昼与黑夜，哪里用得着说什么早和晚。
各位贵宾才华横溢大家手笔，清辞丽句芳如兰桂美如藻绘。
哀凄的乐曲吸引白鹤回旋，美妙歌声震动长空余音绕梁。
中山的美酒千杯饮来也不醉，具有高洁的道德操守远胜饱餐终日。
希望友人能珍重身体，让我们同享白发苍苍的晚年。

【评析】

谢灵运是晋宋时杰出的山水诗大师，其生平乃是深入理解本诗的一把钥匙。谢曾作过刘毅的记室参军，后刘毅兵败被杀。刘裕授谢太尉参军职，骨子里实未信任和重用之。后谢和刘义真相结交欲展平生大志，无奈义真志大才疏，为刘义隆所诛。宋文帝召，屡辞，勉强入京，多不合作，归乡肆游山水，为人所劾，终以谋逆罪被杀于广州。组诗总序贬汉文帝、梁孝王，恰如方回所言，是影射宋武帝刘裕和宋文帝刘义隆。谢深感处境凶险，因此，对邺都君臣相得之乐颇为向往。“七子”前小序精当地交代出该人生平和创作特色。“忝此钦贤性，由来常怀仁”（《魏太子》），道出了作者心目中贤君的形象。“既览古今事，颇识治乱情”（《刘桢》），暗示出自己杰出的政治才能。“摇荡箕濮情，穷年迫忧栗……中饮顾昔心，怅焉若有失”（《徐幹》），道出自己被迫屈事武人的无奈和耻辱。“愿以黄发期，养生念将老”（《平原侯植》），曹植屡遭曹丕父子猜忌迫害的命运，谢灵运是否想到也会在自己身上重演？读者诸君不妨深思之。

卷第三十一

杂拟下

效曹子建乐府白马篇一首

作者：袁阳源　　注译评析：李晓丹

剑骑何翩翩[①]，长安五陵间[②]。秦地天下枢[③]，八方凑才贤。
荆魏多壮士，宛洛富少年[④]。意气深自负，肯事郡邑权。
籍籍关外来[⑤]，车徒倾国鄽[⑥]。五侯竞书币[⑦]，群公亟为言[⑧]。
义分明于霜，信行直如弦。交欢池阳下[⑨]，留宴汾阴西。
一朝许人诺，何能坐相捐[⑩]。彯节去函谷[⑪]，投珮出甘泉[⑫]。
嗟此务远图[⑬]，心为四海悬。但营身意遂，岂校耳目前[⑭]。
侠烈良有闻，古来共知然。

【作者简介】

袁淑（408—453），字阳源，陈郡阳夏（今河南太康）人，始为彭城王司徒祭酒，后官至太子左卫率。太子刘劭作乱，淑力谏被杀。明人辑有《袁阳源集》(一名《袁忠宪集》)。《宋书》《南史》均有传。

【篇旨】

描绘豪侠风采，赞美他们英勇果决、豪爽重义的品行。

【注释】

① 翩翩：轻健的样子。

② 五陵：指西汉五个皇帝的陵墓，即高祖长陵、惠帝安陵、景帝阳陵、武帝茂陵、昭帝平陵。汉朝政府迁来许多富户居住这一地区，旧说该地多有豪杰。

③ 秦地：习称陕西为秦，汉时西域诸国也称中国为秦。

④ 荆：荆州，古九州之一，东汉时荆州刺史治所在汉寿（今湖南常德东北）。魏：魏国，战国魏惠王建都大梁（今河南开封）。三国时魏文帝建都于洛阳（今河南洛阳）。宛：今河南南阳。洛：洛阳。

⑤ 籍籍：喧盛的样子。关外：指函谷关以东，秦时函谷关在今河南灵宝南，汉关移至今河南新安东北。

⑥ 廛（chán）：城镇的民居或市集。

⑦ 书币：记载聘问他国或馈赠他人所需的财物数。

⑧ 亟：急忙。

⑨ 池阳：与下文“汾阴”都是县名，分别在今陕西和山西境内。

⑩ 坐：遂。捐：弃。

⑪ 彯（pāo）：通“摽”，辟，弃。节：古代奉王命出使或传命所持的信物。

⑫ 投珮：表示去官。珮为古代官员服饰。甘泉：宫名，在今陕西淳化。

⑬ 嗟：叹。图：志向。

⑭ 校：见。

【语译】

佩剑结骑轻捷如飞，长安五陵游侠豪贤。秦地本是天下枢纽，八方英才荟萃此间。

荆魏之地豪杰济济，宛洛二都健儿翩翩。自负才俊志高气盛，哪肯屈身于郡邑强权。

关外侠士熙熙而来，车马随从使都市震颤。贵族公侯竞相拿重金来礼聘，众位高官急忙为他美言。

侠士心中义节分明好比秋霜，言行信实刚直如弦。贤豪相会联欢池阳，英杰赴宴畅饮于汾阴之西。

一旦对人许下诺言，如何能够轻易改变。抛去符节告别函谷，投掷玉佩甘愿离开王宫甘泉。

可叹他们为了追求远大理想，壮心悬念四海。但求身名意气遂愿，怎会目光短浅留恋眼前。

侠士的义烈事迹多有所闻，自古人们就称颂他们的美行。

【评析】

起句便推出豪杰游侠的翩翩剑骑，使全诗笼罩一层飞动的气势，然后才交代地点背景，绘出一幅关中贤才荟集的群像。“意气”句以下由面到点，突现关外来客的显赫声威。“籍籍”两句显其声势，为正面描写，“五侯”二句极言五侯、群公对他们的趋奉揄扬，作侧笔烘托，“义分”二句示其气质，引出下文一系列行动：在“交欢”“留宴”“彯节”“投珮”等举动中生动逼真地刻画出豪杰洒脱豪放、重义轻利的形象，用语豪放自然，行文圆转而有气势，风格刚健清新，故胡应麟称其“大有建安风骨”。

效古一首

作者：袁阳源　　注译评析：李晓丹

讯此倦游士[①]，本家自辽东[②]。
昔隶李将军[③]，十载事西戎[④]。
结车高阙下[⑤]，极望见云中[⑥]。
四面各千里，从横起严风。
寒燠岂如节[⑦]，霜雨多异同。
夕寐北河阴[⑧]，梦还甘泉宫。

勤役未云已，壮年徒为空。

乃知古时人，所以悲转蓬⑨。

【篇旨】

写戍边征战之苦，反映将士的凄凉心境。

【注释】

① 讯：问。

② 辽东：汉郡名，在今辽宁境内。

③ 李将军：指汉将李广。

④ 西戎：泛指我国西部少数民族，特指匈奴。

⑤ 结：聚。高阙：山名。

⑥ 云中：郡名，治所在今内蒙古托克托。

⑦ 燠（yù）：暖。

⑧ 北河：戎地之河。阴：河的南面。

⑨ 悲转蓬：曹植《杂诗》说："转蓬离本根，飘飖随长风。类此客游子，捐躯远从戎。"

【语译】

我询问那疲倦的旅人，他自述家乡本在辽东。

从前隶属于李将军麾下，十年来辛苦征战于西戎。

高阙山下兵车交汇，极目可见边城云中。

四面空旷各有千里，纵横刮起荒塞寒风。

冷暖节候不似中原，霜降雨雪多有不同。

夜晚留宿北河南面，梦还都城荣幸步入甘泉宫。

辛勤的兵役尚未服完，而盛年已逝万事成空。

此时才深深理解古人的悲叹：动荡的身世像那飘飘无依的转蓬。

【评析】

语言平易，娓娓道来，如见其人，如闻其声。叙述风格非常符合人物身份。前四句叙事，接下六句写景，“昔隶”二句写征役时间之久长，“结车”二句言战地偏远荒僻，“四面”下四句描写恶劣的气候条件，千里荒凉，狂风骤起，冷暖违节，霜雨莫测。“夕寐”二句，尚“寐”入“梦”，巧妙地由写景转入抒情，承上启下，了无痕迹。以上写景，境中见人，已含一层苍凉之意，末四句抒情自悲身世便觉水到渠成。

拟古二首

作者：刘休玄　　注译评析：李晓丹

拟行行重行行

眇眇陵长道[①]，遥遥行远之[②]。
回车背京里[③]，挥手从此辞。
堂上流尘生[④]，庭中绿草滋[⑤]。
寒螀翔水曲[⑥]，秋兔依山基。
芳年有华月，佳人无还期。
日夕凉风起，对酒长相思。
悲发江南调[⑦]，忧委子襟诗[⑧]。
卧觉明灯晦，坐见轻纨缁[⑨]。
泪容不可饰，幽镜难复治[⑩]。
愿垂薄暮景[⑪]，照妾桑榆时[⑫]。

拟明月何皎皎

落宿半遥城[13]，浮云蔼曾阙[14]。
玉宇来清风[15]，罗帐延秋月[16]。
结思想伊人[17]，沉忧怀明发[18]。
谁为客行久，屡见流芳歇[19]。
河广川无梁[20]，山高路难越。

【作者简介】

刘铄（431—453），字休玄。彭城（今江苏徐州）人，宋文帝第四子，封南平王。历任散骑常侍、湘州刺史、豫州刺史、抚军将军等职。后因参与太子刘劭篡逆之事，被毒死。现存诗十余首，善写游子思妇之情，以轻巧见称。《宋书》《南史》均有传。

【篇旨】

两首诗都描写思妇对远人的深深思念，兼抒伤春悲秋的凄凉之感。

【注释】

① 眇眇：形容长、远。陵：登上。

② 遥遥：心不安的样子。

③ 京：都城。

④ 流：游。

⑤ 滋：茂。

⑥ 寒螀：水鸟。一说蝉的一种。

⑦ 江南调：《乐府诗集》的《相和歌辞》中有《江南》辞："江南可采莲，莲叶何田田！鱼戏莲叶间。""莲"与"怜"谐音。

⑧ 子襟诗：《诗经 · 郑风》有《子衿》诗："青青子衿，悠悠我心。"寄托对爱人的思念。子襟，即子衿。

⑨ 纨：洁白的细绢。缁：黑色。

⑩ 幽：昏暗。治：理。

⑪ 薄：迫近。景：日光。

⑫ 桑榆：喻晚年，因古代传说日出东隅，入于桑榆。

⑬ 宿（xiù）：星宿。

⑭ 蔼：指云气掩映。曾：同“层”。

⑮ 玉宇：玉饰的房屋，亦喻天空。

⑯ 延：引。

⑰ 结：盘旋萦绕，此指郁积。

⑱ 沉：深。

⑲ 流芳：散布香气，此处指花香。

⑳ 梁：桥。

【语译】

拟行行重行行

他踏上漫漫的长路，心神不宁将远行。
他掉转车头背向京城，终于挥挥手从此远离。
眼看厅堂上飞尘渐积，庭院中绿草繁生。
水鸟飞翔在它依恋的水曲，秋兔也依傍着山脚。
我年轻貌好犹似皓月临空，所爱的人却遥遥没有归期。
秋夜里凉风飒飒，对清酒相思无尽。
悲伤时唱起江南采莲曲，寄托忧思于青青子衿诗。
静卧在床，见明亮的油灯慢慢暗去，日日独坐，觉洁白的轻绢由白渐黑。
满面泪痕不可修饰，幽镜愁容难再整治。
请向我播撒下黄昏的霞光，照亮我行将到来的晚年。

拟明月何皎皎

明亮的星辰洒落在半城的夜空，浮云掩映着层层楼阙。

天空中吹来阵阵清风，罗帐里透进明明秋月。

愁思萦绕思念着爱人，忧思郁结想念到天明。

谁知道他走了多久呢？只看见春花凋谢年复一年。

隔着浩渺的河川而没有桥梁，空想念却山高路险无法超越。

【评析】

两首诗都写思妇怀人，在艺术上却各具特色。《拟行行重行行》设想的时间跨度较大，思妇从芳年预想到桑榆晚景，情调婉转悠长。而《拟明月何皎皎》则截取一个月明之夜的片断进行刻画，感情较前一首直截痛快。前一首多写意中之景，近处的堂上飞尘，庭中绿草，远处的寒螀翔水，秋兔依山，夜中的明灯，白日的轻纨，无不融入了主人公漫长的期待和悠深的思念，几乎成为主人公情思物化的象征。后一首则多写眼中之景，落宿浮云、罗帐清风的夜境，只是稍稍契合思妇的心境，然结尾“河广”“山高”句，亦用象征手法以抒发深深离恨。这两首诗都塑造出鲜明的人物形象，情感真实自然，意境优美，因而虽是旧题材亦能动人。如前一首的“卧觉明灯晦，坐见轻纨缁”与后一首的“玉宇来清风，罗帐延秋月”，语极浅近，意蕴却颇隽永。明灯转暗，而曰“卧觉”，轻纨变黑，而曰“坐见”，思妇漫长而绝望的等待场景，被浓缩于两个画面之中却又同时传示了颇为细腻的心理过程。

和琅邪王依古一首

作者：王僧达　　注译评析：李晓丹

少年好驰侠，旅宦游关源[①]。

既践终古迹[2]，聊讯兴亡言[3]。
隆周为薮泽[4]，皇汉成山樊[5]。
久没离宫地[6]，安识寿陵园[7]。
仲秋边风起，孤蓬卷霜根。
白日无精景[8]，黄沙千里昏。
显轨莫殊辙[9]，幽涂岂异魂[10]。
圣贤良已矣[11]，抱命复何怨。

【篇旨】

吟咏历史的兴衰变迁，表明至盛至强尚不免衰亡，弱小的个人何必怨命？隐含时运不济之感。

【注释】

① 旅宦：古人为求官职而远游。关源：指关中（相当于今陕西）、河源（即黄河的源头）。

② 践：经历。

③ 聊：姑且。讯：问。一说通“信”。

④ 薮泽：大泽。

⑤ 樊：篱笆。

⑥ 离宫：古代帝王于正式宫殿外别筑宫室，以便随时游处，谓之离宫。

⑦ 寿陵园：汉园林名。

⑧ 精：光明。

⑨ 轨：道、法。

⑩ 幽：阴间。陆机《泰山吟》说：“幽涂延万鬼，神房集百灵。”

⑪ 圣贤良已：桓范《世要论》说：圣哲之人，知有终之命，必至之理，不可以智力避。

【语译】

年少时喜欢奔走游侠，游学求官遍历了关中河源。

游历过那里的远古遗迹，姑且向历史叩问兴亡的规律。

隆盛的周朝今为沼泽，强大的汉帝国已成山林篱藩。

富丽的离宫早就湮没，谁能认出那曾经十分美好的寿陵园?

仲秋时节边风呼啸，卷起孤凄的蓬草和霜根。

白日里不见阳光闪烁，黄沙弥漫千里昏昏。

大道显达你又何必驾车别驱，昏暗幽渺的阴间难道会有异样的精魂。

睿智的圣贤都已知命长逝，我遭此命运又何必怨尤。

【评析】

前八句复现少年游历所见，采用今昔对比的手法抒写沧桑之感，“仲秋”以下四句，是诗人在追想旧事之后，思绪复归现实，描写边地荒凉之景，着一“孤”字，顿使荒境生情，故有人认为这四句仍属诗人意中之景。李周翰注说“此喻时也”，亦得文理。“显轨”以下四句，体现了诗人对历史和现实、已知和未知、社会与个人的联系试图进行由彼及此的探求。全诗融抒情性和哲理性于一体，思绪腾越古今，显得深沉而有气势。

拟古三首

作者：鲍明远　　注译评析：李晓丹

幽并重骑射[①]，少年好驰逐[②]。
毡带佩双鞬[③]，象弧插雕服[④]。
兽肥春草短，飞鞚越平陆[⑤]。
朝游雁门上[⑥]，暮还楼烦宿[⑦]。
石梁有余劲[⑧]，惊雀无全目[⑨]。

汉虏方未和，边城屡翻覆。
留我一白羽[10]，将以分虎竹[11]。

鲁客事楚王，怀金袭丹素[12]。
既荷主人恩，又蒙令尹顾[13]。
日晏罢朝归，鞍马塞衢路。
宗党生光华，宾仆远倾慕。
富贵人所欲，道德亦何惧[14]。
南国有儒生，迷方独沦误[15]。
伐木青江湄[16]，设罝守毚兔[17]。

十五讽诗书[18]，篇翰靡不通[19]。
弱冠参多士[20]，飞步游秦宫[21]。
侧睹君子论，预见古人风。
两说穷舌端[22]，五车摧笔锋[23]。
羞当白璧贶[24]，耻受聊城功[25]。
晚节从世务，乘障远和戎[26]。
解佩袭犀渠[27]，卷帙奉卢弓[28]。
始愿力不及，安知今所终。

【篇旨】

诗人表明了有才宜展、有德宜仕的思想，抒发为国立功的愿望。

【注释】

① 幽：幽州，包括今河北北部和辽宁的一部分地区。并：并州，辖境为今山西大部及内蒙古、河北一部分地方。

② 驰逐：驰骋角逐。

③ 鞬：盛弓的器具。

④ 象弧：象牙装饰的弓。雕：画。服：盛箭的器具。以上两句鞬服、弧矢互文见义。

⑤ 鞚：马笼头。平陆：平地。

⑥ 雁门：郡名，治所在今山西右玉南。

⑦ 楼烦：县名，汉属雁门郡，治所在今山西宁武附近。

⑧ 石梁：石桥。传说宋景公命工匠造弓箭，九年乃成，工匠说：臣之精尽于此弓矣。景公持弓登台向东射去，那箭越过西霜山，止于彭城东，余力仍使箭羽穿进了石梁。

⑨ 惊雀：《文选》六臣注引《帝王世纪》：帝羿与吴贺北游，贺请羿射雀。并请只射左目，羿援弓射之，误中右眼，非常惭愧，终身不忘。人们称道羿善射。

⑩ 白羽：箭名。

⑪ 虎竹：指铜虎符与竹使符，都是国家发兵遣使之符。

⑫ 金：金印。袭：服，穿。丹素：素衣上饰有红色花纹。

⑬ 主人：此指楚王。令尹：楚国相。顾：眷。

⑭ 德：《文选》六臣本作“得”，疑是。“道得”意即“得道”。

⑮ 方：道。

⑯ 青：一作“清”。

⑰ 罝（jū）：捕兽的网。毚兔：狡兔。

⑱ 讽：背诵。

⑲ 翰：笔，文。

⑳ 弱冠：指男子二十岁左右的年龄。古代男子二十岁举行冠礼，表示成年。多士：众多官员。

㉑ 秦宫：秦代的遗宫。

㉒ 两说：纵横之说，李善注谓指鲁仲连说魏将新垣衍义不帝秦及下聊城事。也有人解为本末之说。

㉓ 五车：喻学识渊博。《庄子·天下》说：惠施多方，其书五车，其道踳驳。

㉔ 白璧贶：《韩诗外传》：楚襄王遣使者持金千斤，白璧百双，聘庄子为

相，庄子不从。贶（kuàng）：赐予。

㉕ 聊城功：《史记》本传：燕将据聊城，齐攻之不下，鲁仲连遗书燕将，燕将自杀，聊城乃下。齐王欲授爵仲连，仲连不受，逃隐海上。

㉖ 乘：守。障：边境险要处戍守的堡寨。戎：泛指我国西部少数民族。

㉗ 佩：文服。犀渠：犀皮盾牌。

㉘ 帙（zhì）：书套，书函。卢弓：征战之弓。

【语译】

幽州、并州崇尚骑射，少年们最喜驰骋角逐。
用毡带佩着双鞬，象牙箭插在雕服之中。
鸟兽肥美春草浅浅，飞马越过广袤的平陆。
白天畅游于雁门关上，傍晚驰回楼烦住宿。
力射之箭穿透石梁尚有余劲，惊弓之鸟恰被伤中一目。
汉朝的敌人至今不肯言和，边境纷争屡动干戈。
请留给我一支安定四方的白羽箭吧，我定要为国立功分取虎符竹符。

那鲁人辅佐楚王多得意，怀抱金印身穿朱纹服。
既受君王恩泽，又蒙令尹眷顾。
每当傍晚他退朝回府，随从人马会阻塞街路。
宗族乡党因为他而显耀，宾客仆从对他远远仰慕。
人人都企盼荣华富贵，他自命取之以道更有何顾忌？
独有一位南国书生对此甚感困惑，不悟此道以至沦入迷途。
他伐木在清清的江水边，设网痴守狡兔。

十五岁就能背诵诗书，文章翰墨无不精通。
二十岁已跨入朝臣的行列，昂首阔步游赏秦宫。
侧目而视君子高论，自信可识见古人的遗风。
纵横之说可以挥洒尽致，学富五车足以摧折笔锋。

想起庄子不受白璧之聘甚感惭愧，比起鲁仲连功成身退更觉无地自容。
晚年致力做些实事，到远方守边疆与戎族结盟。
脱去文官之服穿上铠甲，卷起诗书握持强弓。
始愿为文未有建树，今为武士又怎知能否成功?

【评析】

这三首在思想内容上有一定的联系，鲍照少年有济世志，中年有做官、归田、再做官的经历，晚年任参军。这三首似吟咏他从少年到晚年的心灵历程。在艺术上都有俊逸沉挚的共同风格。第一首之前二句交代地点、人物及所咏之事，简洁明快。下文分别描述骑与射。“毡带”二句，以静态写其英武之形，接下便以动态绘其神：“兽肥”下四句写骑术，“飞”“越”言其精，“朝游”“暮还”言其快。“石梁”二句用典故写射术之精，夸张但切情。末四句抒发为国立功的愿望。全诗或分或合，或描写或抒情，章法分明，明快轩昂。第二首运用对比手法，将鲁客怀才恃宠获取个人名利，与南国儒生怀才不展守株待兔的行为相对照，妙在诗人对这两种行为都不置可否，因而能启人深思。第三首行文富于变化，前八句写青少年时的风采，极写其文才赡富，倜傥自负之举，运用对偶和夸张手法。然而下句“羞当”二字一笔拗转，感情色彩由明快转黯淡，且运用两个典故加大了它的容量，显得承转自然而含意隽永。

学刘公幹体一首

作者：鲍明远　　注译评析：李晓丹

胡风吹朔雪[①]，千里度龙山[②]。
集君瑶台里[③]，飞舞两楹前[④]。
兹辰自为美，当避艳阳年[⑤]。

艳阳桃李节⑥，皎洁不成妍⑦。

【篇旨】

以雪花开落，喻小人只能得意一时。

【注释】

① 胡：我国古代泛称北方边地与西域的少数民族。朔：北方。

② 龙山：山名。

③ 瑶台：用美玉造的台。瑶，美玉。

④ 两楹：房屋正厅的两根柱子。两楹之间是房屋正中所在，为举行重大仪式和重要活动的地方。

⑤ 艳阳年：指阳光灿烂的春夏时节。

⑥ 桃李节：桃李盛开的时节，即仲春。

⑦ 妍：美丽。

【语译】

西北风吹送着北地的雪花，飞越千里度过龙山。

聚集在高高的瑶台上，飞舞在举行重大活动的堂柱前。

此时自然洋洋得意，必当回避春夏之时。

明媚的春天桃李姹紫嫣红，苍白的雪花怎能鲜艳？

【评析】

全诗托物言志，前四句平叙，后四句语意两次转折，美而“当避艳阳年”为一转，桃李开而雪花落再转，步步逼近篇旨，章法峭促紧健。

代君子有所思一首

作者：鲍明远　　注译评析：李晓丹

西出登雀台①，东下望云阙②。
层阁肃天居，驰道直如发。
绣甍结飞霞③，琁题纳行月④。
筑山拟蓬壶⑤，穿池类溟渤⑥。
选色遍齐代⑦，征声匝邛越⑧。
陈钟陪夕宴⑨，笙歌待明发。
年貌不可还，身意会盈歇⑩。
蚁壤漏山河，丝泪毁金骨⑪。
器恶含满欹⑫，物忌厚生没⑬。
智哉众多士⑭，服理辩昭昧⑮。

【篇旨】

劝诫统治者不要享乐过度，应防微杜渐，力戒骄盈。

【注释】

① 雀台：即邺城西之铜雀台。

② 云阙：言阙高。

③ 甍（méng）：屋梁。

④ 琁：美玉。题：椽头。

⑤ 蓬壶：传说中的海中仙山。

⑥ 溟渤：二海名。

⑦ 齐：东方之国。代：北方之郡。

⑧ 匝：遍。邛：西蜀之地。越：南方之国。

⑨ 陈：设。《楚辞·招魂》有："陈钟按鼓，造新歌些。"

⑩ 身意：身名意气。

⑪ 丝泪：如丝之泪，形容泪少。金骨：形容骨肉之坚。

⑫ 攲（qī）：通"攲"，倾斜。《荀子·宥坐》篇："吾闻宥坐之器，虚则攲，中则正，满则覆。"

⑬ 厚：多，大，富。

⑭ 多士：群官。

⑮ 理：道。

【语译】

出门西行登上美丽的铜雀台，举目东望楼阁高耸入云。

层层楼阁庄严华贵像是天子之居，宽阔的大道任车马飞驰笔直如发。

彩饰的屋梁联结着飞动的彩霞，美玉的椽头在月光下闪烁。

效法传说的蓬壶仙山筑起假山，仿照著名的溟海渤海穿凿池塘。

遍寻齐国代郡挑选美女，觅尽邛越之地征求歌人。

编钟乐舞陪伴夜宴，华笙丽歌唱至天明。

盛年美貌会一去不返，身名意气有盛也会有衰。

蚁穴漏水可以使河溃山倾，谗邪的几丝眼泪也曾摧毁刚正中坚。

量器过满则容易翻覆，人生太奢靡则易没落。

众位官员可谓明智通达，研习道理必能明辨黑白。

【评析】

诗人登上铜雀台看见富丽堂皇的宫殿楼阁，思及达官贵人过分追求声色享乐的种种行事，油然而生忧国之心。多用对句，抒发感想，铺列富丽享乐之状，使本诗富有色彩。又善用比喻，驰道如发、蚁壤漏山、丝泪毁骨等比喻都警策动人。"绣甍"二句则显示出诗人描绘景物的技巧，天、地之景，动、静之态俱含于十字之内，"结""纳"二动词巧妙地将天地连为一体，构成生动的画面，显出俊逸奇警之气。

效古一首

作者：范彦龙　　注译评析：李晓丹

寒沙四面平，飞雪千里惊。
风断阴山树①，雾失交河城②。
朝驰左贤阵③，夜薄休屠营④。
昔事前军幕⑤，今逐嫖姚兵⑥。
失道刑既重⑦，迟留法未轻⑧。
所赖今天子，汉道日休明。

【篇旨】

写征战之苦与军法之严酷。

【注释】

① 阴山：今河套以北、大漠以南诸山的通称。

② 失：迷。交河城：《汉书·西域传》载，西域的车师前国王治交河城，在今新疆境内。

③ 左贤阵：《汉书·李广苏建传》载，李广将军出右北平击匈奴左贤王阵。左贤王是匈奴贵族封号。

④ 休屠营：《汉书·卫青霍去病传》载，骠骑将军霍去病率万骑出陇西，得休屠祭天金人。休屠，西域国名。

⑤ 前军幕：指李广将军幕下。据《汉书·李广苏建传》载，大将军大击匈奴，李广年老仍数自请行，汉帝良久乃许，命广为前将军。

⑥ 嫖姚：《汉书·卫青霍去病传》载，霍去病从大将军，受诏，称嫖姚校尉。

⑦ 失道：迷失道路。《汉书·李广苏建传》载，李广与右将军合军出东道，有人失道，大将军责问，李广说：校尉无罪，乃我者自失道。引刀自刎。

⑧ 迟留：滞留停顿。《后汉书·邓禹传》载，少子鸿，出塞追畔胡逢侯，坐逗留，下狱死。

【语译】

边塞寒天大漠四面沙平，千里飞雪莽原使人心惊。

狂风折断了阴山的大树，浓雾迷漫边境的交河城。

白天杀敌冲刺匈奴左贤王阵，夜中出袭攻击敌军休屠营。

从前在李将军幕下服役，如今追随嫖姚校尉霍去病。

汉律失路后期刑法惨重，逗留不进者要受严刑。

当今天子人所信赖，取法汉道军政日见清明。

【评析】

本篇先勾画出边地一片莽莽苍苍，惊心动魄的自然景观，然后在广阔的自然背景下叙事，一句一典，六句之内蕴含了丰富的内容。军人们征战绝塞千辛万苦，而封建帝王赏罚不明，刻薄寡恩，语虽简括，而内里不知蕴含了多少曲折的情致。末二句追昔抚今，意味深长，似奉承，又似讽喻。《诗品》评范彦龙诗“清便婉转，如流风回雪”，观此诗亦然。

杂体诗三十首

作者：江文通　　注译评析：农作丰

古离别

远与君别者，乃至雁门关①。

黄云蔽千里[2]，游子何时还。
送君如昨日，檐前露已团。
不惜蕙草晚[3]，所悲道里寒。
君在天一涯，妾身长别离。
愿一见颜色，不异琼树枝[4]。
兔丝及水萍[5]，所寄终不移。

李都尉　从军　陵

樽酒送征人[6]，踟蹰在亲宴[7]。
日暮浮云滋，渥手泪如霰[8]。
悠悠清川水[9]，嘉鲂得所荐[10]。
而我在万里，结发不相见[11]。
袖中有短书，愿寄双飞燕。

班婕妤　咏扇

纨扇如圆月[12]，出自机中素[13]。
画作秦王女，乘鸾向烟雾[14]。
采色世所重[15]，虽新不代故。
窃愁凉风至[16]，吹我玉阶树。
君子恩未毕，零落在中路。

魏文帝　游宴　曹丕

置酒坐飞阁[17]，逍遥临华池[18]。
神飙自远至[19]，左右芙蓉披[20]。
绿竹夹清水，秋兰被幽涯[21]。

月出照园中，冠珮相追随[22]。
客从南楚来[23]，为我吹参差[24]。
渊鱼犹伏浦[25]，听者未云疲。
高文一何绮，小儒安足为。
肃肃广殿阴[26]，雀声愁北林。
众宾还城邑，何以慰吾心。

陈思王　赠友　曹植

君王礼英贤[27]，不吝千金璧[28]。
双阙指驰道[29]，朱宫罗第宅[30]。
从容冰井台[31]，清池映华薄[32]。
凉风荡芳气[33]，碧树先秋落[34]。
朝与佳人期，日夕望青阁[35]。
褰裳摘明珠[36]。徙倚拾蕙若[37]。
眷我二三子[38]，辞义丽金雘[39]。
延陵轻宝剑[40]，季布重然诺[41]。
处富不忘贫，有道在葵藿[42]。

刘文学　感遇　桢

苍苍中山桂，团圆霜露色。
霜露一何紧[43]，桂枝生自直。
橘柚在南国，因君为羽翼[44]。
谬蒙圣主私[45]，托身文墨职[46]。
丹采既已过[47]，敢不自雕饰[48]。
华月照方池，列坐金殿侧[49]。
微臣固受赐，鸿恩良未测[50]。

王侍中 怀德 粲

伊昔值世乱[51]，秣马辞帝京[52]。
既伤蔓草别，方知杕杜情[53]。
崤函复丘墟[54]，冀阙缅纵横[55]。
倚棹泛泾渭[56]，日暮山河清。
蟋蟀依桑野[57]，严风吹若茎[58]。
鹳鹄在幽草[59]，客子泪已零[60]。
去乡三十载，幸遭天下平。
贤主降嘉赏[61]，金貂服玄缨[62]。
侍宴出河曲[63]，飞盖游邺城[64]，
朝露竟几何，忽如水上萍。
君子笃惠义[65]，柯叶终不倾[66]。
福履既所绥[67]，千载垂令名[68]。

嵇中散 言志 康

曰余不师训，潜志去世尘。
远想出宏域[69]，高步超常伦[70]。
灵凤振羽仪，戢景西海滨[71]。
朝食琅玕实[72]，夕饮玉池津[73]。
处顺故无累[74]，养德乃入神。
旷哉宇宙惠，云罗更四陈。
哲人贵识义，《大雅》明庇身[75]。
庄生悟无为，老氏守其真。
天下皆得一[76]，名实久相宾[77]。
《咸池》飨爰居[78]，钟鼓或愁辛。
柳惠善直道[79]，孙登庶知人[80]。

写怀良未远，感赠以书绅[81]。

阮步兵　咏怀　籍

青鸟海上游[82]，鸒斯蒿下飞[83]。
沉浮不相宜，羽翼各有归。
飘飖可终年[84]，沆瀁安是非[85]。
朝云乘变化[86]，光耀世所希。
精卫衔木石[87]，谁能测幽微。

张司空　离情　华

秋月照帘笼，悬光入丹墀[88]，
佳人抚鸣琴，清夜守空帷。
兰径少行迹，玉台生网丝[89]。
庭树发红彩，闺草含碧滋[90]。
延伫整绫绮[91]，万里赠所思。
愿垂湛露惠[92]，信我皎日期[93]。

潘黄门　悼亡　岳

青春速天机[94]，素秋驰白日[95]，
美人归重泉[96]，凄怆无终毕。
殡宫已肃清[97]，松柏转萧瑟[98]。
俯仰未能弭[99]，寻念非但一[100]。
抚襟悼寂寞，恍然若有失[101]。
明月入绮窗，仿佛想蕙质[102]。
消忧非萱草[103]，永怀宁梦寐。

梦寐复冥冥[104]，何由觌尔形[105]。
我惭北海术[106]，尔无帝女灵[107]。
驾言出远山，徘徊泣松铭[108]。
雨绝无还云，华落岂留英。
日月方代序[109]，寝兴何时平。

陆平原 羁宦 机

储后降嘉命[110]，恩纪被微身[111]。
明发眷桑梓[112]，永叹怀密亲。
流念辞南澨[113]，衔怨别西津[114]。
驰马遵淮泗[115]，旦夕见梁陈[116]。
服义追上列[117]，矫迹厕宫臣[118]。
朱黻咸髦士[119]，长缨皆俊人。
契阔承华内[120]，绸缪逾岁年[121]。
日暮聊总驾，逍遥观洛川[122]，
徂没多拱木[123]，宿草凌寒烟。
游子易感忾，踯躅还自怜。
愿言寄三鸟[124]，离思非徒然[125]。

左记室 咏史 思

韩公沦卖药[126]，梅生隐市门[127]。
百年信荏苒[128]，何用苦心魂[129]。
当学卫霍将[130]，建功在河源[131]。
珪组贤君眄[132]，青紫明主恩[133]。
终军才始达[134]，贾谊位方尊[135]。
金张服貂冕[136]，许史乘华轩[137]。

王侯贵片议[138]，公卿重一言。
太平多欢娱，飞盖东都门[139]，
顾念张仲蔚[140]，蓬蒿满中园。

张黄门 苦雨 协

丹霞蔽阳景[141]，绿泉涌阴渚[142]。
水鹳巢层甍[143]，山云润柱础[144]。
有弇兴春节[145]，愁霖贯秋序[146]。
燮燮凉叶夺[147]，戾戾飔风举[148]。
高谈玩四时，索居慕畴侣[149]。
青苔日夜黄，芳蕤成宿楚[150]。
岁暮百虑交，无以慰延伫。

刘太尉 伤乱 琨

皇晋遘阳九[151]，天下横雰雾[152]。
秦赵值薄蚀[153]，幽并逢虎据[154]。
伊余荷宠灵[155]，感激殉驰骛。
虽无六奇术[156]，冀与张韩遇[157]。
宁戚扣角歌[158]，桓公遭乃举。
荀息冒险难，实以忠贞故[159]。
空令日月逝，愧无古人度。
饮马出城濠[160]，北望沙漠路。
千里何萧条，白日隐寒树。
投袂既愤懑[161]，抚枕怀百虑。
功名惜未立，玄发已改素。
时或苟有会，治乱惟冥数[162]。

卢中郎 感交 谌

大厦须异材，廊庙非庸器。
英俊著世功[163]，多士济斯位[164]。
眷顾成绸缪，乃与时髦匹[165]。
姻媾久不虚[166]，契阔岂但一[167]。
逢厄既已同，处危非所恤[168]。
常慕先达概[169]，观古论得失。
马服为赵将[170]，疆埸得清谧[171]。
信陵佩魏印[172]，秦兵不敢出。
慨无幄中策，徒惭素丝质。
羁旅去旧乡，感遇喻琴瑟[173]。
自顾非杞梓[174]，勉力在《无逸》[175]。
更以畏友朋[176]，滥吹乖名实[177]。

郭弘农 游仙 璞

崦山多灵草[178]，海滨饶奇石[179]。
偃蹇寻青云[180]，隐沦驻精魄[181]。
道人读《丹经》[182]，方士炼玉液[183]。
朱霞入窗牖，曜灵照空隙[184]。
傲睨摘木芝[185]，凌波采水碧[186]。
眇然万里游[187]，矫掌望烟客[188]。
永得安期术[189]，岂愁濛汜迫[190]。

张廷尉 杂述 绰

太素既已分[191]，吹万著形兆[192]。

寂动苟有源，因谓殇子夭[193]。
道丧涉千载，津梁谁能了[194]。
思乘扶摇翰[195]，卓然凌风矫[196]。
静观尺棰义[197]，理足未常少。
冏冏秋月明，凭轩咏尧老[198]。
浪迹无蚩妍[199]，然后君子道。
领略归一致[200]，南山有绮皓[201]。
交臂久变化，传火乃薪草[202]。
亹亹玄思清[203]，胸中去机巧[204]。
物我俱忘怀，可以狎鸥鸟[205]。

许征君　自序　询

张子暗内机[206]，单生蔽外像[207]。
一时排冥筌[208]，泠然空中赏[209]。
遣此弱丧情[210]，资神任独往[211]。
采药白云隈[212]，聊以肆所养[213]。
丹葩耀芳蕤[214]，绿竹荫闲敞。
苕苕寄意胜，不觉陵虚上[215]。
曲棂激鲜飙[216]，石室有幽响。
去矣从所欲，得失非外奖。
至哉操斤客[217]，重明固已朗。
五难既洒落[218]，超迹绝尘网[219]。

殷东阳　兴瞩　仲文

晨游任所萃[220]，悠悠蕴真趣。
云天亦辽亮[221]，时与赏心遇。

青松挺秀萼[222]，惠色出乔树。
极眺清波深，缅映石壁素[223]。
莹情无余滓[224]，拂衣释尘务。
求仁既自我，玄风岂外慕[225]。
直置忘所宰，萧散得遗虑[226]。

谢仆射　游览　混

信矣劳物化，忧襟未能整[227]。
薄言遵郊衢[228]，总辔出台省[229]。
凄凄节序高[230]，寥寥心悟永。
时菊耀岩阿[231]，云霞冠秋岭。
眷然惜良辰，徘徊践落景[232]。
卷舒虽万绪，动复归有静。
曾是迫桑榆[233]，岁暮从所秉。
舟壑不可攀[234]，忘怀寄匠郢[235]。

陶征君　田居　潜

种苗在东皋[236]，苗生满阡陌[237]。
虽有荷锄倦，浊酒聊自适。
日暮巾柴车[238]，路暗光已夕。
归人望烟火，稚子候檐隙。
问君亦何为，百年会有役。
但愿桑麻成，蚕月得纺绩[239]。
素心正如此，开径望三益[240]。

谢临川 游山 灵运

江海经邅回[241]，山峤备盈缺[242]。
灵境信淹留[243]，赏心非徒设。
平明登云峰，杳与庐霍绝[244]。
碧鄣长周流[245]，金潭恒澄澈。
桐林带晨霞，石壁映初晰。
乳窦既滴沥[246]，丹井复寥泬[247]。
岩崿转奇秀[248]，岑崟还相蔽[249]。
赤玉隐瑶溪，云锦被沙汭[250]。
夜闻猩猩啼，朝见鼯鼠逝[251]。
南中气候暖，朱华凌白雪。
幸游建德乡[252]，观奇经禹穴[253]。
身名竟谁辩，图史终磨灭。
且泛桂水潮，映月游海澨。
摄生贵处顺[254]，将为智者说。

颜特进 侍宴 延之

太微凝帝宇[255]，瑶光正神县[256]。
揆日粲书史[257]，相都丽闻见[258]。
列汉构仙宫[259]，开天制宝殿。
桂栋留夏飙，兰橑停冬霰[260]。
青林结冥濛，丹巘被葱蒨[261]。
山云备卿霭[262]，池卉具灵变[263]。
重阳集清气[264]，下辇降玄宴[265]。
骛望分寰隧[266]，矖目尽都甸[267]。
气生川岳阴，烟灭淮海见。

中坐溢朱组，步榈篚琼弁[268]。
礼登伫睿情[269]，乐阕延皇眄[270]。
测恩跻逾逸[271]，沿牒懵浮贱[272]。
荣重馈兼金[273]，巡华过盈瑱[274]。
敢饰舆人咏[275]，方惭《绿水》荐[276]。

谢法曹 赠别 惠连

昨发赤亭渚[277]，今宿浦阳汭[278]。方作云峰异，岂伊《千里别》。
芳尘未歇席[279]，涔泪犹在袂[280]。停舻望极浦[281]，弭棹阻风雪。
风雪既经时，夜永起怀思。泛滥北湖游，岧亭南楼期[282]。
点翰咏新赏[283]，开帙莹所疑[284]。摘芳爱气馥[285]，拾蕊怜色滋[286]。
色滋畏沃若[287]，人事亦销铄[288]。《子衿》怨勿往，《谷风》诮轻薄[289]。
共秉延州信[290]，无惭仲路诺[291]。灵芝望三秀[292]，孤筠情所托[293]。
所托已殷勤，只足搅怀人。今行嵺嵘外[294]，衔思至海滨。
觌子杳未僝[295]，款睇在何辰[296]。杂珮虽可赠[297]，疏华竟无陈[298]。
无陈心悁劳[299]，旅人岂游遨。幸及风雪霁[300]，青春满江皋。
解缆候前侣，还望方郁陶[301]。烟景若离远[302]，末响寄琼瑶[303]。

王征君 养疾 微

窈蔼潇湘空[304]，翠涧澹无滋。
寂历百草晦[305]，欻吸鹍鸡悲[306]。
清阴往来远[307]，月华散前墀。
炼药瞩虚幌，泛瑟卧遥帷[308]。
水碧验未黩，金膏灵讵缁[309]。
北渚有帝子[310]，荡瀁不可期。
怅然山中暮，怀痾属此诗[311]。

袁太尉 从驾 淑

宫庙礼哀敬，枌邑道严玄[312]。
恭絜由明祀，肃驾在祈年。
诏徒登季月[313]，戒凤藻行川[314]。
云旆象汉徙[315]，宸网拟星悬[316]。
朱棹丽寒渚[317]，金棹映秋山[318]。
羽卫蔼流景[319]，彩吹震沉渊[320]。
辩诗测京国[321]，履籍鉴都廛[322]。
甿谣响玉律[323]，邑颂被丹弦。
文轸薄桂海[324]，声教烛冰天[325]。
和惠颁上笏[326]，恩渥浃下筵[327]。
幸侍观洛后[328]，岂慕巡河前。
服义方无沫[329]，展歌殊未宣[330]。

谢光禄 郊游 庄

肃舲出郊际[331]，徙乐逗江阴[332]。
翠山方蔼蔼[333]，青浦正沉沉[334]。
凉叶照沙屿[335]，秋荣冒水浔[336]。
风散松架险[337]，云郁石道深。
静默镜绵野[338]，四睇乱曾岑[339]。
气清知雁引[340]，露华识猿音。
云装信解黻[341]，烟驾可辞金[342]。
始整丹泉术[343]，终觌紫芳心[344]。
行光自容裔[345]，无使弱思侵[346]。

鲍参军 戎行 昭

豪士枉尺璧，宵人重恩光[347]。
殉义非为利，执羁轻去乡[348]。
孟冬郊祀月，杀气起严霜[349]。
戎马粟不暖，军士冰为浆[350]。
晨上城皋坂[351]，碛砾皆羊肠[352]。
寒阴笼白日[353]，太谷晦苍苍。
息徒税征驾[354]，倚剑临八荒。
鹪鹏不能飞[355]，玄武伏川梁[356]。
铩翮由时至[357]，感物聊自伤。
竖儒守一经[358]，未足识行藏[359]。

休上人 别怨

西北秋风至，楚客心悠哉[360]。
日暮碧云合[361]，佳人殊未来[362]。
露采方泛艳[363]，月华始徘徊[364]。
宝书为君掩[365]，瑶琴讵能开[366]。
相思巫山渚[367]，怅望阳云台[368]。
膏炉绝沉燎[369]，绮席生浮埃[370]。
桂水日千里，因之平生怀。

【篇旨】

模拟并再现了自汉至刘宋三十家诗作的不同风格特征，形象化地表述了对这些作家风格的理解。

【注释】

① 雁门关：关名，今山西代县西北，自古为戍守重地。

② 黄云：尘埃与云相连接，色黄，所以称黄云。

③ 蕙草：香草名。

④ 琼树：传说中的树名，生长在昆仑山上。

⑤ 兔丝：药草名，茎细长，常缠络于其他植物上而生长。水萍：即浮萍，依水而长。

⑥ 樽：古代的盛酒器具。

⑦ 踟蹰：徘徊，犹豫。

⑧ 渥：同“握”。霰（xiàn）：小雪珠。

⑨ 悠悠：水流的样子。

⑩ 鲂：鱼名。荐：依靠。

⑪ 结发：此指妻子。

⑫ 纨：白色细绢。

⑬ 素：白色生绢。

⑭ 秦王女：指弄玉。传说她是秦穆公的女儿，善吹箫，后与其夫萧史成仙乘凤凰飞去。鸾：凤凰。

⑮ 采色：美丽的颜色。采，通“彩”。

⑯ 窃：私下。

⑰ 飞阁：凌空耸立的楼阁。

⑱ 华池：传说在昆仑山上的仙池。

⑲ 神飙（biāo）：神灵之风。

⑳ 披：开花。

㉑ 被：通“披”，布满。幽涯：深涯。

㉒ 冠珮：指近臣的服饰。

㉓ 南楚：地名，今湖南长沙衡阳以东，江西南昌、九江及安徽南部一带。

㉔ 参差（cēn cī）：这里指洞箫，古代乐器名。

㉕ 渊鱼：深渊中之鱼。浦：水滨。汉王充《论衡·感虚》：“传书言瓠芭鼓瑟，渊鱼出听。”

㉖ 肃肃：寂静。

㉗ 英贤：指丁仪、王粲等。

㉘ 吝：吝惜。

㉙ 阙：门。驰道：大道。

㉚ 朱宫：朱楼。第宅：指贵族的住宅。

㉛ 冰井台：台名。魏武帝于邺城西北所建的三台之一，故址在今河北临漳西南。

㉜ 华：花。薄：草木丛生。

㉝ 荡：摇动。

㉞ 先秋：初秋。

㉟ 青阁：指显贵人家的闺阁。

㊱ 褰（qiān）：用手提起。

㊲ 徙倚：流连徘徊。蕙若：蕙草与杜若，皆香草名。

㊳ 二三子：指丁仪、王粲等。

㊴ 金雘（wò）：雕饰。雘，赤石脂之类，可作颜料，以饰宫室。

㊵ 延陵：指春秋时吴公子季札，曾聘于上国，途中拜会徐君，心知徐君喜欢其所佩宝剑，因使命在身，不能赠与，但已心许。当他返回时，徐君已死，于是他把宝剑挂在徐君墓旁树上离去。

㊶ 季布：楚人，为项羽手下名将，以任侠著名。楚谚有“得黄金百斤，不如得季布一诺”。

㊷ 葵藿（huò）：冬葵和豆，贫者所食。陆机《君子有所思行》：“无以肉食资，取笑葵与藿。”

㊸ 紧：急。

㊹ 羽翼：指辅佐。

㊺ 圣主：指魏文帝曹丕。私：恩惠。

㊻ 托身：投身。文墨职：指为平原侯庶子之职。

㊼ 丹采：指恩遇。

㊽ 雕饰：修饰，劝勉。

㊾ 列坐：以次相坐。

㊿ 鸿：大。

51 世乱：指董卓作乱。

52 秣马：喂马。秣，马料。帝京：指东汉京都洛阳。

53 蔓草、杕（dì）杜：指《诗经·郑风》中的《野有蔓草》与《杕杜》二篇，这里用以抒发远别亲人、流离颠沛之情。

54 崤函：崤山及函谷关。崤山，今河南洛宁西北。函谷关，秦关，今河南灵宝南，东至崤山，西至潼津。

55 冀阙：古时宫廷外公布法令的楼阙。缅：绵长。

56 棹（zhào）：船桨。泛：漂浮。

57 蟋蟀：又名促织，古人把它当作悲秋之虫。

58 若：若木，神话中长在日落处的一种树木。

59 鹳鹚（guàn yì）：水鸟名。

60 客子：指王粲。

61 贤主：指曹操。

62 金貂：侍中的服饰。玄缨：《尉缭子》曰："天子玄冠玄缨。"

63 河曲：地名，今山西永济西蒲州。

64 邺城：邺都。三国时魏所置，故城在今河北临漳县北。

65 笃：笃厚。

66 柯叶：指松柏的枝叶。倾：凋落。

67 福履：福禄。绥：安定。

68 令名：美名。

69 远想：高远的思想。宏：广博。

70 伦：同辈，同类。

71 戢（jí）景：匿迹。景，通"影"。

72 琅玕（láng gān）：传说中生长在昆仑山上的珠树。

⑬ 玉池：美池名，传说在昆仑山中。

⑭ 顺：顺应。

⑮《大雅》:《诗经》的组成部分。《诗经·大雅·烝民》:“既明且哲，以保其身。”

⑯ 得一：得道。《老子》三十九章：“昔之得一者，天得一以清，地得一以宁……侯王得一以为天下正。”

⑰ 相宾：相为宾主。《庄子·逍遥游》载，尧欲让天下与许由，许由拒之曰：“而我犹代子，吾将为名乎？名者实之宾也，吾将为宾乎？”

⑱《咸池》：古乐名，相传为尧乐。爰居：海鸟名。《庄子·至乐》载，有海鸟歇于鲁国城郊，鲁侯把它供养在宗庙中，奏之以九韶之乐，喂之以祭祀供品，鸟悲，不饮食，三日而死。

⑲ 柳惠：春秋鲁大夫展禽，因食邑柳下，谥惠，故称柳下惠。任士师时，三次被黜。

⑳ 孙登：三国魏人。隐居汲郡山中，好读《易》，曾与嵇康游。

㉑ 书绅：《论语·卫灵公》说，子张把孔子之言书于绅带。后因称记住别人的话为书绅。

㉒ 青鸟：此指海鸟。

㉓ 鸒（yù）斯：乌鸦。

㉔ 飘飖：即飘摇，轻飞的样子。

㉕ 沆瀁（hàng yàng）：水深广的样子。

㉖ 朝云：女神名。楚怀王曾游高唐，梦一女子对他说：“妾在巫山之阳，高丘之阻，旦为朝云，暮为行雨。”

㉗ 精卫：传说为炎帝的小女儿女娃，游于东海而被淹死，化作精卫鸟，常衔西山木石，用以填东海。

㉘ 丹墀（chí）：古代宫殿前石阶，漆成红色。

㉙ 网丝：指蜘蛛网。

㉚ 碧滋：草色翠绿繁茂。

㉛ 延伫：久立等待。

⑨② 湛露：浓重的露，能润泽于物。

⑨③ 信：伸。皎：光明的样子。期：指誓言。

⑨④ 青春：指春季。天机：璇玑，星名，北斗魁第四星。

⑨⑤ 素秋：秋季。古代五行之说，以金配秋，其色白，故称素秋。

⑨⑥ 美人：指潘岳妻。重泉：黄泉。

⑨⑦ 肃清：寂寞。

⑨⑧ 萧瑟：此指秋天草木摇落。

⑨⑨ 弭：停止。

⑩⓪ 寻念：此指哀思。但：仅。

⑩① 恍然：失意的样子。

⑩② 蕙质：指女子高洁的品性。

⑩③ 萱（xuān）草：草名，古人谓见之可以忘忧。

⑩④ 冥冥：晦暗。

⑩⑤ 觌（dí）：相见。

⑩⑥ 北海术：《列异传》说，北海营陵有道人，能使生人与死人相见。

⑩⑦ 帝女：指巫山神女瑶姬，传说楚怀王游巫山，梦中与她相会。后宋玉对楚王问，云系帝之季女。

⑩⑧ 铭：墓碑。

⑩⑨ 代序：岁月季节顺次更替。

⑪⓪ 储后：即储君，太子的别称。

⑪① 微身：指陆机。

⑪② 明发：黎明出发。桑梓：喻故乡。

⑪③ 流念：流动的思绪。澨：水滨。

⑪④ 津：渡口。

⑪⑤ 遵：沿。淮泗：淮水和泗水。

⑪⑥ 梁：汉景帝弟所封国。陈：春秋陈国，国都今河南淮阳。

⑪⑦ 服义：折服于古人道义。上列：指枚乘、司马相如、刘桢、应玚等前辈英贤。

⑱ 矫迹：犹言混迹。厕宫臣：指列身于太子的宫臣。厕，通“侧”。

⑲ 朱黻（fú）：古代系佩玉或印章的红色丝带。黻，通“绂”。髦士：俊杰。

⑳ 契阔：勤苦。承华：太子宫门名，此指太子宫。

㉑ 绸缪：情意缠绵。

㉒ 洛川：即洛水，源出陕西洛南西北部。

㉓ 徂：通“殂”，死亡。拱木：《左传·僖公三十二年》：“尔何知？中寿，尔墓之木拱矣。”后称墓旁的树木为拱木。

㉔ 三鸟：神话中西王母的使者。后以三鸟为使者代称。

㉕ 徒然：枉然。

㉖ 韩公：即韩康，东汉京兆霸陵人。字伯休，一作恬休。常采药名山，卖于长安市中，后隐居霸陵山，桓帝征聘，中途遁走。

㉗ 梅生：即梅福，字子真，汉九江寿春人，为人耿直，王莽专政，他弃妻子去九江，后在会稽变姓名为吴市门卒。

㉘ 荏苒：时光渐渐逝去。

㉙ 苦心：费尽心思，指沧隐一事。

㉚ 卫：卫青。霍：霍去病。二者皆为汉将，以破匈奴建功。

㉛ 河源：此指匈奴之境。

㉜ 珪：上圆下方的玉。古代封建诸侯，不同爵位给予不同的珪。组：系印的丝带。眄（miǎn）：此犹言青睐。

㉝ 青紫：青紫色的绶带，高官所佩。

㉞ 终军：汉济南人，字子云，年十八拜为谒者给事中。

㉟ 贾谊：汉洛阳人。以年少能通各家书，文帝召为博士，迁太中大夫。

㊱ 金：指汉金日磾家族。张：指汉张安世家族。皆贵显。后以金张为功臣世族的代称。冕：冠。

㊲ 许史：指汉宣帝时两家外戚。许，许皇后家。史，宣帝母家。轩：一种曲辕有藩的车，为卿大夫及诸侯夫人所乘。

㊳ 片议：指片断的议论。

⑬⑨ 东都：指洛阳。

⑭⓪ 张仲蔚：扶风人，少与同郡人魏景卿隐居不仕，所居蓬蒿没人。

⑭① 阳景：太阳。

⑭② 渚：水中的小块陆地。

⑭③ 层：重叠。甍（méng）：屋脊。

⑭④ 础（chǔ）：柱下的石礅。

⑭⑤ 有弇（yǎn）：浓云密布的样子。弇，同“渰”。

⑭⑥ 霖：久雨。

⑭⑦ 燮（xiè）燮：渐渐。

⑭⑧ 戾（liè）戾：劲疾，猛烈。飔（sī）风：疾风。

⑭⑨ 索居：独居。畴侣：同辈，伴侣。畴，同“俦”。

⑮⓪ 蕤（ruí）：花下垂的样子。楚：指丛生的灌木。

⑮① 皇：大。阳九：指灾荒年景和厄运。

⑮② 雰：同“氛”，预示灾祸的凶气。

⑮③ 秦：指东晋时的后秦，为姚苌所建。赵：指东晋时的后赵，为石勒所建。薄蚀：日月相掩蚀，指乱贼侵晋。

⑮④ 幽并：幽州和并州。东晋初，刘琨守并州，段匹磾守幽州。虎据：指割据称强。

⑮⑤ 伊：助词，无义。宠灵：恩宠。

⑮⑥ 六奇：汉陈平六出奇计，协助刘邦夺得帝位，司马迁称之为六奇。后泛指出奇制胜的谋略。

⑮⑦ 张韩：张良和韩信。

⑮⑧ 宁戚：春秋时卫人，曾在喂牛时扣牛角而歌，齐桓公认为他非平常之人，拜他为上卿。故事见《吕氏春秋 · 离俗览 · 举难》。

⑮⑨ 荀息：春秋时晋人。《左传 · 僖公九年》载，晋献公使他傅奚齐（献公子），他表示愿“竭股肱之力，加之以忠贞”。

⑯⓪ 城濠：护城的壕沟。

⑯① 投袂：挥袖，表示愤怒。

⑯² 冥数：犹天意，天命。

⑯³ 英俊：指才智杰出的人物。

⑯⁴ 济：济济。斯位：指多士各安其位。

⑯⁵ 时髦：指一时的杰出人物。

⑯⁶ 姻媾：指卢谌之妹嫁刘琨弟一事。

⑯⁷ 契阔：指同遭离乱父母被杀之事。

⑯⁸ 恤：忧虑。

⑯⁹ 先达：先辈。概：节操。

⑰⁰ 马服：即马服君，战国时赵将赵奢的封号。

⑰¹ 疆埸（yì）：边境。清谧：安宁。

⑰² 信陵：指战国时魏公子无忌，号信陵君。

⑰³ 喻：理解。琴瑟：琴瑟同时弹奏，其音谐和，喻朋友兄弟的情谊融洽。

⑰⁴ 杞梓：指杞和梓两种优质木材，用来比喻优秀人才。

⑰⁵《无逸》：《尚书》篇名，相传为周公劝诫成王之辞。这里谓勿耽于享乐。

⑰⁶ 畏友朋：即诤友。

⑰⁷ 滥吹：即滥竽充数。乖：背离。

⑰⁸ 崦（yān）山：即崦嵫（zī）山，在甘肃天水西，神话中日入之处。

⑰⁹ 奇石：指安期所炼的五色石，传说可服食成仙。

⑱⁰ 偃蹇（yǎn jiǎn）：高耸。指山。青云：喻隐逸。

⑱¹ 隐沦：指隐居或隐居的人。精魄：人的精灵，不离开人体则不死。

⑱²《丹经》：道经。丹指炼丹术。

⑱³ 玉液：道家言饮玉液可以长生。

⑱⁴ 曜灵：太阳。隙：洞穴。

⑱⁵ 傲睨：倨傲旁视。木芝：即灵芝，紫芝。

⑱⁶ 水碧：即水晶。

⑱⁷ 眇：高远。

⑱⁸ 矫掌：举手招呼。烟客：传说仙人托身云烟，因此称仙人为烟客。

⑱⑨ 安期：即安期生，先秦时方士，后代传说很多，为道家仙人名。

⑲⓪ 濛汜：古称太阳没入之处，喻人之暮年。

⑲① 太素：古代指构成宇宙的物质。

⑲② 吹万：风吹所至，及于万物。形兆：迹象，征兆。

⑲③ 殇：指未成年而死。夭：短命。《庄子·齐物论》载，南郭子綦曰：莫寿乎殇子，而彭祖为夭。是说从相对的观点看，可以说殇子长命，而八百岁的彭祖反而是夭折。此句反用其意。

⑲④ 津梁：桥梁，比喻道。了：明白。

⑲⑤ 扶摇：盘旋而上的暴风。翰：指鸟。

⑲⑥ 卓然：高乎寻常。

⑲⑦ 尺棰：一尺的木棍。《庄子·天下》，一尺之棰，日取其半，万世不竭。

⑲⑧ 尧老：帝尧老子，被奉为玄学宗师。

⑲⑨ 浪迹：放浪形迹，不拘形迹。蚩妍：丑与美。

⑳⓪ 略：指事物的要点、关键。

⑳① 南山：指商洛山。绮皓：指汉初商洛山四个隐士，即东园公、绮里季、夏黄公、甪（lù）里先生，四人须眉皆白，世称“四皓”。

⑳② 传火：火靠薪而燃烧不绝，喻人的形体有尽而精神不灭。语出《庄子·养生主》。

⑳③ 亹（wěi）亹：勤勉不倦的样子。

⑳④ 机巧：巧变的心术。《庄子·天地》认为，机心藏于胸中则纯白不备，则神生不定，则道不能载。

⑳⑤ 狎：亲近。《列子·黄帝》说，有一人好至海上与鸥鸟游玩，鸥鸟从之者常数百，后其父叫他取鸥鸟回家观赏，鸥鸟遂不再到他身旁。

⑳⑥ 张子：张毅，高门县人，善养其外表，四十岁时因内热之病而死。暗（àn）：昏昧。

⑳⑦ 单生：单豹，鲁国人，善养内，年七十肤色如婴儿，不幸遇虎被食。

⑳⑧ 一时：即时。筌：竹制的捕鱼器具。鱼在筌中，犹人处于尘俗。

⑳ 泠（líng）然：轻妙的样子。
210 弱丧：幼遭丧乱，失其故居。
211 资：凭借。
212 隈：山水弯曲处。
213 肆：纵恣，放肆。
214 丹葩：红花。
215 陵虚：凌空飞升。
216 棂（líng）：窗间孔隙。
217 操斤客：《庄子·徐无鬼》载，郢人鼻梁沾白土，小若蝇翼，使匠石运斤成风，削去白土而不伤郢人之鼻。斤，斧。
218 五难：向秀《难嵇康养生论》言养生有五难：一是名利不灭，二是喜怒不除，三是声色不去，四是滋味不绝，五是神虑转发。
219 尘网：指世俗之事。
220 萃：聚集。
221 辽亮：高远明亮。
222 萼：花。
223 缅：遥远的样子。
224 莹情：使心情明净。
225 玄风：谈玄之风，这里指道。
226 萧散：空远。
227 襟：襟怀，指心。
228 薄言：皆发语词。衢：大道。
229 台省：汉尚书治事之地为中台，在禁省中，故称台省。
230 节序：节令时序。
231 岩阿：险峻的大山。
232 落景：落日的光辉。
233 桑榆：日暮，喻人至暮年。
234 舟壑：《庄子·大宗师》说，藏舟于深谷，藏山于沼泽，是很坚固稳当的，而有人半夜把它背走。后以舟壑喻事物变化，无可避免。

㉟235 匠郢：匠石与郢人。喻知己。

236 皋：田野或高地的泛称。

237 阡陌：田间小路。

238 巾：笼罩，覆盖。柴车：简陋无饰的车子。

239 蚕月：忙于蚕事之月，即夏历三月。纺绩：纺丝绩麻。

240 三益：三益之友。《论语·季氏》言："友直，友谅，友多闻，益矣。"

241 邅（zhān）回：周游不进。

242 峤：尖峭的高山。盈缺：指月亮。

243 灵境：仙境，指会稽山。

244 庐霍：庐山与霍山。

245 碧鄣：碧玉似的小山。周流：长远的样子。

246 乳窦：石钟乳丛生的洞穴。滴沥：水下滴。

247 丹井：朱砂井。寥泬（xuè）：空虚冷静。

248 岩崿（è）：山崖。

249 岑崟（yín）：山势险峻。

250 汭（ruì）：河流弯曲处。

251 鼯（wú）鼠：鼠名，形似蝙蝠，能在树林中滑翔。

252 建德：国名，在南越，相传其民愚朴，少私寡欲。

253 禹穴：在浙江绍兴的会稽山，传说为夏禹葬地。

254 摄生：养生。

255 太微：星宫名，有十星。

256 瑶光：北斗七星第七星。神县：赤县神州，指中国。

257 揆（kuí）：《诗经·鄘风·定之方中》曰："揆之以日，作为楚室。"指择日建造宫室。

258 相都：《尚书·召诰》曰："成王在丰，欲宅洛邑，使召公先相宅。"孔安国曰，"欲以为都也。"是说周成王定都洛邑事先经过考察选择。

259 汉：银汉，指天河。

㉖⓪ 橑（lǎo）：屋椽。

㉖① 巘（yǎn）：山峰。葱蒨：草木青翠茂盛。

㉖② 卿霭：即卿云，古人以为祥瑞。

㉖③ 灵变：奇异的样子。

㉖④ 重阳：指天。

㉖⑤ 玄宴：道教称仙境的宴会，也指御宴。

㉖⑥ 寰：寰中，指广大的地域。隧：指道路。

㉖⑦ 躧（xǐ）目：远视。甸：古称都城的郊外。

㉖⑧ 步榈：长廊。篴（zào）：荟萃。琼弁（biàn）：玉制的帽子，此指贵官。

㉖⑨ 登：此指完成。睿：圣，用为称颂皇帝的套语。

㉗⓪ 阕：终。

㉗① 跻：登，升。逾逸：安逸。逾，同“愉”。

㉗② 沿牒：谓随文牒任官地方。浮贱：虚名微贱。

㉗③ 馈：赠。兼金：价值倍于寻常的精金。

㉗④ 盈瑱：盈尺之玉。

㉗⑤ 舆人：众人。《左传·僖公二十八年》载，晋侯听舆人之诵曰：“原田每每，舍其旧而新是谋。”

㉗⑥《绿水》：乐府琴曲名。一说古诗名。

㉗⑦ 渚：水边。

㉗⑧ 浦阳：江口名。

㉗⑨ 芳尘：尘的美称。

㉘⓪ 涔（cén）泪：流泪。

㉘① 舻（lú）：船头。极浦：遥远的水边。

㉘② 岧亭：高耸的亭子。

㉘③ 翰：毛笔。

㉘④ 帙（zhì）：书套。

㉘⑤ 馥：香。

㉘⑥ 滋：润泽。

㉘⑦ 沃若：草木滋荣。

288 销铄：销镕。

289《子衿》《谷风》：皆为《诗经》篇名。《诗经·郑风·子衿》曰："青青子衿，悠悠我心。纵我不往，子宁不嗣音。"即此"怨勿往"之意。《诗序》曰："《谷风》，刺幽王也，天下俗薄，朋友道绝焉。"即此"诮轻薄"之意。

290 延州信：指季札挂剑一事。

291 仲路：即子路，字仲由，孔子弟子，相传有勇力，重然诺。

292 三秀：芝草一年三次开花。

293 筠：竹皮，此指竹。

294 嶀嵊：二山名。嶀山在今浙江嵊州北，嵊山在嵊州东，两山峰相连，故并称。

295 僎（zhuàn）：见。

296 款：真诚。

297 杂珮：古代玉佩，用各种饰玉构成。

298 疏华：瑶华，传说中的仙花。无陈：无所寄。

299 悁劳：忧心的样子。

300 霁：雨雪后转晴。

301 郁陶：忧思积聚。

302 烟景：春天的美景。

303 琼瑶：指玉音，对别人酬答的礼品或投赠的诗文书信的美称。

304 窈蔼：幽静。

305 寂历：空旷。晦：此指凋落殆尽。

306 欻（xū）吸：吸呼之间，形容迅疾。鹍鸡：鸟名。

307 清阴：太阳。

308 泛瑟：抚瑟。

309 金膏：仙药名。缁：黑色。

310 北渚：北面之水涯。《楚辞·湘夫人》："帝子降兮北渚。"帝子：舜妃娥皇、女英为帝尧之女，故称帝子。

⑪ 痾（ē）：病。属：连属为文。

⑫ 枌邑：《史记·封禅书》载，汉高祖为丰枌榆乡人，初起兵时祷于枌榆社。后因以枌邑指帝乡。

⑬ 诏徒：告诉众人。季月：九月。

⑭ 戒：备。凤：指车。藻：文采。

⑮ 云旆：旗帜如云。

⑯ 宸网：皇帝车上的珠饰网。

⑰ 朱棹：施以朱漆的车帷幔竿。

⑱ 金鬷（zōng）：马首饰物。

⑲ 羽卫：负羽侍卫。蔼：映。流景：太阳。

⑳ 彩吹：彩衣人吹箫管。

㉑ 辩诗：陈诗。《礼记·王制》说，天子五年一巡狩，命太师陈诗以观民风。

㉒ 履籍：犹言稽考簿籍。鉴：审视。都廛：都城民居。

㉓ 甿：民众。玉律：玉制的标准定音器。

㉔ 轸：车。薄：迫近。桂海：南海。

㉕ 烛：照。冰天：指北方冰雪之地。

㉖ 上笏（hù）：指大臣。

㉗ 恩渥：恩泽。浃（jiā）：周澈，通透。下筵：下席，指小臣。

㉘ 洛：洛水。《周易·系辞》言：“河出图，洛出书，圣人则之。”

㉙ 沬：止。

㉚ 展：舒展。宣：宣化。

㉛ 舲（líng）：有窗的小船。

㉜ 徙乐：行乐。逗：停留。

㉝ 蔼蔼：茂盛的样子。

㉞ 沉沉：深静的样子。

㉟ 凉叶：秋叶。沙屿：水中沙洲。

㉝⑥ 秋荣：秋天黄叶。冒：覆盖。浔：水畔。

㉝⑦ 松架：松枝横生。

㉝⑧ 镜：视。

㉝⑨ 曾岑：高峰。曾，通“层”。

㉞⓪ 引：飞度。

㉞① 云装：以云霓为裳，这里指仙人。黻（fú）：官员绶带。

㉞② 金：指金印。

㉞③ 丹泉术：长生不老术。

㉞④ 紫芳：紫芝。

㉞⑤ 行光：指神不灭。容裔：舒闲自在的样子。

㉞⑥ 弱思：指俗事。

㉞⑦ 宵人：小人。恩光：这里指礼遇之恩。

㉞⑧ 执羁：执羁勒从军。

㉞⑨ 杀气：寒气。

㉟⓪ 冰为浆：以冰为浆饮。

㉟① 城皋：地名，在今河南荥阳，薛综《东京赋》注：“旋门坂在城皋。”

㉟② 碛砾：小石块。

㉟③ 寒阴：寒云。

㉟④ 徒：众。税：停止。

㉟⑤ �：形状如凤凰的鸟。

㉟⑥ 玄武：龟蛇。

㉟⑦ 铩翮（hé）：羽毛残落。

㉟⑧ 竖儒：小儒。

㉟⑨ 行藏：指出世和入世。

㊱⓪ 悠哉：悠悠忽忽。

㊱① 碧云：青云，后常用为别僧之语。

㊱② 佳人：指所思之人。

㊱③ 泛艳：浮泛光彩。

㉞ 月华：月亮。

365 宝书：玄经。

366 瑶琴：饰玉之琴。讵：岂。

367 巫山：传说楚怀王与巫山神女相会，后人把男女幽会称巫山。

368 阳云台：即阳台，传说中的台名。巫山神女辞别时说："朝朝暮暮，阳台之下。"后人称男女幽会之处为阳台，这里以神女喻所思之人。

369 膏炉：膏灯和香炉。沉燎：火尽灭。

370 绮席：宴乐之席。

【语译】

古离别

远远地与您相离别，于是到达雁门关。

黄云遮蔽千里日，游子何时才归还。

送别您如同在昨日，屋檐前的秋露又圆。

不惋惜蕙草的枯衰，悲伤的是行人远道的寒冷。

您远行到了天涯，我自身长遭别离之苦。

希望见到那熟悉的容颜，却如同要看琼枝一样没有希望。

我如兔丝和水萍，托身所寄永不移。

李都尉　从军　陵

杯酒聊送远行人，来回徘徊在别宴中。

时值黄昏浮云弥漫，握手道别泪流如霰。

河水清悠悠地流，美丽的鲂鱼得其处所。

我却在万里他乡，不能见到结发之妻。

衣袖中有一封小小的书简，愿托寄于双飞的燕子。

班婕妤　咏扇

绢扇如一轮圆月，它出自织机里的生绢。
画上秦王之女弄玉，乘着凤凰飞向仙境。
美丽的颜色世间所推崇，虽有新物也不能代旧。
私下忧愁秋风来到，吹打我玉阶前的树木。
君子的恩宠施未毕，就在半途中零落。

魏文帝　游宴　曹丕

摆下酒宴坐在高耸楼阁上，悠闲逍遥来到华池旁。
神灵之风从远方吹来，道路左右开满芙蓉。
青葱绿竹夹着清水，秋日的兰草布满深涯。
明月出来照在园中，高冠玉佩的近臣紧相追随。
有客人从南楚之地来，为我吹奏起洞箫。
深水的鱼尚浮出水滨，听乐的人没有任何疲倦。
高妙的文章何等华美，只通一经的小儒怎能够写得出来？
寂静宽阔的宫殿转为阴暗，雀儿鸣叫愁煞北林。
众位宾客散回城邑，用什么来抚慰我的忧心？

陈思王　赠友　曹植

君王礼待众位英贤，不惜馈赠千金之璧。
两扇大门开向大道，红色高楼罗列王侯第宅。
悠闲走在冰井台上，清清池水映照着花草。
凉风吹来把芳香摇荡，绿树枝叶在初秋飘落。
清晨与佳人相约，黄昏时眺望青阁。
提起衣裳采摘明珠，徘徊流连拾取蕙草、杜若。
眷恋我那几位朋友，文辞优美自相雕饰。
延陵季札以宝剑为轻，季布以诺言为重。

身处富贵不忘贫贱，有道之士不会耻笑食葵食藿。

刘文学　感遇　桢

山中的桂树翠绿青葱，冬天的霜露晶莹浑圆。
霜露降临如此紧急，桂树生长依然挺直。
橘柚长在南国，靠你帮扶作为羽翼。
我误蒙圣主的恩宠，得以身任文墨之职。
恩遇既已如此过分，我岂敢不努力劝勉。
明丽的月光照着方池，依顺序坐在金殿之侧。
微臣固然蒙受恩赐，帝王的施恩的确很深。

王侍中　怀德　粲

当年正值世间大乱，喂饱马匹辞别京城。
既已感伤蔓草的别恨，方才知道杕杜流离之情。
崤山函谷关又化为丘墟，冀阙完全湮灭散乱。
划船泛流泾渭水上，太阳西下山河清冷。
蟋蟀藏身桑野之中，寒风凄厉吹打若木。
鹳鹄栖身深草丛，漂流之人泪下如雨。
远离故乡三十年，有幸遇到天下太平。
贤主降下美好的奖赏，使我穿戴金貂玄缨。
侍宴随驾河曲之地，驾着飞车游览邺城。
朝露究竟能到何时？顷刻如同水上浮萍。
君子厚重赐予自己的恩义，如松柏枝叶永不凋零。
福禄既已安定，千载留下美名。

嵇中散　言志　康

说我不从师命不听训导，一心想要离弃世尘。

心怀远思超越广博地域，迈开大步超乎平常之辈。
灵凤展开它的羽翼，隐身匿迹于西海之滨。
清晨食珠树的果实，黄昏饮玉池之水。
顺从自然因此无所牵累，养心修德才能出入神明。
广大啊宇宙的恩惠，如云罗列陈布四方。
智者贵在深识义理，《大雅》明哲可以保身。
庄子悟出无为，老子善守其真。
天下都获得纯正之道，名实相副早已互为宾主。
以《咸池》之乐献给爰居，钟鼓之声使它更为忧愁。
柳下惠善于守正直之道，孙登素来能知人识人。
抒写忧愤之情未能及远，感此记于绅带赠予他人。

阮步兵　咏怀　籍

青鸟在大海上遨游，乌鸦在蒿草下飞转。
低转高飞各有所宜，它们的羽翼各不相同。
飘摇轻飞可终其天年，水流深广怎能定其是非？
朝云女神乘着云雨变化，灵光闪耀世间罕有。
精卫衔着木石填东海，谁能猜测出其中的深幽细微？

张司空　离情　华

秋月映照着竹制的窗帘，月光洒在红色的台阶。
美丽的人儿手抚鸣琴，清冷的夜里独守空帷。
兰草夹生的小路少有行迹，玉砌的台上生满网丝。
庭院中的树木开着红花，闺阁中的小草碧绿滋润。
长久地伫立整理绮绫，万里赠予所思之人。
愿您垂下湛露般的恩惠，相信我皎如朗日的誓言。

潘黄门　悼亡　岳

速转的天机带走了春季，秋天逝去白日飞驰。

美丽的人儿独归黄泉，凄怆悲哀无终无极。

殡宫已经寂寞清冷，风吹松柏萧萧瑟瑟。

俯首仰视心伤难止，绵绵哀思岂止一端。

手抚衣襟悲伤寂寞，孤苦失意若有所失。

明月如水流入绮窗，想象你的声容思念你的高洁善良。

我的忧愁岂能用萱草消解，深长思恋魂难安。

梦境如此幽昧昏暗，怎样才能见到你的形容?

我自愧没有北海道人招魂之术，你亦无帝女瑶姬见梦之灵。

驾着马车来到你的坟前，低吟徘徊泪洒墓碑。

雨过没有重返的云彩，花落之后芳华凋零。

日月流逝时节更替，不论卧起思忆永远难平。

陆平原　羁宦　机

太子发布嘉命，恩惠降临在我身上。

黎明出发眷恋故乡，长叹一声怀念密友亲人。

心怀流动的思念辞别南水滨，带着哀怨离开西渡口。

驱马循着淮泗二水前行，很短的时间见到了梁陈之地。

服膺真道追赶先辈，混迹厕身于官臣之列。

佩带朱绂的都是俊杰，系着长缨的皆为雄才。

在承华宫内勤苦供职，身蒙眷顾年复一年。

日暮时姑且驾车，悠闲自在观赏洛水。

死后墓旁长起拱木，经年的宿草凌傲寒烟。

游子容易生发感慨，徘徊不安自我哀怜。

希望能寄言于三鸟，我的离思并非托之空言。

左记室 咏史 思

韩康隐沦去卖药，梅福隐身为吴市门卒。
人生百年时光短暂，何必费尽心思去归隐?
当学卫青、霍去病二将，建功立业在河源。
持玉珪带组绶是贤君照顾，身服青紫是明主的恩赐。
终军刚刚开始显达，贾谊的官位正在上升。
如金张两家功臣戴着貂冕，又如许史两家外戚乘着华轩。
王侯重视我的片断的议论，公卿看重我偶发的只言片语。
太平盛世多欢娱，东都门前飞车相连。
顾念张仲蔚埋没其才，蓬蒿之草长满庭园。

张黄门 苦雨 协

红色的云霞遮蔽了太阳，清清的泉水从阴暗的小洲下涌出。
水鹳筑巢在重叠的屋脊，山云润湿了柱下的石礅。
密布的浓云带来了春季，连绵的淫雨延续到秋季。
渐渐地秋叶飘落，猛烈的秋风不停地刮起。
放言高谈度过四时八节，独自而居仰慕俦侣。
青苔一天天一夜夜变黄，茂盛的花木长成丛生的老树。
岁月已暮百虑交织，没有什么可抚慰我的心灵，我久久伫立。

刘太尉 伤乱 琨

大晋国遭到了灾荒和厄运，天下凶气与灾雾横行。
秦赵两地正值日月相蚀，幽并两州面临乱贼割据。
我身蒙皇帝的恩宠，心怀感激舍身奔赴疆场。
虽没有陈平六奇之术，亦期望有张良、韩信的际遇。
宁戚敲着牛角而歌，被齐桓公遇到而拜为上卿。
荀息冒着危险艰难，实在是因为忠贞于晋献公的缘故。
白白让日月流逝，自愧没有古人那样的器度。

喂足马匹走出护城壕，向北遥望沙漠之路。

千里江山何等萧条，一轮白日隐入寒冷的树丛。

一挥衣袖愤懑顿生，手抚床枕心怀百虑。

功名可惜未能成就，满头黑发已经变白。

时世太平如有运会，或治或乱唯在冥冥中的天意。

卢中郎　感交　谌

构筑大厦须用异材，能在廊庙摆设的绝非平庸之器。

英雄俊杰立下了不世之功，众多的名士济济一堂列官于位。

承蒙刘琨情意殷殷的眷顾，得与当今俊杰并驾齐驱。

我们互成姻亲紧密相连，共遭离乱岂止一事。

遭逢厄运既已相同，身处危难并非顾虑所在。

常常仰慕先贤的节操，追观往古以论得失。

马服君为赵国将领，疆场遂得以清静安定。

信陵君佩挂魏国将印，秦兵不敢出函谷关。

叹我没有运筹帷幄的才略，空愧于素丝般的资质。

羁旅并州远离故乡，感慨你我遇合，其情托之于琴瑟。

自我思量不是杞梓之材，戒勉自己不要耽于享乐。

更是因为畏友、诤友在侧，我不敢滥竽充数名不副实。

郭弘农　游仙　璞

崦嵫山上灵芝草繁生，大海之滨奇石丰饶。

缘高举足寻找青云，绝迹隐居精魂长驻。

得道之人研读《丹经》，方术之士冶炼玉液。

赤红的彩霞映入窗牖，灿烂的阳光照进空隙。

倨傲旁视摘取木芝，足踏水波采撷水晶。

在高远的天地间遨游万里，举手仰望乘云驾雾的仙人。

永远习得安期生的仙术，怎会忧愁太阳迫近蒙汜？

张廷尉　杂述　绰

原始的太素已经分开，元气吹煦万物皆着形迹。

寂静与运动如果各能找到源头，也就可以确定殇子便是夭折。

大道的丧失已历经千载，得道的方法谁能了然明白。

心想乘着旋风而飞举，高乎寻常乘风翱翔。

静心观察尺棰日取其半的道理，的确其理充足尺棰未尝消失。

明亮的秋月高悬空中，凭着栏杆吟咏帝尧和老聃。

脱略形迹便没有好坏美丑，这样得以成君子之道。

领略此道归于一致，商洛山中便有潜光隐耀的四皓。

交臂瞬间变化多端，传续火种依靠不绝的柴草。

勤勉不倦的远思已归清静，胸中除掉那些灵巧的机心。

外物与我一齐忘掉，则可与鸥鸟相互亲近。

许征君　自序　询

张毅不明内部肌理的调理，单豹不懂身体肌肤的养护。

赶快排除尘世的羁绊，轻妙举步空中游观四方。

排遣这幼小遭离乱失乡之情，凭借精神任意独往。

在白云缭绕的水湾处采药，放纵本性地生活，以此作为供养。

红色花朵繁盛闪耀，青葱翠竹阴凉而闲静宽敞。

千里迢迢寄道义远胜俗情，不知不觉如同凌虚飞升。

弯曲的窗棂激起清新的风，石室中回荡着清幽的风声。

去吧追从我所欲求之道，得失的考虑不能外加于我。

了不起啊那运斧如风的匠石，削去郢人鼻上的灰泥靠的是他对世理的了解明朗。

养生五难已经摆脱，便可以超然形迹远离世俗。

殷东阳 兴瞩 仲文

清晨出游随意所之，景物蕴藏着至道真趣。

云天如此高远明亮，我时时与赏心悦目的景物相遇。

青松挺立出秀美的花朵，高树显示柔顺妩媚的秀色。

极目远视清波幽深，远照石壁一片洁白。

心灵空明全无滓秽，拂衣解脱尘俗之事。

求仁求道既得之于自身，玄远之道岂能外慕而得。

弃置外物专一排除身心的主宰，纵心空远遗忘一切尘念俗虑。

谢仆射 游览 混

确实是劳碌奔波被外界事物所牵累，我忧心忡忡未能加以整除。

赶快沿着郊外的大道，揽辔牵马离开台省。

寒风凄凄秋天节序已高，空虚明净心悟长远。

秋菊的光华映照山阿，云霞如冠盖在山岭。

心中眷恋痛惜良辰，踯躅徘徊踏着太阳的余晖。

卷舒之间虽有万种心绪，但终将由动复归于静。

我虽然已经人至暮年，也还懂得秉执顺应时运之理。

藏舟于壑无法攀登而取，且寄情于自己的相知。

陶征君 田居 潜

在东边的田野种禾苗，茂盛的禾苗长满田间。

虽然有荷锄劳作的疲倦，喝一杯浊酒足以消除遣散。

日暮时遮掩好柴车，道路昏暗天色已晚。

归家的人遥望炊烟，可爱的小儿等候在屋檐间。

问君做此辛劳之事是为何？人生百年本来就是服劳役。

只希望桑麻能有收成，蚕月来临能不废纺绩。

我的本心是如此闲澹幽静，在屋前开路以迎三益之友。

谢临川　游山　灵运

江海在转折处徘徊不前，峭拔的高山上月亮有盈有缺。

优美的仙境留人久住，它如此适人心意而非空设。

清晨登临云雾缭绕的山峰，它远远高于庐、霍二山。

碧玉般的小山绵延不绝，金潭的水永远清澄明澈。

桐林披上美丽的朝霞，石壁在阳光映照下开始明晰。

洞穴中石钟乳滴水淅沥，朱砂井那么空虚静寂。

高山岩崖突转生奇秀，山势险峻互相遮蔽。

红色的美玉隐藏在瑶溪，白云似锦披在弯曲的沙岸。

夜间听到猩猩啼叫，清晨可见鼯鼠飞逝。

南方的气候温暖，红色的花朵傲雪开放。

有幸游览建德乡，游观奇景经过禹穴。

身后之名谁能识别？图籍历史也终会磨灭。

姑且在桂水的浪花上泛舟，伴着月光在海滨漫游。

养生贵在顺处自然，我将为智者陈说此道。

颜特进　侍宴　延之

效法太微宫建成帝王宫宇，观瑶光以定神州赤县南北之度。

楚国择日建造宫室之事明示于书史，周王构建洛邑先曾相宅亦是习见习闻之事。

沿着银河构筑仙宫，打开天穹建造宝殿。

桂树做的栋梁遗留着夏风，兰木做的屋椽尚存冬雪。

青葱的树木溟蒙幽深，红色的山岩披着绿树。

山上的云彩呈现祥瑞，池中花卉灵异变幻。

天上聚集清澄的云气，走下辇车摆设玄宴。

极目远眺分清寰宇和道路，遥望旷野皆为城乡都甸。

云气滋生遮蔽山川，烟雾消散淮海呈现。

座中满是红绶带，长廊里玉冠荟萃。

礼成之后君王延伫感天恩，乐声终结群臣久立谢圣情。

蒙受深恩我得以跻身清闲安逸，随牒赴任我惭愧昏庸浮浅。

赐侍宴之恩重于兼金，荣华胜过盈尺的碧玉。

我怎敢修饰舆人的称颂，惭愧没有《绿水》诗所说的奉献。

谢法曹　赠别　惠连

昨天从赤亭水边出发，今晚停留在浦阳河湾。刚刚为云峰奇景引起兴致，怎会与你又作千里之别？

风尘弥漫，筵席尚未散去，离别之泪涔涔而下沾湿衣袂。停船远望遥远的水边，受阻于风雪停止划船。

风雪已历经多时，夜长引起了怀人之思。漫游水流横溢的北湖，回忆在高耸南楼里的日子。

挥笔写下吟咏赏心景观的诗篇，打开书套弄清楚疑问之处。摘花因爱其馥郁芳香，拾取花蕊因怜其色泽鲜艳。

色泽鲜艳就怕盛极而衰，人事至盛亦怕衰蔽。《子衿》哀怨亲友道绝，《谷风》讥讽风俗轻薄。

共同秉执季札挂剑之信约，无愧于子路的信守诺言。灵芝期盼一年三次花发，箭竹寄托情思意示忠贞。

所托之情十分殷勤，却只是搅乱思念的忧心。今日游于嶀、嵊两山之外，衔着思念远到海边。

看着你远行未能相见，相逢之日知在何时。玉佩虽然可以赠送，瑶华竟然无所寄托。

无所寄托内心忧愁，羁旅之人岂能纵心遨游？所幸风雪停止天转晴，春色洒满了江边高地。

解开船缆等候前行之人，回首顾望心怀友人起哀思。春日美景如果离隔遥远，可托与琼瑶告知最近的消息。

王征君 养疾 微

幽静的潇湘水空寂无人，苍翠的山涧淡然平静。
空旷的原野百草凋伤，呼吸之间鹍鸡悲鸣。
太阳飞逝落下远山，月光如流水洒在前阶。
炼丹目视轻薄帷幔，抚琴卧视遥远山峦。
水玉有灵未曾蒙受尘垢，金膏显验岂会沾染黑色。
北边小洲有帝女舜妃，波涛飘荡起伏不可约见。
惆怅失意山色变晚，带着病写下了这首诗。

袁太尉 从驾 淑

宫庙礼祭尽哀致敬，枌邑之道庄严幽远。
恭敬陈设清洁的祭品举行光明盛大的祭祀，驾车启程为了祈祷丰年。
九月诏令众人登程，凤车藻丽光耀山川。
旗帜如云像银河回移，天子车驾上的珠网似天星悬挂。
红色的旗杆映红寒冷的小洲，黄金的马饰辉映秋天的山峰。
太阳照耀负羽的侍卫，彩衣乐工吹箫管响震深渊。
太师陈诗以观京国之风俗，稽考典籍以视民生之厚薄。
民间歌谣谱入了宫廷的玉律，城邑颂歌奏进了朱弦之乐。
文采之车迫近南海，声教之盛光照冰天。
天子恩惠遍布大臣，帝王厚恩通澈下席。
有幸从驾于观洛之后，哪还会对舜帝巡河之美生羡？
奉行仁义未有终极，我想作诗传宣却未能尽其万一。

谢光禄 郊游 庄

划着舲船出郊外，行乐逗留在江南岸。
苍翠的山上草木茂盛，青绿的河口水正深幽。
秋叶映照着水中的沙洲，秋草秋木覆盖着水滨。
秋风吹动旁逸的松枝迭现险景，山云繁郁更显石道幽深。

静默远望绵延的原野，举头四望缭乱的高山。
秋高气清群雁知飞度，秋露浓重听取猿声悲鸣。
求取神仙的云裳我可以解下官服，观仙人凌驾烟车我愿辞去金印。
只要习得饮丹泉而长生之道术，终会达成采紫芝成仙之心愿。
形容精神自在舒卷，勿使俗事侵害道心。

鲍参军 戎行 昭

权贵之士枉费盈尺之璧，小人看重富贵恩光。
为义献身不为利，手执马笼头离家去从军。
孟冬郊外祭祀的十月，寒风刮起降下严霜。
军中粮粟煮不熟，军士以冰为浆喝。
清晨爬上城皋山坡，碎石小路曲似羊肠。
寒云遮蔽了白日，太谷一片阴郁昏暗。
军士们停下了战车，身佩宝剑巡视边荒。
鷁鹏不能展翅飞，龟蛇伏于河桥下。
羽毛凋残是因霜降雪飘，感于外物且自悲伤。
小儒独守一经所记，不足以认识出处行藏之理。

休上人 别怨

西北秋风吹来，楚客心中忧愁失意。
太阳落山青云聚合，所思之人没有到来。
露珠正浮泛出光彩，月光开始回环普照。
宝书因您失约而掩上，玉琴无人弹奏岂能打开。
巫山水边郁郁相思，阳云台前忧愁失意。
膏灯香炉火尽灭，锦绣座席生尘埃。
桂水一日流泻千里，凭借流水寄托平生思恋。

【评析】

《杂体诗三十首》是对自汉《古离别》到刘宋汤惠休三十家诗的拟作，从题材到意境准确再现了各家不同的风格特征，致使一些诗作因酷似原作而相互混淆。模拟达到如此形神俱似的境界，需要极高的功力与才力。江文通在组诗序文中谈创作这些诗歌宗旨时，一方面认为一代有一代之诗风，另一方面又认为一作家有一作家的特色，反对“论甘而忌辛，好丹而非素”，多少认识到诗歌的时代风格和诗人的各自特点是一种独立的存在。以模拟各家之作的方式阐明作者对这些诗家风格的理解，则是一种特殊的文学评论样式。选择对哪位诗人哪类作品进行模拟，本身就能体现作者的文学观点。譬如对多作拟古诗的陆机，作者选取了“羁宦”类作品来模拟，极富见地。对擅长同一题材的不同作家，作者也能具体反映出其各自不同的风貌。如《游览》《兴瞩》平直而有玄言气息，《游览》则多写景而少玄言，《游山》则写景富丽精工。虽然写这些拟古诗很难表现江文通的个性，但并非与他人生际遇和思想感情毫无联系，诗中多写离情别绪、怀才不遇、隐逸求仙等内容，与其多数诗赋内容相似，可见拟古中也注入了作者自己的情感体验，因此我们也不能因其模拟而忽视其价值。我们可以从这些模仿之作中感触一个时代的文学风气并加深对被模仿诗人诗风和诗境的理解。再附带说一句，读这许多模拟之作有时比读原作还有趣味。尽管江文通孜孜矻矻，十分认真，而读者不妨抱着旁观和消遣的心情来比较模拟与被模拟双方的异同。

卷第三十二

骚上

离骚经一首

作者：屈平　　注译评析：伍纯道

帝高阳之苗裔兮[①]，朕皇考曰伯庸[②]。摄提贞于孟陬兮[③]，惟庚寅吾以降[④]。皇览揆余初度兮[⑤]，肇锡余以嘉名[⑥]。名余曰正则兮[⑦]，字余曰灵均[⑧]。纷吾既有此内美兮[⑨]，又重之以修能[⑩]。扈江离与辟芷兮[⑪]，纫秋兰以为佩[⑫]。汩余若将不及兮[⑬]，恐年岁之不吾与[⑭]。朝搴阰之木兰兮[⑮]，夕揽洲之宿莽[⑯]。日月忽其不淹兮[⑰]，春与秋其代序[⑱]。惟草木之零落兮[⑲]，恐美人之迟暮[⑳]。不抚壮而弃秽兮[㉑]，何不改此度也[㉒]？乘骐骥以驰骋兮[㉓]，来吾导夫先路[㉔]！

昔三后之纯粹兮[㉕]，固众芳之所在[㉖]。杂申椒与菌桂兮[㉗]，岂维纫夫蕙茝[㉘]。彼尧舜之耿介兮[㉙]，既遵道而得路[㉚]。何桀纣之昌披兮[㉛]，夫唯捷径以窘步[㉜]。惟党人之偷乐兮[㉝]，路幽昧以险隘[㉞]。岂余身之惮殃兮[㉟]，恐皇舆之败绩[㊱]！忽奔走以先后兮[㊲]，及前王之踵武[㊳]。荃不察余之忠情兮[㊴]，反信谗而齐怒[㊵]。余固知謇謇之为患兮[㊶]，忍而不能舍也[㊷]。指九天以为正兮[㊸]，夫唯灵修之故也[㊹]！初既与余成言兮[㊺]，后悔遁而有他[㊻]。余既不难离别兮，伤灵修之数化[㊼]。

余既滋兰之九畹兮[㊽]，又树蕙之百亩[㊾]。畦留夷与揭车兮[㊿]，杂杜衡与芳芷[51]。冀枝叶之峻茂兮[52]，愿俟时乎吾将刈[53]。虽萎绝其亦何伤兮[54]，哀众芳之芜秽[55]。众皆竞进以贪婪兮[56]，凭不厌乎求索[57]。羌内恕己以量人兮[58]，各兴心而嫉妒[59]。忽驰骛以追逐兮[60]，非余心之所急。老冉冉其将至兮[61]，恐修名之不立[62]。朝饮木兰之坠露兮，夕餐秋菊之落英[63]。苟余情其信姱以练要兮[64]，长顑颔亦何伤[65]。揽木根以结茝兮[66]，贯薜荔之落蕊[67]。矫菌桂以纫蕙兮[68]，索胡绳之纚纚[69]。謇吾法乎前修兮[70]，非时俗之所服[71]。虽不周于今之人兮[72]，愿依彭咸之遗则[73]！

长太息以掩涕兮[74]，哀人生之多艰[75]。余虽好修姱以鞿羁兮[76]，謇朝谇而夕替[77]。既替余以蕙纕兮[78]，又申之以揽茝。亦余心之所善兮[79]，虽九死其犹未悔[80]！怨灵修之浩荡兮[81]，终不察夫人心。众女嫉余之娥眉兮[82]，谣诼谓余以善淫[83]。固时俗之工巧兮[84]，偭规矩而改错[85]。背绳墨以追曲兮[86]，竞周容以为度[87]。忳郁邑余侘傺兮[88]，吾独穷困乎此时也。宁溘死以流亡兮[89]，余不忍为此态也。鸷鸟之不群兮[90]，自前代而固然。何方圆之能周兮，夫孰异道而相安[91]。屈心而抑志兮[92]，忍尤而攘诟[93]。伏清白以死直兮[94]，固前圣之所厚[95]！

悔相道之不察兮[96]，延伫乎吾将反[97]。回朕车以复路兮[98]，及行迷之未远。步余马于兰皋兮[99]，驰椒丘且焉止息[100]。进不入以离尤兮[101]，退将复修吾初服[102]。制芰荷以为衣兮[103]，集芙蓉以为裳[104]。不吾知其亦已兮，苟余情其信芳[105]。高余冠之岌岌兮[106]，长余佩之陆离[107]。芳与泽其杂糅兮[108]，唯昭质其犹未亏[109]。忽反顾以游目兮[110]，将往观乎四荒[111]。佩缤纷其繁饰兮[112]，芳菲菲其弥章[113]。人生各有所乐兮，余独好修以为常[114]。虽体解吾犹未变兮[115]，岂余心之可惩[116]。

女嬃之婵媛兮[117]，申申其詈予[118]。曰:"鲧婞直以亡身兮[119]，终然夭乎羽之野[120]。汝何博謇而好修兮[121]，纷独有此姱节[122]？薋菉葹以盈室兮[123]，判独离而不服[124]。众不可户说兮[125]，孰云察余之中情[126]？世并举而好朋兮[127]，夫何茕独而不予听[128]？"

依前圣之节中兮[129]，喟凭心而历兹[130]。济沅湘以南征兮[131]，就重华而陈词[132]:"启《九辩》与《九歌》兮[133]，夏康娱以自纵[134]。不顾难以图后兮[135]，五子用失乎家巷[136]。羿淫游以佚田兮[137]，又好射夫封狐[138]。固乱流其鲜终兮[139]，浞又贪夫厥家[140]。浇身被服强圉兮[141]，纵欲而不忍[142]。日康娱而自忘兮[143]，厥首用夫颠陨[144]。夏桀之常违兮[145]，乃遂焉而逢殃[146]。后辛之菹醢兮[147]，殷宗用而不长[148]。汤禹严而祗敬兮[149]，周论道而莫差[150]。举贤而授能兮[151]，修绳墨而不陂[152]。皇天无私阿兮[153]，览人德焉错辅[154]。夫维圣哲以茂行兮[155]，苟得用此下土[156]。瞻前而顾后兮，相观人之计极[157]。夫孰非义而可用兮[158]，孰非善而可服[159]？阽余身而危死兮[160]，览余初其犹未悔。不量凿而正枘兮[161]，固前修以菹醢。”曾歔欷余郁邑兮[162]，哀朕时之不当。揽茹蕙以掩涕兮[163]，沾余襟之浪浪[164]。

跪敷衽以陈词兮[165]，耿吾既得此中正[166]。驷玉虬以乘鹥兮[167]，溘埃风余上征[168]。朝发轫于苍梧兮[169]，夕余至乎县圃[170]。欲少留此灵琐兮[171]，日忽忽其将暮。吾令羲和弭节兮[172]，望崦嵫而勿迫[173]。路曼曼其修远兮，吾将上下而求索。饮余马于咸池兮[174]，总余辔乎扶桑[175]。折若木以拂日兮[176]，聊须臾以相羊[177]。前望舒使先驱兮[178]，后飞廉使奔属[179]。鸾皇为余先戒兮[180]，雷师告余以未具[181]。吾令凤皇飞腾兮，又继之以日夜。飘风屯其相离兮[182]，帅云霓而来御[183]。纷总总其离合兮[184]，斑陆离其上下[185]。吾令帝阍开关兮[186]，倚阊阖而望予[187]。时暧暧其将罢兮[188]，结幽兰而延伫[189]。世溷浊而不分兮[190]，好蔽美而嫉妒。

朝吾将济于白水兮[191]，登阆风而绁马[192]。忽反顾以流涕兮，哀高丘之无女[193]。溘吾游此春宫兮[194]，折琼枝以继佩[195]。及荣华之未落兮[196]，相下女之可贻[197]。吾令丰隆乘云兮[198]，求宓妃之所在[199]。解佩纕以结言兮[200]，吾令蹇修以为理[201]。纷总总其离合兮，忽纬繣其难迁[202]。夕归次于穷石兮[203]，朝濯发乎洧盘[204]。保厥美以骄傲兮，日康娱以淫游。虽信美而无礼兮[205]，来违弃而改求。览相观于四极兮[206]，周流乎天余乃下[207]。望瑶台之偃蹇兮[208]，见有娀之佚女[209]。吾令鸩为媒兮[210]，鸩告余以不好。雄鸠之鸣逝兮[211]，余犹恶其佻巧[212]。心犹豫而狐疑兮，欲自适而不可[213]。凤皇既受诒兮[214]，恐高辛之先我[215]。欲远集而无所止兮[216]，聊浮游以逍遥[217]。及少康之未家兮[218]，留有虞之二姚[219]。理弱而媒拙兮，恐导言之不固[220]。时溷浊而嫉贤兮。好蔽美而称恶。闺中既邃远兮[221]，哲王又不寤[222]。怀朕情而不发兮，余焉能忍与此终古[223]！

索琼茅以筳篿兮[224]，命灵氛为余占之[225]。曰：“两美其必合兮[226]，孰信修而慕之[227]。思九州之博大兮，岂唯是其有女[228]？”曰：“勉远逝而无疑兮[229]，孰求美而释女[230]？何所独无芳草兮[231]，尔何怀乎故宇[232]？时幽昧以眩曜兮[233]，孰云察余之美恶[234]？人好恶其不同兮，惟此党人其独异[235]。户服艾以盈要兮[236]，谓幽兰其不可佩。览察草木其独未得兮[237]，岂珵美之能当[238]？苏粪壤以充帏兮[239]，谓申椒其不芳。"

欲从灵氛之吉占兮，心犹豫而狐疑。巫咸将夕降兮[240]，怀椒糈而要之[241]。百神翳其备降兮[242]，九疑缤其并迎[243]。皇剡剡其扬灵兮[244]，告余以吉故[245]。曰："勉升降以上下兮，求矩矱之所同[246]。汤禹俨而求合兮[247]，挚咎繇而能调[248]。苟中情其好修兮[249]，何必用夫行媒[250]。说操筑于傅岩兮[251]，武丁用而不疑[252]。吕望之鼓刀兮[253]，遭周文而得举。宁戚之讴歌兮[254]，齐桓闻以该辅[255]。及年岁之未晏兮[256]，时亦犹其未央[257]。恐鹈鴂之先鸣兮[258]，使百草为之不芳。"何琼佩之偃蹇兮[259]，众薆然而蔽之[260]。惟此党人之不亮兮[261]，恐嫉妒而折之。时缤纷其变易兮[262]，又何可以淹留。兰芷变而不芳兮，荃蕙化而为茅[263]。何昔日之芳草兮，今直为此萧艾也[264]？岂其有他故兮，莫好修之害也。余以兰为可恃兮[265]，羌无实而容长[266]。委厥美以从俗兮[267]，苟得列乎众芳[268]。椒专佞以慢慆兮[269]，樧又欲充其佩帏[270]。既干进而务入兮[271]，又何芳之能祗[272]。固时俗之从流兮[273]，又孰能无变化？览椒兰其若兹兮[274]，又况揭车与江离[275]。惟兹佩之可贵兮，委厥美而历兹[276]。芳菲菲而难亏兮[277]，芬至今犹未沫[278]！和调度以自娱兮[279]，聊浮游而求女。及余饰之方壮兮[280]，周流观乎上下。

灵氛既告余以吉占兮，历吉日乎吾将行[281]。折琼枝以为羞兮[282]，精琼爢以为粻[283]。为余驾飞龙兮，杂瑶象以为车[284]。何离心之可同兮，吾将远逝以自疏[285]。邅吾道夫昆仑兮[286]，路修远以周流。扬云霓之晻蔼兮[287]，鸣玉鸾之啾啾[288]。朝发轫于天津兮[289]，夕余至乎西极。凤皇翼其承旗兮[290]，高翱翔之翼翼[291]。忽吾行此流沙兮[292]，遵赤水而容与[293]。麾蛟龙使梁津兮[294]，诏西皇使涉予[295]。路修远以多艰兮，腾众车使径待[296]。路不周以左转兮[297]，指西海以为期[298]。屯余车其千乘兮[299]，齐玉轪而并驰[300]。驾八龙之婉婉兮，载云旗之委移[301]。抑志而弭节兮[302]，神高驰之邈邈[303]。奏《九歌》而舞《韶》兮[304]，聊假日以婾乐[305]。陟升皇之赫戏兮[306]，忽临睨夫旧乡[307]。仆夫悲余马怀兮[308]，蜷局顾而不行[309]。

乱曰[310]："已矣哉！国无人莫我知兮[311]，又何怀乎故都？既莫足与为美政兮[312]，吾将从彭咸之所居。"

【作者简介】

屈平（约前340—约前278），字原，战国时楚人。他是楚王同姓贵族，生性聪慧，学识丰富，具有远大理想，主张修明政治，任用贤才，抵抗秦国的侵略。曾得楚怀王信任，入则与议国事以出号令，出则接待宾客应对诸侯。曾任左司徒、三闾大夫等职。由于上官大夫靳尚嫉妒屈原的才能，进谗怀王，王怒而把他疏远。楚顷襄王之时，更因令尹子兰之忌，被流放江南。最后鉴于楚国政事日益混乱，秦国的侵略又使楚国迫近危亡，屈原悲愤忧郁，便投汨罗江而死。屈原是我国最早出现的伟大诗人，其作品相传有二十五篇，代表作是《离骚》《九章》及《天问》。其诗反映他坚决与黑暗现实抗争的性格和热爱祖国的精神，想象力丰富，比喻奇妙，言辞绮丽。《史记》有传。

【篇旨】

自叙其生平与志愿，回忆遭谗被疏的经历，表明举贤授能的主张，表达自己热爱祖国之情以及对腐朽势力抗争的精神。

【注释】

① 高阳：传说远古帝王颛顼有天下时的称号。苗裔：后代子孙。

② 朕（zhèn）：我。先秦时上下均可称朕，至秦始皇时才作为皇帝的尊称。皇考：对亡父的尊称。

③ 摄提：即寅年。贞：正。孟陬（zōu）：阴历的正月，也是寅月。

④ 庚寅：庚寅日。

⑤ 皇：皇考之省称。览：观察。揆：揣测。初度：初生之时节。

⑥ 肇：始。锡：通"赐"。嘉名：美名。

⑦ 正则：公正的法则。屈原名平字原，正含有平正之意。

⑧ 灵均：含神灵均平之意。

⑨ 纷：多貌。内美：内在的美质。

⑩ 重：加上。修能：美好的容态。

⑪ 扈：披。江离：香草名，即蘼芜，大者为江离，嫩苗为芎䓖。辟：同“僻”，幽僻之意。芷：香草名，即白芷。

⑫ 纫：结。秋兰：秋天开花的兰草。佩：作名词，指身上饰物。

⑬ 汩（yù）：水速流貌。

⑭ 不吾与：不等待我。

⑮ 搴（qiān）：拔取。阰（pí）：土山。木兰：香木名。

⑯ 揽：采。宿莽：指冬生不死之草。

⑰ 日月：时光。淹：久留。

⑱ 代序：代谢。即更换的意思。

⑲ 惟：想到。

⑳ 美人：喻君王。一说美人是自喻。迟暮：指年老。

㉑ 抚壮：凭着强盛。弃秽：扬弃杂乱的政事。

㉒ 此度：指“不抚壮而弃秽”的态度。

㉓ 骐骥：骏马。喻贤臣。

㉔ 导：引导。先路：先行。

㉕ 三后：指楚先君熊绎、若敖、蚡冒。用戴震说。纯粹：指德行完美无疵。

㉖ 众芳：指众多的芳草。喻众多贤臣。

㉗ 杂：杂用。申椒：椒的一种。菌桂：桂的一种。申椒菌桂均为香料。喻直言极谏之臣。

㉘ 维：通“唯”，只。夫：彼，那。蕙：香草名。茝：香草名，即白芷。

㉙ 耿介：光明正直。

㉚ 遵道：遵循正确轨道。路：大路。此指治国的正确途径。

㉛ 昌披：衣不结带。引申为行为放纵不检。

㉜ 捷径：斜出的小路。窘步：困迫不能行走。

㉝ 党人：结党营私的小人。偷乐：苟安于享乐。

㉞ 幽昧：昏暗。险隘：危险狭窄。

㉟ 惮殃：害怕灾祸。

㊱ 皇舆：君王所乘之车。喻国家。败绩：颠覆。

㊲ 忽：疾貌。

㊳ 及：赶上。踵武：足迹。

㊴ 荃：香草名。喻楚怀王。

㊵ 齐怒：当作“齌（jì）怒”。盛怒。

㊶ 謇（jiǎn）謇：直言貌。

㊷ 舍：止。

㊸ 九天：古以为天有九重，故称为“九天”。正：通“证”。

㊹ 灵修：神明美好。喻君王，此喻楚怀王。

㊺ 成言：约定。

㊻ 悔遁：反悔变心。有他：有另外打算。

㊼ 数（shuò）化：屡次变化。

㊽ 滋：栽种。九畹：三十亩为一畹。一说十二亩为一畹，又说二十亩为一畹。九为虚数。表示种得多。

㊾ 树：种。作动词。

㊿ 畦（qí）：田垄。作动词，意即一垄一垄地种。留夷：香草名。即芍药。揭车：香草名，又名艺舆。

51 杂：间种。杜衡：香草名。俗名马蹄香。芳芷：即白芷。

52 冀：希望。峻茂：高大茂盛。

53 俟：等待。刈：收割。

54 萎绝：枯萎凋零。

55 芜秽：荒芜污秽。

56 竞进：争先恐后向上爬。

57 凭：满。

⑱ 恕己：对自己宽容。

⑲ 兴：产生。

⑳ 忽：急。驰骛（wù）：乱跑。

㉑ 冉（rǎn）冉：渐渐。

㉒ 修名：美好的名声。

㉓ 英：花。

㉔ 信：确实。姱（kuā）：美好。练要：精诚专一。

㉕ 顑颔（kǎn hàn）：食不饱而面黄貌。

㉖ 揽：作“持”解。结：编结。

㉗ 贯：贯串。薜荔（bì lì）：香木名，蔓生，又名木莲。

㉘ 矫：举起、拿起。

㉙ 索：编为绳索。胡绳：香草名，蔓生，茎叶可作绳索。纚（xǐ）纚：绳索长而下垂貌。

㉚ 謇：发语词。法：效法。前修：前代圣贤。

㉛ 服：做。

㉜ 周：合；相容。

㉝ 彭咸：人名，殷时大夫，谏其君不听，自投水而死。

㉞ 太息：叹息。掩涕：擦拭眼泪。

㉟ 多艰：多难。

㊱ 修姱：修洁美好。鞿（jī）羁（jī）：喻自我检束，不放纵。鞿，马缰绳。羁，束缚。

㊲ 谇（suì）：直言劝谏。替：废弃。

㊳ 纕（xiāng）：佩带。

㊴ 善：喜爱。引申为追求。

㊵ 九死：死亡多次。

㊶ 浩荡：原指水泛滥横流，此指楚王毫无思虑，行为放荡。

㊷ 众女：指众小人。蛾眉：如蚕蛾触角之眉。古人常用以形容女子的眉，这里以“蛾眉”喻贤才。

⑧③ 谣诼（zhuó）：造谣毁谤。

⑧④ 工巧：善于取巧。

⑧⑤ 偭（miǎn）：违背。规矩：法则。错：同“措”。

⑧⑥ 绳墨：木工用以画直线的墨斗墨线。此引申为判定是非的标准。

⑧⑦ 竞：争着。周容：依附取悦。

⑧⑧ 忳（tún）：忧愁貌。邑：忧郁苦闷。侘傺（chà chì）：失意貌。

⑧⑨ 溘（kè）死：突然死去。流亡：漂泊异乡。

⑨⓪ 鸷鸟：指鹰隼类猛禽。

⑨① 孰：哪。异道：志向不同。

⑨② 屈心：委屈心志。

⑨③ 尤：罪。攘：容忍退让。诟（gòu）：耻辱。

⑨④ 伏：同“服”，保持的意思。死直：死于直道。

⑨⑤ 厚：重视；称许。

⑨⑥ 相（xiàng）道：看路。

⑨⑦ 延伫：长时间站立。

⑨⑧ 复路：走回原路。

⑨⑨ 皋：近水之陆地。

⑩⓪ 椒丘：长有椒的山丘。

⑩① 离：同“罹”，遭遇之意。尤：罪。

⑩② 初服：当初的服饰，即篇首的扈离纫兰。

⑩③ 芰荷：菱叶和荷叶。

⑩④ 芙蓉：荷花。

⑩⑤ 信芳：真正芳香。

⑩⑥ 岌（jí）岌：高貌。

⑩⑦ 陆离：长貌。

⑩⑧ 芳：指芳香的东西。泽：污垢的东西。杂：混杂。糅：掺合。

⑩⑨ 昭质：光洁的质地。

⑪⓪ 游目：放眼远望。

⑪ 四荒：四面遥远的地方。荒，远。

⑫ 缤纷：众多貌。

⑬ 菲菲：香气浓烈。弥章：更加显著。章，同“彰”。

⑭ 好修：爱好修饰，喻修行品德。

⑮ 体解：肉体毁灭。

⑯ 惩：警惧。

⑰ 女媭（xū）：女伴。婵媛：多情，关切的意思。一说屈原姐名。

⑱ 申申：反复地。詈（lì）：责备。

⑲ 鲧（gǔn）：夏禹的父亲。婞（xìng）直：刚直。亡身：不顾自身安危。亡，通“忘”。

⑳ 夭：死。羽：神话中的羽山，传说在东海之滨。野：郊野。

㉑ 博謇：学识广博，言行忠直。

㉒ 纷：许多。姱节：美好的节操。

㉓ 薋（cí）：草多貌。菉（lù）：草名，即王刍，又名淡竹叶。葹（shī）：草名，即苍耳。菉、葹均为恶草，喻谗佞小人。盈：充满。室：喻朝廷。

㉔ 判：区别。此指与众不同。服：佩用。

㉕ 众：指一般人。户说：一家一家地去说明。

㉖ 余：我们。此是女媭站在屈原一边的口气。

㉗ 并举：互相标榜。好朋：爱结成党派。朋，朋党。

㉘ 茕（qióng）：孤独。予：女媭自称。

㉙ 节中：折中。不偏不倚。

⑬⓪ 喟（kuì）：叹息。凭：愤懑。历兹：至今。

⑬① 济：渡。沅湘：沅水、湘水。南征：南行。

⑬② 重华：舜的名字。舜死葬于九嶷山，在沅、湘之南。故言渡沅、湘以向舜陈词。

⑬③ 启：夏启，禹的儿子，继禹为君。《九辩》《九歌》：皆天帝乐章名。启登天偷下来用于人间。

⑬④ 夏：即夏启。康娱：耽于安乐。纵：放纵。

⑬⑤ 不顾难：不看到危难。图后：图谋将来。

⑬⑥ 五子：即五观，启的幼子，曾据西河之地发动叛变。用：因而。家巷：即内哄之意。巷为“哄”的假借字。

⑬⑦ 羿（yì）：后羿。相传是夏初诸侯，有穷国的国君。淫游：荒淫游戏。佚：放纵。田：打猎。

⑬⑧ 封狐：大狐狸。

⑬⑨ 乱流：淫乱之流。鲜终：少有好结果。

⑭⓪ 浞（zhuó）：人名，即寒浞，相传为后羿的相，勾结羿的家奴逢蒙杀羿，强占了后羿的妻子。厥：其。家：指妻室。

⑭① 浇（ào）：寒浞的儿子。被服：同“披服”，原义作穿戴解，此处引申为自恃有。强圉（yǔ）：强大有力。

⑭② 纵欲：放纵情欲。不忍：不能自制。

⑭③ 康娱：寻欢作乐。自忘：忘掉自身。

⑭④ 厥：其，指浇。首：头。用：因。颠陨：坠落。此句指浇被夏相的儿子少康杀掉。

⑭⑤ 常违：违背正道。

⑭⑥ 遂：终于。逢殃：指桀被汤所诛灭。

⑭⑦ 后辛：即殷纣王。菹醢（zū hǎi）：把肉切碎剁成肉酱。菹，切碎。醢，肉酱。

⑭⑧ 殷宗：殷朝的宗祀。

⑭⑨ 严：畏惧。祇：敬。

⑮⓪ 周：指周开国初文王、武王等君主。论道：讲究治国之道。莫差：无偏差。

⑮① 举：选拔。

⑮② 陂（bì）：倾。

⑮③ 阿：偏爱。

⑮④ 错：同“措”。安排的意思。

⑮⑤ 圣哲：指古代有德行才智的帝王。茂行：众多德行。

⑮⑥ 苟得：才能得。用：享。下土：天下。

⑮⑦ 相观：复词同义，相亦观。计极：考虑的准则。

⑮⑧ 用：实行。

⑮⑨ 服：与上句“用”义同。

⑯⓪ 阽（diàn）：临近危险。危死：险些死亡。

⑯① 凿：作名词，指凿的孔。枘（ruì）：榫。

⑯② 曾：通“增”。歔欷：哀泣的声音。

⑯③ 茹：柔软。

⑯④ 浪浪：泪流貌。

⑯⑤ 敷：铺开；打开。衽：衣服前襟。

⑯⑥ 耿：光明。中正：指圣人中正之道。

⑯⑦ 驷：本指四匹马驾的车。这里作动词，驾的意思。玉虬（qiú）：玉饰的虬。虬，传说中无角的龙。鹥（yì）：凤凰之别称。

⑯⑧ 溘（kè）：犹奄忽，迅速的意思。埃风：夹杂尘埃的风。上征：向天上飞去。

⑯⑨ 发轫（rèn）：开动车子。轫，阻止车轮转动的木头，犹今之刹车。苍梧：即九嶷山，舜葬之地。

⑰⓪ 县圃：神山名，传说在昆仑之上。

⑰① 灵琐：即神灵的门。灵，神灵。琐，宫殿门上连琐形的镂纹。

⑰② 羲和：神话中为太阳驾车之御者。弭：止。节：鞭子。

⑰③ 崦嵫（yān zī）：神话中指太阳落山之处。

⑰④ 咸池：神话中池名。太阳沐浴处。

⑰⑤ 总：系结。辔：缰绳。扶桑：神话中的树名。传说日出其下。

⑰⑥ 若木：神木名，传说在昆仑西极。一说即扶桑。拂日：遮挡太阳，使其不落。

⑰⑦ 聊：且。须臾：短暂时间。一作“逍遥”。相羊：同“徜徉”，即徘徊逗留。

⑰⑧ 望舒：神话中给月亮驾车的人。

⑰⑨ 飞廉：风神。奔属：随后奔走。

⑱⓪ 鸾：鸟名，凤凰之类。皇：即“凰”字。先戒：前面戒备。

⑱① 雷师：雷神。未具：行装未准备齐全。

⑱② 飘风：旋风。屯：结聚。离：同“罹”。

⑱③ 帅：率领。御：通“讶”，迎接。

⑱④ 纷总总：众多聚集的样子。离合：时散时聚。

⑱⑤ 斑：五光十色。陆离：杂乱的样子。

⑱⑥ 帝：指天帝。阍（hūn）：守门人。

⑱⑦ 阊阖（chāng hé）：传说中的天门。

⑱⑧ 暧暧：日光昏暗貌。

⑱⑨ 延伫：久立。

⑲⓪ 溷（hùn）浊：混乱污浊。

⑲① 白水：神话中水名，出昆仑山。

⑲② 阆（làng）风：山名，传为仙人所居，在昆仑山之巅。一说在阆风山上。

⑲③ 女：神女。

⑲④ 春宫：东方青帝之宫舍。

⑲⑤ 琼枝：玉树的枝。继佩：接续佩饰。

⑲⑥ 荣华：指佩环上的花。

⑲⑦ 相：观察。引申为寻找。下女：下界女子。指下文的宓妃等女子。贻：赠。

⑲⑧ 丰隆：云神。

⑲⑨ 宓妃：相传为古帝伏羲氏之妃。一说为伏羲之女。溺于洛水，遂为洛水之神。

⑳⓪ 纕（xiāng）：佩带。结：束。言：指书信。

⑳① 蹇修：传说是伏羲氏的臣子。理：媒人。

⑳② 纬繣（huà）：乖戾。迁：改变。

⑳③ 穷石：神话中地名，相传羿之国土在此。

⑳④ 洧（wěi）盘：神话中水名。

㉕205 信美：确实美丽。

206 览相观：三字连用同义，即看。四极：四方尽头处。

207 周流：周游。

208 瑶台：玉砌的台。偃蹇：高耸貌。

209 有娀（sōng）：传说中上古国名。佚女：美女。相传有娀氏有二美女，一名简狄，住在高台之上，后嫁给帝喾，生契。

210 鸩（zhèn）：鸟名，其羽有毒。

211 鸣逝：边鸣叫边飞。

212 恶：讨厌。佻巧：轻薄巧语。

213 适：往。

214 凤皇：指给帝喾做媒的玄鸟。受诒：接受聘礼。指凤凰接受了帝喾委托它送给简狄的聘礼。

215 高辛：即帝喾。

216 集：鸟栖于树上。止：居留。

217 浮游：游荡。

218 少康：夏后相之子。未家：未娶家室。

219 有虞：国名，姚姓，舜的后代。二姚：有虞国姓姚的两个公主。

220 理、媒：均指媒人。导言：传达双方的话。不固：不牢靠。意即效果少。

221 邃远：深远。意谓难于接近。

222 哲王：贤智的君主。寤：觉醒。

223 终古：永久。

224 琼茅：传说中灵草名，用来占卜。以：与。筳（tíng）：卜筮用的小竹片。篿（zhuān）：楚人结草折竹卜筮叫篿。

225 灵氛：神巫。

226 两美：喻贤臣与明君。

227 孰：谁。信：信服。

228 是：此。代楚国。

㉙ 勉：劝自勉。远逝：远行。

㉚ 女：同“汝”。

㉛ 芳草：喻贤君。

㉜ 故宇：故居。指楚国。

㉝ 幽昧：昏暗。眩曜：眼花迷乱。

㉞ 余：我们。灵氛代屈原自称。

㉟ 党人：指楚国结党营私的小人。

㊱ 艾：恶草名。即白蒿。要：古“腰”字。

㊲ 览察：鉴别。

㊳ 珵（chéng）：美玉。

㊴ 苏：取。粪壤：粪土。帏：香囊。

㊵ 巫咸：传说中的神巫，名咸。

㊶ 椒：香物，用以降神。糈（xǔ）：精米，用以享神。要：通“邀”，迎接。

㊷ 翳：蔽。备：全部。

㊸ 九疑：指九嶷山众神。缤：多貌。

㊹ 皇：皇天。剡（yǎn）剡：光闪闪貌。扬灵：显示神的光灵。

㊺ 吉故：吉利的事。

㊻ 矩矱（yuē）：法度。矱，度量长短的工具。同：指同道者。

㊼ 俨：敬。引申为虔诚。求合：访求志同道合之人。

㊽ 挚：商汤时贤臣伊尹名。皋繇：即皋陶，禹时贤臣。调：指君臣协调和睦。

㊾ 苟：假若。中情：内心。

㊿ 用：借助。

(251) 说（yuè）：即傅说，殷朝武丁时贤臣。操：持。筑：杵。傅岩：地名。

(252) 武丁：殷高宗名。疑：犹豫，迟疑。

(253) 吕望：即太公姜尚，姓吕，曾被称太公望，故称吕望。鼓刀：屠宰时屠刀敲击有声。据传姜尚未遇文王时曾屠宰于朝歌。

㉕④ 宁戚：春秋时卫国人，经商于齐，曾敲着牛角唱歌，慨叹怀才不遇。齐桓公听后，用他为卿。

㉕⑤ 该辅：备为辅佐。

㉕⑥ 晏：晚。

㉕⑦ 犹其：即其犹。意思是“他还……”。未央：未尽。

㉕⑧ 鹈鴂（tí jué）：鸟名，又名杜鹃、子规，立夏则鸣，鸣时众芳皆歇。

㉕⑨ 偃蹇：杰出貌。

㉖⓪ 薆：隐蔽，遮蔽。

㉖① 亮：又作“谅”。诚信。

㉖② 缤纷：纷乱貌。

㉖③ 荃、蕙：皆芳草名。

㉖④ 萧、艾：均是贱草名，以上四句喻君子蜕变为小人。

㉖⑤ 兰：兰草。李善注认为此借指怀王弟司马子兰。

㉖⑥ 羌：起语词，无义。无实：内无信实。容长：虚有其表。

㉖⑦ 委：抛弃。

㉖⑧ 苟：苟且。

㉖⑨ 椒：花椒。李善注认为借指楚大夫子椒。专：专横。佞：阿谀奉承。慢谄（chǎn）：傲慢谄媚。

㉗⓪ 榝（shā）：恶草名。

㉗① 干进：钻营求进。务入：义同“干进”。

㉗② 祗：敬。

㉗③ 从流：从恶如从流水。

㉗④ 椒兰：暗指子椒与子兰。

㉗⑤ 揭车、江蓠：都是香草名。此处喻朝廷众臣。

㉗⑥ 历兹：直到如今。

㉗⑦ 亏：亏损。引申为消散。

㉗⑧ 沫：消失。

㉗⑨ 和调：即调和，协调。度：指行为格度。

㉘⓪ 方壮：正盛壮。引申为正美丽。

㉘① 历吉日：选择好日子。

㉘② 羞：美味的食物。

㉘③ 精：舂凿使碎。琼：玉。靡：同“糜”，细屑。粻（zhāng）：米粮。

㉘④ 瑶象：美玉和象牙。

㉘⑤ 疏：疏远。

㉘⑥ 邅（zhān）：转。

㉘⑦ 扬云霓：举云霓为旌旗。晻蔼：遮蔽日光。

㉘⑧ 玉鸾：玉做的车铃。

㉘⑨ 天津：天河渡口，位东极箕斗之间。

㉙⓪ 翼：敬。

㉙① 翼翼：和貌。

㉙② 流沙：神话中的沙漠地带。

㉙③ 遵：沿着。赤水：神话中水名，出自昆仑山。容与：从容不迫。

㉙④ 麾：指挥。梁：作动词，架桥。津：渡口。

㉙⑤ 诏：命令。西皇：神话中西方之神。涉：渡过。

㉙⑥ 腾：传言。使径待：使之在路旁等待。

㉙⑦ 不周：神话中山名，即不周山，在昆仑西北。

㉙⑧ 西海：神话中西方之海。

㉙⑨ 屯：陈，排列。

㉚⓪ 齐：整齐排列。玉轪（dài）：玉制的车轮。

㉚① 委移：随风招展。

㉚② 抑志：控制心志。弭（mǐ）节：控辔缓行。

㉚③ 邈邈（miǎo）：辽远貌。

㉚④《韶》：舜乐名。

㉚⑤ 假日：凭借时日。媮：同“愉”。

㉚⑥ 陟（zhì）：登高，上升。皇：皇天。赫戏：光明貌。

⑰ 临：居高临下。睨（nì）：斜看。

⑱ 仆夫：驾车的人。怀：思恋。

⑲ 蜷（quán）：卷曲身子不进貌。

⑳ 乱：终篇结语。乐曲的尾声。

㉑ 莫我知：即"莫知我"。

㉒ 美政：美德善政。

【语译】

我是古帝高阳氏的后裔，已故的父亲字伯庸。太岁在寅的那年正月，恰是寅日那天我降生。父亲看到我有这样好的生辰，便给我取了个相应的美名。给我的名字叫正则，给我的字号叫灵均。我本有这样的内在美质，又加上修饰外部美好的容态。我把蘼芜和白芷披身上，把秋兰结成环佩挂身旁。光阴如流水我将跟不上啊，唯恐岁月飞逝不待人。清晨我在山坡采的是香木兰，傍晚在洲中摘长生的宿莽。时光匆匆不久留，春秋更替有常序。想那草木都由茂盛到凋零，恐怕佳人也会变衰老。何不趁健壮时清除污秽图修洁，为何不改变现行的法度？骑上骏马向前奔驰，来吧，我在前面做向导！

从前的三位先君德行公正纯粹，所以群芳当然向他们汇聚。申椒、菌桂也都交相聚合，又何况香芷与香蕙？从前尧、舜多么正直光明呀，他们循着正轨走上了坦途。夏桀、殷纣多么放纵啊，贪走捷径落得寸步难行。结党营私的小人苟且偷安，其前途幽暗而险阻。难道是我怕遭灾惹祸吗？我只担心君王车舆被倾覆。我匆匆忙忙前后奔走，为的是赶上先王的脚步。君王不鉴察我耿耿忠心，反而听信谗言对我发怒。我本知道直言会招祸，可想忍耐却又忍不住。上请苍天为我作证，我的直言都是为了君王的缘故。君王当初和我已经有约定的呀，为何如今反悔变心另有其他打算。我要离开君王并不为难，只是伤心君王的反复无常。

我已种下春兰很多亩，又种下秋蕙百亩余。留夷和揭车种了一垄又一垄，还套种了杜衡和芳芷。希望它们枝繁叶茂，待到成熟时我便去收割。我个人即使萎谢算不得什么，伤心的是众芳受摧折。党人都追逐钱财和酒肉，争名夺利全然不知满足。他们宽恕自己而猜疑别人，他们互相嫉妒用心狠毒。奔波于争权夺利的事，我从来不打算去追逐。恐怕衰老渐渐到来，修身建德尚未有好结果。我早上饮用木兰上的清露，晚上餐食飘落的菊瓣。只要我的意志坚定不移，就算面黄肌瘦又何妨。我拿来木根将白芷结上，又把薜荔花朵穿成串。我拿菌桂枝条缀上蕙草，把胡绳茎叶搓成长索多好看。我是效法古代圣贤啊，这不是世间俗人的穿着。我虽不为今世之人所容，却愿依照彭咸的遗训。

我擦着眼泪长叹息，可怜人生道路多么艰辛。我虽然爱好修洁严于律己，可早上直谏晚上即被抛弃。尽管他们咒骂我佩带蕙草，可我继续采集芳茝来代替。那是我所心爱的东西啊，纵然九死也不后悔。我怨就怨君王糊涂放荡，全不体察别人的心肠。君王周围的小人嫉妒我美好的容貌，还造谣说我妖艳淫荡。本来糊涂的人善于取巧，背弃原来规矩任意改变法度。背离准绳而追求邪曲，他们把争相依附取悦作为法则。忧郁苦闷啊我失意不安，我孤独地受到时世的困厄。宁可立即死去魂飘魄散，我不愿去干那依附取悦的行当。雄鹰不与燕雀同群，是自古以来就这样。方和圆如何能相吻合？志道不同哪能彼此相安？宁愿委曲心怀压抑意志，默默忍受罪责及咒骂。保持清白节操死于正直之道，这本是古代圣贤所看重。

我曾怀疑当初我看不清前途，停顿了一阵又折回原路。调转车来走原路啊，趁着迷途未远赶快罢休。我放马在兰草水边闲游，让它跑上椒丘暂且停留。既然前进不了啊反而遭罪，我将退回故乡整修旧衣裳。我要把荷叶裁成上衫，我要把荷花缀成下裳。没人了解我也就罢了，我只要内心真正馥郁芳香。我把帽子加得高又高，我把佩带增得长又长。芳洁与污垢混在一起，只有质地光洁的东西不被损耗。我忽然回头纵目四望，打算东西南北四处去观光。佩起那五彩缤纷的服饰，那浓郁清香飘散四方。世上的人们各有所好啊，独我爱修洁习以为常。即使自身被肢解我也不变更，难道会因别人的警诫而心不安。

我的女伴对我深情地关怀，她反反复复地向我劝诫。她说鲧是太刚直不顾性命，最终被杀于羽山之野。你为何爱进忠言又好修洁，偏偏你爱保持好名节。各种杂草堆满屋啊，唯独你不肯把杂草来佩带。众多人家不能一一去说明，有谁能了解我们的内心！世人都爱相互标榜又结伙啊，你为何对我的话总不听！

我是依据先圣的理法节制性情，满怀叹息满腔悲愤至今不能平。我要渡过沅水和湘水走向南方，要向虞舜陈述道理。夏启偷来天上《九辩》与《九歌》啊，他耽于安乐纵情无度。不考虑将来而置危难于不顾，由此使五观得以发动内乱。后羿荒淫游乐耽于打猎，特别喜欢到山野射杀大狐狸。淫乱之徒少有好结果，不是被他的近臣寒浞强占了爱妻吗？寒浇自恃强大无比，放情纵欲不顾自制。整日寻欢作乐得意忘形，结果他的头颅终于落地。夏桀他始终违背正道，到头来也遭了殃。纣王把忠良剁成肉酱，结果殷朝天下不久长。商汤、夏禹既严肃又顺敬天意，周朝先王讲究理法无差池。他们举拔贤才和能人，遵循一定准则不偏倚。上天对一切人都公道无私，见到了德行高尚的人就辅助。只有德行高迈的帝王，才得成为天下万民之主。我既考察前代又瞻望将来，懂得了一条做人最根本的准则。哪有不义的事可以得信于天下，哪有不善的事可以施行于世间？纵然我身陷死亡的绝境，回顾当初的志向也不后悔。不问凿的孔是方是圆就削正榫头，古代圣贤正因此被剁成肉酱。我每每抽泣烦恼悲伤，哀叹自身从没逢过好时光。拿柔软的蕙草拭眼泪，热泪滚滚沾湿了我的衣裳。

铺开衣襟跪着诉衷情，我已得到了正道。驾驭玉龙啊乘着凤车，飘离尘世向上天旅行。我清晨从苍梧动身，晚上就到了昆仑山上的县圃。想在神灵门前停留片刻，无奈日已西沉暮色将暝。我便叫羲和停鞭慢慢行，莫让太阳太快迫近崦嵫。前面的道路啊长又远，我要到天上地下四处求索。让我的马在咸池饮水，把缰绳拴在扶桑树上，折取若木枝条拂拭太阳，我暂且在这儿悠游徜徉。请月御望舒作前驱，让风伯飞廉为我作后卫。鸾鸟凤凰在前面为我作警戒，雷师却说行装未准备。我令我的凤鸟展翅飞翔，夜以继日不停留。邪恶的旋风赶紧互相靠拢，它领着云霓来表示欢迎。云霓越聚越多，时分时合，色彩斑斓上下飘忽不定。我请天国门卫把门打开，他倚门望我却不予理睬。月色朦胧黄昏将到来，我倚着幽兰伫立。想想世道混浊不分啊！总爱抹杀美德嫉妒贤才。

天明我又要渡过白水，登上阆风山上去拴马。忽地回头眺望不禁流泪，可怜这天国竟无美女。我又忽地游到了青帝春宫前，折下玉树枝条再插到环佩上。趁环佩的花尚未凋零，我要到下方寻找可受馈赠的美女。我命令云师驾起云彩，快去寻找宓妃住处所在。我修好求婚书解下佩带，托蹇修为我去求婚。宓妃兴致勃勃但含糊其词，忽然间便完全不同意。她晚上就止宿于穷石，清晨到洧盘梳头洗濯。她仗着美貌骄傲自恃，成天寻欢作乐放荡不羁。她虽貌美却全不守礼，放弃她吧去另外求索。我在天上观遍四极八荒，周游一遍便从天而降。遥望那巍峨的玉台，见到有娀氏美女简狄。我请鸩鸟替我去做媒，鸩鸟对我说她去不好。雄鸠叫着说他可做媒，可我嫌他轻佻又啰唆。我心中踌躇又疑惑不定，想自己去又觉得不妥。凤凰已把帝喾聘礼送去，恐怕高辛氏已超过了我。想去远方又无处居留，我暂且四处流浪逍遥。趁着少康尚未成家时节，有虞氏还遗留有两位公主。那媒人无能嘴巴又笨拙，恐怕说合的可能性也很小。世间混浊而嫉妒能人，爱遮蔽美德而颂扬邪恶。深闺美女又难以亲近，聪明的君王啊终不觉醒。我满腔的哀情无处倾诉，我怎能忍受就这样死去！

我找来灵草和细竹片，请女巫灵氛为我占卜。她说道双方美好必将结合，哪有真正好修美的人没人爱慕他？想到天下那么广大，难道只有这里才有美女？她又说："劝你远走四方莫迟疑，哪有好女子会把你抛弃？天地间何处没有芳草，你何必一定思恋着故乡？这世道黑暗又令人眩迷，谁又能体察我们弃恶扬善的心肠？人们的好恶本来就不一样，只有那帮小人特别怪异。他们把臭艾挂满腰上，偏说幽兰不可佩带。连草木的好坏都不分，又怎能正确评价玉石？他们将粪土塞满了香囊，却反说申椒臭而不香！"

我想听从灵氛占卜的劝告，可心里犹豫而迟疑。听说巫咸今晚必将降临，我怀着椒香精米去请他。天上众神蔽空而降啊，九嶷山诸神纷纷出迎。他们光闪闪显神灵，巫咸又告诉我许多吉利的事情。他说："你还应努力去上下求索，寻找那志同道合的人。商汤、夏禹虔诚地访求贤臣，便得到伊尹、皋陶的配合。假若自己爱好修洁内心真诚，何必要用别人去做媒？傅说操杵在傅岩筑墙，武丁毫不迟疑地举他为相。吕望曾在市中当屠夫，遇着周文王被举为相。宁戚放牛时敲着牛角唱歌，齐桓公听见便聘他为客卿。趁着年岁还不算老，大好春光也尚未尽。只怕杜鹃叫得太早啊，使百草因此凋零”。为什么琼枝佩环这么美好，人们却要掩盖它本来的面貌。想到这批小人不讲信用，恐怕出于嫉妒而把它毁折。时势纷乱而变幻无常啊，我哪能在此久久停留！幽兰和白芷失掉了芳香，荃草和蕙草也都变成了蓍茅。为什么昔日的芳草，今天都变成了荒蒿野艾？难道还有别的原因？这全是因为不爱修洁造成的祸害。我原以为兰草最可靠，谁知它内无信实徒有美貌。它已抛弃美质而随世俗，还要跻身列为香草。花椒专横谄媚还伪装伟岸，茱萸想冒充香草装进香囊。他们热心于钻营以求名位，哪还有什么香气值得人敬惜。本来世俗喜欢的是随波逐流，谁能保得住没有变化？看到香椒、幽兰变成这样，又何况揭车和江蓠。只有我佩的香环宝贵啊，但被人轻蔑直至今天。可它芳香馥郁难以消歇，芳香至今犹未泯灭。调和行为态度以自我欢娱，我姑且四方飘游寻求美女。趁着我佩环尚美年岁方盛，去周游遍观天上地下。

灵氛已告诉我占得的好卦，选定吉日我将游向远方。折琼树枝叶作肉脯，舂碎美玉备作干粮。为我驾上神速的龙马，车子将饰美玉象牙。心志各异哪能同流，我将远远地走开。我的路程转向昆仑山下，路途遥远啊我将周游天涯。举云霓为旗遮蔽了日光，车上的铃响叮当。清晨从天河的渡口出发，晚上到了西方的边极。凤凰展翅承托着旌旗，高高地翱翔威仪堂堂。忽然我到了西北的流沙，沿着赤水缓慢行进。指挥蛟龙渡口去架桥，命令西皇渡我到对岸。路途遥远啊十分艰难，我令众车在路旁等待。绕过不周山再向左转，直指西海作为我的目的地。我的从车聚集起有千辆，对齐了玉轮再并辔奔驰。驾车的八龙蜿蜒地前进，载着云霓旌旗随风飘移。我按抑着壮志控辔慢行，让超迈的神志远远地飞翔。奏起《九歌》跳起《韶》舞吧！且借这好时光欢乐一场。太阳东升光芒万丈，忽然看见我生长的故乡。我的车夫和马都很悲伤，低头再也不肯走向前方。

尾声：算了吧！国内已无人了解我，又何必依恋故国旧乡？既不能共同施行美好的政治，我将与古代的贤人同在一起。

【评析】

《离骚》是屈原的代表作品，是我国文学史上最辉煌最长的抒情诗。全诗围绕诗人的理想与现实环境间的对立以及诗人远游自疏的念头与眷恋故国之情的矛盾这悲剧性的冲突来叙事抒情。可分为三个大段。第一大段，追述自己的身世，回忆自己辅助楚王进行政治改革和遭谗被疏的经历，说明自己的品德高洁与抱负的远大。第二大段虚拟女媭的劝告，向重华陈词的情节，总结历代兴亡的教训，阐明举贤授能主张的正确，描绘上下求索的幻想境界，表现对美好理想的执着追求，展示了诗人的理想与客观环境间的矛盾。第三大段，是诗人深感留下来无所作为，便虚拟请灵氛占卜、巫咸降神，决计远游。当“忽临睨夫旧乡”时，终于不忍离开祖国。这展示了远游自疏与眷恋故国的矛盾心情。尾声点明了以死殉志的决心。这是诗人理想的彻底破灭。全诗按诗人感情的起伏变化来构思，脉络甚为分明。比兴、象征、夸张手法的运用，写实与虚拟的交错，绚丽词采的炼造，主客对答的方式，使作品气势磅礴，有声有色。诗人大胆想象，连花草树木、飞禽走兽都获得了人格的象征意义。诗人上叩天阍，下求佚女，飞龙为驾，凤凰开路，千乘随从，风雨雷电都听他调遣，生动地表现了诗人对理想和人格的追求，读来令人心醉神迷，使这篇作品成为我国浪漫文学的源头，它一直被引为中华民族文化的骄傲。

九歌四首

作者：屈平　　注译评析：伍纯道

东皇太一①

吉日兮辰良②，穆将愉兮上皇③。抚长剑兮玉珥④，璆锵鸣兮琳琅⑤。瑶席兮玉瑱⑥，盍将把兮琼芳⑦。蕙肴蒸兮兰藉⑧，奠桂酒兮椒浆⑨。扬枹兮拊鼓[10]，疏缓节兮安歌[11]，陈竽瑟兮浩倡[12]。灵偃蹇兮姣服[13]，芳菲菲兮满堂[14]。五音纷兮繁会[15]，君欣欣兮乐康[16]。

【篇旨】

写迎神、享神、乐神的活动，表现人们对至尊天神的虔诚。

【注释】

① 东皇太一：《楚辞章句》："太一，星名，天之尊神，祠在楚东，以配东帝，故云东皇。"

② 辰良：即良辰，好的时辰。此为押韵而倒置。

③ 穆：恭敬。上皇：指东皇太一。

④ 玉珥（ěr）：玉饰的剑把。

⑤ 璆（qiú）：美玉。琳琅：玉石声。

⑥ 瑶席：以玉装饰的席。一说以瑶草编成的席。一般作席之美称。玉瑱（zhèn）：玉作的压席器具。瑱，同"镇"。

⑦ 盍：何不。将、把同义，持或拿的意思。琼芳：王逸注琼芳为玉枝。一说玉色的花。

⑧ 蕙肴：以蕙草蒸肉。蒸：进献。宋洪兴祖《楚辞补注》谓："蒸，进也。"兰藉：以兰草作垫。

⑨ 奠：放置祭品谓奠。桂酒：用桂花泡浸的酒。《楚辞章句》："桂酒，切桂以置酒中也。"椒浆：以椒浸制的酒浆。古代多用以祭神。

⑩ 扬：举。枹（fú）：鼓槌。拊（fǔ）：击。

⑪ 疏缓：缓慢。节：指音乐节拍。安歌：轻松舒缓地唱歌。

⑫ 陈：列。竽：管乐器名，三十六簧。瑟：乐器名，琴类，古瑟五十弦，后为二十五弦。浩倡：放声歌唱。倡，同"唱"。

⑬ 灵：指祭神的巫女。偃蹇：形容舞姿回翔灵活。姣：美好。服：服饰。

⑭ 芳：香气。菲菲：指香气浓郁。

⑮ 五音：宫、商、角、徵、羽。纷：盛貌。繁：众多。会：交杂。

⑯ 君：指东皇太一。欣欣：欢喜貌。乐康：即康乐，犹安乐。

【语译】

日子吉祥好时光，高高兴兴祭东皇。手按剑把抚长剑，身上佩玉响叮当。玉镇已压瑶席上，快把琼枝插供床！敬献的蕙草蒸肉已放在兰垫上，还摆上桂酒与椒浆。举鼓槌呀猛击鼓，轻歌曼舞节拍缓，齐奏竽瑟歌声昂。巫女华服舞翩翩，众香浓烈满殿堂。诸多乐音交错响，东皇高兴啊，大家喜洋洋。

【评析】

《九歌》是楚国湘沅一带的民间祭歌，流传至今的《九歌》是经过屈原加工整理的。《东皇太一》是《九歌》中的首篇，祭祀的对象是楚人信仰中最尊贵的天神——东皇太一。通篇都是群巫的演唱。祭祀时主巫扮演太一神，他不言不语，不歌不舞地俨然坐在祭堂中央，群巫就围在太一神周围表演颂神、娱神的歌舞。全诗分为三段。第一段为前四句，写世人选择良辰吉日准备恭敬地祭祀太一神，简单地勾勒出太一神的形象。第五至第八句为第二段，描写祭品的丰厚、芳洁，表现了人们对尊神的虔诚。最后七句为第三段，写娱神的活动。鼓乐齐鸣，群巫们载歌载舞。此时满堂芳香，说明东皇太一的神灵已降到了主巫身上，群巫们随着音乐的旋律，高唱祝愿太一神“欣欣兮乐康”的颂歌。全诗写的气氛庄严肃穆。通过对祭堂的陈设、祭品的芳洁、音乐的繁盛的描写，表现了人们娱神祈福的心情。

云中君

浴兰汤兮沐芳①，华采衣兮若英②。灵连蜷兮既留③，烂昭昭兮未央④。蹇将憺兮寿宫⑤，与日月兮齐光。龙驾兮帝服⑥。聊翱游兮周章⑦。灵皇皇兮既降⑧，猋远举兮云中⑨。览冀州兮有余⑩，横四海兮焉穷⑪。思夫君兮太息⑫，极劳心兮忡忡⑬。

【篇旨】

写祭祀云神的活动，表达人们对云神的颂美和依恋的心情。

【注释】

① 兰汤：用兰草蒸制的水。沐：洗头。

② 华采：五彩，五色。若英：杜若的花。

③ 灵：指女巫。楚人名巫为灵子。连蜷：屈曲貌。王逸注："巫迎神导引貌也。"留：止。

④ 烂：光貌。昭昭：光明。未央：未尽。

⑤ 蹇：发语词。憺（dàn）：安然。寿宫：供神之处。

⑥ 龙驾：龙拉的车。帝服：五方帝之服，言服有青、黄、赤、白、黑之五彩。

⑦ 聊翱游：且翔且游。周章：周转往来。

⑧ 灵：指云神。皇皇：犹煌煌，光明貌。

⑨ 猋（biāo）：速疾貌。

⑩ 览：望。冀州：为九州之首，故以代称中国。余：其他（地方）。

⑪ 穷：尽。

⑫ 君：指云神。

⑬ 忡（chōng）忡：形容忧心的样子。

【语译】

用兰草熬水洗澡遍身芳香，穿起五彩衣似杜若花般漂亮。女巫正要引云神附身上，月光灿烂天未亮。云神将安然降临在殿堂，神的光辉与日月争强。云神乘的是龙车，穿的是五彩衣裳，还要遨游空中遍览四方。他快降下啦，忽地要高飞入云间。他俯瞰中国及其余地方，还要横观四海，几时才看个完？思念你啊，令人叹息，盼望你啊，令人忧伤！

【评析】

这是一首祭祀云神的祭歌。云中君即云神。屈原的《九歌》中神与人的生活密切相关。云神之所以被崇敬，是由于云与雨的关系，云雨总是联系在一起的。人们求云求雨总是一致的。因为自然界是先云而后雨。也许这是云神被古人当作尊神来祭祀的原因。全诗分为三段。第一段是头四句，写准备迎神。天亮之前女巫们先沐浴香洁，希望云神降于其身。第二段为四至八句，写云神降临。对光彩照人、盛驾美服的云神赞颂。第三段为后六句，写云神刚下来，就风也似的回到天上，来去匆匆，令人思念忧伤。此掺和着人神恋爱的情味。作者赋予云神人的体态动作，意志感情。他飘游四方，来去不定，很符合其性格特点。

湘君

君不行兮夷犹①，蹇谁留兮中洲②。美要眇兮宜修③，沛吾乘兮桂舟④。令沅湘兮无波⑤，使江水兮安流。望夫君兮归来，吹参差兮谁思⑥。驾飞龙兮北征⑦，邅吾道兮洞庭⑧。薜荔拍兮蕙绸⑨，承荃桡兮兰旌⑩。望涔阳兮极浦⑪，横大江兮扬灵⑫。扬灵兮未极⑬，女婵媛兮为余太息⑭。横流涕兮潺湲⑮，隐思君兮陫侧⑯。桂棹兮兰枻⑰，斫冰兮积雪⑱。采薜荔兮水中，搴芙蓉兮木末⑲！心不同兮媒劳⑳，恩不甚兮轻绝㉑！石濑兮浅浅㉒，飞龙兮翩翩㉓。交不忠兮怨长㉔，期不信兮告余以不闲㉕。朝骋骛兮江皋㉖，夕弭节兮北渚㉗。鸟次兮屋上㉘，水周兮堂下㉙。捐余玦兮江中㉚，遗余佩兮澧浦㉛。采芳洲兮杜若㉜，将以遗兮下女㉝。时不可兮再得㉞，聊逍遥兮容与㉟。

【篇旨】

写湘夫人盼湘君而不来，因极度思念而产生怀疑和怨恨的心情。

【注释】

① 君：指湘君，即湘水之神。下同。夷犹：犹豫。

② 蹇：发语词。中洲：即“洲中”。

③ 要眇：美好貌。

④ 沛：快行貌。桂舟：桂木做的船。

⑤ 沅、湘：沅水、湘水。

⑥ 参差：即排箫。形似凤翼参差不齐，故称。

⑦ 飞龙：飞航的龙舟。

⑧ 邅（zhān）：转变方向。

⑨ 薜荔：香草。拍：附着。此指附着船舱之壁。绸：“帱”之假借字。此指船上之帘帐。

⑩ 荃：香草名。桡：船桨。旌：旗杆顶端饰物。

⑪ 涔（cén）阳：洲渚名。今湖南澧县有涔阳浦。极浦：遥远的对岸。

⑫ 横：横渡。扬灵：神驰。

⑬ 未极：未达。

⑭ 女：侍女。婵媛：多情关切的样子。一说是屈原姊名。

⑮ 潺湲（chán yuán）：形容流泪的样子。

⑯ 隐：痛。陫侧：欲言不得而心情悲伤。

⑰ 棹：长的船桨。枻（yì）：船舷。

⑱ 斫（zhuó）冰：此句意即举桨击破冰块，冰屑纷然如积雪。

⑲ 搴（qiān）：摘取。木末：树梢。

⑳ 媒劳：媒人徒劳。

㉑ 恩不甚：恩爱不深。轻绝：容易分手。绝，情断。

㉒ 石濑（lài）：石上急流。

㉓ 翩翩：疾飞貌。

㉔ 怨长：长久怨恨。

㉕ 期：期约。不信：不践约。闲：闲暇。

㉖ 骋骛：奔走。皋：水边空地。

㉗ 弭节：控辔而行。此处是止息的意思。渚：水中小洲。

㉘ 次：栖息。

㉙ 水周：此处指水环绕。

㉚ 捐：抛弃。玦（jué）：一种玉制饰物，似环而有缺。表示决断、决绝的意思。

㉛ 遗（wèi）：与上句"捐"互文同义。佩：佩玉。澧浦：澧水的岸边。澧水，在湖南，流入洞庭湖。

㉜ 芳洲：香草丛生之洲。杜若：香草名。

㉝ 遗（wèi）：给予。下女：指湘夫人身边的侍女。

㉞ 时：指从前与湘君一起的美好时光。

㉟ 逍遥：这里指游戏。容与：从容舒闲貌。

【语译】

湘君你为何犹豫，是谁要把你留在洲中？我已修饰好美丽的面容，乘上桂木龙舟迎接你。我命令沅水、湘水不兴波，要使江水安稳地流淌。盼望着你啊快归来，吹箫诉情啊你说我思念谁！驾着龙舟急忙向北行，忽又掉头向洞庭。薜荔附船舱，蕙草作帘帐，荃草饰船桨，兰草饰旗杆。昂首向遥远的涔阳浦口眺望，横渡大江啊神魂飞扬。神魂飞扬啊路太长，侍女为我叹息。我涕泪涟涟不住腮边淌，暗地思念你，心中悲伤。桂木作长桨，兰花插舷上，击碎冰层，雪屑闪闪亮。潜入水中采薜荔，爬上树梢摘芙蓉。爱心不同啊媒人只徒劳，恩爱不深啊易分离。石滩水流虽急可浅又浅，龙船虽快可在水中摇又摇。交情不忠贞啊怨恨长，辜负盟约啊还告诉我说没空闲。清晨我在江边上奔走，晚上止宿于北边小岛上。堂屋上鸟儿栖息，堂屋旁流水环绕。我把玉佩抛进大江，我把玉琼弃在澧水旁。我在香岛采来芳香的杜若，打算送给我身边的好姑娘。美好的时光不再来啦，我暂且游戏闲散度时光。

【评析】

湘君与湘夫人本为配偶神。湘君是祭祀湘水男神的乐歌。它由女巫扮演女神湘夫人独唱。全诗以湘夫人的口气表达她对湘君的思慕与追求。在一次约会中湘君久久不来，湘夫人担心另有他人把他留住，接着介绍自己长得美丽，为迎候湘君又进行了恰到好处的打扮，突出了她对湘君的思慕。她焦急不安地等待，用吹箫来排遣自己的忧思。盼而不来，只好乘船北上，转过洞庭，遥望涔阳，还是不见湘君的影子。她如此不顾辛劳地寻找，连身边的侍女也为之叹息，她自己也不禁涕泪涟涟。她一路奔波，一路失望，由极度的思念而产生对情人"恩不甚兮轻绝"的怀疑、埋怨。执着的湘夫人经过一天的追寻又回到了原来约定欢会的地点——北渚，仍是毫无结果，已是心慵步懒了，生气地把赠品扔掉，但深深的爱又使她不忍离去。她在荒洲上采摘香草送给理解自己苦衷的侍女，优游自得地等待湘君的到来。至此显示了她真挚、深沉的爱。诗人以其丰富的想象，展示了湘夫人的内心世界，塑造了一个人格化了的美丽、纯朴、天真、多情的女神形象。

湘夫人

帝子降兮北渚[①]，目眇眇兮愁予[②]。袅袅兮秋风[③]，洞庭波兮木叶下。登白薠兮骋望[④]，与佳期兮夕张[⑤]。鸟萃兮蘋中[⑥]？罾何为兮木上[⑦]？沅有芷兮澧有兰[⑧]，思公子兮未敢言[⑨]。慌忽兮远望[⑩]，观流水兮潺湲。麋何为兮庭中[⑪]？蛟何为兮水裔[⑫]？朝驰余马兮江皋[⑬]，夕济兮西澨[⑭]。闻佳人兮召予[⑮]，将腾驾兮偕逝[⑯]。筑室兮水中，葺之兮以荷盖[⑰]。荪壁兮紫坛[⑱]，播芳椒兮成堂[⑲]。桂栋兮兰橑[⑳]，辛夷楣兮药房[㉑]。罔薜荔兮为帷[㉒]，擗蕙櫋兮既张[㉓]。白玉兮为镇[㉔]，疏石兰以为芳[㉕]。芷葺兮荷屋[㉖]，缭之兮杜衡[㉗]。合百草兮实庭[㉘]，建芳馨兮庑门[㉙]。九嶷缤兮并迎[㉚]，灵之来兮如云[㉛]。捐余袂兮江中[㉜]，遗余褋兮澧浦[㉝]。搴汀洲兮杜若[㉞]，将以遗兮远者[㉟]。时不可兮骤得[㊱]，聊逍遥兮容与。

【篇旨】

描写湘君追求湘夫人而不遇的曲折复杂变化的心情，表达情爱的真挚与热烈。

【注释】

① 帝子：谓湘夫人。

② 眇眇：望而不见的样子。愁予：使我发愁。

③ 袅袅：风吹物摇动的样子。

④ 白薠：薠草，秋生。骋望：纵目远望。

⑤ 佳：佳人，指湘夫人。期：约定相会的时间。张：张设帷帐。

⑥ 萃：集。一本“鸟”下有“何”字。

⑦ 罾（zēng）：渔网。

⑧ 沅：沅水。芷：即白芷。澧：澧水。

⑨ 公子：王逸《楚辞章句》：“公子，谓湘夫人也。重以卑说尊，故变言公子。”

⑩ 慌忽：同“恍惚”，不分明貌。

⑪ 麋（mí）：兽名，似鹿。

⑫ 蛟：龙类。水裔：水边。

⑬ 江皋：江边高地。

⑭ 济：渡过。澨（shì）：水涯。

⑮ 佳人：指湘夫人。予：指湘君。

⑯ 腾驾：驾车奔驰。偕逝：一同远去。

⑰ 葺（qì）：覆盖房子。荷盖：用荷叶盖在房顶上。

⑱ 荃壁：用荃草装饰墙壁。紫坛：用紫贝砌中院。

⑲ 播：布。成堂：涂饰屋墙。

⑳ 栋：屋梁。橑（lǎo）：屋椽。

㉑ 辛夷：香草名。楣：门上横梁。药：香草名，即白芷。

㉒ 罔：同“网”。

㉓ 櫋（mián）：屋檐板。张：拉开。

㉔ 镇：压座席的器具。

㉕ 疏：分散陈列。石兰：香草名。

㉖ 芷葺：用芷叶覆盖。

㉗ 缭：束缚。杜衡：香草名。

㉘ 合百草：会聚众芳草。实：充实，充满。

㉙ 馨：香气远闻者。庑（wǔ）：堂下周围的屋子，即走廊。

㉚ 九嶷：山名。此指代九嶷山众神。缤：纷纷。

㉛ 灵：神。

㉜ 捐：抛弃。袂（mèi）：衣袖。

㉝ 褋（dié）：内衣。

㉞ 搴：采集。汀洲：水中平地。

㉟ 远者：远处的美人，指湘夫人。

㊱ 骤得：屡得。

【语译】

湘夫人已来到北洲，我看不清她心发愁。秋风吹拂万物摇，洞庭波涌落叶飘。登上白蘋坡纵目远望，与夫人相约今晚岸边展帷帐。为何山鸟群集草中央？为何渔网张挂树梢上？沅水有芷香，澧水有兰芳，思念夫人啊，有话对谁讲！心神恍惚望远方，看那流水慢慢流淌。麋鹿为何寻食庭中间？蛟龙为何嬉戏沅水旁？清晨我策马在江边，晚上我渡过河对岸。听说夫人呼唤我，我将飞车接她同远游。我们要把家筑在水下，要用荷叶盖屋顶。荃草作墙壁，紫贝砌庭院，厅堂四壁涂香料。桂木做栋梁，兰木做椽方，辛夷挂门框，白芷挂卧房。薜荔编成大帷帐，蕙草结彩张挂屋檐上。白玉条条压瑶床，满屋石兰满屋香。香芷再盖荷叶屋顶上，捆扎杜衡挂满屋外墙。汇集各种香草满庭院，各色香花陈列在走廊。九嶷山诸神纷纷来欢迎，如云降临的还有众神灵。我把袖套抛进江中心，还把内衣丢在澧水滨。到小洲采摘杜衡去，将它送给远方好姑娘。良辰美景难再得，我暂且闲散度时光。

【评析】

这是祭湘水女神湘夫人的乐歌。由男巫扮湘君独唱。全诗以湘君的口气表达对湘夫人的盼望与追求。全诗分为四段。前八句为第一段，写湘君在约会地点怅望湘夫人。他望而不见而精神恍惚。作者寥寥数语描绘出一幅凄凉萧条的图景，烘托出湘君焦灼不安的心情。第二个八句为第二段。写湘君从早到晚地寻找她以诉衷情，结果还是落空。此段运用比兴的手法刻画湘君的内心活动，深刻而生动。芷、兰香气皆可外发，而思念之情却无法表达，心中是多么难耐啊！麋鹿、蛟龙所处非其地喻湘君怀疑自己寻求不得其所，表现其苦闷何等深沉！第三段从“闻佳人兮召予”至“灵之来兮如云”，写湘君由思念之极而产生幻景，描写了一幅令人神往的生活图景。湘君温厚诚笃的性格，热烈追求纯洁健康的爱情精神在这浪漫色彩的描绘中得到了动人的表现。第四段为最后的六句，与《湘君》末段的意思相同。他失望了，把对方的赠品投进江中，抛在水旁。但思念之情却无法抑制，于是采摘香花把情人来等待。《湘夫人》与《湘君》一样，都是通过对一次赴约—失约过程的描述来表现主人公感情的起伏变化，情节曲折动人，是我国古典爱情诗的典范之作。

卷第三十三

骚下

九歌二首

作者：屈平　　注译评析：伍纯道

少司命

秋兰兮蘪芜[1]，罗生兮堂下[2]。绿叶兮素华[3]，芳菲菲兮袭予[4]。夫人自有兮美子[5]，荪何以兮愁苦[6]？秋兰兮青青，绿叶兮紫茎。满堂兮美人[7]，忽独与余兮目成[8]。入不言兮出不辞，乘回风兮载云旗[9]。悲莫悲兮生别离，乐莫乐兮新相知。荷衣兮蕙带[10]，儵而来兮忽而逝[11]。夕宿兮帝郊，君谁须兮云之际[12]？与汝游兮九河[13]，冲飙起兮水扬波[14]。与汝沐兮咸池[15]，晞汝发兮阳之阿[16]。望美人兮未来[17]，临风怳兮浩歌[18]。孔盖兮翠旌[19]，登九天兮抚彗星[20]。竦长剑兮拥幼艾[21]，荪独宜兮为民正[22]。

【篇旨】

写人神的恋爱，赞美儿童的保护神。

【注释】

① 蘪芜（mí wú）：香草名，即蘼芜，指䓖的苗。

② 罗：满布。堂：指敬神之室。

③ 素华：白花。

④ 菲菲：香气浓郁。

⑤ 夫：起语词。人：人人。美子：指好的儿女。

⑥ 荪：本香草名，此用作对少司命的尊称。

⑦ 美人：指参加祭祀的人。

⑧ 目成：以目相亲。

⑨ 回风：旋风。

⑩ 荷衣：荷花制成的衣裳。蕙带：蕙草编的衣带。

⑪ 倏（shū）：极快地。

⑫ 君：指少司命。须：等待。

⑬ 汝：你。指司命。九河：天河。

⑭ 冲飙（biāo）：狂风。

⑮ 咸池：神话中的天池。太阳洗澡的地方。

⑯ 晞：晒干。阳之阿：神话传说中的山名，即旸谷，太阳出来的地方。

⑰ 美人：指少司命。

⑱ 恍（huǎng）：失意貌。

⑲ 孔盖：用孔雀毛装饰的车盖。翠旌：翡翠羽毛作旗旌。旌，古代用旄牛尾或彩色鸟羽作竿饰的旗。

⑳ 九天：指天最高处。抚：持。彗星：星名，又名孛星，俗称扫帚星。旧时以为彗星主扫除，见则有战祸或天灾。王逸《楚辞章句》："言司命乃升九天之上，抚持彗星，欲扫除邪恶以辅仁贤也。"

㉑ 竦（sǒng）：举、持。拥：抱。幼艾：儿童，小孩。

㉒ 荃：香草，喻少司命。正：主宰。

【语译】

秋天的兰草和芳香的蘪芜，茂密地满布殿堂前。绿绿的叶子衬着白白的花，散发阵阵清香直扑我身边。人人都有好儿女啊，你又何必为此愁苦？秋天的兰草长得正茂盛，绿色的叶儿掩着紫色的茎。满堂的美男子啊，你只对我眉目传情。你进来不说话出去也不告辞，你驾着旋风张开云旗。悲啊最悲的就是生别离，乐啊最乐的是交上新相知。你穿着荷叶衣系着蕙草带，突然而来又忽然远离。晚上你投宿在天国的郊外，你停留云端究竟把谁等待？我想与你游泳于天河，迎着狂风拍击那水波。又想和你在天池洗个澡，陪你在旸谷把秀发来晒干。盼望你啊总不见你到来，心神恍惚啊我临风高歌。用孔雀羽毛做车盖翡翠毛饰旌旗，你登上九天啊去扫除灾星。右手握长剑左手抱住小生命，只有你才宜为万民主持公正。

【评析】

这是一首对主宰人间子嗣和儿童命运的女神少司命的祭歌，由男巫一人独唱。全诗分为三个部分。前六句与后四句与少司命的职能有关。中间则是优美的情歌，它构成了刻画少司命完美形象的整体。诗的前四句对堂前花草的描写，采用起兴的手法。用秋兰、蘼芜等香草喻人之有好儿女。五、六句劝女神不必为人们担忧，安心留下来享受祭祀。这就自然地过渡到男巫对女神观察与倾慕。可女神是那样的庄重凛然，那样的飘逸轻柔，她悄悄而来，默默而去，此时对倾慕者来说又是何等难耐！于是从内心发出“悲莫悲兮生别离，乐莫乐兮新相知”这耐人寻味极富哲理的诗句，把人生的经验和复杂的感情简练地表现出来，成为全篇的警句。男巫成了个单相思者，他心中的女神既妩媚又刚毅，可爱而又可敬，她忽地降落祭坛，又匆匆离去。男巫只好怀着忧虑跟踪，看她爱的究竟是谁。他还幻想与她到天河游泳，到天池沐浴。最后才发现她毫无爱意，她登天另有使命，要扫除灾星，安排新的生命。诗的最后对女神的形象发出热烈的赞美，她一手高举长剑，一手抱着婴儿。这样一个威武而又慈爱，既有神的特点又有人的性格，令人钦佩与敬仰的女神形象便栩栩如生地展现在读者眼前。

山鬼

若有人兮山之阿①，被薜荔兮带女萝②。既含睇兮又宜笑③，子慕予兮善窈窕④。乘赤豹兮从文狸⑤，辛夷车兮结桂旗。被石兰兮带杜衡，折芳馨兮遗所思。余处幽篁兮终不见天⑥，路险难兮独后来。表独立兮山之上⑦，云容容兮而在下⑧。杳冥冥兮羌昼晦⑨，东风飘兮神灵雨[10]。留灵修兮憺忘归[11]，岁既晏兮孰华予[12]！采三秀兮於山间[13]，石磊磊兮葛蔓蔓。怨公子兮怅忘归[14]，君思我兮不得闲。山中人兮芳杜若[15]，饮石泉兮荫松柏[16]，君思我兮然疑作[17]。雷填填兮雨冥冥[18]，猿啾啾兮狖夜鸣[19]。风飒飒兮木萧萧，思公子兮徒离忧[20]。

【篇旨】

描摹山中女神的美丽，表达山中女神对爱情的热烈追求。

【注释】

① 人：山鬼自指。山之阿：山中深曲处。

② 女萝：蔓生植物名，又名菟丝。编者按：女萝，松萝也，常与菟丝子缠绕生长，不分彼此，故古人常混淆命名。

③ 含睇：含情而视。

④ 子慕予：郭沫若《屈原赋今译》谓："子慕"是慈慕的意思，"予"字当读为"舒"或是"舒"的错字。前人把"子"与"予"作为"尔我"解，不可通。

⑤ 赤豹：毛呈赤褐色的豹。文狸：毛色相间的狐类小动物。

⑥ 幽篁：竹林深处。

⑦ 表：在高处独立。

⑧ 容容：慢慢。

⑨ 杳：晦暗。冥冥：幽暗。

⑩ 神灵雨：神灵指挥下的雨。

⑪ 灵修：指山鬼所思念的人。憺（dàn）：安然。

⑫ 孰华予：谁使我荣华。

⑬ 三秀：灵芝，一年开花三次，故称。於山：巫山。於，通"巫"。

⑭ 公子：指山鬼所思念的人。

⑮ 山中人：山鬼自称。

⑯ 荫松柏：荫蔽于松柏之下。

⑰ 然：信，真。疑：不信。

⑱ 填填：象声词，指雷声。

⑲ 猨：猿猴。狖（yòu）：长尾猴。

⑳ 徒：独自。

【语译】

我一人深居在山谷，薜荔披身萝带束腰。眼含深情脸带微笑，性情温柔身材苗条。出入驾着赤豹，携上文狸，辛夷饰车，桂枝作旗。披戴石兰花，系着杜衡带，去采香花送给我所爱。我住竹林深处整日不见天，路途艰险啊莫怨我迟来。我孤独地站在高山之巅，脚下浮云徐徐舒卷。深山老林白日依然昏暗，东风吹拂神灵挥雨点。你就留下来吧乐可忘归，若到年老谁还说我俊俏！为采灵芝我到了巫山，那里乱石攒聚葛藤纠缠。怨恨你啊我怅然忘归，你若真的思念我为何又说没空闲？我这山中女子怀着杜若香，口中饮着石泉水，头上松柏遮挡，你说思念我啊令人信疑参半。雷声隆隆雨蒙蒙，猿猴哀鸣响彻夜空。阴风沙沙落叶萧萧，思念你啊我独自黯然神伤。

【评析】

山鬼，即山中的女神。本篇歌辞全由女巫扮山鬼独唱。歌的开头是山鬼的自我介绍，以夸张的手法极力铺叙其姿容装束如何美丽。继而对山鬼的行为意态及所处的独特环境进行精细的描绘，呈现出一幅极其动人的图景，令人忘却那是崇山峻岭、幽林深谷的可怕境地。因为歌辞是从男女相悦的基调出发的，所以写得越艰难险阻、恐怖离奇就越能见其恋情之深厚，越是使人感受到美妙可爱。接着写山鬼思念心爱的人。她满怀喜悦去采摘香花打算赠给所思念的人，可心爱的人却没有来，她便由热烈的思念变为怀疑、怨恨、忧伤，乃至于凄楚无奈。作者把山鬼起伏不定的感情变化，回荡百折的内心世界，刻画得甚为细腻动人，表明这位山中女神是个美丽多情、略带野性的可爱形象。这首动人恋歌写的虽是山神对爱的追求，但亦反映人间的恋情生活，因而具有丰富的现实内容，成为人们喜爱的诗篇。

九章一首

作者：屈平　　注译评析：伍纯道

涉江

余幼好此奇服兮①，年既老而不衰②。带长铗之陆离兮③，冠切云之崔巍④，被明月兮佩宝璐⑤。世溷浊而莫余知兮⑥，吾方高驰而不顾。驾青虬兮骖白螭⑦，吾与重华游兮瑶之圃⑧。登昆仑兮食玉英⑨，与天地兮比寿，与日月兮齐光。哀南夷之莫吾知兮⑩，旦余济兮江湘⑪。乘鄂渚而反顾兮⑫，欸秋冬之绪风⑬。步余马兮山皋，邸余车兮方林⑭。乘舲船余上沅兮⑮，齐吴榜以击汰⑯。船容与而不进兮⑰，淹回水而疑滞⑱。朝发枉渚兮⑲，夕宿辰阳⑳。苟余心其端直兮，虽僻远之何伤。入溆浦余儃佪兮㉑，迷不知吾之所如㉒。深林杳以冥冥兮㉓，乃猿狖之所居㉔。山峻高以蔽日兮，下幽晦以多雨。霰雪纷其无垠兮㉕，云霏霏而承宇㉖。哀吾生之无乐兮，幽独处乎山中。吾不能变心而从俗兮，固将愁苦而终穷。接舆髡首兮㉗，桑扈臝行㉘。忠不必用兮，贤不必以㉙。伍子逢殃兮㉚，比干菹醢㉛。与前世而皆然兮㉜，吾又何怨乎今之人！余将董道而不豫兮㉝，固将重昏而终身㉞！

【篇旨】

作者追叙第二次流放的路程及经历，抒发去国之悲，表达洁身自好、宁死不易其志的精神。

【注释】

① 奇服：奇异的服饰。

② 衰：衰减。

③ 铗（jiá）：指剑。陆离：长的样子。

④ 切云：触着云天。崔巍：高耸的样子。

⑤ 被（pī）：同“披”。明月：珠名。璐（lù）：美玉。

⑥ 溷（hùn）浊：昏乱。

⑦ 虬（qiú）：传说中无角的龙。骖（cān）：古代驾在车前两侧的马。这里作动词，驾。螭（chī）：也是传说中无角的龙。

⑧ 重华：传说是舜的名字。瑶之圃：玉园。

⑨ 玉英：玉树的花。

⑩ 南夷：本指南方没有开化的少数民族。这里是对楚国统治集团的鄙称。

⑪ 江湘：长江和湘水。

⑫ 乘：登。鄂渚：地名，在今湖北武汉武昌西。

⑬ 欸（āi）：叹气。绪风：余风。

⑭ 邸（dǐ）：停放。方林：地名。

⑮ 舲（líng）船：有窗的船。上：逆流而上。沅：水名，在湖南。

⑯ 齐：同时举起。吴榜：吴地制造的船桨。汰（tài）：水波。

⑰ 容与：从容不迫的样子。

⑱ 淹：停留。回水：回旋的水。疑：同“凝”。

⑲ 枉渚：地名。在湖南常德南。

⑳ 辰阳。地名。故城在今湖南辰溪西。

㉑ 溆（xù）浦：溆水（在今湖南）的沿岸。儃佪（chán huái）：回旋，徘徊。

㉒ 如：往。

㉓ 杳：深。冥冥：阴暗。

㉔ 狖（yòu）：长尾猿。

㉕ 霰：雪珠。垠（yín）：边际。

㉖ 霏霏：云气浓重的样子。宇：天宇，天空。

㉗ 接舆：春秋末楚国的狂人。髡（kūn）首：剃掉头发。古代的一种刑

罚。传说接舆自髡其首，避世不仕。

㉘ 桑扈：古代隐士。臝（luǒ）：同“裸”。裸体而行，是故意违抗世俗的表现。这里用作表示穷困的意思。

㉙ 以：用。

㉚ 伍子：指春秋时吴国贤臣伍子胥。吴王迫他自杀。

㉛ 比干：殷末贤臣，被纣王剖心而死。菹醢（zū hǎi）：古代一种酷刑，把人杀死后剁成肉酱。

㉜ 与：读作“举”，整个的意思。

㉝ 董：正。豫：疑惑。

㉞ 重昏：一再陷入黑暗。

【语译】

我从小便爱这奇特的服装，到晚年爱好依然不衰减。腰间悬着长长的宝剑，头上的高冠直刺云天。佩着明月般的珍珠和宝石。这混浊的世界无人了解我，我正要远走高飞不回头。一路有青龙驾车还有白龙相辅，我要去陪舜帝漫游玉树园圃。登上昆仑山用玉花作食粮，我要与天地比寿，与日月同光。痛心啊朝中没人了解我，天明我就要渡过湘水和长江。登上鄂渚再回头瞭望，唉！秋冬的残风令我凄怆。让我的马匹在山边漫步，将我的车在方林停留。再乘上船逆沅水而上，举起双桨拍击波浪。船儿迟缓难以前进啊，在漩涡中回旋荡漾。清晨我又从枉渚出发啊，晚上我便投宿在辰阳。只要我的心志高尚正直啊，即使被流放到穷乡僻壤又何妨！进入了溆浦我不禁徘徊犹豫啊，似乎迷失了方向。两岸树木阴森幽暗啊，这是猿猴居住的地方。高山峻岭挡住了阳光啊，山下幽深晦暗雨雾迷茫。雪珠飞舞漫天无际啊，浓厚的云气弥漫四方。可叹我一生没有欢乐啊，贫困孤独住在荒山中。我不能改变心志随波逐流啊，当然难免愁苦多难终身困穷。从前接舆剃掉头发装疯，桑扈贫困裸行。忠诚的人得不到信任啊，贤明的人不被重用。伍子胥因忠直惨遭杀身之祸，比干也被剁成了肉酱。所有前代的良臣都是如此啊，我又何必怨恨现在的人！我将遵循正道无怨无悔啊，当然难免终身一再地陷于黑暗中！

【评析】

这是屈原第二次流放途中抒发悲愤心情的作品。诗中叙述了从鄂渚到溆浦的行程。行程是从渡江开始的，因而题名为《涉江》。诗的开头是写他美服驾龙、洁身自好的高尚情操以及要追随圣哲，与天地比寿，与日月齐光的理想。可是他的理想却与现实产生了矛盾，“哀南夷之莫吾知”，被迫涉江远去。继而写行程的经过及其心情，乘鄂渚，邸方林，上沅水，发枉渚，宿辰阳，入溆浦。在行程的记叙中随景赋情，融情入景。屈原由忠而获罪，心中郁郁不平，故在他的笔下山川景物都带上浓厚的感情色彩，天地为之变色，流水为之凝滞，去国之悲融注于景物描写之中。写景抒情达到高峰时，引用古代几位忠贤不被用或遭杀身之祸的事例进行议论，表现了他对历史和现实深刻的认识，抒发了愤懑不平的情绪，申明了“愁苦而终穷，重昏而终身”的节操和决不同恶势力妥协的决心。全诗仰承俯转，起伏顿挫，前呼后应，结构严谨，一气呵成，叙事、写景和抒情的结合，想象、夸张、比喻手法的运用，使作品显示出神奇的异彩，具有很强的感染力。

卜居一首

作者：屈平　　注译评析：伍纯道

屈原既放，三年不得复见，竭智尽忠，蔽障于谗。心烦意乱，不知所从，乃往见太卜郑詹尹[①]，曰：“余有所疑，愿因先生决之[②]。”詹尹乃端策拂龟[③]，曰：“君将何以教之？”屈原曰：“吾宁悃悃款款朴以忠乎[④]，将送往劳来斯无穷乎[⑤]？宁诛锄草茅以力耕乎，将游大人以成名乎[⑥]？宁正言不讳以危身乎[⑦]，将从俗富贵以偷生乎？宁超然高举以保真乎[⑧]，将呢訾栗斯喔咿嚅唲以事妇人乎[⑨]？宁廉洁正直以自清乎，将突梯滑稽如脂如韦以絜楹乎[⑩]？宁昂昂若千里之驹乎，将泛泛若水中之凫乎[11]？与波上下偷以全吾躯乎？宁与骐骥抗轭乎[12]？将随驽马之迹乎[13]？宁与黄鹄比翼乎[14]？将与鸡鹜争食乎[15]？此孰吉孰凶？何去何从？世溷浊而不清，蝉翼为重，千钧为轻。黄钟毁弃[16]，瓦釜雷鸣[17]。谗人高张，贤士无名。吁嗟嘿嘿兮，谁知吾之廉贞？”詹尹乃释策而谢，曰：“夫尺有所短，寸有所长，物有所不足，智有所不明，数有所不逮[18]，神有所不通。用君之心，行君之意，龟策诚不能知此事。”

【篇旨】

假托问卜表达和抒发作者的人生态度和愤世嫉俗的情感。

【注释】

① 太卜：官名，掌握卜筮的事。

② 因：依靠。

③ 端：摆正。策：蓍草茎。古时用来卜筮。龟：龟板。上古用火烧龟壳看上面的裂纹来推测吉凶。

④ 悃（kǔn）悃款款：诚心诚意的样子。

⑤ 送往劳来：迎送应酬。

⑥ 大人：指权贵们。

⑦ 讳：避讳。

⑧ 高举：远走高飞。保真：保存纯真的本性。

⑨ 哫訾（zú zǐ）：阿谀。栗：小心畏惧的样子。喔咿嚅唲：强颜欢笑，讨人欢心的样子。妇人：指楚怀王的宠姬郑袖。

⑩ 突梯：圆滑的样子。滑稽：这里指巧言迎合别人。如脂如韦：像油脂那样光滑，像牛皮那样柔软。形容人没有骨气。絜楹：测量屋柱，顺圆而转，比喻态度圆滑。絜，用绳子计量圆形的物体。

⑪ 泛（fàn）泛：浮游不定的样子。凫（fú）：水鸟。

⑫ 抗：同“伉”。并的意思。轭（è）：驾车时扼住牲口的横木，这里作动词，驾。

⑬ 驽马：劣马。

⑭ 黄鹄（hú）：天鹅。

⑮ 鹜（wù）：鸭子。

⑯ 黄钟：青铜的编钟，古代一种乐器。

⑰ 瓦釜：陶制的锅。

⑱ 数：运数，命运。不逮：预料不到。

【语译】

屈原遭到放逐，三年不能再见到君王。他用尽了才智掏出了忠心，却为谗言所阻。心烦意乱，不知如何是好，就去求见太卜郑詹尹，说："我心中有疑团没解决，希望先生帮我决断。"詹尹摆正蓍草茎，掸净龟壳，说："不知先生有何见教？"屈原说："我应该诚诚恳恳质朴忠心呢，还是送往迎来阿谀奉承到底呢？应该铲除杂草勤力耕耘呢，还是游说诸侯追求虚名呢？应该忠言直谏不顾性命呢，还是敷衍世俗贪图富贵苟且偷生呢？应该抛弃官爵远走高飞以保存自己的纯真呢，还是强颜欢笑讨好那个女人呢？应该清廉正直洁身自好呢，还是一味圆滑柔弱随人左右呢？应该像千里之驹昂首奔驰呢，还是像池中鸭子，随波沉浮以苟且保存我的身躯呢？应该与骏马并驾飞驰呢，还是去追随劣马的足迹呢？应该与天鹅比翼翱翔呢，还是混在鸡鸭群中争食呢？哪些是吉利，哪些是祸凶？什么应该躲避，什么应该依从？世界已经混浊不清啊，把薄薄的蝉翼说得很厚重，千斤的重担反说是很轻。合律动听的黄钟被毁弃，陶锅倒是震响如雷鸣。谗人气焰嚣张啊，贤才掩姓埋名。默默地悲叹啊，谁了解我廉洁忠贞！"詹尹于是一面放下蓍草茎一面辞谢说："尺量长物而嫌短，寸量短物便觉长。事物都有不足的地方，圣明之人也会有所不明，命运有时难以预料，神灵有时也难以通窍。就按你的心愿和意志去行事吧！我的龟板和蓍草茎实在难知这些事。"

【评析】

这是一首叙事诗，叙述的是屈原到郑詹尹处问卜居的事。卜，就是占卜，以卜决疑。居，指处世的方法。其实，这并非卜问决疑的作品，也不是真正有疑而问，而是佯疑而问，借问答的形式来叙事抒情。其体裁介乎诗歌与散文之间，更接近于散文，这是楚辞文体的一个变种。诗的开头介绍了问卜的原因，“予有所疑”，这是隐晦的说法，可以说是“余有所愤”。屈原的发问是诗的主体，问的话两句一组，一组中一直一曲，对比鲜明。求直舍曲，是作者的本意，也是作者理想的追求。邪正曲直、孰是孰非的道理，随着作者连珠般的追问不答自明。从“此孰吉孰凶”句起，照应开头发问的缘由，并揭露世道混浊，贤愚易位，是非颠倒，小人得势，贤才埋没的黑暗现实。对此，作者愤慨地、毫无掩饰地加以痛斥，把诗的情感推向了高峰。至此，一个坚持廉洁坚贞、正气凛然的高大形象便矗立在读者面前。咄咄逼人的发问，直抒胸臆，连占卜师也只好搪塞敷衍地说不能知此事。人生态度本是抽象的概念，但作者巧用通俗的比喻，使作品具体生动。叙事、抒情结合，辞简意深，前后照应，使得这首诗具有很高的艺术性。

渔父一首

作者：屈平　　注译评析：伍纯道

屈原既放，游于江潭[①]，行吟泽畔。颜色憔悴，形容枯槁。渔父见而问之曰：“子非三闾大夫欤[②]？何故至于斯？”屈原曰：“世人皆浊我独清[③]，众人皆醉我独醒，是以见放。”渔父曰：“圣人不凝滞于物[④]，而能与世推移。世皆浊，何不淈其泥而扬其波[⑤]？众人皆醉，何不餔其糟而歠其醨[⑥]？何故深思高举[⑦]，自令放为[⑧]？”屈原曰：“吾闻之，新沐者必弹冠，新浴者必振衣，安能以身之察察[⑨]，受物之汶汶者乎[⑩]？宁赴湘流，葬于江鱼腹中。安能以皓皓之白，蒙世俗之尘埃乎！”渔父莞尔而笑[⑪]，鼓枻而去[⑫]。乃歌曰：“沧浪之水清兮[⑬]，可以濯我缨[14]。沧浪之水浊兮，可以濯我足。”遂去，不复与言。

【篇旨】

通过应答，表现屈原不变心从俗，坚持真理的志向。

【注释】

① 江潭：江滨。

② 三闾大夫：楚国官职名，掌教养楚国王族屈、景、昭三姓子弟的事务。

③ 浊、清：均指行为的好坏而言。

④ 凝滞：拘泥。物：这里指外界的事物。

⑤ 淈（gǔ）：搅浑。

⑥ 餔（bū）：食。歠（chuò）：饮。醨（lí）：味淡的酒。

⑦ 高举：落落不群貌。

⑧ 为：语助词。

⑨ 察察：干净的样子。

⑩ 汶汶：玷辱。

⑪ 莞尔：微笑的样子。

⑫ 鼓：作动词，敲打。枻（yì）：船桨。

⑬ 沧浪：水名。汉水支流，在湖北。《沧浪歌》又见于《孟子·离娄》，是战国时流行的民歌。

⑭ 濯：洗涤。缨：帽带。

【语译】

屈原遭到放逐，散步在江滨泽畔，且行且吟唱。他的形容憔悴，身子瘦得如同枯木。一位渔翁见他便问道：“你不是三闾大夫吗？怎么变成了这个样子？”屈原说：“世上之人都混浊，只有我一个人干净，大家都沉醉，只有我一个人清醒，因而我被放逐。”渔翁说：“圣人是不拘泥外界事物的。

待人处事能够随和应变。世人都混浊，你为什么不把水搅浑让泥浆飞溅？大家都沉醉，你为什么不也吃点酒糟饮点淡酒？何苦独行忠直，落落不群使自己遭到放逐呢？”屈原说：“我听人说洗过了头要把帽子弹弹，洗过了澡要把衣衫抖抖，哪能让干净的身子，沾染外界的污垢？我宁愿跳进湘水里，葬身鱼腹之中，哪能让纯净洁白的东西，蒙受世俗尘埃的玷污！”渔翁微微一笑，便一面举桨敲着船边而去，一面把歌唱：“沧浪之水清又清啊，可以洗我的帽带！沧浪之水浊又浊啊，可以洗我的双足。”便即离去，不再与屈原说什么。

【评析】

这是一首散文诗，《文选》将其作为屈原的作品。据历代学者研究，认为它和《卜居》一样可能是楚人据屈原的事迹所作。它描写屈原的思想与《离骚》等一致，表现手法也很相似，它仍是楚辞中重要的作品，对后世诗歌散文的创作产生了重大的影响。作品通过对话塑造了两个人物形象，反映着两种不同的人生态度。一个是逍遥自在、脱俗遁世的隐者形象，一个是面黄肌瘦、坚贞不阿、奋进刚烈的屈原形象。渔父第二次发问并非劝诫之辞，更非主张同流合污，而是针对皆浊皆醉、独清独醒的话进行反问，采用激将的办法探究这位名士的内心世界。渔父唱的《沧浪歌》以及莞尔而笑、不复与言的动作神态才正是他的人生态度的表现。世界清明可洗帽带，世界混浊便洗洗双脚，可见其逃遁世事的消极态度。屈原对世事认识深刻，对自己遭遇的根由非常明白，不愿自己的清白受污染，宁死也不屈就，这是他一贯的人生态度，《离骚》中“伏清白以死直兮”“吾将从彭咸之所居”也表明了这样的意思。

九辩五首

作者：宋玉　　注译评析：伍纯道

悲哉，秋之为气也！萧瑟兮草木摇落而变衰[1]。憭栗兮若在远行[2]，登山临水兮送将归。泬寥兮天高而气清[3]，寂漻兮收潦而水清[4]。憯凄增欷兮薄寒之中人[5]。怆怳懭悢兮去故而就新[6]，坎廪兮贫士失职而志不平[7]。廓落兮羁旅而无友生[8]，惆怅兮而私自怜[9]。燕翩翩其辞归兮，蝉寂寞而无声。雁廱廱而南游兮[10]，鹍鸡啁哳而悲鸣[11]。独申旦而不寐兮[12]，哀蟋蟀之宵征[13]。时亹亹而过中兮[14]，蹇淹留而无成[15]。

悲忧穷蹙兮独处廓[16]，有美一人兮心不绎[17]。去乡离家兮来远客，超逍遥兮今焉薄[18]？专思君兮不可化[19]，君不知兮可奈何！蓄怨兮积思，心烦憺兮忘食事[20]。愿一见兮道余意，君之心兮与余异。车驾兮朅而归[21]，不得见兮心悲。倚结軨兮太息[22]，涕潺湲兮沾轼[23]。慷慨绝兮不得[24]，中瞀乱兮迷惑[25]。私自怜兮何极[26]，心怦怦兮谅直[27]。

皇天平分四时兮，窃独悲此凛秋[28]。白露既下降百草兮，奄离披此梧楸[29]。去白日之昭昭兮，袭长夜之悠悠[30]。离芳蔼之方壮兮[31]，余委约而悲愁[32]。秋既先戒以白露兮，冬又申之以严霜。收恢炱之孟夏兮[33]，然坎傺而沉藏[34]。叶菸邑而无色兮[35]，枝烦挐而交横[36]。颜淫溢而将罢兮[37]，柯仿佛而委黄[38]。萷櫹椮之可哀兮[39]，形销铄而瘀伤[40]。惟其纷糅而将落兮[41]，恨其失时而无当[42]。览騑辔而下节兮[43]，聊逍遥以相羊[44]。岁忽忽而遒尽兮[45]，恐余寿之弗将[46]。悼余生之不时兮，逢此世之俇攘[47]。澹容与而独倚兮[48]，蟋蟀鸣此西堂。心怵惕而震荡兮[49]，何所忧之多方！仰明月而太息兮，步列星而极明。

窃悲夫蕙华之曾敷兮[50]，纷旖旎乎都房[51]。何曾华之无实兮[52]，从风雨而飞扬？以为君独服此蕙兮，羌无以异于众芳。闵奇思之不通兮[53]，将去君而高翔。心闵怜之惨凄兮，愿一见而有明。重无怨而生离兮[54]，中结轸而增伤[55]。岂不郁陶而思君兮[56]？君之门以九重。猛犬狺狺而迎吠兮[57]，关梁闭而不通[58]。皇天淫溢而秋霖兮，后土何时而得干[59]！块独守此无泽兮[60]，仰浮云而永叹。

何时俗之工巧兮[61]，背绳墨而改错[62]！却骐骥而不乘兮[63]，策驽骀而取路[64]。当世岂无骐骥兮？诚莫之能善御。见执辔者非其人兮，故驹跳而远去。凫雁皆唼夫粱藻兮[65]，凤愈飘翔而高举。圆凿而方枘兮[66]，吾固知其鉏铻而难入[67]。众鸟皆有所登栖兮，凤独遑遑而无所集[68]。愿衔枚而无言兮[69]，常被君之渥洽[70]。太公九十乃显荣兮[71]，诚未遇其匹合。谓骐骥兮安归？谓凤皇兮安栖？变古易俗兮世衰，今之相者兮举肥[72]。骐骥伏匿而不见兮，凤皇高飞而不下。鸟兽犹知怀德兮，何云贤士之不处？骥不骤进而求服兮[73]，凤亦不贪喂而妄食[74]。君弃远而不察兮，虽愿忠其焉得。欲寂寞而绝端兮[75]，窃不敢忘初之厚德。独悲愁其伤人兮，冯郁郁其何极[76]！

【篇旨】

因秋感触追忆往事，抒发自己落拓不遇的悲愁和不平。

【注释】

① 萧瑟：秋风吹落叶的声音。

② 憭栗（liáo lì）：凄凉。

③ 泬（xuè）寥：空旷的样子。

④ 寂漻（liáo）：平静的样子。收潦：积水退去。

⑤ 憯（cǎn）凄：悲痛的样子。欷：悲叹。中（zhòng）：侵袭。

⑥ 怆怳（chuǎng huǎng）、懭悢（kuǎng lǎng）：朱熹《楚辞集注》：“皆

失意貌。”

⑦ 坎廪（lǎn）：坎坷挫折。

⑧ 廓落：空虚孤独。羁旅：滞留异乡。友生：知心朋友。

⑨ 惆怅：失望悲哀。自怜：独自伤心。

⑩ 噰（yōng）噰：雁鸣声。

⑪ 鹍（kūn）鸡：鸟名，似鹤，黄白色。啁哳（zhāo zhā）：声音细碎杂乱。

⑫ 申旦：至天明。

⑬ 宵征：夜间跳动。

⑭ 亹（wěi）亹：前进的样子。过中：过半。

⑮ 淹留：久留。

⑯ 穷蹙（cù）：穷困。处廓：孤立。

⑰ 美人：作者自称。绎：通“怿”，愉悦的意思。

⑱ 超：远。薄：止。

⑲ 君：指顷襄王。

⑳ 烦憺（dàn）：烦闷，忧愁。

㉑ 朅（qiè）：离去。

㉒ 结軨（líng）：车栏。

㉓ 潺湲：形容流泪的样子。轼：车前的横木。

㉔ 慷慨：意气愤激不平。

㉕ 中：内心。瞀（mào）乱：昏乱。

㉖ 何极：何时了结。

㉗ 谅直：忠诚正直。

㉘ 窃：暗自。

㉙ 离披：分散的样子。梧楸：梧桐与楸树，都是早落叶的树木。

㉚ 袭：继。

㉛ 芳蔼：茂盛。

㉜ 委约：衰萎穷困。

㉝ 恢炱：繁盛的样子。

㉞ 坎傺（chì）：停止。沉藏：消失。

㉟ 荞邑：伤坏。

㊱ 烦拏（ná）：纷乱。

㊲ 淫溢：积渐。罢：毁。

㊳ 柯：树枝。仿佛：这里指色不鲜明。

㊴ 萷（shāo）：枝叶落尽，只剩枝干。橚椮（xiāo sēn）：枝条高耸。

㊵ 销铄：消耗衰败。瘀：本指血液凝滞，这里形容树枯。

㊶ 纷糅：纷乱。

㊷ 当：际遇。

㊸ 骓（fēi）：古时车驾四马，中间的叫服马，旁边的叫骓马或骖马。这里泛指驾车的马。辔：马缰绳。下节：停鞭。

㊹ 相羊：同“徜徉”。即徘徊、漫游之意。

㊺ 遒（qiú）：迫近。

㊻ 弗将：谓性命不长。

㊼ 偃（kuāng）攘：纷乱的样子。

㊽ 澹：淡泊。容与：闲散的样子。

㊾ 怵（chù）惕：恐惧。震荡：动摇。

㊿ 敷：开放。

51 旖旎（yǐ nǐ）：茂盛的样子。都房：华屋。

52 曾：通“层”。

53 闵：通“悯”，伤心。奇思：特殊的思考，这里喻忠策。

54 重：累。这里是从来的意思。无怨：无罪。

55 结轸：忧思盘屈于心。

56 郁陶：思念积于心。

57 猚（yín）猚：狗叫的声音。

58 关：门关。梁：桥梁。

59 后土：指地。后以配皇，天称皇天，故地称后土。

⑥⓪ 块：块然，孤独的样子。无：通“芜”。荒芜的意思。泽：有水的洼地。

⑥① 工：善于。巧：取巧。

⑥② 绳墨：木匠用以画直线的工具，这里喻正道。错：同“措”。

⑥③ 却：拒绝，放弃。骐骥：良马。

⑥④ 策：用鞭赶马。驽骀（nú tái）：劣马。喻小人。

⑥⑤ 唼（shà）：成群的鱼或水鸟吃东西的声音。梁：高粱。藻：藻草。

⑥⑥ 凿：木孔。枘（ruì）：榫头。

⑥⑦ 钼铻（jǔ yǔ）：彼此不合。

⑥⑧ 遑遑：心神不定。

⑥⑨ 衔枚：古时行军时士兵口衔枚，以防出声。枚，小木棒，像筷子。

⑦⓪ 被：承受。渥：深厚。洽：恩泽。

⑦① 太公：指姜太公。

⑦② 相者：相马的人。

⑦③ 服：驾驭。

⑦④ 喂：饲。

⑦⑤ 端：头绪。

⑦⑥ 冯：通“凭”，愤懑的意思。

【语译】

漫天肃杀的秋气多么悲凉啊！在秋风声中草木凋零变得衰老。凄凉得好像人在外地远行，又好像登山临水送友人上归程。天宇旷荡虚静空气清新，江河水落平静又澄清。伤心啊微微寒意已袭人，失意无奈啊离开故友寻新人。道路坎坷啊贫士失位心不平，滞留他乡啊孤独空虚无知音，惆怅啊只能顾影自怜。燕子辞北翩翩向南飞，秋蝉默默不作声。大雁南去嗈嗈叫，鹍鸡嘈杂似哀鸣。我孤独寂寞通宵不眠，可恨蟋蟀夜间叫得如此起劲。时光匆匆人已到中年，我还久留异乡一事无成。

忧伤穷困啊独处空旷境地，有位德行高尚的人心情不畅。离乡背井远居他乡，无边无际地漂泊啊到何方？他一心思念君王始终不变，君王不理解啊怎么办？满怀怨恨日日相思，心中烦闷焦虑常至忘餐。想见君王啊陈述我心意，可是君王与我各相异。车虽驾出还得折回去，见不到君王心中悲戚。靠着车栏长叹息，滚滚泪珠往车轼上滴。愤然与他决绝又做不到，心中烦乱啊千头万绪。顾影自怜啊何时了？心怦怦地跳啊我还是忠诚正直。

皇天把一年分为四季，我独对寒秋暗自生悲。白露已降寒百草，梧桐楸树落叶先纷飞。看不见那夏日阳光灿灿，继之而来的是秋夜漫漫。百花盛开时节已逝去，枯树衰草令我悲伤。报告秋来的是白露下降，预报冬到的是满地严霜。盛夏繁景全收敛，旺盛生机尽躲藏。叶子枯萎黯淡失色，枝条纷乱交错纵横！青绿褪尽生命将终结啊，那枝干颜色黯淡已枯黄。枝头光秃秃令人悲哀啊，它形残身颓遍体损伤。想到那百草千树纷纷零落，恨我失去时机未遇圣王。牵着缰绳垂下马鞭，姑且徘徊游荡。岁月匆匆迫近尽头啊，恐怕我的生命将不久长。叹息我生不逢时啊！遇这时世一片乱攘攘。独自闲散求淡泊啊，且听蟋蟀鸣西堂。我的心时时恐惧不安啊，为何诸多思绪绕我愁肠！仰天望月长叹息啊，星下徘徊到天亮。

我悲叹蕙花曾经开放，它枝叶茂盛置在华堂上。为何层层花朵而无结果，花瓣从风随雨到处飘扬？我以为君王独爱赏蕙花哩，谁知君王把它看作众花一个样。可怜我的奇策通达不到君王，我将离开他高高飞翔。心中自我悲悯倍感凄凉，愿见君王一面以吐衷肠。并无深仇宿怨而致生离，心中郁结更悲伤。哪有思君而忧思不积结的？只是君之宫门有九重。守门猛犬迎面汪汪叫得凶，宫门紧闭桥梁阻塞不可通。老天降下秋雨绵绵，地上何时才得干？孤独守在荒芜沼泽畔，仰望浮云蔽日永长叹。

为何时俗崇尚于取巧，背离了规矩而恣意妄为！放着骏马不骑，却赶着劣马去上路。当今世上难道没骏马？实在是没人善于驾驭。它看驭手不适当，连蹦带跳逃远去。野鸭、大雁都争啄高粱和藻草，唯独凤凰飘然而去愈飞愈高。圆的凿孔要配上方榫头，这是难以插入我早知道。群鸟都有了高处筑巢栖，唯独凤凰无处止息心不安。情愿遇事缄口不言语，曾受君恩做到也很难。姜太公九十岁时方荣显啊，可是如今圣主贤臣未相遇。骏马何处可归宿？凤凰哪里把身栖？改变古风习俗世道衰，现今相马的人只选肥马匹。骏马只好潜遁不露己，凤凰高飞不下地。鸟兽尚知念恩德，怎怪贤人不出仕？骏马不急于求人来驱使，凤凰不贪喂养也不乱吃。君王远弃贤才还不自知，虽愿效忠于你怎能遂意？想沉默下去断绝思念啊，可昔日恩德又不敢忘记。独自悲愁伤心损身体啊，愤懑郁结哪有终止！

【评析】

《九辩》原是古代传下的乐章。九，表示多数，非实指，意思是由多组乐章组成的乐曲。宋玉的《九辩》是借古乐曲为诗题，以抒发个人情怀的。《文选》选其前五首。第一首描绘秋天肃杀的景象，引出自己身世之感，抒发贫士失职、事业无成的感慨。第二首作者以美人自喻，叙述了有乡不能归、思君不能见的失望苦闷心情。第三首作者以草木遇秋而凋零起兴，暗喻楚国的衰败，抒写自己因生不逢时而孤寂与悲哀的心情。第四首作者以蕙花的遭遇自比，抒发失意的愁闷。第五首作者诉说世道的昏乱，以骥、凤自比，怨其不辨贤愚忠奸，慨叹贤士与明君遇合之难，表现作者求效忠而不能，欲远离又不忍的矛盾心理。全诗是以个人的感受为核心，选择大自然深秋萧瑟冷落的典型景色来渲染气氛，衬托悲愁，创造意境，巧妙把自然界的季节、楚国的政治气候、个人的遭际与情怀有机地融为一体，达到了情景交融的艺术境界。诗中“兮”字的位置有规律地变换，句子的长短参差，语调随气氛错落，双声叠韵字的广泛运用，增加了文辞的声韵美。作者以第一人称的语气，便于诉说个人的忧怨与悲伤。这篇自叙性的长篇抒情诗，历来引起受压抑文人的强烈共鸣，它被视为写悲秋的绝唱，“宋玉悲秋”也就成为中国文学史上的熟语。

招魂一首

作者：宋玉　　注译评析：伍纯道

朕幼清以廉洁兮，身服义而未沬①。主此盛德兮②，牵于俗而芜秽③。上无所考此盛德兮④，长离殃而愁苦⑤。帝告巫阳曰⑥："有人在下，我欲辅之。魂魄离散，汝筮予之⑦。"巫阳对曰："掌梦⑧！上帝：其命难从；若必筮予之，恐后之谢⑨，不能复用巫阳焉。"

乃下招曰：魂兮来归！去君之恒干⑩，何为兮四方些⑪？舍君之乐处，而离彼不祥些⑫。魂兮归来！东方不可以托些⑬。长人千仞⑭，唯魂是索些。十日代出⑮，流金铄石些⑯。彼皆习之⑰，魂往必释些⑱。归来归来，不可以托些。魂兮归来！南方不可以止些⑲。雕题黑齿⑳，得人肉而祀，以其骨为醢些㉑。蝮蛇蓁蓁㉒，封狐千里些㉓。雄虺九首㉔，往来倏忽㉕，吞人以益其心些㉖。归来归来！不可久淫些㉗。魂兮归来！西方之害㉘，流沙千里些㉙。旋入雷渊㉚，爢散而不可止些㉛。幸而得脱，其外旷宇些㉜。赤蚁若象，玄蜂若壶些㉝。五谷不生，丛菅是食些㉞。其土烂人，求水无所得些。彷徉无所倚㉟，广大无所极些。归来归来！恐自遗贼些㊱。魂兮归来！北方不可以止些。增冰峨峨㊲，飞雪千里些。归来归来！不可以久些㊳。魂兮归来！君无上天些㊴。虎豹九关㊵，啄害下人些㊶。一夫九首，拔木九千些。豺狼从目㊷，往来侁侁些㊸。悬人以嬉㊹，投之深渊些。致命于帝㊺，然后得瞑些㊻。归来归来！往恐危身些。魂兮归来！君无下此幽都些㊼。土伯九约㊽，其角觺觺些㊾。敦脄血拇㊿，逐人駓駓些[51]。参目虎首[52]，其身若牛些。此皆甘人[53]。归来归来！恐自遗灾些。魂兮归来！入修门些[54]。工祝招君[55]，背行先些[56]，秦篝齐缕[57]，郑绵络些[58]。招具该备[59]，永啸呼些[60]。魂兮归来！反故居些。

天地四方，多贼奸些[61]。像设君室[62]，静闲安些。高堂邃宇[63]，槛层轩些[64]。层台累榭[65]，临高山些。网户朱缀[66]，刻方连些[67]。冬有突夏[68]，夏室寒些[69]。川谷径复[70]，流潺湲些[71]。光风转蕙[72]，泛崇兰些[73]。经堂入奥[74]，朱尘筵些[75]。砥室翠翘[76]，絓曲琼些[77]。翡翠珠被[78]，烂齐光些[79]。蒻阿拂壁[80]，罗帱张些[81]。纂组绮缟[82]，结琦璜些[83]。室中之观，多珍怪些[84]。兰膏明烛[85]，华容备些[86]。二八侍宿[87]，射递代些[88]。九侯淑女[89]，多迅众些[90]。盛鬋不同制[91]，实满宫些[92]。容态好比[93]，顺弥代些[94]。弱颜固植[95]，謇其有意些[96]。姱容修态[97]，絙洞房些[98]。娥眉曼睩[99]，目腾光些[100]。靡颜腻理[101]，遗视矊些[102]。离榭修幕[103]，侍君之闲些。

翡帷翠帱[104]，饰高堂些[105]。红壁沙版[106]，玄玉之梁些[107]。仰观刻桷[108]，画龙蛇些。坐堂伏槛，临曲池些[109]。芙蓉始发[110]，杂芰荷些[111]。紫茎屏风[112]，文缘波些[113]。文异豹饰[114]，侍陂陀些[115]。轩辌既低[116]，步骑罗些[117]。兰薄户树[118]，琼木篱些[119]。魂兮归来！何远为些。室家遂宗[120]，食多方些[121]。稻粢穱麦[122]，挐黄粱些[123]。大苦咸酸，辛甘行些[124]。肥牛之腱[125]，臑若芳些[126]。和酸若苦[127]，陈吴羹些。胹鳖炮羔[128]，有柘浆些[129]。鹄酸臇凫[130]，煎鸿鸧些[131]。露鸡臛蠵[132]，厉而不爽些[133]。粔籹蜜饵[134]，有餦餭些[135]。瑶浆蜜勺[136]，实羽觞些[137]。挫糟冻饮[138]，酎清凉些[139]。华酌既陈[140]，有琼浆些。归来归来！反故室，敬而无妨些[141]。

肴羞未通[142]，女乐罗些。陈钟按鼓[143]，造新歌些[144]。《涉江》《采菱》[145]，发《杨荷》些[146]。美人既醉，朱颜酡些[147]。娭光眇视[148]，目曾波些[149]。被文服纤[150]，丽而不奇些[151]。长发曼鬋[152]，艳陆离些[153]。二八齐容[154]，起郑舞些。衽若交竿[155]，抚案下些[156]。竽瑟狂会，搷鸣鼓些[157]。宫庭震惊，发《激楚》些[158]。吴歈蔡讴[159]，奏大吕些[160]。士女杂坐，乱而不分些。放陈组缨[161]，班其相纷些[162]。郑卫妖玩[163]，来杂陈些。《激楚》之结[164]，独秀先些[165]。菎蔽象棋[166]，有六簙些[167]。分曹并进[168]，遒相迫些[169]。成枭而牟[170]，呼五白些[171]。晋制犀比[172]，费白日些。铿钟摇簴[173]，揳梓瑟些[174]。娱酒不废，沉日夜些[175]。兰膏明烛，华镫错些[176]。结撰至思[177]，兰芳假些[178]。人有所极，同心赋些[179]。酎饮既尽欢，乐先故些[180]。魂兮归来！

反故居些。

乱曰：献岁发春兮[181]，汩吾南征些[182]。菉蘋齐叶兮[183]，白芷生些。路贯庐江兮左长薄[184]，倚沼畦瀛兮遥望博[185]。青骊结驷兮齐千乘[186]，悬火延起兮玄颜蒸[187]。步及骤处兮诱骋先[188]，抑骛若通兮引车右还[189]。与王趋梦兮课后先[190]，君王亲发兮惮青兕[191]。朱明承夜兮时不见淹[192]，皋兰被径兮斯路渐[193]。湛湛江水兮上有枫，目极千里兮伤春心[194]。魂兮归来，哀江南[195]！

【篇旨】

借巫语极言四方上下之险恶及楚士大夫生活的美好以招屈原之魂，寄托国人寄望于屈原，盼他还朝的深意。

【注释】

① 服：实行。沬：《楚辞集注》：“沬，与昧同。”含混的意思。

② 主：保持。盛德：美德。

③ 牵：连累。芜秽：草荒。比喻德行有缺陷。

④ 上：指楚王。考：《补注》：“考：察也。”

⑤ 离：同“罹”，遭受。

⑥ 帝：上帝。巫阳：神话中的巫神，名阳。

⑦ 筮（shì）：用蓍草占卜。予之：把魂魄还给他。

⑧ 掌梦：天上官职名，负责占卦。一说“梦”指梦泽，代楚国。掌梦指楚国国君。此句疑有脱字。

⑨ 谢：衰败。指身体毁坏。

⑩ 恒干：常在的身体。

⑪ 些（suò）：句尾语助词。楚方言，与“兮”义同。

⑫ 离：同“罹”。

⑬ 托：托身。

⑭ 长人：神话中东海之外，大荒之中的巨人。仞：古代八尺为一仞。

⑮ 十日：神话中东方扶桑树之上有十个太阳，它们轮流升起。

⑯ 流金：金属熔化。铄石：石头销熔。

⑰ 彼：指“长人”。习：习以为常。

⑱ 释：消，毁。

⑲ 止：停留。

⑳ 雕题：在额上刺纹。题，额。黑齿：染黑牙齿。本句描写南方野蛮人。

㉑ 醢（hǎi）：酱。

㉒ 蓁（zhēn）蓁：积聚貌。

㉓ 封：大。

㉔ 雄：大。虺（huǐ）：毒蛇。

㉕ 倏忽：行动迅疾貌。

㉖ 益：满足。

㉗ 淫：同“淹”，停留。

㉘ 害：祸害。

㉙ 流沙：神话中西方流动的沙漠。

㉚ 旋：卷。雷渊：神话中的深渊。

㉛ 麋：同“靡”。粉碎。止：逃避。

㉜ 旷宇：荒野。

㉝ 壶：通“瓠”，葫芦。

㉞ 菅（jiān）：茅草。

㉟ 彷徉（yáng）：徘徊、犹疑不定。倚：依靠。

㊱ 贼：害。

㊲ 增冰：层冰。增，通“层”。峨峨：高耸貌。

㊳ 久：久留。

㊴ 无：勿，不要。

㊵ 九关：九重天门。

㊶ 啄：咬。

㊷ 从目：瞪大眼睛。从，同“纵”。

㊸ 侁（shēn）侁：众多貌。

㊹ 悬：挂起，吊起。

㊺ 致命：回报。

㊻ 瞑：闭眼，指死去。

㊼ 幽都：《楚辞章句》：“幽都，地下后土所治也。地下幽冥，故称幽都。”

㊽ 土伯：幽都君主。九约：九曲。一说约为“肑”（dí），腹间垂肉。

㊾ 觺（yí）觺：尖利状。

㊿ 敦：厚。脄（méi）：指背上的肉。拇：指手爪。

51 駓（pī）駓：行动快捷貌。

52 参：同“三”。

53 甘人：以人为美味。

54 修门：高门，指楚都郢的城门。

55 工祝：工，巧。祝，男巫。

56 背行：即后退着走。面向魂，引入修门。

57 篝（gōu）：竹笼。据说古代把被招者之衣物置于其中，象征他的魂就在笼里。缕：线。

58 绵络：织物，以覆竹笼。

59 招具：指以上招魂所用工具。

60 永：长。

61 贼奸：凶恶害人之物。

62 像：仿照。

63 邃（suì）：深。宇：庭院。

64 槛（jiàn）：栏杆，作动词，用栏杆围着。轩：有长廊的厅堂。

65 累：重叠。榭：建在台上的屋子。

66 网户：指门上镂空花格，如同网眼。朱缀：联结处涂上红色。

67 方连：方格。

68 突（yào）夏：结构深密，寒气难以进入的暖房。突，深密的意思。

夏，同“厦”。

⑲ 寒：凉爽。

⑳ 川谷：山间溪流。径复：往来环绕。

㉑ 潺湲：水流声。

㉒ 转：摇动，吹动。

㉓ 崇：聚，丛生貌。

㉔ 奥：屋角，指内室。

㉕ 尘筵：顶棚，天花板。

㉖ 砥室：指四壁磨光的屋子。砥，磨平。翠、翘：鸟毛。这里指鸟羽做的拂尘用具。

㉗ 絓（guà）：通“挂”，悬。曲琼：玉钩。

㉘ 被：绵被。

㉙ 齐光：交相辉映。

㉚ 蒻：同“弱”，纤弱柔软的意思。阿：缯。

㉛ 帱：《楚辞集注》：“禅帐也。”

㉜ 纂组绮缟：各色丝带。《山带阁注楚辞》：“缕带纯赤曰纂，五色曰组。绮，文缯。缟，白缯也。”

㉝ 琦：美玉。璜：半圆形的玉器。

㉞ 珍：珍贵。怪：奇异。

㉟ 兰膏：加香料的油膏。

㊱ 华容：美丽的容貌，指美女。

㊲ 二八：两列。古代宫中女乐或值宿以八人为一列。

㊳ 射：厌倦。递代：轮换。

㊴ 九侯：诸侯。淑女：美女。

㊵ 迅众：犹言超众，出众。

㊶ 鬋（jiǎn）：鬓发。制：样式。

㊷ 实：充盈。

㊸ 好比：足以比美。

⑭ 顺：通“洵”，真正。弥代：绝代。

⑮ 弱：柔嫩。固植：健壮的身体。

⑯ 謇（jiǎn）：寡言貌。

⑰ 姱：美好。

⑱ 縆（gèn）：同“亘”，延续不断。洞房：幽深的内室。

⑲ 曼：柔美。睩（lù）：眼珠转动。

⑳ 腾：闪动。

(101) 靡：细腻。理：肌理，肌肤。

(102) 遗（yí）视：含情一瞥。睇：同“眄”，斜视。

(103) 离榭：别墅。修幕：大营帐，供游猎用。

(104) 帷、帱：都指挂在厅堂上的帐幕。

(105) 堂：厅堂。

(106) 沙：同“砂”，丹砂。版：室中所镶木板。

(107) 玄：黑色。

(108) 桷（jué）：方形的屋椽。

(109) 曲池：曲折的池塘。

(110) 芙蓉：荷花。

(111) 芰荷：菱花。

(112) 屏风：植物名。紫叶白茎，又名防风、荇菜。

(113) 文：同“纹”。缘：一作绿。

(114) 文异：指服装文采奇特。豹饰：以豹皮为衣饰。本句指卫士的装束。

(115) 陂陀（tuó）：高低不平的山坡。

(116) 轩：篷车。辌（liáng）：有窗而舒适的车。低：同“抵”，到达。

(117) 步骑：步行和骑马的随从。

(118) 薄：草木丛生状。

(119) 琼木：嘉木。

(120) 室家：宗族。遂宗：聚集一起祭祀。

(121) 多方：多种多样。

㉒ 粢（zī）：小米。穱（zhuō）：早熟的麦子。

⑫③ 挐（rú）：掺杂。黄粱：黄小米。

⑫④ 行：用。

⑫⑤ 腱：蹄筋。

⑫⑥ 臑（ér）：通“胹”，炖烂。

⑫⑦ 和：调。若：与。

⑫⑧ 濡：当作“胹”。炮：一种烹调方法。

⑫⑨ 柘：通“蔗”。

⑬⓪ 鹄：天鹅。酸：作动词，用酸味烹。臇：烹煮出少汁的肉羹。凫：野鸭。

⑬① 鸿：大雁。鸧：水鸟，似雁。

⑬② 露鸡：卤鸡。臛（huò）：红烧。蠵（xī）：大海龟。

⑬③ 厉：香气浓烈。不爽：不伤胃口。

⑬④ 粔籹（jù nǚ）：一种油炸面饼。饵：糕。

⑬⑤ 怅惶（zhāng huáng）：麦芽糖。

⑬⑥ 瑶浆：像玉一样色彩的酒。勺：通“酌”，饮。

⑬⑦ 羽觞：古代一种形状像鸟的酒杯。

⑬⑧ 挫糟：去掉酒糟的清酒。

⑬⑨ 酎（zhòu）：酒味醇香。

⑭⓪ 酌：酒斗，置于酒樽中的酒勺。这里泛指酒宴。

⑭① 妨：妨害。

⑭② 肴：肉食。羞：通“馐”，美食。

⑭③ 陈、桉：都是安置的意思。

⑭④ 造：创作。

⑭⑤《涉江》《采菱》：都是楚地歌曲名。

⑭⑥《杨荷》：楚地歌曲。即《阳阿》。

⑭⑦ 酡（tuó）：因喝酒而脸红。

⑭⑧ 娭光：逗人的目光。娭，同“嬉”。眇视：含情而视。

⑭ 曾：通“层”。波：水汪汪的样子。

⑮ 文：绣花衣服。纤：指衣料为丝织。

⑮ 奇：怪异。

⑮ 曼：长。

⑮ 陆离：色彩斑驳。

⑮ 齐容：一般的装束。

⑮ 衽：衣襟。交竿：形容跳舞时衣襟回旋交错如同竿相交。

⑮ 抚案：舞袖低抚，和着节奏。案，同“按”。下：下来。

⑮ 搷（tián）：急击。

⑮《激楚》：楚国歌舞名。

⑮ 歈、讴：都是歌唱的意思。

⑯ 大吕：古乐调名，十二律之一。

⑯ 组：绶带。缨：帽带。

⑯ 班：秩序。纷：纷乱。

⑯ 妖玩：《楚辞章句》：“妖玩，好女也。”

⑯ 结：尾声。

⑯ 秀先：超群，突出。即比前面更优美动听。

⑯ 菎：美玉。蔽：筹码。象棋：象牙做的棋子。

⑯ 六簙：古代的一种游戏。

⑯ 曹：偶。分曹犹言分边。

⑯ 遒：急。

⑰ 牟：是一种赌博的方法。

⑰ 五白：五颗骰子皆白的特彩。

⑰ 犀比：一种犀角制的赌具。

⑰ 铿（kēng）：状声词，这里作动词，撞钟。簴（jù）：钟架。

⑰ 揳（jiá）：弹奏。梓瑟：梓木做的瑟。

⑰ 沉：沉湎的意思。

⑰ 镫：同“灯”。错：指灯上镂刻花纹。

⑰⑦ 结撰：构思诗文。至思：尽心思考。

⑰⑧ 假：借，帮助。

⑰⑨ 赋：《楚辞集注》："不歌而诵其所撰之词也。"

⑱⓪ 先故：祖宗，先辈。

⑱① 献：进。进入新的一年。

⑱② 汩（yù）：水急流状。

⑱③ 菉：同"绿"。齐叶：叶已长齐。

⑱④ 贯：经过。庐江：水名，在今安徽。左：左岸。长薄：树林连绵。

⑱⑤ 倚：沿着。畦：有土埂围着的一块块排列整齐的田地。瀛：大泽。博：荒野广阔。

⑱⑥ 骊：马。驷：一辆车所用的马，一共是四匹。

⑱⑦ 悬火：火把。延起：连绵不绝。玄颜：天空的颜色。蒸：烟火升腾貌。

⑱⑧ 骤处：指车马所至之处。诱：打猎的向导。骋先：当先。

⑱⑨ 抑：停住。骛：奔驰。若：顺。通：通畅，自如。

⑲⓪ 趋：奔驰。课：比赛。

⑲① 惮：借作"殚"，尽的意思。兕（sì）：独角犀。

⑲② 朱明：太阳。承：续。淹：停滞。

⑲③ 皋：水边陆地。渐：模糊不清。

⑲④ 伤春心：《楚辞集注》："目极千里，言湖泽博平，春时草短，望见千里，令人愁思也。"

⑲⑤ 哀：可哀，可叹。

【语译】

我自幼就清廉纯洁，躬行仁义从未含糊。保持这样美好的品德啊，却被世俗连累身受污浊。君王不能体察我的高尚啊，总是遭遇祸害而忧愁苦闷。上帝对巫阳说："下界有这样一个人，我正想帮助保佑他。可他的魂魄已经离身消逝，你快占个卦把魂魄还给他。"巫阳回答说："那是掌梦官的事！上帝啊恐怕难于从命！如果一定要占卦招魂，也怕时机已过身躯已经毁灭，招回了魂也没有用。”

巫阳于是来到下界招魂道：魂魄回来吧！你离开了常在躯体，为何要流落四方呢？抛弃了安乐的居处，去遭受不吉的灾害。魂魄回来吧！东方不是安身的地方。那里巨人身高千丈，一心想吞噬人的魂魄。十个太阳轮流升起，石头和金属都被销熔流淌。巨人对此习以为常，魂魄去了定会销熔。回来吧！那不是安身的地方。魂魄回来吧，南方也不能停留。额头刺纹牙齿染黑的野人，用人肉来祭神，连骨头也要剁成酱。那里毒蛇盘缠集聚，巨狐遍布四面八方。那里有九头的大毒蛇，急速地来来往往，专门吞食活人满足它的欲望。回来吧！那里不可以久留。魂魄回来吧！西方更多凶灾，流沙一望千里无边无际。把人卷进深渊，粉身碎骨难以逃脱。即使有幸得以逃出，外面荒凉空旷更恐怖。那里红蚁如同巨象，黑蜂大得如同葫芦。五谷不能生长，只能以丛丛茅草作为食粮。那里的土地使人皮枯肉烂，找水也无处可得。四处徘徊无所依靠，四周宽阔没有边际。回来吧！回来吧！恐怕要自遭祸灾。魂魄回来吧！北方也不能停留。那里层冰堆积高耸，飞雪千里。回来吧！那里不能久居。魂魄回来吧！你也别往天上走。九重天门都有虎豹把守，它们咬死活人吃人肉。那里有个妖怪有九个脑袋，一天能拔起大树九千棵。豺狼瞪着大眼，成群跑来跑去。把人吊起来取乐，然后把人投入深渊。把命还给上帝，然后死了两眼才得紧闭。回来吧，去了恐怕会危害自己的身躯。魂魄回来吧！你千万别下到阴曹地府。地下魔王身体弯弯曲曲，双角锐利难当。背肉鼓起鲜血满爪，飞快地把人来追逐。他们长着老虎的脑袋和三只眼，身体像牛一样粗壮。都把人当作美味来品尝，回来吧，恐怕你要自招祸灾。魂魄回来吧！走进这高高的门。召唤你的是工巧的巫师，他会一步步倒退着引导你。秦国的竹笼系着齐国的缕线，覆盖着郑国的笼衣。招魂的器具已经齐备，大家拉长声音呼唤着。魂魄回来吧！回到你从前居住的地方。

天上地下东西南北四方，那么多凶恶害人的东西。依照你旧时布置的居室，是那么宁静舒适。殿堂高大庭院幽深，栏杆层层环绕着走廊。重重叠叠的亭台楼阁，面对着座座高山。涂着朱红的镂花门扇，上面雕刻的四方格一一相连。内室幽深冬日也觉温暖，外室通风夏日更觉凉爽。山间溪流曲折环绕，水流声声不断。和风吹拂蕙草，丛丛兰花香气弥漫。通过大堂进入内室，上面是红色竹制的天花板。室中四壁光亮插着翠鸟毛，琼玉帐钩挂两端。红色被面缀着珍珠翡翠，全都齐放光彩。轻柔的丝绸挂满墙壁，床上挂着轻薄罗帐。各种丝带五色俱全，块块美玉挂满帐。室中所见大都贵重而奇异，有许多奇珍异宝。兰草脂膏点亮了烛光，有美丽的姑娘来陪伴。十六位姑娘分成两班，她们轮流替换侍候过夜。各国来的美女，超凡绝俗非同一般。她们梳着各式各样的发型，充满你的后宫。她们的容貌一个胜过一个，真是绝代佳人盖世无双。柔嫩的脸儿健康的躯体，含情脉脉娴静无语。身材修长容貌美丽，往来不绝地出入你的卧房。她们眉似蚕蛾目光灵动温柔，含情一瞥闪烁光芒。她们肌肤细嫩，情意绵绵地看着你。在别墅和大营帐里，陪伴你度过闲暇的时光。

翡翠的幕帐，装饰着高高的厅堂。四壁涂着朱红的墙板，顶上是漆黑如玉的屋梁。抬头看方形的椽子，上面刻着龙蛇的形象。坐进厅堂伏在栏杆上，前面是曲曲折折的池塘。荷花刚刚开放，菱叶也杂在中央。荇菜紫叶白茎露出水面，水面闪着绿色的波光。卫士服装文采奇异以豹皮为饰，守卫在起伏的山坡上。乘坐着舒适的篷车，步骑随从侍候在身旁。门前种着丛丛兰花，玉树一行又一行。魂魄回来吧！为什么要跑向远方？宗族举行仪式祭祀，供品多种多样。有各种米面，还掺杂着黄粱。有苦的、咸的、酸的，辣的和甜的也用上。有肥牛的蹄筋，炖得烂熟气味芳香。调和出酸味和苦味的食物，陈列出吴国厨师做的汤。还有清炖甲鱼和炮羔羊，烧菜时加进了甘甜的蔗浆。醋烹天鹅肉，野鸭炖浓羹，还有煎炸的鸿和鸽。卤制的鸡肉和红烧海龟，味道鲜美又不伤胃肠。有煎饼蜜糕，还有麦芽糖。有颜色如玉的美酒，已把酒杯斟得满满的。那酒经过去掉酒糟又加以冰冻，既醇香又清凉。丰盛的宴席已经摆上，美酒如同琼浆。回到故居来吧，人们都尊敬你一切都无妨。

菜还未上齐，女乐就已登场。摆好编钟大鼓，把新编的歌儿唱。唱的是《涉江》和《采菱》，还有《阳阿》之声轻扬。美人醉了，面带潮红。目光逗人含情脉脉，频送秋波。她们身着绣花绸衣，华丽又大方。长长的头发和鬓角，艳丽而仪态万方。十六个美人装束一个样，跳起了郑国的舞蹈。衣襟摆动好像交叉如竿，和着节拍她们抚案退场。长竽清瑟疯狂合奏，鼓师将大鼓不停地敲响。整个宫廷为之震荡，演奏出名曲《激楚》。吴国和蔡国的歌曲，这些都用大吕调来唱。男女相间而坐，乱纷纷地挤在一起。扔掉绶带和帽带，座次变得杂乱无章。郑、卫两国的美女，也来陪坐玩乐。《激楚》曲至尾声，更是精彩激昂。玉筹和象牙棋子摆上，六簙对局展开。分成两组齐头并进，紧紧进逼毫不相让。争取“成枭”获得胜利，大呼“五白”心情急。还有晋国制造的犀比，玩玩可以耗费时光。猛击大钟钟架动摇，起劲弹奏梓木琴瑟。饮酒娱乐一刻不停啊，日日沉湎无休止。兰草脂膏点明灯，宫灯雕饰得富丽堂皇。诗人们精心构思，辞藻华美如同兰芳。人有所长且莫自弃，同用苦心作赋吟。痛饮美酒尽情欢乐，祖先也为之而高兴。魂魄回来吧！快回到家乡来。

尾声：进入了新春啊，我匆匆南行。水中绿蘋长齐，岸上白芷初生。路经庐江左岸林木绵延，沿着沼泽和水田远望广阔的南天。当年驾着千辆驷马车整整齐齐，火把四处燃起天空一片烟火色。步行者赶到车马所至之处时狩猎，向导已一马当先，指挥着猎车进退自如并引车向右回头奔驰。跟随君王奔向梦泽比赛谁先谁后，君王亲自引弓射尽青色的独角兽。红日承接着黑夜啊时光消逝不停留，河岸上长满兰草这路已经模糊。江水清清两岸是枫林，望尽千里啊春景触目伤人心。魂魄回来吧！可叹这江南故国！

【评析】

《招魂》是《楚辞》中最为诡异奇丽的一篇，前人或以为屈原招怀王，或以为屈原自招。王逸以为宋玉招被放逐之屈原：“欲以复其精神，延其年寿，外陈四方之恶，内崇楚国之美，以讽谏怀王，冀其觉悟而还之也。”全诗分为三大部分，即序引、招魂言辞、尾声。序引介绍招魂原因，叙述屈原廉洁忠贞却遭放逐，魂魄离散，天帝欲辅佑他而托巫阳为他招魂的经过。招魂辞是全诗的主要部分，分为两层。第一层极力描写天地上下四方的诡怪、凶险、不祥的情景，劝告屈原的魂魄切莫离开躯体而到那恐怖的世界中去。第二层通过对居室、宫苑、饮食、歌舞等方面夸张的描绘，与前面的险恶世界形成鲜明的对比，劝屈原的魂魄回到故居去，寄托着作者希望恢复屈原往日尊荣的愿望。尾声与序引对应，先写屈原追忆从前与楚王游猎的情景，面对江南春色，哀叹时光易逝。末尾又回到招魂的主题。全诗语言优美传神，运用艺术夸张的手法也很成功，鲜明地描写了两个截然不同的世界，具有强烈的感染力量。作品极力铺陈渲染，对汉赋及其后的诗文都产生了深远的影响。

招隐士①一首

作者：刘安　　注译评析：张明非

桂树丛生兮山之幽，偃蹇连卷兮枝相缭②。山气巃嵸兮石嵯峨③，溪谷崭岩兮水曾波④。猿狖群啸兮虎豹嗥⑤，攀援桂枝兮聊淹留。王孙游兮不归⑥，春草生兮萋萋⑦。岁暮兮不自聊⑧，蟪蛄鸣兮啾啾⑨。

坱兮轧⑩，山曲岪⑪，心淹留兮洞荒忽⑫。罔兮沕⑬，憭兮栗⑭，虎豹穴⑮，丛薄深林兮人上栗⑯，嵚岑碕礒兮硱磈磳硊⑰。树轮相纠兮林木茷骫⑱，青莎杂树兮薠草靃靡⑲。白鹿麏麚兮或腾或倚⑳。状貌崟崟兮峨峨㉑，凄凄兮漇漇㉒。猕猴兮熊罴㉓，慕类兮以悲㉔。攀援桂枝兮聊淹留。虎豹斗兮熊罴咆，禽兽骇兮亡其曹㉕。王孙兮归来，山中兮不可以久留！

【作者简介】

刘安（前179—前122），沛郡丰（今江苏丰县）人。汉文帝弟淮南厉王长的长子。初封阜陵侯，后袭父封为淮南王。好文学，曾奉汉武帝命作《离骚传》。又招致宾客、方术之士数千人集体编著《鸿烈》一书，即今所传之《淮南子》。元狩元年（前122），有人告其谋反，下狱自杀。《隋书·经籍志》著录《淮南王集》一卷。《史记》《汉书》均有传。

【篇旨】

本篇通过山中幽深险阻、虎豹纵横，王孙不可久留的描写，表达了作者政治上的一种寄托。

【注释】

①《招隐士》：最早载录此诗的王逸《楚辞章句》说："《招隐士》者，淮南小山之所作也。"据此可知此诗作者为淮南王的臣属，姓名已不可考。

② 偃蹇（yǎn jiǎn）：枝长貌。连卷（quán）：弯曲貌。缭：缠绕。

③ 陇嵷（sǒng）：聚集貌。嵯峨：高耸貌。

④ 嶄（chán）岩：险峻貌。曾（céng）：同"层"。

⑤ 狖（yòu）：猿的一种。

⑥ 王孙：指隐士。

⑦ 萋萋：草盛貌。

⑧ 聊：依赖，寄托。

⑨ 蟪蛄（huì gū）：寒蝉。

⑩ 坱（yǎng）兮轧（yà）：云气弥漫貌。

⑪ 曲茀（fú）：曲折盘纡貌。

⑫ 洞（dòng）：同"恫"，哀痛，痛苦。

⑬ 罔兮沕（mì）：失意貌。

⑭ 憭兮栗：恐惧貌。

⑮ 峗：同"穴"。

⑯ 上：升，登。

⑰ 嶔崟（qīn yín）、碕礒（qǐ yǐ）：均形容山石高危的样子。硱磈（kǔn wěi）、礭硊（zēng wěi）：应作硱礭、磈硊，形容山石险峻的样子。

⑱ 树：直干。轮：横枝。纠：缠绕。茇骫（bá wěi）：树木屈曲盘纡貌。

⑲ 莎（suō）：草名。薠：一作"苹"。靃（suǐ）靡：随风披拂貌。

⑳ 麇（jūn）：鹿的一种。麚（jiā）：牡鹿。

㉑ 崟（yín）崟：头角峥嵘貌。峨峨：与“崟崟”同义。

㉒ 凄凄：毛色润滑貌。漇（xǐ）漇：与“凄凄”同义。

㉓ 罴（pí）：熊的一种。

㉔ 慕类：思慕同类。

㉕ 亡其曹：失群奔散。

【语译】

桂树丛生啊在那深幽的山中，树干相交啊枝叶葱茏。云气纷扰啊山石高耸，溪谷险峻啊水波层层。群猿长啸啊虎豹狂吼，攀缘桂枝啊姑且淹留。王孙远游啊迟迟不归，春草繁茂啊萋萋又生。一年将尽啊百无聊赖，寒蝉悲鸣啊其声啾啾。

云雾弥漫啊山路崎岖，想要留下啊又心神恍惚。惆怅失意啊孤独凄凉，虎豹出没，草密林深啊使人恐慌。山势高险啊怪石峥嵘，林木纵横啊盘根错节。青莎、薠草丛生啊随风披靡，大大小小的麋鹿啊有的奔跑有的休息。鹿角高耸啊皮毛润滑，猕猴、熊罴思慕同类啊不住哀鸣。攀缘桂枝啊暂且停留，虎豹争斗啊熊罴咆哮，野兽惊恐啊四散奔逃。王孙啊归来，山中啊不可以久留。

【评析】

关于本篇写作背景，历来有以王逸为代表的“闵伤屈原之作”和以王夫之《楚辞通释》为代表的“为淮南王招致山谷潜伏之士”两种不同的说法。近代学者多认为是思念刘安而作。刘安常到长安朝见汉帝，他的门客看到刘氏宗室互相残害，劝他及早抽身，不要在朝中久留。此说比较合乎情理。作品描绘山中环境，具有强烈的主观感情色彩。通过对山岩林莽、禽猿猛兽等一系列具有象征意义的形象的刻画，充分渲染出阴森可怖、惊心动魄的氛围，曲折地传达出缠绵幽怨的情思，有力地表现了主题。本篇音节铿锵和谐，句式参差变化，文辞精练优美，是继承屈、宋传统同时又富于独创的一篇优秀的骚体赋。

卷第三十四

七上

七发八首

作者：枚叔　　注译评析：张明非

楚太子有疾，而吴客往问之，曰："伏闻太子玉体不安，亦少间乎①？"太子曰："惫②，谨谢客。"客因称曰："今时天下安宁，四宇和平③；太子方富于年④。意者久耽安乐⑤，日夜无极；邪气袭逆⑥，中若结轖⑦。纷屯澹淡⑧，嘘唏烦酲⑨；惕惕怵怵⑩，卧不得瞑；虚中重听⑪，恶闻人声；精神越渫⑫，百病咸生。聪明眩曜⑬，悦怒不平；久执不废⑭，大命乃倾⑮。太子岂有是乎？"太子曰："谨谢客。赖君之力⑯，时时有之，然未至于是也。"

客曰："今夫贵人之子，必宫居而闺处⑰，内有保母⑱，外有傅父⑲，欲交无所。饮食则温淳甘膬⑳，腥醲肥厚㉑，衣裳则杂遝曼暖㉒，燂烁热暑㉓。虽有金石之坚，犹将销铄而挺解也㉔，况其在筋骨之间乎哉？故曰：纵耳目之欲，恣支体之安者㉕，伤血脉之和。且夫出舆入辇，命曰蹷痿之机㉖；洞房清宫㉗，命曰寒热之媒㉘；皓齿娥眉㉙，命曰伐性之斧㉚；甘脆肥脓㉛，命曰腐肠之药。今太子肤色靡曼㉜，四肢委随㉝，筋骨挺解，血脉淫濯㉞，手足堕窳㉟。越女侍前，齐姬奉后㊱。往来游宴，纵恣于曲房隐间之中㊲。此甘餐毒药，戏猛兽之爪牙也。所从来者至深远，淹滞永久而不废㊳，虽令扁鹊治内㊴，巫咸治外㊵，尚何及哉！今如太子之病者，独宜世之君子，博见强识㊶，承间语事㊷，变度易意㊸，常无离侧，以为羽翼㊹。淹沉之乐㊺，浩唐之心㊻，遁佚之志㊼，其奚由至哉！"太子曰："诺。病已㊽，请事此言。"

客曰："今太子之病，可无药石针刺灸疗而已，可以要言妙道说而去也[49]。不欲闻之乎？”太子曰：“仆愿闻之。”客曰：“龙门之桐[50]，高百尺而无枝，中郁结之轮菌[51]，根扶疏以分离[52]。上有千仞之峰，下临百丈之溪；湍流溯波[53]，又澹淡之。其根半死半生，冬则烈风漂霰飞雪之所激也[54]，夏则雷霆霹雳之所感也[55]，朝则鹂黄鳱鴠鸣焉[56]，暮则羁雌迷鸟宿焉[57]。独鹄晨号乎其上[58]，鹍鸡哀鸣翔乎其下[59]。于是背秋涉冬，使琴挚斫斩以为琴[60]。野茧之丝以为弦，孤子之钩以为隐[61]，九寡之珥以为约[62]。使师堂操《畅》[63]，伯子牙为之歌[64]。歌曰：‘麦秀蔪兮雉朝飞[65]，向虚壑兮背槁槐[66]，依绝区兮临回溪[67]。’飞鸟闻之，翕翼而不能去；野兽闻之，垂耳而不能行；蚑蟜蝼蚁闻之[68]，拄喙而不能前[69]。此亦天下之至悲也，太子能强起听之乎？”太子曰：“仆病，未能也。”

客曰：“犓牛之腴[70]，菜以笋蒲；肥狗之和[71]，冒以山肤[72]。楚苗之食[73]，安胡之饭[74]，抟之不解[75]，一啜而散[76]。于是使伊尹煎熬[77]，易牙调和[78]。熊蹯之臑[79]，勺药之酱[80]，薄耆之炙[81]，鲜鲤之鲙[82]，秋黄之苏[83]，白露之茹[84]。兰英之酒[85]，酌以涤口；山梁之餐[86]，豢豹之胎[87]；小饭大歠[88]，如汤沃雪。此亦天下之至美也，太子能强起尝之乎？”太子曰：“仆病，未能也。”

客曰：“钟岱之牡[89]，齿至之车[90]。前似飞鸟，后类距虚[91]。穱麦服处[92]，躁中烦外[93]。羁坚辔，附易路[94]。于是伯乐相其前后[95]，王良、造父为之御[96]，秦缺、楼季为之右[97]。此两人者，马佚能止之[98]，车覆能起之。于是使射千镒之重[99]，争千里之逐。此亦天下之至骏也，太子能强起乘之乎？”太子曰：“仆病，未能也。”

客曰：“既登景夷之台[100]，南望荆山[101]，北望汝海[102]，左江右湖[103]，其乐无有。于是使博辩之士，原本山川，极命草木[104]，比物属事，离辞连类[105]。浮游览观，乃下置酒于虞怀之宫[106]。连廊四注[107]，台城层构[108]，纷纭玄绿，辇道邪交[109]，黄池纡曲[110]。溷章白鹭[111]，孔鸟鶤鹄[112]，鹓雏鵁鶄[113]，翠鬣紫缨[114]，螭龙德牧[115]，邕邕群鸣[116]。阳鱼腾跃[117]，奋翼振鳞。漃漻薵蓼[118]，蔓草芳苓[119]。女桑、河柳[120]，素叶紫茎[121]。苗松、豫章[122]，条上造天[123]；梧桐并闾[124]，极望成林；众芳芬郁，乱于五风[125]；从容猗靡[126]，消息阳阴[127]。列坐纵酒，荡乐娱心。景春佐酒[128]，杜连理音[129]。滋味杂陈，肴糅错该[130]。练色娱目[131]，流声悦耳。于是乃发《激楚》之结风[132]，扬郑卫之皓乐[133]。使先施、徵舒、阳文、段干、吴娃、闾娵、傅予之徒[134]，杂裾垂髾[135]，目窕心与[136]。揄流波[137]，杂杜若[138]，蒙清尘，被兰泽[139]，嬿服而御[140]。此亦天下之靡丽皓侈广博之乐也。太子能强起游乎？”太子曰：“仆病，未能也。”

客曰：“将为太子驯骐骥之马[141]，驾飞軨之舆[142]，乘牡骏之乘。右夏服之劲箭[143]，左乌号之雕弓[144]。游涉乎云林[145]，周驰乎兰泽[146]，弭节乎江浔[147]。掩青蘋[148]，游清风[149]。陶阳气[150]，荡春心。逐狡兽，集轻禽[151]。于是极犬马之才，困野兽之足，穷相御之智巧[152]。恐虎豹，慑鸷鸟[153]。逐马鸣镳[154]，鱼跨麋角。履游麕兔[155]，蹈践麖鹿[156]。汗流沫坠，冤伏陵窘[157]。无创而死者，固足充后乘矣[158]。此校猎之至壮也。太子能强起游乎？”太子曰：“仆病，未能也。”然阳气见于眉宇之间，侵淫而上[159]，几满大宅[160]。

客见太子有悦色，遂推而进之曰：“冥火薄天[161]，兵车雷运。旍旗偃蹇[162]，羽毛肃纷[163]。驰骋角逐，慕味争先。徼墨广博[164]，观望之有圻[165]。纯粹全牺[166]，献之公门。”太子曰：“善，愿复闻之。”

客曰：“未既。于是榛林深泽[167]，烟云暗莫[168]，兕虎并作[169]。毅武孔猛[170]，袒裼身薄[171]。白刃硙硙[172]，矛戟交错。收获掌功[173]，赏赐金帛。掩蘋肆若[174]，为牧人席[175]。旨酒嘉肴，羞炰脍炙[176]，以御宾客[177]。涌触并起[178]，动心惊耳。诚必不悔，决绝以诺。贞信之色，形于金石[179]，高歌陈唱，万岁无斁[180]。此真太子之所喜也，能强起而游乎？”太子曰：“仆甚愿从，直恐为诸大夫累耳。”然而有起色矣。

客曰：“将以八月之望[181]，与诸侯远方交游兄弟，并往观涛乎广陵之曲江[182]。至则未见涛之形也；徒观水力之所到，则恤然足以骇矣[183]。观其所驾轶者[184]，所擢拔者，所扬汩者[185]，所温汾者[186]，所涤汔者[187]，虽有心略辞给，固未能缕形其所由然也[188]。怳兮忽兮[189]，聊兮栗兮[190]，混汩汩兮[191]。忽兮慌兮[192]，俶兮傥兮[193]，浩瀇瀁兮[194]，慌旷旷兮[195]。秉意乎南山[196]，通望乎东海[197]。虹洞兮苍天[198]，极虑乎崖涘[199]。流揽无穷[200]，归神日母[201]。汩乘流而下降兮，或不知其所止。或纷纭其流折兮，忽缪往而不来[202]。临朱汜而远逝兮[203]，中虚烦而益怠。莫离散而发曙兮[204]，内存心而自持。于是澡概胸中[205]，洒练五藏[206]，澹澉手足[207]，颒濯发齿[208]。揄弃恬怠[209]，输写淟浊[210]，分决狐疑，发皇耳目[211]。当是之时，虽有淹病滞疾[212]，犹将伸伛起躄[213]，发瞽披聋而观望之也[214]，况直眇小烦懑、酲醲病酒之徒哉！故曰：发蒙解惑，不足以言也。”太子曰：“善！然则涛何气哉！”

客曰：“不记也。然闻于师曰，似神而非者三：疾雷闻百里；江水逆流，海水上潮；山出内云[215]，日夜不止。衍溢漂疾[216]，波涌而涛起。其始起也，洪淋淋焉[217]，若白鹭之下翔。其少进也，浩浩溰溰[218]，如素车白马帷盖之张。其波涌而云乱，扰扰焉如三军之腾装[219]。其旁作而奔起也[220]，飘飘焉如轻车之勒兵。六驾蛟龙，附从太白[221]。纯驰浩霓[222]，前后骆驿。颙颙卬卬[223]，椐椐强强[224]，莘莘将将[225]。壁垒重坚，沓杂似军行[226]。訇隐匈磕[227]，轧盘涌裔[228]，原不可当。观其两傍，则滂渤怫郁[229]，暗漠感突[230]，上击下律[231]。有似勇壮之卒，突怒而无畏，蹈壁冲津[232]。穷曲随隈[233]，逾岸出追[234]。遇者死，当者坏。初发乎或围之津涯，荄轸谷分[235]。回翔青篾[236]，衔枚檀桓[237]，弭节伍子之山[238]，通厉骨母之场[239]。凌赤岸[240]，篲扶桑[241]。横奔似雷行，诚奋厥武[242]，如振如怒。沌沌浑浑，状如奔马。混混庉庉[243]，声如雷鼓。发怒庢沓[244]，清升逾跇[245]，侯波奋振[246]，合战于藉藉之口[247]。鸟不及飞，鱼不及回，兽不及走。纷纷翼翼[248]，波涌云乱。荡取南山，背击北岸，覆亏丘陵[249]，平夷西畔[250]。险险戏戏[251]，崩坏陂池[252]，决胜乃罢。瀄汩潺湲[253]，披扬流洒。横暴之极，鱼鳖失势。颠倒偃侧[254]，沋沋湲湲[255]，蒲伏连延[256]。神物怪疑，不可胜言，直使人踣焉[257]，洄暗凄怆焉[258]。此天下怪异诡观也，太子能强起观之乎？”太子曰：“仆病，未能也。”

客曰：“将为太子奏方术之士有资略者[259]，若庄周、魏牟、杨朱、墨翟、便蜎、詹何之伦[260]。使之论天下之释微[261]，理万物之是非。孔、老览观，孟子持筹而算之[262]，万不失一。此亦天下要言妙道也，太子岂欲闻之乎？”于是太子据几而起曰：“涣乎若一听圣人辩士之言[263]。”涊然汗出[264]，霍然病已[265]。

【作者简介】

枚乘（？—前140），字叔，淮阴（今属江苏）人。西汉辞赋家。初为吴王刘濞郎中，濞欲谋反，他上书劝阻无效，遂离吴为梁孝王客。吴楚七国反时，再度上书劝濞罢兵，仍不采纳。七国之乱平，枚乘由此声名大著。武帝即位后，特以安车蒲轮征他入京，病死途中。《汉书·艺文志》录其赋有九篇，今仅存《七发》等三篇。《汉书》有传。

【篇旨】

本篇假设楚太子有疾，吴客前往探问，陈说七事以启发，使之霍然病愈，揭露了贵族子弟骄奢淫逸的生活，指出治病的良方乃是听取“要言妙道”以提高思想认识。

【注释】

① 少间（shǎo jiàn）：稍愈。

② 惫（bèi）：疲乏。

③ 四宇：四方。

④ 富于年：未来的年岁很多，意即年纪很轻。

⑤ 意者：料想是。

⑥ 袭逆：侵入。

⑦ 中：指胸中。结轖（sè）：郁结阻塞。轖，“塞”的假借字。

⑧ 纷屯：昏乱。澹淡：动荡。

⑨ 嘘唏：同“歔欷”，叹息声。烦酲（chéng）：酒后烦躁不安。酲，饮酒过量而感到不适。

⑩ 惕（tì）惕怵（chù）怵：惊惧不安的样子。

⑪ 虚中：身体虚弱。重（zhòng）听：耳聋。

⑫ 越渫（xiè）：涣散。

⑬ 聪：听觉。明：视觉。眩曜：昏乱的样子。

⑭ 久执：长久地保持。废：止。

⑮ 大命：生命。

⑯ 君：指国君。

⑰ 闺：内室。

⑱ 保母：古代宫廷里照顾贵族子弟生活的妇女。

⑲ 傅父：古代保育、辅导贵族子女的老年男子。

⑳ 温淳：滋味浓厚。甘膬（cuì）：香甜可口。

㉑ 脭（chéng）：肥肉。醲（nóng）：浓酒。

㉒ 杂遝（tà）：众多的样子。曼：轻柔细腻。

㉓ 燂（xún）烁：火热。

㉔ 销铄（shuò）：熔化。挺解：分解。

㉕ 支：同“肢”。

㉖ 蹶痿（jué wěi）：都是肢体麻痹瘫痪不能行走的病症。

㉗ 洞房：幽深的房屋。

㉘ 媒：媒介。

㉙ 皓齿娥眉：指美女。娥，通“蛾”。

㉚ 伐性之斧：伤人性命的斧子。

㉛ 脓：同“醲”。

㉜ 靡曼：此指柔弱。

㉝ 委随：不能屈伸。随，通“惰”。

㉞ 淫濯（zhuó）：都是扩大的意思，指血脉扩张而疲软。

㉟ 堕窳（yǔ）：软弱无力。

㊱ 越女、齐姬：泛指各地美女。

㊲ 曲房：深曲的房屋。隐间：密室。

㊳ 淹滞：拖延。

㊴ 扁鹊：姓秦，名越人，古代名医。相传他诊病能见人五脏。

㊵ 巫咸：传说中的神巫，相传他能以祷祝祛人疾病。

㊶ 识（zhì）：同“志”，记忆。

㊷ 承间（jiàn）：乘机。

㊸ 度（duó）：考虑。

㊹ 羽翼：指辅佐。

㊺ 淹沉：沉溺。

㊻ 浩唐：放荡。唐，通“荡”。

㊼ 遁佚：放纵。

㊽ 已：止，指病愈。

㊾ 要言：中肯的话。妙道：精深的道理。

㊿ 龙门：山名，在今陕西韩城和山西河津交界处。

(51) 轮菌：盘屈的样子。

(52) 扶疏：向四周分布。

(53) 溯（sù）波：逆流。

(54) 漂：同“飘”。

(55) 感：触。

(56) 鹂黄：黄莺。鳱鴠（hàn dàn）：鸟名，形似鸡。

(57) 迷鸟：迷失方向的鸟。

(58) 鹄（hú）：水鸟名，俗称天鹅。

(59) 鹍（kūn）鸡：鸟名，形似鹤。

(60) 琴挚：春秋时鲁国太师（即乐官）挚，善弹琴。

(61) 孤子：孤儿。隐：琴上的饰物。

(62) 九寡：春秋时鲁国一位女琴师，是九个儿子的寡母。珥（ěr）：用珠玉做的耳环。约：琴上圆形的星徽。

(63) 师堂：一称师襄，字子京，古代乐师。传说孔子曾向他学琴。《畅》：古时琴曲名。

⑭ 伯子牙：即俞伯牙，古时善鼓琴的人。

⑮ 秀：指麦穗。蕑（jiān）：麦芒。

⑯ 虚壑：空谷。

⑰ 绝区：危险的地方，指悬崖峭壁。

⑱ 蚑蟜（qí jiǎo）：爬虫。蝼：蝼蛄。

⑲ 拄（zhǔ）：支。

⑳ 犓（chú）牛：小牛。

㉑ 和：美。

㉒ 冒：通“芼”，择取。山肤：植物名，一说即石耳菜。

㉓ 楚苗：楚地苗山，产禾。

㉔ 安胡：又称雕胡，即菰米。

㉕ 抟（tuán）：用手团成块。

㉖ 啜（chuò）：吃。

㉗ 伊尹：商汤时大臣，相传他擅长烹调。

㉘ 易牙：春秋时齐人，因善于调味得到齐桓公宠爱。

㉙ 熊蹯（fán）：熊掌。臑（ér）：烂熟。

㉚ 勺药之酱：指用五味调和的酱。

㉛ 薄耆（qí）：切成薄片的兽脊肉。

㉜ 鲙（kuài）：鱼片。

㉝ 苏：紫苏，药草名。

㉞ 茹：蔬菜的总称。

㉟ 英：花。

㊱ 山梁：指代野鸡。语本《论语·乡党》。

㊲ 豢豹：人工饲养的豹。

㊳ 歠（chuò）：饮。

㊴ 钟岱：地名，古代著名产马地区，在今陕西北部长城外一带。岱，应作“代”。

㊵ 齿至：指马的年齿适中。

⑨1 距虚：兽名，善于奔跑。

⑨2 穱（zhuō）麦：早熟的麦。服处：服用。

⑨3 躁中烦外：指用穱麦饲马则马易肥，马肥则烦躁欲奔。

⑨4 附：依附，凭借。

⑨5 伯乐：古时善于相马的人。

⑨6 王良：古时善于驾车的人。造父：相传给周穆王驾车的人。

⑨7 秦缺：古代勇士。楼季：古代善于跳跃的人。右：车右。古代兵车上御者居左，勇士居右，为警卫。

⑨8 佚：同“逸”，狂奔。

⑨9 射：打赌。镒（yì）：古代重量名称，二十四两。

⑩0 景夷：台名，在今湖北监利北。

⑩1 荆山：应为猎山，在今湖南境，故曰南望。

⑩2 汝海：即汝水，源出河南汝州，东南流入淮河。称之为海，乃夸张之辞。

⑩3 江：指长江。湖：指洞庭湖。

⑩4 命：名。

⑩5 离：同“丽”，附着。

⑩6 虞怀：宫名。虞，同“娱”。

⑩7 注：连。

⑩8 台城：其上有台的城。层构：重叠的结构。

⑩9 邪交：纵横交错。邪：通“斜”。

⑪0 黄池：即潢池，城墙四周的积水池。

⑪1 溷（hùn）章：鸟名。

⑪2 孔鸟：即孔雀。鹍（kūn）鹄：即鹍鸡。

⑪3 鹓（yuān）雏：凤一类的鸟。鵁鶄（jiāo jīng）：水鸟名。

⑪4 鬣（liè）：头顶上的毛。缨：颈毛。

⑪5 螭（chī）：雌龙，这里借指雌鸟。龙：雄龙，这里借指雄鸟。德：指头上花纹。牧：指腹下花纹。

⑯ 邕（yōng）邕：鸟的和鸣声。

⑰ 阳鱼：古人认为鱼类属阳，故称。

⑱ 溆漻（jì liáo）：指水清净。荮（chóu）：蕕草。蓼（liǎo）：水草。

⑲ 芳苓：芳草。苓，古“莲”字。

⑳ 女桑：小桑树。

㉑ 素叶：叶色单纯，指女桑。紫茎：指河柳。

㉒ 苗松：苗山之松。豫章：即樟树。

㉓ 造：到。

㉔ 并闾：即棕榈。

㉕ 五风：五方之风。

㉖ 猗靡：随风纷披摇摆。

㉗ 消息：指一消一长，互为更替。此指一隐一现。阳阴：指树叶的正面和反面。

㉘ 景春：战国时纵横家。

㉙ 杜连：即田连，古时善鼓琴的人。理音：调音。

㉚ 肴糅（róu）：鱼肉类荤菜。该：备。

㉛ 练色：经过精选的美色。

㉜《激楚》：楚国歌曲名，乐调高亢激昂。结风：曲名。一说，指歌曲结尾的余声。

㉝ 郑卫：先秦时的郑国、卫国。皓乐：指悦耳的歌曲。

㉞ 先施：即西施。徵舒：指徵舒之母夏姬。阳文：楚国美女。吴娃：吴国美女。闾娵（jū）：梁王魏婴的美人。段干、傅予：不详。

㉟ 裾：衣的前、后襟。髾（shāo）：发尾，垂于髻后呈燕尾形。

㊱ 窕：同“挑”，挑逗。与：相许。

㊲ 揄：引。

㊳ 杜若：香草名。

㊴ 兰泽：含有兰香的油脂。

㊵ 嬿服：美服。御：侍奉。

⑭ 骐骥：骏马。

⑭ 飞軨（líng）：有窗的车子。

⑭ 夏：指夏后氏。服：箭袋。

⑭ 乌号：相传黄帝所用弓名。雕：雕饰。

⑭ 云林：云梦之林。云梦是楚国著名的大泽，在今湖北境。

⑭ 兰泽：此指长有兰草的泽地。

⑭ 弭（mǐ）节：使车马缓慢行走。

⑭ 蘋：草名。

⑭ 游：五臣注本作“溯”解，迎着。

⑮ 陶：畅。

⑮ 集：矢集，指许多支箭射中。

⑮ 相：辅助，此指打猎时的向导。御：驾车的人。

⑮ 慑（shè）：使畏惧。鸷：猛禽。

⑮ 镳（biāo）：马嚼子，马口中所衔铁具露出在外的两头部分。

⑮ 麇（jūn）：兽名，即獐子。

⑮ 麖（jīng）：兽名，大鹿。

⑮ 冤伏：指野兽被逐四散逃匿。陵：困窘。

⑮ 后乘（shèng）：随从的车子。

⑮ 侵淫：渐进的样子。

⑯ 大宅：指面部。

⑯ 冥火：夜火，指夜间在原野上燃起大火以驱禽兽。

⑯ 旍（jīng）：同“旌”。偃蹇（jiǎn）：高耸貌。

⑯ 羽毛：指旌旗上用作装饰的鸟羽和牛尾。

⑯ 徼（jiào）：边界。墨：烧田。捕捉野兽纵火烧田，土色变黑，故称为墨。

⑯ 圻：同“垠”，即边界。

⑯ 纯粹：指禽兽毛色纯一而不杂。全牺：色纯体全的兽类。

⑯ 榛（zhēn）林：丛林。

⑯⑧ 莫：昏暗不明。

⑯⑨ 兕（sì）：兽名，似牛。一说即雌犀。

⑰⓪ 孔：甚。

⑰① 袒裼（tǎn xī）：裸露身体。薄：逼近。

⑰② 硙（ái）硙：同“皑皑”，白色。

⑰③ 掌功：记录功劳。

⑰④ 肆：陈列。若：杜若，香草名。

⑰⑤ 牧人：专管牧养牲畜的官，这里泛指参加狩猎的官员。

⑰⑥ 羞：美味的食物。炰（fǒu）：烹煮的熟食。

⑰⑦ 御：款待。

⑰⑧ 涌触：指满杯。触，据五臣注本应作“觞”。

⑰⑨ 金石：钟磬类乐器。

⑱⓪ 斁（yì）：厌倦。

⑱① 望：阴历每月十五日。

⑱② 广陵：今江苏扬州。曲江：指长江。

⑱③ 恤（xù）然：惊恐的样子。

⑱④ 驾轶：超越。

⑱⑤ 汩（yù）：水流迅速的样子。

⑱⑥ 温汾：回旋的样子。

⑱⑦ 涤汔（qì）：洗荡。

⑱⑧ 缕：详细。

⑱⑨ 恍兮忽兮：恍恍惚惚。

⑲⓪ 聊兮慄兮：恐惧的样子。

⑲① 汩（gǔ）汩：水流声。

⑲② 忽兮慌兮：与“恍兮忽兮”同义。慌，同“恍”。

⑲③ 俶（tì）兮傥（tǎng）兮：俶傥，同“倜傥”。

⑲④ 瀇瀁（wǎng yǎng）：水浩大的样子。

⑲⑤ 慌：恍惚。旷旷：无边无垠。

⑲⑥ 秉意：执意，犹言集中注意力。南山：指江涛发源之地。

⑲⑦ 通望：一直望到。

⑲⑧ 虹洞：浩大无边。虹，“澒”的假借字。

⑲⑨ 极虑：极尽思虑，这里指极目远望。涘（sì）：水边。

⑳⓪ 流揽：周流观览。也作“流览”。

⑳① 日母：太阳。

⑳② 缪（liáo）：缠结。

⑳③ 朱汜（sì）：地名。一说是南方水涯。

⑳④ 莫离散：指晚潮退去。莫，通“暮”。发曙：指早潮到来。

⑳⑤ 澡概：洗涤。概，同“溉”。

⑳⑥ 洒：洗。练：汰。藏：同“脏”。

⑳⑦ 澹澉（hàn）：洗涤。

⑳⑧ 頮（huì）：洗脸。

⑳⑨ 揄：脱。恬怠：不振作。

㉑⓪ 输写：排除。淟（tiǎn）浊：污浊。

㉑① 皇：明。

㉑② 淹：久留。

㉑③ 伛（yǔ）：伛偻，驼背。躄（bì）：跛足。

㉑④ 瞽（gǔ）：瞎眼。

㉑⑤ 内：同“纳”。

㉑⑥ 衍溢：平满的样子。

㉑⑦ 淋淋：水下山的样子。

㉑⑧ 浩浩：深广无际。溰（yí）溰：形容一片洁白。

㉑⑨ 腾装：整装急行。

㉒⓪ 旁作：横出。

㉒① 太白：河伯，即河神。

㉒② 纯驰：或屯或驰。纯，同“屯”。浩霓：高大的样子。

㉒③ 颙（yóng）颙卬（áng）卬：形容波涛高耸。

㉔ 椐（jū）椐强强：形容波浪相随。

㉕ 莘（shēn）莘将将：形容波浪相激。

㉖ 军行：军队的行列。

㉗ 訇（hōng）隐匈磕（kē）：形容涛声轰隆。

㉘ 轧：轧块，无边无际。盘：盘礴，广大的样子。涌裔（yì）：波涛流动的样子。

㉙ 滂渤：水流涌的样子。怫郁：这里指水势受到阻遏，不能畅通。

㉚ 暗漠：形容一片汪洋。感突：左冲右突。感，同“撼”。

㉛ 律：从高处滚石而下，这里形容涛的下落。律，应作“硉”。

㉜ 津：渡口。

㉝ 隈：水弯曲处。

㉞ 追：古“堆”字，指沙堆。

㉟ 荄（gāi）：通“陔”，山。轸（zhěn）：转动。

㊱ 青篾：车名。一说，地名。

㊲ 衔枚：古代行军时士兵口中衔枚，以防喧哗。枚，形如筷子。檀桓：犹“盘桓”。一说，地名。

㊳ 伍子之山：因纪念伍子胥而得名的山。

㊴ 通厉：远行。骨母：应作“胥母”，地名，在今江苏。

㊵ 赤岸：地名。一说，指很远的地方。

㊶ 彗（huì）：扫帚。这里用作动词，扫。扶桑：地名，传说是日出的地方。

㊷ 厥：其。

㊸ 混混庉（tún）庉：波涛的声音。

㊹ 庢（zhì）：即“窒”，阻碍。沓：多，溢出。

㊺ 逾跇（yì）：超越。

㊻ 侯波：阳侯之波，即大波。阳侯，传说中的水神。

㊼ 藉藉：地名。

㊽ 纷纷翼翼：纷乱交错的样子。

㊾ 覆：倾覆。亏：亏损。

㉕⓪ 平夷：横扫。

㉕① 险险戏戏：倾侧危险的样子。戏，同“巇”。

㉕② 陂池：应作“陂阤”，斜坡。阤，同“陀”。

㉕③ 澌（zhì）：波浪相击。

㉕④ 偃：仰卧。

㉕⑤ 沋（yóu）沋湲湲：鱼鳖颠倒的样子。

㉕⑥ 蒲伏：同“匍匐”，伏地爬行。连延：相续的样子。

㉕⑦ 踣（bó）：跌倒。

㉕⑧ 洄暗：惊骇失智的样子。

㉕⑨ 奏：进。资略：资望，谋略。

㉖⓪ 庄周、魏牟、杨朱、墨翟、便蜎、詹何：都是春秋战国时期的学者。

㉖① 释微：应作“精微”，即精辟微妙的道理。

㉖② 筹：筹划。算：这里指计谋。

㉖③ 涣乎：恍然大悟。

㉖④ 涊（niǎn）然：汗出的样子。

㉖⑤ 霍然：迅速。

【语译】

楚国太子有病，一位吴国的客人前往探问，说：“听说您贵体欠安，病好些了吗？”太子说：“还是很疲乏，谢谢你的关心。”吴客乘机进言说：“现在天下安宁，边境太平，太子年富力强。料想是长期沉溺于安乐，整天没有节制，致使邪气侵入，胸中郁结不舒。头昏脑涨，心神不定，烦躁得如同喝醉了酒。惊恐不安，夜不成眠。身体虚弱，听觉失灵，厌恶听到人声。精神涣散，百病俱生。耳聋眼花，喜怒无常。如果久治不愈，长此下去，性命难保。太子您有这种症状吗？”太子说：“谢谢你。托国君的福，使我能享受安乐。虽也时有如你所说的情况，但还没到这么严重的程度。”

吴客说：“现在富贵人家的子弟，必定住在深宫内院之中，内有保姆关心照料，外有师傅教育辅导，没有交游的机会。吃的喝的都是滋味醇厚，香甜可口，肉肥酒浓，穿的衣裳则又多又好，那些又轻又暖的皮衣很容易使人燥热生病。就是有如金石般的坚硬，也要销熔解体了，何况是筋骨血肉之躯呢？所以说，纵情声色，追求身体的安逸，有损血脉的调和。出入都乘辇坐车，不肯步行，就会导致麻痹瘫痪；幽深的宫室，清凉的宅院，最易使人感寒受热；美貌的女子，是摧残性命的利斧；精美的酒食，是腐蚀肠胃的毒药。现在太子身体柔弱，四肢不灵便，筋骨松弛，血脉不畅，手足无力。前有越国美女，后有齐宫佳丽，侍奉承欢。吃喝享乐，放纵于深宫密室。这简直是把毒药当作美食，和猛兽的爪牙开玩笑啊。形成这个病的根源已经很深远了，长此拖延不改，即使让扁鹊治病，巫咸祷祝，哪里还来得及！现在像太子这样的病，只适合由世上知识见闻广博的君子，有机会向你谈论外间事物，改变你的思虑心意，让他在身边辅佐你。这样你耽溺享乐的心思，纵情声色的欲望，还会从哪里产生呢？”太子说：“好吧，待我的病痊愈了，一定照你的话行事。”

吴客说：“治太子的病，不用药石针灸，可用精妙的道理劝说来除病，您不想听听吗？”太子说：“我愿意听你谈谈。”吴客说：“龙门山上的桐树，高达百尺，斜无旁枝，中心纹理屈曲盘旋，根杈向四面八方伸展。上有千仞高峰，下临百丈深渊。急流逆波冲击摇荡，它的根已经半死不活。冬季经受劲风霜雪的摧残，夏季遭到雷霆霹雳的震撼。清晨有黄莺、鸨鸣在枝头鸣叫，傍晚有失偶的雌禽、迷途的归鸟在树上栖息。孤独的天鹅、鹍鸡上下翻飞，哀号悲鸣。就这样秋去冬来，让琴挚砍下桐木制成琴，用野蚕茧的丝做琴弦，用孤儿的衣钩做琴上的饰物，用九子寡母的耳环做琴上的标记。再让师堂演奏《畅》曲，让俞伯牙唱歌。歌中唱道：‘麦芒尖啊山鸡晨飞，飞向空谷啊离开枯槐，上沿绝壁啊下临曲溪。’飞鸟听了，收拢翅膀不能离去；野兽听了，垂下耳朵不能行走；爬虫蝼蚁听了，张口凝神不能前行。这也算得上是天下最悲凉动人的音乐了，太子能勉强起身听听吗？”太子说：“我有病，不能啊！”

吴客说：“肥嫩的牛肉，配上竹笋和香蒲，狗肉煮的羹汤，和上石耳菜。楚苗山的稻米，菰米做的饭，又黏又滑，一进口就融化。就此让伊尹烹饪，易牙调味。煮得烂熟的熊掌，用酸咸五味调和的酱，烤熟的兽脊肉的薄片，切得细细的鲜鲤鱼，配上秋天变黄的紫苏草，经历霜露的蔬菜。浸渍兰花的酒，用来漱口。猎得的野鸡肉，饲养的豹胎，无论是小吃还是大饮，都是像沸水泼在雪地上一样痛快。这也算得上是天下最美味的饮食了，太子能勉强起身尝尝吗？”太子说：“我有病，不能啊！”

吴客说：“钟岱地区出产的马，用适龄的马驾的车子，跑起来像飞鸟、距虚一样迅疾。用穱麦饲养，马狂躁而思奔走。套上坚牢的缰绳，跑在平坦的道路上，伯乐前后察看，王良、造父驾车，秦缺、楼季做车右的警卫。这两个人，马受惊乱跑时能将它止住，车子倾覆时能把它掀起。于是让他们参加赛马，虽是千金的赌注，千里的长途，都能获胜。这也算得上是天下最好的马了，太子能勉强起身乘坐吗？”太子说：“我有病，不能啊！”

吴客说：“登上景夷台，向南望到荆山，往北远眺汝海，左面是长江，右面是洞庭湖，其中的乐趣天下没有能够胜过它的了。于是让博学而有口才的人，陈说山川的本原，尽举草木的名称，把它们归纳起来，分类排比，连缀成文。登台骋目四望，然后下来在虞怀宫设置酒宴。宫中回廊四面相连，城上楼台层层叠叠，五颜六色使人眼花缭乱。来往车道纵横交错，绕城水池蜿蜒曲折。溷章、白鹭、孔雀、鹍鸡、鹓雏、鸡鹄，绿顶紫颈，色彩缤纷。雄鸟雌鸟，交相和鸣。游鱼跳跃，鼓鳍摆鳞。清澈的水中长着蕼草、水蓼，蔓草芳莲。柔嫩的小桑叶色纯粹，河旁的杨树绿叶紫茎。苗松和樟树，枝条上可接天。梧桐和棕榈，极目望去，片片成林。草木的馥郁芬芳，被风吹散，飘逸四方。树枝随风披拂摇摆，叶片的正反两面，忽隐忽现。大家依次就座，开怀畅饮，奏起音乐，心旷神怡。让景春侍宴，杜连弹琴。美味佳肴，错杂陈列。经过挑选的美色，赏心悦目；流利婉转的声音，动听悦耳。于是发出高亢激昂的楚调，唱起优美好听的郑卫新声。令西施、夏姬、阳文、段干、吴娃、闾娵、傅予这些美人，身着各色衣裙，脑垂燕尾形的发髻，以目传情，以心相许。引流水洗涤身体，佩带香草，承受清风，施以兰膏，身着美服侍宴。这也算得上是天下最豪华、奢侈、盛大的游乐了。太子能勉强起身去游玩吗？”太子说：“我有病，不能啊！”

吴客说："将为太子训练骏马，驾起轻便的猎车，乘坐用骏马拉的车子，右带装着利箭的箭囊，左佩雕花的良弓。在云梦泽的树林里游历，时而在生长兰草的泽地上奔驰，时而在江边缓步徐行。坐在青草地上休息，沐浴着清风，尽情地呼吸春天的空气，头脑清新，心情舒畅。追逐狡猾的野兽，攒射轻捷的飞禽，于是充分发挥猎犬骏马的能力，拼命地追逐野兽，逼得它走投无路，向导和驾车人也用尽了智慧和技巧。使虎豹震恐，让猛禽畏惧，驱马奔驰，马嚼子上的铃儿叮当作响。像鱼一样腾跃，像麋鹿一般角逐。被践踏的麋兔麖鹿，汗沫飞溅，四下逃匿，急迫困窘。仅仅是那些受惊吓倒毙而死的，就足够装满后车。这是校猎最壮观的景象了。太子能勉强起身游历吗？"太子说："我有病，不能啊！"然而眉宇间出现了喜气，渐渐增多，几乎遍布整个面部。

吴客见太子面有喜色，便将话题推进一步说："夜间在原野上燃起冲天大火，兵车如雷鸣一般隆隆碾过。旌旗高举，整齐而缤纷。人们竞相奔驰追逐，为捕捉美味争先恐后。烧田的范围十分广阔，只能远远望到它的边缘。然后把毛色纯粹、肢体完整的野兽，献给诸侯之门。"太子说："好啊！我愿意再听下去。"

吴客说："话还未说完。丛林木泽，烟遮云蔽，昏暗不明，犀牛猛虎一起出没。猎人刚毅威武，赤裸身体，亲自搏取。刀刃锋利闪着光亮，长矛剑戟互相交错。收集猎物，记下功劳，论功行赏。在蘋草上铺设席位，陈列香草，替参加射猎的将官摆下宴席。美酒佳肴，煮烤的馐膳，用来款待宾客。斟满酒杯，一同举起，说出的话语悦耳动人。忠贞不贰，语无反悔，行事果决，毫不犹豫。忠贞诚信之心，在所奏音乐中都有所流露。大家放声高唱，久久不厌。这正是太子所喜欢的，能勉强起身游乐吗？"太子说："我很乐意参加，只怕拖累各位大夫。"然而病已经有起色了。

吴客说："将于八月中秋，同各诸侯和远方的朋友兄弟们一道前往广陵的曲江观涛。刚到时没有看到江涛的样子，只看到水流的力量，就足以令人惊骇了。看那水流奔腾向前，浪头高高耸起，翻滚汹涌，回旋聚集，冲刷激荡，即使是文思敏捷富有才辩的人，也无法把它一一描绘出来。水势浩荡难以辨识啊，惊涛骇浪令人战栗惊恐。声大流急汇合一片啊，忽而奇峰突起卓异不羁。声势浩莽，无边无际，一片汪洋。凝神注视江涛发源的南山，一直可以望到遥远的东海。水势浩淼，与天相连，极目远眺，哪里是它的边际？四面观望，奇景无限，心神又随着浪潮驰向太阳升起的东方。有的浪涛顺江流急剧东下，不知奔向何处方才止息。有的浪涛纷乱曲折地流淌，忽然纠结聚集成大股水流一去不返。临岸边见波涛远逝，心中感到空虚烦躁更加倦怠。晚潮退去，早潮到来，直到天明方才神闲气定而能自持。于是内心五脏，手足发齿都仿佛经过一番洗涤，精神振作，尘垢尽去，疑虑消失，耳聪目明。这样的时候，纵然是久病残疾的人，也要伸直驼背，抬起跛脚，张开瞎眼，打通聋耳去观看江涛了，何况那些只不过是有小小的烦愁或病酒的人呢！至于使人头脑清醒、解除疑惑就更不消说了。”太子说：“好极了，然而江涛又是什么样的一种气象呢？”

吴客说：“没有见到记载，但听我的老师说过，江涛有三种似神而非神的特征：一是声似疾雷，远达百里；二是江水倒流，海水上潮；三是山中云气吞吐，日夜不息。水势平满浩大，激越奔流，江涛涌起。开始时，洪浪如山，劈空而来，有如一群群白鹭飞翔下落。江涛进一步掀起，白浪滔滔，呼啸向前，恰似装备整肃的三军奔腾前进。当潮水从两旁涌出，飘飞上扬，犹如将领乘着轻车统率千军万马。好像六条蛟龙驾车跟随河神前进，又像白色的长虹或屯驻不进或急驰不止前后连续不断。江涛汹涌，横溢高耸，互相撞击，前呼后拥。像军营壁垒一般重叠坚固，又像人马杂沓的行军队伍。江涛怒吼，波浪翻滚，奔涌澎湃，势不可挡。看两旁岸边水势激荡，左冲右突，时而涌向空中，时而从高处跌落。有如勇猛强壮的士兵，奔突激怒而无所畏惧。浪涛拍打崖壁，冲击渡口，几乎遍及江湾深曲之处。并且跨越堤岸，漫过沙滩，使遭遇者死亡，阻挡者崩溃。开始从或围的渡口出发，逢山陇而折转，遇川谷而分流。初起时像车子一样回旋，然后就像衔枚盘桓的快马寂然无声地流去。到伍子山减慢了流速，远奔胥母这个地方。登上赤岸，扫荡扶桑。横冲直撞好像迅雷疾行，确实显出了它的威风，就像发狂震怒。江涛在岸边受到阻碍，沸涌而起，大波上扬，在藉藉的口岸大战一场。鸟儿来不及高飞，鱼儿来不及转身，野兽来不及逃走。纷纷乱乱，也像波涌云起一般。江涛继续向前，冲荡南山，又回击北岸，盖没了丘陵，又削平了西岸。浪头又高又险，冲垮堤防，直到全胜方才罢休。波涛相击，浪花四溅。来势凶猛，鱼鳖都失去控制，东倒西歪，横七竖八，起伏不停。惊涛骇浪的种种状态，难以用语言尽述。简直能把人吓得昏头昏脑，惊恐悲凉。这是天下最宏伟壮阔的奇观，太子能勉强起身观看吗？”太子说：“我有病，不能啊！”

吴客说：“我将为太子推荐道术之士和有资望谋略的人，如庄周、魏牟、杨朱、墨翟、便蜎、詹何等。让他们谈论天下最精湛深微的道理，辨明万物的是非。请孔子、老子来鉴定判断，孟子来筹划，这样便不会有任何差错。这也算得上是天下最精深高妙的道理了，太子想要听听吗？”于是太子扶着几案站起来说：“我一下子清醒了，好像已经听到圣人辩士的话了。”出了一身大汗，顿时病痛全消。

【评析】

本篇以叙述吴客探望楚太子疾为文章缘起，分别引出七事。先陈说音乐、饮食、车玩、游观之乐，都未能使太子兴起。再说以田猎、观涛，引起太子的兴趣，使他略有起色。最后说要向太子推荐方术之士论述精微的道理，太子听了出一身汗，霍然病愈。七事之间用一主一客的问答相连接，这一结构为作者所独创，后世多有仿作，于辞赋中自成一体。本文规模宏大，气势磅礴，辞藻丰富，铺写细腻。全篇既有轻重详略的不同，每段之中又富于变化，因此没有后来汉赋所常有的平铺直叙的弊病。观涛一段描写尤为出色，作者想象丰富，绘声绘色，将涛起前的动态，涛起后的壮观，以及观涛者的心情，写得淋漓尽致，气象万千，使人有如身临其境。加之使用了白鹭下翔、浩霓奔驰、轻车勒兵、三军腾装等层出不穷的比喻，更显得富有气势，惊心动魄，同时又紧扣文章主旨。本篇在汉赋发展史上占有十分重要的地位，它不仅标志着汉代散体大赋的形成，而且是汉赋中思想性和艺术性都达到较高水平的作品。

七启八首 并序

作者：曹子建　　注译评析：张明非

昔枚乘作《七发》，傅毅作《七激》[①]，张衡作《七辩》[②]，崔骃作《七依》[③]，辞各美丽。余有慕之焉，遂作《七启》，并命王粲作焉[④]。

玄微子隐居大荒之庭[⑤]，飞遁离俗[⑥]，澄神定灵[⑦]。轻禄傲贵，与物无营[⑧]。耽虚好静[⑨]，羡此永生[⑩]。独驰思于天云之际[⑪]，无物象而能倾[⑫]。于是镜机子闻而将往说焉。驾超野之驷[⑬]，乘追风之舆[⑭]。经迥漠，出幽墟。入乎泱漭之野[⑮]，遂届玄微子之所居。其居也，左激水[⑯]，右高岑[⑰]。背洞溪，对芳林。冠皮弁[⑱]，被文裘[⑲]。出山岫之潜穴[⑳]，倚峻崖而嬉游。志飘飘焉，峣峣焉[㉑]，似若狭六合而隘九州[㉒]。若将飞而未逝，若举翼而中留[㉓]。于是镜机子攀葛藟而登[㉔]，距岩而立[㉕]，顺风而称曰："予闻君子不遁俗而遗名，智士不背世而灭勋。今吾子弃道艺之华[㉖]，遗仁义之英[㉗]。耗精神乎虚廓，废人事之纪经[㉘]。譬若画形于无象，造响于无声。未之思乎？何所规之不通也！"玄微子俯而应之曰："嘻[㉙]！有是言乎？夫太极之初[㉚]，浑沌未分[㉛]，万物纷错[㉜]，与道俱隆[㉝]。盖有形必朽，有迹必穷。芒芒元气[㉞]，谁知其终。名秽我身，位累我躬[㉟]。窃慕古人之所志，仰老庄之遗风。假灵龟以托喻，宁掉尾于涂中[㊱]。"

镜机子曰："夫辩言之艳[㊲]，能使穷泽生流[㊳]，枯木发荣。庶感灵而激神，况近在乎人情。仆将为吾子说游观之至娱，演声色之妖靡[㊴]。论变化之至妙，敷道德之弘丽。愿闻之乎？"玄微子曰："吾子整身倦世[㊵]，探隐拯沉[㊶]。不远遐路[㊷]，幸见光临。将敬涤耳，以听玉音[㊸]。"

镜机子曰："芳菰精粺[㊹]，霜蓄露葵[㊺]。玄熊素肤[㊻]，肥豢脓肌[㊼]。

蝉翼之割[48]，剖纤析微。累如叠縠[49]，离若散雪。轻随风飞，刃不转切[50]。山鹯斥鷃[51]，珠翠之珍[52]。寒芳苓之巢龟[53]，脍西海之飞鳞[54]。臛江东之潜鼍[55]，臇汉南之鸣鹑[56]。糅以芳酸[57]，甘和既醇[58]。玄冥适咸[59]，蓐收调辛[60]。紫兰丹椒，施和必节[61]。滋味既殊，遗芳射越[62]。乃有春清缥酒[63]，康狄所营[64]。应化则变[65]，感气而成[66]。弹徵则苦发[67]，叩宫则甘生[68]。于是盛以翠樽[69]，酌以雕觞[70]。浮蚁鼎沸[71]，酷烈馨香[72]。可以和神，可以娱肠。此肴馔之妙也，子能从我而食之乎？”玄微子曰：“予甘藜藿[73]，未暇此食也。”

镜机子曰：“步光之剑[74]，华藻繁缛。饰以文犀[75]，雕以翠绿[76]。缀以骊龙之珠[77]，错以荆山之玉[78]。陆断犀象[79]，未足称隽[80]。随波截鸿，水不渐刃[81]。九旒之冕[82]，散耀垂文[83]。华组之缨[84]，从风纷纭。佩则结绿悬黎[85]，宝之妙微[86]。符采照烂[87]，流景扬辉[88]。黼黻之服[89]，纱縠之裳[90]。金华之舄[91]，动趾遗光。繁饰参差，微鲜若霜[92]。绲佩绸缪[93]，或雕或错。薰以幽若[94]，流芳肆布[95]。雍容闲步，周旋驰耀[96]。南威为之解颜[97]，西施为之巧笑。此容饰之妙也，子能从我而服之乎？”玄微子曰：“予好毛褐[98]，未暇此服也。”

镜机子曰：“驰骋足用荡思[99]，游猎可以娱情。仆将为吾子驾云龙之飞驷[100]，饰玉路之繁缨[101]。垂宛虹之长緌[102]，抗招摇之华旍[103]。捷忘归之矢[104]，秉繁弱之弓[105]。忽蹑景而轻骛[106]，逸奔骥而超遗风[107]。于是磎填谷塞，榛薮平夷[108]。缘山置罝[109]，弥野张罘[110]。下无满迹[111]，上无逸飞[112]。鸟集兽屯，然后会围[113]。獠徒云布[114]，武骑雾散。丹旗耀野，戈殳皓旰[115]。曳文狐[116]，掩狡兔[117]。捎鹔鷞[118]，拂振鹭[119]。当轨见藉[120]，值足遇践。飞轩电逝[121]，兽随轮转。翼不暇张，足不及腾。动触飞锋[122]，举挂轻罾[123]。搜林索险，探薄穷阻[124]。腾山赴壑，风厉焱举[125]。机不虚发，中必饮羽[126]。于是人稠网密，地逼势胁[127]。哮阚之兽[128]，张牙奋鬣。志在触突，猛气不慑[129]。乃使北宫东郭之畴[130]，生抽豹尾，分裂貙肩[131]。形不抗手[132]，骨不隐拳[133]。批熊碎掌[134]，拉虎摧斑[135]。野无毛类[136]，林无羽群。积兽如陵，飞翮成云[137]。于是骕钟鸣鼓[138]，收旌弛旆[139]。顿纲纵网[140]，罴獠回迈[141]。骏騄齐骧[142]，扬銮飞沫[143]。俯倚金较[144]，仰抚翠盖。雍容暇豫[145]，娱志方外[146]。此羽猎之妙也[147]，子能从我观之乎？”玄微子曰：“予乐恬静，未暇此观也。”

镜机子曰：“闲宫显敞[148]，云屋皓旰[149]。崇景山之高基[150]，迎清风而立观[151]。彤轩紫柱，文榱华梁[152]。绮井含葩[153]，金墀玉箱[154]。温房则冬服絺纮[155]，清室则中夏含霜[156]。华阁缘云[157]，飞陛陵虚[158]。頫眺流星[159]，仰观八隅[160]。升龙攀而不逮，眇天际而高居[161]。繁巧神怪，变名异形[162]。班输无所措其斧斤[163]，离娄为之失睛[164]。丽草交植[165]，殊品诡类[166]。绿叶朱荣，熙天曜日[167]。素水盈沼，丛木成林。飞翮凌高，鳞甲隐深。于是逍遥暇豫，忽若忘归。乃使任子垂钓[168]，魏氏发机[169]。芳饵沉水，轻缴弋飞[170]。落翳云之翔鸟，援九渊之灵龟。然后采菱华，擢水蘋。弄珠蚌[171]，戏鲛人[172]。讽《汉广》之所咏，觌游女于水滨[173]。耀神景于中沚[174]，被轻縠之纤罗[175]。遗芳烈而靖步[176]，抗皓手而清歌。歌曰：‘望云际兮有好仇[177]，天路长兮往无由。佩兰蕙兮为谁修[178]，宴婉绝兮我心愁[179]。’此宫馆之妙也，子能从我而居之乎？”玄微子曰：“予耽岩穴[180]，未暇此居也。”

镜机子曰：“既游观中原，逍遥闲宫。情放志荡，淫乐未终。亦将有才人妙妓，遗世越俗[181]。扬《北里》之流声[182]，绍《阳阿》之妙曲[183]。尔乃御文轩[184]，临洞庭[185]。琴瑟交挥[186]，左篪右笙[187]。钟鼓俱振[188]，箫管齐鸣。然后姣人乃被文縠之华袿[189]，振轻绮之飘飖[190]。戴金摇之熠耀[191]，扬翠羽之双翘[192]。挥流芳，耀飞文[193]。历盘鼓[194]，焕缤纷。长裾随风，悲歌入云。蹻捷若飞[195]，蹈虚远蹠[196]。凌跃超骧[197]，蜿蝉挥霍[19]。翔尔鸿翥[199]，濈然凫没[200]。纵轻体以迅赴，景追形而不逮。飞声激尘[201]，依违厉响[202]。才捷若神，形难为象。于是为欢未渫[203]，白日西颓。散乐变饰[204]，微步中闺[205]。玄眉弛兮铅华落[206]，收乱发兮拂兰泽[207]，形媠服兮扬幽若[208]；红颜宜笑[209]，睇眄流光[210]。时与吾子携手同行。践飞除[211]，即闲房[212]。华烛烂，幄幙张[213]。动朱唇，发清商[214]。扬罗袂，振华裳。九秋之夕[215]，为欢未央[216]。此声色之妙也，子能从我而游之乎？”玄微子曰：“予愿清虚，未暇此游也。”

镜机子曰：“予闻君子乐奋节以显义[217]，烈士甘危躯以成仁[218]。是以雄俊之徒[219]，交党结伦[220]。重气轻命，感分遗身[221]。故田光伏剑于北燕[222]，公叔毕命于西秦[223]。果毅轻断[224]，虎步谷风[225]。威慑万乘[226]，华夏称雄。”辞未及终，而玄微子曰：“善！”

镜机子曰：“此乃游侠之徒耳，未足称妙也。若夫田文无忌之俦[227]，乃上古之俊公子也。皆飞仁扬义，腾跃道艺[228]。游心无方[229]，抗志云际。凌轹诸侯[230]，驱驰当世[231]。挥袂则九野生风，慷慨则气成虹蜺。吾子若当此之时，能从我而友之乎？”玄微子曰：“予亮愿焉[232]，然方于大道[233]，有累如何[234]？”

镜机子曰：“世有圣宰[235]，翼帝霸世[236]。同量乾坤[237]，等曜日月。玄化参神[238]，与灵合契[239]。惠泽播于黎苗[240]，威灵震乎无外[241]。超隆平于殷周[242]，踵羲皇而齐泰[243]。显朝惟清[244]，王道遐均[245]。民望如草[246]，我泽如春[247]。河滨无洗耳之士[248]，乔岳无巢居之民[249]。是以俊乂来仕[250]，观国之光。举不遗才，进各异方[251]。赞典礼于辟雍[252]，讲文德于明堂[253]。正流俗之华说[254]，综孔氏之旧章[255]。散乐移风，国富民康。神应休臻[256]，屡获嘉祥。故甘灵纷而晨降，景星宵而舒光[257]。观游龙于神渊，聆鸣凤于高冈。此霸道之至隆[258]，而雍熙之盛际[259]。然主上犹以沉恩之未广[260]，惧声教之未厉[261]。采英奇于仄陋[262]，宣皇明于岩穴[263]。此宁子商歌之秋[264]，而吕望所以投纶而逝也[265]。吾子为太和之民，不欲仕陶唐之世乎？”于是玄微子攘袂而兴曰：“韡哉言乎[266]！近者吾子所述华淫[267]，欲以厉我[268]，祇搅予心。至闻天下穆清[269]，明君莅国[270]。览盈虚之正义[271]，知顽素之迷惑[272]。今予廓尔[273]，身轻若飞。原反初服[274]，从子而归。”

【篇旨】

本文借写玄微子隐居深山，镜机子劝他不要抛弃功名的问答，阐述了曹魏政权求贤措施的必要性，批评了在野士族不愿为当朝政治服务的错误思想。

【注释】

① 傅毅：东汉章帝刘炟时人。《后汉书》有传。《七激》：见严可均《全

后汉文》，讲徒华公子托病幽处，清思黄老。玄通子劝他出来建功立业，先劝他听妙音、吃美味、驾驭、观猎、听歌观舞，最后劝他学圣道，公子听了便兴起。

② 张衡：东汉安帝刘祜时人，著名的科学家、文学家。《后汉书》有传。《七辩》：《全后汉文》已残缺，写无为先生隐居修仙，有七个人去劝说他，虚然子讲宫室之丽，雕华子讲美味，安存子讲音乐，阙丘子讲美女，空桐子讲舆服，依卫子讲游仙，仿无子讲圣学，把先生说服了。

③ 崔骃（yīn）：与傅毅同时人。《后汉书》亦有传。《七依》：《全后汉文》已残缺，写客用美味、宴乐、打猎、音乐等来劝说公子，使他振作起来。

④ 王粲："建安七子"之一。《三国志》有传。王粲所作《七释》，《全后汉文》亦已残缺，写潜虚丈人避世隐居，有位大夫用七件事来开导他。

⑤ 玄微子：曹植假设道家之流隐士。玄微：幽玄精微。大荒：指边远之地。《山海经》说："大荒之中有山，名曰大荒之山，日月所入，是谓大荒之野中也。"

⑥ 飞遁：即肥遁，指隐居避世。离俗：脱离社会。

⑦ 澄神定灵：使心神清静，不为外物所干扰。

⑧ 物：万物。营：为。

⑨ 虚：虚无，道家所谓"道"的本体。好静：意谓重视恬静的人生哲理。

⑩ 永生：即长生。

⑪ 天云之际：象征最高境界。

⑫ 倾：超越。

⑬ 超野：形容迅疾。

⑭ 追风：马名，以驰疾而称。

⑮ 泱（yǎng）漭：广大貌。

⑯ 激水：湍急的河流。

⑰ 高岑：高耸的孤峰。

⑱ 皮弁（biàn）：古冠名，用白鹿皮制作，为视朝的常服。

⑲ 文裘：用带花纹的狐制成的皮衣。

⑳ 岫（xiù）：山洞。潜：幽深貌。

㉑ 峣（yáo）峣：高貌。

㉒ 六合：天地四方。九州：指中国。

㉓ 中留：中止。

㉔ 葛藟（lěi）：蔓草名。

㉕ 距：至。

㉖ 道艺：学问与技能。《周礼·天官·宫正》郑司农注："道，谓先王所以教道民者。艺，谓礼、乐、射、御、书、数。"

㉗ 仁义：古代的一种含义广泛的道德观念。仁，指人与人相亲，爱人。义，指等贵贱，明尊卑。

㉘ 人事：指亲戚朋友交往之道。纪经：犹言纲领。

㉙ 嘻：悲恨之声。

㉚ 太极：指原始混沌之气。

㉛ 浑沌：指阴阳未分的状态。

㉜ 纷错：杂乱貌。

㉝ 隆：丁晏《曹集铨评》："《御览》作运。"谓万物随自然运转之规律而发生变化。

㉞ 芒芒：广大貌。元气：此谓宇宙。

㉟ 累：拘。

㊱ 宁掉尾于涂中：意谓仕宦为官，受爵禄刑罚的管束，不如隐居而安于贫贱，像泥路上拖着尾巴的乌龟，保持逍遥自在。比喻自由自在的隐逸生活。事见《庄子·秋水》。

㊲ 艳：谓文辞华美。

㊳ 穷泽：干涸的湖泊。

㊴ 演：演说。妖：美，形容声。靡：好，形容色。

㊵ 整身：整饬行为。倦世：倦于人间之世。

㊶ 探：取。隐：谓隐居之士。拯：举。沉：谓沉于下位之人。

㊷ 遐路：远路。

㊸ 玉音：德音。

㊹ 菰：生于水边，芽嫩可食，其食如米，叫菰米，又称雕胡。粺（bài）：精米。

㊺ 霜蓄：冬菜。露葵：即冬葵。

㊻ 玄熊：黑熊。素肤：白肉。

㊼ 豢：指犬豕一类牲畜。腴肌：肥肉。

㊽ 蝉翼：形容其薄。

㊾ 叠縠：重叠的薄绸，亦形容薄。

㊿ 转：谓移动。

51 山鵽（duò）：即山鸡。斥鷃：即鹌鹑。

52 珠翠：珍奇的食品。《南方异物记》曰："采珠人以珠肉作鲊也。"一说指蚌肉及翠鸟肉。

53 寒：犹腌。芳苓之巢龟：《史记 · 龟策列传》曰："有神龟在江南嘉林中……常巢于芳莲之上。"苓，同"莲"。

54 脍：细切之肉。飞鳞：即文鳐鱼，又名飞鱼。

55 臛（huò）：做成肉羹。潜鼍：俗称猪婆龙，一名鼍龙，或称扬子鳄。体长六尺至丈余，四足，背尾鳞甲。

56 臇（juǎn）：烹煮肉羹。

57 糅：犹言杂。

58 醇：厚。

59 玄冥适咸：谓北方水神适于调和咸味。玄冥，《礼记》曰："北方，其神玄冥。北方，水也。"

60 蓐（rù）收调辛：谓西方金神适于调和辣味。蓐收，《礼记》曰："西方，其神蓐收。西方，金也。"

61 和：谓调味之品。节：有限节。

62 射越：谓香气发散。

㉝ 缥酒：绿色美酒。

㉞ 康狄：杜康与仪狄，传说最早造酒的人。

㉟ 应化则变：谓东风至而酒泛溢。《淮南子》高诱注："东风，木风也。其味酸，入酒故酢而泛者沸。"

㊱ 气：气候。

㊲ 徵（zhǐ）：五音之一。

㊳ 宫：亦五音之一。

㊴ 翠樽：翠玉制的酒器。

㊵ 雕觞：雕花的酒杯。

㊶ 浮蚁：浮在酒面上的泡沫。

㊷ 酷烈：形容香气很盛。

㊸ 藜藿：藜与藿，野菜，乃贫者所食。

㊹ 步光：古剑名。

㊺ 文犀：有纹理的犀角。

㊻ 翠绿：此指美玉。

㊼ 骊龙之珠：谓骊龙领下之珠，即宝珠。

㊽ 错：雕镂。荆山之玉：谓春秋时楚人卞和于荆山所得璞玉，即宝玉。

㊾ 陆：陆地。

㊿ 隽：指绝异。

81 渐：浸渍。

82 九旒之冕：谓诸侯所戴的礼帽。旒，冕的前端所悬系的珠串，天子有十二旒，诸侯为九。

83 散耀：散发晶莹的光辉。文：文采。

84 华组：冠上花带。缨：系冠的带子。

85 结绿、悬黎：皆美玉名。

86 妙微：形容精美之极。

87 符采：玉的纹理光彩。照烂：光泽鲜明的样子。

88 流景：即流光。

⑱ 黼黻（fǔ fú）：古代礼服上绘绣的花纹。黼，为黑白相间如斧形的花纹。黻，为黑青相间如亚形的花纹。

⑲ 纱縠（hú）：轻而细的绉纱。

⑲ 金华：金花。舄（xì）：鞋，以木置履下，防止潮湿。

⑲ 微：明。鲜：洁。

⑲ 绲：织成带。一说当作“琨”，即美玉。绸缪：紧缠密绕。

⑲ 幽若：幽兰，杜若。

⑲ 肆布：犹散布。

⑲ 驰耀：犹流光。

⑲ 南威：古美女名。《战国策》曰：“晋文公得南威，三日不听朝。”

⑲ 毛褐：布衣。

⑲ 荡思：谓摇荡性情。

⑩ 云龙：即龙。《周易 · 乾》：“云从龙，风从虎。”故称。飞驷：飞马。驷，四马。

⑩ 玉路：玉饰的皇帝专用车。路，通“辂”。繁（pán）缨：诸侯所用的马腹带饰。

⑩ 宛虹：宛曲如虹。緌（ruí）：帽带的末梢部分。

⑩ 抗：举。招摇：星名，北斗第七星。华旌（jīng）：画有图形的旌旗。

⑩ 捷：插。古插与捷通用。忘归：箭名。

⑩ 繁弱：弓名。

⑩ 蹑景：追赶日影。比喻极快。轻骛：犹言疾驰。

⑩ 遗风：良马名。

⑩ 榛薮：山林。

⑩ 罝（jū）：兽网。

⑩ 罘（fú）：亦为兽网。

⑪ 满：五臣本作“漏”。

⑪ 逸：逃亡。

⑪ 会围：合围。

⑭ 獠徒：打猎的人。

⑮ 戈殳：戈戟。皓旰（hàn）：明亮貌。

⑯ 文狐：身有花纹的狐。

⑰ 掩：掩蔽。

⑱ 鹔鷞：水鸟，燕的一种。

⑲ 振鹭：鸟名。

⑳ 轨：车辙。见藉：谓被车所辗。

㉑ 飞轩：飞车。电逝：形容车行迅疾。

㉒ 飞锋：谓箭。

㉓ 举：高飞。罾（zēng）：网。

㉔ 薄：草木丛生处。穷阻：穷险。

㉕ 猋（biāo）举：像火花一样飞射。

㉖ 饮羽：谓箭深入，尾部羽毛隐没不见。

㉗ 胁：迫。

㉘ 哮阚（hǎn）：猛兽发怒。

㉙ 慑（shè）：恐惧。

㉚ 北宫：指勇士，事见《孟子·公孙丑》："北宫黝之养勇也，不肤桡，不目逃，思以一毫挫于人，若挞之于市朝。"北宫，姓。黝，名。东郭：亦指勇士，事见《吕氏春秋·当务》："齐之好勇者，其一人居东郭，其一人居西郭，卒然相遇于途，曰：'姑相饮乎？'觞数行，曰：'姑求肉乎？'一人曰：'子，肉也；我，肉也……'因抽刀而相啖，至死而止。"

㉛ 貙（chū）：兽名，其大似狗，其纹像狸。

㉜ 抗：御。

㉝ 隐：筑。

㉞ 批：侧手击。碎掌：形容武士壮健有力，因能有力在掌。

㉟ 摧：折。斑：虎豹之皮。

㊱ 毛类：即兽类。

⑬⑦ 飞翮：飞鸟。

⑬⑧ 骇（hài）钟：即击钟。

⑬⑨ 弛：解。

⑭⓪ 顿纲纵网：谓撤围收网。顿，舍。纲，提网的绳。

⑭① 羆：应作“罢”。《文选考异》：“案羆当作罢”。考宋刊本《曹子建文集》“羆”正作“罢”。罢，犹罢息。獠：打猎。

⑭② 骏騄（lù）：良马名。骧（xiāng）：奔驰。

⑭③ 銮：装在车上的饰物，车行则摇动作响，声似鸾鸟。飞沫：谓马驰走时喷出口沫。

⑭④ 金较：车厢上的横木，制成龙形，饰以金。

⑭⑤ 暇豫：悠闲逸乐。

⑭⑥ 方外：世俗之外。

⑭⑦ 羽猎：帝王狩猎，士卒负羽箭随从，因名羽猎。此指狩猎。

⑭⑧ 闲：宽大貌。

⑭⑨ 云屋：形容屋高如云。

⑮⓪ 崇：立。景山之高基：基若景山，形容其高。

⑮① 迎：面向。立观：《地理书》曰：“迎风观在邺也。”

⑮② 文榱（cuī）：绘有图案的椽子。华梁：饰以彩绘的屋梁。

⑮③ 绮井：天花板上凸出为覆井形，饰以花纹图案。含葩：指绘有荷藻之类。

⑮④ 金墀：犹金戺，戺即门限，用铜沓冒，黄金涂，故称金戺。玉箱：即玉房：谓用玉装饰的房室。箱，通“厢”，指正厅两旁的房室。

⑮⑤ 冬服絺纮（hóng）：极言温室之暖。絺，细葛布。纮，五臣本作“绤（xì）”，粗葛布。

⑮⑥ 中夏：谓盛暑之时。

⑮⑦ 华阁：施以彩绘的阁道。缘云：犹临云，形容高峻。

⑮⑧ 飞陛陵虚：谓殿阁台阶，凌空直上。

⑮⑨ 頫（fǔ）：同“俯”，低头。

⑯⓪ 八隅：八方。

⑯① 眇：视。

⑯② 变名：宋刊本《曹子建文集》作“变容”，谓不同于寻常的容貌。以“容”字为是。

⑯③ 班输：古代巧匠，即鲁之公输班。一说，班即鲁班，与公输氏是两个人，皆有巧艺。

⑯④ 离娄：古之明目者，相传能视于百步之外，见秋毫之末。

⑯⑤ 交：俱。

⑯⑥ 诡类：异类。

⑯⑦ 熙：光明。

⑯⑧ 任子：古代传说中善于捕鱼的人。见《庄子·外物》。

⑯⑨ 魏氏：古之善射者。据《吴越春秋》，越王欲伐吴，范蠡进善射者陈音。越王问其射所起焉，音曰：“黄帝作弓以备四方，后有楚狐父以其道传羿，羿传逢蒙，逢蒙传楚琴氏，琴氏传大魏，大魏传楚三侯：麋侯、翼侯、魏侯也。”

⑰⓪ 缴（zhuó）：射鸟时系在箭上的生丝绳。弋（yì）：以绳系箭而射。

⑰① 蜯（bàng）：同“蚌”。

⑰② 鲛人：神话传说中居住在海底的怪人。

⑰③《汉广》：《诗经·周南》篇名。《诗经·周南·汉广》曰：“汉有游女，不可求思。”觌：遇见。游女：汉水神。

⑰④ 神景：神光。中沚（zhǐ）：水中的小洲。

⑰⑤ 之：犹与。

⑰⑥ 芳烈：谓馥郁的馨香。靖步：缓步而行。靖，通“静”。

⑰⑦ 仇（qiú）：配偶。

⑰⑧ 修：装饰。

⑰⑨ 宴婉：安详和顺，指温柔的美人。

⑱⓪ 岩穴：隐士所居。

⑱① 遗世：避世。

⑱②《北里》：原为地名，女倡所居。此指所唱歌曲。流声：即淫放之声。

⑱③绍：继承。《阳阿》：古代名曲。

⑱④文轩：用彩画雕饰的车子。

⑱⑤洞庭：指广庭。

⑱⑥挥：弹奏。

⑱⑦篪（chí）：古代管乐器。

⑱⑧振：通“震”，动。

⑱⑨袿（guī）：妇女上衣。

⑲⓪飘飖：形容长裾飘动的样子。

⑲①金摇：头上饰物。用金制凤凰形，下悬五色玉，行动则玉摇荡，又称步摇。熠耀：形容光辉灿烂之貌。

⑲②翠羽：插在头上的绿色长翎。

⑲③飞文：谓舞伎身佩的饰物，动时闪烁发光。

⑲④盘鼓：汉魏《七盘舞》。地上放置七盘，鼓置于舞伎足下，足踏鼓，鼓声以作舞蹈时的节拍。

⑲⑤蹻（jiǎo）捷：身手轻灵敏捷。

⑲⑥蹈虚：足不踏地。远蹠：跨步很长。

⑲⑦骧：此同“腾”。

⑲⑧蜿蝉：犹蜿蜒。挥霍：迅急之貌。

⑲⑨翥：飞腾。

⑳⓪濈（jí）然：迅疾的样子。凫没：如凫没入水中。

⑳①激尘：形容歌声高亢。语本《七略》：“汉兴，善歌者鲁人虞公发声动梁上尘。”

⑳②依违：形容歌声婉转悠扬。厉响：高猛的声音。

⑳③渫（xiè）：止歇。

⑳④变饰：更换服饰。

⑳⑤微步：细步。

⑳⑥弛（chí）：脱。铅华：搽脸的粉。

⑳7 兰泽：含兰香的油脂。

⑳8 嫷（tuǒ）服：华美的衣服。

⑳9 宜笑：恰当的笑，指笑得很自然。

㉑0 睇眄（dì miàn）：斜视，流盼。

㉑1 除：台阶。

㉑2 闲：静。

㉑3 幄幙：帐幕。

㉑4 清商：指歌曲。

㉑5 九秋之夕：谓夜长。九秋，犹深秋。

㉑6 未央：未尽。

㉑7 奋节：发扬气节。

㉑8 烈士：指坚贞不屈的刚强之士。

㉑9 雄俊：才能出众。

㉒0 交党结伦：谓联络意气相投的人。

㉒1 分：犹志，即感情。遗身：忘身。

㉒2 田光：战国时燕人。秦灭韩赵，燕太子丹恐惧，谋刺杀秦王政。大傅鞠武因荐田光，光辞年老，转荐荆轲。燕太子丹对田光说："丹所言者，国大事也，愿先生勿泄也。"田光退见荆轲说："吾闻长者为行，不使人疑己，今太子疑光，非节侠也！"欲自杀以激荆轲，遂自刭。事见《史记·刺客列传》。北燕：燕在中国北部地区，故曰北燕。

㉒3 公叔：其人未详。一说，荆轲字公叔，刺秦王不中而死，故云毕命。

㉒4 果毅：果断而坚忍。轻断：草率做出决定。

㉒5 虎步谷风：比喻人的勇猛无畏。

㉒6 万乘：指天子。

㉒7 田文：孟尝君的姓名，战国时贵族。以好客著称，门下食客至数千人。无忌：魏公子名，魏安釐王之弟，封为信陵君，致食客三千。

㉒8 腾跃：卓越之意。

㉒9 游心：注意，留心。无方：没有固定的方向。

㉚ 凌轹（lì）：欺压，干犯。

㉛ 驱驰：犹驱使。

㉜ 亮：信，诚。

㉝ 方：将。

㉞ 累：犹言妨害。

㉟ 圣宰：指曹操。曹操于建安十三年夏六月为丞相，故曹植誉称曰圣宰。

㊱ 翼帝：谓辅佐汉献帝刘协。霸世：把持王者之政教。霸，把。

㊲ 同量乾坤：谓同天地无私的准则。

㊳ 玄化：谓深厚教化。参神：拟于神。

㊴ 合契：犹合符，即称事之彼此相合。

㊵ 黎苗：谓民众。

㊶ 无外：没有限际。

㊷ 隆平：即太平盛世。

㊸ 踵：继。羲皇：伏羲氏。

㊹ 显：显赫。

㊺ 王道：三王之道。遐：远。均：同。

㊻ 望：视。如草：谓如草之仰雨。

㊼ 泽：润泽。如春：如春之长育万物。

㊽ 洗耳之士：指许由，上古隐士。相传尧让以天下，不受，遁耕于箕山之下，尧又召为九州长，由不欲闻之，洗耳于颍水滨。事见《史记·伯夷列传》。

㊾ 乔岳：高山。巢居之民：指巢父，尧时隐士，常山居，以树为巢，寝于其上。事见晋皇甫谧《高士传》。

㊿ 俊乂（yì）：贤德之士。

251 进：谓入仕。

252 典礼：典法礼仪。辟（bì）雍：周王朝为贵族子弟所设的大学。

253 文德：指以礼乐教化进行统治。明堂：古代帝王宣明政教的地方。

254 华说：华而不实的言论。

㉕⑤ 综：理。旧章：孔子删定诗书礼乐，故云。

256 休臻：即休征，吉祥的征兆。

257 景星：星名，也称瑞星，德星。《史记·天官书》曰：“其状无常，出于有道之国也。”

258 霸道：指曹操削平群雄而尊王室之举。至隆：即最高之意。

259 雍熙：和乐貌。盛际：至盛境界。

260 主上：谓汉献帝刘协。沉恩：深恩。

261 声教：声威和教化。厉：高。

262 仄陋：出身卑微。

263 皇明：谓天子之诏。

264 宁子：宁戚，春秋时卫人，以家贫为人挽车。至齐，喂牛于车下，扣牛角而歌。桓公以为非常人，召见，拜为上卿。事见《吕氏春秋·离俗览·举难》。商歌：犹言悲歌。秋：时。

265 吕望：即太公望，姓姜，原名尚，曾垂钓磻溪，后得遇文王。事见《史记·齐太公世家》。投：弃。纶：钓绳。

266 韡（wěi）：盛貌。

267 华淫：浮夸不切实际。

268 厉：劝勉。

269 穆清：谓社会安宁之世。

270 莅（lì）：临。

271 盈虚：谓盛衰。正义：谓正道。

272 顽：愚妄。素：本性。

273 廓尔：开悟貌。

274 初服：指未隐居时的衣服。

【语译】

从前枚乘写作《七发》，傅毅写作《七激》，张衡写作《七辩》，崔骃写作《七依》，辞藻都很华丽，我心有所慕，于是写下《七启》，并且让王粲也作了一篇。

玄微子隐居于边远之地，避开尘世，脱离社会，心神清静，不受外物干扰，轻视荣华富贵，与世无争。喜好虚无恬静，羡慕长生不老。他的思想飞驰到最高境界，没有什么东西能够超越它。镜机子听说以后便前往劝说。他穿越遥远的大漠，走出幽深的荒丘，又进入茫茫的原野，便来到玄微子所居之处。只见他居住的地方，左面河流湍急，右面孤峰耸立，背临涧溪，面对芳林。头戴皮帽，身披皮衣，出入于幽深的山洞，在悬崖峭壁旁游玩。他的志向飘飞着，飞得很高，好像天地和中国都显得狭小了一般，将要飞去还未消逝，举起翅膀又停了下来。于是镜机子攀缘着蔓草登上山崖，到了崖岸便立住脚，顺着风向说道："我听说君子不避流俗忘记声名，才智之士不违背世情放弃建功立业。现在你丢弃了道艺的精华，遗忘了仁义的精粹，耗费精神于虚无，荒废了人事交往之道。就好比画图而没有形象，造响却没有声音，难道你不曾考虑一下吗？为什么那样见识短浅呢？"玄微子俯身应答道："唉！有这样的说法吗？天地刚刚生成的时候，阴阳混沌一片，万物纷乱错杂，随自然运转规律发生变化。有形体便会衰朽，有踪迹必有尽头，茫茫宇宙，谁能知道它的终结。名号玷污了我的身体，地位使人身受到拘忌，私心追慕古人的志向，崇仰老庄的遗风，借灵龟为喻，宁愿在泥路上拖着尾巴逍遥自在。"

镜机子说："辩论的言辞文采华美，能使干涸的湖泊流淌，枯萎的草木开花，几乎可以感动神灵，更何况对于人的感情？我将为你谈谈游观这种最大的娱乐，演说声色的美好，阐述变化的精妙，宣扬道德的广大，愿意听听吗？"玄微子说："你整饬自身的行为，倦于人间之世，远访隐居之士，举荐沉于下位之人，不辞路远，光临此地，我当恭恭敬敬地洗耳，聆听你的德音。"

镜机子说："芳菰精米，冬菜露葵，黑熊白肉，犬豕鲜肥，像蝉翼一样分割得极为精细，堆积起来有如重叠的薄绸，打开来又像飘散的雪花，轻盈得随风飞转，而切割的刀刃不曾移动分毫。山鸡、鹌鹑，珍奇的食物，腌制的在芳莲上筑巢的神龟肉，切得细细的西海的飞鱼，江东的鼍龙煮成的肉羹，煮熟的汉南出产的鸣鹑，再杂以香醋，美味醇厚。北方水神适于调咸味，西方金神适于调辣味。还用紫兰丹椒来调香味。滋味各不相同，香气四处飘散。于是有清醇的绿色春酒，乃是杜康同仪狄所营造，根据时节而变化，感受气候而酿成，弹奏徵音便发出苦味，叩响宫调则生出甘甜。于是将酒盛在翠玉酒器里，端起雕花酒杯来饮，只见泡沫翻腾，芳香扑鼻，可以使精神恬适，肠胃舒畅。这是食物中的佳品，你能跟我一起尝尝吗？”玄微子说：“我甘愿吃野菜，没有空闲吃这些东西。”

镜机子说：“步光这样的古剑，上有花纹和色彩，饰以有纹理的犀牛角，镶嵌上美玉，缀上骊珠，再配上精雕细刻的宝玉，在陆地斩杀犀象，尚不足奇；随水流拦截飞鸟，水不湿刃。诸侯所戴的礼帽，散发着光彩。冠上花带，随风飘拂。所佩带的则是结绿、悬黎这样的美玉，极为精美，光彩夺目，流光四射。绣花的礼服，轻细的纱衣，用金花装饰的木履，一动便足下生辉。长短不齐的各种饰物明洁得像霜一样洁白。缠绕的织带，上有精美的图案和花纹，用幽兰和杜若熏过，香气四溢。缓步徐行，光耀四布，使美女南威为之开颜，西施为之欢笑。这是仪容服饰之美，你能跟我穿戴吗？”玄微子说：“我喜欢布衣，没有闲暇穿这样的衣服。”

镜机子说：“纵马驰骋足以使性情摇荡，出游打猎可以使心情快乐。我将为你驾上奔驰如飞的马车，用珠玉装饰车马。垂下宛曲如虹的帽带，举起画有北斗星的旌旗。插好利箭，手持良弓，追赶日影一般轻快迅疾，超过了奔驥、遗风这样的良马。填塞溪谷，遮蔽山林。沿山设置兽网，遍野张布鸟网。地下的无处逃遁，空中的也不能飞走。飞鸟走兽屯集一起，然后展开合围。猎人像云一样密集，骑兵像雾一般散开。红旗照野，戈戟闪亮。牵引文狐，捕获狡兔，袭击鹔鹈，拂掠振鹭。被车所辗，被脚践踏。飞车像电一样迅疾，野兽围着车轮打转。翅膀还来不及张开，腿脚还来不及腾跃，便动辄触碰飞箭，高飞进撞罗网。搜索山林，寻觅幽险，翻山越岭，急如风火。箭不虚发，凡射中箭必定很深入。于是人多网密，地势逼迫。猛兽怒吼，张牙舞爪，想要突围，毫不畏惧。便有北宫、东郭这类勇士，活活拉下豹尾，劈裂貔肩，猛兽抵御不了他们的双手，兽骨禁不住武士的拳击。侧手击碎熊掌，打虎拉坏虎皮。使原野没有兽类，林中不见飞鸟。走兽堆积成山，飞鸟密布如云。接着便敲钟击鼓，解下旌旗，撤围收网，罢猎回师，骏马一齐奔驰，鸾鸟作响，口沫飞溅，俯倚饰有金较的车辕，仰抚翠羽装饰的华盖，从容娴雅，悠然自得，享受到世俗之外的快乐。这是狩猎的妙处，你能同我一道观看吗？”玄微子说：“我爱好恬静，没有闲情看这些。”

镜机子说：“宫室宽广，屋舍高大，修筑景山这样的高基，面向清风建造宫观。朱檐紫柱，雕梁画栋，天花板上绘制荷藻，门限涂金，屋室饰玉。温室之暖冬季可着轻薄的衣裳，寒房之凉盛暑之时也可以结霜。华丽的阁道高耸入云，殿阁台阶凌空直上，俯瞰流星，仰观八方，连飞龙也攀不上去，仿佛高居于天际之上。技艺复杂神奇，形状非比寻常，班输都不知如何着手，离娄也为之眼花缭乱。种植美丽的花草，品种珍奇名贵，绿叶红花，光照天日。清水满池，树木成林。鸟儿高翔，鱼游水底。使人安闲自得，乐而忘返。让任子垂钓，魏氏拉弓。香饵沉入水里，轻缴随箭飞升。射落遮蔽云天的高鸟，牵出深潭里的灵龟。然后采摘菱花，拾取水蘋，把玩产珠的水蚌，同海底鲛人嬉戏。诵读《汉广》一诗歌咏的内容，在水边遇见汉水之神。她焕发的容光照亮了水中小洲，身着轻纱与细罗，香气馥郁缓步而行，举起玉手唱着清歌。歌中唱道：‘遥望云际啊有佳偶，天路悠长啊无由可通，身佩兰蕙啊谁适为容，不见美人啊我心忧愁。’这是离宫别馆之妙，你能随我居住吗？”玄微子说：“我喜欢岩洞，无暇住在这样的地方。”

镜机子说：“流览平原，在闲宫里逍遥自在，放荡自己的情志，纵情娱乐还未结束，就有才艺出众的歌伎，超尘脱俗，高歌《北里》的淫放之声，继承了精妙的《阳阿》古曲。你便驾着装饰华美的高车，来到广庭，琴瑟和弹，篪笙参差，钟鼓俱响，箫管齐鸣。然后有美人身着华丽的纱衣，拖曳着轻柔飘动的长裙，鬓垂金光闪耀的步摇，头戴两双翠羽制成的长翎。周身香气四溢，闪烁发光，舞起盘鼓，五彩缤纷。长裾随风飘动，悲歌响遏行云。身手轻灵敏捷像飞一样，足不点地，大步跨越，腾起跳跃如风，转折回旋迅疾，仰身向上有如鸿翔天空，俯身向下又似鱼潜水底。身体轻盈，动作迅捷，形影相应而生。歌声嘹亮高亢，婉转悠扬，出神入化，难以描绘。欢乐尚未止歇，白日已经西沉，于是解散乐队，更换服饰，闲步闺中。黛眉薄啊脂粉落，梳理乱发啊净兰膏，露出美丽的衣裳啊散发着杜若的幽香。美人巧笑宜人，顾盼生辉。这时候我与你携手同行。登上高高的台阶，来到幽静的房室，华烛灿烂，帷幕大张，轻启朱唇，歌声清越，挥起罗袖，摆动华裳，深秋之夜，欢乐无尽。这是声色之妙，你能同我一起游玩吗？”玄微子说：“我愿意清静虚无，没有闲暇玩这些。”

镜机子说：“我听说君子乐于发扬气节以显扬道义，志士甘愿危及其身以成就仁德。所以才能出众的人，交结意气相投之士，重气节轻生死，感志忘身。因此田光在北燕伏剑自刎，公叔于西秦结束生命。他们坚毅果决，勇敢无畏，威慑天子，称雄于华夏。”话未说完，玄微子说：“好。”

镜机子说：“这不过是游侠之徒罢了，不值得称道。像孟尝君田文、信陵君无忌这些人，个个发扬仁义，道艺超卓。心系八方，志向高远，上薄云天，压倒诸侯，使当世之人为之奔走效力。挥舞衣袖可使原野生风，意气慷慨则气贯长虹。如果你处在这样的时候，能同我一起以他们为友吗？”玄微子说：“我真心希望这样，然而将于大道，有所妨害，该怎么办呢？”

镜机子说：“当今有圣明的宰相，辅佐皇帝，主持政事，和天地一样无私，跟日月同样光明，教化深厚，与神灵相符。恩泽传播到百姓，声威广大无边，盛世超过殷周，大平继踵羲皇。圣朝清明，远同三王之道，民之所望犹如草木仰望雨露，朝廷恩泽如同春之长育万物。河边没有洗耳的隐士，山中没有巢居的逸人。于是贤德之士纷纷入仕，仰望国家的盛德光辉，举荐贤才不使遗漏，仕进之人道各不同。颂扬典法礼仪于大学，讲授文德于明堂，匡正流行的华而不实的言论，温习孔子删定的典章制度。扩大音乐的教化作用，转变社会的风俗，国家富强，百姓安康，神赐吉兆，祥瑞屡现。清晨甘露纷降，夜晚景星发光。看游龙潜于神渊，听凤凰鸣于高冈。这是霸道所能达到的极致，太平安乐的至盛境界。然而天子认为深恩还不够广泛，声威教化还不够高，故而在出身卑微的人中选拔英才，将诏书下达岩洞，这正是宁子悲歌之时，吕望弃钓绳离开的好时机。先生是太平时节的人，不想仕于帝尧这样的盛世吗？”于是玄微子揎袖捋臂，奋起说道：“你所说的话了不起啊！你前面说的那些浮夸不切实际的事，想要劝勉我，其结果只是扰乱我的心。听到天下太平安宁，明君治国，通览盛衰之道，知晓我愚妄迷惑的本性，现在我全然了悟，身体轻捷得要飞起来，愿意换上原来的衣服，跟你返回朝廷。”

【评析】

曹操在汉末群雄逐鹿的纷争中，建立起自己的政权，为了进一步发展统一事业，争取士族的合作，于建安十五年（210）发布求贤令，提出“唯才是举”的征用原则，本篇即为配合宣传曹操的这一政治意图而作。文章对曹魏政权虽颇多溢美之词，但其中对求贤措施的热烈歌颂，以及追求和向往实现国泰民安的理想社会，无疑具有积极的意义，从中也显示了文学与政治的密切联系。作者继承汉赋中枚乘创造的“七”体，采用主客问答形式，分别以肴馔、服饰、羽猎、宫馆、声色、豪门、王道七事相劝，使对方最后信从了王道。通篇笔墨酣畅，气势恢宏，讽谏委婉曲折，鲜明体现出赋体铺张扬厉的特色。在承袭前人的基础上，本文也具有独特的个性，不论写景状物，抒情叙事，无不辞气纵横，文采华美。如对肴馔、容饰、羽猎、宫观、声色的渲染，都能淋漓尽致，曲尽妙处。其中描写舞蹈：“长裾随风，悲歌入云。蹻捷若飞，蹈虚远蹠。凌跃超骧，蜿蝉挥霍。翔尔鸿翥，濈然凫没。纵轻体以迅赴，景追形而不逮。”尤能绘形绘色，充分显示作者细致入微的观察和出神入化的文字表达功夫。无怪刘勰称赞说：“陈思《七启》，取美于宏壮。”（《文心雕龙·杂文》）

卷第三十五

七下

七命八首

作者：张景阳　　注译评析：张明非

冲漠公子含华隐曜①，嘉遁龙盘②，玩世高蹈③。游心于浩然④，玩志乎众妙⑤。绝景乎大荒之遐阻⑥，吞响乎幽山之穷奥⑦。于是殉华大夫闻而造焉⑧，乃敕云辂⑨，骖飞黄⑩。越奔沙，辗流霜。凌扶摇之风，蹑坚冰之津。旌拂霄埒⑪，轨出苍垠。天清冷而无霞，野旷朗而无尘。临重岫而揽辔，顾石室而回轮，遂适冲漠之所居。其居也，峥嵘幽蔼，萧瑟虚玄。溟海浑濩涌其后⑫，嶰谷嘲嘈张其前⑬。寻竹竦茎荫其壑，百籁群鸣聋其山。冲飙发而回日，飞砾起而洒天。于是登绝巘，溯长风。陈辩惑之辞，命公子于岩中。曰："盖闻圣人不卷道而背时⑭，智士不遗身而匿迹。生必耀华名于玉牒⑮，没则勒洪伐于金册⑯。今公子违世陆沉⑰，避地独窜，有生之欢灭，资父之义废。愁洽百年，苦溢千岁。何异促鳞之游汀泞⑱，短羽之栖翳荟⑲？今将荣子以天人之大宝⑳，悦子以纵性之至娱㉑。穷地而游，中天而居。倾四海之欢，殚九州之腴。钻屈毂之瓠㉒，解疏属之拘㉓。子欲之乎？"公子曰："大夫不遗，来萃荒外㉔，虽在不敏，敬听嘉话。"

大夫曰："寒山之桐，出自太冥㉕。含黄钟以吐干㉖，据苍岑而孤生㉗。既乃琼巘嶒崚㉘，金岸崥崹㉙。左当风谷，右临云溪。上无凌虚之巢㉚，下无跖实之蹊㉛。摇刖峻挺㉜，茗邈苕峣㉝。晞三春之溢露㉞，溯九秋之鸣飙㉟。零雪写其根，霏霜封其条㊱。木既繁而后绿，草未素而先凋。于是构云梯，陟峥嵘。剪蕤宾之阳柯㊲，剖大吕之阴茎㊳。营匠斫其朴㊴，伶伦均其声㊵。器举乐奏，促调高张。音朗号钟㊶，韵清绕梁[42]。追逸响于八风[43]，采奇律于归昌[44]。启中黄之少宫[45]，发蓐收之变商[46]。若乃龙火西颓[47]，暄气初收[48]。飞霜迎节，高风送秋。羁旅怀土之徒，流宕百罹之畴[49]。抚促柱则酸鼻，挥危弦则涕流。若乃追清哇[50]，赴严节[51]。奏《绿水》，吐《白雪》。《激楚》回，流风结[52]。悲蓂荚之朝落[53]，悼望舒之夕缺[54]。茕鳌为之擗摽[55]，孀老为之呜咽。王子拂缨而倾耳[56]，六马嘘天而仰秣[57]。此盖音曲之至妙，子岂能从我而听之乎？”公子曰：“余病，未能也。”

大夫曰：“兰宫秘宇，雕堂绮栊[58]。云屏烂汗[59]，琼壁青葱[60]。应门八袭[61]，琁台九重[62]。表以百常之阙[63]，圜以万雉之墉[64]。尔乃峣榭迎风，秀出中天。翠观岑青，雕阁霞连。长翼临云，飞陛凌山。望玉绳而结极[65]，承倒景而开轩。赪素炳焕[66]，枌栱嵯峨[67]。阴虬负檐[68]，阳马承阿[69]。错以瑶英，镂以金华[70]。方疏含秀，圆井吐葩。重殿叠起，交绮对幌。幽堂画密，明室夜朗。焦螟飞而风生[71]，尺蠖动而成响[72]。若乃目厌常玩[73]，体倦帷幄。携公子而双游，时娱观于林麓。登翠阜，临丹谷。华草锦繁，飞采星烛。阳叶春青，阴条秋绿。华实代新，承意恣欢。仰折神藡[74]，俯采朝兰。溯蕙风于衡薄[75]，眷椒涂于瑶坛[76]。尔乃浮三翼[77]，戏中沚[78]。潜鳃骇[79]，惊翰起[80]。沉丝结，飞矰理[81]。挂归翮于赤霄之表[82]，出华鳞于紫渊之里[83]。然后纵棹随风，弭楫乘波。吹孤竹[84]，拊云和[85]。渊客唱《淮南》之曲[86]，榜人奏《采菱》之歌[87]。歌曰：‘乘鸟舟兮为水嬉[88]，临芳洲兮拔灵芝。乐以忘戚，游以卒时。穷夜为日，毕岁为期。’此盖宴居之浩丽[89]，子岂能从我而处之乎？”公子曰：“余病，未能也。”

大夫曰：“若乃白商素节[90]，月既授衣[91]。天凝地闭，风厉霜飞。柔条夕劲，密叶晨稀。将因气以效杀，临金郊而讲师[92]。尔乃列轻武[93]，整戎刚。建云髦[94]，启雄芒[95]。驾红阳之飞燕[96]，骖唐公之骕骦[97]。屯羽队于外林[98]，纵轻翼于中荒[99]。尔乃布飞羉[100]，张修罠[101]。陵黄岑，挂青峦。画长豁以为限，带流溪以为关。既乃内无疏蹊，外无漏迹。叩钲数校[102]，举麾旌获。彀金机[103]，驰鸣镝[104]。剪刚豪[105]，落劲翮[106]。车骑竞骛，骈武齐辙。翕忽挥霍，云回风烈。声动响飞，形移景发。举戈林竦，挥锋电灭。仰倾云巢[107]，俯殚地穴[108]。乃有圆文之豣[109]，班题之貗[110]。鼓鬣风生，怒目电瞛[111]。口咬霜刃[112]，足拨飞锋。甗林蹶石[113]，扣跋幽丛[114]。于是飞、黄奋锐[115]，贲、石逞技[116]。蹙封豨，偾冯豕[117]。拉甝虪[118]，挫貙廌[119]。勾爪摧，锯牙捭[120]。澜漫狼藉，倾榛倒壑。殒胔挂山[121]，僵踣掩泽[122]。薮为毛林，隰为丹薄。于是撤围顿网，卷旆收鸢[123]。虞人数兽[124]，林衡计鲜[125]。论最犒勤，息马韬弦[126]。肴驷连镳，酒驾方轩。千钟电釂[127]，万燧星繁[128]。陵阜沾流膏，溪谷厌芳烟。欢极乐殚，回节而旋[129]。此亦田游之壮观，子岂能从我而为之乎？”公子曰：“余病，未能也。”

大夫曰：“楚之阳剑，欧冶所营[130]。邪溪之铤，赤山之精[131]。销逾羊头[132]，镤越锻成[133]。乃炼乃铄，万辟千灌[134]。丰隆奋椎[135]，飞廉扇炭[136]。神器化成，阳文阴缦[137]。流绮星连，浮彩艳发。光如散电，质如耀雪。霜锷水凝，冰刃露洁。形冠豪曹[138]，名珍巨阙[139]。指郑则三军白首，麾晋则千里流血[140]。岂徒水截蛟鸿，陆洒奔驷。断浮翮以为工，绝重甲而称利云尔而已哉！若其灵宝，则舒辟无方，奇锋异模。形震薛蜀[141]，光骇风胡[142]。价兼三乡[143]，声贵二都。或驰名倾秦，或夜飞去吴[144]。是以功冠万载，威曜无穷。挥之者无前，拥之者身雄。可以从服九国[145]，横制八戎[146]。爪牙景附[147]，函夏承风[148]。此盖希世之神兵，子岂能从我而服之乎？”公子曰：“余病，未能也。”

大夫曰：“天骥之骏[149]，逸态超越。禀气灵渊[150]，受精皎月[151]。眸睸黑照[152]，玄采绀发[153]。沫如挥红，汗如振血。秦、青不能识其众尺[154]，方堙不能睹其若灭[155]。尔乃巾云轩，践朝雾。赴春衢，整秋御。虬踊螭腾，麟超龙翥。望山载奔，视林载赴。气盛怒发，星飞电骇。志凌九州，势越四海。景不及形，尘不暇起。浮箭未移[156]，再践千里。尔乃逾天垠，越地隔。过汗漫之所不游[157]，蹑章、亥之所未迹[158]。阳乌为之顿羽[159]，夸父为之投策。斯盖天下之隽乘，子岂能从我而御之乎？”公子曰：“余病，未能也。”

大夫曰："大梁之黍[160]，琼山之禾[161]。唐稷播其根[162]，农帝尝其华[163]。尔乃六禽殊珍[164]，四膳异肴[165]。穷海之错[166]，极陆之毛[167]。伊公爨鼎[168]，庖子挥刀。味重九沸[169]，和兼勺药[170]。晨凫露鹄[171]，霜鶂黄雀[172]。圜案星乱[173]，方丈华错[174]。封熊之蹯[175]，翰音之跖[176]。燕髀猩唇，髦残象白[177]。灵渊之龟，莱黄之鲐[178]。丹穴之鷚[179]，玄豹之胎。焯以秋橙[180]，酤以春梅[181]。接以商王之箸，承以帝辛之杯[182]。范公之鳞[183]，出自九溪。赪尾丹鳃，紫翼青鬐。尔乃命支离[184]，飞霜锷。红肌绮散，素肤雪落。娄子之豪[185]，不能厕其细。秋蝉之翼，不足拟其薄。繁肴既阕，亦有寒羞[186]。商山之果[187]，汉皋之榛[188]。析龙眼之房[189]，剖椰子之壳。芳旨万选，承意代奏。乃有荆南乌程[190]，豫北竹叶[191]。浮蚁星沸，飞华萍接[192]。玄石尝其味[193]，仪氏进其法[194]。倾罍一朝，可以流湎千日[195]。单醪投川，可使三军告捷[196]。斯人、神之所歆羡，观听之所炜晔也[197]，子岂能强起而御之乎？"公子曰："耽口爽之馔，甘腊毒之味。服腐肠之药[198]，御亡国之器[199]。虽子大夫之所荣，故亦吾人之所畏。余病，未能也。"

大夫曰："盖有晋之融皇风也，金华启征[200]，大人有作[201]。继明代照，配天光宅[202]。其基德也，隆于姬公之处岐[203]。其垂仁也，富乎有殷之在亳[204]。南箕之风[205]，不能畅其化。离毕之云[206]，无以丰其泽。皇道焕炳[207]，帝载缉熙[208]。导气以乐，宣德以诗。教清于云官之世[209]，治穆乎鸟纪之时[210]。王猷四塞[211]，函夏谧宁。丹冥投烽[212]，青徼释警[213]。却马于粪车之辕[214]，铭德于昆吴之鼎[215]。群萌反素[216]，时文载郁[217]。耕父推畔[218]，鱼竖让陆[219]。樵夫耻危冠之饰[220]，舆台笑短后之服[221]。六合时邕[222]，巍巍荡荡[223]。玄龆巷歌[224]，黄发击壤[225]。解羲皇之绳[226]，错陶唐之象[227]。若乃华裔之夷，流荒之貊[228]。语不传于輶轩[229]，地不被乎正朔[230]。莫不骏奔稽颡[231]，委质重译[232]。于时昆蚑感惠，无思不扰[233]。苑戏九尾之禽[234]，囿栖三足之乌[235]，鸣凤在林，伙于黄帝之园，有龙游渊，盈于孔甲之沼[236]。万物烟煴，天地交泰。义怀靡内，化感无外。林无被褐[237]，山无韦带[238]。皆象刻于百工[239]，兆发乎灵蔡[240]。搢绅济济[241]，轩冕蔼蔼[242]。功与造化争流，德与二仪比大[243]。"言未终，公子蹶然而兴[244]，曰："鄙夫固陋，守此狂狷[245]。盖理有毁之，而争宝之讼解[246]，言有怒之，而齐王之疾痊[247]。向子诱我以聋耳之乐[248]，栖我以蓝家之屋[249]。田游驰荡，利刃骏足。既老氏之攸戒，非吾人之所欲，故靡得应子。至闻皇风载韪[250]，时圣道醇。举实为秋，摛藻为春。下有可封之民，上有大哉之君。余虽不敏，请寻后尘。"

【篇旨】

本篇假设冲漠公子隐居大荒，殉华大夫前往就问，用七事相启发，最后说服公子弃隐从仕，说明智士于圣明之世应建功立业，有所作为的道理。

【注释】

① 冲漠公子：本篇假托的人物。冲漠，恬静虚寂之意。

② 嘉遁：谓合乎正道的退隐。

③ 玩世：以傲慢嬉戏的态度处世。

④ 浩然：浩然之气，即正大刚直之气。

⑤ 众妙：万物的玄理。

⑥ 绝景：绝迹。

⑦ 吞响：吞其声响，即销声。

⑧ 殉华大夫：亦本篇假托的人物。殉华，求华。

⑨ 敕（chì）：整饬。辂（lù）：车。

⑩ 飞黄：传说中的神马。

⑪ 埒：边际。

⑫ 溟海：此指神话中的海。汉东方朔《十洲记》："东王所居处山外有员海，海水正黑，谓之溟海。"濩（huò）：水下流貌。

⑬ 嶰谷：昆仑山北谷名。嶛（láo）嶆：山谷陡峭幽深貌。

⑭ 卷道：藏道。背时：不合时宜。

⑮ 玉牒：典册。

⑯ 勒：记。洪伐：大功。金册：金书，记录功绩的册文。

⑰ 陆沉：无水而沉，喻隐居。

⑱ 促鳞：小鱼。汀泞：浅水。

⑲ 短羽：小鸟。翳荟：草木茂盛貌。

⑳ 天人之大宝：谓荣华富贵。

㉑ 纵性之至娱：谓声色滋味。

㉒ 屈穀之瓠：此用以比喻难治的事物。屈穀，战国宋人。他曾以坚厚不能剖用的瓠为喻讽刺齐居士田仲的无用。

㉓ 疏属：山名。《山海经》记："贰负杀窫窳，帝乃梏之疏属之山。桎其右足，反缚两手与发。"

㉔ 萃：聚集。

㉕ 太冥：指北方。

㉖ 黄钟：古乐十二律之一，声调洪亮。

㉗ 苍岑：青山。

㉘ 琼巘：玉山。嶒崚：不平。

㉙ 崥崹（pí tí）：山势渐趋平缓。

㉚ 凌虚：飞鸟。

㉛ 跖实：指走兽。

㉜ 摇刖（yuè）：危貌。

㉝ 苕邈苕峣：高远貌。

㉞ 晞：干。

㉟ 溯：向，面临。

㊱ 霏：飞散。

㊲ 蕤宾：古乐十二律之一。位于午，在五月，故又为农历五月的别称。阳柯：生于山南之木。

㊳ 大吕：亦为古乐十二律之一。农历十二月的别称。阴茎：生于山北之木。

㊴ 营匠：匠人。

㊵ 伶伦：传说黄帝时的乐官。

㊶ 号钟：琴名。

㊷ 绕梁：琴名。

㊸ 八风：八方之风。

㊹ 归昌：凤凰的鸣声。

㊺ 中黄：谓黄帝，是君声。少宫：乐调名，琴的第七弦音，是副声。

㊻ 蓐收：西方神名，司秋。商：五音之一。

㊼ 龙火：星宿名，东方苍龙七宿的第五宿，也叫大火，故称龙火。

㊽ 暄气：阳气，暑气。

㊾ 百罹：多种不幸和忧患。

㊿ 哇：靡曼的乐声。

(51) 严节：急促的音节。此指鼓声。

(52) 流风：指乐声随风而流响。

(53) 蓂（míng）荚：古代传说瑞草名，随月生死。

(54) 望舒：月亮的代称。

(55) 茕鳌：寡妇。擗摽：拊心而悲。

(56) 王子：谓仙人王子乔。

(57) 六马：古代帝王的车驾用六马。仰秣：形容马仰首而听之状。

(58) 栊：窗户。

(59) 云屏：云母屏风。烂汗：光彩分布貌。

(60) 琼壁：玉壁。

(61) 应门：王宫的正门。八袭：八重。

(62) 琁台：玉台。琁，同“璇”。

(63) 百常：形容其高，十六尺为常。

(64) 万雉：形容城墙高广。雉，度名，古代计算城墙面积的单位。长三丈、高一丈为一雉。墉：城墙。

(65) 玉绳：星名。极：屋脊之栋。

(66) 赪：赤色。

(67) 棼（fén）：屋梁。栱：支撑屋梁的大木。

⑱ 虬：传说中的无角龙。龙为阴物，故称阴虬。

⑲ 阳马：引出以承短椽的屋角四周。阿：屋栋。

⑳ 金华：金有华彩。

㉑ 焦螟：传说中一种极小的虫。

㉒ 尺蠖：虫名。

㉓ 玩：指供玩赏的物品。

㉔ 蕭（xiāo）：香草名，即白芷。

㉕ 衡：香草名，指杜衡。薄：草聚生之处。

㉖ 椒涂：种植香木于道路。坛：犹"堂"。

㉗ 三翼：古代船分大翼、中翼、小翼，合称三翼。

㉘ 沚：水中小洲。

㉙ 鳃：鱼的呼吸器官，此指代鱼。

⑳ 翰：鸟羽，此指代鸟。

㉛ 矰：箭。

㉜ 翮：鸟羽，此指代鸟。赤霄：有红色云的天空。

㉝ 华鳞：鱼。紫渊：深渊。

㉞ 孤竹：此指用孤竹制成的管乐。

㉟ 云和：乐器名。

㊱ 渊客：船夫。《淮南》：曲名。

㊲《采菱》：曲名。

㊳ 鳧舟：凫形之船。

㊴ 宴居：闲居。

㊵ 白商：秋天。素节：亦秋天。

㊶ 授衣：古代九月制备冬衣，称授衣。

㊷ 金郊：刘向《尚书五行说》曰："金，西方。万物既成，杀气之始也。故立秋出军，行师西方为金，故曰金郊也。"讲师：讲授武事。

㊸ 轻武：与下文戎刚为四兵车名。

㊹ 云髦：旌旗之类，谓云旆竿上施旄。

⑮ 雄芒：剑戟的利刃。

⑯ 红阳：人名，疑指红阳侯。汉成帝河平二年，封其舅王立于红阳县（今河南舞阳红山之南），称红阳侯。飞燕：良马名。

⑰ 唐公：疑即唐成公。《左传·定公三年》："唐成公如楚，有两肃爽马。"骕骦：骏马。

⑱ 羽队：谓带箭者的队伍。

⑲ 轻翼：谓鹰鹯之类。

⑽ 羉：即罗，捕鸟的网。

⑾ 罠（mín）：捕鸟兽的网。

⑿ 钲：谓钲鼓，军中所用乐器，鸣钲以为鼓节。

⒀ 彀：张满弓弩。机：弓上发箭的装置。

⒁ 镝：箭。

⒂ 刚豪：指野兽。

⒃ 劲翮：指禽鸟。

⒄ 云巢：高巢。

⒅ 地穴：谓兽居处。

⒆ 豜：三岁大猪。

⒇ 班题：额有斑纹。豵：一岁小猪，泛指幼兽。

⑪ 瞛（cōng）：目光亮貌。

⑫ 霜刃：锋利的刀刃。

⑬ 瓴（wù）：兽以鼻摇物。瓴，当作"鼿"。蹶（guì）：动。

⑭ 扣跋：碰撞，排击。一说，却伏。

⑮ 飞、黄：指古代力士飞廉与中黄伯。《史记》曰："蜚廉以材力事殷纣。"《尸子》："中黄伯曰：'余左执太行之獶，而右搏雕虎。'"

⑯ 贲、石：指孟贲、石蕃二勇士。《说苑》曰："勇士孟贲，水行不避蛟龙，陆行不避虎狼。"张华《博物志》曰："石蕃，卫臣也，背负千二百斗沙。"

⑰ 偾（fèn）：倒覆，僵仆。冯：大。

⑱ 䖎（hán）：白虎。虪（shù）：黑虎。

⑲ 獬廌：传说中的兽名，形似鹿而一角。

⑳ 捭（bǎi）：两手排击。

㉑ 胔（zì）：腐肉。

㉒ 踣：僵仆。

㉓ 鸢：即鸱鹰，老鹰。

㉔ 虞人：古代掌管山泽苑囿、田猎的官员。

㉕ 林衡：古代保护巡守林木的官员。鲜：谓新杀野兽。

㉖ 韬：藏。

㉗ 釂：饮酒而尽。

㉘ 燧：火炬。

㉙ 节：信，行者所执。

㉚ 欧冶：即欧冶子，春秋时冶工，与干将为楚王铸龙渊、泰阿、工布三剑。

㉛ 邪溪之铤，赤山之精：邪溪、赤山，均为山名，出产铜铁。铤，铜铁矿石。

㉜ 销：生铁。羊头：三棱形的箭镞。

㉝ 镤：未经冶炼的铜铁。锻成：锻炼使之成熟。

㉞ 辟：锻冶。灌：铸造。

㉟ 丰隆：传说中的云师。

㊱ 飞廉：传说中的风神。

㊲ 阳文阴缦：指器物上所铸凸起和凹下的文字及花纹。

㊳ 豪曹：利剑的通称。

㊴ 巨阙：宝剑的通称。

㊵ 指郑则三军白首，麾晋则千里流血：《越绝书》曰："楚王作铁剑三枚，晋、郑闻而求之，不得。兴师围楚之城，三年不解。于是楚引太阿之剑，登城而麾之，三军破败，士卒迷惑，流血千里，晋、郑之军头毕白也。"

⑭ 薛蜀：春秋越人，善于鉴别宝剑。

⑭ 风胡：即风胡子，春秋楚人，以善识剑著名。

⑭ 价兼三乡：语本《越绝书》："勾践示薛烛纯钧曰：'客有买之者，有市之乡二，骏马千匹，千户之都二，可乎？'"二乡而云"三"者，以避下文"二都"。

⑭ 或驰名倾秦，或夜飞去吴：语本《越绝书》："阖庐无道，湛卢之剑去之入水。行凑楚，楚王卧而设湛卢之剑也。秦王闻而求之，不得，兴师击楚。曰：'与我湛卢之剑，还师去汝。'楚王不与。"

⑭ 九国：谓秦统一六国前的九个诸侯国。

⑭ 八戎：古代对西部诸少数民族的泛称。

⑭ 景（yǐng）附：互相依附，如影随形。

⑭ 函夏：华夏。

⑭ 天骥：天马。

⑮ 禀气灵渊：《遁甲开山图》曰："陇西神马山有渊池，龙马所生。"

⑮ 受精皎月：《春秋考异邮》曰："地生月精为马。月数十二，故马十二月而生。"

⑮ 瞷（jiàn）：目上视。

⑮ 绀：天青色，深青透红之色。

⑮ 秦、青：谓古代善相马者秦牙、管青。

⑮ 方堙：即九方皋，春秋时善相马的人。《吕氏春秋》《淮南子》等作九方堙。

⑮ 浮箭：漏刻。

⑮ 汗漫：指仙人。

⑮ 章、亥：禹之臣大章、竖亥，善于走路。

⑮ 阳乌：神话中的日中大鸟。

⑯ 大梁：地名。

⑯ 琼山：昆仑山。

⑯ 唐稷：谓唐尧时后稷，掌管播种百谷。

⑯③ 农帝：传说古帝名，又称神农。相传尝百草为医药以治疾病。

⑯④ 六禽：指雁、鹑、鷃、雉、鸠、鸽。

⑯⑤ 四膳：四时所食。

⑯⑥ 错：指海物。

⑯⑦ 毛：指走兽。

⑯⑧ 伊公：伊尹。爨（cuàn）：灼。

⑯⑨ 味重九沸：语本《吕氏春秋》：伊尹说汤曰："凡味之本，水最为始。五味三和，九沸九变，为火之纪。"

⑰⓪ 勺药：指五味调料。

⑰① 晨凫：野鸭。

⑰② 鷃（duò）：鸟名。

⑰③ 圜案：食器。

⑰④ 方丈：一丈见方，形容肴馔丰盛。

⑰⑤ 封熊：大熊。

⑰⑥ 翰音：鸡的代称。

⑰⑦ 髦残：煮的髦牛肉。白：即"脂"。

⑰⑧ 莱黄：地名。鲐：海鱼名。

⑰⑨ 丹穴：地名。鹨：天鹠鸟，大如鷃雀，色似鹑，好高飞作声。

⑱⓪ 焯（chǎn）：炊。

⑱① 酟（tiān）：调味。

⑱② 接以商王之箸，承以帝辛之杯：即象箸玉杯。商王、商辛，皆谓纣。《韩非子·喻老》："纣为象箸而箕子怖，以为象箸必不盛羹于土簋，则必犀玉之杯。"

⑱③ 范公：指范蠡。有《养鱼经》。

⑱④ 支离：古代善屠者支离益的简称。

⑱⑤ 娄子之豪：言离娄能视于百步之外，见秋毫之末。豪，通"毫"。

⑱⑥ 寒羞：指可以冷食的食物。

⑱⑦ 商山：在今陕西商洛。

⑱⑧ 汉皋：山名，在今湖北襄阳西北。楱（còu）：果名，即柚子。

⑱⑨ 房：指果皮。

⑲⓪ 乌程：酒名。

⑲① 竹叶：酒名。

⑲② 萍：浮萍。

⑲③ 玄石：古时知酒味者。

⑲④ 仪氏：即仪狄，相传夏禹时发明酿酒的人。

⑲⑤ 流湎：指沉湎于酒。

⑲⑥ 单醪投川，可使三军告捷：《黄石公记》曰："昔良将之用兵也，人有馈一箪之醪，投河，令众迎流而饮之。夫一箪之醪，不味一河，而三军思为致死者，以滋味及之也。"

⑲⑦ 炜晔：盛貌。

⑲⑧ 腐肠之药：谓肥肉浓酒。

⑲⑨ 亡国之器：指象箸玉杯。

⑳⓪ 金华：杜预《左氏传》注曰："晋为金德，故曰金华。"

⑳① 大人：谓天子。

⑳② 配天：德配于天。光宅：充满，覆被。

⑳③ 姬公：文王。殷时为诸侯，居于岐山之下，受到诸侯的拥护。

⑳④ 亳：商汤的国都，在今河南商丘北。

⑳⑤ 南箕：星名，主风。

⑳⑥ 毕：星名，主雨。《春秋纬》曰："月失其行，离于箕者风，离于毕者雨。"

⑳⑦ 皇道：大道。

⑳⑧ 帝载：帝王的事业。缉熙：光明。

⑳⑨ 云官之世：指远古黄帝时。相传黄帝受命有云瑞，故以云纪事，官名皆以云命。

㉑⓪ 鸟纪之时：指远古少皞氏时。传说少皞之立，凤鸟适至，因以鸟名官。

㉑① 猷：道，法则。

⑫ 丹冥：指南方，谓蜀。

⑬ 青徼：指东方，谓吴。

⑭ 却马于粪车之辕：语本《老子》："天下有道，却走马以粪。"

⑮ 昆吴：山名，产赤铜。《墨子》："昔夏开使飞廉采金于山，以铸鼎于昆吴。"

⑯ 萌：通"氓"，民众。

⑰ 时文：指礼乐制度。载：则。郁：盛美貌。

⑱ 推畔：推让田界。古史相传，仁德之君，教化所及，耕者让畔。

⑲ 鱼竖：渔夫。陆：指钓者临水所据之陆地。

⑳ 危冠：高冠，隐者所戴。

㉑ 舆台：地位低贱之人。短后之服：衣之后幅较短，便于动作，乃剑士所服。

㉒ 六合：指四方、上下。时邕：也作"时雍"。指时世安定、太平。

㉓ 巍巍：形容功高。荡荡：形容德广。

㉔ 玄髫：黑发，指儿童。髫，通"髫"。巷歌：在里巷中唱歌。《列子·仲尼》曰：尧治天下，"乃微服游于康衢，闻儿童谣曰：'立我蒸民，莫匪尔极；不识不知，顺帝之则'"。

㉕ 黄发：指老人。击壤：意谓歌颂太平盛世。皇甫谧《帝王世纪》载，帝尧之世，有老人击壤而歌曰："日出而作，日入而息，凿井而饮，耕田而食，帝力于我何有哉？"

㉖ 羲皇之绳：羲皇时无文字，结绳以记事。

㉗ 陶唐之象：指尧时实行的象刑。即以特异的服饰象征五刑，以示耻辱。

㉘ 貊：古代对居于东北地区民族的称呼。

㉙ 輶轩：轻车，使臣所乘之车。《风俗通》曰："秦周常以八月輶轩，使采异代方言，藏之秘府。"

㉚ 正（zhēng）朔：通指帝王新颁的历法。

㉛ 稽颡：跪拜时以额触地。

㉜ 委质：屈膝而委体于地，表示归顺。重译：辗转翻译。

㉝3 扰：驯服，安抚。

234 九尾之禽：指九尾狐，古代以之为瑞兽。

235 三足之乌：即三足乌，神话中太阳内的神鸟。

236 孔甲：夏帝名。杜预曰：“孔甲，少康之后，九世之君也。”

237 被褐：此指被褐怀玉之士，即贫寒而怀有真才实学的人。

238 韦带：此指布衣韦带的人，即贫贱之士。韦带，无饰皮带，贫贱者所系。

239 象刻：谓将所梦之人，刻其形象。

240 灵蔡：即灵龟。春秋时蔡地出龟，因以蔡为龟的代称。

241 搢绅：指士大夫。

242 轩冕：卿大夫的轩车和冕服，此用以指代卿大夫。蔼蔼：盛多貌。

243 二仪：谓天地。

244 蹶然：疾起貌。

245 狂狷：泛指偏激。狂，激进。狷，拘谨保守。

246 理有毁之，而争宝之讼解：李善注引《淮南子·庄子后解》曰：“庚市子，圣人无欲者也。人有争财相斗者，庚市子毁玉于其间，而斗者止。”

247 言有怒之，而齐王之疾痊：《吕氏春秋·至忠》曰：“齐王疾，使人之宋迎文挚。文挚至视王之疾，谓太子曰：‘……非怒王则疾不可治，怒王则挚必死。’太子顿首强请曰：‘苟已王之疾，臣与臣之母以死争之于王，王必幸臣与臣之母，愿先生之勿患也……文挚至，不解履登床，履王衣，问王之疾，王怒而不与言，文挚因出辞以重怒王，王叱而起，疾乃遂已。王大怒不说，将生烹文挚，太子与王后急争之而不能得，果以鼎生烹文挚。”

248 聋耳之乐：指五音。

249 蔀（bù）家：豪贵之家。

250 瑅：是。

【语译】

冲漠公子含华美之德，隐其光耀，如龙盘山川般避世隐居，超尘脱俗。心神遨游于天宇，研习万物的玄理，绝迹于大荒远阻之地，销声于幽山极深之处。殉华大夫闻知便前往就问。于是整顿云车，驾驭神马，穿越流沙，踏着飞霜，乘着扶摇直上的清风，行走在结着坚冰的渡口。旌旗飘拂于云霄之际，车迹出没于苍天之畔。天空清冷晴朗无云，原野空旷寂无纤尘。登临重叠的山峦挽住马缰，看到险阻的石室回转车轮，终于来到冲漠的居处。他居住的地方，但见高峻深幽，荒凉空寂。溟海奔腾汹涌声闻于后，嶰谷陡峭幽深耸立于前。修竹立茎浓荫蔽水，百物齐鸣响声震山。急风大作可使日光倒行，沙砾飞扬雨点般洒向天空。于是登上绝壁，迎着长风，陈述分辩疑惑之言，令冲漠公子立于岩穴之下，乃说道:“我听说圣人不卷藏其道以违背时俗，智士不遗弃其身而隐名匿迹。生必垂英名于典册，死则记大功于国史。现在你避世隐居，易地藏身，失平生欢娱之道，废父子君臣之大义。愁情多于百年，苦思盛于千岁。这与小鱼游于浅水，小鸟栖于高草何异。现将以荣华富贵使你荣耀，以声色滋味使你快乐。遍游大地，居于中天。竭尽天下的欢乐，享尽九州的美味。钻开屈瞉之瓠，解脱疏属之拘，你愿意这样做吗？”公子说:“承大夫不弃，来此荒外，我虽不聪慧，愿敬听您的善言。”

大夫说:“寒山的桐树，出自北方。含黄钟巨响枝干横逸，倚青山绝壁独立生长。玉山高险，金岸渐平，左当生风之谷，右临生云之溪。上无飞鸟之巢，下无走兽之路。危峻挺拔，高耸迢远。三春露水既干，又迎九秋鸣风。落雪洒其根茎，飞霜着其枝条。众木繁茂而桐犹未绿，秋草未衰而桐叶先凋。于是竖云梯，攀高崖，剪伐仲夏的阳枝，剖来仲冬的阴条。匠人雕斫材料，乐官调正音律，举琴奏起音乐，旋律急促高昂。音色畅朗犹如号钟，韵律清奇胜过绕梁。追流声于八方之风，采纳奇特的音律于凤凰之鸣。启黄帝宫声佐之以少宫之音，奏蓐收辅之以变商之调。若至龙火西坠，暑气初散。飞霜迎秋节，厉风送秋至。那些羁旅怀乡之徒，远游罹忧之士，手抚急弦便鼻中酸楚，弹奏高弦则涕泪交流。若是追随清柔的乐曲，敲起急促的鼓点。弹奏《绿水》《白雪》等名曲，《激楚》回荡，流风结响。悲叹萱荚朝落，伤悼圆月夕缺。寡妇闻之拊心而悲，孤老为之呜咽流涕。王子乔手抚冠缨侧耳凝神，六马张大口鼻仰首聆听。这是最美妙的音乐，你能同我一道听听吗？”公子说：“我有病，不能啊！”

大夫说：“香宫幽室，华堂绮窗。云屏光彩夺目，玉壁色泽青葱。官门有八道，玉台共九重。建造百尺高的阙楼，环以万丈宽的城墙。台榭迎风而立，高出中天之外。翠色楼观如岑岭青葱，雕画阁道如云霞相连。屋檐长长如鸟翼临云，石阶高高如鸟飞凌山。遥望玉绳与栋宇相联结，承接天官倒景开启窗户。赤素相间，栋梁高耸。虬龙负檐梁之势，阳马承屋角之曲。室宇用玉石雕刻，金华装点。天花板刻作井形，中有莲花开放。重重殿堂相叠而起，绮彩纷呈与帘幌相对。入夜幽堂深寂，白画明室高敞。焦螟飞即生风，尺蠖动亦成响。若是看腻了眼前的玩物，在室内感到疲倦，便邀请公子出行，游观于山林。登上绿色的山坡，来到赤色的山谷。草色如锦，好似星烛相辉映。有的树叶春天发青，有的枝条经秋犹绿。花朵与果实更代而新，按照自己的心意，恣情观赏。仰摘白芷，俯采香兰。沐浴和风于杜衡丛中，眷顾香路于玉堂之旁。于是你乘坐小船，嬉游于水中。使游鱼惊骇，飞鸟惊起。结丝网，理飞箭。射归鸟于云霄之外，捕游鱼于深水之中。然后或划桨以承接风势，或停楫而随波逐流。吹起孤竹之管，弹奏云和之瑟，舟子唱起《淮南》曲，船夫奏起《采菱》歌。歌中唱道：‘乘凫舟啊在水中嬉戏，临芳洲啊采摘灵芝。’乐而忘忧，游玩终日。以夜继日，岁尽方止。这是最美妙的闲居，莫非你能随我这样生活吗？”公子说：“我有病，不能啊！”

大夫说：“若当秋天，时值授衣。天寒地冻，风严霜飞。柔条渐硬，密叶日稀。因秋气而出猎，临西郊讲武教战。于是排列轻、武，整饬戎、刚，树起旌旗，抽出利刃。驾驭红阳侯的飞燕，骑乘唐成公的骕骦。在山林里集合带箭的队伍，于荒野中放飞矫健的猎鹰。布下鸟罗，张开兽网，悬于黄色的山冈，挂在青青的峰峦。划长川作为限制，将河流作为关守。这样，内无疏漏，外无遗失。叩击钲鼓，以数立功校之法；举旗号令，论其所获行赏罚。张满机弩，飞出响箭，杀伤野兽，射落禽鸟。车马争先恐后，轨迹相并相连。轻捷迅速，有如浮云疾风。举戈林立，挥刃电闪。上无高巢之鸟，下尽地穴之兽。有圆纹大猪，花额小兽，鼓动髻鬣则闻风生，怒目而视则见电闪。口咬白刃，足拨飞刀。撼林动石，撞击树丛。于是飞廉、中黄伯奋起勇气，孟贲、石蕃逞示技能。追逐野兽，击倒大豕，摧折猛虎，挫伤獬廌。使其钩爪损伤，利牙捭折。尸横遍野，杂乱狼藉。倒在榛林，倾于溪壑。腐肉挂于山峰，僵尸掩盖川泽。薮泽中禽兽之毛多如树林，洼地上禽兽之血尽涂草木。然后撤围除网，卷旗收鹰。虞人数其所获，林衡计其鲜者。论功赏勤，息马藏弓。肴馔两骑并接，酒宴两车并行。美酒千钟转瞬饮尽，火把万只有如繁星。山坡上脂膏沾濡，溪谷里香烟弥漫。极尽欢乐，执节而返。这也是最壮观的田猎，你莫非能随我游猎吗？”公子说：“我有病，不能啊！”

大夫说：“楚国的阳剑，乃欧冶子所造。邪溪的矿石，赤山的精华。铁质超过羊头，冶炼使之成熟。于是熔炼锻造，万锤千铸。云师举锤，风神扇火。神剑由造化铸就，花纹凹凸不平。流光与星相连，色彩艳丽夺目。光如闪电，质若白雪。锋利犹霜，色泽似冰，白刃晶露般清洁。其形胜过利剑豪曹，声名重于宝剑巨阙。指向郑国则三军头白，攻打晋军则千里流血。哪里只是在水上斩截蛟龙飞鸟，陆地上拦击奔驰的马车，击飞雁以之为工，断坚甲而称其利而已！此剑乃神灵之宝，舒卷无常，形状奇异。其形令薛蜀震动，其光使风胡惊骇。价值倍于三乡，声名贵于二都。或名气远扬倾覆秦国，或因阖庐无道夜飞离吴。因此功高万载，威力无穷。挥之则敌人不敢上前，执之则使人雄壮威武。可以让九国诸侯服从，制御八方之戎。天下英雄来附，四海接受教化。这是举世稀有的神器，你莫非能随我佩带它吗？”公子说：“我有病，不能啊！”

大夫说：“天骥这样的骏乘，奇逸之态超越众马，禀气于灵渊，受精于皎月。眼睛黑白分明，毛色赤黑相间。口沫飞溅如散红，汗水流淌如洒血。秦牙、管青既不能辨识它的尺寸长短，九方皋也不能目睹它的行迹若灭。于是你装饰云车，踏碎晨雾，游于春时，驾于秋路。如虬螭腾跃，麟龙疾飞。望山则奔驰、视林则趋赴。气盛奋发，使星飞电惊。志气凌驾九州，气势超越四海。影不及随其形，尘未起而已远。时刻未移，又行千里。你便跨天际，越地界，经过仙人不曾经览之地，涉于大章、竖亥未曾行历之迹。阳乌为之收起羽翼，夸父为之投弃杖策，这是天下的骏马，你难道能随我驾驭它吗？”公子说：“我有病，不能啊！”

大夫说：“大梁的黍，琼山的禾，后稷播种其根，神农尝其花苗。六禽奇珍，四时异馔。竭尽海中水产，陆地走兽。伊尹燃鼎，厨师操刀。味经九沸，和以勺药。晨凫露鹄，霜鹅黄雀，食器繁多，肴馔杂陈。熊掌鸡足，燕髀猩唇。煮熟的髦牛，大象的肥肉。灵渊的乌龟，莱黄的海鱼，丹穴的天鷀，玄豹的胎。煮以秋橙，调以春梅。接过商王的象箸，承继帝辛的玉杯。范公之鱼，产于九溪。赤尾红鳃，紫翼青鬐。于是命支离益，飞动利刃。红肌如绮素四散，白肤似雪花飘落。娄子所察秋毫之末难比其细，秋蝉的翅翼不足以拟其薄。繁多的膳食既终，又有可以冷食的食物。商山的果品，汉皋的柚子。剥去龙眼的皮，剖开椰子的壳。香美之味，千择万选，承其所欲，更代而进。更有荆南的乌程酒，豫北的竹叶青，酒中浮蚁多如星涌，又似飞花与浮萍相接。玄石品尝酒味，仪狄进献酿酒之法。一朝干杯，可以沉醉千日。杯酒投河，可使三军告捷。这是人神共羡，盛美的见闻。你难道能勉强起身食之吗？”公子说：“沉溺于败坏口味的饮食，甘食味厚毒重的干肉，服用腐烂肠子的药，使用亡国的器具。虽然这是士大夫以为荣耀的，却是我所畏惧的。我有病，不能啊！”

大夫说：“有晋通于上皇至理之风，金华开启征兆，天子有为。继日照于天下，比天覆盖万物。其以德为本，盛于文王之处岐山，其广施仁爱，富于殷商之在亳。南箕之风，比不上它通其政化。附丽于毕宿之云，不如它使其惠泽丰厚。大道光明，帝业显耀。以音乐导引和气，用讴谣宣示帝德。教化清于黄帝之世，世道美于少皞氏之时。王道充塞四方，华夏和平安宁。南方熄灭烽烟，东方撤除警戒。却走马以理农田，铭功德于昆吾之鼎。民众返璞归真，礼乐制度盛行。农夫推让田间地界，渔人互谦钓台之陆。樵父耻戴隐者的高冠，卑者不着剑客之服。天下太平，功高德广。儿童里巷唱歌，老人击壤而颂。解去伏羲结绳之法，加以唐尧的象刑。远地之夷，穷荒之狄。语言不通，历法未及。莫不疾奔来朝，叩首屈体，辗转翻译，上达于帝。当此之时，昆虫感于天子，恩惠无所不及。苑戏九尾之狐，囿飞三足之鸟。林中鸣凤，多于黄帝的园林。水中游龙，过于孔甲的池沼。万物和谐，天地交通。怀义无内，感化无外。林中无被褐怀玉之逸士，山里无布衣韦带的隐者。使百工刻其形象，卜兆于灵龟。卿士大夫，人才济济，轩冕盛多。功绩与造化争流，德业同天地齐光。”话未说完，公子骤然而起，说：“我固然浅陋，态度偏激。仙人自毁金玉，争财之讼遂止；为言语所激怒，齐王之疾遂愈。方才你劝诱我以使人耳聋的五音，居以富丽豪华的住所，打猎游荡，宝刀骏马。这是老子所鉴戒的，也不是我所追求的。所以没有应从你。及至听说皇风淳厚，时世圣明。举用贤能如秋之结实，敷藻撰文如春之发荣。下有安居乐业的百姓，上有唐尧这样的君主。我虽不聪慧，请允许步大夫的后尘。”

【评析】

本篇是对枚乘所创七体的拟作，从内容到命意都新意无多，文中所写殉华大夫启发冲漠公子的七件事，即音乐、宫室、游猎、剑器、骏乘、美食、晋德，也与此类作品大同小异。《晋书·张协传》说：“于时天下已乱，所在寇盗，协遂弃绝人事，屏居草泽，守道不竞，以属咏自娱，拟诸文士作《七命》……世以为工。”从中可见，尽管文中对晋德的歌颂，或许曲折地表达了作者对现实的不满和盛世的向往，但本篇就总体而言乃是自娱之作，而非有为而发，这自然影响了作品的思想价值。本篇在艺术上除运用辞赋所特有的铺张渲染等手法外，还显示了自己的特色。主要表现在语言简净，较少堆砌，写景状物，生动形象。如文中写音乐的感染力、闲居的悠游、田猎的壮观、剑器的神威等，都能达到绘形绘色、曲尽其妙的境界。其中，形容猎物的垂死挣扎说：“鼓鬣风生，怒目电瞛。口咬霜刃，足拨飞锋”。描绘骏马的疾驰说：“景不及形，尘不暇起。浮箭未移，再践千里”。尤其新颖传神。锺嵘评张协诗“多巧构形似之言”，于此可见一斑。本文颇受时人称道，原因也在于此。

诏

诏一首

作者：汉武帝　　注译评析：张明非

诏曰：

盖有非常之功，必待非常之人。故马或奔踶而致千里[①]，士或有负俗之累而立功名[②]。夫泛驾之马[③]，跅弛之士[④]，亦在御之而已。其令州县，察吏民有茂才异等[⑤]、可为将相及使绝国者[⑥]。

【作者简介】

汉武帝（前156—前87），即刘彻，汉景帝子。承文景之业，对内实行政治经济改革，对外用兵，开拓疆土。罢黜百家，独尊儒术。在位五十四年，为前汉一代军事、政治、经济、文化的极盛时期。但统治后期由于大兴土木及连年用兵，加重了农民徭役、兵役的负担，使海内虚耗，人口减半。《汉书》有传。

【篇旨】

本文阐明了要建立非常的功业，必须不拘一格选拔人才的用人主张。

【注释】

① 奔踶（chí）：奔驰。踶，通“驰”。

② 负俗：指不能适应世俗，受人讥讽。累：过失。

③ 泛（fěng）驾：比喻不受控御。泛，翻覆。

④ 跅（tuò）弛：放荡不循礼法。

⑤ 茂才：汉代举用人才的一种科目，即“秀才”，后因避光武帝刘秀讳，改称茂才。异等：指特异出众。

⑥ 绝国：极远的国家。

【语译】

诏令说：

大凡要建立不平常的功业，一定要靠非凡的人才。所以马有狂奔乱跑但能行千里路的，士人有不合流俗被人讥刺而能建立功名的。那些不受约束的奔马，放荡不羁的士人，关键在于如何驾驭与使用。命令各州县考察官吏百姓中的秀才和出类拔萃可以担任将相和出使远国的人。

【评析】

这篇诞生于公元前一百多年的文告，表现出汉武帝在用人问题上敢于打破世俗偏见、不拘一格选拔人才的开明主张。汉武帝之所以成为我国历史上一位有作为的皇帝，注意举贤授能是其中一个原因。文章首先从建立功业的角度提出选拔人才的重要性，继而阐述了人才选拔的原则和使用的方法。在此基础上，下达了广泛察举人才的命令。逻辑清晰，言简意赅，以“奔踶而致千里”的马比喻“有负俗之累而立功名”的士人，尤其贴切精妙，加强了文章的说服力。

贤良诏一首

作者：汉武帝　　注译评析：张明非

朕闻昔在唐、虞[①]，画象而民不犯[②]。日月所烛[③]，罔不率俾[④]。周之成、康[⑤]，刑措不用[⑥]，德及鸟兽，教通四海。海外肃慎[⑦]，北发渠搜[⑧]，氐羌来服[⑨]。星辰不孛[⑩]，日月不蚀；山陵不崩，川谷不塞；麟凤在郊薮[11]，河洛出图书[12]。呜呼！何施而臻此乎？今朕获奉宗庙[13]，夙兴以求，夜寐以思，若涉渊水，未知所济。猗欤伟欤[14]！何行而可以彰先帝之洪业休德[15]，上参尧舜，下配三王[16]！朕之不敏，不能远德，此子大夫之睹闻也[17]。贤良明于古今王事之体，受策察问，咸以书对，著之于篇，朕亲览焉！

【篇旨】

本诏令要求贤臣出谋献策以光大先帝之业，表达了对尧、舜、三王之道的向往。

【注释】

① 唐、虞：上古之太平盛世。唐，陶唐氏，即尧。虞，有虞氏，即舜。二人皆以揖让有天下。

② 画象：传说上古尧舜时无肉刑，以特异的服饰象征五刑以示惩戒。也称象刑。

③ 烛：照。

④ 率：遵循。俾（bǐ）：使。

⑤ 成、康：指周成王、周康王相继在位的时期，史称成康之治。

⑥ 刑措：谓无人犯法，刑法搁置不用。也作“刑错”。

⑦ 肃慎：古代居于东北的民族。

⑧ 北发：北方古地名。渠搜：古民族名。

⑨ 氐羌：古代居于西北的民族。

⑩ 孛（bó）：变色貌。

⑪ 郊薮：郊外泽地。

⑫ 河洛：指黄河与洛水。《周易·系辞》：“河出图，洛出书，圣人则之。”以之为帝王圣者受命的祥瑞。

⑬ 宗庙：王室、国家的代称。

⑭ 猗欤：叹美词。

⑮ 休德：美德。

⑯ 三王：指夏禹、商汤、周武三帝。

⑰ 子大夫：大夫的美称。

【语译】

朕听说从前在唐尧、虞舜之时，用象刑而百姓便不敢犯法。日月所照之处，莫不循顺帝道而求使用。周代成康之治，刑法搁置不用，恩德及于鸟兽，教化通于四海，海外肃慎、北发渠搜、氐、羌，都来臣服。星辰不昏暗，日月不亏蚀，山陵不崩摧，川谷不阻塞。麒麟、凤皇见于郊外大泽，黄河出图、洛水出书。啊！施以何种德惠以至达到这样的境地？如今朕得奉王室，早起以求贤良，夜寐思安社稷，有如在深水里跋涉，不知如何度过。伟大啊！怎样做才能够光大先帝的大业美德呢？上追尧舜，下比三王，朕不达此，不能远及尧、舜、三王之道。这是大夫们所目见耳闻的。贤良之士明了古今王事的体制，可接受我的策问，明察我的疑问，将其写成奏对，述于篇章，朕当亲自阅览。

【评析】

本篇是汉武帝继下令察举人才之后的又一道诏书，要求群贤贡献治理天下之策。文章首先赞颂了古代唐虞、成康时期的太平盛世，提出大治天下的目标；继而表达了自己对实现这一目标，成就大业的渴望；结尾号召贤良之士上书奏对，出谋划策。文中所表现出的大治天下的渴望和礼贤下士、广开言路的做法，都具有进步的意义。本文在写作上也有特色，主旨明确，语言质朴，虽是应用文却不乏生动的笔墨。如“夙兴以求，夜寐以思，若涉渊水，未知所济”一段，表白自己求贤思治的心情，情见乎辞，颇具感染力，为此类文章所不可多得。

册

册魏公九锡文一首

作者：潘元茂　　注译评析：张明非

制诏[1]：使持节丞相，领冀州牧、武平侯[2]。

朕以不德[3]，少遭闵凶[4]，越在西土，迁于唐卫[5]。当此之时，若缀旒然[6]，宗庙乏祀，社稷无位，群凶觊觎[7]，分裂诸夏。一人尺土，朕无获焉，即我高祖之命将坠于地。朕用夙兴假寐[8]，震悼于厥心[9]。曰："惟祖惟父，股肱先正[10]，其孰恤朕躬？"乃诱天衷[11]，诞育丞相[12]，保乂我皇家[13]，弘济于艰难[14]，朕实赖之。今将授君典礼，其敬听朕命。

昔者董卓初兴国难，群后失位以谋王室[15]，君则摄进，首启戎行，此君之忠于本朝也。后及黄巾，反易天常，侵我三州[16]，延于平民，君又讨之，剪除其迹，以宁东夏[17]，此又君之功也。韩暹、杨奉专用威命[18]，又赖君勋，克黜其难；遂建许都[19]，造我京畿[20]，设官兆祀，不失旧物，天地鬼神于是获乂，此又君之功也。袁术僭逆[21]，肆于淮南，慑惮君灵，用丕显谋[22]，蕲阳之役，桥蕤授首[23]。棱威南厉[24]，术以殒溃[25]，此又君之功也。回戈东指，吕布就戮[26]，乘轩将反，张扬沮毙[27]，眭固伏罪[28]，张绣稽服[29]，此又君之功也。袁绍逆常[30]，谋危社稷，凭恃其众，称兵内侮，当此之时，王师寡弱，天下寒心，莫有固志，君执大节，精贯白日，奋其武怒，运诸神策，致届官渡[31]，大歼丑类，俾我国家拯于危坠，此又君之功也。济师洪河，拓定四州[32]，袁谭、高幹[33]，咸枭其首。海盗奔迸[34]，黑山顺轨[35]，此又君之功也。

乌丸三种[36]，崇乱二世[37]，袁尚因之，逼据塞北[38]，束马悬车，一征而灭[39]，此又君之功也。刘表背诞[40]，不供贡职，王师首路[41]，威风先逝，百城八郡[42]，交臂屈膝[43]，此又君之功也。马超、成宜[44]，同恶相济，滨据河、潼[45]，求逞所欲，殄之渭南，献馘万计[46]，遂定边城，抚和戎狄，此又君之功也。鲜卑、丁令[47]，重译而至[48]；箄于、白屋[49]，请吏帅职，此又君之功也。君有定天下之功，重以明德，班叙海内，宣美风俗；旁施勤教，恤慎刑狱，吏无苛政，民不回慝[50]；敦崇帝族，授继绝世[51]，旧德前功，罔不咸秩[52]；虽伊尹格于皇天[53]，周公光于四海[54]，方之蔑如也[55]。

朕闻先王并建明德，胙之以土[56]，分之以民，崇其宠章[57]，备其礼物，所以蕃卫王室，左右厥世也。其在周成[58]，管、蔡不靖[59]，惩难念功[60]，乃使邵康公锡齐太公履[61]，东至于海，西至于河，南至于穆陵[62]，北至于无棣。五侯九伯[63]，实得征之，世胙太师[64]，以表东海[65]。爰及襄王，亦有楚人不供王职，又命晋文登为侯伯[66]，锡以二辂[67]、虎贲、鈇钺[68]、秬鬯、弓矢[69]，大启南阳[70]，世作盟主。故周室之不坏，繄二国是赖[71]。

今君称丕显德，明保朕躬，奉答天命，导扬弘烈，绥爰九域[72]，罔不率俾。功高乎伊、周，而赏卑乎齐、晋，朕甚恧焉[73]！朕以眇身[74]，托于兆民之上[75]，永思厥艰，若涉渊水，非君攸济，朕无任焉。今以冀州之河东、河内、魏郡、赵国、中山、钜鹿、常山、安平、甘陵、平原凡十郡，封君为魏公。使使持节御史大夫虑授君印绶[76]、册书[77]，金虎符第一至第五[78]，竹使符第一至第十[79]。锡君玄土[80]，苴以白茅[81]，爰契尔龟[82]，用建冢社[83]。昔在周室，毕公、毛公[84]，入为卿佐；周邵师保[85]，出为二伯[86]。外内之任，君实宜之。其以丞相领冀州牧如故。今更下传玺，肃将朕命，以允华夏[87]，其上故传武平侯印绶[88]。今又加君九锡[89]，其敬听后命。

以君经纬礼律[90]，为民轨仪[91]，使安职业，无或迁志，是用锡君大辂、戎辂各一[92]，玄牡二驷[93]。君劝分务本[94]，啬民昏作[95]，粟帛滞积，大业惟兴，是用锡君衮冕之服[96]，赤舄副焉[97]。君敦尚谦让，俾民兴行，少长有礼，上下咸和，是用锡君轩悬之乐[98]、六佾之舞[99]。君翼宣风化[100]，爰发四方，远人回面[101]，华夏充实，是用锡君朱户以居[102]。君研其明哲，思帝所难，官才任贤，群善必举，是用锡君纳陛以登[103]。君秉国之均，正色处中[104]，纤毫之恶，靡不抑退，是用锡君虎贲之士三百人。君纠虔天刑[105]，章厥有罪，犯关干纪，莫不诛殛，是用锡君𫓧钺各一。君龙骧虎视[106]，旁眺八维，掩讨逆节[107]，折冲四海[108]，是用锡君彤弓一[109]、彤矢百、玈弓十[110]，玈矢千。君以温恭为基，孝友为德，明允笃诚，感乎朕思，是用锡君秬鬯一卣[111]，珪瓒副焉[112]。魏国置丞相以下群卿百僚，皆如汉初诸王之制。君往钦哉，敬服朕命！简恤尔众[113]，时亮庶功[114]，用终尔显德，对扬我高祖之休命！

【作者简介】

潘勖，生卒年不详，字元茂，东汉陈留中牟（今河南中牟东）人。少有逸才，献帝时为尚书郎，迁东海相，未发，拜尚书左丞，病卒。

【篇旨】

本篇册封曹操为魏公，并加九锡，文中历数了曹操在打击豪强、维护汉室方面建立的种种功绩。

【注释】

① 制诏：诏令。

② 使持节：魏晋时官名，为刺史总军戎者。丞相：谓曹操。《魏志》曰："建安元年，天子假太祖节钺，封武平侯。建安九年，领冀州牧也。"

③ 朕：汉献帝自称。不德：原指道德败坏，此为谦辞。

④ 闵凶：指忧丧之事。

⑤ 越在西土，迁于唐卫：范晔《后汉书·献帝纪》曰："初平元年，迁都长安。兴平二年，车驾东归。李傕复追战，王师败，帝渡河，幸安邑。建安元年六月，幸闻喜。七月，车驾至洛阳。"越，远。唐卫，

《汉书》载，河东郡有安邑县、闻喜县，然自闻喜入洛，必途经河内，河内本卫国，河东本唐尧所封，故曰唐卫。

⑥ 缀旒：即赘旒，指君主为臣下挟持，大权旁落。旒，冕冠前后悬垂的玉串。

⑦ 觊觎（jì yú）：非分的冀望或希图。

⑧ 假寐：不脱衣而睡。

⑨ 震悼：惊悸悲痛。

⑩ 股肱：大腿和胳膊。此处喻辅佐君主的大臣。先正：先代之臣。

⑪ 天衷：上天的善意。

⑫ 诞育：生育。

⑬ 保乂：治理。

⑭ 弘济：广泛救助，使得解脱苦难。

⑮ 群后：谓诸侯。

⑯ 三州：谓青州、兖州、东平郡。

⑰ 东夏：指洛阳。

⑱ 韩暹、杨奉：皆为董卓部下。

⑲ 许：许昌（今河南许昌一带）。建安元年，洛阳残破，曹操迁都于此。

⑳ 京畿：国都所在地及其行政官署所管辖地区。

㉑ 袁术：东汉汝阳（今河南商水西北）人，字公路。献帝初平四年，据寿春，僭称帝号，自称“仲家”。

㉒ 丕显：大明。

㉓ 蕲阳之役，桥蕤授首：袁术侵陈，曹操领兵东征，袁术闻之弃军而走，留其将桥蕤，曹操击破桥蕤，斩之于蕲阳。蕲阳，地名。《左传》杜预注：蕲县属沛，在陈之东。

㉔ 棱威：威严，威势。厉：严整。

㉕ 殒溃：死亡。袁术为曹操所败，欲至青州从袁谭，病死途中。

㉖ 吕布：东汉九原（今内蒙古包头西南）人，字奉先。割据徐州，建安三年为曹操所败，被擒杀。

㉗ 张扬：字稚叔，董卓以为建义将军。建安四年，曹操还昌邑（今山东金乡西北），张扬部将杨丑杀扬以应曹操。

㉘ 眭（suī）固：张扬部将。杀杨丑将其众，欲北合袁绍，为曹操部将史涣所击杀。

㉙ 张绣：武威祖厉（今甘肃靖远西南）人。董卓部将张济侄。济死，他继领其众屯兵宛城（今河南南阳）。曹操南征，绣等举降。稽：拜。

㉚ 袁绍：东汉末汝南人，字本初。献帝以绍为太尉，适逢曹操迎天子迁都许昌，绍以精兵十万、骑万匹将攻许昌。

㉛ 官渡：地名。在今河南中牟东北，以临古官渡水而得名。建安五年，曹操破袁绍军于此。

㉜ 四州：谓青、冀、幽、并四州。

㉝ 袁谭：袁绍长子，领青州。高幹：袁绍之甥，领并州。

㉞ 海盗奔迸：《魏志》曰："公东征海贼管承至淳于，遣乐进击破之，承走入海岛。"

㉟ 黑山顺轨：东汉末张燕等于黑山起事，聚众至百万，后为袁绍所败，投降曹操。黑山，在今河南浚县西北。

㊱ 乌丸：即乌桓，建安十二年曹操破乌桓，徙万余落至中原。

㊲ 崇：大。

㊳ 袁尚因之，逼据塞北：《魏志》曰："三郡乌丸，承天下乱，破幽州，略有汉民。袁绍皆立其酋豪为单于。辽西单于蹋顿尤强，故尚兄弟归之，数入塞为害。"

㊴ 一征而灭：曹操北征三郡乌丸，袁尚、袁熙与蹋顿、辽西单于楼班、右北平单于巨祇等数万骑逆军，曹操纵兵击之，虏众大崩，斩蹋顿，袁尚逃奔辽东，辽东太守公孙康即斩尚、熙等。

㊵ 刘表：东汉末山阳高平（今山东微山）人，字景升。初平元年任荆州刺史，据有今湖南、湖北地方，势力较强。背诞：违命放诞，恣意妄为。

㊶ 王师首路：建安十三年，曹操南征刘表。

㊷ 百城八郡：指刘表所据之地。

㊸ 交臂：叉手，拱手，表示恭敬。

㊹ 马超：三国右扶风茂陵（今陕西兴平东北）人，字孟起。东汉末随父起兵，建安十六年攻曹操，在潼关为曹操所败。成宜：与马超同为关中将领，亦为曹操所败。

㊺ 滨：临。河：黄河。潼：潼水。

㊻ 馘（guó）：割耳，指战争中割取敌人左耳以计功。

㊼ 鲜卑、丁令：二少数民族名。

㊽ 重（chóng）译：谓使人传言。

㊾ 箪于、白屋：皆北方少数民族名。

㊿ 回慝（tè）：邪恶。

51 绝世：谓断绝禄位的世家。

52 秩：序。

53 伊尹：名挚，商汤大臣。格：至。

54 周公：姬旦，周文王之子。

55 蔑（miè）如：不如，比不上。

56 胙（zuò）之以土：帝王以土地赐封功臣，酬其勤绩。

57 宠章：标志等级的号。

58 周成：谓周成王。

59 管、蔡：管叔、蔡叔。皆周武王之弟。靖：安。

60 悉：息。

61 邵康公锡齐太公履：谓使得行于四方专征伐之事。

62 穆陵：地名，在齐境。一说，春秋楚地。下文“无棣”与此同。

63 五侯：指公、侯、伯、子、男五等诸侯。九伯：九州之长。

64 太师：即太公望，周文王立为师，故称。

65 表：明示，显扬。东海：谓齐。

66 登：进用。侯伯：诸侯的领袖。

67 辂（lù）：举行大礼所乘的车。

⑥8 虎贲（bēn）：周朝的勇士。铁钺：刑戮之具。《礼记·王制》："诸侯赐弓矢，然后征；赐铁钺，然后杀。"

⑥9 秬鬯（chàng）：黑黍米酿造的香酒。

⑦0 启：开拓。

⑦1 繄（yī）：助词。二国：指齐、晋。

⑦2 绥：安。九域：天下。

⑦3 恧：惭愧。

⑦4 眇身：帝王自称。眇，细小，低微。

⑦5 兆民：指万民，极言数之多。

⑦6 虑：名郗虑，字鸿豫。

⑦7 册书：皇帝的诏书。凡立皇后、太子，封王，尊贤等，都用册书。

⑦8 金虎符：即虎符，古代发兵所用的符信。

⑦9 竹使符：汉代分与郡国守相的信符。右留京师，左与郡国。

⑧0 玄：指北方，魏在北，故云。

⑧1 苴（jū）以白茅：以白茅包土，古代帝王分封诸侯的仪式。

⑧2 爰契尔龟：指在龟甲上灼刻以占卜。

⑧3 冢社：大社，天下祭神的地方。

⑧4 毕公、毛公：毕、毛皆国名，入为天子公卿。

⑧5 周邵师保：周公为太师，邵公为太保。

⑧6 二伯：周代主持国政的东西二伯。

⑧7 允：信。

⑧8 传：授。

⑧9 九锡：古代帝王尊礼大臣所给的九种器物。

⑨0 经纬：规划治理。

⑨1 轨仪：法则，仪制。

⑨2 大辂：大车。戎辂：兵车。

⑨3 玄牡：祭祀用的黑公畜。驷：四马之车。

⑨4 劝分：劝说人们有无相济。本：指耕作。古以农为天下之本。

⑮ 啬：爱惜。昏作：勉力耕作。

⑯ 衮冕：古代帝王及大夫的礼帽。

⑰ 赤舄（xì）：古代帝王及贵族所穿的礼鞋。

⑱ 轩悬：诸侯陈列乐器，如钟磬之类，三面悬挂。

⑲ 六佾（yì）：古代诸侯所用的乐舞，舞者分六列，每列六人，计三十六人。

⑩ 翼宣：辅佐使之发扬。

⑪ 回面：臣服。

⑫ 朱户：以朱红所漆之门。古代帝王赏赐有功大臣或诸侯的九种物品之一。

⑬ 纳陛：凿殿基为登升的陛级，纳之于檐下，不使露而升，故名。为古代赐给有特殊功勋者的“九锡”之一。

⑭ 正色：正直无私。中：大中之道，指恰如其分的道理、原则。

⑮ 天刑：天的法则。

⑯ 龙骧虎视：形容人志气高远，顾盼自雄。骧，昂首，高举。

⑰ 掩讨：掩袭征讨。

⑱ 折冲：击退敌军。

⑲ 彤弓：朱红色的弓。古代帝王用以赐有功诸侯。

⑩ 玈（lú）弓：也作“卢弓”。黑色弓。

⑪ 卣（yǒu）：礼器，中型酒樽。

⑫ 珪瓒：礼器，古代帝王祭奠祖先所用盛灌鬯酒之勺，以圭为柄。

⑬ 简：检阅，考察。

⑭ 亮：信。庶：众。

【语译】

诏令：使持节丞相兼任冀州牧、武平侯。

我因无德，早年即遭逢忧丧之事，从远在西边的长安迁到洛阳。在此之时，大权旁落有如缀旒，宗庙缺少祭祀，社稷不能建立，天下叛逆，诸侯分裂。我连一介百姓、尺寸之地也得不到。我高祖的国运，将要坠落于地。我为此昼夜难安，震惊悲痛，说："若非曹公祖父为股肱之臣，辅佐先帝，谁能为我分忧？"上天有感我一片忠心，遂诞生丞相，治理我的国家，解救我出危难，我委实蒙赖其功德。现将授予您古先常行之礼，可敬承我的诏命。

当初，董卓开始作乱，诸侯皆去其位，为王室谋安定之策。您则进献忠心，首先发兵除乱，这是您对本朝的忠诚。后来黄巾扰乱天常，侵犯我三州，祸难延及无辜百姓，您又征讨并消灭之，使东夏得以安宁，这又是您的功劳。韩暹、杨奉，于阙中专擅其威，又仰仗您的功勋，平定其祸。遂得迁都许昌，营造京畿，设置官班，始为坛场祭祀，不失汉家用事礼乐之物，天地鬼神，于是得佑，这又是您的功劳。袁术僭越称帝，于淮南恣意妄为，慑于您的威灵，用大明之谋术，弃军而走。蕲阳之战，桥蕤被斩首，奋其威势，淮南之逆惧其严整，袁术败亡，这又是您的功劳。回师向东，吕布就擒被杀，乘车将还，张扬丧命，眭固败亡，张绣举降，这又是您的功劳。袁绍逆乱常道，谋夺社稷，恃其兵多将广，发兵轻侮朝廷。当此之时，王师兵少势弱，天下人都担忧汉室不能保全，战士失去坚强的斗志。您坚持节操正义，精诚通贯白日，发扬勇猛威武，运用神机妙策，至于官渡，尽歼敌众。拯救国家于危亡之中。这又是您的功劳啊。军队渡过洪河，开拓平定四州，袁谭高幹，皆斩首示众。海盗溃散，黑山归降，这又是您的功劳啊！

三郡乌丸作乱已经两代，袁尚因此近据塞北，以为叛逆，经行险阻驻马停车，一战而灭群逆，这又是您的功劳啊！刘表违命放诞，不供贡赋，天子大军行将出发，而声威已先闻，百城八郡，拱手屈膝来降，这又是您的功劳啊！马超、成宜，狼狈为奸，据临河潼，欲谋篡逆，您尽杀之于渭水之南，献虏耳数以万计，平定边城，安抚戎狄，这又是您的功劳啊！鲜卑、丁令，使人传话以告，箄于、白屋，请为官吏帅其职贡，这又是您的功劳啊！您有安定天下之功，兼以美德颁示海内，宣扬推行，以正美风俗，广施教化，慎用刑法，使官吏无苛政，百姓不作恶，尊崇皇帝的宗族，使断绝禄位的世家引而继之，有德望的故老、前代的功臣，莫不序其功德。即使是伊尹的德行高至皇天，周公的明德远照四海，与您相比，也稍逊一筹啊！

我听说先王均建立明德，对有功之臣赐封土地，分配人民，尊崇他的名号，具备典礼文物，以此护卫王室，辅佐时政。周成王时，管叔、蔡叔作乱，感念靖难之功，乃使邵康公赐齐太公四方征伐之权力，东及于海，西及黄河，南到穆陵，北到无棣，五等诸侯，九州之伯，都可征讨其罪。世世代代酬谢太师的功劳：让他在东海显扬光大。及至襄王，也有楚人，不献贡赋，于是命晋侯，进为诸侯之长，赐予二辂、虎贲鈇钺、秬鬯弓矢，大开南阳之土，世尊为盟主。周室之所以未衰败，实有赖齐、晋二国。

如今您合乎大明之德，明保我身，遵奉天命，弘扬大业，安定九州，无不遵从。功勋高于伊尹、周公，而封赏少于齐、晋二公，我甚为惭愧。我以渺小之身，托于万民之上，长思其艰难，似涉于深水，没有您的帮助，我无法担当此任。现以冀州之河东、河内、魏郡、赵国、中山、钜鹿、常山、安平、甘陵、平原共十郡，封您为魏公，让使持节御史大夫郗虑，授予您官印册书，金虎符第一至第五，竹使符第一至第十，赐您方土，裹以白茅，灼龟以卜，以建大社。从前周室，毕公、毛公，入为天子卿佐，周公、邵公为太师、太保，出归于国，则为东西二伯，外内职之任，您的确适宜承当。以丞相职统领冀州牧如故，现再下传魏国之玺，敬传我命，以信华夏，故武平侯印绶上还于我。今又加您九锡，请敬听后命。

以您制订的礼仪律令，作为百姓遵守的法则，使其安居乐业，得无迁移之志，因此赐您大辂、戎辂各一，玄牡之驷二乘。您劝勉百姓有无相济，重农务本，勉力耕作，广积粟帛，兴盛大业。因此赐您衮冕之服，配以赤舄。您崇尚谦让，使百姓实行，少长有礼，上下和睦，因此赐您诸侯所用的轩悬之乐，六佾之舞。您佐我并发扬风化，传于四方，远国臣服，华夏富裕，因此赐您朱户居住。您精研哲理，明了天下之所难，任用贤才，推举善者，因此赐您纳陛而登。您执政公允，正直无偏私，凡有纤毫之奸恶者，无不贬抑斥退，因此赐您勇士三百。您敬守天子的法规，明察罪恶，有触犯国家关禁，干乱纲纪者，莫不诛杀。因此赐您鈇钺各一。您志气高远，顾盼自雄，遍观天下，掩袭征讨犯上作乱的叛贼，打击敌军于四海之内，因此赐您彤弓一副，彤箭百只，玈弓十副，玈箭千枝。您以温良恭谨为根本，以孝悌友爱为美德，诚信笃厚，有感我心，因此赐您秬鬯一尊，珪瓒一副。魏国设置丞相以下公卿百官，皆如同汉初诸侯，您去吧，恭敬地对待您的职务！敬听我的诏命，考察您的下属，辅助他们建功，用您的明德，对答称扬高祖的美命。

【评析】

自从王莽于篡位前加九锡，后人便加以仿效，故九锡符命实际上成为易代之际，权臣篡位装点门面的工具。本篇即是这方面的一个标本。曹操在汉室衰微、豪强割据中，逐步发展和壮大了自己的势力，并实行“奉天子以令不臣”的方针，为篡夺汉室取而代之做准备。让汉献帝封自己为魏公并加九锡，便是其中的一个步骤。正因为如此，本文用大量篇幅历数了曹操的文治武功，主要包括两方面内容：一是讨伐董卓，镇压黄巾，挫败袁术，击杀吕布，大败袁绍，北征乌桓等“定天下之功”；二是辅佐王室，恢复农桑，广施教化，举才任贤等修明政绩。其中，一定程度上反映了汉末动乱纷争的历史以及曹操在打击豪强、统一中国中的作用。但在对曹操的称颂中颇多溢美之词，如说“虽伊尹格于皇天，周公光于四海，方之蔑如也”，这自然是由本文写作的背景和文体的性质所决定的。文中列举曹操功绩，多引经据典，文字典雅，因此刘勰《文心雕龙·诏策》中说：“建安之末，文理代兴，潘勖《九锡》，典雅逸群。”此外，上古诏书，多用散文，六朝以下，文尚偶俪。本篇骈散相间，从中亦可见这一变化的轨迹。

卷第三十六

令

宣德皇后令一首

作者：任彦昇　　注译评析：张明非

宣德皇后敬问具位[1]：

夫功在不赏[2]，故庸勋之典盖阙；施侔造物[3]，则谢德之途已寡也。要不得不强为之名，使荃宰有寄[4]。公实天生德，齐圣广渊[5]。不改参辰，而九星仰止[6]；不易日月，而二仪贞观[7]。在昔晦明，隐鳞戢翼[8]。博通群籍而让齿乎一卷之师[9]，剑气凌云而屈迹于万夫之下[10]。辩析天口而似不能言[11]，文擅雕龙而成辄削稿[12]。

爰在弱冠，首应弓旌[13]。客游梁朝[14]，则声华籍甚；荐名宰府[15]，则延誉自高[16]。隆昌季年[17]，勤王始著[18]；建武惟新[19]，缔构斯在。功隆赏薄，嘉庸莫畴。一马之田[20]，介山之志愈厉[21]；六百之秩[22]，大树之号斯存[23]。及拥旄司部[24]，代马不敢南牧[25]；推毂樊、邓[26]，胡尘罕尝夕起。惟彼狡僮[27]，穷凶极虐，衣冠泯绝[28]，礼乐崩丧。既而鞠旅誓众[29]，言谋王室，白羽一麾，黄鸟底定[30]。甲既鳞下，车亦瓦裂，致天之届，拱揖群后[31]。丰功厚利，无德而称。是以祥光总至，休气四塞，五老游河，飞星入昴[32]。元功茂勋，若斯之盛，而地狭乎四履[33]，势卑乎九伯，帝有恧焉[34]！辎轩萃止[35]，今遣某位、某甲等[36]，率兹百辟，人致其诚，庶匪席之旨[37]，不远而复！

【篇旨】

本篇表彰梁王萧衍为朝廷建立了丰功伟绩，劝令其受封为梁公。

【注释】

① 宣德皇后：即齐文安王皇后，名宝明，琅邪临沂（今山东临沂）人。郁林王继位，尊其为皇太后，称宣德宫。具位：称在位百官，此谓梁王萧衍。

② 功在不赏：指大功。《史记·淮阴侯列传》：蒯通说韩信曰："功盖天下者不赏。"

③ 侔：相等。

④ 荃宰：分别指君和臣。

⑤ 齐圣：智虑敏达。广渊：广大深远。

⑥ 不改参辰：谓定天下为时不久。下文"不易日月"与此同义。九星：谓九州。

⑦ 二仪：天地。贞观：指澄清宇宙，恢宏正道。

⑧ 戢：收敛。

⑨ 一卷之师：指以书为师。语本《扬子法言》："一卷之书，必立之师。"

⑩ 剑气：比喻人的声望或才华。

⑪ 天口：形容能言善辩。

⑫ 稿：草稿，即起草后未经改定誊正的文字。

⑬ 弓旌：古代征聘之礼，用弓招士，用旌招大夫。

⑭ 客游梁朝：《汉书·司马相如传》："会景帝不好辞赋，是时曰：梁孝王来朝，从游说之士齐人邹阳、淮阴枚乘、吴严忌夫子之徒，相如见而说之，因病免，客游梁朝。"梁武帝萧衍起家齐巴陵王法曹，故以司马相如作比。

⑮ 荐名宰府：指萧衍迁仪同王俭东阁祭酒。宰府，即相府。

⑯ 延誉：播扬名誉。

⑰ 隆昌：郁林王即位所用年号。

⑱ 勤王：为王事尽力。

⑲ 建武：齐明帝即位所用年号。

⑳ 一马之田：形容俸禄微薄。

㉑ 介山：谓春秋晋人介之推。

㉒ 六百之秩：俸禄六百石。李善注引《汉书》：琅邪邴曼容养志以自修，为官不肯过六百石，辄自免去。

㉓ 大树：谓汉代冯异，诸将论功时，常独屏树下，号大树将军。

㉔ 拥旄：执旌旗，指指挥军队。司部：司州。其时萧衍镇司州。

㉕ 代马：古代漠北产的骏马。

㉖ 推毂：谓天子遣将。语出《汉书·冯唐传》："上古王者遣将也，跪而推毂，曰：'阃以内寡人制之，阃以外将军制之。'"此指受命为将。毂，车轮轴。樊、邓：地名。今属湖北襄阳，即周仲山甫所封樊国，城北有邓城，为春秋邓国都城遗址。

㉗ 狡僮：谓东昏侯。

㉘ 衣冠：指士大夫。

㉙ 鞠：告。

㉚ 白羽一麾，黄鸟厎（dǐ）定：李善注引《鬻子》曰："武王率兵车以伐纣，纣虎旅百万，陈于商郊，起自黄鸟，至于赤斧，三军之士，靡不失色。武王乃命太公把旄以麾之，纣军反走。"白羽，旌旗之类。黄鸟，军旗名。厎定：达到平定。厎，亦作"底"。

㉛ 群后：百官。

㉜ 五老游河，飞星入昴：一种祥瑞。《论语比考谶》：仲尼曰："吾闻帝尧率舜等升首山，观河渚，乃有五老游渚。五老曰：'河图将浮，龙衔玉苞，刻版题命可卷，金泥玉检封书成，知我者重瞳黄姚。'视五老飞为流星，上入昴。"五老，神话传说中的五星之精。昴，星名。

㉝ 四履：四境所至。语本《左传·僖公四年》：齐伐楚，管仲对楚使曰："昔召康公命我先君太公曰：五侯九伯，汝实征之。赐我先君履，东至于海，西至于河，南至于穆陵，北至于无棣。"

㉞ 帝：谓齐和帝萧宝融。恧：惭愧。

㉟ 辎轩：使者所乘之车。萃：聚集。

㊱ 某位、某甲：谓百官名不可具载，故略不言。

㊲ 匪席：比喻意志坚定。语本《诗经·邶风·柏舟》："我心匪席，不可卷也。"

【语译】

宣德皇后敬告梁王：

功高在不赏之列，故功勋之典乃阙；施恩比于创造万物，则答谢之道便少。因此不得不强为酬谢之名，以使君臣之情有所寄托。您委实天生有德，才智深广。星辰不改而九州崇仰，日月不变而天下清明。昔在微时，晦藏其明，如龙凤隐鳞敛翼。博览群书，推尊一卷之师；志气凌云，而屈尊于万人之下。能言善辩，却似拙于言辞；擅长辞藻，文成则削除草稿。

弱冠之年，初应征聘。如汉代司马相如客游梁朝，声名大振；后荐之相府，英名远扬。隆昌末年，勤于王事功名始著；建武之初，营构谋划亦在此年。功高赏薄，善功无报。俸田微少，介之推志趣愈高；俸禄微薄，大树将军之号犹存。及至领兵司州，胡人不敢南下放牧；受命镇守樊城，胡兵之尘罕能扬起。那个狡僮，穷凶极恶，士大夫被灭绝，使礼崩乐坏。于是告其军旅，誓戒众士，图谋匡扶王室。旌旗一麾，战事告捷。敌甲如推鳞而下，车破如砖瓦碎裂。致天之诛，但拱手以揖百官而已，大功厚利，不可尽言。因此祥光纷至，瑞气四溢；五老星精游河，飞星升入昴宿。丰功伟绩，如此盛大。而封地狭于太公，势力小于九伯。帝深以为愧，决定派出晋封梁公之使。今遣某位某甲等人率此百官，致其诚信。希望您固辞之志，不会长久坚持而能早日受封。

【评析】

梁公萧衍南齐时曾官雍州刺史，镇守襄阳，后奉南康王萧宝融为帝，中兴二年（502），帝诏晋梁公爵为王，上表固辞不受，帝诏断表，本篇即为此而作。全文分为三部分。第一部分说明有功必赏的道理，称道梁王萧衍功高德劭，才智深广；第二部分历数萧衍所建功业，并指出其功隆而赏薄。第三部分赞扬其废东昏侯以安定天下的"元功茂勋"，对其地狭势卑感到惭愧。本令显然是迫于梁王萧衍位隆势大而作，故其中颇多溢美之词。如在不足五百字的短文中，竟将萧衍接连比作司马相如、介之推、大树将军冯异、姜太公等古代先贤，其言过其实不言而喻。因此就内容而言，本篇并无实际的思想价值，其成就主要表现在艺术形式方面。虽为公牍文字，却文采斐然，如称赞萧衍博学志高说："博通群籍而让齿乎一卷之师，剑气凌云而屈迹于万夫之下。"行文气势流畅，语言生动，有很强的文学意味。

教

为宋公修张良庙教一首

作者：傅季友　　注译评析：张明非

纲纪[1]：

夫盛德不泯，义存祀典[2]。微管之叹[3]，抚事弥深。张子房道亚黄中[4]，照邻殆庶[5]。风云玄感，蔚为帝师[6]，夷项定汉，大拯横流；固已参轨伊、望，冠德如仁[7]。若乃交神圯上[8]，道契商洛[9]，显默之际，窅然难究，渊流浩瀁[10]，莫测其端矣！

涂次旧沛[11]，伫驾留城[12]，灵庙荒顿[13]，遗像陈昧，抚事怀人，永叹实深[14]。过大梁者[15]，或伫想于夷门[16]；游九京者[17]，亦流连于随会[18]。拟之若人，亦足以云。可改构栋宇，修饰丹青。蘋蘩行潦[19]，以时致荐。抒怀古之情，存不刊之烈[20]。主者施行。

【作者简介】

傅亮（374—426），字季友，晋北地灵州（今宁夏灵武北）人。义熙中，官中书黄门侍郎。刘宋时历任太子詹事、左光禄大夫、中书令，晋爵始兴郡公。后为文帝所杀。博学多闻，善于辞令。其文气势充沛，辞采丰华，宋初表策文诰多出其手。其诗现存四首，原有集，已散佚，明人辑有《傅光禄集》。《宋书》《南史》有传。

【篇旨】

本篇说明了令修张良庙的缘由，表达了对张良一生业绩的缅怀和对其功高德劭的赞誉。

【注释】

① 纲纪：谓公府及州郡主簿。

② 祀典：祭祀的礼仪和制度。

③ 微管之叹：语本《论语·宪问》：管仲相齐桓公，霸诸侯，一匡天下，故孔子叹曰："微管仲，吾其被发左衽矣。"微，无。

④ 张子房：张良，字子房。黄中：即中德在内。《周易·坤》："君子黄中通理，正位居体，美在其中，而畅于四肢，发于事业，美之至也。"

⑤ 照邻殆庶：意谓品德修养与颜回相近。殆庶，语本《周易·系辞》："颜氏之子，其殆庶几乎？有不善未尝不知，知之未尝复行也。"

⑥ 蔚为帝师：《汉书·张良传》说，张良游下邳，于圯上遇一老人，授以《太公兵法》，曰："读是则为王者师。"

⑦ 如仁：谓管仲。《论语·宪问》载，子曰："桓公九合诸侯，不以兵车，管仲之力也。如其仁！如其仁！"

⑧ 神：谓圯上老人黄石公。

⑨ 商洛：山名，在今陕西商洛。相传秦末东园公、绮里季、夏黄公、甪里先生在此隐居，吕后用张良计迎之，使辅太子，太子之位遂定。

⑩ 浩瀁（yàng）：浩荡。

⑪ 沛：地名，在今江苏沛县，乃刘邦起兵之地。

⑫ 留城：在今江苏沛县东南，张良的封邑。

⑬ 荒顿：荒废。

⑭ 实深：确实深沉。

⑮ 大梁：地名，战国时魏的都城，在今河南开封。

⑯ 夷门：大梁城之东门。此谓魏隐士侯嬴，时为夷门监。

⑰ 九京：即九原，在今山西新绛北。

⑱ 随会：谓春秋时晋大夫士会，字季，食采邑于随及范，也称随季或范季。《礼记·檀弓》曰："赵文子与叔誉观乎九原，文子曰：'死者如可作也，吾谁与归？'叔誉曰：'其阳处父乎！'""文子曰：'我则随武子乎！利其君不忘其身，谋其身不忘其友。'"

⑲ 蘋蘩：草类。蘋，水草。蘩，白蒿。行潦：沟中积水。《左传·隐公三年》：“苟有明信……蘋蘩蕴藻之菜，潢污行潦之水，可荐于鬼神。”

⑳ 不刊：不可磨灭。

【语译】

主簿：

大德不灭，当存祭祀之典。当初孔子叹美管仲，今抚思此事，感慨弥深。张子房寓内德之美，庶几与颜回为邻，君臣暗相感应，遂为帝王之师。消灭项羽，成就汉业，拯救乱世，功绩本已近于伊尹、吕望，仁德在管仲之上。接交神仙于圯上，道与商山四皓相合。筹策明暗之际，深远难以探究，德行深广浩荡，无法测其端涯。途经沛县旧地，久停车驾于留城，见灵庙荒凉破败，遗像陈旧昏暗。追念往事，缅怀其人，不禁深深叹息。从前太史公过大梁，曾长想夷门侯嬴的遗迹：赵文子游历九原，也流连思念随武子。比之他们，亦可如此言子房。今当改建庙宇，修饰彩绘，蘋蘩行潦之类，可用以依时祭祀。以此抒发怀古之情，永存不灭的业绩。主持者可以施行。

【评析】

义熙十三年（417），宋公刘裕北伐，大军次于留城，令修张良庙，本篇即为此所撰的一篇告谕。文章分为两层，首先追述张良的功德，其次说明改建灵庙的原因。文章气势流畅，情见乎辞，充分表达出宋公在建立统一大业时对前代辅弼之臣的追慕。行文条理明晰，语言简约。如首段追述张良一生功绩德政，仅用六十多字，其中“夷项定汉，大拯横流”两句，高度概括了张良在楚汉之争中的历史作用。文中多处以古代先贤比喻张良，也收到言简意明、以少胜多的效果。刘勰《文心雕龙·诏策》以“详约”“明断”“理得而辞中”为“教之善者”，本篇似应在此之列。

为宋公修楚元王墓教一首

作者：傅季友　　注译评析：张明非

纲纪：

夫褒贤崇德，千载弥光。尊本敬始[①]，义隆自远。楚元王积仁基德[②]，启藩斯境[③]。素风道业[④]，作范后昆。本支之祚[⑤]，实隆鄙宗[⑥]，遗芳余烈，奋乎百世[⑦]。而丘封翳然[⑧]，坟茔莫翦，感远存往，慨然永怀。夫爱人怀树，甘棠且犹勿翦[⑨]；追甄墟墓，信陵尚或不泯[⑩]。况瓜瓞所兴[⑪]，开元自本者乎？可蠲复近墓五家[⑫]，长给洒扫，便可施行。

【篇旨】

本篇表达了对先祖恩德的崇仰和追怀。

【注释】

① 本：谓先祖。始：同“本”。

② 楚元王：名交，字游，汉高祖异母弟，封于楚，谥元。

③ 斯境：指彭城，故址在今江苏徐州。

④ 素风：纯朴高洁的风尚。常指家风或遗风。道业：谓博通经学。

⑤ 本支：指树木的根干和枝叶，在此比喻嫡系和庶出子孙。

⑥ 鄙宗：鄙贱的宗族。鄙，自谦之词。

⑦ 奋：发扬，振作。

⑧ 丘封：坟墓。王公曰丘，诸臣曰封。

⑨ 甘棠且犹勿翦：传说周武王时，召伯（奭）巡行南国，曾憩甘棠树下，听讼决狱。后人思其德，爱其树而不敢砍伐。

⑩ 信陵尚或不泯：《史记·魏公子列传》：“高祖十二年，从击黥布还，

为公子置守家五家，世世岁以四时奉祠公子。”

⑪ 瓜瓞（dié）：瓜一代接一代生长，比喻子孙繁盛。瓞：小瓜。

⑫ 蠲（juān）复：指免除赋税或劳役。

【语译】

主簿：

崇扬贤德，千载愈加光耀；尊敬先祖，道义兴盛久远。楚元王广积仁义，以德为本，开启彭城；遗风道业，为后人所师法。本支之福，实兴我鄙贱之宗。遗留下来的美好德行，传扬百世。而坟茔荒芜，无人剪除洒扫。感伤远事，存想以往，慨然叹息而久久思念。因其人而爱惜其树，甘棠尚且不忍砍伐；追荣于丘墓，信陵君守冢世代不灭。何况与元王如瓜瓞相连，创业自有所本呢！可免除近墓五家赋税劳役，长任墓地洒扫之职，即可施行。

【评析】

宋公刘裕乃楚元王之后，途经彭城，见其墓荒凉颓败，故下令修之，本文即为此而作。文章从两方面入手，先从“褒贤崇德”“尊本敬始”的道义出发，追忆了元王的不朽功德和对后世的影响，由理的角度说明了修墓的必要性；继写坟墓的荒芜、自己与元王的亲缘关系，从情的角度表明了修墓的必然。情与理的结合，增强了文章的说服力与感染力。

文

永明九年策秀才文五首

作者：王元长　　注译评析：张明非

问秀才、高第、明经[1]：

朕闻神灵文思之君[2]、聪明圣德之后[3]，体道而不居，见善如不及。是以崆峒有顺风之请[4]，华封致乘云之拜[5]。或扬旌求士，或设簴待贤[6]，用能敷化一时，余烈千古。朕夤奉天命[7]，恭惟永图，审听高居，载怀祗惧，虽言事必史而象阙未箴[8]。寤寐嘉猷[9]，延伫忠实，子大夫选名升学[10]，利用宾王[11]，懋陈三道之要[12]，以光四科之首[13]，盐梅之和[14]，属有望焉。

又问：

昔周宣惰千亩之礼，虢公纳谏[15]；汉文缺三推之义，贾生置言[16]。良以食为民天，农为政本。金汤非粟而不守[17]，水旱有待而无迁。朕式照前经[18]，宝兹稼穑，祥正而青旗肃事[19]，土膏而朱纮戒典[20]。将使杏花菖叶，耕获不愆[21]；清畎泠风[22]，述遵无废。而释耒佩牛[23]，相沿莫反；兼贫擅富[24]，浸以为俗。若爰井开制[25]，惧惊扰愚民。舄卤可腴[26]，恐时无史、白[27]，兴废之术，矢陈厥谋[28]。

又问：

议狱缓死，大《易》深规[29]；敬法恤刑[30]，《虞书》茂典[31]。自萌俗浇弛[32]，法令滋彰[33]，肺石少不冤之人[34]，棘林多夜哭之鬼[35]。朕所以明发动容[36]，昃食兴虑[37]，伤秋荼之密网，恻夏日之严威。永念画冠[38]，缅追刑厝[39]。徒以百锾轻科[40]，反行季叶[41]；四支重罚[42]，爰创前古[43]。访游禽于绝涧[44]，作霸秦基[45]；歌《鸡鸣》于阙下[46]，称仁汉牍[47]。二途如爽[48]，即用兼通[49]。昌言所安[50]，朕将亲览。

又问：

聚人曰财，次政曰货[51]。泉流表其不匮，贸迁通其有亡[52]。既龟、贝积寝[53]，缗褪专用[54]，世代滋多，销漏参倍，下贫无兼辰之业[55]，中产阙洊岁之赀[56]。惟瘼恤隐[57]，无舍矜叹。上帝溥临[58]，赐朕休宝，命邛斜之谷[59]，开而出铜。且有后命，事兹镕范，充都内之金[60]，绍圆府之职[61]。但赤侧深巧学之患[62]，榆荚难轻重之权[63]。开塞所宜，悉心以对。

又问：

治历明时，绍迁革之运；改宪敕法，审刑德之原。分命显于唐官[64]，文条炳于邹说[65]。及嵎夷废职[66]，昧谷亏方[67]，汉秉素祇之征[68]，魏称黄星之验[69]，纷争空轸[70]，疑论无归。朕获纂洪基，思弘至道，庶令日月休征[71]，风雨玉烛[72]，克明之旨弗远，钦若之义复还。于子大夫何如哉？其骊翰改色，寅丑殊建[73]，别白书之[74]。

【作者简介】

王融（467—493），字元长，齐琅邪临沂（今山东临沂）人。少而聪慧，博涉文史。曾任太子舍人，中书郎。与竟陵王萧子良极友善，为“竟陵八友”之一。后坐事下狱赐死。才思敏捷，辞藻富丽，精通音律，与沈约等共创“永明体”。存诗八十余首，锺嵘《诗品》称其“有盛才，辞美英净”。文五十余篇，代表作为《三月三日曲水诗序》。有集十卷，已佚。明人辑有《王宁朔集》。《南齐书》《南史》有传。

【篇旨】

本篇以劝农为主要内容，揭示了当时存在的废耕、兼并之风，要求对策者陈述兴废之术。

【注释】

① 高第：凡选士、举官、考绩，成绩优者为高第。明经：通晓经术。

② 神灵文思之君：谓黄帝。语本《史记·五帝本纪》："黄帝者……生而神灵，弱而能言。"文思，谓治理天下谋虑周全。

③ 聪明圣德之后：谓帝尧。语本《尚书序》："昔在帝尧，聪明文思。"后，即君。

④ 崆峒有顺风之请：指黄帝问道于广成子所。见于《庄子·在宥》：黄帝听说广成子在崆峒之山，故往见之。广成南首而卧，黄帝顺下风膝行而进，再拜稽首而问曰："治身奈何而可以长久？"广成子曰："来！吾语汝至道。"

⑤ 华封致乘云之拜：指帝尧问道于华封人。见于《庄子·在宥》：尧观乎华封，华封人曰："嘻！请祝圣人寿且富，且多男子。"尧皆辞曰："多男子则多惧，富则多事，寿则多辱。"封人曰："天子生人，必授之职；多男子而授之职，则何惧之有？富而使人分之，则何事之有？天下有道，则与物皆昌；天下无道，则修德就闲，千岁厌世，去而上仙，乘彼白云，至于帝乡，三患莫至，身常无殃，则何辱之有？"封人去之，尧随之请问，封人曰："退。"

⑥ 簴（jù）：古代悬钟磬鼓的木架，由两部分组成，横木为簨，支撑簨的两根立柱便是簴。

⑦ 夤：敬。

⑧ 象阙：宫廷的阙门。箴：规谏，告诫。此指直言之士。

⑨ 猷：谋划。

⑩ 学：即太学。

⑪ 利用宾王：作为王的宾客有利。语本《周易·观》："观国之光，利用宾于王。"

⑫ 懋：盛大。三道：谓国体、人事、直言。

⑬ 四科：汉武帝元狩六年，以四科举士，一德行高妙，志节清白；二学通行修，经中博士；三明达法令，足以决疑；四刚毅多略，遭事不惑。

⑭ 盐梅：咸盐和酸梅。盐梅为调味之品，用以喻整治国政。

⑮ 周宣惰千亩之礼，虢公纳谏：周制，天子耕籍田有千亩。宣王即位，不籍千亩。虢文公谏曰："夫民之大事在农。"

⑯ 汉文缺三推之义，贾生置言：古代帝王为表示勤农，每年举行一次耕籍之礼，掌犁推行三周，称三推。汉文帝即位，贾谊说上曰："一夫不耕，或受之饥！一女不织，或受之寒。"

⑰ 金汤：比喻防守坚固不可摧破的城邑。金，喻坚。汤，喻沸热不可近。

⑱ 前经：指籍田劝农。

⑲ 祥正：即农祥晨正，指农时。农祥谓房星，晨正谓立春之日。青旗：籍田的旗子。

⑳ 土膏：田地肥沃。朱纮：冠冕上的饰带。

㉑ 愆：丧失。

㉒ 甽（quǎn）：田沟。

㉓ 佩牛：意谓佩带刀剑。《汉书·龚遂传》说，汉宣帝时，渤海郡一带发生饥荒，龚遂任渤海太守，劝民务农。见民有带持刀剑者，使卖剑买牛，卖刀买犊，曰："何为带牛佩犊？"

㉔ 兼：兼并。

㉕ 爰：更换。

㉖ 舄卤：瘠薄的盐碱地。

㉗ 史：谓史起。曾引漳水灌溉田地，邺民歌曰："决漳水兮灌邺旁，终古舄卤兮生稻粱。"白：谓赵中大夫白公。汉武帝太史二年引泾水注渭，灌田四千余顷。

㉘ 矢：直。

㉙ 大《易》：《周易》。

㉚ 恤（xù）刑：慎用刑法。

㉛《虞书》：《尚书》的一部分，包括《尧典》《皋陶谟》，《古文尚书》又增《舜典》《大禹谟》《益稷》，合为五篇。

㉜ 萌（méng）：民众。浇：即浇薄，指社会风气浮薄。

㉝ 法令滋彰：语出《老子》五十七章："法令滋彰，盗贼多有。"此谓多有盗贼。

㉞ 胏（fèi）石：古时设于朝廷门外的石头。民有不平，得击石鸣冤。石赤色，形如肺，故名。胏，通"肺"。

㉟ 棘林：古代大司寇在棘树下听讼，后因称法庭为棘林。

㊱ 明发：黎明，平明。

㊲ 昃食：晚食。表示勤于政事。

㊳ 画冠：即画衣冠，是以有特殊标志的衣冠代替死刑。

㊴ 刑厝：无人犯法，刑法搁置不用。厝，通"措"，安置。

㊵ 百锾轻科：用罚金百锾以赎罪的轻刑，周穆王时所实行。锾，古代重量单位，重六两，或谓重六两又大半两。

㊶ 季叶：犹末世，衰世。指周穆王之世。

㊷ 四支：即四肢。

㊸ 前古：谓周。《周礼》曰："司刑掌五刑之法，以丽万民之罪。墨罪五百，劓罪五百，宫罪五百，剕罪五百，杀罪五百。"

㊹ 访游禽于绝涧：比喻严刑峻法。语本《韩子·内诸说上七术》："董阏于为赵上地守，行石邑山中，见深涧峭如墙，深百仞。因问其旁乡左右人曰：'人尝有入此者乎？'对曰：'无有。'曰：'婴儿、盲聋、狂悖之人有入此者乎？'对曰：'无有。''牛马犬彘尝有入此者乎？'对曰：'无有。'董阏于喟然太息曰：'吾能治矣！使吾法之无赦，犹入涧之必死也，则人莫之敢犯也，何为不治？'"

㊺ 作霸秦基：使秦国称霸。赵氏之先与秦共祖，故赵亦号曰秦。

㊻ 歌《鸡鸣》于阙下：谓刑法宽宥，见缇萦救父一事。《列女传》曰："缇萦歌《鸡鸣》《晨风》之诗。"

㊼ 牍：书版，木简。

㊽ 二途：谓峻法与宽法。

㊾ 即用兼通：谓就其所用，彼此相通，俱可济时。

⑩ 昌言：直言无隐。

⑪ 次政曰货：谓货居政的第二位。语本《尚书·洪范》："八政，一曰食，二曰货。"货，财物。

⑫ 贸迁：贩运，买卖。

⑬ 龟、贝：古代的货币。

⑭ 缗繦：钱贯。繦，通"镪"。

⑮ 兼辰：谓两日。

⑯ 洊（jiàn）岁：再岁，即隔年。

⑰ 瘼：病，引申为疾苦。

⑱ 溥：普遍。

⑲ 邛斜：蜀中山名。

⑳ 都内：都城的内库。

㉑ 圜府：谓九府圜法，即周代财帛流通之法，乃太公为周所立。

㉒ 赤侧：汉钱币名，以赤铜为外边，故名。一作"赤仄"。《史记·平准书》："郡国多奸铸钱，钱多轻，而公卿请令京师铸钟官赤侧，一当五，赋官用非赤侧不得行。"

㉓ 榆荚：汉钱币名，形如榆荚，重三铢，即荚钱。

㉔ 唐官：谓尧之官。

㉕ 邹说：谓邹衍之说。邹衍为战国齐人，深观阴阳消息，作怪迂之变，著《终始》《大圣》等篇，皆闳大不经。

㉖ 嵎夷：传说中日出之处。

㉗ 昧谷：传说中日入之处。

㉘ 汉秉素祇之征：汉高祖刘邦夜行泽中，前有大蛇当路，高祖上前，拔剑斩蛇。后人至此，见一老妪夜哭。人问其故，答曰：我子乃白帝子，化为蛇当道，今被赤帝子斩之。

㉙ 魏称黄星之验：汉桓帝时，有黄星见于楚宋之分。辽东殷馗善天文，预言五十年后当有真人起于梁沛之间，锐不可当。其后五十年，果有曹操破袁绍，天下无敌。黄星，古以为祥瑞。

⑩ 轸：相乖戾。

⑪ 休征：吉兆。

⑫ 玉烛：四季气候调和。

⑬ 骊翰改色，寅丑殊建：夏后氏尚黑，戎事乘骊（黑色马），以建寅之月为正月，物生色黑。殷人尚白，戎事乘翰（白色马），以建丑之月为正月，物生色白。

⑭ 别白：分辨明白。

【语译】

问秀才明经科：

我听说神异威灵功德之君黄帝，聪明贤良之君唐尧，行道而不居其功，见善努力追求如恐不及。所以黄帝顺风下拜向广成子问道，帝尧乘云而上向华封人求教。或举幡广求智士，或设簴以待贤才。故能布行教化当时，流芳千古。我敬奉天命，恭思经国之长图，审慎视听，居安思危，心怀敬惧。虽议政进谏必书之于史，宫廷却未有直言之士。日思夜想谋求善道，翘首伫立渴待忠臣。子大夫当选才华出众者，进于太学，作为君王的宾客辅佐王道。大陈三道的要领，光大四科的精义。如盐梅调和，就有希望了。

又问：

从前周宣王懈怠籍田之礼，虢文公谏诤；汉文帝缺乏劝农之义，贾谊上书。确以食为民之天，以农为政之本。坚固的城池若无粮食不能固守，纵有水旱灾害有粮食可待便无迁徙流亡。我效法前人，重此稼穑。农时载青旗行籍田之礼，土地肥沃戴朱纮遵守耕籍常法。将望杏花菖叶而耕，播种收获不误时令。清田和风，遵循其法，不废农事。惰业之人废耕佩剑相沿成习不复知改，富裕之家兼并穷人专擅其利渐已成俗。若使易田开其均田制度，恐惊扰百姓。欲令盐咸薄地变得肥沃，又忧当世没有史起、白公。有言易田、引渠之术废兴者，可直陈其谋。

又问：

评议刑罚轻重赦免死刑，是《周易》的重要法规。尊重法令慎用刑法，是《虞书》的重大准则。自从民风浇薄废弛，盗贼滋生，肺石旁少有不蒙冤的人，棘树下多有夜哭的屈鬼。我所以早起晚食，感慨忧虑，悲伤刑法如秋草一样繁密，夏日一般酷烈。永念古代的画冠之法，缅怀其刑法搁置不用。但以罚金百锾的轻刑，行于衰世；体罚四肢的重刑，始自前古。探游禽于绝涧，使秦国称霸。歌《鸡鸣》之诗于阙下，汉文帝之仁列于史牍。严刑宽法二途，虽有所不同，就其用而言，彼此相通，可直言何者为妥，我将亲览。

又问：

使人积蓄的是财物，居政第二位的也是财物。比之泉流使其不匮乏，贩运货物互通有无。古代龟贝既已累世寝废，今世专用钱贯。年代一多，则消磨缺漏或复三分，或至一倍。极贫困的人没有两日的用度，中等人家缺少来年的资财。穷人疾苦忧念于心，不住哀矜嗟叹。上天广临，赐我美宝。今邛斜之谷，开采出铜。其后又令事此销法铸钱。充实都城内库的货币，继承太公立九府圆法之职事。但若为赤侧，则奸巧学铸深为可患；为榆荚，则轻重兼用难以权衡。何弃何取为宜，可尽心应对。

又问：

理其历数以明其时，则继承帝王迁变改易之运。改革法度，当察知法其刑德之本。节候自唐官而显，条律经邹衍而明。待到嵎夷废其职守，昧谷失其方位，汉执蛇神的征兆，魏称黄星的应验，聚讼纷纭，疑惑之论，竟无所指归。我继承大业，欲恢宏妙道。令日月光辉吉祥，风雨四时和顺。如尧能明俊德之美不远，羲和敬顺天时复还。子大夫可致此道吗？夏殷黑白改色，寅丑改建，可分辨明白写出。

【评析】

策问是自汉文帝开始选士的一种方法，由朝廷命人出题目考问，士子则根据所问陈述自己的政见。这实际上是对制策者提出了更高的要求，即非博古通今、善为疑难者，无力担当此任。本篇便显示了作者这方面的才能。作者抓住了农业这一关系国计民生的大事，说明农事的重要，在揭露时弊的基础上提出设问。如说若改易土地制度，则恐扰民；若兴修水利，又虑缺乏人才。要求对策者就此陈述己见。策问是古代应用文中的一种，其写作上的要求，正如徐师曾《文体明辨序说》所云，乃是“练治为上，工文次之”。也就是说既要明于治道，又要善于文辞。一般说来，容易“或练治而寡文，或工文而疏治”，能够将二者结合起来，便是刘勰所称的通才。本篇作者似当得此誉。文章善于引古证今，如以黄帝、唐尧之例，说明广求贤才的重要；以周宣王、汉文帝为例，阐述以农为本的道理。立意精审，说服力强。文中多用排比，读来气势贯通，又寓变化于整齐之中，使行文跌宕有致。本文于古代大量策问中脱颖而出，为《文选》所录，的确不是偶然的。

永明十一年策秀才文五首

作者：王元长　　注译评析：张明非

问秀才：

朕秉箓御天①，握枢临极②，五辰空抚③，九序未歌④。至于思政明台⑤，访道宣室⑥，若坠之恻每勤⑦，如伤之念恒轸⑧。故恤贫缓赋，省繇慎狱⑨。幸四境无虞⑩，三秋式稔⑪。而多黍多稌⑫，不兴两穗之谣⑬；无褐无衣⑭，必盈《七月》之叹⑮。岂布政未优，将罢民难业⑯？登尔于朝，是属宏议。罔弗同心，以匡厥辟⑰。

又问：

惟王建国，惟典命官。上叶星象，下符川岳⑱。必待天爵具修⑲，人纪咸事⑳；然后沿才受职，揆务分司㉑。是以五正置于朱宣㉒，下民不忒㉓；九工开于黄序㉔，庶绩其凝㉕。周官三百，汉位兼倍。历兹以降，游惰实繁㉖。若闲冗毕弃㉗，则横议无已㉘；冕笏不澄㉙，则坐谈弥积㉚。何则可修？善详其对。

又问：

昔者贤牧分陕[31]，良守共治。下邑必树其风[32]，一乡可以为绩[33]。至有旦抚鸣琴[34]，日置醇酒[35]。文而无害，严而不残，故能出人于阽危之域[36]，跻俗于仁寿之地[37]。是以贾谊有言："天下之有恶，吏之罪也。"顷深汰珪、符[38]，妙简铜、墨[39]；而春雉未驯，秋螟不散[40]。入在朕前，凑其智略，出连城守，阙尔无闻。岂薪櫄之道未弘[41]，为网罗之目尚简？悉意正辞，无侵执事[42]。

又问：

朕闻上智利民不述于礼[43]，大贤强国罔图惟旧。岂非疗饥不期于鼎食[44]，拯溺无待于规行[45]。是以三王异道而共昌[46]，五霸殊风而并列[47]。今农战不修[48]，文儒是竞，弃本殉末[49]，厥弊兹多。昔宋臣以礼乐为残贼[50]，汉主比文章于郑卫[51]；岂欲非圣无法？将以既道而权。今欲专士女于耕桑，习乡闾以弓骑[52]。五都复而事庠序[53]，四民富而归文学[54]。其道奚若，尔无面从[55]。

又问：

自晋氏不纲，关河荡析；宋人失驭，淮汴崩离。朕思念旧民[56]，永言攸济。故选将开边，劳来安集[57]。加以纳款通和，布德修礼。歌《皇华》而遣使[58]，赋膏雨而怀宾[59]。所以关洛动南望之怀[60]，獯夷遽北归之念[61]。夫危叶畏风，惊禽易落。无待干戈，聊用辞辩。片言而求三辅[62]，一说而定五州[63]。斯路何阶，人谁或可？进谋诵志[64]，以沃朕心[65]。

【篇旨】

本篇主要就吏治问题进行策问，指出现实中存在的弊病，要求对策者提出解决矛盾大治天下的办法。

【注释】

① 箓：帝王自称所谓天赐的符命之书。

② 枢：北斗第一星，比喻国家的权柄。极：指最高地位，即君位。

③ 五辰：古代以五行分主四时，故以春、夏、秋、冬为五辰。

④ 九序：谓六府三事。六府，即水、火、金、木、土、谷，此六者皆货财所聚，故称。三事，此指正德、利用、厚生。

⑤ 明台：传说为黄帝听政之所。

⑥ 宣室：汉未央宫前正室，汉文帝曾于此接见贾谊问鬼神事。

⑦ 恻：忧伤。

⑧ 轸：痛心。

⑨ 繇：通“徭”，徭役。

⑩ 虞：忧虑，戒备。

⑪ 稔：谷物成熟。

⑫ 稌：稻。

⑬ 两穗之谣：谓歌颂丰衣足食。事见《东观汉记》：“张堪，字君游，为渔阳太守，劝民耕种，以致殷富。有百姓歌曰：‘桑无附枝，麦穗两歧；张君为政，乐不可支。’”

⑭ 褐：粗麻短衣。

⑮《七月》：《诗经·豳风》篇名。诗中有“无褐无衣，何以卒岁”的悲叹。

⑯ 罢：同“疲”。

⑰ 辟：谓君王。

⑱ 上叶星象，下符川岳：古代以星象、山川象征人事。《春秋汉含孳》曰：“故三公象五岳，九卿法河海；三公在天法三台，九卿法北斗。”

⑲ 天爵：自然的爵位，指仁、义、忠、信，乐善不倦。

⑳ 人纪：指人的处世之道。

㉑ 揆：度。分司：分别执掌，各司其事。

㉒ 朱宣：即少昊。五正：谓五官。少昊之立，有凤凰至，故以鸟名官。以凤凰为历正，玄鸟为司分，伯赵为司至，青鸟为司开，丹鸟为司闭，谓之五正。朱宣，即少昊。

㉓ 忒：差错。

㉔ 九工：谓九官。传说为虞舜所置，即伯禹作司空，弃为后稷，契做司徒，皋陶作士，垂为共工，益作朕虞，伯夷作秩宗，夔为典乐，龙为纳言。黄序：谓舜。舜即帝位，改正朔，以土承火，色尚黄。

㉕ 凝：形成。

㉖ 实繁：确实很多。

㉗ 闲冗：谓闲散之人。

㉘ 横议：肆意议论。

㉙ 冕笏：古代贵族官僚的服饰，也用以指代做官的人。冕，冠。笏，手板。

㉚ 坐谈：坐而清谈，无办事能力。

㉛ 分陕：相传周初周公、召公分陕而治，周公治陕以东，召公治陕以西。

㉜ 下邑：国都以外的所属城邑。树其风：指进行礼乐教化。《论语·阳货》说："子之武城，闻弦歌之声。"武城乃鲁之下邑。

㉝ 一乡可以为绩：汉大司农朱邑曾任桐乡啬夫（乡官），廉平不苛，为民敬信。死后葬于此。

㉞ 旦抚鸣琴：谓孔子学生宓子贱，曾为单父宰，相传其身不下堂，鸣琴而治。

㉟ 日置醇酒：谓曹参，代萧何为相，以无为为治，日夜饮酒。

㊱ 阽（diàn）危：面临危险。

㊲ 跻：登，升。

㊳ 汰：淘汰，择去。珪、符：指刺史。

㊴ 简：选择，分别。铜、墨：铜印黑绶，代指县令。

㊵ 春雉未驯，秋螟不散：喻未达于教化。事见《东观汉记》：鲁恭为中牟令，时郡国螟伤稼，犬牙缘界，不入中牟。河南尹袁安闻之，疑其不实，使仁恕掾肥亲往察之。恭随行阡陌，俱坐桑下，有雉过，止其傍，傍有童儿。亲曰："何不捕之？"儿言："雉方将雏。"亲曰："所以来者，欲察君之化迹尔。今虫不犯境，此一异也；化及鸟兽，此二

异也；竖子有仁心，此三异也。”具以状言安。螟，螟虫，食禾害虫。

㊶ 薪槱（yǒu）之道：喻用人之道。槱，聚积。

㊷ 执事：各部门的专职人员。

㊸ 上智：智力特出的人。

㊹ 鼎食：列鼎而食，指生活豪奢。

㊺ 规行：指行步端正。

㊻ 三王：说法不一，或谓夏禹、商汤、周文武，或谓夏禹、商汤、周文王。

㊼ 五霸：说法不一，最通行的一种是指齐桓、晋文、秦穆、宋襄、楚庄。

㊽ 农战：农业和战争。意谓重视农业和战争。

㊾ 本：谓农。末：谓商。

㊿ 宋臣：谓墨翟，主张非礼乐。

(51) 汉主：谓汉宣帝，曾说：“辞赋大者与诗同义，小者辩丽可嘉，譬如女工有绮縠，音乐有郑卫也。”郑卫：指淫荡的乐歌。

(52) 乡闾：即乡里。

(53) 五都：五大城市，历代所指不同。庠序：学校。

(54) 四民：指士、农、工、商。

(55) 面从：表面顺从。

(56) 旧民：谓晋、宋经离乱之民。

(57) 劳：慰劳。安：安定。集：聚集。

(58)《皇华》：指《诗经·小雅·皇皇者华》篇，为君遣使臣而作。

(59) 膏雨：《左传·襄公十九年》：“季武子兴，再拜稽首曰：‘小国之仰大国也，如百谷之仰膏雨焉。’”

(60) 关：关中，相当今陕西。洛：洛阳。南望：齐都江南，故云。

(61) 獯夷：古代北方少数民族。

(62) 三辅：指治理京畿地区的三个职官，即京兆尹、左冯翊、右扶风。此谓三辅所辖地区。

⑥③ 五州：指代北境。

⑥④ 诵：言。

⑥⑤ 沃：灌，洗。臣下向皇帝献谋建议称为沃心。

【语译】

问秀才：

我受命执符统治天下，掌握国家权柄登临君位。春夏秋冬四时空顺，而六府三事未治。故思布政于明台，召贤良于宣室，视百姓若坠涂炭，每恻怆而勤苦，哀伤而轸痛。因此忧贫人，宽赋税，轻徭役，慎刑狱。幸而边境无忧，三秋丰熟。然而多黍多稻，不闻麦穗两岐之欢歌；缺褐少衣，必多《七月》之悲叹。难道是施行政教不佳，使疲弊之民难成产业？进用你们于朝廷，便是希望你们大议以治天下，无不同心，以匡正君主。

又问：

君主立国，常任命贤良为官。上合星象，下同山河。必得天爵俱美，人纪皆备，然后因才以授其职，度理以各司其事。因此少昊设置五正，下民没有差失；虞舜制定九工，绩多功成。周官只有三百，汉之官位是其数倍。从此以后，游荡懒惰之人实为繁多。若闲散之官尽为废弃，则怨嗟议论不止；而为官不事澄清之道，则坐为清谈者愈多。有何法可行？详加审慎以对答我。

又问：

从前贤良的官员虽分管各自的区域，却共同励精图治。小邑必树其风化，一乡亦可建立政绩。乃至旦抚鸣琴，身不下堂；日夜饮酒，无为而治。守文法而无所枉害，为吏严肃而不残暴。故能救人于临危之境，使平人荣登寿考。因此贾谊有言道："下民作恶，是吏的罪过。"我向来严格淘汰刺史，善于选择县令。然而春雉尚未驯服，秋螟亦未散去。入朝在我面前，尚可聚而出谋献策；出为连城之守，则默然不闻政绩。莫非我积累人才之道尚不够广，网罗人才之计还嫌简略？你们可尽意笃论，不要担心冒犯执事之臣。

又问：

智慧高深的人有利于民，不拘于礼；道德高尚的人使国强盛，不守旧法。这岂不是治疗饥饿的人不奢求精美的饮食，拯救溺水的人不能等待规矩行步？因此三王政道不同而同样昌盛，五霸教化各异而一样繁荣。现在不习农战，文儒之人竞相驰逐。弃本逐末，弊病增多。从前墨子把礼乐视为残贼，汉宣帝将文章比作淫靡之音，难道是想非先圣之道以为无法，将因道尽而为权宜之计？今打算专事男耕女织以资衣食，乡里习于弓骑以备战；恢复五大城市、开办学校，使百姓富足而归于文学之道。此道如何？你们不要表面顺从而退有异言。

又问：

自从晋代不修法度，山河飘零破碎，宋人丧失政权，淮泲分崩离析。我思念晋宋的百姓，常想救助他们。故选军将开边境，慰劳来居者，使其安定聚集。加之戎狄归顺交好，我则施德礼遇。歌《皇华》派大臣出使，赋青雨外蕃怀德宾服。因此关洛之民兴南望之思，北境獯夷有归顺之念。秋叶经霜而畏风，惊鸟闻弦乃易落。不兴甲兵，聊用言辞之辩，片语可求得三辅，一说便能定五州。怎样才能达及此路，谁人可堪为此事？献谋言志，以沃我心。

【评析】

本篇共分五段。第一段说明皇帝策问的缘由，即担心“布政未优，将罢民难业”，要求士子发表意见以匡正君主，治理天下。第二段就官吏的设置、闲冗人员的处理办法提出策问。第三段在强调吏的重要作用之后，指出在朝官吏政绩不佳的现状，然后就人才选拔与网罗之道，征询对策者的看法。第四段针对当时普遍“不习兵战”竞逐文辞的舍本逐末之风，提出鼓励耕战，富国强兵的方针，要求士人对此“尽意笃论”。最后一段征求“不兴甲兵，聊用言辞之辩”，即可安边定国的人才。通篇围绕吏治设策，主旨鲜明，论述明晰。譬如谈到吏的选拔和任用时，作者先以古代良吏为例说明其对政治教化的巨大影响，继引贾谊的言论从反面说明吏之为恶对天下的危害，再结合现实情况提出需要解决的问题。文中不唯表现了作者通达古今的见识，而且显示了深厚的文学修养，如文章用骈体写成，对偶精警，语言畅达，顿挫有力。“春雉未驯，秋螟不散”“危叶畏风，惊禽易落”等比喻的运用，更增加了文章的形象性。

天监三年策秀才文三首

作者：任彦昇　　注译评析：张明非

问秀才：

朕长驱樊、邓①，直指商郊②；因藉时来，乘此历运③，当扆永念④，犹怀惭德⑤。何者百王之弊⑥，齐季斯甚？衣冠礼乐，扫地无余。斫雕刓方⑦，经纶草昧⑧。采三王之礼，冠履粗分⑨；因六代之乐⑩，宫判始辨⑪。而百度草创⑫，仓廪未实。若终、亩不税⑬，则国用靡资；百姓不足，则恻隐深虑。每时入刍藁⑭，岁课田租⑮，愀然疚怀，如怜赤子。今欲使朕无满堂之念⑯，民有家给之饶，渐登九年之畜⑰，稍去关市之赋⑱。子大夫当此三道⑲，利用宾王，斯理何从，伫闻良说。

问：

朕本自诸生⑳，弱龄有志，闭户自精，开卷独得。九流《七略》㉑，颇常观览；六艺百家㉒，庶非墙面㉓。虽一日万机，早朝晏罢，听览之暇，三余靡失㉔。上之化下，草偃风从，惟此虚寡，弗能动俗。昔紫衣贱服，犹化齐风㉕；长缨鄙好，且变邹俗㉖。虽德惭往贤，业优前事，且夫搢绅道行，禄利然也。朕倾心骏骨㉗，非惧真龙㉘，辎軿青紫㉙，如拾地芥。而惰游废业，十室而九，鸣鸟蔑闻㉚，《子衿》不作㉛。弘奖之路，斯既然矣。犹其寂寞，应有良规。

问：

朕立谏鼓㉜，设谤木㉝，于兹三年矣。比虽辐凑阙下㉞，多非政要；日伏青蒲㉟，罕能切直。将齐季多讳，风流遂往。将谓朕空然慕古，虚受弗弘。然自君临万宇㊱，介在民上，何尝以一言失旨，转徙朔方；睚眦有违[37]，论输左校[38]，而使直臣杜口，忠谠路绝[39]？将恐弘长之道，别有未周。悉意以陈，极言无隐。

【篇旨】

本篇主要就如何革除“堕游废业”之风和使臣子“直言极谏”，征询士子的对策，以实现国家的富足兴旺。

【注释】

① 樊、邓：古地名。地当今湖北襄樊、河南邓州一带。

② 商郊：商都。商，喻齐。因齐东昏侯荒淫无道，故比作纣王。

③ 历运：指朝代更替的次序。

④ 扆（yǐ）：户牖间画有斧纹的屏风，天子朝见诸侯时，背扆南面而立。

⑤ 惭德：因行事有缺点内愧于心。谦辞。

⑥ 百王：概指古来之王。

⑦ 斫雕：雕饰。刓方：指削方为圆，喻改变人的行为。

⑧ 经纶：指筹划治理国家大事。草昧：天地初开时的混沌状态。

⑨ 冠履：头戴帽，脚穿鞋，比喻上下之分。

⑩ 六代：此指黄帝、唐、虞、夏、殷、周六个朝代。

⑪ 宫：天子的悬乐。判：卿大夫的悬乐。

⑫ 百度：指各种制度。

⑬ 终：古代田地的面积单位。《汉书·刑法志》：“地方一里为井，井十为通，通十为成，成方十里，成十为终。”

⑭ 刍藁：喂牲口的干草。

⑮ 课：赋税，抽税。

⑯ 满堂之念：犹不乐之念。语本《说苑》：“古人于天下也，譬一堂之上。今有满堂饮酒，有一人独索然向隅泣，则一堂之人，皆不乐也。”

⑰ 九年之畜：九年的储存。《礼记·王制》曰：“国无九年之蓄曰不足。”畜，同“蓄”。

⑱ 关市：人员物资聚集之地，即市场。

⑲ 三道：谓国体、人事、直言。

⑳ 诸生：众儒生。

㉑ 九流：战国时的九个学术流派，即儒家、道家、阴阳家、法家、名家、墨家、纵横家、杂家、农家。《七略》：我国最早的图书目录分类著作，汉刘歆撰。包括《辑略》《六艺略》《诸子略》《诗赋略》《兵书略》《术数略》《方技略》。原书已失传。

㉒ 六艺：谓礼、乐、射、御、书、数六种科目。百家：指先秦诸子，举成数而言。

㉓ 墙面：谓如面墙而立，目无所见。喻不学无术。

㉔ 三余：谓冬者岁之余，夜者日之余，阴雨者时之余。泛指空闲时间。

㉕ 紫衣贱服，犹化齐风：语本《韩非子·外储说左上》："齐桓公好服紫，一国尽服紫。当是时也，五素不得一紫。桓公患之，谓管仲曰：……管仲曰：'君欲止之，何不试勿衣紫也？谓左右曰，吾甚恶紫之臭。'……公曰：'诺。'于是日，郎中莫衣紫；其明日，国中莫衣紫；三日，境内莫衣紫也。"

㉖ 长缨鄙好，且变邹俗：亦见于《韩非子·外储说左上》："邹君好服长缨，左右皆服长缨，缨甚贵。邹君患之，问左右。左右曰：'君好服，百姓亦多服，是以贵。'邹君先自断其缨而出，国中皆不服长缨。"这两个典故都用以说明上有所好，下必甚焉的道理。

㉗ 骏骨：喻贤才。语本《战国策·燕一》："三月得千里马，马已死，买其骨五百金……于是不能期年，千里之马至者二。"

㉘ 非惧真龙：意谓自己并非表面爱才，而是真的爱好。语本叶公好龙故实。

㉙ 辎軿（píng）：辎、軿，均为有障蔽的车。青紫：贵官之服。

㉚ 鸣鸟：指凤凰。古以为天下太平而凤凰至。蔑（miè）：渺小。

㉛《子衿》：《诗经·郑风》篇名。诗序曰："《子衿》，刺学废也。"

㉜ 谏鼓：设于朝廷供进谏者敲击以闻之鼓。

㉝ 谤木：立于宫外使受诽谤者以击之木。

㉞ 辐凑：聚集。

㉟ 青蒲：青色蒲团，臣伏其上叩见君主。

㊱ 宇：国。

㊲ 睚眦（yá zì）：怒目而视，借指小怨小忿。

㊳ 论输：定罪而罚作劳役。左校：官署名，凡大臣犯法，常遣送到左校劳作。

㊴ 说：正直。

【语译】

问秀才：

我兴兵长驱樊、邓，直接指向商都，凭借时运的到来，乘此机遇，虽依屏长思，犹内怀愧怍。为何如此？古来君王的弊病，至齐末愈甚。文明礼教，礼乐制度，废弃无余。我致力于改变风俗，拨乱反正。采用三王的礼法，尊卑略有区分；根据六代的乐制，宫判始可辨别。而百事初起，粮仓尚未充实。如果田不纳税，则国家用度匮乏；如果百姓衣食不足，又深为忧虑同情。每见依时纳进草料，按岁征敛田租，都愀然变色，心怀内疚，有如怜悯婴儿。现在想要使我没有不乐之念，百姓有资给之足，渐渐有比较充裕的积蓄，稍稍减去关市的赋税。子大夫担当国体、人事、直言这三道，可利于时用，为君王的宾客，那么此理何从而致？我伫立以待善言。

问：

我本出自儒生，少年即立志向。闭门读书自专于学，打开书卷而独得其趣。九流、《七略》，经常阅览；六艺及诸子百家，也非一窍不通。虽日理万机，早朝晚退，听览朝政之余，没有一点空闲。君主教化下民，如草随风倒伏，而我虚空少德，不能影响时俗。从前齐桓公厌穿紫衣，尚能教化齐人之风；邹君鄙视长缨，便能改变邹国之俗。我虽德薄于先贤，帝业却优于前人，况且士大夫道之所行，乃利禄使然。我真心爱惜贤才，不像叶公那样说好龙却害怕真龙。辎軿之车，贵官之服，取之易如拾取草芥。而学者懒惰游荡，荒废学业，十家有九。凤鸟不至，鸣声无闻，学校废却不作《子衿》。大力劝勉奖励，犹且如此，你们如在寂寞无语之中，应有良策。

问：

我建立谏鼓，设置谤木，至今已经三年了。虽谏书聚集阙下，所言多非施政的要领；谏臣日伏青蒲，却罕能直言极谏。是齐末多所忌讳，风俗教化已成以往；抑或我空有慕古之志，而虚心受物不广？然而我自统治国家，托于士民之上，何尝以臣下一言不当，便迁谪朔方，因小怨小忿，即罚罪左校，从而使正直之臣缄口不言，忠贞之士进谏无路？只恐宏长之道有所不周，可尽心上陈，直言而无所隐讳。

【评析】

本篇是天监三年（504），任昉为梁武帝所撰策问，围绕巩固政权、国富民强这一中心，分别从三方面设问。一是如何解决在征赋问题上存在的“国用靡资”和“百姓不足”的矛盾；二是如何实现移风易俗，废游兴学；三是如何大兴谏诤之风，广开言路。鲜明体现了梁开国之初君主注意吸取前代败亡的教训励精图治的思想。本文用骈体写成，形式技巧精密，句法讲求对偶，反映了南朝时期文章日趋骈俪化的风气。文中用典自然圆熟，尤具特色，如以“昔紫衣贱服，犹化齐风；长缨鄙好，且变邹俗”说明君主对民风的影响，都灵活恰切，语约意丰。而“倾心骏骨，非惧真龙”连用燕昭王千金买骏骨和叶公好龙两个典故，从正反两方面说明自己渴求贤才，更是言简意明，富有表现力。史称任昉擅长文笔，有“任笔沈（约）诗”之誉，于本篇可见一斑。

昭明文选全本新绎

（四）

张葆全 主编 樊运宽 等 译注

文化发展出版社
Cultural Development Press

目 录

卷第三十七

卷第三十八

卷第三十九

卷第四十

卷第四十一

卷第四十二

卷第四十三

卷第四十四

卷第四十五

卷第四十六

卷第四十七

卷第三十七

表上

荐祢衡表一首

作者：孔文举　　注译评析：张明非

臣闻洪水横流，帝思俾乂[①]，旁求四方[②]，以招贤俊。昔世宗继统[③]，将弘祖业，畴咨熙载[④]，群士响臻[⑤]。陛下睿圣[⑥]，纂承基绪[⑦]，遭遇厄运，劳谦日仄[⑧]。维岳降神，异人并出。

窃见处士平原祢衡[⑨]，年二十四，字正平，淑质贞亮，英才卓跞[⑩]。初涉艺文[⑪]，升堂睹奥[⑫]；目所一见，辄诵于口，耳所暂闻，不忘于心；性与道合[⑬]，思若有神。弘羊潜计[⑭]，安世默识[⑮]，以衡准之，诚不足怪。忠果正直，志怀霜雪，见善若惊，疾恶若仇。任座抗行[⑯]，史鱼厉节[⑰]，殆无以过也。

鸷鸟累百[⑱]，不如一鹗[⑲]。使衡立朝[⑳]，必有可观。飞辩骋辞，溢气坌涌[㉑]；解疑释结，临敌有余。昔贾谊求试属国，诡系单于[㉒]；终军欲以长缨，牵致劲越[㉓]。弱冠慷慨[㉔]，前代美之。近日路粹、严象[㉕]，亦用异才，擢拜台郎[㉖]，衡宜与为比。如得龙跃天衢[㉗]，振翼云汉[㉘]，扬声紫微[㉙]，垂光虹蜺，足以昭近署之多士，增四门之穆穆[㉚]。钧天广乐[㉛]，必有奇丽之观；帝室皇居，必畜非常之宝[㉜]。若衡等辈，不可多得。《激楚》《阳阿》[㉝]，至妙之容，掌技者之所贪；飞兔、騕褭[㉞]，绝足奔放[㉟]，良、乐之所急也[㊱]。臣等区区，敢不以闻？陛下笃慎取士，必须效试，乞令衡以褐衣召见[㊲]。无可观采，臣等受面欺之罪。

【作者简介】

孔融（153—208），字文举，鲁国（今山东曲阜）人。二十八岁辟举司徒府，历任北海相、少府、太中大夫等职。为人好学，秉性刚直，是汉末的名士。后因屡次触怒曹操而被杀害。他的作品流传下来的不多，但体气高妙，有过人者。散文语言劲健，议论尖锐，诗歌慷慨激昂，情见乎辞，是“建安七子”之一。今存辑本《孔北海集》一卷，代表作为《论盛孝章书》《荐祢衡表》。《后汉书》有传。

【篇旨】

本篇热烈赞扬了祢衡超群出众的才志学行，希望曹操加以任用。表现出作者对人才的高度重视。

【注释】

① 俾（bǐ）：使。乂（yì）：治理。

② 旁：遍，广。

③ 世宗：汉武帝庙号。继统：继承统治之位。

④ 畴咨：意谓访问、访求。熙载：发扬功业。

⑤ 响臻：犹响应。

⑥ 陛下：谓汉献帝。

⑦ 纂（zuǎn）：继承。基绪：基业。

⑧ 劳谦：勤谨谦虚。日仄：也作“日昃”。日晚。

⑨ 处士：未仕或不仕的士人。祢衡：平原（今山东平原）人。早年以才辩知名于世，二十四岁投奔曹操治下的许县。性情狷傲，不愿求见曹操，并有讥讽曹操的言论，因而遭到曹操的戏弄。终因傲慢为江夏太守黄祖所杀。《后汉书》有传。

⑩ 卓跞（lì）：高超，绝异。

⑪ 艺文：道艺文章。

⑫ 升堂睹奥：犹升堂入室。谓人学问造诣精深。奥：室西南隅。

⑬ 性与道合：指禀性淳和与天道相合。

⑭ 弘羊：桑弘羊，洛阳贾人之子，以有心计十三岁拜为侍中。潜：深。

⑮ 安世：张安世，汉杜陵人，字子孺，为郎。武帝行幸河东，曾丢失书三箧，诏问臣属，无人能知，唯有安世记得，将其事一一写出。后又购得这些书，以之相校，竟无所遗漏。武帝惊异他的才能，擢拔为尚书令。默：暗。识（zhì）：记住。

⑯ 任座：战国时期魏文侯的臣子。《吕氏春秋·自知》载：魏文侯燕饮，皆令诸大夫论己……或言君之智也。至于任座，任座曰："君，不肖君也。得中山，不以封君之弟，而以封君之子，是以知君之不肖也。"抗行：正直高尚的行为。

⑰ 史鱼：卫大夫。厉节：高节。

⑱ 鸷鸟：鹰鹯之类的猛禽。

⑲ 鹗：雕类，俗称鱼鹰。

⑳ 立朝：此指大臣执政于朝。

㉑ 坌（bèn）涌：一齐涌出。

㉒ 诡：责成，要求。

㉓ 劲：强。

㉔ 弱冠：古代男子二十岁行冠礼，表示已经成人，未壮，故称弱冠。

㉕ 路粹、严象：《典略》曰：路粹，字文蔚，少学于蔡邕，高才，与京兆严象拜尚书郎。象以兼有文武，出为扬州刺史。粹后为军谋祭酒，与陈琳、阮瑀等典记室。

㉖ 台郎：即尚书郎。

㉗ 天衢：天路。

㉘ 云汉：天河。

㉙ 紫微：星座名。

㉚ 四门：四方之门。穆穆：端庄盛美貌。

㉛ 钧天广乐：指天上的音乐。钧天，上帝所居。广乐，广大之乐。

㉜ 非常之宝：谓贤人。

㉝《激楚》：楚地歌曲名。《阳阿》：乐曲名，亦舞名。

㉞ 飞兔、騕（yǎo）袅：皆古代骏马名。

㉟ 绝足：喻千里马。

㊱ 良、乐：谓古代善御者王良、伯乐。

㊲ 褐衣：短衣，意谓地位卑贱之人。

【语译】

我听说当尧之时洪水泛滥，帝尧想要治理，广求四方，招引贤能俊异之人。从前汉武帝继位，欲弘扬祖业，也曾多方访求贤士广招能者，所以众多士人纷纷响应而来。陛下英明，继承基业，遭逢厄运，勤谨辛劳，废寝忘食。山岳降灵，并生异人。

我私下里见处士祢衡，年方二十四岁，字正平，善良正直，才华过人。初学道艺文章，便能登堂入室，过目成诵，过耳不忘，禀性与天道相合，思谋深远有若神明。桑弘羊深于心计，张安世博闻强识，若比之于祢衡，便不足以惊叹。忠直果决，志向高洁，见善则惊之若不及闻，为恶则憎之有如仇敌。即使是任座正直的行为，史鱼高洁的节操，也无法超过他。

鸷鸟成百，也不如一只鹗。若使祢衡执政于朝，定会有可观的建树。辩论之辞，溢满之气，一齐涌出。至于判疑解屈，临于所敌，必定绰绰有余。往昔贾谊请求试以属国之官，自责必系单于；终军愿以长缨，羁南越王于阙下。其少年慷慨，为前世所称美。近日路粹、严象也因才能卓异拜尚书郎，祢衡之才可与他们对比。如能使龙腾跃天路，展翅于天河，扬名于紫微，光耀于虹蜺，足以昭明官署众多的士子，增益四门之美。天上的音乐，必有奇丽的景象；王室皇家，必积聚非常之才。像祢衡这样的人，实为不可多得。《激楚》《阳阿》之舞，是最美妙的容态，故为主技者所贪爱；飞兔、騕袅，日驰千里，因此王良、伯乐急于索求。我等怀区区之心，怎敢不以之上闻。陛下笃厚慎重取士，必令考核效用，愿令祢衡以褐衣引见，才行若无可观，我等甘愿领受欺君之罪。

【评析】

孔融与祢衡交谊深笃，对其才干极为推崇，亟欲使之见用于世，本篇鲜明体现出作者一片荐举之诚。第一段写历朝帝王皆具求贤诚意，所以人才辈出，以此为荐举祢衡张本。第二段以古代贤能之士为比，盛赞祢衡超群出众的才志学行。第三段指出祢衡才堪使臣，或为台郎，如可任用足以润色鸿业，若不堪效用，作者愿受面欺之罪。曹丕《典论·论文》中称孔融之文“体气高妙，有过人者”，本文意气昂扬，文采飞动，正表现出这一特色。如其中“忠果正直，志怀霜雪，见善若惊，疾恶若仇”“鸷鸟累百，不如一鹗”等，都写得神采飞扬，华实相胜。然而本篇亦有不足之处，表现在作者或用祢衡比贾谊，评价未免过高；或用祢衡比路粹等倾危小人，又有所贬低。因而虽文采有余，却并不切合实际。

出师表一首

作者：诸葛孔明　　注译评析：张明非

臣亮言：先帝创业未半①，而中道崩徂②。今天下三分，益州罢弊③，此诚危急存亡之秋也。然侍卫之臣，不懈于内；忠志之士，忘身于外者，盖追先帝之遇，欲报之于陛下也。诚宜开张圣听④，以光先帝遗德⑤，恢志士之气；不宜妄自菲薄，引喻失义⑥，以塞忠谏之路也。宫中府中⑦，俱为一体，陟罚臧否⑧，不宜异同。若有作奸犯科及为忠善者，宜付有司⑨，论其刑赏，以昭陛下平明之理，不宜偏私，使内外异法也。

侍中、侍郎郭攸之、费祎、董允等⑩，此皆良实，志虑忠纯，是以先帝简拔以遗陛下⑪。愚以为宫中之事，事无大小，悉以谘之⑫，然后施行，必能裨补阙漏⑬，有所广益也。将军向宠⑭，性行淑均，晓畅军事，试用于昔日，先帝称之曰能，是以众议举宠为督。愚以为，营中之事，悉以谘之，必能使行阵和穆[15]，优劣得所也。亲贤臣，远小人，此先汉所以兴隆也[16]；亲小人，远贤臣，此后汉所以倾颓也。先帝在时，每与臣论此事，未尝不叹息痛恨于桓、灵也[17]。侍中、尚书[18]，长史、参军[19]，此悉贞亮死节之臣也。愿陛下亲之信之，则汉室之隆，可计日而待也。

臣本布衣[20]，躬耕于南阳[21]，苟全性命于乱世，不求闻达于诸侯[22]。先帝不以臣卑鄙[23]，猥自枉屈[24]，三顾臣于草庐之中，谘臣以当世之事，由是感激，遂许先帝以驱驰[25]。后值倾覆[26]，受任于败军之际，奉命于危难之间，尔来二十有一年矣[27]。先帝知臣谨慎，故临崩寄臣以大事也[28]。受命以来，夙夜忧叹，恐托付不效，以伤先帝之明。故五月渡泸[29]，深入不毛[30]。今南方已定，兵甲已足，当奖帅三军，北定中原。庶竭驽钝[31]，攘除奸凶[32]，兴复汉室，还于旧都。此臣之所以报先帝，而忠陛下之职分也。至于斟酌损益[33]，进尽忠言，则攸之、祎、允之任也。愿陛下托臣以讨贼兴复之效，不效则治臣之罪，以告先帝之灵。若无兴德之言，则责攸之、祎、允之咎[34]，以章其慢[35]。陛下亦宜自课，以咨诹善道[36]，察纳雅言[37]，深追先帝遗诏。臣不胜受恩感激。今当远离，临表涕泣，不知所云。

【作者简介】

诸葛亮（181—234），字孔明，琅邪阳都（今山东沂南南）人。东汉末年避乱荆州，隐居于南阳隆中。后辅佐刘备建立蜀汉，与魏、吴鼎足而立。是三国时期杰出的政治家和军事家。虽不以文学著称，但其《梁甫吟》《出师表》等，颇为后人所称道。今传《诸葛亮集》四卷乃后人从史传中辑录而成。《三国志·蜀志》有传。

【篇旨】

表中谆谆劝诫刘禅继承刘备的遗志，尊贤远佞，表白了自己对蜀汉的忠诚和北取中原的坚定意志。

【注释】

① 先帝：指刘备。

② 崩徂（cú）：死亡。徂，据胡克家《文选考异》当作“殂”。古时皇帝死称“崩”，亦称“殂”。

③ 益州：指蜀汉，其地相当于今四川大部及云南、贵州的一部分。罢弊：困乏。罢，通“疲”。

④ 圣听：圣明的听闻。

⑤ 光：发扬。

⑥ 引喻：称引、譬喻。义：适宜。

⑦ 宫：皇宫。府：丞相府。

⑧ 陟：升迁。臧：善。否（pǐ）：恶。

⑨ 有司：专管某种事情的官吏。

⑩ 侍中、侍郎：均为官名。郭攸之：字演长，时任侍中。费祎（yī）：字文伟，时任侍中。董允：字休昭，时任黄门侍郎。

⑪ 简拔：选拔。

⑫ 谘：询问。

⑬ 裨（bì）：补。

⑭ 向宠：字巨违，刘备时为牙门将。刘备伐吴兵败，独向宠部队损伤很少。

⑮ 行阵：指军队。穆：通“睦”。

⑯ 先汉：指西汉。

⑰ 桓、灵：指东汉末年的桓帝和灵帝，他们均因信用宦官，导致朝政腐败。

⑱ 尚书：官名，指陈震。

⑲ 长史、参军：亦为官名，分别指张裔、蒋琬。

⑳ 布衣：平民。

㉑ 南阳：在今湖北襄阳市襄州区一带。

㉒ 闻达：显达。

㉓ 卑鄙：指地位低微、识见浅陋。

㉔ 猥：辱。谦词。枉屈：屈尊。

㉕ 驱驰：奔走效劳。

㉖ 倾覆：指汉献帝建安十三年（208）刘备为曹操所败一事。

㉗ 二十有一年：刘备以建安十三年败，遣亮使吴，联吴拒曹于赤壁，至此时整二十年，刘备与亮于败军前一年相遇，故合称二十一年。

㉘ 临崩寄臣以大事：刘备临终将军国大事托付给诸葛亮，并嘱刘禅“与丞相从事，事之如父”。

㉙ 泸：今金沙江。

㉚ 不毛：不生草木。指未经开发的地方。

㉛ 驽钝：比喻才能平庸。驽，劣马。钝，刀刃不锋利。

㉜ 攘：排除。凶：指曹魏。

㉝ 损：减少。益：增加。

㉞ 咎：过失。

㉟ 章：显示。慢：怠惰。

㊱ 咨诹（zōu）：询问。

㊲ 雅言：正言。

【语译】

臣诸葛亮上言：先帝创立的大业未及完成一半，便中途去世。现在天下三国分立，益州的力量又困乏薄弱，这实在是到了国家危急存亡的关键时刻。然而侍卫大臣在朝廷内毫不懈怠，忠诚有志的将士在外舍生忘死，这都是出于追念先帝的特殊恩遇，想在陛下身上报答啊。因此陛下应该广开言路，发扬先帝留传下来的美德，振奋志士的勇气，不应随便看轻自己，言谈违背义理，以致堵塞臣下尽忠劝谏的道路。宫禁中的侍臣和丞相府的官吏，都是一朝之臣，奖惩褒贬，不应有所差别。如有作恶犯法或尽忠行善的，都应交付主管的官员评定惩罚或奖励，以此显示陛下的公正严明，不应偏袒有私，使得内廷和外府法度不同。

侍中郭攸之、费祎，侍郎董允等，都是贤良诚实、忠厚纯正的人，所以先帝选拔出来留给陛下。我以为宫廷里的事务，不论大小，都要同他们商量，然后施行，定能弥补缺失疏漏，于政事有所裨益。将军向宠，品性德行善良公正，精通军事，当年试用之时，先帝就称赞他能干，因此群臣举荐他做都督。我以为军事上的事情，都要同他商量，就一定可以使军中团结和睦，将士和兵力的安置各得其所。亲近贤臣，疏远小人，这是西汉所以兴盛的原因；亲近小人，疏远贤臣，这是东汉所以衰败的原因。先帝在世的时候，每次同我谈论起这些事，没有不对桓、灵二帝感到惋惜和痛心的。侍中郭攸之、费祎，尚书陈震，长史张裔，参军蒋琬，这些都是坚贞忠直能以死报国的臣子。希望陛下亲近他们，信任他们，那么汉室的兴隆，就指日可待了。

我原本是个平民，亲自在南阳耕种，只想在乱世中保全性命，不图在诸侯间得官扬名。先帝不因为我卑微鄙陋，竟纡尊降贵委屈自己，三次到草庐来探访我，征询当时的天下大事，这使我大为感动振奋，于是答应为先帝奔走效劳。其后遇上军事失利，我就在这遭逢兵败的当口接受了委任，在危急艰难的时刻奉命出使，从那时以来已经有二十一个年头了。先帝知道我处世谨慎，所以在临终的时候把国家大事托付给我。接受任务以来，我日夜忧虑叹息，唯恐有负重托，损害先帝的知人之明。所以五月渡过泸水，深入不毛之地。现在南方已经平定，武器装备已经充足，应当统率军队，向北平定中原。但愿能够竭尽我凡庸鲁钝的才能，清除邪恶的势力，复兴汉朝的皇室，返回原来的国都，这才是我用来报效先帝、尽忠陛下的职责啊。至于考虑政事的得失，尽量进献忠言，那就是攸之、祎、允的责任了。望陛下委我以讨伐奸贼、复兴汉室的任务，如果不见成效，就惩办我的罪过，以告先帝的在天之灵。如果没有发扬美德的建议，那就责备攸之、祎、允的过错，明确宣布他们的疏忽怠惰。陛下也应约束自己，征询治理国家的良策，明察并采纳正确意见，深切记取先帝的遗训，这样我就深受大恩感激不尽了。如今就要离别远征，写这份表章时激动得眼泪纵横，真不知说了些什么。

【评析】

蜀后主建兴五年（227），诸葛亮准备出师北伐，临行上了这道奏疏，情词恳切地表白了自己为蜀汉竭忠尽智的决心和匡复天下的志向。文章所表现的政治家、军事家的胸襟和眼光，尤其是他那“鞠躬尽瘁，死而后已”的献身精神，赢得了后代无数志士仁人的仰慕和崇敬。文章说理透辟，逻辑严密。以先帝大业未竟领起，点明天下大势，从国家危急存亡的角度，自然引出对后主的劝谏，既顺理成章，又有振聋发聩的作用。继而针对刘禅的暗弱无能，分别从广开言路、秉公执法、尊贤远佞三方面加以箴规，反复陈说，详尽剀切。又以西汉“兴隆”和东汉“倾颓”为例，正反并举，借古鉴今。再从追述先帝知遇之恩、创业之艰和临终之托，引起出师图报之意，过渡到此次北伐的意义和目的，结构绵密，层次井然。作者不唯晓之以理，还动之以情。通篇情真意挚，词意恳切，一字一句都从肺腑中流出，感染力极强。文中称“先帝”凡十三处，对先帝的一片忠心溢于言表。本篇思深旨远，文词畅达，是历代章表中不可多得的名篇。宋代陆游的著名诗句“出师一表真名世，千载谁堪伯仲间”，高度评价了这一千古不朽之作。

求自试表一首

作者：曹子建　　注译评析：张明非

臣植言：臣闻士之生世，入则事父，出则事君，事父尚于荣亲①，事君贵于兴国。故慈父不能爱无益之子，仁君不能畜无用之臣②。夫论德而授官者，成功之君也；量能而受爵者，毕命之臣也③。故君无虚授，臣无虚受。虚授谓之谬举，虚受谓之尸禄④；《诗》之素餐⑤，所由作也。昔二虢不辞两国之任⑥，其德厚也；旦、奭不让燕、鲁之封⑦，其功大也。今臣蒙国重恩，三世于今矣⑧。正值陛下升平之际⑨，沐浴圣泽，潜润德教⑩，可谓厚幸矣。而位窃东藩⑪，爵在上列，身被轻暖，口厌百味⑫，目极华靡，耳倦丝竹者，爵重禄厚之所致也。退念古之受爵禄者，有异于此，皆以功勤济国，辅主惠民。今臣无德可述，无功可纪，若此终年，无益国朝，将挂风人彼己之讥[13]。是以上惭玄冕[14]，俯愧朱绂[15]。

方今天下一统，九州晏如[16]，顾西尚有违命之蜀[17]，东有不臣之吴[18]，使边境未得税甲[19]，谋士未得高枕者，诚欲混同宇内，以致太和也[20]。故启灭有扈而夏功昭[21]，成克商奄而周德著[22]。今陛下以圣明统世，将欲卒文武之功[23]，继成康之隆[24]，简良授能[25]，以方叔、邵虎之臣[26]，镇卫四境，为国爪牙者，可谓当矣。然而高鸟未挂于轻缴[27]，渊鱼未悬于钩饵者[28]，恐钓射之术，或未尽也。昔耿弇不俟光武，亟击张步，言不以贼遗于君父也[29]。故车右伏剑于鸣毂[30]，雍门刎首于齐境[31]。若此二子，岂恶生而尚死哉？诚忿其慢主而陵君也[32]。夫君之宠臣，欲以除害兴利；臣之事君，必以杀身静乱[33]，以功报主也。昔贾谊弱冠，求试属国，请系单于之颈而制其命[34]；终军以妙年使越，欲得长缨占其王，羁致北阙[35]。此二臣岂好为夸主而耀世俗哉[36]？志或郁结，欲逞才力，输能于明君也[37]。昔汉武为霍去病治第[38]，辞曰："匈奴未灭，臣无以家为！"固夫忧国忘家，捐躯济难，忠臣之志也。

今臣居外，非不厚也[39]，而寝不安席，食不遑味者[40]，伏以二方未克为念[41]。伏见先武皇帝武臣宿兵[42]，年耆即世者有闻矣[43]。虽贤不乏世[44]，宿将旧卒犹习战也。窃不自量，志在效命，庶立毛发之功，以报所受之恩。若使陛下出不世之诏[45]，效臣锥刀之用[46]。使得西属大将军[47]，当一校之队[48]；若东属大司马[49]，统偏师之任[50]。必乘危蹑险，骋舟奋骊[51]，突刃触锋，为士卒先。虽未能禽权馘亮[52]，庶将虏其雄率[53]，歼其丑类[54]，必效须臾之捷，以灭终身之愧，使名挂史笔，事列朝荣[55]。虽身分蜀境，首悬吴阙，犹生之年也[56]。如微才不试，没世无闻，徒荣其躯而丰其体，生无益于事，死无损于数[57]，虚荷上位而忝重禄[58]，禽息鸟视[59]，终于白首，此徒圈牢之养物[60]，非臣之所志也。

流闻东军失备[61]，师徒小衄[62]，辍食弃餐，奋袂攘衽[63]，抚剑东顾，而心已驰于吴、会矣[64]。臣昔从先武皇帝[65]，南极赤岸[66]，东临沧海[67]，西望玉门[68]，北出玄塞[69]，伏见所以行军用兵之势，可谓神妙矣。故兵者不可预言，临难而制变者也。志欲自效于明时，立功于圣世。每览史籍，观古忠臣义士，出一朝之命，以殉国家之难，身虽屠裂，而功铭著于景钟[70]，名称垂于竹帛[71]，未尝不拊心而叹息也[72]！

臣闻明主使臣，不废有罪。故奔北败军之将用，秦、鲁以成其功[73]；绝缨盗马之臣赦，楚、赵以济其难[74]。臣窃感先帝早崩，威王弃代[75]，臣独何人，以堪长久？常恐先朝露[76]，填沟壑[77]，坟土未干，而声名并灭。臣闻骐骥长鸣，伯乐昭其能[78]；卢狗悲号，韩国知其才[79]。是以效之齐楚之路[80]，以逞千里之任；试之狡兔之捷，以验搏噬之用。今臣志狗马之微功，窃自惟度[81]，终无伯乐、韩国之举，是以於邑而窃自痛者也[82]。夫临博而企竦[83]，闻乐而窃抃者[84]，或有赏音而识道也。昔毛遂，赵之陪隶，犹假锥囊之喻，以寤主立功[85]。何况巍巍大魏多士之朝[86]，而无慷慨死难之臣乎！

夫自炫自媒者[87]，士女之丑行也；干时求进者，道家之明忌也[88]。而臣敢陈闻于陛下者，诚与国分形同气[89]，忧患共之者也。冀以尘雾之微，补益山海；萤烛末光，增辉日月。是以敢冒其丑而献其忠，必知为朝士所笑。圣主不以人废言，伏惟陛下少垂神听，臣则幸矣。

【篇旨】

表中充分表达了作者的急切用世之心，以及政治上被压抑报国无路的苦闷。

【注释】

① 尚：崇尚。荣亲：使父母亲人得到尊荣。

② 畜：畜养。

③ 毕命：尽命。即献出全部力量直至生命。

④ 尸禄：形容只受俸禄而不做事。《汉书·鲍宣传》颜师古注：“尸，主也；不忧其职，但主食禄而已。”

⑤《诗》之素餐：《诗经·伐檀》："彼君子兮，不素餐兮！"素餐，无功而食，意即白吃饭不做事。素，空。

⑥ 二虢（guó）：指周文王弟虢仲、虢叔。虢仲封于东虢，虢叔封于西虢。

⑦ 旦：周公旦。奭（shì）：召公奭。二人皆周文王之子，旦封于鲁，奭封于燕。

⑧ 三世：指魏武帝曹操、文帝曹丕、明帝曹叡。

⑨ 升平：国家太平。

⑩ 潜润：犹浸润。

⑪ 位窃东藩：指被封为东方藩国之王，曹植先后被封鄄城（今山东鄄城北）王及雍丘（今河南杞县）王。

⑫ 厌：满足。

⑬ 风人：诗人。《诗经》中各国的歌谣称"风"，后世因称诗人为风人。彼己：《左传·僖公二十四年》引《诗》曰："彼己之子，不称其服。"语见《诗经·曹风·候人》，意思是说，彼人的德行，不能和他的尊贵衣服相称。

⑭ 玄冕：古代礼服，玄服戴冕。玄，黑中带红。冕，王者礼冠。

⑮ 朱绂（fú）：朱红色官服。绂，绶，系印的带子。

⑯ 晏如：安然。

⑰ 蜀：蜀汉，刘备建立的政权。

⑱ 不臣：不称臣。吴：吴国，孙权建立的政权。

⑲ 税甲：解甲。

⑳ 太和：指太平和顺的时世。

㉑ 启：夏后启，夏禹之子。有扈：夏时诸侯，因不服夏，被启灭掉。

㉒ 成：周成王，武王子。商：商朝，此指商纣子武庚及商朝遗民。周武王灭商后，封弟鲜于管，封弟度于蔡，使监视武庚及商朝遗民。成王时，管叔、蔡叔挟武庚及商朝遗民起事，成王命周公讨平之。奄：古国名，在今山东曲阜。周成王时，随同武庚反抗周朝，被周公所灭。

㉓ 卒：完成。文：周文王。武：周武王。

㉔ 成：周成王。康：周康王。成、康继承了文、武的业绩。

㉕ 简：选择。

㉖ 方叔：周宣王时贤臣，曾率兵车三千辆进攻楚国得胜，使楚国臣服周朝。邵虎：即召公，亦周宣王时贤臣，曾率军战胜淮夷，奉命经营谢邑。

㉗ 缴（zhuó）：生丝缕，系在箭的尾部，用以弋射禽鸟。

㉘ 钩：钓钩。

㉙ 耿弇不俟光武：耿弇（yǎn）与张步作战，张步兵很多，刘秀将自率兵去救耿弇。陈俊对耿弇说："虏兵盛，可闭营休士，以待上（指刘秀）来。"弇说："乘舆（指刘秀车驾）且到，臣子当击牛酾酒以待百官，反欲以贼虏遗君父邪？"遂出大战，自早至晚，大破张步军。事见《东观汉记》。

㉚ 车右：坐在车子右边的卫士。毂（gǔ）：车轮中间的横木，用来贯轴。先秦时，齐王出猎，车左毂忽然发出鸣声，虽然这是造车工人的过失，但车右却感到鸣声惊动了齐王而自刎。

㉛ 雍门：越国军队至齐，未交战，齐雍门子狄说："今越甲至，其鸣吾君也，岂左毂之下哉？"也自刎而死。事见《说苑》。

㉜ 慢主：指毂鸣事。慢：轻侮。陵君：指越军至齐事。陵，侵犯。

㉝ 静：同"靖"。

㉞ 贾谊：西汉孝文帝时人。弱冠：二十岁。古时男子二十岁成人而行冠礼，体犹未壮，故称弱冠。《汉书·贾谊传》："贾谊曰：何不试以臣为属国之官，以主匈奴，行臣之计，必系单于之颈而制其命。"单于：匈奴君主的称号。

㉟ 终军：汉代人。十八岁选为博士弟子，上书言事，自请"愿受长缨，必羁南越王而致之阙下"。妙年：少年。

㊱ 夸主：在人主面前夸耀自己。耀：炫耀。

㊲ 输能：贡献才能。

㊳ 霍去病：汉武帝时大将，曾先后六次出击匈奴，建立大功。第：宅第。

㊴ 居外：指身居藩国。厚：指待遇优厚。

㊵ 不遑：没有空暇。

㊶ 二方：指吴、蜀。克：平定。

㊷ 宿兵：旧时的士兵。

㊸ 年耆（qí）：年老。即世：去世。

㊹ 贤不乏世：贤才不乏于世。

㊺ 不世：非常。

㊻ 锥刀：即锥刀之末，比喻微小。

㊼ 大将军：指曹真。《魏志·明帝纪》："太和二年，遣大将军曹真都督阙右并进兵，右将军张郃击亮（诸葛亮）于街亭。"

㊽ 一校之队：非主力部队，此句乃是作者自谦不敢做大将。古军制，五百人为一校。

㊾ 大司马：指曹休。《魏志·明帝纪》："太和元年，以征东大将军曹休为大司马。太和二年，大司马曹休率诸军至皖。"

㊿ 偏师：指在主力翼侧协助作战的部队。

(51) 骊（lí）：黑色马。

(52) 禽：同"擒"。权：指孙权。馘（guó）：割下敌人的左耳计数献功。亮：指诸葛亮。

(53) 虏：俘获。雄率：大将，统帅。率，同"帅"。

(54) 丑类：恶人，此指吴、蜀将士。

(55) 朝荣：据涵芬楼影印宋绍熙刊本《三国志》，应作"朝策"，即朝廷的书策。

(56) 犹生之年：意即虽死犹生。

(57) 数：气数，这里指国家的命运。

(58) 荷：承受。忝：辱，自谦之词。

(59) 禽息鸟视：如同禽鸟那样生长和生活。

⑥⑩ 圈牢之养物：指牲畜。

⑥① 流闻：传闻。东军：指伐吴之军。

⑥② 衄（nǜ）：挫折，失败。此指曹休至皖，与吴将陆逊战于石亭大败一事。

⑥③ 奋袂（mèi）：举袖。攘衽：提衣襟。

⑥④ 吴：吴郡，治所在吴县（今江苏苏州）。会：会稽郡，治所在会稽（今浙江绍兴）。吴、会是东吴属辖的两个郡。

⑥⑤ 先武皇帝：指魏武帝曹操。

⑥⑥ 赤岸：地名，《三国志补注》："赤岸，赤壁也。"

⑥⑦ 沧海：即今之渤海。

⑥⑧ 玉门：玉门关，在甘肃敦煌西北。

⑥⑨ 玄塞：指长城。古人以黑色代表北方，故称北方边塞为玄塞。

⑦⑩ 铭：铭刻。景钟：晋景公钟。春秋时，晋将魏颗打退秦兵，他的功勋被铭刻在景钟上。

⑦① 竹帛：指史书，古代没有纸，写在竹简或丝帛上。

⑦② 拊：拍，同"抚"。

⑦③ 奔北：败逃。春秋时，秦穆公将孟明视、西乞术、白乙丙三人曾被晋军打败俘虏。后穆公仍用他们为将，终于打败晋人，报仇雪恨。事见《左传·僖公二十二年》《左传·僖公二十三年》及《左传·文公三年》。又，鲁将曹沫曾三次被齐国战败，鲁国割地求和。后鲁庄公与齐桓公在柯地会盟，曹沫执匕首劫桓公，桓公乃允许尽还鲁国侵地。事见《史记·刺客列传》。

⑦④ 绝缨：春秋时，楚庄王和群臣夜宴。烛灭，有人在暗中牵引楚王美人衣。美人挽绝其缨，以告楚王。王乃命群臣皆绝缨，然后举火。后楚与晋战，牵引美人衣者奋力作战，以报庄王。事见《说苑》卷六。盗马：秦穆公乘马走失，为野人杀而食之。穆公不怪罪野人，又赐酒给他们喝。后秦与晋战，穆公被围，曾食马的三百余人，尽力为穆公作战，遂大败晋人。事见《吕氏春秋》。赵：疑"秦"之误。

⑦⑤ 先帝：指文帝曹丕。威王：任城王曹彰的谥号。两人都是曹植的兄

弟。弃代：弃世，即去世。原作“世”，李善避唐太宗讳改。

⑯ 朝露：早晨的露水，不久即干，比喻人死之速。

⑰ 填沟壑：指身死被埋。

⑱ 伯乐：古代善相马者。《战国策·楚策》载：骐骥驾盐车上坂，遇伯乐而长鸣，知道伯乐能识其能。昭：显著。

⑲ 卢狗：即韩卢，古代韩国壮犬名，曾逐狡兔，环绕山三次，腾跃过五座山。韩国：齐人，他相狗于市，有狗嚎鸣，就知道它是良犬。

⑳ 齐楚之路：指远路。

㉑ 惟度：忖度，揣想。

㉒ 於邑：即抑郁。自痛：犹自悼。

㉓ 博：弈棋之类的游戏。企：抬起脚后跟。竦：立。

㉔ 抃（biàn）：拍手。

㉕ 毛遂：战国时秦围赵邯郸，赵平原君奉使至楚求救，门客毛遂自请同往。平原君说：“贤士生活在世上，就好比把锥子放在口袋里，锥子尖马上就可以露出来。先生您在我这里已经住了三年，手下的人从未提过您的姓名，可见先生是什么本领也没有的，所以不能跟我前往楚国，先生还是留下来吧。”毛遂说：“我现在请求把我放进口袋里，如果早些放在口袋里，已经脱颖而出，哪里只是见锥子尖？”到了楚国，依靠毛遂说服楚王定了合纵抗秦之约。事见《史记·平原君虞卿列传》。陪隶：犹陪臣，这里指家臣。家臣是臣子的臣子。故称陪臣或陪隶。隶，贱臣。寤：通“悟”。

㉖ 巍巍：强大的样子。

㉗ 自炫：自我吹嘘。自媒：指女子自我做媒。

㉘ 干时：求合于当时。道家以清静无为为宗，故以干时求进为忌。

㉙ 分形同气：指自己与魏帝为骨肉之亲。分形，即从一个身体中分出来的形体。同气，即气血相同。

【语译】

臣曹植上言：我听说士人活在世上，家居则应侍奉父亲，入仕则应侍奉君主，事父之道以荣亲为尚，事君之道以兴国为贵。所以慈父不会喜欢没有用处的儿子，仁君不会畜养没有才能的大臣。考察其德行道艺而授以官职的，是事业上有所成就的君主；估计自己才能而接受爵位的，是尽心尽力的臣子。所以君主不能虚授官职，臣子不能虚受爵位。虚授叫作错误的选拔，虚受称为尸禄；《诗经》中所说的“素餐”，就是由此而写出来的。从前虢仲、虢叔不拒绝接受两国的分封，是因为品德高尚。周公旦、召公奭不推让燕、鲁的封地，是由于功勋卓著。现在我身受国家的大恩，到今天已经有三世了。正赶上陛下您国家太平之际，享受着皇上的恩惠，感受到皇上恩德的教化，可说是非常荣幸了。我被封为东方藩国之王，居上等爵位，身着轻暖的衣服，满足于各种美味，看尽了华美的颜色，听厌了美妙的音乐，正是因为享有很高的爵位和优厚的俸禄的缘故。退回去想古时享有爵禄的那些人，与这种情况有所不同，他们都是以功劳、勤苦有助于国，辅佐君主施利于民。现在我没有德行可以陈说，没有功劳可以记载，如果像这样一直到死，对本朝毫无贡献，必将受到诗人所说的“彼人的德行，不能同他豪华显贵的衣服相称”的讥讽。所以我无功受禄，内心十分惭愧。

如今天下一统，九州安宁，只是西边尚有不肯听命的蜀汉，东边还有不愿臣服的孙吴，使得边境将士未能解甲归田，朝廷大臣未能高枕无忧，实在是想要统一天下，以达到太平之世啊！所以夏启灭掉有扈使夏功绩昭著，成王消灭武庚和奄国使德业显明。现在陛下治世英明，正要完成文王、武王的功业，继承成王、康王兴旺发达的业绩，选拔任用贤德有才干的人，用方叔、邵虎这样的武臣，镇守保卫边境，作为国家的卫士，可以说是非常妥当的。然而高飞的鸟未被射中，深水中的鱼没能上钩，恐怕是战略战术尚未充分发挥的缘故。从前耿弇不待汉光武车驾到，就大破张武军队，说是不把敌人留给君主。车右的勇士因为车轮鸣声惊动齐王而按剑自裁，雍门子狄在越军至齐时也自刎而死。这两个人，哪里是轻生乐死呢？实在是愤恨君主受到轻慢和侵犯啊！国君宠信臣属，为的是兴利除弊；臣下侍奉国君，一定要舍生忘死平定祸乱，以功劳报答君主。从前贾谊年方二十，自己要求试为属国之官，必能用计谋俘获匈奴首领单于控制住他的命脉。终军少年时期出使越国，自请愿得长缨缚住南越王，押至汉朝宫阙。这两位臣子哪里是喜欢在人主面前夸耀自己并向世俗炫耀呢？乃是情绪压抑不舒畅，想要尽自己的力量，为君主贡献才能啊！当年汉武帝为霍去病经营宅第，霍去病辞谢说："匈奴还没有消灭，我不能以家事为念！"所以心忧国事而忘掉家庭，牺牲生命以解救危难，是忠臣的志向。

现在我身居藩国，待遇并非不优厚，而我却坐卧不宁，茶饭无心，是因为牵挂着吴、蜀二方尚未平定。我见先武皇帝的武臣旧兵中，年老去世的已有所闻，虽说贤才不乏于世，老将旧卒仍然熟悉作战。私下不自量，我的志向在于贡献生命，希望建立微小的功业，以报答所受的恩德。如果陛下发布非常的诏令，使我得以贡献菲薄的力量，向西跟随大将军曹真，带领一校之军；或者向东跟随大司马曹休，统率偏师。我一定冒着危险，驰骋战船战马，与敌人短兵相接，身先士卒。即使不能擒拿孙权、斩获诸葛亮，也期望能俘获敌军统帅，消灭敌军士兵，必定成就片时的功业，用来洗刷终身的愧疚。如果能够让名字载于史籍，事迹见于朝廷的书策，纵然是身体分裂死于蜀境，首级悬挂在吴国的城楼，也是虽死犹生。如果我微小的才干得不到试用，终身默默无闻，白白地使躯体享受到荣华，身子保养得丰腴，活着对世事没有用处，死去国家也毫无损失，徒然占据着高位令人惭愧地享受着厚禄，就像禽鸟一样地活着，一直到老，这不过是牲畜一般，不是我的志向啊。

传闻东进部队因准备不足，士卒遭到小的挫折，我废食忘餐，激动不安，手抚利剑向东眺望，心早已飞到吴郡、会稽。我以前跟随先武皇帝，向南最远到达赤岸，往东一直临到渤海，向西可以望到玉门关，往北出了长城，观察他用兵作战的方法，可以说是变化十分巧妙，难以测知。所以指挥打仗不可事先估计，而是面临危险形势能够随机应变。我希望能够为政治清明的时代效力，在当今之世建立一番功业。每当流览史书，看到古代的忠臣义士，献出自己短暂的生命，为国殉难，肉体虽然被分割消灭，功绩却铭刻在景钟之中，英名永远载于史册，没有不抚胸叹息的。

我听说英明的君主用人，不弃置有罪的臣子，所以秦国和鲁国任用败军逃亡之将，最终取得了成功；赵国和楚国宽赦了绝缨和盗马的人，使危难得到解除。我私下感慨先帝早逝，威王也已去世，而我偏偏是什么人，年寿能够长久？常常害怕自己就像早晨的露水，不久就身死被埋，坟土还没有干，身体和名字就一起消灭了。我又听说千里马长鸣，伯乐闻声就能使它的才能明显地表现出来；卢狗一声悲号，韩国就知道它是良犬。所以让千里马在齐、楚这样的长途中奔跑，以施展它能行千里的本领；叫卢狗尝试追逐敏捷的狡兔，以考验它搏噬的能力。现在我志在建立狗马这样微不足道的功业，私心忖度，始终得不到伯乐、韩国的举荐，所以心情抑郁暗自伤悼。见到弈棋站着看得出了神，听到音乐便情不自禁打起拍子，大概是懂得音乐或知道路数胜负。从前毛遂只是平原君的一个家臣，尚且借锥子放在口袋里的比喻，说服主人立了功。何况强盛的大魏人才济济，难道会没有在危难关头慷慨献身的臣子吗？

吹嘘自己，自我做媒，是成年男女感到羞耻的行为；趋附时俗以求进身，是道家明明白白的忌讳。我之所以敢于陈说给陛下听，实在是与陛下为至亲骨肉，忧患与共的缘故啊。我希望以浮尘露滴的微小，对山海有所补益；以小火烛的微光，为日月增添光亮。所以敢冒人所不齿贡献我的忠诚，知道一定会被朝廷的官员讥笑。英明的君主不因人废言，望陛下能够稍稍听取，我便十分荣幸了。

【评析】

曹植早年曾经得到曹操的宠爱和信任，多次拟立为太子。及至曹丕（文帝）和曹叡（明帝）称帝后，他备受猜忌，遭到严重的打击与迫害，郁郁不得志。明帝太和二年（228），他给皇帝上了这封书，请求试用。全篇分为六个部分：第一部分写自己无功受禄，深感惶愧的心情；第二部分反复表白自己“忧国忘家，捐躯济难”的忠心和志向；第三部分进一步陈述自己欲效“锥刀之用”的报国之志；第四部分写军事失利更加激励了自己一展才能“以殉国家之难”的愿望和热情；第五部分以历史人物、故事为喻，委婉地表达自己渴望“一逞千里之任”的心情；最后陈述了自己上表请求自试的原因。文中一再流露的渴望建功立业、统一天下的政治抱负，以及怀抱利器而无所施的怨愤，都表现了作者积极的人生观和进步的政治见解。文章博引典实，反复设喻，层层推进，情词恳切，将对魏室的一片忠心和急于事功之情抒发得既淋漓尽致又委婉曲折，具有强烈的感染力。在艺术形式上，本篇虽使用了大量的骈俪句式，但能骈散相间，而且句子字数长短参差，错落有致，因而工整却无萎弱之弊，有力地表现了作者的思想感情。

求通亲亲表一首

作者：曹子建　　注译评析：张明非

臣植言：臣闻天称其高者，以无不覆；地称其广者，以无不载；日月称其明者，以无不照；江海称其大者，以无不容。故孔子曰[①]：“大哉尧之为君！惟天为大，惟尧则之[②]。”夫天德之于万物，可谓弘广矣。盖尧之为教[③]，先亲后疏，自近及远。其《传》曰[④]：“克明俊德[⑤]，以亲九族[⑥]，九族既睦，平章百姓[⑦]。”及周之文王，亦崇厥化[⑧]，其《诗》曰：“刑于寡妻[⑨]，至于兄弟，以御于家邦[⑩]。”是以雍雍、穆穆[⑪]，风人咏之[⑫]。昔周公吊管、蔡之不咸[⑬]，广封懿亲[⑭]以藩屏王室[⑮]。《传》[⑯]曰：“周之宗盟[⑰]，异姓为后。”诚骨肉之恩，爽而不离[⑱]，亲亲之义[⑲]，实在敦固[⑳]。未有义而后其君，仁而遗其亲者也。

伏惟陛下咨帝唐钦明之德[㉑]，体文王翼翼之仁[㉒]，惠洽椒房[㉓]，恩昭九亲[㉔]，群后百僚[㉕]，番休递上[㉖]；执政不废于公朝[㉗]，下情得展于私室，亲理之路通，庆吊之情展，诚可谓恕己治人[㉘]，推惠施恩者矣。至于臣者，人道绝绪[㉙]，禁固明时[㉚]，臣窃自伤也。不敢乃望交气类[㉛]，修人事[㉜]，叙人伦[㉝]。近且婚媾不通[㉞]，兄弟永绝；吉凶之问塞[㉟]，庆吊之礼废；恩纪之违[36]，甚于路人；隔阂之异，殊于胡越[37]。今臣以一切之制[38]，永无朝觐之望[39]。至于注心皇极[40]，结情紫闼[41]，神明知之矣。然天实为之，谓之何哉？退省诸王，常有戚戚具尔之心[42]。愿陛下沛然垂诏[43]，使诸国庆问，四节得展[44]，以叙骨肉之欢恩，全怡怡之笃义[45]。妃妾之家，膏沐之遗[46]，岁得再通，齐义于贵宗[47]，等惠于百司[48]。如此则古人之所叹，风雅之所咏，复存于圣世矣。

臣伏自思惟，岂无锥刀之用？及观陛下之所拔授，若臣为异姓，窃自料度，不后于朝士矣。若得辞远游[49]，戴武弁[50]，解朱组[51]，佩青绂[52]，驸马奉车[53]，趣得一号[54]；安宅京室，执鞭珥笔[55]；出从华盖[56]，入侍辇毂[57]；承答圣问，拾遗左右[58]，乃臣丹情之至愿[59]，不离于梦想者也。远慕《鹿鸣》君臣之宴[60]，中咏《棠棣》匪他之诫[61]，下思《伐木》友生之义[62]，终怀《蓼莪》罔极之哀[63]。每四节之会[64]，块然独处[65]，左右惟仆隶，所对惟妻子，高谈无所与陈[66]，发义无所与展[67]，未尝不闻乐而拊心，临觞而叹息也。

臣伏以为犬马之诚不能动人，譬人之诚不能动天。崩城陨霜[68]，臣初信之；以臣心况[69]，徒虚语耳。若葵藿之倾叶[70]，太阳虽不为之回光[71]，然终向之者，诚也。臣窃自比葵藿，若降天地之施，垂三光之明者[72]，实在陛下。臣闻《文子》曰[73]："不为福始，不为祸先。"今之否隔[74]，友于同忧[75]，而臣独唱言者[76]，何也？窃不愿于圣代，使有不蒙施之物。有不蒙施之物[77]，必有惨毒之怀[78]。故《柏舟》有天只之怨[79]，《谷风》有弃予之叹[80]。伊尹耻其君不为尧舜[81]。《孟子》曰："不以舜之所以事尧事其君者，不敬其君者也。"臣之愚蔽，固非虞、伊；至于欲使陛下崇光被时雍之美[82]，宣缉熙章明之德者[83]，是臣慺慺之诚[84]，窃所独守，实怀鹤立企伫之心[85]，敢复陈闻者，冀陛下傥发天聪而垂神听也[86]！

【篇旨】

本篇希望明帝考虑亲属关系，以使自己发挥才能，效力于朝廷，表达了作者怀才不遇、有志难伸的悲愤压抑之情。

【注释】

① 孔子曰：见于《论语·泰伯》篇。

② 则：效法。

③ 教：指政教准则。

④《传》：指《尚书·尧典》。

⑤ 克：能。俊德：才德出众的人。

⑥ 九族：上自高祖，下至玄孙，计九代，称为九族。

⑦ 平章：辨别明白。百姓：百官。

⑧ 化：教化。

⑨ 刑：同“型”，示范。寡妻：寡德之妻，即嫡妻。

⑩ 御：治。家邦：指封邑和国家。

⑪ 雍雍穆穆：皆和谐貌。

⑫ 风人：即诗人。

⑬ 周公：姬旦，周文王之子。吊：伤。管、蔡：指周公之弟管叔、蔡叔。不咸：不和。

⑭ 懿亲：至亲。

⑮ 藩屏：藩篱屏蔽，引申为守卫。

⑯《传》：指《左传·隐公十一年》。

⑰ 宗盟：同宗之盟。

⑱ 爽：差错。

⑲ 亲亲：指亲近亲属。

⑳ 敦固：朴实坚固。

㉑ 咨：通“资”，犹言秉赋。帝唐：谓唐尧。钦：威仪表备。明：照临四方。

㉒ 翼翼：恭谨的样子。

㉓ 洽：沾润。椒房：汉皇后所居的宫殿，以椒和泥涂壁，故称。后因以

椒房为后妃的代称。

㉔ 九亲：犹九族。

㉕ 群后：谓列侯。

㉖ 番休：轮番休息。递上：依次入值。

㉗ 废：停顿。

㉘ 恕己治人：像愿谅自己一样对待别人。

㉙ 绝绪：犹断绝。

㉚ 固：同“锢”。

㉛ 气类：指意气相投的人。

㉜ 人事：指亲友交往之事。

㉝ 人伦：指君臣、父子、夫妇、兄弟、朋友之间的关系。

㉞ 婚媾：婚姻。

㉟ 问：音讯。塞：杜绝。

㊱ 恩纪：恩情。违：疏远。

㊲ 胡越：胡地在北，越地在南，相隔很远。比喻疏远，隔绝。

㊳ 一切之制：权宜之制。

㊴ 朝覲：臣子朝见君主。

㊵ 注心：专心。皇极：指帝王之位或王室。

㊶ 紫闼（tà）：帝王宫室。

㊷ 戚戚：相亲。具尔：亲近之意，后用于指代兄弟。具，同“俱”。语本《诗经·大雅·行苇》：“戚戚兄弟，莫远具尔。”

㊸ 沛然：充盛貌。垂诏：下诏。

㊹ 四节：指立春、立夏、立秋、立冬四个节气。

㊺ 怡怡：和顺貌。《论语·子路》：“朋友切切偲偲，兄弟怡怡。”后因以指兄弟的情谊。笃义：深厚情谊。

㊻ 膏沐：女子润发的油脂。

㊼ 贵宗：犹言贵族，指贵戚及公卿之族。

㊽ 百司：百官。

㊾ 远游：冠名，诸王所服。

㊿ 武弁（biàn）：武官之冠。弁：皮弁，用以制冠。

51 朱组：即赤绶，乃王者所佩。

52 青绂：青色印带。汉代御史大夫位上卿，银印青绶。

53 驸马：官名。汉武帝时置驸马都尉，掌副车之马，秩二千石。多以宗室及外戚与诸公子孙担任。奉车：官名，亦汉武帝时置，掌御乘舆马，秩二千石。

54 趣：疾。号：勋号。

55 执鞭：持鞭驾车，这里表示对人的敬仰之意。珥（ěr）笔：即戴笔，指侍从之臣插笔于冠侧以备记事。

56 华盖：天子的伞盖，用以代指天子。

57 辇毂：天子的车驾，用以代指天子。

58 拾遗：纠正帝王的过失。

59 丹情：犹言衷心。

60《鹿鸣》：《诗经·小雅》篇名，《毛诗序》说："《鹿鸣》，宴群臣嘉宾也。"

61《棠棣》：《诗经·小雅》篇名。《汉书·杜邺传》引作"棠棣"。《毛诗序》说："《棠棣》，宴兄弟也。"后常以指兄弟的情谊。匪他：《诗经》有"岂伊异人，兄弟匪他"之句，但并非出自《常棣》篇，而是见于《頍弁》篇，意在讽刺周幽王不能宴乐同姓，亲睦九族，孤危将亡。曹植这里可能是误记。

62《伐木》：《诗经·小雅》篇名。友生：朋友。其诗曰："嘤其鸣矣，求其友生。矧伊人矣，不求友生。"《毛诗序》说："《伐木》，燕朋友故旧也。"

63《蓼莪》：《诗经·小雅》篇名。此诗为孝子追念父母而作，后用以指对亡亲的悼念。罔极：无穷尽。其诗曰："欲报之德，昊天罔极。"后常称父母之恩为罔极之恩。

64 四节之会：汉魏时，有节气日亲族相聚宴乐的风俗。

⑥⑤ 块然：孤独的样子。

⑥⑥ 高谈：犹高论。

⑥⑦ 发义：阐述道理。

⑥⑧ 崩城：相传春秋时齐庄公袭莒，杞梁殖战死，其妻在城下枕尸而哭，十日而城崩。事见《古列女传》卷四《齐杞梁妻》。陨霜：邹衍事燕惠王，忠心耿耿，惠王听信谗言，将他拘禁，他仰天大哭，五月天为之下霜。事见《淮南子》。

⑥⑨ 况：比。

⑦⑩ 葵藿：偏指葵，葵性向日，故用以比喻下对上赤心趋向之意。藿：豆叶。

⑦① 回：旋转。

⑦② 三光：指日、月、星。

⑦③《文子》：原为人名，姓辛名妍（一作“钘”），字文子，号计然，葵丘濮上人，为范蠡师。著有《文子》九篇。

⑦④ 否隔：闭塞不通。

⑦⑤ 友于：指兄弟。语本《尚书·君陈》篇：“惟孝友于兄弟。”

⑦⑥ 唱：同“倡”，发起。

⑦⑦ 有不蒙施之物：六臣注本删此六字。

⑦⑧ 憯毒之怀：深切怨恨之情。

⑦⑨《柏舟》：《诗经·国风》篇名。

⑧⓪ 弃予：《诗经·小雅·谷风》曰：“将安将乐，女转弃予。”

⑧① 伊尹：商汤臣，名挚。其君不为尧舜：语本《尚书·说命》篇：“昔先王保衡作我先王，乃曰：予弗克俾厥后惟尧舜，其心愧耻，若挞于市。”

⑧② 光被：犹“广被”。时雍：犹言和善。

⑧③ 缉熙：光明。章明：显明。

⑧④ 偻偻（lóu）：勤恳、恭谨。

⑧⑤ 鹤立企伫：如鹤之企足延颈而立，亦伫望之意。

⑧⑥ 天聪：颂扬帝王视听聪明之词。

【语译】

臣曹植上言：我听说天之所以说它高，是因为没有它不覆盖的；地之所以说它广，是因为没有它不承载的；日月之所以说它亮，是因为没有它不照耀的；江海之所以说它大，是因为没有它不容纳的。所以孔子说：“伟大啊！像尧那样的君主，天最大，只有尧能效法它。”上天的恩德对于万物，可以说是十分宏大了。尧确立的政教原则，是先亲后疏，由近及远。《尧典》说：“选拔同族中才德出众的人，使族人和睦相处，族人和睦团结了，便又考察百官中有善行者，加以表彰。”到周文王，也崇尚教化。《诗经》说：“先给妻子做榜样，再推恩到兄弟身上，进而推广到国家。”所以协调和美，是诗人所歌咏的。从前周公伤于管叔、蔡叔的不和，于是大封亲族，以此来保护王室。《左传》说：“周朝的同宗之盟，把异姓置于后位。”实在因为是骨肉之亲，即使有差错也不至于离隔。亲近所应当亲近的，这种情义确是朴实牢固啊！没有重义而将君主置于其后，讲仁却把亲属丢在一边的。

陛下禀承唐尧的英明德行，实行文王的恭谨仁爱，荣惠润泽后妃，恩德光照九族，群臣百官，宿卫当番，依次休息，按部就班。主持政务无损于朝廷，私家也能够尽到人情，亲近亲属的道路通畅，贺喜吊哀之情能够表达，确实可以说是用宽恕自己的心对待别人，推广恩惠达于亲属了。至于我自己，做人的路被堵绝，在圣明之世被禁锢，我私下深感忧伤。我不敢奢望与意气相投的朋友交往，不敢奢望建立正常的人事关系，不敢奢望与亲人欢聚畅叙。近来甚至连姻亲之间都不能沟通，兄弟之情也遭到断绝。吉凶无从探问，庆贺、凭吊之礼也已废止。使亲戚恩情的疏远，超过陌路之人；彼此之间的隔绝，比胡越两地还要遥远。现在按照规定的制度，我永远没有去宫廷朝拜的希望。至于我心向王室，情系朝廷，只有神明知道了。然而老天既然这样安排了，还有什么可说的呢？退一步想想诸国兄弟，也常有相近相亲的愿望。希望陛下能够推恩下诏，让王族之间能够随意往来，四时节令可以自由欢聚，以畅叙骨肉之情，成全兄弟的深厚情谊。对待妃妾之家，但愿每年赐予膏沐之资，仍同先前一样，使其待遇与贵族相同，恩惠与百官相等。这样，古人所感叹的，诗中所歌咏的，便又存在于当世了。

我扪心自问，难道自己连锥刀这样微小的用处都没有吗？及至观察陛下提拔任用的人，如果我身为异姓，暗自思量，不会落在那些官员的后面。若允许我辞去王爵，戴上武冠，解下红色绶带，身佩青色印带，在驸马、奉车之中，取得一个勋号，安住京城，执鞭戴笔，出宫则跟随御辇，入朝则侍奉天子，承对应答圣上的问题，在君主身边裨补缺漏，这是我发自内心的最大愿望，连睡梦中也不曾忘怀啊！远慕《鹿鸣》之篇所述君臣喜宴，中咏《棠棣》之章对兄弟不睦的讥刺，下思《伐木》之诗对朋友之义的歌颂，终怀《蓼莪》之什伤悼亡亲的悲哀。每逢节气亲族相聚之日，孤独无聊，身边只有仆人，面对的只有妻儿，高论没有陈说的对象，道理也无从阐述发挥，故而没有不听到音乐而抚胸感慨，对着酒杯而长吁短叹的。

我认为犬马的忠诚不能打动人，就像人的诚心不能感动天一样，崩城飞霜一类的传说，我当初是相信的，用我的心作比，不过是些空话罢了。犹如葵藿叶片朝向太阳，太阳虽然并不因此回转它的光轮，但终究表现了它向日的一片诚心。我私下里自比葵藿，如施予天地的恩惠，降下日月的光明，全在于陛下。我听《文子》中说："不率先致福，不率先招祸。"如今彼此闭塞不通。兄弟皆为之忧虑，而我一个人独上表言事，原因何在？我不愿意在当代有不受到施恩的，如果那样，一定会滋生深切怨恨之情。所以《柏舟》中有呼天的怨愤，《谷风》中有被弃的哀叹。伊尹以他的国君不是尧舜之君感到羞耻。《孟子》说："不用舜对尧的态度侍奉他的君主，就是对君主的不敬。"以我的愚笨无知，当然比不上虞舜、伊尹；然而想要使陛下崇尚广被和善的美德，发扬光大光明的功德，这一片诚恳恭谨之心，是我私心独自坚守的。确实怀着殷殷伫望之心，敢于再次向陛下陈述，是希望陛下能够听取啊！

【评析】

本篇作于魏明帝太和五年（231）作者为东阿王时。由于长期不得参与朝政，曹植深感怨恨不平，继《求自试表》之后，再次上表给明帝，希望从考虑亲属关系的角度打动皇帝，发挥自己的才能。文章分为四个部分，第一部分引天地、日月、江海为喻，以前辈圣贤为例，说明君主应重视骨肉之恩、亲亲之义的道理；第二部分叙述自己与亲友隔绝，孤独抑郁的处境，请求明帝“推惠施恩”，通亲亲之义；第三部分表达自己效力于朝廷的志向，以及与兄弟亲友团聚的愿望；最后一部分表白自己对皇帝的一片忠诚，并说明自己上表言事的目的是倡明帝德。本篇直抒胸臆，怨而不怒。抒情言志文辞剀切，叙事论理简练有序，且具有强烈的感情色彩，充分反映了作者复杂的心理，显示出他卓异的才华。文章引经据典，仿佛信手拈来，运用自如，句式骈散相间，长短参差错落，灵活富于变化。此外，比喻、对比等手法，也丰富了文章的表现力，使之既以情动人，又发人深思，成为古代抒情散文中的名篇。

让开府表一首

作者：羊叔子　　注译评析：张明非

臣祜言：臣昨出[①]，伏闻恩诏[②]，拔臣使同台司[③]。臣自出身已来[④]，适十数年，受任外内[⑤]，每极显重之地。常以智力不可强进[⑥]，恩宠不可久谬[⑦]。夙夜战栗，以荣为忧。臣闻古人之言，德未为众所服而受高爵，则使才臣不进；功未为众所归而荷厚禄，则使劳臣不劝[⑧]。今臣身托外戚[⑨]，事遭运会，诚在宠过[⑩]，不患见遗。而猥超然降发中之诏[⑪]，加非次之荣[⑫]。臣有何功可以堪之？何心可以安之？以身误陛下，辱高位，倾覆亦寻而至。愿复守先人弊庐，岂可得哉！违命诚忤天威，曲从即复若此。盖闻古人申于见知，大臣之节，不可则止。臣虽小人，敢缘所蒙，念存斯义。

今天下自服化已来，方渐八年[⑬]，虽侧席求贤[⑭]，不遗幽贱。然臣等不能推有德[⑮]，进有功，使圣听知胜臣者多，而未达者不少。假令有遗德于板筑之下[⑯]，有隐才于屠钓之间[⑰]，而令朝议用臣不以为非，臣处之不以为愧，所失岂不大哉！

且臣忝窃虽久[18]，未若今日兼文武之极宠[19]，等宰辅之高位也[20]。臣所见虽狭，据今光禄大夫李喜[21]，秉节高亮，正身在朝。光禄大夫鲁芝[22]，絜身寡欲[23]，和而不同。光禄大夫李胤[24]，莅政弘简，在公正色。皆服事华发[25]，以礼终始。虽历内外之宠，不异寒贱之家，而犹未蒙此选，臣更越之，何以塞天下之望，少益日月[26]。是以誓心守节，无苟进之志。

今道路未通，方隅多事[27]，乞留前恩[28]，使臣得速还屯[29]。不尔留连，必于外虞有阙[30]。臣不胜忧惧，谨触冒拜表。惟陛下察匹夫之志，不可以夺。

【作者简介】

羊祜（221—278），字叔子，晋泰山南城（今山东平邑南）人。魏末任相国从事中郎，与荀勖共掌机密。晋王朝建，封钜平侯，都督荆州诸军事。在任开屯田，储军备，筹划灭吴。后为征南大将军，封南城侯。死后，南城人为之罢市巷哭，其部属于岘山为其平生游息之所建碑立庙，杜预命名为堕泪碑。羊祜博学能文，原有集，已佚，《让开府表》《雁赋》等作传于世。《晋书》有传。

【篇旨】

本篇表现了作者以国事为重，不讲求名利，推贤让能的高尚品格，也隐约流露出他在政治风云中的谨慎与忧惧之情。

【注释】

① 出：即出沐，也称休沐，是古代官员的例假。汉代官吏五日一休沐。

② 恩诏：指帝王降恩的诏书。

③ 台司：即司徒、司空、太尉三公。

④ 出身：指做官。

⑤ 受任外内：羊祜外为荆州都督，内曾为中领军，入值殿中。内，指朝

廷。外，指地方。

⑥ 强（qiǎng）：勉强。

⑦ 谬：荒诞，错误。此指自非其才，不当受此恩宠。

⑧ 劝：勉励。

⑨ 外戚：帝王的母族或妻族。王隐《晋书·羊祜传》曰："祜，蔡邕外孙，景献皇后同产弟。"故云。

⑩ 宠过：《晋书》作"过宠"。

⑪ 猥：犹言辱，谦词。中之诏：即中诏，指帝王手诏，不经主管官吏而直接颁行。

⑫ 非次：谓不依正常的顺序。

⑬ 八年：指晋朝立国后的第八年，即晋武帝泰始八年（272）。

⑭ 侧席：不正坐，用以待贤良。

⑮ 等：《晋书》无"等"字。

⑯ 板筑：筑墙，指隐遁之士。语本《孟子·告子下》：相传商朝时傅说筑墙于傅岩，武丁举以为相。

⑰ 屠钓：屠宰牲畜与钓鱼，指周吕望事。相传他未显时曾屠牛于朝歌，钓鱼于渭滨。

⑱ 忝：羞辱，有愧于，自谦之词。

⑲ 文武之极宠：指任车骑将军和开府仪同三司。

⑳ 宰辅：皇帝的辅政大臣，一般指宰相或三公。

㉑ 光禄大夫：官名，汉时相当于顾问，没有固定的职守；魏晋以后，时有增设，皆非正职。李喜：字季和，上党人，少有高行，曾官仆射，年老退位，拜光禄大夫。

㉒ 鲁芝：字世英，扶风人，官镇东将军，征光禄大夫。

㉓ 絜：同"洁"。

㉔ 李胤：字宣伯，辽东人，官尚书仆射，转光禄大夫。

㉕ 服事：从事公职。

㉖ 日月：谓皇帝。

㉗ 方隅多事：谓边境不宁，经常发生事故，指东吴未灭，常来侵扰。

㉘ 前恩：指任命开府的诏令。

㉙ 还屯：泰始五年（269），羊祜出为都督荆州诸军事，故云。

㉚ 外虞：外患，指东吴。

【语译】

臣羊祜上言：臣昨日出沐，敬闻陛下降恩的诏书，擢拔臣使同台司。我自出仕以来，不过十几年光景，受任于朝廷、地方，每每达到位显权重的地步。我常以为智少力弱不可勉强进用，身被恩宠不可久逾其分，因此日夜惶恐不安，以荣为忧。我听古人说过，德行不为众人信服却得到很高的爵位，便会使有才之士不愿进荐；功劳不是众望所归却享受丰厚的俸禄，便会使有功之臣放弃努力。如今我寄身于外戚，适逢时运际会，需要警惕的是得到过分的恩宠，而不必担心被君主弃置。竟然由宫中超然降下皇帝亲自下达的诏令，赐予不同寻常的恩荣。我有什么功劳可以承当？又有什么心情可以泰然处之？因我而影响到陛下，辜负了高位，倾身覆家也就接踵而至。到那时就是想要再守先人的旧屋，哪里还能够办得到！违背圣命固然会触犯帝王的威严，委曲顺从又将遭到祸败。听说古人展才于受知遇之际，大臣应守的准则，是不能胜任就该停止。我虽是小人，敢因蒙受的恩德，心存这一道理。

如今天下自四方归顺以来，已有八年，虽虚席以待贤人，不遗漏隐居不出的贫士。然而我们这些臣子不能推举有德之士，进荐有功之人，使得圣上的听闻知道超过我的人多，而未能显达的却不少。假若让贤人隐于筑墙之下，居于屠钓之间，而使朝廷舆论不以用我为非，我身处其位也不以为愧，损失岂不是太大了吗！

而且我非分地窃据其位虽已日久，但未像今天这样兼受文武的最高恩宠，据有相当于宰辅的高位。我眼界虽然狭窄，据今光禄大夫之职的李喜，秉守节操高尚光明，在朝正直。光禄大夫鲁芝，洁身自好节制欲求，能合群而不苟同。光禄大夫李胤，服职任政宽宏简略，从事公务态度严正。他们都是谨守公职直至白发，自始至终遵守礼法。虽经历内相外将的宠信，却与贫贱之家没有什么不同，尚且未蒙此铨选授官，我更超越了他们，何以满足天下的期望，稍稍有益于君主。因此发誓保守节操，没有苟且求进的想法。

当今道路还未畅通，边境多有事故，请求收回成命，使我能够尽快回到驻防之地，不然流连于此，必然对外患有所阙失。我不胜忧虑恐惧，谨抵触冒犯天颜上此奏章。望陛下顾念一个普通人的志向，是不可以强迫他放弃的。

【评析】

本篇是晋朝荆州都督、车骑将军羊祜辞让开府仪同三司之职所上的奏表，表中反复申明才德不足以当此任，坚辞不就。全文分为三部分：第一部分陈述自己无功于国，却托于机缘蒙受高官厚禄的愧怍；第二部分以野有遗贤、朝有良臣进一步申明自己不足以当开府之职的观点，表白了“誓心守节，无苟进之志”的心迹；第三部分以边隅未安应速返防地以备不虞为由，说明“触冒拜表”的原因，并表达了“匹夫之志，不可以夺”的坚定态度。文章处处表现出羊祜谦逊的品格和高尚的情操，其中也不无忧谗畏讥的隐忧之情。本篇叙述、议论、言志三者紧密结合，又多从正反两方面设论，结构紧凑，逻辑严密，很有说服力。加之语言质朴，感情真切，气势充沛，顿挫有致，又具有很强的感染力。行文骈散结合，毫不板滞，节奏疾徐相间，清朗可诵，堪称公文表章的上乘之作。

陈情事表一首

作者：李令伯　　注译评析：张明非

臣密言：臣以险衅[①]，夙遭闵凶[②]。生孩六月，慈父见背[③]，行年四岁，舅夺母志[④]。祖母刘，愍臣孤弱[⑤]，躬亲抚养。臣少多疾病，九岁不行，零丁孤苦，至于成立。既无伯叔，终鲜兄弟[⑥]。门衰祚薄[⑦]，晚有儿息[8]。外无期功强近之亲[9]，内无应门五尺之僮[10]。茕茕独立[11]，形影相吊[12]，而刘夙婴疾病[13]，常在床蓐[14]，臣侍汤药，未曾废离。

逮奉圣朝[15]，沐浴清化。前太守臣逵[16]，察臣孝廉[17]；后刺史臣荣[18]，举臣秀才[19]。臣以供养无主，辞不赴命。诏书特下，拜臣郎中[20]。寻蒙国恩，除臣洗马[21]。猥以微贱，当侍东宫[22]，非臣陨首所能上报[23]。臣具以表闻，辞不就职。诏书切峻，责臣逋慢[24]；郡县逼迫，催臣上道；州司临门[25]，急于星火。臣欲奉诏奔驰，则刘病日笃；欲苟顺私情，则告诉不许[26]。臣之进退，实为狼狈。

伏惟圣朝以孝治天下[27]，凡在故老[28]，犹蒙矜育[29]，况臣孤苦，特为尤甚。且臣少仕伪朝[30]，历职郎署，本图宦达，不矜名节[31]。今臣亡国贱俘，至微至陋，过蒙拔擢[32]，宠命优渥[33]，岂敢盘桓[34]，有所希冀。但以刘日薄西山[35]，气息奄奄[36]，人命危浅[37]，朝不虑夕。臣无祖母，无以至今日；祖母无臣，无以终余年。母孙二人，更相为命[38]，是以区区不能废远[39]。臣密今年四十有四，祖母刘今年九十有六，是臣尽节于陛下之日长，报养刘之日短也。乌鸟私情[40]，愿乞终养。臣之辛苦，非独蜀之人士及二州牧伯所见明知[41]，皇天后土，实所共鉴。愿陛下矜愍愚诚，听臣微志[42]，庶刘侥幸，保卒余年。臣生当陨首，死当结草[43]。臣不胜犬马怖惧之情，谨拜表以闻。

【作者简介】

李密（224—287），一名虔，字令伯，晋时犍为武阳县（今四川眉山市彭山区东北）人。曾师从当时名儒谯周，博览五经，以文学见称，有辩才。曾仕蜀汉，蜀灭亡后，晋武帝征他为太子洗马，他以奉养祖母为由，坚辞不就。祖母死后，服丧期满，方才出仕。官至汉中太守。后因怀怨被免官，老死家中。《晋书》有传。

【篇旨】

本篇向晋武帝陈述了自己与祖母刘氏相依为命，愿乞终养，暂不应召就职的苦衷。

【注释】

① 险：坎坷。衅：罪过。

② 闵：同“悯”，忧患。凶：指不幸的事。

③ 见背：指父母或长辈去世。背，违背，指抛弃人。

④ 舅夺母志：指舅父强迫李密的母亲改嫁。

⑤ 愍（mǐn）：怜悯。

⑥ 鲜（xiǎn）：少，这里指没有。

⑦ 祚（zuò）：福。

⑧ 儿息：儿子。

⑨ 期（jī）功：古代丧服名称。期，服丧一年。功，包括大功和小功，大功服丧九个月，小功服丧五个月。强（qiǎng）近：勉强接近。

⑩ 僮：同“童”。此句照应上文所说“晚有儿息”。

⑪ 茕茕（qióng）：孤单的样子。独：一作“孑”。

⑫ 吊：慰问。

⑬ 婴：缠绕。

⑭ 蓐（rù）：同“褥”。

⑮ 圣朝：指晋。

⑯ 太守：指犍为郡太守。

⑰ 孝廉：指孝顺父母、品行端正的人，晋时仍保留这一选拔人才的制度。

⑱ 刺史：晋代州的负责监察、军事及行政的长官。

⑲ 秀才：指由州推举入朝做官的人才，与后世“秀才”含义不同。

⑳ 郎中：官名，尚书曹司的官员。

㉑ 洗马：即太子洗马，汉时为太子的侍从官，晋朝以后改掌图籍。

㉒ 东宫：太子所居之处，借指太子。

㉓ 陨（yuán）首：掉脑袋，即杀身的意思。

㉔ 逋（bū）：逃避。慢：怠慢。

㉕ 州司：州官。

㉖ 告诉：报告，诉说。

㉗ 伏惟：伏在地上想，敬词。

㉘ 故老：年高有德的人。这里泛指老年人。

㉙ 矜：怜悯。育：抚养。

㉚ 伪朝：指蜀汉。对晋称蜀，不得不这样说。

㉛ 矜：自夸。

㉜ 过：过分地。拔擢（zhuó）：提拔。

㉝ 宠：恩荣。命：指授官。优渥（wò）：优厚。

㉞ 盘桓：迟疑不决，这里指故意不去做官。

㉟ 日薄（bó）西山：这里比喻人的寿命将尽。

㊱ 奄奄（yǎn）：气息微弱。

㊲ 浅：指不长。

㊳ 更（gēng）相为命：即相依为命。更，轮番。

㊴ 区区：小小，这里指孝顺祖母的私衷。废远：放弃奉养而远离。

㊵ 乌鸟：即乌鸦。据说乌鸦长大后能反哺其母。

㊶ 二州：指梁州、益州。大致相当于蜀汉所统治的范围。牧伯：即刺史。

㊷ 听（tīng）：任凭，随。

㊸ 结草：春秋时晋大夫魏犨（chōu）临终嘱咐其子魏颗将宠妾殉葬，魏颗没有听从，将宠妾嫁了出去。后来与秦将杜回交战，见一老人结草将杜回绊倒，杜回因此被俘获。夜间梦见老人，自称是宠妾的父亲，特来报恩。事见《左传·宣公十年》。后代更以“结草”表示死后报恩。

【语译】

臣李密上言：我因为命运坎坷，幼年便遭不幸，生下来才六个月，慈父就去世了，四岁的时候，舅父又强迫母亲改变了守节的心志。祖母刘氏可怜我孤苦病弱，亲自抚养我。我小时候体弱多病，九岁还不会走路，孤苦伶仃，直到长大成人。既没有伯叔，又没有兄弟。门庭衰微，福分浅薄，很晚才有儿子。外面没有近亲，家里没有可以照应门户的人。孤孤单单，只有身体和影子互相陪伴。而祖母刘氏，早就多年疾病缠身，时常卧床不起，我端汤送药，不曾间断和离开过。

到了圣朝，我受到清明的教化。前任太守逵察举我为孝廉，后任刺史荣又荐我为秀才。我因为祖母无人供养，推辞而没有应命前往。陛下特地下达诏书，任命我为郎中。不久又蒙国家恩典，授我太子洗马的官职。以我这样微贱之人，担当侍奉太子的职务，即使肝脑涂地也报答不了皇上的恩遇。当时我把自己的苦衷一一上表奏闻，表示辞谢不能就职。现在诏书又下，措辞急切严厉，指责我有意回避，轻慢命令。郡县官府，层层追逼，催我上路，州司官员登门督促，紧急得像流星飞逝和大火蔓延。我本想奉命急速就道，无奈祖母刘氏病情一天比一天加重；想姑且顾及自己的私情，向长官申诉又得不到允许。我实在是进退两难，十分狼狈。

我想圣朝以孝道治理天下，所有的老年人都受到怜悯和周济，何况我孤单贫苦更非同一般。再说我年轻时候就在伪朝任职，一直做到郎官，本来就希望仕途显达，并不想以声名和节操自夸。现在我不过是亡国的俘虏，极为渺小卑贱，却受到皇上过分的提拔，优厚的恩遇，我怎敢犹豫徘徊，另有所图呢。只因为刘氏已经到了风烛残年，奄奄一息，生命垂危，朝不保夕的地步。我如果没有祖母，不可能活到今天；祖母如果没有我，无法度过余年。我们祖孙二人，相依为命，因此私心不愿放弃对祖母的奉养而远离她。我今年四十四岁，祖母刘氏九十六岁，看来我尽忠于陛下的时间还长，而报答刘氏的日子却不多了。我怀着乌鸦反哺的心情，请求陛下允许我为祖母养老送终。我的辛酸苦楚，不单是蜀中人士及二州长官所看见和明明白白知道的，天地神明也都看得清清楚楚。但愿陛下怜悯我的一片诚心，准许我这个小小的要求，或许刘氏可以侥幸保全性命直到寿终。我活着当报效陛下，不惜牺牲，死后也要报答陛下的恩德。我怀着犬马之情，不胜惶恐，恭敬地拜上章表奏报陛下。

【评析】

晋泰始三年（267），武帝征召李密到朝廷做官。当时朝中杀夺之风甚盛，作为蜀汉旧臣的李密不能不心存疑虑，不愿赴命，却又不能使晋武帝怀疑自己是保全名节，不事二主，于是上表以祖母刘氏年迈多病，无人奉养为理由，请求暂缓赴任。文章凄恻婉转，情见乎辞，武帝阅罢，不好再勉强他，而且赐奴婢二人，令郡县供养其祖母。作者采用铺叙的手法，一起渲染自己的幼年父死母嫁、病弱难养的孤苦，突出了祖母的养育之恩；继写祖母久病在床，无人奉养，进一步强调了祖孙之间生死相依的亲密关系，接着陈述了自己为皇上尽忠与为祖母尽孝的两难处境，最后以晋武帝"以孝治天下"为自己推辞不就职辩解，正面提出先尽孝道，后报君恩的解决办法。本文词意恳切，运笔委婉，熔情、事、理于一炉，具有很强的说服力和感染力。句式骈散相杂，错落有致，朗朗上口，富有节奏感。语言尤其生动形象，如"茕茕独立，形影相吊""日薄西山，气息奄奄""人命危浅，朝不虑夕"等，都以其隽永的生命力，流传至今。

谢平原内史表一首

作者：陆士衡　　注译评析：张明非

陪臣陆机言[①]：今月九日，魏郡太守遣兼丞张含，赍板诏书印绶[②]，假臣为平原内史。拜受祗竦[③]，不知所裁[④]。臣机顿首顿首[⑤]，死罪死罪[⑥]。

臣本吴人，出自敌国，世无先臣宣力之效[⑦]，才非丘园耿介之秀[⑧]。皇泽广被，惠济无远，擢自群萃，累蒙荣进。入朝九载，历官有六[⑨]，身登三阁[⑩]，官成两宫[⑪]。服冕乘轩，仰齿贵游[⑫]，振景拔迹，顾邈同列。施重山岳，义足灰没。遭国颠沛[13]，无节可纪[14]，虽蒙旷荡[15]，臣独何颜！俯首顿膝[16]，忧愧若厉。而横为故齐王冏所见枉陷[17]，诬臣与众人共作禅文[18]，幽执囹圄，当为诛始。臣之微诚，不负天地，仓卒之际，虑有逼迫，乃与弟云及散骑侍郎袁瑜[19]、中书侍郎冯熊[20]、尚书右丞崔基、廷尉正顾荣[21]、汝阴太守曹武[22]，思所以获免。阴蒙避回，岐岖自列，片言只字，不关其间[23]，事踪笔迹，皆可推校[24]。而一朝翻然，更以为罪。蕞尔之生[25]，尚不足吝[26]，区区本怀，实有可悲。畏逼天威，即罪惟谨，钳口结舌，不敢上诉于天。莫大之衅[27]，日经圣听，肝血之诚，终不一闻。所以临难慷慨，而不能不恨恨者，惟此而已。

重蒙陛下恺悌之宥[28]，回霜收电[29]，使不陨越[30]。复得扶老携幼，生出狱户，怀金拖紫[31]，退就散辈[32]。感恩惟咎，五情震悼，跼天蹐地[33]，若无所容。不悟日月之明，遂垂曲照[34]，云雨之泽，播及朽瘁。忘臣弱才，身无足采，哀臣零落，罪有可察。苟削丹书[35]，得夷平民，则尘洗天波[36]，谤绝众口，臣之始望，尚未至是。

猥辱大命[37]，显授符虎[38]，使春枯之条，更与秋兰垂芳；陆沉之羽[39]，复与翔鸿抚翼。虽安国免徒，起纡青组[40]；张敞亡命，坐致朱轩[41]。方臣所荷，未足为泰，岂臣众蒙垢含吝，所宜忝窃？非臣毁宗夷族，所能上报。喜惧参并，悲惭哽结。拘守常宪[42]，当便道之官[43]，不得束身奔走[44]，稽颡城阙[45]。瞻系天衢，驰心辇毂，臣不胜屏营延仰，谨拜表以闻。

【篇旨】

本篇倾诉了作者为齐王冏所诬，身陷囹圄的不白之冤，表白了对晋室的忠诚，表达了起用为平原内史的悲喜交集、感激涕零的心情。

【注释】

① 陪臣：诸侯的大夫对天子自称陪臣，陆机此前曾任吴王晏郎中令，故

有此称。

② 赍（jī）：送与。板诏：晋南北朝时，王公大臣得自委任属官，委官有板，长一尺二寸，阔七寸，在板上书授官之词，称板官。时成都王颖摄政，故称板诏。

③ 祇竦：敬惧貌。

④ 裁：控制，节制。

⑤ 顿首：书文中的常用语。

⑥ 死罪：奏章书札中的套语，意为“冒死”。

⑦ 先臣：谓自己已死的祖先。宣力：致力，用力。

⑧ 丘园：丘墟，园圃。多用以指隐居的地方。

⑨ 历官有六：指历仕杨骏祭酒、太子洗马、著作郎、吴王郎中令、尚书中兵郎、殿中郎。

⑩ 三阁：魏晋时的国家藏书楼。以秘书监统著作局，掌三阁图书。

⑪ 两宫：指东宫与上台。

⑫ 齿：次列。

⑬ 遭国颠沛：谓赵王伦篡位，迁帝金墉。

⑭ 无节：谓不能见危授命。

⑮ 旷荡：此指度量宽宏。

⑯ 顿膝：谓跪拜。

⑰ 齐王冏：字景治，赵王伦篡位，冏举兵讨伦，临阵斩之。

⑱ 禅文：谓赵王伦受禅之文。

⑲ 袁瑜：字世都。

⑳ 冯熊：字文罴。

㉑ 顾荣：字彦先。

㉒ 曹武：字道渊。

㉓ 不关其间：指不关赵王伦事。

㉔ 事踪笔迹，皆可推校：陆机《与吴王晏表》曰：“禅文本草，今见在中书，一字一迹，自可分别。”

㉕ 蕞（zuì）尔：小貌。

㉖ 吝：惜。

㉗ 衅：罪。

㉘ 恺悌：和乐简易。宥：宽免，赦罪。

㉙ 霜、电：喻人主之威。

㉚ 陨越：颠坠，跌倒。此指死亡。

㉛ 怀金拖紫：比喻地位显贵。

㉜ 散辈：指有官名而无固定职事的散官之辈。

㉝ 跼天蹐地：形容窘迫，无所容身。跼，曲身弯腰。蹐，小步行路。

㉞ 曲照：光的曲折照射，指恩泽无所不至。

㉟ 丹书：此指罪人名册。

㊱ 天波：喻天子恩泽。

㊲ 大命：帝王的命令。

㊳ 符虎：谓金虎符，指受内史。

㊴ 陆沉：无水而沉。

㊵ 安国免徒，起纡青组：语本《汉书》，韩安国事梁孝王为中大夫，其后安国坐法抵罪。梁内史缺，汉使使者拜安国为梁内史，起徒中为二千石。徒：徒刑。青组：二千石的车饰。

㊶ 张敞亡命，坐致朱轩：语本《汉书》，张敞为京兆尹，坐与杨恽厚善，不宜处位，免为庶人。数月，冀州部中有大贼，天子思敞功，使使召敞，即装随使者诣公车上书。天子引敞见，拜为冀州刺史。敞起亡命，复奉使典州。朱轩：亦二千石的车饰。

㊷ 常宪：常法。

㊸ 便道之官：《汉书注》曰：“律，二千石以上告归宁，不过行在所者，便道之官无问也。”

㊹ 束身：约束自己。

㊺ 稽颡：以额触地，表示请罪。

【语译】

陪臣陆机上言：本月九日，魏郡太守派遣兼丞张含，送来板诏书和印绶，以我为平原内史。拜受之际敬惧不安，不知所措。臣陆机顿首顿首，死罪死罪。

我本是吴人，出自仇敌之国，既无先辈有功于国，又非隐居丘园耿介之才。皇恩浩荡，广济无边，擢拔我于众人之中，多次承蒙荣升。入晋朝九年，所历官职有六种，身登三阁，官居两宫。戴冠冕，乘轩车，与公子同游，举擢业迹，远超同列。君之施恩重于山岳，我身如灰灭不足以报。遭逢国家变乱，不能见危授命，虽蒙朝廷宽宏大量，我又有何面目见人！低头跪拜，忧虑危险。而无端被故齐王冏冤枉陷害，诬蔑我同众人一起写作赵王伦受禅之文，系于监狱，当先合诛。我微薄的心意，信于天地无欺，只恐仓卒之际因逼迫而不得申说，便与弟陆云及散骑侍郎袁瑜、中书侍郎冯熊、尚书右丞崔基、廷尉正顾荣、汝阴太守曹武，共商获免之计，秘密回避冏党，艰难自行陈列。片言只字，不关赵王伦之事，笔迹见在，自可分别，而一旦改变，更以为罪。我渺小的生命，尚不足惜，一片诚心，实可悲痛。畏帝王之威，谨以就罪。闭口结舌，不敢上诉于君。莫大的罪孽，日日经天子听察，赤心之诚，始终不为君主所闻，所以临难情绪激动，不能不抱恨不已的原因，就在于此。

重蒙陛下宽宥，收霜电之威，使我不死。又得以扶老携幼，活着走出牢房，怀金拖紫，退任散官之辈。感恩自责，五情震惊，惭愧窘迫，无地自容。没有想到日月的光明，曲折照耀；云雨的恩泽，播及朽病。忘记我是弱才，无多可取之处，可怜我飘零沉沦，罪有可察。只要除其罪书，得为平民，则天恩洗除罪迹，杜绝众口的诽谤，我起初的期望，还未到这一步。

今有辱君命，授我为内史，使春天枯萎的枝条，得与秋兰同发芬芳；沉没的羽毛，又同飞鸟一道展翅。虽然韩安国免罪，重用青组；张敞亡命，再乘朱轩。比之我所承受的，不足为多。我岂能蒙此垢耻窃居此位，不是我毁宗灭族所能回报的啊。我又喜又惧，悲惭哽咽。遵守常法，便道赴任，不得束身奔走，到朝廷谢恩。瞻望天街，心驰辇毂，我不胜惶恐久久仰望，谨拜表以使上闻。

【评析】

陆机于晋太康末与弟陆云入洛以后，以文章为当时士大夫所推重。赵王伦辅政，引为相国参军，赐爵关中侯。后赵王伦谋篡被诛，齐王冏诬陆机兄弟等参与其事，遂收付廷尉。幸赖成都王颖等所济被赦，后又表机为平原内史，本篇即为谢恩而作。文章以陈述自己拜受板诏的敬惧之情领起，首先历数了自己入晋以来的经历、蒙冤入狱的始末，倾诉了含冤莫白的痛苦；继而描述了蒙君主宽赦的惊喜和庆幸之情；最后表达了自己的感激和亟欲报效的心情。从中虽可见作者热心功名、趋附权贵的思想倾向，但客观上反映了当时政治斗争的复杂与险恶，有一定的历史价值。本篇具有真情实感。表章陈情，婉转恳挚；诉说心曲，语能动人。语言简洁明畅，用典精切，有较强的文学色彩。

劝进表一首

作者：刘越石　　注译评析：毛毓松

建兴五年三月癸未朔十八日辛丑[①]，使持节散骑常侍都督河北并冀幽三州诸军事、领护军匈奴中郎将、司空、并州刺史、广武侯臣琨[②]，使持节侍中都督冀州诸军事、抚军大将军、冀州刺史、左贤王、渤海公臣磾[③]，顿首死罪上书。

臣琨臣磾，顿首顿首，死罪死罪。臣闻天生蒸人[④]，树之以君，所以对越天地[⑤]，司牧黎元[⑥]。圣帝明王鉴其若此，知天地不可以乏飨，故屈其身以奉之；知黎元不可以无主，故不得已而临之。社稷时难，则戚藩定其倾[⑦]；郊庙或替[⑧]，则宗哲纂其祀[⑨]。所以弘振遐风，式固万世[⑩]，三五以降[⑪]，靡不由之。

臣琨臣磾，顿首顿首，死罪死罪。伏惟高祖宣皇帝肇基景命[⑫]，世祖武皇帝遂造区夏[⑬]，三叶重光[⑭]，四圣继轨[⑮]，惠泽侔于有虞[⑯]，卜年过于周氏[17]。自元康以来[18]，艰祸繁兴，永嘉之际[19]，氛厉弥昏[20]。宸极失御[21]，登遐丑裔[22]，国家之危，有若缀旒[23]。赖先后之德[24]、宗庙之灵，皇帝嗣建，旧物克甄[25]。诞授钦明[26]，服膺聪哲[27]，玉质幼彰，金声夙振。冢宰摄其纲[28]，百辟辅其治[29]，四海想中兴之美，群生怀来苏之望[30]。不图天不悔祸，大灾荐臻[31]，国未忘难，寇害寻兴[32]。逆胡刘曜[33]，纵逸西都[34]，敢肆犬羊[35]，凌虐天邑[36]。臣等奉表使还，仍承西朝，以去年十一月不守，主上幽劫[37]，复沉虏庭，神器流离[38]，再辱荒逆[39]。臣每览史籍，观之前载，厄运之极，古今未有。苟在食土之毛[40]，含气之类[41]，莫不叩心绝气，行号巷哭。况臣等荷宠三世[42]，位厕鼎司[43]，承问震惶，精爽飞越[44]，且悲且惋，五情无主，举哀朔垂[45]，上下泣血。

臣琨臣磾，顿首顿首，死罪死罪！臣闻昏明迭用，否泰相济[46]，天命未改，历数有归[47]。或多难以固邦国，或殷忧以启圣明。齐有无知之祸[48]，而小白为五伯之长[49]；晋有骊姬之难[50]，而重耳主诸侯之盟[51]。社稷靡安，必将有以扶其危；黔首几绝[52]，必将有以继其绪。伏惟陛下玄德通于神明[53]，圣姿合于两仪[54]，应命代之期[55]，绍千载之运[56]。夫符瑞之表[57]，天人有征；中兴之兆，图谶垂典[58]。自京畿陨丧[59]，九服崩离[60]，天下嚣然，无所归怀，虽有夏之遘夷羿[61]，宗姬之离犬戎[62]，蔑以过之[63]。陛下抚宁江左[64]，奄有旧吴[65]，柔服以德[66]，伐叛以刑，抗明威以摄不类[67]，杖大顺以肃宇内[68]。纯化既敷[69]，则率土宅心[70]；义风既畅，则遐方企踵[71]。百揆时叙于上[72]，四门穆穆于下[73]。昔少康之隆[74]，夏训以为美谈；宣王之兴[75]，周诗以为休咏。况茂勋格于皇天[76]，清辉光于四海，苍生颙然[77]，莫不欣戴；声教所加，愿为臣妾者哉！且宣皇之胤[78]，惟有陛下，亿兆攸归[79]，曾无与二。天祚大晋[80]，必将有主，主晋祀者，非陛下而谁？是以迩无异言，远无异望，讴歌者无不吟咏徽猷[81]，狱讼者无不思于圣德。天地之际既交，华裔之情允洽[82]。一角之兽[83]，连理之木[84]，以为休征者，盖有百数。冠带之伦[85]，要荒之众[86]，不谋而同辞者，动以万计。是以臣等敢考天地之心，因函夏之趣[87]，昧死以上尊号。愿陛下存舜禹至公之情，狭巢由抗矫之节[88]；以社稷为务，不以小行为先；以黔首为忧，不以克让为事；上以慰宗庙乃顾之怀[89]，下以释普天倾首之望。则所谓生繁华于枯荑[90]，育丰肌于朽骨[91]，神人获安，无不幸甚。

臣琨臣磾，顿首顿首，死罪死罪。臣闻尊位不可久虚，万机不可久旷[92]。虚之一日，则尊位以殆；旷之浃辰[93]，则万机以乱。方今钟百王之季[94]，当阳九之会[95]，狡寇窥窬[96]，伺国瑕隙，齐人波荡，无所系心[97]，安可以废而不恤哉？陛下虽欲逡巡[98]，其若宗庙何？其若百姓何？昔惠公虏秦[99]，晋国震骇，吕郤之谋[100]，欲立子圉[101]，外以绝敌人之志，内以固阖境之情。故曰："丧君有君[102]，群臣辑穆[103]。好我者劝，恶我者惧。"前事之不忘，后代之元龟也[104]。陛下明并日月，无幽不烛，深谋远虑，出自胸怀。不胜犬马忧国之情[105]，迟睹人神开泰之路[106]，是以陈其乃诚，布之执事[107]。臣等各忝守方任[108]，职在遐外，不得陪列阙庭，共观盛礼，踊跃之怀[109]，南望罔极。谨上。臣琨谨遣兼左长史、右司马臣温峤[110]，主簿臣辟闾训[111]；臣磾遣散骑常侍、征虏将军、清河太守、领右长史、高平亭侯臣荣劭[112]，轻车将军、关内侯臣郭穆奉表[113]。臣琨臣磾等，顿首顿首，死罪死罪。

【篇旨】

此表以拳拳之心劝勉司马睿立尊号为帝，表达了作者强烈的忧国忧民的思想感情。

【注释】

① 建兴：晋愍帝司马邺年号。

② 使持节：官名，有使节、持节、总军戎，其权力大小有别，皆为刺史。散骑常侍：官名，侍从皇帝左右，掌规谏。领护军：官名，领军、护军并置。中郎将：官名，担任官护卫，侍从。司空：三公之一，参议国政。刺史：官名，相当于总督。广武：地名，晋置广武

郡，今甘肃永登县，刘琨以功封广武侯。

③ 左贤王：贵族封号。磾（dī）：即段匹磾，鲜卑人，建武初与刘琨结盟讨石勒，领幽州刺史；段兵败至襄国，不为勒礼，着朔服持晋节；后国中谋推匹磾为王，事露被害。

④ 蒸人：众人、百姓。《左传·襄公十四年》："天生人而树之君，以利之也。"

⑤ 对越：配称。

⑥ 黎元：黎民、百姓。

⑦ 戚藩：指亲戚藩王。

⑧ 郊庙：古代皇帝祭天、祭祖之处，此指朝廷。

⑨ 纂：继承。

⑩ 式：用。《诗经·鲁颂·泮水》："式固尔犹。"郑玄笺："式，用；犹，谋也。"

⑪ 三五：指三皇五帝。

⑫ 宣皇帝：高祖司马懿尊号，司马懿图谋篡魏，自为丞相，总揽朝政，到他的孙子司马炎，代魏称帝，建立晋朝，追谥为宣皇帝。肇基：创建基业。景命：大命，即授予王位之命。

⑬ 世祖：武帝庙号，即司马炎。区夏：指建立晋朝。夏，华夏。

⑭ 三叶：三世，谓宣、景、文三帝。

⑮ 四圣：指武帝。

⑯ 侔：相等。有虞：指虞舜所建之国。

⑰ 卜年：用占卜预测享国年数。《左传·宣公三年》："成王定鼎郏鄏，卜世三十，卜年七百。"周氏：指周姬昌（文王）所建之国。

⑱ 元康：惠帝司马衷（290—306年在位）年号。

⑲ 永嘉：怀帝司马炽（307—312年在位）年号。

⑳ 氛厉：灾疫祸难。厉，通"疠"。

㉑ 宸极：北极星，喻帝位。

㉒ 登遐：同"登假"，对人死去的讳称。丑裔：蛮夷。

㉓ 缀旒（liú）：同“赘旒”，为人所执持，喻君主为臣下挟持，大权旁落。语出《春秋公羊传·襄公十六年》。

㉔ 后：君主。

㉕ 甄：彰明。

㉖ 诞：大。

㉗ 服膺（yīng）：衷心信服。

㉘ 冢宰：周代官名，为六卿之首，后称吏部尚书为冢宰。摄：执持。

㉙ 百辟：朝中的公卿大臣。

㉚ 苏：苏息。

㉛ 大灾：指刘曜攻破长安一事。荐臻：重来。

㉜ 寻：不久。

㉝ 刘曜：刘渊族子，字永明，仕刘聪有功，位至相国，讨伐勒准于赤壁，自立为帝，迁都长安，改国号为赵，史称前赵，后为石勒所灭，前赵亦亡。

㉞ 西都：指长安。

㉟ 肆：放纵、肆虐。

㊱ 凌虐：侵、侮。天邑：谓西晋都城洛阳。

㊲ 主上：谓晋愍帝。幽劫：被囚禁劫持。

㊳ 神器：指天子玺符服饰一类神明贵重之物。

㊴ 再辱：谓怀、愍二帝两次被虏受辱。荒逆：指刘曜。

㊵ 毛：草。

㊶ 含气：有生命的东西。《汉书·贾捐之传》：“含气之物，各得其宜。”

㊷ 三世：指其祖刘迈、父刘蕃三代，刘迈为相国参军散骑常侍，刘蕃为光禄大夫。

㊸ 厕：通“侧”，列。鼎司：三公，刘琨其时为司空。

㊹ 精爽：魂灵。

㊺ 朔垂：北方的边陲，愍帝遭难于山西平阳，古为边陲之地。

㊻ 否泰：皆《周易》卦名。否：闭塞；泰：通畅、安宁。这里比喻命运

之顺逆、好坏。

㊼ 历数：天道、命运。

㊽ 无知：即公孙无知，得齐僖公宠。齐襄公被刺后，立为新君，后被齐大夫雍廪所杀。

㊾ 小白：即齐桓公。

㊿ 骊姬：晋献公宠姬，谮杀太子申生，逼走公子重耳，后为晋大夫里克所杀。

51 重耳：即晋文公，遭骊姬之难，在国外流亡十九年，借秦穆公之力才得以返晋为君，遂霸诸侯。

52 黔首：百姓。

53 玄德：指潜藏含蓄不著于外的品德。

54 两仪：谓天地。

55 命：命名。

56 绍：承继。

57 符瑞：祥瑞的征兆。表：明示，显扬。

58 图谶：宣扬符命占验的书。

59 京畿：国都及周遭地区。

60 九服：古代天子所住京都以外地区，按远近分九等，称九服。

61 遘：遭逢。夷羿：夷族之首领。

62 宗姬：姬姓诸侯国与周王同姓，故称。离，同“罹”，遭遇。

63 蔑：无。

64 江左：长江下游以东地区，古人叙地理以东为左，故江东称江左。

65 奄：覆盖、包括。

66 柔服：谓以德服民。

67 抗：举。摄：服。不类：异国。

68 大顺：指按封建道德礼教所达到的安定境界。

69 敷：布施。

70 宅心：归心。

㉑ 企踵：踮起脚跟表示仰慕。

㉒ 百揆：总领朝政的长官。

㉓ 四门：四方之门。

㉔ 少康：夏王相之子，相为人所杀，至少康长大，恢复夏朝而称中兴。

㉕ 宣王：指周宣王。《毛诗序》："宣王任贤使能，周室中兴焉。"

㉖ 茂勋：丰功伟绩。格：感通。

㉗ 颙然：仰德貌。颙，当作"喁"。

㉘ 胤：后代，元帝为宣帝之曾孙。

㉙ 攸：用作主谓间的连词，相当于"是"。

㉚ 祚：赐福。

㉛ 徽猷：高明的谋略。

㉜ 允洽：和美、信实。

㉝ 一角之兽：即一角兽，神兽名，被视为祥瑞之物。《宋书·符瑞志》："一角兽，天下平一则至。"

㉞ 连理之木：即连理木，谓其树两干相连，亦祥瑞之物。《孝经·援神契》曰："德至草木，则木连理。"

㉟ 冠带：中原华夏族之服装。

㊱ 要荒：言离王城之外极远之地。

㊲ 函夏：指华夏民族。

㊳ 巢由：即巢父、许由，都是尧时隐士。

㊴ 乃顾：顾念、眷念。

㊵ 繁华：茂盛的花。枯荑：干枯的杨树叶。语出《周易·大过》："老夫得其女妻，枯杨生华；老妇得其士夫，枯杨生稊。"（按：稊通"荑"）

㊶ 丰肌：丰腴的肌肉。朽骨：枯骨。语出《左传·襄公二十二年》："所谓生死而肉骨也。"

㊷ 万机：帝王繁忙的日常政事。

㊸ 浃辰：十二日。

㊹ 钟：当。季：末世。

⑮ 阳九：厄运。道家称天厄为阳九，地亏为百六。

⑯ 狡寇：指刘聪、刘曜。窥窬：伺隙而动。

⑰ 齐人：平民。

⑱ 逡巡：有所顾虑而徘徊不进。

⑲ 惠公虏秦：指春秋时晋惠公被秦穆公俘获。《左传·僖公十五年》：“秦获晋侯以归。”

⑳ 吕郤：晋臣吕甥和郤乞。

(101) 子圉：晋怀公。

(102) 丧君有君：指晋惠公被虏而立子圉为晋怀公。这里是说愍帝已被幽劫，元帝应自立尊号。

(103) 辑穆：和协、亲睦。

(104) 元龟：古代用于占卜，引申为借鉴前事。

(105) 犬马：臣子对君主的自卑之称。

(106) 开泰：亨通安泰。

(107) 执事：供役使的人，后在书信中常用作对方的敬称。

(108) 忝：羞辱，有愧于。方任：一方重任，地方长官所居的职位。

(109) 踊跃：欢欣、奋起。

(110) 长史：官名，郡府官，掌兵马。

(111) 主簿：官名，中央及地方机构设，负责文书簿籍，掌印鉴，为掾史之首。辟闾训：一作“辟闾嵩”，字祖明，乐安人，为幽州刺史，没于石勒。

(112) 清河：郡名，今江苏淮阴一带。高平：地名，今属山西。亭侯：食禄于乡、亭的列侯。荣劭：字茂世，北平人。

(113) 轻车将军：将军称号，勋官名，以奖战功。关内侯：秦制，爵第十九级，秦都咸阳，以关内为王畿，故称关内侯，晋因之。郭穆：字景通，没于胡人。

【语译】

晋愍帝建兴五年三月癸未朔十八日辛丑，使持节散骑常侍都督河北并冀幽三州诸军事、领护军匈奴中郎将、司空、并州刺史、广武侯臣刘琨，使持节侍中都督冀州诸军事、抚军大将军、冀州刺史、左贤王、渤海公臣段匹磾，叩拜上书劝进。

臣刘琨、段匹磾，顿首顿首，死罪死罪。我们听说，上天生下我们这些百姓，给我们树立一个君主，是用来和天地相配称，管理我们的。那些贤圣的帝王、英明的君主，考察起来大概都是如此。了解天地间不可缺乏粮食，所以委屈自己来奉献给百姓；懂得天下百姓不可以没有君主，所以不得不莅临管理他们。国家有时发生灾难的话，那么就靠亲戚藩臣来稳定它的倾覆，朝廷君主有时要更替的话，那么宗族的贤人就来继承他的位置。以此来弘扬振兴远古的风俗，巩固万世基业。三皇五帝以来，没有不是这样做的。

臣刘琨、段匹磾顿首顿首，死罪死罪。我们高祖宣皇帝开创基业、授予王命，世祖武皇帝才缔造了我们这个国家，宣帝、景帝、文帝三世的业绩和日月星辰的光芒一样，四世武帝又继承了先王的业绩。他们的恩惠光泽可以和虞舜比美，占卜享国的年数则超过了周朝。但从元康以来，灾难祸患多次发生，永嘉年间，灾祸更加深重。帝位失去控制，怀帝死于蛮夷之中。国家危急，君主被臣下挟持，大权旁落。依赖先祖的惠德和宗庙的神灵，皇位已经继承建立，先祖的传统美德已得到彰明。接受英明的教诲，衷心信服贤能的哲人，崇高的品质小时候就已经显扬，良好的声誉很早就已传播。冢宰执掌国家纲纪，文武百官辅佐皇上治理，整个国家都盼望中兴繁荣的美好前景，所有百姓都怀抱着从疾苦中获得新生的愿望。没想到老天爷不追悔已发生的灾祸，大的灾难又重新来到，人民还没有忘记灾难，敌寇的侵害又兴起了。叛逆的胡人刘曜，侵犯长安，像犬羊一样任意践踏，欺凌虐害都城人民。我们使人奉表还都，仍承袭西朝，在去年十一月没能守住，愍帝被囚禁挟持，又一次落入叛逆手中，国家神明之器遭到洗劫，先后两次为逆贼刘曜所辱。臣等每当浏览历史典籍，考察前事，厄运之极，古今未有。我们这些暂且生活在这块土地上的生命，没有不伤心欲绝、痛哭不已的。何况我们这些臣子，承受皇帝恩宠已有三代，官位已达到司空，一提到这些事，心神不宁，魂灵都要飞走了，悲伤哀痛、怨恨叹息，五情不能自主。整个国家都为皇上遇难而哀伤，所有老百姓都在极其悲痛地无声哭泣。

臣刘琨、段匹磾顿首顿首，死罪死罪。臣等听说黑夜与光明交替为用，顺逆穷通互相影响，上天的旨意没有改变，天道一定会有归处。或因多难而使邦国得到巩固，或因焦虑而能开启君主圣明。齐国因有公孙无知的祸患，齐桓公做了五霸之首；晋国因有骊姬的祸难，晋文公当了诸侯的盟主。国家还没有安定，一定会有匡扶其危急的人；老百姓几乎灭绝，一定会有继承其事业的人。陛下您崇高的品质和神明相通，神圣的姿容与天地相吻合。符合命代继世的时机，承继千载不衰的命运。祥瑞征兆的显示，您一定会获得上天的验征；国家中兴的吉兆、符命占验的书会垂范后世。自国都周围陷落后，国土分崩离析，天下百姓忧心忡忡，没有什么可以寄托，即使有夏遇到夷羿之侵，宗姬遭受犬戎之祸，都没有像今天这样严重。陛下您安抚江东，国土包括原来的吴国，用道德来降服臣民，用刑法来惩戒叛逆，提高您的英明威望来震慑异类，仰仗大顺之德来整肃国家。美善的德政一旦施行，那么全国之人就会归心于你；道义的风气一旦畅通，那么远方之人就会企踵仰慕您。百官理事有序不紊，四方之门和睦相处。从前夏朝有过少康中兴，夏书传为美谈；周代宣王时也有过中兴，周诗中有美好的记载。何况丰功伟绩感通上天，圣教光辉照耀四海，百姓仰慕不已，没有不欢欣鼓舞、感恩戴德的。声威和教化一起施行，谁都愿做顺民臣子了！况且宣皇的继承者，唯有陛下您，众望所归，不曾有第二个。上天赐福晋国，一定会有君主，主持晋国祭祀的，不是陛下您还有谁呢？因此，近的地方没有不同的言论，远的地方没有不同的愿望；歌颂的人没有不吟唱您高明的谋略，打官司的人没有不想着您的大恩大德。天和地的边际已经交合，国家已经统一，中原和四方民众感情和美。一只角的野兽、纹理相连的树木，这些认为是好兆头的东西，大概有上百之多。中原之人、边地之民异口同声称道您的，不知有多少万人。因此臣等根据天地民众之心、按照华夏民族的人心所趋，冒着死罪请求您加上尊号。希望陛下您存有舜禹一心为公的情操，不必抱着巢父、许由推不受官的气节，以国家大事为重，不要拘泥于小的礼节；以天下百姓为忧，不必过于克制谦让。这样在上可以告慰先祖神灵的顾念之情怀，在下可以满足天下百姓仰首倾慕之希望，这就是前人所说的在枯萎的枝条上开出茂盛灿烂的花朵，在腐朽的骨肢上长出丰腴的肌肤，神灵和人民获得安宁，真是荣幸得很！

臣刘琨、段匹磾顿首顿首，死罪死罪。臣等听说尊贵的帝位不能长久虚空，国家政务不能长久耽误。虚空一天，尊贵的帝位就会丧失；荒废几日，国家政务就会紊乱。现在正当社会动荡的衰世，又遇上祸难厄运，狡猾的敌人在伺机而动，想趁机而入。老百姓因帝位空虚而心情动荡不安，失去了依靠和寄托，怎么可以荒废皇位而不矜恤百姓呢？陛下你迟疑不决，怎么对得起列祖列宗，又怎么对得起老百姓？从前晋惠公被秦国俘获，晋国上下震惊不已。晋臣吕甥和郤乞商议，想拥立太子圉继位，对外可以灭绝敌人的图谋，对内可以巩固全国人民的感情，所以说：“丧失了国君，又树立了国君，群臣上下和协亲睦，拥护我们的人得到勉励，反对我们的人感到害怕。”不忘记前代的事，后世就可以用作借鉴。陛下您的英明可以跟日月相并列，没有昏暗不可以照亮的，陛下胸中一定有着深谋远虑。臣等不能克制效忠国家忧虑民生的情怀，慢慢看到人民和神灵亨通安泰的前途，因此陈述我们对陛下的一片忠心，希望陛下知道。我们每个人坚守一方重任，服职在很远的地方，不能亲自陪同陛下站在宫廷里，一起观赏加冕盛典，欢欣鼓舞的心情难以言说，往南望去激动万分。谨上此表。臣刘琨派遣兼左长史、右司马臣温峤，主簿臣辟闾训；臣段匹磾派遣散骑常侍、征虏将军、清河太守、领右长史、高平亭侯臣荣劭，轻车将军、关内侯臣郭穆奉呈此表。臣刘琨、段匹磾等顿首顿首，死罪死罪。

【评析】

建兴五年三月，西都洛阳失守，愍帝遇害，元帝司马睿称制江左，刘琨就在这时写了劝进表，遣长史温峤等到建业（今南京）联名劝进上尊号。此表共五段。第一段点明刘琨、段匹磾进表之事。第二段概述社稷必有其主的道理。第三、四、五段是文章重点部分。第三段回顾晋朝建立以来的情况，突出写“艰祸繁兴”、寇害不断的动荡局势，进而写西都不守，主上幽劫，国家失去了君主的惨痛现实。这就为劝进提供了客观的根据。四、五两段主要写对司马睿本人的“劝进”。一方面写司马睿安定江左的功绩及其“应命代之期，绍千载之运”的机遇；另一方面写他为宗室的后代，是所谓“惟有陛下，亿兆攸归，曾无与二”。这样，无论从哪方面说，“劝进”都是必要的。这篇表奏既回顾历史，更重视现实，情辞恳切，忧国忧民，感人肺腑。元帝看了以后十分赞赏。

卷第三十八

表下

为吴令谢询求为诸孙置守家人表一首

作者：张士然　　注译评析：毛毓松

臣闻成汤革夏而封杞[①]，武王入殷而建宋[②]。春秋征伐，则晋修虞祀，燕祭齐庙[③]。夫一国为一人兴，先贤为后愚废，诚仁圣所哀悼而不忍也。故三王敦继绝之德[④]，春秋贵柔服之义。昔汉高受命[⑤]，追存六国，凡诸绝祚，一时并祀。亲与项羽对争存亡，逮羽之死，临哭其丧；将以位尝侔尊[⑥]，力尝均势，虽功夺其成，而恩与其败；且暴兴疾颠[⑦]，礼之若旧，残戮之尸，乃以公葬。若使羽位承前绪，世有哲王，一朝力屈，全身从命，则楚庙不隳，有后可冀。

伏惟大晋应天顺民，武成止戈。西戎有即序之人，京邑开吴蜀之馆[⑧]，兴灭加乎万国，继绝接于百世。虽三五弘道[⑨]，商周称仁，洋洋之义，未足以喻。是以孙氏虽家失吴祚[⑩]，而族蒙晋荣，子弟量才，比肩进取。怀金侯服[⑪]，佩青千里[⑫]。当时受恩，多有过望[⑬]。臣闻春雨润木，自叶流根，鸱鸮恤功[⑭]，爱子及室。故天称罔极之恩[⑮]，圣有绸缪之惠。

追惟吴伪武烈皇帝[⑯]，遭汉室之弱，值乱臣之强，首唱义兵，先众犯难[⑰]，破董卓于阳人[⑱]，济神器于甄井[⑲]，威震群狡[⑳]，名显往朝[㉑]。桓王才武[㉒]，弱冠承叶，招百越之士[㉓]，奋鹰扬之势，西赴许都[㉔]，将迎幼主[㉕]；虽元勋未终，然至忠已著。夫家积义勇之基，世传扶危之业，进为徇汉之臣，退为开吴之主。而蒸尝绝于三叶[26]，园陵残于薪采[27]，臣窃悼之。

伏见吴平之初，明诏追录先贤[28]，欲封其墓，愚谓二君并宜应书[29]。故举劳则力输先代，论德则惠存江南，正刑则罪非晋寇，从坐则异世已轻[30]。若列先贤之数，蒙诏书之恩，裁加表异，以宠亡灵，则人望克厌[31]，谁不曰宜？二君私奴，多在墓侧，今为平民。乞差五人，蠲其徭役[32]，使四时修护颓毁，扫除茔垄[33]，永以为常。

【作者简介】

张悛，生卒年不详，字士然，西晋吴人，晋惠帝元康年间（291—299）任太子庶子。

【篇旨】

此表通过为吴国诸孙置守冢人的论述，表达作者对吴国先贤的崇敬和怀念。

【注释】

① 成汤：即商汤王。夏：夏朝。杞：国名，汤灭夏后封其族人于杞。

② 武王：即周武王。殷：商朝。宋：国名，周武王灭商后封微子于宋。

③ 晋、虞、燕、齐：皆春秋时国名。

④ 三王：指夏禹、商汤、周文王；一说夏禹、商汤和周代文王、武王。

⑤ 汉高：指汉高祖刘邦。

⑥ 侔：齐、相等。

⑦ 颠：颠仆、失败。

⑧ 西戎：居于我国西部的少数民族。序：指朝聘之次序。京邑：指西晋都城洛阳。

⑨ 三五：三王五帝。

⑩ 孙氏：指吴国的孙权、孙皓。

⑪ 金：指金印。

⑫ 青：指青绶，喻做官。

⑬ 过望：谓恩厚。

⑭ 鸱鸮：鸟名。恤：忧。功：事。言小鸟忧鸱鸮毁其室。《诗经·豳风·鸱鸮》："鸱鸮鸱鸮，既取我子，无毁我室。"

⑮ 罔：无。

⑯ 武烈皇帝：指孙权父亲孙坚，孙权称帝后追尊其父为武烈皇帝。

⑰ 犯难：冒险而进。

⑱ 阳人：地名，即阳人聚，在河南临汝西。

⑲ 神器：指传国玺。甄井：井名。《吴志·孙坚传》注谓孙坚驻军于洛阳城南的甄官井上，见有五色气，派人入井探得汉传国玺。

⑳ 群狡：指董卓之徒。

㉑ 往朝：指汉朝。

㉒ 桓王：指孙策，孙坚之子，少年英俊，曾率领军队渡江转战，在江东建立政权，死时年仅二十五岁。孙权称帝后，封其兄为长沙桓王。

㉓ 百越：泛指南越各地。

㉔ 许都：即许昌（今属河南），曹魏都城。

㉕ 幼主：指汉献帝。

㉖ 三叶：指孙坚、孙策、孙权父子兄弟相承共三代。

㉗ 薪采：砍伐树木。

㉘ 诏：指晋武帝所下的诏令。

㉙ 愚：谢询自谓。二君：指孙坚、孙策。

㉚ 从坐：论罪。坐，获罪。事指吴末帝孙皓因暴虐无道，被晋武帝下令讨伐。

㉛ 克：能。厌：满足。

㉜ 蠲：免。

㉝ 茔垄：坟墓。

【语译】

我听说商汤王灭了夏朝而封其后代于杞，周武王灭了商纣王而封微子于宋。春秋征伐，晋灭掉虞祀，燕昭王使乐毅打败齐国而在燕国祭供齐国的宗庙。一个国家因为有了一位圣贤而得到兴盛，而使国家兴盛的先贤又为后来的愚君所废，实在是仁人圣贤所哀痛而不愿看到的。所以夏商周三代有赐封继绝的厚德，春秋贵重以德服人，不使其后代灭绝。以前汉高祖发布命令，追存战国时六个诸侯国的后代，凡其已断绝供奉祖宗香火的，都要同时修祀作祭。高祖亲自与项羽进行过你死我活的争战，等到项羽自刎而死，面对尸体而哭，是因为地位与他相等，力量跟他相当，虽然高祖获得了成功，而恩惠还是施及失败了的项羽。而且项羽只是突然兴起，猝然而亡，尚且以礼相待如同六国诸侯，被杀戮的尸体，竟以鲁公之礼而葬。假使项羽承袭诸侯余绪，每代都有明哲之王，一时势力不济，为保全身家性命而归顺大汉，那么为他建的庙就不会被废除，后代也有祭祖的希望。

敬思我们大晋，应着天意、顺着民心，平定天下。西戎有朝聘之人，京城建立了接待吴、蜀后裔的馆舍。重新振兴已亡的万国，重新接续已断了的百世。即便是三王五帝所弘扬的帝王之道，商周所称誉的仁德，那种广大的美德，也不足为比。所以孙氏虽失去其吴国的君位，而其族人却享受晋朝的荣耀，其子弟按照才能，不断地被任用，怀着官方金印，穿着封侯之服，佩带青绶，封疆千里。那时受恩，大多优厚。我听说春雨润泽树木，从树叶流向树根；小鸟忧虑的事，是它的窝被鸱鸮毁坏。所以上天有无穷的恩德，圣主有深厚的恩惠。

追念吴国伪武烈皇帝孙坚，正当汉室削弱、乱臣逞强之际，他首先倡导起义的军队，率先冒险进攻，击败董卓于阳人，从甄官井获得汉传国玺。威震董卓之军，名声扬于汉朝。桓王孙策英才威武，年纪轻轻就继承父业。招募百越兵士，奋举之势如鹰之展翅，往西奔赴许昌都城，去迎接幼主汉献帝，虽然大功未成，但赤诚之心已经显露。孙氏一家有大义大勇的优良传统，匡扶汉室的功业每代相传，进为徇难于汉的臣子，退为开创吴国的君主。然而酒肉之祭已经断了三代，陵墓前的树木受到砍伐摧残，我很痛心。

在吴国刚被平定的时候，我见到有诏令下达，要追录吴国先贤，打算加封祭扫他们的坟墓。我认为孙坚、孙策二位国君应该刻上他们的名字。所以若论功劳，他们效力于汉代；若论德行，他们有恩于江南。从执行刑罚来说，他们在汉魏时的征伐并不构成晋寇；从晋朝征讨孙皓来说，已离先贤时代很远，不必罪及先贤。若是能列出先贤的名单，并据诏书中所赐恩惠，略加裁定以明区别，以此来尊宠亡灵，那么人们的期望就能满足，还有谁说不合适的呢？坚、策二君的私奴大多居于墓侧，今已为平民。请差拨五人，免除他们的徭役，使一年四季修复倒塌之处，清扫坟墓，永远以此作为他们的日常工作。

【评析】

这篇奏表是作者为在吴地做县令的谢询所作，目的在于为吴国建立过功业的孙氏先贤安置守冢人，以表示作者对孙氏先贤的崇敬之情。文章采取由远而近、由外到内的论述方式。从夏商周三代的“兴灭”“继绝”说到“春秋贵柔服之义”。接着引进刘邦与项羽之争，刘邦“虽功夺其成，而恩与其败”。这些都在说明在世君主要为亡国之君的后代施仁德，建庙修祀，以便他们“继绝”。然后转入正题。大晋之初，也曾为孙氏族人提供过优厚的条件，让“子弟量才，比肩进取”，以至“怀金侯服，佩青千里”。这些论述都为孙氏先贤置守冢人提供依据。文章的后半部分着重论述了孙坚、孙策二君的功德。他们虽未竟大业，但在匡扶汉室、开创吴国中作出了重大贡献，无论于汉于吴，都有功有德，因此认为二君之墓，“并宜应书”，请求为他们安置守冢人。文章的意图虽在于置守冢人一事，但实际上借此以表达作者对吴国先贤的崇敬之情和深切之念。

让中书令表一首

作者：庾元规　　注译评析：毛毓松

臣亮言：臣凡庸固陋，少无检操[①]。昔以中州多故[②]，旧邦丧乱，随侍先臣[③]，远庇有道[④]，爰客逃难[⑤]，求食而已。不悟缴时之福[⑥]，遭遇嘉运。先帝龙兴[⑦]，乘异常之顾，既眷同国士，又申之婚姻[⑧]。遂阶亲宠[9]，累忝非服[10]。弱冠濯缨[11]，沐浴玄风[12]，频繁省闼[13]，出总六军[14]。十余年间，位超先达，无劳被遇，无与臣比。小人禄薄，福过灾生，止足之分，臣所宜守。而偷荣昧进，日尔一日，谤讟既集[15]，上尘圣朝。始欲自闻，而先帝登遐[16]，区区微诚，竟未上达。

陛下践祚[17]，圣政维新，宰辅贤明，庶寮咸允[18]，康哉之歌，实在至公。而国恩不已，复以臣领中书。臣领中书，则示天下以私矣。何者？臣于陛下，后之兄也[19]。姻娅之嫌[20]，实与骨肉中表不同[21]。虽太上至公[22]，圣德无私，然世之丧道，有自来矣。悠悠六合[23]，皆私其姻者也。人皆有私，则谓天下无公矣。是以前后二汉，咸以抑后党安，进婚族危。向使西京七族[24]、东京六姓皆非姻党[25]，各以平进，纵不悉全，决不尽败。今之尽败，更由姻昵。臣历观庶姓在世，无党于朝，无援于时，植根之本，轻也薄也。苟无大瑕[26]，犹或见容。至于外戚，凭托天地，势连四时，根援扶疏[27]，重矣大矣。而财居权宠，四海侧目，事有不允，罪不容诛，身既招殃，国为之弊。其故何邪？直由婚媾之私，群情之所不能免，故率其所嫌[28]，而嫌之于国。是以疏附则信[29]，姻进则疑，疑积于百姓之心，则祸成重闼之内矣[30]。此皆往代成鉴，可为寒心者也。

夫万物之所不通，圣贤因而不夺，冒亲以求一才之用，未若防嫌以明公道。今以臣之才，兼如此之嫌，而使内处心膂[31]，外总兵权，以此求治，未之闻也；以此招祸，可立待也。则虽陛下二相[32]明其愚款[33]，朝士百寮颇识其情，天下之人，何可门到户说，使皆坦然邪？夫富贵宠荣，臣所不能忘也；刑罚贫贱，臣所不能甘也。今恭命则愈，违命则苦，臣虽不达，何事背时违上，自贻患责邪？实仰览殷鉴，量己知弊，身不足惜，为国取悔，是以悾悾[34]，屡陈丹款。而微诚浅薄，未垂察谅，忧惶屏营[35]，不知所厝[36]。以臣今地，不可以进明矣。且违命已久，臣之罪又积矣。归骸私门，以待刑书。愿陛下垂天地之鉴，察臣之愚，则虽死之日，犹生之年矣。

【作者简介】

庾亮（289—340），字元规，东晋颍川鄢陵（今河南鄢陵西北）人，出身世家大族，历任元帝、明帝、成帝三朝，由中书郎累迁至中书监，太宁三年（325）任中书令，执掌朝政，他是玄言诗的代表作家之一，诗无可取，而奏表尚佳。有集二十一卷，已佚。《晋书》有传。

【篇旨】

此表论述姻亲之嫌、后党之结所造成的危害，以表明自己不愿以姻亲来谋取高位的心迹。

【注释】

① 检：约束。

② 中州：指洛阳一带。

③ 先臣：谓其父。

④ 有道：指元帝。

⑤ 爰：于。

⑥ 缴：同“邀”。

⑦ 龙兴：即中兴。

⑧ 申：申述、表明。

⑨ 阶：凭借。

⑩ 忝：辱。服：任。

⑪ 濯缨：指入仕做官。

⑫ 玄风：天子之德教。

⑬ 省闼（tà）：宫中、禁中。

⑭ 总：总领。六军：天子有六军。

⑮ 讟（dú）：怨言。

⑯ 先帝：指元帝司马睿。登遐：去世。

⑰ 陛下：指明帝司马绍。践祚：登位。

⑱ 寮：官。允：诚信。

⑲ 后：指明穆皇后，与庾亮为兄妹。

⑳ 姻娅：指妻族的亲戚。

㉑ 中表：表兄弟。

㉒ 太上：太古无名之君。

㉓ 六合：天地四方。

㉔ 七族：指西汉吕氏、霍氏、上官氏、赵氏、丁氏、傅氏、王氏。

㉕ 六姓：指东汉章德窦后、和熹邓后、安思阎后、桓思窦后、顺烈梁后、灵思何后。

㉖ 瑕：毛病、过错。

㉗ 扶疏：草木繁盛、纷披之状。

㉘ 率：循、从。

㉙ 疏附：率臣下亲附国君。

㉚ 重闼：宫门。

㉛ 膂（lǚ）：脊骨。

㉜ 二相：指王敦、王导左右丞相。

㉝ 款：诚。

㉞ 悾（kōng）悾：诚恳的样子。

㉟ 屏营：恐惧。

㊱ 厝：置。

【语译】

臣庾亮进言：我平庸固陋，年轻时不够约束检点，缺乏礼节。过去因中州多故，旧邦丧乱，随从先父离家到外地客居，逃难求食罢了。没想到现在会遇到好时机，碰上了好运气。先帝中兴，给我带来特殊的照顾，既爱重我如同国士，又结成了姻亲关系。于是靠着这种关系获得宠爱，多次给我力不能胜的重任。少登仕途，沐浴天子德教清风。频繁出入宫中，出征总领天子六军。十多年来，职位已超过前头做官的人，没有功劳而受恩遇，没有谁能与我比。然而我本是德少禄薄的人，厚福一过灾难必生，止于满足才是本分，我应该守此而不忘。我私自贪图荣禄地位，日复一日，怨言已经很多，损害了圣朝的清明。当初我想跟先帝陈明此事，而先帝仙逝，我这一点诚意，就没能传达上去。

陛下登位以来，政教法令改旧维新，宰辅大臣贤明有德，百官都很诚信，唱着大舜时君明臣良的康哉之歌，实在是至公无私。国恩不断，又让我做中书令。我做中书令，就等于告诉天下以权谋私。为什么呢？因为我与陛下的关系是皇后之兄，与陛下结亲的嫌疑跟中表兄弟不同。虽然陛下如同太上至公之君，圣德无私，但王朝由此而失道，由来已久。从有天地四方以来，历代王朝无不私其姻亲。如果人都有私心，那么天下就没有公道。所以西汉和东汉都以抑制妻族之党而向前发展，都因结成妻族之党而遭亡国。如果西汉七族、东汉六姓都不联婚结党，各按通常的规定用人，纵然不能都保全自己，也绝不会全都败亡。现在全都败亡，便是由于王室以姻亲所致。我从历代观察得知，与王族无亲的一般人执政，没有在朝中结党的，没有向当时的皇亲国戚求援的，是因为他自身地位轻微，无党可结。只要不是有大错，仍能为人所容。至于外戚，依凭天子皇后的地位，不论何时都可依赖权势，这是因为盘根错节，可依赖的权势太重太大了。他们一旦居位掌权而得宠，天下之士侧目而惧，办事稍有不允当的，就给他们定罪处以死刑，自身既遭祸难，而国家也弄得破败。这是什么缘故呢？只是因为他们是皇上私亲，人们激愤情绪很难避免，所以顺着私人的嫌疑，进而嫌疑于国。所以率臣下亲附国君就能诚信，由婚姻之亲而用人就被怀疑，怀疑积聚于百姓的心里，就会在王室之内造成祸难了。这都是前代留下的明鉴，真是令人感到可怕的啊！

事物之间不以私亲相沟通，贤圣之君因此而不夺其位；借用亲戚之名以求得一才之用，不如防备嫌疑以明公正之道。现在凭着我这样的一点才德，又有着皇后之兄的嫌疑，而使我在朝内成为主管天子政令的重臣，在朝外又总领天子的兵权，以此求得天下太平，还没有听说过；以此招致灾祸，就会很快到来。虽然陛下的两位宰辅王敦、王导明白我的愚诚，朝士百官也很了解我的心意，但天下的士人百姓，怎么能逐门逐户去说清而使他们不生疑虑呢？富贵宠荣，我是想要得到的；刑罚贫贱，我是不愿甘心承受的。现在恭听尊命就能得到好处，违反君命就会吃尽苦头，我虽不明白事理，但为什么要违背君命，给自己带来忧患而遭到谴责呢？实在是因为我看到前代的历史教训，衡量自己就懂得弊端，自身不值得怜惜，唯恐给国家带来灾祸。所以心里悾悾然，多次陈述我的忠心。然而我的诚心不够深广，未能取得陛下的信任，忧惧惶恐，不知所措。按我现在这种情况，不可能任中书令之职已很清楚。而且违反君命已久，我的罪又要加多了。我准备把尸骨运回家中，只等待着刑法的判决。希望陛下大鉴，了解我的一片诚心。我虽死犹生。

【评析】

与皇帝联姻，结成后党，造成外戚专权，这是历史上一些王朝失败的重要原因。庾亮是东晋明穆皇后之兄，与皇帝关系很亲。他有鉴于此，认为不宜接受中书令的任命。此官直接承受皇帝的旨意办事，权力很大，很容易被人怀疑，产生不信任的态度。庾亮为此而“屡陈丹款”，而皇上“未垂察谅”，故又作此表以让。文章先陈述与皇上的姻亲关系，表示“十余年间，位超先达”，已感满足。然后文章重点论述姻娅之嫌、后党之结，是造成家族不幸和国家危亡的重要原因，并以前后二汉由于外戚专权而造成的亡国的历史教训来加以证明，希望皇上改变自己的态度：“冒亲以求一才之用，未若防嫌以明公道。”最后表明自己“违命”的一片诚心，如能“察臣之愚，则虽死之日，犹生之年矣”。这篇表奏寓论于史，义深情长，用典不多，辞气通畅，有较强的感染力与说服力。

荐谯元彦表一首

作者：桓元子　　注译评析：毛毓松

臣闻太朴既亏[①]，则高尚之标显；道丧时昏，则忠贞之义彰。故有洗耳投渊[②]，以振玄邈之风；亦有秉心矫迹，以敦在三之节[③]。是故上代之君，莫不崇重斯轨，所以笃俗训民，静一流竞。伏惟大晋，应符御世，运无常通，时有屯蹇④，神州丘墟，三方圮裂。兔罝绝响于中林⑤，白驹无闻于空谷⑥，斯有识之所悼心，大雅之所叹息者也⑦。

陛下圣德嗣兴⑧，方恢天绪。臣昔奉役⑨，有事西土。鲸鲵既悬⑩，思宣大化，访诸故老，搜扬潜逸，庶武罗于羿浞之墟⑪，想王蠋于亡齐之境⑫。窃闻巴西谯秀⑬，植操贞固，抱德肥遁⑭，扬清渭波⑮。于时皇极遘道消之会⑯，群黎蹈颠沛之艰，中华有顾瞻之哀，幽谷无迁乔之望。凶命屡招，奸威仍逼⑰，身寄虎吻，危同朝露。而能抗节玉立，誓不降辱，杜门绝迹，不面伪庭⑱。进免龚胜亡身之祸⑲，退无薛方诡对之诚⑳。虽园绮之栖商洛㉑，管宁之默辽海㉒，方之于秀，殆无以过，于今西土，以为美谈。

夫旌德礼贤，化道之所先；崇表殊节，圣哲之上务。方今六合未康，豺豕当路，遗黎偷薄，义声弗闻，益宜振起道义之徒，以敦流遁之弊。若秀蒙蒲帛之征㉓，足以镇静颓风，轨训嚣俗，幽遐仰流，九服知化矣㉔！

【作者简介】

桓温（312—373），字元子，东晋谯国龙亢（今安徽怀远西北）人，明帝司马绍女婿，拜驸马都尉，历任安西将军、荆州刺史、征西大将军、大司马。善为檄文表疏，《文心雕龙》称其檄文为“壮笔”，表疏则以《荐谯元彦表》较为有名。原有集四十三卷，已散佚。《晋书》有传。

【篇旨】

通过对谯秀的推举，说明在乱世之时尤当重用“笃俗训民”的贤士，以维护教化之道。

【注释】

① 太朴：大道。

② 洗耳：指许由。尧让天下于许由，许由却遁耕于颍水，以河水洗耳，表示不愿顾问世事。投渊：指务光，商汤王以天下让务光，务光不受，遂自沉于庐水。

③ 在三之节：指报恩于君、父、师。《国语·晋语》："民生于三，事之如一，父生之，师教之，君食之。"

④ 屯蹇：本是《周易》二卦名，意谓艰难不顺利。

⑤ 兔罝（jū）：兔网。《诗经·周南·兔罝》："肃肃兔罝，施于中林。"

⑥ 白驹：白马，此喻贤者。《诗经·小雅·白驹》："皎皎白驹，在彼空谷。"

⑦ 大雅：指才德之士。

⑧ 陛下：指穆帝司马聃。

⑨ 奉役：指桓温征蜀，讨伐叛贼李势。

⑩ 鲸鲵：鱼名，喻不义之人。

⑪ 武罗：夏代有穷氏国君羿的贤臣，而为羿所抛弃。羿不修民事，而为家臣寒浞所杀，取代其国。

⑫ 王蠋（zhú）：战国时齐国人，燕国军队攻入齐国，闻其贤而以武力胁迫做燕将，遭到拒绝，又因谏齐王而不听，在两头为难之际，遂"经其颈于树枝"，自缢而亡。

⑬ 谯秀：字元彦，巴西（今四川境内）人，魏晋名人谯周的孙子，不与俗交，躬耕山泽，隐居不仕。桓温平蜀，上表荐秀。

⑭ 肥遁：隐逸避世。

⑮ 渭：水名，泾清渭浊，喻不与俗世为伍。

⑯ 皇极：帝王之位。道消：指国家失去治道。

⑰ 凶命、奸威：指乱贼李雄、李寿等人逼迫谯秀入仕做官，而遭谯秀拒绝。

⑱ 伪庭：指李雄所立之朝廷。

⑲ 龚胜：西汉末年人，王莽秉政，归隐乡里。莽遣人征召，拜上卿，不受，说："旦暮入地，岂以一身仕二姓？"绝食而死。

⑳ 薛方：与龚胜同时人，王莽遣人迎方就官，方对使者说："尧舜在上，

下有巢许，今明主方隆唐虞之德，亦犹小臣欲守箕山之节也。”莽悦其言而不勉强征召。

㉑ 园绮：商山四皓中的东园公和绮里季，避秦时乱世，入商洛深山。

㉒ 管宁：三国时魏人，不慕富贵，志向高洁，汉末避乱居辽东三十七年。

㉓ 蒲：指蒲车，以蒲裹轮，使行车安全。帛：指束帛之礼。

㉔ 九服：古代天子所居京都以外的地方分为九等，此喻全国。

【语译】

我听说天下大道已经亏损，就会有隐逸高尚之士表露于世；国家丧乱、政治昏暗，就会表现出尽忠守节的道义。所以有洗耳投渊的隐逸君子，来振兴太古淳朴的风气；也有持正不随流俗的士人，努力使君臣父子关系变得淳厚。所以前代的君主，都很雅崇这种高尚的行为，用它来使风俗变得淳厚，使人民得到教化，使社会安闲无事而不为之奔逐。想我大晋，应验符瑞而统治天下，命运并非一直顺通美好，时势常有艰难不顺。国都已成丘墟，国土四分五裂。田猎逸乐不再出现在林中，美好的白驹已绝迹于空谷。这就是有识之士为之痛心、大雅君子为之叹息的原因。

陛下贤明有德，继承帝位，正好要弘扬帝王之业。我过去奉命受遣，带兵征蜀。叛逆之人已悬首受诛，就想到要在那里广布教化。我向阅世老人访问请教，以寻求隐逸君子，似在羿浞的废墟上希望能得到武罗这样的贤人，似在快要灭亡了的齐国境内能求取王蠋这样的忠臣。我听说巴西谯秀，志行节操坚贞不贰，守志隐居，激浊扬清。当时帝王之位遇上乱世而失控，有百姓在颠沛流离中生活，中原有自顾不暇、难以为继的悲哀，避世的贤人君子不可能有乔迁的希望，李雄等乱臣贼子多次征召谯秀出来做官，以威势相逼迫，谯秀如同置身于虎口，其危险之状又如早晨的露水顷刻就灭。然而谯秀能坚持高尚气节，誓不降敌受辱，闭门不出，不面向伪庭。他既不像龚胜那样违命而求一死，也不学薛方美言贼臣以求隐退。即使东园公、绮里季藏身商洛深山，管宁避居辽东数十年，比之于谯秀，大概也没有超过他的坚贞之德，直到今天，西蜀之人还传为美谈。

表彰德行、优待贤士，是推行教化的先决条件；崇尚发扬气节异行，是圣主贤哲的头等事情。目前天下尚未康宁，乱臣贼子横行无忌，百姓偷安求生，道义之声无闻，更应该起用懂道义的人，以改变时俗的弊端。如果以蒲饰之车，束帛之礼去征得谯秀，一定能够整肃坏的风气，扭转不好的习俗，远方之人仰慕时贤，四海之内都知道接受教化了。

【评析】

这篇奏表首先提出一个总的观点，即上代之君为了挽救衰世之风，常常推崇隐士贤人，以此来“笃俗训民”，使衰世之风转为淳厚。作者所处的时代正是一个“运无常通，时有屯蹇，神州丘墟，三方圮裂”的时代。社会动荡不安，世风颓败，已使有识之士为之“悼心”，文章是在这种特定的社会环境下提出荐贤士的。接着文章很自然地提出所要推荐的贤士谯秀，具备扭转颓风的气质品行。先用三句话概述其品德，即“植操贞固，抱德肥遁，扬清渭波”，然后写他在乱臣贼子的逼迫下如何“抗节玉立”。为了突出他的品行气节，又与龚胜、薛方、东园公、绮里季、管宁进行对比，“方之于秀，殆无以过”。文章最后忠告统治者，要使谯秀得到“蒲帛之征”，这样才真正能达到“幽遐仰流，九服知化”。这篇文章主要是通过环境渲染和对比衬托来突出被荐人的品德，使文章更具有说服力。

解尚书表一首

作者：殷仲文　　注译评析：毛毓松

臣闻洪波振壑，川无恬鳞；惊飙拂野，林无静柯[①]。何者？势弱则受制于巨力，质微则莫以自保。于理虽可得而言，于臣实所敢喻[②]。昔桓玄之世[③]，诚复驱迫者众，至于愚臣，罪实深矣！进不能见危授命，忘身殉国；退不能辞粟首阳④，拂衣高谢。遂乃宴安昏宠⑤，叨昧伪封⑥，锡文篡事⑦，曾无独固。名义以之俱沦，情节自兹兼挠⑧，宜其极法，以判忠邪。镇君臣裕⑨，匡复社稷，大弘善贷⑩，伫一戮于微命，申三驱于大信⑪，既惠之以首领，复引之以絷维。于时皇舆否隔⑫，天人未泰，用忘进退，惟力是视，是以僶俛从事⑬，自同全人。今宸极反正⑭，惟新告始，宪章既明，品物思旧。臣亦胡颜之厚⑮，可以显居荣次？乞解所职，待罪私门。违谢阙庭，乃心愧恋。谨拜表以闻，臣某云云。

【篇旨】

此表通过自解尚书之职，对其错误进行辩白。

【注释】

① 柯：枝茎。

② 实：下当补“非”字。

③ 桓玄：桓温之子，曾以武力迫东晋安帝让位，自称楚帝。后为刘裕所杀。

④ 首阳：山名，在今山西永济境内，传为伯夷叔齐饿死不食周粟处。

⑤ 宴安：安逸。

⑥ 伪封：指桓玄封仲文为东兴公。

⑦ 锡文：指颁布诏命一类文告。

⑧ 挠：屈。

⑨ 镇君：将军名号，指宋高祖刘裕，曾起兵讨伐桓玄，兴复晋室，后自立为帝，国号宋。

⑩ 贷：宽免。

⑪ 三驱：三面驱禽，放开一路，即宽容之意。《周易·比卦》:“王用三驱，失前禽。”

⑫ 否隔：闭塞不通。

⑬ 僶（mǐn）俛：努力、奋勉。

⑭ 宸极：指皇位。

⑮ 胡：何。

【语译】

我听说洪波振动沟壑，水中游鱼就不安宁；狂风刮向山野，林中的树枝就会摇动不止。为什么呢？势单力薄就会被巨力所制约，体微质弱就不能保全自身。从道理上可以这么说，而对于我却不敢以此为喻。过去桓玄为政之时，确实为他驱迫做事的人很多，至于我（因与他有亲），所犯的过错就更大了。进不能临危献身，为国殉难；退不能不食周粟、隐于首阳，向桓玄拂衣而别。于是安于逸乐富贵，贪图桓玄给我的封赐。皇上颁布诏令，桓玄篡夺权位，我亦从众，不能固守其节。在名分道义上俱已沦丧，在感情气节上从此也都摧折。应该受此极刑，借此分清忠正与邪恶。镇君臣刘裕，匡扶晋室，弘扬道义，宽免罪人，使我得以保存性命，使宽大诚信之义得到伸张，既施给我免致杀头的恩惠，又保留我尚书的职位。当时天子被臣下挟持，天道人事未能通畅，我忘了进退之理而没有辞去尚书的职位，只因为当时我把精力都用在军旅之事上去了。所以勉力就任职位，自己如同全德之人，没有半点懈怠。现在皇上拨乱反正，新的朝政已告开始，典章制度已经颁布，用人做事必然会想到过去。我哪能厚着脸皮，再继续充任尚书的要职呢？请求解去此职，待罪家门。违旨而辞别朝廷，心里惭愧而又留恋。谨奉表使闻。

【评析】

殷仲文与桓玄有姻亲关系，桓玄叛乱，使仲文总领诏命。桓玄失败后，仲文投靠刘裕，任尚书之职。此表是在刘裕掌握朝政时所写，意在表明自己虽与桓玄有亲，为其效劳，但实出于被迫而不得已。文章开头以“洪波振壑，川无恬鳞；惊飙拂野，林无静柯”来比喻自己受制于人的处境。然后表明自己对桓玄的看法，认为自己在桓玄手下做事，是“叨昧伪封”，而刘裕讨伐桓玄，则是“匡复社稷”。接下去写刘裕宽容自己的恩惠和匡复晋室的功劳。但自己毕竟身事二主，心中有愧，所以上表请求解去尚书职务。虽为自己的过错进行辩白，但也表现了作者的勇于认错和悔改的诚恳态度。

为宋公至洛阳谒五陵表一首

作者：傅季友　　注译评析：毛毓松

臣裕言①：近振旅河湄，扬旍西迈②，将届旧京③，威怀司雍④。河流遄疾，道阻且长。加以伊洛榛芜⑤，津涂久废，伐木通径⑥，淹引时月⑦，始以今月十二日次故洛水浮桥。山川无改，城阙为墟，宫庙隳顿，钟簴空列⑧。观宇之余，鞠为禾黍⑨，廛里萧条⑩，鸡犬罕音，感旧永怀，痛心在目。以其月十五日奉谒五陵⑪，坟茔幽沦，百年荒翳，天衢开泰⑫，情礼获申。故老掩涕，三军凄感，瞻拜之日，愤慨交集。行河南太守毛修之等⑬，既开翦荆棘，缮修毁垣，职司既备，蕃卫如旧⑭。伏惟圣怀，远慕兼慰，不胜下情。谨遣传诏殿中中郎臣某⑮，奉表以闻。

【篇旨】

此表为傅亮代刘裕所作，通过拜谒五陵，抒写了对故土的思念之情。

【注释】

① 裕：刘裕，即宋公。

② 旍：同“旌”。

③ 旧京：指洛阳。

④ 司雍：司州、雍州。刘裕收复河南，置司州。因司州西连雍州，故连用。

⑤ 伊洛：伊水、洛水。

⑥ 径：道路。

⑦ 淹引：推迟。

⑧ 钟簴（jù）：编钟一类乐器。簴，悬挂编钟的木架。

⑨ 鞠：穷，尽。

⑩ 廛：市集之地。

⑪ 五陵：五座帝王陵园。据郭缘生《述征记》云，五陵指晋文帝崇阳陵、武帝峻阳陵、宣帝高原陵、景帝峻平陵、惠帝陵。

⑫ 天衢：天路，指京城。

⑬ 行：巡视。毛修之：字敬文，河南荥阳人，高祖将伐羌，修之为河南、河内二郡太守，戍守洛阳。

⑭ 蕃卫：护卫的兵士。

⑮ 殿中中郎：官名。

【语译】

臣刘裕进言：近来进军黄河边上，高举战旗往西行进，军队将至洛阳，威武之德可使司雍二州臣服。黄河水流湍急，路途险阻又长。加之伊洛二水因失修而变得荒芜，渡口通道长久废而不用，靠伐木通路，必然拖延时间。军队刚到洛阳是在本月十二日，驻扎在旧时的洛水浮桥边。山川依旧无改，城阙已成废墟，宗庙遭到毁坏，里面空有钟架一类的东西，除了宫观庙宇，所见尽是禾草。市集萧条冷清，不闻鸡犬之声，感怀昔日繁盛之时，看到现在这种样子，真是痛心极了！本月十五日拜谒了五陵，坟墓幽暗不显，百年来荒废失修。天路总算开通，拜谒祭扫的心愿终于实现，长老流泪，全军凄恻，瞻仰拜谒之日，悲愤感慨一起涌向心头。戍守洛阳的河南太守毛修之等人，已经在铲除茅草荆棘，整修毁坏的城墙，负责这方面的工作机构都已完备，守卫之职也遵循旧时的规定。圣怀宽广，既思念父祖的恩德，又使陵庙的神灵得以慰藉。不胜惶恐，谨委派传诏殿中中郎某奉表使闻。

【评析】

晋义熙十二年（416），安帝司马德宗在位之时，刘裕率军平定洛阳，命修晋五陵，并置守备。此表即陈述此事。晋自怀帝司马炽至安帝的一百多年间，洛阳故都一直被叛贼侵占骚扰，“坟茔幽沦，百年荒翳”。刘裕进驻洛阳，拜谒五陵，见此情景，痛心在目，愤慨交集。文章对五陵荒芜失修所表现出来的沉痛感情，体现了对晋代先祖和中华故土的思念之情，记事感怀，意绪怆然。虽为奏表，而实为一篇叙事抒情的散文，有较强的艺术感染力。

为宋公求加赠刘前军表一首

作者：傅季友　　注译评析：毛毓松

臣闻崇贤旌善，王教所先，念功简劳[①]，义深追远。故司勋秉策[②]，在勤必记，德之休明[③]，没而弥著。故尚书左仆射、前军将军臣穆之[④]，爰自布衣，协佐义始，内竭谋猷，外勤庶政，密勿军国[⑤]，心力俱尽。及登庸朝右[⑥]，尹司京畿[⑦]，敷赞百揆[⑧]，翼新大猷[⑨]。顷戎车远役[⑩]，居中作捍。抚宁之勋，实洽朝野，识量局致[⑪]，栋干之器也。方宜赞盛化，缉隆圣世[⑫]，志绩未究，远迩悼心，皇恩褒述[⑬]，班同三事[⑭]，荣哀既备，宠灵已泰。

臣伏思寻，自义熙草创[⑮]，艰患未弭，外虞既殷，内难亦荐[⑯]，时屯世故[⑰]，靡有宁岁。臣以寡劣，负荷国重，实赖穆之匡翼之勋，岂惟谠言嘉谋[⑱]，溢于民听；若乃忠规密谟[⑲]，潜虑帷幕，造膝诡辞[⑳]，莫见其际。事隔于皇朝，功隐于视听者，不可胜记。所以陈力一纪[㉑]，遂克有成。出征入辅，幸不辱命。微夫人之左右，未有宁济其事者矣。履谦居寡，守之弥固。每议及封爵，辄深自抑绝，所以勋高当年，而茅土弗及[㉒]。抚事永念，胡宁可昧？谓宜加赠正司[㉓]，追甄土宇[㉔]，俾忠贞之烈，不泯于身后；大赉所及[25]，永秩于善人[26]。

臣契阔屯夷[27]，旋观终始，金兰之分[28]，义深情感。是以献其乃怀，布之朝听，所启上，合请付外详议。

【篇旨】

此表是为刘裕请求加赠刘穆之封爵所作，表中对死者刘穆之的功德进行颂扬，流露出怀念之情。

【注释】

① 简：区分。

② 司勋：官名，主管公勤事务。

③ 休：美好。

④ 穆之：即刘穆之，字道冲，东莞（今山东莒县附近）人，为前将军，卒赠仪同三司。刘裕上表于天子，重赠侍中、司徒，封南昌县侯。

⑤ 密勿：勉力。

⑥ 朝右：居朝班之右，即任尚书、仆射等大官。

⑦ 尹司：治理、管理。

⑧ 敷：布告。

⑨ 大猷：大道。

⑩ 远役：指随同刘裕北伐。

⑪ 局致：曲至，指见识深远。

⑫ 缉隆：光明兴盛。

⑬ 褒：广大。

⑭ 三事：指赠仪同三司。

⑮ 义熙：晋安帝司马德宗年号。

⑯ 荐：深重。

⑰ 屯：艰难。

⑱ 谠（dǎng）：正直。

⑲ 谟：谋划。

⑳ 造膝：指靠近天子说话。

㉑ 一纪：十二年。

㉒ 茅土：古时天子建诸侯，以白茅封五色土，赐以为社，此喻封赏。

㉓ 正司：指司徒丞相之职。

㉔ 甄：表明。土宇：居室。

㉕ 赉（lài）：赐予。

㉖ 秩：俸禄。

㉗ 契阔：离散。屯夷：艰难伤痛。

㉘ 金兰：谓交友相投合。

【语译】

我听说崇尚贤能、表彰善行，是推行王道政治的需要，怀念功绩、奖励勤劳，其道理之深在于追思前事。所以司勋掌管策书，凡勤于政事一定要录以备考，道德美好的人，死后其美德更加显著。已故尚书、左仆射、前军将军臣刘穆之，本是平民，他在北伐初起之时，协助辅佐天子，内尽谋划之道，外勤军旅之事，勉力于军国大事，真可谓呕心沥血。当他升为朝廷大臣，便主持京畿政事，协助管理朝政，辅佐天子成就大业。不久随同出征北伐，身居军中而尽捍卫之责。他为国家的安宁所立下的功劳，使朝野之人都感到佩服。其见识度量深远博大，确是国家的栋梁贞干之材。正当出力推广盛世的教化，使当今圣朝繁荣兴盛的时候，他的志向业绩尚未完成就去世了，远近之人都感到痛心。皇恩浩荡，已下旨表明，赠刘穆之为仪同三司。生荣死哀的情理已经完美，使神灵得以尊贵已经做到了。

我尚在思索，自从义熙初建以来，艰难祸患没有停息过，外患频繁不断，内祸也很深重，时势艰难多故，没有安宁的年月。我德寡才低，担负国家的重任，实在是依靠穆之的匡正辅助之功。他的正直的言论、美好的谋略，难道仅仅是满足人们的听闻吗？至于说到他忠贞的规劝，详密的谋划，那运筹帷幄的智谋，那天子前微妙的对答之辞，真是用得恰到好处，天衣无缝。

那些有别于本朝的军国之事，其功业不被天子听闻到的，多得没法记述。所以他用尽十二年之力，才取得成功。穆之出征为将、入朝为相，都不辱君命。没有他的协助，不可能安宁地完成军国之事。他谦虚寡欲的为人之道，恪守得更加坚固。每当议论到给他封爵之事，他总是拒而不受，所以在生之时虽然功劳很高，但没有接受封侯之赏。我一接触到这类事情就常常想念他，怎能昧着良心不说？我认为应给他加赠侍中、司徒这样的正职，追建住室，以表明地位，使忠贞之士的功业不至于死后泯灭不见，大恩的赐予能使善人永远享受其俸禄。

我与穆之长期来聚合离散、艰难伤痛，观其始终，结成金兰之交，情谊深厚。所以献上我的一片诚心，使朝廷得以听闻，如合皇上之意，即请付外朝详议。

【评析】

此表是为刘穆之死后加赠官爵而作，文章先有一个总论，即对已故的功臣要“崇贤旌善”“义深追远”，使其美德“没而弥著”，这是“王化”的需要。然后文章回顾并评述死者一生的事迹、才识、功业及美德，重点在评述其功业美德，以此作为请求加赠官爵的主要理由，最后表明上表者的诚意和愿望。此类文章对死者的功德难免有溢美之词，又何况是为人代作，故行文中前后有意思相重的地方。但奉表者刘裕与刘穆之毕竟在长期的战争中结成生死之交，有着很深的情感。所以文章所流露的感情还比较真挚，而对死者的评述也还比较公正可信。

为齐明帝让宣城郡公第一表一首

作者：任彦昇　　注译评析：毛毓松

臣鸾言[①]：被台司召，以臣为侍中、中书监、骠骑大将军、开府仪同三司、扬州刺史、录尚书事[2]，封宣城郡开国公，食邑三千户，加兵五千人。臣本庸才，智力浅短。太祖高皇帝笃犹子之爱[3]，降家人之慈；世祖武帝情等布衣[4]，寄深同气；武皇大渐[5]，实奉话言。虽自见之明，庸近所蔽，愚夫一至，偶识量己，实不忍自固于缀衣之辰[6]，拒违于玉几之侧。遂荷顾托，导扬末命。虽嗣君弃常[7]，获罪宣德[8]，王室不造，职臣之由。何者？亲则东牟[9]，任惟博陆[10]，徒怀子孟社稷之对[11]，何救昌邑争臣之讥[12]？四海之议，于何逃责？且陵土未干，训誓在耳，家国之事，一至于斯，非臣之尤[13]，谁任其咎？将何以肃拜高寝[14]，虔奉武园[15]？悼心失图，泣血待旦，宁容复徼荣于家耻[16]，宴安于国危[17]？

骠骑上将之元勋[18]，神州仪刑之列岳[19]，尚书古称司会[20]，中书实管王言[21]。且虚饰宠章[22]，委成御侮[23]，臣知不惬，物谁谓宜？但命轻鸿毛，责重山岳，存没同归，毁誉一贯。辞一官不减身累，增一职已黩朝经，便当自同体国，不为饰让。至于功均一匡[24]，赏同千室[25]，光宅近甸[26]，奄有全邦[27]，殒越为期[28]，不敢闻命。亦愿曲留降鉴，即垂顺许，钜平之恳诚必固[29]，永昌之丹慊获申[30]。乃知君臣之道，绰有余裕。苟曰易昭[31]，敢守难夺[32]。故可庶心弘议，酌己亲物者矣。不胜荷惧屏营之诚[33]！谨附某官某甲，奉表以闻。臣讳诚惶诚恐。

【篇旨】

此表陈述萧鸾对家国之事的看法，以表明他不愿受封的志向。

【注释】

① 鸾：萧鸾，即齐明帝，就位前，受封为宣城郡公。

② 侍中、中书监：皆官名。开府仪同三司：官名，职位相当于三公。

③ 太祖高皇帝：指萧道成。犹子：谓太祖兄弟之子。

④ 世祖武帝：指萧颐，太祖长子。

⑤ 大渐：病危。

⑥ 缀衣：幄帐，指武皇病卧之室。

⑦ 嗣君：谓郁林王萧昭业，萧鸾之弟。

⑧ 宣德：即宣德太后。郁林王得罪太后被废。

⑨ 东牟：指汉东牟侯兴居。

⑩ 博陆：东牟诛诸吕有功，被封为博陆侯。

⑪ 子孟：指霍光。社稷之对：见下。

⑫ 昌邑：指昌邑王贺。争臣：能谏诤之臣。《汉书·霍光传》记贺无道被废。贺曰："天子有争臣，不失天下。"霍光对曰："臣宁负王，不负社稷也。"

⑬ 尤：过错。

⑭ 高寝：高帝寝庙。

⑮ 武园：武帝园陵。

⑯ 徼：同"邀"，要求。家耻：指嗣君弃常。

⑰ 国危：指郁林王被废事。

⑱ 骠骑：将军名，始于霍去病，位在三公之上。

⑲ 神州：指扬州，齐明帝为扬州刺史。

⑳ 尚书：官名。司会：职同尚书，掌管国家大事。

㉑ 中书：官名，职掌王言。

㉒ 宠章：指封宣城郡国公。

㉓ 御侮：指授骠骑大将军。

㉔ 一匡：指有一匡天下之功。

㉕ 千室：指诸侯之封。

㉖ 甸：指国都。

㉗ 奄：覆盖。

㉘ 殒越：坠地。

㉙ 钜平：指羊祜，被汉献帝封为钜平子。入晋后，屡受重封，表让车骑将军、开府仪同三司。

㉚ 永昌：指庾亮，东晋时萧祖司马绍想封他为中书监，他上书推辞，被

接纳，封为永昌公。丹慊：诚心。

㉛ 苟：尚且。

㉜ 难夺：谓难夺其志。

㉝ 屏营：义同惊惶。

【语译】

臣萧鸾进言：接尚书台通知，任命我为侍中、中书监、骠骑大将军、开府仪同三司、扬州刺史、录尚书事，封宣城郡开国公，食邑三千户，增加军队五千人。我原是庸才，缺乏才智能力。太祖高皇帝待兄弟之子情爱甚厚，给予我家长的慈爱；世祖武帝情谊真挚如同平民之交，寄意良深，忧患与共；武帝病危之时，善言相告，嘱我辅政。人虽有自知之明，但近身之事，倒反为所蔽；愚蠢之人识见偏狭，偶尔也会看出自己的短处。我实在不忍心看到世祖病危在寝时的情景，又怎能拒绝玉几边的嘱托？于是就担负起重托，以便遵循发扬临终之命。虽然郁林王背弃常道，获罪于宣德太后；国家得不到很好的治理，该是我的责任了。为什么呢？因为我为皇上所亲，又封侯受赏，空自怀着霍光“臣宁负王，不负社稷”之对，怎能避免昌邑王“天子有争臣，不失天下”的讥议呢？天下之人议论郁林王被废一事，都归咎于我。而且天子刚刚去世，训诲之词还在耳旁。家国之事，弄到这种地步，不是我的过错，还有谁来承担这种过错呢？我将怎样去敬拜高祖的寝庙、怎样去敬奉世祖的陵园呢？伤痛之心已使我不能考虑国事，整夜无声哭泣，我怎能在逢家耻之时来争荣耀，在遇国难之际享受太平？

骠骑位在三公之上，可谓上将之元勋，扬州是天下的仪式刑表，位同五岳之尊。尚书古代称作司会，中书职责主管王言。我受封为宣城郡公实是虚饰，受任骠骑将军也担当不起。我自知不可，这样受封是不合适的。我的性命比鸿毛还轻，而职责比山岳还重，生死存没同归一途，毁誉荣辱实为一事。辞去一官不使我觉得轻松，增加一职已经黩污了朝纲，我自当为国家尽心尽职，不是为假饰而求让名。至于要像管仲一样有匡正天下之功，得到封侯之赏，在京城广赐田宅、占有邦国，那我只好等待死去，不敢承命。我只愿在上者明察于此，准我所请，像羊祜表让那样诚意更坚，像庾亮上疏那样以其赤诚而获恩准，于是知君臣间的关系宽松优裕。再说我陈述的情意容易察知，而我的匹夫之志难以改变，所以能够展开思想广泛议论，度量自己而求得与事理的亲近。谨附上我的受封官爵名号，奉表使闻。不胜惶恐之至。

【评析】

古代的君臣关系常常表现为亲属关系，矛盾很多，尤其在赐封和嗣位问题上，最受人注目。处理得不好，自然会被人讥议。本表就是论述这一问题的。由于太祖去世，世祖病危，郁林王被废，太祖弟萧道生的儿子萧鸾受世祖临终嘱托，受封为骠骑大将军、宣城郡公等职，辅佐朝政。萧鸾面对“家国之事，一至于斯”的情况，申述他不愿受封而居高位的原因，一方面是说他智力短浅，又无管仲一匡天下的功业；另一方面担心他权高责重，会受到天下人的指责，故表让不受。文章先谈君臣亲属间的关系，在此基础上论述他对受封的看法，引证事例，分析原因，理壮辞顺，有一定的说服力。

为范尚书让吏部封侯第一表一首

作者：任彦昇　　注译评析：毛毓松

臣云言[①]：被尚书召，以臣为散骑常侍、吏部尚书，封霄城县开国侯[②]，食邑千户。奉命震惊，心颜无措。臣云顿首顿首，死罪死罪。臣素门凡流，轮翮无取[③]，进谢中庸[④]，退惭狂狷[⑤]。固尝钻厉求学，而一经不治[⑥]；篆刻为文[⑦]，而三冬靡就[⑧]。负书燕魏[⑨]，空殚菽粟[⑩]；蹑屩齐楚[⑪]，徒失贫贱。既而分虎出守[⑫]，以囊被见嗤[⑬]；持斧作牧[⑭]，以薏苡兴谤[⑮]。赭衣为虏[⑯]，见狱吏之尊；除名为民，知井臼之逸。百年上寿，既曰徒然。如其诚说，亦以过半。乱离斯瘼，欲以安归[⑰]，闭门荒郊，再离寒暑；兼以东皋数亩[18]，控带朝夕，关外一区，怅望钟阜[19]；虽室无赵女[20]，而门多好事[21]；禄微赐金，而欢同娱老[22]，折芰燔枯[23]，此焉自足。

陛下应期万世[24]，接统千祀，三千景附，八百不谋[25]。臣衅等离心[26]，功惭同德。泥首在颜[27]，舆榇未毁[28]，缔构草昧[29]，敢叨天功？狱讼讴歌，示民同志。而隆器大名[30]，一朝总集，顾己反躬，何以臻此？正当以接闬白水[31]，列宅旧丰[32]，忘舍讲之尤[33]，存诸公之费[34]，俯拾青紫[35]，岂待明经[36]！

臣云顿首顿首，死罪死罪。夫铨衡之重，关诸隆替，远惟则哲[37]，在帝犹难。汉魏已降，达识继轨，雅俗所归，惟称许郭[38]；拔十得五，尚曰比肩。其余得失未闻，偶察童幼，天机暂发[39]，顾无足算。在魏则毛玠公方[40]，居晋则山涛识量[41]，以臣况之，一何辽落[42]！齐季陵迟[43]，官方淆乱[44]，鸿都不纲[45]，西园成市[46]。金章有盈笥之谈[47]，华貂深不足之叹[48]。草创惟始，义存改作，恭己南面，责成斯在。岂宜妄加宠私，以乏王事；附蝉之饰[49]，空成宠章。求之公私，授受交失。

近世侯者，功绪参差[50]。或足食关中[51]，或成军河内[52]，或制胜帷幄[53]，或门人加亲[54]，或与时抑扬[55]，或隐若敌国[56]，或策定禁中[57]，或功成野战[58]，或盛德如卓茂[59]，或师道如桓荣[60]，或四姓侍祠[61]，已无足纪，五侯外戚[62]，且非旧章。而臣之所附，惟在恩泽。既义异畴庸[63]，实荣乖儒者，虽小人贪幸，岂独无心。

臣本自诸生，家承素业，门无富贵，易农而仕。乃祖玄平[64]，道风秀世，爰在中兴[65]，仪刑多士[66]，位裁元凯[67]，任止牧伯。高祖少连[68]，夙秉高尚，所富者义，所乏者时；薄宦东朝[69]，谢病下邑[70]。先志不忘，愚臣是庶。且去岁冬初，国学之老博士耳；今兹首夏[71]，将亚冢司[72]，虽千秋之一日九迁[73]，荀爽之十旬远至[74]，方之微臣，未为速达。臣虽无识，惟利是视。至于亏名损实，为国为身，知其不可，不敢妄冒。陛下不弃菅蒯[75]，爱同丝麻，傥平生之言[76]，犹在听览，宿心素志，无复贰辞。矜臣所乞，特回宠命，则彝章载穆，微物知免。

臣今在假，不容诣省，不任荷惧之至！谨奉表以闻。臣云诚惶以下。

【篇旨】

此表陈述范云推辞接受吏部尚书的任命和封霄城县开国侯的种种理由，以表明范云的志向。

【注释】

① 云：范云，字彦龙，南乡舞阴（今河南泌阳西北）人。少机警，胆识过人，善属文。曾与萧衍同事齐竟陵王，及萧衍称帝，因有旧交情，被提拔为散骑常侍、吏部尚书。范云在任洁己，俸禄散与亲友，抚民以恩德，郡中称为神明。

② 霄城：县名，在今湖北天门东。

③ 轮翮（hé）：车轮与鸟翼，喻辅佐之能。

④ 中庸：不偏叫中，不变叫庸，儒家以中庸为最高的道德标准。

⑤ 狂狷：狂指进取，狷指有所不为。

⑥ 一经：一种经书，古人先治一经，后兼通数经。

⑦ 篆刻：指精心书写为文。

⑧ 三冬：指三个冬季，即三年。

⑨ 负书燕魏：指纵横家苏秦向秦王陈述帝王之业而不被秦王采纳，故背着书袋到燕国和魏国游说，事见《战国策·秦策一》。

⑩ 殚：尽。菽粟：豆子和小米，泛指粮食。

⑪ 蹑屩齐楚：指虞卿游说赵孝成王而不被任用，穿着草鞋跑到齐国与楚国，事见《史记·平原君虞卿列传》。蹑，踏、踩。屩，草鞋。

⑫ 分虎：即分符，古时以铜虎符分成两半以为凭信。

⑬ 囊被见嗤：被人讥笑为以衣囊邀名。《汉书·王阳传》：“王阳父子皆好车马衣服，其自奉养极为鲜明，而亡金银锦绣之物，及迁徙去处，所载不过囊衣。”

⑭ 持斧：手持所赐斧钺，以示有功。作牧：指范云为始兴刺史。

⑮ 薏苡（yǐ）：俗称“药玉米”“回回米”。《后汉书·马援传》载马援在交趾时，欲以南方薏苡为种，回去后载满一车，结果被诬告为“明珠文犀”。后指因涉嫌而被诬谤者，谓之薏苡之嫌。

⑯ 赭衣：古时囚犯所穿的赤褐色衣服。范云因徐艺鞭豪族，受累下狱。

⑰ 瘼：病。安归：犹言不仕。《诗经·小雅·四月》：“乱离瘼矣，奚其适归？”

⑱ 东皋：田野或高地的泛称，这里指田地。

⑲ 钟阜：钟山。

⑳ 赵女：赵国的美女，此指歌舞伎。

㉑ 好事：指相知之人。

㉒ 娱老：欢度晚年。

㉓ 芰：菱叶，可做坐席。燔：烧。枯：干鱼。

㉔ 陛下：指梁武帝萧衍。

㉕“三千”二句：皆言古时诸侯朝见天子之盛。景附：即“影附”，如影之相随。

㉖ 衅（xìn）：缝隙，引申为罪责。等：等同。

㉗ 泥首：以泥涂首，犹言囚首，表示自辱服罪。

㉘ 舆棺：即舆榇，载棺以随，表示决死。

㉙ 缔构：营造、建筑。草昧：指天地初开时的混沌状态。

㉚ 隆器：标志名位爵号的重大器物。

㉛ 闬（hàn）：巷门。白水：地名，吴汉与光武帝曾同居白水，以此表示范云与梁武帝住处相近，下句同此义。

㉜ 丰：地名，汉时卢绾与高祖同居丰邑。

㉝ 尤：罪过、过失。《东观汉记·朱祐》曾记载光武帝未登帝位时，听朱祐讲经，而朱祐等讲完经才与光武帝谈话，故云“忘舍讲之尤”。

㉞ 诸公之费：指光武初学长安时，因资用不足，曾“与同舍生韩子合钱买驴，令从者僦以给诸公费”。诸公，指当时往来长安讲经的社会名流。这里表示范云与梁武帝的旧时交情。

㉟ 青紫：喻高官，因古代以青紫袍服为贵。

㊱ 明经：通晓经术，是考试科目的一种。

㊲ 哲：明智。

㊳ 许郭：许，指许劭，东汉时人，字子将，少峻名节，爱奖掖士人，多被赏识。郭，指郭泰，字林宗，性明知人，其所奖拔之人，为人所称道。有“天下拔士者，咸称许郭”之誉。

㊴ 天机：天赋的悟性。

㊵ 毛玠：字孝先，为人雅量公正。

㊶ 山涛：字巨源，入晋为吏部尚书时，甄拔人物，各有品题。

㊷ 辽落：这里指悬殊。

㊸ 齐季：齐末。陵迟：衰败。

㊹ 官方：做官应守的常道。

㊺ 鸿都：东汉宫门名，此指学府。纲：纲纪。

㊻ 西园：指皇上临朝办事之处。

㊼ 金章：印章之类。

㊽ 华貂：华贵的头饰，喻指达官显贵，俗语有“貂不足，狗尾续”。

㊾ 附蝉之饰：指显贵者的饰物。蝉，古代极薄的一种绸。

㊿ 功绪：功业。功，已完成的事。绪，事情的开端。

51 足食关中：指萧何。《汉书·萧何传》：“萧何以丞相留守巴蜀，使给军食，汉王击楚，何守关中，后为酂侯。”

52 戍军河内：指寇恂。《后汉书·寇恂传》记载，寇恂守河内有功，被光武帝刘秀封为雍奴侯。

53 制胜帷幄：指张良。张良为刘邦决策取胜，被封为留侯。

54 门人加亲：指邓禹。刘秀封邓禹为酂侯。

55 与时抑扬：指叔孙通。叔孙通为汉王朝制定典礼，号稷嗣君。

56 隐若敌国：指吴汉。吴汉因作战有功，被封为汉广平侯。

57 策定禁中：指邓骘。汉殇帝刘隆死后，车骑将军邓骘定策禁中有功，被封为上蔡侯。

㉘ 功成野战：指曹参，因有野战略地之功，被赐爵列侯，食邑平阳。

㊾ 卓茂：字子谷，南阳人，官至丞相，爱民如子。光武帝刘秀即位，为表彰盛德，诏封卓茂为宣德侯。

㊿ 桓荣：字春卿，沛国（今江苏沛县东）人，曾为汉明帝刘庄师，拜尚书，穷极师道，被封为关内侯。

(61) 四姓：指汉明帝时外戚樊氏、郭氏、阴氏、马氏，皆为小侯。

(62) 五侯：指汉成帝时所封的五位外戚王侯。

(63) 畴庸：酬报功劳。畴，通“酬”。庸，功。

(64) 玄平：范云高祖之父范汪，字玄平，善言玄理，为晋名臣。

(65) 中兴：谓元帝时。

(66) 仪刑：法式、模范。

(67) 元凯：亦作“元恺”，即古之尚书。玄平曾官至吏部尚书。

(68) 少连：范汪之子。

(69) 东朝：古代宫殿的别称，此指少连曾任宋太子谘议郎。

(70) 下邑：指所居之处。

(71) 首夏：孟夏，指农历四月。

(72) 亚：次于。

(73) 千秋：指汉丞相车千秋，据《东观汉记》载，他一月九次升迁至丞相，“日”当为“月”之误。

(74) 荀爽：字慈明，从征召为官至拜司空共历九十五日，故言“十旬”。

(75) 菅蒯（kuǎi）：茅草之类，可编绳索，喻卑微之人或物。

(76) 丝麻：皆可织布，喻有用之才。傥：倘或。

【语译】

臣范云说：接尚书诏，把我升为散骑常侍、吏部尚书，封霄城县开国侯，食禄千户。接到任命书，十分震惊，脸面无所搁置。臣范云磕头请罪。范云出身平常门第，才学平庸，并无辅佐之能；进取时不能恪守中庸之道，引退时则因偏激而感羞愧。臣曾励志于学问，然而一经不治；精心为文，却三年不成。像苏秦那样背着书囊到燕魏游说，学无所用而空尽皇粮；像虞卿穿着草鞋远行齐楚，而又不能像他那样以贫贱骄人。不久凭着铜虎符出守零陵、始兴，却被人讥笑为以衣囊邀名；凭着朝廷所赐斧钺做太守，却像马援那样因薏苡而受到诬告。穿上囚服成了阶下囚，才看出狱吏的尊贵；被除名降为百姓，才懂得操持家业的安逸。所谓百年上寿，只是一句空话，如其所说，也已经年过半百。乱离忧伤，只想求得平静。闭门荒郊，几经寒暑，又有山地数亩，临池带水，在关外一带，怅然望着钟山（期望有回归之日）。虽然家中没有歌伎舞女，但却有旧时相知好友，用微薄的俸禄宴请旧友邻居，其乐趣如同娱老。且折芰而坐、烧干鱼而食，这也就心满意足了。

陛下万世圣主，统领江山，三千诸侯如影相随，八百诸侯不谋而合。臣之罪责等同离心，臣之功业羞称同德。泥首服罪，抬棺待死而已。陛下创基立业之功，臣怎敢贪叨？服罪之人歌颂陛下圣德，显示出与陛下同一志向。然而高官厚望一时集于微臣之身，反思自己，凭什么能达到这种荣耀的地步呢？曾与陛下同住一里巷，臣只顾听讲经而忘记了与陛下谈话，陛下又为臣筹集了讲经的费用。那时做官如同俯身拾物一样易得，哪里还需要明经取士？

臣磕头请罪。衡量人才的得失，关系到国家的兴替。考虑深远才是明智，尧舜都感到这是一件难事。汉魏以来，能按照先贤标准明察人才，雅俗之士都能为其所用的，只有许劭、郭泰二人称得上。于十人中能拔出五人，就算是人才比肩而至了。其他关于选拔人才得失的事未曾听说过。偶尔观察幼童，有悟性突发的，却不值得称数了。在魏只有毛玠可算公正，在晋只有山涛有见识，如让臣与他们相比，是多么悬殊。齐末社会衰败，官场混乱，学府纲纪松弛，西园成了卖官的市场。官印盈箱，小人满庭；华貂不足狗尾续。梁朝建立之初，要把不合理的事情改变过来，陛下正宜坐正朝位，付诸实施，怎能妄加恩私于臣，而贻误陛下的大事呢？那标志高位的冠饰，徒自尊荣。于公失之授，于私失之受，于公于己都不当。

近世称侯的人，其建立的功业各有不同。有的因守关中提供军粮而被封侯，有的因守河内有功而被封侯，有的因运筹帷幄制胜敌人而被封侯，有的因门人加亲而被封侯，有的因适应时势变通礼法而被封侯，有的因善于谋划、隐约如同一个实力相当的大国而被封侯，有的因决策宫禁之中有功而被封侯，有的在野战中建立功业而被封侯，有的为表彰盛德如卓茂而被封侯，有的因穷极师道如桓荣而被封侯。有四姓陪侍祭祠而列为小侯的，已不值得记载，有因皇上外戚而被同时封五个侯的，已非旧时章法可循。然而我并无功勋，仅因皇上恩泽而被封侯，根据道义已不同于论功酬报，此等荣耀实在背离儒道。即使我贪得荣幸，难道无愧于心吗？

我本是书生，继承家业，不是富贵门第，只是变易农事而做官。远祖玄平，妙达玄理，秀出于世。在元帝中兴之时，是很多士子的模范，其位虽为朝臣，所任只不过一个地方长官。高祖少连，秉性高尚，所富有的是道义，所缺乏的是时机，在朝中任过卑微的官职，以后称病不仕。愚臣不忘先人志向，唯求近是。去年冬初，臣还不过是一个国学老博士；今年夏初，升官仅次于宰相，即使车丞相之一月九迁，荀爽十旬连升，比之于臣，还不及臣如此迅速登上高位。臣虽无见识，却懂得这于己有利。至于毁坏名声，损害实利，为国家为自己，知道不能那样做，所以不敢非分冒进获取高位。陛下不弃微臣，爱惜贤才，倘或臣往日与陛下所说之话犹不忘记，臣仍是坚持平时的志向，不再改变自己的主张。请陛下同意臣的请求，收回任臣为吏部尚书的宠命，那么就会符合法则，显得和睦，臣也可以免遭罪责。臣现在休假，不能到朝中拜谢，不胜惧怕。谨奉此表上达。臣不胜惶恐。

【评析】

这篇奏表是任彦昇为范云推辞朝廷为他升官封侯所作。文章先陈述范云做始兴太守前后的一番苦衷，表明他的志向不愿再出仕做官，而愿意在家安度晚年。次述梁武帝统领江山，自己不敢叨天之功。接着谈到选用人才的重要，认为“铨衡之重，关诸隆替”，而齐之衰世，官府腐败，滥用人才，希望梁武帝有鉴于此，不要妄加宠私于己，以免公私授受交失。然后文章列举历史上被皇上封侯的情况。虽然封侯情况不一，各有原因，但自己并没有为梁朝的建立做出贡献，“臣之所附，惟在恩泽”，故不当封侯。最后陈述范云自己的家世和祖上遗风，表明自己要继承先祖的遗志，“先志不忘，愚臣是庶”。对于“亏名损实”、加官封爵的事，实在不敢去做，并恳求梁武帝“特回宠命”，收回任命诏书。全文义理顺畅，情词恳切，富有文采。

为萧扬州荐士表一首

作者：任彦昇　　注译评析：毛毓松

臣王言①：臣闻求贤暂劳，垂拱永逸②。方之疏壤③，取类导川。伏惟陛下，道隐旒纩④，信充符玺；六飞同尘⑤，五让高世⑥。白驹空谷⑦，振鹭在庭，犹惧隐鳞卜祝⑧，藏器屠保⑨，物色关下⑩，委裘河上⑪。非取制于一狐⑫，谅求味于兼采。五声倦响⑬，九工是询⑭；寝议庙堂，借听舆皂⑮。臣位任隆重，义兼家邦，实欲使名实不违，徼幸路绝⑯。势门上品，犹当格以清谈⑰；英俊下僚，不可限以位貌。

窃见秘书丞琅邪臣王暕，年二十一。字思晦，七叶重光⑱，海内冠冕，神清气茂，允迪中和⑲，叔宝理遣之谈⑳，彦辅名教之乐㉑，故以晖映先达，领袖后进㉒。居无尘杂，家有赐书；辞赋清新，属言玄远㉓；室迩人旷，物疏道亲。养素丘园，台阶虚位；庠序公朝㉔，万夫倾望。岂徒荀令可想㉕、李公不忘而已哉㉖！

前晋安郡侯官令东海王僧孺㉗，年三十五，字僧孺。理尚栖约，思致恬敏，既笔耕为养，亦佣书成学㉘，至乃集萤映雪，编蒲缉柳。先言往行，人物雅俗，甘泉遗仪㉙，南宫故事㉚，画地成图㉛，抵掌可述。岂直鼮鼠有必对之辩㉜，竹书无落简之谬㉝。暕坐镇雅俗，弘益已多；僧孺访对不休，质疑斯在。并东序之秘宝㉞，瑚琏之茂器㉟，诚言以人废，而才实世资。临表悚战，犹惧未允，不任下情云云。

【篇旨】

此表论述帝王求贤之道，并推举王暕、王僧孺二位贤才，认为可委以重任。

【注释】

① 臣王：指萧遥光，因做过扬州刺史，故称萧扬州。又袭父爵为始安王。任彦昇作表，遂增“王”字。

② 垂拱：言皇上垂衣拱手而治，喻其容易。

③ 方：比方。

④ 旒纩（liú kuàng）：天子冠冕的饰物，指称帝王。

⑤ 六飞：古时帝王用六匹马驾车，疾驰如飞。

⑥ 五让：让天下五次，极言其谦让有德。《汉书·袁盎传》称赞汉文帝“五以天下让”。

⑦ 白驹：白马，贤者所乘。

⑧ 鳞：指龙，喻君子。

⑨ 屠保：屠者与佣保。伊尹曾为酒保，姜尚曾屠牛为生。

⑩ 物色：访求。关令尹喜曾物色异人老子。

⑪ 委裘：垂下衣裳，此指任用贤人垂拱而治。河上：河上公，贤者，汉文帝曾向他求教。

⑫ 狐：指制裘的狐皮。

⑬ 五声：指宫、商、角、徵、羽五音。

⑭ 九工：指九官，泛言朝廷之官。

⑮ 舆皂：指卑贱之士。

⑯ 徼幸：同“侥幸”，意谓偶然得到成功。

⑰ 格：举拔。

⑱ 七叶：指王暕往上推七代。

⑲ 迪：实行，开导。

⑳ 叔宝：即卫玠，晋人，善言玄理。

㉑ 彦辅：即彦国，晋人，性放达，喜谈名教。

㉒ 领袖：提挈，做表率。

㉓ 属：连缀。

㉔ 庠序：学校。

㉕ 荀令：指荀顗，魏太尉荀彧之子，很有父风。

㉖ 李公：指李固，汉司徒李郃之子，很有才名，四方之士多慕其风而来学。

㉗ 晋安：郡名，治侯官，今福建福州。东海：地名，今山东郯城一带。

㉘ 佣书：为人抄书。

㉙ 甘泉：汉宫殿名。

㉚ 南宫：古称尚书省为南宫。

㉛ 画地成图：指对事情了如指掌。《汉书·张安世传》记张安世之子千秋对霍光所问作战地形说："画地成图，无所忘失。"

㉜ 鼮鼠：鼠名，豹文鼠。挚虞《三辅决录注》载世祖得鼠如豹文，问群臣，无人知晓，窦攸对曰："鼮鼠也。"

㉝ 落简之谬：指不识简策上的文字。张骘《文士传》，说竹简上有两行蝌蚪文字，人莫能识，张华问束皙，皙对曰："此明帝显节陵策文。"人服其博识。

㉞ 东序：讲道之处。

㉟ 瑚琏：古代祭祀时盛粟稷的器皿，很贵重。

【语译】

臣萧遥光言：我听说访求贤人需耐一时之劳，得到贤人则皇上可垂拱而治，永久逸乐。比喻疏理整治土地，就得根据法则导流入地，方为有益。我尊敬的陛下，帝王之道深藏不露，凭信的符玺非常充实。车驾飞驰，形同扬尘；谦让有德，高出于世。白驹飞向山野空谷，振鹭就会集止王庭。心中忧虑隐逸君子形同卜祝之人，而不能重用，治国之器实藏于屠者和佣保手中，而未能拔出，要像关令尹喜一样物色异人，要像汉文帝那样求教河上公。制成裘衣不能只取一狐之皮，做成美味必须兼采众味。五声虽美，不可常听；

百官虽多，要经常询问。少听尊贵者之议，多听卑贱者之言。我有此职位，责任重大，家国大事都要兼顾，要做到名副其实，使侥幸图进之人不能得逞。权势之家上品等第者，还应当提拔善于清谈高论之人，有英俊之才而位居下职者不可限以地位而不用。

我曾见过秘书丞琅邪臣王暕，年二十一岁，字思晦。七代以来的家业辉煌灿烂。为海内士人所推美。其人神清气茂，深得中和之美。有卫玠那样善言玄理的气质，有彦国那样喜谈名教的风度。能与先贤相辉映，又能为后学做表率。居处雅洁不俗，家有所赐典籍。辞赋清新，言语宏深奥妙。其室虽近，而其人旷远；疏远于物，而亲近于道。在山丘林园中守朴全真，而让历官之台阶虚空其位。士人学子，朝廷官员都倾首叹慕。难道只有荀令才可想念、李公才不会被遗忘吗?

前晋安郡侯官令东海王僧孺，年三十五岁，字僧孺，理趣深远简约，思致恬静敏捷。既靠作文写字为生活来源，又靠为人抄书而成就学业。他生活清贫，借助萤火和雪光读书，把蒲叶和杨柳编织成纸来写字。前人的言论行迹、人物的雅俗高下，他无不备知；古代帝王留下的礼仪，政府机构所做过的事情，他无不通晓。画地成图，手到成文。难道只有窦攸那样答对“鼮鼠”的辩才，只有束皙那样认识两行蝌蚪文的学识吗？王暕坐镇雅俗之辈，给人教益良多；僧孺凡有访求，他对答不停，问疑答难，可就正于他。王暕、僧孺二人是国家有用之才，可委以重任。确实有因人而废言的，但此二人之才实可为世之资用。临上表时十分恐惧，还担心皇上不同意，心中极为不安。

【评析】

此表第一部分写求贤之道，一开头就点明求贤的意义和重要性，即“求贤暂劳，垂拱永逸”。接着指明求贤之途径在于皇上亲自访求，要从职位低下的隐逸君子中物色人才，并要多听多问。然后表明推举者的观点，认为取用人才不应当以门第权势来限制。第二部分写被推举的贤人，对他们各作评述。王暕继承七代家风，善谈玄理名教，鄙薄权势，名节高尚，为四海士人所倾望。僧孺才思敏捷，唯笔耕是务，学问渊博，“访对不休，质疑斯在”。二人俱是栋梁之材。前后两部分由“荐士”这条主线贯穿，先说理，后举人，人符其理，理统其人，互为补足，引事用典多能扣紧题旨，行文简洁。

为褚谘议蓁让代兄袭封表一首

作者：任彦昇　　注译评析：毛毓松

臣蓁言①：昨被司徒符②，仰称诏旨，许臣兄贲所请③，以臣袭封南康郡公④。臣门籍勋荫，光锡土宇⑤。臣贲世载承家⑥，允膺长德⑦，而深鉴止足，脱屣千乘⑧，遂乃远谬推恩，近萃庸薄⑨。能以国让，弘义有归。匹夫难夺，守以勿贰⑩。昔武始迫家臣之策⑪，陵阳感鲍生之言⑫，张以诚请，丁为理屈。且先臣以大宗绝绪⑬，命臣出纂傍统⑭，禀承在昔，理绝终天，永惟情事，触目崩殒。若使贲高延陵之风⑮，臣忘子臧之节⑯，是废德举，岂曰能贤？陛下察其丹款⑰，特赐停绝。不然，投身草泽，苟遂愚诚耳。不胜丹慊之至⑱！谨诣阙拜表以闻。臣诚惶诚恐以下。

【篇旨】

写褚蓁不肯代兄袭封，坚持恪守封建宗法的立场。

【注释】

① 蓁：即褚蓁，字子茂，为义兴（今江苏宜兴）太守。

② 符：古代朝廷用以传达命令的凭证。

③ 贲：褚贲，褚蓁之兄，字蔚先，官至散骑常侍，上表称疾，让封爵与弟蓁。

④ 南康：郡名。褚蓁父亲褚渊封南康郡公。

⑤ 锡：通“赐”。

⑥ 世载：世代。

⑦ 允膺：允当、确实应当。

⑧ 脱屣：脱鞋，比喻把事情看得很轻。

⑨ 萃：聚集。庸薄：才庸德薄，褚蓁自谦之词。

⑩ 贰：二心。

⑪ 武始：即张纯，封武始侯，以为自己于朝廷无功，病死前把遗书交给家臣，让其兄继承爵位，而不传位给儿子。

⑫ 陵阳：指丁鸿，其父丁綝封陵阳侯，父死，传位于鸿，鸿不受，逃走，让位给弟。鲍生：即鲍骏，与丁鸿友善，他批评丁鸿不继承父位而让给兄是不智不孝，丁鸿感言，回去就位。

⑬ 大宗：嫡长子。绝绪：无继承人。

⑭ 纂：继承。傍统：旁系。

⑮ 延陵：指春秋时吴国季札，吴王寿梦之季子（小儿子），寿梦想传位给季子，季子因非长子而推辞不受。

⑯ 子臧：春秋时曹国国君的公子，曹君欲立子臧，子臧因非长子而推辞不为。

⑰ 丹款：赤诚的心。

⑱ 丹慊：赤诚。

【语译】

臣褚蓁进言：昨日接到朝廷的命令，说是皇上的旨意，答应臣兄褚贲的请求，让我袭封南康郡公。臣已凭借祖先的功业而得到官爵，广赐田宅。臣兄褚贲世代继承家业，允当长享其福。然而他明察知足，并不看重他所封的爵位利禄。于是他错误地推恩给不是直系嫡传的人，而让才庸德薄的弟弟来袭封。能以国相让，是大义的体现。但匹夫难夺其志，我坚持自己的志向，决无袭封之心。从前武始侯张纯迫使家臣来实现他传位的请求。丁鸿因鲍骏的劝说而感动，终于继承了他父亲陵阳侯的爵位。张纯的请求出于诚心，丁鸿继承父位是被严正的道理所说服。臣之先父没有嫡长子嗣位，让我出来作为旁系继承。过去既已秉承先父遗志，理当终此一生。长想此事此情，悲痛欲绝。若使褚贲推崇季札的高风而让国，而我又忘记子臧的节操而承位，这是抛弃了德行，怎能谈得上贤明？请陛下深察我的一片诚心，特赐停止袭封。不然，我将投身草泽而死，以实现我的志向。望陛下念臣一片诚心，谨奉此表以求闻知。臣诚惶诚恐。

【评析】

按封建宗法制度的规定，父死后，由嫡长子继承家业和爵位，旁系亲属不得继承。此表即以此为根据，写褚谘议（即褚蓁）不肯代兄袭封南康郡公，认为其兄秉承先父遗志，兄子理当继承家业，“允膺长德”。文章列举了一些事例，说明父子相传才符合事理，兄弟相袭，“是废德举”，不能称“贤”。全文宣扬封建宗法观念，语词亦多重复，与本集多有不同，诚如李善所说“疑是稿本，辞多冗长”。

为范始兴作求立太宰碑表一首

作者：任彦昇　　注译评析：毛毓松

臣云言[①]：原夫存树风猷[②]，没著徽烈[③]，既绝故老之口，必资不刊之书。而藏诸名山，则陵谷迁贸[④]；府之延阁[⑤]，则青编落简[⑥]。然则配天之迹[⑦]，存乎泗水之上[⑧]；素王之道[⑨]，纪于沂川之侧[⑩]。由是崇师之义，拟迹于西河[⑪]；尊主之情，致之于尧禹[⑫]。故精庐妄启[⑬]，必穷镌勒之盛；君长一城[⑭]，亦书刊刻之美，况乎甄陶周召[⑮]，孕育伊颜[⑯]。

故太宰竟陵文宣王臣某[⑰]，与存与亡，则义刑社稷[⑱]；严天配帝，则周公其人。体国端朝，出藩入守[⑲]，进思必告之道，退无苟利之专。

五教以伦[20]，百揆时序[21]。若夫一言一行，盛德之风；琴书艺业，述作之茂，道非兼济，事止乐善，亦无得而称焉。

人之云亡，忽移岁序，鸱鸮东徙[22]，松檟成行[23]。六府臣僚[24]，三藩士女[25]，人蓄油素[26]，家怀铅笔[27]，瞻彼景山[28]，徒然望慕。昔晋氏初禁立碑[29]，魏舒之亡[30]，亦从班列[31]；而阮略既泯[32]，故首冒严科[33]，为之者竟免刑戮，致之者反蒙嘉叹。至于道被如仁[34]，功参微管[35]，本宜在常均之外[36]，故太宰渊、丞相嶷[37]，亲贤并轨，即为成规。乞依二公前例，赐许刊立。宁容使长想九原[38]，樵苏罔识其禁，驻跸长陵[39]，輶轩不知所适[40]。

臣里闾孤贱，才无可甄[41]。值齐网之弘[42]，弛宾客之禁，策名委质[43]，忽焉二纪[44]。虑先犬马[45]，厚恩不答。而弊帷毁盖[46]，未蓐蝼蚁[47]；珠襦玉匣[48]，遽饰幽泉[49]。陛下弘奖名教，不隔微物，使臣得骏奔南浦[50]，长号北陵[51]。既曲逢前施，实仰觊后泽[52]，傥验杜预山顶之言[53]，庶存马骏必拜之感[54]。临表悲惧，言不自宣。臣诚惶已下。

【篇旨】

此文通过求立太宰碑一事，歌颂了死者生前的功业美德，表达了范云对死者的怀念与哀思。

【注释】

① 云：指范云，即范始兴。

② 风猷：传颂的名声。

③ 徽烈：美好的业绩。

④ 迁贸：迁移变化。

⑤ 府：藏。延阁：指藏书阁。

⑥ 青编：青丝编的书目，此指记事之书。落：脱落。

⑦ 配天：古之典礼，以王者的祖先和天合祭，凡禘、郊、祖、宗四者皆天子配天之大祭。配天之迹：指郊祀汉高祖以配天所立的碑。

⑧ 泗水：郡名，其南有泗水亭，有汉高祖碑文。

⑨ 素王：指孔子。

⑩ 沂川：水名，即沂水，源出山东曲阜，其南立有纪念孔子的石碑。

⑪ 拟迹：仿效。西河：战国时魏地，子夏曾居西河教授，为魏文侯师。《礼记 · 檀弓上》记曾子谓子夏曰："事夫子于洙泗之间，退而老西河之上。"

⑫ 尊主之情：指伊尹。伊尹耻其君不如尧舜，故云。

⑬ 精庐：寺观。

⑭ 君长一城：指为一县之长官。

⑮ 甄陶：陶冶。周召：周公、召公。

⑯ 伊颜：伊尹、颜回。

⑰ 太宰：官名，位同宰相。竟陵文宣王：南齐萧子良封号。

⑱ 刑：通"型"，模范。

⑲ 出藩：指出任刺史，在外做官。入守：指入为司徒，在朝内做官。

⑳ 五教：指父义、母慈、兄友、弟恭、子孝五种伦理道德。

㉑ 百揆：总领国政的长官。

㉒ 鸱鸮（chī xiāo）：恶鸟。

㉓ 槚（jiǎ）：木名，古人常以做棺椁。

㉔ 六府：萧子显《齐书 · 竟陵文宣王子良列传》记载：子良曾做过辅国将军、征虏将军、竟陵王、镇北将军、征北将军、护军将军，是为六府。

㉕ 三藩：子良曾做过会稽太守、南徐州刺史、南兖州刺史，是为三藩。

㉖ 油素：丝绸。

㉗ 铅（qiān）笔：用铅粉制成的笔。

㉘ 景山：指坟墓。

㉙ 晋氏：指司马昭。

㉚ 魏舒：晋人，司马昭甚器重他，武帝即位，累官为司徒。

㉛ 班列：指诸臣僚。

㉜ 阮略：字德规，齐内史，为政表贤黜恶，化风大行，齐人冒着严禁为他立碑。泯：灭、死。

㉝ 严科：严厉的禁令。

㉞ 如仁：指管仲，《论语·宪问》记载孔子称赞管仲辅佐齐桓公成就大业有“如其仁、如其仁”的话。

㉟ 管：管仲，孔子有“微管仲，吾其被发左衽矣”的赞语。

㊱ 常均：指通常的禁令。

㊲ 太宰渊：指褚渊，死后王俭为其制碑。丞相嶷：指萧嶷，封豫章文献王，死后赠丞相，南阳乐蔼为其制碑。

㊳ 九原：墓地。

㊴ 驻：天子止宿停留。长陵：帝王功臣墓地。

㊵ 輶轩：皇帝使臣所乘之车。

㊶ 甄：察。

㊷ 弘：大，宽松。

㊸ 策名：指出仕。委质：托付贽礼。质，通“贽”。

㊹ 二纪：二十四年，古称十二年为一纪。

㊺ 犬马：范云自指。

㊻ 弊帷：破帐子。毁盖：烂车盖。

㊼ 蓐：席，这里是用席包的意思。

㊽ 襦：短袄。

㊾ 幽泉：指墓穴。

㊿ 南浦：迎丧之地。

51 北陵：送葬之地。

52 仰觊：仰望。

53 杜预：即杜元凯，好为身后名，曾作二碑叙其功绩，对人说：“何知后代不在山头乎？”

54 马骏：扶风王司马骏，晋宣帝第七子，死后民吏树碑赞述其德，长老见碑，无不拜之。

【语译】

臣范云进言：臣以为对活着的人要树立他的名声，对死去的人要表彰他的业绩，既然知情达理的长老已不在世，不能口传死者的美德，就要借助刻石立碑以为不能削除之书。虽然古时把记述功业的书藏在名山，但因陵谷变迁终将失去；若把它们放在藏书阁里，那么也会脱简断编无法久存。当然也有保存永久的，像记述汉高祖功绩的碑文至今仍留在泗水边上，纪念孔子美德的碑文也依然屹立在沂水河边。因此为推崇弘扬师道，子夏在西河仿效孔子的行迹；出于推尊君主之情，伊尹恨不能将他的君主和尧舜并列。所以寺观庙宇一落成，一定会大刻碑文，以记其盛；担任一县的长官，也都刻石以表其功绩。更何况作为太宰的萧子良有着周公、伊尹、颜回那样的美德呢。

已故太宰竟陵文宣王萧子良，与君主存亡与共、患难相交，其道德行为实为朝廷的榜样；尊主配天之功，可与周公相比美。体察国政、端正朝风，出为州官、入为朝臣。在朝必想到以仁义之道告诉君主，不在朝时没有专擅私利的行为，教人以五种人伦之道，管理政事有条不紊。至于一言一行都极重道德风范，琴书自乐，著述丰富。所行之道虽不能兼济天下之人，而所做之事都是与人为善，只是难以一一称颂叙述。

太宰子良死后，时移岁换，鸱鸮从墓地往东迁移，墓前松槚成行。生前的六府臣僚、三藩士女，都怀着绢帛纸笔，想记述其往事。望着那坟丘，徒有仰慕之情。从前晋朝开始时严禁立碑，为司马昭所器重的丞相魏舒，死后也与众臣一样未能立碑。而为政贤明的阮略死后，郡人首次冒犯禁令为其立碑，为阮略立碑的人居然被免去刑罚，而被立碑的人也因此而更受到朝廷的赞叹。至于仁德功业如同管仲一样的人，本来不应该受一般禁令的约束。所以太宰褚渊、丞相萧嶷，他们二人是皇上的亲戚、贤臣，都为之立碑就已经有了成规。请求皇上按二公先例准许为太宰子良立碑，难道要让我们在想起他的坟墓之时，发现农夫野老竟然忘记那是禁地，在皇上的使车停留在陵墓前时，难道竟不知道所去的地方。

臣出身低贱，才学平常，正碰上齐王朝放宽禁令、诸王招引宾客的时机，得以出仕做官，拜师求教于竟陵王子良，忽忽已经二十四年。想不到子良先我而去，使我不能报答他的大恩。我还未用破烂帷盖包裹尸骨，以防蚂蚁啃咬，而子良却锦衣玉匣陪葬入墓，迅速地归去黄泉。皇上您广奖名教，不为愚臣所蔽，使我得以疾奔迎丧之地，在墓前痛哭致哀。既然已经得到准许送葬的恩施，实期望为之立碑能流泽后代。这或许如同杜预所说死后期望立碑于名山，或许如同司马骏那样让人们在他墓碑前跪拜感叹。面对这份奏表，我悲痛而又惶恐，以至话都说不通畅。臣范云惊恐不已。

【评析】

此表是作者为范始兴（即范云）求立太宰碑而作。范云极力称颂已故太宰萧子良的功业美德，全文围绕“存树风猷，没著徽烈”这一基本主题展开论述。前二段文字以历史上的圣君贤相立碑记功作为依据，论述已故太宰的功绩可以“严天配帝”，其一言一行都可作为后人尊主崇师的典范。因此为太宰立碑是理所当然的事。后二段文字着重论述太宰死后受人尊敬和爱戴，不应受禁令之限，且为尊敬爱戴的人立碑已有“前例”，故请求皇上“赐许刊立”。作者以沉痛的笔墨表述了范云对已故太宰的仰慕怀念之情，并把这种感情凝结在求皇上为太宰立碑一事上。文章对已故太宰虽不乏溢美之词，但由求立碑一事展开对人物的纵横评论，文势跌宕多变。且议论中夹以抒情叙事，论述之理与悲痛之情交织在一起，理正情笃，是一篇耐读的奏表。

卷第三十九

上书

上书秦始皇一首

作者：李斯　　注译评析：毛毓松

臣闻吏议逐客，窃以为过矣。昔穆公求士[①]，西取由余于戎[②]，东得百里奚于宛[③]，迎蹇叔于宋[④]，来邳豹、公孙支于晋[⑤]。此五子者，不产于秦，穆公用之，并国三十[⑥]，遂霸西戎。孝公用商鞅之法[⑦]，移风易俗，民以殷盛，国以富强，百姓乐用，诸侯亲服，获楚魏之师[⑧]，举地千里，至今治强。惠王用张仪之计[⑨]，拔三川之地[⑩]，西并巴蜀[⑪]，北收上郡[⑫]，南取汉中[⑬]，包九夷[⑭]，制鄢郢[⑮]，东据成皋之险[⑯]，割膏腴之壤，遂散六国之从[⑰]，使之西面事秦，功施到今[⑱]。昭王得范雎[⑲]，废穰侯[⑳]，逐华阳[㉑]，强公室，杜私门，蚕食诸侯，使秦成帝业。此四君者，皆以客之功。由此观之，客何负于秦哉？向使四君却客而弗纳[㉒]，疏士而弗用，是使国无富利之实，而秦无强大之名也。

今陛下致昆山之玉[㉓]，有和随之宝[㉔]，垂明月之珠[㉕]，服太阿之剑[㉖]，乘纤离之马[㉗]，建翠凤之旗[㉘]，树灵鼍之鼓[㉙]。此数宝者，秦不生一焉，而陛下悦之，何也？必秦国之所生然后可，则夜光之璧，不饰朝廷；犀象之器，不为玩好；而赵卫之女，不充后庭[㉚]；骏良駃騠，不实外厩[㉛]；江南金锡不为用，西蜀丹青不为采[㉜]。所以饰后宫、充下陈、娱心意、悦耳目者[㉝]，必出于秦然后可，则是宛珠之簪、传玑之珥、阿缟之衣、锦绣之饰不进于前[㉞]；而随俗雅化、佳冶窈窕赵女不立于侧也[35]。夫击瓮叩缶、弹筝搏髀，而歌呼呜呜快耳者[36]，真秦之声也。郑卫桑间，韶虞武象者，异国之乐也[37]。今弃叩缶击瓮而就郑卫，退弹筝而取韶虞，若是者何也？快意当前，适观而已矣[38]。今取人则不然，不问可否，不论曲直，非秦者去，为客者逐。然则是所重者在乎色乐珠玉，而所轻者在乎人民也。此非所以跨海内、制诸侯之术也。

臣闻地广者粟多，国大者人众，兵强者则士勇。是以太山不让土壤[39]，故能成其大；河海不择细流，故能就其深；王者不却众庶[40]，故能明其德。是以地无四方，民无异国，四时充美，鬼神降福，此五帝三王之所以无敌也。今乃弃黔首以资敌国[41]，却宾客以业诸侯，使天下之士，退而不敢西向，裹足不入秦，此所谓“藉寇兵而赍盗粮”者也[42]。

夫物不产于秦，可宝者多；士不产于秦，愿忠者众。今逐客以资敌国，损民以益仇[43]，内自虚而外树怨诸侯，求国无危，不可得也。

【作者简介】

李斯（？—前208），楚国上蔡（今河南上蔡西南）人，著名思想家荀子的学生。公元前247年，李斯入秦为客卿，协助秦始皇统一中国，先后担任过廷尉、丞相等职务，是历史上著名的政治家。《史记》有传。

【篇旨】

此文针对秦王政所下的逐客令，陈述客卿对秦国的贡献。

【注释】

① 穆公：指秦穆公（前659—前621年在位），春秋五霸之一。

② 由余：晋国人，流寓西戎，后为秦穆公所用。戎：指称我国古代西部的少数民族。

③ 百里奚：原为虞国大夫，晋献公灭虞后，把他作为秦穆公夫人的陪嫁

奴仆送给秦国。后来百里奚由秦国逃至楚国宛地，被楚军拘留。秦穆公知其有才，用五张黑羊皮把他赎回来，任为相。

④ 蹇（jiǎn）叔：百里奚的朋友，原居宋国，经百里奚推荐，穆公任他为上大夫。

⑤ 丕豹：晋国人，其父丕郑被晋惠公所杀，逃至秦国，为穆公所用。公孙支：亦作公孙枝，原居晋国，后为秦国大夫。

⑥ 并国三十：《史记》本传作“并国二十”，又《秦本纪》作“伐戎王，益国十二”。

⑦ 孝公：指秦孝公（前361—前338年在位）。商鞅：姓公孙，名鞅，卫国人，曾帮助秦孝公变法致强。

⑧ 获楚魏之师：公元前340年，商鞅用计大破魏军，俘获魏公子卬，同年又破楚军。

⑨ 惠王：指秦惠王（前337—前311年在位），孝公之子。张仪：魏国人，惠文王时为秦相，主张用“连横”之策击破六国联盟。

⑩ 三川：指今河南的黄河、洛水、伊水一带。

⑪ 巴蜀：古国名，今四川东部和西部。

⑫ 上郡：战国魏地，今陕西西北部。公元前328年，魏王以上郡十五县献给秦国求和。

⑬ 汉中：原为楚地，今陕西南部。公元前313年，秦用张仪之计取汉中地六百里，置汉中郡。

⑭ 九夷：指散居东方的各少数民族。

⑮ 鄢郢：楚国先后建都之地，鄢在今湖北宜城，郢在今湖北江陵，这里指代楚国。

⑯ 成皋：又名虎牢，古代军事要地，在今河南荥阳。

⑰ 从：同“纵”，指六国抗秦的联盟形式。

⑱ 施（yì）：延续。

⑲ 昭王：指秦昭襄王（前306—前251年在位），惠王之子。范雎：魏国人，入秦为相。

⑳ 穰侯：魏冉的封号，是秦昭王养母宣太后的异父同母弟。

㉑ 华阳：即华阳君，宣太后同父异母弟芈（mǐ）戎的封号。

㉒ 向使：假使。

㉓ 昆山：指昆仑山北麓的和阗，以产美玉闻名，人称“和阗玉”或昆山玉。

㉔ 和随之宝：指和氏璧（事见《韩非子 · 和氏》）、随侯珠（事见《淮南子 · 览冥训》），都是传说中的宝物。

㉕ 明月之珠：夜间放光如明月的珍珠，即夜明珠。

㉖ 太阿：剑名，相传春秋时吴国名匠干将和越国名匠欧冶子合铸的宝剑称作太阿剑。

㉗ 纤离：骏马名。

㉘ 翠凤：这里指翠鸟的羽毛。

㉙ 灵鼍（tuó）：《史记》作“灵鼉”，鼍同“鼉”，是鳄鱼的一个种类。

㉚ 赵卫：《史记》作“郑卫”，古代认为郑卫之地多美女，且长于歌舞。后庭，《史记》作“后宫”。

㉛ 驮骎（jué tí）：良马名。厩（jiù）：马棚。

㉜ 丹青：丹砂和青雘，都是绘画用的颜料。

㉝ 下陈：堂下，指宫女站立或歌舞之所。

㉞ 传：附着。玑：不圆的珠子。珥：耳环。阿缟：齐国东阿（今山东境内）所产的白绢。

㉟ 佳冶：容貌艳丽。窈窕（yǎo tiǎo）：体态优美。

㊱ 瓮（wèng）：盛水的瓦罐。缶（fǒu）：腹大口小的瓦器。搏：拍打。髀：大腿。

㊲ 桑间：指桑间之音，郑卫一带的民间乐曲。韶虞：虞舜时的音乐。武象：周武王时的歌舞，乐曲称武，舞蹈称象。

㊳ 适观：动听好看。

㊴ 让：辞让，推却。

㊵ 却：推辞。

㊶ 黔（qián）首：秦国对百姓的称呼。

㊷ 藉：借助。赍（jī）：给人财物。

㊸ 仇：仇敌。

【语译】

臣我听到官吏们议决驱逐客卿之事，私下认为这是错误的。从前秦穆公求取人士，从西边的戎国招来了由余，从东边的楚国宛地招来了百里奚，迎来了在宋国的蹇叔，招来了在晋国的邳豹、公孙支。这五个人本非生在秦国，然而穆公任用他们，兼并了西戎各国，从而称霸西戎。秦孝公采用了商鞅变法的主张，改变了风俗，百姓得以殷实繁盛，国家从而富庶强大，百姓乐于被使用，诸侯们甘愿服从，战胜了楚、魏的军队，攻占了上千里土地，直到现在秦国仍太平而且强盛。秦惠王采用了张仪的计策，攻取了三川一带土地，向西兼并了巴蜀之地，往北收取了魏国的上郡，往南夺取了楚国的汉中，吞并了东方许多小部落，攻占了楚国的都城鄢郢，在东边占据了军事要地成皋，又宰割得来大片肥沃的土地，于是瓦解了六国的抗秦联盟，使他们面向西方服从秦国，其功效延续至今。秦昭王任用范雎为相，罢免了穰侯，放逐了华阳君，加强了朝廷的权力，杜绝了私人专权的祸害，逐步兼并了诸侯，使秦国完成了称帝的大业。这四位上代的国君，都是凭借客卿成就事业的。由此看来，客卿有什么地方辜负了秦国呢？假如让这四位国君拒绝客卿而不予收纳，疏远士人而不加任用，这样就会使秦国得不到富足的好处，而秦国也不可能像现在这样威名远扬。

如今陛下收罗到昆山的美玉，占有珍贵的和氏璧和随侯珠。悬挂着如同明月的珠子，佩戴着极名贵的太阿剑，乘坐着纤离骏马，竖起了用翠鸟羽毛做成的旗帜，装起了用灵鼍皮蒙的大鼓，这些珍贵之物，秦国一件也没有出产，陛下却喜欢它们，这是为什么呢？如果一定要秦国出产的然后才能使用，那么夜光之璧就不能装饰在朝廷之内，犀象之器就不能做成艺术品供玩赏，赵卫等国的美女就不能充塞后宫作侍妾，各种良马就不能充实马棚，江南所产的金锡就得不到使用，西蜀的颜料就不会被用来作彩饰。用来装饰后宫、充任侍妾、娱乐心意、满足耳目欣赏的东西，如果一定要出于秦国才可使用，那么这些用宛地明珠镶嵌的簪子，镶着珠子的耳环，用东阿白绢做成的衣服，以及衣领袖口上的各种彩色装饰，都不能进献在陛下的面前了。而随着时俗风尚巧妙地改变服饰打扮，容貌艳丽体态优美且能歌善舞的赵国美女，就不能站在陛下的身旁了。那种敲击瓦罐瓦器，一边弹筝，一边拍大腿打拍子，呜呜呀呀地歌唱，借此使人感到惬意的，才是真正的秦国音乐呢。郑卫桑间音乐，虞舜时的韶乐，周武王时的武乐象舞，那是别国的音乐。现在抛开敲击瓦罐瓦盆的秦国音乐而去欣赏郑卫桑间音乐，丢下弹筝而取用虞舜时的音乐，这样做又是为什么呢？不过是求得耳目的舒适罢了。如今对待人才的态度不是这样，不管人才是否有用，不论事情做对还是做错，只要不是秦国人就得离开，凡是做客卿的都要被赶走，如此看来，陛下所看重的在于美色、音乐、珠宝、玉石，而所轻视的恰恰在于人民。这不是用来统一海内、制服诸侯的办法。

臣听说土地广大粮食就多，国家辽阔人口就多，军队强大士兵就勇敢。因此，泰山不拒绝容纳泥土，所以能成就它的高大；河海能容纳各种细小的水流，所以能造成它的深广；称王天下的君主不推却归附的民众，所以能使其德望昭著。正因为如此，土地不分东西南北，人民不论从哪国到来，一年四季都富足美好，天地鬼神也来降福于民，这便是五帝三王能无敌于天下的原因。现在丢弃百姓让他们去资助敌国，拒绝宾客使他们去帮助诸侯成就功业，使天下的贤士抽身回去，不敢奔向西方，就像缠住双脚一样不能入秦，这就是人们常说的借给暴徒武器、供给盗贼干粮的做法啊！

货物不产在秦国而可宝贵的很多，贤士不生在秦国而愿意效忠的也很多。如今驱逐客卿来资助敌国，减少百姓使仇敌得到好处，国内自取虚弱而国外又与诸侯结下怨仇，希望国家没有危险，是不可能做到的。

【评析】

秦王政十年（前237）下令逐客，李斯当时在秦任客卿，也在被逐之列，于是上书秦王。秦王接受了李斯意见，收回了逐客令。文章首先提出

“吏议逐客”是错误的这一中心论点，然后援引自秦穆公以来的秦国发展壮大的历史事实，论述了客卿对秦国所作出的巨大贡献。接着，文章用秦国收罗四方宝物、欣赏别国音乐歌舞作比喻，论证了在用人问题上“不问可否，不论曲直，非秦者去，为客者逐”是错误的做法。最后说明逐客必然会带来资助敌国、削弱自己的严重后果，使秦国不能成就统一天下的帝业。这篇奏议说理透彻，文辞优美。由于运用了很多排比对偶句子，增强了表达力量。鲁迅《汉文学史纲要》曾以此文为例，指出“法家大抵少文采，惟李斯奏议，尚有华辞”。

上书吴王一首

作者：邹阳　　注译评析：毛毓松

臣闻秦倚曲台之宫①，悬衡天下②，画地而人不犯，兵加胡越③；至其晚节末路，张耳、陈胜连从兵之据④，以叩函谷⑤，咸阳遂危⑥。何则？列郡不相亲，万室不相救也。今胡数涉北河之外⑦，上覆飞鸟⑧，下不见伏兔，斗城不休，救兵不至，死者相随，辇车相属⑨，转粟流输，千里不绝。何则？强赵责于河间⑩，六齐望于惠后⑪，城阳顾于卢博⑫，三淮南之心思坟墓⑬。大王不忧，臣恐救兵之不专。胡马遂进窥于邯郸⑭，越水长沙⑮，还舟青阳⑯。虽使梁并淮阳之兵⑰，下淮东⑱、越广陵，以遏越人之粮⑲；汉亦折西河而下⑳，北守漳水㉑，以辅大国㉒，胡亦益进，越亦益深。此臣之所为大王患也。

臣闻蛟龙骧首奋翼㉓，则浮云出流，雾雨咸集；圣王底节修德，则游谈之士归义思名。今臣尽知毕议，易精极虑，则无国而不可奸㉔；饰固陋之心，则何王之门不可曳长裾乎㉕？然臣所以历数王之朝，背淮千里而自致者，非恶臣国，而乐吴民，窃高下风之行，尤悦大王之义。故愿大王无忽，察听其至。

臣闻鸷鸟累百，不如一鹗。夫全赵之时，武力鼎士袨服丛台之下者，一旦成市[26]，不能止幽王之湛患[27]。淮南连山东之侠，死士盈朝，不能还厉王之西也[28]。然则计议不得，虽诸贲不能安其位，亦明矣[29]。故愿大王审画而已。

始孝文皇帝据关入立，寒心销志，不明求衣。自立天子之后，使东牟朱虚东褒仪父之后[30]，深割婴儿王之[31]。壤子王梁代[32]，益以淮阳。卒仆济北[33]，囚弟于雍者[34]，岂非象新垣等哉！今天子新据先帝之遗业，左规山东，右制关中，变权易势，大臣难知。大王弗察，臣恐周鼎复起于汉，新垣过计于朝[35]，则我吴遗嗣不可期于世矣。高皇帝烧栈道[36]，灌章邯[37]，兵不留行，收弊人之倦，东驰函谷，西楚大破[38]。水攻则章邯以亡其城，陆击则荆王以失其地[39]，此皆国家之不几者也[40]。愿大王熟察之。

【作者简介】

邹阳，生卒年未详，西汉齐（今山东淄博市临淄区北）人，是当时游士，有智略远见。初从吴王刘濞，上书劝其勿起兵叛汉，吴王不听，后离吴奔梁，做了梁孝王刘武的门客，不久被谗下狱，作《狱中上梁王书》以自明。所作文章，博引史实，委婉曲折，有游士的善辩特色。《汉书》有传。

【篇旨】

本文劝说吴王勿存谋反之心，表现了邹阳在政治上的远见和谋士思虑的周密。

【注释】

① 曲台：宫殿名。

② 悬衡：均衡。

③ 胡：北方少数民族；越：南方少数民族。

④ 张耳、陈胜：皆秦末时人，因秦王无道，起兵反秦。

⑤ 叩：击。函谷：关名。

⑥ 咸阳：秦都城。

⑦ 北河：黄河流至今内蒙古阴山南麓，分南北二河，北边称北河。

⑧ 覆：尽。

⑨ 属：连结。

⑩ 赵：指赵王刘遂。河间：指刘遂弟河间王辟彊，因其子哀王无嗣，刘遂意欲收回河间，故无法救援汉军。

⑪ 六齐：指封于齐地的悼惠王六子。惠后：指惠帝、吕后。吕后曾想害死悼惠王，故六子追怨吕后，不发救兵。

⑫ 城阳：指城阳王刘喜。卢博：济北王治地。刘喜父亲讨诸吕有功，却不得封而死，故以此怨汉。

⑬ 三淮南：指淮南王刘安、衡山王刘赐、庐江王刘勃，因其父刘长被迁杀，故怨汉不救。

⑭ 邯郸：郡名，汉时改置赵国。

⑮ 水：涉。长沙：汉时置长沙国，今湖南全境。

⑯ 青阳：汉时泾县，今属安徽。

⑰ 梁：指梁孝王刘武。淮阳：地名，梁孝王为代王时，曾徙淮阳。

⑱ 淮东：淮河南岸一带。

⑲ 广陵：地名，今江苏境内。

⑳ 西河：燕赵之间。

㉑ 漳水：即漳河，在今河北境内。

㉒ 大国：指赵国。

㉓ 骧：举。

㉔ 奸：求。

㉕ 曳长裾：即曳裾王门，指奔走于权贵之门。裾，衣襟。

㉖ 袨（xuàn）服：盛服。丛台：赵王之台。

㉗ 幽王：赵幽王刘友，为吕后幽禁而死。

㉘ 厉王：淮南厉王刘长。

㉙ 诸：专诸。贲：孟贲。皆古之勇士。

㉚ 东牟：县名。朱虚：即刘章，吕后曾封他为朱虚侯。仪父：即春秋时邾娄仪父。刘章奉文帝之命，劝说齐王发兵诛诸吕，被封为朱虚侯，犹《春秋经》上美称邾娄为仪父之意。

㉛ 割：划分。婴儿：文帝幼子，指封皇子武为代王，参为太原王，揖为梁王。

㉜ 壤子：文帝第二个儿子，当地方言称人肥胖为壤。

㉝ 仆：僵仆、败亡。济北：指济北王兴居，因谋反自杀。

㉞ 弟：指淮南王刘长。

㉟ 新垣：即新垣平，以望气诈言天子权位的变迁，胡说"鼎在泗水中，臣望东北汾阴有金宝气"，劝吴王谋反，后被诛。

㊱ 高皇帝：指刘邦。

㊲ 章邯：秦时人，被项羽立为雍王，刘邦以水灌其城，破之。

㊳ 西楚：指项羽，曾自号西楚霸王。

㊴ 荆王：即楚王，指项羽。

㊵ 几：庶几、接近。

【语译】

我听说秦国凭借它的威力，与诸侯国势均力敌，划地为界而别国不敢侵犯，以至派军队去征讨胡越；到秦代末年，张耳、陈胜率领南北各地的军队，用以攻击函谷关，秦朝终于灭亡。这原因何在？因为各地郡国不跟它亲近，大家不去救援它。现在胡人多次侵犯北河之外，天上飞鸟射尽，地下不见伏着的兔子，不断地攻城略地，而汉军救兵不至，死者一个连着一个，兵车一辆连着一辆；军粮辗转输送，千里不绝于道。为什么呢？因为实力强大的赵王忙着讨还河间领地；悼惠王六子因追怨惠帝与吕后，不发救兵；城阳王顾念其父不受封赏而怨恨汉室；淮南王、衡山王、庐江王因念其父被杀而有怨恨之情。大王不忧，我却担忧一旦有事，各国不肯专为大王发救兵，这时，胡人的马队就会侵入邯郸，越人的战船就会开到长沙，并在青阳聚合。即使让梁王合并淮阳的军队，奔向淮东，越过广陵，以断绝越军的粮食，汉军此时也会折向西河往下进发，在北面守住漳水一带，以辅助赵国。于是胡人更加向前推进，越人也更加深入。这就是我替大王感到忧患的。

我听说蛟龙昂首展翅，天空就会出现浮云，云雾弥漫，大雨顿降。贤圣之王砥砺名节、修身养德，游说之士就会羡慕德行而自进于前。现在我献出自己全部的知识意见，调整精思以极尽谋虑，那么没有哪个国家不可去干求；修饰我的固执浅陋之见，那么有哪个权贵之门不可以去奔走呢？然而我之所以穿越过几个诸侯王国，背着千里之远的淮水来到这里，不是讨厌我的国家，而是喜欢吴国百姓，羡慕这里对待士人的良好道德，尤其钦佩大王的仁义之德。所以希望大王不要疏忽，能竭诚地听取我的意见。

我听说猛禽集至一百，还不如一只猫头鹰。在赵国未分为三之时，力能扛鼎、穿着盛服站在丛台底下的武士，即使有一天形成市集，人数很多，却不能挽救赵幽王被害死的祸患。淮南王联络山东豪侠，敢于殉身的勇士充斥于朝廷，然而淮南厉王被迁徙到雍地死去仍是家仇难报。可见没有好的计策，即使有专诸、孟贲之勇却不能保全王位也很明白了。所以希望大王慎重谋划。

当初汉文帝靠函谷关之固入为天子，寒心战栗，天未亮就起来办事。自从立为天子以后，使东牟朱虚侯的功劳犹如《春秋经》上的邾娄仪父一样得到褒扬，给婴儿划分出封地，给第二子刘武封王于梁、代，把淮阳也拨给他管。济北王因谋反自杀，厉王被迁徙死于雍地。这二国之亡难道不是因为有新垣平之类诈言谋反的人造成的吗！现在天子刚刚据有高祖留下来的功业，左边谋划山东诸国，右边控制关中一带，改易原来王侯的权利势力，大臣们都难以知晓这种变化。大王若不察知，我担心周鼎的获得在汉而不在吴，新垣平错误地估计形势、劝大王反汉，那样做会使吴国绝灭而没有继承人。高皇帝火烧栈道，水灌章邯，军队夜不停宿，士气旺盛，往东驰向函谷关内，大破西楚项王。用水攻城，章邯已经败亡，在陆地攻击，项王又失其地盘。妄起邪念，就会使吴国遭受灭亡。希望大王仔细考虑清楚。

【评析】

吴王刘濞因为不得继承太子之位，对汉朝早有怨望之心，故阴谋策划叛汉。邹阳已察知吴王反汉之意，故上书劝说吴王。文章开头一段运用委婉曲折的论述方法，先以秦之败亡在于“列郡不相亲，万室不相救”为喻，然后指出胡、越、齐、赵、淮南王等各有自己的私怨和为难之处，因而要联合其他王国来反汉是不容易做到的，“臣恐救兵之不专”，正道出了邹阳替吴王的忧虑。后面几段文字比较明确地论述了邹阳对当时形势的看法，认为从汉高祖、孝文帝以来，汉朝威势尚在，而对诸侯王的分封也都用尽心计，且“左规山东，右制关中，变权易势，大臣难知”。吴王若不了解此种形势，而误听新垣平的诈言，起兵叛汉，就会走上败亡之路。故文章在每段的末尾，都用“无忽”“审画”“熟察”等词语，对吴王提出规劝和忠告，表现出邹阳在政治上的远见和谋士思虑的周密。

狱中上书自明一首

作者：邹阳　　注译评析：毛毓松

臣闻“忠无不报，信不见疑”，臣常以为然，徒虚语耳。昔者荆轲慕燕丹之义[①]，白虹贯日[②]，太子畏之；卫先生为秦画长平之事[③]，太白食昴[④]，昭王疑之。夫精诚变天地，而信不谕两主，岂不哀哉！今臣尽忠竭诚，毕议愿知，左右不明，卒从吏讯，为世所疑。是使荆轲、卫先生复起，而燕秦不寤也。愿大王熟察之。昔玉人献宝[⑤]，楚王诛之；李斯竭忠，胡亥极刑[⑥]。是以箕子阳狂[⑦]，接舆避世[⑧]，恐遭此患。愿大王察玉人、李斯之意，而后楚王、胡亥之听，毋使臣为箕子、接舆所笑。臣闻比干剖心[⑨]，子胥鸱夷[⑩]，臣始不信，乃今知之。愿大王熟察，少加怜焉。

语曰：“白头如新，倾盖如故。”[⑪]何则？知与不知也。故樊於期逃秦之燕[12]，藉荆轲首以奉丹事；王奢去齐之魏[13]，临城自刭，以却齐而存魏。夫王奢、樊於期非新于齐、秦，而故于燕、魏也。所以去二国、死两君者，行合于志，而慕义无穷也。是以苏秦不信于天下，为燕尾生[14]；白圭战亡六城[15]，为魏取中山。何则？诚有以相知也。苏秦相燕，人恶之于燕王，燕王按剑而怒，食以駃騠[16]；白圭显于中山，人恶之于魏文侯，文侯投以夜光之璧。何则？两主二臣，剖心析肝相信，岂移于浮辞哉！故女无美恶，入宫见妒；士无贤不肖，入朝见嫉。昔者司马喜膑脚于宋[17]，卒相中山；范雎摺胁折齿于魏[18]，卒为应侯。此二人者，皆信必然之画，捐朋党之私，挟孤独之交，故不能自免于嫉妒之人也。是以申徒狄蹈雍之河[19]，徐衍负石入海[20]。不容身于世，义不苟取，比周于朝[21]，以移主上之心。故百里奚乞食于路，穆公委之以政；宁戚饭牛车下[22]，而桓公任之以国。此二人，岂素宦于朝，借誉于左右，然后二主用之哉！感于心，合于意，坚如胶漆，昆弟不能离，岂惑于众口哉！故偏听生奸，独任成乱。昔鲁听季孙之说而逐孔子[23]，宋信子冉之计囚墨翟[24]。夫以孔墨之辩，不能自免于谗谀，而二国以危。何则？众口铄金，积毁销骨。是以秦用戎人由余而霸中国[25]，齐用越人子臧而强威宣[26]。此二国岂拘于俗，牵于世，系奇偏之辞哉！公听并观，垂明当世。故意合则胡越为昆弟，由余、子臧是矣；不合则骨肉为仇敌，朱、象、管、蔡是矣[27]。今人主诚能用齐秦之明，后宋鲁之听，则五霸不足侔，三王易为比也。

是以圣王觉悟，捐子之之心[28]，而不悦田常之贤[29]；封比干之后，修孕妇之墓[30]，故功业覆于天下。何则？欲善无厌也。夫晋文公亲其仇[31]，而强霸诸侯；齐桓公用其仇[32]，而一匡天下。何则？慈仁殷勤，诚嘉于心，此不可以虚辞借也。至夫秦用商鞅之法[33]，东弱韩魏，立强天下，而卒车裂之。越用大夫种之谋[34]，禽劲吴而霸中国，遂诛其身。是以孙叔敖三去相而不悔[35]，於陵子仲辞三公为人灌园[36]。今人主诚能去骄傲之心，怀可报之意，披心腹，见情素[37]，隳肝胆[38]，施德厚，终与之穷达，无爱于士[39]，则桀之狗可使吠尧[40]，而跖之客可使刺由[41]，何况因万乘之权，假圣王之资乎！然则荆轲湛七族[42]，要离燔妻子[43]，岂足为大王道哉！

臣闻明月之珠，夜光之璧，以暗投人于道，众莫不按剑相眄者[44]。何则？无因而至前也。蟠木根柢[45]，轮囷离奇[46]，而为万乘器者[47]。何则？以左右先为之容也[48]。故无因而至前，虽出隋侯之珠[49]，夜光之璧，只足结怨而不见德。故有人先谈[50]，则枯木朽株，树功而不忘。今天下布衣穷居之士，身在贫贱，虽蒙尧舜之术，挟伊管之辩[51]，怀龙逢比干之意[52]，欲尽忠当世之君，而素无根柢之容，虽竭精神，欲开忠信，辅人主之治，则人主必袭按剑相眄之迹矣。是使布衣之士，不得为枯木朽株之资也。

是以圣王制世御俗，独化于陶钧之上[53]，而不牵乎卑辞之语，不夺乎众多之口。故秦皇帝任中庶子蒙嘉之言，以信荆轲之说[54]，而匕首窃发；周文猎泾渭，载吕尚而归[55]，以王天下。秦信左右而亡[56]，周用乌集而王[57]。何则？以其能越拘挛之语[58]，驰域外之义，独观于昭旷之道也。今人主沉谄谀之辞，牵于帷墙之制[59]，使不羁之士与牛骥同皂[60]，此鲍焦所以忿于世，而不留富贵之乐也[61]。

臣闻盛饰入朝者，不以私污义；砥厉名号者[62]，不以利伤行。故里名胜母[63]，曾子不入；邑号朝歌[64]，墨子回车。今欲使天下恢廓之士[65]，诱于威重之权，胁于位势之贵，回面污行，以事谄谀之人，而求亲近于左右，则士有伏死堀穴岩薮之中耳[66]，安有尽忠信而趋阙下者哉！

【篇旨】

此信抒发了抱忠而受囚的不平和怀奇才而不遇的愤慨，表达了作者宁死不屈的气节。

【注释】

① 荆轲：战国时卫国人。燕丹：燕太子丹。丹在秦国做人质时，曾受秦

王侮辱，荆轲为报太子丹的厚遇自愿去行刺秦王。

② 白虹：兵象之兆。

③ 卫先生：秦人。长平之事：指秦将白起攻打赵国一事。长平：赵邑，今山西高平西北。

④ 太白食昴：预示赵国将有兵事发生。太白：即金星。昴（mǎo）：星宿名，赵之分野。

⑤ 玉人献宝：指楚人卞和献璞玉给楚王，被刖左右足。

⑥ 胡亥：即秦二世。

⑦ 箕子：殷纣王的叔父，忠谏纣王而不听。阳：通“佯”。

⑧ 接舆：楚国隐士，因不满现实而装疯避世。

⑨ 比干：殷朝贤臣，因谏纣王而被剖心。

⑩ 子胥：即伍子胥，曾劝谏吴王不要去攻打齐国，吴王命其自杀，并用皮口袋装了他的尸体扔入江中。鸱夷：皮革做成的口袋。

⑪ 倾盖：交盖驻车，形容初交相得，一见如故。盖，车盖。

⑫ 樊於期：秦将，因被谗获罪，全家为秦王所害。荆轲刺秦王，用樊於期的头为进献之礼，以便接近秦王行刺。

⑬ 王奢：齐臣，因罪逃至魏国。受魏礼遇。当齐军伐魏时，他登城对齐将说：“今君之来，不过以奢之故也。夫义不苟生以为魏累。”于是自刎而死。

⑭ 苏秦：战国时纵横家。尾生：相传古时守信用的人，他曾相约女子于桥下，女子没来，大水来了，他抱桥柱而死。

⑮ 白圭：战国时中山国将领，作战时失去六城，中山国王要杀他，他逃至魏，受魏君厚遇，后助魏灭了中山国。

⑯ 駃騠：骏马名。

⑰ 司马喜：战国时人，曾三次做过中山国之相。膑：古代刑罚，割去膝盖骨。

⑱ 范雎：魏国人，因被怀疑私通齐国，遭毒打以至断胁脱齿，后逃至秦国为秦相，封为应侯。摺：折断。

⑲ 申徒狄：姓申徒，名狄，商代人。因忠谏不被纳用，投河而死。

⑳ 徐衍：周代末年人，因不满乱世而自杀。

㉑ 比（bì）周：结私党。

㉒ 宁戚：春秋时卫国人，有才而不见用，行商于齐郭门之外，为齐桓公所识，举为大夫。

㉓ 季孙：即季桓子，鲁国执政大臣，为排挤孔子，他让鲁君观看女子歌舞队，结果鲁君三日不上朝，孔子便辞去司寇而离开鲁国。

㉔ 子冉：孔子学生子罕。墨翟：即春秋末年著名思想家墨子。

㉕ 由余：戎人，为秦穆公所识。

㉖ 子臧：战国时越人。威宣：指齐威王、齐宣王。

㉗ 朱：指丹朱，尧的儿子，凶顽不肖，尧不传位给他。象：舜的同父异母弟，曾陷害舜。管：管叔。蔡：蔡叔，都是周武王之弟，武王死后，他们曾反叛。周公杀死了管叔，流放了蔡叔。

㉘ 子之：战国时燕王哙之相，燕王信任子之，让位给他，结果造成内乱，齐国趁机入侵，燕国几乎灭亡。

㉙ 田常：又称陈恒，春秋时齐简公之相；他杀死简公后，立平公，夺得了齐国大权。

㉚ 修孕妇之墓：殷纣王曾剖孕妇之腹以观胎儿，周武王灭殷后，为被害孕妇修墓。

㉛ 仇：指宦官寺人披（勃鞮），他受晋献公指使去杀公子重耳，并斩去重耳的袖子，后来重耳回国做了国君，宽赦了寺人披。寺人披告发晋臣吕甥、郤芮谋害重耳之事，使重耳得免于难。

㉜ 仇：指管仲。管仲曾替公子纠狙击齐桓公小白，并射中了齐桓公的带钩。齐桓公即位，任管仲为相，使齐一匡天下。

㉝ 商鞅：秦孝公时宰相。

㉞ 大夫种：指春秋时越国大夫文种，他辅佐越王勾践灭吴，成就霸业，后来被越王杀害。

㉟ 孙叔敖：楚国人，曾三次为楚庄王相。他三次为相而不喜，因其自知

有才；三次罢相而不悔，因其自知非罪。

㊱ 於陵子仲：即陈仲子，因居於陵故改称，楚王曾用重金请他为相，被他拒绝，并带着妻子逃走，替别人灌园。

㊲ 素：通“愫”。

㊳ 臁肝胆：即肝胆涂地之意。臁，堕。

㊴ 爱：吝啬。

㊵ 桀之狗：《史记·邹阳列传》作“桀之犬”。

㊶ 跖：盗跖。由：许由。

㊷ 湛：通“沉”，这里是杀灭的意思。

㊸ 要（yāo）离：春秋时吴国人，为替吴王去谋杀公子庆忌，故意让吴王加罪于他而烧死了他的妻子，以便能接近庆忌行刺。燔：烧。

㊹ 眄：邪视。

㊺ 蟠：曲。柢：树根。

㊻ 轮囷离奇：都是盘绕屈曲之状。

㊼ 万乘：指天子。器：服玩之属。

㊽ 容：雕刻修饰。

㊾ 隋侯之珠：喻珍贵之物。隋，同“随”。

㊿ 谈：当作“游”。

51 伊管：指伊尹与管仲。

52 龙逢：关龙逢，夏代贤臣，因忠谏而被夏桀杀死。

53 钧：制陶时所用的器具。

54 中庶子：官名，太子的属官。蒙嘉：秦国宠臣，荆轲为刺秦王，曾以重礼贿赂蒙嘉，荆轲因而得见秦王。

55 吕尚：即姜太公，曾钓于渭水，周文王打猎遇见了他，知其贤，便与他同车而归。后来吕尚辅佐武王成就王业。

56 左右：指蒙嘉等内侍近臣。

57 乌集：比喻偶合，指周文王偶识吕尚。

58 拘挛（luán）：原指肌肉收缩，不能伸展自如，这里是沾滞、固执之意。

⑲ 帷墙：本是妻妾所居，此指近臣。

⑳ 不羁之士：指不受拘束的读书人。皂：马槽。

㉑ 鲍焦：春秋时人，他愤世嫉俗，不为天子臣，不与诸侯交，甘于贫苦，抱木饿死。

㉒ 砥厉：都是磨刀石，此为动词，锻炼之意。

㉓ 胜母：古时里宅名，曾子因其胜过母亲之名违反孝道，故不愿进入。

㉔ 朝歌：殷代都邑，在今河南汤阴南。纣王作乐称“朝歌”，墨子主张非乐，故闻此名而回车不入。

㉕ 恢廓：广大高远。

㉖ 堀：同“窟”。

【语译】

我听说过“忠诚没有得不到报答，信义不会被人怀疑”的话，我常常认为这话是有道理的，但实际上仅仅是句空话罢了。从前，荆轲敬仰燕太子丹去刺秦王的正义行为，出发时白色长虹穿日而过，太子丹为此担心荆轲的行动。卫先生为秦昭王筹划发兵长平之事，这时太白金星恰好侵犯了赵国上空的昴宿，秦昭王为此怀疑到卫先生头上。荆轲和卫先生的精诚固然能感动天地，使天象也发生了变化，然而他们的诚信不能被燕太子和秦昭王了解，难道还不悲哀吗！如今我竭尽忠心，把计议说尽了，希望大王知道，可是大王左右的人并不了解我的心意，终于使我受到了狱吏的审讯，被世人所怀疑。在这种情况下，即使荆轲、卫先生再活过来，而燕太子、秦昭王仍然不会觉醒的。希望大王能认真考虑清楚。以前卞和进献宝玉，楚王不识而把他的双脚砍掉；李斯为秦王效忠尽力，胡亥却把他投入监狱处以极刑。因此，箕子假装发疯，接舆隐居避世，他们都是害怕遭到这样的祸患。我希望大王您仔细考察卞和、李斯的心意，而先不要像楚王和胡亥那样听信谗言，切不可让我的遭遇也被箕子、接舆所嘲笑。我听说比干因进忠言而被剖心，伍子胥因劝谏被杀，还将他的尸体装入皮口袋扔到江中，我开始听说还不敢相信，到现在才懂得确有这样的事。希望大王能考察前事，请稍给些同情吧。

俗语说："有的人虽然相处到老，仍然如同陌生人，有的人即使路上相逢，却能一见如故。"这是为什么呢？在于相知还是不相知。所以，樊於期从秦国逃到燕国，割下自己的头借给荆轲，来成就燕太子丹报复秦王的大事；王奢离开齐国来到魏国，登上城楼望攻魏的齐军而自刎，以此来阻止齐军保存魏国。那王奢、樊於期并非同齐国、秦国是新交，而同燕国、魏国是老朋友呀！他们之所以离开齐、秦二国而为燕、魏二君献出生命，是因为他们的行为表现了自己的志向，而追求信义可以达到无穷的境界。因此，尽管纵横家苏秦以不守信义闻名于世，他竟能同以守信约而死的尾生一样表现出对燕国的忠诚；白圭在中山国时屡战受挫，后来却又为厚待他的魏君灭了中山国。这是为什么呢？实在因为他与魏君是真正的相知呀。苏秦在燕国任相时，有人在燕王面前讲他的坏话，燕王手按宝剑而对说坏话的人极为恼怒，相反，拿最好的马肉给苏秦吃；白圭替魏君灭了中山国地位十分显贵，有人在魏文侯面前说他的坏话，魏文侯不信谗言，反而将珍贵的夜光璧赐给白圭。这是为什么呢？这两位国君和两位臣子，都能推心置腹、肝胆相照，求得互相信任，怎么会被流言蜚语所动摇呢！所以，女人不论是美是丑，进入宫中便会被人嫉妒；士子不论有才无才，进入朝中便会遭人非议。从前司马喜在宋国受刑割去了膝盖骨，后来逃到中山国当了宰相；范雎在魏国时被折断肋骨、敲掉牙齿，后来逃到秦国被封为应侯。这两个人都能确信必然可行的计划，抛弃朋党的私利，坚持清高的结交态度，他们这样做就难免有人嫉妒了。因此，申徒狄因谏君不听，自投雍水而死，徐衍不满于乱世，负石沉海而亡，他们都是不能容身于世的人。按照道义不肯随便采取结党于朝的手段，以此来感动君主的心意。所以百里奚在路上讨饭时，秦穆公却把重任委托给他；宁戚在车下喂牛时，齐桓公把国家大事交给他掌管。这两个人难道一直在朝做官，凭着国君的亲信替他延誉以后才得到二位君主的信任吗？他们的思想品德为国君所感动，符合国君的心意，君臣之间团结得像胶漆一样坚固，亲密得如同兄弟一样不能分离，哪能被众人的谗言所迷惑呢？所以，偏听偏信就会出现奸人，独断专横必将造成祸乱。从前鲁君听信季孙氏的坏话，赶跑了孔子；宋国用了子冉的计谋，囚禁了墨翟。像孔子、墨翟那样富有辩才的人，仍不能在谗言媚语下免除自身的祸患，而两国由此而处于危难之中。这是什么原因呢？众人交口谗毁、就连金石也会被它熔化；多次受人诽谤，就是骨肉也将为之销毁。秦穆公任用西戎部族的由余，由此征服西戎而称霸中国；齐国任用越国的子臧，而使齐威王、齐宣王两代都获得强大。这两个国家的用人难道拘于世俗之见，偏听偏信一面之辞吗？公正地听取意见，多方面观察问题，在当时就留下了善于明察的好名声。所以，思想看法取得一致，就是北方的胡人和南方的越人都会成为兄弟，由余、子臧就是这样；思想观点相反，即便是骨肉亲人也会成为仇敌，丹朱、象、管叔、蔡叔就是这样。现世的君主如果确实能效法齐、秦两国的明察，以宋、鲁两国的误听为借鉴，那么，春秋五霸不足以相提并论，而三王五帝也容易并驾齐驱了。

圣明的君主清醒明白，抛弃子之的欺主野心，不喜欢田常篡权的本事，加封比干的子孙，修葺被害孕妇的坟墓，所以其功业遍布天下。这是什么原因呢？是因为君主要做的好事是不会有满足的时候的。晋文公能亲近他的仇人，使得他势力强大称霸诸侯；齐桓公能任用他的仇敌，使得他能匡正天下，称雄诸侯。为什么这样呢？因为君主待人慈爱诚恳，真正出自内心，这决不是靠虚情假意所能奏效的。说到秦国依靠商鞅实行变法，向东边削弱韩、魏等国的势力，随即成为国富兵强的大国，而商鞅最终受车裂酷刑而惨死；越国实行大夫文种的复仇谋略，打败了强大的吴国，国力强盛而称霸中原，结果文种又遭越王杀害。因此，楚国的孙叔敖三次被免去相位而并不懊悔，於陵子仲宁肯三次辞去丞相，给别人浇灌菜园。现在的国君如能真正抛弃骄横傲慢的思想，怀着让士子可以报答之意，与臣下能以心相见，倾吐真情，披肝沥胆，施加厚重的恩德，始终与士人同忧患，共享乐，对士人毫不吝啬，那么，就让夏桀的走狗去向圣王帝尧吠叫，让盗跖的门客去刺杀贤人许由，这对圣王贤人有何损害呢？何况大王凭恃君主的权力、依仗圣王的才质呢！虽然是这样，而那荆轲还是被灭了七族，要离也烧死了妻子，难道这类事情还值得向大王一一叙说吗？

我听说明月之珠，夜光之璧，在黑夜的路上，拿它们向人投掷，人们没有谁不按剑警惕地斜视。为什么这样呢？因为这是无缘无故出现在人们面前。屈曲的树干连着树根，形状盘折离奇，能做成供天子观赏的贵重玩物，原因何在？是天子手下的人先给它进行雕刻加饰的缘故。所以，无缘无故而出现在面前的东西，即使是隋侯之珠、和氏之璧，只能看成是结下怨恨而决不是显示美德。如果有人先进谏君主而受到重视，即使是枯木朽株那样的材质，也能为君主树立功劳而不被遗忘。现在世上那些如同平民百姓的士子，他们生活困苦，地位低下，虽然具有唐尧、虞舜的治国之术，怀着伊尹、管仲的政治才能，抱有关龙逢、比干忠诚效劳的意志，很想为今世的国君做出一番事业，然而平素缺乏像对树根那样的雕饰整治，虽然用尽心力，设法打开效忠尽信之路，以辅佐君主治理国家，但君主无视于此，仍按照那提起宝剑警惕地斜视别人的方法去做，这就使得清贫有道之士就连枯木朽株那样的作用都难以发挥了。

因此，圣明的君主治理社会，改变风俗，就像陶工转钧一样操纵自如，他们不会因浮言浅见改变自己的主张，也不会因众人的言论而受到影响。所以，秦始皇轻信中庶子蒙嘉的不实之词，对荆轲的行为失去警惕，而匕首就在这时从暗中发出；周文王在渭水边打猎遇到诚实的吕尚，与他同坐一车而归，周文王由此而称王天下。秦始皇听从亲信的虚言，使自己亡了国家；周文王偶然遇见知遇之人，使自己成就王业。这原因何在？因为周文王能够超越固执无用之见，采纳高明不俗的见解，以显示出他无比光明宽广的政治胸怀。现在的君主沉溺在谄媚阿谀的言语之中，束缚在近臣妻妾的包围圈里，使得不受拘束的读书人竟与牛马为伴，这就是鲍焦之所以愤世嫉俗，而不愿享受富贵之乐的缘故啊！

我听说穿戴漂亮袍服上朝的人，不会用私情来损害正义；注重名教修养的人，不会因小利来伤害品行。所以，用胜母这种名词来命名里巷，讲究孝道的曾子就不愿进入；纣王作乐把城市名定为朝歌，主张非乐的墨子掉转车头就走。现在，要想使天下有远大抱负的志士，被掌握大权的人所束缚，受地位尊显的权臣所胁迫，改变自己的态度、玷污自己的品行，以此来侍奉谄媚阿谀的小人，进而取得君主的欢心与信任，那么，有抱负的士人只好老死在岩穴和山泽之间，哪里会有到权势者门下尽忠尽信，奔走效劳的呢？

【评析】

邹阳是汉代著名游士，有胆识，富才略，慷慨而不苟合，因此被人忌恨。梁孝王听信谗言，将他下狱。他在狱中写了这封信，旨在为自己的冤狱辨白。然其所述却又是封建社会中一个普遍存在的问题，即所谓君臣关系问题。文章一开头就指出他过去相信的“忠无不报，信不见疑”不过是句空话，接着列举历史上正反两方面的事例，说明只有君臣相知才能治理好国家，君臣不相知则会给国家带来祸难，实际上是希望梁王能了解他，解除他“卒从吏讯”的灾祸，重新加以任用。文章中一再表明作为君主不能偏听偏信，要“公听并观”，对臣子则要“去骄傲之心，怀可报之意”。文章最后表明作者自己要效法古代的贤人君子，虽处贫贱，也要保持至死不屈、不谄不媚的气节。通观全文，作者虽为自己辩狱而写，但行文之中既没有为自己评功摆好，也没有直接向梁王诉述冤曲，但所述的问题，所谈的道理却又处处关联着自身的遭遇，也就是通过说理和申述缘由来为自己的冤曲辩解。由于说理透彻，引例充分，且词气通畅，感情激越，跌宕起伏而又一气呵成，故有很强的说服力与感染力，无怪梁孝王看了这封信后，立即释放了邹阳。

上书谏猎一首

作者：司马长卿　　注译评析：毛毓松

臣闻物有同类而殊能者，故力称乌获[①]，捷言庆忌[②]，勇期贲育[③]。臣之愚暗，窃以为人诚有之，兽亦宜然。今陛下好凌岨险、射猛兽，卒然遇轶才之兽[④]，骇不存之地，犯属车之清尘[⑤]，舆不及还辕，人不暇施功，虽有乌获、逢蒙之伎[⑥]，力不得用，枯木朽株尽为难矣。是胡越起于毂下，而羌夷接轸也[7]，岂不殆哉？虽万全无患，然本非天子所宜近也。

且夫清道而后行[8]，中路而驰，犹时有衔橛之变[9]。而况乎涉丰草，骋丘墟，前有利兽之乐，而内无存变之意，其为害也不亦难矣！夫轻万乘之重不以为安，而乐出万有一危之途以为娱，臣窃为陛下不取也。

盖闻明者远见于未萌，而智者避危于无形，祸固多藏于隐微，而发于人所忽者也。故鄙谚曰："家累千金，坐不垂堂[10]。"此言虽小，可以喻大。臣愿陛下留意幸察。

【篇旨】

规劝汉武帝不要亲自打猎，表现了作者对帝王行猎逸乐之事的不满。

【注释】

① 乌获：战国时大力士。

② 庆忌：春秋时吴王僚之子，传说他跑起来连马都追不上。

③ 贲：孟贲。育：夏育。二人皆战国时武士。

④ 轶才：才能超群。轶，通"逸"。

⑤ 属车之清尘：不敢直言皇帝的委婉说法。属车，随从之车。

⑥ 逢蒙：古代善射的人。

⑦ 轸：车厢底框，指车。

⑧ 清道：古时帝王官员外出，需先清除道路，驱逐行人，以保安全。

⑨ 衔：铁制马具，放在马口内用以勒马。橛：车钩心，用以固定车子底部与车轴之间的木橛。

⑩ 垂堂：靠近屋檐处，此处瓦坠落易伤人。

【语译】

我听说事物有同属一类而才能却不相同的，所以论力气要称乌获，论快捷要算庆忌，论勇猛则要算孟贲与夏育了。就我的愚见看，我私下以为人果然有武勇快捷的行为，野兽也该有这种情况。现在陛下您喜欢登临险要之地，射猎猛兽。要是突然遇上凶猛异常的野兽，在它不能存身的地方惊慌起来，扑向陛下的车驾，那时车子来不及掉转车辕，护卫之人来不及施展武艺，即使有乌获、逢蒙那样的武艺，力气也使不出来，连枯死的树枝都成了障碍物了。这就如同胡越之兵起于皇帝的车驾之下，羌夷之军逼近车厢一样，难道不危险吗？即使性命得以保全而没有造成祸难，但这不是天子所应当面临的事情。

再说清除道路以后行车，在途中奔驰，还时常会发生脱衔断橛的变故。更何况越过繁茂的草地，驰骋在野外的丘陵上，眼前只贪求猎获野兽的乐趣，心里却没有防备变故的想法，那么造成灾祸就不是稀罕的事了。忽视天子尊贵的地位，不能认为是安全，而喜欢在万分之中有一分危险的地方奔驰并把它看成是种快乐，我觉得陛下不应这样做。

我听说英明的人在事情尚未发生时就有卓越的预见，而聪明的人在危险尚未形成时就能避开危险，灾祸大多隐藏在事情还没有显露之时，并发生在人们所忽视的地方。所以俗语说：“家有千金财，不坐屋檐下。”这话虽小，却可以拿来说明大道理。我希望陛下留意明察于此。

【评析】

这篇文章的主旨正如题目所示，是规劝汉武帝不要亲自打猎。文章先以古代的几位武勇之士引出“人诚有之，兽亦宜然”。人既猎兽，兽亦必犯人，其危险之状，犹如胡、越、羌、夷之兵四面包围而至。接下一段写天子在打猎途中会出现意想不到的变故，更不能以这种“万有一危之途”当作乐事。最后又反复申明此意，并引鄙谚俗语来说明此中道理。全文寓抽象的说理于具体描绘之中，起到“于悚然可畏之中，复委婉易听”的效果。

上书谏吴王一首

作者：枚叔　　注译评析：毛毓松

臣闻“得全者昌，失全者亡。”①舜无立锥之地，以有天下；禹无十户之聚②，以王诸侯③；汤武之土不过百里，上不绝三光之明④，下不伤百姓之心者，有王术也。故父子之道，天性也；忠臣不避重诛以直谏，则事无遗策⑤，功流万世。臣乘愿披腹心而效愚忠⑥，惟大王少加意，念恻怛之心于臣乘言⑦。

夫以一缕之任⑧，系千钧之重⑨，上悬之无极之高，下垂之不测之渊，虽甚愚之人，犹知哀其将绝也。马方骇⑩，鼓而惊之；系方绝，又重镇之。系绝于天不可复结，坠入深渊难以复出。其出不出，间不容发⑪。能听忠臣之言，百举必脱⑫。必若所欲为，危于累卵⑬，难于上天。变所欲为，易于反掌，安于泰山。今欲极天命之上寿⑭，弊无穷之极乐⑮，究万乘之势⑯，不出反掌之易，居泰山之安，而欲乘累卵之危，走上天之难⑰，此愚臣之所大惑也。

人性有畏其影而恶其迹⑱，却背而走⑲，迹逾多，影逾疾，不如就阴而止，影灭迹绝。欲人勿闻，莫若勿言；欲人勿知，莫若勿为。欲汤之沧⑳，一人炊之，百人扬之，无益也，不如绝薪止火而已㉑。不绝之于彼，而救之于此，譬由抱薪而救火也。养由基，楚之善射者也㉒，去杨叶百步，百发百中。杨叶之大，加百中焉，可谓善射矣。然其所止，百步之内耳，比于臣乘，未知操弓持矢也。福生有基㉓，祸生有胎；纳其基，绝其胎，祸何自来？

太山之霤穿石㉔，殚极之綆断干㉕。水非石之钻㉖，索非木之锯，渐靡使之然也㉗。夫铢铢而称之㉘，至石必差㉙；寸寸而度之，至丈必过。石称丈量，径而寡失㉚。夫十围之木，始生而蘖㉛，足可搔而绝，手可擢而抓[32]，据其未生[33]，先其未形。磨砻砥砺[34]，不见其损，有时而尽；种树畜养[35]，不见其益，有时而大；积德累行，不知其善，有时而用；弃义背理，不知其恶，有时而亡。臣愿大王熟计而身行之[36]，此百世不易之道也！

【篇旨】

规劝吴王除去恶念，积德累行，借以成就百世王业。

【注释】

① 全：完备，此指德行完美无瑕。

② 聚：村落。

③ 王：称王，下文“有王术也”之“王”同。

④ 三光：指日、月、星。

⑤ 遗策：失策。

⑥ 披腹心：打开腹心，以诚相示之意。

⑦ 惟：语气词，表希望。少：稍为。意、念：同义词连用，考虑的意思。恻怛（cè dá）：忧伤。

⑧ 缕：线。任：负担。

⑨ 系：挂住，拴住。

⑩ 方：正。

⑪ 间：间隙、空隙。

⑫ 百举必脱：言百祸可免。

⑬ 累卵：把蛋叠在一起，喻其危险。

⑭ 上寿：言寿命之长。

⑮ 弊：竭，尽。

⑯ 究：探究。万乘（shèng）：万辆兵车，天子所有，此指王侯，即吴王刘濞之国。

⑰ 走：趋，跑。

⑱ 影：本作“景”，下同。迹：足迹。

⑲ 却背：反背。却：往后退。

⑳ 汤：滚开水。沧：寒。

㉑ “一人炊之”四句：典出《吕氏春秋·尽数》：“以汤止沸，沸愈不止。去其火，则止矣。”薪：柴。

㉒ 养由基：春秋时楚国大夫，以善射闻名。《左传》《孟子》均载其事。

㉓ 基：始。下文“胎”亦始义。

㉔ 太山：即泰山。霤（liù）：本指屋檐水往下滴，此指山水从高处往下流。

㉕ 殚：《汉书·枚乘传》作“单”。极：屋梁，此指井梁。絙（gěng）：古“绠”字，汲水的绳索。干：亦指井梁。

㉖ 钻：穿空的用具。

㉗ 靡：与“摩”声同义近。

㉘ 铢：古代重量单位，二十四分之一两。

㉙ 石：重量单位，一百二十斤为一石。

㉚ 径：径直、简便。

㉛ 蘖（niè）：树木砍去后新长出的枝条。

㉜ 擢（zhuó）：揪。抓：“拔”字之误。

㉝ 据：倚仗、依靠。

㉞ 磨砻（lóng）砥砺：皆摩擦义。砻：亦磨。

㉟ 树：种植。

㊱ 熟：仔细。

【语译】

我听说“德行完美的人治理国家会使国家昌盛，德行不完美的人会使国家灭亡。”虞舜没有立锥之地，却占有天下；夏禹不到十户的村落，而能称王于诸侯；商汤、周武王的国土没有超过百里，然而因为治国有道，天上的日月星不曾发生过异常现象，在下的老百姓不曾受到伤害，这是因为他们有称王之术。所以履行父子君臣之道，是很自然的。忠臣不怕杀头而以直言劝说国君，这样就不会做错事，功业可以长期流传。我诚恳地表示愿为您效劳，希望大王您稍加留意，并体察我做臣子的这一片苦心。

拿一根线所能承担的重量，缚在千万斤重的物体上，往上悬挂于高空，往下面临着深渊，即使是极愚蠢的人，也会知道忧虑那根线的断开。马正受惊之时，又鞭打它使之更惊恐；线将要断开之时，又重重地压它。线从空中断开，不能重新结起来；马掉进深渊里，很难再从深渊出来。出得来与出不来，这当中连一根头发的间隙都没有，事情何等紧急！如果能听取忠臣的劝告，那就百祸可免。一定要按照自己的谋划去做，那就比把蛋堆叠在一起还要危险，比上天还要困难。改变原来的图谋，比反手还要容易，就像泰山那样安稳。大王现在想要享尽上天赐给的长寿，享受无穷无极的乐趣，探究长保帝王之业，这是很容易做到的，必能使王业千秋长存，安如泰山。可是现在大王做的，就像脚踩在堆叠的蛋上一样危险，像人从地面跑上天空一样艰难，这是我极为疑惑不解的。

有的人天生害怕影子因而厌恶自己的足迹，反背快走，足迹愈多，影子跟得愈迅速。不如靠近阴暗处停下脚步，这时影子与足迹都没有了。想要人不听闻到某件事，最好是不去说；想要人不知道做某件事，最好是不去做。要把滚开水变成凉水，一个人烧水，百个人舀起开水往上扬使它变凉，这没有用，不如抽去柴火让火种绝灭。不把火种绝灭，却用舀水吹扬的办法来使开水变凉，这就如同抱着柴草去救火一样。养由基，是楚国善于射箭的人。他距离杨叶百步，而能百发百中。杨树叶那么一点大，他的箭百次射中了它，真可谓善射了。尽管如此，他能射到的地方，不过百步之内罢了。养由基跟我相比，我的见解之远，比他操弓射箭的本事要高明得多。福禄产生于开始之时，祸难也降生于开始之时，接纳始生之福，杜绝始生之祸，祸难从哪里来呢？

泰山上落下的水滴能打穿石头，单一的井梁上的绳索能磨断梁干。水滴并非钻石的用具，绳索也不是锯木的利器，一是因为渐渐地摩擦才造成那样的结果。一铢一铢地称东西，称至一石必有误差，一寸一寸地量东西，量至一丈必会超过。用石称用丈量，简便直接而少有差错。一株能用两只胳膊合抱起来的大树，它开始生长时，如同大树砍去后新长出的嫩枝，用脚挠它可使它断，用手揪它就能拔起来，是因为凭着它尚未长成、还没有成形的缘故。摩擦物体，好像看不到有什么损伤，到一定时候就会磨坏；种植畜养，好像看不到有什么生长，到一定时候就会长大；积累道德品行，好像看不到什么好处，到一定时候就有用处；弃义背理，好像看不到有什么恶处，到一定时候就会灭亡。我诚恳希望大王仔细考虑并能身体力行，这是永久不变的道理。

【评析】

汉景帝时，吴王刘濞谋反，枚乘于事前上书，劝阻吴王，表现了作者“不避重诛以直谏”的精神。由于吴王谋反之事尚在暗中进行，本文不便直接写明所谏之事，故多用譬喻说理，曲折尽意。全文除首段表明作者效忠之心外，其余三段都是通过各种譬喻来说明为人做事不能弃义背理的道理。文章喻理精切，婉转动人，是一篇颇具特色的谏书。

上书重谏吴王一首

作者：枚叔　　注译评析：毛毓松

昔秦西举胡戎之难[①]，北备榆中之关[②]，南距羌筰之塞[③]，东当六国之从。六国乘信陵之藉[④]，明苏秦之约[⑤]，厉荆轲之威[⑥]，并力一心以备秦。然秦卒禽六国[⑦]，灭其社稷而并天下，是何也？则地利不同，而民轻重不等也。今汉据全秦之地，兼六国之众，修戎狄之义[⑧]，而南朝羌筰，此其与秦，地相什而民相百，大王之所明知也。今夫谗谀之臣为大王计者，不论骨肉之义、民之轻重、国之大小，以为吴祸，此臣所以为大王患也。

夫举吴兵以訾于汉[⑨]，譬犹蝇蚋之附群牛[⑩]，腐肉之齿利剑，锋接必无事矣[⑪]。天下闻吴率失职诸侯，愿责先帝之遗约，今汉亲诛其三公[12]，以谢前过。是大王威加于天下，而功越于汤武也。夫吴有诸侯之位，而富实于天子；有隐匿之名，而居过于中国。夫汉并二十四郡，十七诸侯，方输错出[13]，军行数千里，不绝于郊，其珍怪不如山东之府[14]；转粟西乡[15]，陆行不绝，水行满河，不如海陵之仓[16]；修治上林[17]，杂以离宫，积聚玩好，圈守禽兽，不如长洲之苑[18]；游曲台，临上路，不如朝夕之池；深壁高垒，副以关城，不如江淮之险。此臣之所为大王乐也。

今大王还兵疾归，尚得十半。不然，汉知吴有吞天下之心，赫然加怒，遣羽林黄头循江而下[19]，袭大王之都；鲁东海绝吴之饷道[20]；梁王饰车骑[21]，习战射，积粟固守，以逼荥阳[22]，待吴之饥。大王虽欲反都，亦不得已。夫三淮南之计[23]，不负其约[24]，齐王杀身以灭其迹[25]，四国不得出兵其郡[26]，赵囚邯郸[27]，此不可掩[28]，亦已明矣。今大王已去千里之国，而制于十里之内矣。张韩将北地[29]，弓高宿左右[30]，兵不得下壁，军不得太息。臣窃哀之，愿大王熟察焉。

【篇旨】

此文通过说道理、摆事实的方法，劝说吴王不要谋反，表现了作者的远见卓识。

【注释】

① 胡戎：皆西北少数民族部落。

② 榆中：关塞名，即榆林塞，也称榆溪。

③ 羌筰（zuó）：皆部族名，位于秦国之南，今四川境内。

④ 信陵：即魏国的信陵君，名无忌，曾率领五国诸侯军队抗秦。藉：所依凭的势力。

⑤ 苏秦：战国时著名纵横家，主张连横抗秦。约：指连横之约。

⑥ 荆轲：著名刺客，为燕太子丹入秦刺秦王。

⑦ 禽：同“擒”。

⑧ 狄：部族名。

⑨ 訾（zī）：计量。

⑩ 蚋（ruì）：蚊类。

⑪ 锋捷：刀刃最尖利之处。

⑫ 三公：指晁错，汉景帝时官至御史大夫，因主张削弱诸侯王势力，遭到诸侯王的反对，吴王刘濞率七国诸侯以诛错为名，发动叛乱，汉景帝只好杀错以谢罪诸侯。

⑬ 方输：谓四方粮食财物的运转。

⑭ 山东：《汉书》作“东山”，指出产珍怪之地。

⑮ 乡：即“向”字。

⑯ 海陵：县名，今江苏泰州。

⑰ 上林：汉宫苑名。

⑱ 长洲：今江苏苏州。

⑲ 羽林黄头：指皇帝的侍卫部队。

⑳ 东海：郡名。饷道：运粮之道。

㉑ 梁王：即梁孝王刘武。

㉒ 逼：《汉书》作“备”。荥阳：县名，属河南省。

㉓ 三淮南：指淮南王刘安、衡山王刘赐、庐江王刘勃。

㉔ 约：誓约。汉高祖分封诸侯王时，曾与吕后、诸大臣誓约曰：非刘氏不王，非功臣不侯，违者天下共诛之。

㉕ 齐王：即齐孝王将闾，吴楚反时，曾与淮南王等三国有谋，吴楚平定，畏罪自杀。

㉖ 四国：指胶东王、胶西王、济北王、淄川王四国，发兵应吴楚，均受诛。

㉗ 赵囚：汉将郦寄围赵王于邯郸，犹如被囚。

㉘ 掩：隐匿。

㉙ 张：张羽。韩：韩安国。皆汉之将领。

㉚ 弓高：即弓高侯韩颓当。宿：止。

【语译】

从前秦国在西面击退胡戎的侵犯，在北面防备榆中一带的恃险偷袭，在南面抗拒羌筰的侵入，在东面抵挡六国的合纵进攻。六国诸侯凭借信陵君的威望势力，遵从苏秦的合纵之约，有着荆轲刺秦王的气概，合力一心来对付秦国。然而秦国终于击破六国的军队，灭了他们的国家，兼并了天下。这是什么缘故呢？是因为地理形势不同，民心所向各不相等。现在汉朝占有秦国的全部地盘，拥有六国的民众，对戎、狄等部族施以仁义恩惠，使羌、筰等部族朝拜自己。汉与秦相比，地域多了十倍，百姓多了百倍，大王是很清楚这些事的。现在进谗言的人，他们给大王出谋反的主意，却不考虑刘氏的骨肉情义，不考虑民心所向，不考虑国家地位的大小，这会给吴国带来灾祸，这就是我替大王担忧的原因。

拿吴国的军队与汉军相较量，好像苍蝇蚊子附着在群牛身上，好像腐肉碰在利剑锋刃上，当然成不了事。天下之人听说吴王带领被削黜受损的诸侯王，希望以先帝的誓约谴责危害刘氏王室的人，现在天子亲诛晁错，补救了过错，这使大王的声威遍布天下，而其功劳超过商汤、周武王。吴国地位虽同诸侯，而其实比天子还富；虽然地居东南，而地域之广超过中原。汉现有二十四个郡，十七个诸侯王国，财物四方而运，贡赋交互而出，运行数千里不绝于道，然而珍奇之物进贡给天子的还没有吴国库藏之富。往西运送粮食到京城，陆地上运行不断，水路又遍是粮船，然而运入京城的，还不如吴国海陵的粮仓。整修治理上林苑，配上几座离宫，积聚玩好之物，圈养飞禽走兽，还比不上长洲的苑囿。游览曲台，登临高处，不如吴地潮汐为池。深壁高垒，并在其旁建筑关塞城池，不及江淮的险要。这便是我为大王所感到高兴的。

现在大王很快收兵回去，损失不过一半。不然的话，朝廷知道吴王有并吞天下之心，勃然大怒，派遣羽林黄头军顺着长江而下，袭击大王的都城；鲁地及东海郡的汉军截断吴国的军粮；梁王整饬调动成队的车马，练习战地的骑射，积聚粮食牢固地守卫堵住荥阳的救援，等待吴军饥饿而死。大王即使想返回都城，也没有办法了。淮南王、衡山王、卢江王的计策是守约而不跟从吴楚，齐王自杀以灭其反叛之迹。胶东、胶西、济南、淄川四国不能派出他们的军队，赵王被围困邯郸如同囚犯，这些都无法掩藏，事情已很清楚了。大王离开吴国已有千里之远，受制于梁国的军队不过十里之遥。张羽、韩安国带兵处在吴军之北，拒吴北上；弓高侯韩颓当的军队驻扎在吴军左右，兵士无法走下壁垒，军队不得长声喘口气，我为此感到哀痛。希望大王明察。

【评析】

汉景帝即位后，地位仅次于丞相的御史大夫晁错，推行削弱诸侯王的政策，受到诸侯王的反对。吴王刘濞早有谋反之心，此时便以诛晁错为名，率领六国诸侯进行反叛，枚乘就在这时写下重谏吴王一文。文章先以秦灭六国的历史事实引进汉与诸侯国的关系，提出反叛必遭致吴祸，此实为吴王之所忧。接着从地理条件及粮食财富等方面论述吴国之富，连汉天子都比不上，此实为吴王之所乐。文章以一忧一乐、正反对比来劝说吴王不要谋反。最后则根据吴王举兵西向进行反叛的事实，劝其"还兵疾归"，否则大祸临头，"兵不得下壁，军不得太息"，必将亡国。文章对吴王的劝说既讲清道理，又摆明事实，力尽忠谏之责，然而吴王不听，终于身死国亡。

诣建平王上书一首

作者：江文通　　注译评析：毛毓松

昔者贱臣叩心[①]，飞霜击于燕地[②]；庶女告天[③]，振风袭于齐台。下官每读其书，未尝不废卷流涕。何者？士有一定之论，女有不易之行，信而见疑，贞而为戮，是以壮夫义士，伏死而不顾者此也。下官闻仁不可恃[④]，善不可依，谓徒虚语，乃今知之。伏愿大王暂停左右，少加怜察。

下官本蓬户桑枢之人[⑤]，布衣韦带之士[⑥]，退不饰诗书以惊愚，进不买名声于天下。日者谬得升降承明之阙，出入金华之殿[7]，何常不局影凝严、侧身扃禁者乎[8]？窃慕大王之义，复为门下之宾，备鸣盗浅术之余[9]，豫三五贱伎之末[10]。大王惠以恩光，顾以颜色[11]，实佩荆卿黄金之赐[12]，窃感豫让国士之分矣[13]。常欲结缨伏剑[14]，少谢万一。剖心摩踵[15]，以报所天。不图小人固陋，坐贻谤缺[16]，迹坠昭宪，身恨幽圄[17]，履影吊心，酸鼻痛骨。

下官闻亏名为辱，亏形次之，是以每一念来，忽若有遗[18]。加以涉旬月，迫季秋，天光沉阴，左右无色。身非木石，与狱吏为伍，此少卿所以仰天槌心[19]，泣尽而继之以血也。下官虽乏乡曲之誉，然尝闻君子之行矣。其上则隐于帘肆之间[20]，卧于岩石之下。次则结绶金马之庭[21]，高议云台之上[22]；退则虏南越之君[23]，系单于之颈[24]。俱启丹册[25]，并图青史。宁当争分寸之末，竞锥刀之利哉？下官闻积毁销金，积谗磨骨，远则直生取疑于盗金[26]，近则伯鱼被名于不义[27]。彼之二子，犹或如是，况在下官，焉能自免？昔上将之耻，绛侯幽狱[28]；名臣之羞，史迁下室[29]。至如下官，当何言哉！夫鲁连之智[30]，辞禄而不返；接舆之贤[31]，行歌而忘归。子陵闭关于东越[32]，仲蔚杜门于西秦[33]，亦良可知也。若使下官事非其虚，罪得其实，亦当钳口吞舌[34]，伏匕首以殒身。何以见齐鲁奇节之人，燕赵悲歌之士乎！

方今圣历钦明[35]，天下乐业，青云浮雒[36]，荣光塞河。西洎临洮、狄道[37]，北距飞狐、阳原[38]，莫不浸仁沐义，照景饮醴而已[39]。而下官抱痛圆门[40]，含愤狱户，一物之微，有足悲者。仰惟大王少垂明白，则梧丘之魂[41]，不愧于沉首[42]；鹄亭之鬼[43]，无恨于灰骨。不任肝胆之切，敬因执事以闻。

【篇旨】

写作者遭冤入狱的悲痛心情，并希望建平王能予以理解与怜惜。

【注释】

① 叩心：捶胸悲痛的样子。

② 飞霜：指因冤屈而六月飞霜。《淮南子·览冥训》说邹衍含冤入狱，“正夏而天为之降霜”。

③ 庶女告天：亦言其冤屈。《淮南子·览冥训》：“庶女叫天，雷电下击。景公台陨，海水大出。”

④ 下官：属吏对上司的谦称。

⑤ 蓬户：编蓬为户。桑枢：编桑枢为门，喻贫穷之家。

⑥ 韦带：穷苦人所系的无饰皮带。

⑦ 承明、金华：皆汉时宫殿名，比喻江文通曾在朝廷做过官。

⑧ 凝严：庄重严肃。扃禁：宫中。

⑨ 鸣盗：指鸡鸣狗盗之术。喻技能卑微，见《史记·孟尝君传》。

⑩ 三五：指通术数一类薄技。《抱朴子·军术》说，大将军常就三居五，“五为死，三为生，能知三五，横行天下。”

⑪ 颜色：面容。

⑫ 荆卿：即荆轲。荆轲在燕太子东宫临池而观，拾瓦投蛙，燕太子赐以盘金。

⑬ 豫让：春秋末战国初刺客，曾事智伯和范、中行氏。他曾说：“范、中行氏以众人遇我，我故以众人报之；智伯以国士遇我，我故以国士报之。”见《史记·刺客列传》。

⑭ 结缨：喻慷慨献身。缨：帽带。《史记·仲尼弟子传》说，子路在战斗中被弄断了帽带，子路说：“君子死，冠不免。”于是“结缨而死”。

⑮ 摩踵：即“摩顶放踵”，从头到脚都摩伤。《孟子·尽心》：“墨子兼爱，摩顶放踵，利天下为之。”

⑯ 坐：因。贻：致送。这里指导致。谤缺：诽谤毁损。

⑰ 恨：《梁书》作“限”。幽圄：牢狱。

⑱ 有遗：亡身。

⑲ 槌心：以棒敲心，形容痛苦之状。

⑳ 帘肆：市井坊间。《汉书·王吉传》序说严君平卜筮于成都市，日得百钱，足以自养，即“闭肆下帘读《老子》”。

㉑ 结绶：系结印带，喻出仕做官。金马：宫殿名。

㉒ 云台：汉宫中高台名，所谓南宫云台。

㉓ 南越：国名。汉终军出使南越，向皇上请缨以缚南越王于阙下。

㉔ 单于：匈奴王。

㉕ 丹册：即丹书，帝王发给功臣的一种凭证。

㉖ 直生：即直不疑，汉文帝时为郎，少时，同舍郎丢失黄金，怀疑不疑偷去，不疑买金偿还给同舍郎，后同舍郎失去的黄金复得，甚感惭愧。

㉗ 伯鱼：第五伦，字伯鱼，东汉京兆人，奉公廉洁，曾被人诬告为虐待妇公、从兄。

㉘ 绛侯：汉初功臣周勃的封号，因被诬告谋反，受到幽囚。

㉙ 史迁：即司马迁，因受腐刑而关闭到“蚕室”里。

㉚ 鲁连：即鲁仲连，战国时人，秦军围赵，鲁仲连谴责秦之说客辛垣衍，秦军闻而引退，平原君欲封仲连，仲连不受，终身不见。

㉛ 接舆：春秋时楚贤人。

㉜ 子陵：即严光，字子陵，东汉时人，少时与光武帝同游学，及光武即位，派人寻访，征召授官，子陵隐姓埋名，垂钓于富春江。东越：今浙江一带。

㉝ 仲蔚：即张仲蔚，东汉时人，学问弘博，与同郡魏景卿隐居不仕，所居蓬蒿没人。西秦：张仲蔚是扶风人，今陕西凤翔一带，地属西秦。

㉞ 吞舌：闭口不言。

㉟ 圣历：犹言国家政治。钦明：英明。

㊱ 雒：即“洛”，指洛河。

㊲ 洎（jì）：及。临洮、狄道：陇西之地，今甘肃临洮境内，狄道因地居狄族而名。

㊳ 飞狐、阳原：县名，在今河北省境内。

㊴ 醴：甜酒。

㊵ 圜门：狱门。

㊶ 梧丘：地名。《晏子春秋·杂下》载：齐景公在梧丘行猎，有五个断头丈夫的冤魂出现于前，景公“令厚葬之，乃恩及白骨”。

㊷ 沉首：被砍断头。

㊸ 鹄亭：亭名，即鹄奔亭。据《搜神记》记载：何敞为交州刺史，宿鹄奔亭，夜半有一女子自称苏娥到此亭，为亭长所杀，何敞遣吏捕捉亭长，斩之。

【语译】

从前邹衍含冤捶胸痛哭，六月天飞霜打在燕国的地上；民女呼天叫屈，大风刮倒景公之台。我每次读到这里，没有不掩卷流泪的。为什么呢？士人有他遵循的道德原则，女子有不能改变的节操品行，为人诚信却受到怀疑，为人贞洁却受到杀戮，这就是壮夫义士为抱不平勇敢赴死而不回头的原因所在。我曾听说仁义不可凭恃，善行不可依靠，以为只是说说而已，今天才知道是真的。希望大王暂且给我一点关注，给予一点怜悯和览察。

我本出身贫苦之家，是极平常的读书人，退居时不曾以诗书装点自己欺骗别人，做官时也不曾以诗书向天下之人博取名声。前些时虽然能够进出承明宫，出入金华殿，但何尝不是端正自己的行为，严肃恭敬地侍奉于宫中呢？我敬仰大王的仁德，又成了大王的门下客，自己有一点鸡鸣狗盗的技能，懂一点方士术数的薄技。大王给予我恩德，赐给我荣誉。我钦佩燕太子给予荆轲的厚遇，深感豫让知恩图报的国士之风。我常想为大王慷慨献身，尽我微薄之力答谢大王的厚遇，剖心析肝，摩顶放踵，来报答君恩。没想到因小人固执鄙陋，竟遭到诽谤损害，情节公布于世，自身坠入牢狱，踩着自己的影子，终日心惊胆战，真是辛酸悲痛极了。

我听说损害名誉是最大的耻辱，其次是损害形体，所以每生一个念头，忽然觉得自己已离开人世。再过一个月，就到九月了，天色阴沉，一片黯淡无光，也许这就是用刑之时。我的身躯不是木石做成，却与狱吏为伴。这就是李陵为什么要面对苍天，捶胸痛哭，眼泪哭尽以至泣血的缘故啊！我在乡里虽然没有受到称誉，但曾听到过君子的品行。最好是避居市井、隐居山林；其次是在金马殿里做官，在云台上高谈阔论；不做官时则能向君王请缨俘获南越王，捆缚匈奴单于。这样做都能记功于丹书，垂名于青史。难道应当去争如同分寸的末端那样细小的事情，去比如同锥尖之细、刀锋之薄的微利吗？我听说毁谤积多了，金子也会被销熔；谗言积多了，骨头也会被磨碎。西汉的直生为人正直而被怀疑为偷盗金子，东汉的伯鱼行为端正却蒙受了不义之名。这两位君子尚且如此。何况是我，怎能免于受人毁谤呢？从前周勃为大将，却蒙受幽禁牢狱的耻辱；司马迁是名臣，受到关闭在蚕室里的羞辱。至于像我这样，还有什么话可说呢！鲁仲连的聪明，在于辞退禄位而不再回来；接舆的贤能，在于路上唱歌佯狂而忘记回去。严子陵不受征召，隐居于东越；张仲蔚才高不仕，藏身于西秦，也可知他们这样做的用心了。如果我所做的事并非虚有，所获之罪确是事实，只好闭口不说，伏在匕首上自刎罢了，我怎能去见齐鲁的高风亮节之人，燕赵的慷慨悲歌之士呢！

当今国家政治清明，天下百姓安居乐业，青云之瑞出现在洛河上，荣耀之光照遍洛河边，由西延及临洮、狄道，往北直到飞狐、阳原，没有哪里不沐浴仁义的恩泽、享受盛世的幸福。而我却抱痛含愤于牢狱之中，我虽然低贱轻微，但也有值得悲哀的地方。我希望大王能察知我的冤曲，那埋于梧丘的五丈夫的头骨，不会感到有断头之冤；那被人害死的鹄亭女鬼，也会因冤案得到申雪而不再怀恨于心。我对大王忠诚之至，恭敬地通过执事者禀告大王。

【评析】

这封书信是作者在狱中写给南朝宋建平王刘景素的，建平王爱结交文士，看完这封信，便释放江淹出狱。文章一开头以邹衍、庶女的“信而见疑，贞而为戮”的历史事实，表明自己也是因为受毁谤而误入狱中。接下一段叙述自己的出身遭遇，感激建平王所给予的厚遇。然后文章以大段文字论述对亏名、亏形的看法，并表现了作者对历史上的贤人君子的崇敬之情，也为他们的遭谗受冤而感到悲痛。最后歌颂建平王的功德，并希望能为自己雪冤。文章在叙事、议论之中很重视抒发感情，那种“酸鼻痛骨”“仰天槌心”“抱痛圆门”的悲痛之情，很能感动读者。在结构上很有特色，每论述一层意思即以“下官”开头。在语言上显然受了司马迁《报任安书》的影响，甚至有些语句完全相同，如“涉旬月，迫季秋”“身非木石，与狱吏为伍”等，虽系袭用，但与作者所要表达的意思完全吻合。

启

奉答敕示七夕诗启一首

作者：任彦昇　　注译评析：毛毓松

臣昉启：奉敕并赐示《七夕》五韵①，窃惟帝迹多绪②，俯同不一；托情风什③，希世罕工。虽汉在四世④，魏称三祖⑤，宁足以继想《南风》⑥、克谐《调露》⑦。性与天道⑧，事绝称言，岂其多幸，亲逢旦暮。

臣早奉龙潜⑨，与贾、马而入室⑩；晚属天飞，比严、徐而待诏⑪。惟君知臣，见于讷言之旨⑫；取求不疵，表于辩才之戏。谨辄牵率庸陋⑬，式酬天奖⑭。拙速虽效，蚩鄙已彰⑮。临启惭恧⑯，罔识所寘。谨启。

【篇旨】

文章赞美梁武帝赐示的《七夕》诗并答谢梁武帝的恩情。

【注释】

① 五韵：即十句。古人常以韵数计句数，因逢双句押韵，故五韵为十句。

② 迹：功绩。绪：事业。

③ 风什：篇章。

④ 四世：指汉武帝时。

⑤ 三祖：指魏武帝、文帝、明帝。

⑥《南风》：古诗名，相传虞舜作五弦琴，歌南风之诗。

⑦《调露》：乐曲名，调和致甘露，使农作物生长茂盛之乐曲。

⑧ 性与天道：本于《论语·公冶长》："子贡曰：'夫子之文章，可得而闻也；夫子之言性与天道，不可得而闻也。'"性：指人的天性；天道：指自然与人类社会吉凶祸福的关系。

⑨ 龙潜：如龙之潜渊，喻梁武帝萧衍。"晚属天飞"句的"天飞"与此意同。

⑩ 贾：指贾谊。马：指司马相如。入室：即登堂入室，喻为弟子。

⑪ 严：指严安。徐：指徐乐，皆汉时人，善为章奏。待诏：候命。

⑫ 讷言：言语迟钝。本于《论语·里仁》："子曰：'君子欲讷于言而敏于行。'"这是孔子要求弟子说话要谨慎迟钝些，而做事要勤快敏捷些，讷言并非贬词。梁武帝说任昉为"讷言"，及后文的"辩才之戏"，正是以孔子对君子的要求来称赞任昉的。

⑬ 牵率：牵引，引申为凭着。庸陋：平庸浅陋，自谦之词。

⑭ 式：用。天奖：天子之恩奖。

⑮ 蚩鄙：低劣粗俗。

⑯ 恧（nǜ）：惭愧。

【语译】

臣昉启：捧读诏命并赐示《七夕》诗一首，我私下以为帝王的功绩世业兴盛发达，各不相似。您的《七夕》诗，寄托着帝王的深厚感情，历代少见而且非常突出。即使从汉高祖到汉武帝，从魏武帝到魏明帝，又怎能像您的《七夕》诗那样使人想到舜帝的《南风》之歌，奏出如此和谐的《调露》之曲。您诗中所表现出来的性与天道，与事实相称，我多么幸运，能于朝暮之间陪侍圣王。

我早年就跟随着您，如同贾谊、司马相如，做了您的入室弟子；晚年又侍从在您身边，就如严安、徐乐一样，做您的候命之臣。只有您了解我，教导我要慎于言说。所取所求不为人所诟病，这是您称我有辩才的戏言中表露出来的。我凭着自己平庸浅陋的才能，用以酬答您的恩惠嘉奖。我虽然很快写出答谢之作，但显得十分低劣粗俗。面对这篇表奏，十分惭愧，不知如何才是。谨启。

【评析】

这是一篇奉诏答谢之作。前半部分就梁武帝赐示作者的《七夕》诗进行评论，说此诗“希世罕工”，并可与虞舜的《南风》及《调露》比美，这自然是溢美之词。后半部分写作者为梁武帝所知，称赞作者具有“讷言”之德和“辩才”之捷，作者则以此文表示答谢。

为卞彬[1]谢修卞忠贞墓启一首

作者：任彦昇　　注译评析：毛毓松

臣彬启：伏见诏书并郑义泰宣敕[2]，当赐修理臣亡高祖晋故骠骑大将军建兴忠贞公壶坟茔[3]。臣门绪不昌，天道所昧[4]，忠谴身危[5]，孝积家祸，名教同悲[6]，隐沦惆怅[7]。而年世贸迁[8]，孤裔沦塞[9]，遂使碑表芜灭，丘树荒毁，狐兔成穴，童牧哀歌。感慨自哀，日月缠迫[10]。

陛下弘宣教义[11]，非求效于方今，壶余烈不泯[12]，固陈力于异世[13]。但加等之渥[14]，近阙于晋典[15]；樵苏之刑[16]，远流于皇代[17]。臣亦何人，敢谢斯幸？不任悲荷之至，谨奉启事以闻。谨启。

【篇旨】

文章借为卞壶修墓之事，歌颂当今统治者的恩德，并表达了后世子孙的感激之情。

【注释】

① 彬：卞彬，字士蔚，才调节操非凡，文多指刺。官至绥建太守。

② 宣敕：发布诏书。

③ 壶：即卞壶，字望之，彬之高祖。官至尚书令。勤于政事。及苏峻称兵攻京师，壶扶病作战，乘马披甲赴贼兵而战死，其二子卞眕、卞盱亦殉难。卒谥忠贞公。

④ 昧：不明。

⑤ 遘：遭受。

⑥ 名教：谓士大夫中的名流。

⑦ 隐沦：谓避世的贤士。王隐《晋书》说：征士翟汤听说卞壶及二子战死，叹曰："父为忠臣，子为孝子，忠孝之道，萃于一门，可谓贤哉！"

⑧ 贸迁：变迁。贸，易。

⑨ 沦塞：沉没不闻。

⑩ 缠迫：谓急速。缠，通"躔"。

⑪ 陛下：谓齐高帝。弘：大。宣：示。

⑫ 烈：美德。

⑬ 陈力：谓入仕。异世：谓梁。

⑭ 等：等级。渥：厚。

⑮ 阙：同"缺"。

⑯ 樵苏：打柴割草。

⑰ 皇代：谓今皇帝之世。

【语译】

臣卞彬启奏：我十分恭敬地见到诏书并由郑义泰发布，说由朝廷赐恩修理我已亡高祖晋原骠骑大将军建兴忠贞公壶坟墓。我家门庭不昌盛，天道蒙昧，以致高祖为报效朝廷而遭受祸害，壶之二子随父殉国更增添了家庭的祸难，贤士大夫同为此感到悲痛，隐逸之士为此而忧伤。然而年代迁移，孤弱的后裔沉没不闻。遂使碑表荒芜泯灭，墓地的树木荒败不堪，狐狸野兔在那里做窝，放牧的儿童悲哀地歌唱。我感慨悲凉，岁月匆匆地过去。

陛下您广布教化道义，这种仁德不只是当今有其功效，卞壶的功德余业尚未泯灭，其子孙还能在后世入仕做官。只是卞壶死于王事而得到的赏赐之厚，在晋代尚未有此规定；而在墓地上严禁打柴割草，这种恩泽一直流传到今世。我实在没有资格，来感谢陛下所赐的这种荣幸。无法承受内心悲痛到极点！谨奉上此启以求闻知。谨启。

【评析】

卞彬是卞壶的后代，卞壶及其二子在晋时为国殉难，一家忠烈。到了卞彬之时，门庭已经衰落，因年久失修，祖坟也荒凉不堪。此时朝廷诏告为卞壶修墓，后代子孙得此恩荣，自然感激不尽，故作此文。文章先追述卞壶的功绩，次述坟墓失修的情况，但文章的重点则在写当今统治者为卞壶修墓的功德。所谓“陛下弘宣教义，非求效于方今”“但加等之渥，近阙于晋典；樵苏之刑，远流于皇代”云云，分明是借死人以歌颂活人，借先代以颂扬当今。这是这类文章的共性。

启萧太傅固辞夺礼一首

作者：任彦昇　　注译评析：毛毓松

昉启：近启归诉，庶谅穷款[①]，奉被还旨[②]，未垂哀察，悼心失图[③]，泣血待旦。君于品庶[④]，示均镕造[⑤]，干禄祈荣[⑥]，更为自拔[⑦]，亏教废礼，岂关视听，所不忍言，具陈兹启。

昉往从末宦[⑧]，禄不代耕，饥寒无甘旨之资，限役废晨昏之半[⑨]。膝下之欢[⑩]，已同过隙[⑪]；几筵之慕，几何可凭。且奠酹不亲[⑫]，如在安寄[⑬]。晨慕寂寥，阒若无主[⑭]。所守既无别理，穷咽岂及多喻[⑮]。

明公功格区宇[16]，感通有途，若霈然降临[17]，赐寝严命。是知孝治所被，爰至无心。锡类所及[18]，匪徒教义。不任崩迫之情[19]，谨奉启事陈闻。谨启。

【篇旨】

以沉痛的心情陈述“固辞夺礼”的原因，表达了作者对孝治的虔诚之心。

【注释】

① 谅：诚信。穷款：竭诚之心。

② 还旨：谓推辞不受任。萧鸾作相为太傅，想提拔任昉作他的记室，任昉因父丧甚哀，推辞不为。

③ 失图：失去主意。

④ 品庶：谓众人。

⑤ 均：陶铸工具。

⑥ 干禄：求官。

⑦ 自拔：为自拔于众。

⑧ 末宦：谓官位卑微。

⑨ 限役：指为官事奔忙。晨昏：昏定晨省，指对父母的早晚侍奉。

⑩ 膝下之欢：指幼时依于父母膝下的欢乐。

⑪ 过隙：谓如同“白驹过隙”，言时间之速。

⑫ 奠酹：祭奠。

⑬ 如在：指父亲的亡魂。《论语·八佾》：“祭如在，祭神如神在。”

⑭ 阒：静。

⑮ 穷咽：悲泣。

⑯ 格：至。

⑰ 霈（pèi）然：喻恩泽之盛。霈，雨盛貌。

⑱ 锡：同“赐”。

⑲ 崩迫：急切。

【语译】

任昉启：我向您陈述近来回家居丧的心情，您谅必会相信我的一片诚实之心，我没有接受您的委任，您还没有了解我此时的悲哀，我因父丧十分哀痛，甚至昏迷，整夜哭泣直到天明。您对于我这样的常人，似乎要把他镕铸成材使他能显示出来，我此时求官邀宠，就更显得自拔于众，我这样做必然会损害名教、废止礼义，岂只关系到听闻而已，我不忍心说出的话，在这里一一向您陈述。

我过去官职卑微，俸禄甚薄，不能借此废弃耕种。饥寒得没有尝到过甘甜的滋味，为职事奔忙又常常未能省视孝敬父母。父母身旁的欢乐，就像白驹过隙一样很快消失；对几桌筵席上的富贵生活的向往，又能得到多少呢？况且我不亲自祭奠父母，我父母的亡魂又在哪里寄托呢？早晚冷清寂寞，空寂得好像没有祭主。要守住父母的亡魂既然没有离开的道理，那么我的悲哀用不着多说也就可以明白了。

明公您功高天宇，孝义之感贯通天地，就像雨露恩泽，沛然而降，一定会收回任职于我的尊严的命令。由此可知孝治覆盖的地方，就能达到心地纯净；明公您所赐予的孝义必能推广延及更多人的身上，那就不只是徒存教义之名而已。不胜急切之情，谨呈此启以求闻知。谨启。

【评析】

任昉原为尚书殿中郎，因忧父病离职。父死，居丧不知盐味，冬月单衫，居于墓侧。萧鸾作相，委之以建武将军、骠骑记室，任昉再三固让。这篇启文就是向萧太傅陈述自己“固辞夺礼”的缘由。文章首段以“悼心失图，泣血待旦”说明自己居丧时的悲痛心情，因此不能去做“干禄祈荣”“亏教废礼”的事。次述其过去因为谋职在外，未能做到省视孝敬父母，常为此而感到痛心，而居丧守孝又是常理。最后歌颂萧太傅的功德孝治，希望他收回严命。全文围绕“固辞夺礼”展开思路，抓住了晋王室所着意宣扬的“以孝治天下”来陈述其“固辞”的理由，这就使得萧太傅也无可奈何了。

卷第四十

弹事

奏弹曹景宗一首

作者：任彦昇　　注译评析：毛毓松

御史中丞臣任昉稽首言：臣闻将军死绥[1]，咫步无却，顾望避敌，逗桡有刑[2]。至乃赵母深识[3]，乞不为坐[4]；魏主著令[5]，抵罪已轻。是知败军之将，身死家戮，爰自古昔，明罚斯在。

臣昉顿首顿首，死罪死罪。窃寻獯猃侵轶[6]，暂扰疆陲，王师薄伐，所向风靡。是以淮徐献捷[7]，河兖凯归[8]。东关无一战之劳[9]，涂中罕千金之费[10]。而司部悬隔[11]，斜临寇境，故使狡虏凭陵，淹移岁月[12]。故司州刺史蔡道恭[13]，率厉义勇，奋不顾命，全城守死，自冬徂秋；犹有转战无穷，亟摧丑虏。方之居延[14]，则陵降而恭守；比之疏勒[15]，则耿存而蔡亡。若使郢部救兵[16]，微接声援，则单于之首，久悬北阙。岂直受降可筑[17]，涉安启土而已哉[18]！

实由郢州刺史臣景宗受命致讨[19]，不时言迈[20]，故使猬结蚁聚[21]，水草有依。方复按甲盘桓，缓救资敌，遂令孤城穷守，力屈凶威。虽然，犹应固守三关[22]，更谋进取，而退师延颈[23]，自贻亏衄[24]。疆埸侵骇[25]，职是之由。不有严刑，诛赏安置，景宗即主。

臣谨案使持节都督郢司二州诸军事、左将军、郢州刺史、湘西县开国侯臣景宗，擢自行间[26]，遭兹多幸[27]。指踪非拟[28]，获兽何勤？赏茂通侯，荣高列将。负檐裁弛[29]，钟鼎遽列[30]。和戎莫效[31]，二八已陈[32]。自顶至踵，功归造化[33]，润草涂原，岂获自已[34]。且道恭云逝，城守累旬，景宗之存，一期弃甲，生曹死蔡，优劣若是，惟此人斯[35]，有靦面目[36]。

昔汉光命将[37]，坐知千里；魏武置法[38]，案以从事。故能出必以律，锱铢无爽[39]。伏惟圣武英挺[40]，略不世出，料敌制变，万里无差，奉而行之，实弘庙筭[41]。惟此庸固，理绝言提[42]。

自逆胡纵逸[43]，久患诸夏。圣朝乃顾[44]，将一车书[45]。愍彼司氓[46]，致辱非所。早朝永叹，载怀矜恻[47]。致兹亏丧，何所逃罪？宜正刑书，肃明典宪。臣谨以劾[48]，请以见事免景宗所居官，下太常削爵土，收付廷尉法狱治罪[49]；其军佐职僚，偏裨将帅绁诸应及咎者[50]，别摄治书侍御史随违续奏[51]。臣谨奉白简以闻云云[52]。

【篇旨】

写作者对曹景宗临阵退却、畏敌拒战行为的痛恨之情。

【注释】

① 绥：谓军队退却。

② 逗：曲行避敌。桡：顾望、屈从。

③ 赵母：战国时赵括之母。括喜言兵，而实际上不懂用兵，故赵母上书不使他为将。

④ 坐：坐罪。赵母对赵王说，王若使括为将，“即有不称，妾得无坐乎？王许诺。”见《史记·赵奢传》。

⑤ 魏主：指曹操。着令：谓发布命令，《三国志·魏书》记曹操令说：“其诸侯将出征，败军者抵罪，失利者免官。”

⑥ 獯猃（xūn xiǎn）：指北方少数民族，实指后魏拓跋珪政权。轶：突。

⑦ 淮：淮河。徐：徐州。

⑧ 河：黄河。兖：兖州。

⑨ 东关：关塞名。

⑩ 涂中：地名。

⑪ 司部：指司州刺史蔡道恭所属部队。

⑫ 淹移：滞留、拖长。

⑬ 蔡道恭：字怀俭，时为司州刺史。梁天监三年，魏围司州，道恭坚守不屈，与魏军奋战百余日，后因无援而战死。

⑭ 居延：地名。汉将李陵带兵五千与匈奴战于居延，因寡不敌众而降。

⑮ 疏勒：地名。汉将耿恭据守疏勒城与匈奴战，匈奴终于引退。

⑯ 郢部：指郢州刺史曹景宗部。

⑰ 受降：指受降城，汉武帝时筑于塞外，以降匈奴之兵。

⑱ 涉安：指涉安侯於单于，携匈奴单于太子降汉。

⑲ 景宗：字子震，时为郢州刺史。司州被围，朝廷派景宗援救，景宗不前，“但耀军游猎而已”。见《南史 · 曹景宗传》。

⑳ 迈：行进。

㉑ 猬结蚁聚：刺猬集结蚂蚁聚合。形容匈奴军队积聚而至。

㉒ 三关：关塞名。

㉓ 延颈：戍守之地。

㉔ 衄（nǜ）：挫折、失败。

㉕ 疆埸（yì）：边境。

㉖ 擢：拔。行间：行伍之间，指军中。

㉗ 多幸：谓非分而得。

㉘ 指踪：发踪指示，即谋划。非拟：指比不上善于谋划的萧何。《汉书·萧何传》记载：高祖封萧何为酂侯，诸臣不服。高祖以猎兽为喻，说：“今诸君徒能走得兽耳，功狗也；至如萧何发踪指示，功人也。”

㉙ 负檐：谓贱事。檐：同“担”。裁：通“才”。

㉚ 钟鼎：钟鸣鼎食，喻富贵人家。

㉛ 和戎莫效：谓没有建立功勋。和戎：与少数民族结盟友好。

㉜ 二八：指女乐十六人。《左传 · 襄公十一年》：魏绛言和戎，“晋侯以女乐二八赐魏绛”。

㉝ 造化：创造，化育。喻君。

㉞ 已：止。

㉟ 斯：此，指景宗。

㊱ 靦（tiǎn）：惭愧貌。

㊲ 汉光：汉光武帝刘秀。

㊳ 魏武：魏武帝曹操。法：指兵书。

㊴ 锱铢：喻轻微。爽：差。

㊵ 英挺：英俊挺拔。

㊶ 筭：同“算”。

㊷ 言提：谓提耳以训。《诗经·大雅·抑》：“匪面命之，言提其耳。”

㊸ 逆胡：谓后魏。

㊹ 圣朝：指梁朝。顾：眷顾。

㊺ 一车书：统一车轨文字，即统一天下。

㊻ 愍：伤痛。司讯：司州之人。

㊼ 载：则。矜：怜惜。

㊽ 劾：弹劾。

㊾ 廷尉：官名，掌刑狱。

㊿ 偏裨：谓副将。絓（guà）：绊住、连及。

51 摄：通“蹑”，追。治书侍御史：官名，掌律令。随违：据所犯之事。

52 白简：指弹劾的章奏。

【语译】

御史中丞臣任昉叩头再拜言：我听说将军在退军时战死不顾，不能退却一步；观望避开敌军，畏惧屈从必须施以刑罚。至于说到赵括之母确有远见卓识，她看出赵括带兵必败，故请求赵王不与其子牵连坐罪；魏武帝曹操发布军令，“败军者抵罪”的规定已是够轻的了。所以知道败军之将，自身必死，而其家族也要受到杀戮，古代既有其例，而明文规定的刑罚今日犹在。

臣昉顿首顿首，死罪死罪。我私下考虑后魏贸然侵犯，只是暂时扰乱边境，朝廷的军队征伐讨贼，所到之处，敌军望风溃退。所以淮河、徐州一带传来捷报，黄河、兖州之地凯旋而归。东关不打一仗就轻易拿下，涂中之战很少耗费军资。然而司州的部队与京城相隔很远，斜着靠近敌人的地段。所以使得狡猾的敌人得以侵凌边土，拖延了收复失地的时间。司州刺史蔡道恭，统率激励义勇之军，奋不顾身，全城誓死坚守，从冬季直到次年之秋，还是不断地跟敌军作战，多次击败敌军。拿李陵与匈奴的居延之战作比方，李陵因寡不敌众投降了匈奴，而蔡道恭坚守孤城；拿耿恭与匈奴的疏勒之战作比方，耿恭守住了阵地而蔡道恭因无救援而失败。如果能派遣郢州的救兵，稍为接应援助，那么后魏国君的脑袋，就会长久地悬挂在我朝廷北面的门楼上。难道只有在边境上筑起受降城，使涉安侯降服，把国土交还给我们吗？

事实是由于郢州刺史曹景宗，受命讨贼，不按时前进，所以使得敌军像刺猬蚂蚁那样积聚而至，有水草之地作为依靠；复又按兵不动，延缓救援时间来资助敌军，终于使孤城司州难以固守，其兵力为敌军的凶威所屈服。虽然如此，还是应该固守三关，更谋进取。然而把军队退回延颈，自遭失败，边境受侵，军心震恐，曹景宗应负主要责任。如不采取严厉的刑罚，那怎么来定诛罚赏赐之罪呢？景宗就是罪主。

臣谨案使持节都督郢司二州诸军事、左将军、郢州刺史、湘西县开国侯臣景宗，拔于行伍之间，受此高位完全是非分所得。其指踪谋划之才不能与萧何相比拟，猎获野兽却是何等勤快。封赏之厚达到了湘西县开国侯的地步，荣誉之高被列为左将军，服役之事不必去做而恩荣备加，钟鸣鼎食忽然变得富贵荣华，和戎之功没有奏效，二八女乐已得到赏赐。景宗从头到脚所得到的一切，都应归功于国君的恩赐，为国而战本应肝脑涂地，而怎能推辞不战呢？况且蔡道恭之死，坚守城池连续了数十天；景宗虽存，却一下子就丢了军队。一个怯战而生，一个为国战死，优劣如此鲜明，就是这个曹景宗，在脸面上不感到羞愧吗？

从前汉光武帝刘秀派遣将领，坐知千里，料事如神；魏武帝曹操制定兵法，能按照兵法的规定去执行。所以军队的出战必以兵法为准绳，丝毫没有差错。我尊敬的君主，您英俊挺拔，雄才谋略没有人能与您相比，估量敌军、驾驽变化，万里之外不会有差错，遵奉并实行军法，实在能弘扬由朝廷所制定的克敌谋略。就是这个景宗，连提耳以训都不可能了。

自从叛逆的胡人骚扰边境以来，我中华国土受胡人之患已久。圣朝顾念百姓，将统一天下。可怜那司州之民，无辜受此凌辱，他们一直在长叹不止，心里十分哀痛。造成这样的惨痛局面，景宗怎能逃脱罪责？应按照刑书的规定给他定罪，以严明法令制度。我谨向朝廷弹劾曹景宗，请按已揭露出来的事实，免去曹景宗所任官职，交由太常削去其封爵宅土，交付廷尉依法将他入狱治罪。其军中的副职僚属、大小将师及其他应归咎责任的，另有治书侍御史随其所犯之事继续弹奏。臣谨呈上白简以求闻知。

【评析】

梁武帝天监二年，后魏军队围攻司州，司州刺史蔡道恭坚守不屈。而身为郢州刺史加都督的曹景宗见危不救，“望关门不出，但耀军游猎而已”(《南史·曹景宗传》)。以至司州城陷落，蔡道恭殉难。作为御史中丞的任昉为此上书弹劾。文章共六段，可分三个部分。首段为第一部分。主要提出“将军死绥，咫步无却，顾望避敌，逗桡有刑”的观点。中间四段为第二部分。主要写曹景宗按兵不动、畏敌避战的行为，并与蔡道恭作对比，以显示“生曹死蔡”的优劣，从而说明开头提出的观点，即顾望避敌，必处之以军法。文章最后一部分亦即末段，在歌颂“圣朝”的同时，要求朝廷“宜正刑书，肃明典宪”，免除曹景宗的官职，交付廷尉法狱治罪。全文表现了作者对畏敌之将的痛恨和对抗敌将士的崇敬之情。

奏弹刘整一首

作者：任彦昇　　注译评析：毛毓松

御史中丞臣任昉稽首言[①]：臣闻马援奉嫂[②]，不冠不入；汜毓字孤[③]，家无常子。是以义士节夫，闻之有立[④]，千载美谈，斯为称首。

臣昉顿首顿首，死罪死罪。谨案：齐故西阳内史刘寅妻范[⑤]，诣台诉[⑥]，列称：出适刘氏，二十许年。刘氏丧亡，抚养孤弱。叔郎整常欲伤害侵夺。分前奴教子、当伯，并已入众。又以钱婢姊妹弟温，仍留奴自使。伯又夺寅息逡婢绿草[⑦]，私货得钱[⑧]，并不分逡。寅第二庶息师利[⑨]，去岁十月往整田上，经十二日[⑩]，整便责范米六斗哺食，米未展送[⑪]，忽至户前，隔箔攘拳大骂[⑫]；突进房中，屏风上取车帷准米去[⑬]。二月九日夜，婢采音偷车栏、夹杖、龙牵[⑭]，范问失物之意，整便打息逡；整及母并奴婢等六人来至范屋中，高声大骂；婢采音举手查范臂[⑮]。求摄检[⑯]，如诉状。

辄摄整亡父旧使奴海蛤到台辩问[⑰]，列称：整亡父兴道先为零陵郡，得奴婢四人。分财，以奴教子乞大息寅[⑱]。亡寅后，第二弟整仍夺教子，云应入众，整便留自使。婢姊及弟各准钱五千文，不分逡。其奴当伯，先是众奴。整兄弟未分财之前，整兄寅以当伯贴钱七千，共众作田。寅罢西阳郡还，虽未别火食[⑲]，寅以私钱七千赎当伯，仍使上广州去[⑳]。后寅丧亡。整兄弟后分奴婢，惟余婢绿草入众。整复云寅未分财赎当伯，又应属众。整意贪得当伯，推绿草与逡。整规当伯还[㉑]，拟欲自取。当伯遂经七年不返，整疑已死亡不回，更夺取婢绿草，货得钱七千[㉒]。整兄弟及姊共分此钱，又不分逡。寅妻范云：当伯是亡夫私赎，应属息逡。当伯天监二年六月从广州还至[㉓]，整复夺取，云应充众。准雇借上广州四年夫直[㉔]，今在整处使。

进责整婢采音：刘整兄寅第二息师利，去年十月十二日，忽往整墅停住十二日。整就兄妻范求米六斗哺食，范未得还，整怒，仍自进范所住，屏风上取车帷为质。范送米六斗，整即纳受。范今年二月九日夜失车栏子、夹杖、龙牵等。范及息逡道是采音所偷。整闻声，仍打逡。范唤问："何意打我儿？"整母子尔时便同出中庭，隔箔与范相骂[㉕]；婢采音及奴教子、楚玉、法志等四人，于时在整母子左右。整语采音："其道汝偷车校具，汝何不进里骂之？"既进争口，举手误查范臂。车栏、夹杖、龙牵，实非采音所偷。

进责寅妻范奴苟奴，列：娘去二月九日夜，失车栏、夹杖、龙牵，疑是整婢采音所偷。苟奴与郎逡往津阳门籴米，过见采音在津阳门卖车栏、龙牵，苟奴登时欲捉取，逡语苟奴："已尔！不须复取。"苟奴隐僻少时，伺视人买龙牵，售五千钱。苟奴仍随逡归宅，不见度钱[26]。

并如采音、苟奴等列状，粗与范诉相应。重核当伯、教子[27]，列娘被夺，今在整处使。悉与海蛤列不异。以事诉法，令史潘僧尚议[28]：整若辄略兄子逡分前婢货卖，及奴教子等私使，若无官令，辄收付近狱测治。诸所连逮结应洗之源[29]，委之狱官，悉以法制从事，如法所称，整即主[30]。

臣谨案：新除中军参军臣刘整[31]，闾阎阘茸[32]，名教所绝。直以前代外戚[33]，仕因纨袴[34]，恶积衅稔[35]，亲旧侧目，理绝通问[36]，而妄肆丑辞；终夕不寐，而谬加大杖。薛包分财[37]，取其老弱。高凤自秽[38]，争讼寡嫂。未见孟尝之深心，唯敩文通之伪迹[39]。昔人睦亲，衣无常主；整之抚侄，食有故人。何其不能折契钟庾[40]，而襜帷交质[41]？人之无情，一何至此！实教义所不容，绅冕所共弃[42]。

臣等参议，请以见事，免整所除官，辄勒外收付廷尉法狱治罪[43]。诸所连逮应洗之源，委之狱官，悉以法制从事。婢采音不款，偷车、龙牵[44]，请付狱测实[45]。其宗长及地界职司[46]，初无纠举[47]，及诸连逮，请不足申尽。臣昉云云，诚惶诚恐以闻。

【篇旨】

写刘整在奉嫂抚侄上的种种劣迹恶行，表达了作者对失礼无义之人的痛恨。

【注释】

① 御史中丞：官名，御史台长官，负责监察事宜。

② 马援：字文渊，东汉时人，任伏波将军。家教甚严，极重礼节。其兄

死后，“事寡嫂，虽在闺内，必衣冠然后入见”。事见《东观汉记》。

③ 氾毓：字积春，晋人。为礼甚笃，敦睦九族。王隐《晋书》谓“青土号其家儿无常母，衣无常主”。字孤：抚育孤儿。

④ 立：谓立身、立志。

⑤ 西阳：郡名，其地在今湖北黄冈东南。内史：官名，负责政务。

⑥ 台：指御史台。

⑦ 伯：应为赘字，此处不译。息：儿子。

⑧ 货：卖。

⑨ 庶息：庶生的儿子，即妾所生子。

⑩ 经：整治、劳作。

⑪ 展：碾。

⑫ 隔箔：据胡克家校本为衍文。

⑬ 车帷：车四旁之帷帐。准米：作为米的抵押。

⑭ 龙牵：车上物件。

⑮ 查：通“揸”，抓。

⑯ 摄检：谓检查、查验。

⑰ 辄：就。摄：执。

⑱ 乞：给予。

⑲ 火食：即“伙食”。火，同“伙”。

⑳ 仍：乃。使：派遣。

㉑ 规：规划、打算。

㉒ 货：出卖。

㉓ 天监：梁武帝年号。

㉔ 直：同“值”。

㉕ 箔（bó）：帘。

㉖ 度（duó）：计算。

㉗ 核：核实。

㉘ 令史：官名，掌文书。

㉙ 絓（guà）：牵连。

㉚ 主：罪主、首犯。

㉛ 除：拜官授职。中军：将军名号。参军：南北朝时，凡诸王及将军开府者，皆置参军，为重要幕僚。

㉜ 闾阎：平民居住的地区，泛指民间。阘茸（tà róng）：卑贱。

㉝ 直：但，只。外戚：谓刘整之前代是齐后妃之亲。

㉞ 纨袴：谓贵戚子弟。袴，亦作"绔"。

㉟ 衅（xìn）：罪。稔（rěn）：谓事已酝酿成熟。

㊱ 通问：指整与嫂之间的问候之礼。

㊲ 薛包：字孟尝，东汉时人。好学笃行。其兄弟分家，包极谦让，把好的分给兄弟，自己取奴婢之老者，取田亩之荒者，取器物之败朽者。见《后汉书·薛包传》。

㊳ 高凤：字文通，东汉时人。凤年老，声名著闻，太守征其为官，凤则自言本为巫家，不应为吏，又与寡嫂争讼田宅之事，遂不就官。见《东观汉记》。

㊴ 斅（xiào）：字亦作"效"，效法。

㊵ 折契：即折券，谓毁弃债券，不再索偿。《汉书·高祖纪》："高祖从王媪、武负贳酒，两家常折券弃债。"钟庾：六斛四斗为钟，十六斗为庾。

㊶ 襜（chān）帷：车上四旁的帷帐。交质：交换抵押品。

㊷ 绅冕：衣冠，指士大夫。

㊸ 廷尉：司法官。法狱：犹言监狱。

㊹ 款：服顺。

㊺ 测实：核实情况。

㊻ 职司：谓任职之人。

㊼ 纠举：督察举发。

【语译】

御史中丞臣任昉叩头进言：我听说马援侍奉寡嫂一定要穿戴好衣帽才进入房间；氾毓抚养孤儿，使孤儿能得到如同亲生父母一样的照顾。所以仁义之士、守节之夫，听到这样美好的行为就会立下高尚的志向，千载美谈，这可称得上是首要。

臣任昉顿首顿首，死罪死罪。谨案齐已故西阳内史刘寅的妻子范氏，到御史台诉说称述如下：出嫁刘寅，已有二十多年。刘寅丧亡，抚养孤儿弱子。叔郎刘整，常常想要伤害他们，侵夺其财。刘寅在世时所分得的奴仆教子、当伯，都已作为公用的奴仆来使用。刘整又用金钱买通女婢之姐妹和弟弟刘温，仍留奴私自使唤当伯；又夺取刘寅之子刘逡的婢女绿草，私卖得钱，并不分给刘逡。刘寅第二个庶出的儿子刘师利，去年十月往刘整田上停留了十二天，刘整便要求范氏拿出六斗米给他食用。米还没送去，刘整突然走到范氏的门前挥动拳头大骂，冲进房内，从屏风上取下车帷作为抵押。二月九日夜间，婢女采音偷了车栏、夹杖及龙牵一类物件，范氏问起丢失东西的事情，刘整便打刘寅之子刘逡，刘整及其母并奴婢等六人来到范氏屋里，高声大骂，婢采音举手抓范氏的手臂。经过查验，确如范氏的诉说相同。

于是就叫刘整亡父先前所使唤的奴仆海蛤到御史台辩问，他诉述的情况是：刘整亡父刘兴道，原先在零陵做官，有奴婢四人。分财产时，刘兴道将奴仆教子分给大儿子刘寅，刘寅死后，二弟刘整便夺取教子，说是应归众人使用，但刘整却留下自己使用，他的婢女、姐姐和弟弟各分得折合钱五千文，而不分给刘逡。其奴当伯，开始时作为众奴使用。刘整兄弟在没有分财产之前，刘整之兄刘寅把当伯典当成七千文，让当伯作为众奴为大家劳作。刘寅辞去西阳郡的职务返回家后，虽然与刘整没有分开伙食，刘寅拿出私钱七千来赎当伯，仍让他到广州去。后来刘寅丧亡，刘整兄弟事后就分奴婢，只是余下绿草一人作为众奴。刘整的用意在独占当伯，把绿草推给刘逡。刘整想等当伯从广州回来，就把他夺过来，当伯在广州过了七年没有回来。刘整怀疑当伯死了不回来了，又把绿草夺来卖了七千钱。刘整兄弟及姐共分此钱，又不分给刘逡。刘寅妻子范氏说：当伯是她亡夫私赎，应属于其子刘逡。当伯于梁天监二年六月从广州回来，刘整又夺取当伯，说应充当众奴，作为去广州四年（没在家里做工）的工钱的抵押。当伯现仍在刘整处使用。

进而责问刘整奴婢采音，刘整之兄刘寅次子刘师利，去年十月十二日忽然往刘整田庐上停住了十二天，刘整向兄妻范氏求米六斗作为饭费。范氏未将米送去，刘整大怒，就自己进入范氏所住地方，取屏风上的车帷作为抵押品。范氏送去六斗米，刘整就收下来了。范氏今年二月九日夜，丢失车栏子、夹杖、龙牵等物，范氏及其儿子刘逡说是采音所偷，刘整听到以后就动手打刘逡。范氏问："你为什么打我儿子？"刘整母子此时便一同走出中堂屋，隔着门帘与范氏相骂。婢采音及奴教子、楚玉、法志等四人，当时也站在刘整母子左右。刘整对采音说：他们说你偷车栏子等物件，你为什么不进去骂他们？采音进入范氏房内与他们争吵，举手误抓范氏的手臂。车栏、夹杖、龙牵等，确实不是采音偷的。

进而责问刘寅妻范氏的奴仆苟奴，说，娘（范氏）在二月九日夜，丢失车栏子、夹杖、龙牵，疑是刘整婢采音所偷。苟奴与郎君刘逡往津阳门买米，遇见采音在津阳门卖车栏、龙牵，苟奴当时想要捉住她，刘逡告诉苟奴说："算了，别去要回东西了。"苟奴隐避了一些时候，窥见人去买龙牵，售价五千钱。苟奴仍随刘逡回家。不见她拿钱分用。

拿采音、苟奴等所供状词，与范氏诉说的大致相同，再重新核实当伯、教子都说范氏受到刘整侵夺，当伯今在刘整处使用，都与海蛤所列情状没有什么不同。拿这些事状向法官诉讼，令史潘僧尚议决：刘整擅自侵犯兄子刘逡，把从前的奴婢卖出去，又拿奴教子等私使，若无官令，就将刘整收交有关部门审讯。与此事凡有所连及应弄清事情原委的，都由狱官受理，均根据法制判定。如法所称，刘整即是罪主。

臣任昉谨案：刚拜官授职的中军参军臣刘整，原是民间的一个卑贱之人，为名教所不齿，只是依凭前代外戚的势力，由一个贵戚子弟而做了官。他恶贯满盈，亲旧之人侧目而视。叔嫂之间不通问候于理已绝，却毫无顾忌地随口骂人；兄子刘逡整晚不得安睡，因为被刘整用大杖痛打致伤。薛包与其兄弟分财产时，自己只取老弱奴婢；高凤自己败坏了名节，与寡嫂在官府争讼财产。从未见到刘整有孟尝（即薛包）那样对兄弟的一片诚心，刘整只是学到了文通（即高凤）那样恶劣的行迹。前人与九族之亲和睦相处，有衣同着，不分彼此；刘整抚养侄子，吃了他几餐饭还要人家还米。为什么不能做到毁弃债券，互通有无，却为了六斗米冲到兄嫂家取下车帷作为抵押品呢？刘整的无情无义，竟然到了这样的地步！他实在为礼教道义所不容，为士子学人所唾弃。

臣等参议，请以所奏之事免去刘整所任官职，就让外廷交付廷尉狱官治罪。凡所连及应弄清事情原委的，由狱官受理，均根据法律判定。婢采音是否真的偷车栏、龙牵，请交给狱官测实情况。刘氏家族的长辈以及所在地界的任职之吏，当初没有督察检举，到后来有牵连的，请不必一一申述。臣任昉所奏，诚惶诚恐以求皇上闻知。

【评析】

此文就刘整在叔嫂、叔侄关系上的种种恶劣举动和违理行为进行弹劾。第一段以马援奉嫂、氾毓育孤的事例从正面说明家族内部应有的礼义关系。第二段是写刘寅妻到御史台诉述叔郎刘整伤害侵夺她母子的情况。三、四、五三段分别就海蛤、采音、苟奴所提供的情况进行互证。虽然三人所述情状基本相同，文字表达亦多有重出，但在弄清案情上是必要的。而且此文主要是弹劾刘整，从范氏申诉及三位家奴所称述的情况看，都是为了证明刘整是这场家庭纠纷中的主犯，其种种恶劣行为都由此得到证实。故接下一段文字就由令史审议，得出“如法所称，整即主”的结论，文章最后两段是作者以御史中丞的身份对刘整在奉嫂抚侄的问题上进行严厉的抨击，认为其劣迹恶行为“教义所不容，绅冕所共弃”。最后提出处置意见。这篇奏议的一个显著特点是在说述案情时，用了当时的口语。这不仅使文章通俗生动，而且在保存口语材料上也是弥足珍贵的。

奏弹王源一首

作者：沈休文　　注译评析：毛毓松

给事黄门侍郎兼御史中丞吴兴邑中正臣沈约稽首言[1]：臣闻齐大非偶[2]，著乎前诰[3]；辞霍不婚[4]，垂称往烈[5]。若乃交二族之和[6]，辨伉合之义[7]，升降窳隆[8]，诚非一揆[9]。固宜本其门素[10]，不相夺伦[11]，使秦晋有匹[12]，泾渭无舛[13]。自宋氏失御[14]，礼教雕衰[15]，衣冠之族[16]，日失其序。姻娅沦杂，罔计厮庶[17]。贩鬻祖曾[18]，以为贾道[19]，明目腆颜[20]，曾无愧畏[21]。若夫盛德之胤[22]，世业可怀[23]，栾郤之家[24]，前徽未远[25]。既壮而室[26]，窃赀莫非皂隶[27]；结褵以行[28]，箕帚咸失其所[29]。志士闻而伤心，旧老为之叹息。自宸历御宇[30]，弘革典宪；虽除旧布新，而斯风未殄[31]。陛下所以负扆兴言[32]，思清弊俗者也[33]。

臣实儒品[34]，谬掌天宪，虽埋轮之志[35]，无屈权右[36]；而狐鼠微物，亦蠹大猷[37]。风闻东海王源，嫁女与富阳满氏，源虽人品庸陋，胄实参华[38]。曾祖雅位登八命[39]，祖少卿内侍帷幄，父璿升采储闱[40]，亦居清显。源频叨诸府戎禁[41]，豫班通彻[42]；而托姻结好，唯利是求，玷辱流辈，莫斯为甚。源人身在远[43]，辄摄媒人刘嗣之到台辩问[44]，嗣之列称：吴郡满璋之，相承云是高平旧族，宠奋胤胄[45]，家计温足，见托为息鸾觅婚。王源见告穷尽，即索璋之簿阀[46]，见璋之任王国侍郎，鸾又为王慈吴郡正阁主簿[47]，源父子因共详议，判与为婚。璋之下钱五万，以为聘礼。源先丧妇，又以所聘余直纳妾。与其所列，则与风闻符同。

窃寻璋之姓族，士庶莫辨，满奋身殒西朝[48]，胤嗣殄没，武秋之后[49]，无闻东晋。其为虚托，不言自显。王满连姻，实骇物听，潘杨之睦[50]，有异于此。且买妾纳媵[51]，因聘为资。施衿之费[52]，化充床第[53]。鄙情赘行[54]，造次以之[55]。纠慝绳违[56]，允兹简裁[57]，源即主。

臣谨案：南郡丞王源[58]，忝藉世资，得参缨冕[59]，同人者貌，异人者心，以彼行媒，同之抱布[60]；且非我族类，往哲格言[61]，薰莸不杂[62]，闻之前典[63]。岂有六卿之胄，纳女于管库之人[64]；宋子河鲂[65]，同穴于舆台之鬼[66]。高门降衡[67]，虽自己作，蔑祖辱亲，于事为甚。此风弗剪[68]，其源遂开，点世尘家，将被比屋[69]。宜置以明科[70]，黜之流伍，使已污之族，永愧于昔辰；方媾之党[71]，革心于来日。

臣等参议，请以见事免源所居官，禁锢终身。辄下禁止，视事如故。

源官品应黄纸[72]，臣辄奉白简以闻[73]。臣约诚惶诚恐，云云。

【篇旨】

写作者对王源的婚姻行为进行弹劾，表现了作者在婚姻问题上的门阀等级观念。

【注释】

① 给事黄门侍郎：官名，掌机密文件，备皇帝顾问。御史中丞：官名，御史台长官，负责监察事宜。吴兴：地名，今浙江湖州。中正：官名，负责监察事宜。沈约：即沈休文，吴兴人。

② 齐大非偶：谓地位高的人不应与地位低的人结为配偶。齐：指齐侯。《左传·桓公六年》说，齐侯想把文姜嫁给郑太子忽，太子忽推辞，人问其故。太子忽说："人各有偶，齐大，非吾偶也。"

③ 前诰：指前面所说的告诫之文。

④ 辞霍不婚：指隽不疑不与权重位尊的大将军霍光之女结婚。《汉书·隽不疑传》说，隽不疑为京兆尹，"大将军光欲以女妻之，不疑固辞不肯当"。

⑤ 往烈：谓以前的美事。

⑥ 二族：指夫妻不同氏族。

⑦ 伉合：伉俪相合。

⑧ 窳（yǔ）：下。隆：高。

⑨ 一揆：同一尺度。

⑩ 门素：谓门第。

⑪ 夺伦：失去义理。

⑫ 秦晋：春秋时大国，喻地位相等。

⑬ 泾渭：水名，泾浊渭清。舛（chuǎn）：杂乱。

⑭ 宋氏：指南朝刘宋王朝。失御：失去统治。

⑮ 雕：同“凋”。

⑯ 衣冠之族：喻大族。

⑰ 厮（sī）庶：低贱之人。

⑱ 鬻：卖。祖：祖父。曾：曾祖父。

⑲ 贾：商贾。

⑳ 腆（tiǎn）颜：厚脸皮。

㉑ 曾：竟。

㉒ 胤：后代。

㉓ 世业：上世之业。

㉔ 栾郤：指春秋时晋大夫栾书、郤克，功业卓著，其家可比当时公卿之族。

㉕ 徽：美好。

㉖ 壮：男子三十岁为壮。室：妻室。

㉗ 窃赀：盗窃财产。赀，通“资”。皂隶：卑贱的人。

㉘ 结褵（lí）：古代嫁女时，母为女系上丝巾，以示至男家后应力事家务。褵，佩巾。

㉙ 箕帚：指妇人在家洒扫之事。

㉚ 宸历：天子历数。御宇：指梁御天下。

㉛ 殄：灭。

㉜ 负扆（yǐ）：古时天子朝见诸侯，背着斧扆南面而立，故称。负，背。

扆：画有斧纹的屏风。

㉝ 弊俗：杂为婚姻的陋俗。

㉞ 儒品：谓文士。

㉟ 埋轮：埋下车轮，不离开所在之地，喻意志坚定，无所畏惧。典出《后汉书·张皓传》附《张纲传》载张纲为侍御史，至洛阳都亭，“独埋其车轮”。说：“豺狼当路安问狐狸！”即上书弹劾权臣梁冀及其弟梁不疑，京师为之震动。

㊱ 权右：权门右族，即权贵之义。

㊲ 蠹：蛀坏。大猷：大道，指国家朝廷。

㊳ 胄：后代。华：荣华。

㊴ 八命：按周代官制，八命是官爵的第八等。

㊵ 采：事。储闱：东宫。

㊶ 戎禁：谓禁卫之官。

㊷ 豫：预。班：列。通彻：即通侯，爵位名。

㊸ 在远：谓在南郡。

㊹ 台：谓御史台。

㊺ 宠：即满宠，魏时为太尉。奋：即满奋，西晋时为司隶校尉，高平人。

㊻ 薄阀：先代官籍。

㊼ 王慈：吴郡太守。

㊽ 身殒：指为苗愿所杀。西朝：指西晋。

㊾ 武秋：满奋字。

㊿ 潘：潘岳。杨：杨仲武。仲武之姑，为潘岳之妻，二家联姻，甚为和睦。潘岳《杨仲武诔》说：“潘杨之穆，有自来矣。”

51 媵：陪嫁的人。

52 施衿：谓女儿出嫁时，父母为其结上佩巾。衿：丝带。

53 床笫：床席之类。

54 赘：恶。

55 造次：仓卒，轻易。

56 慝：邪恶。

57 允：信。简裁：谓以此简裁定。

58 南郡：地名，今湖北江陵。

59 缨冕：谓官服。

60 抱布：谓其行媒不合礼义。《诗经·卫风·氓》："氓之蚩蚩，抱布贸丝。匪来贸丝，来即我谋。"

61 往哲格言：指《左传·僖公十五年》季文子所说的"史佚之志有之，非我族，其心必异"。

62 薰：香草。莸：臭草。

63 前典：指《孔子家语》。《家语》记颜回说："回闻薰莸不同器而藏。"

64 管库之人：谓低贱之人。

65 宋子：大族之子。河鲂：上等之鱼。《诗经·陈风·衡门》："岂其食鱼，必河之鲂？岂其娶妻，必齐之姜？岂其食鱼，必河之鲤？岂其娶妻，必宋之子？"

66 舆台：下等人。

67 衡：横木为门，指平民之家。

68 剪：除。

69 比屋：喻封赐之多。

70 明科：指有关官署。科：分曹办事的机构。

71 媾：婚媾。

72 黄纸：封建时代按官品不同应使用不同色泽的状纸。

73 白简：谓以白纸所写的奏状。

【语译】

给事黄门侍郎兼御史中丞吴兴县中正臣沈约叩首进言：像齐侯这样地位高的人不应与地位低的人结为配偶，这在以前的告诫之文中已经写明；像隽不疑不与权重位尊的大将军霍光之女结婚，一直被称为值得夸耀的美事。若是不同氏族而结成为和睦的夫妻，辨别不同氏族夫妻相合的义理，升降高低，确实不是同一尺度能衡量的。本来应该根据双方的门第，而不应该在门第相配上失去理义，使双方门当户对，不相混杂。自从刘宋王朝失去统治之后，礼教衰败，豪门贵族之家，越来越丧失门庭秩序，姻娅之亲错乱混杂，已不区分高低贵贱，贩卖祖父、曾祖的官爵名分，把它作为商贾之道，公然厚着脸皮，竟没有一点惭愧畏惧的样子。至于道德盛美的家族，上世之业令人钦慕怀念，栾书、郤克这样功业卓著的大家族，其美好的业绩距今未远。男子到了壮年便娶妻室，以娶妻窃取家资都是些卑贱之人，父母为女儿出嫁佩带丝巾，本应执箕帚以事夫家，现在都丧失匹偶之礼。有志之士闻此而为之伤心，阅世老人为之叹息。自从梁朝建立以来，对国家的典章法令作了很大改革，虽已除旧布新，然而婚嫁不相匹配的风气至今未灭。陛下之所以坐正天下，倡导进言，是想廓清杂为婚姻的不良风俗。

我是个儒士文人，以御史中丞掌天子法本非己任，虽有忠于职守的坚定志向，不屈服于权门贵族之势，然而那些像狐鼠似的卑贱小人，也还是在破坏国家的法令。我早已听说东海王源，把女儿嫁给富阳满氏。王源虽然人品庸俗卑下，但王氏后代享受着先世的荣华。曾祖王雅位居三公；祖父少卿，为天子近臣，掌宫室之事；其父王璇，擢升为执掌东宫，也是清贵显要的职务。王源多次贪得谋取诸禁府的禁卫官，预列通侯的爵位。而且以婚事相托与贵府结为友善，只是为自己谋利，玷污同辈之人，没有比这种劣行更严重的了。王源远在南郡做官，就找了媒人刘嗣之到御史台辩问。刘嗣之一一称述如下：吴郡满璋之，说他由高平旧族继承下来的，是满宠、满奋的后代，家中生活富足，受托为其子满鸾求婚。王源被告发无话可说，就立即索取满璋之先代的官籍，从官籍上看到璋之任王国侍郎，满鸾又是王慈吴郡正阁主簿，王源父子就在这时一起详细地商讨，判定与满家为婚。璋之出钱五万，作为聘礼。王源原先死了妻子，又拿剩余下来的聘钱纳妾。按刘嗣之所称述的情况，跟传闻的情况符合。

我寻思璋之族姓，士族与庶族分不清。满奋在西晋时为人所杀，其后代不存，武秋以后，也没有听说东晋有这一族的人，璋之说他是满奋后代实是虚托，不言自明。王源与满璋之连姻结亲，使人听了实在感到惊奇；潘岳与杨仲武结为和睦之亲，跟王满连姻显然有别。而且买妾纳媵，本来是用娶妻的钱，而王源把嫁女之财拿来纳妾，以成房室之私，可鄙的情欲，恶劣的品行，仓卒之间做成其事。举发劣行、惩处过错，以此诚信之奏表请皇上制裁王源。王源是主要的罪人。

臣沈约谨案：南郡守丞王源，凭借他上世的业绩，才得以入仕为官，他的面孔虽与众人相同，但心术不正，与众人有别。用他那种方式做媒成亲，就如同平民百姓抱布贸丝一样自择配偶，完全失去礼节。况且满姓不是跟我华夏同一族类，过去的哲人已有格言；薰莸香臭不同，不能混杂，这在前代的典籍中已有记载。哪里有朝廷大官的后代，嫁女给卑贱之人，哪有衣冠大族的子孙，跟下等人同在一个墓穴做鬼呢？从世家大族降为平民之家，虽说是自己造成的；蔑视祖宗，羞辱亲戚，在这件事上真是太严重了。这种风气不杀除，就给不良的风气开了源头，玷污世家大族，将会延及家家户户。应将王源交付执法部门，废黜为庶民。使已玷污的士族，对过去做的事永远感到惭愧；将要婚媾混杂的亲族，能于未来之日革心洗面。

沈约等参议，请根据所奏之事免去王源所任官职，禁锢终身，禁止他重新就职的法律一如过去的规定。

王源按其官位品级应用黄纸书奏，臣沈约谨奉上白简弹劾以求皇上闻知。臣沈约诚惶诚恐，云云。

【评析】

沈约以御史中丞之职对王源的婚姻行为进行弹劾。南北朝时，门阀观念极为严重，不同门第，不同等级以至不同氏族的人不能通婚，所谓“固宜本其门素，不相夺伦”，便是这种观念的反映。文章第一段即以较大的篇幅来论述这种看法。第二段写王源嫁女给满氏及其以聘钱纳妾的经过情况，中间插入刘嗣之到台辨问一事，以证明与沈约“风闻”的情况基本符合。这在文章写法上确实提供了充足的论据。第三段重在辨明满氏的族源，以说明王满联姻的非礼、非法行为。最后几段强调王满联姻所造成的不良风气和对门阀制度的破坏作用，给王源加上“蔑祖辱亲”的罪名。据此提出要求免除王源所居官职，禁锢终身，不给他有任何的人身自由。从全文看来，作者是站在坚持门阀等级制度的立场上来对王源的婚姻行为进行弹劾的，充分反映了作者在婚姻问题上的门阀观念。

笺

答临淄侯笺一首

作者：杨德祖　　注译评析：毛毓松

修死罪死罪。不待数日，若弥年载，岂由爱顾之隆，使系仰之情深邪？损辱嘉命，蔚矣其文！诵读反复，虽讽雅颂，不复过此。若仲宣之擅汉表①，陈氏之跨冀域②，徐刘之显青豫③，应生之发魏国④，斯皆然矣。至于修者，听采风声，仰德不暇，自周章于省览⑤，何惶高视哉⑥？

伏惟君侯，少长贵盛，体发、旦之资⑦，有圣善之教，远近观者，徒谓能宣昭懿德⑧，光赞大业而已；不复谓能兼览传记，留思文章。今乃含王超陈，度越数子矣！观者骇视而拭目，听者倾首而竦耳；非夫体通性达，受之自然，其孰能至于此乎？又尝亲见执事⑨，握牍持笔；有所造作，若成诵在心。借书于手，曾不斯须少留思虑⑩。仲尼日月⑪，无得逾焉。修之仰望，殆如此矣。是以对鹖而辞⑫，作《暑赋》弥日而不献⑬。见西施之容，归增其貌者也⑭。

伏想执事，不知其然，猥受顾锡⑮，教使刊定。《春秋》之成⑯，莫能损益。《吕氏》《淮南》⑰，字直千金；然而弟子箝口，市人拱手者，圣贤卓荦⑱，固所以殊绝凡庸也。今之赋颂，古诗之流；不更孔公⑲，风雅无别耳。修家子云⑳，老不晓事，强著一书，悔其少作㉑。若此仲山、周旦之俦㉒，为皆有愆邪㉓！君侯忘圣贤之显迹，述鄙宗之过言[24]，窃以为未之思也。

若乃不忘经国之大美，流千载之英声，铭功景钟[25]，书名竹帛，斯自雅量素所畜也，岂与文章相妨害哉？辄受所惠，窃备蒙瞍，诵咏而已[26]，敢望惠施[27]，以忝庄氏[28]！季绪璅璅[29]，何足以云。反答造次[30]，不能宣备。修死罪死罪。

【作者简介】

杨修（175—219），字德祖，华阴（今陕西华阴东南）人，汉魏时为丞相曹操主簿，博学有才智，与临淄侯曹植友善，关系密切。后曹植失宠，修为曹操所忌，被杀。原有集一卷，已佚，今存作品七篇。其事载《三国志·魏书·陈思王传》。

【篇旨】

本文高度赞扬了曹植的文学才华，肯定了辞赋的价值，但也反映了作者在创作上的偏狭之见。

【注释】

① 仲宣：即王粲。汉表：汉水之南，指荆州，王粲曾到荆州投靠刘表。

② 陈氏：指陈琳。

③ 徐：徐幹。刘：刘桢。青：青州。豫：豫州。

④ 应生：指应玚。

⑤ 自：一作“目”。周章：舒缓不迫。省览：鉴察、考虑。

⑥ 高视：曹植与杨德祖书称作者“高视上京”。

⑦ 发：周武王名。旦：周公名。

⑧ 懿德：美德。

⑨ 执事：对对方的敬称，指曹植。

⑩ 斯须：片刻、一会儿。

⑪ 仲尼：即孔子。

⑫ 鹖（hé）：鸟名。曹植曾作《鹖鸟赋》，修推辞不写。

⑬《暑赋》：见《艺文类聚》。

⑭ 西施：越国美女，此喻文章之美。增：当作“憎”。

⑮ 猥：谦词。锡：通“赐”。

⑯《春秋》：儒家经典，经过孔子删定。

⑰《淮南》：指《淮南子》，淮南王刘安门客所编。此二书成，皆布之于市，有能增损一字者，可赏千金。这里用来赞美曹植的文章。

⑱ 卓荦（luò）：超绝。

⑲ 孔公：指孔融，其文章词藻华美，气体高妙，曹丕《典论 · 论文》把他列于“建安七子”之首。

⑳ 子云：即扬雄，西汉著名辞赋家，晚年著《法言》一书，认为辞赋无补于世道人心，是“壮夫不为”的雕虫小技。

㉑ 少作：年轻时的作品，指其所写辞赋。

㉒ 仲山：指仲山甫，周宣王的贤臣。《诗经 · 大雅 · 烝民》赞美了他。周旦：周公，相传《诗经 · 豳风 · 七月》为其所作。

㉓ 愆（qiān）：过失。

㉔ 述鄙宗之过言：指曹植写给作者信中的“夫街谈巷说，必有可采”“匹夫之思，未易轻弃”这一类重视民间文学的话。

㉕ 景钟：景公钟。《国语 · 晋语七》说魏颗以其身却退秦军，“其勋铭于景钟”。韦昭注：“景钟，景公钟。”这里借指文章的丰功伟业。

㉖ 蒙瞍：乐师，古以盲者任乐师以讽诵诗歌。

㉗ 惠施：庄子的知己朋友。

㉘ 庄氏：即庄子。曹植在信中说：“恃惠子之知我也。”曹植以惠施比杨修，故作者以庄子喻曹植。

㉙ 季绪：即刘季绪，刘表之子，著有诗赋六篇。璅（suǒ）璅：细微，此指人品猥琐。曹植在信中说：“刘季绪才不能逮于作者，而好诋诃文章，掎摭利病。”

㉚ 造次：仓卒。

【语译】

修死罪死罪。不见数日，如隔一年，难道是因为您对我的关怀照顾太多，才使我对您的敬仰之情如此之深吗？您所赐诗文，灿烂华美极了！我反复诵读，即使吟诵《诗经》中的雅颂篇章，也不及您的诗文之美听。像王粲独步于汉南荆楚之地，陈琳扬名于河北一带，徐幹、刘桢驰名于青州、豫州等地，应玚在魏国京城很有名声，这些人确是文名很高。至于我呢，观赏他们的文采，钦慕他们的才名，心中只有敬仰而已。自己正在安静地进行思考鉴赏，哪里谈得上我能超过他们呢？

我在想，王侯您不论年少或年长，都一定是富贵通达，具备武王、周公的材质，有着美好无比的教养。不论远近之人，他们所觉察到的，只是认为您能发扬美好的品德，继承辉煌的大业，不再认为您能博览传记，留意诗赋。现在您的诗赋具有王粲的美质并超过陈琳，超越其余几个人了。读者惊奇地急欲看到您的文章，听者全神贯注地想听到那诗赋中的美妙乐章。若不是才思灵敏通畅，从先天中得来，谁能做到这样呢？我又曾亲自见您执笔展纸，在进行创作，好像胸中已有了诗作，然后从笔端倾泻而出，竟片刻功夫，也不用多加思虑。其天资捷才，如同孔子之于日月，无人能够超越我对您的敬仰期望，就像这样啊！所以您让我作《鹖鸟赋》，我不敢奉命，让我作《暑赋》，作成后整日不敢奉献，因为见到您的大作就如同观赏绝代美人西施的容貌一样，回家后再看看我的文章更觉形貌可憎。

我想王侯您，不了解改定文章的情况，轻易把辞赋一册赠赐给我，教我改定。孔子作《春秋》，没有谁能增减一字；《吕氏春秋》《淮南子》这两部书，改削一字，价值千金。然而弟子不能改动一字，平民百姓都很赞赏，这是因为圣贤之笔卓越超群，当然与平庸之辈有极大的差别。当今赋颂一类文章，从古诗演变而来，如果不从孔融变出，那就与风雅没有什么区别了。修之本家扬子云，年老不明事理，硬是要写《法言》这本书，悔恨他年轻时所作辞赋。像辞赋这类文章本可与仲山甫、周公之作雅颂比美，难道会有什么过失吗？王侯您忘了圣贤歌颂王业的述作，却去论述街谈巷说那样的错误言论，我以为这一点您未曾考虑周到。

再说辞赋之道，不能忘记它是治理国家的盛美之事，千百年后都能流传作者的美名，功勋铭记在景钟上，著作写在竹帛上，这来自于作者的雅量，是平时积聚而成的，难道它与文章相妨害吗？惠赐辞赋，使我得以经常诵读，我怎敢以惠施相比，来忝辱庄周之相知呢？季绪猥琐之言，不值一提。回函仓卒，不能说得明白。修死罪死罪。

【评析】

曹植有《与杨德祖书》一文，与杨修讨论文学创作问题，这是作者给曹植的复信，也是就文学上的问题提出自己的看法。信的开头对“建安七子”中的王、陈、徐、刘、应略作评论，与曹植的观点基本相同。于曹植信中评论作者本人“高视于上京”时，作者对此表示不敢苟同，表现了作者实事求是的态度。此信高度赞扬了曹植的文才，并对辞赋的价值提出了不同看法。作者认为辞赋虽是古诗之流，但并非“壮夫不为”的“小道”，而是“经国之大美”，可与《诗经》中雅颂为俦。不同意曹植信中“辞赋小道，固未足以揄扬大义”的看法，并对杨雄晚年轻视辞赋，“悔其少作”的行为提出了批评。作者肯定辞赋的价值，这一见解是正确的。但作者对曹植重视民间口头创作这一正确意见却持反对态度，认为那是“述鄗宗之过言”，是曹植“未之思也”，这反映了作者在文学题材上的偏狭之见，是不足取的。

与魏文帝笺一首

作者：繁休伯　　注译评析：毛毓松

正月八日壬寅，领主簿繁钦，死罪死罪[①]。近屡奉笺，不足自宣。顷诸鼓吹，广求异妓[②]，时都尉薛访车子[③]，年始十四，能喉啭引声[④]，与笳同音。白上呈见，果如其言。即日故共观试，乃知天壤之所生，诚有自然之妙物也。潜气内转，哀音外激，大不抗越，细不幽散，声悲旧笳，曲美常均[5]。及与黄门鼓吹温胡[6]，迭唱迭和，喉所发音，无不响应，曲折沉浮，寻变入节。自初呈试，中间二旬，胡欲傲其所不知，尚之以一曲，巧竭意匮[7]，既已不能。而此孺子遗声抑扬[8]，不可胜穷；优游转化，余弄未尽。暨其清激悲吟，杂以怨慕，咏北狄之遐征，奏胡马之长思，凄入肝脾，哀感顽艳[9]。是时，日在西隅，凉风拂衽[10]，背山临溪，流泉东逝。同坐仰叹，观者俯听，莫不泫泣殒涕[11]，悲怀慷慨。自左騄史妠謇姐名倡，能识以来[12]，耳目所见，佥曰诡异[13]，未之闻也。

窃惟圣体，兼爱好奇，是以因笺先白委曲[14]。伏想御闻，必含余欢。冀事速讫，旋侍光尘[15]，寓目阶庭，与听斯调。宴喜之乐，盖亦无量。钦死罪死罪。

【作者简介】

繁钦（？—218），字休伯，颍川（今河南禹州）人，曾为曹操主簿，少时以文章才辩知名，长于书记，诗赋亦佳。原有集十卷，已佚。今存诗赋及文二十余篇。《文选》所录即此一篇。事见《三国志·魏书·王粲传》注。

【篇旨】

文章以书信形式描述了一位歌伎的“诡异”技能，表现了作者对歌伎的喜爱之情。

【注释】

① 主簿：官名，其职在典领文书，办理事务，故于主簿前加一“领”字。

② 鼓吹：指鼓钲箫笳一类乐器。

③ 都尉：官名。薛访：汉末时人，贤者。车子：御车之士。

④ 喉啭：从喉中发出婉转动听的嗓音。

⑤ 均：古代乐器的调律器，使五声和谐。

⑥ 黄门：乐官名。温胡：乐人名。

⑦ 匮：乏。

⑧ 遗声：余音。

⑨ 顽艳：指顽钝之人与艳美之人。一说指歌词古拙而绮丽。

⑩ 衽：衣襟。

⑪ 泫（xuàn）泣：流泪。

⑫ 左騆（diān）、史妠（nàn）、謇（jiǎn）姐：皆当时乐人。

⑬ 佥：皆、都。

⑭ 委曲：指事情的始末经过。

⑮ 光尘：称人风采的敬词。

【语译】

正月八日壬寅之时，主簿繁钦死罪。近来多次奉函，话尚未说尽，不久前军中需作鼓吹之乐，广泛寻求有突出才能的歌伎。当时都尉薛访有个车子，年纪才十四岁，能从喉中发出婉转曼长的歌声，与笳乐之音相同。他报告皇上并带去拜见，果然如他所说。当天大家一同来观看、试听这车子的歌唱，才知道天地生成万物，确有自然天赋的美妙歌喉。潜藏的精气在胸中回转，哀怨之音从喉中并发而出，声音大而不过分高亢，声音细而不寂然消失，其声比原有的笳乐还要悲壮，其曲比合律的乐调还要好听。当他与黄门鼓吹乐人温胡转换着唱和时，从喉中发出的声音没有不像回声似的应和，曲折高低，随着变化符合音律节奏。从开始观听，经过二十天时间，温胡想以不为车子所知的东西来傲视他，向他加了一首曲子，结果自己机关用尽，志气匮乏，不久就不能表演了。而年方十四的车子，其歌喉余音高低抑扬，不可穷尽，悠闲自得地辗转变化，继续在施展他的歌喉。及其歌喉清亮激越地发出悲吟，又杂以怨慕之声，好像是在咏叹北狄的远征，胡马的长思，凄恻之音入人肝脾，歌声悲哀感人，使顽钝的人和美好的人都同样受到感动。这时夕阳西斜，凉风拂襟，背山临溪，泉水东流。同坐之人仰首而叹，观看之人俯身以听，没有谁不哭泣流泪，悲怀慷慨。自从左𫘧、史妠、謇姐这些有名的歌伎人们尽识以来，忆及所见所闻，都称车子为特异之人，从来没听到过这样的歌伎。

我考虑到尊驾还喜爱奇异之事，所以借这封信先将车子的情况向您禀告，我想您听了这件事后，一定会感到高兴。等我差事完毕，随即到您面前侍奉，在您的厅堂里观看此人的表演，与您一起听此人的歌唱，这种宴席上的喜乐，大概也能增添无穷的乐趣吧。繁钦死罪死罪。

【评析】

本文是作者向魏文帝曹丕推荐进献一位有特异本领的歌伎，文章对歌伎的外貌形态没有作任何描写，只提到“年始十四”，是一位年少歌伎，重点是对歌伎的“喉啭引声”的特殊技能进行了详细的描绘。一方面是突出写喉啭的自然之妙，所谓“潜气内转，哀音外激，大不抗越，细不幽散”。其歌喉的自然运用之妙，已达到出神入化的地步。另一方面写其歌喉的感动人心。由于歌喉具有笳乐的悲壮之声，高低抑扬，极富变化，故其声能“凄入肝脾，哀感顽艳”。为了突出这位歌伎的“诡异”，又与能识以来的名倡进行对比。文章虽短，而对歌伎“诡异”的描述已曲尽其妙，给人有“如见其人，如闻其声”的感受，且文笔流畅，描写生动，有不少词语在今天仍有很强的生命力。

答东阿王笺一首

作者：陈孔璋　　注译评析：毛毓松

琳死罪死罪。昨加恩辱命，并示《龟赋》[①]，披览粲然。君侯体高世之才，秉青萍、干将之器[②]，拂钟无声[③]，应机立断，此乃天然异禀，非钻仰者所庶几也[④]。音义既远，清辞妙句，焱绝焕炳[⑤]。譬犹飞兔流星[⑥]，超山越海，龙骧所不敢追[⑦]；况于驽马，可得齐足？夫听《白雪》之音[⑧]，观《绿水》之节[⑨]，然后《东野》《巴人》[⑩]，蚩鄙益著，载欢载笑，欲罢不能，谨韫椟玩耽[⑪]，以为吟颂。琳死罪死罪。

【作者简介】

陈琳（？—217），字孔璋，广陵（今江苏扬州）人，“建安七子”之一，先投袁绍，后归附曹操，任司空军谋祭酒，典记室，草拟书檄公文，以章表书记见称，与阮瑀齐名。原有集十卷，已散佚，明人辑有《陈记室集》一卷。传附《三国志·魏书·王粲传》。

【篇旨】

赞美曹植的文学才华及《龟赋》的艺术成就。

【注释】

①《龟赋》：即《神龟赋》，见严可均辑《全三国文》卷十四。

② 青萍、干将：皆良剑名，此喻曹植之才。

③ 拂：砍。无声：言其锋利。

④ 钻仰者：陈琳自指。语本《论语·子罕》：“颜渊曰：‘仰之弥高，钻之弥坚。’”

⑤ 焱（yàn）：火花，此喻文采。

⑥ 飞兔：古神马。

⑦ 龙骧：骏马。

⑧《白雪》：高雅的曲调。

⑨《绿水》：古诗名。

⑩《东野》《巴人》：皆鄙俗之调。

⑪ 韫（yùn）椟：藏于柜中。韫，蕴藏。椟，柜子。

【语译】

琳死罪死罪。昨日布施恩情，屈辱辞命，并以《龟赋》相示，展读赏览，文辞华丽多彩。君侯您具有高出世人的才能，怀着青萍、干将那样的利器，砍钟不曾发出声响，顺应机会而立断，这真是天赋的奇才，不是像我这样的人所能企及的。您的《龟赋》音声激越，意义深远，清词妙句，光明炫丽，譬如神马流星，翻山过海，即使是骏马也无法追上；何况像我这样的驽马，怎能与之并驰？欣赏您的《龟赋》如同聆听《阳春》《白雪》那样高雅的曲调，如同观赏《绿水》那样有节奏韵律的诗篇，然后再看看《东野》《巴人》的作品，就显得更加低劣粗俗。我读这篇《龟赋》是那样的欢乐，没有办法放下不看。我要把它藏在书柜里反复欣赏玩味，并拿来讴吟歌诵。琳死罪死罪。

【评析】

曹植将自己的《龟赋》展示给陈琳，陈琳为此而答谢。文中盛赞曹植的才华，以青萍、干将之器为喻，并以颜渊推崇孔子的话来赞扬曹植的文才。文中又竭力颂扬《龟赋》的高雅不凡，比之于飞兔流星，喻之以《阳春》《白雪》，使这篇赋的名声得以提高。这篇书信虽难免有溢美之词，但文笔优美生动，一篇不到一百五十字的短文，竟把曹植的气质才华及《龟赋》的艺术成就写得十分完美。

答魏太子笺一首

作者：吴季重　　注译评析：毛毓松

二月八日庚寅，臣质言：奉读手命[1]，追亡虑存；恩哀之隆，形于文墨。日月冉冉，岁不我与。昔侍左右，厕坐众贤[2]，出有微行之游[3]，入有管弦之欢；置酒乐饮，赋诗称寿[4]。自谓可终始相保，并骋材力，效节明主。何意数年之间，死丧略尽。臣独何德，以堪久长？

陈、徐、刘、应[5]，才学所著，诚如来命，惜其不遂，可为痛切。凡此数子，于雍容侍从[6]，实其人也。若乃边境有虞，群下鼎沸，军书辐至，羽檄交驰[7]，于彼诸贤，非其任也。往者孝武之世[8]，文章为盛，若东方朔、枚皋之徒[9]，不能持论，即阮、陈之俦也[10]。其唯严助、寿王[11]，与闻政事，然皆不慎其身，善谋于国，卒以败亡，臣窃耻之。至于司马长卿，称疾避事[12]，以著书为务，则徐生庶几焉[13]。而今各逝，已为异物矣。后来君子，实可畏也。

伏惟所天[14]，优游典籍之场，休息篇章之囿[15]，发言抗论，穷理尽微；摛藻下笔[16]，鸾龙之文奋矣。虽年齐萧王[17]，才实百之，此众议所以归高，远近所以同声。然年岁若坠，今质已四十二矣，白发生鬓，所虑日深，实不复若平日之时也！但欲保身敕行[18]，不蹈有过之地，以为知己之累耳！游宴之欢，难可再遇，盛年一过，实不可追。臣幸得下愚之才，值风云之会。时迈齿臷[19]，犹欲触匈奋首[20]，展其割裂之用也。不胜慺慺[21]。以来命备悉，故略陈至情。质死罪死罪。

【作者简介】

吴质（177—230），字季重，济阴（今山东菏泽市定陶区西北）人，曾为朝歌（今河南淇县）令。有文才，同曹丕、曹植兄弟友善，与曹丕关系尤为密切。曹丕称帝后，官至震威将军、都督河北诸军事，封列侯。原有集五卷，已佚。《文选》所录此篇较有名。传附《三国志·魏书·王粲传》。

【篇旨】

写作者与曹丕等人的深厚友情，称赞曹丕的文学才华，并表明自己在晚年仍将继续努力奋进。

【注释】

① 手命：指曹丕与吴质书。

② 厕坐：列坐。厕，通“侧”。

③ 微行：便服出行，以隐匿尊贵者之身份。

④ 称寿：古时上酒为称寿。

⑤ 陈：即陈琳。徐：即徐幹。刘：即刘桢。应：即应玚。

⑥ 雍容：谓仪态温文尔雅。

⑦ 羽檄：羽书，以传递紧急军情。

⑧ 孝武：指汉武帝。

⑨ 东方朔、枚皋：西汉文学家，皆以诙谐调笑闻名，武帝视之如倡优。

⑩ 阮：指阮瑀。陈：指陈琳。

⑪ 严助：武帝时任中大夫，常与大臣等辩论政事，为武帝所亲信。淮南王刘安谋反，严助因与之交往而被杀。寿王：即吾丘寿王，武帝时为东郡都尉，亦喜论辩，后坐事被诛。

⑫ 司马长卿：即司马相如，西汉著名辞赋家，因汉景帝不好辞赋，他称病免官而作《子虚赋》。

⑬ 徐生：即徐幹，曾作《中论》二十篇。

⑭ 天：喻国君，此指曹丕。

⑮ 休息：指以文艺娱身，消除疲劳。

⑯ 摛藻：铺张词藻。

⑰ 萧王：指光武帝刘秀。曹丕在《与吴质书》中说：“吾德不及萧王，年与之齐矣。”

⑱ 敕（chì）行：整饬自己的行为。

⑲ 蓺：当作“耋”，年老之意。

⑳ 匈：即“胸”字。

㉑ 偻（lóu）偻：勤恳、谨敬。

【语译】

二月八日庚寅，臣质进言。奉读来书，追怀亡友，思虑今人，对亡友生时的恩荣与死时的悲哀，感情极为深厚，都从笔墨中表现出来了。光阴冉冉，年岁不饶人。从前有幸侍奉太子，列坐于诸位贤士之间，有身着便服、外出游览的乐趣，也有回来时管弦迭奏的欢娱。摆上酒席痛快地喝上几杯，大家一同赋诗，敬酒祝寿。各人都说一定能长期聚在一起，共同施展自己的才智能力，始终不渝地为您效劳。没想到数年之间，我们的朋友已大多死去，不知我有什么好的德行，却能活得如此长久？

陈琳、徐幹、刘桢、应玚，他们的才学及其著作，确如您来信中所说，可惜他们没有写完，真令人痛心！这几个人温文儒雅地作为文学侍从，确实是很好的人才。至于边境有了忧患，臣下动乱纷扰，军书从四周辐射而至，传达紧急军令的羽书交相奔走，纷至沓来，这不是他们的能力所能承担的。以前在汉武帝的时候，文章称盛，像东方朔、枚皋这类人，他们的文章不以议论政事为长，而是注重谐趣，即今日阮瑀、陈琳一类作家。只有严助、吾丘寿王喜欢谈论政事，然而他们在政治上都不够慎重，精于为侯国谋划，终于被杀，我私下替他们感到羞耻。至于司马相如，称病不朝，以写作辞赋为务，后来徐幹也这样效法。现在他们都已去世，化为异物了。后起的文士作家，实在是令人敬重畏惧的。

我觉得太子您，在浩瀚的典籍中悠闲自得，在艺术的园地里娱乐身心，说出的话确是高论，探究事理以尽微妙，下笔词采丰茂，作出来的文章如同龙凤飞翔，矫健华美。虽然年纪与光武帝相等，而文才超过百倍，这就是大家之所以推崇尊敬您，远近之人同声赞扬您的原因所在。然而岁月过得很快，我已经四十二岁了，两鬓已添白发，忧虑一天天地多起来，实在不再像往日年轻的时候了。我只想保全自身，使自己的行为端正，不做错事情，免使太子受到连累罢了。往日与您出游宴集的欢乐，很难再遇上，盛年一过，无法追回。我庆幸自己虽然才能平庸低下，但却遇上能归附太子的一个好机会，尽管已成年老之人，还想抚胸奋首、振足精神，施展自己的微薄才力。不胜恭敬诚恳之情！因来信已说得很详尽，所以只大略谈一谈我对太子的敬仰之情。质死罪死罪。

【评析】

这封信是吴质给曹丕来信《与吴质书》的回复。曹丕在来信中沉痛怀念“建安七子”中的亡友，也写了自己的经历和心境，但主要是对七子的文学才华及其作品的优劣进行评论。吴质此信先写对往日“置酒乐饮，赋诗称寿”的诗酒生活的回忆及其对亡友的怀念，但文章的重点却是在评论以往文人才华的优劣及其“与闻政事”而又“不慎其身”的过错，在此基础上则着重写曹丕的文学才华及其为众望所归的原因。最后表明自己虽已“时迈齿载”，但仍将“触匈奋首，展其割裂之用”的雄心。作者出于对曹丕的感恩与尊敬，难免有些溢美之词。但认为曹丕的文章“发言抗论，穷理尽微”，这样的评价并非过分。曹丕的《与吴质书》是一篇重要的文学评论文章，在对七子的评论以及对“后生可畏”的看法上是公允的。吴质与曹丕的观点基本相同。阅读这封复信可以帮助我们了解建安时代的文学盛况及文人间的友情。

在元城与魏太子笺一首

作者：吴季重　　注译评析：毛毓松

臣质言：前蒙延纳，侍宴终日，耀灵匿景①，继以华灯。虽虞卿适赵②，平原入秦③，受赠千金，浮觞旬日，无以过也。小器易盈，先取沉顿④，醒寤之后，不识所言。即以五日到官。

初至承前，未知深浅。然观地形，察土宜。西带常山⑤，连冈平代⑥；北邻柏人⑦，乃高帝之所忌也。重以泜水⑧，渐渍疆宇⑨，喟然叹息。思淮阴之奇谲⑩，亮成安之失策⑪。南望邯郸，想廉蔺之风⑫；东接钜鹿，存李齐之流⑬。都人士女，服习礼教，皆怀慷慨之节，包左车之计⑭。而质暗弱，无以莅之⑮。若乃迈德种恩⑯，树之风声，使农夫逸豫于疆畔⑰，女工吟咏于机杼⑱，固非质之所能也。至于奉遵科教⑲，班扬明令⑳，下无威福之吏，邑无豪侠之杰；赋事行刑，资于故实，抑亦懔懔有庶几之心㉑。

往者严助释承明之欢，受会稽之位㉒；寿王去侍从之娱，统东郡之任㉓。其后皆克复旧职，追寻前轨。今独不然，不亦异乎？张敞在外，自谓无奇㉔；陈咸愤积，思入京城㉕。彼岂虚谈夸论，诳耀世俗哉㉖！斯实薄郡守之荣，显左右之勤也。古今一揆㉗，先后不贸㉘，焉知来者之不如今？聊以当觐，不敢多云。质死罪死罪。

【篇旨】

通过对元城地理风情的描写和历史的回顾，表达作者就任元城令的乐观向上的精神。

【注释】

① 耀灵：指太阳。景：日光。

② 虞卿适赵：《史记 · 平原君虞卿列传》说，虞卿“说赵孝成王，一见，赐黄金百镒”。这里说“受赠千金”乃是夸张的说法。

③ 平原入秦：《史记 · 范雎蔡泽列传》说，秦昭王写信给平原君，说“闻君之高义”，愿与他“为十日之饮”。

④ 沉顿：指酒醉昏迷不醒。

⑤ 常山：即恒山。

⑥ 平、代：县名。

⑦ 柏人：县名。《汉书 · 高帝纪》谓刘邦至柏人县，心恐。说：“柏人者，迫于人也。”去弗宿。

⑧ 泜水：水名，流经元城入黄河。

⑨ 渍（zì）：浸染。

⑩ 淮阴：指淮阴侯韩信。奇谲：这里指作战时巧用诈谋奇计。韩信曾在赵国的井陉口布阵，“拔赵帜立汉赤帜”，以诱惑赵军，大破赵军，斩陈馀于泜水上。

⑪ 亮：诚信。成安：即成安君陈馀。失策：谓不用李左车之计。《史记·淮阴侯列传》说：广武君李左车劝说成安君在韩信张耳的军队来到井陉口时，用奇兵“绝其辎重”“坚壁勿与战”，使之进退无路，“而两君之头可致于戏下”。

⑫ 邯郸：赵国都城。廉：指廉颇；蔺：指蔺相如，二人皆为赵之贤臣，解除前隙，将相和睦，共同对敌，遂为刎颈之交。

⑬ 钜鹿：地名，在邯郸东北。李齐：赵之良将，秦兵围赵时与秦将王离战于钜鹿之下。

⑭ 左车：即李左车，事见注⑪。

⑮ 莅：临、治理。

⑯ 迈德：勉行其德。种恩：布行恩德。

⑰ 逸豫：逸乐、欢娱。

⑱ 女工：当作“工女”。

⑲ 科教：政教条令。

⑳ 班：分。

㉑ 懔懔：恐惧担忧的样子。

㉒ “往者”句：《汉书·严助传》说：“严助为中大夫，上问所欲，对曰：‘愿为会稽太守’”。后又入朝为侍中。承明：宫殿名。会稽：郡名。

㉓ 寿王：即吾丘寿工，曾召为待诏，拜侍中，汉武帝时拜东郡都尉，后征入为光禄大夫。

㉔ 张敞：汉时人，出为胶东相，曾与朱邑书曰：“值敞远守剧郡，驭于绳墨，胸臆约结，固无奇矣。”

㉕ 陈咸：汉时人，曾为南阳太守，想入京城做官，他给陈汤（字子公）写信说：“即蒙子公力，得入京城，死不恨矣。”

㉖ 诳（kuáng）：欺骗。

㉗ 一揆：同一道理。

㉘ 贸：变易。

【语译】

臣质言：日前承蒙接待，宴饮了一天，直到太阳落下，点起了明亮的烛光，即使是虞卿来到赵国，平原君应邀入秦，赵孝成王赠送千金给虞卿，秦昭王要招待平原君宴饮十日，也没有超过您对我的盛情接待。杯小易满，已喝得醉昏昏。酒醒以后，不知道自己说了些什么，第五天我就到了元城任职。

刚到时一切都按前例办事，尚难区分善恶是非。然而从观察地形和土质的情况来看，这地方西面靠着常山，其山冈与平、代二县相连结；北面接邻柏人县，是汉高祖所忌讳的地方。泜水流经此处，使土地渐渐受到浸染，我不由得喟然叹息，想起了当年淮阴侯用兵的奇特诡异，确信了成安君的失策；向南面的邯郸望去，使我想起了廉颇、蔺相如良将贤臣的风貌；东面接壤钜鹿，那儿也出现过赵将李齐这一类贤人。元城的男士女子，很熟悉礼教，他们都怀有高昂不俗的气节，怀抱着李左车那样的计策。然而我昏昧无能，拿不出办法来治理这座城市。若让我勉行其德，布施恩惠、建树美好的名声，使农夫在土地上愉快地耕作，使妇女在机杼上高兴地织布，这自然不是我的能力所及。至于按规定实施礼教条令，发布明文规定的各种命令，使下面没有作威作福的官吏，使县内没有强取豪夺的强人，办理公事、施行刑法，都根据足以效法的旧事来做。即使这样做，我心里仍有一些恐惧担忧。

以前严助放弃了在承明殿内任职的欢乐生活，愿意去做会稽太守；吾丘寿王离开做皇上侍从的美好职位，愿意接受东郡太守的任职。后来他们又都回到朝廷恢复先前的职位，追寻前事。现在偏不是这样，不也是先后不一样吗？张敞做胶东相，自己感到并不新奇；陈咸做南阳太守时忧愤很多，想进入京城。难道他们只会浮夸地谈论、去欺骗炫耀世俗之人吗？这实在是看不起郡守的尊荣，而想在皇上面前显示殷勤啊！古今同一道理，先后不可变易，怎知后来的人不如现在？此信姑且当作一次会见，不敢多说。质死罪死罪。

【评析】

这是作者任元城令时写给曹丕的信。作者就职前曾往魏都邺城看望曹丕，受到曹丕的盛情接待。故文章第一段即写作者的感激之情。此文主要是写就任后的情况。先写元城的地理位置及其在历史上所发生的重大的人物事件，然后写到元城的美好礼俗及当地人民的才智气节。接着谦称自己没有善治之才，但表示一定要按照过去的好传统和国家的有关条令办事。文章最后一段通过历史上对就任郡守和在朝中做官一事的回顾，说明那些人不过是“薄郡守之荣，显左右之勤”。虽然“古今一揆”，但作者提出“焉知来者之不如今”这一看法，已表明作者愿意做好郡守县令的态度。后人必然超越今人，这是作者的真知灼见。从整体上看，这篇文章充满了一种乐观向上的精神。

为郑冲劝晋王笺一首

作者：阮嗣宗　　注译评析：毛毓松

冲等死罪[①]。伏见嘉命显至，窃闻明公固让[②]，冲等眷眷[③]，实有愚心，以为圣王作制，百代同风，褒德赏功，有自来矣。昔伊尹，有莘氏之媵臣耳[④]，一佐成汤，遂荷阿衡之号[⑤]；周公藉已成之势，据既安之业，光宅曲阜[⑥]，奄有龟蒙[⑦]；吕尚，磻溪之渔者[⑧]，一朝指麾[⑨]，乃封营丘[⑩]。自是以来，功薄而赏厚者，不可胜数，然贤哲之士，犹以为美谈。况自先相国以来，世有明德，翼辅魏室，以绥天下[⑪]，朝无阙政，民无谤言。

前者，明公西征灵州[⑫]，北临沙漠，榆中以西[⑬]，望风震服；羌戎东驰，回首内向，东诛叛逆，全军独克[⑭]；禽阖闾之将[⑮]，斩轻锐之卒，以万万计。威加南海[⑯]，名慑三越[⑰]。宇内康宁，苛慝不作[⑱]。是以殊俗畏威，东夷献舞。

故圣上览乃昔以来，礼典旧章，开国光宅，显兹太原[19]。明公宜承圣旨，受兹介福[20]，允当天人。元功盛勋，光光如彼[21]。国土嘉祚[22]，巍巍如此。内外协同，靡愆靡违[23]；由斯征伐，则可朝服济江[24]，扫除吴会[25]。西塞江源[26]，望祀岷山[27]。回戈弭节[28]，以麾天下，远无不服，迩无不肃。今大魏之德，光于唐虞[29]；明公盛勋，超于桓文[30]。然后临沧州而谢支伯[31]，登箕山而揖许由[32]，岂不盛乎？至公至平，谁与为邻？何必勤勤小让也哉！冲等不通大体，敢以陈闻。

【篇旨】

写明公司马昭的丰功伟绩，劝其进位。

【注释】

① 冲：即郑冲，字文和，荥阳（今河南荥阳西）人，位至太傅。

② 明公固让：明公，即晋王司马昭。魏帝曹奂立，封司马昭为晋公（后进爵为晋王），以太原等十郡为邑，进位相国，备礼九锡，晋王让不受。

③ 眷眷：依恋向往之情状。

④ 伊尹：商汤贤臣。有莘氏：古国名。媵臣：诸侯嫁女，派大夫随行，称为媵臣。

⑤ 阿衡：商代官名，即宰相，因伊尹辅佐汤王而得名。

⑥ 光宅：指圣德覆盖。

⑦ 龟蒙：即龟山、蒙山，在今山东境内。

⑧ 吕尚：即姜太公。磻溪：水名，在今陕西宝鸡东南，源出南山，北流入渭，传说为姜太公垂钓处。

⑨ 指麾：即“指挥”，谓其辅佐周文王、周武王。麾：通“挥”。

⑩ 营丘：太公封地，在齐国境内，今山东营丘西北。

⑪ 绥：安抚。

⑫ 灵州：州名，属汉北地郡。王隐《晋书·文纪》曰：“姜维出陇右，

上帅轻兵到灵州，大破之。”

⑬ 榆中：县名，汉属金城郡，在今甘肃境内。

⑭ 克：取胜。

⑮ 禽：通“擒”。阖闾：本指战国时吴王，此喻三国时吴主孙权。

⑯ 南海：泛指我国南方沿海。

⑰ 三越：指吴越、南越、闽越。

⑱ 苛慝：暴虐邪恶。

⑲ 太原：郡名，晋王封邑。

⑳ 介福：大福。

㉑ 光光：光明显耀。

㉒ 嘉祚：好福气。

㉓ 愆（qiān）：过失。

㉔ 朝服：君臣朝会时所着礼服，这里比喻不战而胜。《国语·齐语》：“教大成，定三革，隐五刃，朝服以济河而无怵惕焉，文事胜矣。”

㉕ 吴会：指吴郡、会稽郡，今江苏、浙江境内。

㉖ 塞：报祠，谓报神恩。

㉗ 岷山：山名。在今四川境内，秦时祀山川于此。

㉘ 弭节：驻车停留。

㉙ 唐虞：唐尧虞舜。

㉚ 桓文：齐桓公、晋文公。

㉛ 支伯：即支州支伯，传说为尧舜时贤人，推让不受天子位。

㉜ 箕山：尧时贤人许由避居之地。

【语译】

冲等死罪。恭敬地见到美好的诏命上封您为晋公、相国等尊显之位，我们私下听说您推让不做，我们对您怀着依恋向往之情，实有一片赤诚之心，以为圣王所作诏命，百代相承都是同一风尚，褒德赏功，很久以来都是如此。从前伊尹不过是陪嫁随行去有莘氏的一位大夫，一旦辅佐商汤王，就获得了宰相阿衡的名号；周公姬旦凭借已经形成的国势，倚仗已经安定的大业，圣德覆盖曲阜，又囊括了龟山、蒙山地区；吕尚本是在磻溪垂钓的人，一朝指挥军队、讨伐纣王，被封于齐国营丘。从这以来，功劳不大而赏赐优厚的人不可胜数。然而贤士哲人仍把他们传为美谈。何况从先相国（指司马懿）任宰辅以来，世代都有贤明之德，辅佐魏之王室，以安抚天下，朝廷没有或缺之政，人民没有毁谤的言论。

前些时候，明公您西征灵州，往北直到沙漠，榆中以西一带地方，看到您的威武气概都被震服，羌、戎往东逃跑，掉转头退回去。您往东诛灭叛逆，保全军队独自克敌，您擒获孙权的将领，斩杀数以万万计的轻骑锐卒，声威扬于南海，英名慑服三越。天下康宁，暴虐邪恶不再发生。所以风俗不同的远方害怕您的威势，东夷竞献舞曲。

因此，圣上（即魏帝曹奂）鉴于历代以来的情况，按照前代礼制的规定，建国之初恩德广被，赐此太原以示尊显。明公您应接受圣旨，受此大福，以顺应天意人事。首功盛勋，您是那样显耀；国家安宁太平，您是这样高大。内外协调一致，没有过失背逆之事。由此而征伐，就能够不战而胜地渡过长江，消灭吴、会二郡之敌；在西边的长江源头大报神恩，祭祀岷山。然后军队回转时暂停车马，以指挥天下，远无不服，近无不敬。现在大魏的功德，比唐尧、虞舜还要荣耀；明公您的盛勋，超过齐桓公、晋文公。然后到沧州去谢支伯，登上箕山揖拜许由，这样做难道不体面光彩吗？对您来说，这够公正合理的了！谁能与您相比美呢？何必心里老挂念着要谦让！我们对大的礼节不够通晓，敢把我们的意见陈述出来以便闻知。

【评析】

魏帝封明公（即司马昭）为晋公、相国，明公固让不受。郑冲等大臣将校劝进。文章即以“明公固让”一事展开全文，首段以伊尹、周公、吕尚等贤臣为例，说明功高当赏，何况后世“功薄而赏厚者，不可胜数”，以此说明不必固让。而司马氏“世有明德”，赏之无愧。后面两段是文章的重点，着重写司马昭为大魏所立下的功绩，所谓“元功盛勋，光光如彼。国土嘉祚，巍巍如此”，其功绩甚至超过齐桓、晋文。这样的评价自然是为了劝进的需要，但显然是言过其实。司马昭是个野心家，所谓“司马昭之心，路人皆知”，这就说明他并非如文中所说那样完美无缺。文中的夸饰之辞，是这类奏表的一个通病。

拜中军记室辞隋王笺一首

作者：谢玄晖　　注译评析：毛毓松

故吏文学谢朓死罪死罪①。即日被尚书召，以朓补中军新安王记室参军②。朓闻潢污之水③，愿朝宗而每竭④；驽蹇之乘，希沃若而中疲⑤。何则？皋壤摇落⑥，对之惆怅；歧路西东⑦，或以歍唈⑧。况乃服义徒拥⑨，归志莫从，邈若坠雨，翩似秋蒂⑩。朓实庸流，行能无算，属天地休明，山川受纳，褒采一介⑪，抽扬小善⑫，故舍耒场圃⑬，奉笔兔园⑭。东乱三江⑮，西浮七泽⑯，契阔戎旃⑰，从容宴语⑱。长裾日曳⑲，后乘载脂⑳，荣立府庭，恩加颜色。沐发晞阳㉑，未测涯涘；抚臆论报，早誓肌骨。不悟沧溟未运㉒，波臣自荡㉓；渤澥方春，旅翮先谢。清切藩房㉔，寂寥旧荜㉕，轻舟反溯，吊影独留，白云在天，龙门不见㉖，去德滋永，思德滋深。唯待青江可望，候归艎于春渚㉗；朱邸方开㉘，效蓬心于秋实㉙。如其簪履或存㉚，衽席无改㉛，虽复身填沟壑，犹望妻子知归。揽涕告辞，悲来横集，不任犬马之诚。

【篇旨】

写谢朓为隋王文学前后的境遇，表达了谢朓为隋王赏识的知遇之恩和告别时的怀念悲痛之情。

【注释】

① 文学：官名，略如后世的教官。

② 中军：将军官名。新安王：即海陵恭王昭文，字季尚，郁林王即位，为中军将军，领兵置佐，封新安王，邑二千户。记室参军：官名。

③ 潢污：低洼积水处。

④ 朝宗：百川注海，犹似朝臣朝见天子。

⑤ 沃若：光盛，此指马有威仪之盛。

⑥ 皋壤：泽旁洼地。

⑦ 歧路西东：谓徘徊彷徨。《淮南子·缪称训》："杨子见歧路而哭之，为其可以南，可以北。"

⑧ 歔唈：同"呜咽"。

⑨ 服义：奉行仁义。

⑩ 翩：落。

⑪ 一介：亦作"一芥"，即一个，自谦之词。

⑫ 抽：选拔。扬：宣扬。

⑬ 耒：耒耜，泛指农具。场圃：场地和园圃，泛指农事。

⑭ 兔园：汉梁孝王园囿。

⑮ 乱：横渡。三江：泛指越国境内。

⑯ 七泽：泛指楚国境内。

⑰ 契阔：离散、勤苦。戎旃（zhān）：军旗，喻军旅之事。

⑱ 宴语：宴乐笑语。宴：安乐，安闲。

⑲ 长裾日曳：义同"曳裾王门"。长裾，长而宽的外衣襟袖。曳，拖。

⑳ 载脂：谓命驾而行。《诗经·邶风·泉水》："载脂载舝，还车言迈。"

㉑ 沐发晞阳：言于阳光明媚之极高处沐发受恩。晞，干。语本屈原《远游》："朝濯发于汤谷兮，夕晞余身乎九阳。"

㉒ 沧溟：喻隋王。下文"渤澥"亦同。

㉓ 波臣：喻己。下文"旅翮"亦同。

㉔ 藩房：指隋王府。

㉕ 旧草：往日的住处。

㉖ 龙门：指楚都城门，暗喻隋王。

㉗ 艎（huáng）：船。

㉘ 朱邸：汉时诸侯王住宅，因以朱红漆门，故称。这里暗指隋王府。

㉙ 蓬心：言其心不大，不想谋求高位。秋实：花木于秋天结果，言日后必得隋王恩赐。《韩诗外传》卷七："夫春树桃李，夏得阴其下，秋得食其实。"

㉚ 簪履或存：谓不弃小、不忘旧。《韩诗外传》卷九说，有一妇人割草而丢了簪子，甚悲。孔子弟子问妇人为何而悲，妇人说："非伤亡簪也，吾所以悲者，盖不忘故也。"又陆贾《新语》说：楚昭王出行丢其履，已行三十里，又回头取之。左右问"何惜此？"王曰："吾悲与之俱出不俱返。"

㉛ 衽席无改：谓不弃旧、不忘恩。《韩诗外传》卷八：平公至河，命将席褥丢去。咎犯闻之说："席褥，所卧也，而君弃之，臣不胜其哀。"

【语译】

原任文学谢朓死罪死罪。近几日内接到尚书台任命书，任我为中军新安王记室参军。我听说积水不多的洼地，想流入大海而每每枯竭；才力不济的劣马，想显出威仪而疲于途中。为什么呢？因为望着那水泽草地的衰落，心中满是愁闷；望着那疲马徘徊不前，有时会感到悲痛。何况空自抱着奉行仁义之心，不能顺从自己的志向跟您在一起，迷茫得好像坠于雨雾之中，飘荡不定好像秋风中的叶蒂。我本是庸人，称不上有什么德行才能，幸亏国家美好，我受到明公的接纳，使我一介书生受到提拔与颂扬，使我小小的技能得以发挥。所以放下了农耕之事，到明公处从事文学之职。我随从您东渡三江到会稽，西游七泽至荆州，在军旅生活中聚合离散，在宴席上侃侃而谈。我一天天出入于您的门下，得以托乘后车命驾而行；荣耀地侍立在王府里，使我脸面增添光彩；在无边的阳光里沐发受恩，前程不可估量；我抚着胸臆但愿报答您的恩惠，早已立下刻骨铭心的誓言。没想到您如同沧海还未运转，我却似波臣独自飘荡；您如同海边岛屿正当春来，我却似客寓之鸟先自谢别。王府清静，旧宅寂寞，轻舟已返而自己独留，形影相吊。白云在天，而隋王府无法看到了。离开您越远感到您的恩德越是深厚。我等待盼望您有入朝的一天，那时将在春江的洲渚旁等候您的归来；当您在京城的朱邸一旦打开，我将为您对我的恩荣而尽心效力。那旧时的一簪一履，存而不忘；那昔日的衣襟席褥，依然无改。即使我死去，仍希望妻子儿女报恩于您。拭泪告辞，真是悲痛极了。不胜犬马之诚。

【评析】

谢朓任隋王萧子隆文学时，深得赏识，恩情甚厚，因齐武帝敕朓还京城，让他做新安王萧昭文的中军记室，于是谢朓写此信告别隋王。文章先写朓未从隋王时“歧路西东”“归志莫从”的经历与感慨，借以突出为隋王故吏文学时“荣立府庭，恩加颜色”的恩荣。但文章的重点在辞别，从“不悟沧溟未运，波臣自荡”以下都是写惜别。文章通过生动的描述，抒发了对隋王“去德滋永，思德滋深”的无限怀念崇敬之情，最后表示惜别之后仍将不改旧情，即便是“身填沟壑”，也不忘昔时恩德。全文以“揽涕告辞，悲来横集”收尾，把惜别之情推向了高峰，读之凄切动人，催人泪下。

到大司马记室笺一首

作者：任彦昇　　注译评析：毛毓松

记室参军事任昉，死罪死罪。伏承以今月令辰，肃膺典策[①]。德显功高，光副四海，含生之伦[②]，庇身有地。况昉受教君子，将二十年，咳唾为恩[③]，眄睐成饰[④]，小人怀惠，顾知死所。昔承嘉宴，属有绪言[⑤]，提挈之旨，形乎善谑，岂谓多幸，斯言不渝[⑥]。虽情谬先觉，而迹沦骄饵⑦，汤沐具而非吊⑧，大厦构而相贺⑨。

明公道冠二仪⑩，勋超遂古，将使伊周奉辔⑪，桓文扶毂⑫，神功无纪，作物何称⑬？府朝初建，俊贤翘首，惟此鱼目⑭，唐突玙璠⑮。顾己循涯⑯，实知尘忝⑰。千载一逢，再造难答，虽则殒越⑱，且知非报。不胜荷戴屏营之情⑲。谨诣厅奉白笺谢闻。昉死罪死罪。

【篇旨】

歌颂大司马（萧衍）的功绩，答谢提挈之恩。

【注释】

① 膺：受。

② 含生：指有生命的。

③ 咳唾为恩：指以言语为恩。

④ 眄睐：顾盼、眷顾。

⑤ 绪言：开头说的话。

⑥ 斯言不渝：《梁史》说，梁武帝萧衍在竟陵王处遇见任昉，曾说："我登三府，当以卿为记室。"萧衍此时为齐大司马，专朝政，而以任昉为记室，符合先前所言。

⑦ 迹沦骄饵：指沦为骄横之君的诱饵。任昉在做大司马记室前，仕于齐东昏侯萧宝卷。梁武帝起兵杀死萧宝卷，任昉免死。这里表明他被迫仕齐。

⑧ 汤沐：沐浴。非吊：不相慰问。

⑨ 大厦：喻萧衍迎立宝融即和帝，重整齐王朝。以上二句典出《淮南子·说林训》："汤沐具而虮虱相吊，大厦成而燕雀相贺。"

⑩ 二仪：指天地。

⑪ 伊周：伊尹、周公。奉辔：执缰以从。

⑫ 桓文：即齐桓公、晋文公。扶毂：与"奉辔"义同。

⑬ 作物：造物。即天地之"道"。

⑭ 鱼目：作者自附于俊贤，有似鱼目混珠。自谦之意。

⑮ 唐突：冲撞、冒失。玙璠：亦作“璠玙”，鲁国产的美玉，这里是美好之义。

⑯ 循涯：沿着水边而行，唯恐蒙上灰尘，以辱尊贵之人。

⑰ 忝：辱。

⑱ 殒越：从上堕落，指献身。

⑲ 屏营：恐惧。

【语译】

记室参军事任昉，死罪死罪。我承蒙恩典在今月的一个美好时辰，恭敬地受命。明公您德显功高，荣光遍于四海，凡有生命的东西，都能得到您的庇护。何况我受教于您将近二十年，您说句话就是恩荣，顾盼一下就是关怀，像我这样的无德之人获得恩惠，确实知道如何去死才值得。在过去的一次筵席上，还记得您开头说的话，要提挈我作为您的记室，虽然像是开玩笑，我真是幸运，此话今日果真应验了。我对您将来取得高位未能先知，而我当时在东昏侯处做官，又不得不受到骄横之君的引诱，虽沐浴洁身，却不能相互慰藉，齐王朝的大厦重构，今日才得以相贺。

明公您的治国之道贯通天地，您的功勋超越远古之世，将使得伊尹、周公执辔而立，齐桓、晋文扶车于侧，如同神人之功无可记载，天道生物何能称名？朝廷刚刚建立，俊才贤士昂首仰望，只是我好像鱼目混珠，挤在俊才贤士中有损美政，回头看看自己只好避开，实在知道自己的才能不配任记室之职。千载一逢，即使天地再造，也难报答，即使献出生命，也还是不能报恩。不胜感激惶恐之情。谨到府上奉告并以此笺答谢，以便闻知。昉死罪死罪。

【评析】

萧衍（即后来的梁武帝）为齐大司马兼录尚书事，专朝政，以任昉为记室，任昉写此信答谢。文章对大司马“德显功高，光副四海”“道冠二仪，勋超遂古”的功绩作了歌颂与美化，而对提挈作者为记室一事则表示感激。

所谓“千载一逢，再造难答”“虽则殒越，且知非报”，都是应酬话，缺乏真情实感。文章不长，前后意有重复，较之任昉其他文章，此篇略为逊色。

百辟劝进今上笺一首

作者：任彦昇　　注译评析：毛毓松

近以朝命蕴策①，冒奏丹诚。奉被还命②，未蒙虚受，搢绅颙颙③，深所未达④。盖闻受金于府⑤，通人之弘致⑥；高蹈海隅⑦，匹夫之小节。是以履乘石而周公不以为疑⑧，增玉璜而太公不以为让⑨。况世哲继轨⑩，先德在民，经纶草昧⑪，叹深微管⑫。加以朱方之役⑬，荆河是依⑭，班师振旅⑮，大造王室⑯。虽累茧救宋⑰，重胝存楚⑱。

居今观古，曾何足云？而惑甚盗钟⑲，功疑不赏，皇天后土，不胜其酷。是以玉马骏奔⑳，表微子之去㉑；金版出地㉒，告龙逢之怨。明公据鞍辍哭㉓，厉三军之志；独居掩涕，激义士之心。故能使海若登祇，罄图效祉㉔，山戎孤竹㉕，束马景从㉖。伐罪吊民，一匡靖乱㉗，匪叨天功，实勤濡足㉘。且明公本自诸生，取乐名教，道风素论㉙，坐镇雅俗。不习孙吴㉚，遘兹神武。驱尽诛之氓，济必封之俗。龟玉不毁㉛，谁之功欤？独为君子，将使伊周何地㉜？某等不达通变，实有愚诚；不任悾款㉝，悉心重谒。伏愿时膺典册，式副民望㉞。

【篇旨】

写公卿大臣劝进萧衍受封，并借此以歌颂萧衍“伐罪吊民，一匡靖乱”的功绩。

【注释】

① 蕴策：谓尊崇而加策命，指萧衍受诏为梁公，加九锡。蕴，积聚、

尊崇。

② 还命：指萧衍推辞不受诏命。

③ 搢绅：又作“缙绅”。古时称有官职或做过官的人，此指朝臣。颙颙：仰慕的样子。

④ 达：谓通达事理。

⑤ 受金于府：谓有功于国的人可受封赏，并不损害其品性。《吕氏春秋·察微》：“鲁国之法，鲁人为人臣妾于诸侯，有能赎之者，取其金于府。子贡赎鲁人于诸侯，来而让，不取其金。孔子曰：‘赐失之矣。自今以往，鲁人不赎人矣。’”

⑥ 通人：学识渊博的人。

⑦ 高蹈海隅：谓避世不受天下。典出《庄子·让王》：“舜以天下让其友石户之农，石户之农……以舜之德为未至，于是夫负妻戴，携子以入于海，终身不反。”

⑧ 乘石：乘车时所踏之石，以表示摄天子之位。《淮南子·齐俗训》：“履乘石，摄天子之位。”

⑨ 玉璜：古时贵族祭祀、征召的礼器。《尚书·中候》说，姜太公于磻溪钓得玉璜，上刻有“姬受命，吕佐旌，德合昌，来提撰”等字样，遂为周文王所请而辅佐国政。

⑩ 世哲：世代相承的哲王。

⑪ 经纶：筹划治理。

⑫ 微管：如果没有管仲。意谓依靠管仲之力。《论语·宪问》：“管仲相桓公，霸诸侯，一匡天下，民到于今受其赐。微管仲，吾其被发左衽矣。”

⑬ 朱方之役：指萧衍之兄豫州刺史萧懿与叛将崔慧景在吴地的战役。朱方，古属吴邑，即今江苏镇江市丹徒区。因《左传》上有“吴伐楚……以报朱方之役”的话，故借用之。

⑭ 荆河是依：谓依赖豫州刺史萧懿之力。荆，荆州。河，黄河，其地古属豫州。

⑮ 班师振旅：整队班师。

⑯ 王室：谓齐室。

⑰ 累茧救宋：指萧衍不辞辛劳以救齐。典出《战国策·宋策》：墨子闻公输般设机械以攻宋，“百舍重茧，往见公输般”，说服公输般和楚王不要攻宋。累茧：即重茧，指手足上磨出的厚茧。

⑱ 重胝存楚：义同累茧救宋。典出《淮南子·修务训》：申包胥“累茧重胝，七日七夜至于秦庭”，向秦王告急，秦王发兵击吴，“大破之，以存楚国。”重胝（zhī）：手足经久磨而生成的硬皮。

⑲ 盗钟：谓掩过自欺，用掩耳盗钟之典，见《吕氏春秋·自知》。

⑳ 玉马：喻贤臣。

㉑ 微子：商纣王庶兄、贤臣，多次谏纣王，不听而离去。

㉒ 金版：符瑞之书。传说夏桀杀死贤臣关龙逢时，从地庭中冒出的异书，刻有“王虐杀我，必见禽”的文字。

㉓“明公”句：这里暗示梁高祖兄懿为东昏侯所杀。刘璠《梁典》说：“东昏荒淫，归政阉竖。尚书令懿于中书省饮鸩薨。”

㉔ 罄：尽。祉：福。

㉕ 山戎孤竹：皆古部族名。

㉖ 景：同“影”。

㉗ 一匡：即一匡天下。匡，匡定。

㉘ 濡足：谓救助于人。

㉙ 素论：朴素高尚的道德。

㉚ 孙吴：指孙武、吴起所著兵书。

㉛ 龟玉：龟版、玉饰，古代贵重的礼器，喻国家政权。《论语·季氏》记孔子说：“虎兕出于柙，龟玉毁于椟中，是谁之过欤？”

㉜ 伊周：伊尹、周公。

㉝ 悾款：诚恳。

㉞ 式：用。

【语译】

近来因为朝廷的诏命给您加赐封赏，我等冒昧进言忠心。您推让不受诏命，其实这并非无功而受，士大夫对您封赐一事仰慕不已，但不明白您为什么推辞不受。我们听说有功于国的人可受封赏，这本是通人大儒所应有的广阔胸襟；避世不受天下的人，这才是普通人所遵守的小节。所以周公摄政辅佐天子，他并不因此而疑虑；姜太公受赠重器而居相国之位，他并不因此而推让。何况明公之家，世代贤哲相继，祖先的美德使人民都在怀念，在世业未创之前早已谋划经营，而一匡天下之功就像管仲那样令人惊叹。加上朱方之役的取胜，是依靠了令兄萧懿之力，军队出征回来又进行了修治整顿，随着用很大精力改造齐王朝，似累茧重胝般的辛劳挽救了国家。

以今日之事而看古时的功臣受封，还有什么可值得称说的呢？东昏侯及掌权的宦官掩过自欺也太糊涂了，对有功之臣持疑而不予赏赐，这东昏侯的天下，其酷虐难以让人忍受。所以贤人奔走离去，以表示像微子那样离开纣王；金版冒出地庭，诉说兄懿被害的怨恨。明公您此时倚着马鞍止住哭泣，激扬全军的志气，独居时不使悲伤，以激发义士的不平之心。所以能使得海神和山神都为之感动，都为您祈求福祉；山戎、孤竹这些部族，也都缠束其马像影子一样随从着您。讨伐罪孽，拯救百姓，纳入正道，平定祸乱，并没有叨天之功，实在是救助于人。而且明公您本来出自儒生，在礼义教化中求取乐趣，有着朴素的门风和高尚的道德，以言谈风度坐镇雅俗之辈；虽不熟习孙吴兵法，却有如此的睿智神武。把要诛罚的人都驱赶出去，树立良好的道德风俗，国家大事不遭毁坏，这是谁的功劳呢？若明公不受封赏而仅仅是做一个有修养的君子，那么将会把伊尹、周公这样的功臣放在哪个位置上呢？我等不识通变之理，确实有一颗愚诚之心，不胜恳诚之至，用尽全心又一次陈说。恳切地希望您适时接受册命，用以符合百姓的仰望。

【评析】

这篇文章是写朝廷公卿大臣劝进萧衍受命梁公及加九锡。题目中的“百辟”指在朝的公卿大臣，“今上”指梁武帝萧衍。选文时梁已代齐，故称萧衍为“今上”。文章围绕萧衍“还命”不受封赐这一点展开论述。首先提出功臣受封是“通人之弘致”这一观点，然后以周公、姜太公受封不让和萧衍一家的世代功绩来说明功臣受封是理所当然的。从“居今观古”以后，文章转入到揭露东昏君及宦官专权谋害功臣的残酷行为。文章采用暗写的手法，以“玉马骏奔，表微子之去；金版出地，告龙逢之怨”，借以说明暴君当政、功臣受害。由此又转入写萧衍的义勇行为，并突出他“伐罪吊民，一匡靖乱”的卓越贡献。最后对他当政后的文治武功又作了一番歌颂。全文的重点在写萧衍不朽的功绩，而这一切也都是为了“劝进”的需要。

奏记

诣蒋公一首

作者：阮嗣宗　　注译评析：毛毓松

籍死罪死罪①。伏惟明公②，以含一之德③，据上台之位④，群英翘首，俊贤抗足⑤。开府之日⑥，人人自以为掾属；辟书始下⑦，下走为首⑧。子夏处西河之上⑨，而文侯拥彗⑩；邹子居黍谷之阴⑪，而昭王陪乘⑫。夫布衣穷居韦带之士⑬，王公大人所以屈体而下之者⑭，为道存也。籍无邹卜之德，而有其陋⑮，猥见采擢⑯，无以称当。方将耕于东皋之阳⑰，输黍稷之税，以避当涂者之路⑱。负薪疲病⑲，足力不强，补吏之召，非所克堪⑳。乞回谬恩，以光清举㉑。

【篇旨】

文章通过委婉致辞的手法，写阮籍推辞太尉的征召，不愿与乱世社会相处的态度。

【注释】

① 籍：阮籍，字嗣宗。太尉蒋济闻籍之才，召籍为官。

② 明公：指蒋济，即蒋公。

③ 含一：谓君臣上下具有纯一之德，即同心同德之义。《尚书·商书·咸有一德》第八："伊尹作《咸有一德》。"

④ 上台：指三公。古人以天上的星宿上台、中台、下台称为“三台”，配以职官的“三公”，因太尉是“三公”之一，故称上台。

⑤ 抗足：犹言企足。

⑥ 开府：开建府署，魏晋时三公及将军均可开府，并设置僚属。

⑦ 辟书：召书，即征召官吏僚属的文告。

⑧ 下走：犹言仆，自谦之词。

⑨ 子夏：即卜商，春秋卫人，孔子弟子。西河：魏地。孔子死后，子夏讲学于西河。《礼记 · 檀弓上》谓子夏“事夫子于洙泗之间，退而老于西河之上”。

⑩ 文侯：指魏文侯，他曾师事子夏。拥彗：即执持扫帚，意思是扫尘而待客，表示恭敬。

⑪ 邹子：即邹衍。居黍谷之阴：谓邹衍在燕，燕在北方，地气寒冷，不生五谷，邹衍明阴阳之术，使其地生五谷。刘向《别录》说：“邹衍在燕，有谷寒，不生五谷，邹子吹律而温，生黍。”其事亦见《列子 · 汤问》。

⑫ 陪乘：骖乘，即车上侍卫。

⑬ 韦带：古代穷士所系的无饰皮带。

⑭ 屈体：屈其身体，谓谦恭有礼。

⑮ 卜：卜商，字子夏。

⑯ 猥：卑贱，谦词。擢：拔取。

⑰ 东皋：田野高地。

⑱ 当涂者：指执政者。

⑲ 负薪疲病：古以负薪之忧为疾病之代词。这里是自称有疾。薪，柴。

⑳ 克：能。堪：受。

㉑ 清举：谓举人恰当。

【语译】

阮籍死罪死罪。我尊敬的蒋公，您具有纯一美好的道德，依凭着三公的地位，众多英豪翘首仰望，贤能之士企足以待。开建府署之日，人人自以为可做您的僚属；征召的文告刚下，我被列为第一个。子夏到了魏国，魏文侯扫除以迎；邹衍来到北地的燕国，燕昭王在迎客的车上奉陪。大概平民百姓和生活清贫的士人，王公大人之所以能屈着身子谦恭地礼待他们，是因为有符合人伦物理的天道存在的缘故啊。我阮籍没有邹衍、子夏那样的德行，却有不好的陋习。自己无德而被采录擢用，没有办法能承担起来，我正准备在田野高地的南面从事农耕，向朝廷交纳谷物的赋税，以此来避开走上仕宦之路。我身体有病又很疲乏，脚力也不好，让我去做您的僚属，不是我的能力所能达到的。我请求您撤回不该施予我的恩宠，使人才的举拔更显得恰当。

【评析】

魏晋之际，天下多故，阮籍虽有济世之才，但唯恐遭祸，故推辞不受征召。这篇文章委婉曲折地表达了阮籍不愿入世做官的心声。文章开头对征召他为官的太尉蒋济作了一番歌颂，显然是些恭维话。接着写邹衍、子夏之所以受到王公大人的以礼相待，是因为当时是一个有道的社会，即“为道存也”。而阮籍处在乱世社会，他既自称“无邹卜之德，而有其陋”，而又以“负薪疲病，足力不强”相推托，实际上正是因为他看出了当时社会的祸机，所以托辞“以避当涂者之路”。文章不长，而语言委婉含蓄。

卷第四十一

书上

答苏武书[①]一首

作者：李少卿　　注译评析：党玉敏

子卿足下[②]，勤宣令德[③]，策名清时[④]，荣问休畅[⑤]，幸甚，幸甚！远托异国[⑥]，昔人所悲。望风怀想，能不依依[⑦]！昔者不遗[⑧]，远辱还答，慰诲勤勤，有逾骨肉。陵虽不敏，能不慨然！

自从初降，以至今日，身之穷困，独坐愁苦。终日无睹，但见异类。韦鞲毳幕[⑨]，以御风雨；膻肉酪浆[⑩]，以充饥渴。举目言笑，谁与为欢！胡地玄冰[⑪]，边土惨裂，但闻悲风萧条之声。凉秋九月，塞外草衰[⑫]，夜不能寐，侧耳远听，胡笳互动，牧马悲鸣，吟啸成群，边声四起。晨坐听之，不觉泪下。嗟乎子卿！陵独何心，能不悲哉！与子别后，益复无聊。上念老母，临年被戮[⑬]；妻子无辜，并为鲸鲵[⑭]。身负国恩，为世所悲。子归受荣，我留受辱，命也如何！身出礼义之乡，而入无知之俗，违弃君亲之恩，长为蛮夷之域，伤已！令先君之嗣[⑮]，更成戎狄之族，又自悲矣！功大罪小，不蒙明察，孤负陵心，区区之意。每一念至，忽然忘生。陵不难刺心以自明，刎颈以见志，顾国家于我已矣，杀身无益，适足增羞，故每攘臂忍辱[⑯]，辄复苟活。左右之人，见陵如此，以为不入耳之欢，来相劝勉。异方之乐，只令人悲，增忉怛耳[⑰]。嗟乎，子卿！人之相知，贵相知心。前书仓卒，未尽所怀，故复略而言之：

昔先帝授陵步卒五千[18]，出征绝域。五将失道[19]，陵独遇战。而裹万里之粮，帅徒步之师，出天汉之外，入强胡之域。以五千之众，对十万之军；策疲乏之兵，当新羁之马。然犹斩将搴旗，追奔逐北；灭迹扫尘，斩其枭帅，使三军之士，视死如归。陵也不才，希当大任，意谓此时，功难堪矣。匈奴既败，举国兴师，更练精兵，强逾十万，单于临阵，亲自合围。客主之形，既不相如，步马之势，又甚悬绝。疲兵再战，一以当千，然犹扶乘创痛，决命争首。死伤积野，余不满百，而皆扶病，不任干戈。然陵振臂一呼，创病皆起，举刃指虏，胡马奔走。兵尽矢穷，人无尺铁，犹复徒首奋呼，争为先登。当此时也，天地为陵震怒，战士为陵饮血。单于谓陵不可复得，便欲引还。而贼臣教之[20]，遂便复战，故陵不免耳。

昔高皇帝以三十万众，困于平城[21]。当此之时，猛将如云，谋臣如雨，然犹七日不食，仅乃得免。况当陵者，岂易为力哉？而执事者云云[22]，苟怨陵以不死。然陵不死，罪也。子卿视陵，岂偷生之士而惜死之人哉？宁有背君亲、捐妻子而反为利者乎？然陵不死，有所为也。故欲如前书之言，报恩于国主耳。诚以虚死不如立节，灭名不如报德也。昔范蠡不殉会稽之耻[23]，曹沫不死三败之辱[24]，卒复勾践之仇，报鲁国之羞。区区之心，切慕此耳[25]。何图志未立而怨已成，计未从而骨肉受刑，此陵所以仰天椎心而泣血也。

足下又云："汉与功臣不薄。"子为汉臣，安得不云尔乎！昔萧樊囚絷[26]，韩彭菹醢[27]，晁错受戮[28]，周魏见辜[29]，其余佐命立功之士，贾谊亚夫之徒[30]，皆信命世之才，抱将相之具，而受小人之谗，并受祸败之辱，卒使怀才受谤，能不得展。彼二子之遐举[31]，谁不为之痛心哉！陵先将军[32]，功略盖天地，义勇冠三军，徒失贵臣之意，刭身绝域之表。此功臣义士所以负戟而长叹者也。何谓不薄哉！且足下昔以单车之使[33]，适万乘之虏，遭时不遇[34]，至于伏剑不顾，流离辛苦，几死朔北之野。丁年奉使[35]，皓首而归[36]，老母终堂[37]，生妻去帷[38]。此天下所希闻，古今所未有也。蛮貊之人尚犹嘉子之节[39]，况为天下之主乎？陵谓足下当享茅土之荐[40]，受千乘之赏。闻子之归，赐不过二百万，位不过典属国[41]，无尺土之封加子之勤。而妨功害能之臣，尽为万户侯；亲戚贪佞之类，悉为廊庙宰[42]。子尚如此，陵复何望哉！且汉厚诛陵以不死，薄赏子以守节，欲使远听之臣望风驰命，此实难矣。所以每顾而不悔者也。陵虽孤恩，汉亦负德。昔人有言："虽忠不烈，视死如归。"陵诚能安，而主岂复能眷眷乎？男儿生以不成名，死则葬蛮夷中，谁复能屈身稽颡[43]，还向北阙，使刀笔之吏弄其文墨邪？愿足下勿复望陵。

嗟乎，子卿，夫复何言！相去万里，人绝路殊。生为别世之人，死为异域之鬼。长与足下生死辞矣。幸谢故人，勉事圣君。足下胤子无恙[44]，勿以为念，努力自爱。时因北风，复惠德音。李陵顿首。

【篇旨】

李陵抒发身处异域的孤独与痛苦以及内心的不平，也为自己的叛汉行为辩解。

【注释】

① 汉武帝天汉元年，苏武出使匈奴被羁留，历十九年，在汉昭帝始元六年归汉。苏武归汉后，曾写信给李陵，招他归汉。李陵回书苏武，就是《答苏武书》，历来有人认为是后人伪作。

② 子卿：苏武的字。

③ 令德：美德。

④ 策名：做官。古人出仕，主管官就将其名字记在策（竹简）上，所以叫出仕为策名。清时：太平时代。

⑤ 问：通"闻"。休：美。畅：通，到处传扬。

⑥ 异国：指匈奴。

⑦ 望风：远远相望。依依：留恋。

⑧ 不遗：没有遗弃。指苏武归汉后仍写信给他。

⑨ 韦：皮革。鞲（gōu）：古代的套袖。毳（cuì）：鸟兽的细毛。幕：指帐幕、帐篷。

⑩ 膻：羊肉的气味。酪：用乳汁制成的半凝固食品。

⑪ 玄冰：冰厚而呈现黑色。

⑫ 塞外：指长城以北的地区。

⑬ 临年：临到老年。

⑭ 鲸鲵：动物名，雄的叫鲸，雌的叫鲵，常吞食小鱼。这里比喻杀戮。

⑮ 先君：指其父当户，李广之子。

⑯ 攘臂：奋臂，指振奋精神。

⑰ 忉怛（dāo dá）：内心悲伤痛苦的样子。

⑱ 先帝：这里指汉武帝。

⑲ 失道：迷失道路。这里是说没有按预定的日期与地点会合。

⑳ 贼臣：指管敢。管敢本是李陵军中的一名军候，因事被校尉鞭笞五十而逃入匈奴。匈奴与李陵战至塞，恐汉有伏兵，欲引兵还。管敢告匈奴汉无伏兵。

㉑ 平城：地名，在今山西大同东。汉高祖七年，亲往击韩王信，至平城，被匈奴围困了七天。

㉒ 执事者：执管政事的人，指汉室的朝中官员。

㉓ 范蠡（lí）：人名，春秋末年政治家。字少伯，楚国宛人，越大夫。越为吴所败后，助越王勾践奋发图强，最后灭吴。会稽之耻：指吴王夫差把越王勾践围在会稽的事。

㉔ 曹沫：春秋时鲁大夫，与齐三战三败。后鲁与齐盟，曹持匕首劫齐桓公，迫使齐桓公全部归还鲁地。

㉕ 切：急切，恳切。

㉖ 萧樊囚絷：萧，指汉初的相国萧何。《史记 · 萧相国世家》："相国因为民请曰：'长安地狭，上林中多空地，弃，愿令民得人田，毋收稾（gǎo）为禽兽食。'上大怒曰：'相国多受贾人财物，乃为请吾苑！'乃下相国廷尉，械系之。"樊，指汉初功臣樊哙。高祖病重时，有人在他

面前说樊哙坏话，于是高祖派陈平解除了樊哙的兵权，押回长安囚禁。

㉗ 韩彭：韩信与彭越，都是汉初功臣，后来都遭杀害。菹醢（jū hǎi）：肉酱，这里作动词用，指把人剁成肉酱。

㉘ 晁（cháo）错：汉景帝时任御史大夫，倡议削诸侯封地以加强中央统治。后吴楚等七国叛乱，以诛错为名。景帝为求七国罢兵，杀了晁错。

㉙ 周魏见辜：周指周勃，为汉初功臣，曾诛诸吕，迎立汉文帝。后被人控告谋反，逮捕治罪。魏指魏其侯窦婴，景帝时曾任大将军，平七国之乱，后因灌夫骂田蚡事件牵连，论罪处死。

㉚ 贾谊：西汉初年著名政论家、文学家。文帝时任博士，迁太中大夫，受排挤，谪为长沙王太傅、梁怀王太傅。因梁怀王坠马而死，贾谊深自歉疚，抑郁而亡。亚夫：即周亚夫，周勃之子，继父为绛侯。后因为父买葬器，被人诬告谋反，下狱死。

㉛ 二子：指贾谊、周亚夫。遐举：死的讳称。二人都是受谤失意而死的。

㉜ 先将军：指李陵的祖父李广。

㉝ 单车之使：随行很少的使者，指苏武出使匈奴带领的人很少。

㉞ 遭时不遇：指苏武出使匈奴时，匈奴发生一宗谋反案，牵连到苏武的副使张胜。匈奴借此扣留苏武等人，并逼迫他们投降。

㉟ 丁年：成年，壮年。

㊱ 皓首：白头。

㊲ 终堂：终于堂上，死的讳称。

㊳ 去帷：离开内帷，意即改嫁。

㊴ 蛮貊（mán mò）：古代称南方的民族为蛮，东方的民族为貊。这里指匈奴。

㊵ 茅土：古代皇帝社祭的坛用五色土（青、赤、白、黑、黄）建成，分封诸侯时，取一种颜色的土用茅草包好送给受封者，作为分得土地的象征。

㊶ 典属国：官名，始于秦，西汉沿置。掌管少数民族事务，成帝时并入大鸿胪。

㊷ 廊庙：指朝廷。

㊸ 稽颡（qǐ sǎng）：叩头至地。颡，额。

㊹ 胤（yìn）子：苏武在匈奴娶妇生的儿子，名通国。

【语译】

子卿足下：您这样勤勉地宣扬汉家美德，任职于太平盛世，得以美名四播，真是太幸运太幸运了！像我这样寄身于遥远的异国他乡，是古人也感到悲伤的事。遥望祖国怀念故人，怎不令我感到留恋呢！先前承蒙您不嫌弃我，屈尊从远方给我来信，诚挚恳切地安慰教诲，胜似于至亲骨肉。我虽然愚钝，又怎能不感动呢！

从我当初投降直到今天，只身忍受着穷苦无聊、孤单寂寞、愁闷苦楚。整天除了异乡异物外，什么也看不到。皮衣毡包，用来抵御风雨。膻肉奶酪，用来充饥止渴。抬头四望，想找人谈笑，又有谁跟我同欢乐呢？胡地的冰，厚得发黑，边塞大地，凄惨冻裂，只能听到悲哀萧条的风声。凉秋九月，塞外的草木都枯黄了。夜里不能入睡，侧耳远听，胡笳声此起彼伏，牧马的嘶鸣悲壮苍凉，两者混合在一起，形成边地特有的声响，从四面八方传来。清晨坐起听到这些声音，禁不住流下泪来。可叹啊，子卿！我李陵再有什么样的心肠，又岂能不感到悲伤呢！自从与您分手后，我是愈益感到无聊。上念老母，临享天年而遭杀戮，妻子儿女又无辜受害。我自己也辜负了汉家的恩德，为世人所痛惜。你荣归祖国受到称誉，我留居胡地蒙受耻辱，这是怎样的命运啊。想我李陵生长在礼义之乡，却进入无知的习俗中，背弃了君主与亲人的恩德，终生流落在蛮夷的异地，伤心啊！使我父亲的后嗣，成为夷狄的氏族，这就更加使我悲痛了！我功大罪小，却得不到皇上的清明体察，辜负我一片诚心。每想到这里，便恍然忘记自己是活在人间。我并不难于用刺心来表明心迹，以刎颈来再现志节，但想到汉家对我已恩断义绝，自杀也没有益处，倒是会增加羞辱，所以我常常勉强忍辱，苟且偷生。左右的人见我这样，于是就说些不能入耳的趣事来劝慰我。但这些异国的欢乐，只能令人悲伤，增添痛苦罢了。唉，子卿啊！人的彼此相知，贵在知心。前次给你的书信写得匆忙，没能尽抒我的情怀，所以再简略地谈谈吧：

当初先帝授予我五千步兵，出征远方的匈奴，其他将领因迷路未能按期会合，只有我单独与匈奴接战。而我携带着征战万里的粮草，率着徒步行进的军队，远离大汉的国土，进入强敌的疆域。用五千士兵，对抗十万大敌，指挥疲备困乏的步卒，抵挡装备精良的骑兵。就是这样的条件下，还能斩将夺旗，追逐败北之敌，干净利落斩杀他们的勇将，使得全军将士，视死如归。我虽无能，却愿担当重任，心里觉得这时的功劳大得难以比拟。匈奴败退后，发动全国上下，再训练了超过十万的精兵。单于亲临阵前，亲自组织合围。敌我双方的实力既不能相比，步兵和骑兵对峙的局面又强弱悬殊。我方疲惫之师再次投入战争，力量的对比真是一比于千，然而士兵们还是抚着身上的创痛，拼死争先。死伤的士兵积满了荒野，剩下的不足百人，而且都是病残，举不起刀戈。可是当我振臂一呼，这些病残的也都站起来，举刀指向敌人，使敌骑掉头逃走。到兵刃拼光，箭矢射尽，人人手中连一件很小的兵器都没有了，他们还是赤手空拳奋力呼喊，争做先锋。这个时候，天地为我震怒，战士为我泣血。单于以为不可能再歼获我，就要领兵撤退了。可是叛徒告密说我方是孤军奋战，唆使他再战，所以我终于不能幸免于失败了。

当初高祖皇帝以三十万人马，被匈奴围困在平城，那个时候，军中的猛将多如云，谋臣多如雨，然而还是七天断粮，仅仅是免于被俘。何况迎战我的十万大军，难道是我五千步兵容易对付得了的吗？然而执政的那些人，却随便埋怨我不为国而死。诚然，我不死是有罪的。但子卿你看我李陵难道是偷生怕死的人吗？哪有背弃君亲、抛妻别子而认为是有利的呢？我之所以不死，是想有所作为。我想像上封信中说的那样，等待时机向国君报恩。我实在认为白白死去不如建立名节，失掉名声不如报答恩德。从前范蠡不以死去殉会稽亡国之耻，曹沫不以死去报三战三败之辱，最终还是复了越王勾践的仇，雪了鲁国的耻。我内心实在羡慕他们啊。谁想到志向没实现而怨恨已形成，计谋没听从而亲人遭杀害。这就是令我仰天长叹、顿足捶胸，而且欲哭无泪、声声泣血的缘故啊。

足下又说："汉家待功臣不薄。"你是汉家的臣子，哪能不这样说呢？当年萧何、樊哙被拘禁，韩信、彭越被刀剐，晁错被杀，周勃、窦婴被治罪，其他出过力立过功的人，像贾谊、周亚夫等，都是闻名于世的人才，怀有将相的才干，却受到小人的谗害，都遭致杀戮贬黜的耻辱，最终是怀才受谤，能力不得施展。那贾谊、周亚夫两人的死，谁不为他们痛心呢？我死去的祖父，功劳和才略盖世无双，节义勇武三军无匹，只是失去了权贵的欢心，就被迫自杀在异域之外。这些都是使功臣义士长叹息的原因啊！怎能说不薄？况且你当初带着很少的人，出使到拥有万辆兵车的匈奴，又碰上了不测的变故，以至于拔剑自杀而不顾生死，颠沛流离又艰辛困苦，几乎死在朔北的荒野。你壮年奉命出使，白发苍苍回国，老母去世，妻子改嫁。这遭遇真是天下罕闻，古往今来也没有过的。匈奴人尚且还能嘉许你的节操，何况天下之主的汉家呢？我认为你应当享有分封的土地，受赏千乘之国。可是听说你回去后，所赐得不过二百万钱，官位不过是典属国，没有一尺土地的封赐来嘉奖你的辛劳。而那些妨碍功臣、陷害贤能的小人，都封为万户侯，皇亲国戚和贪婪奉承的家伙，都成了朝廷的大官。你尚且如此，我还存什么希望？汉家因我不死就严加诛戮，你坚守气节又赏赐微薄，想让在远方听命的臣子望风归服，这实在太难了。这正是我每当想到这些就不悔恨的缘故。我虽辜负汉家的恩，汉家对我也太负德了。前人有过这样的话：“虽忠不烈，视死如归。”我纵然能甘心死去，可是皇上还能顾念我吗？男子汉生不能成就功名，死则葬身在蛮夷之邦，谁还能屈身叩头，向着朝廷，让那般刀笔吏舞文弄墨罗织罪名呢？希望你别再盼望我归汉了。

唉，子卿！还有什么好说的呢！相隔万里，人心相隔道路断绝。我活着是另一世界的人，死了做异国他乡的鬼，永远跟你生离死别了。希望告诉老朋友，勉力侍奉圣明的君王。你的儿子很好，不必挂念他。望你尽力爱惜自己，时常借着北风，再给我送来好消息。李陵叩头致敬。

【评析】

李陵远征朔漠，寡不敌众，终于败降，无论怎么说，他在气节上都是有亏的。但人情终究比礼义复杂，也是礼义所难以框囿。这封书信，既有李陵对自己失节败降的极力辩解，也有复杂矛盾心情的真挚表述，更有对世态炎凉的愤愤不平，可谓愁肠百结，一唱三叹。文章首先描述了自己身处异域的孤寂无聊，写出了自己终日面对异乡异物，有国难归的尴尬处境，表现的是一个败降之人魂无所寄的浪迹生涯的痛苦。其次，作者以感奋的笔调，追述自己孤军不敌，终至败降的经过和苦衷，把战争的惨烈写得历历在目，绘声绘色。再次，作者又重点揭露了汉家的薄情寡恩与处事不公。全文写得委婉曲折、张弛有致，是一篇动人的奇文。

报任少卿书[①]一首

作者：司马子长　　注译评析：党玉敏

太史公牛马走司马迁再拜言[②]，少卿足下：曩者辱赐书[③]，教以顺于接物，推贤进士为务。意气勤勤恳恳[④]，若望仆不相师[⑤]，而用流俗人之言。仆非敢如此也。仆虽罢驽[⑥]，亦尝侧闻长者之遗风矣[⑦]。顾自以为身残处秽，动而见尤[⑧]，欲益反损，是以独郁悒而与谁语。谚曰："谁为为之？孰令听之？"盖锺子期死，伯牙终身不复鼓琴[⑨]。何则？士为知己者用，女为悦己者容。若仆大质已亏缺矣[⑩]，虽才怀随和[⑪]，行若由夷[⑫]，终不可以为荣，适足以见笑而自点耳[⑬]。书辞宜答[⑭]，会东从上来，又迫贱事，相见日浅，卒卒无须臾之间，得竭至意[⑮]。今少卿抱不测之罪[⑯]，涉旬月，迫季冬[⑰]，仆又薄从上雍[⑱]，恐卒然不可为讳[⑲]。是仆终已不得舒愤懑以晓左右，则长逝者魂魄私恨无穷。请略陈固陋。阙然久不报[⑳]，幸勿为过[㉑]。

仆闻之：修身者，智之符也；爱施者，仁之端也；取与者，义之表也[㉒]；耻辱者，勇之决也；立名者[㉓]，行之极也。士有此五者[㉔]，然后可以托于世而列于君子之林矣。故祸莫憯于欲利[㉕]，悲莫痛于伤心，行莫丑于辱先[㉖]，诟莫大于宫刑[㉗]。刑余之人[㉘]，无所比数，非一世也，所从来远矣。昔卫灵公与雍渠同载[29]，孔子适陈；商鞅因景监见[30]，赵良寒心；同子参乘，袁丝变色[31]。自古而耻之。夫以中才之人，事有关于宦竖[32]，莫不伤气，而况于慷慨之士乎？如今朝廷虽乏人，奈何令刀锯之余，荐天下豪俊哉！仆赖先人绪业[33]，得待罪辇毂下[34]，二十余年矣。所以自惟，上之不能纳忠效信[35]，有奇策才力之誉，自结明主；次之又不能拾遗补阙，招贤进能，显岩穴之士[36]；外之又不能备行伍，攻城野战，有斩将搴旗之功[37]；下之不能积日累劳，取尊官厚禄，以为宗族交游光宠。四者无一遂，苟合取容，无所短长之效[38]，可见如此矣。向者仆常厕下大夫之列[39]，陪外廷末议[40]，不以此时引维纲[41]，尽思虑。今以亏形为扫除之隶[42]，在阘茸之中[43]，乃欲仰首伸眉，论列是非，不亦轻朝廷羞当世之士邪？嗟乎！嗟乎！如仆尚何言哉！尚何言哉！

且事本末未易明也。仆少负不羁之行，长无乡曲之誉。主上幸以先人之故，使得奏薄伎[44]，出入周卫之中。仆以为戴盆何以望天？故绝宾客之知，亡室家之业，日夜思竭其不肖之才力，务一心营职[45]，以求亲媚于主上[46]。而事乃有大谬不然者夫！

仆与李陵，俱居门下[47]，素非能相善也。趣舍异路[48]，未尝衔杯酒，接殷勤之余欢。然仆观其为人，自守奇士，事亲孝，与士信，临财廉，取与义，分别有让[49]，恭俭下人，常思奋不顾身，以徇国家之急[50]。其素所蓄积也[51]，仆以为有国士之风。夫人臣出万死不顾一生之计，赴公家之难，斯以奇矣。今举事一不当，而全躯保妻子之臣，随而媒孽其短[52]，仆诚私心痛之！且李陵提步卒不满五千，深践戎马之地，足历王庭[53]，垂饵虎口，横挑强胡[54]，仰亿万之师[55]，与单于连战十有余日，所杀过半当[56]。虏救死扶伤不给，旃裘之君长咸震怖[57]，乃悉征其左右贤王[58]，举引弓之人[59]，一国共攻而围之。转斗千里，矢尽道穷，救兵不至，士卒死伤如积。然陵一呼劳[60]，军士无不起，躬自流涕，沬血饮泣[61]，更张空拳，冒白刃，北向争死敌者。陵未没时，使有来报，汉公卿王侯，皆奉觞上寿[62]。后数日，陵败书闻[63]，主上为之食不甘味，听朝不怡。大臣忧惧，不知所出。仆窃不自料其卑贱，见主上惨怆怛悼[64]，诚欲效其款款之愚[65]，以为李陵素与士大夫绝甘分少[66]，能得人死力，虽古之名将，不能过也。身虽陷败，彼观其意，且欲得其当而报于汉。事已无可奈何，其所摧败，功亦足以暴于天下矣[67]！仆怀欲陈之，而未有路。适会召问，即以此指[68]，推言陵之功[69]，欲以广主上之意，塞睚眦之辞[70]。未能尽明，明主不晓，以为仆沮贰师[71]，而为李陵游说，遂下于理[72]。拳拳之忠[73]，终不能自列[74]。因为诬上，卒从吏议[75]。家贫，货赂不足以自赎，交游莫救；左右亲近，不为一言。身非木石，独与法吏为伍，深幽囹圄之中[76]，谁可告愬者[77]！此真少卿所亲见，仆行事岂不然乎？李陵既生降，隤其家声[78]，而仆又佴之蚕室[79]，重为天下观笑。悲夫！悲夫！事未易一二为俗人言也。

仆之先，非有剖符丹书之功[80]，文史星历[81]，近乎卜祝之间，固主上所戏弄，倡优所畜，流俗之所轻也。假令仆伏法受诛，若九牛亡一毛，与蝼蚁何以异？而世又不与能死节者，特以为智穷罪极，不能自免，卒就死耳。何也？素所自树立使然也。人固有一死，或重于太山，或轻于鸿毛，用之所趋异也。太上不辱先，其次不辱身，其次不辱理色[82]，其次不辱辞令，其次诎体受辱[83]，其次易服受辱[84]，其次关木索、被箠楚受辱[85]，其次剔毛发、婴金铁受辱[86]，其次毁肌肤、断肢体受辱，最下腐刑，极矣！传曰："刑不上大夫。"此言士节不可不勉励也。猛虎在深山，百兽震恐；及在槛阱之中[87]，摇尾而求食，积威约之渐也[88]。故有画地为牢，势不可入；削木为吏，议不可对，定计于鲜也。今交手足，受木索，暴肌肤，受榜箠[89]，幽于圜墙之中[90]。当此之时，见狱吏则头抢地，视徒隶则正惕息。何者？积威约之势也。及以至是，言不辱者，所谓强颜耳，曷足贵乎？且西伯[91]，伯也，拘于羑里[92]；李斯[93]，相也，具于五刑；淮阴[94]，王也，受械于陈；彭越、张敖[95]，南面称孤，系狱抵罪；绛侯诛诸吕[96]，权倾五伯，囚于请室[97]；魏其[98]，大将也，衣赭衣[99]，关三木[100]；季布为朱家钳奴[101]；灌夫受辱于居室[102]。此人皆身至王侯将相，声闻邻国，及罪至罔加[103]，不能引决自裁[104]，在尘埃之中。古今一体，安在其不辱也！由此言之，勇怯，势也；强弱，形也。审矣，何足怪乎？夫人不能早自裁绳墨之外，以稍陵迟，至于鞭棰之间，乃欲引节[105]，斯不亦远乎？古人所以重施刑于大夫者，殆为此也。

夫人情莫不贪生恶死，念父母，顾妻子。至激于义理者不然，乃有所不得已也。今仆不幸，早失父母，无兄弟之亲，独身孤立。少卿视仆于妻子何如哉？且勇者不必死节，怯夫慕义，何处不勉焉？仆虽怯懦欲苟活，亦颇识去就之分矣，何至自沉溺缧绁之辱哉[106]！且夫臧获婢妾[107]，由能引决，况仆之不得已乎？所以隐忍苟活，幽于粪土之中而不辞者，恨私心有所不尽，鄙陋没世，而文彩不表于后世也。

古者富贵而名摩灭，不可胜记，唯倜傥非常之人称焉。盖文王拘而演《周易》[108]；仲尼厄而作《春秋》[109]；屈原放逐，乃赋《离骚》；左丘失明[110]，厥有《国语》；孙子膑脚[111]，兵法修列；不韦迁蜀，世传《吕览》[112]；韩非囚秦，《说难》《孤愤》[113]；《诗》三百篇，大底圣贤发愤之所为作也。此人皆意有郁结，不得通其道，故述往事，思来者。乃如左丘无目，孙子断足，终不可用，退而论书策，以舒其愤，思垂空文以自见[114]。仆窃不逊，近自托于无能之辞，网罗天下放失旧闻，略考其行事，综其终始，稽其成败兴坏之纪，上计轩辕，下至于兹，为十表、本纪十二、书八章、世家三十、列传七十，凡百三十篇。亦欲以究天人之际[115]，通古今之变，成一家之言。草创未就，会遭此祸。惜其不成，已就极刑而无愠色。仆诚以著此书，藏诸名山，传之其人，通邑大都[116]，则仆偿前辱之责[117]，虽万被戮，岂有悔哉？然此可为智者道，难为俗人言也。

且负下未易居[118]，下流多谤议[119]，仆以口语遇此祸，重为乡党所笑，以污辱先人，亦何面目复上父母丘墓乎？虽累百世，垢弥甚耳！是以肠一日而九回，居则忽忽若有所亡，出则不知其所往。每念斯耻，汗未尝不发背沾衣也。身直为闺阁之臣[120]，宁得自引于深藏岩穴邪？故且从俗浮沉，与时俯仰，以通其狂惑[121]。今少卿乃教以推贤进士，无乃与仆私心剌谬乎？今虽欲自雕琢，曼辞以自饰[122]，无益于俗，不信，适足取辱耳。要之死日，然后是非乃定。书不能悉意，略陈固陋，谨再拜。

【作者简介】

司马迁（前145或前135—？），字子长。西汉夏阳（今陕西韩城南）人。太史令司马谈之子。十岁随父至长安，二十岁开始漫游。归京城后任郎中。曾奉命出使西南夷。父死继任太史令。后因替李陵辩解，下狱，受腐刑。出狱后任中书令。发愤著述，写成我国第一部纪传体通史《史记》。此外，有文集一卷，赋八篇，但已散佚。今存《报任少卿书》《悲士不遇赋》。《汉书》有传。

【篇旨】

本文以无限幽愤之情，申述了作者直言致罪、身受宫刑的不幸遭遇，怨叹昏君无察、世事不平，表达了忍辱负重、执着于事业的不屈精神。

【注释】

① 任少卿：名安，荥阳人。曾任益州刺史、北军使者护军，是司马迁的朋友。

② 太史公：司马迁之父所任之职。牛马走：牛马般供人驱使的仆役。走，役夫走卒，作名词，自谦之词。

③ 曩（nǎng）者：从前。

④ 意：来信宗旨。

⑤ 望：抱怨、憾恨。不相师：不遵从的意思。

⑥ 罢（pí）驽：疲惫的劣马，此为自谦。罢，通“疲”。

⑦ 侧闻：从旁听说，等于古人所谓“伏闻”，为自谦之语。

⑧ 尤：过错。

⑨ 锺子期、伯牙：都是春秋时楚国人，同游学，相善。伯牙善弹琴，锺子期最能领略他的琴意。后来锺子期死了，伯牙毁掉了琴，以为世无知音，终身不再鼓琴。典出《吕氏春秋》之《本味》篇。

⑩ 大质：即大本，指身体。

⑪ 随：指随侯之珠。春秋时，随侯曾救活一条大蛇，后来蛇就衔了一枚明珠来报答他，所以被称为随侯珠。和：指和氏璧，是楚国人卞和献给楚王的一块璞玉，后来加工成璧。

⑫ 由夷：许由和伯夷。古代推奉为有高尚品德的人。

⑬ 点：污。

⑭ 书辞：指任安给司马迁的信。

⑮ 至意：诚挚的心意。

⑯ 不测之罪：指将被处死。

⑰ 季冬：冬季之末，指十二月。汉代法律，在十二月处决犯人。

⑱ 薄（bó）：义为迫，临近之意。

⑲ 不可为讳：不能替你避讳，这是对任安之死的隐晦说法。

⑳ 报：答复。

㉑ 过：责备。

㉒ 表：标志。

㉓ 立名：树立名节。

㉔ 五者：指智、仁、义、勇、行五种品德。

㉕ 憯（cǎn）：同“惨”。

㉖ 辱先：使先人受到侮辱。

㉗ 诟（gòu）：耻辱。宫刑：也称腐刑，古代残割生殖器的刑罚。

㉘ 刑余：在刑罚下得到余生。

㉙ 载：乘车。《文选》李善注：“《家语》曰：孔子居卫月余，灵公与夫人同车出，令宦者雍渠参乘，使孔子为次乘，游过市郊……于是耻之，去卫过曹。此言孔子适陈，未详。”

㉚ 见：引见。《史记·商君传》：“赵良谓商君曰：……今君之见秦王也，

因嬖人景监以为主，非所以为名也。”

㉛ 同子：指赵谈，为汉文帝宠幸的宦官。与司马迁之父司马谈同名，故称“同子”。参乘：陪坐在车的右边。袁丝：名盎，汉景帝时官至太常。变色：指面色改变。典出《史记·袁盎列传》。

㉜ 竖：宫廷内供役使的小臣。

㉝ 绪业：前人所遗留下来的学术与事业。此处指司马谈之学与识。

㉞ 待罪：做官的谦词。辇毂下：指京城。辇，皇帝坐的车。毂，车轴。

㉟ 效信：贡献自己的诚意。

㊱ 显岩穴之士：使隐士荣显。

㊲ 搴（qiān）：拔取。

㊳ 短长之效：即尺寸之功。效：贡献。

㊴ 下大夫：指太史令职，周代大夫分上、中、下三等，史官属下大夫。

㊵ 外廷：汉代把官员分为外朝官和中朝官，前者为外廷，后者为内廷。太史令属外朝官。末议：细微渺小的议论。

㊶ 引维纲：根据政策法令有所申述说明。

㊷ 除：阶。

㊸ 阘茸（tà róng）：卑贱的人。

㊹ 奏：献。

㊺ 营职：尽忠本职。

㊻ 媚：取悦。

㊼ 门下：司马迁与李陵俱官侍中，同居“侍中曹”（官署名）内，所以说俱居门下。

㊽ 趣：音义同“趋”。

㊾ 分别有让：能分别尊卑长幼，有谦让之礼。

㊿ 徇（xún）：同“殉”，献身。

51 素所蓄积：平时修身所积蓄的品德行为。

52 媒孽（niè）：酿酒用的酵母。孽，同“糵”。

53 王庭：匈奴单于所居之处。

㊹ 横挑：纵横挑战。

㊺ 仰：仰攻。《李陵传》作“抑”，即抑制。

㊻ 过半当：双方死伤皆过半。

㊼ 旃（zhān）裘：匈奴的服装，这里指代匈奴。

㊽ 左右贤王：匈奴的王号。

㊾ 举：动员。

㊿ 一呼劳：大声呼喊，慰劳士气。

61 沬（huì）：同“颒”，以手掬水洗脸叫做沬。沬血：血流满面。

62 奉觞（shāng）：举起酒杯。上寿：向皇上祝贺。

63 书闻：李陵战败的书奏被皇帝知道。

64 惨怆怛（dá）悼：这四个字都是悲伤的意思。

65 款款：恳切忠实之意。

66 绝甘分少：遇到甘美的东西尽推给别人，在分用财物时，自己则取最小最少的部分。

67 暴（pù）：表露。

68 指：同“旨”，意旨。

69 推言：阐述。

70 睚眦（yá zì）之辞：指诬陷骂詈的话。睚眦，怒目相视。

71 贰师：即贰师将军李广利，汉武帝宠妃李夫人之兄。

72 理：指大理，掌管刑狱诉讼的官府。

73 拳拳：忠谨貌。

74 自列：自己一一陈说。

75 吏议：指大理司法官的判决。

76 囹圄：监狱。

77 愬：同“诉”。

78 隤（tuí）：毁坏。

79 佴（èr）之蚕室：居住于蚕室，指受宫刑。佴，放置。

80 剖符：符是用竹做的契约，剖而为二，君臣各存一半，以便质对，所以叫剖符。丹书：即丹书铁券，在铁券上用朱砂书写誓词，作为功臣子孙减罪的凭证。

㉛ 文史星历：文化、史籍、天文、律历，皆为太史令所职掌。

㉜ 理色：道理和颜面。

㉝ 诎（qū）体：被屈曲的身体。诎，同“屈”。

㉞ 易服：换上了囚服。

㉟ 关木索：戴上木枷绳索。棰：板杖。楚：荆条。

㊱ 婴金铁：以铁圈束颈。

㊲ 槛：关兽的笼子。阱（jǐng）：捕兽的陷坑。

㊳ 积威约之渐：长期的威力制约，使它逐渐驯服。

㊴ 榜：捶击。

㊵ 圜（yuán）墙：指牢狱。

㊶ 西伯：周文王姬昌，为西方诸侯之长，故称西伯。

㊷ 羑（yǒu）里：古地名，在今河南汤阴境内。

㊸ 李斯：秦朝丞相。

㊹ 淮阴：指西汉大将军韩信，曾受封齐王，又贬为淮阴侯。

㊺ 彭越：汉高祖功臣，封梁王。张敖：张耳之子，继嗣赵王爵位。

㊻ 绛侯：即周勃，从高祖起事，有军功，封绛侯。诸吕：吕后家族的吕禄、吕产、吕台等人。

㊼ 请室：大臣待罪之室。

㊽ 魏其：即窦婴，景帝时为大将军，封魏其侯，武帝时被处死。

㊾ 衣赭衣：身穿罪人服。

⑩⓪ 三木：指颈枷、手铐、脚镣三种刑具。

⑩① 季布：楚人，项羽将，多次困辱刘邦。项羽败死，刘邦悬重金购求季布。季布剃发，束颈，变姓名，卖身朱家为奴，藉以藏身。钳：以铁束颈。

⑩② 灌夫：景帝时为中郎将，武帝时为太仆。因与窦婴相善，得罪丞相田蚡，被田蚡诬害至死。居室：是少府所属官署名，灌夫曾被田蚡派人

拘于居室。

⑩③ 罔：同“网”，指法网。

⑩④ 自裁：指自杀。

⑩⑤ 引节：称述名节。

⑩⑥ 缧绁（léi xiè）：捆绑犯人的绳索。

⑩⑦ 臧获：古人对奴婢的称呼。

⑩⑧ 演：推衍。相传周文王被拘羑里，曾推演《周易》八卦为六十四卦。

⑩⑨ 厄：困顿。《史记·孔子世家》说，孔子“病没世而名不称焉”，“乃因史记作《春秋》”。

⑪⓪ 左丘：即左丘明。

⑪① 膑：剔去膝盖骨。

⑪②《吕览》：即《吕氏春秋》。吕不韦于秦始皇十年，因嫪毒事件被流放到蜀地，自杀。

⑪③《说难》《孤愤》：韩非为李斯所谗，下狱死。《说难》《孤愤》为其代表作。

⑪④ 空文：相对于实绩而言。见：同“现”，表现。

⑪⑤ 天人之际：天道与人事之间的关系。

⑪⑥ 通邑：大邑。

⑪⑦ 责：音义同“债”。

⑪⑧ 负下：负罪之下。

⑪⑨ 下流：指地位卑下的人。

⑫⓪ 闺阁之臣：指宦官。

⑫① 通：舒发意。

⑫② 曼辞：美好的言辞。

【语译】

先父太史公的仆人司马迁一再敬拜并陈言，少卿足下：不久前承您屈尊写信给我，指教我待人接物要谨慎，担负起为朝廷举荐贤士的责任。情意和辞气热忱恳切，好像怨我不遵从您的劝告，而按世俗之言行事。我是不敢这样的。我虽然才能低劣，但还是听到过长辈遗教的。只是自认为身体残废处境污秽，动辄得咎，本想做些有益的事，结果反被认为有损于朝廷，因此独自忧愁烦闷，无人诉说。俗语说："为谁去做？教谁来听？"锺子期死后，伯牙终身不再弹琴。这是为什么？士为知己的人效力，女子为喜欢自己的人而打扮。像我这种身体遭到摧残的人，即使怀负随侯珠、和氏璧般的才华，具有许由、伯夷般的品德，终究不能拿来当作荣耀，正好被人耻笑而自取其辱。您的信早该答复，但我刚好跟随皇上从东方回来，又被烦琐的事务逼迫，跟您见面的时间很短促，匆匆忙忙没有片刻闲暇能让我向您说说心里话。现在您遭到意外的罪祸，再过一月，就临近冬末，我又必须随皇上去雍县，唯恐您突然离开人世，这样我终将不能够向您抒发满腔的悲愤，使您辞世的灵魂抱恨无穷。请让我向您简单地陈述固塞浅陋的见解。但隔了很久没有答复，请不要责怪。

我听说：善于修身，是智的根据；施恩于人，是仁的起点；对待取予，是义的表现；明白耻辱，是勇的标志；建立名节，是行的顶峰。士子有了这五种品德，然后可以立身世上，排列在君子的中间。所以祸患没有比贪图私利更惨的了，悲痛没有比心灵受伤更甚的了，行为没有比污辱祖先更丑的了，耻辱没有比遭受宫刑更大的了。受过宫刑的人，地位是不能同任何人相比的，这种看法不止在今天，而是由来已久了。从前卫灵公与宦官雍渠同坐一辆车子，孔子就离开卫国去了陈国；商鞅由于太监景监的推荐而被召见，赵良就为此寒心。太监赵谈陪坐在汉文帝的车上，袁丝看到了脸色骤变。自古以来都瞧不起宦官。即便才能一般的人，事情牵涉到宦官，没有不挫伤志气的，何况抱负远大、意志刚毅的人呢？如今朝廷虽然缺乏人才，怎么会要受过宫刑的人去推荐天下的豪杰呢！我依赖祖先遗下的功业，能够在皇帝身旁做事，到现在二十多年啦。自问上不能对皇帝尽忠效信，有策略卓越、能力突出的声誉，从而得到皇帝的信任；其次又不能替皇帝拾遗补缺，招贤进能，尊显隐居山林之贤才；在外又不能充军行伍，攻城野战，建立斩将夺旗的军功；在下不能每天积累功劳，取得高官厚禄，给宗族朋友争光。这四样没有一样成功，只能随声附和，讨人欢喜，我没有任何大小的贡献，从这里可以看出来。从前我也曾厕身下大夫的行列，陪着大家奉命在朝堂上参加讨论，我没有利用这个时机阐发纲常法纪，竭尽自己的思虑。现在已经身体残废成为扫除污秽的差役，处在地位卑贱的人当中，还想抬头扬眉，评论是非，这不也太轻视朝廷、侮辱当世的君子了吗？唉呀！唉呀！像我这样的人，还有什么可说的呢！还有什么可说的呢！

况且事情的前因后果是不容易明白的。我年轻时没有卓越不羁的才能，成年后也没有乡里的称誉。幸好皇上由于我父亲的缘故，使我得以进献自己微薄的才能，在宫禁中进进出出。我觉得头上戴了盆子怎么能望得见天，所以断绝了和宾客的交往，忘掉了家事，日夜想着全部献出自己的微薄才力，务必专心尽职，以求得皇上的亲近信任。然而事与愿违，又岂可奈何！

我和李陵都在宫廷做官，平时并没有什么来往。志向和走的道路彼此不同，不曾一起饮酒倾诉过友好的感情。但我观察他的为人，是自我要求很严的奇士，事奉父母极孝顺，与朋友交往很讲信用，遇到财货很廉洁，或取或与讲究大义，能分别长幼尊卑，谦让有礼，尊重地位比自己低的人，经常想着奋不顾身，为了国家的急难而牺牲。他的素养，我以为有国士的风度。做人臣的，能有出入万死不顾一生的计虑，奔赴国家的急难，这已经是个奇士了。如今他行事偶有不当，那些只知保全自己和家人的大臣们，便随即诬告夸大他的过失，我私下实在为李陵感到悲痛。况且李陵率兵不足五千，深入匈奴境内，到达单于居住的地方，在虎口挂钓饵，向强悍的胡兵纵横挑战，抑制众多敌人，同单于连续作战十多天，杀掉的敌人超过自己士兵的数量，使敌人救死扶伤也忙不过来，匈奴的君长都震惊恐怖，于是全部征调他们的左右贤王，发动所有能开弓射箭的人，用一国的兵力共同进攻并包围李陵。李陵转战千里，箭射完了，道路断绝了，救兵不到，死伤的士兵尸体成堆。可是李陵奋力一呼，士兵无不奋起，激动得人人流泪，脸上沾满血污，悲痛地哭泣，又拉开无箭的空弦，冒着白光闪闪的刀口奔向北方，跟敌人拼命。当李陵的军队没有覆没时，有使者送来捷报，汉的公卿王侯都举杯向皇上祝贺。过了几天，李陵战败的书信传来，皇上为这饮食无味，上朝听政不高兴，大臣们忧虑恐惧，不知如何是好。我私下不自量自己的卑贱，见主上悲哀，实在想报效自己一片忠心。我认为李陵一向与士大夫同甘共苦，所以能够得到士兵军官的死命效力。即便古代的名将，也不能超过他。他虽然败降了，但看他的意思，还想找到适当的机会报答汉室。战事已经无可奈何，他还大量杀伤敌人，这些事功也足以向天下表白了。我心里想把这个上奏皇上，却没有得到机会。恰好碰到皇上召问，就说出了这个意思，并讲了李陵的功劳，想以此拓开皇上的胸怀，堵塞诋毁诬陷的言论。可惜我没有说清楚，皇上不理解，反而以为我有意毁谤贰师将军李广利，替李陵辩解。于是把我下交狱官。这样，耿耿忠心，终于不能自白，因此被定为诬上之罪，最后皇上听从了狱官的意见，判我宫刑。我家境贫寒，钱财不够用来赎罪，朋友也无人出来救援，皇帝左右的亲近大臣也不为我说一句好话。人非木石，单独跟执法的官吏在一起，深深囚禁在牢中，这痛苦能向谁诉说呢！这一切正是你少卿亲眼看见的，我的遭遇难道不是这样吗？李陵既已生降匈奴，败坏了他家族的声誉，我又被关进蚕室，更被天下人看笑话。可悲呀！可悲呀！这事不容易一一向俗人说清。

我的祖先，没有立下拜爵封侯的功勋，作为职管文史星历的太史令，跟巫师卜者相差不远，这本是供皇上戏弄，像优伶一样被畜养，被流俗之人所轻视的职务。即使我伏法被杀，也只像九头牛身上失掉一根毛，同蝼蛄蚂蚁有什么区别？而且世人又不把我同死节的人相提并论，只以为我愚蠢犯了大罪，又不能自己洗脱，终于走上死路。这是什么缘故呢，就是平素我自己立身行事的表现所造成的。人固然都有一死，死，有的比泰山重，有的比鸿毛轻，死的价值不同啊！最上等的是不辱没祖先，其次不羞辱自己，再次不辱脸面，再次不辱于辞令，再次是卑躬屈膝受辱，再次是换穿囚服入狱受辱，再次是手铐脚镣遭拷打受辱，再次是剔发戴枷受辱，再次是肌肤肢体残毁受辱，最下等的是腐刑，污辱到极点了。古书上说：“刑不上大夫。”这是说士的节操不可不加以勉励。猛虎在深山里，所有的野兽都害怕，等到把它关在栅栏和陷阱里，它就摇尾乞食了。这是人用威力和约束使它逐渐驯服的，所以士人看见画地为牢绝不进入，面对削木为吏绝不置答，心里早有定见。等到手脚被捆，戴着撩铐，脱去衣服，接受拷打，被幽禁在监牢之中。到了这时，见到狱吏就要触地叩头，见到牢子就心惊胆战。这是什么缘故呢？就是被狱吏的威压约束所造成的势态呀。到了这一步，还说不受辱，那就是常说的厚脸皮了，有什么价值呢？况且西伯姬昌，曾被拘在羑里；李斯丞相，受尽五刑；淮阴侯韩信，是一国之王，也在陈地被械押；彭越、张敖，都是王侯，也被下狱定罪；绛侯周勃诛杀诸吕，权力大得足以凌驾春秋五霸，结果也被囚禁在请室；魏其侯窦婴是员大将，也穿着囚服，披着刑具；季布被迫卖身给朱家做带枷的奴隶，灌夫受辱被拘禁在少府狱中。这些人都是王侯将相，名满天下，一旦无端罪祸加身，自杀不得，身陷牢狱，这情形古今都一样，哪能不受辱呢？由此说来，所谓勇与怯，强与弱，都是形势使然。明白了这一点，还有什么值得奇怪的呢？人不能及早自杀来逃脱刑狱，因此逐渐志气衰颓，等到受鞭打杖责，再想保全气节自杀，这不是太晚了吗？古人之所以对士大夫施刑很慎重的原因，就在这里。

人之常情，没有不贪生恶死，挂念父母、顾虑妻儿的，至于为正义公理所激发的人就不是这样了，这里有不得已的缘故啊。我不幸过早地失去父母，没有兄弟，一个人孤单在世，少卿你看我对于妻儿还有什么眷恋呢？勇烈的人不一定能为气节而死；怯懦的人仰慕节义，什么地方不可以勉励自己为名节而牺牲呢？我虽然怯懦，想苟活在世上，但也能知道去辱就义的道理，何至于自居牢狱的耻辱呢！而且那些奴婢贱人都能够决意自杀，何况我已到了不得已的地步呢！我之所以忍辱偷生，拘禁在污浊的环境下而不肯死的原因，是恨我的志愿还没有了结，如果随便死了，文章便无法留传给后世。

古时候身虽富贵而默默无闻死去的人，多得难以计数，只有卓异非凡的人才被后世称颂。文王被拘禁在羑里而推演《周易》；孔子困顿失意而作《春秋》；屈原被流放才写下了《离骚》；左丘明双目失明才作出《国语》；孙膑被截去膝盖骨，编著了一部兵法；吕不韦被贬蜀地，有《吕览》一书传世；韩非被囚禁在秦国，写了《说难》《孤愤》；《诗》三百篇，大抵是圣贤发愤而著作的。这些人都是思想被压抑，不能实行他们的主张，所以追述往事，想使将来的人作为鉴戒。就像左丘失明，孙膑断脚，终究不能为世所用，便退而著书立说来抒发胸中的怨愤，想通过留下空文来表现自己的才智。我也不自量力，近来用简陋的文辞，收集天下散失的故事传闻，略为考证其事迹，综合其前后始末，考察它的成功失败的规律，上从黄帝开始，下到当代，写了十篇表，十二篇本纪，八篇书，三十篇世家，七十篇列传，共一百三十篇，也想用来探究天道与人事的关系，通晓古往今来的变化，形成一家之言。草稿还没有完成，却碰到了这场大祸。我恐怕这书不能完成，所以身受最重的刑法也没有怒色。我若果真能写完这部书，把它寄藏在大山之中，留传给志同道合的人，以至广泛传布到世间，那么我就可以抵偿以往的一切耻辱，即使碎身万段又有什么悔恨的呢！可是这些话只能说给明白人听，很难跟庸人说啊！

负罪受辱的情况下难以安身，地位低贱的人容易受到诽谤议论。我因为说了几句话而遭受这场横祸，被乡里耻笑，又污辱了祖先，还有什么面目再到父母的墓前祭扫呢？即使过了百代，耻辱也越深重，所以我每天愁肠百结，在家里是恍恍惚惚若有所失，出外则不知自己要往哪里去。每每想到这份耻辱，汗水便冒出背脊，湿透衣服。身体已成了宦官，又怎能自己引身退居隐入深山岩穴呢？所以只好跟着世俗沉浮，随着时势周旋敷衍，做出狂放迷惑的样子。现在少卿您教导我推贤进士，这不是同我的打算相违背吗？现在虽然想用美好的言辞自我粉饰，也无益于世俗，不能取信于人，只会换来污辱罢了。总而言之，人死了，然后是是非非才能论定。这封信无法完全表达我的心意，只是简单陈述些拙见罢了。谨再拜。

【评析】

司马迁直言获罪，身受宫刑，蒙污纳垢之余而作《报任少卿书》。文章真挚感人，是一篇自励励人之作。在这封书信里，作者长期以来积郁在心的怨愤与不平，如决堤之水，倾泻而出，呈思绪万千、逸气纵横之势。从中我们可以感受到作者穷且益坚、矢志不移的人格力量。文章首先诉说自己以宦者之身不足以推贤进士的苦衷，行文委婉幽愤，涉古论今，充分表达了“刑余之人”进退两难的无奈。进而申述自己因李陵事件获罪受刑的始末与耻辱，揭露了世事不平、主上不明的悲剧现实。最后表明忍辱负重、发愤著书以垂名于世的决心，更是写得一唱三叹，波澜起伏。全文夹叙夹议，间以抒情相贯穿，旁征博引，反复陈辞，铺张笔墨，将激愤沉痛之情表达得淋漓尽致，将作者坚韧的人格体现得高迈健拔。使人读之，如临长江大河，有千回百转、一泻千里之概。

报孙会宗书一首

作者：杨子幼　　注译评析：党玉敏

恽材朽行秽①，文质无所底②，幸赖先人余业③，得备宿卫④。遭遇时变⑤，以获爵位，终非其任，卒与祸会。足下哀其愚蒙⑥，赐书教督以所不及，殷勤甚厚。然窃恨足下不深惟其终始，而猥随俗之毁誉也⑦。言鄙陋之愚心，则若逆指而文过⑧；默而自守，恐违孔氏各言尔志之义⑨。故敢略陈其愚，惟君子察焉⑩。

恽家方隆盛时，乘朱轮者十人⑪，位在列卿，爵为通侯⑫，总领从官⑬，与闻政事。曾不能以此时有所建明，以宣德化，又不能与群僚并力，陪辅朝廷之遗忘，已负窃位素餐之责久矣⑭。怀禄贪势⑮，不能自退，遂遭变故，横被口语⑯，身幽北阙⑰，妻子满狱。当此之时，自以夷灭不足以塞责⑱，岂得全其首领，复奉先人之丘墓乎？伏惟圣主之恩⑲，不可胜量。君子游道⑳，乐以忘忧㉑；小人全躯㉒，说以忘罪㉓。窃自念过已大矣，行已亏矣㉔，长为农夫以没世矣㉕。是故身率妻子㉖，戮力耕桑㉗，灌园治产，以给公上，不意当复用此为讥议也。

夫人情所不能止者，圣人弗禁。故君父至尊亲，送其终也，有时而既。臣之得罪，已三年矣！田家作苦，岁时伏腊，烹羊炮羔，斗酒自劳。家本秦也，能为秦声。妇赵女也，雅善鼓琴。奴婢歌者数人，酒后耳热，仰天抚缶而呼呜呜㉘。其诗曰：“田彼南山，芜秽不治。种一顷豆，落而为萁。”人生行乐耳，须富贵何时[29]？是日也，拂衣而喜，奋袖低昂，顿足起舞，诚淫荒无度，不知其不可也。恽幸有余禄，方籴贱贩贵[30]，逐什一之利。此贾竖之事[31]，污辱之处，恽亲行之。下流之人，众毁所归，不寒而栗。虽雅知恽者，犹随风而靡，尚何称誉之有？董生不云乎[32]：“明明求仁义[33]，常恐不能化民者，卿大夫之意也。明明求财利，常恐困乏者，庶人之事也。”故道不同，不相为谋。今子尚安得以卿大夫之制而责仆哉[34]？

夫西河魏土[35]，文侯所兴[36]，有段干木、田子方之遗风[37]，凛然皆有节概，知去就之分。顷者足下离旧土[38]，临安定[39]。安定山谷之间，昆夷旧壤[40]，子弟贪鄙，岂习俗之移人哉[41]？于今乃睹子之志矣！方当盛汉之隆，愿勉旃[42]，无多谈。

【作者简介】

杨恽（？—前54），字子幼，西汉华阴（今陕西华阴东南）人。司马迁外孙。宣帝时因告发霍光子孙谋反有功，任中郎将，封为平通侯。后来因罪免为庶人。又因在与其友孙会宗的信中发泄不满，触怒宣帝，以大逆不道处以腰斩。传附《汉书·杨敞传》。

【篇旨】

感叹身世的不幸，表明处世态度，发泄怨愤之情。

【注释】

① 行秽：行为鄙贱，不正经。

② 文质：文彩和质朴。无所厎：没有什么成就。厎：致。

③ 先人：其父杨敞，官至丞相。

④ 备：充数。宿卫：常侍散骑官。

⑤ 时变：指霍光子孙谋反被杨恽先得到消息并告之皇帝。

⑥ 愚蒙：愚昧无知。蒙：人没有学问叫蒙。

⑦ 猥（wěi）：副词，随随便便地。

⑧ 逆指：违背孙会宗来信的旨意。指，同“旨”。文过：掩饰自己的过错。

⑨ 孔氏各言尔志：见《论语·公冶长》，颜渊季路侍，子曰：“盍各言尔志？”

⑩ 惟：句首语气词，表希望。

⑪ 朱轮：显贵者所乘的车。汉制公卿列侯及二千石以上官员都能乘朱轮。

⑫ 通侯：即列侯。

⑬ 从官：皇帝的侍从官。杨任诸吏光禄勋，所有侍从官都归他管，所以说总领从官。

⑭ 窃位：窃取官位却不尽职。素餐：白吃饭，不劳而食。语出《诗经·伐檀》。

⑮ 怀：留恋。

⑯ 被：同“披”，遭受。

⑰ 幽：陷也。北阙：古代宫殿北面的观阙。汉制，上章奏事和被皇帝征召都到北阙。

⑱ 夷灭：消灭，指处死。

⑲ 伏惟：伏在地上想，敬词。

⑳ 游道：谓以道陶冶身心。

㉑ 乐以忘忧：快乐起来便忘记了忧愁。语出《论语·述而》。

㉒ 小人全躯：小人苟且偷安以保全自身。

㉓ 说：通“悦”，喜悦。

㉔ 亏：缺陷。

㉕ 没世：指老死。

㉖ 身率：亲自带领。

㉗ 勠力：并力。

㉘ 缶（fǒu）：瓦器，秦人用作乐器。

㉙ 须：等待。

㉚ 籴（dí）：买进米谷。

㉛ 贾（gǔ）竖：商人和小人。

㉜ 董生：董仲舒。汉武帝时的大儒。

㉝ 明明：《汉书》写作“皇皇”，急急忙忙的样子。

㉞ 仆：杨恽自称。

㉟ 西河：战国时魏的西河在今陕西合阳一带。

㊱ 文侯：指魏文侯，战国时魏国的贤君。

㊲ 段干木：魏文侯时期人，有学问却不愿做官，文侯请他作魏相，他不接受。于是文侯以客礼相待，把他当成老师，极为尊敬。田子方也是魏文侯的老师。

㊳ 顷者：前不久。

㊴ 安定：汉代郡名，故治在今宁夏固原。当时孙会宗任安定郡守。

㊵ 昆夷：古西戎国名。旧壤：亦即故土。

㊶ 移人：改变人的性情。

㊷ 旃（zhān）：之焉的合音。

【语译】

杨恽我才疏学浅行为鄙贱，文学道德无所成就。侥幸依靠先辈的功绩，才得了个侍卫的官做。刚好碰上霍光子孙造反的事变，才得到了爵位，但终究不是我所能胜任的，最后还是遇到大祸。您可怜我愚昧无知，赐信教正我所做得不对的地方，对我的情意非常深厚！然而我私下又怨恨您不深思事情的缘由，就轻易跟着俗人流言对我诋毁。若直说我鄙陋的心里话，就违逆了您来信的旨意而掩饰过错。如果沉默不语，又恐怕违背了孔子“各言尔志”的道理。因此我冒昧地向您陈述我愚拙的见解，希望您能明察其中的意思。

当我家兴隆的时期，乘红色大车而行的高官共有十人，位在公卿之列，爵禄和诸侯一样，我曾为宫中侍从之长，参与国家的大事。竟不能在这种时候有所建树，以宣示朝廷德教之隆。又不能和大臣们同心合力辅佐朝廷，弥补朝政的疏漏，已背负窃取官位不劳而食的罪责很久了。留恋俸禄，贪图权势，不能及时退职，于是终于遭受祸害，被人横加罪名，被幽禁在北阙，妻子儿女被关押到监狱。在这种时候，自认为杀了我都不足以来抵偿过错，哪敢希望保住头颅，能够再侍奉祖先的坟墓。我深知皇恩浩荡，不可以计量。君子乐于以道修身，快乐起来便忘了忧愁；小人苟且偷安以保全自己的生命，高兴起来便忘记了自己的过错。私下考虑我的过错已很大了，行为也有缺陷，愿意长做农夫以至老死。因此亲自带着妻儿，努力种田养蚕，浇灌田园治理产业，交给国家赋税。没有料到又会因此而遭受讥讽和议论。

人之常情所不能阻止的事物，人也不去禁止。因此最尊敬的要数皇上，最亲近的要数父母，然而给他们送终守孝也有个时间的尽头。我被治罪已经三年了。种田的人耕作劳苦，在年节伏腊祭祀神灵，烹羊烤羔，斟酒自慰。老家原是秦地，能够演唱秦地的音乐。妻子是赵国的女子，擅长弹琴。奴婢歌女数人，饮酒之后双耳发热，于是仰面朝天击缶而唱，歌声呜呜。那歌唱道：“在那南山上种植庄稼，田中的杂草却不清除。种一顷豆啊，都零落而成为豆萁了！”人生在世就为行乐，你还等那富贵到什么时候啊？这一天，高兴地抖动着衣裳，高低起伏地挥动着衣袖，顿足起舞，确实是荒唐到极点，也不知道有什么不妥的地方。杨恽我幸亏还有些积蓄，才能够贱买贵卖做些生意，来赚取其中的利润。这些都是商人和小人们干的事，那些让人感到耻辱的地方，我也亲自去做。鄙贱下层之人，招致众人的诋毁，真让人不寒而栗。就算那些对我很了解的人，也跟随众人一起来诋毁我，哪里还有人称赞呢？董仲舒不是说：“匆匆忙忙追求仁义，常常担心不能用仁德感化老百姓的，是公卿大夫的心理；匆匆忙忙追求财富，常常担心贫困的，是平民百姓的事情。”因此各人所走的道路不同，是不能在一起互相计谋的。现在您怎么还能拿公卿大夫的规矩来责备我呢？

那西河是战国时魏国的故土，是魏文侯发迹的地方，还保持着段干木、田子方的遗风，他们凛然不可侵犯，始终保持着节操，懂得什么时候该当官，什么时候应该离任。前不久，您离开故乡，到安定当郡守。安定地处山谷之间，原为昆夷的故土，其后人贪婪鄙陋，难道当地风俗改变了人的性情！我现在才看清了您的心志的鄙陋！趁着当今汉朝兴盛发达的时候，希望努力改过吧！不用多说了。

【评析】

杨恽失去爵位后，归家闲居，自治产业。一年后，友人安定太守孙会宗写信告诫他说："大臣废退，当杜门惶惧""不当治产业，通宾客，有称举"，杨恽便写了这封信回答他。信中感叹自己不幸的人生遭遇，流露出很深的愤激之情。古之评者认为"田彼南山，芜秽不治"数句，影射朝政，发泄不满，也有可能。同时信中还流露出一种放荡自肆的情绪。这二者于朝廷来说都是大逆不道的，因此该信被宣帝得后便处杨恽以腰斩。全文语言谲激豪放，于慨叹处见其情态。

论盛孝章书一首

作者：孔文举　　注译评析：毛毓松

岁月不居，时节如流。五十之年，忽焉已至。公为始满[①]，融又过二。海内知识，零落殆尽！惟有会稽盛孝章尚存[②]。其人困于孙氏[③]，妻孥湮没[④]，单孑独立[⑤]，孤危愁苦。若使忧能伤人，此子不得永年矣。

《春秋传》曰："诸侯有相灭亡者，桓公不能救，则桓公耻之。"今孝章实丈夫之雄也，天下谈士，依以扬声[⑥]，而身不免于幽絷，命不期于旦夕。吾祖不当复论损益之友，而朱穆所以绝交也[⑦]。公诚能驰一介之使[⑧]，加咫尺之书，则孝章可致，友道可弘矣。

今之少年，喜谤前辈，或能讥评孝章。孝章要为有天下大名[⑨]，九牧之人[⑩]，所共称叹。燕君市骏马之骨[⑪]，非欲以骋道里，乃当以招绝足也[⑫]。惟公匡扶汉室，宗社将绝，又能正之。正之术[⑬]，实须得贤。珠玉无胫而自至者[⑭]，以人好之也，况贤者之有足乎！昭王筑台以尊郭隗⑮，隗虽小才而逢大遇，竟能发明主之至心，故乐毅自魏往⑯，剧辛自赵往⑰，邹衍自齐往⑱。向使郭隗倒悬而王不解，临难而王不拯⑲，则士亦将高翔远引，莫有北首燕路者矣⑳。

凡所称引，自公所知；而复有云者，欲公崇笃斯义，因表不悉。

【篇旨】

在叙述旧友情谊中品评孝章的为人，并向曹公推荐其人。

【注释】

① 公：指曹操。始满：刚满五十。

② 会稽：汉郡名，在今浙江绍兴。盛孝章：名宪，字孝章，汉末会稽人，做过吴郡太守，是当时名士，后为孙权所害。

③ 孙氏：指孙策、孙权。

④ 妻孥：妻子儿女。湮没：指丧亡。

⑤ 单孑：孤单无援。孑，单独。

⑥ 依：依靠、凭借。

⑦ 朱穆：字公叔，东汉人，因感叹世风日下而写成《绝交论》，还写了《绝交诗》。

⑧ 一介：一个。

⑨ 要：总之。

⑩ 九牧：九州之牧。牧：州的最高长官。

⑪ 燕君市骏马之骨：《战国策 · 燕策》记载，燕昭王想招揽人才，郭隗对燕昭王说：臣闻古君人有以千金求千里马者，三年不能得，于是遣使者到他国去寻，未至，千里之马已死。使者以五百金买死马之首（新序首作“骨”）而归。其君大怒。使者说：“死马且买之五百金，况生马乎？天下必以王为能市马，马今至矣！”于是不到一年千里马至者三。

⑫ 绝足：绝尘之足，指骏马奔驰之速。

⑬ 正之术：当为“正之之术”。

⑭ 胫：小腿，这里指“足”。

⑮ 郭隗：燕昭王贤士。

⑯ 乐毅：战国时著名军事家，原为赵国人，在做魏国大臣出使燕国时，因受燕昭王礼遇，就留在燕国。

⑰ 剧辛：战国时赵人，到燕后与乐毅一起辅佐燕昭王，曾为昭王献计攻打齐国。

⑱ 邹衍：战国时齐人，著名谈士，善阴阳之术，到燕后受昭王信任，以师礼相待，后被惠王下狱。

⑲ 难：一作“溺”。

⑳ 北首燕路：脸朝北走向燕国的道路。

【语译】

岁月无法停留，时序如水流去。不觉五十个年头，一眨眼就过去了。曹公您正好五十年满，而我已经五十有二。国内相识的老朋友，差不多都一个个去世了！只有会稽郡的盛孝章还活在世上。此人因受孙权兄弟的迫害，他的妻子儿女已先后死亡，只有他自己孤单地活着，处境不好，穷愁悲苦。如果忧愁真能使人变得衰老的话，这位孝章先生就不能尽其天年了。

《春秋公羊传》上说：“诸侯当中有被灭亡的，齐桓公若不能援救他们，桓公就会因此而感到耻辱。”当今的盛孝章，确实是大丈夫中的杰出人物，天下的游谈之士，曾凭借他的品评宣扬而提高了自己的名声地位，然而他本人却免不了被拘囚的命运，生命朝夕难保。若对孝章不予援救，那么家祖孔子就不必再谈论“益者三友，损者三友”，朱穆难怪要写《绝交论》了。您果真能派出一位使者，捎去一封短笺，那么孝章就能被召来，而朋友之义便能发扬光大。

现在的年轻人，喜欢诽谤他们的前辈长者，有的人也许会讥评孝章先生。但孝章先生毕竟是名满天下的人，不论州官百姓都称赞他的为人。战国时燕昭王曾花费五百金买来骏马的头骨，这当然不是用它来奔驰于道路上，只不过是用它来招致千里马。曹公您志在匡正扶助汉室，汉室的宗庙香火将要灭绝，只有您才能把它匡正复兴。而整治朝纲的根本途径，确实须招致有才能的人。珍珠宝玉没有脚而能自己来到，是因为人们喜欢它呀！何况有才能的人自己还长着一双脚呢！燕昭王建筑了黄金台来使郭隗受到尊崇，郭隗虽非大才却受到了特殊的待遇，终究表达了这位英明的君主求才爱才的诚挚的心意。所以乐毅从魏国来到燕国，剧辛从赵国来到燕国，邹衍从齐国来到燕国。假如让郭隗遭到困苦而昭王不去解救，郭隗面临危难而昭王不去拯救，那么有才华的人就会远走高飞，没有谁会投奔到燕国的土地上去了。

上面所称引的道理，当然您本是知道的，而我之所以反复申述的原因，就是希望您能重视我称引述说的道理，于是略述如上，恕我不能一一详说。

【评析】

这是孔融在汉献帝建安九年写给曹操的信。信中所说的盛孝章是一位贤能之士，当时颇负名望。孔融向曹操推举此人，以为朝廷之用，故希望曹操能“驰一介之使，加咫尺之书”，把老朋友孝章召来，使其脱离险境。曹操决定采纳这个意见，可惜为时已晚。因为孙权忌恨孝章，把他迫害致死。此文从两方面立论。一方面从作者与孝章旧时的友谊谈起，一开始以“岁月不居，时节如流”，谈到年岁已大，海内旧友“零落殆尽”，只有孝章独存，这是可喜之处。然而孝章此时处在孤独危难之中，这便很自然地过渡到如何援救孝章的事情上去。另一方面从曹公求贤的角度立论。认为曹公既然志在“匡扶汉室”，重要的是“实须得贤”，而孝章正是名满天下的贤人。文章品评孝章的为人，目的是在向曹公推荐贤人，推荐孝章。为此目的，作者又以燕昭王厚遇贤人的典故来激发明主求贤之心，希望曹公能援救并任用孝章。文章虽短，而情辞恳切，宛转动人，把救友与求贤结合在一起写，在叙述友情中品评人物、荐举贤人，是一篇很有特色的书信。

为幽州牧与彭宠书一首

作者：朱叔元　　注译评析：胡大雷

盖闻智者顺时而谋，愚者逆理而动。常窃悲京城太叔[①]，以不知足而无贤辅，卒自弃于郑也。伯通以名字典郡[②]，有佐命之功[③]，临民亲职，爱惜仓库；而浮秉征伐之任，欲权时救急[④]，二者皆为国耳。即疑浮相谮[⑤]，何不诣阙自陈[⑥]，而为灭族之计乎？

朝廷之于伯通，恩亦厚矣！委以大郡，任以威武，事有柱石之寄[⑦]，情同子孙之亲。匹夫媵母尚能致命一餐[⑧]，岂有身带三绶[⑨]，职典大邦，而不顾恩义，生心外叛者乎？伯通与吏民语，何以为颜？行步拜起，何以为容？坐卧念之，何以为心？引镜窥景，何以施眉目？举厝建功[⑩]，何以为人？惜乎！弃休令之嘉名[⑪]，造枭鸱之逆谋[⑫]；捐传叶之庆祚[⑬]，招破败之重灾。高论尧舜之道，不忍桀纣之性，生为世笑，死为愚鬼，不亦哀乎！

伯通与耿侠游[⑭]，俱起佐命，同被国恩。侠游谦让，屡有降挹之言[⑮]，而伯通自伐[⑯]，以为功高天下。往时辽东有豕[⑰]，生子白头，异而献之。行至河东[⑱]，见群豕皆白，怀惭而还。若以子之功高论于朝廷，则为辽东豕也。今乃愚妄，自比六国[⑲]。六国之时，其势各盛，廓土数千里，胜兵将百万，故能据国相持，多历年所。今天下几里？列郡几城？奈何以区区渔阳而结怨天子？此犹河滨之民捧土以塞孟津[⑳]，多见其不知量也！

方今天下适定，海内愿安，士无贤不肖，皆乐立名于世。而伯通独中风狂走，自捐盛时，内听娇妇之失计[㉑]，外信谗邪之谀言。长为群后恶法[㉒]，永为功臣鉴戒，岂不误哉！

定海内者无私仇[㉓]，勿以前事自疑。愿留意顾老母少弟，凡举事无为亲厚者所痛，而为见仇者所快[24]。

【作者简介】

朱浮（？—66），字叔元，沛国萧（今安徽萧县西北）人。东汉光武帝刘秀起兵，朱浮任大司马主簿，迁偏将军，破邯郸后，为大将军幽州牧。永平中，有人以无证据之辞告浮，显宗怒而赐浮死。浮为文明快切实，其所写奏疏多能击中时弊，今存文六篇。《后汉书》有传。

【篇旨】

全文从个人功名、同僚相比、时势安乐诸方面，论列敌我恩怨之别，指斥起兵反叛行动之愚妄。

【注释】

① 京城太叔：春秋时郑庄公的胞弟共叔段，受封于京，称京城太叔。他在母亲姜氏支持下欲夺取权位，被郑庄公逐走。

② 伯通：彭宠，字伯通，南阳宛人，时任渔阳太守。名字：指声誉远闻。典：守。

③ 佐命：辅佐帝王创业。彭宠曾供光武帝军粮。

④ 权时：暂时。

⑤ 谮（zèn）：说坏话。

⑥ 阙：宫前门楼，指宫廷。

⑦ 柱石：柱子与基石，喻肩负国家重任。

⑧ 匹夫：一个人，泛指平常人。媵母：普通妇女。《左传·宣公二年》载，赵宣子曾分己食给灵辄，后灵辄舍命救赵宣子。

⑨ 三绶：绶是系在官印纽上的丝带，此即指官位。彭宠任渔阳太守，封建忠侯，又赐号大将军，故称“三绶”。

⑩ 举厝（cuò）：举动，行动。

⑪ 休令：美善。

⑫ 枭鸱（chī）：猫头鹰，相传枭鸱长大则食其母，故人们常以喻叛逆之人。

⑬ 庆祚：福祥。

⑭ 耿侠游：名况，扶风茂陵人，任上谷太守，曾与彭宠一同发兵响应光武帝。

⑮ 降挹：谦逊。

⑯ 伐：夸耀。

⑰ 辽东：郡名，今辽宁东南部。

⑱ 河东：郡名，今山西西南部。

⑲ 六国：指战国时的齐、楚、燕、赵、韩、魏。

⑳ 孟津：古代黄河渡口。

㉑ 失计：错误的计谋。彭妻曾劝彭拒绝朝廷征召。

㉒ 群后：原指列国诸侯，此指州郡地方长官。

㉓ 定海内者：指光武帝。

㉔ 快：快意。

【语译】

曾听说聪明的人顺应时势而考虑问题，愚蠢的人则违背事理而轻举妄动。我私下里哀怜那京城太叔因为贪心不知足而没有贤能辅佐他，终于自己背弃了郑国而被逐。伯通您凭显著的名声担任郡守，又有辅佐皇上建立帝业的功劳，抚治百姓料理政务，惜爱库藏粮食，而朱浮我担当征战讨伐的重任，想暂时向您征粮救急，您我所为都是为了国家朝廷啊。即使您怀疑我诬告您，您为什么不前往朝廷去自己陈诉清楚，而要做出举兵反叛这将遭致宗族覆灭的事情来呢？

朝廷对待您，可算是恩情厚重了！把渔阳这如此大郡托付给您，并让您担任军职威风雄武，托付给您的重任有如大厦的支柱与基石般地重要，给予您的恩情只有皇上的子孙嫡亲才能享受。那些平民老妇因吃了别人一餐饭尚且会以生命相报，难道身受三职、担任大郡太守的人，竟然就不顾恩情信义，而怀有二心来发动叛乱吗？您与下吏百姓谈话，难道脸上不发烧吗？您日常起居行走拜揖，摆出正人君子的仪容时难道不惭愧吗？您或坐或卧一想起这件事，心还能平静得下来吗？您拿过镜子观照身影形貌，怎还好意思来梳妆打扮自己？您举措行动想建功立业，但您懂得如何做人吗？可惜啊！丢弃美善的好名声，而做出枭鸱般的叛逆阴谋，抛开可以世代相传的福祥，招来破灭败残的重重灾患。一方面高谈阔论尧舜的美道，一方面却舍不得抛弃桀纣的恶性，活着时被世上人们嗤笑，死后则视为愚蠢之鬼，这不是可悲的吗！

您与耿况曾一块起兵辅佐皇上，又共同蒙受朝廷的恩泽。耿况他生性谦让，屡次发出退让谦逊的言谈，而您自我夸耀，以为自己功劳高于天下任何人。以前辽东地方的猪都是黑的，一日生下小猪却是白头，有人以为十分奇异，便想把那白头小猪献给朝廷，待他带者小猪走到河东地方，看见一群一群全是白猪，于是深感惭愧回去了。如果认为您的功劳高而在朝廷上评议，您就像那辽东的猪啊！岂不是十分愚妄？您把自己比作战国时的诸侯，战国时候，诸侯各自势力盛大，扩张土地致数千里，能披甲戴盔、手持武器打仗的人将近百万，所以他们能各据国土相互对峙，如此经历了许多年。而如今天下有多大，诸州诸郡有多少城，您怎么能凭借区区渔阳弹丸之地来结怨对抗天子？这就好像黄河边上的人们，要手捧泥土去填塞孟津渡口，只不过表明他们不自量力罢了！

如今天下刚刚安定，全国境内渴望和平安宁，人们不论贤与不贤，都想在世上树立好名声。而偏偏只有您像得了疯病一样四处狂奔，自己背弃当前的大好情势，在家听从娇妻错误的计谋，在外相信奸邪小人挑拨离间的奉承话，您将长久地成为州郡地方长官的坏榜样，永远被功臣引为鉴戒教训，这岂不是太荒谬了吗！

平定天下的天子对您并没有什么个人的仇怨，您也不要因以前未应征召而猜度不安，希望您顾念全家老小，凡是做出的事都不要使相亲相爱者伤痛，而使敌人感到快意！

【评析】

作为上级的朱浮曾向彭宠征调粮食，彭未从命，朱浮密奏朝廷彭聚兵积谷，意想难测，朝廷便征召彭进京面陈，彭自疑将受惩处，便发兵攻朱，朱写此信予以责难劝阻。信中先以“智者顺时而谋，愚者逆理而动”的警策之语领起，以五个“何以”组成的排比句指斥“生心外叛”是“不顾恩义”之事，言辞恳切有力。文中又用辽东豕的寓言故事与六国不同于今日的事实来说明彭宠起兵的愚妄，是逆时代而动。确实，东汉初年大乱初定，人心思安，起兵是得不到人们支持的。最后总结性指出：不要做出亲痛仇快的事情。全文从多方面组织材料进行论证述说，或和婉晓谕，或严厉指责，或明说，或暗讽。全文又多用反诘、排比、对偶，增进了文章的气势。全文语言明快生动，诸如“亲痛仇快”之类，已成为成语流传于世。

为曹洪与魏文帝书一首

作者：陈孔璋　　注译评析：党玉敏

十一月五日[①]，洪[②]白：前初破贼[③]，情侈意奢[④]，说事颇过其实。得九月二十日书，读之喜笑，把玩无厌[⑤]。亦欲令陈琳作报[⑥]，琳顷多事，不能得为。念欲远以为欢，故自竭老夫之思。辞多不可一一，粗举大纲，以当谈笑。

汉中地形[⑦]，实有险固，四岳三涂[⑧]，皆不及也。彼有精甲数万，临高守要，一人挥戟，万夫不得进；而我军过之，若骇鲸之决细网，奔兕之触鲁缟[⑨]，未足以喻其易。虽云王者之师，有征无战[⑩]，不义而强，古人常有。故唐虞之世，蛮夷猾夏；周宣之盛，亦仇大邦，诗书叹载，言其难也。斯皆凭阻恃远，故使其然。是以察兹地势，谓为中才处之，殆难仓卒。来命陈彼妖惑之罪[⑪]，叙王师旷荡之德，岂不信然！是夏殷所以丧，苗扈所以毙[12]，我之所以克，彼之所以败也。不然，商周何以不敌哉？昔鬼方聋昧，崇虎谗凶，殷辛暴虐[13]，三者皆下科也[14]。然高宗有三年之征[15]，文王有退修之军[16]，盟津有再驾之役[17]，然后殪戎胜殷，有此武功。焉有星流景集，飙夺霆击，长驱山河，朝至暮捷，若今者也！

由此观之，彼固不逮下愚[18]，则中才之守，不然明矣。在中才则谓不然，而来示乃以为彼之恶稔[19]，虽有孙田墨氂[20]，犹无所救，窃又疑焉。何者？古之用兵，敌国虽乱，尚有贤人，则不伐也。是故三仁未去[21]，武王还师[22]；宫奇在虞[23]，晋不加戎[24]；季梁犹在[25]，强楚挫谋。暨至众贤奔绌[26]，三国为墟[27]。明其无道有人，犹可救也。且夫墨子之守，萦带为垣，高不可登；折箸为械[28]，坚不可入。若乃距阳平[29]，据石门[30]，摅八阵之列，骋奔牛之权[31]，焉肯土崩鱼烂哉？设令守无巧拙，皆可攀附，则公输已陵宋城，乐毅已拔即墨矣[32]。墨翟之术何称？田单之智何贵？老夫不敏，未之前闻。

盖闻过高唐者[33]，效王豹之讴[34]；游睢涣者[35]，学藻缋之彩[36]。间自入益部[37]，仰司马杨王遗风[38]，有子胜斐然之志[39]，故颇奋文辞，异于他日。怪乃轻其家丘[40]，谓为倩人。是何言欤！夫绿骥垂耳于林坰[41]，鸿雀戢翼于污池[42]，亵之者固以为园囿之凡鸟，外厩之下乘也。及整兰筋[43]，挥劲翮，陵厉清浮，顾盼千里，岂可谓其借翰于晨风，假足于六驳哉？恐犹未信丘言，必大噱也[44]。洪白。

【篇旨】

陈琳代曹洪致信魏文帝，表现得胜之师的喜悦豪迈，赞统帅德行之高。

【注释】

① 十一月五日：指建安二十年（215）十一月五日。

② 洪：曹洪，字子廉，曹操从弟。累以战功封乐城侯，拜骠骑将军，卒谥恭。建安二十年曹洪以都护将军随曹操西征汉中。

③ 贼：指占据汉中郡的张鲁。是年四月曹操率兵征鲁，十一月，张鲁即率部投降。

④ 情侈意奢：形容曹军胜利后官兵情意兴奋。

⑤ 把玩：持玩，赏玩。

⑥ 作报：写回信。

⑦ 汉中：郡名，位于今陕西省南部，郡治在南郑。

⑧ 四岳：东岳泰山，西岳华山，南岳衡山，北岳恒山。三涂：指太行、轘辕、崤渑三座大山。四岳三涂都是险要的地方。

⑨ 兕（sì）：雌性的犀牛。鲁缟：鲁地生产的细绢，以薄著称。

⑩ 有征无战：谓被伐者不敢与王师较量。

⑪ 来命：指曹丕九月二十日的来信。

⑫ 扈：古国名，在今陕西西安市鄠邑区一带。与夏同姓。

⑬ 崇虎：指崇侯虎，古代崇国的首领，以凶残著称。殷辛：即殷纣王帝辛，历史上有名的暴君。

⑭ 下科：下等。

⑮ 高宗：商王武丁。高宗掌政时，商朝曾再一次兴盛，史书称他为商朝的中兴之君。三年之征：高宗曾带兵讨伐鬼方，三年才攻克。

⑯ 文王：指周文王。文王曾兴兵征崇德之乱，三十天没有平息，后退兵修礼教，再次讨伐，终于成功。事见《左传·僖公十九年》。

⑰ 盟津：同“孟津”，古地名，旧址在今河南洛阳市孟津区东。再驾之役：周武王九年曾兴师到孟津准备攻打商朝，当时有很多诸侯支持，但武王仍认为时机不成熟，便退兵。十一年，武王听说商纣王昏乱，便再一次兴兵到孟津，终于在商之牧野大败殷商。

⑱ 彼：指张鲁。

⑲ 恶稔（rěn）：恶贯满盈。稔，事物酝酿成熟。

⑳ 孙田墨氂（lí）：分别指孙武、田单、墨翟、禽滑氂。孙武、田单均古之名将。田单曾用奔牛布火阵来攻燕国。墨翟善机械之巧。禽滑氂善攻防城池之术，墨子的弟子。

㉑ 三仁：指商纣王时商朝的比干、箕子、微子三位贤人。

㉒ 武王还师：武王九年兴兵孟津时因三贤人在商，便还师。

㉓ 宫奇：即春秋时虞国大夫宫之奇。

㉔ 晋不加戎：晋献公向虞国的君主借路攻打虢国，宫之奇劝阻国君，且举出“唇亡齿寒”的道理，未被接受，宫之奇便带领族人离开虞国。不久晋师灭虢，回师时将虞国也灭了。

㉕ 季梁：春秋时随国贤臣。楚武王侵袭随国，用疲弱的士兵来蒙骗随国少师，希望以此来骄纵随君。季梁劝随君修政以待楚师，楚武王不久便退军。

㉖ 绌：废退。

㉗ 三国：指商、虞、随。

㉘ 箸：筷子。公输盘为楚王造云梯等攻城的器械，将用来攻打宋国，墨子前往劝阻，解下腰带，用小木块和公输盘较量，结果公输盘失败，楚王便放弃了攻打宋国。事见《墨子·公输》。

㉙ 距：同“拒”，守也。阳平：阳平关，在今陕西勉县。

㉚ 据：守。石门：关名，在汉中郡西。

㉛ 摅（shū）：布阵。八阵：杂兵书说八阵指方阵、圆阵、牝阵、牡阵、冲阵、输阵、浮沮阵、雁行阵。奔牛：指田单火牛阵。

㉜ 乐毅：战国时燕名将，率兵攻齐，连拔七十余城，只有即墨和莒二城没有攻下。

㉝ 高唐：春秋时齐邑名，故址在今山东禹城西南，著名歌手绵驹曾在此居住。

㉞ 王豹：春秋时卫国善歌的人，曾居于淇水的旁边。见《孟子·告子下》。过高唐者，当效绵驹，此处作效王豹，文人之误。

㉟ 睢（suī）：水名，在今河南境内。涣：水名，亦在今河南境内。

㊱ 藻缋（huì）：具有文采饰物的礼服。

㊲ 间：最近。益部：益州。汉中郡当时属益州。

㊳ 司马：指司马相如。杨：指杨雄。王：指王褒。三人都是汉代著名文

学家，且同为益州人。

㊴ 斐然：文盛貌。《论语·公冶长》："子在陈，曰：'归与！归与！吾党之小子狂简，斐然成章，不知所以裁之。'"

㊵ 家丘：孔子邻居不知孔子的才学，直呼他为东家丘。

㊶ 绿骥：指绿耳和赤骥，周穆王八骏马中的两匹，日行千里。垂耳：形容马不得志的神态。林坰：郊外的原野。

㊷ 戢：收敛。

㊸ 兰筋：马目上筋名。《相马经》云：一筋从玄中出，谓之兰筋。玄中者，目上陷如井字。兰筋竖者千里。

㊹ 噱（jué）：大笑。

【语译】

十一月五日，曹洪禀告：先前第一仗大败鲁贼，兵士将领心情激昂振奋，传说战事颇有夸大之处。得到您九月二十日的来信，拜读之后甚感高兴，反复品味还读不够。也想让陈琳写封回信，正碰上陈琳公事繁忙，不能代劳。然而思念之情越远越见真切，因此竭尽我的文思。要说的话太多，不可能一一罗列，粗略陈述大概的意思，以此权且供你谈笑。

汉中地形确实有险要坚固的地方，四岳三涂的险要，都比不上。敌方有精锐士兵数万之众，居临高垒扼守险要，一人挥动战戟，万人也没法前进；然而我军冲过此地，像受惊的鲸鱼冲突细网，像狂奔的兕牛撞触鲁缟，这样也不足以来比喻其容易。虽然说帝王的部队仅有征伐而不需要血战，但是不行道义而称强的事，古代常常发生。因此唐尧虞舜之世，蛮夷部族骚扰华夏；周宣王中兴强盛之时，蛮夷诸族也和强大的周朝作对，《诗经》《尚书》对此的感叹和记载，是为了说明征战的艰难啊！这都是因为他们凭借险阻倚恃遥远，才这样作恶为患。因此观察那地形，可以说派中等本领的人去据守，也很难在仓促之中攻破。来信陈述张鲁众贼妖邪惑众的罪行，叙述我军浩荡的恩德，难道不是很确实吗？这就是夏桀、商纣所以灭亡，三苗、扈国所以毙命，我们所以胜利，敌人所以失败的原因。如果不这样，商、周的军队为什么能天下无敌呢？当年鬼方之族愚昧作乱，崇侯虎凶残邪恶，殷纣残暴肆虐，他们都是才智下等的人。然而高宗仍需三年的征伐，文王有退修礼教以胜敌的军队，武王亦有两次带兵驾临孟津的战事，然后方能消灭蛮戎，战胜商纣，获有如此非凡的武功。哪里能像今天这样像星流影随，如狂风暴雨，如电击雷鸣，长驱直入于山河之间，早晨兵至傍晚告捷的壮举！

由此看来，敌方之人确实比不上下愚之辈。就算是中等才智的人在那里据守，也不至于这样，是很明显的。在中等才智的人看来也会说不宜这样。然而来信却认为，敌人已万恶不赦，就算有孙武、田单、墨翟、禽滑釐，也不能挽救其败局。我私下又有了疑惑，为什么呢？因为古代出兵打仗，敌国虽有动乱，如果还有贤能的人在，就不去讨伐。因此比干、箕子、微子三位仁人尚未离殷，武王便班师回朝；宫之奇还在虞国，晋国便不对他用兵；季梁尚在随国，强楚的阴谋亦被挫败。等到众贤人出逃罢官，这三国便都被夷为废墟。说明一国虽没有道义但仍有贤能的人在，依然可以救治。再说那墨子的巧守，解下腰带作为城墙便高不可登，折断筷子作为器械便坚不可摧。如果他们能坚守阳平关，据守石门关，摆布兵阵，采用火牛阵之谋略，哪里会土崩瓦解如鱼自烂呢？假设守城据险没有巧和拙的差别，进攻的人都可以攀援而上，那公输盘应该早已登上了宋国的城墙，乐毅也早已攻下了即墨城。墨翟的技巧为什么值得称颂？田单的智慧为什么受后人推崇呢？我才思不敏，在这之前还没有听说。

我听说路过高唐的人，都仿效王豹唱歌。游历睢涣的人，都学习华服的纹彩。最近我进入益州，仰慕司马相如、杨雄、王褒遗风，也有了后生小子奋力学习的志向。因此奋力于文采辞藻，已和从前大不一样。难怪您轻视于我，就像孔丘在家乡受人轻视，被呼为“东家丘”一样，说是求人代作书信。这是什么话呢？那绿耳赤骥垂耳失志于郊外原野，鸿雁孔雀收戢双翼于水池边，轻视它们的人还以为是园林苑囿里的凡鸟，外间马棚的下等马。等到它们调整兰筋，挥动大翼，遨游于浮云清风之间，奔驰顾盼于千里山野，难道还能说他们是借翰羽于晨风来遨翔，借劲足于六驳以奔腾吗？恐怕您仍然不相信我的话，一定大笑不已。曹洪禀白。

【评析】

文章是陈琳代曹洪写给魏文帝的信，其中主旨当承曹洪之意，但文辞无疑再现了陈琳的文学风格。这篇书信以流畅的笔墨，活泼的语言展现了曹洪击破张鲁之后那种兴奋得意的心情。文章气势雄浑，格调高昂，颇能显示曹洪雄才大略的武将风度和开朗乐观的人品。文章说古道今，纵横驰骋，境界开朗，体现了陈琳文思的稳健和笔力的雄浑。

卷第四十二

书中

为曹公作书与孙权[1]一首

作者：阮元瑜　　注译评析：王志瑛

离绝以来，于今三年，无一日而忘前好[2]。亦犹姻媾之义[3]，恩情已深；违异之恨，中间尚浅也。孤怀此心，君岂同哉？

每览古今所由改趣，因缘侵辱，或起瑕衅[4]，心忿意危，用成大变。若韩信伤心于失楚[5]，彭宠积望于无异[6]，卢绾嫌畏于已隙[7]，英布忧迫于情漏[8]，此事之缘也。孤与将军恩如骨肉，割授江南，不属本州[9]，岂若淮阴捐旧之恨[10]？抑遏刘馥[11]，相厚益隆，宁放朱浮显露之奏[12]？无匿张胜贷故之变[13]，匪有阴构贲赫之告[14]，固非燕王、淮南之衅也。而忍绝王命，明弃硕交[15]，实为佞人所构会也[16]。夫似是之言，莫不动听；因形设象，易为变观。示之以祸难，激之以耻辱，大丈夫雄心，能无愤发？昔苏秦说韩，羞以牛后[17]；韩王按剑，作色而怒，虽兵折地割，犹不为悔，人之情也。仁君年壮气盛，绪信所嬖[18]，既惧患至，兼怀忿恨，不能复远度孤心[19]，近虑事势，遂赍见薄之决计[20]，秉翻然之成议[21]。加刘备相扇扬[22]，事结衅连，推而行之，想畅本心，不愿于此也。孤之薄德，位高任重，幸蒙国朝将泰之运[23]，荡平天下，怀集异类[24]，喜得全功，长享其福。而姻亲坐离[25]，厚援生隙，常恐海内多以相责，以为老夫苞藏祸心，阴有郑武取胡之诈[26]，乃使仁君翻然自绝。以是忿忿，怀惭反侧[27]。常思除弃小事，更申前好，二族俱荣，流祚后嗣[28]，以明雅素中诚之效[29]。抱怀数年，未得散意。

昔赤壁之役[30]，遭离疫气[31]，烧舡自还[32]，以避恶地，非周瑜水军所能抑挫也[33]。江陵之守[34]，物尽谷殚[35]，无所复据，徙民还师，又非瑜之所能败也。荆土本非己分，我尽与君，冀取其余，非相侵肌肤，有所割损也。思计此变，无伤于孤，何必自遂于此[36]，不复还之？高帝设爵以延田横[37]，光武指河而誓朱鲔[38]，君之负累[39]，岂如二子？是以至情，愿闻德音。往年在谯[40]，新造舟舡，取足自载，以至九江[41]，贵欲观湖漅之形[42]，定江滨之民耳[43]，非有深入攻战之计。将恐议者大为己荣，自谓策得，长无西患，重以此故，未肯回情。然智者之虑，虑于未形；达者所规，规于未兆。是故子胥知姑苏之有麋鹿[44]，辅果识智伯之为赵禽[45]；穆生谢病，以免楚难[46]；邹阳北游，不同吴祸[47]。此四士者，岂圣人哉？徒通变思深，以微知著耳。以君之明，观孤术数，量君所据，相计土地，岂势少力乏，不能远举，割江之表，宴安而已哉？甚未然也。若恃水战，临江塞要，欲令王师终不得渡，亦未必也。夫水战千里，情巧万端，越为三军，吴曾不御[48]；汉潜夏阳，魏豹不意[49]。江河虽广，其长难卫也。

凡事有宜，不得尽言。将修旧好而张形势，更无以威胁重敌人。然有所恐，恐书无益。何则？往者军逼而自引还，今日在远而兴慰纳。辞逊意狭，谓其力尽，适以增骄，不足相动，但明效古，当自图之耳。昔淮南信左吴之策[50]，汉隗嚣纳王元之言[51]，彭宠受亲吏之计[52]，三夫不寤，终为世笑；梁王不受诡胜[53]，窦融斥逐张玄[54]，二贤既觉，福亦随之，愿君少留意焉。若能内取子布[55]，外击刘备，以效赤心，用复前好，则江表之任，长以相付，高位重爵，坦然可观。上令圣朝无东顾之劳，下令百姓保安全之福，君享其荣，孤受其利，岂不快哉！若忽至诚以处侥幸，婉彼二人[56]，不忍加罪，所谓小人之仁，大仁之贼，大雅之人，不肯为此也。若怜子布，愿言俱存，亦能倾心去恨，顺君之情，更与从事，取其后善，但禽刘备，亦足为效。开设二者，审处一焉。

闻荆扬诸将[57]，并得降者，皆言交州为君所执[58]，豫章距命[59]，不承执事，疫旱并行，人兵减损，各求进军，其言云云。孤闻此言，未以为悦，然道路既远，降者难信，幸人之灾，君子不为。且又百姓，国家之有，加怀区区[60]，乐欲崇和[61]，庶几明德[62]。来见昭副[63]，不劳而定，于孤益贵，是故按兵守次[64]，遣书致意。古者兵交，使在其中，愿仁君及孤，虚心回意，以应诗人补衮之叹[65]，而慎《周易》牵复之义[66]。濯鳞清流，飞翼天衢[67]，良时在兹，勖之而已[68]。

【作者简介】

阮瑀（约165—212），字元瑜，东汉末年陈留（今河南开封）人。青年时期受学于蔡邕，深得其赏识。建安初为曹操所招，任司空军谋祭酒，与陈琳同掌记室，军国书檄多出自二人之手。善诗文，为“建安七子”之一。锺嵘《诗品》评其诗“平典不失古体”，曹丕《典论·论文》称其“章表书记，今之隽也”。其诗存十余首，章表之作已亡佚，仅数篇书檄传世。其诗文见逯钦立《先秦汉魏晋南北朝诗》和严可均《全上古三代秦汉三国六朝文》，生平附《三国志 · 王粲传》。

【篇旨】

为曹操写信给孙权，引古论今，回顾交往的历史，力陈修复旧好的诚意，以图拆散孙刘联盟。

【注释】

① 曹公：即曹操，字孟德，汉末沛国谯（今安徽亳州）人，官至丞相、大将军，封魏王。因位列三公，人皆号曹公。其子曹丕代汉称帝，追尊曹操为太祖武帝。孙权：字仲谋，汉末吴郡富春（今浙江杭州市富阳区）人，继承其父兄孙坚、孙策的基业，据江东六郡，黄龙元年称帝，国号吴。

② 前好：指过去孙策反对袁术称帝，曹操上表举荐孙策为讨逆将军，封为吴侯的事。

③ 姻媾（gòu）：婚姻。此指曹操将兄弟之女许配孙策的小弟孙匡，又为儿子曹彰娶孙权堂弟孙贲之女为妻的事。

④ 瑕舋（xiá xìn）：斑点和裂纹，此指隔阂，仇隙。

⑤ 韩信：秦末淮阴（今江苏淮安市淮阴区西南）人，刘邦的大将，举赵，破楚，取齐，击败项羽，封为楚王，后被告谋反，降为淮阴侯，最后为吕后所杀。

⑥ 彭宠：东汉南阳宛城（今湖北荆门南）人，光武帝刘秀的大将军。光武至蓟，彭宠去谒见，光武未用异于群臣的隆重礼节接待，彭宠恃功不满，后起兵反叛。望：怨恨。

⑦ 卢绾（wǎn）：秦末沛国丰邑（今江苏丰县）人，跟随刘邦起兵，封为燕王，后勾结匈奴与陈豨谋反，陈豨被杀，事泄，刘邦派使者召卢绾，卢绾称病，于是派樊哙伐燕。

⑧ 英布：秦末六县（今安徽六安）人，本从项羽，后降刘邦，封淮南王。刘邦杀梁王彭越，将其肉酱遍赐诸侯，送给英布时，英布非常害怕，于是暗中聚兵，窥伺变故。英布的中大夫贲赫告发英布有谋反迹象，刘邦派人调查，英布担忧泄露，就杀贲赫全家，起兵反叛。

⑨ 本州：指扬州。江南旧属扬州，因孙权占领江南，曹操将扬州治所迁于安徽寿春，承认江南属孙权，不再属扬州管辖。

⑩ 淮阴：指淮阴侯韩信。捐：弃，失去。

⑪ 抑遏（è）：抑制，阻止。刘馥：字元颖，沛国相（今安徽宿州西北）人，曹操任命的扬州刺史。

⑫ 朱浮：字叔元，沛国萧（今安徽萧县）人，东汉光武帝时任幽州牧，曾告发渔阳太守彭宠多买兵器，不迎母亲，企图谋反。

⑬ 张胜：燕王卢绾的部将。卢绾跟随刘邦攻打陈豨时，派张胜出使匈奴，阻止匈奴援助陈豨，张胜却劝匈奴援助陈豨，他回复卢绾说，如果陈豨被除，刘邦就会灭燕，于是卢绾隐瞒了张胜私通匈奴之事。

贷：宽免。

⑭ 贲（féi）赫：参见注⑧。

⑮ 硕（shí）交：同“石交”，指感情深厚牢不可破的友谊或朋友。硕，通“石”。

⑯ 佞（nìng）人：善于花言巧语、阿谀奉承的人。构会：挑拨离间，设计陷害。

⑰ 苏秦：战国时东周洛阳人，纵横家，他游说六国合纵抗秦，佩六国相印，为纵约之长。说（shuì）：用话劝说别人听从自己的意见。牛后：喻从属于他人。据《战国策·韩策》记载，苏秦劝说韩王：我听谚语讲“宁为鸡口，无为牛后”，今韩国向秦拱手称臣，何异于做牛后呢？以大王的贤能和韩国的强盛而甘为牛后，我真为大王羞耻啊！于是韩王脸色大变，攘臂按剑，仰天发誓说：我即使死也不向秦称臣！

⑱ 绪信：偏信。嬖（bì）：宠爱。

⑲ 度（duó）：揣测。

⑳ 赍（jī）：带着，怀着。

㉑ 秉：拿着，持着。此指坚持。

㉒ 刘备：字玄德，涿郡涿县（今河北涿州）人，东汉远支皇族。东汉末起兵，后得诸葛亮辅佐，联合孙权大败曹操于赤壁，占领荆州，并得益州和汉中，与魏、吴成鼎足之势。曹丕代汉，刘备就在成都称帝，国号汉，史称蜀汉。

㉓ 泰：《周易》卦名，乾下坤上，为上下交通之象，引申为通畅、安宁。

㉔ 异类：对少数民族的蔑称。

㉕ 坐：因。

㉖ 郑武取胡之诈：据《韩非子·说难》记载，春秋时郑武公准备攻打胡国，先把女儿嫁给胡君娱其心意，然后问群臣可以攻打哪个国家，大夫关其思回答说胡国可伐，郑武公大怒道：“胡是兄弟之国，你为何说要攻伐它？”并把他杀了。胡君听说后，以为郑国亲己，于是不加防备。郑武公就乘机袭取胡国。

㉗ 反侧：翻身转侧，形容卧不安席。《诗经·周南·关雎》："辗转反侧。"

㉘ 祚（zuò）：福。

㉙ 雅素：平素。

㉚ 赤壁：山名，在今湖北赤壁，长江南岸，北岸为乌林。东汉建安十三年孙权与刘备联军用火攻败曹军于此。

㉛ 遭离：遭逢。

㉜ 舡（chuán）：船。

㉝ 周瑜：字公瑾，三国庐江舒县（今安徽舒城）人，吴国名将，任水军都督，是指挥赤壁之战的统帅。抑挫：抑制，挫败。

㉞ 江陵：县名，今湖北江陵。赤壁之战曹操兵败北还，留曹仁守江陵，曹仁和周瑜相持一年多，死伤甚众，粮食将尽，曹仁只得迁移百姓，弃城撤退。

㉟ 殚（dān）：尽。

㊱ 遂：顺，如意。

㊲ 高帝：即汉高祖刘邦。延：聘请，招引。田横：战国齐田氏之后。秦末，从兄田儋自立为齐王，不久战死，儋弟田荣与荣子田广相继为齐王，田横为相国。韩信破齐，田横自立为齐王，率五百徒党逃往海岛。刘邦称帝，恐其日后作乱，遣使赦免田横说："田横来，大者王，小者侯。"田横耻为汉臣，在赴洛阳途中自杀。岛上徒众闻田横死讯，也都自杀。

㊳ 光武：即东汉光武帝刘秀。朱鲔（wěi）：东汉淮阳（今河南周口市淮阳区西）人。据《后汉书·岑彭传》记载，朱鲔初为更始帝刘玄的大司徒，曾劝刘玄杀了刘秀之兄。刘秀攻打洛阳时，朱鲔守城，刘秀派岑彭去说降，朱鲔自知罪深不敢投降，刘秀让岑彭复往讲明：建大业不忌小仇，你若投降，官爵可保，怎会杀你呢！并对河发誓："河水在此，吾不食言！"

㊴ 累（lèi）：过失。

㊵ 谯：今安徽亳州。

㊶ 九江：秦汉郡名，以九江在境内得名。

㊷ 湖濼：即今安徽巢湖。

㊸ 定江滨之民：曹操担心江滨郡县被孙权攻取，暗令百姓内移，转相警备，庐江等郡十余万户渡江入吴。

㊹ 子胥：即伍子胥，名员（yún），春秋时期楚人，吴大夫，曾佐吴王阖闾伐楚，攻陷郢都。吴王夫差时，因谏吴王拒越求和及停止伐齐，被吴王赐死，尸体沉江。姑苏：即姑苏台，吴王夫差所造，高见三百里。伍子胥曾谏吴王夫差说："我将看见麋鹿游姑苏台了！"意思是说吴国将亡，姑苏台将荒废。

㊺ 辅果：原名智果，晋卿，智伯之弟。智伯和韩、魏共同攻赵晋阳，赵派张孟谈暗地对韩、魏两君说："智伯伐赵，赵亡，就会接着灭韩、魏。"于是暗暗约定，夜里派人到晋阳密谈。智果看见韩、魏两君神色异常，就对智伯说："这两君必将背叛你，不如杀了他们。"智伯不听，智果就改姓辅氏逃走，智伯果然为三家所灭。

㊻ 穆生：西汉鲁人，楚元王刘交的中大夫。穆生不喜酒，元王设宴时常为穆生备甜酒。刘交死后刘戊嗣位，起初也常设甜酒，后忘设，穆生见楚王意怠，就称病辞职离去。后来楚王同吴王等谋反被诛，穆生未及祸。

㊼ 邹阳：西汉齐人，以文辩知名。初从吴王刘濞，刘濞谋反，邹阳上书谏阻，刘濞不听，邹阳便离去，北游投梁孝王，因而没有和刘濞同祸。

㊽ 越为三军，吴曾不御：据《左传·哀公十七年》记载，越王伐吴，吴王在笠泽（今吴淞江）防御，夹水而阵。越王设左右两翼，让他们夜间或左或右鼓噪而进，吴军分兵抵御。越王率领三军偷渡，对吴中军击鼓进攻，吴军大败。

㊾ 汉潜夏阳，魏豹不意：据《史记·淮阴侯列传》记载，韩信进攻魏王豹，魏王豹陈兵蒲坂，堵塞临晋。韩信设疑兵，排列船队，装作要渡黄河到临晋，其实设伏兵从夏阳用木罂缶暗中渡河，偷袭安邑，结果

魏王豹被韩信俘虏。

㊿ 淮南：西汉淮南王刘安。刘安谋反，日夜与谋士吴左按照地图部署军队。

51 隗（kuí，又wěi）嚣：字季孟，东汉天水成纪人。西汉末更始年间，天下大乱，隗嚣逃回天水，招聚兵马，自称西州上将军，他的大将王元认为天水富饶，是天下兵马最强的地方，劝隗嚣抓住时机，独霸一方，隗嚣听了王元的话，就拥兵割据，反叛朝廷。

52 彭宠：原为光武帝刘秀大将军，后谋反，光武帝召他，他听信妻子和亲信官吏的话，不应召。

53 梁王：即梁孝王刘武，汉文帝之子。梁孝王因袁盎反对立他为太子，就让谋士羊胜和中尉公孙诡暗地派人刺杀袁盎。景帝怀疑梁孝王所为，于是派人调查此事，并要逮捕公孙诡、羊胜。这两人藏到梁孝王后宫，中大夫韩安国泣谏梁孝王，梁孝王就迫令羊胜、公孙诡自杀，并让韩安国通过长公主入朝谢罪，景帝才息怒。

54 窦融：字周公，东汉扶风人。西汉末更始年间，窦融盘据西河五大郡，自称西河大将军，遥闻光武帝即位，心欲归顺，隗嚣派辩士张玄去游说阻止，窦融召豪杰计议，决策归顺东汉，赶走了张玄，奉书献马归顺东汉。光武帝任命窦融为凉州牧，封安丰侯，后升为大司空。

55 子布：孙权的谋士张昭，字子布，彭城人，曾任孙策长史、抚军中郎将。孙策临死，把孙权托付给张昭，孙权拜张昭为辅吴将军，封娄侯，委以文武内外之事。

56 婉：和顺，此指亲爱。

57 荆：荆州，刘表为荆州牧，治所在襄阳（今湖北襄阳）。扬：扬州。三国魏、吴各置扬州，魏治在寿春，吴治在建业（今南京）。

58 交州：辖境为今广东、广西的大部和越南承天以北诸省。这里指吴交州刺史孙辅，孙辅遣使和曹操通好，事被发觉，孙权把他囚禁起来。

59 豫章：郡名，属扬州，治所在南昌（今江西南昌）。这里指扬州刺史刘繇不敢执行孙权任命，退保豫章。距：通“拒”。

⑽ 区区：诚恳之意。

⑹ 欲：爱。

⑫ 庶几：差不多。

⑬ 副：辅助。

⑭ 次：军队驻扎。

⑮ 衮（gǔn）：天子的礼服，代指天子。《诗经·大雅·烝民》："衮职有阙，维仲山甫补之。"意思是周宣王有过失，只有仲山甫能为他补救。

⑯ 牵：引。复：回归正道。《周易·小畜》："牵复，吉。"意思是受人牵引回归正道是吉利的。

⑰ 天衢（qú）：天路。衢，四通八达的大路。

⑱ 勖（xù）：勉励。

【语译】

我们断绝关系以来，至今三年了，我没有一天忘记过从前的友好关系，就如同我们两家结亲的大义，恩情已经很深了，而违异离绝的怨恨，彼此还是较浅的。我一直怀着这样的心情，你难道不是同样吗？

我每看到古今人们所以改变志向，有的是因为受到侵害和侮辱，有的是因为有了隔阂和仇隙，内心愤恨，自危不安，以致造成大的变乱，像韩信因为失去楚王的封号而伤害了感情，彭宠由于待遇与群臣无异而积累了怨恨，卢绾为已经造成嫌隙而疑惧，英布因谋反形迹暴露而忧急，这些都是发生变乱的缘由。我与将军情同骨肉，我割让江南，不再属扬州管辖，你难道怀有如同韩信失去楚王地位的怨恨？我抑制刘馥，使我们的情谊更加深厚，我怎能放任如同朱浮告发彭宠谋反的启奏？你既没有卢绾隐瞒张胜私通匈奴那样的变故，你也不会遭受贲赫密告英布谋反那样的陷害，因为本来就不是燕王卢绾、淮南王英布那样的仇隙。而你竟忍心拒绝王命，公开抛弃我们的牢固友情，这实在是谄佞之人挑拨离间的结果。貌似正确的话，没有不动听的，根据某些形迹制造假象，容易改变人们的看法，巧辞辩佞之人，以灾难相告，用耻辱相激，大丈夫能不雄心愤发？从前苏秦游说韩王合纵抗秦，用做牛后来羞辱他，韩王按住宝剑，脸色骤变，怒火顿生，即使兵败地割也不后悔，这是人之常情。你正年少气盛，顺信宠臣，既害怕灾难来临，又心怀愤恨，远不能测度我的一片心意，近不能考虑形势的发展变化，于是怀着同我疏远的决心，坚持翻然断交的主张，加上刘备的煽动，战事和仇隙接连产生，以至这样发展下去，我想如顺着你的本来心意，是不愿这样的。我德望浅薄，而职位高显，责任重大，幸好遇到国家将要安定的好运，我能扫除天下逆乱，感招夷狄归附，幸喜获得了全部功效，能长久地享有这种幸福；可是你我姻亲厚援关系，却因别人挑拨而产生嫌隙，我常害怕天下人会以此责备我，以为我暗藏害人之心，背地里有郑武公灭亡胡国那样的阴谋，才使你翻然和我绝交。因此，我愤愤不平，心中惭愧，夜不能寐。我常想抛弃嫌隙，重叙旧好，使曹、孙二族都兴盛起来，幸福流传后代，以此表明我平生的诚意，我抱这种想法几年了，一直没有机会向你倾吐。

过去赤壁之战，我军遭受瘟疫，才烧船自退，离开凶险之地，不是周瑜的水军所能够挫败的。我江陵的守军，物尽粮绝，无所依靠，才迁移百姓，撤回军队，又不是周瑜所能够打败的。荆州本不是我的辖地，我全部让给你，希望得到荆州以外的地方，并不损伤我的肌肤，使我有所割损。我想想这一事变，无伤于我，我何必遂意占领荆州，不把它让给你呢？从前汉高祖拿官爵招引田横，光武帝指河水对朱鲔发誓，你所背负的罪过，怎能同田横、朱鲔二人相比呢？因此向你表达我的诚意，希望听到你的回答。往年我在谯郡，新造一些船只，只是用来运输，到达九江，主要想看看巢湖一带的情况，安定江滨的百姓罢了，并没有深入进攻的打算。但恐怕你的谋士们将认为是自己国家的光荣，以为他们的计策得当，可以长久地没有西顾之患了，更因这个缘故，你不肯回心转意。然而聪明人的计虑，要在事态萌芽之前；通达者的谋划，要在未有先兆之时。所以伍子胥能预见姑苏台将有麋鹿来游；辅果能知道智伯将要为赵所擒；穆生能事先托病离楚，避免和楚王一起遭难；邹阳能及时离吴北游，没有和吴王一同遇祸。这四个人难道是圣人吗？只是能通权达变，谋虑深远，以微见著罢了。凭着你的聪明，观察一下我的谋略，比照你所占据的土地，计算一下我的地盘，难道是我力量薄弱，不能远举兵甲，而割让江南，贪图安逸吗？绝不是这样的。你如果依靠水战，沿江守险，想叫朝廷的军队始终不能渡江，也未必能做到。千里江面的水战，情况机巧变化万端，越国建立三军，曾使吴国不能抵御；汉兵从夏阳潜渡黄河，魏王豹出乎意料。江河虽然广阔，但防线长远，是很难守卫的。

凡事都有适宜的措施，不能一一说完，我将修复旧好而向你摆明形势，更无用威势胁迫敌人的意思。然而我有所顾虑，恐怕写这封信没有益处，为什么呢？以往两军相逼而我引军自退，今日身在远方反而写信慰纳，言辞谦逊，愿望很小，你可能以为我已经力量用尽，恰好增加你的骄傲，不足打动你的心，但是明白了效法古人的道理，你就应当自己好好考虑了。从前淮南王听信左吴的计策，隗嚣采纳王元的意见，彭宠接受亲信官吏的计谋，这三个人都不悟事理，终于为世人所耻笑；梁王不接纳公孙诡和羊胜，窦融斥退隗嚣的使者张玄，两位贤达觉悟之后，福也随着降临；希望你稍加留意罢。如果你能内除子布，外击刘备，以表明你的真心诚意，恢复从前的友好关系，那么江南的重任，就长期交付给你。高官显爵，安然可得，上可以让朝廷免去东顾之劳，下可以使百姓得到安定幸福，你享受荣华，我也得到好处。岂不高兴呢！如果你忽视我的诚意，抱着侥幸心理，亲近子布、刘备二人，不忍心加罪，就是所说的对小人的仁慈，是对大仁的残害，贤达君子是不肯做这种事的。如果你怜惜子布，希望同他共存，我也能够倾心去除宿恨，顺从你的心愿，再让他跟你做事，取他今后好的表现，只要擒拿刘备，也足以表明你的效忠。摆出这两个条件，你慎重地选择一个罢。

听说荆州、扬州的诸位将领都收容过来降的人，他们都说交州刺史被你囚禁，扬州刺史退守豫章，拒绝任命，不为你做事，那里瘟疫和旱灾同时发生，百姓和士兵都有减少，他们都要求我进军，这样的话很多很多。我听到这些话，并不以为可喜。然而路途遥远，投降的人说话也难以相信，对人幸灾乐祸，是君子所不为的。况且百姓是朝廷所有，应该诚恳地关怀他们，乐于爱人，崇尚和睦，才近乎有德。愿你前来辅佐汉室，不劳兵马而定江南，对我来说更为重要，所以我按兵屯守，写信向你表达我的心意，古时双方交兵，使者可在其间来回往复，但愿你对我能虚怀纳善，回心转意，以应合诗人关于仲山甫能补救朝廷过失的赞叹，并验证《周易》说的受人牵引复归顺道的含义。到清流里洗濯鳞甲，向长空中展翅翱翔，大好时机正是今天，就此勖勉罢！

【评析】

建安十三年（208）的赤壁之战，孙权和刘备结成联盟共拒曹操，曹操大败。三年后，曹操改变策略，意欲拉拢孙权，拆散孙刘联盟，故让阮瑀写这封信给孙权。第一段开门见山，挑明修复旧好的来意。第二段引古论今，指明曹孙之间的仇隙是宠嬖挑拨及刘备煽扬所致。第三段回顾赤壁败北及割让荆州的往事，摆明当前汉强吴弱的形势，劝孙降汉。第四段指出降汉的二策：一为内取子布，外击刘备；二为宽容子布，擒拿刘备。第五段再次劝孙归汉，莫失良时。行文之中，引古论今，以理喻人；陈说利害，以势摄人；表达诚意，以情动人。三者结合，融为一体。全文洋洋纚纚，一气呵成，具有很大的鼓动性。

与朝歌令吴质书[①]一首

作者：魏文帝　　注译评析：王志瑛

五月十八日，丕白[②]：季重无恙[③]？涂路虽局[④]，官守有限，愿言之怀[⑤]，良不可任[⑥]。足下所治僻左，书问致简，益用增劳。

每念昔日南皮之游[⑦]，诚不可忘。既妙思六经[⑧]，逍遥百氏[⑨]。弹棋间设[⑩]，终以六博[⑪]。高谈娱心，哀筝顺耳。驰骋北场，旅食南馆[⑫]。浮甘瓜于清泉，沉朱李于寒水。白日既匿，继以朗月。同乘并载，以游后园。舆轮徐动，参从无声。清风夜起，悲笳微吟。乐往哀来，怆然伤怀。余顾而言，斯乐难常。足下之徒，咸以为然。今果分别，各在一方，元瑜长逝[⑬]，化为异物[⑭]。每一念至，何时可言！

方今蕤宾纪时[15]。景风扇物[16]，天气和暖，众果具繁。时驾而游，北遵河曲[17]，从者鸣笳以启路，文学托乘于后车[18]。节同时异，物是人非，我劳如何[19]！今遣骑到邺[20]，故使枉道相过[21]。行矣自爱！丕白。

【篇旨】

追忆旧游的欢聚，感伤今日"节同时异，物是人非"，表达对旧友深挚的思念。

【注释】

① 朝歌：汉县名，今河南淇县。吴质：字季重，魏济阴（今山东菏泽市定陶区）人，以才学通博，为曹丕所善，曾任朝歌令、元城令，后官至震威将军，假节都督河北诸军事，封列侯。

② 白：告语。古人常在书信的开头和结尾署名。

③ 恙：忧。

④ 局：近。

⑤ 愿言：思念。《诗经·卫风·伯兮》："愿言思伯，甘心首疾。"《郑笺》："愿，念也。"

⑥ 任：当。

⑦ 南皮：县名，今属河北。

⑧ 六经：《诗》《书》《礼》《乐》《易》《春秋》。

⑨ 百氏：诸子百家。

⑩ 弹棋（tán qí）：汉魏时博戏。《艺经》："弹棋，两人对局，白黑棋各六枚，先列棋相当，更先弹也。其局以石为之。"至魏改用十六棋，唐又增为二十四棋。

⑪ 六博：古代的一种博戏。共十二棋，六黑六白，两人相博，每人六棋，故名。

⑫ 旅：众。

⑬ 元瑜：阮瑀。

⑭ 异物：指死亡的人。

⑮ 蕤（ruí）宾：农历五月的别称。

⑯ 景风：夏至后的暖风。

⑰ 河曲：河道曲折处。

⑱ 文学：官名。汉代郡国皆置文学，略如后世的教官。

⑲ 我劳如何：《诗经·小雅·绵蛮》："道之云远，我劳如何！"劳，劳苦。此指忧愁。

⑳ 邺：县名，今河北临漳西。

㉑ 过：访，探望。

【语译】

五月十八日，曹丕谨启：季重无疾无忧吧？你我路途虽近，但为职守所限，相聚甚少。思念之情，实不堪忍。足下任所僻远，书信音问，难以致见，愈添忧伤。

每次回忆起昔日南皮之游，实在不能忘怀。既精细地研读六经典籍，又酣畅地讨论诸子宏文。间或对局弹棋，终了又玩六博。我们高谈阔论，心绪欢畅；筝声清越，舒心顺耳。我们在北场策马驰聘，又到南馆摆宴豪饮。我们把甜瓜和朱李放入清凉的泉水，任甜瓜随波漂浮，任朱李沉落水底。太阳渐渐西沉，明月升上夜空。我们同乘并载，在后园遨游。车轮缓缓地滚动，随从都寂然无声。清冷的夜风吹拂着，悲切的笳声在低吟。乐尽悲来，令人怆然伤怀。我回过头对朋友们说，这样的快乐难以常在。朋友们都认为确是这样。如今果然分别，诸友各在一方。元瑜已死，化为异物。每一想到这些，不知何时可与朋友叙说！

今又正当五月，暖风吹拂，万物复苏。天气和暖，果木葱茏。这时我乘着马车沿着河曲往北巡游。侍从在前鸣笳开路，文学的车骑跟随身后。节令相同，时日已异；景物依然，友朋非旧；我心相思，何等忧愁！今遣骑前往邺都，故让他绕路探望。勉力而为吧，善自珍重！曹丕谨启。

【评析】

此信写于建安二十年，曹丕时为太子，远在孟津，大军西征而致书朝歌令吴质。第一段表述对朋友的问候和思念，第二段追忆昔日南皮的极乐盛游，感慨今日的人各一方，第三段感伤人事变迁，叙述致书缘由。信中触景生情，情景交融；抚今追昔，悲乐相映。书简虽短，犹如一篇抒情小赋，情意真切，文采斐然。

与吴质书一首

作者：魏文帝　　注译评析：王志瑛

二月三日[①]，丕白：岁月易得，别来行复四年[②]。三年不见，《东山》犹叹其远[③]，况乃过之，思何可支？虽书疏往返，未足解其劳结[④]。

昔年疾疫，亲故多离其灾[⑤]。徐陈应刘[⑥]，一时俱逝，痛可言邪！昔日游处，行则连舆，止则接席，何曾须臾相失！每至觞酌流行，丝竹并奏，酒酣耳热，仰而赋诗。当此之时，忽然不自知乐也。谓百年已分，可长共相保。何图数年之间，零落略尽[⑦]，言之伤心！顷撰其遗文，都为一集[⑧]。观其姓名，已为鬼录[⑨]。追思昔游，犹在心目，而此诸子，化为粪壤，可复道哉！

观古今文人，类不护细行[⑩]，鲜能以名节自立。而伟长独怀文抱质，恬惔寡欲[⑪]，有箕山之志[⑫]，可谓彬彬君子者矣[⑬]。著《中论》二十余篇，成一家之言，辞义典雅，足传于后，此子为不朽矣。德琏常斐然有述作之意[⑭]，其才学足以著书，美志不遂，良可痛惜！间者历览诸子之文，对之抆泪[⑮]。既痛逝者，行自念也。孔璋章表殊健[⑯]，微为繁富。公幹有逸气，但未遒耳[⑰]；其五言诗之善者，妙绝时人。元瑜书记翩翩[⑱]，致足乐也。仲宣续自善于辞赋[⑲]，惜其体弱[⑳]，不足起其文；至于所善，古人无以远过。昔伯牙绝弦于锺期[㉑]，仲尼覆醢于子路[22]，痛知音之难遇，伤门人之莫逮。诸子但为未及古人，自一时之隽也[23]。今之存者，已不逮矣！后生可畏，来者难诬[24]，然恐吾与足下不及见也。

年行已长大[25]，所怀万端。时有所虑，至通夜不瞑。志意何时复类昔日？已成老翁，但未白头耳！光武言："年三十余，在兵中十岁，所更非一[26]。"吾德不及之，年与之齐矣。以犬羊之质，服虎豹之文[27]；无众星之明，假日月之光[28]；动见瞻观，何时易乎？恐永不复得为昔日游也！少壮真当努力，年一过往，何可攀援？古人思炳烛夜游[29]，良有以也。

顷何以自娱？颇复有所述造不[30]？东望於邑[31]，裁书叙心[32]。丕白。

【篇旨】

痛悼病逝的朋友，追忆过去的交往宴游，评论建安诸子的文学成就。

【注释】

① 二月三日：指建安二十三年二月三日。

② 行：将，且。

③《东山》：《诗经·豳风·东山》："我徂东山，慆慆不归。……自我不见，于今三年。"

④ 劳结：忧愁，郁结。

⑤ 离：通"罹（lí）"，遭逢。

⑥ 徐：徐幹，字伟长，北海（今山东寿光）人，现存《中论》二卷，诗四首。陈：陈琳，字孔璋，广陵（今江苏扬州市江都区东北）人，有辑本《陈记室集》一卷。应：应玚，字德琏，汝南（今河南汝南）人，有辑本《应德琏集》一卷。刘：刘桢，字公幹，东平宁阳（今山东宁阳）人，有辑本《刘公幹集》一卷。

⑦ 零落：指死亡。

⑧ 都：合，汇集。

⑨ 鬼录：死者名册。

⑩ 类：大抵，都。

⑪ 惔：通“淡”。

⑫ 箕山：今河南登封东南。相传尧让天下给许由，许由不受，避于箕山下。

⑬ 彬彬：德才兼备。《论语·雍也》：“文质彬彬，然后君子。”

⑭ 斐（fěi）然：文采优美的样子。

⑮ 抆（wěn）：揩拭。

⑯ 章表：文体名，奏章奏表。

⑰ 遒（qiú）：强劲。

⑱ 元瑜：阮瑀的字。书记：公文书信一类文章。翩翩：形容风采、文辞的美好。

⑲ 仲宣：王粲的字。续：或作“独”。

⑳ 体：指体气、风格。曹丕《典论·论文》：“文以气为主，气之清浊有体。”

㉑ 伯牙、锺期：都是春秋楚国人。伯牙善琴，只有锺子期知音，锺子期死，伯牙破琴断弦，终身不弹。

㉒ 仲尼覆醢（hǎi）：孔子听说子路在卫国被杀，砍成肉酱，立即命人把厨房里的肉酱倒掉。

㉓ 隽（jùn）：通“俊”，才智出众。

㉔ 诬：此指轻视。《论语·子罕》：“后生可畏，焉知来者之不如今也？”

㉕ 年行：即行年，年龄。

㉖ 更：经历。

㉗ 文：花纹。扬雄《法言》：“羊质而虎皮，见草而悦，见豺而战。”

㉘ 假：借。《文子》：“百星之明，不如一月之光。”

㉙ 炳：或作“秉”。

㉚ 颇：稍微。不（fǒu）：同“否”。

㉛ 於（wū）邑：呜咽，忧悒郁结。

㉜ 裁书：写信。

【语译】

二月三日，曹丕谨启：岁月易逝，分别又将四年。三年不见，《东山》诗尚且感叹离别太久，何况我们已超过三年，思念怎能承受？虽然书信往返，也难解开我心中的愁结。

去年瘟疫流行，许多亲朋遭到不幸。徐陈应刘一时全都辞世，内心的悲痛怎能用言语来形容呢？过去朋友们同游共处，出门时总是车舆相接，休息时必定坐席并连，何曾片刻分离！每当传杯送盏相互敬酒，还有丝竹并奏相伴，酒酣心畅、面红耳热之时，便即席赋诗，仰首吟诵。在这样的时候，恍恍惚惚竟不自知这就是快乐。以为百年之寿是自己分内所当有，朋友们可以长久地相处。哪会料到几年之间，他们全都长逝而去，说起来令人心伤。不久前我编订他们的遗文，合为一集。看看他们的姓名，已成鬼魂的名录。追忆以前的游处，犹存心间，似在眼前，而这些文友，已化作尘埃，我还能再说什么呢？

纵观古今文人，大多不拘小节，很少能凭名节自立于世。而唯独徐伟长德才兼备，又恬静澹泊、清心寡欲，胸怀退隐之志，可以称得上是彬彬君子了。他所著的《中论》二十余篇，有独到的见解，自成一家之言，而且言而有据，文辞优雅，足以流传后世，他也将会不朽。应德琏文采斐然，常有著述之意，他的才学足以著书立说，然而美志未能实现，我真为他痛惜。近来逐篇阅览诸友的遗文，不禁对之拭泪，既为逝者悲痛，且又念及自己。陈孔璋的奏章奏表气势雄健，只是稍微冗杂。刘公幹才气超逸，只是不够遒劲罢了。他的五言诗中的精品，其高妙精彩在同时代的诗人之上。阮元瑜的公文书札风致优雅、文采翩翩，足以令人读来感到愉快。王仲宣独自长于辞赋，可惜他风格纤弱，不足以振作起文气，至于他的佳作，古人也不能超过他。从前伯牙因锺子期死而破琴断弦，仲尼为子路遇难而倒掉肉酱，那是悲痛知音的难遇，那是伤心学生中谁也不及子路。诸位故友仅仅赶不上古人罢了，自是一时的俊杰。现在还活着的人，已不如他们了。后生可畏，对年青一代不可妄加轻视，然而恐怕我和足下都来不及看到了。

年龄已增长了，心中所思千头万绪，时有忧虑，以至彻夜不能合眼，志向意趣何时能像当年一样呢？我已成老翁，只是没有白头而已。光武帝刘秀曾说："三十多岁，在军队中十年，所经历的事不止一件。"我的德行不如他，年龄却同他当年相仿了。好比犬羊之躯，却披上虎豹的皮毛；好比没有众星明亮，就借助日月的光辉。一举一动还受世人瞻目，什么时候可以改变呢？恐怕永远不能再有昔日的游乐了。少壮之时，应当努力，岁月一旦流逝，怎么能够拉得住呢！古人想秉烛夜游，确实是有道理的。

近来怎样自我消遣？又有著作否？东望而呜咽，写信表达我的心意。曹丕谨启。

【评析】

建安二十二年（217）瘟疫流行，徐幹、陈琳、应玚、刘桢都染病去世，曹丕十分伤感，于后一年写此信给吴质。第一段表达对吴质的思念。第二段缅怀故友，追忆昔日的游乐，编订他们的遗著。第三段评论故友的人品和文章。第四段感慨少壮当努力。第五段勉励吴质发愤著述。作者悼念故友，情深意笃。对往日游乐的留恋，对今昔存亡的喟叹，对文坛零落的悲伤，对老大无成的感慨，凝成哀怨凄楚的情调，回环于字里行间，使人读来神伤。

与钟大理书[①]一首

作者：魏文帝　　注译评析：王志瑛

丕白：良玉比德君子[②]，珪璋见美诗人[③]。晋之垂棘、鲁之玙璠、宋之结绿、楚之和璞[④]，价越万金，贵重都城，有称畴昔[⑤]，流声将来。是以垂棘出晋，虞、虢双禽[⑥]；和璧入秦，相如抗节[⑦]。窃见玉书称美玉：白如截肪，黑譬纯漆，赤拟鸡冠，黄侔蒸栗[⑧]。侧闻斯语，未睹厥状。虽德非君子，义无诗人，高山景行[⑨]，私所仰慕。然四宝邈焉已远[⑩]，秦汉未闻有良比也。求之旷年，不过厥真，私愿不果，饥渴未副。

近日南阳宗惠叔称君侯昔有美玦，闻之惊喜，笑与抃会[⑪]。当自白书，恐传言未审，是以令舍弟子建因荀仲茂时从容喻鄙旨[⑫]。乃不忽遗，厚见周称。邺骑既到，宝玦初至，捧匣跪发，五内震骇，绳穷匣开，烂然满目。猥以蒙鄙之姿，得睹希世之宝。不烦一介之使，不损连城之价，既有秦昭章台之观[⑬]，而无蔺生诡夺之诳。

嘉贶益腆[⑭]，敢不钦承[⑮]。谨奉赋一篇，以赞扬丽质。丕白。

【篇旨】

曹丕因钟繇厚赐美玉而写信致谢，表达了对美玉的渴求和对美玉的赞扬。

【注释】

① 钟大理：即钟繇，字元常，颍川长社（今河南长葛东）人，魏大臣，书法家。魏初建时官大理，故称。

② 良玉比德君子：《礼记》："孔子曰：君子比德于玉。"

③ 珪璋见美诗人：《诗经·大雅·卷阿》："颙颙卬卬，如珪如璋。"

④ 垂棘、玙璠、结绿、和璞：均为美玉名。

⑤ 畴昔：古代。

⑥ 虞、虢双禽：晋国的荀息用屈地产的马匹和垂棘产的璧为礼物，请求虞国借路，以攻虢国，虞公答应了，晋灭虢，又随后灭虞。

⑦ 抗节：坚守高尚的节操。

⑧ 侔（móu）：相等。

⑨ 高山景行（háng）：高山大路，喻高尚的德行。《诗经·小雅·车

辇》：“高山仰止，景行行止。”

⑩ 邈（miǎo）：渺茫，久远。

⑪ 抃（biàn）：拍手以示欢欣。会：合。

⑫ 荀仲茂：荀宏，字仲茂，为太子文学。从容：调解，斡旋。

⑬ 章台：秦宫名，在今陕西西安市长安区故城西南隅。

⑭ 贶（kuàng）：赐。腆：厚。

⑮ 钦：敬。

【语译】

曹丕禀告：良玉比作君子的美德，珪璋受到诗人的赞美。晋国的垂棘，鲁国的玙璠，宋国的结绿，楚国的和璞，都是贵逾万金、价值连城之宝，称誉见于古代，美名流传后世。因此晋国拿出垂棘，而虢虞两君双双受擒；和璧送入秦国，蔺相如却能坚持节操。我看到玉书上描述美玉：白色犹如切开的猪油，黑色宛若纯黑的油漆，红色与鸡冠类似，黄色和蒸栗相同。我仅侧闻此语，而未见过美玉的样子。虽然论道德品行我不敢和君子并列，也得不到诗人的褒扬，但高尚的德行是我私心仰慕的。然而四种美玉踪迹渺茫已久，秦汉以来未闻有良玉可与之相比。我寻求美玉，历经多年，还是未遇真玉，私心所愿，不能实现，饥渴之情，至今未遂。

近日南阳宗惠叔谈起君侯你曾有美玦，我闻之又惊又喜，拍手而笑。本当亲自写信，但恐传言未察真伪，因此令吾弟子建通过荀仲茂伺时斡旋，转述鄙意。你却并不轻忽地送给我，你的厚意见于周详叙述的书信之中了。邺都的骑使已抵孟津，宝玦初到此地，使者手捧玦匣，跪着开启，这时惊喜并集，五脏震骇，绳系解尽，玦匣打开，只见宝玦烂然，光色满目。我以暗鄙之躯，能够亲睹稀世之宝，不劳我派遣一名使者，不要我付出十五城的代价，已有秦昭王章台观宝的幸运，而无蔺相如诈夺宝玉的诳语。

嘉赐丰厚，我岂敢不听命敬受。谨奉赋一篇，以赞扬美玦丽质。曹丕谨启。

【评析】

钟繇有美玉，曹丕想得到它又不便公然索取，故命曹植通过荀仲茂转述其意，钟繇就把玉玦送给曹丕，曹丕写此信致谢。第一段写自己对美玉的渴求；第二段叙述钟繇赠玉经过和自己的感受；第三段表示奉赋致谢。索人美玉，本是夺人之宝，然而直抒自己慕玉的饥渴、求玉的谨慎、观玉的隆重、得玉的欣喜，都言之恳切。描写良玉美质，文辞瑰丽，故传为佳篇。

与杨德祖书[①]一首

作者：曹子建　　注译评析：王志瑛

植白：数日不见，思子为劳，想同之也。

仆少小好为文章，迄至于今，二十有五年矣；然今世作者，可略而言也。昔仲宣独步于汉南[②]，孔璋鹰扬于河朔[③]，伟长擅名于青土[④]，公幹振藻于海隅[⑤]，德琏发迹于此魏[⑥]，足下高视于上京[⑦]。当此之时，人人自谓握灵蛇之珠[⑧]，家家自谓抱荆山之玉[⑨]；吾王于是设天网以该之[⑩]，顿八纮以掩之[⑪]，今悉集兹国矣。然此数子，犹复不能飞轩绝迹[⑫]，一举千里。以孔璋之才，不闲于辞赋[⑬]，而多自谓能与司马长卿同风[⑭]，譬画虎不成，反为狗也。前书嘲之[⑮]，反作论盛道仆赞其文。夫锺期不失听，于今称之。吾亦不能妄叹者，畏后世之嗤余也。

世人之著述，不能无病。仆常好人讥弹其文[⑯]，有不善者，应时改定。昔丁敬礼常作小文[⑰]，使仆润饰之。仆自以才不过若人，辞不为也。敬礼谓仆：“卿何所疑难？文之佳恶，吾自得之，后世谁相知定吾文者邪？”吾常叹此达言，以为美谈。昔尼父之文辞，与人通流[⑱]，至于制《春秋》，游夏之徒乃不能措一辞。过此而言不病者，吾未之见也。

盖有南威之容[19]，乃可以论其淑媛；有龙泉之利[20]，乃可以议其断割。刘季绪才不能逮于作者[21]，而好诋诃文章[22]，掎摭利病[23]。昔田巴毁五帝[24]、罪三王、呰五霸于稷下[25]，一旦而服千人。鲁连一说，使终身杜口。刘生之辩，未若田氏，今之仲连，求之不难，可无息乎？人各有好尚，兰茝荪蕙之芳[26]，众人所好，而海畔有逐臭之夫[27]；《咸池》《六茎》之发[28]，众人所共乐，而墨翟有非之之论[29]，岂可同哉！

今往仆少小所著辞赋一通相与。夫街谈巷说，必有可采；击辕之歌，有应风雅[30]；匹夫之思，未易轻弃也。辞赋小道，固未足以揄扬大义，彰示来世也。昔扬子云先朝执戟之臣耳[31]，犹称壮夫不为也[32]。吾虽德薄，位为蕃侯，犹庶几戮力上国，流惠下民，建永世之业，流金石之功，岂徒以翰墨为勋绩、辞赋为君子哉？若吾志未果，吾道不行，则将采庶官之实录[33]，辩时俗之得失，定仁义之衷[34]，成一家之言，虽未能藏之于名山，将以传之于同好。非要之皓首[35]，岂今日之论乎？其言之不惭，恃惠子之知我也[36]。

明早相迎，书不尽怀。植白。

【篇旨】

用书信向朋友阐述自己对文学创作和文学评论的见解，并抒发志在建功立业而怀才不遇的感慨。

【注释】

① 杨德祖：杨修，字德祖，华阴（今陕西华阴）人。博学多才，机智过人，颇受曹氏父子重视，与曹植关系尤为密切。后因为曹植谋划争立太子之事，被曹操借故处死。此信写于建安二十一年，曹植二十五岁。

② 仲宣：王粲字。汉南：汉水之南。王粲依附荆州刘表。

③ 孔璋：陈琳字。河朔：黄河以北。陈琳曾在冀州任袁绍的记室。

④ 伟长：徐幹字。青土：指青州。徐幹是北海郡人，北海古属青州。

⑤ 公幹：刘桢字。海隅：海边。刘桢是东平宁阳人，东平春秋属齐，近海。

⑥ 德琏：应玚字。此魏：一作“大魏”。应玚是汝南南顿人，南顿近魏都许昌。

⑦ 上京：京师。

⑧ 灵蛇之珠：即隋侯救灵蛇所得的明珠。

⑨ 荆山之玉：即和氏之璧。

⑩ 该：兼收，包罗。

⑪ 纮（hóng）：绳。

⑫ 轩：轩翥，飞举。

⑬ 闲：同“娴”，熟练。

⑭ 多：盛。

⑮ 嘲：嘲謔。

⑯ 讥：讽刺。弹：弹驳。

⑰ 丁敬礼：丁廙（yì），字敬礼，曹植亲近的朋友之一。

⑱ 通流：即“同流”，混杂。

⑲ 南威：古美女名，见《战国策·魏策》。

⑳ 龙泉：即龙渊。古宝剑名。

㉑ 刘季绪：刘表之子。

㉒ 诋诃：诋毁指责。

㉓ 掎摭（jǐ zhí）：指摘。

㉔ 田巴：战国时齐国的辩士。

㉕ 呰（zǐ）：诋毁。稷下：齐都临淄城门名。

㉖ 兰茝（chǎi）荪蕙：皆香草名。

㉗ 逐臭之夫：《吕氏春秋·遇合》篇说，人有大臭者，亲友都嫌其臭，自苦而独往海上。有悦其臭者，日夜追随而不肯离去。

㉘《咸池》：黄帝乐名。《六茎》：颛顼乐名。

㉙ 墨翟：墨子。《墨子》有《非乐》篇。

㉚ 风雅：《诗经》的国风和大雅、小雅。

㉛ 扬子云：扬雄，字子云，汉代著名辞赋家。扬雄曾任给事黄门郎，执戟以侍皇帝。

㉜ 壮夫不为也：扬雄《法言·吾子》称辞赋是“童子雕虫篆刻”“壮夫不为也”。

㉝ 庶：《三国志》注引《典略》作“史”。

㉞ 衷：同“中”。

㉟ 要：约。

㊱ 惠子：惠施，战国著名刑名学家，与庄周为知交，常相辩难。惠子死，庄子过其墓，说：“自夫子之死，吾无以为质矣，吾无与言之矣。”

【语译】

曹植禀告：数日不见，想你想得很苦，推想你思念我，也是同样的。

我从小就喜爱写文章，至今已二十五岁了。然而对当代的著作家，只可大略谈谈而已。以往仲宣在荆州独步文坛，孔璋在河北似鹰举长空，伟长在青州独享盛誉，公干在海边展露文采，德琏在大魏显身扬名，足下在京师不同流俗。此时，人人都说自己手握隋侯之珠，个个都说自己怀藏和氏之璧；吾王曹公于是设置天网来罗致他们，振举八绳来搜求他们，如今人才都集中到魏国了。然而这些著作家，还不能像鸟飞空无影无踪一般，振翅而达千里。凭孔璋的文才，并不长于辞赋，却常常自称与司马相如风格相同，真好比画虎不成反类犬了。以前我曾有书信嘲谑他，他却反而著文盛称我赞扬他的文章。锺子期不会听错琴音，所以至今人们都称誉他是伯牙的知音。我也不能对人妄加赞叹，正是害怕后人嗤笑我。

世人的著作，不会没有缺点，我常常欢迎别人的批评，有不妥之处，便及时改正。以前丁敬礼常作小文，让我润饰，我自以为才华不如他，就推辞不肯修改。敬礼对我说：“你因何为难？文章的好坏，由我自己承担，后人谁知道给我修改文章的人呢？”我常赞叹此话通达，把它看作美谈。从前，孔子的文章也有别人的文辞混杂其内，而到写作《春秋》，子游、子夏这些学生便不能添加一辞。除此以外要说没有缺点的著作，我没有见到过。

有南威那样的美貌，才可以评论美女的容颜；有龙泉那样的宝剑，才可以议论刀剑的锋利。刘季绪文才够不上著作家的水平，却喜欢诋毁别人的文章，指谪别人的毛病。从前田巴在齐国的稷门毁谤五帝，责罪三王，诋毁春秋五霸，一天就使千人折服；鲁仲连一句责问，就使他终身闭口。刘季绪的辩才，不及田巴，当今的鲁仲连，也不难觅，他怎不缄口呢？人各有所好，兰茝荪蕙的芳香是大家都喜爱的，海边却有追逐臭气之人；《咸池》、六经的演奏是众人都欣赏的，墨子却有否定音乐的文章，人的好尚怎会相同呢？

今送去我少年时所著的辞赋一份相赠。百姓街头巷尾的传说，必有可取之处；农夫叩辕而唱的民歌，也会合乎风雅；个人的情思见解，不宜轻易抛弃。辞赋属于小道，本就不足以阐发严正的道理，给后代以启示。从前，扬子云只是前朝的执戟之臣罢了，尚且声称辞赋是男子汉不屑为之的。我虽然资性低下，毕竟位列诸侯，还希望努力报效朝廷，造福百姓，建立永世的功业，铭勒钟鼎碑碣之上，以流传后世，哪里只是把文章当作一生勋业，把辞赋当作君子所为呢？如果我的政治抱负不能实现，我的治世之道不能实行，我就打算收集史官记载的史料，辨析世事成败的原因，核定仁义的中心意旨，写成见解独到的著作。即使不能藏到名山之中，也可传给志同道合的朋友。若不是有共约白头的交情，怎能对你发今天的这些议论？我说这些话毫不羞愧，是凭着你了解我就像惠子了解庄子一样啊。

明天早来相迎，书信不能尽意。曹植谨启。

【评析】

这是一篇书信体的文艺论文。主要阐明自己对文学的功用、价值以及文学批评的看法。第一段写朋友间的思念之苦。第二段以嘲讽陈琳为例指出文学创作应扬长避短，贵有自知之明。第三段写“世人之著述，不能无病”，故应欢迎批评。第四段以评斥刘季绪为例说明批评家应有更高的文学修养。第五段感叹辞赋仅属小道，自己志在建功立业和成一家之言；

表明自己对文学的功用和价值的见解。此信是向知心朋友畅叙心曲，指点文坛，意气风发；好恶褒贬，痛快淋漓。议论纵横捭阖而谦虚恳切，风格豪放而飘逸。

与吴季重书一首

作者：曹子建　　注译评析：王志瑛

植白：季重足下，前日虽因常调[①]，得为密坐，虽燕饮弥日，其于别远会稀，犹不尽其劳积也。

若夫觞酌凌波于前[②]，箫笳发音于后，足下鹰扬其体，凤叹虎视，谓萧曹不足俦[③]，卫霍不足侔也[④]。左顾右眄，谓若无人，岂非吾子壮志哉！过屠门而大嚼，虽不得肉，贵且快意。当斯之时，愿举太山以为肉，倾东海以为酒，伐云梦之竹以为笛[⑤]，斩泗滨之梓以为筝。食若填巨壑，饮若灌漏卮[⑥]。其乐固难量，岂非大丈夫之乐哉！然日不我与，曜灵急节[⑦]，面有逸景之速，别有参商之阔[⑧]。思欲抑六龙之首[⑨]，顿羲和之辔[⑩]，折若木之华[⑪]，闭濛汜之谷[⑫]。天路高邈，良久无缘，怀恋反侧，如何如何！

得所来讯，文采委曲[⑬]，晔若春荣[⑭]，浏若清风[⑮]，申咏反复，旷若复面[⑯]。其诸贤所著文章，想还所治，复申咏之也，可令憙事小吏讽而诵之。夫文章之难，非独今也；古之君子，犹亦病诸！家有千里，骥而不珍焉；人怀盈尺，和氏无贵矣。夫君子而不知音乐，古之达论谓之通而蔽。墨翟不好伎[⑰]，何为过朝歌而回车乎？足下好伎，值墨翟回车之县，想足下助我张目也。又闻足下在彼，自有佳政。夫求而不得者有之矣，未有不求而得者也。且改辙易行，非良乐之御[⑱]；易民而治，非楚郑之政，愿足下勉之而已矣。

适对嘉宾，口授不悉，往来数相闻。曹植白。

【篇旨】

表达对朋友的思念和对宴饮欢乐的留恋，并发表对文章、音乐、政事的见解。

【注释】

① 常调：指守土之官在一定时期向执政者述职。

② 觞酌：酒杯。凌波：指女子步履轻盈。

③ 萧曹：指汉初名相萧何、曹参。

④ 卫霍：指汉初名将卫青、霍去病。

⑤ 云梦：泽名，在今湖南。

⑥ 卮（zhī）：酒器。

⑦ 曜（yào）灵：太阳。急节：疾速，匆迫。

⑧ 参（shēn）商：二星名。参在西，商在东，此出彼没，永不相见。

⑨ 六龙：神话中驾驭日车的神兽。

⑩ 羲和：神话中日车的御者。

⑪ 若木：神话中日入处的神木，可遮蔽日光。

⑫ 濛汜：神话中太阳休息的山谷。

⑬ 委曲：犹委佗，佳丽之貌。

⑭ 晔（yè）：盛美。

⑮ 浏（liú）：风轻吹的样子。

⑯ 旷：明。

⑰ 伎（jì）：通“妓”，女乐。

⑱ 良乐：指赵国的王良、秦国的伯乐，古代善相马者。

【语译】

曹植禀告：季重足下，前些日子只因官吏定期回调，我们才能亲密地坐在一起。虽然宴饮终日，对于你这个远别的很少会面的朋友来说，还是十分劳累的。

那次宴饮，前有美酒歌舞，后有箫笳奏乐；足下英姿，似雄鹰高翔，温文宛如凤歌，威武犹若虎视，可以说，萧何、曹参不足以与你并列，卫青、霍去病不足以同你相比。左顾右盼，如同周围无人一般，岂不正表现出你的壮志吗！经过屠户之门而张口大嚼，即使没吃到肉，主要为了心里快活。当这个时候，真希望举起泰山当作肉，倾尽东海当作酒，采伐云梦之泽的竹子当作笛，斩断泗水之滨的梓树当作筝。吃肉如填巨大的山谷，饮酒像灌漏底的酒杯。那种快乐真是难以衡量，岂不是大丈夫的快乐吗！然而时不我待，太阳匆匆西行，相见有如美景迅即消失，离别却似参商难以会面。我真想按住六龙的脑袋，拉住羲和的缰绳，折断若木的树枝，封闭濛汜的谷口。可是天路高远，确实无缘，怀恋时光，反侧不安，奈何奈何！

得到你的来信，文采委佗，像春花一样艳丽，像清风一样轻吹，反复诵读，感到心情开朗，好像重又见面。诸位文友所写的文章，想来你回到治所也会反复诵读，还可让喜欢著文此道的下属吟读背诵。著文之不易，不但今天如此，古代的君子也为此犯难的！家有千里马，骐骥就不值得珍贵了；人有盈尺之玉，和氏璧也不值得贵重了。君子如果不懂音乐，古代明达的观点认为那是虽通事理而不懂文采的，墨翟不喜欢歌舞，为何经过朝歌就要调转车头呢？足下喜欢歌舞，而且正在墨子回车之县当县令，想来你会帮助我扩大眼界的。又听说足下治理朝歌，政绩颇佳，凡是向善，追求而不得是有的，不会不努力而得到的。而且改道换辙而行，不是王良和伯乐驭马的办法；移风易俗而治，不是楚国孙叔敖和郑国子产治国的方针，希望足下努力罢！

正好面对嘉宾，此信是口授的，恐不周详，愿多相往来，互通音讯。曹植谨启。

【评析】

此文是曹植写给文友吴质的信，吴质时为朝歌令。第一段是客气话，提及日前的相聚。第二段追叙酒宴的欢乐，表达对朋友欢聚的留恋。第三段引发感慨，谈论对文章、音乐、政事的看法。第四段说明信为口授，表示愿多通信。此信写于曹植封临淄侯以后，正是少年得志任性而行的阶段。信中铺叙宴饮的豪华，气魄宏大，文辞绮丽；议论著文、知乐、为政的见解，才思驰骋，意气风发，表现出作者鲜明的个性和横溢的才华。

答东阿王书一首

作者：吴季重　　注译评析：王志瑛

质白：信到[①]，奉所惠贶，发函伸纸，是何文采之巨丽，而慰喻之绸缪乎[②]！夫登东岳者，然后知众山之逦迤也[③]；奉至尊者，然后知百里之卑微也。

自旋之初[④]，伏念五六日，至于旬时，精散思越[⑤]，惘若有失。非敢羡宠光之休，慕猗顿之富[⑥]，诚以身贱犬马，德轻鸿毛。至乃历玄阙[⑦]，排金门，升玉堂，伏虚槛于前殿，临曲池而行觞。既威仪亏替，言辞漏渫。虽恃平原养士之懿，愧无毛遂耀颖之才[⑧]；深蒙薛公折节之礼，而无冯谖三窟之效[⑨]；屡获信陵虚左之德，又无侯生可述之美[⑩]。凡此数者，乃质之所以愤积于胸臆，怀眷而悁邑者也[⑪]。若追前宴，谓之未究。倾海为酒，并山为肴，伐竹云梦，斩梓泗滨，然后极雅意，尽欢情，信公子之壮观，非鄙人之所庶几也。若质之志，实在所天；思投印释黻[⑫]，朝夕侍坐，钻仲父之遗训，览老氏之要言；对清酤而不酌，抑嘉肴而不享，使西施出帷，嫫母侍侧[⑬]。斯盛德之所蹈，明哲之所保也。若乃近者之观，实荡鄙心。秦筝发徽[⑭]，二八迭奏[⑮]，埙箫激于华屋，灵鼓动于座右，耳嘈嘈于无闻，情踊跃于鞍马。谓可北慑肃慎[⑯]，使贡其楛矢；南震百越[⑰]，使献其白雉。又况权备，夫何足视乎？

还治讽采所著，观省英玮，实赋颂之宗，作者之师也。众贤所述，亦各有志。昔赵武过郑，七子赋诗[18]，《春秋》载列，以为美谈。质小人也，无以承命；又所答贶，辞丑义陋。申之再三，赧然汗下[19]。此邦之人，闲习辞赋，三事大夫[20]，莫不讽诵，何但小吏之有乎？重惠苦言，训以政事；恻隐之恩[21]，形乎文墨。墨子回车，而质四年。虽无德与民，式歌且舞。儒墨不同，固以久矣。然一旅之众[22]，不足以扬名；步武之间[23]，不足以骋迹。若不改辙易御，将何以效其力哉？今处此而求大功，犹绊良骥之足，而责以千里之任；槛猿猴之势，而望其巧捷之能者也。不胜见恤[24]，谨附遣白答，不敢繁辞。吴质白。

【篇旨】

回忆宴饮的豪华欢乐，赞美曹植的德才气概，并就东阿王曹植来信所议的文章、音乐、政事诸问题给予答复。

【注释】

① 信：使者。

② 绸缪（móu）：指情意殷勤。

③ 逦迤（yǐ）：曲折绵延。

④ 旋：返回，归来。

⑤ 越：消散。

⑥ 猗（yī）顿：战国时巨商，以经营河东盐池致富，又曾经营珠宝，以识别宝玉著称。一说本为鲁人，陶朱公教以畜牧，他到猗氏（今山西临猗南）大畜牛羊，遂成巨富，故称猗顿。

⑦ 玄阙：未央宫北有玄武阙，这里泛指宫殿。

⑧ 毛遂：战国时赵国平原君赵胜的食客。赵孝成王九年，秦攻赵，平原君求救于楚，毛遂自荐随往。平原君恐其无所长，说："夫贤士之处世也，譬若锥之处囊中，其末立见。今在左右未有所称诵，是先生之无所有也。"毛遂说："臣乃今日请处囊中耳。使遂蚤得处囊中，乃

颖脱而出，非特其末见而已。”后果因毛遂之功，得以定盟而归。

⑨ 冯谖：战国时齐国孟尝君田文的食客。冯谖为孟尝君收债于薛，矫孟尝君之命，尽焚债券，以市义于民。后孟尝君被废，归薛，民皆迎之。冯谖以狡兔三窟为喻，为孟尝君又经营二窟，果使孟尝君复其位，为相数十年，无纤介之祸。

⑩ 侯生：侯嬴，战国时魏国的隐士，年七十岁，任大梁（今河南开封）夷门的守门小吏。信陵君魏公子无忌空出左边的车座，驾车自往夷门，将侯嬴迎为上客。后秦伐赵，围邯郸，魏王派晋鄙救赵，又因惧秦而屯兵不进，侯嬴献计信陵君窃取兵符，并推荐勇士朱亥击杀晋鄙，夺取兵权，因而胜秦救赵。

⑪ 悁邑：忧郁。邑，通“悒”。

⑫ 黻（fú）：系印的丝带。通“绂”。

⑬ 嫫母：古代传说中的丑妇。

⑭ 徽：美。指徽音，抚琴弦发出声音。

⑮ 二八：指舞者十六人。迭：递。奏：进。

⑯ 肃慎：古民族名，分布于黑龙江松花江流域。

⑰ 百越：民族名。又地名，指今江浙闽粤之地。

⑱ 七子赋诗：据《左传·襄公二十七年》记载，晋国的赵武经过郑国，郑伯在垂陇设享礼招待赵武，子展、伯有、子西、子产、子太叔、两个子石跟随，赵武请七子赋诗来完成国君的赏赐，并以诗观七子之志。

⑲ 赧（nǎn）然：惭愧面赤貌。

⑳ 三事大夫：三公、六卿、中下大夫。这里指休职而致仕居朝歌者。

㉑ 恻隐：同情，此指关怀之深。

㉒ 旅：军队编制单位，五百人为旅。此指朝歌县小。

㉓ 武：迹。

㉔ 恤：忧。

【语译】

吴质禀告：信使来到，得奉惠赐之函，启封展纸，文采是何等瑰丽，而慰喻是何等殷勤啊！登上东岳泰山，然后知绵绵群山的逦迤；事奉至尊天子，然后知百里县令的卑微。

从返回朝歌之日起，伏念宴乐之事达五六天，直至一旬，神思恍惚，惘然若失。我不敢心羡恩宠荣耀之美，不敢仰慕巨商猗顿之富，实在是因为身同犬马一样低贱，德如鸿毛一样轻微，竟至于足历玄阙，手启金门，登临玉堂，在前殿凭钩栏观赏景致，临曲池传酒杯开怀畅饮。纵情宴乐，威仪消亏，直至言辞过度，漏泄而出。虽然倚仗你似平原君养士招贤的懿德，我却愧无毛遂那样的自耀颖脱的才能；虽然深蒙你似孟尝君屈己下人的礼遇，我却没有冯谖那样的营建三窟的效劳；虽然屡获你似信陵君虚左礼贤的恩德，我却没有侯嬴那样的可以称述的优点。凡此几项，就是我之所以积聚愤懑于胸中，眷怀古人而忧郁的原因。若追忆前次宴饮，就会说个没完，倾尽东海为酒，并合泰山为肉，砍伐云梦之泽的竹子为笛，斩断泗水之滨的梓树为筝，然后极尽雅意欢情，这真是公子的壮观，而非鄙人所能接近的啊。至于我的志向，确确实实就是为我所尊敬的人效力，我真想抛弃印绶冠饰，跟随你朝夕侍坐，钻研仲尼的六经遗训，精读老子的五千要言。面对美酒而不酌，抑止嘉肴而不吃，让西施走出帷帐，让嫫母侍奉身旁，这才是盛德之举、明智之法。至于你信中所述的宴饮，实在激动我心，秦筝的弹奏发出徽音，十六人的舞蹈齐容递进，埙箫在华屋吹起，鼙鼓在座旁敲响，嘈嘈之声灌满耳际，欢情踊跃如在鞍马。真可谓能够北方威慑肃慎，使其进贡楛矢；南方震撼百越，令其进献白雉。又何况刘备和孙权，哪里值得重视呢？

我返回治所于公务之暇诵读你所赐的文章，观览精华，实在是辞赋颂之正宗，著作家之师表。诸友众贤所述作之文，也各表志向。从前赵武经过郑国，子展等七子赋诗述志，《春秋》记载其事，作为美谈。我本一小人，没有文才以承君命，所答赐的信函，辞丑义陋，再三申述，惭愧而脸红，以至汗下。朝歌这个地方的人，都熟习辞赋，三事大夫，无不吟诵你所赐之文，岂只有憙事小吏讽而诵之呢？你的一片好意如同苦口良药，用政理之事训导于我，深深的关切之恩，表现在文墨之中。墨子过朝歌即日回车，而我在此已是四年，虽无恩德施与百姓，但使他们歌舞欢乐。儒墨两家尚乐和非乐的不同，本已很久了。然而区区一旅之众，不足以使头领传扬其美名；小小步痕之间，不足以使骏马驰骋其轨迹。若不改道易辙，更换所御，将怎么效其大力呢？如今处此小县而求大功，犹如用绳索捆绑良骥之足，而要求它奔驰千里；用笼子禁锢猿猴之势，而希望它灵巧轻捷。不胜忧愁，谨附此书遣使答复，不敢繁言冗辞。吴质谨启。

【评析】

此文是吴质写给东阿王曹植的复信。第一段赞叹曹植来信的文采和厚意。第二段追叙宴饮的豪华和欢乐。第三段就曹植来信所议的著文、尚乐、为政诸方面的问题作答，并表达了改辙易御以效其力的志向。信中贯穿着对曹植德才气概的赞美和对知遇之恩的感激。此文条理清晰，感情恳切，追叙和抒情紧密结合，融为一体，增加了文章的气势。

与满公琰书[①]一首

作者：应休琏　　注译评析：王志瑛

璩白：昨者不遗，猥见照临[②]，虽昔侯生纳顾于夷门[③]，毛公受眷于逆旅[④]，无以过也。外嘉郎君谦下之德[⑤]，内幸顽才见诚知己[⑥]，欢欣踊跃，情有无量。是以奔骋御仆，宣命周求，阳书喻于詹何[⑦]，杨倩说于范武[⑧]，故使鲜鱼出于潜渊，芳旨发自幽巷。繁俎绮错[⑨]，羽爵飞腾[⑩]，牙旷高徽[⑪]，义渠哀激[⑫]。当此之时，仲孺不辞同产之服[⑬]，孟公不顾尚书之期[⑭]。徒恨宴乐始酣，白日倾夕，骊驹就驾[⑮]，意不宣展。追惟耿介[⑯]，迄于明发[⑰]。

适欲遣书，会承来命。知诸君子复有漳渠之会[⑱]。夫漳渠，西有伯阳之馆[19]，北有旷野之望；高树翳朝云，文禽蔽绿水；沙场夷敞，清风肃穆[20]，是京台之乐也[21]，得无流而不反乎？适有事务，须自经营，不获侍坐，良增邑邑[22]。因白不悉。璩白。

【篇旨】

答谢满公琰前日的造访，追忆酒宴的欢聚，并说明不能应邀赴漳渠之会的原因。

【注释】

① 满公琰：满炳，字公琰，满宠之子，为别部司马。满公琰登门看望应璩，第二天应璩正欲写信答谢，恰值公琰又使人召请应璩赴漳渠之会，应璩因事不能前往，故写信为报。

② 猥：辱，谦词。照临：敬词，称宾客到来，同“光临”。

③ 侯生：侯嬴，战国魏人，任大梁（今河南开封）夷门的守门小吏，信陵君虚左驾车自往夷门，将他迎为上客。

④ 毛公：毛遂，战国赵平原君的食客。逆旅：客舍。

⑤ 郎君：指满炳，因满炳之父满宠为太尉，应璩曾事之，故称满炳郎君。

⑥ 顽才：顽鲁之人，应璩自谓，表示自谦。

⑦ 阳：阳昼，春秋时人，宓子贱将为单父宰，阳昼以钓鱼之道为喻，献策相赠。詹何：古之善钓者。

⑧ 杨倩：据《韩非子·外储说右上》记载，有酤酒者，酒甚美而不售，问其所知闾长者杨倩，杨倩告知原由为狗猛而人畏之。范武：古之善为酒者。

⑨ 俎（zǔ）：置肉的几，古代祭祀、宴客用的礼器。绮（qǐ）：有花纹的丝织品。

⑩ 羽爵：即羽觞，酒器，作生爵形，有头尾羽翼。

⑪ 牙：伯牙，善鼓琴者。旷：师旷，晋之乐太师。高徽：急激的音调。

⑫ 义渠：古西戎国名，在今甘肃合水、正宁、环县、宁县、泾水等地。

⑬ 仲孺：灌夫，字仲孺，西汉颍阴人，武帝时为淮阳太守，入为太仆，徙燕相。为人任侠，刚直，好使酒。与魏其侯窦婴相善，曾在丞相田蚡处使酒骂坐，为田蚡所劾而族诛。据《汉书》记载，灌夫曾有姊服，访丞相田蚡，田蚡纵容他同访魏其侯，而忧其恰有姊服，灌夫答道："将军乃肯幸临魏其侯，夫安敢以服为辞！"同产：同母兄弟，此指姊。服：古代丧礼规定穿戴的丧服，也指居丧。

⑭ 孟公：陈遵，字孟公，汉杜陵人。哀帝末，以功封奋威侯。嗜酒，好客，每会饮，取客车辖投井，虽有急，终不去。曾有刺史奏事，来谒见陈遵，值其方饮，刺史候其沾醉时，突入见遵母，叩头禀告尚书有限定期限的文书，遵母即令其从后阁出去。

⑮ 骊驹：逸《诗》篇名，告别之歌。《汉书·儒林传》："客歌《骊驹》，主人歌《客毋庸归》。"注："文颖曰：其辞云：'骊驹在门，仆夫具存；骊驹在路，仆夫整驾'也。"骊驹即马。就驾：整驾已毕，将行。

⑯ 耿介：犹耿耿，烦躁不安之貌。

⑰ 明发：黎明，平明，即晓时。

⑱ 漳渠：水名。《文选》左思《魏都赋》："石杠飞梁，出控漳渠。"注："刘（良）曰：魏武帝时，堰漳水在邺西十里，名曰漳渠堰。"漳水今名漳河，在今河北南部地区。

⑲ 伯阳：即老子。

⑳ 肃穆：清风之貌。

㉑ 京台：楚国的高台，为乐、观景之所。

㉒ 邑邑：通"悒悒"，忧郁不乐。

【语译】

应璩禀告：昨天承蒙不弃，光临敝所，即使是从前侯嬴在夷门得到信陵君的惠临，毛遂在客舍受到平原君的眷顾，也不会超过的了。我真幸运，在外遇到郎君有谦虚下人的美德，内心怀着愚钝之人的志诚而被你视为知己，欢欣踊跃，情意无量，因此令御者仆役奔驰车马，宣我教命，周求馔食。阳昼用钓鱼之道晓喻子贱，使其像善钓鱼者詹何；杨倩用酤酒之法言说酒家，令其像善为酒者范武。所以能使鲜鱼出自深潭，使酒香发自幽巷。几案繁布，如文绮交错；羽觞频递，似鸟雀飞腾。伯牙师旷之乐高亢急激，西戎义渠之乐哀转激楚。当此之时，正如灌夫不因姊服推辞赴魏其侯的酒宴，陈遵纵酒沾醉不看尚书的期会状，只是遗憾宴乐正酣，而白日西斜，骊驹将行，意犹未尽。追思而不寐，直至天明。

正欲遣发书信，恰遇有使来临，得知诸位君子，又有漳渠的聚会。漳渠，西有老子之庙，北可瞭望远野，高大的树木遮蔽着朝云，有花纹的禽鸟覆盖着绿水，沙场平坦明亮，清风肃穆凉爽，这正是京台观望之乐啊，能不流连而忘返吗？恰遇事务，须自营谋，不能前往侍坐，实增悒悒之忧。因而禀告，言而不尽。应璩谨启。

【评析】

应璩的这封书信，第一段答谢满公琰前日的来访，表达对知遇之恩的感激，并追忆酒宴的欢乐。第二段说明不能应邀赴漳渠之会的原因，表达不能陪侍同乐的遗憾。全文脉落清楚，追叙与抒情水乳交融，文辞绮靡，感情真挚。

与侍郎曹长思书一首

作者：应休琏　　注译评析：王志瑛

璩白：足下去后，甚相思想。叔田有无人之歌[①]，闉阇有匪存之思[②]，风人之作，岂虚也哉！

王肃以宿德显授[③]，何曾以后进见拔[④]，皆鹰扬虎视，有万里之望。薄援助者，不能追参于高妙，复敛翼于故枝，块然独处[⑤]，有离群之志。汲黯乐在郎署[⑥]，何武耻为宰相[⑦]，千载揆之[⑧]，知其有由也。

德非陈平，门无结驷之迹[⑨]；学非扬雄，堂无好事之客[⑩]。才劣仲舒，无下帷之思[⑪]；家贫孟公，无置酒之乐[⑫]。悲风起于闺闼[⑬]，红尘蔽于机榻[⑭]。幸有袁生[⑮]，时步玉趾[⑯]，樵苏不爨[⑰]，清谈而已[⑱]。有似周党之过闵子[⑲]。夫皮朽者毛落，川涸者鱼逝[⑳]；春生者繁华，秋荣者零悴。自然之数[㉑]，岂有恨哉！聊为大弟陈其苦怀耳！想还在近，故不益言。璩白。

【篇旨】

表达对侍郎曹长思的思念之情，抒发自己安贫乐道的高尚志向。

【注释】

① 叔田：《诗经 · 郑风 · 叔于田》："叔于田，巷无居人。"田，打猎。

② 闉阇（yīn dū）：曲城，泛指城门。阇指城台。《诗经·郑风·出其东门》次章："出其闉阇，有女如荼。虽则如荼，匪我思且。"

③ 王肃：字子雍，三国魏东海郯人，王朗之子，黄初中为散骑黄门侍郎。宿德：指年老而有德望的人。

④ 何曾：字颖考，晋阳夏人，弱冠即累迁散骑侍郎、给事黄门郎。三国魏时，官至司徒，西晋初，任丞相、太傅等官职。后进：指先仕后学习者。《论语 · 先进》："后进于礼乐，君子也。"

⑤ 块然：孤独的样子。

⑥ 汲黯：字长孺，汉濮阳人。武帝时为东海郡太守，后召为九卿，出为淮阳太守。拜淮阳太守时，汲黯伏地谢，不受印绶，说："臣愿为中郎，出入禁闱，臣之愿也。"

⑦ 何武：字君公，汉郫人，为扬州刺史，大司空。

⑧ 揆（kuí）：测度，度量。

⑨ 陈平：汉阳武人，官至丞相。与太尉周勃合力，尽诛诸吕，立文帝，安汉朝。陈平少时家贫，以席为门，然门外多长者车辙。结驷：

连骑。

⑩ 扬雄：字子云，西汉蜀郡成都人，博通群籍，多识古文奇字。扬雄家素贫，嗜酒，时有好事者，载酒肴，从雄游学。

⑪ 仲舒：董仲舒。汉广川人，少治《春秋公羊传》，景帝时为博士，下帷讲读，三年不窥园。武帝时拜江都相，后为胶西王相。

⑫ 孟公：陈遵，字孟公。《汉书·陈遵传》说，他至寡妇左阿君家，置酒歌讴，起舞跳梁乐之。

⑬ 闺闼：内室。

⑭ 机：通“几”，几案，小桌子。榻：床，狭长而低的坐卧用具。

⑮ 袁生：应璩之友，时来与璩言谈。

⑯ 趾：足。

⑰ 樵苏不爨（cuàn）：柴草不燃，无食为炊。

⑱ 清谈：清雅的言谈、议论。

⑲ 周党、闵子：《东观汉记》云：“太原闵贡，字仲叔，与周党相遇，含菽饮水，无菜茹也。”

⑳ 涸（hé）：水干，枯竭。逝：死。

㉑ 数（shù）：命运。

【语译】

应璩禀告：足下去后，十分思念。《叔于田》有“巷无居人”的咏唱，《出其东门》有“匪我思存”的相思，诗人之作，难道虚妄无义吗！

王肃因德高望重而授以显职，何曾凭望族子弟而得到提拔，他们都鹰扬虎视，前程万里。没有显贵的亲朋援助的人，就不能追参朝贵，而复如鸟儿收敛羽翼栖于故林，卓然独立，块然幽处，怀着离群索居的志向。汲黯愿做中郎，何武耻为宰相，千载思度此事，知其有所缘由啊。

我德行不如陈平，门外没有连骑的车辙；学识不及扬雄，堂前没有好事的来客。我才智弱于仲舒，没有下帷讲习的才思；家境贫于孟公，没有置酒歌舞的快乐。悲风从内室发出，尘土覆盖着几案床榻，幸有好友袁生，时常举步来访，柴草不燃，无食为炊，清谈而已，如同周党之访闵贡。兽皮朽腐则毛落，河水干涸则鱼死；春天萌生者必定繁茂荣华，秋季虽荣者即将零落枯悴，这是自然规律，岂可怅恨呢！聊以向大弟陈述我的苦衷罢了。想到返回在即，故不多言。应璩谨启。

【评析】

这是应璩写给侍郎曹长思的信。第一段表达对朋友的思念。第二段以古人为喻，说明或鹰扬万里，或离群索居，乃人各有志，也因时势所致。第三段抒发自己安于清贫，不慕荣华的志向。最后是信的结束语。全文结构紧凑，脉络清晰；引典托志，即景抒怀，透出一股清雅之气。

与广川长岑文瑜书一首

作者：应休琏　　注译评析：王志瑛

璩白：顷者炎旱，日更增甚，沙砾销铄[①]，草木焦卷；处凉台而有郁蒸之烦[②]，浴寒水而有灼烂之惨[③]。宇宙虽广，无阴以憩[④]，《云汉》之诗[⑤]，何以过此？土龙矫首于玄寺，泥人鹤立于阙里[⑥]，修之历旬，静无征效。明劝教之术，非致雨之备也。

知恤下人[⑦]，躬自暴露[⑧]，拜起灵坛[⑨]，勤亦至矣。昔夏禹之解阳盱[⑩]，殷汤之祷桑林[⑪]，言未发而水旋流，辞未卒而泽滂沛[⑫]。今者，云重积而复散，雨垂落而复收。得无贤圣殊品，优劣异姿，割发宜及肤，翦爪宜侵肌乎[⑬]？周征殷而年丰，卫伐邢而致雨，善否之应，甚于影响[⑭]，未可以为不然也。想雅思所未及[⑮]，谨书起予[⑯]。应璩白。

【篇旨】

描写广川大旱以及祈雨不得的情景，指出劝教之术，非致雨之备，重要的在于心怀至诚，明察善否。

【注释】

① 销铄（xiāo shuò）：销镕。

② 郁蒸：盛热。

③ 灼（zhuó）烂：烧伤。

④ 阴（yìn）：通“荫”，庇荫。憩（qì）：休息。

⑤《云汉》：《诗经·大雅·云汉》章云：“旱既太甚，则不可沮。赫赫炎炎，云我无所。”

⑥ 土龙、泥人：祈雨之物。矫：举。玄寺：道场，祠宇。阙（què）：宫门两旁的门楼。里：闾里，民间。

⑦ 恤（xù）：忧虑，顾惜。

⑧ 暴露：指站立于日下。

⑨ 灵坛：祈雨坛。

⑩ 解：解除，指祭神祈求消灾去祸。阳盱（xū）：水名。

⑪ 桑林：地名。

⑫ 滂沛：雨水盛貌。

⑬ 割发、翦爪：《吕氏春秋》曰：“昔殷汤克夏，而大旱五年。汤乃身祷于桑林，于是翦其发，磨其手，自以为牺，用祈福于上帝，民乃甚悦，雨乃大至。”

⑭ 影响：影随形，响应声，比喻感应迅捷。

⑮ 雅：尊人之辞。

⑯ 起予：《论语·八佾》：“起予者商也。”起，发。予，我。

【语译】

应璩禀告：近来酷热干旱，日复一日严重。沙石销镕，草木焦卷，处凉台尚有盛热之烦恼，浴寒泉犹觉烧炙之痛楚。宇宙虽然广阔，无所庇荫得以休息，《云汉》之诗“赫赫炎炎”的描述，何以超过今日？土龙在玄寺翘首而盼，泥人在阙里鹤立而望，求雨历时一旬，然而静无征效，可见劝教之术，并非致雨的必要之备。

各级官长体恤百姓，亲自站在太阳之下，在祈雨坛依次行雩礼跪拜起立，劳苦也到极点了。从前夏禹祭神于阳盱之河，殷汤祈祷于桑林之地，夏禹言未出口而河水回流，殷汤话未说完而大雨滂沛。如今，云积数重却又散开，雨将落下却又收回，恐怕是贤圣之品类不同，优劣之姿态各异，翦发磨手，应该及肤侵肌的缘故吧？周逢荒年，征殷而迎来丰年；卫遇大旱，伐邢而招致大雨。善与不善的应验，超过了影子随形和回响应声的感应，不可认为不是这样罢。想来您未虑及这些，谨写此信以求相启发。应璩谨启。

【评析】

广川县大旱，求雨不得，应璩写此信给广川县令岑文瑜戏谑开导他。第一段描写广川的大旱及祈雨不得的情景，指出劝教之术，非致雨之备。第二段古今对照，说明求雨的成功与否决定于是否心意至诚，是否懂得善与不善的应验。此信表现了作者的天人感应的观点，同时也反映了作者不信求雨的形式，而主张勤民、爱民、取信于民的仁政思想。全文结构紧凑，层次分明。描写旱情则文字生动形象，引古证今则气势一泻而下，直贯篇终。

与从弟君苗君胄书一首

作者：应休琏　　注译评析：王志瑛

璩报[①]：间者北游[②]，喜欢无量，登芒济河[③]，旷若发蒙[④]。风伯扫途，雨师洒道[⑤]，按辔清路[⑥]，周望山野。亦既至止[⑦]，酌彼春酒[⑧]。接武茅茨[⑨]，凉过大夏[⑩]。扶寸肴脩[⑪]，味逾方丈[⑫]。逍遥陂塘之上[⑬]，吟咏菀柳之下[⑭]。结春芳以崇佩[⑮]，折若华以翳日[⑯]。弋下高云之鸟[⑰]，饵出深渊之鱼[18]。蒲且赞善[19]，便嬛称妙[20]，何其乐哉！虽仲尼忘味于虞韶[21]，楚人流遁于京台[22]，无以过也。班嗣之书[23]，信不虚矣[24]！

来还京都，块然独处[25]，营宅滨洛[26]，困于嚣尘[27]，思乐汶上[28]，发于寤寐[29]。昔伊尹辍耕[30]，郅恽投竿[31]，思致君于有虞[32]，济蒸人于涂炭[33]。而吾方欲秉耒耜于山阳[34]，沉钩缗于丹水[35]，知其不如古人远矣。然山父不贪天地之乐[36]，曾参不慕晋楚之富[37]，亦其志也。

前者邑人念弟无已，欲州郡崇礼，官师授邑[38]，诚美意也。历观前后，来入军府[39]，至有皓首，犹未遇也[40]，徒有饥寒骏奔之劳[41]。俟河之清，人寿几何[42]？且宦无金张之援[43]，游无子孟之资[44]，而图富贵之荣，望殊异之宠，是陇西之游[45]，越人之射耳[46]。幸赖先君之灵，免负担之勤，追踪丈人，畜鸡种黍[47]，潜精坟籍[48]，立身扬名，斯为可矣。无或游言[49]，以增邑邑[50]。

郊牧之田，宜以为意，广开土宇，吾将老焉。刘杜二生，想数往来。朱明之期[51]，已复至矣。相见在近，故不复为书，慎夏自爱。璩白。

【篇旨】

叙述北游的无限欢乐，表明自己不慕荣华、归隐故里的决心。

【注释】

① 报：告知，回答。

② 间（jiān）者：近来。

③ 芒：山名。济：渡。

④ 旷（kuàng）：开朗。发蒙：拨开蒙眼的事物，比喻开阔眼界。

⑤ 风伯：风神，名飞廉。雨师：司雨之神，名屏翳。一说，共工之子玄冥为雨师。《淮南子·原道训》："令雨师洒道，使风伯扫尘。"

⑥ 按辔（pèi）：扣紧马缰，使马慢步前行。

⑦ 亦既至止：《诗经·召南·草虫》："亦既觏止，亦既观止，我心则降。"

既：已经。至：到。

⑧ 酌（zhuó）：斟酒，饮酒。春酒：冬天酿造、春天成熟的酒，也叫冻醪。

⑨ 武：足迹。茅茨：茅草屋顶，此指茅屋。

⑩ 夏（xià）：高屋，大殿。

⑪ 扶寸：古代长度单位，铺四指为扶，一指为寸，形容甚小。肴（yáo）：鱼肉之类的荤菜。脩：干肉。

⑫ 方丈：一丈见方。方丈之食指丰盛的肴馔。

⑬ 陂（bēi）塘：池塘。

⑭ 菀（wǎn）柳：枝叶茂盛的柳树。

⑮ 结：编结。崇：充。

⑯ 若华：若木的花，一名若英。若木是神话中指长在日入处的一种树木。翳（yì）：障蔽。

⑰ 弋（yì）：以绳系箭而射。

⑱ 饵（ěr）：此指诱鱼上钩。

⑲ 蒲且（jū）：古楚国之善射者。

⑳ 便嬛（biàn xuān）：古楚国之善钓者，又名便蜎、蜎渊。

㉑ 韶：传说谓舜所作乐曲名，故称“虞韶”。《论语·述而》：“子在齐闻韶，三月不知肉味，曰：‘不图为乐之至于斯也。’”

㉒ 流遁：指流荡，逃遁。京台：楚国的高台，游观之处。《淮南子·道应训》说，令尹子瑕请庄王饮，设宴于京台，庄王不往，曰：“吾闻京台者，南望猎山，北临方皇，左江右淮，其乐忘返，若吾薄德之人，不可以当此乐也。”

㉓ 班嗣：汉人，班斿之子。《汉书·叙传》说，班嗣虽修儒学，然好老庄。桓谭欲借其书，他回信说：“（庄子）绝圣弃智，修生保真，清虚澹泊，归之自然，……渔钓于一壑，则万物不奸其志；栖迟于一丘，则天下不易其乐。”

㉔ 信：的确。

㉕ 块然：孤独貌。

㉖ 滨：近。

㉗ 嚣（xiāo）尘：喧闹而多尘埃。

㉘ 汶（wèn）上：指汶水流域，古齐地。《论语·雍也》："季氏使闵子骞为费宰。闵子骞曰：'善为我辞焉！如有复我者，则吾必在汶上矣。'"言渡汶水，北如齐，表示不仕。

㉙ 寤寐：醒时和睡时，犹言日夜。

㉚ 伊尹：商汤的大臣，据《孟子·万章上》记载，伊尹耕于有莘之野，而乐尧舜之道；汤使人以币聘之，嚣嚣然；汤三使往聘之，既而幡然改曰："与我处畎亩之中，由是以乐尧舜之道，吾岂若使是君为尧舜之君哉？吾岂若使是民为尧舜之民哉？吾岂若于吾身亲见之哉？"辍（chuò）：停，中止。

㉛ 郅恽（zhì yùn）：字君章。东汉西平人。据《东观汉记》记载，郑次都隐于弋阳山中，恽即去，从次都止，渔钓甚娱。留数十日，恽喟然叹曰："天生俊士，以为民也，鸟兽不可与同群，子从我为伊尹乎？将为许巢而去尧舜也？"次都曰："吾年耄矣，安得从子？子勉正性命，勿劳神以害生。"告别而去。恽客于江夏郡，举孝廉，为郎。

㉜ 有虞：此指虞舜。

㉝ 蒸人：众人，百姓。涂：泥。炭：指火。

㉞ 秉：执。耒耜：上古时的翻土农具。山阳：汉县名，属河内郡，因在太行山南部，故名山阳，故城在今河南修武西北。

㉟ 钩：钓钩。缗（mín）：钓丝。丹水：河名。

㊱ 山父：古隐士巢父的别名，在树上筑巢而居，故号曰巢父。尧以天下让之，不受。

㊲ 曾参：字子舆，春秋鲁南武城人，孔子弟子。据《孟子》记载，孟子说明不听齐王的召唤的原因时，曾引曾参的话："晋楚之富，不可及也；彼以其富，我以吾仁；彼以其爵，我以吾义，吾何慊乎哉？"

㊳ 官师：六臣本作"师官"，指授以众官之师。

㊴ 军府：将帅的幕府。

㊵ 皓首：年老白头。

㊶ 骏奔：即“骏奔走”，急速奔走。

㊷ 俟（sì）河之清：等待黄河由浊变清，比喻期望之事无望或难以实现。

㊸ 金：指金日磾（dī）：字翁叔，本为匈奴休屠王太子，汉武帝时归汉，赐姓金，官任侍中。武帝崩，与霍光同受遗诏辅政，为光副。《汉书·金日磾传》赞曰：“夷狄亡国，羁虏汉庭，七叶内侍，何其盛矣。”张：张汤，汉杜陵人，武帝时拜太中大夫，为廷尉，迁御史大夫。《汉书·张汤传》赞曰：“张氏子孙相继，自宣元已来，为侍中中常侍者凡十余人，功臣之后，唯有金氏张氏。”

㊹ 子孟：霍光，字子孟，汉河东平阳人，骠骑将军霍去病异母弟，武帝时为奉车都尉。昭帝八岁即位，光以大司马大将军受遗诏辅政，封博陆侯。

㊺ 陇西之游：《淮南子·齐俗训》曰：“夫乘舟而惑者，不知东西，见斗极则寤矣。夫性亦人之斗极也，有以自见也，则不失物之情；无以自见，则动而惑营，譬若陇西之游，愈躁愈沉。”

㊻ 越人之射：《淮南子·说山训》曰：“越人学远射，参天而发，适在五步之内。不易仪也，世已变矣，而守其故，譬犹越之射也。”

㊼ 丈人：老者。《论语·微子》：“子路从而后，遇丈人，以杖荷莜。子路问曰：‘子见夫子乎？’丈人曰：‘四体不勤，五谷不分，孰为夫子！’植其杖而芸。子路拱而立。止子路宿，杀鸡为黍而食之，见其二子焉。”

㊽ 坟籍：典籍。

㊾ 或：或作“成”。游：浮。

㊿ 邑邑：通“悒悒”，忧郁失意貌。

(51) 朱明：夏季。

【语译】

应璩告知：近来北游，无限高兴。登芒山，渡黄河，心旷神怡，如同发蒙。风伯雨师，洒扫道路，在清洁的道路上按辔徐行，向周围的山野展目四望。到达歇息之处，酌饮甜美的春酒。来到茅茨之室，清凉胜过大厦。肉脯虽仅扶寸，美味超过方丈。在池塘旁边安闲自得，在菀柳树下吟诵咏唱。将春花香草结成佩环，折若木之花遮蔽太阳。射下高空的飞鸟，钓出深潭的游鱼。连蒲且也赞好，连便嬛也称妙，那是多么的快乐啊！即使是孔子闻《韶》三月不知肉味、子瑕设宴楚王不往京台所述的快乐，也不能超过啊！班嗣信中所言之乐，果真不假啊。

回到京都，块然幽处。造宅濒临洛阳，嚣尘令人烦忧，思念隐逸之乐，寤寐萦牵于怀。从前伊尹停止耕种，郅恽丢弃渔竿，是想使君主成为唐尧和虞舜，是要救黎民脱离泥淖和火坑。而我正打算在山阳县持耒耜耕种，在丹水边沉钩缗垂钓，我知道自己比古人差得很远了，然而巢父不贪图享有天下的快乐，曾参不羡慕晋国楚国的富有，这也是他们高尚的志向啊。

前些时候，乡邑之人念弟之才学德行，想让州郡崇尚礼教，取弟为众官之师，教授乡邑，确实是美意啊。历观前前后后，从进入幕府，到暮年白头，尚未得到怎样的际遇，徒有饥寒奔走的辛劳，等待黄河变清，怎奈人寿短促，能活几年？况且求官游宦，没有金日磾、张汤那样的朝臣的援护，没有霍光那样的权贵的相助，却图谋富贵的荣耀，企望殊异的恩宠，这正好是陇西之游，欲疾而沉；越人之射，欲远而近罢了。我幸赖祖考的余庆，能免除负担的辛劳，愿追踪丈人，养鸡种黍，潜心钻研典籍，以求立身扬名，这样就可以了。但愿不会成为空话，以增悒悒之忧。

邑外的牧田，宜多留意耕作，广置土地屋宇，我已老之将至了。刘生杜生二位，想必常有往来。夏季又已来临了，相见在即，不再多写，慎于夏热之气，宜自保爱。应璩谨告。

【评析】

这是应璩决心归隐故里而报与二从弟的书信。第一段描述近日北游的无限快乐：登芒济河，旷若发蒙；山野田园之乐，胜过孔子闻《韶》。第二段抒发自己对京都嚣尘的厌倦和对乡间渔耕的向往，表达了归田的决心。第三段表明自己不慕富贵、不图宠荣的高尚情操，以及追踪丈人归隐田园、潜精坟籍以立身扬名的志向。第四段向二从弟交代耕作经营的一些事务，以及叙谈家常。全文夹叙夹议、写景则即景抒情，叙事则就事设喻，可谓情景交融、事喻相贯。于景于情，处处透露出作者离尘脱俗的清雅情趣；于事于喻，事事推导出作者远辞嚣尘的归田结论。全文首尾相贯，一气呵成，文辞清丽，情意真切。

卷第四十三

书下

与山巨源绝交书一首

作者：嵇叔夜　　注译评析：毛毓松

康白：足下昔称吾于颍川[①]，吾常谓之知言[②]。然经怪此意[③]，尚未熟悉于足下，何从便得之也？前年从河东还[④]，显宗、阿都说足下议以吾自代[⑤]。事虽不行，知足下故不知之[⑥]。足下傍通[⑦]，多可而少怪，吾直性狭中[⑧]，多所不堪，偶与足下相知耳。间闻足下迁[⑨]，惕然不喜[⑩]，恐足下羞庖人之独割[⑪]，引尸祝以自助[⑫]，手荐鸾刀[⑬]，漫之膻腥，故具为足下陈其可否。

吾昔读书，得并介之人[⑭]，或谓无之，今乃信其真有耳。性有所不堪，真不可强。今空语同知有达人[⑮]，无所不堪，外不殊俗而内不失正，与一世同其波流而悔吝不生耳[⑯]。老子庄周[⑰]，吾之师也，亲居贱职；柳下惠东方朔[⑱]，达人也，安乎卑位。吾岂敢短之哉！又仲尼兼爱[⑲]，不羞执鞭；子文无欲卿相[⑳]，而三登令尹[㉑]。是乃君子思济物之意也[㉒]。所谓达能兼善而不渝，穷则自得而无闷。以此观之，故尧舜之君世，许由之岩栖[㉓]，子房之佐汉[㉔]，接舆之行歌[㉕]，其揆一也[㉖]。仰瞻数君，可谓能遂其志者也。故君子百行[㉗]，殊涂而同致，循性而动，各附所安。故有处朝廷而不出，入山林而不反之论[㉘]。且延陵高子臧之风[㉙]，长卿慕相如之节[㉚]，志气所托，不可夺也。

吾每读尚子平、台孝威传[㉛]，慨然慕之[㉜]，想其为人。少加孤露[33]，母兄见骄。不涉经学，性复疏懒，筋驽肉缓[34]，头面常一月十五日不洗，不大闷痒，不能沐也[35]。每常小便而忍不起，令胞中略转乃起耳[36]。又纵逸来久，情意傲散，简与礼相背[37]，懒与慢相成[38]，而为侪类见宽[39]，不攻其过，又读庄老，重增其放[40]。故使荣进之心日颓[41]，任实之情转笃。此由禽鹿少见驯育[42]，则服从教制；长而见羁，则狂顾顿缨[43]，赴蹈汤火；虽饰以金镳[44]，飨以嘉肴，逾思长林而志在丰草也。

阮嗣宗口不论人过[45]，吾每师之，而未能及。至性过人，与物无伤，唯饮酒过差耳！至为礼法之士所绳[46]，疾之如仇，幸赖大将军保持之耳。吾不如嗣宗之贤，而且慢弛之阙[47]，又不识人情，暗于机宜[48]；无万石之慎[49]，而有好尽之累[50]。久与事接，疵衅日兴[51]，虽欲无患，其可得乎？又人伦有礼，朝廷有法，自惟至熟[52]，有必不堪者七，甚不可者二。卧喜晚起，而当关呼之不置，一不堪也。抱琴行吟，弋钓草野[53]，而吏卒守之，不得妄动，二不堪也。危坐一时，痹不得摇[54]，性复多虱，把搔无已，而当裹以章服[55]，揖拜上官，三不堪也。素不便书，又不喜作书，而人间多事[56]，堆案盈机[57]，不相酬答，则犯教伤义，欲自勉强，则不能久，四不堪也。不喜吊丧，而人道以此为重，已为未见恕者所怨，至欲见中伤者；虽瞿然自责[58]，然性不可化，欲降心顺俗，则诡故不情，亦终不能获无咎无誉如此，五不堪也。不喜俗人，而当与之共事，或宾客盈坐，鸣声聒耳，嚣尘臭处，千变百伎，在人目前，六不堪也。心不耐烦，而官事鞅掌[59]，机务缠其心，世故繁其虑，七不堪也。又每非汤武而薄周孔[60]，在人间不止此事，会显世教所不容，此甚不可一也。刚肠疾恶，轻肆直言，遇事便发，此甚不可二也。以促中小心之性[61]，统此九患，不有外难，当有内病，宁可久处人间邪？又闻道士遗言，饵术、黄精[62]，令人久寿，意甚信之。游山泽，观鱼鸟，心甚乐之。一行作吏，此事便废，安能舍其所乐，而从其所惧哉！

夫人之相知，贵识其天性，因而济之。禹不逼伯成子高[63]，全其节也。仲尼不假盖于子夏[64]，护其短也。近诸葛孔明不逼元直以入蜀[65]，华子鱼不强幼安以卿相[66]。此可谓能相终始，真相知者也。足下见直木必不可以为轮，曲者不可以为桷[67]，盖不欲以枉其天才[68]，令得其所也。故四民有业，各以得志为乐，唯达者为能通之，此足下度内耳[69]。不可自见好章甫[70]，强越人以文冕也；己嗜臭腐，养鸳雏以死鼠也[71]。吾顷学养生之术，方外荣华，去滋味，游心于寂寞，以无为为贵[72]。纵无九患，尚不顾足下所好者。又有心闷疾，顷转增笃[73]，私意自试，不能堪其所不乐。自卜已审[74]，若道尽涂穷则已耳[75]，足下无事冤之，令转于沟壑也[76]。

吾新失母兄之欢[77]，意常凄切。女年十三，男年八岁，未及成人，况复多病，顾此悢悢[78]，如何可言！今但愿守陋巷，教养子孙；时与亲旧叙阔[79]，陈说平生；浊酒一杯，弹琴一曲，志愿毕矣。足下若嬲之不置[80]，不过欲为官得人，以益时用耳。足下旧知吾潦倒粗疏[81]，不切事情，自惟亦皆不如今日之贤能也[82]。若以俗人皆喜荣华，独能离之，以此为快，此最近之，可得言耳。然使长才广度[83]，无所不淹[84]，而能不营[85]，乃可贵耳。若吾多病困，欲离事自全，以保余年，此真所乏耳。岂可见黄门而称贞哉[86]！若趣欲共登王涂[87]，期于相致，时为欢益，一旦迫之，必发其狂疾。自非重怨[88]，不至于此也。

野人有快炙背而美芹子者[89]，欲献之至尊[90]，虽有区区之意[91]，亦已疏矣。愿足下勿似之。其意如此，既以解足下，并以为别。嵇康白。

【篇旨】

这篇绝交书旨在表明嵇康的政治立场和为人处世的生活态度，表现了嵇康不受礼教束缚，“非汤武而薄周孔”的反抗精神。

【注释】

① 足下：谓山巨源，即山涛，“竹林七贤”之一。与嵇康、阮籍等相友善，后入仕，官至吏部尚书。颍川：指山嵚，山涛的叔父，曾为颍川

（今河南许昌东）太守，故以颍川代其名。

② 常：曾经，《晋书》作“尝”。知言：知己之言。

③ 经：经常。此意：指山涛的所谓“知言”。

④ 河东：郡名，今山西南部黄河以东地区。嵇康曾避居于此。

⑤ 显宗：公孙崇的字；阿都：吕安的小字。他们都是嵇康的好友。

⑥ 故：通“固”，原来。

⑦ 傍通：通达事故，言其性格随和、宽容。

⑧ 中：谓心胸。

⑨ 间：近来。迁：升官。

⑩ 惕然：惊恐貌。

⑪ 庖人：厨师，祭祀时掌割祭肉的人。

⑫ 尸祝：祭祀的主持人。语出《庄子·逍遥游》：“庖人虽不治庖，尸祝不越尊俎而代之矣。”

⑬ 荐：进献。鸾刀：柄上有铃的刀。

⑭ 并介之人：谓能兼济天下而又耿介孤直之人。并，兼有。介，耿介。这里是说反语讥刺山涛。

⑮ 达人：通达事理的人。

⑯ 悔吝：感到后悔、遗憾。

⑰ 老子：老聃，道家创始人。庄周：即庄子，与老子同一学派的人。

⑱ 柳下惠：即展禽，名获字季，春秋时高士，为士人之师。东方朔：字曼倩，西汉时人，官位不高而性格孤直诙谐。

⑲ 仲尼：即孔子。孔子提倡“爱人”，有“泛爱众”的思想。《庄子·天道》云：“孔子曰：‘中心物恺，兼爱无私。’”

⑳ 子文：春秋时楚国人，他三次做令尹而无喜色，三次罢令尹而无愠色。

㉑ 令尹：楚国官名，位同卿相。

㉒ 济物：救世济人。

㉓ 许由：尧时隐士。

㉔ 子房：即张良，辅佐刘邦建立汉朝。

㉕ 接舆：楚之隐士。曾唱着歌经过孔子身旁，嘲讽孔子不识时务。

㉖ 揆：法度。

㉗ 百行：指君子的各种行为。

㉘ 处朝廷而不出：指乐于入仕做官的人，与“入山林而不反”的隐士相对而言。《韩诗外传》卷八：“朝廷之人为禄，故入而不出：山林之士为名，故往而不返。”

㉙ 延陵：指春秋时吴国公子季札，延陵是其封邑。子臧：曹国公子。曹宣公死后，诸侯与曹人准备立子臧为国君，子臧离国出走。吴国君死后，吴人欲立季札为君，季札效法子臧，不受君位。事见《左传·襄公十四年》。

㉚ 长卿：即司马相如。

㉛ 尚子平：即向子平，东汉人，不慕荣利，弃官还家。台孝威：东汉人，隐居不仕，以采药为生。

㉜ 慨然：赞叹貌。

㉝ 孤露：孤苦无所依靠。

㉞ 筋驽肉缓：谓筋骨无力、肌肉松弛。

㉟ 能：同“耐”。沐：洗。

㊱ 胞中：指膀胱中的尿。

㊲ 简：简谩，与“礼”相对。

㊳ 相成：相辅相成。

㊴ 侪（chái）类：同辈人。见宽：被宽容。

㊵ 放：放荡。

㊶ 颓：减弱。

㊷ 由：通“犹”。禽鹿：野鹿。禽，兼鸟兽言。

㊸ 顿缨：谓从羁绳中挣扎出来。缨，丝绳。

㊹ 金镳（biāo）：笼头。

㊺ 阮嗣宗：即阮籍，与嵇康同为“竹林七贤”之一。《晋书》说他不拘

礼法，谈旨玄远，口不褒贬人物。

㊻ 礼法之士：指何曾，在司马昭面前攻击阮籍狂放无礼，欲投之边陲。绳：绳墨、准则。

㊼ 阙：通“缺”。

㊽ 暗：此指不熟悉。机宜：事理。

㊾ 万石：汉石奋，与子四人皆为俸禄二千石，合在一起为万石，故称“万石君”。一家人都以办事谨慎著称。长子石建曾因在奏事上将“马”字少写一点而惊恐万状。

㊿ 好尽：谓喜爱尽情直言。

51 疵：毛病。衅（xìn）：裂痕、罪责。

52 惟：思考。

53 弋：用带着绳的箭射鸟。

54 痹：谓腿脚麻木。

55 章服：礼服。

56 人间：指官场，与隐逸相对而言。

57 机：同“几”，几案。

58 瞿然：惊恐之状。

59 鞅掌：公事忙迫纷扰之状。

60 非：非难。薄：鄙薄。汤武、周孔：指商汤王、周武王、周公、孔子。

61 促中：谓狭隘的心胸。

62 饵术：服食术药。黄精：亦药名。

63 伯成子高：贤者，归隐不仕，禹请而不至。

64 假盖：借伞。子夏：孔子门生。据《孔子家语》载：孔子出门，天下雨，无伞。学生说可向子夏借伞，而孔子不向子夏借，是为了掩饰子夏吝财的短处。

65 元直：即徐庶，先事蜀主刘备，后因念其老母而为曹操收留。

66 华子鱼：即华歆。幼安：即管宁。华歆事魏，举荐管宁做官，管宁不从。华歆亦不相逼。

㊼ 桷（jué）：架屋的方形椽子。

㊽ 枉：屈。

㊾ 度内：度量之内，即估量得到。

㊿ 章甫：冠名。《庄子·逍遥游》："宋人资章甫而适诸越，越人断发文身无所用之。"

71 鸳雏：即"鹓雏"，作者自喻。死鼠：喻对方。语出《庄子·秋水》："夫鹓雏发于南海而飞于北海，非梧桐不止，非练实不食，非醴泉不饮。于是鸱得腐鼠，鹓雏过之，仰而视之曰：吓！今子欲以子之梁国而吓我邪？"

72 无为：老庄哲学的要义，以清静无为为治国之本、养身之术。

73 笃：厚，此指病重。

74 卜：占卜，此指考虑。审：明白。

75 已：止，罢了。

76 沟壑：谓死。

77 母兄：同母之兄，即胞兄。

78 恨恨：悲伤。

79 叙阔：叙说离别之情。阔：离别。

80 嬲（niǎo）：烦扰、戏弄。音义与"娆"同。

81 粗疏：粗浅疏漫。

82 惟：思考。

83 长才：大才。广度：度量大。

84 淹：贯通。

85 营：经营，此指谋求做官。

86 黄门：指宦官。贞：正直。

87 趣（cù）：急速。涂：同"途"。

88 自非：若不是。

89 炙：烤。芹：芹菜。据《列子·杨朱》说：宋国有个农夫感到晒太阳很舒服。便对妻子说"负日之暄，人莫知者，以献吾君，将有重赏。”同乡人谓此人：“有人把芹菜当作美味献给富豪之家，一尝其味，则‘苦于口，躁于腹。’”众人笑之而其人大惭。

⑨⓪ 至尊：谓皇上。

⑨① 区区：诚意。

【语译】

嵇康告语：您从前在颍川太守面前赞美不愿入仕途的话，我曾经引为知己之言。然而我常常为此事感到奇怪，既然我的思想还未被您了解，您怎么会得出这样的看法呢？前年我从河东归来，公孙崇和吕安都说是您想让我替代您的职务。此事虽然没有实行，却从中可知您根本不了解我。您是一位通达世故人情的人，对别人大都宽容而很少怀疑，我是个直性子而又心胸狭隘的人，许多事情不能忍受，只是偶然认识您罢了。近来我听说您升了官，便不由得惊惧起来而又无法为您高兴，您大概是羞于单独做官硬要我来奉陪，这如同厨师不愿独自去屠宰而要拉祭师去帮忙一样，好让我手持屠刀，也沾染上一身腥臭。所以我一一向您陈述这种事该不该做。

我从前读书时，见书上有一种能兼善天下而又生性耿直的人，有人说这种人不会有，现在我才相信确实是有的。人之性情不能容忍的事，实在不应当勉强去做。现在空说彼此相知通达事理的人，这种人没有什么不能忍受的，他外表上与世俗没有相异而内心又没有失去正道，可以与世人同流合污而不生悔恨之心。老子、庄周是我的老师，他们居于低贱职位。柳下惠、东方朔，是心情通达之人，他们安心于卑贱的地位。我怎敢妄加评论他们呢，再说孔子有爱人的美德，为了道义他可以去赶车而不感到羞愧；子文没有当卿相的欲望，却三次做了楚国的令尹。这才是君子所具有的救人济世的思想品德。他们的通达是能给百姓以恩惠而不改变自己的志向，处境不佳能自得其乐而不会忧愁。由此看来，尧、舜在世做君主，许由的隐居岩穴，张良的辅佐汉高祖，接舆的愤世狂歌，都有着相同的理由。人们所敬重的这些贤人，可以称得上是实现自己志愿的人啊。所以君子的行为虽然各有不同，但能殊途同归；顺着他们的本性行动，各得其所。所以才有在朝廷做官而不愿离开，到山林中隐居而不想出来的说法。况且延陵季札崇尚子臧的人品，司马长卿仰慕蔺相如的气节！他们志气都有了寄托，这是不可能强加改变的。

每当我读到尚子平、台孝威传记时，便产生敬慕之情，就思考他们隐居不仕的人品。再说我幼年丧父孤独无依，被母亲和兄长所骄宠，没有很好地学习儒家的经典，性情又疏狂懒散，筋骨无力、肌肉松弛，头脸常常是一个月有十五天不洗，不到烦闷搔痒的时候，是不去洗浴的。经常有了小便而忍受着不起身，直到尿胀得快要流出来时才起来去小便。而我放纵不拘的行为由来已久，性情孤傲散漫，简傲与礼节是相背而行，疏懒与散漫是相辅相成，幸而为朋友同辈所宽容。没有指责我的过错。我还爱读《庄子》《老子》，更助长了我狂放的性情，所以使我做官求荣的思想不断减弱，任意狂放的本性反而增强了。这好似山野之鹿从小捉来驯养，就服从主人的管教约束，若是长成大鹿而被拘缚，那它就会发狂地四处张望甚至乱蹦乱跳地挣脱羁绳，赴汤蹈火也在所不惜。即使用金丝笼头给它戴上，用精美之食饲养它，它也会更加想念它所在的山林、追求它所爱的繁茂的草地。

阮嗣宗嘴里不评论别人的过失，我常常效法他，却不能赶上他。他的天性纯真胜过别人，待人接物不伤害人，只是有些爱好喝酒的毛病罢了！当他被拘守礼法的人所责难时，对他们恨若仇敌，幸亏得到大将军（指司马昭）的保护（礼法之士的攻击才未得逞）。我以为自己没有阮籍的优点，而有他那种孤傲懒散的缺点，又不懂人情世故，不明事理。没有汉代万石君行事的谨慎，却有着直言不讳的毛病。我接触世事久了，得罪人的事情就会与日俱增，即使想要没有祸患，难道能做得到吗？我又考虑到人们相处有礼节，朝廷做事有法规，自己想得非常清楚，我不能忍受的事情有七件，特别不可能做的事有两件。我爱懒睡晚起，看门的人就会喊我起来不会放着不管，这是第一件不能忍受的。我喜欢提着琴边走边吟，在野外射鸟钓鱼，而这时官吏士兵守卫在我身旁，我不能随意行动，这是第二件不能忍受的。在朝官前正襟危坐一段时间，腿脚麻木得不能动弹，身上又长有很多虱子，搔起痒来又没有个完，而又必须在这时穿上官服，拱手拜会上官，这是第三件不能忍受的。平时不爱多写字，又不喜欢写公函信札，然而世人交往的事很多，公文信札堆满桌案，若不应酬回答，就会违反礼教人情，想让自己勉强去做，又不能持久，这是第四件不能忍受的。不喜欢吊问丧事，而人们却把这种事情看得很重，我早已被不能谅解我的人所怨恨，竟至于想以此来诬蔑中伤我，即使惊恐地责备自己，然而本性难以改变，想要变易心意来顺从流俗，那就是违背本意而不合真情，就这样也终归不能做到没有谁说好说坏，像这样的话，这是第五件不能忍受的。我讨厌世俗之人，却又要跟他们共事，也许会宾客满堂而坐，喧哗之声聒耳，在尘土弥漫、臭气冲天的地方，各式各样的花招，都呈现在面前，这是第六件不能忍受的。我的心耐不住烦乱，而官场之事紧迫纷扰，政务要事缠绕心头，人情世故颇费思虑，这是第七件不能忍受的。我还经常非难商汤王、周武王，又鄙薄周公、孔子，在世间并非只限于我做这种事，但一旦显露出来就不会被世俗礼教所容许，这是尤其不适合做官的第一件。我生性刚强、疾恶如仇，言语轻率、直言不讳，这种脾气一碰上事情就会发作，这是我尤其不适合做官的第二件。凭着我这样心胸狭隘的心情，再加上前面所说的九个毛病，即便是没有外来的祸难，也会有疾病在内部发生，难道我能长久地活在人间吗？我还听说道士留下的话语：服食白术和黄精，能使人长寿，我对这一点很相信。游览山水，观赏鱼鸟，心中感到非常高兴。一旦去做官，这种乐事就全都失去了，怎么能舍去自己所欢乐的事情，而去追求自己所害怕的生活呢？

说到人们的真正相知，贵在了解其人的天性，从而成全他所爱好的事情。夏禹没有强迫伯成子高做诸侯，是为了成全他退居不仕的名节。孔子不向子夏借伞，是为掩饰子夏吝啬的短处。前不久的诸葛亮不强迫徐庶离魏入蜀，华子鱼不勉强推荐管仲做魏相，这才说得上是始终如一、真正的相知啊！您见到直木就知道一定不能用来做车轮，见到曲木就知道不能用来做方椽，大概是不想改变它的本性，让它能适合自己的需要。所以士、农、工、商四种人各有其专职，各自都以满足其志愿而感到快乐，只有通达的人才懂得这个道理，我说这些您可在心中度量一下。不能够认为自己戴了一顶好帽子，就硬要越人也去戴上这顶帽子；不要自己嗜食腐臭之物，就拿死老鼠去饲养高雅的鹓雏。我近来学习养生之法，正要抛弃富贵荣华，舍去美好的滋味，使心情恬淡寂寞，以“无为”为贵。即使我没有上述的“九患”，还不想看到您所喜爱的东西。我又患有心闷之病，近来越发严重了，我自个儿打算，我忍受不了自己所不喜爱的东西。我的考虑已很详尽，若是没路可走就罢了，您不要做出委屈我的事，让我流离于山沟而死。

我最近因胞兄去世而失去欢爱，心中常感悲切。女儿十三岁，男孩八岁，都没有长成人，况且我又有多种病痛，看到这种情况十分悲痛，还能说些什么呢？如今我只希望守着贫困的生活，教育抚养子孙后代，常与亲友叙谈离别之情，共话已往的生活之事，浊酒喝它一杯，玉琴弹弄一曲，我的志愿就算满足了。您如果老纠缠不清，那只不过是您想为官府拉人，以便有益于世事之用。您早就知道我行为颓放粗疏，不与世事人情相合，我自己也想到我各方面都比不上现今做官的贤能之士，若是认为俗人都喜欢荣华富贵，而我偏能丢开它，以此当作乐事，这话算是最接近我的本性了，确是知心之言。然而才能很高、度量很大而又无所不通的人，而又能不去追求仕途，那才真正是可贵的啊！像我这多病而困顿之人想要抛开世事而保全自己，以此来度过余生，这才真是不配去当官的。怎么能见了宦官便称赞他是个忠贞的人呢？假如急于让我与你一起登上仕途，跟着您去做官，与您共享欢乐好处，一旦来逼迫我上钩，我一定会发疯病的。若不是对我有大的仇恨，不至于会这样做的吧。

有个农夫以为晒太阳舒服、水芹菜好吃，想把它奉献给君王，虽然是一片诚意，可是不切合实际，希望您不要去学这个农夫。我的意思已表述清楚，既拿这封信来解释您对我的推荐之意，并且也是以此与您告别。嵇康告之。

【评析】

此信是嵇康写给山涛的绝交书。嵇康、山涛都是“竹林七贤”的成员，他们隐居不仕，可是山涛后来当了司马氏的朝官，嵇康认为他投靠了司马氏，背叛了朋友，所以写此信表示他的政治态度与人生追求，并与山涛断然绝交。全文按段落次序写了以下内容：一是交代写信的缘由，说明他与山涛虽曾相处而不相知；二是从历史上看所谓“并介之人”实际是不存在的；三是叙述自己的生活态度和存在“九患”的情况，说明他不能从政；四是叙述为人做事应顺从其本性，而不可随意改变，更不能相逼迫；五是借野人献芹来讽刺推荐之意的可笑，表示自己绝交的态度。从信的内容看，既表现了嵇康在司马氏与曹魏政权斗争中不想入仕做官、趋炎附势的政治立场，也表明他不愿受虚伪的礼教拘束，“非汤武而薄周孔”的大无畏的战斗精神。但也反映了当时名士以求志趣为乐、以“无为”为贵的消极人生态度。此信文采丰茂，语言犀利，笔势纵横，骈散相间，是一篇独具魅力的散文，在书信体的散文史上产生了深远的影响。

为石仲容与孙皓书一首

作者：孙子荆　　注译评析：胡大雷

苞白[1]：盖闻见机而作[2]，《周易》所贵；小不事大，《春秋》所诛。此乃吉凶之萌兆，荣辱之所由兴也。是故许郑以衔璧全国[3]，曹谭以无礼取灭[4]。载籍既记其成败，古今又著其愚智矣，不复广引譬类，崇饰浮辞。苟以夸大为名，更丧忠告之实。今粗论事势，以相觉悟。

昔炎精幽昧[5]，历数将终[6]，桓灵失德[7]，灾衅并兴。豺狼抗爪牙之毒，生人陷荼炭之艰。于是九州绝贯[8]，皇纲解纽[9]；四海萧条，非复汉有。太祖承运[10]，神武应期，征讨暴乱，克宁区夏[11]，协建灵符[12]，天命既集，遂廓洪基，奄有魏域。土则神州中岳，器则九鼎犹存[13]，世载淑美，重光相袭[14]，固知四隩之攸同，天下之壮观也。

公孙渊承籍父兄[15]，世居东裔，拥带燕胡，冯凌险远，讲武盘桓，不供职贡[16]，内傲帝命，外通南国[17]。乘桴沧流，交畤货贿，葛越布于朔土[18]，貂马延乎吴会。自以为控弦十万，奔走足用，信能右折燕齐[19]，左振扶桑[20]，凌轹沙漠，南面称王也。宣王薄伐[21]，猛锐长驱，师次辽阳[22]，而城池不守；桴鼓一震，而元凶折首。然后远迹疆埸[23]，列郡大荒，收离聚散，咸安其居，民庶悦服，殊俗款附。自兹遂隆，九野清泰[24]，东夷献其乐器[25]，肃慎贡其楛矢[26]，旷世不羁，应化而至，巍巍荡荡，想所具闻。

吴之先主[27]，起自荆州[28]，遭时扰攘，播潜江表。刘备震惧[29]，亦逃巴岷。遂依丘陵积石之固，三江五湖，浩汗无涯，假气游魂，迄于四纪[30]。二邦合从[31]，东西唱和，互相扇动，距捍中国。自谓三分鼎足之势，可与泰山共相终始。相国晋王[32]，辅相帝室，文武桓桓[33]，志厉秋霜。庙胜之筭，应变无穷。独见之鉴，与众绝虑，主上钦明[34]，委以万机。长辔远御[35]，妙略潜授，偏师同心[36]，上下用力，棱威奋伐，罙入其阻[37]，并敌一向[38]，夺其胆气。小战江介[39]，则成都自溃；曜兵剑阁[40]，而姜维面缚。开地五千，列郡三十。师不逾时，梁益肃清[41]，使窃号之雄，稽颡绛阙[42]，球琳重锦[43]，充于府库。夫虢灭虞亡[44]，韩并魏徙[45]，此皆前鉴之验，后事之师也。又南中吕兴[46]，深睹天命，蝉蜕内向，愿为臣妾。外失辅车唇齿之援，内有毛羽零落之渐，而徘徊危国，冀延日月。此犹魏武侯却指河山以自强大[47]，殊不知物有兴亡，则所美非其地也。

方今百僚济济，俊乂盈朝，虎臣武将，折冲万里[48]。国富兵强，六军精练，思复翰飞，饮马南海。自顷国家[49]，整治器械，修造舟楫，简习水战。伐树北山，则太行木尽；浚决河洛，则百川通流。楼船万艘，千里相望，自刳木以来[50]，舟车之用，未有如今日之盛者也。骁勇百万，畜力待时，役不再举，今日之谓也。然主上眷眷，未便电迈者，以为爱民治国[51]，道家所尚，崇城自卑[52]，文王退舍。故先开示大信，喻以存亡，殷勤之旨，往使所究。

若能审识安危，自求多福，蹶然改容，祗承往告[53]。追慕南越[54]，婴齐入侍，北面称臣，伏听告策，则世祚江表，永为藩辅，丰报显赏，隆于今日矣。若侮慢不式王命[55]，然后谋力云合，指麾风从，雍益二州，顺流而东；青徐战士，列江而西；荆杨兖豫，争驱八冲[56]。征东甲卒[57]，虎步秣陵[58]。尔乃皇舆整驾，六师徐征，羽檄烛日，旌旗流星，游龙曜路[59]，歌吹盈耳。士卒奔迈，其会如林。烟尘俱起，震天骇地，渴赏之士，锋镝争先。忽然一旦身首横分，宗祀屠覆，取诫万世，引领南望，良以寒心。

夫治膏肓者，必进苦口之药[60]；决狐疑者，必告逆耳之言。如其迷谬，未知所投，恐俞附见其已困[61]，扁鹊知其无功也[62]。勉思良图，惟所去就。石苞白。

【篇旨】

从多方面的事实与对比中来揭示吴正面临着覆亡的命运，劝吴投降。

【注释】

① 苞：石苞，字仲容，魏时司马昭辅政，石苞都督扬州诸军事、任征东大将军，徐劭、孙郁出使吴，石苞令孙楚作书与吴主孙皓。

② 见机：又作“见几”，谓事前明察事物细微的变化。

③ 许郑以衔璧全国：《左传》载，楚围许，许国君面缚衔璧见楚子，围解。又载，楚围郑，郑国君肉袒牵羊以迎，楚退兵。

④ 曹谭以无礼取灭：《左传》载，晋公子重耳到曹国，曹共公闻其骈胁，观其浴。重耳即位，晋围曹。又载齐桓公过谭，谭不礼，齐桓公回国，谭又不贺。冬，齐师灭谭。

⑤ 炎精：指汉，汉自称火德。

⑥ 历数：天道，指朝廷的命运。

⑦ 桓灵：汉桓帝刘志与汉灵帝刘宏，汉代自此进入乱世。

⑧ 贯：贯连。

⑨ 皇纲：统治天下的纪纲。纽：纽带，指控制。

⑩ 太祖：指曹操。

⑪ 区夏：诸夏之地，指中原。

⑫ 灵符：神灵的瑞符。

⑬ 九鼎：象征国家政权的宝器。

⑭ 重光：日光重明，喻后王继前王的功德。

⑮ 公孙渊：公孙渊与其父公孙康、其祖公孙度汉末时世代占据辽东。

⑯ 职贡：按职份应上交的贡物。

⑰ 南国：指孙权的东吴。

⑱ 葛越：即葛布，产于南方。

⑲ 燕齐：燕国、齐国之地，指今北京、河北、山东地区。

⑳ 扶桑：指辽东以东的地域。

㉑ 宣王：指司马懿。

㉒ 辽阳：在今辽宁辽阳梁水、浑河交会之处。

㉓ 疆埸（yì）：边境。

㉔ 九野：八方加中央。

㉕ 东夷：东方诸少数民族。

㉖ 肃慎：古民族名，分布于黑龙江、松花江流域。《魏志》载，常道乡公景元三年，肃慎国遣使重译来贡，弓长三尺五寸，三十张；楛矢长一尺八寸；石砮三百枚。

㉗ 吴之先主：指孙权之父孙坚。

㉘ 起自荆州：孙坚曾从荆州起兵讨伐董卓。

㉙ 刘备：字玄德，三国时蜀汉的开国皇帝，占据巴蜀一带。

㉚ 纪：一纪十二年。

㉛ 合从：指联盟。

㉜ 晋王：司马懿。

㉝ 桓桓：威武貌。

㉞ 主上：指魏常道乡公曹奂。

㉟ 长辔远御：指有长远的谋策。

㊱ 偏师：全军的一部分。

㊲ 罙（mí）：深。

㊳ 并：专。

㊴ 小战江介：指邓艾率部自阴平入蜀，先攻占江油，又斩蜀将诸葛瞻，蜀后主刘禅投降。

㊵ 剑阁：今四川剑阁，蜀将姜维把守此地，后投降魏将锺会。

㊶ 梁益：即蜀汉之地。

㊷ 稽颡（sǎng）：古时礼节，跪下，拱手至地，头也至地。颡，额。

㊸ 球琳：皆美玉。重锦：美锦。

㊹ 虢灭虞亡：虢、虞是春秋时的邻国，晋灭虢，归途中又灭虞。

㊺ 韩并魏徙：秦兼并韩，魏徙居梁。

㊻ 吕兴：吴交趾郡吏，杀太守孙胥，派使者至魏请太守与兵马。

㊼ 魏武侯：《史记·孙子吴起列传》载，战国时，魏武侯浮西河而下，对吴起说："美哉山河之固！此魏之宝也。"吴起回答说："在德不在险。若君不修德，则舟中之人，尽为敌国也。"

㊽ 折冲：摧折冲突。

㊾ 顷：近来。

㊿ 刳木：相传黄帝发明了刳木为舟。

51 爱民治国：《老子》第十章："爱人治国，能无知乎？"知，一作"为"。

52 崇城：崇侯之城。《左传·僖公十九年》，子鱼言于宋公曰：文王闻崇侯德乱而伐之，军三旬而不降；退修教而复伐之，因垒而降。

53 祇：敬。

54 南越：即南粤，今广东、广西一带。《汉书·南粤传》载，南粤王胡立，汉武帝使严助往喻意，南粤王胡遣其子婴齐入侍宿卫。

55 式：用。

56 冲：交通要道。

57 征东：征东将军石苞。

58 秣陵：在丹阳郡，即东吴境内。

59 游龙：指马。《周礼》曰：凡马八尺为龙。

60 膏肓（huāng）：古代医学称心脏下部为膏，隔膜为肓。后谓病极严重，难以医治为膏肓之疾，或称病入膏肓。

㊷ 俞附：或作“俞跗”“俞柎”，传说黄帝时的良医，医病不用汤药，只给病人割皮解肌，洗涤内脏。

㊸ 扁鹊：战国时名医。

【语译】

石苞说：曾听说明察事物细微的变化而行动，是《周易》所崇尚的；小国不奉事大国，《春秋》曾加以谴责，这些都是吉凶的萌芽与征兆，也是或荣耀或耻辱产生的根由啊。所以春秋时许国国君与郑国国君都因为面缚衔璧求降而保全了自己的国家，而曹国国君与谭国国君则因为对大国国君无礼而自取灭亡。史籍上记载着这些成败事例，古往今来显露着他们的聪慧或愚蠢。我不再广博征引多方譬喻，那是崇尚虚浮美辞，如果以夸大事实来获取名声，便会更加丧失忠告的实际内容，如今只粗略地论述事实与形势，想以此来使您觉悟。

以前火德之汉衰微幽暗，气数命运将尽，再加上桓、灵二帝失德，诸种灾患衅祸一块兴起。豺狼般的恶人张牙舞爪毒害百姓，人民陷入水深火热的艰痛之中。于是九州失去了控制，皇纲松开了约束，四海之内萧条荒凉，不再处于汉朝的统治之下。魏武帝曹操承受天运，神武之德应期而生，征伐平定乱贼暴虐，安定了中原广大地区。协力建树神灵的符瑞，天命便集中在此，于是扩张洪大的基业，这才建立起大魏的疆域。论土地则占据的是神州中部，说器物则还握有九鼎传国宝器，世上传颂大魏的美善，光辉荣耀代代相袭，确实可知四方边远地区与中原相统一，是天下最宏伟的壮观啊。

公孙渊祖孙相承，世代居住东方边鄙，拥有燕胡一带地域，凭借地势险峻遥远，自恃武力强大，不再按职份进贡财物，对内傲视帝王命令，对外勾结南方敌国，乘船泛浮沧海，相互交换物品，葛布遍满北方，貂鼠名马安家南土。他自以为有甲士战将十万，足可以供他驱使奔走，真以为能向右扩张至燕齐，向左扬威于扶桑，侵侮虐害于沙漠戈壁之地，要面南而坐称王称霸了。宣王出发征讨，猛将锐兵长驱直入，部队驻扎进辽阳，公孙渊城池不守；战鼓咚咚震响，元凶公孙渊被斩首示众。然后部队速至边境，巡行诸郡与荒漠，收编流离百姓与聚集散兵游勇，使他们都能安心定居。百姓庶民心悦诚服，远方异俗尽来归顺依附。自此我朝日益隆盛，中央八方清平安泰，东夷献来歌舞乐器，肃顺进贡强弓劲箭，长时间来不受管束的强悍部落，也响应风化归向我朝，我朝巍巍荡荡的气象，想来您已经一一听闻。

吴的先主，就是从荆州举兵兴起，遭遇时世纷扰侵夺，一直在江南一带播迁隐藏。刘备震惊恐惧，也逃进巴蜀。于是你们就依凭丘陵深山的险阻坚固，依凭三江五湖的浩瀚无涯，作为藉气浮游的野魂，至今已有四五十年了。你们两邦联盟，一东一西此呼彼应，相互怂恿鼓动，来抗拒抵御我朝。你们自称所谓三分鼎足的形势，可以与泰山一样永远长存。相国晋王（指司马懿）辅佐朝廷帝业，他能文能武威风凛凛，志气崇高厉如秋霜。临战前就有克敌制胜的谋划妙算，随机应变计策无穷。常常有独到的精辟见解，妙绝思虑与众不同。主上圣明，把万事都委托给他。他则计谋深长，巧妙谋略秘密授予部下。各部队同心共愿，上下一齐用力。威势奋发高昂，深入敌方险阻。专心致志集中力量对付敌之一部，一下子使敌人丧胆落魄。江油之战小试牛刀，致使成都溃散投降。雄兵扬威剑阁，而姜维面缚请降。于是开辟疆土五千里，封郡三十个。出兵没有超过三个月，梁、益一带被肃清平定，使僭窃封号的强敌，来到宫廷门阙稽首臣服，各种美玉锦锻，堆满仓库。那虢国已灭而虞国必亡，韩被兼并而魏必迁徙，这是以往已被验证的鉴戒，是以后行动作事所应效法的。再说你们南方的吕兴，深深察识天命，弃暗投明如蝉之蜕皮，愿为我朝臣下。你们外面失去辅车相依而唇亡齿寒，内部又混乱零落日渐严重，在危险境地徘徊犹豫，希望拖延灭亡的时日。这就好像魏武侯指着河山以为自己强大坚固，殊不知事物有兴有亡，他手指与赞美的地方已将不是他所有了。

如今我朝百官济济，俊才英杰满廷，武臣猛将，可摧折冲突于万里之外。国家富盛兵力强大，六军精悍练要，人人都想再次插翅奋飞，杀至南海牵饮战马。近来国家整理制造军事器械，大量修造舟船桨楫，操习水战检阅水军。在北山伐木造船，太行山的树木都要砍光了；疏浚黄河、洛水，那百条河流畅通无阻。楼船万艘，千里相连望不到边，自黄帝发明刳木造船以来，舰船与车辆的使用，还从来没有出现过今日的盛况。骁将勇卒上百万，正积蓄力量等待开战，古时所谓一役而毕其功，说的就是今日啊。然而主上具有慈爱之心，没有即刻紧急出兵，就是认为要遵奉道家所崇尚的爱民治国思想，就是依从周文王攻打崇侯时退兵修德而使敌城自降的道理，这恳切周详的辞意，以往的使者也曾详尽地表述过。

您如果能够清楚认识目前的安危，自己追求多祥多福，就急忙改变态度，恭敬接受我朝以往的警告。仿效学习汉时南粤王的做法。他就是把儿子婴齐送来入侍宿卫，诚心北面称臣，伏首听从文告命令。那么在江南能世代享受福祚，永远可为藩国辅臣，丰厚的酬报与显贵的赏赐，要比今日隆盛多了。如果傲慢不听从王命，那么接踵而来的大兵云合猛然压境，战旗指挥下如狂风冲卷，将从雍益二州，顺流而下；而青徐二州的将士，沿江西进；荆杨兖豫诸州，竞相出兵开上大道；征东将军我也率领甲士勇卒，虎狼般驱踏入境。于是主上皇舆整治起驾，全国部队从容出征，羽檄纷飞如红日般炽烈，旌旗飘扬如流星般满布，战马骑乘辉耀道路，歌吹舞蹈盈耳满目，士卒奔腾迈进，会合之时如同森林。烟尘纷起弥漫，震天空骇大地，渴望立功受赏的将士，个个挥刀挺枪争先恐后。您会突然之间身首分离，宗庙绝祀家人遭戮，还将被千代万世引为鉴戒，那时我举头南望，确实将非常寒心难过。

治疗膏肓之病必定要服用苦口良药，解决疑惑不定之事必定要告诉他逆耳言语，如果仍然执迷不悟，不当机立断痛下决心，那么俞附会看出他已经重病无救，扁鹊也知道自己无能为力了。希望您勉力思索好好考虑，尽快打定注意决定去就。石苞敬上。

【评析】

石苞当时任魏的征东将军，驻扎在与吴对峙的前线，他让孙楚写给吴主孙皓的信，说到底，就是多半威胁，小半利诱，对敌方进行心理战，想使之不战而降。信首尾两段引警语、用典故，简洁有力，一呼一应，实是全信理论基础。第二段夸赞自身的强大；第三段写割据辽东的公孙渊顷刻败亡；第四段写吴蜀，尤以蜀亡显示吴的孤弱；第五、六段写己方的强大与目前的形势。文中反复运用对比的方法显示吴必然灭亡的命运。全信强有力的攻势还表现在，作者所述全是事实与现实，绝少虚张声势之处，无论谁读了，都会感受到其中的力量。孙皓是当日的昏君，面对强大的魏及天下渴望统一的潮流，他的偏安一隅的皇朝确实面临着覆亡的前景。遗憾的是，魏使者至吴后，未敢把此信交给孙皓，恐怕是担心此信的语气过于激切吧！

与嵇茂齐书一首

作者：赵景真　　注译评析：胡大雷

安曰①：昔李叟入秦②，及关而叹；梁生适越③，登岳长谣。夫以嘉遁之举④，犹怀恋恨，况乎不得已者哉！惟别之后，离群独游，背荣宴，辞伦好⑤，经迥路，涉沙漠。鸣鸡戒旦⑥，则飘尔晨征；日薄西山，则马首靡托⑦。寻历曲阻，则沉思纡结；乘高远眺，则山川悠隔。或乃回飙狂厉，白日寝光⑧，踦躯交错⑨，陵隰相望⑩。徘徊九皋之内⑪，慷慨重阜之巅⑫，进无所依，退无所据，涉泽求蹊，披榛觅路，啸咏沟渠，良不可度。斯亦行路之艰难，然非吾心之所惧也。

至若兰茝倾顿⑬，桂林移植⑭，根萌未树，牙浅弦急⑮，常恐风波潜骇，危机密发，斯所以怵惕于长衢⑯，按辔而叹息也。又北土之性，难以托根，投人夜光⑰，鲜不按剑。今将植橘柚于玄朔，蒂华藕于修陵⑱，表龙章于裸壤⑲，奏《韶》舞于聋俗⑳，固难以取贵矣。夫物不我贵，则莫之与；莫之与，则伤之者至矣。飘飖远游之士，托身无人之乡。总辔遐路㉑，则有前言之艰；悬鞍陋宇㉒，则有后虑之戒。朝霞启晖，则身疲于遄征㉓；太阳戢曜㉔，则情劬于夕惕㉕；肆目平隰，则辽廓而无睹；极听修原，则淹寂而无闻。吁其悲矣，心伤悴矣！然后乃知步骤之士㉖，不足为贵也。

若乃顾影中原，愤气云踊，哀物悼世，激情风烈，龙睇大野，虎啸六合[27]，猛气纷纭，雄心四据，思蹑云梯，横奋八极，披艰扫秽，荡海夷岳，蹴昆仑使西倒，蹋太山令东覆，平涤九区，恢维宇宙，斯亦吾之鄙愿也。时不我与，垂翼远逝，锋钜靡加，翅翮摧屈，自非知命，谁能不愤悒者哉！

吾子植根芳苑[28]，擢秀清流，布叶华崖，飞藻云肆，俯据潜龙之渊，仰荫栖凤之林。荣曜眩其前，艳色饵其后[29]，良俦交其左，声名驰其右，翱翔伦党之间，弄姿帷房之里，从容顾眄，绰有余裕，俯仰吟啸，自以为得志矣，岂能与吾同大丈夫之忧乐者哉！

去矣嵇生，永离隔矣！茕茕飘寄，临沙漠矣！悠悠三千，路难涉矣！携手之期，邈无日矣！思心弥结[30]，谁云释矣！无金玉尔音[31]，而有遐心。身虽胡越，意存断金[32]。各敬尔仪[33]，敦履璞沉[34]。繁华流荡，君子弗钦[35]。临书恨然[36]，知复何云！

【作者简介】

赵至（约245—约282），字景真，代郡（今山西阳高西南）人，自小感奋受学，年十六从学嵇康，改名浚，字允元，州辟辽东从事。断狱精审，论议精辩，有纵横才气。《晋书》有传。

【篇旨】

叙述身赴北土所见的景色风土与人情世故，用以表述自己怀才不遇、壮志未酬的身世之感。

【注释】

① 安：吕安，字仲悌，干宝《晋纪》认为此文是吕安与嵇康书，而嵇康之子嵇绍认为这是赵至与从兄嵇蕃（字茂齐）书。二说不同，故题云景真，而书曰安。

② 李叟：即老子，姓李氏，名耳，字聃。《列子》载，老子西游于秦，中道仰天长叹。

③ 梁生：梁鸿，字伯鸾，过京师登邙山作《五噫》之歌。

④ 嘉遁：谓嘉美的退隐。语出《周易 · 遁卦》。

⑤ 伦好：兄弟朋友。

⑥ 戒旦：告诫天将明。

⑦ 马首靡托：古时有成语“马首是瞻”，言看主将马头所向以统一进退，此处指自己无所依托。

⑧ 寝光：天地昏暗淹没光辉。

⑨ 踦躯：崎岖。

⑩ 陵隰：高地与低湿之地。

⑪ 九皋：深远的水泽淤地。

⑫ 阜：土山。

⑬ 兰茝（chǎi）：两种香草，喻君子。

⑭ 桂林：香木。

⑮ 牙浅，即发动得快，喻危险来得快。牙，牙机，发动机械的枢纽。

⑯ 衢：路。

⑰ 夜光：夜光璧。邹阳《狱中上梁王书》：“臣闻明月之珠、夜光之璧，以暗投人于道，众莫不按剑相眄者。”

⑱ 修陵：高高的山头。

⑲ 龙章：绣有衮龙的服装与帽子。裸壤：不穿衣之国。

⑳ 韶舞：虞舜时的乐舞。

㉑ 遐：远。

㉒ 悬鞍：悬车，即停车。鞍，马鞍。

㉓ 遄（chuán）征：迅急远征。

㉔ 戢：收敛。

㉕ 劬（qú）：劳苦。夕惕：形容戒慎恐惧，不敢怠慢。

㉖ 步骤之士：驱驰行役之人。

㉗ 六合：天地四方。

㉘ 芳苑：喻指嵇氏家族世代盛德。

㉙ 饵：诱惑，迷恋。

㉚ 弥：深。

㉛ 金玉尔音：珍惜音信像珍惜金玉似的。语出《诗经·小雅·白驹》："毋金玉尔音，而有遐心。"

㉜ 断金：《周易》系辞上："二人同心，其利断金。"指友谊的深厚。

㉝ 仪：容止行为。

㉞ 璞沉：真朴深沉。

㉟ 钦：敬重。

㊱ 悢：惆怅。

【语译】

吕安禀白：以前老子入秦，到了关口一声长叹；梁鸿到越地去，登上北邙山吟咏诗谣。他们是嘉美的退隐远遁，却仍怀有深切的眷恋与遗憾，何况我是不得已而这样做啊！离别之后，远离众人独自行游，背弃了荣华的宴游，告辞了兄弟好友，经过逶迤远路，跨涉茫茫沙漠。雄鸡声声鸣叫告诫天色将明，我清晨就开始飘飘远行；红日落下西山，我与坐骑都无依托之处。回头寻看经历过的曲折险阻，我陷入沉思而内心纡结；登高远远眺望，高山大川把我的归路悠悠阻隔。时或狂飙怒起暴风凌厉，白日隐没天色黯然，道路崎岖交错，高高低低相望相连。徘徊在深远的沼泽淤地，感慨在重重山峦峰巅，前进无所依靠，退却无所凭据，远涉水泽寻求小径，拨开莽榛探觅山路，遇到沟渠啸咏良久，却难以跨过。这些都是行游途上的艰难困苦，然而还不是我心中惧怕的东西。

说到那兰茝诸香草萎蔫倾颓，桂林诸香木移植外乡，根未扎牢芽未萌发，便突遭冷风寒雨，我常担忧世势风波已暗地里蠢动骚乱，危险的弩机已秘密发射而来，这就是我走在长路上最为怵惕害怕的，于是扣紧缰绳缓步徐行而叹息不已。再说北方的习气土性，使兰桂般的君子难以托根，扔出夜光璧，见者却个个因惊惧而手按宝剑。如今要把南方的橘柚种在北方，想让荷花蓬藕枝茎相连生长在高高的山顶，要让裸体之国的人们穿龙服戴高帽，想给聋子弹奏虞舜的《韶》乐，这些事肯定难以让大家觉得珍贵美好。那外物不珍贵我，就没有人与我相亲相处；没有人与我相亲相处，伤害我的人与物就出现了。飘飖远游的人啊，托身在人烟荒芜的地方。揽辔登上远行之路，则有前述的艰难困苦；当停车居住在破陋的屋宇，则有后述的忧虑恐惧。每当早晨东方现出朝阳的光辉，我则对迅急远征深感疲倦；每当黄昏时太阳收敛起光芒，我则对整日的劳苦戒慎恐惧。放眼平坦的低湿洼地，辽落空廓而一无所见；倾听修长的山岭坡坂，淹沉寂静而毫无所闻。长吁一声万分悲哀，心情伤痛忧愁啊！自此之后才知道驱驰行役之人，是不值得令人羡慕重视的。

此刻若是回顾中原万物，心中愤怨像云一般涌起，悲伤事物哀悼时世，心中激情如风一般猛烈，如龙睇视广阔原野，如虎吟啸天地四方，本有如此的纷纭猛刚之气，雄心壮志四下充溢，一心想着要登蹑云梯，横行奋发于八方极远地区，战胜艰险扫除污秽，激荡海洋夷平山岳，脚踢昆仑让它倒向西方，足踏泰山使它在东方倾覆，平定涤荡全国九州，扩张连结宇宙世界，这是我的一点小小的意愿。老天爷不给予我时机，垂翼低头远逝而去，锋芒力量无处可使，翅膀羽翮摧折弯曲，假如不认为这是命运的安排，那么谁能不为此而感到愤怒愁悒呢！

您生长在世代盛德的家族，在清流中挺拔出一枝艳秀，枝叶散布在华美的山崖，光彩飞上高高的云端，居下位隐居便身在潜龙的深渊，居上位为宦可栖荫于凤凰的芳林。荣华光辉在面前令人目眩，艳丽美色在后边令人迷恋，良朋好友坐在左边，美好名声飞驰右边，徘徊漫步在朋友之间，搔首弄姿在闺房帷帐之中。从容不迫四下顾盼眄视，悠闲自得优裕宽绰，自认为志满意得，怎能与我共同享大丈夫的忧愁和欢乐啊！

别了嵇生，与您永远隔离一方啊！我茕茕孤独飘零托身它方，面临无垠沙漠啊！悠悠绵长三千里，道路险阻难以跋涉啊！您我携手同游共欢，邈然遥远再无这样的时日啊！思念之心深沉郁结在胸，谁说能够宽解缓释啊！万勿吝惜音信如吝惜金玉一般，那样会产生疏远之心。您我虽然犹如胡越远隔，可是心心相通友谊深厚。各自慎重容止行为，踏踏实实做到真朴深沉。若一味追求荣华富贵放荡流靡，这是君子所不敬重的。面对这封书信我万分惆怅，又似乎不知自己到底说了些什么。

【评析】

这是一封写给朋友抒写远游北方之怀的信，信中从四方面来叙远游之苦。第一，北土景物与旅途中的无依无靠；第二，北方人际环境的险恶；第三，回望中原，慨叹壮志不能实现；第四，与亲密朋友的离别。作者依次叙来，井井有条，且层层深入。中国古代素来注重热土难离，孔子就说过“父母在，不远游”，何况本文作者的远游带有一种贬谪的性质，是理想壮志不曾实现时的不得已而为之；何况他又是走向大山荒漠，又是投身险恶境地，又是与亲朋好友的永远离别，当然更令其感伤。但全文时而又有笔调高亢、情绪激昂的文字，尤其是写壮志的数句：“蹴昆仑使西倒，蹋太山令东覆，平涤九区，恢维宇宙”，令人感受到作者的血气方刚。全文末段情意缠绵，显示了与友人的深切友谊。全文笔调情绪富于变化，很好反映了人物情怀，作者个性也栩栩如生地重现出来。

与陈伯之书一首

作者：丘希范　　注译评析：毛毓松

迟顿首[①]。陈将军足下[②]：无恙[③]，幸甚幸甚！将军勇冠三军，才为世出，弃燕雀之小志[④]，慕鸿鹄以高翔。昔因机变化[⑤]，遭遇明主；立功立事，开国称孤；朱轮华毂[⑥]，拥旄万里[⑦]，何其壮也！如何一旦为奔亡之虏，闻鸣镝而股战[⑧]，对穹庐以屈膝[⑨]，又何劣邪？

寻君去就之际[⑩]，非有他故，直以不能内审诸己[⑪]，外受流言，沉迷猖獗[⑫]，以至于此。圣朝赦罪责功[⑬]，弃瑕录用[⑭]，推赤心于天下，安反侧于万物[⑮]。将军之所知，不假仆一二谈也。朱鲔涉血于友于[⑯]，张绣剚刃于爱子[⑰]，汉主不以为疑，魏君待之若旧。况将军无昔人之罪，而勋重于当世。夫迷涂知反，往哲是与[18]；不远而复，先典攸高[19]。主上屈法申恩，吞舟是漏[20]。将军松柏不翦[21]，亲戚安居，高台未倾，爱妾尚在，悠悠尔心，亦何可言！今功臣名将，雁行有序，佩紫怀黄[22]，赞帷幄之谋[23]；乘轺建节[24]，奉疆埸之任[25]。并刑马作誓[26]，传之子孙。将军独靦颜借命[27]，驱驰毡裘之长[28]，宁不哀哉！

夫以慕容超之强[29]，身送东市[30]；姚泓之盛[31]，面缚西都[32]。故知霜露所均[33]，不育异类[34]；姬汉旧邦[35]，无取杂种。北虏僭盗中原[36]，多历年所[37]。恶积祸盈，理至燋烂[38]。况伪孽昏狡[39]，自相夷戮[40]，部落携离[41]，酋豪猜贰[42]。方当系颈蛮邸[43]。悬首藁街[44]。而将军鱼游于沸鼎之中[45]，燕巢于飞幕之上，不亦惑乎？

暮春三月，江南草长，杂花生树，群莺乱飞。见故国之旗鼓[46]，感平生于畴日[47]。抚弦登陴[48]，岂不怆悢[49]？所以廉公之思赵将[50]，吴子之泣西河[51]，人之情也。将军独无情哉？想早励良规[52]，自求多福。

当今皇帝盛明，天下安乐。白环西献[53]，楛矢东来[54]。夜郎滇池[55]，解辫请职[56]；朝鲜昌海[57]，蹶角受化[58]。唯北狄野心，掘强沙塞之间[59]，欲延岁月之命耳。中军临川殿下[60]，明德茂亲[61]，总兹戎重[62]，吊民洛汭[63]，伐罪秦中[64]。若遂不改，方思仆言[65]。聊布往怀[66]，君其详之。丘迟顿首。

【篇旨】

此信以动人的笔调劝说陈伯之归降，表达了作者深厚的民族感情。

【注释】

① 迟：丘迟，字希范，在齐梁时做官。因劝陈伯之归降有功，拜官中书侍郎。

② 陈将军：即陈伯之，梁时为江州刺史。梁天监元年降北魏，官持节散骑常侍，都督淮南诸军事。天监四年，梁萧宏北伐，陈伯之率军抵抗。

③ 无恙：古代书信中的问候语。恙（yàng），忧、病。

④ 燕雀：比喻目光短浅者。

⑤ 机：机缘，时机。

⑥ 毂（gǔ）：车轮中心的圆木，此指车。

⑦ 拥旄：古时武官持节专制一方称作拥旄。陈伯之齐时为江州刺史，曾抗击过梁武帝萧衍，后降梁受封丰城县公。

⑧ 鸣镝：响箭。股：大腿。

⑨ 穹庐：北方游牧民族居住的帐篷，此指北魏政权。

⑩ 去就：指背离梁朝投奔北魏而言。

⑪ 直：只是，不过。诸：之于的合音。

⑫ 沉迷：昏乱。猖獗：猖狂胡闹。

⑬ 圣朝：指梁朝。责功：立功赎罪。

⑭ 瑕：毛病、过失。

⑮ 反侧：指心有疑惧、居心不良的人。

⑯ 朱鲔（wěi）：东汉末年绿林军头目，曾参与刘玄杀害光武帝兄刘伯升的阴谋活动，复为光武帝包围于洛阳，朱鲔被迫投降。涉血：同“喋（dié）血”，谓杀人流血。友于：谓兄弟。语出《尚书·君陈》：“惟孝友于兄弟。”

⑰ 张绣：东汉末年军阀，曾与曹操作战。曹操军败，为流矢所中，长子昂被张绣杀死。后张绣率众归曹。剚（zì）刃：用刀插入身子。

⑱ 往哲：前代圣哲。与：赞许。

⑲ 先典：古代的典籍，此指《周易·复卦》。其文云：“不远复，无祇悔，元吉。”攸：语中助词，相当于“所”字。

⑳ 吞舟是漏：漏掉吞舟之鱼，意谓法网宽松。

㉑ 翦：剪除。

㉒ 佩紫怀黄：形容官位很高。紫，紫色绶带。黄，黄金之印。

㉓ 帷幄：军帐。

㉔ 轺（yáo）：用一匹马拉的车，即轻车。节：旌节。

㉕ 疆埸（yì）：边境。

㉖ 刑马作誓：杀马饮血酒为誓。指梁武帝萧衍与诸将有誓约，保证传爵位给子孙后代。刑，杀。

㉗ 靦（tiǎn）颜：脸上有羞愧之色。借命：活命、偷生。

㉘ 毡裘：兽皮衣服。长：酋长，指北魏皇帝。

㉙ 慕容超：鲜卑人，南燕国君，在今山东益都建都。晋末曾掠夺淮北。刘裕北伐，灭了南燕，俘获慕容超，将其斩首。

㉚ 东市：处决犯人之地，即刑场。

㉛ 姚泓：羌族人，后秦君主，建都长安。东晋义熙十三年（417），刘裕攻下长安，生擒姚泓，将其斩首。

㉜ 西都：指长安。

㉝ 均：平，分布。

㉞ 异类：对异民族的蔑称。

㉟ 姬汉：指中原一带的华夏民族。姬，周王姓氏。

㊱ 僭：超越本分。

㊲ 所：许，表约数之词。

㊳ 燋烂：指溃败。

㊴ 伪孽：指北魏政权。

㊵ 自相夷戮：指北魏统治集团内部自相残杀。501年，宣武帝叔父咸阳王元禧打算作乱，未遂被杀。504年，北海王元祥叛乱，被囚禁而死。

㊶ 携离：四分五裂。

㊷ 贰：有二心。

㊸ 蛮邸：在京为异族设立的使馆。

㊹ 藁（gǎo）街：汉朝在长安的一条街，是异族和外国人的居住区。

㊺ 鱼游于沸鼎：喻处境危险。下句“燕巢于飞幕”，喻义亦同。

㊻ 故国：指梁朝。

㊼ 畴日：昔日。

㊽ 陴：城上短墙，此指城。

㊾ 怆悢（liàng）：悲伤。

㊿ 廉公：即廉颇。赵国名将。因赵王信谗言不用廉颇，廉颇跑到楚国为将，但仍思念回到赵国为将。

51 吴子：即吴起，战国时魏将，曾任西河守，魏武侯听信谗言把他召回，吴起临行时面对西河而泣，说他走后西河必为秦国所夺，魏国必将亡国。

52 良规：好的计划。

53 白环西献：指西方部落进献白环给梁朝。白环，一种白玉环。相传虞舜时西王母曾献此物。

54 楛矢东来：指东方部族进献楛矢给梁朝。楛矢，楛树做成的箭。相传周武王时东北的肃慎氏曾献过楛矢石砮。

55 夜郎：古国名，在今贵州桐梓东。滇池：古国名，在今云南昆明南面。

56 解辫请职：解下发辫，表示归附汉朝并请求赐给官职。

57 昌海：古代西域国名，在今新疆境内。

58 蹶角：以额角叩地，以示归顺。

59 掘强：同“倔强”。

60 中军临川殿下：指中军将军临川王萧宏。

61 茂亲：至亲，萧宏是梁武帝萧衍之弟。

62 总：统掌。戎重：军事重任。

63 洛汭：洛水入黄河处，这里泛指黄河流域中原一带。

64 秦中：指北魏占领处，即今陕西中部地区。

65 方：才。仆：我。

66 布：陈诉。

【语译】

丘迟叩拜陈将军足下：听说您身体很好，真是幸运，幸运！将军您的勇敢为全军之冠，您的才能无与伦比。抛弃燕雀那种小小的志向而离开齐朝，仰慕天鹅高飞的宏图来投奔梁朝。那时能顺应时势的变化而采取了果断的行动，受到了明主梁武帝的礼遇，替梁朝建功立业，受封为侯。乘坐着富贵华丽的车子，持节统治着广阔的土地。那气势是多么威武雄壮！怎么突然就变成了逃亡之徒，听到响箭的声音就两腿发抖，看到住在毡帐里的北魏君主就直不起腰来，这是何等的卑劣啊！

考察您背离梁朝投靠北魏的举动，没有别的缘故，只是因为您没有自己的主见，而受流言蜚语，一时昏迷猖狂，竟至达到这种地步。圣明的梁朝宽恕有罪之人而要求他们能立功赎罪，可以不咎既往任用人才，把真诚的心推及天下之人身上，使反叛之人都能安定下来，这是您所知道的，不需要我一一详说。从前朱鲔杀死了光武帝刘秀的哥哥，张绣刺杀了曹操的儿子，但汉主刘秀对朱鲔并不怀疑，曹操对张绣也待之若旧。何况您并没有朱鲔、张绣的过错，而对梁朝有过很大的功劳。走错了路而能及时回头，古代的经典也都肯定过这种人的高明。皇上轻法重恩，法网像漏掉吞舟之鱼一样宽松。将军您祖坟上的松柏繁茂无损，亲戚安居无事，高台大院没有推倒，家中爱妾依然安好。好好地想一想吧，还有什么话可说呢！现在我朝功臣名将，像大雁飞行一样有序，腰系紫色绶带、怀藏黄金大印，都参与军国大事的谋划；乘坐轻车肥马，手持旄节的将军们，都奉行守卫边疆的重任。君臣杀马饮血为誓，将爵位功业传给子孙后代。将军您偏偏面带愧色而苟安偷生，替北魏统治者奔走效劳，难道不感到可悲吗！

就拿南燕慕容超这样逞强的君主来说，被我们俘虏而斩首东市。北朝后秦的君主姚泓，也被捆缚起来押到长安示众。由此可知凡是上天赐给雨露恩泽的地方，是不能养育异族叛逆的。由周、汉建立起来的文明古国，决不让异族之人统治。北魏盗用帝王名义占据中原，已经历了很多年了。真是恶贯满盈，从道理上说已到了灭亡的时候了。何况北朝的异族恶人昏庸狡诈，自己互相残杀，各部落之间谋逆背叛，酋长各怀异心、互相猜忌。北魏的君主就要被套上枷锁押往京城的馆舍，在长安的藁街上斩首示众。而将军您在这时像鱼在煮沸的水中浮游，像燕子在动荡不定的帷幕上筑巢，您这样做不也是太糊涂了吗！

暮春的三月天气，江南的草木繁茂地生长，各色的花开满枝头，群莺自在飞舞。您见到南朝故国的旗鼓，回想起您一生中度过的美好时光，手里提着弓箭登上城楼，怎能不感到痛心，所以赵国名将廉颇身在别国而仍思念着做赵国的大将，魏将吴起面对西河而伤心哭泣，担心魏国的灭亡，这种思念忧虑都是人之常情。将军您难道没有这种感情吗！希望您能早日勉励自己作出良策，为自己谋取更多的幸福。

当今皇帝圣明盛德，天下安乐。白色玉环献自西方民族，楛木做成的弓箭由东方民族朝贡。夜郎、滇池西南两国，解开辫子请求封职。朝鲜、昌海东北二部，叩头于地接受教化。只有北魏还存有野心，在沙漠边塞之间进行顽抗，企图拖延活命的时日。中军将军临川王萧宏殿下，他有美好的德行，又是皇帝的至亲，受任为总管讨伐元凶，慰问洛河一带受害的百姓，讨伐秦中地区的罪魁祸首。您若是坚持错误而不悔改，请考虑我在信中所说的这番话。我姑且以此信来表达我们往日的情怀，请您慎重地考虑吧。丘迟顿首。

【评析】

这是一篇广为传诵的书信，既是一封劝降书，也是一篇优美的散文。陈伯之曾在梁武帝萧衍手下做将军，后来受人诱惑起兵反叛，结果兵败投奔北魏。梁武帝派中军临川王萧宏率军北伐，陈伯之领兵抗拒。当时作为记室参军的丘迟受萧宏之命，以私人名义给陈伯之写了这封信，劝其归降。文章先肯定陈伯之“勇冠三军，才为世出”的杰出才能和“因机变化”遭遇明主萧衍的正确行为，然后写他投降北魏的不是和思想上的糊涂。为了劝其归降，便给他交代了“屈法申恩，吞舟是漏”的宽大政策，消除了他的疑虑。接着又指出他当前的处境十分危险，如同“鱼游于沸鼎之中，燕巢于飞幕之上”，促使他归降。信中还描写了江南美景，以引起陈伯之的故国之思。最后以梁朝的强大和北魏异族的不堪一击，给陈伯之指明出路。此信以民族大义为重，义正词婉地对失节者进行规劝，有着一定的进步意义。由于此信着眼于劝降，又是以私人名义来写的，所以信中的语言既严正又委婉，既坚持原则，又动之以情，尤其是“暮春三月，江南草长，杂花生树，群莺乱飞”的那段文字，写景抒情，很能勾起对方的情思，这对消融在敌人营垒中的叛逆者之心，增强文章的感人效果，起了很好的作用。文中某些用语，反映出某种民族偏见，是不可取的。

重答刘秣陵沼书一首

作者：刘孝标　　注译评析：胡大雷

刘侯既重有斯难[①]，值余有天伦之戚[②]，竟未之致也。寻而此君长逝，化为异物，绪言余论[③]，蕴而莫传。或有自其家得而示余者，余悲其音徽未沬[④]，而其人已亡；青简尚新[⑤]，而宿草将列[⑥]。泫然不知涕之无从也。虽隙驷不留[⑦]，尺波电谢，而秋菊春兰，英华靡绝。故存其梗概，更酬其旨。若使墨翟之言无爽[⑧]，宣室之谈有征[⑨]，冀东平之树[⑩]，望咸阳而西靡；盖山之泉[⑪]，闻弦歌而赴节[⑫]。但悬剑空垄[⑬]，有恨如何！

【作者简介】

刘峻（462—521），字孝标，平原（今山东平原西南）人。南朝梁学者、文学家。幼而好学，有“书淫”之称，先为崔豫州刑狱参事，梁天监初典校秘阁，后任荆州户曹参军。讲学东阳紫岩山，从学者甚众，后隐居东阳金华山。私谥玄靖。曾注《世说新语》，引证丰富。原有集六卷，已散佚，明人辑有《刘户曹集》。《南史》《梁书》有传。

【篇旨】

慨叹不能与死者再次论学论道的遗憾，表达对死者的无限敬仰与思念之情。

【注释】

① 刘侯：刘沼，字明信，为秣陵令。刘峻作《辩命论》，刘沼曾作书驳难。

② 天伦之戚：指兄弟之死。

③ 绪言：遗言。

④ 音徽：音声。沫：灭。

⑤ 青简：竹简。

⑥ 宿草：隔年的草，专指墓地的景物。

⑦ 隙驷：指人生在世如驷马过隙般快速。《礼·三年问》："则三年之丧，二十五月而毕，若驷之过隙。"

⑧ 墨翟之言：墨子认为世上有鬼神，如《墨子》载，周宣王杀杜伯，后杜伯变成鬼追杀周宣王。爽：违背，差错。

⑨ 宣室：汉宫殿名，贾谊在此向汉文帝讲鬼神之事。

⑩ 东平之树：指汉东平思王刘宇墓上的松柏。李善注曰："《圣贤冢墓记》曰：东平思王冢，在东平无盐。人传云：思王归国京师，后葬，其冢上松柏西靡。"

⑪ 盖山之泉：《宣城记》载，盖山有舒姑泉，舒氏女化入此泉，其母弦歌，泉水涌出，还有一双红色鲤鱼。以后他人歌唱，泉水也便涌出。

⑫ 赴节：依照节拍。

⑬ 悬剑空垄：《新序》载，延陵季子带剑使晋，徐君露出爱剑的神色，延陵季子因要带剑出使，虽未给他，而心里已允诺。但到回来，徐君已死，于是把剑挂在徐君墓树上。

【语译】

刘侯已经又写了驳难我的《辩命论》的书信，恰遇我有兄弟逝世的悲戚，这信件终未送往我手中。不久他辞世而去，到了另一世界，他的遗言余论，便蕴藏不传。有人把这封信从他家找出来拿给我看，我十分悲伤他的音声虽不曾泯灭，而人已过世，书信上的字尚新，而墓头的隔年陈草已排列成行，眼泪横淌不知流向何处。虽然人生像驷马过隙一样快速，又像尺波电光般消逝，但美妙的文辞却如秋菊春兰，它们的英华是不会灭绝的。所以我写下此事粗略情况，来再次回答他的驳难。如果墨子述说鬼神的话没有差错，而贾谊在宣室谈论鬼神的话又有验证，那我就写一封答书给他，并希望像东平思王墓树都向着咸阳方向而西倒、像盖山的泉水应合音乐的节拍而涌出一般，他来回答我。但如今只有像延陵季子一般把宝剑悬挂在空虚的丘垄上来应答他，这种遗憾如何得了啊！

【评析】

刘峻作过《辩命论》，提出“命也者，自天之命也。定于冥兆，终然不变”等自然命定论观点。刘沼对之有自己的意见，曾写信去提出驳难。刘沼最后一封信还不曾送出，便逝世了。以后刘峻看到此信，无限伤感，他为失去了一位辩论的对手而悲痛，他更为失去一位学术上的诤友而伤怀。这不禁使我们想起《庄子》中“匠石运斤”的故事，与此信真是异曲同工。全文篇幅短小却意味深长，文末迭用典故，表达了渴望与知音再次文学相会的急切心情，而一句“悬剑空垄，有恨如何”收束全篇，又表示这种愿望是不可能实现了，使悲痛达到了极点。全文是一封给死者的信，其实更是一篇悼文。

移书让太常博士一首　并序

作者：刘子骏　　注译评析：胡大雷

歆亲近[①]，欲建立《左氏春秋》及《毛诗》《逸礼》《古文尚书》皆列于学官[②]，哀帝令歆与五经博士讲论其议[③]，诸儒博士或不肯置对，歆因移书太常博士，责让之曰[④]：

昔唐虞既衰，而三代迭兴[⑤]，圣帝明王，累起相袭，其道甚著[⑥]。周室既微，而礼乐不正，道之难全也如此。是故孔子忧道不行[⑦]，历国应聘，自卫反鲁，然后乐正[⑧]，雅颂乃得其所[⑨]；修《易》序《书》[⑩]，制作《春秋》，以记帝王之道。及夫子没而微言绝[⑪]，七十子卒而大义乖[12]。重遭战国，弃笾豆之礼[13]，理军旅之阵，孔氏之道抑，而孙吴之术兴[14]。陵夷至于暴秦[15]，焚经书，杀儒士，设挟书之法[16]，行是古之罪[17]，道术由此遂灭。

汉兴，去圣帝明王遐远，仲尼之道又绝，法度无所因袭。时独有一叔孙通[18]，略定礼仪。天下惟有《易》卜，未有他书。至于孝惠之世[19]，乃除挟书之律，然公卿大臣绛灌之属[20]，咸介胄武夫[21]，莫以为意。至孝文皇帝[22]，始使掌故晁错[23]，从伏生受《尚书》[24]，《尚书》初出于屋壁[25]，朽折散绝，今其书见在，时师传读而已。《诗》始萌芽，天下众书，往往颇出，皆诸子传说，犹广立于学官，为置博士。在朝之儒，唯贾生而已[26]。至孝武皇帝[27]，然后邹鲁梁赵，颇有《诗》《礼》《春秋》先师，皆出于建元之间[28]。当此之时，一人不能独尽其经，或为雅，或为颂，相合而成。《泰誓》后得[29]，博士集而赞之，故诏书曰："礼坏乐崩，书缺简脱，朕甚闵焉。"时汉兴已七八十年，离于全经固以远矣。

及鲁恭王坏孔子宅[30]，欲以为宫，而得古文于坏壁之中，《逸礼》有三十九篇[31]，《书》十六篇。天汉之后[32]，孔安国献之[33]。遭巫蛊仓卒之难[34]，未及施行。及《春秋》左氏丘明所修，皆古文旧书，多者二十余通，藏于秘府，伏而未发。孝成皇帝愍学残文缺[35]，稍离其真，乃陈发秘藏，校理旧文，得此三事[36]，以考学官所传经，或脱简，或脱编。博问人间[37]，则有鲁国桓公、赵国贯公、胶东庸生之遗学与此同，抑而未施。此乃有识者之所叹愍，士君子之所嗟痛也。

往者缀学之士[38]，不思废绝之阙，苟因陋就寡，分文析字，烦言碎辞，学者罢老，且不能究其一艺。信口说而背传记，是末师而非往古[39]。至于国家将有大事[40]，若立辟雍、封禅、巡狩之仪[41]，则幽冥而莫知其原。犹欲保残守缺，挟恐见破之私意，而亡从善服义之公心。或怀疾妒，不考情实，雷同相从，随声是非，抑此三学[42]，以《尚书》为不备[43]，谓左氏不传《春秋》，岂不哀哉！

今圣上德通神明，继统扬业，亦愍此文教错乱，学士若兹，虽深照其情，犹依违谦让，乐与士君子同之，故下明诏，试《左氏》可立不，遣近臣奉旨衔命，将以辅弱扶微，与二三君子比意同力，冀得废遗。今则不然，深闭固距而不肯试，猥以不诵绝之[44]，欲以杜塞余道，绝灭微学。夫可与乐成[45]，难与虑始，此乃众庶之所为耳，非所望于士君子也。且此数家之事，皆先帝所亲论，今上所考视，其为古文旧书，皆有征验，内外相应，岂苟而已哉！夫礼失求之于野[46]，古文不犹愈于野乎？

往者博士，《书》有欧阳[47]，《春秋》公羊[48]，《易》则施孟[49]，然孝宣帝犹复广立《穀梁春秋》[50]《梁丘易》[51]、大小《夏侯尚书》[52]，义虽相反，犹并置之。何则？与其过而废之[53]，宁过而立之。传曰："文武之道，未坠于地，在人；贤者志其大者，不贤者志其小者。"今此数家之言，所以兼包大小之义，岂可偏绝哉！若必专己守残[54]，党同门[55]，妒道真，违明诏，失圣意，以陷于文吏之议[56]，甚为二三君子不取也。

【作者简介】

刘歆（前53—23），字子骏，西汉末沛（群治今安徽濉溪西北）人。少以通《诗》《书》能作文待诏，为黄门郎。曾受诏与父刘向领校秘书，曾集群书，类别为《七略》。成帝时任中垒校尉。王莽执政时，封红休侯，为京兆尹。王莽篡位，为国师。后谋杀王莽事泄，自杀。作有《甘泉赋》《遂初赋》，著作《三统历谱》《列女传颂》等。原有集五卷，后散佚。明人辑有《刘子骏集》。《汉书》有传。

【篇旨】

要求将古文经书立于学官，叙述经学历史，斥今文学家是抱残守缺，党同妒真。

【注释】

① 亲近：亲近之臣，指刘歆与当时执掌大权的大司马王莽及皇上亲近。

② 学官：学校。

③ 哀帝：汉哀帝刘欣，公元前6年至前1年在位。五经博士：官名，以传授儒家经典为职责。五经：儒家的五部经典：《易》《尚书》《诗》《礼》《春秋》。汉武帝建元五年置五经博士，始有五经之称。

④ 移：传递文书。让：责怪。太常：官名，掌礼乐郊庙等事宜。

⑤ 三代：指夏商周。

⑥ 道：此指儒家理想的帝王之道。著：显露明白。

⑦ 孔子（前551—前479）：孔丘，字仲尼，春秋鲁国陬邑（今山东曲阜）人，儒家学派创始者。

⑧ 乐正：乐曲得到审定与整理。

⑨ 雅颂：《诗经》中的两类诗。上述几句见《论语·子罕》："子曰：'吾自卫反鲁，然后乐正，雅颂各得其所。'"

⑩ 修《易》：《易》有《十翼》，相传是孔子所著。

⑪ 夫子：指孔子。微言：精微之言。

⑫ 七十子：据说孔子有弟子三千，其中著名的有七十二人。乖：违背。

⑬ 笾豆：祭祀的礼器，以竹曰笾，以木曰豆。后以笾豆代指祭祀。

⑭ 孙吴之术：孙子、吴起，春秋战国时人，都作过兵法。

⑮ 陵夷：衰落。

⑯ 挟：藏。

⑰ 是古：以古为正确。

⑱ 叔孙通：汉薛人，刘邦称帝，他采择古礼，结合秦制，定立朝仪。

⑲ 孝惠：汉惠帝刘盈，公元前194年至前188年在位。

⑳ 绛灌：绛侯周勃与灌婴。

㉑ 介胄：披甲戴盔。

㉒ 孝文皇帝：汉文帝刘恒，公元前179年至前157年在位。

㉓ 掌故：官名。晁错（前200—前154）：汉颍川人。治申商刑名之学。

㉔ 伏生：汉济南人，曾为秦博士，当时已年九十，不能行，故诏晁错往而受之。

㉕ 出于屋壁：秦燔书禁学，伏生壁藏之，汉时只求得二十九篇。

㉖ 贾生：贾谊（前200—前168），洛阳人。西汉著名学者，文学家。

㉗ 孝武皇帝：汉武帝刘彻，公元前140年至前87年在位。

㉘ 建元：汉武帝年号，公元前140年至前135年。

㉙《泰誓》：《尚书》中的一篇。

㉚ 鲁恭王：汉景帝子，名馀，尝坏孔子宅以广宫室，于壁中得古文经传。

㉛《逸礼》：《仪礼》十七篇以外的古文礼经，今佚。

㉜ 天汉：汉武帝年号，公元前100年至前96年。

㉝ 孔安国：孔子后裔，西汉人。

㉞ 巫蛊：巫师使用邪术加祸于人为巫蛊。汉武帝时，方士与神巫多聚京师，女巫出入宫中，教宫人埋木偶祭祀免灾。适遇帝病，江充谓帝祟在巫蛊，在宫中掘地搜查。江充与太子据有嫌隙，遂诬称太子宫中得木偶甚多。太子惧，起兵捕杀江充，失败自杀。

㉟ 孝成皇帝：汉成帝刘骜，公元前32年至前7年在位。

㊱ 三事：即指上述《逸礼》《书》《左氏春秋》。

㊲ 人间：民间。

㊳ 缀学：承袭前人之学。

㊴ 末师：浅薄之师。

㊵ 大事：指下文的立辟雍、封禅、巡狩诸事。

㊶ 辟雍：周王朝为贵族子弟所设的大学。取四周有水，形如璧环为名。封禅：帝王祭天地的典礼。在泰山上筑土为坛祭天，报天之功称封；在泰山下梁父山上辟场祭地，报地之功，称禅。巡狩：帝王离开国都巡行境内。

㊷ 三学：指《逸礼》《古文尚书》《左氏春秋》。

㊸ 不备：《汉书》师古注引臣瓒曰："当时学者，谓《尚书》唯有二十八

篇，不知本有百篇也。”

㊹ 猥：苟且。

㊺ 乐成：乐于成功，共享成果。

㊻ 野：民间。

㊼ 欧阳：欧阳生，字和伯，曾从学伏生。

㊽ 公羊：齐人公羊高。

㊾ 施：施雠，字长卿，从田王孙受《易》。孟：孟喜，字长卿，从田王孙受《易》。

㊿ 孝宣帝：汉宣帝刘询，公元前73年至前49年在位。《穀梁春秋》：又称《春秋穀梁传》，战国穀梁赤撰。

(51)《梁丘易》：梁丘，字长翁，曾从京房受《易》。

(52) 大小《夏侯尚书》：夏侯胜从济南伏生受《尚书》。胜传从兄子建。建又事欧阳高。

(53) 过：过失。

(54) 专己：专擅独断。

(55) 同门：同一学派。

(56) 文吏之议：刀笔之吏议其罪。

【语译】

刘歆得到朝廷宠近，想把《左氏春秋》及《毛诗》《逸礼》《古文尚书》都列入学官并置立传授的博士官，汉哀帝让刘歆与五经博士讨论这个提议，诸位儒学博士有的不肯与刘歆对面议论，刘歆便传递给太常博士一封信责问他们说：

以前尧、舜的禅让之道衰微，而夏商周三代相继兴盛，圣明贤能的帝王，累累产生相因相袭，帝王之道最为显著。周代王室衰微以后，礼乐偏斜不正，国家大道难以俱全正是如此。所以孔子忧惧国家大道未能履行，于是历经诸国接受聘问，他从卫国返回鲁国，然后乐曲得到审定整理，雅颂乐章就各自得当地发挥作用。他整理《周易》与《尚书》，还撰作《春秋》，以此来记叙帝王之道。待孔夫子逝世而精微的言论灭绝了，孔子诸弟子去世后而《诗》《书》诸典的大义被曲解违背了；又遭受战国连年烽火，祭祀的礼仪被丢弃了，人人注重军阵兵法，孔子之道被压抑不用，而孙、吴兵法日渐兴盛。到了暴秦时代《诗》《书》诸经典更为衰落，经书被焚烧，儒士遭杀戮，还设立了惩治藏书的法律，依古事古法被判定有罪，儒术之道因此就灭绝了。

汉朝兴起时，离圣明帝王的时代已很为遥远，孔子之道又灭绝无闻，诸种法度无所因袭继承。当时只有一个叫叔孙通的，粗略制定了朝廷仪式典礼。当时社会上也只有《周易》这占卜之书流行，没有别的书籍。到了汉惠帝时代，这才废除了惩治藏书的法律，然而执政的公卿大夫周勃、灌婴之类，都是披甲戴盔的武夫，并不把礼仪文教放在心上。到了汉文帝时，开始委派掌故官晁错去跟从伏生学习《尚书》。当时《尚书》刚刚从房屋墙壁中挖出，木简断折散乱。这时看到的《尚书》，是一代老师背诵相传下来的而已。当《诗》刚刚始流行时，天下各种书籍、各处出现得颇多了，都是诸位学子自家学说的口传讲说，仍广泛地在学官中立为一科，并为之置博士官。在朝廷中的儒士，只有贾谊一人而已。到了汉武帝时候，那邹、鲁、梁、赵地方的人，很出了些讲习《诗》《礼》《春秋》的先师，他们都出于建元年间。在那个时候，一个人不能独自通尽一经，如有的钻研雅，有的精通颂，合起来才算通晓全经。《泰誓》一篇是以后从屋壁中找到的，博士们集合在一起相互协助才读懂了它。所以皇上诏书说："礼义败坏音乐荒废，图书短缺木简散脱，我特别忧虑啊。"这时汉朝兴立已经七八十年了，离秦末焚书而存完整的经书的时候已很久远了。

到鲁恭王刘馀拆挖孔子宅园，想扩大建设宫室，从毁坏的墙壁得到一些古文书简，《逸礼》有三十九篇，《书》十六篇。天汉年间后，孔子后裔孔安国献给了朝廷，但当时正因为巫蛊事情仓卒混乱，未顾及列于学官。还有那左氏丘明为《春秋》作传，都是用古文写成的旧书，数量多至二十多卷，收藏在宫中书库，存放着没有去整理。汉成帝担心忧虑学问残废书籍破缺，那会稍稍离开原本真实，就让把收藏在秘府的书籍拿出来，用以整理校雠旧有书籍的文字。以上述三项古文书来考察学官中所传授的经书，发现有的脱落竹简，有的编排有误。再广泛地在民间探问，则有鲁国桓公、赵国贯公、胶东庸生所传授的也与古文书相同，但古文书仍受压制而不曾流行。这是广大有识者所感慨哀悯的，也是广大士君子所嗟叹悲痛的。

以往承继前人学说的学者，不考虑经书荒废灭绝的缺憾，苟且根据陋书残本，来分析文字讲授内容，烦琐的言辞与细碎的文字，令学者筋疲力尽白发衰老，尚且不能探究明晰某一经书，只是信口论说并背诵前人的解释，赞同浅薄之师而菲薄古来大义。假若国家将要有诸项礼仪大事，如立辟雍、封禅、巡狩等仪礼，他们则茫然暗昧而一点不知道其根由。他们还想抱残守缺，内心怀着恐怕被人识破其浅陋的私心杂念，而没有追随善道钦佩正义的公心。有的心怀嫉妒，不去考察情伪真假，一味雷同赞从他人，不问是非，随声附和，压伏抑制上述三学，认为《尚书》二十八篇已是完备，说左氏不曾为《春秋》作传，这难道不可悲吗！

如今皇上德通神明，继承传统光大王业，也哀悯这种文化礼教错杂混乱的局面，也了解前述学者的情况，皇上虽然明察他们的私心私意，但还是迟疑不决并谦逊推让，喜欢与更广大的士君子心意相同，所以下达明白的诏书，要求探讨一下《左传》可否立于学官，派遣亲近大臣，颁发圣旨传达命令，打算扶助弱小的低微的诸经，与诸博士同心协力，希望能消灭阙漏散佚的情况。可如今你们诸博士就不是这样，严重保守非常固执而不肯试一试，卑鄙地以未经诵习为理由来拒绝，想用来堵塞其他的学术道路，彻底灭绝衰微弱小的学科。至于只能一同享受成功的欢乐而难于一同艰苦地创业，这是一般俗人的所作所为，不是人们期望于士君子的啊。况且立此数家于学官的事，都经过先帝亲自过问议论，又是当今皇上所加以考论视察过的，它们作为以古文所记载的旧书，都是有验征的，宫廷内与民间相互验应，难道是随便说说而已的吗！礼仪丧失了就要到民间去寻索，而这些古文旧书连民间存在的东西都不如吗？

以往立博士，《尚书》立有欧阳生，《春秋》依公羊高之学，《易》立有施雠、孟喜，然而汉宣帝广立博士，《春秋穀梁传》立有博士，《易》又立梁丘贺为博士。《尚书》又立大夏侯（夏侯胜）、小夏侯（夏侯建）为博士，其中诸学虽然有些意义相反，但还相并置立了博士。为什么呢？与其废除它们而有过失，宁可置立它们而有过失了。人们相传说：周文王、周武王创建的文教道德，不曾衰落失传，存在于人心之中，贤能的人理解它的根本，不贤的人只了解它的末节，如今此数家的言论学问，兼容并蓄了其根本与细枝末节，难道可以被偏废与灭绝吗！如果你们坚持从自己出发，专断独行、抱残守缺，同一师门便拉派结党，嫉妒纯真的学问之道，违背皇上明确的诏示，就会失去皇上对你们的照顾，以致于落入刀笔之吏手中而被判罪，我认为你们切切不可取这种做法啊！

【评析】

汉代搜求经学旧典有两种途径，一是凭记忆，靠背诵，口耳相传下来，汉代人用当时通行的隶书记载下来作为传本，此称为今文经；另一是从地下或孔壁中挖掘出来的古本，是用古文（先秦六国文字）书写的，称古文经。今文经与古文经原只是记录文字的不同，但后来演变成两个学术上相互对立的派别——今文经学与古文经学，各立师法，标榜门户。汉武帝建元五年始兴太学，置五经博士，所授都是今文经，其后分为十四博士，西汉两百年间，一直是今文经学占统治地位，古文经虽有传本，但或藏于秘府，或在民间流传，不立于学官，并被今文学家认为是伪作，不足凭信。到了西汉末时，刘歆向汉哀帝建议把古文经列于学官，哀帝让他去与今文博士辩论，遭到拒绝反对，并被斥为颠倒五经，变乱师法。于是，刘歆写了这封有名的《移书让太常博士》，痛斥今文经是秦火残缺之余，斥责今文学家是抱残守缺。二是认为应该广立学官，让古文经也有一席地位，这样才能使经学兴盛。信中措词严厉，称今文学家是“专己守残，党同门，妒道真，违明诏，失圣意”，并称他们将“以陷于文吏之议”。刘歆是王莽的“国师”，他倡导的古文经得到王莽的支持，到汉平帝时，古文经立了五个博士。后几经反复，东汉时古文经学占据了优势。

北山移文[1]一首

作者：孔稚珪　　注译评析：党玉敏

钟山之英[2]，草堂之灵[3]，驰烟驿路[4]，勒移山庭[5]。夫以耿介拔俗之标[6]，萧洒出尘之想[7]，度白雪以方絜[8]，干青云而直上[9]，吾方知之矣[10]。若其亭亭物表[11]，皎皎霞外[12]。芥千金而不盼[13]，屣万乘其如脱[14]，闻凤吹于洛浦[15]，值薪歌于延濑[16]，固亦有焉[17]。岂期终始参差[18]，苍黄翻覆[19]。泪翟子之悲[20]，恸朱公之哭[21]。乍回迹以心染[22]，或先贞而后黩[23]，何其谬哉！呜呼！尚生不存[24]，仲氏既往[25]，山阿寂寥[26]，千载谁赏？

世有周子，隽俗之士[27]。既文既博，亦玄亦史[28]。然而学遁东鲁[29]，习隐南郭[30]；偶吹草堂[31]，滥巾北岳[32]；诱我松桂[33]，欺我云壑。虽假容于江皋[34]，乃缨情于好爵[35]。其始至也，将欲排巢父[36]，拉许由[37]，傲百氏[38]，蔑王侯，风情张日，霜气横秋[39]。或叹幽人长往，或怨王孙不游[40]。谈空空于释部[41]，核玄玄于道流[42]。务光何足比[43]，涓子不能俦[44]。

及其鸣驺入谷[45]，鹤书赴陇[46]，形驰魄散，志变神动。尔乃眉轩席次，袂耸筵上[47]；焚芰制而裂荷衣[48]，抗尘容而走俗状[49]。风云凄其带愤，石泉咽而下怆[50]。望林峦而有失，顾草木而如丧。至其纽金章，绾墨绶[51]，跨属城之雄[52]，冠百里之首，张英风于海甸[53]，驰妙誉于浙右[54]。道帙长殡[55]，法筵久埋[56]。敲扑喧嚣犯其虑[57]，牒诉倥偬装其怀[58]。《琴歌》既断，《酒赋》无续[59]；常绸缪于结课[60]，每纷纶于折狱[61]。笼张赵于往图[62]，架卓鲁于前箓[63]，希踪三辅豪[64]，驰声九州牧[65]。使我高霞孤映，明月独举。青松落阴[66]，白云谁侣？涧石摧绝无与归[67]，石径荒凉徒延伫[68]。至于还飙入幕[69]，写雾出楹[70]，蕙帐空兮夜鹄怨，山人去兮晓猿惊。昔闻投簪逸海岸[71]，今见解兰缚尘缨[72]。

于是南岳献嘲，北垄腾笑。列壑争讥，攒峰竦诮[73]。慨游子之我欺[74]，悲无人以赴吊[75]。故其林惭无尽，涧愧不歇，秋桂遗风，春萝罢月[76]。骋西山之逸议，驰东皋之素谒[77]。今又促装下邑[78]，浪拽上京[79]，虽情投于魏阙[80]，或假步于山扃[81]。岂可使芳杜厚颜，薜荔无耻，碧岭再辱，丹崖重滓[82]；尘游躅于蕙路[83]，污渌池以洗耳[84]。宜扃岫幌[85]，掩云关[86]，敛轻雾[87]，藏鸣湍[88]，截来辕于谷口[89]，杜妄辔于郊端[90]。于是丛条瞋胆[91]，叠颖怒魄[92]；或飞柯以折轮，乍低枝而扫迹[93]。请回俗士驾，为君谢逋客[94]。

【作者简介】

孔稚珪（447—501），字德璋，南齐山阴（今浙江绍兴）人。宋时曾任骠骑将军的记室参军，齐时官至太子詹事，加散骑常侍。原有集十卷，已散佚，明人辑有《孔詹事集》。《南齐书》《南史》均有传。

【篇旨】

本文用拟人化手法，假托钟山写移文，让山林草木充分表露出嘻笑怒骂的情感，尽情地嘲讽了假隐士、伪君子两面派的卑鄙嘴脸。

【注释】

① 北山：钟山，即今南京市紫金山。因位居城北，故曰北山。

② 英：精灵，指山神。

③ 草堂：周颙在钟山的隐居住处。灵：神灵。

④ 驰烟：驰驱在山路烟雾之中。驿路：通驿使的大路。

⑤ 勒：刻。移：移文。庭：堂阶前，指山前。

⑥ 耿介：志节正直。拔俗：超越世俗。标：风度，仪表。

⑦ 萧洒：超俗无拘束之状。

⑧ 度（duó）：度量。方：比。絜：同“洁”。

⑨ 干：冲，凌驾。

⑩ 方：仅能。

⑪ 亭亭：耸立的样子。物表：世外。

⑫ 皎皎：洁白的样子。霞外：世外。

⑬ 芥千金：视千金如草芥。芥，小草，此处作动词用。眄（miǎn）：斜视。

⑭ 屣（xǐ）：鞋，此处作动词用。万乘（shèng）：万辆兵车，借指帝位。

⑮ 凤吹：指吹笙作凤鸟的叫声。洛浦：洛水（在今河南境内）之滨。

⑯ 值：碰上。延濑（lài）：长河。水流沙上叫濑。

⑰ 固：诚然。

⑱ 终始参差（cēn cī）：前后不一。

⑲ 苍黄：变化无常，指下文翟子见丝可染成青色，也可染成黄色的事。

⑳ 翟子：墨翟，战国初期思想家。此句是说墨翟见练丝而泣，为其可以黄，可以黑。

㉑ 恸（tòng）：极度悲痛。朱公：杨朱，战国初期思想家。此句是说杨朱见歧路而痛哭，为其可以南，可以北。

㉒ 乍（zhà）：暂时。回迹：避迹山林，指隐居。心染：心为世俗熏染，指已同流合污。

㉓ 贞：洁净。黩（dú）：污浊。

㉔ 尚生：指尚长，字子平，西汉末隐士。

㉕ 仲氏：仲长统，东汉末年人。

㉖ 山阿（ē）：山的曲隅。

㉗ 周子：指隐士周颙（yóng）。隽俗之士：在世俗中出类拔萃的人。

㉘ 玄：玄学，研究老庄之道的哲学派别。

㉙ 东鲁：指鲁国。《庄子 · 让王》说，鲁君闻颜阖为得道之人，使人以币聘他为官，他拒绝了，后来干脆躲开。

㉚ 南郭：指南郭子綦（qí）。《庄子 · 齐物论》：“南郭子綦隐机而坐，仰

天而嘘，答焉似丧其耦。”

㉛ 偶吹：跟他人一起吹奏乐器，此处作杂在众人中蒙混的意思解。《韩非子·内储说》：“齐宣王使人吹竽必三百人，南郭处士请为王吹竽，宣王说之，禀食以数百人。宣王死，湣王立，好一一听之，处士逃。”

㉜ 滥巾：窃取隐者之名而无其实。北岳：北山。

㉝ 诱：引诱，欺骗。

㉞ 假容：装作隐士的容态。

㉟ 缨：系。

㊱ 巢父：尧时的隐士。

㊲ 拉：折辱。许由：尧时的隐士。《高士传》：“尧让天下于许由，不受而逃去。尧又召为九州长，由不欲闻之，洗耳于颍水滨。时其友巢父牵犊欲饮之，见由洗耳，问其故。对曰：‘尧欲召我为九州长，恶闻其声，是故洗耳。’巢父曰：‘污吾犊口。’牵犊上流饮之。”

㊳ 傲：蔑视。百氏：诸子百家。

㊴ 风情：风度情致。张日：张大至遮天蔽日。霜气：凛严如霜的神气。

㊵ 王孙：泛指贵族子弟。游：指游于山林，即避世。《楚辞·招隐士》：“王孙游兮不归，春草生兮萋萋。”这里反其意而用之，抱怨王孙公子贪恋富贵，不去隐居。

㊶ 空空：佛家语。佛教认为一切皆空。释部：指佛经。

㊷ 核：查核，指研究。玄玄：道家语。道家用“玄而又玄”形容道的微妙。道流：指道家人物。

㊸ 务光：古代高士。《列仙传》：“汤即克桀，以天下让于光，……光辞。”

㊹ 涓子：古代高人。《列仙传》：“涓子者，齐人也。……隐于宕山，能致风雨。”俦：同列。

㊺ 驺：即驺从，古代达官贵人出行时前后侍从的骑卒。

㊻ 鹤书：一种形似鹄头的文书，是古时用于招纳贤士的诏书。陇：山阜。

㊼ 轩：扬起。袂（mèi）：衣袖。耸：高举。

㊽ 荷衣：用荷叶制成的衣裳，指隐士的服装。《离骚》："制芰荷以为衣兮，集芙蓉以为裳。"

㊾ 抗：高举，这里指显现出。尘容：世俗的仪容。走：驰赴。

㊿ 下怆：生悲。

51 纽、绾：系挂。金章：铜印。墨绶：挂印用的黑色丝带。

52 属城：邻近相连的各县。雄：长。

53 张：张扬。英风：美声。海甸：滨海之地，这里指海盐县。

54 驰：传扬。浙右：浙江之右。

55 道帙：道家的书。殡：摈弃，埋葬。

56 法筵：讲法的坐席。

57 敲扑：指鞭打。

58 牒诉：公文诉讼。倥偬（kǒng zǒng）：事多，繁忙。

59《琴歌》《酒赋》：皆借指隐士的高雅生活。

60 结课：考核政绩，以定升贬。

61 纷纶：多而乱的样子。折狱：判决诉讼案件。

62 笼：笼盖。张赵：指西汉时的张敞和赵广汉，二人都做过京兆尹，是当时闻名的能吏。往图：与下文"前录"皆指过去的记载。

63 架：超越。卓鲁：指东汉的卓茂和鲁恭，两人都做过县令，很有政绩。

64 希踪：仰慕前贤的踪迹。三辅：汉代将京城附近分为京兆、左冯翊、右扶风，用以辅卫京城，称为三辅。豪：出众的官吏。

65 九州牧：管理九州的地方长官。

66 落：冷清。

67 涧石：岩穴。摧绝：崩塌，破坏。

68 延伫：久立，等候。

69 还飙：回风。

70 写：同"泻"。楹：堂前的柱子。

⑪ 投簪：指弃官隐居，用西汉疏广、疏受弃官归里的典故。逸：隐遁。

⑫ 解兰：指放弃隐居生活。尘：尘世，官场。缨：束冠的带子。

⑬ 攒峰：聚集在一起的山峰。竦（sǒng）诮：坐着讥笑。

⑭ 游子：指周颙。

⑮ 吊：慰问。

⑯ 萝：女萝，香草名。

⑰ 骋：和下文的“驰”皆传扬意。西山：即首阳山，伯夷、叔齐曾在此隐居。逸议：隐士的言论。东皋：东边近水的耕地，阮籍、陶潜的文中都提到过。素谒：心地纯朴的议论。

⑱ 促装：整顿行装。下邑：对国都而言，县称下邑，这里指海盐县。

⑲ 浪拽（yè）：划船。上京：对县而言，国都称上京，这里指建业（今江苏南京）。

⑳ 魏阙：指朝廷。《吕氏春秋·审为》：“身在江海之上，心居乎魏阙之下。”

㉑ 假步：借道。

㉒ 芳杜：即杜若，与下文薜荔皆为芳草名。滓：污秽。

㉓ 尘：污染，这里做动词用。游躅（zhú）：游踪。蕙路：长满香草的路。

㉔ 渌：清水。

㉕ 扃：关闭，这里作动词用。岫幌：山洞居室的窗户。

㉖ 云关：用云做成的关卡。

㉗ 敛：收起。

㉘ 鸣湍：响震的山涧。

㉙ 来辕：指周颙乘的车子。

㉚ 杜：堵塞。妄辔：指周颙的车马。郊端：郊野之边。

㉛ 丛条：丛林的树枝。瞋胆：气坏肝胆。

㉜ 叠颖：重叠的草尖。怒魄：魂魄发怒。

㉝ 飞柯：扬起树枝。乍：骤然。

⑭ 谢：谢绝。逋：逃。

【语译】

北山的精英，草堂的神灵，腾云驾雾在驿道上驱驰，将移文镌刻山前。那真正隐士的正直仪表，高迈志向，比那白雪更洁白，比那青云更高远，这种人我是仰慕了解的。当初，他们高蹈于世情之外，光明磊落的品格如云霞一般。视千金有如草芥，弃皇位形同脱鞋，洛水之滨可以听到他们吹奏如凤鸣般的乐曲，长河之湄可以遇见他们吟唱樵歌的往还，这种人也是有的啊。不料他们的行为始终不一，变化莫测。无怪乎白丝可青可黄，使墨子为它流泪，岔路可南可北，令杨朱为它恸哭。这些人暂时息影山林，却又心被俗情所染，开始时洁身自好，后来却同流合污，是多么的荒唐啊！唉！尚子平那样的人不复存在，仲长统也已经走远。山林间寂寞冷落，千年百世谁来玩赏？

现在有位周先生，是俗人中的俊杰。能文博学，既通晓老庄之道，也了解历史源流。但他却学着颜阖的样子遁世避俗，并仿效南郭子綦坐以忘身。在草堂冒充隐者滥竽充数，在北山随便穿戴隐士的服装。诱惑我的松林桂树，欺骗我的云霞沟壑。他虽然装模作样在隐居，内心却向往着高官厚禄。当他初来乍到之时，也想要胜过巢父和许由，笑傲诸子百家，蔑视将相王侯。那风度情致遮天蔽日，严肃的神气有如霜秋。他也曾感叹隐士高人长去不返，他也曾抱怨贵族公子不来遨游。他根据佛经把空空的义理来议论，也钻研老庄将玄玄的道心来探求。务光哪能和他相比，涓子更不是他的同类。

可是到了皇帝的使者带着前呼后拥的随从进入山谷，朝廷征召的诏书送到山中，他便受宠若惊，情志移动。于是扬眉舞袖坐入征召的筵席，撕裂焚烧了芰裳荷衣，显露出尘世的仪容和俗人的举止。北山的风云因此哀痛愤恨，石上的流泉为此呜咽悲伤。只见那树林山岗、花草乔木，都若有所失一样。等到他挂上县令的铜印，系上黑色的绶带，占据了全郡之中最大的一县，成为各县县令中头面的人物，美好的官声传遍了浙右与海滨。于是，道家的书籍久久不用，说法的坐席也被尘封。刑讯的喧嚣搅乱了他的思虑，忙碌的公文塞满了他的心胸。他放弃了抚琴歌奏，也断绝了赋诗对酒。常在考课里纠缠，总在诉讼间忙碌。他还想获取比张敞、赵广汉更大的名气，要超越卓茂、鲁恭二人的功绩，想追踪三辅有名的能吏，让名声在九州官吏间垂范传习。他使得云霞明月没人玩赏，青松白云与谁相伴？岩穴崩塌没人回来，石径荒凉白白等待。以至于回风吹入帐幕，云雾吐出堂前。蕙帐空了，深夜白鹤哀怨，人离去了，清晨猿猴惊呼。从前只听说疏广弃关归隐回到海边，如今却见到周颙解去兰佩走上仕途。

于是南山诸峰送来嘲讽，北边群山传递哄笑。纵横的沟壑争相讥刺，聚集的山峰严肃指责。它们慨叹周颙欺我北山，悲愤无人前来劝慰。于是山林石涧愧恨不休，桂花在秋风中飘落，女萝在明月下无趣。它们传扬着伯夷、叔齐不食周粟的佳话，宣示着东皋隐者纯朴安贫的品德。今天周颙又整顿行装离开海盐，行船赶赴京城建业。他虽然心向着官场，但还想路过北山。哪能让芳草再受羞惭，薜荔又遭耻辱，山岭岩穴再被沾污呢？他的脚步会污染香草路上隐士的足迹，他若洗耳会弄脏了碧水清池。应该关上山的帘帐，掩闭云霞封锁的山路，收起薄雾，藏起急流，在山谷口阻拦他的车辆，在郊野边堵塞他的车驾。在这种情况下，北山的丛林都愤怒了，有的扬起树干去折毁周颙的车辆，有的忽然低下枝条去扫除他的车迹。请挡回这个俗士的车驾，为北山之神谢绝这个逃跑了的隐士。

【评析】

这是一篇绝妙的讽刺文章。它揭穿了许多士大夫外表清高傲物而内心追名逐利、以隐居谋出仕的真实嘴脸。作者托北山之口写移文，奠定了通篇拟人化的修辞基调，写得山川动容，草木生色，极尽嘻笑怒骂之能事。文章的开头以真隐士的表现作衬托，顺笔引出“终始参差”的假隐士。接着又点出周颙来，将他前后判若两人的行为作了鲜明生动的对比，把他“虽假容于江皋，乃缨情于好爵”的伪君子面目刻画得入木三分。进而从周颙在官场上穷于应付的丑态，与被他欺骗抛弃北山的荒凉寂寥处落笔，写得幽怨深婉，如泣如诉。最后，写北山的愤怒终于无法遏止，在周颙要经过北山时，山川草木纷纷行动起来，将他彻底唾弃。文章通篇构思极新奇，骈俪工整，词采飞扬，是一篇艺术感染力极深的好作品。

卷第四十四

檄

喻巴蜀檄[1]一首

作者：司马长卿　　注译评析：王志瑛

告巴蜀太守：蛮夷自擅[2]，不讨之日久矣。时侵犯边境，劳士大夫。陛下即位，存抚天下，安集中国，然后兴师出兵，北征匈奴。单于怖骇，交臂受事[3]，屈膝请和。康居西域[4]，重译纳贡，稽颡来享[5]。移师东指，闽越相诛[6]。右吊番禺[7]，太子入朝[8]。南夷之君，西僰之长[9]，常效贡职，不敢堕怠[10]，延颈举踵，喁喁然[11]，皆向风慕义，欲为臣妾，道里辽远，山川阻深，不能自致。夫不顺者已诛，而为善者未赏，故遣中郎将往宾之[12]，发巴蜀之士各五百人，以奉币帛[13]。卫使者不然[14]，靡有兵革之事[15]、战斗之患。今闻其乃发军兴制[16]，惊惧子弟，忧患长老，郡又擅为转粟运输，皆非陛下之意也。当行者或亡逃自贼杀[17]，亦非人臣之节也。

夫边郡之士，闻烽举燧燔[18]，皆摄弓而驰[19]，荷兵而走，流汗相属，唯恐居后。触白刃，冒流矢，议不反顾，计不旋踵[20]。人怀怒心，如报私仇。彼岂乐死恶生，非编列之民[21]，而与巴蜀异主哉？计深虑远，急国家之难，而乐尽人臣之道也。故有剖符之封[22]，析珪而爵[23]，位为通侯[24]，处列东第[25]。终则遗显号于后世，传土地于子孙。行事甚忠敬，居位甚安逸，名声施于无穷，功烈著而不灭。是以贤人君子，肝脑涂中原、膏液润野草而不辞也。今奉币役至南夷，即自贼杀，或亡逃抵诛，身死无名，谥为至愚[26]，耻及父母，为天下笑。人之度量相越[27]，岂不远哉！然此非独行者之罪也[28]。父兄之教不先，子弟之率不谨[29]，寡廉鲜耻，而俗不长厚也。其被刑戮，不亦宜乎！陛下患使者有司之若彼[30]，悼不肖愚民之如此，故遣信使[31]，晓谕百姓以发卒之事，因数之以不忠死亡之罪[32]，让三老孝悌以不教诲之过[33]。

方今田时，重烦百姓[34]。已亲见近县，恐远所溪谷山泽之民不偏闻，檄到，亟下县道[35]，使咸喻陛下之意，无忽[36]。

【篇旨】

告巴蜀太守晓谕百姓，声讨中郎将唐蒙外通夜郎僰中，发军兴制，擅为转漕，惊恐百姓之事。

【注释】

① 喻：晓谕。檄（xí）：古代官府用以征召、晓谕或声讨的文书。

② 擅（shàn）：独断专行。

③ 交臂：拱手，表示恭敬。

④ 康居：西域国名，其地在今巴尔喀什湖和咸海之间，王都在卑阗城。

⑤ 稽颡（qǐ sǎng）：古时一种跪拜礼，以额触地，居丧答拜宾客时行之，表示极度的悲痛和感谢。后亦用以请罪。享：献纳。

⑥ 闽越：古族名，古代越人的一支，秦汉时分布在今闽北、浙南的部分地区。

⑦ 右：帮助。南越为东越所伐，汉以兵相救，东伐越，后至番禺，故言“右”。吊：对有丧事或受到灾祸的人表示哀悼和慰问。番禺（pān yú）：秦置番禺县，为南海郡县治，即今广州市。

⑧ 太子：婴齐。

⑨ 西僰（bó）：即僰，我国古代西南地区少数民族名。

⑩ 堕怠：懈怠。堕，通“惰”。

⑪ 喁（yóng）喁：众人向慕之状。

⑫ 宾：归服。

⑬ 币帛：泛指财物。

⑭ 卫：护。不然：指不意之变。

⑮ 靡：无。

⑯ 兴制：起军法诛将帅。

⑰ 当行者：指被唐蒙点征的巴蜀人。贼杀：劫夺残杀。

⑱ 烽举燧燔（suì fán）：古代边防报警的两种信号。白天放烟叫烽，晚上举火叫燧。燔，烧。

⑲ 摄（shè）：执，持。

⑳ 旋踵：退缩。

㉑ 编列：编户。

㉒ 剖符：古代帝王授与诸侯和功臣的凭证，竹制，剖分为二，帝王与诸侯各执其一。

㉓ 析珪：古代封诸侯，按爵位高低，分颁珪玉。珪，也作“圭”，瑞玉。

㉔ 通侯：爵位名，即彻侯。彻，通，言其爵位上通于皇帝，位最尊，金印紫绶，后避武帝讳，改为通侯。

㉕ 东第：王侯贵族的住宅，因在帝城东，故称东第。

㉖ 谥（shì）：称作。

㉗ 度量：器量，胸怀。

㉘ 独行者：指逃亡者。

㉙ 率：遵循。

㉚ 有司：官吏，此指唐蒙。

㉛ 信使：诚信之使。

㉜ 数（shǔ）：责备，数说。

㉝ 让：责备。

㉞ 重：犹难。

㉟ 亟（jí）：急速，赶快。县道：汉制，邑无少数民族者称县，少数民族杂居者称道。

㊱ 忽：轻忽。

【语译】

告喻巴蜀太守：蛮夷自专独行，不事征讨已经很久了。他们时而侵犯边境，使士大夫为对付他们而劳苦不堪。陛下即位以来，抚恤天下，安定中原，然后兴师发兵，北征匈奴，使单于恐怖惊骇，拱手而事，屈膝求和。康居西域之国，言语经多重转译前来纳贡，跪拜叩头而来进献。挥师东进，闽越正自相诛杀，协助南越，兵至番禺，导致太子婴齐前来朝见。南夷西僰的君长，常常纳贡效职，不敢有所懈怠，他们伸长脖子，踮起脚跟，如饥似渴地，全都向风慕义，愿为臣妾。然而道路遥远，山川阻隔，不能自己前来归顺。而不顺者已经诛灭，为善者尚未行赏，因此派遣中郎将唐蒙前往使之宾服，并征发巴蜀之士各五百人，以进奉礼物，护卫使者意外之变，不使发生兵革战事的灾难。今听说唐蒙征发军队，私设军法以诛将帅，使巴蜀的百姓惊恐，长老忧惧，郡又擅自转运粟米，这些都不是陛下的本意。被唐蒙点征的巴蜀人，有的逃亡在外，自相劫夺残杀，这也不是人臣应有的节操。

边郡之士，看到报警的烽烟举、燧火起，都持弓箭而驰骋，荷矛戟而奔走，汗流不停，唯恐落后。冒白刃，迎流矢，计议次策，毫不回头顾盼，绝不旋踵退缩。人人心怀怨恨，如报私仇。他们难道乐意死、厌恶生，难道不是编户之民，就愿助巴蜀怀有二心之主吗？是因为他们计虑深远，能急国家之难，而乐意尽人臣的职责。所以能获剖符之封赏，能析珪而颁爵，地位居通侯，住宅列东第。死后能将显赫的封号留给后代，能把土地传给子孙。任事很是忠诚敬谨，居官甚为平安闲逸。名声流传到无穷，功绩昭著而不灭。因此贤人君子即使肝脑涂中原、膏血沃野草，也在所不辞。而今唐蒙奉币率众到达南夷，便自相劫夺自相残杀，有的逃亡而当受诛戮，身死而无善名，被称为至愚之人，耻辱累及父母，终究为天下人嗤笑。人的器量胸怀，相去岂不是很远吗？然而这并不是逃亡者本人的罪过，父兄不先事教诲，子弟就不能谨慎遵循，寡廉鲜耻，而不崇尚淳厚朴实的风俗。他们受到诛戮，不是很合宜吗？陛下那样地痛恨作为使者有司的唐蒙，这样地伤悼巴蜀的不肖愚民，因此派遣诚信之使，将征发士卒奉币和戎之事晓谕百姓，由此数说唐蒙背叛朝廷的死亡之罪，责让三老孝悌对百姓不加教诲的过失。

如今正逢农时，为了慎于烦扰百姓，已亲将檄文晓示近蜀之县，恐远处溪谷山泽之民不能遍知，所以檄文一到，就急速传至县道，使百姓都明白陛下之意，而勿轻忽。

【评析】

汉武帝时，中郎将唐蒙奉命招抚南夷，却与夜郎、僰中私通反叛，汉武帝就遣司马相如为使，写此檄文晓谕百姓。第一段叙述当时四海宾服的形势以及命唐蒙奉币和戎，而唐蒙通敌反叛的情况。第二段盛赞边郡之士为国讨逆、万死不辞的英雄气概和建功立业、封爵列侯的无尚荣光，谴责使者唐蒙的反叛之罪及不肖愚民的贼杀逃亡。第三段说明檄文必须亟下县道，使百姓遍知陛下之意。檄文气正辞严，对首恶和胁从的态度又有恰当的区别，声讨叛逆唐蒙是严惩不贷，责以不忠死亡之罪；谴责不肖愚民则宽容原宥，责备三老孝悌不教之过。这样便于以理谕人，以情动人，便于惩治叛逆，教育百姓；也表现出武帝定边的威望和治国的贤明。

为袁绍檄豫州[1]一首

作者：陈孔璋　　注译评析：王志瑛

左将军领豫州刺史，郡国相、守[2]：盖闻明主图危以制变，忠臣虑难以立权。是以有非常之人，然后有非常之事；有非常之事，然后立非常之功。夫非常者，故非常人所拟也。曩者强秦弱主[3]，赵高执柄[4]，专制朝权，威福由己。时人迫胁，莫敢正言，终有望夷之败[5]。祖宗焚灭，污辱至今，永为世鉴。及臻吕后季年[6]，产禄专政，内兼二军，外统梁赵，擅断万机[7]，决事省禁[8]，下凌上替[9]，海内寒心。于是绛侯、朱虚，兴兵奋怒[10]，诛夷逆暴，尊立太宗[11]，故能王道兴隆，光明显融[12]，此则大臣立权之明表也。

司空曹操，祖父中常侍腾[13]，与左悺、徐璜并作妖孽[14]，饕餮放横[15]，伤化虐民。父嵩[16]，乞丐携养[17]，因赃假位[18]，舆金辇璧，输货权门，窃盗鼎司[19]，倾覆重器[20]。操赘阉遗丑[21]，本无懿德[22]，僄狡锋协[23]，好乱乐祸。幕府董统鹰扬[24]，扫除凶逆。续遇董卓，侵官暴国，于是提剑挥鼓，发命东夏[25]，收罗英雄，弃瑕取用。故遂与操同谘合谋，授以裨师，谓其鹰犬之才，爪牙可任。至乃愚佻短略[26]，轻进易退，伤夷折衄[27]，数丧师徒。幕府辄复分兵命锐，修完补辑，表行东郡[28]，领兖州刺史[29]，被以虎文[30]，奖蹙威柄[31]，冀获秦师一克之报[32]。而操遂承资跋扈[33]，肆行凶忒[34]，割剥元元[35]，残贤害善。故九江太守边让[36]，英才俊伟，天下知名，直言正色，论不阿谄，身首被枭悬之诛[37]，妻孥受灰灭之咎。自是士林愤痛，民怨弥重，一夫奋臂，举州同声。故躬破于徐方[38]，地夺于吕布[39]，彷徨东裔[40]，蹈据无所[41]。幕府惟强干弱枝之义，且不登叛人之党[42]，故复援旌擐甲[43]，席卷起征，金鼓响振，布众奔沮[44]，拯其死亡之患，复其方伯之位。则幕府无德于兖土之民，而有大造于操也[45]。

后会鸾驾反旆[46]，群虏寇攻。时冀州方有北鄙之警[47]，匪遑离局[48]，故使从事中郎徐勋，就发遣操，使缮修郊庙，翊卫幼主[49]。操便放志，专行胁迁[50]，当御省禁，卑侮王室，败法乱纪，坐领三台[51]，专制朝政，爵赏由心，刑戮在口，所爱光五宗[52]，所恶灭三族[53]。群谈者受显诛，腹议者蒙隐戮，百寮钳口[54]，道路以目，尚书记朝会[55]，公卿充员品而已[56]。故太尉杨彪[57]，典历二司[58]，享国极位。操因缘眦睚[59]，被以非罪。榜楚参并[60]，五毒备至[61]，触情任忒[62]，不顾宪网[63]。又议郎赵彦，忠谏直言，义有可纳，是以圣朝含听，改容加饰。操欲迷夺时明，杜绝言路，擅收立杀，不俟报闻[64]。又梁孝王[65]，先帝母昆，坟陵尊显，桑梓松柏[66]，犹宜肃恭。而操帅将吏士，亲临发掘，破棺裸尸，掠取金宝，至令圣朝流涕[67]，士民伤怀。操又特置发丘中郎将、摸金校尉，所过隳突[68]，无骸不露。身处三公之位，而行桀虏之态，污国虐民，毒施人鬼[69]。加其细政苛惨，科防互设[70]，罾缴充蹊[71]，坑阱塞路，举手挂网罗，动足触机陷。是以兖豫有无聊之民，帝都有吁嗟之怨[72]。历观载籍[73]，无道之臣，贪残酷烈，于操为甚。

幕府方诘外奸[74]，未及整训，加绪含容[75]，冀可弥缝。而操豺狼野心，潜包祸谋，乃欲摧挠栋梁，孤弱汉室，除灭忠正，专为枭雄[76]。往者伐鼓北征公孙瓒[77]，强寇桀逆[78]，拒围一年。操因其未破，阴交书命，外助王师，内相掩袭，故引兵造河，方舟北济[79]，会其行人发露，瓒亦枭夷。故使锋芒挫缩，厥图不果。尔乃大军过荡西山[80]，屠各、左校皆束手奉质[81]，争为前登，犬羊残丑，消沦山谷。于是操师震慑[82]，晨夜逋遁[83]，屯据敖仓[84]，阻河为固，欲以螗螂之斧，御隆车之隧[85]。幕府奉汉威灵，折冲宇宙[86]，长戟百万，胡骑千群，奋中黄育获之士[87]，骋良弓劲弩之势，并州越太行[88]，青州涉济漯[89]，大军泛黄河而角其前[90]，荆州下宛叶而掎其后[91]。雷霆虎步，并集虏庭[92]，若举炎火以焫飞蓬[93]，覆沧海以沃熛炭[94]，有何不灭者哉！又操军吏士，其可战者皆出自幽冀，或故营部曲[95]，咸怨旷思归[96]，流涕北顾。其余兖豫之民，及吕布张扬之遗众[97]，覆亡迫胁[98]，权时苟从，各被创夷，人为仇敌。若回旆方徂[99]，登高冈而击鼓吹，扬素挥以启降路[100]，必土崩瓦解，不俟血刃。

方今汉室陵迟[101]，纲维弛绝。圣朝无一介之辅[102]，股肱无折冲之势[103]。方畿之内[104]，简练之臣，皆垂头搨翼[105]，莫所凭恃。虽有忠义之佐，胁于暴虐之臣，焉能展其节[106]？又操持部曲精兵七百，围守宫阙，外托宿卫[107]，内实拘执[108]。惧其篡逆之萌[109]，因斯而作。此乃忠臣肝脑涂地之秋，烈士立功之会，可不勖哉[110]！操又矫命称制[111]，遣使发兵，恐边远州郡，过听而给与[112]，强寇弱主，违众旅叛[113]，举以丧名，为天下笑，则明哲不取也。即日幽并青冀四州并进[114]。书到荆州，便勒见兵[115]，与建忠将军协同声势[116]，州郡各整戎马，罗落境界[117]，举师扬威，并匡社稷[118]，则非常之功，于是乎著。其得操首者封五千户侯，赏钱五千万。部曲偏裨将校诸吏降者[119]，勿有所问。广宣恩信，班扬符赏[120]，布告天下，咸使知圣朝有拘逼之难[121]。如律令[122]。

【篇旨】

为袁绍作此檄文告刘备，谴责曹操的无德无行、凶恶跋扈、专制朝政、残害百姓，言其不堪依附，劝刘备归顺袁绍。

【注释】

① 袁绍：字本初，东汉汝阳人。初任司隶校尉，何进召董卓诛宦官，卓未至而事泄，他尽杀诸宦。卓至京师专朝政，他出奔冀州，起兵讨卓，被各州推为盟主。他据有冀、青、幽、并四州，成为当时地广兵多的割据势力。建安五年在官渡为曹操大败，不久病死。豫州：州名，汉武帝所置十三刺史部之一，辖境约当今淮河以北伏牛山以东豫东、皖北地。刘备为豫州刺史，豫州即指刘备。

② 左将军：刘备归陶谦，谦表刘备为豫州刺史，后归曹操，操表为左将军。领：兼任较低级的职务。守：郡守。

③ 曩（nǎng）者：往昔，从前。弱主：指秦二世。

④ 赵高：秦时宦者，始皇崩，与丞相李斯立胡亥为二世皇帝，不久杀李斯，自为丞相，独揽大权，后又杀二世，立子婴。子婴立，乃诛高。柄：权力，国家之机要。

⑤ 望夷：秦宫名，赵高使阎乐杀二世于此宫。

⑥ 臻（zhēn）：至，到达。吕后：名雉，秦末单父人，汉高祖刘邦妻，惠帝母。惠帝死后，临朝称制，立诸吕为王，以侄吕产、吕禄分掌南北军。吕雉死，周勃、陈平等尽灭诸吕，拥立文帝，恢复刘汉政权。季年：末年。

⑦ 万机：指帝王日常的纷繁政务。

⑧ 省（shěng）禁：宫禁，宫中。

⑨ 凌：凌犯。替：废替。

⑩ 绛侯：周勃，汉沛人，从刘邦起义，以军功为将军，封绛侯。朱虚：县名，故城在今山东临朐东。此指朱虚侯刘章。

⑪ 太宗：汉文帝庙号。

⑫ 显融：昭著，长远。

⑬ 腾：曹腾，曹操祖父，字季兴，东汉沛国谯县人，宦官。顺帝时由小黄门迁中常侍，因参与立桓帝有功，加位特进。

⑭ 左悺（guàn）：河南人，东汉宦者，为小黄门。徐璜：下邳人，东汉宦者，为中常侍。

⑮ 饕餮（tāo tiè）：贪残。

⑯ 嵩：曹腾养子，官至太尉。

⑰ 乞丐（gài）：乞求。

⑱ 赃：贿赂。

⑲ 鼎司：指三公的职位。

⑳ 重器：象征国家社稷，天子政教。

㉑ 赘（zhuì）：指出赘之子，此指曹嵩。阉：宦官，指曹腾。丑：丑类，低贱之人。

㉒ 懿德：美德。

㉓ 僄狡：即僄狡，形容轻疾勇猛。锋协：即锋侠，形容锐气，似兵刃之锋利。

㉔ 幕府：称袁绍。卫青征匈奴，大克获，武帝就其幕中拜为大将军，后因称大将军为幕府。董：督察。鹰扬：指武士，言其威武奋扬如同鸷鸟。

㉕ 东夏：即渤海。

㉖ 佻（tiāo）：轻薄。

㉗ 夷：通“痍”，创伤。衄（nǜ）：挫折，失败。曹操为董卓将领徐荣所败，兵多死伤。

㉘ 东郡：郡名，治濮阳，汉时辖今山东、河南部分地区。

㉙ 兖（yǎn）州：古代九州之一。袁绍以曹操为东郡太守。刘公山为兖

州，公山为黄巾所杀，乃以操为兖州刺史。

㉚ 虎文：虎纹之衣，虎贲将所服。

㉛ 奖：劝勉。威柄：权威。

㉜ 克：取胜。秦穆公使孟明伐晋，屡败，穆公不罪，犹用之，后败晋以报秦穆公。此言袁绍冀操一克之报。

㉝ 跋扈：骄横，强暴。

㉞ 忒（tè）：恶。

㉟ 元元：老百姓。

㊱ 边让：字文礼，东汉陈留浚仪人，为九江太守，以世乱，去官归，言议颇侵曹操，操杀之，族其家。

㊲ 枭悬：斩首而悬挂木上。

㊳ 徐方：即徐州。陶谦为徐州刺史，曹操征谦，粮少，引军还。

㊴ 吕布：字奉先，东汉九原人，封温侯，后投袁绍，为兖州牧，徐州牧。曹操与吕布战于濮阳，为布所败而走。

㊵ 彷徨：惊貌。

㊶ 蹈：践。据：依。

㊷ 登：成。叛人：指吕布。

㊸ 援：引。擐：贯。

㊹ 沮（jǔ）：坏。

㊺ 造：恩。

㊻ 旆（pèi）：旗帜的通称。董卓徙献帝都长安后，杨奉、韩暹以献帝还洛阳。

㊼ 冀州：古九州之一，包括今山西全省、河北西北部、河南北部、辽宁西部。鄙：边邑。袁绍时为冀州刺史，公孙瓒自燕攻之。

㊽ 遑：暇。局：部分。

㊾ 翊（yì）：辅佐，护卫。幼主：指献帝。

㊿ 胁迁：迫胁天子而迁徙。

51 三台：官名，汉因秦制，设置尚书为中台，御史为宪台，谒者为外台，合称三台。

㊷ 五宗：五服内的亲人，谓上至高祖，下及孙。

㊸ 三族：父族、母族、妻族。一说父母、兄弟、妻子。

㊹ 钳口：闭口。

㊺ 朝（cháo）会：诸侯或臣属朝见君主，春见曰朝，时见曰会。

㊻ 员品：役人的品阶。

㊼ 杨彪：字文先，东汉华阴人。

㊽ 典：掌管。二司：司空与司徒，官名。杨彪曾代董卓为司空，又代黄琬为司徒。

㊾ 眦睚（zì yá）：即睚眦，怒目而视，借指小怨小忿。袁术作乱，曹操托杨彪与术联姻，诬以欲图废置，奏下狱，劾以大逆。

㊿ 榜（pǎng）楚：榜掠，鞭笞。榜，通“搒”，鞭打。

61 五毒：五种酷刑，指四肢及身备受楚毒；或云鞭、棰、灼、徽、纆为五毒。

62 触情：触物而兴感。

63 宪网：法网。

64 报闻：奏报闻达于天子。

65 梁孝王：名武，景帝之弟。

66 桑梓：古代住宅旁常栽桑梓。松柏：古人墓地多种松柏，以识其坟，以示历久长存。

67 圣朝：指献帝。

68 隳（huī）突：毁坏。

69 施：散布。

70 科防：条律禁令。

71 罾（zēng）：捕鸟的网。缴（zhuó）：射鸟时系在箭上的丝绳，此指系丝绳的箭。

72 吁嗟：叹声。

73 载籍：书籍。

⑭ 外奸：此指公孙瓒。

⑮ 绪：顺。

⑯ 枭雄：犹言雄长、霸主。

⑰ 公孙瓒：字伯珪，东汉辽西令支人。董卓专权时，封蓟侯。割据幽州，与袁绍连年混战，建安四年为绍所败，自杀。

⑱ 桀逆：凶狠忤逆。

⑲ 方舟：两船相并。

⑳ 荡：荡涤。西山：鹿肠山。黑山贼于毒等为乱，袁绍以军入朝歌鹿肠山，破之，斩毒。

㉑ 屠各：胡族。左校：官名，指郭大贤等。束手：自缚其手，表示不抵抗。质：通“贽”，礼物。

㉒ 慑（zhé）：恐惧。

㉓ 逋（bū）：逃亡。

㉔ 敖仓：秦代所建仓名，在河南荥阳东北敖山上，山上有城，其中置仓，因曰敖仓。

㉕ 隧：车辙。

㉖ 折冲：拒敌。

㉗ 中黄育获：中黄伯、夏育、乌获，皆古勇士。

㉘ 并州：谓袁绍之甥高翰，绍以翰为并州刺史，故称。太行：山名，绵延今山西、河北、河南三省界的大山脉。

㉙ 青州：谓袁绍之长子袁谭，绍以谭为青州刺史，故称。济漯（tà）：二水名，皆在今山东境内。

㉚ 泛：浮。角：如捕兽似的捉住其角。

㉛ 荆州：谓刘表，表为荆州刺史，故称。时刘表与绍相联合。宛：县名，今河南南阳。叶：县名，今河南叶县。掎（jǐ）：如捕兽似的拖住其腿。

㉜ 虏：指曹操。

㉝ 焫（ruò）：本作“爇”，烧，点燃。飞蓬：散乱的蓬草。

⑭ 沃：浇，灌。熛（biāo）炭：迸飞的炭火。

⑮ 部曲：指豪门大族私人的军队。

⑯ 怨旷：怨恨别离之久。

⑰ 张扬：字稚叔，东汉云中人。董卓以为建义将军。张扬与吕布善，布被曹操所围，张扬将救之，其将杨丑杀张扬以应曹操，杨丑之将眭固又杀丑，欲以众比合袁绍，操遣史涣破之，尽收其众。

⑱ 覆：败。

⑲ 徂（cú）：往，到。

⑩ 挥：通"徽"，旗幡。

⑩ 陵迟：衰落。

⑩ 一介：一个，形容少、轻微。

⑩ 股肱：大腿和胳膊，比喻辅佐君主的大臣。

⑩ 方畿（jī）：国境之内。天子境内方千里曰畿。

⑩ 简练：精强干练。搨翼：谓鸟垂翅，形容沮丧失意的神态。

⑩ 节：节操。

⑩ 宿卫：在宫中值宿，担任警卫。

⑩ 拘执：拘捕。

⑩ 篡（cuàn）：用强力夺取。

⑩ 勖（xù）：勉励。

⑪ 称制：行使皇帝权力。

⑪ 过：误。

⑪ 旅：助。

⑪ 幽：谓袁绍之中子袁熙，熙为幽州刺史，故称。

⑪ 勒：统率。见兵：现有之兵。

⑪ 建忠将军：张绣，以军功称，迁至建忠将军，屯宛，与刘表相合。

⑪ 罗落：聚集。

⑪ 匡：正。

⑪ 部曲：指古时军队的编制单位。偏裨：偏师之将，即偏将。诸吏：

官属。

⑫⓪ 班：颁布。符赏：以军书传令的赏赐。

⑫① 拘逼：拘束逼迫。

⑫② 律令：法令。

【语译】

左将军领豫州刺史，相国、郡守：听说明君能度量危亡以制服变乱，忠臣能思虑险难而树立权威，因此，有非同一般之人，然后有非同一般之事；有非同一般之事，然后立非同一般之功。贤圣之功，本不是普通人所能揣度的。从前暴秦弱主二世，因为相国赵高执掌国政，专制朝权，赏罚由己，当时人人惧怕其威，无人敢于正言直谏，二世终于被杀于望夷宫，祖宗焚灭，耻辱至今，永为后世鉴戒。及至吕后末年，吕产、吕禄专政，内将南北二军，外统梁赵两地，专断国家政务，决策宫禁之中，对下陵犯，对上废替，致使天下人寒心。于是绛侯周勃和朱虚侯刘章兴兵奋起，诛灭逆暴，尊立太宗，所以能使王道复兴，昭明久远，这正是大臣立权建功的显明的表率。

司空曹操，其祖父故中常侍曹腾，与左悺、徐璜并兴妖孽，饕餮贪婪，放纵恣横，败坏风化，暴虐黎民。其父曹嵩，是曹腾养子，凭借行贿得居高位，车载金璧，贿赂权门，盗窃重权，位居司空，倾覆朝廷。曹操本是赘子阉宦低贱之人的丑类，本无美德，轻疾勇猛，锐气锋利，好乱乐祸。适逢幕府袁绍统督武士，扫除诸阉。其后又逢董卓侵官夺权，祸害国家，于是提剑奋臂，起兵东夏，采访贤才，弃瑕录用，因此就与曹操同议合谋，授以偏师，以为他有鹰犬搏击之才，可为爪牙之臣。至于他愚顽轻薄、浅陋粗略，进退轻率，死伤折败，屡丧师旅，幕府袁绍总是又分给精兵，休整补辑，又上表奏明天子任曹操为东郡太守领兖州刺史，这样给他披上虎皮，勉励他成就威福之权，希望得到他的一克之报。但是曹操得到资助却骄横强暴，肆行凶恶，杀戮百姓，伤贤害善。已故九江太守边让英才俊奇，天下闻名，他正色直言，议无曲谄，却遭曹操所诛，身首枭悬，妻子俱遭杀戮之祸。自此士林愤怒痛恨，民怨更重，一夫奋臂讨伐，举州同声相应。因此曹操征伐陶谦而军破于徐州，濮阳之战而兵败于吕布，彷徨于东方边隅之地，无所依托。幕府袁绍念强干弱枝之义，且不愿成全叛人吕布之党的强盛，所以重又引旌旗，披胄甲，以席卷之势起兵征讨吕布，金鼓齐鸣，布军溃败，拯救了曹操的死亡之灾，恢复了他的方伯之位。那么，幕府袁绍虽然无德于兖州百姓，却对曹操有大恩啊。

后来适逢鸾驾返回洛阳，遭到群虏寇犯，这时冀州正有北方边邑之警，无暇远离部曲，所以令从事中郎徐勋去兖州派遣曹操，让他修缮郊庙，辅翼护卫幼主献帝。曹操便恣意专行，胁迫天子迁徙，自理官中诸事，轻侮王室，违法乱纪，统领三台，专制朝政。封赏全由他心定，刑戮在于他一句话。所爱者光耀五宗，所恶者夷灭三族。群聚议论朝政者以公开的罪名受到杀戮，口虽不言而腹诽者被罗织罪状而遭诛灭。百官钳口不言时政，道路以目，敢怒而不敢言。尚书仅掌朝会之法，公卿只是充数的大员。已故太尉杨彪，历掌司空、司徒二职，享有国中最高的地位。曹操因故瞋目，加之以不应有罪名，搒楚并用，五刑齐施，任情加害，恣意妄为，不顾法纪。又有议郎赵彦，忠谏直言，其义值得采纳，因此天子听从其谏而改错补正。曹操想蒙蔽当朝明君，堵塞忠谏言路，便擅自拘捕赵彦立即诛杀，不待奏报天子知道。又有梁孝王，是先帝景帝的同母兄弟，陵墓显尊，对他坟上的桑梓松柏，犹宜肃穆恭敬。而曹操带领将官士卒，亲临发掘，破棺裸尸，掠取金宝，直令天子闻之哀泣，士人百姓因而伤怀。曹操又特设置发丘中郎将与摸金校尉之官，所过之处，毁坏冢墓，无不暴露骸骨。身居三公之位，而行为有如恶徒，辱国殃民，毒害施及人鬼。加上他的政令繁苛残酷，条律禁令交相设置，罾缴布满蹊径，陷阱充塞道路，举手便挂住罗网，迈脚就触动机陷。因此兖州、豫州民不聊生，帝都洛阳百姓怨叹。历观史书所载，无道之臣，贪婪凶残横暴恶毒，于曹操为甚。

幕府袁绍正讨伐公孙瓒，诘问其罪，来不及对曹操齐教整训，而加以偏护包容，是希望他能弥缝过失。但是曹操狼子野心，包藏祸谋，是想摧折挠曲栋梁，孤立削弱汉室，除灭忠良，独为霸主。以前击鼓北征公孙瓒，强寇凶逆，拒围一年。曹操因其尚未攻破，暗中勾结递交书信，表面上声称辅助王师，暗地里将掩袭而取之，因此引兵前往黄河边，并舟北渡。恰逢送信的使者私自开拆曹操与公孙瓒的书信，而公孙瓒也已被枭首诛灭，所以才使曹操的锋芒受到挫折，这个阴谋未能实现。此后，大军荡涤西山，匈奴屠各、左校等都束手奉贽，争先来降。羌狄等犬羊余类都亡没于山谷之中。于是曹操的军队十分惊惧，晨夜兼程窜逃，屯据敖仓，借黄河天险加固防务，想以螳螂之斧御大车之辙。幕府奉汉室之威灵，冲杀于四方，拥有长戟百万，胡骑千群，振奋中黄伯、夏育、乌获似的勇士，放开强弓劲弩般的气势，并州高翰率军越过太行山脉，青州袁谭引兵渡过济水、漯水，幕府大军渡黄河冲击其正面，荆州刘表下宛、叶从后面包剿。将士的威势，似雷霆虎步，并集敌虏之庭，似举炎火点燃散乱的蓬草，如覆沧海浇灌迸飞的炭火，有什么东西能不消灭呢！又兼曹操军中的将士，其中能战者都出自幽冀二州，或幕府的故营旧部，他们都怨恨别离之久，思念归去，流着眼泪北望故乡。其余兖豫二州的百姓，及吕布、张扬的遗众残部，覆亡败逃而遭受胁迫，权衡时势而苟且归顺，然而各被伤害者，则人人以操为仇敌。我若回旗而往，登高山击鼓吹角，扬白幡开启降路，曹操之军士必土崩瓦解而不待血刃。

如今汉室衰落，纲纪废绝。圣朝天子没有一介之臣的辅佐，股肱大臣没有折冲陷阵的威势。国境之内，精干之大臣都垂头敛翼，无所凭依。即使有忠义之士，胁迫于曹操，怎么能展示自己的节操！又兼曹操以自己的部队精兵七百，围守皇宫，外托值宿警卫，内行拘捕之实，担心他篡权忤逆的开端，就由此而起。这正是忠贞之臣肝脑涂地之时，有志之士立功报国之际，可以不勉力而为吗！曹操又矫天子之命称制，遣使发兵，恐怕边远州郡误听而供给和援助，就将强寇贼而弱天子，违众人而助叛逆，举兵而丧名失义，被天下人嗤笑，这是明智之人不为的。即日，幽、并、青、冀四州率军并进，书信送至荆州，刘表便统领军队与建忠将军张绣会合，协同声势，州郡各整兵马，聚集在边界，举师扬威，共同匡扶社稷，则非同寻常之功，在此昭著。其中得曹操首级者封五千户侯，赏钱五千万，曹军部曲的偏将、将校、官吏来降者，一概既往不咎。今广宣恩德信义，颁发军书赏赐，布告天下，使百姓都知道天子被曹操所拘逼的灾难。此文告如同法令。

【评析】

陈琳避难冀州，袁绍使陈琳掌管文章。建安五年，陈琳为袁绍作此檄文告刘备。全文可分五段。第一段以史为鉴，将秦朝赵高和汉朝诸吕的专权误国影射曹操，指出忠臣应该因事立势，以成其圣贤之功。第二段首先追溯曹操赘阉之余的身世，谴责其祖父曹腾的贪婪专横、伤化虐民，谴责其父曹嵩的因赃假位、倾覆社稷，谴责曹操的本无善德、好乱乐祸。其次说明在讨伐董卓和征讨吕布的战争中，袁绍联合曹操并一再有恩于曹操，而曹操却承资跋扈，残害贤良。第三段进一步声讨曹操的罪行，指出其专制朝政、刑戮忠良以及发掘王陵、所过隳突的罪恶令人发指、令人吁嗟。第四段宣传袁绍的军威，说明袁绍讨伐曹操，曹操必败。第五段再次阐明形势，勉励忠臣烈士建功报国、诛灭曹操，劝谕刘备归降，并将擒曹操的悬赏布告天下。这篇檄文写得洋洋洒洒，气势磅礴。文中摆事实，讲道理，善于铺张，讲究对比，例如采用古今对比，以秦之赵高、汉之诸吕影射曹操的专权。采用忠奸对比，以边让、杨彪、赵彦的忠正而被害反衬曹操的奸邪。采用善恶对比，以袁绍的宽容和曹操的作恶为伐曹作铺垫。这些对比增强了檄文的战斗力和说服力。陈琳的章表书记闻名于当时，此文即为名篇，以致后来袁绍败亡而陈琳归曹时，曹操爱其才而不咎，并以之为司空军谋祭酒，管记室。

檄吴将校部曲文[①]一首

作者：陈孔璋　　注译评析：王志瑛

年月朔日子，尚书令彧告江东诸将校部曲及孙权宗亲中外[②]：盖闻“祸福无门，惟人所召”[③]，夫见机而作[④]，不处凶危，上圣之明也；临事制变，因而能通，智者之虑也；渐渍荒沉[⑤]，往而不反，下愚之蔽也。是以大雅君子，于安思危，以远咎悔；小人临祸怀佚[⑥]，以待死亡。二者之量[7]，不亦殊乎？

孙权小子，未辨菽麦[8]，要领不足以膏齐斧[9]，名字不足以洿简墨[10]。譬犹鷇卵[11]，始生翰毛[12]，而便陆梁放肆[13]，顾行吠主，谓为舟楫足以距皇威[14]，江湖可以逃灵诛；不知天网设张，以在纲目[15]，爨镬之鱼[16]，期于消烂也。若使水而可恃，则洞庭无三苗之墟[17]，子阳无荆门之败[18]，朝鲜之垒不刊[19]，南越之旍不拔[20]。昔夫差承阖闾之远迹[21]，用申胥之训兵[22]，栖越会稽[23]，可谓强矣。及其抗衡上国[24]，与晋争长，都城屠于勾践，武卒散于黄池[25]，终于覆灭，身罄越军[26]。及吴王濞[27]，骄恣屈强，猖猾始乱[28]，自以兵强国富，势陵京城。太尉帅师[29]，甫下荥阳[30]，则七国之军瓦解冰泮[31]。濞之骂言未绝于口，而丹徒之刃以陷其胸[32]。何则？天威不可当，而悖逆之罪重也。且江湖之众，不足恃也。

自董卓作乱，以迄于今，将三十载。其间豪桀纵横，熊据虎跱，强如二袁[33]，勇如吕布[34]，跨州连郡，有威有名，十有余辈。其余锋捍特起[35]，鹯视狼顾[36]，争为枭雄者[37]，不可胜数。然皆伏铁婴钺[38]，首腰分离，云散原燎，罔有孑遗[39]。近者，关中诸将复相合聚[40]，续为叛乱。阻二华[41]，据河渭[42]，驱率羌胡，齐锋东向，气高志远，似若无敌。丞相秉钺鹰扬[43]，顺风烈火，元戎启行，未鼓而破，伏尸千万，流血漂橹[44]。此皆天下所共知也。是后大军所以临江而不济者，以韩约、马超逋逸迸脱[45]，走还凉州，复欲鸣吠[46]；逆贼宋建，僭号“河首”[47]，同恶相救，并为唇齿；又镇南将军张鲁[48]，负固不恭，皆我王诛所当先加。故且观兵旋旆[49]，复整六师[50]，长驱西征，致天下诛。偏将涉陇[51]，则建约枭夷[52]，旍首万里；军入散关，则群氐率服[53]，王侯豪帅，奔走前驱；进临汉中，则阳平不守[54]，十万之师，土崩鱼烂。张鲁逋窜，走入巴中，怀恩悔过，委质还降[55]；巴夷王朴胡、賨邑侯杜濩[56]，各帅种落，共举巴郡，以奉王职。钲鼓一动[57]，二方俱定[58]，利尽西海，兵不钝锋。若此之事，皆上天威明，社稷神武，非徒人力所能立也。圣朝宽仁覆载[59]，允信允文[60]，大启爵命，以示四方。鲁及胡濩皆享万户之封，鲁之五子，各受千室之邑。胡濩子弟、部曲将校，为列侯、将军已下千有余人。百姓安堵[61]，四民反业[62]。而建约之属皆为鲸鲵[63]，超之妻孥，焚首金城[64]，父母婴孩，覆尸许市[65]。非国家钟祸于彼[66]，降福于此也，逆顺之分，不得不然。

夫鸷鸟之击先高，攫鸷之势也[67]。牧野之威[68]，孟津之退也[69]。今者枳棘翦扞[70]，戎夏以清，万里肃齐，六师无事。故大举天师百万之众，与匈奴南单于呼完厨及六郡乌桓丁令屠各、湟中羌僰[71]，霆奋席卷，自寿春而南[72]。又使征西将军夏侯渊等，率精甲五万及武都氐羌、巴汉锐卒[73]，南临汶江，搤据庸蜀[74]；江夏襄阳诸军，横截湘沅[75]，以临豫章[76]；楼船横海之师，直指吴会[77]。万里克期[78]，五道并入，权之期命，于是至矣。丞相衔奉国威，为民除害，元恶大憝[79]，必当枭夷。至于枝附叶从[80]，皆非诏书所特禽疾[81]，故每破灭强敌，未尝不务在先降后诛，拔将取才，各尽其用。是以立功之士莫不翘足引领[82]，望风响应。昔袁术僭逆[83]，王诛将加，则庐江太守刘勋先举其郡[84]，还归国家；吕布作乱，师临下邳[85]，张辽侯成率众出降[86]；还讨眭固[87]，薛洪樛尚开城就化。官渡之役[88]，则张郃高奂举事立功[89]。后讨袁尚[90]，则都督将军马延、故豫州刺史阴夔、射声校尉郭昭，临阵来降[91]。固守邺城[92]，则将军苏游反为内应[93]，审配兄子开门入兵[94]。既诛袁谭[95]，则幽州大将焦触攻逐袁熙，举县来服[96]。凡此之辈数百人，皆忠壮果烈，有智有仁，悉与丞相参图画策，折冲讨难，芟敌搴旗[97]，静安海内，岂轻举措也哉？诚乃天启其心，计深虑远，审邪正之津，明可否之分，勇不虚死，节不苟立，屈伸变化，唯道所存，故乃建丘山之功，享不訾之禄[98]。朝为仇虏，夕为上将，所谓临难知变，转祸为福者也。若夫说诱甘言，怀宝小惠，泥滞苟且[99]，没而不觉，随波漂流，与熛俱灭者[100]，亦甚众多。吉凶得失，岂不哀哉！昔岁军在汉中，东西悬隔，合肥遗守[101]，不满五千。权亲以数万之众，破败奔走。今乃欲当御雷霆，难以冀矣！

夫天道助顺，人道助信[102]。事上之谓义，亲亲之谓仁。盛孝章，君也，而权诛之[103]；孙辅，兄也，而权杀之[104]。贼义残仁，莫斯为甚。乃神灵之逋罪，下民所同仇。辜仇之人，谓之凶贼，是故伊挚去夏[105]，不为伤德；飞廉死纣[106]，不可谓贤。何者？去就之道，各有宜也。丞相深惟江东旧德名臣[107]，多在载籍[108]。近魏叔英秀出高峙，著名海内；虞文绣砥砺清节[109]，耽学好古[110]；周泰明当世俊彦[111]，德行修明。皆宜膺受多福[112]，保乂子孙[113]。而周盛门户，无辜被戮，遗类流离[114]，湮没林莽，言之可为怆然！闻魏周荣、虞仲翔各绍堂构[115]，能负析薪；及吴诸顾陆旧族长者，世有高位，当报汉德，显祖扬名；又诸将校、孙权婚亲，皆我国家良宝利器，而并见驱迮[116]，雨绝于天，有斧无柯，何以自济？相随颠没，不亦哀乎！

盖凤鸣高冈，以远罻罗[117]，贤圣之德也；鸋鴂之鸟[118]，巢于苇苕，苕折子破，下愚之惑也。今江东之地，无异苇苕，诸贤处之，信亦危矣。圣朝开弘旷荡[119]，重惜民命，诛在一人，与众无忌[120]，故设非常之赏，以待非常之功。乃霸夫烈士奋命之良时也[121]，可不勉乎！若能翻然大举[122]，建立元勋[123]，以应显禄，福之上也。如其未能，算量大小[124]，以存易亡，亦其次也。夫系蹄在足[125]，则猛虎绝其蹯[126]；蝮蛇在手[127]，则壮士断其节[128]。何则？以其所全者重，以其所弃者轻。若乃乐祸怀宁，迷而忘复，暗大雅之所保[129]，背先贤之去就[130]，忽朝阳之安[131]，甘折苕之末[132]，日忘一日，以至覆没。大兵一放，玉石俱碎，虽欲救之，亦无及已。故令往购募爵赏[133]，科条如左[134]。檄到详思至言[135]，如诏律令[136]。

【篇旨】

檄示吴将校部曲，谴责孙权的贼义残仁，指出曹军顺从天道而必胜，敦促投降。

【注释】

① 部曲：古时军队的编制单位。

② 朔日：农历每月初一日，此谓初一日发檄。彧（yù）：荀彧，字文若，东汉颍川颍阴人。汉末初从袁绍，后从曹操，官司马。操迎献帝徙都许昌，以彧为侍君，守尚书令，常参与军国大事，为操出谋划策。故此檄文独称尚书令彧。宗亲：同宗的亲属。中外：中表亲。中指舅父子女，为内兄弟。外指姑母子女，为外兄弟。

③ 祸福无门，惟人所召：《左传·襄公二十三年》闵子骞说的话，此为古时俗语。召，招。

④ 机：事物变化的迹象，征兆。

⑤ 渐渍（zì）：侵润，沾染。荒沉：荒废，沉溺。

⑥ 佚（yì）：通“逸”，安乐。

⑦ 量：度量。

⑧ 菽（shú）：豆类的总称。

⑨ 要：腰。领：颈。膏：润滑，滋润。齐（zhāi）斧：用于征伐之斧，又名黄钺斧，凡师出必斋戒入庙受斧，故曰斋斧。齐：通“斋”，斋戒。

⑩ 洿（wū）：涂染。简墨：刑书。

⑪ 鷇（kòu）卵：指始生的小鸟。鷇，待哺的幼鸟。

⑫ 翰：鸟羽。

⑬ 陆梁：跳跃貌，引申为嚣张，猖獗。

⑭ 吠主：比喻人臣各为其主。《战国策·齐策》：“貂勃曰：跖之狗吠尧，非贵跖而贱尧也，狗固吠非其主也。”皇威：天子之威。

⑮ 以：已。纲目：指法网之中。纲，提网的绳。目，网的孔眼。

⑯ 爨（cuàn）：炊。镬（huò）：用来煮食物的鼎。

⑰ 洞庭：湖名。在今湖南北部。三苗：我国古代部族名。三苗西徙以前在洞庭湖一带。

⑱ 子阳：公孙述，字子扬，东汉扶风茂陵人，曾起兵据有益州，自立为蜀王，遣任满据荆门，帝令征南大将军岑彭攻之，任满大败。公孙述终为汉军所破，被杀。

⑲ 朝鲜：民族名。在古营州外域，传说周初箕子封此。汉武帝遣左将军

荀彘击朝鲜，朝鲜人杀其王右渠来降，定朝鲜为四郡。垒：军营墙壁或防守工事。刊：除。

⑳ 南越：今广东、广西一带地。据《史记》记载，南越吕嘉反，帝以主爵都尉杨仆为楼船将军，下横浦，会师番禺，南越以平，遂为九郡。旍（jīng）：同“旌”，旗。

㉑ 夫差：春秋吴王阖闾子，阖闾为越王勾践所伤而死，夫差嗣立，誓报父仇，大败越于夫椒，勾践求和。

㉒ 申胥：即伍子胥，名员，春秋楚人，父奢兄尚都被楚平王杀害。子胥奔吴，吴封以申地，故称申胥。

㉓ 会（kuài）稽：山名。在今浙江绍兴东南，夫差破越，栖越王勾践于会稽之山。

㉔ 抗衡：对抗。上国：春秋时，与吴楚诸国相对而言，称中原诸侯为上国。

㉕ 黄池：春秋时地名，在今河南封丘西南。周敬王三十八年，吴王夫差北会诸侯于黄池，欲霸中原，吴王与晋定公争长，晋人击之，大败吴师。越王闻之，袭吴，吴王去晋而归，与越战。不胜，城门不守，越围王宫而杀夫差。

㉖ 罄（qìng）：尽。

㉗ 濞（bì）：刘濞，汉高帝兄仲之子，封吴王，孝景五年起兵于广陵，与胶西、胶东、菑川等七国诸侯王同反，后被周亚夫击破，败走东越，被杀。

㉘ 始乱：为乱之首。

㉙ 太尉：即周亚夫，汉沛人，周勃之子，封条侯，为将军，景帝时任太尉，平定吴楚七国叛乱，迁丞相。

㉚ 荥阳：县名。在今河南荥阳西。

㉛ 七国：七国诸侯，为吴王濞、楚王戊、赵王遂、胶西王卬、济南王辟光、菑川王贤、胶东王渠。泮（pàn）：溶解，分离。

㉜ 丹徒：县名。故城在今江苏镇江东南。吴王败，逃至丹徒，汉使人杀

吴王。

㉝ 二袁：袁绍和袁术。

㉞ 吕布：《三国志 · 魏书》曰："吕布便弓马，膂力过人，号为飞将。"

㉟ 锋捍：锐勇。捍：通"悍"。特：独。

㊱ 鹯（zhān）：猛禽。

㊲ 枭雄：雄杰。

㊳ 伏鈇（fū）：即受斩刑。鈇，鈇锧，铡刀。古行斩刑的刑具。婴钺（yuè）：处斩。婴，加于颈上。钺，古兵器，状如大斧。

㊴ 孑（jié）：残存，剩余。

㊵ 关中诸将：指马超、杨秋等。

㊶ 二华：太华、少华二山。

㊷ 河渭：黄河，渭水。

㊸ 鹰扬：鹰之奋扬，喻威武雄健。

㊹ 橹（lǔ）：兵器，即大盾。

㊺ 韩约：韩遂，字文约，在凉州阻兵为乱，积三十年。逋（bū）逸：逃亡。迸（bèng）脱：奔散。

㊻ 鸣吠：喻叛乱。

㊼ 僭（jiàn）号：指与统治王朝对立而自己称王。宋建自称"河首"平汉王。

㊽ 张鲁：字公旗，东汉沛国丰人，世为天师道教主，割据汉中，自号"师君"，雄据巴汉近三十年。

㊾ 观兵：检阅军队示人以兵威。指建安十七年征孙权，攻破江西营。

㊿ 六师：即六军，军队的统称。建安二十年曹操西征张鲁。

51 偏将：谓夏侯渊。夏侯渊，字妙才，三国谯人。曹操起兵，以别部司马骑都尉从，后任征西将军。

52 枭夷：杀戮诛灭。指夏侯渊击杀韩遂及宋建之事。

53 率服：服从。据《魏志》记载，曹操西征张鲁，自陈仓出散关，至河池，氐王窦茂恃险不服，攻屠之。

⑭ 阳平不守：曹操西征张鲁，至阳平，鲁使弟卫据阳平关，曹操遣高祚等乘险夜袭，大破之。

⑮ 委质：此指归顺。据《魏志》记载，鲁弟卫夜遁，鲁溃走巴中。遣人慰喻，鲁出降。

⑯ 朴（piáo）胡、杜濩（huò）：夷王的姓名。建安二十七年，七姓巴夷王朴胡和賨邑侯杜濩来附，于是分巴郡，以胡为巴东太守，濩为巴西太守。

⑰ 钲鼓：古军中所用乐器名，鸣钲以为鼓节。钲，铙，似铃，柄中上下通。

⑱ 二方：谓蜀与汉中。

⑲ 覆载：天覆地载，谓庇养包容。

⑳ 允信允文：诚信和文德兼备。

㉑ 安堵：相安，安居。堵，墙。

㉒ 四民：谓士农工商。

㉓ 鲸鲵：谓身被诛戮者。

㉔ 金城：郡名。故城在今甘肃皋兰西北黄河北岸。

㉕ 许：许昌，郡名，建安元年曹操迎献帝都许。故址在今河南许昌。

㉖ 钟祸：聚祸。

㉗ 攫：执取。

㉘ 牧野：地名，在今河南淇县南。周武王率军与商纣军战于此地。

㉙ 孟津：津名，在今河南洛阳市孟津区南。相传周武王伐纣与八百诸侯会盟于此，故又名盟津。退，指会盟后，又令各自退回，以“示弱”迷惑商军。

㉚ 枳（zhǐ）棘：枳木和棘木，皆多刺，故喻违命作梗的人。翦扞（hàn）：翦除而防卫。扞，同“捍”。

㉛ 南单于：南匈奴的酋长。六郡：指陇西、天水、安定、北地、上郡、西河。乌桓：我国古民族名，东胡别支。建安十二年曹操破乌桓。丁令：即丁灵，古民族名，汉时为匈奴属国，游牧于我国北部和西部广

大地区。屠各：东汉至西晋时匈奴部落之一。湟中：地区名，在今青海东北部。汉时为羌族所居。羌僰（bó）：我国古代西部民族名。

⑫ 寿春：寿春邑，属九江郡。

⑬ 武都：郡名，汉置，治武都县，东汉徙治下辨。氐（dī）：古代民族名，又称西戎。巴：巴郡，秦置，其地大体相当于今重庆市及其辖地。汉：汉中郡，秦置，故治在今陕西汉中市南郑区。

⑭ 汶江：即今四川的岷江。搤（è）：掐住。庸：庸部，即益州，汉王莽改益州为庸部。蜀：蜀郡，秦置。属益州，辖境包括今四川成都及温江地区大部分县境。

⑮ 江夏：郡名，汉置，治所在安陆（今湖北云梦），辖境相当今湖北河南的部分地区。三国时分属魏吴两国。襄阳：郡名，治所在襄阳（今湖北襄阳），辖境相当今湖北襄阳、南漳、宜城、当阳、远安等地。湘沅：湘江、沅江，都流入洞庭湖。

⑯ 豫章：郡名，故治在今江西南昌。

⑰ 楼船横海：皆将军号，楼船将军杨仆，横海将军韩说。吴会：秦会稽郡（今江苏东部、浙江西部），东汉分为吴郡和会稽郡，合称吴会。

⑱ 克期：限定日期。

⑲ 憝（duì）：恶，乱。

⑳ 枝附叶从：喻吴诸将校亲党。

㉑ 禽：同“擒”，擒获。疾：痛恨。

㉒ 翘足引领：举足伸颈而望，表示盼望殷切。

㉓ 袁术：字公路，东汉汝阳人，袁绍的从弟。董卓擅权，以术为后将军，术恐祸及，奔南阳。献帝初平四年，据寿春，僭称帝号，自称“仲家”。后为曹操所破，病死。

㉔ 刘勋：庐江太守，因率众降操，封为列侯。

㉕ 下邳（pī）：故地在今江苏宿迁。

㉖ 张辽：字文远，雁门马邑人，先后事丁原、董卓、吕布。曹操破吕布于下邳，张辽率众降，拜中郎将，封关内侯。

⑧⑦ 眭（suī）固：属袁绍，屯射犬。据《魏志》记载，曹操进军临河，固使张扬故长史薛洪、河内太守缪尚留守，自率兵以迎绍求救，与史涣、曹仁遇，交战，被斩。操渡河，围射犬，薛汉、缪尚率众降，封为列侯。

⑧⑧ 官渡：地名，在今河南中牟东北。建安五年，曹操破袁绍军于此，称官渡之役。

⑧⑨ 张郃高奂：袁绍之将，降曹操。《魏志》中高奂记作“高览”，当有二名。

⑨⓪ 袁尚：字显甫，袁绍之少子。绍卒嗣位，与兄袁谭相攻，曹操乘机讨败之，奔辽东，为公孙康所斩。

⑨① “则都督将军马延”句：据《魏志》记载，曹操围袁尚营，袁尚乘夜逃出，其将马延等临阵降，众大溃。

⑨② 邺城：邺县，汉末袁绍为冀州牧，镇邺。绍败亡，又以封曹操。

⑨③ 苏游：袁谭之将。袁尚攻袁谭，留苏游守邺，曹操追谭至洹水，而游降。

⑨④ 审配：字正南，袁绍之将。绍卒，配等奉袁尚为嗣，使配守邺。曹操攻邺，审配兄子荣开邺东门纳操军士以降。

⑨⑤ 袁谭：字显思，袁绍之长子。袁绍卒，袁尚嗣位，谭尚相攻，谭请救于曹操，操救之，后谭背操，操讨之，谭军溃，被追者所杀。

⑨⑥ 焦触：袁熙的大将。建安十年，焦触叛，熙、尚奔三郡乌丸，触等举县降操。袁熙：字显雍，袁绍之次子，出为幽州刺史。弟袁尚为曹操所败，熙与尚同奔公孙康于辽东，康擒斩之。

⑨⑦ 芟（shān）：削除。搴（qiān）：拔取。

⑨⑧ 訾（zǐ）：通“赀”，计量。

⑨⑨ 泥（nì）滞：阻滞，溺滞。

⑩⓪ 熛（biāo）：火焰。

⑩① 合肥：县名，故城在今安徽合肥北。据《魏志》记载，曹操使张辽与乐进等，将七千余人，屯合肥。孙权率十万众围合肥，于是张辽夜募

敢从之士，得八百人。明日大战，平旦，辽披甲持戟，先登陷阵，杀千人，斩二将。孙权被迫退兵。

⑩天道助顺，人道助信：《周易》系辞上曰："天之所助者，顺也；人之所助者，信也。"

⑩盛孝章：盛宪，字孝章，为吴郡太守，孙权杀之。盛孝章为吴郡太守，孙权吴人，故云"君"。

⑭孙辅：字国仪，孙权之从兄。孙辅恐权不能守江东，因权出行东治，遣人送信呼曹公袭吴。行人以告，权乃还，杀其亲信，徙辅于东吴。

⑮伊挚：即伊尹。

⑯飞廉：殷纣之臣。《孟子·滕文公下》："周公相武王，诛纣伐奄……驱飞廉于海隅而戮之。"

⑰旧德：先世贤德之人。

⑱载籍：书籍，国史。

⑲砥砺：磨炼。

⑩耽：爱好，沉溺。

⑪俊（jùn）：才智出众。彦：贤士，才德杰出的人。

⑫膺：当，受。

⑬乂（yì）：养，保。

⑭遗类：指子孙。

⑮绍：继承。堂构：立堂基，造屋宇，喻祖先的遗业。

⑯迮（zé）：逼迫。

⑰罻罗：捕鸟网。

⑱鸱鸮：鸋鴂，常取茅苇毛毳为巢，系以麻发。

⑲旷荡：指度量宽宏。

⑳忌：恶。

㉑霸夫：称雄一方把持诸侯之权的人。烈士：有志建立功业之人。

㉒翻然：回飞貌。大举：谓杀主而降。

⑫③ 元勋：大功。

⑫④ 算（suàn）量：计算，度量。

⑫⑤ 系蹄：捕兽之具，有绳，野兽踏在上面，就被绳缠牢套住。

⑫⑥ 蹯：兽足。

⑫⑦ 蝮蛇：毒蛇，多居湿地。

⑫⑧ 节：骨节。

⑫⑨ 暗（àn）：昏昧，糊涂。大雅之所保：指《诗经·大雅·烝民》："既明旦哲，以保其身。"

⑬⓪ 先贤：指伊挚。

⑬① 忽：忽略，糊涂。朝阳之安：指凤鸣高冈之安乐。

⑬② 末：终，末日。

⑬③ 购募：以财求物。爵赏：以爵禄为赏赐。

⑬④ 科条：法令条规。

⑬⑤ 详：审慎，审察。

⑬⑥ 如诏：或作"诏如"。律令：法令。

【语译】

发檄时月初一子时，尚书令荀彧告江东诸将校部曲及孙权宗亲和中表兄弟：听说"祸福本无门，只是人自招"，明辨机微而行，能够不处凶险之地，这是上圣的明智；临事而因变制宜，困窘能变通达，这是智者的思虑；渐浸废置，不思回复，这是下愚的昏蔽。因此大雅君子能居安思危，以远离咎悔；小人却临祸望逸，坐而待毙。二者相比较，不是很不一样吗？

孙权小子，不辨菽麦，他的腰和颈不值得用来滋润斧钺，他的名与字不值得用来玷污刑书。譬如鸟兽，刚生羽毛，便放纵跳跃，回头向主人狂叫，以为舟船桨楫足以抗拒天子之威，靠江河湖泊可望逃脱神灵之诛；殊不知天网张布而已在网目之中，锅中之鱼等待消烂已经为期不远。假如江河之水可以依恃，则洞庭无三苗之废墟，子阳无荆山之败亡，朝鲜的军垒不会被铲除，南越的旌旗不会被拔取。从前，夫差继承其父阖闾的遗业，采用伍子胥的训兵之法，使越王败栖会稽之山，可称得上强盛了！及至他对抗中原上国，与晋定公争长，以致都城被勾践攻破，军队在黄池败散，终于覆灭，身死越军。及吴王刘濞，骄横恣肆，桀骜不驯，猖獗狡猾，为首作乱，自以为兵强国富，气势凌驾京城。太尉周亚夫率师刚下荥阳，七国之叛军就冰消瓦解。刘濞的骂声未绝于口，而丹徒的刀刃已刺入胸膛。为什么呢？这是因为天威不可阻挡，悖乱的罪孽深重，而且江河湖泊之多是不足以依仗的。

自从董卓作乱，至今已将近三十年。其间豪杰纵横，熊据虎跱，强如袁绍袁术，勇如飞将吕布，占地跨州连郡，有威有名，计十有余辈。其余锐勇独起、鹯视狼顾、争为雄杰者也不可胜数。然而都伏锧受诛，首身分离，烟消云散，原经火燎，无有遗余。近来关中马超、杨秋等将又相聚合，继续叛乱，以太华、少华二山为阻，占据黄河、渭水一带，驱率羌胡，锋镝向东，气高志远，如同无敌。丞相曹操持钺讨伐，威武鹰扬，顺风纵火，大军启行，未及击鼓，贼兵已经破亡。伏尸千万，流血漂起盾牌，这些都是天下人所共知的。此后大军之所以临长江而不渡江伐东吴，是因为韩约、马超逃窜亡散，奔还凉州，又欲反叛。逆贼陇西宋建，僭号自称“河首”，与马超等同恶互相救援，并为唇齿相依。又有镇南将军张鲁，依恃巴汉之固，不恭帝命。他们都是应当先诛之贼。所以我姑且阅兵而还师，复整六军，长驱西征，以待帝命讨罪。偏将夏侯渊西越陇山，宋建、韩约就被诛，悬首旗杆，万里示众。大军进入散关，群氐都降，王侯豪帅，争先恐后归服，争着为王前驱。进临汉中，则大破阳平之敌，张鲁十万之师土崩鱼烂。张鲁逃窜，逃到巴中，后怀恩悔过，归顺出降。巴夷王朴胡、賨邑侯杜濩各自率领种族部落，共举巴郡，以奉天子职事。钲鼓一动，巴蜀与汉中二方都得安定，利尽西海，不用兵刃砍杀。如此之事，都凭上天的威灵，社稷的神武，不是只靠人力所能做到的。天子的宽厚之仁，覆天载地，诚信与文德，兼而备之，大开封爵之赏，告示四方。张鲁及朴胡、杜濩都受万户之封。张鲁之五子各受赏千户城邑，朴胡、杜濩的子弟、部曲将校封为列侯、将军以下为官者，千有余人。黎民百姓安居家园，士农工商各返其业。而宋建、韩约的亲党都遭大戮，马超的妻子儿女被焚烧于金城，父母孩童受诛戮于许都。并不是国家特别聚祸于彼而降福于此，而是叛逆与顺从之分，不得不这样对待。

鸷鸟击物必先高飞，是为取其势，牧野之战灭纣的威力，是来自孟津会盟后的退师。如今残贼消灭，戎狄与华夏都已清平，万里肃静，六军无事，因此大举天兵百万之众，与匈奴南单于呼完厨，六郡乌桓、丁令、屠各，湟中羌僰联合，以雷震席卷之势，自寿春而南征入吴；又派遣征西将军夏侯渊等率领精兵五万以及武都氐羌、巴汉锐卒，南临岷江，据守庸、蜀；命令江夏、襄阳诸军横截湘江、沅江，兵至豫章；让楼船将军杨仆、横海将军韩说率军直指吴会。万里限期，五道并进，孙权命尽之期，就要来到了。曹丞相敬奉国威，为民除害，首恶大逆，必当诛灭。至于枝附叶从者，都不是诏书所要擒拿痛诛的人。所以每逢破灭强敌，未尝不重在先降后诛之策。选拔文武将才，各尽其用。因此立功之士无不举足引领，殷切盼望，望风响应。从前，袁术窃位叛逆，当诛伐将加于他时，庐江太守刘勋先献其郡，归顺汉室。吕布作乱，师临下邳之际，张辽、侯成率众出降。回师讨伐眭固，则薛洪、缪尚开城投降。官渡之役，张郃、高奂归顺立功。后来讨伐袁尚，都督将军马延、故豫州刺史阴夔、射声校尉郭昭临阵来降。围守邺城，将军苏游反作内应，审配之兄子审荣夜开东门，让曹军入城。诛灭袁谭以后，幽州大将焦触攻逐袁熙，举县来降。凡此降服之辈数百人，都忠诚、威武、果敢、勇猛，既有智谋，又有仁义，都为丞相图谋划策，拒敌伐罪，除贼拔旗，安抚海内。他们难道是轻举妄动吗？确实是上天启发其心，深思远虑，慎审邪正之分津，明察可否之界线，勇敢而不徒然送死，守节而不苟活于世，他们的屈伸变化，全以道义的所在为转移。因而就能建立丘山般的大功，享受无量的厚禄，朝为仇虏，夕作上将，这就是所说的临难知变，转祸为福的道理。至于受花言巧语的诱惑，将小恩小惠看重，溺滞于苟且之间，杀身而尚不觉悟，随波漂流，与烟俱灭的人，也很众多。如此不明吉凶得失，岂不是很可悲吗？往年大军在汉中征讨张鲁，东西悬隔，合肥留守之卒不满五千，孙权亲自率领数万之众包围合肥，终于破败奔逃，而今却想抵御大军雷霆之威，必难以图存了。

天所帮助的是顺从天道的人，人所帮助的是诚信的人。事奉君主叫做义，爱护亲人叫做仁。盛孝章是吴郡之主，而孙权杀死他。孙辅是孙权的兄长，而孙权也杀了他。诛义害仁，没有谁比这更过分的了。这就是神灵所诛灭的逃亡的罪人，就是百姓所痛恨的共同的仇敌，罪人仇敌就叫做凶贼。因此伊挚离开有夏，不可以算作伤德；飞廉与纣王同戮，不足以称为忠贤。这是为什么呢？因为去乱就治，才是明白事理。丞相深思江东的先世贤德名臣，大多记载于典籍国史。近有魏叔英优秀突出，闻名海内，虞文绣磨炼品节，博学好古；周泰明为当世俊杰贤士，德行修明，他们都应享受多福，安养子孙。然而周泰明、盛孝章两家，无辜而受诛戮，子孙流离失所，湮没林莽之中，说来怆然不平。听说魏周荣、虞仲翔都能继承祖宗父辈的德业，能做到父亲伐薪儿子担柴，父慈子孝。以及顾、陆并吴之大姓都是旧族长者，累世仕汉，享有高位，当报汉德，以显耀祖考，扬名后代。又诸将校与孙权姻亲，都是我国家的良才利器，却并遭驱迫，不得归汉，犹如雨绝于天，再无还云之期，好比有斧无柯，何以自救？相随而覆灭，不是很可悲吗！

凤凰鸣于高冈，以远避罗网，这是贤圣之人的明智。鸲鸠筑巢于苇苕，而苕折子破，此因下愚之辈的昏惑。如今江东之地，无异于苇苕，诸位贤士处于这种地方，实在太危险了。圣朝开明弘达，宽大仁厚，珍惜子民性命，诛在孙权一人，而与众人无仇。所以设置非同一般的重赏，以待非同一般的大功。这正是霸夫志士奋身拼命的大好时机，能不努力吗？若能幡然醒悟归降反戈，建立大功，以享厚禄，这是福之上者。如果不能反戈一击，而度量汉、吴的大小，背吴归汉，以生存换死亡，这也算福之次者。系蹄绊住了脚，猛虎发怒挣断其足。蝮蛇咬伤了手，则壮士斩断其骨节。这是什么原因呢？是因为保全性命为重，而以他所弃的手足为轻。至于乐祸怀安，迷而忘返，不明大雅所述的明哲保身的意思，违背先贤伊挚去夏就殷的道理，轻视梧桐朝阳、凤鸣高冈的安乐，甘受苕折子破的危险，日忘一日，以至覆没，大军一举，玉石俱碎，善恶皆戮，即使想补救，也已来不及了。所以命令前往购募爵赏，科条如下所列。檄文传到，则审思至理名言。此诏如同律令。

【评析】

建安二十一年，曹操率大军征伐东吴，陈琳随军从征，为曹操作此檄文。以故尚书令荀彧的名义，檄示江东诸将校部曲及孙权宗亲中表。全文可分六段。第一段指出“祸福无门，惟人所召”，故大雅君子能居安思危，以远离咎悔。第二段以历史人物为证，说明天威伐逆，不可阻挡，而江河湖泊是不足以依恃的。第三段回顾了董卓作乱以来将近三十年豪杰纵横的历史，马超、韩约和宋建，都因逆乱而被戮；张鲁、朴胡和杜濩都因归汉而受爵。第四段写曹操举兵东征，五道并进，势不可挡，孙权必难图存，指出历史上凡能投降归汉的人都能转祸为福，厚禄无量。第五段谴责孙权杀戮盛宪、放逐孙辅是贼义残仁，指出江东诸旧德名臣能去乱就治、背吴归汉，是继承德业，显祖扬名，造福子孙，如果随孙权而覆没，不亦哀乎！第六段敦促吴诸将校部曲投降，勉励他们奋命立功，以免茗折子破、玉石俱碎之祸。这篇檄文陈辞劝降，采用引古论今、陈说利害、摆事实讲道理的方法，文章置例充分，说理雄辩，气势磅礴，笔力遒劲，具有很大的鼓动性和很强的说服力。

檄蜀文一首

作者：钟士季　　注译评析：王志瑛

往昔汉祚衰微[①]，率土分崩[②]，生民之命[③]，几于泯灭[④]。我太祖武皇帝[⑤]，神武圣哲，拨乱反正，拯其将坠，造我区夏[⑥]；高祖文皇帝[⑦]，应天顺民，受命践祚[⑧]；烈祖明皇帝[⑨]，奕世重光[⑩]，恢拓洪业[⑪]。然江山之外[⑫]，异政殊俗，率土齐民[⑬]，未蒙王化[⑭]，此三祖所以顾怀遗志也[⑮]。今主上圣德钦明[⑯]，绍隆前绪[⑰]；宰辅忠肃明允[⑱]，劬劳王室[⑲]。布政垂惠[⑳]，而万邦协和；施德百蛮[㉑]，而肃慎致贡[㉒]。悼彼巴蜀，独为匪民[㉓]，愍此百姓[㉔]，劳役未已。是以命授六师，龚行天罚[25]，征西、雍州、镇西诸军，五道并进[26]。古之行军[27]，以仁为本，以义治之；王者之师，有征无战；故虞舜舞干戚而服有苗[28]，周武有散财、发廪、表闾之义[29]。今镇西奉辞衔命[30]，摄统戎车[31]，庶弘文告之训[32]，以济元元之命[33]，非欲穷武极战，以快一朝之志，故略陈安危之要，其敬听话言。

益州先主[34]，以命世英才，兴兵新野[35]，困踬冀徐之郊[36]，制命绍布之手[37]，太祖拯而济之，兴隆大好，中更背违，弃同即异。诸葛孔明仍规秦川[38]，姜伯约屡出陇右[39]，劳动我边境[40]，侵扰我氐羌[41]。方国家多故，未遑修九伐之征也[42]。今边境乂清[43]，方内无事[44]，蓄力待时，并兵一向，而巴蜀一州之众，分张守备[45]，难以御天下之师。段谷、侯和沮伤之气[46]，难以敌堂堂之阵[47]。比年已来[48]，曾无宁岁，征夫勤瘁[49]，难以当子来之民[50]，此皆诸贤所共亲见。蜀侯见禽于秦[51]，公孙述授首于汉[52]，九州之险，是非一姓。此皆诸君所备闻也。明者见危于无形，智者规福于未萌。是以微子去商，长为周宾[53]；陈平背项，立功于汉[54]。岂宴安鸩毒[55]，怀禄而不变哉？今国朝隆天覆之恩，宰辅弘宽恕之德，先惠后诛，好生恶杀[56]。往者吴将孙壹[57]，举众内附，位为上司[58]，宠秩殊异[59]。文钦唐咨[60]，为国大害，叛主仇贼，还为戎首[61]。咨困逼禽获，钦二子还降，皆将军封侯，咨豫闻国事[62]。壹等穷跛归命[63]，犹加上宠，况巴蜀贤智见机而作者哉[64]！诚能深鉴成败，邈然高蹈[65]，投迹微子之踪，措身陈平之轨，则福同古人[66]，庆流来裔[67]，百姓士民，安堵乐业[68]，农不易亩，市不回肆，去累卵之危[69]，就永安之计，岂不美与！若偷安旦夕[70]，迷而不反，大兵一放，玉石俱碎，虽欲悔之，亦无及也。

各具宣布，咸使知闻。

【作者简介】

钟会（225—264），字士季，钟繇少子，三国魏颍川长社（今河南长葛东北）人。魏景元四年（263），为镇西将军，与邓艾等分道征蜀。会至汉中，蜀大将军姜维等守剑阁，拒会，会移檄蜀将吏士人。因平蜀有功，官至司徒，进封县侯。后与姜维据蜀举兵谋反，为部将乱兵所杀。《三国志·魏书》有传。

【篇旨】

檄示蜀将吏士人，历举史实，晓明唯有背蜀归魏，才能去危就安，敦促归降。

【注释】

① 祚（zuò）：福。衰微：指国家民族衰落，不兴旺。

② 率土：境域之内。

③ 生民：人民。

④ 几（jī）：近乎，几乎。泯（mǐn）灭：灭绝。泯，尽。

⑤ 太祖武皇帝：魏太祖武帝曹操。

⑥ 造：创建，造就。区夏：诸夏之地，指中国。区，区域。夏，华夏。

⑦ 高祖文皇帝：魏高祖文帝曹丕。

⑧ 践祚：皇帝登极。

⑨ 烈祖明皇帝：魏烈祖明帝曹叡。

⑩ 奕（yì）世：累世，一代接一代。重（chóng）光：日光重明，喻后王继前王之功德。

⑪ 恢拓：扩大。

⑫ 江山之外：指吴、蜀。

⑬ 齐民：平民，指无贵贱而齐等之民。

⑭ 王化：君王的德化。

⑮ 三祖：三代祖先，即指三国魏之太祖、高祖、烈祖，魏景初元年立三祖庙。

⑯ 主上：指魏元帝曹奂，字景明，曹操孙。钦明：威仪照临四方。

⑰ 绍：继承。隆：增高。绪：绪业，遗业。

⑱ 宰辅：皇帝的辅政大臣，一般指宰相或三公。这里指司马昭。明允：清明公允。

⑲ 劬（qú）劳：辛勤，劳苦。

⑳ 布政：施行政教。

㉑ 百蛮：泛指境域以内的各少数民族。

㉒ 肃慎：古民族名。分布于黑龙江、松花江流域。致贡：谓贡楛矢、石砮。

㉓ 匪民：不当作人来看待。匪：同“非”。语出《诗经·小雅·何草不黄》：“哀我征夫，独为匪民。”

㉔ 愍：哀怜。

㉕ 龚行：恭行。

㉖ 征西：征西将军邓艾。雍州：雍州刺史诸葛绪。镇西：镇西将军锺会。五道：指邓艾趋甘松、沓中二道，诸葛绪趋武街、高楼二道，锺会由骆谷伐蜀，合成五道。

㉗ 行军：用兵。

㉘ 舞干戚：古代乐舞有文武之分，文舞执羽旄，武舞执干戚。干戚，盾与斧，皆古兵器。有苗：即三苗，我国古代部族，在江淮、荆州一带。舜伐有苗，不克，乃修文德舞干戚，七旬而有苗服。

㉙ 散财、发廪：指武王伐殷，散鹿台之财，发巨桥之粟。表闾：刻石于里门，以表彰功德。此指武王伐殷，轼商容之闾。商容为商代贤人。

㉚ 衔命：受命，奉命。

㉛ 摄统：总管，统领。

㉜ 弘：宏大，扩大。

㉝ 元元：百姓。

㉞ 益州：州名。故地大部在今四川境内。先主：刘备，字玄德，涿县人。东汉末起兵，后得益州和汉中，与魏、吴成鼎足之势，是三国蜀汉政权的建立者。

㉟ 新野：县名，属河南省。汉末刘备投刘表，表遣兵助备，使屯新野。

㊱ 困踬（zhì）：窘迫，受挫。冀：冀州，古九州之一。包括今河北、河南北部。徐：徐州，汉以后，历代都置徐州，辖地约在今淮北一带。

㊲ 绍布：袁绍和吕布。东汉灵帝末，刘备任徐州牧。吕布袭徐州，虏刘备妻与子，求和于布后，归曹操，曹操厚待之，以为豫州牧。刘备后背曹操归袁绍。

㊳ 诸葛孔明：诸葛亮，字孔明，三国蜀相。规：谋划。秦川：地名。自大散关以北达于岐雍，夹渭川南北岸，沃野千里，以秦之故国，故称秦川。

㊴ 姜伯约：姜维，字伯约。诸葛亮死后，维统率蜀军，多次伐魏。景元四年，魏军大举攻蜀，维自阴平退保剑阁，抗击锺会。及邓艾自阴平乘虚入逼成都，后主降魏，维乃降会。陇右：指陇山以西至黄河以东之地。

㊵ 劳动：骚扰，动摇。

㊶ 氐（dī）羌：都是我国古代西部的民族，氐又称西戎，羌即西羌。

㊷ 未遑：来不及，没有空闲。九伐：制裁诸侯违犯王命行为的九条法令。《周礼·夏官·大司马》："以九伐之法正邦国。"

㊸ 乂（yì）清：安定清宁。

㊹ 方内：四境之内，国中。

㊺ 分张：分布。

㊻ 段谷、侯和：都是地名，邓艾破姜维的地方。沮（jǔ）伤：沮毁。

㊼ 堂堂：形容军阵严整壮盛。

㊽ 比：近。

㊾ 勤瘁：劳瘁。瘁：病。

㊿ 子来：谓百姓急于公事，如子女急于父母之事，不召自来。后指效忠顺从。

51 蜀侯：上古帝喾支子封于蜀，为蜀侯，历夏商周，为秦所灭。据《史记》记载，秦惠文君八年，张仪复相，伐蜀，灭之。

52 公孙述：字子阳，东汉扶风茂陵人，王莽时为导江卒正，后起兵，据蜀称帝。建武十二年，光武遣吴汉伐灭之。授首：就戮。

㊾ 微子：商纣王庶兄，名启。因数谏纣王不听，去国。周灭商，称臣于周。周公旦杀纣子武庚，以微子统率殷族，封于宋，为宋国始祖。

㊿ 陈平：汉阳武人，初从项羽，后归刘邦，立功于汉，封曲逆侯，为左丞相、右丞相。后同太尉周勃合力，尽诛诸吕，迎立文帝，卒安汉朝。

55 鸩（zhèn）毒：毒酒。

56 好生恶杀：不忍杀生，谓仁义为怀，爱惜生命。

57 孙壹：江夏太守。孙壹以众归魏，魏以壹为车骑将军，封吴侯。

58 上司：高级官吏。

59 宠秩：宠爱并授以官秩。

60 文钦：字仲若，曹爽之邑人。文钦与毌丘俭举兵反，大将军司马昭临淮讨之，诸葛诞遂杀钦。钦子鸯及虎降，大将军表鸯、虎为将军，各赐爵关内侯。唐咨面缚降，拜咨为安远将军。

61 戎首：战争的主谋，发动战争的人。

62 豫闻：参与闻知。豫，通“与”，参与。

63 穷蹴（cù）：困厄，紧迫。蹴，通“蹙”，急促，紧迫。

64 见机：识机微，辨情势。

65 邈（miǎo）：远。

66 古人：指微子、陈平。

67 庆：善。来裔：子孙。

68 安堵：安居。

69 累卵：堆叠起来的蛋，极易倾倒打碎，比喻非常危险。

70 偷安：只顾眼前的安逸。

【语译】

从前汉运衰落，国土分崩离析，人命近于灭绝。我太祖武帝，神武圣智，拨乱反正，拯救那欲坠的汉室，再造我华夏之国；高祖文帝，应顺天意，顺从民心，受皇天之命，登天子之位；烈祖明帝，累世重光，广大先帝的德业。然而江山之外吴蜀之地，有异政殊俗，境内平民，未受王化，这就是三代祖先所以眷怀蜀人并遗言收降他们的原因。如今主上圣明，威仪照临四方，绍继先人的隆业；宰辅忠诚肃敬，清明公允，为国辛劳。施行政教，垂惠四海，而万邦协和，布达恩德，遍于百蛮，而肃慎进贡。伤痛那巴蜀之地的百姓，独过非人的生活，哀怜这些百姓，劳役没有休止。因此授命六军，恭行天子之罚，命令征西将军、雍州刺史和镇西将军诸军五道并进。古代用兵，以仁为本，以义治之。王者的军队，只是征伐而无攻战，所以虞舜以干戚之舞使有苗归服，周武王有鹿台之散财、巨桥之发粟、过商容之间而按轼示敬的义举。如今镇西将军奉辞伐罪，受命统领兵车，将宏大文告之令，以救百姓性命，并非穷兵黩武，而快一时之心，因此略陈安危的要旨，请肃敬地听我的善言。

益州先主刘备，凭借治世之英才，起兵新野，受挫于冀州、徐州之郊，曾被袁绍、吕布控制，太祖拯救帮助他，得以兴盛大好，中途却变心背叛，弃同就异。诸葛孔明频频图谋秦川，姜伯约屡屡兵出陇右，动摇我边境，侵扰我氐羌。正逢国家多事，无暇修九伐之道征诛。如今边境安宁，国中无事，积蓄兵力，以等待时机，并兵合力，向巴蜀进军。而巴蜀一州的兵众，分布守备，难以抵御布满天下的大军。段谷、侯和的败军，沮伤之气，难以抵挡威武堂堂的军阵。近年以来，竟无安定的岁月，征夫劳瘁，难以抵敌忠顺效力的百姓，这都是诸位贤士所共同亲见之事。蜀侯被秦擒获，公孙为汉夷灭，九州险塞之所，本非一姓常居，这都是诸公所周知之事。明白人在无形之际就看见危险，聪明人在未萌之时就图谋幸福。因此微子离开商朝，永作周宾；陈平背弃项羽，为汉立功。岂能宴然安于鸩毒，怀禄贪势而不变通呢！如今国朝广施如天之覆盖的恩德，宰辅宏大宽容厚恕的德政，以恩惠为先，以诛伐为次，爱惜生命，不忍杀戮。从前吴将孙壹，举众来降，位为车骑将军，福禄异于常人。文钦唐咨，是国家的大害，叛主的仇贼，又为战乱的祸首。唐咨因困逼而被擒获，文钦的二子还归来降，都位为将军，赐爵封侯，唐咨得以参与国家大事。孙壹等人穷迫归降，尚加恩宠，何况巴蜀父老见机而行的贤者智者呢！果真能深鉴成败，邈然高蹈，效法微子的行动，以陈平的行为为轨范，则福同古人，善遗子孙，百姓士民安居乐业，农夫不改耕种于田亩，商贾不变交易于市场，离开累卵之危，趋向永安之计，难道不好吗！假如苟且偷安于旦夕，迷而不返，则大兵一发，玉石俱碎，即使后悔，也来不及了。

各地妥办宣告布达此文，使将吏士人众所周知。

【评析】

魏景元四年伐蜀，锺会为镇西将军，至汉中，蜀大将姜维等守剑阁拒会，会写此檄文劝降。第一段颂扬太祖、高祖、烈祖三代的伟绩，宣告今五道伐蜀，有进无退，以仁义为怀，故发此檄文。第二段追溯历史，指出蜀国无义而力薄，难挡我仁义之师、堂堂之阵；又历数古人有微子、陈平弃暗投明，今人有孙壹、唐咨、文钦二子降魏而加恩宠，为蜀军将吏指出背蜀投魏、去危就安的光明前途。第三段为结语，布置各地宣达檄文。凡写檄文，既凭借武力作为后盾，又多以仁义招抚来降，才能动摇敌方军心，而致束手归降之功。此文义正辞严，又尽见仁者之心，劝降有理有节，以史为鉴，步步规诫，因此能使姜维归服。

难蜀父老一首

作者：司马长卿　　注译评析：王志瑛

汉兴七十有八载，德茂存乎六世[①]，威武纷纭[②]，湛恩汪涉[③]，群生沾濡[④]，洋溢乎方外[⑤]。于是乃命使西征，随流而攘[⑥]，风之所被[⑦]，罔不披靡[⑧]。因朝冉从駹，定筰存邛[⑨]，略斯榆[⑩]，举苞蒲[⑪]，结轨还辕[⑫]，东乡将报。

至于蜀都，耆老大夫搢绅先生之徒，二十有七人[⑬]，俨然造焉[⑭]。辞毕，进曰："盖闻天子之牧夷狄也[⑮]，其义羁縻勿绝而已[⑯]。今罢三郡之士[⑰]，通夜郎之涂[⑱]，三年于兹，而功不竟，士卒劳倦，万民不赡[19]。今又接之以西夷，百姓力屈，恐不能卒业，此亦使者之累也[20]，窃为左右患之。且夫邛筰西夷之与中国并也，历年兹多，不可记已。仁者不以德来，强者不以力并，意者其殆不可乎？今割齐民，以附夷狄[21]，敝所恃以事无用，鄙人固陋，不识所谓。”

使者曰：“乌谓此乎？必若所云，则是蜀不变服，而巴不化俗也[22]。仆常恶闻若说。然斯事体大，固非观者之所觏也。余之行急，其详不可得闻已，请为大夫粗陈其略。盖世必有非常之人，然后有非常之事；有非常之事，然后有非常之功。夫非常者，固常人之所异也。故曰非常之原[23]，黎民惧焉，及臻厥成[24]，天下晏如也[25]。昔者洪水沸出[26]，陊滥衍溢[27]，民人升降移徙，崎岖而不安[28]。夏后氏戚之[29]，乃堙洪塞源，决江疏河，洒沉澹灾[30]，东归之于海，而天下永宁。当斯之勤，岂惟民哉！心烦于虑，而身亲其劳，躬腠胝无胈[31]，肤不生毛。故休烈显乎无穷[32]，声称浃乎于兹[33]。且夫贤君之践位也，岂特委琐喔龊[34]，拘文牵俗，修诵习传[35]，当世取说云尔哉？必将崇论吰议[36]，创业垂统[37]，为万世规[38]。故驰骛乎兼容并包[39]，而勤思乎参天贰地[40]。且《诗》不云乎：‘普天之下，莫非王土；率土之滨，莫非王臣[41]。’是以六合之内，八方之外[42]，浸淫衍溢[43]，怀生之物，有不浸润于泽者，贤君耻之。今封疆之内，冠带之伦[44]，咸获嘉祉[45]，靡有阙遗矣。而夷狄殊俗之国，辽绝异党之域[46]，舟车不通，人迹罕至，政教未加[47]，流风犹微[48]。内之则时犯义侵礼于边境，外之则邪行横作，放杀其上[49]。君臣易位，尊卑失序，父老不辜[50]，幼孤为奴虏。系缧号泣[51]，内向而怨，曰：‘盖闻中国有至仁焉，德洋恩普，物靡不得其所，今独曷为遗已！’举踵思慕，若枯旱之望雨。戾夫为之垂涕[52]，况乎上圣，又焉能已？故北出师以讨强胡，南驰使以诮劲越[53]。四面风德[54]，二方之君，鳞集仰流[55]，愿得受号者以亿计[56]。故乃关沫若[57]，徼牂牁[58]，镂灵山[59]，梁孙原[60]。创道德之涂，垂仁义之统，将博恩广施，远抚长驾[61]，使疏逖不闭[62]，曶爽暗昧[63]，得耀乎光明，以偃甲兵于此[64]，而息讨伐于彼。遐迩一体[65]，中外禔福[66]，不亦康乎[67]？

夫拯民于沉溺，奉至尊之休德[68]，反衰世之陵夷[69]，继周氏之绝业[70]，天子之亟务也[71]！百姓虽劳，又恶可以已乎哉？且夫王者固未有不始于忧勤[72]，而终于逸乐者也。然则受命之符[73]，合在于此。方将增太山之封，加梁父之事[74]，鸣和鸾[75]，扬乐颂[76]，上减五，下登三[77]。观者未睹旨，听者未闻音，犹鹪鹏已翔乎寥廓之宇[78]，而罗者犹视乎薮泽[79]，悲夫！”

于是诸大夫茫然，丧其所怀来，失厥所以进，喟然并称曰[80]：“允哉汉德！此鄙人之所愿闻也。百姓虽劳，请以身先之。”敞罔靡徙[81]，迁延而辞避[82]。

【篇旨】

以蜀父老反对讨伐西南夷为借口，设辞辩难，阐明通西南夷拯民安邦的大业，为天子之亟务，以图说服武帝和众大臣。

【注释】

① 六世：指自高祖至武帝。

② 纷纭：盛貌。

③ 湛（zhàn）：深厚。汪濊（huì）：深广貌。

④ 群生：百姓。沾濡：润泽。

⑤ 洋溢：广泛传播。方外：边远地区。

⑥ 攘（rǎng）：排斥，铲除。

⑦ 风：喻教化，感化。

⑧ 罔：不。披靡：草木随风倒伏，此喻顺从教化。

⑨ 冉（rǎn）、駹（máng）、笮（zuó）、邛（qióng）：都是汉代西南地区的少数民族，在蜀郡西部。定：安抚。存：存慰。

⑩ 略：攻占，夺取。斯榆：汉代西南地区部落名。

⑪ 苞蒲：汉代西南地区少数民族名。

⑫ 结：旋，还。轨：指车。

⑬ 耆（qí）老：老人，古代六十岁称耆，七十岁称老。特指受人尊重的老人。搢（jìn）绅：有官职或做过官的人。古代仕宦者搢笏垂绅，故称。搢，指插笏于腰间。绅，大带，仕宦者垂绅三尺。

⑭ 俨然：恭敬庄重貌。造：造访，前往。

⑮ 牧：养，喻统治。

⑯ 羁縻（jī mí）：比喻联络，维系，束缚。羁，马笼头。縻，牛鼻绳。

⑰ 罢（pí）：通“疲”，疲困，疲敝。三郡：指蜀郡、广汉、犍为。

⑱ 夜郎：汉代我国西南地区的古国名，约在今贵州西北、云南东北及四川南部地区。汉武帝时在此置牂柯郡。涂：道路。

⑲ 赡（shàn）：充足，丰富。

⑳ 累（lěi）：牵累，过失。

㉑ 齐民：平民，指中国之人。附：近。

㉒ 变服、化俗：改变服饰、风俗。巴蜀皆古蛮夷，左衽而椎髻。

㉓ 原：本。

㉔ 臻：至。

㉕ 晏如：安然。

㉖ 沸出：腾涌喷出。

㉗ 陊滥：漫溢。衍溢：满布。

㉘ 崎岖：道路险阻不平，比喻处境困难艰险。

㉙ 夏后氏：禹。古史称禹受舜禅，建夏王朝，因称夏后氏。戚：忧。

㉚ 洒：分散，清除。沉：深，指久积的深水。澹（dàn）：安定。

㉛ 躬：身体。腠（còu）：皮。胝（zhī）：手掌或脚掌上的老茧。胈（bá）：人的腿上的细毛。

㉜ 休烈：盛美的功业。

㉝ 浃（jiā）：沾润。

㉞ 委琐：琐碎，拘于小节。喔龊：拘束、局促的样子。

㉟ 修：《史记》作“循”。

㊱ 吰：通“宏”“闳”。大，高。

㊲ 垂统：把基业传给后世子孙，指皇位的承袭。

㊳ 规：法。

㊴ 驰骛：奔走。

㊵ 参（sān）天贰地：本为《周易》卦立数之义，引申为人之德可与天地相比。参，通“三”。

㊶《诗》：指《诗经·小雅·北山》。率土：境域以内。

㊷ 六合：天地四方。八方：四方和四隅。

㊸ 浸（jìn）淫：浸渍。

㊹ 冠带：戴帽束带。

㊺ 嘉：美，善。祉：福。

㊻ 辽绝：远隔。

㊼ 加：施。

㊽ 流风：指广播教化之风。

㊾ 放：放逐。

㊿ 不辜：无罪。

51 系缧（léi）：捆绑，拘囚。

52 戾夫：恶人。

53 诮（qiào）：责备。劲：强。

54 四面：指四夷。风德：派遣使者以德讽喻。

55 鳞集仰流：如鱼群迎向上流，喻人心归向。

56 号：教令。

57 沫（mèi）：古水名，岷江支流，今四川大渡河。若：古水名，即今四川雅砻江。

58 徼：边界。牂（zāng）牁：郡名，汉武帝时置，治且兰，今贵州凯里西北，辖境包括贵州大部及云南东境和广西北境的一部分。

59 镂（lòu）：开凿。灵山：今四川有二灵山，一在阆中城内，古蜀王鳖灵帝登此，因名灵山；一在芦山县西北，山有峡口，似门，阔三丈，长二百步。疑此指芦山县灵山。

⑥⓪ 孙：孙水，出古台登县，一名白沙江，又名长河水，南流古径邛都县，南入若水，或云即古泸水。原：水源。

⑥① 抚：安抚，抚御。

⑥② 疏逖：疏远。

⑥③ 曶（hū）爽：天色未明之时，指昏暗。暗昧：冥暗，昏昧。

⑥④ 偃：息。

⑥⑤ 遐迩：远近。

⑥⑥ 禔（tí）福：安福。

⑥⑦ 康：安乐，安宁。

⑥⑧ 休德：美德。

⑥⑨ 陵夷：即陵迟，衰落。

⑦⓪ 绝业：中断的事业。秦毁周礼，汉灭秦而复修理，故云继周氏之绝业。

⑦① 亟（jí）：急。

⑦② 忧勤：忧愁和劳苦，此指征伐。

⑦③ 符：符瑞，祥瑞的征兆。

⑦④ 封：帝王祭天的典礼，在泰山上筑土为坛祭天，报天之功。梁父：也作“梁甫”，山名，泰山下的一座小山，在山东新泰西。

⑦⑤ 鸾（luán）：通“銮”，铃。

⑦⑥ 颂：指《诗》之雅、颂。

⑦⑦ 五：指五帝。三：指三王。

⑦⑧ 鷦鹏：也作“焦明”，神鸟，凤凰之类。鹏：一本作“鹏”，也作“朋”。寥廓：旷远，广阔。之字：《史记》无此二字。

⑦⑨ 罗者：用网捕鸟的人，此喻大夫先生等人。薮（sǒu）泽：大泽。

⑧⓪ 喟（kuì）然：叹息。

⑧① 敞罔：失意貌，惊视貌。靡徙：移足貌。

⑧② 迁延：退却貌。

【语译】

汉朝兴建七十八年，圣德盛延六世，声威武功十分隆盛，恩泽深广，百姓受惠，普施于边远方域。于是就命使臣西行开拓，使臣所到之处皆受礼遇，像风吹草上，无不顺从臣服。于是安抚冉、駹、笮、邛，使之朝拜归化。攻占斯榆，夺取苞蒲，随后驱车返回，将东归向天子复命。

来到蜀都，德高望重的老人、官吏、乡绅之辈二十七人，肃敬地来访，行礼致辞以后，就进言道："听说天子统治夷狄，其理就像用绳索绊系，勿让断绝罢了。如今使三蜀的士民劳顿，开通夜郎之路，三年至今，而功业未成，士卒劳苦疲倦，万民衣食不足。如今又紧接着讨伐西夷，百姓力尽，恐怕不能完成此业，这也会成为使者的牵累啊，我们私下为您担忧。况且邛、笮两夷与华夏并存，历史已久而不能记清了。然前王后帝，仁者不凭借恩信招抚他们，强者不依仗武力兼并他们，我等揣度大概是不可这样做的罢？如今让中原之人遭受损伤来使夷狄归附，让朝廷所依恃的百姓疲敝来使无用的人归顺，鄙人见识浅陋，实不理解道理何在。"

使者说："为何这么说呢？果真像你们所说的那样，那么巴蜀就不会改变左衽椎髻的服饰和风俗了。我曾厌恶这种说法，何况圣明天子呢！然而开通夜郎之路此事非小，本不是旁观者所见的那样。我出行匆匆，其详情不可得闻，请让我为大夫略陈其大概。世上必定有非同平常的人，然后有非同平常的事；有非同平常的事，然后有非同平常之功。非同平常的圣人，本是同普通人不一样的。所以说非同平常的圣人之功，其本难知，是众民百姓见而畏惧的，及至大功告成，天下就安定了。古时候洪水喷涌而出，泛滥漫溢，人民登降跋涉，辗转迁徙，处境艰险而不得安居。夏后氏为此而担忧，于是堵塞源头，疏通江河，分散洪水，清除涝灾，让水流东归于海，而天下长久安宁。承担这些劳苦的，难道只是人民吗？夏禹为谋虑而烦忧，并亲自参加劳动，手足长出厚茧，腿无肢，胫不生毛。因此盛业显扬于无穷，声誉流传到如今。贤明的君主临位，难道只是委琐细碎，拘束局促，拘牵于旧制，受制于陋俗，墨守传统，按传闻行事，取悦于当时俗人吗？而是一定要高论宏议，开创大业，留传后代，成为万世之法，所以奔走于兼并万国包容四夷的大业，而勤思于和天地相比的立德。况且《诗经》不是说过吗：‘普天之下，哪里不是王的土地；境域之内，哪个不是王的臣民。’因此六合之内，八方之外，王恩浸渍漫溢，凡是动物植物之类，若有不被恩泽滋润的，贤明的君主会感到耻辱。而今疆域之内，礼义之民都获善福，没有遗漏的了。而夷狄风俗不同的国家，遥远的不同中原的地域，车船不通，人迹罕至，政教犹未施加，敦厚风尚的影响极小。当朝廷接纳时，它就时常在边境违反礼义；若弃绝了它，它就会邪行妄为，放逐杀害其君上。君臣易位，尊卑失序，父老无辜而遭掠杀，孤幼沦为奴仆。他们啼号悲泣，面向中原怨愤地说：‘听说中原最有仁义，恩德浩荡，遍布四方，万物无不各得其所，如今为何偏偏遗弃我们呢！’踮起脚跟盼望天子之教化，如枯旱而望甘雨。即使狠恶之人，见状尚且为之垂涕，何况圣上又怎能停止征伐呢？因此向北出师讨伐强胡，向南遣使劝谕劲越。向西夷广布恩德，胡越二方之君，如鱼群逆游向上一样，愿意领受教令者数以亿计。所以就以沫水、若水为关，以牂牁郡为界，凿通灵山以开道，在孙水的源头架桥，开创道德之路途，流传仁义之传统，并将普施恩德，广布信义，驾车远方，安抚控制，使疏远之国不受壅闭，如暝昧之时得现光明，以至在国内偃息战争，向夷狄停止征伐。远近一体，内外安福，这不是很康乐吗？从沉溺之中拯救人民，禀承至尊的美德，扭转衰世的溃败，继承周文王、武王的事业，这是天子的当务之急。百姓虽然劳苦，又怎么可以停止呢？况且王者本就没有不始于征伐而能终于逸乐的。既然如此，那么，受命的符瑞正合于此时。正待增加泰山之封、梁父之禅，鸣和铃声，歌唱雅颂，如此之德，上与五帝相比，使之减色，下与三王相较，而出其上。观者未见其美，听者未详其音，好比鷦鹏已经飞向广阔的天宇，而张网捕鸟者还注视着大泽，可悲啊！”

于是诸大夫茫然若失，忘了欲陈之事，喟然而叹，一起称赞道：“汉德真正公允啊！讨伐西南夷，这是我等鄙陋之人愿意听到的。百姓虽然劳苦，请允许我们身先士卒。”他们失意地移步，缓缓而辞退。

【评析】

汉武帝时，派司马相如为使通西南夷，遭蜀长老及朝中大夫反对，司马相如假托和蜀父老辩难，写就此文。第一段叙述背景：汉德浩荡，自己奉命西征。第二段设难：蜀父老大夫反对讨伐西南夷，认为是劳民伤财无益之事。第三段辩难：阐明征伐西南夷是拯民安邦、立圣人之功的万世大业，是天子的当务之急。第四段是结局：诸大夫改变观点。这篇檄文说辞犀利，论辩性强。作者摆明形势，引古证今，说理透彻，气势逼人，故使诸大夫幡然改之，迁延而退。

卷第四十五

对问

对楚王问一首

作者：宋玉　　注译评析：党玉敏

楚襄王问于宋玉曰[①]：“先生其有遗行与[②]？何士民众庶不誉之甚也？”宋玉对曰：“唯。然，有之。愿大王宽其罪，使得毕其辞。客有歌于郢中者[③]，其始曰《下里》《巴人》[④]，国中属而和者数千人；其为《阳阿》《薤露》[⑤]，国中属而和者数百人；其为《阳春》《白雪》[⑥]，国中属而和者不过数十人；引商刻羽[⑦]，杂以流徵，国中属而和者，不过数人而已。是其曲弥高，其和弥寡。故鸟有凤而鱼有鲲[⑧]。凤皇上击九千里，绝云霓[⑨]，负苍天，翱翔乎杳冥之上[⑩]，夫蕃篱之鷃，岂能与之料天地之高哉[⑪]？鲲鱼朝发昆仑之墟，暴鬐于碣石[⑫]，暮宿于孟诸[⑬]。夫尺泽之鲵[⑭]，岂能与之量江海之大哉！故非独鸟有凤而鱼有鲲也，士亦有之。夫圣人瑰意琦行[⑮]，超然独处；夫世俗之民又安知臣之所为哉！”

【篇旨】

从宋玉巧妙的答辩中，反映出当时有才之士却不被世人理解，字里行间流露出宋玉孤芳自赏、自命不凡之情。

【注释】

① 楚襄王：指楚顷襄王。

② 遗行：过失。

③ 郢：楚国都城，在今湖北江陵一带。

④《下里》《巴人》：楚国歌曲名。

⑤《阳阿》《薤（xiè）露》：均为楚歌曲名。

⑥《阳春》《白雪》：琴曲名。

⑦ 引商刻羽：谓组合乐韵讲究声律、造诣极高的歌曲。古以宫商角徵羽为五音，亦称五声。

⑧ 鲲：古代传说中的大鱼。

⑨ 绝：超越。

⑩ 杳（yǎo）冥：极高远处。

⑪ 料：算计。

⑫ 暴（pù）：同“曝”，晒。鬐（qí）：通“鳍”，鱼类运动器官。碣石：海畔山名。今河北乐亭西南有大碣石山，六朝时沦于海中。

⑬ 孟诸：大泽名。

⑭ 尺泽：小池。鲵（ní）：小鱼。

⑮ 瑰意琦行：不凡的思想行为。

【语译】

楚襄王问宋玉说：“先生难道有错误的行为吗？为什么众民百姓议论您如此厉害？”宋玉回答说：“嗯，是的，有这事。祈望大王宽恕我的过错，并让我把话说完。有一个在郢都弹唱的人，他开始弹唱《下里》《巴人》时，城里跟着唱和的人有几千人；当他弹唱《阳阿》《薤露》时，城中跟着唱和的人有几百人；弹唱《阳春》《白雪》时，能跟着唱和的不过几十人；唱至声律高妙，并带有徵音韵律歌曲，能够跟着唱和的人，不过几人而已。这是因为曲调愈高超，能唱和的人就愈少。所以鸟类有凤凰而鱼有鲲。凤凰展翅搏击九千里，超越云端，背负青天，翱翔于高远深邃之苍穹，而那雀跃在篱笆间的鹞，又怎能跟它算计天地的高大呢？鲲鱼早晨从昆仑山出发，（中午）在碣石山张鳍曝晒，晚上在孟诸歇宿，而游动在小池里的鲵，又怎能和它估量江海的深广呢！并不是只有鸟类有凤凰，鱼中有鲲，士中也有圣人。圣人有卓越的思想和奇特的行为，超于自然，独自往来，而那些世俗之人又怎能了解我的所作所为呢！”

【评析】

楚襄王在位期间，宠信上官大夫靳尚，迫害屈原等忠良之士，宋玉受到谗言毁谤，于是作此文为己辩解。文章以楚王之责问开头，引出下面的辩语。有理有节，以退为进，先承认有“不誉”之事，然后给予委婉的层层反驳。作者用“曲高和寡”的现象说明优异的事物人们未必能欣赏；极力描写凤凰与鹞、鲲与鲵生活之差异，以进一步表明志趣各殊的事物是无法理解的。由物及人，自然过度到论述圣人与世俗之士的不同，点明前文设比之意图。通篇用比喻说理，含蓄隽永，耐人寻味。文中写凤凰，写鲲，写藩篱之鹞、尺泽之鲵，于强烈的差异对比中获得较强的说服力和艺术效果。

设论

答客难一首

作者：东方曼倩　　注译评析：党玉敏

客难东方朔曰[①]：“苏秦张仪壹当万乘之主[②]，而身都卿相之位[③]，泽及后世。今子大夫修先王之术，慕圣人之义，讽诵《诗》《书》百家之言，不可胜记，著于竹帛，唇腐齿落。服膺而不可释，好学乐道之效[④]，明白甚矣，自以为智能海内无双，则可谓博闻辩智矣。然悉力尽忠，以事圣帝，旷日持久，积数十年，官不过侍郎[⑤]，位不过执戟[⑥]。意者尚有遗行邪？同胞之徒，无所容居，其故何也？”

东方先生喟然长息，仰而应之曰：“是故非子之所能备。彼一时也，此一时也，岂可同哉？夫苏秦张仪之时，周室大坏，诸侯不朝，力政争权[⑦]，相擒以兵，并为十二国[⑧]，未有雌雄。得士者强，失士者亡，故说得行焉。身处尊位，珍宝充内，外有仓廪，泽及后世，子孙长享。今则不然。圣帝德流，天下震慑，诸侯宾服，连四海之外以为带，安于覆盂。天下平均[⑨]，合为一家。动发举事，犹运之掌，贤与不肖，何以异哉？遵天之道，顺地之理，物无不得其所。故绥之则安[⑩]，动之则苦；尊之则为将，卑之则为虏；抗之则在青云之上[⑪]，抑之则在深渊之下；用之则为虎，不用则为鼠。虽欲尽节效情[⑫]，安知前后[⑬]？夫天地之大，士民之众，竭精驰说，并进辐凑者[⑭]，不可胜数。悉力慕之，困于衣食，或失门户。使苏秦张仪与仆并生于今之世，曾不得掌故[15]，安敢望侍郎乎？传曰：‘天下无害，虽有圣人无所施才；上下和同，虽有贤者无所立功。’故曰时异事异。

“虽然，安可以不务修身乎哉？《诗》曰：‘鼓钟于宫，声闻于外。’‘鹤鸣九皋[16]，声闻于天。’苟能修身，何患不荣？太公体行仁义，七十有二，乃设用于文武[17]，得信厥说，封于齐，七百岁而不绝。此士所以日夜孳孳[18]，修学敏行而不敢怠也。譬若鹡鸰[19]，飞且鸣矣。传曰：‘天不为人之恶寒而辍其冬，地不为人之恶险而辍其广，君子不为小人之匈匈而易其行。’‘天有常度，地有常形，君子有常行；君子道其常，小人计其功[20]。’《诗》云：‘礼义之不愆，何恤人之言[21]？’‘水至清则无鱼，人至察则无徒[22]。冕而前旒[23]，所以蔽明。黈纩充耳[24]，所以塞聪。’明有所不见，聪有所不闻。举大德，赦小过，无求备于一人之义也。枉而直之[25]，使自得之；优而柔之，使自求之；揆而度之，使自索之。盖圣人之教化如此，欲其自得之；自得之，则敏且广矣。

“今世之处士，时虽不用，块然无徒[26]，廓然独居[27]，上观许由[28]，下察接舆[29]，计同范蠡，忠合子胥。天下和平，与义相扶。寡偶少徒，固其宜也，子何疑于予哉？若夫燕之用乐毅[30]，秦之任李斯[31]，郦食其之下齐[32]，说行如流，曲从如环，所欲必得，功若丘山，海内定，国家安，是遇其时者也，子又何怪之邪？语曰：以管窥天，以蠡测海，以筳撞钟，岂能通其条贯，考其文理，发其音声哉？犹是观之，譬由鼱鼩之袭狗[33]，孤豚之咋虎，至则靡耳，何功之有？今以下愚而非处士，虽欲勿困，固不得已，此适足以明其不知权变，而终惑于大道也。”

【作者简介】

东方朔（前154—前93），字曼倩，西汉平原厌次（今山东惠民）人。武帝时，为太中大夫。常诙谐调笑，有时也能正言直谏。善写辞赋。其作品《汉书·艺文志》杂家记载有二十篇，已佚。《汉书》有传。

【篇旨】

本文通过对客难的答辩，阐述了知人论世，世异事变的道理，抒发了作者的怨尤之情。

【注释】

① 难（nàn）：诘问，诘责。

② 苏秦张仪：战国时纵横家。苏秦游说六国合纵，为纵约之长。张仪相秦惠王，以连横之策说六国，使其背纵约以事秦。

③ 都：居。

④ 效：功。

⑤ 侍郎：汉代郎官的一种，皇帝左右侍官，地位较低。

⑥ 执戟：指执戟侍卫的郎官。

⑦ 力政：同“力征”，以武力相征伐。

⑧ 十二国：即鲁、卫、齐、楚、燕、赵、韩、魏、秦、宋、郑、中山。

⑨ 平均：指政令统一。

⑩ 绥：安抚。

⑪ 抗：举，提升。

⑫ 效情：贡献忠心。

⑬ 安知前后：指不知所措。前后，前进和后退。

⑭ 并进辐凑：同进聚集。辐凑，像车轮的辐条一样凑集。

⑮ 掌故：汉代官名，掌管礼乐旧事的小吏，品第较低。

⑯ 九皋（gāo）：水泽之深远处。九：虚数，极言其多。见《诗经 · 小雅 · 鹤鸣》。

⑰ 设用：行其所用。设：行。文武：指周文王、周武王。

⑱ 孳孳：同“孜孜”，勤勉不懈的样子。

⑲ 鹡鸰（jí líng）：鸟名，亦作“脊令”，体小尾长，飞则必鸣。《诗经 · 小雅 · 小宛》：“题彼脊令，载飞载鸣。”

⑳“传曰”句：引文见《荀子 · 天论》，文字略有不同。辍（chuò）：停

止。匈匈：同“汹汹”，吵吵嚷嚷的样子。常度：一定的法度、规律。

㉑“《诗》云”句：此两句诗不见于今《诗经》。《左传·昭公四年》引作“礼仪不愆，何恤于人言”。愆（qiān）：差错。恤：顾虑。

㉒ 徒：同道之人。

㉓ 旒（liú）：悬垂帽沿的玉串。

㉔ 黈纩（tǒu kuàng）：黄色丝绵。按：引文见《大戴礼记·子张问入官》。

㉕ 枉：曲，此指过错。

㉖ 块然：孤独的样子。

㉗ 廓然：空寂的样子。

㉘ 许由：相传为尧时的隐士。尧把帝位让给他，他逃走不受，隐于箕山。

㉙ 接舆：姓陆，名通，字接舆。春秋时楚国隐士，为了避世，佯狂不仕。

㉚ 乐毅：战国时著名军事家，应燕昭王招纳贤士，由魏至燕，为燕率兵伐齐，下齐七十余城，封为昌国君。

㉛ 李斯：秦政治家，战国楚人。入秦拜为客卿，秦统一后任丞相。

㉜ 郦食其（lì yì jī）：刘邦谋臣，曾游说齐王罢兵归汉。

㉝ 鼱鼩（jīng qú）：即地鼠。

【语译】

有宾客诘问东方朔说：“苏秦、张仪一遇上大国之君就身居卿相之位，恩泽延及后世。现在您东方朔研究古代帝王的治国之术，追求古代圣贤的道义，背诵《诗经》《尚书》等百家言辞，多得数不清，写在竹简和绢帛上，到嘴唇腐烂、牙齿掉落，都铭记在心不能废置，喜欢学习，乐于守圣贤先王之道的功夫，已经很清楚明白了，自认为才智和能力天下没有第二个，真可说得上知识广博，聪明善辩。但尽心竭力贡献忠诚，来侍奉圣明的皇帝，空费时日，持续很久，累积起来有数十年，官职还是不超过侍郎，地位还是不超过拿戟站岗的。想来大概是还有些过失吧？亲兄弟姐妹都没有容身居住之处，这是什么原因呢？”

东方朔感慨长叹，抬头回答他说：“这个原因不是你所能全部清楚的。那是一个时代，这是一个时代，难道能一样吗？苏秦、张仪的时代，周王朝已经大大衰落，诸侯各自称霸而不再朝见天子，以武力相互征伐争夺权势，用战争相互撕杀吞并，最后兼并为十二个国家，没有胜负之分。得到贤士的国家就强大，失去贤士的国家就灭亡，所以游说盛行。身处尊位的人，珍宝满室，粮食满仓，恩泽延及后世，子子孙孙长久享受。现在就不是这样，圣明的皇帝德泽流布，全天下都敬佩畏惧，各诸侯国都归顺臣服，海内外相连就像一条衣带，安定平稳就像是翻过来放的盂盆。天下政令统一，融合为一家，发动举办各种事情，如同在掌上运转一样，贤和不贤有什么不同呢？遵循顺应天地之间的法则常理，天下万物都能得到应该得到的恰当位置。所以安抚他就可得到安宁，改变他就要受到劳苦；推崇他则成为将相，轻视他则变成奴隶；抬举他则在青云之上，压制他则在深渊之下；任用他则是虎，不用他则为鼠。虽然想尽臣子的节操贡献一片忠心，却不知道如何进行才好？天地的博大，士民的众多，竭尽全力去奔走游说，同进聚集的人，不计其数。我想尽力效法他们，却困扰于衣食，且有时找不到门路。假使苏秦、张仪和我一同生在今天这个时代，连掌故这个官都做不到，怎么还敢期望做侍郎呢？古书上说：‘天下没有灾祸乱事，虽有圣人，亦没有什么施展才智的地方；全国上下和睦同道，虽有贤者，亦没有什么建功立业的地方。’所以说时代不同事情亦就不同。

“即使这样，怎么可以不致力于修养自己的品德呢?《诗经》上说：‘击钟于宫室，响声传布在外面。’‘鹤鸣于水泽深处，叫声传布在天上。’假如能修身养性，还担心什么不能荣华富贵？姜太公对仁义能身体力行，已经七十二岁了，还被周文王、周武王重用，得以申述主张，封于齐国，后嗣七百年不断。这就是士人为什么日夜努力，修学敏行而不敢懈怠的缘故。好比那鹡鸰，飞则必鸣。古书上说：‘苍天不因为人们厌恶寒冷而停止其冬天，大地不因为人们厌恶危险而不要其广阔，君子不因为小人的反对而改变其言行。’‘天有一定的法度，地有一定的形状，君子有一定的行为准则。君子遵行他的正道，小人计较他的私利。'《诗经》上说：'只要不违背礼仪，怕什么别人议论？''水太清就没有鱼，人过于苛求就没有同道的人。帽子前面的玉串，用来遮蔽视线。黄色丝绵塞住耳朵，用来阻塞听力。'眼明也有看不见的地方，耳聪也有听不见的地方。举用有大德的人，宽恕他小的过错，这是不要求全责备于一个人的意思。把曲的变成直的，应使它自然形成；宽舒地对待别人，使他自求上进；合乎情理地诱导他，使他自寻正道。大概圣人这样教育感化，是想让他自己成才。自己成才，就变得聪慧而且广博了。

"今天那些有才德而隐居不仕的人，在现时虽然没用，他们孤独无伴，空寂独居，上可看到许由，下可察见接舆，计策和范蠡相同，忠诚和子胥相合。天下太平的时候，只有和道义并行。缺少同道相合的人，本来就应该如此的，您为什么对我怀疑呢？至于燕国起用乐毅，秦国任用李斯，郦食其游说齐王田广归汉，他们进言游说像流水那样畅通，君主们曲意听从像转环那样容易。他们所想要实行的一定会成功，功绩高如山丘，四海稳定，国家安宁，这是遇上了好时势，你又有什么奇怪的呢？古语说：用竹管来观察天，用瓠瓢来测量海，用小竹枝来撞击钟，哪里能通观到星辰的分布，测量出海水的深浅，激发起巨钟的声音呢？由此看来，就好像是小的地鼠要袭击凶狗，孤单的小猪要撕咬猛虎，刚到就倒下了，还能建什么功呢？现在用愚蠢的下等人来非难处士，虽然想不受困窘，但一定不会如愿。这恰好足以表明他们不懂得审时度势，而最终不理解'时异事变'的大道理。"

【评析】

汉武帝时，经济繁荣，国力强盛，但知识广博的东方朔身在朝中数十年，其官位不过侍郎执戟。"朔因著论，设客难己，用位卑以自慰谕"（《汉书》）。赋中，自我宽解，抒发生不逢时、英雄无用武之地的苦闷心情，巧妙地寓满腹牢骚于通达诙谐之中。此文以主客答问方式结构全篇，以其清新疏朗的语言，酣畅淋漓的论辩，风趣滑稽的笔触，表达他内心之不平，申述他理想之光辉，这是此文的魅力所在。此后杨雄的《解嘲》，班固的《答宾戏》，可以说都是此文的拟作。

解嘲一首　并序

作者：杨子云　　注译评析：党玉敏

哀帝时[1]丁傅董贤用事[2]，诸附离之者[3]，起家至二千石[4]。时雄方草创《太玄》[5]，有以自守，泊如也。人有嘲雄以玄之尚白，雄解之，号曰《解嘲》。其辞曰：

客嘲杨子曰："吾闻上世之士，人纲人纪。不生则已，生必上尊人君，下荣父母。析人之珪[6]，儋人之爵[7]，怀人之符[8]，分人之禄，纡青拖紫[9]，朱丹其毂。今吾子幸得遭明盛之世，处不讳之朝，与群贤同行，历金门[10]、上玉堂有日矣[11]，曾不能画一奇，出一策，上说人主，下谈公卿。目如耀星，舌如电光，一从一横，论者莫当。顾默而作《太玄》五千文，枝叶扶疏，独说数十余万言。深者入黄泉，高者出苍天，大者含元气[12]，细者入无间。然而位不过侍郎[13]，擢才给事黄门[14]。意者玄得无尚白乎？何为官之拓落也？"

杨子笑而应之曰："客徒朱丹吾毂，不知一跌将赤吾之族也！往昔周纲解结，群鹿争逸，离为十二[15]，合为六七[16]，四分五剖，并为战国。士无常君，国无定臣，得士者富，失士者贫。矫翼厉翮，恣意所存。故士或自盛以橐[17]，或凿坏以遁[18]。是故邹衍以颉颃而取世资[19]，孟轲虽连蹇，犹为万乘师。

"今大汉左东海[20]，右渠搜[21]，前番禺[22]，后椒涂[23]，东南一尉[24]，西北一候[25]。徽以纠墨[26]，制以我锧铁[27]，散以礼乐，风以诗书，旷以岁月，结以倚庐[28]。天下之士，雷动云合，鱼鳞杂袭，咸营于八区。家家自以为稷契[29]，人人自以为皋陶[30]，戴縰垂缨而谈者[31]，皆拟于阿衡[32]，五尺童子，羞比晏婴与夷吾[33]。当涂者升青云[34]，失路者委沟渠。旦握权则为卿相，夕失势则为匹夫。譬若江湖之崖，渤澥之岛[35]，乘雁集不为之多[36]，双凫飞不为之少。昔三仁去而殷墟[37]，二老归而周炽[38]；子胥死而吴亡[39]，种蠡存而越霸[40]；五羖入而秦喜[41]，乐毅出而燕惧[42]。范雎以折摺而危穰侯[43]，蔡泽以噤吟而笑唐举[44]。故当其有事也，非萧曹子房平勃樊霍则不能安[45]；当其无事也，章句之徒[46]，相与坐而守之，亦无所患。故世乱则圣哲驰骛而不足，世治则庸夫高枕而有余。

“夫上世之士，或解缚而相[47]，或释褐而傅[48]；或倚夷门而笑[49]，或横江潭而渔[50]；或七十说而不遇[51]，或立谈而封侯[52]；或枉千乘于陋巷[53]，或拥彗而先驱[54]。是以士颇得信其舌而奋其笔[55]，窒隙蹈瑕而无所诎也。当今县令不请士，郡守不迎师，群卿不揖客，将相不俯眉。言奇者见疑，行殊者得辟[56]。是以欲谈者卷舌而同声，欲步者拟足而投迹。向使上世之士处乎今世，策非甲科[57]，行非孝廉，举非方正[58]，独可抗疏，时道是非，高得待诏，下触闻罢，又安得青紫[59]？

“且吾闻之，炎炎者灭，隆隆者绝；观雷观火，为盈为实；天收其声，地藏其热。高明之家[60]，鬼瞰其室。攫拿者亡，默默者存；位极者高危，自守者身全。是故知玄知默[61]，守道之极。爰清爰静，游神之庭。惟寂惟漠，守德之宅。世异事变，人道不殊，彼我易时，未知何如。今子乃以鸱枭而笑凤皇，执蝘蜓而嘲龟龙[62]，不亦病乎！子之笑我玄之尚白，吾亦笑子病甚不遇俞跗与扁鹊也[63]，悲夫！”

客曰：“然则靡玄无所成名乎？范蔡以下，何必玄哉？”

杨子曰：“范雎，魏之亡命也，折胁摺髂，免于徽索，翕肩蹈背，扶服入橐[64]，激卬万乘之主[65]，介泾阳[66]，抵穰侯而代之，当也。蔡泽，山东之匹夫也[67]，颔颐折頞[68]，涕唾流污，西揖强秦之相，搤其咽而亢其气，拊其背而夺其位，时也。天下已定，金革已平，都于洛阳，娄敬委辂脱挽[69]，掉三寸之舌，建不拔之策，举中国徙之长安，适也。五帝垂典，三王传礼，百世不易，叔孙通起于枹鼓之间[70]，解甲投戈，遂作君臣之仪，得也。吕刑靡敝[71]，秦法酷烈，圣汉权制，而萧何造律[72]，宜也。故有造萧何之律于唐虞之世，则悖矣；有作叔孙通仪于夏殷之时，则惑矣；有建娄敬之策于成周之世[73]，则乖矣；有谈范蔡之说于金张许史之间[74]，则狂矣。夫萧规曹随，留侯画策[75]，陈平出奇[76]，功若泰山，响若坻隤[77]，虽其人之胆智哉，亦会其时之可为也。故为可为于可为之时，则从；为不可为于不可为之时，则凶。若夫蔺生收功于章台[78]，四皓采荣于南山[79]，公孙创业于金马[80]，骠骑发迹于祁连[81]，司马长卿窃赀于卓氏[82]，东方朔割炙于细君[83]，仆诚不能与此数子并，故默然独守吾《太玄》。"

【篇旨】

通过辩难解嘲的形式，表明不愿趋炎附势而求官，宁坚持清白而自甘淡泊，埋头著述，以保节操。

【注释】

① 哀帝：即汉哀帝刘欣，公元前6年至前1年在位。

② 丁：大司马丁明，哀帝母丁姬之兄。傅：孔乡侯傅晏，哀帝皇后傅氏之父。董贤：哀帝宠幸的小臣。

③ 附离（lí）：即附丽，依附。

④ 二千石：汉代官吏俸禄等级，内自九卿、郎将，外至郡守、知府，皆月俸禄为二千石。

⑤《太玄》：即《太玄经》，作于哀帝建平三年（前4年）。

⑥ 珪：通"圭"，古人以圭封诸侯，诸侯执以朝天子。

⑦ 儋（dān）：同"担"。这里指承受。

⑧ 符：古代皇帝传命或征调大臣的凭证。

⑨ 纡（yū）：缠绕。青：指青色绶。紫：指紫色绶。二者均为汉制之印绶，公侯紫绶，九卿青绶。

⑩ 金门：即金马门。汉代宫门名。宫前门旁立铜马，故称金马。汉代被征召者皆待诏公车，其优异者待诏金马门。

⑪ 玉堂：官署名。

⑫ 元气：古人认为天地未开辟前是一团混沌的气体，叫元气。

⑬ 侍郎：秦汉官名，即皇帝左右的侍从武官，职位较低。

⑭ 给事黄门：汉官名，即给事黄门侍郎。因供职于黄门之内而得名。

⑮ 十二：十二国，即鲁、卫、齐、宋、楚、郑、燕、赵、韩、魏、秦、中山。

⑯ 六七：指齐、燕、楚、韩、赵、魏六国，加上秦为七国。

⑰ 自盛以橐（tuó）：指范雎由魏入秦，藏在秦使者车中的袋子里。

⑱ 凿坏（péi）以遁：指颜阖不肯受鲁国之聘，为避鲁使者而凿屋后墙逃走。坏，以土封隙。

⑲ 邹衍：战国时齐国思想家，阴阳家代表人物，长于辩说。颉颃（xié háng）：奇怪之辞。

⑳ 东海：这里泛称东部海域。

㉑ 渠搜：古西戎国名，在今新疆北部及中亚一部分地方。

㉒ 番禺（pān yú）：今广州。

㉓ 椒涂：北方国名。《汉书》作“陶涂”。其地汉时在渔阳郡（今北京以东、天津以北及长城以南一带地方）的北界。

㉔ 尉：都尉，官名。

㉕ 候：官名，负责迎送宾客的官吏。

㉖ 徽：系，绑。纠墨：同“纠纆”，纠、纆均为绳索名，这里泛指绳索。

㉗ 锧铁（fū）：古代腰斩刑具。锧，刀砧。铁，铡刀。

㉘ 倚庐：古人为父母守丧所住的简陋房子。

㉙ 稷：后稷。古代周族之始祖，善稼穑。契（xiè）：人名，传说是商族的始祖帝喾之子，掌教化。

㉚ 皋陶（gāo yáo）：亦称咎繇，尧臣，管刑狱。

㉛ 继：古时束发用的缁帛，这里指冠。缨：系冠的丝带子。

㉜ 阿衡：商代官名。伊尹做过阿衡，这里指伊尹。

㉝ 晏婴：字平仲，春秋时人，曾相齐景公。夷吾：即管仲，曾为齐桓公宰相。

㉞ 当涂：当道，即当权。

㉟ 渤澥（xiè）：即渤海。

㊱ 乘（shèng）：古代战车一乘四马，这里为四的代称。

㊲ 三仁：指微子、箕子、比干。

㊳ 二老：指伯夷、姜尚。伯夷避纣王而隐北海之滨，姜尚避纣王而隐东海之滨，二人闻文王兴起而归之。

㊴ 子胥：姓伍，名员。原为楚人，后为吴大夫。曾助吴王阖庐伐楚。吴王夫差在位时，听信谗言，赐剑子胥，逼迫自杀。九年后，越灭吴。

㊵ 种：文种。蠡：范蠡。二人曾辅佐越王勾践称霸。

㊶ 五羖（gǔ）：即百里奚。秦穆公时，以五张公羊皮从楚赎来，故得名。

㊷ 乐毅：战国时燕人，燕惠王时，怕回燕被诛，逃至赵国，赵封他为望诸君，用来威胁齐，惠王于是恐惧。

㊸ 范雎（jū）：战国时魏人，字叔，长于辞辩。初事魏中大夫须贾，从贾使齐，以其有通齐之嫌，遭魏相魏齐笞辱，折肋断齿，佯死得脱。化名张禄，入秦，游说昭王，乘间陈说秦相穰侯之结党谋私、跋扈专横。昭王怒，收穰侯之印，拜范雎为相。见《史记·范雎蔡泽列传》。摺（zhé）：摧折、损毁。穰侯：名魏冉，为秦昭王母宣太后之弟，时为秦相。

㊹ 蔡泽：战国时燕国辩士，入秦，昭王待为客卿，后来又代范雎为秦相。唐举：魏人，善于相面。一次，唐举见到蔡泽，端视很久后笑着说："我听说圣人没有好相貌，大概就像先生这样吧？"

㊺ 萧：萧何。曹：曹参。子房：张良。平：陈平。勃：周勃。樊：樊哙。以上均为汉初大臣或将领，辅佐刘邦。霍：霍光，西汉大臣，字子孟，为骠骑将军霍去病之弟。

㊻ 章句之徒：指那些训释经书章节句读、探究其微言大义的儒生。

㊼ 解缚而相：指管仲先是坐囚车、被捆绑，后被鲍叔牙释放，并向齐桓公推荐为相。

㊽ 释褐而傅：指傅说脱去粗布衣而做了宰相。傅说：殷时贤人。

㊾ 倚夷门而笑：指战国魏国侯嬴帮助信陵君窃符救赵之事。夷门监者侯嬴，被魏公子信陵君待为上宾。后来秦攻赵，赵求救于魏，魏畏秦，观望不前。信陵君欲与秦军拼，往辞侯嬴，嬴不表示什么意见。信陵君发兵至半途，引车而还，侯嬴笑着说："臣固知公子之还也。"便献计。

㊿ 横江潭而渔：指屈原遍游江潭而遇渔父之事。屈原被放逐，渔父劝其与世推移，同流合污。屈原则表示宁赴湘流，亦决不趋俗。

51 七十说（shuì）而不遇：指孔子周游列国游说了七十多位国君，但未遇一位明主。

52 立谈而封侯：指战国时说客虞卿曾游说赵孝成王，只见了两次，孝成王就让他做了赵国的上卿。

53 枉千乘于陋巷：齐桓公见小臣稷，一天去了三次都未得见，但仍坚持要见他。

54 拥彗（huì）而先驱：指燕昭王执彗扫除以迎候邹衍来燕。彗，扫帚。

55 信：同"伸"。

56 辟：罪。

57 策：策问，亦即对策。汉以来考试士子，把政事、经义等问题写在简策上，令应试者作答，称策问。甲科：汉平帝时科举分为甲乙丙三科，甲科为最上级，入选者为郎中。

58 孝廉、方正：汉代选举士子的两种科目。孝廉重品行，以孝顺父母和廉洁见称的方可入选。贤良方正则稍有才学即可选中。

59 青紫：指高官厚禄。

60 高明：显贵。

61 玄：黑，喻清静无为，和"默"意同。

62 蝘蜓（yǎn tíng）：壁虎。

63 俞跗（fù）：传说是黄帝时的良医。扁鹊：战国时的良医。

64 扶服：同"匍匐"。

65 卬：同"昂"。万乘之主：这里指秦昭王。

⑯ 介：指离间。泾阳：秦昭王同母弟泾阳君。

⑰ 山东：战国秦汉时指崤山、函谷关以东地区，也指战国时秦以外六国。

⑱ 颔颐（yǎn yí）：下巴突出。折頞（è）：断鼻梁，这里指鼻梁塌陷。

⑲ 娄敬：西汉时齐人，因向刘邦献策都关中，赐姓刘，号为奉春君，封关内侯。辂（lù）：车前横木，用以挽车。

⑳ 叔孙通：薛（今属山东）人，秦时博士，汉时儒生。枹（fú）鼓之间：指战场。枹：鼓槌。

㉑ 吕刑：这里泛指周代刑法。吕：吕侯，亦称甫侯，周穆王臣，为司寇，以穆王命作刑法，布告四方。

㉒ 萧何造律：汉初，萧何依据当时情况，参照秦律，制定汉律九章。

㉓ 成周之世：指周公辅成王的时代。成周，指西周初年洛邑，即后来的洛阳，周公辅佐成王时，曾筑城于此，号为成周。

㉔ 金：金日磾（dī）。张：张安世。金张二人都是汉宣帝时显宦。许：许广汉，为汉宣帝皇后许氏之父。史：指史恭及其长孙史高。史恭是汉宣帝祖母史良娣之兄。许史两家均是宣帝外戚。

㉕ 留侯：即张良。

㉖ 陈平出奇：陈平辅佐刘邦统一天下，曾六出奇计。

㉗ 坻隤（tuí）：山崖崩落。

㉘ 蔺生：即蔺相如。章台：秦国宫殿名。此句指蔺相如完璧归赵事。

㉙ 四皓：四个白发老人。指秦汉之际的四个隐士，即东园公、绮里季、夏黄公、角（lù）里先生。南山：即今河南商山。秦始皇时，四皓避世，曾隐居于此。

㊵ 公孙：即公孙弘。金马：金马门。汉武帝元光五年，公孙弘赴京对策，被录为第一，拜为博士，待诏金马门。后累官至丞相，封平津侯。

㊶ 骠骑：指骠骑将军霍去病。祁连：祁连山，在今甘肃张掖西南。汉武帝时，霍去病攻打匈奴，至祁连山，捕获俘虏很多，由此日见亲信，屡次加封。

⑧2 司马长卿：即司马相如。窃赀：指通过不正当途径占据钱财。卓氏：指卓文君父卓王孙。司马相如与卓氏女文君私奔，卓氏闻之，大怒，不分一钱。后来，司马相如在临邛开设酒店，二人亲自卖酒，卓氏感到羞耻，不得已，分予文君奴婢百人，钱百万。

⑧3 割炙于细君：指东方朔于朝中不待诏命独自割肉而去。武帝令其自责，后反受武帝奖。细君：即妻。

【语译】

汉哀帝时，丁明、傅晏、董贤专权，许多依附他们的人，也都做了大官。当时我正写作《太玄经》，以自守清静之心，达到淡泊无为的境界。有人嘲笑我论述玄道但还是没有升官，我解析这件事，取名叫《解嘲》。其文说：

有宾客嘲笑我说："我听说先代的士人，对于人生的纲纪，不去创立则罢，创立了就一定要尊君主，下使父母得到荣耀。做官的都受到君主封赏，得到富贵爵位，接受君主的命令，分得人君的薪俸，佩戴青绶紫带，乘坐朱轮马车。现在你有幸碰上昌明强盛的时代，身处没有禁忌的朝廷，和朝廷贤臣在同一行列，经过金马门的待诏，登上玉堂已经很久了，竟然不能谋划一奇计，想出一妙策，在上游说君主，在下辩说公卿，目光闪烁如星星，言辞锋利像电光，纵横辩说，论辩者不能抵挡。反而默默地创作《太玄经》五千字，其辞采纷繁，像树木的枝叶四方伸展，仅说解的文字就有数十万。其意蕴深处可到达黄泉，高处可伸出苍天，博大处可包含天地万物的元气，细密处可以深入极小的物质。然而你的官位没超过侍郎，晋升也只到给事黄门。想来玄道还未成功吧？为什么做官这样不得意呢？"

我笑着回答说："客人你只是想叫我乘坐朱轮马车，不知道一失足将会灭族！过去周王朝朝纲废弛，政权瓦解，诸侯纷争，竞相称霸，分离为十二个诸侯国，后又合并为六七国，四分五裂，一并称为战国。谋士没有固定的君主，国家没有固定的臣子，得到贤士的国家则富强，失去贤士的国家则贫弱。举翼振翅，如鸟之飞，任意找寻自己安身的地方。因此天下谋士或如范雎那样忍辱求仕，或如颜阖那样凿墙逃跑，坚决不仕。所以邹衍凭借诡异的思想而为世所用，孟子即使处境艰难还是受到各诸侯国君的尊敬。

“现在大汉左有东海，右有渠搜，前有番禺，后有椒涂，东南有镇疆的都尉，西北有迎送的候官。用绳索来捆绑，用铡刀来制裁，用礼乐来疏导，用诗书来教化，经过一段时间，构筑倚庐制定丧礼。天下的士子，雷动云合，有如鱼鳞一般错杂聚集在一起，都从四面八方谋求官职。每一家都自认为是稷契，每个人都自认为是皋陶，戴着冠巾垂着丝带来辩说的，都把自己比作伊尹，五尺小儿都羞于和晏婴、夷吾相比。当权的人高贵显赫，失势的人则遭排挤打击。早晨掌握着权力则是上卿宰相，晚上失去权力则是匹夫平民。如江湖边的山崖，渤海中的小岛，四雁双凫毕集不算多，飞去亦不觉少。过去微子、箕子、比干离开纣王，殷都就变为废墟；伯夷、姜尚归往，周王朝就兴盛；伍子胥一死，吴国就灭亡；文种、范蠡活着，越国就称霸；百里奚一入秦，秦国就高兴；乐毅一出燕，燕王就害怕；范雎因为折肋断齿而使穰侯受危，蔡泽因为下巴突出而为唐举所笑。所以当天下发生动乱，不是萧何、曹参、张良、陈平、周勃、樊哙、霍光等大臣就不能安定；当天下平安无事，那些解经探义的儒生，都相互坐在一起守着经书，亦没什么担心的。所以世道混乱时圣人贤哲到处奔走还忙不过来，世道太平时庸夫凡人安然而卧还显得宽裕有余。

“所以那些先代的士人，有的解开绳索而做了宰相，有的脱去粗布衣而做了太傅；有的靠着东门窃笑，有的遍游江湖而遇渔父；有的周游列国游说七十多个国君而未遇到一个明主，有的谈一次话就做了上卿；有的委屈国君到偏僻的小巷，有的让国君先扫好地来迎接。因此士人很能施展其辩说著述的才能，劝谏君主，补救时弊，没有什么不可说的。而现在的县官不延请士子，郡守不迎接圣哲，朝廷百官不礼贤下士，诸侯将相不俯首向贤士求教。言谈奇特的被怀疑，行为出奇的便获罪。因此想说的人藏起舌头人云亦云，想走的人模仿别人的脚印而举步。假如先代的士子处在今天的世道，策问上不了“甲科”，品行得不到“孝廉”，举荐也成不了“方正”，只能够向皇帝上书，论辩时政是非得失，最高的不过是留下来等待皇帝的诏询，最下的是有所触犯，不被任用，又怎样能位至公卿呢？

“况且我听说，旺盛的火光会熄灭，隆隆不断的雷声会消失，人们观火光听雷声，感觉它好像很充实盛大，但瞬间天收其声，地吸其热。贵宠之家，鬼怪会窥视其屋室。争权夺势者亡，恬淡清静者存；官位显贵者危险，洁身自守者则能保全生命。所以认识玄道懂得沉默，这是遵守清静无为之道的最高准则；清静无为乃是人的精神遨游之处所，寂寞淡泊乃是人的道德栖息之居室。时代不同人事有变，但做人处世的道理却大体一样，古人和我交换所处的时代，不知会怎么样？现在你竟然用猫头鹰来嘲笑凤皇，拿壁虎来讥讽龟龙，岂不是病昏了头吗！你笑我论玄道还是不能提高禄位，我也笑你病得很厉害，没有遇上俞跗和扁鹊，可悲呵！”

客人又说：“那么不论玄道就没有办法功成名就吗？范雎、蔡泽等以下身居卿相之人，何必要凭借太玄之理呢？”

我回答说：“范雎，是魏国逃亡的人，折断胁骨和腰骨才幸免入狱，收缩肩背，匍匐着钻入车中。激怒秦昭王，离间泾阳君，攻击穰侯然后取代他，这是遇上了适当的机会。蔡泽是山东的平民，下巴突出，鼻梁塌陷，涕唾满面，向西入秦揖见秦相范雎，乘机要挟恐吓而取代了他的相位，这是时机。刘邦统一了天下，结束了战争，建都洛阳，娄敬扔下马车拜见高祖，鼓动其三寸不烂之舌，终于树立了不可动摇的策略，把国都迁往长安，这是碰巧。五帝留下法典制度，三王传下礼仪道德，世代都不改变。叔孙通崛起于战场，战争一结束，就制定君臣之间的礼仪制度，这是得其时宜。周代的刑法被败坏了，秦代的法律又太残酷，汉代审时度势，于是萧何制定了汉律，这是合乎时宜。所以如果有在唐虞的时代，制定萧何的汉律，那么就是谬误。有在夏殷的时代，制作叔孙通的礼仪制度，那么就是迷乱。有在成周的时代，建立娄敬的政策，那么就是背离。有在金日磾、张安世、许广汉和史恭、史高之间，谈论范雎、蔡泽的学说，那么就是昏狂。萧何的法规曹参遵循不改，张良善谋划有策略，陈平则善出奇计，功绩像泰山之伟，声誉如山崩之响，虽然他们足智多谋，亦正逢那个时代可以有所作为。所以在可以有所作为的时代做可以做的事，那么就顺利。在不能有所作为的时代做不可以做的事，那么就没有好结果。至于像蔺相如在章台取得成功，四位老人在南山摘取荣誉名声，公孙弘在金马门开始创功立业，骠骑将军在祁连山开始建功发迹，司马相如从卓王孙那里窃来财物，东方朔在朝廷割肉给妻子，我实在不能和这些人相提并论，所以只默默地自守我的《太玄经》。”

【评析】

哀帝时，外戚擅权，小人得宠，忧国忧民者遭排挤打击，趋炎附势者青云直上。这时，杨雄正埋头撰写《太玄经》，而人们却嘲笑他“以玄尚白”，讽刺他不善仕进，于是写下了此赋，以维护他的自尊、平复他的创伤。他虽宣称淡泊自守，而实际上亦抒发了愤世嫉俗的不满之情。全文结构严谨，论辩有力，语言犀利峭拔，诙谐而冷峻，时而戏谑嘲讽，时而阐发哲理，时而征引史实，时而抒发感慨，说理与叙事合为一体，颇具辩论文的纵横跌宕之气势。刘勰说：“杨雄《解嘲》，杂以谐谑，回环自释，颇亦为工。”这个评价是恰当的。

答宾戏一首　并序

作者：班孟坚　　注译评析：党玉敏

永平中为郎[①]，典校秘书[②]。专笃志于儒学，以著述为业。或讥以无功，又感东方朔、杨雄自喻，以不遭苏张范蔡之时[③]，曾不折之以正道，明君子之所守，故聊复应焉。其辞曰：

宾戏主人曰：“盖闻圣人有一定之论，烈士有不易之分[④]，亦云名而已矣。故太上有立德，其次有立功。夫德不得后身而特盛，功不得背时而独彰[⑤]。是以圣哲之治，栖栖遑遑，孔席不暖[⑥]，墨突不黔[⑦]。由此言之，取舍者昔人之上务，著作者前列之余事耳。今吾子幸游帝王之世，躬带绂冕之服[⑧]，浮英华[⑨]，湛道德，矕龙虎之文[⑩]，旧矣[⑪]。卒不能摅首尾[⑫]，奋翼鳞。振拔洿涂，跨腾风云。使见之者影骇，闻之者响震。徒乐枕经籍书，纡体衡门[13]，上无所蒂[14]，下无所根，独摅意乎宇宙之外，锐思于毫芒之内，潜神默记，縆以年岁[15]。然而器不贾于当己，用不效于一世，虽驰辩如涛波，摛藻如春华[16]，犹无益于殿最也[17]。意者，且运朝夕之策，定合会之计，使存有显号，亡有美谥，不亦优乎？”

主人逌尔而笑曰[18]：“若宾之言，所谓见世利之华，暗道德之实，守窔奥之荧烛[19]，未仰天庭而睹白日也！曩者王涂芜秽，周失其驭，侯伯方轨[20]，战国横骛，于是七雄虓阚[21]，分裂诸夏，龙战虎争。游说之徒，风飑电激[22]，并起而救之。其余猋飞景附，霅煜其间者[23]，盖不可胜载。当此之时，搦朽摩钝[24]，铅刀皆能一断。是故鲁连飞一矢而蹶千金[25]，虞卿以顾眄而捐相印[26]。夫啾发投曲，感耳之声，合之律度，淫蛙而不可听者[27]，非韶夏之乐也[28]。因势合变，遇时之容，风移俗易，乖迕而不可通者，非君子之法也。及至从人合之[29]，衡人散之[30]，亡命漂说，羁旅骋辞，商鞅挟三术以钻孝公[31]，李斯奋时务而要始皇。彼皆蹑风尘之会，履颠沛之势，据徼乘邪[32]，以求一日之富贵，朝为荣华，夕为憔悴，福不盈眦，祸溢于世，凶人且以自悔，况吉士而是赖乎？且功不可以虚成，名不可以伪立，韩设辨以激君，吕行诈以贾国。《说难》既遒[33]，其身乃囚；秦货既贵[34]，厥宗亦坠[35]。是以仲尼抗浮云之志[36]，孟轲养浩然之气，彼岂乐为迂阔哉[37]？道不可以贰也。方今大汉，洒埽群秽，夷险芟荒，廓帝纮[38]，恢皇纲，基隆于羲农[39]，规广于黄唐[40]。其君天下也，炎之如日，威之如神，函之如海，养之如春。是以六合之内[41]，莫不同源共流，沐浴玄德[42]，禀仰太和[43]。枝附叶著，譬犹草木之植山林，鸟鱼之毓川泽，得气者蕃滋，失时者零落。参天地而施化，岂云人事之厚薄哉？今吾子处皇代而论战国，曜所闻而疑所觌[44]，欲从整敦而度高乎泰山[45]，怀氿滥而测深乎重渊[46]，亦未至也。”

宾曰：“若夫鞅斯之伦，衰周之凶人，既闻命矣。敢问上古之士，处身行道，辅世成名，可述于后者，默而已乎？”

主人曰："何为其然也！昔者咎繇谟虞[47]，箕子访周，言通帝王，谋合神圣。殷说梦发于傅岩[48]，周望兆动于渭滨[49]，齐宁激声于康衢[50]，汉良受书于邳垠[51]，皆俟命而神交，匪词言之所信，故能建必然之策，展无穷之勋也。近者陆子优游[52]，《新语》以兴；董生下帷[53]，发藻儒林；刘向司籍[54]，辨章旧闻；扬雄谭思[55]，《法言》《太玄》。皆及时君之门闱，究先圣之壸奥[56]，婆娑乎术艺之场，休息乎篇籍之囿，以全其质而发其文，用纳乎圣德，烈炳乎后人，斯非亚与！若乃伯夷抗行于首阳，柳惠降志于辱仕[57]，颜潜乐于箪瓢[58]，孔终篇于西狩[59]，声盈塞于天渊，真吾徒之师表也。且吾闻之：一阴一阳，天地之方；乃文乃质，王道之纲；有同有异，圣哲之常。故曰：慎修所志，守尔天符[60]，委命供己，味道之腴[61]，神之听之，名其舍诸！宾又不闻和氏之璧，韫于荆石[62]；隋侯之珠[63]，藏于蚌蛤乎？历世莫视[64]，不知其将含景曜[65]，吐英精，旷千载而流光也[66]。应龙潜于潢污[67]，鱼鼋媟之[68]，不睹其能奋灵德，合风云，超忽荒，而遽昊苍也[69]。故夫泥蟠而天飞者，应龙之神也；先贱而后贵者，和隋之珍也；时暗而久章者，君子之真也。若乃牙旷清耳于管弦[70]，离娄眇目于毫分[71]；逢蒙绝技于弧矢[72]，般输搉巧于斧斤[73]；良乐轶能于相驭[74]，乌获抗力于千钧[75]；和鹊发精于针石[76]，研桑心计于无垠[77]。走亦不任厕技于彼列[78]，故密尔自娱于斯文。"

【篇旨】

文章以主客问答方式联结成篇，引证史实，歌颂大汉的功德，告诫人们要立足汉室，怀真才待天命，文史之业亦是施展才华之地，能建功业。

【注释】

① 永平：汉明帝年号。郎：官名。

② 秘书：宫中藏书。

③ 苏：苏秦。张：张仪。范：范雎。蔡：蔡泽。

④ 烈士：指有志建立功业之人。

⑤ 彰：明显。

⑥ 暖（nuǎn）：暖和。

⑦ 突：烟囱。黔：黑色。《淮南子 · 修务训》："孔子无黔突，墨子无暖席。"言其忙碌如此。

⑧ 绂（fú）冕：古时礼服礼冠。借指高官显位。

⑨ 英华：指美名善誉。

⑩ 轡（mǎn）：被也。

⑪ 旧：通"久"。

⑫ 摅（shū）：舒展。

⑬ 纡体：屈身。衡门：横木为门，喻简陋的房屋。

⑭ 蒂：根蒂。

⑮ 緪（gēng）：接连。

⑯ 摛（chī）藻：铺张辞藻。

⑰ 殿最：古代考核军功或政绩，以上等为最，下等为殿。

⑱ 逌（yóu）尔：笑貌。

⑲ 窔：东南隅。奥：西南隅。

⑳ 方轨：两车并行。

㉑ 虓阚（xiāo kàn）：比喻将士震怒。

㉒ 飑（páo）：急风。

㉓ 雩煜：光明。

㉔ 搦（nuò）：摩。

㉕ 鲁连：即鲁仲连。《史记 · 鲁仲连邹阳列传》载：燕将占据聊城，齐兵攻之不下。鲁仲连写一封信系于矢，射与燕将，燕将看后，既不敢回燕，又不敢降齐，自杀身亡，齐遂收复聊城。又：秦伐赵时，闻鲁仲连为赵谋，退军五十里，平原君酬千金，鲁仲连辞而不受。蹶：抛弃。

㉖ 虞卿：赵国相。《史记 · 平原君虞卿列传》及《索隐》载，秦索甚

急，魏齐逃至赵见虞卿。虞卿度赵王终不可说，乃弃相印，与魏齐逃至魏。

㉗ 淫蛙：邪音。

㉘ 韶：舜乐名。夏：禹乐名。

㉙ 从人：合纵之人。

㉚ 衡人：连横之人。

㉛ 三术：指王霸、富国、强兵。

㉜ 徼：同“侥”，侥幸。

㉝ 遒：终。韩非子因作《说难》而被秦重视，遭李斯忌恨，被囚而死。

㉞ 秦货：指秦昭王子子楚。《史记 · 吕不韦列传》：秦子楚为质于赵。吕不韦在赵邯郸经商，见曰：“此奇货可居。”于是以五百金与子楚。子楚回秦即位，封吕不韦为相。

㉟ 厥宗亦坠：指秦庄王（子楚）死后，其子政（始皇）继位，封不韦为相国。后因受牵连被徙往蜀，不韦惧罪而饮鸩自杀。

㊱ 浮云之志：《论语 · 述而》：孔子曰：“不义而富且贵，于我如浮云。”

㊲ 迂阔：不切实际。

㊳ 廓：开。纮：网。

㊴ 羲农：伏羲和神农。

㊵ 规：准则。黄唐：指黄帝和唐尧。

㊶ 六合：天地四方。

㊷ 玄德：指潜蓄不着于外的品德。

㊸ 和：平均。

㊹ 觌（dí）：见。

㊺ 堥（móu）敦：小丘。

㊻ 氿滥：小泉。

㊼ 咎繇：即皋陶。

㊽ 傅岩：古地名。为傅说版筑处。

㊾ 望：吕望，又称太公望。本以钓鱼为生，周文王将出，占卦曰：所获

非龙非虎非熊非罴，所获霸王之辅。西伯果遇太公渭滨。

㊿ 宁：指宁戚。《说苑》：宁戚饭牛康衢，击车辐而歌，桓公得之而霸。康衢：四通八达之路。

51 良：指张良。邳：地名。

52 陆子：即陆贾。

53 董生：董仲舒。

54 司：掌管。

55 谭：沉。

56 门闱：内宫之门。壸奥：比喻事理的精微深奥。壸，宫巷。奥，室隅。

57 柳惠：指柳下惠。

58 箪瓢：《论语·雍也》：子曰："贤哉，回也！一箪食，一瓢饮，在陋巷，人不堪其忧，回也不改其乐。"

59 西狩：《春秋公羊传·哀公十四年》："西狩获麟，孔子曰：'吾道穷矣。'"传说孔子作《春秋》，停笔于此。

60 天符：上天的符命。

61 味道：体察道理。腴：美。

62 韫：藏。《韩非子·和氏》：楚人和氏得璞玉于楚山中，奉而献之，成王使人理其璞而得其实焉，遂名为"和氏之璧"。

63 隋侯之珠：《淮南子·览冥训》高诱注：隋侯见大蛇伤断，以药敷而涂之。后蛇于江中衔大珠以报恩，名为"隋侯之珠"。

64 视（shì）：看到。

65 景曜：光彩。

66 旷：间隔。

67 潢污：低洼积水处。

68 媟（xiè）：狎慢。

69 遽（jù）：蹲。昊苍：天空。

70 牙旷：指伯牙和师旷。

⑪ 离娄：人名。古代传说中的人，眼睛极明亮。眇目：明目。毫分：秋毫之末分。

⑫ 逢蒙：人名，善射箭。弧矢：弓箭。

⑬ 般输：即“班输”。摧：专。

⑭ 良乐：王良和伯乐。一善驭，一善相马。轶：超越。

⑮ 乌获：战国大力士。抗：举。千钧：形容重。三十斤曰钧。

⑯ 和鹊：医和与扁鹊的合称。

⑰ 研桑：指古代善计算者计然和桑弘羊。计然也称计研，故合称“研桑”。

⑱ 厕技：杂置，参加。

【语译】

永平年间我做侍郎，掌管宫中藏书。专心致意于儒学，以著书立言为业。有人嘲笑我无功绩，同时我也有感于东方朔、杨雄之自嘲，又由于不逢苏秦、张仪、范雎、蔡泽之时世，未曾折中于正道，表明君子之操守，所以姑且回答于此。这些言辞为：

宾客嘲笑主人说：“听说圣人有坚定的思想，有志之士不改变其志向，这是为求名罢了，因此最高的境界是立德，其次建功立业。德行不能在身死之后才努力建立，功业不能违背其时势而独自显现。所以圣人哲人之治理，总是奔忙不定，孔子坐不暖席，墨子烟囱不黑。由此看来，观时以进退是前人的最高追求，著书立说只是前贤功业之余事而已。现在您幸运生活在帝王之世，腰束大带，身着礼服，在外有美名善誉，于内则履道崇德，治理朝廷政事很久了。最终不能够如神龙舒展其首尾，振动其翼鳞，脱身于污泥，跨越风云之上。让人们看其影子就惊骇，听到其响声就震惧。您只乐于钻研经典，屈身于衡门，在上无蒂在下无根。只抒发情意于天地之外，精思细小之事物以成其文章，沉思默想，年复一年，但是器物不于适当时候卖出，自己有才能不呈献于世，即使纵横辩说如波涛汹涌，铺张辞藻如同春天之花灿烂美丽，对于建立功业仍是没有益处。试想如能早晚运筹于帷幄，制定君国大事的计划，使自己生时有显贵的称号，死后有美好的谥号，这不很好吗？”

主人悠然笑着作答：“如您之言，可谓看见权势的表面，看不到道德之实质，居四方之隅见烛火之光，未抬头天宇而见白日之光了。从前王道荒废，周朝失去控制，诸侯并起，纵横交战，此时七雄怒吼，分裂中原，群雄相斗。那些游说者如风暴，如闪电，同时奋起解救诸侯之危，其他如飙飞影随，闪耀一时之人不胜枚举。生逢此时，不才之人均自激励以求侥幸，如铅刀也能断割器物。因此鲁仲连射一箭书就收复失土，而不接受千金之赏；虞卿关照魏齐，一同逃走而抛弃了相印。口发其声自成曲调，既悦人耳，又合乎音律法度。淫邪之声不可听，因为不是舜禹之雅乐。人随着形势变通，遇到时机，亦移风易俗，与形势相抵触而不相通，这不是君子之法则。待到合纵者主张联合六国抗秦，连横者极力拆散六国之联合，他们弃君命而四处游说，旅居他乡，极力敷衍辩说，如商鞅以治国三术游说秦孝公，李斯感于时务而致书始皇。他们都处于混乱动荡局势之中，依靠侥幸战胜敌手来求得一时之富贵。早上获得荣华，晚上则失势枯槁。荣华没有尽呈眼前，祸患却已横溢于世，凶顽之流尚且因之悔恨，何况贤士能依靠这些吗？而且功业不能凭空成就，名声不能靠虚假树立。韩非设辩说以激发君主，吕不韦却行诈以买国。《说难》写成，韩非自己却被囚而死。吕不韦以为子楚奇货可居，却使自己宗嗣遭祸。因此孔子把富贵视若浮云，孟子养浩然之气，他们难道乐于做不合时俗之事吗？只因为人之道不允许背离仁义。现在大汉正肃清暴乱，平治险恶，铲除荒芜，弘扬五帝三王之纲纪，其基业超过伏羲、神农，其规矩政体比黄帝、唐尧时代更为齐备；其统治天下，炽热如日，威严如神，如海容纳百川，如春涵养万物。因此普天之下同奉天子之化，同享德泽，禀受大和平均之道。上下相亲附，各得其所，犹如草木植于山林，鱼鸟养于江泽，得太平之气则昌盛，失王道则衰败，配合天地的变化而布德，哪里论人事的厚薄呢？现在您生活在汉皇时代却讲战国，明悟于传闻却怀疑所看见的事物，想以小丘来估量泰山的高度，以小泉测量深渊的深度，那也是不可能达到。”

宾客说：“像商鞅、李斯之类，是衰周时的凶人，我已懂得了。请问上古立身行道，成名于世，可称道于后世之士，默默无为就够了吗？”

主人回答："怎么会这样呢？从前咎繇为舜献谋，箕子被周武王拜访，其言论与帝王相通，计谋与神灵相合。殷高宗梦得贤臣傅说在傅岩之野，周文王卜卦求得吕望于渭水边上，齐宁戚激昂高歌于大路，后辅助桓公成就霸业，汉张良在邳得到兵书，这些人都是等候天命的到来，而与神灵交游，不是依靠言辞游说取得任用，所以能制定必然成功之计谋，展现他们无穷之功业。近代之陆贾悠然自得，著《新语》而名扬天下；董仲舒放下帷帐讲学，著文《春秋繁露》，列名于儒林；刘向主管校理典籍，分辨章句旧闻以行于世；杨雄深思哲理，著《法言》《太玄》。他们均能反映当代君主之意，穷究先圣精微深奥之道，施展才能于经籍政事之场，在书籍之苑休息，既保全其实质，又表现出文采而文质彬彬，其中容纳着圣人之德，光辉照耀着后人，这不是仅次于傅说、吕望诸贤的事业吗！像伯夷立志不食周粟，死于首阳山，柳下惠为士师三黜仍为仕，颜渊生活于箪食瓢饮的穷巷，孔子著《春秋》，终篇于哀公西狩获麟，他们的荣名上达皇天，下至深渊，真是我们的表率。而且我听说：一阴一阳是天地之道；各代文质不同，但都以此为王道之纲领；有同有异，是圣王哲人政道之常规。所以说谨慎地修治自己的志向，坚守您的天性，效命于事业，保全自己的节操，体味道德之美善。神明听到他们的美德，声誉怎么会舍弃他们呢！您没听说和氏之璧隐藏在楚之璞石之中，隋侯之珠隐于蚌蛤之内吗？历经多少世代没有人发现他们，不知其中含着宝光，能吐出精华，间隔千年才放出光彩。应龙潜伏于低沼，鱼鼋也狎侮他，没有看到他能奋起灵德，与风雨相应，超越荒远，飞跃于太空。所以说：蟠屈于泥涂之中而后向天高飞，是应龙的神奇处；先低贱后高贵的是和氏、隋侯之珍宝，处君道昏暗之时代，经过长期整治而能太平，是君子的真德业。像伯牙、师旷静心倾听于音乐，离娄能看清秋毫之末；逢蒙有高超的射箭技艺，班输专巧木工；王良、伯乐在相马驾驭方面超越一般才能，乌获能举千钧之重；医和、扁鹊精通于药石针灸，计研和桑弘羊心算无边。我虽不才，但厕身他们之列，所以能静静安乐于文史之业。"

【评析】

本文实为班固针对东方朔、杨雄发泄牢骚之文而作的应答。文中宣扬大汉之德，认为人们在此盛德统治下，就应如同天地间的草木鱼鸟，或得气，或失时，或蕃滋，或零落，一出自然，不可抱怨，只能歌颂汉德，不应向往战国。东方朔《答客难》、杨雄《解嘲》这类文体，本是作者假借主客问答而抒发不满之情的形式，班固把它变成宣讲正道的工具，缺少讽谕之语，这也是时代风气所致。文章结构紧密，引证史实，阐发事理，论辩有力，说理与叙事融为一体。

辞

秋风辞一首　并序

作者：汉武帝　　注译评析：党玉敏

上行幸河东[①]，祠后土[②]，顾视帝京欣然，中流与群臣饮燕[③]，上欢甚，乃自作《秋风辞》曰：

秋风起兮白云飞，草木黄落兮雁南归。
兰有秀兮菊有芳，携佳人兮不能忘。
泛楼舡兮济汾河[④]，横中流兮扬素波。
箫鼓鸣兮发棹歌，欢乐极兮哀情多。
少壮几时兮奈老何！

【篇旨】

从描写秋天景色入手，抒发了作者于极度欢乐中感叹人生易老的悲凉之情。

【注释】

① 上：皇上，指汉武帝。幸：幸临。河东：河东郡（今山西夏县）。

② 祠：祭。后土：神。

③ 饮燕：饮宴。

④ 舡：同“船”。济：渡。汾河：源出山西，入黄河。

【语译】

汉武帝巡游幸临河东郡，祭祀地神之后，欣然回头遥望京都，并泛舟汾河，在船上和群臣宴饮，兴高采烈，于是亲自写下了《秋风辞》一首。其文是：

秋风刮起啊白云翻飞，草木凋零啊北雁南归。
兰花开放啊菊花芬芳，携美人游乐啊永不忘。
荡起大船啊渡汾河，横船河中啊激起雪白的水波。
吹起箫击起鼓啊引棹而歌，欢乐已极啊悲情多。
少壮年华有几时啊人生易老可奈何！

【评析】

诗先写秋景，秋风劲吹，白云翻飞，草木黄落，北雁南归，意象萧瑟而雄浑。继写怀人，以兰秀菊芳喻佳人之艳美，与秋景相合，初露感秋伤怀之端倪。再写渡河欢乐之盛况，最后乐极生悲，感叹世间没有不散的筵席，人生没有不逝的年华。悲伤而豪壮之情袒露无余。全诗一气贯注，如行云流水。格调沉郁而不失民歌风味，语言质朴而酣畅，显示了雄才大略的汉武帝的诗才。

归去来一首

作者：陶渊明　　注译评析：党玉敏

归去来兮，田园将芜胡不归[①]！既自以心为形役[②]，奚惆怅而独悲[③]？悟已往之不谏[④]，知来者之可追。实迷途其未远，觉今是而昨非。

舟遥遥以轻扬[⑤]，风飘飘而吹衣。问征夫以前路[⑥]，恨晨光之熹微[⑦]。乃瞻衡宇[⑧]，载欣载奔。僮仆欢迎，稚子候门。三径就荒[⑨]，松菊犹存。携幼入室，有酒盈樽。引壶觞以自酌[⑩]，眄庭柯以怡颜[⑪]。倚南窗以寄傲[12]，审容膝之易安[13]。园日涉以成趣[14]，门虽设而常关。策扶老以流憩[15]，时矫首而遐观[16]。云无心以出岫[17]，鸟倦飞而知还。景翳翳以将入[18]，抚孤松而盘桓[19]。

归去来兮，请息交以绝游[20]。世与我而相遗，复驾言兮焉求[21]！悦亲戚之情话[22]，乐琴书以消忧。农人告余以春及，将有事乎西畴[23]。或命巾车[24]，或棹孤舟[25]。既窈窕以寻壑[26]，亦崎岖而经丘。木欣欣以向荣，泉涓涓而始流[27]。善万物之得时，感吾生之行休[28]。

已矣乎！寓形宇内复几时[29]，曷不委心任去留！胡为遑遑欲何之[30]？富贵非吾愿，帝乡不可期[31]。怀良辰以孤往，或植杖而耘耔[32]。登东皋以舒啸[33]，临清流而赋诗。聊乘化以归尽[34]，乐夫天命复奚疑！

【篇旨】

写作者弃官归田后归家时的愉快心情和归田后生活的乐趣。

【注释】

① 胡：何，为什么。

② 役：役使，驱使。

③ 奚：何。

④ 谏：止，指挽回，改正。《论语·微子》："往者不可谏，来者犹可追。"

⑤ 遥遥：荡漾的样子。轻扬（yáng）：船徐缓前进的样子。

⑥ 征夫：行人。

⑦ 熹（xī）微：微明，蒙蒙亮。

⑧ 衡宇：犹衡门，横木为门，言房屋之朴陋。此指陶潜旧居。

⑨ 三径：汉代蒋诩隐居之后，"舍中三径，唯羊仲、求仲从之游"。见李善注引《三辅决录》。径，路。

⑩ 觞（shāng）：古代的酒杯。

⑪ 眄（miǎn）：斜视。柯：树枝。怡颜：脸面愉快的样子。

⑫ 傲：指傲然自得的心情。

⑬ 审：深知。容膝：极言居住的地方狭小，仅能容膝。

⑭ 涉：漫步。

⑮ 策：拄着。扶老：拐杖。流憩：随意周流休息。

⑯ 矫首：抬头。遐观：远望。

⑰ 岫（xiù）：山峰。

⑱ 景：同“影”，指日光。翳（yì）翳：昏暗不明。

⑲ 盘桓：徘徊。

⑳ 绝游：断绝在官场上活动。

㉑ 驾言：驾车外出。言，语助词。

㉒ 情话：知心话。

㉓ 畴（chóu）：田地。

㉔ 巾车：有帷幕的小车。

㉕ 棹（zhào）：如桨一类划船工具，文中作动词用。

㉖ 窈窕：形容沟壑幽深曲折。

㉗ 涓涓：形容细水长流的声貌。

㉘ 休：止。

㉙ 寓形宇内：把身体寄托在天地之间。

㉚ 遑遑：匆匆忙忙的样子。

㉛ 帝乡：仙境。

㉜ 耘：除草。耔：培苗。

㉝ 皋：水边的高地。

㉞ 乘化：随顺自然运转变化。尽：指死亡。

【语译】

回去啊，田园快要荒芜了为什么不回去！既然自己的心灵受到形体役使，为什么还要愁闷而独自伤悲？觉悟到过去做错了的事已无法改正，但知道将来的事还可以补救。实际走入迷途不很远，我已认识到现在归田是对的，过去出仕是错的。

小船轻快地行驶，凉风习习，吹拂着我的衣裳。向行人询问前面的道路，只怨恨天色亮得太慢。才看见家门，就一面欣喜若狂，一面奔跑过去。仆人们笑脸相迎，孩子们愉快地等候在门口。只见院内的小路已经荒芜，但松树和菊花依然尚存。拉着孩子走进屋里，屋里摆着满满的一樽酒。拿着酒壶，举起酒杯，自斟自酌，舒适地浏览庭院中的树木，顿生喜悦之色。靠着南窗休息以寄托傲然自得的心情，深知住在简陋而狭小的屋子里极易心满意足。每天在园子里走一走也很有乐趣，屋子里虽然有门，却常常关着。拄着拐杖四处散步，常常抬起头向远方眺望。云气漫不经心地从山间飘出，鸟儿飞得疲倦了也知道归巢。日将西下，时近黄昏，我还在抚摩孤松流连忘返。

回去啊，请让我停止与官场上的人交往，并断绝在官场上的活动罢！官场世道同我的志向不合，我还驾着车出去追求什么呢！亲戚们谈的知心话令我高兴，我喜好抚琴与读书以此来消忧解愁。农友提醒我春天已到，应该到西边去耕田种地了。有时候坐着有帷幕的小车，有时候独自划着小舟。去踏访那弯弯曲曲的山坳，到那高低不平的山丘上信步闲游。林木生机蓬勃，欣欣向荣；泉水川流不息，涓涓流淌。自然界万物及时生长繁荣，使我多么喜欢，感叹我已年老无能，快将走到生命的尽头。

算了吧！寄身在天地间能有多久，何不随心所欲地生活还管什么死与生！为什么心神不定，究竟想追求什么呢？富贵不是我的愿望，仙境虚无飘渺也不可追寻。时光这样美好，怎能不爱惜！有时候独自出游，有时候放下手杖去除草培苗。登上东边的山岗放声长啸，走到清澈的小河边作诗吟唱。姑且顺其自然了此一生，抱着乐天知命的态度还有什么疑虑呢！

【评析】

《归去来》是陶渊明辞去彭泽令后所作，是作者彻底与官场决裂的宣言书。据自序，作于乙巳岁十一月，即晋安帝义熙元年（405），时年四十一岁。开头叙述自悔昔日求官的失误，自喜今日归田愉快的心情，继而逐一记述回到家中赏心悦目的所见所闻，尽抒山水田园的乐趣和乐天知命的人生态度，表现了诗人不随波逐流的情操，反映了作者追求田园生活的志趣。字里行间处处流露出作者真挚明朗的感情，语言如流水行云，自然畅达。最可贵之处是作者通过景物环境的烘托和饮酒出游的描写，创造出一种恬然自得的意境，以情景交融的笔法来表现他耿介的个性和高尚的理想。宋代欧阳修说："晋无文章，惟陶渊明《归去来兮辞》一篇而已。"

序上

毛诗序[1]一首

作者：卜子夏　　注译评析：胡大雷

《关雎》[2]，后妃之德也[3]，风之始也[4]，所以风天下而正夫妇也[5]。故用之乡人焉[6]，用之邦国焉[7]。风，风也，教也；风以动之，教以化之。诗者，志之所之也[8]，在心为志，发言为诗。情动于中而形于言，言之不足，故嗟叹之，嗟叹之不足，故永歌之[9]，永歌之不足，不知手之舞之，足之蹈之也。

情发于声，声成文谓之音[10]。治世之音安以乐，其政和；乱世之音怨以怒，其政乖[11]；亡国之音哀以思，其民困。故正得失，动天地，感鬼神，莫近于诗。先王以是经夫妇[12]，成孝敬，厚人伦，美教化，移风俗。

故诗有六义焉：一曰风，二曰赋[13]，三曰比[14]，四曰兴[15]，五曰雅[16]，六曰颂[17]。上以风化下，下以风刺上，主文而谲谏[18]，言之者无罪，闻之者足以戒，故曰风。至于王道衰，礼义废，政教失，国异政，家殊俗，而变风变雅作矣[19]。国史明乎得失之迹[20]，伤人伦之废，哀刑政之苛，吟咏情性，以风其上，达于事变，而怀其旧俗者也。故变风发乎情，止乎礼义。发乎情，民之性也；止乎礼义，先王之泽也[21]。是以一国之事，系一人之本，谓之风；言天下之事，形四方之风，谓之雅。雅者，正也，言王政之所由废兴也。政有小大，故有小雅焉，有大雅焉。颂者，美盛德之形容，以其成功告于神明者也。是谓四始[22]，诗之志也[23]。

然则《关雎》《麟趾》之化[24]，王者之风，故系之周公[25]。南，言化自北而南也[26]。《鹊巢》《驺虞》之德[27]，诸侯之风也，先王之所以教，故系之召公[28]。《周南》《召南》[29]，正始之道，王化之基。是以《关雎》乐得淑女以配君子，忧在进贤，不淫其色，哀窈窕，思贤才，而无伤善之心焉，是《关雎》之义也。

【作者简介】

卜子夏（前507—？），名商，字子夏，春秋卫人，孔子弟子，长于文学，相传曾讲学西河，为魏文侯师。《史记·仲尼弟子列传》对他有记载。但有人认为《毛诗序》是东汉人卫宏所作。本序究属何人所作，目前尚无定论。

【篇旨】

阐述诗歌的特征、内容、分类、表现方法和社会作用等。

【注释】

①《毛诗》：汉人传《诗》有鲁（申公所传）、齐（辕固生所传）、韩（韩婴所传）、毛（赵人毛苌所传）四家，均有序，今独存《毛诗》及序。

②《关雎》：《诗经·国风·周南》首篇篇名。

③ 后妃：天子之妻，此指周文王妃太姒。以前认为《关雎》写后妃之事，但这是曲解。

④ 风：十五国风。《诗经》分为风、雅、颂三大部分。

⑤ 风：教化。

⑥ 乡人：指老百姓，古时一万二千五百家为一乡。

⑦ 邦国：指诸侯。

⑧ 志：志意，怀抱。之：所往，所向。

⑨ 永：长。

⑩ 文：指宫商角徵羽五声之调。

⑪ 乖：乖戾反常。

⑫ 经：使入常道。

⑬ 赋：铺陈的意思。

⑭ 比：比喻。

⑮ 兴：起。诗中的兴，兼有发端与象征的双重作用。

⑯ 雅：正。

⑰ 颂：形容。指以歌舞表现情态。风、赋、比、兴、雅、颂，此处依上下文当作诗的意义（六义）来解释，亦有人把此处的风、雅、颂当作体裁来解释的。

⑱ 谲谏：用隐约的言辞谏劝。

⑲ 变：指时世由盛变衰，政教纲纪大坏。变风变雅，即指风、雅中政治衰乱时期的作品。

⑳ 国史：王室的史官。

㉑ 泽：润泽影响。

㉒ 四始:《史记·孔子世家》:“《关雎》之乱以为风始;《鹿鸣》为小雅始;《文王》为大雅始;《清庙》为颂始。”

㉓ 志：茶陵本作“至”。

㉔《麟趾》:《麟之趾》,《诗经·国风·周南》中最后的诗篇。

㉕ 周公：周文王之子姬旦，辅佐其兄武王伐纣灭殷。后成王年幼，周公摄政，周朝的礼乐制度是他所建立的。死后，祭祀享天子礼乐。

㉖ 自北而南：指教化自岐周以至江、汉地域。

㉗《鹊巢》《驺虞》:《诗经·国风·召南》的首篇与末篇。

㉘ 召公：姬奭，周的支族，武王之臣，成王时与周公分陕而治，管理今河南、湖北地区，其地位是诸侯。

㉙《周南》《召南》:《诗经》十五国风中的前两部分。

【语译】

《关雎》，咏的是后妃的美德，是国风的开始，是用来教化天下而匡正夫妇关系的。所以用在乡大夫教化百姓上，用在邦国诸侯教化臣民上。“风”，是讽刺的意思，是教化的意思。讽刺用来打动人，教化用来感化人。诗，是思想感情抒发的表现，在心中是思想感情，用语言表达出来就是诗。内心感情激动而表达在语言上，语言表达不足，就吁嗟咏叹，吁嗟咏叹犹觉不足，就引声长歌，引声长歌还嫌不足，就不知不觉地手舞足蹈了。

情感借声音抒发，声音阴阳顿挫五音谐调就叫作音乐。太平治世的音乐平和而欢乐，它的政治清和；衰亡乱世的音乐怨恨而愤怒，它的政治反常；亡国之民的音乐哀伤而忧思，它的人民困苦。所以纠正得失，打动天地，感动鬼神，在这些方面没有什么东西能比得上诗了。先王用它整治夫妇之道，促成孝敬父母师长，笃厚诸种人伦等级关系，改变社会的风俗。

所以诗有六义：一是风，二是赋，三是比，四是兴，五是雅，六是颂。居上位者以诗教化臣属百姓，臣属百姓用诗来讽谏讥刺居上位者，通过文辞来委婉含蓄地讽谏，说的人不获罪咎，听的人足以引起警诫，所以叫作“风”。至于王道衰微的时代，礼法信义废弃，政治教化败坏丧失，国家政治更易反常，家庭习俗杂乱，“变风变雅”就产生了。王室的史官明辨得失的迹象，伤痛人伦的废弃，悲哀刑罚政令的苛刻，就咏吟内心的思想感情，用来讽谏感化居上位者，使他们正确认识时事的变化，怀念先王时那旧有的风俗。所以变风自内心情感产生，而不违反礼义。讽刺自内心情感产生，是人民百姓的本性，不违反礼义，是先王教化的引导影响。因此，把一国的事情联系于先圣一身而以为教化之本，就是风诗；叙说天下的事情，描摹四方各国的风俗，就是雅诗。雅的意思，就是正，说的是天子政治兴废盛衰的缘由。政事有小有大，所以有小雅，有大雅。颂的意思，是赞美天子盛大功德的情况，把完成的功业祈告给神明。这就是《诗经》的“四始”，是诗所要表达的志意。

那么《关雎》至《麟之趾》诸诗所述的教化，是天子的教化风俗，所以把这些诗说成是来自周公，叫作周南。南，是说教化自北方向南方扩展。从

《鹊巢》到《驺虞》诸诗的道德内容，说的是诸侯对人民百姓的教化，说的是先王为什么有如此教化，所以把这些诗说成是来自召公，叫作召南。周南、召南展示出王道是如何开始的，是王道教化的基础。所以《关雎》写的是很高兴得到善良的女子来匹配君子，思虑的是进纳贤才，不是迷恋美色，爱美好贤淑的女子，思念贤才，而又没有损伤善道的用意，这就是《关雎》的要义。

【评析】

这里选录的是《诗经毛氏传》在国风首篇《关雎》题下的一篇序言。《经典释文》引旧说："起此至'用之邦国焉'，名《关雎序》，谓之《小序》；自'风，风也'讫末，名为《大序》。"故又称此文为《诗大序》。《毛诗序》可说是先秦儒家诗论总结性的文字。首先，它进一步阐述了诗的抒发情志的特征和诗歌与音乐舞蹈的相互关系。其次，它指出了诗歌音乐与时代政治的密切关系，认为诗歌的社会作用就是在政治方面。再次，它提出"六义"，实际提出了诗歌的分类与表现方法的问题。《毛诗序》对诗歌的特征、诗歌与政治的关系、诗的分类与表现的论述，贯穿着一个中心思想，即诗歌必须为统治阶级的政治服务，要与现实生活紧密结合，这也就是儒家"诗教"，它在长期的封建社会里，成为正统的诗歌创作与诗歌批评的准则，影响很大。

尚书序一首

作者：孔安国　　注译评析：胡大雷

古者伏牺氏之王天下也[①]，始画八卦[②]，造书契[③]，以代结绳之政[④]，由是文籍生焉。伏羲、神农、黄帝之书[⑤]，谓之三坟，言大道也。少昊、颛顼、高辛、唐、虞之书[⑥]，谓之五典，言常道也。至于夏、商、周之书，虽设教不伦[7]，雅诰奥义，其归一揆[8]。是故历代宝之，以为大训[9]。八卦之说，谓之八索，求其义也。九州之志[10]，谓之九丘。丘，聚也。言九州所有，土地所生，风气所宜，皆聚此书也。《春秋左氏传》曰：楚左史倚相能读三坟、五典、八索、九丘[11]，即谓上世帝王遗书也。

先君孔子，生于周末，睹史籍之烦文，惧览之者不一，遂乃定《礼》《乐》，明旧章，删《诗》为三百篇，约史记而修《春秋》[12]，赞《易》道以黜八索[13]，述职方以除九丘[14]。讨论坟典，断自唐虞以下，讫于周。芟夷烦乱，翦截浮辞，举其宏纲，撮其机要，足以垂世立教。典、谟、训、诰、誓、命之文[15]凡百篇，所以恢弘至道，示人主以轨范也[16]。帝王之制，坦然明白，可举而行。三千之徒，并受其义。及秦始皇灭先代典籍[17]，焚书坑儒，天下学士逃难解散。我先人用藏其家书于屋壁。

汉室龙兴，开设学校，旁求儒雅，以阐大猷[18]。济南伏生[19]，年过九十，失其本经，口以传授[20]，裁二十余篇，以其上古之书，谓之《尚书》。百篇之义，世莫得闻。至鲁共王好治宫室[21]，坏孔子旧宅以广其居，于壁中得先人所藏古文虞、夏、商、周之书及传《论语》《孝经》[22]，皆科斗文字[23]。王又升孔子堂，闻金石丝竹之音，乃不坏宅，悉以书还孔氏。科斗书废已久，时人无能知者，以所闻伏生之书，考论文义，定其可知者，为隶古定[24]，更以竹简写之，增多伏生二十五篇。伏生又以《舜典》合于《尧典》[25]，《益稷》合于《皋陶谟》，《盘庚》三篇合为一[26]，《康王之诰》合于《顾命》。复出此篇并序，凡五十九篇，为四十六卷。其余错乱摩灭，不可复知，悉上送官，藏之书府，以待能者。

承诏为五十九篇作传[27]，于是遂研精覃思[28]，博考经籍，采摭群言，以立训传[29]，约文申义，敷畅厥旨，庶几有补于将来。《书序》[30]，序所以为作者之意，昭然义见，宜相附近，故引之各冠其篇首。定五十八篇既毕，会国有巫蛊事[31]，经籍道息，用不复以闻，传之子孙，以贻后世。若好古博雅君子与我同志，亦所不隐也。

【作者简介】

孔安国，汉武帝时人，孔子十二世孙。以治《尚书》为武帝博士，谏议大夫，至临淮太守。鲁共王坏孔子宅，得古文《尚书》等，孔安国献之。司马迁曾向孔安国问故。

【篇旨】

阐述《尚书》的产生、失传与再次出现及整理注释的过程。

【注释】

① 伏牺氏：古代传说中的部落酋长，即太昊，风姓。又名庖牺或包牺，又作宓牺、伏牺。王：统治天下。

② 八卦：《周易》中的八种符号，由阴阳两爻（yáo）组成。

③ 书契：即文字。契，刻。

④ 结绳：以绳打结。相传文字产生前，人们以不同形状和数量的绳结标记不同事件。

⑤ 神农：传说中农业和医药的发明者。黄帝：传说中中原各族的共同祖先，姬姓，号轩辕氏、有熊氏，少典之子。此二人再加伏牺，史称三皇。

⑥ 少昊：一作少皞，传说中古代东夷族首领，名挚（一作质），一说号金天氏。颛顼：传说中古代部落首领，号高阳氏。高辛：传说中古代部落首领，即帝喾。唐：唐尧，传说中父系氏族社会后期部落联盟领袖，陶唐氏，名放勋。虞：传说中父系氏族社会后期部落联盟领袖，姚姓，有虞氏，名重华，史称虞舜。此五人史称五帝。

⑦ 伦：伦次，类别。

⑧ 揆：尺度，道理。

⑨ 训：教诲，规范。

⑩ 志：记。

⑪ “《春秋左氏传》曰”句：此几句载《左传·昭公十二年》：“左史倚相趋过，王曰：‘良史也。子善视之。是能读三坟、五典、八索、九丘。’”

⑫ 约：谓按照史书。孔疏：“准依其事曰约。”《春秋》：编年体史书。相传为孔子所著的鲁史。

⑬ 赞：帮助完善。黜：贬退。

⑭ 职方：掌天下地图与主四方职贡的官员，此指关于地理方面的书。

⑮ 典、谟、训、诰、誓、命：皆《尚书》各种文体。

⑯ 人主：皇帝，最高统治者。

⑰ 秦始皇：嬴政，公元前221年统一中国。

⑱ 大猷：大道，重要的规划。

⑲ 伏生：名胜，字子贱，汉时在齐鲁教授《尚书》。

⑳ 口以传授：如汉文帝派太常掌故晁错从其学，由伏生女儿通传口授。

㉑ 鲁共王：又作鲁恭王，汉景帝子刘余。

㉒《论语》：孔子弟子及其后学关于孔子言行的记载。汉时有今文《齐论》《鲁论》与孔安国注的古文《古论》，汉末，郑玄就《鲁论》篇章考之《齐论》《古论》作注。郑注本独传，《齐论》与《古论》皆亡。《孝经》：宣扬孝道、孝治的儒家经典。有今文、古文两本，孔安国注本为古文本，梁时亡。今文本称郑玄注本，今存。

㉓ 科斗文字：古代文字的一种，以头粗尾细如蝌蚪而名。

㉔ 隶古：用隶书写定古文。

㉕《舜典》：此与以下数篇皆为《尚书》篇名。

㉖《盘庚》三篇：《盘庚》分上、中、下三篇。

㉗ 传：注释。

㉘ 覃：深。

㉙ 训：训释。

㉚《书序》：有人说是孔子作，有人说是其他儒士所作。

㉛ 巫蛊：巫师使用邪术加祸于人为巫蛊。汉武帝时，方士与神巫多聚京

师，女巫出入宫中，教宫人埋木偶祭祀免灾。适遇帝病，江充谓帝祟在巫蛊，在宫中掘地搜查。江充与太子据有嫌隙，遂诬称太子宫中得木偶甚多。太子惧，起兵捕杀江充，失败自杀。此称巫蛊事。

【语译】

古时候伏牺氏统治天下，开始书画八卦，创造了文字，来代替结绳记事，自此文献书籍产生了。伏羲、神农、黄帝的书，叫做三坟，述说的是大道理。少昊、颛顼、高辛、唐尧、虞舜的书，叫作五典，述说的是一般的常理。至于说夏商周时代的书，虽然设施教化与三坟、五典不属同类，但有典正的言论与深奥的意义，它们的旨趣是相同的。因此历代很珍视它们，认为它们所载也是重要的规范教诲。解说八卦的书，叫作八索，是探索八卦之意的。记载天下九州情况的书，叫作九丘。丘的意思，就是聚集，讲的是天下九州所具有的东西，土地上所出产的物品，风俗气候适宜什么事物，这些都聚集在此书中。《春秋左氏传》说：楚左史倚相能读三坟、五典、八索、九丘，即是说这些都是上古帝王遗留下来的书啊。

先祖孔子，出生在周代末年，看到历史典籍烦琐杂乱，恐怕浏览研读者不能专一，于是就修定《礼》《乐》，阐明旧有篇章，删定《诗经》为三百篇，按照史书编写《春秋》，帮助完善《周易》的道理而废弃八索，阐明四方职责以废除九丘。整理三坟、五典诸书，确定它们产生年代是上自唐尧、虞舜下至周代，删除烦文订正混乱，削截浮辞虚言，提出其宏大的主纲，摘取其精义的要点，使其能够永垂后世树立教化法式。至于说典、谟、训、诰、誓、命各类文章，共百篇之多，都可以发扬阐发最深刻的道理，并向人主垂示帝王轨则规范。其中关于帝王制度规章的记载，显著明白，可以即刻实行。孔子的三千门徒，都接受掌握了这些意义。到了秦始皇时灭绝前代的典籍图书，焚烧书籍坑杀儒士，天下的学子士人，纷纷逃离灾祸四下奔散。而我家先祖则把家中书籍藏在房屋的墙壁中间。

汉朝如龙腾般兴起，开办设立学校，广泛寻求熟读诗书的雅正人士，以便使天下的至理大道得到阐发。济南人伏生，年纪已过九十，他没有得到原有的经书，只是依靠口耳相传来讲授《尚书》，只有二十余篇，因为它们是上古的书，所以叫它们为《尚书》。而《尚书》有百篇的文辞大意，世上没有人听说过。到了鲁恭王喜好修建宫殿屋宇时，拆毁孔子的旧有宅园，来扩大自己的住所，就从屋壁中找到了我先祖藏匿的以古文书写的虞舜及夏商周时代的书，及传《论语》《孝经》都是用蝌蚪文写的。鲁恭王又登上孔子宅所的大堂，隐隐听到有金石丝竹诸种乐声，于是停止拆毁孔宅，并把挖出来的书籍全部归还孔家。社会上久已不用蝌蚪文，当时人没有能认识这些文字，于是就用所听闻到的伏生所传授的《尚书》，来考较研究这些文字的意思，把确切认为是读得懂的文字，用隶书写定，并改写在竹简上，这样比起伏生所传授的《尚书》来又多出二十五篇。伏生所传授的《尚书》又曾把《舜典》合并入《尧典》，把《益稷》合并入《皋陶谟》，把《盘庚》三篇合为一篇，把《康王之诰》合并入《顾命》。现再把它们分出来，再加上《书序》，共五十九篇，为四十六卷。其余简版错乱字迹摩灭的，不能确知它们的意思，就都送交朝廷，把它们收藏在书库，以等待能够识别整理它们的人。

我接受诏命为这五十九篇作注释，于是就精心研读深切思索，广泛考较其他经典书籍，采纳汲取大家的意见，来撰写注释，依凭原文申述文义，铺叙发挥其旨意，希望能对以后的研读者有所帮助。《书序》是述说本书每篇的作者之意的，读了它就会十分明白确切地理解每篇的意思，应该与原文放在一起，所以抽出来拆散放在每篇的篇首。这五十八篇考定写正后，恰逢国家发生巫蛊引起的事变，研习经籍之道中断了，因此没有再把它上奏朝廷，只是把它留给子孙，好让它后世流传。如果有好古而又广博高雅的君子，又与我有共同的志向，那么此书是不会隐没不闻的。

【评析】

《尚书》即“上古之书”，大体是历史文献的汇编，是儒家宣扬的“五帝”“三王”及周公与孔子修身、齐家、治国、平天下的煌煌圣典，被尊为《书经》。汉时，《尚书》流行的传本是山东伏生所传的二十八篇今文《尚书》。东晋时，豫章内史梅赜献了一部古文《尚书》，共有经文五十八篇，包括今文那二十八篇在内，只不过被离析为三十三篇，全书各篇标有“孔安国传”的注，并有一篇“孔安国序”即本文。这部古文《尚书》一直被人们认为是孔安国所传的古文真本。清代阎若璩发现了问题，他作《尚书古文疏证》，列举大量真实可靠的证据，证明此古文《尚书》是梅氏伪作，于是梅本之伪便成定案，真正的《尚书》文字还是伏生所传的那二十八篇。尽管如此，本序所说孔子编辑整理了《尚书》，这本是传统的说法，而称《尚书》的编纂是“举其宏纲，撮其机要，足以垂世立教”，是为了总结统治经验，这也确实是可信的。

春秋左氏传序一首

作者：杜预　　注译评析：胡大雷

《春秋》者，鲁史记之名也。记事者，以事系日[①]，以日系月，以月系时[②]，以时系年，所以纪远近，别同异也。故史之所记，必表年以首事[③]；年有四时，故错举以为所记之名也[④]。《周礼》有史官[⑤]，掌邦国四方之事，达四方之志[⑥]。诸侯亦各有园史，大事书之于策[⑦]，小事简牍而已[⑧]。孟子曰[⑨]：“楚谓之《梼杌》，晋谓之《乘》，而鲁谓之《春秋》，其实一也[⑩]。”韩宣子适鲁[⑪]，见《易》《象》与鲁《春秋》[⑫]，曰：“周礼尽在鲁矣。吾乃今知周公之德[⑬]，与周之所以王也[⑭]。”韩子所见，盖周之旧典《礼经》也[⑮]。

周德既衰，官失其守，上之人不能使《春秋》昭明，赴告策书[⑯]，诸所记注，多违旧章。仲尼因鲁史策书成文[⑰]，考其真伪，而志其典礼[⑱]，上以遵周公之遗制，下以明将来之法。其教之所存，文之所害[⑲]，则刊而正之[⑳]，以示劝诫。其余皆即用旧史，史有文质[㉑]，辞有详略，不必改也。故《传》曰[㉒]：“其善志。”又曰：“非圣人孰能修之[㉓]。”盖周公之志[㉔]，仲尼从而明之。左丘明受经于仲尼[㉕]，以为经者不刊之书也。故传或先经以始事[26]，或后经以终义，或依经以辨理，或错经以合异，随义而发其例之所重。旧史遗文，略不尽举，非圣人所修之要故也。身为国史，躬览载籍，必广记而备言之。其文缓，其旨远，将令学者原始要终[27]，寻其枝叶，究其所穷。优而柔之，使自求之；餍而饫之[28]，使自趋之。若江海之浸，膏泽之润[29]，涣然冰释[30]，怡然理顺，然后为得也。其发凡以言例[31]，皆经国之常制，周公之垂法，史书之旧章，仲尼从而修之，以成一经之通体。其微显阐幽，裁成义类者，皆据旧例而发义，指行事以正褒贬。诸称书、不书、先书、故书、不言、不称、书曰之类，皆所以起新旧，发大义，谓之变例。然亦有史所不书，即以为义者，此盖《春秋》新意，故传不言凡，曲而畅之也。其经无义例，因行事而言，则传直言其归趣而已，非例也。故发传之体有三[32]，而为例之情有五。一曰微而显，文见于此而义起在彼，称族尊君命[33]，舍族尊夫人[34]，梁亡[35]、城缘陵之类是也[36]。二曰志而晦，约言示制，推以知例[37]，参会不地[38]，与谋曰及之类是也[39]。三曰婉而成章，曲从义训[40]，以示大顺[41]，诸所讳避、璧假许田之类是也[42]。四曰尽而不汙[43]，直书其事，具文见意，丹楹[44]刻桷[45]，天王求车[46]，齐侯献捷之类是也[47]。五曰惩恶而劝善，求名而亡，欲盖而章，书齐豹盗[48]、三叛人名之类是也[49]。推此五体以寻经、传，触类而长之，附于二百四十二年行事，王道之正，人伦之纪备矣[50]。

或曰：《春秋》以错文见义[51]，若如所论，则经当有事同文异而无其义也，先儒所传，皆不其然。答曰：《春秋》虽以一字为褒贬，然皆须数句以成言，非如八卦之爻[52]，可错综为六十四也，固当依传以为断。古今言《左氏春秋》者多矣，今其遗文可见者十数家[53]，大体转相祖述，进不成为错综经文以尽其变，退不守丘明之传。于丘明之传，有所不通，皆没而不说，而更肤引《公羊》《穀梁》[54]，适足自乱。预今所以为异[55]，专修丘明之传以释经，经之条贯，必出于传，传之义例，总归诸凡。推变例以正褒贬，简二传而去异端[56]，盖丘明之志也。其有疑错，则备论而阙之[57]，以俟后贤。然刘子骏创通大义[58]，贾景伯父子[59]、许惠卿[60]，皆先儒之美者也。末有颖子严者[61]，虽浅近亦复名家。故特举刘、贾、许、颖之违，以见同异，分经之年与传之年相附[62]，比其义类，各随而解之，名曰《经传集解》。又别集诸例，及地名、谱第[63]、历数[64]，相与为部，凡四十部，十五卷，皆显其异同，从而释之，名曰《释例》，将令学者观其所聚异同之说，《释例》详之也。

或曰：《春秋》之作，《左传》及《穀梁》无明文，说者以为仲尼自卫反鲁，修《春秋》，立素王[65]，丘明为素臣。言《公羊》者亦云黜周而王鲁[66]，危行言逊[67]，以避当时之害，故微其文，隐其义。《公羊》经止获麟[68]，而《左氏》经终孔丘卒，敢问所安？答曰：异乎余所闻。仲尼曰："文王既没[69]，文不在兹乎[70]？"此制作之本意也。叹曰："凤鸟不至，河不出图[71]，吾已矣夫[72]！"盖伤时王之政也。麟凤五灵[73]，王者之嘉瑞也，今麟出非其时，虚其应而失其归[74]，此圣人所以为感也。绝笔于获麟之一句者，所感而起，固所以为终也。

曰：然《春秋》何始于鲁隐公？答曰：周平王，东周之始王也；隐公，让国之贤君也[75]。考乎其时则相接[76]，言乎其位则列国，本乎其始则周公之祚胤也[77]。若平王能祈天永命，绍开中兴，隐公能弘宣祖业，光启王室，则西周之美可寻，文武之迹不坠。是故因其历数，附其行事，采周之旧，以会成王义，垂法将来。所书之王，即平王也；所用之历，即周正也[78]；所称之公，即鲁隐也。安在其黜周而王鲁乎？子曰："如有用我者，吾其为东周乎[79]！"此其义也。若夫制作之文，所以彰往考来，情见乎辞，言高则旨远，辞约则义微，此理之常，非隐之也。圣人包周身之防[80]，既作之后，方复隐讳以避患，非所闻也。子路使门人为臣，孔子以为欺天[81]，而云仲尼素王，丘明素臣，又非通论也[82]。先儒以为制作三年，文成致麟，既已妖妄；又引经以至仲尼卒，亦又近诬[83]。据《公羊》经止获麟，而左氏"小邾射"不在三叛之数，故余以为感麟而作，作起获麟，则文止于所起，为得其实。至于反袂拭面，称"吾道穷"，亦无取焉。

【作者简介】

杜预（222—284），字元凯，京兆杜陵（今陕西西安东南）人，西晋将领、学者。任镇南大将军、都督荆州诸军事期间，兴修水利，人称杜父，为伐吴做好了准备。太康元年（280）率兵灭吴，功封当阳县侯。多谋略，号称杜武库。博学，自称有“《左传》癖”，著《春秋左氏经传集解》《春秋释例》《春秋长历》等。《晋书》有传。

【篇旨】

叙说《春秋》与《春秋左氏传》撰作缘起、经过及作者，叙说了《春秋左氏传》的“三体五情”。

【注释】

① 系：连接。

② 时：四季。

③ 表：显示。首：始。

④ 错：杂。

⑤《周礼》：原名《周官》，记载周代的官仪制度。

⑥ 达：通。

⑦ 策：大竹。

⑧ 简：小竹。牍：木版。

⑨ 孟子：孟轲，儒家。

⑩“楚谓之”四句：见《孟子·离娄》。

⑪ 韩宣子：名起，晋卿，食邑于韩。

⑫《易》：《周易》，古代占卜书，是儒家的重要经典。《象》：对《周易》的解释。相传是孔子所作。

⑬ 周公：姬旦，周文王子，周代的礼乐制度相传都是周公所制定的，其子伯禽封在鲁国，是鲁国先祖。

⑭“与周之”句：事见《左传·昭公二年》。

⑮《礼经》：即《周礼》。这里指以刘歆为代表的古文经学家所说的《周礼》。

⑯ 赴告：古代诸侯以崩薨祸福相告。

⑰ 仲尼：孔丘。

⑱ 志：记。

⑲ 害：妨害。

⑳ 刊：删改。

㉑ 文质：文采与质朴。

㉒《传》：即《左传》，下语在《昭公三十一年》。

㉓“又曰”句：语见《左传 · 成公十四年》。

㉔ 志：志向，意愿。

㉕ 左丘明：春秋鲁国人，相传任鲁太史，他为《春秋》作传，成《春秋左氏传》。

㉖ 经：即指《春秋》，汉时《春秋》为五经之一。

㉗ 要：邀。

㉘ 餍：饱，满足。饫（yù）：饱。

㉙ 膏泽：春雨。

㉚ 涣然：离散。

㉛ 发凡：揭示全书的要旨或体例。例：惯例。

㉜ 体有三：指上文所述发凡正例、新意变例、归趣非例三者。

㉝ 称族：《春秋 · 成公十四年》载：“叔孙侨如如齐逆女。”《左传》以侨如逆女称叔孙是代君迎亲，故尊其身份，称族。

㉞ 舍族：《春秋 · 成公十四年》载：“侨如以夫人妇姜氏至自齐。”《左传》说，为了尊夫人，故称侨如而去掉叔孙二字以降低身份。

㉟ 梁亡：《春秋 · 僖公十九年》载：“梁亡。”《左传》说：“梁亡，不书其主，自取亡也。”

㊱ 城缘陵：《春秋 · 僖公十四年》：“诸侯城缘陵。”杜预认为不书诸侯名称是指斥此事实为齐桓公所为。

㊲ 推：推论，推算。

㊳ 参会不地：《左传·桓公二年》说："特相会，往来称地，让事也。自参以上，则往称地，来称会，成事也。"

㊴ 与谋曰及之类是也：《左传·宣公七年》："凡师出，与谋曰及，不与谋曰会。"

㊵ 曲：指辞有避讳。

㊶ 大顺：安定的境界。

㊷ 壁假许田：《左传·桓公元年》载，鲁桓公初即位，为交好郑国，把许田换给郑国，但许田是周公祠宇所在，是不允许交换的。为桓公讳，所以只是说"以璧假许田"。

㊸ 汙：通"纡"，纡曲。

㊹ 丹楹：按礼制，饰楹不丹，鲁庄公丹桓宫之楹。

㊺ 刻桷（jué）：按礼制，桷不刻，而鲁庄公刻桓宫之桷。

㊻ 天王求车：按礼制，诸侯不贡车服，天子不私求财，而在桓公十五年，天子使家父来求车。

㊼ 齐侯献捷：按礼制，诸侯不相遗俘，庄公三十一年，齐侯来献戎捷。

㊽ 齐豹：他为追求不畏强御之名而杀卫侯之兄，《春秋》称之为盗。

㊾ 三叛：邾庶其、莒牟夷、邾黑肱，皆叛己国，《春秋》书其名，使恶名流传。

㊿ 纪：准则。

51 错文：交错出现。

52 八卦：《周易》中的八种符号，由阴爻（--）（yáo）阳爻（—）两种组成。爻：即（--）与（—）。

53 十数家：《汉书·儒林传》载："汉兴，北平侯张苍及梁太傅贾谊、京兆尹张敞、太中大夫刘公子皆修《春秋左氏传》。"

54 肤：肤浅。《公羊》：《春秋公羊传》，相传为战国齐人公羊高所著。《穀梁》：《春秋穀梁传》，战国穀梁赤撰。

55 异：异于上述数家。

⑯ 简：选择。二传：即《公羊传》与《穀梁传》。

⑰ 阙之：即阙疑，对疑未解者不妄加评论。

⑱ 刘子骏：刘歆，汉哀帝时他校秘书，见古文《春秋左氏传》，始引传文以解经，经传相互发明，由是章句义理备焉。

⑲ 贾景伯父子：贾逵，字景伯，扶风人，其父徽，字元伯。贾徽作《春秋条例》，贾逵作《左氏传训诂》。

⑳ 许惠卿：名淑，魏郡人。

㉑ 颖子严：名容，陈郡人。

㉒ "分经之年"句：《左传》本与《春秋》别行，杜预把它们分年相附。

㉓ 谱第：即谱系，记述宗族系统的书。《晋书·杜预传》："(预)乃耽思经籍，为《春秋左氏经传集解》。又参考众家谱第，谓之《释例》。"《释例》今亡，《永乐大典》中存三十三篇。

㉔ 历数：天道。

㉕ 素王：有帝王之德而未居帝王之位的人。王充《论衡·定贤》："孔子不王，素王之业在《春秋》。"

㉖ 王：成就王业。

㉗ 危行：正直而高洁的行为。

㉘ 获麟：《春秋·哀公十四年》："西狩获麟。"《公羊传》说："西狩获麟，孔子曰：'吾道穷矣。'"传说孔子作《春秋》，至此而止。

㉙ 文王：周文王，周代开国君主。

㉚ 文不在兹：此语见《论语·子罕》。

㉛ 图：河图，一说即八卦，一说即帝王圣者受命之瑞。

㉜ 吾已矣夫：此语见《论语·子罕》。

㉝ 五灵：麟、凤、龟、龙、白虎。

㉞ 虚其应：不能与明王相应。失其归：被获而无所归。

㉟ 让国：鲁惠公想传位给少子，隐公于是有让国之心，所以即位时未行即位之礼。

㊱ 相接：隐公之初当平王之末。

⑰ 祚胤：指福及子孙。

⑱ 周正：周朝以夏历十一月为正月。

⑲“如有”句：见《论语·阳货》。

⑳ 周身：周全自身。

㉑“孔子以为”句：见《论语·子罕》。

㉒ 通论：通达的议论。

㉓ 诬：不真实。

【语译】

《春秋》，是鲁国史书的名称。它记事的方法，是把史事按日期记叙，日期按月份连缀，月份按四季排列，四季则排列在年下，以此记叙事件年代的远近，区别事件的同异。所以史书的记事，必定是标明年代作为记事的开始；一年有四季而不可能偏举，所以交错互举以《春秋》来作为史书的名称。周礼中载有史官一职，执掌记载四方诸侯国的史事，了解掌握他们的想法。各诸侯国也各有史官，大事记载在大竹简上，小事记载在竹片木版上。孟子说：“诸国的史书，楚国叫作《梼杌》，晋国叫作《乘》，而鲁国叫作《春秋》，它们的实质是一样的。”韩宣子到鲁国去，看见《周易》《象辞》与鲁《春秋》，便说：“周代的礼仪制度全保留在鲁国啊。我如今才知道周公的德行真是广大啊，也知道了周王朝能统治天下的道理。”韩宣子所看见的，就是周朝旧日的仪典记载《礼经》啊。

周王德衰之后，诸官未能尽于职守，孔子以前的人未能使《春秋》有明白正确的体例，策书上记载的诸赴告，及其他记载注明之事，多违背旧有典章。孔子依据鲁国国史策书，考辨史实的真伪，记明其典章礼仪，对上遵守了周公遗留下来的礼仪制度，对下明确了将来的礼教法则。对于记载了礼教的书策，如果文字上有歪曲，就予以删削改正，以显示出勉励与告诫。其余的地方则依用旧史，这些书文字或华丽或质朴，语辞也有详有略，不一定就删改了。所以《左传》评论说：“善于记述。”又说：“不是圣人谁还能够修订它呢。”原来周公的志意，孔子依从它并使它更明白了。左丘明从孔子处继承了这部经书，他认为经是不能删削更改的书。所以他解释时，或者在经文前叙说事情的起始，或者在经文后述讲事情的结束，或者依照经文辨别事理，或者交错互举经文把实际上相同而表面上相异之处再相合起来，只就其所重之处举例发凡，而于其他文法不尽举之。至于旧有史策遗留下来的文字，就不一一罗列了，那也本不是圣人所要修营的主要方面。他身为国家史官，亲自观览种种记载书籍，必定是广泛记叙而完备阐说。全书文辞舒缓，文旨深远，想要让学者们理解事实的本末始终，顺着枝叶的推寻，穷尽事物的根本。全书文气从容宽柔，引导人们自动地探究其高意精华；全书文意丰博，使学者自觉体味其深致。好像江海之水滔滔漫灌，又好像春雨滴滴渗润，纷纷然冰消雪化，喜洋洋心平理顺，这就是全书所具备的效果。书中举出揭示全书的要旨来叙说事例，那都是治理国家的常用制度，是周公留下来的法制，是史书原本该具备的体例，孔子遵从它们来修治此书，完成作为一本经书的通用体例。书中显明微细阐述幽玄，总括裁决按义分类，都是根据旧有事例而阐发意义，指着史事来辨正褒贬。书中称“书”“不书”“先书”“不言”“不称”“书曰”之类，都是用以更新旧法、阐述大义的，这些叫变例。然而也有旧史上未写，而直接书写定为义例的，这是《春秋》自创的新意，所以在传中就不列为“凡例”，而通过另外的解释来使之通畅。有时经书上无此义例，只是根据事实来阐述，那么传中就直接阐述其旨意归趣，不作为寓意褒贬的惯例。所以《左传》中阐发大义的体式有上述三种，而《左传》中作为惯例的情况有下列五种。一是虽然细微而清晰明显，文字说的是此而意义却在彼，如称族是尊重君命，而不称族是尊重夫人，“梁亡”与“城缘陵”一类就是这种例子。二是记事明白但含义深远，以精约语言描述事例，让人们推求此事例的含义，如三国相会不称地名、出师同谋曰“及”一类就是这种情况。三是用婉曲的语辞行文成章，辞有隐避但依从大义，以示万事安定，如诸多有所避讳之处，如“璧假许田”之类就是这种情况。四是记述穷尽而不歪曲，直接书写其事，以具体书写来表现褒贬之义，如直书鲁庄公以丹饰楹刻桷、周天子求车、齐侯献俘就是这种情况。五是惩戒恶事鼓励善行，有些恶人追求名声而遭灭亡，有些人想掩盖自己的恶名反而更加暴露，如书写齐豹为盗、书写三位叛国的姓名就是这种情况。推广此五体来探求经、传，触类旁通，附于二百四十二年历史史事之下，那么王道正纲、人伦准则就全在于此。

有人说：《春秋》的文字以交错互举来表现意思，假若像刚才所说的，那么经中该有事情相同文字相异，而又没有什么意义的情况，先前大儒传经时，并不认为是这样。回答说：《春秋》虽然说是以一字表现出褒贬，但还是须要以数句来叙说一个完整的意思，不像八卦的阳爻阴爻，可以交错组合为六十四卦，所以确实应当依照传的解说来断定其意义。古往今来论说《左氏春秋》的人很多，如今可以见到遗文的有十几家。他们大体上是转相师法前人来加以陈说，进一步讲不能交错互举经文述尽其变化，退一步讲连左丘明的解说也未掌握。他们对左丘明的解说，有些地方不能理解，就跳过去不作论述，甚而转为浅近地引用《公羊传》《穀梁传》的解说，这只能扰乱自家的学说。杜预我如今与他们的做法不同在于，专门钻研左丘明的解说来释说经文，经的条理系统，必然在传中表现出来，而传的诸项意义惯例，总括归纳为诸项凡例。推求变例来使褒贬适当无误，选择《公羊传》《穀梁传》的适用的解说而抛弃其异端见解，这是左丘明的意志啊。如果怀疑哪些地方有错漏，就多引各种说法而不作判断，以等待后来贤能之人。于是刘子骏首创以传文解经的做法，贾景伯父子、许惠卿诸人，都是先辈大儒中的佼佼者。以后又有颖子严，其解释虽然浅近但还算名家。所以特别举出刘、贾、许、颖这些人解释中的谬误，以显出我与他们的相同之处与不同之处，并把经、传按年代排列在一起，并列它们的义项事类，各自相随予以解释，这书就名叫《经传集解》。又分别集中诸项惯例，以及地名、谱系、天道，相与分类组合，共四十类，十五卷，都显示其相同与相异之处，接着加以阐释，名曰《释例》，将让诸学者观览所集聚的诸种或同或异的说法，《释例》中记载收录是详尽细致的。

有人说：《春秋》撰作的情况，《左传》与《穀梁传》都没有明文叙说，有人说孔子自卫国返回鲁国，修订《春秋》，成为素王，左丘明为素臣。有人又说传授《公羊传》的人说孔子是贬抑周朝而想成就鲁国的王业，行为正直高洁而言语谦逊，来避免当时会受到的伤害，所以约微其文字，隐蔽其旨意。公羊氏所传之经止于获麟那年，左氏所传之经止于孔子逝世那年，大胆问一下这是什么意思？回答说：这与我所知道的不一样。孔子说：“周文王死后，周代的文化不就体现在我身上了吗？”这就是撰作《春秋》的本意。孔子曾感叹地说：“凤鸟不曾飞来，黄河中又不出现河图，我这一生完了。”他是为当时的王朝政治而悲伤啊。麟、凤、龟、龙、白虎五种灵物，是帝王的祥瑞吉兆，如今麟出现在非圣王在位之时，有了虚妄的相应而麒麟被获却无所归处，这就是圣人之所以感叹的原因啊！孔子作《春秋》止笔于获麟这一句的意思是说，因有所感叹于获麟而提笔撰作，本来也就以获麟为全书的终止了。

问：然而《春秋》为何始于鲁隐公？回答说：周平王，是东周开始的帝王；鲁隐公，是推让君位的贤明国君。考察他们的时代，则隐公之初紧接平王之末，说到地位则鲁隐公也是列国诸侯，追溯原始则是周公之福延及子孙。如果平王能够祈祷上苍以获王朝长命，继承大业开创中兴，隐公又能够发扬光大祖先德业，光辉照耀王室，那西周的美德可以重现，文王、武王的弘业不致于坠落衰微。因此就凭借天道历数，将史实事例附着其下，采用周代的旧有规章惯例，来配合帝王大义，为将来留下法则。书中所写的王，就是平王；所用的历法，就是周历；所称的公，就是隐公。怎么是贬退周朝而成就鲁国的王业呢？孔子说：“如果有君王能用我的话，我就要在东方复兴周德吧！”就是这个意思啊！至于说到撰作的文字，就是用来显明以往考校将来，圣人之情表现在文辞上，立言高简则旨意深远，语词约少则意义精微，这是最平常的道理，并非要有意隐蔽什么。圣人具有周全自身的防备，既然撰作了以后，又要隐讳其词来躲避患害，从未听说过有这样的事。子路让自己的门人去给孔子当家臣，孔子认为是欺骗了上天，而现在说孔子成为素王，左丘明为素臣，这可不是懂道理的人的议论啊！先前大儒认为《春秋》撰作了三年，全书完稿时捕获麒麟，这已是妖妄之言；又有人延长经文至孔子逝世，这也是不真实的。如果依据公羊氏所说经文止于获麟那年，而且左氏所载的“小邾射”就不在三叛的数目之内，所以我认为《春秋》是有感于获麟而作，撰作是因为有感于获麟，那么记事的文字也就止于有感而作之时，这才是真实的情况。至于说孔子听到获麟便反转袖子擦拭哭泣的脸面，一边说着“我的大道已行不通了”，这种说法也是不可取的。

【评析】

杜预所作《春秋左氏经传集解》，是一直到现在还公认为标准的注本，他对于《左传》的见解就详细表述在这篇序文中。他认为，列国都有各具名称的国史，《春秋》是鲁国的国史。自周室衰微，国史所载不尽合于旧章，孔子就依据周公遗制，将鲁史所记重新考订一番，有措词失当之处就随处改正，使后人知道真正的善恶是非。左丘明是孔子亲授的学生，他将《春秋》简略之处加以补充，《左传》这部书对于《春秋》有发明推论分析条理的用处。他先提出三体之说：据各国的国史，有一定的书法，这是正例。经文有新义，《左传》举出事实加以说明，这是变例。并无意义，只是记事，这叫作归趣。他又提出五情之说：一是微而显，文字不多但使人知其深意。二是志而晦，记载简单而事情曲折隐晦。三是婉而成章，语辞委婉曲折而意义清楚明白。四是尽而不污纡，即直书其事。五是惩恶而劝善，就是说要把是非公道显示出来。杜预说，这“三体五情”都是他所发明的《左传》所以传《春秋》的宗旨，认为《春秋》有这些用意非《左传》不能阐明出来。杜预还有《春秋释例》，与《集解》一经一纬，相为表里。认为经之条贯，必出于传；传之义例，总归诸凡。认为《左传》全书称凡者五十处，皆为史书的旧章。当然，杜注疏阙之处也很多，隋代刘炫就有《规杜》一书，但杜预在本序中提出的《左传》的“三体五情”，则得到世人公认。

三都赋序①一首

作者：皇甫士安　　注译评析：胡大雷

玄晏先生曰：古人称不歌而颂谓之赋②。然则赋也者，所以因物造端③，敷弘体理④，欲人不能加也。引而申之，故文必极美；触类而长之，故辞必尽丽。然则美丽之文，赋之作也⑤。昔之为文者，非苟尚辞而已，将以纽之王教[6]，本乎劝戒也。自夏殷以前，其文隐没，靡得而详焉。周监二代[7]，文质之体，百世可知。故孔子采万国之风[8]，正雅颂之名，集而谓之《诗》。诗人之作，杂有赋体。子夏序《诗》曰[9]：一曰风，二曰赋。故知赋者，古诗之流也。

至于战国，王道陵迟[10]，风雅浸顿[11]，于是贤人失志，辞赋作焉。是以孙卿、屈原之属[12]，遗文炳然[13]，辞义可观。存其所感[14]，咸有古诗之意，皆因文以寄其心，托理以全其制，赋之首也。及宋玉之徒[15]，淫文放发[16]，言过于实，夸竞之兴，体失之渐，风雅之则，于是乎乖[17]。逮汉贾谊[18]，颇节之以礼。自时厥后，缀文之士，不率典言[19]，并务恢张[20]，其文博诞空类。大者罩天地之表，细者入毫纤之内，虽充车联驷，不足以载；广夏接榱[21]，不容以居也。其中高者，至如相如《上林》[22]，杨雄《甘泉》[23]，班固《两都》[24]，张衡《二京》[25]，马融《广成》[26]，王生《灵光》[27]，初极宏侈之辞，终以约简之制，焕乎有文，蔚尔鳞集，皆近代辞赋之伟也。若夫土有常产，俗有旧风，方以类聚，物以群分。而长卿之俦，过以非方之物，寄以中域，虚张异类，托有于无。祖构之士[28]，雷同影附，流宕忘反，非一时也。

曩者汉室内溃，四海圮裂[29]。孙刘二氏[30]，割有交益[31]；魏武拨乱[32]，拥据函夏[33]。故作者先为吴蜀二客，盛称其本土险阻环琦，可以偏王[34]，而却为魏主述其都畿，弘敞丰丽，奄有诸华之意。言吴蜀以擒灭比亡国，而魏以交禅比唐虞[35]，既已著逆顺，且以为鉴戒。盖蜀包梁岷之资[36]，吴割荆南之富[37]，魏跨中区之衍[38]，考分次之多少[39]，计殖物之众寡，比风俗之清浊，课士人之优劣[40]，亦不可同年而语矣。二国之士，各沐浴所闻，家自以为我土乐，人自以为我民良，皆非通方之论也。作者又因客主之辞，正之以魏都，折之以王道。其物土所出，可得披图而校；体国经制[41]，可得按记而验，岂诬也哉！

【作者简介】

皇甫谧（215—282），字士安，幼名静，号玄晏先生，晋安定朝那

（今宁夏固原东南）人。一生隐居，以著述为务。患有风痹疾，但手不辍书，一生著作颇丰，著名的有《帝王世纪》《高士传》等。《晋书》有传。

【篇旨】

叙说赋的起源发展、体制特点，列举评价几位赋家，着重指出的《三都赋》以魏为正统及征实的特点。

【注释】

① 三都赋：晋人左思作，铺叙吴蜀魏三国的国都，左思构思十年，内容力求真实。

②“古人称”句：出自《汉书·艺文志》。

③ 造端：起始，发端。

④ 敷：铺叙。《释名》：“赋，敷也，敷布其义谓之赋。”弘：广大。

⑤“然则”句：语出扬雄《法言·吾子》：“诗人之赋丽以则，辞人之赋丽以淫。”

⑥ 纽：连系。

⑦ 监：借鉴。

⑧ 采万国之风：古有采诗官，采集民歌。相传孔子曾删正采集来的诗而成《诗》三百篇。

⑨ 子夏序《诗》：即《毛诗序》。

⑩ 陵迟：衰落。

⑪ 风雅：指文章教化。浸顿：逐渐困顿。

⑫ 孙卿：即荀况，战国赵人，其《荀子》一书中有赋篇五章。屈原：名平字原，战国楚人，所作《离骚》，或称《离骚赋》。

⑬ 炳：光明。

⑭ 存：思索。

⑮ 宋玉：战国楚人，作有《高唐赋》《神女赋》等。

⑯ 淫文：指文章具有过分的辞藻。

⑰ 乖：违背。

⑱ 贾谊：汉人，作《吊屈原赋》《鹏鸟赋》。

⑲ 率：沿着。

⑳ 恢张：恢廓夸张。

㉑ 夏：通“厦”。榱：椽子。

㉒ 相如：司马相如，字长卿，汉人，其《上林赋》叙说天子游猎之事。

㉓ 杨雄：又作扬雄，汉人，其《甘泉赋》叙述甘泉宫的盛境，并对皇帝进行讽谏。

㉔ 班固：字孟坚，汉人，其《两都赋》叙写西都长安与东都洛阳之事。

㉕ 张衡：字平子，汉人，其《二京赋》写长安与洛阳之事。

㉖ 马融：字季长，汉人，其《广成颂》劝天子行畋猎之事，寓武备于娱乐。

㉗ 王生：王延寿，字文考，其《鲁灵光殿赋》叙灵光殿之壮观。

㉘ 祖：宗奉。

㉙ 圮（pǐ）裂：分裂。

㉚ 孙刘：指吴孙权与蜀刘备。

㉛ 交：两广一带，此代指东吴。益：四川一带，此代指蜀汉。

㉜ 魏武：曹操，曹丕代汉自立后，遵奉其父曹操为魏武帝。

㉝ 函夏：指中原地区。

㉞ 偏王：偏安称王。

㉟ 禅：让王位。

㊱ 梁岷：梁州岷山，此代指蜀汉。

㊲ 荆南：代指东吴。

㊳ 衍：富裕。

㊴ 分次：星之分野。古时天文学说，把十二星辰的位置与地上州国位置对应起来。

㊵ 课：考核。

㊶ 体国经制：诸国的行政区分与制度。

【语译】

玄晏先生说：古人称不能歌唱而只能吟诵的作品为赋。然而赋这一文体，就是凭借某件事物兴起发端，铺叙夸大事物形态让别人在自己的铺叙上不能有所增益。从铺叙这点引申开来，所以赋的文字要极其华美；把铺叙方法推广开来，所以赋的语辞须尽情艳丽。这样说起最美艳华丽的文字，就是赋的作品啊！从前撰作作品的人，不仅仅单是崇尚语辞就算达到目的，而是要把作品与王道教化联系起来，其根本是劝善戒恶。自夏朝、商朝以前，作品已经亡佚，不能得到它们的详细情况了。周朝借鉴夏商二代，创制了文质彬彬的文学体式，那么百世以下的文学体式也就可以知道了。所以孔子采辑诸国的民歌，匡正了雅颂的名称，把这些作品归集在一起而称它为《诗》。《诗》中诗人的作品，就夹杂有赋这一体裁。子夏作《毛诗序》就说：诗的六义，一是风，二是赋。由此可知赋这一文体，是古诗的流变啊。

到了战国，王道政治衰微没落，文章教化渐显困顿，一些贤能人士不能实现自己的志向，于是就创作了辞赋。因此荀卿、屈原一类人，留下来的作品光辉灿烂，其语辞意义值得观览学习。思索他们所感发的，都有古诗的意味，都是依凭作品来寄托自己的思想感情，按照正理使文学体制更加完备，这些作品成为辞赋的最好代表作。到了宋玉那些人，叙写出过分的华美辞藻，所说的超出了实际存在的，夸说竞论兴起了，赋的体制渐渐发生坏的变化，文章有利于教化的准则，此时被违背了。到汉时的贾谊，很注意用礼义来节制辞赋。从那以后，写文章的人士，都不沿用典雅正统的语辞，大家都追求恢廓夸张，赋的内容虽显得广博却空诞无当。这些赋叙写大的东西能笼罩天地，描述小的东西能小得放进毫毛之内，即使车联车马并马，也装不完这样的作品；即使广阔大厦榱椽相接，也装不尽这样的作品。其中写得好的，如司马相如的《上林赋》，杨雄的《甘泉赋》，班固的《两都赋》，张衡的《二京赋》，马融的《广成颂》，王延寿的《鲁灵光殿赋》，赋的起始都是极力用宏肆笔墨语辞来形容，赋的末尾简捷议论以表现讽谏，鲜明光亮富有文采，辞藻蔚然如鱼鳞般聚集，这都是近代以来辞赋的宏制伟作。假若说到土地上有平常的出产，风气上有旧日的习俗，那么同类事物聚集在一起，不同类事物依群区分。而司马相如这些人，过分地把本不是这地方出产的物品，都集中在中原地区加以叙说，虚诞地夸张述说奇形异类，把本来实有的东西寄托在虚无之境。宗奉学习司马相如这些人来写作的人士，如雷声回响影子相附一样，在模仿的境地里流连忘返，这种情况已不是一时一代的啊。

以前汉朝内部溃乱，天下分裂。孙权、刘备二人，割据占有江东、四川；魏武帝曹操平定战乱，拥有占据了中原。所以此赋的作者以吴蜀人为客，先让他们出场盛称自己领土的险固与珍奇，足可以偏安称王。而后再让魏国人作为主人出场来述说自己的都市，那宏大广敞富足美丽，俨然有包举全中国的意思。说吴蜀是被擒灭而比之于亡国之君，而魏则是禅让帝位而比之于唐尧虞舜，既然已经这样标明逆顺，就以此作为鉴诫吧！蜀只据有梁岷的资财，吴仅拥有荆南的财富，而魏横跨富饶的中原，考核一下星辰分野的大小宽窄，计算一下物产的多少众寡，比较一下风俗的淳厚浇薄，考察一下官吏的优劣聪愚，吴蜀与魏也是不可同年而语的。此二国的人士，沉浸沐浴在自己狭隘的所见所闻中，每家都自以为只有在自己领土上才平安快乐，每人都自以为只有自己的百姓才善良美好，这都不是通达明理的说法啊！作者又依凭赋中客主相互论说之辞，以魏都之盛纠正吴蜀二客的错误，以王道来折服他。赋中所叙的物产出品，可根据舆地图来考校其真实性。赋中所述的诸国的行政区划与制度，可根据史书记载来加以验证，难道会是虚妄夸大的吗？

【评析】

左思当年作的《三都赋》，因为得到张华、皇甫谧等人的赞赏而使“洛阳纸贵”。皇甫谧最赞赏《三都赋》哪些方面呢？从本序中看，一是赞赏其赋以魏为正统，表达了天下统一的大势；二是赞赏其赋所述“可得披图而校”“可得按记而验”的征实作法。尤其是第二点更为本序的重点。为了突出这一重点，本序在叙述赋的发展史时便指出赋的问题出在“言过于实，夸竞之兴”，出在“虚张异类，托有于无”，就是夸张太盛而不真实了。而《三都赋》正表现出扭转这一倾向的努力，所以他赞赏不已，这些也是对左思关于征实的观点和写作实践的肯定。本序的前半部分指出了赋的体制特点，叙述了赋的起源、发展，列举评价了一些重要赋家，一般来说都是折中前人旧说。

思归引序一首

作者：石季伦　　注译评析：胡大雷

余少有大志，夸迈流俗①。弱冠登朝②，历位二十五年，五十以事去官。晚节更乐放逸，笃好林薮③，遂肥遁于河阳别业④。其制宅也，却阻长堤⑤，前临清渠，百木几于万株⑥，流水周于舍下。有观阁池沼，多养鱼鸟。家素习技，颇有秦赵之声⑦，出则以游目弋钓为事⑧，入则有琴书之娱。又好服食咽气⑨，志在不朽。傲然有凌云之操，歘复见牵羁⑩，婆娑于九列⑪，困于人间烦黩⑫，常思归而永叹。寻览乐篇，有《思归引》⑬。傥古人之情有同于今，故制此曲。此曲有弦无歌，今为作歌辞，以述余怀。恨时无知音者，令造新声而播于丝竹也。

【篇旨】

写河阳别墅的景色，抒发隐居生活的乐趣与渴望归隐的情怀。

【注释】

① 夸：极。

② 弱冠：二十岁。古时二十岁行冠礼，故称。

③ 薮：水少而草木丰茂的湖泽。

④ 肥遁：避世隐居。河阳：故地在今河南孟州。别业：别墅。

⑤ 却：背后。

⑥ 百木：柏树。

⑦ 秦赵之声：秦地赵地的乐曲。

⑧ 弋：用带有绳子的箭射，此处泛指射猎。

⑨ 服食：服食药物以求长生。咽气：服气，道家的一种修养方法。

⑩ 欻（chuā）：忽然。

⑪ 婆娑：盘旋，停留。九列：九卿之位，当时石崇为太仆。

⑫ 黩：污浊。

⑬《思归引》：琴曲名。相传春秋时邵王聘卫侯女，女未至而王死，太子留之，不听，拘于深宫，思归不得，作此曲，自缢死。

【语译】

我年轻时胸怀大志，极其超越流俗。二十多岁时进朝廷做官，在官位上度过了二十五年，五十岁时曾因为出事被免去官职。我到晚年时更加喜欢放任自由，爱好林泉山薮，于是就避世隐居在我的河阳别墅。别墅宅园的格局，背靠一道长堤，面临清清的长渠，柏树成林几乎有万株左右，屋舍周遭流水淙淙。还有楼台观阁池沼，喂养着诸多游鱼飞鸟。家中素有演习音乐舞蹈的风气，也有演唱秦赵之声的歌女，出游则把游览射猎垂钓作为乐事，进门则有弹琴读书的娱悦。我又喜好服食仙丹咽气导引，一心想成仙长生。神情傲然有高凌云霄之志，可忽然间又被牵拘羁绊去做官，徘徊在九卿之位。为人间这些厌烦污浊之事深感困顿，常常想着归回别墅生活而长长地叹息。不久前浏览乐谱篇章，见有《思归引》一曲，似乎是古人有同于今人的思想感情，才谱制此曲的。这支乐曲只有曲谱没有歌辞，今日依曲作辞，用来叙述我的情怀。遗憾此时没有知音来欣赏它，新作的歌辞只好交付丝竹乐器去吹奏弹拨。

【评析】

向往自然，渴望归隐，历来为人所美，如东汉时张衡就写过《归田赋》，抒写这种归田生活。但张衡是因为志向不能实现而产生此种想法，而石崇是西晋初年的朝廷重臣，又是首富之一，他只是疲于官场，于是向往隐居避世这另一种生活。他在此文中所说的山庄别墅，“却阻长堤，前临清渠，百木几于万株，流水周于舍下。有观阁池沼，多养鱼鸟”，确是一派大好的自然美景，但再看他在《思归引》本曲中所吟唱的：“登云阁，列姬姜。拊丝竹，叩宫商。宴华池，酌玉觞。”从中我们可以看到石崇真正喜欢的并不是大自然，并不是返璞归真，而是追求另一种物质生活享受罢了。西晋初年，社会繁荣的表象之下蠢动着深刻的危机，但石崇显然没有意识到这一点，他也不是为此而隐居的。

卷第四十六

序下

豪士赋序一首

作者：陆士衡　　注译评析：胡大雷

夫立德之基有常[①]，而建功之路不一。何则？循心以为量者存乎我，因物以成务者击乎彼。存夫我者，隆杀止乎其域[②]；系乎物者，丰约唯所遭遇。落叶俟微风以陨，而风之力盖寡；孟尝遭雍门而泣[③]，而琴之感以末。何者？欲陨之叶无所假烈风，将坠之泣不足繁哀响也。是故苟时启于天，理尽于民，庸夫可以济圣贤之功[④]，斗筲可以定烈士之业[⑤]。故曰“才不半古，而功已倍之”[⑥]，盖得之于时势也。历观古今，徼一时之功，而居伊周之位者有矣[⑦]。

夫我之自我，智士犹婴其累[⑧]；物之相物[⑨]，昆虫皆有此情。夫以自我之量，而挟非常之勋，神器晖其顾眄[⑩]，万物随其俯仰。心玩居常之安，耳饱从谀之说[⑪]，岂识乎功在身外，任出才表者哉[⑫]！且好荣恶辱，有生之所大期[⑬]；忌盈害上，鬼神犹且不免。人主操其常柄，天下服其大节，故曰“天可仇乎”[⑭]？而时有袨服荷戟[⑮]，立于庙门之下[⑯]；援旗誓众[⑰]，奋于阡陌之上。况乎代主制命，自下财物者哉[⑱]！广树恩不足以敌怨，勤兴利不足以补害。故曰代大匠斫者，必伤其手[⑲]。且夫政由宁氏[⑳]，忠臣所为慷慨；祭则寡人，人主所不久堪。是以君奭鞅鞅[㉑]，不悦公旦之举[㉒]；高平师师[㉓]，侧目博陆之势[㉔]。而成王不遣嫌吝于怀[㉕]，宣帝若负芒刺于背[㉖]，非其然者与？

嗟乎！光于四表，德莫富焉；王曰叔父，亲莫昵焉；登帝大位，功莫厚焉；守节没齿[27]，忠莫至焉。而倾侧颠沛[28]，仅而自全。则伊生抱明允以婴戮[29]，文子怀忠敬而齿剑[30]，固其所也。因斯以言，夫以笃圣穆亲，如彼之懿[31]，大德至忠，如此之盛，尚不能取信于人主之怀，止谤于众多之口，过此以往，恶睹其可！安危之理，断可识矣。又况乎饕大名以冒道家之忌[32]，运短才而易圣哲所难者哉。身危由于势过[33]，而不知去势以求安。祸积起于宠盛，而不知辞宠以招福。见百姓之谋己，则申宫警守[34]，以崇不畜之威；惧万民之不服，则严刑峻制，以贾伤心之怨[35]。然后威穷乎震主，而怨行乎上下。众心日陊[36]，危机将发，而方偃仰瞪眄，谓足以夸世。笑古人之未工，亡己事之已拙。知曩勋之可矜，暗成败之有会。是以事穷运尽，必于颠仆；风起尘合，而祸至常酷也。圣人忌功名之过己，恶宠禄之逾量，盖为此也。

夫恶欲之大端，贤愚所共有，而游子殉高位于生前，志士思垂名于身后，受生之分[37]，唯此而已。夫盖世之业，名莫大焉；震主之势，位莫盛焉；率意无违[38]，欲莫顺焉。借使伊人颇览天道[39]，知尽不可益，盈难久持，超然自引，高揖而退，则巍巍之盛，仰邈前贤；洋洋之风，俯冠来籍[40]。而大欲不乏于身，至乐无愆乎旧，节弥效而德弥广，身逾逸而名逾劭。此之不为，彼之必昧。然后河海之迹，堙为穷流；一篑之衅[41]，积成山岳。名编凶顽之条，身厌荼毒之痛，岂不谬哉！故聊赋焉，庶使百世少有寤云[42]。

【篇旨】

叙述豪士的危险就在于权势盛大，要保全自身就须高揖引退、辞权去宠。

【注释】

① 立德：树立圣明德行。《左传·襄公二十四年》：“太上有立德，其次有立功，其次有立言，虽久不废，此之谓不朽。”

② 隆杀：厚薄。域：指自身。

③ 孟尝遭雍门：《桓子新论》载，孟尝君对雍门周说：您的弹琴能使我悲痛吗？雍门周回答说：千年万代后，您的坟墓杂草丛生，牧童在您的墓上唱着歌说：孟尝君的尊贵就是如此的吗？这时孟尝君长叹一声流下泪，雍门周也拉过琴来缓缓而弹。

④ 济：成就。

⑤ 斗筲：斗和筲都是容量很小的容器，这里用以比喻才识短浅之人。

⑥“才不半古，而功已倍之”：出自《孟子·公孙丑上》孟子语。

⑦ 徼：招致，得到。伊：伊尹，曾辅佐商汤建立商。周：周公，即姬旦，曾辅佐武王灭纣，又辅佐成王。

⑧ 婴：被缠绕。累：牵累。

⑨ 相：视。

⑩ 神器：帝王的符玺、王位，此指天下。

⑪ 从谀：阿谀奉承。

⑫ 表：外。

⑬ 期：期望。

⑭ 仇：相对抗。

⑮ 袨服：黑服。

⑯“立于”句：《汉书》载，任章曾夜穿黑服荷戟入庙，欲刺杀汉宣帝。

⑰ 誓众：誓师。

⑱ 财物：裁物，裁断事物。

⑲“故曰”句：出《老子》。

⑳ 宁氏：春秋时期，卫献公曾对宁喜说，如果我回国去，朝政由宁氏主持，我就只祭祀宗庙。

㉑ 君奭：西周时邵公，他不满意周公主持周成王朝政。鞅鞅：不满意的样子。

㉒ 公旦：即姬旦。

㉓ 高平：高平侯魏相，汉宣帝时为丞相。师师：相互师法。

㉔ 侧目：害怕的样子。博陆：博陆侯霍光，汉武帝、昭帝时大臣，又迎立汉宣帝。

㉕ 成王：周成王，他是周公的侄子，当时有流言说周公要篡位，故成王对周公有疑心。

㉖ 宣帝：汉宣帝刘询，当时霍光声威高远，宣帝见到霍光，内心惮怕、如芒刺在背。

㉗ 没齿：至死。

㉘ 倾侧颠沛：指周公、霍光因流言而处于危险境地。

㉙ 伊生：伊尹，商的开国之臣，他后来被太甲所杀。

㉚ 文子：文种，曾辅佐勾践灭吴，后被勾践所杀。齿剑：触刃而死。

㉛ 懿：美，好。

㉜ 饕：贫。道家之忌：《老子》第九章载“富贵而骄，自遗其咎”，《庄子》载“功成者堕，名成者亏”，都是此意。

㉝ 势过：权势超出本该有的。

㉞ 申宫：守宫。申，司。警守：设守警备。

㉟ 贳：买，招致。

㊱ 陊（duò）：塌落破败。

㊲ 受生：禀性。

㊳ 率意：随心任意。

㊴ 天道：规律。

㊵ 籍：史籍。

㊶ 篑：竹筐。《论语·子罕》：“譬如为山，未成一篑。”衅：罪过，错误。

㊷ 少：稍稍。

【语译】

树立圣明德行的根本有其一定的准则，而建立功业的道路却是多种多样的。为什么如此说呢？树立道德要循心而动，故度量的准则存在于每个人的内心，而建立功业要依事来实现，故成就大小决定于时势如何。存在于每个人内心的，增减厚薄决定于自己的境界；依据外物时势的，大小多少就靠自己所遭遇到的了。将要坠落的树叶只要微风吹拂就会落下来，而所需的风力实在是很小很小；孟尝君遇到雍门周弹琴便哭泣流泪，而感动他的琴声却是徐声缓音。为什么呢？将要坠落的树叶不再需要狂风的吹刮才陨落，马上要流下来的泪水也不再靠繁富的哀响才淌落。所以，如果上天给予时机，又尽了治理的人事，那么平庸的人也可以成就圣贤的功绩，才识短浅者也可以做出志向远大者的事业。所以说“才识未及古人的一半，而功效已经成倍地超过了”，这就是得力于时势啊！逐一考察古今历史，那些只获得一时一地功劳而取得伊尹、周公那样地位的真是大有人在啊。

从自我对自我来看，聪明智慧的人也被自身某些方面所牵累；从物物之间的相视相轻来看，即使昆虫也是如此。以个人自我的力量倚仗不寻常的功勋，天下随着他的目光流盼而变化，万物随着他的俯仰而动荡。他的心安享荣华富贵以为本该如此，他的耳也饱受奉承阿谀，他哪里认识到功勋的建立并不凭他自身，他仅仅是位重而才轻啊！况且喜好荣耀、厌恶耻辱，有生命者都期望如此；而忌讳骄傲自满、欺君犯上，连鬼神也是这样。人主操持着生杀之权，天下之人把服从视为最重要的节操，所以说“上天是可以相对抗的吗”？但仍有穿黑衣荷长戟的刺客，来到庙门下面图谋不轨；也有建树大旗誓师万众，奋起于阡陌间想夺取天下的人。何况那些代表人主发号施令、身居下位而又裁断事物的人啊！他们广泛地建树恩德尚不足以抵消仇怨，尽心勤力地兴办有利事业也弥补不了危害。所以说代替工匠去砍断木头，必定会砍伤自己的手指。再说春秋时卫国政出宁氏，有多少忠臣慷慨不平；而卫献公沦为仅是祭祀主持，作为君主是不会长期忍受的。所以邵公鞅鞅不满意，就是针对周公主持朝政；高平侯魏相端整谦逊，则是因为惧怕博陆侯霍光的权势。而且，周成王心中的疑虑总也不能排遣，汉宣帝也总觉得芒刺在背而坐立难安，难道不是这样的吗？

啊呀呀！光辉笼罩四方，没有比他恩德更大的了；国君称他叔父，没有比他们关系更亲近的了；帮助皇帝登上帝位，没有比他功劳更大的了；一生坚守节操，没有比他更忠心耿耿的了。但他们一生危险不安，仅仅保全了自身性命而已。再说到伊尹明信诚实而惨遭杀戮，文种忠心恭敬而伏剑自刎，就是死在权势太大而被人主怀疑。这样说来，笃厚通达和穆亲近，如周公那样地美好，又德操伟大而忠心不渝，如此隆盛之德，尚且不能取信于人主之心，也不能封禁众人诽谤之口；那么未达到他们的忠信程度而又身居高位的人，哪里看得出他们的安全呢！因此安危的道理，断然可知了！又何况那些贪图高尚的名声而犯了道家求名利的大忌的人，他们运用短浅的才智而视圣哲所畏难的为简单容易。他们身处危境是由于权势过大，又不知丢弃权势自求平安。他们的祸患起于受到隆盛的恩宠，又不知推辞恩宠来追求福祥。他们看见别人谋算自己，就整顿部队加强警卫，来提高不是靠积蓄道德得来的声威。他们惧怕百姓不服从自己而制定严刑峻法，这必招致人们更痛心的怨恨。他们的权势达到震慑人主的程度，上下左右都对他们怨恨不已。于是众心背叛，危机将临，他们却正四顾傲然，认为值得在世上夸耀自己。他们笑话古人之道未尽善尽美，却忘记自己的事情已极端糟糕。他们只知道以往的功勋是可夸耀的，却不明白成败更主要靠的是时命机遇。因此，待他们的事情阻塞不通好运已尽时，必定颠仆失败，一有风吹便尘土扬起，招致的祸害又快又惨。有道德修养的圣人最忌讳名声超过自己所应该具有的，最忧虑恩宠俸禄超出适当的量度，就是因为这个原因啊！

人生厌恶与欲望之情的发端，是贤人与愚人所共有的，而游宦者一生中孜孜以求高位，仁人志士则渴望能垂名后世，禀性的区分，就是如此而已。那些有压倒当世的功业的人，名声再大不过了；具有震慑人主权势的人，地位再隆盛不过了；他们随心所欲而无所违背，欲望再顺心不过了。如果这些人懂得观览天道规律，知道运尽不可更益，知道满盈难以久持，那么自己超然引退，揖手告别功名地位，他就能巍峨高大而仰追前贤；他的洋洋洒洒的风度，会在史籍占有首要地位。在他们身上存在着追求道德这一最大欲望，在心中存在着最高的快乐而始终一贯；他们的节操越会显出功效而德行越发广大，他们越安逸而名声会越发美好。如果不这样去做，那么必定会迷昧于贪图荣名高位，如此一来则一生的江河湖海般的功业便会穷塞干涸；一个个小的错误罪过，便会积累成高山大岳。那时，姓名被编在凶顽一类之中，身受刑法鞭棰的痛苦，那对他们先前的荣华高位来说岂不是有太大的差别吗！所以写下此赋，希望使后世之人稍稍有所醒悟明白。

【评析】

所谓"豪士"，是指权势盛大的人。晋武帝死后，晋各诸侯王及一些大臣争权夺利，这些"豪士"终于演成"八王之乱"，导致晋王朝覆亡。在此之前，朝廷中的有识之士已经看出了事情的征兆，《晋书·陆机传》载此文的写作动机说：齐王司马冏"矜功自伐，受爵不让，机恶之，作《豪士赋》以刺焉。"《豪士赋序》比赋本身的篇幅要大四五倍，赋本身只是一个总结而已，讽谕更集中地表现在序中。序中先述豪士并非因为树立道德而获取权势的，所以他们的根基便不牢靠。序中又述豪士处于权势顶峰之时，也正是他们危险将至的时候。序中又述豪士认识不到自身的危险是权势过大，因此险上加险。末段写豪士应采取自我引退的方法才能保全自身。全文以骈体写成，引用大量人们所熟悉的历史史实，因此增加了说服力。全文条理清晰，说理中肯切实，反复深透，征喻引譬恰切，既面对现实又不直接叙述现实，显得含蓄而又富于锋芒。陆机是当时的大文豪，从这篇序文看，他对于当日社会及他人的事情是看得比较清楚的，头脑是比较清醒的。但陆机对自身的险境却认识不足，别人劝他引退，他没有听，最后在军阀混战中遭到杀戮。

三月三日曲水诗序一首

作者：颜延年　　注译评析：胡大雷

夫方策既载[①]，皇王之迹已殊[②]；钟石毕陈[③]，舞咏之情不一。虽渊流遂往[④]，详略异闻，然其宅天衷[⑤]，立民极[⑥]，莫不崇尚其道[⑦]，神明其位。拓世贻统[⑧]，固万叶而为量者也。有宋函夏[⑨]，帝图弘远。高祖以圣武定鼎[10]，规同造物[11]；皇上以睿文承历[12]，景属宸居[13]。隆周之卜既永，宗汉之兆在焉[14]。正体毓德于少阳[15]，王宰宣哲于元辅[16]。晷纬昭应[17]，山渎效灵，五方杂遝，四隩来暨。选贤建戚，则宅之于茂典[18]；施命发号，必酌之于故实。大予协乐[19]，上庠肆教[20]，章程明密，品式周备。国容视令而动[21]，军政象物而具。箴阙记言，校文讲艺之官，采遗于内；辅车朱轩[22]，怀荒振远之使，论德于外。赪茎素毳[23]，并柯共穗之瑞，史不绝书；栈山航海，逾沙轶漠之贡，府无虚月。烈燧千城，通驿万里。穹居之君[24]，内首禀朔[25]；卉服之酋[26]，回面受吏。

是以异人慕响[27]，俊民间出。警跸清夷[28]，表里悦穆。将徙县中宇[29]，张乐岱郊，增类帝之宫[30]，饬礼神之馆[31]，涂歌邑诵，以望属车之尘者久矣[32]。日躔胃维[33]，月轨青陆[34]；皇祇发生之始[35]，后王布和之辰[36]。思对上灵之心，以惠庶萌之愿；加以二王于迈[37]，出饯戒告。有诏掌故爰命司历[38]，献洛饮之礼[39]，具上巳之仪[40]。南除辇道，北清禁林，左关岩隥，右梁潮源。略亭皋[41]，跨芝廛[42]，苑太液，怀曾山。松石峻垝，葱翠阴烟；游泳之所攒萃[43]，翔骤之所往还[44]。

于是离宫设卫，别殿周徼[45]。旌门洞立，延帷接枑[46]。阅水环阶，引池分席，春官联事[47]，苍灵奉涂[48]。然后升秘驾，胤缇骑[49]，摇玉鸾[50]，发流吹。天动神移，渊旋云被，以降于行所，礼也。既而帝晖临幄[51]，百司定列，凤盖俄轸，虹旗委旆。肴蔌芬藉，觞醳泛浮[52]。妍歌妙舞之容，衔组树羽之器。三春四上之调[53],《六茎》《九成》之曲[54]，竞气繁声，合变争节。龙文饰辔[55]，青翰侍御[56]，华裔殷至，观听骛集；扬袂风山，举袖阴泽；靓庄藻野，袨服缛川。

故以殷赈外区[57]，焕衍都内者矣。上膺万寿[58]，下禔百福[59]。匝筵禀和[60]，阖堂依德，情盘景遽[61]，欢洽日斜。金驾总驷，圣仪载伫，怅钧台之未临[62]，慨丰宫之不县[63]。方且排风阙以高游[64]，开爵园而广宴[65]。并命在位，展诗发志，则夫诵美有章，陈信无愧者欤[66]。

【篇旨】

叙述宋文帝元嘉十一年上巳节的情形，歌咏了刘宋皇朝的煌煌盛业，表达了统一天下的渴望。

【注释】

① 方策：史书。

② 皇王：指历代帝王。

③ 钟石：指诸种乐器。

④ 渊流：本源。

⑤ 衷：中心。

⑥ 极：根本。

⑦ 其道：指乐。

⑧ 统：一脉相承的系统。

⑨ 宋：指南朝刘宋，420年至479年。函夏：诸夏，指全中国。

⑩ 高祖：宋高祖刘裕，宋的开国皇帝。定鼎：定天下。传说夏禹铸九鼎以象九州，历商周，都作为传国重器，置于国都，后借定鼎来指定都或建立王朝。

⑪ 造物：自然界造物主。

⑫ 皇上：指宋文帝刘义隆。睿：通达深远。历：历数，指天道。

⑬ 宸居：帝宫。

⑭ 宗汉：宋为刘姓，自称是汉的后代。

⑮ 正体：指太子。毓：同“育”。少阳：东宫。

⑯ 王宰：宰相。

⑰ 晷纬：日与星。

⑱ 茂典：美妙可行之法典。

⑲ 大予：乐名。

⑳ 上庠：古代为贵族设立的大学。

㉑ 国容：国家的礼仪制度。

㉒ 輶（yóu）车：轻车，使臣所乘之车。

㉓ 素毳：白虎，这是太平祥瑞。

㉔ 穹居之君：指居住帐篷的北方少数民族。

㉕ 内首：臣服。禀朔：奉行正朔，指臣服。

㉖ 卉服之酋：指南方少数民族。

㉗ 慕响：向慕德音。

㉘ 警跸：天子出入，左右侍卫为警，止人清道为跸。

㉙ 徙县：迁移国都。宋在江南，要统一中原，所以这样说。

㉚ 类帝：祭天帝。

㉛ 饬：整顿。

㉜ 属车：跟随在后。

㉝ 躔（chán）：次，位于。胃：星宿名。

㉞ 青陆：又称青道。古谓月亮运行的轨道。

㉟ 皇祇：天地。

㊱ 后王：君王。

㊲ 二王：指江夏王义恭与衡阳王义季。

㊳ 司历：时历之官。

㊴ 洛饮：在洛水饮酒，除疾病。

㊵ 上巳：阴历三月上旬的巳日，是古代节日，人们在河边洗濯、喝酒，认为可以祈福驱邪。

㊶ 略：超过。

㊷ 跨：跨越，超出。

㊸ 游泳：指鱼龙。

㊹ 翔骤：指鸟兽。

㊺ 徼：边界道路。

㊻ 枑（hù）：梐枑，官署前拦住行人的障碍物，又称行马。

㊼ 春官：礼官。

㊽ 苍灵：句芒，古代主管植树的官。

㊾ 胤：引。缇骑：担当京城治安的皇帝侍卫。

㊿ 鸾：铃。

51 帝晖：天子的光辉。

52 醉：醇酒。

53 四上：指雅乐四种。

54《六茎》《九成》：曲名。

55 龙文：马名。

56 青翰：船名。

57 殷赈：繁盛富裕。

58 膺：接受。

59 禔：安。

60 匝筵：满座。

61 盘：乐。遽：快速。

62 钧台：夏启会飨诸侯之地。

63 丰宫：周康王朝诸侯之宫。

64 排：推开。凤阙：在关中。

65 爵园：邺下园名。

66 陈信：述说诚信。

【语译】

史册上记载着的，历代帝王的事迹已大有不同；各种乐器陈列演奏，但舞蹈歌咏的情感却不会一模一样。虽然事情的本源已很遥远，且不同的说法也有详有略，但是选择天中心，树立人所共遵的根本原则，没有不崇尚宴乐之道，并给予它一个神圣的地位的。开创盛世基业以传于后世，本该使万世子孙固守圣德而成就大道。皇宋占据天下，朝廷的图略宏大深远。高祖皇帝凭贤圣武功开创基业，一切规制与自然造化相同；当今文帝以圣明之性承运继统，辉煌光耀登上皇位。就像当年周朝建立时卜得国祚绵长，继续汉朝的事业吉兆显现。太子在东宫培育道德，大臣尽心辅佐发展才智。日月星辰正常运行照映皇朝之福，江河山岳也显示神灵，国中人口众多，四方蛮夷纷纷来朝。选拔贤能又结好亲戚，则依据那美妙可行的法典；发布诏命公开号令，必定斟酌以往实施过的史事。《大予》曲协和诸乐，上庠学校施行教育，各种章程明白细密，各种规定样样周全。礼仪制度根据号令颁布实施，军中政事依虎豹熊罴之像而暗备。告诫阙漏记录言行，校雠书籍讲述六艺的官员在内采拾阙遗之事；驱使轻便华贵的车辆，安抚异域扬威远方的使者在国外论述道德。红色的草、白色的虎、连理之木、并穗之禾等祥瑞，时时有所记载；翻越高山驰行海洋跨越沙漠来进贡的外国使者，月月都有。千余郡县灯火通明，交通驿路通向万里。北方居住帐篷的国君，叩首使用我朝正朔；南方文身草服的酋长，面向我朝接受官吏管辖。

因此奇异之士闻声向慕而来，俊杰之人时时迭出。天子出入清明平安，朝廷内外喜悦和穆。本该要向中原迁徙国都，现暂时在南郊安排宴乐。增设祭祠天帝的宫殿，整顿礼拜诸神的馆舍，道路乡邑满是歌咏朗诵之声，人人盼望能跟随朝廷宴乐已很长时间了。此时太阳位于胃宿之旁，月亮运行已至青道。这是春季天地萌生万物之时，也是君王布政惠和之辰。思想着报答上天，来满足庶民的心愿；再加两位诸侯王要远行，天子与百官出城饮饯告诫。诏命掌典故事者与时历之官，呈献在洛水之滨禊饮的礼仪，完备上巳节日的程序。南边打扫道路，北面清洁林苑，向左依靠岩石山坡，向右架桥渡过河潮。一切设置超越了洛水边的小亭高地，赶上了洛邑的芝田，苑中自有太液池，包笼层山。青松巨石高峻危耸，葱葱茏茏苍翠蔽荫烟云；各类水族都集萃此处，飞禽走兽往来奔驰。

于是离宫设置警卫，别殿卫士巡逻。旌旗之门敞开耸立，连绵的帷帐前设置护栏。流水环绕台阶，沿着水池分列座席，礼官上下联系，苍灵先上路清道。然后天子登上马车，禁卫军在前面带路，玉铃摇动，鼓乐笳箫奏响。皇帝起驾如天动神行，百官随从如渊水回旋云彩飘扬，一起来到所在地，都是遵循礼仪行事啊！一会儿皇帝的光辉降临帷幄，百官分列站定，凤盖车辆停驰，如虹彩旗不扬，鱼肉菜蔬纷纷陈列，满杯美酒随水飘荡，悠扬的歌声美妙的舞姿，那乐器也披带彩绸遍插羽毛。遍地奏起诸种雅乐，著名的《六茎》《九成》诸曲也一一弹奏。美妍乐声竞相飘扬，一会儿相互变化一会儿又争相合节。那龙文宝马辔头华贵，那青翰高船拉锚起航；城内城外人士全都出动，观望聆听东奔西走；扬起衣袖如风吹山岗草木，举起长袖可遮蔽深湖大泽；艳装使山野更加美丽，盛服使河川增添缛彩。

所以四野地区繁盛富裕，国都城内灿烂美溢。居上位者万寿无疆，在下位者安享百福。满座人们禀受和穆，满堂人们遵依仁德，心情喜悦但光景快速，欢洽时分日已西斜。天子总辔起驾，驷马盘桓流连。为不曾光临夏启的钧台而惆怅，又为不曾在周康王的丰宫悬钟而感慨。还将要推开凤阙去游览，打开爵园而广设宴席。这时诏命在座诸位，吟咏诗作抒发情志，颂扬美德井井有条，陈述诚信无愧于天地鬼神啊。

【评析】

农历三月三日，古代称“上巳节”，这一天，人们到水边宴乐、洗濯，祈福驱邪；这活动又称为曲水流觞，因为人们置酒杯随水漂至某人面前，此人便要饮下此杯。庆祝上巳节，还伴随诗歌创作活动，凡参加者都要作诗，不能作诗则被罚酒。这些诗常被结为一集，此序便是诗集的序。序的第一部分，先叙述刘宋皇朝的盛业；本来，庆祝上巳节便是天下太平、国泰民安的表现。序的第二部分，写这次庆祝上巳节的缘起，所谓“思对上灵之心，以惠庶萌之愿”。据史载，本次活动举行在宋文帝元嘉十一年（434），且是为了给江夏王刘义恭、衡阳王刘义季送行。第三部分写具体的上巳节场面。第四部分写当时的欢情与今日的希望，流露出收复失地回到中原故地去庆祝上巳节的心愿，表达了时人对统一天下的热望。本文是应诏之作，颂赞溢美之词颇多，难能可贵的是作者在其中融入了统一天下的愿望，表现他自己与当时皇朝的积极进取精神。确实，宋文帝元嘉时期是南朝最强盛的时期，也确是有可能实现统一大业的。

三月三日曲水诗序一首

作者：王元长　　注译评析：胡大雷

臣闻出豫为象[①]，钧天之乐张焉[②]；时乘既位，御气之驾翔焉。是以得一奉宸[③]，逍遥襄城之域[④]；体元则大[⑤]，怅望姑射之阿[⑥]。然窅眇寂寥，其独适者已。至如夏后两龙[⑦]，载驱璇台之上[⑧]；穆满八骏[⑨]，如舞瑶水之阴[⑩]，亦有飨云，固不与万民共也。

我大齐之握机创历[⑪]，诞命建家[⑫]，接礼贰宫[⑬]，考庸太室[⑭]。幽明献期[⑮]，雷风通飨[⑯]。昭华之珍既徙[⑰]，延喜之玉攸归[⑱]。革宋受天，保生万国。度邑静鹿丘之叹[⑲]，迁鼎息大坰之惭[⑳]。绍清和于帝猷[㉑]，联显懿于王表[㉒]。骏发开其远祥，定尔固其洪业。皇帝体膺上圣[㉓]，运钟下武。冠五行之秀气，迈三代之英风[㉔]。昭章云汉，晖丽日月，牢笼天地，弹压山川。设神理以景俗，敷文化以柔远。泽普汜而无私，法含弘而不杀。犹且具明废寝，昃晷忘餐[㉕]。念负重于春冰，怀御奔于秋驾[㉖]。可谓巍巍弗与，荡荡谁名。秉灵图而非泰[㉗]，涉孟门其何崄[㉘]。储后睿哲在躬[㉙]，妙善居质，内积和顺，外发英华。斧藻至德[㉚]，琢磨令范。言炳丹青，道润金璧。出龙楼而问竖[㉛]，入虎闱而齿胄[㉜]，爱敬尽于一人，光耀究于四海。若夫族茂麟趾[㉝]，宗固盘石，跨掩昌姬[㉞]，韬轶炎汉。元宰比肩于尚父[㉟]，中铉继踵乎周南[㊱]。分陕流勿翦之欢[㊲]，来仕允克施之誉[㊳]。莫不如珪如璋，令闻令望，朱芾斯皇[㊴]，室家君王者也。

本枝之盛如此，稽古之政如彼[㊵]。用能免群生于汤火，纳百姓于休和。草莱乐业[㊶]，守屏称事[㊷]。引镜皆明目，临池无洗耳[㊸]。沉冥之怨既缺[㊹]，莛轴之疾已消[㊺]。兴廉举孝，岁时于外府；署行议年[㊻]，日夕于中甸[㊼]。协律总章之司[㊽]，厚伦正俗；崇文成均之职[㊾]，导德齐礼。挈壶宣夜[50]，辩气朔于灵台[51]；书笏珥彤[52]，纪言事于仙室[53]。褰帷断裳[54]，危冠空履之吏[55]；彯摇武猛，扛鼎揭旗之士。勤恤民隐[56]，纠逖王慝[57]。射集隼于高墉[58]，缴大风于长隧[59]，不仁者远，惟道斯行。谗莠蔑闻[60]，攘争掩息。稀鸣桴于砥路[61]，鞠茂草于圆扉[62]。耆年阙市井之游，稚齿丰车马之好[63]。宫邻昭泰，荒憬清夷[64]，侮食来王[65]，左言入侍[66]。离身反踵之君[67]，髽首贯胸之长，屈膝厥角[68]，请受缨縻。文钺碧砮之琛，奇幹善芳之赋[69]，纨牛露犬之玩，乘黄兹白之驷，盈衍储邸[70]，充仞郊虞[71]。瓯牍相寻[72]，鞮译无旷[73]。一尉候于西东，合车书于南北[74]，畅毂埋辚辚之辙[75]，绥旍卷悠悠之旆[76]。四方无拂[77]，五戎不距，偃革辞轩，销金罢刃。天瑞降，地符升，泽马来[78]，器车出[79]，紫脱华，朱英秀，佞枝植[80]，历草孳[81]。云润星晖，风扬月至，江海呈象，龟龙载文。方握河沉璧[82]，封山纪石[83]，迈三五而不追[84]，践八九之遥迹[85]。

功既成矣，世既贞矣，信可以优游暇豫，作乐崇德者欤！于时青鸟司开[86]，条风发岁，粤上斯巳，惟暮之春。同律克和[87]，树草自乐。禊饮之日在兹，风舞之情咸荡。去肃表乎时训，行庆动于天瞩。载怀平圃，乃眷芳林。芳林园者，福地奥区之凑，丹陵若水之旧[88]。殷殷均乎姚泽[89]，朊朊尚于周原。狭丰邑之未宏[90]，陋谯居之犹褊[91]。求中和而经处，揆景纬以裁基。飞观神行，虚檐云构，离房乍设，层楼间起。负朝阳而抗殿，跨灵沼而浮荣[92]。镜文虹于绮疏[93]，浸兰泉于玉砌。幽幽丛薄，秩秩斯干[94]，曲拂邅回，潺湲径复。新萍泛沚[95]，华桐发岫[96]。杂夭采于柔荑[97]，乱嘤声于绵羽[98]。禁轩承幸[99]，清宫俟宴，缇帷宿置，帟幕宵悬。既而灭宿澄霞，登光辨色，式道执殳[100]，展轸效驾。徐銮警节，明钟畅音，七萃连镳[101]，九旃齐轨[102]。建旗拂霓，扬葮振木[103]，鱼甲烟聚[104]，贝胄星罗[105]。重英曲瑵之饰[106]，绝景遗风之骑。昭灼甄部[107]，驵骏函列[108]，虎视龙起，雷骇电逝。轰轰隐隐，纷纷轸轸，羌难得而称计。

尔乃回舆驻罕[109]，岳镇渊渟[110]。睟容有穆[111]，宾仪式序。授几肆筵，因流波而成次；蕙肴芳醴，任激水而推移。葆佾陈阶[112]，金匏在席[113]，戚奏翘舞[114]，籥动邠诗[115]。召鸣鸟于弇州[116]，追伶伦于嶰谷[117]，发参差于王子[118]，传妙靡于帝江[119]。正歌有阕[120]，羽觞无筭[121]。上陈景福之赐，下献南山之寿，信凯晏之在藻[122]，知和乐于食苹[123]。桑榆之阴不居[124]，草露之滋方渥。有诏曰："今日嘉会，咸可赋诗。"凡四十有五人，其辞云尔。

【篇旨】

从朝廷、百姓、外域诸方面叙述齐朝大业，并刻画了三月三日禊饮的盛况。

【注释】

① 豫：《周易》的卦名，其象曰："先王以作乐崇德。"象：卦象。

② 钧天之乐：天帝之乐。

③ 宸：天。

④ 襄城：地名，代指所在的广大地域，黄帝曾问道于襄城之野。

⑤ 体元则大：体法天地之德。元，生物之始。

⑥ 姑射：山名，神仙居住之山。

⑦ 夏后：夏启。

⑧ 璇台：饰以美玉的台。

⑨ 穆满：周穆王名满，曾乘八骏游昆仑山见西王母。

⑩ 瑶水：瑶池，传说在昆仑山上。

⑪ 齐：479年至502年。历：渫法。

⑫ 诞命：大命。

⑬ 贰宫：天子的副宫。

⑭ 太室：太庙的中室。

⑮ 幽明：天地。

⑯ 雷风：指阴阳。

⑰ 昭华：玉石，尧赠舜昭华之玉并传天下给他。

⑱ 延喜：美玉之名。相传禹治水，开龙门，导积石，得到上刻"延喜之

玉”的玄圭。

⑲ 鹿丘：即殷都朝歌的鹿台与糟丘，武王克殷，自觉是以臣伐君，故至此叹息不已。

⑳ 大坰（jiōng）：汤建殷，迁九鼎至亳，至大坰时有以臣伐君的惭愧之意。

㉑ 绍：继续。猷：法则。

㉒ 懿：美好。表：外。

㉓ 皇帝：指齐武帝萧赜。

㉔ 三代：夏商周。

㉕ 昃：太阳偏西。晷：日影。

㉖ 秋驾：驾马技术。

㉗ 灵图：指天子位。

㉘ 盂门：山名，峻峭险要。

㉙ 储后：皇太子。

㉚ 斧藻：修饰。

㉛ 龙楼：汉太子宫门名。竖：指宦官。

㉜ 虎闱：教国子之学。齿胄：按年龄排列。

㉝ 麟趾：《诗经 · 周南》有《麟之趾》篇，言文王子孙宗族皆从善，后以麟趾为颂扬宗室子弟之词。

㉞ 姬：周文王姓。周文王姬昌开创周代天下，道德圣明。

㉟ 尚父：吕尚，辅佐文王、武王建立周朝。

㊱ 铉：举鼎之具，古代以铉指三公。周南：《诗经 · 国风》有周南，相传是周公所作，此以指周公。

㊲ 分陕：相传周公、召公分陕而治。后来中央官员出任地方官，也称分陕。勿翦：不砍伐。语出《诗经·召南·甘棠》“蔽芾甘棠，勿翦勿伐，召伯所茇。”此诗表达了人民对召伯姬虎的怀念。

㊳ 允：诚，确实。克施：语出《尚书 · 君陈》：“君陈，惟尔令德孝恭。惟孝友于兄弟，克施有政。”谓理家可移于为政。施，移。

㊴ 芾：服饰。

㊵ 稽：考核。

㊶ 草莱：山野之人。

㊷ 守屏：州郡长官。

㊸ 洗耳：指隐逸之人。尧时有许由，他听到尧让天下给自己，觉得此话污染了自己的耳朵，便去洗耳朵。

㊹ 沉冥：泯灭无迹之人，指隐士。

㊺ 莶（kē）轴：病困。

㊻ 署行：考核官吏。年：指收成。

㊼ 甸：国都四周的广大地区。

㊽ 协律：乐官。总章：礼官。魏明帝时有总章观。

㊾ 崇文：文学官。魏明帝置崇文观征文学之士。成均：古代学校。

㊿ 挈壶：掌时官。

51 灵台：观天象之台。

52 书笏：史官。珥彤：执笔。

53 仙室：汉时学者称东观（藏书处）为老氏藏室、道家蓬莱。

54 褰帷：汉时贾琮位刺史，截断车前帷帘，不使自己被遮蔽。事见《后汉书》。断裳：盖宽饶初拜为司马，未出殿，断其单衣，令短离地。事见《汉书》。

55 危冠：坏冠。空履：敝履。这些都是指清廉。

56 恤：体恤。

57 纠逖：纠察远离。王慝：大恶。

58 隼：鸷鸟，喻凶人。墉：墙。

59 大风：风伯。

60 莠：杂草，喻奸臣。

61 鸣桴：鼓槌。

62 鞠：养育。圜扉：监狱。

63 车马：指小孩玩的鸿车竹马。

㊹ 憬：远。

㊺ 侮食：清人卢文弨说，侮食是“海龛”的错别字，龛即蛤，海蛤指南方食蛤之人。

㊻ 左言：外国语。

㊼ 离身：传说中的国名，下反踵、髽（zhuā）首、贯胸均是。

㊽ 厥角：叩头。

㊾ 奇幹：亦北狄。善芳：鸟名。以上诸物都是异国的宝贝。

㊿ 储邸：府库。

(71) 郊虞：四郊山泽。

(72) 匭：匣。

(73) 鞮译：翻译官。

(74) 合车书：车同轨，书同文。

(75) 畅毂：指兵事。

(76) 绥：上车时挽手用的绳索。旍：同“旌”。

(77) 拂：乱。

(78) 泽马：瑞马，传说德至山陵则泽出神马。

(79) 器车：瑞车。

(80) 佞枝：黄帝时有屈轶草，若佞人入朝则屈而指之。

(81) 历草：尧时有草，初一至十五，每日生一叶，十六至三十，每日落一叶，见此草而知日历。孳：生长。

(82) 握河沉璧：相传尧与群臣祭黄河时，沉璧于河中。

(83) 封山：封禅于泰山。

(84) 三五：三皇五帝。

(85) 八九：指七十二君。相传到泰山封禅的圣君有七十二人。

(86) 青鸟司开：李周翰注：“青鸟，春鸟也。司开，谓主生也。言春气主生万物也。”

(87) 同律：即律吕。古代乐律有阳律、阴律各六，合为十二律，阳六称律，阴六称吕。克：能。和：和谐。

⑱ 丹陵：尧诞生之处。若水：颛顼诞生之地。此二地都不是江南之地，是用来比喻的。

⑲ 姚泽：舜诞生之处。

⑳ 丰：汉高祖刘邦故里。

㉑ 谯：魏武帝曹操故里。

㉒ 荣：屋檐两端上翘部分。

㉓ 镜：饰。绮疏：窗。

㉔ 秩秩：水流貌。斯干：涧水。

㉕ 沚：池。

㉖ 岫：山。

㉗ 夭采：桃花。柔荑：嫩叶。

㉘ 绵羽：彩色的羽毛。

㉙ 禁轩：天子之车。

⑩ 式道：式道候，为皇帝清道的官员。殳：一种有棱无刃的兵器。

⑩ 七萃：强壮勇士。

⑩ 斿（yóu）：天子之车。

⑩ 葭：箫管。

⑩ 鱼甲：指鲛皮所做的战甲。

⑩ 贝胄：指头盔。

⑩ 璠：美玉。

⑩ 甄部：长阵。

⑩ 驵骏：良马。

⑩ 罕：旌旗。

⑩ 渟：停滞不流。

⑪ 睟容：容貌温和润泽。

⑪ 葆佾：用羽毛作舞具的跳舞行列。

⑪ 金匏：诸种乐器。

⑪ 戚：斧，舞者所执。

⑮ 籥：乐器。郊诗：迎暑节的诗。

⑯ 弇州：山名，出五彩之鸟。

⑰ 伶伦：黄帝时的乐官。嶰谷：在昆仑山北，伶伦取此地竹做乐器。

⑱ 王子：仙人王子乔，好吹笙。

⑲ 帝江：识歌舞之鸟，出于天山。

⑳ 阕：终。

㉑ 筭：同“算”。

㉒ 凯：同“恺”，欢乐。在藻：如鱼儿在水藻之中。

㉓ 食苹：《诗经·小雅·鹿鸣》：“呦呦鹿鸣，食野之苹。”

㉔ 桑榆：日落之处。

【语译】

臣下我听说豫卦中出现作乐崇德的卦象，于是天帝也摆下了宴乐；依借时势登上皇帝之位，于是驾御元气如龙般翱翔。所以黄帝奉天而立，便逍遥遨游在襄城之野；尧体法天地之德，在姑射山见了仙人而惆怅慨叹。如此追求深远杳渺寂寥虚无的境界，只适合于某些个人而已。至于说夏启乘两龙之马，驰骋遨游于璇台之上；周穆王驾驰八骏，翩翩降临于昆仑瑶池，虽然也有宴飨，却本不是与万民同乐。

我煌煌大齐执掌天柄开创新朝，承受天命建立国家，在副宫依礼接纳贤才，在太室一一考核。天地呈现吉祥，阴阳相通和谐。昭华珍宝已经迁徙大齐，延喜美玉也归向我朝。革除宋朝而接受天命，保护周遭小国。没有武王克殷建周时的叹息，也没有商汤克夏建殷时的惭愧。继续五帝的清和之德，发扬三王的明美之理。迅速向远方传扬吉祥，天下安定洪业坚固。当今皇帝继先帝事业，如周武王般发扬光大。禀承水火金木土五行的秀气，挟带夏商周三代的英风。文德辉煌照耀云汉，光芒可与日月叙丽，笼括天地，覆盖山川。设立神道普照百姓，敷布文德教化柔服远国。恩泽普降而毫无私心，法则广大而不施杀伐。如此这般还彻夜不寝，整日忘餐。心中担忧民情如负重而履薄冰，又如驾御快车而害怕倾覆。真可说是高大巍峨谁可比拟，浩荡广远谁能准确称说！高居皇位而心不安泰，如跋涉孟门一般的险道。太子睿哲在身，具备种种妙善品性，内心和穆平顺外表英姿焕发。有了美德还更修饰，行为是众人模范但仍琢磨不已。言谈光明显著，道德如玉似金。走出龙楼向宦者问父皇安否，进入学校与他人同列，向皇帝克尽孝道，其光耀真可被于四海。皇族如此茂盛人皆从善，天下便牢固如同盘石，大齐事业必超过周朝，且把汉朝也远远抛在后面。朝廷中宰相与吕尚并肩相比，三公个个追随周公为榜样。派出的封疆大臣都能得到人民的怀念歌颂，入朝为官确实能获得将孝友施于为政的赞誉。他们都如同珪璋美玉，有着良好的名气与声望，官服上装饰着朱色，与君王如一家人般和谐。

朝廷的根本与枝叶都如此美盛，又如此地依据发扬古代美政。因此能使百姓免于陷入汤火之中，而使他们过上幸福和平的生活。山野之人安居乐业，地方官员尽心称职。引镜相照而人人眼亮目清，来到水边没有洗耳的隐士。那些隐士可怨恨的东西已不存在，于是他们的牢骚痛苦也不存在了。推举孝廉的活动，年年在地方上进行；考核官吏评议收成，天天被政府考虑。乐官礼官的职责，是崇厚人伦校正习俗；文学官教育官的职责，是用德引导人民用礼规范人民。掌时官宣布时间，在天象台观测天象节气；史官执笔，在国家图书馆记事述史。文官剪断帷帘截短服装以接近人民办事迅便，个个破帽敝履十分清廉；武官矫健勇猛，个个是扛鼎举旗的壮士。官员们时刻体恤人民的隐痛，纠察并远离大罪大恶。要像站立在高墙上射杀鹰隼般地驱除恶人，要像在长长的隧道擒获风伯般消灭害人精，这样不仁不义之人远远逃遁，清明政治广泛实行。不再听说有谗佞坏人，争吵相斗之事也无影无踪。在大路上很少有鸣鼓警盗的声音，监狱中因犯人很少则茅草茂盛。老年人不到市井去谋生，小孩子痛痛快快地玩鸿车竹马，邻近宫殿的地方平静安定，荒远地区也清和平安，南方诸国朝拜大齐，说外语的人来侍奉我朝。其他如离身、反踵国的国君，髽首、贯胸国的酋长，都屈膝叩头，请求臣服。各种花纹斧钺碧绿宝玉等珍奇宝贝，奇妙楛干名贵群鸟等赋物贡品，小牛及飞食虎豹的露犬等玩物，两角似狐的乘黄与长着锯齿的兹白等群兽，一一充满储藏在库府，豢养放喂在四郊山泽。万物贡献相继不绝，翻译官没有空闲时日。东西相贯统一军队，南北相连车同轨、书同文，兵车不再启动而没有辚辚之声，旌旗收卷而消失了战阵的悠悠气氛。四方不乱，诸少数民族不抗拒王命，偃息革甲告辞兵车，销毁熔化诸样兵器。天瑞甘露降临，地符庆云升起，泽出神马，山出瑞车，紫脱开花，朱英绽苞，佞枝生长，历草孳生。青云润泽星光闪耀，清风扬起明月出现，江海呈现吉祥，龟龙显露彩纹。正在沉下玉璧祭奠河神，登上高山祭祀上天并记录在巨石上，难以追踪三皇五帝，只跟随七十二君遥远的足迹。

功德已经建立，时世已经清明，确实可以优闲自得悠然逸乐，并兴办宴乐来崇尚道德了。于是青鸟报春，春风轻扬开始新的一年，在这上巳节时，正是三月暮春。六同六律相和相谐，树木花草自得其乐。临水修禊宴饮行乐就在此时，迎风起舞人人歌咏情怀心荡神怡。去掉往日严肃的外表，在天子眷顾下欢庆活动。想前往平圃园，又怀顾芳林园。芳林园，是福祥之地又兼国都腹心，具有丹陵与若水的旧制。兴盛同于舜诞生之地姚泽，美妙过于周地的原野。汉高祖的丰邑比起它而显得狭小不广，魏武帝谯地比起它而显得偏僻简陋。选择中心线来经营宫室，测度日星来定向奠基。楼观飞天似鬼神造作，屋檐凌空如云霓构筑，离宫猛然耸地而起，层层楼台四下散布。背负朝阳殿堂矗立，跨越池塘飞檐浮空。彩虹装饰在窗间绮疏，兰草泉水环绕玉阶。幽草深丛，溪水淙淙，曲折蜿蜒，潺潺湲湲在石间流过。浮萍在池中漫生，桐树在山上开花。桃花与嫩叶相杂，鸟鸣出自彩羽之中。天子车驾幸临，清宫已摆下宴乐，过夜的帷帐早已准备好，帘幕通宵悬挂。一会夜尽早霞升起，日光初上显现晓色，式道候手执兵器清道，登车四顾下命起驾。鸾形玉铃徐徐响起惊警的节奏，光亮的铜钟发出畅亮的声响，强壮勇士与马并行，九驾马车辙轨齐整。旗帜高树拂着云霓，箫声鸣响振动草木，铁甲之卒如烟聚集，兜鍪之士如星散布。车驾用彩画装饰用玉作盖，马是号称绝景遗风的良骑。长阵辉耀，骏马排列，如虎视如龙腾，如雷骇如电逝。车声轰轰隆隆，纷纷隐隐，实在难以称说得尽。

一会儿车停旗驻，如山岳相镇如渊水停滞。人人容貌温穆润泽，宾客礼仪井井有序。安排桌几摆开筵席，依流动的水波排列座次；诸种佳肴美酒，凭激荡的水流推移至每人面前。羽毛舞具与舞蹈行列排在阶下，诸样乐器也摆放在位，干戚舞动乐声奏响，弹奏邠诗以迎暑节将临。乐声召来了弇州的鸣鸟，乐声追随着嶰谷的伶伦，如王子乔吹箫声音高低参差，如帝江鸟的妙声四下传播。正式的歌曲有终了的时候，举杯痛饮却无穷无尽。在上祝福赐予天大的福气，在下祝福享有南山的高寿，幸福欢乐确如鱼儿游动水藻之间，这才知鹿鸣宴飨之曲的美妙动听。时光飞驰已是日居桑榆，草上已有滴滴露水。皇帝下诏说："今日美好的聚会，大家可赋诗抒怀。"共有四十五人作诗，这些诗都记载如下。

【评析】

王融是齐代的文章大家，在当日享有盛誉。此文写于永明九年三月三日。那天，齐武帝幸芳林园禊饮，与百官欢庆宴飨，诏王融写下此序。序的第一段，先述历代帝王虽有宴飨却"不与万民共也"，这是欲扬先抑。第二、三段写齐朝盛业，先写皇帝，再说到太子与大臣，再提及在野的百姓，再述境外蛮夷的臣服，最后落笔到当时出现的吉祥福瑞。第四段引出三月三日上巳，再述芳林园的美丽景物。这芳林园是齐武帝故宅，原为青溪宫，后改为芳林苑，又名桃花园。第五段才真正落实到对上巳临水禊饮场面的叙写，笔力集中在对宴飨中的音乐的描摹上，并回应前文说明这是与民同乐。全文极尽描摹刻画之能事，洋洋洒洒，并叙盛朝自有滚滚扑面的气势，不由人不信服；并叙禊饮宴飨细致详尽，令人恍如置身其中。全序文藻富丽，典故迭出，对偶排比间有，是骈体文的典型作法。王融是声律的创始者，从本文中也可以品出声韵和谐的特点。另外全文并叙事繁富却不呆板，文辞华丽而又有流动之气，实属难得。当时盛传此序超出颜延之的《三月三日曲水诗序》，连北朝也如此看法，如果我们作一比较，确实如此。但本文并叙功德繁之又繁，并叙禊饮则显得简单，这就有头重脚轻之感。

王文宪集序一首

作者：任彦昇　　注译评析：胡大雷

公讳俭[①]，字仲宝，琅邪临沂人也[②]。其先自秦至宋[③]，国史家牒详焉[④]。晋中兴以来[⑤]，六世名德[⑥]，海内冠冕。古语云：仁人之利，天道运行。故吕虔归其佩刀[⑦]，郭璞誓以淮水[⑧]。若离翦之止杀[⑨]，吉骏之诚感[⑩]，盖有助焉。

公之生也，诞授命世[⑪]，体三才之茂[⑫]，践得二之机[⑬]。信乃昴宿垂芒[⑭]，德精降祉[⑮]，有一于此，蔚为帝师。况乃渊角殊祥[⑯]，山庭异表[⑰]；望衢罕窥其术，观海莫际其澜。宏览载籍，博游才义。若乃《金版》《玉匮》之书，海上名山之旨，沉郁澹雅之思，离坚合异之谈[⑱]，莫不总制清衷[⑲]，递为心极。斯固通人之所包，非虚明之绝境，不可穷者，其唯神用者乎！然检镜所归，人伦以表，云屋天构，匠者何[⑳]？自咸洛不守[㉑]，宪章中辍，贺生达礼之宗，蔡公儒林之亚[㉒]，阙典未补，大备兹日。至若齿危发秀之老[㉓]，含经味道之生，莫不北面人宗[㉔]，自同资敬[㉕]。性托夷远，少屏尘杂，自非可以弘奖风流[㉖]，增益标胜，未尝留心。

期岁而孤，叔父司空简穆公[㉗]，早所器异。年始志学[㉘]，家门礼训，皆折衷于公[㉙]。孝友之性，岂伊桥梓[㉚]；夷雅之体，无待韦弦[㉛]。汝郁之幼挺淳至，黄琬之早标聪察[㉜]，曾何足尚？年六岁，袭封豫宁侯，拜日，家人以公尚幼，弗之先告。既袭珪组，对扬王命，因便感咽，若不自胜。初，宋明帝居蕃[㉝]，与公母武康公主素不协，及即位，有诏废毁旧茔，投弃棺柩。公以死固请，誓不遵奉，表启酸切，义感人神。太宗闻而悲之，遂无以夺也。初拜秘书郎，迁太子舍人，以选尚公主[㉞]，拜驸马都尉。元徽初[㉟]，迁秘书丞。于是采公曾之《中经》[㊱]，刊弘度之《四部》[37]，依刘歆《七略》[38]，更撰《七志》[39]。盖尝赋诗云："稷契匡虞夏[40]，伊吕翼商周[41]。"自是始有应务之迹，生民属心矣。时司徒袁粲[42]，有高世之度，脱落尘俗。见公弱龄，便望风推服，叹曰："衣冠礼乐在是矣。"时粲位亚台司，公年始弱冠，年势不侔，公与之抗礼[43]。因赠粲诗，要以岁暮之期，申以止足之戒。粲答诗曰："老夫亦何寄？之子照清襟[44]。"

服阕[45]，拜司徒右长史，出为义兴太守[46]，风化之美，奏课为最[47]。还，除给事黄门侍郎。旬日，迁尚书吏部郎参选。昔毛玠之公清[48]，李重之识会[49]，兼之者公也。俄迁侍中，以愍侯始终之职[50]，固辞不拜。补太尉右长史，时圣武定业[51]，肇基王命，寤寐风云[52]，实资人杰。是以宸居膺列宿之表[53]，图纬著王佐之符。俄迁左长史，齐台初建[54]，以公为尚书右仆射，领吏部，时年二十八。

宋末艰虞，百王浇季[55]，礼紊旧宗，乐倾恒轨。自朝章国纪，典彝备物[56]，奏议符策，文辞表记，素意所不蓄，前古所未行，皆取定俄顷，神无滞用。太祖受命，以佐命之功，封南昌县开国公，食邑二千户。建元二年[57]，迁尚书左仆射，领选如故。自营部分司[58]。卢钦兼掌[59]，誉望所归，允集兹日。寻表解选，诏加侍中，又授太子詹事，侍中仆射如故。固辞侍中，改授散骑常侍，余如故。太祖崩[60]，遗诏以公为侍中尚书令镇国将军。永明元年[61]，进号卫将军。二年，以本官领丹阳尹[62]，六辅殊风[63]，五方异俗，公不谋声训，而楚夏移情[64]，故能使解剑拜仇[65]，归田息讼[66]。前郡尹温太真刘真长[67]，或功铭鼎彝[68]，或德标素尚，臭味风云，千载无爽，亲加吊祭，表荐孤遗，速协神期，用彰世祀。时简穆公薨，以抚养之恩，特深恒慕，表求解职，有诏不许。国学初兴，华夷慕义，经师人表，允资望实，复以本官领国子祭酒。三年，解丹阳尹，领太子少傅，余悉如故。挂服捐驹[69]，前良取则；卧辙弃子[70]，后予胥怨。皇太子不矜天姿[71]，俯同人范，师友之义，穆若金兰[72]。又领本州大中正，顷之解职。四年，以本号开府仪同三司，余悉如故，谦光愈远，大典未申[73]。六年，又申前命。

七年，固辞选任，帝所重违，诏加中书监，犹参掌选事。长舆追专车之恨[74]，公曾甘凤池之失[75]。夫奔竞之涂，有自来矣。以难知之性，协易失之情，必使无讼，事深弘诱。公提衡惟允[76]，一纪于兹[77]，拔奇取异，兴微继绝，望侧阶而容贤，候景风而式典[78]。

春秋三十有八,七年五月三日，薨于建康官舍[79]。皇朝轸恸，储铉伤情[80]，有识衔悲，行路掩泣。岂直舂者不相[81]，工女寝机而已哉！故以痛深衣冠[82]，悲缠教义，岂非功深砥砺[83]，道迈舟航[84]？没世遗爱，古之益友。追赠太尉，侍中中书监如故，给节，加羽葆鼓吹，增班剑六十人。谥曰文宪，礼也。

公在物斯厚，居身以约，玩好绝于耳目，布素表于造次。室无姬姜，门多长者。立言必雅，未尝显其所长；持论从容，未尝言人所短。弘长风流，许与气类[85]，虽单门后进，必加善诱。勖以丹霄之价[86]，弘以青冥之期。公铨品人伦，各尽其用，居厚者不矜其多，处薄者不怨其少。穷涯而反，盈量知归。皇朝以治定制礼，功成作乐，思我民誉，缉熙帝图[87]。虽张曹争论于汉朝[88]，荀挚竞爽于晋世[89]，无以仰摸渊旨，取则后昆。每荒服请罪[90]，远夷慕义，宣威授指，实寄宏略。理积则神无忤往，事感则悦情斯来。无是己之心，事隔于容谄；罕爱憎之情，理绝于毁誉。造理常若可干[91]，临事每不可夺。约己不以廉物，弘量不以容非，攻乎异端，归之正义。

公生自华宗，世务简隔，至于军国远图，刑政大典，既道在廊庙，则理擅民宗。若乃明练庶务，鉴达治体，悬然天得，不谋成心。求之载籍，翰牍所未纪；讯之遗老，耳目所不接。至若文案自环，主者百数，皆深文为吏，积习成奸。蓄笔削之刑[92]，怀轻重之意。公乘理照物，动必研机，当时嗟服，若有神道。岂非希世之隽民，瑚琏之宏器[93]？昉行无异操，才无异能，得奉名节[94]，迄将一纪。一言之誉，东陵侔于西山[95]；一眄之荣，郑璞逾于周宝[96]。士感知己，怀此何极！出入礼闱[97]，朝夕旧馆，瞻栋宇而兴慕，抚身名而悼恩。

公自幼及长，述作不倦，固以理穷言行，事该军国[98]，岂直雕章缛采而已哉！若乃统体必善，缀赏无地[99]，虽楚赵群才[100]，汉魏众作[101]，曾何足云！曾何足云！昉尝以笔札见知，思以薄技效德，是用缀缉遗文，永贻世范。为如干秩[102]，如干卷。所撰《古今集记》[103]《今书七志》[104]，为一家言，不列于集，集录如左[105]。

【篇旨】

叙写王俭的生平事迹，着重评价他在礼乐制定、人才选拔、政务处理、目录学诸方面的成就。

【注释】

① 讳：人死后书其名，在名前加“讳”以示尊敬。

② 琅邪：今山东胶南诸城一带。

③ 其先：《王氏录》载，王俭祖先，有周王子晋，秦王翦、王离。

④ 家牒：家族世系的谱牒。

⑤ 晋中兴：指司马氏继魏衰落后建立晋朝。

⑥ 六世：指王祥弟王览、王导、王洽、王珣、王昙首、王僧绰六代，王俭的父亲是王僧绰。

⑦ 吕虔：三国时魏人，有宝刀，人们称只有三公可佩此刀，吕虔就把此刀赠予王祥。王祥死时，留给王览，说日后王家必出与刀相称的人。

⑧ 郭璞：晋人，王导渡淮水时请郭璞占卜，璞曰：“吉无不利，淮水绝，王氏灭。”意指王氏永不灭。

⑨ 止杀：指王翦、王离为秦将，是以杀伐止杀伐。

⑩ 吉骏：王俭先祖王吉、王骏父子，二人在汉时都曾任谏议大夫。

⑪ 命世：治世之才。

⑫ 三才：天、地、人。

⑬ 得二：得天地之道。机：关键。

⑭ 昴宿：二十八宿之一，传说汉时萧何是昴星之精降生，后以之为颂扬显贵之词。

⑮ 德精：德星，喻贤士。祉：福。

⑯ 渊角：即“月角”，星相家谓前额骨隆起入右边发际为月角，为圣贤之相。

⑰ 山庭：指鼻子。

⑱ 离坚合异：战国名家公孙龙的“离坚白”和惠施的“合同异”之说，均为善辩之论。

⑲ 总制：总括。清衷：内心。

⑳ 匠者何：下疑脱一“工”字。

㉑ 咸洛：指咸阳与洛阳，此二都失陷北朝。

㉒ 贺生：贺循，晋代儒宗。蔡公：蔡谟，晋代儒林人士。

㉓ 发秀：发白。

㉔ 北面：古时臣见君，卑幼见尊长，皆北面而拜。

㉕ 资敬：《孝经》载：“资于事父以事君，而敬同。”资，依凭。

㉖ 自：假如。

㉗ 简穆公：王僧虔的谥号。

㉘ 年始志学：十五岁。《论语·为政》载孔子曾说：“吾十有五而志于学。”

㉙ 折衷：调和二者，取其中正，无所偏颇。

㉚ 桥梓：父子。

㉛ 韦弦：《韩非子·观行》：“西门豹之性急，故佩韦以自缓。董安于之心缓，故佩弦以自急。”

㉜ 汝郁：汉人，年五岁即知孝敬体贴母亲。黄琬：汉人，七岁能回答日蚀问题。

㉝ 宋明帝：即宋太宗刘彧，465年至472年在位。

㉞ 尚：娶公主为妻。王俭妻为阳羡公主。

㉟ 元徽：宋后废帝刘昱年号，473年至477年在位。

㊱ 公曾：荀勖，字公曾，晋人。晋武帝时得汲郡冢中古文竹书，荀勖受诏编撰为《中经》。

㊲ 弘度：李充，字弘度，晋人。当时书籍混乱，他以五经为甲部，史书

为乙部，诸子之书为丙部，诗赋为丁部。此二人在目录学上都有杰出贡献。

㊳ 刘歆：汉刘向子，曾继承父业，校阅经传诸子诗赋等书籍，并写出提要，编成《七略》。《七略》分：《辑略》《六艺略》《诸子略》《诗赋略》《六书略》《术数略》《方技略》。原书已佚，《汉书·艺文志》依七略分类，可见其概略。

㊴《七志》：分图书为经籍、诸子、文翰、军事、阴阳、术艺、图谱七类，另附道、佛各一类，今佚。

㊵ 稷契：周的始祖后稷与商的始祖契，分别在虞舜与夏时为官。

㊶ 伊吕：伊尹与吕尚，分别辅佐商汤王与周武王建立王朝。

㊷ 袁粲：字景倩。

㊸ 抗礼：行对等之礼。

㊹ 襟：胸怀。

㊺ 服：为母服丧。

㊻ 义兴：属今江苏。

㊼ 课：考。

㊽ 毛玠：字孝先，魏时人，曾典选举。

㊾ 李重：晋人。识会：能识别人才华。

㊿ 愍侯：俭父王僧绰的谥号，他死于侍中的职位上。

51 圣武：指齐高帝萧道成。

52 寤寐风云：日夜思念与之气投感应之人。

53 宸居：帝位。膺：受。

54 齐台：萧道成的王署机构。

55 浇季：风俗浮薄的末世。

56 彝：常。

57 建元：齐高帝年号，479年至482年。

58 营郃：汉献帝时，始置左右仆射，以营郃为左仆射，以卫臻为右仆射。

⑲ 卢钦：晋人，曾为尚书仆射。

⑳ 太祖崩：萧道成逝世在482年。

㉑ 永明：齐武帝萧赜年号，483年至493年。

㉒ 丹阳：治所在今南京。

㉓ 六辅：汉京城附近的六个郡，冯翊、扶风、京兆为三辅，河东、河南、河内为三河。

㉔ 楚夏：楚谓远，夏谓近。

㉕ 解剑拜仇：汉时许荆兄子许世杀人，仇人来杀世，荆跪请杀己代世，仇人解剑而去。

㉖ 归田息讼：汉时韩延寿为东郡太守，郡内有兄弟争田，韩闻后闭门自责，讼者也自责不争。

㉗ 温太真：晋人温峤，字太真。刘真长：晋人刘惔，字真长。

㉘ 彝：青铜器。

㉙ 挂服：魏裴潜在任上曾作一胡床，去任时挂在官第。捐驹：王逊任上洛太守，私马生驹，留给郡府，说是在此所生则该属此地。

㉚ 卧辙弃子：汉时侯霸为淮阳太守，离任时百姓卧辙挽留。侯霸离任后，百姓告诫妇人丢弃自己的儿子，说侯霸一走，必生大乱，不如早早弃子。

㉛ 皇太子：萧昭业。

㉜ 金兰：交友相投合。《周易》系辞上："二人同心，其利断金；同心之言，其臭如兰。"

㉝ 大典：重位。

㉞ 长舆：晋人和峤，字长舆，为中书令，荀勖（字公曾）为中书监，本二人合用一车，和峤每专用此车而行。

㉟ 凤池：指中书省的职位。荀勖由中书监迁尚书令，人来祝贺，荀勖说：和峤夺去了我中书省的职务，有什么可祝贺的。

㊱ 允：公允。

㊲ 一纪：十二年。

⑱ 式典：典范。

⑲ 建康：今南京，当时国都。

⑳ 储铉：太子与三公。

㉑ 相：送杵声。《礼记 · 曲礼》："邻有丧，舂不相。"

㉒ 衣冠：指士大夫。

㉓ 砥砺：指利人。

㉔ 舟航：指济人。

㉕ 许与气类：招引与己同类的人。

㉖ 勖：勉励。

㉗ 缉熙：光明。

㉘ 张曹：汉时的张酺与曹褒曾争论礼仪。

㉙ 荀挚：晋人荀顗与挚虞曾争论礼义。

㉚ 荒服：远国。

㉛ 造：至。干：干犯。

㉜ 笔削：修改文字。

㉝ 瑚琏：瑚、琏都是古代祭祀时盛粟稷的器皿，因其贵重，用以喻人有才能，堪当大任。

㉞ 奉名节：指与王俭交游。

㉟ 东陵：盗跖为利而死的地方。西山：伯夷叔齐为名而死的地方。

㊱ 璞：郑人称玉之未理者为璞，周人称鼠之未腊者为璞，周人怀璞过郑，问郑贾曰："想买璞吗？"郑人一看拿出来的是鼠，便推辞不要。

㊲ 礼闱：尚书省。

㊳ 该：具备。

㊴ 无地：无论何处。

⑩⓪ 楚赵群才：指屈原、荀卿诸人。

⑩① 汉魏众作：指汉时诸赋家，与"建安七子"等的作品。

⑩② 如干：若干。秩：即"帙"，书一函为一帙。

⑩③《古今集记》：《南齐书》《南史》作《古今丧服集记》。

⑭《今书七志》：即《七志》，《隋书·经籍志》二作《今书七志》七十卷。
⑮ 集录：即集的目录。

【语译】

王公名俭，字仲宝，琅邪临沂人。他的先祖从秦至宋的情况，史书与家谱都有详细记载。前朝衰落，晋朝使社会重新兴盛以来，王家六代有名有德，在国内出人头地受人拥戴。古话说：仁德之士所得益的，就像天道运行长久不绝。所以魏时吕虔把只有三公才能佩带的宝刀赠给王家，晋时郭璞占卜称王家的福运与淮水一样久长。如果说到秦将王翦、王离的以杀伐制止杀伐，汉时王吉、王骏的诚信感人，这对王家的福祚也是有帮助的。

王公的诞生啊，是上天赐予的治世之才，他一人总具天、地、人三才之美，又掌握天道、地道的关键。他确实是天上昴宿下凡，是德星降世，此二者只具其一，便可蔚为帝王之师了。何况他又具有“月角”骨相特别吉祥，具有“山庭”鼻子与众凡像不同；他的本领道术幽远，让人不能一下子看透，如同观海但不能判定波澜的深浅。他广泛博览书籍，具有多方面的才艺。如果说到《金版》《玉匮》等深奥古籍，著之海上藏之名山诸书的美妙旨意，深沉闲远澹雅的思想境界，古名家离坚白合同异的雄辩论说，这一切没有不被他心领神会而总括在胸的，成为其心灵的极致。这些绝对是所谓通人才具备的才识，如果没有绝妙的心灵运用，是不可能穷尽的，他是具有神明并能运用神明的人吧！然而他作为检鉴的标准，作为人伦的表率，如云屋在天构筑，是什么造就了他这样的才干呢？自从咸阳、洛阳等中原地区失陷北朝，典章制度失传中辍，贺循最明三礼，成为江南儒宗，蔡谟为儒林亚宗，但他们仍有阙漏的典章礼仪未曾补足，而真正使之完备的是今日的王公。至于说齿落发白的老年人，琢磨经术咀嚼道义的书生，也个个以他为师长，请教他尊敬他。他性格志向平易深远，小时候就摒弃尘杂俗事，如果不是弘扬奖劝风，增益高胜之道的事，他是一点也不曾留心的。

王公周岁时父亲就逝世了，他的叔父司空简穆公，早就器重他的异品不凡。当他在有志于学的十五岁时，家族中关于典章礼仪的讨论，就以他的意见为准了。他的孝悌友爱的性情，不仅仅表现在父子兄弟的人伦上；他平易典雅的品性，也无须佩韦佩弦来自警就自然实现了。汉人汝郁幼小时的超出众人的纯孝之至，汉人黄婉自幼显示出来的聪明才智，比起王公来又算得了什么？他年六岁时，承袭父爵被封豫宁侯，授爵那天，家人认为他年纪尚小，就没有事先告诉他。待给他挂上珪玉与绶带，向他宣布皇帝的命令，他一下子感动得哽咽流泪，似乎不能控制自己。起初，宋明帝未即位时住在封地，与王公的母亲武康公主素来关系紧张不和，待明帝即位后，就下诏要废弃毁平武康公主的坟茔，把棺材灵柩迁投它处。王公冒死坚决请求保留坟茔，发誓不能遵奉诏命，为此而呈的奏表写得辛酸痛切，内中情义动人感神。明帝看了奏表也十分悲伤，于是就没有逼迫他。他一开始授官秘书郎，又迁升为太子舍人，被选中娶公主为妻，授官驸马都尉。宋后废帝元徽初年，迁升为秘书丞。这时王公采取荀勖编撰《中经》的办法，修改李充依四部分类图书的条例，依照刘歆《七略》的作法，又编撰了《七志》。他当时曾赋诗说："后稷与契匡助虞舜与夏，伊尹与吕尚辅佐商与周。"自此开始，他有了应合时务的事迹，而百姓对他也有了属合之心。当时司徒袁粲，有高于世俗的风度，超脱平庸尘俗，闻王公小小年纪便有如此的风度器识，而推许折服，并且感叹地说："文明教化礼乐就体现在他身上啊。"当时袁粲的地位仅次于禁省长官，而王公刚刚满二十岁，两人年龄与位势都相差较远，王公却与他行对等之礼。王公赠袁粲诗，相约以岁寒之志共勉，申明以知足谦虚自戒。袁粲答诗说："老夫无所寄托了，赖夫子您照鉴我的清心。"

为生母服丧结束，王公任司徒右长史，外放任义兴太守，使那地方风俗教化淳美，在朝廷考核中得第一名。回京后，任给事黄门侍郎，十日后，又升迁为尚书吏部参选。以前魏人毛玠掌典选举公平清白，晋人李重掌典选举善于识别人才，而王公则兼公平清白与善识人才二者。不久任他为侍中，他以此官职是其父愍侯遇害时的职务，坚决推辞不接受。于是补他为太尉右长史，当时齐高帝萧道成正是奠定基业而将立王命之初，朝夕梦寐企求的是与英才遇合，实在需要依仗杰出人士。所以他占据的高位与帝星表征相配，诸种图谶纬书也表现出贤才可以辅佐天子的符应。不久，王公迁升左长史，宋时萧道成齐王台府刚刚建立起来，又任王公为尚书右仆射，兼任吏部之职，这时他二十八岁。

宋代末年时世荒乱艰难，历代末世帝王的浮薄紊乱此时全部具备，礼仪违背旧日的遵奉，音乐倾覆了正常的轨道。从朝廷文书国家法制，典章制度文物常则，奏章议论命令符策，文章辞表书记等等，都是没有经过深思熟虑的，也都是以前没有先例的，仅仅是临时仓促随便制定的。但是神明的运用是不会停滞的，于是有太祖皇帝接受上天命令登基，王公以辅佐登基的功劳，被封为南昌县开国公，采邑二千户。齐高帝建元二年，再升迁为尚书左仆射，吏部之职如故。自从汉献帝时尚书分左右仆射由营郃、卫臻分掌，至晋时卢钦任尚书仆射兼掌二职，声誉名望的归向，此时全集中在王公身上。不久他上表请求解除吏部参选之职，有诏加封他侍中之职，又授他太子詹事，侍中仆射之职依旧。王公坚决要辞侍中之职，于是改授他散骑常侍，其他依旧。太祖萧道成逝世，留下遗诏任他为侍中尚书令镇国将军。齐武帝萧颐永明元年，又给他加卫将军封号。永明二年，以本有的官职又兼任丹阳尹，当时国都四周的地区风俗教化各自不同，王公并不张扬声誉教示百姓，仅凭其自身的道德品性已使得南北远近的百姓有所感化，所以仇人之间放下武器相互叩拜，田地争讼平息而相互谦让。前任丹阳尹温太真、刘真长，他们或功绩刻在鼎彝之上，或道德操行高扬世俗之上，他们的风尚香飘风云，千载之下丝毫不差，王公亲自吊唁祭祀他们，上表奏荐他们的子孙后代，上与浩浩神明相协，下明世代祭祀之礼。此时简穆公王僧虔逝世，王公认为他对自己有养育之恩，特别表现出一种恒深的思慕哀痛，于是上表请求解除职务去守丧，诏命不允许。此时国学刚始兴起，境内与四夷都仰慕道义，经典之师要为人法表，确实需要一个名望实事相配的人来主掌，于是王公又以本官兼任国子祭酒。永明三年，王公解除了丹阳尹的职务，兼任太子少傅，其他依旧。裴潜离任时留下物品，王逊给官府留下马驹，这些正是清廉的王公所取则的；当年人们卧辙弃子来挽留侯霸，如今人们相怨王公为何来得如此晚。皇太子不自矜天姿英发，俯身遵同常人准则，王公与他的师生朋友情义，和穆而结金兰之好。王公又兼本州大中正，不久又解除了此职。永明四年，以本身官号开府仪同三司，其他职务依旧，他愈发谦让而光辉愈远，这职务被他坚决辞去。永明六年，朝廷又申布上述任命。永明七年，王公坚决要辞吏部选举的职任，皇帝则坚决不允许，下诏加任他为中书监，还仍要参预吏部选举的事。比起王公来，和峤会追悔当年的一人独用本该两人使用的车辆，而荀勖也会对失去中书省的职务心甘情愿。奔走竞争求情在定品选举的途径上，很久以来就是如此，要把难以洞悉的人的品性才能，去协和弥补极易遗失绝妙人才的过失，做到无所争议诉讼，就必须深入了解情况，以道来谆谆善诱。王公平衡轻重公允恰当，在这选举人才的岗位上任职十二年，选拔出大量优秀绝异的人才，并使一些衰微的家族重新继承雄风兴盛起来。他站立在侧阶迎接贤才入朝，待东风劲吹便施爵禄赏有功以为朝廷法典。

王公享年三十八岁，永明七年五月三日，他在建康的官舍中逝世。皇朝上下深感震惊痛悼，太子与三公倍觉悲伤凄恻，相识者衔悲痛苦，不相识者掩泣哀哭。难道仅仅是舂者不相杵，女士停织机吗！那些衣冠之士深深哀痛，教义之子久久悲悼，难道不是因为王公功在利国利人，道在济人久远吗？王公虽然离世却留下了仁爱，是古人所说的益友啊。朝廷追赠他为太尉，侍中中书监诸职依旧，给予节旄，葬仪加羽葆仪仗与乐队，持班剑的队伍增加到六十人。谥号文宪，也是依照礼仪的。

王公待人接物宽厚，而自己生活十分简约。与耳目玩好绝缘，但总是出钱周济贫素之人的急遽之需。他家中不养幼姬美妾，登门者多是长者贤良。他出言必定雅正，从不曾有意显示自己的优长；与人辩论从容和蔼，从不揭说别人的短处。弘扬教化风行天下，招引与己同类的道义之士，虽然有些是出自寒门后辈，也必对他们加以谆谆劝诱。以青云之志的高远勉励他们，以苍天之怀的广阔来扩展他们的眼界。王公铨品使用人才，使他们能全部展现自己的才能，处于高位者不矜夸自己的高位，居低位者不自哀怨自己的低位。他们知足如至涯畔而反，他们知满如以器盛物器满则止。朝廷以天下大治便制定礼仪，大功告成便兴作礼乐，想让百姓颂誉朝廷功德，使皇朝鸿业更加光明兴盛。虽然汉时张酺与曹褒争论礼仪，晋朝荀颉与挚虞相互指责，但他们都未能探索到礼仪深奥的渊源宏旨，因此也不能成为后世的法则。每有远荒之国来向皇朝请罪，境外蛮夷羡慕皇朝信义前来，王公必定宣扬皇朝声威并发号施令，其中实含宏图大略。义理积于心中则所思所为无所违忤，诸事有感于心则情悦义欢前来归化。没有认为自己正确的心思，就不会因为谄媚而办坏了事；没有爱憎的情感，就不会因为或毁或誉而失去义理。王公述理时多宽和常被认为是可以触犯的，但每到具体的事情上他的意志就是不可改变的。他约束自己，但又广施于物，他气度宏大，但又不容人为非，攻伐异端不正常之事，欲使人人物物归向正义。

王公出身在豪门士族，对世务俗事有所简慢隔绝，至于说远图大略的军国之事与刑法政策法令典章，他身处朝廷廊庙，办理得井井有条深获人心。如果说到明了通晓国家的各种政务，审察通达政治大体，他似乎是俨然得之于天，不曾在心中思虑便得出正确的结论。拿这些结论去查询书籍，各种文翰墨牍都不曾记载过；把这些结论去讯问老年人，他们耳目也未闻未见。至于说案头文书之多能把自己环绕起来，文书在诸主管部门转来移去达百数次，这些都是官吏苛细周纳条文所致，日积月累而形成这种恶习。他们积压文书使之迁易不定，妄自加减。王公依照道理处理诸事，动辄就钻研出其中深微之理，当时人们十分感慨佩服，称他好似有神明之道。难道他不是世所稀有的优秀人才、瑚琏般堪当重任的国家栋梁之才吗？任昉我并没有什么特别的操守，也没有什么突出的才能，却仰奉王公名节与之交游，已经将近十二年了。他对我有所赞誉，如盗跖的东陵等同于伯夷叔齐的西山；他对我有顾盼的荣耀，如低贱的鼠璞超过了名贵的宝玉。读书人最感谢知己之人，始终牵挂在心永不遗忘！我出入尚书省，朝夕相伴旧时的官舍，看到屋梁栋宇便兴起敬仰之心，回看自身的功名更悼念王公对我的恩情。

王公自幼直至年长，述作撰写永不疲倦，本来就是叙写自己的言行，述作军国政事，怎能只是雕琢文辞缛采翰章呢！至于叙写的文体必定美善，处处令人赞赏，虽说是楚赵诸位才子，汉魏各种作家，比起王公来又怎能相提并论！又怎能值得称说呢！任昉我曾因笔札文写得好而被王公知遇，于是想用这小小的技艺来报效王公的恩德，因此采集编撰王公的遗文，使之永留后世作为典范。共有若干帙，若干卷。王公所撰的《古今集记》《今书七志》，已是一家之言单行于世，故未收入集中。集中文章的目录如左。

【评析】

唐人李周翰称这篇文章说："集者，录其文章；序者，述集之所由。"本文作者"述集之所由"时，依据"读其书"要"知人论世"的古训，不一一叙述集中诸文，而是叙述了王俭一生的经历事迹。第一段，以简单介绍王俭的家世福祚开启全文。第二段，以叙述王俭的诞生评议了其一生。第三段，叙述王俭初期的仕途与创撰《七志》的情况。第四段，写王俭任地方官时的政绩。第五段，写王俭在南齐的仕途。第六段，写王俭逝世。第七段，写王俭在选举人才、制定礼乐上的功绩。第八段，写王俭处理政务的才干。第九段，写王俭在撰述上的成就。作者任昉在梁时以表、奏、书、启等诸体散文名世，当时沈约以诗著称，人称"任笔沈诗"，我们从这篇序文也可看出任昉的笔力。本篇序文总的是运用夹叙夹议的手法，但又不生硬呆板而灵活多变，如前六段是依身世经历的纵向叙述与议论，而后三段则总括性横向叙述议论。文中多用突出事例，使全文显得生动具有强烈的感染力，文中还多有作者直接出面的情感抒发。从以上这些都可以看出本文的疏荡灵动，可见当时人们对任昉的称誉并非虚说。

卷第四十七

颂

圣主得贤臣颂一首

作者：王子渊　　注译评析：周满江

夫荷旃被毳者①，难与道纯绵之丽密②；羹藜唅糗者③，不足与论太牢之滋味④。今臣僻在西蜀，生于穷巷之中，长于蓬茨之下。无有游观广览之知，顾有至愚极陋之累，不足以塞厚望应明旨。虽然，敢不略陈愚心而杼情素⑤。

记曰⑥：恭惟《春秋》，法五始之要⑦，在乎审己正统而已。夫贤者，国家之器用也。所任贤，则趋舍省而功施普；器用利，则用力少而就效众。故工人之用钝器也，劳筋苦骨，终日矻矻。及至巧冶铸干将之璞⑧，清水淬其锋，越砥敛其锷。水断蛟龙，陆刿犀革⑨，忽若彗泛画涂，如此则使离娄督绳⑩，公输削墨⑪，虽崇台五层，延袤百丈而不溷者，工用相得也。庸人之御驽马，亦伤吻弊策，而不进于行。胸喘肤汗，人极马倦。及至驾啮膝⑫，骖乘旦⑬，王良执靶⑭，韩哀附舆⑮，纵骋驰骛，忽如影靡⑯。过都越国，蹶如历块⑰。追奔电，逐遗风⑱，周流八极，万里一息，何其辽哉！人马相得也。故服絺绤之凉者⑲，不苦盛暑之郁燠；袭狐貉之暖者⑳，不忧至寒之凄怆。何则？有其具者易其备。贤人君子，亦圣王之所以易海内也㉑。是以呕喻受之，开宽裕之路，以延天下之英俊也㉒

夫竭智附贤者，必建仁策；索人求士者，必树伯迹。昔周公躬吐握之劳[23]，故有圄空之隆[24]；齐桓设庭燎之礼[25]，故有匡合之功[26]。由此观之，君人者，勤于求贤而逸于得人，人臣亦然。

昔贤者之未遭遇也，图事揆策，则君不用其谋；陈见悃诚，则上不然其信。进仕不得施效，斥逐又非其愆[27]，是故，伊尹勤于鼎俎[28]，太公困于鼓刀，百里自鬻，宁戚饭牛，离此患也。及其遇明君、遭圣主也，运筹合上意，谏诤则见听。进退得关其忠，任职得行其术。去卑辱奥渫而升本朝[29]，离蔬释跻而享膏粱[30]，剖符锡壤而光祖考[31]，传之子孙以资说士[32]。故世必有圣智之君，而后有贤明之臣。虎啸而谷风冽，龙兴而致云气。蟋蟀俟秋吟，蜉蝣出以阴。《易》曰："飞龙在天，利见大人。"《诗》曰："思皇多士，生此王国。"故世平主圣，俊乂将自至。若尧舜禹汤文武之君，获稷契皋陶伊尹吕望之臣，明明在朝，穆穆列布。聚精会神，相得益章。虽伯牙操遞钟[33]，蓬门子弯乌号[34]，犹未足以喻其意也。

故圣主必待贤臣而弘功业，俊士亦俟明主以显其德。上下俱欲，欢然交欣。千载一会，论说无疑。翼乎如鸿毛遇顺风，沛乎若巨鱼纵大壑。其得意如此，则胡禁不止，曷令不行。化溢四表，横被无穷。遐夷贡献，万祥必臻。是以圣主不偏窥望而视已明，不殚倾耳而听已聪。恩从祥风翱，德与和气游。太平之责塞，优游之望得。遵游自然之势，恬淡无为之场。休征自至[35]，寿考无疆。雍容垂拱[36]，永永万年。何必偃仰诎信若彭祖[37]，呴嘘呼吸如乔松[38]，眇然绝俗离世哉！《诗》曰："济济多士，文王以宁。"盖信乎其以宁也。

【篇旨】

论圣主与贤臣的依存关系。圣主必须礼遇贤士，依靠贤臣，才能使国家兴盛。而贤才也必须得到圣主任用，才能发挥才干。二者的遇合，是盛世的基础。

【注释】

① 旃（zhān）：毛毡。毳（cuì）：毛织物。

② 绵：丝织品。

③ 羹藜：野菜藜做的汤。糗：干粮。

④ 太牢：牛羊豕三牲全备的祭祀，代指美食。

⑤ 杼：通“抒”。

⑥ 记：古代史书，这里指春秋公羊学家的著作。

⑦ 五始：《公羊传》解《春秋》“元年春，王正月，公即位”之义时说，元为气之始，春为四季之始，王为受命之始，正月为政教之始，公即位为一国之始。五始之要即尊王之义。

⑧ 巧冶：即欧冶子，春秋时吴人，铸剑巧匠。干将：欧冶子铸宝剑两把，一名干将，一名莫邪。璞：一作朴。

⑨ 剸（tuán）：截割。

⑩ 离娄：传说为黄帝时人，能看到百步之外，见秋毫之末。

⑪ 公输：公输般，春秋鲁国的建筑巧匠。

⑫ 啮膝：千里马名。

⑬ 乘旦：千里马名。

⑭ 王良：春秋时善于驾车的人。

⑮ 韩哀：春秋时善于驾车的人。

⑯ 靡：消失，形容车的快速。

⑰ 蹶：疾速。

⑱ 遗风：疾风。

⑲ 絺绤（chī xì）：葛布。细的叫絺，粗的叫绤。

⑳ 袭：衣上套衣。

㉑ 易：治。

㉒ 延：聘请。

㉓ 吐握：“一沐三握发，一饭三吐哺”的缩语。言周公接见贤士的殷勤。

㉔ 圄（yǔ）：囹圄、牢狱。

㉕ 庭燎：庭中照明的火炬，用于国之大事。桓公设庭燎待士，表示敬重。

㉖ 匡合：指匡正天下，挽救中原，纠合诸侯，抵御外侮。

㉗ 愆（qiān）：过失。

㉘ 鼎：煮食之锅。俎：砧板。

㉙ 奥渫（yù xiè）：幽独污浊。

㉚ 蹻：草鞋。

㉛ 锡：通“赐”。

㉜ 说：通“悦”。

㉝ 篪（dì）钟：琴名。

㉞ 蓬门子：夏朝的善射者。又作逢蒙、蜂门等。乌号：良弓名，相传为黄帝所造。

㉟ 休征：吉兆。

㊱ 垂拱：垂衣拱手，言天下太平，可无为而治。

㊲ 诎信（qū shēn）：同“屈伸”。

㊳ 乔松：王乔、赤松子，传说中的仙人。

【语译】

那些披毛毡穿毛布的人，难让他懂得丝绵的华丽细软。喝菜汤啃干粮的人，不值得和他谈珍馐佳肴的美味。目前，臣居住在偏僻的西蜀，生在贫穷的里巷之中，长在蓬门草屋之下。没有游历观览、广闻博见的见识，倒有极其愚陋的缺陷，实不能满足圣上的厚望，应承您英明的旨意。虽则如此，岂敢不略陈愚见，而表明忠心。

古史书说：敬思《春秋》经义，效法五始原则的关键，在于审视自己的作为，以正道统理天下而已。贤才是治国的工具。君主任用的是贤才，则进退省力而功效普施，犹如工具锐利，就用力少而收效多。因此，工人用的工具不锋利，就会劳筋苦骨，终日劳苦。及至灵巧的欧冶子用矿石炼铸出干将宝剑，用清水淬其锋，用越石磨其刃，便锋利无比。入水可斩蛟龙，在陆地能截割犀牛革，就像扫帚横扫泥地、用刀划泥一样轻快。像这样，让眼力明亮的离娄瞄正墨绳，公输顺墨线削直木料，即使建起高达五层的楼台，宽广百丈的宫殿，也不会倾斜错位，其原因，是由于巧匠配合得当。平庸的人驾着劣马，勒伤马嘴打断鞭，而不能前进，急得鼓胸喘气、汗湿肌肤，人困马倦。等到以千里马啮膝驾辕，以乘旦为骖马，请驾车能手王良执掌马缰，请赶车名家韩哀随车扬鞭，就会纵车飞驰，跃进迅疾，飘忽如影。穿城越国，像跳过小土块一样。可以追上闪电，赶过疾风，周游八方极远之地，奔驰万里才休息一次，何等辽远啊！这是善驾车的人，与千里马相配得当啊！所以穿着凉爽的葛麻衣服的人，不苦盛夏的暑热；穿着狐貉裘皮衣的人，不担心严寒的凄苦。原因何在呢？有好工具的人容易做好事情。那些贤人君子，也就是圣主治理中国的好工具。因此，圣主和颜悦色地任用贤士，开拓宽广的进身之路，以招聘天下的英才俊杰。

竭尽心力招聘贤士的圣君，必能建树仁政业绩。寻求人才善士的王者，必能成就霸业。往昔，周公“一饭三吐哺，一沐三握发”，殷勤接待贤士，才会有狱中无人犯的太平盛世。齐桓公设庭燎之礼招贤纳士，才有了建立霸业匡正天下之功。由此看来，为君主的人，殷勤求贤就容易得到人才，为人臣者也要帮助君主访贤求才。

从前一些贤者在没有遇见圣主时，为政制策，君主不用他的谋略。向君主陈述政见表明忠心，君主不肯信任。入朝为官不能施才立功。被斥责贬逐，又不是他的过错。所以，伊尹在锅旁砧前操劳，姜太公受困于挥刀屠牛之市，百里奚自卖为奴，宁戚喂牛赶车。这些贤士都遭到了患难。到他们遇明君逢圣主时，运筹谋略能合君主心意，劝谏争论都被接受，进退都能尽其忠心，为官任职能贯彻其治国谋略。远离卑辱受压的地位，而升于朝廷之上。丢弃了蔬菜粗粮，脱下了草鞋，而享用肥美佳肴。君主与他剖符为信，赐土封侯。为祖宗争光，传之子孙。君主亦以此取悦贤士。所以说，世上必先有圣明的君主，而后才有贤明的大臣。猛虎长啸之后，山谷中才有凛冽的大风；神龙腾空之后，才有云气弥漫。蟋蟀要到秋天才吟鸣，蜉蝣在阴时才出来。《易经》说：“飞龙升于天空，利于朝见大人。”《诗经》说：“愿众多的贤士，生在这个王国。”所以说，时世太平君主圣明，俊才贤士将自动来朝，像尧、舜、禹、汤、文、武诸君，得到后稷、契、皋陶、伊尹、吕望这类贤臣。英明的在朝为官，肃穆的在位任职，聚精会神地办事施政，君臣关系协调、信任，愈显君主圣明，大臣贤能。即使用伯牙演奏琴曲、蓬门子射乌号之弓，也不足以形容他们君臣配合的融洽。

所以，圣主必须得到贤臣，才能发展功业。俊才贤士也要等明主任用，来显示其贤德。上下都想得到对方，才能愉快地交相共事。圣主贤臣相会，千年一遇。论说君臣之道，相信无疑。犹如鸿毛遇到顺风，高飞云霄；又如大鱼纵身大海，在大水中漂游。他们如此得意的配合，那还有什么禁令不能制止邪恶，什么命令不能执行。教化之德布于四方，施于无穷的远方。边疆蛮夷进贡献礼，万种吉祥福祉必定到来。因此，圣主不用到处视察就已看清一切，不用倾耳细听已全明白。圣主的恩惠随祥风吹遍天下，仁德与和气周游四海。人民求太平的愿望得到满足，百姓的要优游自得的希望得以实现。施政遵循自然之势，处恬淡无为的境界，美好的征兆自来，寿长无疆。圣主闲和，垂拱而治，永久不衰，以至万年。何必坐卧屈伸像彭祖那样求长寿，又何必吐纳呼吸像王子乔、赤松子那样去做神仙，超然出世离家呢！《诗经》说：“济济众多的贤士，使文王安享天下。”这话是可信的，他是靠众贤才得以安宁的。

【评析】

此文原为应诏之作。《汉书 · 王褒传》称，益州刺史王襄向宣帝奏王褒有轶才，宣帝即征褒至京。同时下诏，命他作《圣主得贤臣颂》。此颂一方面歌颂圣主与贤士的遇合，曲折地赞扬王襄荐举贤士之德，暗含感激之情。另一方面借颂发论，论述圣主与贤士的应有关系。颂与论自然结合，加深了颂的内容。文章先从贤者在治国中的作用论起，把贤士比作工具，使君主从心理上明白贤士的必不可少。但贤士是自尊自爱的人才，故文章接着又从礼贤下士这一面，论君主求贤的应有态度。又综合两方面的作用，论君主圣明是贤士发挥作用的必要条件，而贤士又是圣主治国的必备工具。论述层次井然。且通过论把宣帝捧上圣主的地位，把王襄列于贤士的行列，论与颂的结合极为巧妙。文章又善用铺排，历举事例，正反相衬，引古证今，广用比兴，使论证有力，富于词采。

赵充国颂[①]一首

作者：杨子云　　注译评析：周满江

明灵惟宣，戎有先零[②]。先零猖狂，侵汉西疆。汉命虎臣，惟后将军整我六师[③]，是讨是震。既临其域，谕以威德。有守矜功[④]，谓之弗克。请奋其旅，于罕之羌[⑤]。天子命我，从之鲜阳[⑥]。营平守节，屡奏封章。料敌制胜，威谋靡亢。遂克西戎，还师于京。鬼方宾服[⑦]，罔有不庭。昔周之宣[⑧]，有方有虎[⑨]。诗人歌功，乃列于雅。在汉中兴，充国作武。赳赳桓桓，亦绍厥后。

【篇旨】

表彰名将赵充国的丰功伟绩，赞美其智谋胆略，为当朝武将树立榜样，鼓舞其守边壮志。

【注释】

① 赵充国（前137—前52）：字翁孙，陇西上邽（今甘肃天水西南）人。征匈奴有功，封后将军、营平侯等。汉宣帝神爵元年（前61），以七十六岁的高龄，出征诸羌。取胜后，留兵屯田，发展西疆经济。因功绩显著，得画像未央宫，与霍光等大臣像并列。成帝时，西羌骚乱又起，皇帝思慕守边虎将，召黄门郎杨雄作此颂，题赵充国像旁。

② 戎：古族名。古代中原人对西北各族也泛称为戎。先零：羌族一分支，居湟水（在今甘肃）以南，青海西北。

③ 六师：犹言王师。古制天子六军。

④ 守：指酒泉太守辛武贤。

⑤ 罕：罕羌，羌族一分支。此时活动于金城郡（治所在今甘肃兰州西北）南部地区。

⑥ 鲜阳：鲜水北岸。鲜水在今青海境内。

⑦ 鬼方：汉代又称先零羌为鬼方。

⑧ 宣：指周宣王。

⑨ 方：方叔，宣王时为大将军，征楚有功,《诗经·小雅·采芑》赞其事。虎：召虎，宣王时平定淮夷。《诗经·大雅·江汉》颂其功。

【语译】

圣灵天子宣帝时光，西戎有先零羌。先零羌猖狂叛乱，侵扰汉的西疆。汉皇任命虎将，惟后将军盖世无双。他率我王师人马，大举征讨，威震诸羌。兵临先零地域，向羌人宣喻汉皇的威力和仁德。酒泉太守辛武贤贪功逞能，说后将军的战略不能取胜。请求出动自己的军队，攻击罕羌（迫先零投降）。天子降下诏命，教后将军出师响应，围追到鲜水之北。营平侯坚持自己的战略，多次向天子递上奏章。他算定取敌制胜的策略，那妙计的威力使敌人无法抵抗。终于战胜了西戎，大军凯旋回京。众羌人都归服朝廷，没有人敢不称臣朝拜。忆往昔周宣王时代，有方叔和召虎两将（征蛮夷屡建大功），诗人为他们歌功颂德，诗章列于大雅小雅之中。在汉朝中兴时代，赵充国威武鹰扬。他威风凛凛，继方叔、召虎之后，保卫边疆。

【评析】

本篇颂辞题于画像之旁，故必须简明而概括丰富。赵充国作为一代名将，屡建奇功，事迹甚多，而作者独取平定先零一战。因为在这次战争中，赵充国主张安抚与屯田为主的战略，而反对残酷杀伐，充分表现了他的智谋与道德，使边疆各族和睦相处，有利于西域的安宁。同时，作者又赞赵充国面对辛武贤的反对，敢于谏诤，其英雄本色、大将风度，亦十分形象地写出。抓住了典型，故能于一二百字中，使人物的精神、气质、事业、功绩，表现出来。文字亦古简而有波澜。

出师颂一首

作者：史孝山　　注译评析：周满江

茫茫上天，降祚有汉。兆基开业，人神攸赞[①]。五曜霄映[②]，素灵夜叹[③]。皇运来授，万宝增焕。历纪十二[④]，天命中易。西零不顺，东夷遘逆。乃命上将，授以雄戟[⑤]。桓桓上将，实天所启。允文允武，明诗悦礼。宪章百揆[⑥]，为世作楷。昔在孟津[⑦]，惟师尚父[⑧]。素旄一挥，浑一区宇。苍生更始，朔风变楚[⑨]。薄伐猃狁，至于太原。诗人歌之，犹叹其艰。况我将军，穷城极边。鼓无停响，旗不暂褰。泽沾遐荒，功铭鼎铉[⑩]。我出我师，于彼西疆。天子饯我，路车乘黄[⑪]。言念伯舅，恩深渭阳[⑫]。介珪既削[⑬]，列壤酬勋。今我将军，启土上郡[⑭]。传子传孙，显显令问。

【作者简介】

史孝山，名岑。孝山为其字，王莽末年沛人，爵里不详。

【篇旨】

汉安帝永初初年，金城、陇西诸羌叛乱，诏命虎贲中郎将邓骘出征，大破之。此文颂其平叛功绩。

【注释】

① 赞：佐助。

② 五曜霄映：水、金、火、木、土五行星，同时出现在天空同一方位。

古人以此为祥瑞。《汉书·高帝纪》上记：元年冬十月五星聚于东井，沛公（刘邦）至关中霸上，秦王子婴迎降。

③ 素灵：指白蛇的精灵。刘邦当亭长时，在遣送刑徒途中遇白蛇当道，挥剑斩之。后有人到斩蛇处，见老妪夜哭，说：吾子白帝子化为蛇当道，今者赤帝子斩之也。

④ 历纪十二：指自刘邦至汉平帝刘衎，西汉历十二代皇帝。

⑤ 雄戟：古兵器名。《方言》郭璞注云："今戟有小孑刺者，所谓雄戟也。"

⑥ 宪章：典章制度。揆：掌管。

⑦ 孟津：古黄河渡口名，在今河南洛阳市孟津区东北。相传周武王在这里盟会诸侯，渡河伐纣。

⑧ 尚父：即吕望。

⑨ 朔风：这里指代北地音乐。楚：这里指代南方音乐。古人以南方音乐为生长之音，舜好此乐故兴，纣爱北鄙之音而身死国亡。

⑩ 铉：古代举鼎的工具。

⑪ 路车：又作"辂车"，春秋时代诸侯所乘的车。乘黄：四匹黄马。

⑫ 渭阳：渭河之阳。《诗经·秦风》有诗《渭阳》一篇，《毛诗》认为是秦康公送舅氏重耳之作。邓骘之妹是汉和帝的皇后，故邓骘在辈分上为汉安帝之舅。所以借《渭阳》诗称颂安帝为邓骘送行。

⑬ 珪：守邑封土的符信。

⑭ 上郡：郡名。邓骘奉诏驻兵汉阳（今甘肃天水一带），还京后被封为大将军，并未封土，故这句所言上郡，只是比喻受到封赏而已。

【语译】

茫茫上天，授皇位于汉室。在汉高祖奠基创业伊始，贤人和神灵都来佑助。五星同映于天空一方，白蛇的精灵在夜间哀叹儿子被刘邦斩断。这些符瑞兆示上天授给了皇运，万方宝物为汉室增辉。至今已历经十二世皇帝，天命忽的中道变易。西零羌不肯归顺，东夷又乘机叛逆。皇帝诏命上将军邓骘出征，授予他锋利的雄戟。威武的上将军，实受上帝开导，能文能武，知

《诗》《书》爱礼仪。行动遵守典章法度，可作世人楷模。往昔周武王在孟津会合诸侯，任姜太公为军师。他帅旗一挥，就歼灭纣王统一了天下。苍生百姓获得新生，南风的生机取代了北风的死气。周宣王讨伐猃狁，大军攻入太原。诗人歌颂召虎的战功，又慨叹他出征的艰苦。况且我们的大将军，要到极远的穷困边城。厮杀的鼓声不停擂动，进攻的军旗不停飞扬。王师胜利的恩泽滋润着荒远的大地，将军的丰功铭铸于钟鼎之上。我率大军出征，到那西部边疆。天子为我饯行，赐予四匹黄马驾起的大车。感念伯舅情长，犹如秦康公在渭阳送舅氏重耳一样，恩深难忘。（将军胜利归来，）天子赐予符信，列土封赏以酬劳他的大功。今我将军，在上郡开土建邦，传子传孙，永远光大他的功德。

【评析】

此颂从汉承天命写起，似乎说得太远，但细味作者苦心，却为述至中衰，再以中兴之功归于邓骘，烘托其出师平乱的重大意义。功绩之大，可以想见。次以吕望灭纣，使苍生更始之功，比附邓骘靖边，对民众及国家之利，颂其恩泽之广。最后又以皇帝的荣宠，更突出其功绩对国、对家之利。综观全文，并未具体写其功绩的一件，只是宏观颂其伟大而已。虽章法整饬，形容多面，但不免过谀之嫌。

酒德颂一首

作者：刘伯伦　　注译评析：周满江

有大人先生，以天地为一朝，万期为须臾。日月为扃牖①，八荒为庭衢②。行无辙迹，居无室庐。幕天席地，纵意所如。止则操卮执觚③，动则挈榼提壶④。唯酒是务，焉知其余。

有贵介公子，搢绅处士，闻吾风声，议其所以。乃奋袂攘襟，怒目切齿。陈说礼法，是非锋起。

先生于是方捧罂承槽⑤，衔杯漱醪⑥，奋髯踑踞，枕曲藉糟。无思无虑，其乐陶陶。兀然而醉，豁尔而醒。静听不闻雷霆之声，熟视不睹泰山之形。不觉寒暑之切肌，利欲之感情。俯观万物，扰扰焉如江汉之载浮萍。二豪侍侧，焉如蜾蠃之与螟蛉⑦。

【作者简介】

刘伶，字伯伦，西晋沛（治今安徽濉溪西北）人。曾为建威参军。“竹林七贤”之一。嗜酒。蔑视礼法。《晋书》有传。

【篇旨】

假设人物大人先生，颂其嗜酒忘世、陶然自乐的气度，表示对儒教礼法的蔑视，宣扬名士的纵酒放诞。

【注释】

① 扃牖（jiōng yǒu）：门窗。

② 八荒：八方荒远之地。

③ 觚：古代酒器，喇叭口，细腰。

④ 榼（kē）：古代盛酒器。

⑤ 罂（yīng）：小口大腹形状的盛酒器。

⑥ 醪（láo）：汁滓混合的浊酒。

⑦ 蜾（luǒ）蠃：即细腰蜂，常以稻谷等农作物上的幼虫螟蛉为食。

【语译】

有位大人先生，把开天辟地至今看作短暂的一个早晨，把万年看作片刻。把日月当作自己的门窗，以无边的旷野作自己的庭院。出行不见车辙马迹，居住也不用房子。他以天为帐幕以地为坐席，随心所欲。坐着就捧杯端壶饮酒，外出时就提着酒壶走路。整天只是饮酒，哪里知道其他事情。

有个富贵公子，还有个做过官的隐士，听到我颂扬的大人先生，议论他的所做所为。他们就举手扬袖挺身拍襟地指责，瞪眼咬牙地咒骂。他们陈说礼法，是非纷纷而起。

大人先生这时正捧着酒坛接着酒浆，口衔酒杯饮着醪糟。他抖动胡须伸脚而坐，枕着洒曲铺着酒糟。无思无虑，乐陶陶地逍遥。有时昏昏大醉，酒醒时又豁达开朗。他入静时听不见雷霆的声音，定睛熟视看不见泰山的形状。他也感觉不到寒冷与暑热对肌肤的侵刺，也没有利欲的感情。他俯视万物，只感纷纷扰扰地，像是长江汉水上漂流的浮萍。那贵公子和搢绅处士侍立在他旁边，就像蜾蠃背来的螟蛉一样。

【评析】

刘伶所处的时代，豪门横行、政治腐化、士无进身之途。于是愤世嫉俗之士，饮酒纵欲，以求精神上的解脱。文中大人先生，就是这种放诞之士的典型。为突出其蔑视名教、唯酒是务的狂放，假设搢绅处士与贵公子二客，以其对陈说礼法的怒责，反衬大人先生的超脱不俗。又极力敷演大人先生的狂放清高，夸饰其超时空的高大形象，反衬二豪客的藐小，充分表现其对礼法的蔑视。可见，颂酒德，实即颂竹林的酒徒狂士，发泄其愤懑情怀，以及解脱的空想。

汉高祖功臣颂一首

作者：陆士衡　　注译评析：周满江

相国酂文终侯沛萧何，相国平阳懿侯沛曹参，太子少傅留文成侯韩张良，丞相曲逆献侯阳武陈平，楚王淮阴韩信，梁王昌邑彭越，淮南王六黥布，赵景王大梁张耳，韩王韩信，燕王丰卢绾，长沙文王吴芮，荆王沛刘贾，太傅安国懿侯王陵，左丞相绛武侯沛周勃，相国舞阳侯沛樊哙，右丞相曲周景侯高阳郦商，太仆汝阴文侯沛夏侯婴，丞相颍阴懿侯睢阳灌婴，代丞相阳陵景侯魏傅宽，车骑将军信武肃侯靳歙，大行广野君高阳郦食其，中郎建信侯齐刘敬，太中大夫楚陆贾，太子太傅稷嗣君薛叔孙通魏无知，护军中尉随何，新成三老董公辕生，将军纪信，御史大夫沛周苛，平国君侯公，右三十一人，与定天下安社稷者也。颂曰：

芒芒宇宙，上埯下黩。波振四海，尘飞五岳。九服徘徊[①]，三灵改卜[②]。赫矣高祖，肇载天禄。沉迹中乡，飞名帝录。庆云应辉，皇阶授木[③]。龙兴泗滨[④]，虎啸丰谷[⑤]。彤云昼聚，素灵夜哭。金精仍颓[⑥]，朱光以渥[⑦]。万邦宅心，骏民效足。

堂堂萧公，王迹是因。绸缪睿后，无竞维人。外济六师[⑧]，内抚三秦[⑨]。拔奇夷难，迈德振民。体国垂制，上穆下亲。名盖群后，是谓宗臣。

平阳乐道，在变则通。爰渊爰嘿[⑩]，有此武功。长驱河朔，电击壤东。协策淮阴，亚迹萧公。

文成作师，通幽洞冥。永言配命，因心则灵。穷神观化，望影揣情。鬼无隐谋，物无遁形。武关是辟，鸿门是宁。随难荥阳，即谋下邑[⑪]。销印惎废[⑫]，推齐劝立[⑬]。运筹固陵[⑭]，定策东袭。三王从风，五侯允集。霸楚实丧，皇汉凯入。怡颜高览，弥翼凤戢。托迹黄老，辞世却粒。

曲逆宏达，好谋能深。游精杳漠，神迹是寻。重玄匪奥，九地匪沉。伐谋先兆，挤响于音。奇谋六奋，嘉虑四回。规主于足[⑮]，离项于怀。格人乃谢[⑯]，楚翼实摧。韩王窘执，胡马洞开。迎文以谋[⑰]，哭高以哀。

灼灼淮阴，灵武冠世。策出无方，思入神契。奋臂云兴，腾迹虎噬。凌险必夷，摧刚则脆。肇谋汉滨，还定渭表。京索既扼，引师北讨。济河夷魏，登山灭赵。威亮火烈，势逾风扫。拾代如遗，偃齐犹草。二州肃清，四邦咸举。乃眷北燕，遂表东海。克灭龙且，爰取其旅。刘项悬命，人谋是与。念功惟德，辞通绝楚[18]。

彭越观时，弢迹匿光[19]。人具尔瞻，翼尔鹰扬。威凌楚域，质委汉王。靖难河济，即宫旧梁。

烈烈黥布，耽耽其眄。名冠强楚，锋犹骇电。睹几蝉蜕[20]，悟主革面。肇彼枭风，翻为我扇。天命方辑，王在东夏[21]。矫矫三雄，至于垓下。元凶既夷，宠禄来假[22]。保大全祚，非德孰可？谋之不臧，舍福取祸。

张耳之贤，有声梁魏。士也罔极，自诒伊愧。俯思旧恩，仰察五纬[23]。脱迹违难，披榛来洎[24]。改策西秦，报辱北冀[25]。悴叶更辉，枯条以肄。

王信韩孽[26]，宅土开疆。我图尔才，越迁晋阳。

卢绾自微，婉娈我皇。跨功逾德，祚尔辉章。人之贪祸，宁为乱亡[27]。

吴芮之王，祚由梅鋗。功微势弱，世载忠贤。

肃肃荆王，董我三军[28]。我图四方，殷荐其勋。庸亲作劳，旧楚是分。往践厥宇，大启淮坟[29]。

安国违亲，悠悠我思。依依哲母，既明且慈，引身伏剑，永言固之。淑人君子，实邦之基。义形于色，愤发于辞。主亡与亡，末命是期。

绛侯质木，多略寡言。曾是忠勇，惟帝攸叹。云骛灵丘，景逸上兰。平代擒狶，奄有燕韩。宁乱以武，毙吕以权。涤秽紫宫，征帝太原。实惟太尉，刘宗以安。挟功震主，自古所难。勋耀上代，身终下藩[30]。

舞阳道迎，延帝幽薮。宣力王室，匪惟厥武。总干鸿门[31]，披闼帝宇[32]。耸颜诮项，掩泪悟主。

曲周之进，于其哲兄。俾率尔徒，从王于征。振威龙蜕，摅武庸城。六师实因，克荼禽黥。

猗欤汝阴，绰绰有裕。戎轩肇迹，荷策来附。马烦辔殆，不释拥树[33]。皇储时乂，平城有谋。

颍阴锐敏，屡为军锋。奋戈东城，禽项定功。乘风藉响，高步长江。收吴引淮，光启于东。

阳陵之勋，元帅是承。信武薄伐，扬节江陵。夷王殄国，俾乱作惩。

恢恢广野，诞节令图[34]。进谒嘉谋，退守名都[35]。东窥白马，北距飞狐。即仓敖庾，据险三涂[36]。辎轩东践[37]，汉风载徂。身死于齐，非说之辜。我皇实念，言祚尔孤。

建信委辂[38]，被褐献宝。指明周汉，铨时论道。移帝伊洛，定都丰镐。柔远镇迩，实敬攸考。

抑抑陆生，知言之贯。往制劲越，来访皇汉。附会平勃，夷凶翦乱。所谓伊人，邦家之彦[39]。

百王之极，旧章靡存。汉德虽朗，朝仪则昏。稷嗣制礼，下肃上尊。穆穆帝典，焕其盈门。风睎三代，宪流后昆。

无知睿敏，独昭奇迹。察侔萧相，贶同师锡[40]。

随何辩达，因资于敌。纾汉披楚，唯生之绩。

皤皤董叟，谋我平阴。三军缟素[41]，天下归心。

袁生秀朗，沉心善照。汉旆南振，楚威自挠。大略渊回。元功响效。邈哉惟人，何识之妙！

纪信诳项[42]，轺轩是乘[43]。摄齐赴节[44]，用死熟惩[45]。身与烟消，名与风兴。

周苛慷慨，心若怀冰。刑可以暴[46]，志不可凌。贞轨偕没[47]，亮迹双升[48]。帝畴尔庸[49]，后嗣是膺[50]。

天地虽顺，王心有违。怀亲望楚，永言长悲。侯公伏轼[51]，皇媪来归[52]。是谓平国，宠命有辉。

震风过物，清浊效响。大人于兴，利在攸往。弘海者川，崇山惟坏。《韶》《护》错音[53]，衮龙比象[54]。明明众哲，同济天网。剑宣其利，鉴献其朗。文武四充，汉祚克广。悠悠遐风，千载是仰。

【篇旨】

历述汉初开国元勋的英雄事迹，歌颂他们灭楚兴汉、平定天下的历史功绩。

【注释】

① 九服：指京畿之外的九等地区，这里泛指藩属。

② 三灵：指天、地、人。

③ 授木：汉代术数家认为汉朝的历运是周朝的木德所授。

④ 泗滨：刘邦曾做过泗水（在今江苏沛县东）亭长。

⑤ 丰：地名，属江苏沛县，刘邦起义后曾以此为据点。

⑥ 金精：代指秦。秦居西部，以金德为瑞。

⑦ 朱光：术数家认为汉是火德，故以朱光指汉。火克金，故汉当灭秦。

⑧ 外济六师：萧何在楚汉交战时，镇守关中，以兵力、物力供给刘邦军队。六师：王师。

⑨ 三秦：项羽以关中之地分封秦的三个降将，故又称关中为三秦。

⑩ 渊：深沉。嘿（mò）：同“默”，静默。

⑪ 下邑：今河南夏邑。公元前208年刘邦攻拔此县。

⑫ 销印：刘邦受困于荥阳时接受郦食其的建议，刻印复立六国君主后裔。张良及时劝阻，刘邦立即销毁这些大印。惎（jì）：诲。

⑬ 推齐劝立：韩信破齐后，请求刘邦封他为齐王。刘邦大怒，张良劝他接受韩信的要求。

⑭ 固陵：在今河南太康南。公元前202年刘邦召韩信、彭越等于此地会师。初诸侯兵不至，用张良计，才会师成功。

⑮ 规主于足：韩信派使臣求封为齐王，刘邦大骂齐使臣。陈平在旁踩刘邦足，刘邦醒悟，厚待齐使。

⑯ 格人：能知吉凶的智能之人。

⑰ 迎文：吕太后死后，陈平与周勃合谋诛杀吕氏当权者，迎立汉文帝。

⑱ 辞通：谋士蒯通劝说韩信背叛汉王，与楚连和，三分天下而王齐。韩

信不从其计。

⑲ 弢：通“韬”。隐匿。

⑳ 睹几蝉蜕：看准时机，弃旧图新。指黥布脱离项羽归于汉王。

㉑ 东夏：即阳夏，今河南太康。当时汉王追项王至此地。

㉒ 假：至。

㉓ 五纬：东方岁星、南方荧惑、西方太白、北方辰星、中央镇星，谓之五纬。

㉔ 洎：至。言张耳望五纬聚东井（秦之分野）而至汉。

㉕ 报辱：张耳曾受欺于赵王歇，又曾被陈馀击败。投汉后，与韩信一同攻灭赵国，斩陈馀，追杀赵王，故称报辱。

㉖ 韩孽：战国时韩国的后裔。《汉书》说：汉王复封信为韩王。以太原郡为韩国，建都于晋阳，以防胡兵侵犯。

㉗ 乱亡：指卢绾在刘邦死后逃亡到匈奴。

㉘ 董：督导。

㉙ 淮坟：淮水之滨。

㉚ 身终下藩：汉文帝即位后，周勃辞相位，居于封地。有人上书诬告他谋反，被下狱。后获救，老死于封地。

㉛ 总干：手持盾牌。在鸿门宴上，亚父欲杀刘邦。樊哙闻事急，持盾冲入，指责项王无义，使汉王脱险。

㉜ 披闼（tà）：推门。汉高祖曾病卧禁中，恶闻人声，诏守门者不许群臣入见。樊哙怒，推门直入，流着泪说：“始陛下与臣等起丰沛，定天下，何其壮也！今天下已定，又何惫也。”高帝遂笑而起。（见《汉书·樊哙传》）

㉝ 拥树：南方人谓抱小孩为拥树。刘邦兵败彭城，急于逃跑，推二子下车，夏侯婴又把他们抱上车同行。

㉞ 令图：善谋。

㉟ 名都：指荥阳（在今河南）。

㊱ 三涂：山名，在今河南嵩县西南。

㊲ 辎轩：古代一种轻便马车，常为使臣乘坐。

㊳ 委：弃置。辂：古代挽车绳前的木棍。建信挽车至洛阳，见刘邦，建议建都于长安。下句所言“宝”即指此建议。

㊴ 彦：俊才。

㊵ 贶：赐与。师锡：众人提议、推举。《尚书·尧典》：“师锡帝曰：有鳏在下，曰虞舜。”孔传及正义均释“师”为众。释“锡”为赐言，即今语提议。

㊶ 三军缟素：三军将士皆穿孝服。项羽杀楚义帝，董公建议汉军穿孝服以收拢人心。

㊷ 纪信诳项：项羽围刘邦于荥阳，纪信假扮刘邦出降，使刘邦乘机逃走。项羽烧杀纪信。

㊸ 轺（yáo）轩：古代的轻便马车。

㊹ 摄齐（zī）：提起衣裳的下摆。表从容之貌。齐，五臣本作“斋”。

㊺ 惩：恐。

㊻ 刑可以暴：刘邦逃出荥阳后，城被攻破，守将周苛不肯降，大骂项王。项王怒，烹苛。

㊼ 轨：迹。

㊽ 亮：忠信。双升：指纪信与周苛忠勇之迹并升于世。

㊾ 畴：田地。庸：用。

㊿ 膺：受用。

51 侯公伏轼：指侯公乘车入楚营说服项羽，使与汉以鸿沟为界中分天下，并教放归汉王父母妻子。以此功，汉王封侯公为平国君。

52 皇媪（ǎo）：皇指刘邦之父。刘邦称帝后为太上皇。媪：对老年妇女的敬称，指刘邦之母。刘邦在彭城被项羽打败，与数十骑逃脱。审食其同太公吕后从小路逃跑，反遇楚军，被俘为人质。

53《韶》：舜乐。《护》：汤乐。二者代表盛世乐舞。护，又作“頀”。

54 衮（gǔn）：帝王礼服。

【语译】

相国酂侯谥文终侯沛县人萧何，相国平阳侯谥懿侯沛县人曹参，太子少傅留侯韩人张良，丞相曲逆侯谥献侯阳武人陈平，楚王淮阴人韩信，梁王昌邑人彭越，淮南王六县人黥布，赵景王大梁人张耳，韩王韩信，燕王丰县人卢绾，长沙文王吴芮，荆王沛县人刘贾，太傅安国侯谥懿侯王陵，左丞相绛侯谥武侯沛县人周勃，相国舞阳侯沛县人樊哙，右丞相曲周侯谥景侯高阳人郦商，太仆汝阴侯谥文侯沛县人夏侯婴，丞相颍阴侯谥懿侯睢阳县人灌婴，代丞相阳陵侯谥景侯魏人傅宽，车骑将军信武侯谥肃侯靳歙，大行广野君高阳人郦食其，中郎建信侯齐人刘敬，太中大夫楚人陆贾，太子太傅稷嗣君薛人叔孙通、魏无知，护军中尉随何，新城三老董公、辕生，将军纪信，御史大夫沛县人周苛，平国君侯公，右三十一人，是参与建立汉朝安定国家的人。颂辞说：

广大无边的宇宙，上天昏暗人世混乱。洪水的波涛振撼天下，污秽尘土飞扬到五岳山上。京畿远近的臣民彷徨不安，天地人都要求改变这混乱的国家。光明伟大啊汉高祖，载着建立汉朝的天命。隐迹在沛县的中阳里，他的名字早飞上帝王的名录。他身上映着五彩云气是应天子之命的光辉，按皇运的历数木德的周朝要授皇位给汉。真龙飞起在泗上之水滨，猛虎长啸在沛县丰乡的山谷。在他居处的上空，白天聚集着红色云气。他斩了当道白蛇，使蛇母在夜里哭泣。以金为命的秦朝颓灭，发着红光的汉朝来抚慰万民。各方臣民归心于汉，俊杰民众都为他效力。

萧何仪表伟壮，他紧跟汉王。经营扶佐明主汉王，没有谁比得上这位萧公。他镇守关中，对外以人马粮草接济汉王的军队，对内安抚关内三秦的百姓。他为汉王选拔奇才，平息灾难，勉力树立仁德以鼓动百姓。他完善国体建立各种制度，使王侯和睦，臣民相亲。他的英名超过各方诸侯，可称得上是世代宗仰之臣。

平阳侯曹参爱好道术，能应变就可通达。他深沉静默，有如此战功。他纵马长驱在黄河之北，又以雷电之势击败壤东的三秦军队。他协助淮阴侯韩信破魏灭赵，地位仅次于萧公。

文成侯张良作王者之师，通晓事物的深奥契机。永受天命佑助，随心所欲就会灵验。他能看透事物的神妙变化，看影子就能揣摸到实情。鬼也不能隐藏阴谋，事物也无法藏匿真形。照他的计策攻破了武关，按他的安排刘邦在鸿门宴上能够安全脱身。汉王在荥阳被项羽困住时，他也跟随左右，用他的谋略安全转移到下邑。他劝谏汉王销毁分封六国诸侯的王印，教他废弃分封诸侯的策略，劝谏汉王接受韩信立为齐王的请求。在固陵他设计献策，制定向东攻击楚军的战略。他建议封赏彭越、韩信和黥布，使其闻命会师，各路诸侯按期汇合。霸主楚王丧亡，皇汉天子凯旋入主。此时他欣喜地高瞻远视，像凤凰一样收敛双翼。寄身于黄老仙术，辞别尘世不食五谷。

曲逆侯陈平才识渊博精通，好用奇谋，善深究事理。精研虚无飘渺的道术，追寻神仙的踪迹。重重玄远的高天也不算远不可测，九层深的大地也不算深沉。强敌的谋略在一有苗头时就被他识破，敌人的乐调还没调好就被他的曲子压倒。他的奇谋六次成功，他的妙计四回取胜。汉王骂韩信称王时，他用脚踩的方法提醒汉王。他施离间计使项羽帐下的智谋之士离开，使楚王的羽翼完全摧折。他设计助刘邦捉拿了韩王韩信；汉王被胡兵围困，他用奇计突围而出。他出谋迎立汉文帝保住刘氏皇位，汉高祖驾崩后他哭得最痛。

神采焕发的淮阴侯韩信，聪颖威武天下第一。他的策略神妙无端，思考计谋巧妙入神。他带兵打仗时一举臂膀士兵就像云涌一样，挥兵奔腾像猛虎吞噬敌人。攻击凶险阵势必能灭敌，进犯坚固的敌阵必能摧毁。他在汉水之滨开始为汉王谋画王业，助汉王出汉中，回兵平定渭河之外。他击败楚军控制京索以后，又引兵向北讨伐赵国和魏国。他以木罂偷渡黄河平了魏国，以登山诱敌的奇计灭了赵国。他的威力比烈火还猛，他的气势比风扫还强。他消灭代国就像捡地上的东西，攻下齐国就像风吹草伏一样。在冀、青二州肃清敌国，魏、代、赵、齐全被攻克。接着又说降北燕，于是受封齐王显耀于东海之滨。他用水势灭了龙且，收编了他的士兵。刘项二人胜败的契机系于他的手中，事情决定于他的谋略。他自恃功大，汉王又肯加恩，辞谢了蒯通的游说，拒绝与楚王联合。

彭越看到时世的战乱，隐匿于山泽豪杰之中。众人都敬仰他的才能，他率众起义如雄鹰高飞远扬。他威武地侵凌楚王疆域，献质归顺于汉王。在黄河济水间游击楚军挽回汉王败局，被封为梁王住进大梁的王宫。

威武的黥布，虎视眈眈垂目王业。威名在强楚为第一，作进军先锋势如惊雷骇电。他看时局的变化而弃旧图新，认识汉主而改变面目。从此枭勇无敌风扫敌军，反而成为我大汉的灭楚之扇。天命归于汉，汉王在阳夏追击项羽。英武的韩信、彭越、黥布三雄，到垓下围歼项王。元凶项王既除，汉王的恩宠和爵禄加到他身上。占有高而全的禄位，不凭德行怎能享有？他图谋不善，舍掉王侯的福禄，反叛而自招大祸。

张耳的贤能，蜚声于梁魏两地。为士道德无常，自己招来羞辱。（他与陈馀始为莫逆好友，后来互相攻击就是这样）他俯首沉思想起汉王的恩德，仰头观察五星的聚会，脱身于赵国内哄的危难，扫除路途的荆榛来到汉营。改变了投楚王的打算，随汉王西定三秦，又灭赵国杀陈馀报仇雪恨。憔悴的黄叶又生光辉，枯枝条又生新芽。

韩王信是韩王室的后裔，投靠汉王开疆立国。我汉王为发挥你的才干，让你迁都到晋阳以防备胡兵。

卢绾本来寒微，与我们皇上相爱。皇帝的封赏超越他的功德，封给禄位赐予王印。为人贪心成祸，终于叛乱逃亡。

吴芮之成为长沙王，全由梅销为他立了大功。他功绩小势力弱，世人只记着他的忠心和贤德。

恭顺的荆王刘贾，督导三军袭击项羽。我皇征讨四方敌军，周殷叛楚归汉为他立功。汉王用同姓亲族镇守天下，把旧日楚国土地分封给他。他到封地建都立国，大力开拓淮河的土地。

安国侯王陵远离母亲，他常常思念。（母亲被项羽扣留，王陵派使者来接，不能脱身）圣明的母亲依依不舍送别使者，她既明理又慈爱。当着使者抽剑自杀，以坚定儿子的忠心。贤才君子，是国家基石。他的忠义表现于面色，他有义愤就发表于言辞。君主死他也会和他同死，忠心耿耿到生命末期。

绛侯周勃为人质朴而不善言辞，多谋略而少说话。他是那么忠勇，皇帝也为之感叹。他像云涌一样驰骋在灵丘，击破陈豨叛军，又像光影飞驰于上兰，消灭卢绾的军队。平定了代郡捉住了陈豨，一举占领了燕韩两地。他用武力平定动乱，用权力杀了篡位的吕氏。清除了皇宫的污秽，从太原迎来文帝。实赖太尉周勃的力量，刘氏宗族才得安全。立功太高使君震惊，自古以来使功臣感到难处。他的功勋辉映于前代，自身终于沦为藩国之臣。

舞阳侯樊哙在途中迎立皇帝，从幽深的山泽把汉帝请来。他为王室卖力，不仅只凭武艺。在鸿门他持盾保卫汉王，他推开宫门直入高帝内宫。怒颜指责项王背信弃义，垂泪劝谏高帝，使之感悟振作。

曲周侯郦商进见汉王，全靠他聪明的兄长郦食其。使他统率军队，随汉王征战。在龙蜕击败燕王臧荼叛军而大振军威，又在庸城歼灭黥布叛军建树武功。与汉王六军协同作战，攻克臧荼生擒黥布。

猗欤汝阴侯夏侯婴，才高德厚绰绰有余。他从掌管车马之官太仆发迹，带着马鞭归附汉王。汉王兵败逃难时，人困马乏难以奔驰。汉王把两个孩子推下车，他又立即救起，皇太子得安然脱险。高祖在平城被匈奴围困，他又以巧计救驾。

颍阴侯灌婴聪明机敏，多次为进军先锋。在东城挥戈大战，擒获项王立定大功。他乘着灭项王的威势，驰骋在长江之滨，消灭吴国之后又平定淮北，他立功于江东为前贤增光，为后世造福。

阳陵侯傅宽的功勋，都是在助韩信等大将军时所立。信武侯靳歙讨伐敌国，扬旗挥节攻战在江陵。他们斩王灭国，惩治叛乱。

广野君郦食其胸怀宽智谋广，常持符为使完成使命。他拜见汉王奉献完美的谋略，让汉王退守名城荥阳。向东守住白马津，北面堵住飞狐口。占据敖庾这个粮仓，守住三涂这个险要之地。他乘车东行游说齐王，说明汉王的威德感化齐王罢兵。他身死于齐国，并非游说之罪。我汉皇感念他的功绩，封赏爵禄给他的遗孤。

建信侯刘敬（拉车到洛阳），脱下车辂去见汉王，穿着粗麻短衣向汉王献策。他说明周汉两朝的不同处境，阐发时势特点论述王道。建议离开洛阳，定都丰镐。建议安抚边远诸族，安定近民，实为刘敬之策使大功告成。

陆贾仪表堂堂，精通辩说之道。出使南越制服强硬的越王，使越王来朝于皇汉。他使陈平与周勃结交合作，平定吕氏凶顽的谋乱。那位杰出的人呀！是国家的俊才。

汉朝承接着战国百王的末世，古代的典章制度湮没无存。汉皇的盛德虽然昭著，但朝廷的礼仪没有规章。稷嗣君叔孙通制定朝仪，使下臣肃敬皇上尊荣。威仪美盛载入帝典，灿烂的光辉照耀国门。其风化之功，上比夏商周三代，作为宪章法度，流惠于后世子孙。

魏无知机智敏锐，独见奇才陈平事迹。他察举贤能之功可比萧相国之荐韩信，与陈平同受封全靠众臣建议。

随何善辩说，他游说策反利用敌人的力量。解除汉王的危难击败楚王，全赖他的功绩。

白发苍苍的董叟，在平阴为汉王献策。让三军将士穿白色丧服祭奠项羽杀的楚义帝，使天下臣民都归心于汉王。

袁生清秀爽朗，能深思善观察。他教汉军举旗出关诱楚军南移，分散楚军的力量使其威力自弱。他的大谋略如深渊一样难测，如声响一样快地完成大功。见识深远呀这个人，他的计谋多么微妙！

纪信诳骗项羽，乘坐汉王的马车诈降。提起衣襟从容就义，生死无惧，他的身体在火中消熔，忠义的美名却风兴于世。

周苛为人慷慨，心地冰清玉洁。死刑可以施暴于他的身体，却不能压倒他的志气。他守城忠贞和纪信一样死于项羽之手，而他俩的高风亮节却如双星升起。汉帝的田地归你使用，子孙后代世世享有。

天地虽顺遂人意，汉王的心中总是不安，他怀念双亲遥望楚地，常常悲叹。侯公乘车出使说服项王，放皇太公太后归汉。汉王赐号平国君，恩宠的诏命永放光辉。

大风吹过物体，发出清浊不同的声响。大人物在兴起时，是众贤往归的有利时机。扩充海洋的是河流，加高山峰的是土壤。盛世的《韶》乐《护》

乐交响，衮龙朝服标明王侯的尊贵。英明的众贤哲，共同举起天网治理国政。宝剑显示其锋利，明镜献其亮光。文臣武将充满四方，大汉皇位福祚无量。汉德流布如风吹一样悠远，千载不衰为人敬仰。

【评析】

秦汉之际，是英雄辈出的时代。众多英才，在楚汉相争时，在历史舞台上演出了威武雄壮的一幕。本文列举三十一位，各有特色。品藻诸人功过，以汉室利益为准，无溢美，无隐恶。全用四言句式，虽影响其表现力，但有工劲的文势。措词语气也富于变化，叙述方式也因人而异，故虽整饬而不觉刻板。

赞

东方朔画赞一首 并序

作者：夏侯孝若　　注译评析：周满江

大夫讳朔，字曼倩，平原厌次人也①。魏建安中，分厌次以为乐陵郡，故又为郡人焉。事汉武帝，《汉书》具载其事。

先生瑰玮博达，思周变通。以为浊世不可以富贵也，故薄游以取位；苟出不可以直道也，故颉颃以傲世②；傲世不可以垂训也，故正谏以明节；明节不可以久安也，故诙谐以取容。洁其道而秽其迹，清其质而浊其文。弛张而不为邪，进退而不离群。若乃远心旷度，赡智宏材，倜傥博物③，触类多能④，合变以明算，幽赞以知来⑤。自三坟、五典、八索、九丘⑥，阴阳图纬之学⑦，百家众流之论，周给敏捷之辩⑧，支离覆逆之数⑨，经脉药石之艺，射御书计之术，乃研精而究其理，不习而尽其功。经目而讽于口，过耳而暗于心。夫其明济开豁，包含弘大。陵轹卿相⑩，嘲哂豪桀⑪。笼罩靡前，跆籍贵势⑫。出不休显⑬，贱不忧戚。戏万乘若寮友，视俦列如草芥。雄节迈伦，高气盖世。可谓拔乎其萃，游方之外者已。谈者又以先生嘘吸冲和，吐故纳新，蝉蜕龙变，弃俗登仙，神交造化，灵为星辰。此又奇怪惚恍，不可备论者也。大人来守此国，仆自京都言归定省，睹先生之县邑，想先生之高风。徘徊路寝⑭，见先生之遗像。逍遥城郭，观先生之祠宇。慨然有怀，乃作颂焉。其辞曰：

矫矫先生，肥遁居贞[15]。退不终否[16]，进亦避荣。临世濯足，希古振缨。涅而无滓，既浊能清。无滓伊何，高明克柔[17]。能清伊何，视污若浮。乐在必行，处沦罔忧。跨世凌时，远蹈独游。瞻望往代，爰想遐踪。邈邈先生，其道犹龙。染迹朝隐[18]，和而不同。栖迟下位，聊以从容。我来自东，言适兹邑。敬问墟坟，企伫原隰。墟墓徒存，精灵永戢。民思其轨，祠宇斯立。徘徊寺寝，遗像在图。周旋祠宇，庭序荒芜。榱栋倾落，草莱弗除。肃肃先生，岂焉是居。是居弗形，悠悠我情。昔在有德，罔不遗灵。天秩有礼，神监孔明。仿佛风尘，用垂颂声。

【作者简介】

夏侯湛（243—291），字孝若，谯县（今安徽亳州）人。在西晋官至散骑常侍，与潘岳友善，时人称为连璧。善作小赋，原集已佚，明人辑有《夏侯常侍集》。《晋书》有传。

【篇旨】

作者游东方朔故里，见其遗像，抒凭吊之情，辨明其滑稽诙谐中所含的雄节高气，歌颂其人格的不凡。

【注释】

① 厌次：县名，今山东惠民。

② 颉颃（xié háng）：傲慢貌。

③ 倜傥（tì tǎng）：卓异豪爽，洒脱不拘。

④ 触类：触逢事类。多能：多才多艺。

⑤ 幽赞：阐明幽深难知的事物和道理，使人易懂。

⑥ 三坟、五典、八索、九丘：传说中我国最古的书籍。

⑦ 图纬：图谶和纬书，又称谶纬。谶（chèn）是方士所作的隐语和预言，用为吉凶的征兆。纬书是对经书而言，其书以儒家经义附会人事

吉凶祸福，预言治乱兴废。

⑧ 周给：普及、周到。

⑨ 覆逆：推度，预测。

⑩ 陵轹（lì）：欺压，指言辞不逊。

⑪ 嘲：嘲笑。

⑫ 跆籍：犹践踏，这里指压制。

⑬ 休：美。

⑭ 路寝：这里泛指宫室。

⑮ 肥遁：语出《周易·遁卦》，指隐逸。

⑯ 否（pǐ）：恶，指困厄。

⑰ 高明：指在高位的贵族。语出《尚书·洪范》："高明柔克。"

⑱ 朝隐：虽任职于朝廷，但清高不问政事，和隐居无异。

【语译】

东方大夫讳名朔，字曼倩，平原郡厌次县人。魏建安年间，把厌次县分归乐陵郡管辖，所以他又算作乐陵郡人。他为官于汉武帝朝，《汉书》全面记载了他的事迹。

先生容貌奇伟非凡、知识渊博精通，思想周密而能变通趋时。他认为在乱世不可以求富贵，所以鄙薄游宦取位之事；出仕不能够以直道事君，所以他倔强地以高傲的态度对待世人；以高傲的态度处世不能以言行教导后人，所以直言进谏以表明为臣节操；如此表明臣节不能长期安全为官，所以用诙谐风趣的言行取悦于皇帝。他使道德纯正而使行迹显得污秽，使质地清正而使外表显得污浊。办事或宽或严但不做邪恶的事，或进取或退避但不离群索居。他又有渺远的思想，旷达的气度，丰富的智谋，博大的才能，豪爽洒脱，学识广博，触类旁通，无所不能。他统观事物的变化以明确谋略，探讨事物深微的道理以预知未来。自三坟、五典、八索、九丘，阴阳图纬诸学术，百家众流学派的理论，周全敏捷的辩说，分解猜度的规律，经络血脉药石的技艺，射箭驾车书写会计的技术，都研习精熟而且穷究其规律，不复习就能完全发挥其功用。过目不忘立即背出，过耳即会熟记于心。他救济清明廉洁之士，为人开朗豁达，宽容众人，肚量宏大。敢于威吓卿相，嘲哂豪强凶暴之徒。压倒强敌一往无前，敢踩权贵势力之家。出仕而不显耀富贵，贫贱时也不忧愁戚苦。戏弄帝王就像耍同僚朋友，视同级官员如同草芥轻贱。雄齐节操超绝同辈，崇高正气压倒世人。可称出类拔萃，用心于世俗之外的人呀！谈论者又以为东方先生呼吸养气，淡泊平和，吐出浊气吸入新气，像蝉一样脱去旧躯，像游龙一样变幻莫测。似乎将离开尘世登上仙界，与造物主神交，作主管星辰的神灵。这又是奇怪不可捉摸，不能完全说清的事。我父亲作此郡太守，我从京都回来省亲，看了东方先生的县邑，想望先生的崇高人格。徘徊在他的宫室，看先生的遗像。漫步于城郭，看先生的祠庙。心有感慨，就作了这篇颂。颂辞说：

矫健的东方先生，退隐安居。退隐不至于终身困厄，出仕也避开富贵荣华。身临世俗随众俯仰，倾慕古道弹冠出仕。保持清白，染也染不黑，既污了身体也能保住清白之质。何以染而不黑？对于权势柔韧自保。何以能保住清白本质？把污秽看作身上的浮尘。其乐在于道的必行，身处劳苦之境也无忧愁。他跨越时世，独立远游。我瞻望往古先贤，遥想他的行踪。邈远不可企及的东方先生，他的道术像神龙变幻难以捉摸。他作朝廷隐士，混迹士林而不同流合污。栖迟下位，聊且从容度过。我远行归来，来到厌次县城。敬拜他的坟茔，我伫立在原野企望遥想。他的坟墓空存此地，但精灵永在，民众怀念他的事迹，为他立了祠庙。我在庙中徘徊沉思，看到他的遗像。我周旋在祠宫里，看到庭院荒芜，屋上栋梁坠落在地，杂草不除。可敬的先生，难道就住在这种地方。这里不成样子，我心情多么忧伤。往昔有德的人，无不留下灵迹。上天按君臣等次制定礼节，神灵的监督也很清明。仿佛是天神差我游到这里，用颂声把先生之德传扬后世。

【评析】

赞作为一种文体，与颂有类似之处，以此文与前《赵充国颂》《汉高祖功臣颂》等篇对照，便可看出。刘勰在《文心雕龙·颂赞》篇说：赞是颂的一个支派。他还说赞的本义，就是对人或物的赞美感叹。一般篇幅不长，都用四言句式，内容简明扼要。从《文选》这几篇看，和颂一样也有序写在赞前。从鉴赏的角度看，过去的评者认为，佳处全在序中。因为序用比较生动活泼的文字，把东方朔的行为品貌，描绘无遗。全文主旨，已论证清楚。行文或排比或递进，非常雄辩而有气势。使读者对东方朔的滑稽诙辩，不能不重新评价。对作者所发掘出的雄节高气，不能不信服。文章也用骈文的对偶韵律，形象声调都极美。相比之下，赞不如序。不过四言句式，虽比较呆板，但也显得简古谨严。

三国名臣序赞一首

作者：袁彦伯　　注译评析：周满江

夫百姓不能自治，故立君以治之。明君不能独治，则为臣以佐之。然则三五迭隆[①]，历世承基。揖让之与干戈，文德之与武功，莫不宗匠陶钧[②]，而群才缉熙[③]，元首经略，而股肱肆力[④]。遭离不同，迹有优劣。至于体分冥固[⑤]，道契不坠；风美所扇，训革千载[⑥]，其揆一也。故二八升而唐朝盛[⑦]，伊吕用而汤武宁。三贤进而小白兴[⑧]，五臣显而重耳霸[⑨]。中古凌迟，斯道替矣。居上者不以至公理物，为下者必以私路期荣。御圆者不以信诚率众[⑩]，执方者必以权谋自显。于是君臣离而名教薄，世多乱而时不治。故蘧宁以之卷舒[⑪]，柳下以之三黜[⑫]。接舆以之行歌[⑬]，鲁连以之赴海[⑭]。衰世之中，保持名节，君臣相体，若合符契，则燕昭、乐毅古之流也[⑮]。夫未遇伯乐，则千载无一骥。时值龙颜[⑯]，则当年控三杰[⑰]。汉之得材，于斯为贵。高祖虽不以道胜御物，群下得尽其忠；萧曹虽不以三代事主[⑱]，百姓不失其业。静乱庇人，抑亦其次。

夫时方颠沛，则显不如隐。万物思治，则默不如语。是以古之君子不患弘道难，遭时难；遭时匪难，遇君难。故有道无时，孟子所以咨嗟。有时无君，贾生所以垂泣[19]。夫万岁一期，有生之通涂。千载一遇，贤智之嘉会。遇之不能无欣，丧之何能无慨！古人之言，信有情哉！余以暇日，常览《国志》，考其君臣，比其行事，虽道谢先代，亦异世一时也。

文若怀独见之明，而有救世之心。论时则民方涂炭，计能则莫出魏武[20]。故委面霸朝[21]，豫议世事。举才不以标鉴，故久之而后显；筹画不以要功，故事至而后定。虽亡身明顺，识亦高矣。

董卓之乱，神器迁逼[22]。公达慨然，志在致命。由斯而谈，故以大存名节。至如身为汉隶，而迹入魏幕，源流趣舍，其亦文若之谓。所以存亡殊致，始终不同。将以文若既明，名教有寄乎[23]！夫仁义不可不明，则时宗举其致；生理不可不全，故达识摄其契。相与弘道，岂不远哉！

崔生高朗，折而不挠。所以策名魏武，执笏霸朝者，盖以汉主当阳[24]，魏后北面者哉！若乃一旦进玺，君臣易位，则崔子所不与[25]，魏武所不容。夫江湖所以济舟，亦所以覆舟。仁义所以全身，亦所以亡身。然而先贤玉摧于前[26]，来哲攘袂于后，岂非天怀发中，而名教束物者乎！

孔明盘桓，俟时而动。遐想管乐[27]，远明风流。治国以礼，民无怨声。刑罚不滥，没有余泣。虽古之遗爱，何以加兹！及其临终顾托[28]，受遗作相。刘后授之无疑心，武侯处之无惧色。继体纳之无贰情[29]，百姓信之无异辞。君臣之际，良可咏矣！

公瑾卓尔，逸志不群。总角料主[30]，则素契于伯符；晚节曜奇，则三分于赤壁。惜其龄促，志未可量。

子布佐策，致延誉之美。辍哭止哀，有翼戴之功。神情所涉，岂徒蹇愕而已哉！然而杜门不用[31]，登坛受讥[32]。

夫一人之身，所照未异，而用舍之间，俄有不同。况沉迹沟壑，遇与不遇者乎！夫诗颂之作，有自来矣！或以吟咏情性，或以述德显功。虽大旨同归，所托或乖。若夫出处有道，名体不滞，风轨德音，为世作范，不可废也。故复撰序所怀，以为之赞云。

《魏志》九人，《蜀志》四人，《吴志》七人。荀彧字文若，诸葛亮字孔明，周瑜字公瑾，荀攸字公达，庞统字士元，张昭字子布，袁涣字曜卿。蒋琬字公琰，鲁肃字子敬，崔琰字季珪，黄权字公衡，诸葛瑾字子瑜，徐邈字景山，陆逊字伯言，陈群字长文，顾雍字元叹，夏侯玄字泰初，虞翻字仲翔，王经字承宗，陈泰字玄伯。

火德既微，运缠大过[33]。洪飙扇海，二溟扬波[34]。虬虎虽惊，风云未和。潜渔择渊，高鸟候柯。赫赫三雄，并回乾轴。竞收杞梓，争采松竹。凤不及栖，龙不暇伏。谷无幽兰，岭无亭菊。

英英文若，灵鉴洞照。应变知微，探赜赏要。日月在躬，隐之弥曜。文明映心，钻之愈妙。沧海横流，玉石同碎。达人兼善，废己存爱。谋解时纷，功济宇内。始救生人，终明风概。

公达潜朗，思同蓍蔡[35]。运用无方，动摄群会。爰初发迹，遘此颠沛。神情玄定，处之弥泰[36]。愔愔幕里，筭无不经。亹亹通韵，迹不暂停。虽怀尺璧，顾哂连城。知能拯物，愚足全生。

郎中温雅，器识纯素。贞而不谅，通而能固。恂恂德心，汪汪轨度。志成弱冠，道敷岁暮。仁者必勇，德亦有言。虽遇履虎[37]，神气恬然。行不修饰，名迹无愆。操不激切，素风愈鲜。

邈哉崔生，体正心直。天骨疏朗，墙宇高嶷。忠存轨迹，义形风色。思树芳兰，剪除荆棘。人恶其上，时不容哲。琅琅先生，雅杖名节。虽遇尘雾，犹振霜雪。运极道消，碎此明月。

景山恢诞，韵与道合。形器不存，方寸海纳。和而不同，通而不杂。遇醉忘辞，在醒贻答。

长文通雅，义格终始。思戴元首，拟伊同耻。民未知德，惧若在己。嘉谋肆庭，谠言盈耳。玉生虽丽，光不逾把。德积虽微，道映天下。

渊哉泰初，宇量高雅。器范自然，标准无假。全身由直，迹洿必伪。处死匪难[38]，理存则易。万物波荡，孰任其累。六合徒广[39]，容身靡寄。君亲自然，匪由名教。敬授既同，情礼兼到。

烈烈王生，知死不挠[40]。求仁不远，期在忠孝。

玄伯刚简，大存名体。志在高构，增堂及陛[41]。端委虎门[42]，正言弥启。临危致命，尽其心礼。

堂堂孔明，基宇宏邈。器同生民，独禀先觉。标榜风流，远明管乐。初九龙盘[43]，雅志弥确。百六道丧[44]，干戈迭用。苟非命世，孰扫雰雺[45]。宗子思宁[46]，薄言解控。释褐中林，郁为时栋。

士元弘长，雅性内融。崇善爱物，观始知终。丧乱备矣，胜涂未隆。先生标之，振起清风。绸缪哲后，无妄惟时[47]。夙夜匪懈，义在缉熙。三略既陈[48]，霸业已基。

公琰殖根，不忘中正。岂曰摸拟，实在雅性。亦既羁勒[49]，负荷时命。推贤恭己，久而可敬。

公衡仲达，秉心渊塞[50]。媚兹一人，临难不惑。畴昔不造[51]，假翮邻国[52]。进能徽音[53]。退不失德[54]。

六合纷纭，民心将变。鸟择高梧，臣须顾眄[55]。

公瑾英达，朗心独见。披草求君[56]，定交一面[57]。桓桓魏武，外托霸迹。志掩衡霍[58]，恃战忘敌。卓卓若人，曜奇赤壁。三光参分[59]，宇宙暂隔。

子布擅名，遭世方扰。抚翼桑梓[60]，息肩江表。王略威夷[61]，吴魏同宝。遂献宏谟，匡此霸道。桓王之薨[62]，大业未纯。把臂托孤[63]，惟贤与亲。辍哭止哀[64]，临难忘身。成此南面，实由老臣。才为世出，世亦须才。得而能任，贵在无猜。

昂昂子敬，拔迹草莱。荷檐吐奇，乃构云台。

子瑜都长，体性纯懿。谏而不犯，正而不毅。将命公庭，退忘私位[65]。岂无鹡鸰[66]？固慎名器。

伯言謇謇，以道佐世。出能勤功，入能献替。谋宁社稷，解纷挫锐。正以招疑，忠而获戾[67]。

元叹穆远，神和形检。如彼白珪，质无尘玷。立上以恒，匡上以渐。清不增洁，浊不加染。

仲翔高亮，性不和物。好是不群，折而不屈。屡摧逆鳞[68]，直道受黜。叹过孙阳[69]，放同贾屈。

诜诜众贤，千载一遇。整辔高衢，骧首天路。仰挹玄流，俯弘时务。名节殊涂，雅致同趣。日月丽天，瞻之不坠。仁义在躬，用之不匮。尚想重晖，载挹载味。后生击节，懦夫增气。

【作者简介】

袁宏（328—376），字彦伯，阳夏（今河南太康）人，东晋时官至东阳郡守。著《后汉纪》《竹林名士传》等。原有集十五卷，已佚。《晋书》有传。

【篇旨】

歌颂三国时明君贤臣的才德与丰功伟绩。

【注释】

① 三五：三皇五帝。

② 陶钧：陶器工人制圆形器物的工具，比喻圣君制御国家。

③ 缉熙：光明貌。

④ 股肱（gōng）：大腿和手臂，比喻贤臣。

⑤ 冥固：神理圣固。

⑥ 革：戒。

⑦ 二八：八恺、八元的省称。《史记·五帝本纪》说："昔高阳氏有才子八人，世得其利，谓之八恺。高辛氏有才子八人，世谓之八元。此十六族者，世济其美，不陨其名。至于尧，尧未能举，舜举八恺，使主后土……举八元，使布五教于四方。"

⑧ 三贤：指春秋时代齐国的管仲、鲍叔牙、隰朋。小白：齐桓公名。

⑨ 五臣：春秋时代晋国的狐偃、赵衰、颠颉、魏武子、司空季子。重耳：晋文公名。

⑩ 御圆者：古代人以为天道圆地道方，君主执圆臣处方，故御圆者代指君主，下句执方者代指臣子。

⑪ 蘧宁：蘧伯玉与宁武子，二人都是春秋卫国大夫。孔子称赞他们在政治黑暗时能隐居不仕。

⑫ 柳下：柳下惠，春秋鲁国贤士。孔子说，他做法官，多次被撤职，由于他为人正直（见《论语·微子》）。黜：黜退，撤职。

⑬ 接舆：春秋楚国隐士。

⑭ 鲁连：鲁仲连，战国时齐人，善谋略，曾用游说救赵，劝阻赵魏大臣尊秦王为帝，以书信使燕将归还聊城。齐王欲封赏时，他逃到海上隐居。

⑮ 燕昭：燕昭王，战国贤君。乐毅原为魏昭王贤臣，出使燕国时，燕昭王待以客礼，乐毅感动，遂委质为臣。

⑯ 龙颜：代称汉高祖刘邦，《汉书》说他长得“隆准而龙颜”。

⑰ 三杰：指张良、萧何、韩信。

⑱ 萧曹：萧何与曹参。

⑲ 贾生：贾谊。

⑳ 魏武：曹操。

㉑ 委面霸朝：委质北面，称臣于霸者之朝。指曹操称霸时期。

㉒ 神器：指帝位、政权。迁逼：指董卓逼汉献帝迁都长安。

㉓ 名教：正名定份的礼教。

㉔ 当阳：面向南，指君主之位。《周易·说卦》：“圣人南面而听天下，向明而治。”

㉕ 崔子：崔琰。不与：不赞成。曹操为魏王时，杨训歌颂功德。崔琰写信给杨训表示反对。有人告发他傲世怨谤。曹操大怒，判琰死罪。下句中“不容”二字即指此事。

㉖ 玉摧：比喻贤士蒙难。《三国志》说，曹操性忌，鲁国孔融、南阳许

攸、娄圭都因“恃旧不虔”被杀。

㉗ 管乐：管仲、乐毅。

㉘ 临终顾托：刘备临死托付孔明扶佐其子继位掌国。

㉙ 继体：犹继位，这里指继位者刘禅。

㉚ 总角：古代幼年束发。这句说周瑜与孙策自幼相好。

㉛ 杜门：张昭谏阻孙权封公孙渊为燕王，孙权不听，张昭便称疾不朝。孙权用土塞其门，张昭也用土从内封住门口。

㉜ 登坛：指孙权继位为王。孙权继位时归功周瑜，并说：“如张公计，今已乞食矣。”昭大惭。所谓“受讥”，即指此事。

㉝ 缠：通“躔”，五星所居区域。这里指际遇时会。大过：《周易》卦名。大祸害，犹言季世、末世。

㉞ 二溟：南溟、北溟，皆海名。

㉟ 蓍蔡：蓍草和大龟，卜筮用具，这里比喻先知。

㊱ 处之弥泰：上四句指荀攸与何颙等密谋杀董卓。事败，被系牢狱，何颙忧惧自杀，荀攸言语饮食自若。不久，董卓死，得免。

㊲ 履虎：履虎尾，比喻凶险。语出《周易·履卦》：“履虎尾，不咥人……”袁涣曾被吕布拘留，吕布命他写信骂刘备，他不肯。吕布以兵威胁，也不屈服。

㊳ 处死匪难：指夏侯玄与人密谋杀大将军司马师，事泄被杀。临刑颜色不变，举动自若。

㊴ 六合：天地四方。

㊵ 知死不挠：魏主召侍中王沉、散骑常侍王业、尚书王经共讨司马昭，王沉、王业向司马昭密报此谋，使行动失败。王经因此被司马昭杀死。

㊶ 堂：比君主之尊。陛：比喻群臣。

㊷ 端委虎门：穿着礼服进入权势之门。魏主高贵乡公被杀后，司马昭会朝商议平息办法，陈泰进入司马昭的密室，建议诛其亲信贾充以谢天下。

㊸ 初九：指《周易·乾卦》初九爻辞："潜龙勿用。"喻隐居。

㊹ 百六：古《易》学者谓每隔一百零六岁有阳九之厄。此句谓汉正逢阳厄，天下大乱。

㊺ 雰雺：昏浊气，喻大乱。雺，同"雾"。

㊻ 宗子：指刘备。

㊼ 无妄惟时：时逢穷途末路。《周易·无妄》上九象传："无妄之行，穷之灾也。"

㊽ 三略：庞统向刘备献三策：突袭成都，灭刘璋，建蜀国，是为上计。诱杀刘璋大将杨怀、高沛，夺其兵，取成都，为中计。退居白帝城，连引荆州，再图进取，此下计。刘备用其中计。

㊾ 羁勒：马被络头牵控，喻接受禄秩为人之臣。

㊿ 渊塞：诚实深远。

51 不造：不能成功。

52 翮（hé）：羽茎，代指鸟翼。上二句指刘备伐吴时，黄权为镇北将军，督江北军。刘备军败，道路阻隔，黄权不能退兵，降于魏，拜镇南将军。邻国：指魏。

53 徽音：美音。指刘备伐吴时，黄权曾进谏说，吴人善水战，易进难退，请为先驱，陛下宜为后镇。刘备不用其言。

54 退不失德：指虽降魏而志常在蜀。

55 顾眄：回视。

56 披草求君：谓出于草泽以求明君。指孙坚初兴义兵讨董卓时，曾徙家于周瑜故里舒。坚子策与瑜友善，助其征战。袁术想以瑜为将，但瑜观袁术终无所成，最终仍归于孙策。孙策死后，扶佐孙权，以中护军与长史张昭共掌朝廷终事。

57 定交一面：言一见如故，互相信任。

58 衡霍：二山名。衡山，在今湖南衡山。霍山，在今安徽省境内。

59 三光：日、月、星。

60 抚翼：犹敛翼，喻闲居乡里。桑梓：乡里。

61 威夷：险恶。

62 桓王：孙策谥号。

63 托孤：孙策临终，托张昭扶佐其弟孙权继承大业。

64 辍（chuò）哭：孙策死后，孙权哀哭。张昭劝他勿守礼制哀亲戚，脱下孝服。然后扶上马，立即出巡军营。

65 退忘私位：指子瑜出使蜀国时，与其弟诸葛亮只是公会相见，没有私下交往。

66 鹡鸰：鸟名，比喻兄弟。

67 获戾：获罪。陆逊为丞相，孙权欲废太子，逊多次上疏力争。孙权不接受，且遣使责让。陆逊怨愤而死。

68 逆鳞：韩非子《说难》谓龙喉下有逆鳞，人触之即死。君主也有逆鳞。后来把直谏犯君称"婴逆鳞"。虞翻多次犯颜谏诤，孙权大怒，放逐他到交州（在今广西钦州一带）。

69 孙阳：伯乐的姓名。

【语译】

老百姓不能自治，因此要设立君主来治理他们。英明君主不能独自治理百姓，就封臣立官来协助君主。这样就有了三皇五帝世代更迭的盛世，一代接一代地繁荣。这几代的禅让帝位与武力攻取，文德感召与兴武立功，没有不按治国的根本原理行事，而且群才聚集如群星璀璨。元首经营谋划，而群贤才努力协作。他们碰到的时代和所用方法不同，事迹也有优劣差等。至于君臣体制则合理稳固，上下尊卑也默契不变。圣王所兴起的美好风化，足以训诫千载君主，这样的准则是一致的。所以八恺、八元受重用，唐尧朝廷就兴盛繁荣，伊尹、吕望被任用，就有商汤、周武王的太平。齐国的三贤升职掌权，桓公小白就兴起为霸主。晋国五臣显荣任职，就有重耳的霸业。随着中古的衰落，这种任贤之道就废弃了。居上位的人不以至公之心处理事物，为臣下者必定会从私路求荣。作君主的不以信诚率领群臣，大臣们必定以权术阴谋升官发财。于是君臣离心而礼教废弛，时世多乱而不能太平，所以蘧伯玉和宁武子为避乱而隐居，柳下惠因正直而被多次罢官。接舆因此佯狂行歌，鲁仲连因世乱而逃隐海上。在乱世中保持名节，君臣相亲，像符契一般相合无间，则有燕昭王与乐毅，这是古代圣贤的后继者。在没有遇伯乐时，就千年没有一匹千里马。在隆准龙颜的汉高祖出现时，当年就有张良、萧何、韩信这三杰任职。汉皇得到这三个人才是最可贵的。汉高祖虽不是以文德取胜的，但他御用群臣下寮，使他们能尽其忠心。萧何、曹参虽不像三代贤臣那样辅佐君主，但使百姓不失其职业，能平乱护人，也可算仅次于伊尹、吕望的贤臣了。

在时世艰险的时代，显贵就不如隐退。在各方面都需要创建的百废俱兴时期，沉默就不如发言论道。因此古之君子不怕弘扬道术难，只怕难遇好时代；遇到好时代不难，遇圣明任贤的君主难。所以有道术而没有好时世，孟子也为之叹息；有好时世而没有英明君主，贾谊为此而流泪。圣君万年才出现一次，这是生民贤才的康庄大道；英明君主千年才遇见一次，这是贤智之士的好机会。贤臣遇明君不能不欣喜，丧失机遇又怎能不慨叹！古人的话真是不假呀！我由于在闲暇日子，常浏览三国史书，考校其君臣关系，比较其道德政绩。虽比其前代贤哲有不足处，但也是不同时代的一代英才。

文若有独见的明智，而且有救世的心。论时世，他处在民众陷于泥涂炭火的时代。论能力，没有超过魏武帝曹操，所以他向霸者曹操委质称臣，参与筹划大事。推举贤才不以人的称誉为准，时间长了以后就会显出才华。筹划谋略不为求功，所以事情来临之后才定计。虽然终于身死，却明达而不至叛逆汉室，其见识也算高明了。

董卓叛乱，朝廷被迫西迁。公达愤慨而出，其志在平乱而不惜一死。由这些来谈，他因此事而保存了名声与气节。至于他身为汉帝官吏，而投身于魏武帝幕下。其事实本末及取舍原因，也像文若那样。所以人的生存死亡各有特殊境界，始终情况不同。像文若以死表明仁义，其事迹也符合礼教的名分。对于仁义的原则不可不明，依时而分守就会达到仁义的极致。对于生命之理不可不全知，见识通达的人才掌握其关键。二者相互弘扬教义，影响岂不深远！

崔生高傲爽朗，虽被摧残而不屈服。他之所以投靠魏武帝，向霸主朝廷执笏称臣，其原因是由于汉皇处君主之位，魏武帝尚北面称臣的缘故。若一旦把玉玺追献给魏王曹操，君臣变换地位，那么崔子必不赞同，魏武帝曹操也就不会容他了。江湖的水是浮载船的，但也是能翻船的。仁义可以使人格完美，但也是杀身的利刃。然而先贤玉摧于前代，后哲挽袖举臂争斗于后世，都为仁义而献身。崔琰之至于此，岂不是他天性如此，使傲气发于中心，而又有名教的拘束，以致得罪魏王！

孔明徘徊隐退，以待时而动。他向往管仲、乐毅辅佐明主的宏业，发扬其强国建霸奇功。他以礼治国，民众没有怨声。刑罚不滥，所以死后人民为之垂泪。即使有古代的遗爱在世，又怎能超过他。及至先帝刘备临终托他辅佐后主，接受先主遗诏作丞相。刘先主授权给他而没有疑心，武侯处于高位而没有恐惧。继位的后主刘禅接受遗诏而没有二心，百姓信赖他而没有二话。这种君臣关系，真可歌颂呀！

周公瑾卓异特出，远大的志向超群不凡。童年时就择定君主，素来与吴主孙策友好默契。在晚年更显出奇才，赤壁之战的胜利使天下三分。可惜他的年龄短促，否则，他的志向是不可限量的。

子布以策略辅佐吴主，得到了赞誉美名。他劝止孙权哀哭孙策，让他及时治军，有拥戴新君的大功。孙权不接受他的劝谏，使他神情难堪，岂止惊谔难言！进而用土封门表示不用，在孙权登坛即位时，他反而受到讥讽。

同是一人之身，在事业中表现始终如一，而被君主任用或废黜之间，时时有所不同。何况那些被埋没在山野沟壑可能遇见也可能遇不见明主的贤者呢！可见诗颂的写作是有原因的。有的作诗吟咏性情，有的用颂述德表功。虽意旨大体一致，所寄托的意趣却不尽相同。如果进退出处能体现仁义之道，名与实不必滞泥，风格与声誉，能作世人的模范，都不可废弃湮没。所以我又撰写自己的感触，写出这篇赞。

其中《魏志》九人，《蜀志》四人，《吴志》七人。荀彧字文若，诸葛亮字孔明，周瑜字公瑾，荀攸字公达，庞统字士元，张昭字子布，袁涣字曜卿，蒋琬字公琰，鲁肃字子敬，崔琰字季珪，黄权字公衡，诸葛瑾字子瑜，徐邈字景山，陆逊字伯言，陈群字长文，顾雍字元叹，夏侯玄字泰初，虞翻字仲翔，王经字承宗，陈泰字玄伯。

汉朝火德已经衰微，时运已到末日。天下暴乱犹如风暴扇海，从南海到北海都扬起大波。虬龙猛虎虽然惊起，也未能使风云调和。鱼群择深渊潜藏，鸟也选枝高躲。只有三雄赫然鼎立，他们转动乾坤的中轴。他们招揽贤才好像抢收杞梓，争采松竹。使凤凰来不及栖藏，飞龙也没时间躲伏。使山谷没有幽栖的兰花，山岭没有闲憩之菊。

英俊的文若，洞察世事明若天鉴，能随机应变深知微妙，探索事理掌握要害。如负日月而行，想隐匿反而更加显耀。文章与睿智辉映于心，越钻研越知道奥妙。天下大乱如沧海横流，美玉与石头一同破碎。他仕途显达而能兼善天下，牺牲自己而存爱于人间。他以智谋解除时世纠纷，为拯救天下而建功。始于拯救生民，终于以死表明他的风度和节操。

公达有深睿的明智，像蓍草蔡龟一样能预卜未来。运用策略使人莫测，行动起来能统领各项事情。当初发难谋诛董卓，谋略暴露遘难入狱。在死亡威胁时他神情悠然安定，处之泰然。他默默地在军帐中谋画，所出计谋无不正确。他勤勉善谋与魏主相知，如音乐声韵一样和谐，建树功绩从不暂歇。他满腹才学如怀尺璧，却对王侯爵禄不屑追求。他的智慧能拯救世人，他貌似愚笨的态度足以保全生命。

郎中袁涣温和高雅，器量见识纯洁朴素。他讲大信却不被小信拘束，能随时变通而且能信守规范。他态度恭顺有仁德之心，胸怀广阔又遵循法度。在二十岁便立下大志，直到晚年才取得成功。仁人志士必定勇敢，有德的人必有言论。虽遇胁迫之灾，也神气安然地对付。他为人处世从不矫饰，名声行迹绝无过失。他思想操守不偏激，而纯素的风韵更加突出。

崔生体正心直，天性爽朗，道德学问高深莫测。他的忠诚表现于行动和功绩，仁义之心表现于感情。他想培植芳香的兰花，剪除那些荆棘。超人者招人妒恨，时世不容贤哲生存。先生纯美如玉，处世全仗名望节操。虽遇尘雾般的恶运，仍然显出霜雪一样的忠直品德。命运险恶，君子之道消亡，崔生被杀，犹如明月被毁。

景山说话夸张诙谐，但风度与礼教相合。为人不讲究形貌，而心胸广阔如海。行为恰到好处而不盲从附和，思想通达而不杂学各家学说。醉酒时常答非所问，酒醒后则对答如流。

长文通达文雅，仁义之德贯于始终。他立志拥戴元首，要像伊尹那样，以未使君主成就尧舜之德为耻。人民还没有懂道德，他怕是自己的责任。他的治国良谋常常献给朝廷，妥善的方略时时响在耳边。玉石虽美，光洁也不掩盖瑕疵。德行的积增虽隐微不显，但体道之行会光照天下。

泰初渊博，生来气度高雅，器量法度自然俱有。处世以仁义为标准，而不凭借势利，以正直之道保全自身，行为有过失时必定改正。身处死地而无惧色，使生死的道理表明于人世。天下万物动荡不安，谁能不受其累。天地广大也是枉然，仁人志士没有容身之地。君臣亲戚之礼发自本性，不是来自名份礼教。敬爱授受之恩都是一样，情与礼兼而有之。

刚烈的王生，明知要死而不屈服。要求仁德，仁德就不远，尽忠尽孝就能成仁。

玄伯刚强直爽，名望品行为世人敬重。他的志向在于辅佐君主，增高君主权势。他穿着礼服走进虎臣之门，发出正义的指斥。在朝廷临危时他不顾生命，在心中尽到了臣礼。

堂堂的孔明，度量宏阔。形体虽与生民无异，但独自禀赋先觉的智慧。他颂扬风流人物，推崇远古的管仲、乐毅，以表明自己的志向。时世昏暗使他只能如龙潜藏，他的高雅志向更为坚定。时命艰险，道术丧尽，战乱不休，若不是名世之才，孰能扫除乱世阴霾。汉室宗子刘备想使天下太平，为解除刘备的忧患，他脱掉布衣辞别山林，成为时世的栋梁。

士元胸怀宽广，高雅的性情融会其中。他尊崇善良爱戴万物，看到事情的开始就已知道结果。时世的衰乱到了极点，克服残杀实行教化之道，未能盛行。此时士元先生标榜德治，振起了清正之风。他为英明君主刘备筹划方略，此时却遇到难以预期之灾。他起早贪黑不敢懈怠，表现出光明的忠义之心。他献出三项策略，奠定了在西蜀建立霸业的基础。

公琰立身，不忘中正之道。难道是模仿别人，实在是出自高雅心性。他既受禄为官便作忠心良臣，负担起时世重任。他推举贤才行为恭谨，与他交往长久了就愈觉可敬。

公衡中和通达，他的心诚实深沉。爱此一人，临难不会迷惑。往昔进策不为君主接受而受困，归降邻国。他进为蜀臣能献嘉策，退为魏将也不失德。

天下战乱，民心将变。鸟居高大的梧桐避祸，为臣者也要顾盼观察寻求明主。

公瑾英俊通达，心地聪明见解不凡。他兴兵草野寻求君主，与孙策一见相知，交为好友。威武的魏武帝，外显称霸大业，志气之高超过衡、霍二山，依赖战争取胜，目无前敌。卓越的公瑾，在赤壁显耀奇才，火烧曹操大军，使天下三分，宇宙暂隔分属三国。

子布闻名于世，所生的时世正扰扰不安，他隐身田野，息肩于江南。王政险恶混乱，吴魏称霸共分天下。子布献上宏伟方略，辅佐吴君建立霸政。桓王孙策驾崩，霸业未能巩固。桓王拉着他的手托付他辅佐孙权，让贤才与亲人继承大业。他劝阻孙权在灵前的哀哭，立刻继位治军，面临灾难时他不顾安危。孙权成为南面之王，实赖这位老臣之力。贤才为时世而生，时世也需要贤才。君主得到贤才而能任用，贵在不猜疑。

气概昂扬的子敬，出身乡野。挑担为民时就谈吐不凡，终于辅佐君主完成霸业，如构筑起了入云高台。

子瑜体高貌美，生性纯善。对君主谏诤而不失礼，严正而不盛气凌人，出使西蜀在公庭与其弟孔明会谈，退庭私居便忘掉私情。他难道没有兄弟情义？是为了无损名号和职责。

伯言不避艰难，以仁道辅佐世主。出外能勤勉建功，在朝则劝善谏过，论兴议革。尽心安定国家，纠纷不露锋芒。正言直谏招君主怀疑，忠心为君反而获罪。

元叹和悦淡泊，神情祥和形容检束。像洁白玉珪，质地纯洁无瑕。树立君主的威望始终不变，纠正君主的错误能逐步规谏。他的清正无需再增，混浊之处也无须再染。

仲翔高傲谅直，性格不合群。好个不合群，受挫也不屈服。他多次直言谏诤，触犯君主，因坚持正直之道而被黜退。可叹良马未遇伯乐，他像屈原贾谊一样被流放。

济济众贤，会聚一时，可谓千载一遇明君。他们整好马疆奔驰高空，马头高昂飞腾于天路。仰酌天国清泉，俯察人世，光大时务。各自的名节会通过不同的道路成就，其雅娴美名都会得到。如日月照耀于天空，供人瞻仰，永不坠落。仁义在身，永远也用不完。我想让它重放光晖，写出来细心品味。后生读了会鼓舞赞叹，懦夫读了也会勇气激增。

【评析】

三国时代，群雄割据，英雄贤才纵横驰骋，各显其能。但也有君臣之间的遇与不遇问题，本文赞当时名臣，围绕这个中心，叙述各人功绩。文章首段论君臣遇合问题，即为表明这一观点。故此文的显著特点也在这里，即作者不是仅为罗列事迹。各人业绩与命运，都决定于君臣关系的是否和合。此文的又一特色是抒情色彩极浓，作者带着爱英雄、惜贤才的热情，或赞扬、或叹惜。于叙述中时有议论，加深了文势。此文由序和赞两部分组成。序用骈文，赞用四言形式。古人都认为赞不如序，从思想、从文采两方面看，确实如此。

目　录

卷第二十六

卷第二十七

诗戊

卷第二十八

卷第二十九

诗己

卷第三十

诗庚

卷第三十一

卷第三十二

骚上

卷第三十三

骚下

卷第三十四

七上

卷第三十五

七下

诏

册

卷第三十六

令

教

文

卷第二十六

赠答四

赠王太常一首

作者：颜延年　　注译评析：张明非

玉水记方流[1]，琁源载圆折[2]。蓄宝每希声[3]，虽秘犹彰彻[4]。
聆龙睽九泉[5]，闻凤窥丹穴[6]。历听岂多工[7]，唯然觏世哲[8]。
舒文广国华[9]，敷言远朝列[10]。德辉灼邦懋[11]，芳风被乡耋[12]。
侧同幽人居[13]，郊扉常昼闭。林闾时晏开[14]，亟回长者辙[15]。
庭昏见野阴，山明望松雪。静惟浃群化[16]，徂生入穷节[17]。
豫往诚欢歇[18]，悲来非乐阕[19]。属美谢繁翰[20]，遥怀具短札。

【篇旨】

此诗热情称颂了太常王僧达的品德、才华及怀抱，流露出作者追求达生旷远的志趣。

【注释】

① 玉水：产玉的水。

② 琁：通“璇”，美玉。以上两句本于《尸子》：“凡水其方折者，有玉；其圆折者，有珠也。”

③ 希声：极微细的声音。《老子》曰：“大音希声。”

④ 彰彻：《左氏传》：“君子曰：若险危大人，而有名彰彻也。”以上两

句意为水之蓄珠常有音声，虽然秘密，光明亦通于上。比喻君子之道暗而彰。

⑤ 瞭（jì）：视，察。此句本于《庄子 · 列御寇》：“夫千金之珠，必在九重之泉，骊龙颔下。”

⑥ 丹穴：山名。此句本于《山海经》：“丹穴之山有鸟焉，其状如鹤，五采，名曰凤鸟，饮食自歌自舞，见则天下安宁。”

⑦ 工：一作“士”。

⑧ 觏（gòu）：遇见。世哲：当代贤达之士。

⑨ 舒文：指书写文章。国华：国家的光荣。

⑩ 敷言：铺叙言语。朝列：谓百官。

⑪ 懋：盛。

⑫ 耋（dié）：老。

⑬ 侧：谦词。

⑭ 林闾：村庄的里门。晏：晚。

⑮ 亟（qì）：屡次。长者：对贵显者的尊称。以上两句写居处幽僻，车辙不通，屡使贵显者回车而去。

⑯ 惟：思。浃（jiā）：周匝。群化：谓万物变化之理。此句言静思周于群化，无不入于死。以见人生可悲。

⑰ 徂：往。

⑱ 豫：逸乐。

⑲ 乐阕：奏乐终了。此句化用人所说奏乐使人欢乐，曲终令人伤悲之意。

⑳ 属：撰写。

【语译】

产玉的水流动着方波，有珠的水回旋着圆折。流水蓄珠常有细微之声，虽然隐秘也掩盖不了它的光泽。

聆听龙吟须察九泉之水，欲闻凤鸣应窥丹穴之山。耳闻目睹那么多官吏，唯有您称得上是当世的贤达之士。

撰写文章彰显国家的光彩，铺叙言辞远胜朝廷百官。道德的光辉可使国家兴旺，美好的风范足令乡老教化。

住在邻近隐者居住的地方，白日里屋门时常关闭。村庄的里门经常晚开，屡见长者至此回转车辙。

庭宇昏暗可见郊野阴浓，山色明朗遥望松间积雪。静思万物变化的道理，岁月已到迟暮时节。

逸乐总有终了的时候，悲来自伤却并非为乐终。我愧无繁辞赞颂您的美德，只能遥寄怀抱于此短札之中。

【评析】

此诗自始至终从对方着笔，是赠诗的一种格式。开头八句用比体引入，笔调凝重。"'舒文'四句，美其名德。'侧同幽人'六句，兼写其居处。'静惟'四句，赞其情抱。'属美'二句，收己赠诗。"（方东树《昭昧詹言》）这首诗的结构虽完密凝厚，就全篇而言，却不足称。诗中几乎"无一字无来历"，因而典雅重拙，流于艰涩，被何焯讥为"拉杂而至，亦复何趣"（《义门读书记》卷四十六），其中只有"庭昏见野阴，山明望松雪"两句语言清新流丽，是板正重涩的颜诗中不可多得的佳句，却又与全篇风格不很相称。

夏夜呈从兄散骑车长沙一首

作者：颜延年　　注译评析：张明非

炎天方埃郁①，暑晏阕尘纷。
独静阙偶坐②，临堂对星分。
侧听风薄木，遥睇月开云。
夜蝉当夏急，阴虫先秋闻③。

岁候初过半，荃蕙岂久芬[④]。
屏居恻物变[⑤]，慕类抱情殷[⑥]。
九逝非空思[⑦]，七襄无成文[⑧]。

【篇旨】

写夏夜独坐所见所感，抒发了物候变化的感伤及对友人的思念。

【注释】

① 炎天：夏日。

② 偶坐：对坐。

③ 阴虫：谓蟋蟀。

④ 荃蕙：香草。

⑤ 屏居：隐居。

⑥ 慕类：思慕朋类。殷：忧。

⑦ 逝：往，去。此句语本《楚辞·九章·抽思》："惟郢路之辽远兮，魂一夕而九逝。"

⑧ 七襄：自卯至酉为昼，共七辰，每辰更移一次，因称七襄。襄，驾，指移动。

【语译】

夏日里尘埃纷乱堆积，到夜晚方才得以止息。
寂无声没人与我对坐，在堂前唯有独对星空。
侧耳听风声逼近林木，凝神望月光透出云层。
鸣蝉值夏夜始觉声急，蟋蟀未及秋已经先闻。
一年中时令刚刚过半，荃蕙又岂能长久芬芳。
隐居痛伤万物的变迁，思慕友人我心怀忧愁。
魂一夕九往怎不相思，一日七移只恨不成文章。

【评析】

这首诗呈赠作者的两位亲友：从兄散骑字敬宗，车长沙字仲远。题曰“夏夜”，一起先从夏日着笔，以白日的炎热尘土纷飞衬托夏夜的凉爽静谧，并在这一特定的环境氛围下展开描写和抒情。临堂独坐表明作者的孤独；风薄、云开、月出，渲染了夏夜的寂静；鸣蝉和蟋蟀透露出节候的变化。所见、所闻、所感无不有力地触发诗人的情思，自然引出相思之情。诗人感受敏锐，体物工细，使思与境偕，情景交融。

直东宫答郑尚书一首

作者：颜延年　　注译评析：张明非

皇居体寰极[①]，设险衹天工[②]。
两闱阻通轨[③]，对禁限清风[④]。
跂予旅东馆[⑤]，徒歌属南墉[⑥]。
寝兴郁无已[⑦]，起观辰汉中[⑧]。
流云蔼青阙[⑨]，皓月鉴丹宫。
踟蹰清防密[⑩]，徙倚恒漏穷[⑪]。
君子吐芳讯[⑫]，感物恻余衷。
惜无丘园秀，景行彼高松[⑬]。
知言有诚贯，美价难克充。
何以铭嘉贶[⑭]？言树丝与桐[⑮]。

【篇旨】

写与友人同在禁省而不相见的苦闷，抒发了对友人赠诗的感佩之情。

【注释】

① 皇居：帝王的宫室。寰：同“环”。极：北极星。

② 设险：谓禁卫。天工：天职。

③ 两闱：指东宫和尚书省。

④ 对禁：两闱俱在禁中，故云。

⑤ 跂：举踵。东馆：东宫舍人所居。

⑥ 徒歌：无乐器伴奏的歌唱。南墉：尚书省为中台，在南面，故曰南墉。墉，墙。

⑦ 寝：卧。兴：起。

⑧ 辰：大火星。汉：天河。

⑨ 蔼：暗。

⑩ 清防：言宫禁隔绝内外，不得交通。

⑪ 漏：刻漏。

⑫ 芳讯：谓所赠诗。

⑬ 景行：景仰。

⑭ 贶（kuàng）：赠送。

⑮ 丝与桐：指琴。古代多用桐木制琴，练丝为弦，故云。

【语译】

帝王的宫室像众星环绕的北极，皇家禁卫恪守着警卫的职守。

东宫与尚书省道路阻隔，虽同在禁中却难得相逢。

我在东馆踮起脚跟翘望，吟唱清歌寄意南墉的友人。

坐卧难安思君忧愁无尽，起身仰观夜空的大火、天河。

行云遮暗了青色的城阙，明月照耀着朱红的宫楼。

来回踱步宫禁森严难通，流连徘徊一直到漏尽天明。

赠诗倾吐了美好的音问，感此不由我心中伤悲。

可惜我没有美丽园圃般的美德，却由衷景仰您高松般的志节。

知道您的话一贯有诚信，价值美好我难以承当。

如何铭记这珍贵的赐予？将以丝桐为琴播之乐章。

【评析】

这首诗作于颜延年为太子舍人之时。郑尚书，名鲜之，字道子。诗分为两部分，前十二句着重写宫禁森严难以相见的忧思，后八句写友人赠诗引起的感慨。全诗自始至终洋溢着浓厚的抒情氛围，诗人不仅通过环境描写衬托内心情感，尤其借助一连串的动作，生动细腻地传达出自己深沉复杂的心理活动，读来真切感人。

和谢监灵运一首

作者：颜延年　　注译评析：张明非

弱植慕端操①，窘步惧先迷②。寡立非择方③，刻意藉穷栖。
伊昔遘多幸④，秉笔侍两闺⑤。虽惭丹雘施⑥，未谓玄素睽⑦。
徒遭良时诐⑧，王道奄昏霾⑨。人神幽明绝⑩，朋好云雨乖。
吊屈汀洲浦⑪，谒帝苍山蹊⑫。倚岩听绪风⑬，攀林结留荑⑭。
跂予间衡峤⑮，曷月瞻秦稽⑯？皇圣昭天德⑰，丰泽振沉泥⑱。
惜无爵雉化⑲，何用充海淮。去国还故里⑳，幽门树蓬藜㉑。
采茨葺昔宇㉒，翦棘开旧畦。物谢时既晏，年往志不偕。
亲仁敷情昵㉓，兴赋究词凄。芬馥歇兰若，清越夺琳珪㉔。
尽言非报章㉕，聊用布所怀。

【篇旨】

抒写自己栖隐的志向和宦海沉浮的经历，表达对谢灵运赠诗的赞美和感激。

【注释】

① 弱植：软弱无能，扶不起来。

② 窘步：因惶急而不得前行。

③ 方：道义。

④ 遘：遇。多幸：侥幸。

⑤ 侍两闺：指任中书侍郎及太子舍人。

⑥ 丹雘（wò）：彩色。古为官衣彩，故用以喻君恩。

⑦ 睽（kuí）：乖违，背离。

⑧ 诐（bì）：邪僻。

⑨ 昏霾：喻世乱，指少帝之时。

⑩ 幽明：旧称人鬼的界限。幽，阴间。明，阳世。

⑪ 屈：谓屈原。

⑫ 帝：谓舜帝。苍山：苍梧山，舜葬于此。

⑬ 绪风：余风。

⑭ 留荑：香草名。

⑮ 衡：衡山。峤：山尖而高。

⑯ 秦稽：秦望山、会稽山，在浙江绍兴东南。秦望山，相传秦始皇东游江浒，欲度会稽，登山而望，故而得名。

⑰ 皇圣：谓宋文帝。

⑱ 丰泽：丰沛的恩泽。沉泥：作者自喻。

⑲ 爵：《六臣注》作“雀”。《国语》曰：“赵简子叹曰：‘雀入于海为蛤，雉入于淮为蜃。’”

⑳ 去国：指离开始安郡。

㉑ 幽门：幽隐之门。蓬藜：野草。

㉒ 茨：蒺藜。葺（qì）：用茅草覆盖房子。

㉓ 亲仁：谓谢灵运。

㉔ 琳珪：美玉。

㉕ 报章：酬答诗文。

【语译】

我软弱无能羡慕正直的操守，急步直追常恐迷失正路。寡于立身不能选择道义，刻意借幽栖以成其志节。

从前侥幸遇到好运道，秉笔侍奉君主和太子。虽然有愧于荣禄的施与，但与夙志终不似玄与素之别。

徒然遭遇明时倾的邪僻，政局久已昏暗不明。人神阴阳隔绝不获祭享，亲友如云如雨天各一方。

吊问屈原于洲渚之间，拜谒舜帝在苍梧山径。倚着岩石聆听连续不断的风声，攀援林木采撷留荑以赠远人。

隔着衡山顶我举踵眺望，何时能够看见秦望会稽。圣皇昭示上天的恩德，降下恩泽使沉泥振起。

可惜我不能如雀雉幻化，又用什么去填充淮海。离开始安任所还归故里，在幽居的门口种上蓬藜。

采来蒺藜修理从前的房屋，翦除荆棘开垦旧时的田地。世间万物衰谢时节已晚，岁月流逝心志早有改变。

您的赠诗抒情亲近仁爱，我尽兴把玩深味言辞的凄切。其馥郁芬芳使香草消歇，清新激越又超过美玉。

尽我之言不足作为酬答，但以此诗抒写我的怀抱。

【评析】

颜延年于宋文帝元嘉三年（426）征为中书侍郎。曾受命与范泰到会稽敦请谢灵运出山，灵运作《还旧园作见颜范二中书》以赠，此诗便是和作。时灵运任秘书监，故诗题称“和谢监”。开头四句表白自己以幽栖保全志节的夙愿，接下来四句说虽蒙朝廷任用并不因此改变心志。“徒遭”以下十句叙述自己少帝时被黜复为文帝所征的经过，继而抒发了时过境迁夙志难酬的喟叹。最后赞美灵运的诗并表明自己作此诗的目的。既要表白自己的栖隐之志，又受命劝谢灵运出山，这种矛盾的处境由于作者运笔委婉表达得恰如其分，措辞十分得体。此外，善用比喻以及借景抒情也是本篇的特色。

答颜延年一首

作者：王僧达　　注译评析：张明非

长卿冠华阳[①]，仲连擅海阴[②]。珪璋既文府[③]，精理亦道心[④]。
君子耸高驾，尘轨实为林。崇情符远迹，清气溢素襟[⑤]。
结游略年义，笃顾弃浮沉。寒荣共偃曝[⑥]，春酝时献斟[⑦]。
聿来岁序暄[⑧]，轻云出东岑。麦垄多秀色，杨园流好音。
欢此乘日暇，忽忘逝景侵。幽衷何用慰，翰墨久谣吟。
栖凤难为条[⑨]，淑贶非所临[⑩]。诵以永周旋，匣以代兼金[⑪]。

【作者简介】

王僧达（423—458），南朝宋琅邪临沂（今山东临沂）人。初任太子舍人、宣城太守，又迁征虏将军、吴郡太守，官至中书令。后因高阇谋反事牵连，下狱死。以诗闻名，但词繁意浅。原有集，已佚。《宋书》有传。

【篇旨】

热情赞美友人的出众才华和高情厚意，抒发了得其赠诗的感受和珍重之情。

【注释】

① 长卿：司马相如的字。华阳：地名，属四川。

② 仲连：即鲁仲连。阴：水南。

③ 珪璋：美玉，喻文章。

④ 道心：悟道之心。

⑤ 素襟：本心。

⑥ 荣：屋南檐。曝：以背向日取暖。

⑦ 酝：酒。

⑧ 岁序：犹言时令。暄：暖。

⑨ 难为：凤非梧桐不栖，故曰难为。

⑩ 淑贶（kuàng）：嘉赐。

⑪ 兼金：价值倍于常的精金。

【语译】

司马相如名冠华阳，鲁仲连擅名海之南。文如美玉既光耀府库，精理之妙亦穷于道心。

君子驾着高高的车马，在俗世与昔贤为伴。情操高志向与前人行迹相符，清淑之气充盈于胸襟。

交游看取年龄和德望，笃于情义不计较沉浮。冬天在屋南檐下一同晒太阳，春酒酿成时进献斟饮。

近来时令已渐渐变暖，轻柔的云朵飘出东山。田野里麦苗已抽穗扬花，柳园中传来悦耳的鸟鸣。

欢乐地度过这闲暇之日，忽然忘却岁月的流逝。内心的感情如何慰藉，但将您的诗篇久久吟诵。

难得有凤凰栖息的枝条，美好的赐予不敢承当。唯有永远吟诵品味，当作精金珍藏于匣中。

【评析】

此诗是对颜延年《赠王太常》一诗的酬答，分为两部分。前一部分从对方着笔，一起便以司马相如、鲁仲连作比，接着从文才、道心、高情、清气等方面加以称美，表达了对友人的推崇。后一部分从即目之景写起，引出对年光流逝的感慨，在此基础上自然抒发了友人赠诗带来的慰藉，作者的反复吟咏乃至珍藏也就在情理之中。诗中固然表现了作者对友情的珍视，但亦存在这类题材常见的不适当溢美的通习，因此内容无多可取。唯写春景一段文笔清新，颇见生趣，使此诗生色不少。

郡内高斋闲坐答吕法曹一首

作者：谢玄晖　　注译评析：张明非

结构何迢递①，旷望极高深②。
窗中列远岫③，庭际俯乔林④。
日出众鸟散，山暝孤猿吟。
已有池上酌，复此风中琴。
非君美无度⑤，孰为劳寸心。
惠而能好我，问以瑶华音⑥。
若遗金门步⑦，见就玉山岑⑧。

【篇旨】

写郡斋闲坐所望景色的优美及生活的悠然自得，表达了对友人诚挚的感情。

【注释】

① 结构：联结构架。迢递：高貌。

② 高深：谓山水。

③ 岫：峰峦。

④ 乔林：成林的高树。

⑤ 无度：犹无比。

⑥ 瑶华：美玉，喻珍贵。

⑦ 金门：金马门的省称。指代官署。

⑧ 玉山：传说中西王母居处。此指作者所居。

【语译】

郡守府第建筑何其高耸，从斋中远望山水尽收眼底。
窗中仿佛镶嵌着远处的山峦，临庭可俯瞰成林的高树。
朝日一出群鸟高飞四散，暮色降临山谷传来猿啼。
在清凉的池上悠然酌饮，更有风中传来琴的自鸣。
若非您的情谊无比美好，谁能像这样有劳寸心。
深感您对我仁爱而又亲善，赠给我如此珍贵的诗篇。
如果能将官位弃置不顾，当同我相见在这美好的山中。

【评析】

这首诗是作者任宣城郡守时所作，以此答谢齐王法曹吕僧珍的赠诗。前六句写景，中间两句向景过渡到言情，后六句抒情。这种情景对称的结构是作者常用的一种格式，后为齐梁诗人普遍模仿。此诗写日常闲居中所见景物的优美，是对谢灵运山水题材的扩大。此外用明净浅易的语言，通过精巧的炼字琢句，表现疏朗清逸的意境，显示出作者独有的清新流丽的风格，这也是“窗中”以下四句描写为人称道的原因。

在郡卧病呈沈尚书一首

作者：谢玄晖　　注译评析：张明非

淮阳股肱守①，高卧犹在兹②。
况复南山曲③，何异幽栖时。
连阴盛农节④，簑笠聚东菑⑤。
高阁常昼掩，荒阶少诤辞⑥。
珍簟清夏室⑦，轻扇动凉飔⑧。
嘉鲂聊可荐⑨，渌蚁方独持⑩。

夏李沉朱实[11]，秋藕折轻丝。
良辰竟何许，夙昔梦佳期。
坐啸徒可积[12]，为邦岁已期[13]。
弦歌终莫取[14]，抚机令自嗤[15]。

【篇旨】

抒写自己在任时的无聊苦闷，于怀念友人的同时透露出希望对方援引的心情。

【注释】

① 淮阳股肱守：指汲黯。《汉书·汲黯传》说，汉武帝拜汲黯为淮阳太守，黯伏地不受印。武帝说："君薄淮阳耶？""顾淮阳吏人不相得，吾徒得君重，卧而治之。"股肱，喻指辅佐君王的大臣。

② 兹：指淮阳。

③ 南山曲：指宣城地处偏僻。

④ 盛农节：指盛夏农忙时节。

⑤ 簦（tái）：笠的一种，用以御暑。笠：用以御雨。东菑（zī）：东边的田亩。

⑥ 诤：讼，争辩是非。

⑦ 簟（diàn）：竹席。

⑧ 颸（sī）：凉风。

⑨ 嘉鲂：美好的鱼。鲂，鱼名，一名鳊鱼。

⑩ 渌蚁：《六臣注》本作"绿蚁"，指酒上浮起的绿色泡沫，也用以指代酒。

⑪ 沉：指将水果沉于水中，使其变凉。

⑫ 坐啸：闲坐吟啸。后汉成瑨任南阳太守，用岑晊（公孝）为功曹，公事都交给岑办理。民间传言："南阳太守岑公孝，弘农成瑨但坐啸。"后因用以指做官而不亲自办事。

⑬ 期（jī）：一周年。

⑭ 弦歌：谓礼乐教化。

⑮ 机：通“几”，指几案，小桌子。

【语译】

淮阳太守是股肱之臣，尚且在淮阳安闲高卧。

何况我身处这僻远之地，与隐居山林又有何异？

盛夏连阴天仍然大忙，农夫头戴笠帽聚在东田。

我东厢房门白日里常掩，荒寂的台阶上少有诤讼。

细密的竹席使夏室清凉，轻摇小扇带来阵阵凉风。

美味的鱼且拿来享用，清醇的酒只得独自斟饮。

夏天把红李沉在冰水中，秋季将莲藕折断轻丝。

会面的良辰究竟在何时，我日思夜梦盼望佳期。

闲坐吟啸时日已经不少，任此郡守已经整整一年。

于礼仪教化终无所成就，手抚几案不由得自嘲。

【评析】

这首诗作于齐明帝建武三年（496）谢朓在宣城太守任上，遥呈时任五兵尚书的友人沈约。一起以汲黯自比，说明自己形同幽栖的被弃置的可悲境遇；接着用较多笔墨铺叙了在郡安闲无事的生活，于看似悠然自得的笔调中蕴含着深沉的孤寂苦闷。结末对自己无事闲坐无所作为加以自嘲，表现了不甘寂寞渴求进取的心情。此诗叙事有序，描写生动，语言“圆美流转”。不单单体现在对郡守生活的描绘上，即如开头结尾的用典，也自然贴切，通畅易晓，且有意丰语约之妙，委婉地传达出诗人委曲难言之情。

暂使下都，夜发新林，至京邑，赠西府同僚一首

作者：谢玄晖　　注译评析：张明非

大江流日夜，客心悲未央①。
徒念关山近③，终知反路长。
秋河曙耿耿④，寒渚夜苍苍。
引领见京室⑤，宫雉正相望⑥。
金波丽鳷鹊⑦，玉绳低建章⑧。
驱车鼎门外⑨，思见昭丘阳⑩。
驰晖不可接⑪，何况隔两乡。
风云有鸟路，江汉限无梁⑫。
常恐鹰隼击⑬，时菊委严霜。
寄言罻罗者⑭，寥廓已高翔。

【篇旨】

写诗人从新林到京都沿途所见景色，表达了对西府同僚的怀念和忧谗畏讥的心情。

【注释】

① 未央：不尽。

③ 关山：指京都的关塞山陵。

④ 秋河：秋夜的银河。耿耿：明亮。

⑤ 引领：伸颈，举首远望。引，伸。领，颈。

⑥ 宫雉：宫墙。

⑦ 金波：月光。鳷（zhī）鹊：汉宫观名。《拾遗记》载甘泉宫有鳷鹊观，汉武帝时所建。这里借指金陵的宫殿。

⑧ 玉绳：星名。建章：汉宫名。

⑨ 鼎门：春秋时成王定鼎于郏鄏，其南门名定鼎门。这里指金陵南门。

⑩ 昭丘：楚昭王墓，在荆州。

⑪ 驰晖：指太阳。

⑫ 梁：桥梁。

⑬ 鹰隼（sǔn）：两种猛禽。

⑭ 罻（wèi）罗：捕鸟的罗网。

【语译】

大江日夜不停地滔滔奔流，我心中的悲愁也如江水般没有穷尽。

到达京都的路程虽然已经不远，返归荆州的道路却更加绵长。

破晓时秋夜的银河已然发亮，江中洲渚依旧夜色苍茫。

引颈而望京城清晰可辨，城内宫墙与我遥遥相望。

月光仍照射在宫殿上面，玉绳星已低垂在皇宫背后。

驰车来到都门之外，心中却更加思念荆州。

阳光驰照无阻尚且不可骤见，远隔两地的人就更难相逢。

鸟儿在风云中还有自由飞行的路线，我却受到江汉阻隔没有桥梁可通。

在西府中常恐遭受谗言中伤迫害，有如鹰隼袭击、菊花萎落于严霜。

告诉那些张设罗网想要陷害我的人吧，我已经像鸟儿一样在广阔的天空中高翔。

【评析】

谢朓曾任随王萧子隆东中郎府中文学一职，颇受赏爱，却为长史王秀之所忌，以煽动随王滋事的罪名密启朝廷，因此被敕令离开荆州随王府（即西府）回到京城，这首诗就是被召还京途中所作。诗中将荆州难以复返的惆怅，对西府同僚的留恋和远祸全身的庆幸交织在一起，并融化于景物之中。通过对眼前大江和京城及想象中荆州景色的交替描写，微妙地表现出诗人处于政治斗争中的复杂心绪和亦喜亦悲的矛盾心情。此诗写景壮丽，情景交融，虚实相生，起势尤苍茫雄浑，是锺嵘《诗品》所说谢朓“善自发端”的一个典型例证，故为历代读者和评家所称赏。

酬王晋安一首

作者：谢玄晖　　注译评析：张明非

梢梢枝早劲[①]，涂涂露晚晞[②]。
南中荣橘柚，宁知鸿雁飞[③]。
拂雾朝青阁[④]，日旰坐彤闱[⑤]。
怅望一涂阻，参差百虑依。
春草秋更绿，公子未西归[⑥]。
谁能久京洛，缁尘染素衣[⑦]。

【篇旨】

写对友人的思念和怅望，也流露出因仕途险恶畏惧不安的心情。

【注释】

① 梢梢：树枝劲挺无叶之貌。

② 涂涂：厚貌。晞：干。

③ 宁知：鸿雁南栖衡阳，不至晋安之境，故云。

④ 青阁：谓朝堂，即朝廷议事之所。

⑤ 旰（gàn）：晚，迟。彤闱：宫中，此谓尚书省。

⑥ 公子：指王德元。西归：晋安（今福建福州）在国都建康（今江苏南

京）东，故云。

⑦ 缁尘：黑尘，即风尘。以上两句化用陆机《为顾彦先赠妇诗二首》其一："京洛多风尘，素衣化为缁。"喻谗人将污己之清白。

【语译】

无叶的枝干遒劲挺拔，浓密的露水到晚即干。

南国的橘柚枝繁叶茂，你哪里知道鸿雁已经南飞。

清晨拂开雾气去上朝，日色已晚仍坐在宫中。

怅然想望这道路的阻隔，种种思虑错杂纷扰。

春草到秋天更加青绿，可叹公子还未西归。

谁能长久滞留京洛，让风尘染黑自己的白衣。

【评析】

晋安郡守王德元有诗赠谢朓，这首诗是谢朓对其赠诗的酬答。开头四句从对方所处环境着笔，描写南国秋景特征，摹景入妙。接下来四句将笔锋转到自己，写山川阻隔的怅恨和纷繁的思绪。结末四句双绾对方与自己，抒发了倦于游宦和忧谗畏讥的心情。谢朓身处齐代复杂微妙的政治斗争之中，始终在安于荣仕和畏祸全身的矛盾中徘徊，即使从这首酬赠友人的诗中也不难窥见这一消息。

奉答内兄希叔一首

作者：陆韩卿　　注译评析：张明非

嘉惠承帝子①，躧履奉王孙②。属叨金马署③，又点铜龙门④。

出入平津邸⑤，一见孟尝尊⑥。归来翳桑柘⑦，朝夕异凉温⑧。

徂落固云是⑨，寂蔑终始斯⑩。杜门清三径⑪，坐槛临曲池。

凫鹄啸俦侣[12]，荷芰始参差[13]。虽无田田叶[14]，及尔泛涟漪。
春华与秋实[15]，庶子及家臣[16]。王门所以贵[17]，自古多俊民。
离宫收杞梓[18]，华屋富徐陈[19]。平旦上林苑，日入伊水滨。
书记既翩翩[20]，赋歌能妙绝[20]。相如恧温丽[21]，子云惭笔札[22]。
骏足思长阪[23]，柴车畏危辙[24]。愧兹山阳宴[25]，空此河阳别[26]。
平原十日饮[27]，中散千里游[28]。渤海方淫滞[29]，宜城谁献酬[30]？
屏居南山下，临此岁方秋。惜哉时不与，日暮无轻舟。

【作者简介】

陆厥（472—499），字韩卿，南朝齐吴郡吴（今江苏苏州）人。少有才气，善文辞。曾任王晏少傅主簿，后至行军参军。作诗反对声病之说，其诗亦有佳作。原有集，已佚。《南齐书》有传。

【篇旨】

诗中称赞内兄不凡的才情，同时抒发了自己时不我与的迟暮之思。

【注释】

① 嘉惠：对他人所给予恩惠的敬称。帝子：皇帝子孙的通称，此谓齐武帝子竟陵王萧子良。

② 躧履：拽履而行，言脚步急遽。王孙：谓太傅王晏。

③ 叨（tāo）：忝，谦辞。金马署：官署的代称。谓为秀才。

④ 铜龙门：太子宫门。

⑤ 平津邸：汉公孙弘为丞相，封平津侯，起客馆，开东阁，以招待士人。因用为高级官僚延纳宾客的典故。

⑥ 孟尝：谓孟尝君。

⑦ 翳桑柘：即翳桑，指饥饿。《左传·宣公二年》说，春秋晋灵辄饿于翳桑，赵盾见而赐之以饮食。

⑧ 凉温：犹言炎凉。

⑨ 徂落：死亡。

⑩ 寂蔑：寂寞，空虚。

⑪ 三径：西汉末年蒋诩辞官回乡，在院中开辟三径，只与两个友人交往，后即用以代指家园。

⑫ 凫鹄：水鸟名。

⑬ 荷芰：指菱叶与荷叶。

⑭ 田田：形容荷叶相连、盛密的样子。

⑮ 春华：比喻文采。秋实：比喻德行。《魏志 · 邢颙传》载：曹植家丞邢颙，品行高洁，庶子刘桢美于文辞，植亲桢而疏颙，桢上书谏曰："私惧观者将谓君侯习近不肖，礼贤不足，采庶子之春华，忘家丞之秋实。"

⑯ 庶子、家臣：皆太子属官名。顾肸（xī）为邵陵王常侍，故有此言。

⑰ 王门：谓邵陵王门。

⑱ 离宫：谓太子。杞梓：指杞和梓两种优质木材，用以比喻优秀人才。

⑲ 华屋：亦谓太子。徐：徐幹。陈：陈琳。

⑳ 书记：谓阮瑀。翩翩：风流潇洒。魏文帝《与吴质书》："公幹五言诗之善者，妙绝时人；元瑜书记翩翩，致足乐之。"为这两句所本。

㉑ 相如：司马相如。恧（nǜ）：惭愧。

㉒ 子云：谷永，字子云，汉长安人。与楼护俱为五侯上客，长安人称"谷子云笔札，楼君卿唇舌"。

㉓ 骏足：良马，喻顾肸。

㉔ 柴车：简陋无饰的车子，作者自喻。

㉕ 山阳宴：嵇康与向秀居山阳县，常为竹林之宴。

㉖ 河阳：河水之北。语本曹植《送应氏》："亲昵并集送，置酒此河阳。"

㉗ 十日饮：《史记 · 范雎传》秦昭王与平原君书："愿与君为布衣之友，君幸过寡人，寡人愿与君为十日之饮。"后用以指朋友暂住欢聚。

㉘ 千里游：干宝《晋纪》曰："初，吕安友嵇康，相思则命驾千里从之。"嵇康官中散大夫。

㉙ 渤海：魏文帝与吴质、徐幹所游处。喻己事竟陵王。

㉚ 宜城：出产美酒。

【语译】

承蒙竟陵王的恩赐，得以拽履侍奉王孙。有幸叨光金马署中，又点缀太子宫门。

出入平津侯的府邸，一见便为孟尝君敬重。去官归家穷于生理，早暖晚凉世态迥异。

人死固然永远寂寞，如今活着也不过如此。闭门不出使家园清净，坐伏槛栏下临曲池。

野鸭、天鹅呼唤着伴侣，荷花菱角还参差不齐。虽然没有田田的莲叶，一样可以荡起涟漪。

您既有庶子的春华，又兼有家丞的秋实。王者之门所以高贵，自古以来多贤俊之才。

离宫聚集着杞梓般的栋梁，华屋多有徐幹、陈琳似的英达。清晨侍游上林宫苑，日落游于伊水之滨。

阮瑀善书记风度翩翩，刘祯能赋诗妙绝过人。司马相如文章尚欠温丽，谷子云笔札亦愧对于您。

骏马思念长坂以骋其足，柴车简陋无饰畏惧险路。我愧无欢娱的山阳宴，空有这河阳的离别。

但愿能同您如平原君一般作十日之饮，又似吕安思念嵇康一般能从游千里。长时间滞留在这渤海，宜城美酒有谁相献酬?

隐居在这南山之下，值此岁月已经入秋。可惜时光不相等待，人已迟暮却无轻舟。

【评析】

这首诗是对作者内兄顾肸赠诗的奉答，分为五段：第一段回顾自己侍奉太子的经历，第二段写归家清闲寂寞的生活，第三段点明顾肸侍游邵陵王，第四段颂扬内兄超群出众的文才，最末一段写自己的迟暮之感及相思之情。诗中多用史实，遣词亦多用典或化用古诗成句。如称美顾肸的文才便连用司马相如、谷子云、阮瑀、刘祯四位古代著名文人相衬托，正反映出陆厥诗作的基本特征。

赠张徐州稷一首

作者：范彦龙　　注译评析：张明非

田家樵采去，薄暮方来归。
还闻稚子说：有客款柴扉[①]。
傧从皆珠玳[②]，裘马悉轻肥。
轩盖照墟落，传瑞生光辉[③]。
疑是徐方牧[④]，既是复疑非。
思旧昔言有[⑤]，此道今已微。
物情弃疵贱[⑥]，何独顾衡闱[⑦]。
恨不具鸡黍[⑧]，得与故人挥[⑨]。
怀情徒草草[⑩]，泪下空霏霏[⑪]。
寄书云间雁，为我西北飞[⑫]。

【作者简介】

范云（451—503），字彦龙，南朝梁南乡舞阴（今河南泌阳西北）人，范缜从弟，为“竟陵八友”之一。齐时任广州刺史，入梁官至尚书右仆射。原有集三十卷，已散佚。今存诗四十余首。《诗品》称其诗“清便婉转，如流风回雪”。《梁书》《南史》均有传。

【篇旨】

为友人张稷来访不遇，感念其不忘贫贱之交的深厚情谊和高尚品格。

【注释】

① 款：叩。

② 傧从：侍从的人。玳：即玳瑁，也作瑇瑁，一种动物，可用来做装饰品。

③ 传（zhuàn）瑞：官吏的符信。

④ 方牧：犹言方伯，州长的代称。

⑤ 思旧：怀念旧友。

⑥ 疵：小病，引申为过失、缺点。

⑦ 衡闱：衡门。指简陋的房屋。

⑧ 具鸡黍：指备办饭菜以款待客人。黍，黄米，古人认为是上好的粮食。

⑨ 挥：指挥觞。

⑩ 草草：忧愁的样子。

⑪ 霏霏：纷飞貌。

⑫ 西北：指徐州。

【语译】

农家出门去上山打柴，一直到日落方才归来。

还家便听到幼子告知，曾经有客人前来叩门。

侍从们个个簪珠饰玉，乘坐大马衣着华贵。

豪华的车盖照亮村落，大官的符信熠熠生辉。

我猜测来客是徐州刺史，一经证实却又转生狐疑。

不忘旧友虽说古来就有，但这一美德到今天早已衰微。

弃置贫贱之交是人之常情，为何您偏偏光顾蓬门。

遗憾的是没能够杀鸡做黍，与老朋友一起开怀畅饮。

怀念之情徒然使我心忧，泪如雨下空自纷纷洒落。

只有寄封书信交给云间的大雁，飞到西北带给我思念的故友。

【评析】

本篇赠徐州牧张稷，李善注“稷”应作“谡”。《文选》丘希范《侍宴乐游苑送张徐州应诏诗》李善注引刘璠《梁典》云：“张谡字公乔，齐明帝时为北徐州刺史。”诗中称赞友人不忘旧交的君子之德，主要使用了对比和夸张的手法。如以自己身份卑微、家室贫贱与对方地位显达、气派豪华相对比，又以友人的不以富贵骄人珍惜旧交与当今世态炎凉、人情淡薄形成鲜明对照；同时不论写自己的贫贱或写友人的富贵，其中都不无夸张，造成强烈的反差，从而有力地突出了张稷的美好品德和君子形象。作者对友人的赞美及感激之情也溢于言表。艺术上不论描写、叙事或议论、抒情，均平易通俗，圆转自如，体现出古诗所具有的浑成气象。

古意赠王中书一首

作者：范彦龙　　注译评析：张明非

摄官青琐闼①，遥望凤皇池②。
谁云相去远，脉脉阻光仪③。
岱山饶灵异④，沂水富英奇⑤。
逸翮凌北海⑥，抟飞出南皮⑦。
遭逢圣明后⑧，来栖桐树枝。
竹花何莫莫⑨，桐叶何离离⑩。
可栖复可食，此外亦何为。
岂如鹪鹩者⑪，一粒有余赀⑫。

【篇旨】

写对中书监王融德才的崇仰，以及对他所处地位的歆羡。

【注释】

① 青琐闼（tà）：镂刻青色图纹的宫门。

② 凤皇池：指中书省。

③ 光仪：光彩和仪表。

④ 岱山：泰山。

⑤ 沂水：地名，属琅邪郡。琅邪乃王氏祖籍，故有“饶灵异”“富英奇”之语。

⑥ 北海：谓“建安七子”之一的徐幹，北海（今山东昌乐）人。

⑦ 南皮：地名，属河北省。吴质，济阴（今山东菏泽）人，深得曹丕信任，曾游南皮，故以南皮指代吴质。

⑧ 后：指天子。

⑨ 莫莫：茂密貌。

⑩ 离离：纷披繁茂貌。

⑪ 鹪鹩：小鸟名。

⑫ 赀：同“资”。以上两句化用《鹪鹩赋》：“巢林不过一枝，每食不过数粒。”

【语译】

我为官在青琐宫门，遥望您所在的凤凰池。

谁说这中间相隔路远，想望却不见您的光彩风仪。

泰山诞育灵异神秀之才，沂水多有英杰奇隽之士。

您振翼高飞超过徐幹，扶摇直上越出吴质。

有幸遇到圣明的君主，如凤凰栖止在梧桐树枝。

竹花何等璀璨繁盛，桐叶何其纷披茂密。

既可栖息又可有食，此外还有什么值得忧虑。

哪像我这鹪鹩小鸟，就是一粒米也如有余资。

【评析】

王融卓有文才，与范云同为“竟陵八友”之一。自恃家世才学，躁于名利，曾启齐武帝求自试，此诗即作于他由秘书丞升任中书郎之后。作者表达对他的推崇和歆羡的感情，一则运用衬托的手法，如以徐幹、吴质等历史上的名士烘托他的超凡出众；二则运用比喻的修辞格，如以凤凰比王融，以鷦鷯自比，形象传达出二者处境的差异。题曰“古意”，从诗中语言的平易通俗，抒情的回环往复，以及比兴手法的运用，不难体味出古诗的情韵。尤其此诗出自这位永明体代表作家之手，更可见他是在有意仿古。

赠郭桐庐出溪口见候，余既未至，郭仍进村，维舟久之，郭生方至一首

作者：任彦昇　　注译评析：张明非

朝发富春渚[①]，蓄意忍相思[②]。
涿令行春反[③]，冠盖溢川坻[④]。
望久方来萃[⑤]，悲欢不自持。
沧江路穷此，湍险方自兹。
叠嶂易成响，重以夜猿悲。
客心幸自弭[⑥]，中道遇心期[⑦]。
亲好自斯绝，孤游从此辞。

【篇旨】

写客旅中与友人相逢的喜悦，以及聚而复别孤身远行的悲思。

【注释】

① 富春：江名，浙江（古水名。即今钱塘江，上游为新安江）在富阳、桐庐境内的一段。

② 蓄意：有意，存心。

③ 涿令：汉滕抚，字叔辅，曾任涿令，颇有政绩。涿，今河北涿州。行春：汉制，太守于春季时巡视所管州县，督促耕作，叫作行春。《后汉书》载，滕抚行春时，有两白鹿随车挟毂而行。

④ 冠盖：指代官吏。冠，礼帽。盖，车马。川坻：河岸。

⑤ 萃：聚集。

⑥ 弭：停止。

⑦ 心期：心中期许的人，谓郭桐庐。

【语译】

清晨从富春渚扬帆启程，一路上难抑这相思之情。

仿佛看到你像行春归来的涿令，河岸上挤满了迎候的人群。

等待多时两人方才相聚，又悲又喜彼此难以自持。

沧江坦途至此已经走完，今后的旅途多是急流险滩。

重峦叠嶂不时传来巨大的回响，夜晚猿猴的悲啼更觉凄惨。

羁旅之情幸而能够暂消，是因为中途遇见心期的友人。

与亲密的朋友就此隔绝，孤独的游子从此同你分别。

【评析】

此诗按时间的顺序记叙了行旅途中与友人的相聚，前半写对此次见面的期盼和相逢时悲喜交集的感情，后半抒发辞友远行的孤独和悲哀。诗人除直抒胸臆外，还运用了一些艺术手法，如用想象驱遣典故称颂友人的政绩，从而使诗人的友情内涵更为深厚。尤其是用对今后旅程多艰的悬想，托出离别的沉重悲凉，更显得诗意浓厚，情韵悠长。诗大约作于任昉晚年出为新安太守赴任途中，从字里行间表现的感伤情绪中，不难体味出他仕途失意的心情。

行旅上

河阳县作二首

作者：潘安仁　　注译评析：张明非

微身轻蝉翼，弱冠忝嘉招[①]。在疚妨贤路[②]，再升上宰朝[③]。
猥荷公叔举[④]，连陪侧王寮[⑤]。长啸归东山，拥耒耨时苗[⑥]。
幽谷茂纤葛，峻岩敷荣条。落英陨林趾[⑦]，飞茎秀陵乔[⑧]。
卑高亦何常，升降在一朝。徒恨良时泰[⑨]，小人道遂消[⑩]。
譬如野田蓬，斡流随风飘[⑪]。昔倦都邑游，今掌河朔徭[⑫]。
登城眷南顾，凯风扬微绡[⑬]。洪流何浩荡[⑭]，修芒郁岧峣[⑮]。
谁谓晋京远[⑯]，室迩身实辽[⑰]。谁谓邑宰轻，令名患不劭[⑱]。
人生天地间，百岁孰能要。颎如槁石火[⑲]，瞥若截道飙。
齐都无遗声[⑳]，桐乡有余谣[㉑]。福谦在纯约[㉒]，害盈犹矜骄[㉓]。
虽无君人德，视民庶不恌[㉔]。

日夕阴云起，登城望洪河[㉕]。川气冒山岭，惊湍激岩阿。
归雁映兰畤[㉖]，游鱼动圆波。鸣蝉厉寒音[㉗]，时菊耀秋华。
引领望京室，南路在伐柯[㉘]。大夏缅无觌[㉙]，崇芒郁嵯峨[㉚]。
总总都邑人[㉛]，扰扰俗化讹[㉜]。依水类浮萍，寄松似悬萝。
朱博纠舒慢[㉝]，楚风被琅邪[㉞]。曲蓬何以直，托身依丛麻。
黔黎竟何常[㉟]，政成在民和。位同单父邑[㊱]，愧无子贱歌。
岂敢陋微官[㊲]，但恐忝所荷。

【篇旨】

写作者宦海沉浮的经历，表达了仕与隐的思想矛盾及追步前贤做一番事业的决心。

【注释】

① 忝：羞辱，有愧于。谦辞。嘉招：指被辟为太祖掾。

② 疚：病。

③ 上宰朝：谓步入司空太尉府。

④ 公叔举：指潘岳弱冠被贾充举为秀才。贾充，字公闾，封鲁公，为司空，转太尉。此处以公叔借指贾充，乃用《论语·宪问》“公叔文子之臣大夫僎，与文子同升诸公，子曰可以为文矣”之事，将自己与贾充的关系，比作春秋卫国公叔文子与家臣大夫僎。

⑤ 陪：陪臣。厕：同侧，列。王寮：即王臣。

⑥ 耨（nòu）：除草。

⑦ 趾：根。

⑧ 乔：高。

⑨ 良时：美好的时光。

⑩ 小人：自谦之辞。以上两句化用《周易·泰》：“君子道长，小人道消。”

⑪ 斡流：迁转。

⑫ 河朔徭：谓河阳令徭役。

⑬ 凯风：南风。语本《诗经·邶风·凯风》：“凯风自南，吹彼棘心。”绡（xiāo）：生丝织成的薄纱，薄绢。

⑭ 洪流：指黄河。

⑮ 芒：即芒山，也叫北芒、北邙，在今河南洛阳东北。岧峣：高貌。

⑯ 京：谓洛阳。

⑰ 迩：近。

⑱ 劭（shào）：美好。

⑲ 颎（jiǒng）：光亮。槁（kǎo）：敲打。

⑳ 齐都无遗声：《论语·季氏》载，齐景公有马千驷，穷奢极欲，死后国人无称其德者。

㉑ 桐乡：春秋时桐国地，在今安徽桐城北。汉代朱邑曾任桐乡啬夫，为政清廉，死后葬于此，乡人为之起冢立祠。

㉒ 福谦：语本《周易·谦》："鬼神害盈而福谦。"纯约：语本《左传·昭公二十八年》晋成鱄曰："在约思纯。"意谓在困难之中要想到保持纯正。

㉓ 犹：《六臣注》作"由"。矜骄：傲慢。以上两句是说天见约而谦者则福之，矜骄而盈者则害之。

㉔ 恌（tiāo）：苟且。

㉕ 洪河：即黄河。

㉖ 畤（zhǐ）：通"沚"，水中的小片陆地。

㉗ 厉：形容声高而急。

㉘ 伐柯：意谓路途不远。《诗经·豳风·伐柯》："伐柯伐柯，其则不远。"

㉙ 大夏：洛阳门名。陆机《洛阳记》曰："大夏门，魏明帝所造，有三层，高百尺。"缅：远。觌：视。

㉚ 芒：芒山。郭缘生《述征记》曰："北芒，去大夏门不盈一里。"

㉛ 总总：众多貌。

㉜ 扰扰：纷乱貌。讹：伪。

㉝ 朱博：《汉书》说："朱博，字子元，杜陵人。迁琅邪太守，齐郡舒缓。敕功曹，官属多褒衣大袑，不中节度。自今掾史衣皆去地三寸。视事数年，大改其俗，掾史礼节，皆如楚赵。"

㉞ 琅邪：郡名，在今山东诸城一带。

㉟ 黔黎：黔首、黎民的合称，即庶民、黎民。

㊱ 单父邑：指宓子贱，春秋末鲁国人，曾为单父宰，相传他身不下堂，鸣琴而治。

㊲ 陋：鄙薄。

【语译】

微渺之身轻如蝉翼，年方弱冠便得到赏识。在忧病中妨害了贤路，再度晋升又步入宰府。

以凡猥之姿而蒙荐举，又以陪臣之身做了郎官。仰天长啸还归东山，执耒耨苗亲理农桑。

深幽的山谷蔓草丰荣，高峻的山岩花枝繁茂。花叶自高处飘落林根，葛蔓从深谷飞上山陵。

高低变化哪有一定，升降只是在一朝一夕。徒然怅恨时世虽然通泰，我却道之独消不得其志。

就像田野里无根的蓬草，随着风势飘飞旋转。往昔游宦京都已使我厌倦，如今来到河朔任此县令。

登上城楼依依注视南方，南风和煦轻拂我的衣衫。浩荡黄河奔腾直下，巍巍芒山遥遥耸立。

谁说与京城相隔遥远，近在咫尺却遥不可及。谁说县令官卑人轻，担心的是不能继承先贤的美名。

人生于天地自有限度，谁能够得到百年的福分。犹如敲石发出的火光，又像穿过道路的狂飙。

齐景公死后无人称德，朱邑虽逝仍受到歌颂。节俭谦虚上天必然赐福，骄奢傲慢连鬼神也不护佑。

我虽然缺乏君子的美德，对待百姓却庶几不敢苟且。

傍晚天空中泛起阴云，登上城楼眺望黄河。河面雾气升腾弥漫了山冈，湍急的流水冲击着山窟的边沿。

归雁飞过兰草丛生的洲渚，游鱼在水中泛起阵阵涟漪。寒蝉哀鸣其声凄厉急切，秋菊开放花朵鲜艳夺目。

我殷切地引颈遥望京都，通往京城的道路并不遥远。城中的大夏门远远望不到，只看见芒山巍峨险峻。

都市里的人林林总总，纷纷扰扰随时俗而变化。依水去留有如浮萍，又好似悬萝藤绕于松干。

朱博改变齐人舒慢的习俗，使楚地之风遍及琅邪。蓬草性曲何以能够立起，托身于丛麻故而不扶自直。

庶民百姓遵从何种常规法度，治理的标志在于民和。我的职位与单父邑相同，却愧无宓子贱的政绩。

哪里敢嫌官卑职微，只恐有辱所荷的重任。

【评析】

潘岳少时即以才颖见称，号为神童，并得到朝廷重臣贾充的赏识。惜为众人所忌，栖迟十年未得重用。后出为河阳（今河南孟州西）令，这两首诗即作于此时。第一首着重叙写仕宦生涯的沉浮，失意的牢骚不平和思想矛盾；第二首着重抒发身在河阳心怀京洛的乡土之思。两诗都以决心追步前贤、乘时有为作结，虽表现了他性格中热衷功名、趋于世利的一面，但不计较县令官卑职微，必欲做出政绩，还是有积极意义的。本篇突出的特点是长于抒情，如两处以登城南望所见景物抒发他对京洛的怀念，情景交融，感情诚挚动人。善用比喻，如以“落英”“飞茎”的变化喻人生命运的变迁，以飞蓬喻命运的不能自主，以“槁石火”“截道飙”喻生命的短暂，以“浮萍”“悬萝”喻风俗的影响等，都自然贴切、明白易晓。此外，诗中运用经史古语虽多而无烦冗之弊，也有助于作者思想感情的表达。

在怀县作二首

作者：潘安仁　　注译评析：张明非

南陆迎修景[①]，朱明送末垂[②]。初伏启新节[③]，隆暑方赫羲[④]。
朝想庆云兴[⑤]，夕迟白日移[⑥]。挥汗辞中宇，登城临清池。
凉飙自远集，轻襟随风吹。灵圃耀华果，通衢列高椅[⑦]。

瓜瓞蔓长苞[8]，姜芋纷广畦。稻栽肃仟仟[9]，黍苗何离离[10]。
虚薄乏时用，位微名日卑。驱役宰两邑[11]，政绩竟无施。
自我违京辇，四载迄于斯。器非廊庙姿[12]，屡出固其宜。
徒怀越鸟志[13]，眷恋想南枝。春秋代迁逝，四运纷可喜[14]。
宠辱易不惊[15]，恋本难为思[16]。

我来冰未泮[17]，时暑忽隆炽。感此还期淹，叹彼年往驶。
登城望郊甸，游目历朝寺。小国寡民务[18]，终日寂无事。
白水过庭激，绿槐夹门植。信美非吾土[19]，只搅怀归志。
卷然顾巩洛[20]，山川邈离异。愿言旋旧乡，畏此简书忌[21]。
祗奉社稷守[22]，恪居处职司[23]。

【篇旨】

写怀县（今河南武陟西南）盛夏情景，抒发了作者仕途失意的牢骚和强烈的思乡之情。

【注释】

① 南陆：南方。此处指太阳北移。修景：指夏至后日影渐长。

② 朱明：夏天。末垂：谓春日将尽。

③ 初伏：节候名。农历夏至后第三庚日起为初伏。

④ 隆暑：盛暑。赫羲：也作赫戏、赫曦，光明炎盛貌。

⑤ 庆云：五色云，古以为祥瑞之气。

⑥ 迟（zhì）：等待。

⑦ 通衢：四通八达的大道。椅：桐类。

⑧ 瓞（dié）：小瓜。

⑨ 仟仟：同“芊芊”。形容草木茂盛。

⑩ 离离：纷披繁茂貌。

⑪ 两邑：指河阳县和怀县。

⑫ 廊庙姿：比喻能为朝廷负担重任的人才。

⑬ 越鸟：南方的鸟。《古诗十九首 · 行行重行行》：“越鸟巢南枝。”

⑭ 四运：指四时运行。

⑮ 宠辱易不惊：本于《老子》十三章：“宠为下，得之若惊，失之若惊，是谓宠辱若惊。”后称不计较宠辱为宠辱不惊。

⑯ 本：指故乡。

⑰ 泮（pàn）：解冻。

⑱ 小国：谓怀县。

⑲ 信美：真美，的确美。

⑳ 卷然：同眷然。巩洛：河南二古地名，地在今洛阳一带，潘岳之父坟茔的所在地。

㉑ 简书：指戒命。《毛传》曰：“邻国有急，以简书相告，则奔命救之。”以上两句本于《诗经 · 小雅 · 出车》：“岂不怀归，畏此简书。”

㉒ 祗：敬。

㉓ 恪：恭谨。职司：职务。

【语译】

夏季迎来了长长的白日，送走的是春天的末尾。初伏开始了新的节候，盛暑正是最炎热的时节。

清早便盼望祥云出现，傍晚又期待太阳落山。挥汗如雨走出了中屋，登上城楼下临清池。

凉爽的风从远处聚拢，轻轻的衣襟随风飘动。园圃里的花果光泽耀眼，道路旁的高树排列成行。

大大小小的瓜蔓结出了果实，姜芋一类的菜蔬铺满菜畦。田野里稻秧长势茁壮，黍苗是那样的纷披繁茂。

我缺乏才德不济时用，地位低下声名亦日渐卑微。虽然受命治理两县，政教竟然无所实施。

自从我离开皇帝身边，到现在已经历时四年。我本来就非栋梁之材，屡被外放也是理所当然。

徒然怀抱越鸟的志向，一心思慕想念着故乡。春与秋顺次交替流逝，四时的运行纷纭可喜。

宠辱之事尚可处变不惊，唯有思乡之情难以忘怀。

我来之时冰雪尚未消融，转眼间已是炎炎盛暑。

还乡之期迟迟不至，可叹岁月却急驶而去。

登上城头眺望郊原，骋目远望旧日的官署。

县小人少公务不多，整天清闲寂静无事。

清澈的河水流过庭院，高大的绿槐环抱门庭。

如此美好却不是我的故乡，只会搅动我怀归的心志。

把眷恋的目光投向巩洛，山川遥远风貌迥然不同。

一心盼望返回旧乡，却又怕戒命不期而至。

只得敬奉这社稷之守，勤勉地对待自己的职责。

【评析】

这两首诗作于潘岳由河阳县（今河南孟州）调怀县（今河南武陟西南）任上。第一首侧重写仕途失意的牢骚。先从时令入手，在渲染了盛夏的炎热难当之后，自然引出登城候凉，由此展开了夏日园田生机勃勃自然景象的描写，暗示了自己治邑的政绩，从而触发了不得其用的牢骚不平，归思也油然而生。第二首紧承此意，着重抒写怀乡之情。分别从年华的易逝、公门的无聊、自然风物的殊异，衬托自己浓重的乡情。在无可奈何之际表示自己仍然要忠于职守。诗中所刻画的充满矛盾和苦闷的自我形象，代表着西晋初下层官吏的精神状态和思想追求，有一定的典型意义。此诗抒发了作者的真情实感，但因作者人品不高，诗歌的格调也不够高，总的说来，悲慨有余，豪壮不足。

迎大驾一首

作者：潘正叔　　注译评析：张明非

南山郁岑崟[①]，洛川迅且急。
青松荫修岭，绿蘩被广隰[②]。
朝日顺长涂，夕暮无所集。
归云乘幰浮[③]，凄风寻帷入。
道逢深识士，举手对吾揖：
“世故尚未夷[④]，崤函方崄涩[⑤]。
狐狸夹两辕，豺狼当路立。
翔凤婴笼槛[⑥]，骐骥见维絷[⑦]。
俎豆昔尝闻[⑧]，军旅素未习。
且少停君驾，徐待干戈戢[⑨]。”

【篇旨】

写作者迎接晋惠帝途中所见景色的荒凉，表达了他对时局的看法。

【注释】

① 岑崟：山险峻貌。

② 蘩：植物名，即白蒿。隰（xí）：低湿之地。

③ 幰（xiǎn）：车前的帷幔。

④ 世故：这里指变故。

⑤ 崤函：也作殽函。崤，指二崤，在今河南洛宁西北，分东崤、西崤。函，即函谷，在今河南灵宝南。崄涩：艰险难行。

⑥ 婴：触犯，遭遇。

⑦ 维絷：羁绊束缚之意，引申为牢笼。

⑧ 俎豆：古代宴客、朝聘、祭祀用的礼器。

⑨ 戢（jí）：止息。

【语译】

南山山峰高耸险峻，洛川水流惊险湍急。

长岭覆盖着青松的浓荫，蒿草布满广阔的原野。

清晨从京城踏上长途，日暮还没有歇息之处。

雾气笼罩有如云絮，凄风从车帷寻机而入。

途中遇见有识之士，拱手同我打着招呼：

“天下正动荡不宁，崤山函谷艰险难行。

狐狸夹住车的两辕，豺狼居然当路而立。

凤凰关在牢笼之中，骐骥也被羁束拘禁。

祭祀这类礼仪倒曾听说，军事战争却不曾研习。

还是暂且停下车驾，慢慢等待干戈止息。”

【评析】

此诗约作于晋惠帝光熙元年（306）春夏间。当时正是外戚和宗室篡权酿成“八王之乱”的后期，此前司马颙的部将将惠帝劫往长安，司马越打败司马颙派兵劫还惠帝，派潘尼在途中迎接惠帝大驾，诗即作于此时。分为前后两部分，前八句写迎驾途中所见京郊荒凉颓败的景色，透露出诗人悲凉伤感的情绪；后半部分假借“深识士”之口，表达了自己对战乱的不满和对时局的忧虑。此诗真实反映了当时的社会现实，以及正直的知识分子的心声，有一定的代表性。此外，写景注重技巧，工于炼字造句，“狐狸”二句既用民谣口吻夸张道路的荒凉可怖，又借以比喻政局黑暗，恶人当道，颇耐人寻味。

赴洛二首

作者：陆士衡　　注译评析：张明非

希世无高符①，营道无烈心②。靖端肃有命③，假楫越江潭④。
亲友赠予迈⑤，挥泪广川阴⑥。抚膺解携手，永叹结遗音。
无迹有所匿，寂漠声必沉⑦。肆目眇不及，缅然若双潜⑧。
南望泣玄渚⑨，北迈涉长林。谷风拂修薄⑩，油云翳高岑⑪。
亹亹孤兽骋⑫，嘤嘤思鸟吟⑬。感物恋堂室，离思一何深。
伫立忾我叹⑭，寤寐涕盈衿⑮。惜无怀归志，辛苦谁为心！

羁旅远游宦，托身承华侧⑯。抚剑遵铜辇⑰，振缨尽祗肃⑱。
岁月一何易，寒暑忽已革。载离多悲心，感物情凄恻。
慷慨遗安愈，永叹废餐食。思乐乐难诱，曰归归未克。
忧苦欲何为，缠绵胸与臆。仰瞻陵霄鸟，羡尔归飞翼。

【篇旨】

写赴洛游宦与亲友分别的离情别绪，以及在东宫时的思归之情。

【注释】

① 希世：迎合世俗。高符：瑞命。

② 营道：研究道艺。

③ 靖：清。端：正。有命：谓君命。

④ 楫：船桨。

⑤ 迈：行。

⑥ 广川阴：指江的南岸。

⑦ 寂漠：同“寂寞”。

⑧ 缅然：遥远的样子。

⑨ 玄渚：江中洲渚。

⑩ 谷风：东风。薄：草木丛生处。

⑪ 油云：浓云。翳：遮盖。

⑫ 亹（wěi）亹：行进的状态。

⑬ 嘤嘤：鸟鸣声。

⑭ 忾（xì）：叹息。

⑮ 寤寐：日夜。

⑯ 承华：太子宫门名，此谓太子。

⑰ 遵：从。铜辇：太子之车。

⑱ 振缨：犹弹冠，谓出仕。祗肃：恭敬。

【语译】

期望世俗富贵既无运气，研究道艺之术又无坚心。恭敬地敬承君王的诏命，凭借舟楫以渡越江潭。

亲朋好友前来为我送行，在江的南岸洒泪而别。抚胸分手我就此离去，想其遗音不由长叹郁结。

望去无迹仿佛形有所匿，听之寂寞其声沉没不闻。纵目远眺却杳然不见，旧情与相思邈然双潜。

南望洲渚禁不住悲泣，向北而行走过了长林。东风拂过宽广的草丛，浓云遮蔽高峻的山岭。

野兽孤独踽踽而行，禽鸟相思嘤嘤而吟。感此愈加思恋家室，离别之情是何等深挚。

久久地伫立慨然长叹，白天黑夜涕泪洒满衣襟。可叹我不得有怀归之志，道路辛苦谁堪为此心。

寄居作客到远方游宦，投身栖止在太子身旁。

手抚利剑跟从铜辇，整饬衣冠恭敬地随侍。
岁月的流转何其迅速，冬寒夏暑倏忽已变革。
离情深重我多么伤悲，感物伤怀内心凄恻。
我意气慷慨心绪难安，长久地叹息废寝忘食。
想要娱乐却难有兴致，说是归乡又归愿未遂。
忧愁痛苦究欲如何，一味纠缠于胸臆之间。
仰首瞻望凌空的高鸟，多么羡慕你能展翅归飞。

【评析】

这两首诗分别作于赴太子洗马任时和在太子东宫之后。第一首侧重抒发告别亲友的依依之情。开头四句叙此行的缘由，接下来四句写分别的情景，再以四句抒别后的瞻念。以上三层为诗歌的第一部分。第二部分则描写赴洛途中的所见所闻，以景物的悲凉衬托自己浓重的相思离愁。第二首着重写任太子洗马在东宫时的情景，反复抒发了自己思归的忧苦之情。节序的变化、天上的飞鸟，都令他触景伤情。这两首诗无论是表达的内容或表现的手法，在同类题材的诗作中都未见出色，但与他大量拟古之作相比，毕竟多少表现了自己的真实感受，有一定的认识价值。同时与他那些逞才炫博、词繁情浅的作品不同，语言也比较清浅平易。

赴洛道中作二首

作者：陆士衡　　注译评析：张明非

总辔登长路[1]，呜咽辞密亲[2]。
借问子何之，世网婴我身[3]。
永叹遵北渚[4]，遗思结南津。
行行遂已远，野途旷无人。

山泽纷纡余[5]，林薄杳阡眠[6]。
虎啸深谷底，鸡鸣高树巅。
哀风中夜流，孤兽更我前[7]。
悲情触物感，沉思郁缠绵。
伫立望故乡，顾影凄自怜。

远游越山川，山川修且广[8]。
振策陟崇丘[9]，案辔遵平莽[10]。
夕息抱影寐，朝徂衔思往[11]。
顿辔倚嵩岩[12]，侧听悲风响。
清露坠素辉，明月一何朗。
抚几不能寐[13]，振衣独长想[14]。

【篇旨】

写作者被世网所牵辞亲入洛途中所见景色的荒凉，抒发了客子孤独愁闷的心情。

【注释】

① 总：把持。

② 密亲：近亲。

③ 世网：比喻世事对人的束缚。婴：缠绕。

④ 永叹：长叹。遵：沿着。

⑤ 纡余：曲折延伸貌。

⑥ 薄：草丛。阡眠：同“芊绵”，茂密。

⑦ 更：经过。

⑧ 修：长。

⑨ 崇丘：高山。

⑩ 案辔：同“按辔”。扣紧马缰，使马慢步而行。平莽：犹平野。

⑪ 徂（cú）：往。衔思：犹含悲。

⑫ 顿辔：犹驻马。嵩：高。

⑬ 几：小桌子，古人设于座旁，倦时可以凭倚。

⑭ 振衣：抖掉衣服上的灰尘，这里指披衣。

【语译】

系好马缰将要登上长途，辞别亲人不禁悲从中来。
若问此行欲往何处，世事缠绕有如罗网。
长声叹息沿着往北的小洲前行，分离的愁思还郁结在南面的渡口。
走着走着离家越来越远，荒野的路上空旷无人。
山林川泽曲折延伸，草木丛生深广茂密。
猛虎在深谷里大声咆哮，高树顶端传来雄鸡啼鸣。
夜深人静只听得悲风不停，孤独的野兽从我面前经过。
心中悲苦见此更加伤情，愁思郁结绵绵不绝。
久久伫立向故乡遥望，孤独凄惶不由我顾影自怜。

路远迢迢必须要跋山涉水，山路悠长河流十分宽广。
时而策马登上高高的山岭，时而勒住缰绳在原野上缓行。
夜晚独宿唯有身影相伴，清晨满怀悲伤继续登程。
停下马来背靠高峻的山岩，耳边不时传来凄厉的风声。
清露滴落反射出洁白的光辉，高悬的明月是如此皎洁。
手抚几案再也无法入睡，只得披衣而起独自长想。

【评析】

这两首诗是西晋太康十年（289）陆机应诏赴洛阳途中所作。两首都抒发了羁思旅愁，有紧密的内在联系，描写却各有侧重。其一重在表现旅途的崎岖荒凉，其二重在抒发旅宿的孤独悲怆。不仅生动表达了作者的真实处境和独特感受，而且反映了所处时代中下层士人宦游的生活和感情，具有一定的代表性。诗中景物描写生动，同时融情于景。如以谷底虎啸、树巅鸡鸣衬托景色的荒凉，表现人物孤寂凄苦的感情。结构亦颇具匠心，如其一用日夜更替不断变换的景色概括早行夜宿的过程，其二便以早行夜宿的凄凉情景表现日夜难遣的孤独愁闷，诗思细密，错落有致。此外“夕息”二句比喻形象，借露珠写月光观察深细，语言平易流畅，是诗人比较成功的作品。

吴王郎中时从梁陈作一首

作者：陆士衡　　注译评析：张明非

在昔蒙嘉运，矫迹入崇贤①。
假翼鸣凤条，濯足升龙渊。
玄冕无丑士②，冶服使我妍。
轻剑拂鞶厉③，长缨丽且鲜。
谁谓伏事浅④，契阔逾三年⑤。
薄言肃后命⑥，改服就藩臣⑦。
夙驾寻清轨，远游越梁陈⑧。
感物多远念，慷慨怀古人⑨。

【篇旨】

写作者为吴王郎中令经梁陈时的感慨和怀古之情。

【注释】

① 矫：举。入崇贤：谓为太子洗马。崇贤，太子宫门名。

② 玄冕：冠名，古代大夫戴的帽子。代指大夫。

③ 鞶（pán）厉：束腰革带与革带下垂的部分。

④ 伏事：服侍。

⑤ 契阔：指离散。

⑥ 薄言：发语词，无义。后命：后来的命令。

⑦ 就藩臣：谓为吴王郎中令。

⑧ 梁陈：均古诸侯国名，故地在今河南境内。

⑨ 古人：谓梁孝王之臣枚皋、司马相如等。

【语译】

从前得交嘉惠好运，跻身入于太子宫门。

举翼飞鸣楼栖凤之树，洗足升游潜龙之渊。

大夫岂有丑陋之士，美服使我更加光鲜。

轻剑用垂带作为装饰，长缨华丽而又鲜艳。

谁说侍奉太子日短，离散已经超过三年。

我敬承后来的诏令，改换服饰去事藩臣。

清早便驾着车马上路，远行经过了梁与陈。

有感于此我诗思高远，意气慷慨怀念古人。

【评析】

此诗作于陆机由太子洗马改任吴王郎中令经梁陈之时。通篇直陈胸臆，不论是侍奉太子时的青云得意，还是途经梁陈时触发的怀古之思，都不加雕饰，直抒其情。于汉魏古诗的散句单行中间以对偶句式，是晋诗中常见的章法，也是此诗的一个特征。语言比较典雅。虽一定程度上反映了作者的思想感情，但格调不高，内容也较单薄。

始作镇军参军经曲阿作一首

作者：陶渊明　　注译评析：张明非

弱龄寄事外[①]，委怀在琴书[②]。
被褐欣自得[③]，屡空常晏如[④]。
时来苟宜会[⑤]，宛辔憩通衢[⑥]。
投策命晨旅[⑦]，暂与园田疏。
眇眇孤舟游，绵绵归思纡[⑧]。
我行岂不遥，登降千里余[⑨]。
目倦修涂异[⑩]，心念山泽居。
望云惭高鸟，临水愧游鱼。
真想初在衿[⑪]，谁谓形迹拘。
聊且凭化迁[⑫]，终反班生庐。

【作者简介】

陶潜（365—427），字渊明，一说字元亮，东晋浔阳柴桑（今江西九江西南）人。据说其曾祖是东晋大司马陶侃，祖父和父亲也任过太守一类官职，但到他时已家道中落。早年曾几次出仕，历任江州祭酒、镇军参军、建威参军、彭泽令等。四十一岁弃官归隐，此后一直躬耕隐居。陶渊明是文学史上的伟大诗人之一，其诗抨击当时社会和政治腐败，不与封建统治者同流合污，表现出高尚的情操，同时反映了淳朴的田园生活和农民的思想要求，有很高的价值。诗风平淡自然，韵味淳厚，对唐宋诗人产生了深远的影响。诗文共一百三十余篇，有《靖节先生集》。《晋书》《南史》等有传。

【篇旨】

写诗人离家赴任途中的思想矛盾，以及对田园隐居生活的眷恋。

【注释】

① 弱龄：泛指年轻时。

② 委怀：寄托心情。

③ 被：穿。褐：粗布短衣，贫贱者所服。

④ 屡（lǚ）空：经常贫乏。晏如：犹安然。

⑤ 宜：应作"冥"。冥会：默契，暗中相合。

⑥ 宛辔：犹言纡辔、回驾。通衢：大道。

⑦ 投策：扬鞭。晨旅：一作晨装。

⑧ 绵绵：不绝貌。

⑨ 登：上行。降：下行。

⑩ 修：一作"川"。

⑪ 真想：淳朴保真的思想。衿：即"襟"，胸襟。

⑫ 化迁：指时运的变化。

⑬ 班生庐：指仁者、隐者所居之处。语本班固《幽通赋》："终保己而贻则兮，里上仁之所庐。"意思是说自己要保护好自己，遵循父亲留下的法则，选择仁者居住的地方安住下来。

【语译】

年轻时便寄身于世事之外，志趣所尚在琴书之中。

身着粗布短衣却欣然自得，家用经常匮乏也感到安然。

做官的机会既然不期而至，也只好回过车驾勉强出仕。

清晨命人备好行装远行，这一去暂时要同田园分别。

乘着孤舟越行越远，归思萦绕难以断绝。

我的行程是这样曲折遥远，道路崎岖已有千余里。

异乡的景物使人目倦神疲，不由得思念起山泽的旧居。

真羡慕云中那高翔的飞鸟，又暗自愧对水中的游鱼。

自己淳朴保真的胸怀并未改变，谁说会被仕途形迹所束缚。

姑且听任时运的自然变化，我将来终究要返回田园。

【评析】

此诗是刘裕为镇军将军时，陶渊明应征出任参军，经曲阿（今江苏丹阳）赴任途中所作。关于它的写作年代，有晋安帝元兴三年（404）及隆安二年（398）、三年、四年几种说法。开首八句说自己志在琴书而不得不委屈出仕，中间八句写赴任途中触景生情的复杂心绪和对田园生活的眷恋，结末四句表明坚持志向不改初衷的决心。全诗脉络清晰，首尾呼应，委怀琴书、志在田园的意愿贯串始终。作者感情真挚朴素，诗风平易自然，真切揭示出自己在贫富仕隐人生道路上的矛盾和违背初衷应征出仕的羞惭，读来真实可信、亲切感人。

辛丑岁七月赴假还江陵夜行涂口一首

作者：陶渊明　　注译评析：张明非

闲居三十载，遂与尘事冥①。
诗书敦宿好②，林园无世情。
如何舍此去，遥遥至西荆③。
叩枻新秋月④，临流别友生⑤。
凉风起将夕⑥，夜景湛虚明⑦。
昭昭天宇阔，皛皛川上平⑧。
怀役不遑寐⑨，中宵尚孤征⑩。
商歌非吾事⑪，依依在耦耕⑫。
投冠旋旧墟⑬，不为好爵萦⑭。

养真衡茅下[15]，庶以善自名。

【篇旨】

写作者销假途中所见所感，表达了对仕宦生涯的厌倦和归耕田园的向往。

【注释】

① 冥：远，指隔绝。

② 敦：笃厚。

③ 西荆：指荆州，治所在今湖北襄阳。时荆州在京都建康（今江苏南京）之西，故称西荆。

④ 栧（yì）：同“枻”，船桨。

⑤ 友生：朋友。

⑥ 凉风：初秋的风。

⑦ 虚明：空明。

⑧ 皛（xiǎo）皛：皎洁明亮。

⑨ 不遑：来不及，没有空闲。

⑩ 中宵：半夜。

⑪ 商歌：比喻自荐求官。《淮南子·道应训》：“宁戚商歌车下，而桓公慨然而悟。”许慎注：“宁戚，卫人，闻桓公兴霸，无以自达，将车自往。”

⑫ 耦耕：二人并耕，泛指耕种。

⑬ 投冠：犹言挂冠，指辞去官职。

⑭ 好爵：高官厚禄。萦：《晋书·夏侯湛传》：“好爵见萦。”

⑮ 养真：犹养性，即涵养本性。衡茅：衡门茅舍。

【语译】

在家闲居已逾三十载，遂与世俗生活相隔绝。

诗书加深了洁身自好的志趣，园林生活使我摆脱了世俗之情。

怎么舍得丢下这里的一切，路途迢迢远去西荆。

新秋的明月冉冉升起，荡桨在江边与友人分别。

时近傍晚凉风习习，月光朗照分外澄澈空明。

明亮的夜空更显得寥廓高远，莹洁的江面宽阔平静。

应付官差连夜晚也无法睡觉，深更半夜我仍然独自远行。

以商歌谋取官职不是我的志向，依依难舍隐居山林躬耕。

还是辞官回到自己的旧居，不再受功名利禄的羁束。

在陋室茅屋里修身养性，也许还可以保持好的名节。

【评析】

此诗作于晋安帝隆安五年（401），是年陶渊明在任桓玄幕僚时曾告假还家，假满往江陵赴职，途中夜经涂口（今湖北安陆境），与友人告别。全诗分为三层。开头六句通过回忆闲居生活的美好，表明平生志趣；中间八句描写从江边告别到途中夜行情景，抒发了对仕宦生涯的厌倦和苦闷。结末六句表达自己辞官归隐保持名节的愿望。此诗有真情实感，真切细致地描述了诗人意欲返归自然的心路历程，朴素动人。写景着墨虽然不多，却鲜明如画，而且融兴寄于自然美之中。诗人对新秋月夜寥廓空明境界的描绘，诗意浓郁，寓情于景，不仅表现出对自然美的依恋，反衬出官场的污浊，同时寄托了诗人高洁旷达的情怀。全篇如行云流水，自然流畅，起结照应，浑然一体。方东树《昭昧詹言》称此诗“直书胸臆与即目，而清腴有穆如清风之味”，可谓的评。

永初三年七月十六日之郡初发都一首

作者：谢灵运　　注译评析：张明非

述职期阑暑[①]，理棹变金素[②]。秋岸澄夕阴，火旻团朝露[③]。

辛苦谁为情，游子值颓暮④。爱似庄念昔⑤，久敬曾存故⑥。
如何怀土心，持此谢远度⑦。李牧愧长袖⑧，郤克惭躧步⑨。
良时不见遗，丑状不成恶。曰余亦支离⑩，依方早有慕⑪。
生幸休明世⑫，亲蒙英达顾⑬。空班赵氏璧⑭，徒乖魏王瓠⑮。
从来渐二纪⑯，始得傍归路⑰。将穷山海迹，永绝赏心悟⑱。

【篇旨】

写初发都途中的所见所感，表达了对京都旧友的惜别之情和仕途失意的怅惘。

【注释】

① 述职：原指诸侯向天子陈述职守，此喻官吏到任治事。阑暑：暑气已尽，指夏末。

② 金素：谓秋天。秋于五行属金而色尚白，故云。

③ 火旻（mín）：秋日的天空。

④ 颓暮：日暮。

⑤ 爱似庄念昔：《庄子·徐无鬼》说："子不闻夫越之流人乎？去国数日，见其所知而喜；去国旬月，见所尝见于国中者喜；及期年也，见似人者而喜矣。"此处借以说明自己离开都邑愈久，思念亲友愈切。

⑥ 久敬曾存故：《韩诗外传》说："曾子曰：'少而学，长而忘之，一费也；事君有功，轻而负之，二费也；久友交而中绝，此三费也。'"存故，存问故交。

⑦ 持此：带着怀土之心。

⑧ 李牧：战国时赵国的良将，其身大臂短。

⑨ 郤克：春秋时晋国大夫，跛足。躧（xǐ）步：轻快的步伐。

⑩ 支离：即支离疏，《庄子》寓言中所说形体不全的怪人。"上征武事，则支离攘臂而游于其间；上有大役，则支离以有常役不受功；上与病者粟，则受三钟与十束薪。"（《人间世》）故虽肢体残缺却可以颐养

天年。此喻坐食俸禄。

⑪ 依方：指依于方内而游于方外。《庄子 · 大宗师》郭象注说：“以方内为桎梏，明所贵在方外；夫游外者依内。”

⑫ 休明：政治清明。

⑬ 英达：杰出显达的人，指卢陵王刘义真。

⑭ 赵氏璧：即和氏璧。

⑮ 魏王瓠：一种大而无用的瓠。《庄子 · 逍遥游》说：“魏王贻我大瓠之种，我树之成而实五石。以盛水浆，其坚不能自举也；剖之以为瓢，则瓠落无所容。”这种瓠的种子是魏王送给惠子的，故称魏王瓠。

⑯ 从来：指从入仕以来，即从东晋安帝元兴到宋武帝永初（402—422）。二纪：十二年为一纪，二纪即二十四年。

⑰ 傍归路：谢灵运在始宁（今浙江上虞）有旧居，此次赴永嘉任，适与回乡路线相同，故云。

⑱ 悟：通“晤”，聚会。

【语译】

赴任永嘉本当在暑气消尽的夏末，备好船只启程却已是秋天时节。傍晚两岸景物的倒影清晰沉静，清晨晶莹剔透的露珠圆转欲流。

道路羁旅的辛苦已够使人难堪，游子遇到日暮怎不倍觉伤情。爱其似者如同庄子怀念往昔，久而愈敬有类曾子存问故人。

我何以有此怀念乡土的感情，庄子曾子远大的风度使我内疚于心。李牧看到长袖便觉得有愧，郤克面对轻快的步伐不免羞惭。

他们生逢良时故而未被遗弃，形体虽残犹能有所作为。我却像支离疏一样坐食俸禄，早就想依于方内游于方外。

生当这清明和平的时代，又亲自受到英俊显达之士的眷顾。却空自当作和氏璧一般珍贵，实际上像魏王瓠一样大而无用。

入仕以来已将近二十四年，才得以趁此机会回归故里。我将使足迹遍及山山水水，同知己的朋友就此永远隔绝。

【评析】

这首诗作于永初三年（422）谢灵运出为永嘉郡守初离都城建康（今南京）之时。分为两部分，前十句点明之郡的时间，记叙途中所见景物，抒发了惜别和思乡两种矛盾的思想情绪；后半借古人以自喻，表达了政治上无所作为的苦闷，及由此生发的恣情山水、隐居山林的愿望。此诗写景虽着墨不多，从“秋岸”二句仍可见出诗人善于体物状貌的本领，描写秋天早晚景色形象生动，鲜明如画。诗中多用事典，老练稳切，精当圆熟，有力地表达了作者复杂的思想情怀，从中可见其对玄理的精通和学识的渊博。

过始宁墅一首

作者：谢灵运　　注译评析：张明非

束发怀耿介①，逐物遂推迁②。
违志似如昨，二纪及兹年③。
淄磷谢清旷④，疲苶惭贞坚⑤。
拙疾相倚薄⑥，还得静者便⑦。
剖竹守沧海⑧，枉帆过旧山⑨。
山行穷登顿⑩，水涉尽洄沿⑪。
岩峭岭稠叠，洲萦渚连绵。
白云抱幽石，绿筿媚清涟⑫。
葺宇临洄江⑬，筑观基曾巅⑭。
挥手告乡曲⑮，三载期归旋⑯。
且为树枌槚⑰，无令孤愿言⑱。

【篇旨】

写作者趁出任永嘉郡太守之便回始宁墅游览的情景，表达了倦于仕宦的情绪和回归故居的愿望。

【注释】

① 束发：古代男孩成童时束发为饰，这里指童年。

② 逐物：指追名逐利。推迁：推移，变迁。

③ 二纪：即二十四年。十二年为一纪。兹：此。

④ 淄磷：同“缁磷”，喻操守不坚。语本《论语·阳货》：“不曰坚乎，磨而不磷；不曰白乎，涅而不淄。”

⑤ 疲苶（nié）：极度困倦。苶：疲倦。

⑥ 拙：这里指不善于为官。倚薄：依附。薄，靠近。

⑦ 静者：用《老子》“归根曰静，是谓复命”的意思，说明得便归故园。

⑧ 剖竹：古代以竹为符证，剖而为二，授官时一半给本人，一半留朝廷。故用以指授官。守沧海：永嘉郡临海，故云。

⑨ 枉：绕。

⑩ 登顿：上下。

⑪ 洄沿：逆流而上为洄，顺流而下为沿。

⑫ 筿（xiǎo）：细竹。

⑬ 葺（qì）：泛指修理房屋。

⑭ 曾：同“层”。

⑮ 乡曲：乡邻。

⑯ 三载：古代地方官大都以三年为一任，故曰三年以后归来。

⑰ 树：种植。枌（fén）：白榆树。槚（jiǎ）：楸树。

⑱ 孤：辜负。愿言：指以上所说的话。

【语译】

自幼便抱有守正不阿的节操，却因追逐名利而移易改变。

违背初衷仿佛是昨天的事，算起来却已有二十四年。

意志薄弱不免愧对清高的旷达之士，疲惫不堪对比坚贞的人更觉羞惭。

拙于仕宦又加上身患疾病，才能够静居山墅得偿所愿。

接受委任奉命出守沧海，改变航线绕道经过故园。

山路崎岖时而上升时而下降，水流曲折或逆流上行或顺流下航。

山岩险峻密密层层，洲渚环绕连绵不断。

洁白的云朵环抱着山岩幽石，翠绿的细竹与清涟相映成趣。

修造屋宇下临曲折的江流，将台榭建筑在高高的山上。

挥手告别各位乡邻，三年任满我再回到故居。

暂且种上榆树和楸树，切莫辜负我上面表白的心愿。

【评析】

诗作于宋武帝永初三年（422），谢灵运受权臣排挤由京都建邺（今江苏南京）外放永嘉（治今浙江温州）之时。始宁墅在始宁县（今浙江上虞）东南，一名西庄，是谢灵运的庄园，其父祖并葬于此。诗分为三层。起首八句反复刻陈心志，抒发误入仕途的感慨；中间十句纪游始宁墅的经过；结末四句仍转入归隐之誓。本篇写景具体生动，不仅准确勾勒出始宁墅踞山临江的地势及山林洲渚的分布构造，而且将山林泉石写得富有生机。尤其是“白云”二句用“抱”“媚”两个拟人化的动词传达出山水的自在清幽之趣，是为人传诵不衰的佳句。

富春渚一首

作者：谢灵运　　注译评析：张明非

宵济渔浦潭[①]，旦及富春郭[②]。
定山缅云雾[③]，赤亭无淹薄[④]。
溯流触惊急，临圻阻参错[⑤]。
亮乏伯昏分[⑥]，险过吕梁壑[⑦]。

洊至宜便习[8]，兼山贵止托[9]。
平生协幽期[10]，沦踬困微弱[11]。
久露干禄请，始果远游诺[12]。
宿心渐申写[13]，万事俱零落。
怀抱既昭旷[14]，外物徒龙蠖[15]。

【篇旨】

写富春渚山高流急的险恶形势，并由此联想到人世的艰危，进而从外物远累的玄理中寻求自我解脱。

【注释】

① 渔浦潭：在今浙江杭州富阳。

② 富春：县名，即今浙江富阳。

③ 定山：亦名狮子山，在钱塘西南五十里。

④ 赤亭：在定山东。淹薄：停泊，滞留。薄，同“泊”。

⑤ 圻（qí）：通“碕”。曲岸。

⑥ 亮：诚，信。伯昏：即伯昏无人，见于《列子·黄帝》，是个登山临危崖毫无惧色的人。分：志节。

⑦ 吕梁：山名，形势险峻。《列子·黄帝》：“孔子观于吕梁，悬水三十仞，流沫三十里，鼋鼍鱼鳖之所不能游也。”

⑧ 洊（jiàn）至：再至。语本《周易·坎》：“水洊至习坎。”是说水不以坎为隔绝，相仍而至。

⑨ 兼山：两山相重。语本《周易·艮》：“兼山，艮，君子以思不出其位。”艮，静止。意谓两山各得其所。

⑩ 幽期：指隐逸之志。

⑪ 沦踬（zhì）：沉沦，困顿。

⑫ 始果：刚才得到。

⑬ 申：舒展。写：宣泄。

⑭ 昭旷：光明坦荡。

⑮ 龙蠖：指龙蛇和尺蠖。

【语译】

夜晚渡过渔浦潭水，清晨来到富春城外。

定山远远矗立在云雾之中，赤亭没来得及停泊。

溯流而上触目皆是急流骇浪，曲折的崖岸参差交错。

自己委实缺乏伯昏无人的胆量，地势惊险胜过吕梁山壑。

历经艰危便可以习险如常，人应该审时度势安守本分。

优游隐居虽是平生的志愿，却沉沦困顿难以自拔。

长时间微眇勤苦谋求俸禄，到如今方才得到远游的允诺。

郁结的心情渐渐得到舒展宣泄，世间的一切事物都会衰落凋零。

我的胸怀既是这般光明坦荡，哪管得外形如蛰龙屈蠖。

【评析】

此诗一起点明时间和旅程，接着叙述行旅经由地所见景物，再由山水险阻联想到人世的艰危、仕途的困顿，最终以玄理自宽，达到襟怀豁达、超然物外的境界。全诗脉络清晰，层次井然，承接紧密，诚如方东树所说“文理接续，血脉贯通，深浅始终，至为精密”（《昭昧詹言》）。诗中使用了一系列道家典故，一则用于表现山水景物，如以“吕梁壑”写瀑流的急湍，更主要的是表达作者的思想感情，又如“洊至”“兼山”便表现了作者不以坎坷为隔绝顺任自然的人生态度。因此，诗中的玄理成为作者思想的组成部分，用以排解内心苦闷的一种方式，这便是谢灵运山水诗中的玄言与玄言诗的根本区别。

七里濑一首

作者：谢灵运　　注译评析：张明非

羁心积秋晨，晨积展游眺。
孤客伤逝湍①，徒旅苦奔峭②。
石浅水潺湲，日落山照曜。
荒林纷沃若③，哀禽相叫啸。
遭物悼迁斥④，存期得要妙⑤。
既秉上皇心⑥，岂屑末代诮⑦。
目睹严子濑⑧，想属任公钓⑨。
谁谓古今殊，异世可同调。

【篇旨】

写游七里濑旅程中所见景物以及由此生发的感慨，表达了作者向往隐居超然物外的高蹈之志。

【注释】

① 孤客：作者自称。逝湍：奔腾不息的急流。

② 徒旅：徒众，指随行人员。奔：指奔流。峭：指陡削的山崖。

③ 沃若：茂盛。

④ 迁斥：迁谪、斥逐。

⑤ 存：语本《老子》“湛兮似或存”，意谓能“湛然安静”，就可以“长存不亡”。要妙：精要微妙。

⑥ 上皇：指上古的贤哲。

⑦ 诮：讽刺，责备。

⑧ 严子：指严光，字子陵，会稽余姚人。曾与后汉光武帝刘秀一同游学，刘秀称帝后，隐居不仕，栖于富春山。后人称其钓处为严陵濑。严子濑，在七里濑东。

⑨ 任公：指任公子，古代传说中善于捕鱼的人。他蹲在会稽，下钓东海，后来钓到一条异乎寻常的大鱼。后世多用以指超世的高士。

【语译】

羁愁旅思同秋日一样深远，清晨纵目观览这山光水色。

孤独的游子伤感奔腾江水的远逝，随行的人也苦于惊涛骇浪拍打着崖岸。

江流清澈潺湲水映石出，夕阳返照余晖洒满山林。

荒山空林树木枝繁叶茂，不时传出禽兽悲凄的鸣啸。

见此不由得伤感迁谪的命运，只有从老子的妙道中寻求安慰。

既已把握远古贤哲的精义，又何必在乎时人的讥诮。

从眼前所见严子的钓台，联想到任公子的垂钓。

谁说古今之人一定不同，时代不同也可以引为同调。

【评析】

本篇是诗人乘舟赴永嘉途中所作。七里濑，又名七里泷，在浙江杭州桐庐境。两岸高山夹峙，连亘七里，水驶如箭。故谣谚云："有风七里，无风七十里。"此诗包括纪行、写景、说理三部分，是谢灵运山水诗的常格。难能可贵的是，它不仅描写景物鲜明生动、历历如绘，而且避免了他在有些作品中写景与言情、说理明显分成两截的毛病。如从眼前"逝湍"触发时不我与的感慨，由"奔峭"联想到世路的艰危，再通过日落、荒林、哀禽等触目皆悲的景象，体认庄老的玄理，使情、景、理互相生发，相得益彰。将玄理变成抒情写意的手段，这既是山水诗与玄言诗的区别，也是谢灵运对山水诗的一个创造。

登江中孤屿一首

作者：谢灵运　　注译评析：张明非

江南倦历览，江北旷周旋①。
怀新道转迥②，寻异景不延③。
乱流趋正绝④，孤屿媚中川⑤。
云日相辉映，空水共澄鲜。
表灵物莫赏⑥，蕴真谁为传⑦。
想像昆山姿⑧，缅邈区中缘⑨。
始信安期术⑩，得尽养生年！

【篇旨】

写江中孤屿秀媚的景色，表达作者对神仙的企慕和长生的追求。

【注释】

① 旷：久。

② 怀新：怀抱着探寻新景物的心情。

③ 景：光景。

④ 乱流：横渡江流。正绝：正面横渡。绝，犹截。

⑤ 中川：中流。

⑥ 灵：灵秀，神异。

⑦ 真：仙人。

⑧ 昆山：昆仑山，传说中神仙的居处。

⑨ 缅邈：悠远。区中缘：世间的尘缘。

⑩ 安期术：指长生不老的道术。安期，即安期生，传说中活到千岁的仙人。

【语译】

遍览江南不免感到疲倦，回舟转向别来已久的北岸。
贪寻新境始知路途遥远，探得奇景时光又不能迁延。
水流纵横交错突然中断，恰遇一座孤屿矗立江间。
浮云与白日交相辉映，江天一色同样澄澈空明。
风光如此灵异却无人欣赏，其中的仙人又有谁来传。
由孤屿想象昆仑的神姿，仿佛也远离尘俗飘飘欲仙。
到如今才相信安期生之术，确实可以修身养性得尽天年。

【评析】

这首诗是作者任永嘉太守时游江所作。前半写景，后半抒情。先从“怀新”“寻异”写到登江中孤屿；再由对孤屿风光和江天景色的赞叹，联想到遁世求仙。诗人以移步换形手法写游历经过，却并非平铺直叙，而是精心构思，同时层层深入地传达出人物心情。如一起写倦游江南回舟江北追寻新境异景的兴奋，然后写急于旧地重游截流横渡忽见孤屿的惊喜，在此基础上烘托出水天辉映、空明澄澈的美景，给人以鲜明深刻的印象。“云日相辉映，空水共澄鲜”两句诗，也因之成为具有永恒魅力的写景佳句。

初去郡一首

作者：谢灵运　　注译评析：张明非

彭薛裁知耻[①]，贡公未遗荣[②]。或可优贪竞，岂足称达生[③]。
伊余秉微尚[④]，拙讷谢浮名。庐园当栖岩，卑位代躬耕[⑤]。
顾己虽自许，心迹犹未并[⑥]。无庸妨周任[⑦]，有疾像长卿[⑧]。
毕娶类尚子[⑨]，薄游似邴生[⑩]。恭承古人意，促装返柴荆。
牵丝及元兴[⑪]，解龟在景平[⑫]。负心二十载，于今废将迎[⑬]。

理棹遄还期[14]，遵渚骛修坰[15]。溯溪终水涉，登岭始山行。
野旷沙岸净，天高秋月明。憩石挹飞泉[16]，攀林搴落英[17]。
战胜臞者肥[18]，止监流归停[19]。即是羲唐化[20]，获我击壤声[21]。

【篇旨】

写作者仕与隐的思想矛盾，以及退隐终于战胜仕进，辞官回归的欣喜之情。

【注释】

① 彭薛：彭宣和薛广德。彭宣，字子佩，汉淮阳阳夏（今河南太康）人。任御史大夫，转为大司空。王莽秉政专权，上书请归乡里。薛广德，字长卿，汉沛郡相（今安徽宿州）人。官至御史大夫，辞官归沛。裁，即通“才”。

② 贡公：谓贡禹，字少翁，汉琅邪（今山东诸城）人。与王阳友善，见阳登用而喜，所以说“未遗荣”。

③ 达生：道家的一种生命观，指不受世务牵累。

④ 伊：通“惟”。微尚：微小的趣尚，即隐遁之志。

⑤ 卑位：指封康乐侯。

⑥ 心：心愿，指隐逸。迹：指仕宦。吕延济释此句说：“情虽在栖隐，身尚居官，是迹未与心合也。”（《六臣注文选》）

⑦ 周任：周大夫，古之贤人，他的言行曾为孔子称引。《论语 · 季氏》：“孔子曰：‘求！周任有言曰：陈力就列，不能者止……’”

⑧ 长卿：司马相如字。汉代著名辞赋家。患消渴病，长期称疾在家。

⑨ 尚子：即尚长，字子平，后汉河内（今河南黄河以北地区）人。隐居不仕，为儿女办完嫁娶之事，即不管家务。

⑩ 邴生：即邴曼容，他养志自修，薄为游宦，官至六百石，辄自免去。

⑪ 牵丝：执引印绶，指初出任官。元兴：晋安帝年号，共三年（402—404）。

⑫ 解龟：解去所佩的龟印，指辞官。景平：宋废帝年号，共二年（423—

424）。

⑬ 将迎：送往迎来。

⑭ 遄（chuán）：急速。

⑮ 骛：奔驰。坰：郊野。

⑯ 挹：舀。

⑰ 搴（qiān）：拔取。

⑱ 臞（qú）者：瘦子。《韩非子·喻老》说：“子夏曰：‘吾入见先王之义则荣之，出见富贵之乐又荣之，两者战于胸中，未知胜负，故臞。今先王之义胜，故肥。’”此句即用这一典故。

⑲ 止：止水。监：五臣本作“鉴”，照镜子。此句本于《文子》：“莫监于流潦而监于止水，以其保心而不外荡也。”

⑳ 羲：伏羲。唐：唐尧。

㉑ 击壤：相传尧时有老人击壤而歌。后用击壤指代太平盛世。

【语译】

彭、薛二人才知道羞耻，贡公还丢不开荣华富贵。虽然胜过贪名逐利之徒，哪里称得上懂得达生。

唯有我怀抱归隐的趣尚，疏拙愚讷不追求空名。将名园当作栖隐的岩穴，每日下田去躬耕。

回视自己虽犹可自许，但隐逸的心愿与行迹终未统一。无功有碍于周任之言，有病又好似司马长卿。

为儿女办完嫁娶即不管家事有类尚长，薄于游宦仿佛是邴生曼容。恭敬地秉承这些古人的意志，赶快收拾行装返回柴门。

初入仕途是在元兴时期，辞官回归已经到了景平年间。违背心意已有二十余载，到今日再不必送往迎来。

备好船只急切踏上归路，沿着小洲驶过绵长的郊野。逆水上行直到水路的尽头，开始舍舟步行登上山岭。

秋天的岸野何等澄净空旷，夜空高朗明月分外皎洁。在石上歇息手舀飞湍的泉水，攀枝牵叶观赏缤纷的落花。

幽居战胜仕宦使瘦者肥壮，心志已定犹如流水回归于静。从此便是伏羲唐尧的世道，我将获得击壤老人那样的生活。

【评析】

这首诗是景平元年（423）秋作者初离永嘉任所时所作，反复抒发了他终于辞官回归的轻松和喜悦。一起先以彭宣、薛广德的仕途勇退，衬托自己久欲栖隐的“达生”；接着用周任等古代先贤的事例，说明自己早已具备隐居的条件；再以初去郡途中所见景色的优美动人，表达自己心情的愉悦；最后借对伏羲、唐尧之世的追慕，表现自己对今后隐逸生活的幻想和憧憬。此诗景物描写出色，如“野旷”两句，以生动明快的语言展现出月下旷野高远明净的境界，属对极为工整，同时有力地衬托了作者开朗宁静的心情，故为人所称道。

初发石首城一首

作者：谢灵运　　注译评析：张明非

白珪尚可磨①，斯言易为缁②。虽抱中孚爻③，犹劳贝锦诗④。
寸心若不亮，微命察如丝。日月垂光景⑤，成贷遂兼兹⑥。
出宿薄京畿⑦，晨装抟鲁飔⑧。重经平生别，再与朋知辞。
故山日已远，风波岂还时。苕苕万里帆⑨，茫茫终何之？
游当罗浮行⑩，息必庐霍期⑪。越海陵三山⑫，游湘历九嶷⑬。
钦圣若旦暮⑭，怀贤亦凄其⑮。皎皎明发心⑯，不为岁寒欺。

【篇旨】

抒写作者出都的原因和感慨，表现了官场失意的悲苦及不甘受诬的倔强心志。

【注释】

① 珪：也作圭，古代帝王、诸侯举行隆重仪式时所用玉制礼器，上尖下方。

② 斯言：指《宋书·谢灵运传》所载：会稽太守孟𫖮“因灵运横恣，百姓惊扰，乃表其异志，发兵自防，露板上言”事。缁：黑色。《诗经·大雅·抑》：“白圭之玷，尚可磨也；斯言之玷，不可为也。”

③ 中孚：《周易》卦名，六十四卦之一。爻（yáo）：《周易》卦中六爻的爻辞。中孚卦阳爻九五的爻辞：“有孚挛如，无咎。”此句即用其意。

④ 贝锦：编成贝形花纹的锦缎，此喻故意编造、入人于罪的谗言。

⑤ 日月：喻君，此指宋文帝。

⑥ 成贷：受到恩惠而有所成。兼兹：指出任临川内史。

⑦ 薄：至。

⑧ 抟（tuán）：凭借。鲁：五臣本作“曾”。曾飔：高风。

⑨ 苕苕：通“迢迢”。

⑩ 罗浮：山名，在今广东博罗。

⑪ 庐：庐山，在今江西九江市。霍：霍山，在今安徽省霍山南。

⑫ 三山：指传说中的蓬莱、方丈、瀛洲三神山。

⑬ 湘：即湘江。九嶷：山名，在今湖南宁远境。

⑭ 圣：指虞舜。旦暮：早晚，形容时间很短。

⑮ 贤：指屈原。凄其：感伤貌。

⑯ 明发：黎明。

【语译】

白玉上的污点还可以磨去，谗言却容易把白变成黑。我言行忠诚并无罪过，仍然被人罗织了罪名。

心迹倘若不被人了解，性命脆弱得宛如细丝。天子圣明如日月普照，我才得以保全并任此职。

出游在外来到京郊，乘着高风整装待发。又一次经历此生中的分离，再度与亲朋好友告别。

眼看故乡一天天远去，风波险恶哪里还有归期？扬帆远行迢迢万里，前路茫茫究竟往哪里去？

此行应当先游罗浮，然后到庐霍诸山游历。渡过大海探访神话中的三山，沿湘江上行到达九嶷。

仰慕虞舜仿佛同他相隔不远，怀念屈原心中倍觉伤感。我的心就像朝阳光明磊落，又如松柏不为严寒所屈服。

【评析】

这首诗是元嘉八年（431）谢灵运出任临川内史，初发京都石首城（今南京西南）时所作。共分三层。第一层托物起兴，委婉交代了出都的原因；第二层写初发都时情景，抒发了离情别绪和前途渺茫的伤感；第三层以预想此行游历的路线聊以自慰，再度表白了自己心志的光明磊落。此诗以抒怀言志为主，作者将遭谗的委屈、离京的愁苦、仕途的失意等种种不堪，同对文帝的感恩戴德、对古代圣贤的仰慕追怀交织在一起，层层有序而又淋漓尽致地抒写了丰富复杂的内心情感，同时有力地衬托出自己对朝廷的忠诚和倔强不屈的性格。

道路忆山中一首

作者：谢灵运　　注译评析：张明非

采菱调易急①，江南歌不缓②。
楚人心昔绝③，越客肠今断④。
断绝虽殊念，俱为归虑款⑤。
存乡尔思积⑥，忆山我愤懑⑦。
追寻栖息时，偃卧任纵诞。
得性非外求⑧，自已为谁纂⑨。

不怨秋夕长，常苦夏日短。
濯流激浮湍，息阴倚密竿。
怀故叵新欢[⑩]，含悲忘春暖。
凄凄《明月吹》[⑪]，恻恻《广陵散》[⑫]。
殷勤诉危柱[⑬]，慷慨命促管[⑭]。

【篇旨】

写作者赴临川途中的浓重归思，以及对始宁墅山居生活的追念。

【注释】

① 采菱调：楚人歌曲。《楚辞·招魂》有"涉江采菱，发扬荷些"之语。

② 江南歌：江南民歌。古乐府江南辞有"江南可采莲"之语。

③ 楚人：谓屈原。一说谓锺仪，遭晋幽囚而为楚歌，其声甚哀。

④ 越客：作者自谓。谢灵运小名客儿。

⑤ 归虑：归思。款：叩，敲，引申为侵袭之意。

⑥ 存乡：怀念家乡。尔：指楚人。

⑦ 山：指始宁墅。

⑧ 得性：指得以任性自适。

⑨ 自已：指取足自止，以适性为最大满足。纂：继。以上两句用《庄子》语意。《齐物论》："子綦曰：夫吹万不同，而使其自已也，咸其自取，怒者其谁邪！"司马彪说："已，止也，使各得其性而止也。"

⑩ 叵（pǒ）：不可。

⑪《明月吹》：笛曲名。

⑫《广陵散》：琴曲名，三国魏嵇康临刑前所奏，后成绝响。

⑬ 危柱：端直的琴柱，兼指琴声危苦。

⑭ 促管：谓笛声高亢急促。

【语译】

采菱之曲音调容易急促，江南民歌声情亦不平缓。

楚人的心昔日已然绝望，我的愁肠如今也已断绝。

断绝的原因虽各不相同，但同样受着归思的侵扰。

怀念故乡使你忧思郁结，回忆旧山令我怨愤烦恼。

追想以往山居的日子，纵情放诞何等任情适意。

性好自然非外求可得，取足自止又有谁能继。

秋夜宜人不怨其久长，夏日可游故苦其日短。

在湍急的激流中濯足戏水，倚密竹的浓荫纳凉休息。

思念旧山不觉忽视了眼前佳景，自悲身世以至辜负了和暖春光。

《明月吹》笛曲凄苦哀怨，《广陵散》琴声悲凉伤感。

赶快调琴抚弦诉说自己的心曲，再吹奏高亢急促的笛声与之相和。

【评析】

这首诗处处紧扣题目来写。开头八句从途次闻见入手，引出一片归思；“追寻”以下八句，正面写“忆山中”，回忆故园生活的萧散自得和怡然自乐；最后由“怀古”转入现实，写自己本欲借音乐遣怀，反而更添愁绪，突出了归思的沉重。归思这一主题宛如一条主线贯串诗的始终。此外诗思缜密，行文注意照应。如以歌曲起，以乐曲结；“诉危柱”言琴，承《广陵散》；“命促管”言笛，承《明月吹》。都可以见出作者的匠心。

入彭蠡湖口一首

作者：谢灵运　　注译评析：张明非

客游倦水宿，风潮难具论。

洲岛骤回合[①]，圻岸屡崩奔[②]。

乘月听哀狖[3]，浥露馥芳荪[4]。
春晚绿野秀，岩高白云屯。
千念集日夜，万感盈朝昏[5]。
攀崖照石镜[6]，牵叶入松门[7]。
三江事多往[8]，九派理空存[9]。
灵物吝珍怪[10]，异人秘精魂[11]。
金膏灭明光[12]，水碧缀流温[13]。
徒作《千里曲》[14]，弦绝念弥敦。

【篇旨】

写自长江入彭蠡湖口舟行所见晚春月夜优美景色，抒发了倦于行旅的忧思和政治上失意的苦闷。

【注释】

① 骤：急遽。回：犹“洄”，水转。

② 圻（qí）：地界，此指江边。崩奔：崩坏，奔腾。

③ 狖（yòu）：长尾猿。

④ 浥（yì）：湿润。馥：香气。荪：香草名。

⑤ 朝昏：早晨晚上。

⑥ 石镜：《水经注·庐江水》云，庐山东有一圆石，悬崖明净，照见人影，故名石镜。此山也因此得名。石镜山在江西浔阳一带，是庐山支麓。

⑦ 松门：山名，在今江西都昌南，近彭蠡湖口。李善注引顾野王《舆地志》辑注云：“自入湖三百三十里，穷于松门。东西四十里，青松遍于两岸。”

⑧ 三江：据说古时长江自彭蠡湖分为三条江水，东流入海。

⑨ 九派：据说古时长江流经江西九江时分出九个支流，称为九派。

⑩ 吝：惜。

⑪ 秘：隐藏。

⑫ 金膏：仙药。《穆天子传》："河伯示汝黄金之膏。"

⑬ 水碧：即水晶。流温：言水玉温润。

⑭《千里曲》：曲名，即《千里别鹤》。相传商陵牧子娶妻五年无子，父兄命其休妻改娶，牧子便弹琴叹别鹤以抒发怨愤。鹤一举千里，故名。

【语译】

日夜宿于舟中已使人厌倦，风涛险恶难于一一言说。

浪潮从洲岛两边先分后合，惊涛拍打江岸又逆折奔流。

乘皎月谛听猿狖哀鸣，踏湿露吮吸荪草的芳香。

晚春的绿野清新秀丽，巍峨的山岩白云聚集。

千头万绪忧念纷杂而至，从早到晚哪有片刻安宁。

攀上山崖在石镜前照影，手把枝叶进入了松门。

三江九派的记载已成以往，玄理空自留存也难知究竟。

江湖中的灵怪收起珍奇之相，山中异人也秘藏精魂。

水里的金膏明光已灭，水碧也失去原有的温润。

徒然弹奏起《千里别鹤》，一曲终了忧思更深。

【评析】

彭蠡湖，即今江西鄱阳湖。彭蠡湖口，在江西九江附近，是湖与长江交接处。此诗约作于元嘉八年（431）作者出任临川内史途中。先总述行旅的感受，然后按水宿到山行的顺序具体刻画了沿途所见自然风光，最后进行哲理的思索。诗中描绘晚春绿野设色鲜丽，清新明朗，如"初日芙蓉，自然可爱"，而且透露出诗人新鲜喜悦的心情，是信手拈来的佳句。诗借羁思旅愁的抒发及对历史变迁的思考，寄托被刘宋王朝排挤的愤懑，也自然不着痕迹。

入华子岗是麻源第三谷一首

作者：谢灵运　　注译评析：张明非

南州实炎德①，桂树凌寒山。
铜陵映碧涧②，石磴泻红泉③。
既枉隐沦客④，亦栖肥遁贤⑤。
险径无测度，天路非术阡⑥。
遂登群峰首⑦，邈若升云烟。
羽人绝仿佛⑧，丹丘徒空筌⑨。
图牒复摩灭⑩，碑版谁闻传⑪？
莫辩百世后，安知千载前。
且申独往意⑫，乘月弄潺湲。
恒充俄顷用⑬，岂为古今然！

【篇旨】

写华子岗优美的自然景色，表达了作者热爱山水及超然物外的心情。

【注释】

① 南州：泛指南方地区。此谓临川郡。炎德：指阳光的温暖。

② 铜陵：即今铜山，在江西南城西十五里。碧润：五臣本作“碧涧”。

③ 红泉：因地层中含有丹砂，水从沙中流出，故其色发红。

④ 枉：枉驾，即屈尊走访。隐沦客：隐居的人。

⑤ 肥遁：隐居避世。

⑥ 术阡：皆指道路。术，城里的道路。阡，田地中间南北方向的小路。

⑦ 群峰首：指华子岗。

⑧ 羽人：仙人。

⑨ 丹丘：神话中的神仙之地。空筌：没有鱼的空的捕鱼器，比喻山中无仙。

⑩ 图牒：图书谱牒。摩灭：即磨灭。

⑪ 碑版：指刻在石上的记载文字。

⑫ 独往：道家语，有任自然不复顾世的意思。

⑬ 用：受用。

【语译】

南方的气候天热地暖，寒山的桂树仍一片青葱。
铜山映着碧绿的涧水，石级流泻红色的山泉。
避世的高士屈驾暂临，隐居的贤人来此永栖。
山径高险实在难以测度，宛如天梯无路登攀。
登上群峰最高的山顶，云烟缭绕渺无边际。
传说中的仙人不见踪影，神山只是捕鱼的空筌。
图书谱牒都已销毁，金石记载也未见传闻。
百代以后既无从知晓今日，千年前的事又怎能验证。
我姑且按照独往的心意，乘着月光嬉戏潺潺流水。
游赏山水为的是一时的享受，又何必把古今的事搁在心头。

【评析】

华子岗，据谢灵运《山居图》说是江西南城县麻源的第三谷，相传有仙人华子期翔集于此，故而得名。是游览胜地。此诗作于作者临川内史任时。开头四句写岗上景物，点明题目；接下来两句说明这里是高士栖隐的胜境；“险径”以下四句写登临绝顶；“羽人”以下六句抒发不见仙人的感慨；结末四句由怀古回到现实，表达对眼前佳景的陶醉。此诗脉络清晰，交代明白，诗思细密，写景采用作者惯用的移步换形法，“桂树”“铜陵”，写入山；“险径”等句写将入华子岗，“羽人”的描写为已入华子岗，次第极为分明。

昭明文选全本新绎

（五）

张葆全 主编 樊运宽 等 译注

文化发展出版社
Cultural Development Press

目　录

卷第四十八

卷第四十九

卷第五十

卷第五十一

卷第五十二

卷第五十三

卷第五十四

卷第五十五

卷第五十六

卷第五十七

卷第五十八

卷第五十九

卷第六十

卷第四十八

符命

封禅文一首

作者：司马长卿　　注译评析：周满江

伊上古之初肇，自昊穹兮生民[1]。历选列辟[2]，以迄于秦。率迩者踵武[3]，逖听者风声[4]。纷纶威蕤[5]，湮灭而不称者，不可胜数。继韶夏[6]，崇号谥，略可道者，七十有二君。罔若淑而不昌[7]，畴逆失而能存[8]？轩辕之前，遐哉邈乎，其详不可得而闻已。五三六经，载籍之传[9]，维风可观也[10]。《书》曰："元首明哉！股肱良哉[11]！"因斯以谈，君莫盛于唐尧，臣莫贤于后稷[12]。后稷创业于唐尧，公刘发迹于西戎[13]。文王改制，爰周郅隆[14]，大行越成[15]，而后陵迟衰微[16]，千载亡声[17]，岂不善始善终哉？然无异端，慎所由于前，谨遗教于后耳。故轨迹夷易[18]，易遵也。湛恩厖鸿[19]，易丰也。宪度著明，易则也。垂统理顺，易继也。是以业隆于襁褓[20]，而崇冠于二后[21]。揆厥所元[22]，终都攸卒[23]，未有殊尤绝迹，可考于今者也[24]。然犹蹑梁父[25]，登泰山，建显号，施尊名。

大汉之德，逢涌原泉[26]，沕潏曼羡[27]。旁魄四塞，云布雾散。上畅九垓[28]，下溯八埏[29]。怀生之类，沾濡浸润[30]。协气横流，武节猋逝[31]。迩狭游原[32]，遐阔泳沫[33]。首恶郁没，晻昧昭晰[34]。昆虫闿泽[35]，回首面内。然后囿驺虞之珍群[36]，徼麋鹿之怪兽[37]。导一茎六穗于庖[38]，牺双觡共柢之兽[39]。获周余珍放龟于岐[40]，招翠黄乘龙于沼[41]。鬼神接灵圉[42]，宾于闲馆。奇物谲诡，俶傥穷变[43]。钦哉！符瑞臻兹，犹以为德薄，不敢道封禅。盖周跃鱼陨航[44]，休之以燎[45]。微夫此之为符也[46]，以登介丘[47]，不亦恧乎[48]！进让之道，何其爽欤！于是大司马进曰："陛下仁育群生，义征不憓[49]。诸夏乐贡，百蛮执贽[50]。德侔往初，功无与二。休烈浃洽[51]，符瑞众变，期应绍至，不特创见。意泰山梁甫，设坛场望幸[52]，盖号以况荣[53]。陛下谦让而弗发，挈三神之欢[54]，缺王道之仪，群臣恧焉。或曰，且天为质暗[55]，示珍符，固不可辞。若然辞之，是泰山靡记[56]，而梁甫罔几也[57]。亦各并时而荣，咸济厥世而屈[58]，说者尚何称于后，而云七十二君哉！夫修德以锡符，奉命以行事，不为进越也。故圣王不替，而修礼地祇，谒款天神[59]。勒功中岳[60]，以章至尊。舒盛德，发号荣，受厚福，以浸黎元。皇皇哉！此天下之壮观，王者之卒业，不可贬也！愿陛下全之。而后因杂搢绅先生之略术，使获耀日月之末光绝炎，以展寀错事[61]。犹兼正列其义，祓饰厥文[62]。作春秋一艺，将袭旧六为七，摅之亡穷[63]。俾万世得激清流，扬微波，蜚英声，腾茂实。前圣所以永保鸿名，而常为称首者用此。宜命掌故，悉奏其仪而览焉。"于是天子俙然改容曰："俞乎！朕其试哉！"乃迁思回虑，总公卿之议，询封禅之事。诗大泽之博，广符瑞之富。遂作颂曰：

"自我天覆，云之油油。甘露时雨，厥壤可游。滋液渗漉，何生不育？嘉谷六穗，我穑曷蓄。非惟雨之，又润泽之。非惟遍之我，氾布护之[64]。万物熙熙，怀而慕思。名山显位，望君之来。君乎君乎，侯不迈哉？

"般般之兽[65]，乐我君圃。白质黑章，其仪可嘉。旼旼穆穆[66]，君子之态。盖闻其声，今亲其来。厥涂靡从[67]，天瑞之征。兹亦于舜，虞氏以兴。

"濯濯之麟[68]，游彼灵畤[69]。孟冬十月，君徂郊祀。驰我君舆，帝用享祉。三代之前，盖未尝有。

"宛宛黄龙，兴德而升。采色炫耀，焕炳辉煌。正阳显见[70]，觉悟黎蒸。于传载之，云受命所乘[71]。

“厥之有章，不必谆谆。依类托寓，喻以封峦[72]。披艺观之，天人之际已交，上下相发。允答[73]圣王之德，兢兢翼翼。故曰，于兴必虑衰，安必思危。是以汤武至尊严，不失肃祗。舜在假典[74]，顾省阙遗，此之谓也。”

【篇旨】

列举各种符瑞，推崇武帝文治武功，论述封禅的重大意义，以劝武帝登泰山行封禅盛典。

【注释】

① 肇（zhào）：开始。昊（hào）穹：天。

② 选：数。列辟：历代君主。

③ 率：循。迩：近。踵武：追踪考察前代君主事迹。武，足迹。

④ 逖：远。

⑤ 纷纶：乱貌。威蕤（ruí）：隐乱貌。威又作“葳”。

⑥ 韶：当作“昭”，明。夏：大。形容帝王道德与政绩光明伟大。

⑦ 罔：无。若：顺。淑：善。

⑧ 畴：谁。

⑨ 五三：五帝三皇。传：传述。

⑩ 风：指美恶政绩与风化。

⑪ 股肱（gōng）：大腿称股，臂肘至腕称肱。喻君主左右得力的大臣。

⑫ 后稷（jì）：名弃，善种五谷，使周兴盛，尧举弃为农师，封于邰（在今陕西扶风），号后稷。

⑬ 公刘：后稷的曾孙。他祖父因不务农而失官，逃到西戎。公刘又重振后稷之业。

⑭ 爰：于是。郅（zhì）隆：极盛。

⑮ 大行：大道。越：同“粤”，乃，于是。

⑯ 陵迟：衰颓。

⑰ 亡声：无声，指民无怨声。

⑱ 轨迹：比喻为政的过程与方法。夷易：平易不繁。

⑲ 湛恩：深恩。厖（máng）鸿：广大。《史记》作“蒙涌”。

⑳ 襁褓：背婴儿的布兜。相传周成王继位时年尚幼，周公背负以摄政。故以襁褓代指周成王时代。

㉑ 崇冠：谓周公摄政，使天下太平，功德在二后之上。二后：指周文王与周武王。

㉒ 揆（kuí）：度量。元：始。

㉓ 都：于。攸卒：所终。

㉔ 殊尤：特异。绝迹：不寻常的政绩。考：校核。

㉕ 蹑（niè）：踏，指登上。梁父：山名，泰山旁的小山。古代儒者认为帝王应登泰山筑坛祭天，名叫“封”。又登上梁父山辟基祭地，名叫“禅”。

㉖ 逢：大。原：通“源”。

㉗ 汾潏（mì yù）：泉水喷涌貌。曼羡：盛大泛滥貌。

㉘ 畅：达。九垓（gāi）：指九重之天。

㉙ 溯：流通。八埏：八方边远之地。

㉚ 沾濡：比喻人民受惠。

㉛ 武节：威武之道。猋（biāo）逝：迅疾远去。

㉜ 迩狭（xiá）：近而小的范围。原：本。

㉝ 遐阔：远方广阔边地。

㉞ 昭晰：光明。谓昏昧的夷狄皆受感化而文明。

㉟ 阎泽（yì）：和乐。

㊱ 驺（zōu）虞：传说中的仁义之兽，白体黑花，不食生物，出现于太平盛世。传说西汉元狩元年（前121）此兽出现于建章宫。武帝诏东方朔视之，谓“远方当来归义”。次年果有匈奴浑邪王来朝。

㊲ 徼（yāo）：拦截。

㊳ 导：择取。

㊴ 牺：古代宗庙祭祖所用的纯色牲畜。这里用作动词。双觡（gé）：一角生两枝。柢：指兽角根部。传汉武帝时捕获白麟，两角从一个根上长出。

㊵ 周余珍放：黄侃说："珍字，衍文，《汉书》无，文颖不释，可证。又'周余放'，据注当作周放余。余者，其所蓄之余也。作周余则不词。珍又余之误耳。"（见《文选平点》273页。上海古籍出版社1985年版。）

㊶ 翠黄：即乘黄，神兽名，龙翼马身，黄帝乘而成仙。

㊷ 灵圉（yǔ）：众神人之名。《楚辞·远游》："登昆仑而北首兮，悉灵圉之来谒。"王逸注："灵圉，众神也。"

㊸ 俶傥（tì tǎng）：卓异。

㊹ 跃鱼陨航：周武王伐纣，渡黄河时，白鱼跃入王舟。王即捡起白鱼，设燎火祭天。

㊺ 燎（liào）：指燎祭，古代焚柴祭天之称。

㊻ 符：祥瑞。

㊼ 介丘：大山丘，指泰山。

㊽ 恧（nǜ）：惭愧。

㊾ 譓：通"惠"，顺。

㊿ 贽：初次进见送的礼物。

51 休烈：盛美功业。浃洽（qià）：深入地普施恩惠。

52 望幸：望皇帝临幸。

53 况荣：赐荣。况通"贶"，赐予。

54 挈：缺，欠。三神：指天神、泰山神、梁父山神。

55 质暗：诚信而不露。

56 靡记：没刻石记载。

57 罔几：没有希望。

58 屈：绝。

59 谒：告。款：诚。

⑥⓪ 勒功：刻石记功。中岳：嵩山。

⑥① 错事：施于政事。

⑥② 祓（fú）饰：除旧饰新，指修饰封禅仪式。

⑥③ 摅（lǔ）：流传散布。

⑥④ 氾（fàn）布：遍布。这里当作氾，即“泛”。古书氾、汜二字常混用。

⑥⑤ 般般：文采貌。般同“斑”。

⑥⑥ 旼（mín）旼：和善雍容貌。穆穆：肃敬貌。形容驺虞的花色仪态。

⑥⑦ 涂：路，指驺虞来去之路。从：通“踪”。

⑥⑧ 濯（zhuó）濯：肥壮光泽貌。

⑥⑨ 灵畤（zhì）：古代祭五帝之所。秦有密、上、下、畦四畤，汉代增建北畤。俱在雍（今陕西）地。武帝祭祀五畤时，捕获白麟，燎祭于天。

⑦⓪ 正阳：指白天。

⑦① 受命：指皇帝。

⑦② 封峦：封禅于泰山。

⑦③ 允答：指上天与地下之人通过符瑞对话。

⑦④ 假典：祭祀天地的大典。假：大。

【语译】

自上古开天辟地以来，从混沌之天中生出了人。历数各代君王，从远古以至于秦。循着近代君主的足迹观察，根据远古君主的传闻史记审听。可以看出，在纷乱的争战中，名位湮灭而不显著的已不可胜数。能继续光大祖业，尊崇其号谥于泰山封禅者，略可称道的有七十二位君主。没有顺善而不昌盛的，哪个倒行失德而能存！轩辕黄帝以前，遥远啊太遥远了！那时的详情已不可得知了。五帝三皇的政绩，有六经记载，传于后世，各朝风化，可供观览。《书经》说：“元首圣明啊！大臣贤良啊！”依此而言，君主的圣明没有胜过唐尧的，为臣者没有谁比后稷更贤的。后稷创业于唐尧时代，公刘发迹于西戎之地。经过文王改制，西周达于鼎盛，伟大的王业得以完成，虽然他的后嗣衰微，但仍绵延千载而民无恶声，这岂不是善始善终吗？这种情况的出现别无他故，在于创业时能慎行其当前政教，又能谨敬地垂教于后嗣而已。所以王道的轨迹平和简易，就容易让后人遵行。深恩广施，就容易光大。法度简明，就容易效法。所传的体统合理，就容易继承。因此周朝的盛世正好在成王于襁褓中继位、周公摄政时代，周公的崇高功德在文、武二王之上。考察其创业之始，又探究其结果，并没有什么特别卓绝政绩可与当今的德业相比，然而还要登梁父，攀泰山，行封禅大礼以建尊显称号，以加崇德之尊名。

而大汉的盛德，如喷涌的泉水，喷涌广大。磅礴于四方，如云布雾漫。上达九重高天，下至八方绝域。凡有生命的万物都蒙受其德泽的浸润。协和之气如水横流，威武之节如飘风远播。近者沐浴在德泽的本源，远者浮泳在恩惠的末流。作恶的首犯必定湮灭，夷狄暗昧的人都会变得文明。连昆虫都乐受汉皇恩泽，回头面向中国。然后，驺虞之类的珍兽群聚于苑内，白麟之类的怪兽也围入栏栅。择取一茎长六穗的嘉禾送到庖厨，用一角生两枝的珍兽作牺牲。在岐山捉到了周朝畜余放生的千年神龟，又从池沼中招来黄色的乘龙。遣鬼神迎来仙人灵圉，接待她们住在闲馆。各种奇珍异事奇巧非常，卓绝不凡，穷极幻化。伟大啊！各种祥瑞一齐到来，天子还以为德薄，而不敢提封禅之事。而周武王在渡黄河时白鱼跃入船中，就以为祥瑞，用鱼燎祭天。多么微不足道啊！武王竟以这种事为符瑞，登上高大的泰山封禅，岂不太惭愧了吗？周之德薄而进取封禅，汉之德厚而退让不封禅，二者的进让之道，怎么相差这样远呢？于是大司马进谏说："陛下施仁德化育众生，以义理征服叛逆。华夏臣民都乐于纳贡，百蛮异族皆献贽臣服。德业之盛可与往古圣王相并，大功无与伦比。善政功烈普施于民，符瑞祥兆层出不穷，应验之期接踵而至，不是偶遇仅见了。这些符瑞累累显现的用意，是泰山、梁父设置坛场，盼望皇帝的临幸，加上尊崇的名号，赐予众神崇高的荣耀。而陛下谦让不肯封禅，使上帝、泰山、梁父三神不得欢心，使王道的节仪有所欠缺，群臣也为之惭愧。有人说天道朴质隐晦，既显示珍奇符瑞示意于人，就不该辞让。假若都这样辞让，那泰山就永无记功刻石，梁父也无人祭祀了。如说封禅只不过是帝王的一时之荣，又都是时代一过就全然遗忘。那么封禅之说怎能传于后世，而有七十二君泰山封禅的故事呢？帝王修德以接受上天的符瑞，依符命所示而登泰山封禅，不能说是冒进越礼。所以圣王决不废封禅之礼，而修礼仪以敬拜地神，竭诚以祭祀天神，在中岳刻石记功，用以表彰皇帝的功业，宣扬帝王盛德，发布荣名尊号，接受神祇赐予的厚福，以护佑黎民百姓。堂皇盛大呀封禅盛事！这是天下壮观，王者的大业，不可贬低其意义呀！愿陛下完成此事。此后综合搢绅学士的见解，写成文章以记功著业，使天子的功业在身后也能光照人间，展现其光彩，措于行政。还应在此基础上兼正天时人事，修饰礼仪，著述《春秋》，作新的一艺，与旧有的六经并列为七，使之流传无穷。务使万世能激发清流，扬举微波，飞扬英声，腾播美盛的事迹。前代圣君之所以永保美名，常被后人称颂的缘故，就在于封禅。应当诏命掌故之官，全面呈奏封禅礼仪，供天子观览参考。”于是，天子感动得容光焕发，说：“太好了！朕要试试看。”天子改变了原来不封禅的想法，总汇公卿们的议论，询问了封禅的各种事务，以诗歌颂天帝恩泽的博施，宣扬大汉符瑞祥兆的丰富，于是作颂说：

“覆盖我的苍天，云彩飘浮。时常降下甘美的雨露，这块美壤可以安乐游息。滋润的雨露渗透大地，哪种生物不被化育？有一禾六穗的好谷子，我们的庄稼还怎么不充裕丰富？不只降下雨露，还滋润了万物。不仅遍濡万物，而且普遍散布护佑各方。繁茂的万物，无不感怀而思念其恩德。有名的泰山地位显赫，盼望天子来封禅。天子呀天子，何不迈步向前呀！

“文采斑斑的珍兽，喜欢我们天子的苑囿。此兽白体黑花，仪态可爱。和善雍容，有君子风度。以前只听过它的名字，今已亲眼见它的到来。它来自何处，无路可寻，这就是天降祥瑞的征兆。此兽在舜时曾经出现，带来有虞氏的兴盛。

“肥壮的白麟，在五帝灵畤前游戏。孟冬十月，天子到五畤祀天。白麟从天子的车前奔过。天子猎获白麟用于祭天。天帝享用了它，报以福祉。三代以前，从未有过这等盛事。

“宛宛游动的黄龙，因德盛而升天。五彩炫耀，光明辉煌。黄龙显身于光天化日，感悟了黎民众庶。在书传上曾记载此事，说是为受命天子下降的乘骑。

“上天通过符瑞表明启示，不必谆谆多言。天依事类寄寓心意，告喻汉皇即行封禅。披览经典对照时势，可知天人关系已经沟通，天上地下已能相互感应对话。圣王的德行，从来小心谨慎。所以说在兴盛时一定要想到衰落，在平安时一定要想到危机。因此，商汤、周武王位居至尊，而不失肃敬作风。舜在祭祀天地的大典中，能反省其过失，道理就在于此。”

【评析】

《史记》记载，司马相如死前作此文，死后，其妻献给皇帝使臣。故人称此文是他的“杰作绝思”是很恰当的。此文从体制上说，近于赋体，又被视为早期骈文，由此可以看出辞赋家在写散文时，仍习惯用辞赋手法，而渐向骈俪发展。从内容看，此文也是极力敷陈帝王功德，而“曲终奏雅”，加一节讽谏语言，与大赋类似。但也有创新，如用四言句式写颂，以散文倾向较多的词句作序，而形成序颂结合的新体，专用于歌颂功德，成为后人仿作的典范。封禅是古代帝王炫耀功德的一种典礼，汉武帝在文治武功方面，成就显著，封禅之礼势在必行，此文即为造声势的大作。作者极力渲染符瑞之盛，从这个侧面表现汉德之隆，从心理上满足笃信鬼神的武帝的愿望，但也由此形成虚夸的缺点。

剧秦美新一首

作者：扬子云　　注译评析：周满江

诸吏，中散大夫臣雄，稽首再拜，上封事皇帝陛下：臣雄经术浅薄，行能无异。数蒙渥恩，拔擢伦比，与群贤并，愧无以称职。臣伏惟陛下以至圣之德，龙兴登庸[①]，钦明尚古[②]，作民父母，为天下主。执粹清之道，镜照四海。听聆风俗，博览广包，参天贰地，兼并神明。配五帝，冠三王。开辟以来，未之闻也。臣诚乐昭著新德，光之罔极。往时司马相如作《封禅》一篇，以彰汉氏之休。臣常有颠眴病，恐一旦先犬马填沟壑，所怀不章，长恨黄泉。敢竭肝胆，写腹心，作《剧秦美新》一篇，虽未究万分之一，亦臣之极思也。臣雄稽首再拜以闻曰：

权舆天地未祛[③]，睢睢盱盱[④]。或玄而萌，或黄而牙[⑤]。玄黄剖判，上下相呕。爰初生民，帝王始存。在乎混混茫茫之时，亹闻罕漫而不昭察[⑥]，世莫得而云也。

厥有云者，上罔显于羲皇，中莫盛于唐虞，迩靡著于成周[⑦]。仲尼不遭用，《春秋》困斯发。言神明所祚，兆民所托，罔不云道德仁义礼智。独秦屈起西戎、邠荒、岐雍之疆，因襄、文、宣、灵之僭迹[⑧]，立基孝公，茂惠文、奋昭庄。至政破纵擅衡，并吞六国，遂称乎始皇。盛从鞅仪韦斯之邪政，驰骛起翦恬贲之用兵。划灭古文[⑨]，刮语烧书，弛礼崩乐，涂民耳目[⑩]。遂欲流唐漂虞，涤殷荡周。然除仲尼之篇籍[⑪]，自勒功业[⑫]。改制度轨量，咸稽之于秦纪[⑬]。是以耆儒硕老[⑭]，抱其书而远逊[⑮]。礼官博士，卷其舌而不谈。来仪之鸟[⑯]，肉角之兽[⑰]，狙犷而不臻[⑱]。甘露嘉醴，景曜浸潭之瑞潜[⑲]，大茀经賁[⑳]，巨狄鬼信之妖发[㉑]。神歇灵绎，海水群飞[㉒]。二世而亡[㉓]，何其剧与[㉔]！

帝王之道，兢兢乎不可离已。夫能贞而明之者穷祥瑞，回而昧之者极妖愆[㉕]。上览古在昔有凭应而尚缺，焉坏彻而能全？故若古者称尧舜，威侮者陷桀纣。况尽汛扫前圣数千载功业，专用己之私，而能享祐者哉！

会汉祖龙腾丰沛，奋迅宛叶。自武关与项羽戮力咸阳，创业蜀汉，发迹三秦，克项山东，而帝天下。擿秦政惨酷尤烦者，应时而蠲。如儒林刑辟历纪图典之用，稍增焉。秦余制度，项氏爵号，虽违古而犹袭之。是以帝典阙而不补，王纲弛而未张。道极数殚，暗忽不还。

逮至大新受命，上帝还资，后土顾怀。玄符灵契，黄瑞涌出[26]。泮泞沕潏[27]，川流海渟[28]。云动风偃，雾集雨散。诞弥八圻[29]，上陈天庭。震声日景，炎光飞响。盈塞天渊之间，必有不可辞让云尔。于是乃奉若天命，穷宠极崇，与天剖神符，地合灵契。创亿兆，规万世。奇伟倜傥谲诡[30]，天祭地事，其异物殊怪，存乎五威将帅，班乎天下者，四十有八章[31]。登假皇穹[32]，铺衍下土，非新家其畴离之[33]。卓哉煌煌，真天子之表也！若夫白鸠丹乌，素鱼断蛇，方斯蔑矣[34]！受命甚易，格来甚勤[35]。昔帝缵皇[36]，王缵帝，随前踵古，或无为而治[37]，或损益而亡[38]。岂知新室委心积意，储思垂务[39]？旁作穆穆[40]，明旦不寐，勤勤恳恳者，非秦之为与？夫不勤勤，则前人不当。不恳恳，则觉德不恺[41]。是以发秘府、览书林，遥集乎文雅之囿，翱翔乎礼乐之场。胤殷周之失业，绍唐虞之绝风。懿律嘉量[42]，金科玉条[43]，神卦灵兆，古文毕发。焕炳照曜，靡不宣臻。式軨轩旂旗以示之[44]，扬和鸾《肆夏》以节之[45]，施黼黻衮冕以昭之[46]，正嫁娶送终以尊之，亲九族淑贤以穆之。夫改定神祇，上仪也；钦修百祀，咸秩也；明堂雍台[47]，壮观也；九庙长寿[48]，极孝也；制成六经[49]，洪业也；北怀单于，广德也。若复五爵[50]，度三壤，经井田，免人役，方《甫刑》[51]，匡《马法》[52]，恢崇祇庸烁德懿和之风，广彼搢绅讲习言谏箴诵之涂。振鹭之声充庭[53]，鸿鸾之党渐阶[54]，俾前圣之绪，布濩流衍[55]而不韫韣[56]。郁郁乎焕哉！天人之事盛矣，鬼神之望允塞。群公先正，罔不夷仪；奸宄寇贼，罔不振威。绍少典之苗[57]，著黄虞之裔[58]。帝典阙者已补，王纲弛者已张。炳炳麟麟[59]，岂不懿哉？厥被风濡化者，京师沉潜[60]，甸内匝洽[61]，侯卫厉揭[62]，要荒濯沐[63]，而术前典，巡四民[64]，迄四狱，增封泰山，禅梁父，斯受命者之典业也。

盖受命日不暇给，或不受命，然犹有事矣。况堂堂有新，正丁厥时。崇岳、渟海、通渎之神，咸设坛场，望受命之臻焉。

海外遐方，信延颈企踵，回面内向，喁喁如也。帝者虽勤，恶可以已乎？宜命贤哲，作《帝典》一篇，旧三为一袭[65]，以示来人，摛之罔极。令万世常戴巍巍，履栗栗，臭馨香，含甘实，镜纯粹之至精，聆清和之正声。则百工伊凝[66]，庶绩咸喜[67]。荷天衢[68]，提地釐[69]，斯天下之上则已，庶可试哉！

【篇旨】

批评秦政的残酷，赞美王莽新朝的功烈。从秦与新的对比中，证明新朝的当命，并为巩固新朝出谋献策，效其忠心。书上新莽，以求免祸。

【注释】

① 登庸：登上皇帝位。王莽于9年废汉宣帝玄孙婴。自称皇帝，改国号为新。

② 尚古：指王莽宣布自为黄帝、虞舜后人，据《周礼》改制，恢复井田。

③ 权舆：初始。

④ 睢（suī）睢：仰视貌。盱（xū）盱：直视貌。

⑤ 牙：通“芽”。

⑥ 亹（xìn）闻：美声。罕漫：不明貌。

⑦ 成周：故址在今河南洛阳，西周初周公所营建。

⑧ 僭（jiàn）迹：指越超本分，扩大势力。

⑨ 刬（chǎn）：铲除，消灭。古文：指《诗》《书》百家语。

⑩ 弛（chí）：废除。涂：塞。

⑪ 然：通“燃”，烧。

⑫ 勒：记。

⑬ 稽：考。秦纪：秦国史书。

⑭ 耆（qí）：老。

⑮ 逊：逃。

⑯ 来仪之鸟：凤凰。《尚书·益稷》：“箫韶九成，凤凰来仪。”言有德之世，凤凰来朝，皆有容仪。故常以“来仪”作凤凰的代称。

⑰ 肉角之兽：麒麟。古谓麟状如麇，肉角驯毛。

⑱ 狙（jū）犷：李善、张铣皆注为：“犬啮人。”王念孙在《读书杂志》上说李、张之注皆谬。狙犷皆惊去之貌，言麟凤高飞远走而不至也。

⑲ 景曜：景星发出光耀。古称景星为德星，其状无常，出于有道之国。见《史记·天官书》。

⑳ 茀（bó）：同“孛”，彗星的别称。经實：由东向西而落。《史记·秦始皇本纪》载，有墜星下东郡至地为石。實，同“陨”，坠落。

㉑ 巨狄：传说秦始皇时有巨人身高五丈，是夷狄之患的先兆。鬼信：传说秦使臣路经华山，有自称华池君者递上书信，称祖龙明年死。祖龙指始皇。

㉒ 海水：喻百姓。群飞：喻大乱。

㉓ 二世：秦二世胡亥。

㉔ 剧：极短促。

㉕ 回：邪。

㉖ 黄瑞：呈黄气的各种祥瑞。王莽篡位前，称石牛、铜符、帛图、铜匮、策书等符瑞相继出现，为上帝授命之兆。因各种瑞物多黄色，王莽为帝后，旗帜服色皆尚黄色。

㉗ 浡浡：水盛出貌。汾潏（yù）：水涌出貌。

㉘ 渟：水停滞。

㉙ 诞弥：广大。八圻（yín）：八方。圻通“垠”，边际。

㉚ 倜傥（tì tǎng）：卓异。谲（jué）诡：幻化快速。

㉛“五威”三句：王莽即帝位后，遣五威将王奇等十二人班符命四十八章于全国。其内容皆言井石、金匮、雌鸡化为雄等异事，以说明王莽代汉符合天意（见《汉书·王莽传》）。

㉜ 登假（gé）：言美声上至皇天。假，至。

㉝ 畴：谁。离：应。

㉞ 方：比。蔑（miè）：同“蠛”，蠛蠓，喻小。

㉟ 格：至。

㊱ 缵：继。

㊲ 无为而治：指虞舜之政。《论语·卫灵公》："无为而治者，其舜也与！"

㊳ 损益而亡：指殷周两朝。《论语·为政》："殷因于夏礼，所损益可知也；周因于殷礼，所损益可知也。"

㊴ 垂：指垂拱而治，代指虞舜时的政治，为古人的理想盛世。

㊵ 旁作穆穆：普遍施行美政。旁，普。穆穆：美好。语出《尚书·洛诰》。

㊶ 恺：和。

㊷ 懿律：美好的乐律。指十二律中的阳声之律。《史记·律书》："王者制事立法，物度轨则，壹禀于六律，六律为万事根本焉。"嘉量：标准的斗斛等度量。

㊸ 金科玉条：指法令，以金玉形容其贵。

㊹ 式：用。

㊺ 和鸾：金铃。《肆夏》：诗乐名，行进时用。

㊻ 黼黻（fǔ fú）：礼服上黑白或黑青交错的花纹。衮（gǔn）冕：古代帝王及王公的礼服礼帽。

㊼ 明堂：古代天子宣明政教之所。雍台：五臣本作"辟雍"，讲习经艺之地。王莽在汉平帝元始四年（4）奏请修建明堂、辟雍、灵台等。

㊽ 九庙：古时帝王七庙。王莽于地皇元年（20）增为九庙。长寿：庙名。王莽改建汉元庙故殿为长寿宫。

㊾ 制成六经：王莽在元始四年为学者筑舍万区，增加博士员额，立乐经，使五经实焉六经。

㊿ 复五爵：王莽于新始建国四年（12），依周制定五等爵。

51《甫刑》：《尚书·吕刑》的别名。其内容讲用刑原则及审理狱案方法。

52《马法》：即《司马穰苴兵法》，又名《司马法》。古代兵书。司马穰苴，春秋时齐大夫，善用兵。战国时齐威王命大夫整理古司马兵法成书。

53 振鹭：《诗经·周颂·振鹭》首章："振鹭于飞，于彼西雍。我客戾止，亦有斯容。"此为周天子宴享诸侯之歌。借比新朝皇帝勤于接待贤才。

㊾ 鸿鸾之党：指贤士。渐：进，指贤士进入朝廷。《周易·渐》爻辞有“鸿渐于干”“鸿渐于陆”诸语。《象》说：“渐之进也，女归吉也。进得位，往有功也。进以正，可以正邦也。”当为此文所本。

㊿ 布濩（hù）：分散貌。

56 韫韣（yùn dú）：藏。

57 少典：传说为黄帝之父。

58 黄虞：黄帝虞舜。裔：后代子孙。谓王莽为黄帝虞舜的后代。

59 粼粼：光明。粼，通“磷”。

60 沉潜：深刻。

61 甸内：近京都之地。匝洽（qià）：普遍受到教化影响。

62 侯卫：侯服、卫服，指距离京都较远之地。厉揭：指或深或浅受到教化。

63 要荒：边远之地。濯沐：接受教化。

64 四民：士农工商。

65 旧三为一袭：在《尚书》的《尧典》《舜典》之外，再写一典，成为三典。

66 百工：百官。凝，成就。

67 庶绩：诸事功绩。喜，通“熙”，兴。语出《尚书·尧典》。

68 荷天衢：《周易·大畜》：“何天之衢，亨。”何，通“荷”，言其遇时通达。天衢，天路，喻通达。

69 地羞：地理。

【语译】

众吏之一员中散大夫臣雄叩头再拜，上奏章于皇帝陛下。臣雄对经籍知识浅薄，为政又没有特殊才能，而多次蒙皇帝恩典，按职提拔，和众贤才并肩同进，实在愧不称职。臣伏思陛下以至圣之德，龙兴登位，圣明而重视古制。做人民父母，为天下君主。以清明之正道执掌天下，如明镜观照四海政绩，聆听民间风俗，广博包揽天下大事。其功可与天地并立，与神明同在。

其伟大与五帝齐等，已在三王之上。自天地开辟以来，还没有谁有这等功绩！臣诚心地乐于表彰新朝的功德，使其光照无极。往时司马相如作封禅文一篇，用以表彰汉氏的美德。臣雄常有颠眩病，唯恐一旦死于陛下的犬马前，不能实现歌颂新德的志向，而长恨于黄泉。于是冒昧地竭肝沥胆，写出心腹之言，作《剧秦美新》一篇。虽然未能写出新德的万分之一，但也是臣雄尽心所为啊！臣雄稽首再拜以文奏闻道：

混沌之始天地未分，张目而望，有的刚出现黑黄颜色，有些才萌生黄色。后来天玄地黄剖分清楚，上下腾气长养万物。在生民之初，帝王之义开始出现。在天地还混混茫茫的时候，君臣之义善恶之道，还极为模糊。认识不清，没有人能讲出个道理。

有人说君臣之义的和谐，在上古没有比伏羲时代更引人注目了，在中古没有盛过唐虞时代的，近古没有谁能超过成周的周公时代。仲尼不遇明君，受困于时而著《春秋》。为神明佑护的，亿万人民信托的，无不是讲道德行仁义有礼智的君主。唯独秦国崛起于西戎、邠荒、岐雍之地，凭着襄、文、宣、灵诸公的扩展，立基于孝公时代，兴盛于惠文王时代，强大于昭王、庄襄王之世。到秦王政时，以连衡攻破合纵，而并吞六国，遂自称为始皇帝。秦的兴盛是靠商鞅、张仪、吕不韦、李斯的邪政，它横行天下是赖白起、王翦、蒙恬、王贲的用兵。始皇铲灭古文，毁百家学说，烧掉诗书，废弃礼乐，蒙蔽人民的耳目，想把唐尧虞舜殷周时的圣明，从人心中清洗干净。要焚掉仲尼的书籍，撰写自己的功业。更改古代制度和轨迹度量，一切都以秦纪所言为准。因此，年高有道的儒者与德高学富的老学士都带着书籍远走高飞。那些礼官和博士也卷起舌头不谈朝政。来仪的凤鸟、肉角之麟都受惊而不肯再来。甘露、嘉醴、景曜、浸潭这些祥瑞也潜藏不出，大彗星划空而落，巨人鬼信的妖事出现。神灵停了护佑，万民如海水泛滥一样地乱离。只传至二世就亡国了，何其短促啊！

帝王之道，是兢兢业业地为政，不可偏离。能行正道而清明施政的君主，祥瑞会全部到来。行政奸邪而昏暗者，妖怪罪孽竞相出现。上鉴古昔帝王，有祥瑞为凭者尚且毁缺而亡，那些行政坏彻昏暗的朝廷焉能保全。所以考察古代人物者都称颂尧舜，轻慢正道违背仁义的人必沦于桀纣的下场，何况秦始皇尽除前圣数千年的功业，专用自己的私智，而能享有上天的护佑吗！

此时有汉祖刘邦龙腾于丰沛，振起于宛城叶县。自武关与项羽联合奋力于咸阳，创业于蜀汉，发迹于三秦。终于围歼项羽于山东，而为天下帝。擿抉秦朝残酷政策中的最烦苛者先及时废除。像儒林刑法历法史纪图书典籍可用者，都稍加修正补充。秦的其他制度，及项羽所封爵号，虽违背古制，但还是袭用。所以帝王典籍缺失而未补，王者纲纪松弛也没有整治。在天道极尽运数终结时，政治昏暗而不能自救，汉室终于失国。

及至大新朝受天命掌政，上帝转而资助，土神也顾眷关怀。天符地契黄气诸祥瑞相继出现，井水喷涌，河海水停，云动风止，雾集雨散，符瑞出现于八方，同时上列天空。雷声震空，电光如日，火光飞响，符瑞充塞天地之间，显示天命归新一定不可辞让的预兆。于是新帝接受天命的极高荣宠，与天帝剖符受任，与地神对合契约，应录而为王。创业合于亿兆人民愿望，帝业规模可传至万世子孙。奇伟卓异幻化万端的符瑞之来，是由于新帝能诚心地祭天事地。那些异物殊怪写在五威将帅的《符命》中，班布于天下的记录有四十八章。各种符瑞上升于皇天，降而铺衍下土，气象之多，不是新家还有哪家能应命呢？卓绝呀！光明辉煌这是真命天子的祥瑞呀！诸如殷汤时的白鸠、周武王时的赤乌、白鱼，汉高祖的斩蛇，这些符瑞与当今比较真微不足道。新室德盛，故受命甚易，各种符瑞也来得很快。往昔五帝继三皇之后，汤武诸王继五帝而立，皆继前王而治天下。有的帝王继前王制度，不创新政而使天下太平，有的对前王政体或增或灭，先兴盛而后走向衰亡。岂知新室专心思虑，研讨治国大事，要把普天之下治好，于是通宵达旦，勤勤恳恳地操劳。之所以如此勤奋，是由于知道了秦朝执政的错误。为政不勤奋努力，就不能与先王媲美。不以至诚之心，就不能融会先王大德。因此，打开藏书秘府，阅览于书林之中，翱游于经籍文章的园圃，飞翔于礼乐的广场。继殷周两代未完成的大业，续唐尧虞舜的风教，谐调制曲作乐的完美乐律，建立标准的度量衡条例，完善各种法令使之如金玉可贵。神卦灵兆，古代典籍全部整理，如光影照耀，无不遍及。又整饬车骑制度，用軨轩旃旗以标明等级，车上挂着铃鸾唱着《肆夏》之诗为节奏，以服饰冠冕表明贵贱身份，正嫁娶送终礼节以尊敬老人，亲近九族淑贤亲戚以增进和睦。改定祀神地址，是重视礼仪。修订祭祀各种神灵的礼仪，以排列象神等级。建筑明堂雍台，以壮大观览。增修九庙修建长寿宫，以极尽孝道。制《乐经》把五经补成六经，以增广学业典籍。安抚北疆的匈奴单于，以推广圣德。恢复五等爵位和三等封土的古制，按井田制分配田地，免除奴役，仿《甫刑》制定刑法，修补《司马穰苴兵法》。发扬恭敬道德中庸和气之风，扩大学士讲经习礼、直言谏诤、讽诵箴言的途径。皇帝宴享贤士之乐声充满朝廷，贤人之党沿阶升于庭堂。使前代圣王的尊贤传统流传推广而不是藏于袋中。丰富多彩啊！天人之事已盛大了，鬼神的愿望已经满足，群公先贤，无不按常仪享祀，奸臣盗贼，无不慑服。大新皇帝是少典的后代，故封赏黄帝虞舜的后裔，让他们奉祀先祖。先帝典籍有缺者已补齐，王法纲纪松弛的已经整顿，灿烂光明，岂不美啊！那些受到教育感化的，在京城一带最为深刻，在京城以外的周围地区也深受感化，侯服卫服远郊之地都受到教育，要服荒服边远之地也受到影响。如此成就，按前代典籍所载，当巡视士农工商之民，朝拜四岳，增封泰山，禅祀梁父山，此乃受命天子的常务和大业。

汉高祖受天命为帝却忙得没有时间封禅，秦始皇没有受天命而称帝，还行封禅之事。况且堂堂大新，正当其时命，高岳大海河流之神都设祭坛，盼望着受命之君的到来。

海外远方蛮荒之民，都伸颈踮脚地期望君恩，回首向内，诚心归服。为帝者虽为政事勤劳，但怎么能停了封禅之事呢？应诏命贤哲作《帝典》一篇，与旧有的《尧典》《舜典》合称三典，藏之秘府给后人阅读，让它永传不朽。令万世人民常感戴其伟大，恭敬地履行。嗅其馨香的德泽，含味其甘美的内容，探明其纯粹的精华，聆听其清和正声。百官都成就其业绩，各种事业都已兴盛。上有通达的天时，下有和谐的地利，这是天下的上等办法，但愿能试行啊！

【评析】

西汉末年，社会乱起，汉家江山风雨飘摇。皇室贵戚大司马大将军王莽，认为有机可乘，遂由专权、摄政，以至取而代之，登基为帝。为笼络人心，他复古改制，损财济民。限田产，限奴婢，设学校，置经师。种种改制措施为部分官吏儒生所拥戴，为之歌功颂德。扬雄这篇文章即在这种背景下所写。故文中谀辞固多，虚夸失实也不少，难避歌功颂德者的通病，但也表现了一定的历史面貌，勾画出一个篡位者的形象，写出其阴谋手段，使人大开眼界。古代的评者认为作者歌颂篡逆，流秽千秋，感叹为人晚节末路之难。文章虽模拟《封禅文》，但变换章法，以秦之残酷与王莽新朝之仁德对比，相形益彰。通论与叙述结合交替，使文势富于波澜。句法有长有短，避开四字句的板滞，而更有宏丽气势。

典引一首

作者：班孟坚　　注译评析：周满江

臣固言，永平十七年[①]，臣与贾逵、傅毅、杜矩、展隆、郗萌等，召诣云龙门，小黄门赵宣持《秦始皇帝本纪》问臣等曰："太史迁下赞语中，宁有非耶？"臣对："此赞贾谊《过秦》篇云：向使子婴有庸主之才[②]，仅得中佐，秦之社稷，未宜绝也。此言非是。"即召臣入问："本闻此论非耶？将见问意开寤耶。臣具对素闻知状。"诏因曰："司马迁著书，成一家之言，扬名后世。至以身陷刑之故，反微文刺讥，贬损当世，非谊士也。司马相如污行无节，但有浮华之辞，不周于用。至于疾病而遗忠，主上求取其书[③]，竟得颂述功德，言封禅事，忠臣效也，至是贤迁远矣！"

臣固常伏刻诵圣论，昭明好恶，不遗微细。缘事断谊，动有规矩。虽仲尼之因史见意，亦无以加。臣固被学最旧，受恩浸深，诚思毕力竭情，昊天罔极[4]。臣固顿首顿首。

伏惟相如《封禅》，靡而不典。扬雄《美新》，典而亡实。然皆游扬后世，垂为旧式。臣固才朽，不及前人。盖咏《云门》者难为音[5]，观隋和者难为珍[6]。不胜区区，窃作《典引》一篇。虽不足雍容明盛万分之一，犹启发愤满[7]，觉悟童蒙，光扬大汉，轶声前代[8]，然后退入沟壑，死而不朽。臣固愚戆，顿首顿首曰：

太极之元，两仪始分，烟烟煴煴，有沉而奥，有浮而清。沉浮交错，庶类混成。肇命民主，五德初始[9]。同于草昧，玄混之中。逾绳越契[10]，寂寥而亡诏者[11]，系不得而缀也。厥有氏号[12]，绍天阐绎[13]。莫不开元于太昊皇初之首[14]，上哉夐乎！其书犹得而修也。亚斯之代[15]，通变神化，函光而未曜。若夫上稽乾则[16]，降承龙翼[17]，而炳诸典谟[18]，以冠德卓绝者，莫崇乎陶唐。陶唐舍胤而禅有虞，有虞亦命夏后。稷契熙载，越成汤武。股肱既周，天乃归功元首，将授汉刘。俾其承三季之荒末[19]，值亢龙之灾孽[20]。县象暗而恒文乖[21]，彝伦斁而旧章缺[22]。故先命玄圣，使缀学立制，宏亮洪业，表相祖宗，赞扬迪哲[23]。备哉粲烂！真神明之式也。虽皋、夔、衡、旦密勿之辅[24]，比兹褊矣。是以高光二圣[25]，宸居其域。时至气动[26]，乃龙见渊跃。拊翼而未举，则威灵纷纭，海内云蒸，雷动电熛，胡缢莽分[27]，尚不莅其诛。然后钦若上下[28]，恭揖群后，正位度宗[29]。有于德不台渊穆之让[30]，靡号师矢敦奋抶之容[31]。盖以膺当天之正统[32]，受克让之归运。蓄炎上之烈精，蕴孔佐之弘陈云尔[33]。洋洋乎若德！帝者之上仪，诰誓所不及已[34]。

铺观二代洪纤之度[35]，其赜可探也[36]。并开迹于一匮，同受侯甸之服。奕世勤民，以方伯统牧，乘其命赐彤弧、黄钺之威[37]，用讨韦、顾、黎、崇之不恪[38]。至于参五华夏[39]，京迁镐、亳[40]。遂自北面，虎螭其师[41]，革灭天邑。是故谊士华而不敦，《武》称未尽[42]，《护》有惭德[43]，不其然欤？亦犹“於穆”“猗那”[44]，翕纯皦绎[45]，以崇严祖考，殷荐宗配帝[46]。发祥流庆，对越天地者[47]，舄奕乎千载[48]，岂不克自神明哉[49]！诞略有常[50]，审言行于篇籍[51]，光藻朗而不渝耳[52]。矧夫赫赫圣汉[53]，巍巍唐基，溯测其源[54]，乃先孕虞育夏，甄殷陶周[55]。然后宣二祖之重光[56]，袭四宗之缉熙[57]。神灵日照，光被六幽。仁风翔乎海表，威灵行乎鬼区。匿亡回而不泯，微胡琐而不颐。故夫显定三才昭登之绩，匪尧不兴；铺闻遗策在下之训，匪汉不弘厥道。至于经纬乾坤，出入三光。外运浑元，内沾豪芒。性类循理，品物咸亨，其已久矣。盛哉！皇家帝世，德臣列辟，功君百王。荣镜宇宙，尊亡与亢。乃始虔巩劳谦[58]，兢兢业业，贬成抑定，不敢论制作。至令迁正、黜色、宾监之事[59]，涣扬宇内。而礼官儒林屯用笃诲之士，不传祖宗之仿佛。虽云优慎，无乃葸与[60]？

于是三事岳牧之寮，佥尔而进曰：陛下仰监唐典，中述祖则，俯蹈宗轨。躬奉天经[61]，惇睦辨章之化洽[62]；巡靖黎蒸[63]，怀保鳏寡之惠浃；燔瘗县沉[64]，肃祇群神之礼备。是以来仪集羽族于观魏，肉角驯毛宗于外囿。扰缁文皓质于郊，升黄辉采鳞于沼。甘露宵零于丰草，三足轩翥于茂树。若乃嘉谷灵草，奇兽神禽，应图合谍，穷祥极瑞者，朝夕坰牧，日月邦畿，卓荦乎方州，洋溢乎要荒。昔姬有素雉、朱乌、玄秬、黄麰之事耳，君臣动色，左右相趣，济济翼翼，峨峨如也。盖用昭明寅畏[65]，承聿怀之福。亦以宠灵文、武，贻燕后昆，覆以懿铄，岂其为身而有颛辞也！若然受之，亦宜勤恁旅力，以充厥道。启恭馆之金縢[66]，御东序之秘宝，以流其占。夫图书亮章[67]，天哲也；孔猷先命[68]，圣孚也；体行德本[69]，正性也；逢吉丁辰，景命也。顺命以创制，因定以和神，答三灵之蕃祉，展放唐之明文。兹事体大而允，寤寐次于心。瞻前顾后，岂蔑《清庙》，惮敕天命也[70]？伊考自遂古，乃降戾爰兹[71]，作者七十有四人[72]。有不俾而假素[73]，罔光度而遗章，今其如台而独阙也[74]。

是时圣上固以垂精游神，苞举艺文，屡访群儒，谕咨故老，与之斟酌道德之渊源，肴核仁谊之林薮，以望元符之臻焉[75]。既感群后之谠辞[76]，又悉经五繇之硕虑矣[77]。将絣万嗣[78]，扬洪辉，奋景炎，扇遗风，播芳烈。久而愈新，用而不竭。汪汪乎丕天之大律，其畴能亘之哉？唐哉皇哉，皇哉唐哉！

【篇旨】

敷演符命瑞应，歌颂汉室功德的隆盛。

【注释】

① 永平十七年：74年，永平是汉明帝年号。

② 子婴：秦二世死后，子婴继立为秦皇帝。

③ 取其书：指司马相如死后，汉使者在他家取得《封禅文》。

④ 昊天：上天。

⑤《云门》：又称《云门大卷》，相传为黄帝时乐舞，周代用以祭天。

⑥ 隋和：隋侯珠与和氏璧的合称。

⑦ 满（mèn）：通“懑”，烦闷。

⑧ 轶：通“溢”。

⑨ 五德：即水火木金土五行。初始：指伏羲始以木德为王。木生火，故神农接着以火德为王。

⑩ 绳：传说上古无文字时，以结绳记事。契：刻，指以刀契字。

⑪ 诏：文诰。

⑫ 氏号：氏族名号。如炎帝号神农氏，黄帝号轩辕氏等。

⑬ 绍：继。阐绎：开通人事。

⑭ 太昊：也写作太皞，氏号伏牺，又写作庖牺。风姓，蛇身人首，画八卦，造文字，养牺牲，订嫁娶之礼，以龙记官，号龙师。以木德王天下。

⑮ 亚斯之代：指少昊、颛顼、高辛等为王时代。

⑯ 乾：指天。

⑰ 龙翼：喻尧的贤臣，如稷、契等。

⑱ 典谟：《尚书》的《尧典》与《皋陶谟》。

⑲ 三季：三个末代之王。指夏桀、殷纣、周幽王。

⑳ 亢龙之灾：指穷途末路的亡国之灾。《周易·乾卦》：“亢龙有悔。”

㉑ 县象：日与月。

㉒ 彝伦：伦常。斁：败坏。

㉓ 迪哲：行动贤智之君。指汉高祖等。

㉔ 皋：皋陶。夔：舜时掌管音乐的贤臣。衡：阿衡，即伊尹。旦：周公旦。密勿：黾勉，努力。

㉕ 高光：汉高祖与汉光武帝。

㉖ 时至气动：指汉高祖时有彤云聚于砀山。光武帝时有佳气发于白水上。

㉗ 胡：胡亥。莽：王莽。

㉘ 钦若：恭谨遵循。上下：指天地。

㉙ 度宗：居于尊位，指汉高祖初即位为帝。

㉚ 不台（sì）：不可嗣位。台读作“嗣”。指汉高祖即位时自称德行不足为帝，欲辞让于贤能。渊穆：深美之辞。

㉛ 矢敦：以武力逼迫。奋捣（huī）：挥动旗帜。此句说汉帝即位乃天人所推，不尚武力。

㉜ 正统：指汉继周为火德。

㉝ 孔佐：指汉儒所谓孔丘作《春秋》及《纬书》辅佐汉朝。

㉞ 诰誓：帝王的训辞及誓辞。

㉟ 洪纤：犹大小。

㊱ 赜（zé）：幽深难见。

㊲ 彤弧：赤弓，周王赐此弓给诸侯，即授予专征权。黄钺：黄金装饰的斧，诸侯受此斧后即取得杀伐权。

㊳ 韦、顾、黎、崇：国名。恪：敬，指归顺。

㊴ 参五：指殷与周（武王建国前）三五分华夏之地。《论语·泰伯》：“孔子曰：……三分天下有其二，以服事殷。周之德，其可谓至德也已矣！”

㊵ 镐：周武王的都城，在今陕西西安。亳（bó）：商汤的都城，在今河南商丘。

㊶ 螭（chī）：无角龙。

㊷《武》：周武王时的乐舞。孔子指出："《武》尽美矣，未尽善也"。

㊸《护》：商汤乐舞名。吴公子季札在鲁国观看表演后，说："圣人之弘也，而犹有惭德。"

㊹ 於（wū）穆：《诗经·周颂·清庙》首句"於穆清庙"。猗那：《诗经·商颂·那》首句"猗与那与"。

㊺ 翕（xì）：和谐美好。纯：纯正。皦（jiǎo）：清晰响亮。绎：指余音不绝。《论语·八佾》："子语鲁大师乐，曰：'乐其可知也：始作，翕如也；从之，纯如也，皦如也，绎如也，以成。'"

㊻ 荐：进。宗：配。

㊼ 对：答谢。越：通"于"。

㊽ 舄奕（xì yì）：长久昌盛。

㊾ 克：能。

㊿ 诞略：大略。

51 篇籍：指《诗》《书》等经典。

52 光藻：显示其业绩的光彩。渝：改变。

53 矧（shěn）：况且。

54 溯：逆流而上。指追寻根源。

55 甄（zhēn）：制陶器的转轮，喻培养造就。

56 二祖：汉高祖与东汉光武帝。

57 四宗：汉文帝为太宗、武帝为代宗、宣帝为中宗、明帝为显宗。

58 虔巩：固、坚持。

59 迁正：改正朔。黜色：改变服装颜色。宾监：宾，指殷周二王的后人。监：指请他们监戒。

60 葸（xǐ）：畏缩，胆怯。《论语·泰伯》："慎而无礼则葸。"

61 天经：指孝道。

㊷ 辨章：辨别表彰贤才。

㊸ 巡靖：安抚。

㊹ 燔瘗（yì）：烧柴祭祀地神。县：庋县，祭山神。沉：浮沉，祭河神。

㊺ 寅畏：敬畏。

㊻ 恭馆：指宗庙。金縢：指金质绳索捆绑的匣子。

㊼ 图书：《河图》与《洛书》。

㊽ 孔猷：孔丘的图书，指《周易》的《大传》，相传为孔丘的解《易》之作。先命：谓孔丘在其书中，已先期命汉帝到泰山封禅。

㊾ 德本：孝道。

㊿《清庙》：《诗经·周颂》篇名，祭祀文王的乐舞曲。

71 戾：至。

72 七十有四人：古封禅者七十二人，加汉武帝及东汉光武帝，共七十四人。

73 素：竹素，指史册。

74 台（yí）：我。

75 元：天。

76 谠辞：直言。

77 繇：占卜。

78 絣（bēng）：续。

【语译】

臣班固言：永平十七年，臣与贾逵、傅毅、杜矩、展隆、郗萌等人，被召到云龙门问话。小黄门赵宣手持《秦始皇本纪》问臣等说："太史司马迁在这篇本纪所写的赞语中有错误吗？"臣回答说："在这段赞语中引用贾谊《过秦论》云：'向使秦王子婴有庸主的才能，仅仅得到中等的辅佐大臣，秦国的社稷就不应绝祀的。'贾生此言不对。"随即召臣入宫问道："主上本知贾谊之论不对呢，还是召臣见问意在开导臣下觉悟呢？"臣以平素所知回答，皇帝听后下诏说："司马迁著《史记》一书，欲成一家之言，扬名于后世。由于以身陷于刑狱，反而从字里行间隐蔽地讥讽，贬损当世君主，他不是个仁义之士啊！司马相如品行污秽无节，只会写浮华无实的文辞，不合政教之用。至于疾病死亡而能遗其忠心于文章。他死后主上派人求取著作，得到颂述功德的、论封禅之事的文章。这是忠臣的证明。以此看，他比司马迁贤得多了。”

臣固常敬诵并深刻领会圣上的这段论述。此论好恶之理明确，论二人的是非不遗微细。根据事实论断事理，行文有规有矩，即使是孔子的依史实表现义理的著作，也超不过主上的论述。臣固为学最久，受皇恩甚深。诚思尽全力竭忠情为主上效劳，以报如天一样大的无边的皇恩。臣固叩头叩头。

臣伏思，司马相如的《封禅文》，辞采靡丽而体不典雅。扬雄的《剧秦美新》，体虽典雅而叙事不实。然而二文都流传后世，成为文章模式。臣固才力衰朽，不如前人。歌咏《云门》之曲者，普通乐曲难被他赏识。看过隋侯珠与和氏璧的人，普通珠玉在他眼里就难为珍品。臣满怀忠心，窃作《典引》一篇。虽不能表达雍容明盛之德的万分之一，但还望能发泄积郁的衷情，使童幼愚蒙者觉悟，光扬大汉的威势，使其声望超过前代。然后退入沟壑，死而不朽。臣固愚陋刚直，叩头叩头说：

太极为万物之源，天地两仪从其中分出，阴阳之气相混相搏。浊气下沉为地，清气上浮而成天。清浊之气沉浮交错，万物得以混成。上天授命天子为人主，五德循环也开始运行。宇宙草创，暗昧无章，一切都处在玄幽混沌之中。在结绳记事与文字产生以前，历史寂寥无文，已不得而知。《周易》系辞也无从整理。那些具有氏号的帝王，上继天道推衍人事者，都起源于太昊，他是最早为王的人。他在上古，多么远啊，但他所画的八卦，尚可得而学习。在太昊之后的时代，少昊、颛顼等帝虽能随时通变，神化莫测，但其事典籍未载，使其光辉未能照耀后世。尧帝上考天道原则，下依龙翼似的贤臣，他的功业写在《尧典》和《皋陶谟》中。论道德之崇高，功绩之卓越，没有比这位陶唐氏更高的君主了。陶唐氏抛开儿子而禅位给有虞氏舜，舜也任命夏禹为继位人。稷与契在职时累建大功，发展自己的功业，成就商汤和周武王建国的大业。贤臣既已齐备，上天就归功于国之元首，授命给刘氏为汉朝皇帝。汉帝在夏商周三代亡国之后，又正逢世乱穷厄之灾，天昏地暗，而制度失常，伦常败坏而且经典焚毁散失。因而上天先命玄圣孔丘，教学著书为汉家制定制度。为立国大业增辉，表彰祖宗之德，赞扬圣明之君。灿烂辉煌照耀天地，神圣光明真乃千古法式。虽有前代圣贤皋陶、夔、阿衡、周公旦这些勤奋的辅臣，但比天命与玄圣的佑助要小多了。故汉高祖与光武帝两位圣君，能如北极星一样为众星拱奉，时命到来瑞气流动，汉天子如龙一样从深渊腾起。当他们还未鼓翼而鸣的时候，就有威灵祥瑞万象纷纭。天下英杰如云涌起，助汉夺取胜利。雷声轰鸣电光熛空，胡亥缢死，王莽尸碎万段，用不着高祖与光武帝的亲临诛灭。然后汉帝敬天顺地，尊重诸侯。当他们即位居尊时，都说自己还不具为帝之德而再三恭敬地辞让，而没有陈兵逼迫、奋武抢位之容。这是由于他们正当天命的正统，继禅让之君尧的运数，所享的火德正炽盛兴旺，孔丘的辅佐大展神威吧！多么美好盛大啊！这样的圣德，是为帝即位时的上等礼仪，是依靠训诰盟誓登基者不可比的。

遍观殷周二代的大小法度，其深刻道理是可探而知之的。开国者都是从一筐泥土似的小事做起的。商汤与武王都是始为侯服甸服这样的远方诸侯，由于尊重百姓，勤劳为政，而强霸一方，统领诸侯。使天子承认其运数而赐赤弓、黄斧，给他们以专征杀伐之特权。他们用此权讨伐了韦、顾、黎、崇诸方国的作乱。由此商汤与周武王威势逐渐扩大，以至占有华夏土地的五分之三，汤把京城迁到亳、武王把都城迁到镐。这才以臣伐君，麾动如虎如龙的大军，商汤革命、武王伐纣，都一举攻克桀、纣的都城。因为以臣代君，那些义士认为他们道德很不敦厚。孔子也说武王之乐《武》舞未能尽善，季札认为商汤的乐舞大《护》还有惭德。这种评论不是很对吗！然而还有清庙之诗的“於穆”之句，商颂的“猗那”之声，盛美和谐，音律铿锵，用以崇敬地祭祀祖先，使宗祖配天享祀，以发祯祥，流惠于子孙。对天地奉祀不绝，蝉联千年，岂不使自己更神圣啊！殷周二代教化天下的功业大略有其常道。通过诗书审视其言行，显耀其业绩的辉煌，而不改变先祖之法。况我光辉的圣汉，以伟大的唐尧时代为基业。上溯其源，可知唐尧先孕育了虞舜，又诞生了夏朝，造就了殷周二代。然后遍示高祖与光武帝的光辉业绩，太宗代宗中宗显宗相继在位，盛绩辉煌。如神灵日照，光映天地四方。仁德之风飞翔于天下，威灵镇慑于边远地区，凶恶者无远而不灭，细小者何小而不被养育。所以显示三才之功，表明其功绩，非尧不能完成。推广尧典所述策略，施教于后代子孙，非汉不能弘扬其道。其道可用于调节天地，出入日月星，使三光运转合度。此道又可外运混元宇宙，内浸毫毛细物，使生物循理生长，万类生物都繁衍昌盛，其为时已很久远了。兴盛啊！汉家历代帝王，贤德可使列君为臣，功绩可为历朝百王之君。荣光照耀宇宙，尊荣无人可比。然而汉帝生来勤劳谦恭，兢兢业业，贬低自己的功绩，不敢论制礼作乐的王者大业。致使改变正朔，换服装颜色，设置宾监诸事，宣扬于海内，而礼官和儒生众多的善论之士，又不撰写祖宗事业的概况，虽可谓优闲谨慎，只怕是太畏缩了吧！

于是三公、四岳和州牧等官员都向章帝进言说：陛下仰鉴唐尧为政的典范，中述二祖法则，俯循四宗封禅轨迹。亲身奉行孝道，厚爱宗亲，辨识贤才等教化和谐地进行。巡视安抚众民，关怀鳏寡之恩惠已尽施行。祭天、祀地、祭山、敬川，肃敬群神之礼已齐备，因此，凤凰来仪把众鸟类都集中园圃内，麒麟来朝聚各种虫族于外苑。驯黑花白底的驺虞于郊野，金光彩鳞的黄龙出现在池沼，清晨有甘露降到茂盛的草上，三足乌飞翔在大树间。那些美谷灵草，奇兽神禽，与奇兽瑞图相应，与史表谱牒相合。应有尽有的符瑞朝夕出现在郊野，日日月月显现于京郊。远方州县也有卓异的符瑞，连极边远的蛮荒之地，也有瑞物涌现。往昔姬周建国时，有白雉、赤乌、黑黍、黄麦等符瑞。周之君臣都为之惊异，左右忙于敬奉，庄敬小心，严肃祭祀。以此表明敬畏，承受眷怀之福。成王祭山封禅，以增加文王武王的荣耀神光，为后世子孙留下稳固的基业，并护佑他们使之美好安乐。成王岂是只为自身，而让诗人专辞歌颂自己。像大汉受众多之符瑞亦属应该，也应勤思用力于政事，以报答天命。现在要开启宗庙里的金绳捆扎的宝盒，把其中的秘宝陈列东厢，以此《河图》《八卦》占问如何行事。《河图》《洛书》至信至明，是上天赐予帝王的明智。孔丘以道先为汉家立法定命，这是圣人的诚信。今天子亲身履行孝道，是端正人性的根本。逢吉日遇良辰，正好封禅，这是皇天的大命。顺应天命创立礼制，在社稷安定后，祭祀以和人神。报答天地人三灵的赐福，仿效唐尧的礼仪，登泰山封禅。此事体式宏大，而确应日夜记于圣心，不可遗忘。瞻仰前代帝王的业绩和礼仪，下顾后世子孙的福禄，岂可轻视清庙祭祖、泰山封禅之事，而怕正天命的困难吗？上考自远古，下至于当今，登泰山封禅者七十四人。其中有上天未降命予他，他却封禅，而借书策留名后世。有些并无光辉祥瑞与政绩，而也封禅，留下美名。而今世我皇在位，天降符瑞众多，命我封禅，而我却独缺封禅之壮举啊！

此时圣上固然用精神于政务，振兴礼乐经术。多次寻访儒生，诏告故老，与之斟酌道德的渊源，品味于仁义的林薮，以求天命符瑞的到来。既有感于百官的直言劝谏，又经过五年卜筮的慎思，将使万代永嗣帝业，扬起洪业光辉，振兴火德之运命，煽播礼义之遗风，广布仁德之芳馨，时间愈久愈新，用也用不完。深广啊！昊天的大法，有谁能永远享用？唐尧啊！汉皇啊！汉皇啊！唐尧啊！

【评析】

蔡邕解释“典引”之义说：“典者，常也、法也。引者，伸也、长也。《尚书》疏：尧之常法谓之《尧典》，汉绍其绪，伸而长之也。”概括言之，典引是要说明汉承尧后，发扬尧的业绩。汉帝之德可与尧媲美。这是借儒家饰圣君的光环，为汉室增辉，达到歌功颂德的目的。此篇所写形象，大致摹拟《封禅文》与《剧秦美新》，都是侈谈皇室功德，敷演符瑞天命，竞为离奇众多，而又多有雷同。最终归于劝帝封禅。所谓“典而不实”是其通病。虽说摹拟，但也有创新。所颂的角度侧重在继传统，立德立命。借夏殷二朝皆从诸侯崛起的历史，反衬汉室上承帝尧的正统。虽是虚构，也可见作者构思的巧妙。同时，在摹拟中能借势变换，加强铺张，排比词句，使文气更加横溢多姿。

卷第四十九

史论上

汉书公孙弘传赞一首

作者：班孟坚　　注译评析：周满江

赞曰：公孙弘、卜式、倪宽[①]，皆以鸿渐之翼，困于燕雀，远迹羊豕之间。非遇其时，焉能致此位乎！是时，汉兴六十余载，海内乂安，府库充实，而四夷未宾，制度多阙。上方欲用文武，求之如弗及。始以蒲轮迎枚生[②]，见主父而叹息[③]。群士慕向，异人并出。卜式拔于刍牧，弘羊擢于贾竖[④]，卫青奋于奴仆[⑤]，日磾出于降虏[⑥]。斯亦曩时版筑饭牛之明已[⑦]。汉之得人，于兹为盛。

儒雅则公孙弘、董仲舒、倪宽[⑧]，笃行则石建、石庆[⑨]；质直则汲黯、卜式[⑩]；推贤则韩安国、郑当时[⑪]；定令则赵禹、张汤[⑫]；文章则司马迁、相如；滑稽则东方朔、枚皋；应对则严助、朱买臣[⑬]；历数则唐都、落下闳[⑭]；协律则李延年；运筹则桑弘羊；奉使则张骞、苏武；将帅则卫青、霍去病[⑮]；受遗则霍光、金日磾[⑯]。其余不可胜纪。是以兴造功业，制度遗文，后世莫及。

孝宣承统，纂修洪业，亦讲论六艺[⑰]，招选茂异。而萧望之、梁丘贺、夏侯胜、韦玄成、严彭祖、尹更始以儒术进[⑱]；刘向、王褒以文章显[⑲]。将相则张安世、赵充国、魏相、邴吉、于定国、杜延年[⑳]。治民则黄霸、王成、龚遂、郑弘、召信臣、韩延寿、尹翁归、赵广汉、严延年、张敞之属[㉑]，皆有功迹，见述于后世，参其名臣，亦其次也。

【篇旨】

通过公孙弘等贤士由贫贱隐匿而终为将相栋梁的事迹，歌颂汉帝的善用贤才。

【注释】

① 公孙弘（前200—前121）：西汉菑川薛（今山东滕州南）人，字季。少时家贫，牧豕海上，年四十多学《春秋公羊传》。武帝时，弘年六十征贤良文学对策，拜博士，迁丞相。卜式：河南人，入山牧羊十余年，羊增至千余头。常捐资予官府，武帝封他为中郎，迁御史大夫。倪宽：千乘（治所在今山东高青高城镇北）人，青年时受业于孔安国，治《尚书》，贫无资用，做烹炊者。后为小吏，以才名被武帝召见，封为御史大夫。

② 蒲轮：用蒲包裹轮子的马车，震动小，用于封禅和迎贤士。枚生：枚乘。

③ 主父：主父偃，山东临淄人，向武帝上书后被召见。武帝叹息："何相见之晚也。"

④ 弘羊：桑弘羊，洛阳人。商贾之子。武帝时任治粟都尉，领大司农。

⑤ 卫青：字仲卿，平阳公主家奴之子，自幼被当家奴畜养。后因其姐入宫为夫人，得武帝重用，官至大将军，封长平侯。

⑥ 日磾（mì dī）：本为匈奴休屠王子，武帝时归汉，赐姓金。初没入官，后为马监，迁侍中。武帝崩时，与霍光一同受诏辅佐少帝。

⑦ 明：汉书作"朋"。

⑧ 董仲舒（前179—前104）：广川（今河北景县西南）人，西汉今文经学大师。曾任博士、江都相和胶西王相。

⑨ 石建、石庆：万石君石奋的两个儿子，父子俱以孝谨得到高祖及景帝信任。石建官至郎中令，石庆官至丞相。

⑩ 汲黯：字长孺，濮阳人，常直言切谏，官至主爵都尉、淮阳太守。

⑪ 韩安国：字长孺，成安（今河南临汝）人，武帝时任御史大夫，后任

材官将军等职。郑当时：字庄，武帝时官至大司农，好结交名士推荐贤能。

⑫ 赵禹：武帝时任廷尉等职，治狱严峻，与张汤共同制定律令。作《朝律》六篇。张汤：武帝时任廷尉等职，用法严峻，撰《越宫律》二十七篇。

⑬ 严助：会稽吴人，武帝时，任中大夫、侍中。因淮南王谋反，受累被诛。朱买臣：初家贫，以卖柴为生，五十岁时始居官，官至主爵都尉。

⑭ 唐都：方士，参与制定太初历。落下闳：巴郡人，通晓天文地理，参与制定太初历。武帝赐官，不受。

⑮ 霍去病：河东平阳（今山西临汾西南）人，官至骠骑大将军，封冠军侯。善用兵，累胜匈奴。

⑯ 霍光：霍去病异母弟。武帝时，为奉车都尉。曾奉武帝遗诏辅佐昭帝。

⑰ 六艺：六经。

⑱ 萧望之：字长倩，东海兰陵人，好学，治《齐诗》。宣帝时历任大鸿胪、太子太傅等官。元帝时被宦官逼杀。梁丘贺：西汉《周易》学者，官至少府。夏侯胜：《尚书》学者，官至长信少府。韦玄成：《诗经》学者，官至丞相。严彭祖：《春秋公羊传》学者，官至太子太傅。尹更始：《春秋穀梁传》学者，官至谏议大夫。

⑲ 刘向：字子政，西汉沛（在今江苏）人，成帝时官至光禄大夫等。擅长经学、文学。校书于天禄阁，整理古籍，其功卓著。著作有《新序》《说苑》等。

⑳ 张安世：字少孺，宣帝时为大司马、车骑将军。魏相：宣帝时官至丞相。邴吉：宣帝时为御史大夫，与魏相同心辅政。于定国：宣帝时官至丞相，封西平侯。杜延年：宣帝时为给事中。

㉑ 黄霸：宣帝时，曾为御史大夫、丞相等职，为政外宽内明。龚遂：宣帝时，任渤海太守，逢荒年开仓赈灾，奖励农桑，使农民归田。后为

水衡都尉。与黄霸一同被誉为“循吏”，并称“龚黄”。郑弘：官至御史大夫，治迹显著，为世称道。召信臣：曾任上蔡、零陵、南阳等地太守，好为民兴利，使民富足，受吏民亲爱，称他“召父”。后升至少府，列于九卿。韩延寿：为东郡太守，吏民敬畏，狱讼大减。尹翁归：任东海太守，东海大治。赵广汉：宣帝时为京兆尹，执法严明，不避权贵，后被杀。张敞：宣帝时任冀州太守，有治绩。

【语译】

赞曰：公孙弘、卜式、倪宽，都曾以鸿飞千里的奇志弘才，受困于愚昧的燕雀之群，隐迹于牧羊放猪的贱事中。如若不是遇到好时世，哪能得到这样的官位呢！当时，汉朝建国六十多年，天下太平，府库充实。但四方夷狄还没有宾服，制度多不完善。皇帝正需要选用文臣武将，求贤若渴唯恐找不到。这才以蒲轮之车迎接枚乘来京。召见主父偃时，皇帝直言相见恨晚。众贤士为之倾慕、向往，于是德才卓异的贤士纷纷出仕。卜式选拔于放牧业，桑弘羊进身于商贾之子。卫青从奴仆中奋起为将军，金日磾出身于降虏。这些人都和往古的傅说、宁戚一样。汉室得到贤人辅佐，在这个时期最多。

雅正的儒士，要算公孙弘、董仲舒、倪宽；行为笃敬孝谨，则数石建、石庆。正直敢言，要算汲黯、卜式。乐于推举贤才者，有韩安国、郑当时。善于制律定令，则数赵禹、张汤。写作文章，有司马迁、司马相如。言辞滑稽者，有东方朔、枚皋。应对出使，则有严助、朱买臣。历法术数，则有唐都、落下闳。协和乐律，则有李延年。运算财赋，则有桑弘羊。奉节出使，则有张骞、苏武。将帅，则有卫青、霍去病。受遗诏辅佐幼主，则有霍光、金日磾。此外还有很多，写也写不完。因此，可以说，兴功建业，制定法度播于文章，后世君主没有哪个赶得上。

孝宣皇帝承业即位后，又整治各项大业，同时又讲论六经、招选贤能才士。有萧望之、梁丘贺、夏侯胜、韦玄成、严彭祖、尹更始等以精通儒经进仕。刘向、王褒以善著文章而显贵。将相则有张安世、赵充国、魏相、邴吉、于定国、杜延年。善于治民者，有黄霸、王成、龚遂、郑弘、召信臣、韩延寿、尹翁归、赵广汉、严延年、张敞这些贤才。都有功绩，被后世人称道，列于名臣之列。此时之盛仅次于武帝时代。

【评析】

《汉书》每篇传后都有赞，以论传中人物的善恶得失，评述事实的正误与时代的治乱，相当于《史记》的“太史公曰”。此赞全名为《公孙弘卜式倪宽传赞》，今名应是编书者的省略写法。因内容并非评论公孙弘一人，而是通过传中三人，从贫贱中一跃而为王侯将相的得时遇主，歌颂汉帝的善于招募贤才，以及众贤士在汉朝兴盛过程中的作用。文章围绕此中心，评论所有贤才的功绩，罗列各方面人才的名单，突出其智能特点，从中体现无贤不用、无职不举的帝德的宽弘。行文方面，铺叙排比、于整饬中又富于变化。

晋纪论晋武帝革命一首

作者：干令升　　注译评析：周满江

史臣曰：帝王之兴，必俟天命。苟有代谢，非人事也。

文质异时①，兴建不同。故古之有天下者，柏皇、栗陆以前②，为而不有，应而不求，执大象也③。鸿黄世及④，以一民也。尧、舜内禅，体文德也。汉、魏外禅，顺大名也。汤、武革命，应天人也。高、光争伐，定功业也。各因其运而天下随时。随时之义大矣哉！

古者敬其事，则命以始；今帝王受命，而用其终。岂人事乎？其天意乎？

【作者简介】

干宝（？—336），字令升，东晋新蔡（属今河南）人。勤学博览，才能出众。晋元帝时，修撰国史，著《晋纪》二十二卷，已佚。今存著作仅有《搜神记》(已非原书)。

【篇旨】

历述上古取得帝位的不同途径和手段，以证明晋帝司马炎受禅的合理性。

【注释】

① 文质：谓夏尚忠，商尚质，周尚文。“质”指礼乐制度的不足。“尚文”指周重视礼乐制度的建立。

② 柏皇、栗陆：古代传说中的远古帝王。庄子称此时人民结绳记事，甘食美服，安居乐俗，老死不相往来，是“至治”之时（见《庄子·胠箧》)。

③ 大象：指道。《老子》：“执大象，天下往。”

④ 鸿黄：黄帝，古传说中又称帝鸿氏。

【语译】

史臣曰：各代帝王的兴起，必待上天授命。若有新帝取代旧王，决非人力所为。

夏商周三代，重视礼乐文教与否，皆因时而变，建树有所不同。所以古代为帝王者，柏皇氏、栗陆氏以前，帝王只为人民谋利而不占有帝位，只应人民需求去办事，而不求私利。他们掌握了大道，天下人自然拥戴他们。黄帝传位给儿子，是为了安定民心。尧在朝廷内让位于舜，是文德的表现。汉禅让帝位给外姓的魏帝，是顺曹氏掌政的事实，而赋予应有的名号。商汤取代夏桀，周武王取代商纣，是上应天命，下符人望。汉高祖、光武帝的争战杀伐，是为了建功立业。帝王各借其天赐运数登基即位，而天下人也及时相从。天下人相从的义理极其深广啊！

古代受命为帝者，都敬重其事，在一年之始的春季即位。现在的帝王受命即位，却在年终的冬季。这是人为的吗，还是天意如此？

【评析】

古帝王不论通过什么手段登基，都以天命为其根据，篡位者更要求助于天命，以服人心。司马炎在魏咸熙二年十二月，迫不及待地逼魏元帝曹奂禅让，即位称帝。干宝撰修《晋纪》，不能不为其君主找出禅让理由，而具体理由又难找出。他没有像扬雄那样为王莽找出种种祥瑞，以证明天命。他的高明处在于总括禅让与夺位的历史，从历史的角度论证晋武帝取帝位的合理性。末段论禅位时间，曹丕代汉是十月（汉献帝延康元年十月），晋武帝代魏是十二月，显得迫不及待。过去的评者以为是曲折的讽刺，现在看来，也有一定的道理。

晋纪总论一首

作者：干令升　　注译评析：周满江

史臣曰：昔高祖宣皇帝[①]，以雄才硕量，应运而仕，值魏太祖创基之初[②]，筹画军国，嘉谋屡中。遂服舆轸，驱驰三世[③]。性深阻有如城府，而能宽绰以容纳，行任数以御物，而知人善采拔。故贤愚咸怀，小大毕力。尔乃取邓艾于农隙[④]，引州泰于行役[⑤]，委以文武，各善其事。故能西禽孟达[⑥]，东举公孙渊[⑦]，内夷曹爽[⑧]，外袭王陵[⑨]。神略独断，征伐四克。维御群后，大权在己。屡拒诸葛亮节制之兵，而东支吴人辅车之势[⑩]。

世宗承基[⑪]，太祖继业[⑫]。军旅屡动，边鄙无亏。于是百姓与能，大象始构矣。玄丰乱内[⑬]，钦诞寇外[⑭]。潜谋虽密，而在几必兆；淮浦再扰，而许洛不震。咸黜异图，用融前烈。然后推毂锺邓[⑮]，长驱庸蜀。三关电扫[⑯]，刘禅入臣。天符人事，于是信矣。始当非常之礼，终受备物之锡。名器崇于周公，权制严于伊尹。

至于世祖，遂享皇极。正位居体，重言慎法。仁以厚下，俭以足用。和而不弛，宽而能断。故民咏惟新，四海悦劝矣。聿修祖宗之志，思辑战国之苦。腹心不同，公卿异议，而独纳羊祜之策[17]，以从善为众。故至于咸宁之末，遂排群议，而杖王杜之决[18]，泛舟三峡，介马桂阳[19]。役不二时，江湘来同。夷吴蜀之垒垣，通二方之险塞，掩唐虞之旧域，班正朔于八荒。太康之中，天下书同文，车同轨，牛马被野，余粮栖亩，行旅草舍，外闾不闭。民相遇者如亲，其匮乏者取资于道路，故于时有天下无穷人之谚。虽太平未洽，亦足以明吏奉其法，民乐其生，百代之一时矣。

武皇既崩，山陵未乾，杨骏被诛[20]，母后废黜，朝士旧臣夷灭者数十族。寻以二公楚王之变，宗子无维城之助，而阏伯实沈之郤岁构；师尹无具瞻之贵，而颠坠戮辱之祸日有。至乃易天子以太上之号，而有免官之谣。民不见德，唯乱是闻。朝为伊周，夕为桀跖，善恶陷于成败，毁誉胁于势利。于是轻薄干纪之士，役奸智以投之，如夜虫之赴火。内外混淆，庶官失才。名实反错，天网解纽。国政迭移于乱人，禁兵外散于四方。方岳无钧石之镇，关门无结草之固。李辰石冰倾之于荆扬[21]，刘渊王弥挠之于青冀[22]。二十余年，而河洛为墟，戎羯称制，二帝失尊，山陵无所。何哉？树立失权，托付非才，四维不张，而苟且之政多也。夫作法于治，其弊犹乱；作法于乱，谁能救之？故于时天下非暂弱也，军旅非无素也。彼刘渊者，离石之将兵都尉；王弥者，青州之散吏也。盖皆弓马之士，驱走之人，凡庸之才，非有吴先主、诸葛孔明之能也。新起之寇，乌合之众，非吴蜀之敌也。脱耒为兵，裂裳为旗，非战国之器也。自下逆上，非邻国之势也。然而成败异效，扰天下如驱群羊，举二都如拾遗。将相侯王，连头受戮，乞为奴仆而犹不获；后嫔妃主，虏辱于戎卒，岂不哀哉？

夫天下大器也，群生重畜也，爱恶相攻，利害相夺，其势常也。若积水于防，燎火于原，未尝暂静也。器大者，不可以小道治；势动者，不可以争竞扰。古先哲王知其然也，是以扞其大患，而不有其功；御其大灾，而不尸其利。百姓皆知上德之生己，而不谓浚己以生也。是以感而应之，悦而归之，如晨风之郁北林，龙鱼之趣渊泽也。顺乎天而享其运，应乎人而和其义。然后设礼文以治之，断刑罚以威之。谨好恶以示之，审祸福以喻之，求明察以官之，笃慈爱以固之。故众知向方，皆乐其生而哀其死，悦其教而安其俗。君子勤礼，小人尽力。廉耻笃于家闾，邪僻销于胸怀。故其民有见危以授命，而不求生以害义。又况可奋臂大呼，聚之以干纪作乱之事乎？基广则难倾，根深则难拔。理节则不乱，胶结则不迁。是以昔之有天下者，所以长久也。夫岂无僻主，赖道德典刑以维持之也。故延陵季子听乐以知诸侯存亡之数、短长之期者，盖民情风教，国家安危之本也。

昔周之兴也，后稷生于姜嫄，而天命昭显。文武之功，起于后稷。故其《诗》曰："思文后稷，克配彼天。"又曰："立我蒸民，莫匪尔极。"又曰："实颖实栗，即有邰家室。"至于公刘，遭狄人之乱，去邰之豳，身服厥劳，故其《诗》曰："乃裹糇粮，于橐于囊。""陟则在巘，复降在原。"以处其民。以至于太王，为戎翟所逼，而不忍百姓之命，杖策而去之。故其《诗》曰："来朝走马，帅西水浒，至于岐下。"周民从而思之曰："仁人不可失也。"故从之如归市。居之，一年成邑，二年成都，三年五倍其初，每劳来而安集之。故其《诗》曰："乃慰乃止，乃左乃右，乃疆乃理，乃宣乃亩。"以至于王季，能貊其德音，故其《诗》曰："克明克类，克长克君"，"载锡之光"。至于文王，备修旧德，而惟新其命，故其《诗》曰："惟此文王，小心翼翼，昭事上帝，聿怀多福。"由此观之，周家世积忠厚，仁及草木。内睦九族，外尊事黄耇[23]，养老乞言，以成其福禄者也。而其妃后躬行四教[24]，尊敬师傅，服浣濯之衣，修烦辱之事，化天下以妇道。故其《诗》曰："刑于寡妻，至于兄弟，以御于家邦。"是以汉滨之女[25]，守絜白之志；中林之士，有纯一之德[26]。故曰："文武自《天保》以上治内[27]，《采薇》以下治外[28]。始于忧勤，终于逸乐。"

于是天下三分有二，犹以服事殷。诸侯不期而会者八百，犹曰“天命未至”。以三圣之智，伐独夫之纣，犹正其名教曰“逆取顺守，保大定功，安民和众”。犹著大武之容曰“未尽善也”。及周公遭变[29]，陈后稷先公风化之所由，致王业之艰难者，则皆农夫女工衣食之事也[30]。故自后稷之始基静民，十五王而文始平之，十六王而武始居之，十八王而康克安之。故其积基树本，经纬礼俗，节理人情，恤隐民事，如此之缠绵也。爰及上代，虽文质异时，功业不同，及其安民立政者，其揆一也。

今晋之兴也，功烈于百王，事捷于三代，盖有为以为之矣。宣景遭多难之时，务伐英雄、诛庶桀以便事，不及修公刘、太王之仁也。受遗辅政，屡遇废置，故齐王不明[31]，不获思庸于亳[32]。高贵冲人[33]，不得复子明辟。二祖逼禅代之期，不暇待三分八百之会也。是其创基立本，异于先代者也。又加之以朝寡纯德之士，乡乏不二之老。风俗淫僻，耻尚失所。学者以庄老为宗，而黜六经。谈者以虚薄为辩，而贱名俭。行身者以放浊为通，而狭节信。进仕者以苟得为贵，而鄙居正。当官者以望空为高，而笑勤恪。是以目三公以萧杌之称[34]，标上议以虚谈之名。刘颂屡言治道[35]，傅咸每纠邪正[36]，皆谓之俗吏。其倚杖虚旷，依阿无心者，皆名重海内。若夫文王日昃不暇食，仲山甫夙夜匪懈者[37]，盖共嗤点以为灰尘，而相诟病矣。由是毁誉乱于善恶之实，情慝奔于货欲之涂。选者为人择官，官者为身择利。而秉钧当轴之士，身兼官以十数。大极其尊，小录其要，机事之失，十恒八九。而世族贵戚之子弟，陵迈超越，不拘资次。悠悠风尘，皆奔竞之士。列官千百，无让贤之举。子真著《崇让》而莫之省[38]，子雅制九班而不得用[39]，长虞数直笔而不能纠[40]。其妇女庄栉织纴，皆取成于婢仆，未尝知女工丝枲之业、中馈酒食之事也。先时而婚，任情而动，故皆不耻淫逸之过，不拘妒忌之恶。有逆于舅姑，有反易刚柔，有杀戮妾媵，有黩乱上下。父兄弗之罪也，天下莫之非也，又况责之闻四教于古，修贞顺于今，以辅佐君子者哉？礼法刑政于此大坏，如室斯构而去其凿契，如水斯积而决其堤防，如火斯畜而离其薪燎也。国之将亡，本必先颠，其此之谓乎！故观阮籍之行而觉礼教崩弛之所由，察庾纯、贾充之事而见师尹之多僻[41]，考平吴之功知将帅之不让[42]，思郭钦之谋[43]而悟戎狄之有衅，览傅玄、刘毅之言[44]而得百官之邪，核傅咸之奏《钱神》之论而睹宠赂之彰[45]。民风国势如此，虽以中庸之才，守文之主治之，辛有必见之于祭祀[46]，季札必得之于声乐，范燮必为之请死[47]，贾谊必为之痛哭。又况我惠帝，以荡荡之德临之哉？故贾后肆虐于六宫，韩午助乱于外内[48]，其所由来者渐矣，岂特系一妇人之恶乎？怀帝承乱之后得位[49]，羁于强臣。愍帝奔播之后[50]，徒厕其虚名。天下之政既已去矣！非命世之雄，不能取之矣！

然怀帝初载，嘉禾生于南昌。望气者又云："豫章有天子气。"及国家多难，宗室迭兴，以愍怀之正[51]，淮南之壮[52]，成都之功[53]，长沙之权[54]，皆卒于倾覆。而怀帝以豫章王登天位。刘向之谶云："灭亡之后，有少如水名者得之。起事者据秦川，西南乃得其朋。"案：愍帝盖秦王之子也，得位于长安。长安固秦地也。而西以南阳王为右丞相，东以琅邪王为左丞相。上讳业，故改邺为临漳。漳，水名也。由此推之，亦有征祥，而皇极不建[55]，祸辱及身，岂上帝临我而贰其心，将由"人能弘道，非道弘人"者乎？淳耀之烈未渝，故大命重集于中宗元皇帝[56]。

【篇旨】

通过周朝兴盛与晋的衰乱的对比，说明晋政之失。揭露官员贪赂、权贵相争、野无善俗、民心去晋的社会危机，寄希望于王室的醒悟。

【注释】

① 高祖宣皇帝：晋武帝即位后，追尊司马懿为宣帝。

② 魏太祖：曹操。

③ 驱驰三世：指司马懿做过曹操、魏文帝曹丕、魏明帝曹叡三代君主的

大臣。

④ 邓艾：初为司马懿掾属，管农事，后为魏镇西将军。魏元帝景元四年（263）与锺会分兵攻蜀。次年，锺会诬邓艾谋反，被杀。

⑤ 州泰：初为荆州刺史裴潜从事，多次到司马懿帐下办事，被看中，历任征虏将军等职。

⑥ 孟达：任新城太守，谋反。司马懿亲征，杀达。

⑦ 公孙渊：辽东太守，魏景初元年（237）自称燕王。次年司马懿攻辽东，杀公孙渊。

⑧ 曹爽：曹操侄孙，魏明帝死时，与司马懿同受遗诏，辅佐八岁的齐王曹芳即位。后与懿争权，被懿杀死。

⑨ 王陵：官太尉，驻寿春。欲废曹芳，更立楚王曹彪，在淮南反司马懿，懿袭擒之，陵饮药自杀。

⑩ 辅车：颊骨与牙床，比喻互相依存的事物。

⑪ 世宗：司马师。继其父司马懿之职为魏大将军，专国政。

⑫ 太祖：司马昭。司马师之弟，继其兄之职为大将军，专国政，日谋代魏。死后数月，其子司马炎即代魏称帝。追尊昭为文帝。

⑬ 玄丰：太常夏侯玄，中书令李丰。二人密谋废大将军司马师，事败被杀。

⑭ 钦：魏扬州刺史文钦，在寿春（今安徽寿县）起兵讨司马师。兵败后投奔孙吴。诞：魏镇东大将军诸葛诞。拒司马昭召命，称臣于吴，司马昭兵围寿春，城破，诞死。

⑮ 锺：即锺会。263年，魏命锺会进兵汉中。邓：邓艾。与锺会分路攻蜀。邓绕道至江油（今四川平武东南）攻破蜀诸葛瞻军，抵成都，后主刘禅降，蜀汉亡。

⑯ 三关：蜀的阳平、江关、白水关。

⑰ 羊祜：西晋征南大将军，泰始五年（269）镇守襄阳，屡请发兵灭吴，未能如愿。

⑱ 王杜：王浚和杜预。晋咸宁五年（279），二人请兵伐吴。次年攻克吴

都建业，吴主孙皓降。吴亡。

⑲ 桂阳：郡名，治所在今湖南郴州。

⑳ 杨骏：华阴（今属陕西）人，其女为晋武帝皇后，任车骑将军等要职，总揽朝政。290年晋武帝死，惠帝继位，杨骏辅政。次年，即永平元年，贾后（惠帝皇后）命楚王玮等杀杨骏，废太后杨氏为庶人，由汝南王亮辅政。她又矫诏命玮杀亮，后又以“擅杀”罪名杀玮。最后形成贾后专权政局。永康元年（300）赵王伦、孙秀等杀贾后。下文八句即述此事件。

㉑ 李辰：晋永康二年（301），四川流民起义，皇帝诏荆州兵征讨。荆州兵不愿往，李辰与张昌等立县吏丘沈为帝，张昌部将石冰响应，进兵占领扬州等地。

㉒ 刘渊：匈奴左贤王，在离石（今属山西）起兵，称王，国号汉。王弥：青徐二州武装首领，率兵投刘渊。

㉓ 黄耇（gǒu）：老寿、元老。

㉔ 四教：指妇德、妇言、妇容、妇功之教。

㉕ 汉滨之女：《诗经·周南·汉广》：“汉有游女，不可求思。”郑玄《笺》说，女虽出游汉水之上，能贞洁自守，故人无欲求犯礼者。

㉖ 中林之士：《诗经·周南·兔罝（jū）》末章：“肃肃兔罝，施于中林。赳赳武夫，公侯腹心。”

㉗《天保》：《诗经·小雅》篇名。

㉘《采薇》：《诗经·小雅》篇名。《毛诗序》说：“采薇，遣戍役也。文王之时，西有昆夷之患，北有猃狁之难，以天子之命，命将率遣戍役，以守卫中国。”

㉙ 周公遭变：指周成王时，周公被谮，奔楚。后成王知他无罪，召回。

㉚“陈后稷”下三句：指周公作《七月》《鸱鸮》《东山》等诗，以戒成王。诗存《诗经·豳风》。

㉛ 齐王：曹芳。魏明帝死后，芳即皇帝位，年八岁。嘉平六年（254）司马师废帝，使仍为齐王。另立曹丕孙高贵乡公曹髦为帝。

㉜ 思庸于亳：《史记·殷本纪》说，帝太甲继位后，暴虐不明，伊尹把他流放到桐宫，自己摄行国政。经过三年，太甲自责反善，伊尹又归政于他。这里用此事说明齐王曹芳被废后，再也不能像太甲那样复位了。

㉝ 冲人：年幼的人，高贵乡公继位时十四岁。

㉞ 萧杌：懒散不勤职事。

㉟ 刘颂：广陵（今江苏扬州）人，晋武帝时任尚书三公郎，多次上书建议恢复肉刑。惠帝时，任吏部尚书、廷尉，奏请划一刑法。

㊱ 傅咸：晋武帝时，任尚书左丞等官。多次上疏，要求裁并官府，致力于农业，禁止奢侈。

㊲ 仲山甫：周宣王大臣。

㊳ 子真：刘寔字。官河南尹丞。

㊴ 子雅：刘颂字。

㊵ 长虞：傅咸字。

㊶ 庾纯、贾充：贾充是惠帝皇后贾后之父。《晋纪》载：贾充设宴，庾纯后到，贾充说："君行常居人前，今何以在后？"庾纯回答说："有小市井事不了，是以后。"二人之所以这样戏谑，是因为世俗说庾纯之祖是五霸之一，贾充之祖是市井把头。

㊷"考平吴之功"句：指王浑、王浚等分路伐吴时，二人各向皇帝上表相互指责。

㊸ 郭钦：官侍御史。上表建议乘灭吴的盛势，把往年内迁各族徙回边郡。晋武帝不从。

㊹ 傅玄：任司隶校尉等职，上书建议禁止虚无放诞之论及清议之习。刘毅：字仲雄，官至尚书仆射。主张废除九品中正制，批评晋武帝卖官鬻爵。

㊺《钱神》之论：西晋鲁褒（字元道，南阳人）作《钱神论》，讽刺当时的贿赂之风。载《全晋文》卷一百一十三。

㊻ 辛有：西周人，周平王东迁后，辛有走到西周故地伊川，见一人披

发而祭野地，并说："不及百年，此其戎乎！其礼先亡矣。"到秋天，秦晋迁陆浑之戎于伊川。

㊼ 范燮：春秋晋大夫，又称范文子。晋楚鄢陵之战后，他认为晋厉公无道而取胜，是"天益其疾"。故让巫祝为自己祈死。果然不到一月就死了。见《左传·成公十七年》。

㊽ 韩午：指韩寿及其妻贾午。韩寿，字德贞，官至散骑常侍，河南尹。其妻与贾后皆贾充之女。当时惠帝愚呆，贾后淫虐，贾郭（贾后从舅郭彰）二族横行。

㊾ 怀帝：晋永兴三年（306）惠帝中毒死，豫章王皇太弟炽继位，为怀帝。东海王越秉政。

㊿ 愍帝：秦王司马业。永嘉七年（313）怀帝被杀后即位。

(51) 愍怀：名遹，惠帝子，被贾后害死、赵王伦杀贾后之后，惠帝追谥为愍怀皇太子。

(52) 淮南：淮南王允。曾带兵围赵王伦相府，被杀。

(53) 成都：成都王颖，任屯骑校尉。

(54) 长沙：长沙王乂，官步兵校尉。

(55) 皇极：《尚书·洪范》："皇极，皇建其有极。"孔颖达《疏》："皇，大也；极，中也。施政教，治下民，当使大得其中，无有邪僻。"

(56) 中宗元皇帝：317年，琅邪王睿在建康（今南京）即晋王位，改元建武，自此史称东晋。此年十二月，晋愍帝被汉主聪杀死。王睿于次年正式称帝。

【语译】

史臣说：往昔晋高祖宣皇帝，以雄才大度应运出仕，正好在魏太祖曹操开创基业的初期，他参与筹划军国大事，多次献出太祖中意的好谋略。于是成为重臣，为曹氏三世奔走创业。他生性老谋深算有如城府，但又能以宽广的胸怀容纳人事，为政按自然之理安排事物，而能知人善任。所以无论贤哲愚陋都很感恩，事无小大都尽心尽力。在屯田官吏中迁拔了邓艾，在别人役使的小吏中招来了州泰。按能力委任文武职务，使人各善其事。故能西擒叛将孟达，东灭称王的公孙渊。内灭政敌曹爽，外袭谋乱的王陵。他以神机妙算，战胜四方敌人。驾御文臣武将，把大权掌握在自己手中。他屡次抵御诸葛亮的精兵，而且支解了东吴与蜀汉的互依形势。

世宗继承了高祖的基业，太祖也继承了他的大业。多次调兵遣将，边郡得以保全无损，于是百姓能享受太平安定的生活，国家开始走上正轨。岂料夏侯玄、李丰为乱于内，文钦、诸葛诞谋逆于外。他们的阴谋虽然隐蔽，但一有苗头必定暴露。他们使淮浦之间干戈再起，但京都许昌、洛邑并无震动。太祖亲征粉碎了他们的不轨之谋，永继前贤大业。然后派遣锺会、邓艾出兵，长驱直入庸蜀之地。闪电般扫平险要的三座雄关，刘禅立即入朝称臣。天降符瑞所预告的人事，至此始信其灵验。太祖这才接受天子的非凡礼遇，接受了品物齐备的九锡之礼。他的名分地位比周公还高，权力威势比伊尹还强。

到了世祖（司马炎）时，就享有皇帝的至尊了。他正名居位，慎言笃行，谨慎执法。又以仁德厚待臣下，节俭费用以充实府库。对群臣和气而不松弛纲纪，宽容而能果断。故人民歌颂新受命的仁君，四海欢腾鼓舞。皇帝要完成祖宗的安定天下的宏愿，想消除诸国交战之苦。但群臣的想法不同，公卿们提出异议，而只采纳了羊祜的策略，以表从众之善德。故至于咸宁五年，就排除群臣反对伐吴的议论，而坚决准了王浚、杜预的伐吴之请。大军战船沿三峡而下，战马驰骋于桂阳。战役无须二次，江湘一带纷纷来降。粉碎了吴蜀的战垒，打通了江南江北的险塞。超过了唐、虞时代的疆域，四面八方的边远地域，也遵照晋帝颁布的正朔年历。到武帝太康年间，全中国文字统一，车轨等距。牛马放养于山野，余粮留在田里，行旅之人住于草舍，外户不用关，百姓相遇情同亲戚，缺少钱粮的在道路上都能拿到，故当时有“天下无穷人”的谣谚。虽太平还未至盛世，但也足以表明官吏奉公守法，人民安居乐生，真是百代一遇的好时代啊！

晋武帝（司马炎）驾崩之后，坟土还没有干，辅政大臣杨骏就被杀，太后杨氏也被废黜，朝士旧臣被夷灭家族者，有数十家。不久又有杀二公（汝南王亮、太保卫瓘）和楚王玮被判罪诛杀的事变，此时宗室群侯没有武士保卫，而皇族兄弟又相互仇杀，就像阏伯与实沈（高辛氏的两个儿子）两弟兄互相仇视年年动武一样。执政大臣没有人所共仰的尊贵，而杀头受辱之祸天天都有。以至于赵王伦逼禅，给天子（晋惠帝）换上太上皇称号，造出“当有免官天子”的谣言。人民看不见朝廷的德政，只听到乱杀乱砍。早上还像伊尹、周公那样贤明，晚上就变成横暴的夏桀、盗跖，谁善谁恶全由成败论定，毁谤与赞誉也被势利胁迫左右。于是那些轻薄的破坏法纪之士，凭着奸智投靠权奸，就像夜间飞虫扑火一样。使内外混淆，众官失去才士。名实颠倒，天网的纽带已解。国家政柄纷纷转入乱人手中，京城禁卫军外散全国各地。方域山岳没有一兵一卒镇守，边关城门没有结草为闩的坚固。李辰、石冰为乱于荆州、扬州，刘渊、王弥杀掠于青州、冀州。大乱二十多年，黄河、洛水一带变成废墟；西戎羯胡牧主掠地称王；怀、愍二帝失去尊威，死无葬身之陵。这是什么原因？是由于先帝没有认真栽培继位之主，临终托付的大臣又非贤才，国之四维（礼义廉耻）不能发扬，而苟且偷安之政太多了。君子在太平的基础上制定法令，其后果还会大乱；而在大乱的基础上制定法令，谁还能挽救其败亡呢？在当时，国家并非衰弱，军队也不是没有训练。那刘渊是离石的将兵都尉，王弥是青州的一个散官。不过是弯弓走马之士，供驱使的人，只有平庸的才能，没有吴先主孙权和诸葛孔明那样的能力。是新起的盗贼，乌合之众，不像吴蜀那样强大的敌人。他们的士兵都是刚放下农具的农民，拆开耒耜当兵器用，撕开衣裳当作旗帜，不是征战之国的精良武器。他们又是以下犯上，不是邻国交战的形势。然而胜败的结局完全相反，他们扰乱天下之人，像驱赶群羊一样容易，攻拔东西二都如捡丢在地上的东西。将相侯王接连受死，乞求作奴仆也不可得。皇后嫔妃被戎卒侮辱，难道不可哀吗？

国家是一个大器，畜养着各种人，他们凭自己的爱恶互相攻击，为利害互相争夺，这是正常的形势。就像在堤坝中积水，在原野上放火，未有一时一刻的宁静。器物巨大，就不能用小方法去治理；形势动荡，就不能用争竞的手段再去搅扰。古代先哲知道这个道理，所以在大患中保卫国家而不独占功劳，救民于大灾而不占其利益。百姓心里都知道君上的仁德救活了自己，而不说君主靠剥取自己而生活。所以对君主的心愿，一感到就响应，心悦诚服地归顺，就像晨风鸟飞向北林，龙鱼游往深泽一样。君主要顺天命而享其运数，应人望而合其义理。然后设礼仪来统治人民，用刑罚禁绝犯罪来威慑百姓。谨慎地表明好恶，给人民设定榜样，详查祸福的根由，使百姓懂得行为规范。寻求明察的人，任以官职，以诚挚的慈爱之政，巩固百姓的忠心。这样众百姓才知道方向，都乐于生存而为死悲哀，欢迎君主的礼教而安其善俗。君子勤于行礼，小人尽力劳作。廉耻之心深入家家户户，邪僻之情消失于胸怀。所以其民中才有人见危授命，而不为活命而损毁道义。又何况能振臂大呼，召集众人来干犯纪作乱之事呢？基础深广房屋就难倾颓，根深树就难拔。做事行政有理有节就不会乱，统领百姓像胶粘一样巩固，就不会迁移流徙。因此，往昔有天下的圣君，能够统治得长久。难道没有邪僻的昏君，依赖先主的道德及规范，来维持自己的王位？所以延陵季子听了乐声，就知道诸侯存亡的命运，以及亡国时间的长短，其道理就在于民情风教，是国家安危的根本。

古时周朝兴盛的历史，就是这样，后稷是始祖姜嫄所生，天命昭著。周文王、武王的功业，始于后稷。歌颂他的《诗经·周颂·思文》说："有文德的后稷，能够配享上天。"又说："养育了众民，莫不是你的大德。"《诗经·大雅·生民》又说："成熟的谷穗沉沉下垂，到有邰成家立室！"到公刘时代，遭到狄族人的侵扰，他便离开邰迁到豳，亲身劳动，建设新家园。故《诗经·大雅·公刘》说："包装起干粮，装满小袋和大袋。""登上小山顶上，又下见到平原。"在平原上安置他的人民。发展到太王时代，又受到戎狄的侵逼，太王不忍牺牲百姓的生命，于是扶着拐杖，带领民众离开豳地。故《诗经·大雅·绵》说："太王一早就赶马上路，沿着豳西的漆水河岸，迁到岐山之下。"周的百姓都跟着他迁移，他们心想着："太王是仁君，不可失去他啊！"故从他而行的人像从市场回家一样多。周民于是安居在岐山，只用一年就建起城邑，二年建好都城，三年建设，就比当初扩展五倍，对来归顺的人都给以安抚，使之安居。故《诗经·大雅·绵》歌颂说："周民安心了，定居了，有的住在左边，有的住在右边。划好了疆界，区分了地理。开通了沟渠，整好了田地。”这样发展到了王季时代，就能以太平的社会政绩，赢得仁德的声名，故《诗经·大雅·皇矣》颂道：“是非分明，善恶有别，能教化人民为师长、能赏善刑恶为君王。”“上帝才赐给他光荣。”到周文王时代，不但全面建树先王德业，而且发展新政，获得上帝的新赐，故《诗经·大雅·大明》歌唱说：“唯有文王啊！为政小心翼翼，明白敬奉上帝之礼，获得许多福祉。”由此看来，周家世世积存忠厚之德，仁爱遍及草木。内睦九族亲戚，外尊奉年长的元老，奉养老人，求他们提出好意见，以善政求得福禄。周家的后妃亲身履行妇女的四教，尊敬师傅，亲自洗衣扫除，学习家务烦杂之事，以妇道风化天下。故《诗经·大雅·思齐》说：“嫡妻为妇道做出榜样，影响到兄弟都修仁德以此教化整治家国。”因此，在汉水游泳之女不受诱惑，谨守清白之志。林中武士，有纯忠专一之德。所以说：“《诗经》所载文王、武王以来的诗篇，（从《鹿鸣》到《菁菁者莪》这些《诗经·小雅》诗中）《天保》以上，内容皆咏治理华夏内部之事，《采薇》以下，皆歌征讨外敌之事。可谓始于忧勤，终于安逸欢乐。”在文王、武王时，已拥有天下的三分之二，但仍以诸侯之礼侍奉殷王。武王伐纣时，各路诸侯不约而带兵来会师者，有八百之多，但武王还说：“取代商纣的天命未至。”以文、武、周公三圣的圣智，讨伐独夫纣王，还要厘定名实，而称作“逆王夺权、顺天守业、安于大位、论定功业、安抚人民、亲和众人。”还对歌舞《大武》的舞容说：“此舞还没有尽善。”及至成王即位，周公遭谮言陷害，他（作《七月》之诗）陈述后稷、先公风化天下的缘由，创建王业的艰难，其内容都是农夫女工为衣食而劳苦的事。故自后稷开始奠基安民，经过十五代王的开拓，周文王才能太平受命，十六王修其德业，武王才能居天子大位，又经十八王的努力，周康王才安享天下。故周家世代建设国家基础，整治社会礼俗，以正理控制人情，勤恤民众隐情。太平社会的建设是如此缠绵不易啊！到上代汉魏立国，虽礼制繁简因时而异，建树的功业也不同，但安民立政的道理，其原则是一样的。

现代晋的兴国，功绩高于古代的百王，成就大事的速度比三代（夏商周）都快，是有应受命的条件才禅代帝位的缘故。宣帝（司马懿）、景帝（司马师）生在多难的时代，专事讨伐群雄、诛灭如桀的昏君，以便建立事业，来不及修公刘、太王那样的仁德。他们受遗诏辅佐少主时，又屡次遇到少帝被废事件。故齐王曹芳即位后昏庸不明，被废后，又得不到像太甲那样在亳悔过的机会。高贵乡公少年继位，后死于叛臣之手再也得不到复位之荣了。景帝与文帝（司马昭）逼迫魏主禅让皇位的时候，等不到三分天下有其二的势力，等不到具备八百诸侯不约而会的威望。此其创立基业不同于先代之处。又加上晋室朝廷缺乏道德高尚的贤士，又缺乏忠贞不二的元老。风俗淫乱，羞耻与崇尚颠倒。学者以庄子、老子为正宗，而废弃六经。清谈者以虚无为真理，而鄙视名分和礼让。修身者以狂放昏浊为放达，而以名节信义为狭隘。求官者以苟且偷安为贵，而鄙视居正道的人。当官者以不辨是非为高明，而嘲笑勤政守职之官。因此，把三公看作懒散的代称，把皇上的议论标上空谈之名。刘颂多次谈治国之道，傅咸常常纠正邪鄙之事，他们反称这是俗吏。那些倚杖虚空，凭借无心者，都名重海内。像文王到太阳偏西还没空进食，仲山甫日夜不懈忠于职守，他们一同嗤笑，认为像灰尘而诟骂指斥。从此，毁誉混乱背离善恶的实际，邪恶之情奔竞于财货欲利之路。选才者为人的关系选择官吏，当官者为自己选择有利可图之事。而掌国当权的重臣，一人兼官有十多职。大到极尊之位，小者也居于显要职务，国政机密的泄露，十有八九。而世族贵戚子弟，常越级晋升，不论资历和等级。悠悠风尘长路，都是奔走门户、竞争官职之士。列官有千百之多，没有一个让贤的。刘子真著《崇让论》一文，而没有人因此省悟；刘子雅制定《九班制》，而不能实施；长虞多次直笔弹劾奸臣，而不能纠正邪鄙。贵戚妇女服饰织物，都取之于婢仆的成品，从来不知道女工和丝麻之业和厨中的酒食之事。在婚期前结亲，任情而私合，都不以淫乱放纵为耻，也不怕妒忌而约束自己。有的顶撞公婆，有的欺压丈夫，有的随意杀戮妾媵，有的上下乱伦。父兄看见也不怪罪，天下也没有人反对，又哪会有人责求她们学四教的古训，行贞顺之德于今世，用以辅佐君子呢？国家的礼法刑政至此完全崩溃，就像房子建起来后，却砍断梁柱的榫头；像水积储起来了，却挖开其堤防；如火烧起来了，却搬走了柴薪。国家将亡，立国之本必定先倒，讲的就是这种情况吧！看看阮籍的所作所为，就知道礼教崩弛的根由了；观察一下庾纯与贾充戏谑嘲弄的场面，就能看到大臣的邪僻之多了；考察一下王浚诸将平吴之战，就可知将帅的争功夺利了；想一想郭钦提出的建议，就会觉察到戎狄将叛了；看傅玄、刘毅的上书，就得知百官的奸邪了；审核一下傅咸禁货赂的奏章，读读鲁褒的《钱神论》，就可看到贿赂的盛行了。民风国势到这种地步，虽有圣明贤哲之才、能守祖宗文德的君主来治理，也无法挽救。像辛有看见披发人祭野地的故事，会再次出现；季札必定会从声乐中听出亡国之音；像晋大夫范燮这类人，会感到国之将亡而祈神赐死；贾谊这类贤士必定为此痛哭流涕。又何况我们惠帝以败坏之德临朝称帝呢？这样贾后就放肆地在后宫淫乱肆虐，其妹贾午在宫外协助她胡作非为。之所以出现这种局面，其由来已久了。难道只算到一个作恶的妇人身上吗？晋怀帝在大乱之后继位，被权臣控制。愍帝经过奔波流离之后即位，一样受权臣控制，仅有虚名而已。国家政局可谓大势已去，若不是一世雄才，是不可能牢牢把持帝位了。

在晋怀帝初年，有嘉禾这种瑞物生于南昌。会观天望气的先生又说："在江西豫章郡一带上空有天子气。"在国家多难、宗室兴废不定的时候，凭着怀太子的嫡正之位、淮南王的盛壮、成都王的平乱之功、长沙王的权力，都被推翻，送掉性命。而只有怀帝以豫章王的身份登上帝位。刘向在西汉末年就写下一段谶言说："汉朝灭亡之后，有个少年，名字像一条河的名称者，将得天下为帝。起事者，先占据秦川，一西一南将为其友朋。"案：愍帝是秦王的儿子。得帝位于长安，长安本是秦地。愍帝又以处于关西的南阳王作右丞相，在东部又找来琅邪王为左丞相。皇上讳名业，故改邺县之名叫临漳。漳，是河水名。由这些情况推测，正应了刘向的谶言。愍帝的继位也是有征兆祥瑞的，但皇家的威势却建不起来，而且祸辱很快降到他头上。难道上帝到我们这一朝，改变了主意。或者像孔子所说："人能把道发扬光大，不是用道来光大人。"晋祖黎氏，在高辛氏时代为火正之官，其光照四方之功德，当护佑子孙，至今未变。故天之大命将重集于中宗元皇帝之身。

【评析】

这篇文章粗分可作三大段：首先述晋武帝禅代魏主后的繁盛；其次述武帝死后，局势急转直下，天下大乱；最后剖析晋快速乱亡的原因，这是全文的重点，也是精华所在。作者分析乱亡原因，着眼于政治、道德及文化建树。对晋政之失发掘较深。处处以周的成功与晋的失败相对照，相形益彰。使晋的缺乏政治、道德基础的脆弱处，更见突出。在道德、文化方面，作者把老庄思想泛滥作亡国的主要原因之一，表现出崇尚儒教的立场。老庄不利于封建制度的巩固，这是正确的结论。特别在宫闱的大乱中，作者认为不能把危机归罪于一个后妃身上，而应在政治与道德的败坏中找根由，这是比较卓越的见解。在分析晋的败亡中，作者能指出其特点，是“树立失权，托付非才，四维不张”，而不同于秦汉的败亡，见解深刻。文章虽学贾谊《过秦论》，但有自己的独到处，有其宏畅的气势，精当的分析，雄辩的论述。辞采朴实整饬，但也有平冗失裁之处。

后汉书皇后纪论一首

作者：范蔚宗　　注译评析：周满江

夏殷以上后妃之制，其文略矣。周礼，王者立后，三夫人，九嫔，二十七世妇，八十一女御，以备内职焉。后正位宫闱，同体天王。夫人坐论妇礼，九嫔掌教四德，世妇主知丧祭宾客，女御序于王之燕寝[①]。颁官分务，各有典司。女史彤管[②]，记功书过。居有保阿之训[③]，动有环佩之响。进贤才以辅佐君子，哀窈窕而不淫其色。所以能述宣阴化，修成内则，闺房肃雍，险谒不行者也。故康王晚朝，《关雎》作讽[④]；宣后晏起，姜氏请愆[⑤]。

及周室东迁，礼序凋缺。诸侯僭纵，轨制无章。齐桓有如夫人者六人，晋献升戎女为元妃。终于五子作乱[⑥]，冢嗣遘屯[⑦]。爰逮战国，风宪愈薄，适情任欲，颠倒衣裳[8]，以至破国亡身，不可胜数。斯固轻礼弛防，先色后德者也。

秦并天下，多自骄大，官备七国，爵列八品。汉兴因循其号，而妇制莫厘。高祖帷薄不修[9]，孝文衽席无辨[10]。然而选纳尚简，饰玩华少。自武、元之后[11]，世增淫费，至乃掖庭三千[12]，增级十四。妖幸毁政之符，外姻乱邦之迹，前史载之详矣。

及光武中兴，斫雕为朴。六宫称号，唯皇后贵人。金印紫绶，俸不过粟数十斛。又置美人宫人采女三等，并无爵秩，岁时赏赐，充给而已。汉法，常因八月筭民，遣中大夫与掖庭丞及相工，于洛阳乡中，阅视良家童女，年十三以上，二十以下，姿色端丽，合法相者，载还后宫，择视可否，乃用登御。所以明慎聘纳，详求淑哲。明帝聿遵先旨，宫教颇修，登建嫔后，必先令德。内无出阃之言[13]，权无私溺之授，可谓矫其弊矣。

向使因设外戚之禁，编著《甲令》[14]，改正后妃之制，贻厥方来，岂不休哉！虽御已有度，而防闲未笃。故孝章以下，渐用色授。恩隆好合，遂忘潳蠧[15]。自古虽主幼时艰，王家多衅，委成冢宰，简求忠贞，未有专任妇人，断割重器。唯秦芈太后始摄政事[16]，故穰侯权重于昭王，家富于嬴国[17]。汉仍其谬，知患莫改。东京皇统屡绝，权归女主。外立者四帝[18]，临朝者六后[19]。莫不定策帷帟[20]，委事父兄，贪孩童以久其政，抑明贤以专其威。任重道悠，利深祸速。身犯雾露于云台之上[21]，家缨缧绁于圄犴之下[22]。湮灭连踵，倾辀继路[23]。而赴蹈不息，燋烂为期。终于陵夷大运，沦亡神宝。《诗》《书》所叹，略同一揆。故考列行迹，以为《皇后本纪》。虽成败事异，而同居正号者，并列于篇。其以恩私追尊，非当世所奉者，则随他事附出。亲属别事，各依《列传》。其余无所见，则系之此纪，以缵西京《外戚》云尔[24]。

【篇旨】

述历代后妃制度的变化以及后妃在王朝兴衰中的作用，总结历史教训，希望当位者“改正后妃之制”，预加“防闲”。

【注释】

① 燕寝：古代帝王休息睡眠之所。

② 彤管：红杆毛笔。

③ 保阿：宫中供召使的女子。

④《关雎》作讽：《关雎》是《诗经》的首篇。三家诗中的《鲁诗》说，周康王一朝晚起视朝，是因为后夫人在鸡鸣时，没有佩玉去将君子及时唤醒。故诗人见几而作此诗，思得淑女配君子，用以讽喻君主。

⑤“宣后晏起”两句：刘向《列女传》说：周宣王常常晚起，后夫人也不出房。后来，姜后脱簪请罪，感悟宣王。于是宣王改过勤政，成中兴之主。愆：过失。

⑥ 五子作乱：齐桓公六夫人生六个儿子。桓公死时，公子昭继位，其余五公子争位。公子昭逃到宋国，齐大乱。

⑦ 冢嗣：指晋太子申生。遘屯：遇难。指晋献公听了戎女骊姬的谮言，杀太子申生，立骊姬子为太子。

⑧ 颠倒衣裳：比喻后妃尊卑失位。上曰衣，下为裳。

⑨ 帷薄不修：代称污秽淫乱，男女无别。

⑩ 衽席无辨：指汉文帝皇后慎夫人，常随文帝在宫中与母后同席而坐，乱了尊卑之位。

⑪ 武：汉武帝。元：汉元帝。

⑫ 掖庭：宫中旁舍，宫嫔居住之处。这里代指宫嫔。

⑬ 阃：通“壸”，宫中小巷，指嫔妃住处。

⑭《甲令》：前帝第一令。

⑮ 湽：淄（zī）的俗字，黑色。

⑯ 芈（mǐ）太后：秦昭王母，楚人，姓芈氏，号宣太后。昭王即位时年幼，芈太后摄政，以弟魏冉为将军，封穰侯。

⑰ 嬴：秦王姓。

⑱ 外立者四帝：由外戚立的四帝，即安、质、桓、灵四帝。

⑲ 六后：窦太后、邓太后、阎太后、梁太后、窦太后、何太后。

⑳ 帷帟（yì）：帷帐。

㉑ 雾露：借指疾病。云台：宫中台榭名。汉桓帝死后，窦太后临朝定策，立十二岁的刘宏为帝，是为灵帝。同年（168），中常侍曹节等起兵杀大将军窦武、幽禁窦太后于南宫云台。

㉒ 圄犴（àn）：监狱。

㉓ 辀：车辕。

㉔ 缵（zuǎn）：续。西京：代指西汉。东汉建都洛阳，称前汉都城长安为西京。这里亦代指《前汉书》。

【语译】

夏朝、殷朝以前的后妃制度，记载简略，不知其详情。按周礼，王者立王后之外，还有三个夫人，九个嫔，二十七个世妇，八十一个女御，以充当宫内的官职。王后在后宫处于正位，相当于朝中的天子。夫人掌管妇人礼仪；九嫔负责教妇德、妇言、妇容、妇功；世妇主持丧祭和宾客之事；女御按岁时以次序在寝宫陪伴帝王。分配官职，各有职责。女史手持红管之笔，记功书过。嫔妃在宫中，居室有傅母的辅导，行动则有环佩鸣玉的响声。后妃荐举贤女，以辅佐君王。后妃为思念贤淑才女而哀伤，而不是贪淫其美色。这样就能以妇礼教化内宫，建立内宫的规则，使嫔妃闺房既肃敬又雍和，而没有险恶阴私的行为。故周康王晚起床上朝，诗人就作《关雎》讽刺；周宣王晚起，他的王后姜氏就出来请罪。

到周室东迁洛阳以后，周朝的礼仪就衰败了。诸侯放纵越礼，礼制大乱无章。齐桓公有如夫人一样的六人，晋献公升骊戎之女为元妃。这样就发生了桓公五子争位之乱，太子申生也因此遇难。发展到战国时代，礼教更薄，诸侯恣纵情欲，宫中妃妾随意安置，上下颠倒，导致国破身亡的，不可胜数。这是由于轻视礼制，放松了防范，重视美色，忽视道德的结果。

秦国并吞六国以后，自骄自大，以七国美人充实后宫，后妃爵位列为八品。汉朝建国后，因循秦宫后妃名号，宫人妇女爵秩没有整顿。汉高祖时内宫混乱，汉文帝时后妃上下也缺乏礼仪。但选纳嫔妃之事尚简，宫中饰玩器具不是很奢华。到武帝元帝之后，一代代增加淫乐费用，增至后宫嫔妃三千，爵秩增至十四级。妖艳受宠之妃是败坏政事的征兆，外戚专政是乱国的开始。前代史书记载已很详细了。

到光武帝中兴汉室时代，一切事业都从简而为。六宫后妃的称号，只有皇后和贵人。贵人佩挂金印紫带，俸禄不过有粟数十斛。又设置美人、宫人、采女三等，并没有爵位等级，到节令加些赏赐补充而已。按汉朝法令，常在八月份统计人口，趁此时派遣中大夫与掖庭丞以及看相工，在洛阳周围乡中，阅视良家童女，凡年十三以上，二十以下，姿色端庄美丽，相貌合标准的，就用车载回后宫，再审视可否，然后用作嫔妃。这就是慎重聘纳嫔妃，详求淑善的美女。汉明帝遵循先帝遗旨，很重视宫教，选择嫔后，必先选道德贤淑的女子。宫内从不谈宫外之事，也不为私爱而乱授权柄，可谓矫正了后宫的积弊。

假如借这个形势建起禁止外戚专权的禁令，并作为先帝的第一诏令，改正后妃的制度，留给后来的帝王，岂不好啊！可惜，明帝虽对自己有所节制，但未能切实加以防范和禁止。故孝帝、章帝以后凭借女色而授权得官的事，逐渐盛行。由于恩隆情好，就忘了污染虫蠹之患。自古虽有君主年幼，时世艰险，王家多灾，而委任大臣辅政，选择求访忠贞之臣担此重任，没有专任妇人当政而使她断割皇位继承之统。唯有秦国芈太后开始掌权摄政，因此，她的弟弟穰侯掌握的权力，比秦昭王还大，他的富有超过嬴姓王室。汉朝重蹈秦的错误，知患不改，致使东汉皇统多次中断，政权归女主之手。由太后与外戚扶立即位的有四帝，临朝执政的太后有六人。她们在帷帘中决定国策，把政事委任给父兄去办。她们贪立孩童继承帝位，以便长期执政，压抑明哲贤才，以便独享威势。岂知任重道远，利益宏深，祸也来得快。一朝被推翻幽禁，就像身患疾病的窦太后被禁在云台，家族父兄也披枷戴锁，囚在狱中。一个接一个地湮灭，一辆辆地翻车在路上。但她们仍然不停地赴汤蹈火，直至被烧得焦头烂额。终至国运沦亡，丧失皇位。《诗经》《尚书》中为王后倾覆国家而慨叹的诗文，内容都大略一致。所以我考察列侯事迹，以作皇后本纪。虽各人成败事迹不同，而同居于太后正位的，都列于文章中。那些以皇帝私恩追尊为太后的，又不是当世皇帝所尊奉的，就随其他事件写出。她们的亲属及其事迹，各写入有关列传。其余嫔妃，《列传》中不写，就附记于此纪。以此纪续接《前汉书》的《外戚列传》。

【评析】

此文为《后汉书·皇后纪》之总序，可分两部分。“先色后德者也”句前为第一部分，主要回顾前代后妃之制的得失，文中不只叙述史实，也深究其得失的原因，归结为：是重礼德，还是重色，在君主专制的时代，对朝廷行政有极大的影响。作者以晋、齐的大乱为例说明了破坏后妃之制的危害性。自“秦并天下”为第二部分，主要叙述秦汉时期后妃制度不修的流弊。此时虽有少数皇帝振作，但多重色淫奢，因色授政，以致外戚专权。轻则引火烧身，重则国破家亡。分析祸败根源虽未深入制度内层，未能指出君主专制与家天下这个祸根，但能从重德与重色这一角度看问题，也算有一定的深度。文章善于从史实中概括理论，在平平的叙述中屡显波澜，又善于描摹情状，可谓娓娓生动。

卷第五十

史论下

后汉书二十八将传论一首

作者：范蔚宗　　注译评析：周满江

论曰：中兴二十八将[①]，前世以为上应二十八宿[②]，未之详也。然咸能感会风云，奋其智勇，称为佐命，亦各志能之士也。议者多非光武不以功臣任职，至使英姿茂绩，委而勿用。然原夫深图远筭，固将有以为尔。若乃王道既衰，降及霸德，犹能授受惟庸，勋贤兼序，如管隰之迭升桓世[③]，先赵之同列文朝[④]，可谓兼通矣。降自秦汉，世资战力，至于翼扶王室，皆武人屈起，亦有鬻缯盗狗轻猾之徒。或崇以连城之赏，或任以阿衡之地[⑤]。故势疑则隙生[⑥]，力侔则乱起。萧樊且犹缧绁[⑦]，信越终见菹戮[⑧]，不其然乎！自兹以降，讫于孝武，宰辅五世，莫非公侯。遂使缙绅道塞，贤能蔽壅。朝有世及之私，下多抱关之怨[⑨]。其怀道无闻，委身草莽者，亦何可胜言？

故光武鉴前事之违，存矫枉之志，虽寇邓之高勋[⑩]，耿贾之鸿烈[⑪]，分土不过大县数四，所加特进朝请而已[⑫]。观其治平临政，课职责咎，将所谓导之以法，齐之以刑者乎！若格之功臣[⑬]，其伤已甚。何者？直绳则亏丧恩旧，挠情则违废禁典，选德则功不必厚，举劳则人或未贤，参任则群心难塞，并列则其弊未远。不得不校其胜否，即事相权。故高秩厚礼，允答元功；峻文深宪，责成吏职。建武之世[⑭]，侯者百数，若夫数公者[⑮]，则与参国议，分均休咎。其余并优以宽科[⑯]，完其封禄，莫不终以功名，延庆于后。昔留侯以为高祖悉用萧曹故人[17]，郭伋亦议南阳多显[18]，郑兴又戒功臣专任[19]。夫崇恩偏授，易启私溺之失。至公均被，必广招贤之路。意者不其然乎！

永平中显宗追感前世功臣[20]，乃图画二十八将于南宫云台，其外又有王常、李通、窦融、卓茂[21]，合三十二人。故依本第系之篇末，以志功次云尔。

【篇旨】

叙述汉光武帝对待中兴元勋的方略，肯定“高秩厚礼，允答元功；峻文深宪，责成吏职”的做法，说明当以“至公均被”之法，任用贤能。

【注释】

① 二十八将：光武帝推翻王莽，建立东汉时的开国功臣。名见《后汉书》卷二十二。

② 二十八宿：古人为观测日月五星而选定的二十八个星官，又附以相应的星座。观象者又常作为划分方域的标志。方术家又称重要的文武臣寮为星君下凡。

③ 管：管仲。隰：隰朋。二人皆春秋齐桓公的辅佐大臣。

④ 先：春秋晋国大夫先轸。赵：赵衰（cuī）。文：晋文公，名重耳，春秋五霸之一。

⑤ 阿衡：商初贤臣伊尹之号。

⑥ 疑：同“儗”或“擬”（拟），意为并比，相似。

⑦ 萧：萧何。樊：樊哙。

⑧ 信：韩信。越：彭越。菹戮：古代酷刑，受刑者被枭首示众，碎其尸骨。韩、彭都因被告谋反而受此刑。

⑨ 抱关：守门，此喻地位卑微的小吏。

⑩ 寇：寇恂，字子翼。在光武帝平王莽之乱时，为偏将军，屡立战功。以功封雍奴侯，邑万户。邓：邓禹，字仲华，常在光武帝军中出谋划策，功绩甚高，官至大司徒，封高密侯，食邑四县。

⑪ 耿：耿弇，字伯昭，封好畤侯，食邑二县。贾：贾复，字君文，封胶东侯，食邑六县。

⑫ 特进：官名，西汉末始设，加封于功德优盛的诸侯，位在三公之下。朝请：官名，加封于年高德重的将军和公卿。

⑬ 格：正。

⑭ 建武：东汉光武帝年号，时当25—55年。

⑮ 数公：指邓禹、吴汉等功臣。

⑯ 宽科：宽法。

⑰ 留侯：张良。他对汉高祖说，你所封的都是萧何、曹参这些故人，所诛杀的都是平生有怨仇者，故诸将不服。

⑱ 郭伋：光武帝封郭伋为并州牧。郭对光武帝说，应选贤才任职，不要只用南阳故旧。

⑲ 郑兴：字少赣，任太中大夫，对光武帝说不应专用功臣掌政。

⑳ 永平：汉明帝年号。时当58—75年。

㉑ 王常：官横野大将军，封山桑侯。李通：官大司空，封固始侯。窦融：官卫尉，封安丰侯。卓茂：官至太傅。

【语译】

论道：东汉光武帝中兴汉室时的二十八员大将，前世人以为与天上的二十八宿星君相应，此说我还知之不详。然而我知道，他们都能君臣相得如风云际会，振奋其智勇，可称为佐命之才，是各有奇志卓能的义士。有些议论天下事的人，多非难光武帝不以功臣任职，以致使那些英姿勃发、功绩卓著的人，被弃置不用。然而从光武帝的深谋远虑的方略看，他的做法原是有道理的。自王道衰落以后，降至春秋时霸道盛行，还能合理地授权任用贤才，有功绩的、有贤能的都按级授官。如管仲、隰朋在齐桓公时都相继升任。先轸、赵衰在晋文公时都同列朝班。可以说是功绩与贤能兼通之臣。再降至秦汉时代，全靠战力取位，那些辅佐扶持王室的大臣，都从武士中崛起，也有卖丝绸的商贩、杀狗的屠夫，以及轻佻狡猾之徒。他们有的得到城连城的大块封地，有的受任为宰辅大臣，位同伊尹。为臣者威势与君主相当就会产生仇怨，诸侯的力量与君主相当就会发生祸乱。萧何、樊哙尚且受拘系为阶下囚，韩信、彭越最终落得枭首戮尸的下场，不就证明了上述的道理吗！自高祖以后至于汉武帝，五代朝廷宰辅大臣，没有不用公侯担任的。这样就使学士贤才进身之路被堵塞，贤能官吏受到压抑。朝廷有世代凭私恩专权的大臣，下层就多贤才受压抑被埋没的怨气。那些身怀道术而无名于世，埋没草野的贤者，很多很多，怎能说得完？

汉光武帝鉴察前代任人的错误事实，心存矫枉的大志。即使寇恂、邓禹这种功勋很高的人，耿弇、贾复这种功绩极大的人，分封的土地不过四个大县，另加封特进、朝请等头衔而已。再看光武帝时，为政治民则平和清明，对官吏则严加考核，查办其罪咎，这不就是实行孔子所谓的“用政法引导，再用刑罚整顿”吗？若用这个办法对待功臣，就会产生严重的危害。为什么？因为，如果不讲情面地对他们绳之以法，就伤了旧日恩情；如看情面不追究罪过，就违废了朝廷法典。选用贤德之人，其功绩不一定很高；选拔功劳大的人，其德未必贤。若并用贤才和功臣，就很难满足群臣的觊望。若弃德论功，让功臣并列朝廷，执掌大权，那乱亡之期就不远了。所以不得不比较各种办法的得失，权衡其轻重。故光武帝以高爵重礼报答开国元勋，以严峻的法令督责官吏尽职。在光武帝的建武年间，封侯者有成百之数，而只有邓禹、吴汉数公，才参与朝廷议事，共同承担成败祸福。其余的人都给予优厚的待遇，使其封禄完备，莫不终身享有功名，且延福于后世子孙。往昔留侯张良以为高祖全任用萧何、曹参这些故交知己（致使诸将不满），郭伋也议论光武帝家乡南阳的高官太多，郑兴又劝诫光武帝不要专任功臣。重旧日恩德，以偏私之情授官任职，就容易开徇溺私情的歪风。帝王以至公之心广恩授官，必然会拓宽招贤之路，想来事实不正如此吗！

永平年间，显宗追感前世功臣，于是在南宫云台画了二十八将的像，另外，又有王常、李通、窦融、卓茂，也一并画出，合计有三十二人。因而依次第列出他们的爵号姓名，附于此论之后（注：《文选》收录时省去），以标明他们的功绩次第。

【评析】

此文先列出非难光武帝“不以功臣任职，至使英姿茂绩，委而勿用”的错误观点，然后进行驳斥。作者先举历史事实，说明专任功臣之弊，以证光武帝不用功臣的正确。接着从正面叙述光武帝矫正前代之失的决心和措施，肯定“高秩厚礼，允答元功；峻文深宪，责成吏职”的做法。这样有理有据，加强了反驳的气势。最后以张良、郭伋、郑兴等贤能功臣警诫任人唯亲的劝谏，说明任人唯贤，乃众望所归，是圣贤所共识，是历史的趋势。文章的理、据、势齐备，读来使人信服。同时，文章多用雅正的词句，排偶的句法，以及历史与现实比较的章法，既符合光武帝善于借鉴前代的思路，也使文章内容充实而有气势。

后汉书宦者传论一首

作者：范蔚宗　　注译评析：周满江

《易》曰：“天垂象[①]，圣人则之。”宦者四星[②]，在皇位之侧[③]，故《周礼》置官，亦备其数。阍者守中门之禁[④]，寺人掌女宫之戒[⑤]。又云：“王之正内者五人[⑥]”。《月令》：仲冬，阉尹“审门闾[⑦]，谨房室。”《诗》之《小雅》，亦有巷伯刺谗之篇[⑧]。然宦人之在王朝者，其来旧矣。将以其体非全气，情志专良，通关中人[⑨]，易以役养乎！

然而后世因之，才任稍广。其能者，则勃貂、管苏有功于楚晋[⑩]，景监、缪贤著庸于秦赵[⑪]。及其弊也，竖刁乱齐[⑫]，伊戾祸宋[⑬]。汉兴仍袭秦制，置中常侍官[⑭]，然亦引用士人，以参其选。皆银珰左貂，给事殿省[⑮]。及高后称制[⑯]，乃以张卿为大谒者[⑰]，出入卧内，受宣诏令。文帝时，有赵谈、北宫伯子，颇见亲幸。至于孝武，亦爱李延年。帝数宴后庭，或潜游离馆，故请奏机事，多以宦人主之。元帝之世，史游为黄门令[⑱]，勤心纳忠，有所补益。其后弘恭、石显[⑲]，以佞险自进，卒有萧周之祸[20]，损秽帝德焉。

中兴之初，宦官悉用阉人，不复杂调他士。至永平中，始置员数：中常侍四人，小黄门十人。和帝即祚幼弱，而窦宪兄弟专总权威。内外臣僚，莫由亲接，所与居者，惟阉官而已。故郑众得专谋禁中，终除大憝[21]，遂享分土之封，超登宫卿之位，于是中官始盛焉。

自明帝以后，迄乎延平，委用渐大，而其资稍增。中常侍至有十人，小黄门亦二十人。改以金珰右貂，兼领卿署之职。邓后以女主临政，而万机殷远。朝臣图议，无由参断帷幄；称制下令，不出房闱之间。不得不委用刑人，寄之国命。手握王爵，口含天宪。非复掖庭永巷之职[22]，闺牖房闱之任也。其后孙程定立顺之功[23]，曹腾参建桓之策[24]。续以五侯合谋[25]，梁冀受钺[26]。迹因公正，恩固主心，故中外服从，上下屏气。或称伊霍之勋，无谢于往载；或谓良平之画，复兴于当今。虽时有忠公，而竞见排斥。举动回山海，呼吸变霜露。阿旨曲求，则宠光三族[27]；直情忤意，则参夷五宗，汉之纲纪大乱矣。

若夫高冠长剑，纡朱怀金者，布满宫闼。苴茅分虎[28]，南面臣民者，盖以十数。府署第馆，棊列于都鄙。子弟支附，过半于州国。南金和宝[29]、冰执雾縠之积，盈牣珍藏[30]。嫱媛侍儿、歌童舞女之玩，充备绮室。狗马饰雕文，土木被缇绣。皆剥割萌黎，竞恣奢欲。构害明贤，专树党类。其有更相援引，希附权强者，皆腐身熏子[31]，以自炫达。同弊相济，故其徒有繁。败国蠹政之事，不可殚书。所以海内嗟毒，志士穷栖。寇剧缘间，摇乱区夏。虽忠良怀愤，时或奋发，而言出祸从，旋见孥戮[32]。因复大考钩党[33]，转相诬染。凡称善士，莫不罹被灾毒。窦武何进[34]，位崇戚近，乘九服之嚣怨，协群英之势力，而以疑留不断，至于殄败。斯亦运之极乎！虽袁绍龚行[35]，芟夷无余，然以暴易乱，亦何云及。自曹腾说梁冀，竟立昏弱[36]。魏武因之，遂迁龟鼎[37]。所谓“君以此始，必以此终”[38]，信乎其然矣！

【篇旨】

叙宦官制度的历史，以及宦官在政治上的作用，指出宦官常专擅生杀之权，乱政倾国，望君主借鉴前代教训，以正宦官制度。

【注释】

① 象：物象，象征。

② 宦者：本文题中“宦者”指宦官，即被阉割后失去性能力，在宫中服役的官员。此句“宦者”，指星官。属天市垣，共四星，在武仙与蛇夫两星座内。

③ 皇位：指帝座。此星属天市垣，在武仙座内。

④ 阍者：守宫门的人。

⑤ 寺人：宦官的别称。

⑥ 正内：王之路寝，即王后之宫。

⑦ 阉尹：总管宦官的官员。在周朝称内宰。

⑧ 巷伯：宦官之通称。《诗经·小雅·巷伯》为寺人孟子所作，他因受谗作此诗以泄愤。

⑨ 关：涉、接触。中人：内人。

⑩ 勃貂：春秋晋宦官。晋大夫吕郤阴谋烧死晋文公，勃貂告发，救了文公。管苏：楚恭王的宦官，深得信任。恭王临终，遗言让他在朝为官。

⑪ 景监：秦孝公宦官，曾向孝公引见商鞅。缪贤：春秋赵宦者令，推荐蔺相如出使秦国。著庸：著功。

⑫ 竖刁：又称寺人貂，齐桓公宦官。桓公死后，诸公子争位，他与易牙勾结杀群吏，立无亏为君，太子昭奔宋，齐国大乱。

⑬ 伊戾：春秋宋国太子痤的宦官。太子接待楚国客人时，杀牲盟誓。伊戾就诬告太子谋反，使太子自杀。宋平公后来发现太子冤枉，烹杀了伊戾。

⑭ 中常侍：官名，出入宫廷，侍从皇帝，常为列侯及郎中的加官，东汉

时专用宦官，传达诏令，整理文书，权力极大。

⑮ 给事：谓给侍，在殿中备皇帝差使。

⑯ 高后称制：汉高祖死后，惠帝即位，高后开始专权。惠帝在位七年而死。少帝立，高后临朝称制。

⑰ 张卿：名释，字子卿，高后宠爱的宦官。大谒者：谒者的长官。谒者的职责是接待宾客。

⑱ 史游：汉元帝时宦官，任黄门令，用韵语编《急就章》，为学童识字之书。

⑲ 弘恭、石显：西汉元帝宦官。弘恭为中书令。弘死后石显接任。石显为人巧慧，善于“探得人主微旨”，深得元帝信任，大小政事，都依据石显的报告决断。

⑳ 萧周之祸：前将军萧望之、光禄大夫周堪，二人建议罢免中书宦官，元帝不听。由此得罪石显，萧、周皆受迫害，萧自杀，周被罢官禁锢，不得复用。

㉑ 憝（duì）：恶人。

㉒ 掖庭：宫殿中之旁舍，妃嫔所居。永巷：后宫。

㉓ 孙程：汉安帝宦官，为中黄门。安帝时江京等人废皇太子为济阴王。安帝死后，北乡侯继位。孙程乘北乡侯病重时，统领十八人共杀江京，迎立济阴王，是为顺帝。

㉔ 曹腾：东汉顺帝宦官，任中常侍。与州辅等七人定策迎立桓帝，因此被封费亭侯，侍宫廷达三十余年。

㉕ 五侯：宦官唐衡、单超、左倌、徐璜、具瑗。桓帝与五人定谋，兵围大将军梁冀府，收其印绶。梁自杀，灭族。桓帝封五人为侯。

㉖ 钺（yuè）：兵器，圆刃或平刃，似斧。

㉗ 三族：父族、母族、妻族。

㉘ 苴茅：封诸侯时，皇帝用白茅裹其方位颜色（如东方青、南方赤等）的泥土，赐予受封者。虎：指虎符。

㉙ 南金：指荆州、扬州所贡之金。和宝：和氏璧，代指宝玉。

㉚ 牣（rèn）：充满。

㉛ 腐：腐刑，代指阉割。薰子：薰同“熏”，指阉后以药熏治伤口。

㉜ 孥（nú）戮：诛灭子孙。

㉝ 钩党：互相牵连的同党。桓帝时李膺等与太学生郭泰、贾彪等联合，反对宦官专权，被诬“党人”。二百多人被捕入狱，后释放，但终身不许做官。史称“党锢之祸”。灵帝即位后，党锢之祸又起，被杀受罚者甚众。

㉞ 窦武：桓帝皇后之父，任大将军，被宦者曹节矫诏诛杀。何进：灵帝皇后之兄，任大将军。袁绍劝他杀宦官，他犹豫不决，终被宦官赵忠杀死。

㉟ 龚行：犹“恭行”。指司隶校尉袁绍，恭行天命，于献帝永汉元年，入宫杀赵忠及其他大小宦官。

㊱ 昏弱：指桓帝。

㊲ 龟鼎：大宝龟、宝鼎，喻指帝位。

㊳“君以此始”两句：见《左传·宣公十二年》。原文作“君以此始，亦必以终”。

【语译】

《周易》系辞说：“天垂示天文形象，圣人领会其意义而仿效实行。”天上的宦者星座有四颗星，在帝座的旁边，因此，圣人在《周礼》中规定宦官也按此数设置。阍者守卫中门，寺人管宫女戒令。《周礼·天官》又说：“王后之官内设寺人五人。”《礼记·月令》规定，在仲冬时节，阉尹“审视宫门的禁闭，注意房室的进出”。《诗经》的《小雅》，也有寺人《巷伯》讽刺以谗言害人的丑行的诗篇。可见，宦官在王朝服役的事，由来已久了。大概由于他们身体没有阴阳具备的全气，情志专一温良，可接触宫中嫔妃，容易驱使的缘故吧！

正因如此，后世才委任稍广些的职务。宦者中能力强的，有勃貂、管苏，他们各在楚晋立了大功。景监、缪贤，向各自的君王推举了贤士（蔺相如、商鞅），使他们立功于秦赵。说到宦官的罪恶，则有竖刁为乱于齐国，伊戾为祸于宋国。汉朝立国后，仍然承袭秦朝的制度，设置中常侍官，然而也引用士人，与宦官一起备选。他们戴银冠、左边饰以貂尾，在宫殿陪侍皇帝。到高后临朝摄政时，以张卿任大谒者，他出入高后房内，接受旨意发布诏令。汉文帝时，有宦官赵谈、北宫伯子，颇受皇帝亲幸。到汉武帝即位，也爱宦官李延年。武帝多次在后庭设宴，或潜游离宫别馆，因此在大臣请奏机密之事时，多让宦官主持代理。在汉元帝时代，史游作黄门令，肯勤奋办事，奉献忠心，对政事有所补益。此后弘恭、石显以奸佞险恶的手段揽权，终于发生了萧望之、周堪遇害的大祸，损污了皇帝的道德。

光武帝中兴汉室初期，宦官全用阉人，不再杂选其他学士。到汉明帝永平年间，才规定宦官数目：中常侍四人，小黄门十人。和帝即位，年纪幼弱，而由窦宪兄弟专掌权柄，施威天下。内外臣僚，没有接近皇帝的门路，与皇帝居处者，只有宦官而已。所以郑众能在宫禁中运用计谋，终于除掉首恶窦宪。郑众也因此功而享有分土为侯之封，越级登上宫卿之位。由这时起，宫中宦官的权势就盛大了。

自明帝以后，至安帝延平年间，委用宦官的职权逐渐增大，而他们的资费也稍有增长。中常侍扩至十人，小黄门也有二十人。冠戴由银珰改为金珰，右边挂貂尾，兼任卿署主官。邓皇后以女帝身份执政。政事成万，离大臣极远。朝臣无法参加议事，政事的决策全在屋内帷间制定，发布政令，不出房室之间。这样就不得不任用阉人，把国家命运寄托在他们身上。宦官手里握着王侯的爵禄，口里含着帝王的法令。不再是掖庭永巷嫔妃的小臣，闺房闱帐下的差役了。此后，宦者孙程建树了扶立顺帝的功绩，曹腾参与了扶立桓帝的谋略。接着因五侯合谋，使梁冀受斧钺之诛。他们以公正的面目行事，扶立之恩又使帝王信任，所以内外服从，朝野上下无不恐惧。有的人称颂他们的功绩和伊尹、霍光一样，无愧于往古圣人；有的人说张良、陈平的谋略，复兴于当代。虽然也有忠直的宦者，但都被他们排斥。他们的一举一动都能搅动山海，呼吸的气息能变成霜露。谁阿谀逢迎他们的心意，就能使三族之人获高官厚禄，光宗耀祖。谁以直情忤逆他们的旨意，就被灭三族五宗。汉朝的纲纪大乱了。

那些头戴高冠，腰挂长剑，佩着红丝带吊着金印的宦官，布满宫廷。天子给他们封土分符，封为王侯，成为南面称孤的宦者，有十数人。他们的官府署衙，府第公馆，遍布都城各地。他们的子弟附庸，超过州府国都居民的半数。南国黄金、和氏宝玉、晶洁如冰的丝纨、轻薄如晨雾的丝縠，堆满了珍藏的府库。妃嫱、淑女、侍儿、歌童、舞女等玩物，充满绮丽的内室。他们的狗马都披着华丽的丝锦，土墙木柱都装饰着绣花丝缯。这些都是剥割黎民百姓得来的财物，竞相穷奢恣欲。他们陷害明贤之士，专门树立同党。更有些人，互相勾结拉扯，攀附权贵豪强的人，都自行阉身燎伤，以求闻名升官。同恶者互相支持，故他们徒众日渐繁多。他们的败国腐政的事实，写也写不完。所以全国的人都感叹痛恨，仁人志士隐栖山野。盗贼乘机而起，搅乱了整个华夏。虽然有忠良悲愤填膺，有时奋起谴责，但话一出口，大祸立即就来，跟着连子孙都被杀戮。于是又大兴党狱，迫使党人转相诬陷。凡称作善士的人，莫不遭受灾祸。窦武、何进，地位崇高，又为皇室近亲，乘着天下远近诸侯喧嚣动乱的形势，合众英雄的势力起来反对宦官，但因犹疑不决，未能果断地殄灭宦官，而至于被宦官消灭。这也是国运将尽的征兆吧！稍后，虽有袁绍恭行天命，把宦官诛杀无余，但他是以自己的暴乱，替换宦官的乱政，又怎能得到太平？自曹腾劝说梁冀不要扶立成年帝王后，权臣就扶立年幼昏庸君主，以便长期专权。魏武帝曹操接着利用昏弱之君，以致篡权夺位，占有国家宝器（曹氏以宦官之谋篡位，最后又因宦官专权而失国）。人们所谓："君以这种办法开始，必以这种办法结束"，对呀，确实如此！

【评析】

面对汉末日益酷烈的宦官乱政败国的历史，作者在描述史实的同时，深入探讨其所以能窃权乱政的根源。文章首先回顾宦官制度的历史，说明设置宦官最初不过是供皇帝后宫差使，但因其有机会成为亲信，而逐渐窃取权柄，掌握机要，给奸佞者以作乱的机会。作者对事实描述得扼要而深入。文章的第二部分，叙述光武帝中兴以后，宦官势力大盛的历史，是全文的重点所在。作者指出宦官之得势与皇后执政、外戚专权相辅而行。他们互相勾结，互相利用，有时又争权夺利，乃至互相残杀。其结果虽各有胜负，但以宦官的得势为多。故文章的最后，着力描写宦官的得意情状。对他们骄奢贪婪、败国蠹政的罪行，形容淋漓尽致，铺演全面生动。在描写中又通过史实适当议论，史与论有机的联系，加深了文章的内容。且在描述中，时而惋惜、时而感慨，恨奸佞的乱政败国，赞忠良与明君的贤德，文情并茂，真切感人。

后汉书逸民传论一首

作者：范蔚宗　　注译评析：周满江

《易》称“遁之时义大矣哉[①]。”又曰“不事王侯，高尚其事[②]。”是以尧称则天[③]，而不屈颍阳之高[④]。《武》尽美矣，终全孤竹之絜[⑤]。自兹以降，风流弥繁。长往之轨未殊，而感致之数匪一。或隐居以求其志，或回避以全其道。或静己以镇其躁，或去危以图其安。或垢俗以动其概，或疵物以激其清。然观其甘心畎亩之中，憔悴江海之上，岂必亲鱼鸟乐林草哉，亦云介性所至而已。故蒙耻之宾，屡黜不去其国[⑥]。蹈海之节[⑦]，千乘莫移其情。适使矫易去就，则不能相为矣。彼虽硁硁有类沽名者[⑧]，然而蝉蜕嚣埃之中，自致寰区之外，异夫饰智巧以逐浮利者乎！荀卿有言曰：志意修则骄富贵，道义重则轻王公也。汉室中微，王莽篡位，士之蕴藉义愤甚矣。是时裂冠毁冕，相携持而去之者，盖不可胜数。扬雄曰：“鸿飞冥冥，弋人何篡焉。”言其违患之远也。

光武侧席幽人[⑨]，求之若不及。旌帛蒲车之所征贲[⑩]，相望于岩中矣。若薛方、逄萌聘而不肯至[⑪]，严光、周党、王霸至而不能屈[⑫]。群方咸遂，志士怀仁。斯固所谓“举逸人，则天下归心”者乎！肃宗亦礼郑均而征高风[13]，以成其节。自后帝德稍衰，邪孽当朝。处子耿介，与卿相等列[14]。至乃抗愤而不顾，多失其中行焉。盖录其绝尘不及，同夫作者[15]，列之此篇。

【篇旨】

颂扬逸民精神的高尚，并论述帝王应礼贤下士，任用贤者辅政，以使天下归心。

【注释】

① 遁（dùn）：《周易》卦名，退避之意。此卦讲当退避的时候应及时退避。此句见《遁卦》彖辞。

②“不事王侯”二句：见《周易·蛊卦》爻辞。

③ 尧称则天：出自《论语·泰伯》：“唯天为大，唯尧则之。”

④ 颍阳：颍水之北，代指上古隐士许由。传说尧要把帝位让给许由，许由不接受，逃到颍阳。

⑤ 孤竹：代指伯夷、叔齐。二人是孤竹国君之子，因互让君位而逃走。周武王灭纣，他们认为不义，隐于首阳山，不食周粟而死。

⑥“故蒙耻之宾”二句：刘向《列女传》柳下惠妻條说，柳下惠为鲁国大夫，被三次废黜而不离开故国，是为了“忧民救乱”。惠死后，其妻诵诔文称：“蒙耻救民，德弥大兮。虽遇三黜，终不蔽兮。”

⑦ 蹈海之节：指鲁仲连为齐国取得聊城，又劝退燕军的围攻。齐王要封赏他，他逃到海上隐居，不为利禄所动。

⑧ 硁（kēng）硁：固执己见。

⑨ 侧席：侧身而坐。《礼记·曲礼上》：“有忧者侧席而坐。”指光武帝为求贤才而忧。

⑩ 贲（bì）：修饰。《周易》有《贲卦》，讲礼仪与修饰原则。这里指修洁自好的贤士。

⑪ 薛方：西汉末齐人，字子容。王莽以安车迎方，不肯应召。居家教授

经书。东汉光武帝征召，他死于赴京路上。逄（páng）萌：字子康，北海人，客居辽东。光武帝即位后，召他从政，他托言老耄迷路而不应。

⑫ 周党：字伯况，太原人，曾官议郎，因病去职。家居渑池，光武帝征他出山居官，不肯接受。王霸：字儒仲，太原人。光武帝建武年间，应征到京，居官不久，即以病辞归。

⑬ 肃宗：章帝庙号。郑均：字仲虞。章帝建初六年，召为尚书。数献忠言，深受敬重，后因病辞归。高凤：字文通，南阳人。建初年间召至公车府，托病逃归，隐居不出。

⑭ “与卿相”句：《后汉书》、五臣本“与”上俱有“羞”字。

⑮ 作者：指避世隐居者。《论语·宪问》：“子曰：‘贤者辟世，其次辟地，其次避色，其次避言。’子曰：‘作者七人矣。’”

【语译】

《易传》称：“遁卦所示的时机的义理，太伟大了！”《易卦》又说：“不事奉王侯，去从事自己认为高尚的事。”因此，尧虽被人称赞为能效法天的圣君，却不能使颍阳高士许由屈就其位。孔子称《武》舞已经很完美了（但其德还不完善），使孤竹君之二子伯夷、叔齐的高洁，得以肯定。自兹以后，其风范的影响愈益广泛。高士走隐逸之路没有什么不同，但各人感慨避世的情况却不一样。有的人隐居是为了追求自己的理想，有的人回避乱世昏君是为了保全自己的信仰。有的人静默隐居是为平定愤懑的心情，有的人离开危亡的朝廷以求得身家的安全。有的人抨击时俗的垢秽以发扬其高尚的气节，有的人揭露时世的流弊以激励品德的高洁。然而，看他们甘心生活在田野之中，憔悴在江海之上，难道是要亲近鱼鸟、寻乐于山林草野吗？不是的，而是他们特有的耿介的个性使他们这样做的，有甘愿蒙耻救民的柳下惠，屡遭罢黜而不离开鲁国。有鲁仲连逃到海上隐居，坚持正义气节，虽封千乘之国，也改变不了他的隐逸之情。若使柳下惠与鲁仲连，互换其隐逸和不离故国的行动，那他们都不能照对方的原则做了。那些隐者坚持自己的行动，不为荣利所动，有些类似沽名钓誉的人。然而，他们从喧嚣污浊的社会脱出身来，致身于邦国之外，与那些投机取巧、追逐浮名荣利的人，是不同的啊！荀卿在《荀子·修身》中有句话说："思想高洁就轻视富贵，重视道义就会看轻王公的禄位。"汉室中衰，王莽篡位，连那些宽和的贤士都极其愤怒。这时，毁弃冠冕，并肩相携而离开官署的人，多得数不清。扬雄说："天鹅高高地飞去，射猎者怎能得到它！"是说贤士为避祸都远走了。

光武帝求贤若渴，坐不安席，生怕隐居的贤士不来。他派人打出招贤的旗帜，带着迎贤的束帛，赶着蒲轮安车，去征召修洁自好的隐士，在山岩中的贤者一个接一个地来朝。也有像薛方、逢萌这些隐者，招聘而不肯来朝，也有严光、周党、王霸这类人，到了朝廷却不肯屈志做官。各方贤士都能顺心遂志，有志之士都感激光武帝的仁德。这就是孔夫子所谓"任用被遗落的贤士，就会得到天下人心悦诚服的拥戴"。汉章帝也能重用郑均并征召高凤来朝，最终都满足他们的心愿，成就其名节。自此以后，帝德逐渐衰落，宦官当政。隐士们坚守节操，羞与卿相同列为官。至于有些高傲愤怒而不顾君臣之礼者，就失了贤士应有的中庸之德了。记录那些绝尘离俗、高不可及、类同周末的避世之士的隐者事迹，列叙于这篇《逸民列传》。

【评析】

自上古以来英明的君主和政治家，以及有卓见的哲人学士，都认识到贤士在国家兴亡中的巨大作用。因而，一提治国问题，就先谈礼贤下士，认为这是治国的一大关键。本文从这个视角展开论述。首先把隐逸现象产生的主要根源，归于君主的是否圣明，政治的是否有道。与此紧密联系的第二个根源，是贤士的耿介性格。耿介的内涵，可从本文所引的荀卿之言理解，即"志意修则骄富贵，道义重则轻王公"。他们有自己的理想与道义，不屈于荣利权势。与君主合，则发挥才干；不合，则隐居草野，决不苟且。这是古代贤哲可贵的一面。本文在结构上，也以上述两点交相映照。前一大段以赞逸民的耿介为主，后一大段赞光武帝的求贤尊贤，使二者相映生辉。

宋书谢灵运传论一首

作者：沈休文　　注译评析：周满江

史臣曰：民禀天地之灵，含五常之德[①]，刚柔迭用，喜愠分情。夫志动于中，则歌咏外发；六义所因[②]，四始攸系[③]，升降讴谣，纷披风什[④]。虽虞夏以前，遗文不睹，禀气怀灵，理或无异。然则歌咏所兴，宜自生民始也。

周室既衰，风流弥著。屈平宋玉导清源于前，贾谊相如振芳尘于后。英辞润金石，高义薄云天。自兹以降，情志愈广。王褒刘向扬班崔蔡之徒，异轨同奔，递相师祖。虽清辞丽曲，时发乎篇；而芜音累气[⑤]，固亦多矣。若夫平子艳发，文以情变，绝唱高踪，久无嗣响。至于建安，曹氏基命，三祖陈王[⑥]，咸蓄盛藻；甫乃以情纬文，以文被质。

自汉至魏，四百余年，辞人才子，文体三变。相如工为形似之言，二班长于情理之说，子建仲宣以气质为体，并摽能擅美，独映当时。是以一世之士，各相慕习。源其飙流所始，莫不同祖风骚，徒以赏好异情，故意制相诡。

降及元康[⑦]，潘陆特秀。律异班贾，体变曹王；缛旨星稠，繁文绮合。缀平台之逸响[⑧]，采南皮之高韵[⑨]。遗风余烈，事极江右[⑩]。在晋中兴[⑪]，玄风独扇[⑫]，为学穷于柱下[⑬]，博物止乎七篇[⑭]。驰骋文辞、义殚乎此[⑮]。自建武暨于义熙[⑯]，历载将百，虽比响联辞，波属云委，莫不寄言上德[⑰]，托意玄珠[⑱]，遒丽之辞无闻焉尔[⑲]。仲文始革孙许之风[⑳]，叔源大变太元之气[㉑]。爰逮宋氏[㉒]，颜谢腾声。灵运之兴会摽举，延年之体裁明密，并方轨前秀，垂范后昆。

若夫敷衽论心[23]，商榷前藻，工拙之数，如有可言。夫五色相宣，八音协畅[24]；由乎玄黄律吕[25]，各适物宜。欲使宫羽相变[26]，低昂舛节，若前有浮声[27]，则后须切响[28]。一简之内，音韵尽殊；两句之中，轻重悉异。妙达此旨，始可言文。至于先士茂制，讽高历赏。子建“函京”之作[29]，仲宣“灞岸”之篇[30]，子荆“零雨”之章[31]，正长“朔风”之句[32]，并直举胸情，非傍诗史[33]，正以音律调韵，取高前式。自灵均以来，多历年代，虽文体稍精，而此秘未睹。至于高言妙句，音韵天成，皆暗与理合，匪由思至。张蔡曹王，曾无先觉；潘陆颜谢，去之弥远。世之知音者，有以得之，此言非谬。如曰不然，请待来哲。

【篇旨】

本文重在阐述文学观点，主要有两方面：一是阐明情文互用的重要，而特重文藻的修饰。二是论声律问题，强调声律在诗文中的重大作用，并自以为是“独得之秘”。

【注释】

① 五常：指金、木、水、火、土五行。一说指仁、义、礼、智、信。

② 六义：《毛诗序》称风、赋、比、兴、雅、颂为“六义”。

③ 四始：《毛诗序》以风、小雅、大雅、颂为“四始”。沈约本此说。

④ 风什：犹言风雅。雅颂每十篇同卷，称什。故以“什”代指雅。

⑤ 累气：指混浊之气，是清气之累。

⑥ 三祖：指魏太祖曹操、高祖曹丕、烈祖曹叡。《宋书》作“二祖”。陈王：曹植。

⑦ 元康：西晋惠帝年号。

⑧ 缀：联结。平台：西汉梁孝王刘武，在其封地大梁（在今河南开封西北）筑平台，招延才士游宴写作。当时著名赋家如司马相如、枚乘等都为其客。

⑨ 南皮：地名，在今河北省。建安时曹丕为五官中郎将，与吴质、阮隅

等文士游此地。这里以“南皮”代指建安诸子。

⑩ 江右：指长江下游北岸、淮河以南地区。可泛称长江以北地区，这里指西晋，其都城在洛阳。

⑪ 在晋中兴：指西晋亡后，司马睿南渡，在南京建立东晋。在，《宋书》作“有”。

⑫ 玄风：指老庄之学。在魏晋之际盛行。

⑬ 柱下：指老子。老子名聃，曾为东周王室的柱下史（史官名）。

⑭ 七篇：指庄子。《庄子》有《内篇》《外篇》《杂篇》三部分。《内篇》七篇为庄子本人所作，故用以代称庄子。

⑮ 殚：尽。

⑯ 建武：东晋元帝年号。义熙：东晋安帝年号。

⑰ 上德：指老子学说。《老子》第三十八章：“上德不德，是以有德。”

⑱ 玄珠：指庄子学说。《庄子·天地》：“黄帝游乎赤水，登乎昆仑之丘，而南望还归，遗其玄珠。”

⑲ 遒：刚劲。

⑳ 孙许：孙绰与许询。

㉑ 叔源：谢混字，东晋末诗人。太元：晋孝武帝年号。太元之气指以孙许为首的玄言诗风。

㉒ 宋氏：指刘裕代晋后建立的宋朝，史称“刘宋”。

㉓ 敷衽：指铺开衣襟席地而坐。

㉔ 八音：金、石、丝、竹、匏、土、革、木八类乐器的声音。

㉕ 律吕：古代校正乐音的律管，共十二个。阳为律，阴为吕，各六个，称十二律。这里泛指乐音。

㉖ 宫羽：沈约提倡作诗要讲究四声，以五音比附四声，认为宫商是平声，角是上声，徵是去声，羽是入声。而上、去、入三声又称仄声。这里宫代指平声，羽代指仄声，说明作诗要讲平仄的变化协调。

㉗ 浮声：指平声。

㉘ 切响：指仄声。

㉙“函京”之作：曹植（字子建）《赠丁仪王粲诗》首二句：“从军渡函谷，驱马过西京。”

㉚“灞岸”之篇：王粲（字仲宣）《七哀诗》：“南登灞陵岸，回首望长安。”

㉛“零雨”之章：西晋诗人孙楚（字子荆）的《征西官属送于陟阳候作诗》首二句：“晨风飘歧路，零雨被秋草。”

㉜正长“朔风”：王瓒（字正长）《杂诗》：“朔风动秋草，边马有归心。”

㉝诗史：指他人诗句与史实。

【语译】

史臣说：人承受了天地的灵气，生来就含有五常的本性，生性或刚或柔交替而用，喜怒好恶各不相同。思想感情萌动于心中，就借歌咏向外发表；《诗经》凭依情志的不同分为六义，四始的作用也与之联系，人们声音或高或低地唱起歌谣，风雅之声纷纷传扬。虽然虞舜、夏禹以前遗留的诗歌，我们无法看到，但当时人禀赋的灵气，咏歌抒怀的冲动，按理应与今无异。这样看来，歌咏的兴起，应在人类产生时就开始了。

周王室衰落以后，咏歌的风气更加盛行。屈平、宋玉走在前面开辟优良的诗风，贾谊、司马相如紧跟着发扬他们的优秀传统。他们的瑰丽精美文辞，可刻于金石，足使金石生辉；他们作品中圣洁仁义的思想之高，可以上薄云天。自此以后，诗文所写的思想感情愈加宽广。王褒、刘向、扬雄、班固、崔骃、蔡邕等人，所取道路不同，而都致力于创作，一个接一个地以前人为师祖。在他们的文章中虽常有清新的辞章和瑰丽的声韵，然而芜杂之音，混浊累赘之气，也有很多。至于张平子则是文采焕发，文辞随着情思的不同而变化，他的诗文堪称绝唱，造诣极高，很久没有人能赶上他了。到建安时代，曹操父子掌权受命，三祖与陈王都写下了辞藻丰富的诗文，开始围绕情思组织文辞，用文辞表现内容，使文质和谐。

自汉至魏共四百多年，辞人才子竞相创作，文体经过三次变化。司马相如善于描写事物形象，班彪、班固长于抒情说理，子建、仲宣以其不同的气质写出了风格各异的作品，都表现出他们的才能，写出极美的诗作，独映于当时。所以一世文士，互相学习，致力于写作。文体虽经三变，但追溯其本源，没有不上法风骚的；只因欣赏爱好之心不同，所以文与诗的内容体制也变化多端。

下至元康年间，潘岳、陆机特别优秀。他们的诗文声律不同于班固、贾谊；诗文体制也改变了曹植、王粲的旧式。繁缛的内容像群星一样稠密，浓丽的辞藻像丝绮一样和谐悦目。他们上接平台文士的遗韵，采取南皮文友的高超诗风。他们的遗风和事业，在西晋发展到了极点。在晋朝中兴后，玄学风气独盛，为学者极力钻研老子学说，从《庄子·内篇》七篇中认识事物。他们写文咏诗，内容尽是老庄意旨。自建武至于义熙年间，已历时百年。虽排音律联文辞创作文章者，如波涌云积，但没有不以老子哲学为诗文内容的，没有不借庄子的寓言表达思想的。那些遒劲华丽的言辞听不见了。殷仲文开始变革孙、许的玄言诗风，谢叔源大变太元时期的玄言风气。到刘宋时代，颜延年、谢灵运名声飞扬。谢灵运作诗时兴会昂扬，颜延年的诗裁制明白细密。他们与前代名家并驾齐驱，也为后世子孙留下文范。

若是我们铺衽而坐，促膝谈心，商榷前代文人的是非得失，其工巧或笨拙的情况，似有可评议的地方。五色相互辉映，八音合奏曲调流畅，是由于玄黄之颜色与乐音，能随事物性质适当谐调。要使诗的清浊平仄相互变化，高低声音相互调节，若是前有飞扬的平声，后面就须有较沉的仄声。一句之中音韵全异，两句之中声调高低不同。懂得这个神妙的道理，才可写诗论文。至于前代文士的优秀佳作，讽诵者认为高妙，历代文士共同欣赏。曹子建的“函京”之作，王仲宣的“灞岸”诗篇，子荆的“零雨”诗章，正长的“朔风”之句，都是直抒情怀，不借用他人诗句，不靠史实典故，正是用音律调谐声韵，高于前代诗人的法度。自灵均以来，经过了许多年，虽文体逐渐精巧，而诗人没有掌握声律这个秘密。至于一些高言妙句，是由于音韵天成，都暗合声韵组合的规律，而不是由思理自觉达到的。张衡、蔡邕、曹植、王粲这些过去的人，没有掌握音韵的先见；潘岳、陆机、颜延年、谢灵运，离音韵之道甚远。相信世上会有知音出现，必能掌握音韵的作用，应知此言不错。如有人不同意此言，请后代的贤哲评说吧！

【评析】

此论虽是《谢灵运传》的一部分，但可看作一篇独立的文论，是用骈体文写的文论。前半谈论文与情的关系，后半讲声律在诗文中的作用，以及使用原则。在论前一个问题时，他虽也引用“六义”“四始”，但不强调教化，而只注重以情为组织文辞的中心，突出文辞润饰内容的作用，表现了文学自觉以后的进步性。声律理论的建树，是沈约引以为傲的。他建立“四声”之名，提出“八病”之说，对诗文的声韵美发掘很深，对律诗的发展起了推动作用。本篇所强调的声韵在诗中的关键意义，确为独到见解，也是他评价前代诗人的主要标准之一。此文除讲究对仗、声律、用典而具骈文的一般特色外，还善于史论结合，互相充实，使论有事实作基础，使史有论为纲要，加深了文章的深度。

宋书恩幸传论一首

作者：沈休文　　注译评析：周满江

夫君子小人，类物之通称。蹈道则为君子，违之则为小人。屠钓，卑事也；板筑，贱役也。太公起为周师，傅说去为殷相。非论公侯之世，鼎食之资，明扬幽仄①，唯才是与。逮于二汉，兹道未革。胡广累世农夫②，伯始致位公相。黄宪牛医之子③，叔度名动京师。且士子居朝④，咸有职业。虽七叶珥貂⑤，见崇西汉，而侍中身奉奏事，又分掌御服。东方朔为黄门侍郎，执戟殿下。郡县掾吏，并出豪家。负戈宿卫，皆由势族。非若晚代分为二涂者也。

汉末丧乱，魏武始基。军中仓卒，权立九品，盖以论人才优劣，非谓世族高卑。因此相沿，遂为成法。自魏至晋，莫之能改。州都郡正⑥，以才品人，而举世人才，升降盖寡，徒以凭籍世资，用相陵驾。都正俗士，斟酌时宜，品目少多，随事俯仰。刘毅所云“下品无高门，上品无贱族”者也[7]。岁月迁讹，斯风渐笃。凡厥衣冠，莫非二品[8]。自此以还，遂成卑庶。周汉之道，以智役愚，台隶参差[9]，用成等级。魏晋以来，以贵役贱，士庶之科，较然有辨。

夫人君南面，九重奥绝，陪奉朝夕，义隔卿士，阶闼之任，宜有司存。既而恩以狎生，信由恩固。无可惮之姿，有易亲之色。孝建、泰始[10]，主威独运，空置百司，权不外假。而刑政纠杂，理难遍通，耳目所寄，事归近习。赏罚之要，是谓国权，出纳王命，由其掌握，于是方涂结轨，辐凑同奔[11]。人主谓其身卑位薄，以为权不得重。曾不知鼠凭社贵[12]，狐借虎威。外无逼主之嫌，内有专用之功。势倾天下，未之或悟。挟朋树党，政以贿成。铁钺疮痏[13]，构于床笫之曲[14]。服冕乘轩，出于言笑之下。南金北毳[15]，来悉方艚[16]。素缣丹魄[17]，至皆兼两[18]。西京许史[19]，盖不足云。晋朝王石[20]，未或能比。

及太宗晚运[21]，虑经盛衰。权幸之徒，慑惮宗戚。欲使幼主孤立，永窃国权，构造同异，兴树祸隙。帝弟宗王，相继屠剿。民忘宋德，虽非一涂，宝祚夙倾[22]，实由于此。呜呼!《汉书》有《恩泽侯表》，又有《佞幸传》。今采其名，列以为《恩幸篇》云。

【篇旨】

自晋及宋，世家大族靠祖上恩泽居官，皇帝近侍靠亲幸窃权，造成政治的腐败与黑暗。本文历述祸患的由来，抨击其危害，证明任人唯贤之必要。

【注释】

① 明扬幽仄：选用隐伏卑微的贤人。

② 胡广：字伯始，少孤贫，年二十七举孝廉，汉安帝欣赏其章奏，拜为尚书郎。

③ 黄宪：字叔度，世贫贱，父为中医，少年时即有才名。举孝廉，又辟公府。到京师不久就回乡。死时四十八岁，天下号征君。

④ 士子：《宋书·恩幸传》作“任子”。

⑤ 七叶：七代。指金日磾子孙七世，相继为侍中、中常侍。张安世子孙相继为七代皇帝的侍中、中常侍。珥貂：汉制侍中、中常侍在冠上插貂尾为饰。

⑥ 州都：即州都大中正，主管评人才高下品级。

⑦ 刘毅：字仲雄，西晋东莱掖（在今山东）人，官至尚书左仆射。所引两句，见《晋书·刘毅传》。

⑧ 二品：九品官人法中的第二品。上句“衣冠”，即士族，他们按例均列于二品。当时，一品无人能得，故二品实即上品。

⑨ 台隶：《左传·昭公七年》载无宇对楚灵王说：“天有十日，人有十等。”台和隶在十等中属卑贱等级。

⑩ 孝建：南朝宋孝武帝年号。泰始：宋明帝年号。

⑪ 辐凑：代指车辆。

⑫ 社：祭土地神之所。藏在社中的老鼠，人不敢打。喻皇帝近侍。

⑬ 鈇：同“斧”。疮痏（wěi）：疮瘢。指受刑罚。

⑭ 笫（zǐ）：箦、竹席。

⑮ 毳（cuì）：细毛，指毛织品。

⑯ 方艚：几个船并排运送。

⑰ 丹魄：即琥珀。

⑱ 两：车辆。

⑲ 许史：许皇后及史良娣二家，是汉宣帝时势倾天下的外戚。

⑳ 王石：王恺、石崇。在东晋时这两家都富拟王者。

㉑ 太宗：南朝宋明帝刘彧的庙号。

㉒ 夙倾：早亡。

【语译】

君子和小人，这是对两类人物的称呼。按道义行事就是君子，远离道义者就是小人。屠夫和钓叟，是卑贱的人；舂土筑墙的，是低贱的劳役。可是钓鱼的姜太公遇上文王就发迹为周师，筑墙服役的傅说遇殷高宗赏识就升为丞相。这种任命不是凭公侯的家世，不是靠贵胄资历，而是选拔隐伏而卑微的贤士，唯才是用。到西汉和东汉二朝，此道还未废弃。胡广累世为农夫，安帝给他公卿的高官。黄宪是牛医的儿子，凭少年才气名震京都。士宦子弟都居朝为官，有其职责。有金、张二氏，子孙相继七世为侍中或中常侍之职，戴银冠左貂，是西汉最受崇敬的世家。而侍中亲身侍奉皇帝，掌管大臣上表奏事，但也分别掌管皇帝的服装。也像东方朔做黄门侍郎那样，在宫殿下执戟守卫。郡和县府的官吏，都出于豪门世家。那些持戈巡逻的宿卫，也由世族子弟担任。不像魏晋以来，士族和寒门分为两种不同的仕进之路。

汉朝末年，天下丧乱，魏武帝曹操刚开始创业。在军中事务急迫，暂设九个品级，用来品评人才优劣的级别，不是论世族地位的高低。自此以后各代沿袭，就变为成法了。从魏到晋，没有谁能改变。各州府的大中正，根据才学给人才定出品级，但评定品第时很少按才能升降级别，只是凭借家世资历，高居人上。那些大中正都是平庸之辈，他们斟酌门第的高低，以及在当时的权势，来品评人的品级，随事势任意定高评低，而毫无原则。刘毅所说的“下品中没有高门世族，上品中没有贱族”就是这样。岁月不断变迁，这种以门第高低评品级的风气也越来越盛行。凡衣冠世族，没有不居二品的。自此以来，士族以外的人才都成了卑微的庶人。周朝和汉朝的政道，是以智能役使愚陋者，有台有隶高低不等，分成等级。魏朝、晋朝以来，是以富贵役使贫贱，士族和庶人的不同等，很明显地区分开了。

君主南面称王，宫门九重，有人朝夕陪伴侍奉，和一般官员便隔绝了，殿阶门旁的陪侍守卫，应有专职。陪侍之人经过一段时间，由于皇帝熟悉而给予恩宠，由于恩宠而更加信任。完全没有了威严吓人的态度，而只有容易亲近的脸色。宋武帝和宋明帝时期，皇帝独掌权威，空设百官，权柄不肯给外人。但刑罚政务，错综复杂，按理皇帝一人难于全都通晓，于是把耳目寄托到近臣身上，事事都由亲近之臣出主意。主掌赏罚之权，是国君的权势所在，然而赏罚及王命的制定，都由近臣掌握，于是百司大臣，都并车驰驱，奔走于他们门下。皇帝说这些人处身于卑贱地位，以为掌不到重权，岂不知老鼠可以依仗神社变得贵不可犯，狐狸也会凭借虎威大逞威风。近侍在宫外没有逼主的嫌疑，在宫内却有专擅大权的功效。其权势之大，足以压倒天下人，而竟使人不能发现。他们拉朋友树党羽，办成政事全靠财物贿赂。对人的杀罚刑讯，全由他们在皇帝床席前谮言陷害。一些人得到高官厚禄，常出于他们和皇帝的谈笑之间。南国的黄金，北国的毛织品，船并船地运来。丝绸琥珀，一车车送到。西汉许、史两家，虽势倾天下，也不能和这些近侍相比。晋朝的王恺、石崇富拟王者，也不能和他们比富。

到宋太宗末年，他忧虑国家屡经盛衰，而有权势的亲幸之徒，却恐吓威慑王室宗族亲戚。他们要使幼主陷于孤立，永远窃取国君权势，党同伐异，兴起祸端。皇帝的兄弟、宗室的亲王，被相继杀绝。人民忘记宋室恩德，虽然不是一个原因，但皇位的早失，实由于近侍的弄权。呜呼！《汉书》有《恩泽侯表》，又有《佞幸传》。今采二篇之名，合称为《恩幸篇》。

【评析】

任人唯看家世，施政只听亲信，这是许多王朝衰落的原因，魏晋到南朝更为剧烈。为说明其流弊及危害，作者追本溯源，说明流弊产生于官吏的腐败，行政的败坏，皇帝的失职，论述相当深刻透彻。描写亲幸专权、乱政情状，淋漓尽致。文中不但善于展开议论，而且细致分析各方心理，使文理更显得精密有致。

史述赞

汉书述高纪赞一首

作者：班孟坚　　注译评析：周满江

皇矣汉祖，纂尧之绪。实天生德，聪明神武。秦人不纲①，网漏于楚。爰兹发迹，断蛇奋旅。神母告符，朱旗乃举。粤蹈秦郊，婴来稽首。革命创制，三章是纪②。应天顺民，五星同晷。项氏畔换，黜我巴汉。西土宅心③，战士愤怨。乘衅而运④，席卷三秦。割据河山，保此怀民。股肱萧曹，社稷是经。爪牙信布，腹心良平。恭行天罚，赫赫明明。

【篇旨】

歌颂汉高祖刘邦斩蛇起义、统一天下、建立汉朝的伟大业绩。

【注释】

① 纲：网上的总绳。

② 三章：汉王刘邦进入关中，发布约法三章，即杀人者死，伤人及盗抵罪。

③ 西土：指关中。宅心：归心。

④ 衅（xìn）：隙，缝。

【语译】

辉煌啊汉皇的大位，继承了唐尧的德业。汉祖之德实由天生，聪明睿智神武无敌。秦人取得天下而不整饬纲纪，国体破碎如网破漏，政权漏于陈涉之张楚。在这时高祖起义，斩断大蛇振起军旅。神母托梦告诉人们高祖是赤帝子化身，依据这个符瑞，汉军都高举赤色大旗。大军占领秦京的郊野，秦王子婴来稽首求降。高祖革命开始创业，向秦地发布约法三章，安定民心，建立纲纪。上应天命下顺民心，五星同聚东井，兆示高祖入关灭秦的天意。项羽跋扈，背叛“先入关者王”的盟约，把我皇赶到巴蜀、汉中。三秦百姓归心汉王，战士愤怨项羽的无礼。汉乘秦地空虚之机而发兵，一举席卷三秦。据崤山、黄河的险阻，保有感恩怀德的秦民。依靠股肱之臣萧何、曹参，治理国家。任用武将韩信、英布攻城掠地，又以张良、陈平为腹心，筹划谋略。恭行天命，讨伐大恶，伟大啊光明！

【评析】

这篇从天命和道德两方面歌颂汉高祖，虽没有什么新颖处，但以整饬的四言句式，朴实的叙述，构成典雅风格，适合赞体的需要。

汉书述成纪赞一首

作者：班孟坚　　注译评析：周满江

孝成皇皇，临朝有光。威仪之盛，如珪如璋[①]。阃闱恣赵[②]，朝政在王[③]。炎炎燎火，光允不阳。

【篇旨】

赞汉成帝的威仪，讽刺其内宠美人、政授外戚的失策。

【注释】

① 珪、璋：玉石名，形容威仪的美盛。

② 闱：宫门内。赵：指赵飞燕，善歌舞，初入宫为婕妤，后立为皇后。

③ 王：王凤，成帝元舅（其妹为汉元帝皇后），任大司马、大将军、领尚书事。专断朝政，内外官吏皆出其门下。

【语译】

汉孝成帝伟大圣明，临朝听政光明正大。威仪隆盛，华贵美好如珪似璋。深居内宫，与赵飞燕姐妹恣意作乐，把朝政都交给元舅王凤。祭天的燎火烈焰闪闪，只是火光昏暗不明。

【评析】

此赞颂成帝只提威仪如玉，而批评从两大方面入手：由好色而失德，由任人唯亲而失政。证明成帝只不过虚有其表。

汉书述韩英彭卢吴传赞一首

作者：班孟坚　　注译评析：周满江

信惟饿隶，布实黥徒[①]。越亦狗盗，芮尹江湖。云起龙骧，化为侯王。割有齐楚，跨制淮梁。绾自同闬[②]，镇我北疆[③]。德薄位尊，非祚惟殃。吴克忠信，胤嗣乃长[④]。

【篇旨】

述韩信等汉开国功臣的业绩，评其道德的厚薄。

【注释】

① 黥（qíng）：古代刑罚之一，用刀在犯人脸上刺字，再涂上墨。

② 闬（hàn）：闾里的门。

③ 北疆：指燕地。卢绾与刘邦同里，绾受封为燕王。后逃亡匈奴。

④ 胤嗣乃长：指吴芮子孙五代为长沙王。

【语译】

韩信是个饥饿的贫贱之徒，英布实为受到黥墨之刑的罪犯。彭越也是个大盗，吴芮是勾结江湖客的县官。在云起龙腾、高祖革命的时期，他们都变成了侯王。韩信曾受封于齐楚，英布做了淮南王，彭越为王于大梁。卢绾本与高祖同里，作燕王镇守北疆。道德薄而居位尊贵，并不是福，而是灾殃。吴芮能为忠信之行，他的子孙才能长存为王。

【评析】

作者对此五人的评价，全以忠信二字为准绳，吴芮是忠信的榜样。其他四人都算在“德薄位尊，非祚惟殃”的范围，评价虽未必公允，但这两句话却是至理。

后汉书光武纪赞一首

作者：范蔚宗　　注译评析：周满江

赞曰：炎政中微[①]，大盗移国[②]。九县飙回[③]，三精雾塞[④]。民厌淫诈，神思反德。世祖诞命，灵贶自甄[⑤]。沉机生物，深略纬文。寻邑百万[⑥]，貔虎为群。长毂雷野，高旗彗云。英威既振，新都自焚[⑦]。虔刘庸代[⑧]，纷纭梁赵[⑨]。三河未澄[⑩]，四关重扰[⑪]。神旌乃顾，递行天讨。金汤失险[⑫]，车书共道。灵庆既启，人谋咸赞。明明庙谋，赳赳雄断。於赫有命，系我皇汉。

【篇旨】

赞颂东汉光武帝应天顺民、中兴汉室的功绩。

【注释】

① 炎：火，指汉室的火德。

② 大盗：指王莽。

③ 九县：犹九州。

④ 三精：日、月、星。

⑤ 贶：赐。自甄：自成。

⑥ 寻：王寻，官大司徒。邑：王邑，官大司空。王莽命二人带兵百万，围攻刘秀。

⑦ 新都：王莽篡汉前，曾为新都侯。

⑧ 虔刘：杀戮。庸：蜀地，指公孙述在庸蜀称帝。代：代郡，卢芳占据此地。

⑨ 梁：指梁王刘永在睢阳自称天子。赵：卜者王郎在邯郸称王。

⑩ 三河：指河南、河北、河东。

⑪ 四关：指长安。因其在四关之中。

⑫ 金汤：金城汤池，形容守城的坚固。

【语译】

赞道：炎汉之政中道衰微，大盗王莽篡权窃国。狂飚在九州大地回旋，日月星都雾蒙蒙昏暗失色。百姓厌恶王莽的反复欺诈，神灵也思念仁德的回归。光武帝受天大命，神灵赐福，大业自成。他能事先深谋远虑，制定谋略，组织完密。王寻、王邑率百万大军，又驱赶成群的虎豹犀象，围攻光武。战车驰驱如雷震四野，军旗高飘扫去浮云。战士雄威振奋，剿灭王氏百万雄师，新都侯王莽投火自焚。光武麾动大军，杀了庸蜀和代郡的叛王，作乱于大梁和赵地僭立王号者，也被扫除。三河流域还未平定，长安又扰乱不宁。光武帝的神旗又指向那里，按天之命一个个讨平。叛军虽有金城汤池也不险固，终于取得车同轨、书同文的太平。神降符兆启示光武为王，百姓都愿助成帝业。光明伟大的光武帝，运筹于庙堂，威武而善于断决大事。美好啊兴隆的天命，永远赐给我们的皇汉。

【评析】

此赞所写内容虽没有什么新颖处，但作为纪传后的小结，简括扼要，勾勒主要事迹，以天命、英才、民心三点为核心，恰当地歌颂了光武帝的中兴功德。

卷第五十一

论一

过秦论一首

作者：贾谊　　注译评析：韦启良

秦孝公据殽函之固[1]，拥雍州之地[2]，君臣固守，以窥周室[3]，有席卷天下，包举宇内，囊括四海之意，并吞八荒之心[4]。当是时也，商君佐之[5]，内立法度，务耕织，修守战之具，外连衡而斗诸侯[6]。于是秦人拱手而取西河之外[7]。

孝公既没[8]，惠文、武、昭蒙故业[9]，因遗策[10]，南取汉中[11]，西举巴蜀[12]，东割膏腴之地，收要害之郡。诸侯恐惧，会盟而谋弱秦，不爱珍器重宝肥饶之地，以致天下之士，合从缔交[13]，相与为一[14]。当此之时，齐有孟尝[15]，赵有平原[16]，楚有春申[17]，魏有信陵[18]，此四君者，皆明智而忠信，宽厚而爱人，尊贤而重士，约从离横[19]，兼韩、魏、燕、赵、宋、卫、中山之众[20]。于是六国之士，有宁越、徐尚、苏秦、杜赫之属为之谋[21]；齐明、周最、陈轸、召滑、楼缓、翟景、苏厉、乐毅之徒通其意[22]；吴起、孙膑、带佗、兒良、王廖、田忌、廉颇、赵奢之伦制其兵[23]。尝以十倍之地，百万之众，叩关而攻秦[24]。秦人开关而延敌[25]，九国之师，遁逃而不敢进[26]。秦无亡矢遗镞之费[27]，而天下诸侯已困矣。于是从散约解，争割地而赂秦。秦有余力而制其弊，追亡逐北[28]，伏尸百万，流血漂橹[29]；因利乘便，宰割天下，分裂山河。强国请伏[30]，弱国入朝。施及孝文王、庄襄王[31]，享国之日浅[32]，国家无事。

及至始皇[33]，奋六世之余烈[34]，振长策而御宇内[35]，吞二周而亡诸侯[36]，履至尊而制六合[37]，执敲扑以鞭笞天下[38]，威振四海。南取百越之地[39]，以为桂林、象郡[40]；百越之君，俯首系颈[41]，委命下吏[42]。乃使蒙恬北筑长城而守藩篱[43]，却匈奴七百余里[44]，胡人不敢南下而牧马[45]，士不敢弯弓而报怨[46]。于是废先王之道，燔百家之言[47]，以愚黔首[48]。隳名城[49]，杀豪俊，收天下之兵[50]，聚之咸阳[51]，销锋镝[52]，铸以为金人十二[53]，以弱天下之民。然后践华为城[54]，因河为池[55]，据亿丈之城，临不测之溪以为固[56]。良将劲弩，守要害之处；信臣精卒，陈利兵而谁何[57]。天下已定，始皇之心，自以为关中之固，金城千里[58]，子孙帝王万世之业也[59]。

始皇既没，余威震于殊俗[60]。然而陈涉瓮牖绳枢之子[61]，甿隶之人[62]，而迁徙之徒也[63]。材能不及中庸[64]，非有仲尼、墨翟之贤[65]，陶朱、猗顿之富[66]，蹑足行伍之间[67]，俯起阡陌之中[68]，率罢散之卒[69]，将数百之众，转而攻秦。斩木为兵，揭竿为旗，天下云集而响应，赢粮而景从[70]，山东豪俊[71]遂并起而亡秦族矣[72]。

且夫天下非小弱也[73]，雍州之地、殽函之固，自若也[74]。陈涉之位，非尊于齐、楚、燕、赵、韩、魏、宋、卫、中山之君也；锄耰棘矜[75]，非铦于钩戟长铩也[76]；谪戍之众，非抗于九国之师也；深谋远虑，行军用兵之道，非及曩时之士也[77]。然而成败异变，功业相反。试使山东之国与陈涉度长絜大[78]，比权量力，则不可同年而语矣[79]。然秦以区区之地，致万乘之权[80]，招八州而朝同列[81]，百有余年矣。然后以六合为家，殽函为宫。一夫作难而七庙隳[82]，身死人手[83]，为天下笑者，何也？仁义不施，而攻守之势异也。

【篇旨】

论述秦王朝兴亡的原因，指出秦始皇的过失在于“仁义不施”，以此为汉文帝提供改革政治的殷鉴。

【注释】

① 秦孝公：秦国国君，姓嬴名渠梁，前361—前338年在位。殽函：殽山和函谷关。殽山在今河南洛宁境内，位于函谷关东面；函谷关在今河南灵宝西南。

② 雍州：古九州之一，地域在今陕西中部及北部、甘肃大部及宁夏、青海部分地区。

③ 窥：暗中探视，表示有伺机取而代之的意思。周室：指东周王朝的政权。

④ 八荒：古称四方边远之地为四荒；正四方之外再加上四隅方，即为八荒。

⑤ 商君：即商鞅，本为卫国公子，姓公孙名鞅，后入秦辅佐秦孝公变法图强，秦封他在商地，因号商君。

⑥ 连衡：即连横，秦国采用的联合六国使之服从秦国的一种策略。诸侯：通常指齐、楚、燕、韩、赵、魏等六国，有时加上宋、卫、中山三个小国，称九国。

⑦ 拱手：本指两手相合并表示敬意或表示奉送，这里形容毫不费力的样子。西河：指魏国在黄河以西的土地，约为今陕西大荔县、宜川县一带地方。

⑧ 没：同“殁”，死亡。

⑨ 惠文：秦孝公之子惠文王。武：惠文王之子武王。昭：武王的异母弟昭襄王。蒙：继承。

⑩ 因：因袭，沿用。

⑪ 汉中：郡名，原为楚国辖地，在今陕西汉中一带及湖北西北部。

⑫ 巴蜀：均古国名，巴在今四川东部；蜀在今四川西部。巴蜀并称，泛指四川。

⑬ 合从（zòng）：各诸侯国联合共同对付秦国的一种策略。从：同“纵”。

⑭ 相与为一：联合为一体。

⑮ 孟尝：即孟尝君，为齐国公子，姓田名文。

⑯ 平原：即平原君，赵国公子，姓赵名胜。

⑰ 春申：即春申君，楚国公子，姓黄名歇。

⑱ 信陵：即信陵君，魏国公子，姓魏名无忌。

⑲ 约从离横：相约实行合纵，离散连横。

⑳ 兼：同时具有。

㉑ 宁越：赵国人。徐尚：宋国人。苏秦：东周洛阳人，是推行合纵策略的主要人物，是当时的“合纵长”。杜赫：东周人。属：与下文的“徒”“伦”都是“辈”的意思。

㉒ 齐明：东周臣。周最：东周君的儿子。陈轸：楚国人。召滑：楚国臣。楼缓：魏国丞相。翟景：魏国人。苏厉：苏秦之弟。乐毅：燕国将领。

㉓ 吴起：卫国人，楚相。孙膑：齐国将领。带佗：楚国将领。兒良、王廖：都是当时的兵家。田忌：齐国将领。廉颇、赵奢：都是赵国将领。

㉔ 叩关：攻打函谷关。叩，敲击。

㉕ 延：请，迎。

㉖ 遁逃：《史记》作“逡（qūn）巡遁逃”，意即退却。

㉗ 亡矢遗镞（zú）：丢失箭和箭头。

㉘ 亡：逃跑。逐北：向败逃者背后追赶。北，背。

㉙ 橹：大的盾牌。

㉚ 强：强大。

㉛ 施：延续。孝文王：昭襄王的儿子，在位三日即死。庄襄王：孝文王的儿子，在位三年即死。

㉜ 享国：君王在位的年数。

㉝ 始皇：即秦始皇，庄襄王的儿子，名政。

㉞ 六世：指秦孝公至庄襄王六代国君。余烈：遗留下来的功业。

㉟ 振：举起，挥舞。策：马鞭。御：驾驭。

㊱ 二周：东周王朝在周赧王时又分为东周、西周两个小国，其国君分别称为东周君和西周君。西周灭于昭襄王五十一年，东周灭于庄襄王元年。

㊲ 履：登上。至尊：帝位。六合：天地四方。

㊳ 敲扑：刑具名，短的叫“敲”，长的叫“扑”。鞭笞（chī）：鞭打。这里指奴役。

㊴ 百越：古代居住于浙、闽、粤、桂等地的越族的统称，也称“百粤”。

㊵ 桂林：秦郡名，汉改称郁林郡，辖地在今广西南部及广东西南部一带。象郡：秦郡名，辖地在今广西南部及西部一带。

㊶ 系：捆绑。

㊷ 委：交给。

㊸ 蒙恬：秦国将领。秦始皇时蒙恬率兵三十万北逐匈奴，修筑万里长城。

㊹ 匈奴：北方的游牧民族。

㊺ 胡人：指匈奴。

㊻ 士：这里指被秦灭亡了的六国的人。

㊼ 燔（fán）：焚烧。言：言论，这里指记载言论的书籍。

㊽ 黔首：秦时对百姓的称呼。

㊾ 隳（huī）：毁坏。

㊿ 兵：兵器。

51 咸阳：秦的国都，故城在今陕西咸阳市东。

52 锋：刀枪的锋刃。鍉：同“镝”，箭头。

53 金：金属。

54 践：登。华：华山。

55 因：袭用。河：黄河。池：这里指护城河。

56 溪：这里指黄河。

57 谁何：谁可奈何。另一种解释是：呵问盘查过往的人。

58 金城：坚固的城池。

59 万世之业：秦始皇曾下令说“朕为始皇帝，后世以计数，二世、三世至于万世，传之无穷。”见《史记·秦始皇本纪》。也：《文选》无“也”字，据《史记》和《汉书》补。

⑥0 殊俗：不同的风俗。这里指边远风俗特异的地方。

⑥1 陈涉：名胜，阳城（今河南登封东南）人。秦二世元年，陈涉与吴广率领应征服役的农民九百人赴渔阳（今北京密云西南）守边。走到蕲县大泽乡（今安徽宿州东南刘村集）遇大雨误了行期，按照秦朝的法令要被处死。陈涉便率领手下的数百人揭竿起义，反对秦朝。瓮牖（yǒu）：用破瓮的口子作窗户。绳枢：用绳子系着门轴。这里形容房子极其简陋破烂，喻贫苦人家。

⑥2 甿隶：种田的出身微贱的人。甿，“氓”的古字。

⑥3 迁徙之徒：被征发到远方服役的人。

⑥4 材能：才能。中庸：中等的人。庸：常，普通。

⑥5 仲尼：即孔子。墨翟（dí）：即墨子。

⑥6 陶朱：越国大夫范蠡，弃官到陶（今山东定陶）经商致富，自称陶朱公。猗顿：鲁国人，以经营盐业致富。

⑥7 蹑（niè）足：插脚，意思是跻身于或出身于。行伍：军队。古代军制，五人为伍，二十五人为行。

⑥8 俛起：奋起。俛：奋勉。阡陌：田间纵横小路，喻田野。

⑥9 罢散：疲困而散乱。罢，通“疲”。

⑦0 嬴粮：挑运粮食。嬴，通“赢”，担负。景从：如影随形地跟着。景，通“影”。

⑦1 山东：殽山以东。这里指原来合纵抗秦的各诸侯国。

⑦2 秦族：秦朝的宗族。

⑦3 天下：这里指秦的一统天下。

⑦4 自若：仍与从前一样。

⑦5 耰（yōu）：碎土平田的农具。棘矜：王念孙在《读书杂志》上谓“伐棘以为杖”，即棘木做的棍棒。

⑦6 铦（xiān）：锐利。钩戟：有钩的戟。铩（shā）：长矛。

⑦ 曩（nǎng）时：往昔。

⑱ 度长絜（xié）大：衡量长短大小。

⑲ 同年而语：相提并论。

⑳ 万乘：万辆兵车。古时帝王之国有兵车万辆，诸侯之国只能有兵车千辆，因而称帝王之业为万乘。

㉑ 招：招手示意，令其前来。八州：即冀州、豫州、荆州、扬州、兖州、徐州、青州、梁州。这里泛指雍州以外的诸侯各国。朝：朝拜称臣。同列：指本来与秦国处于平等地位的六国。

㉒ 七庙：帝王的宗庙。古代帝王的宗庙有七座，祀七代祖先。

㉓ 身死人手：指秦王子婴为项羽所杀。

【语译】

秦孝公凭借殽山、函谷关的险固，拥有雍州之地，君臣谨于防守，暗中却觊觎周王朝的政权，希图一展席卷天下、包罗全国、囊括四海、并吞八方的雄心。在这个时候，商鞅辅佐秦孝公，对内实行变法，建立法治，注重耕织，整饬军备；对外则采用连横的策略，使各诸侯国互相争斗。于是，秦国就轻而易举地占有了魏国的黄河以西的全部土地。

秦孝公死后，惠文王、武王、昭襄王先后继承祖上建立起来的基业，沿用先王遗下的政策，向南占领了汉中，向西夺取了巴蜀，向东割取了大片富饶的土地，占据了地势险要的郡县。各国诸侯这才惊恐起来，他们聚会结盟，谋划削弱秦国的办法，即不惜以珍器宝物和肥沃的土地，招揽天下人才，采取合纵的策略，缔结盟约，互相援助，结成一体。这时，齐国有孟尝君，赵国有平原君，楚国有春申君，魏国有信陵君。这四个人，都是明智忠诚而讲信用、性情宽厚而又爱惜人才的人物，他们尊重有德有能的人，并且相约实行合纵，瓦解秦国的连横策略，联合韩、魏、燕、赵、宋、卫、中山等国众多的人士。于是，六国的谋臣武士，有宁越、徐尚、苏秦、杜赫一班人为他们出谋献策，齐明、周最、陈轸、召滑、楼缓、翟景、苏厉、乐毅一班人沟通各国的意见，吴起、孙膑、带佗、兒良、王廖、田忌、廉颇、赵奢一班人指挥他们的军队。他们曾以比秦国大十倍的国土为依托，以上百万的军队，攻打函谷关，进击秦国。秦国大开关门迎敌，九国的大军则退却而不敢入关。秦国没有一弓一箭的耗费，各国诸侯就已经陷于困境了。从此合纵离析，盟约瓦解，各诸侯争相割地以讨好秦国。秦国便有充裕的力量抓住各国的弱点，乘势大举追歼逃散溃败的敌军，杀死成百万人，遍地血流得连大的盾牌都可以漂起；秦国乘着大好的形势，肢解六国，逐一割占天下山河。经过这次打击，诸侯中的强国便请求归服，弱国则更是向秦国朝拜称臣了。秦国的王位传到孝文王、庄襄王，这两个国君在位的时间都很短，国家没有发生什么大事。

到了秦始皇，他发扬了秦孝公以来六代国君传下来的功业，像挥舞长鞭一样役使天下，吞并了东、西二周，灭亡了各诸侯国，登上皇帝的宝座，控制了全国，并用严刑峻法统治臣民百姓，以致声威震于四海。然后又向南攻取了百越的地方，设置了桂林郡和象郡；百越部族的首领，一个个都用绳子系着自己的颈项，低头表示降服，甘愿把命运交给秦国的下级官吏主宰。又派大将军蒙恬修筑万里长城，作为北部疆域的屏障，使匈奴后退七百多里，胡人不敢再南下放牧他们的战马，至于六国的人，自然更没人敢于弯弓来报复亡国的仇怨。于是秦始皇开始废除先王的法度，焚烧记载诸子百家言论的书籍，企图使老百姓陷于愚昧无知。又毁坏六国的著名城池，屠戮这些国家的豪杰之士，收集天下的兵器，集中到咸阳，把刀刃和箭镞熔铸成十二尊金属人像，用这个办法来削弱人民的反抗力量。然后足踏华山当作城墙，指划黄河为护城河，凭借亿丈的城墙，濒临深不可测的护城河，以此作为坚不可摧的险固。外有良将手持强弓，固守要害之处；内有忠臣精兵，摆开锐利的武器，谁能奈得他何！天下已经平定，秦始皇自己认为，这关中的险固，坚城的林立，是子孙相传、万世不败的帝王基业了。

秦始皇死后，他的余威仍然震慑到极边远的地方。可是陈涉是个破门陋屋的贫家子弟，是个替人耕田的雇农，又是个被征调去守边的士卒。才能比不上普通人，没有孔子、墨子的贤能，没有陶朱、猗顿的富有，插足在士卒队列之间，奋起于田野之中，率领疲惫不堪的役卒，指挥几百人的队伍，反戈攻打秦王朝。砍伐树木作武器，竖起竹竿作旗帜，天下百姓竟然风起云涌纷纷响应，自挑粮食如影随形地前来跟从，殽山以东六国的豪杰，于是都起来与陈涉并肩打仗，从而一举把秦王朝灭亡了。

照理说，那秦朝的一统天下并不曾变得弱小，雍州的土地和殽、函的关山险固，也依然和从前一样。陈涉的地位，并不比齐、楚、燕、赵、韩、魏、宋、卫、中山等国的国君尊贵；锄头木棒并不比钩戟长矛等兵器锐利；被征发去守边的农民，并不比九国的正规军队强大；运筹帷幄、带兵作战的本领，更不及从前六国的那些谋臣武将。然而，两者的成败不同，功业完全相反。如果试拿山东各国诸侯来和陈涉量一量谁长谁短，比一比谁大谁小，又比较一下他们的权势和力量，那简直是不能相提并论。但是秦国以小小的雍州之地，竟发展到拥有万乘战车的兵力，使八州归附，过去与之不相上下的各诸侯国都来朝拜，这历史已有一百多年了。然后以天地四方为自己的家天下，以殽山、函谷关为自己的宫闱禁地。没想到陈涉一个人揭竿发难，就使秦王朝的七代宗庙轰然崩塌，才传到二世就死在别人的手里，成为天下的笑柄。为什么呢？这是因为治国不施行仁义，攻取敌国和保有天下的形势完全不同的缘故。

【评析】

贾谊有《过秦论》上、中、下三篇，此为上篇。这是一篇脍炙人口的史论。论者通过对秦国由小到大、由兴到亡的历史原因的分析，说明治国者施行仁义与否，关系到国家的兴衰成败。通篇谈史，但是以史为鉴的用意，是不言自明的。全文以叙述史实为主，叙述史实，又以秦朝兴衰的过程为轴。铺叙秦朝兴衰过程时，选取的是最能表现“攻”“守”形势异变的史事。这样，就使文末的结论，犹如高山巨石滚落平地，轨迹明晰，停顿沉稳。再加上多用排比句式，使本来就跌宕急趋的文脉，更增加了汪洋恣肆的气势。中国的论文，有讲究气势的一派，《过秦论》一篇，无疑是这一文派的翘楚之作。不过，作者在选用史实作为立论依据的时候，也偶有不顾及史事先后的弊病，如“吞二周而亡诸侯”一句的“吞二周”一事，就不是秦始皇做的。当然，这很可能不是误植而是有意为之。但是，从史论用例的严谨性方面看，如此行文，或属不足为训。

非有先生论一首

作者：东方曼倩　　注译评析：韦启良

非有先生仕于吴[①]，进不能称往古以广主意，退不能扬君美以显其功，默然无言者三年矣。吴王怪而问之曰："寡人获先人之功，寄于众贤之上[②]，夙兴夜寐，未尝敢怠也。今先生率然高举[③]，远集吴地，将以辅治寡人，诚窃嘉之[④]；体不安席，食不甘味，目不视靡曼之色[⑤]，耳不听钟鼓之音，虚心定志，欲闻流议者三年于兹矣[⑥]。今先生进无以辅治，退不扬主誉，窃为先生不取也。盖怀能而不见[⑦]，是不忠也；见而不行，主不明也。意者寡人殆不明乎？"非有先生伏而唯唯。吴王曰："可以谈矣，寡人将竦意而听焉[⑧]。"先生曰："於戏[⑨]！可乎哉？可乎哉？谈何容易！夫谈者有悖于目而佛于耳[⑩]，谬于心而便于身者[⑪]，或有说于目、顺于耳、快于心而毁于行者，非有明王圣主，孰能听之矣？"吴王曰："何为其然也？中人以上，可以语上也[⑫]，先生试言，寡人将览焉[⑬]。"

先生对曰："昔关龙逢深谏于桀[⑭]，而王子比干直言于纣[⑮]，此二臣者，皆极虑尽忠，闵主泽不下流[⑯]，而万民骚动，故直言其失，切谏其邪者，将以为君之荣，除主之祸也。今则不然，反以为诽谤君之行，无人臣之礼，果纷然伤于身[⑰]，蒙不辜之名，戮及先人[⑱]，为天下笑，故曰谈何容易！是以辅弼之臣瓦解，而邪谄之人并进，遂及飞廉、恶来革等[⑲]，三人皆诈伪[⑳]，巧言利口以进其身，阴奉雕琢刻镂之好以纳其心。务快耳目之欲，以苟容为度。遂往不戒，身没被戮，宗庙崩弛，国家为墟，杀戮贤臣，亲近谗夫[㉑]。《诗》不云乎？'谗人罔极，交乱四国'[㉒]，此之谓也。故卑身贱体，说色微辞，愉愉呴呴[㉓]，终无益于主上之治，即志士仁人不忍为也。将俨然作矜庄之色，深言直谏，上以拂人主之邪，下以损百姓之害，则忤于邪主之心，历于衰世之法[24]，故养寿命之士莫肯进也；遂居深山之间，积土为室，编蓬为户，弹琴其中，以咏先王之风，亦可以乐而忘死矣。是以伯夷、叔齐避周[25]，饿于首阳之下，后世称其仁。如是，邪主之行固足畏也。故曰谈何容易？”

于是吴王惧然易容[26]，捐荐去几[27]，危坐而听。先生曰：“接舆避世[28]，箕子被发佯狂[29]，此二子者，皆避浊世以全其身者也。使遇明王圣主，得赐清宴之闲[30]，宽和之色，发愤毕诚，图画安危，揆度得失[31]，上以安主体，下以便万民，则五帝三王之道，可几而见也[32]。故伊尹蒙耻辱、负鼎俎、和五味以干汤[33]，太公钓于渭之阳以见文王[34]。心合意同，谋无不成，计无不从，诚得其君也。深念远虑，引义以正其身，推恩以广其下，本仁祖谊[35]，褒有德[36]，禄贤能，诛恶乱，总远方，壹统类，美风俗，此帝王所由昌也。上不变天性，下不夺人伦，则天地和洽，远方怀之，故号圣王。臣子之职既加矣，于是裂地定封，爵为公侯，传国子孙，名显后世，民到于今称之，以遇汤与文王也。太公、伊尹以如此，龙逢、比干独如彼，岂不哀哉！故曰谈何容易。”

于是吴王穆然，俯而深惟[37]，仰而泣下交颐，曰：“嗟乎！余国之不亡也，绵绵连连，殆哉！世之不绝也。”于是正明堂之朝[38]，齐君臣之位，举贤才，布德惠，施仁义，赏有功；躬亲节俭，减后宫之费，损车马之用，放郑声[39]，远佞人，省庖厨，去侈靡，卑宫馆，坏苑囿，填池堑，以与贫民无产业者；开内藏，振贫穷[40]，存耆老[41]，恤孤独，薄赋敛，省刑罚。行此三年，海内晏然，天下大洽，阴阳和调，万物咸得其宜；国无灾害之变，民无饥寒之色，家给人足，畜积有余[42]，囹圄空虚[43]；凤皇来集，麒麟在郊，甘露既降，朱草萌芽[44]；远方异俗之人，向风慕义[45]，各奉其职而来朝贺。故治乱之道，存亡之端，若此易见，而君人者莫肯为也，臣愚窃以为过。故《诗》曰：“王国克生，惟周之贞[46]；济济多士，文王以宁。”此之谓也。

【篇旨】

本文假托非有先生与吴王对谈，借用历史上许多诤谏遇祸的故事，劝谕帝王应有纳谏之明。

【注释】

① 非有先生：作者虚拟的人名。吴：春秋时的吴国。

② 寄：身居。这里有自谦之意。

③ 率然：飘然。高举：高飞。这里指从远处而来。

④ 窃：谦指自己，私下。

⑤ 靡曼：华丽，美色。这里指淫侈之色。

⑥ 流议：议论。

⑦ 见：同“现”。

⑧ 竦（sǒng）：恭敬而专心。

⑨ 於戏（wū hū）：同“呜呼”。

⑩ 悖（bèi）：逆乱。佛：通“拂”，违也。

⑪ 身：这里指自身行为。

⑫ 上：这里指高深的学问或道理。“中人以上，可以语上也。”见《论语·雍也》。

⑬ 览：《汉书》作“听”，是。

⑭ 关龙逄：传说夏的贤臣，因敢于直谏，为夏桀所杀。

⑮ 比干：传说为纣王的同父异母兄弟（一说是叔伯父）。纣王淫乱，比干犯颜直谏，被剖腹剜心而死。

⑯ 闵：忧虑。泽：恩德。

⑰ 伤于身：指受杀身之祸。

⑱ 戮：侮辱。

⑲ 飞廉、恶来革：传说是父子，二人均为纣王佞臣。

⑳ 三人：《汉书·东方朔传》写作“二人”，疑是《文选》误刻。

㉑ 谗（chán）夫：好说别人坏话的人。

㉒“谗人罔极，交乱四国”：语见《诗经·小雅·青蝇》。罔极：无已，没完没了。四国：四方。

㉓呴（xǔ）呴：和悦之态。

㉔衰世：乱世。

㉕伯夷、叔齐：相传是殷商末年孤竹君的两个儿子。周武王伐纣，他们曾拦住马头劝阻。后来武王灭纣建立周朝，伯夷、叔齐耻食周粟，逃到首阳山，采薇而食，终于饿死。

㉖矍然：惊惧失措的样子。易：改变。

㉗捐荐去几：舍弃座下的垫席，推开伏倚的小桌子。古人席地而坐，身旁置一小桌供伏倚用。撤去坐垫和小桌，表示自己降低身份，恭谨待人。

㉘接舆：传说是楚国的隐士，因其迎孔子的车（舆）而歌，故称接舆。

㉙箕子：商纣王的叔父，因封国于箕，故称箕子。纣王暴虐，箕子进谏不听，便披头散发，假装疯癫，被纣王囚为奴隶。被：同“披”。

㉚清宴：清平的宴会。古代君主常赐宴于大臣，以增进君臣之情，听取意见。

㉛揆度：揣度，估量。

㉜五帝：指黄帝、颛顼、帝喾、尧、舜，一说指伏羲、神农、黄帝、尧、舜。三王：指禹、汤、周文王；一说指禹、汤、周文王、周武王。

㉝伊尹：商汤臣子，名挚。传说他善烹调，《史记·孟子荀卿列传》云：“伊尹负鼎而勉汤以王。”后辅佐商汤讨伐夏桀，因功被尊为阿衡（宰相）。干：求见。

㉞太公：殷末周初人，姜姓，吕氏，名尚，俗称姜太公，一说字子牙。相传太公在渭水边钓鱼，遇周文王，同载而归，立为师，后辅佐周武王灭纣，封于齐。

㉟本仁祖谊：以仁为本，以义为始。谊，同“义”。

㊱褒（bāo）：嘉奖，赞美。

㊲ 惟：思考，谋虑。

㊳ 明堂：古代帝王宣明政教的地方。

㊴ 郑声：古代郑地的俗乐。《论语·卫灵公》有“郑声淫”一语，后世就以“郑声”为淫侈的乐歌。

㊵ 振：同“赈”，救济。

㊶ 耆（qí）：老。《礼记·曲礼》说“六十曰耆”。

㊷ 畜积：积贮。畜，同“蓄”。

㊸ 囹圄（líng yǔ）：监狱。

㊹ 朱草：一种红色的草，可作染料。古代有人认为是瑞草。

㊺ 向：趋近，向着。

㊻ 克：能够。贞：通“桢”，干也。引诗见《诗经·大雅·文王》。

【语译】

非有先生在吴国做谏官，进到朝堂之上不能称述历史来宽慰君王的心，退到朝堂之下又不能宣扬人主的美德来显示君王的功业，只是默默无言地度过了三年的时光。吴王感到很奇怪，就问他道：“我继承祖先的功德，能够置身在众多的贤人之上，起早睡晚，从来不敢有所懈怠。现在先生不辞远道，飘然来到吴国，自然是将用高明的见解来帮助我了，我实在暗自庆幸，每日里睡不安稳，吃不知味，眼不看美色，耳不听乐音，虚心专意地想听到您的高论，这种状况到现在已经三年了。可是您现在觐见时没有提出什么对治国有帮助的意见，退朝后又没有宣扬君王的声誉，我私下以为先生这样的表现是不可取的。大凡臣子怀有德能而不贡献出来，是臣子的不忠；臣子的德能贡献出来而得不到采纳施行，是君王的不圣明。先生您这样长久地默无声息，大概是认为我不圣明吧？”非有先生听了立即伏在地上，诺诺连声，应答不出个所以然。吴王说：“可以谈了，我在这里恭敬而专心地听您的高见。”先生说：“呜呼！可以谈了吗？可以谈了吗？向君主进言并不容易呀！臣子向君主进言，有的刺目、逆耳、不遂心，但有利于君王自身的行为，有的悦目、顺耳、心里痛快，但会败坏君王的德行，没有明王圣主，谁能听得出上述两种谈论的不同呢？”吴王说：“为什么这样想呢？孔子说：‘中等智能以上的人，可以对他讲高深的学问’，先生试谈一谈，我认真地听着哪。”

先生回答道：“以前关龙逢曾经语重心长地规劝夏桀，王子比干对商纣进行了直言不讳的谏诤，这两个臣子，都是为各自的君王深谋远虑的忠臣，他们忧虑君王的恩德不能下传，而引起万民的骚动，所以敢于说出君王的过失，直言力谏君王的不正之行，以这样的行动来保持君王的荣华，消除君王的灾祸。结果事与愿违，君王反而认为他们诽谤人主的德行，没有做臣子应有的礼节，果然先后遭到杀身之祸，蒙受无辜恶名，并且累及祖先都受到侮辱，成为天下人的笑柄。所以我说：谈何容易！于是辅佐君王的文武大臣们灭裂隐遁，而奸佞小人就乘虚纷纷挤进朝廷，终至出现飞廉、恶来革等奸巧诈伪之徒，他们都是以奸诈欺骗花言巧语作为进身的手段，暗中顺应着君王对雕刻彩饰的喜好，以取得君王的欢心，尽力满足君王对美色和鼓乐的欲望，他们的一切言行都是以自己能够苟且容身于世为标准。于是，君王就长此受他们的引诱而不能自戒恶习，以致身死受辱，宗庙塌毁，国家成为一片废墟，杀戮贤臣，亲近进谗的人，结果当然不好。《诗经》不是说吗？‘谗人不尽，四方必乱’，说的就是这种状况。因此出身低贱的人，谦和委婉地说些隐晦的批评的话，大家都和和乐乐，终究对君王的治国之道无益，这是志士仁人所不忍做的事。但是要采取严肃庄重的态度，深刻而毫不隐晦地提出批评意见，对上拂去君王身上的不正之气，对下减少百姓遭到的损害，又会触犯昏庸君王的意旨，经受乱世苛法制裁，因此想保全性命、益寿延年的人，就都不肯进谏了；于是，他们宁愿居住深山之间，垒土石作住室，编茅草为门窗，在陋室中弹琴，歌咏先生仁明之风，也可算是自得其乐而忘记死亡的威胁了。所以伯夷、叔齐避而不食周粟，饿死在首阳山下，后世就称颂他们为仁人。像这样，昏君的行为确实是令人畏惧的。所以我说：谈何容易！”

听了这番话以后，吴王顿时惊惧失色，撤去座下的垫席，推开伏着的小几，正襟端坐地静听。先生继续说：“接舆避世隐居，箕子披发假装癫狂，这两个人都是为保全身家性命而故意躲避混乱的时世的。如果他们遇到的是圣明君主，赐给清平宴会的机遇，宽容平和的颜色，那么他们就会发愤努力，竭忠尽智，谋划涉及国家安危的大计，权衡施政的利弊得失，对上使君主安于其位，对下使万民安居乐业，能这样，五帝、三王时代的那种盛世就可望出现了。所以，伊尹宁愿蒙受耻辱，操持锅瓢砧板，专事调味烹饪，以求能见到商汤，姜太公垂钓于渭水北岸，以等待机会见到文王。君臣的心意一致，谋划的事无不成功，所提计策无不得到依从，对于臣子来说，这就是真正遇到明主了。于是君主就能够深谋远虑，引用经书上的道理来端正自己的行为，把恩德广施到臣民身上，一切举措都以仁义作根据和准则，嘉奖有功德的人，任用贤能的人，诛杀作乱的恶徒，总管全国，统一纲纪法令，淳厚社会风俗，这就是帝王之业所以昌盛的由来。君王对上不改变天意，对下不破坏人伦，就会出现上下和谐，远方归向的局面，因此就号称为圣主。臣子的职位既已升迁，于是就获得分封的土地和公侯等爵位，这些诸侯国传给子孙，声名也显扬于后世，百姓到现在还称颂他们，这是他们遇到了像商汤和周文王这样的明主的缘故。姜太公、伊尹能有这样的声名和地位，关龙逢、比干却独有那样惨烈的结局，岂不是令人很痛心的吗？所以我说：谈何容易！”

于是吴王显出沉思的样子，低下头深深地考虑，然后抬起头泪流满面地说：“哎唉！我的国家没有灭亡，绵延连续至今，好危险啊！吴国的世代终于没有断绝！”从此吴王严正对待在明堂举行的各种大典以宣明政教，整饬君臣的地位和职责，选拔贤良的人才，广泛施予恩惠，施行仁政，奖赏有功的人；自己率先厉行节俭，减少后宫的费用，压缩仪仗车马；摒弃靡靡之音，疏远心术不正的人，节省吃喝的开支，扫除奢侈糜烂的生活习惯；降低修建宫馆的标准，拆毁供游乐的园地，填平作观赏用的池塘沟渠，救助贫穷而没有产业的人们；打开宫内的库藏，赈济穷人，赡养老迈，抚恤鳏寡孤独；减少田赋捐税，放宽刑罚。这些措施实行了三年，国家安宁，天下平和，阴阳协调，万物都各得其所；国家没有天灾人祸的变故，人民没有饥寒的神色，家家丰衣足食，而且积蓄有余；监狱里没有犯人，象征吉祥的凤凰、麒麟却从四面八方集来，风调雨顺，瑞草萌芽；远地异域风俗不同的国家或部族，都仰慕吴国的淳风和仁政，各自进献贡品来向吴国朝贺。所以，或治或乱的道理，或存或亡的原委，就像这样很容易看得清楚，只是身为一国之君的人不肯切实去做，我私意以为是一种过失。《诗经》说：“王国能够产生许多贤臣，则皆周朝干事之臣；正是在位的众多干事之臣，使文王得以安宁。”说的就是这个道理。

【评析】

这是一篇以论述君王应该虚怀纳谏的道理来进行讽谏的文章。问难答辩的形式，与作者的另一名篇《答客难》略同。而行文的虚拟和实有相间，又稍异于《答客难》。虚拟人物故事也罢，引述历史事实和典籍章句也罢，目的都是虚为实用、古为今用，要解决的都是作者所处时代的问题，进言的对象都是“当今”的皇帝，这是古代诤谏文章的共性。东方朔是幽默大家，出语多有诙谐情趣。一个“非有先生”的人名，就能让读者会心一笑。三句“谈何容易”的间隔出现，更显得感慨万端，意味深长，既有欲说还休的苦衷，又有不吐不快的酣畅，最是本文的传神之笔。

四子讲德论一首　并序

作者：王子渊　　注译评析：韦启良

褒既为益州刺史王襄作《中和》《乐职》《宣布》之诗[①]，又作传，名曰《四子讲德》[②]，以明其意焉。

微斯文学问于虚仪夫子曰：“盖闻国有道，贫且贱焉，耻也[③]。今夫子闭门距跃[④]，专精趋学有日矣。幸遭圣主平世，而久怀宝[⑤]，是伯牙去锺期，而舜禹遁帝尧也[⑥]。于是欲显名号，建功业，不亦难乎？”夫子曰：“然，有是言也。夫蚊虻终日经营[⑦]，不能越阶序[⑧]，附骥尾则涉千里，攀鸿翮则翔四海。仆虽嚚顽，愿从足下。虽然，何由而自达哉？”文学曰：“陈恳诚于本朝之上[⑨]，行话谈于公卿之门[⑩]。”夫子曰：“无介绍之道，安从行乎公卿？”文学曰：“何为其然也？昔宁戚商歌以干齐桓[11]，越石负刍而寤晏婴[12]，非有积素累旧之欢，皆涂覯卒遇而以为亲者也。故毛嫱、西施[13]，善毁者不能蔽其好；嫫姆、倭傀[14]，善誉者不能掩其丑。苟有至道，何必介绍？”夫子曰：“咨！夫特达而相知者，千载之一遇也；招贤而处友者，众士之常路也。是以空柯无刃[15]，公输不能以斫[16]；但悬曼矰[17]，蒲苴不能以射[18]。故膺腾撇波而济水，不如乘舟之逸也；冲蒙涉田而能致远[19]，未若遵涂之疾也。才蔽于无人，行衰于寡党[20]，此古今之患，惟文学虑之。”文学曰：“唯唯，敬闻命矣！”于是相与结侣，携手俱游，求贤索友，历于西州[21]。

有二人焉，乘辂而歌[22]；倚輗而听之[23]，咏叹中雅，转运中律，啴缓舒绎[24]，曲折不失节。问歌者为谁？则所谓浮游先生、陈丘子者也。于是以士相见之礼友焉。礼文既集，文学、夫子降席而称曰：“俚人不识[25]，寡见鲜闻[26]。曩从末路，望听玉音，窃动心焉。敢问所歌何诗？请闻其说。”浮游先生、陈丘子曰：“所谓《中和》《乐职》《宣布》之诗，益州刺史之所作也。刺史见太上圣明，股肱竭力[27]，德泽洪茂，黎庶和睦，天人并应[28]，屡降瑞福，故作三篇之诗，以歌咏之也。”文学曰：“君子动作有应，从容得度。南容三复白珪[29]，孔子睹其慎戒[30]；太子击诵《晨风》[31]，文侯谕其指意。今吾子何乐此诗而咏之也？”先生曰：“夫乐者感人密深，而风移俗易[32]，吾所以咏歌之者，美其君术明而臣道得也。君者中心，臣者外体。外体作然后知心之好恶，臣下动然后知君之节趋[33]。好恶不形，则是非不分；节趋不立，则功名不宣。故美玉蕴于碔砆[34]，凡人视之怢焉[35]。良工砥之，然后知其和宝也[36]。精练藏于矿朴[37]，庸人视之忽焉，巧冶铸之，然后知其干也[38]。况乎圣德巍巍荡荡，民氓所不能命哉[39]！是以刺史推而咏之，扬君德美，深乎洋洋，罔不覆载[40]，纷纭天地，寂寥宇宙。明君之惠显，忠臣之节究[41]，皇唐之世[42]，何以加兹[43]！是以每歌之，不知老之将至也。”文学曰：“《书》云：‘迪一人[44]，使四方若卜筮。’夫忠贤之臣，导主志，承君惠，摅盛德而化洪，天下安澜，比屋可封[45]，何必歌咏诗赋可以扬君哉？愚窃惑焉。”浮游先生色勃眦溢曰[46]：“是何言与！昔周公咏文王之德而作《清庙》[47]，建为颂首；吉甫叹宣王[48]穆如清风，列于《大雅》。夫世衰道微，伪臣虚称者，殆也；世平道明，臣子不宣者，鄙也。鄙殆之累，伤乎王道。故自刺史之来也，宣布诏书，劳来不怠，令百姓遍晓圣德，莫不沾濡[49]，厖眉耇耈之老[50]，咸爱惜朝夕，愿济须臾，且观大化之淳流[51]。于是皇泽丰沛，主恩满溢，百姓欢欣，中和感发[52]，是以作歌而咏之也。《传》曰[53]：‘诗人感而后思，思而后积，积而后满，满而后作。言之不足，故嗟叹之；嗟叹之不足，故咏歌之；咏歌之不厌，不知手之舞之、足之蹈之也。’此臣子于君父之常义，古今一也。今子执分寸而罔亿度[54]，处把握而却寥廓[55]，乃欲图大人之枢机[56]，道方伯之失得[57]，不亦远乎？”

陈丘子见先生言切，恐二客惭[58]，膝步而前曰：“先生详之，行潦暴集[59]，江海不以为多；鳅鳝并逃[60]，九罭不以为虚[61]。是以许由匿尧而深隐[62]，唐氏不以衰；夷齐耻周而远饿[63]，文武不以卑。夫青蝇不能秽垂棘[64]，邪论不能惑孔墨。今刺史质敏以流惠，舒化以扬名，采诗以显至德，歌咏以董其文[65]。受命如丝，明之如缗[66]，《甘棠》之风[67]，可倚而俟也。二客虽窒计沮议[68]，何伤！”顾谓文学、夫子曰：“先生微矜于谈道[69]，又不让乎当仁，亦未巨过也。愿二子措意焉。”夫子曰：“否，夫雷霆必发，而潜底震动；枹鼓铿锵，而介士奋竦[70]。故物不震不发，士不激不勇。今文学之言，欲以议愚感敌[71]，舒先生之愤，愿二生亦勿疑。”于是文绎复集[72]，乃始讲德。

文学夫子曰：“昔成康之世[73]，君之德与[74]？臣之力也？”先生曰：“非有圣智之君，恶有甘棠之臣[75]？故虎啸而风寥戾，龙起而致云气，蟋蟀俟秋吟，蜉蝣出以阴。《易》曰：‘飞龙在天，利见大人[76]。’鸣声相应，仇偶相从[77]，人由意合，物以类同。是以圣主不遍窥望[78]，而视以明；不殚倾耳，而听以聪。何则？淑人君子[79]，人就者众也。故千金之裘，非一狐之腋；大厦之材，非一丘之木；太平之功，非一人之略也。盖君为元首，臣为股肱，明其一体，相待而成，有君而无臣，《春秋》刺焉[80]。三代以上[81]，皆有师傅；五伯以下[82]，各自取友。齐桓有管、鲍、隰、宁[83]，九合诸侯，一匡天下；晋文公有咎犯、赵衰[84]，取威定霸，以尊天子；秦穆有王、由、五羖[85]，攘却西戎[86]，始开帝绪；楚庄有叔孙、子反[87]，兼定江淮，威震诸夏[88]；勾践有种、蠡、泄庸[89]，克灭强吴[90]，雪会稽之耻；魏文有段干、田、翟[91]，秦人寝兵[92]，折冲万里[93]；燕昭有郭隗、乐毅[94]，夷破强齐，困闵于莒[95]。夫以诸侯之细，功名犹尚若此，而况帝王选于四海，羽翼百姓哉[96]！故有贤圣之君，必有明智之臣。欲以积德，则天下不足平也；欲以立威，则百蛮不足攘也。

“今圣主冠道德，履纯仁，被六艺，佩礼文；屡下明诏，举贤良，求术士，招异伦，拔俊茂。是以海内欢慕，莫不风驰雨集，袭杂并至，填庭溢阙。含淳咏德之声盈耳[97]，登降揖让之礼极目。进者乐其条畅[98]，怠者欲罢不能。偃息匍匐乎《诗》《书》之门，游观乎道德之域，咸絜身修思[99]，吐情素而披心腹，各悉精锐，以贡忠诚；允愿推主上，弘风俗而骋太平[100]。济济乎多士，文王所以宁也[101]。若乃美政所施[102]，洪恩所润，不可究陈。举孝以笃行，崇能以招贤，去烦蠲苛[103]，以绥百姓，禄勤增奉，以厉贞廉。减膳食，卑宫观，省田官，损诸苑，疏繇役[104]，振乏困，恤民灾害，不遑游宴；闵耄老之逢辜[105]，怜缞绖之服事[106]，恻隐身死之腐人，凄怆子弟之缧匿[107]。恩及飞鸟，惠加走兽，胎卵得以成育，草木遂其零茂。‘恺悌君子，民之父母’[108]，岂不然哉？

“先生独不闻秦之时耶？违三王，背五帝，灭《诗》《书》，坏礼义。信任群小，憎恶仁智，诈伪者进达，佞谄者容入。宰相刻峭，大理峻法[109]。处位而任政者，皆短于仁义，长于酷虐，狼挚虎攫，怀残秉贼[110]。其所临莅，莫不肌栗慑伏[111]，吹毛求疵，并施螫毒。百姓征松[112]，无所措其手足，嗷嗷愁怨，遂亡秦族。是以养鸡者不畜狸，牧兽者不育豺，树木者忧其蠹，保民者除其贼。故大汉之为政也，崇简易，尚宽柔，进淳仁，举贤才，上下无怨，民用和睦。今海内乐业，朝廷淑清。天符既章[113]，人瑞又明。品物咸亨，山川降灵。神光耀晖，洪洞朗天。凤皇来仪，翼翼邕邕[114]，群鸟并从，舞德垂容。神雀仍集，麒麟自至。甘露滋液，嘉禾栉比。大化隆洽，男女条畅，家给年丰，咸则三壤[115]，岂不盛哉！昔文王应九尾狐而东夷归周[116]，武王获白鱼而诸侯同辞[117]，周公受秬鬯而鬼方臣[118]，宣王得白狼而夷狄宾[119]。夫名自正而事自定也。今南郡获白虎[120]，亦偃武兴文之应也。获之者张武，武张而猛服也，是以北狄宾洽，边不恤寇，甲士寝而旌旗仆也。”

文学夫子曰：“天符既闻命矣，敢问人瑞？”先生曰：“夫匈奴者，百蛮之最强者也，天性骄蹇[121]，习俗杰暴[122]；贱老贵壮，气力相高；业在攻伐，事在猎射；儿能骑羊，走箭飞镞。逐水随畜，都无常处，鸟集兽散，往来驰骛，周流旷野，以济嗜欲。其耒耜则弓矢鞍马[123]，播种则扞弦掌拊[124]，收秋则奔狐驰兔，获刈则颠倒殪仆[125]。追之则奔遁，释之则为寇。是以三王不能怀，五伯不能绥，惊边扤士[126]，屡犯刍荛[127]，诗人所歌，自古患之。今圣德隆盛，威灵外覆，日逐举国而归德[128]，单于称臣而朝贺[129]。乾坤之所开，阴阳之所接，编结沮颜[130]，燋齿枭睊[131]，翦发黥首[132]，文身裸袒之国[133]，靡不奔走贡献，欢忻来附，婆娑呕吟，鼓掖而笑。夫鸿钧之世，何物不乐？飞鸟翕翼[134]，泉鱼奋跃。是以刺史感懑[135]，舒音而咏至德。鄙人黭浅[136]，不能究识。敬遵所闻，未克殚焉[137]。”于是二客醉于仁义，饱于盛德，终日仰叹，怡怿而悦服。

【篇旨】

本文是作者对所作《中和》《乐职》《宣布》三首颂诗含义的解释和发挥，意在颂扬当时朝廷的“君术明”和“臣道得”，并在对比论述中隐含讽谏的意味。

【注释】

① 褒：王褒，字子渊，汉宣帝时曾官至谏议大夫，长于诗赋。益州：古州名，辖地为今四川省大部。《中和》：诗题，意为政治和平。《乐职》：诗题，意为百官各乐其职。《宣布》：诗题，意为风化淳厚，广被四方。

②《四子讲德》：四子即文中所说的微斯文学、虚仪夫子、浮游先生、陈丘子，都是作者虚拟的人物。

③“国有道”句：见《论语·泰伯》，原文是：“邦有道，贫且贱焉，耻也。”

④ 距跃：不走动，足不出户。

⑤ 怀宝：比喻怀才不用。

⑥ 伯牙：春秋时人，琴艺极精，他的朋友锺子期能够完全领会他的琴意，谓为“知音”。后来子期死了，伯牙便砸烂自己的琴。

⑦ 蚊：蚊子。虻：成虫形似蝇而稍大。

⑧ 阶序：台阶和屋墙。序：把堂屋隔成东西两间的墙。

⑨ 陈：这里指向上陈述，进言。

⑩ 行：这里指传布，传言。话谈：犹善言。

⑪ 宁戚：春秋时卫国人，因家贫为人赶车到齐国。当他在车下喂牛时，恰遇齐桓公路过，他就敲击牛角唱起悲歌。齐桓公受到感动，便召见他，封他为上卿。事见《吕氏春秋·举难》。商歌：悲凉低沉的歌。

⑫ 越石：即越石父，春秋齐国人。《晏子春秋·观世》载：晏婴（齐国之相）遇见为人臣仆的越石父，负刍息于途，晏婴就解下车驾左边的马赎出越石父，同载而归，引为知己。

⑬ 毛嫱、西施：都是古代美女名。

⑭ 嫫姆：古代传说中的丑妇，也作“嫫母”。倭傀（wēi guī）：传说中的丑女名。

⑮ 柯：斧柄。

⑯ 公输：公输般，古之巧匠。斫（zhuó）：砍削。

⑰ 曼矰（zēng）：古代系长丝线以射鸟雀的箭。曼，长。矰，短箭。

⑱ 蒲苴（jū）：古代楚国精于射箭的人。也作“蒲且”或“蒲且子”。

⑲ 冲蒙：冲行突进在荆棘草丛之中。

⑳ 党：这里指志同道合的人。

㉑ 西州：即蜀地。

㉒ 辂（lù）：大车。

㉓ 輗（ní）：大车辕端的横木。

㉔ 啴（chǎn）缓：宽绰而舒缓。

㉕ 俚人：鄙俗之人。

㉖ 鲜（xiǎn）：少。

㉗ 股肱（gōng）：大腿和手臂，比喻辅佐君王的大臣。

㉘ 天人并应：天意与人意相适合，即天从人愿。

㉙ 南容：姓南宫，名适，字子容，孔子弟子。《论语·先进》说：“南容三复白圭，孔子以其兄之子妻之。”谓南容反复诵读《诗经·大雅·抑》中的诗句“白圭之玷，尚可磨也；斯言之玷，不可为也。”喻谨言慎行。珪，通“圭”，白玉。

㉚ 慎戒：谨慎而有所禁戒。

㉛ 太子：指战国时魏文侯的长子击。魏文侯立次子䜣为继承人，封击于北地中山，三年不相往来。击的老师赵仓唐为使者，为击进献北地产的狗和晨雁给魏文侯，魏文侯素好此，因问赵：中山之君（即击）喜好什么？赵曰：好诵《晨风》之诗。《晨风》是《诗经·秦风》中一首表达怀念与哀怨情绪的诗。魏文侯被诗情感动，于是废䜣而立击为太子。

㉜ 易：改变。

㉝ 节趋：停止和前进。

㉞ 碔砆（wǔ fū）：似玉的美石。

㉟ 忕（tú）：忽视，忽略。

㊱ 和宝：卞和发现和进献的宝玉，后加工为“和氏璧”。

㊲ 精练：金子。金子百炼不耗，所以称为精练。练，通“炼”。矿朴：与杂物混合未经冶炼的金矿。朴，又作“璞”。

㊳ 干：主体。

㊴ 命：了解，称说。

㊵ 覆载：天覆地载，比喻包容一切。

㊶ 节究：节操达于极致。

㊷ 皇唐：即帝尧。

㊸ 兹：这，这样。

㊹ 迪：道。一人：天子。《尚书·君奭》："迪一人有事于四方，若卜筮罔不是孚。"迪，有些版本作"故"。

㊺ 比屋可封：家家都有德行，人人都可以旌表。

㊻ 眦（zì）溢：睛珠突出，形容盛怒。眦，眼眶。

㊼《清庙》：是周公祭文王的颂歌，列为《诗经·周颂》的首篇。

㊽ 吉甫：即尹吉甫，周宣王的重臣。相传《诗经·大雅》中的《崧高》《烝民》《韩奕》《江汉》等篇是吉甫所作，内容多为赞颂周宣王的德行和"穆如清风"的太平盛世。

㊾ 沾濡：润泽，比喻恩德普施。

㊿ 厖（máng）眉：眉毛花白。厖，杂。耆耇（qí gǒu）：老年人。

51 大化：广远深入的教化。淳流：风气淳厚。

52 中和：中正和平。

53《传》（zhuàn）：解说经义的文字，即《毛诗诂训传》，这里指《诗经》首篇《关雎》题下的一篇序言。

54 亿度：无限之长，与分寸之短相对。

55 把握：一握之间，喻狭小。

56 大人：这里指天子。枢机：朝廷的机要。

57 方伯：一方诸侯之长。

58 惭：羞愧。

59 行潦（lǎo）：沟中积水。

60 鳅鳝（qiū shàn）：即泥鳅和黄鳝。

61 九罭（yù）：一种有囊袋的鱼网。九，虚数，指网眼甚细密。

62 许由：相传为上古高士，尧让帝位给他，他不接受，逃到箕山下躬耕隐居。

63 夷齐：即伯夷、叔齐。武王伐纣时，他们拦住马头劝阻。武王灭商，他们耻食周粟，到首阳山采薇而食，终于饿死。

㊹ 垂棘：春秋时晋国产美玉之地。后借指美玉。

㊺ 董：正，端正。

㊻ 缗（mín）：钓丝。

㊼《甘棠》：原指木名，即棠梨。相传周武王时，召伯巡行南国，曾歇息其下，后人怀念召伯德政，作《甘棠》（见《诗经·召南》），人们遂用“甘棠之风”来称颂政绩。

㊽ 窒计沮（jǔ）议：阻塞和败坏计议。

㊾ 矜（jīn）：自负。

㊿ 奋竦（sǒng）：鼓气蓄势。

(71) 议愚感敌：议愚事以感动前敌之心。这里是针对文学的“愚窃惑焉”一语而发的，表示对对方提出不同意见的充分谅解。

(72) 绎（yì）：寻求，考究。

(73) 成康之世：指周成王和周康王两个朝代，相传四十余年间不用刑罚，被称为周朝盛世。

(74) 与：同“欤”，疑问词。

(75) 甘棠之臣：指周武王、周成王两代重臣召伯。参见注㊼。

(76) 大人：此指君主。《周易·乾卦》：“飞龙在天，利见大人。”

(77) 仇（qiú）偶：匹配，同伴。

(78) 遍：需要。

(79) 淑人：善良的人。

(80) 刺：指责，讽刺。

(81) 三代：指夏商周。

(82) 五伯：即春秋五霸，一般指齐桓公、晋文公、秦穆公、宋襄公、楚庄王。

(83) 管、鲍、隰、宁：即管仲、鲍叔牙、隰朋、宁戚。

(84) 咎犯：即狐偃，字子犯，因是晋文公之舅，又称舅犯。咎，通“舅”。赵衰，即赵成子，乃晋文公重臣。

㉟ 王、由：即王廖和由余，均佐秦穆公打败西戎。五羖（gǔ）：即百里奚。原为虞大夫，被晋国俘获，逃出，又为楚人所执。秦穆公用五张公羊皮赎回，委以国政，称五羖大夫。羖，黑色公羊。

⑧⑥ 西戎：古时西北少数民族的总称。

⑧⑦ 叔孙：六臣本作孙叔，是。即孙叔敖。子反：原为晋将，后助楚庄王称霸。

⑧⑧ 诸夏：泛指中国。

⑧⑨ 种、蠡：即文种和范蠡，都是越王勾践的重臣。渫（xiè）庸：春秋时人，原为吴国臣子，后入越，辅佐勾践灭吴。

⑨⓪ 克：取胜。

⑨① 段干：即段干木，战国时魏人，隐居不仕，魏文侯每过其庐，皆轼而敬之。田：即田子方，魏人，与段干木齐名。翟：即翟璜，魏文侯的臣子。

⑨② 寝兵：停息干戈。秦国欲攻魏，因天下皆知魏文侯尊敬贤人段干木，便停止发兵。

⑨③ 折冲：击退敌军。

⑨④ 郭隗（wěi）：燕人，燕昭王以师礼待他。乐毅：燕国名将。

⑨⑤ 闵（mǐn）：即齐湣王。闵，或作“湣”。燕昭王派乐毅伐齐，齐湣王兵败逃入莒邑（今山东莒县）困守。见《史记·乐毅列传》。

⑨⑥ 羽翼：辅佐。这里指选贤任能以帮助百姓。

⑨⑦ 含淳：接受淳厚的教化。

⑨⑧ 条畅：义理通达。

⑨⑨ 絜：通“洁”。

⑩⓪ 骋：奔。

⑩① “济济乎”句：《诗经·大雅·文王》：“济济多士，文王以宁。”意谓有众多干事之臣，使文王得以安宁。

⑩② 若乃：像这样。

⑩③ 蠲（juān）：免除。

⑩④ 疏：这里是放宽的意思。

⑩⑤ 耄（mào）：高龄人。逢辜：遇罪，遭罪。

⑩⑥ 缞绖（cuī dié）：居丧的服饰。服事：服丧的事。

⑩⑦ 缧（léi）匿：因藏匿罪人而被拘缚。

⑩⑧ “恺悌君子，民之父母”：语见《诗经·大雅·泂酌》。恺悌(kǎi tì)：和乐平易。

⑩⑨ 大理：掌刑罚的官。

⑪⓪ 残：凶恶。贼：这里指伤害。

⑪① 慑（zhé）伏：因惧怕而屈服。

⑪② 征忪（zhōng）：惊惶失措的样子。

⑪③ 天符：上天的符命。章：同“彰”。

⑪④ 翼翼：飞翔。邕邕：和鸣声。

⑪⑤ 三壤：按土地的肥瘠分为上中下三等，作为贡赋差别的依据。

⑪⑥ 九尾狐：善注《春秋元命苞》曰：天命文王以九尾狐。此指瑞兽。

⑪⑦ 获白鱼：武王出兵渡河，有白鱼跳入舟中，武王即取以祭天。见《史记·周本纪》。

⑪⑧ 秬鬯（jù chàng）：黑黍和香草酿造的香酒，古时多用于祭祀，或天子以赐功臣。鬼方：远国名。

⑪⑨ 白狼：古人认为是祥瑞之兽。

⑫⓪ 南郡：古郡名，郡治在今湖北江陵县。

⑫① 骄蹇（jiǎn）：骄傲固执。

⑫② 杰暴：凶暴。杰，通“桀”。

⑫③ 耒耜（lěi sì）：古时翻土的农具。

⑫④ 扞（gǎn）：张，引。弣：弓把。

⑫⑤ 殪（yì）：死。

⑫⑥ 抏：当作“抏”（wán），消耗也。《上林赋》：“抏士卒之精。”

⑫⑦ 刍荛：指割草打柴的人，即普通百姓。

⑫⑧ 日逐：匈奴王号。汉宣帝时，日逐率众来降。

⑫⑨ 单（chán）于：匈奴最高首领的称号。

⑬⓪ 沮颜：用刀划脸。这是匈奴的一种习俗，表示忧丧悲愁。

⑬① 燋（jiāo）齿：黑齿。枭瞷（jiàn）：眼窝很深，像猛禽的眼睛一样。

⑬② 黥（qíng）首：额上刺字或花纹，以墨涂之。

⑬③ 文身：在身上刻画花纹。

⑬④ 翕（xī）：收拢。

⑬⑤ 感懑（mèn）：感情郁积。

⑬⑥ 黭（yǎn）浅：暗昧浅薄。

⑬⑦ 克：能。殚（dān）：尽。

【语译】

王褒替益州刺史王襄作了《中和》《乐职》《宣布》三首诗以后，又作了一篇题记性的文章，题为《四子讲德论》，以进一步申明作诗之意。

微斯文学向虚仪夫子问道："我曾听说国家政治清明，个人如果还处在又贫又贱的境况，那便是耻辱。现在您老先生足不出户，闭门求学已经有很多日子了。有幸遇着明君，恭逢盛世，而您却怀才不用，这就像伯牙故意远离他的知音锺子期，也就像舜和禹故意逃避有道之君帝尧一样。如此这般行事，而想要显声名，建功业，不也是很难的吗？"虚仪夫子说："对，是有这样的说法。蚊虻整天飞来飞去，总是越不过台阶和围墙。如附着在千里马的尾巴上，就可以远达千里，攀附在大雁的翅膀上，就可飞遍四海。我虽然愚钝顽劣，愿意跟随着你。既然如此，我凭什么自通呢？"微斯文学说："您可以把自己的一片诚心向朝廷陈述，把自己的忠言传布到公卿大臣之门。"虚仪夫子说："没有人给我介绍引见，我怎么能到公卿的门上行走呢？"微斯文学说："怎么会是这样的呢？从前宁戚悲歌一曲，就感动了齐桓公而受重用；越石父背负柴草，就引起晏婴的注意而终于成为知交，他们都不是素友旧识，而只是途中邂逅一见如故的。所以，像毛嫱、西施那样的美人，无论怎样善于毁谤的人，也不能掩蔽她们的姣好；嫫姆、倭傀那样的丑妇，无论怎样善于夸赞的人，也不能掩饰她们的丑陋。如果真有德行才干，何必要别人介绍！”虚仪夫子说：“唉！独具慧眼而能知人知心的人，是千载难逢的；通过当权者招揽贤才和安顿知己，才是众多士人进身的通常途径。这是因为空有斧柄而无斧口，就是公输般那样的能工巧匠也不能砍削木头；只有系着长线的箭而没有弓，就是蒲苴那样的好猎手也不能射下鸟雀来。所以，亲自跳入河中击波泅渡，就不如乘船便捷；披开荆棘草丛、涉足田间泥水也能渐行渐远，但总不如遵循既成的道路迅速。才能往往由于无人识拔而被埋没，行动往往由于缺少同道者的帮助而失败，这是古往今来的一个弊端。请文学先生很好地思虑这种现象。”微斯文学说：“是的是的，我有幸听到了您所讲的求友之道了。”于是他们相互结伴，联袂同游，到处求贤访友，足迹至于西蜀一带。

途中，他们遇到两个人坐在大车上唱歌。他们扶着车前的横木谛听，那歌咏完全符合《诗经》中《大雅》《小雅》的曲调，声音的飘扬婉转、徐舒疾急，也都符合节律的要求。他们探问唱歌的是什么人，回答是浮游先生和陈丘子。于是四人以礼相见，结为友人。相见之礼过后，微斯文学和虚仪夫子离开座位恭敬地说道：“我们是鄙俗的人，没有知识，见闻浅陋，刚才在路上远远听到你们的歌声，宛如玉音金声，内心很受感动。请允许我们大胆地问，你们所唱的歌词是什么诗？请说给我们听听。”浮游先生、陈丘子说：“就是人们所传的《中和》《乐职》《宣布》这三首诗，是益州刺史写的。刺史看到皇帝圣明，大臣竭力辅佐，恩德遍施天下，平民百姓和睦相处，天从人愿，象征祥瑞的事物屡屡出现，所以作了三首诗来歌颂这样的盛世。”微斯文学说：“君子的作为皆为适应需要，举动从容适度。像南容反复诵读‘白圭’的诗，孔子就很看重他的谨慎自戒；魏太子击喜好诵读《晨风》这首诗，他的父亲魏文侯由此明白他的心意和德行。现在两位先生为什么不歌咏那些诗而特别喜欢歌咏这三首诗呢？”浮游先生说：“乐歌是感人很深而又能移风易俗的东西，我之所以歌咏这些诗，是为了赞美其中描述君王的举措英明和臣子们的辅佐得当。君王是中心，臣子是外体。外体运作，然后才知道中心的喜好和憎恶；臣子行动，然后才知道君王的居止和行进。好恶不显露出来，那就是非不分；君王的行止没有确立定则，臣子的功名也就不能得到发扬光大。

因此，蕴藏在石头中的美玉，一般人就视而不见，经过手艺高超的工匠精心琢磨，然后才知道那是无价之宝。真金藏在矿石里面，平庸的人也是视而不见，经过巧匠冶炼熔铸之后，才得到那珍贵的金子。何况圣主的恩德崇高浩瀚，老百姓是不能确切称颂的啊！所以刺史把百姓不容易知晓的圣德，加以推衍歌咏，颂扬君王德政的淳美，使人了解它如海洋一样深邃，如天空、大地一样覆盖和承载万物。天地间的万事，宇宙辽阔广远，都在君德的熏沐之中。明君的德惠这样昭明彰著，忠臣的节操这样达于极致，就是唐尧那样的盛世，也不在当今之上！所以，我每次歌咏国朝的功德，就进入'不知老之将至'的忘我境界。”微斯文学道：“《尚书》说：君主施德政于天下，四方臣民就像对卜卦一样，无不信服。忠诚贤能的臣子，开导君主的旨意，发扬君主的恩惠，散布朝廷的德政而使风化传之久长，以至天下太平，民风隆盛，户户可以旌表，何必要歌咏诗赋才可以宣扬君主的美德呢？愚笨如我，颇感疑惑不解。”浮游先生圆睁双目，勃然正色道：“这是什么话呢？从前周公为了歌颂文王而写的《清庙》那首诗，成为《诗经·颂》的开篇之作，尹吉甫写的赞美宣王时代'穆如清风'的太平景象的诗，都收在《诗经·大雅》里面。政治衰败的时代，奸诈的臣子对朝政加以夸饰，那是罪过；世道平明，臣子不加以宣扬，那也是一种耻辱。耻辱与罪过的牵累，都是对王道的伤害。所以，自从刺史到来，宣布圣主的诏命，勤勉不懈，使百姓普遍知道君主的恩德，没有一个不受到圣德的濡染。须发斑白的老年人，都珍惜朝夕的时光，愿意利用哪怕是很短暂的时间，来观赏淳厚而流布广远的风气。于是，皇家的恩泽盛多，君主的仁德满溢，百姓高兴，心里中正和平的感情抒发出来，这样就用诗歌来尽情咏唱。《毛诗传》说：'诗人有感触然后有思考，思考越积越多，以至丰富成熟，然后发而为创作；用语言来表现觉得不足，就加以嗟叹之声；嗟叹还觉得不足以表达心情，所以就歌唱；歌唱还不能满足，不知不觉就手舞足蹈起来了。'这是臣子对于君父的正常感情，古今都是一样的。现在你抓住了分寸之短而丢弃亿度之长，取手掌把握之间的小而抛却宇宙寥廓之大，竟然想要筹划君国的中枢大事，谈论诸侯治国的得失，岂不是相差得太远了吗？”

陈丘子见浮游先生的话说得过于严厉，怕两位客人难堪，就跪步向前说："请先生审察这样的事：沟渠之水暴发汇集，江海也不因为水多而容纳不下；泥鳅、鳝鱼都逃掉了，鱼网也不会因此虚撒。所以许由躲避尧的禅让而到深山隐居，唐尧没有因此衰亡；伯夷、叔齐耻于做周朝的臣民而饿死在首阳山里，周文王、周武王的地位没有因此而卑下。蝇屎不能污损美玉，歪理不能迷惑孔子、墨子。现在刺史贞正敏达而传播君主的恩惠，广布教化以宣扬君主的名声，采集诗歌以显示君主的德行，以歌咏来端正文风。受王命如丝缕，彰明圣德如渔线，作诗之行，歌咏之言虽小，弘扬的意义博大，德政蔚然成风，指日可待。两位客人虽然窒塞和败坏您的计议，于理又有什么伤害呢？"说完又回头对微斯文学和虚仪夫子道："我的先生很自负于谈道，有理时又当仁不让，也不算是大过失。希望两位先生不要在意。"浮游先生说："不然。春雷发然后沉潜深水的龙必然震动，战鼓鸣而勇士奋起。所以，蛰伏的动物不受震动不会惊醒，战士不受激励不会奋勇向前。现在微斯文学所讲的，想用形似愚惑来感动论敌，以舒解先生的愤激，本意还是好的，希望你们两位不要多心。"于是大家又集聚起来，阐释文理，便开始谈论君臣之德。

微斯文学和虚仪夫子问道："周成王、周康王那时的盛世，是得自君王之德还是臣子的努力呢？"浮游先生说："没有圣明贤能的君主，就不会有政绩卓著的甘棠之臣。所以，虎啸生风，龙起云集，蟋蟀等到秋天才吟唱，蜉蝣到阴天才出穴。《周易》说：飞龙在天上出现，预示着刚健中正、恩及天下的君主要出现了。动物是同声相应，配偶相从。人是由思想相通而集合，物是以种类相同而归在一起。所以，圣贤君主不必事事亲见而能明察，不必亲耳尽听而能知晓各种声音。为什么呢？善良而有德行的人，别人归向于他必然众多。所以，价值千金的裘服，不是一只狐狸的腋毛所能制成；一座大厦的材料，不只是一座小山上的树木；国家太平的功业，不是一个人的谋略的结果。君主是国家的头颅，臣子是国家的四肢，应该明白他们是不可分割的整体，只有互相依存才能成事。有君主而没有得力臣子相辅，这种事例《春秋》已有所讽谕。三代及其以上的君主，都各有师傅辅佐；五伯以下的诸侯，也都各自有贤臣相助。齐桓公有管仲、鲍叔牙、隰朋、宁戚等人出谋献策，才能多次联合起各路诸侯，形成匡正天下而称霸的局面；晋文公有咎犯、赵衰等人患难相从，终于造成威势取得霸权，来尊崇天子；秦穆公有王廖、由余、百里奚的鼎力相助，打败西戎，开创了帝业；楚庄王有孙叔敖、子反辅佐，兼并了江、淮大地，威震中原；越王勾践有文种、范蠡、渫庸三大夫共同谋划，消灭了强大的吴国，洗雪了会稽失败的耻辱；魏文侯有段干木、田子方、翟璜等人，使得秦国停止对魏国的进攻，使万里外的敌人挫败；燕昭王有郭隗、乐毅，打败了强大的齐国，迫使齐湣王逃到莒邑困守。以诸侯不大的权势，尚且如此，更何况从四海选贤任能帮助百姓的帝王呢！所以，有贤圣的君主，必定有明智的臣子。想要积德，天下就不会不太平；想要树立威势，众多的野蛮民族就不会不征服。

“当今的圣主，尊道德，行仁义，身披六艺，腰佩礼文；屡次颁布明令，举荐贤良之才，渴求有术之士，招募有特殊本领的人，选拔富于才情的属下。所以四方人才欢悦钦慕，无不风驰雨集一般地归向，纷至沓来，门庭若市，宫阙满溢，满耳是歌功颂德之声，极目尽见上下谦让之礼，进取的以处事通达为乐，怠惰的人不想做事也不能够。人人都安卧拜服在《诗》《书》的门下，游览在道德环境里，人们都整洁自身，修养思想，敢于吐露真情，披肝沥胆，各个付出自己全部的精思勇锐以尽对圣主的忠诚；甘愿尊崇君王，弘扬善美的风俗而达于太平。这正如周文王时代那样，人才济济，国王便也得到安宁。像这样的施行美政，百姓受大恩大德的滋润，是说不尽的。表彰孝子以促进纯厚的行为，尊崇才能以招揽贤士，去掉烦乱的法规，免除苛酷的律令，而使百姓受到优抚。给勤于事务的官员增加俸禄，以鼓励贞洁廉明。王室自身减少膳食的靡费，降低郡国宫观的修理费用，削减专管农事、田税的官员，减少专供皇帝游乐的园林，放宽徭役的征派。救济有困难的人，抚恤受灾害的百姓，无暇顾及自己的游乐宴会。原谅垂暮老人的轻微罪过，怜悯居丧的人。对身受拷掠而死于狱中的人也怀恻隐之心，对那些因藏匿有罪之父母而被拘缚的子弟感到伤痛，诏许不用连坐。这样飞禽走兽都沐浴着皇帝的恩惠，不论胎生卵生皆得以发育生长，草木也顺应自然规律零落或繁茂。‘和乐平易的君子，是百姓的父母。’《诗经》中的这句诗，颂扬的不正是这种境界吗？先生您难道没听说秦朝时的状况吗？秦始皇违逆三王之道，背离五帝之训，焚灭《诗》《书》，践踏礼义，信任一大批奸佞小人，憎恶仁德贤能之士。于是奸诈虚伪的人飞黄腾达，逢迎谄媚的人拥入朝廷做官。宰相偏狭苛刻，法官执法残酷。在位执政的人，缺少的是仁义，专长的是残酷暴虐，一个个像虎狼一样扑腾攫取，怀藏凶残毒害之心。他们所到之处，无不令人不寒而栗，畏惧屈服。他们还要吹毛求疵，向人施以蛇蝎一样的毒计，使百姓莫名惊惶，手足无措，怨声载道，终至忍无可忍，便一举而灭亡秦朝。所以养鸡的人必定不养狐狸，养兽的人必定不养豺狼，种树的人最担忧蠹虫蛀木，当政保民的人必定铲除害民之徒。所以，汉朝皇帝当政，就崇尚政务简易，力主待民宽柔，增进仁义，推举良才。于是上下无怨，百姓相安和睦。现在，海内百姓安居乐业，朝廷政务清明。上天的符命既已显验，人间的祥瑞又明明白白。万物都顺利生长，山河都有灵气降临。祭祀的时候，神光交相辉映，交错通达于地，光明照天。凤凰来朝，羽翼翔集，鸣声应和，群鸟跟随，为圣德起舞，仪容十分动人。神鸟凤凰越集越多，瑞兽麒麟也自己到来。天降甘露滋润土地，茂盛的禾苗连接成片，无际无边。深广的教化隆盛而遍布，男女之间的礼节条直畅达。家家自给年年丰足，都按照土地分为三等的法则缴纳田赋。这岂不是盛世的景象吗！从前周文王应验了得九尾狐的吉兆，终于使东夷归顺周朝；周武王率兵渡河，有白鱼自己跳到船上，各路诸侯因此相信武王得到天命而同声拥护伐纣；周公接受用于祭祀的黑黍香酒，遥远的鬼方之民便臣服于周朝；周宣王时得到白狼，夷狄之人知道这是王者的征兆，便与周朝修好。凡事名义正了事情就定了。现在南郡地方得到白虎，这也是停止干戈振兴文化的预兆。得到白虎的人是南郡太守张武。武力强大，凶猛者就会被制服。所以，北狄之邦也就归顺协和，边防不须忧虑侵扰，兵士可以歇息，战旗也可以收起来了。”

微斯文学、虚仪夫子说：“关于天符应验的情形，我们有幸得到您的指教了，现在请让我们大胆地再请教关于人世吉祥征兆的事。”浮游先生说：“就说匈奴吧，他们是诸多蛮邦中最强悍的。他们的性情骄横，习俗怪异凶暴；贱视老弱而看重年轻强壮的，以气力的高低相比；他们的事业是征战攻伐，谋生则靠射猎禽兽；小孩子就会骑羊射箭。整个部族都逐水草而居，没有固定的住处，就像鸟兽一样集散不定，往来游牧，在草原旷野上遍地流浪，以满足生活上的需求。他们的耕作工具只是弓箭鞍马，播种就是引弦把弓，秋收就是射杀奔狐驰兔，收割就是杀死射倒禽兽。这样的部族，派大军去追剿他们就逃走，放松了他们就不断侵扰。所以，三王时不能感召他们，五霸时也无法安抚他们。他们惊扰边关，损伤戍边的兵士，屡屡在边境一带侵犯老百姓。《诗经·六月》写道：'北蛮侵扰吃紧，我因此赶急出征。'可见这是古来就有的祸患。现在，圣主的功德盛大，神威覆盖到外域，日逐王率全国的军民来归顺，单于也向汉朝称臣致贺。天地豁然开朗，阴阳交接不差。四方蛮夷，或编发刻脸，或黑齿深目，或剪发刺额，或在裸露的身上刺着各种花纹，所有这些部族或国家，无不争相进贡，欢欣地前来归附，他们舒袖起舞，引吭而歌，拍打着腋窝大笑。宏大均平的世道，什么东西不欢乐呢？飞鸟合翼，直冲云天，鱼儿跳跃，畅游浅水。所以，刺史深有感奋，放开嗓音而歌咏圣德。鄙人暗昧浅薄，不能彻底领悟。只是遵从你们的美意，把我所知道的说出来，远远没有说到当今圣德的极致。”从此，两位客人为仁义所醉，为盛德所饱，终日慨叹吟咏，心中欢悦而诚服。

【评析】

从内容的角度看，通篇都是一味颂扬汉家君臣的德行仁政，繁文陈词之内，并无多少新颖特异的见解。但对为政者极尽劝德喻仁之力，也可见论者的苦心和善意。对当时的夷狄、百蛮诸边地部族，用笔如刀，放言轻侮，这也是时代使然，无须苛责。从论说形式的角度看，诚然未能脱出“答客难”“答客问”之类的窠臼，但虚拟的四个人物，于质询答辩的讲论之中，也约略显出各自不同的个性。这或许可以说是本文的一点长处。

卷第五十二

论二

王命论一首

作者：班叔皮　　注译评析：张葆全

昔在帝尧之禅曰："咨！尔舜！天之历数在尔躬！"舜亦以命禹①。暨于稷、契②，咸佐唐、虞，光济四海，奕世载德③，至于汤、武④，而有天下。虽其遭遇异时，禅代不同，至于应天顺人，其揆一焉⑤。是故刘氏承尧之祚，氏族之世，著于《春秋》⑥。唐据火德⑦，而汉绍之，始起沛泽，则神母夜号⑧，以彰赤帝之符。由是言之，帝王之祚，必有明圣显懿之德，丰功厚利积累之业，然后精诚通于神明，流泽加于生民。故能为鬼神所福飨，天下所归往。未见运世无本，功德不纪，而得倔起在此位者也。世俗见高祖兴于布衣，不达其故，以为适遭暴乱，得奋其剑。游说之士，至比天下于逐鹿⑨，幸捷而得之。不知神器有命⑩，不可以智力求。悲夫！此世之所以多乱臣贼子者也。若然者，岂徒暗于天道哉？又不睹之于人事矣。

夫饿馑流隶，饥寒道路，思有短褐之袭⑪，檐石之蓄⑫，所愿不过一金，终于转死沟壑。何则？贫穷亦有命也。况乎天子之贵，四海之富，神明之祚，可得而妄处哉！故虽遭罹厄会，窃其权柄，勇如信、布⑬，强如梁、籍⑭，成如王莽⑮，然卒润镬伏锧⑯，烹醢分裂⑰。又况么麽不及数子⑱，而欲暗干天位者也⑲。是故驽蹇之乘⑳，不骋千里之涂；燕雀之畴，不奋六翮之用㉑；楶棁之材㉒，不荷栋梁之任；斗筲之子㉓，不秉帝王之重。《易》曰："鼎折足，覆公餗。"㉔不胜其任也。

当秦之末，豪桀共推陈婴而王之。婴母止之曰："自吾为子家妇，而世贫贱，卒富贵不祥，不如以兵属人，事成，少受其利；不成，祸有所归。"婴从其言，而陈氏以宁。王陵之母，亦见项氏之必亡，而刘氏之将兴也。是时陵为汉将，而母获于楚。有汉使来，陵母见之，谓曰："愿告吾子，汉王长者，必得天下，子谨事之，无有二心。"遂对汉使伏剑而死，以固勉陵。其后果定于汉，陵为宰相封侯。夫以匹妇之明，犹能推事理之致，探祸福之机，全宗祀于无穷，垂册书于《春秋》㉕，而况大丈夫之事乎！是故穷达有命，吉凶由人。婴母知废，陵母知兴，审此二者，帝王之分决矣。

盖在高祖，其兴也有五：一曰帝尧之苗裔，二曰体貌多奇异，三曰神武有征应，四曰宽明而仁恕，五曰知人善任使。加之以信诚好谋，达于听受，见善如不及，用人如由己，从谏如顺流，趣时如响起。当食吐哺㉖，纳子房之策；拔足挥洗㉗，揖郦生之说；悟戍卒之言㉘，断怀土之情；高四皓之名㉙，割肌肤之爱；举韩信于行阵，收陈平于亡命。英雄陈力，群策毕举。此高祖之大略，所以成帝业也。若乃灵瑞符应，又可略闻矣。初刘媪妊高祖，而梦与神遇，震电晦冥，有龙蛇之怪。及长而多灵，有异于众。是以王、武感物而折契㉚；吕公睹形而进女㉛；秦皇东游以厌其气㉜；吕后望云而知所处。始受命则白蛇分，西入关则五星聚㉝。故淮阴、留侯谓之天授，非人力也。

历古今之得失，验行事之成败，稽帝王之世运，考五者之所谓，取舍不厌斯位㉞，符瑞不同斯度，而苟昧权利㉟，越次妄据，外不量力，内不知命，则必丧保家之主，失天年之寿，遇折足之凶，伏斧钺之诛。英雄诚知觉寤，畏若祸戒㊱，超然远览，渊然深识。收陵、婴之明分，绝信、布之觊觎㊲，距逐鹿之瞽说，审神器之有授，贪不可冀，无为二母之所笑㊳。则福祚流于子孙，天禄其永终矣。

【篇旨】

论述天子之位皆受天命而立，非人所能妄求，但也强调世世积德与个人的宽明仁恕是君权神授之依据。

【注释】

① 历数：天道，天运，指帝王易姓。躬：身。命：告。按，此事亦见《论语·尧曰》。

② 暨：至。稷、契：皆舜臣。

③ 奕世：累世。载：行。

④ 汤、武：商汤、周武王。契为汤之祖，稷为武王之祖。

⑤ 揆：法度，规律。

⑥《春秋》：此指《左传》。《左传·昭公二十九年》载蔡墨之言，说，陶唐氏既衰，其后有刘累，春秋时代晋国范氏又为其后。故汉代学者认为，刘氏为尧之后。

⑦ 火德：五行之一。战国时代阴阳家以金、木、水、火、土五行与王朝相配，认为王朝的更迭是五行的循环交替。

⑧ 神母夜号：《史记·高祖本纪》说，刘邦行泽中，有大蛇当道，斩之。有一老妪夜哭，说："吾子，白帝子也，化为蛇，当道，今为赤帝子斩之。"

⑨ 逐鹿：喻争天下。语出《史记·淮阴侯列传》蒯通之言："秦失其鹿，天下共逐之，于是高材疾足者先得焉。"

⑩ 神器：神圣之物，如天子玺符服御之物，此指中央政权。

⑪ 短褐：贫者所穿的粗服。短，短袄。褐，粗毛布衣。袭：重衣。

⑫ 檐：同"担"。

⑬ 信、布：韩信、黥布，均汉初功臣，因谋反被杀。

⑭ 梁、籍：项梁、项籍（项羽）。项梁在反秦战争中战死，项羽在楚汉相争中兵败垓下自杀。

⑮ 王莽：西汉末年篡汉自立，改国号为新，后汉兵攻入长安，被杀。

⑯ 镬：釜属，用作烹煮。锧：斧砧，用作腰斩。

⑰ 醢（hǎi）：肉酱。

⑱ 么（yāo）麽：微小。么，不长。麽，细小。

⑲ 暗干：盗窃。

⑳ 驽：劣马。蹇：跛。

㉑ 六翮：指翅膀，据说健飞之鸟翅膀上均有六根翎管。翮（hé）：羽茎。

㉒ 楶棁：喻小材。楶（jié），斗拱。棁（zhuō），梁上短柱。

㉓ 斗筲：喻材器之小。筲（shāo），竹器，容一斗。

㉔“《易》曰”句：见《周易·鼎·九四》爻辞。餗（sù）：食物。

㉕《春秋》：指史书。上述陈婴事载《史记·项羽本纪》，王陵事载《史记·陈丞相世家》。

㉖ 当食吐哺：《史记·留侯世家》说，刘邦欲纳郦食其计，立六国后，张良列举八条理由，以为不可。刘邦“辍食吐哺，骂曰：竖儒，几败而公事！”

㉗ 拔足挥洗：《史记·高祖本纪》说，郦食其求见刘邦，刘邦“方踞床，使两女子洗足”，郦食其责备刘邦不恭，于是刘邦摄衣而起，谢罪。

㉘ 戍卒之言：《史记·高祖本纪》说，刘邦欲建都洛阳，齐人刘敬劝刘邦入都关中。《汉书》作“戍卒娄敬”。

㉙ 四皓：四位老人，指东园公、绮里季、夏黄公、角里先生。《史记·留侯世家》说，刘邦欲废太子，立戚夫人子赵王如意，吕后用张良计，请四皓辅佐太子，刘邦只好作罢。

㉚ 王、武：王媪、武负。《史记·高祖本纪》说，刘邦常到王、武处赊酒，王、武见其醉卧时身上常有龙，故毁掉契券，不要刘邦偿债。

㉛ 吕公：吕后之父。《史记·高祖本纪》说，吕公善相人，以为刘邦有奇相，故将女儿嫁给刘邦。

㉜ 厌：同“压”，镇也。

㉝ 五星聚：指金、木、水、火、土五行星同时并见于一方，古以为祥瑞。《汉书·高帝纪》说：“元年冬十月，五星聚于东井。沛公至霸上。”

㉞ 厌：当，合。

㉟ 昧：贪。

㊱ 若：顺。

㊲ 觊觎：窥望，指抱非分的希望。

㊳“贪不”二句：据《汉书》，当作“毋贪不可冀，为二母之所笑”。

【语译】

从前帝尧在禅让之时说：“啊！你这位舜！上天的大命已经降临在你的身上。”后来舜禅让时也这样对禹说。至于后稷和契，都能辅佐唐尧虞舜，光辉普及四海，累世推行其德。到了契之后人商汤和后稷之后人周武王，便能享有天下。上述诸人虽然遭遇的时代不同，和平禅让与武力取代也不同，至于顺乎天应乎人，其规律则是相同的。因此刘氏如何承袭帝尧之君位，其氏族之世系，明确地写在史书上。唐尧依据的是火德，汉代便继承了它。刘邦开始起义于沛地大泽之时，就有老妪夜哭，以此符瑞表明刘邦为赤帝之子。由此说来，帝王的禄位，一定会有与之相配的明圣显著的美好德行，丰功厚利、世代积累的功业，然后精诚与神明相通，恩泽施加于人民。所以能被鬼神赐福保佑，为天下百姓所归往。从来也未见过在五行更迭次序上没有根据、功德又不为人所记的人，能够崛起而获得君位。世俗之人见高祖刘邦从平民百姓当上了皇帝，不了解其中缘故，以为适逢大乱，故能振奋其武力，游说之士甚至把争夺天下比喻为中原逐鹿，认为谁捷足先登谁就能得到君位。不知道取得天子玺符是由命定的，不能凭智力求得。可悲啊，这就是世上之所以出现许多篡位夺权的乱臣贼子的原因。像这种人，难道只是不了解天道吗？他们同时也看不到人事。

那些饥饿的流民，在道路上挨饿受冻，他们所想得到的不过是贫者所穿的粗服，担石的蓄粮，所希望拥有的不过一金，但最后还是转死在沟壑中。什么原因呢？那是因为贫穷也是命中注定的啊。何况贵为天子，富有四海，这样神圣的君位，怎能随便的得到！所以即使有人历经困厄，极力想盗窃国家权柄，如韩信、黥布般的勇武，如项梁、项羽般的强狠，如王莽般也取得暂时的成功，但最终还是被烹煮腰斩，被砍成肉酱或肢解车裂，又何况那些才能不及上述诸人而竟然想盗窃君位的卑微平庸之辈呢？因此劣马跛马的车骑，不能在千里之道上驰骋；燕雀之辈，不能像鸿鹄一般振翅高飞；斗拱短柱一类木材，不能担负栋梁的重任；才器极小的斗筲之人，不能执掌帝王的重权。《周易》说：“鼎折断了足，打翻了主公的食物。”是说鼎承担不了它的重负。

当秦末之时，起义的豪杰共推陈婴为王，婴母阻止道：“自从我嫁到你家来，世代贫贱，现在忽然富贵起来，不吉利。不如把军力隶属他人，事成，多少得到一些利；不成，祸自有人承担。”陈婴听从了她的话，后来陈氏果然得以保全。王陵之母，也看到了项羽必亡，而刘氏将兴。当时，王陵为汉将，而王母被楚抓获。有汉使来，王母见汉使，对他说：“请你告诉我的儿子：‘汉王刘邦是仁慈长者，一定会取得天下，你要恭谨地侍奉他，不要有二心。’”于是当着汉使用剑自刎而死，以坚定和激励王陵的信念。后来，天下果然统一于汉。王陵做了宰相，封安国侯。陈母、王母以匹妇之明，尚且能推断事理的极致，探测祸福的奥秘，保全宗族祭祀于无穷，言行记载于史书上，何况男子汉大丈夫的事呢？因此说穷困与通达有天命注定，而吉凶祸福则由人去掌握。陈母知道起义必然失败，王母知道刘氏必然成功，了解了兴废成败的规律缘由，是否有帝王之分就很清楚了。

从高祖刘邦来说，他能建立帝业的条件有五：一是帝尧的后代，二是隆准龙颜体貌奇伟，三是神圣勇武且有种种征兆瑞应，四是宽厚明达而仁慈爱人，五是知人善任。加上诚信好谋，善于听取意见，见善即从如恐不及，用人不疑信如知己，听从劝谏如顺水行舟，趋时变通如响随声起。当食吐哺，采纳了张良不立六国之后的谋略；中断洗足，为自己倨傲无礼而向郦食其致歉；领悟了戍卒娄敬不在洛阳建都的谏言，斩断了怀土思归的感情；敬畏四皓的名声，打消了废太子的念头割断了对戚夫人母子的宠爱；从军队中提拔韩信为大将军，从亡命归顺之徒中收留陈平为骖乘。因此英雄尽聘才力，各种谋略都能施展，这就是高祖刘邦的雄才大略，因而能成就帝王之大业。至于各种灵瑞符应，也可略微说一说。起初刘母怀着高祖的时候，梦中与神遇，当时雷电交加天色晦暗，刘父往视见蛟龙在其上不久即生下高祖。等到他长大多有灵异之事，与众不同。因此王媪、武负见其醉卧时身上常有龙而勾销了他的赊款，吕公相了他的形貌而把女儿嫁给他；秦始皇东游以镇压东南的天子之气，吕后常望云气而得知他的处所；开始起义之时就斩杀了白帝子，西入关灭秦之时恰逢五星聚于东井。所以韩信、张良都说高祖取得天下乃天授，非人力。

历观古今之得失，验证行事的成败，稽核帝王的世系更迭，考察上述高祖兴业的五个方面，可知如果取舍不合于他所处的地位，符瑞也不合于他所处的范围，但贪求权利，越位妄自割据争夺君位，外不量其力，内不知天命，就必定会家族丧亡，年寿夭折，遇上“折足”的灾祸，遭受斧钺的诛杀。英雄豪杰如能觉悟，敬畏顺从避祸的训诫，超然远视，默然深记在心中，接受王陵、陈婴对界限分际的明审，断绝韩信、黥布那样的对君位的窥伺，拒绝中原逐鹿捷足先登一类的瞎说，明了君位自有天授，不要去贪求那些得不到的东西而被陈母王母所嘲笑，那么福禄必定会传给子孙，上天给予的禄位就能永远保有。

【评析】

本文主要论述王命——帝王承受天命君临天下——的问题。作者认为，富贵贫穷，都有命运安排，“况乎天子之贵，四海之富，神明之祚，可得而妄处哉！”又认为天子出现，必有灵瑞符应，以昭告世人。这些观点，归结为“君权神授”说，自然显得十分迂腐。但文章也并非毫无价值：一、作者强调“神器有命，不可以智力求”，主要想以此示警于“乱臣贼子”，以保持社会的安定。二、作者强调“帝王之祚，必有明圣显懿之德，丰功厚利积累之业”，要求世世积德，较多地反映了儒家仁政爱民的思想。三、作者虽强调天命，但并非绝对地否定人为。所谓“穷达有命，吉凶由人”，肯定了人能主宰自己的祸福吉凶。作者十分赞赏汉高祖刘邦之“宽明而仁恕”“知人善任”的雄才大略，就包含着肯定人的作用的意义。但是，作者所谓的“吉凶由人”，也只是限于“知废”“知兴”的思考抉择上，从根本上来说尚未触动他的“君权神授”的观点。从文章方面看，本文多用历史故事与历史经验来说理，文笔生动流畅，人们读时并不觉得枯燥乏味。

典论论文一首[①]

作者：魏文帝　　注译评析：韦启良

文人相轻，自古而然，傅毅之于班固[②]，伯仲之间耳[③]，而固小之。与弟超书曰[④]：“武仲以能属文[⑤]，为兰台令史[⑥]，下笔不能自休。”夫人善于自见，而文非一体[⑦]，鲜能备善[⑧]，是以各以所长，相轻所短。里语曰[⑨]：“家有弊帚[⑩]，享之千金[⑪]。”斯不自见之患也。

今之文人，鲁国孔融文举[⑫]，广陵陈琳孔璋[⑬]，山阳王粲仲宣[⑭]，北海徐幹伟长[⑮]，陈留阮瑀元瑜[⑯]，汝南应玚德琏[⑰]，东平刘桢公幹[⑱]，斯七子者，于学无所遗，于辞无所假[⑲]，咸以自骋骥騄于千里[⑳]，仰齐足而并驰[㉑]。以此相服，亦良难矣。盖君子审己以度人[㉒]，故能免于斯累[㉓]而作论文[㉔]。

王粲长于辞赋，徐幹时有齐气[㉕]，然粲之匹也。如粲之《初征》《登楼》《槐赋》《征思》[㉖]，幹之《玄猿》《漏卮》《圆扇》《橘赋》[㉗]，虽张、蔡不过也[㉘]。然于他文，未能称是[㉙]。琳、瑀之章、表、书、记[㉚]，今之隽也[㉛]。应玚和而不壮[㉜]，刘桢壮而不密。孔融体气高妙[㉝]，有过人者，然不能持论[㉞]。理不胜词[㉟]，以至乎杂以嘲戏[㊱]。及其所善，扬、班俦也[㊲]。

常人贵远贱近，向声背实[㊳]，又患暗于自见[㊴]，谓己为贤。夫文，本同而末异[㊵]。盖奏议宜雅[㊶]，书论宜理[㊷]，铭诔尚实[㊸]，诗赋欲丽。此四科不同[㊹]，故能之者偏也[㊺]；唯通才能备其体。

文以气为主[㊻]，气之清浊有体[㊼]，不可力强而致。譬诸音乐，曲度虽均[48]，节奏同检[49]，至于引气不齐[50]，巧拙有素[51]，虽在父兄，不能以移子弟[52]。

盖文章，经国之大业[53]，不朽之盛事。年寿有时而尽，荣乐止乎其身，二者必至之常期[54]，未若文章之无穷。是以古之作者，寄身于翰墨，见意于篇籍，不假良史之辞，不托飞驰之势[55]，而声名自传于后。故西伯幽而演《易》[56]，周旦显而制《礼》[57]，不以隐约而弗务[58]，不以康乐而加思[59]。夫然则古人贱尺璧而重寸阴[60]，惧乎时之过已。而人多不强力[61]，贫贱则慑于饥寒，富贵则流于逸乐。遂营目前之务[62]，而遗千载之功[63]。日月逝于上，体貌衰于下，忽然与万物迁化[64]，斯志士之大痛也。

融等已逝，唯幹著论[65]，成一家言。

【篇旨】

批评文坛上文人相轻等不良风气，要求文人各展所长，潜心独创，写出有利于经世治国的不朽作品。

【注释】

① 典论论文：《典论》是魏文帝（曹丕）的一部论著，有二十篇，成书于建安后期。典，有“常规”或“法则”的意思。《典论》已失传，论文是其中留存下来的一篇。

② 傅毅：东汉文学家，茂陵（今陕西兴平东北）人，字武仲。班固：东汉史学家，安陵（今陕西咸阳东北）人，字孟坚。

③ 伯仲：兄弟。这里用来比喻两人的才能、成就像兄弟一样没有很大的差别。

④ 超：班固的弟弟班超。

⑤ 属（zhǔ）文：写文章。

⑥ 兰台令史：东汉官职名，主持整理图书，办理书奏等工作。

⑦ 体：体裁。

⑧ 备善：样样都好。

⑨ 里语：俗话。里，同“俚”。

⑩ 弊帚：破扫帚。弊，也作“敝”。

⑪ 享：当，值得。

⑫ 鲁国孔融文举：孔融，东汉鲁国（今山东曲阜）人，字文举，与陈琳、王粲、徐幹、阮瑀、应玚、刘桢等都是汉末建安年间文学家，史称“建安七子”。文言里称呼一个人，有时把姓名和字号一起列出。本文称“建安七子”时，都用这种形式。

⑬ 广陵陈琳孔璋：陈琳，广陵（今江苏扬州）人，字孔璋。

⑭ 山阳王粲仲宣：王粲，山阳（今山东金乡）人，字仲宣。

⑮ 北海徐幹伟长：徐幹，北海（今山东寿光）人，字伟长。

⑯ 陈留阮瑀元瑜：阮瑀，陈留（今河南开封东南）人，字元瑜。

⑰ 汝南应玚德琏：应玚，汝南（今河南汝南）人，字德琏。

⑱ 东平刘桢公幹：刘桢，东平（今山东东平）人，字公幹。

⑲ 假：依傍，模仿。

⑳ 骥騄（lù）：骥和騄都是骏马。这里比喻才能超凡的人。

㉑ 仰：倚仗。

㉒ 审：检查。度（duó）：衡量。

㉓ 累：弊病，这里指文人相轻。

㉔ 论文：评论别人作品的文章。

㉕ 齐气：齐人文章的风格。当时有一种看法，认为齐人性情迟缓，影响到文体，产生舒缓的风格。曹丕崇尚刚健有力的文风，因而把“齐气”看成是缺点。

㉖《初征》《登楼》《槐赋》《征思》：都是赋名。《征思赋》已佚。

㉗《玄猿》《漏卮》（zhī）《圆扇》《橘赋》：都是赋的篇名，其中除《圆扇》（又题《团扇赋》）外，都失传。

㉘ 张、蔡：汉代文学家张衡、蔡邕。

㉙ 称：相称。是：这，指辞赋。

㉚ 章、表、书、记：皆文体名。臣子上给皇帝的书叫章，汉代多用于谢恩；臣子上给皇帝的奏章叫表，汉代多用于说明事理及陈情。书、记：通指普通公文和应用文。

㉛ 隽：同“俊”，才华出众。

㉜ 和：平和。

㉝ 体气：气质，才气。

㉞ 持论：议论，论述。

㉟ 理不胜词：文采有余，说理不足。

㊱ 嘲戏：嘲笑戏谑。如孔融《与曹公书》曰“武王伐纣，以妲己赐周公”，即是。

㊲ 扬、班：汉代文学家扬雄、班固。扬有《解嘲》，班有《答宾戏》，皆嘲戏类之上者。俦：同辈，相匹敌。

㊳ 向声背实：追求名声，背离实际。

㊴ 暗：不清楚。

㊵ 本：根本，此指写文章的根本要求。末：这里指文章的体裁、风格。

㊶ 奏议：皆文体名。专指臣子写给君主陈述自己意见的文章，奏以按劾，议以执异。雅：高雅，典雅。

㊷ 书论：书信和议论文章。理：要说理明白。

㊸ 铭：称颂功德或示警戒的文体。铭多刻于器物或碑石之上。诔：专指叙述死者世系行业，并表示哀悼的文体。

㊹ 科：类，这里指文体。

㊺ 偏：部分，这里指偏重于某一类或几类文体。

㊻ 气：气质。

㊼ 清浊：指文章气质的刚或柔、急或舒。有体：有区别。

㊽ 曲度：曲谱。均：相同。

㊾ 检：法度，规则。

㊿ 引气：用气，运气。

51 素：根性，本性。

㊷ 移：施予，传给。

㊸ 经国：治理国家。

㊹ 常期：一定的期限。

㊺ 飞驰：飞黄腾达的人。

㊻ 西伯：即周文王。他曾被纣王囚禁于羑（yǒu）里（今河南省汤阴县境内），于幽禁中推演易象作卦辞。

㊼ 周旦：即周公旦，周武王之弟，周成王之叔。周公旦辅佐成王，制定周朝的礼法制度。显：显达，指政治地位高。

㊽ 隐约：困窘，不得志。弗务：不致力于该做的事，这里指著述的事。

㊾ 加思：改变原来的意图，这里指著述的意图。

㊿ 璧：宝玉。阴：光阴。

61 强力：奋发勉力。

62 营：谋求，经营。

63 遗：遗弃。

64 迁化：指死亡。

65 著论：指徐幹所著的《中论》。《中论》是抨击儒者之弊的论文集，共二十篇。

【语译】

文人互相轻视，古来就是这样。傅毅对于班固来说，不过是像两兄弟一样，分不出什么高下来的，但是班固却小看傅毅。在写给弟弟班超的信里说："武仲这个人因为能写文章，就当了兰台令史那样大的官，其实他写文章不能自我节制，笔下冗长散漫得很。"一般地说，人容易发现自己的长处，而文章不是只有一种体裁，很少有人能够将各种体裁都写得好的，所以人们往往拿自己的长处去鄙薄别人的短处。俗话说："家里有一把破扫帚，自己看得像千金那么珍贵。"这正是不能发现自身短处的一种毛病。

现在的文人，如鲁国的孔融，广陵的陈琳，山阳的王粲，北海的徐幹，陈留的阮瑀，汝南的应玚，东平的刘桢，这七个文人，在学问方面无所不通，在写文章方面也能独出心裁而不模仿他人。因此他们都以为自己是驰骋千里的良马，各凭借着自己的能力并驾齐驱。在这种情况下，要他们互相佩服，也确实是很难的。但凡君子，是能够审视自己而了解别人的，所以能够避免受“文人相轻”这种毛病的牵累。有鉴于此，我写了这篇论文。

王粲擅长于辞赋这种文体，徐幹的文章则常常有齐人那种舒缓的毛病，但在辞赋方面，他仍然与王粲不相上下。例如王粲的《初征》《登楼》《槐赋》《征思》，徐幹的《玄猿》《漏卮》《圆扇》《橘赋》，即使是张衡、蔡邕这些辞赋大家的作品也是不能超过的。然而，对于其他文体，王、徐就不能写得像辞赋这样好了。陈琳、阮瑀写的奏章、函件，是当今最出众的。应玚的文章平和而不雄壮，刘桢的文章雄壮而不细密。孔融的才情气质有超过常人之处，然而不善于议论，文采有余而说理不足，以至于夹杂一些嘲讽戏谑的文字。但是他的一些佳作，又可以与扬雄、班固等大家的文章相媲美。

一般的文人，珍视远古而贱视新近，追慕虚名而不问实际，又犯有缺乏自知之明的毛病，因此都认为自己的文章是最好的。而文章的写法，根本的道理相同，不同文体的具体要求就很不一样。大抵说来，奏议这种文体应该写得典雅，书论这种文体应该写得说理分明，铭诔这种文体应该注重写实，诗赋这种文体应该写得华美富丽。这四种文章体裁不同，一般有写作能力的人只能长于写某一种，只有通才才能样样都写得很好。

文章以气质为主。文章的气质有刚健清新和柔缓重浊的区别，它们来源于作者的气质才性，不是可以用外力勉强促成的。这就像音乐一样，虽然是同样的曲调和节奏规则，但歌唱或演奏起来，运气发声不同，根本的音质有优有劣，即使是父兄，也不能把它传给子弟。

文章是有助于治理国家的大业，是千古不朽的盛事。人的寿命到一定时候会终结，荣华享乐也只限于人的终身。这两者必定要到达通常的期限，不像文章可以流传到无限久远。所以，古代的作者把全身心都寄托在笔墨生涯之中，把自己的见解和感情都表现在文章和书籍里面，不依靠史官的著录，不依托权势的帮助，而名声自然流传到后世。所以西伯在被囚禁之中还潜心阐释《周易》，周公在显达的时候也不忘制定《周礼》，他们不因处于逆境而不努力著述，也不因处于安康享乐的顺境而改变著述的心思。这样看来，古人是小看尺长的宝玉而极看重寸长的光阴，惧怕时光的白白流逝。但现在的一般人大多不奋发努力，贫贱的人害怕饥寒，富贵的人沉溺于享乐，于是都去经营眼前的琐事，而丢掉了像著述这样的流传千古的功业。在上面，时光在一天天地流逝；在下面，人的身体容颜在一天天衰老，不知不觉中随着万物的变迁而悄然死去，这是有志之士最大的哀痛了。

孔融等人已经死去，只有徐幹写作的《中论》，成为一家之言，可传于后世。

【评析】

曹丕的这篇《典论论文》是我国古典文论的名篇。文章的要点有三：一是依据历史和当时的实例，尖锐而又颇为令人信服地批评了“文人相轻”的文坛积习；二是提出了“文以气为主”的独到见解；三是论述了文章的重大社会作用。这三个方面的内容，奠定了这篇论文在我国文学理论及文学批评史上的重要地位。特别是其中的“文气说”，是我国古代文学注重风格、讲究气势的传统的总结，对后世也有深远的影响。曹丕以帝王之口论文，立论居高临下，造语雍容典雅，这或许可以说正是他“文以气为主”这一主张的实践。

六代论一首

作者：曹元首　　注译评析：张葆全

昔夏、殷、周之历世数十，而秦二世而亡。何则？三代之君，与天下共其民，故天下同其忧；秦王独制其民，故倾危而莫救。夫与人共其乐者，人必忧其忧；与人同其安者，人必拯其危。先王知独治之不能久也，故与人共治之；知独守之不能固也，故与人共守之。兼亲疏而两用，参同异而并进[①]。是以轻重足以相镇，亲疏足以相卫，并兼路塞[②]，逆节不生[③]。及其衰也，桓文帅礼[④]。苞茅不贡[⑤]，齐师伐楚；宋不城周[⑥]，晋戮其宰。王纲弛而复张，诸侯傲而复肃。二霸之后，浸以陵迟[⑦]。吴、楚凭江，负固方城[⑧]，虽心希九鼎[⑨]，而畏迫宗姬。奸情散于胸怀，逆谋消于唇吻。斯岂非信重亲戚，任用贤能，枝叶硕茂，本根赖之与？自此之后，转相攻伐。吴并于越，晋分为三，鲁灭于楚，郑兼于韩。暨乎战国，诸姬微矣，唯燕、卫独存。然皆弱小，西迫强秦，南畏齐、楚，救于灭亡，匪遑相恤[⑩]。至于王赧[⑪]，降为庶人，犹枝干相持，得居虚位。海内无主，四十余年。秦据势胜之地，骋谲诈之术，征伐关东，蚕食九国。至于始皇，乃定天位。旷日若彼，用力若此，岂非深根固蒂[⑫]，不拔之道乎？《易》曰："其亡其亡，系于苞桑。"[⑬]周德其可谓当之矣。

秦观周之弊，将以为以弱见夺。于是废五等之爵[⑭]，立郡县之官，弃礼乐之教，任苛刻之政。子弟无尺寸之封，功臣无立锥之土。内无宗子以自毗辅，外无诸侯以为蕃卫。仁心不加于亲戚，惠泽不流于枝叶。譬犹芟刈股肱，独任胸腹；浮舟江海，捐弃楫棹。观者为之寒心，而始皇晏然。自以为关中之固，金城千里，子孙帝王万世之业也。岂不悖哉？是时，淳于越谏曰："臣闻殷、周之王，封子弟功臣，千有余岁。今陛下君有海内，而子弟为匹夫，卒有田常、六卿之臣[⑮]，而无辅弼，何以相救？事不师古而能长久者，非所闻也。"始皇听李斯偏说，而绌其义[⑯]。至身死之日，无所寄付，委天下之重于凡夫之手，托废立之命于奸臣之口[⑰]。至令赵高之徒，诛锄宗室。胡亥少习克薄之教[⑱]，长遵凶父之业，不能改制易法，宠任兄弟，而乃师谟申、商[⑲]，谘谋赵高，自幽深宫，委政谗贼，身残望夷[⑳]，求为黔首，岂可得哉！遂乃郡国离心，众庶溃叛。胜、广唱之于前，刘、项毙之于后。向使始皇纳淳于之策，抑李斯之论，割裂州国，分王子弟，封三代之后，报功臣之劳。土有常君，民有定主，枝叶相扶，首尾为用，虽使子孙有失道之行，时人无汤、武之贤，奸谋未发，而身已屠戮。何区区之陈、项，而复得措其手足哉！故汉祖奋三尺之剑，驱乌集之众，五年之中，而成帝业。自开辟以来，其兴功立勋，未有若汉祖之易者也。夫伐深根者难为功，摧枯朽者易为力，理势然也。

汉鉴秦之失，封植子弟。及诸吕擅权[21]，图危刘氏，而天下所以不能倾动，百姓所以不易心者，徒以诸侯强大，盘石胶固，东牟、朱虚授命于内[22]，齐、代、吴、楚作卫于外故也。向使高祖踵亡秦之法[23]，忽先王之制，则天下已传，非刘氏有也。然高祖封建，地过古制，大者跨州兼域，小者连城数十，上下无别，权侔京室，故有吴、楚七国之患[24]。贾谊曰："诸侯强盛，长乱起奸。夫欲天下之治安，莫若众建诸侯而少其力。令海内之势，若身之使臂，臂之使指，则下无背叛之心，上无诛伐之事。"文帝不从。至于孝景，猥用朝错之计[25]，削黜诸侯。亲者怨恨，疏者震恐，吴、楚唱谋，五国从风。兆发高祖，衅成文、景，由宽之过制，急之不渐故也。所谓末大必折，尾大难掉。尾同于体，犹或不从，况乎非体之尾，其可掉哉！

武帝从主父之策，下推恩之命[26]。自是之后，齐分为七，赵分为六，淮南三割，梁代五分。遂以陵迟，子孙微弱，衣食租税，不豫政事[27]。或以酎金免削[28]，或以无后国除。至于成帝，王氏擅朝。刘向谏曰[29]："臣闻公族者，园之枝叶。枝叶落，则本根无所庇荫。方今同姓疏远，母党专政，排摈宗室，孤弱公族，非所以保守社稷，安固国嗣也。"其言深切，多所称引。成帝虽悲伤叹息而不能用。至乎哀、平，异姓秉权，假周公之事，而为田常之乱，高拱而窃天位[30]，一朝而臣四海。汉宗室王侯，解印释绶，贡奉社稷，犹惧不得为臣妾，或乃为之符命[31]，颂莽恩德[32]，岂不哀哉！由斯言之，非宗子独忠孝于惠、文之间，而叛逆于哀、平之际也，徒以权轻势弱，不能有定耳。

赖光武皇帝挺不世之姿，禽王莽于已成[33]，绍汉祀于既绝，斯岂非宗子之力耶？而曾不览秦之失策，袭周之旧制，踵亡国之法，而侥幸无疆之期。至于桓、灵，奄竖执衡[34]，朝无死难之臣，外无同忧之国，君孤立于上，臣弄权于下，本末不能相御，身手不能相使。由是天下鼎沸，奸凶并争，宗庙焚为灰烬，宫室变为蓁薮[35]。居九州之地，而身无所安处，悲夫！

魏太祖武皇帝[36]，躬圣明之资，兼神武之略。耻王纲之废绝，愍汉室之倾覆，龙飞谯、沛，凤翔兖、豫，扫除凶逆，剪灭鲸鲵[37]，迎帝西京[38]，定都颍邑[39]。德动天地，义感人神。汉氏奉天，禅位大魏[40]。大魏之兴，于今二十有四年矣。观五代之存亡，而不用其长策；睹前车之倾覆，而不改其辙迹。子弟王空虚之地，君有不使之民；宗室窜于闾阎[41]，不闻邦国之政。权均匹夫，势齐凡庶。内无深根不拔之固，外无盘石宗盟之助。非所以安社稷，为万代之业也。且今之州牧郡守，古之方伯诸侯，皆跨有千里之土，兼军武之任。或比国数人[42]，或兄弟并据。而宗室子弟，曾无一人间厕其间，与相维持，非所以强干弱枝，备万一之虑也。今之用贤，或超为名都之主，或为偏师之帅。而宗室有文者，必限以小县之宰；有武者，必置于百人之上。使夫廉高之士，毕志于衡轭之内[43]；才能之人，耻与非类为伍。非所以劝进贤能，褒异宗族之礼也。

夫泉竭则流涸，根朽则叶枯。枝繁者荫根，条落者本孤。故语曰："百足之虫，至死不僵，扶之者众也。"此言虽小，可以譬大。且墉基不可仓卒而成，威名不可一朝而立。皆为之有渐，建之有素。譬之种树，久则深固其根本，茂盛其枝叶。若造次徙于山林之中[44]，植于宫阙之下，虽壅之以黑坟，暖之以春日，犹不救于枯槁，何暇繁育哉？夫树犹亲戚，土犹士民，建置不久，则轻下慢上，平居犹惧其离叛，危急将如之何？是圣王安而不逸，以虑危也；存而设备，以惧亡也。故疾风卒至，而无摧拔之忧；天下有变，而无倾危之患矣。

【作者简介】

曹冏，字元首，三国魏沛国谯（今安徽亳州）人，魏齐王曹芳族祖，生卒年不详，正始年间在世，官至弘农太守，事见《文选》李善注引《魏氏春秋》。

【篇旨】

论夏殷周秦汉魏之兴亡，主张分封宗室子弟，抑制异姓权臣，强干弱枝，维护中央政权。

【注释】

① 同异：指与天子同姓或异姓。

② 并兼：吞并。

③ 逆节：叛逆悖乱之志行。

④ 桓文：齐桓公、晋文公。帅礼：同“率礼”，谓遵礼而行，尊崇王室。

⑤ 苞茅：即“包茅”，古人束茅用以滤酒去滓。《左传·僖公四年》说，齐桓公率领诸侯军队攻打楚国，理由之一是楚国不进贡包茅，周天子无以漉酒。

⑥ 城周：增筑周之王城。《左传·定公元年》说，晋魏舒率领诸侯之大夫城成周，宋仲几不服从，士伯怒，说：“必以仲几为戮。”乃执仲几而归。

⑦ 浸：渐。陵迟：逐渐衰败。

⑧ 负固方城：《左传·僖公四年》说，齐桓公率军攻楚，楚屈完表示，“楚国方城以为城，汉水以为池”，将坚决抵抗，齐军虽众，也不能取胜。方城：山名。

⑨ 九鼎：夏禹之时以九州岛贡金所铸，夏商周三代为天子传国之宝。《左传·宣公三年》说，楚子观兵于周疆，问鼎之大小轻重，有夺周天子天下之意。

⑩ 恤：忧虑，救济。

⑪ 王赧：即周赧王姬延，周王朝最后之王，仅虚有其位，而无天子权威。周赧王五十九年死，国并入秦。

⑫ 蒂：果实与枝茎相连之处。

⑬“《易》曰”句：此为《周易·否卦·九五》爻辞。苞桑：丛生的桑树，扎根牢固。

⑭ 五等之爵：指公、侯、伯、子、男五等爵位。

⑮ 田常：春秋时齐国大夫，杀简公，立平公，为相，专齐之政。六卿：指春秋时晋国之范氏、中行氏、智氏及赵、韩、魏六卿。《史记·晋世家》说："昭公六年卒。六卿强，公室卑。"

⑯ 李斯偏说：指李斯反对立宗室子弟为诸侯之议论。绌：同"黜"，废去不用。

⑰ 奸臣：指赵高、李斯等。秦始皇死，遗诏召扶苏。赵高胁迫李斯，诈称始皇遗诏，立胡亥为太子，赐扶苏死。

⑱ 克薄：同"刻薄"。

⑲ 申、商：申不害、商鞅，法家代表人物。

⑳ 望夷：宫名。秦二世三年，二世胡亥居望夷宫，赵高指使女婿阎乐领兵攻入宫中。二世求为黔首，不许，遂自杀。以上秦事均见《史记·秦始皇本纪》和《李斯列传》。

㉑ 诸吕擅权：汉吕太后当政，令吕禄为上将军，居北军；吕产居南军。吕太后死，吕产为相国。事见《史记·吕太后本纪》。

㉒ 东牟：东牟侯刘兴居。朱虚：朱虚侯刘章。

㉓ 踵：继。

㉔ 七国之患：汉景帝用晁错计，削诸侯封地。吴王濞、胶西王卬、楚王戊、赵王遂、济南王辟光、菑川王贤、胶东王雄渠以诛错为名，举兵反。景帝诛错以谢七国，并遣周亚夫平定七国之乱。事见《汉书·景帝纪》和《晁错传》。

㉕ 朝错：即晁错。

㉖ 推恩之命：汉武帝用主父偃计，"令诸侯得推恩分子弟，以地侯之"，名为推恩，实分其国，以削弱诸侯。事见《汉书·主父偃传》。

㉗ 豫：同"预"，参与，干预。

㉘ 酎（zhòu）金：汉天子以酎酒祭宗庙，诸侯均须贡金助祭。酎为三重酿醇酒。

㉙ 刘向：字子政，本名更生，元帝时为中垒校尉，成帝时为光禄大夫。

上疏事见《汉书》本传。

㉚ 高拱：两手高拱，谓拱手即得，成之极易。

㉛ 符命：古指上天降下之祥瑞，显示人君受天命而为天子。

㉜ 莽：王莽，汉成帝时，为大司马。哀帝死，迎立平帝，以女为后。后弑平帝，立孺子婴，居摄践祚，称假皇帝。后篡位自立，改国号为新。汉兵攻入长安，莽被商人杜吴所杀。事见《汉书》本传。

㉝ 禽：同“擒”。

㉞ 奄竖：同“阉竖”，宦官，此指桓帝时之曹腾，灵帝时之曹节等。衡：秤，此喻中央政权。

㉟ 蓁薮：草木茂盛。

㊱ 魏太祖武皇帝：即曹操，汉末沛国谯（今安徽亳州）人。曾为兖州牧。迎献帝迁都于许（许属豫州）。进位丞相，封魏王。卒谥武。魏黄初初追尊武帝，庙号太祖。

㊲ 鲸鲵：大鱼，喻大逆不道者。

㊳ 西京：此指洛阳。

㊴ 颍邑：即许县，属颍川郡。

㊵ 禅位大魏：汉建安末年，曹丕废献帝为山阳公，自称皇帝，国号魏，改元黄初。

㊶ 闾阎：里中之门，喻民间。

㊷ 比国：邻国。

㊸ 衡轭：车前之横木，用以驾牛马。

㊹ 造次：仓卒。

【语译】

从前夏商周天子之位传了数十代，而秦只传了两代便灭亡了，什么原因呢？三代之天子与天下同姓诸侯共治其民，所以天下同姓诸侯与他共患难；秦王独自统治其民，所以倾覆危难之时无人来相救。与别人共享欢乐的，别人一定以他的忧患为忧患；与别人同享平安的，别人一定拯救他的危难。先王知道独治不能长久，所以同别人共同治理天下；知道独守不能牢固，所以同别人共同防守。兼顾亲疏而两用，参酌同姓异姓都给予提拔。因此权势轻重均衡足以互相牵制，亲疏关系协调足以互相守卫。大国兼并小国的道路被堵塞，犯上作乱的事不会发生。到了王室衰落之时，齐桓公、晋文公还能遵礼而行尊崇王室。楚国不向周天子进贡苞茅，齐桓公率师伐楚；宋国不参与增筑周天子王城，晋士伯表示“必以仲几为戮”。周王朝废弛了的纲纪重新振起，诸侯傲慢的态度复又变得敬肃。齐桓、晋文之后，周王朝逐渐衰败。吴、楚凭据长江之险，方城之固，虽然觊觎王室，欲问鼎中原，但终于害怕诸姬宗室之国而不敢妄动。奸情刚萌发于胸中就已消散，逆谋刚出于口中就已化解。这难道不是信任重用同姓亲戚，任用贤能，使枝叶繁茂，本根有所依赖吗？从此以后，诸侯国转相攻伐。吴国被越国吞并，晋国分为韩、赵、魏三国，鲁国为楚国所灭，郑国被韩国兼并。到了战国时代，诸姬姓国衰微了，只有燕、卫还能保存。但都很弱小，西边被强秦所逼迫，南边又害怕齐国和楚国，只忙于自救以免于灭亡，无暇顾及互相救助。到了周赧王，地位下降如同普通人一般，但犹有同姓之国互相扶持，能居于天子之虚位。此时海内实无天子，但仍持续了四十多年。秦国凭借有利的地势，施展诡诈之权术，征伐关东之地，蚕食山东九国。到了秦始皇，才得以登上天子之位。秦取天下那样的旷日持久，这样的用尽心力，难道不是由于分封同姓诸侯国而使根深蒂固因而坚固不拔吗?《周易》说：“快亡啦快亡啦，快快系在丛生的桑树上。”周王朝之政正与其道相符合。

秦王朝观察周王朝败亡的弊端，大约认为是由于力弱而被侵夺，于是废除五等的封爵，设立郡县的官吏。抛弃礼乐的教化，推行苛刻的政治。宗室子弟没有尺寸的封地，有功之臣也没有立锥的领土，朝廷内没有宗室子弟作为辅佐，朝廷之外也没有诸侯作为屏障护卫。仁爱之心不加在亲属身上，恩惠德泽不流布于枝叶，这就好像是砍断了手足，只运用胸腹；又像是在江海上泛舟，却抛弃了船桨。观者对此感到寒心，而秦始皇却无动于衷，自以为关中如此坚固，金城千里，子孙万世保有帝王之位，这难道不荒谬吗？当此之时，淳于越进谏道：“我听说殷周之王，分封子弟功臣，因此王位延续一千多年。现在陛下统治天下，但宗室子弟却是普通人，如果仓卒间有大臣像齐之田常和晋之六卿那样篡位夺权，而周围没有辅佐之人，用什么来相救助？办事不学习古人而能长久坚持，我没有听说过。”秦始皇听从了李斯关于不立宗室子弟为诸侯的偏颇之说而抛弃了淳于越的高明之见，到身死之日，尸体竟然无所寄托。天下的重任交到了凡夫的手里，废立的诏令竟从奸臣口中伪造出来。致使赵高等一般人，能够大肆杀戮宗室子弟。胡亥从小学习为政刻薄的教诲，长大后遵循凶暴的秦始皇的大业，不能变法改制，宠爱任用自己的兄弟，反而效法申不害、商鞅，向赵高咨询并一同谋划，自己幽禁在深宫里，把政事交给进献谗言的贼臣，自身终于在望夷宫中遭残害，死前哀求做一名普通老百姓，这怎么可能呢？于是天下郡国产生背离之心，百姓平民溃散反叛。前有陈胜、吴广首倡起义，后来刘邦、项羽终于灭秦。假使从前秦始皇接受了淳于越的谋略，贬斥了李斯的议论，分割州国的土地，分封宗室子弟为王，封建三代之后嗣，酬答功臣的功劳，使土地都有恒久不变的统治者，民众都有固定的君主，枝叶互相扶持，首尾相互为用，即使子孙有丧失道义的行为，而时人却并无汤武那样的贤能，奸谋尚未发生，奸人便已遭到屠戮，区区的陈胜、项羽，又怎么能干得成事呢！所以汉高祖刘邦举起三尺宝剑，驱使乌合之众，只在五年之内，便成就了帝业。自从开天辟地以来，就建立帝王功勋来说，还没有谁像汉高祖这样容易的。砍伐根深的大树难于建功，而摧枯拉朽却容易成事，从理势上说这是必然如此的。

汉王朝看到了秦王朝的失误，于是分封宗室子弟。后来诸吕专权，图谋推翻刘氏王朝，但天下不能倾动、百姓不改变对刘氏王朝的忠心，其原因只是由于同姓诸侯强大，团结如磐石般坚固，东牟侯、朱虚侯在京师内冒死诛灭诸吕，齐、代、吴、楚等国在京师外进行援救和卫护。从前如果汉高祖继续执行秦王朝之法，不用先王之制，那么天下就会传给别人，不再属刘氏所有了。但是高祖封土建侯，封地超过古代的规定，大的跨越数州兼有其地，小的连城数十，上下没有区别，权力竟与首都天子相等，因而发生了吴、楚七国的叛乱。贾谊说：“诸侯强盛，就会助长叛乱引发奸谋。如果想使天下太平，不如多建诸侯而减少每一诸侯的力量。让海内各方势力互相约束牵制，好像身体指使手臂，手臂指使手指，那么在下者就不会有背叛之心，在上者就不用行诛伐之事。”汉文帝不听从。到了汉景帝，只好采用晁错的计谋，减少诸侯封地废黜诸侯封爵。这使得亲者怨恨，疏者震恐，于是吴、楚首先发难，五国从之如风。乱征实萌于高祖之时，祸乱酿成在文景之世，这是由于分封的宽厚超过了一定的制度，而解决的办法又操之过急不能循序渐进的缘故。这就是所谓的树木的末梢大了一定会折断，动物的尾巴大了就难以摇动。尾巴是连在身体上的，有时尚且不听从，何况那些并不连着身体的尾巴，怎么可能摇动呢？

汉武帝采用主父偃的计谋，下达了“推恩分子弟，以地侯之”的命令。从此以后，齐分为七，赵分为六，淮南分为三，梁、代各分为五。诸侯国便逐渐衰落，子孙变得逐渐衰微弱小，只靠租税维持衣食，不再干预政事。有的因酎金不足而被削黜，有的因无后人而取消了封国。到了汉成帝，王氏专擅朝政。刘向进谏道：“我听说与天子同姓的公族，好像国家这棵大树上的枝叶。枝叶凋落了，那么国家这棵大树的树根就没有什么东西庇护。现在天子同姓被疏远，母党的异姓专权，排斥宗室子弟，孤立和削弱公族，这不是用来保守社稷、安固国家嗣君的办法。”他的言论深刻切中要害，多所引证。汉成帝虽然悲伤叹息但却不能采用。到了哀帝、平帝之时，异姓王氏执掌政权，王莽效法周公居摄践祚称假皇帝，终于像田常那样篡位夺权，拱手而窃取了天子之位，一旦君临四海。汉宗室王侯，解开并取下了印绶，奉上了国家政权，还惧怕不能做王莽的臣妾，有的竟然替王莽伪造符命，颂扬王莽的恩德，这难道不可悲吗？由此说来，并非宗室子弟只在惠帝、文帝之时尽忠尽孝，而在哀帝、平帝之时背叛祖宗，只是由于权轻势弱，因而不能有固定的操守。

全赖光武帝刘秀显示出英才盖世的雄姿，平定了已建立新朝的王莽，重新接续了已中断了的汉王朝的宗庙祭祀，这难道不是靠宗室子弟的力量吗？但在上者竟不借鉴秦王朝的失策，不承袭周王朝分封宗室子弟的旧制，继续推行亡国之法，而心存侥幸希图皇位永远传下去。到了桓帝、灵帝之时，宦官把持了中央政权，朝廷上没有为国君赴死救难之臣，朝廷外没有与天子同忧患的诸侯国，天子孤立于上，奸臣弄权于下，本末不能互相卫护，身手不能互相支配。

因此天下大乱，奸凶之人并起而争斗，汉王朝宗庙被烧成灰烬，宫室焚毁，草木丛生，一片荒芜。汉家天子本居九州之地，而现在竟无安身之所，可悲啊！

魏太祖武皇帝曹操，生具圣明的天资，兼有神武的谋略。耻于汉王朝纲纪的废绝，哀愍汉王朝的倾覆，自沛国谯县起而靖难，在兖州、豫州匡救王业，扫除元凶叛逆，剪灭大逆不道，迎献帝于西京，迁国都到许县。恩德震撼天地，道义感动人神。汉氏承奉天命，禅让帝位于大魏。大魏的立国，到今天已有二十四年。看到了夏殷周秦汉五代的存亡，而不采用它们长治久安之良策；看到了前车的倾覆，而不更改行车的路线。宗室子弟没有尺寸的封地，天子却有拒不服从的民众；宗室子弟流落于民间，不能参与国家的政治生活。“权”同普通人一样，“势”也只与平民百姓相等，天子京师之内没有深根不拔的坚固，京师之外没有磐石般的同宗结盟的救助，这不是用来安定国家以求帝业万代相传的办法。再说今天的州牧、郡守，相当于古代的方伯、诸侯，都跨有千里的土地，兼有军事的重任，有的数人地盘相连，有的兄弟同据要害之地。而宗室子弟，竟无一人插身在他们中间，同他们周旋维持，这不是用来增强主干削弱枝叶以防万一的大计。现今运用贤才，有的擢拔为大都邑的长官，有的用为一个方面的军队主帅。而宗室子弟有文才者一定限于任小县的县长，有武略者一定放在百人之上做一个小小的百夫长，使那些清廉高洁之士，全部心志都受到束缚羁绊，才能高超之人，耻于与平庸之辈为伍，这不是用来鼓励贤能、奖掖宗室子弟的礼制。

泉水枯竭了河流就会干涸，树根腐朽了树叶就会枯萎。枝叶繁茂的就会荫蔽树根，枝叶脱落的就会使树根孤单无助。所以俗话说：“百足之虫，至死仍不仆地，是因为支撑之足多。”这句话说的虽然是小事，却可用来譬喻大道理。况且城基不可能在仓卒之间筑成，威名不可能在一个早上树立，都是逐渐地完成，靠平时的积累。就好像种树，时间长久才能根深本固，枝茂叶盛。如果仓卒之间从山林之中移来，种在宫阙之下，虽然用黑色的沃土培壅它，用春天的阳光温暖它，它连枯槁都不能救治，哪里还顾得上繁衍发育呢？那树就好像宗族亲戚，泥土就好像士民，建置不久士民如泥土一般还不亲附，就会轻下慢上，平时尚且害怕他们离心叛变，一旦出现危急情况将怎么办呢？因此圣明的天子安居而不纵肆，以忧虑危难的发生；在位而严加防范，以警惕危亡的出现。所以即使暴风突然刮来，但没有摧毁枝叶拔起树根的忧患；即使天下一旦有变，也没有倾覆颠危的灾难。

【评析】

封建制与郡县制孰优孰劣，这是古来长期争论不休的老问题。本文作者曹冏，即为魏之宗室，力主封建论。文中畅论夏、殷、周、秦、汉、魏六代之兴亡，总结历史教训，主张分封宗室子弟，以抑制异姓权臣，维护王朝中央政权。就分封同姓宗室子弟而言，显然是一种落后的政治主张，无助于推动社会的进步。但是，作者的论证却振振有词。为了说明自己的观点，作者列举大量历史事实，并善作正反对比，同时，也多用形象比喻，使文章显得雄辩有力。此外，文章言辞排偶很多，如"与人共其乐者，人必忧其忧；与人同其安者，人必拯其危"，"伐深根者难为功，摧枯朽者易为力"，"朝无死难之臣，外无同忧之国，君孤立于上，臣弄权于下"，"泉竭则流涸，根朽则叶枯"等等，使文章形式华美，文气流畅，气势灌注，气魄恢宏。今天读来，人们极有可能"买椟还珠"，赏其文辞而遗其内容，不再去深究其政见之是非得失。

博弈论一首

作者：韦弘嗣　　注译评析：韦启良

盖君子耻当年而功不立[①]，疾没世而名不称[②]。故曰："学如不及，犹恐失之[③]。"是以古之志士，悼年齿之流迈[④]，而惧名称之不建也。勉精厉操[⑤]，晨兴夜寐，不遑宁息[⑥]。经之以岁月，累之以日力，若宁越之勤[⑦]，董生之笃[⑧]，渐渍德义之渊[⑨]，栖迟道艺之域[⑩]。且以西伯之圣[⑪]，姬公之才[⑫]，犹有日昃、待旦之劳[⑬]，故能隆兴周道[⑭]，垂名亿载。况在臣庶，而可以已乎[15]？历观古今功名之士，皆有积累殊异之迹。劳神苦体，契阔勤思[16]。平居不惰其业[17]，穷困不易其素[18]。是以卜式立志于耕牧[19]，而黄霸受道于囹圄[20]，终有荣显之福，以成不朽之名。故山甫勤于夙夜[21]，而吴汉不离公门[22]，岂有游惰哉？

今世之人，多不务经术[23]，好玩博弈[24]，废事弃业，忘寝与食，穷日尽明，继以脂烛。当其临局交争，雌雄未决，专精锐意，神迷体倦，人事旷而不修[25]，宾旅阙而不接[26]，虽有太牢之馔[27]，《韶》《夏》之乐[28]，不暇存也[29]。至或赌及衣物，徙棋易行[30]，廉耻之意弛，而忿戾之色发。然其所志不出一枰之上[31]，所务不过方罫之间[32]。胜敌无封爵之赏，获地无兼土之实[33]。技非六艺[34]，用非经国[35]。立身者不阶其术[36]，征选者不由其道[37]。求之于战阵，则非孙吴之伦也[38]；考之于道艺，则非孔氏之门也。以变诈为务，则非忠信之事也；以劫杀为名，则非仁者之意也。而空妨日废业，终无补益。是何异设木而击之，置石而投之哉？且君子之居室也[39]，勤身以致养[40]，其在朝也，竭命以纳忠。临事且犹旰食[41]，而何暇博弈之足耽[42]。夫然，故孝友之行立[43]，贞纯之名章也[44]。

方今大吴受命[45]，海内未平，圣朝乾乾[46]，务在得人。勇略之士，则受熊虎之任[47]；儒雅之徒，则处龙凤之署[48]。百行兼苞[49]，文武并骛[50]。博选良才，旌简髦俊[51]。设程试之科[52]，垂金爵之赏。诚千载之嘉会，百世之良遇也。当世之士，宜勉思至道，爱功惜力，以佐明时[53]。使名书史籍，勋在盟府[54]，乃君子之上务[55]，当今之先急也。

夫一木之枰，孰与方国之封？枯棋三百[56]，孰与万人之将？衮龙之服[57]，金石之乐，足以兼棋局而贸博弈矣[58]！假令世士移博弈之力，用之于《诗》《书》，是有颜、闵之志也[59]；用之于智计，是有良、平之思也[60]；用之于资货，是有猗顿之富也[61]；用之于射御，是有将帅之备也。如此，则功名立而鄙贱远矣。

【作者简介】

韦弘嗣（204—273），名昭，晋人因避司马昭讳改为曜，字弘嗣，三国吴国云阳（今江苏丹阳）人。少好学能文。历任尚书郎、太子中庶子、太史令、博士祭酒等职。任太子中庶子时，宫中侍从有蔡颖等性好博弈，太子以为无益，命弘嗣作论批评，于是作《博弈论》，为时人所称。吴末帝孙皓即位，封弘嗣高陵亭侯。后因谏诤，以忤旨罪下狱，旋被诛死。著述有《国语注》《辨释名》等。原有集二卷，已佚。今存《吴鼓吹曲》十二篇，载《宋书·乐志》。《三国志》有传。

【篇旨】

从立身成名与为国所用两个方面，论述耽于博弈之有害无益。

【注释】

① 当年：壮年。

② 疾：抱恨。没世：终身。称：称述，这里指名声显扬。《论语·卫灵公》："子曰：'君子疾没世而名不称焉。'"

③ 学如不及，犹恐失之：为孔子的话，语见《论语·泰伯》。

④ 年齿：年龄。流迈：流逝。

⑤ 勉精厉操：振奋精神，砥砺品行。

⑥ 不遑：没有时间顾及。

⑦ 宁越：人名，战国时赵国人。原为农民，因发奋读书，仅用十五年工夫而成为著名学者，被周威王礼聘为师。事见《吕氏春秋·博志》。

⑧ 董生：即董仲舒。笃：诚实，专一。《汉书·董仲舒传》说他少年时学《春秋》，"三年不窥园圃"。

⑨ 渐渍（jiān zì）：浸润，这里比喻深受道德义理的感化。

⑩ 栖迟：游息，流连，这里比喻须臾不离儒家的道理和技艺。

⑪ 西伯：即周文王。

⑫ 姬公：即周公旦。

⑬ 日昃：太阳偏西时辰。《尚书·无逸》：“文王……自朝至于日中昃，不遑暇食，用咸和万民。”待旦：《孟子·离娄下》，谓周公夜以继日考虑施政如何能合三王之道，“幸而得之，坐而待旦”。皆喻勤于政事。

⑭ 周道：周朝的治国之道。

⑮ 臣庶：臣下，百官。

⑯ 契（qiè）阔：劳苦，勤苦。

⑰ 平居：平时。

⑱ 易：改变。素：指向来的志向或节操。

⑲ 卜式：河南人，以耕牧为业，养羊千余头。汉武帝派兵抗击匈奴时，卜上书愿以家财的一半支援边事。武帝派使者问卜愿意不愿意做官，卜说：从小牧羊，不愿做官。事见《汉书·卜式传》。

⑳ 黄霸：汉宣帝时，霸为丞相长史，与同僚夏侯胜因罪下狱。霸请胜于狱中讲授经书，胜以死罪相辞，霸说：朝闻道，夕死可矣。胜感其诚，遂授《尚书》。见《汉书》本传。囹圄（líng yǔ）：牢狱。

㉑ 山甫：人名，即仲山甫。周宣王时，山甫为卿士，辅佐宣王中兴。《诗经·大雅·烝民》赞他：“夙夜匪解，以事一人。”夙夜：从早至夜。

㉒ 吴汉：人名，河南南阳人。汉光武帝时，吴汉受举荐，勤于事务，不离公门。事见《东观汉记》。

㉓ 务：致力，从事。经术：经学。

㉔ 博弈：六博与围棋。六博，古代一种局戏，共十二棋，六白六黑，两人掷采相博。

㉕ 旷：荒废。修：整治，治理。

㉖ 宾旅：宾客。阙（quē）：通“缺”。接：接近，接续。

㉗ 太牢之馔：具备牛羊猪三牲的盛宴。

㉘《韶》：舜时乐曲名。《夏》：大夏，禹时乐曲名。

㉙ 存：想念。

㉚ 行（xìng）：行为，品行。

㉛ 枰（píng）：棋盘。

㉜ 罫（guǎi）：方格。

㉝ 兼：兼并。

㉞ 六艺：指儒家所崇尚的礼、乐、御、射、书、数等六种技艺。

㉟ 经国：治理国事。

㊱ 阶：阶梯，引申为凭借。

㊲ 征选：征召选举。

㊳ 孙吴：即孙武、吴起，二人皆先秦时代著名军事家。事见《史记·孙子吴起列传》。

㊴ 居室：这里指没有做官而在家闲居。

㊵ 致养：尽孝养之道。

㊶ 旰（gàn）食：晚食，指因事务繁忙而不能按时吃饭。

㊷ 耽（dān）：嗜好。

㊸ 孝友：孝顺父母友爱兄弟。

㊹ 贞纯：言行一致品行端正。

㊺ 受命：指王朝的建立与巩固。古代帝王托神权施行统治，自称受命于天。

㊻ 乾乾：自励自强之状。

㊼ 熊虎：比喻武将。

㊽ 龙凤：比喻文臣。

㊾ 苞：繁茂。

㊿ 骛：驰驱。

51 旌（jīng）简：表彰和选拔。髦：毛中的长毫，比喻俊杰之士。

52 程试：按规定的程序考试。科：条例。

53 明时：政治清明的朝代。古时多用于称颂本朝。

54 盟府：掌管盟约文书的官署。古代官吏有功于王室，其受勋的文书，一般都藏于盟府。

55 上务：最要紧的事务。

⑯ 枯棋三百：指棋局。古代围棋棋局，纵横各十七道，合二百八十九道；黑白棋子各有一百五十个，共三百子。

⑰ 衮龙之服：帝王及三公的礼服。

⑱ 贸：易，取代。

⑲ 颜、闵：指孔子的学生颜回和闵子骞，均以德行好学著称。

⑳ 良、平：指西汉谋臣张良和陈平。

㉑ 猗（yī）顿：春秋时鲁国人，以经营畜牧和盐业而成巨富。事见《史记·货殖列传》。

【语译】

大凡君子，都以盛年而功业未立为耻辱，以终生未能扬名而抱恨。所以孔子说："求学问就好像有所不及似的，还时时怕会丢失了已学到的好东西。"因此，古代的志士，总是感伤于韶华易逝，时不我待，而忧虑于不能成名。由于这个缘故，他们终日振奋精神，磨砺德行，早起晚睡，没有一个宁息的时候。这样经年累月，积起每日用功的成果，就好像宁越的勤奋，董仲舒的专诚，才潜沉到道德义理的深处，徜徉于理论和学术的境域。况且，以文王那样的圣明，周公那样的才干，都还要日夜操劳，才能使周朝的国势隆兴，他们自己也才能名垂千古，更何况一般的臣子百姓，怎么可以懈怠呢？纵观古今功成名就的人，都是下了特别积累功夫的。他们劳心劳力，勤苦思虑，顺境中不放松其学业，逆境中不改变素来的志向。因此，卜式矢志毕生不弃耕牧，黄霸在牢狱中也抓紧受教的机会，结果都有荣耀显赫的福分，留下不朽的声名。所以，仲山甫夜以继日，勤于政务，吴汉既受荐举，便须臾不离公门，他们哪里有一点嬉游怠惰之意呢？

现在的人，多数不用心研读经学，而好玩博弈，以至于事业荒疏，废寝忘食，消磨了白天尚嫌不够，还要继之以灯烛。当他们对局争斗，胜负未分的时候，真是专心致志，神魂都迷了进去，以至力倦精疲，人事荒废了顾不得去整治，宾客断绝往来了也无暇去续接。虽有三牲佳肴，古典雅乐，也来不及去想一想。有的时候赌到了衣物，那棋子的移动也就改变了品德，廉耻之心置诸脑后，横蛮之态表露无遗。然而，他们的心志只是在一个棋盘之上，他们的追求不过在方格之间，战胜了敌手并没有封爵的奖赏，占领了地盘也没兼并的实利。他们的本领，不是礼、乐、御、射、书、数那样的技艺，应用起来当然不能治理国家。立身处世的人，不会凭借他们的方略；选拔人才的人，不会遵循他们的途径。从作战布阵方面探究，不能和孙武、吴起的用兵方法相类比；从道德学术方面考察，也与孔门的学说毫不相干。以诡诈权变为能事，绝不是忠实诚信的行为；以劫掠搏杀为号召，绝不是仁爱的人所应有的思想。而空耗光阴，荒废事业，终究毫无益处。这与小孩子们击木投石的游戏，又有什么不同呢？况且君子平时在家闲居的时候，当努力修身以尽孝养之道；一日进朝廷做官，就应殚精竭虑效忠君王；处理政务连宵衣旰食还来不及，哪里还有空闲去贪恋博弈呢？能这样，所以孝友的品行就得以确立，贞纯的名声就得以显扬了。

当前，大吴朝廷刚刚承受天命治理天下，四海之内尚未平定，圣明的朝廷正自强不息，务求招到各方人才。有勇有谋的人，就被任命为武将；有道德学问的人，就被召进官府担任文臣。国家百废俱兴，文臣武将齐心合力。广为征选优秀人才，表彰选拔俊杰之士。设立考选人才的条例，颁发佩带金印授予爵位的奖赏，这真是千载难逢的机遇。当今有识见的人，应该勉力思索修身治国的大道理，爱惜功力，以辅佐圣朝。使自己名载史册，勋藏盟府，这是君子的最要紧的事情，也是现在朝廷最急切的需要。

一块木制的棋盘，怎能与功封诸侯拥有一方国土相比？枯槁的三百棋子，又怎能与指挥千军万马的大将相比？穿戴华贵的公侯礼服，享受钟磬奏出的音乐，那完全可以包罗和换取博弈的乐趣。假使让世人把用于博弈的精力，移用到勤学《诗》《书》上面，就会有颜回和闵子骞的志向；移用到智谋上面，就会有张良和陈平深思熟虑的能力；移用到积财聚物上面，就会有猗顿的豪富；移用到骑马射箭上面，就会有将帅应具备的本领。这样，就可以功成名就而远离卑贱的地位了。

【评析】

本篇从正面立论入手，引经据典，历举古代圣贤为例，说明勤学励志，力图进取，方能功在国家，名垂千古。如此开头，有高屋建瓴之势。论及博弈之有害无益，亦由浅入深，颇具见地。尤其深刻之处在于指出博弈者赌及钱物，实属玩物丧志，损人利己，廉耻之心尽失。这确是惊世警人之论。语涉吴国之事，对于宫中性好博弈如蔡颖等人，竟不着一词，而只是从正面陈述国家用人之急和朝廷对士人期望之殷。这足见作论的委婉含蓄。文末以反问和假设之辞推出弃博弈就事业“则功名立而鄙贱远”的结论，道出论者谆谆劝善的苦心。全篇以“功名”二字作为立论的圭臬，这是时代使然，不必多加苛责。文中“博”“弈”不分，一概视为有百害而无一利，今人当然不必完全同意。

卷第五十三

论三

养生论一首

作者：嵇叔夜　　注译评析：韦启良

世或有谓神仙可以学得，不死可以力致者。或云："上寿百二十，古今所同，过此以往，莫非妖妄者。"此皆两失其情。请试粗论之。

夫神仙虽不目见，然记籍所载，前史所传[1]，较而论之[2]，其有必矣。似特受异气，禀之自然[3]，非积学所能致也。至于导养得理[4]，以尽性命，上获千余岁，下可数百年，可有之耳。而世皆不精，故莫能得之。何以言之？夫服药求汗[5]，或有弗获；而愧情一集，涣然流离[6]。终朝未餐，则嚣然思食[7]；而曾子衔哀[8]，七日不饥。夜分而坐，则低迷思寝；内怀殷忧，则达旦不瞑。劲刷理鬓，醇醴发颜，仅乃得之[9]；壮士之怒，赫然殊观[10]，植发冲冠。由此言之，精神之于形骸，犹国之有君也。神躁于中，而形丧于外，犹君昏于上，国乱于下也。夫为稼于汤之世[11]，偏有一溉之功者，虽终归燋烂，必一溉者后枯。然则一溉之益，固不可诬也[12]。而世常谓一怒不足以侵性，一哀不足以伤身，轻而肆之[13]，是犹不识一溉之益，而望嘉谷于旱苗者也[14]。是以君子知形恃神以立，神须形以存；悟生理之易失，知一过之害生。故修性以保神，安心以全身。爱憎不栖于情[15]，忧喜不留于意。泊然无感[16]，而体气和平。又呼吸吐纳，服食养身，使形神相亲，表里俱济也。夫田种者，一亩十斛[17]，谓之良田，此天下之通称也。不知区种，可百余斛[18]。田种一也[19]，至于树养不同，则功收相悬。谓商无十倍之价，农无百斛之望，此守常而不变者也。且豆令人重，榆令人瞑，合欢蠲忿[20]，萱草忘忧，愚智所共知也。薰辛害目[21]，豚鱼不养，常世所识也。虱处头而黑，麝食柏而香[22]，颈处险而瘿[23]，齿居晋而黄[24]。推此而言，凡所食之气，蒸性染身[25]，莫不相应，岂惟蒸之使重而无使轻，害之使暗而无使明，薰之使黄而无使坚，芬之使香而无使延哉！故《神农》曰“上药养命，中药养性”者[26]，诚知性命之理，因辅养以通也。

而世人不察，惟五谷是见，声色是耽。目惑玄黄[27]，耳务淫哇。滋味煎其府藏[28]，醴醪煮其肠胃[29]。香芳腐其骨髓，喜怒悖其正气。思虑销其精神，哀乐殃其平粹[30]。夫以蕞尔之躯[31]，攻之者非一涂[32]；易竭之身，而外内受敌。身非木石，其能久乎？其自用甚者[33]，饮食不节，以生百病；好色不倦，以致乏绝。风寒所灾，百毒所伤，中道夭于众难。世皆知笑悼，谓之不善持生也。至于措身失理[34]，亡之于微，积微成损，积损成衰，从衰得白，从白得老，从老得终，闷若无端[35]。中智以下，谓之自然。纵少觉悟，咸叹恨于所遇之初，而不知慎众险于未兆。是由桓侯抱将死之疾[36]，而怒扁鹊之先见[37]，以觉痛之日，为受病之始也。害成于微，而救之于著，故有无功之治。驰骋常人之域[38]，故有一切之寿[39]。仰观俯察，莫不皆然。以多自证[40]，以同自慰，谓天地之理，尽此而已矣。纵闻养生之事，则断以所见，谓之不然。其次狐疑，虽少庶几，莫知所由。其次自力服药，半年一年，劳而未验，志以厌衰，中路复废。或益之以畎浍[41]，而泄之以尾闾[42]，欲坐望显报者。或抑情忍欲，割弃荣愿，而嗜好常在耳目之前，所希在数十年之后，又恐两失，内怀犹豫，心战于内，物诱于外，交赊相倾[43]，如此复败者。夫至物微妙，可以理知，难以目识，譬犹豫章生七年[44]，然后可觉耳。今以躁竞之心[45]，涉希静之途，意速而事迟，望近而应远，故莫能相终。夫悠悠者既以未效不求[46]，而求者以不专丧业；偏恃者以不兼无功，追术者以小道自溺。凡若此类，故欲之者万无一能成也。

善养生者，则不然矣。清虚静泰，少私寡欲，知名位之伤德，故忽而不营，非欲而强禁也。识厚味之害性，故弃而弗顾，非贪而后抑也。外物以累心不存，神气以醇白独著㊼。旷然无忧患，寂然无思虑。又守之以一，养之以和，和理日济，同乎大顺。然后蒸以灵芝，润以醴泉，晞以朝阳，绥以五弦㊽，无为自得，体妙心玄，忘欢而后乐足，遗生而后身存。若此以往，恕可与羡门比寿㊾，王乔争年㊿，何为其无有哉？

【篇旨】

阐述养生益寿的道理，宣扬清静无为、少私寡欲的老庄哲学。

【注释】

① 传（zhuàn）：记录，叙述。

② 较：明。

③ 禀：承受，接受。

④ 导养：疏导和保养。

⑤ 求汗：按中医理论，患热病者服药后要发汗才会痊愈，所以说“服药求汗”。

⑥ 涣然：漫流的样子。

⑦ 嚣然：浮躁的样子，这里指因饥饿而引起的浮躁不安的心情。

⑧ 曾子：春秋时鲁国人，名参，孔子的学生，以孝闻名。

⑨ 仅：少量。

⑩ 殊观：奇观，大观。

⑪ 汤：指商汤。据《吕氏春秋·顺民》说，商汤之时“天大旱，五年不收”。

⑫ 诬：欺骗，这里引申为否认，抹煞。

⑬ 肆：恣意放纵，轻心而不加节制。

⑭ 嘉谷：五谷的总称。

⑮ 栖：居，止息。

⑯ 泊然：恬淡无为的样子。

⑰ 斛（hú）：容量单位，古代十斗为一斛。

⑱ 区（ōu）种：古代一种耕种方法，即在地里挖成一个个小方坑，用来蓄肥，然后播种，负水浇灌。

⑲ 田：通“佃”，耕种。种：种子。

⑳ 合欢：植物名，俗称夜合花、马缨花。古代常以合欢花赠人，说可以消怨合好。蠲（juān）忿：消除怨恨。

㉑ 薰辛：指有浓烈刺激之味和辣味的菜肴。薰，通“荤”。

㉒ 麝：兽名，似鹿无角而小，脐部有能分泌香气的香腺，名麝香，为名贵药材。

㉓ 瘿（yǐng）：生于颈部的瘤。

㉔ 晋：周朝诸侯国，地域主要在今山西省。古代有一种说法：晋人喜欢吃枣子，久而久之，牙齿易发黄。

㉕ 蒸性：影响性情。

㉖《神农》：中药学书名，即《神农本草经》，为秦汉时人托名神农氏所作。本书把药物分为三品：无毒的称为上品，毒性小的称为中品，毒性剧烈的称为下品。

㉗ 玄黄：黑色和黄色。这里泛指彩色的东西。

㉘ 府藏：同“腑脏”。

㉙ 醴醪（lǐ láo）：甜酒。醪，本指汁渣混合、未经蒸煮的酒，又泛指酒。

㉚ 平粹：平和纯正。

㉛ 蕞（zuì）尔：很小的样子。

㉜ 涂：同“途”。

㉝ 自用：自以为是，任凭一己之意去行动。

㉞ 措身：置身。

㉟ 无端：没有头绪。

㊱ 由：通“犹”。桓侯：即蔡桓公。《韩非子·喻老》说：名医扁鹊四见蔡桓公，指出他患有重病。蔡桓公不相信，反而怪扁鹊找没有病的治疗以显示自己的本领。不久他觉得身体疼痛难忍，才派人去找扁鹊，扁鹊却因蔡桓公已病入膏肓，早已离开。

㊲ 扁鹊：姓秦名越人，战国时渤海鄚县（今河北任丘）人。

㊳ 驰骋：奔走，奔波。

㊴ 一切：一时，一定。

㊵ 多：指多数人的情形。

㊶ 畎浍（quǎn huì）：田间的沟渠。

㊷ 尾闾（lǘ）：古代传说泄出海水之处。

㊸ 交赊（shē）：近和远。

㊹ 豫章：木名，樟类。《淮南子·修务》说：“豫章之生也，七年而后知。”

㊺ 躁竞：急于与人争高下。

㊻ 悠悠：众多的样子。

㊼ 醇白：纯洁。醇，同“纯”。

㊽ 五弦：乐器名，似琵琶而小。这里泛指音乐。

㊾ 羡门：传说古仙人。

㊿ 王乔：即王子乔，传说古仙人。

【语译】

世上有人说神仙可以学得成，长命不死也可以努力达到。有的人又说：“最高寿命一百二十岁，古今一样，超过这个岁数，没有不是妖妄的。”这两种说法都不符合实际情况。请让我试着粗浅地论述一下这个问题。

神仙我虽然不曾亲眼见过，但是书籍上有记载，前代史书上也有记述，明白地说，有神仙这回事是必定无疑的了。神仙似乎是特别接受了非凡之气，是得之于自然的，而绝不是凡人不懈学习所能成就的。至于人的生活疏导调养得法，以至寿尽而终，多的可到千余岁，少的可有几百岁，相信是有可能的。但是，世人都不精通个中奥妙，所以没有谁能够得到那样的高寿。根据什么这样说呢？人有病服药是为了求得发汗病除，但有的人服了药却不出汗；倒是疚愧之情骤然袭来，反而大汗淋漓。一个早上都不吃饭，就要烦躁不安地找饭吃；而曾子心怀悲恸为长辈守丧时，一连七天水米不进，却一点也不觉得饥饿。一个人坐到半夜时分，往往就昏昏欲睡；如果心里有很深的忧愁，那就会通宵不能入眠。用刚劲的刷子梳理鬓发使其竖起，喝酒使面颜发红，那只是稍为可以做到；但壮士一怒，那脸红脖子粗的样子就成了一派奇观，头发直立把冠冕也冲起来。由此说来，精神对于形体，就像国家有君王一样。精神在身体里面浮躁不安，外面的形体就会失去正常状态，就像上面的君王昏庸无能，国家就会混乱不堪。在商汤大旱之年，种下的庄稼大都枯萎了，但偏偏有经过一次灌溉的禾苗显示出它的功效，虽然终究免不了枯焦，可那灌溉过一次的总是枯死在后。可见，即使只是灌溉一次，那功效也是不可否认的。而世人常说，发怒一次不会达到侵害精神的地步，哀痛一回不会达到损伤身体的地步，因而掉以轻心，任性而行，这就像不知道一次灌溉的益处，却盼望五谷从旱苗上产生出来一样。所以君子知道形体凭借精神而树立，精神必须有形体作依附才能存在；领悟到养生的道理容易有谬误，知道一次过失也会伤害生命。因而修养性情以保养精神，安心静气以保全身体。他们做到爱憎不郁结于感情，忧喜不滞留于心里。淡泊而不患得患失，因而血气平和。又能呼浊吸清，吐故纳新，服食丹药，调养身体，使形体和精神互相亲近，外表和内在都得到益处。种田这回事，一亩能收获十斛粮食，就可以说是良田，这是天下人通常的说法。却不知用区种的方法，一亩可以收到百多斛。一样是耕种，一样的种子，种植培育的方法不同，收益会相差得很远。说商人没有一本十利，农人没有一亩收获百斛的希望，这是墨守成规的人说的。况且，吃豆子使人体重增加，吃榆荚使人贪睡，吃合欢使人消除怨忿，吃萱草使人忘记忧愁，这是蠢人和聪明人都知道的。有强烈刺激气味和辣味的食物会伤害眼睛，小猪和鱼的肉吃了不能滋养身体，这也是一般人都知道的常识。虱子在头发里活动久了会变成黑色，麝常吃柏叶会分泌香气，常居山险之地人的颈脖会生出瘤子，久住晋地因多吃枣子牙齿会变黄。由此推论，凡是所吃的食物的气味，都会相应地影响到人的性情或身体，岂只是吃豆子使人的身体增重而不会减轻，吃熏烤辣味食物使视力减退而不会增强，吃熏染牙齿的食物会使牙齿发黄而不会使它坚实，吃芳香的柏叶使麝分泌香气而不会延年益寿呢！所以《神农本草经》说“上品的药保养生命，中品的药保养性情”的话，的确是知道生命的机理是因为辅养而得以通顺的。

然而世人却不明察，只见到五谷，只沉溺于声色，眼睛受各种色彩的迷惑，耳朵灌满的是靡靡之音，五脏六腑被各种滋味食物煎熬，肠胃被酒浆煎煮，骨髓受到芳香的腐蚀，正气被喜怒扰乱，精神为思虑销损，平和纯正的品质受到哀乐的侵害。以这样小小的身躯，承受那样的多方攻击，容易衰竭的身体受到里外夹攻，既非木石，怎能持久？那些过于放纵任性的人，饮食不加节制而生出百病；好色纵欲以致体乏气绝。风寒造成的灾害，百毒造成的病伤，使人未到寿终便中途夭折于众多的灾难。对此，世人都知道讥笑怜悯，责怪那些人不善于保养生命。至于调养身体违背正确的养生之道，在一些看来是细微的方面遭致亡身之祸，细微地方的忽视，积累起来就成为损伤，损伤积累起来就造成躯体的衰弱。从衰弱到白发，从白发到苍老，从苍老到死亡，浑浑然找不到这些变化的头绪。中等智力以下的人，认为这是自然如此。纵使是稍有觉悟的人，也都是感叹悔恨在得病之初不及时治疗，而不知道谨慎预防于各种险症的征兆还没有出现的时候。这就像蔡桓公身患可以致命的疾病，反而怪罪扁鹊的预先提醒，仅把感觉到疼痛的时候当作患病的开始。病害形成于微细征象，却等到病象显著的时候才来救治，所以就有毫无效验的治疗。奔波在常人的生活圈子里，所以只能享有一时的短暂寿数，纵观古今，没有不是这样的。一般人以多数人都是如此来证明自己的行为合理，以与别人大致相同来自我安慰，以为天地万物的道理，只是如此而已。即使听到养生的事，也以自己的成见来判断，说它不对。其次，有些人心存犹豫，虽然稍有养生的愿望，但又不知道从何做起。再者，有些人自己用心服药，服了半年一年，费了事却没有什么效验，因而自厌自懈，半途而废。有的人像用沟渠蓄水、以大海泄洪那样，想坐等出现显著的效验。有的人压抑感情，克制欲望，断然割弃求富求贵的念头，但是平时的嗜好常常浮现在耳目前，所企求的养生效验在数十年以后，又担心两方面都失掉，因而对实行养生之道就犹豫不决。内心有斗争，身外之物在诱惑，远近夹击，结果又归于失败。大凡最好的事物都是极其微妙的，可以靠理性去把握，而难以用肉眼去辨识。像豫章树那样，生长七年之后，才可以识别出来。现在，要以一种急功近利的浮躁心态，走要求清静无为的养生之路，心想速效而行动迟缓，希望眼前就有好处而效应偏远在数十年之后，所以就不能得到好的结果。众多的人既然因为没有见到眼前效验而不去追求，而追求者又因为不能坚持不懈而坏事；仅依赖某一养生措施的人因不能兼顾其他而没有功效，追求方术的人因误入旁门左道而自行沉溺。一般人大抵就像这几类，所以这些想要延年益寿的人，万人中没有一个能成功的。

善于养生的人就不是这样的了。他们虚心安静，绝少私心杂念，知道追求名位有损于德行，所以忽略而不去企求，并不是心存欲念而只是强行自禁。他们知道美味嘉肴会伤害性情，所以弃而不顾，并不是贪吃而后自行抑制。身外之物因为妨碍精神而将它置之度外，精神因纯正高洁而特别爽朗，心地坦然而没有忧患，情绪安定而没有思虑，又坚守一贯的主张，调养平和的心境，平和的态度与明哲的理性使其一天天贯通，就超越世俗而顺乎自然了。然后再用灵芝熏染，用甘美的泉水滋润，用朝阳熏晒，用音乐安抚，清静无为而自得其乐，身心都达到玄妙的境界，忘记了欢悦而后才有无限的快乐，不以生命为念而后才有躯体的长存。像这样坚持下去，差不多可以与仙人羡门、王乔比寿的事，怎么能说它没有呢？

【评析】

养生之道，是一个古老而常新的话题。嵇康此文所论的养生，包含着养神和养形两个方面。养神，要求少私寡欲，心气和平；养形，要求善于呼吸吐纳，慎于饮食服药。在嵇康看来，形神互为表里，应该两者兼济。但他又认为“修性以保神，安心以全身”，精神的调养，似乎更为重要。文中谈到神仙，谈到药理，谈到养生之道的幽微玄妙，这正是魏晋文人受道家影响的突出表现。在批评不事养生、不善养生的人的文字中，也不乏对当时世态人心的针砭。嵇康的文章，没有恣肆汪洋的气势，没有辞藻华丽的铺排，行文真率朴实，自透出一缕清气。近代硕儒黄季刚先生在《文选评点》一书中，对《养生论》多有批评，如："寿有仙无，生原有养。文谓仙非学致，又云可过常期，皆为照理未精，独言养生之理是耳。"又说："故修性以保神一节，亦当知有形失其养而神为之瘁。饥寒迫身而神不病，未之有也。"

运命论一首

作者：李萧远　　注译评析：张葆全

夫治乱，运也；穷达，命也；贵贱，时也。故运之将隆，必生圣明之君；圣明之君，必有忠贤之臣。其所以相遇也，不求而自合；其所以相亲也，不介而自亲[①]。唱之而必和，谋之而必从。道德玄同[②]，曲折合符[③]。得失不能疑其志[④]，谗构不能离其交[⑤]，然后得成功也。其所以得然者，岂徒人事哉？授之者天也，告之者神也，成之者运也。

夫黄河清而圣人生[⑥]，里社鸣而圣人出[⑦]，群龙见而圣人用[⑧]。故伊尹[⑨]，有莘氏之媵臣也，而阿衡于商[⑩]。太公[⑪]，渭滨之贱老也，而尚父于周[⑫]。百里奚在虞而虞亡[⑬]，在秦而秦霸，非不才于虞而才于秦也。张良受黄石之符[⑭]，诵《三略》之说[⑮]，以游于群雄，其言也，如以水投石，莫之受也。及其遭汉祖，其言也，如以石投水，莫之逆也。非张良之拙说于陈项[⑯]，而巧言于沛公也。然则张良之言一也，不识其所以合离。合离之由，神明之道也。故彼四贤者，名载于箓图[⑰]，事应乎天人，其可格之贤愚哉[⑱]！孔子曰："清明在躬，气志如神，嗜欲将至，有开必先。天降时雨，山川出云。"[⑲]《诗》云："惟岳降神，生甫及申；惟申及甫，惟周之翰。"[⑳]运命之谓也。岂惟兴主，乱亡者亦如之焉。幽王之惑褒女也[㉑]，祆始于夏庭；曹伯阳之获公孙强也[㉒]，征发于社宫[㉓]；叔孙豹之昵竖牛也[㉔]，祸成于庚宗。吉凶成败，各以数至，咸皆不求而自合、不介而自亲矣。

昔者，圣人受命《河》《洛》[25]，曰：以文命者，七九而衰；以武兴者，六八而谋[26]。及成王定鼎于郏鄏，卜世三十，卜年七百，天所命也[27]。故自幽、厉之间，周道大坏；二霸之后[28]，礼乐陵迟[29]；文薄之弊[30]，渐于灵、景；辩诈之伪，成于七国；酷烈之极，积于亡秦；文章之贵，弃于汉祖[31]。虽仲尼至圣，颜、冉大贤[32]，揖让于规矩之内，訚訚于洙泗之上[33]，不能遏其端；孟轲、孙卿，体二希圣[34]，从容正道，不能维其末，天下卒至于溺而不可援。夫以仲尼之才也，而器不周于鲁、卫；以仲尼之辩也，而言不行于定、哀；以仲尼之谦也，而见忌于子西[35]；以仲尼之仁也，而取仇于桓魋[36]；以仲尼之智也，而屈厄于陈、蔡；以仲尼之行也，而招毁于叔孙[37]。夫道足以济天下，而不得贵于人；言足以经万世[38]，而不见信于时；行足以应神明，而不能弥纶于俗[39]。应聘七十国，而不一获其主。驱骤于蛮夏之域[40]，屈辱于公卿之门[41]，其不遇也如此。及其孙子思[42]，希圣备体[43]，而未之至，封己养高[44]，势动人主。其所游历诸侯，莫不结驷而造门；虽造门，犹有不得宾者焉。其徒子夏[45]，升堂而未入于室者也，退老于家，魏文侯师之，西河之人，肃然归德，比之于夫子，而莫敢间其言[46]。故曰：治乱，运也；穷达，命也；贵贱，时也。而后之君子，区区于一主，叹息于一朝，屈原以之沉湘，贾谊以之发愤，不亦过乎？

然则圣人所以为圣者，盖在乎乐天知命矣。故遇之而不怨，居之而不疑也。其身可抑，而道不可屈；其位可排，而名不可夺。譬如水也，通之斯为川焉，塞之斯为渊焉。升之于云则雨施，沉之于地则土润。体清以洗物，不乱于浊；受浊以济物，不伤于清。是以圣人处穷达如一也。夫忠直之迕于主[47]，独立之负于俗[48]，理势然也。故木秀于林[49]，风必摧之；堆出于岸，流必湍之；行高于人，众必非之。前监不远[50]，覆车继轨。然而志士仁人，犹蹈之而弗悔，操之而弗失，何哉？将以遂志而成名也。求遂其志，而冒风波于险途；求成其名，而历谤议于当时。彼所以处之，盖有算矣[51]。子夏曰："死生有命，富贵在天。”[52]故道之将行也，命之将贵也，则伊尹、吕尚之兴于商、周，百里、子房之用于秦、汉，不求而自得，不徼而自遇矣[53]。道之将废也，命之将贱也，岂独君子耻之而弗为乎？盖亦知为之而弗得矣。凡希世苟合之士[54]，蘧蒢戚施之人[55]，俯仰尊贵之颜[56]，逶迤势利之间[57]。意无是非，赞之如流；言无可否，应之如响。以窥看为精神[58]，以向背为变通[59]。势之所集，从之如归市；势之所去，弃之如脱遗[60]。其言曰：“名与身孰亲也？得与失孰贤也[61]？荣与辱孰珍也？”故遂洁其衣服，矜其车徒[62]，冒其货贿[63]，淫其声色，脉脉然自以为得矣[64]。盖见龙逄、比干之亡其身[65]，而不惟飞廉、恶来之灭其族也[66]。盖知伍子胥之属镂于吴[67]，而不戒费无忌之诛夷于楚也[68]。盖讥汲黯之白首于主爵[69]，而不惩张汤牛车之祸也[70]。盖笑萧望之跋踬于前[71]，而不惧石显之绞缢于后也[72]。

故夫达者之算也，亦各有尽矣。曰：凡人之所以奔竞于富贵，何为者哉？若夫立德必须贵乎？则幽、厉之为天子，不如仲尼之为陪臣也[73]。必须势乎？则王莽、董贤之为三公[74]，不如杨雄、仲舒之阒其门也[75]。必须富乎？则齐景之千驷[76]，不如颜回、原宪之约其身也[77]。其为实乎？则执勺而饮河者，不过满腹，弃室而洒雨者，不过濡身，过此以往，弗能受也。其为名乎？则善恶书于史册，毁誉流于千载，赏罚悬于天道，吉凶灼乎鬼神[78]，固可畏也。将以娱耳目乐心意乎？譬命驾而游五都之市[79]，则天下之货毕陈矣；褰裳而涉汶阳之丘[80]，则天下之稼如云矣。椎紒而守敖庾、海陵之仓[81]，则山坻之积在前矣；扱衽而登钟山、蓝田之上[82]，则夜光、玙璠之珍可观矣[83]。夫如是也，为物甚众，为己甚寡；不爱其身，而啬其神[84]；风惊尘起[85]，散而不止；六疾待其前[86]，五刑随其后[87]；利害生其左，攻夺出其右；而自以为见身名之亲疏、分荣辱之客主哉！

天地之大德曰生，圣人之大宝曰位。何以守位曰仁，何以正人曰义。故古之王者，盖以一人治天下，不以天下奉一人也；古之仕者，盖以官行其义，不以利冒其官也。古之君子，盖耻得之而弗能治也，不耻能治而弗得也。原乎天人之性，核乎邪正之分[88]，权乎祸福之门[89]，终乎荣辱之筭[90]，其昭然矣，故君子舍彼取此。若夫出处不违其时，默语不失其人。天动星回，而辰极犹居其所[91]；玑璇轮转[92]，而衡轴犹执其中[93]。既明且哲，以保其身[94]，贻厥孙谋，以燕翼子者[95]，昔吾先友尝从事于斯矣。

【作者简介】

李康，生卒年不详，字萧远，三国魏中山（今河北定州）人。曾著《游山九吟》，魏明帝曹叡十分欣赏，起用为寻阳长。原有集二卷，已佚。今仅存《运命论》。其事见《昭明文选》李善注引《集林》。

【篇旨】

论述治乱决定于气运，穷达决定于天命。赞扬志士仁人行道的执着，抨击希世苟合之士的趋炎附势。要求君子乐天知命，守道不移。

【注释】

① 介：绍介，即介绍。

② 玄同：混一，玄妙齐同。

③ 符：符节，符信。

④ 疑：惑，不定。

⑤ 谗构：进谗言而陷人于罪。

⑥ 黄河清：古以之为太平之祥瑞。《易·乾凿度》说，圣人受命，瑞应先见于河，河水先清，清变白，白变赤，赤变黑，黑变黄，各三日。

⑦ 里社鸣：李善注引《春秋潜潭巴》说，里社明（通“鸣”），此里有圣人出。

⑧ 群龙见：《周易·乾卦》用九说：“见群龙无首，吉。”

⑨ 伊尹：商之贤相。《史记·殷本纪》说，伊尹“欲奸（干）汤而无由，乃为有莘氏媵臣（陪嫁之臣仆），负鼎俎，以滋味说汤，致于王道。”

⑩ 阿衡：伊尹所任之官号，相当于相。

⑪ 太公：周文王师吕尚。《史记·齐太公世家》说，吕尚，姓姜氏，年老穷困，“以渔钓奸（干）周西伯”，在周西伯（文王）出猎时，遇于渭水之滨，载与俱归，号之曰“太公望”，立为师。

⑫ 尚父：武王伐纣时，尊吕尚为“师尚父”。

⑬ 百里奚：春秋时虞人。《史记·秦本纪》说，晋灭虞，被虏，耻于为秦穆公夫人媵，逃至楚，秦穆公闻其贤，以五羖羊皮赎之，授之国政，号曰“五羖大夫”。

⑭ 张良：汉开国功臣，封留侯。《史记·留侯世家》说，张良秦末游下邳，于圯上遇一老父（即黄石公），老父以《太公兵法》授张良。后来张良追随刘邦（沛公），“数以太公兵法说沛公，沛公善之，常用其策”。

⑮《三略》：即《太公兵法》，据说分上略、中略、下略。

⑯ 陈项：陈涉、项梁。

⑰ 箓图：指史籍。

⑱ 格：量度。

⑲“孔子曰”句：见《礼记·孔子闲居》。

⑳“《诗》云”句：见《诗经·大雅·崧高》。甫：读如吕，指吕侯。申：申伯。翰：干，栋梁。

㉑ 褒女：周幽王之后褒姒。《史记·周本纪》说，夏末有二龙止于夏庭，夏帝藏其漦于椟中。传至周厉王时，有宫女遭漦而孕，生褒姒。后周幽王废申后，立褒姒为后，申后之父申侯怒攻幽王，杀幽王于郦山之下。

㉒ 公孙强：春秋时曹国司城。《左传·哀公七年》说，起初，曹国有人梦众君子立于社宫，谋亡曹，曹叔振铎请求等待公孙强。梦者于是戒其子，公孙强为政即离曹而去。后曹伯阳即位，宠公孙强，使为司城以听政，“背晋而奸（干犯）宋”，宋人伐之，遂灭曹。

㉓ 社宫：指曹国国社之围墙。

㉔ 竖牛：春秋时鲁国叔孙豹之子。《左传·昭公八年》说，起初，叔孙豹到齐国去，经过庚宗，与一妇人私通，生子竖牛。后来叔孙豹归鲁

为卿，宠信竖牛。叔孙豹病，竖牛不予进食，叔孙豹饿死。

㉕《河》：指《河图》，相传伏羲氏王天下，见龙马负图出于河，据其文字，以画八卦，谓之《河图》。《洛》：指《洛书》，相传禹治水，洛出书，法而陈之，作《洪范》，谓之《洛书》。见《汉书·五行志》。

㉖ 谋：图谋，谋划。

㉗“及成王”四句：为王孙满之语，见《左传·宣公三年》。成王：周成王姬诵，即位时，年少，管叔、蔡叔与武庚作乱，周公讨伐，平乱后，营洛邑，居九鼎。郏鄏：在今洛阳。

㉘ 二霸：齐桓公、晋文公。

㉙ 陵迟：渐趋衰败。

㉚ 文薄：文德之浇薄。

㉛ 汉祖：汉高祖刘邦。《史记·郦生陆贾列传》说，他轻视书生和《诗》《书》。陆贾来访，他箕倨以见；陆贾说称《诗》《书》，他骂道：“乃公居马上而得之，安事《诗》《书》！”

㉜ 颜：颜回，字子渊。冉：冉求，字子有。均为孔子弟子。

㉝ 訚（yín）訚：中正和乐之貌。洙泗：二水名，在山东曲阜，孔子施教于其间。

㉞ 体：指道。《荀子·解蔽》说：“夫道者，体常而尽变，一隅不足以举之。”希：仰望，慕求。

㉟ 子西：楚令尹。《史记·孔子世家》说，楚昭王将以书社地七百里封孔子，子西谏曰：“今孔丘得据土壤，贤弟子为佐，非楚之福也。”昭王乃止。

㊱ 桓魋（tuí）：宋司马。《史记·孔子世家》说，孔子适宋，与弟子习礼大树下，“桓魋欲杀孔子，拔其树。孔子去。”

㊲ 叔孙：指鲁大夫叔孙武叔。《论语·子张》载，他在朝廷上说：“子贡贤于仲尼。”贬低孔子。

㊳ 经万世：为万世纲纪，匡济万世。

㊴ 弥纶：补合牵引。

㊵ 蛮夏：指蛮夷与中国。蛮夷谓楚，中国谓宋卫诸国。

㊶ 公卿：公指鲁侯，卿指季氏。

㊷ 子思：孔子之孙孔伋。

㊸ 备体：具圣人之体。体，喻德。

㊹ 封：厚。养：教养，操守。

㊺ 子夏：孔子弟子卜商，孔子死后，教于西河之上，魏文侯师事之。

㊻ 间（jiàn）：非。

㊼ 迕（wù）：逆，犯。

㊽ 负：背。

㊾ 秀：特出。

㊿ 监：同“鉴”。

(51) 算：计。

(52)“子夏曰”句：见《论语·颜渊》。

(53) 徼（jiāo）：求。

(54) 希世：阿世，徇于世俗，顾世誉而动。苟合：苟且附合。

(55) 蘧蒢（qú chú）：与“戚施”同义，均指身有残疾形貌丑陋之人。

(56) 俯仰：屈伸。

(57) 逶迤：顺行貌。

(58) 精神：灵气，生气。

(59) 变通：以变而求通，趋时之意。

(60) 遗：废弃。

(61) 贤：胜。

(62) 矜：夸耀。

(63) 冒：贪。

(64) 脉脉：骄诈貌。

(65) 龙逢：即关龙逢，夏之贤人，谏桀而死。比干：商纣王之叔父，谏纣而被剖心而死。

(66) 惟：思。飞廉：即蜚廉。《史记·秦本纪》说：“蜚廉生恶来。恶来有力，蜚廉善走，父子俱以材力事殷纣。周武王之伐纣，并杀恶来。”

㊼ 伍子胥：楚人，仕吴。《左传·哀公十一年》说，吴王夫差将伐齐，伍子胥谏，不听。伍子胥“使于齐，属其子于鲍氏”。返吴，吴王赐属镂剑让其自尽。

㊽ 费无忌：即费无极，楚之谗人。《左传·昭公二十七年》载，沈尹戌向令尹子常列举他的罪状，子常将他杀了，“尽灭其族”。

㊾ 汲黯：汉武帝时为东海太守，东海大治，武帝召为主爵都尉。事见《汉书》本传。

㊿ 张汤：汉武帝时为御史大夫，为官严酷。武帝使人责其“怀诈面欺”，即自杀。死后其母不欲厚葬，于是“载以牛车，有棺而无椁”。事见《汉书》本传。

71 萧望之：汉宣帝时为太子太傅，受遗诏辅幼主元帝。后被石显陷害，饮鸩自杀。事见《汉书》本传。跋踬：折挫。

72 石显：汉元帝时为中书令，成帝时迁长信中太仆。以陷害萧望之等事免官归故郡，忧懑不食，道病死。事见《汉书》本传。

73 陪臣：诸侯之臣。

74 王莽：汉成帝时为大司马。董贤：汉哀帝时代丁明为大司马。哀帝死，被劾自杀。

75 杨雄：西汉文学家、哲学家。家贫，人希至其门。仲舒：即董仲舒，西汉哲学家，为博士，下帷讲诵，弟子难见其面。阒（qù）：静无人声。

76 齐景：春秋时代齐景公。《论语·季氏》载：“齐景公有马千驷，死之日，民无德而称焉。”

77 颜回：字子渊，孔子弟子，主张克己，约身。原宪：字子思，孔子弟子。《孔子家语》说他“清约守节，贫而乐道”。

78 灼：明。

79 五都之市：指洛阳、邯郸、临淄、宛、成都。

80 褰（qiān）裳：提起衣裳。汶阳：春秋时鲁地，在今山东泰安西南。

《左传·僖公元年》载："公赐季友汶阳之田及费。"

㉛ 椎紒：即"椎髻"，以发向后为髻。敖庾：即敖仓，秦之粮仓，在河南成皋。海陵：仓名，汉吴王刘濞所建，在江苏。

㉜ 扱（chā）衽：插衣襟于带。钟山：指昆仑山，产玉。蓝田：山名，在陕西，产玉。

㉝ 夜光：夜光珠。玙璠：美玉。

㉞ 啬（sè）：爱，吝。

㉟ 风惊尘起：喻恶积而衅生。

㊱ 六疾：指阴、阳、风、雨、晦、明等六气过盛引发的寒疾、热疾、末疾、腹疾、惑疾、心疾等六种疾病，语出《左传·昭公元年》。

㊲ 五刑：指墨、劓、剕、宫、大辟五种刑罚。

㊳ 核：究其实也。

㊴ 权：始也。

㊵ 筭：数也。

㊶ 辰极：即北极星，又称北辰。《论语·为政》说："为政以德，譬如北辰，居其所而众星共之。"

㊷ 玑：璇玑，即浑天仪，可旋转。转运者为机，持正者为衡。

㊸ 轴：车轴，居轮中，轴不运而轮致千里。

㊹ "既明"二句：语见《诗经·大雅·烝民》。

㊺ "贻厥"二句：语见《诗经·大雅·文王有声》。贻：通"诒"，遗，传。孙，通"逊"，顺。燕：安。翼：庇护。

【语译】

天下的治乱，决定于气运；仕途的穷达，决定于天命；地位的贵贱，决定于时世。所以气运将要隆盛之时，一定会出现圣明的君主；有圣明的君主，一定会有忠诚贤能的大臣。圣君与贤臣之所以能相遇合，是毋须追求而自相遇合的；之所以能相亲近，是毋须介绍而自相亲近的。此唱而彼一定应和，此谋而彼一定依从。道德玄妙齐同，具体意见一致若合符节。个人得失，不能动摇其心志，他人谗言陷害，不能断绝其交往，然后才能获取成功。他们之所以能这样，难道只是人为的吗？授给他们的是天，昭告他们的是神，使他们成功的是气运。

黄河水变清，圣人便会出生；里社有鸣声，圣人便会出现；群龙现形，圣人便会兴起。伊尹，原是有莘氏陪嫁的臣仆，却做了商朝的阿衡。姜太公，原是渭水边贫贱的老人，却被周武王尊为尚父。百里奚在虞之时而虞灭亡，在秦之时而秦称霸，这并不是在虞时没有才干，而在秦时有了才干。张良接受了黄石公的秘策，诵读《太公兵法》《三略》的学说，而游说诸起义英雄，他的言论，好像以水投向石头，没有谁能接受。等到他遇到了汉高祖刘邦，他的言论，好像以石头投到水里，没有谁能阻止。这并不是张良在说陈涉、项梁时言辞笨拙，而在说刘邦时花言巧语。其实张良的言辞是一致的，但不了解何以有的人能接受，有的人却格格不入。能接受和格格不入的缘由，就是神明之道。因此上述那四位贤人，英名载于史籍，行事顺应天道人心，岂能用贤与愚来量度呢？孔子说："圣人清明的心性在身，化作气志如神。圣人王天下之期将至，有神开导必先为之生贤智之辅佐。这就好像上天降下及时雨，山川为之出云。"《诗经·大雅·崧高》说："五岳显现了神的意旨，诞生了吕侯和申伯；只有申伯和吕侯，才是辅佐周王朝的栋梁。"这说的就是气运和天命。难道只有圣主兴起才如此吗？乱亡的君主也决定于气运和天命。从前周幽王被褒姒所迷惑，其妖孽就起于夏王朝的宫廷；曹伯阳获致并重用公孙强，其征兆就起于曹国有人梦众君子立于社宫共谋亡曹；叔孙豹宠信竖牛，其祸乱早就生成于叔孙豹在庚宗与一女子私通。吉凶成败，分别以其定数而至，统统都是毋须追求而自相遇合，毋须绍介而自相亲近。

从前，圣人受天命于《河图》《洛书》说：以文德而受天命者，传七世或九世而渐衰微；以武功兴起者，传六世或八世便须另作谋划。到了周成王平定叛乱定鼎于洛阳之时，占卜到周代的世数为三十，年数为七百，这就是上天所授之命。所以从幽王厉王之际开始，周王朝纲纪严重破坏；齐桓公、晋文公之后，礼乐制度日趋衰败；文德之浇薄，从灵王景王之时便已开始；巧辩欺诈的不良风气，在战国七雄之时便已形成；酷烈暴虐的极端，集中于暴秦之时；文章的高贵，被汉高祖刘邦所抛弃。即使有孔子这样的大圣人，颜回、冉求这样的大贤人，在礼乐制度的范围内行揖让之道，在洙泗之上表现出中正和乐之貌，也不能遏止周道的开始衰败；孟子、荀子分别继承孔子学说并仰慕孔子，从容追求正道，也不能挽救周道的最终衰败。天下终于陷溺于乱而不能救援。凭着孔子这样的才干，却不能在鲁卫干成大事；凭着孔子这样的口才，其言论却不能在定公、哀公之世推行；凭着孔子这样的谦恭，竟然遭到楚令尹子西的猜忌；凭着孔子这样的仁慈，竟然受到桓魋的仇恨；凭着孔子这样的聪慧，却在陈、蔡遭到困厄；凭着孔子这样的品行，却遭致叔孙武叔的诋毁。孔子之道足以拯救天下，却不能让人尊重自己；孔子之言足为万世纲纪，却不能被当时之人所信仰；孔子之行足以同神明相应，却不能周遍地经理世俗；受到七十国君的聘问，却找不到一个贤明的君主。在夷夏许多地方来回奔走，在公卿之门饱受屈辱，他不能遭逢圣君的情况正是如此。到了他的孙子子思，希慕圣人具备圣人之德，但尚未尽善尽美，他努力提高自己的教养操守，其声势惊动了各国国君。他所游历的各国诸侯，没有不带着大批车马来登门拜访的；即使登门拜访仍然有人不能受到贵宾的礼遇。他的门徒子夏，其学问已升堂而尚未入室。年老退居家中，魏文侯拜他为师，西河之人恭敬地归顺于他的仁德，把他比拟为夫子而没有人敢批评他的言论。所以说：天下的治乱，决定于气运；仕途的穷达，决定于天命；地位的贵贱，决定于时世。而后来的君子，却只局限于效忠某一君主，悲叹于在某一朝廷上的得失，屈原因此而自沉湘江，贾谊因此而抒发愤懑，岂不是认识上有偏颇吗？

如此说来，圣人之所以成为圣人，就在于乐天知命。所以遇困难而不怨恨，享福而不疑惑。他的身体可压抑，但他的道义却不可屈服；他的地位可排挤，但他的名声却不可剥夺。就好像是水，疏通它就成为河流，堵塞它就成为池渊。上升于云就会下雨，下沉于地就会使土地湿润。水质清洁用来洗涤外物，却不会被浊物所搅乱；接受尘浊用来救助外物，却不妨害它的清洁。因此圣人对待仕途之穷达态度始终如一。那忠直之士干犯君主，那独立特行之人背负流俗，从理势上说这是必然的。所以树木如高出于树林，大风必定会摧折它；沙堆如突出于河岸，水流必定会冲击它；行为如高出于众人，众人必定会非议他。前车之鉴不远，继续前行必然覆车。但是志士仁人，仍然沿着旧路走过去而不后悔，坚持操守而不放弃，为什么呢？他打算以此来实现自己的志向并成就功名。求实现自己的志向，而在艰难的道路上冒风险；求成就自己的功名，而在当时遭受谤议。他为什么要这样做，那是有他的打算的。子夏说："死生有命运主宰，富贵由上天安排。"因此道将行、命将贵之时，伊尹、吕尚便兴起于商、周，百里奚、张良便为秦、汉所用，不求取而自然获得，不追求而自然遇合。道将废、命将贱之时，难道只有君子以之为耻而不为吗？实际上是知道那样做而无所得。大凡徇于世俗苟且附合之士，身有残疾形貌丑陋之人，视尊贵者之容颜而屈伸，顺着势利者之意旨而行事，对他们的意见不分是与非，赞颂如水之顺流，对他们的言语不问可与否，应答如响之随声。以窥视别人举止作为自己的灵气，依别人的向背作为自己的变通趋时。权势集中的地方，便紧紧追随如同赴集市；权势已去的地方，便立即离开如抛掉废弃之物。他们说：名与身什么最亲？得与失什么最好？荣与辱什么最珍贵？因此便洁净其衣服，夸耀其车辆徒众，贪取钱财，铺张声色，一副骄诈的样子自以为得计。原来他们只看见关龙逢、比干被害身亡，而不想想蜚廉、恶来因助纣为虐而被灭族。只看见伍子胥在吴伏剑而死，而不以费无忌在楚遭族灭为鉴戒。只会讥笑汲黯白首才获主爵都尉，而不因张汤受责自杀"载以牛车"以引起警惕。只会耻笑萧望之在前受挫折，而不惧怕石显在后受绞缢。

因此通达者的算计，是各有所止的。他们说：一般人如此奔走追求富贵，是为了什么呢？如要立德于世一定要依靠贵吗？那么周幽王、周厉王作为天子，还不如孔子只是一个诸侯国的陪臣。一定要依靠势吗？那么王莽、董贤作为三公，还不如杨雄、董仲舒家门静无人声。一定要依靠富吗？那么齐景公有马千驷，还不如颜回、原宪贫居陋巷清约守节。难道是为了实际利益吗？那么拿着勺去舀河水喝的人，不过装满一肚子；离开屋室而去淋雨的人，不过淋湿全身；超过了这些，他们是不可能承受的。难道是为了名声吗？那么善恶都写在史书上，毁誉流传于千年，赏罚决定于天道，吉凶明白显示于鬼神，原是很可怕的。或者以之娱悦耳目，畅快心意吗？这就好像驾车而游繁华的街市，那么天下之货全都陈列在那里了。提起衣裳而走上汶阳的丘田，那么就会看见天下的庄稼多如云霞。椎发为髻而守敖庾、海陵之粮仓，那么堆积如山的粮食都呈现在眼前。插衣襟于带而登上钟山、蓝田之上，那么夜光珠及玙璠美玉等珍宝大为可观了。像这样，作为外物十分多，而能为己所用的却非常少。不珍爱自己的身躯，却偏爱自己的心志，让恶念如风惊尘扬，四处飘散而不止；那么六疾便会在前面等待着，五刑也会接踵而至，利害冲突发生在左边，互相争夺产生于右边，而自己却以为看清了身名的亲疏，分清了荣辱的主次。

天地的大德叫生，圣人的大宝叫位。用什么来守住君位这叫仁，用什么来纠正别人这叫义。所以古代君临天下的人，都是凭着一个人的能力来治理天下，而不让天下之人奉养一个人。古代为官的人，都是凭着官位来推行道义，而不因谋利去做贪官。古代的君子，都是耻于得了官位却不能治民，不以能治民却得不到官位为耻。推究天与人的本性，探求邪和正的区分，开始时了解祸与福的产生，最终明确荣和辱的定数，这就十分清楚了。所以君子抛弃斜径而取正道。至于说到出处进退却不违背时机，静默与言语都不失其人格。如天动星移而北极星仍居其所，璇玑旋转车轮转动，而机衡车轴仍把握着中心。既有智慧又明哲，以保有其身，传下治理天下的好谋略，从而安定和庇护子孙后代，从前我的一位老朋友，正是这样做的。

【评析】

宦海沉浮，人世沧桑，常常引起人们思索：人的贵贱贫富，吉凶祸福，冥冥之中，是否有超人的力量在主宰。本文开头即提出了作者鲜明的观点："夫治乱，运也；穷达，命也；贵贱，时也。"把社会的治乱，人生的穷达，归结为气运与天命，其意与文中所引子夏之言"死生有命，富贵在天"完全吻合。的确，在纷乱的世事面前，凡不了解事物发展变化的原因和找不到科学的答案之时，古人常以"天""命"作解释。孟子就说过："莫之为而为者，天也；莫之致而至者，命也。"（《孟子·万章》）但作者的论述并未仅仅停留于此。一方面，作者认为，志士仁人在"运""命"面前，为了"遂志而成名"，常常知其不可而为之，赞扬了他们"忠直之迕于主，独立之负于俗"的耿直。另一方面，作者抨击了那些"希世苟合之士，蘧蒢戚施之人"，认为他们为了求取个人富贵，到处钻营逢迎，但并不能改变“运”“命”的安排。作者主张，君子当乐天知命，允执其中，既明且哲，以保其身。从人格完善与道德修养的角度说，本文未尝没有一定的积极意义。

辩亡论上下二首

作者：陆士衡　　注译评析：黄立业

辩亡论上①

昔汉氏失御，奸臣窃命②。祸基京畿③，毒遍宇内。皇纲弛紊，王室遂卑。于是群雄蜂骇，义兵四合。吴武烈皇帝慷慨下国④，电发荆南。权略纷纭，忠勇伯世。威棱则夷羿震荡⑤，兵交则丑虏授馘⑥。遂扫清宗祊⑦，蒸禋皇祖⑧。于时云兴之将带州，飙起之师跨邑。哮阚之禋风驱，熊罴之众雾集。虽兵以义合，同盟勠力⑨，然皆苞藏祸心，阻兵怙乱⑩。或师无谋律，丧威稔寇⑪，忠规武节，未有如此其著者也。

武烈既没，长沙桓王逸才命世⑫，弱冠秀发，招揽遗老⑬，与之述业。神兵东驱，奋寡犯众。攻无坚城之将，战无交锋之虏。诛叛柔服，而江外底定⑭；饰法修师，则威德翕赫⑮。宾礼名贤，而张昭为之雄⑯；交御豪俊，而周瑜为之杰⑰。彼二君子，皆弘敏而多奇，雅达而聪哲，故同方者以类附⑱，等契者以气集⑲，而江东盖多士矣。将北伐诸华，诛锄干纪。旋皇舆于夷庚，反帝座乎紫闼，挟天子以令诸侯，清天步而归旧物。戎车既次，群凶侧目，大业未就，中世而殒⑳。用集我大皇帝㉑，以奇纵袭于逸轨㉒，睿心因于令图㉓。从政咨于故实㉔，播宪稽乎遗风；而加之以笃固，申之以节俭。畴咨俊茂，好谋善断。束帛旅于丘园㉕，旌命交于途巷㉖。故豪彦寻声而响臻，志士希光而景骛，异人辐凑，猛士如林。于是张昭为师傅，周瑜、陆公、鲁肃、吕蒙之俦[27]，入为腹心，出作股肱；甘宁、凌统、程普、贺齐、朱桓、朱然之徒[28]奋其威，韩当、潘璋、黄盖、蒋钦、周泰之属[29]宣其力。风雅则诸葛瑾、张承、步骘[30]，以名声光国；政事则顾雍、潘濬、吕范、吕岱[31]，以器任干职；奇伟则虞翻、陆绩、张温、张惇[32]，以讽议举正；奉使则赵咨、沈珩[33]，以敏达延誉；术数则吴范、赵达[34]，以机祥协德[35]；董袭、陈武[36]杀身以卫主，骆统、刘基[37]强谏以补过。谋无遗谞[38]，举不失策。故遂割据山川，跨制荆、吴，而与天下争衡矣。

魏氏尝藉战胜之威，率百万之师，浮邓塞之舟[39]，下汉阴之众[40]，羽楫万计[41]，龙跃顺流，锐骑千旅[42]，虎步原隰[43]，谟臣盈室，武将连衡，喟然有吞江浒之志[44]，一宇宙之气。而周瑜驱我偏师[45]，黜之赤壁，丧旗乱辙，仅而获免，收迹远遁。汉王亦凭帝王之号[46]，帅巴汉之民，乘危骋变，结垒千里，志报关羽之败，图收湘西之地[47]。而陆公亦挫之西陵[48]，覆师败绩，困而后济，绝命永安。续以濡须之寇[49]，临川摧锐；蓬笼之战[50]，孑轮不反[51]。由是二邦之将，丧气挫锋，势衄财匮[52]，而吴莞然坐乘其弊。故魏人请好，汉氏乞盟，遂跻天号[53]，鼎跱而立。西屠庸、益之郊[54]，北裂淮、汉之涘，东包百越之地[55]，南括群蛮之表。于是讲八代之礼[56]，搜三王之乐[57]，告类上帝[58]，拱揖群后[59]。虎臣毅卒，循江而守；长棘劲铩[60]，望飚而奋。庶尹尽规于上，四民展业于下。化协殊裔，风衍遐圻[61]。乃俾一介行人，抚巡外域，巨象逸骏，扰于外闲[62]，明珠玮宝[63]，耀于内府，珍瑰重迹而至，奇玩应响而赴；輶轩骋于南荒[64]，冲輣息于朔野[65]。齐民免干戈之患[66]，戎马无晨服之虞，而帝业固矣。

大皇既殁[67]，幼主莅朝[68]，奸回肆虐[69]。景皇聿兴[70]，虔修遗宪，政无大阙，守文之良主也[71]。降及归命之初[72]，典刑未灭[73]，故老犹存。大司马陆公以文武熙朝[74]，左丞相陆凯以謇谔尽规[75]，而施绩、范慎以威重显[76]，丁奉、离斐以武毅称[77]，孟宗、丁固之徒为公卿[78]，楼玄、贺劭之属掌机事[79]，元首虽病，股肱犹存[80]。爰及末叶，群公既丧，然后黔首有瓦解之志，皇家有土崩之衅，历命应化而微[81]，王师蹑运而发[82]，卒散于阵，民奔于邑，城池无藩篱之固，山川无沟阜之势，非有工输云梯之械[83]，智伯灌激之害[84]，楚子筑室之围[85]，燕人济西之队[86]，军未浃辰[87]而社稷夷矣。虽忠臣孤愤，烈士死节，将奚救哉！

夫曹、刘之将，非一世所选；向时之师，无曩日之众；战守之道，抑有前符[88]；险阻之利，俄然未改。而成败贸理，古今诡趣[89]，何哉？彼此之化殊，授任之才异也。

辩亡论下

昔三方之王也，魏人据中夏，汉氏有岷、益，吴制荆、杨而奄交、广。曹氏虽功济诸华，虐亦深矣，其民怨矣。刘公因险以饰智，功已薄矣，其俗陋矣。夫吴、桓王基之以武，太祖成之以德，聪明睿达，懿度弘远矣。其求贤如不及，恤民如稚子，接士尽盛德之容，亲仁罄丹府之爱[90]。拔吕蒙于戎行[91]，识潘濬于系虏[92]。推诚信士，不恤人之我欺；量能授器，不患权之我逼。执鞭鞠躬，以重陆公之威[93]；悉委武卫，以济周瑜之师[94]。卑宫菲食，以丰功臣之赏；披怀虚己，以纳谟士之筭。故鲁肃一面而自托[95]，士燮蒙险而致命[96]。高张公之德[97]，而省游田之娱；贤诸葛之言[98]，而割情欲之欢；感陆公之规[99]，而除刑法之烦；奇刘基之议[100]，而作三爵之誓；屏气�蹐，以伺子明之疾[101]；分滋损甘，以育凌统之孤[102]；登坛慷慨，归鲁子之功[103]；削投恶言，信子瑜之节[104]。是以忠臣竞尽其谟，志士咸得肆力，洪规远略，固不厌夫区区者也。故百官苟合，庶务未遑。

初都建业[105]，群臣请备礼秩，天子辞而不许[106]，曰：“天下其谓朕何？”宫室舆服，盖慊如也。爰及中叶，天人之分既定，百度之缺粗修，虽醲化懿纲[107]，未齿乎上代，抑其体国经邦之具，亦足以为政矣。地方几万里，带甲将百万，其野沃，其兵练，其器利，其财丰；东负沧海，西阻险塞，长江制其区宇，峻山带其封域，国家之利未巨有弘于兹者矣。借使中才守之以道，善人御之有术，敦率遗典，勤民谨政，循定策，守常险，则可以长世永年，未有危亡之患也。

或曰："吴、蜀唇齿之国，蜀灭则吴亡，理则然矣。"夫蜀盖藩援之与国，而非吴人之存亡也。何则？其郊境之接，重山积险，陆无长毂之径；川厄流迅，水有惊波之艰。虽有锐师百万，启行不过千夫；舳舻千里，前驱不过百舰。故刘氏之伐，陆公喻之长蛇[108]，其势然也。昔蜀之初亡，朝臣异谋，或欲积石以险其流，或欲机械以御其变。天子总群议而咨之大司马陆公[109]，公以四渎天地之所以节宣其气，固无可遏之理，而机械则彼我之所共。彼若弃长技以就所屈[110]，即荆、杨而争舟楫之用，是天赞我也，将谨守峡口以待禽耳。逮步阐之乱[111]，凭宝城以延强寇[112]，重资币以诱群蛮[113]。于是大邦之众[114]，云翔电发，悬旌江介[115]，筑垒遵渚[116]，襟带要害，以止吴人之西，而巴、汉舟师，沿江东下。陆公以偏师三万，北据东坑[117]，深沟高垒，按甲养威。反虏踠迹待戮[118]，而不敢北窥生路，强寇败绩宵遁，丧师太半；分命锐师五千，西御水军，东西同捷，献俘万计。信哉，贤人之谋，岂欺我哉！自是烽燧罕警，封域寡虞。陆公殁而潜谋兆[119]，吴衅深而六师骇[120]。夫太康之役[121]，众未盛乎曩日之师，广州之乱[122]，祸有愈乎向时之难，而邦家颠覆，宗庙为墟。呜呼！"人之云亡，邦国殄瘁"[123]，不其然与！《易》曰"汤武革命，顺乎天"[124]，《玄》曰"乱不极则治不形"[125]，言帝王之因天时也。古人有言曰"天时不如地利"[126]，《易》曰"王侯设险，以守其国"，言为国之恃险也[127]。又曰"地利不如人和"，"在德不在险"[128]，言守险之由人也。吴之兴也，参而由焉，孙卿所谓合其参者也[129]。及其亡也，恃险而已，又孙卿所谓舍其参者也。

夫四州之萌[130]，非无众也；大江之南，非乏俊也；山川之险，易守也；劲利之器，易用也；先政之策[131]，易循也。功不兴而祸遘者，何哉？所以用之者失也。是故先王达经国之长规，审存亡之至数，谦已以安百姓，敦惠以致人和，宽冲以诱俊乂之谋[132]，慈和以结士民之爱。是以其安也，则黎元与之同庆；及其危也，则兆庶与之共患。安与众同庆，则其危不可得也；危与下共患，则其难不足恤也[133]。夫然，故能保其社稷，而固其土宇，《麦秀》无悲殷之思[134]，《黍离》无愍周之感矣[135]。

【篇旨】

陆机此文，主要是论述东吴兴亡的原因，兼美其父祖功业，并寄故国之思。

【注释】

① 辩亡论上：篇名，各本原缺，此为本书编者所加，使与原有的《辩亡论下》篇名相对应。

② 奸臣：指董卓。

③ 基：始。

④ 吴武烈皇帝：即孙坚，其子孙权即帝位后所追谥。时坚为长沙太守，亦起兵讨卓。见《三国志·吴志》本传。以下人名，出《三国志》者皆不注出处。

⑤ 威棱（léng）：声威。夷羿：相传为夏朝部族首领，弑夏君而自立为天子。是荒淫好猎凶猛害民的人。见《左传·襄公四年》及《楚辞·天问》。

⑥ 丑：众。授馘（guó）：犹授首。馘，割取敌人左耳以计功。

⑦ 宗祊（bēng）：宗庙。祊，庙门。

⑧ 蒸禋（yīn）：祭祀。皇祖：指汉高祖。

⑨ 哮阚（kàn）：虎怒吼貌，喻义兵怒叫之声势。勠（lù）力：并力。

⑩ 阻：恃。

⑪ 稔：恶熟也，犹恶贯满盈。

⑫ 长沙桓王：即孙策，孙权之兄。权即位，追谥策为长沙桓王。

⑬ 招揽遗老：孙策之父孙坚攻荆州，被射死，策遂依袁术，后招得其父部曲，渡江转战，遂建政权。

⑭ 底（zhǐ）：致。

⑮ 翕赫：隆盛。

⑯ 张昭：东吴谋士。策以昭为谋主。

⑰ 周瑜：东吴良将。当时策以瑜为友。

⑱ 同方：犹志同道合。《周易》系辞上："方以类聚。"

⑲ 等契：符契相同，喻投合。气集：《周易·乾卦》文言："同声相应，同气相求。"此言因声气相同而会集。

⑳ 中世而殒：孙策欲乘曹操与袁绍相持于官渡之时，突袭许昌，迎汉献帝。未发，被吴郡太守许贡门客击成重创而死，年二十六。

㉑ 大皇帝：孙权薨，谥大皇帝。

㉒ 袭：继。轨：迹。

㉓ 睿（ruì）：明智，圣也。令图：善谋。

㉔ 故实：可仿效之旧事。《国语·周语》上："赋事行刑，必问于遗训，而咨于故实。"

㉕ 丘园：贤士隐居之处。《周易·贲卦》："束帛戋戋，贲于丘园。"

㉖ 旌命：旌表征召。

㉗ 陆公：陆逊，机之祖，故不称名。逊后为丞相。鲁肃：曾力劝孙权联刘备以抗曹操于赤壁。后为奋武校尉。吕蒙：拔于草莱，后为吴名将。

㉘ 甘宁：吴将，拜西陵太守。凌统：偏将军。程普：江夏太守，迁荡寇将军。贺齐：蕲春太守。朱桓：拜前将军。朱然：为左大司马右军帅。

㉙ 韩当：昭武将军，加都督称号。潘璋：平北将军，襄阳太守。黄盖：武锋中郎将，加偏将军。蒋钦：拜右护军。周泰：汉中太守，奋威将军。

㉚ 诸葛瑾：吴之儒将，拜大将军，领豫州牧。张承：张昭子，以才学知名，为濡须督奋威将军。步骘（zhì）：代陆逊为丞相。

㉛ 顾雍：吴之丞相，选贤任能，均得其所。潘濬：拜为少府，迁太

常。吕范：拜裨将军。吕岱：拜上将军，后拜大司马，清身奉公，有政绩。

㉜ 虞翻：为忠贞直谏之臣。陆绩：博学多识，权辟为奏曹椽。张温：拜议郎，徙太子太傅。张惇：善注引《吴录》曰，惇德量渊懿，善文辞，为车骑将军。

㉝ 赵咨：拜骑都尉，善辞令，出使不辱命。沈珩：有智谋，奉使有称，封永安乡侯。

㉞ 吴范：善占术，为骑都尉，领太史令。赵达：善占算，权行军征伐，每令达占算，谓皆如其言。

㉟ 机（jī）祥：吉凶。

㊱ 董袭：为偏将军，从孙权舰队往濡须口拒曹操。其夜暴风，船败，袭以死卫主，孙权变服临其丧。陈武：为偏将军，从击合肥，力战而死。孙权自临其丧。

㊲ 骆统：为功曹，有闻必谏，夕不待旦。刘基：权尝宴会，虞翻醉酒忤之，权盛怒欲行诛，基力谏得免。

㊳ 谞（xū）：计谋。

㊴ 邓塞：邓城东南之小山，故址在今河南邓州东南。淯水经其北，南流入汉水。

㊵ 汉阴：汉水之南。众，谓兵众。建安十三年七月，曹操南征荆州刺史刘表，表卒，其子琮降。操并其军，进攻江陵，至于赤壁。

㊶ 羽楫：快船。

㊷ 千旅：喻多。旅，五百人为旅。

㊸ 原隰：高平曰原，下湿曰隰。此指江汉平原。

㊹ 连衡：犹联车，喻多。衡，轭。驾车之马必有轭。江浒：长江沿岸，指吴地。江，长江。浒，水边。

㊺ 偏师：军队之一部，非主力也。

㊻ 汉王：指刘备。曹丕称帝后，备亦称帝，国号汉，史称蜀汉。当时蜀将关羽守荆州，孙权派吕蒙袭破之，擒杀羽。备为报关羽之仇，亲

率大军征吴，连营数百里。吴将陆逊败之。退守白帝城，病卒于永安宫。

㊼ 湘西：此指荆州。

㊽ 西陵：即汉夷陵县，吴时改为西陵，在今湖北宜昌东。

㊾ 濡须：水名。今称运漕河或裕溪河。善注引《吴历》曰：曹操出濡须，作油船，夜渡洲上。权以水军围取，得三千余人，其没溺者数千人。

㊿ 蓬笼：魏将臧霸至皖攻吴，吴将韩当遣兵迎击，败之于蓬笼。

51 孑轮：只车。

52 衄（nǜ）：挫败也。

53 跻：登。

54 𤕟：裂也。庸：古国名。秦汉为上庸县。故地在今湖北竹山。益：益州，其地大部在今四川。

55 百越：指江浙闽粤等地。

56 八代：三皇、五帝。

57 三王：夏商周三代的圣王。

58 告类：因即帝位而举行的祭天大典。

59 群后：诸侯。

60 长棘：长矛。棘，通“戟”。

61 圻（yín）：通“垠”，边际也。

62 闲：兽圈。

63 玮：美。

64 輶（yóu）轩：轻车。古为使臣所乘。

65 冲輣（péng）：兵车。

66 齐民：百姓。

67 大皇：指孙权。

68 幼主：孙权之第六子亮。

69 奸回：邪恶。

70 景皇：孙休。孙亮被废后，立权弟休为帝。休薨，谥曰景帝。

⑪ 守文：《公羊传·文公九年》："继文王之体，守文王之法度。"后称遵行先王成法为守文。

⑫ 归命：即孙皓，乃权之孙，和之子，继孙休为吴主，暴虐无道。晋伐吴，皓降，晋武帝封他为归命侯。

⑬ 典刑：旧法。

⑭ 大司马陆公：陆抗，机之父，故不称名。孙皓即位，拜抗为大司马。

⑮ 陆凯：孙皓迁陆凯为左丞相。为人忠直，敢于直谏。謇（jiǎn）谔：正直。

⑯ 施绩：迁将军，督领盗贼事，持法正平，拜左大司马。范慎：善注引《吴录》曰：慎竭忠知己之君，缠绵三益之友，时人荣之。官太尉。

⑰ 丁奉：孙皓时为冠军将军。离斐：即黎斐，为左将军。

⑱ 孟宗：本名宗，避孙皓讳，改为孟仁，皓时为司空。丁固：皓时为司徒。

⑲ 楼玄：皓用玄为宫下录事禁中侯，主殿中事。贺劭：皓时为中书令。

⑳ 元首：喻君。股肱：喻能臣。

㉑ 历命：历数天命。

㉒ 王师：晋军。

㉓ 工输：即公输般（般或作班），古之巧匠，能造云梯攻城。见《墨子·公输》。

㉔ 智伯：即知伯。《史记·赵世家》：知伯与韩魏攻赵之晋阳岁余，引汾水灌其城，城不没者三版，极危急。

㉕ 筑室：《左传·宣公十五年》，楚子围宋久，将撤军，申叔时曰：筑室反耕者，宋必听命，从之。宋惧，请和。

㉖ 燕人：燕派乐毅伐齐，破之于济西，齐湣王逃至莒。闭城自保。见《史记·乐毅传》。

㉗ 浃辰：十二日。

㉘ 抑：则。符：法。

㉙ 诡：异。趣：事。

⑨⓪ 丹府：赤心。

⑨① 拔吕蒙：蒙年十五六，随邓当击贼，孙策见而奇之，引置左右。孙权勉蒙多读书。蒙后为名将。

⑨② 识潘濬：善注引《江表传》，权克荆州，将吏悉归附，濬独托病不见。权遣人以床至其家把他抬来。濬伏地哀哽。权慰劳晓谕，遂归降。即以为治中，荆州诸军事皆咨询于他。

⑨③ “执鞭”二句：魏大司马曹休侵吴，权乃假陆逊黄钺，统御六师中军禁卫，摄行王事。主上执鞭，百官屈膝，以示尊崇。

⑨④ “悉委”二句：善注引《江表传》，曹操大军入荆州，周瑜夜请见权，言操虽号称水步军八十万，实不过十五六万，军已久疲。愿得精兵五万破之。权谓五万兵难卒合，而把已选精兵三万人悉授周瑜，并亲率大军作后援。

⑨⑤ 鲁肃：周瑜荐鲁肃于孙权，权与肃语，甚悦，众宾既去，独引肃还，合榻对饮。

⑨⑥ 士燮：士燮在汉朝为绥南中郎将，董督七郡，领交趾太守。孙权遣步骘为交州刺史，燮率兄弟奉承节度。权加燮为左将军，燮遣子入质。

⑨⑦ 张公：张昭。权常田猎，骑马射虎，虎突扑马鞍。军师张昭变色力谏，权惭谢不已。

⑨⑧ 诸葛：即诸葛瑾。

⑨⑨ 陆公之规：陆逊劝孙权施德缓刑，宽赋息调。权纳其言，令有司尽写科条，送给陆逊，请损益之。

⑩⓪ 刘基之议：权既为吴王，欢宴之末，自起行酒，虞翻佯醉伏地不接。权去，翻起坐。权大怒，拔剑欲击之。刘基起抱权，谏曰：大王三爵后杀善士，虽翻有罪，天下孰知之？翻因得免。权令左右曰：自今酒后言杀，皆不得杀。

⑩① 屏气：息气。跼蹐（jú jí）：弯腰小步，喻小心翼翼。子明：吕蒙字子明，病，权接入内殿，百计治疗，言能愈蒙者，赏千金。欲见其颜色，又恐其劳烦，乃穿壁窥之，随其病情变化而忧喜。

⑩② 凌统：凌统卒，孙权为之减膳流涕，乃封其二子，时才数岁，权内养于宫，爱同亲子，宾客进见，呼视之曰：此吾虎子也。

⑩③ 鲁子：鲁肃，字子敬。权既称帝，临坛顾谓公卿曰：昔鲁子敬，尝言有此日，可谓明于事势矣。

⑩④ 子瑜：或言诸葛瑾（字子瑜）暗通刘备。权曰：孤与子瑜有死生不易之誓，子瑜之不负孤，犹孤之不负子瑜也。

⑩⑤ 建业：今南京。

⑩⑥ 天子：指孙权。权称帝，于黄龙元年建都建业。

⑩⑦ 醲（nóng）化：隆盛的教化。懿纲：美政。

⑩⑧ 长蛇：《孙子·九地》：“（常山之蛇）击其首则尾至，击其尾则首至，击其中则首尾俱至。”此句谓陆逊喻刘备伐吴之军，连营千里如长蛇，击之则不能首尾相应。

⑩⑨ 天子：指孙休。大司马陆公：指陆抗。

⑪⓪ 长技：指晋军擅长陆战。

⑪① 步阐之乱：吴将步阐为西陵督，于孙皓凤凰元年，据城叛，遣使降晋。

⑪② 宝城：小城。宝，《吴志》注作“保”，保通“堡”。《庄子·盗跖》：“大国守城，小国入保。”延：招。强寇：指晋军。

⑪③ “重资”句：谓晋人用重币以诱群蛮首领叛吴降晋。

⑪④ 大邦：谓晋。陆机作此文时已为晋臣。

⑪⑤ 旌：此指军旗。江介：长江边。

⑪⑥ 遵：沿着。

⑪⑦ 东坑：在西陵城东北，陆抗于坑上筑城垒，长十余里，内以围阐，外以御敌。晋巴东监军徐胤率水军诣建平，荆州刺史杨肇至西陵。陆抗令张咸固守围城，公安督留虑拒胤，身率三军，凭围对肇。肇攻月余，计穷宵遁。抗令轻骑追杀，大败肇军，胤等撤退。抗遂破西陵，诛灭阐族。

⑪⑧ 踠（wǎn）迹：犹跪伏。踠，屈曲。

⑲ 陆公殁：陆抗卒于孙皓凤凰三年，即274年，至280年而吴亡。兆：始。

⑳ 衅：裂痕。

㉑ 太康：晋太康元年，即280年，武帝伐吴，王濬率水军先于王浑抵石头城，纳孙皓降。

㉒ 广州之乱：孙皓天纪三年，即279年，郭马反，攻杀吴广州都督虞授，并自称都督交、广二州诸军事，安南将军。

㉓ “人之云亡”二句：语出《诗经·大雅·瞻卬》。殄瘁：困病。

㉔ “汤武”二句：见《周易·革卦》。谓实施变革以顺应天命。此以下数句引文，论述国家兴亡虽有天时地利人和诸因素，而人是最重要的。

㉕ “《玄》曰”句：善注引《太玄经》：“阴不极则阳不生，乱不极则德不形。”此用其意。形：显。

㉖ “天时”句：《孟子·公孙丑》下：“天时不如地利，地利不如人和。”

㉗ “《易》曰”句：《周易·坎卦》为“王公设险，以守其国”。

㉘ “在德”句：《史记·吴起列传》：魏武侯浮西河而下，曰：“美哉乎，山河之固！此魏国之宝也。（吴）起对曰：在德不在险。”

㉙ 孙卿所谓合其参者也：《荀子·天论》：“天有其时，地有其财，人有其治，夫是之谓能参。舍其所以参，而愿其所参，则惑矣。”此用其意。参：能够调节天时地利人和诸条件而用之。

㉚ 萌：通“氓”，百姓也。

㉛ 先政：先帝孙权之政治教化。

㉜ 诱：引导。

㉝ 恤：忧。

㉞《麦秀》：箕子朝周，过殷虚，感宫室毁坏，生禾黍，伤之，乃作《麦秀》之诗。殷民闻之，皆为流涕。见《史记·宋微子世家》。后为悲思故国之典。

㉟《黍离》：《诗经·王风》篇名。诗序谓西周亡后，周大夫过故都宗庙宫室，尽为禾黍，彷徨不忍去，乃作此诗。后遂为感慨亡国之典。

【语译】

辩亡论上

当年汉帝失于治理，奸臣董卓窃取国家大权。祸乱始于京都，流毒则遍及全国，朝纲废乱，王室因而卑微。于是群雄蜂起，声讨董卓的义兵从四面八方会合起来。吴武烈皇帝（孙坚）在诸侯国长沙情绪激昂，遂如闪电般发兵于荆州的南方。他权变多谋，忠勇冠世，其声威可使凶猛如夷羿之徒震慑，交兵则众敌授首，于是扫清朝廷宗庙，祭祀开国之君汉高祖。当时如云雾兴起的将领连片占领州郡，如狂风骤起的军队跨据都邑；如猛虎咆哮的人群风驰电掣，如熊罴一般勇猛的民众云集。虽各路诸侯打着义兵的旗号会合，同盟诸军并力杀敌，然皆包藏不可告人的祸心，恃其兵威凭借乱世而窥测方向。有的军队既无谋略亦无纪律，在恶贯满盈的强寇面前丧失威严，忠臣武将的节操，都没有像武烈皇帝这样显著。

武烈皇帝死后，长沙桓王（孙策）挺英逸之才命世而出，少年英俊，他收罗父亲的旧部，与他们继承其父基业。率神武之师渡江东进，鼓动为数不多的将士追攻众多的敌人。凡所攻击，敌人就没有能够固守之将，作战没有敢与交锋之敌。叛者诛之，服者安之，因而江南得致平定。于是整饰法令治理军队，威德盛大。同时礼敬名贤，而张昭为智士之雄；杂用豪俊，周瑜是最杰出之人。这两位君子，皆敏捷而多奇才，素来通达聪明。所以和他们志同道合者均因同类而归附，情投意合者皆以声气相同而会集在一起，因而江东遂多贤士。桓王将北伐中原，诛除乱纪之臣，使外出蒙尘的帝辇回到车库，把帝座重新移还皇宫，从而挟持天子以号令诸侯，清帝室而恢复先朝的典章制度。兵车停留于路上，群凶惧恨遂下毒手，大业未成，中年而逝。上帝因集天命于我大皇帝（孙权）身上，他以雄奇之踪继父兄超逸之迹，以圣明之心承袭父兄之善谋。执政先咨询可以效法的旧事，公布法令先考察父兄遗下的风尚，而且加之以沉厚坚决，申之以节俭，谋议于诸贤，既好深谋又善决断。礼聘隐逸之士，旌表征召之使相交于道路和闾巷。天下皆知吴主用贤，故才智杰出的人如响之随声而至，有志之士皆仰其光辉如影之趋形而来。因而身怀奇才之人如车辐攒凑于车毂，勇猛之将士如林木之多。于是张昭为师傅，周瑜、陆公、鲁肃、吕蒙之类，入则为心腹重臣，出则为辅佐大员；甘宁、凌统、程普、贺齐、朱桓、朱然之辈，则奋扬威武于疆场；韩当、潘璋、黄盖、蒋钦、周泰之属，则效力于四方，风流儒雅则有诸葛瑾、张承、步骘，他们以美好的名声为国增光；执掌政务则有顾雍、潘濬、吕范、吕岱，以其出色的才能专其职守；奇特雄伟则有虞翻、陆绩、张温、张惇，以其讽谏谋议纠正国事；奉命出使则有赵咨、沈珩，以其聪敏特达播扬声誉于四方；擅长占术则有吴范、赵达，以知玄机吉凶之事协合君德。还有董袭、陈武，不惜牺牲自己以保卫君主；骆统、刘基，以强谏裨补缺失。谋无遗计，动不失策。因此而割据山河，统辖荆吴之地，而足与天下群雄较其优劣胜负。

魏氏（曹操）曾凭借战胜袁绍、乌桓的余威，率领百万军队，从邓塞乘舟漂流，又收编汉水以南原属荆州刺史刘表的军队，快船以万计，如龙跃于渊顺流而下，另外又有精锐的骑兵数万，如猛虎一般行进在江汉平原，谋臣满室，武将联车，曹操喟然而叹，大有吞灭长江沿岸之志，统一全国的气势。而周瑜驱我部分军队，击退敌军于赤壁，杀得他们丢旗弃甲车迹紊乱，大败亏输，曹操仅只身免死，收聚残兵远远遁逃。汉王（刘备）也凭恃他是帝王后裔的名义，率巴蜀汉中之兵，乘着从高往低顺流之势，驰骋其变诈之心，连营千里，志在报关羽失败之仇，企图复占荆州之地，而陆公（逊）亦挫败他于西陵，使其覆军败绩，被围困之后逃脱，绝命于永安宫。后来曹军入寇濡须，又在水上挫其锐气，使他退走；还有魏将臧霸侵犯我蓬笼的战役，被杀得只轮不反。从此以后魏蜀两国的将领，丧失勇气挫败锋锐，力量消耗资财匮乏，而吴国则安然微笑坐待其弊。所以魏氏请结和好，汉氏乞求结盟以祈不相侵伐。吴主遂登帝位，形成鼎足相峙的形势。吴之版图广大，西接上庸、益州之郊，北至淮河、汉水之涯，东包百越之地，南方则囊括群蛮以外的地方。于是讲求八代的礼制，搜寻夏商周的音乐。把皇帝即位的喜事祭告上帝，拱手以揖诸侯。猛将勇士，沿江防守，长戟利矛，望风而动。百官竭尽忠诚谋划于上，士农工商各安其业于下。德化协和边远民族，仁风远播于边境。乃使一位使臣，巡抚远方，就有大象良马，驯服地养于外边的兽圈，明珠美宝辉耀于朝廷内库。珍贵的宝物接连进贡，奇异的珍玩之物如响之应声迅速献上。使者的轻车任意往来于南方边远之境，战车则停放于北方郊野。百姓免受战乱之苦，战马没有晨驾待发之忧，因而帝业日趋巩固。

大皇帝（孙权）既死，幼主（孙亮）临朝。邪恶纵虐，景王（孙休）遂立为帝。他敬遵旧法，政务没有大的缺失，是奉行先王成法的好君主。到了归命侯（孙皓）即位之初，旧法未曾消失，老臣尚存。大司马陆公（抗）以文武全才振兴朝政，左丞相陆凯以忠直之心竭力谋划以告于王，而施绩、范慎以威严显于朝，丁奉、离斐以勇猛果敢著称，孟宗、丁固之徒为公卿，楼玄、贺劭之类掌管朝廷机要之事，首脑虽有毛病，四肢仍能照常工作。到了末世，老成持重的各位公卿既已去世，然后百姓才有瓦解之心，皇家才有土崩之忧。历数天命与当时不良的政治教化相应验而逐渐衰微，晋朝的王师交上好运而发动进攻。东吴士卒临阵逃散，民众则逃进都邑以自保，城池无坚固防卫，山川也起不到小山小渠阻隔晋军的作用。这并不是有公输制造的云梯那样的先进武器，智伯围攻晋阳以汾水灌城那样的危害，楚子筑室耕作以长期围攻宋国那样的形势，燕将乐毅于济西大败齐湣王那样的队伍，晋军之至尚不足十二天，而社稷便夷灭了。虽然忠臣有正直孤行愤世嫉俗之人，壮士有为节义而死之辈，又有什么办法挽救呢?

当年曹操、刘备的将领都有雄略，非晋一代所能选拔出来的，晋灭吴时的军队，没有曹、刘攻吴时那样多。作战防守之道，则有前人行之有效的方法；恃险而守的有利形势，也未突然改变。然而成败却不相同，古今事变的结果有如此大的差别，什么道理呢？这是由于先后的政化不一样，而委任群臣不同之故。

辩亡论下

从前鼎足三方称王，魏人据中原，汉氏有西蜀，吴则控制荆州扬州，而且包括交州、广州。曹氏虽功成于华夏，其统治酷虐也够厉害的，所以人民怨恨。刘公（备）因其险阻之地弄巧设诈，可谓功劳不多，而且风俗敝陋。至于吴国，桓王（孙策）以神武奠定基础，太祖（孙权）以仁德成就帝业，聪明通达，度量宏大。他求贤如恐不及，爱恤民众如爱小孩，接待士人尽优待的礼节，亲近仁人竭赤诚的爱心。拔擢吕蒙于军队行伍之间，赏识潘濬于俘虏之中。推其诚心信任部下，不忧别人欺骗自己；量能授职，不惧别人以权势威逼于己。执鞭鞠躬委任大将，以加重陆公（逊）的威严；把自己亲近宿卫之兵完全调拨出去，以组成周瑜抗敌之军。卑宫室薄饮食，以增加对功臣的赏赐；张开广大的胸怀虚心等待，以接纳谋士的计策。故鲁肃初见一面自己便诚心依托，士燮常冒险阻以效命。以张公（昭）忠谏之言为高见，从而省去游玩田猎的娱乐；以诸葛瑾之言为善，从而舍弃对女子情欲之欢；为陆公（逊）之规劝所感动，从而除去苛重的刑法；以刘基的谏议奇警，因而立下酒后不许杀人的誓言；忍着呼吸弯腰小步，以窥探子明（吕蒙）之疾；分润泽减美味，用以养育凌统的孤儿。登坛即帝位时慷慨陈词，归功于鲁子敬（肃）；削弃中伤忠良的恶言，深信子瑜（诸葛瑾）的气节。因此忠臣竞相尽谋，志士皆能竭力。观其宏谋远略，必定不满足于经营此区区小国，而志在统一天下。所以百官平常相当满意，因为有许多政务还未暇处理。

建都建业之初，群臣请求备办帝王的礼仪以应即位之需。天子（孙权）谦逊辞让而不许，说："天下之人将会怎样来议论我呢？"因此宫室车辇服用之物，皆似不足的样子。到了中叶，天道人事既定，各种礼仪制度有所缺失者粗得增修，虽隆盛的教化美好的政治，未能与前代圣王并列，但其治国经邦的才具，也足以执掌政权了。东吴的国土近万里，带甲将士近百万，土地肥沃，兵士熟习战阵，兵器锋利，资财丰富。东靠沧海，西恃险塞，长江天险控制其领土，高峻的重山如襟带一般围绕其疆界。国家的有利形势，未有如此优越的。假使中才者守之以道，良善的人理之有方，勉遵太祖遗法，勤劳为民，谨慎为政，依照既定策略，守卫常设险阻，就可以子孙世代长远保存下去，不会有危亡的祸患。

有人说：吴蜀是唇齿相依之国，蜀灭则吴亡。道理自然是对的。不过蜀只是吴的屏藩和救援的友邦，蜀之存亡不等于吴之存亡。何故？两国边境相接，重山叠险，陆上没有可通兵车的道路；川隘流急，水路有激流险滩之阻。虽有精兵百万，开头行进的不过千人；军船连接千里，前驱者不过百舰。当年刘氏伐吴时，陆公（逊）把他们的军队喻为长蛇，谓受到攻击首尾不能相救，这是地理形势使其如此。从前蜀国初亡，吴国朝臣谋议如何防备祸害而意见分歧，有人想堆石头于江中使江流增加险阻，有人想用机械设施以防敌人的进攻。天子（孙权）综合众人的议论而咨询于大司马陆公（抗），陆公认为江河淮济是天地用来调节宣泄其元气的，本无遏止之理，而机械则彼此共同拥有，如果对方抛弃其所擅长的陆战技术，以就其所不擅长的水战，到荆州扬州来争舟楫之功，这是天助我也。只要谨守长江出蜀的险隘之处，就可以等待敌人就擒。到了步阐叛乱，凭借西陵城堡以招强寇，晋人又用重金厚币以诱群蛮一同叛吴。当时大国（指晋）的军队，如云飞电发，悬挂战旗于江岸，绕着深水处修筑营垒，环守要害之处，以防止吴军西援。同时晋之巴蜀汉中的水军又沿长江东下。陆公（抗）以非主力的三万军队，北据东坑，深沟高垒，息甲养威。反贼只好屈膝待诛，而不敢向北窥探投晋求生之路，而强寇（晋军）大败亏输连夜遁逃，丧师大半。同时陆公分命精兵五千，西向抵御晋之水军，结果东西同传捷报，献上俘虏以万计。可信啊，贤人的善谋，难道是骗人的吗？自此以后烽火很少报警，边界少有值得忧虑的事。到了陆公（抗）逝世而晋人暗谋伐吴之计兴，吴人内部矛盾的裂痕加深致使六军震惊。至于晋太康元年大举伐吴的事件，其兵众并未强于当年曹操、刘备伐吴之军；吴天纪三年广州郭马的叛乱，其祸害也小于从前曹操、刘备伐吴所造成的艰困。但国家灭亡，宗庙成为丘墟。痛心啊！“贤人亡故，而邦国之人皆感困病。”不正是这样吗?《周易》说：“商汤和周武王实施变革，以顺应天命。”《太玄经》说：“乱不到极点则治不显。”这是说帝王的成功要顺应天时。古人有言道：“天时不如地利。”《周易》又说：“王侯设置险阻，以守其国。”这是说治国需要凭恃险阻。古人又说：“地利不如取得人民的欢悦和支持。”“守国的关键在于国君施行德政，而不在于河山的险阻。”这是说能否固守险要之地由人的因素决定。吴国兴盛之时，能够调节天时地利人和诸因素而用之，正如荀子所谓能够参合利用天地人的有利条件，所以胜利。及吴衰亡之时，只是凭恃山河险固一个因素罢了，又如《荀子》所谓舍弃了参合利用天地人的有利条件，所以造成国破家亡的结果。

吴国荆、扬、交、广四州之民并非不多，大江之南并非缺少贤俊人士，有山川的险阻容易守卫，有坚利的兵器容易为我所用，有先帝（孙权）政治教化的策略容易遵循。然而功不成而祸及，是什么原因呢？这是由于运用这些有利条件的人的过失造成的。因此古代君王通晓治国的长治久安的法则，详悉国家所以存亡的至理；谦让以安百姓，厚惠以赢得人民的喜悦和支持；宽仁谦和以引导俊贤献其谋略，慈和以固结百姓对自己的爱戴。因此，当安乐之时，则百姓与他同庆；到了危急之时，则亿万人民与他共忧。安乐时与群众同庆，他就不会遭逢危难；危急时与下民共患难，他的患难就不足忧。由于如此，所以能保有其政权，而且巩固其国土。这样就不会有《麦秀》那样悲叹殷亡的思绪，也没有《黍离》那种哀叹西周灭亡的情感了。

【评析】

《辩亡论》分上下两首，可视为一篇前后有机联系的史论。全文论述东吴兴亡的原因。前一首认为主要由于君主是否施行德政、招贤任能、文治武功并重。后一首进一步论述国之兴亡最关键的因素是人，是吴国君臣本身。文章的观点颇有见地，因为有些人把兴亡的原因归结为天命。像刘峻的《辩命论》那样，人在社会发展中像木偶一般受命运操纵，人是毫无办法的。本文则认为决定兴亡的因素是人，如果明君贤臣能够参合利用天时地利人和的有利条件就可兴邦，否则就导致亡国。这种观点能激励人们大胆勇敢地去变革和推动历史发展。虽然他把君主的作用夸大了，但比起长期流行的命定论来说，是进步和积极的。文章前后两首都采用大篇幅的对比手法，摆事实讲道理，逻辑性强。文势如悬河泻水，直落千仞；罗列史实，如数家珍；排比对偶，得心应手：才华洋溢，辞藻宏丽。锺嵘《诗品》说："陆（机）才如海"，恐非溢美之词。但不足之处也在于此。张华曾对陆机说："人之为文，常恨才少，而子更患其多。"意谓一味驰骋才情，有些地方失于剪裁。这也符合本文的情况。

卷第五十四

论四

五等论一首

作者：陆士衡　　注译评析：韦启良

夫体国经野[①]，先王所慎，创制垂基，思隆后叶。然而经略不同，长世异术。五等之制[②]，始于黄、唐[③]；郡县之治，创自秦、汉。得失成败，备在《典》《谟》[④]，是以其详可得而言。

夫先王知帝业至重，天下至旷。旷不可以偏制，重不可以独任；任重必于借力，制旷终乎因人。故设官分职，所以轻其任也；并建五长[⑤]，所以弘其制也。于是乎立其封疆之典[⑥]，财其亲疏之宜[⑦]，使万国相维，以成盘石之固；宗庶杂居[⑧]，而定维城之业[⑨]。又有以见绥世之长御，识人情之大方，知其为人不如厚己，利物不如图身；安上在于悦下，为己在乎利人。故《易》曰“说以使民，民忘其劳”，孙卿曰[⑩]“不利而利之，不如利而后利之之利也”。是以分天下以厚乐，而己得与之同忧；飨天下以丰利，而我得与之共害。利博则恩笃，乐远则忧深，故诸侯享食土之实，万国受世及之祚矣。夫然，则南面之君，各务其治，九服之民[⑪]，知有定主。上之子爱[⑫]，于是乎生。下之体信，于是乎结。世治足以敦风，道衰足以御暴。故强毅之国不能擅一时之势，雄俊之士无所寄霸王之志。然后国安由万邦之思治，主尊赖群后之图身[⑬]。譬犹众目营方，则天网自昶[⑭]；四体辞难，而心膂获乂[⑮]。三代所以直道，四王所以垂业也[⑯]。

夫盛衰隆弊，理所固有，教之废兴，系乎其人，愿法期于必凉，明道有时而暗[17]。故世及之制，弊于强御[18]，厚下典，漏于末折[19]。侵弱之疊，遘自三季[20]；陵夷之祸，终于七雄[21]。昔者成汤亲照夏后之鉴[22]，公旦目涉商人之戒[23]，文质相济，损益有物。故五等之礼，不革于时；封畛之制，有隆焉尔者，岂玩二王之祸而暗经世之筭乎[24]？固知百世非可悬御，善制不能无弊。而侵弱之辱，愈于殄祀；土崩之困，痛于陵夷也。是以经始权其多福，虑终取其少祸，非谓侯伯无可乱之符，郡县非致治之具也。故国忧赖其释位[25]，主弱凭其翼戴[26]。及承微积弊，王室遂卑，犹保名位，祚垂后嗣，皇统幽而不辍，神器否而必存者，岂非置势使之然与！

降及亡秦，弃道任术，惩周之失，自矜其得。寻斧始于所庇[27]，制国昧于弱下，国庆独飨其利，主忧莫与共害。虽速亡趋乱，不必一道，颠沛之衅，实由孤立。是盖思五等之小怨，忘万国之大德，知陵夷之可患，暗土崩之为痛也。周之不竞，有自来矣。国乏令主，十有余世。然片言勤王[28]，诸侯必应；一朝振矜，远国先叛[29]。故强晋收其请隧之图[30]，暴楚顿其观鼎之志[31]。岂刘、项之能窥关[32]，胜、广之敢号泽哉[33]！借使秦人因循周制，虽则无道，有与共弊，覆灭之祸，岂在曩日！

汉矫秦枉，大启侯王[34]，境土逾溢[35]，不遵旧典，故贾生忧其危，朝错痛其乱[36]。是以诸侯阻其国家之富，凭其士民之力，势足者反疾，土狭者逆迟，六臣犯其弱纲[37]，七子衢其漏网[38]，皇祖夷于黥徒[39]，西京病于东帝[40]。是盖过正之灾，而非建侯之累也。然吕氏之难[41]，朝士外顾；宋昌策汉[42]，必称诸侯。逮至中叶，忌其失节，割削宗子，有名无实，天下旷然，复袭亡秦之轨矣。是以五侯作威[43]，不忌万邦；新都袭汉[44]，易于拾遗也。光武中兴，纂隆皇统[45]，而犹遵覆车之遗辙，养丧家之宿疾，仅及数世，奸轨充斥。卒有强臣专朝，则天下风靡；一夫纵衡，则城池自夷，岂不危哉！

在周之衰，难兴王室。放命者七臣，干位者三子[46]，嗣王委其九鼎，凶族据其天邑[47]，钲鼙震于阃宇，锋镝流乎绛阙[48]，然祸止畿甸，害不覃及[49]，天下晏然，以治待乱。是以宣王兴于共和[50]，襄、惠振于晋、郑[51]。岂若二汉阶闼暂扰[52]，而四海已沸，孽臣朝入，而九服夕乱哉[53]！

远惟王莽篡逆之事，近览董卓擅权之际，亿兆悼心，愚智同痛。然周以之存，汉以之亡，夫何故哉？岂世乏曩时之臣，士无匡合之志欤？盖远绩屈于时异，雄心挫于卑势耳。故烈士扼腕[54]，终委寇仇之手；中人变节[55]，以助虐国之桀[56]。虽复时有鸠合同志以谋王室，然上非奥主[57]，下皆市人[58]，师旅无先定之班[59]，君臣无相保之志。是以义兵云合，无救劫弑之祸，民望未改，而已见大汉之灭矣。

或以诸侯世位，不必常全，昏主暴君，有时比迹，故五等所以多乱。今之牧守[60]，皆以官方庸能，虽或失之，其得固多，故郡县易以为治。夫德之休明[61]，黜陟日用，长率连属[62]，咸述其职[63]。而淫昏之君无所容过，何则其不治哉！故先代有以之兴矣。苟或衰陵，百度自悖，鬻官之吏以货准才，则贪残之萌皆如群后也[64]，安在其不乱哉！故后王有以之废矣。且要而言之，五等之君，为己思治；郡县之长，为利图物。何以征之？盖企及进取，仕子之常志；修己安民，良士之所希及。夫进取之情锐，而安民之誉迟。是故侵百姓以利己者，在位所不惮；损实事以养名者，官长所夙夜也。君无卒岁之图，臣挟一时之志。五等则不然，知国为己土，众皆我民，民安己受其利，国伤家婴其病[65]。故前人欲以垂后，后嗣思其堂构[66]，为上无苟且之心，群下知胶固之义。使其并贤居治，则功有厚薄；两愚处乱[67]，则过有深浅。然则八代之制[68]，几可以一理贯；秦、汉之典，殆可以一言蔽矣。

【篇旨】

论述夏商周三代五等制之利弊，指出秦汉不循五等，故致乱而易亡。目的在于抨击西晋的官僚制度。

【注释】

① 体国经野：《周礼·天官》序曰："惟王建国，辨正方位，体国经野，设官分职，以为民极。"后用作治理国家的代称。六臣本"经野"作"营治"。

② 五等之制：把王族及功臣分成公、侯、伯、子、男五等爵位，赐给封国以利统治的制度。

③ 黄、唐：即黄帝和唐尧。

④《典》《谟》：指《尚书》中之《尧典》《大禹谟》等。此泛称古代典籍。

⑤ 五长：指方伯，各方诸侯百官之长。《尚书·益稷》："咸建五长。"

⑥ 封疆：疆域界线，诸侯之领地。典：典章制度。

⑦ 财：古"财"与"裁"通用。此谓裁夺、制裁。

⑧ 宗庶：此处指王族和异姓诸侯。杂居：指封地交错和睦相处。

⑨ 维城：指连城卫国。《诗经·大雅·板》："宗子维城。"

⑩ 孙卿：即荀卿（荀况），世称荀子。

⑪ 九服：古代泛指皇都之外的地方。这里代指全国。

⑫ 上：指国君。子爱：像对子女一般爱护人民。

⑬ 后：君主。

⑭ 目：指网上之目，此喻诸侯。营方：按一定的规格排列。天网：古人以天道为一张大网，所谓"天网恢恢，疏而不漏"。此处喻王权。昶：通畅。

⑮ 四体：本指人之四肢，此喻诸侯，谓诸侯如君王之四肢。心膂：本指人体之心脏和脊骨，此喻王室。乂（yì）：安。

⑯ 三代：夏商周。四王：犹四代，指虞和夏商周。

⑰ 愿：善良、谨慎。凉：《左传·昭公四年》："君子作法于凉，其弊犹贪。"杜预曰："凉，薄也。"暗：昏昧。

⑱ 强御：强暴逞势。

⑲ 厚下：言厚封土地给诸侯。末折：树梢大而根本折。

⑳ 侵弱：诸侯侵凌使王室衰弱。舋：间隙、争端。三季：此指夏桀、商

纣、周幽三位末代国君。

㉑ 七雄：即战国时七国。

㉒ 成汤：商朝开国之君，姓子名履。夏桀无道，成汤起而灭夏，建立商朝。夏后：本谓禹建立的夏朝。此处指夏桀。鉴：即殷鉴。

㉓ 公旦：周公旦。姓姬名旦，周文王子，助武王伐纣，建立周朝，封于鲁。商人：此处指商纣。

㉔ 筭：通“算”。谓谋算，计谋。

㉕ 释位：《左传·昭公二十六年》，周厉王暴虐，被推翻，其太子靖避难于召公之家，国人围之，召公以己子代之，太子得免。召公周公辅太子即位，是为宣王。故谓“诸侯释位，以间王政”。此指离开诸侯之位辅助宣王治理国政。

㉖ 翼戴：辅佐拥戴。

㉗ 寻斧始于所庇：《左传·文公七年》：“宋昭公将去群公子，乐豫曰：‘不可，公族，公室之枝叶也。若去之，则本根无所庇荫矣！’”此句意为用斧伐去庇荫根本之枝叶，则自取败亡。

㉘ 勤王：为王事尽力。

㉙ 远国先叛：指离王都远处之诸侯首先背叛。

㉚ 强晋收其请隧之图：《左传·僖公二十五年》：“晋侯朝王，王享醴，命之宥。请隧，弗许。”请隧，谓请允许用天子之礼以葬诸侯。隧，墓之隧道。古代帝王方用通过墓隧埋葬之礼。

㉛ 暴楚顿其观鼎之志：《左传·文公三年》：“楚子伐陆浑之戎，遂至于雒……定王使王孙满劳楚子，楚子问鼎之大小轻重焉。”鼎，三代以九鼎为传国之宝，象征国家权力。问鼎，喻图谋王位。

㉜ 刘：刘邦。项：项羽。窥（kuī）：窃视。关：函谷关。

㉝ 胜：陈胜。广：吴广。泽：大泽乡（在今安徽宿州西南），为秦末陈胜、吴广起义之处。

㉞ 大启侯王：大封子弟为诸侯王。

㉟ 境土：封疆之土。逾溢：超过。

㊱ 贾生：贾谊，曾忧诸侯为患，上疏请削藩。朝错：即晁错，请削诸侯封地，吴楚七国反，被杀。

㊲ 六臣：《汉书·贾谊传》：淮阴王楚、韩信（指韩王信）、贯高、陈豨、彭越、鲸布、卢绾，皆先后谋反。李善注认为贯高非五等之列，故只计其余六人。

㊳ 七子：《史记·孝景本纪》谓吴王濞、胶西王卬、楚王戊、赵王遂、济南王辟光、菑川王贤、胶东王雄渠，此七个王子于汉景帝时均起兵反汉。衢：六臣本作“冲”，是。

㊴ 皇祖：汉高祖刘邦。黥徒：淮南王黥布。《史记·高祖本纪》载：淮南王黥布谋反，高祖往击之。布走，高祖为流矢所伤。夷：伤。

㊵ 西京：汉都长安，此处代指汉皇。东帝：东方之帝。战国魏昭王八年，齐湣上秦昭王相约称帝，齐称东帝，秦称西帝。汉景帝即位，吴王濞反，亦自称东帝。见《汉书·吴王濞传》。此处指汉景帝因吴王濞自称东帝而伤脑筋。

㊶ 吕氏：指吕雉，即高后。高祖死，高后杀旧臣，立吕氏宗族为王，吕产、吕禄分掌南北军权。及高后死，周勃、陈平杀诸吕，拥立文帝，恢复刘汉政权。

㊷ 宋昌：原为代王之中尉官，以力赞迎立功，拜卫将军，镇抚南北军。策汉：为汉室出谋划策。诸吕平，大臣迎立代王，郎中令张武曰：以迎代王为名，实不可往也。宋昌曰：群臣议非也，内有朱虚东牟之亲，外畏吴楚淮南琅邪齐代之强，故迎大王，大王勿疑。

㊸ 五侯：汉成帝舅王谭、王立、王根、王逢、王商，同日封侯，时称五侯。

㊹ 新都：即王莽。王莽曾封新都侯。

㊺ 皇统：帝王世系。

㊻ 七臣：周惠王时，蔿国、边伯、詹父、子禽、祝跪、石速、苏氏作乱。见《左传·庄公十九年》。三子：即子颓、叔带、子朝，皆周朝王子，均曾为乱。

㊼ 九鼎：象征国家权力之宝。嗣王：周惠王、襄王，皆因内乱弃国。凶族：上述三子之徒。

㊽ 绛阙：宫殿之门阙。

㊾ 畿甸：王都地区。覃（tán）：延。

㊿ 宣王兴于共和：周厉王被逐而死，召公、周公二人为相，拥立周宣王，实行共和，所以“兴”。

51 襄、惠振于晋、郑：周惠王即位，子颓作乱，郑伯接纳惠王，后杀子颓，复位；周襄王时，叔带作乱，晋纳襄王。见《史记·周本纪》。

52 阶阋暂扰：指王莽作乱。

53 孽臣：指董卓。九服：指天下。

54 扼腕：手握其腕，表示激怒振奋。

55 中人：君主身边有权势的人。

56 桀：指夏末暴君夏桀。喻暴虐的当权者。

57 奥主：深居知人之主，指贤君。

58 市人：城市小民，一般平民。

59 先定之班：事先排定之序列。班，次序，尊卑位次。

60 牧守：汉代官制，州为牧，郡为守。

61 休明：美盛。

62 连属：《礼记·王制》：“千里之外，设方伯，五国以为属，属有长。十国以为连，连有帅。”指地方诸侯之长。

63 咸述其职：《尚书·大传》曰：“古者诸侯之于天子，五年一朝，谓之述职。”

64 群后：诸侯。

65 婴：遭受。

66 堂构：立堂基，造屋宇。喻祖宗基业。

67 两愚：谓五等和郡县两种制度都是愚者执政。

68 八代：三王五帝，合称八代。

【语译】

经国治民，先王总是慎重的。创立一种制度，是为了留下个基业，还要考虑让后世得以发展。然而各个朝代治国的经略不尽相同，时间长了其方法就更有差异。把诸侯爵位分成五个等级的制度，始于黄帝和唐尧时代，而用郡县来治理国家的方法，则是秦汉两代所开创。当然，它们的得失成败，皆记载于古代典籍，所以我们可以详细地来讨论一番。

古代国君，都懂得帝业十分重要，天下十分宽广。因为宽广，就不能独自治理，因为重要，就无法一个人担当重任。责任重大就必须借助众贤之力，管理这么宽广的国家还得依靠别的人。因此，就使用设立官位、分配职务的方法，以减轻君王的负担，并设五等封建诸侯的制度，用它来弘扬国家的政治体制。于是又建立了为诸侯国划分疆界的法典，用以裁制亲疏远近的事宜，使所有诸侯国连成一体以卫王室，使天子政权像磐石一般的牢固。让王族和异姓诸侯交错相处，定下了诸侯连城维国的大业。据此又可见长治久安的策略，懂得人情处世的大道理。须知替别人图谋不如使自己富有，对别人有利不如替自己打算，这是人之常情。因而要使君主安于上位关键在于使臣下欢悦，君主想维护自身利益关键在于使臣民得利。所以《周易》说："做君王的如果给百姓以喜悦然后使其做事，百姓就能忘其劳苦。"《荀子》也说："不与别人共利，而独自占有其利，那就不如先让自己与别人同利，因而得与人共享其利。"因此，给天下带来欢乐的人，他就能够与天下的人共同承担忧愁；能赏赐给天下厚利的人，他就能够与天下的人共同承担灾害。做国君的给人民的利益越多，其恩德就越厚实；给人民的欢乐越久远，人民对国家前途的忧虑则应更深沉。这样诸侯们就能够享受其封地内的果实，领受前代人留下的福祚。如此则诸侯国之君主，就能尽心治国，天下的百姓，就知道他们有了法定的主人。国君爱民如子之心便因此而生，人民信赖君主之情就因此而凝聚起来。国家治理得好的时候，就能促进民风的淳厚；王道衰微时，也能够防御暴力。强盛的诸侯国，不能依仗一时的强大势力以欺凌天子，雄俊的豪杰，就没有地方施展其霸王的野心。天子国家的安定，是由于众诸侯都想治理好他们的封邑，君王受到尊重，有赖于诸侯图谋自身的长远利益。天子的统治就好像一张大网，众诸侯就如网目，所有网目如果都按方位排列，这张网就自然畅达全国；诸侯如同人体的四肢，天子如同人的心脏和脊背，如果四肢能去其疾患，则心背自然安泰。这就是三代所走的直道，四王所以留下帝业的原因啊！

一个朝代的兴衰、强弱，都是情理所固有的事；教化的废兴，关键在于人。谨慎地制定法律，赋敛期于必轻，其流弊犹至于贪；道不可常明，故有时而暗。所以世袭制度，它的弊病在于诸侯容易暴虐逞强而难制；厚封土地给诸侯，其纰漏就如树枝过大而导致根本折断。王权受人侵弱的瑕隙，从夏桀、商纣、周幽三位末代君主开始；而王权彻底衰落的祸害，最后到七国争霸时才显现出来。当初，成汤以夏桀为鉴，周公又以商纣为戒，采用礼乐制度与道的本体相适应的办法，对法典的增删都有标志可以识别。五等制度也不因时间的推移而变革，封疆的制度，还能有所发展，这难道是成汤和周公喜好夏桀和殷纣那时的祸乱，而不明治理世事的谋略吗？所以我们懂得，任何朝代均不能一代代地长久统治下去。再完美的制度也不可能没有弊端。但王权受到侵凌削弱之辱，优于覆宗绝祀，而秦废五等之制，卒有土崩瓦解之困，其惨痛甚于周末王权颓坏之时。所以治国之始，先王们总是权衡利弊以求多福，至于结局只能考虑如何减少祸害。不是说五等诸侯制度就没有导致祸乱的因素，郡县制度就不是达到治世的手段。关键在于国家有难之时诸侯们要为王室分忧使其复安，天子衰弱时要靠他们辅佐拥戴。到后来衰微相承，弊害堆积，王室的地位和权威低落。这时还能保住名位，让福祚传给后代。由于得到诸侯拥戴，皇家余绪虽已幽暗而并未终止，天子虽遭厄运而其政权必存，这难道不是由于设置诸侯而有磐石之势使它成为这样的吗？

到了秦朝，弃前王之道，重商鞅强国之术，纠正周朝的过失，以设置郡县为得计而自傲。这犹如用大斧砍掉庇荫根本的枝叶，其治国之道旨在削弱臣下的权力而不封诸侯，实不明智，遇有国家吉庆之事，君王则独享其利益，而君王有了忧患，却没有谁和他共同担当祸害。虽然召亡趋乱，不一定只是一种原因，但是它倾覆的起因，却是由于不封诸侯而自我孤立的政策。这大概是它只考虑到五等制的小毛病，而忘记治理国家的大德，只知道王族衰败的忧患，而不了解一旦出现土崩瓦解之势而无诸侯救援的痛苦罢了。其实周王室的衰落是有来由的，国家缺乏贤明的君主，早有十多代了。但天子有急难时有谁说一声要救援君王，各处诸侯定会响应，而诸侯中之霸主一旦骄矜，远方的诸侯国就会率先背叛。那样的话，就是强大的晋伯也会收回他“请隧”的意图，剽悍的楚子也会停止他们“问鼎”的打算，刘邦、项羽之辈岂能窥视函谷关，陈胜、吴广之徒岂敢号令于大泽乡呢？假使秦朝沿用周代的五等制度，虽然无道，然而有人和它共存亡，那么，覆灭的灾祸，哪里会在当年那样快呢？

汉代国君要矫正秦朝的错误，封了许多侯王，封疆过大，根本不遵循三代的法典。所以贾谊为国家的前途危险而担忧，晁错认为这将引起叛乱而痛心。诸侯们依恃其封地的富强，凭着他们治下的士民之力，势力足的最先造反，疆域狭小的最后也反叛了。所以汉初曾先后有六个侯王犯其脆弱的朝纲，七个王族冲击其漏洞百出的法网，连汉高祖也被叛王黥布之徒射伤，西汉也因刘濞自称东帝而大伤脑筋。这是矫秦枉而过正的灾祸，并不是建立诸侯制度本身的过失。后来吕氏宗族专权发难，朝中人士之心，往外向着刘邦之子，宋昌策划汉室内部事务，仍然称颂诸侯拥护刘氏。汉代中期，因为担忧诸侯中多有失节的事，采用贾谊晁错之计，剥夺宗亲权力，让其有名无实，于是王权空旷，这又重蹈了秦朝灭亡的轨迹，造成五侯作威，不忌诸侯国反对的局面。到了王莽，篡夺汉位就容易得好像捡拾路上的遗物。光武中兴，曾经使皇统得到恢复和发展，然而他仍遵循前车之覆辙，复发了败家的旧病。所以才几代人的时间，朝廷内外就充斥了一帮为非作歹之徒，接着就有大臣专权，全国各地也跟着仿效。只董卓一人纵横朝中，东汉京城就被焚烧而夷为平地，这难道不危险吗？

周王朝衰败之时，灾难起于王室。艻国等七位大臣不遵王命，子颓等三个王子又在争权夺位，继位君王又弃国而出奔，子颓等就悖逆僭位窃据京城，于是内战的鼙鼓声震撼京邑，宫阙里飞驰着刀光剑影。但是内战的祸乱却只局限于京城之地，并未波及全国，天下人民还挺安宁，整个国家仍能以治待乱。所以后来才有周宣王依靠召公、周公实行共和使王道中兴之事，也出现过襄王、惠王依赖晋、郑两位侯伯重振王业之举。哪里像东西两汉，宫廷一经纷扰，则天下立即沸沸扬扬，乱臣董卓早上入朝，晚上全国立即大乱呢？

远思王莽篡位之事，近览董卓专权之时，亿万人民十分伤心，无论愚者智者都感到悲痛。然而，周代之所以存，汉代之所以亡，是何缘故呢？难道是汉代缺乏周朝那样的贤臣，当时的人士没有匡合国家的志向吗？不是的，虽想要建立扶佐帝室的远大功绩，而时代不同，因没有诸侯相助而被屈杀，因位贱势卑而挫伤了他们的雄心罢了。所以，有志之士虽扼腕痛恨篡逆之人，而终死于仇寇之手。而朝中官员，有的中途变节，反而去协助那些害国之徒。虽然仍时有人士出来聚合一些志同道合者，以谋复兴王室，然而他们上无深沉贤明之主，而手下的人又多是平民之辈，军队没有事先定下的尊卑之序，君臣之间又没有互相保护的志向，所以有时虽然义兵云合，也无法挽救君王惨遭劫杀之祸。人民希望光复汉室之心虽然未有改变，但汉代的灭亡已见端倪了。

有人认为，诸侯世代相传的制度不一定那么完备，昏主和暴君，有时相继出现，所以五等制多有叛乱；而现在的郡县牧守，都认为做官应守的常道在于任用贤能之人，虽然偶尔会有失误，但用人得当者仍然很多，所以还是郡县制容易治理。这种说法也不妥当。如果天子之德善美，对官员们升降有法，各地诸侯之长按时朝见天子，皆述其所职，对那些昏聩淫荡的诸侯国君，谁也不会原谅他们的错误过失，又有什么不能治的道理呢？所以古代有些朝代就是这样才兴旺起来的！假如天子之德衰微，各种法度自然悖乱，责官之吏，以金钱财物多少作为才能、官职大小的标准，则贪婪残忍的买官之民，都像古代那些图利的诸侯一样，这世道哪有不乱的呢？这就是后世帝王衰败的原因啊！况且，扼要地说，五等制的诸侯君主，想的是为了自己的利益而治理好自己的邦国，而郡县制的长官知道居官不会长久，所以为了自己的利益而贪图发财。用什么证明呢？大约贪财升官的思想，是一般官员平常的心态；而修己安民，即使是贤能之士也少有能够做到。一般来说，升官的愿望越强烈，安民的美誉就越是迟迟不来。于是侵犯百姓以利自己的，官员们就不再顾忌；而不惜损害政化去获得虚誉的，则是官员们从早到晚追求的事。所以连当国君的也不懂得一年里有些什么打算，当臣下的就只能凭一时的喜好了。然而，五等制就不是这样，诸侯们知道国家是他们自己的领土，百姓都是我的臣民。人民安定，我也受益；国家遭受伤害，我也遭受损失。所以上一代的诸侯要把基业传给下一代，而下一代诸侯也要考虑建设好前代留下的基业。当君主的没有苟且之心，当臣下的也就懂得团结的道理。假使五等制和郡县制都是贤能者居于治世，则五等制之诸侯以其长久而功多，郡县制之官长以其在位时间短而功少；假使两种制度都是愚者居于乱世，则诸侯以累世流惠而过浅，郡县制官长以侵人利己而过深。这样看来，八代之五等制度几乎可以用一种道理一直贯穿下来；至于秦汉的法典，大概也可以用一句话来归纳了。

【评析】

本文前三段畅论五等封建制之长处：国家可以连成一体，坚如磐石，上可以“子爱”，下可以“体信”。到第四、五段，抨击秦汉郡县制弊端，指出其所以速亡，是不循五等之故。最后以秦汉郡县制与八代五等制作对比，指出五等之优越。文章或尽情讴歌，或激烈抨击，洋洋洒洒，纵横捭阖。但对八代之五等制极尽溢美之词，对秦汉之郡县制则尽行贬抑，观点十分偏颇，亦不符合历史规律。在写法上则采用只抓其一、不顾其他的方法。即五等制之弊端少说，郡县制之长处一言不提。这样写，评价显然极不公允。但文章却锋芒闪烁，主调鲜明，情趣激越，有较突出的艺术效果。联系作者所处的西晋时代，“八王之乱”，朝中倾轧，作者缅思五等制之清明，发眼前之感慨，此文主旨则另有一番新意。

辩命论一首　并序

作者：刘孝标　　注译评析：黄立业

主上尝与诸名贤言及管辂[①]，叹其有奇才而位不达。时有在赤墀之下[2]，豫闻斯议，归以告余。余谓士之穷通，无非命也。故谨述天旨，因言其致云。

臣观管辂天才英伟，珪璋特秀[3]，实海内之名杰，岂日者卜祝之流乎[4]！而官止少府丞，年终四十八，天之报施，何其寡与？然则高才而无贵仕，饕餮而居大位[5]，自古所叹，焉犹公明而已哉！故性命之道[6]，穷通之数，夭阏纷纶[7]，莫知其辩。仲任蔽其源[8]，子长阐其惑[9]。至于鹖冠瓮牖[10]，必以悬天有期；鼎贵高门，则曰唯人所召。哓哓喧咋[11]，异端斯起。萧远论其本而不畅其流[12]，子玄语其流而未详其本[13]。尝试言之曰：夫通生万物，则谓之道；生而无主，谓之自然。自然者，物见其然，不知所以然；同焉皆得，不知所以得。鼓动陶铸而不为功[14]，庶类混成而非其力[15]。生之无亭毒之心[16]，死之岂虔刘之志[17]。坠之渊泉非其怒[18]，升之霄汉非其悦[19]。荡乎大乎，万宝以之化[20]；确乎纯乎，一化而不易。化而不易，则谓之命。命也者，自天之命也。定于冥兆[21]，终然不变。鬼神莫能预，圣哲不能谋。触山之力无以抗[22]，倒日之诚弗能感[23]。短则不可缓之于寸阴，长则不可急之于箭漏[24]。至德未能逾，上智所不免。是以放勋之世，浩浩襄陵[25]；天乙之时[26]，焦金流石。文公疐其尾[27]，宣尼绝其粮[28]。颜回败其丛兰[29]，冉耕歌其《芣苢》[30]。夷叔毙淑媛之言[31]，子舆困臧仓之诉[32]。圣贤且犹若此，而况庸庸者乎！至乃伍员浮尸于江流[33]；三闾沉骸于湘渚[34]；贾大夫沮志于长沙[35]；冯都尉皓发于郎署[36]；君山鸿渐[37]，铩羽仪于高云；敬通凤起[38]，摧迅翮于风穴[39]；此岂才不足而行有遗哉！

近世有沛国刘瓛[40]，瓛弟琎[41]，并一时之秀士也。瓛则关西孔子[42]，通涉六经，循循善诱，服膺儒行。琎则志烈秋霜，心贞昆玉，亭亭高竦，不杂风尘。皆毓德于衡门[43]，并驰声于天地。而官有微于侍郎，位不登于执戟[44]，相次殂落，宗祀无飨[45]。因斯两贤，以言古则：昔之玉质金相[46]，英髦秀达，皆摈斥于当年，韫奇才而莫用[47]，徼草木以共雕[48]，与麋鹿而同死，膏涂平原，骨填川谷，堙灭而无闻者，岂可胜道哉！此则宰衡之与皂隶[49]，容、彭之与殇子[50]，猗顿之与黔娄[51]，阳文之与敦洽[52]，咸得之于自然，不假道于才智。故曰“死生有命，富贵在天”[53]，其斯之谓矣。

然命体周流[54]，变化非一，或先号后笑，或始吉终凶，或不召自来，或因人以济。交错纠纷，回还倚伏。非可以一理征，非可以一途验，而其道密微，寂寥忽慌[55]，无形可以见，无声可以闻。必御物以效灵[56]，亦凭人而成象，譬天王之冕旒[57]，任百官以司职。而或者睹汤、武之龙跃[58]，谓龛乱在神功[59]；闻孔、墨之挺生[60]，谓英睿擅奇响[61]；视彭、韩之豹变[62]，谓鸷猛致人爵；见张、桓之朱绂[63]，谓明经拾青紫[64]。岂知有力者运之而趋乎！故言而非命，有六蔽焉尔。请陈其梗概。

夫靡颜腻理[65]，哆吻颇頞[66]，形之异也。朝秀晨终[67]，龟鹄千岁，年之殊也。闻言如响[68]，智昏菽麦[69]，神之辨也。同知三者，定乎造化，荣辱之境，独曰由人，是知二五而未识于十[70]，其蔽一也。

龙犀日角[71]，帝王之表；河目龟文[72]，公侯之相。抚镜知其将刑[73]，压纽显其膺录[74]。星虹枢电[75]，昭圣德之符；夜哭聚云[76]，郁兴王之瑞。皆兆发于前期，涣汗于后叶[77]。若谓驱貔虎[78]，奋尺剑，入紫微[79]，升帝道，则未达窅冥之情[80]，未测神明之数，其蔽二也。

空桑之里[81]，变成洪川；历阳之都[82]，化为鱼鳖。楚师屠汉卒[83]，睢河鲠其流；秦人坑赵士[84]，沸声若雷震。火炎昆岳[85]，砾石与琬琰俱焚[86]；严霜夜零，萧艾与芝兰共尽[87]。虽游夏之英才[88]，伊颜之殆庶[89]，焉能抗之哉？其蔽三也。

或曰：明月之珠，不能无颣[90]；夏后之璜[91]，不能无考[92]。故亭伯死于县长[93]，相如卒于园令[94]。才非不杰也，主非不明也，而碎结绿之鸿辉，残悬黎之夜色[95]，抑尺之量有短哉[96]？若然者，主父偃、公孙弘对策不升第[97]，历说而不入，牧豕淄原，见弃州部，设令忽如过隙，溘死霜露[98]，其为诟耻，岂崔、马之流乎？及至开东合，列五鼎，电照风行，声驰海外，宁前愚而后智，先非而终是？将荣悴有定数，天命有至极？而谬生妍蚩，其蔽四也。

夫虎啸风驰[99]，龙兴云属，故重华立而元、凯升[100]，辛受生而飞廉进[101]。然则天下善人少，恶人多；暗主众，明君寡。而薰莸不同器[102]，枭鸾不接翼[103]。是使浑敦、梼杌[104]，踵武于云台之上[105]；仲容、庭坚[106]，耕耘于岩石之下。横谓废兴在我，无系于天，其蔽五也。

彼戎狄者[107]，人面兽心[108]，宴安鸩毒[109]，以诛杀为道德，以蒸报为仁义[110]。虽大风立于青丘，凿齿奋于华野[111]，比于狼戾[112]，曾何足喻。自金行不竞[113]，天地板荡[114]，左带沸唇[115]，乘间电发。遂覆瀍、洛[116]，倾五都[117]。居先王之桑梓[118]，窃名号于中县[119]。与三皇竞其萌黎，五帝角其区宇。种落繁炽[120]，充仞神州[121]。呜呼！福善祸淫[122]，徒虚言耳。岂非否泰相倾[123]，盈缩递运[124]，而汩之以人[125]？其蔽六也。

然所谓命者，死生焉，贵贱焉，贫富焉，治乱焉，祸福焉，此十者天之所赋也。愚智善恶，此四者，人之所行也。夫神非舜、禹[126]，心异朱、均[127]；才绖中庸[128]，在于所习。是以素丝无恒，玄黄代起[129]；鲍鱼芳兰[130]，入而自变。故季路学于仲尼[131]，厉风霜之节；楚穆谋于潘崇[132]，成杀逆之祸。而商臣之恶，盛业光于后嗣；仲由之善，不能息其结缨[133]。斯则邪正由于人，吉凶在乎命。

或以鬼神害盈[134]，皇天辅德[135]。故宋公一言，法星三徙[136]；殷帝自翦，千里来云[137]。若使善恶无征，未洽斯义。且于公高门以待封[138]，严母扫墓以望丧[139]。此君子所以自强不息也[140]。如使仁而无报，奚为修善立名乎？斯径廷之辞也[141]。

夫圣人之言，显而晦，微而婉，幽远而难闻，河汉而不测。或立教以进庸息，或言命以穷性灵。积善余庆[142]，立教也；凤鸟不至[143]，言命也。今以其片言，辩其要趣，何异乎夕死之类而论春秋之变哉[144]？且荆昭德音[145]，丹云不卷；周宣祈雨[146]，珪璧斯罄。于叟种德，不逮勋、华之高[147]；延年残犷[148]，未甚东陵之酷[149]。为善一，为恶均，而祸福异其流，废兴殊其迹。荡荡上帝，岂如是乎？《诗》云："风雨如晦，鸡鸣不已。"[150]故善人为善，焉有息哉？

夫食稻粱，进刍豢[151]，衣狐貉[152]，袭冰纨，观窈眇之奇儛[153]，听云和之琴瑟[154]，此生人之所急，非有求而为也。修道德，习仁义，敦孝悌，立忠贞，渐礼乐之腴润[155]，蹈先王之盛则，此君子之所急，非有求而为也。然则君子居正体道，乐天知命。明其无可奈何，识其不由智力。逝而不召，来而不距，生而不喜，死而不戚。瑶台夏屋，不能悦其神；土室编蓬，未足忧其虑。不充诎于富贵[156]，不遑遑于所欲。岂有史公、董相不遇之文乎[157]？

【篇旨】

力图说明社会人生一切现象皆由命定，莫可更改，因而只能乐天安命，不必抗争。

【注释】

① 主上：臣下对君主的称呼，此指梁武帝。管辂：字公明，三国魏平原人。明《周易》，善卜筮。举秀才，其弟辰谓大将军待辂厚，当可富贵。辂长叹曰：然天与我才，而不与我年寿。官至少府丞而卒，年四十八。见《三国志》本传。

② 赤墀：即丹墀，皇帝宫殿台阶涂朱漆，故称。

③ 珪璋：二者均为朝会所持玉器，此喻美德。

④ 日者：占候日月历数之人。卜祝：卜，指卜筮。祝：祠庙中管祭礼的人。

⑤ 饕餮：贪财，贪食。这晨指贪残者。

⑥ 性命：《周易·乾卦》："乾道变化，各正性命。""性者天生之质，若刚柔迟速之别；命者人所禀受，若贵贱夭寿之属是也。"

⑦ 夭：折。阏（è）：阻塞。纷纶：杂乱。

⑧ 仲任：王充，字仲任，东汉著名哲学家，著有《论衡》传世。其主要思想倾向是反对所谓天有意志，能赏善罚恶等神学观点，即从根本上反对天命论。

⑨ 子长阐其惑：司马迁，字子长，《史记·伯夷列传》云："或曰：'天

道无亲，常与善人。’若伯夷叔齐，可谓善人者非邪？积仁絜行如此而饿死！且七十子之徒，仲尼独荐颜渊为好学。然回也屡空，糟糠不厌，而卒早夭。天之报施善人，其何如哉？盗跖日杀不辜……竟以寿终。……余甚惑焉”。

⑩ 鹖（hé）冠：即鹖冠子，春秋时楚人，隐居深山，以鹖羽为冠，故号。著有《鹖冠子》一篇，后人增至十六篇。

⑪ comment （náo）comment：喧呼争辩声。喧（xuān）：喧哗。咋（zé）：大声。

⑫ 萧远：姓李，三国魏时人。作《运命论》，谓治乱在天，故曰论其本。

⑬ 子玄：郭象，字子玄，西晋人。善注："作《致命由己论》，言吉凶由己，故曰语其流。"

⑭ 鼓动：激发。《周易》系辞上："鼓天下之动者存乎辞。"陶铸：原指制造陶器和冶铸金属器皿。喻培育、造就。

⑮ 混成：于天地元气之中自然生成。

⑯ 亭毒：化育、养育。《老子》："长之育之，亭之毒之。"

⑰ 虔刘：杀害。

⑱ 坠之渊泉：使生物落于渊泉而为鳞属。

⑲ 升之霄汉：使生物升于云霄而为羽族。

⑳ 万宝：万物。

㉑ 冥：冥昧。兆：始。

㉒ 触山：《淮南子·天文》："昔者共工与颛顼争为帝，怒而触不周之山，天柱折，地维绝。"

㉓ 倒日：使日倒退。《淮南子·览冥》："鲁阳公与韩构难，战酣，日暮，援戈而抝之，日为之反三舍。"

㉔ 箭漏：刻漏，古之计时器。水滴于承漏壶内，则浮动之箭簳上升，指明时刻。

㉕ 放勋：帝尧。浩浩：洪水盛大貌。《尚书·尧典》："汤汤洪水方割，荡荡怀山襄陵，浩浩滔天。"襄，上。

㉖ 天乙：即殷代开国之君成汤。汤时有七年大旱。见《论衡·感虚》。

㉗ 文公：即周公。疐（zhì）：与“踬”通，跌倒也。疐其尾：《诗经·豳风·狼跋》：“狼跋其胡，载疐其尾。”喻周公摄政，远则四国流言，近则成王不知其贤。

㉘ 宣尼：孔子。绝其粮：《论语·卫灵公》：“（孔子）在陈绝粮，从者病，莫能兴。”

㉙ 颜回：孔子的贤弟子，年三十二而早死。丛兰：丛生之兰花，喻美好的人物。

㉚ 冉耕：孔子之贤弟子，有德行，患恶疾而死。见《论语·雍也》。善注引《韩诗》曰：“采苢，伤夫有恶疾也。《诗》曰：采采芣苢，薄言采之。”

㉛ 夷叔：伯夷、叔齐。淑媛：此指贤妇。善注引《古史考》：伯夷叔齐隐于首阳山，采薇而食。野有妇人谓之曰：“子义不食周粟，此亦周之草木也。”于是饿死。

㉜ 子舆：三国魏王肃《圣证论》称孟轲字子舆。臧仓之诉：鲁平公备车驾，将拜访孟轲。嬖人臧仓曰：“孟子后丧逾前丧，君无见焉。”公曰：“诺。”乐正子曰：孟子以前是士，禄薄，故薄葬父；后来是大夫，故厚葬后死之母。孟子知道后说：这是天意，臧仓焉能使我不遇鲁侯呢？

㉝ 伍员：伍子胥受伯嚭谗毁，被吴王赐死，用马革为囊，盛其尸浮于江中。

㉞ 三闾：指屈原，他曾为三闾大夫。因遭谗被流放，投汨罗江而死。后人多误为湘水。

㉟ 贾大夫：贾谊，曾为大中大夫。因被谗毁，出为长沙王太傅，情同贬谪，意不自得。

㊱ 冯都尉：冯唐，年已老，以孝著称，为中郎署长。汉文帝时以直谏，拜车骑都尉。景帝立，以唐为楚相，免。武帝求贤良，众举唐，唐时年九十余，不能为官。

㊲ 君山：桓谭，字君山，通五经，官至议郎。汉光武帝信谶纬，谭面谏

其非，几被杀，出为六安郡丞，失意，道病卒。

㊳ 敬通：冯衍，字敬通，少年即有非凡之志，汉明帝认为他才过其实，抑而不用。遂不得意，寿终于家。

㊴ 风穴：能刮出大风之洞穴。《淮南子·览冥》："凤皇之翔，至德也，濯羽弱水，暮宿风穴。"

㊵ 刘瓛：字子珪，沛国相人。宋大明四年，举秀才，博通五经，为安成王抚军行参军，公事免。齐太祖甚器重他，欲用为中书郎，使人示意，后又授其他官职，瓛皆不受。聚徒讲学于京师，声名甚盛，而住瓦屋，皆穿漏。见《南齐书》本传。

㊶ 琎：刘琎，字子璥。宋泰豫中为明帝挽郎。举秀才。为人方轨正直。齐文惠太子召琎入侍东宫，每上事，辄削草。寻迁射声校尉，卒官。见《南齐书》本传。

㊷ 关西孔子：杨震，字伯起，被誉为关西孔子。见《后汉书》本传。意谓关西圣人。

㊸ 毓：养。衡门：贫家。

㊹ 执戟：秦汉时宫廷执戟的侍卫官。汉扬雄曾任此官。

㊺ 宗祀：此指祖宗。飨：祭祀。杨瓛因顺母意而与妻离婚，终身不再娶，其妻亦不再嫁，故无后。其夫妻骨骸靠族人为之合葬。见《南齐书》本传、任彦昇《刘先生夫人墓志》。

㊻ 玉质金相:《诗经·大雅·棫朴》:"追琢其章，金玉其相。"《毛传》:"相，质也。"喻君子本质之美，如精雕细琢之金玉。

㊼ 韫：藏。

㊽ 徼：招致。

㊾ 宰衡：殷汤时伊尹担任阿衡之职，周武王时周公为太宰，后遂称冢宰为宰衡。皂隶：古代社会等级在士以下的两种贱民，需服劳役，相当于奴隶。

㊿ 容：容成公。善注引《列仙传》，说他自称是黄帝、老子之师，发白复黑，齿落复生。彭：彭祖。传说他在殷为守藏史，在周为柱下史，

年八百岁。殇子：《庄子·齐物论》："天下莫大于秋毫之末，而太山为小；莫寿于殇子，而彭祖为夭。"《经典释文》云："殇子，短命者也。"十九岁以下死者为殇。

㉛ 猗顿：春秋时鲁人，以畜牧盐业致富，资拟王侯。黔娄：战国时隐士，家贫，死时衾不蔽体。

㊷ 阳文：古代美女。《淮南子·修务》："不待脂粉芳泽而性可悦者，西施阳文也。"敦洽：敦洽仇麋，是貌极丑陋而有德之人，陈侯见而悦之，用之以治国。见《吕氏春秋·遇合》。

㊸"死生有命"二句：子夏语，见《论语·颜渊》，谓富贵寿夭，皆由天命决定。

㊹ 命体：命这个东西。周流：周转流行。《周易》系辞下："易之……为道也屡迁，变动不居，周流六虚。"

㊺ 寂寥：空虚。《老子》："寂兮寥兮。"王弼注："寂寥，无形体也。"忽慌：指混沌未分的元气，同"忽荒"。《淮南子·人间》："翱翔乎忽荒之上。"

㊻ 御：犹"乘"。效：呈。

㊼ 天王：天子。晃旒：天子所服，喻命令、权力。

㊽ 龙跃：喻升登天子之位。

㊾ 龛：通"戡"，平定也。

㊿ 孔：孔子。墨：墨子。挺生：高标特出。

61 英睿：杰出的智慧。擅奇响：有盛大的声誉。

62 彭：汉彭越，原为渔人，曾聚义反秦，佐汉高祖灭项羽，多战功，封梁王。韩：韩信，曾乞饭于漂母，受袴下之辱。后佐汉高祖，封为大将，于灭秦平项有大功，封淮阴侯。豹变：喻地位由贱变贵。《周易·革卦》："君子豹变，其文蔚也。"

63 张：汉张禹。善说《论语》，因迁光禄大夫，赐关内侯。桓：东汉桓荣。治《欧阳尚书》，以授太子，为太子少傅，封关内侯。

64 拾青紫：取得高官。《汉书·夏侯胜传》："士病不明经术，经术苟明，其取青紫如俯拾地芥耳。”青紫：喻贵官之服。

㊐ 靡颜腻理：容貌妍丽，肌理细腻。语出《楚辞》宋玉《招魂》。

㊑ 哆呐（chǐ huī）：张口不正。顣頞（cù è）：犹言皱眉头。

㊒ 朝秀：《太平御览》卷九十四引《淮南子》：“朝秀（秀，今本作菌）不知晦朔。”汉许慎注：“朝生暮死虫也。生水上，似蚕蛾。一曰兹母。”《广雅释虫》：“朝蜏，孳母也。”故知朝秀同朝蜏。

㊓ 闻言如响：意谓闻人言而应之，若响之应声。喻聪明敏捷。《史记·田敬仲完世家》：淳于髡以隐语难驺忌子，皆立即被理解，淳于髡出语其仆曰：“是人者，吾语之微言五，其应我若响之应声。”

㊔ 智昏菽麦：犹言愚笨以至不辨菽麦。菽：大豆。

㊕ 知二五而未识于十：《史记·越王勾践世家》：“且王之求者，斗晋楚也；晋楚不斗，越兵不起，是知二五而不知十也。”谓只知某个方面，而未知综合地看问题。

㊖ 龙犀：古相术家谓囟下有骨隐起，下连鼻梁，中间不断者为龙犀。日角：额骨中央隆起，其形似日，称日角。善注：“朱建平《相书》曰：额有龙犀入发，左角日，右角月，王天下也。”

㊗ 河目：眼眶上下正平而长称河目。善注引《孔丛子》曰：“孔子仲尼有圣人之表，河目而隆顙，是黄帝之形貌。”龟文：足掌有龟背之文理。《后汉书·李固传》：固貌状有奇表，鼎角匿犀，足履龟文。后为太尉。

㊘ 抚镜：善注引《蜀志》曰：蜀郡张裕晓相术，每举镜视面，自知刑死，未尝不扑之于地。

㊙ 压纽：《左传·昭公十三年》，楚共王有子五人，不知选谁为继承人，乃埋璧于太室庭前，命五人入拜，暗祝以当璧而拜者为王。平王最小，再拜皆压纽。膺录：即膺箓受图，谓帝王应运而兴。

㊚ 星虹枢电：善注引《春秋元命苞》曰：大星如虹，下流华渚，女节梦意，感生朱宣。宋均曰：华渚，渚名也。朱宣，少昊氏。又《诗含神务》曰：大电绕枢，照郊野，感符宝，生黄帝。

⑯ 夜哭聚云：《史记·高祖本纪》曰：高祖起事时，夜醉行大泽中，有大蛇当道，乃拔剑斩之。随行之人至蛇处，有一老妪夜哭，谓其子乃白帝子，化为蛇当道，今为赤帝子所斩，故哭。又高祖微时曾隐于芒砀山中，吕后望见其上常有云气，从而多次找见他。

⑰ 涣汗：比喻帝王发布号令。《周易·涣卦》："九五，涣汗其大号。"

⑱ 貔（pí）虎：俱猛兽名，喻勇猛的将士。

⑲ 紫微：星座名，古谓王者之象。又指帝王宫殿。

⑳ 窅（yǎo）冥：深远幽隐貌。

㉑ 空桑：《吕氏春秋·本味》：伊尹之母居伊水之上，怀孕，梦有神告之曰：臼出水而东走，毋顾。明日视臼出水，告其邻，东走十里，而顾其邑尽为水，身因化为空桑。有侁氏女自空桑中得之，故命之曰伊尹。

㉒ 历阳：历阳有老妪，常行仁义，有人告诉她，此国当没为湖，妪视东城门阃有血，便走上山，勿反顾。妪多次去看城门，门吏问知其故。门吏杀鸡以血涂门，明早妪见门有血，即走上山，国没为湖。见《淮南子·俶真》及高诱注。

㉓ "楚师"二句：《史记·项羽本纪》：楚大败汉军于彭城灵壁东睢水上，杀汉卒十余万人，皆入睢水，睢水为之不流。

㉔ 秦人坑赵士：《史记·白起列传》：秦昭王四十七年，秦将白起大败赵军于长平，赵卒四十万人降秦，白起挟诈而尽坑之。

㉕ 火炎昆岳：《尚书·胤征》："火炎昆冈，玉石俱焚。"喻好坏善恶同归于尽。

㉖ 砾（lì）石：小石。琬琰：美玉。

㉗ 萧艾：二者俱臭草。芝兰：指香草。

㉘ 游夏：子游、子夏，俱孔子贤弟子，皆擅文学，有治理之才。

㉙ 伊颜：伊尹，殷汤之相。颜回，孔子贤弟子。殆庶：《周易》系辞下："子曰：颜氏之子，其殆庶几乎！"王弼曰："庶几于知几（道也）者也。"

⑨⑩ 纇（lèi）：丝上的结，引申为缺点毛病。

⑨① 夏后：指禹。璜：形如半璧，喻美玉。夏后氏之璜，为传国之宝玉。

⑨② 考：斑点。以上四句见《淮南子·说林》。

⑨③ 亭伯：崔骃，字亭伯，在太学，与班固、傅毅齐名。车骑将军窦宪辟为府掾。察骃高第，出为长岑长。骃自以远去，不得意，遂不赴任而归，卒于家。见《后汉书》本传。

⑨④ 相如：司马相如拜孝文园令，既病免，家居茂陵而死。见《汉书》本传。

⑨⑤ 结绿、悬黎：皆美玉名。《战国策·秦策》三：范雎上书曰："宋有结绿，梁有悬黎。"

⑨⑥ 尺、短：屈原《楚辞·卜居》："夫尺有所短，寸有所长。"比喻人各有短长。

⑨⑦ 主父偃：临淄人，初习纵横家之术，后乃学《易》《春秋》百家之说。家贫，借贷无门，北游燕赵等地，困甚，于汉武帝元光初上书言事，任郎中，一年之内至中大夫。他说，大丈夫生不五鼎食，死则五鼎烹耳。五鼎食：贵族列五鼎盛食物而食。公孙弘：菑川人，家贫，牧豕海上。召征文学，于太常对策，弘第居下，天子擢弘对为第一，拜为博士，后至丞相。乃起客馆，开东合阁，以延接天下贤士。皆见《史记》本传。

⑨⑧ 溘（kè）：忽然，疾促。

⑨⑨ 虎啸风驰：《周易·乾卦》："云从龙，风从虎。"喻物类相感相从。

⑩⓪ 重华：虞舜名重华。元、凯：《左传·文公十八年》载：高辛氏有才子八人，称为八元；高阳氏有才子八人，称为八恺。舜举之以管农事和教化。

⑩① 辛受：殷之帝辛，即殷纣。飞廉：纣之谀臣。

⑩② 薰：香草。莸：臭草。《孔子家语·致思》："薰莸不同器而藏，尧桀不同国而治，以其类异也。"此喻贤人和恶人不同处。

⑩③ 枭：猫头鹰，古称恶鸟。鸾：凤凰之属，古人认为是神鸟。

⑩④ 浑敦、梼杌：都是古代恶人，是“四凶”里的两个，有人认为即驩兜和鲧。见《左传·文公十八年》。

⑩⑤ 云台：汉洛阳南宫中高台名，明帝图画中兴功臣于其中。贾逵曾奉诏入云台讲《左传》。

⑩⑥ 仲容、庭坚：是“八恺”中的二人。

⑩⑦ 戎狄：此指北魏的统治者。

⑩⑧ 人面兽心：谓人怀贪残之心。

⑩⑨ 宴安鸩毒：这里只取贪图逸乐之意。

⑪⓪ 蒸报：与母辈亲属淫乱曰蒸，与晚辈亲属淫乱曰报。

⑪① 大风：传说中鸷鸟名。凿齿：恶兽名，齿长三尺如凿。尧时俱为民害。《淮南子·本经》：“尧乃使羿诛凿齿于畴华之野……缴大风于青丘之泽。”

⑪② 狼戾：喻人之贪狠凶残。

⑪③ 金行：指晋，晋以金德王。不竞：犹微弱。

⑪④ 板荡：《诗经·大雅》中二诗名，讥周厉王无道，败坏国家。后以喻天下丧乱。

⑪⑤ 左带：犹左衽，其前襟向左，在左边结纽带。古称四夷之服。此指北魏统治者。沸唇：即反唇，齐梁间多称北方少数民族为沸唇。

⑪⑥ 瀍（chán）：瀍水，河名。源出洛阳西北谷城山，南流入洛水。洛：洛水，源出陕西洛南，经洛阳，至洛口入黄河。

⑪⑦ 五都：魏晋以长安、谯、许昌、邺、洛阳为五都。

⑪⑧ 先王之桑梓：谓夏殷周君主的故乡。

⑪⑨ 中县：中原。

⑫⓪ 种落：部族。

⑫① 充仞：充满。

⑫② 福善祸淫：《尚书·汤诰》：“天道福善祸淫，降灾于夏，以彰厥罪。”谓使善人得福，恶人受祸。

⑫③ 否（pǐ）泰：原为《周易》二卦名。古称命运好坏，事情顺逆，国运

兴衰皆曰否泰，并认为否泰是相互转化交替出现的。

⑫④ 盈缩：长与短、有余与不足、进退等变化，古人皆称为盈缩，认为是天运之常道。

⑫⑤ 汩（gǔ）：乱。

⑫⑥ 神：指人的精神。

⑫⑦ 朱：丹朱，尧之子。均：商均，舜之子。皆愚暗不肖。

⑫⑧ 絓（guà）：挂，在。

⑫⑨ 素丝、玄黄：《吕氏春秋·当染》："墨子见染素丝者而叹曰：染于苍则苍，染于黄则黄，所以入者变，其色亦变，五入而以为五色矣。"国君亦然，染于贤臣则兴，染于奸臣则亡。

⑬⓪ 鲍鱼：盐渍鱼，其气腥臭。芳兰：即芝兰，香草名。《孔子家语·六本》："与善人居，如入芝兰之室，久而不闻其香，即与之化矣。与不善人居，如入鲍鱼之肆，久而不闻其臭，亦与之化矣。"喻受到环境影响而变化。

⑬① 季路：仲由，字子路，一字季路。《尸子》曰：子路，东鄙之野人，孔子教之为贤士。

⑬② 楚穆：即楚穆王，名商臣。他为太子时，成王欲废之而另立王子职为太子。商臣闻之，与其师潘崇谋弑逆之事，潘崇首肯，于是以甲士围王，逼令自缢，穆王立。见《左传·文公元年》。

⑬③ 结缨：子路为孔悝宰，太子蒯与孔悝共作乱，夺取君位，子路不从，蒯使武士击之，断其缨（帽带）。子路曰："君子死，冠不免。"乃结缨而死。见《左传·哀公十五年》。

⑬④ 鬼神害盈：《周易·谦卦》："鬼神害盈而福谦。"疏："骄盈者被害，谦退者受福。"

⑬⑤ 皇天辅德：有德者则辅佑之。《尚书·蔡仲之命》："皇天无亲，惟德是辅。"

⑬⑥ 宋公：宋景公。公有疾。传说当时荧惑（即法星）在心宿之位。荧惑是司天罚的，心宿分野在宋，景公惧。司星之官子韦曰：祸可移

于宰相、人民或岁（年成）。公皆不许。是夕荧惑徙三舍，景公延年二十一岁。见《吕氏春秋·制乐》。

⑬⑦ 自翦：《淮南子·主术》：殷汤之时大旱，汤自翦其发，磨其手，把自己当作牺牲（祭品），在桑林向天祷福，因而四海之云凑，千里之雨至。

⑬⑧ 于公：《汉书·于定国传》谓于公闾门坏，父老方共修建，公谓曰："少高大门闾，令容驷马高盖车。我治狱多阴德，未尝有所冤，子孙必有兴者。"其子定国后为丞相，后嗣屡世封侯。

⑬⑨ 严母：《汉书·严延年传》谓延年为河南太守，其母从东海来，欲从儿子举行腊祭。至洛阳，适见判决囚犯。（案汉律，十二月正月不杀囚）母大惊，谓延年曰：天道神明，人不可独杀。我想不到临老将见到自己的儿子被杀戮，我只好回家扫除墓地等待了。后岁余延年果败。

⑭⓪ 自强不息：语见《周易·乾卦》象辞："天行健，君子以自强不息。"意谓不断努力。

⑭① 径廷：偏激。

⑭② 积善余庆：积其善行后必吉祥。《周易·坤卦》文言："积善之家，必有余庆；积不善之家，必有余殃。"

⑭③ 凤鸟不至：《论语·子罕》："子曰：凤鸟不至，河不出图，吾已矣夫！"注："圣人受命则凤鸟至，河出图。"

⑭④ 夕死之类：朝生夕死的生物。《诗经·曹风·蜉蝣》毛传："蜉蝣，渠略也，朝生夕死。"

⑭⑤ 荆昭：楚昭王。当时有云如众赤鸟，夹日以飞，连续三日。周太史以为应在王身，谓如禳祭，可移祸于令尹。王曰：除心腹之疾而置诸股肱，何益？遂不听。见《左传·哀公六年》。

⑭⑥ 周宣：周宣王。《诗经·大雅·云汉》："圭璧既卒，宁莫我听。"言王为旱求神，敬神之珪璧已用尽而雨尚不至。

⑭⑦ 于叟：即上文于公。勋：放勋，即帝尧。华：重华，即帝舜。

⑭⁸ 延年：即严延年。

⑭⁹ 东陵：盗跖以寿死于东陵，此指跖。

⑮⁰ “风雨如晦”二句：见《诗经·郑风·风雨》。笺云：“喻君子虽居乱世，不改变其节度。”

⑮¹ 刍豢：指各种家畜之肉。草食曰刍，牛羊是也；谷食曰豢，犬豕是也。

⑮² 貉：似狸的动物，皮毛为珍贵裘料。

⑮³ 窈眇：美好。儛：同“舞”。

⑮⁴ 云和：山名，以产琴瑟著称，后为琴瑟琵琶等乐器的通称。《周礼·春官·大司乐》：“孤竹之管，云和之琴瑟。”

⑮⁵ 腴润：丰美的流泽。

⑮⁶ 充诎：谓自满而失去节制。《礼记·儒行》：“不充诎于富贵。”

⑮⁷ 史公：太史公司马迁，著有《悲不遇赋》。董相：江都相董仲舒，著有《士不遇赋》。

【语译】

皇上曾与各位名贤谈及管辂，叹惜他有奇才而官位却不显达。当时有人在丹墀之下听到这种议论，归家后把这事告诉我。我对他说，士之穷困和通显，没有一个不是命定的。因此敬述天子之意，就此谈谈天命的极致。

臣认为管辂天才英俊，德行特别秀美，实乃海内有名的杰出人才，难道是择日算命占卜之流吗？但他只做到少府丞的小官，死时才四十八岁，上天对他的酬劳，为什么这样少呢？不过才高不获贵官，贪残者却居于高位，自古以来就为人们所慨叹，只是管辂一个人如此吗？所以关于性情命运之理，穷困或通达的运数，曲折杂乱，没有人知道如何辨别。王充否定天命，从根本上蔽塞了命运存在的道理；司马迁阐明他对于上天会福佑善人这一说法的疑惑；鹖冠子乃贫贱之人，认为贫贱之命悬系于天，而富贵则由人所招致。喧呼争辩，异端邪说从此兴起。李萧远作《运命论》言治乱在天，从根本上肯定命运，但未能畅述其流变；郭子玄作《致命由己论》言吉凶由己，说到命运的流变而未详述其本源。我试图论述命运问题说：凡能普遍化生万物者，就叫作“道”；听凭万物生长，功成而不占有者，叫作“自然”。“自然”的意思是，万物生成各种形态，人们只见其如此，而不知其何以如此，万物皆同样生得其所，而不知何以得其所。激发和化育万物而不以为是自己的功劳，众多物类于天地元气中生成而不见自然怎样运用其力量。生成万物而无故意培育之心，使万物死亡难道有杀害之意吗？使物类坠于渊泉成为鱼鳖之类不是因为发怒，使物类飞升于云霄也不是由于喜悦。宽广博大啊，万物因它而化育；其道坚厚，一经其化育就固定下来不能改变。化育之后就不能改变，这就叫作“命”。所谓“命”，就是由上天命令其如此。命决定于冥昧之始，终生不可能改变。鬼神不能干预，圣哲不能谋求更改。虽有共工触倒不周山之力也无法抗衡它，有鲁阳公挥戈倒日之诚心也不能感动它。如果命运规定时间短，则不可能延缓一寸光阴使之长；规定时间长，则不能加速箭漏使其短。命运规定的东西，虽然有最高道德的人也不能超越，最聪明的人也在所不免。所以帝尧时候，有九年浩瀚的洪水淹至山上，商汤之世有七年大旱，把金属烧焦石头也化为流质。周公圣哲而有进退维艰的遭遇，孔子是圣人也有断粮于陈国的不幸。颜回德才俱高而短命，如丛生的兰花遭到败坏；冉耕道德足以称道，却只能唱采苢之歌哀叹他患有恶疾。伯夷叔齐可称仁人，因听了贤妇人的一席话而毙命；孟子大贤，却因嬖人臧仓进谗而不能见鲁侯。圣贤尚且如此，而况庸庸碌碌的人呢？至于伍子胥那样忠良终遭浮尸于江流，屈原忠君爱国却自沉于汨水的深潭。贾谊高才却失意遭贬于长沙，冯唐纯孝，白发之年仍做郎署的小官。桓谭博通五经早年即鸿飞高位，却摧折羽毛于云端；冯衍如凤鸟之飞翔怀有至德，而不为时君所用，如居风穴之中摧折其疾飞的羽翼。这难道是才学不足而德行不检点吗？

近世有沛国的刘瓛，以及他的弟弟刘琎，都是当时优秀之士。刘瓛可与关西圣人杨震媲美，博通六经，对学生教导有方，衷心信奉儒教的德行。刘琎则性烈如秋霜，心地纯正如昆山的美玉，孤峻高洁，不沾染尘俗之气。他们皆养德于贫穷的家门，都是声名远播的人物。但官阶却低于侍郎，禄位不及宫廷执戟的侍卫，相继逝世，连奉祭祀的后人也没有。这里借刘瓛兄弟两位贤人的遭遇顺便论及古人，过去质地极美的君子，英俊秀异通达之人，皆被排斥于当年，虽怀藏奇才而无可施用，以至和草木一同凋谢，与麋鹿一同死亡，血肉脂膏涂于平原，骨骸填塞山谷，堙灭无闻的人，怎能说得完呢？这样说来，最高层的官员与最下层的役夫，极高寿的容成公彭祖与短命夭折的人，豪富的猗顿与贫穷的黔娄，美丽的阳文和丑陋的敦洽，上面所说各类人的贵贱、寿夭、贫富和美丑等，皆得于自然，并不是通过才智之道而获得。所以说："死生有命，富贵在天。"其意思就是说这样的道理吧！

然而命这个东西是周回流转的，其变化并非只有一种模式，有的先号哭而后笑，有的始吉终凶，有的不召自来，有的凭借别人而成事。交错杂乱，回还转化，不可用一种道理去证明，不可通过一种途径去检验。它深密微妙，是空虚的元气，无形体可见，无声音可闻。必须借助于物才能呈现其灵验，或凭借于人才能成为一种形象。譬之于天子的权力，要通过委任百官各司其职才表现出来。然而有些人看见汤武跃升天子之位，就说他平定祸乱是由于神武之功；听说孔子墨子高标特出，就说杰出的智慧使他们有盛大的声誉；看到彭越韩信由贫贱变为富贵，就说是勇猛作战使他们获得王侯的爵位；见到张禹桓荣穿着红色并画有亚纹的朝服，就说他们博通经术而取得高官。人们怎么知道有一种巨大的力量在暗中运转，使他们达到那样的地位呢？所以，说人的遭遇并非由于命，就有六种蔽塞不通之处。请允许我陈述其大略。

有的人容颜妍丽肌肤滑腻，有的人歪嘴皱眉，这是形体的差异。朝蟒的生命不满一天，而龟鹄却活到千岁，这是寿命的不同。有的人闻言即答，如响之应声那样敏捷；有的人愚笨到不辨菽麦，这是精神智力的差别。大家知道形、寿、神三者皆由于天地造化所决定，而对于富贵荣华与贫贱屈辱的境遇，却独说由人所召，这是只知道某个方面，而未知全面综合地看问题。这是蔽塞不通之一。

囟下有隐骨直连鼻梁，额前有圆日形之骨隆起，是帝王的仪表；上下眼眶正平而长，足掌有龟背的纹理，是公侯之相。懂得相术的张裕照镜子就知道将受刑而死，楚平王小时压纽而拜，显其应运而兴之兆。大星如虹下流华渚，少昊之母感之而生少昊，大电绕枢星黄帝之母感之而生黄帝，证明圣德之君先有符应；老妪夜哭，说白帝子被赤帝子所杀，芒砀山常聚天子云气，蕴积着兴王的祥瑞。都是吉兆出现于前期，而发号施令于日后。如果说他们只是率领勇猛之士，挥舞利剑而建武功，然后得进皇宫，升帝座，就是未懂得幽深隐微的天命实情，未能测知神明预先安排的运数。这是蔽塞不通之二。

空桑之村落，突然变成大川；历阳之城，忽然下沉成湖而人俱成为鱼鳖。楚项羽的军队屠杀汉军士兵十余万，尸首投入睢水，睢水竟阻塞不流；秦将白起活埋所俘赵军四十万，哀声沸腾如同雷震。火烧昆岳，玉石俱焚；寒霜夜降，臭草和香草同归于尽。对于这些厄运，虽有子游子夏的英才，伊尹颜回那样近于懂得天机，又怎能抗拒呢？说这并非命定，是蔽塞不明之三。

有人说明月之珠，不可能没有疵病；夏后氏之璜，不可能没有斑点。人也不可能总是一帆风顺。所以崔骃因不屑为长岑长而老死于家，司马相如死于免去孝文园令之后。他们的才华非不杰出，时君非不贤明，然而却毁掉结绿美玉的盛辉，摧残悬黎美玉的夜光，难道不是人各有短长各有优劣吗？如果真的是这样，那么主父偃公孙弘对策不得高第，历次游说地方官皆不采纳，以致牧豕于临淄之地，被州郡长官所遗弃。假使他们的生命如白驹过隙那样短速，很快死于霜露之间，他们的耻辱，岂不同崔骃、司马相如之流？及至开东阁以延贤士，过着列五鼎而食的豪奢生活，他们声誉的传播如电照风行，飞驰海外。他们先前愚笨而后来聪明，难道开始时不对末了才对吗？抑或荣枯有定数，天命有极尽之时，而谬误地造出美丑贵贱来呢？此其蔽塞不通之四。

古人说虎啸风生，龙腾云起，这是物类相感相从的道理，所以虞舜登位则八元八恺等贤人升官，殷纣在位则飞廉之类的恶人进用。但天下善人少，恶人多，昏君众，明君少。而且香草与臭草不能同器收藏，枭鸟与鸾凤不能挨着翅膀一处栖息。这样就使得浑敦、梼杌之类的恶人，继迹于云台之上受到尊敬；仲容、庭坚那样的贤人，耕耘于岩石之下被朝廷遗弃。有人竟蛮横地说废兴之事在我，无关乎天命。此其蔽塞不通之五。

那北魏的统治者，外貌像人而心如禽兽，贪图逸乐，以杀戮人民为道德，以荒淫乱伦为仁义，即使猛禽大风狰狞地立于青丘之上，凶兽凿齿张牙舞爪于畴华之野，用以比喻他们的贪狠凶残，哪里比得上呢？自从晋室衰微，天下丧乱，戎狄左衽之人，乘其间隙闪电般骤然起兵，陷我瀍水、洛水一带地区，倾覆五大都市，盘踞在夏商周先王的故乡，窃取帝号于中原，与三皇争夺其黎民，与五帝角逐其国土，部族繁多炽盛，充满神州大地。痛心啊！古人说上天会赐福于善人降祸于恶人，只不过是空话！这难道不是命运顺逆、国运兴衰在互相倾轧，盈缩之数在递相运转所至，而是由人使之丧乱吗？此其蔽塞不通之六。

然而所谓命，是指死生、贵贱、贫富、治乱、祸福，这十种命运是天所赋予的。愚、智、善、恶，这四种东西，是人的行为的表现。人的精神并非像尧舜那样圣明，心也不像丹朱、商均那样愚暗，才能属于中等，关键在于习染些什么。洁白的丝没有固定的颜色，根据所染的不同黑色或黄色相继出现。腌鱼之店，芝兰之室，人进去久了自己就渐渐与之同化。因此子路向孔子学习，能磨砺其敢凌风霜的气节；楚穆王与潘崇谋议，就酿成弑逆之祸。但是商臣那样罪恶深重，他昌盛的王业却光照于后嗣；仲由那样善良，却不能止其结缨而死之祸。这就说明邪正由人选择，吉凶祸福却在于命定。

有人认为鬼神会加害于骄傲自满的人，而皇天只辅佑有德之人。所以宋景公口出善言，荧惑星徙避三舍，使他延年益寿；殷汤自剪其发以身代牺牲祭天求雨，则千里来云甘雨大降。倘使善恶无报，则不合此理。况且于公自知有阴德，乃预先高大其里门以待子孙拜相封侯；严延年之母见其子决囚丧德，乃预先扫除坟墓以待其子之被刑戮。由于善恶有报，所以君子需不断努力向善。若使仁人而无好报，何必修善立名呢？所谓一切皆由命定，这是过于偏激的话。

我认为不能这样看问题。因为圣人的话似乎明显而实际隐晦深奥，既微妙又曲折，幽微久远而难以直接听到，像河汉那样深广难于测度。有的话是设立轨范教人为善以促进凡庸殆惰之人，有的话是说命运所定以尽人之性情使人不去强求。所谓积善之家必有余庆，是设教诱人为善的话；“凤鸟不至”，这是说命运有定，教人不可强求的话。现今用圣人的片段言词来辨明冥昧之理的要旨，与朝生夕死之小虫去谈论春秋寒暑的变化有什么不同，可以办得到吗？况且，宋景公口出善言则荧惑之星退徙三徙，而楚昭王口出善言，赤色的云气仍绕日不收；殷汤因旱祈雨则千里来云，而周宣王祈雨，珪璧等祭品都用完了仍未下雨；于公种下阴德，不及帝尧帝舜之高，而于公子孙荣显，尧舜之子却不肖；严延年虽凶残，并未超过盗跖的酷暴，而延年以诛死，盗跖以寿终。一样为善，同样作恶，但结果祸福不同，废兴殊异。伟大的上帝，难道是这样处理事情的吗？《诗》云："大风大雨如晦暝之时，鸡鸣报晓仍不停止。"所以善人行善，怎么会停止呢？

世人食精粮，吃佳肴，穿狐貉之裘，着轻软洁白的纨绮，观看美妙奇异的舞蹈，听云和出产的琴瑟，这是人情所必须，非有求于荣利而为。修养道德，习行仁义，重孝悌之伦常，立忠贞之节操，浸染于礼乐的丰美流泽之中，履行先王盛大的典则，这是君子所必须，非有求于荣利而为。然则君子遵循正途践行仁义，安于天命而自乐，明白寿夭穷达之命是无可奈何的，知道它是不能由智慧力量取得的，因而去者不再召其回来，来者也不抗拒，虽生不喜，虽死不忧。美玉之台广大之屋，不能使其精神愉悦。土造之室茅草之房，未能使其心情忧郁。不因富贵而自满骄矜，不急迫去求其所欲。这样又怎么会有司马迁、董仲舒所写的悲叹士不际遇于时的文章呢？

【评析】

有没有天命、命运？自先秦至南北朝，代有争论。南朝偏安江左，世家大族垄断政权，延续了"上品无寒门，下品无世族"的统治模式。为了寻找理论根据，天命、命运、生死轮回之说，就迎合了统治者的需要，得到广泛的传播。《辩命论》即在此背景下产生。文章说，帝王的统治，外敌交侵，天灾人祸，寿夭，贵贱，治乱，祸福等，莫非命定。人如果知道命运由先天决定，不可用智与力去改变，因而会乐天安命，再不会有谁写悲叹士子不遇合于时的文章了，谁还会反对世家大族的统治呢？这种观点恐怕无甚可取之处。如果封建帝王的统治确是天命难违，则孙中山先生怎能领导人民去推翻帝制？我们岂不照旧做封建帝王的臣民吗？至于本文的写作手法，是先有一个不可捉摸的命定论观念作指导，然后把一切难于解释的现象，都归结到命运决定上面来，任意解说，武断是非，自然也很难令人信服。不过，见仁见智，还是由聪明的读者去判别吧！

卷第五十五

论五

广绝交论一首

作者：刘孝标　　注译评析：黄立业

客问主人曰[1]：“朱公叔《绝交论》[2]，为是乎？为非乎？”主人曰：“客奚此之问？”客曰：“夫草虫鸣则阜螽跃[3]，雕虎啸而清风起[4]。故絪缊相感[5]，雾涌云蒸；嘤鸣相召[6]，星流电激。是以王阳登则贡公喜[7]，罕生逝而国子悲[8]。且心同琴瑟，言郁郁于兰茝[9]；道叶胶漆，志婉娈于埙篪[10]。圣贤以此镂金版而镌盘盂[11]，书玉牒而刻钟鼎[12]。若乃匠人辍成风之妙巧[13]，伯子息流波之雅引[14]，范张款款于下泉[15]，尹班陶陶于永夕[16]。骆驿纵横[17]，烟霏雨散，巧历所不知[18]，心计莫能测。而朱益州汨彝叙[19]，粤谟训[20]，捶直切[21]，绝交游。比黔首以鹰鹯，媲人灵于豺虎。蒙有猜焉，请辨其惑。”

主人听然而笑曰[22]：“客所谓抚弦徽音[23]，未达燥湿变响；张罗沮泽[24]，不睹鸿雁云飞[25]。盖圣人握金镜[26]，阐风烈[27]，龙骧蠖屈[28]，从道污隆[29]。日月联璧[30]，赞亹亹之弘致[31]；云飞电薄[32]，显棣华之微旨[33]。若五音之变化，济九成之妙曲[34]。此朱生得玄珠于赤水[35]，谟神睿而为言[36]。至夫组织仁义，琢磨道德，欢其愉乐，恤其陵夷。寄通灵台之下[37]，遗迹江湖之上[38]，风雨急而不辍其音[39]，霜雪零而不渝其色[40]，斯贤达之素交[41]，历万古而一遇。逮叔世民讹[42]，狙诈飙起，溪谷不能逾其险，鬼神无以究其变，竞毛羽之轻，趋锥刀之末[43]，于是素交尽，利交兴，天下蚩蚩[44]，鸟惊雷骇。然则利交同源[45]，派流则异，较言其略[46]，有五术焉。

“若其宠钧董、石[47]，权压梁、窦[48]，雕刻百工，炉捶万物。吐漱兴云雨，呼噏下霜露，九域耸其风尘[49]，四海叠其熏灼[50]。靡不望影星奔，藉响川骛[51]，鸡人始唱[52]，鹤盖成阴[53]，高门旦开，流水接轸[54]。皆愿摩顶至踵[55]，隳胆抽肠[56]，约同要离焚妻子[57]，誓殉荆卿湛七族[58]。是曰势交，其流一也。

“富埒陶、白[59]，赀巨程、罗[60]，山擅铜陵[61]，家藏金穴[62]，出平原而联骑，居里闬而鸣钟[63]。则有穷巷之宾，绳枢之士[64]，冀宵烛之末光[65]，邀润屋之微泽[66]，鱼贯凫跃，飒沓鳞萃[67]，分雁鹜之稻粱[68]，沾玉斝之余沥[69]。衔恩遇，进款诚，援青松以示心，指白水而旌信[70]。是曰贿交，其流二也。

“陆大夫宴喜西都[71]，郭有道人伦东国[72]，公卿贵其籍甚，搢绅羡其登仙。加以颔颐蹙頞[73]，涕唾流沫，骋黄马之剧谈[74]，纵碧鸡之雄辩[75]，叙温郁则寒谷成暄[76]，论严苦则春丛零叶[77]，飞沉出其顾指，荣辱定其一言。于是有弱冠王孙，绮纨公子，道不挂于通人[78]，声未遒于云阁[79]，攀其鳞翼[80]，丐其余论，附驵骥之旄端[81]，轶归鸿于碣石[82]。是曰谈交，其流三也。

“阳舒阴惨[83]，生民大情[84]；忧合欢离[85]，品物恒性。故鱼以泉涸而呴沫[86]，鸟因将死而鸣哀[87]。同病相怜，缀河上之悲曲[88]；恐惧置怀，昭《谷风》之盛典[89]。斯则断金由于湫隘[90]，刎颈起于苫盖[91]。是以伍员濯溉于宰嚭[92]，张王抚翼于陈相[93]。是曰穷交，其流四也。

“驰骛之俗，浇薄之伦，无不操权衡，秉纤纩。衡所以揣其轻重，纩所以属其鼻息[94]。若衡不能举，纩不能飞，虽颜冉龙翰凤雏[95]，曾史兰薰雪白[96]，舒向金玉渊海[97]，卿云黼黻河汉[98]，视若游尘，遇同土梗[99]，莫肯费其半菽[100]，罕有落其一毛[101]。若衡重锱铢，纩微彯撇[102]，虽共工之蒐慝[103]，驩兜之掩义[104]，南荆之跋扈[105]，东陵之巨猾[106]，皆为匍匐逶迤[107]，折枝舐痔[108]，金膏翠羽将其意[109]，脂韦便辟导其诚[110]。故轮盖所游，必非夷、惠之室[111]；苞苴所入[112]，实行张、霍之家[113]。谋而后动，毫芒寡忒[114]。是曰量交，其流五也。

“凡斯五交，义同贾鬻，故桓谭譬之于阛阓[115]，林回喻之于甘醴[116]。夫寒暑递进，盛衰相袭，或前荣而后悴，或始富而终贫，或初存而末亡，或古约而今泰，循环翻覆，迅若波澜。此则殉利之情未尝异，变化之道不得一。由是观之，张陈所以凶终[117]，萧朱所以隙末[118]，断焉可知矣。而翟公方规规然勒门以箴客[119]，何所见之晚乎？

“因此五交，是生三衅[120]：败德殄义，禽兽相若，一衅也；难固易携[121]，仇讼所聚，二衅也；名陷饕餮[122]，贞介所羞[123]，三衅也。古人知三衅之为梗[124]，惧五交之速尤[125]，故王丹威子以槚楚[126]，朱穆昌言而示绝[127]，有旨哉[128]！有旨哉！

“近世有乐安任昉[129]，海内髦杰，早绾银黄[130]，夙昭民誉。遒文丽藻，方驾曹、王[131]；英跱俊迈[132]，联横许、郭[133]。类田文之爱客[134]，同郑庄之好贤[135]。见一善则盱衡扼腕[136]，遇一才则扬眉抵掌[137]。雌黄出其唇吻[138]，朱紫由其月旦[139]。于是冠盖辐凑[140]，衣裳云合[141]，辎軿击辖[142]，坐客恒满。蹈其阃阈[143]，若升阙里之堂[144]；入其隩隅[145]，谓登龙门之阪[146]。至于顾眄增其倍价[147]，剪拂使其长鸣[148]。彯组云台者摩肩[149]，趋走丹墀者叠迹[150]。莫不缔恩狎[151]，结绸缪，想惠、庄之清尘[152]，庶羊、左之徽烈[153]。及瞑目东粤[154]，归骸洛浦[155]，繐帐犹悬，门罕渍酒之彦[156]；坟未宿草[157]，野绝动轮之宾。藐尔诸孤[158]，朝不谋夕，流离大海之南，寄命嶂疠之地。自昔把臂之英，金兰之友[159]，曾无羊舌下泣之仁[160]，宁慕郈成分宅之德[161]。

“呜呼！世路险巇[162]，一至于此。太行孟门[163]，岂云崭绝[164]。是以耿介之士，疾其若斯，裂裳裹足，弃之长骛。独立高山之顶，欢与麋鹿同群，皦皦然绝其雰浊[165]，诚耻之也，诚畏之也。”

【篇旨】

揭露交友中唯利是图的风习，抒发愤世嫉俗之情，以广“绝交”之论。

【注释】

① 客问：设客问主答以发意。

② 朱公叔：名穆，东汉人，感俗浇薄，著《绝交论》以矫时弊。卒，赠益州刺史。

③ 草虫：《诗经·召南·草虫》：“喓喓草虫，趯趯阜螽。”笺云：“草虫鸣，阜螽跃而从之。”

④ 雕虎：指老虎，虎身毛黄有横间黑斑纹，如雕刻，故名。《周易·乾卦》文言：“同声相应，同气相求。……云从龙，风从虎……则各从其类也。”疏：“虎是威猛之兽，风是震动之气，此亦是同类相感，故虎啸则谷风生。”此二句言同类者相感相从，喻交不可绝。

⑤ 絪缊：指天地间阴阳二气相互作用之状。《周易》系辞下：“天地絪缊，万物化醇。”

⑥ 嘤鸣：《诗经·小雅·伐木》：“出自幽谷，迁于乔木。嘤其鸣矣，求其友声。”笺云：“迁处高木者，求其友声，求其尚在深谷者。”

⑦ 王阳：王吉，字子阳。《汉书》本传：“吉与贡禹为友，世称‘王阳在位，贡公弹冠’，言其取舍同也。”谓王阳做官，贡公即整洁衣冠，准备跟朋友去做官。

⑧ 罕生：即子皮。国子：即子产。《左传·昭公十三年》：子产闻子皮卒，“哭且曰：吾已无为为善矣，唯夫子知我。”此二句言良朋之道，休戚相关。

⑨ 郁郁：香也。兰茝（chǎi）：皆香草名。

⑩ 埙（xūn）：用陶土烧制的吹奏乐器，形如鹅蛋。篪（chí）：一种竹制的管乐器。《诗经·小雅·何人斯》：“伯氏吹埙，仲氏吹篪。”两种乐器声相应和，喻兄弟亲睦。

⑪ 金版：冶炼金属为版，有大事则镂于金版。盘盂：盛物之器皿。

⑫ 玉牒：典册。

⑬ 成风：《庄子·徐无鬼》：“郢人垩漫其鼻端，若蝇翼，使匠石斫之。匠石运斤成风，听而斫之，尽垩而鼻不伤。郢人立不失容。”郢人

死，无施技之所。

⑭ 伯子：伯牙善鼓琴，或志在高山，或志在流水，锺子期皆能赏而知之。锺死，伯牙破琴绝弦，不复鼓琴，以为无知音。见《列子·汤问》。此二句喻不可无知交之友。

⑮ 范张：范式、张劭，二人友善，讲信义。后式梦劭告以已死及葬期，式素服奔赴。临葬，劭之柩不进，式至，抚柩告别，为牵引，柩乃进。式为修坟植树乃去。见《后汉书·独行传》。

⑯ 尹班：《东观汉记》卷十六记载：尹敏与班彪相厚，每相与谈，日夜不休，常晏暮不食。彪曰："相与久语，为俗人所怪。然锺子期死，伯牙破琴，曷为陶陶哉！"陶（yáo）陶：和乐貌。

⑰ 骆驿：同"络绎"，不绝貌。

⑱ 巧历：巧于历数之人。

⑲ 汩：乱。彝叙：常道。

⑳ 粤：通"越"。谟训：指圣人教导之言。

㉑ 捶：击。直切：切直，谓朋友切磋相互纠正其失。

㉒ 听（yǐn）：笑貌。

㉓ 徽：古代系弦的绳，为标志琴弦音节之处。后称琴面识点为徽。

㉔ 沮（jù）泽：水草丛生的沼泽地带。

㉕ 云飞：飞上云端，犹言高飞。

㉖ 金镜：喻明察。

㉗ 阐：开。风烈：指风化功业。

㉘ 龙骧：龙腾。喻得意高飞。蠖屈：《周易》系辞下："尺蠖之屈，以求信（伸）也。"喻失意屈身退隐。

㉙ 污隆：降或升，衰或盛。

㉚ 日月联璧：喻太平盛世。

㉛ 亹（wěi）亹：微妙。

㉜ 云飞电薄：喻衰乱。

㉝ 棣华：《论语·子罕》："唐棣之华，偏其反而。"疏："其华偏然反而后

合。赋此诗者，以言权道亦先反常而后至于大顺也。”喻随时变通。

㉞ 九成：乐九奏也。《尚书·益稷》：“箫《韶》九成，凤皇来仪。”《韶》：舜乐名。此以九成喻舜乐。

㉟ 玄珠：喻道。《庄子·天地》：“黄帝游于赤水之北，遗其玄珠，使象罔求而得之。”赤水：假托之水名。

㊱ 谟：谋。神睿：犹神圣。

㊲ 灵台：心。

㊳ 江湖：《庄子·大宗师》：“鱼相忘乎江湖，人相忘乎道术。”此言相忘于江湖。

㊴ 风雨：《诗经·郑风·风雨》：“风雨如晦，鸡鸣不已。”此句喻君子虽居乱世而不改变其节度。

㊵ 霜雪零：《吕氏春秋·慎人》：“大寒既至，霜雪既降，吾是以知松柏之茂也。”渝：变。

㊶ 素交：纯洁之交。

㊷ 叔世：末世。

㊸ 锥刀之末：喻微利。

㊹ 蚩蚩：纷扰貌。

㊺ 源：本。

㊻ 较：明。略：概略。

㊼ 董：董贤，以貌美为汉哀帝男宠，出则与帝同骖，入则与帝同卧，赏赐无数，贵倾朝廷，见《汉书》本传。石：石显，汉元帝时为中书令，为人奸狡，元帝病，大小事情要通过石显转奏决定，贵幸无比。见《汉书》本传。

㊽ 梁：梁冀，是东汉顺帝皇后、桓帝皇后之兄，骄横凶恣，专权二十余年。见《后汉书·梁统传》。窦：窦宪，为东汉和帝母舅。和帝十岁即位，窦太后听政，宪为侍中，官至大将军，擅权骄纵，百官畏惧。见《后汉书》本传。

㊾ 耸：惧。风尘：指威风。

㊿ 叠：畏。熏灼：犹气焰。

51 藉响：闻声响应。骛（wù）：奔驰。

52 鸡人：古代报晓之官。

53 鹤盖：车的伞盖，其形如飞鹤。

54 流水：喻车如流水之多。轸：车后横木。

55 摩：摩擦至伤。

56 隳（huī）：毁。

57 要离：春秋时要离与吴公子光密谋，欲杀王子庆忌。要离献计，使公子光断其右手，又焚杀其妻子，然后诈投奔庆忌，果伺机刺之。见《吴越春秋·阖闾内传》。

58 殉：以身从物曰殉。荆卿：即荆轲。荆轲为燕太子丹刺杀秦王，不成，以至族诛。湛：通“沉”，沉没也。

59 埒（liè）：等同。陶：春秋时，范蠡佐勾践灭吴后归隐，至陶，称朱公，经商，三致千金。白：白圭，战国时人，乐观时变，经商治产致富。皆见《史记·货殖列传》。

60 程：程郑，秦朝人，在临邛从事冶铸之业，致富，家僮数百人。罗：罗褒，成都人，资至巨万。皆见《汉书·食货志》。

61 铜陵：犹铜山。汉文帝时，邓通受宠幸，赐蜀严道铜山，可自铸钱，其时邓氏钱满天下。见《史记·佞幸传》。

62 金穴：汉光武帝郭皇后弟况，常得赐金钱，京师号郭家为金穴。见《后汉书·皇后纪》上。

63 闬（hàn）：里门。

64 绳枢：以绳系户枢为门，喻贫家。

65 宵烛：《战国策·秦策》二：有贫女无烛者与有烛之处女同住，冀得其余光。

66 邀：求。润屋：喻富家。《礼记·大学》：“富润屋。”

67 飒沓：众盛貌。鳞：喻鱼。

68 雁鹜：贵家以稻粱饲鹅和鸭，贫者欲分其余粒。

⑲ 玉斝(jiǎ)：玉制酒器，似爵，有三足。

⑳ 白水：《左传·僖公二十四年》：公子重耳与其舅子犯归国，至黄河，子犯请允许他归隐，重耳曰："所不与舅氏同心者，有如白水！"言与舅氏同心之明，有如白水。

⑦1 陆大夫：陆贾，汉初为太中大夫。曾劝陈平结交周勃以谋弱诸吕。陈平以奴婢百人，车五十乘，钱五百万，遣陆贾为饮食费，游汉廷公卿间，名声籍甚。见《史记》本传。

⑦2 郭有道：郭泰，字林宗，博通典籍，有声名，曾游洛阳，善品评人物，后归乡，诸儒送者车千乘，与李膺同舟而济，人望之以为神仙。见《后汉书》本传。东国：指东都洛阳。

⑦3 颔（qìn）颐：揿动下巴。頞（è）：鼻梁。蔡泽入秦，以祸福无常，宜功成身退之义劝秦相范雎，适值雎与秦王有间，遂荐泽以自代。见《史记》本传。扬雄《解嘲》则丑化蔡泽游说之态云："颔颐蹙頞，涕唾流沫，西揖强秦之相……而夺其位。"

⑦4 黄马：《庄子·天下》：言惠施善辩，谓"黄马骊牛三……辩者以此与惠施相应，终身无穷。"注引宣云："二色与体为三。"

⑦5 碧鸡之雄辩：《公孙龙子·通变》有关于碧鸡的辩辞。冯衍《与邓禹书》："衍以为写神输意，则聊城之说，碧鸡之辩，不足难也。"

⑦6 寒谷：又称黍谷。传说黍谷土美而寒，不生五谷，邹衍吹律而温气生，燕人遂种黍其中，故名。见王充《论衡·寒温》。郁：古与"燠"通，暖也。

⑦7 严：风霜烈谓之严。苦：急。

⑦8 通人：博览古今者。

⑦9 道：美。云阁：云台的别称，汉洛阳南宫有云台广德殿，明帝图画中兴功臣三十二人于云台。

⑧0 鳞翼：指龙凤。

⑧1 驵（zǎng）骥：骏马。驵，壮。旄：旄牛尾，此借指骥尾。《史记·伯夷列传》："颜渊虽笃学，附骥尾而行益显。"索隐："苍蝇附

骥尾而致千里，以譬颜回因孔子而名彰也。”

㊷ 轶：超过。碣石：古山名，在河北昌黎西北的海边。

㊸ 阳舒阴惨：《西京赋》曰：“人在阳时则舒，在阴时则惨。”

㊹ 大情：普遍之情。

㊺ 忧合欢离：在忧患之时则相亲相合，在欢乐之时则相忘相离。

㊻ 泉涸：泉水干涸。《庄子·大宗师》:“泉涸，鱼相与处于陆，相呴以湿，相濡以沫，不如相忘于江湖。”相呴以沫，互相救助，此合也。相忘于江湖，离也。

㊼ 鸣哀:《论语·泰伯》:“鸟之将死，其鸣也哀；人之将死，其言也善。”此谓阳舒阴惨也。

㊽ 河上之悲曲:《吴越春秋·阖闾内传》:伯嚭奔吴，子胥请以为大夫。被离承宴问子胥，何以信伯嚭？子胥曰：吾之怨与嚭同，子闻河上之歌乎？“同病相怜，同忧相救……。”

㊾《谷风》:《诗经·小雅·谷风》:“将恐将惧，置予于怀。”笺云：“置我于怀，言至亲已也。”

㊿ 断金:《周易》系辞上：“二人同心，其利断金。”谓二人同心，其利可截断金属。湫隘：窄小之地，喻贫困。

91 刎颈:《史记·廉颇蔺相如列传》:“卒相与欢，为刎颈交。”喻同生死共患难的朋友。苫盖：茅草编的衣被等物。《左传·襄公十四年》:“乃祖吾离被苫盖，蒙荆棘，以来归我先君。”疏：“被苫盖，言无布帛可衣，唯衣草也。”此喻贫贱。

92 伍员：即子胥。濯溉：谓洗其污秽润其身心。宰嚭：即太宰伯嚭。伯嚭富贵后，即谮杀子胥。

93 张王：即张耳。陈相：即陈馀。张与陈都曾被秦王朝追捕，陈年少，父事张耳，两人相与为刎颈交。后有隙，陈馀带兵攻败张耳。

94 纩：新丝绵，用以探将死者之气息。

95 颜冉：颜渊、冉伯牛，皆孔子之贤弟子。龙翰凤雏：三国魏崔琰称邴原张范为龙翰凤翼；时人称诸葛亮、庞士元为伏龙凤雏。皆喻德才超群。

⑯ 曾史：孔子弟子曾参，卫大夫史鱼。兰薰雪白：喻芳洁。

⑰ 舒向：董仲舒、刘向。金玉渊海：喻学问贵重渊深。

⑱ 卿云：司马长卿、扬子云。黼黻河汉：言文章如锦绣之丽河汉之广。

⑲ 土梗：泥塑偶像。

⑩ 半菽：以半菜半豆为食，谓粗劣的饭食。

⑩ 一毛：《孟子·尽心》：“杨氏为我，拔一毛而利天下不为也。”

⑩ 彯（piāo）撇：轻扬。

⑩ 共工：尧时四凶之一，被舜放逐。蒐慝：隐恶。

⑩ 驩兜：尧时四凶之一，被舜放逐。

⑩ 南荆：楚国。跋扈：狂暴。此指庄跻，于楚庄王时为盗于境内，吏不能禁。

⑩ 东陵：地名，借指盗跖。《庄子·骈拇》：“盗跖死利于东陵之上。”巨猾：此指大盗。

⑩ 匍匐：伏地而行。逶迤：邪行。皆喻恭顺。

⑩ 折枝：按摩。《孟子·梁惠王》上：“为长者折枝，语人曰：‘我不能。’是不为也，非不能也。”赵岐注：“折枝，案摩，折手节，解罢（疲）枝也。少者耻是役，故不为耳。”舐痔：喻谄媚之鄙行。《庄子·列御寇》：“秦王有疾召医，破痈溃痤者得车一乘，舐痔者得车五乘。”

⑩ 金膏：犹金丹。翠羽：翠鸟之羽，古代的贵重饰物。将：助。

⑩ 脂：油脂。韦：软皮。屈原《楚辞·卜居》：“将突梯滑稽、如脂如韦以洁楹乎？”此喻圆滑。便（pián）辟：逢迎谄媚。

⑪ 夷：伯夷。惠：柳下惠。

⑪ 苞苴：指行贿的礼物。

⑪ 张：张安世。霍：霍光。皆汉代之豪贵。

⑪ 忒：差错。

⑪ 阛（huán）阓：指市场。阛，市垣。阓（huì），市之外门。善注：“《谭集》及《新论》并无以市喻交之文。《战国策》，谭拾子谓孟尝

君曰：得无怨齐士大夫乎？孟尝君曰：然。谭拾子曰：富贵则就之，贫贱则去之。请以市喻：市朝则满，夕则虚。非朝爱市而夕憎之也。求存故往，亡故去。愿君勿怨。然此以市喻交，疑拾误为桓，遂居谭上耳。”

⑯ 林回：人名。《庄子·山木》记载林回曰：“君子之交淡若水，小人之交甘若醴。”

⑰ 张陈：张耳、陈馀。

⑱ 萧朱：萧育、朱博。二人少时友好，后育为九卿，博先至丞相，与博有隙。见《汉书·萧育传》。

⑲ 翟公：《汉书·郑当时传》记载，翟公下邽人，为廷尉，宾客填门。及废，门可设雀罗。复为廷尉，宾客欲往，公大书其门曰：“一死一生，乃知交情；一贫一富，乃知交态；一贵一贱，交情乃见。”

⑳ 衅：罪，祸害。

㉑ 携：离。

㉒ 饕餮（tāo tiè）：本兽名，亦为贪残者之称。《左传·文公十八年》：“缙云氏有不才子，贪于饮食，冒于货贿，侵欲崇侈……天下之民以比三凶，谓之饕餮。”

㉓ 贞介：正直。

㉔ 梗：病，灾祸。

㉕ 速：召。尤：过。

㉖ 王丹：《后汉书·王丹传》，丹之子有同门生丧亲，家在中山，告丹欲奔慰，丹怒而挞之，令寄缣以祠焉。槚（jiǎ）：同“榎”，木名。楚：荆木。古作体罚的刑杖。

㉗ 朱穆：即朱公叔。昌言：直言无隐。示绝：作绝交论以示意。

㉘ 旨：美。

㉙ 乐安：郡名，属山东。任昉：历仕宋齐梁三朝，梁武帝时为黄门侍郎、义兴及新安太守，擅长散文，时人称“任笔沈（约）诗”。

㉚ 银黄：银印黄绶，谓在南齐时任中书侍郎。

⑬¹ 方：并。曹、王：曹植、王粲。

⑬² 英跱：跱，同“峙”，独立、挺拔也。善注云：“裴松之案：跱或作特。窃谓英特为是。”

⑬³ 联横：犹“连衡”。衡：轭也。故连衡犹连镳，两骑并驾也。许、郭：许劭、郭泰。二人均好人伦风鉴，多所赏识，故天下拔士者咸称许郭。

⑬⁴ 田文：即孟尝君，鸡鸣狗盗之徒皆招致门下，食客三千人。

⑬⁵ 郑庄：即郑当时，每朝会，汉武帝有所问，未尝不言天下长者，班固赞他善推贤。

⑬⁶ 盱（xū）衡：扬眉举目。扼腕：手握其腕，此喻兴奋。

⑬⁷ 抵掌：击掌。

⑬⁸ 雌黄：此言评论善恶。

⑬⁹ 朱紫：此喻品操优劣。月旦：《后汉书·许劭传》：“初，劭与靖俱有高名，好共核论乡党人物，每月辄更其品题，故汝南俗有‘月旦一评’焉。”此谓品评人物。

⑭⁰ 冠盖：礼帽、车盖，为官吏所服用，借指官吏。

⑭¹ 衣裳：犹衣冠，喻士大夫。

⑭² 辎軿（píng）：有帷障的华丽车乘。轊（wèi）：车轴头。

⑭³ 闺阈：门限。

⑭⁴ 阙里：孔子所居之里，借指孔子。

⑭⁵ 隩隅：室之西南角。此二句谓登堂入室。

⑭⁶ 龙门：《三秦记》曰：河津一名龙门，其下大鱼数千不得上，上者化为龙。又《后汉书·李膺传》：“膺独持风裁，以声名自高，士有被容接者，名为登龙门。”阪：山坡。

⑭⁷ 眄（miǎn）：斜视。

⑭⁸ 剪拂：与翦拂、湔拔，音义同，谓洗濯拂拭，比喻对人才的培育称美。《战国策·楚策》四，汗明说春申君曰：骥服盐车而上太行，蹄申膝折，白汗交流而不能上。伯乐见而下车，攀而哭之，解纻衣以覆

之。骥俯而喷，仰而鸣，声达于天，感伯乐之知己。今仆居鄙俗之日久，君独无湔拔仆也。

⑭⑨ 影组：飘着绶带，谓做官。云台：汉洛阳南宫有云台，明帝图画中兴功臣于此。贾逵曾奉命登云台讲《左传》。

⑮⓪ 丹墀：古宫殿前台阶，因漆红色，故称。

⑮① 缔：结而不可解曰缔，犹固结。

⑮② 惠、庄：惠施、庄周。二人为知交，惠施死，庄周寝其说，言世无可相与语者。

⑮③ 羊、左：羊角哀、左伯桃。《列士传》云：羊左为友，闻楚王贤，同赴楚。道遇风雪，衣粮少，计难俱生。伯桃乃以衣粮留给羊，自入空树中死。羊至楚为上卿，乃厚葬之。后世以喻生死之交。徽烈：美业。

⑮④ 东粤：即东越，谓昉死于新安，其故地在今浙江。

⑮⑤ 洛浦：指扬州。扬州即梁之洛阳。

⑮⑥ 渍酒：《后汉书·徐稺传》，遇朋友丧，稺于家中预炙鸡一只，绵絮一两渍酒中，曝干以裹鸡。然后携鸡至墓前，以水渍绵，使有酒气，祭毕即离去。此指朋友吊丧墓祭。

⑮⑦ 宿草：隔年之草。

⑮⑧ 藐尔：弱小貌。诸孤：昉诸子。昉有子东里、西华、南容、北叟。

⑮⑨ 金兰：志同道合之友。《周易》系辞上："二人同心，其利断金；同心之言，其臭如兰。"

⑯⓪ 羊舌：即叔向。善注引《春秋外传》云："叔向见司马侯之子，抚而泣之曰：自此父之死也，吾蔑与比事君也。昔者此其父始之，我终之；我始之，夫子终之。"

⑯① 郈（hòu）成：《孔丛子·陈士义》云，春秋时，鲁国的郈成子，迎接亡友卫国毂臣的妻子回家，分宅而居之。善注："此谓到洽兄弟也。刘孝标与诸弟书曰：任既假以吹嘘，各登清贯。任云亡未几，子侄漂流沟渠，洽等视之，攸然不相存赡。平原刘峻疾其苟且，乃广朱公叔

《绝交论》焉。”案：刘孝标，当为刘孝绰。事详《梁书》本传。

⑯ 险巇（xī）：险峻。

⑯ 太行孟门：二山名。

⑯ 崭绝：此谓绝险。

⑯ 皦皦：洁白貌。雾浊：喻秽俗。

【语译】

客人问主人道："朱公叔著的《绝交论》，里面的说法对不对？"主人道："客人为什么问这个问题？"客人道："古人说，草虫鸣则阜螽跳跃而从之，老虎啸则清风起。这不是同类相感相从吗？所以天地间阴阳二气相互作用，而大雾涌起云气蒸腾以相应；两鸟以鸣声相召唤，其呼应之速如星流电激。人类也同样，因此王阳出去做官，其友贡公就十分高兴，是说朋友可以相互提挈；子皮逝世，而子产痛哭，是说失去了知己朋友。况且朋友之间，心同琴瑟之和，言比兰茝还要香；道相合如同胶漆紧紧粘着，志相和胜过兄弟相亲。古之圣贤把良朋之道雕于金版镌于盘盂，书于典册刻于钟鼎，以垂训后世。至于匠石运斤成风以斫去别人鼻端污泥的妙技，因配合其表演的朋友逝去而停止运用；伯牙因知音锺子期之死而不再奏高山流水的高雅乐曲。范张相交，范式是那样忠实诚恳地送先死的张劭归于黄泉之下；尹敏和班彪相厚，他们常欢乐畅谈于长夜。友谊诚笃者在历史上络绎不绝，如烟飞雨散之多，巧于历算者不能知其数，工于心算者莫能测其志趣。然而朱公叔作《绝交论》，乱人伦之常道，越出圣人的训戒，抨击朋友切磋矫正过失之义，鼓吹断绝交游，把百姓比作凶猛的鹰鹯，把万物之灵的人比作豺虎。愚蒙的我有疑于此，请主人为我辨明疑惑。"

主人笑嘻嘻地说："客人这些话，真所谓只知抚按琴弦上标志的识音点，而不懂天气的燥湿可以改变琴弦的音响；张挂罗网于草木丛生的沼泽以捕鸟，而看不见鸿雁早已高飞。你怀疑《绝交论》，是不知朋友之道乃随时世变化的道理。古之圣人明察世道，闻风化创功业，得意之时如龙腾九天，失意之时则如蠖屈而遁隐，这是随着世道的兴衰而变化。当太平盛世，则伸展其微妙的大志；世道衰微，则显其棣华随时变通的微旨。这正如五音的变化，方能成舜乐的美妙曲调。朱公叔的《绝交论》深得矫正时弊的要义，如同黄帝得玄珠于赤水，是法神圣而为言，可谓妙极了。至于良友以仁义相成，以道德相砥砺，以朋友的愉乐为欢，以其凋零为忧，寄神交于心府之下，忘其形迹于江湖之上。如鸣鸡司晨，虽风雨晦暝而不改其节；如松柏坚贞，虽霜雪降而不变其色。这才是贤达之人的纯洁交情，经过千秋万世才碰上一次。

“到了末世，民俗虚伪，诡诈之风如狂飙疾起，虽深溪狭谷不能遏其险，鬼神无法知其诈，他们竞毛羽那样的轻利，争锥刀之末那样的小事。于是朋友纯洁之交情丧失殆尽，而以利相交的风气大兴，天下纷扰，如鸟惊雷骇。这样说来，‘利交’与‘素交’虽然都同源于时代，但其流派各异。试明言利交的概略，其相交之术有五，条列如下。

“如果巴结交好的对象，像董贤、石显那样得宠，其权势超过梁冀和窦宪，可以随意造化百官，捶铸万物，吐漱兴云雨之恩泽，呼吸下霜露之威刑，九州惧其威风，四海畏其气焰。则追逐势利之人，无不望影趋赴如流星之飞驰，闻声响附如大川之奔流，宫中之鸡人方才报晓，那鹤形的车盖便已联成一片，高门晨开，流水般的车辆便接连而来。不惜摩顶放踵为其奔走，即使毁胆抽肠亦甘心效劳，约定如同要离断臂焚妻对于吴主那样效忠，发誓要像荆轲杀身灭族以报答太子丹那样不惜牺牲。这就叫趋炎附势之交，是‘利交’的流派之一。

“有些人豪富等同于陶朱公和白圭，资财多于程郑和罗褒，专铜山之利，家藏金穴之财，出平原则联骑并进，居里巷则鸣钟而食。这时就有穷巷的宾客，贫家之士子，冀分豪门夜烛之微光，求富室的些微恩泽；像鱼贯凫跃而来，其众之多如鱼群相聚。欲分一点富家喂饲鹅鸭的余粒，冀沾几滴玉爵之剩酒。于是感恩德，表忠诚，攀青松以示坚贞之心，指白水发誓以表真诚之意。这叫以财货相交，是‘利交’的流派之二。

“有些人能言善辩，如陆贾大夫于长安公卿之门游宴酣乐，士大夫都钦仰他的盛大声名；郭有道善于品评人物，当他与李膺同舟而渡之时，送行的士绅羡慕地说他好像登升仙界。至于擅长说辞的蔡泽入秦，撅动下巴皱着眉头，唾沫横飞，说服范睢推荐他为秦相；善辩的惠施驰骋其关于黄马骊牛的宏论，公孙龙施展其有关碧鸡的雄辩言辞。他们谈温燠之事可使寒谷变得和暖，论风霜之严急可使春天的花丛凋零。人们地位的升沉出于他们谈吐指顾之间，身世的荣辱定于他们的一句话。于是有些年轻的王孙，穿着绮罗的公子，这些人论学问还挂不上通人的头衔，论声誉还未曾得到褒美于云台，却企图攀龙鳞附凤翼，乞求那些辩士的余论，希望如青蝇之附于骥尾，使速度超过归鸿的飞翔而至碣石之山，从而声名远播。这叫作以谈说相交，是'利交'流派之三。

"前人曾说：人在阳时则舒服，在阴时则凄惨，这是生民的普遍感情；忧患之时互相亲睦而在欢娱之时则相忘相离，这是各种物类的常性。所以鱼在泉水干涸时相呴以沫，鸟因将死而鸣声悲哀。伍子胥对于伯嚭的逃奔，联想起同病相怜、同忧相救的河上悲歌；当人碰到恐惧之时就把朋友放在心上，表明《谷风》之诗所说的是交谊的重大原则。这样看来，则二人同心，其利断金的可贵交情是由于大家困厄所致，同生死共忧患的崇高友谊是由于贫贱的环境所形成。因此伍员给伯嚭洗去污秽，是出于大家有过受迫害的经历；张耳帮助和庇护陈馀，是由于大家都受到秦王朝的追捕。这叫困穷相交，是'利交'的流派之四。

"至于趋炎附势的庸俗之辈，浮薄之徒，无不执持秤子，拿着纤细的丝绵，秤子用来称量财势的轻重，丝绵用来探测气息的粗细。如果秤杆不能上扬，丝绵不能飘起，即使有颜渊、冉伯牛那样的超群德才，曾子、史鱼那样芳洁的品质，董仲舒、刘向那样贵重渊深的学问，司马长卿扬子云那样华美广博的文才，也都把他们看作浮尘，当作泥偶人，没有谁肯舍给一餐粗劣的饭食，很少有人愿意拔一根汗毛周济他们。如果称量其财势重一点点，气息把丝绵吹得略微飘动，即使其人像共工那样有隐恶，驩兜那样无义，庄跻那样狂暴，盗跖那样造成大乱的人，对他们皆自愿伏地邪行去恭维，甘心为他们按摩解劳，献媚巴结，奉上金丹翠羽等宝物以帮助表明其厚意，以圆滑谄媚的态度表其忠诚。所以轩冕之人所游之处，必非伯夷、柳下惠那样的君子之室，献纳贿赂所入之处，实乃张安世、霍光那样豪贵之家。趋炎附势的人深谋远算而后动，少有毫芒之差。这叫作衡量财势之交，是‘利交’流派之五。

“以上五种交友之道，义同买卖，故桓谭把它比作市场交易，林回把它喻作甘美的甜酒（意为小人之交）。谁不知道寒暑交替而来，盛衰相继而至，有的人前期荣华而后期衰败，有的人始初富有而终于贫穷，有的人开初很有权势而末了权势失落，有的人旧日困穷而今康泰，这正如循环反复，其迅速如波澜起伏。这说明求利之情未尝异，而富贵贫贱交相变化之理使交谊不可能始终如一。由此看来，张耳、陈馀的友谊所以终成凶险，萧育、朱博的交情所以变成仇隙，是决然无疑可以知道的。但是汉代的廷尉翟公却惘然自失地大书其门以规劝宾客，为什么他认识结交的本质如此之迟呢？

“由于有此五种交友之道，乃产生三种祸患：坏德灭义，与禽兽相似，这是祸患之一；友谊难于巩固，而易于背离，是仇隙争端积聚之所，这是祸患之二；声名没于贪鄙之中，正直之人引以为耻，这是祸患之三。古人知道此三种祸患的作祟，畏惧这五种交友之道将招致祸害，所以王丹用刑杖震慑其子，不让他远去朋友家奔丧住宿；朱公叔则直言不讳表示要绝交。他们的做法有深意呀！真有深意呀！

“近世有乐安人任昉，乃海内少年英杰，很早就佩带银印黄绶，受到人们的称誉。他那劲健的文笔华丽的辞藻，可与曹植王粲并驾齐驱；其独立俊异，可同许劭郭泰联镳并驰。他类似孟尝君之好客，同郑当时之爱贤。见一善行则展眉举目非常兴奋，遇一才士则扬眉击掌十分称赏。评论善恶出其口吻，德行优劣由其品评。于是官员多来拜访，衣冠云集，华丽的车子轴端相接，座客常满。踏上其门限，如登孔子之堂；入其室中，被说成如登龙门。以至一经顾盼便使其身价倍增，受到洗濯拂拭可使其感恩长鸣。因此而得佩带印绶登上云台的人摩肩接踵，得以趋走宫廷的人足迹相叠。所以无人不求稳固其恩近之情，结亲密之好，想要继承惠施和庄子的高风，希望接续羊角哀左伯桃的美业。到了任昉瞑目于东越，归骸扬州，灵前的帐幕尚在悬挂，门庭便罕见前来吊丧祭奠的美士；坟上未生宿草，野外已断绝坐车前来致哀的贵宾。他弱小的几位遗孤，苟度岁月，流离大海之南，寄命于瘴疠之地。

从前那些能够寄妻托子之英贤，同心同德之好友，竟没有一个像羊舌氏抚慰朋友之孤子而落泪的仁人，还有谁仰慕郈成分宅以居友人妻子的盛德呢！

“痛心呀！世路险恶，一至于此！太行和孟门二山与之相比，怎能称得上绝险呢！因此正直之人愤恨这样的世道，故急忙撕裂衣裳以裹其足，弃此尘俗而远奔，独立在高山之顶，宁愿高兴地与麋鹿同群，以保持清白而与污秽的世俗相断绝。实在因为以此为耻，实在因为害怕那些以利相交的小人。”

【评析】

这是一篇愤世嫉俗、掷地有声的妙文。作者从人竞私利的社会中，慧眼独运，看到了所谓交友“义同贾鬻”，实质在于求私利。私利之得失，决定友谊的存亡，故世道极其险恶。这种超凡的见解，可谓入木三分。作者表述这一认识，也颇有章法。文章开头以客问发端，欲抑先扬；继以勾魂摄魄之笔，揶揄讽刺之法，总论“五交”的丑态；然后进一步剖其本质，论其必然，揭其危害；复证以闻人任昉的实例，“利交”的可憎可恨，令人无可辩驳；末了以愤然与尘俗决绝，宁愿和麋鹿同游作结。行文跌宕起伏，锋芒毕露，愤世之情，如长江大河翻腾奔泻而下，令人拍案叫绝。虽然作者的论述未免太绝对，不见得人人如此，但毕竟揭露了社交的普遍事实，矫时之文，不过正焉能矫枉？所以，作者的偏激，似可不必深究。

演连珠五十首

作者：陆士衡　　注译评析：黄立业

臣闻日薄星回，穹天所以纪物[①]；山盈川冲[②]，后土所以播气[③]。五行错而致用[④]，四时违而成岁[⑤]。是以百官恪居[⑥]，以赴八音之离[⑦]；明君执契[⑧]，以要克谐之会。

臣闻任重于力，才尽则困；用广其器[⑨]，应博则凶[⑩]。是以物胜权而衡殆[11]，形过镜则照穷。故明主程才以效业[12]，贞臣底力而辞丰[13]。

臣闻髦俊之才，世所希乏；丘园之秀[14]，因时则扬。是以大人基命[15]，不擢才于后土；明主聿兴，不降佐于昊苍。

臣闻世之所遗，未为非宝；主之所珍[16]，不必适治。是以俊乂之薮[17]，希蒙翘车之招[18]；金碧之岩[19]，必辱凤举之使[20]。

臣闻禄放于宠[21]，非隆家之举；官私于亲，非兴邦之选。是以三卿世及[22]，东国多衰弊之政[23]；五侯并轨[24]，西京有陵夷之运。

臣闻灵辉朝觏[25]，称物纳照；时风夕洒，程形赋音[26]。是以至道之行，万类取足于世；大化既洽，百姓无匮于心。

臣闻顿网探渊，不能招龙；振网罗云，不必招凤。是以巢箕之叟[27]，不眄丘园之币；洗渭之民，不发傅岩之梦[28]。

臣闻鉴之积也无厚[29]，而照有重渊之深[30]；目之察也有畔，而视周天壤之际。何则？应事以精不以形，造物以神不以器。是以万邦凯乐[31]，非悦钟鼓之娱；天下归仁，非感玉帛之惠。

臣闻积实虽微，必动于物；崇虚虽广[32]，不能移心。是以都人冶容[33]，不悦西施之影；乘马班如[34]，不辍太山之阴。

臣闻应物有方，居难则易；藏器在身[35]，所乏者时。是以充堂之芳，非幽兰所难；绕梁之音[36]，实萦弦所思[37]。

臣闻智周通塞，不为时穷；才经夷险，不为世屈。是以凌飙之羽[38]，不求反风；耀夜之目[39]，不思倒日[40]。

臣闻忠臣率志，不谋其报；贞士发愤，期在明贤。是以柳庄黜殡[41]，非贪瓜衍之赏[42]；禽息碎首[43]，岂要先茅之田[44]？

臣闻利眼临云[45]，不能垂照；朗璞蒙垢[46]，不能吐辉。是以明哲之君，时有蔽壅之累；俊乂之臣，屡抱后时之悲。

臣闻郁烈之芳，出于委灰[47]；繁会之音[48]，生于绝弦[49]。是以贞女要名于没世[50]，烈士赴节于当年。

臣闻良宰谋朝，不必借威；贞臣卫主，修身则足。是以三晋之强[51]，屈于齐堂之俎[52]；千乘之势，弱于阳门之哭[53]。

臣闻赴曲之音[54]，洪细入韵[55]；蹈节之容[56]，俯仰依咏。是以言苟适事，精粗可施；士苟适道，修短可命。

臣闻因云洒润[57]，则芬泽易流；乘风载响，则音徽自远[58]。是以德教俟物而济，荣名缘时而显。

臣闻览影偶质[59]，不能解独；指迹慕远[60]，无救于迟。是以循虚器者[61]，非应物之具[62]；玩空言者，非致治之机[63]。

臣闻钻燧吐火，以续汤谷之晷[64]；挥翮生风，而继飞廉之功[65]。是以物有微而毗著[66]，事有琐而助洪。

臣闻春风朝煦，萧艾蒙其温[67]；秋霜宵坠，芝蕙被其凉[68]。是故威以齐物为肃，德以普济为弘。

臣闻巧尽于器，习数则贯[69]；道系于神，人亡则灭。是以轮匠肆目[70]，不乏奚仲之妙[71]；瞽叟清耳[72]，而无伶伦之察[73]。

臣闻性之所期，贵贱同量；理之所极，卑高一归。是以准月禀水[74]，不能加凉；晞日引火[75]，不必增辉。

臣闻绝节高唱，非凡耳所悲[76]；肆义芳讯[77]，非庸听所善。是以南荆有寡和之歌[78]，东野有不释之辩[79]。

臣闻寻烟染芬，薰息犹芳[80]；征音录响[81]，操终则绝[82]。何则？垂于世者可继，止乎身者难结。是以玄晏之风恒存，动神之化已灭[83]。

臣闻托暗藏形，不为巧密；倚智隐情，不足自匿。是以重光发藻[84]，寻虚捕景[85]；大人贞观[86]，探心昭忒[87]。

臣闻披云看霄，则天文清；澄风观水，则川流平。是以四族放而唐劭[88]，二臣诛而楚宁[89]。

臣闻音以比耳为美[90]，色以悦目为欢。是以众听所倾，非假《百里》之操[91]；万夫婉娈[92]，非俟西子之颜。故圣人随世以擢佐，明主因时而命官。

臣闻出乎身者，非假物所隆；牵乎时者，非克己所勖[93]。是以利尽万物，不能睿童昏之心[94]；德表生民，不能救栖遑之辱[95]。

臣闻动循定检[96]，天有可察；应无常节，身或难照。是以望景揆日[97]，盈数可期[98]；抚臆论心[99]，有时而谬。

臣闻倾耳求音，视优听苦；澄心徇物[100]，形逸神劳。是以天殊其数[101]，虽同方不能分其戚；理塞其通，则并质不能共其休[102]。

臣闻遁世之士[103]，非受匏瓜之性[104]；幽居之女，非无怀春之情。是以名胜欲，故偶影之操矜；穷愈达[105]，故凌霄之节厉。

臣闻听极于音，不慕钧天之乐[106]；身足于荫，无假垂天之云[107]。是以蒲、密之黎[108]，遗时雍之世[109]，丰、沛之士[110]，忘桓拨之君[111]。

臣闻飞辔西顿[112]，则离朱与矇瞍收察[113]；悬景东秀[114]，则夜光与武夫匿耀[115]。是以才换世则俱困[116]，功偶时而并劭。

臣闻示应于近，远有可察；托验于显，微或可包。是以寸管下傃[117]，天地不能以气欺；尺表逆立[118]，日月不能以形逃。

臣闻弦有常音[119]，故曲终则改；镜无畜影，故触形则照。是以虚己应物，必究千变之容；挟情适事[120]，不观万殊之妙。

臣闻柷敔希声[121]，以谐金石之和；鼙鼓疏击[122]，以节繁弦之契。是以经治必宣其通，图物恒审其会[123]。

臣闻目无尝音之察[124]，耳无照景之神。故在乎我者，不诛之于己[125]；存乎物者，不求备于人。

臣闻放身而居[126]，体逸则安；肆口而食，属厌则充[127]。是以王鲔登俎[128]，不假吞波之鱼[129]；兰膏停室[130]，不思衔烛之龙[131]。

臣闻冲波安流[132]，则龙舟不能以漂[133]；震风洞发[134]，则夏屋有时而倾[135]。何则？牵乎动则静凝[136]，系乎静则动贞[137]。是以淫风大行，贞女蒙冶容之悔[138]；淳化殷流[139]，盗跖挟曾史之情[140]。

臣闻达之所服[141]，贵有或遗；穷之所接，贱而必寻。是以江汉之君，悲其坠履[142]；少原之妇，哭其亡簪[143]。

臣闻触非其类[144]，虽疾弗应；感以其方，虽微则顺。是以商飙漂山[145]，不兴盈尺之云；谷风乘条[146]，必降弥天之润。故暗于治者，唱繁而和寡；审乎物者，力约而功峻。

臣闻烟出于火，非火之和；情生于性，非性之适。故火壮则烟微，性充则情约。是以殷墟有感物之悲[147]，周京无伫立之迹[148]。

臣闻适物之技，俯仰异用；应事之器，通塞异任。是以鸟栖云而缴飞[149]，鱼藏渊而网沉。贲鼓密而含响[150]，朗笛疏而吐音。

臣闻理之所守，势所常夺；道之所闭，权所必开。是以生重于利，故据图无挥剑之痛[151]；义贵于身，故临川有投迹之哀[152]。

臣闻通于变者，用约而利博；明其要者，器浅而应玄[153]。是以天地之赜，该于六位；[154]万殊之曲，穷于五弦[155]。

臣闻图形于影，未尽纤丽之容；察火于灰，不睹洪赫之烈。是以问道存乎其人[156]，观物必造其质[157]。

臣闻情见于物，虽远犹疏；神藏于形，虽近则密。是以仪天步晷[158]，而修短可量；临渊揆水[159]，而浅深难察。

臣闻虐暑熏天[160]，不减坚冰之寒；涸阴凝地[161]，无累陵火之热[162]。是以吞纵之强[163]，不能反蹈海之志[164]；漂卤之威[165]，不能降西山之节[166]。

臣闻理之所开，力所常达；数之所塞[167]，威有必穷。是以烈火流金，不能焚景[168]；沉寒凝海，不能结风[169]。

臣闻足于性者，天损不能入；贞于期者，时累不能淫[170]。是以迅风陵雨[171]，不谬晨禽之察[172]；劲阴杀节，不凋寒木之心[173]。

【篇旨】

此文陈述治国安邦，选贤任能，待人处事等道理，目的在于希望君主引为鉴戒。

【注释】

① 穹天：天。物：物候、季节。

② 冲：虚。

③ 后土：地。播：散。

④ 五行：金木水火土。错：杂。

⑤ 违：殊异。

⑥ 恪居：恭敬地居于其位。

⑦ 八音：金石丝竹匏土革木。离：刘良注谓“犹节也”。

⑧ 契：指书契、符契。此章言明君当效法天地运动之法则，选贤任能，才能治理好国家。

⑨ 器：李周翰注谓“能也”。

⑩ 应：承受。

⑪ 权：秤锤。衡：秤杆。

⑫ 程：品、量。效：考察。

⑬ 厎（zhǐ）：致。此章言明主当量才委任，贤臣当度德受官。

⑭ 丘园：丘墟和园圃，皆草木丛生之所，喻隐者所居。《周易·贲卦》：“贲于丘园，束帛戋戋。”

⑮ 大人：此指天子。基命：始于信顺天命。基，始。命，信。《诗经·周颂·昊天》：“成王不敢康，夙夜基命宥密。”此章言贤才虽少而每朝必有，关键在于发现和擢用。

⑯ 主：此指昏君。

⑰ 薮：泽，喻人物聚集之处。

⑱ 希：通“稀”。翘车：礼聘贤士之车。《左传·庄公二十二年》：“翘翘车乘，招我以弓。”

⑲ 金碧：《汉书·郊祀志》下：“或曰：益州有金马碧鸡之神，可醮祭而致，于是遣谏大夫王褒使持节而求之。”金马、碧鸡皆神名。

⑳ 凤举：喻使臣衔命远行。此章言昏君崇神弃贤。

㉑ 放（fǎng）：依据。

㉒ 三卿：即三桓，为春秋鲁大夫仲孙、叔孙、季孙之合称。三桓专权于鲁，而哀公被逐。

㉓ 东国：鲁国。

㉔ 五侯：汉成帝舅王谭、王立、王根、王逢、王商，同日封侯，世称五侯。轨：迹。此章言权在宠臣，任人唯亲，则国家危殆。

㉕ 灵辉：日。觏（gòu）：遇见。

㉖ 程：量。此章言明君道被万物，德及百姓，则天下之民自然和乐满足。

㉗ 巢箕之叟：指隐居者。传说尧让天下给许由，由遁隐于箕山之下，夏天结巢而居。尧又召为九州长，由不欲闻，洗耳于颍水之滨。时巢父牵犊饮水，问知其故，责之，嫌其洗耳之水污秽犊口，乃牵犊上流饮之。见《史记·伯夷列传》及注、《文选》善注引谯周《古史考》。下文“洗渭”，可能是“洗耳”或“洗颍”之误。

㉘ 傅岩：相传殷高宗武丁梦见傅说，按相貌访求，说筑于傅岩之野，遂举以为相，使殷中兴。见《尚书·说命》《史记·殷本纪》。此章言大贤不能用礼法招致，只能以仁德吸引。

㉙ 鉴：镜子。

㉚ 重渊：九重之渊，即深渊。

㉛ 凯乐：和乐。《论语·阳货》：“子曰：礼云礼云，玉帛云乎哉！乐云乐云，钟鼓云乎哉！”谓礼乐有其本质，不在乎形式。此二句用其意。此章言君主欲百姓归化，应以仁德而不在于形式及小恩小惠。

㉜ 崇：积聚。

㉝ 都人：美人。此指貌美的男士。冶容：妖艳打扮。《周易》系辞上：“冶容诲淫。”故刘孝标释此句为“荒淫之人”。

㉞ 班如：盘桓不进貌。《周易·屯卦》：“乘马班如。”此章言积实虽小，远胜徒有虚名。

㉟ 器：此喻才能。《周易》系辞下：“君子藏器于身，待时而动。”

㊱ 绕梁：《列子·汤问》谓韩娥适齐，过雍门，卖唱度日。既去，余音绕梁欐，三日不绝。此喻歌声、乐声之美。

㊲ 萦弦：犹调试琴弦。萦，绕。此章言明主欲顺利致治，必须选用贤才。

㊳ 飙（biāo）：暴风。羽：犹言鸟。

㊴ 耀夜之目：谓目能夜视。

㊵ 倒日：回日。此章言贤者才智足以驾驭时世，而不为时世所困。

㊶ 黜殡：降低停殡规格。《韩诗外传》卷七，谓卫大夫史鱼将死，遗命停殡于侧室，以谏卫灵公，希望他进用贤人蘧伯玉，黜退不肖之弥子瑕。史称其忠。此谓柳庄，未见于载籍，可能是史鱼之误。

㊷ 瓜衍之赏：论功行赏。《左传·宣公十五年》："晋侯赏桓子狄臣千室，亦赏士伯以瓜衍之县。"

㊸ 禽息：善注引《韩诗外传》，谓秦人禽息，知百里奚之贤，荐于穆公，公以为循私而加刑于百里奚。公后知百里奚果贤，乃谢禽息。禽息曰：臣闻忠臣进贤不私显，烈士忧国不丧志。奚陷刑，臣之罪也。乃对使者以首触楹而死。

㊹ 先茅：《左传·僖公三十三年》：襄公"以再命，命先茅之县赏胥臣，曰：举郤缺，子之功也。"喻以举贤之功行赏。此章言贤臣谏君举贤，皆出于忠贞之心，非为封赏。

㊺ 利眼：喻日月。善注引"《谕衡》曰：日月犹人之有目。《任子》云：日月，天下眼目，而人不知德。"利眼以喻明君，云喻谗臣。

㊻ 璞：未理之玉，此指美玉。喻贤臣。此章言谗臣在朝，蒙蔽明君，使贤臣无法施展才能。

㊼ 委灰：犹言付之于火。

㊽ 繁会：错杂。

㊾ 绝弦：绷紧易断的琴弦。

㊿ 要（yāo）：求。此章言贞女没身殉节而誉立，烈士舍身赴义而名彰。

(51) 三晋：韩赵魏三家分晋，故称三晋。这里指晋国。

(52) 齐堂之俎：《晏子·春秋·杂上》记载，晋平公欲伐齐，派范昭去窥探。齐景公设宴款待，范昭曰：愿得公之樽祝酒。齐相晏婴命撤去之。范昭又叫乐师奏成周之乐，乐师曰：盲臣未习。范昭归告平公曰：齐不可伐也。孔子闻之曰："不出樽俎之间，而折冲千里之外，晏子之谓也。"俎，盛肉之器。

(53) 阳门之哭：阳门乃宋之国门。《礼记·檀弓下》："晋人之觇宋者，反报于晋侯曰：阳门之介夫（守门甲士）死，而子罕哭之哀，而民说，殆不可伐也。”此章言忠良在朝，不必使用威力而服敌国。

54 赴曲：犹依曲演奏。赴，趋。

55 韵：指曲调。

56 蹈节：踏着节拍。此章谓只要言能适事，德合于道，则不论才之精粗长短皆可任用，不必求全。

57 因：凭借、依靠。

58 徽：美。此章言事物要有所凭借乃易彰显。

59 偶：对、伴。质：人的形体。

60 迹：脚印。

61 虚器：空虚的东西。

62 应物：适应事物变化。

63 致治：达到太平盛世。机：这里指素质。此章言办事治国，切忌空言，必须务实。

64 汤谷：即旸谷，传说为日出之处。

65 飞廉：风神。

66 毗：赞、助。此章言有些事物虽小而能助成大功，不可忽视。

67 萧艾：谓恶草。喻不肖之人。

68 芝蕙：香草。喻贤者。此章言人君赏罚，不应以贵贱爱恶改变正常法度。

69 贯：学习，熟习。

70 肄：极力，勤苦。

71 奚仲：夏代的车正，相传为始造车者。

72 瞽叟：盲乐师。瞽，无目者。叟，六臣本作史。

73 伶伦：相传为黄帝时乐官，定乐律。此章言工巧易致，妙道难传。

74 准月禀水：古时以铜镜摩擦生热，月盛时以向月下，则水生，用铜盘受之，下水数滴，称明水，以供祭祀。《周礼·秋官·司烜氏》：“以鉴取明水于月。”参阅《淮南子·天文》：“方诸见月，则津而为水。”及注。

⑮ 晞日引火：古代用凹面铜镜对着太阳，聚焦取火于日，以供祭祀燃烛照明之用。《周礼·司烜氏》：“以夫遂（即阳燧、凹面铜镜）取明火于日。”此章言性理之事，说到终极时，无论何人都是一样的。

⑯ 悲：眷顾。

⑰ 肆：陈。芳讯：美好的音问。

⑱ 寡和之歌：用《宋玉对楚王问》中“曲高和寡”之典，谓曲调愈高雅，能欣赏唱和者愈少。

⑲ 东野：《吕氏春秋·孝行览必己》：孔子行于东野，马逸，食野人稼，野人留其马。子贡说而请之，野人终不听。于是鄙人马圉乃复往说曰：子耕东海至于西海，吾马何得不食子苗？野人大悦，解马还之。吕延济曰：“此章明事至于妙，非常人所知也。”

⑳ 薰：火烟上出为薰。此指烟。

㉑ 征：验。录：记载。

㉒ 操：曲调。

㉓ 玄晏：指礼教。动神：济曰：“至道也，喻尧舜去世至道之化乃灭也。”吕延济曰：“此章明教迹垂世者可寻，妙道在身者难继。”

㉔ 重光：重日之光。古时以日冕或日珥现象称重日，认为是瑞应。

㉕ 捕：取。

㉖ 贞观：犹言慧眼、圣明。

㉗ 忒：差错。刘良曰：“此章明人不可托暗潜形，以智隐诈也。”

㉘ 四族：唐尧时四个不称职的部族首领，古称四凶。《尚书·舜典》：“流共工于幽州，放驩兜于崇山，窜三苗于三危，殛鲧于羽山，四罪而天下咸服。”

㉙ 二臣：楚国两名邪臣，即费无极和鄢将师。《左传·昭公二十七年》：“子常杀费无极与鄢将师，尽灭其族，以说于国，谤言乃止。”李周翰曰：“此章明诛暴乱则王圣明矣。”

㉚ 比：顺。

㉛《百里》：按文义，此必有误。五臣本作“北里”，乃古舞曲名。或曰

当为“百牙”。百牙即伯牙，古著名琴师。

⑨② 婉娈：美好貌。吕向曰：“此章明君当随时擢贤，不必空慕古人。”

⑨③ 克己：克制自己的言行私欲。勖：勉。

⑨④ 睿：明。童昏：指愚顽。善注以为指尧能化被四表，而不能改变其子丹朱之心。

⑨⑤ 栖遑：奔走忙碌。班固《答宾戏》：“圣哲之治，栖栖遑遑，孔席不暖，墨突不黔。”吕向曰：“此章明性愚不可以教变，俗敝不可以力移也。”

⑨⑥ 检：法度。

⑨⑦ 景：通“影”。揆：测度。

⑨⑧ 盈数：盈缩、长短之数。

⑨⑨ 臆：胸。吕延济曰：“此章明人事深远，不可抑知也。”

⑩⓪ 徇：营，此指营谋、思考。

⑩① 数：技能。

⑩② 休：喜、乐。此章喻人各殊能，不能兼擅众务，故宜量才委任。

⑩③ 遁世：隐居。

⑩④ 匏瓜：葫芦。《论语·阳货》：“吾岂匏瓜也哉，焉能系而不食！”此指只供悬挂，不求仕进之天性。

⑩⑤ 穷：困厄。愈：通“逾”，超过也。达：显达。此章言遁世和独居，非人情之所愿，乃因时势及名节观念使然。

⑩⑥ 钧天之乐：天上之音乐。见《史记·扁鹊列传》。

⑩⑦ 垂天之云：大云。《庄子·逍遥游》：“鹏之背不知其几千里也，怒而飞，其翼若垂天之云。”

⑩⑧ 蒲、密：古代二县名。《孔子家语·辩政》，谓子路治蒲三年，孔子入其境，尚未见子路，三称其政善美。《后汉书·卓茂传》，谓茂为密令数年，视民如子，教化大行。此喻地方官员政绩卓著，民人康乐。

⑩⑨ 时雍之世：尧舜时的太平盛世。《尚书·尧典》：“黎民于变时雍。”

⑪⓪ 丰、沛：汉高祖起于丰沛之间，此指汉初。

⑪ 桓拨：大治。桓，大。拨，治，言拨乱而返于治。《诗经·商颂·长发》："玄王（契）桓拨，受小国是达……汤降不迟，圣敬日跻。"契为殷之始祖，汤乃殷代开国之君。此章言君主和地方官施政平和则人民安乐满足，就没有过高要求。

⑫ 飞辔：驾日之车，此指太阳。

⑬ 离朱：古之明目者，于百步之外，能见秋毫之末。矇瞍：瞎子。无眼珠曰矇，有眼珠而无见曰瞍。

⑭ 悬景：指月。

⑮ 夜光：夜光璧，宝玉名。或曰夜光珠，即夜明珠。武夫：亦作碔砆、珷玞，似玉的美石。

⑯ 换：易。此章言处于末世则愚智俱困，生于昌明之时则圣贤俱能建立功业。

⑰ 寸管：即黄钟九寸之律，有十二律，用竹管或金属管为之，用以定音或候气。候气时，于密室中按方位竖置十二律管，用葭灰抑其内端，案历候之。气至者灰即散去。用此以测每月之节令。傃（sù）：向。

⑱ 表：测日影，正节气的仪器。即立八尺之标竿，在夏至之日中时，表影长尺五寸；冬至日中时，表影长一丈三尺。如此则日月运行的度数及节气皆能计算出来。此章言日月四时的变化可以测知，则人之才能心迹，不待临事亦可测知。

⑲ 弦：琴弦。常音：固定的音阶。

⑳ 挟情：带着爱恶之情。适：主持，对待。此章言能以无私待人处事，则可察见千变万化之情。

㉑ 柷（zhù）：打击乐器名，奏乐开始时先击柷。敔（yǔ）：打击乐器名，于雅乐终止时击奏。希：通"稀"。

㉒ 鼙（pí）鼓：军鼓或祭祀用的雷鼓。

㉓ 会：要会，犹言关键之处。此章言为政处事之道，应以简御繁，执要以解纷。

㉔ 尝：试，犹辨别。

⑫5 诛：深责。此章言人非万能，用人者不要求全责备。

⑫6 居：坐。

⑫7 属厌：饱足。

⑫8 王鲔（wěi）：大鲟鱼。俎：盘，盛肉的器皿。

⑫9 吞波之鱼：极大之鱼。

⑬0 兰膏：用兰草炼油以点灯。

⑬1 衔烛之龙：《屈原·楚辞·天问》："日安不到，烛龙何照？"王逸注："言天之西北，有幽冥无日之国，有龙衔烛而照之也。"此章言如能各得其所，则无企羡之心。

⑬2 冲波：谓旋风引起的波浪。屈原《楚辞·九歌·少司命》："与女游兮九河，冲风至兮水扬波。"冲风，谓猛烈的旋风。

⑬3 以：通"已"，止也。

⑬4 震风：大风。洞：疾。

⑬5 夏屋：大屋。

⑬6 牵乎动则静凝：言舟牵乎水，水动则舟之静态终止。凝：止也。

⑬7 系乎静则动贞：刘孝标曰："言屋系乎地，风动而屋倾，是动贞也。"此句费解，待考。

⑬8 悔：善注："悔，当为诲。"

⑬9 殷：盛、大。

⑭0 盗跖：古称大盗，喻凶虐之人。曾：曾参，古代称誉他是仁人孝子。史：史鱼。将死，遗命停殡于侧室，以谏卫灵公。被誉为忠义的典型。此章言人之性情随环境而变迁，为政者不可不注意风俗教化。

⑭1 服：用。

⑭2 坠履：掉下鞋子。贾谊《新书·谕诚》曰：春秋时楚昭王被吴军打败，昭王亡其踦履（一只脚的鞋子），已行三十步，还而取之。左右问其故。昭王曰：楚国虽贫，难道没有一只鞋子？我是惭愧与它一同出去，而不能一同回来。于是楚俗无相弃者。

⑭3 亡簪：《韩诗外传》卷九：孔子出游少原之野，有妇人哭于泽中甚哀。

乃使弟子问之，谓刚才刈蓍薪而亡簪，是以哀。孔子曰：刈蓍薪而亡蓍簪，有何可悲？妇人曰：非伤亡簪，吾所以悲者，不忘故也。此章言人情贵在不忘故旧。

⑭ 触非其类：谓不以同类之事物相感触。《周易》系辞上：“触类而长之，天下之能事毕矣。”疏：“谓触逢事类而增长之，若触刚之事类，以次增长于刚；若触柔之事类，以次增长于柔。”

⑮ 商飙：秋风。

⑯ 谷风：东风。《诗经・邶风・谷风》：“习习谷风，以阴以雨。”此章言行暴政则不能得民心，施仁政则天下安而治绩显。

⑰ 殷墟、感物：《史记・宋微子世家》记载，箕子朝周，过故殷墟，感宫室毁坏，生禾黍，箕子伤之，乃作《麦秀》之诗。此谓感殷纣纵欲亡国而悲伤。

⑱ 周京：指西周京城镐京。《诗经・王风・黍离》之序云：西周亡后，周大夫过故宗庙宫室，尽为禾黍，彷徨不忍去，乃作此诗。此谓感慨周幽王暴虐，纵欲亡国。此章言君主任情纵欲，必至丧身亡国。

⑲ 缴：系在箭上的生丝绳，射鸟时用。

⑳ 贲（fén）鼓：大鼓。贲与“鼖”通。此章言为政者当适应事物变化的需要，使人尽其才，物适其用。

㉑ 据图：善注引《文子》曰：“左手据天下之图，而右手刎其喉，愚者不为，身贵乎天下也。”此谓据有天下之利。

㉒ 临川、投迹：谓守义而投水自尽。《庄子・让王》所载有三人。舜以天下让北人无泽，北人无泽认为舜以其辱行污我，因自投清泠之渊。又汤让天下给卞随，卞随以为污己，自投稠水而死。汤又让天下给瞀光，亦不受，乃负石而自沉于庐水。吕向曰：“此章明贤者重义而轻身也。”

㉓ 器：用。玄：远。

㉔ 赜（zé）：深奥。该：具备。六位：即组成《周易》之卦象的六爻。

㉕ 五弦：指琴。吕延济曰：“此章明事能通变者，虽小可以穷大也。”

⑯ 道存乎其人：《礼记·中庸》："其人存，则其政举；其人亡，则其政息……故为政在人，取人以身，修身以道，修道以仁。"此用其意，谓道存乎人，问道须问有道之人。

⑰ 造：至。五臣本此章在"通于变者"一章之前。刘孝标曰："此言令人寻本而弃末也。"

⑱ 仪：取法。步：推。晷：日影。

⑲ 揆：量度。李周翰曰："此章明事远者不必难知，近者不必易察也。"

⑳ 虐：毒。

㉑ 涸阴：指极北之地。

㉒ 陵：山。

㉓ 吞纵：秦始皇吞并合纵之六国，此指秦。

㉔ 蹈海：投身入海。《史记·鲁仲连邹阳列传》：魏将新垣衍说赵使尊秦王为帝，鲁仲连力斥秦之暴虐，曰：倘使秦为帝而统治天下，"则连有蹈东海而死耳，不忍为之民也"。

㉕ 漂卤：贾谊《过秦论》："伏尸百万，流血漂卤。"卤，一作橹，即大盾。此指秦。按下文，此典应指周武王，故"漂卤"当为"漂杵"。《尚书·武成》：武王伐纣，纣之"前徒倒戈，攻于后以北，血流漂杵"。

㉖ 西山：即首阳山。《史记·伯夷列传》：武王伐纣，伯夷叔齐叩马而谏，及周有天下，耻食周粟，饿死于首阳山。此指伯夷叔齐。此章言威力有其极限，不能使一切屈服。

㉗ 数：术。

㉘ 景：通"影"。

㉙ 结：凝结。吕向曰："此章明理有定分，不可越也。"

⑰⓪ 淫：侵。

⑰① 陵雨：暴雨。

⑰② 晨禽：鸡。

⑰③ 寒木：松柏。吕延济曰："此章明贞操之士时乱不能易其节也。"

【语译】

臣闻太阳迫近西天，星辰周行而回转，这是上天用以纪季节的变换；山岳聚土而满盈，川溪虚以疏导，这是大地用以泄刚柔之气。五行错杂以助天地化生万物之用，四季殊异而同济一岁之功。社会人事与大自然相通应，所以百官敬居四方之位，以应八音之节，明君执符信以居中指，就能使音和而韵合。

臣闻任务太重超过其力量所能承担的程度，才能用尽则必困；器物使用范围无限扩展，应用过多则必凶。因此所称之物超过秤锤承受之力则秤杆必然危险，所照之形体远远大于镜子，则镜子照物之功用必穷。所以明主要量度才能考察事业之轻重而后委任，正直之臣致全力以佐主常常辞去过于丰厚的爵禄。

臣闻俊杰之才，世所稀少；隐居丘园的佼佼者，或因际遇时机而扬名于世。因此天子开始顺应天命之时，并不是拔擢人才于地下；明主初兴之日，也不是从天上掉下佐命之臣，只不过在于引而用之而已。

臣闻世人所遗弃者，未必不是宝贵的东西；君主所珍重的，不一定适合于治理国家。所以俊杰之士隐居于薮泽，希望君主派专车去征聘；而金马碧鸡之神处于岩穴，却必获天子使者衔命去寻求。

臣闻俸禄依宠幸程度而赐给，非诸侯兴家之举；官爵循私情而赐予亲戚，非天子兴邦选贤之策。所以三桓世袭而专政，鲁国多衰弊之政；五侯并轨擅权，西汉有颓败之运。

臣闻朝阳初见，随物的大小皆承受其光照；清风夕泛，按品物的巨细而赋予不同音响。所以至道推行，万物取之而俱觉满足；淳厚的德化既已普及，百姓用之而不觉匮乏。

臣闻撒网以探深渊，不可能招来潜龙；布网罗于云端，不一定能招来凤凰。所以结巢于箕山的老隐士，不会正眼相看送至丘园招聘他们的币帛；洗耳于渭滨的人，不会希望有君主发见贤者于傅岩之梦。

臣闻镜子的体积并不厚，而能照到九重渊底的深处；眼睛能够观察而眼眶却有尽处，但其视力可以周遍天地之边际。为什么呢？因为适应事物变化需以精明之德而不以形体，化及万物以道德而不以威仪。因此全国欢乐，并非因为钟鼓之音而喜悦；天下之民为仁德之风所化，并非感激在上者赐给玉帛的恩惠。

臣闻积累实际存在的东西即使微小，必然影响于他物；积聚空虚的东西虽然广大，却不能转移人心。所以荒淫之人，并不对西施的身影产生兴趣；乘马盘桓不进，并不是被泰山的阴影所阻止。

臣闻应付事物得法者，虽处理难事亦觉容易；蕴才于身者，所缺乏的是施展才能的时机。所以使芳香满堂，并非幽兰所难办到；获得美妙之音，实乃调试琴弦的人所希望达到的目的。

臣闻贤者智慧周全能使闭塞不通的道路通畅，故不为时世所困；才能经过夷平险阻的考验，足以随机应变，故不为时世所屈服。所以能凌驾暴风之鸟，不祈求反转风向；能夜间见物者，不思回日重明。

臣闻忠臣循其志而行事，不谋任何报施；守志不移之士发泄其愤懑之情，目的在于证明所举荐的是贤人。所以史鱼遗命降低停殡规格以谏君，并非为贪论功行赏；禽息因荐贤士而碎首，难道是为了求得封赐吗？

臣闻日月面对层云，其光线不能下照；明洁的美玉蒙受污垢，不能吐其光辉。所以明哲之君，常有被奸臣蒙蔽之累；贤德之臣，因受谗毁而屡抱失时之悲。

臣闻浓烈的芳香，发于香料付火成灰之后；繁杂的音乐，生于绷紧易断之琴弦。所以贞女求名于身后，烈士舍身赴义于当年，乃能显姓扬名于后世。

臣闻贤良的宰臣运谋于朝廷，不必借助威力即可制服敌国；忠臣保卫其主，修身爱民则足以挫败强国之阴谋。所以晋国那么强大，却在齐国的宴会间屈服；晋侯有军车千乘之势，却不如子罕恸哭阳门甲士那种爱民的力量。

臣闻依曲演奏的乐音，不论大小俱能合调；踏着节拍表演的舞姿，俯仰皆依歌咏。所以士子之言如果适合于事体，则不论才之精粗皆可施行；士子之德合于至道，则不论才之长短皆可任用。

臣闻凭借云气而喷洒雨露，则香泽易于流散；依靠风力以传响，则美音自然远播。所以德教待人施行而后成，贤人的美誉要际会时机而显扬。

臣闻把影子看作人之形体的伴侣，不能解除孤独之感；指着路上的脚印空羡别人走得很远，无法补救自己的迟缓落后。因此依照空虚器物行事的人，不是应付事物变化的才具；玩弄空言，不是达到太平盛世的办法。

臣闻钻木取火，能续汤谷日影之明；挥动羽扇而生风，可继风伯的神功。所以有些东西虽然微细而有助于明亮，有些事情虽小而能助大业。

臣闻春风早上送来暖气，即使恶草亦蒙受温暖；秋霜夜降，即使香草亦遭受寒冻。因此以威整治万物为严肃，以德普济万物为宽仁。

臣闻工巧的技术完全体现在器物上，学习多了则可以熟练掌握；妙道系于内心，人死了则妙道亦随之消失。所以后代造车的工匠勤苦地练习其眼力，不少人可以达到奚仲的巧妙；后世的盲乐师静耳辨音，却无人像伶伦那样精明。

臣闻天性所求，无论身份贵贱都是一样；理至于终极，不管等级高低皆归于一致。所以对着月亮取水，并不比普通的水增加凉度；对着晓日取火，也不一定比普通的火增加光明。

臣闻极尽节拍之妙而唱高雅之曲，不是平凡的耳朵所能欣赏；陈说美义的言词，非平庸的人所喜听。所以楚国有鲜能唱和的高雅乐曲，东野有不能使人释放食苗之马的美言。

臣闻用烟熏染香气，烟息犹觉芳香；验音以记录音响，曲终则音绝。为什么呢？传于世上的东西其迹可寻，只存于其身的东西难于继承。所以周孔礼教之风常存，尧舜去世其至道之化已亡。

臣闻依托昏暗以隐蔽形体，不算巧密；倚靠机智以掩饰欺诈之情，不足以自藏。所以日光发其丽彩，则任何虚隙的形影皆可照见；大人垂其圣明，则可探心明误，使其无法逃隐。

臣闻拂开浮云看天空，则日月星辰皆清晰；息风然后观水，则川流自然平静。所以四凶被流放而唐尧之政美，费无极和鄢将师两名邪臣被诛杀而楚国安宁。

臣闻音乐以顺耳为美，美色以悦目为欢。因此，能引起众耳倾听的音乐便是美音，不必借助伯牙演奏；万夫喜爱的美好相貌已足悦目，何必期待西子那样的容颜。故圣君当随着时世擢用贤才以资辅佐，贤主应按当时情况而命官。

臣闻出于自身的愚顽天性，并非借助外力帮助所能变好；弊俗系于时世，并非一个人克制自己的言行私欲所能纠正。所以帝尧利及万物，而不能化丹朱愚顽之心；孔子德冠生民，而不免忙碌奔走之辱。

臣闻事物运动如果遵循一定的法度，即使是天象运转也可以察知；人类应付变化情况没有一定规律，即使是人身也难明瞭。所以望影测日，盈缩长短之数可以预先知道；揣摩着别人胸臆以论其心术，有时还会错误。

臣闻倾耳搜求声音，则视觉逸乐而听觉劳苦；静心思考问题，则形体安逸而精神疲劳。所以人体器官的功能天生殊异，虽同在一方不能分担忧愁；造化隔其相通，虽同在一身不能共其喜乐。

臣闻隐居之士，并非禀受匏瓜徒悬不求仕进之性；幽静独居之女，非无怀春之情。所以名节之心胜过欲念，故与影为伴的节操能够矜持；困厄的命运超过显达的机遇，故其凌霄之气节高远。

臣闻听觉已满足于美音，则不羡慕钧天之乐；荫庇之物已满足于身体的需要，则不思借助垂天之云。所以有子路、卓茂施行善政的蒲县和密县的黎民，会遗忘尧舜时的太平盛世；汉初丰沛之士，会忘记殷初时使天下大治的君王。

臣闻太阳西下，则明目者与盲人都看不见东西；月亮东升，则夜光之璧与碔砆美石皆藏匿光彩。所以如果碰上改朝换代的末世，则愚者智者的才能俱困；倘若遇到大好时机，则贤者圣者的功业并美。

臣闻于近处显示效应者，远处的变化或可据以测知；于事物的明显处进行检验，其隐微之规律或可包括在内。所以用九寸之律管一端朝下安放，用以候气，则天地不能以其节气的变化欺诳于人：用八尺之表竖立于地，则日月运行之形不能逃避人们的检测。

臣闻琴弦的松紧有固定的音阶，故曲终另奏则需改弦更张；镜子没有保存影像，故逢形必照。所以虚己以对物，必能探究物象千变万化的形态；带着爱恶之情以处事，则不能看到事情千差万别的奥妙。

臣闻柷敔之声稀发，用以谐和金石的乐音；鼙鼓疏击，用以节序细碎的琴声。所以经营政事教化必使其通畅，考虑处理事物常常要审察其关键之处。

臣闻眼睛没有辨别声音的观察力，耳朵没有照察景物的神通。所以在我身上的器官，功能虽不兼通，不必深责于己；才能在别人身上，也不要求备于人。

臣闻放松身体而坐，体逸则觉舒适；恣口而食，厌饱则觉满足。所以有大鲟鱼摆到桌盘上，就不需等待吞波之大鱼；有兰灯在室，即不思衔烛而照之神龙。

臣闻疾风扬波于平静的江河，则龙舟不能停止漂荡；大风疾起，则广厦有时会被刮倒。为什么呢？舟牵动于水，水动则舟之静态就会终止；屋系于地而静，受狂风撼动则屋倒。所以当淫风大行之时，即使贞节女子也会蒙受淫荡风气的影响；淳厚的风化盛行，即使凶虐之人也会接受仁孝忠义的情操。

臣闻显达时所用之物，虽然贵重有时也会遭遗弃；贫穷者所接受的物品，虽然微贱，但失而必寻。所以楚昭王痛惜其战败时失落的一只鞋子，意欲激励三军之浇俗；少原刈薪之妇，哀哭她丢失的蓍簪，对贪新弃旧之颓风真乃莫大的讽刺。

臣闻不以同类的事物相感触，用力虽然急骤，却不会有反应；如果相感得其方法，用力虽然微小，反应也会顺利。因此秋风荡山，不能兴起盈尺之云；东风拂动枝条，必降漫天甘雨。所以不明治理的君主，倡导虽多而应和者少；明于物之性理者，用力虽少却功效显著。

臣闻烟出于火，不是火之和顺所至；情欲生于天性，不是天性的归宿。故火旺则烟微，天性充盈则情欲少。相反亦然。殷纣弃性逐欲而自取败亡，故箕子过殷墟有感怀故国丧亡之悲；周幽王纵欲亡国，故周大夫见旧京尽为禾黍，以致无立足之地而感伤。

臣闻适应事物变化的技术，根据或俯或仰的需要而有不同的用途；适应事物变化需要的器具，有的畅通有的闭塞，其功用各不相同。所以鸟飞于云端而箭缴射出，鱼藏于深渊而网沉水下；大鼓密闭而含响，嘹亮的笛子通畅而吐音。

臣闻按理应坚守的东西，常为势所夺而不能自守；至道应珍藏的东西，必为威权所开而不能自藏。生重于利是理应坚守的，但为势所夺而不能守此理，故有些人为了据有天下之利而不顾断头之痛；义贵于生命，故有些人为了守义而投河自尽。

臣闻知道事之通变者，用力小而效益大；明白事之枢要者，用力少而效应远。所以天地之深奥，皆具备于六爻；千变万化的曲调，都总括于五弦之琴。

臣闻对着影子描画人的形象，不能尽得纤细美丽的容貌；在灰上观察火势，不能看见盛大猛烈的状况。所以，道存乎人，问道必须问有道之人；观察事物，必须看到它的本质。

臣闻真情现于物象，虽远犹疏而易见；精神藏于形体，虽近却密而难知。所以取法于天推算其日影，则星象运行长短之数可以量度而知；面对渊海估量水深，则深浅难测。

臣闻毒暑熏天，不能减少坚冰严寒之性；极北地方水凝大地，无损于山火的高热。所以，秦有吞灭合纵各国之强，却不能回转鲁仲连宁愿投海而死也不为秦王臣民之心；周武王伐纣，有杀得纣兵血流漂杵之威，却不能屈伯夷叔齐之节。

臣闻按理能开通的地方，力量常能到达；技术无法开通的地方，用威力也无法打通。所以烈火可以把金属变成流体，却不能把影子焚烧；严寒能把海水凝固成冰，却不能使风凝结。

臣闻坚贞之性充实者，天虽损之而不能侵入；遵守规定时间的人，反映时间的东西有差误也不能侵扰。所以急风暴雨，不能使司晨之鸡察时谬误；严寒肃杀的季节，也不能使松柏凋零。

【评析】

“连珠”这种文体，大约始自西汉。明徐师曾《文体明辨》说：“盖自扬雄综述碎文，肇为连珠，而班固、贾逵、傅毅之流，受诏继作。”“连”是“贯”的意思。“珠”谓所陈事理圆通，词丽音泽，辗转相贯如串珠，故称“连珠”。《演连珠》的“演”字，谓演习旧义，加以推广之意。这种文体在陆机之后，作者盖鲜。

此文共五十首，内容广博，涉及经邦治国、选贤任能、隐士高贤之志、义夫节妇之操、待人处事之理、格物致知之法、日常生活之见解等。其写作的共同特点是：其一，用巧妙的譬喻以说理，有古诗讽兴之义，颇耐人寻味；其二，辞丽音美，言简而意明；其三，皆骈偶，或有韵；其四，每首之意辗转相承，或二联或三联，磊磊自转，富有逻辑性，如贯明珠。所以这是一种非常独特的文体，也是很有意义的散文诗。文中所陈之理，大多见解深刻，但由于时代局限，也有一些不合科学的说法，我们不必一一认同。

卷第五十六

箴

女史箴一首

作者：张茂先　　注译评析：黄立业

茫茫造化，二仪既分①。散气流形，既陶既甄②。在帝庖羲，肇经天人③。爰始夫妇，以及君臣。家道以正，王猷有伦④。妇德尚柔，含章贞吉⑤。婉嫕淑慎，正位居室⑥。施衿结缡，虔恭中馈⑦。肃慎尔仪，式瞻清懿⑧。樊姬感庄，不食鲜禽⑨。卫女矫桓，耳忘和音⑩。志厉义高，而二主易心。玄熊攀槛，冯媛趋进⑪。夫岂无畏，知死不吝⑫。班妾有辞，割欢同辇⑬。夫岂不怀，防微虑远。

道罔隆而不杀⑭，物无盛而不衰。日中则昃，月满则微⑮。崇犹尘积，替若骇机⑯。人咸知饰其容，而莫知饰其性⑰。性之不饰，或愆礼正⑱。斧之藻之，克念作圣⑲。出其言善，千里应之。苟违斯义，则同衾以疑⑳。夫出言如微，而荣辱由兹。勿谓幽昧，灵监无象㉑。勿谓玄漠㉒，神听无响。无矜尔荣，天道恶盈㉓。无恃尔贵，隆隆者坠㉔。鉴于《小星》，戒彼攸遂㉕。比心《螽斯》，则繁尔类㉖。欢不可以黩，宠不可以专㉗。专实生慢，爱极则迁。致盈必损，理有固然。美者自美，翩以取尤㉘。冶容求好㉙，君子所仇。结恩而绝，职此之由。故曰翼翼矜矜㉚，福所以兴。靖恭自思㉛，荣显所期。女史司箴，敢告庶姬㉜。

【篇旨】

阐明女德尚柔，宜恭敬淑顺以襄佐君主的道理，提出勿专宠弄权自招倾覆的告诫，以规劝后妃。

【注释】

① 造化：大自然的创造化育。二仪：天地。

② 陶、甄：陶工制作瓦器。

③ 庖羲：即伏羲。肇：始。经：治理。

④ 猷：道。伦：次序。

⑤ 柔：顺。章：美。贞：正。《周易·坤卦》：“含章可贞。”

⑥ 婉：柔。嫕（yì）：静、顺。淑：善。正位：在后妃之位。

⑦ 施：加、着。衿：交袵、交领。缡（lí）：佩巾。古代女儿出嫁时母亲要给女儿“施衿结缡”，并谆谆告诫。中馈（kuì）：家中饮食祭祀之事。

⑧ 肃：敬。仪：法度。式：用。懿：美。

⑨ 樊姬：楚庄王夫人。《列女传》卷二载：初，王好狩猎，姬谏不听，乃不食禽兽之肉，王乃改过，勤于政事。

⑩ 卫女：指齐桓公夫人。《列女传》卷二载：桓公好淫佚的音乐，卫姬为此不听郑卫之音，以励桓公。

⑪“玄熊”二句：《汉书·冯昭仪传》：元帝往虎圈斗兽，黑熊佚出圈，攀槛上殿，众人骇走，独冯婕妤上前当熊而立，舍身保卫元帝。

⑫ 吝：吝惜。

⑬ 班妾：班婕妤。《汉书·班婕妤传》：元帝游后庭，欲与班婕妤同车。婕妤辞谢说：古代贤君皆有名臣在侧，那些末代君主才有嬖女在侧，今欲同车，岂不近似？

⑭ 隆：丰后。杀：减、降。

⑮ 昃：日西斜也。微：光亮减弱。

⑯ 崇：高。替：废。骇：起、发。

⑰ 性：德行。

⑱ 愆：失。

⑲ 斧：削正。藻：修饰。克：能。

⑳ 同衾：同盖一条大被。喻夫归。衾，大被。

㉑ 幽昧：幽暗。灵：神灵。监：五臣本作鉴，鉴察。象：形象。

㉒ 玄漠：寂静。

㉓ 矜：夸。恶（wù）：憎恨。

㉔ 隆隆：贵盛貌。

㉕《小星》：《诗经》篇名。《毛诗序》说，诗意是惠及贱妾。攸遂：典出《周易·家人》："无攸遂，在中馈，贞吉。"旧注说，妇人尽巽顺之义，主中馈，则顺遂吉祥。

㉖《螽斯》：《诗经》篇名。《毛诗序》说，诗意谓妇人如螽斯之不妒忌，则子孙众多。螽（zhōng）斯，原是虫名。

㉗ 黩：过。专：独占。

㉘ 翩：轻。尤：过失。

㉙ 冶容：为妖冶之容。

㉚ 翼翼：小心貌。矜矜：戒惧貌。

㉛ 竫：贞静。恭：敬。

㉜ 女史：古代皇宫中女官，负责记载后夫人的善行过失，以示规劝。司：主管。箴：规谏，后为规谏类文体名。庶：众。姬：姬妾。

【语译】

迷蒙的大自然经过创造化育，天地乃分。天地散布其气而演变成万物的形体，就像陶工制作陶器。伏羲登上帝位，开始研治天和人的法则。于是有夫妇父子，以至君臣的礼仪。家庭伦常因而确立，帝王之道也井然有序。妇德崇尚柔顺，内秉顺从的美德自然正大吉祥。要温柔、顺从、和善、谨慎，各正其位而居于宫室内庭。出嫁时母亲就给女儿整衿结巾谆谆告诫，要恭恭敬敬主管家庭饮食和祭祀。认真谨慎遵循法度，让人们景仰清美的德行。例如樊姬不食鱼鲜禽兽之肉，使楚庄王感动不再嗜好狩猎。卫女为了矫正齐桓公偏好淫佚音乐的过失，故意不听乐音。她们志大义高，两位君主俱变易其心。黑熊攀槛上殿，冯媛趋前抵挡以保卫皇帝。难道她不知畏惧吗？她是明知牺牲而不惜身命。班婕妤有所辞让，割舍欢爱不与君主同车。难道她不想被帝王宠幸吗？她是为了防微杜渐考虑深远。

客观规律表明，丰厚的东西无不减薄，万物不能盛而不衰。日到中天即向西偏斜，月到圆满光亮就渐渐微弱。崇高的东西犹如微尘积成极其困难，及其废败则如触发机括非常容易。人们皆知修饰容貌，而不知修德。道德不修，就可能背离礼法正轨。认真修德，就能成为圣人。人出善言，千里之外也会响应。倘违此理，虽夫妇也会怀疑。说出善、恶的话声音虽微，但荣辱随之。勿谓在幽暗之中，神灵看不见影像；勿谓在寂静之处，神灵听不到声音。莫夸你的荣华，天道憎恶满盈。勿恃你的贵盛，贵盛者必然衰落。要借鉴《小星》的诗意惠及下人，要以《周易》“攸遂”的爻辞为戒恭慎地主持中馈。要学习《螽斯》诗篇不妒忌的思想，你们的子孙就会繁盛。欢乐不可过分，恩宠不可独占。专宠必生怠慢，爱极定会迁移。满盈必损，道理本来如此。美者各自为美，轻佻则自取其过。为妖冶之容博取好感，必为君子所憎恨。结成恩爱而后来断绝，主要是这原因。所以说，谨慎小心，福由此兴。自思恭敬，荣显可期。女史主管规谏，故冒昧地告诉诸位美姬。

【评析】

张华惧后族之盛威胁帝室，乃借女史之口以进箴言。首段提出女德尚柔，职司中馈，要具备古代贤妃那样的美德，以佐君主。正面阐发，顺理成章。次段论盛极必衰满盈招损的道理，其关键在于修德，勿恶言、骄矜、妒忌、争宠。从反面立论，以引起警惕。末段总结，认为能戒惧恭顺则会福至荣归。本文意在解决皇室与后族的矛盾，维护君主利益，有论有据，婉而多讽，深得箴规之体，在封建时代是一篇有影响力的文章。但主张妇女只能处于柔顺屈从的地位，其历史局限也是显然的。

铭

封燕然山铭一首　并序

作者：班孟坚　　注译评析：黄立业

惟永元元年秋七月①，有汉元舅，曰车骑将军窦宪②，寅亮圣皇③，登翼王室④，纳于大麓⑤，惟清缉熙⑥。乃与执金吾耿秉⑦，述职巡御⑧，治兵于朔方。鹰扬之校⑨，螭虎之士⑩，爰该六师，暨南单于、东胡乌桓⑪、西戎氐羌、侯王君长之群，骁骑十万。元戎轻武⑫，长毂四分，雷辎蔽路⑬，万有三千余乘。勒以八阵⑭，莅以威神，玄甲耀日，朱旗绛天。遂凌高阙，下鸡鹿，经碛卤⑮，绝大漠。斩温禺以衅鼓⑯，血尸逐以染锷⑰。然后四校横徂⑱，星流彗扫⑲，萧条万里，野无遗寇。于是域灭区殚⑳，反旆而旋㉑。考传验图，穷览其山川。遂逾涿邪，跨安侯，乘燕然㉒，蹑冒顿之区落㉓，焚老上之龙庭㉔。将上以摅高、文之宿愤㉕，光祖宗之玄灵；下以安固后嗣，恢拓境宇，振大汉之天声㉖。兹可谓一劳而久逸，暂费而永宁也。乃遂封山刊石㉗，昭铭盛德㉘。其辞曰：

铄王师兮征荒裔㉙，剿凶虐兮截海外㉚。夐其邈兮亘地界㉛，封神丘兮建隆嵑㉜，熙帝载兮振万世㉝！

【篇旨】

班固随窦宪征北匈奴，登燕然山，受命作铭，宣扬汉朝威德。

【注释】

① 永元元年：89年。

② 窦宪：窦太后兄。和帝乃太后养子，故称宪为舅。宪遣刺客杀齐殇王子畅，惧诛，自求击匈奴赎罪，值南单于请兵北伐，乃命宪为车骑将军，统各族大军出征。

③ 寅：敬。亮：信。

④ 登：升。翼：辅。

⑤ 纳于大麓：语出《尚书·舜典》，意谓尧委以重任，让舜总理百官。

⑥ 惟清缉熙：《诗经·周颂·维清》："维清辑熙，文王有典。"谓深思天下如此清明，是因文王有征伐之法。

⑦ 执金吾：掌京城治安的长官。

⑧ 述职：向皇帝陈述职守。

⑨ 鹰扬：喻威武。

⑩ 螭（chī）虎：喻勇猛。螭，传说的无角龙。

⑪ "东胡"二句：均指北方少数民族，当时皆出兵从征。

⑫ 元戎：大战车。轻武：轻捷战车。

⑬ 长毂、辎：皆兵车。

⑭ 八阵：李善注引杂兵书认为是：方、圆、牝、牡、冲、轮、浮沮、雁行八阵。

⑮ 碛卤：砂石咸卤之地。

⑯ 温禺：温禺鞮王，单于子弟的封号。衅鼓：杀人以血涂鼓。

⑰ 尸逐：尸逐骨都侯，匈奴异姓大臣的封号。

⑱ 校：指军队之一部。

⑲ 彗：扫帚。

⑳ 区：义同域。殚：尽。

㉑ 斾：军旗。

㉒ 燕（yān）然：山名，即今蒙古国的杭爱山。

㉓ 冒顿（mò dú）：秦末汉初匈奴单于之号，其子为老上单于。区落：

部落。

㉔ 龙庭：也称龙城，匈奴君长于五月祭祖先天地鬼神之处。

㉕ 摅（shū）：抒发。高：汉高祖。文：汉文帝。高祖曾率兵击韩王信，被匈奴围于平城七日。文帝时匈奴多次入寇，杀吏民，掳财物。

㉖ 天声：天子声威。

㉗ 封山：增土于山上。刊石：削石，指刻铭立碑。

㉘ 昭：明。铭：刻铸于器物之上的文字，以称扬功德，或以自警。后为文体名。

㉙ 铄（shuò）：美。

㉚ 截海外：《诗经·商颂·长发》："相土烈烈，海外有截。"谓契之孙相土扬其威武，使海外俱服，截然整齐。

㉛ 敻（xiòng）、邈：远。亘：连接。

㉜ 神丘：指燕然山。嵑：同"碣"，即石碑。

㉝ 熙帝载：《尚书·舜典》："有能奋庸，熙帝之载。"谓群臣有能奋扬其功，广大尧帝之事。此指光大汉帝之德业。

【语译】

永元元年秋七月，汉帝长舅车骑将军窦宪，敬崇圣主，升为王室辅翼，总理百官，深思天下清明是因圣王有征伐之法。于是与执金吾耿秉，向天子陈述职守请求巡防，用兵于北方。将校威武，战士勇猛，于是整备六军，与南单于，东胡乌桓，西戎氐羌等侯王君长诸部军队，共有勇猛的骑兵十万；大小战车，布于四面，雷轰电掣蔽塞道路，共一万三千余辆。以八阵之势进攻，以威武神勇临敌，黑色铠甲辉耀白日，赤色军旗映红天空。于是登上高阙山，攻下鸡鹿塞，经过沙石咸卤之地，直度沙漠。斩单于的亲王以其血涂鼓，用匈奴大臣的血以染剑锋。然后四路大军横冲而过，迅猛扫荡，万里凋零，野无余寇。于是区域肃清，回旗凯旋，考察书传按验图籍，尽览匈奴山川。遂越涿邪山，跨安侯河，登燕然山，践踏冒顿单于的部落旧地，焚毁老上单于举行祭祀的龙庭。此举上可抒高祖文帝的宿怨，为祖宗的神灵增光；

下可使后代安宁稳固，扩大国土，振奋大汉天子的声威。这可说是一次辛劳而长久康乐，暂时破费而永远安宁的事情。因而培土于燕然山上，刻石立碑，铭记盛大功德。它的铭文是：

赞美王师啊征讨边远之地，剿除凶虐啊使海外平静。十分遥远啊连接边界，增土于神山啊立高碑，光大汉帝德业啊威振万代。

【评析】

文章分为序和辞两部分。序文叙述窦宪为使天下清平而领各族联军北伐，其兵威强大，所向披靡，回旗凯旋，意义重大，封山勒石，都写得很有层次。铭辞用骚体，讴歌汉朝功德。全文简约有力，记叙之中有描写、有议论，数百字便把一桩大事叙写得清清楚楚，不愧为良史之笔。

座右铭一首

作者：崔子玉　　注译评析：黄立业

无道人之短，无说己之长。施人慎勿念，受施慎勿忘。世誉不足慕，唯仁为纪纲[①]。隐心而后动[②]，谤议庸何伤。无使名过实，守愚圣所臧[③]。在涅贵不淄[④]，暧暧内含光。柔弱生之徒[⑤]，老氏诫刚强。行行鄙夫志[⑥]，悠悠故难量。慎言节饮食，知足胜不祥。行之苟有恒，久久自芬芳[⑦]。

【作者简介】

崔瑗（77—142），字子玉，东汉涿郡安平（今河北安平）人。高于文辞。与马融、张衡友善。举茂才，迁汲令、济北相。以疾卒。《后汉书》有传。

【篇旨】

此铭宣扬韬光远害、柔顺自洁的人生哲学。

【注释】

① 纪纲：法则。

② 隐：度。

③ 守愚：孔子主张以愚拙的姿态保护自己的聪明睿智。臧：美。

④ 涅：黑泥。淄：黑。

⑤ 柔弱：《老子》第七十六章：“柔弱者生之徒。”徒：同类。《老子》第七十八章：“弱之胜强，柔之胜刚，天下莫不知，莫能行。”

⑥ 行行：《论语·先进》：“子路行行如也。”郑注：“行行，刚强之貌。”

⑦ 芬芳：喻德行美好。

【语译】

莫揭别人短处，勿宣扬自己长处。施恩切莫惦念，受人恩惠切莫忘怀。世俗称誉不值得羡慕，只有仁爱才是行为的准则。经过良心审度然后行动，受到诽谤又有何伤害？莫使名望超过实际，以愚拙自保是圣人称美的事。处在污浊环境以不被染黑为贵，表面昏暗不明却内含光彩。柔弱是生存的同义语，老子劝人戒刚强。刚强是庸鄙之人的志尚，从长远看则灾祸难量。慎言语节饮食，知足则可战胜灾祸。如能长期实行，久后自然品德高尚。

【评析】

作为自警性的座右铭，此为首见。文章引用古圣贤垂训，以格言的形式、凝练的文字，总结处世经验。诸如韬光养晦、感恩、行仁、守愚、自洁、尚柔、戒刚、知足等，俱是古人避祸全身之道，训诫性十分明显。但世易时移，对于这些古训，似乎只有认识和借鉴的作用，不必尽皆奉为圭臬。

剑阁铭一首

作者：张孟阳　　注译评析：黄立业

岩岩梁山①，积石峨峨。远属荆、衡，近缀岷、嶓②。南通邛、僰③，北达褒斜④。狭过彭、碣⑤，高逾嵩、华。惟蜀之门，作固作镇。是曰剑阁⑥，壁立千仞。穷地之险，极路之峻。世浊则逆，道清斯顺。闭由往汉，开自有晋。秦得百二⑦，并吞诸侯。齐得十二，田生献筹。矧兹狭隘，土之外区。一人荷戟，万夫趑趄。形胜之地，匪亲勿居。昔在武侯⑧，中流而喜。山河之固，见屈吴起。兴实在德，险亦难恃。洞庭孟门，二国不祀。自古迄今，天命匪易。凭阻作昏，鲜不败绩。公孙既灭⑨，刘氏衔璧⑩。覆车之轨，无或重迹，勒铭山阿，敢告梁、益。

【篇旨】

申明为政以德不以险，恃险政昏者必败。

【注释】

① 梁山：又称高梁山、剑门山，在四川北部。

② 荆、衡、岷、嶓：皆山名，分别在鄂湘川陇四省。嶓即嶓冢山。

③ 邛（qióng）、僰（bó）：皆古西南少数民族国名，分别在今四川西昌及宜宾市境。

④ 褒斜：陕西终南山有斜谷，北口曰斜，南口曰褒，古为陕蜀交通要道。

⑤ 彭：彭门山，两山相对如阙。在四川灌口县（今都江堰市西北）灌口

山。碣：古注谓碣石山，在河北乐亭县。

⑥ 剑阁：栈道名，在四川剑阁北大小剑门山之中，峭壁绝险，建飞阁通道，故名。

⑦ 百二：喻形势险要。语出《史记·高祖本纪》汉六年。谓秦地险固，二万人足当六国诸侯百万人。下句“十二”意同。

⑧“昔在武侯”八句：事见《史记·吴起列传》。武侯：战国魏武侯。二国：指三苗和殷纣。古代三苗氏有洞庭、彭蠡之险，不修德，被禹所灭。殷纣有孟门太行之险，因暴虐，被周武王所灭。

⑨ 公孙：公孙述，乘王莽之乱，据蜀自立为帝，光武使吴汉灭之。

⑩ 刘氏：蜀汉后主刘禅。衔璧：喻国君投降。

【语译】

峻拔的剑门山，层岩高耸。远连荆山、衡山，近接岷山、嶓冢山。南通邛僰之地，北达褒斜二谷口。路狭胜过彭门碣石，其高超过嵩山、华山。是蜀郡的门户，其险可以固守，其重要可以为镇。此即剑阁，峭壁万丈。穷尽地之险固，极尽路之险峻。蜀地的统治者世乱则拒守，时清则归顺朝廷。闭关始于东汉末年，开通则自晋朝。秦得险固之地，终于并吞诸侯。齐得险固之地而称王，因此田肯献策说险要之地应由王亲固守。况且这处蜀地天险，又是中土以外的地区。一人当关，万夫难进。似此形胜之地，非王亲不宜戍守。从前魏武侯，船至西河中流而喜，盛夸山河之固，却被吴起驳倒：国兴在于德政，险阻难以倚恃。三苗殷纣各有洞庭孟门之险，而二国都被灭亡。自古至今，天命有归不易改变。凭险阻施虐政，少有不败亡的。公孙述已经殄灭，刘禅也已亡国足以证明。覆车的轨辙，切勿重蹈。刻铭于剑阁山边，冒昧地告诫梁、益二州的人们。

【评析】

文章下笔极写梁山剑阁之险，秦齐赖险而强。继而笔锋突转，举史实证明为政以德不以险的观点，告诫人们勿重蹈“凭阻作昏”者的覆辙。理正词顺，文思跌宕有致。

石阙铭一首

作者：陆佐公　　注译评析：黄立业

昔在舜格文祖[①]，禹至神宗[②]，周变商俗，汤黜夏政。虽革命殊乎因袭[③]，揖让异于干戈，而晷纬冥合[④]，天人启基[⑤]，克明俊德[⑥]，大庇生民，其揆一也[⑦]。

在齐之季，昏虐君临，威侮五行，怠弃三正[⑧]，刑酷然炭，暴逾膏柱[⑨]。民怨神怒，众叛亲离，踏地无归，瞻乌靡托[⑩]。于是我皇帝拯之。乃操斗极[⑪]，把钩陈[⑫]，翼百神，禔万福[⑬]。龙飞黑水，虎步西河[⑭]。雷动风驱，天行地止。命旅致屯云之应[⑮]，登坛有降火之祥[⑯]。龟筮协从[⑰]，人祇响附。穿胸露顶之豪[⑱]，箕坐椎髻之长[⑲]，莫不援旗请奋，执锐争先。夏首凭固[⑳]，庸、岷负阻[㉑]。协彼离心[㉒]，抗兹同德[㉓]。帝赫斯怒，秣马训兵。严鼓未通[㉔]，凶渠泥首[㉕]。弘舸连轴[㉖]，巨槛接舻[㉗]。铁马千群[㉘]朱旗万里。折简而禽庐、九[㉙]，传檄以下湘、罗[㉚]。兵不血刃，士无遗镞，而樊、邓威怀[㉛]，巴、黔底定[㉜]。

于是流汤之党，握炭之徒[㉝]，守似藩篱，战同枯朽。革车近次[㉞]，师营商牧[㉟]。华夷士女，冠盖相望，扶老携幼，一旦云集，壶浆塞野，箪食盈涂。似夏民之附成汤，殷士之窥周武。安老怀少[㊱]，伐罪吊民，农不迁业，市无易贾。八方入计[㊲]，四隩奉图[㊳]。羽檄交驰，军书狎至[㊴]。一日二日，非止万机。而尊严之度，不愆于师旅[㊵]；渊默之容[㊶]，无改于行阵。计如投水[㊷]，思若转规；策定帷幄，谋成几案。曾未浃辰[㊸]，独夫授首。乃焚其绮席，弃彼宝衣[㊹]，归琁台之珠，反诸侯之玉[㊺]。指麾而四海隆平，下车而天下大定。拯兹涂炭，救此横流。[㊻]功均天地，明并日月。

于是仰叶三灵[47]，俯从亿兆。受昭华之玉，纳龙叙之图[48]。类帝禋宗[49]，光有神器。升中以祀群望[50]，摄袂而朝诸夏[51]。布教都畿，班政方外[52]。谋协上策[53]，刑从中典[54]。南服缓耳，西羁反舌[55]。剑骑穹庐之国，同川共穴之人，莫不屈膝交臂，厥角稽颡[56]。凿空万里[57]，攘地千都[58]。幕南罢障[59]，河西无警。

于是治定功成，迩安远肃，忘兹鹿骇，息此狼顾[60]。乃正六乐，治五礼[61]，改章程，创法律。置博士之职，而著录之生若云[62]；开集雅之馆[63]，而款关之学如市。兴建庠序，启设郊丘[64]。一介之才必记[65]，无文之典咸秩[66]。

于是天下学士，靡然向风[67]。人识廉隅[68]，家知礼让。教臻侍子[69]，化洽期门[70]。区宇乂安[71]，方面静息[72]。役休务简，岁阜民和。历代规谟[73]，前王典故[74]，莫不芟夷翦截，允执厥中。以为象阙之制[75]，其来已远。《春秋》设旧章之教[76]，《经礼》垂布宪之文[77]，《戴记》显游观之言[78]，《周史》书树阙之梦[79]。北荒明月，西极流精[80]。海岳黄金[81]，河庭紫贝[82]。苍龙玄武之制[83]，铜雀铁凤之工[84]。或以听穷省冤[85]，或以布化悬法，或以表正王居，或以光崇帝里。晋氏浸弱，宋历威夷[86]，《礼经》旧典，寂寥无记。鸿规盛烈，湮没罕称。乃假天阙于牛头[87]，托远图于博望[88]。有欺耳目，无补宪章[89]。乃命审曲之官[90]，选明中之士[91]。陈圭置臬[92]，瞻星揆地[93]。兴复表门[94]，草创华阙。

于是岁次天纪[95]，月旅太簇[96]，皇帝御天下之七载也。构兹盛则[97]，兴此崇丽[98]。方且趋以表敬[99]，观而知法[100]。物睹双碣之容[101]，人识百重之典[102]。作范垂训，赫矣壮乎[103]！爰命下臣，式铭盘石[104]。其辞曰：

惟帝建国，正位辨方[105]。周营洛涘，汉启岐梁。居因业盛，文以化光。爰有象阙，是惟旧章。青盖南泊[106]，黄旗东指[107]。悬法无闻，藏书弗纪。大人造物，龙德休否[108]。建此百常[109]，兴兹双起[110]。伟哉偃蹇[111]，壮矣巍巍。旁映重叠[112]，上连翠微[113]。布教方显，浃日初辉[114]。悬书有附[115]，委箧知归[116]。郁崛重轩[117]，穹隆反宇[118]。形耸飞栋，势超浮柱[119]。色法上圆[120]，制模下矩[121]。周望原隰[122]，俯临烟雨。前宾四会[123]，却背九房[124]。北通二辙[125]，南凑五方[126]。暑来寒往，地久天长。神哉华观，永配无疆。

【作者简介】

陆倕，字佐公，吴郡吴（今江苏苏州吴中区）人。博闻强识，善属文。与任昉友善。十七岁举秀才，历任中庶子，加给事中，扬州大中正，国子博士。《梁书》有传。

【篇旨】

借铭石阙以称颂南朝梁武帝的文治武功。

【注释】

① 格：至。文祖：尧之祖庙，舜受尧禅的地方。见《尚书·舜典》。

② 神宗：舜的祖庙，禹受舜禅的地方。见《尚书·大禹谟》。

③ 革：变革。命：天命。古称帝王受天命而执政，故以武力改朝换代称革命。因袭：前后继承。

④ 晷：日影。纬：金木水火土五星。喻日月星辰的运行节度。

⑤ 惎（jì）：启发。

⑥ 克明俊德：语见《尚书·尧典》。谓能明察任用俊德之士。

⑦ 揆：尺度、准则。

⑧ “威侮”二句：见《尚书·甘誓》。威侮：王引之释为轻慢。五行：五常，即仁义礼智信。三正：喻正朔。上古改朝换代则改正朔，周以建子之月为正月，殷以建丑、夏以建寅，即分别以农历十一月、十二月、正月为岁首，称三正。

⑨ “刑酷”二句：殷纣用脂膏涂铜柱，下燃炭火，使罪人重爬铜柱，滑跌火中以为笑乐。然：燃的本字。

⑩ 蹐地：累足而行，喻畏怖暴政。瞻乌：喻人民无所依托而盼望明君。

《诗经·小雅·正月》："谓地盖厚，不敢不蹐。"又："瞻乌爰止，于谁之屋。"

⑪ 斗极：北斗。喻天象运行的枢机。见《史记·天官书》释"北斗七星"。

⑫ 钩陈：星名。旧谓兵卫之象。

⑬ 禔（tí）：安。

⑭ 黑水、西河：指雍州。梁武帝为雍州刺史，起兵伐齐。

⑮ 屯云：《史记·高祖本纪》谓秦始皇常说东南有天子之气，刘邦自疑，隐匿山中，其妻及人望其上有云气，因而找到他，刘邦闻之甚喜。

⑯ 降火：《史记·周本纪》谓武王伐纣，有火自上坠于武王所居屋，寻化为赤乌。古人以为瑞应。

⑰ 龟筮：用龟壳占卜，用蓍草占吉凶。

⑱ 穿胸：传说西南有穿胸民。见《淮南子·地形》。露顶：西域少数民族习俗。见《后汉书·西域传论》。

⑲ 箕坐椎髻：是南越习俗，即叉开双脚而坐，其髻如椎。

⑳ 夏首：夏水之出口，故道在湖北沙市。此指薛天嗣守郢州。

㉑ 庸：国名。岷：山名。俱指蜀。

㉒ 离心：离心离德，喻无道君主。

㉓ 同德：同心同德，喻有道明君。

㉔ 严鼓：庄严紧急的战鼓声。

㉕ 泥首：叩头至地。

㉖ 弘舸：大船。轴：通"舳"，船头。

㉗ 槛：舰的本字。舻：船尾。

㉘ 铁马：披铁甲的战马。

㉙ 折简：写信。禽：通"擒"。庐：庐江，郡名，在安徽合肥。九：九江郡，在江西。

㉚ 湘：湘水。罗：罗水，即汨罗江。皆在湖南。

㉛ 樊：樊城，在今湖北襄阳。邓：邓城，在襄阳市北。

㉜ 巴：巴郡，在四川东部。黔：黔中郡，在湖南西部及贵州东北部。厎（zhǐ）：致。

㉝ 流汤、握炭：相传纣之卒，握炭流汤者十八人。喻悍勇。

㉞ 次：驻宿。

㉟ 商牧：商郊牧野，借指齐的京城近郊。《尚书·牧誓》：武王伐纣，“至于商郊牧野”。

㊱ 怀：归、抚。

㊲ 入计：送上赋税。计：账簿。

㊳ 四隩（ào）：四方。奉图：献上图书。

㊴ 狎：接连。

㊵ 愆（qiān）：失。

㊶ 渊默：深沉不语。《汉书·成帝纪》赞：“临朝渊默，尊严若神，可谓穆穆天子之容者矣！”

㊷ 投水：以石投水。喻无往而不入。

㊸ 浃辰：十二天。

㊹ 绮席：素丝织花的席子。宝衣：以珠宝为饰之衣。

㊺ 璇台：以玉为饰之台。传说为殷纣所筑。归珠、反玉：纣从诸侯得珠玉，武王灭纣，皆归还诸侯。

㊻ 涂炭：坠于烂泥炭火之民。横流：指陷溺于洪水之民。皆喻民之困苦。

㊼ 三灵：天地人。

㊽“受昭华之玉”二句：相传尧赠舜以昭华宝玉。尧游河渚，有赤龙负图而出，图赤如绨，龙没图在。

㊾ 类帝禋宗：典出《尚书·舜典》：舜即位，“肆类于上帝，禋于六宗”。谓遂以即位事告于上帝，诚心祭祀天地四时之神。

㊿ 祀群望：对山川群神望而祭之。

51 摄袂：提整衣袖，示恭谨有礼。诸夏：诸侯。

52 班：通“颁”。方外：边远之地。

㊼ 协：合。上策：使敌归降为上策。

㊽ 刑从中典：《周礼·大司寇》："二曰刑平国用中典。"谓对承平守成之国，则用常行之法治之。

㊾ 缓耳、反舌：皆国名。

㊿ 剑骑穹庐：指匈奴。同川共穴：指骆越。厥角：《孟子·尽心下》谓武王伐殷，百姓"若崩厥角稽首"。言若兽之崩其角以叩头。稽颡：跪拜时头触于地。

57 凿空：开通。

58 攘：夺。都：城。

59 幕：通"漠"。障：防御屏障。

60 鹿骇、狼顾：因侵扰引起的惊骇。

61 六乐：云门、大咸、大韶、大夏、大濩、大武，相次为黄帝、尧、舜、禹、汤、周武王之乐。五礼：吉、凶、宾、军、嘉五礼。见《周礼·保氏》。

62 著录：登记在册。

63 集雅：招集文雅之士的学宫。

64 庠序：学校。郊：京郊。丘：圜丘。皆古代祭天地之所。

65 一介：微小。

66 典：法。咸秩：皆按秩序编录。

67 靡然向风：顺风归向。

68 廉隅：品行端方。

69 侍子：诸侯或属国送子入侍皇帝。

70 期门：皇帝的侍卫官。

71 乂（yì）安：太平。

72 方面：四方。

73 规谟：法规谋略。

74 典故：典章掌故。

75 象阙：即象魏，宫廷外的阙门。

⑯ 旧章之教：《左传·哀公三年》云，司铎宫火灾，季桓子命把古书藏于象魏，曰："旧章不可忘也。"

⑰《经礼》：《周礼》。布宪：《周礼·大宰》谓正月朔日，悬挂公布周王治理政事之法于象魏，使万民观看。

⑱《戴记》：戴圣所传之《礼记》。游观（guàn）：《礼记·礼运》说，孔子参加鲁国年终祭典后，"出游于观之上，喟然而叹。"郑注："观，阙也。孔子见鲁君于祭礼有不备，于此又对象魏旧章之处，感而叹之。"

⑲ 树阙：《逸周书》载，文王自商至程，太姒梦见商之庭生棘。太子发取周庭之梓，树之于阙间，化为松柏。

⑳ 明月：传说西北荒中有二金阙，上有明月珠。见《神异经》。流精：传说昆仑山有墉城，有流精之阙，西王母所治。见《十洲记》。

㉑ 海岳：指海上的蓬莱方丈瀛洲三神山，以黄金白银为宫阙。见《汉书·郊祀志》。

㉒ 紫贝：屈原《九歌·河伯》："鱼鳞屋兮龙堂，紫贝阙兮珠宫。"王逸注："言河伯所居……紫贝作阙。"

㉓ 苍龙玄武：汉未央宫东有苍龙阙，北有玄武阙。

㉔ 铜雀：长安城西有双圆阙，上有一双铜雀。见《三辅黄图》。铁凤：张衡《西京赋》薛综注，谓圆阙上有铁凤凰。

㉕ 听：判决。省：察。

㉖ 威夷：险阻。

㉗ 牛头：东晋王茂弘指牛头山之两峰，谓为天阙。

㉘ 博望：南朝宋孝武大明七年，于博望梁山立双阙。

㉙ 宪章：典章制度。

㉚ 审曲：审察地理向背之形势。

㉛ 明中：通晓天文历法。中，中星。二十八宿按轨道运行，每月居天中的星宿曰中星。

㉜ 圭：土圭，测日影的仪器。臬：测广狭的仪器。

㉓ 瞻星：瞻望星日之影以求位置中正。揆地：测度地之形势。

㉔ 表门：阙门。此石阙建于端门外。

㉕ 天纪：即星纪，星名。《左传·襄公二十八年》："岁在星纪，而淫于玄枵。"谓岁星十二年一周天，此年岁星当在星纪之位（即丑年），而实际已至玄枵之位（即子年）。按天监七年为戊子年。

㉖ 太簇：位于寅，表示正月。

㉗ 盛则：盛大的典则，指石阙。

㉘ 崇丽：崇高庄丽，指石阙。

㉙ 趋以表敬：急步走过表示敬意。《史记·万石君传》："过宫门阙，万石君（石奋）必下车趋。"

⑽ 观：看。

⑾ 双碣：指石阙如双碣相望。

⑿ 百重：百代。典：法。

⒀ 赫：盛大。

⒁ 式：语词。

⒂ "惟帝建国"二句：语见《周礼·冢宰》。谓凡建国都宫殿，先要观测四方形势，才定出中正之位以建宫室朝廷。

⒃ 青盖：汉制，皇太子、皇子用青盖车。此句指晋室南渡。

⒄ 黄旗：黄旗紫气，古时认为是天子之气。

⒅ 龙德：天子之德。休否（pǐ）：休，美。否，闭塞、上下隔阂。谓使上下隔阂得到畅通之美。见《周易·否卦》。

⒆ 百常：指高阙。常：量名，一丈六尺为常。张协《七命》："表以百常之阙。"

⒇ 双起：犹言双立，指石阙。王延寿《鲁灵光殿赋》："朱阙岩岩以双立。"

(111) 偃蹇：高貌。

(112) 重叠：形容宫殿之多。张协《七命》："重殿叠起。"

(113) 翠微：山上轻缈青葱的云气。

⑭ 浃日：十日。《周礼·天官·大宰》，谓正月悬挂治国之法于象魏，共十天。

⑮ 悬书：悬挂法典。

⑯ 委箧：藏书。

⑰ 郁崛：盛大高起。重轩：高屋。

⑱ 穹隆：屈曲。反宇：飞檐，屋沿上仰起的瓦头。

⑲ 飞栋、浮柱：借指甘泉宫气势之大。何祯《许都赋》："景福郁抗以云起，飞栋鸟企而翼舒。"扬雄《甘泉赋》："抗浮柱之飞榱兮，神莫莫而扶倾。"浮柱：梁上柱。

⑳ 色：景象。上圆：谓天。

㉑ 下矩：谓地。

㉒ 原隰（xí）：宽平低湿之地。

㉓ 宾：列。四会：四达通道。

㉔ 却背：后倚。九房：明堂。

㉕ 二辙：指应门，即朝门。《周礼·考工记·匠人》："应门二彻。"彻通"辙"。

㉖ 凑：会合。

【语译】

从前舜到文祖之庙受尧禅位，禹至神宗之庙受舜禅位；周武王改变商纣的陋俗，商汤革除夏桀的政令。虽然变革朝代不同于前后继承，禅让不同于武力夺取政权，但却暗合星辰运行的节度，顺应天意人心，都能任用贤才，造福生民，其道理是一致的。

齐朝末年，昏虐的君主统治人民，轻慢五常，怠慢以至废弃先王正朔，酷刑暴政，超过殷纣，致使民怨神怒，众叛亲离，百姓恐怖至于无处容身，人民无所依托而盼望明君。于是我大梁皇帝拯救他们，乃操持天地运行的枢要，把握兵机，礼敬百神，祈求万福。帝王起于黑水，雄师发自西河，进军如雷震风驰，行止法乎天地。誓师有祥云聚集的瑞应，命将有降火化乌的祯祥，占卜俱吉，人神响应。西南民族的首领，南越的君长，无不举起义旗愿同进击，拿起兵器奋勇争先。只有郢州凭借险固，蜀郡恃其险阻，支持那昏君，抗我圣主。大梁皇帝赫然震怒，喂马练兵，战鼓一通未尽，敌魁便叩头投降。于是，大船巨舰，首尾相接，铁骑千队，红旗万里。捎信便使庐江九江守敌束手就擒，传檄而湘水罗水一带不攻而下。兵不用战斗，士不费一箭，而樊邓二城畏威归顺，巴郡黔中得以安定。

于是，昏君那些号称赴汤握炭凶悍之徒，防守薄弱，作战如同枯木朽株。我军车逼进而驻宿，王师扎营于齐京近郊。各族士女，络绎于路，扶老携幼，一时云集（欢迎王师），送茶水的人闭塞原野，送食物的人挤满道路。似夏桀之民归附商汤，殷末士民观看武王灭纣。大梁皇帝安抚老少，讨伐罪魁慰问苦难的人民，农民照常耕种，商贾照常营业。八方送上赋税，四处奉献图籍。紧急的檄书交相驰送，军事文书接连而至。一两天内，何止处理万种机要大事。但他尊严的风度不因在军中而减损，深沉静默的仪容不因作战而改变。用计如以石投水无往不利，思虑问题如旋转圆规迅捷周密；次策于军中帷帐之内，谋成于几案之前，未到十二天的时间，昏君即引颈受死。遂焚毁他的绮绣席子，抛弃他的宝衣。把聚敛于皇宫的珠玉，归还失主。一挥手而四海升平，才下军车而天下大定。拯救这里如同坠于烂泥炭火中的苦难人民，援救这里如同陷溺于洪水之中的痛苦百姓。真是光齐天地，明同日月。

于是，仰符天地人的瑞应，俯从万民的意愿，接受昭华之玉，收纳龙叙之图。祭祀上帝和天地四时之神，明告已取得帝位。升中岳以祭祀山川诸神，以礼接待来朝诸侯。施教化于京郊，颁政令于远方。运谋符合使别国归附的上乘策略，量刑则采取常用法律。南边使缓耳国称臣，西边使反舌国归顺。弄剑骑马住穹庐的匈奴之国，有同川共穴风俗的骆越之人，无不臣服，叩头礼拜。开通万里之路，夺取有上千城镇的土地。漠南不用设防御屏障，河西也平安无事。

于是，政治稳定王业成功，远近安定，忘却贼寇之警，没有侵边之忧。乃订正六代之乐，整理吉凶宾军嘉五礼，修改规章，制定法律。设博士（学官）之职，登记在册的生员如同云集；开设招集文雅之士的馆阁，叩门求进的学者如同人之趋市。兴建学校，设立祭祀天地的坛场。有小才微善之人必予登记，不成文之法皆予编录。

于是，天下学士顺风归向，人尚端方，家知礼让。教化达于诸藩质子，王化沾润侍卫之官。全国太平，四方安静。力役停止，政务简便，岁丰民和。历代法规谋略，前朝典章掌故，无不芟平翦齐，能得其中正。认为建立象阙的制度，历史已很久远。《春秋》就有保存旧时典章于象阙的教导，《周礼》留下了在象阙公布法规的文字，《礼记》明言孔子游象阙而感叹的话，《周书》记载姬发因太姒之梦而植树于两阙之间。北荒的金阙上有明月之珠，西方昆仑山有流精之阙。海上神山有黄金阙，河伯珠宫有紫贝阙。未央宫旁有苍龙玄武二阙的遗制，长安城西双圆阙上铜雀铁凤十分工巧。或者用以察断冤屈，或者用以公布教令法规，或者用作帝王宫殿的仪表法式，或者使帝王所居之地荣耀庄重。晋朝积弱，宋历险阻，《礼经》旧法，空虚无记，重要法规盛大功业，湮没罕闻。晋代假借牛头山的两峰为天阙，宋室虚托有远大谋略而于博望建立双阙。都是欺骗人的耳目，无益于保存规章制度。（大梁皇帝）乃任命能审察地理形势的官员，挑选通晓天文历法的专家，陈设测日影的土圭，悬置测广狭的臬，瞻望星辰，测度地势，重造阙门，初建华美的石阙。

于是，岁星在子，时逢正月，是大梁皇帝君临天下的第七年。构造这盛大典则的建筑物，建此庄严庄丽的石阙。将要小步走过以表敬意，观看悬挂的宪章而知道王法。看见双碣相望的庄重容貌，人们就会认识这是百代的典则。创造榜样垂教后世，真够盛大壮观的。因命下臣（我），作铭文刻于盘石。其铭辞是：

凡帝王建国立都，俱要辨别方向以正宫廷建筑之位置。周成王营建宫殿于洛水之滨，汉代开发岐山梁山之地以建都。帝王所居因功业而兴盛，礼乐典章由于教化而光大，因而才有象阙，这是旧时制度。自从晋室南渡，帝都东迁，未闻悬法于象阙之事，藏书阙上的事再无记载。伟人创造万物，天子之德能使上下得畅通之美。造此极高的建筑物，建此双立的石阙。雄伟啊那样巨大，壮丽啊那样崇高。旁映重重叠叠的宫殿，上连青葱的云气。宣教的作用正在明显，万民游观十天初露其光辉。悬挂法令有了附着的地方，藏书也知道安放的处所。庞大高耸的建筑，弯曲翘起的飞檐，形高势大，远远超过汉代的甘泉宫。形状取法于天，体制模仿大地。四周可眺望宽广的原野，低头可下视烟雨。前列四达的通道，背靠明堂。北通朝门，南边可聚会五方来客。岁月更迭，地久天长。神奇壮观的石阙，将永配国祚以至无穷。

【评析】

序文前半部分，称颂武功，叙梁武帝应天顺人，伐罪吊民，终于建国定都，天下太平。后半部分及铭辞，转而讴歌文治：整顿礼乐刑政，兴办学校，招贤纳士，而重点在于兴建华阙。行文旁征博引，思路开阔，条贯理达，言辞雅驯，堪称博约温润。然揆其建阙之功用，不过光崇帝里，悬法教民，收藏典籍而已。这相当于兴建一个大型图书馆，而称功颂德如此，难免溢美之讥。此文曾经梁武帝修改，并赐以束帛，朝野荣之。足见封建统治者喜夸功伐，阿谀成习，影响文风。

新刻漏铭一首　并序

作者：陆佐公　　注译评析：黄立业

夫自天观象[①]，昏旦之刻未分；治历明时[②]，盈缩之度无准[③]。挈壶命氏[④]，远哉义用！揆景测辰[⑤]，徽宫戒井[⑥]，守以水火[⑦]，分兹日夜。而司历亡官，畴人废业，孟陬殄灭，摄提无纪[⑧]。卫宏载传呼之节[⑨]，较而未详；霍融叙分至之差[⑩]，详而不密。陆机之赋，虚握灵珠；孙绰之铭，空擅昆玉[⑪]。弘度遗篇[⑫]，承天垂旨[⑬]，布在方册，无彰器用。譬彼春华，同夫海枣[⑭]，宁可以轨物字民[⑮]，作范垂训者乎。且今之宫漏，出自会稽，积水违方，导流乖则，六日无辨[⑯]，五夜不分[⑰]。岁躔阉茂[⑱]，月次姑洗[⑲]，皇帝有天下之五载也。乐迁夏谚[⑳]。礼变商俗[㉑]，业类补天，功均柱地[㉒]。河海夷晏，风云律吕[㉓]。坐朝晏罢，每旦晨兴，属传漏之音[24]，听鸡人之响[25]。以为星火谬中[26]，金水违用[27]，时乖启闭[28]，箭异锱铢。爰命日官[29]，草创新器。

于是俯察旁罗[30]，登台升库[31]。则于地四，参以天一[32]。建武遗蠹[33]，咸和余舛[34]，金筒方员之制[35]，飞流吐纳之规，变律改经，一皆惩革。天监六年，太岁丁亥，十月丁亥朔，十六日壬寅，漏成进御。以考辰正晷[36]，测表候阴[37]，不谬圭撮[38]，无乖黍累[39]。又可以校运筭之睽合[40]，辨分天之邪正[41]，察四气之盈虚[42]，课六历之疏密[43]。永世贻则，传之无穷。赫矣焕乎，无得而称也。

昔嘉量微物，盘盂小器，犹其昭德记功，载在铭典[44]。况入神之制，与造化合符[45]；成物之能，与坤元等契[46]。勋倍楹席，事百巾机[47]。宁可使多谢曾水，有陋昆吾[48]，金字不传，银书未勒者哉[49]。乃诏小臣为其铭曰：

一暑一寒[50]，有明有晦。神道无迹[51]，天工罕代。乃置挈壶，是为熙载[52]。气均衡石[53]，晷正权概[54]。世道交丧[55]，礼术销亡[56]。遽迁水火[57]，争倒衣裳。击刀舛次[58]，聚木乖方[59]。爰究爰度[60]，时惟我皇。方壶外次[61]，圆流内袭[62]。洪杀殊等[63]，高卑异级。灵虬承注[64]，阴虫吐噏[65]。倏往忽来，鬼出神入。微若抽茧，逝如激电。耳不辍音，眼无留眄[66]。铜史司刻，金徒抱箭[67]。履薄非兢，临深罔战[68]。授受靡愆[69]，登降弗爽[70]。惟精惟一[71]，可法可象[72]。月不遁来，日无藏往[73]。分以符契[74]，至犹影响[75]。合昏暮卷[76]，蓂荚辰生[77]。尚辨天意，犹测地情。况我神造[78]，通幽洞灵[79]。配皇等极[80]，为世作程[81]。

【篇旨】

为新制造的刻漏作铭，旨在赞美新计时器的精确，颂扬梁武帝的功德。

【注释】

① 象：星象。

② 历：历数。

③ 盈缩：指时刻长短。

④ 挈壶命氏：主管漏壶的官。见《周礼 · 夏官 · 司马》。

⑤ 揆：量度。景：通“影”。

⑥ 徼（jiào）：巡察。戒：警诫。

⑦ 水：以水添于漏壶。火：晚上用火照明刻数。

⑧“而司历亡官”四句：出自《史记·历书》。司历：记时之史官。畴人：历算家。孟陬：星名。农历以斗柄所指十二辰定月次，孟陬为寅，属正月。由于历算闰余乖错，正月时斗柄所指不见孟陬，故云殄灭。摄提：星名，太岁在寅曰摄提，若历误，则失次序。

⑨ 卫宏：汉代人，著《汉官旧仪》，谓宫中夜漏开始即传呼至宫门外，各处击柝呼喊防火。

⑩ 霍融：东汉太史令，曾上疏言漏刻有时误差至二刻半，不如夏历周密。分至：春分秋分，冬至夏至，指节气。

⑪ 陆机、孙绰：皆有漏刻铭。灵珠：灵蛇珠，喻智慧。昆玉：昆山出美玉，喻才智。

⑫ 弘度：晋李充字弘度，有漏刻铭。

⑬ 承天：何承天，南朝宋人，私撰新历法，元嘉二十二年奉旨施行，并按此改漏刻。

⑭ 海枣：喻华而不实。

⑮ 轨物：作为法度准则。字民：教民。

⑯ 六日：古人推算冬夏至，谓岁迁六日，如今年子日是冬至，则明年午日为冬至。此泛指节气。

⑰ 五夜：古人把黄昏至拂晓，分为甲乙丙丁戊五个时段，称五夜，即五更。

⑱ 躔（chán）：躔次，日月星辰运行的度数。阉茂：太岁在戌，按梁武帝天监五年为丙戌年。

⑲ 姑洗：农历三月。

⑳ 夏谚：典出《孟子 · 梁惠王下》，夏禹时谚语说，吾王不出游，不见

我们劳苦，如何得休息；不见我们困苦，如何得赈赡？此谓改变了夏谚人民怨望之情，人民得到休养生息。

㉑ 商俗：出《尚书·毕命》，商纣以靡靡随顺，利口捷给者为贤，遂成风俗。

㉒ 补天：指女娲补天。柱地：比喻力挽世运。

㉓ 风云律吕：典出《十洲记》。律吕：乐律的总称。谓东风入律，青云干吕，为明君有道，祥瑞应于乐律。

㉔ 属：系。

㉕ 鸡人：古宫中报晓之官。鸡人伺漏，夜将旦传呼百官早起。

㉖ 星火：《尚书·尧典》："日永星火，以正仲夏。"《传》："火，苍龙之中星。举中则七星见，可知以正仲夏之令节。"

㉗ 金水：漏壶用金属制成，用流水节时刻。

㉘ 启：立春立夏。闭：立秋、立冬。

㉙ 日官：掌天文历算之官。

㉚ 旁罗：遍观日月星辰。《史记·五帝本纪》：黄帝"顺天地之纪……旁罗日月星辰"。

㉛ 台、库：谓天文观象台。

㉜ 地四、天一：李善注："言壶用金而漏用水也。《汉书》曰：'天以得一生水，地以得四生金。'"

㉝ 建武：汉光武帝年号。当时改用四分历。蠹：朽坏。

㉞ 咸和：东晋成帝年号。其所用刻漏，为魏曹丕时所造。

㉟ 金：金属做的漏壶，方形。筒：出水管，圆形。

㊱ 辰：指日月星交会处，即每月朔日太阳所在位置。晷：时刻。

㊲ 表：土圭。阴：日影。

㊳ 圭撮：喻极微小。

㊴ 黍累：喻极细小。

㊵ 筭（suàn）：算筹。睽合：离合。

㊶ 分天：《史记·历书》："唐都分其天部，而巴落下闳运算转历。"《集解》

引《汉书·音义》曰："谓分部二十八宿为距度。"

㊷ 四气：春夏秋冬四季温热冷寒之气。盈：满。虚：损。

㊸ 六历：古代六种历法，即黄帝、颛顼、夏、商、周和鲁历。

㊹ 铭典：载有古代铭文的典籍。

㊺ 造化：天。

㊻ 坤元：地。

㊼ 楹席、巾机：周武王践祚，作席机楹杖杂铭。又传说黄帝有巾机之法。楹，柱。机，案。

㊽ 曾水：水名。昆吾：山名。蔡邕《铭论》："昔召公作诰：'先王赐朕鼎。'出于武当曾水。吕尚……封于齐，其功铭于昆吾之野。"多谢、有陋：皆逊于、不如之意。

㊾ 金字、银书：用金银书写的碑铭文字。

㊿ 一暑一寒：谕日月运行，《周易》系辞上："日月运行，一寒一暑。"

51 神道：神与道。

52 熙载：发扬其功能。

53 衡石：衡器的总称。衡，秤。石，一百二十斤为一石。

54 权：秤锤。概：平斗斛的板。

55 世道交丧：时与道交相丧失。

56 礼术：礼教和技术。

57 水火：喻刻漏的时节。

58 击刀：谓击刁斗。

59 聚木：击柝。

60 究、度：谋度。

61 方壶：漏壶，方形。通常是三个，按阶梯形排列。次：顺序排列。

62 圆流：圆形受水壶盛着流水。袭：注。

63 洪杀：大小。

64 虬：传说的无角龙。注：指漏壶的细流。

65 阴虫：虾蟆。吐噏（xī）：指吐水。

⑯ 眄：看。

⑰“铜史”二句：漏刻下部用铜铸成铜人，举手指着刻度，称铜史。承水壶中有箭船，亦有铜人，用手抱着有刻度的箭，随水涨而上升，称金徒。

⑱“履薄”二句：出自《诗经·小雅·小旻》：“战战兢兢，如临深渊，如履薄冰。”此指如临深履薄，虽不惶恐，却小心谨慎。

⑲ 授受：指伺漏官按五更时刻报知中黄门，再传给宫外。愆（qiān）：失误也。

⑳ 登：升。刻漏昼夜各循环一次，入夜，漏水及箭头逐渐上升，漏尽泻水，箭下降。日漏复升，日尽复降。

㉑ 惟精惟一：喻专精一意。

㉒ 法、象：效法。

㉓ 遁、藏：隐蔽。指日月往来之时刻不能藏隐。

㉔ 分：春分、秋分。

㉕ 至：夏至、冬至。

㉖ 合昏：木槿，其花晨舒，昏敛。

㉗ 蓂荚：传说帝尧时庭阶生瑞草蓂荚，每月朔日（初一）生一荚，至十五日生十五荚。以后日落一荚，至月晦而尽。若月小则余一荚，厌而不落，以此占日月之数。

㉘ 神造：如鬼斧神工制成的刻漏。

㉙ 洞：通。

㉚ 皇：天。极：北极星。

㉛ 程：法度。

【语译】

向天上观察星象，昼夜的时刻未能分辨；修治历法以明确时间变化，而时刻的长短没有标准。古置挈壶氏之官，意义和作用实在远大，有助于量晷影测时辰，巡逻王官警诫市井，以水添漏壶以火照刻度，即可分别日夜的时间。然后世司历记时无官，历算家失业。正月（斗柄所指）不见陬訾星，摄提星也不按躔次出现。卫宏记汉代宫中夜漏传呼的节度，明而未详；霍融说汉时宫漏与分至节气的实际时刻有误差，漏刻记时虽详而不如夏历周密。陆机的漏刻铭，空有才情；孙绰的漏刻铭，徒擅美名。李弘度也遗下漏刻铭，何承天留下了“元嘉历法”。均载在典籍，但无益于漏刻仪器的制造。文字像春花般美丽，却同海枣一样不结果实。难道能以此作为法度准则以教百姓，作为模范教育后世吗？况且今天的宫漏，出产于会稽，贮水违背法度，导流不合法则，节令不能明辨，五更不能准确划分。岁在丙戌，月在季春，是大梁皇帝享有天下的第五年，乐歌反映了人民得到休养生息，以礼化民改变了陋俗，勋业如同女娲补天，功劳与用鳌足柱地均等。河海清平，风云献瑞，坐朝晏罢，每天早起，心系传漏之声，耳听报晓官的传呼。认为夏至节令不与中星相应，是因刻漏违背法则（立春、立夏、立秋、立冬）。节令乖舛，是因刻漏的箭头升降的时刻略有误差。因命天文历算官员，创制新的刻漏仪器。

于是官员们俯察地势，仰观星辰，登上天文观象台，使金壶与流水，得以取法参照。汉建武年间的“四分历”留下错误，东晋咸和年间习用的官漏留下舛讹，其方形金属壶和圆形导水管的规制，流水上吐下纳的法则，皆不同于常法常制，现在一一革新改定。天监六年，岁星在丁亥，十月丁亥日是初一，十六日是壬寅，新的刻漏制成进呈皇帝。用以校对太阳于月朔所在位置纠正时刻，观测土圭上的日影，不差毫厘，不错分毫。又可用以校对运算转历所定冬至、夏至阴阳离合的时刻，辨别分部二十八宿为距度的正误，观察四季气候的变化，考察古代六种历法的得失，足可作为后世的法则永远流传。其成就够辉煌了，是无与伦比的。

古代微小的好量具，盘盂之类的小器物，尚且明德记功，载于收有铭文的典籍，何况可以通神的制品，与天象运行相符；其养育万物的作用，与大地等同；功用倍于庭柱和席子，用处百倍于巾帻几案呢？岂可使它逊色于出自曾水之鼎，比不上昆吾山，不留下铭文，不刻上铭辞的呢？因命小臣（我），撰写其铭辞：

日月运行，有昼有夜。神灵和天道没有踪迹，大自然的职能罕能代替。

上古圣王乃设挈壶氏之官，这就是弘扬大自然的职能，使节气均匀如用衡具称物，使时刻正确如用权概称量。后来时与道交错丧乱，礼教和技术销散亡灭，刻漏之流水过于迅速，使人们急忙起床倒穿衣裳，刁斗错了次序，击柝乱了时间。对此深谋远虑，只有我们大梁皇帝。（新制成的刻漏）方形漏壶外表按次序排列，圆形导水管流水注入壶内。刻漏的形体大小不同，高低等级有别。灵虬张口承受注入的流水，虾蟆吐出细流。水流来往迅速，如同鬼出神入，其细如抽丝，其往如闪电。耳不停音，眼不停看。铜史用手指着刻度，金徒抱着箭杆。伺漏官如履薄冰那样小心但并非惶恐，如临深渊那样谨慎但不是战栗，因为传递时刻不能差错，箭船升降的节度不能失误。其专精一意，可供效法。于是日月往来的时刻，不能藏隐，春分秋分的节令如合符契，冬至、夏至的时刻如影随形如响随声。槿花暮敛，蓂草每晨增生一荚，（槿花、蓂荚）犹能辨天地明暗之情意，何况我朝灵敏的刻漏，简直能通幽冥神灵，功能堪与皇天和北极星比配，应当成为世世代代的典则。

【评析】

本篇序文叙述古置挈壶氏的意义，后世宫漏差误的害处，梁武帝命官制造新刻漏的精确，不可不著铭文的原因。铭辞用韵语，亦大致重申序文之意。文不满千字，而搜罗宏富。通篇以历史发展为线索，以颂扬新刻漏精确和皇帝德业为主旨，加以辅写，博而能约，颇得铭文三昧，故为时论所称。虽多溢美之辞，亦由时尚所致，不必深究。

诔上

王仲宣诔一首　并序

作者：曹子建　　注译评析：黄立业

建安二十二年①，正月二十四日戊申，魏故侍中关内侯王君卒②。呜呼哀哉！皇穹神察③，喆人是恃④。如何灵祇⑤，歼我吉士？谁谓不庸⑥？早世即冥。谁谓不伤？华繁中零。存亡分流，夭遂同期⑦。朝闻夕没⑧，先民所思。何用诔德⑨？表之素旗。何以赠终？哀以送之。遂作诔曰：

猗欤侍中⑩，远祖弥芳。公高建业，佐武伐商。爵同齐鲁，邦祀绝亡。流裔毕万，勋绩惟光。晋献赐封，于魏之疆。天开之祚，末胄称王⑪。厥姓斯氏⑫，条分叶散⑬。世滋芳烈，扬声秦汉⑭。会遭阳九⑮，炎光中蒙⑯。世祖拨乱⑰，爰建时雍⑱。三台树位⑲，履道是钟⑳。宠爵之加，匪惠惟恭。自君二祖㉑，为光为龙㉒。佥曰休哉，宜翼汉邦。或统太尉，或掌司空。百揆惟叙㉓，五典克从㉔。天静人和，皇教遐通。伊君显考㉕，奕叶佐时㉖。入管机密，朝政以治。出临朔岱㉗，庶绩咸熙㉘。

君以淑懿，继此洪基。既有令德，材技广宣。强记洽闻㉙，幽赞微言㉚。文若春华，思若涌泉。发言可咏，下笔成篇。何道不洽，何艺不闲㉛。綦局呈巧㉜，博弈惟贤㉝。皇家不造㉞，京室陨颠㉟。宰臣专制，帝用西迁㊱。君乃羁旅㊲，离此阻艰。翕然凤举㊳，远窜荆蛮㊴。身穷志达㊵，居鄙行鲜㊶。振冠南岳㊷，濯缨清川㊸。潜处蓬室㊹，不干势权[45]。

我公奋钺[46]，耀威南楚。荆人或违[47]，陈戎讲武[48]。君乃义发[49]，筭我师旅[50]。高尚霸功[51]，投身帝宇[52]。斯言既发，谋夫是与[53]。是与伊何？响我明德[54]。投戈编鄀[55]，稽颡汉北[56]。我公实嘉[57]，表扬京国[58]。金龟紫绶[59]，以彰勋则[60]。勋则伊何？劳谦靡已[61]。忧世忘家，殊略卓峙[62]。乃署祭酒[63]，与君行止[64]。筭无遗策[65]，画无失理[66]。

我王建国[67]，百司俊乂[68]。君以显举[69]，秉机省闼[70]。戴蝉珥貂[71]，朱衣皓带[72]。入侍帷幄[73]，出拥华盖[74]。荣曜当世，芳风晻蔼[75]。嗟彼东夷[76]，凭江阻湖[77]。骚扰边境，劳我师徒。光光戎路[78]，霆骇风徂。君侍华毂[79]，辉辉王涂[80]。思荣怀附[81]，望彼来威[82]。如何不济，运极命衰。寝疾弥留[83]，吉往凶归。呜呼哀哉！翩翩孤嗣[84]，号恸崩摧。发轸北魏[85]，远迄南淮。经历山河，泣涕如颓。哀风兴感，行云徘徊。游鱼失浪[86]，归鸟忘栖。呜呼哀哉！

吾与夫子，义贯丹青[87]。好和琴瑟，分过友生[88]。庶几遐年，携手同征[89]。如何奄忽[90]，弃我夙零。感昔宴会，志各高厉。予戏夫子，金石难弊。人命靡常，吉凶异制。此欢之人，孰先殒越。何寤夫子，果乃先逝。又论死生，存亡数度。子犹怀疑，求之明据。傥独有灵，游魂泰素[91]。我将假翼，飘飖高举。超登景云[92]，要子天路[93]。

丧柩既臻，将反魏京。灵輀回轨[94]，白骥悲鸣。虚廓无见[95]，藏景蔽形[96]。孰云仲宣，不闻其声。延首叹息，雨泣交颈。嗟乎夫子，永安幽冥。人谁不没，达士徇名[97]。生荣死哀，亦孔之荣[98]。呜呼哀哉！

【篇旨】

曹植哀痛良友王粲英才早逝，故致哀思以送其终。

【注释】

① 建安：汉献帝年号。

② 侍中：指魏王曹操的侍从长官。关内侯：汉爵第十九级称关内侯，居

京畿，无国邑。王君：王粲。

③ 皇穹：皇天。

④ 喆：同“哲”。

⑤ 灵祇：天神地祇。

⑥ 庸：各本作痛，是。

⑦ 遂：顺，顺于天命，寿也。

⑧ 朝闻夕没：《论语·里仁》：“朝闻道，夕死可矣。”疏：“设若早朝闻世有道，暮夕而死可无恨矣。”

⑨ 诔：累。后为文体名，一般先述其世系，累列其德业而称颂之，而末寄哀伤之意。

⑩ 猗欤：叹美词。

⑪ “公高建业”十句：毕公高与周同姓，武王伐纣，封高于毕，封国绝祀。其后毕万事晋献公，有功，封于魏，为大夫。三家分晋，其后徙都于梁，称梁惠王。见《史记·魏世家》。

⑫ 厥姓斯氏：魏后代以王为姓。

⑬ 条、叶：谕子孙支派。

⑭ 扬声秦汉：秦时有王离王翦。汉有王氏五侯。

⑮ 阳九：指灾荒及厄运。

⑯ 炎光：喻汉德。蒙：不明。此指遭王莽之乱。

⑰ 世祖：汉光武帝。

⑱ 时雍：太平。

⑲ 三台：星名，象三公之位。

⑳ 履道：履于谦退之道。《周易·履卦》：“履道坦坦。”

㉑ 二祖：粲曾祖龚，顺帝时为太尉；祖父畅，灵帝时为司空，皆是三公之位。

㉒ 为光为龙：出《诗经·小雅·蓼萧》。龙：宠。言天子恩泽光耀被及其身。

㉓ 百揆：各种政务。叙：有秩序。

㉔ 五典：五常之教，即父义母慈兄友弟恭子孝。

㉕ 显考：亡父。粲父谦，为大将军何进长史。

㉖ 奕叶：累世。

㉗ 出临朔岱：吕延济注："粲父出为岱郡太守也。"

㉘ 庶：众。绩：功。熙：广。

㉙ 洽：广。

㉚ 幽：深。赞：明。微言：先圣经典之言。

㉛ 闲：通"娴"，熟练也。

㉜ 綦局呈巧：綦字误，各本作棋或棋。王粲能把搞乱了的棋局复原，一子不差。见《三国志》本传。

㉝ 博：局戏，掷采之戏。弈：围棋。

㉞ 不造：不顺遂。

㉟ 京室：京城洛阳。陨颠：毁坏。指董卓烧毁洛阳宫殿。

㊱ 帝：献帝。西迁：董卓逼帝西迁长安。

㊲ 羁：寄。旅：客。粲避董卓乱，乃往荆州依刘表。

㊳ 翕（xī）然：吕延济注谓凤飞貌。凤举：凤飞，喻粲南迁。

㊴ 窜：逃。

㊵ 穷：窘境。达：明。

㊶ 鄙：陋。鲜：光明。

㊷ 振冠：抖去帽上灰尘。

㊸ 缨：帽带。清川：水名。粲居于襄阳之方山，山北有河水。

㊹ 蓬室：茅庐。

㊺ 干：求。势权：喻执政之官。

㊻ 我公：指曹操。建安十三年七月南征刘表，八月，刘表病卒。奋：举。钺：斧。

㊼ 荆人：楚人，指刘表孙权等。违：违命作乱。

㊽ 戎：兵。讲武：练兵。

㊾ 义发：发于大义。以下十句，言荆州牧刘表卒，粲劝表之子琮归顺

曹操。

㊿ 筭：同“算”，筹度。

51 高尚：称扬。霸功：指曹操之威德功业。

52 帝宇：帝室，朝廷。

53 谋夫：出谋献策的人。与：赞同。

54 响：奉上曰响。

55 编鄀：汉南郡有编鄀县。

56 汉北：汉江之北。刘表时荆州州治在汉江边上的襄阳（今襄樊市），为刘琮投降处。

57 嘉：嘉美王粲劝降之功。

58 表扬：奉表荐举。

59 金龟：金印上有龟钮。紫绶：系印的紫色绶带。

60 勋则：功勋。

61 劳谦：辛劳有功而且谦逊。《周易·谦卦》：“劳谦，君子有终，吉。”

62 殊略：殊异的谋略。卓：高。峙：立。

63 署：摄、代理。祭酒：军谋祭酒，为军事参谋的主管官。

64 君：各本作军，是。

65 遗策：失策、失算。

66 画：谋。

67 建国：建安二十一年五月，曹操进爵为魏王，建国号曰魏。

68 俊乂：贤德之人。

69 显：功勋显著。举：荐。魏建国，拜粲为侍中。

70 秉：掌管。省闼：宫门、禁中。

71 戴蝉珥貂：汉制，侍中戴惠文冠，插貂尾，加如蝉翼的薄绸带为饰。珥：插。

72 皓带：白丝带。

73 帷幄：军中帐幕。

74 华盖：汉朝贵族车上的伞盖。

⑺ 晻蔼：盛貌。

⑻ 东夷：此指东吴孙权。

⑺ 凭：依。阻：恃。

⑻ 光光：光明威武。路：五臣本作辂。

⑼ 华毂：华盖车，即曹操的座车。建安二十年十月征孙权，王粲随军。

⑽ 涂：通“途”。

⑾ 怀附：招抚归附。

⑿ 来威：畏威而来。

⒀ 弥留：病危。建安二十二年春，粲病卒于道，年四十一。

⒁ 孤嗣：指粲子南来迎丧。

⒂ 轸：车。北魏：北方的魏国。

⒃ 失浪：犹失水。

⒄ 贯：过。丹：朱砂。青：青雘。此二种矿石均作颜料，不褪色，喻永久鲜明。

⒅ 友生：朋友。

⒆ 征：远行，喻逝世。

⒇ 奄忽：忽然逝世。

㉑ 泰素：天。

㉒ 景云：祥云。

㉓ 要：通“邀”，拦截。

㉔ 轜（ér）：同“輀”，丧车也。

㉕ 廓：空。

㉖ 景：通“影”。

㉗ 徇名：舍身为名。

㉘ 孔：甚。

【语译】

建安二十二年，正月二十四日，魏国侍中、关内侯王君逝世。呜呼哀痛啊！皇天神灵鉴察一切，此乃明智的人所依恃。为什么天神地祇，灭我善士？谁会不悲痛？还在英年就上了冥路。谁会不哀伤？花正开得繁茂就中途凋零。存亡虽然殊途，寿夭都归于死。早晨闻世有道而夕死无憾，是古人所祈求的。用什么累述其德行？可以标明在铭旌上。用什么给他送终？用我们哀悼之情送他。遂作诔辞如下：

荣耀啊王侍中，你的远祖极为显赫。毕公高始建基业，协助武王伐纣。封爵同于齐鲁之君，可惜国祀中绝。后裔毕万，勋绩光大，晋献公赐他封地，在魏的地方。皇天给他开创大业，后代遂得以称王。其后以王为姓氏，子孙分散于各地。世代增添美好业绩，声名播扬于秦汉两朝。不幸遭逢厄运，炎汉的光辉中途不明。光武平乱，因建太平。君之祖先位列三公，谦让之德十分突出。加以荣耀的爵位，不但仁慈而且恭敬。自从君之曾祖、祖父以来，蒙受天子的恩泽荣宠。大家赞美他们，理应成为汉朝的辅弼。或官太尉，或做司空。各种政务很有条理，五常之教能称圣心。天宁人和，皇化远通。君之先大人，承接先世辅助时政。入管机密，朝政因此得以整顿。出任岱郡太守，各种政绩均得以光大。

君以善美的德行，继此宏大基业。既有美德，才艺也广为传扬。强识博闻，深明先圣经义。文如春花之美，思如涌泉之捷。发言可供咏唱，下笔即成文章。何理不通？何艺不熟？覆局重布显其巧思，局戏和围棋堪称独擅。皇室遭逢不幸，京城宫室毁坏。宰臣专权，皇帝被迫西迁。君乃做客他乡，离此动乱之境。像凤鸟举翅，远飞至荆州蛮荒的地方。身虽窘穷而志怀豁达，居虽简陋而行为光明磊落。抖去帽上灰尘于南岳之上，洗濯帽带于清川江中。隐居于茅庐，不求于权贵。

我们魏公奋起征伐的斧钺，扬威南楚。荆州有人违令作乱，于是陈兵示武。君乃发于大义，筹度我军力量。称扬魏公威德功业，敦劝刘琮投顺帝室。此言既出，参加谋划的人皆予赞同。赞同什么？信奉我公明德。在编鄀之地放下武器，在汉江之北叩头请降。我公着实称美你的义举，奉表举荐于朝廷。赐君龟钮紫绶的黄金印，以表彰功勋。功勋是什么？辛劳有成而且谦恭不已，忧国忘家，殊异的谋略高明特出。于是摄理军谋祭酒，随军行止。运筹从不失策，谋划从不失误。

我魏王建国，百官贤明。君以显功而被荐举，掌管机密于宫中。冠戴蝉翼插貂尾，大红官服白绸带。入则侍魏王于军帐，出则拥随魏王的华盖。荣耀当代，名望鼎盛。可叹那东吴，依恃江湖之险，骚扰边境，劳我军旅。鲜明威武的战车，如雷惊风驰。君侍我王的座车，辉耀通途。君思荣宠意欲招抚东吴，望其畏威来附。如何未能成事，当是运尽命衰。卧病垂危，吉往凶归。呜呼哀痛啊！你的孤弱后嗣如飞而至，哀号悲痛五内崩摧。发车于北方魏国，远至南淮迎丧。经历山河，山河也涕泪交坠。哀鸣的寒风发出感叹，行云也徘徊不前。游鱼如同失水般悲愁，归鸟含悲忘记归巢。呜呼哀痛啊！

我与先生，情义久长超过丹青永不褪色。相好如琴瑟和谐，情分胜过朋友。希望能够长寿，将来携手同往。你如何忽然逝世，舍弃我而过早凋零。想起从前宴会，各人的志向高远。我戏对先生说，金石难坏，人命无常，吉凶的命运不同，共此欢会的人，谁先死去？哪里料到先生，果然先死！大家又议论死与生，存与亡的运数。你还怀疑，要求拿出明显证据。倘若真的有灵，你当魂游天国。我将假借羽翼，飘摇高飞，超登祥云之上，拦住你上天的去路。

丧柩既至，将返魏国京城。丧车掉转方向，白马悲鸣。空虚一无所见，你则蔽影藏形。谁说仲宣，不闻其声。举头叹息，而雨泪沾颈。可悲叹啊先生，永远安息于阴间吧！谁人不死？明达之士舍身为名。生时荣耀死蒙哀悼，也很光荣。呜呼悲痛啊！

【评析】

文章述王粲世系，赞其行业，称其荣宠，忆其友谊，惜其早逝，深致哀思。篇中叙其世代荣耀，丽若华衮；哀其英年先零，物尽含悲。颂不溢美，悲不虚夸。所谓生荣死哀，情生笔下，真挚感人，可称诔文楷模。

杨荆州诔一首　并序

作者：潘安仁　　注译评析：黄立业

维咸宁元年[①]，夏四月乙丑，晋故折冲将军荆州刺史东武戴侯荥阳杨史君薨[②]。呜呼哀哉！夫天子建国，诸侯立家[③]，选贤与能，政是以和。周赖尚父[④]，殷凭太阿[⑤]。矫矫杨侯[⑥]，晋之爪牙[⑦]。忠节克明，茂绩惟嘉。将宏王略，肃清荒遐[⑧]。降年不永，玄首未华[⑨]。衔恨没世，命也奈何！呜呼哀哉！自古在昔，有生必死。身没名垂，先哲所韪[⑩]。行以号彰[⑪]，德以述美[⑫]。敢托旒旗[⑬]，爰作斯诔。其辞曰：

邈矣远祖，系自有周。昭穆繁昌[⑭]，枝庶分流[⑮]。族始伯乔[⑯]，氏出杨侯。奕世丕显[⑰]，允迪大猷[⑱]。天猒汉德[⑲]，龙战未分[⑳]。伊君祖考，方事之殷[㉑]。鸟则择木，臣亦简君[㉒]。投心魏朝[㉓]，策名委身[㉔]。奋跃渊涂[㉕]，跨腾风云。或统骁骑，或据领军[㉖]。

笃生戴侯[㉗]，茂德继期[㉘]。纂戎洪绪[㉙]，克构堂基[㉚]。弱冠味道[㉛]，无竞惟时。孝实蒸蒸[㉜]，友亦怡怡[㉝]。多才丰艺，强记洽闻。目睇毫末，心筭无垠。草隶兼善，尺牍必珍。足不辍行，手不释文。翰动若飞，纸落如云。学优则仕，乃从王政。散璞发辉[㉞]，临职作令。化行邑里，惠洽百姓。越登司官[㉟]，肃我朝命。惟此大理[㊱]，国之宪章[㊲]。君莅其任，视民如伤[㊳]。庶狱明慎[㊴]，刑辟端详[㊵]。听参皋、吕[㊶]，称侔于、张[㊷]。改授农政[㊸]，于彼野王。仓盈庾亿[㊹]，国富兵强。

煌煌文后[㊺]，鸿渐晋室[㊻]。君以兼资[㊼]，参戎作弼[㊽]。用锡土宇[㊾]，膺兹显秩[㊿]。青社白茅[51]，亦朱其绂[52]。魏氏顺天[53]，圣皇受终[54]。烈烈杨侯[55]，实统禁戎[56]。司管闺阖[57]，清我帝宫。苛慝不作[58]，穆如和风[59]。谓督勋劳[60]，班命弥崇[61]。

茫茫海岱[62]，玄化未周[63]。滔滔江汉[64]，疆埸分流。秉文兼武，时惟杨侯。既守东莞[65]，乃牧荆州。折冲万里[66]，对扬王休[67]。闻善若惊[68]，疾恶如仇。示威示德，以伐以柔[69]。吴夷凶侈[70]，伪师畏逼[71]。将乘仇衅[72]，席卷南极[73]。继褰粮尽[74]，神谋不忒[75]。君子之过，引曲推直[76]。如彼日月，有时则食。负执其咎[77]，功让其力。亦既旋旆[78]，为法受黜[79]。退守丘茔[80]，杜门不出。游目典坟[81]，纵心儒术。祁祁搢绅[82]，升堂入室。靡事不咨，无疑不质。位贬道行，身穷志逸[83]。弗虑弗图，乃寝乃疾。昊天不吊[84]，景命其卒[85]。呜呼哀哉！

子囊佐楚[86]，遗言城郢。史鱼谏卫[87]，以尸显政。伊君临终，不忘忠敬。寝伏床蓐，念在朝廷。朝达厥辞[88]，夕殒其命[89]。圣王嗟悼，宠赠衾襚[90]。诔德策勋[91]，考终定谥[92]。群辟恸怀[93]，邦族挥泪。孤嗣在疚[94]，寮属含悴[95]。赴者同哀[96]，路人增欷[97]。呜呼哀哉！

余以顽蔽[98]，覆露重阴[99]。仰追先考，执友之心[100]。俯感知己，识达之深[101]。承讳忉怛[102]，涕泪沾襟。岂忘载奔[103]，忧病是沉[104]。在疾不省[105]，于亡不临[106]。举声增恸，哀有余音。呜呼哀哉！

【篇旨】

文中历述杨肇世系功业，叙其罢官之委曲，感其知遇之恩，深致哀悼之情。

【注释】

① 咸宁：晋武帝年号。

② 杨史君：杨肇，字季初，荥阳人，封东武伯，谥曰戴侯。肇为作者妻父，故只书官衔不书名。史：诸本作使。使君，对刺史及州郡长官的尊称。

③ 家：诸侯的采邑封地。

④ 尚父：吕尚，佐武王伐纣，被尊为师尚父。

⑤ 太阿：即伊尹，汤时任阿衡（官名），后又佐汤之孙太甲，史称太阿。

⑥ 矫矫：威武貌。

⑦ 爪牙：武臣。

⑧ 荒遐：荒远地区。

⑨ 玄：黑。华：头发花白。

⑩ 韪（wěi）：善。

⑪ 号：谥号，据亡者生平事迹给予的称号。

⑫ 述：指诔文。

⑬ 旒旗：出殡时在灵柩前的幡旗，亦称铭旌。

⑭ 昭穆：犹言子孙。

⑮ 枝庶：同宗支派。

⑯ 伯乔：周代有伯乔，其支庶食采于晋国杨的地方，因以为氏。周衰，杨氏或称侯，号曰杨侯。见《汉书·扬雄传》。

⑰ 奕：连。丕：大。

⑱ 允：信。迪：蹈。猷：道。

⑲ 猒：“厌”的本字，厌倦。

⑳ 龙战：喻群雄割据争战。《周易·坤卦》：“龙战于野，其血玄黄。”

㉑ 方事：方当征战之事。殷：盛。

㉒ 简：择。

㉓ 投心：诚心归附。

㉔ 策名：出仕。古人出仕，书名于主人之策，表示系属之意。委身：托身。

㉕ 涂：烂泥。

㉖ 骁骑、领军：肇之祖父格为魏骁骑将军，父暨为领军将军。

㉗ 笃生：厚生，犹言生而不平凡。《诗经·大雅·大明》：“笃生武王。”

㉘ 茂：盛。

㉙ 纂（zuǎn）：继承。戎：你。绪：业。

㉚ 克构堂基：喻子能承父志。《尚书·大诰》：“若考作室，既厎法，厥子乃弗肯堂，矧肯构？”文中反其意而用之。

㉛ 味：好。

㉜ 蒸蒸：厚美貌。

㉝ 怡怡：和顺貌。

㉞ 散璞：卞和于荆山得璞玉，献给楚王，剖琢而得美玉。后制成和氏璧。璞，石头裹着的玉。

㉟ 司官：朝官。肇迁治书侍御史。

㊱ 大理：掌刑法之官。

㊲ 宪章：典章制度。

㊳ 视民如伤：《左传·哀公元年》："臣闻国之兴也，视民如伤。"杜预注："如伤，恐惊动。"

㊴ 庶狱：各种狱讼之事。

㊵ 刑辟：刑法。

㊶ 皋：皋陶，舜帝的法官。吕：吕侯，周穆王法官。

㊷ 于：于定国。张：张释之。皆为汉朝著名法官。

㊸ 农政：肇任野王县典农中郎将。

㊹ 庾：粮仓。亿：十万为亿，引申为满盈。

㊺ 文后：指晋文帝。后，君主。

㊻ 鸿渐：渐进于高位，引申为兴隆。

㊼ 兼资：文武全才。

㊽ 参戎：肇任参军。弼：辅弼。

㊾ 锡：赐。土宇：土地和府第。

㊿ 膺：受。显秩：显要职位。

51 青社白茅：古代天子建社，中间土色黄，东南西北的土色，分别为青赤白黑。分封诸侯于东方，则以白茅包青土赐之以建社。此指封爵于东方。

52 朱绂（fú）：红色蔽膝，缝于长衣之前，为公侯官服。

53 魏氏：魏末代君主陈留王。

54 圣皇：指晋武帝司马炎。受终：接受魏氏终止帝位之命而继位。

55 烈烈：威武貌。

56 禁戎：禁卫军。

57 阊阖：晋洛阳城西门之名，此指宫门。

58 苛慝：邪恶。

59 穆如和风：出《诗经·大雅·烝民》。谓穆然如清风之化人情性。

60 督：察。

61 班命：品级的任命。弥：愈。崇：高。肇以清宫禁勋劳，进封东武伯。

62 海岱：指青州。

63 玄化：至德的教化。

64 江汉：长江汉江，为荆州之地。此指晋初与东吴分界处。

65 东莞：晋郡名，郡治在今山东莒县，古属青州。肇领东莞相，荆州刺史。

66 折冲：时肇加折冲将军。折，摧。冲，战车。此指击溃敌军。

67 对：答。扬：称扬。休：美。

68 善：善言。若惊：如恐不及。

69 伐：讨伐。柔：安抚。

70 吴夷：东吴孙皓。

71 师：何校改为帅，师为晋庙讳，不当用。畏逼：吴将步阐畏逼而降晋，吴将陆抗攻之。羊祜遣肇攻抗，相持月余，肇大败。阐为抗所擒。肇废为庶人。

72 衅：空隙。

73 南极：南方边远地区，指吴地。

74 褰（qiān）：套裤，泛指军衣。

75 忒（tè）：差错。

76 引曲：主动承担错误的责任。推直：让善于人。

77 执咎：承担罪责。

78 旋旆：回军返国。

⑲ 黜：废免。

⑳ 丘茔：祖宗坟墓。

㉑ 典坟：三坟五典，泛指古代典籍。

㉒ 祁祁：众盛貌。

㉓ 逸：安闲。

㉔ 昊天：皇天。吊：怜。

㉕ 景：大。

㉖ 子囊：楚令尹，伐吴回国，时楚新迁都于郢，故临终遗言必须筑好郢都城墙。为忠君爱国之典。

㉗ 史鱼：卫大夫，临终对儿子说，我数言蘧伯玉贤而不能进用，弥子瑕不肖而不能斥退。我死不能停棺于正堂，而应停于内寝。卫君问知其故，即接受其遗言。古谓忠臣以尸谏君。

㉘ 厥辞：其辞，指肇临终奏稿。

㉙ 殒命：死亡。

㉚ 赠：赐给死者曰赠。衾：被单。禭：衣服。

㉛ 诔德：诔辞述其德。策勋：哀策表其勋。

㉜ 定谥：考察死者生平行为的善恶给予称号，称谥。大官由大臣议定，天子赐谥。

㉝ 群辟：百官。

㉞ 疚：病。

㉟ 寮：通“僚”，同官为僚。属：下属。悴：忧。

㊱ 赴：吊丧。

㊲ 欷：抽咽声。

㊳ 顽蔽：愚鲁。

㊴ 覆露：荫庇。

⑩⓪ 执友：志同道合的朋友。潘岳之父芘，与肇同官交好。

⑩① 识达：赏识。

⑩② 讳：指肇死。承讳：承接讣告。忉怛：悲痛。

⑩ 载奔：此指奔丧。载，虚词。

⑩ 沉：深。

⑩ 省：省视、探问。

⑩ 临：临哭，到灵前哭祭。

【语译】

咸宁元年，夏四月乙丑日，晋折冲将军荆州刺史东武戴侯荥阳杨史君逝世。呜呼哀痛啊！凡天子建国，诸侯治其封地，选任贤能，政教就会和顺。周赖吕尚辅弼，殷靠伊尹辅佐。英武的杨侯，是晋朝的武将。忠贞的气节显著，众多的功绩可嘉。正欲光大圣王的谋略，肃清边远地区，谁知寿命不长，黑发未曾花白，却含恨去世，这是命啊，有什么办法！呜呼哀痛啊！自古以来，有生必有死。身虽不存而名传后世，也是先哲们所肯定的。人的行为因谥号而彰明，功德因诔文称述而知其善美。因作此诔，冒昧地书于旒旗。其诔辞是：

杨氏的祖先已很久远，其世系自周代开始，子孙繁昌，亲属分居各地。宗族始于伯乔，姓氏出自杨侯。累代显赫，奉行道义。上天厌倦汉祚，群雄争战未分胜负。君之祖父父亲，正值战争频繁之时。所谓鸟则择木而栖，臣亦择君而事。于是诚心归附魏朝，署名于策委身事主。在深渊泥涂中奋跃而起，飞腾于风云之上。或为骁骑将军，或任领军将军。

生下不平凡的戴侯，盛德有继。接其大业，顺承父志。弱冠即好道静默，不争名利于当时。孝行确实厚美，友爱也臻和顺。多才多艺，强识博闻。目察秋毫之末，运心筹算可至无穷之数。草书隶书兼善，书信精美人必珍藏。不停地实践，手不离开文字。笔动如飞，写成的纸卷坠落如云。学而优则出仕，于是从政于王朝。如剖开璞中藏玉显露出光辉，做了轵县县令。教化行于城乡，恩惠遍及百姓。继而升任朝官，端肃朝廷政令。念此法官，关系国家典章制度。君在其位，治理民之诉讼如恐惊扰他们。处理案件明察慎重，执法正直而且周详。听狱可比皋陶、吕侯，声誉与于定国、张释之相齐。调职管理农政，在那野王县的地方。结果粮仓满盈，促进国富兵强。

英明的文王（司马懿），渐兴晋室。君以文武全才，参佐戎幕为其辅弼。因赐土地府第，荣膺东武的显要爵位。既蒙封爵，又加朱绂。魏氏顺从天意，圣明君主（司马炎）接受魏的禅让。威武的杨侯，统领着禁卫军。掌管宫门，肃清宫禁。邪恶之事没有发生，其温和如清风之化人情性。察其勋功劳绩，品秩的任命愈高。

辽远的青州，德化未遍。滔滔的长江汉水，晋吴的疆界分于江流。既任文官又兼武职，当时只有杨侯。既为东莞相，又作荆州牧。击溃敌军于万里疆埸，以报答称谢君王的宠命。听到一句善言若恐未能做到，疾恨丑恶如同仇敌。或示威武或施恩德，或加讨伐或用安抚。吴夷孙皓凶暴放纵，伪将步阐畏逼而降晋。公将乘仇人的空隙，全部占领南方之地。岂料军中衣粮用尽之后而败退，并非谋略失误。君子有过失，主动承担责任而让善于人。正如日月之明，有时也会亏蚀。败则主动承担罪责，有功则让于出力之人。既已退兵回国，因军法受到废免。于是退守丘垄祖坟，闭门不出。浏览古籍，用心研究儒家之道。许多绅士，登堂入室，无事不请教，无疑不质询。爵位被黜而学说流传，身虽困厄而心志安逸。既无忧虑也无图谋，却卧床生病。上天不悯，大命遂终。呜呼哀痛啊！

从前子囊佐楚，遗言必筑郢城（而人称其忠）；史鱼忠于卫灵公，以尸谏显其政绩。君在临终之时，不忘忠敬。卧伏床席，心念朝廷。早上送上临终奏表，傍晚就已逝世。圣王嗟叹悼念，恩赠衣被，诔辞述其德哀策表其勋，考其终生定谥戴侯。百官痛惜怀念，食邑及同族的人挥泪致哀。孤弱的嗣子悲痛病倒，僚属含忧。吊丧者同哀，路人抽泣。呜呼哀痛啊！

我生性愚鲁，常得庇护于重阴之下。仰则追念先父的良友相爱之心，俯感知己赏识之深。接到讣告不胜悲痛，涕泪沾襟。岂敢忘却奔丧之事，实因忧病俱深，在您疾病时不能省视，逝世时不能临送。说起来便增加悲痛，闻丧哀哭犹有余音。呜呼哀痛啊！

【评析】

此诔之长，在于理圆而情深。盖杨肇三代，王朝频更，述其去就，俱循封建义理。肇兵败削职，不能不书。史载其计拙夜遁，伤亡过半。诔辞如贬之，则有损才德；称冤则触犯圣裁。文心机巧，谓军中衣粮俱尽，失败非神谋之差，并能引曲推直，主动承担罪责，则杨肇才德，遂非凡品。说理圆通，不违圣断，足显作者才思。潘岳童年便为肇赏识，并约以婚姻，知遇感恩，真情流于言外。锺嵘称“潘才如江”，于此可见一斑。

杨仲武诔一首　并序

作者：潘安仁　　注译评析：黄立业

杨绥[①]，字仲武，荥阳宛陵人也[②]。中领军肃侯之曾孙[③]，荆州刺史戴侯之孙[④]，东武康侯之子也[⑤]。八岁丧父，其母郑氏，光禄勋密陵成侯之元女[⑥]，操行甚高，恤养幼孤，以保乂夫家[⑦]，而免诸艰难。戴侯、康侯，多所论著，又善草隶之艺。予以妙年之秀，固能综览义旨，而轨式模范矣[⑧]。虽舅氏隆盛，而孤贫守约[⑨]，心安陋巷[⑩]，体服菲薄，余甚奇之。若乃清才俊茂，盛德日新[⑪]，吾见其进，未见其已也。既藉三叶世亲之恩[⑫]，而子之姑，余之伉俪焉，往岁卒于德宫里[⑬]。丧服同次[⑭]，绸缪累月[⑮]，苟人必有心，此亦款诚之至也[⑯]。不幸短命，春秋二十九，元康九年[⑰]夏五月己亥卒。呜呼哀哉！乃作诔曰：

伊子之先，奕叶熙隆[⑱]。惟祖惟曾，载扬休风[⑲]。显考康侯[⑳]，无禄早终[㉑]。名器虽光[㉒]，勋业未融[㉓]。笃生吾子[㉔]，诞茂淑姿[㉕]。克岐克嶷[㉖]，知章知微[㉗]。钩深探赜[㉘]，味道研机[㉙]。匪直也人[㉚]，邦家之辉。子之遘闵[㉛]，曾未龀髫[㉜]。如彼危根，当此冲猋[㉝]。德之休明[㉞]，靡幽不乔[㉟]。弱冠流芳，俊声清劭[㊱]。尔舅惟荣，尔宗惟瘁[㊲]。幼秉殊操，违丰安匮。撰录先训[㊳]，俾无陨坠。旧文新艺，罔不必肄。潘杨之穆[㊴]，有自来矣。矧乃今日，慎终如始。尔休尔戚[㊵]，如实在己。视予犹父，不得犹子[㊶]。敬亦既笃，爱亦既深。虽殊其年，实同厥心。日昃景西[42]，望子朝阴。如何短折，背世湮沉。呜呼哀哉！

寝疾弥留[43]，守兹孝友。临命忘身[44]，顾恋慈母。哀哀慈母[45]，痛心疾首[46]。噭噭同生[47]，凄凄诸舅。春兰擢茎[48]，方茂其华[49]。荆宝挺璞，将剖于和[50]。含芳委耀[51]，毁璧摧柯[52]。呜呼仲武，痛哉奈何！德宫之艰，同次外寝。惟我与尔，对筵接枕。自时迄今，曾未盈稔[53]。姑侄继陨，何痛斯甚。呜呼哀哉！

披帙散书[54]，屡睹遗文。有造有写[55]，或草或真。执玩周复[56]，想见其人。纸劳于手，涕沾于巾。龟筮既袭[57]，埏隧既开[58]。痛矣杨子，与世长乖。朝济洛川，夕次山限[59]。归鸟颉颃[60]，行云徘徊。临穴永诀，抚榇尽哀。遗形莫绍[61]，增恸余怀。魂兮往矣，梁木实摧[62]。呜呼哀哉！

【篇旨】

此诔大意，乃作者痛内亲家门式微，哀内侄仲武夭折。

【注释】

① 绥：袁本、茶陵本、六臣本作经，是。

② 荥阳：郡名，治地在今河南荥阳。宛陵：县名，在今安徽宣城。

③ 肃侯：杨暨，魏代侯爵。

④ 戴侯：杨肇，晋代侯爵。

⑤ 东武康侯：杨潭。

⑥ 密陵成侯：郑默。元：长。

⑦ 保乂：安定、治理。

⑧ 轨：遵循、依照。

⑨ 约：节俭。

⑩ 陋巷：贫家所居。《论语·雍也》："贤哉回也……在陋巷，人不堪其忧，回也不改其乐。"

⑪ 日新：日日增新。

⑫ 三叶：三代人。潘岳之父芘，与戴侯杨肇同官交好。岳与仲武之父潭为郎舅，仲武为岳内侄，故云三叶世亲。

⑬ 往岁：指去年。德宫：里名，在洛阳。

⑭ 次：止宿。

⑮ 绸缪：情意殷勤。

⑯ 款诚：恳挚、忠诚。

⑰ 元康：晋惠帝年号。

⑱ 奕叶：累代。

⑲ 载：则。休：美。

⑳ 显考：亡父。

㉑ 无禄：未能久享俸禄。

㉒ 名器：爵号车服等为名器。杨潭袭父爵。

㉓ 融：显明。

㉔ 笃：忠实厚道。

㉕ 诞：大，引申为甚。茂：美。淑：善。

㉖ 克岐克嶷：《诗经·大雅·生民》："克岐克嶷，以就口食。"笺："岐，知意也。嶷，识也。"意为六七岁时。

㉗ 章：通"彰"，明也。微：幽。

㉘ 钩：探索。赜：幽深难见。

㉙ 味道：体察道理。机：几微。

㉚ 匪直也人：语出《诗经·鄘风·定之方中》。疏云："非直庸庸之人。"

㉛ 遘闵：遭逢忧患。此指遭父丧。

㉜ 龀髫（chèn tiáo）：龀齿垂髫，喻幼年。龀，七八岁时换齿。

㉝ 猋：六臣本作飙，是。飙：通"飘"，暴风也。

㉞ 休明：美盛。

㉟ 幽乔：《诗经·小雅·伐木》："出自幽谷，迁于乔木。"喻高迁。

㊱ 劭：美好。

㊲ 瘁：衰微。

㊳ 先训：先人的遗著。

㊴ 穆：和好。

㊵ 休：喜。戚：忧。

㊶“视予犹父”二句：《论语·先进》：“子曰：回也，视予犹父也，予不得视犹子也。”犹：如同。

㊷ 昃：日西斜。景：通“影”。句喻接近暮年。

㊸ 弥留：病危将死。

㊹ 临命：面对死亡。

㊺ 哀哀：哀痛声。

㊻ 疾首：头痛。

㊼ 噭（jiào）噭：悲哭声。同生：兄弟。

㊽ 擢：抽。

㊾ 华：通“花”。

㊿“荆宝”二句：指卞和献玉事。

51 委：积。

52 璧：和氏璧。柯：指兰茎。

53 稔：谷熟。古时谷一年一熟，故以喻年。

54 帙（zhì）：书套。

55 造：创作。

56 周复：周而复始。

57 龟筮：古代以龟甲、蓍草占吉凶，称筮。占卜的结果相合为吉兆。袭：重合。

58 埏（yán）：墓道。

59 山隈（wēi）：山曲之处。

60 颉颃：上下不定地飞翔。

61 遗形莫绍：死后形体没有继承者，指无后嗣。绍，继承。

62 梁木：栋梁之材。《礼记·檀弓上》：“梁木其坏乎？哲人其萎乎？”

【语译】

杨经，字仲武，荥阳郡宛陵县人。是中领军肃侯杨暨的曾孙，荆州刺史戴侯杨肇之孙，东武康侯杨潭之子。八岁丧父，其母郑氏，是光禄勋密陵成侯郑默的长女，操守品行很高，抚食幼小丧父的儿子，以安宁夫家，而使其免遭艰难。戴侯和康侯颇多著作，又擅长草书隶书。你以少年灵秀，本来就能综览其要旨，且能依照法则仿效了。虽然舅舅贵盛，而你处境孤寒却能坚守节俭，安贫乐道，服用微薄，我深以为奇。你清才俊美，盛德日日增新，我只见到你的进步，未发现有所停滞。既有三代人的世亲情谊，而你的姑母又是我的配偶，她去年卒于洛阳德宫里。服丧期间同你住宿，情意殷勤连月之久，如果人们存心要亲密，这也是感情真诚到极点了。你不幸短命，享年才二十九岁。元康九年，夏五月己亥日去世。呜呼悲痛啊！乃作诔辞曰：

你的祖先，累代昌盛。祖父与曾祖，能发扬美好家风。先大人康侯，未能久享俸禄而过早逝世。爵号舆服虽然光彩，而功业未能显著。生下聪敏的你，姿容十分美好。幼年时候，就能知道明显的和隐微的事情。还能探索幽深难知的奥秘，体察道理研究几微。这绝非庸碌的人，而是邦国和家庭的荣幸。你遭逢父丧，年齿尚幼。好像那孤危的树根，当此风暴。德行美盛，没有不高迁的。二十岁就芳名流传，声誉清美。你舅父荣耀，你宗支则衰微。幼时便有特殊操守，不追求富裕生活而安于贫穷。辑录先祖先父遗著，使无失落。对古籍和新的技艺，无不熟习。潘杨两家之和顺，是有缘由的。何况今日，我们爱惜这种关系如祖辈相好之时。凡有喜庆或忧患，就如同自己的事。你看待我如同看待父亲，而我未能把你当作儿子照顾。相敬已经够厚了，相爱已经够深了。虽年龄悬殊，其心实在是相同的。我已到了日昃影西的时候，十分希望你像朝阳一般美好。为什么短命夭折，弃世而湮没？呜呼悲痛啊！

你卧病濒危，仍坚守孝友之心。临终之时还忘记身上的痛苦，顾恋慈母。泣不成声的慈母，极为哀痛。兄弟悲哭，诸舅凄怆。你如春兰抽茎，其花正美；又如荆山宝玉生于璞，将要被卞和剖开。方当含蕴芳香累积光耀之时，竟遭毁坏璧玉摧折枝条！哀痛啊仲武，悲痛啊有什么办法？在德宫里服丧之时，我们同宿于外寝。只有我和你，对桌而食连枕而眠。自那时到今天，竟未满一年，姑侄相继去世，有何哀痛如此之甚！呜呼悲痛啊！

展开书套翻书，屡见你的遗文。有新作也有抄录，有草书也有楷书。拿着看了一遍又一遍，自然想起书的主人。拿书的手都疲劳了，不知不觉泪下沾巾。用龟甲和蓍草占卜既已重示吉兆，墓道也已经打开。悲痛啊杨子，你与世长离了。早上渡过洛川，傍晚到达山曲之处。归巢的飞鸟上下不定，行云也徘徊不前。对着墓穴与你永别，抚棺尽哀。你没有后嗣，更使我心里增加悲痛。灵魂啊去了，栋梁之材确已摧折！呜呼悲痛啊！

【评析】

读此诔文，顿觉凄风苦雨纷至沓来，哀悼之情滔滔不绝。盖其人其事已使人悲悯，加之作者与死者又是姻戚世亲，故悲生笔底，哀感动人，形成文章的特色。请看，杨家先世荣华，陡然中落。仲武八岁丧父，家境孤寒。幸其姿容秀美，聪敏早慧，安贫好学，犹如春兰宝玉，可望重振家声。岂料兰摧玉毁，突然夭折，希望遂成泡影。作者悲从中来，睹物思人，触景伤情，回环往复，哀感缠绵。陈祚明谓“安仁情深之子，每一涉笔，淋漓倾注”，诚非虚语。然正因为真情难抑，信手写来，复沓芜杂之处，固亦难免。

卷第五十七

诔下

夏侯常侍诔一首 并序

作者：潘安仁　　注译评析：黄立业

夏侯湛，字孝若，谯人也①。少知名，弱冠辟太尉府②。贤良方正征③，仍为太子舍人④，尚书郎，野王令⑤，中书郎，南阳相⑥。家艰乞还⑦。顷之，选为太子仆⑧，未就命而世祖崩⑨。天子以为散骑常侍⑩，从班列也⑪。春秋四十有九，元康元年夏五月壬辰寝疾，卒于延喜里第⑫。呜呼哀哉！乃作诔曰：

禹锡玄珪⑬，实曰文命。克明克圣⑭，光启夏政⑮。其在于汉，迈勋惟婴⑯。思弘儒业，小大双名⑰。显祖曜德⑱，牧兖及荆⑲。父守淮岱⑳，治亦有声。英英夫子，灼灼其俊㉑。飞辩摛藻㉒，华繁玉振㉓。如彼随和㉔，发彩流润；如彼锦缋㉕，列素点绚㉖。人见其表㉗，莫测其里㉘。徒谓吾生㉙，文胜则史㉚。心照神交㉛，唯我与子。且历少长，逮观终始㉜。子之承亲，孝齐闵参㉝。子之友悌，和如瑟琴。事君直道，与朋信心。虽实唱高，犹赏尔音。

弱冠厉翼㉞，羽仪初升㉟。公弓既招㊱，皇舆乃征㊲。内赞两宫㊳，外宰黎蒸㊴。忠节允著，清风载兴。泱彼乐都㊵，宠子惟王㊶。设官建辅，妙简邦良㊷。用取喉舌㊸，相尔南阳。惠训不倦㊹，视民如伤㊺。乃眷北顾㊻，辞禄延喜。余亦偃息㊼，无事明时㊽。畴昔之游，二纪于兹。班白携手，何欢如之！居吾语汝㊾：“众实胜寡。人恶隽异，俗疵文雅。执戟疲扬㊿，长沙投贾[51]。无谓尔高，耻居物下。”子乃洗然[52]，变色易容。慨焉叹曰：“道固不同。为仁由己，匪我求蒙[53]。谁毁谁誉？何去何从？”莫涅匪缁[54]，莫磨匪磷[55]。予独正色，居屈志申。虽不尔以[56]，犹致其身[57]。献替尽规[58]，媚兹一人[59]。谠言忠谋[60]，世祖是嘉。将仆储皇，奉辔承华[61]。先朝末命[62]，圣列显嘉[63]。入侍帝闱[64]，出光厥家。我闻积善，神降之吉。宜享遐纪[65]，长保天秩[66]。如何斯人，而有斯疾？[67]曾未知命[68]，中年陨卒。呜呼哀哉！

唯尔之存，匪爵而贵。甘食美服，重珍兼味[69]。临终遗誓[70]，永锡尔类[71]。敛以时袭[72]，殡不简器[73]。谁能拔俗[74]，生尽其养？孰是养生，而薄其葬？渊哉若人[75]，纵心条畅[76]。杰操明达[77]，困而弥亮[78]。柩辂既祖[79]，容体长归。存亡永诀，逝者不追[80]。望子旧车，览尔遗衣。愊抑失声[81]，迸涕交挥[82]。非子为恸，吾恸为谁？呜呼哀哉！

日往月来，暑退寒袭。零露沾凝，劲风凄急。惨尔其伤，念我良执[83]。适子素馆[84]，抚孤相泣。前思未弭[85]，后感仍集[86]。积悲满怀，逝矣安及？呜呼哀哉！

【篇旨】

潘岳与夏侯湛友善，俱有文才而不被当世重用。诔文哀湛不幸，痛其早逝，也流露出自伤之意。

【注释】

① 谯人：袁本、茶陵本、六臣本作“谯国谯人”。谯，县名，在今安徽亳州境。

② 辟：征召。

③ 贤良方正：汉晋间选拔官吏的科目之一。征：征召。

④ 仍：诸本无“仍”字，是。

⑤ 野王：县名，在今河南沁阳。

⑥ 南阳相：晋武帝第三子司马东，初封南阳王，湛为相。

⑦ 家艰：遭父母丧。

⑧ 太子仆：侍奉太子的官。

⑨ 世祖：晋武帝。

⑩ 天子：指晋惠帝。

⑪ 班列：官阶位次。

⑫ 延喜里：在京城洛阳。

⑬ 禹锡玄珪：玄珪指黑玉，帝王举行典礼用的礼器。《史记·夏本纪》谓禹治水成功，帝锡禹玄珪。又曰："夏禹，名曰文命。"史称禹曰夏后氏，后世复姓夏侯者，攀为远祖。

⑭ 克：能。圣：于事无不通曰圣。

⑮ 光：大。启：开。

⑯ 迈：立。婴：夏侯婴，为太仆，常从车骑击项羽。

⑰ 小大双名：汉代今文《尚书》学者有"大小夏侯"之称，大谓夏侯胜，小谓胜从兄之子建。

⑱ 显祖：对祖父的尊称。

⑲ 牧：州牧，即刺史。指晋代夏侯威，历荆兖二州刺史。

⑳ 父：湛父夏侯庄，曾任淮南太守。淮，水名；岱，山名，皆属淮南。

㉑ 灼灼：光盛貌。俊：才智出众。

㉒ 辩：美辞。摛：舒展。藻：辞藻。此句指撰写文章。

㉓ 玉振：喻声韵之美。

㉔ 随：随侯珠。和：和氏璧。

㉕ 锦缋（huì）：锦绣。

㉖ 素：白绢。绚：文彩。

㉗ 表：指威仪文辞。

㉘ 里：指德行忠信。

㉙ 吾生：指湛。

㉚ 文胜则史：《论语·雍也》："文胜质则史。"邢昺《疏》："文（文采）多胜于质（质朴），则如史官也。"

㉛ 心照：肝胆相照。神交：精神之交。

㉜ 终始：一生的行为。

㉝ 闵：闵子骞。参：曾参。都是孔子弟子，以孝著称。

㉞ 厉：振奋。

㉟ 羽仪：羽翼。

㊱ 弓招：古代招聘之礼，聘士则以弓为信物。

㊲ 皇舆：皇家派出的公车。汉代曾用公车接送应举的人。

㊳ 两宫：指晋武帝及太子（后为惠帝）。皇帝居中宫，湛为尚书郎。太子居东宫，湛为太子舍人。

㊴ 黎蒸：黎民、百姓。指出任野王令。

㊵ 泱：大。乐都：指南阳。张衡《南都赋》："于彼乐都。"南都、乐都，俱指南阳郡治所在地宛城。

㊶ 宠：爱。

㊷ 简：选。邦良：地方官之良者。

㊸ 喉舌：指纳言之官，为上传下达的内侍官。

㊹ 惠：爱。训：教。

㊺ 视民如伤：处理民事怕惊扰他们。

㊻ 眷：回视。北顾：北望。京中延喜里在南阳之北，此谓向北瞻望故居。

㊼ 偃息：安卧。

㊽ 事：职事。

㊾ 居：坐下。

㊿ 执戟：汉代文学家扬雄献赋为郎官，执戟侍朝，居于贱位。疲：使疲劳。

51 投贾：把西汉文学家贾谊投放于长沙，为长沙王太傅。

52 洗（xiǎn）然：敬肃貌。

53 蒙：童蒙，无知的人。

54 涅：矾石，黑色染料。缁：黑色。

55 磷：薄。

㊿56 以：用。

57 致身：献身出仕。

58 献替：献可行者，除去不可行者。意为忠言进谏。

59 媚：爱。一人：指皇帝。

60 谠：正。

61 承华：东宫门名。

62 末命：临终之命。

63 圣：当今圣上。列：即上文“从班列”之意。

64 闱：皇帝内寝之小门。

65 遐纪：长寿。

66 秩：禄。

67 “如何斯人”二句：出《论语·雍也》。谓这样的善人而得这样的恶疾。

68 知命：五十岁。

69 兼味：多种菜肴。李善注引臧荣绪《晋书》：“湛族为盛门，性颇豪侈，甘食美服，穷滋极珍。”

70 遗誓：遗言。李善注：“湛将没，遗命小棺薄敛，不修封树。”

71 永：长。锡：赐。类：善。

72 敛：殡敛。为死者易衣曰小敛，入棺曰大敛。时袭：时服。

73 简：选。器：棺椁之类。殡：入殡，尸体入棺待葬。

74 拔：超越。

75 渊：深沉。若：此。

76 条畅：条直通畅。

77 杰：特出。

78 困：疾病。

79 柩輅：载柩车。祖：送。

80 逝：往。

81 愊（bì）抑：悲哀郁结于心。

82 迸：喷涌。

⑧③ 良执：良友。

⑧④ 素：旧。

⑧⑤ 弭：止。

⑧⑥ 仍：重。

【语译】

夏侯湛，字孝若，谯国谯县人。少年便有声誉，二十岁征召为太尉府属官。应贤良方正的征召，历官太子舍人，尚书郎，野王县令，中书郎，南阳王相。后以父母丧乞归守制。不久，选为太子仆。未就任而晋武帝崩，皇上（惠帝）命他为散骑常侍，是按官阶位次任命的。年四十九，元康元年夏五月壬辰日，卧病去世于延喜里府中。呜呼哀痛啊！乃作诔辞曰：

从前，尧帝赐给夏禹玄珪，禹名文命。他明察博识，大开夏朝政绩。其后代到了汉朝，建立功勋的有夏侯婴；还有希望光大儒业的人，“大小夏侯”双双有名。令祖德行显耀，官至荆州兖州刺史。父为淮南太守，政绩也有声誉。英俊的湛君，才智美盛。遣美辞展丽藻，文如繁花韵如玉声之美。像那随侯珠和氏璧，发出耀彩显示温润光泽；像那锦绣，在白绢上绘上绚丽文彩。人们只看见您表面的威仪文辞，没有人能测度其中蕴含的德行忠信品质。空说湛君，文采胜于质朴有如史官。能够肝胆相照精神相通的，唯有我与君。并且大家经历由少至长的交往，能看到由始至终的行为。君之事亲，孝行与闵子骞曾参相齐，君之兄弟友爱，如琴瑟和谐。以忠直之道事君，与朋友交言而有信。这虽然曲高和寡，对您仍有赏音识道的人。

二十岁便振翅飞翔，羽翼初升。官府既以弓为信物招聘，皇家又派车来征召。在朝内襄佐皇上和太子，外任则治理黎民。忠贞节义显著，清正的风纪传扬。在那泱泱南都，皇上的爱子封王。设立官府辅佐之臣，挑选地方的优秀官员，用作上传下达的内侍官，您便为南阳王作相。爱民教民不知疲倦，治理政事总怕惊扰人民。后来眷恋北边的故居，辞官返回延喜里。我也安卧家园，在昌明的时代不任官职。我们当年同游，至今已经二十四年。大家头发斑白仍能携手同行，有什么欢娱比得上呢！我依然记起当年说过：“请坐下来我告诉你，众多小人的势力实在胜过少数贤者。小人们憎恶俊美独特的人，流俗又恨文雅之士。小小的执戟郎官之职就使扬雄疲惫不堪，贾谊也被投放到边远的长沙（就是明证），不要说你高明，耻居下人。”于是您严肃起来，容颜情绪顿起变化，感慨长叹说：“操守本来不同，行善乃由自己，非我去求那些无知的人，何必管他谁毁谁誉？又有什么何去何从呢？”世上没有染矾石而不黑，没有磨而不薄的东西。我独庄严处世（不随流俗），即使受抑屈而我的志尚却得到伸展。虽不重用你，你仍然献身出仕。忠谏尽责，爱我皇上。正言忠谋，深得世祖嘉赏。你将为太子仆，侍奉东宫。这是先帝临终的任命，当今圣上按照官阶次序又显加委任。入则侍奉圣上于宫闱，出则光耀家族。我听说积善的人，神会赐给他吉祥。应当享受高龄，长久保有天禄。为何这样的善人，却得这样的恶疾？竟未到五十岁，中年就已去世！呜呼哀痛啊！

当你在世之时，即使没有爵禄仍可享受富贵生活。甘食美服，珍馐重列，菜肴多般。然而临终却遗命薄葬，永赐你的子孙善德。要求以时行服装入敛，停丧不需挑选棺椁。谁能超出流俗，生时尽享甘食美服来养生？谁能如此养生，却能崇尚薄葬？你这个人真是深不可测啊！宽广的胸怀如此通畅，独特的操守如此明达，疾病之时内心更加明亮。柩车已经起行，你的仪容身躯就要长归泉壤。存者与亡者永别了，往事不可再追及。瞻望您的旧车，看见您的遗衣。心中悲郁失声痛哭，喷涌的眼泪纵横交流。不是为您悲痛，我还为谁悲痛呢？呜呼哀痛啊！

日往月来，暑退寒至。零落的露水沾湿凝结，强劲的寒风凄厉紧急，悲惨啊伤心，思念我的良友。走到您的旧馆，抚摸着您的孤子相对落泪。对您生平的哀思未止，对您后嗣的悲感重又聚集起来，使我积悲满怀，一切都已经过去了怎能追及！呜呼哀痛啊！

【评析】

此文累述夏侯湛的世系行业，末寓哀伤之意，是诔文的常法。然而文章之奇在于写出其人的不凡、不幸和不平。夏侯湛仪容文章俱美，一不凡也；内蕴孝友忠信的美德，二不凡也；生平享尽奢华，临终却遗言薄葬，三不凡也。如此才德却得不到重用，一不幸也；如此善人却得此恶疾，年未五十而终，二不幸也。究其原因，盖因“人恶儁异，俗疵文雅”所致，此乃死者大为不平之事。文章虽哀婉曲折，却隐隐透露出作者愤世嫉俗之情和自伤之意。借诔良友而针砭时弊，可谓运思深邃，文情并茂。

马汧督诔一首　并序

作者：潘安仁　　注译评析：黄立业

惟元康七年[①]，秋九月十五日，晋故督守关中侯扶风马君卒[②]。呜呼哀哉！初，雍部之内属[③]羌反，未弭[④]，而编户之氐又肆逆焉[⑤]。虽王旅致讨，终于殄灭，而蜂虿有毒[⑥]，骤失小利[⑦]。俾百姓流亡，频于涂炭。建威丧元于好畤[⑧]，州伯宵遁乎大溪[⑨]。若夫偏师裨将之殒首覆军者[⑩]，盖以十数。剖符专城[⑪]纡青拖墨之司[⑫]，奔走失其守者[⑬]，相望于境。秦陇之僭[⑭]，巩更为魁[⑮]，既已袭汧，而馆其县[⑯]。子以眇尔之身[⑰]，介乎重围之里[⑱]，率寡弱之众，据十雉之城[⑲]。群氐如猬毛而起[⑳]，四面雨射城中。城中凿穴而处，负户而汲[㉑]。木石将尽[㉒]，樵苏乏竭[㉓]，刍荛罄绝[㉔]。于是乎发梁栋而用之，罥以铁锁机关[㉕]，既纵礌而又升焉[㉖]。爨陈焦之麦[㉗]，柹梠桷之松[㉘]，用能薪刍不匮，人畜取给[㉙]，青烟傍起，历马长鸣[㉚]，凶丑骇而疑惧，乃阙地而攻[㉛]。子命穴浚堑，置壶镭瓶甒以侦之[㉜]。将穿响作，内焚秎火薰之[㉝]，潜氐歼焉[㉞]。久之，安西之救至[㉟]，竟免虎口之厄，全数百万石之积，文契书于幕府[㊱]。

圣朝畴咨[㊲]，进以显秩，殊以幢盖之制[㊳]。而州之有司，乃以私隶数口[㊴]，谷十斛[㊵]，考讯吏兵[㊶]，以榎楚之辞连之[㊷]。大将军屡抗其疏[㊸]，曰：“敦固守孤城，独当群寇，以少御众，载离寒暑[㊹]，临危奋节，保谷全城。而雍州从事[㊺]忌敦勋效[㊻]，极推小疵[㊼]，非所以褒奖元功，宜解敦禁勠假授[48]。”诏书遽许，而子固已下狱发愤而卒也。朝廷闻而伤之，策书曰[49]：“皇帝咨故督守关中侯马敦，忠勇果毅，率厉有方，固守孤城，危逼获济。宠秩未加，不幸丧亡。朕用悼焉。今追赠牙门将军印绶，祠以少牢[50]。”魂而有灵，嘉兹宠荣。然洁士之闻秽，其庸致思乎？若乃下吏之肆其噤害[51]，则皆妒之徒也。嗟乎！妒之欺善，抑亦贸首之仇也[52]。语曰：“或戒其子，慎无为善[53]。”言固可以若是，悲夫！

昔乘丘之战[54]，县贲父御鲁庄公，马惊，败绩。贲父曰：“他日未尝败绩，而今败绩，是无勇也。”遂死之。圉人浴马[55]，有流矢在白肉[56]。公曰：“非其罪也。”乃诔之。汉明帝时，有司马叔持者，白日于都市手剑父仇，视死如归，亦命史臣班固而为之诔。然则忠孝义烈之流，慷慨非命而死者，缀辞之士，未之或遗也。天子既已策而赠之，微臣托乎旧史之末，敢阙其文哉？乃作诔曰：

知人未易，人未易知。嗟兹马生，位末名卑。西戎猾夏[57]，乃奋其奇。保此汧城，救我边危。彼边奚危？城小粟富。子以眇身，而裁其守[58]。兵无加卫，墉不增筑[59]。婪婪群狄[60]，豺虎竞逐。巩更恣睢[61]，潜跱官寺[62]。齐万虓阚[63]，震惊台司[64]。声势沸腾，种落煽炽[65]。旍旗电舒，戈矛林植。彤珠星流[66]，飞矢雨集。惴惴士女，号天以泣。爨麦而炊，负户以汲。累卵之危，倒悬之急。

马生爰发[67]，在险弥亮。精冠白日[68]，猛烈秋霜。棱威可厉[69]，懦夫克壮。沾恩抚循[70]，寒士挟纩[71]。蠢蠢犬羊[72]，阻众陵寡[73]。潜隧密攻，九地之下。惬惬穷城[74]，气若无假[75]。昔命悬天，今也惟马。惟此马生，才博智赡。侦以瓶壶，剿以长堑[76]。锸未见锋[77]，火以起焰[78]。薰尸满窟，棓穴以敛[79]。木石匮竭，其秆空虚。瞷然马生[80]，傲若有余。罚梁为礌，柿松为刍。守不乏械，历有鸣驹。哀哀建威，身伏斧质[81]。悠悠烈将，覆军丧器。戎释我徒[82]，显诛我帅。以生易死，畴克不二[83]。圣朝西顾，关右震惶[84]。分我汧庾，化为寇粮。实赖夫子，思谟弥长[85]。咸使有勇，致命知方[86]。

我虽末学[87]，闻之前典。十世宥能[88]，表墓旌善[89]。思人爱树，甘棠不翦[90]。矧乃吾子，功深疑浅。两造未具[91]，储隶盖鲜[92]。孰是勋庸，而不获免？猾哉部司，其心反侧[93]。斫善害能，丑正恶直。牧人逶迤，自公退食[94]。闻秽鹰扬，曾不戢翼。忘尔大劳，猜尔小利。苟莫开怀[95]，于何不至？慨慨马生[96]，琅琅高致[97]。发愤囹圄，没而犹视[98]。呜呼哀哉！

安平出奇，破齐克完[99]。张孟运筹，危赵获安[100]。汧人赖子，犹彼谈单。如何吝嫉[101]，摇之笔端？倾仓可赏，矧云私粟。狄隶可颁，况曰家仆。剔子双龟[102]，贯以三木[103]。功存汧城，身死汧狱。凡尔同围，心焉摧剥。扶老携幼，街号巷哭。呜呼哀哉！

明明天子，旌以殊恩。光光宠赠，乃牙其门。司勋颁爵，亦兆后昆[104]。死而有灵，庶慰冤魂。呜呼哀哉！

【篇旨】

文章极力歌颂马敦的爱国精神，哀其功成被害的不幸，鞭挞贪生怕死、妒贤害能的无耻官吏。

【注释】

① 元康：晋惠帝年号。

② 扶风：郡名，在今陕西凤翔一带。

③ 雍部：雍州的少数民族部落。

④ 羌反：元康五年，北地卢水胡、马兰羌为乱，推齐万年为头领。弭：息。

⑤ 编户：编入户籍的平民。

⑥ 蜂虿（chài）：蜂与蝎子。泛指毒虫。

⑦ 骤：屡次。

⑧ 建威：周处封建威将军，奉命与雍州刺史解系讨氐，战于六陌，周处被俘而死。元：头。好畤：地名。

⑨ 州伯：州的长官。

⑩ 偏师：非主力的军队。裨将：副将。

⑪ 剖符：古代任命地方长官，以竹作符信，剖而为二，官员执一以为符证。专城：主管州郡城池的刺史之类的地方官。

⑫ 纡：垂。青：二千石长官系印的绶带颜色。墨：六百石以上官长的绶带颜色。

⑬ 失其守：丢失所守城池。

⑭ 秦：秦州。陇：陇西郡。僭（jiàn）：越份，指僭号称王。

⑮ 巩更：人名，羌人的部族首领。

⑯ 馆：客居。此指氐人袭汧后即住于县境内不走。

⑰ 眇尔：微弱貌。

⑱ 介：隔绝。

⑲ 十雉：喻小。雉，城墙面积，长三丈高一丈，称雉。

⑳ 猬毛：刺猬之毛，喻众多。

㉑ 户：单扇门板。

㉒ 木石：守城用的礌木滚石。

㉓ 樵：薪。苏：草。

㉔ 刍荛：指喂马的草料。

㉕ 罥（dì）：系。

㉖ 礌：礌木。

㉗ 爨（cuàn）：炊。

㉘ 柿（fèi）：削下的木片。梠（lǚ）：屋檐。桷（jué）：方形的椽子。

㉙ 取给：取其物以供需用。

㉚ 历：通“枥”，马厩。

㉛ 阙：掘。

㉜ 镭：瓶壶之类。甒（wǔ）：酒罂。

㉝ 穬（kuàng）：去了壳的大麦。

㉞ 潜氐：潜于地道进攻的氐人。

㉟ 安西：安西将军夏侯骏西讨氐羌。

㊱ 幕府：指安西将军之军府。

㊲ 畴咨：征询意见。

㊳ 幢盖：将军、刺史的仪仗。

㊴ 私：私取。隶：家奴。

㊵ 斛：古以十斗为一斛。以上二句意义不甚明确，待考。

㊶ 考讯：审问。

㊷ 榎：同“夏”。夏楚：刑杖。

㊸ 大将军：指征西大将军梁王肜。抗疏：上书直言。

㊹ 载离：更替、更换。

㊺ 从事：刺史的佐吏。

㊻ 勋效：勋劳。

㊼ 极：穷。推：追查。疵：小过失。

㊽ 禁劾：监禁推问。假授：给与。

㊾ 策书：此指皇帝给死者赠给诔文官职之敕令。

㊿ 少牢：以一只全羊祭祀。

51 噤害：李善注谓口不言而心害之。

52 贸首：交换脑袋，言不共戴天之仇。

53 “或戒其子”二句：语出《淮南子·说山》。这是对为善而遭陷害的愤激语。

54 乘丘之战：《礼记·檀弓上》，谓鲁庄公十年，鲁与宋战于乘丘。

55 圉人：养马的人。

56 白肉：股里肉。

57 猾：扰乱。

58 裁：节制。

59 墉：城墙。

60 婪婪：贪。

61 恣睢：狂妄。

62 跱（zhì）：止，踞。官寺：官署。

⑥③ 虓（xiāo）：虎吼。阚（hǎn）：虎怒貌。

⑥④ 台司：三公职司。

⑥⑤ 种落：部落。

⑥⑥ 彤珠：用箭发射球形的易燃物。火攻之具。

⑥⑦ 爰发：于是发挥智勇。

⑥⑧ 冠：诸本作贯，是。

⑥⑨ 厉：激励。

⑦⓪ 抚循：安抚。

⑦① 挟纩：犹言如披上绵衣一样温暖。挟，怀抱。纩，丝绵絮。《左传·宣公十二年》："三军之士，皆如挟纩。"

⑦② 犬羊：对叛乱者的蔑称。

⑦③ 阻：恃。

⑦④ 悘悘：气息奄奄貌。

⑦⑤ 假：借。

⑦⑥ 剟（liè）：挖掘。

⑦⑦ 锸：锹。

⑦⑧ 以：通"已"。

⑦⑨ 棓：同"棒"，击也。

⑧⓪ 瞯（xián）然：英武貌。

⑧① 质：砧板。下句烈当作列。

⑧② 徒：兵士。

⑧③ 畴：谁。

⑧④ 关右：关西，即函谷关以西。

⑧⑤ 谟：谋。

⑧⑥ 致命：舍命。

⑧⑦ 末学：学识浅陋。

⑧⑧ 十世宥能：典出《左传·襄公二十一年》。谓能者十代以后的子孙有罪亦当宽宥，以劝勉能者。

⑧⑨ 表：标识。旌：表彰。《尚书·武成》："封比干墓，式商容闾。"

⑨⓪ 思人爱树：召伯曾听狱讼于甘棠树下，后人思其惠政，爱此树不忍翦伐。见《诗经·召南·甘棠》。

⑨① 两造：争讼的双方。

⑨② 储：库粮。

⑨③ 反侧：反复无常。

⑨④"牧人逶迤"二句：《诗经·召南·羔羊》："委蛇委蛇，退食自公。"谓为官正直，行为自得，自公门回家，则减膳节约。

⑨⑤ 开怀：宽怀对待。

⑨⑥ 慨慨：意气激昂。

⑨⑦ 琅琅：诸本作硠硠。坚强貌。

⑨⑧ 没：通"殁"。

⑨⑨ 安平：安平君田单。燕攻下齐七十余，单守即墨，用火牛阵奇计，收复所有失地。

⑩⓪ 张孟：智伯与韩魏联军攻赵，决晋水以灌晋阳。张孟谈说服韩魏，与赵合攻智伯，智伯身死国亡。

⑩① 吝：恨。嫉：害贤。

⑩② 剔：夺。龟：印上有龟钮。指牙门将军、关中侯二印。

⑩③ 三木：颈、手、足的刑具。

⑩④ 兆：问。后昆：后代子孙。

【语译】

元康七年秋九月十五日，晋朝督守关中侯扶风马君逝世。呜呼哀痛啊！起初，雍州的少数民族部落归附朝廷，羌人（齐万年等）反叛尚未平息，而编入户籍的氐人又恣意作乱。虽然经王师讨伐，终于灭亡，然而蜂虿有毒可以伤人，因此常有小的失利，致使百姓流亡，频陷灾难之中。建威将军牺牲于好畤，州长官夜逃于大溪之中。至于非主力部队副将之类掉了脑袋全军覆灭的，大约以十计算。佩符节守专城，拖着青色或墨色印绶的长官，惶惧奔走丢失所守城池的人，一个接着一个。秦州和陇西郡僭号称尊的，巩更为首。既偷袭汧城，又窃据该县。你以微弱之躯，隔绝在重围之中。率领既少又弱的兵民，据守小小的城池。群氐多如猬毛而来，四面箭如雨下射向城中。城中的人凿穴而居，背着门板去汲水。滚石礌木将尽，柴草枯竭，喂马的草料已尽。于是拆下梁栋来使用，系以铁锁机关，既纵礌木轰敌而用后又提升到城上。以陈久焦黑的麦炊饭，削屋檐、椽子的松木为柴火，因而柴薪草料不缺，人和牲畜都取得供给，青青的炊烟傍城而起，厩中战马长鸣。群寇惊骇疑惧，乃掘地道攻城。你命令挖下深深的壕堑，安置瓶瓶罐罐以侦察动静，将要挖穿时即发出声响，内焚矿火来熏他们，地道里的氐人都被歼灭。久之，安西将军夏侯骏的救兵赶到，终于使人民免遭虎口的厄运，保存了数百万石军粮，这是有文契记录在安西将军军府的。

圣朝正在征询意见，欲以显要官位晋升，赐给幢盖仪仗的殊荣。然而州里的司法官员，却以私取数人为家仆及谷十斛的罪名，审问佐吏及士兵，以严刑逼出的供辞牵连到你。征西大将军梁王彤屡次上书直言："马敦固守孤城，独当华寇，以少御众，时间之长竟至更迭寒暑。面对危难奋扬气节，保全军粮和城池，而雍州的佐吏，妒忌马敦的大功劳，穷追其小过，这不是褒奖为首建功者的办法。应当解除对马敦的监禁推问，授给官职。"诏书立即同意，而你原来已被关在牢里怨愤而死了。朝廷闻而表示哀悼，赐给策书云："皇帝叹惜已故督守关中侯马敦，忠勇果断坚强，领导有方，固守孤城，度过了危难。宠命和官职未曾赐给，却不幸丧亡。朕因而伤悼。今追赠牙门将军印绶，用全羊祭奠。"英魂有灵，当以这样的皇恩殊荣为美。然而爱洁之士听说自己沾染了污秽，（就会以死保持清洁）那还用得着考虑吗？至于下级官吏的恣意暗害，都是些妒贤嫉能之徒。可叹阿！妒忌者欺压善良，也是人们的不共戴天之仇。古语说："有人告诫他的儿子，切莫做善事。"话竟然可以这样说，可悲呀！

从前宋鲁乘丘之战，县贲父为鲁庄公驾战车，马惊，因而溃败。贲父说："昔日未尝溃败，而今天溃败，这是我缺少勇气！"遂赴敌而死。养马的人给马洗浴，发现有流矢射中马大腿内侧。庄公说："这不是贲父之过。"因作诔辞哀悼他。汉明帝时，有个叫司马叔持的人，白天在都市拔剑刺杀其父的仇人，视死如归。明帝也命史臣班固为他作诔。这样看来，对那些忠孝义烈之士，意气激昂因横祸而死者，写文章的人，未曾有遗忘他们的。现在天子既已赐给策书，赠以官爵，微臣托身于史官之末，怎敢缺漏这样的文章呢！于是作诔辞曰：

了解人不容易，人也不容易了解。可叹这位马生，官小名卑。当氐羌扰乱华夏之时，才发挥他的奇才。保全汧城，救我边境的危难。边境有什么危难？城小粮多。你以微弱之躯，而节制此城的保卫战役。防卫兵士没有增加，城墙也没有增高。贪婪众多的北地乱民，如豺虎那样竞相奔逐。巩更狂妄，暗踞官署。齐万年如虎怒吼，震惊了台阁重臣。声势沸腾，部落如煽红了的火焰那样逼人。旌旗如闪电般展开，戈矛林立。投掷烧红了的火球有如流星，飞箭像下雨般密集。惶惶不安的城中士女，呼天哭泣。烧麦炊饭，背着门板汲水。城如累卵之危，人如倒悬之急。

马生于是奋其智勇，在危险之时愈加显明。精诚上贯白日，猛烈的作风有如秋霜般严厉。威严足可激励别人，懦夫也能振奋起来。沾其抚慰之恩，在寒冷中的士兵如同披上绵衣一样温暖。骚乱的华寇，恃众欺寡。暗挖隧道，秘密进攻于地下。奄奄待毙的危城，好像再无法得到一点生气。人们认为昔日之命由于天，现在却唯有依赖马敦而生存。唯有这位马生，才广智足。掘了长长的壕堑，以瓶壶之类侦察动静。挖地道的铁锹尚未露出锋刃，焚秅之火已经燃烧起来。熏得敌人死尸满窟，再击陷洞穴埋葬他们。礌木滚石已经竭尽，豆萁秸秆也已空虚，英武的马生，如同物资有余傲然不惧。系屋梁作为礌木，削松椽以作柴薪。守城不缺器械，厩里战马嘶鸣。悲惨啊建威将军，身伏敌人斧砧之间；众多的将领，覆灭军队丧失军械。氐羌释放我士兵，大事张扬杀我将帅。要用生命去换死节，谁能没有三心二意？圣上向西眷顾，但见关西人民震惊惶恐。敌人想要分我汧城仓库，化为盗寇的粮食。全靠夫子，深谋远虑，尽使汧人鼓起勇气，知有节义而舍命抗敌。

我虽学识浅陋，也听说前代典籍有这样的记载：对贤者的十代子孙有罪亦当宽宥，以劝勉能臣；标记忠臣之墓旌表贤者所居；怀念前人的惠政而爱其止息之树，所以对甘棠不忍翦伐。何况我们马生，功劳很大而涉嫌之过失很小。争讼的双方并未出庭对质，即使私取储粟和家仆，数量也很少。谁知有如此勋功，而不能幸免于祸。狡猾啊该部司法官吏，其心实在不可测度。残害贤能，丑化憎恶正直。督守马敦行为方正，自公门回到私家减膳节食。闻涉污秽便如雄鹰奋飞而离去，竟不肯敛翼稍息。谁知司法官吏忘记您的大功，猜疑您的贪图小利。倘若不以宽大为怀，罗织罪名有什么做不到？意气激昂的马生，坚强之极。积悲愤于狱中，虽死犹不瞑目。呜呼悲痛啊！

安平君田单出奇制胜，使破败的齐国复得完整。张孟谈运用计谋，使危难的赵国获得安全。汧城人民依赖你，也像齐赵之依赖田单、张孟谈而得以安全。为何嫉恨贤能的人，舞文弄墨穷追小过？（对这样功高劳重的人）可以倾仓赏他，何况私取一点点粟米！可以把俘获的狄隶赐给他，何况取数人为家仆！竟然因此夺去你的两个官印，给你的颈和手足都加上刑具。有保全汧城的大功，自身却死于汧城监狱。凡与你同被围困的人，内心如被摧割一样悲痛，扶老携幼，街号巷哭。呜呼悲痛啊！

圣明天子，以特殊的恩泽给予旌表；光荣显耀的追赠，追封你为牙门将军。司勋官员给你颁赐爵位，也安抚你的后代子孙。你死而有灵，冤魂应当可以安慰了！呜呼悲痛啊！

【评析】

这篇诔文抛开了铺叙世系生平的常规，专写马敦保粮全城之功，表彰他的爱国精神。文中采用前后对比、左右映衬的手法，讴歌马敦的高尚品德。有多少将领军败身死，大官弃城逃遁，而马敦位末名卑，却敢于担此防守孤城的重任。叛乱者声势浩大，马敦则兵微城小，众寡悬殊。叛军围攻智竭计穷，而马敦守御之法绰绰有余。围攻更迭寒暑，而马敦团结军民，率厉有方，终建保谷全城之大功。一个忠勇仁智严的将才形象，遂跃然纸上。作者又运用引古证今、史论结合的方法，严厉抨击那些害死马敦的官吏，愤慨揭露其妒贤嫉能的罪行。马敦千古流芳，文章百代传诵。诔文史上，实属罕见。

阳给事诔一首　并序

作者：颜延年　　注译评析：黄立业

惟永初三年十一月十一日，宋故宁远司马濮阳太守彭城阳君卒[①]。呜呼哀哉！瓒少禀志节，资性忠果。奉上以诚，率下有方。朝嘉其能，故授以边事。永初之末，佐守滑台[②]。值国祸荐臻[③]，王略中否。獯虏间衅[④]，劘剥司兖[⑤]。幽并骑弩[⑥]，屯逼巩洛[⑦]。列营缘戍[⑧]，相望屠溃。瓒奋其猛锐，志不违难[⑨]。立乎将卒之间，以缉华裔之众[⑩]。罢困相保[⑪]，坚守四旬。上下力屈，受陷勍寇[⑫]。士师奔扰[⑬]，弃军争免。而瓒誓命沉城[⑭]，佻身飞镞[⑮]，兵尽器竭[⑯]，毙于旗下。非夫贞壮之气，勇烈之志，岂能临敌引义，以死徇节者哉[⑰]！景平之元[⑱]，朝廷闻而伤之，有诏曰："故宁远司马濮阳太守阳瓒，滑台之逼，厉诚固守，投命徇节，在危无挠[⑲]。古之烈士，无以加之。可赠给事中，振恤遗孤[⑳]，以慰存亡。"追宠既彰，人知慕节，河汴之间[㉑]，有义风矣。逮元嘉廓祚[㉒]，圣神纪物[㉓]，光昭茂绪[㉔]，旌录旧勋，苟有概于贞孝者[㉕]，实事感于仁明[㉖]。末臣蒙固[㉗]，侧闻至训[㉘]，敢询诸前典[㉙]，而为之诔，其辞曰：

贞不常祐[㉚]，义有必甄[㉛]。处父勤君，怨在登贤[㉜]。苦夷致果[㉝]，题子行间[㉞]。忠壮之烈，宜自尔先[㉟]。旧勋虽废，邑氏遂传[㊱]。惟邑及氏，自温徂阳。狐续既降[㊲]，晋族弗昌[㊳]。之子之生[㊴]，立绩宋皇[㊵]。拳猛沉毅[㊶]，温敏肃良[㊷]。如彼竹柏[㊸]，负雪怀霜；如彼騑驷，配服骖衡[㊹]。

边兵丧律[㊺]，王略未恢[㊻]。函陕堙阻[㊼]，瀍洛蒿莱[㊽]。朔马东骛[㊾]，胡风南埃[㊿]。路无归辖[51]，野有委骸[52]。帝图斯艰，简兵授才。实命阳子，佐师危台[53]。憬彼危台，在滑之垧。周卫是交，郑翟是争[54]。昔惟华国[55]，今实边亭[56]。凭巘结关[57]，负河萦城。金柝夜击[58]，和门昼扃[59]。料敌厌难[60]，时惟阳生。

凉冬气劲，塞外草衰。遏矣獯虏[61]，乘障犯威[62]。鸣骥横厉[63]，霜镝高翚[64]。轶我河县[65]，俘我洛畿。攒锋成林[66]，投鞍为围。翳翳穷垒[67]，嗷嗷群悲。师老变形[68]，地孤援阔。卒无半菽[69]，马实拊秣[70]。守未焚冲[71]，攻已濡褐[72]。烈烈阳子，在困弥达。勉慰痍伤[73]，拊巡饥渴。力虽可穷，气不可夺。义立边疆，身终锋栝[74]。呜呼哀哉!

贲父殒节，鲁人是志[75]。汧督效贞，晋策攸记[76]。皇上嘉悼，思存宠异。于以赠之，言登给事。疏爵纪庸，恤孤表嗣。嗟尔义士，没有余喜[77]。呜呼哀哉!

【篇旨】

此诔旨在表彰阳瓒保卫边城，为国捐躯的忠贞壮烈精神，以激励人们慕节爱国之心。

【注释】

① 永初：南朝宋武帝年号。濮阳：郡名，治所在今河南濮阳南。彭城：郡名，治所在今江苏铜山县。

② 滑台：城名，在今河南滑县东。永初三年，索虏嗣派兵二万余攻滑台城。滑台戍主、宁远将军、东郡太守王景度的司马阳瓒助守城。见《宋书·索虏传》。

③ 国祸：永初三年五月，宋武帝卒。

④ 獯虏：指索虏嗣。间：伺。衅：隙。

⑤ 劘剥：伤害。司：司州，治虎牢，在今河南汜水县（荥阳市）西北。兖：兖州，治瑕丘，在今山东兖州西北。

⑥ 幽：幽州，产良马。并：并州，产劲弩。

⑦ 巩：县名，在河南。洛：洛阳。

⑧ 缘戍：沿线戍守。

⑨ 违：避。

⑩ 缉：团聚。裔：边远。

⑪ 罢：通“疲”。

⑫ 剠：强。

⑬ 士：官吏。师：众。奔扰：逃跑扰乱。永初三年十一月，虏并力攻城，城东北角崩溃，王景度出奔。司马阳瓒坚守不动，众溃，抗节不降，为虏所杀。见《宋书·索虏传》。

⑭ 誓：相约。沉城：与城俱沉，即与城共存亡。

⑮ 佻：轻。

⑯ 兵：士兵。器：箭镞之类。

⑰ 徇节：以死守节。

⑱ 景平：南朝宋少帝年号。

⑲ 挠：曲。

⑳ 振：收。孤：指瓒子。

㉑ 河：黄河。汴：汴河。皆经河南省。

㉒ 元嘉：南朝宋文帝年号。廓：开。祚：福。

㉓ 纪：理。

㉔ 茂绪：美业。

㉕ 概：节概，节操。

㉖ 仁明：指天子仁明之心。

㉗ 蒙固：愚蒙鄙陋。

㉘ 至训：犹言圣训。袁本注谓：“后文帝立命文士颜延年为之诔焉。”

㉙ 询：咨谋，查询。

㉚ 祐：神明福祐。

㉛ 甄：表。

㉜ 处父：《穀梁传·文公六年》，谓晋将与狄战，晋襄公欲使狐夜姑（夜或作射）为将，赵盾佐之。阳处父劝襄公以贤者赵盾为将，狐夜姑佐

之。公从之。后来狐夜姑闻知而遣续鞫居杀阳处父。

㉝ 苫（shān）夷：即苫越。《左传·定公八年》，谓苫夷生子，待事而名之。阳州之役有所俘获，名子曰阳州。致果：《左传·宣公二年》："杀敌为果，致果为毅。"《疏》："谓礼能杀敌人是名为果；言能果敢以除贼，致此果敢乃名为毅，言能强毅以立功。"

㉞ 题：命名。行间：行阵之间。

㉟ 尔：阳瓒。先：祖先，指阳处父、阳州。

㊱ 邑氏：以邑为氏。晋初封阳处父于温，后改封于阳，后世遂以此为氏。见《左传·成公十一年》及注。

㊲ 狐：狐夜姑。续：续鞫居。

㊳ 晋族：在晋之阳氏族人。

㊴ 之子：此子，指阳瓒。

㊵ 绩：功。

㊶ 拳：力。沉：深。毅：刚毅。

㊷ 肃：敬。

㊸ 竹柏：喻坚贞。

㊹ "如彼騑驷"二句：古代以四匹马驾的车称驷，中间两匹称服马，在外左边的马称骖马，右边的称騑马。衡：轭，驾在牲口脖上的横木。

㊺ 律：军法。

㊻ 王略：王道。恢：宏大。

㊼ 函：函谷关。陕：地名，在今河南陕县。

㊽ 瀍（chán）洛：二水名。均在河南省，流经洛阳。

㊾ 朔：指索虏嗣。骛（wù）：奔驰。

㊿ 南埃：扬起灰尘向南吹来。

(51) 辖：通"椟"，小棺，收敛战士尸体者。

(52) 委：弃。

(53) 危台：危急的滑台。

(54) "憬彼危台"四句。憬：远。滑：古滑国。垧：郊野。周卫、郑翟：

皆国名。《史记·郑世家》：谓郑文公派兵入滑，滑听命。不久，滑反与卫国交好，于是郑伐滑。周襄王使伯犕（服）请滑。文公不肯，且囚伯犕。襄王怒，与狄人伐郑，不克。翟即狄。

㊺ 华国：华夏之国。

㊻ 边亭：边塞用作防御之城堡。当时北方被索虏嗣所据，故称。

㊼ 巘：山。

㊽ 金：刁斗。析：木析。

㊾ 和门：军门。

㊿ 厌：同"压"，克服也。

61 逷(tì)：同"逖"，远也。獯虏：索虏嗣。

62 乘：登。障：边塞之城堡。威：国威。

63 横厉：纵横凌厉。

64 翚（huī）：飞。

65 轶：袭击。河县：黄河边上的县邑。

66 攒：聚。锋：刀剑戈矛之类。

67 翳：蔽。翳翳：犹言隔绝包围。

68 师老：出师已久士气衰落。

69 菽：豆，指军粮。

70 拑秣：《公羊传·宣公十五年》："围者，拑马而秣之，使肥者应客。"谓以粟置马口中，而以木衔其口，不令食粟，以欺人耳目。意谓马的饲料已尽。

71 冲：冲车，攻城用的战车。

72 濡褐：言沾湿马衣，准备冲车被焚时灭火。褐，马衣。

73 痍伤：创伤。

74 锋：刃。栝：指箭。

75 "贲父殒节"二句：指贲父在鲁与宋战于乘丘时为鲁庄公驾车，由于马惊，因而溃败，遂赴敌而死。志：作诔记其事。

76 "汧督效贞"二句：指马敦死守危城立功，却被诬告下狱而死，最后朝廷还是下了赠与诔文官职的敕令。策：策书。

⑰ 没：通“殁”。喜：悦。

【语译】

永初三年十一月十一日，宋宁远司马濮阳太守彭城阳君逝世。呜呼哀痛啊！阳瓒少年即有志气节操，秉性忠贞果断，奉上忠诚，率下有方。朝廷嘉美其能，故授给他掌管边境军事之职。在永初末年，协助戍守滑台。值国家祸难重至，皇上北定中原的谋略中途停顿。索虏嗣伺隙，侵害司州兖州；挟幽州并州的悍马劲弩，集结进逼巩县、洛阳。我军列营沿线防守，接连被敌屠杀而溃败。阳瓒发扬勇猛作战精神，矢志不避危难，挺立于将士之间，以团结华夏边远的大众。疲困相保，坚守了四十天。上下力屈，被强敌攻陷。官吏和兵士奔逃溃乱，离弃军队争免其死。而阳瓒相约与城共存亡，轻捷地亲身飞箭射敌。直至兵械俱尽，牺牲于战旗之下。如果不是具有忠贞豪壮之气，勇猛义烈之志，怎能临敌守义，以死殉节呢？景平元年，朝廷闻知而哀悼他。有诏书说：“已故宁远司马濮阳太守阳瓒，当滑台危逼之时，激扬忠诚固守孤城。舍命殉节，临危不屈。虽古代刚贞忠烈之士，也没有超过他的。可赠予给事中的官衔，抚恤他的儿子，以安慰活着和死去的人。”追颁宠命既已公布，人们当知仰慕忠节，黄河汴河一带的人，必将兴起崇尚节义之风。至元嘉开创幸福局面，皇上以圣明治世，光大王业，旌表记录旧时有功之人，如果有贞孝节操者，其事实皆感动天子仁明之心。微臣愚蒙鄙陋，在旁闻知（为瓒作诔的）圣训，大胆地查询前朝典籍，而为他作诔。其诔辞是：

忠贞并非常得神明福祐，节义行为必须表彰。阳处父忠于君主，受人怨恨在于进贤。苫越果敢杀敌，于行阵之间命其子之名为阳州。忠贞壮勇之功，应该说从你祖先开始。祖先旧时的功勋虽已缺失，而以其封邑为氏遂流传下来。封邑及姓氏，从温迁于阳。狐夜姑续鞠居杀阳处父以后，在晋的阳氏族人不复昌盛。阳瓒生时，立功于宋皇之世。他勇猛深沉刚毅，温顺敏达恭敬善良。像那绿竹松柏一样坚贞，能够冒雪凌霜；像那驷马车前的騑马，能配合服马、骖马担当国家衡轭之任。

边境上的兵士，军法废弛，王道未能弘扬。函陕阻塞，瀍洛荒芜。朔方（索虏嗣）的战马东驰，胡风卷着战尘南来。路上没有载着牺牲将士的柩车回来，田野之上多有被委弃的骨骸。皇上的谋略处在艰难之际，于是简选兵士授权能将，乃命阳子，率兵佐守危急的滑台。辽远的滑台，在古滑国的郊野。从前滑君交结周卫之君，使郑国与翟人争战于此。这里昔日是华夏之国土，现今却是边塞之地。依山筑关，傍水绕城。刁斗木柝夜不绝声，军门白天也关闭着。料算敌情，克服艰难，当时只有依赖阳生。

冬天寒气强劲，塞外草衰。远方索虏，登越边障犯我国威。嘶鸣的战马纵横凌厉，利箭高飞。袭击我黄河一带县邑，掳掠我洛阳郊区。刀剑戈矛聚集成林，扔下马鞍可以成为包围圈。被隔绝而危急的堡垒（滑台），众口嘈杂齐发悲声。守城日久士气衰落形势改变，地处孤立救兵还在很远。兵无粮食，马无饲料。守城者尚未焚敌冲车，进攻者已经打湿马披准备扑火。英武的阳子，处于困境更加明达。慰问伤员，巡视抚勉饥渴中的士兵。力量虽然竭尽，而忠勇之气却不可夺。他坚守节义挺立于边疆，身死于刀箭之下。呜呼哀痛啊！

县贲父为保忠勇之节而牺牲，鲁国人为他作诔记述；马汧督坚持忠贞之节（而保粮全城），晋朝的策书也有记载。皇上嘉奖悼念，思欲给予特殊宠赠。以何赠他？升他为给事中，分爵纪功，抚恤旌表其后嗣。可赞叹啊你这位义士，死后还有余喜。呜呼哀痛啊！

【评析】

本文详述阳瓒忠勇报国的事迹，得到两位君主旌表，并讴歌其忠壮勇烈的爱国精神。盖其时国家内忧外患，危难当头，为阳瓒记功作诔，正是希望人们闻风慕节，出现更多忠君爱国之士。阳瓒的事迹凿凿有据，气节铿锵有声，文中叙事集中突出，笔下常带赞美之情，因而这更像一篇爱国义士传，远非泛泛称功颂德的诔文可比。

陶征士诔一首　并序

作者：颜延年　　注译评析：黄立业

夫璇玉致美[1]，不为池隍之宝[2]；桂椒信芳[3]，而非园林之实。岂其深而好远哉[4]？盖云殊性而已。故无足而至者，物之藉也[5]；随踵而立者，人之薄也。若乃巢高之抗行[6]，夷皓之峻节[7]，故已父老尧禹[8]，锱铢周汉[9]。而绵世浸远[10]，光灵不属[11]。至使菁华隐没[12]，芳流歇绝，不其惜乎？虽今之作者[13]，人自为量[14]，而首路同尘[15]，辍涂殊轨者多矣[16]。岂所以昭末景[17]，泛余波[18]？

有晋征士寻阳陶渊明[19]，南岳之幽居者也[20]。弱不好弄[21]，长实素心[22]。学非称师[23]，文取指达[24]。在众不失其寡[25]，处言愈见其默[26]。少而贫病，居无仆妾。井臼弗任[27]，藜菽不给[28]。母老子幼[29]，就养勤匮[30]。远惟田生致亲之议[31]，追悟毛子捧檄之怀[32]。初辞州府三命[33]，后为彭泽令[34]。道不偶物[35]，弃官从好[36]。遂乃解体世纷[37]，结志区外[38]，定迹深栖，于是乎远。灌畦鬻蔬[39]，为供鱼菽之祭[40]。织绚纬萧[41]，以充粮粒之费。心好异书，性乐酒德[42]。简弃烦促[43]，就成省旷[44]。殆所谓国爵屏贵[45]，家人忘贫者与[46]？有诏征为著作郎，称疾不到。春秋若干，元嘉四年月日，卒于寻阳县之某里。近识悲悼，远士伤情。冥默福应[47]，呜呼淑贞[48]！夫实以诔华[49]，名由谥高，苟允德义[50]，贵贱何筭焉？若其宽乐令终之美[51]，好廉克己之操，有合谥典，无愆前志。故询诸友好，宜谥曰靖节征士[52]。其辞曰：

物尚孤生[53]，人固介立[54]。岂伊时遘[55]，曷云世及[56]？嗟乎若士[57]，望古遥集[58]。韬此洪族[59]，蔑彼名级[60]。睦亲之行[61]，至自非敦[62]。然诺之信[63]，重于布言[64]。廉深简洁[65]，贞夷粹温[66]。和而能峻[67]，博而不繁[68]。依世尚同，诡时则异。有一于此，两非默置。岂若夫子，因心违事[69]。畏荣好古，薄身厚志[70]。世霸虚礼[71]，州壤推风[72]。孝惟义养[73]，道必怀邦[74]。人之秉彝[75]，不隘不恭[76]。爵同下士，禄等上农[77]。度量难钧[78]，进退可限[79]。长卿弃官[80]，稚宾自免[81]。子之悟之，何悟之辩[82]？赋诗归来[83]，高蹈独善[84]。亦既超旷[85]，无适非心。汲流旧巘[86]，葺宇家林[87]。晨烟暮蔼，春煦秋阴。陈书辍卷，置酒弦琴[88]。居备勤俭，躬兼贫病。人否其忧[89]，子然其命[90]。隐约就闲[91]，迁延辞聘[92]。非直也明[93]，是惟道性[94]。纠缠斡流[95]，冥漠报施[96]。孰云与仁[97]，实疑明智[98]。谓天盖高，胡諐斯义[99]？履信曷凭？思顺何置[100]？年在中身[101]，疢维痁疾[102]。视死如归，临凶若吉。药剂弗尝。祷祀非恤[103]。傃幽告终[104]，怀和长毕[105]。呜呼哀哉！

敬述靖节[106]，式尊遗占[107]：存不愿丰，没无求赡[108]。省讣却赙[109]，轻哀薄敛[110]。遭壤以穿[111]，旋葬而窆[112]。呜呼哀哉！

深心追往[113]，远情逐化[114]。自尔介居[115]，及我多暇。伊好之洽，接阎邻舍[116]。宵盘昼憩[117]，非舟非驾[118]。念昔宴私[119]，举觞相诲[120]。独正者危，至方则碍[121]。哲人卷舒[122]，布在前载[123]。取鉴不远，吾规子佩[124]。尔实愀然[125]，中言而发[126]。违众速尤[127]，迕风先蹶[128]。身才非实[129]，荣声有歇[130]。睿音永矣[131]，谁箴余阙[132]？呜呼哀哉！仁焉而终，智焉而毙[133]。黔娄既没[134]，展禽亦逝[135]。其在先生，同尘往世[136]。旌此靖节，加彼康惠[137]。呜呼哀哉！

【篇旨】

颜延年与陶潜友好，此文记其生平，美其高风亮节，为其定谥，并致哀思。

【注释】

① 璇（xuán）：美玉。《山海经·中山经》：升山，"其中多璇玉"。

② 池隍：护城河，有水曰池，无水曰隍。

③ 桂椒：都是芳香类植物。《山海经·南山经》："招摇之山，临于西海之上，多桂。"又《山海经·中山经》："琴鼓之山，其木多谷柞椒柘。"

④ 其：六臣本作期。

⑤ 无足：《韩诗外传》："夫珠出于江海，玉出于昆山，无足而至者，由主君之好也。"藉：凭借。

⑥ 巢：巢父，传说是尧时隐者。高：伯成子高。高，或作由。传说是禹时隐者。

⑦ 夷：伯夷，周武王时隐者。皓：商山四皓，秦末汉初四位须发皓白的隐士，即夏黄公、角里、绮里季、东园公。

⑧ 父老：年老百姓，喻常人。

⑨ 锱铢：古量名，六铢为锱，二十四铢为两，喻轻微。

⑩ 绵：历。浸：渐。

⑪ 光灵：喻盛德。属：连续。

⑫ 菁华：精华，指抗行峻节。

⑬ 作者：兴起之人，指隐士。

⑭ 量：度量、标准。

⑮ 首路：出发。同尘：此指同走隐士之路。

⑯ 辍涂：半途而废。殊轨：走不同道路。

⑰ 昭：彰明。末景：喻先贤的遗志。

⑱ 泛：浮起，兴起。余波：喻先人的遗风。

⑲ 征士：学行并美而不受征召之士。晋义熙末年，陶潜被征为著作佐郎，不就，故称。寻阳：郡名，治地柴桑，在今江西九江西南。

⑳ 南岳：此指庐山。幽居：隐居。陶潜居于庐山南之栗里。

㉑ 弄：嬉戏。

㉒ 素心：心地纯洁。

㉓ 称师：自诩为人师。

㉔ 指：通"恉"，意旨也。

㉕ 寡：少，引申为独特。

㉖ 处言：在大家说话的场合。默：静默少言。

㉗ 井臼：汲水和舂米。任：堪。

㉘ 藜：一种野菜。菽：豆。给：丰足。

㉙ 母：疑当作“父”，潜年十二丧母，三十七岁才丧父。

㉚ 勤匮：勤劳匮乏。

㉛ 惟：思。田生：《韩诗外传》卷七载，战国时齐宣王问田过：人君与父谁重？田过说：父比君重，因为事君得录用以养亲，得爵用以显亲，受之于君，致之于亲。

㉜ 追：一作近。毛子：《后汉书·刘平传序》说，东汉庐江人毛义，家贫，以孝闻。张奉慕名往访。适遇府檄以义为县令，义奉檄喜动颜色。奉心贱之。及义母死，官府数次征召，皆不就。奉叹曰：“贤者固不可测。往日之喜，乃为亲屈也。”

㉝ 三命：多次征聘。

㉞ 彭泽：县名，在江西。

㉟ 道：操守。偶物：与流俗和谐。

㊱ 从好：从己所好。

㊲ 解体：犹言脱身。

㊳ 区外：世外。

㊴ 鬻（yù）：出卖。

㊵ 鱼菽之祭：语出《公羊传·哀公六年》，《疏》云：“言鱼与豆者，示薄陋无所有故也。”

㊶ 絇（qú）：鞋头上一种饰物，可穿鞋带。纬萧：编织蒿草为席子。纬，织。萧，蒿。

㊷ 酒德：刘伶有《酒德颂》，此谓酒。

㊸ 烦：烦琐。促：迫促。

㊹ 省旷：恬淡旷达。

㊺ 国爵：国家爵位。屏：除弃。《庄子·天运》：“至贵，国爵屏焉。”

㊻ 忘贫：《庄子·则阳》：“故圣人，其穷也，使家人忘其贫。”

㊼ 冥：渺冥。默：默然无反应。

㊽ 淑：善。贞：正。

㊾ 华：显其光华。

㊿ 允：符合。

51 令：善。

52 靖节：朋友们私赠给陶潜的谥号。《谥法》：宽乐善终曰靖，好廉自克曰节。

53 孤：独立。

54 介：特。

55 遘：遇。

56 曷：何。世及：世世相及。

57 若士：此士，指陶潜。

58 古：古代隐士。遥集：遥与相齐。

59 韬：藏。洪族：世家大族。潜曾祖侃为晋大司马。

60 蔑：蔑视。名级：有名望的等级。

61 睦亲之行：指孝友德行。

62 敦：勤勉、敦促。

63 然诺：许诺。

64 布：季布。《史记·季布栾布列传》："楚人谚曰：得黄金百斤，不如得季布一诺。"

65 廉：方正。

66 贞：正。夷：平。粹：纯。

67 峻：高。

68 繁：繁杂。

69 "依世尚同"六句：依世：依照世俗。尚同：苟同。诡时：违背时俗。异：好异。默置：默然置之。因：顺。违：违于世事。李善注曰："言为人之道，依俗而行，必讥之以尚同；诡违于时，必讥之以好异；有一于身，必被讥论，非为默置。岂若夫子因心而能违于世事乎？言不同不异也。”

⑦⓪ 薄身：自奉微薄。志：志尚，道德。

⑦① 世霸：当世霸者，即当时的大官。虚礼：虚心礼遇。

⑦② 州壤：州县地方。推风：推崇其高风。

⑦③ 惟：思。义养：合乎礼义的奉养。

⑦④ 怀邦：心怀国家。

⑦⑤ 人：指陶潜。秉彝：禀性。

⑦⑥ 隘：褊狭无所容。不恭：不敬。《孟子·公孙丑上》：“伯夷隘，柳下惠不恭。隘与不恭，君子不由也。”句首不字，否定隘及不恭二词。

⑦⑦ “爵同下士”二句：《礼记·王制》：“诸侯之下士，视上农夫，禄足以代其耕。”

⑦⑧ 度量：气度。钧：衡量。

⑦⑨ 进退：出仕和归隐。可限：可量度。

⑧⓪ 长卿：司马相如，字长卿。曾因宦游不遂，称病辞官游于梁。见《史记》本传。

⑧① 稚宾：汉代郇相，字稚宾，多次因病去官。见《汉书·鲍宣传》。

⑧② 辩：通“辨”。明也。

⑧③ 赋诗归来：陶潜赋《归去来兮辞》弃彭泽令而归。

⑧④ 高蹈：高步，此指归隐。独善：独善其身。《孟子·尽心上》：“穷则独善其身，达则兼善天下。”

⑧⑤ 超旷：超然旷达。

⑧⑥ 巘（yǎn）：山。

⑧⑦ 葺宇：泛指修盖房屋。葺，用茅草覆盖房屋。

⑧⑧ 弦琴：抚琴。《宋书·陶渊明传》：“渊明不解音律，而蓄无弦琴一张，每酒适，辄抚弄以寄其意。”

⑧⑨ 否：犹言不堪。《论语·雍也》：“贤哉回也，一箪食，一瓢饮，在陋巷，人不堪其忧，回也不改其乐。”

⑨⓪ 然：表肯定，犹言安于。

⑨① 隐约：俭素。闲：闲适。

⑨② 迁延：退避。辞聘：谓征著作佐郎，不就。

⑨③ 非直：非但。也：语词。明：明哲。

⑨④ 道性：恬澹无欲的品性。高诱《淮南子·俶真》注："道性无欲。"

⑨⑤ 纠缪：都是绳索，由两股以上的麻线绞合而成，引申为交相缠绕。斡流：旋转流动。句意指祸福而言。贾谊《鹏鸟赋》："斡流而迁兮，或推而还……夫祸之与福兮，何异纠缪。"

⑨⑥ 冥漠：渺茫。

⑨⑦ 与仁：赞助仁人。《老子》七十九章："天道无亲，常与善人。"

⑨⑧ 实疑明智：实疑老子的话是否明智。

⑨⑨ 愆（qiān）：违也。斯义：指"与仁"的道理。

⑩⓪ "履信曷凭"句：履，履行。信，信义。曷，何。顺，顺天道。置，弃置。《周易》系辞上："天之所助者，顺也；人之所助者，信也。履信思乎顺。"

⑩① 中身：中年。

⑩② 疢（chèn）：病。痁（shān）：疟疾之一种。

⑩③ 恤：顾。

⑩④ 傃（sù）：向。幽：幽冥。

⑩⑤ 怀：怀藏。和：冲淡平和之修养。毕：此指死。

⑩⑥ 靖：《文选考异》："案：靖当作清……茶陵本云五臣作清……此下八句叙述薄葬，必是清节无疑。"

⑩⑦ 式：用，因。遗占：犹遗命。占，口述其事，令人书写。

⑩⑧ 赡：丰足。

⑩⑨ 讣：讣告，报丧。赙：助丧礼物。

⑪⓪ 敛：为死者更衣曰小敛，入棺曰大敛。

⑪① 遭：逢。壤：地。以：通"已"。穿：挖坑。

⑪② 窆（biǎn）：下棺埋葬。

⑪③ 追往：追思往日。

⑪④ 逐：追。化：死去的人，指陶潜。

⑪⑤ 介居：隐居。

⑪⑥ 阎：里巷。

⑪⑦ 盘：盘桓。

⑪⑧ 驾：车。

⑪⑨ 宴私：宴于私室。

⑫⓪ 相诲：相规劝。以下是陶潜的话。

⑫① "独正者危"二句：吕向注："言为正方之道者，必见患于时俗。夫物方则止，圆则行。"

⑫② 卷：隐居。舒：舒展才智出仕。《论语·卫灵公》："君子哉蘧伯玉，邦有道则仕，邦无道则可卷而怀之。"《西征赋》："蘧与国而卷舒。"

⑫③ 布：陈述。前载：前人的记载。

⑫④ 吾：潜自指。子：谓颜延年。佩：牢记。

⑫⑤ 尔：指陶潜。愀然：忧虑貌。

⑫⑥ 中言：内心的话。

⑫⑦ 速：招。尤：责怪。此及以下三句，是颜延年接受规劝，恐己恃才傲物而自警的话。

⑫⑧ 迕：逆。蹶：颠仆。

⑫⑨ 身才：人身和才能。实：坚实。

⑬⓪ 荣：荣华。声：声誉。歇：消歇。

⑬① 睿音：哲言。永：远。

⑬② 箴：规劝。阙：缺失。

⑬③ "仁焉而终"二句：叹自古仁者智者皆不免于死。应劭《风俗通·正失》："五帝圣焉死，三王仁焉死，五伯智焉死。"

⑬④ 黔娄：春秋时高士，家贫，而齐鲁之君聘赐皆不受，死后，其妻谥之曰"康"。

⑬⑤ 展禽：春秋时鲁大夫，食邑于柳下，谥曰"惠"，故称柳下惠，是有名的正人君子。

⑬⑥ 同尘：指同道。

⑬⑦ 加：超过，康：黔娄。惠：展禽。

【语译】

璇玉极美，但不是护城河出产的宝物；桂和椒的确芳香，却非家园林木结的果实。难道它们是希望深藏和爱好僻远吗？大概是由于特殊习性罢了。稀罕之物无足而至，是凭借人们的喜好；接连着脚后跟站立的芸芸众生，是人所轻视的。至于像那巢父、伯成子高的高尚行为，伯夷、四皓的崇高节操，实际已把帝尧和大禹看作普通老百姓，把周汉王朝看得很轻微了。但因经历的世代渐远，他们的盛德无人继承，至使精华（指抗行峻节）隐没，芳风止绝，不是很可惜的吗？虽然今天也出现隐士，而他们各有各的度量，在开始时走同一条道路，后来半途而废走上不同道路的人也很多。怎能以此弘扬先贤的遗志，兴起先贤的遗风呢？

晋朝征士寻阳陶渊明，是南方庐山的隐士。小时候不喜欢嬉戏，长大后心地纯洁。有学问不自诩为人师，写文章取其意旨通达。在众人之中不会失去独特操守，在大家议论的场合更显出他的沉静。年少即贫困有病，家中没有仆人侍妾。汲水舂米不胜其劳，野菜粗粮也不丰足。父老子幼，奉养尊亲虽然勤劳而物品匮竭。于是远思田过以禄奉亲的议论，近则体会毛义接到任命文书时高兴的心情。起初辞去州府的多次征聘，后来才出为彭泽令。由于操守与流俗不相和谐，弃官归田从其所好。遂解脱世俗的纷扰，专心致志于世外，定迹于山林深处而隐居，于是远离尘俗。灌畦卖菜，是为了祭祀祖先提供微薄祭品；制作鞋上饰物编织蒿草席子，用来换取饮食费用。心好奇书，性乐饮酒，简省烦琐迫促的世务，创造了恬淡旷逸的生活环境。这大概是贤人能够摒弃尊贵的国家爵位，也能使家人忘掉贫困的表现吧？有诏书征为著作郎，称疾不到。享年若干，于元嘉四年某月某日，逝世于寻阳县之某里。邻近相识的人为他悲悼，远方的士人为之伤情。上天当福祐善人，而今却冥然没有反应，呜呼善良正直的人啊！人的行为品德因诔辞而显出光彩，名望由于谥号而显得崇高，如果真的符合德义，身份贵贱又何必考虑呢？像他那种宽厚乐天善终的美好一生，喜欢廉洁克己的高尚操守，吻合谥法，不违背前人书志的记载。故而询之于亡者生前的友好，大家认为应当赠予靖节征士的谥号。其诔辞是：

珍贵之物喜欢独特的生存环境，贤士高人本来就崇尚特立独行。岂能常常遇见，怎能说代代都有呢？叹此高士（陶潜），可与远古的隐士相齐。他韬光于世家大族，蔑视功名爵位。孝友德行，皆出自天性。承诺很讲信用，比季布的诺言还要贵重。品性端方深沉、简约高洁，正直平易、纯真温和。对人平和又能坚持峻节，知识渊博而不陷于繁杂。依随世俗则被视为苟同，违背时俗则被视为好异。有一于身，人们都不会默然置之而不讥论。如何比得上夫子，顺着本心而不牵惹世事。畏荣好古，自奉甚薄而厚养情操。所以达官贵人谦虚礼遇，乡土人民推重高风。孝亲则思符合礼义的奉养，道德高尚必然眷念国家。其人禀性，既不褊狭亦非不恭。官卑同于下士，禄薄等于上等农夫。人的气度胸怀难于测度，而出仕和归隐则可见其情操。司马相如宦游不遂而弃官，郇稚宾由于多病而自求免职。你领悟弃官归隐的道理，怎能那样透彻！随即赋诗归来，高蹈远引独善其身。既能超脱、旷达，则无往而不顺心。汲水于旧日家山，修葺房屋于故居园林。晨有烟霞暮有云霭，春阳温暖秋赏落阴。观书休息，则饮酒弄琴。居家勤俭，身兼贫病。人们不堪其忧，你则安于命运。生活俭素以取闲适，故而推辞征聘。非但明智，而且是出于恬淡无欲的品性。祸福交错流转不定，上天给予人的报应也很渺茫。谁说天道常常赞助善人？实在怀疑这话是否明智。所谓天确实很高，为什么违背常助善人的道理？履行信义则得人助有何征验？思顺天道则得天助怎么就反遭弃置？正当中年，就患上疟疾。你视死如归，面对凶险却似面对吉祥。药剂不尝，祈祷不愿。于是走向幽冥宣告生命终结，怀抱着冲淡和平的操守溘然长逝。呜呼哀痛啊！

敬述清操高节，自然遵照你的遗嘱：“活着的时候不希望富裕，死后也不求丰厚。简省讣告，退还助丧礼物，轻哀薄敛。随便找块土地挖个坑，（不要停殡）旋即下棺埋葬。”呜呼哀痛啊！

我心里深切追思以往的日子，深情怀念亡化的朋友。自你隐居，及我闲暇较多的时候。我们情好和谐，接连里巷屋舍相邻。晚上盘桓白天憩息，不用舟车即能相聚。回忆昔日宴于私室，大家举杯互相规劝。“独行直道则会招来危险，极其方正则有碍时俗。明智者因何出仕和归隐，都陈述在前人的载籍之中。取得鉴戒不必远求，我规劝的话请你牢记。”你实在为我忧虑，这是发自你内心的话。我深表同意随即说：“违背流俗则招人怨恨，逆风之物必先颠仆。人身和才干并非坚牢可恃，荣华和声誉也有消歇之时。”你明智的音声已经远了，谁还会规劝我的缺失呢？呜呼哀痛啊！自古以来仁者会终止生命，智者也不免逝世。贫穷而不慕爵禄的高士黔娄已经亡故，正人君子柳下惠也已逝世。至于先生，与古代贤士走的是同一条道路。用靖节的谥号给予旌表，你实际超过那谥康谥惠的古人。呜呼哀痛啊！

【评析】

这篇诔文兼有哀悼和赠谥两重意义。关于哀悼，陶渊明德操才学都超越当代士流，因不合时俗，终生穷困，既不得天祐，也不获人助，故作者以天问式的笔法，发出一连串问号，深表同情和哀悼。作者和渊明不仅是良朋也是诤友，渊明的规劝，切中作者缺失。追思往事，怎能不深感哀伤？关于赠谥，古有官谥和私谥二种，均据亡者生平，结合谥法，赠给应得的谥号。此文为私谥，是据其生平操守而论定的，故行文有论有叙。序文首论古代隐士芳风歇绝，难以为继。次即标出隐士陶渊明，详述其生平操守。再据谥法“宽乐令终”“好廉克己”的话，与其生平对照，论定其谥号应为靖节。诔辞结构大体相似，而加叙二人旧时情好，以渊明实高于古之隐士贤人作结，以见芳风继起，照应前文，使序和辞成为一篇首尾呼应的完整文章。

宋孝武宣贵妃诔一首 并序

作者：谢希逸　　注译评析：黄立业

惟大明六年，夏四月壬子，宣贵妃薨[1]。律谷罢暖[2]，龙乡辍晓[3]。照车去魏[4]，联城辞赵[5]。皇帝痛掖殿之既阒[6]，悼泉途之已宫[7]，巡步檐而临蕙路[8]，集重阳而望椒风[9]。呜呼哀哉！天宠方降[10]，王姬下姻[11]。肃雍揆景[12]，陟屺爰臻[13]。国轸丧淑之伤[14]，家凝陨庇之怨[15]。敢撰德于旗旐[16]，庶图芳于钟万[17]。其辞曰：

玄丘烟熅[18]，瑶台降芬[19]。高唐渫雨，巫山郁云[20]。诞发兰仪[21]，光启玉度[22]。望月方娥[23]，瞻星比婺[24]。毓德素里[25]，栖景宸轩[26]。处丽绨绤[27]，出懋蘋蘩[28]。修诗贲道[29]，称图照言[30]。翼训姒幄[31]，赞轨尧门[32]。绸缪史馆[33]，容与经闱[34]。陈风缉藻[35]，临《象》分微[36]。游艺殚数[37]，抚律穷机[38]。踌躇冬爱[39]，怊怅秋晖[40]。展如之华，实邦之媛[41]。敬勤显阳[42]，肃恭崇宪。奉荣维约[43]，承慈以逊[44]。逮下延和[45]，临朋违怨[46]。祚灵集祉[47]，庆蔼迎祥[48]。皇胤璇式[49]，帝女金相[50]。联跗齐颖，接萼均芳[51]。以蕃以牧[52]，烛代辉梁[53]。视朔书氛[54]，观台告祲[55]。八颂扃和[56]，六祈辍渗[57]。衡总灭容[58]，翚翟毁衽[59]。掩彩瑶光[60]，收华紫禁[61]。呜呼哀哉！

帷轩夕改[62]，軿辂晨迁[63]。离宫天邃，别殿云悬[64]。灵衣虚袭[65]，组帐空烟[66]。巾见余轴[67]，匣有遗弦[68]。呜呼哀哉！

移气朔兮变罗纨[69]，白露零兮岁将阑[70]。庭树惊兮中帷响[71]，金缸暖兮玉座寒[72]。纯孝擗其俱毁[73]，共气摧其同栾[74]。仰昊天之莫报[75]，怨《凯风》之徒攀[76]。茫昧与善[77]，寂寥余庆[78]。丧过乎哀，棘实灭性[79]。世覆冲华[80]，国虚渊令[81]。呜呼哀哉！

题凑既肃[82]，龟筮既辰[83]。阶撤两奠[84]，庭引双辅[85]。维慕维爱[86]，曰子曰身[87]。恸皇情于容物[88]，崩列辟于上旻[89]。崇徽章而出寰甸[90]，照殊策而去城闉[91]。呜呼哀哉！经建春而右转[92]，循闾阖而径渡[93]。旌委郁于飞飞[94]，龙逶迟于步步[95]。锵楚挽于槐风[96]，喝边箫于松雾[97]。涉姑繇而环回，望乐池而顾慕[98]。呜呼哀哉！晨辒解风[99]，晓盖俄金[100]。山庭寝日，隧路抽阴[101]。重扃闷兮灯已黯[102]，中泉寂兮此夜深。销神躬于壤末[103]，散灵魄于天浔[104]。响乘气兮兰驭风[105]，德有远兮声无穷[106]。呜呼哀哉！

【篇旨】

谢庄奉命为殷淑仪作诔，诔文述其德以表朝野哀悼之意。

【注释】

① 大明：宋孝武帝年号。宣贵妃：南朝宋孝武帝之殷淑仪，宠倾后宫，及薨，追进贵妃，谥曰宣。

② 律谷：山名，即黍谷，在今北京密云西南。李善注引刘向《别录》云，有谷寒冷，不生五谷，邹衍吹律而温气至，生黍。罢：止。此以下四句喻贵妃之死。

③ 龙乡：《陈留风俗传》云，有允吾县，为故梁国宁陵种龙乡，出鸣鸡。

④ 照车：战国时魏王自称，有径寸之珠照车前后十二乘者十枚。

⑤ 联城：战国时赵得楚和氏璧，秦王谓愿以十五城易璧。古称价值连城。

⑥ 掖殿：掖庭之殿，贵妃所居。阒（qù）：静也。

⑦ 已宫：《周礼·天官·内竖》："王后之丧迁于宫中，则前跸。"注："丧迁者，将葬朝于庙。"

⑧ 步檐：走廊。蕙路：后宫芳草之路。

⑨ 重阳：天，此指后宫。屈原《远游》："集重阳入帝宫兮，造旬始而观清都。"椒风：《汉书·董贤传》云，董昭仪位次皇后，其舍名椒风。此指殷贵妃所居之宫。

⑩ 降：袁本、茶陵本、六臣本作隆，是。

⑪ 王姬：帝女。贵妃生第二皇女。下姻：指妃女下嫁。

⑫ 肃：恭。雍：和，谦谨。揆景：揆影测辰，指妃女已择定出嫁日子。

⑬ 陟屺（qǐ）：《诗经·魏风·陟岵》：“陟彼屺兮，瞻望母兮。”意为思母。此指悲思贵妃薨逝。

⑭ 轸：痛念。淑：贤惠。

⑮ 陨：陨落。庇：覆庇。

⑯ 撰：集。旗旒：出殡时在柩车前的幡旗。

⑰ 钟：上古贵族常铭其功德于钟或鼎。《国语·晋语七》，谓晋景公时，杜回击败秦军于辅氏，铭其勋于景钟。万：舞名，用于祭祀宗庙，亦为颂功德。《诗经·邶风·简兮》：“简兮简兮，方将万舞。”

⑱ 玄丘：传说地名。刘向《列女传》卷一，谓有娀氏之长女简狄，浴于玄丘之水，有玄鸟含五色卵过而坠落，简狄含而误吞之，怀孕而生契。这是天赐玄鸟而生贤人之典。烟煴：阴阳二气和合貌。

⑲ 瑶台：美玉砌成之台，有娀之二女简狄姐妹所居。屈原《离骚》：“望瑶台之偃蹇兮，见有娀之佚女。”

⑳“高唐渫雨”二句：楚怀王游高唐，梦见一妇人，自称巫山神女，旦为朝云，暮为行雨。渫（xiè）雨：飘散的雨滴。郁：盛貌。

㉑ 诞：大。仪：仪容。

㉒ 光：明。度：风度。

㉓ 娥：嫦娥，月宫仙女。

㉔ 婺：婺女星，二十八宿之一，喻美人。

㉕ 毓：养。素：旧。

㉖ 栖景：即栖影，犹言托影。宸轩：皇宫。

㉗ 处：处室，未嫁之时。丽：比。絺（chī）绤（xì）：典出《诗经·召南·葛覃》：“为絺为绤，服之无斁。”絺，细葛布。绤，粗葛布。《诗经·周南·葛覃序》云：“葛覃，后妃之本也。后妃在父母家，则志在于女功之事，躬俭节用……化天下以妇道也。”

㉘ 出：出嫁。懋：勉。蘋蘩：典出《诗经·召南·采蘋》及《采蘩》，诗序谓夫人能循法度，执蘋蘩以供祭祀。蘋，是藻类。蘩，是蒿。

㉙ 修：习。贲：美。

㉚ 称：举。图：李善注谓黄帝之臣史皇作图，谓画物象也。照：明。

㉛ 翼：辅。姒：禹，姒姓。《列女传》卷一云，禹娶涂山氏女为妃，生启。涂山独明教训，而致其德化。

㉜ 赞：佐。轨：法则，规范。尧门：《汉书·外戚传》，谓钩弋夫人为汉武帝妃，怀孕十四月而生昭帝。上曰：昔闻尧十四月而生，今钩弋亦然。乃命其所生门为尧母门。

㉝ 绸缪：缠绵，流连。

㉞ 容与：逸乐。闱：门。

㉟ 风：《诗经》有《国风》。缉：编。藻：辞藻文章。

㊱《彖》：《周易》有《彖辞》，解释六十四卦之卦名、卦义及卦辞。微：精微。

㊲ 艺：六艺，礼、乐、射、御、书、数六种科目。

㊳ 律：六律，即黄钟、太蔟、姑洗、蕤宾、夷则、无射。律，定音器，用竹管制成，以定音之高低清浊。

㊴ 踌躇：从容自得貌。冬爱：冬日。

㊵ 怊怅：沉思相望貌。秋晖：秋月。

㊶“展如之华”二句。展：诚。实：是。媛：孔颖达释为援，谓邦国之人依倚以为援助。《诗经·鄘风·君子偕老》：“展如之人兮！邦之媛也！”

㊷ 显阳：宋文帝之路淑媛生孝武帝。即位，尊之为皇太后，宫曰崇宪，居显阳殿。

㊸ 荣：宠。维：持。约：俭。

㊹ 慈：爱。

㊺ 延：长。

㊻ 朋：众。违：避。

㊼ 祚：报。灵：善。祉：福。

㊽ 蔼：盛。

㊾ 胤：嗣子。贵妃生始平王子鸾、晋陵王子云。璇：美玉。式：法式。

㊿ 相：质。金相：如金玉之质，喻贵重。

51 跗：花萼之足。联跗、接萼：皆喻兄弟。《诗经·小雅·常棣》："常棣之华，鄂不韡韡。"笺："不，当作拊。"拊，通"跗"。

52 蕃：通"藩"，屏障也。牧：州郡长官。

53 烛：照。代梁：汉文帝立武为代王，立参为梁王。此喻子鸾、子云所封之地。

54 视朔：天子诸侯于农历每月朔日（初一），告祭祖庙，称告朔；然后视事，称视朔。书氛：古代于四立二分二至之日，登观台瞻望云气物色，书于简策，以占吉凶，称书云。单把预示凶兆的云气记下，称书氛。

55 祲：阴阳二气相侵形成预示不祥的云气。

56 八颂：用龟筮占卜八事的结果相同。《周礼·春官·占人》："占人掌占龟，以八筮占八颂……以视吉凶。"扃：闭。

57 六祈：遇灾变则号呼告于鬼神以祈福。《周礼·春官·太祝》：太祝"掌六祈，以同鬼神示。"滲：滲漉，喻福。

58 衡：轭。总（cōng）：轻绢，后妃车马用作装饰。容：幨车，有帷有盖。见《周礼·春官·巾车》。

59 翚翟：都是雉名，有五色文彩。王后有六种服式，其中袆（翚）衣、揄狄（翟），皆画雉形于衣襟前。见《周礼·天官·内司服》。衽：衣襟。这两句喻贵妃薨。

60 瑶光：贵妃所居之殿名。

61 紫禁：皇宫。

62 帷轩：贵妃生前所居之地。

63 軿辂（pēng hé）：后妃所乘有帷盖的车，此指丧车。

64 离宫、别殿：天子后妃所居之处，此兼寓贵妃与之永远离别之意。邃：深。悬：隔。

⑥⑤ 灵衣：覆于灵床之衣被。古礼俗，在灵柩东边设灵床，施帏帐枕衾衣冠带履之类。设颒盆帨巾于灵床侧，皆如生时。见清吴荣光《吾学录》初编卷十六《丧礼门》二。袭：重。

⑥⑥ 组：绸带，用以系帐。

⑥⑦ 巾：巾箱。轴：书卷。

⑥⑧ 匣：琴匣。弦：琴弦。

⑥⑨ 移气：季节迁移。气，二十四节气。朔：朔气。罗纨：轻软的丝绸衣服。言贵妃薨于夏天。

⑦⑩ 阑：晚。

⑦① 惊：惊风。

⑦② 金缸：金灯。暧：不明貌。玉座：指灵座。

⑦③ 纯孝：指贵妃子女。擗：擗踊，谓搥心顿足，哀痛之极。毁：毁瘠羸瘦。

⑦④ 共气：指贵妃兄弟。摧：心如摧割。栾：瘦瘠貌。

⑦⑤ 昊天：天。《诗经·小雅·蓼莪》："欲报之德，昊天罔极。"是子女欲报答养育之恩而再无机会的典故。

⑦⑥《凯风》:《诗经·邶风》篇名，诗序云："凯风，美孝子也。"

⑦⑦ 茫昧：幽暗。

⑦⑧ 寂寥：虚无。余庆：后福。《周易·坤卦》文言："积善之家，必有余庆。"

⑦⑨ 棘：棘人。《诗经·桧风·素冠》:"庶见素冠兮，棘人栾栾兮。"笺:"急于哀戚之人。"居父母丧者称棘人。灭性：因亲丧过于哀伤而危及生命。皇第十九子子云，大明六年亦薨，称晋陵孝王。

⑧⑩ 冲华：极美。

⑧① 渊令：至善。

⑧② 题凑：棺椁。肃：严敬。

⑧③ 龟筮：用龟筮占卜，谓择出殡之日。

⑧④ 撤奠：撤去祭筵。两：谓贵妃及子云。

㉟ 引：出殡时牵引柩车的绳子，送葬者共同牵挽。輴（chūn）：载柩车。

㊱ 慕：思。爱：惜。

㊲ 子：指皇子子云。身：指贵妃。

㊳ 恸皇情：皇上哀痛。容物：指贵妃的仪容衣物。《宋书·孝武十四王传》："上自临南掖门，临过丧车，悲不自胜，左右莫不感动。"

㊴ 列辟：诸侯。子云封王，地位同诸侯。古代列辟崩毁而告于天子。

㊵ 崇：树。徽、章：旗、旒。寰甸：京畿。

㊶ 照：明。殊策：赐以特殊荣宠的策书以诔其德。闉：城曲之重门。

㊷ 建春：京城门名。

㊸ 阊阖：京城门名。渡：五臣本作度，是。

㊹ 委郁：飘拂貌。

㊺ 龙：拉柩车的骏马。逶迟：徐行貌。

㊻ 锵：鸣。楚：悲楚。挽：挽歌。

㊼ 喝：声音悲切。边箫：箫声远扬。

㊽ "涉姑繇（yáo）而环回"二句：《穆天子传》卷三云，天子西征至玄池，乃奏广乐三日，是曰乐池。又卷六云，盛姬亡，天子南葬盛姬于乐池之南，至于重壁之台，乃休。天子乃周姑繇之水以圜丧车，是曰圜车。

㊾ 辒：辒辌车。贵妃葬，赐给辒辌车，虎贲、班剑，銮辂九旒，黄屋左纛，前后部羽葆、鼓吹。见《宋书·孝武十四王传》。解凤：葬讫，故丧车解去凤饰。

⑩⓪ 盖：车的伞盖，即黄屋，帝王专用之车盖，用黄缯为里。俄：倾斜。金：指黄色车盖。

⑩① 山庭：山陵之庭。隧：墓道。

⑩② 重扃闷：墓门重重关闭。

⑩③ 神躬：贵妃之躯体。

⑩④ 浔：涯。

⑩⑤ 响：贵妃之声音。兰：喻品性如兰之美。

⑩⑥ "德有"句：谓贵妃之德音将百世流芳。

【语译】

大明六年夏四月壬子日，宣贵妃逝世。这如同律谷停止了暖气，龙乡之鸣鸡终止了报晓，照乘宝珠离开魏国，连城之璧辞别赵王。皇帝哀痛掖庭之寂静，悲悼黄泉路上的人已迁官将葬。他周行于回廊之上面对着香草掩映的道路，止步于后宫怅望贵妃所居的地方。呜呼哀痛啊！皇上恩宠方隆，贵妃之女将要下嫁。已经恭谨地择好了日子，不幸痛思亡母之时突然降临。国遭丧失淑妃的悲伤，家家凝聚着失去覆庇之人的哀怨。恕我大胆地编集贵妃盛德于幡旗，希望能像古人绘写和表现美德于景钟、万舞那样。其诔辞是：

玄丘上阴阳二气和合，瑶台降下了芬香。高唐飘来雨露，巫山凝聚着朝云。于是贵妃生成蕙兰般的仪表，焕发出美玉般的姿容。望月宫堪与嫦娥媲美，瞻星辰可同婺女齐妍。养德于故里，托影于皇宫。未嫁之时可比服用絺绤的贤女，出嫁后则勉力亲执蘋蘩以供祭祀。习诗明理，看图则知其所言。像涂山氏佐大禹在家教导儿子，似钩弋夫人佐汉武在尧母门中抚育皇儿。流连于藏史籍的馆阁，盘桓于藏经籍的楼中。观览《国风》缉其辞藻，披阅《象辞》辨其精微。游于六艺能尽其技，抚按律管能穷六律的几微。从容自得于冬日，沉静运思于秋月之下。诚如此之美好，实为国人所凭依。殷勤侍奉太后于景阳殿里，恭敬地承欢于崇宪宫中。享受荣华仍坚持节俭，承受恩宠却常保谦恭。对待下人心地和善，临视众人毫无怨言。天报善行而得福，自当庆盛迎祥。皇嗣如美玉模样，帝女是金贵相貌。兄弟同样聪明，姐妹一样芳香。立为屏藩牧守，照耀着所封的地方。在视朔之日忽然发现不祥云气，观台的官员报告有灾异的征兆。用龟和筮占卜都不吉利，呼告鬼神以祈祷也不获赐福。于是贵妃座车的饰物散尽异彩，画有翚翟花纹的衣襟失去光辉。瑶光殿里掩蔽彩绘，紫禁城中收敛光华。呜呼哀痛啊！

帷幕低垂的贵妃寝殿晚上改变了旧时状态，灵车到早晨就要载棺出殡。离宫如天之深沉，别殿如云雾遮隔。灵床上的衣衾徒然重重覆盖，罗帐空虚如笼烟雾。巾箱里看见未曾写完的卷轴，琴匣里还有遗下的琴弦。呜呼哀痛啊！

季节迁寒变换了轻罗纨绮的衣服，白露零落岁时又已将晚。庭树惊风殿中帷幕作响，金灯不明灵座生寒。纯孝之子摧心哀哭形容俱毁，同胞兄弟心如摧割齐显羸瘦。仰面呼天无法报答生养恩德，慈亲仁爱不可再得牵攀。古谓天助善人实在渺茫不明，积善必有后福也空寂无凭。守丧过于哀伤，孝子子云竟毁灭性命。于是世亡极美之人，国失至善之子。呜呼哀痛啊！

棺椁已严敬地准备停当，龟筮占卜也择定了日子。于是陛阶撤去两位亡者的祭筵，殿庭中挽引着两乘柩车。既思念又爱惜啊，子云和贵妃！贵妃生前的仪容衣物使皇上深深悲恸，爱子奔天的不幸又使皇上五内崩摧。树起旌旗和旐旗远出京畿，明颁特殊荣宠的策书而离开城曲重门。呜呼哀痛啊！经过建春门而向右转，循着阊阖门径直穿过。旌旗飘拂，骏马一步一步地徐行。响起酸楚的挽歌与槐树瑟瑟的风声相应，悲咽的箫声远远萦绕于松林的烟雾。经过姑繇之水而回环不前，望见葬地乐池而回首眷念人间。呜呼哀痛啊！清晨之时解下辒辌车上的凤饰，天晓时车中斜放着金黄的伞盖。山陵庭前寝伏日影，墓道之路引来幽阴。重门关闭灯光暗淡，地下寂静夜色深沉。销铄神灵之躯于土壤之下，消散魂魄于海角天涯。贵妃的玉音乘着大气，蕙兰般的德行驭着清风，德音远播啊流芳无穷。呜呼哀痛啊！

【评析】

诔文分序和诔辞两部分。序文写殷贵妃之死及朝野的哀思。诔辞则写由生至死，由死及葬，生荣死哀，俱有层次。文章运思奇巧，妙想连篇，颇有特点。盖贵妃事迹，知焉不详，虽名家亦当感到棘手。而作者逞其才情，运斯妙笔，却显得游刃有余。文中写贵妃之生，俨然神女降世；赞其容貌，可比月中仙子；颂其母仪，堪与古代贤妃媲美；夸其才艺，则无所不精；叙死后情形，语语凄绝；状悲悼场面，调逸思哀。诚可谓雕藻崇丽，哀婉动人。然用典亦有欠考虑之处。因为当时只思取悦皇上，却没想到用“赞轨尧门”之典会得罪储君。及废帝即位，谢庄被加上目无东宫的罪名，几乎丢掉脑袋，幸有人解脱，才得下狱待决。（见《宋书》本传）谢庄之不幸，固由封建专制造成，然典故有一定的使用范围，超越界限则有违碍，用典时不可不慎。

哀上

哀永逝文一首

作者：潘安仁　　注译评析：黄立业

启夕兮宵兴[①]，悲绝绪兮莫承[②]。俄龙輀兮门侧[③]，嗟俟时兮将升。嫂侄兮憧惶，慈姑兮垂矜[④]。闻鸣鸡兮戒朝[⑤]，咸惊号兮抚膺[⑥]。逝日长兮生年浅，忧患聚兮欢乐尠[⑦]。彼遥思兮离居[⑧]，叹《河广》兮宋远[⑨]。今奈何兮一举[⑩]，邈终天兮不反[⑪]。

尽余哀兮祖之晨[⑫]，扬明燎兮援灵辅[⑬]。彻房帷兮席庭筵[⑭]，举酹觞兮告永迁[⑮]。凄切兮增欷，俯仰兮挥泪。想孤魂兮眷旧宇，视倏忽兮若仿佛。徒仿佛兮在虑，靡耳目兮一遇。停驾兮淹留[⑯]，徘徊兮故处[⑰]。周求兮何获？引身兮当去。

去华辇兮初迈[⑱]，马回首兮旋旆[⑲]。风泠泠兮入帷[⑳]，云霏霏兮承盖[㉑]。鸟俯翼兮忘林，鱼仰沫兮失濑[㉒]。怅怅兮迟迟[㉓]，遵吉路兮凶归[㉔]。思其人兮已灭[㉕]，览余迹兮未夷[㉖]。昔同涂兮今异世，忆旧欢兮增新悲[㉗]。谓原隰兮无畔[㉘]，谓川流兮无岸。望山兮寥廓[㉙]，临水兮浩汗[㉚]。视天日兮苍茫，面邑里兮萧散。匪外物兮或改，固欢哀兮情换。

嗟潜隧兮既敞[㉛]，将送形兮长往[㉜]。委兰房兮繁华[㉝]，袭穷泉兮朽壤[㉞]。中慕叫兮擗摽[㉟]，之子降兮宅兆[㊱]。抚灵榇兮诀幽房[㊲]，棺冥冥兮埏窈窕[㊳]。户阖兮灯灭，夜何时兮复晓？归反哭兮殡宫[㊴]，声有止兮哀无终。是乎非乎何皇[㊵]？趣一遇兮目中[㊶]。既遇目兮无兆[㊷]，曾寤寐兮弗梦。既顾瞻兮家道[㊸]，长寄心兮尔躬[㊹]。

重曰：已矣[45]！此盖新哀之情然耳[46]。渠怀之其几何[47]？庶无愧兮庄子[48]。

【篇旨】

潘岳之妻乃杨肇之女，于晋元康八年逝世。岳作此文表示深切哀悼。

【注释】

① 启夕：启殡之前夕。

② 绝绪：杨氏无后嗣。

③ 俄：斜。龙輀（ér）：马拉的乘柩车。龙，如释为画有龙纹，则犯禁，不妥。

④ 姑：妇称夫之母曰姑。矜：悯。

⑤ 戒朝：告诫人们天将明。

⑥ 膺：胸。

⑦ 尠：同“鲜”。

⑧ 离居：指岳妻初嫁时常思父母之所居。

⑨《河广》：《诗经·卫风·河广》：“谁谓河广，一苇杭之。谁谓宋远，跂予望之。”《诗序》曰：“河广，宋襄公母归于卫，思而不止，故作是诗也。”此喻思念母家而不能回去。

⑩ 举：去。

⑪ 邈：远。终天：谓如天地终竟之久远。

⑫ 祖：当灵柩放于车上，即将出殡，设祭筵以祭道神，称祖。

⑬ 扬：举。燎：火炬。援：引。灵輴：载柩车。

⑭ 彻：通“撤”。房帷：停殡时要用帷幕围着，称房帷。席：布席。

⑮ 酹：以酒沃地。永迁：指出殡。

⑯ 驾：指丧车。淹留：停留。

⑰ 徘徊：旋行貌。

⑱ 华辇：画有华饰的丧车。迈：行。

⑲ 旆：旗。指灵车前的幡旗。

⑳ 帷：车帷。

㉑ 盖：车上的伞盖。

㉒ 濑（lài）：此指水。

㉓ 怅怅：恨貌。迟迟：徐行。

㉔ 遵：循。吉路：平常是吉祥之路。凶归：谓丧亡而归去。

㉕ 灭：亡。

㉖ 余迹：指岳之亡妻生前的翰墨遗迹。潘岳《悼亡诗》："帏屏无仿佛，翰墨有余迹。"夷：灭。

㉗ 旧欢：旧日房帷之乐。

㉘ 原隰：平原。广平曰原，低湿曰隰。

㉙ 寥廓：空虚。

㉚ 浩汗：同"浩瀚"。广大辽阔貌。

㉛ 潜隧：深深的墓道。

㉜ 送形：送亡妻之柩。

㉝ 委：弃。兰房：其妻常居之卧房。

㉞ 袭：还、入。

㉟ 擗摽（pì piǎo）：捶胸貌。

㊱ 之子：此子，谓其亡妻。宅兆：葬地。

㊲ 幽房：墓室。

㊳ 埏：墓隧。窈窕：深暗貌。

㊴ 归反：由墓地回来。殡宫：死后停柩之处。

㊵ 皇：通"遑"，暇也。

㊶ 趣：求。

㊷ 兆：形。

㊸ 家道：家事。

㊹ 尔躬：谓岳妻之身。

㊺ 重：重言以申明其意。已：往。

㊻ 然耳：如此。

㊼ 渠：其。

㊽ 庄子：庄子妻死，鼓盆而歌。惠子往吊，问之。答曰，当其始死，我独何能无悲，然察其本无生、无形、无气。后来变而有气、有形、有生，今又变而之死，这是自然的变化，而我噭噭然而哭之，自以为不能顺乎命，故止哀。见《庄子·至乐》。

【语译】

当出殡前夕，我忧思夜起，悲叹你无后嗣没人继承。丧车已经斜摆在门侧，等待着时辰到来把灵柩升上去。嫂侄慌遽忙乱，仁慈的婆婆深表哀悯。听鸣鸡警诫人们快要天晓，众人惊呼捶胸痛哭。你逝世以后岁月长啊有生之年短促，生前忧患太多而欢乐的时候太少。当年你初嫁时遥思娘家啊，感叹路途太远。为什么现今一去，竟至终天地之久远而不回来？

在祖祭之晨尽我的哀悼，人们擎起明亮的火炬执绋牵引着灵车。撤去帷幕铺席于庭中摆上祭筵，举杯沃酒禀告路神行将出殡。心中凄切泣不成声，悲伤酸楚俯仰挥泪。想你的孤魂一定眷恋着旧居，眼前刹那间仿佛看见你的身影。可惜这种仿佛空存于想象之中，耳目却没有真正闻见。柩车暂时停留，绕行于旧处。我四处搜寻一无所见，想你已经抽身离去了。

远去的灵车刚刚起步，马已掉头幡旗也已转向。冷清的风吹进车帷，云气漫漫拥着车盖。鸟儿哀鸣俯翅低飞忘记归林，鱼儿含悲仰首喷沫好像失去波涛。心中怅恨徐步而行，你循着平常所走的吉祥之路今天却丧亡而归去。思念伊人已经亡故，看见你的翰墨遗迹尚未泯灭。从前共同生活现今却阴阳阻隔，回想昔日的欢娱又增添新的哀思。说它（指哀思）像平原则无边无际，说它像江水则无涯无岸。望崇山只觉得空虚岑寂，对流水只觉得浩瀚无垠，看天日则感到迷茫暗淡，面向里巷则感到萧索无人。不是外物有什么改变，实因欢乐和哀伤的情感变换所致。

嗟叹深深的墓道已经打开，将送你的形体永远归去。你抛弃闺房的繁华，进入地下腐朽的土壤。我在心中思慕呼喊着你而捶胸哀痛，你已经进入了坟茔。抚摸着灵柩在墓室与你诀别，棺材暗淡墓道幽暗。墓门关闭灯光熄灭，墓中黑夜沉沉何时再能天明？从墓地归来又哭于殡宫，哀声虽有停止之日而哀思却无穷期。是真是假何暇多作考虑，但愿能一见你的形影。不仅看不见你的形影，甚至连睡梦也不能梦见你。眼看着满堂家事，我还幻想着你能够操持。

让我重述一遍：一切都已经过去了！新哀时的感情就是如此。思念之情究竟有多少？我希望无愧于庄子，能顺乎天命而得到终止。

【评析】

潘岳深于情，观其悼亡诗、诔文及哀辞，莫不如此。本文为哀悼其亡妻而作，只就出殡前夕至埋葬前后之所见所感，抒发其沉痛凄恻之情。可谓字字酸楚，语语悲辛，真切感人，绝无矫饰，允为悼亡佳作。值得注意的是，潘岳根据其亲身体会，明确提出文学作品的移情手法。文章叙送丧之日："望山兮寥廓，临水兮浩汗。视天日兮苍茫，面邑里兮萧散。"所看到的一切，都变成令人伤感的景象。原因何在？"匪外物兮或改，固欢哀兮情换。"外物还是原来的样子，只不过由于人的欢乐或悲哀的不同，给外物涂上了一种不同的感情色彩而已。诗文的哀景或乐景，俱由作者移情所致。潘岳于晋元康八年（298），即提出这一融会着自己血泪体验的文艺理论，谁说我国古代没有"移情说"呢？

卷第五十八

哀下

宋文皇帝元皇后哀策文一首

作者：颜延年　　注译评析：黄立业

惟元嘉十七年七月二十六日[1]，大行皇后崩于显阳殿[2]，粤九月二十六日[3]，将迁座于长宁陵[4]，礼也。龙輴𫄧绋[5]，容翟结骖[6]。皇涂昭列[7]，神路幽严[8]。皇帝亲临祖馈[9]，躬瞻宵载[10]。饰遗仪于组旒[11]，沦徂音乎珩佩[12]。悲黼筵之移御[13]，痛翚褕之重晦[14]。降舆客位[15]，撤奠殡阶[16]。乃命史臣[17]，累德述怀[18]。其辞曰：

伦昭俪升[19]，有物有凭[20]。圆精初铄[21]。方祇始凝[22]。昭哉世族[23]，祥发庆膺[24]。秘仪景胄[25]，图光玉绳[26]。昌辉在阴[27]，柔明将进[28]。率礼蹈和[29]，称《诗》纳顺[30]。爰自待年[31]，金声夙振[32]。亦既有行[33]，素章增绚[34]。

象服是加[35]，言观维则[36]。俾我王风[37]，始基嫔德。惠问川流[38]，芳猷渊塞[39]。方江泳汉[40]，载谣南国。伊昔不造[41]，鸿化中微[42]。用集宝命[43]，仰陟天机[44]。释位公宫[45]，登曜紫闱[46]。钦若皇姑[47]，允迪前徽[48]。孝达宁亲[49]，敬行宗祀[50]。进思才淑[51]，傍综图史[52]。发音在咏[53]，动容成纪[54]。壸政穆宣[55]，《房乐》韶理[56]。坤则顺成[57]，星轩润饰[58]。德之所屆[59]，惟深必测。下节震腾，上清朓侧[60]。有来斯雍[61]，无思不极[62]。谓道辅仁，司化莫晢[63]。象物方臻[64]，视祲告沴[65]。太和既融[66]，收华委世[67]。兰殿长阴[68]，椒涂弛卫[69]。呜呼哀哉！

戒凉在殡[70]，杪秋即穸[71]。霜夜流唱[72]，晓月升魄[73]。八神警引[74]，五辂迁迹[75]。嗷嗷储嗣[76]，哀哀列辟[77]。洒零玉墀，雨泗丹掖[78]。抚存悼亡，感今怀昔[79]。呜呼哀哉！

南背国门[80]，北首山园[81]。仆人按节[82]，服马顾辕[83]。遥酸紫盖[84]，眇泣素轩[85]。灭彩清都[86]，夷体寿原[87]。邑野沦蔼[88]，戎夏悲喧[89]。来芳可述[90]，往驾弗援[91]。呜呼哀哉！

【篇旨】

南朝宋文帝之袁皇后崩，帝甚悼痛，颜延之奉命作此哀策文，大旨在于述德致哀。

【注释】

① 元嘉：南朝宋文帝年号。

② 大行：皇帝新崩，未有定谥，故总其名曰大行皇帝。后世皇后新崩亦称大行。显阳殿：宋宫殿名，皇后或皇太后所居。

③ 粤：助词，通“曰”。

④ 迁座：葬之讳词。长宁陵：元皇后陵墓称号，以后宋文帝亦葬于此。

⑤ 龙輁（gǒng）：画有龙的车。缅（lí）：连。綍：同“绋”，引棺的大绳索。

⑥ 容翟：有帷盖有雉鸟图案的车，后妃所坐。结骖：把骖马联结在衡轭上，谓将起行。

⑦ 涂：涂车，或曰遣车，装载送葬的明器，以彩色涂饰之，以象金玉。昭列：明亮貌。

⑧ 神路：灵车。

⑨ 祖馈：祖祭，始行时祭道神。

⑩ 宵：夜。载：载柩于庭。

⑪ 遗仪：遗制。组旒：以素丝编织于旒旗之上作为文饰。

⑫ 沦：沉。徂：往。珩（héng）佩：皇后佩带之玉饰，行动时发出有节奏的音声。

⑬ 黼（fǔ）：古代绣有黑白相间斧形花纹的物品。筵：座席，铺席于地曰筵。

⑭ 翚褕（huī yú）：后妃礼服，画有五彩雉纹。翚，雉。

⑮ 舆：指柩车。客位：西边台阶。周人停殡于西阶，故从西阶而降。

⑯ 撤：撤去。奠：祭筵。殡阶：停殡之西阶。

⑰ 史臣：史官。此颜延之自称。

⑱ 累德：累述皇后之德行。述怀：述文帝之怀。

⑲ 伦：伦匹。昭：明。俪：伉俪之道。

⑳ 物：物象。凭：依据。

㉑ 圆精：天。铄：光明。

㉒ 方祇：地。凝：成。

㉓ 昭：明。世族：世代显贵之家族。

㉔ 祥：善。庆：福。膺：当。

㉕ 秘：密藏。仪：仪容。景胄：大族。

㉖ 玉绳：宋有玉绳殿。

㉗ 昌：盛。阴：坤，喻妻道。

㉘ 柔明：柔顺之道大明。《周易·晋卦》彖曰："顺而丽乎大明，柔进而上行。"进：谓进于贵位。

㉙ 率：循。蹈：履。

㉚ 称《诗》：称道《诗经》。纳顺：接纳柔顺之妇德。

㉛ 待年：待嫁之时。

㉜ 金声：喻好的声誉。《孟子·万章下》："集大成也者，金声而玉振之也。"

㉝ 有行：《诗经·邶风·泉水》："女子有行，远父母兄弟。"《笺》云："行，道也。妇人有出嫁之道。"

㉞ 素章增绚：《论语·八佾》："子夏问曰：'巧笑倩兮，美目盼兮，素以为绚兮。何谓也？'子曰：'绘事后素。'曰：'礼后乎？'"素，白绢，喻礼。绚：绘画美丽花纹。谓美女循礼则更美。

㉟ 象服：古代王后及诸侯夫人以画有各种花纹为饰的礼服。此指后妃之礼服。

㊱ 则：法则。

㊲ 俾：使。

㊳ 惠问：贤惠的声誉。

㊴ 渊：深远。塞：诚。

㊵ 方江泳汉：《诗经·召南·汉广》："汉之广矣，不可泳思。江之永矣，不可方思。"《序》云："汉广，德广所及也。文王之道被于南国，美化行乎江汉之域。"方，木筏。泳，潜游。

㊶ 不造：犹言不幸。此指宋少帝残暴，招来杀身之祸。

㊷ 鸿化：宏大的德化。

㊸ 宝命：此指天命。

㊹ 陟：升。天机：喻帝位。机，通"玑"。《尚书·舜典》："在璇玑玉衡，以齐七政。"此谓文帝即位。

㊺ 释位：离位。公宫：诸侯的宫室。文帝即位前为宜都王。

㊻ 紫闱：皇帝宫廷。

㊼ 钦若：敬顺。皇姑：皇太后。妇称夫之母曰姑。

㊽ 迪：蹈。前徽：太后之美德。徽，美。

㊾ 宁亲：归省父母。

㊿ 宗祀：祭祀。

(51) 才：才能。淑：善。

(52) 综：理。图史：班婕妤《自伤赋》："陈女图以镜监兮，顾女史而问诗。"

(53) 咏：讽诵。

(54) 动容：举止容仪。纪：纪纲。

(55) 壸（kǔn）政：宫中的政事。穆：信。宣：明。

(56)《房乐》：乐歌名，即《房中乐》。《仪礼·燕礼》注云："弦歌周南召南之诗，而不用钟磬之节也。谓之房中者，后夫人所讽诵，以事其君子。"韶：继。

⑰ 坤则：坤德，妇德。

⑱ 星轩：轩辕星座。《史记·天官书·正义》曰："轩辕十七星……黄龙之体。……后宫之象也。"

⑲ 届：至。

⑳ "下节震腾"二句：吕向注曰："下节，谓水也。上清，谓月也。皆阴德，故比于后也。"朓：晦日月见西方曰朓，月行疾之故。侧：朔日月见东方曰侧，月行迟之故。古人认为这种情况于女主不利。

㉑ 雍：和。

㉒ 极：中。

㉓ 司化：主管造化者。哲（zhé）：明也。

㉔ 象物：《周礼·春官·大司乐》注："象物，有象在天，所谓四灵者……麟凤龟龙，谓之四灵。"臻：至。

㉕ 视祲：古官名。掌管观云气预测灾祥之事。沴，气相伤曰沴，预示灾异。

㉖ 太和：太平。融：明。

㉗ 委：弃。

㉘ 兰殿：犹言香殿，指皇后所居之殿。

㉙ 椒涂：皇后所居曰椒房，以椒涂室中之壁，取温暖及除恶气。

㉚ 戒凉：清风戒寒，犹言初秋。肂（sì）：此指入殓停殡。

㉛ 杪（miǎo）：末。即穸：就墓，埋葬。穸（xì），长夜，喻墓地。

㉜ 流唱：挽歌流转。

㉝ 升魄：灵魄升上柩车。

㉞ 八神：八方之神。警：警跸，警诫。引：引丧车。

㉟ 五辂：原指王后日常所用的五种座车。此指灵车。迁迹：起行。

㊱ 嗷嗷：哭声。储嗣：皇后所生太子劭。

㊲ 哀哀：哭声。列辟：此指诸王。

㊳ 洒零、雨泗：皆指落泪。玉墀：玉阶。丹掖：掖庭，漆红色，故名。

㊴ "抚存悼亡"二句：《宋书·后妃传》谓："策既奏，上自益'抚存悼亡，

感今怀昔’八字，以致其意焉。”

⑧⓪ 国门：都城之门。

⑧① 首：向。山园：山陵，指长宁陵，在都城之北。

⑧② 按节：犹言按辔徐行。

⑧③ 服马：驾车时中间的两匹马称服马。辕：驾牲畜的衡轭。顾辕：回头瞻顾。

⑧④ 紫盖：车上紫色伞盖。

⑧⑤ 眇：远。素轩：车，丧车。

⑧⑥ 清都：帝皇都城。

⑧⑦ 夷：毁，灭。寿原：皇帝未死时营造的陵墓称寿陵或寿原。长宁陵为袁皇后与文帝合葬处。

⑧⑧ 蔼：盛貌。

⑧⑨ 戎夏：戎狄和华夏。喧：喧哗。

⑨⓪ 芳：芳尘，犹言芳言美行。

⑨① 驾：灵车。援：攀。

【语译】

元嘉十七年七月二十六日，大行皇后逝世于显阳殿，九月二十六日，将出殡于长宁陵，这是礼制如此。已经把灵柩牵引到画有龙纹的车上，饰有雉纹的座车已经结好了骖马。（载着明器的）大涂车彩色明亮，灵车则显出幽深肃穆的气氛。皇帝亲临祖祭，躬亲审视于夜间载柩的灵车。皇后结组以饰旒旗的遗制犹存，而其环佩的声音却已沉寂。悲叹有斧形图案的座席已经迁移，痛感画有五彩雉纹的皇后礼服更加黯淡无光。柩车从西阶的客位徐徐降下，台阶上也撤去了祭筵。乃命史臣，累列皇后德行表述皇上哀痛之情怀。其哀辞是：

天地未分之时就已明伦匹之道出现伉俪之理，这是有物象有依据的，所以后来天道初明，大地就开始凝成。显赫的世家大族，祥瑞焕发使后代受福。她在室之时秘藏美仪于盛族，出阁之后图其容光可以辉耀玉绳。盛大的光辉在于妇女身上，柔顺之道大明将进于高位。她循礼履和，称道《诗经》而接纳顺从的美德。还在待嫁之时，声誉就早已远播。出嫁之后，犹如白绢加上彩绘更增绚丽。

王妃之礼服既加于其身，观其柔顺美好的德行堪为法则。使我王的风化，在妇德方面开始打好基础。美誉如大川流播，善谋实在深远。德化行于江汉流域，载在歌谣咏于南国。从前国家遭到不幸，大德中途衰微。皇帝顺承天命，仰登帝位。她也离开诸侯的宫室，登升皇后之位光耀紫禁。敬顺太后，诚能发扬太后的美德。为了孝亲而归省父母，为了恭敬祖先而躬操祭祀。进贤则思物色才人淑女，为了教导妃嫔则傍理女图女史。发言可供讽诵，行为仪容堪作纪纲。于是宫内政事真正昌明，弦诵周召诗篇的传统得到继承。终于顺成柔和的妇德，轩辕星的光彩为其增辉。皇后德化所至，虽很深远而人们必能测知。岂料百川震腾，月行迟速不符躔度。皇后向来平和，所思无不属于中正之道。常说天助仁人，谁知管造化的也不能明察。当祥瑞之物正在呈现之时，负责观看祆祥云气的官员却预告有灾异发生。奈何在太平昌明之世，皇后竟然收敛光华弃去人世。致使兰殿长暗，椒房废弛了警卫。呜呼哀痛啊！

秋初大行皇后在殡，暮秋安葬。哀歌在霜夜流转，灵魄在晓月之下升上柩车。八方之神为之警诫引路，丧车正在起行。太子悲哭，诸王哀泣。泪洒玉阶，涕零掖庭。抚安存者悼念亡者，哀感今日怀念往昔。呜呼哀痛啊！

灵车南背都门而离去，北向山陵而进发。仆人按辔徐行，驾车的马回头瞻顾。遥看紫盖含酸，远听素车啜泣。京都失去光彩，玉体将化于寿陵。城乡失掉繁盛面貌，夷狄与华夏的人齐发悲声。芳尘美行将来足可纪述，而灵车已去不可攀援。呜呼哀痛啊！

【评析】

哀策文是皇帝宠赠死者的一种策书，内容多为述德致哀，或兼赠爵谥。形式由序和辞两部分组成，多用四言韵语，有时兼用骚体。本篇序文，述皇后之死及出殡时皇帝亲临祖祭哀挽之事。哀辞则述袁后的出身、养德，后为王妃、皇后，德被南国，母仪天下。其死及葬，则朝野哀悼，中外悲思。篇中雕藻浮艳，典故纷呈，骈四俪六，交错成章，故沈约称其“文甚美”。但内容空泛，并无感人事迹，文虽华美而意义不大。

齐敬皇后哀策文一首

作者：谢玄晖　　注译评析：黄立业

惟永泰元年秋九月朔日[1]，敬皇后梓宫启自先茔[2]，将祔于某陵[3]。其日，至尊亲奉奠某皇帝[4]，乃使兼太尉某设祖于行宫，礼也。翠帟舒皋[5]，玄堂启扉[6]。俎彻三献[7]，筵卷六衣[8]。哀子嗣皇帝[9]，怀蜃卫而延首[10]，想翳輅而抚心[11]。痛椒涂之先廓[12]，哀长信之莫临[13]。身隔两赴[14]，时无二展[15]。旋诏左言[16]，光敷圣善[17]。其辞曰：

帝唐远胄[18]，御龙遥绪[19]。在秦作刘[20]，在汉开楚[21]。肇惟淑圣[22]，克柔克令[23]。清汉表灵[24]，曾沙膺庆[25]。爰定厥祥，徽音允穆[26]。光华沼沚[27]，荣曜中谷[28]。敬始纮綖[29]，教先穜稑[30]。睿问川流[31]，神襟兰郁[32]。

先德韬光[33]，君道方被。于佐求贤，在谒无诐[34]。顾史弘式[35]，陈诗展义。厚下曰仁[36]，藏往伊智[37]。十乱斯俟[38]，四教罔忒[39]。思媚诸姑[40]，贻我嫔则[41]。化自公宫[42]，远被南国。轩曜怀光[43]，素舒伫德[44]。

闵予不祐[45]，慈训早违。方年冲藐[46]，怀袖靡依。家臻宝业[47]，身嗣昌晖[48]。寿宫寂远[49]，清庙虚归[50]。呜呼哀哉！

帝迁明命[51]，民神胥悦[52]。乾景外临[53]，阴仪内缺[54]。空悲故剑[55]，徒嗟金穴[56]。璋瓒奚献[57]，袆褕罔设[58]。呜呼哀哉！

冯相告祲[59]，宸居长往[60]。贻厥远图[61]，末命是奖[62]。怀丰沛之绸缪兮[63]，背神京之弘敞[64]。陋苍梧之不从兮[65]，遵鲋隅以同壤[66]。呜呼哀哉！

陈象设于园寝兮[67]，映舆锼于松楸[68]。望承明而不入兮[69]，度清洛而南游[70]。继池绋于通轨兮[71]，接龙帷于造舟[72]。回塘寂其已暮兮[73]，东川澹而不流[74]。呜呼哀哉！

籍闳宫之远烈兮[75]，闻缵女之遐庆[76]。始协德于《蘋》《蘩》兮[77]，终配祇而表命[78]。慕方缠于赐衣兮[79]，哀日隆于抚镜[80]。思寒泉之罔极兮[81]，托彤管于遗咏[82]。呜呼哀哉！

【篇旨】

齐东昏侯改葬其母敬皇后，谢朓奉命为哀策文，主旨是颂德致哀。

【注释】

① 永泰：南朝齐明帝年号。其年七月帝崩，其子东昏侯宝卷即位，此年年号未改。

② 敬皇后：姓刘，名惠端，嫁萧鸾，封西昌侯夫人。永明七年卒，葬江乘县张山。明帝萧鸾即位，追尊为敬皇后。明帝崩，迁皇后灵柩与帝合葬于兴安陵。梓宫：帝后所用梓木棺材。

③ 祔：合葬。

④ 至尊：指东昏侯。某皇帝：明帝，未定谥，故称某。

⑤ 翠帟（yì）：翠幕。舒：张挂。

⑥ 玄堂：墓室。

⑦ 俎：摆祭品的几案。彻：通“撤”。三献：古郊祭仪式，陈祭品后要三次献酒，即初、亚、终三献。此谓已终祭。

⑧ 筵：席。卷：去。六衣：皇后的六种服式，即袆衣、褕狄、阙狄、鞠衣、展衣、缘衣、素沙。

⑨ 哀子：居丧之子称哀子。东昏侯为敬皇后所生。嗣皇帝：父死而继位的皇帝。

⑩ 蜃卫：护送柩车的队伍。蜃，蜃车，载柩车。

⑪ 鹭辂：载柩车。

⑫ 椒涂：椒房，皇后所居。廓：空。

⑬ 长信：汉宫名，太皇太后所居。

⑭ 赴：至。

⑮ 展：省视。

⑯ 左言：史官，左史记言。

⑰ 光敷：广布。圣善：母德。《诗经·邶风·凯风》："母氏圣善。"

⑱ 帝唐：刘姓祖先，在虞以前为陶唐氏。胄：古贵族后代。

⑲ 御龙：刘姓祖先在夏为御龙氏。绪：后裔。

⑳ 在秦作刘：后世在秦居住始为刘氏。

㉑ 开楚：汉高祖同母弟刘交封国为楚，即楚元王。谓敬皇后乃其后代。

㉒ 肇：端。

㉓ 柔：善。令：美。

㉔ 汉：谓汉水神女。表灵：显其灵异。

㉕ 沙：沙麓。《汉书·元后传》，谓春秋时沙麓崩，晋史卜之曰：后六百四十年，宜有圣女兴，又八十年当有贵女兴天下。膺：受。庆：福。

㉖ "爰定"二句：《诗经·大雅·大明》："文定厥祥，亲迎于渭。"上句《笺》云："问名之后，卜而得吉，则文王以礼定其吉祥，谓使纳币也。"此喻明帝定其吉祥而纳币成婚。徽音允穆：《诗经·大雅·思齐》："太姒嗣徽音。"太姒，文王之妃。《笺》云："徽，美也。嗣大任（文王之母）之美音，谓续行其善教令。"

㉗ 沼沚：池渚。为奉祭祀而采蘋蘩之地。见《诗经·召南·采蘩》。

㉘ 中谷：谷中，为葛覃所生处，女子采葛以为衣，养成节俭等美德。见《诗经·周南·葛覃》。

㉙ 纮（hóng）：冠冕上绕于颌下的带子，其两端上系于笄。綖（yán）：覆在冠冕上的装饰。

㉚ 穜稑（tóng lù）：谷类作物，穜为迟熟品种，稑则早熟。春天，王后率六宫之人种之，得其种子而献于王。见《周礼·天官·内宰》。

㉛ 睿问：美德之声誉。

㉜ 神襟：圣怀。

㉝ 先德：先帝，指明帝。韬光：藏匿光彩。指明帝微时。

㉞ 谒：请。诐（bì）：偏颇。

㉟ 史：宫中女史之官，负责记功书过。式：法。

㊱ 厚下：厚待下人。

㊲ 藏往：敛藏自己以往的善行。

㊳ 十乱：《论语·泰伯》："武王曰：予有乱臣十人。"孔子认为武王有治国能臣十人，实际男的只有九人，另一为女人，即武王之母太姒。

㊴ 四教：以四德教化妇女，即妇德、妇容、妇言、妇功。

㊵ 媚：爱。姑：先太后。

㊶ 嫔则：妇德的法则。

㊷ 化：教化。公宫：诸侯宫室。

㊸ 轩曜：轩辕星，女主之象。

㊹ 舒：望舒，月御。素舒：谓月。伫：积储。

㊺ 闵：哀伤。

㊻ 冲藐：幼小。

㊼ 宝业：指天子之大业。

㊽ 昌晖：盛明。

㊾ 寿宫：墓地祭祀之庙。

㊿ 清庙：天子宗庙。

51 迁：升迁帝位。

52 胥：皆。

53 乾景：喻明帝。

54 阴仪：喻皇后。

55 故剑：喻旧妻。汉宣帝少时娶许君平为妻。及即位，许为婕妤。大臣议立霍光女为皇后，帝乃令求"微时故剑"。大臣知其意，遂改议立许为皇后。见《汉书·外戚传》。

㊱ 金穴：汉光武帝赏赐无数金帛给郭皇后之弟况，京师号况家为金穴。见《后汉书·皇后纪》上。此喻皇后母家。

57 璋瓒：古代以璋为柄的玉制酒器。凡大祭祀，君主先执圭瓒献酒，后夫人次执璋瓒献酒。奚：何。

58 袆褕：即袆衣、褕狄，皇后礼服。

59 冯相：冯相氏，周代官名，掌天文。祲：不祥的云气。

60 宸居：各本居作驾，是。宸驾：圣驾。长往：谓明帝崩。

61 贻：遗。厥：其。图：谋。

62 末命：临终之命。奖：戒励。

63 丰沛：汉高祖故乡，即帝乡，喻兴安陵。

64 背：离。神京：齐都。

65 苍梧：相传舜南巡死而葬于苍梧之野，其二妃不从。不从：此指不与舜合葬。见《礼记·檀弓上》。

66 鲋隅：相传帝颛顼与九嫔合葬于鲋隅山。见《山海经·海内东经》。

67 象设：遗像及生前使用之物。园寝：陵庙。

68 鬷（zōng）：马头上饰物。松楸：常植于陵园的两种树。

69 承明：洛阳后宫出入之门。

70 洛：洛水。两句均借指齐都。

71 池：织竹为笼，形如宫室，衣以青布，挂于灵车帷盖之旁，像生前所居。綍：同绋，引柩车之大绳。通轨：广路。

72 龙帷：画有龙饰的柩车帷帐。造舟：浮桥。

73 回塘：曲堤。

74 东川：东去的大川。澹：静止貌。

75 籍：诸本作藉，是。藉：承。閟宫：祀后稷之母姜嫄之神宫。见《诗经·鲁颂·閟宫》。

76 缵女：《诗经·大雅·大明》："缵女维莘，长子维行。"周文王之妃太姒是莘国之长女，能继文王之母大任之美行，德才超群。此喻皇后有太姒之才德。

⑰《蘋》《蘩》：《诗经·周南》有《采蘋》及《采蘩》二诗，诗序谓后夫人采蘋蘩以供祭祀则不失其职。

⑱ 配祇：祭祀时配享于明帝。祇，诸本作“祀”，是。表命：表明天命如此。

⑲ 赐衣：为思母后劬劳之典。《东观汉记》卷七曰：明帝赐东平王书云，今以光烈皇后衣一箧遗王，可瞻视，以慰《凯风》寒泉之思。

⑳ 抚镜：《西京杂记》卷一载，汉宣帝曾被关在郡邸狱中，臂上犹带史良娣合彩婉转丝绳系身毒宝镜一枚。传此镜能照见妖魅，佩者得天神福祐。及即位，每持此镜，感咽移辰。此借指皇后遗物。

㉑ 寒泉：谓欲报母亲劳苦之德。《诗经·邶风·凯风》：“爰有寒泉，在浚之下。有子七人，母氏劳苦。”罔极：谓思念无止。

㉒ 彤管：古代后夫人的女史记事所用的赤管笔。此指史官。

【语译】

永泰元年秋九月初一日，敬皇后的灵柩从旧墓启迁，将合葬于兴安陵。其日，至尊亲自奉祭明皇帝，乃使兼太尉某，设祖祭于行宫，这是礼制如此。翠幕张挂于山陵，墓室的门已经打开。祭几已撤，三献已毕，席上皇后的六种服装也已卷起。哀子嗣位皇帝，想着护送灵车的队伍而伸首盼望，怀念载柩的灵车而抚心哀痛。为椒房的先虚而痛心，为母后不能亲临长信宫而哀伤。由于一身不能到两处致祭，同一时间不能到两地省视，所以命左史之官，广陈母后圣德。其辞是：

陶唐氏的远代后裔，御龙氏的后世宗绪，直到在秦居住时始称刘氏，在汉代则开国封爵为楚元王。端思敬皇后的淑善圣哲，确实和谐完美。应是清清汉水之神女显其灵异，当是荣膺沙麓占卜必生贵女的福庆。先帝卜定其吉祥而纳币成婚，母后圣善诚能与先太后的美好德音相应和。其光华照于亲采蘋蘩以奉祭祀的池沼，荣耀被于养成恭俭美德的地方。亲自为皇帝织冕带冕饰是恭敬之始，亲种穜稑是教化之先。其美誉如大川流播，圣怀如蕙兰一样芳美。

先帝韬藏神光之时，为君之德就已被于四方。母后佐助求贤，有所请求皆无偏颇。眷顾女史之官而宏大记功书过之法，陈列古诗而申讲其义理，厚待下人堪称仁爱，深藏自己以往的善行实属睿智。十位治国贤臣待母后才足数，对妇女进行德容言功四教丝毫无差。常常想着要爱敬先太后，把妇女应遵循的法则遗我后人。当年处于诸侯的宫中德化便已开始，且远播于南国。如同轩辕星怀藏着光辉，就像素月积储着光耀和盛德。

哀叹天不祐我，慈亲很早去世。我年龄幼小，就失去依恋怀袖之爱。后来我们家拥有天下大业，而我也亲继盛明之时。然而母后旧墓清寂辽远，只在宗庙虚设灵位。呜呼哀痛啊！

先帝承上天明命升登宝位，人神皆感欢悦。皇上对外君临天下，而皇后早崩坤仪内缺。皇上忆原配而空悲，外戚念故后而徒增叹息。举行大祀之时谁奉璋瓒献酒，皇后的礼服也无可设置。呜呼哀痛啊！

观天象的官员报告有灾异之兆，圣驾于是长往不返。皇上遗下远谋，临终遗命戒励于我。希望能在兴安陵与皇后殷勤相处，故而离开弘敞的京都。鄙薄舜帝之二妃不从其合葬，应遵依颛顼与九嫔合葬于鲋隅山的先例。呜呼哀痛啊！

陈列皇后生前影像器物于陵庙，乘舆马饰映照着陵园的松楸。灵驾望后宫之门而不入，经过清川而南赴陵园。象征生前所居宫殿及各种明器与绋绳相继于广路，灵车上的龙纹帷帐连接着浮桥。弯曲的塘堤萧瑟凄寂已经黄昏，东去的大川也静止不流。呜呼哀痛啊！

皇后远继姜嫄的德业，遥承太姒的余庆。始则与先帝同心同德亲奉祭祀，终则配享于先帝而体现天命。我思慕之心萦绕于所见皇后的遗衣，由于瞻仰皇后的旧物而哀思日盛。欲报母氏劳苦之德而悲思无尽，托悼念之情于史官的遗咏而增哀。呜呼哀痛啊！

【评析】

这篇哀策文的序言，述敬皇后迁葬，嗣皇帝未能临墓致祭之由。其辞则广称皇后盛德。从皇后显赫的远祖开始，至她处室修德，婚后佐夫，所谓美德俱全，化被南国。继述嗣子的追思，明帝遗命合葬及迁柩情况。末以东昏侯瞻仰皇后遗物，深致哀思作结。文章代东昏侯立言，设身处地，拟其声口，展其心扉，理顺而辞美，切合当时需要。然而，谢朓是奉命颂德，读后难免有夸饰空泛之感。御用文人难做，信然。

碑文上

郭有道碑文一首　并序

作者：蔡伯喈　　注译评析：黄立业

先生讳泰[1]，字林宗，太原界休人也[2]。其先出自有周，王季之穆[3]，有虢叔者[4]，实有懿德，文王咨焉[5]。建国命氏[6]，或谓之郭[7]，即其后也。先生诞应天衷[8]，聪睿明哲，孝友温恭，仁笃慈惠。夫其器量弘深，姿度广大[9]，浩浩焉，汪汪焉，奥乎不可测已[10]。若乃砥节厉行，直道正辞，贞固足以干事[11]，隐括足以矫时[12]。遂考览六经[13]，探综图纬[14]，周流华夏，随集帝学[15]。收文武之将坠[16]，拯微言之未绝[17]。于时缨緌之徒[18]，绅佩之士[19]，望形表而影附[20]，聆嘉声而响和者[21]，犹百川之归巨海、鳞介之宗龟龙也[22]。尔乃潜隐衡门[23]，收朋勤诲，童蒙赖焉[24]，用祛其蔽。州郡闻德，虚己备礼，莫之能致。群公休之，遂辟司徒掾[25]，又举有道[26]，皆以疾辞。将蹈鸿涯之遐迹[27]，绍巢许之绝轨[28]，翔区外以舒翼[29]，超天衢以高峙[30]。禀命不融[31]，享年四十有二，以建宁二年正月乙亥卒[32]。

凡我四方同好之人[33]，永怀哀悼，靡所置念[34]。乃相与惟先生之德[35]，以谋不朽之事[36]。佥以为先民既没[37]，而德音犹存者，亦赖之于见述也[38]。今其如何而阙斯礼[39]。于是树碑表墓，昭铭景行[40]，俾芳烈奋于百世，令问显于无穷[41]。其辞曰：

於休先生[42]，明德通玄[43]。纯懿淑灵[44]，受之自天。崇壮幽浚[45]，如山如渊。《礼》《乐》是悦，《诗》《书》是敦[46]。匪惟摭华[47]，乃寻厥根[48]。宫墙重仞[49]，允得其门。懿乎其纯[50]，确乎其操[51]。洋洋搢绅[52]，言观其高。栖迟泌丘[53]，善诱能教。赫赫三事[54]，几行其招[55]。委辞召贡[56]，保此清妙[57]。降年不永[58]，民斯悲悼。爰勒兹铭[59]，摛其光耀[60]。嗟尔来世，是则是效[61]。

【作者简介】

蔡邕（132—192），字伯喈，汉陈留围（今河南杞县西南）人。曾为郎中，校对六经文字，刻碑立太学外，摹写者甚众。弹劾宦官，被流徙朔方，遇赦归，复被迫流亡江海十二年。董卓专权，强他为官，至侍中、左中郎将。闻卓诛而叹息，被收，死狱中。邕博学，善音律，文章音节和谐，文辞典雅，多偶句，开魏晋典丽的文风。有《蔡中郎集》传世。《后汉书》有传。

【篇旨】

称美高士郭泰的学行大节及其不屑仕进的志向。

【注释】

① 讳：古人对尊长之名避开不说叫讳。对死者称名，在名之前加“讳”字，表示尊敬。

② 界休：汉县名。晋以后作介休，今属山西省。

③ 王季：周文王之父。穆：子。

④ 虢叔：文王之弟，封于虢。

⑤ 咨：谋。

⑥ 建国：天子建国。氏：姓的分支，宗族的称号。周王室姓姬，虢叔后代以虢为氏。

⑦ 郭：虢与郭，先秦古籍互用。郭是“虢”字的古义。

⑧ 应：《蔡中郎集》作“膺”，是。膺：受。天衷：上天的善意。

⑨ 姿度：才能和胸怀。

⑩ 奥：深。已：语气词，表肯定。

⑪ 贞固：固守正道。

⑫ 隐括：矫正竹木弯曲的工具。矫：正。

⑬ 六经：《诗》《书》《易》《礼》《乐》《春秋》六种经籍。

⑭ 图：河图。纬：古书之一类，六经及《孝经》皆有纬，称七纬，以儒家经义附会人事的吉凶治乱，多属臆测。

⑮ 帝学：太学。

⑯ 文武：指文王武王之道。

⑰ 微言：精微而合于大道之言。传说子夏等曾撰集孔子微言。

⑱ 缨緌：冠带和冠饰。

⑲ 绅：束于腰间一头下垂的大带，用作装饰。佩：系于腰带的玉佩。古代有地位者的装饰。

⑳ 形：人形。表：木表，标杆，测日影的工具。

㉑ 响：回声。

㉒ 龟：甲虫之精。龙：鳞虫之精。

㉓ 衡门：横木为门，指简陋居室。

㉔ 童蒙：知识低下的人。

㉕ 辟：三公以下聘请未仕之人去做官称辟。司徒：东汉时三公之一，管教化。掾：属官。

㉖ 举：推荐。有道：汉代选举科目之一，举有才德者应选。郭泰以有道征，时人称他为郭有道。

㉗ 鸿涯：传说中的仙人，即洪涯。鸿，《蔡中郎集》作“洪”，是。

㉘ 巢许：巢父许由，传说皆尧时隐者。绝：远。轨：迹。

㉙ 区外：犹方外，尘俗之外。

㉚ 天衢：天路，此指神仙之路。

㉛ 禀：受。融：长。

㉜ 建宁：东汉灵帝年号。

㉝ 同好：志同道合的人。

㉞ 置：致，寄托。

㉟ 惟：思。

㊱ 不朽：《左传·襄公二十四年》："太上有立德，其次有立功，其次有立言，虽久不废，此之谓不朽。"此指立碑述其德言。

㊲ 佥：皆。

㊳ 见述：见碑文所述。

㊴ 阙：废缺。

㊵ 景行：高尚行为。

㊶ 令问：美誉。

㊷ 於（wū）休：叹美辞。

㊸ 玄：道。

㊹ 懿：美。灵：善、美。

㊺ 浚：深。

㊻ 敦：重。

㊼ 摭：拾。华：花。

㊽ 根：根本。

㊾ 宫墙：《论语·子张》："子贡曰：譬之宫墙……夫子之墙数仞，不得其门而入，不见宗庙之美，百官之富。"二句喻孔子道高，郭泰得入圣门，窥见其美。

㊿ 纯：纯一。

(51) 确：坚。操：志。

(52) 搢绅：百官。

(53) 栖迟：游息。泌丘：犹言山水泉石之间。泌，泉水。

(54) 三事：三公，此指上文的司徒。

(55) 招：指辟司徒掾。

(56) 召：聘请。贡：荐举应"有道科"。

(57) 清妙：指隐逸之理。

(58) 降年：上天给人寿命。《尚书·高宗肜日》："降年有永有不永。"

⑲ 勒：刻。

⑳ 摛：布。

㉑ 则：法。

【语译】

先生名泰，字林宗，太原界休县人。其祖先出于周，王季的儿子有个叫虢叔的，实有美德，文王曾与他商量大计。周天子建国赐氏为虢，或称作郭，就是虢叔的后代。先生荣受上天的善意垂爱，聪慧明哲，孝友温恭，仁厚慈惠。器量弘深，才度广大，浩浩然，汪汪然，其深简直不可测度。至于磨砺志行，走直道持正论，那种坚守正道的精神足以办理大事，发挥其隐括的作用足以矫正时俗。他考校观览六经，求集《河图》和纬书，遍行中原，随后集于太学。把将要坠失的文武之道收集起来，把尚未绝迹的先圣精微之言拯救出来。于是朝廷官员，文人学士，好像望见人体及标杆，影子就紧紧地相随；听到美音，回声就马上应和那样。这样的人犹如百川之归大海，鳞虫甲虫宗仰龟龙。而他却潜隐于简陋的居室，接待朋辈诲人不倦，知识不高的人都庆幸得到他的教导，以开茅塞。州郡长官闻其德行，虚己尽礼，也未能招致他。朝廷的三公称美他，遂召聘为司徒的属官；地方上又推荐他应“有道科”的选举，他都推托有病而辞谢不就。他将步仙人洪涯的遥远后尘，继隐者巢父、许由的远古行踪，展翅飞翔于尘俗之外，超越于云路之上以高立于青霄。谁知天赐寿命不长，享年四十二岁，于建宁二年正月乙亥日逝世。

我们从四面八方而来的志同道合的人，皆永怀哀悼之心，但无可置其思念之情。于是相互追思先生之德，商量怎样才能使其事不朽。大家认为古人虽已死去，而其德音犹存的原因，也有赖于见其述德的碑文。现在奈何废缺此礼呢！于是树立碑石旌表其墓，明记其高尚德行，使美好的事迹流芳百世，美好的名声传扬于无穷。其辞是：

美哉先生，明德通于大道。纯美淑善，受之于天。崇壮深沉，如山之高如渊之深。喜爱《礼》《乐》，重视《诗》《书》。不只拾其英华，而且探其根本。孔夫子之道高如宫墙，先生实得入圣门窥其奥秘。其质甚美，其操守甚坚。众多绅士，皆仰盛德。而先生却游息于山水泉石之间，循循善诱教育人才。显赫的三公，多次召聘。先生却屡辞聘请和征召，以保此清妙的隐逸之道。谁知天降寿命不长，令人为此而悲伤。因而刻此碑铭，布其光辉。希望后世之人，效法于他。

【评析】

这篇作品的体裁属墓碑文。此种文体，内容多叙死者的学行大节，称美不称恶。形式有序有辞（或曰铭），辞用韵语。本篇序文，述姓名、籍贯、世系、德才志行、立碑缘由。辞则主要称美其德才志行，供后人效法。文章突出地赞美郭泰才德过人，屡征不就，不愿为官，而安于淡泊，追求隐逸成仙的生活。看似消极，然而从中可窥见他不满官场黑暗，不愿同流合污的品格。碑文典雅，朴素清顺，内容平实，非空泛夸饰的谀墓之文可比。

陈太丘碑文一首　并序

作者：蔡伯喈　　注译评析：黄立业

先生讳寔，字仲弓，颍川许人也[①]。含元精之和[②]，应期运之数[③]。兼资九德[④]，总修百行[⑤]。于乡党则恂恂焉[⑥]，彬彬焉[⑦]，善诱善导，仁而爱人。使夫少长咸安怀之[⑧]。其为道也，用行舍藏[⑨]，进退可度[⑩]。不徼讦以干时[⑪]，不迁贰以临下[⑫]。四为郡功曹[⑬]，五辟豫州[⑭]，六辟三府[⑮]，再辟大将军[⑯]。宰闻喜半岁[⑰]，太丘一年[⑱]。德务中庸[⑲]，教敦不肃[⑳]。政以礼成[㉑]，化行有谧[㉒]。会遭党事[㉓]，禁固二十年。乐天知命，澹然自逸。交不谄上，爱不渎下。见机而作，不俟终日。及文书赦宥，时年已七十。遂隐丘山，悬车告老[㉔]。四门备礼[㉕]，闲心静居[㉖]。大将军何公，司徒袁公[㉗]，前后招辟，使人晓喻，云欲特表便可入践常伯[㉘]，超补三事[㉙]，纡佩金紫[㉚]，光国垂勋。先生曰："绝望已久，饰巾待期而已[㉛]。"皆遂不至。弘农杨公[㉜]，东海陈公[㉝]，每在衮职[34]，群寮贺之[35]，皆举手曰："颍川陈君，绝世超伦，大位未跻[36]，惭于臧文窃位之负[37]。"故时人高其德，重乎公相之位也。

年八十有三，中平三年[38]八月丙午，遭疾而终。临没顾命[39]，留葬所卒。时服素棺[40]，椁财周榇[41]。丧事惟约，用过乎俭。群公百寮[42]，莫不咨嗟。岩薮知名[43]，失声挥涕。大将军吊祠[44]，锡以嘉谥[45]，曰：征士陈君[46]，禀岳渎之精[47]，苞灵曜之纯[48]。天不慭遗老，俾屏我王[49]。梁崩哲萎[50]，于时靡宪[51]。搢绅儒林[52]，论德谋迹，谥曰文范先生。"《传》曰："郁郁乎文哉[53]！"《书》曰："洪范九畴，彝伦攸叙。[54]"文为德表，范为士则，存诲没号[55]，不亦宜乎！三公遣令史祭以中牢[56]。刺史敬吊[57]，太守南阳曹府君命官作诔曰[58]："赫矣陈君，命世是生[59]。含光醇德[60]，为士作程[61]。资始既正[62]，守终又令[63]。奉礼终没[64]，休矣清声[65]。"遣官属掾吏，前后赴会[66]，刊石作铭。府丞与比县会葬[67]。荀慈明、韩元长等五百余人[68]，缌麻设位[69]，哀以送之。远近会葬，千人已上。河南尹种府君临郡[70]，追叹功德，述录高行，以为远近鲜能及之。重部大掾[71]，以时成铭。斯可谓存荣没哀，死而不朽者已！乃作铭曰：

峨峨崇岳，吐符降神[72]。於皇先生[73]，抱宝怀珍[74]。如何昊穹[75]，既丧斯文[76]。微言圮绝[77]，来者曷闻[78]？交交黄鸟，爰集于棘[79]。命不可赎[80]，哀何有极！

【篇旨】

碑文高度颂扬陈寔公正平和，仁而爱人，敢于触犯宦官权势，不慕高官厚禄的美德。

【注释】

① 颍川：郡名。许：县名，三国魏黄初二年改称许昌，今属河南省。

② 元精：谓天地的精气。

③ 期运之数：即五百年而有名世者兴的运数。《孟子·公孙丑》："五百

年必有王者兴，其间必有名世者。由周而来，七百有余岁矣。以其数则过矣，以其时考之则可矣。”

④ 九德：谓宽而栗、柔而立、愿而恭、乱而敬、扰而毅、直而温、简而廉、刚而塞、强而义，共九种德行。见《尚书·皋陶谟》。

⑤ 百行：多种美好的品行，如孝敬仁义之类。

⑥ 乡党：犹乡里。恂恂：恭顺貌。《论语·乡党》：“孔子于乡党，恂恂如也，似不能言者。”

⑦ 彬彬：文质兼备貌。

⑧ 安：安心。怀：归向。《论语·公冶长》：“子曰：老者安之，朋友信之，少者怀之。”

⑨ 用行舍藏：被任用即行其道，不任用即归隐。《论语·述而》：“用之则行，舍之则藏。”

⑩ 度：法度。

⑪ 徼（jiǎo）：抄袭。讦：攻发别人的阴私。《论语·阳货》：“恶徼以为知者……恶讦以为直者。”

⑫ 迁：迁怒，怒此而移于彼。贰：贰过，重犯错误。《论语·雍也》：“有颜回者好学，不迁怒，不贰过。”

⑬ 功曹：汉州郡的佐吏，掌考察记录功劳。

⑭ 辟：召聘。豫州：汉的豫州在今河南省一带地方。

⑮ 三府：汉以太尉、司徒、司空的府署合称三府。司空黄琼曾辟陈寔为属官。

⑯ 再辟：两次召聘。灵帝时大将军窦武辟之以为掾属。

⑰ 宰：为县令。闻喜：县名，在今山西省。

⑱ 太丘：汉县名，故城在今河南永城县。

⑲ 中庸：常行的中正之道。《论语·雍也》：“子曰：中庸之为德也，其至矣乎！”不偏之谓中。庸，常。

⑳ 敦：厚。肃：峻急。《国语·齐语》：“是故其父兄之教，不肃而成。”

㉑ 政以礼成：《左传·成公十二年》：“共俭以行礼，而慈惠以布政，政

以礼成，民是以息。”谓以礼成其政绩。

㉒ 谧：静，宁。

㉓ 党事：东汉桓帝时，宦官势盛，李膺等捕杀其党。宦官诬他与太学游士为朋党，牵连二百余人，禁锢终身。灵帝时，膺等复用，又谋诛宦官，膺等被杀，死徒禁锢六七百人。灵帝末，党禁解。

㉔ 悬车：把车悬挂起来不用，表示辞官归家。

㉕ 四门：四方之门。《尚书·尧典》：“宾于四门，四门穆穆。”

㉖ 闲：闭、隔。

㉗ 何公：何进。袁公：袁隗。他们派人敦请陈寔，欲特殊表荐于天子授予不次之位。

㉘ 常伯：周官有常伯，汉称侍中。

㉙ 三事：三公。

㉚ 纡：系。金：金印。紫：系金印的紫色绶带。汉代三公佩金印紫绶。

㉛ 饰巾：只戴头巾，不加冠冕。待期：等待死的日子。

㉜ 杨公：太尉杨赐。

㉝ 陈公：司徒陈耽。

㉞ 衮职：三公之职。

㉟ 寮：通“僚”。

㊱ 跻：登。

㊲ 臧文窃位：《论语·卫灵公》：“子曰：臧文仲（鲁国大夫）其窃位者与，知柳下惠之贤而不与立也。”谓知有贤士而不举荐。

㊳ 中平：汉灵帝年号。

㊴ 顾命：临终遗命。

㊵ 素：常。

㊶ 财：通“才”。椋：棺。

㊷ 寮：通“僚”。

㊸ 岩薮：犹言山泽、山野。

㊹ 大将军：指何进。吊祠：吊祭。

㊺ 锡：赐。嘉：美。谥：根据死者的生前事迹给予称号。此指下文“文范先生”。

㊻ 征士：古人称赞学行并高，而不应朝廷征聘之士。

㊼ 岳：指泰衡嵩华恒五岳。渎：指江河淮济四渎。这里总指名山大川。

㊽ 苞：包含。灵曜：天。纯：美。

㊾“天不”二句：《诗经·小雅·十月之交》：“不憖（yìn）遗一老，俾守我王。”《左传·哀公十六年》：“孔丘卒，公诔之曰：旻天不吊，不憖遗一老，俾屏余一人以在位。”不憖：犹言何不。俾：使。屏：蔽、护。

㊿ 梁：栋梁。哲：明达有才智之人。《礼记·檀弓上》：“泰山其颓乎？梁木其坏乎？哲人其萎乎？”句意喻名人逝世。

(51) 靡：无。宪：法。

(52) 搢绅：泛指官员。儒林：儒士之群。

(53)《传》：此指《论语》。郁郁：文采盛貌。《论语·八佾》：“子曰：周监于二代，郁郁乎文哉！吾从周。”

(54)“《书》曰”句：《尚书·洪范》：“天乃锡禹洪范九畴，彝伦攸叙。”洪范：大法。九畴：九类。彝伦：天地人之常道。攸叙：谓得其次序。

(55) 诲：教诲。号：谥号。

(56) 三公：东汉称太尉、司徒、司空为三公。令史：汉官名，掌文书，有兰台令史、尚书令史。中牢：猪羊二牲。

(57) 刺史：州郡长官，掌军政大权，位在郡守之上。

(58) 太守：州郡长官，管一郡的政事。诔：累述死者生平功德以表哀悼的文体，类似悼辞。

(59) 命世：同“名世”，犹言闻名当世。

(60) 光：指礼乐之类。《周易·观》：“观国之光。”醇：厚、美。

(61) 程：法。

(62) 资：凭、依。《周易·乾》：“大哉乾元，万物资始。”

(63) 令：善。

⑥④ 奉礼：崇奉先圣礼教。终没：至于逝世，犹言终生。

⑥⑤ 休：美。

⑥⑥ 赴：至，指吊丧。会：会葬。

⑥⑦ 府丞：谓太守的佐吏。比县：相邻的县，此指有关官员。会葬：会合行送葬之礼。

⑥⑧ 荀慈明：荀爽，字慈明，颍川颍阴人。博学，有重名，桓帝时为郎中，以世乱归隐十余年。韩元长：韩融，字符长，少能辨理，不为章句之学，时人称他穷神知化。

⑥⑨ 缌麻：丧服之最轻者，以疏织之细麻布制成的丧服。设位：设立陈寔的灵位。

⑦⑩ 河南：汉郡名。种府君：种拂。府君，太守的别称。

⑦① 大掾：重要属官。

⑦② 吐符：吐其符瑞。降神：降其神灵。

⑦③ 於（wū）皇：叹美词，犹言大哉。

⑦④ 宝、珍：喻美好的德才。

⑦⑤ 昊穹：上天。

⑦⑥ 斯文：此文德之人，指陈寔。《论语·子罕》："天之将丧斯文也，后死者不得与于斯文也。"

⑦⑦ 微言：精微而合于大道之言。圮（pǐ）绝：断绝。

⑦⑧ 曷：何。

⑦⑨ "交交黄鸟"二句：《诗经·秦风·黄鸟》："交交黄鸟，止于棘。"《传》："交交，小貌。黄鸟以时往来，得其所；人以寿命终，亦得其所。"

⑧⑩ 可赎：可代替。《诗经·秦风·黄鸟》："如可赎兮，人百其身。"

【语译】

先生名寔，字仲弓，颍川许县人。他蕴含着天地和顺的精气，应了五百年而有名世之人出现的运数。兼有天赋的九种美德，全面修养各种高尚的品行。在乡里是那样恭敬和顺，文质彬彬，善于诱导后进，仁慈而且能爱护别人，使年少年长的人都安心归向他。他的处世原则是，被任用则行其道，不被任用随即归隐，其仕进和引退的原则可作为人们的法度。不用抄袭或攻讦以求合于时俗，对待下属不迁怒于人，不重犯过失。他四次做州郡的属官，五次为豫州长官聘请，六次为三公召聘，两次为大将军召聘，担任闻喜县令半载，太丘县令一年。德化务求中正常行之道，通过教育使民风敦厚而不采用峻急之法。推行礼义以成其政绩，德化大行人民安定。不幸遭逢所谓朋党之事，被禁锢了二十年。他顺乎上天和命运的安排而自乐，恬淡寡欲以自安。结交不谄媚顺颜以取悦上意，施予惠爱而不轻慢下属。察见事物变化的征兆就立即行动，一天也不等待。及至诏书赦免，当时年已七十，遂决意归隐山林，辞官告老。家居时四面之门皆有官长备礼前来聘请，而他却闭隔其心而静居。大将军何进，司徒袁隗，先后召聘，并使人明白开导，说是欲特表荐于天子破格任用，即可入践侍中之位，越阶补升三公之职，佩带金印紫绶，为国增光功垂后世。先生说："断绝仕宦之望已久，只是整饰头巾等待死期而已。"遂皆不应召。太尉弘农杨赐，司徒东海陈耽，每在三公府署接待公卿，众僚属恭贺他，皆挥手谓百官云："颍川陈君，德才冠绝当代超越伦辈，而未登大位，实在惭愧承担臧文仲知贤不举的窃位罪名。"故时人认为其品德之高，胜过三公宰相之尊位。

先生享年八十有三，中平三年，八月丙午日，因病逝世。临终遗命："留葬于去世之地，以时服常棺入敛，外棺能套住灵柩即可。办丧事务必节约。"丧葬费用过于省俭。三公百官，无不嗟叹；山野知名人士，皆失声挥泪。大将军何进遣使吊祭，赐以美谥，曰："征士陈君，禀受名山大川之精气，蕴含天地之纯美。上天何不留一老臣，使他护卫我王，竟然栋梁崩坠哲人萎谢，致使今日世人无可取法。百官华儒，论其德行思其事迹，赠给他谥号曰文范先生。"《论语》说："郁郁乎文采甚盛！"《尚书》说："洪范（大法）九类，使人世和顺的常理得其次序。"文是德的表现，范（法）是士的准则，先生生前用此教诲别人，死后以此为谥号，不是很恰当吗？三公派令史以猪羊二牲致祭。刺史恭敬哀悼，太守南阳曹府君命官作诔曰："盛矣陈君，生前闻名当世。内蕴礼乐以美其德，为士人作出了榜样。始遵正道，终有善名。崇奉先圣礼义至于逝世，美矣高洁的声誉。”有关官府派出属官佐吏，先后来吊丧会葬，刻石制作碑铭。太守的佐吏和邻县的官员会合起来参加送丧仪式。名士荀慈明、韩元长等五百多人，穿着缌麻丧服设立陈君灵位，以深心哀悼遥送他出殡。远近会合参加送丧仪式者，达千人以上。河南郡守种府君到郡视事，追念叹美其功德，撰录其高尚的操守事迹，认为无论远近很少能比得上他，因而郑重派出部内重要属官，及时制成碑铭。这真可谓生荣死哀，虽死不朽了。于是撰作铭辞曰：

巍峨崇高的山岳，吐其符瑞降其神灵。大哉先生，怀抱着稀世的才德。奈何苍天，丧此文德之人！精微之言因而断绝，后之来者何能知闻。如交交黄鸟集于棘树得其所安那样，先生能以寿终亦得其所。可惜人命不可代替（无法让你更为长寿），哀伤之情何有终极！

【评析】

蔡邕此文，极力把陈寔描绘成“绝世超伦”的人物。观其文心，主要采用叙述和烘托两种手法。在序文中，首先以简练的笔触，叙述其姓名籍贯，平正之德，资历政绩，因反对宦官而被禁锢二十年，遇赦归隐，视“纡佩金紫”如敝屣，故名高当世。继以侧面烘托之法，写其殁后，朝野哀悼，达官贵人赠谥、赠诔、致祭、品评、树碑、立传，名士数百人自愿服丧，参加会葬者达千人以上。记写这些身后之事，把一位德高望重的人，烘托得十分突出完美。铭辞则以典重的韵语，进一步加强主旋律。陈寔那种“不义而富且贵，于我如浮云”的崇高志尚，在人欲横流的社会，确实难能可贵。

褚渊碑文一首　并序

作者：王仲宝　　注译评析：黄立业

夫太上有立德，其次有立功，此之谓不朽[①]。所以子产云亡[②]，宣尼泣其遗爱[3]；随武既没[4]，赵文怀其余风[5]：于文简公见之矣！公讳渊，字彦回，河南阳翟人也[6]。微子以至仁开基[7]，宋段以功高命氏[8]。爰逮两汉，儒雅继及。魏晋以降，奕世重晖。乃祖太傅元穆公[9]，德合当时，行比州壤[10]。深识臧否[11]，不以毁誉形言[12]；亮采王室[13]，每怀冲虚之道[14]。可谓婉而成章[15]，志而晦者矣[16]。

自兹厥后，无替前规[17]，建官惟贤[18]，轩冕相袭[19]。公禀川岳之灵晖，含珪璋而挺曜[20]，和顺内凝，英华外发[21]。神茂初学[22]，业隆弱冠[23]。是以仁经义纬[24]，敦穆于闺庭[25]；金声玉振[26]，寥亮于区寓[27]。孝敬淳深[28]，率由斯至。尽欢朝夕，人无间言[29]。逍遥乎文雅之囿[30]，翱翔乎礼乐之场。风仪与秋月齐明[31]，音徽与春云等润[32]。韵宇弘深[33]，喜愠莫见其际；心明通亮[34]，用人言必由于己[35]。汪汪焉[36]，洋洋焉[37]，可谓澄之不清，挠之不浊[38]。袁阳源才气高奇[39]，综核精裁；宋文帝端明临朝，鉴赏无昧。袁既延誉于遐迩，文亦定婚于皇家[40]。选尚余姚公主[41]，拜驸马都尉[42]。汉结叔高[43]，晋姻武子[44]，方斯蔑如也[45]。

释褐著作佐郎[46]，转太子舍人[47]。濯缨登朝[48]，冠冕当世[49]。升降两宫[50]，实惟时宝[51]。具瞻之范既著[52]，台衡之望斯集[53]。出参太宰军事[54]，入为太子洗马[55]，俄迁秘书丞[56]。赞道槐庭[57]，司文天阁[58]。光昭诸侯，风流籍甚[59]。以父忧去职[60]，丧过乎哀[61]，几将毁灭。有识留感，行路伤情。

服阕[62]，除中书侍郎[63]。王言如丝，其出如纶[64]。恪居官次[65]，智效惟穆[66]。于时新安王宠冠列蕃[67]，越敷邦教[68]，毗佐之选[69]，妙尽国华[70]。出为司徒右长史[71]，转尚书吏部郎[72]。执铨以平[73]，御烦以简。裴楷清通，王戎简要[74]，复存于兹。泰始之初[75]，入为侍中[76]。曾不移朔[77]，迁吏部尚书[78]。是时天步初夷[79]，王途尚阻[80]，元戎启行[81]，衣冠未缉[82]。内赞谋谟[83]，外康流品[84]。制胜既远[85]，泾渭斯明[86]。赏不失劳[87]，举无失德。绩简帝心[88]，声敷物听[89]。事宁，领太子右卫率[90]，固让不拜[91]。寻领骁骑将军[92]。以帷幄之功[93]，膺庸祗之秩[94]，封雩都县开国伯[95]，食邑五百户[96]。既秉辞梁之分[97]，又怀寝丘之志[98]，所受田邑，不盈百井[99]。

久之，重为侍中，领右卫将军[100]。尽规献替[101]，均山甫之庸[102]；缉熙王旅[103]，兼方叔之望[104]。丹阳京辅[105]，远近攸则[106]；吴兴襟带[107]，实惟股肱[108]。频作二守[109]，并加蝉冕[110]。政以礼成，民是以息[111]。明皇不豫[112]，储后幼冲[113]。贻厥之寄[114]，允属时望[115]。征为吏部尚书[116]，领卫尉[117]，固让不拜。改授尚书右仆射[118]。端流平衡，外宽内直。弘二八之高谟[119]，宣《由庚》而垂咏[120]。太宗即世[121]，遗命以公为散骑常侍、中书令、护军将军[122]。送往事居[123]，忠贞允亮。秉国之均，四方是维[124]。百官象物而动，军政不戒而备[125]。公之登太阶而尹天下[126]，君子以为美谈。亦犹孟轲致欣于乐正[127]，羊职悦赏于士伯者也[128]。

丁所生母忧[129]，谢职。毁疾之重[130]，因心则至[131]。朝议以有为为之，鲁侯垂式[132]；存公忘私，方进明准[133]。爰降诏书，敦还摄任[134]。固请移岁，表奏相望。事不我与，屈己弘化[135]。属值三季在辰[136]，戚蕃内侮[137]。桂阳失图[138]，窥窬神器[139]。鼓棹则沧波振荡，建旗则日月蔽亏。出江派而风翔，入京师而雷动。鸣控弦于宗稷，流锋镞于象魏[140]。虽英宰临戎[141]，元渠时殄[142]；而余党实繁，宫庙忧逼。公乃总熊罴之士，不贰心之臣，戮力尽规，克宁祸乱，康国祚于缀旒[143]，拯王维于已坠[144]。诚由太祖之威风[145]，抑亦仁公之翼佐。可谓德、刑、详、礼、义、信，战之器也[146]。以静难之功，进爵为侯，兼授尚书令[147]、中军将军[148]，给班剑二十人[149]。功成弗有，固秉抙挹[150]。改授侍中、中书监[151]，护军如故[152]。又以居母艰去官[153]。虽事缘义感[154]，而情均天属[155]。颜丁之合礼[156]，二连之善丧[157]，亦曷以逾。

天厌宋德[158]，水运告谢[159]。嗣王荒怠于天位[160]，强臣凭陵于荆楚[161]。废昏继统之功[162]，龛乱宁民之德[163]，公实仰赞宏规[164]，参闻神筭[165]。虽无受脤出车之庸[166]，亦有甘寝秉羽之绩[167]。乃作司空[168]，山川攸序[169]。兼授卫军[170]，戎政辑睦。

既而齐德龙兴[171]，顺皇高禅[172]。深达先天之运，匡赞奉时之业[173]。弼谐允正[174]，徽猷弘远[175]。树之风声[176]，著之话言[177]，亦犹稷契之臣虞夏[178]，荀裴之奉魏晋[179]。自非坦怀至公，永鉴崇替[180]，孰能光辅五君[181]，寅亮二代者哉[182]？大启南康[183]，爰登中铉[184]。时膺土宇[185]，固辞邦教[186]。今之尚书令[187]，古之冢宰[188]，虽秩轻于衮司[189]，而任隆于百辟[190]。暂遂冲旨[191]，改授朝端[192]。迩无异言，远无异望。帝嘉茂庸[193]，重申前册[194]。执五礼以正民[195]，简八刑而罕用[196]。故能骋绩康衢，延慈哲后[197]。义在资敬，情同布衣。出陪銮躅[198]，入奉帷殿。仰《南风》之高咏[199]，餐东野之秘宝[200]。雅议于听政之晨，披文于宴私之夕。参以酒德[201]，间以琴心[202]。暧有余晖，遥然留想[203]。君垂冬日之温，臣尽秋霜之戒[204]，肃肃焉，穆穆焉[205]。于是见君亲之同致，知在三之如一[206]。太祖升遐[207]，绸缪遗寄[208]，以侍中、司徒录尚书事，禀玉几之顾，奉缀衣之礼[209]。择皇齐之令典[210]，致声化于雍熙[211]。内平外成[212]，实昭旧职[213]。增给班剑三十人，物有其容[214]，徽章斯允[215]。位尊而礼卑，居高而思降[216]。自夏徂秋[217]，以疾陈退。朝廷重违谦光之旨[218]，用申超世之尚，改授司空，领骠骑大将军，侍中录尚书如故。

景命不永[219]，大渐弥留[220]。建元四年八月二十一日[221]，薨于私第，春秋四十有八。昔柳庄疾棘，卫君当祭而辍礼[222]；晏婴既往，齐君趍车而行哭[223]。公之云亡，圣朝震悼于上[224]，群后恇动于下[225]。岂唯哀缠一国，痛深一主而已哉！追赠太宰[226]，侍中录尚书如故，给节羽葆鼓吹班剑为六十人[227]，谥曰文简[228]，礼也。

夫乘德而处，万物不能害其贞[229]；虚己以游，当世不能扰其度[230]。均贵贱于条风[231]，忘荣辱于彼我[232]，然后可兼善天下[233]，聊以卒岁；经始图终[234]，式免祗悔[235]。谁云克备，公实有焉。是以义结君子，惠沾庶类。言象所未形[236]，述咏所不尽。故吏某甲等，感逝川之无舍[237]，哀清晖之眇默[238]。餐舆诵于丘里[239]，瞻雅咏于京国[240]。思卫鼎之垂文[241]，想晋钟之遗则[242]。方高山而仰止[243]，刊玄石以表德[244]。其辞曰：

辰精感运[245]，昴灵发祥[246]。元首惟明。股肱惟良[247]。天鉴璇曜[248]，踵武前王[249]。钦若元辅[250]，体微知章[251]。永言必孝[252]，因心则友[253]。仁洽兼济[254]，爱深善诱[255]。观海齐量[256]，登岳均厚[257]。五臣兹六[258]，八元斯九[259]。

内谟帷幄[260]，外曜台阶[261]。远无不肃，迩无不怀[262]。如风之偃[263]，如乐之谐[264]。光我帝典，缉彼民黎[265]。率礼蹈谦[266]，谅实身干[267]。迹屈朱轩，志隆衡馆[268]。眇眇玄宗[269]，萋萋辞翰[270]。义既川流，文亦雾散[271]。嵩构云颓，梁阴载缺[272]。德猷靡嗣，仪形长递[273]。怊怅余徽，锵洋遗烈[274]。久而弥新，用而不竭。

【作者简介】

王俭（452—489），字仲宝，琅邪临沂（今山东临沂）人。南朝宋时官秘书丞，校古籍，撰定《元徽四部书目》。齐高帝时封南昌县公，领吏部。武帝时又领太子少傅，国子祭酒，开府仪同三司。俭长于礼学，谙究朝仪，强记博识，问无不答。以病终，谥文宪。与褚渊同事两朝，交往较深。《南齐书》有传。

【篇旨】

碑文详述并赞扬褚渊的德行功业，肯定其历仕两朝，身侍五君的行为，以回答某些人的非难。

【注释】

① “夫太上有立德”三句：即所谓“三不朽”，出自《左传·襄公二十四年》。太上，上圣之人，如尧、舜。立德，创制垂法，博施济众。其次，谓次圣之人，即大贤大智者，如禹、稷、文、武、周公。立功，拯厄除难，功济于时。

② 子产：春秋时郑国穆公之孙，名公孙侨，长期执国政，内政外交很有声望。

③ 宣尼：《汉书·平帝纪》载，元始元年，追谥孔子为褒成宣尼公。后遂称孔子为宣尼。遗爱：有惠爱遗留给后人。《左传·昭公二十年》：“及子产卒，仲尼闻之，出涕曰：‘古之遗爱也。’”

④ 随武：晋大夫士会，食邑于随，称随武子。

⑤ 赵文：晋大夫赵文子。《礼记·檀弓下》：赵文子与叔誉游于晋大夫之墓地九原，二人谈到如果死者能复生，我们应归向谁？文子曰："我则随武子乎？利其君，不忘其身；谋其身，不忘其友。"余风：遗下的风教。

⑥ 阳翟：今河南禹州。

⑦ 微子：殷纣王庶兄，数谏纣，不听，去国。周灭殷，封纣子武庚为诸侯。武庚叛，周公诛之，而立微子于宋，以续殷后。见《史记·宋微子世家》。

⑧ 宋段：宋共公之子，名子石，为褚师之官，以官命氏，是褚姓的祖先。《左传·襄公二十年》：鲁国"季武子如宋……褚师段逆之以受享。"

⑨ 乃祖：此谓其高祖褚褒，晋太傅，谥元穆。

⑩ 比：此谓与人相比为最高者。州壤：州县地方。

⑪ 臧否：善恶。

⑫ 形：表现。

⑬ 亮采：犹言辅助办事。

⑭ 冲虚：谦虚。

⑮ 婉：婉转。成章：成其篇章。语出《左传·成公十四年》。

⑯ 志：记。晦：微。

⑰ 替：废。规：风范。

⑱ 建官惟贤：语出《尚书·武成》。此谓褚渊祖先为官者俱贤德之人。

⑲ 轩冕：官员的轩车冕服。喻官位爵禄。相袭：相继。

⑳ 珪璋：珪与璋为古帝王诸侯朝会时所执的玉版，美玉制成，表示瑞信。挺：出。

㉑ "和顺内凝"二句：语出《礼记·乐记》。《疏》说："谓思念善事日久，是和顺积于心中。言词声音发见于外，是英华发于身外。"

㉒ 神茂：神气俊茂。

㉓ 业：谓学业。

㉔ 经纬：喻规划治理。

㉕ 敦穆：同“敦睦”，谓亲厚和睦。闺庭：犹内室。

㉖ 金声玉振：金玉之声美，故喻美好声誉。语出《孟子·万章下》。

㉗ 寥亮：同“嘹亮”，谓声音清越高远。区寓：天下。寓，同“宇”。

㉘ 淳：淳厚。

㉙ 间言：非议离间之言。

㉚ “逍遥”二句：扬雄《剧秦美新》：“是以发秘府，览书林，遥集乎文雅之囿，翱翔乎礼乐之场。”逍遥、翱翔：均指游览。

㉛ 风仪：风度仪表。

㉜ 音徽：即徽音，谓德音美善。

㉝ 韵宇：器量。

㉞ 亮：诚信。

㉟ 由：犹如。

㊱ 汪汪：深广貌。

㊲ 洋洋：盛大貌。

㊳ “可谓澄之不清”二句：《世说新语·德行》：“（郭泰）诣黄叔度，乃弥日信宿。人问其故，林宗曰：‘叔度汪汪如千顷之陂，澄之不清，淆（一作挠）之不浊，其器深广，难测量也。’”此喻渊器量深广难于测度。

㊴ 袁阳源：《宋书·袁淑传》谓，袁淑字阳源，少有风气，不为章句之学，而博涉多通，好属文，辞采遒艳，纵横有才辩。元凶弑逆，淑面斥其非，被杀害。世祖即位，深受褒扬。此以袁淑喻褚渊。

㊵ 定婚：谓定褚渊婚姻。

㊶ 尚主：娶公主为妻。尚，匹配。余姚公主：宋文帝女，以后进封南郡公主，入齐，例降为巴西主。

㊷ 拜：授官。驸马都尉：官名，魏晋以后，帝婿常授此职。

㊸ 叔高：李善注引挚虞曰，叔高名玄，以明经为郡上计吏。朝会数百人，叔高仪状绝众，天子异其貌，以公主妻之。叔高已有妻，不敢上

闻，同辈皆嘲笑他。

㊹ 武子：李善注引王隐《晋书》曰，王武子少知名，有俊才，尚武帝姊常山公主。

㊺ 方：相比。蔑：无、不。

㊻ 释褐：脱下布衣，穿上官服，意谓初出仕。著作佐郎：秘书监属官，佐掌国史。见《宋书·百官志》。

㊼ 转：迁职。太子舍人：太子属官。

㊽ 濯缨：洗濯冠缨，意为整洁衣冠。

㊾ 冠冕：冠和冕皆在头上，意谓高于、冠于。

㊿ 升降：上下。两宫：指天子和太子之宫。

51 时宝：当代贤达之人。

52 具瞻：原意谓众人俱共瞻仰。后指三公宰相之位。《诗经·小雅·节南山》："赫赫师尹，民具尔瞻。"

53 台：三台，星名，后以喻三公。衡：阿衡，原为商朝官名，职位同三公宰相。《诗经·商颂·长发》："实维阿衡，实左右商王。"

54 太宰：古称太师，为三公之首。参军事：为太宰属官，掌军事参谋。由天子授官者称参军事，由公府自行委任者称行参军。

55 太子洗马：太子属官。

56 秘书丞：官名，掌朝廷所藏图籍。

57 槐庭：三公宰辅的官署。此指渊在太宰官署任职。

58 司文：主管文史工作。天阁：汉有天禄阁，藏皇帝的图书之所。此指任秘书丞。

59 风流：风范美誉的传播。籍甚：甚盛。

60 父忧：父死曰丁（当）父忧。礼制规定，父死须去官，服三年之丧。

61 丧：服丧期间。

62 服：服丧之期。阕：终。

63 中书侍郎：掌诏命之官。

64 丝、纶：喻诏书。《礼记·缁衣》："王言如丝，其出如纶。"纶，大于丝，谓王言传出而愈来愈重大。

⑥⑤ 恪：恭敬。次：舍、署。

⑥⑥ 智效：谓智称其官。《庄子·逍遥游》："智效一官，行比一乡。"穆：和顺。

⑥⑦ 新安王：宋武帝第八子，殷淑仪所生，名子鸾。其母宠倾后宫，子鸾爱冠诸子。

⑥⑧ 越：将。敷：布。邦教：邦国的教化。是时子鸾虽只八岁而领司徒之重职，故云。

⑥⑨ 毗：辅。

⑦⓪ 国华：喻国之英贤。

⑦① 司徒：三公之职，掌民事邦教。右长史：司徒属官。

⑦② 尚书：此指吏部尚书，掌铨衡。吏部郎：尚书之属官。

⑦③ 铨：铨选，谓量才授官。

⑦④ 裴楷：《晋书·裴楷传》云：吏部郎缺，太祖问其人于锺会。对曰：裴楷清通，王戎简要，皆其选也。楷戎皆为晋吏部郎。

⑦⑤ 泰始：宋明帝年号。

⑦⑥ 侍中：皇帝侍从官，掌奏事，应对献替。

⑦⑦ 朔：每月初一日。不移朔：不满一个月。

⑦⑧ 吏部尚书：掌铨选任免官吏。

⑦⑨ 天步：犹言国运。夷：平。前废帝子业暴虐荒淫，内外百官，不保首领，文帝第十一子彧亦将及难。彧密结废帝心腹，杀之。彧即位，是为明帝。"天步初平"即指此。

⑧⓪ 途：道。阻：险阻。

⑧① 元戎：指建安王休仁。泰始二年正月，邓琬奉晋安王子勋为帝，即伪位于寻阳城，年号义嘉元年，四方响应，天下震动。休仁奉命征讨，屯军鹊尾。帝遣渊至军，选将帅以下勋阶得自专决。事平，有功。见《宋书》休仁、子勋、褚渊等传。

⑧② 衣冠：喻朝仪。缉：理。

⑧③ 赞：助。谋谟：谋议。指任侍中之事。

⑧④ 康：安。流品：百官的官阶品秩。指任吏部尚书之职。

⑧⑤ 制胜：制服对手以取胜。谓平四方叛乱之事。

⑧⑥ 泾渭：泾水清，渭水浊，二水合流时清浊分明。喻人品高下，功劳大小，皆能明辨。

⑧⑦ 劳：指有功劳之人。

⑧⑧ 绩：功。

⑧⑨ 敷：布。

⑨⓪ 太子右卫率：太子属官，有左右二率，各领一军，主门卫。

⑨① 不拜：不接受任命。

⑨② 骁骑将军：统皇宫禁军，功高者主之。

⑨③ 帷幄：军中帐幕。

⑨④ 膺：当。庸：用。祗：敬。

⑨⑤ 雩都县：汉置，豫章郡所属县，在今江西省。开国伯：爵位名。

⑨⑥ 食邑：卿大夫的封地，被封者可收其租税而食，故名。

⑨⑦ 辞梁：《国语·楚语》云，楚惠王以梁地封鲁阳文子，辞曰：梁险而远，惧子孙有恃险而怀二心者，恐臣之宗祀不保。分：超越本分应得之赏。

⑨⑧ 寝丘：楚地名，在今河南固始与沈丘之间。《吕氏春秋·异宝》云：楚令尹孙叔敖有功而不受封地，临死告诫其子曰：我死，楚王必封你，你毋受美地，而请封于条件差的寝丘，可长远保有其地。果如其言。

⑨⑨ 井：地方一里为井。

⑩⓪ 右卫将军：掌宿卫营兵。

⑩① 献替：献可行者，除去不可行者。谓忠言进谏。《左传·昭公二十年》："君所谓否，而有可为，臣献其可，以去其否。"规：法。

⑩② 山甫：仲山甫，周宣王的卿士。《诗经·大雅·烝民》："衮职有阙，维仲山甫补之。"谓君王的职事有所废缺，只有仲山甫能补益之。

庸：功。

⑩ 缉熙：光明。旅：军旅。

⑭ 方叔：周宣王的卿士。《诗经·小雅·采芑》颂扬方叔奉命率大军南征蛮荆之功。

⑮ 丹阳：郡名，南朝宋时领建康、秣陵、丹阳、江宁等八县。京辅：京城辅翼之地，犹言京畿。

⑯ 攸：所。则：法。

⑰ 吴兴：郡名，领乌程、余杭、临安等十县。

⑱ 股肱：大腿和胳膊。喻辅佐、捍卫京城的要地。

⑲ 二守：指丹阳、吴兴二郡太守。

⑩ 加蝉冕：加侍中官衔。蝉冕，蝉翼冠，侍中所戴。

⑪ "政以礼成"二句：谓以礼成其政绩。见《左传·成公十二年》"政以礼成"。

⑫ 不豫：有疾。

⑬ 储后：太子。幼冲：幼小。

⑭ 贻厥：后嗣。寄：托。

⑮ 允：信。

⑯ 征：召。

⑰ 卫尉：官名，主禁卫，即右卫将军。

⑱ 尚书右仆射：官名，位次于尚书令。

⑲ 二八：八元、八恺之省称，各指八位才子，舜举荐于尧，使主后土、揆百事、布五教，皆大获成功。见《左传·文公十八年》。后为颂扬显贵之词。谟：议。

⑳《由庚》：《诗经·小雅》笙诗篇名。《序》云："由庚，万物得由其道也。"此诗只存篇名，其词已亡佚。

㉑ 太宗：宋明帝。即世：逝世。

㉒ 散骑常侍：皇帝的侍从官。中书令：掌奏章召命。护军将军：掌统率外军。

⑫③ 往：已死者，指明帝。居：在位者，指少主，即后废帝昱。

⑫④“秉国”二句：为《诗经·小雅·节南山》之文。秉，持。国，国政。均，平。维，维系。

⑫⑤“百官象物而动”二句：《左传·宣公十二年》之文。此谓治兵有法。象物：谓治兵时，不同级别的官员皆有不同的旗帜，旗上画有不同的物类。军政：军中的政教。戒：约敕号令。

⑫⑥ 太阶：也作“泰阶”，星名，即三台星，喻三公之位。尹：正。

⑫⑦ 孟轲句：《孟子·告子下》：“鲁欲使乐正子为政。孟子曰：吾闻之喜而不寐。……其为人也好善。”

⑫⑧ 羊职：《左传·宣公十五年》：“晋侯赏桓子狄臣千室，亦赏士伯以瓜衍之县……羊舌职说（悦）是赏也。”昔日郯之败，晋侯欲杀桓子，士伯谏而止；今桓子胜狄，故论功以赏之。

⑫⑨ 丁：当。所生母：渊为庶出，生母郭氏。丁母忧：谓母亲逝世。

⑬⓪ 毁疾：因哀毁致疾。

⑬① 因心：亲亲之心。因：亲。

⑬② 有为为之：有所为而为之。指不必终三年之丧，即止哭而为国事操劳。《礼记·曾子问》：“昔者鲁公伯禽，有为为之也。”注：“伯禽，周公子，封于鲁。有徐戎作难。丧（母丧），卒哭而征之，急王事也。”

⑬③ 方进：翟方进。《汉书》本传谓：方进为汉丞相，及母丧，葬，三十六日除服，起视事，以为身为汉相，不能不忧国家之事。准：准则、榜样。

⑬④ 摄任：代理职务。未终丧而视事，故云。

⑬⑤ 屈己：委屈自己服丧的私情。弘化：弘扬天子的教化。

⑬⑥ 三季：夏商周三代的末年。此谓末世，指后废帝之时。

⑬⑦ 戚蕃：诸亲王。内侮：犹内乱。

⑬⑧ 桂阳：元徽二年五月，江州刺史桂阳王休范举兵反。乱兵二万乘流而下，抵京城，齐王萧道成领众军出战，褚渊等人卫宫省。乱平而宋室

衰落。见《宋书·后废帝纪》和《休范传》。

⑬⑨ 窥窬：同“窥觎”，谓暗中图谋。神器：帝位。

⑭⓪ 象魏：皇宫前阙门。

⑭① 英宰：英明的宰辅，指齐王。

⑭② 元渠：元魁。殄：灭。休范至新林，带数十人步行至临沧观。将官黄回、张敬儿诈降，直前斩休范首。然事先休范于新林遣杜耳、丁文豪、杜墨蠡等分军攻京城，他们不知休范之死，故力攻宫阙。

⑭③ 缀旒：即赘旒，为下所执持，喻被臣下挟持的危境。语出《公羊传·襄公十六年》。

⑭④ 维：纲。

⑭⑤ 太祖：指齐王。后为齐太祖高皇帝。

⑭⑥“德、刑、详”三句：《左传·成公十六年》：“楚子救郑……过申，子反入见申叔时，曰：师其如何？对曰：德、刑、详、义、礼、信，战之器也。德以施惠，刑以正邪，详以事神，义以建利，礼以顺时，信以守物……此战之所由克也。”

⑭⑦ 尚书令：任总机衡，秉国政。

⑭⑧ 中军将军：总领京城卫戍诸军。

⑭⑨ 班剑：班，通“斑”，饰有花纹之木剑，南朝时作为显贵的仪仗。

⑮⓪ 捴挹：特别谦抑。挹，通“抑”，谦退。

⑮① 中书监：同中书令之职。

⑮② 护军：即护军将军，掌统率外军。

⑮③ 居母艰：渊嫡母吴郡公主薨。

⑮④ 义感：渊本庶出，吴郡公主以渊有才，表为嫡嗣，故云。

⑮⑤ 天属：有血统关系的直系亲属。

⑮⑥ 颜丁：《礼记·檀弓下》：“颜丁善居丧，始死，皇皇焉如有求而弗得；及殡，望望焉如有从而弗及；既葬，慨焉如不及，其反而息。”合礼：谓合于守丧之礼。

⑮⑦ 二连：《礼记·杂记下》：“孔子曰：少连大连善居丧，三日不怠，三

月不解，期悲哀，三年忧。”

⑮⑧ 厌：厌倦。

⑮⑨ 水运：犹水德，指南朝宋。谢：去、尽。

⑯⓪ 嗣王：指后废帝。王，各本均作主，是。天位：帝位。

⑯① 强臣：指荆州刺史、车骑大将军沈攸之。凭陵：逞暴。

⑯② 废昏：废掉昏君。时后废帝凶残暴虐，齐王、褚渊等密谋废立。齐王又与直阁将军王敬则谋之。敬则暗结帝左右杨玉夫、杨万年等，乘机杀之。继统：谓立顺帝以继大统。杀后废帝之次晨，齐王持太后令迎立顺帝，众大臣皆不肯领头，褚渊手取令旨授齐王，曰：“非萧公无以了此。”迎立之事遂定。

⑯③ 龛：通“戡”，平也。宁：安。

⑯④ 宏规：大谋。

⑯⑤ 神筭：神妙的计划。筭：通“算”。

⑯⑥ 脤（shèn）：祭社稷之生肉。帅师出征者，祭社稷之后，有接受脤肉仪式，表示恭敬受命。出车：指出征。

⑯⑦ 甘寝秉羽：《庄子·徐无鬼》：“孙叔敖甘寝秉羽，而郢人投兵。”谓叔敖恬卧养德于庙堂之上，折冲于千里之外，敌不敢犯，郢都之人因不须征伐而放下兵器不用。羽，古代舞者插雉尾于竿，执而舞之，即羽舞。

⑯⑧ 司空：官名，掌水土事，三公之位。

⑯⑨ 攸序：有所次序。攸，所。

⑰⓪ 卫军：五臣本作“卫将军”；《南齐书》本传曰：“顺帝立，改号卫将军。”是。

⑰① 龙兴：喻新王朝之兴起，即齐高帝萧道成建国。

⑰② 顺皇：宋顺帝刘准。禅：让位。

⑰③ 先天之运：《周易·乾卦》文言：“先天而天弗违，后天而奉天时。”此句谓在事先就深明天道运行的意向，在事后又能襄佐顺承上天意图之事业。

⑰④ 弼：辅。谐：和。允：信。

⑰⑤ 徽：美。猷：道。

⑰⑥ 树之风声：语见《尚书·毕命》。《传》云："立其善风，扬其善声。"

⑰⑦ 著之语言：《左传·文公六年》："是以并建圣哲，树之风声……著之话言。"注："话，善也。"疏："为作善言遗戒，著于竹帛，故言著之也。"

⑰⑧ 稷：后稷，传说为虞舜时农官。契（xiè）：舜之司徒，掌教化。二人均曾佐夏禹平水土有功。见《史记》夏、殷、周本纪。

⑰⑨ 荀：荀攸，东汉末曾封亭侯，后又为魏尚书令。裴：裴秀，仕魏为尚书仆射，入晋官至司空。

⑱⓪ 崇替：兴废。

⑱① 五君：五位君主，即宋文、武、明、顺及齐高五帝。宋之前、后废帝不计在内。

⑱② 二代：南朝宋、齐两个朝代。

⑱③ 南康：齐高帝建元元年褚渊封南康郡公，邑三千户。进位司徒。

⑱④ 中铉：《周易·鼎卦》："六五，鼎黄耳金铉。"疏："黄，中也。金，刚也。铉，所以贯鼎而举之也（即举鼎的杠子）。五为中位，故曰黄耳。"鼎，三足，古代喻三公之位。中铉，谓用杠子举鼎，也喻三公之位。此言进位司徒。

⑱⑤ 土宇：食邑，指封南康郡公。

⑱⑥ 邦教：司徒掌邦教，此指辞司徒之职。

⑱⑦ 尚书令：齐高帝遗诏以渊为录尚书，此品秩不见于古代，在议论策封时王俭认为即尚书令，从之。

⑱⑧ 冢宰：又称太宰，周官名，为六卿之首。《尚书·周官》："冢宰掌邦治，统百官，均四海。"

⑱⑨ 衮司：三公。

⑲⓪ 百辟：百官。

⑲① 冲旨：深意。

⑲² 朝端：首席朝官，即尚书令。

⑲³ 茂庸：盛大之功。

⑲⁴ 前册：前次册封为司徒之命。此乃建元二年事。

⑲⁵ 五礼：吉凶宾军嘉五种礼仪。

⑲⁶ 八刑：谓对不孝、不睦、不姻、不弟、不任、不恤、造言、乱民等八种人所加的刑罚。这里泛指各种刑罚。

⑲⁷ 延：招。哲后：明君。

⑲⁸ 躅：迹。

⑲⁹《南风》：《礼记·乐记》："昔者舜作五弦之琴以歌《南风》。"《史记·乐书》："以歌《南风》。"《集解》："王肃曰：《南风》，育养民之诗也。其辞曰：'南风之熏兮，可以解吾民之愠兮。'"《孔子家语·辩乐》引有歌辞。为咏帝王恤民之典。

⑳⁰ 东野：李善五臣等注皆认为当作东序。班固《典引》有"御东序之秘宝"之语。善注可取。东序：犹言东厢。《尚书·君陈》："大玉、夷玉、天球、河图在东序。"

⑳¹ 酒德：晋刘伶有《酒德颂》，喻以饮酒为旨趣。

⑳² 琴心：原指琴曲，此喻君臣欢娱儒雅的生活情趣。

⑳³ 暧：温暖。留：长久。

⑳⁴ 冬日：冬天的太阳，喻温暖。秋霜：喻严肃。

⑳⁵ 肃肃、穆穆：恭敬貌。

⑳⁶ 在三之如一：谓对于父、师、君事之如一。语出《国语·晋语》。

⑳⁷ 升遐：天子死之讳词。

⑳⁸ 绸缪：密意。遗寄：遗诏托渊辅佐帝室。

⑳⁹ 玉几之顾：谓天子倚凭玉几以宣其临终之命。缀衣：幄帐，谓大臣受遗命出去后即撤去幄帐，也是天子顾命之典。《尚书·顾命》："皇后（帝也）凭玉几，道扬末命。"又："兹既受命还，出缀衣于庭，越翼日乙丑，王崩。"

㉑⁰ 令：善。典：法。

⑪ 声化：声威教化。雍熙：和乐貌。

212 内平外成：谓诸夏夷狄皆从其教化。

213 昭：明。职：主管之职事。

214 物：物类。容：容貌。

215 徽章：旗帜、标志。古代的旗帜画有不同的物象，以别贵贱。

216 “居高”句：谓居于高位惧有祸患，思欲引退。

217 徂：往、至。

218 重违：难违。旨：意。

219 景：大。

220 大渐：病重。弥留：病危将死。

221 建元：齐高帝年号。四年三月高帝崩，武帝即位，未改元，故渊卒于八月仍称建元。

222 柳庄：卫国太史。卫君正在祭祀，闻其死，即停止祭祀仪式急往吊唁，并把身上的祭服脱下赠给死者，表示对社稷之臣的哀悼之情。见《礼记·檀弓下》。

223 晏婴：字平仲，春秋时齐国贤相。景公游于菑，闻晏子死，繁驵而驰，以为迟，下车而趋，知不若乘车之速，又复乘车。及至国，下而趋，行哭而往，伏尸而哭。见《晏子春秋》卷八。

224 圣朝：指天子。

225 群后：百官和诸侯。恇：恐。

226 赠：授予死者官职曰赠。太宰：为百官之首。

227 节：符信，显贵出行执之作为信物。羽葆：即羽盖，用鸟羽为饰，形如伞盖，执于柩前，为显贵送丧仪仗。鼓吹：乐队，可赐给功臣。班剑：即斑剑，饰有花纹之木剑，南朝时作为显贵的仪仗。

228 谥：根据死者生平及谥法给予死者的称号。大臣之谥由朝臣拟定，由君主赐给。

229 乘：据。贞：正。

230 虚己：使自己谦虚。度：度量。

㉛ 条风：春天的东北风。

㉜ 忘荣辱于彼我：《庄子·田子方》："肩吾问于孙叔敖曰：'子三为令尹，而不荣华；三去之，而无忧色……子之用心独奈何？'孙叔敖曰：'……不知其在彼乎？其在我乎？其在彼邪？亡乎我；在我邪？亡乎彼……何暇至乎人贵人贱哉！'"

㉝ 然后可兼善天下：《孟子·尽心上》："穷则独善其身，达则兼善天下。"善：治理。

㉞ 经：理。图：谋。

㉟ 式：用。祇：大。

㊱ 言象：用言语形容。形：表现。

㊲ 逝川：流去的大川。喻一去不返。《论语·子罕》："子在川上曰：'逝者如斯夫，不舍昼夜！'"

㊳ 清晖：喻秀美的容光。眇默：幽暗。

㊴ 舆诵：众人诵唱的歌谣。《左传·襄公三十年》："子产为政……及三年（舆人）又诵之曰：我有子弟，子产诲之；我有田畴，子产殖之；子产而死，谁其嗣之！"

㊵ 雅咏：赞美德音的咏唱。

㊶ 卫鼎：卫庄公德孔悝（卫大夫）之立己，乃称扬其祖先世代有功于卫，赐予铭文，孔悝铭之于鼎。见《礼记·祭统》。此为铭鼎颂功之典。

㊷ 晋钟：秦侵晋，于克潞之役，魏颗力退秦师，其功铭于景钟。见《国语·晋语》七。此为褒功之典。

㊸ 高山而仰止：《诗经·小雅·车舝》："高山仰止，景行行止。"喻仰慕高德。

㊹ 玄石：黑石，此指墓碑。

㊺ 辰精：辰星，为苍龙之体，龙主水，齐为水德，故以喻南齐王朝。

㊻ 昴灵：《初学记》卷一引《春秋佐助期》："汉相萧何……昴星精。"《三辅黄图》云："昴宿星精，为辅佐，降生萧何。"后常以昴降、昴星

颂扬辅弼之臣。此指褚渊。

㉗ 股肱：喻辅弼大臣，指褚渊。

㉘ 璇曜：璇指璇玑玉衡，观测天文的仪器。曜：七曜，又称七政，即日月五星。舜受尧禅，又观七曜，发现运行齐正，乃行帝王之事。见《尚书·舜典》。此喻齐受宋禅。

㉙ 踵武：犹继迹。

㉚ 钦：敬。若：顺。

㉛ 微：精微。章：明。

㉜ 永：长。

㉝ 因心则友：语见《诗经·大雅·皇矣》。因：亲。友：兄弟相善曰友。

㉞ 洽：合。兼济：兼济天下之道。济：善、利。

㉟ 善诱：善于引导使人进步。

㊱ 齐：相等。量：胸襟度量。

㊲ 岳：高山。均厚：德同地一样厚。

㊳ 五臣：《论语·泰伯》："子曰……舜有臣五人而天下治。"《集解》："禹、稷、契、皋陶、伯益。"

㊴ 八元：《左传·文公十八年》："高辛氏有才子八人：伯奋、仲堪、叔献、季仲、伯虎、仲熊、叔豹、季狸……天下之民，谓之八元。"注："元，善也。"高辛氏，帝喾之号，尧之父。

㊵ 谟：谋。

㊶ 台阶：三台星，喻三公之位。

㊷ 肃：敬。怀：归顺。

㊸ 如风之偃：《论语·颜渊》："君子之德风，小人之德草，草上之风必偃。"偃：仆、伏。喻民皆从其德化。

㊹ 如乐之谐：《左传·襄公十一年》："晋侯以乐之半赐魏绛，曰：子教寡人，和诸戎狄，以正诸华。八年之中，九合诸侯，如乐之和，无所不谐。"谐：和谐。喻与诸侯和好如乐之谐和。

㊺ 典：则。缉：理。

㉖⑥ 率：循。蹈：履。

㉖⑦ 谅：信。身干：《左传·成公十三年》："晋侯使郤锜来乞师，将事不敬。孟献子曰：郤氏其亡乎！礼，身之干也；敬，身之基也。郤子无基。"《疏》："树木以本根为干，有干故枝叶茂焉。"谓立身之根本。

㉖⑧ 朱轩：贵士之车，喻官场。衡馆：犹言衡门之居室，隐者所居，喻隐逸。

㉖⑨ 眇眇：高远貌。玄宗：道家之义理。

㉗⓪ 萋萋：草盛貌，喻华美。辞翰：文章。

㉗① 川流：如大川流播。雾散：如雾之飘散，喻多。

㉗② 嵩构：犹言嵩岳。颓：崩。梁阴：犹梁木。以山崩梁坏喻哲人之死。《礼记·檀弓上》："泰山其颓乎？梁木其坏乎？哲人其萎乎？"

㉗③ 猷：谋。嗣：继。仪形：仪容身体。递：善注曰：音逝，去也。

㉗④ 怊怅：哀思貌。徽：美。锵洋：玉声，喻德音。烈：盛。

【语译】

古代上圣之人树德以惠后世，大贤大德之人建功以济时，这就叫功德虽久不废。所以郑子产逝世时，孔子怀念他有惠爱留给后人而落泪；随武子既死，赵文子缅怀他留给后人的风教。从文简公身上也看见了这些美德高行。公名渊，字彦回，河南阳翟县人。他的远祖微子以仁德开创基业，宋国的褚师段因功高而以官赐氏。到了两汉，博学的儒士学官接连不绝；魏晋以后，累代功德相继。他的高祖晋太傅元穆公，品德符合于当世，学行高于本州县地方的人士。深明品评人物的善恶是非，但不把对别人的毁誉表现在言谈之中；辅弼王室，常怀着谦逊的态度接待士人。可说是像孔子修《春秋》，委婉以成篇章，虽有记载而以隐微之词显其深意。

自此之后，即不失先人风范，为官者俱贤德之人，官爵累代相继。褚公禀受名山大川的灵秀之气，含蕴美玉之质而发其光耀，和顺之品德凝聚于内心，其英华表现于言语行动之间。初就学之时便已神气俊茂，二十岁时学业就已隆盛。因此以仁义进行规划治理，使家庭敦厚和睦，美好的声誉流布于天下。孝敬之德淳厚深广，皆由此修养而至。父子兄弟朝夕尽欢，别人的非议无隙可乘。于是从容地游览于古笈中文雅的园囿，翱翔于载籍中礼乐之场圃。风度仪表和秋月一样明朗，德音善美如春云那样滋润万物。器量深广，喜怒内蕴难于测见其涯畔；心地明洁透亮，用人之言必定像自己发出的言论从不反悔。他深广的胸怀，博大的度量，可谓如万顷陂塘，澄之不清，搅拌之而不浊，确实难以测量。像袁阳源之才华气节那样高奇，善于综理考核并精于裁断；宋文帝在朝处理国事端严神明，鉴赏人物无所隐匿。褚渊既如袁淑那样声誉播扬于远近，文帝亦为褚渊定婚于皇家。挑选他匹配余姚公主，授官驸马都尉。汉主结姻于叔高，晋帝缔婚于武子，比之褚公是不如的。

初仕为著作佐郎，迁太子舍人。整洁衣冠登朝而侍天子，才德冠于当世。上下于天子和太子两宫之间，实属当世的贤达之士。宰辅的风范既已显明，可做三公的声望就集中在他身上。于是出参太宰军事，入为太子洗马，不久又迁升秘书丞。佐行大道于太宰官署，主管文史之事于秘阁。荣光显耀于诸侯，风范美誉甚盛。后因父丧去职，守丧过于悲哀，几乎毁灭自己。有识之士长久感叹，行路之人均为之伤情。

守丧之期终结，授官中书侍郎以掌诏命。帝王之言如丝，而传布于外影响重大。他恭敬地尽职于官署，智称其官顺承上意。当时新安王子鸾宠冠诸王，领司徒之重职，将施行邦国之教化，简拔辅佐之臣，其善美为国内英贤之最。褚公出为司徒右长史，复迁尚书吏部郎。负责量才授官极为公平，并能以简要之法处理烦琐之事。前人赞扬裴楷清廉通达，王戎简明切要，如今又再现于此。泰始初年，入为侍中。不满一月，迁升吏部尚书。此时国运初趋平稳，而四方逆命，王道尚多险阻，主帅休仁出征，朝仪未能缉理。公内参谋议，外安百官品秩。制敌取胜达于远方，官员的人品高下劳绩大小更为分明。奖赏不遗有功之臣，荐举任用不遗有德之人。政绩显著记在帝心，声誉之美布于众耳。兵戈之事既平，命他兼任太子右卫率，坚辞不肯受命。旋即兼任骁骑将军。以参赞军事之功，当受令人钦敬之品级，于是封为雩都县开国伯，给予五百户的封地。既有鲁阳惧怕子孙恃险怀二因而辞去非分所得的梁邑封地之心，又怀着孙叔敖请封寝丘不美之地以求子孙长久之志，因此所受封地，不足方圆百里。

很久之后，重新任侍中之职，兼右卫将军以统禁兵。忠言进谏皆尽礼法，同于仲山甫之功；光大皇家的军旅，兼有方叔的威望。丹阳郡是京都的辅翼之地，为远近所效法；吴兴郡是屏藩之地，实乃捍卫京都的要冲。连任二郡太守，并加侍中之衔。推行礼义成其政绩，百姓因而安定。明帝有病，太子年幼，后嗣之托，实在符合当时众人之望。于是召回担任吏部尚书，兼负责禁卫之职，坚辞不受。改授尚书右仆射。端正例规平衡诸事，外示宽容内心正直。弘扬八元八恺之高议，宣扬《由庚》诗义使万物皆顺其道而得众人之咏赞。明帝逝世，遗命以公为散骑常侍、中书令、护军将军。奉送死者敬事生者，忠贞之节显著。操持国政使之均平，四方赖此维系。治兵时百官皆按旌旗上画有的不同物类有条不紊地行动，军中政教不需约敕号令而能自行完备。褚公登三公之位而正天下，君子当作美事而谈论。这就像乐正子为官，孟轲高兴得不能入睡；士伯因匡谏之功而受厚赏，羊舌职对此十分善悦。

正值生母去世，辞官守制。哀毁瘦瘠严重，这是由于亲亲之心所至。朝廷议论认为因急于王事而不必终三年之丧，鲁侯、伯禽留下了法则；怀着为国事而操劳的公心而忘其居丧之私情，翟方进是明显的榜样。因降诏书，敦促其回朝摄理职务。他坚意请求过一年然后复职，呈送表章奏折者接连不断。然而国事急需不能等待，只好委屈一己之私情以弘扬王化。恰值三代末世那样祸乱的时局，亲王发动内战；桂阳王失算，暗中谋夺帝位。叛军乘流而下，举桨则沧波震荡，树旗则遮蔽日月。兵下长江如风驰电掣，攻进京城如雷霆震动。在宗庙社稷之中响起弯弓射箭之声，在阙门之下有刀锋箭镞之痕。虽英明的宰辅（齐王）亲临指挥御敌，贼魁休范被及时剪灭，但叛军的余党众多，皇宫宗庙仍担忧其进逼。褚公乃总领勇猛的将士，不怀二心之忠臣，共同并力尽心谋划，终能平定祸乱，使国运从危险趋于安稳，使已经坠落的朝纲得到拯救。这当然是由于太祖（齐王）雄威克敌所致，同时也是仁公尽忠辅佐的结果。正如古人所说施惠以树德、用刑以正邪、审慎敬神以迎祥，讲礼明势以顺时、处事得宜以生利、言而有信以得众，这是作战的利器，取胜的根本。以平定祸乱之功，进爵封侯，兼授尚书令、中军将军之职，给予带班剑的仪仗二十人。功成而不居功，坚守谦退之道而不肯受此恩赐。于是改授侍中、中书监，护军将军如旧。又因居嫡母丧辞官。虽事属感激恩义，而情同亲生的母子关系。古人说颜丁守丧合乎礼法，少连、大连善于处理居丧的感情，又怎能超过褚公呢？

上天厌倦宋室，刘宋气运告终。嗣主昱荒怠不敬于帝位，强横之臣逞暴于荆楚。废弃昏君迎立新君以继大统之功，平乱安民之大德，公实曾仰赞大谋，参与神妙的策划。虽无率军出征之功，也有恬卧以修礼乐于庙堂用威德致胜的劳绩。于是进位司空，使山川沮泽合于四时之序；兼授卫将军，乃使军政和睦。

不久，齐王朝的气运兴起，宋顺帝高尚地让位于齐王。褚公事先即深明天道运行的意向，事后又能襄佐顺承天意之事业。精心辅弼使政事谐和平正，美谋宏大深远，其善风美誉传扬，其善言著之竹帛，正如古代贤臣后稷和契作虞夏两代之臣子，荀攸和裴秀本是前朝之臣而奉魏晋之君。如非襟怀坦诚至大至公，有远大眼光明鉴兴废之道的人，谁能荣耀地辅佐五位君主，忠敬地奉侍两个王朝呢！因此大开南康郡公之基业，登升三公之位。当时敬受爵邑，而坚辞司徒之职。当今的尚书令，即古代的冢宰，虽品秩轻于三公，而职责高于百官。皇上暂时顺其深意，改授尚书令之职。近臣没有异言，远方诸侯也无不同意见。后来皇上嘉美其盛大功勋，重申以前授予司徒之命。褚公执掌吉凶宾军嘉五礼使民风纯正，检阅各种刑罚而很少使用。故能驰骋其政绩于康庄大道，得到明君的慈爱。其意在于以恭敬之心崇奉君主，而君臣之情则同布衣之交。外出则陪侍圣驾，入内则奉侍天子于帷殿。仰慕明君如仰舜德，钦美圣明之时如钦美东序之秘宝。伸正论于天子听政之晨，与天子赏析文章于私下宴会之时。参以饮酒之趣，杂以琴曲之谈。叨蒙天子恩光而感到温暖，遥远地想到社稷长久安危之事。君垂恩如冬天太阳那样温暖，臣蒙荣宠而戒惧有如面对秋霜，臣恭敬其君，君敬重其臣，于是看见事君事亲可以同致其美，知道敬奉君、亲、师如同一事。太祖逝世，密意遗诏托公辅佐帝室，授以侍中、司徒录尚书之职。褚公受天子临终之托，感激先帝面喻辅佐幼主之礼遇。选择大齐之善美法典加以施行，使声威教化臻于和乐之境。

内部辑睦四方安定，实能显示其尽忠于旧时职守。于是增给班剑仪仗三十人，物类有其贵贱不同的容仪，现在褚公之旌旗仪仗才符合其功勋。他地位尊贵而能谦虚礼待别人，居于高位而思急流勇退。自夏至秋，以身患疾病请求退职休养。天子难违其谦逊礼让之意，以申表其超越世人的崇高志尚，改授司空之职，兼骠骑大将军，侍中录尚书之职如旧。

大命不长，病情渐重以至垂危。建元四年八月二十一日，逝世于自己的府第，享年四十八岁。古时有社稷之臣柳庄病危（当日逝世），卫君立即停止祭祀急往吊唁；名臣晏婴既死，齐君乘车奔驰前往边走边哭赶去吊丧。褚公既亡，圣主惊悼于上，百官诸侯忧恐悲恸于下，哪里像柳庄、晏子，只是一个诸侯国悲哀，一个君主感到深深哀痛而已！朝廷追赠太宰，侍中录尚书如旧，赐给符节、羽葆鼓吹，班剑为六十人，谥为文简，礼制如此。

人依据道德而处世，万物不能损害其贞正之心；自己谦虚与人交游，当世之人不能扰乱其宏大的度量。把自身的贵贱看得像春天的东北风一样轻拂而过，心忘人我之荣辱，然后可以做到“穷则独善其身，达则兼善天下”，逍遥自在地度过岁月。开始经营事业之时即预先考虑到结局，方能免去大的悔恨。谁能具备这种品质？褚公实在有此。因此以道义结交君子，以恩惠润泽众多物类。公之美德以言语形容难于表现，记述咏唱也不能穷尽。褚公旧时吏属某甲等人，感叹人命如大川不舍昼夜地东去不回，哀叹美洁的容光将长远消逝。听到乡民感恩和赞诵的歌谣，看到京城赞美德音的咏唱。因思卫庄公为孔悝铭鼎纪功的文字流传后世，想起晋景公铭鼎纪功之法也遗留下来。我们把褚公的人品比之高山而共同仰慕，因此刻墓碑以表彰其美德。其辞是：

辰星感应齐代水德之运方兴，昴宿的灵气发其祥瑞辅弼之臣降生人间。君主明哲，辅臣忠良。圣主鉴察七曜正常，乃受禅让继迹前王。宰辅之臣深明敬慎之义，体察几微明识气运而匡赞大业。褚公孝友俱美，皆因天生的亲亲之情所致。仁者之心符合兼济天下之道，惠爱及民深合善于诱掖后进之原则。观沧海乃知其度量与海同大，登高山方识其道德与地同厚。舜有贤臣五人与公共成六个，高辛氏有八位才子与公共成九位。内佐天子参谋大事于帷幄之中，外理政务辉耀三公之署。远者无不敬仰，近者无不顺从。其德化如风行草上所向皆伏，良谋使天下亲睦如音乐之和谐。光大我朝帝则，善理四方黎民。循礼履谦，确是他立身之本。虽身拘于官场，而内心却向往隐者之居。深明道家义理，擅长华美之文章。他阐述之义理如大川流播，撰写的文章也像云雾一样散布于人间。可叹嵩岳崩颓，梁木折损。他的盛德大谋难以为继，仪容形体也长远消逝。悲思褚公留下的影响美好，遗下的德音盛大，必然久而愈新，用之不尽。

【评析】

此碑的序文，详述褚渊的世系生平功德。铭辞主要赞颂他襄佐齐帝的德业文章。褚渊身事两朝，《宋书》本传谓时人“颇以名节讥之”。王俭对此持相反态度。但碑文属叙赞文体，既要保持文体特色，又要表达反对讥议的观点，确实颇费匠心。作者以叙事为主，必要时运用夹叙夹议的手法，达到了两全其美的目的，不能不叹赏其运思的巧妙。文章开头便引经据典，标举立德、立功、爱民乃能不朽，作为品评人物的标准，并宣称“于文简公见之矣”。从而否定了以“名节”论人的观点。高屋建瓴，一泻而下。随即以大量篇幅详述其生平，以概见其立德、立功、爱民的表现。又在改朝换代的关键之处，亦叙亦议，正面阐述身事两朝的理论依据。概而言之，曰知天命；曰古代贤臣早有榜样；曰具有“坦怀至公，永鉴崇替”的高德卓识，乃能“光辅五君，寅亮二代”。就当时而言，可谓理圆而辞畅，比起那种以死效忠于没落王朝的“名节”观，确实高一头地。思想上既敢于抛弃陈腐观念，艺术手法上亦能突破叙事文体不宜议论的束缚，均有新意，俱觉可取。只是叙事稍嫌过繁，乃美中不足。

卷第五十九

碑文下

头陀寺碑文一首

作者：王简棲　　注译评析：黄立业

盖闻挹朝夕之池者[1]，无以测其浅深；仰苍苍之色者[2]，不足知其远近。况视听之外，若存若亡[3]，心行之表[4]，不生不灭者哉！是以掩室摩竭，用启息言之津[5]；杜口毗邪[6]，以通得意之路。然语彝伦者，必求宗于九畴[7]；谈阴阳者，亦研几于六位[8]。是故三才既辨[9]，识妙物之功；万象已陈，悟太极之致[10]。言之不可以已，其在兹乎？然爻系所筌，穷于此域[11]；则称谓所绝[12]，形乎彼岸矣[13]！彼岸者，引之于有[14]，则高谢四流[15]；推之于无，则俯弘六度[16]。名言不得其性相[17]，随迎不见其终始，不可以学地知，不可以意生及[18]，其涅槃之蕴也[19]。

夫幽谷无私，有至斯响；洪钟虚受，无来不应。况法身圆对[20]，规矩冥立[21]，一音称物[22]，宫商潜运。是以如来利见迦维，托生王室[23]。凭五衍之轼[24]，拯溺逝川；开八正之门[25]，大庇交丧[26]。于是玄关幽揵[27]，感而遂通；遥源浚波，酌而不竭。行不舍之檀[28]，而施洽群有[29]；唱无缘之慈[30]，而泽周万物。演勿照之明[31]，而鉴穷沙界[32]；导亡机之权[33]，而功济尘劫[34]。时义远矣[35]，能事毕矣[36]，然后拂衣双树[37]，脱屣金沙[38]，惟恍惟惚[39]，不皦不昧[40]，莫系于去来，复归于无物。因斯而谈，则栖遑大千[41]，无为之寂不挠[42]；焚燎坚林[43]，不尽之灵无歇，大矣哉！

正法既没[44]，象教陵夷[45]。穿凿异端者，以违方为得一[46]；顺非辩伪者，比微言于目论[47]。于是马鸣幽赞，龙树虚求[48]，并振颓纲，俱维绝纽。荫法云于真际[49]，则火宅晨凉[50]；曜慧日于康衢[51]，则重昏夜晓。故能使三十七品有樽俎之师[52]，九十六种无藩篱之固[53]。既而方广东被[54]，教肄南移。周鲁二庄，亲昭夜景之鉴[55]；汉晋两明，并勒丹青之饰[56]。然后遗文间出[57]，列刹相望[58]，澄什结辙于山西[59]，林远肩随乎江左矣[60]。

头陀寺者[61]，沙门释慧宗之所立也。南则大川浩汗，云霞之所沃荡[62]；北则层峰削成，日月之所回薄。西眺城邑，百雉纡余[63]；东望平皋，千里超忽，信楚都之胜地也。宗法师行洁珪璧，拥锡来游。以为宅生者缘[64]，业空则缘废[65]；存躯者惑[66]，理胜则惑亡。遂欲舍百龄于中身[67]，殉肌肤于猛鸷[68]，班荆荫松者久之[69]。宋大明五年[70]，始立方丈茅茨[71]，以庇经像。后军长史、江夏内史会稽孔府君讳觊[72]，为之薙草开林，置经行之室。安西将军郢州刺史江安伯、济阳蔡使君讳兴宗[73]，复为崇基表刹，立禅诵之堂焉，以法师景行大迦叶[74]，故以头陀为称首[75]。后有僧勤法师，贞节苦心，求仁养志，纂修堂宇，未就而没。高轨难追，藏舟易远[76]。僧徒阒其无人[77]，榱椽毁而莫构[78]。可为长太息矣。

惟齐继五帝洪名，纽三王绝业。祖武宗文之德[79]，昭升严配[80]；格天光表之功[81]，弘启兴服[82]。是以惟新旧物，康济多难，步中雅颂[83]，骤合《韶》《护》[84]；炎区九译[85]，沙场一候[86]，粤在于建武焉[87]。乃诏西中郎将郢州刺史江夏王，观政藩维[88]，树风江汉[89]。择方城之令典[90]，酌龟蒙之故实[91]，政肃刑清，于是乎在。宁远将军长史、江夏内史、行事彭城刘府君讳諠[92]，智刃所游[93]，日新月故[94]，道胜之韵[95]，虚往实归[96]。以此寺业废于已安，功坠于几立，慨深覆篑[97]，悲同弃井[98]。因百姓之有余，间天下之无事，庀徒揆日[99]，各有司存。

于是民以悦来，工以心竞。亘丘被陵，因高就远；层轩延袤，上出云霓。飞阁逶迤[100]，下临无地。夕露为珠网，朝霞为丹雘[101]。九衢之草千计[102]，四照之花万品。崖谷共清，风泉相涣。金资宝相[103]，永藉闲安。息心了义[104]，终焉游集。法师释昙珍，业行淳修，理怀渊远，今屈知寺任[105]，永奉神居。夫民劳事功[106]，既镂文于钟鼎[107]；言时称伐[108]，亦树碑于宗庙[109]。世弥积而功宣，身逾远而名劭。敢寓言于雕篆[110]，庶仿佛于众妙[111]。其辞曰：

质判玄黄[112]，气分清浊。涉器千名[113]，含灵万族[114]。淳源上派，浇风下黩。爱流成海，情尘为岳。皇矣能仁[115]，抚期命世。乃眷中土[116]，聿来迦卫。奄有大千[117]，遂荒三界[118]。殷鉴四门[119]，幽求六岁。亦既成德，妙尽无为。帝献方石[120]，天开渌池[121]。祥河辍水[122]，宝树低枝[123]。通庄九折，安步三危[124]。川静波澄[125]，龙翔云起[126]。耆山广运[127]，给园多士[128]。金粟来仪，文殊戾止[129]。应乾动寂，顺民终始。法本不然[130]，今则无灭[131]。象正虽阑[132]，希夷未缺[133]。於昭有齐，式扬洪烈。释网更维，玄津重枻[134]。惟此名区，禅慧攸托。倚据崇岩，临睨通壑。沟池湘汉，堆阜衡霍。肮肮亭皋[135]，幽幽林薄[136]。

媚兹邦后[137]，法流是挹[138]。气茂三明[139]，情超六入[140]。眷言灵宇，载怀兴葺。丹刻翚飞，轮奂离立[141]。象设既辟，睟容已安[142]。桂深冬燠[143]，松疏夏寒。神足游息[144]，灵心往还。胜幡西振[145]，贞石南刊。

【作者简介】

王巾（？—505），字简棲，琅邪临沂（今山东临沂）人。有学业。仕齐为郢州从事，征南记室，录事参军。卒于梁天监四年（见李善注引《姓氏英贤录》）。《隋书·经籍志》谓有文集十一卷。为《头陀寺碑》，文词巧丽，为世所重。碑在鄂州。

【篇旨】

碑文主旨在于宣传佛教，弘扬教义，并纪头陀寺创建、重修之功。

【注释】

① 挹：舀，酌取。潮夕之池：海的别称。朝夕，通“潮汐”。

② 苍苍之色：喻天。

③ 若存若亡：喻道。“道”本无形，而无所不在，故云。

④ 心行之表：谓佛法义理在心行之外。心行，心所想到的行为。善注：“竺道生曰：心行，心所行之行也。”

⑤ 掩室：闭门敛心入静。摩竭：印度古代摩竭提国之省称。佛祖释迦牟尼曾在此静修。息言：不言、无言。

⑥ 杜口：闭口不言。毗（pí）邪：古印度地名，毗邪离庵罗树园的简称。《维摩经》曰：佛在毗邪，叫文殊师利诣维摩诘问疾。文殊师利问维摩诘：何等是菩萨入不二法门？维摩嘿然无言。文殊师利叹曰：善哉善哉！乃至无有文字语言，是真入不二法门。

⑦ 彝伦：伦常。九畴：九种法则，即五行、五事、八政、五纪、皇极、三德、稽疑、庶征、五福。《尚书·洪范》：“天乃锡禹洪范九畴，彝伦攸叙。”

⑧ 六位：《周易》组成卦象的六爻。

⑨ 三才：天道、地道、人道。

⑩ 太极：天地之始。《周易》系辞上：“易有太极，是生两仪。”

⑪ 爻系：《周易》之六爻及系辞。此域：犹言此岸，佛教以有生有死之境界比喻为此岸。

⑫ 称谓：言说、语言。

⑬ 彼岸：超脱生死的境界，曰涅槃，譬曰彼岸。

⑭ 有：有者，生死果报不忘之义。

⑮ 谢：去。四流：一见流，三界之见惑也；二欲流，欲界之一切惑念；三有流，上二界之一切惑念；四无明流，三界之无明也。

⑯ 六度：通过六种途径达到彼岸，即布施、持戒、忍辱、精进、禅定、智慧。

⑰ 名言：名目言谈。性：事物之本质。相：事物之外象。

⑱ 意生：意念所生之事物。

⑲ 涅槃：又译泥洹、寂灭。谓脱离一切烦恼，臻于自由无碍之境界。

⑳ 法身：佛教称如来之真身为法身。圆对：善注谓有感斯对而无不周也。

㉑ 冥立：与幽深之道暗相会合。

㉒ 一音：佛教称如来说法之声为一音。

㉓ 如来：即佛教创始人释迦牟尼。《瑞应经》说，菩萨下当世作佛，托生天竺迦维罗卫国，为净饭王长子，母名摩耶。

㉔ 五衍：五乘也，即人、天、声闻、辟支佛、菩萨等五乘。

㉕ 八正：即八正道、八直道。谓通过此正道可到达彼岸。八正是指正见、正思惟、正语、正业、正命、正精进、正念、正定。

㉖ 交丧：丧失道义的世道人心。《庄子·缮性》："世丧道矣，道丧世矣，世与道交相丧也。"

㉗ 玄关：犹玄门，玄妙之门，总以名佛法。幽揵：闭塞。揵，门闩。

㉘ 檀：梵语曰檀，汉语曰布施。不舍之檀：不舍实物之布施，谓增广大爱心。

㉙ 群有：万物。

㉚ 无缘之慈：即无缘慈悲。不分彼此曰无缘，与乐曰慈，拔苦曰悲。

㉛ 演：广。匀照：无私之照耀。

㉜ 沙界：恒河沙之世界。恒河沙，喻极多。

㉝ 亡机：无机心。权：便宜、方便。

㉞ 尘劫：佛教称一世为一劫，像尘沙那样多的劫，即千秋万世之意。

㉟ 时义：《周易·随卦》："随，大亨贞无咎，而天下随时，随时之义大矣！"此谓佛以正道说法，众生随之，其意义远大。

㊱ 能事：能做到的事。

㊲ 双树：《涅槃经》谓，佛在拘尸那国力士生地阿利罗拔提河边婆罗双树间，尔时世尊临涅槃。

㊳ 脱屣：谓看得很轻。屣，鞋也。《汉书·郊祀志上》："嗟乎！诚得如

黄帝，吾视去妻子如脱屣耳！”金沙：河名，即阿利罗拔提河。此二句喻佛逝世。

㊴ 惟恍惟惚：隐约不清，难以捉摸。《老子》第二十一章：“道之为物，惟恍惟惚。”王逸注曰：恍惚，无形不系之貌也。

㊵ 不皦不昧：不明不暗，恍惚不可捉摸。《老子》第十四章：“其上不皦，其下不昧，绳绳兮不可名，复归于无物。”皦（jiǎo），分明。

㊶ 栖（qī）遑：奔忙不定。大千：大千世界之省称，指广大无边的世界。

㊷ 无为：佛法、真理。寂：寂灭常静之道。

㊸ 焚燎：犹火化。坚林：地名，坚固林之省称。《僧祇律》曰：如《大般涅槃经》说，世尊向熙连禅河力士生地坚固林双树间般涅槃。

㊹ 正法：此指如来的真正法身。

㊺ 象教：如来死后，诸大弟子思慕不已，乃刻木为佛，以其形象教人。后人遂称佛教为象教。

㊻ 方：法。一：道。

㊼ 目论：见识短浅。

㊽ 马鸣、龙树：大乘论之法师名。《摩诃摩耶经》下：“佛涅槃后六百年已，九十六种诸外道等邪见竞兴，破灭佛法，有一比丘名曰马鸣，善说法要，降服一切诸外道辈。七百岁已，有一比丘，名曰龙树，善说法要，灭邪见幢，燃正法炬。”

㊾ 法云：喻佛法涵盖一切。真际：实际之境。

㊿ 火宅：喻烦恼的俗界。谓众生被七情六欲纠缠，如众苦所烧。

51 慧日：喻佛之智慧如日之明普照世间。

52 三十七品：又叫三十七道品，为佛法之要义，到达彼岸境界之津梁。樽俎：酒杯与盛肉之器皿。此为折冲樽俎之省语，谓不以武力而在宴会谈判中战胜对方。《晏子春秋·杂上》，谓晋欲伐齐，派使者窥探，齐飨使者，使者欲乱齐乐，而晏子之乐师知之。使者还报曰：齐不可伐也。孔子闻之曰：不出樽俎之间，折冲千里之外者，晏子之谓也。

⑬ 九十六种：谓在佛教之外另立道名，不奉佛化，别行邪法之教派。

⑭ 方广：为大乘经之通名。

⑮ 周鲁二庄：周庄王、鲁庄公。善注引顾微《吴县记》曰：佛法详其始，而典籍亦无闻焉。鲁庄七年，夜明，佛生之日也。《左传》曰：鲁庄公七年四月辛卯夜，恒星不见，夜明也。周庄王与鲁庄公为同时人。句意谓周鲁二庄皆亲见佛生之夜光照世界之盛景。案：释迦牟尼生于公元前563年，而鲁庄公七年为公元前687年，时间相差甚远。此盖佛教徒欲神化释迦，把二者捏合而已。

⑯ 汉晋两明：汉明帝、晋明帝。《魏书·释老志》曰：汉明帝夜梦金人，顶有白光，飞行殿庭，乃访群臣，傅毅始以佛对。帝遣蔡愔等使于天竺，写浮屠遗范，以白马驮佛经而还。善注引何法盛《晋书》曰：彭城王纮以肃祖明皇帝好佛，手书形像，经历寇难，而此堂犹存，宜成作颂。谓二帝时均曾图画佛像。

⑰ 遗文：此指佛经。

⑱ 刹（chà）：佛塔。

⑲ 澄：佛图澄，天竺人，西晋永嘉四年，东来洛阳。与后赵统治者共宣佛法，佛教大盛，建寺八九三所。其著名弟子释道安，曾率弟子惠远等四百余人南下襄阳传教。什：鸠摩罗什，天竺人，专习大乘，后秦时至凉州，弘始三年至长安。率弟子八百余人，共译佛经七十四部，对我国佛教发展有重大影响。

⑳ 林：支遁，字道林，东晋时高僧，曾游建康等地，后至吴，与王羲之过从甚密。远：释惠远，东晋时高僧。曾游许洛、吴及荆州等地，后居庐山。

㉑ 头陀寺：佛寺名，在鄂州，州治在今武汉市武昌区。

㉒ 沃荡：飘动。

㉓ 百雉：三百丈长的城墙。城墙长三丈高一丈曰一雉。

㉔ 宅生：生命之所居，即身体。宅，居。缘：因缘，如豆之生，种子是因，阳光雨露土壤等是缘。

⑥⑤ 业：梵语为“羯磨”。身、口、意之所作所为称业。业有善恶。佛教认为生死轮回果报是业所决定。

⑥⑥ 惑：迷于贪欲瞋痴等而颠倒事理谓之惑，是贪欲等烦恼之总名。

⑥⑦ 中身：中年。

⑥⑧ 鸷（zhì）：如鹰鹯之类的猛禽。按：舍身之事，六朝颇多。

⑥⑨ 班荆：铺荆树枝叶于地而坐。

⑦⓪ 大明：南朝宋孝武帝年号。

⑦① 方丈：佛寺长老、住持讲经之室。

⑦② “后军”句：《宋书·孔觊传》曰：觊，字思远，会稽山阴人。大明六年，除安陆王子绥冠军长史、江夏内史，复随府转后军长史如故。江夏：宋江夏王义恭。府君：觊曾任太守，太守称府君，这里仅是尊称。

⑦③ “安西”句：《宋书·蔡兴宗传》曰：兴宗济阳考成人，官至尚书右仆射，封乐安县伯。泰始三年春，出为使持节、都督郢州诸军事、安西将军、郢州刺史。文中谓江安伯，恐传抄有误。

⑦④ 景行：仰慕高德。《诗经·小雅·车舝》：“高山仰止，景行行止。”大迦叶：人名，佛十大弟子中以他为头陀行第一。《增一阿含经》卷三：“十二头陀难得之行，所谓大迦叶比丘是。”

⑦⑤ 头陀：意译为抖擞，谓少欲知足，能去诸烦恼，如抖擞衣服能去尘垢，故以喻为名。称首：寺的名称之首字。

⑦⑥ 藏舟：《庄子·大宗师》：“夫藏舟于壑，藏山于泽，谓之固矣！然而夜半有力者负之而走，昧者不知也。”喻事物易于变化，难于固守。

⑦⑦ 阒（qù）：寂也。

⑦⑧ 榱（cuī）椽（chuán）：泛指屋上盛瓦的木头。

⑦⑨ 武：周武王。文：周文王。

⑧⓪ 昭升：《尚书·文侯之命》：“丕显文武，克慎明德，昭升于上。”注：“言文王圣德明升于天。”严配：《孝经·圣治》：“孝莫大于严父，严父莫大于配天。”疏：“孝父之大者，莫有大于以父配天而祭也。”

⑧① 格天：言功德至于天。《尚书·说命下》："格于皇天。"光表：《尚书·尧典》："光被四表。"疏："其名闻充溢四外。"

⑧② 服：各本作复，是。

⑧③ 雅颂：《诗经》之《小雅》《大雅》和《周颂》《鲁颂》《商颂》，喻盛世之乐。

⑧④ 骤：奔驰。《韶》：舜乐。《护》：汤乐。

⑧⑤ 炎区：炎热的南方少数民族地区。九译：谓经过多次翻译自远方来朝。

⑧⑥ 候：通"堠"，土堡也，边境瞭望侦探的设施。

⑧⑦ 建武：齐明帝年号。

⑧⑧ 江夏王：齐明帝第三子宝玄，建武元年，封江夏郡王，仍出为持节、都督郢司二州军事、西中郎将、郢州刺史。藩：屏藩。维：隅，此指地区。

⑧⑨ 树风：立善美之风。《尚书·毕命》："彰善瘅恶，树之风声。"

⑨⓪ 方城：山名，在今河南叶县南。《左传·僖公四年》："楚国方城以为城。"此指楚。

⑨① 龟蒙：古鲁国二山名，此指鲁。故实：《国语·周语上》：樊穆仲称道鲁孝公，"赋事行刑，必问于遗训，而咨于故实。"此指足以效法的旧事。

⑨② 江夏：江夏王宝玄。行事：諠为江夏内史，王年幼，内史代行政事，故称行事。刘諠：《南齐书》本传作"刘暄"。暄字士穆，彭城人，官至领军将军，封平都县侯。

⑨③ 智刃所游：用《庄子·养生主》庖丁解牛之典，喻才智优异，善理政事。

⑨④ 日新月故：政绩日有增新，月有所成。

⑨⑤ 道胜：言佛之道最胜。

⑨⑥ 虚往实归：虚心向学，得益而归。

⑨⑦ 覆篑：《论语·子罕》："譬如为山，未成一篑，止，吾止也。譬如平地，

虽覆一篑，进，吾往也。”此取“未成一篑”之意，犹功亏一篑。

⑱ 弃井：《孟子·尽心》：“有为者，辟若掘井，掘井九轫而不及泉，犹为弃井。”谓弃其前功。

⑲ 庀（pǐ）：具备。揆：计。

⑽ 飞阁：凌空架筑的阁道，又称天桥。逶迤：弯曲延伸貌。

⑾ 丹雘：红色油漆。

⑿ 九衢：形容枝条交错重叠向各方伸展。

⒀ 金资宝相：资，诸本作姿，是。佛像全身贴金，珠宝装饰，故名。

⒁ 息心：沙门，僧徒也。了义：能准确阐明佛理谓之了义。

⒂ 知：主持。

⒃ 民劳事功：皆指功劳。《周礼·司勋》：“民功曰庸，事功曰劳……凡有功者，铭书于王之大常。”大常即太常，王之旌旗名。

⒄ 镂文、钟鼎：《国语·晋语七》，谓秦攻晋，晋将魏颗败秦师于辅氏，其勋铭于景钟。

⒅ 言时：举动适时。称伐：铭其功劳。《左传·襄公十九年》：“诸侯言时计功，大夫称伐。”

⒆ 树碑于宗庙：蔡邕《铭论》：碑在宗庙两阶之间，近代以来咸铭于碑。

⒇ 雕篆：雕虫篆刻之省语，指文字。

(111) 众妙：万物之玄理。《老子》：“玄之又玄，众妙之门。”

(112) 玄黄：天地。《周易·坤卦》：“夫玄黄者，天地之杂也，天玄而地黄。”

(113) 器：物。

(114) 含灵：人。

(115) 能仁：释迦牟尼，汉译为能仁。

(116) 中土：此指佛降生之地，即迦维罗维国。

(117) 奄：覆盖、包括。

(118) 荒：包有。

(119) 四门：《瑞应经》曰：释迦为太子时，启王欲出城游览。于是出东、南、西门，分别遇见天帝化作病人、老人、死人。太子不乐，皆回车，悲悯世界众生俱有此三苦。复出北门，遇天帝化作沙门。太子曰：善哉！唯是为快。因念学道需清净，不宜在家。于是历深山，至幽闲处，苦修六岁，乃得妙悟。

⑳ 帝献方石：佛还树下，道见弃衣，取欲浣之。天帝知其意，在颇那山上取四方成理泽好石，来置池边，告诉他可用以浣衣。见《瑞应经》。

(121) 渌池：一日食饭时，佛持钵到迦叶家受饭而还，于屏处食已，欲澡漱。天帝知其意，即以手指地，水出成池，令佛得用，名指地池。见《瑞应经》。

(122) 辍水：尼连河水流甚疾，佛以自然神通，断水涌起，高出人头，令底扬尘，佛在其中。见《瑞应经》。

(123) 宝树低枝：一日，佛入指地池浴毕，欲出而无所攀。池上素有树，名迦和，绝大修好。其树自然曲枝下就佛，佛牵而出。见《瑞应经》。

(124) 九折：九折阪，地名。三危：山名。俱喻险峻之地。

(125) 川静波澄：喻邪教皈依，欲海澄波。《头陀经》云：令身调善，震大法鼓，摧伏异学外道邪师，入佛性海，烦恼风息，波浪不生。

(126) 龙翔云起：喻圣人兴起。《周易·乾卦》："云从龙，风从虎，圣人作而万物睹。"

(127) 耆山：又名鹫峰、灵山。佛住王舍城耆阇崛山中，与大比丘众万二千人在一起，广宣佛法。

(128) 给园：佛在舍卫国祇树给孤独园，与大比丘众千二百五十人在一起，广说妙法。

(129) 金粟：即维摩诘大士，又译净名大士。《发迹经》云：净名大士是往古金粟如来。来仪：犹现身呈瑞。《维摩经·菩萨行品》曰：佛命弟子文殊往维摩住处问疾。此时佛说法于庵罗树园，维摩于病室将与文殊共来佛说法之处，乃施大法力，使此处变为庄严之大讲堂，一切僧众皆为金色。佛告僧众，此乃维摩与文殊欲来，故先为此瑞应。戾：至。

(130) 法本：即法性。法性为万法之本，故名。不然：犹无形。

⑬1 无灭：不生不灭。

⑬2 象正：犹正法。

⑬3 希夷：无声曰希，无色曰夷。喻虚寂玄妙之道。

⑬4 释网、玄津：皆喻佛法。枻（yì）：楫，即短桨。

⑬5 朊（wǔ）朊：肥沃。亭皋：水边平地。

⑬6 薄：草木丛生貌。

⑬7 邦后：江夏王宝玄。

⑬8 法流：言正法相续不绝如水之流。

⑬9 三明：一曰宿命明，知自身他身宿世之生死相；二曰天眼明，知自身他身未来世之生死相；三曰漏尽明，知现在之苦相，断一切烦恼之智慧也。

⑭0 六入：眼耳鼻舌身意之六根，色声香味触法之六境，称六入。六根为内之六入，六境为外之六入。

⑭1 轮奂：高大华美。离立：凤凰并立。

⑭2 象设：指佛象。睟（suì）容：温和润泽之容貌。

⑭3 燠（yù）：暖。

⑭4 神足：即神足通，指游涉往来自在之神通。此指自由自在。

⑭5 胜幡：战胜敌人后所立之旗帜。古印度风习，破敌则立胜幡。道场降魔亦立胜幡，以表胜利。

【语译】

听说酌取海水的人，无法测度大海之深浅；仰见上天青苍之色的人，不能知道天之远近。何况在视听之外，那种好像存在而又无形的“道”；处于心意思念之外，那种不生不灭的佛法义理呢！（至理幽微，非言说所能阐明）因此释迦闭门静修于摩竭提国，示寂灭之境以布不言之道；维摩于毗邪缄口无言，现默然之象以示妙悟之路。然而谈议伦常之人，必依据九畴之法；讲究阴阳学说之人，亦必探究几微于《周易》之六爻。是以天地人之道既明，可通过语言使人认识神妙之物的功用；自然界各种物象既已出现，可以运用语言使人们领悟天地未分之时的至理。语言不可抛弃，其原因大概在此吧！然而六爻和系辞所言，尽于生死之域（即此岸）；至于言语所不能说清的佛家妙旨，则体现于超乎生死的境界（即彼岸）。所谓彼岸，如果把它引进生死果报的人生领域，则能远离人生之诸种惑念；如果把它推到无生死果报的境界，则能宏大到达彼岸的六种途径。名目言谈不能说明其本质和外象，随而求之迎而望之又不能见其始终，不可通过学习而知其理，不可通过意念所生而达到其境界，这就是涅槃（脱离一切烦恼，臻于自由无碍之境界）的含义。

幽深之溪谷没有私心，凡有声音传至即发出回声；大钟虚其体以受扣，扣来无不以响声应之。何况如来之真身有感即应无不周遍，其所说法则与幽深之道暗相会合；其说法之声适合于万物，如音乐之五音在暗中运转。如来看见迦维国王有利于弘扬大道，因而托生王室。他倚凭着五乘安车的车前横木展其慧眼，拯救那些沉溺于滚滚江水中的不幸之人；开启八个能达极乐之境的法门，广泛挽救丧失道义的世道人心。如来说法，使关闭着的玄妙之门，感应而开通；像源远流长的法海，酌取不竭。布其广大爱心，施惠遍及众生；高唱不分彼此皆赐予欢乐拔除苦难的教义，使恩泽遍及万物。推广无私之光照，其鉴察可以穷尽三千大千世界；引导众生进入无机巧之心的方便之门，其功德可以普济千秋万代。佛宣正法而众生追随意义远大，他能做的事情都已做完了！然后在娑罗双树之间拂衣而去，毫无留恋地离开金沙河而超升天国。如来所传之道恍恍惚惚，不明不昧，不知其从何而来亦不知其自何而去，微妙难名，复归于空寂。由此看来，如来虽奔忙于大千世界，佛法寂灭常静之道始终不乱。虽火化于坚固林中，其不可穷尽的圣灵仍常驻于此说法不息。真伟大啊！

如来的真正法身没世，佛教随之衰落。牵强附会标举异说的人，以违背佛法教义为得道；顺从错误替邪说辩解的人，皆把佛祖精微之言同见识短浅的邪说相提并论。于是马鸣菩萨弘扬佛法，龙树菩萨虚心以求如来之道，二人均能振兴佛教颓坏了的纪纲，重新联结已断绝了的佛教传承的纽带。他们弘宣佛法以荫庇一切真实之境，故此如居火宅的烦恼众生顿觉清凉；让光明如太阳的佛祖智慧普照通往彼岸的康庄大道，使那些如陷于沉沉黑夜的人们获得光明。故能使佛法之要义像一支折冲樽俎克敌制胜的军队，使形形色色的邪法教派失去自卫的能力。后来大乘教义的法雨广被东土，佛法的传布逐渐南移。考其源流，周庄王和鲁庄公，曾亲见佛祖降生时那种光照天下的夜景；汉明帝和晋明帝，都曾为佛绘画图像。然后佛经遗著的翻译乘间而出，各地佛塔相望，天竺的法师佛图澄和鸠摩罗什，来往传道的车迹交叠于华山之西，支道林和释惠远两位高僧相继布道于长江下游以东地区。

头陀寺是佛教徒释慧宗创建的。其南面的大江波涛浩瀚，云霞飘荡；北面层叠的山峰如削，为日月之光所回照；西面远眺城郭，数百丈的城墙曲折延伸；东望水边平陆，千里旷远，诚为楚地都城名胜之地。宗法师道行高洁如白珪美玉，拄着锡杖来游。认为人的身躯是由于各种因缘所成，身、口、意之所作所为归于空寂之时则生成此身之诸因缘亦随之而废；欲保存其身是由于贪生之惑念所生之烦恼，倘懂得生灭迁流瞬息万变的无常之理则烦恼也就不复存在。因而他想在中年即舍弃人生百岁之身以救万物，施舍其肌肤给猛禽吃掉。于是铺下荆树枝叶坐于松荫之下，长久等待而无结果。宋大明五年，他开始用茅草搭盖小寺庙，以荫庇佛经佛像。后军长史、江夏王内史会稽人孔府君名觊，为他剪草伐木，建立便于法师往返踱步养身宁意之室。安西将军郢州刺史乐安伯、济阳人蔡使君名兴宗，又为他打好地基树立宝塔，建诵经之堂。因法师景仰遵奉“头陀”戒行的大迦叶，故以“头陀”为寺名。后来又有僧人勤法师，德操坚贞苦心修行，崇尚仁爱涵养高尚志趣，继修佛堂庙宇，未曾完成而逝世。这些高尚事迹难以追寻，事物变化迅速难保长久坚固。尔后此寺僧徒寂然无人，庙宇的榱椽毁坏而无人修理。令人长叹！

齐朝君主继五帝受禅的大名，继承三王的遥远事业。承袭周武王尊崇乃父周文王之德行，故亦尊其严父配天而祭之以弘扬孝道；其高至于天誉满四方之功，大开区宇兴复颓坏的纪纲。因此在前朝的基础上革新政治，安济多难的百姓。所施所行，皆能符合古代盛世的礼乐规矩；炎热地区少数民族的使者经过展转翻译自远方来朝，沙场只设一些瞭望哨所边患甚少。明帝建武年间，诏命西中郎将郢州刺史江夏王宝玄赴其藩卫之地了解政绩，树立善美之风于长江汉水之间，选择楚地的善美法规，吸取鲁孝公施政必咨询可以效法的旧事之经验。政令整肃刑罚清简，皆在于此。宁远将军长史江夏王内史行事彭城人刘府君名諠，才智优异善理政事，政绩日有增新月有所成；兼慕佛理之美，虚心请益满载而归。他认为此寺之基业废于已经安定之日，其功德坠毁于接近建成之时，恨其功亏一篑，痛其如同掘井九仞而不及泉仍同废井。于是借百姓有余之力，乘天下无事之机，聚集民众计日兴工，各事皆有主管之人。

于是民众带着喜悦的心情而来参加建筑，工匠以竞巧取胜之心进行工作。庙宇绵延覆盖丘陵，凭借高丘之势建造楼房以就远方景物。层楼高耸，上出云霄。凌空架设的阁道弯曲绵延，俯首向下看不清平地景物。夕露纷披如同罩上珍珠之网，朝霞掩映给庙宇涂上朱红之色。枝条九向延伸之草数以千计，光彩四照之花约有万种。云岸与深谷同样清幽，微风与寒泉互相荡漾。金装宝饰之佛像，可以永借此寺以度幽闲安乐的岁月。深明佛法的僧徒，终于云游聚集于此。法师释昙珍，戒行纯正，佛理精研，现今屈他住持本寺，永奉神明居处。古代有功劳者，常铭刻于钟鼎；举事适时而有劳绩者，亦树碑于宗庙。年代愈久而功劳愈著，身世愈远而声名愈美。恕我大胆地托言于文字，希望能近似于玄妙之佛理。其辞曰：

天地初分，气之轻清者上浮为天，重浊者下凝为地。于是出现了千种品物，万族人类。淳和之源从上流走，浇薄之风污染于下。因而人欲横流而成海，情爱之灰尘积成山岳。伟大的释迦牟尼，应圣人千年一出之期而扬名于世。乃眷顾天地适中的地方，托生于迦维之国。佛德广被于大千世界，涵盖欲界、色界和无色界，极力拔济众生。他以出游王城四门所见之病、老、死诸相为鉴戒，出家深求救苦救难之佛法整整六年。终于修成功德，妙尽常静无为之道。当时佛欲浣衣，天帝即献方石于池边供他使用；佛将洗漱，天帝立即指地出水成池供他享用。尼连河水流湍急，佛施法力使河水中断涌起供他扬尘疏浚；佛在池中浴毕想要起来，池边的宝树自动弯下枝条供他攀缘。遇险峻的九折阪如履通途，登极险的三危山可安步而上。于是邪教皈依佛法而欲海澄波，圣人兴起而众生拥随。佛在灵山说法影响广大深远，在给孤独园布道弟子众多。金粟来听说法而显现祥瑞，文殊师利亦随之而至。如来顺应天动地安，人类自然生死之理以宣讲佛法。法性无影无形，至今仍然无生无灭。佛所弘宣之正法虽已衰微，而其虚寂玄妙之道并未缺失。我大齐有明美之德，兴创大业，复修已颓坏之佛法。传布佛法之网络复得维持，众生欲渡法海重新得到舟楫。在此名胜之地修建寺庙，静修慧智之人于是有所栖托。头陀寺倚据崇高的岩壁，面向大江。其地位之高气势之大，视湘江汉水如沟池，视衡山霍山如小丘。远眺肥美的江岸平原，无边无际草木丛生。

受人敬爱的江夏郡王，修持佛法。其气度美于能明过去现在未来种种形相之人，其情怀超过六根清净之辈。他眷念此处庙宇，关怀兴修之事。寺中红色楹柱雕刻着飞翔的雉鸟，以及高大华美站立着的凤凰。佛像既已开光供奉，其温和润泽之容颜显得十分安详。桂树成林其气辛而冬暖，松叶扶疏引来清风而夏凉。诸佛可以自在游憩，灵心可以自由往还。我佛降伏群魔邪道的胜利旗幡在西天举起，弘扬佛法的石碑则在我国南方刊刻。

【评析】

这是一篇佛寺碑文，历述佛教产生、传布、兴衰及在我国传播的历史，并述头陀寺创建、兴废及重修的经过，目的在于弘扬佛法。如仅就文章写作而言，可称搜罗宏富，意贯而事明，是一篇“文词巧丽”的记叙文。然而文中极力宣扬佛教伟大，信奉佛教可以超渡苦海，摆脱生老病死苦一切烦恼，登升极乐的彼岸，这恐怕只能空慰六朝离乱的苦难大众，却无补于凋敝的民生。文中大量运用佛学的专门术语和传说典故，使不精于此道的广大读者望文却步，恐亦难以达到宣传教义的目的。

齐故安陆昭王碑文一首

作者：沈休文　　注译评析：黄立业

公讳缅，字景业，南兰陵人也[①]。稷契身佐唐虞[②]，有大功于天地，商武姬文，所以膺图受箓[3]。萧曹扶翼汉祖，灭秦项以宁乱[4]。魏氏乘时于前，皇齐握符于后[5]。灵源与积石争流，神基与极天比峻[6]。祖宣皇帝[7]，雄才盛烈，名盖当时。考景皇帝[8]，含道居贞，卷怀前代。公含辰象之秀德[9]，体河岳之上灵。气蕴风云，身负日月，立行可模，置言成范，英华外发，清明内昭。天经地义之德[10]，因心必尽；简久远大之方[11]，率由斯至。挹其源者[12]，游泳而莫测；怀其道者[13]，日用而不知。昭昭若三辰之丽于天，滔滔犹四渎之纪于地[14]。六幽允洽，一德无爽[15]。万物仰之而弥高，千里不言而斯应[16]。若夫弹冠出仕之日[17]，登庸莅事之年[18]，军麾命服之序[19]，监督方部之数[20]，斯固国史之所详，今可得略也。

水德方衰[21]，天命未改，太祖龙跃俟时[22]，作镇淮泗。如仁夕惕之志[23]，中夜九回；龛世拯乱之情[24]，独用怀抱。深图密虑，众莫能窥。公陪奉朝夕，从容左右，盖同王子洛滨之岁，实惟辟彊内侍之年[25]。起予圣怀，发言中旨[26]。始以文学游梁[27]，俄而入掌纶诰[28]。兰桂有芬，清晖自远。帝出于震，日衣青光[29]。方轨茅社[30]，俾侯安陆，受瑞析珪，遂荒云野[31]。式掌储命[32]，帝难其人，公以宗室羽仪[33]，允膺嘉选。协隆三善，仰敷四德[34]，博望之苑载晖，龙楼之门以峻[35]。献替帷扆，实掌喉唇[36]，奉待漏之书，衔如丝之旨[37]。前晖后光，非止恒受。公以密戚上贤[38]，俄而奉职，出纳惟允[39]，剑玺增华[40]。伊昔帝唐，九官咸事[41]，熊豹临戭[42]，纳言是司[43]。自此迄今，其任无爽。爰自近侍，式赞权衡[44]。而皇情眷眷，虑深求瘼。

姑苏奥壤，任切关河[45]，都会殷负，提封百万[46]。全赵之袨服丛台[47]，方此为劣；临淄之挥汗成雨[48]，曾何足称。乃鸿骞旧吴，作守东楚[49]。弘义让以勖君子，振平惠以字小人[50]。抚同上德，绥用中典[51]。疑狱得情而弗喜，宿讼两让而同归。虽春申之大启封疆，邓攸之缉熙萌庶[52]，不能尚也。夏首藩要[53]，任重推毂[54]，衿带中流，地殷江汉。南接衡巫[55]，风云之路千里；西通鄾邓[56]，水陆之涂三七。是惟形胜，阃外莫先。建麾作牧，明德攸在。乃暴以秋阳，威以夏日[57]。泽无不渐，蝼蚁之穴靡遗；明无不察，容光之微必照[58]。由近而被远，自己而及物。惠与八风俱翔，德与五才并运[59]。远无不怀，迩无不肃。邑居不闻夜吠之犬，牧人不睹晨饮之羊[60]。誉表六条，功最万里[61]。还居近侍，兼飨戎秩[62]。候府寄隆，储端任显[63]。东西两晋，兹选特难。羊琇愿言而匪获，谢琰功高而后至[64]。升降二宫[65]，令绩斯俟。禁旅尊严，主器弥固[66]。

禹穴神皋，地埒分陕[67]，江左已来，常递斯任。东渚巨海，南望秦稽[68]。渊薮胥萃，萑蒲攸在[69]。货殖之民，千金比屋[70]；郛鄽之内，云屋万家。刑政繁舛，旧难详一。南山群盗[71]，未足云多；渤海乱绳[72]，方斯易理。公下车敷化，风动神行，诚恕既孚，钩距靡用[73]。不待赭污之权[74]，而奸渠必翦；无假里端之籍[75]，而恶子咸诛。被以哀矜，孚以信顺。南阳苇杖[76]，未足比其仁；颍川时雨[77]，无以丰其泽。公揽辔升车[78]，牧州典郡，感达民祇[79]，非待期月。老安少怀，涂歌里咏，莫不欢若亲戚，芬若椒兰。麾旆每反，行悲道泣[80]。攀车卧辙之恋[81]，争涂忘远；去思一借之情[82]，愈久弥结。

方城汉池[83]，南顾莫重。北指崤潼[84]，平涂不过七百；西接峣武[85]，关路曾不盈千。蛮陬夷徼[86]，重山万里。小则俘民略畜，大则攻城剽邑。晋宋迄今，有切民患，烽鼓相望，岁时不息。椎埋穿掘之党[87]，阡陌成群；慠法侮吏之人，曾莫禁御。累藩咸受其弊，历政所不能裁。加以戎羯窥窬[88]，伺我边隙。北风未起，马首便以南向；塞草未衰，严城于焉早闭。永明八载[89]，疆埸大骇，天子乃心北眷，听朝不怡。扬旆汉南[90]，非公莫可。于是驱马原隰，卷甲遄征。威令首涂，仁风载路，轨躅清晏[91]，车徒不扰。牛酒日至，壶浆塞陌。失义犬羊[92]，其来久矣。征赋严切，唯利是求，首鼠疆界[93]，灾蠹弥广。公扇以廉风，孚以诚德，尽任常置水之情[94]，弘郭伋待期之信[95]。金如粟而弗睹[96]，马如羊而靡入，雏雉必怀[97]，豚鱼不爽[98]。由是倾巢举落，望德如归。椎髻鬘首[99]，日拜门阙，卉服满涂[100]，夷歌成韵。礼义既敷，威刑具举，强民犷俗[101]，反志迁情。风尘不起，囹圄寂寞，富商野次，宿秉停菑[102]。蝝蝗弗起[103]，豺虎远迹[104]。北狄惧威，关塞谧静。侦谍不敢东窥，驼马不敢南牧。方欲振策燕赵，席卷秦代[105]，陪龙驾于伊洛，侍紫盖于咸阳[106]，而遘疾弥留，欻焉大渐[107]。耕夫释耒，桑妇下机，参请门衢，并走群望[108]。维永明九年夏五月三十日辛酉薨，春秋三十有七。城府飒然，庶寮如霣[109]。男女老幼，大临街衢[110]，接响传声，不逾时而达于四境。夷群戎落，幽远必至，望城拊膺，震动郛邑，并求入奉灵榇，藩司抑而不许。虽邓训致剺面之哀[111]，羊公深罢市之慕[112]，对而为言，远有惭德。神驾东还，号送逾境。奉觞奠以望灵，仰苍天而自诉[113]，震响成雷，盈涂咽水。

公临危审正，载惟话言[114]。楚囊之情，惟几而弥固；卫鱼之心，身亡而意结[115]。二宫轸恸[116]，遐迩同哀。追赠侍中领卫将军，给鼓吹一部，谥曰昭侯。时皇上纳麓在辰，登庸伊始[117]，允副朝端，兼掌屯卫[118]。闻凶哀震，感绝移时，因遘沉痾，绵留气序[119]。世祖日夜忧怀[120]，备尽宽譬，勉膳禁哭，中使相望。上虽外顺皇旨[121]，内殷私痛，独居不御酒肉，坐卧泣涕沾衣。若此移年，癯瘠改貌。天伦之爱[122]，振古莫俦。及俯膺天眷，入纂绝业，分命懿亲，台牧并建[123]。对繁弱以流涕，望曲阜而含悲[124]。改赠司徒，因谥为郡王[125]，礼也。

惟公少而英明，长而弘润，风标秀举，清晖映世。学遍书部，特善玄言[126]。鞶帨之丽，篆籀之则[127]，穷六义于怀抱，究八体于毫端[128]。弈思之微，秋储无以竞巧[129]；取睽之妙，流睇未足称奇[130]。至公以奉上，鸣谦以接下[131]。抚僚庶尽盛德之容，交士林忘公侯之贵。虚怀博约[132]，幽关洞开[133]，宴语谈笑，情澜不竭。誉满天下，德冠生民，盖百代之仪表，千年之领袖。曾不慭留，梁摧奄及[134]，岂唯侨终蹇谢，兴谣辍相而已哉[135]！凡我僚旧，均哀共戚。怨天德之无厚，痛棠阴之不留[136]。思所以克播遗尘，弊之穹壤。乃刊石图徽，寄情铭颂。其辞曰：

天命玄鸟，降而生商[137]。是开金运[138]，祚始玉筐。三仁去国，五曜入房[139]，亦白其马，侯服周王[140]。

本枝派别，因菜命氏[141]。涉徐而东，义均梁徙[142]。自兹以降，怀青拖紫[143]。崇基岩岩，长澜弥弥[144]。

惟圣造物，龙飞天步[145]。载鼎载革[146]，有除有布。高皇赫矣，仰膺乾顾[147]。景皇蒸哉[148]，实启洪祚。

乔岳峻峙，命世兴贤[149]。膺期诞德[150]，绝后光前。几以成务[151]，觉在民先。位非大宝，爵乃上天[152]。

爰始濯缨，清猷浚发[153]。升降文陛，逶迤魏阙[154]。惠露沾吴，仁风扇越[155]。涉夏逾汉[156]，政成期月。

用简必从，日新为盛[157]。在上哀矜，临下庄敬[158]。草木不夭，昆虫得性。我有芳兰，民胥攸咏。

群夷蠢蠢，岩别嶂分。倾山尽落，其从如云。挈妻荷子，负戴成群。回首请吏[159]，曾何足云。

昔闻天道，仁罔不遂[160]。彼苍如何，兴山止篑[161]。四牡方驰[162]，六龙顿辔[163]。斯民曷仰，邦国殄瘁[164]。

齐殒晏平，行哭致礼[165]。赵徂昌国，列邦挥涕[166]。况我君斯，皇之介弟[167]。哀感徒庶，恸兴云陛[168]。

阶毁留攒，川泛归轴[169]。竞羞野奠，争攀去毂。遵渚号追，临波望哭。无绝终古，惟兰与菊[170]。

涂由帝渚[171]，朱轩靡驾。东首茔园，即宫长夜[172]。逝川无待，黄金难化。钟石徒刊，芳猷永谢。

【篇旨】

碑文大力颂扬萧缅的德行功业，并致朝野深切哀悼之情。

【注释】

① 缅：萧缅，初仕于南朝宋。齐高帝建元元年，封安陆侯。卒，谥昭侯。明帝建武元年，赠安陆王。南兰陵：缅之祖先原籍东海兰陵县。晋分东海为兰陵郡。中朝乱，萧整率族人过江居晋陵武进县。当时寓居江左者，皆侨置本土，加“南”字，故称南兰陵，故地在今江苏常

州市武进区。

② 稷契：后稷和契，皆尧舜时名臣。

③ 商武：商武王，即商汤，是契的后代。姬文：周为姬姓，此指周文王，是后稷的后代。图箓：图谶，古代以为是天子将兴的符应。

④ 萧：萧何。曹：曹参。皆佐汉灭秦及项羽，有大功。萧何是南齐王室的祖先。曹参是魏王室的祖先。

⑤ 握符：握天符，谓受天命而为君主。

⑥ 积石：大积石，即今大雪山，在青海南部。禹疏导黄河自此始。极天：此指高天。

⑦ 宣皇帝：萧承之。其子齐高帝即位，追尊他为宣皇帝。

⑧ 景皇帝：齐高帝即位，追封其兄道生为始安贞王。道生子鸾即位为明帝，又追尊他为景皇帝。

⑨ 公：萧缅。辰象：日月星。

⑩ 天经地义：《孝经·三才》："夫孝，天之经也，地之义也，民之行也。"此言行孝道之美德。

⑪ 简久远大：谓仿效天地易简之道而成远大之德业。见《周易》系辞上。

⑫ 挹：酌。

⑬ 怀：归依。

⑭ 三辰：日月星。丽：附。四渎：江河淮济。纪：理。

⑮ 六幽：天地四方。一德：坚持正确而且统一之法令。爽：差。

⑯ 仰之而弥高：语出《论语·子罕》，谓颜渊叹孔子之道仰望之而益高。千里斯应：见《周易》系辞上。谓有善德虽不言而千里之人皆归向之。

⑰ 弹冠：谓整洁冠冕，喻准备出仕。《汉书·王吉传》："王阳在位，贡公弹冠。"

⑱ 登庸：举用。莅：临。

⑲ 麾：旌旗之属，用以指挥。命服：君主按级别赐给臣下的官服。

⑳ 方部：州郡。萧缅曾先后都督郢州、司州之义阳军事，都督雍梁南北秦四州、荆州之竟陵、司州之随郡军事。

㉑ 水德：宋为水德。

㉒ 太祖：齐高帝萧道成。龙跃：喻有帝王之德将欲飞腾。《周易·乾卦》："见龙在田……或跃在渊。"

㉓ 如仁：如管仲九合诸侯，义安诸夏之仁心。《论语·宪问》："桓公九合诸侯，不以兵车，管仲之力也。如其仁，如其仁！"夕惕：终日如处险境一样忧虑警惕。

㉔ 龛：平定。

㉕ 王子：周灵王之太子晋。传说他就是仙人王子乔，年十五而游于伊雒之间。辟彊：汉相张良之子，十五岁为侍中。

㉖ 起：启、发明。中旨：符合君主之意。

㉗ 文学：缅初为宋邵陵王文学。游梁：汉梁孝王喜欢文学，司马相如因而客游于梁。

㉘ 掌纶诰：缅为中书郎，掌天子诏命。

㉙"帝出于震"二句：《周易·说卦》："帝出乎震……震，东方也。"震为东方，东方属木，其色为青，言每日受到木神以其青色光辉覆庇。此言齐之兴起。

㉚ 方轨：犹并迹。茅社：犹言古代诸侯。古代封建诸侯，天子以白茅包其社之土赐之，以建诸侯之社，故云茅社。

㉛ 瑞：符信。析珪：古代分封诸侯，按爵位等级，分颁以珪玉，称析珪。荒：有。云野：云梦之野。

㉜ 式：用。掌：职掌。储命：传宣太子命令之侍从官。

㉝ 羽仪：羽翼，犹言辅佐。

㉞ 三善：父子、君臣、长幼之道。语出《礼记·文王世子》。四德：《周易·乾卦》文言以元、亨、利、贞为四德。

㉟ 博望之苑：汉武帝为卫太子立博望苑，以便交接宾客，增广见识。龙楼之门：汉太子宫门名，门楼上有铜龙，故名。

㊱ 献替：同皇上进言，献可行者，废不可行者。帷扆：帝座。掌喉唇：指任侍中之职，掌奏事，直侍左右，应对献替。

㊲ 待漏：大臣奏事上书，皆晨起至朝房等待早朝之漏刻，称待漏。漏，古计时器。书：奏章。衔：犹宣。如丝：帝王之言。《礼记·缁衣》："王言如丝。"

㊳ 戚：亲属。

㊴ 出纳：受上言宣于下，听下言纳于上，此为侍中之职务。

㊵ 剑玺：侍中之官，出则为皇帝陪乘，佩玺、把剑。

㊶ 九官：舜置九官：伯禹作司空，弃为后稷，契作司徒，皋陶作士，垂为共工，益作朕虞，伯夷作秩宗，夔为典乐，龙为纳言。见《尚书·舜典》。

㊷ 熊豹临戭：《左传·文公十八年》谓高辛氏有才子八人，称八元，中有仲熊、叔豹；高阳氏有才子八人，称八恺，中有大临、梼戭。

㊸ 纳言：即侍中之职。

㊹ 近侍：即侍中，直侍皇帝左右，故云。权衡：政事。世祖即位，缅迁五兵尚书。

㊺ 姑苏：今江苏苏州，春秋时吴地。奥壤：犹腹地。切：重。

㊻ 殷：殷富。负：以此自负。提封：总共。

㊼ 袨服：盛服。丛台：战国时赵王所筑之台。汉邹阳《上吴王书》："夫全赵之时，武力鼎士袨服丛台之下者，一旦成市。"

㊽ 临淄：春秋战国时齐之都城。挥汗成雨：《晏子春秋》杂下卷六："临淄三百闾，张袂成阴，挥汗成雨。"喻人多。

㊾ 骞：飞。东楚：吴，旧称东楚。缅任吴郡太守。

㊿ 勖（xù）：勉励。字：爱。

51 上德：皇上爱民之德。中典：平常之法。

52 春申：楚春申君黄歇，于考烈王时封于江东，筑吴之旧都以为都邑。邓攸：晋元帝时为吴郡太守，民多饿死，攸发仓赈济，存活甚众。又不受俸禄，唯饮吴水，吴民德之。萌庶：百姓。萌，通"氓"。

㊼ 夏首：夏水与长江相接处，又名水口。夏首可能是夏口抄写之误。盖缅都督郢州军事，《南齐书·州郡志下》：“郢州，镇夏口，旧要害也。”夏口即今武汉市武昌区。

㊽ 推毂：上古王者遣将，跪而推毂送之曰：阃以外将军制之。表示全权托付之。毂，指车。

㊾ 衡巫：湖南衡山，四川巫山。

㊿ 鄾（yōu）：春秋楚邑名，在今湖北襄阳东北。邓：古国名，故地在今河南邓州一带。

57 暴：通“曝”，晒也。秋阳：比喻明照、明察。夏日：喻严厉。

58 容光：小隙之光。

59 八风：八方之风。五才：才原作材。五材指金木水火土。

60 夜吠之犬：喻民人被吏胥骚扰不安。见《后汉书·刘宠传》。晨饮之羊：喻欺诈贸利。《家语·相鲁》：初，羊贩子沈犹氏朝饮其羊，以诈市人。孔子为鲁大司寇，沈犹氏不敢朝饮其羊。

61 六条：善注引《汉书音义》曰：“旧刺史所察有六条：察民疾苦冤失职者，察墨绶长吏以上居官政状，察盗贼为民之害及大奸猾者，察犯田律四时禁者，察民有孝悌廉洁行修正茂才异等者，察吏不簿入钱谷放散者，所察不得过此。”功最：功劳和考绩优异。

62 “还居近侍”二句：缅还为侍中，领骁骑将军。

63 候府：缅迁中领军，掌内军，卫京师。此职汉武帝时称北军中候，故云候府。储端：缅任太子詹事，掌皇太子家。

64 羊琇：善注引《晋诸公赞》曰：羊琇与世祖相善，谓世祖曰：后富贵时见用作护军太子詹事。后来羊琇终不获此职。谢琰：善注引《晋中兴书·陈郡谢录》曰：琰有大功，进号征虏左仆射，领詹事。

65 二宫：指天子及太子，永明五年缅为侍中，明年转太子詹事。

66 禁旅：京城卫戍之军。主器：太子。

67 禹穴：在浙江绍兴会稽山上的洞穴，传说夏禹葬于此处。谓缅出任会稽太守。神皋：沃土。分陕：相传周初周公与召公分陕而治，陕以东周公治理，陕以西召公治理。后称大臣出任重要的地方长官为分陕。

⑱ 秦：秦望山。稽：会稽山。均在郡城之南。

⑲ 渊薮：杂草丛生的大泽，古称逋逃者会聚之地。《尚书·武成》："今商王受无道……为天下逋逃主，萃渊薮。"雚蒲：当作萑苻。泽名，古称盗贼出没之所。《左传·昭公二十年》："郑国多盗，取人于萑苻之泽。"

⑳ 货殖：经商。比屋：犹家家。

㉑ 南山群盗：《汉书·王尊传》谓南山群盗傰宗数百人为吏民害，尊为京兆尹，旬日间盗贼肃清。

㉒ 乱绳：《汉书·龚遂传》，帝以遂为渤海太守，曰：渤海废乱，卿何以息其盗贼？遂曰：臣闻治乱民犹治乱绳，不可急也，唯缓之然后可理。不久而乱息民安。此谓平治骚乱。

㉓ 钩距：犹言多次调查。《冯书·赵广汉传》，广汉尤善钩距，以得事之实情。例如欲知马价，则先问狗、羊、牛之价，然后及马，参酌比较，则知马之贵贱。

㉔ 赭污：用赤色涂污衣服。《汉书·张敞传》，敞为京兆尹，召见诸偷头目数人，免其罪，令捕诸偷自赎，并皆以为吏，遣归。小偷尽皆来贺，饮醉，头目以赭污其衣，捕吏于各处坐而待之，一日得数百人。

㉕ 里端之籍：犹言乡里胥吏之簿籍。善注引歌录《雁门太守行》曰：外行猛政，内怀仁慈。移恶子姓，偏着里端。

㉖ 苇杖：即蒲鞭，喻刑罚极轻。《后汉书·刘宽传》，宽为南阳太守，温仁多恕。吏人有过，但用蒲鞭罚之，示辱而已。

㉗ 颍川时雨：郭伋为颍川太守，德化如时雨。见《后汉书》本传。

㉘ 揽辔升车：喻初赴任即有澄清政治，稳定乱局之志。《后汉书·范滂传》，冀州饥荒，盗贼群起，滂为清诏使，登车揽辔，有澄清天下之志。

㉙ 祇：安定。

㉚ 行悲道泣：喻百姓依恋不舍。善注引《东观汉记》曰：秦彭为开阳城

门候，后拜颍川太守，老弱攀车，啼号填道。

⑧¹ 攀车卧辙：喻挽留不舍。《后汉书·侯霸传》，霸为淮平大尹，更始元年遣使征霸，百姓号呼哭泣遮使者车，或当道卧，皆愿复留霸期年。

㉒ 一借：为百姓挽留官长之典。《后汉书·寇恂传》，恂曾为颍川太守，后随光武帝复至颍川，百姓遮道曰：愿从陛下复借寇君一年。

㉓ 方城：山名，楚故地，在今河南叶县南。汉池：以汉水为护城河，此指汉水。《左传·僖公四年》："楚国方城以为城，汉水以为池。"

㉔ 崤：山名，在河南洛宁北，山分东西二崤。潼：关名，东汉末于古桃林塞建潼关，即以潼水为名，为陕晋豫三省之军事要冲。

㉕ 峣：关名，因临峣山而得名，在陕西西安蓝田东南。武：关名，在陕西商南西北。

㉖ 陬：村落。徼：边界。

㉗ 椎埋：盗窃杀人而埋之。穿掘：挖坟盗物。

㉘ 戎羯：北方少数民族，此指后魏政权。

㉙ 永明：齐武帝年号。

㉚ 汉南：古汉南之国，此指湖北襄阳。南朝宋于襄阳侨置雍州，齐仍之，缅于永明八年七月为雍州刺吏，都督雍梁南北秦等州军事，宁蛮校尉。

㉛ 轨躅：车马之迹。

㉜ 犬羊：指后魏之官吏。

㉝ 首鼠：一前一却，谓后魏军队时而攻占疆界时而退却。

㉞ 任棠：《后汉书·庞参传》：汉阳人任棠，有节概，隐居教学。太守庞参往访，不与语，而以薤一大本，水一杯置屏前，自抱孙儿伏门下。参悟曰："水者，欲吾清也。拔大本薤者，欲吾击强宗也。抱儿当户，欲吾开门恤孤也。"此喻明察民间疾苦。

㉟ 郭伋待期之信：郭伋两次为并州牧，有恩德，所到县邑，老幼欢迎于道。至西河美稷，有儿童数百骑竹马相迎，伋劳之，又送至郭门外，问归期，具告之。及归，先期一日，伋不负前约，止宿野亭，待期而

至。其诚信皆类此。见《后汉书》本传。

⑯ 金如粟：张奂迁安定属国都尉，羌戎豪帅感其恩德，送马二十匹，先零首长送金鐻八枚。奂于诸羌前，以酒酹地曰：使马如羊，不以入厩；使金如粟，不以入怀。悉还之。见《后汉书》本传。喻不受地方馈赠。

⑰ 雏雉必怀：《东观汉记》曰：鲁恭为中牟令，郡国有螟灾，而不入其境。河南尹袁安疑之，派肥亲往察。恭巡行阡陌，俱坐桑下，有雉过止其旁，旁有儿童，亲曰：何不捕之？儿言雉方将雏。亲以为虫不入境，化及鸟兽，竖子有仁心，皆恭德化所致。

⑱ 豚鱼不爽：《周易·中孚》："信及豚鱼。"谓信用显著，及于豚、鱼等动物而不爽失。

⑲ 椎髻：一撮之髻，其形如椎。《说苑·善说》作椎结，谓为西戎发式。《汉书·尉佗传》作魋髻，则是蛮俗发式。髽（zhuā）首：以麻束发。《淮南子·齐俗》："三苗髽首。"是荆州江淮土民的习俗。

⑩ 卉服：用草编织的衣服。《尚书·禹贡》："岛夷卉服。"

⑩ 犷俗：猛悍的习俗。

⑩ 秉：禾束。菑（zī）：已耕一年之田，犹言已收获的田地。

⑩ 蝝（yuán）：未生翅的蝗子。

⑩ 豺虎远迹：宋均为九江太守，郡多虎患，常设槛穽，而犹多伤害。均到任，令属县去槛穽，除削课制。后传言虎相与东渡长江而去。见《后汉书》本传。

⑩ 振策：扬起马鞭，犹言进军。燕赵：古国名，今河北一带。秦：古秦国，在今陕西。代：古国名，在今河北蔚县一带。

⑩ 伊洛：伊水洛水，在河南。紫盖：如紫色伞盖的云气，古人以为象征帝王之气。咸阳：秦孝公时始建都咸阳，故址在今陕西西安市长安区东之渭城。

⑩ 欻（xū）：忽然也。

⑩ 参请：参见请安，谓问疾。群望：对山川祭祀之所。

⑩⑨ 飒：凋零貌。寮：同“僚”，官也。如霣（yǔn）：如有所失。霣，废坠。

⑩⑩ 临：哀哭吊丧。

⑪⑪ 劈面之哀：以刀自割面，表示哀不欲生。《后汉书·邓训传》：训为护乌桓校尉，病卒官，吏民爱惜，旦夕哭吊者数千人，或以刀自割，又刺杀其犬马牛羊，曰：邓使君已死，我曹亦俱死耳！

⑪⑫ 羊公：羊祜，祜都督荆州诸军事，达十年之久，盛德及民。南州以市日闻其丧，即号哭罢市。

⑪⑬ “奉觞奠以望灵”二句：《南齐书》本传曰：“丧还，百姓缘沔水（汉水上游）悲泣设祭，于岘山为立祠。”

⑪⑭ 惟：六臣等版本作贻，是。话言：善言。

⑪⑮ 楚囊之情：楚令尹子囊临终遗言必须筑好郢都城墙。为忠君爱国之典。卫鱼之心：卫大夫史鱼临终遗言不能停棺于正堂，应停于内寝，即所谓忠臣以尸谏君，望其进贤而去不肖。

⑪⑯ 轸：痛。

⑪⑰ 皇上：指明帝，他与缅同为萧道生（齐高帝萧道成之次兄）之子。纳麓：总揽大政。《尚书·舜典》：“纳于大麓，烈风雷雨不迷。”辰：时。登庸：选拔重用。

⑪⑱ 朝端：宰辅。永明七年，为尚书右仆射。屯卫：八年，加领卫尉，掌宫门屯兵，故称屯卫。

⑪⑲ 气序：时序，季节推移。

⑫⑩ 世祖：宋武帝。

⑫⑪ 上：指明帝，当时乃宰辅重臣。皇：指武帝。

⑫⑫ 天伦：此指兄弟。

⑫⑬ 天眷：上天的眷顾，此兼指太后恩宠。纂：继。绝业：帝业。懿亲：至亲。《宋书·明帝纪》：“太后令废海陵王，以上入纂太祖为第三子。”台：台阁重臣。牧：州牧，刺史。

⑫⑭ 繁弱：弓名。周公为武王之弟，成王之叔。武王封之于曲阜，为鲁公。又因相成王，乃使其子伯禽代就封于鲁。见《史记·鲁世家》。

成王分赐鲁公伯禽以封父之繁弱等贵重之物。见《左传·定公四年》。此言明帝想起周封兄弟为屏藩而悲念其亡弟緬。

⑫5“改赠司徒”二句：建武元年，赠侍中，司徒，安陆王。

⑫6书部：经史子集各部类之书。玄言：精微玄妙之言，多指佛家道家义理。

⑫7鞶帨：束衣的大带及佩巾。扬雄《法言·寡见》：“今之学者，非独为之华藻也，又从而绣其鞶帨。”此喻文章。篆籀：即大篆。

⑫8六义：《诗经》有六义，即风、雅、颂，赋、比、兴。八体：《说文·叙》谓秦统一文字，定书体为八种，即大篆、小篆、刻符、虫书、摹印、署书、殳书、隶书。

⑫9弈：下围棋。秋：弈秋，古之善弈者。储：谓蓄其精思。

⑬0取睽：《周易》系辞下：“弦木为弧，剡木为矢，弧矢之利，以威天下，盖取诸睽。”这里是射箭之意。流睇：转目斜视。《淮南子·说山》，谓楚有白猿，王自射之，则搏矢而顾。养由基射之，始调弓矫，矢未发而猿抱树号矣。班固《幽通赋》：“养流睇而猿号兮，李虎发而石开。”

⑬1鸣谦：谦逊。

⑬2约：六臣本作纳，是。博纳：博采众长。

⑬3幽关：幽，深也；关，门闩。比喻内心。

⑬4不慭留：鲁哀公悼念孔子诔文：“旻天不吊，不慭遗一老。”谓天不愿留此人以卫王室。为哀悼大臣、名人之典。梁摧：梁木摧折，喻哲人之死。《礼记·檀弓上》：“泰山其颓乎？梁木其坏乎？哲人其萎乎？”

⑬5侨：公孙侨，即子产，死后众人作歌谣悼念他。辍相：停止舂杵声。喻群众追思遗德。《史记·商君列传》：“五羖大夫（百里奚）死，秦国男女流涕……舂者不相杵。”《史记》谓五羖事，此谓蹇叔，不知所出。

⑬6无厚：不能厚待善人。棠阴：《淮南子·览冥》，谓扶桑为日出之处，落棠山为日入之处。后以棠阴喻光阴。

⑬⑦“天命”二句：语出《诗经·商颂·玄鸟》。传说有娀氏女简狄见玄鸟至，以玉筐覆之，产卵，乃吞下玄鸟（燕子）之卵而生契，是商王室的祖先。萧姓是商之后裔，故追述其始祖。

⑬⑧金运：指殷之气运。

⑬⑨三仁：《论语·微子》：“孔子曰：殷有三仁焉。”即微子、箕子、比干。五曜：金木水火土五星。房：苍龙七宿的第四宿。旧说殷纣之时，五星聚于房，预兆周之兴起。

⑭⓪亦白其马：语出《诗经·周颂·有客》，旧谓微子乘白马朝于周。侯服：臣服。

⑭①菜：采邑。王畿二百里之地曰菜。微子后入食邑于王畿之萧，因以为氏。

⑭②涉徐而东：萧氏随殷王的后代涉徐州东迁，居于兰陵县。梁徙：秦灭魏，刘氏与魏王族同被俘获，被迫由魏都大梁迁于丰。

⑭③青、紫：皆贵族服饰。

⑭④岩岩：高貌。弥弥：长貌。

⑭⑤龙飞：喻升于帝位。天步：《诗经·小雅·白华》：“天步维艰。”谓天行此令人艰困之事。此喻创业艰巨。

⑭⑥鼎革：《周易·杂卦》：“革，去故也；鼎，取新也。”谓改朝换代。

⑭⑦赫：盛。乾：天。

⑭⑧蒸：通“烝”，美也，言君道之美。

⑭⑨乔岳：高高的山岳。古谓山岳之神灵可降生英贤。命世：著名于当世。命：名也。

⑮⓪膺期：应五百年必有名世者兴之期。

⑮①几：隐微的先兆。成务：《周易》系辞上：“夫《易》，圣人之所以极深而研几也……唯几也，故能成天下之务。”谓能成天下之事务。

⑮②大宝：大位，喻帝位。爵乃句：《孟子·告子上》：“仁义忠信，乐善不倦，此天爵也；公卿大夫，此人爵也。”谓上天给予的爵位。

⑮③濯缨：谓洗洁衣冠出仕。猷：谋。浚：深。

⑭ 文陛：文石之陛，即天子殿阶。魏阙：皇宫之阙门。

⑮ 吴、越：缅为吴郡会稽太守。

⑯ 夏：夏水，为汉水上游，其与长江汇合处称夏口。缅督郢州诸军事也。汉：汉水。缅为雍州刺史，镇襄阳。

⑰ 用简：政事简省则民必易从。《周易》系辞上：“简则易从。”日新：其德日日增新。同上书：“日新之谓盛德。”

⑱ 哀矜：哀怜。“临下”句：《论语·为政》：“季康子问使民敬忠以劝，如之何？子曰：临之以庄，则敬。”庄，严。

⑲ 请吏：表示臣服，请朝廷派官吏治理政事。《史记·西南夷列传》：“冉（駹）皆振恐，请臣置吏……西南夷举国降，请置吏入朝。”

⑳ 罔：无。遂：顺，如意。

㉑ 彼苍：天。兴山句：《论语·子罕》：“譬如为山，未成一篑，止，吾止也。”篑，是盛土竹筐。造山只差一筐土而停止。喻缅北定中原之志未遂而死。

㉒ 四牡方驰：喻正欲北征。《诗经·小雅·六月》：“四牡既佶，既佶且闲。薄伐猃狁，至于大原。文武吉甫，万邦为宪。”

㉓ 六龙顿辔：《楚辞·九叹·远游》：“贯澒蒙以东朅兮，维六龙于扶桑。”李善引王逸注曰：“结我车辔于扶桑以留日行，幸得延年寿也。”（今本无此注）为日神驾车的六龙顿去其辔，日光系之不住，故喻人死。

㉔ 邦国殄瘁：语出《诗经·大雅·瞻卬》。殄：尽。瘁：病。

㉕ “齐殒晏平”二句：晏子死，齐景公行哭而往，伏尸而哭。此谓国君哀悼。

㉖ “赵徂昌国”二句：《史记·乐毅传》，乐毅为燕将，联赵楚魏之兵伐齐，下齐七十余城，封之于昌国。燕昭王卒，燕惠王疑毅，毅奔赵，赵封之于观津，号望诸君。潘岳《太宰鲁公碑》曰：“赵丧望诸，列国同伤。”

㉗ 皇：明帝。介：大。介弟：对别人之弟的尊称。

㉘ 徒庶：众人。云陛：天子殿阶。

⑯⑨ 阶毁留攒：《礼记·丧服大记》："大夫殡以帱，攒置于西序。"谓大夫停殡于西阶，紧靠西墙，用木制成屋形，置棺其中，上覆布幔，谓之攒。出殡时须毁攒才能出棺。川泛归轴：谓从水路运柩东归，即从沔水（汉水上游）出长江而东下。轴：本指柩车，此谓载灵柩之舟。

⑰⓪"无绝终古"二句：屈原《九歌·礼魂》："春兰兮秋菊，长无绝兮终古。"王逸注："言春祠以兰，秋祠以菊，为芬芳长相继承，无绝于终古之道也。"终古：久远。

⑰① 帝渚：屈原《九歌·湘夫人》："帝子降兮北渚，目眇眇兮愁予。"刘向《列女传·有虞二妃》，谓尧帝以二女娥皇女英妻舜。舜南巡死于苍梧之野，二妃死于江湘之间。然则帝渚乃指湘水入长江处之洲渚。

⑰② 首：向。茔园：坟地。即：就。宫：居。

【语译】

公名缅，字景业，南兰陵（今江苏武进）人。后稷和契亲佐尧舜，有顺成天地之大功。其后裔商汤、周文，以此荣受天赐的符应而为君主。萧何、曹参翼辅汉高祖，灭暴秦诛项羽以平定祸乱。其后裔魏氏乘天时登帝位于前，大齐握天符践天子之位于后。（萧氏的福祚）其源流之长与积石山一样竞其久远，其基础之厚与山岳一样高至于天。祖父宣皇帝，雄才盛业，声名高于当世。父亲景皇帝，含道德守正义，可谓囊括前代之美。公含蕴日月星辰仁明秀美之德，秉大河山岳雄圣之灵气而生。胸怀风云之气，身托日月之明。行为可作楷模，言论足成规范。光彩发于形貌，神志清明蕴自内心。天经地义的纯孝美德，因天生亲亲之心而尽致；仿效天地易简之道而成远大之德业，亦皆由此而至。挹酌其道德之源者，虽游泳其中而莫测其浅深；归化其道者，虽迁于善而不自知日用其道。其昭明如日月星辰悬附于天上，其盛大如江河淮济综理地上的众多流水。天地四方幽远之地尽皆和谐，坚持正确划一之法令并无差错（而得群众信赖）。万民仰慕其道德愈觉得崇高，千里之人虽不闻其言而皆归向他。至于整洁衣冠初任官职之日，登于要职办事之年，担任武将文官的次序等级，监督州郡军事之数目，这些本是国史所详细记录的事情，本文可以从略。

宋德正在衰落，而天命未曾更改。齐太祖如龙跃于渊待时飞腾，当时镇守淮泗。有仁人管仲那样为安定华夏而终日怀着不安之心，愁肠至中夜而多次迫转；救世平乱之情，独藏胸中。深谋密虑，众人不能窥探。公朝夕奉陪，周旋左右，当时恰同王子乔游于洛水之滨的岁数，实仅张辟彊担任内侍的年龄（都为十五岁），就能发明我们圣主的心怀，出言皆中其意。初为宋劭陵王文学侍从，仿佛司马相如游于梁孝王之门，不久即入为中书郎执掌天子诏命。兰桂有芬香之德，其清美之声誉自然远播。及齐德方兴，每日受到木神以其青色光辉荫庇，比肩于古代诸侯，使其为侯于安陆；接受天子颁赐的符信珪玉，遂有云梦之野的食邑。物色传宣太子之命的侍从官，天子甚重其人选，公以宗室辅佐之关系，合当美选（而为太子中庶子）。于是协助太子使三善（父子、君臣、长幼之道）得以隆盛，仰布元、享、利、贞（即体仁、合礼、和义、贞干）之四德。因而太子接待宾客之博望苑生晖，储君出入之龙楼门更为崇高。任侍中之职在帝座之前直接献可否之言，实为天子喉舌。把群臣等待朝见时所进奏章奉献给天子，传宣皇上圣旨，前后皆甚光辉，非同寻常之任。公以王室密亲和上等贤才之资格，俄而任此要职，上传下达皆极诚信，出则陪侍帝辇佩玺持剑更显荣华。从前唐尧之时，九位大臣共管政事，仲熊、叔豹、大临、梼戭，皆为近侍之官。自此以至于齐，其职皆无爽失。因而缅公从近侍之官，迁升协掌朝政之职荣任五兵尚书。但天子深情关注人民，意欲深求民之疾苦所在，因此考虑派缅出任外职。

姑苏乃国家腹地，其任有关河之重，以城市繁荣而负盛名，人口总共百万。从前赵国士女盛服聚会于丛台一旦而成市，与此相比则大为逊色；齐国临淄人口众多挥汗可以成雨，又何足称道！公乃如鸿鹄高飞于旧吴之地，担任吴郡太守。弘扬礼义谦让之德以勉励上层人士，振兴公正宽厚之风以安抚下层百姓。抚恤百姓同体圣上爱民之德，安定黎庶只用平常刑法。审理疑案廉得实情因哀其有罪而不欢喜，积年争讼的双方因沐缅公之德化互谅互让而同时归去。从前春申君受封于吴地因有盛德而大开疆界，邓攸发仓赈饥爱养百姓，都不能超过缅公之功德。夏口为国家屏藩要地，天子托以全权镇守之重任。该地以长江中游为襟带，正当长江汉水的险阻之处。南接衡、巫二山，只能让风云通过绝险之路长达千里；西通鄢邑、邓县，水陆之途两千一百里。此乃形势优越之地，京畿之外没有比它更重要的。于是树起旌麾调任郢州刺史，美德长在。以秋阳般的温和明亮照察四境，以夏日般的猛烈严厉威临下属。恩泽无不浸润，细小生命所居之处也不遗漏；神明无不监察，幽微之处亦能照临。政令自近而及远，先己而及于人。惠爱与八方之风一起散布于各地，仁德和日常所必需的五材一样遍及民家。远者无不归依，近者无不敬服。邑内居民由于无胥吏骚扰不闻夜吠之犬，牧人再看不见以饮羊欺诈谋利之徒。朝廷规定刺史的六条职责均做得很有声誉，功劳和考绩优异万里传扬。于是还朝为侍中，并兼任武职。警卫长官地位尊崇，太子之管家职务荣耀。东西两晋之时，太子詹事之人选特别重要。羊琇希望有此任命而不得，谢琰功高也只是后来才任此职。公来回侍奉于天子和太子二宫之间，善美的政绩指日可待。所掌管的禁卫军庄重严整，储君之安全更有保证。

会稽土地肥美，其重要可同分陕而治相媲美。东晋以来，常重此任。其郡东边有大海，南有秦望、会稽二山。大泽会聚，盗贼出没久已存在。而经商之民，家富千金的屋舍邻接。城郭之内，摩云之高楼极多。刑政繁杂错乱，旧时已很难审辨使其划一。古时南山有群盗五百，与之相比并不算多；渤海太守说治乱民如治乱绳，与此相比还算容易治理。公方到任即广布教化，如风动神行无所不至。坦诚宽恕之心既取得百姓信任，钩距查察之术不用即可廉得实情。不须用赭污群偷衣服的权术，而奸邪的魁首就能翦除；不必借里胥登记恶迹的簿籍，而大恶之人皆被诛戮。以怜恤之心广被百姓，以诚实平和之行取信于民。南阳太守以蒲鞭惩过之法，未能比其仁政；颍川太守之德化如时雨春风，也无法超过其德泽。公初赴外任即有澄清天下之志，于是或为州牧或为郡守，德化到达之时民众随即安定，不必等到满月。老者安其政事少者归依其教化，乡里道路之人皆歌咏其德政，对缅公无不如见亲人那样欢欣，无不认为如椒兰一样芳香。每次扬起旌麾离任之时，百姓皆悲泣于道路以送行。民众攀着车辕卧于车道挽留之心，争途送行而忘记追随甚远；离去之时民众请求让他留任一年的深情，愈久而愈坚决。

古称方城山和汉水是天然城池，南顾各地形势莫重于此。向北直通崤山、潼关，平坦的道路不足七百里；西去峣、武二关，道路不满千里。有蛮人的村落夷人边界的寨栅，崇山峻岭绵延万里。小则俘民掠畜，大则攻城劫市。自晋宋至今，皆密切关系着人民的忧患。报警的烽火和鼓声相连，累年不止。杀人越货盗墓之徒，成群结队于道路；藐视法律欺侮官吏之人竟不能禁止。累朝藩国皆受其害，历代官府不能制裁。加上后魏窥探时机，等待我边境出现间隙。北风未起（秋天未至），便驱战马南来；边塞之草未曾枯萎，这里戒严的城池已经是早闭迟开。永明八年匈奴寇朐山，边境大为惊骇。天子之心眷顾北方，视朝时闻此消息而不欢。出兵镇守汉南，非缅公不可。于是驱集战马于平原，卷怀甲胄迅速出征。发布威严的号令开始出发，仁德之风满于道路，沿途清肃安然，兵车步卒不骚扰百姓。人民牵牛担酒劳军的每天都有，送茶送水的人多至填塞道路。后魏官吏如犬羊之畜不讲道义，由来已久。其赋敛于民严酷紧急，只知求利；时而寇边时而掳掠退去，灾害更大。公发扬清廉之风，以真诚之德取信于民。尽察民间疾苦之情，弘扬言出必信之德。馈金如粟之多而不收，赠马如羊之多也不受。将雏之雉也蒙其德，诚信及于豚、鱼等微小之物而无差失。因此蛮夷之民全家全村皆仰德而来，如同归家；梳椎髻且以麻束发之人，每天都来拜谒门庭；穿着草编衣服的人布满道路，唱着欢乐的民歌自成音韵。礼让仁义既布，威令和刑罚俱行，强暴之民猛悍之俗，皆反其素习而迁情于善。因而骚乱不起，监狱空虚。富商敢于野外住宿，农民收割的禾束也敢隔夜停放在田中。蝗灾不生，豺虎远避，后魏畏其威德，边塞关隘清静。谍报人员不敢东来窥探，骆驼战马不敢驱向南方放牧（谓南侵），公方欲扬鞭策马进军燕赵，席卷秦代，陪天子游幸伊川洛水，侍圣驾巡视咸阳。然而不幸疾病缠身，忽而病危。消息传出，农夫即放下农具，织妇走下织机，争相参谒问安于门外，并且走向祭山川之处为缅公求神祈福。在永明九年夏五月三十日（辛酉）薨逝，享年三十七岁。顿时城府萧飒，众同僚精神陨丧。男女老幼，群至街衢哀哭吊丧。哀音相接哭声相传，不到一个时辰而达于州郡四境，夷人聚居之处戎人部落之地，虽然幽僻遥远而都来奔丧，望着州城捶胸哀哭，声震城郭，皆请求入城守灵，府中属官殷切劝止而不许。虽邓训死时曾有民人自割其面哀不欲生，羊祜逝世市人罢市致哀以表追慕之情，如果二君相对而言，亦将深愧德业不如。灵车东还之时，吏民哭送出境。沿途望灵车而祭奠，面向苍天而为缅公祷告。哭声震响如雷，哀号满路如水之不能通流。

公临终时认真考虑详正其意，乃遗下善言。怀抱着楚子囊忠君爱国之情，虽生命危殆而其心愈坚；卫大夫史鱼进贤退不肖之心，身虽亡而意郁结。天子和太子深感悲痛，远近之人同哀。追赠侍中，兼卫将军，赐给鼓吹乐队一部，谥为昭侯。当时皇上（指明帝）正当受命总揽朝政之日，被选拔重用之初，位居朝官之首（为尚书右仆射），兼掌卫尉。乍闻凶讣哀痛震惊，悲感昏绝超过一个时辰。因得重病，缠身不去至迁移季节之久。世祖为此日夜忧虑，尽量慰解。劝其进食，禁其哀哭，宫中派出慰问的使者相望于路。皇上虽然外表顺从当时天子旨意，内心却私下悲痛，独居时不食酒肉，坐卧泣下沾衣。如此者逾年，身体瘦瘠以至改变容貌。兄弟天伦之爱，自古无匹。后来俯受上天眷顾，入继帝业，分命近亲，或任宰辅之臣或任地方长官。想起周成王分赐繁弱之弓给鲁公伯禽而流泪，遥望鲁公的封地曲阜而含悲。于是改赠司徒，因谥为安陆昭王，这是礼制如此。

思缅公少年即杰出而有见识，长而宽宏有仁德，风度翩翩，容光焕发。学遍四部之书，特善精微玄妙的言谈。文辞华丽，书法精美。穷尽诗之六义怀于胸中，精研八体书法出于笔端。博弈神思之妙，虽弈秋储其精思也无法与他竞巧；射技之精，虽养由基揽弓瞄准而猿号亦不足称奇。平日处事秉至公之心以奉上司，抱谦恭之情以待下属。接待吏民表现出有极高的品德修养，交接文士态度谦卑忘记自己是公侯之贵。虚怀若谷博纳众长，胸中坦然洞开。闲谈笑语，情如波澜滔滔不绝。誉满天下，德冠万民。当为百世的榜样，千年的表率。可叹上天竟不愿留此贤人以卫王室，以至栋梁之材忽然摧折。这难道仅仅如子产寿终、蹇叔谢世之时，郑人作歌以悼念、秦人停止舂杵以寄哀思就完了吗？缅公逝世之时凡我同僚旧吏，均同哀共悲，埋怨上天不厚待贤德之人，痛惜哲人生命之时光不能长留。大家筹思怎样才能播扬其遗风，使之与天地一样长久。于是刊刻石碑记其美迹，寄托哀思于铭文颂辞。其辞是：

天帝命令燕子，降临人间而生商朝之祖先契。这就开启了商朝金德之气运，其福祚则始于有娀氏之女用玉筐去覆盖燕子。后来三位仁德之臣离开国都，五星聚于房宿之位而预示周朝火德之兴起。微子骑着白马归周，不久殷商之后代也臣服周王。

本宗支派，因食邑于萧而以为氏。萧氏随殷之后代经徐州东迁于兰陵，其意义与刘氏随魏国之后代由大梁徙于丰一样预示子孙的昌盛。自此而后，子孙多穿着青色或紫色的官服而为贵族。祖宗仁德的基础高厚，子孙的福泽则如大河之绵长。

思念圣人创造世界，升于帝位亦颇艰难。鼎新革故，废除旧法公布新制。齐高帝仁德盛大，仰受上天之眷顾。景皇帝美矣，实乃开启洪大的福祚以予子孙。

高高的山岳巍峨耸立，将钟其灵秀降生著名于世的大贤之人。应五百年而有圣贤兴的运数诞生了有盛德的缅公，可谓光耀前代而后世难于企及。他善察隐微之征兆以成就天下大事，先知先觉远在众人之前。所处虽非至尊的宝座，而大仁大德却是天赐的爵位。

自洁缨出仕之日开始，就发挥其清美的谋略。升降于天子殿阶，出入于皇宫阙门。惠爱的恩泽沾润于吴郡百姓，人德之风遍及越地人民。渡过夏水又渡汉水，期月之间政绩便有成就。

政简民从易于治理，其德日日增新甚为美盛。处于上位而能怜恤百姓，对下庄严则下属皆能恭敬。草木沾其惠爱而不被乱砍乱伐以致夭折，昆虫鸟兽被其仁风而顺着自己的天性生长。我公有兰椒芳香之德，民众皆长久咏叹。

蛮夷之人先前骚乱不恭，分别居于崇岩叠嶂之间。现今则倾尽山村部落归依缅公之德政，其跟从者如云之多。领妻担子，背负首戴成群结队而来。汉朝曾有夷人回首归顺请派官吏治理之事，比之齐德竟何足道！

从前听说上天之道常祐善人，仁德之人无不顺利如意。奈何苍天，造山垂成竟功亏一篑。缅公正欲驱其四马战车驰骋中原，谁料为日驾车的六龙竟脱缰而去，光阴不能留驻以致生命早逝。这里的下民何所仰赖，邦国之人皆如病困。

古代齐国的晏婴逝世，景公行哭吊丧。赵之昌国君徂谢，列国之人皆悲泣挥泪。况我缅公，乃皇上之贵介弟，更使万众哀伤感叹，宫殿君臣尽皆悲痛。

西阶拆除停棺之木架而空留其处，江水漂浮着载柩之船而东归。吏民竞设珍馐在野外祭奠，争相攀援载柩之车而舍不得其离去。沿着洲渚号泣追送，面向波涛望着载柩之船而痛哭。（遂立缅公之祠于岘山）春祭以兰秋祭以菊，虽久远而不绝馨香。

载柩之船途经江湘之间的帝渚，平生朱轩之荣今已不能复驾。东向坟园，就居于长夜漫漫的墓中。逝者如大川奔流不能等待，黄金亦难化为延寿之金丹。刊刻钟石以纪功德亦属徒然，缅公北定中原之嘉谋已经永去不返！

【评析】

此碑文之序，分三部分：首叙萧缅家世德业，历任内外官职之荦荦政绩，死后深受吏民悼惜；次叙其忠君爱国之情怀，故王室痛其早逝，追赠甚厚；复叙其多才多艺，谦恭待人，故得僚旧之欢，因寄情铭颂，思播芳风。至于铭辞则撮序文大要，以韵语出之而已。沈约此文，词随意出，意达即止，不事雕饰，韵味自然。行文每用铺垫对比手法，萧缅每新任一官，必先叙其如何荣耀，形势重要，民情特殊，然后叙其治理效应，以表其深受宠信，并显其政绩。在作者笔下，萧缅仿佛是一位卓越的政治家，然究其实，未免夸饰，此亦谀墓文章之通病，无足为怪。

墓志

刘先生夫人墓志[1]一首

作者：任彦昇　　注译评析：黄立业

既称莱妇[2]，亦曰鸿妻[3]。复有令德，一与之齐[4]。实佐君子，簪蒿杖藜。欣欣负载[5]，在冀之畦[6]。

居室有行，亟闻义让。禀训丹阳[7]，弘风丞相[8]。籍甚二门，风流远尚。肇允才淑，间德斯谅。

芜没郑乡[9]，寂寥杨冢[10]。参差孔树[11]，毫末成拱。暂启荒埏，长扃幽陇。夫贵妻尊，匪爵而重。

【篇旨】

称扬王氏之志尚德行，并叙合葬之事。

【注释】

① 刘先生：即刘瓛，博通五经，聚徒教学。年四十余未婚，齐太祖为他娶王氏女。王氏穿壁挂履，土落瓛母床上，母不悦，瓛即出其妻。瓛卒，谥贞简先生。《南齐书》有传。

② 莱妇：楚老莱子妻。春秋时，老莱子隐于蒙山，楚王亲至其门，欲授以国政。其妻以为此将受制于人，乃投畚而去。老莱随之至江南，复隐居。见《列女传·楚老莱妻》。后为贤妇之典。

③ 鸿妻：梁鸿为人赁舂，每归，妻孟氏为具食，不敢仰视鸿，乃举案齐

眉。见《后汉书·梁鸿传》。为夫妻相敬之典。

④ 一与之齐：《礼记·郊特牲》："信，妇德也，壹与之齐，终身不改。"

⑤ 负载：当作负戴，谓背负首戴。《汉书·朱买臣传》说，买臣常采樵，其妻亦负戴相随。喻夫妇共劳苦。

⑥ 在冀之畦：《左传·僖公三十三年》，谓臼季路过晋之冀邑，"见冀缺耨（耘苗也），其妻馌之，敬，相待如宾。"

⑦ 丹阳：瓛是晋丹阳尹刘惔六世孙。

⑧ 丞相：夫人王氏当为晋丞相王导之后裔。

⑨ 郑乡：北海相孔融深敬郑玄之才德，为之特立一乡，曰郑公乡。见《后汉书·郑玄传》。

⑩ 杨冢：即玄冢。善注引《七略》曰：扬雄卒，弟子侯芭负土作坟，号曰玄冢。

⑪ 孔树：指孔子墓地之树。善注引《皇览·圣贤冢墓志注》曰：孔子冢在鲁城北泗水南。相传其弟子各以故乡之树木种于此，异树以百数。此喻瓛冢之树。

【语译】

历来称颂老莱子之妇贤惠，又赞美梁鸿之妻恭敬。夫人复有此美德，与她们足可相齐。她佐助丈夫，过着以蒿梗为簪以藜木为杖的俭约生活；欢欣地背负首戴一起辛勤劳动，又如冀邑的农妇送饭至田野给其丈夫那样恭敬。

早在闺中之时便很有德行，屡闻有礼义谦让的声誉。先生禀受丹阳尹惔公的遗训，夫人弘扬丞相王导之家风。刘王二家声名盛大，流风遗韵远近传扬。始信才情美盛，妇德如此良善。

刘先生既没，其故里如郑公乡之荒芜，其墓地如扬雄坟冢之寂寥。墓旁的树木参差不齐，已自毫末之苗长成合拱大树。宗族之人暂启先生的墓道，把夫人的骨殖送入其中，长闭于幽深的山陇。夫以道贵妻以德尊，非因爵禄而见重于世。

【评析】

此文名为墓志，实际有铭无志，是墓志的一种变体。刘瓛因封建观念，顺母意而出其妻，本传不言其再娶。吕向注云："瓛平生与其妻道义相得，终身不改志也。"墓志既称王氏为刘先生夫人，可见妻虽离异而矢志不改嫁。这是一出婚姻悲剧。李善认为是宗人于瓛死后迁王氏与之合葬。此举既遂先生夫妇平生之愿，亦表示对封建道德之不满。铭辞平实无华，只点出夫人之美德，一代名儒坟茔荒芜，既不道及离异之伤心往事，亦不明言何人为其合葬，留不尽之意见于言外，可谓委婉而多讽矣！

卷第六十

行状

齐竟陵文宣王行状一首

作者：任彦昇[①]　　注译评析：黄立业

祖太祖高皇帝　父世祖武皇帝

南徐州南兰陵郡县都乡中都里萧公年三十五行状[②]。

公道亚生知，照邻几庶[③]。孝始人伦，忠为令德，公实体之，非毁誉所至。天才博赡，学综该明。至若曲台之《礼》，九师之《易》[④]；《乐》分龙赵，《诗》析齐韩[⑤]；陈农所未究，河间所未辑[⑥]；有一于此，罔不兼综者与！昔沛献访对于云台，东平齐声于杨史[⑦]；淮南取贵于食时，陈思见称于七步[⑧]，方斯蔑如也！

初，沈攸之跋扈上流，称乱陕服[⑨]。宋镇西晋熙王、南中郎邵陵王，并镇盆口[⑩]。世祖毗赞两藩，而任总西伐[⑪]。公时从在军，镇西府版宁朔将军军主，南中郎版补行参军署法曹[⑫]。于时景烛云火，风驰羽檄[⑬]。谋出股肱，任切书记[⑭]。迁左军邵陵王主簿记室参军。既允樊林之求，实兼仪形之寄[⑮]。刀笔不足宣功，风体所以弘益[⑯]。除邵陵王友[⑰]，又为安南邵陵王长史。东夏形胜，关河重复[⑱]，选众而举，敦悦斯在[⑲]。除使持节、都督会稽、东阳、临海、永嘉、新安五郡诸军事、辅国将军、会稽太守。

太祖受命[⑳]，广树藩屏。公以高昭武穆，惟戚惟贤[㉑]，封闻喜县开国公，食邑千户。又奏课连最，进号冠军将军。越人之巫[㉒]，睹正风而化俗；篁竹之酋，感义让而失险[23]。邪叟忘其西戾，龙丘狭其东皋[24]。会武穆皇后崩，公星言奔波[25]，泣血千里。水浆不入于口者，至自禹穴[26]。逮衣裳外除[27]，心哀内疚。礼屈于厌降，事迫于权夺[28]。而茹戚肌肤，沉痛疮距[29]。故知钟鼓非乐云之本，缞粗非隆杀之要[30]。改授征虏将军、丹阳尹。良家入徙，戚里内属[31]。政非一轨，俗备五方。公内树宽明，外施简惠，神皋载穆，毂下以清[32]。

武皇帝嗣位，进封竟陵郡王，食邑加千户。复授使持节、都督南徐兖二州诸军事[33]、镇北将军、南徐州刺史。迁使持节、侍中、都督南兖徐北兖青冀五州诸军事[34]、征北将军、南兖州刺史。兖徐接壤，素渐河润[35]。未及下车，仁声先洽。玉关靖柝，北门寝扃[36]。朝旨以董司岳牧，敷兴邦教[37]。方任虽重，比此为轻。征护军将军、兼司徒，侍中如故。又授车骑将军、兼司徒，侍中如故。即授司徒、侍中又如故。上穆三能，下敷五典[38]。辟玄闱以阐化，寝鸣钟以体国[39]。翼亮孝治，缉熙中教[40]。夺金耻讼，蹊田自嘿[41]。不雕其朴，用晦其明[42]。声化之有伦，繄公是赖[43]。庠序肇兴，仪形国胄[44]。师氏之选，允师人范[45]。以本官领国子祭酒[46]，固辞不拜。八座初启，以公补尚书令[47]。式是敷奏，百揆时序[48]。夫国家之道，互为公私[49]。君亲之义，递为隐犯[50]。公二极一致，爱敬同归[51]。亮诚尽规，谋猷弘远矣[52]。又授使持节、都督扬州诸军事、扬州刺史，本官悉如故。旧惟淮海，今则神牧，编户殷阜，萌俗繁滋[53]。不言之化，若门到户说矣。顷之解尚书令，改授中书监[54]，余悉如故。献纳枢机，丝纶允缉[55]。武皇晏驾，寄深负图[56]。公仰惟国典，俯遵遗托。俯擗天伦[57]，踊绝于地[58]。居处之节，复如居武穆之忧[59]。

圣主嗣兴，地居旦奭[60]。有诏策授太傅[61]，领司徒，余悉如故。坐而论道[62]，动以观德。地尊礼绝，亲贤莫贰。又诏加公入朝不趋，赞拜不名，剑履上殿[63]。萧傅之贤，曹马之亲[64]，兼之者公也。复以申威重道，增崇德统，进督南徐州诸军事，余悉如故。并奏疏累上，身殁让存。天不慭遗[65]，梁岳颓峻。某年某月日薨[66]，春秋三十有五。诏给温明秘器[67]，敛以衮章[68]，备九命之礼[69]，遣大鸿胪监护丧事[70]，朝夕奠祭，太官供给，礼也[71]。故以恸极津门，感充长乐[72]。岂徒舂人不相[73]，倾廛罢肆而已哉[74]！乃下诏曰："褒崇庸德，前王之令典。追远尊戚，沿情之所隆[75]。故使持节都督杨州诸军事、中书监、太傅、领司徒、扬州刺史、竟陵王、新除进督南徐州，体睿履正，神监渊邈[76]，道冠民宗，具瞻惟允[77]。肇自弱龄，孝友光备。爰及赞契，协升景业，燮和台曜，五教克宣[78]。敷奏朝端[79]，百揆惟穆。寄重先顾，任均负图。谅以齐徽二南，同规往哲[80]。方凭保祐，永翼雍熙[81]。天不慭遗，奄见薨落。哀慕抽割，震动于厥心。今先远戒期，龟谋袭吉[82]。茂崇嘉制，式弘风猷。可追崇假黄钺[83]、侍中、都督中外诸军事、太宰、领大将军、杨州牧，绿綟绶[84]，具九锡服命之礼[85]。使持节、中书监、王如故。给九旒銮辂[86]，黄屋左纛[87]，辒辌车[88]，前后部羽葆鼓吹，挽歌二部，虎贲班剑百人[89]，葬礼一依晋安平献王孚故事[90]。"

公道识虚远，表里融通。渊然万顷[91]，直上千仞[92]。仆妾不睹其喜愠，近侍莫见其倾弛。他人之善，若已有之。民之不臧，公实贻耻。诱接恂恂，降以颜色。方于事上，好下规已。而廉于殖财，施人不倦。帝子储季，令行禁止。国网天宪，置诸掌握。未尝鞠人于轻刑，锢人于重议。人有不及，内恕诸己。非意相干，每为理屈。任天下之重，体生民之俊。华衮与缊绪同归，山藻与蓬茨俱逸[93]。良田广宅，符仲长之言[94]；邙山洛水，协应叟之志[95]。丘园东国，锱铢轩冕[96]。乃依林构宇，傍岩拓架。清猿与壶人争旦，缇幕与素濑交辉[97]。置之虚室，人野何辨[98]。高人何点，蹑屩于钟阿；征士刘虬，献书于卫岳[99]。赠以古人之服，弘以度外之礼。屈以好事之风[100]，申其趋王之意[101]。乃知大春屈己于五王[102]，君大降节于宪后[103]，致之有由也。其卉木之奇，泉石之美，公所制《山居四时序》，言之已详。

文皇帝养德东朝[104]，同符作者，爰造九言[105]，实该百行。导衿褵于未萌，申炯戒于兹日[106]。非直旦暮千载，故乃万世一时也。命公注解，卫将军王俭缀而序之[107]。山宇初构，超然独往，顾而言曰："死者可归，谁与入室？”尚想前良，俾若神对。乃命画工，图之轩牖，既而缅属贤英，傍思才淑。匹妇之操，亦有取焉。有客游梁朝者[108]，从容而进曰：“未见好德[109]，愚窃惑焉。即命刊削，投杖不暇[110]。公以为出言自口，骥騄不追。听受一谬，差以千里。所造箴铭，积成卷轴。门阶户席，寓物垂训。先是震于外寝[111]，匠者以为不祥，将加治葺。公曰：“此天谴也，无所改修，以记吾过，且令戒惧不怠。”从谏如顺流，虚己若不足。至于言穷药石，若味滋旨。信必由中，貌无外悦。贵而好礼，怡寄典坟。虽牵以物役，孜孜无怠。乃撰《四部要略》《净住子》[112]，并勒成一家，悬诸日月。弘洙泗之风[113]，阐迦维之化[114]。大渐弥留，话言盈耳，黜殡之请[115]，至诚恳恻。岂古人所谓立言于世，没而不朽者欤！易名之典[116]，请遵前烈。谨状。

【篇旨】

详述萧子良生平事迹，颂扬其德才行业，具报朝廷以请谥号。

【注释】

① 任彦昇：作者姓名，当署于《齐竟陵文宣王行状》题下，各本均误。“祖太祖高皇帝”二句，应属正文。

② 南兰陵：故地在今江苏常州武进区。据《南齐书·高帝纪》，籍贯当为：南兰陵郡兰陵县中都乡中都里。行状：文体名。具述死者世系、名字、爵里、年寿、生平事迹，用以呈朝廷请谥，呈史馆请编录，或送作者求作墓志碑表之类。

③ 生知：此谓生而知之。《论语·季氏》：“生而知之者，上也；学而知之者，次也。”几庶：五臣作庶几。几，谓几微，事之先兆。古以为圣人乃能知几。庶几，谓近于知几者，即近于圣人。《周易》系辞上：“子曰：颜氏之子，其殆庶几乎！”

④ 曲台之《礼》：曲台，本秦汉天子射宫之名。善注引《七略》曰：“宣皇帝时行射礼，博士后仓为之辞，至今记之，曰《曲台记》。”此指

射礼之书。九师之《易》：同上书曰：“《易传淮南九师道训》者，淮南王安所造也。”《汉书·艺文志》注：“淮南王安聘明易者九人，号九师说。”

⑤ 龙赵：《汉书·艺文志》有《雅琴赵氏》七篇，赵定撰；《雅琴龙氏》九十九篇，龙德撰。齐韩：汉初传《诗经》者，鲁诗源于申公，齐诗源于辕固生，韩诗源于韩婴，皆立学官，置博士弟子。三家诗至魏晋皆亡，韩诗仅存《外传》。今本《诗经》为毛公所传。

⑥ 陈农：汉成帝时，使谒者陈农求遗书于天下。河间：河间献王德，汉景帝之子，得民间善书，必以抄写完好之本归还书主，并加赐金帛。故得书之多与朝廷等。

⑦ 沛献：汉明帝永平五年秋，京师旱，帝御云台，亲自占卜，不明繇辞，明日果大雨。乃诏书问沛献王辅，辅上书曰，案繇辞出《易》卦震之蹇：蚁封穴户，大雨将集。蹇，艮下坎上，艮为山，坎为水，出云为雨。蚁穴居而知雨，将云雨，蚁封穴，故以蚁为兴文。见《东观汉记》卷七。东平：汉东平宪王苍上《世祖受命中兴颂》，校书郎皆言类相如、扬雄，前代史岑比之，见《东观汉记》卷七。

⑧ 淮南：汉淮南王安，帝使为《离骚传》，旦受诏，日食时上。陈思：陈思王曹植。魏文帝令曹植七步成诗。

⑨ 沈攸之：为宋荆州刺史，顺帝即位，攸之举兵十万反叛。陕服：周初，周公召公分陕而治。服：王畿以外的地方。此喻国之重地。

⑩ 晋熙王：刘燮，镇西将军，扬州刺史，镇寻阳之盆城。邵陵王：刘友，南中郎将、江州刺史。盆口：盆口城，今江西九江市。

⑪ 世祖：指齐武帝萧颐。当时为宋左卫将军、晋熙王长史，奉燮及友镇盆口，遣军援郢。

⑫ 公：萧子良乃颐次子，时随父在盆口。版：凡位从公以上者，以版封授所属官职，非朝廷除授，故称版。军主：军中之长。行参军：朝廷除拜则为参军事，府版则为行参军。署：摄理。法曹：军法官。

⑬ 云火：军事报警之烽火。羽檄：军事文书，插鸟羽以示紧急。

⑭ 书记：主管文书之官，如主簿、记室之类。

⑮ 焚林：善注引《文士传》，曹操素闻阮瑀名，辟之不应，逃入山中。操使人焚山，得瑀。瑀作歌，音辞俱妙。操大悦，署为记室。仪形句：善注引《晋中兴书》，司空东海王越以王永为记室参军，并敕子毗曰：闲习礼度，不如式瞻仪形；讽味遗言，不如亲承音旨。王参军人伦之表，汝其师之。此谓希望其成为郡王的模范。

⑯ 刀笔：主办文案。风体：风范气度。

⑰ 友：师、友、文学，皆藩王属官。

⑱ 东夏：会稽郡。

⑲ 敦悦：笃信深爱。

⑳ 太祖：齐太祖萧道成。

㉑ 公以高昭武穆：齐高帝之孙武帝之子。戚：亲。

㉒ 巫：祀鬼神曰巫。越人多淫祀，百姓因而困穷。

㉓ 篁竹之酋：指越人之酋长。篁，竹丛。《汉书·严助传》："臣闻越……处溪谷之间，篁竹之中，习于水斗，便于用舟。"失：弃。

㉔ 邪叟：刘宠为会稽太守，将回朝任要职，山阴县若邪山有五六老人因感其德政而出来送行。见《后汉书》本传。龙丘：任延拜会稽都尉。当地有隐者龙丘苌，朝中宰辅连辟之皆不到。延以为龙丘先生躬德履义，遂使功曹奉谒，送医送药，如此连续经年，苌乃乘车至府门，愿以死效力。遂用为议曹祭酒。见《后汉书》本传及注。东皋：此指耕地。狭其东皋：谓舍其狭小的耕地而出仕。狭，古以人多耕地少为狭乡。

㉕ 武穆皇后：子良生母。星言：《礼记·奔丧》："唯父母之丧，见星而行，见星而舍。"谓早行夜宿。

㉖ 禹穴：指会稽。

㉗ 衣裳外除：谓丧服外除。

㉘ 厌（yā）降：子为生母服丧三年，但母亡而父在，则为母服丧减为一年，称厌降。权：权宜之事。夺：夺其孝亲之私情。此指由于国事需

要而夺哀使其入朝为官。

㉙ 戚：悲也。疮：通“创”，伤也。距：通“巨”，大也。《礼记·三年问》：“创巨者其日久，痛甚者其愈迟。三年者，称情而立文，所以为至痛极也。”

㉚ 钟鼓：《论语·阳货》：“乐云乐云，钟鼓云乎哉！”马融注：“乐之所贵者，移风易俗，非谓钟鼓而已。”粗缞（cuī）：粗麻纱织布制成的缞。缞，被于胸前的麻布片，服三年之丧者用之。隆杀：指礼之升降、厚薄。

㉛ 良家：清白之家。善注引《三辅黄图》谓汉宣帝为杜陵，徙良家五千户居于陵。戚里：帝王姻戚聚居之处。汉万石君之姊为高祖之美人，故徙其家居长安城中戚里。见《史记》本传。二句谓齐亦有此事。

㉜ 神皋：京城附近肥沃之地，此指京畿，乃丹阳郡所辖。毂下：犹辇下，指京都。

㉝ 南徐：南徐州，镇京口。兖：南兖州，镇广陵，在京口对岸。

㉞ 徐：此指南徐州。北兖：州名，镇淮阴。青：青州，州治在郁州（当时在海中，今已连为平陆），在今江苏灌云东北。冀：州名，领北东海郡，有襄贲、僮、下邳、厚丘、曲城五县。

㉟ 河润：《庄子·列御寇》：“河润九里，泽及三族。”喻恩泽及人。

㊱ 玉关：玉门关，此喻南齐北方与后魏交界之关口。靖柝：喻无敌军入侵之警报。柝，夜间巡逻击柝备警。北门：喻北方重镇。

㊲ 岳牧：此指封疆大臣。邦教：司徒之职，掌全国政教，为三公之位。

㊳ 三能（tái）：三台星，古以为象三公之位。能，通“台”。五典：五常，即父义、母慈、兄友、弟恭、子孝。

㊴ 玄闱：玄门。《老子》：“玄之又玄，众妙之门。”原指道家之道。此喻政道。阐化：阐扬天子之教化。寝：息。鸣钟：钟鸣鼎食，喻富贵之家的豪奢生活。体国：体会国家崇尚节俭之理。《武帝纪》：“为治总大体，以富国为先。颇不喜游宴、雕绮之事。”临终遗诏：宜息游费，务存节俭。体国之意指此。

㊵ 孝治：以孝治天下。缉熙：光明。中教：司徒主管五常之教。

㊶ 蹊（xī）田：《左传·宣公十一年》："牵牛以蹊人之田，而夺之牛。牵牛以蹊者信有罪矣；而夺之牛，罚已重矣。"此谓别人故意牵牛以踩自己的田。蹊，踩踏。嘿：通"默"，不言也。这两句言德化及民，人皆不欲争讼。

㊷ 朴：质朴也。"用晦"句：《周易·明夷》："象曰：明入地中，明夷，君子以莅众，用晦而明。"注："藏明于内，乃得明也。"

㊸ 繄（yī）：语辞。

㊹ 庠序：古代官办的学校，此指国学。仪形：同"仪刑"，犹言法式、模范。国胄：王侯卿大夫之子。

㊺ 师：六臣本注："五臣本作归。"归：向往、归依。人范：人之师范。

㊻ 国子祭酒：掌管国学之官。

㊼ 八座：《宋书·百官志上》："五尚书、二仆射、一令，谓之八坐。"坐，通"座"。尚书令：任总机衡，统管仆射及诸曹尚书。

㊽ 敷奏：陈述奏进。"百揆"句：《尚书·舜典》："纳于百揆，百揆时叙。"上之"百揆"，指总领百事之官，后世称冢宰、尚书令。下之"百揆"，指各种政事，犹庶政。时叙：于是皆得次序，而无废事。

㊾ "夫国家之道"二句：武帝为萧子良之父，在朝廷，子良任尚书令，总百政，事君治国，是为公；在王室，子良则有理家事亲之义，是为私，故曰互为公私。

㊿ 隐犯：《礼记·檀弓上》："事亲有隐而无犯……事君有犯而无隐。"注："隐谓不称扬其过失也。无犯，不犯颜而谏。"又事君句注："既谏，人有问其国政者，可以语其得失。"

51 二极：指君亲。一致：忠孝同一。爱敬：《礼记·丧服四制》："资于事父以事君而敬同。贵贵尊尊，义之大者。……资于事父以事母而爱同。"句谓事父事君，爱敬之道同归于一。

52 谋猷：计谋、谋略。

53 淮海：《尚书·禹贡》："淮海惟扬州。"此指扬州。神：神明。牧：

刺史。编户：编入户籍的平民。萌俗：百姓习俗。萌：通“氓”，谓民众。

㊺ 中书监：官名。掌呈奏案章，又掌诏命。

㊻ 枢机：《周易》系辞上：“言行，君子之枢机。”此指言辞、建议。丝纶：指代拟诏命。丝，喻天子之言。

㊼ 负图：《汉书·霍光传》，使黄门画者，画周公负成王朝诸侯，以赐光。《家语》谓孔子观于明堂，睹四门之墉，有周公相成王，抱之负斧扆南面以朝诸侯之图焉。此为辅相幼主之典。

㊽ 擗：抚心哀哭。天伦：指兄弟。武帝永明十一年，皇太子长懋薨。长懋乃子良胞兄。是年七月，武帝将崩，遗诏子良善相毗辅皇太孙昭业即位。故子良痛父皇崩而复哭其兄。

㊾ 踊：此指号哭跺脚。绝：昏死。

㊿ 武穆：武穆皇后。居忧：守丧。

⑥⓪ 圣主：指郁林王昭业，他是皇太子长懋的长子。旦：周公姬旦。奭（shì）：召公姬奭。二人皆受顾命，辅相幼主成王。

⑥① 太傅：傅相天子之官，位列三公。

⑥②“坐而论道”句：《周礼·冬官·考工记》：“坐而论道，谓之王公。”注：“论道，谓谋虑治国之政令也。”

⑥③ 趋：急步向前。古礼，望见尊者则需急步向前走，以示尊敬。不趋：见君不用急步走，表示人君以优礼相待。“赞拜”句：奏事拜见君主，不自称其名。“剑履”句：百官皆不得带剑履上殿，而竟陵王则蒙恩许，示特别尊敬。

⑥④ 萧：萧何，汉丞相，以功高，赐带剑履上殿，入朝不趋。傅：吕延济注为傅说。说乃殷之贤臣，相武丁，使殷中兴。曹：曹真，魏太祖之族弟。马：晋王室司马氏。善注引《晋公卿礼秩》，认为具体指汝南王亮、秦王柬、梁王肜。曹马皆王室之亲，赐剑履上殿，入朝不趋。

⑥⑤“天不”句：谓天不愿留此人以卫王室。

⑥⑥ 某年：《南齐书》本传谓隆昌元年薨。

㉗ 温明秘器：古代葬器。《汉书·霍光传》注谓此器形如方漆桶，开一面，漆画之，以镜置其中，以悬尸上，大敛并盖之。

㊳ 衮章：古帝王公侯的礼服，绘有日月星辰山龙等图案。

⑳ 九命：《周礼·春官·典命》："上公九命为伯，其国家宫室车旗衣服礼仪，皆以九为节。"如冕服之图案有九，即龙、山、华虫、火、宗彝、藻、粉米、黼、黻。此谓王公最高等级的丧仪。

⑳ 大鸿胪：掌礼仪之官。

㉑ 太官：掌御膳之官。

㉒ 津门：东汉洛阳西头门称津门，门有亭称西门亭。《东观汉记》卷七《东海恭王强传》，谓强薨，明帝闻讯，下床伏地，举声尽哀，至长乐宫白太后，并出津门亭发丧。此言竟陵王薨，天子亦似此尽哀。

㉓ 岂徒舂人不相：谓群众停止舂杵歌声以追思遗德。《史记·商君列传》记载：百里奚死，"秦国男女流涕……舂者不相杵"。

㉔ 罢肆：犹罢市。晋羊祜死，市日人闻凶讣，即号哭罢市致哀。廛：市场也。

㉕ 沿情：意谓人情。

㉖ 监：五臣本及本传均作鉴。

㉗ 具瞻：《诗经·小雅·节南山》："赫赫师尹，民具尔瞻。"谓众人俱瞻仰其所为。

㉘ 台曜：三台星之光曜，喻三公之位。此指任司徒之时。五教：五常之教，即上文"下敷五典"。

㉙ 朝端：百官之首，指尚书令。

㉚ 二南：《诗经》大序："关雎、麟趾之化，王者之风，故系之周公……《鹊巢》《驺虞》之德，诸侯之风也，先王之所以教，故系之召公。《周南》《召南》，正始之道，王化之基。"此指周公、召公辅相成王。往哲：古代贤臣。

㉛ 保祐：扶助。雍熙：和乐。

㉜ 先远戒期：指占卜葬日。《礼记·曲礼上》："凡卜筮日，旬之外曰远

某日，旬之内曰近某日。丧事先远日。”凡卜丧葬之日，先从远日开始占卜。例如下旬卜葬日，则先卜下月下旬；不吉，再中旬及上旬。因葬期是夺哀之日，非孝子所欲，故先自远日起卜，称“先远”。龟谋：用龟卜。袭吉：古代用三只龟先后占卜，相沿袭俱吉曰袭吉。

⑧③ 假黄钺：暂时把黄钺的仪仗借给他，以壮威仪。黄钺，以黄金为饰的斧。天子所用，后为帝王的仪仗。

⑧④ 绿綟（lì）绶：苍绿色的绶带，诸国贵人相国所用。綟，苍艾色。绶，系印钮等物的丝带。

⑧⑤ 九锡：古代帝王对有大功之臣特别赐给的九种东西。即赐车马、衣服、乐则、朱户、纳陛、虎贲、弓矢、斧钺、秬鬯。

⑧⑥ 旒：旗帜下悬挂的饰物。天子用十二旒，今用九旒，示次于天子。鸾辂：有鸾铃的华贵之车。

⑧⑦ 黄屋：车名，车盖里层用黄缯，故称。南齐时为九命上公所乘，见《南齐书·舆服志》。左纛（dào）：《宋书·礼志》五：“加牦牛尾，大如斗，置左騑马轭上，所谓左纛舆也。”

⑧⑧ 辒辌（wēn liáng）车：原为帝王卧车，有窗，闭之则温，开之则凉，故名。秦始皇乘以东巡，始皇路死，即置柩其中，后遂以专称丧车，帝王贵臣所用。

⑧⑨ 羽葆、鼓吹、班剑：指羽盖、乐队、仪仗。虎贲：勇士。

⑨⓪ 晋安平献王孚：宣帝次弟，薨，谥曰献，诏丧事一依汉东平献王苍的故事。

⑨① 渊然万顷：喻度量宏深。

⑨② “直上”句：喻品性正直。善注引《鲁连子》：“东山有松，千仞无枝，非为正直，无枉自然。”

⑨③ 华衮：华美的上公之服。缊绪（zhù）：乱麻为絮之粗布衣服，贫贱者所用。山藻：山节藻棁之省略语。山节：雕成山形的柱上斗拱。藻棁（zhuō）：画着水藻的梁上短柱。按古礼此为天子的庙饰，后亦为贵族的华居之饰。蓬茨：草屋。

⑭ 仲长：仲长统，好学博识，召聘皆不就。欲隐居清旷之地，尝论曰：使居有良田广宅，背山临流，沟池环匝，竹木周布，足以息四体之役。见《后汉书》本传。

⑮ 应叟：应璩，三国魏时人，其《与程文信书》曰：故求远田，在关之西。南临洛水，北据邙山。托崇岫以为宅，因茂林以为荫。

⑯ 丘园：丘墟园圃，唯生草木。东国：鲁国，周公的封地。轩冕：公卿大夫的轩车和冕服。

⑰ 壶人：掌管漏壶时刻的人。缇（tí）幕：橘红色帐幕。濑：水波。

⑱ 虚室：此指山间空虚无豪华陈设的房室。人野何辨：谓贵臣与野人何所分辨。

⑲ 何点：隐居于东离门下望之墓侧。宰相王侯往访，皆不见。子良送给他嵇叔夜酒杯、徐景山酒枪以通意。屩：草鞋。钟阿：钟山之山坡。征士：不就朝廷征聘之士。刘虬：居江陵，仕至当阳令，后隐居。永明三年，诏征为通直郎，不就。子良致书通意，虬答书称谢。卫岳：六臣本作衡岳，此当为虚指荆州之名山。何点刘虬事迹见《南齐书·高逸传》。

⑳ 好事：各本作“好士”，是。

(101) 趋王：《战国策·齐策》：王斗（斗当为升）欲见齐宣王，谓谒者曰：斗趋见王为好势，王趋见斗为好士，于王何如？谒者还报，宣王趋而迎诸门。此谓谒见王侯当受礼待。

(102) 大春：井丹，字大春，扶风人。建武末年，沛王辅等五王更相请丹，不能致。信阳侯阴就，乃光烈皇后弟，向五王诡称能致丹，别使人要劫之，乃至。见《后汉书·逸民传》。

(103) 君大：荀恁，字君大，雁门人。汉光武帝征之不就。永平间，骠骑将军东平宪王苍辟恁署祭酒，则至。明帝问其故。对曰：先帝秉德惠下，臣故不来；骠骑将军执法检下，臣故不敢不来。见《后汉书》本传。上二句谓高士皆畏威逼而屈事于人，岂如竟陵王宽仁好士而得高贤之心。

⑩④ 文皇帝：即文惠太子长懋，早薨。皇太孙昭业即帝位，追尊为文皇帝。

⑩⑤ 九言：善注谓《竟陵王集》有《皇太子九言》：言德、贤、亲、生、静、昭、真、节、义。

⑩⑥ 衿褵：结褵。古时嫁女，母为其结佩巾，并训勉其恭敬从事，谓之结褵。此喻训勉。炯：明。

⑩⑦“命公注解”二句：善注谓《竟陵王集》有《皇太子九言注解》。又云：卫将军王俭为九言序赞。

⑩⑧“有客”句：汉梁孝王有华美的园囿，好文学之士，司马相如、枚乘等皆游梁。此喻有客游于竟陵王之门。

⑩⑨ 未见好德：《论语·子罕》：“子曰：吾未见好德如好色者也。”此讥竟陵王图写古列女是薄于德而厚于色。

⑪⓪ 投杖：《礼记·檀弓上》，谓子夏丧子而哭瞎了眼睛，曾子往慰问而哭，子夏亦哭曰：予无罪。曾子责之曰：汝丧亲，未有人称道你之孝行，而丧子却哭至失明，何得无罪？“子夏投其杖而拜，曰：吾过矣！”此谓谢过不遑。

⑪① 震于外寝：有巨响震于前面作休憩之寝室。

⑪②《四部要略》：《南齐书》本传：“移居鸡笼山邸，集学士抄五经、百家，依《皇览》例为《四部要略》千卷。”可见此为类书。《净住子》：宣扬佛教禁戒之书。善注引本书序文，述命名之故。

⑪③ 洙泗：二水名，经山东曲阜北。孔子居洙泗之间，教授弟子。后指孔子或儒家。

⑪④ 迦维：古天竺之迦维罗卫国之省称，为佛祖释迦牟尼降生之地。此指佛祖或佛教。

⑪⑤ 黜殡：用卫大夫史鱼尸谏其君进贤去不肖之典。

⑪⑥ 易名：请朝廷赐谥。《礼记·檀弓下》：“公叔文子卒，其子戍请谥于君，曰：日月有时，将葬矣，请所以易其名者。”

【语译】

祖父齐太祖高皇帝 父世祖武皇帝

南徐州南兰陵郡兰陵县（今江苏武进）中都乡中都里萧公年三十五行状。

公之资质仅次于生而知之的圣人，而明察事理则近乎圣人。孝是人们伦常之始，忠是一种美德，公实身体力行，非因别人毁誉才至于此。天赋才能多种多样，学综群书通达明彻。甚至如记射礼的《曲台记》，《易传淮南九师道训》之书无不通晓。乐书则能分辨《雅琴赵氏》和《雅琴龙氏》之精微，《诗经》则能辨析《齐诗》和《韩诗》的正误。汉代陈农奉命访求天下遗书而未曾考究者，河间献王刘德广收古籍而未辑录者，凡属此类书籍，无不兼收并蓄而且进行综理研究。从前沛献王刘辅受皇上询问而回答云台占卜有关的易理而受到称赞，东平献王刘苍的文章被称颂堪与杨雄、史岑齐名，淮南王刘安平旦受命作《离骚传》于食时完稿而受到尊崇，陈思王曹植七步成诗而为世称誉，与萧公相比皆觉逊色。

当初，沈攸之骄横肆暴于长江上游，在国家重地荆州举兵叛乱。宋镇西将军晋熙王刘燮、南中郎将邵陵王刘友，一同镇守盆口城（今江西九江市）。齐世祖萧赜当时辅佐两位藩王，而总管西伐沈攸之的事情。公当时随从世祖在军中，镇西将军军府任命他为宁朔将军军主，南中郎将任命他补行参军代理军法官。当时报警烽火如日影遍及大地，军事文书如风驰电掣之急；运谋决策出自重臣，而军书重务则在主管文书之官。公于是迁升左军邵陵王主簿、记室参军。既像魏太祖焚林以求阮瑀的迫切心情，同时兼有以他作为人伦楷模的期望。主管文案之事不足尽其才能，而其风范气度却大大有益于人伦。于是授予邵陵王友之职，后又为安南将军邵陵王长史。会稽乃形势险要之地，关河重叠，其长官需从众官中选拔，朝廷笃信深爱正体现于此。乃任命他为使持节、都督会稽、东阳、临海、永嘉、新安五郡诸军事、辅国将军、会稽太守。

齐太祖受上天之命而即帝位，广封子弟为诸侯王以卫王室。公以高帝之孙武帝之子，既为嫡亲而且贤能的条件，封闻喜县开国公，赐给千户封地。

又因所上赋税与诸郡相比考功居于第一，加赐冠军将军的称号。越人好祀鬼神以致民生困苦，现在看到清正之风而改变其习俗；居于溪谷竹林中的酋长恃险专横，今皆感受礼义谦让之风而弃其险阻归依德化。若邪溪中的老叟因感其德政特来送行而忘日之将夕，如龙丘先生那样的隐者仰慕尊贤之风也舍其狭小的耕地而出仕。适逢其生母武穆皇后逝世，公披星戴月劳碌奔丧，悲痛流泪达千里之远，汤水不入于口，自会稽而至。及丧服外除之日，仍心内哀痛悔恨不能尽其孝心。然而屈于父在母逝只能为母服丧周年的礼制，又因国事需要不得不夺其私哀而入朝奉职，但含悲于肌肤，沉痛之情如遭巨大创伤难于愈合。故知钟鼓之声非音乐之根本，是否穿着粗麻孝服非丧礼厚薄的关键。于是改授征虏将军、丹阳尹。（京畿之地）清白的人家奉命迁入，外戚之家内徙聚居。因而政理非止一法，风俗五方俱备。公内树宽容廉明之风，外施简易仁爱之政，于是京畿和睦，国都清平。

武皇帝继位，进封竟陵郡王，加赐千户封地。又授予使持节、都督南徐、兖二州诸军事、镇北将军、南徐州刺史。升为使持节、侍中、都督南兖、徐、北兖、青冀五州诸军事、征北将军、南兖州刺史。兖徐接境，素蒙恩泽，初至尚未治事，仁政的声誉早已传遍远近。故而边关无敌军入侵的警报，北方重镇不需戒严关闭。朝廷旨意欲以公督察管理地方长官，以振兴全国各地之政教，方面大臣虽然重要，比较此职则为轻。于是召为护军将军、兼司徒，侍中如旧。又授车骑将军、兼司徒，侍中如旧。旋即正授司徒，侍中又如旧。在上能和睦三公，在下则布兴五常之教。开辟政道以阐扬天子之教化，止息钟鸣鼎食的豪奢生活以体国家崇尚节俭之理。佐助天子推行以孝治天下之原则，使伦常之教发扬光大。于是人有义让之风，被抢夺黄金之人以争讼为耻，被人牵牛踩坏田苗者也默然不相争吵。公不雕饰其质朴之性，用以隐藏其明智于内而更显得明智。天子之声威教化皆有伦有序，唯赖此公。国学开始兴办，需要有人作为百官子弟的楷模。国子祭酒之人选，众望实归于人之师范的竟陵王。于是命他以本官兼任国子祭酒，他坚辞不肯受命。八座尚书之机构初建，以公任尚书令。因此向天子陈述奏进善美建议，各种政事很有次序地施行。治国理家之道，对竟陵王而言乃互为公私；事君事亲之理，是隐而不言其过或犯颜进谏又互有不同要求。公对于君亲二者尽忠尽孝皆能一致，爱敬之道同归于一，坦诚地尽力规劝，谋略很是远大。又授使持节、都督扬州诸军事、扬州刺史，原来的官职完全照旧。古称接近淮海的扬州，今天则有神明的刺史，此地民户富裕，百姓繁多，公不用言辞而以德化民，如登门挨户宣教一般。不久免去尚书令之职，改授中书监，其余官职皆如旧。于是建言以供皇上采纳，草拟诏命皆甚平允恰当。武皇帝驾崩，遗命辅佐少帝如周公之相成王。公仰思国家之典章制度，俯遵父皇的遗命嘱托，低首捶心哀痛皇兄（长懋太子）之早逝，号哭悲恸昏死于地。居丧礼节，复如守武穆皇后之丧。

圣主继位，竟陵王居于周公、召公的地位。有优诏策书授太傅，兼司徒，其余如旧。坐而谋虑治国安邦之道，一举一动天下之人皆仰观其德化；地位尊崇礼遇极隆，亲戚贤臣皆无二心。又下诏加赐公入朝不用趋走，奏事拜见不用自称其名，可带剑履上殿。萧何、傅说那样的贤能，曹真、司马氏诸王那样的王室至亲，能兼而有之者唯有萧公。又因想要申其威仪重其道统，更加尊崇其盛德以作纲纪，加封总督南徐州诸军事，其余官职皆如旧。公连上奏章辞让，身已殁而谦让之风犹存。上天不愿留此贤人来保卫王室，以致栋梁山岳崩颓，隆昌元年某月某日薨逝，享年三十五岁。诏给温明葬器，敛以王公礼服，按王公“九命”备办最高级的丧仪，派司礼官大鸿胪监护丧事，朝夕祭奠，御膳官供给祭品，礼制如此。因此正如东汉东海王刘彊薨，天子于津门亭尽哀发丧，悲感之情充满太后所居之长乐宫，岂止像百里奚之死舂人停止舂杵声以致哀，羊祜之死南州之民整个市镇皆哀哭罢市而已！于是下诏曰：“褒扬尊崇功德，是古代帝王的善法；依礼追祭亡者尊崇亲戚，乃人情所重。已故使持节都督扬州诸军事、中书监、太傅、兼司徒、扬州刺史、竟陵王、新加授督南徐州诸军事，内蕴智慧履行正道，如神明般的鉴察极其深远，道德崇高人民宗仰，天下之人视其所为皆谓允当。始自幼年，孝友之德就已大备。后来赞襄天子，助其升登宝位，燮理国家政教和睦三公，五常之教皆能发扬。在尚书令之位进尽忠言，凡百政事皆得谐和。有先帝顾命的厚重寄托，责任与周公辅相成王同等重要。确实与周公、召公之风化齐美，与古代贤臣同为楷模。方赖扶佐，望其辅弼长使天下臻于和乐之境。岂料上天不愿留此贤哲之人以卫王室，忽然薨逝。悲哀追慕之情如同揪肝割肺之痛，长久震动于此心。今按先远之礼向神灵告请安葬之期，占卜葬日连得吉兆。尊崇古代善法，用以弘扬风教。可追赐使用黄钺仪仗、侍中、都督中外诸军事、太宰、领大将军、扬州刺史，苍绿色绶带，供设九锡服用之物。使持节、中书监、王如旧。给予旗下悬挂九种饰物的华贵銮铃车、黄缯为里作车盖并置斗大牦牛尾于左騑轭上的黄屋左纛车，辒辌丧车，前后设羽葆鼓吹，唱挽歌的乐人两队，佩带班剑的勇士百人，葬礼完全依照晋朝安平献王孚的旧例。”

公之道德和识鉴高远，表里明通。度量深广如万顷之陂，节操高尚如青松之直上千仞。仆妾不能窥见其喜怒之色，近侍无人看见他有偏废礼法的行为。对他人之善行，如自己也有此善行一样高兴。民人有不善的表现，公实引为自己的耻辱。诱掖后进接待宾客皆温和恭敬，以谦抑的颜色相待。以方正之道奉事上司，喜欢让下属规谏自己。然俭于生财，而施舍于人则不知疲倦。身为帝王之子储君之弟，而奉公守法有令则行有禁即止。国家刑律朝廷法典，皆置于自己掌握之中。但执法宽仁对轻度触犯刑法的人皆舍而不加鞫问，议人罪名未尝故意选用重判的律令。别人如有不及于善者，自己内心给予宽容。非有意相犯者，常常以理服之。担负着治理天下的重任，亲近人民中俊杰之士。公视华美的上公之服与麻絮粗布的贫贱者之衣以为其蔽体暖身有同等功效，华屋与茅庐同样舒适。希望能置良田广宅卜居清旷之地，符合仲长统之论；建别墅于背山面水崇岫茂林之中，与应璩的志愿相合。看周公所封之东国如丘园之小，视华轩美服如锱铢之轻。于是依林建房，傍岩拓险而架屋。凄清的猿声与掌管漏刻的人争相报晓，橘红色的帷幕与澄波交相辉映。置身于摒弃华美陈设的空虚之室，贵人与野人何所分辨。所以隐士何点，穿着草鞋步行于钟山的山坡；征士刘虬，于卫岳奉上书信。公以古人服用之物赠送给他们，待以不按常规的殊礼，以好士之高风使其屈节相交，申述如果他们进谒王侯必受厚待之意。才知道井大春使自己屈从于五王，荀君大抑其志节于东平宪王，当权者能招致而用之是另有缘由的（岂如竟陵王宽仁好士而得高贤之心）。至于此处花卉草木之奇，泉石之美，公所作《山居四时序》，叙述已很详细了。

文皇帝养其圣德于东宫之时，同属于作者之列。因著《九言》之文，实际总括了百行的要义。致训勉于不良现象萌发之前，申明戒于当世。此不仅是旦夕之间巧遇千载难逢之事，而且是万世一时的难得之美。命公加以注解，卫将军王俭为之作序。当时山居新成，公以离世脱俗之情独往其处（为《九言》作注解）。环视山中屋宇说：古代圣贤死了可以复生吗？哪位圣贤可与我同入此室？曾经想到绘画前代贤良之人，使之与自己如神魂相对。于是命令画工，绘画古代贤良之像于轩窗户牖之上。然后追怀古代英贤，傍思有才能美行之人，虽平民妇女有节操者，亦有所选取而图画之。有客游于竟陵王之门，从容进言说：孔子曾讥未见好德如好色者，今图画妇女之像我私下对此疑惑不解。公即命削除妇女图像，谢过不遑。公认为言出于口，骏马难追；听受人言一有谬误，其结果偏离目标就会有千里之远。所作箴铭规劝自警之辞，积成书卷，门阶户席，托物垂文以示训诫。早先曾有巨声震响于供憩息之外室，匠人认为不吉祥，将加修治。公云：这是上天的谴责，不必改修，用以记我的过失，且令自警畏惧不至懈怠。听从劝谏似顺流而下之易，虚己之心以接受人言常若受之不足。对待别人尽力规谏之言，如同品味甘美的食品。相信别人的忠言实出自内心，并非仅仅外貌表示欢悦。地位尊贵而好礼，乐于寄情古籍。虽受外物役使的干扰，而勤学不懈。于是撰写类书《四部要略》和佛学著作《净住子》，并刊刻成为一家之言，可以同日月悬于天上乃不朽之作。弘扬孔子之遗风，阐明释迦之教义。病重临终之时，善言盈耳。如卫大夫史鱼遗言降低停殡规格以劝君主进贤去不肖的请求，极为诚恳而恻痛。这岂不是古人所谓立言于世，虽身死而永垂不朽的实例吗？易名赐谥之礼，请依前贤。谨呈其行状。

【评析】

这篇行状，是为呈报朝廷请谥而作，朝议据此赐谥“文宣”。文中缕述竟陵王的世系、籍贯、才学、生平、勋业、葬礼、性行、著作等，十分详备。作为保存这一文体的较早文献而言，自当有其价值。但谀语过多，事杂文繁，缺少剪裁，艺术性不高。明吴讷《文章辨体》评之为“辞多矫诞，识者病之”，恐非过激之论。

吊文

吊屈原文一首　并序[1]

作者：贾谊　　注译评析：黄立业

谊为长沙王太傅，既以谪去[2]，意不自得。及渡湘水，为赋以吊屈原。屈原，楚贤臣也。被谗放逐，作《离骚赋》，其终篇曰："已矣哉！国无人兮，莫我知也。"遂自投汨罗而死，谊追伤之，因自喻。其辞曰：

恭承嘉惠兮，俟罪长沙[3]。侧闻屈原兮，自沉汨罗。造托湘流兮[4]，敬吊先生。遭世罔极兮[5]，乃殒厥身。呜呼哀哉！逢时不祥。鸾凤伏窜兮，鸱枭翱翔[6]。阘茸尊显兮[7]，谗谀得志。贤圣逆曳兮，方正倒植[8]。世谓随、夷为溷兮，谓跖、蹻为廉[9]。莫邪为钝兮，铅刀为铦[10]。吁嗟默默，生之无故兮！斡弃周鼎，宝康瓠兮[11]。腾驾罢牛，骖蹇驴兮。骥垂两耳，服盐车兮[12]。章甫荐履[13]，渐不可久兮。嗟苦先生，独离此咎兮[14]！

讯曰[15]：已矣！国其莫我知兮，独壹郁其谁语[16]？凤漂漂其高逝兮[17]，固自引而远去。袭九渊之神龙兮，沕深潜以自珍[18]。偭蟂獭以隐处兮[19]，夫岂从虾与蛭螾[20]？所贵圣人之神德兮，远浊世而自藏。使骐骥可得系而羁兮，岂云异夫犬羊？般纷纷其离此尤兮[21]，亦夫子之故也。历九州而相其君兮，何必怀此都也。凤凰翔于千仞兮，览德辉而下之。见细德之险征兮[22]，遥曾击而去之[23]。彼寻常之污渎兮[24]，岂能容夫吞舟之巨鱼？横江湖之鳣鲸兮，固将制于蝼蚁[25]。

【篇旨】

贾谊哀屈原遭谗被谪，与己际遇相似，故亦有自伤之意。

【注释】

① 文：《史记》作“赋”。序：序文不类贾谊口气，屈原《史记·贾生列传》亦不言有序，可能是后人杂取本传之意而成。

② 谪：贬谪。谊才能优异受汉文帝赏识，但遭周勃、灌婴、邓通等权臣的谮毁，出为长沙王吴差的太傅，实同贬谪。

③ 嘉惠：美好的恩惠。指任他为长沙王太傅的诏命。俟罪：待罪，为做官的谦词。

④ 湘流：湘江的流水。汨罗、湘江乃二水名，俱流入洞庭湖，古人以为汨罗流入湘江，故托湘流以吊。

⑤ 罔极：不正。

⑥ 鸱：鸱鸺。枭：鸺鹠。二者均为猫头鹰属，古人以为是不祥之鸟。

⑦ 阘茸：小人、不才之人。

⑧ 逆曳：谓不得顺正道而行。倒植：贤不肖颠倒易位。

⑨ 随：卞随，殷时贤士，传说汤欲让天下给他，他以为耻，投水而死。夷：伯夷。溷：混浊。跖：盗跖。跻：庄跻。古称跖、跻为大盗。

⑩ 莫邪：宝剑名。铅刀：铅做的刀。铅，古称黑锡。铦（xiān）：锋利。

⑪ 周鼎：周朝的传国宝鼎。康瓠：破罂。

⑫“骥垂两耳”二句：《战国策·齐策》谓有老骥拉盐车而上太行山，到半坡时慢慢往后退，拼力也拉不上去。自“斡弃”至此，皆喻君主弃贤而重用不肖之人。

⑬ 章甫：殷冠。荐：藝。句意为倒行逆施。

⑭ 离：通“罹”，遭也。咎：灾祸。

⑮ 讯：告，宣。《史记》本传，张晏曰：“讯，《离骚》下章乱辞也。”谓重宣其意。

⑯ 壹郁：同“抑郁”。

⑰ 漂漂：通“飘飘”，飞翔貌。

⑱ 袭：效法。九渊：深渊。沕（wù）：潜藏貌。

⑲ 偭（miǎn）：背向。蟂（xiāo）：像蛇的水虫，四足，食鱼。獭：水獭，食鱼。“偭蟂獭”，《史记》作“弥融爚”。

⑳ 虾：蛤蟆。蛭：水蛭，即蚂蟥。螾：同“蚓”，即蚯蚓。

㉑ 般：同“盘”，谓盘桓停留。

㉒ 细德：薄德，卑鄙之德。险征：危险征兆。

㉓ 曾：高。击：两翅拍击空气，即飞翔的动作。“遥曾击”，《史记》作“摇增翮”。

㉔ 寻：八尺。常：十六尺。均喻小。污渎：不流动的小沟渠。

㉕ 鳣（zhān）：鲟鳇，乃一种大鱼。蝼：蝼蛄。蚁：蚂蚁。

【语译】

贾谊为长沙王吴差的太傅，如同受贬谪而去，自觉不得意，到了渡湘江之时，作赋以吊屈原。屈原是楚国贤臣，遭谗毁而被流放，作《离骚赋》，其篇末说：“完了！国内没有贤者，没有一个人知道我的忠诚正直之心。”于是自投汨罗江而死。贾谊为文追悼他，并用以自喻。其辞是：

敬受皇上美好的恩惠，到长沙国去做官。听说忠臣屈原，自沉于汨罗江而死。到了湘江我把吊文托付给流水，虔诚地哀悼先生（屈原）。遭逢不公正的世道，以致殒殁其身。呜呼哀痛啊！遇到不吉祥的时运！瑞鸟鸾凤逃匿，恶鸟猫头鹰却得意翱翔。不才之人处于尊贵之位，谗佞之人得志。贤圣之人不得顺正道而行，方正之人反而置之下位。世上竟说贤者卞随、伯夷混浊不清，盗跖、庄跻这类盗贼廉洁。说什么宝剑莫邪不锐利，而铅做的刀却锋利。可叹不得志啊，先生无故而遇祸！社会出现了许多倒行逆施的现象：抛弃周朝的传国宝鼎，却把那些破罂看作宝贝。骑着疲牛，乘着跛驴。骏马则垂着两耳，去拉盐车。把冠冕垫于足下而践踏它。动乱将逐渐发生其国不可久居。可叹的是苦了先生，独遭此祸！

重申其意云：完了！国内没有人知道我忠贞正直之心，独聚忧思能对谁诉说？风飘飘地高飞而去啊，当然是自己引退而远远离开。效法九重渊下的神龙，深深地潜藏以自珍重。意欲抛弃蟂獭等猥小动物而从神龙以隐居，岂能复随虾蟆蚂蟥蚯蚓一起混日子？所贵的是圣人的高尚道德，远避浊世而独自隐姓埋名。假使骏马可以系绊而羁束啊，怎么能说异于犬羊呢？盘桓久留于乱世而遭此罪过啊，也有夫子（屈原）自身的原因！可以遍历九州岛而辅佐贤明的君主，何必怀恋楚国之都城？凤凰翱翔于高空，望见有圣人德泽的地方才下来；如果看见薄德之君主显出危险的征兆，便远远地高高地飞走。那小小的不流动的沟渠，怎能容纳吞舟的大鱼？那些横绝江河的鳣鲸啊，一定会受蝼蚁所制。

【评析】

明徐师曾《文体明辨》称本文为吊文之祖，其体类楚骚。贾谊认为酿成屈原投江殒身之悲剧，乃因世道不正，是非颠倒，统治者倒行逆施，以致被谗放逐，独遭此祸。继而分析可供屈原选择的道路：一是离开小人，隐居独善，而先生不能如此，故本身亦有失误；另一是远走高飞，择主而事，而先生又不屑为此，故吞舟之鱼受制于蝼蚁。这是对屈原的责怪、同情和伤悼，也是作者感怀身世的自喻。全文用大量比喻以说理，情词怆恻，形象而感人。

吊魏武帝文一首　并序

作者：陆士衡　　注译评析：黄立业

元康八年，机始以台郎出补著作[①]，游乎秘阁，而见魏武帝遗令[②]，忾然叹息伤怀者久之。

客曰："夫始终者，万物之大归[③]；死生者，性命之区域[④]。是以临丧殡而后悲[⑤]，睹陈根而绝哭[⑥]。今乃伤心百年之际，兴哀无情之地[⑦]，意者无乃知哀之可有，而未识情之可无乎？”

机答之曰：“夫日食由乎交分[⑧]，山崩起于朽壤[⑨]，亦云数而已矣。然百姓怪焉者，岂不以资高明之质而不免卑浊之累[⑩]，居常安之势而终婴倾离之患故乎[⑪]？夫以回天倒日之力[⑫]而不能振形骸之内[⑬]，济世夷难之智而受困魏阙之下[⑭]。已而格乎上下者藏于区区之木，光于四表者翳乎蕞尔之土[⑮]。雄心摧于弱情[⑯]，壮图终于哀志。长筭屈于短日，远迹顿于促路[⑰]。呜呼，岂特瞽史之异阙景，黔黎之怪颓岸乎[⑱]！”

观其所以顾命冢嗣，贻谋四子[⑲]，经国之略既远，隆家之训亦弘。又云：“吾在军中，持法是也。至小忿怒、大过失，不当效也。”善乎，达人之谠言矣。持姬女而指季豹[⑳]，以示四子曰：“以累汝！”因泣下。伤哉！曩以天下自任，今以爱子托人。同乎尽者无余，而得乎亡者无存。然而婉娈房闼之内，绸缪家人之务，则几乎密与[㉑]！又曰：“吾婕好妓人，皆著铜爵台[㉒]。于台堂上施八尺床、繐帐，朝晡上脯糒之属[㉓]。月朝十五[㉔]，辄向帐作妓。汝等时时登铜爵台，望吾西陵墓田[㉕]。”又云：“余香可分与诸夫人。诸舍中无所为，学作履组卖也[㉖]。吾历官所得绶，皆著藏中[㉗]。吾余衣裘，可别为一藏。不能者，兄弟可共分之。”既而竟分焉。亡者可以勿求，存者可以勿违，求与违不其两伤乎[㉘]？悲夫！爱有大而必失，恶有甚而必得[㉙]。智惠不能去其恶[㉚]，威力不能全其爱。故前识所不用心，而圣人罕言焉[㉛]。若乃系情累于外物，留曲念于闺房，亦贤俊之所宜废乎！”于是遂愤懑而献吊云尔。

接皇汉之末绪[㉜]，值王途之多违。伫重渊以育鳞，抚庆云而遐飞[㉝]。运神道以载德，乘灵风而扇威[㉞]。摧群雄而电击，举勍敌其如遗[㉟]。指八极以远略，必翦焉而后绥[㊱]。厘三才之阙典，启天地之禁闱[㊲]。举修网之绝纪，纽大音之解徽[㊳]。扫云物以贞观，要万途而来归[㊴]。丕大德以宏覆，援日月而齐晖[㊵]。济元功于九有，固举世之所推[㊶]。

彼人事之大造[42]，夫何往而不臻。将覆篑于浚谷，挤为山乎九天[43]。苟理穷而性尽，岂长筭之所研[44]？悟临川之有悲，固梁木其必颠[45]。当建安之三八，实大命之所艰[46]。虽光昭于曩载，将税驾于此年[47]。

惟降神之绵邈，眇千载而远期[48]。信斯武之未丧，膺灵符而在兹[49]。虽龙飞于文昌，非王心之所怡[50]。愤西夏以鞠旅，溯秦川而举旗[51]。逾镐京而不豫，临渭滨而有疑[52]。冀翌日之云瘳，弥四旬而成灾[53]。咏归途以反旆，登崤渑而朅来[54]。次洛汭而大渐，指六军曰念哉[55]！

伊君王之赫奕，实终古之所难[56]。威先天而盖世[57]，力荡海而拔山。厄奚险而弗济，敌何强而不残[58]。每因祸以禔福[59]，亦践危而必安。迄在兹而蒙昧，虑噤闭而无端[60]。委躯命以待难，痛没世而永言[61]。抚四子以深念，循肤体而颓叹。迨营魄之未离，假余息乎音翰[62]。执姬女以嚬瘁，指季豹而漼焉[63]。气冲襟以呜咽，涕垂睫而汍澜[64]。违率土以靖寐，戢弥天乎一棺[65]。

咨宏度之峻邈[66]，壮大业之允昌。思居终而恤始，命临没而肇扬[67]。援贞咎以惎悔，虽在我而不臧[68]。惜内顾之缠绵，恨末命之微详[69]。纡广念于履组，尘清虑于余香[70]。结遗情之婉娈，何命促而意长！陈法服于帷座，陪窈窕于玉房[71]。宣备物于虚器，发哀音于旧倡[72]。矫戚容以赴节，掩零泪而荐觞[73]。物无微而不存，体无惠而不亡。庶圣灵之响像，想幽神之复光[74]。苟形声之翳没，虽音景其必藏。徽清弦而独奏，进脯糒而谁尝。悼繐帐之冥漠，怨西陵之茫茫。登爵台而群悲，眝美目其何望？既睎古以遗累，信简礼而薄葬[75]。彼裘绂于何有，贻尘谤于后王。嗟大恋之所存[76]，故虽哲而不忘。览遗籍以慷慨，献兹文而凄伤。

【篇旨】

对雄才大略的曹操深表景仰和悼念，而对他临终时的顾恋之情，则既有感叹亦寓讥讽。

【注释】

① 元康：晋惠帝年号。台郎：尚书郎。著作：著作郎。

② 秘阁：朝廷藏图书文献的地方。遗令：临终时的遗言记录，因曹操地位尊崇，出言为令，故曰遗令。

③ 大归：共同归宿。

④ 区域：界限。

⑤ 临丧殡而后悲：见到丧殡之所而后表示悲悼。《国语·楚语》：楚子西叹于朝，蓝尹亹曰："吾闻君子唯独居思念前世之隆替者，与哀殡丧，于是有叹，其余则否。"

⑥ 陈根：上一年留下的宿根草。《礼记·檀弓上》："朋友之墓，有宿草而不哭焉。"郑注："宿草，陈根也。"

⑦ 百年：曹操卒于建安二十五年（220），此文写于元康八年（298），百年是举成数而言。无情之地：无须动感情之地。

⑧ 交分：日、月、地球于春分秋分交会于一条直线上，则发生日食。《左传·昭公二十一年》梓慎曰："二至二分，日有食之，不为灾。日月之行也，分同道也，至相过也。"

⑨ 山崩起于朽壤：《左传·成公五年》，梁山崩，绛人对晋大夫伯宗说："山有朽壤而崩。"

⑩ 高明：日月。卑浊：指缺蚀。

⑪ 常安：指山处于常安之地位。婴：遭。倾离：崩塌。

⑫ 回天倒日：均喻力量之大。倒日：使太阳倒退。《淮南子·览冥》，谓鲁阳公与韩作战，日暮，他把戈一挥，日即返回三舍。

⑬ 振：救。形骸之内：指生命。

⑭ 魏阙：宫门外的建筑，是发布政令的地方，后用作朝廷的代称。此句意谓仍得向汉天子称臣。

⑮ 格：至。上下：指天地。区区：小貌。木：指棺材。四表：四方之

外。蕞尔：小貌。土：指陵墓。格乎上下和光于四表，语本《尚书·尧典》："光被四表，格于上下。"

⑯ 弱情：柔情，即下文所述临终时对妻妾儿女的顾恋之情。

⑰ 筭：计谋。迹：功业。短日、促路：俱喻短促的生命。

⑱ 瞽史：周二官名。瞽，乐太师，掌诏吉凶。史，太史，掌诏礼事。阙景：日蚀。黔黎：百姓。颓岸：山崩。

⑲ 贻谋：遗谋。四子：操有十一子，此指在身旁的四位，有人说是丕植彪彰。

⑳ 姬女：姬妾之女。操有小女后为高城公主。季豹：小儿子豹，是年五岁。

㉑ 密：细碎。

㉒ 铜爵台：汉末建安十五年操所建，高十丈，为其行乐之处。故址在今河北临漳西南。爵，通"雀"。

㉓ 晡（bū）：申时，即下午三时至五时。脯（fǔ）：干肉。糒（bèi）：干饭。

㉔ 月朝：每月初一日。

㉕ 西陵：操之墓，在邺之西岗，位于铜雀台西。

㉖ 诸舍中：谓众姬妾。履组：鞋及饰鞋的彩色丝带。

㉗ 绶：彩色丝带，按官阶有不同颜色，用作系帷帐、印环、佩玉等。著：置。藏：犹言柜，用以殉葬。

㉘ 求：要求以衣裘等殉葬。违：违背遗令。两伤：求则吝而伤廉，遵则贪而伤义。故云。

㉙ 爱：爱惜生命。恶：憎恨死亡。

㉚ 惠：通"慧"。

㉛ 前识：犹先哲。圣人：指孔子。《论语·子罕》："子罕言利与命。"

㉜ 皇汉：大汉，此指东汉。末绪：犹末世，谓桓灵时。此句以下为吊辞。

㉝ 伫：待。重：深。育鳞：养其鳞甲，犹言养德。庆云：祥云。此二句

以龙喻曹操。

㉞ 运：用。神道：神明之道。载：行。扇：扬。

㉟ 勍（qíng）：强。如遗：如拾遗于地上之物。

㊱ 八极：八方极远之地。略：谋略。翦：翦除暴乱。绥：安。

㊲ 厘：理。三才：天、地、人。阙典：残缺的典章。禁闱：宫禁之门，谓闭塞不通。

㊳ 修网：长网。纪：网之纪网、网绳。纽：旋紧。解徽：松散徽弦。徽，系弦之绳。二句喻整顿朝纲国政。

㊴ 云物：此指象征凶暴的云气，喻群凶。贞观：犹清平。《周易》系辞下："天地之道贞观者也。"要（yāo）：使会集。万途：殊途，喻各种势力。归：归向曹操。

㊵ 丕：张大、推广。宏：普遍。齐晖：同等光辉。

㊶ 济：成。九有：九州，犹言天下。推：推崇。

㊷ 大造：伟大成就。

㊸ 篑：盛土的筐子。覆篑：覆篑中之土以造山。浚谷：深谷。挤：坠落，喻操之死。九天：九重天，喻山高。

㊹ 理穷性尽：谓命终之事。《周易·说卦》："穷理尽性，以至于命。"长筭：长远的谋算。筭：同"算"。研：思虑。

㊺"悟临川之有悲"句：谓悲叹光阴流逝。《论语·子罕》："子在川上曰：逝者如斯夫！""梁木"句：喻伟人将死。《礼记·檀弓上》："梁木其坏乎？哲人其萎乎？"

㊻ 三八：二十四。大命：宝贵的生命。所艰：艰难之时。操于建安二十四年患病。

㊼ 光昭：荣显。曩（nǎng）载：往年。税驾：卸马停车，喻曹操之死，操死于建安二十五年正月。此年：当指二十四年，乃作者误记。

㊽ 降神：喻天生圣哲之人。《诗经·大雅·嵩高》："维岳降神，生甫及申。"甫指甫侯，申指申伯，皆周天子卿士。厉王之乱，他们佐宣王平乱，复安天下。绵邈：遥远。眇：远。远期：圣贤千载一出，故曰

远期。

㊾ 斯武：此神武之道，指甫侯申伯平乱以安天下之道。膺：受。灵符：犹天命。兹：指曹操。

㊿ 龙飞：喻帝王兴起。文昌：文昌宫，星名，喻上将贵相之位。见《汉书·天文志》。王：魏王曹操。

51 西夏：此指蜀国刘备。鞠：告。鞠旅：誓师。建安二十四年三月，曹操出长安西征，刘备拒之，五月操军还长安。秦川：渭水上游曰秦川。举旗：建大将之旗出师。

52 镐京：在今陕西西安市西南。不豫：帝王有病的讳称。疑：恐惧病重。

53 瘳（chōu）：病愈。弥：满。成灾：指病甚。

54 反旆：旌旗掉转方向，即回师。崤渑：崤山、渑池。朅（qiè）：离去。来：语词。

55 洛汭（ruì）：河南省洛水与黄河汇合处，泛指洛阳一带地方。大渐：病危。念哉：叮咛勿忘，戒六军必须忠诚之词。建安二十五年正月至洛阳，庚子魏王崩。

56 伊：语词。赫奕：盛大。终古：自古以来。

57 先天：先于天时而行事。《周易·乾卦》：“先天而天弗违。”

58 厄：困。奚：何。残：杀。

59 禔（zhī）：福、安。

60 兹：指操病危之时。蒙昧：昏迷不知人事。噤闭：开不了口。

61 难：指死亡。永言：长言，指长长的遗令。

62 营魄：魂魄。音翰：笔录的话，指遗令。

63 嚬瘁（pīn cuì）：即颦蹙，谓锁眉蹙额。漼（cuǐ）：落泪貌。

64 汍（wán）澜：泣泪貌。

65 违：离。率土：喻臣民。《诗经·大雅·北山》：“率土之滨，莫非王臣。”靖寐：犹长眠。弥天：喻广大的才志。

66 咨：嗟。

⑥⑦ 居终：操在临终时。恤：忧念。始：指继位之君曹丕。《穀梁传·定公元年》："先君有正终，后君有正始。"命：遗命。肇扬：开始传扬。

⑥⑧ 贞：正，指在军中执法是正确的。咎：诸本作吝。是。咎：瑕疵，指小忿怒，大过失。惎（jì）：教也。臧：善。此谓引生平正误之事以教四子。

⑥⑨ 内顾：顾虑家事。末命：临终遗令。

⑦⓪ 纡：萦绕。尘：灰尘蒙蔽。

⑦① 陈：陈设。法服：官服。帷座：指堂上设大床及穗帐。玉房：指铜雀台。

⑦② 宣：令也。备物：谓死者所用的明器。《礼记·檀弓下》："孔子曰：明器者，备物而不可用。"虚器：虚设其器而不能用。倡：歌舞伎人。

⑦③ 矫：矫饰，故意掩饰。赴节：踏着音乐节拍。荐觞：献酒。

⑦④ 圣灵、幽神：俱指死者的魂灵。光：显现。

⑦⑤ 睎：慕。《魏志·武帝纪》：建安二十三年六月令："古之葬者，必居瘠薄之地，其规西门豹祠，西原上为寿陵，因山为基，不封不树。"遗累：弃其过失。二句谓既慕古风，决定薄葬，以弃厚葬之累。

⑦⑥ 大恋：对姬妾家人超常之爱恋。

【语译】

晋元康八年，我开始从尚书郎出任著作郎，进出皇宫藏秘籍之所，因见魏武帝临终的遗言记录，不禁长叹，伤心良久。

有客人说："有始必有终，是万物共同的结局，谁也不能例外；由生到死，是给每个生命划定的界限，谁也不能超越。因此临见丧殡之所然后悲伤，看见朋友墓上有宿草即不再哀哭。现今却为百年前的死者伤心，兴起哀思于不必动感情的地方，这岂不是只知道对死者应该哀悼，而不懂在一定时间之后可以不动哀伤之情吗？"

我回答说："日蚀由于日月与地球在春分、秋分交会在一条直线上而发生，山崩是由于土壤朽坏，这是自然的常理。然而百姓觉得奇怪，岂不是由于上天赋予日月以光明之质，却不免受到缺蚀的连累；居于常安地位的山岳，却终于遭崩塌之患的缘故吗？此公有回天倒日的巨大力量，却不能挽救自己的生命；有匡时救世平定祸乱的智慧，却不能不向汉帝称臣。到头来，功德至于天高地厚的伟人，却敛藏于小小棺木之中；光辉照耀四方的哲人，却掩蔽于弹丸大的陵墓之内。雄心被儿女柔情所摧折，伟大的图谋因死亡而终止。长远的谋略被短暂的人生岁月所屈服，远大的功业因人生道路的短促而停顿。令人悲哀啊！难道仅仅是瞽史对日蚀感到奇异，百姓对山崩感到可怪才悲伤吗？”

观其临终遗命于长子使其嗣位，还遗谋于丕植彪彰四子，治国之谋略既很深远，兴家之训诫亦颇宏大。又说：“我在军中，所执之法都是对的。至于有时有小忿怒或大过失，你们不该学我。”说得好呀，这是通达之人的正当之论！他拉着姬妾的小女，指着小儿子豹对四位儿子说：“把他们托累给你们了！”于是落下了眼泪。可悲伤啊！从前以拯治天下为己任，现在却要将爱子托人照顾。凡与生命同归于尽者，如精神意识之类则不会遗留于身外，一旦身亡则不复存在。然而临死还恋恋不舍闺房中人，缠绵于家人的事务，喋喋不休，那就近于细碎了。又说：“我的婕妤和歌舞伎人，皆安置于铜雀台。于台中的厅堂上安放八尺大床，挂上帷帐，早晚供上干肉干饭等祭品。每月初一、十五日，即向帐前表演歌舞。你们常常登铜雀台，遥望我的西陵墓地。”又说：“我剩下的名贵香料可分给各位夫人，众姬妾无事可做，可学做鞋和编彩色丝带出卖。我历任官职所得绶带皆置柜中；我所余衣裘可别为一柜，用以殉葬。如不能照办，你们兄弟可以共同分享。”后来竟然分了。本来死者可以不提出这样要求，生者可以不违遗令，要求死后还占有身外之物是伤廉，违背遗令是贪得而伤义，这不是两者皆伤吗？可悲呀！人所爱莫大于生命，而生命必将失去；恨莫甚于死亡，而死亡必将到来。人虽有智慧却不能排除死亡，虽有威势权力也不能长保其生命。所以先知先觉的哲人对此并不用心去谋求，而圣人也极少谈论。至于让感情牵挂于身外之物，留私情于姬妾伎人，也是贤俊之人所应该抛弃的吗？因此觉得郁闷怨愤而献上吊文罢了。

承接东汉之末业，值国运之多艰。神龙期待着在深渊中养成鳞甲，凭借祥云而远飞。运用神明之道以施其德泽，乘灵异之风而扬威。摧折群雄有如电击，攻克强敌如拾遗之易。指向八方极远之地以施展其远大谋略，定要翦除凶顽而后使百姓安宁。整理有关天、地、人的残缺典章，打开闭塞天地元气的禁门使其通畅。举起断绝了的朝纲，整顿松弛了的国政。扫除群凶使天下清平，使各种势力会集起来归向自己。推广其大德以普遍覆庇天下之人，攀援日月而与日月有同样光辉。建成了伟大功勋于天下，因而受到举世推崇。

他在人事方面取得的伟大成功，将何往而不能达到目的。其建立大业如一筐一筐覆土为山于深谷，现在为山已至九重天上大功垂成而死去。如果穷义理尽性情以至于命终，又岂是远谋深算所能虑及而避开的呢？明白孔子临川悲叹时光易逝的意思，就懂得栋梁之材必将坠毁的道理，人死并不奇怪。当建安二十四年，实为曹操宝贵生命的艰难之时。他虽然荣显于以往岁月，却将命终于此年。

天生圣哲之人需经历很长久的时间，远至以千载为期。实际上像甫侯申伯平乱安邦的神武之道并未丧失，上应天命而生正在曹操身上。虽然龙飞至于将相之位，而魏王心中并不满意。因愤恨窥图中原的刘备而誓师，建起大将之旗溯秦川而西征。过了镐京而得病，到了渭水之滨而恐惧病情恶化。还希望不久能够痊愈，谁知满四十日而病情更甚。于是念归途而回师，旋登崤山渑池而离去。到了洛阳一带而病危，指着六军将士告诫他们要忠心不二。

彼君王的盛大功勋，实自古以来所难得。其威风盖世可先于天时而行事，其力量可以搅海和拔山。遇到困厄有何险阻不能渡过，有何强敌不能摧毁？每因祸而得福，履危而获安。他恐怕到了临终之时昏沉迷乱，开不了口而无法留下遗令。听任命运以等待死亡，悲痛将死而对后事喋喋长言。抚四子而深深追念往事，摸着自己身躯而颓然叹息。趁着魂灵未离形体之时，借着余下的气息留下遗言让人记录。拉着小女而颦眉蹙额，指着小儿子而垂泪。气冲胸臆而悲不成声，眼泪夺眶而出纵横交流。离弃臣民而长眠，敛聚其雄才大志于一具棺材。

叹其宏伟气度甚为高远，赞其所创功业实在盛大。到临终时还顾念继位之君，命将尽才把遗令宣布。援引生平正误之事以教导儿子，对错误表示痛悔，虽错误在自己身上也不予美化。可惜对家务过于缠绵留恋，恨其临终遗令过于琐碎周详。其广阔的胸怀被“学作履组卖”等小事所萦绕，其清明的头脑被“分香”之类的灰尘所蒙蔽。牵扯着对姬妾爱恋的余情，何以生命如此短促而情爱如此深长！陈列官服于灵床，命美女陪伴于铜雀台中。命令把各种物品虚置于无法享用的器皿之上，让旧日歌伎在灵前哀婉歌唱。那些舞伎强掩悲戚之容踏着音乐节拍起舞，掩面垂涕而进献酒浆。各种遗物虽微而必然长存，人体虽有无限智慧而无不消亡。希望死者有灵，其声音影像能重新显现。影和响是随着形和声存在的，如果形与声掩没了，音与影必然随之消失。然则调整清弦独奏有谁欣赏，献上菜饭有谁品尝？痛帷帐之空虚，怨西陵之旷远。登上铜雀台而大家悲伤，睁开美丽的眼睛能看见什么？既然当年有令表示仰慕古风以捐弃厚葬的过失，要求遵奉简礼薄葬之法。那么衣裘绶带又有何可贵？只不过留下笑柄给后世帝王而已！可叹那超乎寻常的爱恋之情的存在，虽圣哲如曹操亦不能忘怀。我浏览遗令不觉情绪激动，献上这篇祭文而感到凄伤。

【评析】

这是陆机的一篇名文。作者对雄才大略、功勋盖世的曹操歌颂备至。但在遗令中发现其临终时所展现的鲜为人知的内心世界，则如剥茧抽丝，层层深入加以剖析，并大量运用鲜明的对比，使其出现强烈的反差，给人一种鞭辟入微、文思精巧的感受。例如，有回天倒日之功，却对死亡无可如何；以拯治天下为己任，却哭着托人照顾爱子；为国日理万机，却对琐屑的家务、分香卖履的小事喋喋不休。作者对此颇表伤感，而语多讽刺。此文有序有辞，大抵序巧而辞繁，吊辞稍觉逊色。文章似乎要求英雄的所想所为，俱应有英雄气概，而不应有常人的心态。金无足赤，人无完人。此种要求，似可不必。

祭文

祭古冢文一首　并序

作者：谢惠连　　注译评析：黄立业

东府掘城北堑[①]，入丈余，得古冢。上无封域，不用砖甓[②]，以木为椁，中有二棺，正方，两头无和[③]。明器之属，材瓦铜漆，有数十种，多异形，不可尽识。刻木为人，长三尺，可有二十余头。初开见，悉是人形，以物枨拨之[④]，应手灰灭。棺上有五铢钱百余枚[⑤]。水中有甘蔗节，及梅李核瓜瓣，皆浮出，不甚烂坏。铭志不存[⑥]，世代不可得而知也。公命城者改埋于东冈，祭之以豚酒。既不知其名字远近，故假为之号曰冥漠君云尔。

元嘉七年[⑦]九月十四日，司徒御属领直兵令史、统作城录事、临漳令、亭侯朱林[⑧]，具豚醪之祭[⑨]，敬荐冥漠君之灵：

忝总徒旅，板筑是司。穷泉为堑，聚壤成基。一椁既启，双棺在兹。舍畚凄怆，纵锸涟而。刍灵已毁[⑩]，涂车既摧[⑪]。几筵糜腐，俎豆倾低。盘或梅李，盎或醢醯。蔗传余节，瓜表遗犀[⑫]。追惟夫子，生自何代？曜质几年？潜灵几载？为寿为夭？宁显宁晦？铭志湮灭，姓字不传。今谁子后？曩谁子先？功名美恶，如何蔑然？

百堵皆作，十仞斯齐。墉不可转，堑不可回。黄肠既毁[⑬]，便房已颓[⑭]。循题兴念[⑮]，抚俑增哀。射声垂仁[⑯]，广汉流渥[⑰]。祠骸府阿，掩骼城曲。仰羡古风，为君改卜。轮移北隍，窀穸东麓[⑱]。圹即新营，棺仍旧木。合葬非古，周公所存[⑲]。敬遵昔义，还袝双魂[⑳]。酒以两壶，牲以特豚[21]。幽灵仿佛，歆我牺樽[22]。呜呼哀哉！

【篇旨】

说明发现古冢及迁葬之缘由，赞美司徒公之仁德，对不知姓名的亡灵特加祭祀并表哀悼。

【注释】

① 东府：城名，其东有东晋丞相会稽文孝王道子府第，道子代领扬州刺史，仍居旧第，第在扬州东，时人称东府。故址在今江苏南京市东。掘城北堑：元嘉七年，南朝宋司徒彭城王义康修治东府城，掘城北堑得古冢，为之改葬，命谢惠连为祭文。

② 甓（pì）：砖。

③ 和：棺材两头的木板。

④ 杙：木棒。

⑤ 五铢钱：钱币名，汉武帝元狩五年始铸。

⑥ 铭志：墓志铭，述死者姓名、年里、世系、生平，埋墓侧。

⑦ 元嘉：宋文帝年号。

⑧ 司徒：官名，掌民事。此指义康。御属：官名，掌为司徒御车事。直兵令史：官名，位次尚书郎。作城录事：临时职衔，此指掌管修治东府城之事。临漳：县名，今属河北省。亭侯：属五等爵。朱林：人名，事迹不详。

⑨ 醪（láo）：浊酒。

⑩ 刍灵：以草为人马以殉葬。

⑪ 涂车：泥做的车，用以殉葬。

⑫ 犀：瓜之种子。

⑬ 黄肠：以柏木的黄心制成的外棺。

⑭ 便房：墓中室。

⑮ 题：题凑。古代护棺之椁室，用厚木累积而成，木头皆内向，称题凑。

⑯ 射声：《后汉书·曹褒传》云，褒为射声校尉，其营舍有停棺不葬者百余具，褒悉葬其无主者。

⑰ 广汉：汉陈宠曾为广汉太守，先是洛阳城南，骸骨不葬者多，宠乃敕县葬埋。

⑱ 窀穸（zhūn xì）：墓穴，此指埋葬。

⑲ 合葬：《礼记·檀弓上》：“合葬非古，自周公以来，未之有改也。”谓夫妇合葬之礼，自周公时始有。

⑳ 祔：合葬。

㉑ 特豚：祭祀时用一头小猪。

㉒ 牺樽：古酒器，制如牛形，或画牛形于樽腹。

【语译】

在东府城北挖护城河，入土丈余，发现有古墓，地面上没有坟堆墓界，不用砖砌，套在棺材外面的大棺是用木做的，中间有两副棺材，排成正方形，棺材两头没有木板。送葬的器物，木的瓦的铜的漆的，有几十种，多是奇异形状，不能完全认识。刻木为人像，长三尺，约有二十多个，初开墓所见，全是人的形状，用木棒拨弄它，应手成灰而毁坏。棺上有五铢钱百多枚。墓穴水中有甘蔗节及梅李的核、瓜的种子，皆浮出，亦不甚烂坏。墓志铭已不存在，墓主人的年代无法知道。司徒公（义康）命负责筑城的人把它改葬于东岗，用猪酒祭祀。既然不知道其姓名及年代远近，所以给他一个称号叫冥漠君。

元嘉七年九月十四日，司徒公的御属官、兼直兵令史、统管筑城的录事官、临漳县令亭侯朱林，备有猪酒祭品，敬献于冥漠君在天之灵：

我惭愧总管徒众，司理筑城之事。需要深挖壕堑，聚土以作城墙。无意中挖开护棺之椁，才发现有双棺在内。大家放下畚箕感到凄怆，放下铁锹不禁流泪。用草做成的人、马等送葬之物已毁，泥做的车已坏。灵座糜烂腐败，食器倾侧。盘中或盛梅李，瓦器或盛肉酱酸醋。甘蔗只余蔗节，瓜则显出剩下的种子。追思先生，不知生于什么朝代？生时有几岁？死后有几年？是高寿还是夭折？是显达还是隐居匿迹？墓志铭已经湮灭，高姓大名未能保存下来。现今谁是您的后代？古代谁是您的祖先？功名事业是好是坏，为何一点也不知道？

百丈长的城墙已经筑起，数丈高的城墙也已相齐。城墙不能改变方向，壕堑也不能曲转回避。柏木做的外棺已毁，墓室也已崩塌。我们沿着椁室兴起悼念之情，拨弄殉葬的木偶倍加哀伤。司徒公如射声校尉曹褒那样对无主孤魂赐予仁爱，如广汉太守陈宠那样对遗弃的骨骸给予恩泽。故此祭祀遗骸于东府城边，敛藏枯骨于城墙弯曲之处。仰慕古人遗风，为君改葬吉地。载柩之车轮移向北边无水之处，埋葬于东向的山脚。墓穴是新营造的，而棺材仍是原来的旧木。夫妇合葬并非远古就有，而是自周公以来才有的礼法。现今敬遵原来的做法，仍旧把你们的双魂合葬一处。用酒两壶，用小猪一只致祭。你们在幽冥的魂灵仿佛可见，请享用我们的祭品。呜呼哀痛啊！

【评析】

这是祭文的一篇佳作。挖城壕而见古墓，事迹简单；墓主人情况不详，似无什么可说。但作者却巧妙地从这几方面着笔：首写掘城得见古冢，由于“上无封域”，故乃出自无心；所述冢中情状，历历如绘；而城墙壕堑之修治已成定局，无可回避，不能原地掩埋；对墓主人情况毫无所知，而用一连串发问，令人发思古之幽情，且暗中交代无法寻找其后人处理；再写奉命致祭改葬，司徒公泽及枯骨，仁德可嘉。这些内容在序和辞中交错出现，而能互相补充，形成一篇完整文章。故读后觉得洋洋洒洒，时空广阔，思巧而理备，几乎忘其为短文。

祭屈原文一首

作者：颜延年　　注译评析：黄立业

惟有宋五年月日[①]，湘州刺史吴郡张邵[②]，恭承帝命，建旟旧楚[③]。访怀沙之渊，得捐珮之浦[④]。弭节罗潭，舣舟汨渚。乃遣户曹掾某[5]，敬祭故楚三闾大夫屈君之灵：

兰薰而摧，玉缜则折。物忌坚芳，人讳明洁。曰若先生，逢辰之缺。温风怠时，飞霜急节。

嬴芈遘纷[6]，昭怀不端[7]。谋折仪尚[8]，贞蔑椒兰[9]。身绝郢阙，迹遍湘干。比物荃荪[10]，连类龙鸾。

声溢金石，志华日月。如彼树芳，实颖实发。望汨心欷，瞻罗思越。藉用可尘，昭忠难阙。

【篇旨】

作者赞美屈原之忠贞明洁而哀其不幸，并寓自伤之意。

【注释】

① 有宋五年：南朝宋少帝景平五年。

② 张邵：字茂宗，吴郡人。宋武帝以邵为湘州刺史。颜延年于少帝时被排挤，出为始安（今桂林）太守，时人谓之曰："所谓俗恶俊异，世疵文雅。"道经汨潭，代邵作祭屈原文以致意。

③ 旟（yú）：绘有鸟隼图像之旗，刺史可建旟出行。

④ 捐珮：捐弃佩饰。屈原《九歌·湘君》："捐余玦兮江中，遗余佩兮澧浦。"

⑤ 户曹：官名，掌户口、祭祀、农桑。掾（yuàn）：属官。

⑥ 嬴：秦君之姓。芈（mǐ）：楚君祖姓。

⑦ 昭：秦昭王。怀：楚怀王。

⑧ 仪：秦相张仪。尚：楚大夫靳尚。秦遣张仪诈楚，破齐楚之合纵，复大败楚兵取汉中之地。后张仪复使楚，囚之。靳尚受贿，言于王而释之。屈原使于齐，返国，言于王而欲杀张仪，追之不及。秦昭王立，欲与怀王会于秦。屈原劝阻。子兰则劝王行，怀王因而客死于秦。

⑨ 椒：大夫子椒。兰：子兰。

⑩ 荃荪：香草。屈原作《离骚》，以虬龙鸾凤比君子，以善鸟香草喻忠贞。

【语译】

有宋景平五年某月某日，湘州刺史吴郡人张邵，敬奉帝命，树旗赴任于旧楚之地。因访屈原怀沙自沉的汨罗之水，寻见屈原捐弃佩饰的澧水之滨。停车于罗潭，泊舟于汨渚。于是派遣户曹掾某，敬祭已故楚国的三闾大夫屈君在天之灵：

兰草因有芳香而被折损，美玉因质地致密坚刚而易破碎。所以物忌坚硬芳香，人忌明智高洁。可叹先生，遭逢浊乱的时世。能生养万物的温风迟迟不来，能使万物凋零的飞霜却先于节令而至。

秦楚相互争斗，昭王与怀王皆心术不正；屈君忠君爱国的谋略被张仪、靳尚所挫败，心怀贞正却被子椒、子兰所轻蔑。遂被放逐，身与郢都长远隔绝，足迹遍于湘水的岸边。因抒愤懑以作《离骚》，用香草比喻忠贞，联系龙鸾以喻君子。

声誉美于金石之音，志节与日月同辉。这犹如栽种芳香之草，定会秀发于身后。我们望着汨水感到悲伤，看着罗水而追思遥远的往事。即使屈君的身躯可以化为尘土，但要表彰忠贞气节则不可缺少先生。

【评析】

屈原忠昭日月，才足治国，而生不逢辰，遂遭放逐。作者认为其根本原因在于他有兰香玉洁的品质，“物忌坚芳，人讳明洁”，因而遭到腐朽势力排挤陷害，遂导致放逐沉沙的可悲结局。末段笔锋一转，尽管美好的东西被毁于当时，而其高风亮节则将流芳于后世；不言而喻，市奸卖国之徒，亦必不齿于人类。文章情词激愤，哀婉动人，言简意深，允称佳作。

祭颜光禄文一首

作者：王僧达　　注译评析：黄立业

维宋孝建三年[①]九月癸丑朔，十九日辛未[②]，王君以山羞野酌，敬祭颜君之灵[3]：

呜呼哀哉！夫德以道树，礼以仁清。惟君之懿，早岁飞声。义穷机象[4]，文蔽班杨[5]。性婞刚洁[6]，志度渊英。登朝光国，实宋之华。才通汉魏，誉浃龟沙[7]。服爵帝典，栖志云阿。清交素友，比景共波[8]。气高叔夜[9]，严方仲举[10]。逸翮独翔，孤风绝侣。流连酒德[11]，啸歌琴绪[12]。

游顾移年[13]，契阔燕处。春风首时[14]，爰谈爰赋。秋露未凝，归神太素[15]。明发晨驾[16]，瞻庐望路。心凄目泫，情条云互[17]。凉阴掩轩，娥月寝耀。微灯动光，几牍谁照[18]？衾衽长尘，丝竹罢调。览悲兰宇[19]，屑涕松峤[20]。古来共尽，牛山有泪[21]。非独昊天，歼我明懿。以此忍哀，敬陈奠馈。申酌长怀，顾望歔欷。呜呼哀哉！

【篇旨】

追述颜延年之才德和友谊，并致哀悼之情。

【注释】

① 孝建：南朝宋孝武帝年号。

② 癸丑朔：指九月初一。辛未：即十九日。

③ 颜君：颜延年，官至光禄大夫。

④ 机象：指《周易》。

⑤ 班杨：班固和杨雄。

⑥ 婞（xìng）：耿直、刚强。

⑦ 龟（qiū）：龟兹，古西域国名。沙：流沙，古西域地名。

⑧ 比景共波：比影连波，喻多。

⑨ 叔夜：嵇康，字叔夜，有气节，为“竹林七贤”之一。

⑩ 仲举：陈蕃，字仲举，为人刚正不阿，性方峻。

⑪ 酒德：指酒，刘伶有《酒德颂》。

⑫ 琴绪：犹琴弦，指弹琴。

⑬ 游顾：游览，此指作者与颜延年交游。

⑭ 首时：农历每个季度之始。此句指正月。

⑮ 太素：初始的物质。

⑯ 明发：黎明。晨驾：指丧车早出。

⑰ 条：长。互：交错。

⑱ 照：照射。

⑲ 览：同“揽”。兰宇：兰室，芳香精洁之室。

⑳ 松峤：墓所。

㉑ 牛山：山名，在今山东淄博东。《晏子春秋·谏上》，谓齐景公登牛山，北望其国城，感到终有一死，为不能永做国君而流涕。晏婴笑曰：假使贤者能常守君位，则太公桓公在齐君之位；假使勇者能常守君位，则庄公灵公在位，还能轮到你为齐君吗？这是说人事代谢是自然之理。

【语译】

宋孝建三年，九月癸丑是朔日，十九日是辛未，王君以山中野味和薄酒，敬祭颜君在天之灵：

呜呼哀痛啊！德因道高而树立，礼法因讲仁义而显得纯正。君之道德仁义之美，早年就已声名远扬。义理能穷尽《周易》之奥秘，文章之妙超过班固、杨雄。性格耿直刚强，志气超人度量宏深。登朝做官而为国增光，实乃宋朝的荣耀。才学达到汉魏诸贤的境界，美誉远及龟兹和流沙。服饰官爵虽然遵从朝廷典章，但却托志于云山之间。结交情谊纯洁的朋友，如接影连波之多。气节高尚似嵇康，性格严峻如陈蕃。可谓高飞独翔，孤介不群之声誉超绝朋辈。酷爱饮酒，长啸歌吟弹琴自乐。

忆昔与君交游逾于年岁，常常邀约欢聚。今年春风初拂的正月，还相与游谈赋咏。谁知秋露未凝，你却已神归混沌宇宙。黎明时灵车早早起程，瞻看你平生所居怅望凶仪在路。不觉凄伤下泪，情愫长牵如乱云交错。阴森之气笼罩门户，顿时月色无光。微弱的灯光在晃动，你生平披阅典籍的几案谁用其照射？被席生尘，琴箫罢响。怀悲于兰室，零涕于墓前。自古以来人皆有命尽之时，齐景公于牛山滴泪晏婴就已阐明。并非上天，独亡我明德之友。因此强忍悲哀，敬献祭品。向你酹酒我长怀思念之情，回首瞻望实增悲切。呜呼哀痛啊！

【评析】

颜延年死时七十三岁，而当时作者仅三十四岁，二人可谓忘年之交。故此追述亡者道德文章，性格爱好，皆能肖其人而多景仰之词；追思交往，哀悼亡友，颇露悲恋之意。辞藻华美，情真景切，堪称佳作。